MARCEL PROUST

À LA RECHERCHE DU TEMPS PERDU

Édition Intégrale

VOLUME 1

TABLE DES MATIÈRES

TOME 1
DU CÔTÉ DE CHEZ SWANN **5**
PREMIÈRE PARTIE COMBRAY 6
DEUXIÈME PARTIE UN AMOUR DE SWANN 86
TROISIÈME PARTIE NOMS DE PAYS: LE NOM 172

TOME 2
À L'OMBRE DES JEUNES FILLES EN FLEURS **192**
PREMIÈRE PARTIE 193
DEUXIÈME PARTIE 269

TOME 3
LE CÔTÉ DE GUERMANTES **340**
PREMIÈRE PARTIE 341
DEUXIÈME PARTIE 418
CHAPITRE PREMIER 475
CHAPITRE DEUXIÈME 490

TOME 4 (première partie)
SODOME ET GOMORRHE **507**
PREMIÈRE PARTIE 508
CHAPITRE PREMIER 521
CHAPITRE DEUXIÈME 584

Code ISBN
9798320223971 Independently published
SOURCES
Ouvrages et photos du domaine public.
Auteur : Marcel Proust (1871 – 1922)
https://fr.wikipedia.org/wiki/Marcel_Proust

MARCEL PROUST

Marcel Proust, né le 10 juillet 1871 à Auteuil et décédé le 18 novembre 1922 à Paris, est l'un des écrivains français les plus influents du XXe siècle. Sa vie et son œuvre sont profondément entrelacées, son chef-d'œuvre, "À la recherche du temps perdu", étant à la fois une réflexion philosophique et une exploration minutieuse de la mémoire et du temps.

Fils de Adrien Proust, un éminent médecin, et de Jeanne Weil, issue d'une famille aisée de la bourgeoisie juive, Marcel Proust grandit dans un environnement culturellement riche qui influencera profondément sa vision du monde et son écriture. Très attaché à sa mère, sa relation avec elle jouera un rôle central dans sa vie et son œuvre.

Proust commence ses études au Lycée Condorcet, où il se lie d'amitié avec plusieurs figures qui marqueront la vie culturelle française, comme Robert de Montesquiou et Reynaldo Hahn. Bien qu'il ait commencé à écrire très jeune, c'est seulement après la mort de son père en 1903 et de sa mère en 1905 qu'il se consacre pleinement à la littérature.

Sa santé fragile et ses problèmes respiratoires le contraignent à mener une vie recluse, passant de longues heures dans sa chambre tapissée de liège à Paris. Cet isolement lui permet de se consacrer entièrement à son œuvre magistrale, "À la recherche du temps perdu", publiée en sept volumes de 1913 à 1927. Ce roman fleuve, initialement refusé par les éditeurs pour sa longueur et son style innovant, est aujourd'hui considéré comme une révolution littéraire.

Proust y explore les thèmes de la mémoire involontaire, de l'amour, de la jalousie, de l'homosexualité, de l'art et de la temporalité, utilisant le célèbre épisode de la madeleine pour illustrer comment des sensations banales peuvent déclencher des souvenirs profonds et complexes. Son style narratif, caractérisé par des phrases longues et complexes, a influencé de nombreux écrivains et penseurs.

Malgré sa santé déclinante, Proust continue de travailler sur son manuscrit jusqu'à sa mort en 1922, laissant derrière lui des milliers de pages de révisions et d'ajouts qui seront publiés posthumément. Son influence sur la littérature moderne est inestimable, "À la recherche du temps perdu" étant considéré comme l'une des plus grandes œuvres littéraires du XXe siècle.

Marcel Proust est enterré au cimetière du Père-Lachaise à Paris, son héritage perdurant à travers les générations pour son exploration unique de la mémoire et du temps.

DU CÔTÉ DE CHEZ SWANN

1913

PREMIÈRE PARTIE
COMBRAY

Longtemps, je me suis couché de bonne heure. Parfois, à peine ma bougie éteinte, mes yeux se fermaient si vite que je n'avais pas le temps de me dire: «Je m'endors.» Et, une demi-heure après, la pensée qu'il était temps de chercher le sommeil m'éveillait; je voulais poser le volume que je croyais avoir encore dans les mains et souffler ma lumière; je n'avais pas cessé en dormant de faire des réflexions sur ce que je venais de lire, mais ces réflexions avaient pris un tour un peu particulier; il me semblait que j'étais moi-même ce dont parlait l'ouvrage: une église, un quatuor, la rivalité de François Ier et de Charles Quint. Cette croyance survivait pendant quelques secondes à mon réveil; elle ne choquait pas ma raison mais pesait comme des écailles sur mes yeux et les empêchait de se rendre compte que le bougeoir n'était plus allumé. Puis elle commençait à me devenir inintelligible, comme après la métempsycose les pensées d'une existence antérieure; le sujet du livre se détachait de moi, j'étais libre de m'y appliquer ou non; aussitôt je recouvrais la vue et j'étais bien étonné de trouver autour de moi une obscurité, douce et reposante pour mes yeux, mais peut-être plus encore pour mon esprit, à qui elle apparaissait comme une chose sans cause, incompréhensible, comme une chose vraiment obscure. Je me demandais quelle heure il pouvait être; j'entendais le sifflement des trains qui, plus ou moins éloigné, comme le chant d'un oiseau dans une forêt, relevant les distances, me décrivait l'étendue de la campagne déserte où le voyageur se hâte vers la station prochaine; et le petit chemin qu'il suit va être gravé dans son souvenir par l'excitation qu'il doit à des lieux nouveaux, à des actes inaccoutumés, à la causerie récente et aux adieux sous la lampe étrangère qui le suivent encore dans le silence de la nuit, à la douceur prochaine du retour.

J'appuyais tendrement mes joues contre les belles joues de l'oreiller qui, pleines et fraîches, sont comme les joues de notre enfance. Je frottais une allumette pour regarder ma montre. Bientôt minuit. C'est l'instant où le malade, qui a été obligé de partir en voyage et a dû coucher dans un hôtel inconnu, réveillé par une crise, se réjouit en apercevant sous la porte une raie de jour. Quel bonheur, c'est déjà le matin! Dans un moment les domestiques seront levés, il pourra sonner, on viendra lui porter secours. L'espérance d'être soulagé lui donne du courage pour souffrir. Justement il a cru entendre des pas; les pas se rapprochent, puis s'éloignent. Et la raie de jour qui était sous sa porte a disparu. C'est minuit; on vient d'éteindre le gaz; le dernier domestique est parti et il faudra rester toute la nuit à souffrir sans remède.

Je me rendormais, et parfois je n'avais plus que de courts réveils d'un instant, le temps d'entendre les craquements organiques des boiseries, d'ouvrir les yeux pour fixer le kaléidoscope de l'obscurité, de goûter grâce à une lueur momentanée de conscience le sommeil où étaient plongés les meubles, la chambre, le tout dont je n'étais qu'une petite partie et à l'insensibilité duquel je retournais vite m'unir. Ou bien en dormant j'avais rejoint sans effort un âge à jamais révolu de ma vie primitive, retrouvé telle de mes terreurs enfantines comme celle que mon grand-oncle me tirât par mes boucles et qu'avait dissipée le jour,—date pour moi d'une ère nouvelle,—où on les avait coupées. J'avais oublié cet événement pendant mon sommeil, j'en retrouvais le souvenir aussitôt que j'avais réussi à m'éveiller pour échapper aux mains de mon grand-oncle, mais par mesure de précaution j'entourais complètement ma tête de mon oreiller avant de retourner dans le monde des rêves.

Quelquefois, comme Ève naquit d'une côte d'Adam, une femme naissait pendant mon sommeil d'une fausse position de ma cuisse. Formée du plaisir que j'étais sur le point de goûter, je m'imaginais que c'était elle qui me l'offrait. Mon corps qui sentait dans le sien ma propre chaleur voulait s'y rejoindre, je m'éveillais. Le reste des humains m'apparaissait comme bien lointain auprès de cette femme que j'avais quittée il y avait quelques moments à peine; ma joue était chaude encore de son baiser, mon corps courbaturé par le poids de sa taille. Si, comme il arrivait quelquefois, elle avait les traits d'une femme que j'avais connue dans la vie, j'allais me donner tout entier à ce but: la retrouver, comme ceux qui partent en voyage pour voir de leurs yeux une cité désirée et s'imaginent qu'on peut goûter dans une réalité le charme du songe. Peu à peu son souvenir s'évanouissait, j'avais oublié la fille de mon rêve.

Un homme qui dort, tient en cercle autour de lui le fil des heures, l'ordre des années et des mondes. Il les consulte d'instinct en s'éveillant et y lit en une seconde le point de la terre qu'il occupe, le temps qui s'est écoulé jusqu'à son réveil; mais leurs rangs peuvent se mêler, se rompre. Que vers le matin après quelque insomnie, le sommeil le prenne en train de lire, dans une posture trop différente de celle où il dort habituellement, il suffit de son bras soulevé pour arrêter et faire reculer le soleil, et à la première minute de son réveil, il ne saura plus l'heure, il estimera qu'il vient à peine de se coucher. Que s'il s'assoupit dans une position encore plus déplacée et divergente, par exemple après dîner assis dans un fauteuil, alors le bouleversement sera complet dans les mondes désorbités, le fauteuil magique le fera voyager à toute vitesse dans le temps et dans l'espace, et au moment d'ouvrir les paupières, il se croira couché quelques mois plus tôt dans une autre contrée. Mais il suffisait que, dans mon lit même, mon sommeil fût profond et détendît entièrement mon esprit; alors celui-ci lâchait le plan du lieu où je m'étais endormi, et quand je m'éveillais au milieu de la nuit, comme j'ignorais où je me trouvais, je ne savais même pas au premier instant qui j'étais; j'avais seulement dans sa simplicité première, le sentiment de l'existence comme il peut frémir au fond d'un animal: j'étais plus dénué que l'homme des cavernes; mais alors le souvenir—non encore du lieu où j'étais, mais de quelques-uns de ceux que j'avais habités et où j'aurais pu être—venait à moi comme un secours d'en haut pour me tirer du néant d'où je n'aurais pu sortir tout seul; je passais en une seconde par-dessus des siècles de civilisation, et l'image confusément entrevue de lampes à pétrole, puis de chemises à col rabattu, recomposaient peu à peu les traits originaux de mon moi.

Peut-être l'immobilité des choses autour de nous leur est-elle imposée par notre certitude que ce sont elles et non pas d'autres, par l'immobilité de notre pensée en face d'elles. Toujours est-il que, quand je me réveillais ainsi, mon esprit s'agitant pour chercher, sans y réussir, à savoir où j'étais, tout tournait autour de moi dans l'obscurité, les choses, les pays, les années. Mon corps, trop engourdi pour remuer, cherchait, d'après la forme de sa fatigue, à repérer la position de ses membres pour en induire la direction du mur, la place des meubles, pour reconstruire et pour nommer la demeure où il se trouvait. Sa mémoire, la mémoire de ses côtes, de ses genoux, de ses épaules, lui présentait successivement plusieurs des chambres où il avait dormi, tandis qu'autour de lui les murs invisibles, changeant de place selon la forme de la pièce imaginée, tourbillonnaient dans les ténèbres. Et avant même que ma pensée, qui hésitait au seuil des temps et des formes, eût identifié le logis en rapprochant les circonstances, lui,—mon corps,—se rappelait pour chacun le genre du lit, la place des portes, la prise de jour des fenêtres, l'existence d'un couloir, avec la pensée que j'avais en m'y endormant et que je retrouvais au réveil.

Mon côté ankylosé, cherchant à deviner son orientation, s'imaginait, par exemple, allongé face au mur dans un grand lit à baldaquin et aussitôt je me disais: «Tiens, j'ai fini par m'endormir quoique maman ne soit pas venue me dire bonsoir», j'étais à la campagne chez mon grand-père, mort depuis bien des années; et mon corps, le côté sur lequel je reposais, gardiens fidèles d'un passé que mon esprit n'aurait jamais dû oublier, me rappelaient la flamme de la veilleuse de verre de Bohême, en forme d'urne, suspendue au plafond par des chaînettes, la cheminée en marbre de Sienne, dans ma chambre à coucher de Combray, chez mes grands-parents, en des jours lointains qu'en ce moment je me figurais actuels sans me les représenter exactement et que je reverrais mieux tout à l'heure quand je serais tout à fait éveillé.

Puis renaissait le souvenir d'une nouvelle attitude; le mur filait dans une autre direction: j'étais dans ma chambre chez Mme de Saint-Loup, à la campagne; mon Dieu! Il est au moins dix heures, on doit avoir fini de dîner! J'aurai trop prolongé la sieste que je fais tous les soirs en rentrant de ma promenade avec Mme de Saint-Loup, avant d'endosser mon habit. Car bien des années ont passé depuis Combray, où, dans nos retours les plus tardifs, c'était les reflets rouges du couchant que je voyais sur le vitrage de ma fenêtre. C'est un autre genre de vie qu'on mène à Tansonville, chez Mme de Saint-Loup, un autre genre de plaisir que je trouve à ne sortir qu'à la nuit, à suivre au clair de lune ces chemins où je jouais jadis au soleil; et la chambre où je me serai endormi au lieu de m'habiller pour le dîner, de loin je l'aperçois, quand nous rentrons, traversée par les feux de la lampe, seul phare dans la nuit.

Ces évocations tournoyantes et confuses ne duraient jamais que quelques secondes; souvent, ma brève incertitude du lieu où je me trouvais ne distinguait pas mieux les unes des autres les diverses suppositions dont elle était faite, que nous n'isolons, en voyant un cheval courir, les positions successives que nous montre le kinétoscope. Mais j'avais revu tantôt l'une, tantôt l'autre, des chambres que j'avais habitées dans ma vie, et je finissais par me les rappeler toutes dans les longues rêveries qui suivaient mon réveil; chambres d'hiver où quand on est couché, on se blottit la tête dans un nid qu'on se tresse avec les choses les plus disparates: un coin de l'oreiller, le haut des couvertures, un bout de châle, le bord du lit, et un numéro des Débats roses, qu'on finit par cimenter ensemble selon la technique des oiseaux en s'y appuyant indéfiniment; où, par un temps glacial le plaisir qu'on goûte est de se sentir séparé du dehors (comme l'hirondelle de mer qui a son nid au fond d'un souterrain dans la chaleur de la terre), et où, le feu étant entretenu toute la nuit dans la cheminée, on dort dans un grand manteau d'air chaud et fumeux, traversé des lueurs des tisons qui se rallument, sorte d'impalpable alcôve, de chaude caverne creusée au sein de la chambre même, zone ardente et mobile en ses contours thermiques, aérée de souffles qui nous rafraîchissent la figure et viennent des angles, des parties voisines de la fenêtre ou éloignées du foyer et qui se sont refroidies;—chambres d'été où l'on aime être uni à la nuit tiède, où le clair de lune appuyé aux volets entr'ouverts, jette jusqu'au pied du lit son échelle enchantée, où on dort presque en plein air, comme la mésange balancée par la brise à la pointe d'un rayon—; parfois la chambre Louis XVI, si gaie que même le premier soir je n'y avais pas été trop malheureux et où les colonnettes qui soutenaient légèrement le plafond s'écartaient avec tant de grâce pour montrer et réserver la place du lit; parfois au contraire celle, petite et si élevée de plafond, creusée en forme de pyramide dans la hauteur de deux étages et partiellement revêtue d'acajou, où dès la première seconde j'avais été intoxiqué moralement par l'odeur inconnue du vétiver, convaincu de l'hostilité des rideaux violets et de l'insolente indifférence de la pendule qui jacassait tout haut comme si je n'eusse pas été là;—où une étrange et impitoyable glace à pieds quadrangulaires, barrant obliquement un des angles de la pièce, se creusait à vif dans la douce plénitude de mon champ visuel accoutumé un emplacement qui n'y était pas prévu;—où ma pensée, s'efforçant pendant des heures de se disloquer, de s'étirer en hauteur pour prendre exactement la forme de la chambre et arriver à remplir jusqu'en haut son gigantesque entonnoir, avait souffert bien de dures nuits, tandis que j'étais étendu dans mon lit, les yeux levés, l'oreille anxieuse, la narine rétive, le cœur battant: jusqu'à ce que l'habitude eût changé la couleur des rideaux, fait taire la pendule, enseigné la pitié à la glace oblique et cruelle, dissimulé, sinon chassé complètement, l'odeur du vétiver et notablement diminué la hauteur apparente du plafond. L'habitude! aménageuse habile mais bien lente et qui commence par laisser souffrir notre esprit pendant des semaines dans une installation provisoire; mais que malgré tout il est bien heureux de trouver, car sans l'habitude et réduit à ses seuls moyens il serait impuissant à nous rendre un logis habitable.

Certes, j'étais bien éveillé maintenant, mon corps avait viré une dernière fois et le bon ange de la certitude avait tout arrêté autour de moi, m'avait couché sous mes couvertures, dans ma chambre, et avait mis approximativement à leur place dans l'obscurité ma commode, mon bureau, ma cheminée, la fenêtre sur la rue et les deux portes. Mais j'avais beau savoir que je n'étais pas dans les demeures dont l'ignorance du réveil m'avait en un instant sinon présenté l'image distincte, du moins fait croire la présence possible, le branle était donné à ma mémoire; généralement je ne cherchais pas à me rendormir tout de suite; je passais la plus grande partie de la nuit à me rappeler notre vie d'autrefois, à Combray chez ma grand'tante, à Balbec, à Paris, à Doncières, à Venise, ailleurs encore, à me rappeler les lieux, les personnes que j'y avais connues, ce que j'avais vu d'elles, ce qu'on m'en avait raconté.

A Combray, tous les jours dès la fin de l'après-midi, longtemps avant le moment où il faudrait me mettre au lit et rester, sans dormir, loin de ma mère et de ma grand'mère, ma chambre à coucher redevenait le point fixe et douloureux de mes préoccupations. On avait bien inventé, pour me distraire les soirs où on me trouvait l'air trop malheureux, de me donner une lanterne magique, dont, en attendant l'heure du dîner, on coiffait ma lampe; et, à l'instar des premiers architectes et maîtres verriers de l'âge gothique, elle substituait à l'opacité des murs d'impalpables irisations, de surnaturelles apparitions multicolores, où des légendes étaient dépeintes comme dans un vitrail vacillant et momentané. Mais ma tristesse n'en était qu'accrue, parce que rien que le changement d'éclairage détruisait l'habitude que j'avais de ma chambre et grâce à quoi, sauf le supplice du coucher, elle m'était devenue supportable. Maintenant je ne la reconnaissais plus et j'y étais inquiet, comme dans une chambre d'hôtel ou de «chalet», où je fusse arrivé pour la première fois en descendant de chemin de fer.

Au pas saccadé de son cheval, Golo, plein d'un affreux dessein, sortait de la petite forêt triangulaire qui veloutait d'un vert sombre la pente d'une colline, et s'avançait en tressautant vers le château de la pauvre Geneviève de Brabant. Ce château était coupé selon une ligne courbe qui n'était autre que la limite d'un des ovales de verre ménagés dans le châssis qu'on glissait entre les coulisses de la lanterne. Ce n'était qu'un pan de château et il avait devant lui une lande où rêvait Geneviève qui portait une ceinture bleue. Le château et la lande étaient jaunes et je n'avais pas attendu de les voir pour connaître leur couleur car, avant les verres du châssis, la sonorité mordorée du nom de Brabant me l'avait montrée avec évidence. Golo s'arrêtait un instant pour écouter avec tristesse le boniment lu à haute voix par ma grand'tante et qu'il avait l'air de comprendre parfaitement, conformant son attitude avec une docilité qui n'excluait pas une certaine majesté, aux indications du texte; puis il s'éloignait du même pas saccadé. Et rien ne pouvait arrêter sa lente chevauchée. Si on bougeait la lanterne, je distinguais le cheval de Golo qui continuait à s'avancer sur les rideaux de la fenêtre, se bombant de leurs plis, descendant dans leurs fentes. Le corps de Golo lui-même, d'une essence aussi surnaturelle que celui de sa monture, s'arrangeait de tout obstacle matériel, de tout objet gênant qu'il rencontrait en le prenant comme ossature et en se le rendant intérieur, fût-ce le bouton de la porte sur lequel s'adaptait aussitôt et surnageait invinciblement sa robe rouge ou sa figure pâle toujours aussi noble et aussi mélancolique, mais qui ne laissait paraître aucun trouble de cette transvertébration.

Certes je leur trouvais du charme à ces brillantes projections qui semblaient émaner d'un passé mérovingien et promenaient autour de moi des reflets d'histoire si anciens. Mais je ne peux dire quel malaise me causait pourtant cette intrusion du mystère et de la beauté dans une chambre que j'avais fini par remplir de mon moi au point de ne pas faire plus attention à elle qu'à lui-même. L'influence anesthésiante de l'habitude ayant cessé, je me mettais à penser, à sentir, choses si tristes. Ce bouton de la porte de ma chambre, qui différait pour moi de tous les autres boutons de porte du monde en ceci qu'il semblait ouvrir tout seul, sans que j'eusse besoin de le tourner, tant le maniement m'en était devenu inconscient, le voilà qui servait maintenant de corps astral à Golo. Et dès qu'on sonnait le dîner, j'avais hâte de courir à la salle à manger, où la grosse lampe de la suspension, ignorante de Golo et de Barbe-Bleue, et qui connaissait mes parents et le bœuf à la casserole, donnait sa lumière de tous les soirs; et de tomber dans les bras de maman que les malheurs de Geneviève de Brabant me rendaient plus chère, tandis que les crimes de Golo me faisaient examiner ma propre conscience avec plus de scrupules.

Après le dîner, hélas, j'étais bientôt obligé de quitter maman qui restait à causer avec les autres, au jardin s'il faisait beau, dans le petit salon où tout le monde se retirait s'il faisait mauvais. Tout le monde, sauf ma grand'mère qui trouvait que «c'est une pitié de rester enfermé à la campagne» et qui avait d'incessantes discussions avec mon père, les jours de trop grande pluie, parce qu'il m'envoyait lire dans ma chambre au lieu de rester dehors. «Ce n'est pas comme cela que vous le rendrez robuste et énergique, disait-elle tristement, surtout ce petit qui a tant besoin de prendre des forces et de la volonté.» Mon père haussait les épaules et il examinait le baromètre, car il aimait la météorologie, pendant que ma mère, évitant de faire du bruit pour ne pas le troubler, le regardait avec un respect attendri, mais pas trop fixement pour ne pas chercher à percer le mystère de ses supériorités. Mais ma grand'mère, elle, par tous les temps, même quand la pluie faisait rage et que Françoise avait précipitamment rentré les précieux fauteuils d'osier de peur qu'ils ne fussent mouillés, on la voyait dans le jardin vide et fouetté par l'averse, relevant ses mèches désordonnées et grises pour que son front s'imbibât mieux de la salubrité du vent et de la pluie. Elle disait: «Enfin, on respire!» et parcourait les allées détrempées,—trop symétriquement alignées à son gré par le nouveau jardinier dépourvu du sentiment de la nature et auquel mon père avait demandé depuis le matin si le temps s'arrangerait,—de son petit pas enthousiaste et saccadé, réglé sur les mouvements divers qu'excitaient dans son âme l'ivresse de l'orage, la puissance de l'hygiène, la stupidité de mon éducation et la symétrie des jardins, plutôt que sur le désir inconnu d'elle d'éviter à sa jupe prune les taches de boue sous lesquelles elle disparaissait jusqu'à une hauteur qui était toujours pour sa femme de chambre un désespoir et un problème.

Quand ces tours de jardin de ma grand'mère avaient lieu après dîner, une chose avait le pouvoir de la faire rentrer: c'était, à un des moments où la révolution de sa promenade la ramenait périodiquement, comme un insecte, en face des lumières du petit salon où les liqueurs étaient servies sur la table à jeu,—si ma grand'tante lui criait: «Bathilde! viens donc empêcher ton mari de boire du cognac!» Pour la taquiner, en effet (elle avait apporté dans la famille de mon père un esprit si différent que tout le monde la plaisantait et la tourmentait), comme les liqueurs étaient défendues à mon grand-père, ma grand'tante lui en faisait boire quelques gouttes. Ma pauvre grand'mère entrait, priait ardemment son mari de ne pas goûter au cognac; il se fâchait, buvait tout de même sa gorgée, et ma grand'mère repartait, triste, découragée, souriante pourtant, car elle était si humble de cœur et si douce que sa tendresse pour les autres et le peu de cas qu'elle faisait de sa propre personne et de ses souffrances, se conciliaient dans son regard en un sourire où, contrairement à ce qu'on voit dans le visage de beaucoup d'humains, il n'y avait d'ironie que pour elle-même, et pour nous tous comme un baiser de ses yeux qui ne pouvaient voir ceux qu'elle chérissait sans les caresser passionnément du regard. Ce supplice que lui infligeait ma grand'tante, le spectacle des vaines prières de ma grand'mère et de sa faiblesse, vaincue d'avance, essayant inutilement d'ôter à mon grand-père le verre à liqueur, c'était de ces choses à la vue desquelles on s'habitue plus tard jusqu'à les considérer en riant et à prendre le parti du persécuteur assez résolument et gaiement pour se persuader à soi-même qu'il ne s'agit pas de persécution; elles me causaient alors une telle horreur, que j'aurais aimé battre ma grand'tante. Mais dès que j'entendais: «Bathilde, viens donc empêcher ton mari de boire du cognac!» déjà homme par la lâcheté, je faisais ce que nous faisons tous, une fois que nous sommes grands, quand il y a devant nous des souffrances et des injustices: je ne voulais pas les voir; je montais sangloter tout en haut de la maison à côté de la salle d'études, sous les toits, dans une petite pièce sentant l'iris, et que parfumait aussi un cassis sauvage poussé au dehors entre les pierres de la muraille et qui passait une branche de fleurs par la fenêtre entr'ouverte. Destinée à un usage plus spécial et plus vulgaire, cette pièce, d'où l'on voyait pendant le jour jusqu'au donjon de Roussainville-le-Pin, servit longtemps de refuge pour moi, sans doute parce qu'elle était la seule qu'il me fût permis de fermer à clef, à toutes celles de mes occupations qui réclamaient une inviolable solitude: la lecture, la rêverie, les larmes et la volupté. Hélas! je ne savais pas que, bien plus tristement que les petits écarts de régime de son mari, mon manque de volonté, ma santé délicate, l'incertitude qu'ils projetaient sur mon avenir, préoccupaient ma grand'mère, au cours de ces déambulations incessantes, de l'après-midi et du soir, où on voyait passer et repasser, obliquement levé vers le ciel, son beau visage aux joues brunes et sillonnées, devenues au retour de l'âge presque mauves comme les labours à l'automne, barrées, si elle sortait, par une voilette à demi relevée, et sur lesquelles, amené là par le froid ou quelque triste pensée, était toujours en train de sécher un pleur involontaire.

Ma seule consolation, quand je montais me coucher, était que maman viendrait m'embrasser quand je serais dans mon lit. Mais ce bonsoir durait si peu de temps, elle redescendait si vite, que le moment où je l'entendais monter, puis où passait dans le couloir à double porte le bruit léger de sa robe de jardin en mousseline bleue, à laquelle pendaient de petits cordons de paille tressée, était pour moi un moment douloureux. Il annonçait celui qui allait le suivre, où elle m'aurait quitté, où elle serait redescendue. De sorte que ce bonsoir que j'aimais tant, j'en arrivais à souhaiter qu'il vînt le plus tard possible, à ce que se prolongeât le temps de répit où maman n'était pas encore venue. Quelquefois quand, après m'avoir embrassé, elle ouvrait la porte pour partir, je voulais la rappeler, lui dire «embrasse-moi une fois encore», mais je savais qu'aussitôt elle aurait son visage fâché, car la concession qu'elle faisait à ma tristesse et à mon agitation en montant m'embrasser, en m'apportant ce baiser de paix, agaçait mon père qui trouvait ces rites absurdes, et elle eût voulu tâcher de m'en faire perdre le besoin, l'habitude, bien loin de me laisser prendre celle de lui demander, quand elle était déjà sur le pas de la porte, un baiser de plus. Or la voir fâchée détruisait tout le calme qu'elle m'avait apporté un instant avant, quand elle avait penché vers mon lit sa figure aimante, et me l'avait tendue comme une hostie pour une communion de paix où mes lèvres puiseraient sa présence réelle et le pouvoir de m'endormir. Mais ces soirs-là, où maman en somme restait si peu de temps dans ma chambre, étaient doux encore en comparaison de ceux où il y avait du monde à dîner et où, à cause de cela, elle ne montait pas me dire bonsoir. Le monde se bornait habituellement à M. Swann, qui, en dehors de quelques étrangers de passage, était à peu près la seule personne qui vînt chez nous à Combray, quelquefois pour dîner en voisin (plus rarement depuis qu'il avait fait ce mauvais mariage, parce que mes parents ne voulaient pas recevoir sa femme), quelquefois après le dîner, à l'improviste. Les soirs où, assis devant la maison sous le grand marronnier, autour de la table de fer, nous entendions au bout du jardin, non pas le grelot profus et criard qui arrosait, qui étourdissait au passage de son bruit ferrugineux, intarissable et glacé, toute personne de la maison qui le déclenchait en entrant «sans sonner», mais le double tintement timide, ovale et doré de la clochette pour les étrangers, tout le monde aussitôt se demandait: «Une visite, qui cela peut-il être?» mais on savait bien que cela ne pouvait être que M. Swann; ma grand'tante parlant à haute voix, pour prêcher d'exemple, sur un ton qu'elle s'efforçait de rendre naturel, disait de ne pas chuchoter ainsi; que rien n'est plus désobligeant pour une personne qui arrive et à qui cela fait croire qu'on est en train de dire des choses qu'elle ne doit pas entendre; et on envoyait en éclaireur ma grand'mère, toujours heureuse d'avoir un prétexte pour faire un tour de jardin de plus, et qui en profitait pour arracher subrepticement au passage quelques tuteurs de rosiers afin de rendre aux roses un peu de naturel, comme une mère qui, pour les faire bouffer, passe la main dans les cheveux de son fils que le coiffeur a trop aplatis.

Nous restions tous suspendus aux nouvelles que ma grand'mère allait nous apporter de l'ennemi, comme si on eût pu hésiter entre un grand nombre possible d'assaillants, et bientôt après mon grand-père disait: «Je reconnais la voix de Swann.» On ne le reconnaissait en effet qu'à la voix, on distinguait mal son visage au nez busqué, aux yeux verts, sous un haut front entouré de cheveux blonds presque roux, coiffés à la Bressant, parce que nous gardions le moins de lumière possible au jardin pour ne pas attirer les moustiques et j'allais, sans en avoir l'air, dire qu'on apportât les sirops; ma grand'mère attachait beaucoup d'importance, trouvant cela plus aimable, à ce qu'ils n'eussent pas l'air de figurer d'une façon exceptionnelle, et pour les visites seulement. M. Swann, quoique beaucoup plus jeune que lui, était très lié avec mon grand-père qui avait été un des meilleurs amis de son père, homme excellent mais singulier, chez qui, paraît-il, un rien suffisait parfois pour interrompre les élans du cœur, changer le cours de la pensée. J'entendais plusieurs fois par an mon grand-père raconter à table des anecdotes toujours les mêmes sur l'attitude qu'avait eue M. Swann le père, à la mort de sa femme qu'il avait veillée jour et nuit. Mon grand-père qui ne l'avait pas vu depuis longtemps était accouru auprès de lui dans la propriété que les Swann possédaient aux environs de Combray, et avait réussi, pour qu'il n'assistât pas à la mise en bière, à lui faire quitter un moment, tout en pleurs, la chambre mortuaire. Ils firent quelques pas dans le parc où il y avait un peu de soleil. Tout d'un coup, M. Swann prenant mon grand-père par le bras, s'était écrié: «Ah! mon vieil ami, quel bonheur de se promener ensemble par ce beau temps. Vous ne trouvez pas ça joli tous ces arbres, ces aubépines et mon étang dont vous ne m'avez jamais félicité? Vous avez l'air comme un bonnet de nuit. Sentez-vous ce petit vent? Ah! on a beau dire, la vie a du bon tout de même, mon cher Amédée!» Brusquement le souvenir de sa femme morte lui revint, et trouvant sans doute trop compliqué de chercher comment il avait pu à un pareil moment se laisser aller à un mouvement de joie, il se contenta, par un geste qui lui était familier chaque fois qu'une question ardue se présentait à son esprit, de passer la main sur son front, d'essuyer ses yeux et les verres de son lorgnon. Il ne put pourtant pas se consoler de la mort de sa femme, mais pendant les deux années qu'il lui survécut, il disait à mon grand-père: «C'est drôle, je pense très souvent à ma pauvre femme, mais je ne peux y penser beaucoup à la fois.» «Souvent, mais peu à la fois, comme le pauvre père Swann», était devenu une des phrases favorites de mon grand-père qui la prononçait à propos des choses les plus différentes. Il m'aurait paru que ce père de Swann était un monstre, si mon grand-père que je considérais comme meilleur juge et dont la sentence faisant jurisprudence pour moi, m'a souvent servi dans la suite à absoudre des fautes que j'aurais été enclin à condamner, ne s'était récrié: «Mais comment? c'était un cœur d'or!»

Pendant bien des années, où pourtant, surtout avant son mariage, M. Swann, le fils, vint souvent les voir à Combray, ma grand'tante et mes grands-parents ne soupçonnèrent pas qu'il ne vivait plus du tout dans la société qu'avait fréquentée sa famille et que sous l'espèce d'incognito que lui faisait chez nous ce nom de Swann, ils hébergeaient,—avec la parfaite innocence d'honnêtes hôteliers qui ont chez eux, sans le savoir, un célèbre brigand,—un des membres les plus élégants du Jockey-Club, ami préféré du comte de Paris et du prince de Galles, un des hommes les plus choyés de la haute société du faubourg Saint-Germain.

L'ignorance où nous étions de cette brillante vie mondaine que menait Swann tenait évidemment en partie à la réserve et à la discrétion de son caractère, mais aussi à ce que les bourgeois d'alors se faisaient de la société une idée un peu hindoue et la considéraient comme composée de castes fermées où chacun, dès sa naissance, se trouvait placé dans le rang qu'occupaient ses parents, et d'où rien, à moins des hasards d'une carrière exceptionnelle ou d'un mariage inespéré, ne pouvait vous tirer pour vous faire pénétrer dans une caste supérieure. M. Swann, le père, était agent de change; le «fils Swann» se trouvait faire partie pour toute sa vie d'une caste où les fortunes, comme dans une catégorie de contribuables, variaient entre tel et tel revenu. On savait quelles avaient été les fréquentations de son père, on savait donc quelles étaient les siennes, avec quelles personnes il était «en situation» de frayer. S'il en connaissait d'autres, c'étaient relations de jeune homme sur lesquelles des amis anciens de sa famille, comme étaient mes parents, fermaient d'autant plus bienveillamment les yeux qu'il continuait, depuis qu'il était orphelin, à venir très fidèlement nous voir; mais il y avait fort à parier que ces gens inconnus de nous qu'il voyait, étaient de ceux qu'il n'aurait pas osé saluer si, étant avec nous, il les avait rencontrés. Si l'on avait voulu à toute force appliquer à Swann un coefficient social qui lui fût personnel, entre les autres fils d'agents de situation égale à celle de ses parents, ce coefficient eût été pour lui un peu inférieur parce que, très simple de façon et ayant toujours eu une «toquade» d'objets anciens et de peinture, il demeurait maintenant dans un vieil hôtel où il entassait ses collections et que ma grand'mère rêvait de visiter, mais qui était situé quai d'Orléans, quartier que ma grand'tante trouvait infamant d'habiter. «Êtes-vous seulement connaisseur? je vous demande cela dans votre intérêt, parce que vous devez vous faire repasser des croûtes par les marchands», lui disait ma grand'tante; elle ne lui supposait en effet aucune compétence et n'avait pas haute idée même au point de vue intellectuel d'un homme qui dans la conversation évitait les sujets sérieux et montrait une précision fort prosaïque non seulement quand il nous donnait, en entrant dans les moindres détails, des recettes de cuisine, mais même quand les sœurs de ma grand'mère parlaient de sujets artistiques. Provoqué par elles à donner son avis, à exprimer son admiration pour un tableau, il gardait un silence presque désobligeant et se rattrapait en revanche s'il pouvait fournir sur le musée où il se trouvait, sur la date où il avait été peint, un renseignement matériel. Mais d'habitude il se contentait de chercher à nous amuser en racontant chaque fois une histoire nouvelle qui venait de lui arriver avec des gens choisis parmi ceux que nous connaissions, avec le pharmacien de Combray, avec notre cuisinière, avec notre cocher. Certes ces récits faisaient rire ma grand'tante, mais sans qu'elle distinguât bien si c'était à cause du rôle ridicule que s'y donnait toujours Swann ou de l'esprit qu'il mettait à les conter: «On peut dire que vous êtes un vrai type, monsieur Swann!» Comme elle était la seule personne un peu vulgaire de notre famille, elle avait soin de faire remarquer aux étrangers, quand on parlait de Swann, qu'il aurait pu, s'il avait voulu, habiter boulevard Haussmann ou avenue de l'Opéra, qu'il était le fils de M. Swann qui avait dû lui laisser quatre ou cinq millions, mais que c'était sa fantaisie. Fantaisie qu'elle jugeait du reste devoir être si divertissante pour les autres, qu'à Paris, quand M. Swann venait le 1er janvier lui apporter son sac de marrons glacés, elle ne manquait pas, s'il y avait du monde, de lui dire: «Eh bien! M. Swann, vous habitez toujours près de l'Entrepôt des vins, pour être sûr de ne pas manquer le train quand vous prenez le chemin de Lyon?» Et elle regardait du coin de l'œil, par-dessus son lorgnon, les autres visiteurs.

Mais si l'on avait dit à ma grand'mère que ce Swann qui, en tant que fils Swann était parfaitement «qualifié» pour être reçu par toute la «belle bourgeoisie», par les notaires ou les avoués les plus estimés de Paris (privilège qu'il semblait laisser tomber un peu en quenouille), avait, comme en cachette, une vie toute différente; qu'en sortant de chez nous, à Paris, après nous avoir dit qu'il rentrait se coucher, il rebroussait chemin à peine la rue tournée et se rendait dans tel salon que jamais l'œil d'aucun agent ou associé d'agent ne contempla, cela eût paru aussi extraordinaire à ma tante qu'aurait pu l'être pour une dame plus lettrée la pensée d'être personnellement liée avec Aristée dont elle aurait compris qu'il allait, après avoir causé avec elle, plonger au sein des royaumes de Thétis, dans un empire soustrait aux yeux des mortels et où Virgile nous le montre reçu à bras ouverts; ou, pour s'en tenir à une image qui avait plus de chance de lui venir à l'esprit, car elle l'avait vue peinte sur nos assiettes à petits fours de Combray—d'avoir eu à dîner Ali-Baba, lequel quand il se saura seul, pénétrera dans la caverne, éblouissante de trésors insoupçonnés.

Un jour qu'il était venu nous voir à Paris après dîner en s'excusant d'être en habit, Françoise ayant, après son départ, dit tenir du cocher qu'il avait dîné «chez une princesse»,—«Oui, chez une princesse du demi-monde!» avait répondu ma tante en haussant les épaules sans lever les yeux de sur son tricot, avec une ironie sereine.

Aussi, ma grand'tante en usait-elle cavalièrement avec lui. Comme elle croyait qu'il devait être flatté par nos invitations, elle trouvait tout naturel qu'il ne vînt pas nous voir l'été sans avoir à la main un panier de pêches ou de framboises de son jardin et que de chacun de ses voyages d'Italie il m'eût rapporté des photographies de chefs-d'œuvre.

On ne se gênait guère pour l'envoyer quérir dès qu'on avait besoin d'une recette de sauce gribiche ou de salade à l'ananas pour des grands dîners où on ne l'invitait pas, ne lui trouvant pas un prestige suffisant pour qu'on pût le servir à des étrangers qui venaient pour la première fois. Si la conversation tombait sur les princes de la Maison de France: «des gens que nous ne connaîtrons jamais ni vous ni moi et nous nous en passons, n'est-ce pas», disait ma grand'tante à Swann qui avait peut-être dans sa poche une lettre de Twickenham; elle lui faisait pousser le piano et tourner les pages les soirs où la sœur de ma grand'mère chantait, ayant pour manier cet être ailleurs si recherché, la naïve brusquerie d'un enfant qui joue avec un bibelot de collection sans plus de précautions qu'avec un objet bon marché. Sans doute le Swann que connurent à la même époque tant de clubmen était bien différent de celui que créait ma grand'tante, quand le soir, dans le petit jardin de Combray, après qu'avaient retenti les deux coups hésitants de la clochette, elle injectait et vivifiait de tout ce qu'elle savait sur la famille Swann, l'obscur et incertain personnage qui se détachait, suivi de ma grand'mère, sur un fond de ténèbres, et qu'on reconnaissait à la voix. Mais même au point de vue des plus insignifiantes choses de la vie, nous ne sommes pas un tout matériellement constitué, identique pour tout le monde et dont chacun n'a qu'à aller prendre connaissance comme d'un cahier des charges ou d'un testament; notre personnalité sociale est une création de la pensée des autres. Même l'acte si simple que nous appelons «voir une personne que nous connaissons» est en partie un acte intellectuel. Nous remplissons l'apparence physique de l'être que nous voyons, de toutes les notions que nous avons sur lui et dans l'aspect total que nous nous représentons, ces notions ont certainement la plus grande part. Elles finissent par gonfler si parfaitement les joues, par suivre en une adhérence si exacte la ligne du nez, elles se mêlent si bien de nuancer la sonorité de la voix comme si celle-ci n'était qu'une transparente enveloppe, que chaque fois que nous voyons ce visage et que nous entendons cette voix, ce sont ces notions que nous retrouvons, que nous écoutons. Sans doute, dans le Swann qu'ils s'étaient constitué, mes parents avaient omis par ignorance de faire entrer une foule de particularités de sa vie mondaine qui étaient cause que d'autres personnes, quand elles étaient en sa présence, voyaient les élégances régner dans son visage et s'arrêter à son nez busqué comme à leur frontière naturelle; mais aussi ils avaient pu entasser dans ce visage désaffecté de son prestige, vacant et spacieux, au fond de ces yeux dépréciés, le vague et doux résidu,—mi-mémoire, mi-oubli,—des heures oisives passées ensemble après nos dîners hebdomadaires, autour de la table de jeu ou au jardin, durant notre vie de bon voisinage campagnard. L'enveloppe corporelle de notre ami en avait été si bien bourrée, ainsi que de quelques souvenirs relatifs à ses parents, que ce Swann-là était devenu un être complet et vivant, et que j'ai l'impression de quitter une personne pour aller vers une autre qui en est distincte, quand, dans ma mémoire, du Swann que j'ai connu plus tard avec exactitude je passe à ce premier Swann,—à ce premier Swann dans lequel je retrouve les erreurs charmantes de ma jeunesse, et qui d'ailleurs ressemble moins à l'autre qu'aux personnes que j'ai connues à la même époque, comme s'il en était de notre vie ainsi que d'un musée où tous les portraits d'un même temps ont un air de famille, une même tonalité—à ce premier Swann rempli de loisir, parfumé par l'odeur du grand marronnier, des paniers de framboises et d'un brin d'estragon.

Pourtant un jour que ma grand'mère était allée demander un service à une dame qu'elle avait connue au Sacré-Cœur (et avec laquelle, à cause de notre conception des castes elle n'avait pas voulu rester en relations malgré une sympathie réciproque), la marquise de Villeparisis, de la célèbre famille de Bouillon, celle-ci lui avait dit: «Je crois que vous connaissez beaucoup M. Swann qui est un grand ami de mes neveux des Laumes». Ma grand'mère était revenue de sa visite enthousiasmée par la maison qui donnait sur des jardins et où Mme de Villeparisis lui conseillait de louer, et aussi par un giletier et sa fille, qui avaient leur boutique dans la cour et chez qui elle était entrée demander qu'on fît un point à sa jupe qu'elle avait déchirée dans l'escalier. Ma grand'mère avait trouvé ces gens parfaits, elle déclarait que la petite était une perle et que le giletier était l'homme le plus distingué, le mieux qu'elle eût jamais vu. Car pour elle, la distinction était quelque chose d'absolument indépendant du rang social. Elle s'extasiait sur une réponse que le giletier lui avait faite, disant à maman: «Sévigné n'aurait pas mieux dit!» et en revanche, d'un neveu de Mme de Villeparisis qu'elle avait rencontré chez elle: «Ah! ma fille, comme il est commun!»

Or le propos relatif à Swann avait eu pour effet non pas de relever celui-ci dans l'esprit de ma grand'tante, mais d'y abaisser Mme de Villeparisis. Il semblait que la considération que, sur la foi de ma grand'mère, nous accordions à Mme de Villeparisis, lui créât un devoir de ne rien faire qui l'en rendît moins digne et auquel elle avait manqué en apprenant l'existence de Swann, en permettant à des parents à elle de le fréquenter. «Comment elle connaît Swann? Pour une personne que tu prétendais parente du maréchal de Mac-Mahon!» Cette opinion de mes parents sur les relations de Swann leur parut ensuite confirmée par son mariage avec une femme de la pire société, presque une cocotte que, d'ailleurs, il ne chercha jamais à présenter, continuant à venir seul chez nous, quoique de moins en moins, mais d'après laquelle ils crurent pouvoir juger—supposant que c'était là qu'il l'avait prise—le milieu, inconnu d'eux, qu'il fréquentait habituellement.

Mais une fois, mon grand-père lut dans un journal que M. Swann était un des plus fidèles habitués des déjeuners du dimanche chez le duc de X..., dont le père et l'oncle avaient été les hommes d'État les plus en vue du règne de Louis-Philippe. Or mon grand-père était curieux de tous les petits faits qui pouvaient l'aider à entrer par la pensée dans la vie privée d'hommes comme Molé, comme le duc Pasquier, comme le duc de Broglie. Il fut enchanté d'apprendre que Swann fréquentait des gens qui les avaient connus. Ma grand'tante au contraire interpréta cette nouvelle dans un sens défavorable à Swann: quelqu'un qui choisissait ses fréquentations en dehors de la caste où il était né, en dehors de sa «classe» sociale, subissait à ses yeux un fâcheux déclassement. Il lui semblait qu'on renonçât d'un coup au fruit de toutes les belles relations avec des gens bien posés, qu'avaient honorablement entretenues et engrangées pour leurs enfants les familles prévoyantes; (ma grand'tante avait même cessé de voir le fils d'un notaire de nos amis parce qu'il avait épousé une altesse et était par là descendu pour elle du rang respecté de fils de notaire à celui d'un de ces aventuriers, anciens valets de chambre ou garçons d'écurie, pour qui on raconte que les reines eurent parfois des bontés). Elle blâma le projet qu'avait mon grand-père d'interroger Swann, le soir prochain où il devait venir dîner, sur ces amis que nous lui découvrions. D'autre part les deux sœurs de ma grand'mère, vieilles filles qui avaient sa noble nature mais non son esprit, déclarèrent ne pas comprendre le plaisir que leur beau-frère pouvait trouver à parler de niaiseries pareilles. C'étaient des personnes d'aspirations élevées et qui à cause de cela même étaient incapables de s'intéresser à ce qu'on appelle un potin, eût-il même un intérêt historique, et d'une façon générale à tout ce qui ne se rattachait pas directement à un objet esthétique ou vertueux. Le désintéressement de leur pensée était tel, à l'égard de tout ce qui, de près ou de loin semblait se rattacher à la vie mondaine, que leur sens auditif,—ayant fini par comprendre son inutilité momentanée dès qu'à dîner la conversation prenait un ton frivole ou seulement terre à terre sans que ces deux vieilles demoiselles aient pu la ramener aux sujets qui leur étaient chers,—mettait alors au repos ses organes récepteurs et leur laissait subir un véritable commencement d'atrophie. Si alors mon grand-père avait besoin d'attirer l'attention des deux sœurs, il fallait qu'il eût recours à ces avertissements physiques dont usent les médecins aliénistes à l'égard de certains maniaques de la distraction: coups frappés à plusieurs reprises sur un verre avec la lame d'un couteau, coïncidant avec une brusque interpellation de la voix et du regard, moyens violents que ces psychiatres transportent souvent dans les rapports courants avec des gens bien portants, soit par habitude professionnelle, soit qu'ils croient tout le monde un peu fou.

Elles furent plus intéressées quand la veille du jour où Swann devait venir dîner, et leur avait personnellement envoyé une caisse de vin d'Asti, ma tante, tenant un numéro du Figaro où à côté du nom d'un tableau qui était à une Exposition de Corot, il y avait ces mots: «de la collection de M. Charles Swann», nous dit: «Vous avez vu que Swann a «les honneurs» du Figaro?»—«Mais je vous ai toujours dit qu'il avait beaucoup de goût», dit ma grand'mère. «Naturellement toi, du moment qu'il s'agit d'être d'un autre avis que nous», répondit ma grand'tante qui, sachant que ma grand'mère n'était jamais du même avis qu'elle, et n'étant bien sûre que ce fût à elle-même que nous donnions toujours raison, voulait nous arracher une condamnation en bloc des opinions de ma grand'mère contre lesquelles elle tâchait de nous solidariser de force avec les siennes. Mais nous restâmes silencieux. Les sœurs de ma grand'mère ayant manifesté l'intention de parler à Swann de ce mot du Figaro, ma grand'tante le leur déconseilla. Chaque fois qu'elle voyait aux autres un avantage si petit fût-il qu'elle n'avait pas, elle se persuadait que c'était non un avantage mais un mal et elle les plaignait pour ne pas avoir à les envier. «Je crois que vous ne lui feriez pas plaisir; moi je sais bien que cela me serait très désagréable de voir mon nom imprimé tout vif comme cela dans le journal, et je ne serais pas flattée du tout qu'on m'en parlât.» Elle ne s'entêta pas d'ailleurs à persuader les sœurs de ma grand'mère; car celles-ci par horreur de la vulgarité poussaient si loin l'art de dissimuler sous des périphrases ingénieuses une allusion personnelle qu'elle passait souvent inaperçue de celui même à qui elle s'adressait. Quant à ma mère elle ne pensait qu'à tâcher d'obtenir de mon père qu'il consentît à parler à Swann non de sa femme mais de sa fille qu'il adorait et à cause de laquelle disait-on il avait fini par faire ce mariage. «Tu pourrais ne lui dire qu'un mot, lui demander comment elle va. Cela doit être si cruel pour lui.» Mais mon père se fâchait: «Mais non! tu as des idées absurdes. Ce serait ridicule.»

Mais le seul d'entre nous pour qui la venue de Swann devint l'objet d'une préoccupation douloureuse, ce fut moi. C'est que les soirs où des étrangers, ou seulement M. Swann, étaient là, maman ne montait pas dans ma chambre. Je ne dînais pas à table, je venais après dîner au jardin, et à neuf heures je disais bonsoir et allais me coucher. Je dînais avant tout le monde et je venais ensuite m'asseoir à table, jusqu'à huit heures où il était convenu que je devais monter; ce baiser précieux et fragile que maman me confiait d'habitude dans mon lit au moment de m'endormir il me fallait le transporter de la salle à manger dans ma chambre et le garder pendant tout le temps que je me déshabillais, sans que se brisât sa douceur, sans que se répandît et s'évaporât sa vertu volatile et, justement ces soirs-là où j'aurais eu besoin de le recevoir avec plus de précaution, il fallait que je le prisse, que je le dérobasse brusquement, publiquement, sans même avoir le temps et la liberté d'esprit nécessaires pour porter à ce que je faisais cette attention des maniaques qui s'efforcent de ne pas penser à autre chose pendant qu'ils ferment une porte, pour pouvoir, quand l'incertitude maladive leur revient, lui opposer victorieusement le souvenir du moment où ils l'ont fermée. Nous étions tous au jardin quand retentirent les deux coups hésitants de la clochette. On savait que c'était Swann; néanmoins tout le monde se regarda d'un air interrogateur et on envoya ma grand'mère en reconnaissance. «Pensez à le remercier intelligiblement de son vin, vous savez qu'il est délicieux et la caisse est énorme, recommanda mon grand-père à ses deux belles-sœurs.» «Ne commencez pas à chuchoter, dit ma grand'tante. Comme c'est confortable d'arriver dans une maison où tout le monde parle bas.» «Ah! voilà M. Swann. Nous allons lui demander s'il croit qu'il fera beau demain», dit mon père. Ma mère pensait qu'un mot d'elle effacerait toute la peine que dans notre famille on avait pu faire à Swann depuis son mariage. Elle trouva le moyen de l'emmener un peu à l'écart. Mais je la suivis; je ne pouvais me décider à la quitter d'un pas en pensant que tout à l'heure il faudrait que je la laisse dans la salle à manger et que je remonte dans ma chambre sans avoir comme les autres soirs la consolation qu'elle vînt m'embrasser. «Voyons, monsieur Swann, lui dit-elle, parlez-moi un peu de votre fille; je suis sûre qu'elle a déjà le goût des belles œuvres comme son papa.» «Mais venez donc vous asseoir avec nous tous sous la véranda», dit mon grand-père en s'approchant. Ma mère fut obligée de s'interrompre, mais elle tira de cette contrainte même une pensée délicate de plus, comme les bons poètes que la tyrannie de la rime force à trouver leurs plus grandes beautés: «Nous reparlerons d'elle quand nous serons tous les deux, dit-elle à mi-voix à Swann. Il n'y a qu'une maman qui soit digne de vous comprendre. Je suis sûre que la sienne serait de mon avis.» Nous nous assîmes tous autour de la table de fer. J'aurais voulu ne pas penser aux heures d'angoisse que je passerais ce soir seul dans ma chambre sans pouvoir m'endormir; je tâchais de me persuader qu'elles n'avaient aucune importance, puisque je les aurais oubliées demain matin, de m'attacher à des idées d'avenir qui auraient dû me conduire comme sur un pont au delà de l'abîme prochain qui m'effrayait. Mais mon esprit tendu par ma préoccupation, rendu convexe comme le regard que je dardais sur ma mère, ne se laissait pénétrer par aucune impression étrangère. Les pensées entraient bien en lui, mais à condition de laisser dehors tout élément de beauté ou simplement de drôlerie qui m'eût touché ou distrait. Comme un malade, grâce à un anesthésique, assiste avec une pleine lucidité à l'opération qu'on pratique sur lui, mais sans rien sentir, je pouvais me réciter des vers que j'aimais ou observer les efforts que mon grand-père faisait pour parler à Swann du duc d'Audiffret-Pasquier, sans que les premiers me fissent éprouver aucune émotion, les seconds aucune gaîté. Ces efforts furent infructueux. A peine mon grand-père eut-il posé à Swann une question relative à cet orateur qu'une des sœurs de ma grand'mère aux oreilles de qui cette question résonna comme un silence profond mais intempestif et qu'il était poli de rompre, interpella l'autre: «Imagine-toi, Céline, que j'ai fait la connaissance d'une jeune institutrice suédoise qui m'a donné sur les coopératives dans les pays scandinaves des détails tout ce qu'il y a de plus intéressants. Il faudra qu'elle vienne dîner ici un soir.» «Je crois bien! répondit sa sœur Flora, mais je n'ai pas perdu mon temps non plus. J'ai rencontré chez M. Vinteuil un vieux savant qui connaît beaucoup Maubant, et à qui Maubant a expliqué dans le plus grand détail comment il s'y prend pour composer un rôle. C'est tout ce qu'il y a de plus intéressant. C'est un voisin de M. Vinteuil, je n'en savais rien; et il est très aimable.» «Il n'y a pas que M. Vinteuil qui ait des voisins aimables», s'écria ma tante Céline d'une voix que la timidité rendait forte et la préméditation, factice, tout en jetant sur Swann ce qu'elle appelait un regard significatif. En même temps ma tante Flora qui avait compris que cette phrase était le remerciement de Céline pour le vin d'Asti, regardait également Swann avec un air mêlé de congratulation et d'ironie, soit simplement pour souligner le trait d'esprit de sa sœur, soit qu'elle enviât Swann de l'avoir inspiré, soit qu'elle ne pût s'empêcher de se moquer de lui parce qu'elle le croyait sur la sellette. «Je crois qu'on pourra réussir à avoir ce monsieur à dîner, continua Flora; quand on le met sur Maubant ou sur Mme Materna, il parle des heures sans s'arrêter.» «Ce doit être délicieux», soupira mon grand-père dans l'esprit de qui la nature avait malheureusement aussi complètement omis d'inclure la possibilité de s'intéresser passionnément aux coopératives suédoises ou à la composition des rôles de Maubant, qu'elle avait oublié de fournir celui des sœurs de ma grand'mère du petit grain de sel qu'il faut ajouter soi-même pour y trouver quelque saveur, à un récit sur la vie intime de Molé ou du comte de Paris. «Tenez, dit Swann à mon grand-père, ce que je vais vous dire a plus de rapports que cela n'en a l'air avec ce que vous me demandiez, car sur certains points les choses n'ont pas énormément changé. Je relisais ce matin dans Saint-Simon quelque chose qui vous aurait amusé. C'est dans le volume sur son ambassade d'Espagne; ce n'est pas un des meilleurs, ce n'est guère qu'un journal, mais du moins un journal merveilleusement écrit, ce qui fait déjà une première différence avec les assomants journaux que nous nous croyons obligés de lire matin et soir.» «Je ne suis pas de votre avis, il y a des jours où la lecture des journaux me semble fort agréable...», interrompit ma tante Flora, pour montrer qu'elle avait lu la phrase sur le Corot de Swann dans le Figaro. «Quand ils parlent de choses ou de gens qui nous intéressent!» enchérit ma tante Céline. «Je ne dis pas non, répondit Swann étonné. Ce que je reproche aux journaux c'est de nous faire faire attention tous les jours à des choses insignifiantes tandis que nous lisons trois ou quatre fois dans notre vie les livres où il y a des choses essentielles. Du moment que nous déchirons fiévreusement chaque matin la bande du journal, alors on devrait changer les choses et mettre dans le journal, moi je ne sais pas, les... Pensées de Pascal! (il détacha ce mot d'un ton d'emphase ironique pour ne pas avoir l'air pédant). Et c'est dans le volume doré sur tranches que nous n'ouvrons qu'une fois tous les dix ans, ajouta-t-il en témoignant pour les choses mondaines ce dédain qu'affectent certains hommes du monde, que nous lirions que la reine de Grèce est allée à Cannes ou que la princesse de Léon a donné un bal costumé. Comme cela la juste proportion serait rétablie.» Mais regrettant de s'être laissé aller à parler même légèrement de choses sérieuses: «Nous avons une bien belle conversation, dit-il ironiquement, je ne sais pas pourquoi nous abordons ces «sommets», et se tournant vers mon grand-père: «Donc Saint-Simon raconte que Maulevrier avait eu l'audace de tendre la main à ses fils. Vous savez, c'est ce Maulevrier dont il dit: «Jamais je ne vis dans cette épaisse bouteille que de l'humeur, de la grossièreté et des sottises.» «Épaisses ou non, je connais des bouteilles où il y a tout autre chose», dit vivement Flora, qui tenait à avoir remercié Swann elle aussi, car le présent de vin d'Asti s'adressait aux deux. Céline se mit à rire. Swann interloqué reprit: «Je ne sais si ce fut ignorance ou panneau, écrit Saint-Simon, il voulut donner la main à mes enfants. Je m'en aperçus assez tôt pour l'en empêcher.» Mon grand-père s'extasiait déjà sur «ignorance ou panneau», mais Mlle Céline, chez qui le nom de Saint-Simon,—un littérateur,—avait empêché l'anesthésie complète des facultés auditives, s'indignait déjà: «Comment? vous admirez cela? Eh bien! c'est du joli! Mais qu'est-ce que cela peut vouloir dire; est-ce qu'un homme n'est pas autant qu'un autre? Qu'est-ce que cela peut faire qu'il soit duc ou cocher s'il a de l'intelligence et du cœur? Il avait une belle manière d'élever ses enfants, votre Saint-Simon, s'il ne leur disait pas de donner la main à tous les honnêtes gens. Mais c'est abominable, tout simplement. Et vous osez citer cela?» Et mon grand-père navré, sentant l'impossibilité, devant cette obstruction, de chercher à faire raconter à Swann, les histoires qui l'eussent amusé disait à voix basse à maman: «Rappelle-moi donc le vers que tu m'as appris et qui me soulage tant dans ces moments-là. Ah! oui: «Seigneur, que de vertus vous nous faites haïr!» Ah! comme c'est bien!»

Je ne quittais pas ma mère des yeux, je savais que quand on serait à table, on ne me permettrait pas de rester pendant toute la durée du dîner et que pour ne pas contrarier mon père, maman ne me laisserait pas l'embrasser à plusieurs reprises devant le monde, comme si ç'avait été dans ma chambre. Aussi je me promettais, dans la salle à manger, pendant qu'on commencerait à dîner et que je sentirais approcher l'heure, de faire d'avance de ce baiser qui serait si court et furtif, tout ce que j'en pouvais faire seul, de choisir avec mon regard la place de la joue que j'embrasserais, de préparer ma pensée pour pouvoir grâce à ce commencement mental de baiser consacrer toute la minute que m'accorderait maman à sentir sa joue contre mes lèvres, comme un peintre qui ne peut obtenir que de courtes séances de pose, prépare sa palette, et a fait d'avance de souvenir, d'après ses notes, tout ce pour quoi il pouvait à la rigueur se passer de la présence du modèle. Mais voici qu'avant que le dîner fût sonné mon grand-père eut la férocité inconsciente de dire: «Le petit a l'air fatigué, il devrait monter se coucher. On dîne tard du reste ce soir.» Et mon père, qui ne gardait pas aussi scrupuleusement que ma grand'mère et que ma mère la foi des traités, dit: «Oui, allons, vas te coucher.» Je voulus embrasser maman, à cet instant on entendit la cloche du dîner. «Mais non, voyons, laisse ta mère, vous vous êtes assez dit bonsoir comme cela, ces manifestations sont ridicules. Allons, monte!» Et il me fallut partir sans viatique; il me fallut monter chaque marche de l'escalier, comme dit l'expression populaire, à «contre-cœur», montant contre mon cœur qui voulait retourner près de ma mère parce qu'elle ne lui avait pas, en m'embrassant, donné licence de me suivre. Cet escalier détesté où je m'engageais toujours si tristement, exhalait une odeur de vernis qui avait en quelque sorte absorbé, fixé, cette sorte particulière de chagrin que je ressentais chaque soir et la rendait peut-être plus cruelle encore pour ma sensibilité parce que sous cette forme olfactive mon intelligence n'en pouvait plus prendre sa part. Quand nous dormons et qu'une rage de dents n'est encore perçue par nous que comme une jeune fille que nous nous efforçons deux cents fois de suite de tirer de l'eau ou que comme un vers de Molière que nous nous répétons sans arrêter, c'est un grand soulagement de nous réveiller et que notre intelligence puisse débarrasser l'idée de rage de dents, de tout déguisement héroïque ou cadencé. C'est l'inverse de ce soulagement que j'éprouvais quand mon chagrin de monter dans ma chambre entrait en moi d'une façon infiniment plus rapide, presque instantanée, à la fois insidieuse et brusque, par l'inhalation,—beaucoup plus toxique que la pénétration morale,—de l'odeur de vernis particulière à cet escalier. Une fois dans ma chambre, il fallut boucher toutes les issues, fermer les volets, creuser mon propre tombeau, en défaisant mes couvertures, revêtir le suaire de ma chemise de nuit. Mais avant de m'ensevelir dans le lit de fer qu'on avait ajouté dans la chambre parce que j'avais trop chaud l'été sous les courtines de reps du grand lit, j'eus un mouvement de révolte, je voulus essayer d'une ruse de condamné. J'écrivis à ma mère en la suppliant de monter pour une chose grave que je ne pouvais lui dire dans ma lettre. Mon effroi était que Françoise, la cuisinière de ma tante qui était chargée de s'occuper de moi quand j'étais à Combray, refusât de porter mon mot. Je me doutais que pour elle, faire une commission à ma mère quand il y avait du monde lui paraîtrait aussi impossible que pour le portier d'un théâtre de remettre une lettre à un acteur pendant qu'il est en scène. Elle possédait à l'égard des choses qui peuvent ou ne peuvent pas se faire un code impérieux, abondant, subtil et intransigeant sur des distinctions insaisissables ou oiseuses (ce qui lui donnait l'apparence de ces lois antiques qui, à côté de prescriptions féroces comme de massacrer les enfants à la mamelle, défendent avec une délicatesse exagérée de faire bouillir le chevreau dans le lait de sa mère, ou de manger dans un animal le nerf de la cuisse). Ce code, si l'on en jugeait par l'entêtement soudain qu'elle mettait à ne pas vouloir faire certaines commissions que nous lui donnions, semblait avoir prévu des complexités sociales et des raffinements mondains tels que rien dans l'entourage de Françoise et dans sa vie de domestique de village n'avait pu les lui suggérer; et l'on était obligé de se dire qu'il y avait en elle un passé français très ancien, noble et mal compris, comme dans ces cités manufacturières où de vieux hôtels témoignent qu'il y eut jadis une vie de cour, et où les ouvriers d'une usine de produits chimiques travaillent au milieu de délicates sculptures qui représentent le miracle de saint Théophile ou les quatre fils Aymon. Dans le cas particulier, l'article du code à cause duquel il était peu probable que sauf le cas d'incendie Françoise allât déranger maman en présence de M. Swann pour un aussi petit personnage que moi, exprimait simplement le respect qu'elle professait non seulement pour les parents,—comme pour les morts, les prêtres et les rois,—mais encore pour l'étranger à qui on donne l'hospitalité, respect qui m'aurait peut-être touché dans un livre mais qui m'irritait toujours dans sa bouche, à cause du ton grave et attendri qu'elle prenait pour en parler, et davantage ce soir où le caractère sacré qu'elle conférait au dîner avait pour effet qu'elle refuserait d'en troubler la cérémonie. Mais pour mettre une chance de mon côté, je n'hésitai pas à mentir et à lui dire que ce n'était pas du tout moi qui avais voulu écrire à maman, mais que c'était maman qui, en me quittant, m'avait recommandé de ne pas oublier de lui envoyer une réponse relativement à un objet qu'elle m'avait prié de chercher; et elle serait certainement très fâchée si on ne lui remettait pas ce mot. Je pense que Françoise ne me crut pas, car, comme les hommes primitifs dont les sens étaient plus puissants que les nôtres, elle discernait immédiatement, à des signes insaisissables pour nous, toute vérité que nous voulions lui cacher; elle regarda pendant cinq minutes l'enveloppe comme si l'examen du papier et l'aspect de l'écriture allaient la renseigner sur la nature du contenu ou lui apprendre à quel article de son code elle devait se référer. Puis elle sortit d'un air résigné qui semblait signifier: «C'est-il pas malheureux pour des parents d'avoir un enfant pareil!» Elle revint au bout d'un moment me dire qu'on n'en était encore qu'à la glace, qu'il était impossible au maître d'hôtel de remettre la lettre en ce moment devant tout le monde, mais que, quand on serait aux rince-bouche, on trouverait le moyen de la faire passer à maman. Aussitôt mon anxiété tomba; maintenant ce n'était plus comme tout à l'heure pour jusqu'à demain que j'avais quitté ma mère, puisque mon petit mot allait, la fâchant sans doute (et doublement parce que ce manège me rendrait ridicule aux yeux de Swann), me faire du moins entrer invisible et ravi dans la même pièce qu'elle, allait lui parler de moi à l'oreille; puisque cette salle à manger interdite, hostile, où, il y avait un instant encore, la glace elle-même—le «granité»—et les rince-bouche me semblaient recéler des plaisirs malfaisants et mortellement tristes parce que maman les goûtait loin de moi, s'ouvrait à moi et, comme un fruit devenu doux qui brise son enveloppe, allait faire jaillir, projeter jusqu'à mon cœur enivré l'attention de maman tandis qu'elle lirait mes lignes. Maintenant je n'étais plus séparé d'elle; les barrières étaient tombées, un fil délicieux nous réunissait. Et puis, ce n'était pas tout: maman allait sans doute venir!

L'angoisse que je venais d'éprouver, je pensais que Swann s'en serait bien moqué s'il avait lu ma lettre et en avait deviné le but; or, au contraire, comme je l'ai appris plus tard, une angoisse semblable fut le tourment de longues années de sa vie et personne, aussi bien que lui peut-être, n'aurait pu me comprendre; lui, cette angoisse qu'il y a à sentir l'être qu'on aime dans un lieu de plaisir où l'on n'est pas, où l'on ne peut pas le rejoindre, c'est l'amour qui la lui a fait connaître, l'amour auquel elle est en quelque sorte prédestinée, par lequel elle sera accaparée, spécialisée; mais quand, comme pour moi, elle est entrée en nous avant qu'il ait encore fait son apparition dans notre vie, elle flotte en l'attendant, vague et libre, sans affectation déterminée, au service un jour d'un sentiment, le lendemain d'un autre, tantôt de la tendresse filiale ou de l'amitié pour un camarade. Et la joie avec laquelle je fis mon premier apprentissage quand Françoise revint me dire que ma lettre serait remise, Swann l'avait bien connue aussi cette joie trompeuse que nous donne quelque ami, quelque parent de la femme que nous aimons, quand arrivant à l'hôtel ou au théâtre où elle se trouve, pour quelque bal, redoute, ou première où il va la retrouver, cet ami nous aperçoit errant dehors, attendant désespérément quelque occasion de communiquer avec elle. Il nous reconnaît, nous aborde familièrement, nous demande ce que nous faisons là. Et comme nous inventons que nous avons quelque chose d'urgent à dire à sa parente ou amie, il nous assure que rien n'est plus simple, nous fait entrer dans le vestibule et nous promet de nous l'envoyer avant cinq minutes. Que nous l'aimons—comme en ce moment j'aimais Françoise—, l'intermédiaire bien intentionné qui d'un mot vient de nous rendre supportable, humaine et presque propice la fête inconcevable, infernale, au sein de laquelle nous croyions que des tourbillons ennemis, pervers et délicieux entraînaient loin de nous, la faisant rire de nous, celle que nous aimons. Si nous en jugeons par lui, le parent qui nous a accosté et qui est lui aussi un des initiés des cruels mystères, les autres invités de la fête ne doivent rien avoir de bien démoniaque. Ces heures inaccessibles et suppliciantes où elle allait goûter des plaisirs inconnus, voici que par une brèche inespérée nous y pénétrons; voici qu'un des moments dont la succession les aurait composées, un moment aussi réel que les autres, même peut-être plus important pour nous, parce que notre maîtresse y est plus mêlée, nous nous le représentons, nous le possédons, nous y intervenons, nous l'avons créé presque: le moment où on va lui dire que nous sommes là, en bas. Et sans doute les autres moments de la fête ne devaient pas être d'une essence bien différente de celui-là, ne devaient rien avoir de plus délicieux et qui dût tant nous faire souffrir puisque l'ami bienveillant nous a dit: «Mais elle sera ravie de descendre! Cela lui fera beaucoup plus de plaisir de causer avec vous que de s'ennuyer là-haut.» Hélas! Swann en avait fait l'expérience, les bonnes intentions d'un tiers sont sans pouvoir sur une femme qui s'irrite de se sentir poursuivie jusque dans une fête par quelqu'un qu'elle n'aime pas. Souvent, l'ami redescend seul.

Ma mère ne vint pas, et sans ménagements pour mon amour-propre (engagé à ce que la fable de la recherche dont elle était censée m'avoir prié de lui dire le résultat ne fût pas démentie) me fit dire par Françoise ces mots: «Il n'y a pas de réponse» que depuis j'ai si souvent entendu des concierges de «palaces» ou des valets de pied de tripots, rapporter à quelque pauvre fille qui s'étonne: «Comment, il n'a rien dit, mais c'est impossible! Vous avez pourtant bien remis ma lettre. C'est bien, je vais attendre encore.» Et—de même qu'elle assure invariablement n'avoir pas besoin du bec supplémentaire que le concierge veut allumer pour elle, et reste là, n'entendant plus que les rares propos sur le temps qu'il fait échangés entre le concierge et un chasseur qu'il envoie tout d'un coup en s'apercevant de l'heure, faire rafraîchir dans la glace la boisson d'un client,—ayant décliné l'offre de Françoise de me faire de la tisane ou de rester auprès de moi, je la laissai retourner à l'office, je me couchai et je fermai les yeux en tâchant de ne pas entendre la voix de mes parents qui prenaient le café au jardin. Mais au bout de quelques secondes, je sentis qu'en écrivant ce mot à maman, en m'approchant, au risque de la fâcher, si près d'elle que j'avais cru toucher le moment de la revoir, je m'étais barré la possibilité de m'endormir sans l'avoir revue, et les battements de mon cœur, de minute en minute devenaient plus douloureux parce que j'augmentais mon agitation en me prêchant un calme qui était l'acceptation de mon infortune. Tout à coup mon anxiété tomba, une félicité m'envahit comme quand un médicament puissant commence à agir et nous enlève une douleur: je venais de prendre la résolution de ne plus essayer de m'endormir sans avoir revu maman, de l'embrasser coûte que coûte, bien que ce fût avec la certitude d'être ensuite fâché pour longtemps avec elle, quand elle remonterait se coucher. Le calme qui résultait de mes angoisses finies me mettait dans un allégresse extraordinaire, non moins que l'attente, la soif et la peur du danger. J'ouvris la fenêtre sans bruit et m'assis au pied de mon lit; je ne faisais presque aucun mouvement afin qu'on ne m'entendît pas d'en bas. Dehors, les choses semblaient, elles aussi, figées en une muette attention à ne pas troubler le clair de lune, qui doublant et reculant chaque chose par l'extension devant elle de son reflet, plus dense et concret qu'elle-même, avait à la fois aminci et agrandi le paysage comme un plan replié jusque-là, qu'on développe. Ce qui avait besoin de bouger, quelque feuillage de marronnier, bougeait. Mais son frissonnement minutieux, total, exécuté jusque dans ses moindres nuances et ses dernières délicatesses, ne bavait pas sur le reste, ne se fondait pas avec lui, restait circonscrit. Exposés sur ce silence qui n'en absorbait rien, les bruits les plus éloignés, ceux qui devaient venir de jardins situés à l'autre bout de la ville, se percevaient détaillés avec un tel «fini» qu'ils semblaient ne devoir cet effet de lointain qu'à leur pianissimo, comme ces motifs en sourdine si bien exécutés par l'orchestre du Conservatoire que quoiqu'on n'en perde pas une note on croit les entendre cependant loin de la salle du concert et que tous les vieux abonnés,—les sœurs de ma grand'mère aussi quand Swann leur avait donné ses places,—tendaient l'oreille comme s'ils avaient écouté les progrès lointains d'une armée en marche qui n'aurait pas encore tourné la rue de Trévise.

Je savais que le cas dans lequel je me mettais était de tous celui qui pouvait avoir pour moi, de la part de mes parents, les conséquences les plus graves, bien plus graves en vérité qu'un étranger n'aurait pu le supposer, de celles qu'il aurait cru que pouvaient produire seules des fautes vraiment honteuses. Mais dans l'éducation qu'on me donnait, l'ordre des fautes n'était pas le même que dans l'éducation des autres enfants et on m'avait habitué à placer avant toutes les autres (parce que sans doute il n'y en avait pas contre lesquelles j'eusse besoin d'être plus soigneusement gardé) celles dont je comprends maintenant que leur caractère commun est qu'on y tombe en cédant à une impulsion nerveuse. Mais alors on ne prononçait pas ce mot, on ne déclarait pas cette origine qui aurait pu me faire croire que j'étais excusable d'y succomber ou même peut-être incapable d'y résister. Mais je les reconnaissais bien à l'angoisse qui les précédait comme à la rigueur du châtiment qui les suivait; et je savais que celle que je venais de commettre était de la même famille que d'autres pour lesquelles j'avais été sévèrement puni, quoique infiniment plus grave. Quand j'irais me mettre sur le chemin de ma mère au moment où elle monterait se coucher, et qu'elle verrait que j'étais resté levé pour lui redire bonsoir dans le couloir, on ne me laisserait plus rester à la maison, on me mettrait au collège le lendemain, c'était certain. Eh bien! dussé-je me jeter par la fenêtre cinq minutes après, j'aimais encore mieux cela. Ce que je voulais maintenant c'était maman, c'était lui dire bonsoir, j'étais allé trop loin dans la voie qui menait à la réalisation de ce désir pour pouvoir rebrousser chemin.

J'entendis les pas de mes parents qui accompagnaient Swann; et quand le grelot de la porte m'eut averti qu'il venait de partir, j'allai à la fenêtre. Maman demandait à mon père s'il avait trouvé la langouste bonne et si M. Swann avait repris de la glace au café et à la pistache. «Je l'ai trouvée bien quelconque, dit ma mère; je crois que la prochaine fois il faudra essayer d'un autre parfum.» «Je ne peux pas dire comme je trouve que Swann change, dit ma grand'tante, il est d'un vieux!» Ma grand'tante avait tellement l'habitude de voir toujours en Swann un même adolescent, qu'elle s'étonnait de le trouver tout à coup moins jeune que l'âge qu'elle continuait à lui donner. Et mes parents du reste commençaient à lui trouver cette vieillesse anormale, excessive, honteuse et méritée des célibataires, de tous ceux pour qui il semble que le grand jour qui n'a pas de lendemain soit plus long que pour les autres, parce que pour eux il est vide et que les moments s'y additionnent depuis le matin sans se diviser ensuite entre des enfants. «Je crois qu'il a beaucoup de soucis avec sa coquine de femme qui vit au su de tout Combray avec un certain monsieur de Charlus. C'est la fable de la ville.» Ma mère fit remarquer qu'il avait pourtant l'air bien moins triste depuis quelque temps. «Il fait aussi moins souvent ce geste qu'il a tout à fait comme son père de s'essuyer les yeux et de se passer la main sur le front. Moi je crois qu'au fond il n'aime plus cette femme.» «Mais naturellement il ne l'aime plus, répondit mon grand-père. J'ai reçu de lui il y a déjà longtemps une lettre à ce sujet, à laquelle je me suis empressé de ne pas me conformer, et qui ne laisse aucun doute sur ses sentiments au moins d'amour, pour sa femme. Hé bien! vous voyez, vous ne l'avez pas remercié pour l'Asti», ajouta mon grand-père en se tournant vers ses deux belles-sœurs. «Comment, nous ne l'avons pas remercié? je crois, entre nous, que je lui ai même tourné cela assez délicatement», répondit ma tante Flora. «Oui, tu as très bien arrangé cela: je t'ai admirée», dit ma tante Céline. «Mais toi tu as été très bien aussi.» «Oui j'étais assez fière de ma phrase sur les voisins aimables.» «Comment, c'est cela que vous appelez remercier! s'écria mon grand-père. J'ai bien entendu cela, mais du diable si j'ai cru que c'était pour Swann. Vous pouvez être sûres qu'il n'a rien compris.» «Mais voyons, Swann n'est pas bête, je suis certaine qu'il a apprécié. Je ne pouvais cependant pas lui dire le nombre de bouteilles et le prix du vin!» Mon père et ma mère restèrent seuls, et s'assirent un instant; puis mon père dit: «Hé bien! si tu veux, nous allons monter nous coucher.» «Si tu veux, mon ami, bien que je n'aie pas l'ombre de sommeil; ce n'est pas cette glace au café si anodine qui a pu pourtant me tenir si éveillée; mais j'aperçois de la lumière dans l'office et puisque la pauvre Françoise m'a attendue, je vais lui demander de dégrafer mon corsage pendant que tu vas te déshabiller.» Et ma mère ouvrit la porte treillagée du vestibule qui donnait sur l'escalier. Bientôt, je l'entendis qui montait fermer sa fenêtre. J'allai sans bruit dans le couloir; mon cœur battait si fort que j'avais de la peine à avancer, mais du moins il ne battait plus d'anxiété, mais d'épouvante et de joie. Je vis dans la cage de l'escalier la lumière projetée par la bougie de maman. Puis je la vis elle-même; je m'élançai. À la première seconde, elle me regarda avec étonnement, ne comprenant pas ce qui était arrivé. Puis sa figure prit une expression de colère, elle ne me disait même pas un mot, et en effet pour bien moins que cela on ne m'adressait plus la parole pendant plusieurs jours. Si maman m'avait dit un mot, ç'aurait été admettre qu'on pouvait me reparler et d'ailleurs cela peut-être m'eût paru plus terrible encore, comme un signe que devant la gravité du châtiment qui allait se préparer, le silence, la brouille, eussent été puérils. Une parole c'eût été le calme avec lequel on répond à un domestique quand on vient de décider de le renvoyer; le baiser qu'on donne à un fils qu'on envoie s'engager alors qu'on le lui aurait refusé si on devait se contenter d'être fâché deux jours avec lui. Mais elle entendit mon père qui montait du cabinet de toilette où il était allé se déshabiller et pour éviter la scène qu'il me ferait, elle me dit d'une voix entrecoupée par la colère: «Sauve-toi, sauve-toi, qu'au moins ton père ne t'ait vu ainsi attendant comme un fou!» Mais je lui répétais: «Viens me dire bonsoir», terrifié en voyant que le reflet de la bougie de mon père s'élevait déjà sur le mur, mais aussi usant de son approche comme d'un moyen de chantage et espérant que maman, pour éviter que mon père me trouvât encore là si elle continuait à refuser, allait me dire: «Rentre dans ta chambre, je vais venir.» Il était trop tard, mon père était devant nous. Sans le vouloir, je murmurai ces mots que personne n'entendit: «Je suis perdu!»

Il n'en fut pas ainsi. Mon père me refusait constamment des permissions qui m'avaient été consenties dans les pactes plus larges octroyés par ma mère et ma grand'mère parce qu'il ne se souciait pas des «principes» et qu'il n'y avait pas avec lui de «Droit des gens». Pour une raison toute contingente, ou même sans raison, il me supprimait au dernier moment telle promenade si habituelle, si consacrée, qu'on ne pouvait m'en priver sans parjure, ou bien, comme il avait encore fait ce soir, longtemps avant l'heure rituelle, il me disait: «Allons, monte te coucher, pas d'explication!» Mais aussi, parce qu'il n'avait pas de principes (dans le sens de ma grand'mère), il n'avait pas à proprement parler d'intransigeance. Il me regarda un instant d'un air étonné et fâché, puis dès que maman lui eut expliqué en quelques mots embarrassés ce qui était arrivé, il lui dit: «Mais va donc avec lui, puisque tu disais justement que tu n'as pas envie de dormir, reste un peu dans sa chambre, moi je n'ai besoin de rien.» «Mais, mon ami, répondit timidement ma mère, que j'aie envie ou non de dormir, ne change rien à la chose, on ne peut pas habituer cet enfant...» «Mais il ne s'agit pas d'habituer, dit mon père en haussant les épaules, tu vois bien que ce petit a du chagrin, il a l'air désolé, cet enfant; voyons, nous ne sommes pas des bourreaux! Quand tu l'auras rendu malade, tu seras bien avancée! Puisqu'il y a deux lits dans sa chambre, dis donc à Françoise de te préparer le grand lit et couche pour cette nuit auprès de lui. Allons, bonsoir, moi qui ne suis pas si nerveux que vous, je vais me coucher.»

On ne pouvait pas remercier mon père; on l'eût agacé par ce qu'il appelait des sensibleries. Je restai sans oser faire un mouvement; il était encore devant nous, grand, dans sa robe de nuit blanche sous le cachemire de l'Inde violet et rose qu'il nouait autour de sa tête depuis qu'il avait des névralgies, avec le geste d'Abraham dans la gravure d'après Benozzo Gozzoli que m'avait donnée M. Swann, disant à Sarah qu'elle a à se départir du côté d'Isaac. Il y a bien des années de cela. La muraille de l'escalier, où je vis monter le reflet de sa bougie n'existe plus depuis longtemps. En moi aussi bien des choses ont été détruites que je croyais devoir durer toujours et de nouvelles se sont édifiées donnant naissance à des peines et à des joies nouvelles que je n'aurais pu prévoir alors, de même que les anciennes me sont devenues difficiles à comprendre. Il y a bien longtemps aussi que mon père a cessé de pouvoir dire à maman: «Va avec le petit.» La possibilité de telles heures ne renaîtra jamais pour moi. Mais depuis peu de temps, je recommence à très bien percevoir si je prête l'oreille, les sanglots que j'eus la force de contenir devant mon père et qui n'éclatèrent que quand je me retrouvai seul avec maman. En réalité ils n'ont jamais cessé; et c'est seulement parce que la vie se tait maintenant davantage autour de moi que je les entends de nouveau, comme ces cloches de couvents que couvrent si bien les bruits de la ville pendant le jour qu'on les croirait arrêtées mais qui se remettent à sonner dans le silence du soir.

Maman passa cette nuit-là dans ma chambre; au moment où je venais de commettre une faute telle que je m'attendais à être obligé de quitter la maison, mes parents m'accordaient plus que je n'eusse jamais obtenu d'eux comme récompense d'une belle action. Même à l'heure où elle se manifestait par cette grâce, la conduite de mon père à mon égard gardait ce quelque chose d'arbitraire et d'immérité qui la caractérisait et qui tenait à ce que généralement elle résultait plutôt de convenances fortuites que d'un plan prémédité. Peut-être même que ce que j'appelais sa sévérité, quand il m'envoyait me coucher, méritait moins ce nom que celle de ma mère ou ma grand'mère, car sa nature, plus différente en certains points de la mienne que n'était la leur, n'avait probablement pas deviné jusqu'ici combien j'étais malheureux tous les soirs, ce que ma mère et ma grand'mère savaient bien; mais elles m'aimaient assez pour ne pas consentir à m'épargner de la souffrance, elles voulaient m'apprendre à la dominer afin de diminuer ma sensibilité nerveuse et fortifier ma volonté. Pour mon père, dont l'affection pour moi était d'une autre sorte, je ne sais pas s'il aurait eu ce courage: pour une fois où il venait de comprendre que j'avais du chagrin, il avait dit à ma mère: «Va donc le consoler.» Maman resta cette nuit-là dans ma chambre et, comme pour ne gâter d'aucun remords ces heures si différentes de ce que j'avais eu le droit d'espérer, quand Françoise, comprenant qu'il se passait quelque chose d'extraordinaire en voyant maman assise près de moi, qui me tenait la main et me laissait pleurer sans me gronder, lui demanda: «Mais Madame, qu'a donc Monsieur à pleurer ainsi?» maman lui répondit: «Mais il ne sait pas lui-même, Françoise, il est énervé; préparez-moi vite le grand lit et montez vous coucher.» Ainsi, pour la première fois, ma tristesse n'était plus considérée comme une faute punissable mais comme un mal involontaire qu'on venait de reconnaître officiellement, comme un état nerveux dont je n'étais pas responsable; j'avais le soulagement de n'avoir plus à mêler de scrupules à l'amertume de mes larmes, je pouvais pleurer sans péché. Je n'étais pas non plus médiocrement fier vis-à-vis de Françoise de ce retour des choses humaines, qui, une heure après que maman avait refusé de monter dans ma chambre et m'avait fait dédaigneusement répondre que je devrais dormir, m'élevait à la dignité de grande personne et m'avait fait atteindre tout d'un coup à une sorte de puberté du chagrin, d'émancipation des larmes. J'aurais dû être heureux: je ne l'étais pas. Il me semblait que ma mère venait de me faire une première concession qui devait lui être douloureuse, que c'était une première abdication de sa part devant l'idéal qu'elle avait conçu pour moi, et que pour la première fois, elle, si courageuse, s'avouait vaincue. Il me semblait que si je venais de remporter une victoire c'était contre elle, que j'avais réussi comme auraient pu faire la maladie, des chagrins, ou l'âge, à détendre sa volonté, à faire fléchir sa raison et que cette soirée commençait une ère, resterait comme une triste date. Si j'avais osé maintenant, j'aurais dit à maman: «Non je ne veux pas, ne couche pas ici.» Mais je connaissais la sagesse pratique, réaliste comme on dirait aujourd'hui, qui tempérait en elle la nature ardemment idéaliste de ma grand'mère, et je savais que, maintenant que le mal était fait, elle aimerait mieux m'en laisser du moins goûter le plaisir calmant et ne pas déranger mon père. Certes, le beau visage de ma mère brillait encore de jeunesse ce soir-là où elle me tenait si doucement les mains et cherchait à arrêter mes larmes; mais justement il me semblait que cela n'aurait pas dû être, sa colère eût été moins triste pour moi que cette douceur nouvelle que n'avait pas connue mon enfance; il me semblait que je venais d'une main impie et secrète de tracer dans son âme une première ride et d'y faire apparaître un premier cheveu blanc. Cette pensée redoubla mes sanglots et alors je vis maman, qui jamais ne se laissait aller à aucun attendrissement avec moi, être tout d'un coup gagnée par le mien et essayer de retenir une envie de pleurer. Comme elle sentit que je m'en étais aperçu, elle me dit en riant: «Voilà mon petit jaunet, mon petit serin, qui va rendre sa maman aussi bêtasse que lui, pour peu que cela continue. Voyons, puisque tu n'as pas sommeil ni ta maman non plus, ne restons pas à nous énerver, faisons quelque chose, prenons un de tes livres.» Mais je n'en avais pas là. «Est-ce que tu aurais moins de plaisir si je sortais déjà les livres que ta grand'mère doit te donner pour ta fête? Pense bien: tu ne seras pas déçu de ne rien avoir après-demain?» J'étais au contraire enchanté et maman alla chercher un paquet de livres dont je ne pus deviner, à travers le papier qui les enveloppait, que la taille courte et large, mais qui, sous ce premier aspect, pourtant sommaire et voilé, éclipsaient déjà la boîte à couleurs du Jour de l'An et les vers à soie de l'an dernier. C'était la Mare au Diable, François le Champi, la Petite Fadette et les Maîtres Sonneurs. Ma grand'mère, ai-je su depuis, avait d'abord choisi les poésies de Musset, un volume de Rousseau et Indiana; car si elle jugeait les lectures futiles aussi malsaines que les bonbons et les pâtisseries, elles ne pensait pas que les grands souffles du génie eussent sur l'esprit même d'un enfant une influence plus dangereuse et moins vivifiante que sur son corps le grand air et le vent du large. Mais mon père l'ayant presque traitée de folle en apprenant les livres qu'elle voulait me donner, elle était retournée elle-même à Jouy-le-Vicomte chez le libraire pour que je ne risquasse pas de ne pas avoir mon cadeau (c'était un jour brûlant et elle était rentrée si souffrante que le médecin avait averti ma mère de ne pas la laisser se fatiguer ainsi) et elle s'était rabattue sur les quatre romans champêtres de George Sand. «Ma fille, disait-elle à maman, je ne pourrais me décider à donner à cet enfant quelque chose de mal écrit.»

En réalité, elle ne se résignait jamais à rien acheter dont on ne pût tirer un profit intellectuel, et surtout celui que nous procurent les belles choses en nous apprenant à chercher notre plaisir ailleurs que dans les satisfactions du bien-être et de la vanité. Même quand elle avait à faire à quelqu'un un cadeau dit utile, quand elle avait à donner un fauteuil, des couverts, une canne, elle les cherchait «anciens», comme si leur longue désuétude ayant effacé leur caractère d'utilité, ils paraissaient plutôt disposés pour nous raconter la vie des hommes d'autrefois que pour servir aux besoins de la nôtre. Elle eût aimé que j'eusse dans ma chambre des photographies des monuments ou des paysages les plus beaux. Mais au moment d'en faire l'emplette, et bien que la chose représentée eût une valeur esthétique, elle trouvait que la vulgarité, l'utilité reprenaient trop vite leur place dans le mode mécanique de représentation, la photographie. Elle essayait de ruser et sinon d'éliminer entièrement la banalité commerciale, du moins de la réduire, d'y substituer pour la plus grande partie de l'art encore, d'y introduire comme plusieurs «épaisseurs» d'art: au lieu de photographies de la Cathédrale de Chartres, des Grandes Eaux de Saint-Cloud, du Vésuve, elle se renseignait auprès de Swann si quelque grand peintre ne les avait pas représentés, et préférait me donner des photographies de la Cathédrale de Chartres par Corot, des Grandes Eaux de Saint-Cloud par Hubert Robert, du Vésuve par Turner, ce qui faisait un degré d'art de plus. Mais si le photographe avait été écarté de la représentation du chef-d'œuvre ou de la nature et remplacé par un grand artiste, il reprenait ses droits pour reproduire cette interprétation même. Arrivée à l'échéance de la vulgarité, ma grand'mère tâchait de la reculer encore. Elle demandait à Swann si l'œuvre n'avait pas été gravée, préférant, quand c'était possible, des gravures anciennes et ayant encore un intérêt au delà d'elles-mêmes, par exemple celles qui représentent un chef-d'œuvre dans un état où nous ne pouvons plus le voir aujourd'hui (comme la gravure de la Cène de Léonard avant sa dégradation, par Morgan). Il faut dire que les résultats de cette manière de comprendre l'art de faire un cadeau ne furent pas toujours très brillants. L'idée que je pris de Venise d'après un dessin du Titien qui est censé avoir pour fond la lagune, était certainement beaucoup moins exacte que celle que m'eussent donnée de simples photographies. On ne pouvait plus faire le compte à la maison, quand ma grand'tante voulait dresser un réquisitoire contre ma grand'mère, des fauteuils offerts par elle à de jeunes fiancés ou à de vieux époux, qui, à la première tentative qu'on avait faite pour s'en servir, s'étaient immédiatement effondrés sous le poids d'un des destinataires. Mais ma grand'mère aurait cru mesquin de trop s'occuper de la solidité d'une boiserie où se distinguaient encore une fleurette, un sourire, quelquefois une belle imagination du passé. Même ce qui dans ces meubles répondait à un besoin, comme c'était d'une façon à laquelle nous ne sommes plus habitués, la charmait comme les vieilles manières de dire où nous voyons une métaphore, effacée, dans notre moderne langage, par l'usure de l'habitude. Or, justement, les romans champêtres de George Sand qu'elle me donnait pour ma fête, étaient pleins ainsi qu'un mobilier ancien, d'expressions tombées en désuétude et redevenues imagées, comme on n'en trouve plus qu'à la campagne. Et ma grand'mère les avait achetés de préférence à d'autres comme elle eût loué plus volontiers une propriété où il y aurait eu un pigeonnier gothique ou quelqu'une de ces vieilles choses qui exercent sur l'esprit une heureuse influence en lui donnant la nostalgie d'impossibles voyages dans le temps.

Maman s'assit à côté de mon lit; elle avait pris François le Champi à qui sa couverture rougeâtre et son titre incompréhensible, donnaient pour moi une personnalité distincte et un attrait mystérieux. Je n'avais jamais lu encore de vrais romans. J'avais entendu dire que George Sand était le type du romancier. Cela me disposait déjà à imaginer dans François le Champi quelque chose d'indéfinissable et de délicieux. Les procédés de narration destinés à exciter la curiosité ou l'attendrissement, certaines façons de dire qui éveillent l'inquiétude et la mélancolie, et qu'un lecteur un peu instruit reconnaît pour communs à beaucoup de romans, me paraissaient simples—à moi qui considérais un livre nouveau non comme une chose ayant beaucoup de semblables, mais comme une personne unique, n'ayant de raison d'exister qu'en soi,—une émanation troublante de l'essence particulière à François le Champi. Sous ces événements si journaliers, ces choses si communes, ces mots si courants, je sentais comme une intonation, une accentuation étrange. L'action s'engagea; elle me parut d'autant plus obscure que dans ce temps-là, quand je lisais, je rêvassais souvent, pendant des pages entières, à tout autre chose. Et aux lacunes que cette distraction laissait dans le récit, s'ajoutait, quand c'était maman qui me lisait à haute voix, qu'elle passait toutes les scènes d'amour. Aussi tous les changements bizarres qui se produisent dans l'attitude respective de la meunière et de l'enfant et qui ne trouvent leur explication que dans les progrès d'un amour naissant me paraissaient empreints d'un profond mystère dont je me figurais volontiers que la source devait être dans ce nom inconnu et si doux de «Champi» qui mettait sur l'enfant, qui le portait sans que je susse pourquoi, sa couleur vive, empourprée et charmante. Si ma mère était une lectrice infidèle c'était aussi, pour les ouvrages où elle trouvait l'accent d'un sentiment vrai, une lectrice admirable par le respect et la simplicité de l'interprétation, par la beauté et la douceur du son. Même dans la vie, quand c'étaient des êtres et non des œuvres d'art qui excitaient ainsi son attendrissement ou son admiration, c'était touchant de voir avec quelle déférence elle écartait de sa voix, de son geste, de ses propos, tel éclat de gaîté qui eût pu faire mal à cette mère qui avait autrefois perdu un enfant, tel rappel de fête, d'anniversaire, qui aurait pu faire penser ce vieillard à son grand âge, tel propos de ménage qui aurait paru fastidieux à ce jeune savant. De même, quand elle lisait la prose de George Sand, qui respire toujours cette bonté, cette distinction morale que maman avait appris de ma grand'mère à tenir pour supérieures à tout dans la vie, et que je ne devais lui apprendre que bien plus tard à ne pas tenir également pour supérieures à tout dans les livres, attentive à bannir de sa voix toute petitesse, toute affectation qui eût pu empêcher le flot puissant d'y être reçu, elle fournissait toute la tendresse naturelle, toute l'ample douceur qu'elles réclamaient à ces phrases qui semblaient écrites pour sa voix et qui pour ainsi dire tenaient tout entières dans le registre de sa sensibilité. Elle retrouvait pour les attaquer dans le ton qu'il faut, l'accent cordial qui leur préexiste et les dicta, mais que les mots n'indiquent pas; grâce à lui elle amortissait au passage toute crudité dans les temps des verbes, donnait à l'imparfait et au passé défini la douceur qu'il y a dans la bonté, la mélancolie qu'il y a dans la tendresse, dirigeait la phrase qui finissait vers celle qui allait commencer, tantôt pressant, tantôt ralentissant la marche des syllabes pour les faire entrer, quoique leurs quantités fussent différentes, dans un rythme uniforme, elle insufflait à cette prose si commune une sorte de vie sentimentale et continue.

Mes remords étaient calmés, je me laissais aller à la douceur de cette nuit où j'avais ma mère auprès de moi. Je savais qu'une telle nuit ne pourrait se renouveler; que le plus grand désir que j'eusse au monde, garder ma mère dans ma chambre pendant ces tristes heures nocturnes, était trop en opposition avec les nécessités de la vie et le vœu de tous, pour que l'accomplissement qu'on lui avait accordé ce soir pût être autre chose que factice et exceptionnel. Demain mes angoisses reprendraient et maman ne resterait pas là. Mais quand mes angoisses étaient calmées, je ne les comprenais plus; puis demain soir était encore lointain; je me disais que j'aurais le temps d'aviser, bien que ce temps-là ne pût m'apporter aucun pouvoir de plus, qu'il s'agissait de choses qui ne dépendaient pas de ma volonté et que seul me faisait paraître plus évitables l'intervalle qui les séparait encore de moi.

C'est ainsi que, pendant longtemps, quand, réveillé la nuit, je me ressouvenais de Combray, je n'en revis jamais que cette sorte de pan lumineux, découpé au milieu d'indistinctes ténèbres, pareil à ceux que l'embrasement d'un feu de Bengale ou quelque projection électrique éclairent et sectionnent dans un édifice dont les autres parties restent plongées dans la nuit: à la base assez large, le petit salon, la salle à manger, l'amorce de l'allée obscure par où arriverait M. Swann, l'auteur inconscient de mes tristesses, le vestibule où je m'acheminais vers la première marche de l'escalier, si cruel à monter, qui constituait à lui seul le tronc fort étroit de cette pyramide irrégulière; et, au faîte, ma chambre à coucher avec le petit couloir à porte vitrée pour l'entrée de maman; en un mot, toujours vu à la même heure, isolé de tout ce qu'il pouvait y avoir autour, se détachant seul sur l'obscurité, le décor strictement nécessaire (comme celui qu'on voit indiqué en tête des vieilles pièces pour les représentations en province), au drame de mon déshabillage; comme si Combray n'avait consisté qu'en deux étages reliés par un mince escalier, et comme s'il n'y avait jamais été que sept heures du soir. A vrai dire, j'aurais pu répondre à qui m'eût interrogé que Combray comprenait encore autre chose et existait à d'autres heures. Mais comme ce que je m'en serais rappelé m'eût été fourni seulement par la mémoire volontaire, la mémoire de l'intelligence, et comme les renseignements qu'elle donne sur le passé ne conservent rien de lui, je n'aurais jamais eu envie de songer à ce reste de Combray. Tout cela était en réalité mort pour moi.

Mort à jamais? C'était possible.

Il y a beaucoup de hasard en tout ceci, et un second hasard, celui de notre mort, souvent ne nous permet pas d'attendre longtemps les faveurs du premier.

Je trouve très raisonnable la croyance celtique que les âmes de ceux que nous avons perdus sont captives dans quelque être inférieur, dans une bête, un végétal, une chose inanimée, perdues en effet pour nous jusqu'au jour, qui pour beaucoup ne vient jamais, où nous nous trouvons passer près de l'arbre, entrer en possession de l'objet qui est leur prison. Alors elles tressaillent, nous appellent, et sitôt que nous les avons reconnues, l'enchantement est brisé. Délivrées par nous, elles ont vaincu la mort et reviennent vivre avec nous.

Il en est ainsi de notre passé. C'est peine perdue que nous cherchions à l'évoquer, tous les efforts de notre intelligence sont inutiles. Il est caché hors de son domaine et de sa portée, en quelque objet matériel (en la sensation que nous donnerait cet objet matériel), que nous ne soupçonnons pas. Cet objet, il dépend du hasard que nous le rencontrions avant de mourir, ou que nous ne le rencontrions pas.

Il y avait déjà bien des années que, de Combray, tout ce qui n'était pas le théâtre et le drame de mon coucher, n'existait plus pour moi, quand un jour d'hiver, comme je rentrais à la maison, ma mère, voyant que j'avais froid, me proposa de me faire prendre, contre mon habitude, un peu de thé. Je refusai d'abord et, je ne sais pourquoi, me ravisai. Elle envoya chercher un de ces gâteaux courts et dodus appelés Petites Madeleines qui semblent avoir été moulés dans la valve rainurée d'une coquille de Saint-Jacques. Et bientôt, machinalement, accablé par la morne journée et la perspective d'un triste lendemain, je portai à mes lèvres une cuillerée du thé où j'avais laissé s'amollir un morceau de madeleine. Mais à l'instant même où la gorgée mêlée des miettes du gâteau toucha mon palais, je tressaillis, attentif à ce qui se passait d'extraordinaire en moi. Un plaisir délicieux m'avait envahi, isolé, sans la notion de sa cause. Il m'avait aussitôt rendu les vicissitudes de la vie indifférentes, ses désastres inoffensifs, sa brièveté illusoire, de la même façon qu'opère l'amour, en me remplissant d'une essence précieuse: ou plutôt cette essence n'était pas en moi, elle était moi. J'avais cessé de me sentir médiocre, contingent, mortel. D'où avait pu me venir cette puissante joie? Je sentais qu'elle était liée au goût du thé et du gâteau, mais qu'elle le dépassait infiniment, ne devait pas être de même nature. D'où venait-elle? Que signifiait-elle? Où l'appréhender? Je bois une seconde gorgée où je ne trouve rien de plus que dans la première, une troisième qui m'apporte un peu moins que la seconde. Il est temps que je m'arrête, la vertu du breuvage semble diminuer. Il est clair que la vérité que je cherche n'est pas en lui, mais en moi. Il l'y a éveillée, mais ne la connaît pas, et ne peut que répéter indéfiniment, avec de moins en moins de force, ce même témoignage que je ne sais pas interpréter et que je veux au moins pouvoir lui redemander et retrouver intact, à ma disposition, tout à l'heure, pour un éclaircissement décisif. Je pose la tasse et me tourne vers mon esprit. C'est à lui de trouver la vérité. Mais comment? Grave incertitude, toutes les fois que l'esprit se sent dépassé par lui-même; quand lui, le chercheur, est tout ensemble le pays obscur où il doit chercher et où tout son bagage ne lui sera de rien. Chercher? pas seulement: créer. Il est en face de quelque chose qui n'est pas encore et que seul il peut réaliser, puis faire entrer dans sa lumière.

Et je recommence à me demander quel pouvait être cet état inconnu, qui n'apportait aucune preuve logique, mais l'évidence de sa félicité, de sa réalité devant laquelle les autres s'évanouissaient. Je veux essayer de le faire réapparaître. Je rétrograde par la pensée au moment où je pris la première cuillerée de thé. Je retrouve le même état, sans une clarté nouvelle. Je demande à mon esprit un effort de plus, de ramener encore une fois la sensation qui s'enfuit. Et pour que rien ne brise l'élan dont il va tâcher de la ressaisir, j'écarte tout obstacle, toute idée étrangère, j'abrite mes oreilles et mon attention contre les bruits de la chambre voisine. Mais sentant mon esprit qui se fatigue sans réussir, je le force au contraire à prendre cette distraction que je lui refusais, à penser à autre chose, à se refaire avant une tentative suprême. Puis une deuxième fois, je fais le vide devant lui, je remets en face de lui la saveur encore récente de cette première gorgée et je sens tressaillir en moi quelque chose qui se déplace, voudrait s'élever, quelque chose qu'on aurait désancré, à une grande profondeur; je ne sais ce que c'est, mais cela monte lentement; j'éprouve la résistance et j'entends la rumeur des distances traversées.

Certes, ce qui palpite ainsi au fond de moi, ce doit être l'image, le souvenir visuel, qui, lié à cette saveur, tente de la suivre jusqu'à moi. Mais il se débat trop loin, trop confusément; à peine si je perçois le reflet neutre où se confond l'insaisissable tourbillon des couleurs remuées; mais je ne puis distinguer la forme, lui demander comme au seul interprète possible, de me traduire le témoignage de sa contemporaine, de son inséparable compagne, la saveur, lui demander de m'apprendre de quelle circonstance particulière, de quelle époque du passé il s'agit.

Arrivera-t-il jusqu'à la surface de ma claire conscience, ce souvenir, l'instant ancien que l'attraction d'un instant identique est venue de si loin solliciter, émouvoir, soulever tout au fond de moi? Je ne sais. Maintenant je ne sens plus rien, il est arrêté, redescendu peut-être; qui sait s'il remontera jamais de sa nuit? Dix fois il me faut recommencer, me pencher vers lui. Et chaque fois la lâcheté qui nous détourne de toute tâche difficile, de toute œuvre important, m'a conseillé de laisser cela, de boire mon thé en pensant simplement à mes ennuis d'aujourd'hui, à mes désirs de demain qui se laissent remâcher sans peine.

Et tout d'un coup le souvenir m'est apparu. Ce goût c'était celui du petit morceau de madeleine que le dimanche matin à Combray (parce que ce jour-là je ne sortais pas avant l'heure de la messe), quand j'allais lui dire bonjour dans sa chambre, ma tante Léonie m'offrait après l'avoir trempé dans son infusion de thé ou de tilleul. La vue de la petite madeleine ne m'avait rien rappelé avant que je n'y eusse goûté; peut-être parce que, en ayant souvent aperçu depuis, sans en manger, sur les tablettes des pâtissiers, leur image avait quitté ces jours de Combray pour se lier à d'autres plus récents; peut-être parce que de ces souvenirs abandonnés si longtemps hors de la mémoire, rien ne survivait, tout s'était désagrégé; les formes,—et celle aussi du petit coquillage de pâtisserie, si grassement sensuel, sous son plissage sévère et dévot—s'étaient abolies, ou, ensommeillées, avaient perdu la force d'expansion qui leur eût permis de rejoindre la conscience. Mais, quand d'un passé ancien rien ne subsiste, après la mort des êtres, après la destruction des choses, seules, plus frêles mais plus vivaces, plus immatérielles, plus persistantes, plus fidèles, l'odeur et la saveur restent encore longtemps, comme des âmes, à se rappeler, à attendre, à espérer, sur la ruine de tout le reste, à porter sans fléchir, sur leur gouttelette presque impalpable, l'édifice immense du souvenir.

Et dès que j'eus reconnu le goût du morceau de madeleine trempé dans le tilleul que me donnait ma tante (quoique je ne susse pas encore et dusse remettre à bien plus tard de découvrir pourquoi ce souvenir me rendait si heureux), aussitôt la vieille maison grise sur la rue, où était sa chambre, vint comme un décor de théâtre s'appliquer au petit pavillon, donnant sur le jardin, qu'on avait construit pour mes parents sur ses derrières (ce pan tronqué que seul j'avais revu jusque-là); et avec la maison, la ville, la Place où on m'envoyait avant déjeuner, les rues où j'allais faire des courses depuis le matin jusqu'au soir et par tous les temps, les chemins qu'on prenait si le temps était beau. Et comme dans ce jeu où les Japonais s'amusent à tremper dans un bol de porcelaine rempli d'eau, de petits morceaux de papier jusque-là indistincts qui, à peine y sont-ils plongés s'étirent, se contournent, se colorent, se différencient, deviennent des fleurs, des maisons, des personnages consistants et reconnaissables, de même maintenant toutes les fleurs de notre jardin et celles du parc de M. Swann, et les nymphéas de la Vivonne, et les bonnes gens du village et leurs petits logis et l'église et tout Combray et ses environs, tout cela que prend forme et solidité, est sorti, ville et jardins, de ma tasse de thé.

Combray de loin, à dix lieues à la ronde, vu du chemin de fer quand nous y arrivions la dernière semaine avant Pâques, ce n'était qu'une église résumant la ville, la représentant, parlant d'elle et pour elle aux lointains, et, quand on approchait, tenant serrés autour de sa haute mante sombre, en plein champ, contre le vent, comme une pastoure ses brebis, les dos laineux et gris des maisons rassemblées qu'un reste de remparts du moyen âge cernait çà et là d'un trait aussi parfaitement circulaire qu'une petite ville dans un tableau de primitif. A l'habiter, Combray était un peu triste, comme ses rues dont les maisons construites en pierres noirâtres du pays, précédées de degrés extérieurs, coiffées de pignons qui rabattaient l'ombre devant elles, étaient assez obscures pour qu'il fallût dès que le jour commençait à tomber relever les rideaux dans les «salles»; des rues aux graves noms de saints (desquels plusieurs seigneurs de Combray): rue Saint-Hilaire, rue Saint-Jacques où était la maison de ma tante, rue Sainte-Hildegarde, où donnait la grille, et rue du Saint-Esprit sur laquelle s'ouvrait la petite porte latérale de son jardin; et ces rues de Combray existent dans une partie de ma mémoire si reculée, peinte de couleurs si différentes de celles qui maintenant revêtent pour moi le monde, qu'en vérité elles me paraissent toutes, et l'église qui les dominait sur la Place, plus irréelles encore que les projections de la lanterne magique; et qu'à certains moments, il me semble que pouvoir encore traverser la rue Saint-Hilaire, pouvoir louer une chambre rue de l'Oiseau—à la vieille hôtellerie de l'Oiseau flesché, des soupiraux de laquelle montait une odeur de cuisine qui s'élève encore par moments en moi aussi intermittente et aussi chaude,—serait une entrée en contact avec l'Au-delà plus merveilleusement surnaturelle que de faire la connaissance de Golo et de causer avec Geneviève de Brabant.

La cousine de mon grand-père,—ma grand'tante,—chez qui nous habitions, était la mère de cette tante Léonie qui, depuis la mort de son mari, mon oncle Octave, n'avait plus voulu quitter, d'abord Combray, puis à Combray sa maison, puis sa chambre, puis son lit et ne «descendait» plus, toujours couchée dans un état incertain de chagrin, de débilité physique, de maladie, d'idée fixe et de dévotion. Son appartement particulier donnait sur la rue Saint-Jacques qui aboutissait beaucoup plus loin au Grand-Pré (par opposition au Petit-Pré, verdoyant au milieu de la ville, entre trois rues), et qui, unie, grisâtre, avec les trois hautes marches de grès presque devant chaque porte, semblait comme un défilé pratiqué par un tailleur d'images gothiques à même la pierre où il eût sculpté une crèche ou un calvaire. Ma tante n'habitait plus effectivement que deux chambres contiguës, restant l'après-midi dans l'une pendant qu'on aérait l'autre. C'étaient de ces chambres de province qui,—de même qu'en certains pays des parties entières de l'air ou de la mer sont illuminées ou parfumées par des myriades de protozoaires que nous ne voyons pas,—nous enchantent des mille odeurs qu'y dégagent les vertus, la sagesse, les habitudes, toute une vie secrète, invisible, surabondante et morale que l'atmosphère y tient en suspens; odeurs naturelles encore, certes, et couleur du temps comme celles de la campagne voisine, mais déjà casanières, humaines et renfermées, gelée exquise industrieuse et limpide de tous les fruits de l'année qui ont quitté le verger pour l'armoire; saisonnières, mais mobilières et domestiques, corrigeant le piquant de la gelée blanche par la douceur du pain chaud, oisives et ponctuelles comme une horloge de village, flâneuses et rangées, insoucieuses et prévoyantes, lingères, matinales, dévotes, heureuses d'une paix qui n'apporte qu'un surcroît d'anxiété et d'un prosaïsme qui sert de grand réservoir de poésie à celui qui la traverse sans y avoir vécu. L'air y était saturé de la fine fleur d'un silence si nourricier, si succulent que je ne m'y avançais qu'avec une sorte de gourmandise, surtout par ces premiers matins encore froids de la semaine de Pâques où je le goûtais mieux parce que je venais seulement d'arriver à Combray: avant que j'entrasse souhaiter le bonjour à ma tante on me faisait attendre un instant, dans la première pièce où le soleil, d'hiver encore, était venu se mettre au chaud devant le feu, déjà allumé entre les deux briques et qui badigeonnait toute la chambre d'une odeur de suie, en faisait comme un de ces grands «devants de four» de campagne, ou de ces manteaux de cheminée de châteaux, sous lesquels on souhaite que se déclarent dehors la pluie, la neige, même quelque catastrophe diluvienne pour ajouter au confort de la réclusion la poésie de l'hivernage; je faisais quelques pas du prie-Dieu aux fauteuils en velours frappé, toujours revêtus d'un appui-tête au crochet; et le feu cuisant comme une pâte les appétissantes odeurs dont l'air de la chambre était tout grumeleux et qu'avait déjà fait travailler et «lever» la fraîcheur humide et ensoleillée du matin, il les feuilletait, les dorait, les godait, les boursouflait, en faisant un invisible et palpable gâteau provincial, un immense «chausson» où, à peine goûtés les arômes plus croustillants, plus fins, plus réputés, mais plus secs aussi du placard, de la commode, du papier à ramages, je revenais toujours avec une convoitise inavouée m'engluer dans l'odeur médiane, poisseuse, fade, indigeste et fruitée de couvre-lit à fleurs.

Dans la chambre voisine, j'entendais ma tante qui causait toute seule à mi-voix. Elle ne parlait jamais qu'assez bas parce qu'elle croyait avoir dans la tête quelque chose de cassé et de flottant qu'elle eût déplacé en parlant trop fort, mais elle ne restait jamais longtemps, même seule, sans dire quelque chose, parce qu'elle croyait que c'était salutaire pour sa gorge et qu'en empêchant le sang de s'y arrêter, cela rendrait moins fréquents les étouffements et les angoisses dont elle souffrait; puis, dans l'inertie absolu où elle vivait, elle prêtait à ses moindres sensations une importance extraordinaire; elle les douait d'une motilité qui lui rendait difficile de les garder pour elle, et à défaut de confident à qui les communiquer, elle se les annonçait à elle-même, en un perpétuel monologue qui était sa seule forme d'activité. Malheureusement, ayant pris l'habitude de penser tout haut, elle ne faisait pas toujours attention à ce qu'il n'y eût personne dans la chambre voisine, et je l'entendais souvent se dire à elle-même: «Il faut que je me rappelle bien que je n'ai pas dormi» (car ne jamais dormir était sa grande prétention dont notre langage à tous gardait le respect et la trace: le matin Françoise ne venait pas «l'éveiller», mais «entrait» chez elle; quand ma tante voulait faire un somme dans la journée, on disait qu'elle voulait «réfléchir» ou «reposer»; et quand il lui arrivait de s'oublier en causant jusqu'à dire: «Ce qui m'a réveillée» ou «j'ai rêvé que», elle rougissait et se reprenait au plus vite).

Au bout d'un moment, j'entrais l'embrasser; Françoise faisait infuser son thé; ou, si ma tante se sentait agitée, elle demandait à la place sa tisane et c'était moi qui étais chargé de faire tomber du sac de pharmacie dans une assiette la quantité de tilleul qu'il fallait mettre ensuite dans l'eau bouillante. Le dessèchement des tiges les avait incurvées en un capricieux treillage dans les entrelacs duquel s'ouvraient les fleurs pâles, comme si un peintre les eût arrangées, les eût fait poser de la façon la plus ornementale. Les feuilles, ayant perdu ou changé leur aspect, avaient l'air des choses les plus disparates, d'une aile transparente de mouche, de l'envers blanc d'une étiquette, d'un pétale de rose, mais qui eussent été empilées, concassées ou tressées comme dans la confection d'un nid. Mille petits détails inutiles,—charmante prodigalité du pharmacien,—qu'on eût supprimés dans une préparation factice, me donnaient, comme un livre où on s'émerveille de rencontrer le nom d'une personne de connaissance, le plaisir de comprendre que c'était bien des tiges de vrais tilleuls, comme ceux que je voyais avenue de la Gare, modifiées, justement parce que c'étaient non des doubles, mais elles-même et qu'elles avaient vieilli. Et chaque caractère nouveau n'y étant que la métamorphose d'un caractère ancien, dans de petites boules grises je reconnaissais les boutons verts qui ne sont pas venus à terme; mais surtout l'éclat rose, lunaire et doux qui faisait se détacher les fleurs dans la forêt fragile des tiges où elles étaient suspendues comme de petites roses d'or,—signe, comme la lueur qui révèle encore sur une muraille la place d'une fresque effacée, de la différence entre les parties de l'arbre qui avaient été «en couleur» et celles qui ne l'avaient pas été—me montrait que ces pétales étaient bien ceux qui avant de fleurir le sac de pharmacie avaient embaumé les soirs de printemps. Cette flamme rose de cierge, c'était leur couleur encore, mais à demi éteinte et assoupie dans cette vie diminuée qu'était la leur maintenant et qui est comme le crépuscule des fleurs. Bientôt ma tante pouvait tremper dans l'infusion bouillante dont elle savourait le goût de feuille morte ou de fleur fanée une petite madeleine dont elle me tendait un morceau quand il était suffisamment amolli.

D'un côté de son lit était une grande commode jaune en bois de citronnier et une table qui tenait à la fois de l'officine et du maître-autel, où, au-dessus d'une statuette de la Vierge et d'une bouteille de Vichy-Célestins, on trouvait des livres de messe et des ordonnances de médicaments, tous ce qu'il fallait pour suivre de son lit les offices et son régime, pour ne manquer l'heure ni de la pepsine, ni des vêpres. De l'autre côté, son lit longeait la fenêtre, elle avait la rue sous les yeux et y lisait du matin au soir, pour se désennuyer, à la façon des princes persans, la chronique quotidienne mais immémoriale de Combray, qu'elle commentait ensuite avec Françoise.

Je n'étais pas avec ma tante depuis cinq minutes, qu'elle me renvoyait par peur que je la fatigue. Elle tendait à mes lèvres son triste front pâle et fade sur lequel, à cette heure matinale, elle n'avait pas encore arrangé ses faux cheveux, et où les vertèbres transparaissaient comme les pointes d'une couronne d'épines ou les grains d'un rosaire, et elle me disait: «Allons, mon pauvre enfant, va-t'en, va te préparer pour la messe; et si en bas tu rencontres Françoise, dis-lui de ne pas s'amuser trop longtemps avec vous, qu'elle monte bientôt voir si je n'ai besoin de rien.»

Françoise, en effet, qui était depuis des années a son service et ne se doutait pas alors qu'elle entrerait un jour tout à fait au nôtre délaissait un peu ma tante pendant les mois où nous étions là. Il y avait eu dans mon enfance, avant que nous allions à Combray, quand ma tante Léonie passait encore l'hiver à Paris chez sa mère, un temps où je connaissais si peu Françoise que, le 1er janvier, avant d'entrer chez ma grand'tante, ma mère me mettait dans la main une pièce de cinq francs et me disait: «Surtout ne te trompe pas de personne. Attends pour donner que tu m'entendes dire: «Bonjour Françoise»; en même temps je te toucherai légèrement le bras. A peine arrivions-nous dans l'obscure antichambre de ma tante que nous apercevions dans l'ombre, sous les tuyaux d'un bonnet éblouissant, raide et fragile comme s'il avait été de sucre filé, les remous concentriques d'un sourire de reconnaissance anticipé. C'était Françoise, immobile et debout dans l'encadrement de la petite porte du corridor comme une statue de sainte dans sa niche. Quand on était un peu habitué à ces ténèbres de chapelle, on distinguait sur son visage l'amour désintéressé de l'humanité, le respect attendri pour les hautes classes qu'exaltait dans les meilleures régions de son cœur l'espoir des étrennes. Maman me pinçait le bras avec violence et disait d'une voix forte: «Bonjour Françoise.» A ce signal mes doigts s'ouvraient et je lâchais la pièce qui trouvait pour la recevoir une main confuse, mais tendue. Mais depuis que nous allions à Combray je ne connaissais personne mieux que Françoise; nous étions ses préférés, elle avait pour nous, au moins pendant les premières années, avec autant de considération que pour ma tante, un goût plus vif, parce que nous ajoutions, au prestige de faire partie de la famille (elle avait pour les liens invisibles que noue entre les membres d'une famille la circulation d'un même sang, autant de respect qu'un tragique grec), le charme de n'être pas ses maîtres habituels. Aussi, avec quelle joie elle nous recevait, nous plaignant de n'avoir pas encore plus beau temps, le jour de notre arrivée, la veille de Pâques, où souvent il faisait un vent glacial, quand maman lui demandait des nouvelles de sa fille et de ses neveux, si son petit-fils était gentil, ce qu'on comptait faire de lui, s'il ressemblerait à sa grand'mère.

Et quand il n'y avait plus de monde là, maman qui savait que Françoise pleurait encore ses parents morts depuis des années, lui parlait d'eux avec douceur, lui demandait mille détails sur ce qu'avait été leur vie.

Elle avait deviné que Françoise n'aimait pas son gendre et qu'il lui gâtait le plaisir qu'elle avait à être avec sa fille, avec qui elle ne causait pas aussi librement quand il était là. Aussi, quand Françoise allait les voir, à quelques lieues de Combray, maman lui disait en souriant: «N'est-ce pas Françoise, si Julien a été obligé de s'absenter et si vous avez Marguerite à vous toute seule pour toute la journée, vous serez désolée, mais vous vous ferez une raison?» Et Françoise disait en riant: «Madame sait tout; madame est pire que les rayons X (elle disait x avec une difficulté affectée et un sourire pour se railler elle-même, ignorante, d'employer ce terme savant), qu'on a fait venir pour Mme Octave et qui voient ce que vous avez dans le cœur», et disparaissait, confuse qu'on s'occupât d'elle, peut-être pour qu'on ne la vît pas pleurer; maman était la première personne qui lui donnât cette douce émotion de sentir que sa vie, ses bonheurs, ses chagrins de paysanne pouvaient présenter de l'intérêt, être un motif de joie ou de tristesse pour une autre qu'elle-même. Ma tante se résignait à se priver un peu d'elle pendant notre séjour, sachant combien ma mère appréciait le service de cette bonne si intelligente et active, qui était aussi belle dès cinq heures du matin dans sa cuisine, sous son bonnet dont le tuyautage éclatant et fixe avait l'air d'être en biscuit, que pour aller à la grand'messe; qui faisait tout bien, travaillant comme un cheval, qu'elle fût bien portante ou non, mais sans bruit, sans avoir l'air de rien faire, la seule des bonnes de ma tante qui, quand maman demandait de l'eau chaude ou du café noir, les apportait vraiment bouillants; elle était un de ces serviteurs qui, dans une maison, sont à la fois ceux qui déplaisent le plus au premier abord à un étranger, peut-être parce qu'ils ne prennent pas la peine de faire sa conquête et n'ont pas pour lui de prévenance, sachant très bien qu'ils n'ont aucun besoin de lui, qu'on cesserait de le recevoir plutôt que de les renvoyer; et qui sont en revanche ceux à qui tiennent le plus les maîtres qui ont éprouvé leur capacités réelles, et ne se soucient pas de cet agrément superficiel, de ce bavardage servile qui fait favorablement impression à un visiteur, mais qui recouvre souvent une inéducable nullité.

Quand Françoise, après avoir veillé à ce que mes parents eussent tout ce qu'il leur fallait, remontait une première fois chez ma tante pour lui donner sa pepsine et lui demander ce qu'elle prendrait pour déjeuner, il était bien rare qu'il ne fallût pas donner déjà son avis ou fournir des explications sur quelque événement d'importance:

—«Françoise, imaginez-vous que Mme Goupil est passée plus d'un quart d'heure en retard pour aller chercher sa sœur; pour peu qu'elle s'attarde sur son chemin cela ne me surprendrait point qu'elle arrive après l'élévation.»

—«Hé! il n'y aurait rien d'étonnant», répondait Françoise.

—«Françoise, vous seriez venue cinq minutes plus tôt, vous auriez vu passer Mme Imbert qui tenait des asperges deux fois grosses comme celles de la mère Callot; tâchez donc de savoir par sa bonne où elle les a eues. Vous qui, cette année, nous mettez des asperges à toutes les sauces, vous auriez pu en prendre de pareilles pour nos voyageurs.»

—«Il n'y aurait rien d'étonnant qu'elles viennent de chez M. le Curé», disait Françoise.

—«Ah! je vous crois bien, ma pauvre Françoise, répondait ma tante en haussant les épaules, chez M. le Curé! Vous savez bien qu'il ne fait pousser que de petites méchantes asperges de rien. Je vous dis que celles-là étaient grosses comme le bras. Pas comme le vôtre, bien sûr, mais comme mon pauvre bras qui a encore tant maigri cette année.»

—«Françoise, vous n'avez pas entendu ce carillon qui m'a cassé la tête?»

—«Non, madame Octave.»

—«Ah! ma pauvre fille, il faut que vous l'ayez solide votre tête, vous pouvez remercier le Bon Dieu. C'était la Maguelone qui était venue chercher le docteur Piperaud. Il est ressorti tout de suite avec elle et ils ont tourné par la rue de l'Oiseau. Il faut qu'il y ait quelque enfant de malade.»

—«Eh! là, mon Dieu», soupirait Françoise, qui ne pouvait pas entendre parler d'un malheur arrivé à un inconnu, même dans une partie du monde éloignée, sans commencer à gémir.

—«Françoise, mais pour qui donc a-t-on sonné la cloche des morts? Ah! mon Dieu, ce sera pour Mme Rousseau. Voilà-t-il pas que j'avais oublié qu'elle a passé l'autre nuit. Ah! il est temps que le Bon Dieu me rappelle, je ne sais plus ce que j'ai fait de ma tête depuis la mort de mon pauvre Octave. Mais je vous fais perdre votre temps, ma fille.»

—«Mais non, madame Octave, mon temps n'est pas si cher; celui qui l'a fait ne nous l'a pas vendu. Je vas seulement voir si mon feu ne s'éteint pas.»

Ainsi Françoise et ma tante appréciaient-elles ensemble au cours de cette séance matinale, les premiers événements du jour. Mais quelquefois ces événements revêtaient un caractère si mystérieux et si grave que ma tante sentait qu'elle ne pourrait pas attendre le moment où Françoise monterait, et quatre coups de sonnette formidables retentissaient dans la maison.

—«Mais, madame Octave, ce n'est pas encore l'heure de la pepsine, disait Françoise. Est-ce que vous vous êtes senti une faiblesse?»

—«Mais non, Françoise, disait ma tante, c'est-à-dire si, vous savez bien que maintenant les moments où je n'ai pas de faiblesse sont bien rares; un jour je passerai comme Mme Rousseau sans avoir eu le temps de me reconnaître; mais ce n'est pas pour cela que je sonne. Croyez-vous pas que je viens de voir comme je vous vois Mme Goupil avec une fillette que je ne connais point. Allez donc chercher deux sous de sel chez Camus. C'est bien rare si Théodore ne peut pas vous dire qui c'est.»

—«Mais ça sera la fille à M. Pupin», disait Françoise qui préférait s'en tenir à une explication immédiate, ayant été déjà deux fois depuis le matin chez Camus.

—«La fille à M. Pupin! Oh! je vous crois bien, ma pauvre Françoise! Avec cela que je ne l'aurais pas reconnue?»

—«Mais je ne veux pas dire la grande, madame Octave, je veux dire la gamine, celle qui est en pension à Jouy. Il me ressemble de l'avoir déjà vue ce matin.»

—«Ah! à moins de ça, disait ma tante. Il faudrait qu'elle soit venue pour les fêtes. C'est cela! Il n'y a pas besoin de chercher, elle sera venue pour les fêtes. Mais alors nous pourrions bien voir tout à l'heure Mme Sazerat venir sonner chez sa sœur pour le déjeuner. Ce sera ça! J'ai vu le petit de chez Galopin qui passait avec une tarte! Vous verrez que la tarte allait chez Mme Goupil.»

—«Dès l'instant que Mme Goupil a de la visite, madame Octave, vous n'allez pas tarder à voir tout son monde rentrer pour le déjeuner, car il commence à ne plus être de bonne heure», disait Françoise qui, pressé de redescendre s'occuper du déjeuner, n'était pas fâchée de laisser à ma tante cette distraction en perspective.

—«Oh! pas avant midi, répondait ma tante d'un ton résigné, tout en jetant sur la pendule un coup d'œil inquiet, mais furtif pour ne pas laisser voir qu'elle, qui avait renoncé à tout, trouvait pourtant, à apprendre que Mme Goupil avait à déjeuner, un plaisir aussi vif, et qui se ferait malheureusement attendre encore un peu plus d'une heure. Et encore cela tombera pendant mon déjeuner!» ajouta-t-elle à mi-voix pour elle-même. Son déjeuner lui était une distraction suffisante pour qu'elle n'en souhaitât pas une autre en même temps. «Vous n'oublierez pas au moins de me donner mes œufs à la crème dans une assiette plate?» C'étaient les seules qui fussent ornées de sujets, et ma tante s'amusait à chaque repas à lire la légende de celle qu'on lui servait ce jour-là. Elle mettait ses lunettes, déchiffrait: Alibaba et quarante voleurs, Aladin ou la Lampe merveilleuse, et disait en souriant: Très bien, très bien.

—«Je serais bien allée chez Camus...» disait Françoise en voyant que ma tante ne l'y enverrait plus.

—«Mais non, ce n'est plus la peine, c'est sûrement Mlle Pupin. Ma pauvre Françoise, je regrette de vous avoir fait monter pour rien.»

Mais ma tante savait bien que ce n'était pas pour rien qu'elle avait sonné Françoise, car, à Combray, une personne «qu'on ne connaissait point» était un être aussi peu croyable qu'un dieu de la mythologie, et de fait on ne se souvenait pas que, chaque fois que s'était produite, dans la rue de Saint-Esprit ou sur la place, une de ces apparitions stupéfiantes, des recherches bien conduites n'eussent pas fini par réduire le personnage fabuleux aux proportions d'une «personne qu'on connaissait», soit personnellement, soit abstraitement, dans son état civil, en tant qu'ayant tel degré de parenté avec des gens de Combray. C'était le fils de Mme Sauton qui rentrait du service, la nièce de l'abbé Perdreau qui sortait de couvent, le frère du curé, percepteur à Châteaudun qui venait de prendre sa retraite ou qui était venu passer les fêtes. On avait eu en les apercevant l'émotion de croire qu'il y avait à Combray des gens qu'on ne connaissait point simplement parce qu'on ne les avait pas reconnus ou identifiés tout de suite. Et pourtant, longtemps à l'avance, Mme Sauton et le curé avaient prévenu qu'ils attendaient leurs «voyageurs». Quand le soir, je montais, en rentrant, raconter notre promenade à ma tante, si j'avais l'imprudence de lui dire que nous avions rencontré près du Pont-Vieux, un homme que mon grand-père ne connaissait pas: «Un homme que grand-père ne connaissait point, s'écriait elle. Ah! je te crois bien!» Néanmoins un peu émue de cette nouvelle, elle voulait en avoir le cœur net, mon grand-père était mandé. «Qui donc est-ce que vous avez rencontré près du Pont-Vieux, mon oncle? un homme que vous ne connaissiez point?»—«Mais si, répondait mon grand-père, c'était Prosper le frère du jardinier de Mme Bouillebœuf.»—«Ah! bien», disait ma tante, tranquillisée et un peu rouge; haussant les épaules avec un sourire ironique, elle ajoutait: «Aussi il me disait que vous aviez rencontré un homme que vous ne connaissiez point!» Et on me recommandait d'être plus circonspect une autre fois et de ne plus agiter ainsi ma tante par des paroles irréfléchies. On connaissait tellement bien tout le monde, à Combray, bêtes et gens, que si ma tante avait vu par hasard passer un chien «qu'elle ne connaissait point», elle ne cessait d'y penser et de consacrer à ce fait incompréhensible ses talents d'induction et ses heures de liberté.

—«Ce sera le chien de Mme Sazerat», disait Françoise, sans grande conviction, mais dans un but d'apaisement et pour que ma tante ne se «fende pas la tête.»

—«Comme si je ne connaissais pas le chien de Mme Sazerat!» répondait ma tante dont l'esprit critique n'admettait pas si facilement un fait.

—«Ah! ce sera le nouveau chien que M. Galopin a rapporté de Lisieux.»

—«Ah! à moins de ça.»

—«Il paraît que c'est une bête bien affable», ajoutait Françoise qui tenait le renseignement de Théodore, «spirituelle comme une personne, toujours de bonne humeur, toujours aimable, toujours quelque chose de gracieux. C'est rare qu'une bête qui n'a que cet âge-là soit déjà si galante. Madame Octave, il va falloir que je vous quitte, je n'ai pas le temps de m'amuser, voilà bientôt dix heures, mon fourneau n'est seulement pas éclairé, et j'ai encore à plumer mes asperges.»

—«Comment, Françoise, encore des asperges! mais c'est une vraie maladie d'asperges que vous avez cette année, vous allez en fatiguer nos Parisiens!»

—«Mais non, madame Octave, ils aiment bien ça. Ils rentreront de l'église avec de l'appétit et vous verrez qu'ils ne les mangeront pas avec le dos de la cuiller.»

—«Mais à l'église, ils doivent y être déjà; vous ferez bien de ne pas perdre de temps. Allez surveiller votre déjeuner.»

Pendant que ma tante devisait ainsi avec Françoise, j'accompagnais mes parents à la messe. Que je l'aimais, que je la revois bien, notre Église! Son vieux porche par lequel nous entrions, noir, grêlé comme une écumoire, était dévié et profondément creusé aux angles (de même que le bénitier où il nous conduisait) comme si le doux effleurement des mantes des paysannes entrant à l'église et de leurs doigts timides prenant de l'eau bénite, pouvait, répété pendant des siècles, acquérir une force destructive, infléchir la pierre et l'entailler de sillons comme en trace la roue des carrioles dans la borne contre laquelle elle bute tous les jours. Ses pierres tombales, sous lesquelles la noble poussière des abbés de Combray, enterrés là, faisait au chœur comme un pavage spirituel, n'étaient plus elles-mêmes de la matière inerte et dure, car le temps les avait rendues douces et fait couler comme du miel hors des limites de leur propre équarrissure qu'ici elles avaient dépassées d'un flot blond, entraînant à la dérive une majuscule gothique en fleurs, noyant les violettes blanches du marbre; et en deçà desquelles, ailleurs, elles s'étaient résorbées, contractant encore l'elliptique inscription latine, introduisant un caprice de plus dans la disposition de ces caractères abrégés, rapprochant deux lettres d'un mot dont les autres avaient été démesurément distendues. Ses vitraux ne chatoyaient jamais tant que les jours où le soleil se montrait peu, de sorte que fît-il gris dehors, on était sûr qu'il ferait beau dans l'église; l'un était rempli dans toute sa grandeur par un seul personnage pareil à un Roi de jeu de cartes, qui vivait là-haut, sous un dais architectural, entre ciel et terre; (et dans le reflet oblique et bleu duquel, parfois les jours de semaine, à midi, quand il n'y a pas d'office,—à l'un de ces rares moments où l'église aérée, vacante, plus humaine, luxueuse, avec du soleil sur son riche mobilier, avait l'air presque habitable comme le hall de pierre sculptée et de verre peint, d'un hôtel de style moyen âge,—on voyait s'agenouiller un instant Mme Sazerat, posant sur le prie-Dieu voisin un paquet tout ficelé de petits fours qu'elle venait de prendre chez le pâtissier d'en face et qu'elle allait rapporter pour le déjeuner); dans un autre une montagne de neige rose, au pied de laquelle se livrait un combat, semblait avoir givré à même la verrière qu'elle boursouflait de son trouble grésil comme une vitre à laquelle il serait resté des flocons, mais des flocons éclairés par quelque aurore (par la même sans doute qui empourprait le retable de l'autel de tons si frais qu'ils semblaient plutôt posés là momentanément par une lueur du dehors prête à s'évanouir que par des couleurs attachées à jamais à la pierre); et tous étaient si anciens qu'on voyait çà et là leur vieillesse argentée étinceler de la poussière des siècles et monter brillante et usée jusqu'à la corde la trame de leur douce tapisserie de verre. Il y en avait un qui était un haut compartiment divisé en une centaine de petits vitraux rectangulaires où dominait le bleu, comme un grand jeu de cartes pareil à ceux qui devaient distraire le roi Charles VI; mais soit qu'un rayon eût brillé, soit que mon regard en bougeant eût promené à travers la verrière tour à tour éteinte et rallumée, un mouvant et précieux incendie, l'instant d'après elle avait pris l'éclat changeant d'une traîne de paon, puis elle tremblait et ondulait en une pluie flamboyante et fantastique qui dégouttait du haut de la voûte sombre et rocheuse, le long des parois humides, comme si c'était dans la nef de quelque grotte irisée de sinueux stalactites que je suivais mes parents, qui portaient leur paroissien; un instant après les petits vitraux en losange avaient pris la transparence profonde, l'infrangible dureté de saphirs qui eussent été juxtaposés sur quelque immense pectoral, mais derrière lesquels on sentait, plus aimé que toutes ces richesses, un sourire momentané de soleil; il était aussi reconnaissable dans le flot bleu et doux dont il baignait les pierreries que sur le pavé de la place ou la paille du marché; et, même à nos premiers dimanches quand nous étions arrivés avant Pâques, il me consolait que la terre fût encore nue et noire, en faisant épanouir, comme en un printemps historique et qui datait des successeurs de saint Louis, ce tapis éblouissant et doré de myosotis en verre.

Deux tapisseries de haute lice représentaient le couronnement d'Esther (le tradition voulait qu'on eût donné à Assuérus les traits d'un roi de France et à Esther ceux d'une dame de Guermantes dont il était amoureux) auxquelles leurs couleurs, en fondant, avaient ajouté une expression, un relief, un éclairage: un peu de rose flottait aux lèvres d'Esther au delà du dessin de leur contour, le jaune de sa robe s'étalait si onctueusement, si grassement, qu'elle en prenait une sorte de consistance et s'enlevait vivement sur l'atmosphère refoulée; et la verdure des arbres restée vive dans les parties basses du panneau de soie et de laine, mais ayant «passé» dans le haut, faisait se détacher en plus pâle, au-dessus des troncs foncés, les hautes branches jaunissantes, dorées et comme à demi effacées par la brusque et oblique illumination d'un soleil invisible. Tout cela et plus encore les objets précieux venus à l'église de personnages qui étaient pour moi presque des personnages de légende (la croix d'or travaillée disait-on par saint Éloi et donnée par Dagobert, le tombeau des fils de Louis le Germanique, en porphyre et en cuivre émaillé) à cause de quoi je m'avançais dans l'église, quand nous gagnions nos chaises, comme dans une vallée visitée des fées, où le paysan s'émerveille de voir dans un rocher, dans un arbre, dans une mare, la trace palpable de leur passage surnaturel, tout cela faisait d'elle pour moi quelque chose d'entièrement différent du reste de la ville: un édifice occupant, si l'on peut dire, un espace à quatre dimensions—la quatrième étant celle du Temps,—déployant à travers les siècles son vaisseau qui, de travée en travée, de chapelle en chapelle, semblait vaincre et franchir non pas seulement quelques mètres, mais des époques successives d'où il sortait victorieux; dérobant le rude et farouche XIe siècle dans l'épaisseur de ses murs, d'où il n'apparaissait avec ses lourds cintres bouchés et aveuglés de grossiers moellons que par la profonde entaille que creusait près du porche l'escalier du clocher, et, même là, dissimulé par les gracieuses arcades gothiques qui se pressaient coquettement devant lui comme de plus grandes sœurs, pour le cacher aux étrangers, se placent en souriant devant un jeune frère rustre, grognon et mal vêtu; élevant dans le ciel au-dessus de la Place, sa tour qui avait contemplé saint Louis et semblait le voir encore; et s'enfonçant avec sa crypte dans une nuit mérovingienne où, nous guidant à tâtons sous la voûte obscure et puissamment nervurée comme la membrane d'une immense chauve-souris de pierre, Théodore et sa sœur nous éclairaient d'une bougie le tombeau de la petite fille de Sigebert, sur lequel une profonde valve,—comme la trace d'un fossile,—avait été creusée, disait-on, «par une lampe de cristal qui, le soir du meurtre de la princesse franque, s'était détachée d'elle-même des chaînes d'or où elle était suspendue à la place de l'actuelle abside, et, sans que le cristal se brisât, sans que la flamme s'éteignît, s'était enfoncée dans la pierre et l'avait fait mollement céder sous elle.»

L'abside de l'église de Combray, peut-on vraiment en parler? Elle était si grossière, si dénuée de beauté artistique et même d'élan religieux. Du dehors, comme le croisement des rues sur lequel elle donnait était en contre-bas, sa grossière muraille s'exhaussait d'un soubassement en moellons nullement polis, hérissés de cailloux, et qui n'avait rien de particulièrement ecclésiastique, les verrières semblaient percées à une hauteur excessive, et le tout avait plus l'air d'un mur de prison que d'église. Et certes, plus tard, quand je me rappelais toutes les glorieuses absides que j'ai vues, il ne me serait jamais venu à la pensée de rapprocher d'elles l'abside de Combray. Seulement, un jour, au détour d'une petite rue provinciale, j'aperçus, en face du croisement de trois ruelles, une muraille fruste et surélevée, avec des verrières percées en haut et offrant le même aspect asymétrique que l'abside de Combray. Alors je ne me suis pas demandé comme à Chartres ou à Reims avec quelle puissance y était exprimé le sentiment religieux, mais je me suis involontairement écrié: «L'Église!»

L'église! Familière; mitoyenne, rue Saint-Hilaire, où était sa porte nord, de ses deux voisines, la pharmacie de M. Rapin et la maison de Mme Loiseau, qu'elle touchait sans aucune séparation; simple citoyenne de Combray qui aurait pu avoir son numéro dans la rue si les rues de Combray avaient eu des numéros, et où il semble que le facteur aurait dû s'arrêter le matin quand il faisait sa distribution, avant d'entrer chez Mme Loiseau et en sortant de chez M. Rapin, il y avait pourtant entre elle et tout ce qui n'était pas elle une démarcation que mon esprit n'a jamais pu arriver à franchir. Mme Loiseau avait beau avoir à sa fenêtre des fuchsias, qui prenaient la mauvaise habitude de laisser leurs branches courir toujours partout tête baissée, et dont les fleurs n'avaient rien de plus pressé, quand elles étaient assez grandes, que d'aller rafraîchir leurs joues violettes et congestionnées contre la sombre façade de l'église, les fuchsias ne devenaient pas sacrés pour cela pour moi; entre les fleurs et la pierre noircie sur laquelle elles s'appuyaient, si mes yeux ne percevaient pas d'intervalle, mon esprit réservait un abîme.

On reconnaissait le clocher de Saint-Hilaire de bien loin, inscrivant sa figure inoubliable à l'horizon où Combray n'apparaissait pas encore; quand du train qui, la semaine de Pâques, nous amenait de Paris, mon père l'apercevait qui filait tour à tour sur tous les sillons du ciel, faisant courir en tous sens son petit coq de fer, il nous disait: «Allons, prenez les couvertures, on est arrivé.» Et dans une des plus grandes promenades que nous faisions de Combray, il y avait un endroit où la route resserrée débouchait tout à coup sur un immense plateau fermé à l'horizon par des forêts déchiquetées que dépassait seul la fine pointe du clocher de Saint-Hilaire, mais si mince, si rose, qu'elle semblait seulement rayée sur le ciel par un ongle qui aurait voulu donner à se paysage, à ce tableau rien que de nature, cette petite marque d'art, cette unique indication humaine. Quand on se rapprochait et qu'on pouvait apercevoir le reste de la tour carrée et à demi détruite qui, moins haute, subsistait à côté de lui, on était frappé surtout de ton rougeâtre et sombre des pierres; et, par un matin brumeux d'automne, on aurait dit, s'élevant au-dessus du violet orageux des vignobles, une ruine de pourpre presque de la couleur de la vigne vierge.

Souvent sur la place, quand nous rentrions, ma grand'mère me faisait arrêter pour le regarder. Des fenêtres de sa tour, placées deux par deux les unes au-dessus des autres, avec cette juste et originale proportion dans les distances qui ne donne pas de la beauté et de la dignité qu'aux visages humains, il lâchait, laissait tomber à intervalles réguliers des volées de corbeaux qui, pendant un moment, tournoyaient en criant, comme si les vieilles pierres qui les laissaient s'ébattre sans paraître les voir, devenues tout d'un coup inhabitables et dégageant un principe d'agitation infinie, les avait frappés et repoussés. Puis, après avoir rayé en tous sens le velours violet de l'air du soir, brusquement calmés ils revenaient s'absorber dans la tour, de néfaste redevenue propice, quelques-uns posés çà et là, ne semblant pas bouger, mais happant peut-être quelque insecte, sur la pointe d'un clocheton, comme une mouette arrêtée avec l'immobilité d'un pêcheur à la crête d'une vague. Sans trop savoir pourquoi, ma grand'mère trouvait au clocher de Saint-Hilaire cette absence de vulgarité, de prétention, de mesquinerie, qui lui faisait aimer et croire riches d'une influence bienfaisante, la nature, quand la main de l'homme ne l'avait pas, comme faisait le jardinier de ma grand'tante, rapetissée, et les œuvres de génie. Et sans doute, toute partie de l'église qu'on apercevait la distinguait de tout autre édifice par une sorte de pensée qui lui était infuse, mais c'était dans son clocher qu'elle semblait prendre conscience d'elle-même, affirmer une existence individuelle et responsable. C'était lui qui parlait pour elle. Je crois surtout que, confusément, ma grand'mère trouvait au clocher de Combray ce qui pour elle avait le plus de prix au monde, l'air naturel et l'air distingué. Ignorante en architecture, elle disait: «Mes enfants, moquez-vous de moi si vous voulez, il n'est peut-être pas beau dans les règles, mais sa vieille figure bizarre me plaît. Je suis sûre que s'il jouait du piano, il ne jouerait pas sec.» Et en le regardant, en suivant des yeux la douce tension, l'inclinaison fervente de ses pentes de pierre qui se rapprochaient en s'élevant comme des mains jointes qui prient, elle s'unissait si bien à l'effusion de la flèche, que son regard semblait s'élancer avec elle; et en même temps elle souriait amicalement aux vieilles pierres usées dont le couchant n'éclairait plus que le faîte et qui, à partir du moment où elles entraient dans cette zone ensoleillée, adoucies par la lumière, paraissaient tout d'un coup montées bien plus haut, lointaines, comme un chant repris «en voix de tête» une octave au-dessus.

C'était le clocher de Saint-Hilaire qui donnait à toutes les occupations, à toutes les heures, à tous les points de vue de la ville, leur figure, leur couronnement, leur consécration. De ma chambre, je ne pouvais apercevoir que sa base qui avait été recouverte d'ardoises; mais quand, le dimanche, je les voyais, par une chaude matinée d'été, flamboyer comme un soleil noir, je me disais: «Mon-Dieu! neuf heures! il faut se préparer pour aller à la grand'messe si je veux avoir le temps d'aller embrasser tante Léonie avant», et je savais exactement la couleur qu'avait le soleil sur la place, la chaleur et la poussière du marché, l'ombre que faisait le store du magasin où maman entrerait peut-être avant la messe dans une odeur de toile écrue, faire emplette de quelque mouchoir que lui ferait montrer, en cambrant la taille, le patron qui, tout en se préparant à fermer, venait d'aller dans l'arrière-boutique passer sa veste du dimanche et se savonner les mains qu'il avait l'habitude, toutes les cinq minutes, même dans les circonstances les plus mélancoliques, de frotter l'une contre l'autre d'un air d'entreprise, de partie fine et de réussite.

Quand après la messe, on entrait dire à Théodore d'apporter une brioche plus grosse que d'habitude parce que nos cousins avaient profité du beau temps pour venir de Thiberzy déjeuner avec nous, on avait devant soi le clocher qui, doré et cuit lui-même comme une plus grande brioche bénie, avec des écailles et des égouttements gommeux de soleil, piquait sa pointe aiguë dans le ciel bleu. Et le soir, quand je rentrais de promenade et pensais au moment où il faudrait tout à l'heure dire bonsoir à ma mère et ne plus la voir, il était au contraire si doux, dans la journée finissante, qu'il avait l'air d'être posé et enfoncé comme un coussin de velours brun sur le ciel pâli qui avait cédé sous sa pression, s'était creusé légèrement pour lui faire sa place et refluait sur ses bords; et les cris des oiseaux qui tournaient autour de lui semblaient accroître son silence, élancer encore sa flèche et lui donner quelque chose d'ineffable.

Même dans les courses qu'on avait à faire derrière l'église, là où on ne la voyait pas, tout semblait ordonné par rapport au clocher surgi ici ou là entre les maisons, peut-être plus émouvant encore quand il apparaissait ainsi sans l'église. Et certes, il y en a bien d'autres qui sont plus beaux vus de cette façon, et j'ai dans mon souvenir des vignettes de clochers dépassant les toits, qui ont un autre caractère d'art que celles que composaient les tristes rues de Combray. Je n'oublierai jamais, dans une curieuse ville de Normandie voisine de Balbec, deux charmants hôtels du XVIIIe siècle, qui me sont à beaucoup d'égards chers et vénérables et entre lesquels, quand on la regarde du beau jardin qui descend des perrons vers la rivière, la flèche gothique d'une église qu'ils cachent s'élance, ayant l'air de terminer, de surmonter leurs façades, mais d'une matière si différente, si précieuse, si annelée, si rose, si vernie, qu'on voit bien qu'elle n'en fait pas plus partie que de deux beaux galets unis, entre lesquels elle est prise sur la plage, la flèche purpurine et crénelée de quelque coquillage fuselé en tourelle et glacé d'émail. Même à Paris, dans un des quartiers les plus laids de la ville, je sais une fenêtre où on voit après un premier, un second et même un troisième plan fait des toits amoncelés de plusieurs rues, une cloche violette, parfois rougeâtre, parfois aussi, dans les plus nobles «épreuves» qu'en tire l'atmosphère, d'un noir décanté de cendres, laquelle n'est autre que le dôme Saint-Augustin et qui donne à cette vue de Paris le caractère de certaines vues de Rome par Piranesi. Mais comme dans aucune de ces petites gravures, avec quelque goût que ma mémoire ait pu les exécuter elle ne put mettre ce que j'avais perdu depuis longtemps, le sentiment qui nous fait non pas considérer une chose comme un spectacle, mais y croire comme en un être sans équivalent, aucune d'elles ne tient sous sa dépendance toute une partie profonde de ma vie, comme fait le souvenir de ces aspects du clocher de Combray dans les rues qui sont derrière l'église. Qu'on le vît à cinq heures, quand on allait chercher les lettres à la poste, à quelques maisons de soi, à gauche, surélevant brusquement d'une cime isolée la ligne de faîte des toits; que si, au contraire, on voulait entrer demander des nouvelles de Mme Sazerat, on suivît des yeux cette ligne redevenue basse après la descente de son autre versant en sachant qu'il faudrait tourner à la deuxième rue après le clocher; soit qu'encore, poussant plus loin, si on allait à la gare, on le vît obliquement, montrant de profil des arêtes et des surfaces nouvelles comme un solide surpris à un moment inconnu de sa révolution; ou que, des bords de la Vivonne, l'abside musculeusement ramassée et remontée par la perspective semblât jaillir de l'effort que le clocher faisait pour lancer sa flèche au cœur du ciel: c'était toujours à lui qu'il fallait revenir, toujours lui qui dominait tout, sommant les maisons d'un pinacle inattendu, levé avant moi comme le doigt de Dieu dont le corps eût été caché dans la foule des humains sans que je le confondisse pour cela avec elle. Et aujourd'hui encore si, dans une grande ville de province ou dans un quartier de Paris que je connais mal, un passant qui m'a «mis dans mon chemin» me montre au loin, comme un point de repère, tel beffroi d'hôpital, tel clocher de couvent levant la pointe de son bonnet ecclésiastique au coin d'une rue que je dois prendre, pour peu que ma mémoire puisse obscurément lui trouver quelque trait de ressemblance avec la figure chère et disparue, le passant, s'il se retourne pour s'assurer que je ne m'égare pas, peut, à son étonnement, m'apercevoir qui, oublieux de la promenade entreprise ou de la course obligée, reste là, devant le clocher, pendant des heures, immobile, essayant de me souvenir, sentant au fond de moi des terres reconquises sur l'oubli qui s'assèchent et se rebâtissent; et sans doute alors, et plus anxieusement que tout à l'heure quand je lui demandais de me renseigner, je cherche encore mon chemin, je tourne une rue...mais...c'est dans mon cœur...

En rentrant de la messe, nous rencontrions souvent M. Legrandin qui, retenu à Paris par sa profession d'ingénieur, ne pouvait, en dehors des grandes vacances, venir à sa propriété de Combray que du samedi soir au lundi matin. C'était un de ces hommes qui, en dehors d'une carrière scientifique où ils ont d'ailleurs brillamment réussi, possèdent une culture toute différente, littéraire, artistique, que leur spécialisation professionnelle n'utilise pas et dont profite leur conversation. Plus lettrés que bien des littérateurs (nous ne savions pas à cette époque que M. Legrandin eût une certaine réputation comme écrivain et nous fûmes très étonnés de voir qu'un musicien célèbre avait composé une mélodie sur des vers de lui), doués de plus de «facilité» que bien des peintres, ils s'imaginent que la vie qu'ils mènent n'est pas celle qui leur aurait convenu et apportent à leurs occupations positives soit une insouciance mêlée de fantaisie, soit une application soutenue et hautaine, méprisante, amère et consciencieuse. Grand, avec une belle tournure, un visage pensif et fin aux longues moustaches blondes, au regard bleu et désenchanté, d'une politesse raffinée, causeur comme nous n'en avions jamais entendu, il était aux yeux de ma famille qui le citait toujours en exemple, le type de l'homme d'élite, prenant la vie de la façon la plus noble et la plus délicate. Ma grand'mère lui reprochait seulement de parler un peu trop bien, un peu trop comme un livre, de ne pas avoir dans son langage le naturel qu'il y avait dans ses cravates lavallière toujours flottantes, dans son veston droit presque d'écolier. Elle s'étonnait aussi des tirades enflammées qu'il entamait souvent contre l'aristocratie, la vie mondaine, le snobisme, «certainement le péché auquel pense saint Paul quand il parle du péché pour lequel il n'y a pas de rémission.»

L'ambition mondaine était un sentiment que ma grand'mère était si incapable de ressentir et presque de comprendre qu'il lui paraissait bien inutile de mettre tant d'ardeur à la flétrir. De plus elle ne trouvait pas de très bon goût que M. Legrandin dont la sœur était mariée près de Balbec avec un gentilhomme bas-normand se livrât à des attaques aussi violentes encore les nobles, allant jusqu'à reprocher à la Révolution de ne les avoir pas tous guillotinés.

—Salut, amis! nous disait-il en venant à notre rencontre. Vous êtes heureux d'habiter beaucoup ici; demain il faudra que je rentre à Paris, dans ma niche.

—«Oh! ajoutait-il, avec ce sourire doucement ironique et déçu, un peu distrait, qui lui était particulier, certes il y a dans ma maison toutes les choses inutiles. Il n'y manque que le nécessaire, un grand morceau de ciel comme ici. Tâchez de garder toujours un morceau de ciel au-dessus de votre vie, petit garçon, ajoutait-il en se tournant vers moi. Vous avez une jolie âme, d'une qualité rare, une nature d'artiste, ne la laissez pas manquer de ce qu'il lui faut.»

Quand, à notre retour, ma tante nous faisait demander si Mme Goupil était arrivée en retard à la messe, nous étions incapables de la renseigner. En revanche nous ajoutions à son trouble en lui disant qu'un peintre travaillait dans l'église à copier le vitrail de Gilbert le Mauvais. Françoise, envoyée aussitôt chez l'épicier, était revenue bredouille par la faute de l'absence de Théodore à qui sa double profession de chantre ayant une part de l'entretien de l'église, et de garçon épicier donnait, avec des relations dans tous les mondes, un savoir universel.

—«Ah! soupirait ma tante, je voudrais que ce soit déjà l'heure d'Eulalie. Il n'y a vraiment qu'elle qui pourra me dire cela.»

Eulalie était une fille boiteuse, active et sourde qui s'était «retirée» après la mort de Mme de la Bretonnerie où elle avait été en place depuis son enfance et qui avait pris à côté de l'église une chambre, d'où elle descendait tout le temps soit aux offices, soit, en dehors des offices, dire une petite prière ou donner un coup de main à Théodore; le reste du temps elle allait voir des personnes malades comme ma tante Léonie à qui elle racontait ce qui s'était passé à la messe ou aux vêpres. Elle ne dédaignait pas d'ajouter quelque casuel à la petite rente que lui servait la famille de ses anciens maîtres en allant de temps en temps visiter le linge du curé ou de quelque autre personnalité marquante du monde clérical de Combray. Elle portait au-dessus d'une mante de drap noir un petit béguin blanc, presque de religieuse, et une maladie de peau donnait à une partie de ses joues et à son nez recourbé, les tons rose vif de la balsamine. Ses visites étaient la grande distraction de ma tante Léonie qui ne recevait plus guère personne d'autre, en dehors de M. le Curé. Ma tante avait peu à peu évincé tous les autres visiteurs parce qu'ils avaient le tort à ses yeux de rentrer tous dans l'une ou l'autre des deux catégories de gens qu'elle détestait. Les uns, les pires et dont elle s'était débarrassée les premiers, étaient ceux qui lui conseillaient de ne pas «s'écouter» et professaient, fût-ce négativement et en ne la manifestant que par certains silences de désapprobation ou par certains sourires de doute, la doctrine subversive qu'une petite promenade au soleil et un bon bifteck saignant (quand elle gardait quatorze heures sur l'estomac deux méchantes gorgées d'eau de Vichy!) lui feraient plus de bien que son lit et ses médecines. L'autre catégorie se composait des personnes qui avaient l'air de croire qu'elle était plus gravement malade qu'elle ne pensait, était aussi gravement malade qu'elle le disait. Aussi, ceux qu'elle avait laissé monter après quelques hésitations et sur les officieuses instances de Françoise et qui, au cours de leur visite, avaient montré combien ils étaient indignes de la faveur qu'on leur faisait en risquant timidement un: «Ne croyez-vous pas que si vous vous secouiez un peu par un beau temps», ou qui, au contraire, quand elle leur avait dit: «Je suis bien bas, bien bas, c'est la fin, mes pauvres amis», lui avaient répondu: «Ah! quand on n'a pas la santé! Mais vous pouvez durer encore comme ça», ceux-là, les uns comme les autres, étaient sûrs de ne plus jamais être reçus. Et si Françoise s'amusait de l'air épouvanté de ma tante quand de son lit elle avait aperçu dans la rue du Saint-Esprit une de ces personnes qui avait l'air de venir chez elle ou quand elle avait entendu un coup de sonnette, elle riait encore bien plus, et comme d'un bon tour, des ruses toujours victorieuses de ma tante pour arriver à les faire congédier et de leur mine déconfite en s'en retournant sans l'avoir vue, et, au fond admirait sa maîtresse qu'elle jugeait supérieure à tous ces gens puisqu'elle ne voulait pas les recevoir. En somme, ma tante exigeait à la fois qu'on l'approuvât dans son régime, qu'on la plaignît pour ses souffrances et qu'on la rassurât sur son avenir.

C'est à quoi Eulalie excellait. Ma tante pouvait lui dire vingt fois en une minute: «C'est la fin, ma pauvre Eulalie», vingt fois Eulalie répondait: «Connaissant votre maladie comme vous la connaissez, madame Octave, vous irez à cent ans, comme me disait hier encore Mme Sazerin.» (Une des plus fermes croyances d'Eulalie et que le nombre imposant des démentis apportés par l'expérience n'avait pas suffi à entamer, était que Mme Sazerat s'appelait Mme Sazerin.)

—Je ne demande pas à aller à cent ans, répondait ma tante qui préférait ne pas voir assigner à ses jours un terme précis.

Et comme Eulalie savait avec cela comme personne distraire ma tante sans la fatiguer, ses visites qui avaient lieu régulièrement tous les dimanches sauf empêchement inopiné, étaient pour ma tante un plaisir dont la perspective l'entretenait ces jours-là dans un état agréable d'abord, mais bien vite douloureux comme une faim excessive, pour peu qu'Eulalie fût en retard. Trop prolongée, cette volupté d'attendre Eulalie tournait en supplice, ma tante ne cessait de regarder l'heure, bâillait, se sentait des faiblesses. Le coup de sonnette d'Eulalie, s'il arrivait tout à la fin de la journée, quand elle ne l'espérait plus, la faisait presque se trouver mal. En réalité, le dimanche, elle ne pensait qu'à cette visite et sitôt le déjeuner fini, Françoise avait hâte que nous quittions la salle à manger pour qu'elle pût monter «occuper» ma tante. Mais (surtout à partir du moment où les beaux jours s'installaient à Combray) il y avait bien longtemps que l'heure altière de midi, descendue de la tour de Saint-Hilaire qu'elle armoriait des douze fleurons momentanés de sa couronne sonore avait retenti autour de notre table, auprès du pain bénit venu lui aussi familièrement en sortant de l'église, quand nous étions encore assis devant les assiettes des Mille et une Nuits, appesantis par la chaleur et surtout par le repas. Car, au fond permanent d'œufs, de côtelettes, de pommes de terre, de confitures, de biscuits, qu'elle ne nous annonçait même plus, Françoise ajoutait—selon les travaux des champs et des vergers, le fruit de la marée, les hasards du commerce, les politesses des voisins et son propre génie, et si bien que notre menu, comme ces quatre-feuilles qu'on sculptait au XIIIe siècle au portail des cathédrales, reflétait un peu le rythme des saisons et les épisodes de la vie—: une barbue parce que la marchande lui en avait garanti la fraîcheur, une dinde parce qu'elle en avait vu une belle au marché de Roussainville-le-Pin, des cardons à la moelle parce qu'elle ne nous en avait pas encore fait de cette manière-là, un gigot rôti parce que le grand air creuse et qu'il avait bien le temps de descendre d'ici sept heures, des épinards pour changer, des abricots parce que c'était encore une rareté, des groseilles parce que dans quinze jours il n'y en aurait plus, des framboises que M. Swann avait apportées exprès, des cerises, les premières qui vinssent du cerisier du jardin après deux ans qu'il n'en donnait plus, du fromage à la crème que j'aimais bien autrefois, un gâteau aux amandes parce qu'elle l'avait commandé la veille, une brioche parce que c'était notre tour de l'offrir. Quand tout cela était fini, composée expressément pour nous, mais dédiée plus spécialement à mon père qui était amateur, une crème au chocolat, inspiration, attention personnelle de Françoise, nous était offerte, fugitive et légère comme une œuvre de circonstance où elle avait mis tout son talent. Celui qui eût refusé d'en goûter en disant: «J'ai fini, je n'ai plus faim», se serait immédiatement ravalé au rang de ces goujats qui, même dans le présent qu'un artiste leur fait d'une de ses œuvres, regardent au poids et à la matière alors que n'y valent que l'intention et la signature. Même en laisser une seule goutte dans le plat eût témoigné de la même impolitesse que se lever avant la fin du morceau au nez du compositeur.

Enfin ma mère me disait: «Voyons, ne reste pas ici indéfiniment, monte dans ta chambre si tu as trop chaud dehors, mais va d'abord prendre l'air un instant pour ne pas lier en sortant de table.» J'allais m'asseoir près de la pompe et de son auge, souvent ornée, comme un fond gothique, d'une salamandre, qui sculptait sur la pierre fruste le relief mobile de son corps allégorique et fuselé, sur le banc sans dossier ombragé d'un lilas, dans ce petit coin du jardin qui s'ouvrait par une porte de service sur la rue du Saint-Esprit et de la terre peu soignée duquel s'élevait par deux degrés, en saillie de la maison, et comme une construction indépendante, l'arrière-cuisine. On apercevait son dallage rouge et luisant comme du porphyre. Elle avait moins l'air de l'antre de Françoise que d'un petit temple à Vénus. Elle regorgeait des offrandes du crémier, du fruitier, de la marchande de légumes, venus parfois de hameaux assez lointains pour lui dédier les prémices de leurs champs. Et son faîte était toujours couronné du roucoulement d'une colombe.

Autrefois, je ne m'attardais pas dans le bois consacré qui l'entourait, car, avant de monter lire, j'entrais dans le petit cabinet de repos que mon oncle Adolphe, un frère de mon grand-père, ancien militaire qui avait pris sa retraite comme commandant, occupait au rez-de-chaussée, et qui, même quand les fenêtres ouvertes laissaient entrer la chaleur, sinon les rayons du soleil qui atteignaient rarement jusque-là, dégageait inépuisablement cette odeur obscure et fraîche, à la fois forestière et ancien régime, qui fait rêver longuement les narines, quand on pénètre dans certains pavillons de chasse abandonnés. Mais depuis nombre d'années je n'entrais plus dans le cabinet de mon oncle Adolphe, ce dernier ne venant plus à Combray à cause d'une brouille qui était survenue entre lui et ma famille, par ma faute, dans les circonstances suivantes:

Une ou deux fois par mois, à Paris, on m'envoyait lui faire une visite, comme il finissait de déjeuner, en simple vareuse, servi par son domestique en veste de travail de coutil rayé violet et blanc. Il se plaignait en ronchonnant que je n'étais pas venu depuis longtemps, qu'on l'abandonnait; il m'offrait un massepain ou une mandarine, nous traversions un salon dans lequel on ne s'arrêtait jamais, où on ne faisait jamais de feu, dont les murs étaient ornés de moulures dorées, les plafonds peints d'un bleu qui prétendait imiter le ciel et les meubles capitonnés en satin comme chez mes grands-parents, mais jaune; puis nous passions dans ce qu'il appelait son cabinet de «travail» aux murs duquel étaient accrochées de ces gravures représentant sur fond noir une déesse charnue et rose conduisant un char, montée sur un globe, ou une étoile au front, qu'on aimait sous le second Empire parce qu'on leur trouvait un air pompéien, puis qu'on détesta, et qu'on recommence à aimer pour une seule et même raison, malgré les autres qu'on donne et qui est qu'elles ont l'air second Empire. Et je restais avec mon oncle jusqu'à ce que son valet de chambre vînt lui demander, de la part du cocher, pour quelle heure celui-ci devait atteler. Mon oncle se plongeait alors dans une méditation qu'aurait craint de troubler d'un seul mouvement son valet de chambre émerveillé, et dont il attendait avec curiosité le résultat, toujours identique. Enfin, après une hésitation suprême, mon oncle prononçait infailliblement ces mots: «Deux heures et quart», que le valet de chambre répétait avec étonnement, mais sans discuter: «Deux heures et quart? bien...je vais le dire...»

A cette époque j'avais l'amour du théâtre, amour platonique, car mes parents ne m'avaient encore jamais permis d'y aller, et je me représentais d'une façon si peu exacte les plaisirs qu'on y goûtait que je n'étais pas éloigné de croire que chaque spectateur regardait comme dans un stéréoscope un décor qui n'était que pour lui, quoique semblable au millier d'autres que regardait, chacun pour soi, le reste des spectateurs.

Tous les matins je courais jusqu'à la colonne Moriss pour voir les spectacles qu'elle annonçait. Rien n'était plus désintéressé et plus heureux que les rêves offerts à mon imagination par chaque pièce annoncée et qui étaient conditionnés à la fois par les images inséparables des mots qui en composaient le titre et aussi de la couleur des affiches encore humides et boursouflées de colle sur lesquelles il se détachait. Si ce n'est une de ces œuvres étranges comme le Testament de César Girodot et Œdipe-Roi lesquelles s'inscrivaient, non sur l'affiche verte de l'Opéra-Comique, mais sur l'affiche lie de vin de la Comédie-Française, rien ne me paraissait plus différent de l'aigrette étincelante et blanche des Diamants de la Couronne que le satin lisse et mystérieux du Domino Noir, et, mes parents m'ayant dit que quand j'irais pour la première fois au théâtre j'aurais à choisir entre ces deux pièces, cherchant à approfondir successivement le titre de l'une et le titre de l'autre, puisque c'était tout ce que je connaissais d'elles, pour tâcher de saisir en chacun le plaisir qu'il me promettait et de le comparer à celui que recélait l'autre, j'arrivais à me représenter avec tant de force, d'une part une pièce éblouissante et fière, de l'autre une pièce douce et veloutée, que j'étais aussi incapable de décider laquelle aurait ma préférence, que si, pour le dessert, on m'avait donné à opter encore du riz à l'Impératrice et de la crème au chocolat.

Toutes mes conversations avec mes camarades portaient sur ces acteurs dont l'art, bien qu'il me fût encore inconnu, était la première forme, entre toutes celles qu'il revêt, sous laquelle se laissait pressentir par moi, l'Art. Entre la manière que l'un ou l'autre avait de débiter, de nuancer une tirade, les différences les plus minimes me semblaient avoir une importance incalculable. Et, d'après ce que l'on m'avait dit d'eux, je les classais par ordre de talent, dans des listes que je me récitais toute la journée: et qui avaient fini par durcir dans mon cerveau et par le gêner de leur inamovibilité.

Plus tard, quand je fus au collège, chaque fois que pendant les classes, je correspondais, aussitôt que le professeur avait la tête tournée, avec un nouvel ami, ma première question était toujours pour lui demander s'il était déjà allé au théâtre et s'il trouvait que le plus grand acteur était bien Got, le second Delaunay, etc. Et si, à son avis, Febvre ne venait qu'après Thiron, ou Delaunay qu'après Coquelin, la soudaine motilité que Coquelin, perdant la rigidité de la pierre, contractait dans mon esprit pour y passer au deuxième rang, et l'agilité miraculeuse, la féconde animation dont se voyait doué Delaunay pour reculer au quatrième, rendait la sensation du fleurissement et de la vie à mon cerveau assoupli et fertilisé.

Mais si les acteurs me préoccupaient ainsi, si la vue de Maubant sortant un après-midi du Théâtre-Français m'avait causé le saisissement et les souffrances de l'amour, combien le nom d'une étoile flamboyant à la porte d'un théâtre, combien, à la glace d'un coupé qui passait dans la rue avec ses chevaux fleuris de roses au frontail, la vue du visage d'une femme que je pensais être peut-être une actrice, laissait en moi un trouble plus prolongé, un effort impuissant et douloureux pour me représenter sa vie! Je classais par ordre de talent les plus illustres: Sarah Bernhardt, la Berma, Bartet, Madeleine Brohan, Jeanne Samary, mais toutes m'intéressaient. Or mon oncle en connaissait beaucoup, et aussi des cocottes que je ne distinguais pas nettement des actrices. Il les recevait chez lui. Et si nous n'allions le voir qu'à certains jours c'est que, les autres jours, venaient des femmes avec lesquelles sa famille n'aurait pas pu se rencontrer, du moins à son avis à elle, car, pour mon oncle, au contraire, sa trop grande facilité à faire à de jolies veuves qui n'avaient peut-être jamais été mariées, à des comtesses de nom ronflant, qui n'était sans doute qu'un nom de guerre, la politesse de les présenter à ma grand'mère ou même à leur donner des bijoux de famille, l'avait déjà brouillé plus d'une fois avec mon grand-père. Souvent, à un nom d'actrice qui venait dans la conversation, j'entendais mon père dire à ma mère, en souriant: «Une amie de ton oncle»; et je pensais que le stage que peut-être pendant des années des hommes importants faisaient inutilement à la porte de telle femme qui ne répondait pas à leurs lettres et les faisait chasser par le concierge de son hôtel, mon oncle aurait pu en dispenser un gamin comme moi en le présentant chez lui à l'actrice, inapprochable à tant d'autres, qui était pour lui une intime amie.

Aussi,—sous le prétexte qu'une leçon qui avait été déplacée tombait maintenant si mal qu'elle m'avait empêché plusieurs fois et m'empêcherait encore de voir mon oncle—un jour, autre que celui qui était réservé aux visites que nous lui faisions, profitant de ce que mes parents avaient déjeuné de bonne heure, je sortis et au lieu d'aller regarder la colonne d'affiches, pour quoi on me laissait aller seul, je courus jusqu'à lui. Je remarquai devant sa porte une voiture attelée de deux chevaux qui avaient aux œillères un œillet rouge comme avait le cocher à sa boutonnière. De l'escalier j'entendis un rire et une voix de femme, et dès que j'eus sonné, un silence, puis le bruit de portes qu'on fermait. Le valet de chambre vint ouvrir, et en me voyant parut embarrassé, me dit que mon oncle était très occupé, ne pourrait sans doute pas me recevoir et tandis qu'il allait pourtant le prévenir la même voix que j'avais entendue disait: «Oh, si! laisse-le entrer; rien qu'une minute, cela m'amuserait tant. Sur la photographie qui est sur ton bureau, il ressemble tant à sa maman, ta nièce, dont la photographie est à côté de la sienne, n'est-ce pas? Je voudrais le voir rien qu'un instant, ce gosse.»

J'entendis mon oncle grommeler, se fâcher; finalement le valet de chambre me fit entrer.

Sur la table, il y avait la même assiette de massepains que d'habitude; mon oncle avait sa vareuse de tous les jours, mais en face de lui, en robe de soie rose avec un grand collier de perles au cou, était assise une jeune femme qui achevait de manger une mandarine. L'incertitude où j'étais s'il fallait dire madame ou mademoiselle me fit rougir et n'osant pas trop tourner les yeux de son côté de peur d'avoir à lui parler, j'allai embrasser mon oncle. Elle me regardait en souriant, mon oncle lui dit: «Mon neveu», sans lui dire mon nom, ni me dire le sien, sans doute parce que, depuis les difficultés qu'il avait eues avec mon grand-père, il tâchait autant que possible d'éviter tout trait d'union entre sa famille et ce genre de relations.

—«Comme il ressemble à sa mère,» dit-elle.

—«Mais vous n'avez jamais vu ma nièce qu'en photographie, dit vivement mon oncle d'un ton bourru.»

—«Je vous demande pardon, mon cher ami, je l'ai croisée dans l'escalier l'année dernière quand vous avez été si malade. Il est vrai que je ne l'ai vue que le temps d'un éclair et que votre escalier est bien noir, mais cela m'a suffi pour l'admirer. Ce petit jeune homme a ses beaux yeux et aussi ça, dit-elle, en traçant avec son doigt une ligne sur le bas de son front. Est-ce que madame votre nièce porte le même nom que vous, ami? demanda-t-elle à mon oncle.»

—«Il ressemble surtout à son père, grogna mon oncle qui ne se souciait pas plus de faire des présentations à distance en disant le nom de maman que d'en faire de près. C'est tout à fait son père et aussi ma pauvre mère.»

—«Je ne connais pas son père, dit la dame en rose avec une légère inclinaison de la tête, et je n'ai jamais connu votre pauvre mère, mon ami. Vous vous souvenez, c'est peu après votre grand chagrin que nous nous sommes connus.»

J'éprouvais une petite déception, car cette jeune dame ne différait pas des autres jolies femmes que j'avais vues quelquefois dans ma famille notamment de la fille d'un de nos cousins chez lequel j'allais tous les ans le premier janvier. Mieux habillée seulement, l'amie de mon oncle avait le même regard vif et bon, elle avait l'air aussi franc et aimant. Je ne lui trouvais rien de l'aspect théâtral que j'admirais dans les photographies d'actrices, ni de l'expression diabolique qui eût été en rapport avec la vie qu'elle devait mener. J'avais peine à croire que ce fût une cocotte et surtout je n'aurais pas cru que ce fût une cocotte chic si je n'avais pas vu la voiture à deux chevaux, la robe rose, le collier de perles, si je n'avais pas su que mon oncle n'en connaissait que de la plus haute volée. Mais je me demandais comment le millionnaire qui lui donnait sa voiture et son hôtel et ses bijoux pouvait avoir du plaisir à manger sa fortune pour une personne qui avait l'air si simple et comme il faut. Et pourtant en pensant à ce que devait être sa vie, l'immoralité m'en troublait peut-être plus que si elle avait été concrétisée devant moi en une apparence spéciale,—d'être ainsi invisible comme le secret de quelque roman, de quelque scandale qui avait fait sortir de chez ses parents bourgeois et voué à tout le monde, qui avait fait épanouir en beauté et haussé jusqu'au demi-monde et à la notoriété celle que ses jeux de physionomie, ses intonations de voix, pareils à tant d'autres que je connaissais déjà, me faisaient malgré moi considérer comme une jeune fille de bonne famille, qui n'était plus d'aucune famille.

On était passé dans le «cabinet de travail», et mon oncle, d'un air un peu gêné par ma présence, lui offrit des cigarettes.

—«Non, dit-elle, cher, vous savez que je suis habituée à celles que le grand-duc m'envoie. Je lui ai dit que vous en étiez jaloux.» Et elle tira d'un étui des cigarettes couvertes d'inscriptions étrangères et dorées. «Mais si, reprit-elle tout d'un coup, je dois avoir rencontré chez vous le père de ce jeune homme. N'est-ce pas votre neveu? Comment ai-je pu l'oublier? Il a été tellement bon, tellement exquis pour moi, dit-elle d'un air modeste et sensible.» Mais en pensant à ce qu'avait pu être l'accueil rude qu'elle disait avoir trouvé exquis, de mon père, moi qui connaissais sa réserve et sa froideur, j'étais gêné, comme par une indélicatesse qu'il aurait commise, de cette inégalité entre la reconnaissance excessive qui lui était accordée et son amabilité insuffisante. Il m'a semblé plus tard que c'était un des côtés touchants du rôle de ces femmes oisives et studieuses qu'elles consacrent leur générosité, leur talent, un rêve disponible de beauté sentimentale—car, comme les artistes, elles ne le réalisent pas, ne le font pas entrer dans les cadres de l'existence commune,—et un or qui leur coûte peu, à enrichir d'un sertissage précieux et fin la vie fruste et mal dégrossie des hommes. Comme celle-ci, dans le fumoir où mon oncle était en vareuse pour la recevoir, répandait son corps si doux, sa robe de soie rose, ses perles, l'élégance qui émane de l'amitié d'un grand-duc, de même elle avait pris quelque propos insignifiant de mon père, elle l'avait travaillé avec délicatesse, lui avait donné un tour, une appellation précieuse et y enchâssant un de ses regards d'une si belle eau, nuancé d'humilité et de gratitude, elle le rendait changé en un bijou artiste, en quelque chose de «tout à fait exquis».

—«Allons, voyons, il est l'heure que tu t'en ailles», me dit mon oncle.

Je me levai, j'avais une envie irrésistible de baiser la main de la dame en rose, mais il me semblait que c'eût été quelque chose d'audacieux comme un enlèvement. Mon cœur battait tandis que je me disais: «Faut-il le faire, faut-il ne pas le faire», puis je cessai de me demander ce qu'il fallait faire pour pouvoir faire quelque chose. Et d'un geste aveugle et insensé, dépouillé de toutes les raisons que je trouvais il y avait un moment en sa faveur, je portai à mes lèvres la main qu'elle me tendait.

—«Comme il est gentil! il est déjà galant, il a un petit œil pour les femmes: il tient de son oncle. Ce sera un parfait gentleman», ajouta-t-elle en serrant les dents pour donner à la phrase un accent légèrement britannique. «Est-ce qu'il ne pourrait pas venir une fois prendre a cup of tea, comme disent nos voisins les Anglais; il n'aurait qu'à m'envoyer un «bleu» le matin.

Je ne savais pas ce que c'était qu'un «bleu». Je ne comprenais pas la moitié des mots que disait la dame, mais la crainte que n'y fut cachée quelque question à laquelle il eût été impoli de ne pas répondre, m'empêchait de cesser de les écouter avec attention, et j'en éprouvais une grande fatigue.

—«Mais non, c'est impossible, dit mon oncle, en haussant les épaules, il est très tenu, il travaille beaucoup. Il a tous les prix à son cours, ajouta-t-il, à voix basse pour que je n'entende pas ce mensonge et que je n'y contredise pas. Qui sait, ce sera peut-être un petit Victor Hugo, une espèce de Vaulabelle, vous savez.»

—«J'adore les artistes, répondit la dame en rose, il n'y a qu'eux qui comprennent les femmes... Qu'eux et les êtres d'élite comme vous. Excusez mon ignorance, ami. Qui est Vaulabelle? Est-ce les volumes dorés qu'il y a dans la petite bibliothèque vitrée de votre boudoir? Vous savez que vous m'avez promis de me les prêter, j'en aurai grand soin.»

Mon oncle qui détestait prêter ses livres ne répondit rien et me conduisit jusqu'à l'antichambre. Éperdu d'amour pour la dame en rose, je couvris de baisers fous les joues pleines de tabac de mon vieil oncle, et tandis qu'avec assez d'embarras il me laissait entendre sans oser me le dire ouvertement qu'il aimerait autant que je ne parlasse pas de cette visite à mes parents, je lui disais, les larmes aux yeux, que le souvenir de sa bonté était en moi si fort que je trouverais bien un jour le moyen de lui témoigner ma reconnaissance. Il était si fort en effet que deux heures plus tard, après quelques phrases mystérieuses et qui ne me parurent pas donner à mes parents une idée assez nette de la nouvelle importance dont j'étais doué, je trouvai plus explicite de leur raconter dans les moindres détails la visite que je venais de faire. Je ne croyais pas ainsi causer d'ennuis à mon oncle. Comment l'aurais-je cru, puisque je ne le désirais pas. Et je ne pouvais supposer que mes parents trouveraient du mal dans une visite où je n'en trouvais pas. N'arrive-t-il pas tous les jours qu'un ami nous demande de ne pas manquer de l'excuser auprès d'une femme à qui il a été empêché d'écrire, et que nous négligions de le faire jugeant que cette personne ne peut pas attacher d'importance à un silence qui n'en a pas pour nous? Je m'imaginais, comme tout le monde, que le cerveau des autres était un réceptacle inerte et docile, sans pouvoir de réaction spécifique sur ce qu'on y introduisait; et je ne doutais pas qu'en déposant dans celui de mes parents la nouvelle de la connaissance que mon oncle m'avait fait faire, je ne leur transmisse en même temps comme je le souhaitais, le jugement bienveillant que je portais sur cette présentation. Mes parents malheureusement s'en remirent à des principes entièrement différents de ceux que je leur suggérais d'adopter, quand ils voulurent apprécier l'action de mon oncle. Mon père et mon grand-père eurent avec lui des explications violentes; j'en fus indirectement informé. Quelques jours après, croisant dehors mon oncle qui passait en voiture découverte, je ressentis la douleur, la reconnaissance, le remords que j'aurais voulu lui exprimer. A côté de leur immensité, je trouvai qu'un coup de chapeau serait mesquin et pourrait faire supposer à mon oncle que je ne me croyais pas tenu envers lui à plus qu'à une banale politesse. Je résolus de m'abstenir de ce geste insuffisant et je détournai la tête. Mon oncle pensa que je suivais en cela les ordres de mes parents, il ne le leur pardonna pas, et il est mort bien des années après sans qu'aucun de nous l'ait jamais revu.

Aussi je n'entrais plus dans le cabinet de repos maintenant fermé, de mon oncle Adolphe, et après m'être attardé aux abords de l'arrière-cuisine, quand Françoise, apparaissant sur le parvis, me disait: «Je vais laisser ma fille de cuisine servir le café et monter l'eau chaude, il faut que je me sauve chez Mme Octave», je me décidais à rentrer et montais directement lire chez moi. La fille de cuisine était une personne morale, une institution permanente à qui des attributions invariables assuraient une sorte de continuité et d'identité, à travers la succession des formes passagères en lesquelles elle s'incarnait: car nous n'eûmes jamais la même deux ans de suite. L'année où nous mangeâmes tant d'asperges, la fille de cuisine habituellement chargée de les «plumer» était une pauvre créature maladive, dans un état de grossesse déjà assez avancé quand nous arrivâmes à Pâques, et on s'étonnait même que Françoise lui laissât faire tant de courses et de besogne, car elle commençait à porter difficilement devant elle la mystérieuse corbeille, chaque jour plus remplie, dont on devinait sous ses amples sarraus la forme magnifique. Ceux-ci rappelaient les houppelandes qui revêtent certaines des figures symboliques de Giotto dont M. Swann m'avait donné des photographies. C'est lui-même qui nous l'avait fait remarquer et quand il nous demandait des nouvelles de la fille de cuisine, il nous disait: «Comment va la Charité de Giotto?» D'ailleurs elle-même, la pauvre fille, engraissée par sa grossesse, jusqu'à la figure, jusqu'aux joues qui tombaient droites et carrées, ressemblait en effet assez à ces vierges, fortes et hommasses, matrones plutôt, dans lesquelles les vertus sont personnifiées à l'Arena.

Et je me rends compte maintenant que ces Vertus et ces Vices de Padoue lui ressemblaient encore d'une autre manière. De même que l'image de cette fille était accrue par le symbole ajouté qu'elle portait devant son ventre, sans avoir l'air d'en comprendre le sens, sans que rien dans son visage en traduisît la beauté et l'esprit, comme un simple et pesant fardeau, de même c'est sans paraître s'en douter que la puissante ménagère qui est représentée à l'Arena au-dessous du nom «Caritas» et dont la reproduction était accrochée au mur de ma salle d'études, à Combray, incarne cette vertu, c'est sans qu'aucune pensée de charité semble avoir jamais pu être exprimée par son visage énergique et vulgaire. Par une belle invention du peintre elle foule aux pieds les trésors de la terre, mais absolument comme si elle piétinait des raisins pour en extraire le jus ou plutôt comme elle aurait monté sur des sacs pour se hausser; et elle tend à Dieu son cœur enflammé, disons mieux, elle le lui «passe», comme une cuisinière passe un tire-bouchon par le soupirail de son sous-sol à quelqu'un qui le lui demande à la fenêtre du rez-de-chaussée. L'Envie, elle, aurait eu davantage une certaine expression d'envie. Mais dans cette fresque-là encore, le symbole tient tant de place et est représenté comme si réel, le serpent qui siffle aux lèvres de l'Envie est si gros, il lui remplit si complètement sa bouche grande ouverte, que les muscles de sa figure sont distendus pour pouvoir le contenir, comme ceux d'un enfant qui gonfle un ballon avec son souffle, et que l'attention de l'Envie—et la nôtre du même coup—tout entière concentrée sur l'action de ses lèvres, n'a guère de temps à donner à d'envieuses pensées.

Malgré toute l'admiration que M. Swann professait pour ces figures de Giotto, je n'eus longtemps aucun plaisir à considérer dans notre salle d'études, où on avait accroché les copies qu'il m'en avait rapportées, cette Charité sans charité, cette Envie qui avait l'air d'une planche illustrant seulement dans un livre de médecine la compression de la glotte ou de la luette par une tumeur de la langue ou par l'introduction de l'instrument de l'opérateur, une Justice, dont le visage grisâtre et mesquinement régulier était celui-là même qui, à Combray, caractérisait certaines jolies bourgeoises pieuses et sèches que je voyais à la messe et dont plusieurs étaient enrôlées d'avance dans les milices de réserve de l'Injustice. Mais plus tard j'ai compris que l'étrangeté saisissante, la beauté spéciale de ces fresques tenait à la grande place que le symbole y occupait, et que le fait qu'il fût représenté non comme un symbole puisque la pensée symbolisée n'était pas exprimée, mais comme réel, comme effectivement subi ou matériellement manié, donnait à la signification de l'œuvre quelque chose de plus littéral et de plus précis, à son enseignement quelque chose de plus concret et de plus frappant. Chez la pauvre fille de cuisine, elle aussi, l'attention n'était-elle pas sans cesse ramenée à son ventre par le poids qui le tirait; et de même encore, bien souvent la pensée des agonisants est tournée vers le côté effectif, douloureux, obscur, viscéral, vers cet envers de la mort qui est précisément le côté qu'elle leur présente, qu'elle leur fait rudement sentir et qui ressemble beaucoup plus à un fardeau qui les écrase, à une difficulté de respirer, à un besoin de boire, qu'à ce que nous appelons l'idée de la mort.

Il fallait que ces Vertus et ces Vices de Padoue eussent en eux bien de la réalité puisqu'ils m'apparaissaient comme aussi vivants que la servante enceinte, et qu'elle-même ne me semblait pas beaucoup moins allégorique. Et peut-être cette non-participation (du moins apparente) de l'âme d'un être à la vertu qui agit par lui, a aussi en dehors de sa valeur esthétique une réalité sinon psychologique, au moins, comme on dit, physiognomonique. Quand, plus tard, j'ai eu l'occasion de rencontrer, au cours de ma vie, dans des couvents par exemple, des incarnations vraiment saintes de la charité active, elles avaient généralement un air allègre, positif, indifférent et brusque de chirurgien pressé, ce visage où ne se lit aucune commisération, aucun attendrissement devant la souffrance humaine, aucune crainte de la heurter, et qui est le visage sans douceur, le visage antipathique et sublime de la vraie bonté.

Pendant que la fille de cuisine,—faisant briller involontairement la supériorité de Françoise, comme l'Erreur, par le contraste, rend plus éclatant le triomphe de la Vérité—servait du café qui, selon maman n'était que de l'eau chaude, et montait ensuite dans nos chambres de l'eau chaude qui était à peine tiède, je m'étais étendu sur mon lit, un livre à la main, dans ma chambre qui protégeait en tremblant sa fraîcheur transparente et fragile contre le soleil de l'après-midi derrière ses volets presque clos où un reflet de jour avait pourtant trouvé moyen de faire passer ses ailes jaunes, et restait immobile entre le bois et le vitrage, dans un coin, comme un papillon posé. Il faisait à peine assez clair pour lire, et la sensation de la splendeur de la lumière ne m'était donnée que par les coups frappés dans la rue de la Cure par Camus (averti par Françoise que ma tante ne «reposait pas» et qu'on pouvait faire du bruit) contre des caisses poussiéreuses, mais qui, retentissant dans l'atmosphère sonore, spéciale aux temps chauds, semblaient faire voler au loin des astres écarlates; et aussi par les mouches qui exécutaient devant moi, dans leur petit concert, comme la musique de chambre de l'été: elle ne l'évoque pas à la façon d'un air de musique humaine, qui, entendu par hasard à la belle saison, vous la rappelle ensuite; elle est unie à l'été par un lien plus nécessaire: née des beaux jours, ne renaissant qu'avec eux, contenant un peu de leur essence, elle n'en réveille pas seulement l'image dans notre mémoire, elle en certifie le retour, la présence effective, ambiante, immédiatement accessible.

Cette obscure fraîcheur de ma chambre était au plein soleil de la rue, ce que l'ombre est au rayon, c'est-à-dire aussi lumineuse que lui, et offrait à mon imagination le spectacle total de l'été dont mes sens si j'avais été en promenade, n'auraient pu jouir que par morceaux; et ainsi elle s'accordait bien à mon repos qui (grâce aux aventures racontées par mes livres et qui venaient l'émouvoir) supportait pareil au repos d'une main immobile au milieu d'une eau courante, le choc et l'animation d'un torrent d'activité.

Mais ma grand'mère, même si le temps trop chaud s'était gâté, si un orage ou seulement un grain était survenu, venait me supplier de sortir. Et ne voulant pas renoncer à ma lecture, j'allais du moins la continuer au jardin, sous le marronnier, dans une petite guérite en sparterie et en toile au fond de laquelle j'étais assis et me croyais caché aux yeux des personnes qui pourraient venir faire visite à mes parents.

Et ma pensée n'était-elle pas aussi comme une autre crèche au fond de laquelle je sentais que je restais enfoncé, même pour regarder ce qui se passait au dehors? Quand je voyais un objet extérieur, la conscience que je le voyais restait entre moi et lui, le bordait d'un mince liséré spirituel qui m'empêchait de jamais toucher directement sa matière; elle se volatilisait en quelque sorte avant que je prisse contact avec elle, comme un corps incandescent qu'on approche d'un objet mouillé ne touche pas son humidité parce qu'il se fait toujours précéder d'une zone d'évaporation. Dans l'espèce d'écran diapré d'états différents que, tandis que je lisais, déployait simultanément ma conscience, et qui allaient des aspirations les plus profondément cachées en moi-même jusqu'à la vision tout extérieure de l'horizon que j'avais, au bout du jardin, sous les yeux, ce qu'il y avait d'abord en moi, de plus intime, la poignée sans cesse en mouvement qui gouvernait le reste, c'était ma croyance en la richesse philosophique, en la beauté du livre que je lisais, et mon désir de me les approprier, quel que fût ce livre. Car, même si je l'avais acheté à Combray, en l'apercevant devant l'épicerie Borange, trop distante de la maison pour que Françoise pût s'y fournir comme chez Camus, mais mieux achalandée comme papeterie et librairie, retenu par des ficelles dans la mosaïque des brochures et des livraisons qui revêtaient les deux vantaux de sa porte plus mystérieuse, plus semée de pensées qu'une porte de cathédrale, c'est que je l'avais reconnu pour m'avoir été cité comme un ouvrage remarquable par le professeur ou le camarade qui me paraissait à cette époque détenir le secret de la vérité et de la beauté à demi pressenties, à demi incompréhensibles, dont la connaissance était le but vague mais permanent de ma pensée.

Après cette croyance centrale qui, pendant ma lecture, exécutait d'incessants mouvements du dedans au dehors, vers la découverte de la vérité, venaient les émotions que me donnait l'action à laquelle je prenais part, car ces après-midi-là étaient plus remplis d'événements dramatiques que ne l'est souvent toute une vie. C'était les événements qui survenaient dans le livre que je lisais; il est vrai que les personnages qu'ils affectaient n'étaient pas «Réels», comme disait Françoise. Mais tous les sentiments que nous font éprouver la joie ou l'infortune d'un personnage réel ne se produisent en nous que par l'intermédiaire d'une image de cette joie ou de cette infortune; l'ingéniosité du premier romancier consista à comprendre que dans l'appareil de nos émotions, l'image étant le seul élément essentiel, la simplification qui consisterait à supprimer purement et simplement les personnages réels serait un perfectionnement décisif. Un être réel, si profondément que nous sympathisions avec lui, pour une grande part est perçu par nos sens, c'est-à-dire nous reste opaque, offre un poids mort que notre sensibilité ne peut soulever. Qu'un malheur le frappe, ce n'est qu'en une petite partie de la notion totale que nous avons de lui, que nous pourrons en être émus; bien plus, ce n'est qu'en une partie de la notion totale qu'il a de soi qu'il pourra l'être lui-même. La trouvaille du romancier a été d'avoir l'idée de remplacer ces parties impénétrables à l'âme par une quantité égale de parties immatérielles, c'est-à-dire que notre âme peut s'assimiler. Qu'importe dès lors que les actions, les émotions de ces êtres d'un nouveau genre nous apparaissent comme vraies, puisque nous les avons faites nôtres, puisque c'est en nous qu'elles se produisent, qu'elles tiennent sous leur dépendance, tandis que nous tournons fiévreusement les pages du livre, la rapidité de notre respiration et l'intensité de notre regard. Et une fois que le romancier nous a mis dans cet état, où comme dans tous les états purement intérieurs, toute émotion est décuplée, où son livre va nous troubler à la façon d'un rêve mais d'un rêve plus clair que ceux que nous avons en dormant et dont le souvenir durera davantage, alors, voici qu'il déchaîne en nous pendant une heure tous les bonheurs et tous les malheurs possibles dont nous mettrions dans la vie des années à connaître quelques-uns, et dont les plus intenses ne nous seraient jamais révélés parce que la lenteur avec laquelle ils se produisent nous en ôte la perception; (ainsi notre cœur change, dans la vie, et c'est la pire douleur; mais nous ne la connaissons que dans la lecture, en imagination: dans la réalité il change, comme certains phénomènes de la nature se produisent, assez lentement pour que, si nous pouvons constater successivement chacun de ses états différents, en revanche la sensation même du changement nous soit épargnée).

Déjà moins intérieur à mon corps que cette vie des personnages, venait ensuite, à demi projeté devant moi, le paysage où se déroulait l'action et qui exerçait sur ma pensée une bien plus grande influence que l'autre, que celui que j'avais sous les yeux quand je les levais du livre. C'est ainsi que pendant deux étés, dans la chaleur du jardin de Combray, j'ai eu, à cause du livre que je lisais alors, la nostalgie d'un pays montueux et fluviatile, où je verrais beaucoup de scieries et où, au fond de l'eau claire, des morceaux de bois pourrissaient sous des touffes de cresson: non loin montaient le long de murs bas, des grappes de fleurs violettes et rougeâtres. Et comme le rêve d'une femme qui m'aurait aimé était toujours présent à ma pensée, ces étés-là ce rêve fut imprégné de la fraîcheur des eaux courantes; et quelle que fût la femme que j'évoquais, des grappes de fleurs violettes et rougeâtres s'élevaient aussitôt de chaque côté d'elle comme des couleurs complémentaires.

Ce n'était pas seulement parce qu'une image dont nous rêvons reste toujours marquée, s'embellit et bénéficie du reflet des couleurs étrangères qui par hasard l'entourent dans notre rêverie; car ces paysages des livres que je lisais n'étaient pas pour moi que des paysages plus vivement représentés à mon imagination que ceux que Combray mettait sous mes yeux, mais qui eussent été analogues. Par le choix qu'en avait fait l'auteur, par la foi avec laquelle ma pensée allait au-devant de sa parole comme d'une révélation, ils me semblaient être—impression que ne me donnait guère le pays où je me trouvais, et surtout notre jardin, produit sans prestige de la correcte fantaisie du jardinier que méprisait ma grand'mère—une part véritable de la Nature elle-même, digne d'être étudiée et approfondie.

Si mes parents m'avaient permis, quand je lisais un livre, d'aller visiter la région qu'il décrivait, j'aurais cru faire un pas inestimable dans la conquête de la vérité. Car si on a la sensation d'être toujours entouré de son âme, ce n'est pas comme d'une prison immobile: plutôt on est comme emporté avec elle dans un perpétuel élan pour la dépasser, pour atteindre à l'extérieur, avec une sorte de découragement, entendant toujours autour de soi cette sonorité identique qui n'est pas écho du dehors mais retentissement d'une vibration interne. On cherche à retrouver dans les choses, devenues par là précieuses, le reflet que notre âme a projeté sur elles; on est déçu en constatant qu'elles semblent dépourvues dans la nature, du charme qu'elles devaient, dans notre pensée, au voisinage de certaines idées; parfois on convertit toutes les forces de cette âme en habileté, en splendeur pour agir sur des êtres dont nous sentons bien qu'ils sont situés en dehors de nous et que nous ne les atteindrons jamais. Aussi, si j'imaginais toujours autour de la femme que j'aimais, les lieux que je désirais le plus alors, si j'eusse voulu que ce fût elle qui me les fît visiter, qui m'ouvrît l'accès d'un monde inconnu, ce n'était pas par le hasard d'une simple association de pensée; non, c'est que mes rêves de voyage et d'amour n'étaient que des moments—que je sépare artificiellement aujourd'hui comme si je pratiquais des sections à des hauteurs différentes d'un jet d'eau irisé et en apparence immobile—dans un même et infléchissable jaillissement de toutes les forces de ma vie.

Enfin, en continuant à suivre du dedans au dehors les états simultanément juxtaposés dans ma conscience, et avant d'arriver jusqu'à l'horizon réel qui les enveloppait, je trouve des plaisirs d'un autre genre, celui d'être bien assis, de sentir la bonne odeur de l'air, de ne pas être dérangé par une visite; et, quand une heure sonnait au clocher de Saint-Hilaire, de voir tomber morceau par morceau ce qui de l'après-midi était déjà consommé, jusqu'à ce que j'entendisse le dernier coup qui me permettait de faire le total et après lequel, le long silence qui le suivait, semblait faire commencer, dans le ciel bleu, toute la partie qui m'était encore concédée pour lire jusqu'au bon dîner qu'apprêtait Françoise et qui me réconforterait des fatigues prises, pendant la lecture du livre, à la suite de son héros. Et à chaque heure il me semblait que c'était quelques instants seulement auparavant que la précédente avait sonné; la plus récente venait s'inscrire tout près de l'autre dans le ciel et je ne pouvais croire que soixante minutes eussent tenu dans ce petit arc bleu qui était compris entre leurs deux marques d'or. Quelquefois même cette heure prématurée sonnait deux coups de plus que la dernière; il y en avait donc une que je n'avais pas entendue, quelque chose qui avait eu lieu n'avait pas eu lieu pour moi; l'intérêt de la lecture, magique comme un profond sommeil, avait donné le change à mes oreilles hallucinées et effacé la cloche d'or sur la surface azurée du silence. Beaux après-midi du dimanche sous le marronnier du jardin de Combray, soigneusement vidés par moi des incidents médiocres de mon existence personnelle que j'y avais remplacés par une vie d'aventures et d'aspirations étranges au sein d'un pays arrosé d'eaux vives, vous m'évoquez encore cette vie quand je pense à vous et vous la contenez en effet pour l'avoir peu à peu contournée et enclose—tandis que je progressais dans ma lecture et que tombait la chaleur du jour—dans le cristal successif, lentement changeant et traversé de feuillages, de vos heures silencieuses, sonores, odorantes et limpides.

Quelquefois j'étais tiré de ma lecture, dès le milieu de l'après-midi par la fille du jardinier, qui courait comme une folle, renversant sur son passage un oranger, se coupant un doigt, se cassant une dent et criant: «Les voilà, les voilà!» pour que Françoise et moi nous accourions et ne manquions rien du spectacle. C'était les jours où, pour des manœuvres de garnison, la troupe traversait Combray, prenant généralement la rue Sainte-Hildegarde. Tandis que nos domestiques, assis en rang sur des chaises en dehors de la grille, regardaient les promeneurs dominicaux de Combray et se faisaient voir d'eux, la fille du jardinier par la fente que laissaient entre elles deux maisons lointaines de l'avenue de la Gare, avait aperçu l'éclat des casques. Les domestiques avaient rentré précipitamment leurs chaises, car quand les cuirassiers défilaient rue Sainte-Hildegarde, ils en remplissaient toute la largeur, et le galop des chevaux rasait les maisons couvrant les trottoirs submergés comme des berges qui offrent un lit trop étroit à un torrent déchaîné.

—«Pauvres enfants, disait Françoise à peine arrivée à la grille et déjà en larmes; pauvre jeunesse qui sera fauchée comme un pré; rien que d'y penser j'en suis choquée», ajoutait-elle en mettant la main sur son cœur, là où elle avait reçu ce choc.

—«C'est beau, n'est-ce pas, madame Françoise, de voir des jeunes gens qui ne tiennent pas à la vie? disait le jardinier pour la faire «monter».

Il n'avait pas parlé en vain:

—«De ne pas tenir à la vie? Mais à quoi donc qu'il faut tenir, si ce n'est pas à la vie, le seul cadeau que le bon Dieu ne fasse jamais deux fois. Hélas! mon Dieu! C'est pourtant vrai qu'ils n'y tiennent pas! Je les ai vus en 70; ils n'ont plus peur de la mort, dans ces misérables guerres; c'est ni plus ni moins des fous; et puis ils ne valent plus la corde pour les pendre, ce n'est pas des hommes, c'est des lions.» (Pour Françoise la comparaison d'un homme à un lion, qu'elle prononçait li-on, n'avait rien de flatteur.)

La rue Sainte-Hildegarde tournait trop court pour qu'on pût voir venir de loin, et c'était par cette fente entre les deux maisons de l'avenue de la gare qu'on apercevait toujours de nouveaux casques courant et brillant au soleil. Le jardinier aurait voulu savoir s'il y en avait encore beaucoup à passer, et il avait soif, car le soleil tapait. Alors tout d'un coup, sa fille s'élançant comme d'une place assiégée, faisait une sortie, atteignait l'angle de la rue, et après avoir bravé cent fois la mort, venait nous rapporter, avec une carafe de coco, la nouvelle qu'ils étaient bien un mille qui venaient sans arrêter, du côté de Thiberzy et de Méséglise. Françoise et le jardinier, réconciliés, discutaient sur la conduite à tenir en cas de guerre:

—«Voyez-vous, Françoise, disait le jardinier, la révolution vaudrait mieux, parce que quand on la déclare il n'y a que ceux qui veulent partir qui y vont.»

—«Ah! oui, au moins je comprends cela, c'est plus franc.»

Le jardinier croyait qu'à la déclaration de guerre on arrêtait tous les chemins de fer.

—«Pardi, pour pas qu'on se sauve», disait Françoise.

Et le jardinier: «Ah! ils sont malins», car il n'admettait pas que la guerre ne fût pas une espèce de mauvais tour que l'État essayait de jouer au peuple et que, si on avait eu le moyen de le faire, il n'est pas une seule personne qui n'eût filé.

Mais Françoise se hâtait de rejoindre ma tante, je retournais à mon livre, les domestiques se réinstallaient devant la porte à regarder tomber la poussière et l'émotion qu'avaient soulevées les soldats. Longtemps après que l'accalmie était venue, un flot inaccoutumé de promeneurs noircissait encore les rues de Combray. Et devant chaque maison, même celles où ce n'était pas l'habitude, les domestiques ou même les maîtres, assis et regardant, festonnaient le seuil d'un liséré capricieux et sombre comme celui des algues et des coquilles dont une forte marée laisse le crêpe et la broderie au rivage, après qu'elle s'est éloignée.

Sauf ces jours-là, je pouvais d'habitude, au contraire, lire tranquille. Mais l'interruption et le commentaire qui furent apportés une fois par une visite de Swann à la lecture que j'étais en train de faire du livre d'un auteur tout nouveau pour moi, Bergotte, eut cette conséquence que, pour longtemps, ce ne fut plus sur un mur décoré de fleurs violettes en quenouille, mais sur un fond tout autre, devant le portail d'une cathédrale gothique, que se détacha désormais l'image d'une des femmes dont je rêvais.

J'avais entendu parler de Bergotte pour la première fois par un de mes camarades plus âgé que moi et pour qui j'avais une grande admiration, Bloch. En m'entendant lui avouer mon admiration pour la Nuit d'Octobre, il avait fait éclater un rire bruyant comme une trompette et m'avait dit: «Défie-toi de ta dilection assez basse pour le sieur de Musset. C'est un coco des plus malfaisants et une assez sinistre brute. Je dois confesser, d'ailleurs, que lui et même le nommé Racine, ont fait chacun dans leur vie un vers assez bien rythmé, et qui a pour lui, ce qui est selon moi le mérite suprême, de ne signifier absolument rien. C'est: «La blanche Oloossone et la blanche Camire» et «La fille de Minos et de Pasiphaé». Ils m'ont été signalés à la décharge de ces deux malandrins par un article de mon très cher maître, le père Leconte, agréable aux Dieux Immortels. A propos voici un livre que je n'ai pas le temps de lire en ce moment qui est recommandé, paraît-il, par cet immense bonhomme. Il tient, m'a-t-on dit, l'auteur, le sieur Bergotte, pour un coco des plus subtils; et bien qu'il fasse preuve, des fois, de mansuétudes assez mal explicables, sa parole est pour moi oracle delphique. Lis donc ces proses lyriques, et si le gigantesque assembleur de rythmes qui a écrit Bhagavat et le Levrier de Magnus a dit vrai, par Apollôn, tu goûteras, cher maître, les joies nectaréennes de l'Olympos.» C'est sur un ton sarcastique qu'il m'avait demandé de l'appeler «cher maître» et qu'il m'appelait lui-même ainsi. Mais en réalité nous prenions un certain plaisir à ce jeu, étant encore rapprochés de l'âge où on croit qu'on crée ce qu'on nomme.

Malheureusement, je ne pus pas apaiser en causant avec Bloch et en lui demandant des explications, le trouble où il m'avait jeté quand il m'avait dit que les beaux vers (à moi qui n'attendais d'eux rien moins que la révélation de la vérité) étaient d'autant plus beaux qu'ils ne signifiaient rien du tout. Bloch en effet ne fut pas réinvité à la maison. Il y avait d'abord été bien accueilli. Mon grand-père, il est vrai, prétendait que chaque fois que je me liais avec un de mes camarades plus qu'avec les autres et que je l'amenais chez nous, c'était toujours un juif, ce qui ne lui eût pas déplu en principe—même son ami Swann était d'origine juive—s'il n'avait trouvé que ce n'était pas d'habitude parmi les meilleurs que je le choisissais. Aussi quand j'amenais un nouvel ami il était bien rare qu'il ne fredonnât pas: «O Dieu de nos Pères» de la Juive ou bien «Israël romps ta chaîne», ne chantant que l'air naturellement (Ti la lam ta lam, talim), mais j'avais peur que mon camarade ne le connût et ne rétablît les paroles.

Avant de les avoir vus, rien qu'en entendant leur nom qui, bien souvent, n'avait rien de particulièrement israélite, il devinait non seulement l'origine juive de ceux de mes amis qui l'étaient en effet, mais même ce qu'il y avait quelquefois de fâcheux dans leur famille.

—«Et comment s'appelle-t-il ton ami qui vient ce soir?»

—«Dumont, grand-père.»

—«Dumont! Oh! je me méfie.»

Et il chantait:

«Archers, faites bonne garde! Veillez sans trêve et sans bruit»;

Et après nous avoir posé adroitement quelques questions plus précises, il s'écriait: «À la garde! À la garde!» ou, si c'était le patient lui-même déjà arrivé qu'il avait forcé à son insu, par un interrogatoire dissimulé, à confesser ses origines, alors pour nous montrer qu'il n'avait plus aucun doute, il se contentait de nous regarder en fredonnant imperceptiblement:

«De ce timide Israëlite Quoi! vous guidez ici les pas!»

ou:

«Champs paternels, Hébron, douce vallée.»

ou encore:

«Oui, je suis de la race élue.»

Ces petites manies de mon grand-père n'impliquaient aucun sentiment malveillant à l'endroit de mes camarades. Mais Bloch avait déplu à mes parents pour d'autres raisons. Il avait commencé par agacer mon père qui, le voyant mouillé, lui avait dit avec intérêt:

—«Mais, monsieur Bloch, quel temps fait-il donc, est-ce qu'il a plu? Je n'y comprends rien, le baromètre était excellent.»

Il n'en avait tiré que cette réponse:

—«Monsieur, je ne puis absolument vous dire s'il a plu. Je vis si résolument en dehors des contingences physiques que mes sens ne prennent pas la peine de me les notifier.»

—«Mais, mon pauvre fils, il est idiot ton ami, m'avait dit mon père quand Bloch fut parti. Comment! il ne peut même pas me dire le temps qu'il fait! Mais il n'y a rien de plus intéressant! C'est un imbécile.

Puis Bloch avait déplu à ma grand'mère parce que, après le déjeuner comme elle disait qu'elle était un peu souffrante, il avait étouffé un sanglot et essuyé des larmes.

—«Comment veux-tu que ça soit sincère, me dit-elle, puisqu'il ne me connaît pas; ou bien alors il est fou.»

Et enfin il avait mécontenté tout le monde parce que, étant venu déjeuner une heure et demie en retard et couvert de boue, au lieu de s'excuser, il avait dit:

—«Je ne me laisse jamais influencer par les perturbations de l'atmosphère ni par les divisions conventionnelles du temps. Je réhabiliterais volontiers l'usage de la pipe d'opium et du kriss malais, mais j'ignore celui de ces instruments infiniment plus pernicieux et d'ailleurs platement bourgeois, la montre et le parapluie.»

Il serait malgré tout revenu à Combray. Il n'était pas pourtant l'ami que mes parents eussent souhaité pour moi; ils avaient fini par penser que les larmes que lui avait fait verser l'indisposition de ma grand'mère n'étaient pas feintes; mais ils savaient d'instinct ou par expérience que les élans de notre sensibilité ont peu d'empire sur la suite de nos actes et la conduite de notre vie, et que le respect des obligations morales, la fidélité aux amis, l'exécution d'une œuvre, l'observance d'un régime, ont un fondement plus sûr dans des habitudes aveugles que dans ces transports momentanés, ardents et stériles. Ils auraient préféré pour moi à Bloch des compagnons qui ne me donneraient pas plus qu'il n'est convenu d'accorder à ses amis, selon les règles de la morale bourgeoise; qui ne m'enverraient pas inopinément une corbeille de fruits parce qu'ils auraient ce jour-là pensé à moi avec tendresse, mais qui, n'étant pas capables de faire pencher en ma faveur la juste balance des devoirs et des exigences de l'amitié sur un simple mouvement de leur imagination et de leur sensibilité, ne la fausseraient pas davantage à mon préjudice. Nos torts même font difficilement départir de ce qu'elles nous doivent ces natures dont ma grand'tante était le modèle, elle qui brouillée depuis des années avec une nièce à qui elle ne parlait jamais, ne modifia pas pour cela le testament où elle lui laissait toute sa fortune, parce que c'était sa plus proche parente et que cela «se devait».

Mais j'aimais Bloch, mes parents voulaient me faire plaisir, les problèmes insolubles que je me posais à propos de la beauté dénuée de signification de la fille de Minos et de Pasiphaé me fatiguaient davantage et me rendaient plus souffrant que n'auraient fait de nouvelles conversations avec lui, bien que ma mère les jugeât pernicieuses. Et on l'aurait encore reçu à Combray si, après ce dîner, comme il venait de m'apprendre—nouvelle qui plus tard eut beaucoup d'influence sur ma vie, et la rendit plus heureuse, puis plus malheureuse—que toutes les femmes ne pensaient qu'à l'amour et qu'il n'y en a pas dont on ne pût vaincre les résistances, il ne m'avait assuré avoir entendu dire de la façon la plus certaine que ma grand'tante avait eu une jeunesse orageuse et avait été publiquement entretenue. Je ne pus me tenir de répéter ces propos à mes parents, on le mit à la porte quand il revint, et quand je l'abordai ensuite dans la rue, il fut extrêmement froid pour moi.

Mais au sujet de Bergotte il avait dit vrai.

Les premiers jours, comme un air de musique dont on raffolera, mais qu'on ne distingue pas encore, ce que je devais tant aimer dans son style ne m'apparut pas. Je ne pouvais pas quitter le roman que je lisais de lui, mais me croyais seulement intéressé par le sujet, comme dans ces premiers moments de l'amour où on va tous les jours retrouver une femme à quelque réunion, à quelque divertissement par les agréments desquels on se croit attiré. Puis je remarquai les expressions rares, presque archaïques qu'il aimait employer à certains moments où un flot caché d'harmonie, un prélude intérieur, soulevait son style; et c'était aussi à ces moments-là qu'il se mettait à parler du «vain songe de la vie», de «l'inépuisable torrent des belles apparences», du «tourment stérile et délicieux de comprendre et d'aimer», des «émouvantes effigies qui anoblissent à jamais la façade vénérable et charmante des cathédrales», qu'il exprimait toute une philosophie nouvelle pour moi par de merveilleuses images dont on aurait dit que c'était elles qui avaient éveillé ce chant de harpes qui s'élevait alors et à l'accompagnement duquel elles donnaient quelque chose de sublime. Un de ces passages de Bergotte, le troisième ou le quatrième que j'eusse isolé du reste, me donna une joie incomparable à celle que j'avais trouvée au premier, une joie que je me sentis éprouver en une région plus profonde de moi-même, plus unie, plus vaste, d'où les obstacles et les séparations semblaient avoir été enlevés. C'est que, reconnaissant alors ce même goût pour les expressions rares, cette même effusion musicale, cette même philosophie idéaliste qui avait déjà été les autres fois, sans que je m'en rendisse compte, la cause de mon plaisir, je n'eus plus l'impression d'être en présence d'un morceau particulier d'un certain livre de Bergotte, traçant à la surface de ma pensée une figure purement linéaire, mais plutôt du «morceau idéal» de Bergotte, commun à tous ses livres et auquel tous les passages analogues qui venaient se confondre avec lui, auraient donné une sorte d'épaisseur, de volume, dont mon esprit semblait agrandi.

Je n'étais pas tout à fait le seul admirateur de Bergotte; il était aussi l'écrivain préféré d'une amie de ma mère qui était très lettrée; enfin pour lire son dernier livre paru, le docteur du Boulbon faisait attendre ses malades; et ce fut de son cabinet de consultation, et d'un parc voisin de Combray, que s'envolèrent quelques-unes des premières graines de cette prédilection pour Bergotte, espèce si rare alors, aujourd'hui universellement répandue, et dont on trouve partout en Europe, en Amérique, jusque dans le moindre village, la fleur idéale et commune. Ce que l'amie de ma mère et, paraît-il, le docteur du Boulbon aimaient surtout dans les livres de

Bergotte c'était comme moi, ce même flux mélodique, ces expressions anciennes, quelques autres très simples et connues, mais pour lesquelles la place où il les mettait en lumière semblait révéler de sa part un goût particulier; enfin, dans les passages tristes, une certaine brusquerie, un accent presque rauque. Et sans doute lui-même devait sentir que là étaient ses plus grands charmes. Car dans les livres qui suivirent, s'il avait rencontré quelque grande vérité, ou le nom d'une célèbre cathédrale, il interrompait son récit et dans une invocation, une apostrophe, une longue prière, il donnait un libre cours à ces effluves qui dans ses premiers ouvrages restaient intérieurs à sa prose, décelés seulement alors par les ondulations de la surface, plus douces peut-être encore, plus harmonieuses quand elles étaient ainsi voilées et qu'on n'aurait pu indiquer d'une manière précise où naissait, où expirait leur murmure. Ces morceaux auxquels il se complaisait étaient nos morceaux préférés. Pour moi, je les savais par cœur. J'étais déçu quand il reprenait le fil de son récit. Chaque fois qu'il parlait de quelque chose dont la beauté m'était restée jusque-là cachée, des forêts de pins, de la grêle, de Notre-Dame de Paris, d'Athalie ou de Phèdre, il faisait dans une image exploser cette beauté jusqu'à moi.

Aussi sentant combien il y avait de parties de l'univers que ma perception infirme ne distinguerait pas s'il ne les rapprochait de moi, j'aurais voulu posséder une opinion de lui, une métaphore de lui, sur toutes choses, surtout sur celles que j'aurais l'occasion de voir moi-même, et entre celles-là, particulièrement sur d'anciens monuments français et certains paysages maritimes, parce que l'insistance avec laquelle il les citait dans ses livres prouvait qu'il les tenait pour riches de signification et de beauté. Malheureusement sur presque toutes choses j'ignorais son opinion. Je ne doutais pas qu'elle ne fût entièrement différente des miennes, puisqu'elle descendait d'un monde inconnu vers lequel je cherchais à m'élever: persuadé que mes pensées eussent paru pure ineptie à cet esprit parfait, j'avais tellement fait table rase de toutes, que quand par hasard il m'arriva d'en rencontrer, dans tel de ses livres, une que j'avais déjà eue moi-même, mon cœur se gonflait comme si un Dieu dans sa bonté me l'avait rendue, l'avait déclarée légitime et belle. Il arrivait parfois qu'une page de lui disait les mêmes choses que j'écrivais souvent la nuit à ma grand'mère et à ma mère quand je ne pouvais pas dormir, si bien que cette page de Bergotte avait l'air d'un recueil d'épigraphes pour être placées en tête de mes lettres. Même plus tard, quand je commençai de composer un livre, certaines phrases dont la qualité ne suffit pas pour me décider à le continuer, j'en retrouvai l'équivalent dans Bergotte. Mais ce n'était qu'alors, quand je les lisais dans son œuvre, que je pouvais en jouir; quand c'était moi qui les composais, préoccupé qu'elles reflétassent exactement ce que j'apercevais dans ma pensée, craignant de ne pas «faire ressemblant», j'avais bien le temps de me demander si ce que j'écrivais était agréable! Mais en réalité il n'y avait que ce genre de phrases, ce genre d'idées que j'aimais vraiment. Mes efforts inquiets et mécontents étaient eux-mêmes une marque d'amour, d'amour sans plaisir mais profond. Aussi quand tout d'un coup je trouvais de telles phrases dans l'œuvre d'un autre, c'est-à-dire sans plus avoir de scrupules, de sévérité, sans avoir à me tourmenter, je me laissais enfin aller avec délices au goût que j'avais pour elles, comme un cuisinier qui pour une fois où il n'a pas à faire la cuisine trouve enfin le temps d'être gourmand.

Un jour, ayant rencontré dans un livre de Bergotte, à propos d'une vieille servante, une plaisanterie que le magnifique et solennel langage de l'écrivain rendait encore plus ironique mais qui était la même que j'avais souvent faite à ma grand'mère en parlant de Françoise, une autre fois où je vis qu'il ne jugeait pas indigne de figurer dans un de ces miroirs de la vérité qu'étaient ses ouvrages, une remarque analogue à celle que j'avais eu l'occasion de faire sur notre ami M. Legrandin (remarques sur Françoise et M. Legrandin qui étaient certes de celles que j'eusse le plus délibérément sacrifiées à Bergotte, persuadé qu'il les trouverait sans intérêt), il me sembla soudain que mon humble vie et les royaumes du vrai n'étaient pas aussi séparés que j'avais cru, qu'ils coïncidaient même sur certains points, et de confiance et de joie je pleurai sur les pages de l'écrivain comme dans les bras d'un père retrouvé.

D'après ses livres j'imaginais Bergotte comme un vieillard faible et déçu qui avait perdu des enfants et ne s'était jamais consolé. Aussi je lisais, je chantais intérieurement sa prose, plus «dolce», plus «lento» peut-être qu'elle n'était écrite, et la phrase la plus simple s'adressait à moi avec une intonation attendrie. Plus que tout j'aimais sa philosophie, je m'étais donné à elle pour toujours. Elle me rendait impatient d'arriver à l'âge où j'entrerais au collège, dans la classe appelée Philosophie. Mais je ne voulais pas qu'on y fît autre chose que vivre uniquement par la pensée de Bergotte, et si l'on m'avait dit que les métaphysiciens auxquels je m'attacherais alors ne lui ressembleraient en rien, j'aurais ressenti le désespoir d'un amoureux qui veut aimer pour la vie et à qui on parle des autres maîtresses qu'il aura plus tard.

Un dimanche, pendant ma lecture au jardin, je fus dérangé par Swann qui venait voir mes parents.

—«Qu'est-ce que vous lisez, on peut regarder? Tiens, du Bergotte? Qui donc vous a indiqué ses ouvrages?» Je lui dis que c'était Bloch.

—«Ah! oui, ce garçon que j'ai vu une fois ici, qui ressemble tellement au portrait de Mahomet II par Bellini. Oh! c'est frappant, il a les mêmes sourcils circonflexes, le même nez recourbé, les mêmes pommettes saillantes. Quand il aura une barbiche ce sera la même personne. En tout cas il a du goût, car Bergotte est un charmant esprit.» Et voyant combien j'avais l'air d'admirer Bergotte, Swann qui ne parlait jamais des gens qu'il connaissait fit, par bonté, une exception et me dit:

—«Je le connais beaucoup, si cela pouvait vous faire plaisir qu'il écrive un mot en tête de votre volume, je pourrais le lui demander.» Je n'osai pas accepter mais posai à Swann des questions sur Bergotte. «Est-ce que vous pourriez me dire quel est l'acteur qu'il préfère?»

—«L'acteur, je ne sais pas. Mais je sais qu'il n'égale aucun artiste homme à la Berma qu'il met au-dessus de tout. L'avez-vous entendue?»

—«Non monsieur, mes parents ne me permettent pas d'aller au théâtre.»

—«C'est malheureux. Vous devriez leur demander. La Berma dans Phèdre, dans le Cid, ce n'est qu'une actrice si vous voulez, mais vous savez je ne crois pas beaucoup à la «hiérarchie!» des arts; (et je remarquai, comme cela m'avait souvent frappé dans ses conversations avec les sœurs de ma grand'mère que quand il parlait de choses sérieuses, quand il employait une expression qui semblait impliquer une opinion sur un sujet important, il avait soin de l'isoler dans une intonation spéciale, machinale et ironique, comme s'il l'avait mise entre guillemets, semblant ne pas vouloir la prendre à son compte, et dire: «la hiérarchie, vous savez, comme disent les gens ridicules»? Mais alors, si c'était ridicule, pourquoi disait-il la hiérarchie?). Un instant après il ajouta: «Cela vous donnera une vision aussi noble que n'importe quel chef-d'œuvre, je ne sais pas moi... que»—et il se mit à rire—«les Reines de Chartres!» Jusque-là cette horreur d'exprimer sérieusement son opinion m'avait paru quelque chose qui devait être élégant et parisien et qui s'opposait au dogmatisme provincial des sœurs de ma grand'mère; et je soupçonnais aussi que c'était une des formes de l'esprit dans la coterie où vivait Swann et où par réaction sur le lyrisme des générations antérieures on réhabilitait à l'excès les petits faits précis, réputés vulgaires autrefois, et on proscrivait les «phrases». Mais maintenant je trouvais quelque chose de choquant dans cette attitude de Swann en face des choses. Il avait l'air de ne pas oser avoir une opinion et de n'être tranquille que quand il pouvait donner méticuleusement des renseignements précis. Mais il ne se rendait donc pas compte que c'était professer l'opinion, postuler, que l'exactitude de ces détails avait de l'importance. Je repensai alors à ce dîner où j'étais si triste parce que maman ne devait pas monter dans ma chambre et où il avait dit que les bals chez la princesse de Léon n'avaient aucune importance. Mais c'était pourtant à ce genre de plaisirs qu'il employait sa vie. Je trouvais tout cela contradictoire. Pour quelle autre vie réservait-il de dire enfin sérieusement ce qu'il pensait des choses, de formuler des jugements qu'il pût ne pas mettre entre guillemets, et de ne plus se livrer avec une politesse pointilleuse à des occupations dont il professait en même temps qu'elles sont ridicules? Je remarquai aussi dans la façon dont Swann me parla de Bergotte quelque chose qui en revanche ne lui était pas particulier mais au contraire était dans ce temps-là commun à tous les admirateurs de l'écrivain, à l'amie de ma mère, au docteur du Boulbon. Comme Swann, ils disaient de Bergotte: «C'est un charmant esprit, si particulier, il a une façon à lui de dire les choses un peu cherchée, mais si agréable. On n'a pas besoin de voir la signature, on reconnaît tout de suite que c'est de lui.» Mais aucun n'aurait été jusqu'à dire: «C'est un grand écrivain, il a un grand talent.» Ils ne disaient même pas qu'il avait du talent. Ils ne le disaient pas parce qu'ils ne le savaient pas. Nous sommes très longs à reconnaître dans la physionomie particulière d'un nouvel écrivain le modèle qui porte le nom de «grand talent» dans notre musée des idées générales. Justement parce que cette physionomie est nouvelle nous ne la trouvons pas tout à fait ressemblante à ce que nous appelons talent. Nous disons plutôt originalité, charme, délicatesse, force; et puis un jour nous nous rendons compte que c'est justement tout cela le talent.

—«Est-ce qu'il y a des ouvrages de Bergotte où il ait parlé de la Berma?» demandai-je à M. Swann.

—Je crois dans sa petite plaquette sur Racine, mais elle doit être épuisée. Il y a peut-être eu cependant une réimpression. Je m'informerai. Je peux d'ailleurs demander à Bergotte tout ce que vous voulez, il n'y a pas de semaine dans l'année où il ne dîne à la maison. C'est le grand ami de ma fille. Ils vont ensemble visiter les vieilles villes, les cathédrales, les châteaux.

Comme je n'avais aucune notion sur la hiérarchie sociale, depuis longtemps l'impossibilité que mon père trouvait à ce que nous fréquentions Mme et Mlle Swann avait eu plutôt pour effet, en me faisant imaginer entre elles et nous de grandes distances, de leur donner à mes yeux du prestige. Je regrettais que ma mère ne se teignît pas les cheveux et ne se mît pas de rouge aux lèvres comme j'avais entendu dire par notre voisine Mme Sazerat que Mme Swann le faisait pour plaire, non à son mari, mais à M. de Charlus, et je pensais que nous devions être pour elle un objet de mépris, ce qui me peinait surtout à cause de Mlle Swann qu'on m'avait dit être une si jolie petite fille et à laquelle je rêvais souvent en lui prêtant chaque fois un même visage arbitraire et charmant. Mais quand j'eus appris ce jour-là que Mlle Swann était un être d'une condition si rare, baignant comme dans son élément naturel au milieu de tant de privilèges, que quand elle demandait à ses parents s'il y avait quelqu'un à dîner, on lui répondait par ces syllabes remplies de lumière, par le nom de ce convive d'or qui n'était pour elle qu'un vieil ami de sa famille: Bergotte; que, pour elle, la causerie intime à table, ce qui correspondait à ce qu'était pour moi la conversation de ma grand'tante, c'étaient des paroles de Bergotte sur tous ces sujets qu'il n'avait pu aborder dans ses livres, et sur lesquels j'aurais voulu l'écouter rendre ses oracles, et qu'enfin, quand elle allait visiter des villes, il cheminait à côté d'elle, inconnu et glorieux, comme les Dieux qui descendaient au milieu des mortels, alors je sentis en même temps que le prix d'un être comme Mlle Swann, combien je lui paraîtrais grossier et ignorant, et j'éprouvai si vivement la douceur et l'impossibilité qu'il y aurait pour moi à être son ami, que je fus rempli à la fois de désir et de désespoir. Le plus souvent maintenant quand je pensais à elle, je la voyais devant le porche d'une cathédrale, m'expliquant la signification des statues, et, avec un sourire qui disait du bien de moi, me présentant comme son ami, à Bergotte. Et toujours le charme de toutes les idées que faisaient naître en moi les cathédrales, le charme des coteaux de l'Ile-de-France et des plaines de la Normandie faisait refluer ses reflets sur l'image que je me formais de Mlle Swann: c'était être tout prêt à l'aimer. Que nous croyions qu'un être participe à une vie inconnue où son amour nous ferait pénétrer, c'est, de tout ce qu'exige l'amour pour naître, ce à quoi il tient le plus, et qui lui fait faire bon marché du reste. Même les femmes qui prétendent ne juger un homme que sur son physique, voient en ce physique l'émanation d'une vie spéciale. C'est pourquoi elles aiment les militaires, les pompiers; l'uniforme les rend moins difficiles pour le visage; elles croient baiser sous la cuirasse un cœur différent, aventureux et doux; et un jeune souverain, un prince héritier, pour faire les plus flatteuses conquêtes, dans les pays étrangers qu'il visite, n'a pas besoin du profil régulier qui serait peut-être indispensable à un coulissier.

Tandis que je lisais au jardin, ce que ma grand'tante n'aurait pas compris que je fisse en dehors du dimanche, jour où il est défendu de s'occuper à rien de sérieux et où elle ne cousait pas (un jour de semaine, elle m'aurait dit «Comment tu t'amuses encore à lire, ce n'est pourtant pas dimanche» en donnant au mot amusement le sens d'enfantillage et de perte de temps), ma tante Léonie devisait avec Françoise en attendant l'heure d'Eulalie. Elle lui annonçait qu'elle venait de voir passer Mme Goupil «sans parapluie, avec la robe de soie qu'elle s'est fait faire à Châteaudun. Si elle a loin à aller avant vêpres elle pourrait bien la faire saucer».

—«Peut-être, peut-être (ce qui signifiait peut-être non)» disait Françoise pour ne pas écarter définitivement la possibilité d'une alternative plus favorable.

—«Tiens, disait ma tante en se frappant le front, cela me fait penser que je n'ai point su si elle était arrivée à l'église après l'élévation. Il faudra que je pense à le demander à Eulalie... Françoise, regardez-moi ce nuage noir derrière le clocher et ce mauvais soleil sur les ardoises, bien sûr que la journée ne se passera pas sans pluie. Ce n'était pas possible que ça reste comme ça, il faisait trop chaud. Et le plus tôt sera le mieux, car tant que l'orage n'aura pas éclaté, mon eau de Vichy ne descendra pas, ajoutait ma tante dans l'esprit de qui le désir de hâter la descente de l'eau de Vichy l'emportait infiniment sur la crainte de voir Mme Goupil gâter sa robe.»

—«Peut-être, peut-être.»

—«Et c'est que, quand il pleut sur la place, il n'y a pas grand abri.»

—«Comment, trois heures? s'écriait tout à coup ma tante en pâlissant, mais alors les vêpres sont commencées, j'ai oublié ma pepsine! Je comprends maintenant pourquoi mon eau de Vichy me restait sur l'estomac.»

Et se précipitant sur un livre de messe relié en velours violet, monté d'or, et d'où, dans sa hâte, elle laissait s'échapper de ces images, bordées d'un bandeau de dentelle de papier jaunissante, qui marquent les pages des fêtes, ma tante, tout en avalant ses gouttes commençait à lire au plus vite les textes sacrés dont l'intelligence lui était légèrement obscurcie par l'incertitude de savoir si, prise aussi longtemps après l'eau de Vichy, la pepsine serait encore capable de la rattraper et de la faire descendre. «Trois heures, c'est incroyable ce que le temps passe!»

Un petit coup au carreau, comme si quelque chose l'avait heurté, suivi d'une ample chute légère comme de grains de sable qu'on eût laissé tomber d'une fenêtre au-dessus, puis la chute s'étendant, se réglant, adoptant un rythme, devenant fluide, sonore, musicale, innombrable, universelle: c'était la pluie.

—«Eh bien! Françoise, qu'est-ce que je disais? Ce que cela tombe! Mais je crois que j'ai entendu le grelot de la porte du jardin, allez donc voir qui est-ce qui peut être dehors par un temps pareil.»

Françoise revenait:

—«C'est Mme Amédée (ma grand'mère) qui a dit qu'elle allait faire un tour. Ça pleut pourtant fort.»

—Cela ne me surprend point, disait ma tante en levant les yeux au ciel. J'ai toujours dit qu'elle n'avait point l'esprit fait comme tout le monde. J'aime mieux que ce soit elle que moi qui soit dehors en ce moment.

—Mme Amédée, c'est toujours tout l'extrême des autres, disait Françoise avec douceur, réservant pour le moment où elle serait seule avec les autres domestiques, de dire qu'elle croyait ma grand'mère un peu «piquée».

—Voilà le salut passé! Eulalie ne viendra plus, soupirait ma tante; ce sera le temps qui lui aura fait peur.»

—«Mais il n'est pas cinq heures, madame Octave, il n'est que quatre heures et demie.»

—Que quatre heures et demie? et j'ai été obligée de relever les petits rideaux pour avoir un méchant rayon de jour. A quatre heures et demie! Huit jours avant les Rogations! Ah! ma pauvre Françoise, il faut que le bon Dieu soit bien en colère après nous. Aussi, le monde d'aujourd'hui en fait trop! Comme disait mon pauvre Octave, on a trop oublié le bon Dieu et il se venge.

Une vive rougeur animait les joues de ma tante, c'était Eulalie. Malheureusement, à peine venait-elle d'être introduite que Françoise rentrait et avec un sourire qui avait pour but de se mettre elle-même à l'unisson de la joie qu'elle ne doutait pas que ses paroles allaient causer à ma tante, articulant les syllabes pour montrer que, malgré l'emploi du style indirect, elle rapportait, en bonne domestique, les paroles mêmes dont avait daigné se servir le visiteur:

—«M. le Curé serait enchanté, ravi, si Madame Octave ne repose pas et pouvait le recevoir. M. le Curé ne veut pas déranger. M. le Curé est en bas, j'y ai dit d'entrer dans la salle.»

En réalité, les visites du curé ne faisaient pas à ma tante un aussi grand plaisir que le supposait Françoise et l'air de jubilation dont celle-ci croyait devoir pavoiser son visage chaque fois qu'elle avait à l'annoncer ne répondait pas entièrement au sentiment de la malade. Le curé (excellent homme avec qui je regrette de ne pas avoir causé davantage, car s'il n'entendait rien aux arts, il connaissait beaucoup d'étymologies), habitué à donner aux visiteurs de marque des renseignements sur l'église (il avait même l'intention d'écrire un livre sur la paroisse de Combray), la fatiguait par des explications infinies et d'ailleurs toujours les mêmes. Mais quand elle arrivait ainsi juste en même temps que celle d'Eulalie, sa visite devenait franchement désagréable à ma tante. Elle eût mieux aimé bien profiter d'Eulalie et ne pas avoir tout le monde à la fois. Mais elle n'osait pas ne pas recevoir le curé et faisait seulement signe à Eulalie de ne pas s'en aller en même temps que lui, qu'elle la garderait un peu seule quand il serait parti.

—«Monsieur le Curé, qu'est-ce que l'on me disait, qu'il y a un artiste qui a installé son chevalet dans votre église pour copier un vitrail. Je peux dire que je suis arrivée à mon âge sans avoir jamais entendu parler d'une chose pareille! Qu'est-ce que le monde aujourd'hui va donc chercher! Et ce qu'il y a de plus vilain dans l'église!»

—«Je n'irai pas jusqu'à dire que c'est ce qu'il y a de plus vilain, car s'il y a à Saint-Hilaire des parties qui méritent d'être visitées, il y en a d'autres qui sont bien vieilles, dans ma pauvre basilique, la seule de tout le diocèse qu'on n'ait même pas restaurée! Mon Dieu, le porche est sale et antique, mais enfin d'un caractère majestueux; passe même pour les tapisseries d'Esther dont personnellement je ne donnerais pas deux sous, mais qui sont placées par les connaisseurs tout de suite après celles de Sens. Je reconnais d'ailleurs, qu'à côté de certains détails un peu réalistes, elles en présentent d'autres qui témoignent d'un véritable esprit d'observation. Mais qu'on ne vienne pas me parler des vitraux. Cela a-t-il du bon sens de laisser des fenêtres qui ne donnent pas de jour et trompent même la vue par ces reflets d'une couleur que je ne saurais définir, dans une église où il n'y a pas deux dalles qui soient au même niveau et qu'on se refuse à me remplacer sous prétexte que ce sont les tombes des abbés de Combray et des seigneurs de Guermantes, les anciens comtes de

Brabant. Les ancêtres directs du duc de Guermantes d'aujourd'hui et aussi de la Duchesse puisqu'elle est une demoiselle de Guermantes qui a épousé son cousin.» (Ma grand'mère qui à force de se désintéresser des personnes finissait par confondre tous les noms, chaque fois qu'on prononçait celui de la Duchesse de Guermantes prétendait que ce devait être une parente de Mme de Villeparisis. Tout le monde éclatait de rire; elle tâchait de se défendre en alléguant une certaine lettre de faire part: «Il me semblait me rappeler qu'il y avait du Guermantes là-dedans.» Et pour une fois j'étais avec les autres contre elle, ne pouvant admettre qu'il y eût un lien entre son amie de pension et la descendante de Geneviève de Brabant.)—«Voyez Roussainville, ce n'est plus aujourd'hui qu'une paroisse de fermiers, quoique dans l'antiquité cette localité ait dû un grand essor au commerce de chapeaux de feutre et des pendules. (Je ne suis pas certain de l'étymologie de Roussainville. Je croirais volontiers que le nom primitif était Rouville (Radulfi villa) comme Châteauroux (Castrum Radulfi) mais je vous parlerai de cela une autre fois. Hé bien! l'église a des vitraux superbes, presque tous modernes, et cette imposante Entrée de Louis-Philippe à Combray qui serait mieux à sa place à Combray même, et qui vaut, dit-on, la fameuse verrière de Chartres. Je voyais même hier le frère du docteur Percepied qui est amateur et qui la regarde comme d'un plus beau travail.

«Mais, comme je le lui disais, à cet artiste qui semble du reste très poli, qui est paraît-il, un véritable virtuose du pinceau, que lui trouvez-vous donc d'extraordinaire à ce vitrail, qui est encore un peu plus sombre que les autres?»

—«Je suis sûre que si vous le demandiez à Monseigneur, disait mollement ma tante qui commençait à penser qu'elle allait être fatiguée, il ne vous refuserait pas un vitrail neuf.»

—«Comptez-y, madame Octave, répondait le curé. Mais c'est justement Monseigneur qui a attaché le grelot à cette malheureuse verrière en prouvant qu'elle représente Gilbert le Mauvais, sire de Guermantes, le descendant direct de Geneviève de Brabant qui était une demoiselle de Guermantes, recevant l'absolution de Saint-Hilaire.»

—«Mais je ne vois pas où est Saint-Hilaire?

—«Mais si, dans le coin du vitrail vous n'avez jamais remarqué une dame en robe jaune? Hé bien! c'est Saint-Hilaire qu'on appelle aussi, vous le savez, dans certaines provinces, Saint-Illiers, Saint-Hélier, et même, dans le Jura, Saint-Ylie. Ces diverses corruptions de sanctus Hilarius ne sont pas du reste les plus curieuses de celles qui se sont produites dans les noms des bienheureux. Ainsi votre patronne, ma bonne Eulalie, sancta Eulalia, savez-vous ce qu'elle est devenue en Bourgogne? Saint-Eloi tout simplement: elle est devenue un saint. Voyez-vous, Eulalie, qu'après votre mort on fasse de vous un homme?»—«Monsieur le Curé a toujours le mot pour rigoler.»—«Le frère de Gilbert, Charles le Bègue, prince pieux mais qui, ayant perdu de bonne heure son père, Pépin l'Insensé, mort des suites de sa maladie mentale, exerçait le pouvoir suprême avec toute la présomption d'une jeunesse à qui la discipline a manqué; dès que la figure d'un particulier ne lui revenait pas dans une ville, il y faisait massacrer jusqu'au dernier habitant. Gilbert voulant se venger de Charles fit brûler l'église de Combray, la primitive église alors, celle que Théodebert, en quittant avec sa cour la maison de campagne qu'il avait près d'ici, à Thiberzy (Theodeberciacus), pour aller combattre les Burgondes, avait promis de bâtir au-dessus du tombeau de Saint-Hilaire, si le Bienheureux lui procurait la victoire. Il n'en reste que la crypte où Théodore a dû vous faire descendre, puisque Gilbert brûla le reste. Ensuite il défit l'infortuné Charles avec l'aide de Guillaume Le Conquérant (le curé prononçait Guilôme), ce qui fait que beaucoup d'Anglais viennent pour visiter. Mais il ne semble pas avoir su se concilier la sympathie des habitants de Combray, car ceux-ci se ruèrent sur lui à la sortie de la messe et lui tranchèrent la tête. Du reste Théodore prête un petit livre qui donne les explications.

«Mais ce qui est incontestablement le plus curieux dans notre église, c'est le point de vue qu'on a du clocher et qui est grandiose. Certainement, pour vous qui n'êtes pas très forte, je ne vous conseillerais pas de monter nos quatre-vingt-dix-sept marches, juste la moitié du célèbre dôme de Milan. Il y a de quoi fatiguer une personne bien portante, d'autant plus qu'on monte plié en deux si on ne veut pas se casser la tête, et on ramasse avec ses effets toutes les toiles d'araignées de l'escalier. En tous cas il faudrait bien vous couvrir, ajoutait-il (sans apercevoir l'indignation que causait à ma tante l'idée qu'elle fût capable de monter dans le clocher), car il fait un de ces courants d'air une fois arrivé là-haut! Certaines personnes affirment y avoir ressenti le froid de la mort. N'importe, le dimanche il y a toujours des sociétés qui viennent même de très loin pour admirer la beauté du panorama et qui s'en retournent enchantées. Tenez, dimanche prochain, si le temps se maintient, vous trouveriez certainement du monde, comme ce sont les Rogations. Il faut avouer du reste qu'on jouit de là d'un coup d'œil féerique, avec des sortes d'échappées sur la plaine qui ont un cachet tout particulier. Quand le temps est clair on peut distinguer jusqu'à Verneuil. Surtout on embrasse à la fois des choses qu'on ne peut voir habituellement que l'une sans l'autre, comme le cours de la Vivonne et les fossés de Saint-Assise-lès-Combray, dont elle est séparée par un rideau de grands arbres, ou encore comme les différents canaux de Jouy-le-Vicomte (Gaudiacus vice comitis comme vous savez). Chaque fois que je suis allé à Jouy-le-Vicomte, j'ai bien vu un bout du canal, puis quand j'avais tourné une rue j'en voyais un autre, mais alors je ne voyais plus le précédent. J'avais beau les mettre ensemble par la pensée, cela ne me faisait pas grand effet. Du clocher de Saint-Hilaire c'est autre chose, c'est tout un réseau où la localité est prise. Seulement on ne distingue pas d'eau, on dirait de grandes fentes qui coupent si bien la ville en quartiers, qu'elle est comme une brioche dont les morceaux tiennent ensemble mais sont déjà découpés. Il faudrait pour bien faire être à la fois dans le clocher de Saint-Hilaire et à Jouy-le-Vicomte.»

Le curé avait tellement fatigué ma tante qu'à peine était-il parti, elle était obligée de renvoyer Eulalie.

—«Tenez, ma pauvre Eulalie, disait-elle d'une voix faible, en tirant une pièce d'une petite bourse qu'elle avait à portée de sa main, voilà pour que vous ne m'oubliez pas dans vos prières.»

—«Ah! mais, madame Octave, je ne sais pas si je dois, vous savez bien que ce n'est pas pour cela que je viens!» disait Eulalie avec la même hésitation et le même embarras, chaque fois, que si c'était la première, et avec une apparence de mécontentement qui égayait ma tante mais ne lui déplaisait pas, car si un jour Eulalie, en prenant la pièce, avait un air un peu moins contrarié que de coutume, ma tante disait:

—«Je ne sais pas ce qu'avait Eulalie; je lui ai pourtant donné la même chose que d'habitude, elle n'avait pas l'air contente.»

—Je crois qu'elle n'a pourtant pas à se plaindre, soupirait Françoise, qui avait une tendance à considérer comme de la menue monnaie tout ce que lui donnait ma tante pour elle ou pour ses enfants, et comme des trésors follement gaspillés pour une ingrate les piécettes mises chaque dimanche dans la main d'Eulalie, mais si discrètement que Françoise n'arrivait jamais à les voir. Ce n'est pas que l'argent que ma tante donnait à Eulalie, Françoise l'eût voulu pour elle. Elle jouissait suffisamment de ce que ma tante possédait, sachant que les richesses de la maîtresse du même coup élèvent et embellissent aux yeux de tous sa servante; et qu'elle, Françoise, était insigne et glorifiée dans Combray, Jouy-le-Vicomte et autres lieux, pour les nombreuses fermes de ma tante, les visites fréquentes et prolongées du curé, le nombre singulier des bouteilles d'eau de Vichy consommées. Elle n'était avare que pour ma tante; si elle avait géré sa fortune, ce qui eût été son rêve, elle l'aurait préservée des entreprises d'autrui avec une férocité maternelle. Elle n'aurait pourtant pas trouvé grand mal à ce que ma tante, qu'elle savait incurablement généreuse, se fût laissée aller à donner, si au moins ç'avait été à des riches. Peut-être pensait-elle que ceux-là, n'ayant pas besoin des cadeaux de ma tante, ne pouvaient être soupçonnés de l'aimer à cause d'eux. D'ailleurs offerts à des personnes d'une grande position de fortune, à Mme Sazerat, à M. Swann, à M. Legrandin, à Mme Goupil, à des personnes «de même rang» que ma tante et qui «allaient bien ensemble», ils lui apparaissaient comme faisant partie des usages de cette vie étrange et brillante des gens riches qui chassent, se donnent des bals, se font des visites et qu'elle admirait en souriant. Mais il n'en allait plus de même si les bénéficiaires de la générosité de ma tante étaient de ceux que Françoise appelait «des gens comme moi, des gens qui ne sont pas plus que moi» et qui étaient ceux qu'elle méprisait le plus à moins qu'ils ne l'appelassent «Madame Françoise» et ne se considérassent comme étant «moins qu'elle». Et quand elle vit que, malgré ses conseils, ma tante n'en faisait qu'à sa tête et jetait l'argent—Françoise le croyait du moins—pour des créatures indignes, elle commença à trouver bien petits les dons que ma tante lui faisait en comparaison des sommes imaginaires prodiguées à Eulalie. Il n'y avait pas dans les environs de Combray de ferme si conséquente que Françoise ne supposât qu'Eulalie eût pu facilement l'acheter, avec tout ce que lui rapporteraient ses visites. Il est vrai qu'Eulalie faisait la même estimation des richesses immenses et cachées de Françoise. Habituellement, quand Eulalie était partie, Françoise prophétisait sans bienveillance sur son compte. Elle la haïssait, mais elle la craignait et se croyait tenue, quand elle était là, à lui faire «bon visage». Elle se rattrapait après son départ, sans la nommer jamais à vrai dire, mais en proférant des oracles sibyllins, des sentences d'un caractère général telles que celles de l'Ecclésiaste, mais dont l'application ne pouvait échapper à ma tante. Après avoir regardé par le coin du rideau si Eulalie avait refermé la porte: «Les personnes flatteuses savent se faire bien venir et ramasser les pépettes; mais patience, le bon Dieu les punit toutes par un beau jour», disait-elle, avec le regard latéral et l'insinuation de Joas pensant exclusivement à Athalie quand il dit:

Le bonheur des méchants comme un torrent s'écoule.

Mais quand le curé était venu aussi et que sa visite interminable avait épuisé les forces de ma tante, Françoise sortait de la chambre derrière Eulalie et disait:

—«Madame Octave, je vous laisse reposer, vous avez l'air beaucoup fatiguée.»

Et ma tante ne répondait même pas, exhalant un soupir qui semblait devoir être le dernier, les yeux clos, comme morte. Mais à peine Françoise était-elle descendue que quatre coups donnés avec la plus grande violence retentissaient dans la maison et ma tante, dressée sur son lit, criait:

—«Est-ce qu'Eulalie est déjà partie? Croyez-vous que j'ai oublié de lui demander si Mme Goupil était arrivée à la messe avant l'élévation! Courez vite après elle!»

Mais Françoise revenait n'ayant pu rattraper Eulalie.

—«C'est contrariant, disait ma tante en hochant la tête. La seule chose importante que j'avais à lui demander!»

Ainsi passait la vie pour ma tante Léonie, toujours identique, dans la douce uniformité de ce qu'elle appelait avec un dédain affecté et une tendresse profonde, son «petit traintrain». Préservé par tout le monde, non seulement à la maison, où chacun ayant éprouvé l'inutilité de lui conseiller une meilleure hygiène, s'était peu à peu résigné à le respecter, mais même dans le village où, à trois rues de nous, l'emballeur, avant de clouer ses caisses, faisait demander à Françoise si ma tante ne «reposait pas»,—ce traintrain fut pourtant troublé une fois cette année-là. Comme un fruit caché qui serait parvenu à maturité sans qu'on s'en aperçût et se détacherait spontanément, survint une nuit la délivrance de la fille de cuisine. Mais ses douleurs étaient intolérables, et comme il n'y avait pas de sage-femme à Combray, Françoise dut partir avant le jour en chercher une à Thiberzy. Ma tante, à cause des cris de la fille de cuisine, ne put reposer, et Françoise, malgré la courte distance, n'étant revenue que très tard, lui manqua beaucoup. Aussi, ma mère me dit-elle dans la matinée: «Monte donc voir si ta tante n'a besoin de rien.» J'entrai dans la première pièce et, par la porte ouverte, vis ma tante, couchée sur le côté, qui dormait; je l'entendis ronfler légèrement. J'allais m'en aller doucement mais sans doute le bruit que j'avais fait était intervenu dans son sommeil et en avait «changé la vitesse», comme on dit pour les automobiles, car la musique du ronflement s'interrompit une seconde et reprit un ton plus bas, puis elle s'éveilla et tourna à demi son visage que je pus voir alors; il exprimait une sorte de terreur; elle venait évidemment d'avoir un rêve affreux; elle ne pouvait me voir de la façon dont elle était placée, et je restais là ne sachant si je devais m'avancer ou me retirer; mais déjà elle semblait revenue au sentiment de la réalité et avait reconnu le mensonge des visions qui l'avaient effrayée; un sourire de joie, de pieuse reconnaissance envers Dieu qui permet que la vie soit moins cruelle que les rêves, éclaira faiblement son visage, et avec cette habitude qu'elle avait prise de se parler à mi-voix à elle-même quand elle se croyait seule, elle murmura: «Dieu soit loué! nous n'avons comme tracas que la fille de cuisine qui accouche. Voilà-t-il pas que je rêvais que mon pauvre Octave était ressuscité et qu'il voulait me faire faire une promenade tous les jours!» Sa main se tendit vers son chapelet qui était sur la petite table, mais le sommeil recommençant ne lui laissa pas la force de l'atteindre: elle se rendormit, tranquillisée, et je sortis à pas de loup de la chambre sans qu'elle ni personne eût jamais appris ce que j'avais entendu.

Quand je dis qu'en dehors d'événements très rares, comme cet accouchement, le traintrain de ma tante ne subissait jamais aucune variation, je ne parle pas de celles qui, se répétant toujours identiques à des intervalles réguliers, n'introduisaient au sein de l'uniformité qu'une sorte d'uniformité secondaire. C'est ainsi que tous les samedis, comme Françoise allait dans l'après-midi au marché de Roussainville-le-Pin, le déjeuner était, pour tout le monde, une heure plus tôt. Et ma tante avait si bien pris l'habitude de cette dérogation hebdomadaire à ses habitudes, qu'elle tenait à cette habitude-là autant qu'aux autres. Elle y était si bien «routinée», comme disait Françoise, que s'il lui avait fallu un samedi, attendre pour déjeuner l'heure habituelle, cela l'eût autant «dérangée» que si elle avait dû, un autre jour, avancer son déjeuner à l'heure du samedi. Cette avance du déjeuner donnait d'ailleurs au samedi, pour nous tous, une figure particulière, indulgente, et assez sympathique. Au moment où d'habitude on a encore une heure à vivre avant la détente du repas, on savait que, dans quelques secondes, on allait voir arriver des endives précoces, une omelette de faveur, un bifteck immérité. Le retour de ce samedi asymétrique était un de ces petits événements intérieurs, locaux, presque civiques qui, dans les vies tranquilles et les sociétés fermées, créent une sorte de lien national et deviennent le thème favori des conversations, des plaisanteries, des récits exagérés à plaisir: il eût été le noyau tout prêt pour un cycle légendaire si l'un de nous avait eu la tête épique. Dès le matin, avant d'être habillés, sans raison, pour le plaisir d'éprouver la force de la solidarité, on se disait les uns aux autres avec bonne humeur, avec cordialité, avec patriotisme: «Il n'y a pas de temps à perdre, n'oublions pas que c'est samedi!» cependant que ma tante, conférant avec Françoise et songeant que la journée serait plus longue que d'habitude, disait: «Si vous leur faisiez un beau morceau de veau, comme c'est samedi.» Si à dix heures et demie un distrait tirait sa montre en disant: «Allons, encore une heure et demie avant le déjeuner», chacun était enchanté d'avoir à lui dire: «Mais voyons, à quoi pensez-vous, vous oubliez que c'est samedi!»; on en riait encore un quart d'heure après et on se promettait de monter raconter cet oubli à ma tante pour l'amuser. Le visage du ciel même semblait changé. Après le déjeuner, le soleil, conscient que c'était samedi, flânait une heure de plus au haut du ciel, et quand quelqu'un, pensant qu'on était en retard pour la promenade, disait: «Comment, seulement deux heures?» en voyant passer les deux coups du clocher de Saint-Hilaire (qui ont l'habitude de ne rencontrer encore personne dans les chemins désertés à cause du repas de midi ou de la sieste, le long de la rivière vive et blanche que le pêcheur même a abandonnée, et passent solitaires dans le ciel vacant où ne restent que quelques nuages paresseux), tout le monde en chœur lui répondait: «Mais ce qui vous trompe, c'est qu'on a déjeuné une heure plus tôt, vous savez bien que c'est samedi!» La surprise d'un barbare (nous appelions ainsi tous les gens qui ne savaient pas ce qu'avait de particulier le samedi) qui, étant venu à onze heures pour parler à mon père, nous avait trouvés à table, était une des choses qui, dans sa vie, avaient le plus égayé Françoise. Mais si elle trouvait amusant que le visiteur interloqué ne sût pas que nous déjeunions plus tôt le samedi, elle trouvait plus comique encore (tout en sympathisant du fond du cœur avec ce chauvinisme étroit) que mon père, lui, n'eût pas eu l'idée que ce barbare pouvait l'ignorer et eût répondu sans autre explication à son étonnement de nous voir déjà dans la salle à manger: «Mais voyons, c'est samedi!» Parvenue à ce point de son récit, elle essuyait des larmes d'hilarité et pour accroître le plaisir qu'elle éprouvait, elle prolongeait le dialogue, inventait ce qu'avait répondu le visiteur à qui ce «samedi» n'expliquait rien. Et bien loin de nous plaindre de ses additions, elles ne nous suffisaient pas encore et nous disions: «Mais il me semblait qu'il avait dit aussi autre chose. C'était plus long la première fois quand vous l'avez raconté.» Ma grand'tante elle-même laissait son ouvrage, levait la tête et regardait par-dessus son lorgnon.

Le samedi avait encore ceci de particulier que ce jour-là, pendant le mois de mai, nous sortions après le dîner pour aller au «mois de Marie».

Comme nous y rencontrions parfois M. Vinteuil, très sévère pour «le genre déplorable des jeunes gens négligés, dans les idées de l'époque actuelle», ma mère prenait garde que rien ne clochât dans ma tenue, puis on partait pour l'église. C'est au mois de Marie que je me souviens d'avoir commencé à aimer les aubépines. N'étant pas seulement dans l'église, si sainte, mais où nous avions le droit d'entrer, posées sur l'autel même, inséparables des mystères à la célébration desquels elles prenaient part, elles faisaient courir au milieu des flambeaux et des vases sacrés leurs branches attachées horizontalement les unes aux autres en un apprêt de fête, et qu'enjolivaient encore les festons de leur feuillage sur lequel étaient semés à profusion, comme sur une traîne de mariée, de petits bouquets de boutons d'une blancheur éclatante. Mais, sans oser les regarder qu'à la dérobée, je sentais que ces apprêts pompeux étaient vivants et que c'était la nature elle-même qui, en creusant ces découpures dans les feuilles, en ajoutant l'ornement suprême de ces blancs boutons, avait rendu cette décoration digne de ce qui était à la fois une réjouissance populaire et une solennité mystique. Plus haut s'ouvraient leurs corolles çà et là avec une grâce insouciante, retenant si négligemment comme un dernier et vaporeux atour le bouquet d'étamines, fines comme des fils de la Vierge, qui les embrumait tout entières, qu'en suivant, qu'en essayant de mimer au fond de moi le geste de leur efflorescence, je l'imaginais comme si ç'avait été le mouvement de tête étourdi et rapide, au regard coquet, aux pupilles diminuées, d'une blanche jeune fille, distraite et vive. M. Vinteuil était venu avec sa fille se placer à côté de nous. D'une bonne famille, il avait été le professeur de piano des sœurs de ma grand'mère et quand, après la mort de sa femme et un héritage qu'il avait fait, il s'était retiré auprès de Combray, on le recevait souvent à la maison. Mais d'une pudibonderie excessive, il cessa de venir pour ne pas rencontrer Swann qui avait fait ce qu'il appelait «un mariage déplacé, dans le goût du jour». Ma mère, ayant appris qu'il composait, lui avait dit par amabilité que, quand elle irait le voir, il faudrait qu'il lui fît entendre quelque chose de lui. M. Vinteuil en aurait eu beaucoup de joie, mais il poussait la politesse et la bonté jusqu'à de tels scrupules que, se mettant toujours à la place des autres, il craignait de les ennuyer et de leur paraître égoïste s'il suivait ou seulement laissait deviner son désir. Le jour où mes parents étaient allés chez lui en visite, je les avais accompagnés, mais ils m'avaient permis de rester dehors et, comme la maison de M. Vinteuil, Montjouvain, était en contre-bas d'un monticule buissonneux, où je m'étais caché, je m'étais trouvé de plain-pied avec le salon du second étage, à cinquante centimètres de la fenêtre. Quand on était venu lui annoncer mes parents, j'avais vu M. Vinteuil se hâter de mettre en évidence sur le piano un morceau de musique. Mais une fois mes parents entrés, il l'avait retiré et mis dans un coin. Sans doute avait-il craint de leur laisser supposer qu'il n'était heureux de les voir que pour leur jouer de ses compositions. Et chaque fois que ma mère était revenue à la charge au cours de la visite, il avait répété plusieurs fois «Mais je ne sais qui a mis cela sur le piano, ce n'est pas sa place», et avait détourné la conversation sur d'autres sujets, justement parce que ceux-là l'intéressaient moins. Sa seule passion était pour sa fille et celle-ci qui avait l'air d'un garçon paraissait si robuste qu'on ne pouvait s'empêcher de sourire en voyant les précautions que son père prenait pour elle, ayant toujours des châles supplémentaires à lui jeter sur les épaules. Ma grand'mère faisait remarquer quelle expression douce délicate, presque timide passait souvent dans les regards de cette enfant si rude, dont le visage était semé de taches de son. Quand elle venait de prononcer une parole elle l'entendait avec l'esprit de ceux à qui elle l'avait dite, s'alarmait des malentendus possibles et on voyait s'éclairer, se découper comme par transparence, sous la figure hommasse du «bon diable», les traits plus fins d'une jeune fille éplorée.

Quand, au moment de quitter l'église, je m'agenouillai devant l'autel, je sentis tout d'un coup, en me relevant, s'échapper des aubépines une odeur amère et douce d'amandes, et je remarquai alors sur les fleurs de petites places plus blondes, sous lesquelles je me figurai que devait être cachée cette odeur comme sous les parties gratinées le goût d'une frangipane ou sous leurs taches de rousseur celui des joues de Mlle Vinteuil. Malgré la silencieuse immobilité des aubépines, cette intermittente ardeur était comme le murmure de leur vie intense dont l'autel vibrait ainsi qu'une haie agreste visitée par de vivantes antennes, auxquelles on pensait en voyant certaines étamines presque rousses qui semblaient avoir gardé la virulence printanière, le pouvoir irritant, d'insectes aujourd'hui métamorphosés en fleurs.

Nous causions un moment avec M. Vinteuil devant le porche en sortant de l'église. Il intervenait entre les gamins qui se chamaillaient sur la place, prenait la défense des petits, faisait des sermons aux grands. Si sa fille nous disait de sa grosse voix combien elle avait été contente de nous voir, aussitôt il semblait qu'en elle-même une sœur plus sensible rougissait de ce propos de bon garçon étourdi qui avait pu nous faire croire qu'elle sollicitait d'être invitée chez nous. Son père lui jetait un manteau sur les épaules, ils montaient dans un petit buggy qu'elle conduisait elle-même et tous deux retournaient à Montjouvain. Quant à nous, comme c'était le lendemain dimanche et qu'on ne se lèverait que pour la grand'messe, s'il faisait clair de lune et que l'air fût chaud, au lieu de nous faire rentrer directement, mon père, par amour de la gloire, nous faisait faire par le calvaire une longue promenade, que le peu d'aptitude de ma mère à s'orienter et à se reconnaître dans son chemin, lui faisait considérer comme la prouesse d'un génie stratégique. Parfois nous allions jusqu'au viaduc, dont les enjambées de pierre commençaient à la gare et me représentaient l'exil et la détresse hors du monde civilisé parce que chaque année en venant de Paris, on nous recommandait de faire bien attention, quand ce serait Combray, de ne pas laisser passer la station, d'être prêts d'avance car le train repartait au bout de deux minutes et s'engageait sur le viaduc au delà des pays chrétiens dont Combray marquait pour moi l'extrême limite. Nous revenions par le boulevard de la gare, où étaient les plus agréables villas de la commune. Dans chaque jardin le clair de lune, comme Hubert Robert, semait ses degrés rompus de marbre blanc, ses jets d'eau, ses grilles entr'ouvertes. Sa lumière avait détruit le bureau du télégraphe. Il n'en subsistait plus qu'une colonne à demi brisée, mais qui gardait la beauté d'une ruine immortelle. Je traînais la jambe, je tombais de sommeil, l'odeur des tilleuls qui embaumait m'apparaissait comme une récompense qu'on ne pouvait obtenir qu'au prix des plus grandes fatigues et qui n'en valait pas la peine. De grilles fort éloignées les unes des autres, des chiens réveillés par nos pas solitaires faisaient alterner des aboiements comme il m'arrive encore quelquefois d'en entendre le soir, et entre lesquels dut venir (quand sur son emplacement on créa le jardin public de Combray) se réfugier le boulevard de la gare, car, où que je me trouve, dès qu'ils commencent à retentir et à se répondre, je l'aperçois, avec ses tilleuls et son trottoir éclairé par la lune.

Tout d'un coup mon père nous arrêtait et demandait à ma mère: «Où sommes-nous?» Epuisée par la marche, mais fière de lui, elle lui avouait tendrement qu'elle n'en savait absolument rien. Il haussait les épaules et riait. Alors, comme s'il l'avait sortie de la poche de son veston avec sa clef, il nous montrait debout devant nous la petite porte de derrière de notre jardin qui était venue avec le coin de la rue du Saint-Esprit nous attendre au bout de ces chemins inconnus. Ma mère lui disait avec admiration: «Tu es extraordinaire!» Et à partir de cet instant, je n'avais plus un seul pas à faire, le sol marchait pour moi dans ce jardin où depuis si longtemps mes actes avaient cessé d'être accompagnés d'attention volontaire: l'Habitude venait de me prendre dans ses bras et me portait jusqu'à mon lit comme un petit enfant.

Si la journée du samedi, qui commençait une heure plus tôt, et où elle était privée de Françoise, passait plus lentement qu'une autre pour ma tante, elle en attendait pourtant le retour avec impatience depuis le commencement de la semaine, comme contenant toute la nouveauté et la distraction que fût encore capable de supporter son corps affaibli et maniaque. Et ce n'est pas cependant qu'elle n'aspirât parfois à quelque plus grand changement, qu'elle n'eût de ces heures d'exception où l'on a soif de quelque chose d'autre que ce qui est, et où ceux que le manque d'énergie ou d'imagination empêche de tirer d'eux-mêmes un principe de rénovation, demandent à la minute qui vient, au facteur qui sonne, de leur apporter du nouveau, fût-ce du pire, une émotion, une douleur; où la sensibilité, que le bonheur a fait taire comme une harpe oisive, veut résonner sous une main, même brutale, et dût-elle en être brisée; où la volonté, qui a si difficilement conquis le droit d'être livrée sans obstacle à ses désirs, à ses peines, voudrait jeter les rênes entre les mains d'événements impérieux, fussent-ils cruels. Sans doute, comme les forces de ma tante, taries à la moindre fatigue, ne lui revenaient que goutte à goutte au sein de son repos, le réservoir était très long à remplir, et il se passait des mois avant qu'elle eût ce léger trop-plein que d'autres dérivent dans l'activité et dont elle était incapable de savoir et de décider comment user. Je ne doute pas qu'alors—comme le désir de la remplacer par des pommes de terre béchamel finissait au bout de quelque temps par naître du plaisir même que lui causait le retour quotidien de la purée dont elle ne se «fatiguait» pas,—elle ne tirât de l'accumulation de ces jours monotones auxquels elle tenait tant, l'attente d'un cataclysme domestique limité à la durée d'un moment mais qui la forcerait d'accomplir une fois pour toutes un de ces changements dont elle reconnaissait qu'ils lui seraient salutaires et auxquels elle ne pouvait d'elle-même se décider. Elle nous aimait véritablement, elle aurait eu plaisir à nous pleurer; survenant à un moment où elle se sentait bien et n'était pas en sueur, la nouvelle que la maison était la proie d'un incendie où nous avions déjà tous péri et qui n'allait plus bientôt laisser subsister une seule pierre des murs, mais auquel elle aurait eu tout le temps d'échapper sans se presser, à condition de se lever tout de suite, a dû souvent hanter ses espérances comme unissant aux avantages secondaires de lui faire savourer dans un long regret toute sa tendresse pour nous, et d'être la stupéfaction du village en conduisant notre deuil, courageuse et accablée, moribonde debout, celui bien plus précieux de la forcer au bon moment, sans temps à perdre, sans possibilité d'hésitation énervante, à aller passer l'été dans sa jolie ferme de Mirougrain, où il y avait une chute d'eau.

Comme n'était jamais survenu aucun événement de ce genre, dont elle méditait certainement la réussite quand elle était seule absorbée dans ses innombrables jeux de patience (et qui l'eût désespérée au premier commencement de réalisation, au premier de ces petits faits imprévus, de cette parole annonçant une mauvaise nouvelle et dont on ne peut plus jamais oublier l'accent, de tout ce qui porte l'empreinte de la mort réelle, bien différente de sa possibilité logique et abstraite), elle se rabattait pour rendre de temps en temps sa vie plus intéressante, à y introduire des péripéties imaginaires qu'elle suivait avec passion. Elle se plaisait à supposer tout d'un coup que Françoise la volait, qu'elle recourait à la ruse pour s'en assurer, la prenait sur le fait; habituée, quand elle faisait seule des parties de cartes, à jouer à la fois son jeu et le jeu de son adversaire, elle se prononçait à elle-même les excuses embarrassées de Françoise et y répondait avec tant de feu et d'indignation que l'un de nous, entrant à ces moments-là, la trouvait en nage, les yeux étincelants, ses faux cheveux déplacés laissant voir son front chauve. Françoise entendit peut-être parfois dans la chambre voisine de mordants sarcasmes qui s'adressaient à elle et dont l'invention n'eût pas soulagé suffisamment ma tante, s'ils étaient restés à l'état purement immatériel, et si en les murmurant à mi-voix elle ne leur eût donné plus de réalité. Quelquefois, ce «spectacle dans un lit» ne suffisait même pas à ma tante, elle voulait faire jouer ses pièces.

Alors, un dimanche, toutes portes mystérieusement fermées, elle confiait à Eulalie ses doutes sur la probité de Françoise, son intention de se défaire d'elle, et une autre fois, à Françoise ses soupçons de l'infidélité d'Eulalie, à qui la porte serait bientôt fermée; quelques jours après elle était dégoûtée de sa confidente de la veille et racoquinée avec le traître, lesquels d'ailleurs, pour la prochaine représentation, échangeraient leurs emplois. Mais les soupçons que pouvait parfois lui inspirer Eulalie, n'étaient qu'un feu de paille et tombaient vite, faute d'aliment, Eulalie n'habitant pas la maison. Il n'en était pas de même de ceux qui concernaient Françoise, que ma tante sentait perpétuellement sous le même toit qu'elle, sans que, par crainte de prendre froid si elle sortait de son lit, elle osât descendre à la cuisine se rendre compte s'ils étaient fondés. Peu à peu son esprit n'eut plus d'autre occupation que de chercher à deviner ce qu'à chaque moment pouvait faire, et chercher à lui cacher, Françoise. Elle remarquait les plus furtifs mouvements de physionomie de celle-ci, une contradiction dans ses paroles, un désir qu'elle semblait dissimuler. Et elle lui montrait qu'elle l'avait démasquée, d'un seul mot qui faisait pâlir Françoise et que ma tante semblait trouver, à enfoncer au cœur de la malheureuse, un divertissement cruel. Et le dimanche suivant, une révélation d'Eulalie,—comme ces découvertes qui ouvrent tout d'un coup un champ insoupçonné à une science naissante et qui se traînait dans l'ornière,—prouvait à ma tante qu'elle était dans ses suppositions bien au-dessous de la vérité. «Mais Françoise doit le savoir maintenant que vous y avez donné une voiture».—«Que je lui ai donné une voiture!» s'écriait ma tante.—«Ah! mais je ne sais pas, moi, je croyais, je l'avais vue qui passait maintenant en calèche, fière comme Artaban, pour aller au marché de Roussainville. J'avais cru que c'était Mme Octave qui lui avait donné.» Peu à peu Françoise et ma tante, comme la bête et le chasseur, ne cessaient plus de tâcher de prévenir les ruses l'une de l'autre. Ma mère craignait qu'il ne se développât chez Françoise une véritable haine pour ma tante qui l'offensait le plus durement qu'elle le pouvait. En tous cas Françoise attachait de plus en plus aux moindres paroles, aux moindres gestes de ma tante une attention extraordinaire.

Quand elle avait quelque chose à lui demander, elle hésitait longtemps sur la manière dont elle devait s'y prendre. Et quand elle avait proféré sa requête, elle observait ma tante à la dérobée, tâchant de deviner dans l'aspect de sa figure ce que celle-ci avait pensé et déciderait. Et ainsi—tandis que quelque artiste lisant les Mémoires du XVIIe siècle, et désirant de se rapprocher du grand Roi, croit marcher dans cette voie en se fabriquant une généalogie qui le fait descendre d'une famille historique ou en entretenant une correspondance avec un des souverains actuels de l'Europe, tourne précisément le dos à ce qu'il a le tort de chercher sous des formes identiques et par conséquent mortes,—une vieille dame de province qui ne faisait qu'obéir sincèrement à d'irrésistibles manies et à une méchanceté née de l'oisiveté, voyait sans avoir jamais pensé à Louis XIV les occupations les plus insignifiantes de sa journée, concernant son lever, son déjeuner, son repos, prendre par leur singularité despotique un peu de l'intérêt de ce que Saint-Simon appelait la «mécanique» de la vie à Versailles, et pouvait croire aussi que ses silences, une nuance de bonne humeur ou de hauteur dans sa physionomie, étaient de la part de Françoise l'objet d'un commentaire aussi passionné, aussi craintif que l'étaient le silence, la bonne humeur, la hauteur du Roi quand un courtisan, ou même les plus grands seigneurs, lui avaient remis une supplique, au détour d'une allée, à Versailles.

Un dimanche, où ma tante avait eu la visite simultanée du curé et d'Eulalie, et s'était ensuite reposée, nous étions tous montés lui dire bonsoir, et maman lui adressait ses condoléances sur la mauvaise chance qui amenait toujours ses visiteurs à la même heure:

—«Je sais que les choses se sont encore mal arrangées tantôt, Léonie, lui dit-elle avec douceur, vous avez eu tout votre monde à la fois.»

Ce que ma grand'tante interrompit par: «Abondance de biens...» car depuis que sa fille était malade elle croyait devoir la remonter en lui présentant toujours tout par le bon côté. Mais mon père prenant la parole:

—«Je veux profiter, dit-il, de ce que toute la famille est réunie pour vous faire un récit sans avoir besoin de le recommencer à chacun. J'ai peur que nous ne soyons fâchés avec Legrandin: il m'a à peine dit bonjour ce matin.»

Je ne restai pas pour entendre le récit de mon père, car j'étais justement avec lui après la messe quand nous avions rencontré M. Legrandin, et je descendis à la cuisine demander le menu du dîner qui tous les jours me distrayait comme les nouvelles qu'on lit dans un journal et m'excitait à la façon d'un programme de fête. Comme M. Legrandin avait passé près de nous en sortant de l'église, marchant à côté d'une châtelaine du voisinage que nous ne connaissions que de vue, mon père avait fait un salut à la fois amical et réservé, sans que nous nous arrêtions; M. Legrandin avait à peine répondu, d'un air étonné, comme s'il ne nous reconnaissait pas, et avec cette perspective du regard particulière aux personnes qui ne veulent pas être aimables et qui, du fond subitement prolongé de leurs yeux, ont l'air de vous apercevoir comme au bout d'une route interminable et à une si grande distance qu'elles se contentent de vous adresser un signe de tête minuscule pour le proportionner à vos dimensions de marionnette.

Or, la dame qu'accompagnait Legrandin était une personne vertueuse et considérée; il ne pouvait être question qu'il fût en bonne fortune et gêné d'être surpris, et mon père se demandait comment il avait pu mécontenter Legrandin. «Je regretterais d'autant plus de le savoir fâché, dit mon père, qu'au milieu de tous ces gens endimanchés il a, avec son petit veston droit, sa cravate molle, quelque chose de si peu apprêté, de si vraiment simple, et un air presque ingénu qui est tout à fait sympathique.» Mais le conseil de famille fut unanimement d'avis que mon père s'était fait une idée, ou que Legrandin, à ce moment-là, était absorbé par quelque pensée. D'ailleurs la crainte de mon père fut dissipée dès le lendemain soir. Comme nous revenions d'une grande promenade, nous aperçûmes près du Pont-Vieux Legrandin, qui à cause des fêtes, restait plusieurs jours à Combray. Il vint à nous la main tendue: «Connaissez-vous, monsieur le liseur, me demanda-t-il, ce vers de Paul Desjardins:

Les bois sont déjà noirs, le ciel est encor bleu.

N'est-ce pas la fine notation de cette heure-ci? Vous n'avez peut-être jamais lu Paul Desjardins. Lisez-le, mon enfant; aujourd'hui il se mue, me dit-on, en frère prêcheur, mais ce fut longtemps un aquarelliste limpide...

Les bois sont déjà noirs, le ciel est encor bleu.

Que le ciel reste toujours bleu pour vous, mon jeune ami; et même à l'heure, qui vient pour moi maintenant, où les bois sont déjà noirs, où la nuit tombe vite, vous vous consolerez comme je fais en regardant du côté du ciel.» Il sortit de sa poche une cigarette, resta longtemps les yeux à l'horizon, «Adieu, les camarades», nous dit-il tout à coup, et il nous quitta.

A cette heure où je descendais apprendre le menu, le dîner était déjà commencé, et Françoise, commandant aux forces de la nature devenues ses aides, comme dans les féeries où les géants se font engager comme cuisiniers, frappait la houille, donnait à la vapeur des pommes de terre à étuver et faisait finir à point par le feu les chefs-d'œuvre culinaires d'abord préparés dans des récipients de céramiste qui allaient des grandes cuves, marmites, chaudrons et poissonnières, aux terrines pour le gibier, moules à pâtisserie, et petits pots de crème en passant par une collection complète de casserole de toutes dimensions. Je m'arrêtais à voir sur la table, où la fille de cuisine venait de les écosser, les petits pois alignés et nombrés comme des billes vertes dans un jeu; mais mon ravissement était devant les asperges, trempées d'outremer et de rose et dont l'épi, finement pignoché de mauve et d'azur, se dégrade insensiblement jusqu'au pied,—encore souillé pourtant du sol de leur plant,—par des irisations qui ne sont pas de la terre. Il me semblait que ces nuances célestes trahissaient les délicieuses créatures qui s'étaient amusées à se métamorphoser en légumes et qui, à travers le déguisement de leur chair comestible et ferme, laissaient apercevoir en ces couleurs naissantes d'aurore, en ces ébauches d'arc-en-ciel, en cette extinction de soirs bleus, cette essence précieuse que je reconnaissais encore quand, toute la nuit qui suivait un dîner où j'en avais mangé, elles jouaient, dans leurs farces poétiques et grossières comme une féerie de Shakespeare, à changer mon pot de chambre en un vase de parfum.

La pauvre Charité de Giotto, comme l'appelait Swann, chargée par Françoise de les «plumer», les avait près d'elle dans une corbeille, son air était douloureux, comme si elle ressentait tous les malheurs de la terre; et les légères couronnes d'azur qui ceignaient les asperges au-dessus de leurs tuniques de rose étaient finement dessinées, étoile par étoile, comme le sont dans la fresque les fleurs bandées autour du front ou piquées dans la corbeille de la Vertu de Padoue. Et cependant, Françoise tournait à la broche un de ces poulets, comme elle seule savait en rôtir, qui avaient porté loin dans Combray l'odeur de ses mérites, et qui, pendant qu'elle nous les servait à table, faisaient prédominer la douceur dans ma conception spéciale de son caractère, l'arôme de cette chair qu'elle savait rendre si onctueuse et si tendre n'étant pour moi que le propre parfum d'une de ses vertus.

Mais le jour où, pendant que mon père consultait le conseil de famille sur la rencontre de Legrandin, je descendis à la cuisine, était un de ceux où la Charité de Giotto, très malade de son accouchement récent, ne pouvait se lever; Françoise, n'étant plus aidée, était en retard. Quand je fus en bas, elle était en train, dans l'arrière-cuisine qui donnait sur la basse-cour, de tuer un poulet qui, par sa résistance désespérée et bien naturelle, mais accompagnée par Françoise hors d'elle, tandis qu'elle cherchait à lui fendre le cou sous l'oreille, des cris de «sale bête! sale bête!», mettait la sainte douceur et l'onction de notre servante un peu moins en lumière qu'il n'eût fait, au dîner du lendemain, par sa peau brodée d'or comme une chasuble et son jus précieux égoutté d'un ciboire. Quand il fut mort, Françoise recueillit le sang qui coulait sans noyer sa rancune, eut encore un sursaut de colère, et regardant le cadavre de son ennemi, dit une dernière fois: «Sale bête!» Je remontai tout tremblant; j'aurais voulu qu'on mît Françoise tout de suite à la porte. Mais qui m'eût fait des boules aussi chaudes, du café aussi parfumé, et même... ces poulets?... Et en réalité, ce lâche calcul, tout le monde avait eu à le faire comme moi. Car ma tante Léonie savait,—ce que j'ignorais encore,—que Françoise qui, pour sa fille, pour ses neveux, aurait donné sa vie sans une plainte, était pour d'autres êtres d'une dureté singulière. Malgré cela ma tante l'avait gardée, car si elle connaissait sa cruauté, elle appréciait son service. Je m'aperçus peu à peu que la douceur, la componction, les vertus de Françoise cachaient des tragédies d'arrière-cuisine, comme l'histoire découvre que les règnes des Rois et des Reines, qui sont représentés les mains jointes dans les vitraux des églises, furent marqués d'incidents sanglants. Je me rendis compte que, en dehors de ceux de sa parenté, les humains excitaient d'autant plus sa pitié par leurs malheurs, qu'ils vivaient plus éloignés d'elle. Les torrents de larmes qu'elle versait en lisant le journal sur les infortunes des inconnus se tarissaient vite si elle pouvait se représenter la personne qui en était l'objet d'une façon un peu précise. Une de ces nuits qui suivirent l'accouchement de la fille de cuisine, celle-ci fut prise d'atroces coliques; maman l'entendit se plaindre, se leva et réveilla Françoise qui, insensible, déclara que tous ces cris étaient une comédie, qu'elle voulait «faire la maîtresse». Le médecin, qui craignait ces crises, avait mis un signet, dans un livre de médecine que nous avions, à la page où elles sont décrites et où il nous avait dit de nous reporter pour trouver l'indication des premiers soins à donner. Ma mère envoya Françoise chercher le livre en lui recommandant de ne pas laisser tomber le signet. Au bout d'une heure, Françoise n'était pas revenue; ma mère indignée crut qu'elle s'était recouchée et me dit d'aller voir moi-même dans la bibliothèque. J'y trouvai Françoise qui, ayant voulu regarder ce que le signet marquait, lisait la description clinique de la crise et poussait des sanglots maintenant qu'il s'agissait d'une malade-type qu'elle ne connaissait pas. A chaque symptôme douloureux mentionné par l'auteur du traité, elle s'écriait: «Hé là! Sainte Vierge, est-il possible que le bon Dieu veuille faire souffrir ainsi une malheureuse créature humaine? Hé! la pauvre!»

Mais dès que je l'eus appelée et qu'elle fut revenue près du lit de la Charité de Giotto, ses larmes cessèrent aussitôt de couler; elle ne put reconnaître ni cette agréable sensation de pitié et d'attendrissement qu'elle connaissait bien et que la lecture des journaux lui avait souvent donnée, ni aucun plaisir de même famille, dans l'ennui et dans l'irritation de s'être levée au milieu de la nuit pour la fille de cuisine; et à la vue des mêmes souffrances dont la description l'avait fait pleurer, elle n'eut plus que des ronchonnements de mauvaise humeur, même d'affreux sarcasmes, disant, quand elle crut que nous étions partis et ne pouvions plus l'entendre: «Elle n'avait qu'à ne pas faire ce qu'il faut pour ça! ça lui a fait plaisir! qu'elle ne fasse pas de manières maintenant. Faut-il tout de même qu'un garçon ait été abandonné du bon Dieu pour aller avec ça. Ah! c'est bien comme on disait dans le patois de ma pauvre mère:

«Qui du cul d'un chien s'amourose

«Il lui paraît une rose.»

Si, quand son petit-fils était un peu enrhumé du cerveau, elle partait la nuit, même malade, au lieu de se coucher, pour voir s'il n'avait besoin de rien, faisant quatre lieues à pied avant le jour afin d'être rentrée pour son travail, en revanche ce même amour des siens et son désir d'assurer la grandeur future de sa maison se traduisait dans sa politique à l'égard des autres domestiques par une maxime constante qui fut de n'en jamais laisser un seul s'implanter chez ma tante, qu'elle mettait d'ailleurs une sorte d'orgueil à ne laisser approcher par personne, préférant, quand elle-même était malade, se relever pour lui donner son eau de Vichy plutôt que de permettre l'accès de la chambre de sa maîtresse à la fille de cuisine. Et comme cet hyménoptère observé par Fabre, la guêpe fouisseuse, qui pour que ses petits après sa mort aient de la viande fraîche à manger, appelle l'anatomie au secours de sa cruauté et, ayant capturé des charançons et des araignées, leur perce avec un savoir et une adresse merveilleux le centre nerveux d'où dépend le mouvement des pattes, mais non les autres fonctions de la vie, de façon que l'insecte paralysé près duquel elle dépose ses œufs, fournisse aux larves, quand elles écloront un gibier docile, inoffensif, incapable de fuite ou de résistance, mais nullement faisandé, Françoise trouvait pour servir sa volonté permanente de rendre la maison intenable à tout domestique, des ruses si savantes et si impitoyables que, bien des années plus tard, nous apprîmes que si cet été-là nous avions mangé presque tous les jours des asperges, c'était parce que leur odeur donnait à la pauvre fille de cuisine chargée de les éplucher des crises d'asthme d'une telle violence qu'elle fut obligée de finir par s'en aller.

Hélas! nous devions définitivement changer d'opinion sur Legrandin. Un des dimanches qui suivit la rencontre sur le Pont-Vieux après laquelle mon père avait dû confesser son erreur, comme la messe finissait et qu'avec le soleil et le bruit du dehors quelque chose de si peu sacré entrait dans l'église que Mme Goupil, Mme Percepied (toutes les personnes qui tout à l'heure, à mon arrivée un peu en retard, étaient restées les yeux absorbés dans leur prière et que j'aurais même pu croire ne m'avoir pas vu entrer si, en même temps, leurs pieds n'avaient repoussé légèrement le petit banc qui m'empêchait de gagner ma chaise) commençaient à s'entretenir avec nous à haute voix de sujets tout temporels comme si nous étions déjà sur la place, nous vîmes sur le seuil brûlant du porche, dominant le tumulte bariolé du marché, Legrandin, que le mari de cette dame avec qui nous l'avions dernièrement rencontré, était en train de présenter à la femme d'un autre gros propriétaire terrien des environs. La figure de Legrandin exprimait une animation, un zèle extraordinaires; il fit un profond salut avec un renversement secondaire en arrière, qui ramena brusquement son dos au delà de la position de départ et qu'avait dû lui apprendre le mari de sa sœur, Mme de Cambremer. Ce redressement rapide fit refluer en une sorte d'onde fougueuse et musclée la croupe de Legrandin que je ne supposais pas si charnue; et je ne sais pourquoi cette ondulation de pure matière, ce flot tout charnel, sans expression de spiritualité et qu'un empressement plein de bassesse fouettait en tempête, éveillèrent tout d'un coup dans mon esprit la possibilité d'un Legrandin tout différent de celui que nous connaissions. Cette dame le pria de dire quelque chose à son cocher, et tandis qu'il allait jusqu'à la voiture, l'empreinte de joie timide et dévouée que la présentation avait marquée sur son visage y persistait encore. Ravi dans une sorte de rêve, il souriait, puis il revint vers la dame en se hâtant et, comme il marchait plus vite qu'il n'en avait l'habitude, ses deux épaules oscillaient de droite et de gauche ridiculement, et il avait l'air tant il s'y abandonnait entièrement en n'ayant plus souci du reste, d'être le jouet inerte et mécanique du bonheur. Cependant, nous sortions du porche, nous allions passer à côté de lui, il était trop bien élevé pour détourner la tête, mais il fixa de son regard soudain chargé d'une rêverie profonde un point si éloigné de l'horizon qu'il ne put nous voir et n'eut pas à nous saluer. Son visage restait ingénu au-dessus d'un veston souple et droit qui avait l'air de se sentir fourvoyé malgré lui au milieu d'un luxe détesté. Et une lavallière à pois qu'agitait le vent de la Place continuait à flotter sur Legrandin comme l'étendard de son fier isolement et de sa noble indépendance. Au moment où nous arrivions à la maison, maman s'aperçut qu'on avait oublié le Saint-Honoré et demanda à mon père de retourner avec moi sur nos pas dire qu'on l'apportât tout de suite. Nous croisâmes près de l'église Legrandin qui venait en sens inverse conduisant la même dame à sa voiture. Il passa contre nous, ne s'interrompit pas de parler à sa voisine et nous fit du coin de son œil bleu un petit signe en quelque sorte intérieur aux paupières et qui, n'intéressant pas les muscles de son visage, put passer parfaitement inaperçu de son interlocutrice; mais, cherchant à compenser par l'intensité du sentiment le champ un peu étroit où il en circonscrivait l'expression, dans ce coin d'azur qui nous était affecté il fit pétiller tout l'entrain de la bonne grâce qui dépassa l'enjouement, frisa la malice; il subtilisa les finesses de l'amabilité jusqu'aux clignements de la connivence, aux demi-mots, aux sous-entendus, aux mystères de la complicité; et finalement exalta les assurances d'amitié jusqu'aux protestations de tendresse, jusqu'à la déclaration d'amour, illuminant alors pour nous seuls d'une langueur secrète et invisible à la châtelaine, une prunelle énamourée dans un visage de glace.

Il avait précisément demandé la veille à mes parents de m'envoyer dîner ce soir-là avec lui: «Venez tenir compagnie à votre vieil ami, m'avait-il dit. Comme le bouquet qu'un voyageur nous envoie d'un pays où nous ne retournerons plus, faites-moi respirer du lointain de votre adolescence ces fleurs des printemps que j'ai traversés moi aussi il y a bien des années. Venez avec la primevère, la barbe de chanoine, le bassin d'or, venez avec le sédum dont est fait le bouquet de dilection de la flore balzacienne, avec la fleur du jour de la Résurrection, la pâquerette et la boule de neige des jardins qui commence à embaumer dans les allées de votre grand'tante quand ne sont pas encore fondues les dernières boules de neige des giboulées de Pâques. Venez avec la glorieuse vêture de soie du lis digne de Salomon, et l'émail polychrome des pensées, mais venez surtout avec la brise fraîche encore des dernières gelées et qui va entr'ouvrir, pour les deux papillons qui depuis ce matin attendent à la porte, la première rose de Jérusalem.»

On se demandait à la maison si on devait m'envoyer tout de même dîner avec M. Legrandin. Mais ma grand'mère refusa de croire qu'il eût été impoli. «Vous reconnaissez vous-même qu'il vient là avec sa tenue toute simple qui n'est guère celle d'un mondain.» Elle déclarait qu'en tous cas, et à tout mettre au pis, s'il l'avait été, mieux valait ne pas avoir l'air de s'en être aperçu. A vrai dire mon père lui-même, qui était pourtant le plus irrité contre l'attitude qu'avait eue Legrandin, gardait peut-être un dernier doute sur le sens qu'elle comportait. Elle était comme toute attitude ou action où se révèle le caractère profond et caché de quelqu'un: elle ne se relie pas à ses paroles antérieures, nous ne pouvons pas la faire confirmer par le témoignage du coupable qui n'avouera pas; nous en sommes réduits à celui de nos sens dont nous nous demandons, devant ce souvenir isolé et incohérent, s'ils n'ont pas été le jouet d'une illusion; de sorte que de telles attitudes, les seules qui aient de l'importance, nous laissent souvent quelques doutes.

Je dînai avec Legrandin sur sa terrasse; il faisait clair de lune: «Il y a une jolie qualité de silence, n'est-ce pas, me dit-il; aux cœurs blessés comme l'est le mien, un romancier que vous lirez plus tard, prétend que conviennent seulement l'ombre et le silence. Et voyez-vous, mon enfant, il vient dans la vie une heure dont vous êtes bien loin encore où les yeux las ne tolèrent plus qu'une lumière, celle qu'une belle nuit comme celle-ci prépare et distille avec l'obscurité, où les oreilles ne peuvent plus écouter de musique que celle que joue le clair de lune sur la flûte du silence.» J'écoutais les paroles de M. Legrandin qui me paraissaient toujours si agréables; mais troublé par le souvenir d'une femme que j'avais aperçue dernièrement pour la première fois, et pensant, maintenant que je savais que Legrandin était lié avec plusieurs personnalités aristocratiques des environs, que peut-être il connaissait celle-ci, prenant mon courage, je lui dis: «Est-ce que vous connaissez, monsieur, la... les châtelaines de Guermantes», heureux aussi en prononçant ce nom de prendre sur lui une sorte de pouvoir, par le seul fait de le tirer de mon rêve et de lui donner une existence objective et sonore.

Mais à ce nom de Guermantes, je vis au milieu des yeux bleus de notre ami se ficher une petite encoche brune comme s'ils venaient d'être percés par une pointe invisible, tandis que le reste de la prunelle réagissait en sécrétant des flots d'azur. Le cerne de sa paupière noircit, s'abaissa. Et sa bouche marquée d'un pli amer se ressaisissant plus vite sourit, tandis que le regard restait douloureux, comme celui d'un beau martyr dont le corps est hérissé de flèches: «Non, je ne les connais pas», dit-il, mais au lieu de donner à un renseignement aussi simple, à une réponse aussi peu surprenante le ton naturel et courant qui convenait, il le débita en appuyant sur les mots, en s'inclinant, en saluant de la tête, à la fois avec l'insistance qu'on apporte, pour être cru, à une affirmation invraisemblable,—comme si ce fait qu'il ne connût pas les Guermantes ne pouvait être l'effet que d'un hasard singulier—et aussi avec l'emphase de quelqu'un qui, ne pouvant pas taire une situation qui lui est pénible, préfère la proclamer pour donner aux autres l'idée que l'aveu qu'il fait ne lui cause aucun embarras, est facile, agréable, spontané, que la situation elle-même—l'absence de relations avec les Guermantes,—pourrait bien avoir été non pas subie, mais voulue par lui, résulter de quelque tradition de famille, principe de morale ou vœu mystique lui interdisant nommément la fréquentation des Guermantes. «Non, reprit-il, expliquant par ses paroles sa propre intonation, non, je ne les connais pas, je n'ai jamais voulu, j'ai toujours tenu à sauvegarder ma pleine indépendance; au fond je suis une tête jacobine, vous le savez. Beaucoup de gens sont venus à la rescousse, on me disait que j'avais tort de ne pas aller à Guermantes, que je me donnais l'air d'un malotru, d'un vieil ours. Mais voilà une réputation qui n'est pas pour m'effrayer, elle est si vraie! Au fond, je n'aime plus au monde que quelques églises, deux ou trois livres, à peine davantage de tableaux, et le clair de lune quand la brise de votre jeunesse apporte jusqu'à moi l'odeur des parterres que mes vieilles prunelles ne distinguent plus.» Je ne comprenais pas bien que pour ne pas aller chez des gens qu'on ne connaît pas, il fût nécessaire de tenir à son indépendance, et en quoi cela pouvait vous donner l'air d'un sauvage ou d'un ours. Mais ce que je comprenais c'est que Legrandin n'était pas tout à fait véridique quand il disait n'aimer que les églises, le clair de lune et la jeunesse; il aimait beaucoup les gens des châteaux et se trouvait pris devant eux d'une si grande peur de leur déplaire qu'il n'osait pas leur laisser voir qu'il avait pour amis des bourgeois, des fils de notaires ou d'agents de change, préférant, si la vérité devait se découvrir, que ce fût en son absence, loin de lui et «par défaut»; il était snob. Sans doute il ne disait jamais rien de tout cela dans le langage que mes parents et moi-même nous aimions tant. Et si je demandais: «Connaissez-vous les Guermantes?», Legrandin le causeur répondait: «Non, je n'ai jamais voulu les connaître.» Malheureusement il ne le répondait qu'en second, car un autre Legrandin qu'il cachait soigneusement au fond de lui, qu'il ne montrait pas, parce que ce Legrandin-là savait sur le nôtre, sur son snobisme, des histoires compromettantes, un autre Legrandin avait déjà répondu par la blessure du regard, par le rictus de la bouche, par la gravité excessive du ton de la réponse, par les mille flèches dont notre Legrandin s'était trouvé en un instant lardé et alangui, comme un saint Sébastien du snobisme: «Hélas! que vous me faites mal, non je ne connais pas les Guermantes, ne réveillez pas la grande douleur de ma vie.» Et comme ce Legrandin enfant terrible, ce Legrandin maître chanteur, s'il n'avait pas le joli langage de l'autre, avait le verbe infiniment plus prompt, composé de ce qu'on appelle «réflexes», quand Legrandin le causeur voulait lui imposer silence, l'autre avait déjà parlé et notre ami avait beau se désoler de la mauvaise impression que les révélations de son alter ego avaient dû produire, il ne pouvait qu'entreprendre de la pallier.

Et certes cela ne veut pas dire que M. Legrandin ne fût pas sincère quand il tonnait contre les snobs. Il ne pouvait pas savoir, au moins par lui-même, qu'il le fût, puisque nous ne connaissons jamais que les passions des autres, et que ce que nous arrivons à savoir des nôtres, ce n'est que d'eux que nous avons pu l'apprendre.

Sur nous, elles n'agissent que d'une façon seconde, par l'imagination qui substitue aux premiers mobiles des mobiles de relais qui sont plus décents. Jamais le snobisme de Legrandin ne lui conseillait d'aller voir souvent une duchesse. Il chargeait l'imagination de Legrandin de lui faire apparaître cette duchesse comme parée de toutes les grâces. Legrandin se rapprochait de la duchesse, s'estimant de céder à cet attrait de l'esprit et de la vertu qu'ignorent les infâmes snobs. Seuls les autres savaient qu'il en était un; car, grâce à l'incapacité où ils étaient de comprendre le travail intermédiaire de son imagination, ils voyaient en face l'une de l'autre l'activité mondaine de Legrandin et sa cause première.

Maintenant, à la maison, on n'avait plus aucune illusion sur M. Legrandin, et nos relations avec lui s'étaient fort espacées. Maman s'amusait infiniment chaque fois qu'elle prenait Legrandin en flagrant délit du péché qu'il n'avouait pas, qu'il continuait à appeler le péché sans rémission, le snobisme. Mon père, lui, avait de la peine à prendre les dédains de Legrandin avec tant de détachement et de gaîté; et quand on pensa une année à m'envoyer passer les grandes vacances à Balbec avec ma grand'mère, il dit: «Il faut absolument que j'annonce à Legrandin que vous irez à Balbec, pour voir s'il vous offrira de vous mettre en rapport avec sa sœur. Il ne doit pas se souvenir nous avoir dit qu'elle demeurait à deux kilomètres de là.» Ma grand'mère qui trouvait qu'aux bains de mer il faut être du matin au soir sur la plage à humer le sel et qu'on n'y doit connaître personne, parce que les visites, les promenades sont autant de pris sur l'air marin, demandait au contraire qu'on ne parlât pas de nos projets à Legrandin, voyant déjà sa sœur, Mme de Cambremer, débarquant à l'hôtel au moment où nous serions sur le point d'aller à la pêche et nous forçant à rester enfermés pour la recevoir. Mais maman riait de ses craintes, pensant à part elle que le danger n'était pas si menaçant, que Legrandin ne serait pas si pressé de nous mettre en relations avec sa sœur. Or, sans qu'on eût besoin de lui parler de Balbec, ce fut lui-même, Legrandin, qui, ne se doutant pas que nous eussions jamais l'intention d'aller de ce côté, vint se mettre dans le piège un soir où nous le rencontrâmes au bord de la Vivonne.

—«Il y a dans les nuages ce soir des violets et des bleus bien beaux, n'est-ce pas, mon compagnon, dit-il à mon père, un bleu surtout plus floral qu'aérien, un bleu de cinéraire, qui surprend dans le ciel. Et ce petit nuage rose n'a-t-il pas aussi un teint de fleur, d'œillet ou d'hydrangéa? Il n'y a guère que dans la Manche, entre Normandie et Bretagne, que j'ai pu faire de plus riches observations sur cette sorte de règne végétal de l'atmosphère. Là-bas, près de Balbec, près de ces lieux sauvages, il y a une petite baie d'une douceur charmante où le coucher de soleil du pays d'Auge, le coucher de soleil rouge et or que je suis loin de dédaigner, d'ailleurs, est sans caractère, insignifiant; mais dans cette atmosphère humide et douce s'épanouissent le soir en quelques instants de ces bouquets célestes, bleus et roses, qui sont incomparables et qui mettent souvent des heures à se faner. D'autres s'effeuillent tout de suite et c'est alors plus beau encore de voir le ciel entier que jonche la dispersion d'innombrables pétales soufrés ou roses. Dans cette baie, dite d'opale, les plages d'or semblent plus douces encore pour être attachées comme de blondes Andromèdes à ces terribles rochers des côtes voisines, à ce rivage funèbre, fameux par tant de naufrages, où tous les hivers bien des barques trépassent au péril de la mer. Balbec! la plus antique ossature géologique de notre sol, vraiment Ar-mor, la Mer, la fin de la terre, la région maudite qu'Anatole France,—un enchanteur que devrait lire notre petit ami—a si bien peinte, sous ses brouillards éternels, comme le véritable pays des Cimmériens, dans l'Odyssée. De Balbec surtout, où déjà des hôtels se construisent, superposés au sol antique et charmant qu'ils n'altèrent pas, quel délice d'excursionner à deux pas dans ces régions primitives et si belles.»

—«Ah! est-ce que vous connaissez quelqu'un à Balbec? dit mon père. Justement ce petit-là doit y aller passer deux mois avec sa grand'mère et peut-être avec ma femme.»

Legrandin pris au dépourvu par cette question à un moment où ses yeux étaient fixés sur mon père, ne put les détourner, mais les attachant de seconde en seconde avec plus d'intensité—et tout en souriant tristement—sur les yeux de son interlocuteur, avec un air d'amitié et de franchise et de ne pas craindre de le regarder en face, il sembla lui avoir traversé la figure comme si elle fût devenue transparente, et voir en ce moment bien au delà derrière elle un nuage vivement coloré qui lui créait un alibi mental et qui lui permettrait d'établir qu'au moment où on lui avait demandé s'il connaissait quelqu'un à Balbec, il pensait à autre chose et n'avait pas entendu la question. Habituellement de tels regards font dire à l'interlocuteur: «A quoi pensez-vous donc?» Mais mon père curieux, irrité et cruel, reprit:

—«Est-ce que vous avez des amis de ce côté-là, que vous connaissez si bien Balbec?»

Dans un dernier effort désespéré, le regard souriant de Legrandin atteignit son maximum de tendresse, de vague, de sincérité et de distraction, mais, pensant sans doute qu'il n'y avait plus qu'à répondre, il nous dit:

—«J'ai des amis partout où il y a des groupes d'arbres blessés, mais non vaincus, qui se sont rapprochés pour implorer ensemble avec une obstination pathétique un ciel inclément qui n'a pas pitié d'eux.

—«Ce n'est pas cela que je voulais dire, interrompit mon père, aussi obstiné que les arbres et aussi impitoyable que le ciel. Je demandais pour le cas où il arriverait n'importe quoi à ma belle-mère et où elle aurait besoin de ne pas se sentir là-bas en pays perdu, si vous y connaissez du monde?»

—«Là comme partout, je connais tout le monde et je ne connais personne, répondit Legrandin qui ne se rendait pas si vite; beaucoup les choses et fort peu les personnes. Mais les choses elles-mêmes y semblent des personnes, des personnes rares, d'une essence délicate et que la vie aurait déçues. Parfois c'est un castel que vous rencontrez sur la falaise, au bord du chemin où il s'est arrêté pour confronter son chagrin au soir encore rose où monte la lune d'or et dont les barques qui rentrent en striant l'eau diaprée hissent à leurs mâts la flamme et portent les couleurs; parfois c'est une simple maison solitaire, plutôt laide, l'air timide mais romanesque, qui cache à tous les yeux quelque secret impérissable de bonheur et de désenchantement. Ce pays sans vérité, ajouta-t-il avec une délicatesse machiavélique, ce pays de pure fiction est d'une mauvaise lecture pour un enfant, et ce n'est certes pas lui que je choisirais et recommanderais pour mon petit ami déjà si enclin à la tristesse, pour son cœur prédisposé. Les climats de confidence amoureuse et de regret inutile peuvent convenir au vieux désabusé que je suis, ils sont toujours malsains pour un tempérament qui n'est pas formé. Croyez-moi, reprit-il avec insistance, les eaux de cette baie, déjà à moitié bretonne, peuvent exercer une action sédative, d'ailleurs discutable, sur un cœur qui n'est plus intact comme le mien, sur un cœur dont la lésion n'est plus compensée. Elles sont contre-indiquées à votre âge, petit garçon. Bonne nuit, voisins», ajouta-t-il en nous quittant avec cette brusquerie évasive dont il avait l'habitude et, se retournant vers nous avec un doigt levé de docteur, il résuma sa consultation: «Pas de Balbec avant cinquante ans et encore cela dépend de l'état du cœur», nous cria-t-il.

Mon père lui en reparla dans nos rencontres ultérieures, le tortura de questions, ce fut peine inutile: comme cet escroc érudit qui employait à fabriquer de faux palimpsestes un labeur et une science dont la centième partie eût suffi à lui assurer une situation plus lucrative, mais honorable, M. Legrandin, si nous avions insisté encore, aurait fini par édifier toute une éthique de paysage et une géographie céleste de la basse Normandie, plutôt que de nous avouer qu'à deux kilomètres de Balbec habitait sa propre sœur, et d'être obligé à nous offrir une lettre d'introduction qui n'eût pas été pour lui un tel sujet d'effroi s'il avait été absolument certain,—comme il aurait dû l'être en effet avec l'expérience qu'il avait du caractère de ma grand'mère—que nous n'en aurions pas profité.

...

Nous rentrions toujours de bonne heure de nos promenades pour pouvoir faire une visite à ma tante Léonie avant le dîner. Au commencement de la saison où le jour finit tôt, quand nous arrivions rue du Saint-Esprit, il y avait encore un reflet du couchant sur les vitres de la maison et un bandeau de pourpre au fond des bois du Calvaire qui se reflétait plus loin dans l'étang, rougeur qui, accompagnée souvent d'un froid assez vif, s'associait, dans mon esprit, à la rougeur du feu au-dessus duquel rôtissait le poulet qui ferait succéder pour moi au plaisir poétique donné par la promenade, le plaisir de la gourmandise, de la chaleur et du repos. Dans l'été, au contraire, quand nous rentrions, le soleil ne se couchait pas encore; et pendant la visite que nous faisions chez ma tante Léonie, sa lumière qui s'abaissait et touchait la fenêtre était arrêtée entre les grands rideaux et les embrasses, divisée, ramifiée, filtrée, et incrustant de petits morceaux d'or le bois de citronnier de la commode, illuminait obliquement la chambre avec la délicatesse qu'elle prend dans les sous-bois. Mais certains jours fort rares, quand nous rentrions, il y avait bien longtemps que la commode avait perdu ses incrustations momentanées, il n'y avait plus quand nous arrivions rue du Saint-Esprit nul reflet de couchant étendu sur les vitres et l'étang au pied du calvaire avait perdu sa rougeur, quelquefois il était déjà couleur d'opale et un long rayon de lune qui allait en s'élargissant et se fendillait de toutes les rides de l'eau le traversait tout entier. Alors, en arrivant près de la maison, nous apercevions une forme sur le pas de la porte et maman me disait:

—«Mon dieu! voilà Françoise qui nous guette, ta tante est inquiète; aussi nous rentrons trop tard.»

Et sans avoir pris le temps d'enlever nos affaires, nous montions vite chez ma tante Léonie pour la rassurer et lui montrer que, contrairement à ce qu'elle imaginait déjà, il ne nous était rien arrivé, mais que nous étions allés «du côté de Guermantes» et, dame, quand on faisait cette promenade-là, ma tante savait pourtant bien qu'on ne pouvait jamais être sûr de l'heure à laquelle on serait rentré.

—«Là, Françoise, disait ma tante, quand je vous le disais, qu'ils seraient allés du côté de Guermantes! Mon dieu! ils doivent avoir une faim! et votre gigot qui doit être tout desséché après ce qu'il a attendu. Aussi est-ce une heure pour rentrer! comment, vous êtes allés du côté de Guermantes!»

—«Mais je croyais que vous le saviez, Léonie, disait maman. Je pensais que Françoise nous avait vus sortir par la petite porte du potager.»

Car il y avait autour de Combray deux «côtés» pour les promenades, et si opposés qu'on ne sortait pas en effet de chez nous par la même porte, quand on voulait aller d'un côté ou de l'autre: le côté de Méséglise-la-Vineuse, qu'on appelait aussi le côté de chez Swann parce qu'on passait devant la propriété de M. Swann pour aller par là, et le côté de Guermantes. De Méséglise-la-Vineuse, à vrai dire, je n'ai jamais connu que le «côté» et des gens étrangers qui venaient le dimanche se promener à Combray, des gens que, cette fois, ma tante elle-même et nous tous ne «connaissions point» et qu'à ce signe on tenait pour «des gens qui seront venus de Méséglise». Quant à Guermantes je devais un jour en connaître davantage, mais bien plus tard seulement; et pendant toute mon adolescence, si Méséglise était pour moi quelque chose d'inaccessible comme l'horizon, dérobé à la vue, si loin qu'on allât, par les plis d'un terrain qui ne ressemblait déjà plus à celui de Combray, Guermantes lui ne m'est apparu que comme le terme plutôt idéal que réel de son propre «côté», une sorte d'expression géographique abstraite comme la ligne de l'équateur, comme le pôle, comme l'orient. Alors, «prendre par Guermantes» pour aller à Méséglise, ou le contraire, m'eût semblé une expression aussi dénuée de sens que prendre par l'est pour aller à l'ouest. Comme mon père parlait toujours du côté de Méséglise comme de la plus belle vue de plaine qu'il connût et du côté de Guermantes comme du type de paysage de rivière, je leur donnais, en les concevant ainsi comme deux entités, cette cohésion, cette unité qui n'appartiennent qu'aux créations de notre esprit; la moindre parcelle de chacun d'eux me semblait précieuse et manifester leur excellence particulière, tandis qu'à côté d'eux, avant qu'on fût arrivé sur le sol sacré de l'un ou de l'autre, les chemins purement matériels au milieu desquels ils étaient posés comme l'idéal de la vue de plaine et l'idéal du paysage de rivière, ne valaient pas plus la peine d'être regardés que par le spectateur épris d'art dramatique, les petites rues qui avoisinent un théâtre. Mais surtout je mettais entre eux, bien plus que leurs distances kilométriques la distance qu'il y avait entre les deux parties de mon cerveau où je pensais à eux, une de ces distances dans l'esprit qui ne font pas qu'éloigner, qui séparent et mettent dans un autre plan. Et cette démarcation était rendue plus absolue encore parce que cette habitude que nous avions de n'aller jamais vers les deux côtés un même jour, dans une seule promenade, mais une fois du côté de Méséglise, une fois du côté de Guermantes, les enfermait pour ainsi dire loin l'un de l'autre, inconnaissables l'un à l'autre, dans les vases clos et sans communication entre eux, d'après-midi différents.

Quand on voulait aller du côté de Méséglise, on sortait (pas trop tôt et même si le ciel était couvert, parce que la promenade n'était pas bien longue et n'entraînait pas trop) comme pour aller n'importe où, par la grande porte de la maison de ma tante sur la rue du Saint-Esprit. On était salué par l'armurier, on jetait ses lettres à la boîte, on disait en passant à Théodore, de la part de Françoise, qu'elle n'avait plus d'huile ou de café, et l'on sortait de la ville par le chemin qui passait le long de la barrière blanche du parc de M. Swann. Avant d'y arriver, nous rencontrions, venue au-devant des étrangers, l'odeur de ses lilas. Eux-mêmes, d'entre les petits cœurs verts et frais de leurs feuilles, levaient curieusement au-dessus de la barrière du parc leurs panaches de plumes mauves ou blanches que lustrait, même à l'ombre, le soleil où elles avaient baigné. Quelques-uns, à demi cachés par la petite maison en tuiles appelée maison des Archers, où logeait le gardien, dépassaient son pignon gothique de leur rose minaret. Les Nymphes du printemps eussent semblé vulgaires, auprès de ces jeunes houris qui gardaient dans ce jardin français les tons vifs et purs des miniatures de la Perse. Malgré mon désir d'enlacer leur taille souple et d'attirer à moi les boucles étoilées de leur tête odorante, nous passions sans nous arrêter, mes parents n'allant plus à Tansonville depuis le mariage de Swann, et, pour ne pas avoir l'air de regarder dans le parc, au lieu de prendre le chemin qui longe sa clôture et qui monte directement aux champs, nous en prenions un autre qui y conduit aussi, mais obliquement, et nous faisait déboucher trop loin. Un jour, mon grand-père dit à mon père:

—«Vous rappelez-vous que Swann a dit hier que, comme sa femme et sa fille partaient pour Reims, il en profiterait pour aller passer vingt-quatre heures à Paris? Nous pourrions longer le parc, puisque ces dames ne sont pas là, cela nous abrégerait d'autant.»

Nous nous arrêtâmes un moment devant la barrière. Le temps des lilas approchait de sa fin; quelques-uns effusaient encore en hauts lustres mauves les bulles délicates de leurs fleurs, mais dans bien des parties du feuillage où déferlait, il y avait seulement une semaine, leur mousse embaumée, se flétrissait, diminuée et noircie, une écume creuse, sèche et sans parfum. Mon grand-père montrait à mon père en quoi l'aspect des lieux était resté le même, et en quoi il avait changé, depuis la promenade qu'il avait faite avec M. Swann le jour de la mort de sa femme, et il saisit cette occasion pour raconter cette promenade une fois de plus.

Devant nous, une allée bordée de capucines montait en plein soleil vers le château. A droite, au contraire, le parc s'étendait en terrain plat. Obscurcie par l'ombre des grands arbres qui l'entouraient, une pièce d'eau avait été creusée par les parents de Swann; mais dans ses créations les plus factices, c'est sur la nature que l'homme travaille; certains lieux font toujours régner autour d'eux leur empire particulier, arborent leurs insignes immémoriaux au milieu d'un parc comme ils auraient fait loin de toute intervention humaine, dans une solitude qui revient partout les entourer, surgie des nécessités de leur exposition et superposée à l'œuvre humaine. C'est ainsi qu'au pied de l'allée qui dominait l'étang artificiel, s'était composée sur deux rangs, tressés de fleurs de myosotis et de pervenches, la couronne naturelle, délicate et bleue qui ceint le front clair-obscur des eaux, et que le glaïeul, laissant fléchir ses glaives avec un abandon royal, étendait sur l'eupatoire et la grenouillette au pied mouillé, les fleurs de lis en lambeaux, violettes et jaunes, de son sceptre lacustre.

Le départ de Mlle Swann qui,—en m'ôtant la chance terrible de la voir apparaître dans une allée, d'être connu et méprisé par la petite fille privilégiée qui avait Bergotte pour ami et allait avec lui visiter des cathédrales—, me rendait la contemplation de Tansonville indifférente la première fois où elle m'était permise, semblait au contraire ajouter à cette propriété, aux yeux de mon grand-père et de mon père, des commodités, un agrément passager, et, comme fait pour une excursion en pays de montagnes, l'absence de tout nuage, rendre cette journée exceptionnellement propice à une promenade de ce côté; j'aurais voulu que leurs calculs fussent déjoués, qu'un miracle fît apparaître Mlle Swann avec son père, si près de nous, que nous n'aurions pas le temps de l'éviter et serions obligés de faire sa connaissance. Aussi, quand tout d'un coup, j'aperçus sur l'herbe, comme un signe de sa présence possible, un koufin oublié à côté d'une ligne dont le bouchon flottait sur l'eau, je m'empressai de détourner d'un autre côté, les regards de mon père et de mon grand-père. D'ailleurs Swann nous ayant dit que c'était mal à lui de s'absenter, car il avait pour le moment de la famille à demeure, la ligne pouvait appartenir à quelque invité. On n'entendait aucun bruit de pas dans les allées. Divisant la hauteur d'un arbre incertain, un invisible oiseau s'ingéniait à faire trouver la journée courte, explorait d'une note prolongée, la solitude environnante, mais il recevait d'elle une réplique si unanime, un choc en retour si redoublé de silence et d'immobilité qu'on aurait dit qu'il venait d'arrêter pour toujours l'instant qu'il avait cherché à faire passer plus vite. La lumière tombait si implacable du ciel devenu fixe que l'on aurait voulu se soustraire à son attention, et l'eau dormante elle-même, dont des insectes irritaient perpétuellement le sommeil, rêvant sans doute de quelque Maelström imaginaire, augmentait le trouble où m'avait jeté la vue du flotteur de liège en semblant l'entraîner à toute vitesse sur les étendues silencieuses du ciel reflété; presque vertical il paraissait prêt à plonger et déjà je me demandais, si, sans tenir compte du désir et de la crainte que j'avais de la connaître, je n'avais pas le devoir de faire prévenir Mlle Swann que le poisson mordait,—quand il me fallut rejoindre en courant mon père et mon grand-père qui m'appelaient, étonnés que je ne les eusse pas suivis dans le petit chemin qui monte vers les champs et où ils s'étaient engagés. Je le trouvai tout bourdonnant de l'odeur des aubépines. La haie formait comme une suite de chapelles qui disparaissaient sous la jonchée de leurs fleurs amoncelées en reposoir; au-dessous d'elles, le soleil posait à terre un quadrillage de clarté, comme s'il venait de traverser une verrière; leur parfum s'étendait aussi onctueux, aussi délimité en sa forme que si j'eusse été devant l'autel de la Vierge, et les fleurs, aussi parées, tenaient chacune d'un air distrait son étincelant bouquet d'étamines, fines et rayonnantes nervures de style flamboyant comme celles qui à l'église ajouraient la rampe du jubé ou les meneaux du vitrail et qui s'épanouissaient en blanche chair de fleur de fraisier. Combien naïves et paysannes en comparaison sembleraient les églantines qui, dans quelques semaines, monteraient elles aussi en plein soleil le même chemin rustique, en la soie unie de leur corsage rougissant qu'un souffle défait.

Mais j'avais beau rester devant les aubépines à respirer, à porter devant ma pensée qui ne savait ce qu'elle devait en faire, à perdre, à retrouver leur invisible et fixe odeur, à m'unir au rythme qui jetait leurs fleurs, ici et là, avec une allégresse juvénile et à des intervalles inattendus comme certains intervalles musicaux, elles m'offraient indéfiniment le même charme avec une profusion inépuisable, mais sans me laisser approfondir davantage, comme ces mélodies qu'on rejoue cent fois de suite sans descendre plus avant dans leur secret. Je me détournais d'elles un moment, pour les aborder ensuite avec des forces plus fraîches. Je poursuivais jusque sur le talus qui, derrière la haie, montait en pente raide vers les champs, quelque coquelicot perdu, quelques bluets restés paresseusement en arrière, qui le décoraient çà et là de leurs fleurs comme la bordure d'une tapisserie où apparaît clairsemé le motif agreste qui triomphera sur le panneau; rares encore, espacés comme les maisons isolées qui annoncent déjà l'approche d'un village, ils m'annonçaient l'immense étendue où déferlent les blés, où moutonnent les nuages, et la vue d'un seul coquelicot hissant au bout de son cordage et faisant cingler au vent sa flamme rouge, au-dessus de sa bouée graisseuse et noire, me faisait battre le cœur, comme au voyageur qui aperçoit sur une terre basse une première barque échouée que répare un calfat, et s'écrie, avant de l'avoir encore vue: «La Mer!»

Puis je revenais devant les aubépines comme devant ces chefs-d'œuvre dont on croit qu'on saura mieux les voir quand on a cessé un moment de les regarder, mais j'avais beau me faire un écran de mes mains pour n'avoir qu'elles sous les yeux, le sentiment qu'elles éveillaient en moi restait obscur et vague, cherchant en vain à se dégager, à venir adhérer à leurs fleurs. Elles ne m'aidaient pas à l'éclaircir, et je ne pouvais demander à d'autres fleurs de le satisfaire. Alors, me donnant cette joie que nous éprouvons quand nous voyons de notre peintre préféré une œuvre qui diffère de celles que nous connaissions, ou bien si l'on nous mène devant un tableau dont nous n'avions vu jusque-là qu'une esquisse au crayon, si un morceau entendu seulement au piano nous apparaît ensuite revêtu des couleurs de l'orchestre, mon grand-père m'appelant et me désignant la haie de Tansonville, me dit: «Toi qui aimes les aubépines, regarde un peu cette épine rose; est-elle jolie!» En effet c'était une épine, mais rose, plus belle encore que les blanches. Elle aussi avait une parure de fête,—de ces seules vraies fêtes que sont les fêtes religieuses, puisqu'un caprice contingent ne les applique pas comme les fêtes mondaines à un jour quelconque qui ne leur est pas spécialement destiné, qui n'a rien d'essentiellement férié,— mais une parure plus riche encore, car les fleurs attachées sur la branche, les unes au-dessus des autres, de manière à ne laisser aucune place qui ne fût décorée, comme des pompons qui enguirlandent une houlette rococo, étaient «en couleur», par conséquent d'une qualité supérieure selon l'esthétique de Combray si l'on en jugeait par l'échelle des prix dans le «magasin» de la Place ou chez Camus où étaient plus chers ceux des biscuits qui étaient roses. Moi-même j'appréciais plus le fromage à la crème rose, celui où l'on m'avait permis d'écraser des fraises. Et justement ces fleurs avaient choisi une de ces teintes de chose mangeable, ou de tendre embellissement à une toilette pour une grande fête, qui, parce qu'elles leur présentent la raison de leur supériorité, sont celles qui semblent belles avec le plus d'évidence aux yeux des enfants, et à cause de cela, gardent toujours pour eux quelque chose de plus vif et de plus naturel que les autres teintes, même lorsqu'ils ont compris qu'elles ne promettaient rien à leur gourmandise et n'avaient pas été choisies par la couturière. Et certes, je l'avais tout de suite senti, comme devant les épines blanches mais avec plus d'émerveillement, que ce n'était pas facticement, par un artifice de fabrication humaine, qu'était traduite l'intention de festivité dans les fleurs, mais que c'était la nature qui, spontanément, l'avait exprimée avec la naïveté d'une commerçante de village travaillant pour un reposoir, en surchargeant l'arbuste de ces rosettes d'un ton trop tendre et d'un pompadour provincial. Au haut des branches, comme autant de ces petits rosiers aux pots cachés dans des papiers en dentelles, dont aux grandes fêtes on faisait rayonner sur l'autel les minces fusées, pullulaient mille petits boutons d'une teinte plus pâle qui, en s'entr'ouvrant, laissaient voir, comme au fond d'une coupe de marbre rose, de rouges sanguines et trahissaient plus encore que les fleurs, l'essence particulière, irrésistible, de l'épine, qui, partout où elle bourgeonnait, où elle allait fleurir, ne le pouvait qu'en rose. Intercalé dans la haie, mais aussi différent d'elle qu'une jeune fille en robe de fête au milieu de personnes en négligé qui resteront à la maison, tout prêt pour le mois de Marie, dont il semblait faire partie déjà, tel brillait en souriant dans sa fraîche toilette rose, l'arbuste catholique et délicieux.

La haie laissait voir à l'intérieur du parc une allée bordée de jasmins, de pensées et de verveines entre lesquelles des giroflées ouvraient leur bourse fraîche, du rose odorant et passé d'un cuir ancien de Cordoue, tandis que sur le gravier un long tuyau d'arrosage peint en vert, déroulant ses circuits, dressait aux points où il était percé au-dessus des fleurs, dont il imbibait les parfums, l'éventail vertical et prismatique de ses gouttelettes multicolores. Tout à coup, je m'arrêtai, je ne pus plus bouger, comme il arrive quand une vision ne s'adresse pas seulement à nos regards, mais requiert des perceptions plus profondes et dispose de notre être tout entier. Une fillette d'un blond roux qui avait l'air de rentrer de promenade et tenait à la main une bêche de jardinage, nous regardait, levant son visage semé de taches roses. Ses yeux noirs brillaient et comme je ne savais pas alors, ni ne l'ai appris depuis, réduire en ses éléments objectifs une impression forte, comme je n'avais pas, ainsi qu'on dit, assez «d'esprit d'observation» pour dégager la notion de leur couleur, pendant longtemps, chaque fois que je repensai à elle, le souvenir de leur éclat se présentait aussitôt à moi comme celui d'un vif azur, puisqu'elle était blonde: de sorte que, peut-être si elle n'avait pas eu des yeux aussi noirs,—ce qui frappait tant la première fois qu'on la voyait—je n'aurais pas été, comme je le fus, plus particulièrement amoureux, en elle, de ses yeux bleus.

Je la regardais, d'abord de ce regard qui n'est pas que le porte-parole des yeux, mais à la fenêtre duquel se penchent tous les sens, anxieux et pétrifiés, le regard qui voudrait toucher, capturer, emmener le corps qu'il regarde et l'âme avec lui; puis, tant j'avais peur que d'une seconde à l'autre mon grand-père et mon père, apercevant cette jeune fille, me fissent éloigner en me disant de courir un peu devant eux, d'un second regard, inconsciemment supplicateur, qui tâchait de la forcer à faire attention à moi, à me connaître! Elle jeta en avant et de côté ses pupilles pour prendre connaissance de mon grand'père et de mon père, et sans doute l'idée qu'elle en rapporta fut celle que nous étions ridicules, car elle se détourna et d'un air indifférent et dédaigneux, se plaça de côté pour épargner à son visage d'être dans leur champ visuel; et tandis que continuant à marcher et ne l'ayant pas aperçue, ils m'avaient dépassé, elle laissa ses regards filer de toute leur longueur dans ma direction, sans expression particulière, sans avoir l'air de me voir, mais avec une fixité et un sourire dissimulé, que je ne pouvais interpréter d'après les notions que l'on m'avait données sur la bonne éducation, que comme une preuve d'outrageant mépris; et sa main esquissait en même temps un geste indécent, auquel quand il était adressé en public à une personne qu'on ne connaissait pas, le petit dictionnaire de civilité que je portais en moi ne donnait qu'un seul sens, celui d'une intention insolente.

—«Allons, Gilberte, viens; qu'est-ce que tu fais, cria d'une voix perçante et autoritaire une dame en blanc que je n'avais pas vue, et à quelque distance de laquelle un Monsieur habillé de coutil et que je ne connaissais pas, fixait sur moi des yeux qui lui sortaient de la tête; et cessant brusquement de sourire, la jeune fille prit sa bêche et s'éloigna sans se retourner de mon côté, d'un air docile, impénétrable et sournois.

Ainsi passa près de moi ce nom de Gilberte, donné comme un talisman qui me permettait peut-être de retrouver un jour celle dont il venait de faire une personne et qui, l'instant d'avant, n'était qu'une image incertaine. Ainsi passa-t-il, proféré au-dessus des jasmins et des giroflées, aigre et frais comme les gouttes de l'arrosoir vert; imprégnant, irisant la zone d'air pur qu'il avait traversée—et qu'il isolait,—du mystère de la vie de celle qu'il désignait pour les êtres heureux qui vivaient, qui voyageaient avec elle; déployant sous l'épinier rose, à hauteur de mon épaule, la quintessence de leur familiarité, pour moi si douloureuse, avec elle, avec l'inconnu de sa vie où je n'entrerais pas.

Un instant (tandis que nous nous éloignions et que mon grand-père murmurait: «Ce pauvre Swann, quel rôle ils lui font jouer: on le fait partir pour qu'elle reste seule avec son Charlus, car c'est lui, je l'ai reconnu! Et cette petite, mêlée à toute cette infamie!») l'impression laissée en moi par le ton despotique avec lequel la mère de Gilberte lui avait parlé sans qu'elle répliquât, en me la montrant comme forcée d'obéir à quelqu'un, comme n'étant pas supérieure à tout, calma un peu ma souffrance, me rendit quelque espoir et diminua mon amour. Mais bien vite cet amour s'éleva de nouveau en moi comme une réaction par quoi mon cœur humilié voulait se mettre de niveau avec Gilberte ou l'abaisser jusqu'à lui. Je l'aimais, je regrettais de ne pas avoir eu le temps et l'inspiration de l'offenser, de lui faire mal, et de la forcer à se souvenir de moi. Je la trouvais si belle que j'aurais voulu pouvoir revenir sur mes pas, pour lui crier en haussant les épaules: «Comme je vous trouve laide, grotesque, comme vous me répugnez!» Cependant je m'éloignais, emportant pour toujours, comme premier type d'un bonheur inaccessible aux enfants de mon espèce de par des lois naturelles impossibles à transgresser, l'image d'une petite fille rousse, à la peau semée de taches roses, qui tenait une bêche et qui riait en laissant filer sur moi de longs regards sournois et inexpressifs. Et déjà le charme dont son nom avait encensé cette place sous les épines roses où il avait été entendu ensemble par elle et par moi, allait gagner, enduire, embaumer, tout ce qui l'approchait, ses grands-parents que les miens avaient eu l'ineffable bonheur de connaître, la sublime profession d'agent de change, le douloureux quartier des Champs-Élysées qu'elle habitait à Paris.

«Léonie, dit mon grand-père en rentrant, j'aurais voulu t'avoir avec nous tantôt. Tu ne reconnaîtrais pas Tansonville. Si j'avais osé, je t'aurais coupé une branche de ces épines roses que tu aimais tant.» Mon grand-père racontait ainsi notre promenade à ma tante Léonie, soit pour la distraire, soit qu'on n'eût pas perdu tout espoir d'arriver à la faire sortir. Or elle aimait beaucoup autrefois cette propriété, et d'ailleurs les visites de Swann avaient été les dernières qu'elle avait reçues, alors qu'elle fermait déjà sa porte à tout le monde. Et de même que quand il venait maintenant prendre de ses nouvelles (elle était la seule personne de chez nous qu'il demandât encore à voir), elle lui faisait répondre qu'elle était fatiguée, mais qu'elle le laisserait entrer la prochaine fois, de même elle dit ce soir-là: «Oui, un jour qu'il fera beau, j'irai en voiture jusqu'à la porte du parc.» C'est sincèrement qu'elle le disait. Elle eût aimé revoir Swann et Tansonville; mais le désir qu'elle en avait suffisait à ce qui lui restait de forces; sa réalisation les eût excédées. Quelquefois le beau temps lui rendait un peu de vigueur, elle se levait, s'habillait; la fatigue commençait avant qu'elle fût passée dans l'autre chambre et elle réclamait son lit. Ce qui avait commencé pour elle—plus tôt seulement que cela n'arrive d'habitude,—c'est ce grand renoncement de la vieillesse qui se prépare à la mort, s'enveloppe dans sa chrysalide, et qu'on peut observer, à la fin des vies qui se prolongent tard, même entre les anciens amants qui se sont le plus aimés, entre les amis unis par les liens les plus spirituels et qui à partir d'une certaine année cessent de faire le voyage ou la sortie nécessaire pour se voir, cessent de s'écrire et savent qu'ils ne communiqueront plus en ce monde. Ma tante devait parfaitement savoir qu'elle ne reverrait pas Swann, qu'elle ne quitterait plus jamais la maison, mais cette réclusion définitive devait lui être rendue assez aisée pour la raison même qui selon nous aurait dû la lui rendre plus douloureuse: c'est que cette réclusion lui était imposée par la diminution qu'elle pouvait constater chaque jour dans ses forces, et qui, en faisant de chaque action, de chaque mouvement, une fatigue, sinon une souffrance, donnait pour elle à l'inaction, à l'isolement, au silence, la douceur réparatrice et bénie du repos.

Ma tante n'alla pas voir la haie d'épines roses, mais à tous moments je demandais à mes parents si elle n'irait pas, si autrefois elle allait souvent à Tansonville, tâchant de les faire parler des parents et grands-parents de Mlle Swann qui me semblaient grands comme des Dieux. Ce nom, devenu pour moi presque mythologique, de Swann, quand je causais avec mes parents, je languissais du besoin de le leur entendre dire, je n'osais pas le prononcer moi-même, mais je les entraînais sur des sujets qui avoisinaient Gilberte et sa famille, qui la concernaient, où je ne me sentais pas exilé trop loin d'elle; et je contraignais tout d'un coup mon père, en feignant de croire par exemple que la charge de mon grand-père avait été déjà avant lui dans notre famille, ou que la haie d'épines roses que voulait voir ma tante Léonie se trouvait en terrain communal, à rectifier mon assertion, à me dire, comme malgré moi, comme de lui-même: «Mais non, cette charge-là était au père de Swann, cette haie fait partie du parc de Swann.» Alors j'étais obligé de reprendre ma respiration, tant, en se posant sur la place où il était toujours écrit en moi, pesait à m'étouffer ce nom qui, au moment où je l'entendais, me paraissait plus plein que tout autre, parce qu'il était lourd de toutes les fois où, d'avance, je l'avais mentalement proféré. Il me causait un plaisir que j'étais confus d'avoir osé réclamer à mes parents, car ce plaisir était si grand qu'il avait dû exiger d'eux pour qu'ils me le procurassent beaucoup de peine, et sans compensation, puisqu'il n'était pas un plaisir pour eux. Aussi je détournais la conversation par discrétion. Par scrupule aussi. Toutes les séductions singulières que je mettais dans ce nom de Swann, je les retrouvais en lui dès qu'ils le prononçaient. Il me semblait alors tout d'un coup que mes parents ne pouvaient pas ne pas les ressentir, qu'ils se trouvaient placés à mon point de vue, qu'ils apercevaient à leur tour, absolvaient, épousaient mes rêves, et j'étais malheureux comme si je les avais vaincus et dépravés.

Cette année-là, quand, un peu plus tôt que d'habitude, mes parents eurent fixé le jour de rentrer à Paris, le matin du départ, comme on m'avait fait friser pour être photographié, coiffer avec précaution un chapeau que je n'avais encore jamais mis et revêtir une douillette de velours, après m'avoir cherché partout, ma mère me trouva en larmes dans le petit raidillon, contigu à Tansonville, en train de dire adieu aux aubépines, entourant de mes bras les branches piquantes, et, comme une princesse de tragédie à qui pèseraient ces vains ornements, ingrat envers l'importune main qui en formant tous ces nœuds avait pris soin sur mon front d'assembler mes cheveux, foulant aux pieds mes papillotes arrachées et mon chapeau neuf. Ma mère ne fut pas touchée par mes larmes, mais elle ne put retenir un cri à la vue de la coiffe défoncée et de la douillette perdue. Je ne l'entendis pas: «O mes pauvres petites aubépines, disais-je en pleurant, ce n'est pas vous qui voudriez me faire du chagrin, me forcer à partir. Vous, vous ne m'avez jamais fait de peine! Aussi je vous aimerai toujours.» Et, essuyant mes larmes, je leur promettais, quand je serais grand, de ne pas imiter la vie insensée des autres hommes et, même à Paris, les jours de printemps, au lieu d'aller faire des visites et écouter des niaiseries, de partir dans la campagne voir les premières aubépines.

Une fois dans les champs, on ne les quittait plus pendant tout le reste de la promenade qu'on faisait du côté de Méséglise. Ils étaient perpétuellement parcourus, comme par un chemineau invisible, par le vent qui était pour moi le génie particulier de Combray. Chaque année, le jour de notre arrivée, pour sentir que j'étais bien à Combray, je montais le retrouver qui courait dans les sayons et me faisait courir à sa suite. On avait toujours le vent à côté de soi du côté de Méséglise, sur cette plaine bombée où pendant des lieues il ne rencontre aucun accident de terrain. Je savais que Mlle Swann allait souvent à Laon passer quelques jours et, bien que ce fût à plusieurs lieues, la distance se trouvant compensée par l'absence de tout obstacle, quand, par les chauds après-midi, je voyais un même souffle, venu de l'extrême horizon, abaisser les blés les plus éloignés, se propager comme un flot sur toute l'immense étendue et venir se coucher, murmurant et tiède, parmi les sainfoins et les trèfles, à mes pieds, cette plaine qui nous était commune à tous deux semblait nous rapprocher, nous unir, je pensais que ce souffle avait passé auprès d'elle, que c'était quelque message d'elle qu'il me chuchotait sans que je pusse le comprendre, et je l'embrassais au passage. A gauche était un village qui s'appelait Champieu (Campus Pagani, selon le curé). Sur la droite, on apercevait par delà les blés, les deux clochers ciselés et rustiques de Saint-André-des-Champs, eux-mêmes effilés, écailleux, imbriqués d'alvéoles, guillochés, jaunissants et grumeleux, comme deux épis.

A intervalles symétriques, au milieu de l'inimitable ornementation de leurs feuilles qu'on ne peut confondre avec la feuille d'aucun autre arbre fruitier, les pommiers ouvraient leurs larges pétales de satin blanc ou suspendaient les timides bouquets de leurs rougissants boutons. C'est du côté de Méséglise que j'ai remarqué pour la première fois l'ombre ronde que les pommiers font sur la terre ensoleillée, et aussi ces soies d'or impalpable que le couchant tisse obliquement sous les feuilles, et que je voyais mon père interrompre de sa canne sans les faire jamais dévier.

Parfois dans le ciel de l'après-midi passait la lune blanche comme une nuée, furtive, sans éclat, comme une actrice dont ce n'est pas l'heure de jouer et qui, de la salle, en toilette de ville, regarde un moment ses camarades, s'effaçant, ne voulant pas qu'on fasse attention à elle. J'aimais à retrouver son image dans des tableaux et dans des livres, mais ces œuvres d'art étaient bien différentes—du moins pendant les premières années, avant que Bloch eût accoutumé mes yeux et ma pensée à des harmonies plus subtiles—de celles où la lune me paraîtrait belle aujourd'hui et où je ne l'eusse pas reconnue alors. C'était, par exemple, quelque roman de Saintine, un paysage de Gleyre où elle découpe nettement sur le ciel une faucille d'argent, de ces œuvres naïvement incomplètes comme étaient mes propres impressions et que les sœurs de ma grand'mère s'indignaient de me voir aimer. Elles pensaient qu'on doit mettre devant les enfants, et qu'ils font preuve de goût en aimant d'abord, les œuvres que, parvenu à la maturité, on admire définitivement. C'est sans doute qu'elles se figuraient les mérites esthétiques comme des objets matériels qu'un œil ouvert ne peut faire autrement que de percevoir, sans avoir eu besoin d'en mûrir lentement des équivalents dans son propre cœur.

C'est du côté de Méséglise, à Montjouvain, maison située au bord d'une grande mare et adossée à un talus buissonneux que demeurait M. Vinteuil. Aussi croisait-on souvent sur la route sa fille, conduisant un buggy à toute allure. A partir d'une certaine année on ne la rencontra plus seule, mais avec une amie plus âgée, qui avait mauvaise réputation dans le pays et qui un jour s'installa définitivement à Montjouvain. On disait: «Faut-il que ce pauvre M. Vinteuil soit aveuglé par la tendresse pour ne pas s'apercevoir de ce qu'on raconte, et permettre à sa fille, lui qui se scandalise d'une parole *déplacée*, de faire vivre sous son toit une femme pareille. Il dit que c'est une femme supérieure, un grand cœur et qu'elle aurait eu des dispositions extraordinaires pour la musique si elle les avait cultivées. Il peut être sûr que ce n'est pas de musique qu'elle s'occupe avec sa fille.» M. Vinteuil le disait; et il est en effet remarquable combien une personne excite toujours d'admiration pour ses qualités morales chez les parents de toute autre personne avec qui elle a des relations charnelles. L'amour physique, si injustement décrié, force tellement tout être à manifester jusqu'aux moindres parcelles qu'il possède de bonté, d'abandon de soi, qu'elles resplendissent jusqu'aux yeux de l'entourage immédiat. Le docteur Percepied à qui sa grosse voix et ses gros sourcils permettaient de tenir tant qu'il voulait le rôle de perfide dont il n'avait pas le physique, sans compromettre en rien sa réputation inébranlable et imméritée de bourru bienfaisant, savait faire rire aux larmes le curé et tout le monde en disant d'un ton rude: «Hé bien! il paraît qu'elle fait de la musique avec son amie, Mlle Vinteuil. Ça a l'air de vous étonner. Moi je sais pas. C'est le père Vinteuil qui m'a encore dit ça hier. Après tout, elle a bien le droit d'aimer la musique, c'te fille. Moi je ne suis pas pour contrarier les vocations artistiques des enfants. Vinteuil non plus à ce qu'il paraît. Et puis lui aussi il fait de la musique avec l'amie de sa fille. Ah! sapristi on en fait une musique dans c'te boîte-là. Mais qu'est-ce que vous avez à rire; mais ils font trop de musique ces gens. L'autre jour j'ai rencontré le père Vinteuil près du cimetière. Il ne tenait pas sur ses jambes.»

Pour ceux qui comme nous virent à cette époque M. Vinteuil éviter les personnes qu'il connaissait, se détourner quand il les apercevait, vieillir en quelques mois, s'absorber dans son chagrin, devenir incapable de tout effort qui n'avait pas directement le bonheur de sa fille pour but, passer des journées entières devant la tombe de sa femme,—il eût été difficile de ne pas comprendre qu'il était en train de mourir de chagrin, et de supposer qu'il ne se rendait pas compte des propos qui couraient. Il les connaissait, peut-être même y ajoutait-il foi. Il n'est peut-être pas une personne, si grande que soit sa vertu, que la complexité des circonstances ne puisse amener à vivre un jour dans la familiarité du vice qu'elle condamne le plus formellement,—sans qu'elle le reconnaisse d'ailleurs tout à fait sous le déguisement de faits particuliers qu'il revêt pour entrer en contact avec elle et la faire souffrir: paroles bizarres, attitude inexplicable, un certain soir, de tel être qu'elle a par ailleurs tant de raisons pour aimer. Mais pour un homme comme M. Vinteuil il devait entrer bien plus de souffrance que pour un autre dans la résignation à une de ces situations qu'on croit à tort être l'apanage exclusif du monde de la bohème: elles se produisent chaque fois qu'a besoin de se réserver la place et la sécurité qui lui sont nécessaires, un vice que la nature elle-même fait épanouir chez un enfant, parfois rien qu'en mêlant les vertus de son père et de sa mère, comme la couleur de ses yeux.

Mais de ce que M. Vinteuil connaissait peut-être la conduite de sa fille, il ne s'ensuit pas que son culte pour elle en eût été diminué. Les faits ne pénètrent pas dans le monde où vivent nos croyances, ils n'ont pas fait naître celles-ci, ils ne les détruisent pas; ils peuvent leur infliger les plus constants démentis sans les affaiblir, et une avalanche de malheurs ou de maladies se succédant sans interruption dans une famille, ne la fera pas douter de la bonté de son Dieu ou du talent de son médecin. Mais quand M. Vinteuil songeait à sa fille et à lui-même du point de vue du monde, du point de vue de leur réputation, quand il cherchait à se situer avec elle au rang qu'ils occupaient dans l'estime générale, alors ce jugement d'ordre social, il le portait exactement comme l'eût fait l'habitant de Combray qui lui eût été le plus hostile, il se voyait avec sa fille dans le dernier bas-fond, et ses manières en avaient reçu depuis peu cette humilité, ce respect pour ceux qui se trouvaient au-dessus de lui et qu'il voyait d'en bas (eussent-ils été fort au-dessous de lui jusque-là), cette tendance à chercher à remonter jusqu'à eux, qui est une résultante presque mécanique de toutes les déchéances. Un jour que nous marchions avec Swann dans une rue de Combray, M. Vinteuil qui débouchait d'une autre, s'était trouvé trop brusquement en face de nous pour avoir le temps de nous éviter; et Swann avec cette orgueilleuse charité de l'homme du monde qui, au milieu de la dissolution de tous ses préjugés moraux, ne trouve dans l'infamie d'autrui qu'une raison d'exercer envers lui une bienveillance dont les témoignages chatouillent d'autant plus l'amour-propre de celui qui les donne, qu'il les sent plus précieux à celui qui les reçoit, avait longuement causé avec M. Vinteuil, à qui, jusque-là il n'adressait pas la parole, et lui avait demandé avant de nous quitter s'il n'enverrait pas un jour sa fille jouer à Tansonville. C'était une invitation qui, il y a deux ans, eût indigné M. Vinteuil, mais qui, maintenant, le remplissait de sentiments si reconnaissants qu'il se croyait obligé par eux, à ne pas avoir l'indiscrétion de l'accepter. L'amabilité de Swann envers sa fille lui semblait être en soi-même un appui si honorable et si délicieux qu'il pensait qu'il valait peut-être mieux ne pas s'en servir, pour avoir la douceur toute platonique de le conserver.

—«Quel homme exquis, nous dit-il, quand Swann nous eut quittés, avec la même enthousiaste vénération qui tient de spirituelles et jolies bourgeoises en respect et sous le charme d'une duchesse, fût-elle laide et sotte. Quel homme exquis! Quel malheur qu'il ait fait un mariage tout à fait déplacé.»

Et alors, tant les gens les plus sincères sont mêlés d'hypocrisie et dépouillent en causant avec une personne l'opinion qu'ils ont d'elle et expriment dès qu'elle n'est plus là, mes parents déplorèrent avec M. Vinteuil le mariage de Swann au nom de principes et de convenances auxquels (par cela même qu'ils les invoquaient en commun avec lui, en braves gens de même acabit) ils avaient l'air de sous-entendre qu'il n'était pas contrevenu à Montjouvain. M. Vinteuil n'envoya pas sa fille chez Swann. Et celui-ci fût le premier à le regretter. Car chaque fois qu'il venait de quitter M. Vinteuil, il se rappelait qu'il avait depuis quelque temps un renseignement à lui demander sur quelqu'un qui portait le même nom que lui, un de ses parents, croyait-il. Et cette fois-là il s'était bien promis de ne pas oublier ce qu'il avait à lui dire, quand M. Vinteuil enverrait sa fille à Tansonville.

Comme la promenade du côté de Méséglise était la moins longue des deux que nous faisions autour de Combray et qu'à cause de cela on la réservait pour les temps incertains, le climat du côté de Méséglise était assez pluvieux et nous ne perdions jamais de vue la lisière des bois de Roussainville dans l'épaisseur desquels nous pourrions nous mettre à couvert.

Souvent le soleil se cachait derrière une nuée qui déformait son ovale et dont il jaunissait la bordure. L'éclat, mais non la clarté, était enlevé à la campagne où toute vie semblait suspendue, tandis que le petit village de Roussainville sculptait sur le ciel le relief de ses arêtes blanches avec une précision et un fini accablants. Un peu de vent faisait envoler un corbeau qui retombait dans le lointain, et, contre le ciel blanchissant, le lointain des bois paraissait plus bleu, comme peint dans ces camaïeux qui décorent les trumeaux des anciennes demeures.

Mais d'autres fois se mettait à tomber la pluie dont nous avait menacés le capucin que l'opticien avait à sa devanture; les gouttes d'eau comme des oiseaux migrateurs qui prennent leur vol tous ensemble, descendaient à rangs pressés du ciel. Elles ne se séparent point, elles ne vont pas à l'aventure pendant la rapide traversée, mais chacune tenant sa place, attire à elle celle qui la suit et le ciel en est plus obscurci qu'au départ des hirondelles. Nous nous réfugions dans le bois. Quand leur voyage semblait fini, quelques-unes, plus débiles, plus lentes, arrivaient encore. Mais nous ressortions de notre abri, car les gouttes se plaisent aux feuillages, et la terre était déjà presque séchée que plus d'une s'attardait à jouer sur les nervures d'une feuille, et suspendue à la pointe, reposée, brillant au soleil, tout d'un coup se laissait glisser de toute la hauteur de la branche et nous tombait sur le nez.

Souvent aussi nous allions nous abriter, pêle-mêle avec les Saints et les Patriarches de pierre sous le porche de Saint-André-des-Champs. Que cette église était française! Au-dessus de la porte, les Saints, les rois-chevaliers une fleur de lys à la main, des scènes de noces et de funérailles, étaient représentés comme ils pouvaient l'être dans l'âme de Françoise. Le sculpteur avait aussi narré certaines anecdotes relatives à Aristote et à Virgile de la même façon que Françoise à la cuisine parlait volontiers de saint Louis comme si elle l'avait personnellement connu, et généralement pour faire honte par la comparaison à mes grands-parents moins «justes». On sentait que les notions que l'artiste médiéval et la paysanne médiévale (survivant au XIXe siècle) avaient de l'histoire ancienne ou chrétienne, et qui se distinguaient par autant d'inexactitude que de bonhomie, ils les tenaient non des livres, mais d'une tradition à la fois antique et directe, ininterrompue, orale, déformée, méconnaissable et vivante. Une autre personnalité de Combray que je reconnaissais aussi, virtuelle et prophétisée, dans la sculpture gothique de Saint-André-des-Champs c'était le jeune Théodore, le garçon de chez Camus. Françoise sentait d'ailleurs si bien en lui un pays et un contemporain que, quand ma tante Léonie était trop malade pour que Françoise pût suffire à la retourner dans son lit, à la porter dans son fauteuil, plutôt que de laisser la fille de cuisine monter se faire «bien voir» de ma tante, elle appelait Théodore. Or, ce garçon qui passait et avec raison pour si mauvais sujet, était tellement rempli de l'âme qui avait décoré Saint-André-des-Champs et notamment des sentiments de respect que Françoise trouvait dus aux «pauvres malades», à «sa pauvre maîtresse», qu'il avait pour soulever la tête de ma tante sur son oreiller la mine naïve et zélée des petits anges des bas-reliefs, s'empressant, un cierge à la main, autour de la Vierge défaillante, comme si les visages de pierre sculptée, grisâtres et nus, ainsi que sont les bois en hiver, n'étaient qu'un ensommeillement, qu'une réserve, prête à refleurir dans la vie en innombrables visages populaires, révérends et futés comme celui de Théodore, enluminés de la rougeur d'une pomme mûre. Non plus appliquée à la pierre comme ces petits anges, mais détachée du porche, d'une stature plus qu'humaine, debout sur un socle comme sur un tabouret qui lui évitât de poser ses pieds sur le sol humide, une sainte avait les joues pleines, le sein ferme et qui gonflait la draperie comme une grappe mûre dans un sac de crin, le front étroit, le nez court et mutin, les prunelles enfoncées, l'air valide, insensible et courageux des paysannes de la contrée. Cette ressemblance qui insinuait dans la statue une douceur que je n'y avais pas cherchée, était souvent certifiée par quelque fille des champs, venue comme nous se mettre à couvert et dont la présence, pareille à celle de ces feuillages pariétaires qui ont poussé à côté des feuillages sculptés, semblait destinée à permettre, par une confrontation avec la nature, de juger de la vérité de l'œuvre d'art. Devant nous, dans le lointain, terre promise ou maudite, Roussainville, dans les murs duquel je n'ai jamais pénétré, Roussainville, tantôt, quand la pluie avait déjà cessé pour nous, continuait à être châtié comme un village de la Bible par toutes les lances de l'orage qui flagellaient obliquement les demeures de ses habitants, ou bien était déjà pardonné par Dieu le Père qui faisait descendre vers lui, inégalement longues, comme les rayons d'un ostensoir d'autel, les tiges d'or effrangées de son soleil reparu.

Quelquefois le temps était tout à fait gâté, il fallait rentrer et rester enfermé dans la maison. Çà et là au loin dans la campagne que l'obscurité et l'humidité faisaient ressembler à la mer, des maisons isolées, accrochées au flanc d'une colline plongée dans la nuit et dans l'eau, brillaient comme des petits bateaux qui ont replié leurs voiles et sont immobiles au large pour toute la nuit. Mais qu'importait la pluie, qu'importait l'orage! L'été, le mauvais temps n'est qu'une humeur passagère, superficielle, du beau temps sous-jacent et fixe, bien différent du beau temps instable et fluide de l'hiver et qui, au contraire, installé sur la terre où il s'est solidifié en denses feuillages sur lesquels la pluie peut s'égoutter sans compromettre la résistance de leur permanente joie, a hissé pour toute la saison, jusque dans les rues du village, aux murs des maisons et des jardins, ses pavillons de soie violette ou blanche. Assis dans le petit salon, où j'attendais l'heure du dîner en lisant, j'entendais l'eau dégoutter de nos marronniers, mais je savais que l'averse ne faisait que vernir leurs feuilles et qu'ils promettaient de demeurer là, comme des gages de l'été, toute la nuit pluvieuse, à assurer la continuité du beau temps; qu'il avait beau pleuvoir, demain, au-dessus de la barrière blanche de Tansonville, onduleraient, aussi nombreuses, de petites feuilles en forme de cœur; et c'est sans tristesse que j'apercevais le peuplier de la rue des Perchamps adresser à l'orage des supplications et des salutations désespérées; c'est sans tristesse que j'entendais au fond du jardin les derniers roulements du tonnerre roucouler dans les lilas.

Si le temps était mauvais dès le matin, mes parents renonçaient à la promenade et je ne sortais pas. Mais je pris ensuite l'habitude d'aller, ces jours-là, marcher seul du côté de Méséglise-la-Vineuse, dans l'automne où nous dûmes venir à Combray pour la succession de ma tante Léonie, car elle était enfin morte, faisant triompher à la fois ceux qui prétendaient que son régime affaiblissant finirait par la tuer, et non moins les autres qui avaient toujours soutenu qu'elle souffrait d'une maladie non pas imaginaire mais organique, à l'évidence de laquelle les sceptiques seraient bien obligés de se rendre quand elle y aurait succombé; et ne causant par sa mort de grande douleur qu'à un seul être, mais à celui-là, sauvage. Pendant les quinze jours que dura la dernière maladie de ma tante, Françoise ne la quitta pas un instant, ne se déshabilla pas, ne laissa personne lui donner aucun soin, et ne quitta son corps que quand il fut enterré. Alors nous comprîmes que cette sorte de crainte où Françoise avait vécu des mauvaises paroles, des soupçons, des colères de ma tante avait développé chez elle un sentiment que nous avions pris pour de la haine et qui était de la vénération et de l'amour. Sa véritable maîtresse, aux décisions impossibles à prévoir, aux ruses difficiles à déjouer, au bon cœur facile à fléchir, sa souveraine, son mystérieux et tout-puissant monarque n'était plus. A côté d'elle nous comptions pour bien peu de chose. Il était loin le temps où quand nous avions commencé à venir passer nos vacances à Combray, nous possédions autant de prestige que ma tante aux yeux de Françoise.

Cet automne-là tout occupés des formalités à remplir, des entretiens avec les notaires et avec les fermiers, mes parents n'ayant guère de loisir pour faire des sorties que le temps d'ailleurs contrariait, prirent l'habitude de me laisser aller me promener sans eux du côté de Méséglise, enveloppé dans un grand plaid qui me protégeait contre la pluie et que je jetais d'autant plus volontiers sur mes épaules que je sentais que ses rayures écossaises scandalisaient Françoise, dans l'esprit de qui on n'aurait pu faire entrer l'idée que la couleur des vêtements n'a rien à faire avec le deuil et à qui d'ailleurs le chagrin que nous avions de la mort de ma tante plaisait peu, parce que nous n'avions pas donné de grand repas funèbre, que nous ne prenions pas un son de voix spécial pour parler d'elle, que même parfois je chantonnais. Je suis sûr que dans un livre—et en cela j'étais bien moi-même comme Françoise—cette conception du deuil d'après la Chanson de Roland et le portail de Saint-André-des-Champs m'eût été sympathique. Mais dès que Françoise était auprès de moi, un démon me poussait à souhaiter qu'elle fût en colère, je saisissais le moindre prétexte pour lui dire que je regrettais ma tante parce que c'était une bonne femme, malgré ses ridicules, mais nullement parce que c'était ma tante, qu'elle eût pu être ma tante et me sembler odieuse, et sa mort ne me faire aucune peine, propos qui m'eussent semblé ineptes dans un livre.

Si alors Françoise remplie comme un poète d'un flot de pensées confuses sur le chagrin, sur les souvenirs de famille, s'excusait de ne pas savoir répondre à mes théories et disait: «Je ne sais pas m'esprimer», je triomphais de cet aveu avec un bon sens ironique et brutal digne du docteur Percepied; et si elle ajoutait: «Elle était tout de même de la parentèse, il reste toujours le respect qu'on doit à la parentèse», je haussais les épaules et je me disais: «Je suis bien bon de discuter avec une illettrée qui fait des cuirs pareils», adoptant ainsi pour juger Françoise le point de vue mesquin d'hommes dont ceux qui les méprisent le plus dans l'impartialité de la méditation, sont fort capables de tenir le rôle quand ils jouent une des scènes vulgaires de la vie.

Mes promenades de cet automne-là furent d'autant plus agréables que je les faisais après de longues heures passées sur un livre. Quand j'étais fatigué d'avoir lu toute la matinée dans la salle, jetant mon plaid sur mes épaules, je sortais: mon corps obligé depuis longtemps de garder l'immobilité, mais qui s'était chargé sur place d'animation et de vitesse accumulées, avait besoin ensuite, comme une toupie qu'on lâche, de les dépenser dans toutes les directions. Les murs des maisons, la haie de Tansonville, les arbres du bois de Roussainville, les buissons auxquels s'adosse Montjouvain, recevaient des coups de parapluie ou de canne, entendaient des cris joyeux, qui n'étaient, les uns et les autres, que des idées confuses qui m'exaltaient et qui n'ont pas atteint le repos dans la lumière, pour avoir préféré à un lent et difficile éclaircissement, le plaisir d'une dérivation plus aisée vers une issue immédiate. La plupart des prétendues traductions de ce que nous avons ressenti ne font ainsi que nous en débarrasser en le faisant sortir de nous sous une forme indistincte qui ne nous apprend pas à le connaître. Quand j'essaye de faire le compte de ce que je dois au côté de Méséglise, des humbles découvertes dont il fût le cadre fortuit ou le nécessaire inspirateur, je me rappelle que c'est, cet automne-là, dans une de ces promenades, près du talus broussailleux qui protège Montjouvain, que je fus frappé pour la première fois de ce désaccord entre nos impressions et leur expression habituelle. Après une heure de pluie et de vent contre lesquels j'avais lutté avec allégresse, comme j'arrivais au bord de la mare de Montjouvain devant une petite cahute recouverte en tuiles où le jardinier de M. Vinteuil serrait ses instruments de jardinage, le soleil venait de reparaître, et ses dorures lavées par l'averse reluisaient à neuf dans le ciel, sur les arbres, sur le mur de la cahute, sur son toit de tuile encore mouillé, à la crête duquel se promenait une poule. Le vent qui soufflait tirait horizontalement les herbes folles qui avaient poussé dans la paroi du mur, et les plumes de duvet de la poule, qui, les unes et les autres se laissaient filer au gré de son souffle jusqu'à l'extrémité de leur longueur, avec l'abandon de choses inertes et légères. Le toit de tuile faisait dans la mare, que le soleil rendait de nouveau réfléchissante, une marbrure rose, à laquelle je n'avais encore jamais fait attention. Et voyant sur l'eau et à la face du mur un pâle sourire répondre au sourire du ciel, je m'écriai dans mon enthousiasme en brandissant mon parapluie refermé: «Zut, zut, zut, zut.» Mais en même temps je sentis que mon devoir eût été de ne pas m'en tenir à ces mots opaques et de tâcher de voir plus clair dans mon ravissement.

Et c'est à ce moment-là encore,—grâce à un paysan qui passait, l'air déjà d'être d'assez mauvaise humeur, qui le fut davantage quand il faillit recevoir mon parapluie dans la figure, et qui répondit sans chaleur à mes «beau temps, n'est-ce pas, il fait bon marcher»,—que j'appris que les mêmes émotions ne se produisent pas simultanément, dans un ordre préétabli, chez tous les hommes. Plus tard chaque fois qu'une lecture un peu longue m'avait mis en humeur de causer, le camarade à qui je brûlais d'adresser la parole venait justement de se livrer au plaisir de la conversation et désirait maintenant qu'on le laissât lire tranquille. Si je venais de penser à mes parents avec tendresse et de prendre les décisions les plus sages et les plus propres à leur faire plaisir, ils avaient employé le même temps à apprendre une peccadille que j'avais oubliée et qu'ils me reprochaient sévèrement au moment où je m'élançais vers eux pour les embrasser.

Parfois à l'exaltation que me donnait la solitude, s'en ajoutait une autre que je ne savais pas en départager nettement, causée par le désir de voir surgir devant moi une paysanne, que je pourrais serrer dans mes bras. Né brusquement, et sans que j'eusse eu le temps de le rapporter exactement à sa cause, au milieu de pensées très différentes, le plaisir dont il était accompagné ne me semblait qu'un degré supérieur de celui qu'elles me donnaient. Je faisais un mérite de plus à tout ce qui était à ce moment-là dans mon esprit, au reflet rose du toit de tuile, aux herbes folles, au village de Roussainville où je désirais depuis longtemps aller, aux arbres de son bois, au clocher de son église, de cet émoi nouveau qui me les faisait seulement paraître plus désirables parce que je croyais que c'était eux qui le provoquaient, et qui semblait ne vouloir que me porter vers eux plus rapidement quand il enflait ma voile d'une brise puissante, inconnue et propice. Mais si ce désir qu'une femme apparût ajoutait pour moi aux charmes de la nature quelque chose de plus exaltant, les charmes de la nature, en retour, élargissaient ce que celui de la femme aurait eu de trop restreint. Il me semblait que la beauté des arbres c'était encore la sienne et que l'âme de ces horizons, du village de Roussainville, des livres que je lisais cette année-là, son baiser me la livrerait; et mon imagination reprenant des forces au contact de ma sensualité, ma sensualité se répandant dans tous les domaines de mon imagination, mon désir n'avait plus de limites. C'est qu'aussi,—comme il arrive dans ces moments de rêverie au milieu de la nature où l'action de l'habitude étant suspendue, nos notions abstraites des choses mises de côté, nous croyons d'une foi profonde, à l'originalité, à la vie individuelle du lieu où nous nous trouvons—la passante qu'appelait mon désir me semblait être non un exemplaire quelconque de ce type général: la femme, mais un produit nécessaire et naturel de ce sol. Car en ce temps-là tout ce qui n'était pas moi, la terre et les êtres, me paraissait plus précieux, plus important, doué d'une existence plus réelle que cela ne paraît aux hommes faits. Et la terre et les êtres je ne les séparais pas. J'avais le désir d'une paysanne de Méséglise ou de Roussainville, d'une pêcheuse de Balbec, comme j'avais le désir de Méséglise et de Balbec. Le plaisir qu'elles pouvaient me donner m'aurait paru moins vrai, je n'aurais plus cru en lui, si j'en avais modifié à ma guise les conditions. Connaître à Paris une pêcheuse de Balbec ou une paysanne de Méséglise c'eût été recevoir des coquillages que je n'aurais pas vus sur la plage, une fougère que je n'aurais pas trouvée dans les bois, c'eût été retrancher au plaisir que la femme me donnerait tous ceux au milieu desquels l'avait enveloppée mon imagination. Mais errer ainsi dans les bois de Roussainville sans une paysanne à embrasser, c'était ne pas connaître de ces bois le trésor caché, la beauté profonde. Cette fille que je ne voyais que criblée de feuillages, elle était elle-même pour moi comme une plante locale d'une espèce plus élevée seulement que les autres et dont la structure permet d'approcher de plus près qu'en elles, la saveur profonde du pays. Je pouvais d'autant plus facilement le croire (et que les caresses par lesquelles elle m'y ferait parvenir, seraient aussi d'une sorte particulière et dont je n'aurais pas pu connaître le plaisir par une autre qu'elle), que j'étais pour longtemps encore à l'âge où on ne l'a pas encore abstrait ce plaisir de la possession des femmes différentes avec lesquelles on l'a goûté, où on ne l'a pas réduit à une notion générale qui les fait considérer dès lors comme les instruments interchangeables d'un plaisir toujours identique. Il n'existe même pas, isolé, séparé et formulé dans l'esprit, comme le but qu'on poursuit en s'approchant d'une femme, comme la cause du trouble préalable qu'on ressent. A peine y songe-t-on comme à un plaisir qu'on aura; plutôt, on l'appelle son charme à elle; car on ne pense pas à soi, on ne pense qu'à sortir de soi. Obscurément attendu, immanent et caché, il porte seulement à un tel paroxysme au moment où il s'accomplit, les autres plaisirs que nous causent les doux regards, les baisers de celle qui est auprès de nous, qu'il nous apparaît surtout à nous-même comme une sorte de transport de notre reconnaissance pour la bonté de cœur de notre compagne et pour sa touchante prédilection à notre égard que nous mesurons aux bienfaits, au bonheur dont elle nous comble.

Hélas, c'était en vain que j'implorais le donjon de Roussainville, que je lui demandais de faire venir auprès de moi quelque enfant de son village, comme au seul confident que j'avais eu de mes premiers désirs, quand au haut de notre maison de Combray, dans le petit cabinet sentant l'iris, je ne voyais que sa tour au milieu du carreau de la fenêtre entr'ouverte, pendant qu'avec les hésitations héroïques du voyageur qui entreprend une exploration ou du désespéré qui se suicide, défaillant, je me frayais en moi-même une route inconnue et que je croyais mortelle, jusqu'au moment où une trace naturelle comme celle d'un colimaçon s'ajoutait aux feuilles du cassis sauvage qui se penchaient jusqu'à moi. En vain je le suppliais maintenant. En vain, tenant l'étendue dans le champ de ma vision, je la drainais de mes regards qui eussent voulu en ramener une femme. Je pouvais aller jusqu'au porche de Saint-André-des-Champs; jamais ne s'y trouvait la paysanne que je n'eusse pas manqué d'y rencontrer si j'avais été avec mon grand-père et dans l'impossibilité de lier conversation avec elle. Je fixais indéfiniment le tronc d'un arbre lointain, de derrière lequel elle allait surgir et venir à moi; l'horizon scruté restait désert, la nuit tombait, c'était sans espoir que mon attention s'attachait, comme pour aspirer les créatures qu'ils pouvaient receler, à ce sol stérile, à cette terre épuisée; et ce n'était plus d'allégresse, c'était de rage que je frappais les arbres du bois de Roussainville d'entre lesquels ne sortait pas plus d'êtres vivants que s'ils eussent été des arbres peints sur la toile d'un panorama, quand, ne pouvant me résigner à rentrer à la maison avant d'avoir serré dans mes bras la femme que j'avais tant désirée, j'étais pourtant obligé de reprendre le chemin de Combray en m'avouant à moi-même qu'était de moins en moins probable le hasard qui l'eût mise sur mon chemin. Et s'y fût-elle trouvée, d'ailleurs, eussé-je osé lui parler? Il me semblait qu'elle m'eût considéré comme un fou; je cessais de croire partagés par d'autres êtres, de croire vrais en dehors de moi les désirs que je formais pendant ces promenades et qui ne se réalisaient pas. Ils ne m'apparaissaient plus que comme les créations purement subjectives, impuissantes, illusoires, de mon tempérament. Ils n'avaient plus de lien avec la nature, avec la réalité qui dès lors perdait tout charme et toute signification et n'était plus à ma vie qu'un cadre conventionnel comme l'est à la fiction d'un roman le wagon sur la banquette duquel le voyageur le lit pour tuer le temps.

C'est peut-être d'une impression ressentie aussi auprès de Montjouvain, quelques années plus tard, impression restée obscure alors, qu'est sortie, bien après, l'idée que je me suis faite du sadisme. On verra plus tard que, pour de tout autres raisons, le souvenir de cette impression devait jouer un rôle important dans ma vie. C'était par un temps très chaud; mes parents qui avaient dû s'absenter pour toute la journée, m'avaient dit de rentrer aussi tard que je voudrais; et étant allé jusqu'à la mare de Montjouvain où j'aimais revoir les reflets du toit de tuile, je m'étais étendu à l'ombre et endormi dans les buissons du talus qui domine la maison, là où j'avais attendu mon père autrefois, un jour qu'il était allé voir M. Vinteuil. Il faisait presque nuit quand je m'éveillai, je voulus me lever, mais je vis Mlle Vinteuil (autant que je pus la reconnaître, car je ne l'avais pas vue souvent à Combray, et seulement quand elle était encore une enfant, tandis qu'elle commençait d'être une jeune fille) qui probablement venait de rentrer, en face de moi, à quelques centimètres de moi, dans cette chambre où son père avait reçu le mien et dont elle avait fait son petit salon à elle. La fenêtre était entr'ouverte, la lampe était allumée, je voyais tous ses mouvements sans qu'elle me vît, mais en m'en allant j'aurais fait craquer les buissons, elle m'aurait entendu et elle aurait pu croire que je m'étais caché là pour l'épier.

Elle était en grand deuil, car son père était mort depuis peu. Nous n'étions pas allés la voir, ma mère ne l'avait pas voulu à cause d'une vertu qui chez elle limitait seule les effets de la bonté: la pudeur; mais elle la plaignait profondément. Ma mère se rappelant la triste fin de vie de M. Vinteuil, tout absorbée d'abord par les soins de mère et de bonne d'enfant qu'il donnait à sa fille, puis par les souffrances que celle-ci lui avait causées; elle revoyait le visage torturé qu'avait eu le vieillard tous les derniers temps; elle savait qu'il avait renoncé à jamais à achever de transcrire au net toute son œuvre des dernières années, pauvres morceaux d'un vieux professeur de piano, d'un ancien organiste de village dont nous imaginions bien qu'ils n'avaient guère de valeur en eux-mêmes, mais que nous ne méprisions pas parce qu'ils en avaient tant pour lui dont ils avaient été la raison de vivre avant qu'il les sacrifiât à sa fille, et qui pour la plupart pas même notés, conservés seulement dans sa mémoire, quelques-uns inscrits sur des feuillets épars, illisibles, resteraient inconnus; ma mère pensait à cet autre renoncement plus cruel encore auquel M. Vinteuil avait été contraint, le renoncement à un avenir de bonheur honnête et respecté pour sa fille; quand elle évoquait toute cette détresse suprême de l'ancien maître de piano de mes tantes, elle éprouvait un véritable chagrin et songeait avec effroi à celui autrement amer que devait éprouver Mlle Vinteuil tout mêlé du remords d'avoir à peu près tué son père. «Pauvre M. Vinteuil, disait ma mère, il a vécu et il est mort pour sa fille, sans avoir reçu son salaire. Le recevra-t-il après sa mort et sous quelle forme? Il ne pourrait lui venir que d'elle.»

Au fond du salon de Mlle Vinteuil, sur la cheminée était posé un petit portrait de son père que vivement elle alla chercher au moment où retentit le roulement d'une voiture qui venait de la route, puis elle se jeta sur un canapé, et tira près d'elle une petite table sur laquelle elle plaça le portrait, comme M. Vinteuil autrefois avait mis à côté de lui le morceau qu'il avait le désir de jouer à mes parents. Bientôt son amie entra. Mlle Vinteuil l'accueillit sans se lever, ses deux mains derrière la tête et se recula sur le bord opposé du sofa comme pour lui faire une place. Mais aussitôt elle sentit qu'elle semblait ainsi lui imposer une attitude qui lui était peut-être importune. Elle pensa que son amie aimerait peut-être mieux être loin d'elle sur une chaise, elle se trouva indiscrète, la délicatesse de son cœur s'en alarma; reprenant toute la place sur le sofa elle ferma les yeux et se mit à bâiller pour indiquer que l'envie de dormir était la seule raison pour laquelle elle s'était ainsi étendue. Malgré la familiarité rude et dominatrice qu'elle avait avec sa camarade, je reconnaissais les gestes obséquieux et réticents, les brusques scrupules de son père. Bientôt elle se leva, feignit de vouloir fermer les volets et de n'y pas réussir.

—«Laisse donc tout ouvert, j'ai chaud,» dit son amie.

—«Mais c'est assommant, on nous verra», répondit Mlle Vinteuil.

Mais elle devina sans doute que son amie penserait qu'elle n'avait dit ces mots que pour la provoquer à lui répondre par certains autres qu'elle avait en effet le désir d'entendre, mais que par discrétion elle voulait lui laisser l'initiative de prononcer. Aussi son regard que je ne pouvais distinguer, dut-il prendre l'expression qui plaisait tant à ma grand'mère, quand elle ajouta vivement:

—«Quand je dis nous voir, je veux dire nous voir lire, c'est assommant, quelque chose insignifiante qu'on fasse, de penser que des yeux vous voient.»

Par une générosité instinctive et une politesse involontaire elle taisait les mots prémédités qu'elle avait jugés indispensables à la pleine réalisation de son désir. Et à tous moments au fond d'elle-même une vierge timide et suppliante implorait et faisait reculer un soudard fruste et vainqueur.

—«Oui, c'est probable qu'on nous regarde à cette heure-ci, dans cette campagne fréquentée, dit ironiquement son amie. Et puis quoi? Ajouta-t-elle (en croyant devoir accompagner d'un clignement d'yeux malicieux et tendre, ces mots qu'elle récita par bonté, comme un texte, qu'elle savait être agréable à Mlle Vinteuil, d'un ton qu'elle s'efforçait de rendre cynique), quand même on nous verrait ce n'en est que meilleur.»

Mlle Vinteuil frémit et se leva. Son cœur scrupuleux et sensible ignorait quelles paroles devaient spontanément venir s'adapter à la scène que ses sens réclamaient. Elle cherchait le plus loin qu'elle pouvait de sa vraie nature morale, à trouver le langage propre à la fille vicieuse qu'elle désirait d'être, mais les mots qu'elle pensait que celle-ci eût prononcés sincèrement lui paraissaient faux dans sa bouche. Et le peu qu'elle s'en permettait était dit sur un ton guindé où ses habitudes de timidité paralysaient ses velléités d'audace, et s'entremêlait de: «tu n'as pas froid, tu n'as pas trop chaud, tu n'as pas envie d'être seule et de lire?»

—«Mademoiselle me semble avoir des pensées bien lubriques, ce soir», finit-elle par dire, répétant sans doute une phrase qu'elle avait entendue autrefois dans la bouche de son amie.

Dans l'échancrure de son corsage de crêpe Mlle Vinteuil sentit que son amie piquait un baiser, elle poussa un petit cri, s'échappa, et elles se poursuivirent en sautant, faisant voleter leurs larges manches comme des ailes et gloussant et piaillant comme des oiseaux amoureux. Puis Mlle Vinteuil finit par tomber sur le canapé, recouverte par le corps de son amie. Mais celle-ci tournait le dos à la petite table sur laquelle était placé le portrait de l'ancien professeur de piano. Mlle Vinteuil comprit que son amie ne le verrait pas si elle n'attirait pas sur lui son attention, et elle lui dit, comme si elle venait seulement de le remarquer:

—«Oh! ce portrait de mon père qui nous regarde, je ne sais pas qui a pu le mettre là, j'ai pourtant dit vingt fois que ce n'était pas sa place.»

Je me souvins que c'étaient les mots que M. Vinteuil avait dits à mon père à propos du morceau de musique. Ce portrait leur servait sans doute habituellement pour des profanations rituelles, car son amie lui répondit par ces paroles qui devaient faire partie de ses réponses liturgiques:

—«Mais laisse-le donc où il est, il n'est plus là pour nous embêter. Crois-tu qu'il pleurnicherait, qu'il voudrait te mettre ton manteau, s'il te voyait là, la fenêtre ouverte, le vilain singe.»

Mlle Vinteuil répondit par des paroles de doux reproche: «Voyons, voyons», qui prouvaient la bonté de sa nature, non qu'elles fussent dictées par l'indignation que cette façon de parler de son père eût pu lui causer (évidemment c'était là un sentiment qu'elle s'était habituée, à l'aide de quels sophismes? à faire taire en elle dans ces minutes-là), mais parce qu'elles étaient comme un frein que pour ne pas se montrer égoïste elle mettait elle-même au plaisir que son amie cherchait à lui procurer. Et puis cette modération souriante en répondant à ces blasphèmes, ce reproche hypocrite et tendre, paraissaient peut-être à sa nature franche et bonne, une forme particulièrement infâme, une forme doucereuse de cette scélératesse qu'elle cherchait à s'assimiler. Mais elle ne put résister à l'attrait du plaisir qu'elle éprouverait à être traitée avec douceur par une personne si implacable envers un mort sans défense; elle sauta sur les genoux de son amie, et lui tendit chastement son front à baiser comme elle aurait pu faire si elle avait été sa fille, sentant avec délices qu'elles allaient ainsi toutes deux au bout de la cruauté en ravissant à M. Vinteuil, jusque dans le tombeau, sa paternité. Son amie lui prit la tête entre ses mains et lui déposa un baiser sur le front avec cette docilité que lui rendait facile la grande affection qu'elle avait pour Mlle Vinteuil et le désir de mettre quelque distraction dans la vie si triste maintenant de l'orpheline.

—«Sais-tu ce que j'ai envie de lui faire à cette vieille horreur?» dit-elle en prenant le portrait.

Et elle murmura à l'oreille de Mlle Vinteuil quelque chose que je ne pus entendre.

—«Oh! tu n'oserais pas.»

—«Je n'oserais pas cracher dessus? sur ça?» dit l'amie avec une brutalité voulue.

Je n'en entendis pas davantage, car Mlle Vinteuil, d'un air las, gauche, affairé, honnête et triste, vint fermer les volets et la fenêtre, mais je savais maintenant, pour toutes les souffrances que pendant sa vie M. Vinteuil avait supportées à cause de sa fille, ce qu'après la mort il avait reçu d'elle en salaire.

Et pourtant j'ai pensé depuis que si M. Vinteuil avait pu assister à cette scène, il n'eût peut-être pas encore perdu sa foi dans le bon cœur de sa fille, et peut-être même n'eût-il pas eu en cela tout à fait tort. Certes, dans les habitudes de Mlle Vinteuil l'apparence du mal était si entière qu'on aurait eu de la peine à la rencontrer réalisée à ce degré de perfection ailleurs que chez une sadique; c'est à la lumière de la rampe des théâtres du boulevard plutôt que sous la lampe d'une maison de campagne véritable qu'on peut voir une fille faire cracher une amie sur le portrait d'un père qui n'a vécu que pour elle; et il n'y a guère que le sadisme qui donne un fondement dans la vie à l'esthétique du mélodrame. Dans la réalité, en dehors des cas de sadisme, une fille aurait peut-être des manquements aussi cruels que ceux de Mlle Vinteuil envers la mémoire et les volontés de son père mort, mais elle ne les résumerait pas expressément en un acte d'un symbolisme aussi rudimentaire et aussi naïf; ce que sa conduite aurait de criminel serait plus voilé aux yeux des autres et même à ses yeux à elle qui ferait le mal sans se l'avouer. Mais, au-delà de l'apparence, dans le cœur de Mlle Vinteuil, le mal, au début du moins, ne fut sans doute pas sans mélange. Une sadique comme elle est l'artiste du mal, ce qu'une créature entièrement mauvaise ne pourrait être car le mal ne lui serait pas extérieur, il lui semblerait tout naturel, ne se distinguerait même pas d'elle; et la vertu, la mémoire des morts, la tendresse filiale, comme elle n'en aurait pas le culte, elle ne trouverait pas un plaisir sacrilège à les profaner. Les sadiques de l'espèce de Mlle Vinteuil sont des être si purement sentimentaux, si naturellement vertueux que même le plaisir sensuel leur paraît quelque chose de mauvais, le privilège des méchants. Et quand ils se concèdent à eux-mêmes de s'y livrer un moment, c'est dans la peau des méchants qu'ils tâchent d'entrer et de faire entrer leur complice, de façon à avoir eu un moment l'illusion de s'être évadés de leur âme scrupuleuse et tendre, dans le monde inhumain du plaisir. Et je comprenais combien elle l'eût désiré en voyant combien il lui était impossible d'y réussir. Au moment où elle se voulait si différente de son père, ce qu'elle me rappelait c'était les façons de penser, de dire, du vieux professeur de piano. Bien plus que sa photographie, ce qu'elle profanait, ce qu'elle faisait servir à ses plaisirs mais qui restait entre eux et elle et l'empêchait de les goûter directement, c'était la ressemblance de son visage, les yeux bleus de sa mère à lui qu'il lui avait transmis comme un bijou de famille, ces gestes d'amabilité qui interposaient entre le vice de Mlle Vinteuil et elle une phraséologie, une mentalité qui n'était pas faite pour lui et l'empêchait de le connaître comme quelque chose de très différent des nombreux devoirs de politesse auxquels elle se consacrait d'habitude. Ce n'est pas le mal qui lui donnait l'idée du plaisir, qui lui semblait agréable; c'est le plaisir qui lui semblait malin. Et comme chaque fois qu'elle s'y adonnait il s'accompagnait pour elle de ces pensées mauvaises qui le reste du temps étaient absentes de son âme vertueuse, elle finissait par trouver au plaisir quelque chose de diabolique, par l'identifier au Mal. Peut-être Mlle Vinteuil sentait-elle que son amie n'était pas foncièrement mauvaise, et qu'elle n'était pas sincère au moment où elle lui tenait ces propos blasphématoires. Du moins avait-elle le plaisir d'embrasser sur son visage, des sourires, des regards, feints peut-être, mais analogues dans leur expression vicieuse et basse à ceux qu'aurait eus non un être de bonté et de souffrance, mais un être de cruauté et de plaisir. Elle pouvait s'imaginer un instant qu'elle jouait vraiment les jeux qu'eût joués avec une complice aussi dénaturée, une fille qui aurait ressenti en effet ces sentiments barbares à l'égard de la mémoire de son père. Peut-être n'eût-elle pas pensé que le mal fût un état si rare, si extraordinaire, si dépaysant, où il était si reposant d'émigrer, si elle avait su discerner en elle comme en tout le monde, cette indifférence aux souffrances qu'on cause et qui, quelques autres noms qu'on lui donne, est la forme terrible et permanente de la cruauté.

S'il était assez simple d'aller du côté de Méséglise, c'était une autre affaire d'aller du côté de Guermantes, car la promenade était longue et l'on voulait être sûr du temps qu'il ferait. Quand on semblait entrer dans une série de beaux jours; quand Françoise désespérée qu'il ne tombât pas une goutte d'eau pour les «pauvres récoltes», et ne voyant que de rares nuages blancs nageant à la surface calme et bleue du ciel s'écriait en gémissant: «Ne dirait-on pas qu'on voit ni plus ni moins des chiens de mer qui jouent en montrant là-haut leurs museaux? Ah! ils pensent bien à faire pleuvoir pour les pauvres laboureurs! Et puis quand les blés seront poussés, alors la pluie se mettra à tomber tout à petit patapon, sans discontinuer, sans plus savoir sur quoi elle tombe que si c'était sur la mer»; quand mon père avait reçu invariablement les mêmes réponses favorables du jardinier et du baromètre, alors on disait au dîner: «Demain s'il fait le même temps, nous irons du côté de Guermantes.» On partait tout de suite après déjeuner par la petite porte du jardin et on tombait dans la rue des Perchamps, étroite et formant un angle aigu, remplie de graminées au milieu desquelles deux ou trois guêpes passaient la journée à herboriser, aussi bizarre que son nom d'où me semblaient dériver ses particularités curieuses et sa personnalité revêche, et qu'on chercherait en vain dans le Combray d'aujourd'hui où sur son tracé ancien s'élève l'école. Mais ma rêverie (semblable à ces architectes élèves de Viollet-le-Duc, qui, croyant retrouver sous un jubé Renaissance et un autel du XVIIe siècle les traces d'un chœur roman, remettent tout l'édifice dans l'état où il devait être au XIIe siècle) ne laisse pas une pierre du bâtiment nouveau, reperce et «restitue» la rue des Perchamps. Elle a d'ailleurs pour ces reconstitutions, des données plus précises que n'en ont généralement les restaurateurs: quelques images conservées par ma mémoire, les dernières peut-être qui existent encore actuellement, et destinées à être bientôt anéanties, de ce qu'était le Combray du temps de mon enfance; et parce que c'est lui-même qui les a tracées en moi avant de disparaître, émouvantes,—si on peut comparer un obscur portrait à ces effigies glorieuses dont ma grand'mère aimait à me donner des reproductions—comme ces gravures anciennes de la Cène ou ce tableau de Gentile Bellini dans lesquels l'on voit en un état qui n'existe plus aujourd'hui le chef-d'œuvre de Vinci et le portail de Saint-Marc.

On passait, rue de l'Oiseau, devant la vieille hôtellerie de l'Oiseau flesché dans la grande cour de laquelle entrèrent quelquefois au XVII XIIe siècle les carrosses des duchesses de Montpensier, de Guermantes et de Montmorency quand elles avaient à venir à Combray pour quelque contestation avec leurs fermiers, pour une question d'hommage. On gagnait le mail entre les arbres duquel apparaissait le clocher de Saint-Hilaire. Et j'aurais voulu pouvoir m'asseoir là et rester toute la journée à lire en écoutant les cloches; car il faisait si beau et si tranquille que, quand sonnait l'heure, on aurait dit non qu'elle rompait le calme du jour mais qu'elle le débarrassait de ce qu'il contenait et que le clocher avec l'exactitude indolente et soigneuse d'une personne qui n'a rien d'autre à faire, venait seulement—pour exprimer et laisser tomber les quelques gouttes d'or que la chaleur y avait lentement et naturellement amassées—de presser, au moment voulu, la plénitude du silence.

Le plus grand charme du côté de Guermantes, c'est qu'on y avait presque tout le temps à côté de soi le cours de la Vivonne. On la traversait une première fois, dix minutes après avoir quitté la maison, sur une passerelle dite le Pont-Vieux. Dès le lendemain de notre arrivée, le jour de Pâques, après le sermon s'il faisait beau temps, je courais jusque-là, voir dans ce désordre d'un matin de grande fête où quelques préparatifs somptueux font paraître plus sordides les ustensiles de ménage qui traînent encore, la rivière qui se promenait déjà en bleu-ciel entre les terres encore noires et nues, accompagnée seulement d'une bande de coucous arrivés trop tôt et de primevères en avance, cependant que çà et là une violette au bec bleu laissait fléchir sa tige sous le poids de la goutte d'odeur qu'elle tenait dans son cornet. Le Pont-Vieux débouchait dans un sentier de halage qui à cet endroit se tapissait l'été du feuillage bleu d'un noisetier sous lequel un pêcheur en chapeau de paille avait pris racine. A Combray où je savais quelle individualité de maréchal ferrant ou de garçon épicier était dissimulée sous l'uniforme du suisse ou le surplis de l'enfant de chœur, ce pêcheur est la seule personne dont je n'aie jamais découvert l'identité.

Il devait connaître mes parents, car il soulevait son chapeau quand nous passions; je voulais alors demander son nom, mais on me faisait signe de me taire pour ne pas effrayer le poisson. Nous nous engagions dans le sentier de halage qui dominait le courant d'un talus de plusieurs pieds; de l'autre côté la rive était basse, étendue en vastes prés jusqu'au village et jusqu'à la gare qui en était distante. Ils étaient semés des restes, à demi enfouis dans l'herbe, du château des anciens comtes de Combray qui au moyen âge avait de ce côté le cours de la Vivonne comme défense contre les attaques des sires de Guermantes et des abbés de Martinville. Ce n'étaient plus que quelques fragments de tours bossuant la prairie, à peine apparents, quelques créneaux d'où jadis l'arbalétrier lançait des pierres, d'où le guetteur surveillait Novepont, Clairefontaine, Martinville-le-Sec, Bailleau-l'Exempt, toutes terres vassales de Guermantes entre lesquelles Combray était enclavé, aujourd'hui au ras de l'herbe, dominés par les enfants de l'école des frères qui venaient là apprendre leurs leçons ou jouer aux récréations;—passé presque descendu dans la terre, couché au bord de l'eau comme un promeneur qui prend le frais, mais me donnant fort à songer, me faisant ajouter dans le nom de Combray à la petite ville d'aujourd'hui une cité très différente, retenant mes pensées par son visage incompréhensible et d'autrefois qu'il cachait à demi sous les boutons d'or. Ils étaient fort nombreux à cet endroit qu'ils avaient choisi pour leurs jeux sur l'herbe, isolés, par couples, par troupes, jaunes comme un jaune d'œuf, brillants d'autant plus, me semblait-il, que ne pouvant dériver vers aucune velléité de dégustation le plaisir que leur vue me causait, je l'accumulais dans leur surface dorée, jusqu'à ce qu'il devînt assez puissant pour produire de l'inutile beauté; et cela dès ma plus petite enfance, quand du sentier de halage je tendais les bras vers eux sans pouvoir épeler complètement leur joli nom de Princes de contes de fées français, venus peut-être il y a bien des siècles d'Asie mais apatriés pour toujours au village, contents du modeste horizon, aimant le soleil et le bord de l'eau, fidèles à la petite vue de la gare, gardant encore pourtant comme certaines de nos vieilles toiles peintes, dans leur simplicité populaire, un poétique éclat d'orient.

Je m'amusais à regarder les carafes que les gamins mettaient dans la Vivonne pour prendre les petits poissons, et qui, remplies par la rivière, où elles sont à leur tour encloses, à la fois «contenant» aux flancs transparents comme une eau durcie, et «contenu» plongé dans un plus grand contenant de cristal liquide et courant, évoquaient l'image de la fraîcheur d'une façon plus délicieuse et plus irritante qu'elles n'eussent fait sur une table servie, en ne la montrant qu'en fuite dans cette allitération perpétuelle entre l'eau sans consistance où les mains ne pouvaient la capter et le verre sans fluidité où le palais ne pourrait en jouir. Je me promettais de venir là plus tard avec des lignes; j'obtenais qu'on tirât un peu de pain des provisions du goûter; j'en jetais dans la Vivonne des boulettes qui semblaient suffire pour y provoquer un phénomène de sursaturation, car l'eau se solidifiait aussitôt autour d'elles en grappes ovoïdes de têtards inanitiés qu'elle tenait sans doute jusque-là en dissolution, invisibles, tout près d'être en voie de cristallisation.

Bientôt le cours de la Vivonne s'obstrue de plantes d'eau. Il y en a d'abord d'isolées comme tel nénufar à qui le courant au travers duquel il était placé d'une façon malheureuse laissait si peu de repos que comme un bac actionné mécaniquement il n'abordait une rive que pour retourner à celle d'où il était venu, refaisant éternellement la double traversée. Poussé vers la rive, son pédoncule se dépliait, s'allongeait, filait, atteignait l'extrême limite de sa tension jusqu'au bord où le courant le reprenait, le vert cordage se repliait sur lui-même et ramenait la pauvre plante à ce qu'on peut d'autant mieux appeler son point de départ qu'elle n'y restait pas une seconde sans en repartir par une répétition de la même manœuvre. Je la retrouvais de promenade en promenade, toujours dans la même situation, faisant penser à certains neurasthéniques au nombre desquels mon grand-père comptait ma tante Léonie, qui nous offrent sans changement au cours des années le spectacle des habitudes bizarres qu'ils se croient chaque fois à la veille de secouer et qu'ils gardent toujours; pris dans l'engrenage de leurs malaises et de leurs manies, les efforts dans lesquels ils se débattent inutilement pour en sortir ne font qu'assurer le fonctionnement et faire jouer le déclic de leur diététique étrange, inéluctable et funeste. Tel était ce nénufar, pareil aussi à quelqu'un de ces malheureux dont le tourment singulier, qui se répète indéfiniment durant l'éternité, excitait la curiosité de Dante et dont il se serait fait raconter plus longuement les particularités et la cause par le supplicié lui-même, si Virgile, s'éloignant à grands pas, ne l'avait forcé à le rattraper au plus vite, comme moi mes parents.

Mais plus loin le courant se ralentit, il traverse une propriété dont l'accès était ouvert au public par celui à qui elle appartenait et qui s'y était complu à des travaux d'horticulture aquatique, faisant fleurir, dans les petits étangs que forme la Vivonne, de véritables jardins de nymphéas. Comme les rives étaient à cet endroit très boisées, les grandes ombres des arbres donnaient à l'eau un fond qui était habituellement d'un vert sombre mais que parfois, quand nous rentrions par certains soirs rassérénés d'après-midi orageux, j'ai vu d'un bleu clair et cru, tirant sur le violet, d'apparence cloisonnée et de goût japonais. Çà et là, à la surface, rougissait comme une fraise une fleur de nymphéa au cœur écarlate, blanc sur les bords. Plus loin, les fleurs plus nombreuses étaient plus pâles, moins lisses, plus grenues, plus plissées, et disposées par le hasard en enroulements si gracieux qu'on croyait voir flotter à la dérive, comme après l'effeuillement mélancolique d'une fête galante, des roses mousseuses en guirlandes dénouées. Ailleurs un coin semblait réservé aux espèces communes qui montraient le blanc et rose proprets de la julienne, lavés comme de la porcelaine avec un soin domestique, tandis qu'un peu plus loin, pressées les unes contre les autres en une véritable plate-bande flottante, on eût dit des pensées des jardins qui étaient venues poser comme des papillons leur ailes bleuâtres et glacées, sur l'obliquité transparente de ce parterre d'eau; de ce parterre céleste aussi: car il donnait aux fleurs un sol d'une couleur plus précieuse, plus émouvante que la couleur des fleurs elles-mêmes; et, soit que pendant l'après-midi il fît étinceler sous les nymphéas le kaléidoscope d'un bonheur attentif, silencieux et mobile, ou qu'il s'emplît vers le soir, comme quelque port lointain, du rose et de la rêverie du couchant, changeant sans cesse pour rester toujours en accord, autour des corolles de teintes plus fixes, avec ce qu'il y a de plus profond, de plus fugitif, de plus mystérieux,—avec ce qu'il y a d'infini,—dans l'heure, il semblait les avoir fait fleurir en plein ciel.

Au sortir de ce parc, la Vivonne redevient courante. Que de fois j'ai vu, j'ai désiré imiter quand je serais libre de vivre à ma guise, un rameur, qui, ayant lâché l'aviron, s'était couché à plat sur le dos, la tête en bas, au fond de sa barque, et la laissant flotter à la dérive, ne pouvant voir que le ciel qui filait lentement au-dessus de lui, portait sur son visage l'avant-goût du bonheur et de la paix.

Nous nous asseyions entre les iris au bord de l'eau. Dans le ciel férié, flânait longuement un nuage oisif. Par moments oppressée par l'ennui, une carpe se dressait hors de l'eau dans une aspiration anxieuse. C'était l'heure du goûter. Avant de repartir nous restions longtemps à manger des fruits, du pain et du chocolat, sur l'herbe où parvenaient jusqu'à nous, horizontaux, affaiblis, mais denses et métalliques encore, des sons de la cloche de Saint-Hilaire qui ne s'étaient pas mélangés à l'air qu'ils traversaient depuis si longtemps, et côtelés par la palpitation successive de toutes leurs lignes sonores, vibraient en rasant les fleurs, à nos pieds.

Parfois, au bord de l'eau entourée de bois, nous rencontrions une maison dite de plaisance, isolée, perdue, qui ne voyait rien, du monde, que la rivière qui baignait ses pieds. Une jeune femme dont le visage pensif et les voiles élégants n'étaient pas de ce pays et qui sans doute était venue, selon l'expression populaire «s'enterrer» là, goûter le plaisir amer de sentir que son nom, le nom surtout de celui dont elle n'avait pu garder le cœur, y était inconnu, s'encadrait dans la fenêtre qui ne lui laissait pas regarder plus loin que la barque amarrée près de la porte. Elle levait distraitement les yeux en entendant derrière les arbres de la rive la voix des passants dont avant qu'elle eût aperçu leur visage, elle pouvait être certaine que jamais ils n'avaient connu, ni ne connaîtraient l'infidèle, que rien dans leur passé ne gardait sa marque, que rien dans leur avenir n'aurait l'occasion de la recevoir. On sentait que, dans son renoncement, elle avait volontairement quitté des lieux où elle aurait pu du moins apercevoir celui qu'elle aimait, pour ceux-ci qui ne l'avaient jamais vu. Et je la regardais, revenant de quelque promenade sur un chemin où elle savait qu'il ne passerait pas, ôter de ses mains résignées de longs gants d'une grâce inutile.

Jamais dans la promenade du côté de Guermantes nous ne pûmes remonter jusqu'aux sources de la Vivonne, auxquelles j'avais souvent pensé et qui avaient pour moi une existence si abstraite, si idéale, que j'avais été aussi surpris quand on m'avait dit qu'elles se trouvaient dans le département, à une certaine distance kilométrique de Combray, que le jour où j'avais appris qu'il y avait un autre point précis de la terre où s'ouvrait, dans l'antiquité, l'entrée des Enfers. Jamais non plus nous ne pûmes pousser jusqu'au terme que j'eusse tant souhaité d'atteindre, jusqu'à Guermantes. Je savais que là résidaient des châtelains, le duc et la duchesse de Guermantes, je savais qu'ils étaient des personnages réels et actuellement existants, mais chaque fois que je pensais à eux, je me les représentais tantôt en tapisserie, comme était la comtesse de Guermantes, dans le «Couronnement d'Esther» de notre église, tantôt de nuances changeantes comme était Gilbert le Mauvais dans le vitrail où il passait du vert chou au bleu prune selon que j'étais encore à prendre de l'eau bénite ou que j'arrivais à nos chaises, tantôt tout à fait impalpables comme l'image de Geneviève de Brabant, ancêtre de la famille de Guermantes, que la lanterne magique promenait sur les rideaux de ma chambre ou faisait monter au plafond,—enfin toujours enveloppés du mystère des temps mérovingiens et baignant comme dans un coucher de soleil dans la lumière orangée qui émane de cette syllabe: «antes». Mais si malgré cela ils étaient pour moi, en tant que duc et duchesse, des êtres réels, bien qu'étranges, en revanche leur personne ducale se distendait démesurément, s'immatérialisait, pour pouvoir contenir en elle ce Guermantes dont ils étaient duc et duchesse, tout ce «côté de Guermantes» ensoleillé, le cours de la Vivonne, ses nymphéas et ses grands arbres, et tant de beaux après-midi. Et je savais qu'ils ne portaient pas seulement le titre de duc et de duchesse de Guermantes, mais que depuis le XIVe siècle où, après avoir inutilement essayé de vaincre leurs anciens seigneurs ils s'étaient alliés à eux par des mariages, ils étaient comtes de Combray, les premiers des citoyens de Combray par conséquent et pourtant les seuls qui n'y habitassent pas. Comtes de Combray, possédant Combray au milieu de leur nom, de leur personne, et sans doute ayant effectivement en eux cette étrange et pieuse tristesse qui était spéciale à Combray; propriétaires de la ville, mais non d'une maison particulière, demeurant sans doute dehors, dans la rue, entre ciel et terre, comme ce Gilbert de Guermantes, dont je ne voyais aux vitraux de l'abside de Saint-Hilaire que l'envers de laque noire, si je levais la tête quand j'allais chercher du sel chez Camus.

Puis il arriva que sur le côté de Guermantes je passai parfois devant de petits enclos humides où montaient des grappes de fleurs sombres. Je m'arrêtais, croyant acquérir une notion précieuse, car il me semblait avoir sous les yeux un fragment de cette région fluviatile, que je désirais tant connaître depuis que je l'avais vue décrite par un de mes écrivains préférés. Et ce fut avec elle, avec son sol imaginaire traversé de cours d'eau bouillonnants, que Guermantes, changeant d'aspect dans ma pensée, s'identifia, quand j'eus entendu le docteur Percepied nous parler des fleurs et des belles eaux vives qu'il y avait dans le parc du château. Je rêvais que Mme de Guermantes m'y faisait venir, éprise pour moi d'un soudain caprice; tout le jour elle y pêchait la truite avec moi. Et le soir me tenant par la main, en passant devant les petits jardins de ses vassaux, elle me montrait le long des murs bas, les fleurs qui y appuient leurs quenouilles violettes et rouges et m'apprenait leurs noms. Elle me faisait lui dire le sujet des poèmes que j'avais l'intention de composer. Et ces rêves m'avertissaient que puisque je voulais un jour être un écrivain, il était temps de savoir ce que je comptais écrire. Mais dès que je me le demandais, tâchant de trouver un sujet où je pusse faire tenir une signification philosophique infinie, mon esprit s'arrêtait de fonctionner, je ne voyais plus que le vide en face de mon attention, je sentais que je n'avais pas de génie ou peut-être une maladie cérébrale l'empêchait de naître. Parfois je comptais sur mon père pour arranger cela. Il était si puissant, si en faveur auprès des gens en place qu'il arrivait à nous faire transgresser les lois que Françoise m'avait appris à considérer comme plus inéluctables que celles de la vie et de la mort, à faire retarder d'un an pour notre maison, seule de tout le quartier, les travaux de «ravalement», à obtenir du ministre pour le fils de Mme Sazerat qui voulait aller aux eaux, l'autorisation qu'il passât le baccalauréat deux mois d'avance, dans la série des candidats dont le nom commençait par un A au lieu d'attendre le tour des S.

Si j'étais tombé gravement malade, si j'avais été capturé par des brigands, persuadé que mon père avait trop d'intelligences avec les puissances suprêmes, de trop irrésistibles lettres de recommandation auprès du bon Dieu, pour que ma maladie ou ma captivité pussent être autre chose que de vains simulacres sans danger pour moi, j'aurais attendu avec calme l'heure inévitable du retour à la bonne réalité, l'heure de la délivrance ou de la guérison; peut-être cette absence de génie, ce trou noir qui se creusait dans mon esprit quand je cherchais le sujet de mes écrits futurs, n'était-il aussi qu'une illusion sans consistance, et cesserait-elle par l'intervention de mon père qui avait dû convenir avec le Gouvernement et avec la Providence que je serais le premier écrivain de l'époque. Mais d'autres fois tandis que mes parents s'impatientaient de me voir rester en arrière et ne pas les suivre, ma vie actuelle au lieu de me sembler une création artificielle de mon père et qu'il pouvait modifier à son gré, m'apparaissait au contraire comme comprise dans une réalité qui n'était pas faite pour moi, contre laquelle il n'y avait pas de recours, au cœur de laquelle je n'avais pas d'allié, qui ne cachait rien au delà d'elle-même. Il me semblait alors que j'existais de la même façon que les autres hommes, que je vieillirais, que je mourrais comme eux, et que parmi eux j'étais seulement du nombre de ceux qui n'ont pas de dispositions pour écrire. Aussi, découragé, je renonçais à jamais à la littérature, malgré les encouragements que m'avait donnés Bloch. Ce sentiment intime, immédiat, que j'avais du néant de ma pensée, prévalait contre toutes les paroles flatteuses qu'on pouvait me prodiguer, comme chez un méchant dont chacun vante les bonnes actions, les remords de sa conscience.

Un jour ma mère me dit: «Puisque tu parles toujours de Mme de Guermantes, comme le docteur Percepied l'a très bien soignée il y a quatre ans, elle doit venir à Combray pour assister au mariage de sa fille. Tu pourras l'apercevoir à la cérémonie.» C'était du reste par le docteur Percepied que j'avais le plus entendu parler de Mme de Guermantes, et il nous avait même montré le numéro d'une revue illustrée où elle était représentée dans le costume qu'elle portait à un bal travesti chez la princesse de Léon.

Tout d'un coup pendant la messe de mariage, un mouvement que fit le suisse en se déplaçant me permit de voir assise dans une chapelle une dame blonde avec un grand nez, des yeux bleus et perçants, une cravate bouffante en soie mauve, lisse, neuve et brillante, et un petit bouton au coin du nez. Et parce que dans la surface de son visage rouge, comme si elle eût eu très chaud, je distinguais, diluées et à peine perceptibles, des parcelles d'analogie avec le portrait qu'on m'avait montré, parce que surtout les traits particuliers que je relevais en elle, si j'essayais de les énoncer, se formulaient précisément dans les mêmes termes: un grand nez, des yeux bleus, dont s'était servi le docteur Percepied quand il avait décrit devant moi la duchesse de Guermantes, je me dis: cette dame ressemble à Mme de Guermantes; or la chapelle où elle suivait la messe était celle de Gilbert le Mauvais, sous les plates tombes de laquelle, dorées et distendues comme des alvéoles de miel, reposaient les anciens comtes de Brabant, et que je me rappelais être à ce qu'on m'avait dit réservée à la famille de Guermantes quand quelqu'un de ses membres venait pour une cérémonie à Combray; il ne pouvait vraisemblablement y avoir qu'une seule femme ressemblant au portrait de Mme de Guermantes, qui fût ce jour-là, jour où elle devait justement venir, dans cette chapelle: c'était elle! Ma déception était grande. Elle provenait de ce que je n'avais jamais pris garde quand je pensais à Mme de Guermantes, que je me la représentais avec les couleurs d'une tapisserie ou d'un vitrail, dans un autre siècle, d'une autre matière que le reste des personnes vivantes. Jamais je ne m'étais avisé qu'elle pouvait avoir une figure rouge, une cravate mauve comme Mme Sazerat, et l'ovale de ses joues me fit tellement souvenir de personnes que j'avais vues à la maison que le soupçon m'effleura, pour se dissiper d'ailleurs aussitôt après, que cette dame en son principe générateur, en toutes ses molécules, n'était peut-être pas substantiellement la duchesse de Guermantes, mais que son corps, ignorant du nom qu'on lui appliquait, appartenait à un certain type féminin, qui comprenait aussi des femmes de médecins et de commerçants. «C'est cela, ce n'est que cela, Mme de Guermantes!» disait la mine attentive et étonnée avec laquelle je contemplais cette image qui naturellement n'avait aucun rapport avec celles qui sous le même nom de Mme de Guermantes étaient apparues tant de fois dans mes songes, puisque, elle, elle n'avait pas été comme les autres arbitrairement formée par moi, mais qu'elle m'avait sauté aux yeux pour la première fois il y a un moment seulement, dans l'église; qui n'était pas de la même nature, n'était pas colorable à volonté comme elles qui se laissaient imbiber de la teinte orangée d'une syllabe, mais était si réelle que tout, jusqu'à ce petit bouton qui s'enflammait au coin du nez, certifiait son assujettissement aux lois de la vie, comme dans une apothéose de théâtre, un plissement de la robe de la fée, un tremblement de son petit doigt, dénoncent la présence matérielle d'une actrice vivante, là où nous étions incertains si nous n'avions pas devant les yeux une simple projection lumineuse.

Mais en même temps, sur cette image que le nez proéminent, les yeux perçants, épinglaient dans ma vision (peut-être parce que c'était eux qui l'avaient d'abord atteinte, qui y avaient fait la première encoche, au moment où je n'avais pas encore le temps de songer que la femme qui apparaissait devant moi pouvait être Mme de Guermantes), sur cette image toute récente, inchangeable, j'essayais d'appliquer l'idée: «C'est Mme de Guermantes» sans parvenir qu'à la faire manœuvrer en face de l'image, comme deux disques séparés par un intervalle. Mais cette Mme de Guermantes à laquelle j'avais si souvent rêvé, maintenant que je voyais qu'elle existait effectivement en dehors de moi, en prit plus de puissance encore sur mon imagination qui, un moment paralysée au contact d'une réalité si différente de ce qu'elle attendait, se mit à réagir et à me dire: «Glorieux dès avant Charlemagne, les Guermantes avaient le droit de vie et de mort sur leurs vassaux; la duchesse de Guermantes descend de Geneviève de Brabant. Elle ne connaît, ni ne consentirait à connaître aucune des personnes qui sont ici.»

Et—ô merveilleuse indépendance des regards humains, retenus au visage par une corde si lâche, si longue, si extensible qu'ils peuvent se promener seuls loin de lui—pendant que Mme de Guermantes était assise dans la chapelle au-dessus des tombes de ses morts, ses regards flânaient çà et là, montaient le long des piliers, s'arrêtaient même sur moi comme un rayon de soleil errant dans la nef, mais un rayon de soleil qui, au moment où je reçus sa caresse, me sembla conscient. Quant à Mme de Guermantes elle-même, comme elle restait immobile, assise comme une mère qui semble ne pas voir les audaces espiègles et les entreprises indiscrètes de ses enfants qui jouent et interpellent des personnes qu'elle ne connaît pas, il me fût impossible de savoir si elle approuvait ou blâmait dans le désœuvrement de son âme, le vagabondage de ses regards.

Je trouvais important qu'elle ne partît pas avant que j'eusse pu la regarder suffisamment, car je me rappelais que depuis des années je considérais sa vue comme éminemment désirable, et je ne détachais pas mes yeux d'elle, comme si chacun de mes regards eût pu matériellement emporter et mettre en réserve en moi le souvenir du nez proéminent, des joues rouges, de toutes ces particularités qui me semblaient autant de renseignements précieux, authentiques et singuliers sur son visage. Maintenant que me le faisaient trouver beau toutes les pensées que j'y rapportais—et peut-être surtout, forme de l'instinct de conservation des meilleures parties de nous-mêmes, ce désir qu'on a toujours de ne pas avoir été déçu,—la replaçant (puisque c'était une seule personne qu'elle et cette duchesse de Guermantes que j'avais évoquée jusque-là) hors du reste de l'humanité dans laquelle la vue pure et simple de son corps me l'avait fait un instant confondre, je m'irritais en entendant dire autour de moi: «Elle est mieux que Mme Sazerat, que Mlle Vinteuil», comme si elle leur eût été comparable. Et mes regards s'arrêtant à ses cheveux blonds, à ses yeux bleus, à l'attache de son cou et omettant les traits qui eussent pu me rappeler d'autres visages, je m'écriais devant ce croquis volontairement incomplet: «Qu'elle est belle! Quelle noblesse! Comme c'est bien une fière Guermantes, la descendante de Geneviève de Brabant, que j'ai devant moi!» Et l'attention avec laquelle j'éclairais son visage l'isolait tellement, qu'aujourd'hui si je repense à cette cérémonie, il m'est impossible de revoir une seule des personnes qui y assistaient sauf elle et le suisse qui répondit affirmativement quand je lui demandai si cette dame était bien Mme de Guermantes. Mais elle, je la revois, surtout au moment du défilé dans la sacristie qu'éclairait le soleil intermittent et chaud d'un jour de vent et d'orage, et dans laquelle Mme de Guermantes se trouvait au milieu de tous ces gens de Combray dont elle ne savait même pas les noms, mais dont l'infériorité proclamait trop sa suprématie pour qu'elle ne ressentît pas pour eux une sincère bienveillance et auxquels du reste elle espérait imposer davantage encore à force de bonne grâce et de simplicité. Aussi, ne pouvant émettre ces regards volontaires, chargés d'une signification précise, qu'on adresse à quelqu'un qu'on connaît, mais seulement laisser ses pensées distraites s'échapper incessamment devant elle en un flot de lumière bleue qu'elle ne pouvait contenir, elle ne voulait pas qu'il pût gêner, paraître dédaigner ces petites gens qu'il rencontrait au passage, qu'il atteignait à tous moments. Je revois encore, au-dessus de sa cravate mauve, soyeuse et gonflée, le doux étonnement de ses yeux auxquels elle avait ajouté sans oser le destiner à personne mais pour que tous pussent en prendre leur part un sourire un peu timide de suzeraine qui a l'air de s'excuser auprès de ses vassaux et de les aimer. Ce sourire tomba sur moi qui ne la quittais pas des yeux.

Alors me rappelant ce regard qu'elle avait laissé s'arrêter sur moi, pendant la messe, bleu comme un rayon de soleil qui aurait traversé le vitrail de Gilbert le Mauvais, je me dis: «Mais sans doute elle fait attention à moi.» Je crus que je lui plaisais, qu'elle penserait encore à moi quand elle aurait quitté l'église, qu'à cause de moi elle serait peut-être triste le soir à Guermantes. Et aussitôt je l'aimai, car s'il peut quelquefois suffire pour que nous aimions une femme qu'elle nous regarde avec mépris comme j'avais cru qu'avait fait Mlle Swann et que nous pensions qu'elle ne pourra jamais nous appartenir, quelquefois aussi il peut suffire qu'elle nous regarde avec bonté comme faisait Mme de Guermantes et que nous pensions qu'elle pourra nous appartenir. Ses yeux bleuissaient comme une pervenche impossible à cueillir et que pourtant elle m'eût dédiée; et le soleil menacé par un nuage, mais dardant encore de toute sa force sur la place et dans la sacristie, donnait une carnation de géranium aux tapis rouges qu'on y avait étendus par terre pour la solennité et sur lesquels s'avançait en souriant Mme de Guermantes, et ajoutait à leur lainage un velouté rose, un épiderme de lumière, cette sorte de tendresse, de sérieuse douceur dans la pompe et dans la joie qui caractérisent certaines pages de Lohengrin, certaines peintures de Carpaccio, et qui font comprendre que Baudelaire ait pu appliquer au son de la trompette l'épithète de délicieux.

Combien depuis ce jour, dans mes promenades du côté de Guermantes, il me parut plus affligeant encore qu'auparavant de n'avoir pas de dispositions pour les lettres, et de devoir renoncer à être jamais un écrivain célèbre. Les regrets que j'en éprouvais, tandis que je restais seul à rêver un peu à l'écart, me faisaient tant souffrir, que pour ne plus les ressentir, de lui-même par une sorte d'inhibition devant la douleur, mon esprit s'arrêtait entièrement de penser aux vers, aux romans, à un avenir poétique sur lequel mon manque de talent m'interdisait de compter. Alors, bien en dehors de toutes ces préoccupations littéraires et ne s'y rattachant en rien, tout d'un coup un toit, un reflet de soleil sur une pierre, l'odeur d'un chemin me faisaient arrêter par un plaisir particulier qu'ils me donnaient, et aussi parce qu'ils avaient l'air de cacher au-delà de ce que je voyais, quelque chose qu'ils invitaient à venir prendre et que malgré mes efforts je n'arrivais pas à découvrir. Comme je sentais que cela se trouvait en eux, je restais là, immobile, à regarder, à respirer, à tâcher d'aller avec ma pensée au-delà de l'image ou de l'odeur. Et s'il me fallait rattraper mon grand-père, poursuivre ma route, je cherchais à les retrouver, en fermant les yeux; je m'attachais à me rappeler exactement la ligne du toit, la nuance de la pierre qui, sans que je pusse comprendre pourquoi, m'avaient semblé pleines, prêtes à s'entr'ouvrir, à me livrer ce dont elles n'étaient qu'un couvercle. Certes ce n'était pas des impressions de ce genre qui pouvaient me rendre l'espérance que j'avais perdue de pouvoir être un jour écrivain et poète, car elles étaient toujours liées à un objet particulier dépourvu de valeur intellectuelle et ne se rapportant à aucune vérité abstraite. Mais du moins elles me donnaient un plaisir irraisonné, l'illusion d'une sorte de fécondité et par là me distrayaient de l'ennui, du sentiment de mon impuissance que j'avais éprouvés chaque fois que j'avais cherché un sujet philosophique pour une grande œuvre littéraire. Mais le devoir de conscience était si ardu que m'imposaient ces impressions de forme, de parfum ou de couleur—de tâcher d'apercevoir ce qui se cachait derrière elles, que je ne tardais pas à me chercher à moi-même des excuses qui me permissent de me dérober à ces efforts et de m'épargner cette fatigue. Par bonheur mes parents m'appelaient, je sentais que je n'avais pas présentement la tranquillité nécessaire pour poursuivre utilement ma recherche, et qu'il valait mieux n'y plus penser jusqu'à ce que je fusse rentré, et ne pas me fatiguer d'avance sans résultat. Alors je ne m'occupais plus de cette chose inconnue qui s'enveloppait d'une forme ou d'un parfum, bien tranquille puisque je la ramenais à la maison, protégée par le revêtement d'images sous lesquelles je la trouverais vivante, comme les poissons que les jours où on m'avait laissé aller à la pêche, je rapportais dans mon panier couverts par une couche d'herbe qui préservait leur fraîcheur. Une fois à la maison je songeais à autre chose et ainsi s'entassaient dans mon esprit (comme dans ma chambre les fleurs que j'avais cueillies dans mes promenades ou les objets qu'on m'avait donnés), une pierre où jouait un reflet, un toit, un son de cloche, une odeur de feuilles, bien des images différentes sous lesquelles il y a longtemps qu'est morte la réalité pressentie que je n'ai pas eu assez de volonté pour arriver à découvrir. Une fois pourtant,—où notre promenade s'étant prolongée fort au delà de sa durée habituelle, nous avions été bien heureux de rencontrer à mi-chemin du retour, comme l'après-midi finissait, le docteur Percepied qui passait en voiture à bride abattue, nous avait reconnus et fait monter avec lui,—j'eus une impression de ce genre et ne l'abandonnai pas sans un peu l'approfondir. On m'avait fait monter près du cocher, nous allions comme le vent parce que le docteur avait encore avant de rentrer à Combray à s'arrêter à Martinville-le-Sec chez un malade à la porte duquel il avait été convenu que nous l'attendrions. Au tournant d'un chemin j'éprouvai tout à coup ce plaisir spécial qui ne ressemblait à aucun autre, à apercevoir les deux clochers de Martinville, sur lesquels donnait le soleil couchant et que le mouvement de notre voiture et les lacets du chemin avaient l'air de faire changer de place, puis celui de Vieuxvicq qui, séparé d'eux par une colline et une vallée, et situé sur un plateau plus élevé dans le lointain, semblait pourtant tout voisin d'eux.

En constatant, en notant la forme de leur flèche, le déplacement de leurs lignes, l'ensoleillement de leur surface, je sentais que je n'allais pas au bout de mon impression, que quelque chose était derrière ce mouvement, derrière cette clarté, quelque chose qu'ils semblaient contenir et dérober à la fois.

Les clochers paraissaient si éloignés et nous avions l'air de si peu nous rapprocher d'eux, que je fus étonné quand, quelques instants après, nous nous arrêtâmes devant l'église de Martinville. Je ne savais pas la raison du plaisir que j'avais eu à les apercevoir à l'horizon et l'obligation de chercher à découvrir cette raison me semblait bien pénible; j'avais envie de garder en réserve dans ma tête ces lignes remuantes au soleil et de n'y plus penser maintenant. Et il est probable que si je l'avais fait, les deux clochers seraient allés à jamais rejoindre tant d'arbres, de toits, de parfums, de sons, que j'avais distingués des autres à cause de ce plaisir obscur qu'ils m'avaient procuré et que je n'ai jamais approfondi. Je descendis causer avec mes parents en attendant le docteur. Puis nous repartîmes, je repris ma place sur le siège, je tournai la tête pour voir encore les clochers qu'un peu plus tard, j'aperçus une dernière fois au tournant d'un chemin. Le cocher, qui ne semblait pas disposé à causer, ayant à peine répondu à mes propos, force me fut, faute d'autre compagnie, de me rabattre sur celle de moi-même et d'essayer de me rappeler mes clochers. Bientôt leurs lignes et leurs surfaces ensoleillées, comme si elles avaient été une sorte d'écorce, se déchirèrent, un peu de ce qui m'était caché en elles m'apparut, j'eus une pensée qui n'existait pas pour moi l'instant avant, qui se formula en mots dans ma tête, et le plaisir que m'avait fait tout à l'heure éprouver leur vue s'en trouva tellement accru que, pris d'une sorte d'ivresse, je ne pus plus penser à autre chose. A ce moment et comme nous étions déjà loin de Martinville en tournant la tête je les aperçus de nouveau, tout noirs cette fois, car le soleil était déjà couché. Par moments les tournants du chemin me les dérobaient, puis ils se montrèrent une dernière fois et enfin je ne les vis plus.

Sans me dire que ce qui était caché derrière les clochers de Martinville devait être quelque chose d'analogue à une jolie phrase, puisque c'était sous la forme de mots qui me faisaient plaisir, que cela m'était apparu, demandant un crayon et du papier au docteur, je composai malgré les cahots de la voiture, pour soulager ma conscience et obéir à mon enthousiasme, le petit morceau suivant que j'ai retrouvé depuis et auquel je n'ai eu à faire subir que peu de changements:

«Seuls, s'élevant du niveau de la plaine et comme perdus en rase campagne, montaient vers le ciel les deux clochers de Martinville. Bientôt nous en vîmes trois: venant se placer en face d'eux par une volte hardie, un clocher retardataire, celui de Vieuxvicq, les avait rejoints. Les minutes passaient, nous allions vite et pourtant les trois clochers étaient toujours au loin devant nous, comme trois oiseaux posés sur la plaine, immobiles et qu'on distingue au soleil. Puis le clocher de Vieuxvicq s'écarta, prit ses distances, et les clochers de Martinville restèrent seuls, éclairés par la lumière du couchant que même à cette distance, sur leurs pentes, je voyais jouer et sourire. Nous avions été si longs à nous rapprocher d'eux, que je pensais au temps qu'il faudrait encore pour les atteindre quand, tout d'un coup, la voiture ayant tourné, elle nous déposa à leurs pieds; et ils s'étaient jetés si rudement au-devant d'elle, qu'on n'eut que le temps d'arrêter pour ne pas se heurter au porche. Nous poursuivîmes notre route; nous avions déjà quitté Martinville depuis un peu de temps et le village après nous avoir accompagnés quelques secondes avait disparu, que restés seuls à l'horizon à nous regarder fuir, ses clochers et celui de Vieuxvicq agitaient encore en signe d'adieu leurs cimes ensoleillées. Parfois l'un s'effaçait pour que les deux autres pussent nous apercevoir un instant encore; mais la route changea de direction, ils virèrent dans la lumière comme trois pivots d'or et disparurent à mes yeux. Mais, un peu plus tard, comme nous étions déjà près de Combray, le soleil étant maintenant couché, je les aperçus une dernière fois de très loin qui n'étaient plus que comme trois fleurs peintes sur le ciel au-dessus de la ligne basse des champs. Ils me faisaient penser aussi aux trois jeunes filles d'une légende, abandonnées dans une solitude où tombait déjà l'obscurité; et tandis que nous nous éloignions au galop, je les vis timidement chercher leur chemin et après quelques gauches trébuchements de leurs nobles silhouettes, se serrer les uns contre les autres, glisser l'un derrière l'autre, ne plus faire sur le ciel encore rose qu'une seule forme noire, charmante et résignée, et s'effacer dans la nuit.» Je ne repensai jamais à cette page, mais à ce moment-là, quand, au coin du siège où le cocher du docteur plaçait habituellement dans un panier les volailles qu'il avait achetées au marché de Martinville, j'eus fini de l'écrire, je me trouvai si heureux, je sentais qu'elle m'avait si parfaitement débarrassé de ces clochers et de ce qu'ils cachaient derrière eux, que, comme si j'avais été moi-même une poule et si je venais de pondre un œuf, je me mis à chanter à tue-tête.

Pendant toute la journée, dans ces promenades, j'avais pu rêver au plaisir que ce serait d'être l'ami de la duchesse de Guermantes, de pêcher la truite, de me promener en barque sur la Vivonne, et, avide de bonheur, ne demander en ces moments-là rien d'autre à la vie que de se composer toujours d'une suite d'heureux après-midi. Mais quand sur le chemin du retour j'avais aperçu sur la gauche une ferme, assez distante de deux autres qui étaient au contraire très rapprochées, et à partir de laquelle pour entrer dans Combray il n'y avait plus qu'à prendre une allée de chênes bordée d'un côté de prés appartenant chacun à un petit clos et plantés à intervalles égaux de pommiers qui y portaient, quand ils étaient éclairés par le soleil couchant, le dessin japonais de leurs ombres, brusquement mon cœur se mettait à battre, je savais qu'avant une demi-heure nous serions rentrés, et que, comme c'était de règle les jours où nous étions allés du côté de Guermantes et où le dîner était servi plus tard, on m'enverrait me coucher sitôt ma soupe prise, de sorte que ma mère, retenue à table comme s'il y avait du monde à dîner, ne monterait pas me dire bonsoir dans mon lit. La zone de tristesse où je venais d'entrer était aussi distincte de la zone, où je m'élançais avec joie il y avait un moment encore que dans certains ciels une bande rose est séparée comme par une ligne d'une bande verte ou d'une bande noire. On voit un oiseau voler dans le rose, il va en atteindre la fin, il touche presque au noir, puis il y est entré. Les désirs qui tout à l'heure m'entouraient, d'aller à Guermantes, de voyager, d'être heureux, j'étais maintenant tellement en dehors d'eux que leur accomplissement ne m'eût fait aucun plaisir. Comme j'aurais donné tout cela pour pouvoir pleurer toute la nuit dans les bras de maman! Je frissonnais, je ne détachais pas mes yeux angoissés du visage de ma mère, qui n'apparaîtrait pas ce soir dans la chambre où je me voyais déjà par la pensée, j'aurais voulu mourir. Et cet état durerait jusqu'au lendemain, quand les rayons du matin, appuyant, comme le jardinier, leurs barreaux au mur revêtu de capucines qui grimpaient jusqu'à ma fenêtre, je sauterais à bas du lit pour descendre vite au jardin, sans plus me rappeler que le soir ramènerait jamais l'heure de quitter ma mère. Et de la sorte c'est du côté de Guermantes que j'ai appris à distinguer ces états qui se succèdent en moi, pendant certaines périodes, et vont jusqu'à se partager chaque journée, l'un revenant chasser l'autre, avec la ponctualité de la fièvre; contigus, mais si extérieurs l'un à l'autre, si dépourvus de moyens de communication entre eux, que je ne puis plus comprendre, plus même me représenter dans l'un, ce que j'ai désiré, ou redouté, ou accompli dans l'autre.

Aussi le côté de Méséglise et le côté de Guermantes restent-ils pour moi liés à bien des petits événements de celle de toutes les diverses vies que nous menons parallèlement, qui est la plus pleine de péripéties, la plus riche en épisodes, je veux dire la vie intellectuelle. Sans doute elle progresse en nous insensiblement et les vérités qui en ont changé pour nous le sens et l'aspect, qui nous ont ouvert de nouveaux chemins, nous en préparions depuis longtemps la découverte; mais c'était sans le savoir; et elles ne datent pour nous que du jour, de la minute où elles nous sont devenues visibles. Les fleurs qui jouaient alors sur l'herbe, l'eau qui passait au soleil, tout le paysage qui environna leur apparition continue à accompagner leur souvenir de son visage inconscient ou distrait; et certes quand ils étaient longuement contemplés par cet humble passant, par cet enfant qui rêvait,—comme l'est un roi, par un mémorialiste perdu dans la foule,—ce coin de nature, ce bout de jardin n'eussent pu penser que ce serait grâce à lui qu'ils seraient appelés à survivre en leurs particularités les plus éphémères; et pourtant ce parfum d'aubépine qui butine le long de la haie où les églantiers le remplaceront bientôt, un bruit de pas sans écho sur le gravier d'une allée, une bulle formée contre une plante aquatique par l'eau de la rivière et qui crève aussitôt, mon exaltation les a portés et a réussi à leur faire traverser tant d'années successives, tandis qu'alentour les chemins se sont effacés et que sont morts ceux qui les foulèrent et le souvenir de ceux qui les foulèrent. Parfois ce morceau de paysage amené ainsi jusqu'à aujourd'hui se détache si isolé de tout, qu'il flotte incertain dans ma pensée comme une Délos fleurie, sans que je puisse dire de quel pays, de quel temps—peut-être tout simplement de quel rêve—il vient. Mais c'est surtout comme à des gisements profonds de mon sol mental, comme aux terrains résistants sur lesquels je m'appuie encore, que je dois penser au côté de Méséglise et au côté de Guermantes. C'est parce que je croyais aux choses, aux êtres, tandis que je les parcourais, que les choses, les êtres qu'ils m'ont fait connaître, sont les seuls que je prenne encore au sérieux et qui me donnent encore de la joie. Soit que la foi qui crée soit tarie en moi, soit que la réalité ne se forme que dans la mémoire, les fleurs qu'on me montre aujourd'hui pour la première fois ne me semblent pas de vraies fleurs. Le côté de Méséglise avec ses lilas, ses aubépines, ses bluets, ses coquelicots, ses pommiers, le côté de Guermantes avec sa rivière à têtards, ses nymphéas et ses boutons d'or, ont constitué à tout jamais pour moi la figure des pays où j'aimerais vivre, où j'exige avant tout qu'on puisse aller à la pêche, se promener en canot, voir des ruines de fortifications gothiques et trouver au milieu des blés, ainsi qu'était Saint-André-des-Champs, une église monumentale, rustique et dorée comme une meule; et les bluets, les aubépines, les pommiers qu'il m'arrive quand je voyage de rencontrer encore dans les champs, parce qu'ils sont situés à la même profondeur, au niveau de mon passé, sont immédiatement en communication avec mon cœur. Et pourtant, parce qu'il y a quelque chose d'individuel dans les lieux, quand me saisit le désir de revoir le côté de Guermantes, on ne le satisferait pas en me menant au bord d'une rivière où il y aurait d'aussi beaux, de plus beaux nymphéas que dans la Vivonne, pas plus que le soir en rentrant,—à l'heure où s'éveillait en moi cette angoisse qui plus tard émigre dans l'amour, et peut devenir à jamais inséparable de lui—, je n'aurais souhaité que vînt me dire bonsoir une mère plus belle et plus intelligente que la mienne. Non; de même que ce qu'il me fallait pour que je pusse m'endormir heureux, avec cette paix sans trouble qu'aucune maîtresse n'a pu me donner depuis puisqu'on doute d'elles encore au moment où on croit en elles, et qu'on ne possède jamais leur cœur comme je recevais dans un baiser celui de ma mère, tout entier, sans la réserve d'une arrière-pensée, sans le reliquat d'une intention qui ne fut pas pour moi,—c'est que ce fût-elle, c'est qu'elle inclinât vers moi ce visage où il y avait au-dessous de l'œil quelque chose qui était, paraît-il, un défaut, et que j'aimais à l'égal du reste, de même ce que je veux revoir, c'est le côté de Guermantes que j'ai connu, avec la ferme qui est peu éloignée des deux suivantes serrées l'une contre l'autre, à l'entrée de l'allée des chênes; ce sont ces prairies où, quand le soleil les rend réfléchissantes comme une mare, se dessinent les feuilles des pommiers, c'est ce paysage dont parfois, la nuit dans mes rêves, l'individualité m'étreint avec une puissance presque fantastique et que je ne peux plus retrouver au réveil. Sans doute pour avoir à jamais indissolublement uni en moi des impressions différentes rien que parce qu'ils me les avaient fait éprouver en même temps, le côté de Méséglise ou le côté de Guermantes m'ont exposé, pour l'avenir, à bien des déceptions et même à bien des fautes. Car souvent j'ai voulu revoir une personne sans discerner que c'était simplement parce qu'elle me rappelait une haie d'aubépines, et j'ai été induit à croire, à faire croire à un regain d'affection, par un simple désir de voyage. Mais par là même aussi, et en restant présents en celles de mes impressions d'aujourd'hui auxquelles ils peuvent se relier, ils leur donnent des assises, de la profondeur, une dimension de plus qu'aux autres. Ils leur ajoutent aussi un charme, une signification qui n'est que pour moi. Quand par les soirs d'été le ciel harmonieux gronde comme une bête fauve et que chacun boude l'orage, c'est au côté de Méséglise que je dois de rester seul en extase à respirer, à travers le bruit de la pluie qui tombe, l'odeur d'invisibles et persistants lilas.

...

C'est ainsi que je restais souvent jusqu'au matin à songer au temps de Combray, à mes tristes soirées sans sommeil, à tant de jours aussi dont l'image m'avait été plus récemment rendue par la saveur—ce qu'on aurait appelé à Combray le «parfum»—d'une tasse de thé, et par association de souvenirs à ce que, bien des années après avoir quitté cette petite ville, j'avais appris, au sujet d'un amour que Swann avait eu avant ma naissance, avec cette précision dans les détails plus facile à obtenir quelquefois pour la vie de personnes mortes il y a des siècles que pour celle de nos meilleurs amis, et qui semble impossible comme semblait impossible de causer d'une ville à une autre—tant qu'on ignore le biais par lequel cette impossibilité a été tournée. Tous ces souvenirs ajoutés les uns aux autres ne formaient plus qu'une masse, mais non sans qu'on ne pût distinguer entre eux,—entre les plus anciens, et ceux plus récents, nés d'un parfum, puis ceux qui n'étaient que les souvenirs d'une autre personne de qui je les avais appris—sinon des fissures, des failles véritables, du moins ces veinures, ces bigarrures de coloration, qui dans certaines roches, dans certains marbres, révèlent des différences d'origine, d'âge, de «formation».

Certes quand approchait le matin, il y avait bien longtemps qu'était dissipée la brève incertitude de mon réveil. Je savais dans quelle chambre je me trouvais effectivement, je l'avais reconstruite autour de moi dans l'obscurité, et,—soit en m'orientant par la seule mémoire, soit en m'aidant, comme indication, d'une faible lueur aperçue, au pied de laquelle je plaçais les rideaux de la croisée—, je l'avais reconstruite tout entière et meublée comme un architecte et un tapissier qui gardent leur ouverture primitive aux fenêtres et aux portes, j'avais reposé les glaces et remis la commode à sa place habituelle. Mais à peine le jour—et non plus le reflet d'une dernière braise sur une tringle de cuivre que j'avais pris pour lui—traçait-il dans l'obscurité, et comme à la craie, sa première raie blanche et rectificative, que la fenêtre avec ses rideaux, quittait le cadre de la porte où je l'avais située par erreur, tandis que pour lui faire place, le bureau que ma mémoire avait maladroitement installé là se sauvait à toute vitesse, poussant devant lui la cheminée et écartant le mur mitoyen du couloir; une courette régnait à l'endroit où il y a un instant encore s'étendait le cabinet de toilette, et la demeure que j'avais rebâtie dans les ténèbres était allée rejoindre les demeures entrevues dans le tourbillon du réveil, mise en fuite par ce pâle signe qu'avait tracé au-dessus des rideaux le doigt levé du jour.

DEUXIÈME PARTIE
UN AMOUR DE SWANN

Pour faire partie du «petit noyau», du «petit groupe», du «petit clan» des Verdurin, une condition était suffisante mais elle était nécessaire: il fallait adhérer tacitement à un Credo dont un des articles était que le jeune pianiste, protégé par Mme Verdurin cette année-là et dont elle disait: «Ça ne devrait pas être permis de savoir jouer Wagner comme ça!», «enfonçait» à la fois Planté et Rubinstein et que le docteur Cottard avait plus de diagnostic que Potain. Toute «nouvelle recrue» à qui les Verdurin ne pouvaient pas persuader que les soirées des gens qui n'allaient pas chez eux étaient ennuyeuses comme la pluie, se voyait immédiatement exclue. Les femmes étant à cet égard plus rebelles que les hommes à déposer toute curiosité mondaine et l'envie de se renseigner par soi-même sur l'agrément des autres salons, et les Verdurin sentant d'autre part que cet esprit d'examen et ce démon de frivolité pouvaient par contagion devenir fatal à l'orthodoxie de la petite église, ils avaient été amenés à rejeter successivement tous les «fidèles» du sexe féminin.

En dehors de la jeune femme du docteur, ils étaient réduits presque uniquement cette année-là (bien que Mme Verdurin fût elle-même vertueuse et d'une respectable famille bourgeoise excessivement riche et entièrement obscure avec laquelle elle avait peu à peu cessé volontairement toute relation) à une personne presque du demi-monde, Mme de Crécy, que Mme Verdurin appelait par son petit nom, Odette, et déclarait être «un amour» et à la tante du pianiste, laquelle devait avoir tiré le cordon; personnes ignorantes du monde et à la naïveté de qui il avait été si facile de faire accroire que la princesse de Sagan et la duchesse de Guermantes étaient obligées de payer des malheureux pour avoir du monde à leurs dîners, que si on leur avait offert de les faire inviter chez ces deux grandes dames, l'ancienne concierge et la cocotte eussent dédaigneusement refusé.

Les Verdurin n'invitaient pas à dîner: on avait chez eux «son couvert mis». Pour la soirée, il n'y avait pas de programme. Le jeune pianiste jouait, mais seulement si «ça lui chantait», car on ne forçait personne et comme disait M. Verdurin: «Tout pour les amis, vivent les camarades!» Si le pianiste voulait jouer la chevauchée de la Walkyrie ou le prélude de Tristan, Mme Verdurin protestait, non que cette musique lui déplût, mais au contraire parce qu'elle lui causait trop d'impression. «Alors vous tenez à ce que j'aie ma migraine? Vous savez bien que c'est la même chose chaque fois qu'il joue ça. Je sais ce qui m'attend! Demain quand je voudrai me lever, bonsoir, plus personne!» S'il ne jouait pas, on causait, et l'un des amis, le plus souvent leur peintre favori d'alors, «lâchait», comme disait M. Verdurin, «une grosse faribole qui faisait s'esclaffer tout le monde», Mme Verdurin surtout, à qui,—tant elle avait l'habitude de prendre au propre les expressions figurées des émotions qu'elle éprouvait,—le docteur Cottard (un jeune débutant à cette époque) dut un jour remettre sa mâchoire qu'elle avait décrochée pour avoir trop ri.

L'habit noir était défendu parce qu'on était entre «copains» et pour ne pas ressembler aux «ennuyeux» dont on se garait comme de la peste et qu'on n'invitait qu'aux grandes soirées, données le plus rarement possible et seulement si cela pouvait amuser le peintre ou faire connaître le musicien. Le reste du temps on se contentait de jouer des charades, de souper en costumes, mais entre soi, en ne mêlant aucun étranger au petit «noyau».

Mais au fur et à mesure que les «camarades» avaient pris plus de place dans la vie de Mme Verdurin, les ennuyeux, les réprouvés, ce fut tout ce qui retenait les amis loin d'elle, ce qui les empêchait quelquefois d'être libres, ce fut la mère de l'un, la profession de l'autre, la maison de campagne ou la mauvaise santé d'un troisième. Si le docteur Cottard croyait devoir partir en sortant de table pour retourner auprès d'un malade en danger: «Qui sait, lui disait Mme Verdurin, cela lui fera peut-être beaucoup plus de bien que vous n'alliez pas le déranger ce soir; il passera une bonne nuit sans vous; demain matin vous irez de bonne heure et vous le trouverez guéri.» Dès le commencement de décembre elle était malade à la pensée que les fidèles «lâcheraient» pour le jour de Noël et le 1er janvier. La tante du pianiste exigeait qu'il vînt dîner ce jour-là en famille chez sa mère à elle:

—«Vous croyez qu'elle en mourrait, votre mère, s'écria durement Mme Verdurin, si vous ne dîniez pas avec elle le jour de l'an, comme en province!»

Ses inquiétudes renaissaient à la semaine sainte:

—«Vous, Docteur, un savant, un esprit fort, vous venez naturellement le vendredi saint comme un autre jour?» dit-elle à Cottard la première année, d'un ton assuré comme si elle ne pouvait douter de la réponse. Mais elle tremblait en attendant qu'il l'eût prononcée, car s'il n'était pas venu, elle risquait de se trouver seule.

—«Je viendrai le vendredi saint... vous faire mes adieux car nous allons passer les fêtes de Pâques en Auvergne.»

—«En Auvergne? pour vous faire manger par les puces et la vermine, grand bien vous fasse!»

Et après un silence:

—«Si vous nous l'aviez dit au moins, nous aurions tâché d'organiser cela et de faire le voyage ensemble dans des conditions confortables.»

De même si un «fidèle» avait un ami, ou une «habituée» un flirt qui serait capable de faire «lâcher» quelquefois, les Verdurin qui ne s'effrayaient pas qu'une femme eût un amant pourvu qu'elle l'eût chez eux, l'aimât en eux, et ne le leur préférât pas, disaient: «Eh bien! amenez-le votre ami.» Et on l'engageait à l'essai, pour voir s'il était capable de ne pas avoir de secrets pour Mme Verdurin, s'il était susceptible d'être agrégé au «petit clan». S'il ne l'était pas on prenait à part le fidèle qui l'avait présenté et on lui rendait le service de le brouiller avec son ami ou avec sa maîtresse. Dans le cas contraire, le «nouveau» devenait à son tour un fidèle. Aussi quand cette année-là, la demi-mondaine raconta à M. Verdurin qu'elle avait fait la connaissance d'un homme charmant, M. Swann, et insinua qu'il serait très heureux d'être reçu chez eux, M. Verdurin transmit-il séance tenante la requête à sa femme. (Il n'avait jamais d'avis qu'après sa femme, dont son rôle particulier était de mettre à exécution les désirs, ainsi que les désirs des fidèles, avec de grandes ressources d'ingéniosité.)

—Voici Mme de Crécy qui a quelque chose à te demander. Elle désirerait te présenter un de ses amis, M. Swann. Qu'en dis-tu?

—«Mais voyons, est-ce qu'on peut refuser quelque chose à une petite perfection comme ça. Taisez-vous, on ne vous demande pas votre avis, je vous dis que vous êtes une perfection.»

—«Puisque vous le voulez, répondit Odette sur un ton de marivaudage, et elle ajouta: vous savez que je ne suis pas «fishing for compliments».

—«Eh bien! amenez-le votre ami, s'il est agréable.»

Certes le «petit noyau» n'avait aucun rapport avec la société où fréquentait Swann, et de purs mondains auraient trouvé que ce n'était pas la peine d'y occuper comme lui une situation exceptionnelle pour se faire présenter chez les Verdurin. Mais Swann aimait tellement les femmes, qu'à partir du jour où il avait connu à peu près toutes celles de l'aristocratie et où elles n'avaient plus rien eu à lui apprendre, il n'avait plus tenu à ces lettres de naturalisation, presque des titres de noblesse, que lui avait octroyées le faubourg Saint-Germain, que comme à une sorte de valeur d'échange, de lettre de crédit dénuée de prix en elle-même, mais lui permettant de s'improviser une situation dans tel petit trou de province ou tel milieu obscur de Paris, où la fille du hobereau ou du greffier lui avait semblé jolie. Car le désir ou l'amour lui rendait alors un sentiment de vanité dont il était maintenant exempt dans l'habitude de la vie (bien que ce fût lui sans doute qui autrefois l'avait dirigé vers cette carrière mondaine où il avait gaspillé dans les plaisirs frivoles les dons de son esprit et fait servir son érudition en matière d'art à conseiller les dames de la société dans leurs achats de tableaux et pour l'ameublement de leurs hôtels), et qui lui faisait désirer de briller, aux yeux d'une inconnue dont il s'était épris, d'une élégance que le nom de Swann à lui tout seul n'impliquait pas. Il le désirait surtout si l'inconnue était d'humble condition. De même que ce n'est pas à un autre homme intelligent qu'un homme intelligent aura peur de paraître bête, ce n'est pas par un grand seigneur, c'est par un rustre qu'un homme élégant craindra de voir son élégance méconnue. Les trois quarts des frais d'esprit et des mensonges de vanité qui ont été prodigués depuis que le monde existe par des gens qu'ils ne faisaient que diminuer, l'ont été pour des inférieurs. Et Swann qui était simple et négligent avec une duchesse, tremblait d'être méprisé, posait, quand il était devant une femme de chambre.

Il n'était pas comme tant de gens qui par paresse, ou sentiment résigné de l'obligation que crée la grandeur sociale de rester attaché à un certain rivage, s'abstiennent des plaisirs que la réalité leur présente en dehors de la position mondaine où ils vivent cantonnés jusqu'à leur mort, se contentent de finir par appeler plaisirs, faute de mieux, une fois qu'ils sont parvenus à s'y habituer, les divertissements médiocres ou les supportables ennuis qu'elle renferme. Swann, lui, ne cherchait pas à trouver jolies les femmes avec qui il passait son temps, mais à passer son temps avec les femmes qu'il avait d'abord trouvées jolies. Et c'était souvent des femmes de beauté assez vulgaire, car les qualités physiques qu'il recherchait sans s'en rendre compte étaient en complète opposition avec celles qui lui rendaient admirables les femmes sculptées ou peintes par les maîtres qu'il préférait. La profondeur, la mélancolie de l'expression, glaçaient ses sens que suffisait au contraire à éveiller une chair saine, plantureuse et rose.

Si en voyage il rencontrait une famille qu'il eût été plus élégant de ne pas chercher à connaître, mais dans laquelle une femme se présentait à ses yeux parée d'un charme qu'il n'avait pas encore connu, rester dans son «quant à soi» et tromper le désir qu'elle avait fait naître, substituer un plaisir différent au plaisir qu'il eût pu connaître avec elle, en écrivant à une ancienne maîtresse de venir le rejoindre, lui eût semblé une aussi lâche abdication devant la vie, un aussi stupide renoncement à un bonheur nouveau, que si au lieu de visiter le pays, il s'était confiné dans sa chambre en regardant des vues de Paris. Il ne s'enfermait pas dans l'édifice de ses relations, mais en avait fait, pour pouvoir le reconstruire à pied d'œuvre sur de nouveaux frais partout où une femme lui avait plu, une de ces tentes démontables comme les explorateurs en emportent avec eux. Pour ce qui n'en était pas transportable ou échangeable contre un plaisir nouveau, il l'eût donné pour rien, si enviable que cela parût à d'autres. Que de fois son crédit auprès d'une duchesse, fait du désir accumulé depuis des années que celle-ci avait eu de lui être agréable sans en avoir trouvé l'occasion, il s'en était défait d'un seul coup en réclamant d'elle par une indiscrète dépêche une recommandation télégraphique qui le mît en relation sur l'heure avec un de ses intendants dont il avait remarqué la fille à la campagne, comme ferait un affamé qui troquerait un diamant contre un morceau de pain. Même, après coup, il s'en amusait, car il y avait en lui, rachetée par de rares délicatesses, une certaine muflerie. Puis, il appartenait à cette catégorie d'hommes intelligents qui ont vécu dans l'oisiveté et qui cherchent une consolation et peut-être une excuse dans l'idée que cette oisiveté offre à leur intelligence des objets aussi dignes d'intérêt que pourrait faire l'art ou l'étude, que la «Vie» contient des situations plus intéressantes, plus romanesques que tous les romans. Il l'assurait du moins et le persuadait aisément aux plus affinés de ses amis du monde notamment au baron de Charlus, qu'il s'amusait à égayer par le récit des aventures piquantes qui lui arrivaient, soit qu'ayant rencontré en chemin de fer une femme qu'il avait ensuite ramenée chez lui il eût découvert qu'elle était la sœur d'un souverain entre les mains de qui se mêlaient en ce moment tous les fils de la politique européenne, au courant de laquelle il se trouvait ainsi tenu d'une façon très agréable, soit que par le jeu complexe des circonstances, il dépendît du choix qu'allait faire le conclave, s'il pourrait ou non devenir l'amant d'une cuisinière.

Ce n'était pas seulement d'ailleurs la brillante phalange de vertueuses douairières, de généraux, d'académiciens, avec lesquels il était particulièrement lié, que Swann forçait avec tant de cynisme à lui servir d'entremetteurs. Tous ses amis avaient l'habitude de recevoir de temps en temps des lettres de lui où un mot de recommandation ou d'introduction leur était demandé avec une habileté diplomatique qui, persistant à travers les amours successives et les prétextes différents, accusait, plus que n'eussent fait les maladresses, un caractère permanent et des buts identiques. Je me suis souvent fait raconter bien des années plus tard, quand je commençai à m'intéresser à son caractère à cause des ressemblances qu'en de tout autres parties il offrait avec le mien, que quand il écrivait à mon grand-père (qui ne l'était pas encore, car c'est vers l'époque de ma naissance que commença la grande liaison de Swann et elle interrompit longtemps ces pratiques) celui-ci, en reconnaissant sur l'enveloppe l'écriture de son ami, s'écriait: «Voilà Swann qui va demander quelque chose: à la garde!» Et soit méfiance, soit par le sentiment inconsciemment diabolique qui nous pousse à n'offrir une chose qu'aux gens qui n'en ont pas envie, mes grands-parents opposaient une fin de non-recevoir absolue aux prières les plus faciles à satisfaire qu'il leur adressait, comme de le présenter à une jeune fille qui dînait tous les dimanches à la maison, et qu'ils étaient obligés, chaque fois que Swann leur en reparlait, de faire semblant de ne plus voir, alors que pendant toute la semaine on se demandait qui on pourrait bien inviter avec elle, finissant souvent par ne trouver personne, faute de faire signe à celui qui en eût été si heureux.

Quelquefois tel couple ami de mes grands-parents et qui jusque-là s'était plaint de ne jamais voir Swann, leur annonçait avec satisfaction et peut-être un peu le désir d'exciter l'envie, qu'il était devenu tout ce qu'il y a de plus charmant pour eux, qu'il ne les quittait plus. Mon grand-père ne voulait pas troubler leur plaisir mais regardait ma grand'mère en fredonnant:

«Quel est donc ce mystère Je ne puis rien comprendre.»

ou:

«Vision fugitive...»

ou:

«Dans ces affaires Le mieux est de ne rien voir.»

Quelques mois après, si mon grand-père demandait au nouvel ami de Swann: «Et Swann, le voyez-vous toujours beaucoup?» la figure de l'interlocuteur s'allongeait: «Ne prononcez jamais son nom devant moi!»—«Mais je croyais que vous étiez si liés...» Il avait été ainsi pendant quelques mois le familier de cousins de ma grand'mère, dînant presque chaque jour chez eux. Brusquement il cessa de venir, sans avoir prévenu. On le crut malade, et la cousine de ma grand'mère allait envoyer demander de ses nouvelles quand à l'office elle trouva une lettre de lui qui traînait par mégarde dans le livre de comptes de la cuisinière. Il y annonçait à cette femme qu'il allait quitter Paris, qu'il ne pourrait plus venir. Elle était sa maîtresse, et au moment de rompre, c'était elle seule qu'il avait jugé utile d'avertir.

Quand sa maîtresse du moment était au contraire une personne mondaine ou du moins une personne qu'une extraction trop humble ou une situation trop irrégulière n'empêchait pas qu'il fît recevoir dans le monde, alors pour elle il y retournait, mais seulement dans l'orbite particulier où elle se mouvait ou bien où il l'avait entraînée. «Inutile de compter sur Swann ce soir, disait-on, vous savez bien que c'est le jour d'Opéra de son Américaine.» Il la faisait inviter dans les salons particulièrement fermés où il avait ses habitudes, ses dîners hebdomadaires, son poker; chaque soir, après qu'un léger crêpelage ajouté à la brosse de ses cheveux roux avait tempéré de quelque douceur la vivacité de ses yeux verts, il choisissait une fleur pour sa boutonnière et partait pour retrouver sa maîtresse à dîner chez l'une ou l'autre des femmes de sa coterie; et alors, pensant à l'admiration et à l'amitié que les gens à la mode pour qui il faisait la pluie et le beau temps et qu'il allait retrouver là, lui prodigueraient devant la femme qu'il aimait, il retrouvait du charme à cette vie mondaine sur laquelle il s'était blasé, mais dont la matière, pénétrée et colorée chaudement d'une flamme insinuée qui s'y jouait, lui semblait précieuse et belle depuis qu'il y avait incorporé un nouvel amour.

Mais tandis que chacune de ces liaisons, ou chacun de ces flirts, avait été la réalisation plus ou moins complète d'un rêve né de la vue d'un visage ou d'un corps que Swann avait, spontanément, sans s'y efforcer, trouvés charmants, en revanche quand un jour au théâtre il fut présenté à Odette de Crécy par un de ses amis d'autrefois, qui lui avait parlé d'elle comme d'une femme ravissante avec qui il pourrait peut-être arriver à quelque chose, mais en la lui donnant pour plus difficile qu'elle n'était en réalité afin de paraître lui-même avoir fait quelque chose de plus aimable en la lui faisant connaître, elle était apparue à Swann non pas certes sans beauté, mais d'un genre de beauté qui lui était indifférent, qui ne lui inspirait aucun désir, lui causait même une sorte de répulsion physique, de ces femmes comme tout le monde a les siennes, différentes pour chacun, et qui sont l'opposé du type que nos sens réclament. Pour lui plaire elle avait un profil trop accusé, la peau trop fragile, les pommettes trop saillantes, les traits trop tirés. Ses yeux étaient beaux mais si grands qu'ils fléchissaient sous leur propre masse, fatiguaient le reste de son visage et lui donnaient toujours l'air d'avoir mauvaise mine ou d'être de mauvaise humeur. Quelque temps après cette présentation au théâtre, elle lui avait écrit pour lui demander à voir ses collections qui l'intéressaient tant, «elle, ignorante qui avait le goût des jolies choses», disant qu'il lui semblait qu'elle le connaîtrait mieux, quand elle l'aurait vu dans «son home» où elle l'imaginait «si confortable avec son thé et ses livres», quoiqu'elle ne lui eût pas caché sa surprise qu'il habitât ce quartier qui devait être si triste et «qui était si peu smart pour lui qui l'était tant». Et après qu'il l'eut laissée venir, en le quittant elle lui avait dit son regret d'être restée si peu dans cette demeure où elle avait été heureuse de pénétrer, parlant de lui comme s'il avait été pour elle quelque chose de plus que les autres êtres qu'elle connaissait et semblant établir entre leurs deux personnes une sorte de trait d'union romanesque qui l'avait fait sourire. Mais à l'âge déjà un peu désabusé dont approchait Swann et où l'on sait se contenter d'être amoureux pour le plaisir de l'être sans trop exiger de réciprocité, ce rapprochement des cœurs, s'il n'est plus comme dans la première jeunesse le but vers lequel tend nécessairement l'amour, lui reste uni en revanche par une association d'idées si forte, qu'il peut en devenir la cause, s'il se présente avant lui. Autrefois on rêvait de posséder le cœur de la femme dont on était amoureux; plus tard sentir qu'on possède le cœur d'une femme peut suffire à vous en rendre amoureux. Ainsi, à l'âge où il semblerait, comme on cherche surtout dans l'amour un plaisir subjectif, que la part du goût pour la beauté d'une femme devait y être la plus grande, l'amour peut naître—l'amour le plus physique—sans qu'il y ait eu, à sa base, un désir préalable. A cette époque de la vie, on a déjà été atteint plusieurs fois par l'amour; il n'évolue plus seul suivant ses propres lois inconnues et fatales, devant notre cœur étonné et passif. Nous venons à son aide, nous le faussons par la mémoire, par la suggestion. En reconnaissant un de ses symptômes, nous nous rappelons, nous faisons renaître les autres. Comme nous possédons sa chanson, gravée en nous tout entière, nous n'avons pas besoin qu'une femme nous en dise le début—rempli par l'admiration qu'inspire la beauté—, pour en trouver la suite. Et si elle commence au milieu,—là où les cœurs se rapprochent, où l'on parle de n'exister plus que l'un pour l'autre—, nous avons assez l'habitude de cette musique pour rejoindre tout de suite notre partenaire au passage où elle nous attend.

Odette de Crécy retourna voir Swann, puis rapprocha ses visites; et sans doute chacune d'elles renouvelait pour lui la déception qu'il éprouvait à se retrouver devant ce visage dont il avait un peu oublié les particularités dans l'intervalle, et qu'il ne s'était rappelé ni si expressif ni, malgré sa jeunesse, si fané; il regrettait, pendant qu'elle causait avec lui, que la grande beauté qu'elle avait ne fût pas du genre de celles qu'il aurait spontanément préférées. Il faut d'ailleurs dire que le visage d'Odette paraissait plus maigre et plus proéminent parce que le front et le haut des joues, cette surface unie et plus plane était recouverte par la masse de cheveux qu'on portait, alors, prolongés en «devants», soulevés en «crêpés», répandus en mèches folles le long des oreilles; et quant à son corps qui était admirablement fait, il était difficile d'en apercevoir la continuité (à cause des modes de l'époque et quoiqu'elle fût une des femmes de Paris qui s'habillaient le mieux), tant le corsage, s'avançant en saillie comme sur un ventre imaginaire et finissant brusquement en pointe pendant que par en dessous commençait à s'enfler le ballon des doubles jupes, donnait à la femme l'air d'être composée de pièces différentes mal emmanchées les unes dans les autres; tant les ruchés, les volants, le gilet suivaient en toute indépendance, selon la fantaisie de leur dessin ou la consistance de leur étoffe, la ligne qui les conduisait aux nœuds, aux bouillons de dentelle, aux effilés de jais perpendiculaires, ou qui les dirigeait le long du busc, mais ne s'attachaient nullement à l'être vivant, qui selon que l'architecture de ces fanfreluches se rapprochait ou s'écartait trop de la sienne, s'y trouvait engoncé ou perdu.

Mais, quand Odette était partie, Swann souriait en pensant qu'elle lui avait dit combien le temps lui durerait jusqu'à ce qu'il lui permît de revenir; il se rappelait l'air inquiet, timide avec lequel elle l'avait une fois prié que ce ne fût pas dans trop longtemps, et les regards qu'elle avait eus à ce moment-là, fixés sur lui en une imploration craintive, et qui la faisaient touchante sous le bouquet de fleurs de pensées artificielles fixé devant son chapeau rond de paille blanche, à brides de velours noir. «Et vous, avait-elle dit, vous ne viendriez pas une fois chez moi prendre le thé?» Il avait allégué des travaux en train, une étude—en réalité abandonnée depuis des années—sur Ver Meer de Delft. «Je comprends que je ne peux rien faire, moi chétive, à côté de grands savants comme vous autres, lui avait-elle répondu. Je serais comme la grenouille devant l'aréopage. Et pourtant j'aimerais tant m'instruire, savoir, être initiée. Comme cela doit être amusant de bouquiner, de fourrer son nez dans de vieux papiers, avait-elle ajouté avec l'air de contentement de soi-même que prend une femme élégante pour affirmer que sa joie est de se livrer sans crainte de se salir à une besogne malpropre, comme de faire la cuisine en «mettant elle-même les mains à la pâte». «Vous allez vous moquer de moi, ce peintre qui vous empêche de me voir (elle voulait parler de Ver Meer), je n'avais jamais entendu parler de lui; vit-il encore? Est-ce qu'on peut voir de ses œuvres à Paris, pour que je puisse me représenter ce que vous aimez, deviner un peu ce qu'il y a sous ce grand front qui travaille tant, dans cette tête qu'on sent toujours en train de réfléchir, me dire: voilà, c'est à cela qu'il est en train de penser. Quel rêve ce serait d'être mêlée à vos travaux!» Il s'était excusé sur sa peur des amitiés nouvelles, ce qu'il avait appelé, par galanterie, sa peur d'être malheureux. «Vous avez peur d'une affection? comme c'est drôle, moi qui ne cherche que cela, qui donnerais ma vie pour en trouver une, avait-elle dit d'une voix si naturelle, si convaincue, qu'il en avait été remué. Vous avez dû souffrir par une femme. Et vous croyez que les autres sont comme elle. Elle n'a pas su vous comprendre; vous êtes un être si à part. C'est cela que j'ai aimé d'abord en vous, j'ai bien senti que vous n'étiez pas comme tout le monde.»—«Et puis d'ailleurs vous aussi, lui avait-il dit, je sais bien ce que c'est que les femmes, vous devez avoir des tas d'occupations, être peu libre.»—«Moi, je n'ai jamais rien à faire! Je suis toujours libre, je le serai toujours pour vous. A n'importe quelle heure du jour ou de la nuit où il pourrait vous être commode de me voir, faites-moi chercher, et je serai trop heureuse d'accourir. Le ferez-vous? Savez-vous ce qui serait gentil, ce serait de vous faire présenter à Mme Verdurin chez qui je vais tous les soirs. Croyez-vous! si on s'y retrouvait et si je pensais que c'est un peu pour moi que vous y êtes!»

Et sans doute, en se rappelant ainsi leurs entretiens, en pensant ainsi à elle quand il était seul, il faisait seulement jouer son image entre beaucoup d'autres images de femmes dans des rêveries romanesques; mais si, grâce à une circonstance quelconque (ou même peut-être sans que ce fût grâce à elle, la circonstance qui se présente au moment où un état, latent jusque-là, se déclare, pouvant n'avoir influé en rien sur lui) l'image d'Odette de Crécy venait à absorber toutes ces rêveries, si celles-ci n'étaient plus séparables de son souvenir, alors l'imperfection de son corps ne garderait plus aucune importance, ni qu'il eût été, plus ou moins qu'un autre corps, selon le goût de Swann, puisque devenu le corps de celle qu'il aimait, il serait désormais le seul qui fût capable de lui causer des joies et des tourments.

Mon grand-père avait précisément connu, ce qu'on n'aurait pu dire d'aucun de leurs amis actuels, la famille de ces Verdurin. Mais il avait perdu toute relation avec celui qu'il appelait le «jeune Verdurin» et qu'il considérait, un peu en gros, comme tombé—tout en gardant de nombreux millions—dans la bohème et la racaille. Un jour il reçut une lettre de Swann lui demandant s'il ne pourrait pas le mettre en rapport avec les Verdurin: «À la garde! à la garde! s'était écrié mon grand-père, ça ne m'étonne pas du tout, c'est bien par là que devait finir Swann. Joli milieu! D'abord je ne peux pas faire ce qu'il me demande parce que je ne connais plus ce monsieur. Et puis ça doit cacher une histoire de femme, je ne me mêle pas de ces affaires-là. Ah bien! nous allons avoir de l'agrément si Swann s'affuble des petits Verdurin.»

Et sur la réponse négative de mon grand-père, c'est Odette qui avait amené elle-même Swann chez les Verdurin.

Les Verdurin avaient eu à dîner, le jour où Swann y fit ses débuts, le docteur et Mme Cottard, le jeune pianiste et sa tante, et le peintre qui avait alors leur faveur, auxquels s'étaient joints dans la soirée quelques autres fidèles.

Le docteur Cottard ne savait jamais d'une façon certaine de quel ton il devait répondre à quelqu'un, si son interlocuteur voulait rire ou était sérieux. Et à tout hasard il ajoutait à toutes ses expressions de physionomie l'offre d'un sourire conditionnel et provisoire dont la finesse expectante le disculperait du reproche de naïveté, si le propos qu'on lui avait tenu se trouvait avoir été facétieux. Mais comme pour faire face à l'hypothèse opposée il n'osait pas laisser ce sourire s'affirmer nettement sur son visage, on y voyait flotter perpétuellement une incertitude où se lisait la question qu'il n'osait pas poser: «Dites-vous cela pour de bon?» Il n'était pas plus assuré de la façon dont il devait se comporter dans la rue, et même en général dans la vie, que dans un salon, et on le voyait opposer aux passants, aux voitures, aux événements un malicieux sourire qui ôtait d'avance à son attitude toute impropriété puisqu'il prouvait, si elle n'était pas de mise, qu'il le savait bien et que s'il avait adopté celle-là, c'était par plaisanterie.

Sur tous les points cependant où une franche question lui semblait permise, le docteur ne se faisait pas faute de s'efforcer de restreindre le champ de ses doutes et de compléter son instruction.

C'est ainsi que, sur les conseils qu'une mère prévoyante lui avait donnés quand il avait quitté sa province, il ne laissait jamais passer soit une locution ou un nom propre qui lui étaient inconnus, sans tâcher de se faire documenter sur eux.

Pour les locutions, il était insatiable de renseignements, car, leur supposant parfois un sens plus précis qu'elles n'ont, il eût désiré savoir ce qu'on voulait dire exactement par celles qu'il entendait le plus souvent employer: la beauté du diable, du sang bleu, une vie de bâtons de chaise, le quart d'heure de Rabelais, être le prince des élégances, donner carte blanche, être réduit à quia, etc., et dans quels cas déterminés il pouvait à son tour les faire figurer dans ses propos. A leur défaut il plaçait des jeux de mots qu'il avait appris. Quant aux noms de personnes nouveaux qu'on prononçait devant lui il se contentait seulement de les répéter sur un ton interrogatif qu'il pensait suffisant pour lui valoir des explications qu'il n'aurait pas l'air de demander.

Comme le sens critique qu'il croyait exercer sur tout lui faisait complètement défaut, le raffinement de politesse qui consiste à affirmer, à quelqu'un qu'on oblige, sans souhaiter d'en être cru, que c'est à lui qu'on a obligation, était peine perdue avec lui, il prenait tout au pied de la lettre. Quel que fût l'aveuglement de Mme Verdurin à son égard, elle avait fini, tout en continuant à le trouver très fin, par être agacée de voir que quand elle l'invitait dans une avant-scène à entendre Sarah Bernhardt, lui disant, pour plus de grâce: «Vous êtes trop aimable d'être venu, docteur, d'autant plus que je suis sûre que vous avez déjà souvent entendu Sarah Bernhardt, et puis nous sommes peut-être trop près de la scène», le docteur Cottard qui était entré dans la loge avec un sourire qui attendait pour se préciser ou pour disparaître que quelqu'un d'autorisé le renseignât sur la valeur du spectacle, lui répondait: «En effet on est beaucoup trop près et on commence à être fatigué de Sarah Bernhardt. Mais vous m'avez exprimé le désir que je vienne. Pour moi vos désirs sont des ordres. Je suis trop heureux de vous rendre ce petit service. Que ne ferait-on pas pour vous être agréable, vous êtes si bonne!» Et il ajoutait: «Sarah Bernhardt c'est bien la Voix d'Or, n'est-ce pas? On écrit souvent aussi qu'elle brûle les planches. C'est une expression bizarre, n'est-ce pas?» dans l'espoir de commentaires qui ne venaient point.

«Tu sais, avait dit Mme Verdurin à son mari, je crois que nous faisons fausse route quand par modestie nous déprécions ce que nous offrons au docteur. C'est un savant qui vit en dehors de l'existence pratique, il ne connaît pas par lui-même la valeur des choses et il s'en rapporte à ce que nous lui en disons.»—«Je n'avais pas osé te le dire, mais je l'avais remarqué», répondit M. Verdurin. Et au jour de l'an suivant, au lieu d'envoyer au docteur Cottard un rubis de trois mille francs en lui disant que c'était bien peu de chose, M. Verdurin acheta pour trois cents francs une pierre reconstituée en laissant entendre qu'on pouvait difficilement en voir d'aussi belle.

Quand Mme Verdurin avait annoncé qu'on aurait, dans la soirée, M. Swann: «Swann?» s'était écrié le docteur d'un accent rendu brutal par la surprise, car la moindre nouvelle prenait toujours plus au dépourvu que quiconque cet homme qui se croyait perpétuellement préparé à tout. Et voyant qu'on ne lui répondait pas: «Swann? Qui ça, Swann!» hurla-t-il au comble d'une anxiété qui se détendit soudain quand Mme Verdurin eut dit: «Mais l'ami dont Odette nous avait parlé.»—«Ah! bon, bon, ça va bien», répondit le docteur apaisé. Quant au peintre il se réjouissait de l'introduction de Swann chez Mme Verdurin, parce qu'il le supposait amoureux d'Odette et qu'il aimait à favoriser les liaisons. «Rien ne m'amuse comme de faire des mariages, confia-t-il, dans l'oreille, au docteur Cottard, j'en ai déjà réussi beaucoup, même entre femmes!»

En disant aux Verdurin que Swann était très «smart», Odette leur avait fait craindre un «ennuyeux». Il leur fit au contraire une excellente impression dont à leur insu sa fréquentation dans la société élégante était une des causes indirectes. Il avait en effet sur les hommes même intelligents qui ne sont jamais allés dans le monde, une des supériorités de ceux qui y ont un peu vécu, qui est de ne plus le transfigurer par le désir ou par l'horreur qu'il inspire à l'imagination, de le considérer comme sans aucune importance. Leur amabilité, séparée de tout snobisme et de la peur de paraître trop aimable, devenue indépendante, a cette aisance, cette grâce des mouvements de ceux dont les membres assouplis exécutent exactement ce qu'ils veulent, sans participation indiscrète et maladroite du reste du corps. La simple gymnastique élémentaire de l'homme du monde tendant la main avec bonne grâce au jeune homme inconnu qu'on lui présente et s'inclinant avec réserve devant l'ambassadeur à qui on le présente, avait fini par passer sans qu'il en fût conscient dans toute l'attitude sociale de Swann, qui vis-à-vis de gens d'un milieu inférieur au sien comme étaient les Verdurin et leurs amis, fit instinctivement montre d'un empressement, se livra à des avances, dont, selon eux, un ennuyeux se fût abstenu. Il n'eut un moment de froideur qu'avec le docteur Cottard: en le voyant lui cligner de l'œil et lui sourire d'un air ambigu avant qu'ils se fussent encore parlé (mimique que Cottard appelait «laisser venir»), Swann crut que le docteur le connaissait sans doute pour s'être trouvé avec lui en quelque lieu de plaisir, bien que lui-même y allât pourtant fort peu, n'ayant jamais vécu dans le monde de la noce. Trouvant l'allusion de mauvais goût, surtout en présence d'Odette qui pourrait en prendre une mauvaise idée de lui, il affecta un air glacial. Mais quand il apprit qu'une dame qui se trouvait près de lui était Mme Cottard, il pensa qu'un mari aussi jeune n'aurait pas cherché à faire allusion devant sa femme à des divertissements de ce genre; et il cessa de donner à l'air entendu du docteur la signification qu'il redoutait. Le peintre invita tout de suite Swann à venir avec Odette à son atelier, Swann le trouva gentil. «Peut-être qu'on vous favorisera plus que moi, dit Mme Verdurin, sur un ton qui feignait d'être piqué, et qu'on vous montrera le portrait de Cottard (elle l'avait commandé au peintre). Pensez bien, «monsieur» Biche, rappela-t-elle au peintre, à qui c'était une plaisanterie consacrée de dire monsieur, à rendre le joli regard, le petit côté fin, amusant, de l'œil. Vous savez que ce que je veux surtout avoir, c'est son sourire, ce que je vous ai demandé c'est le portrait de son sourire. Et comme cette expression lui sembla remarquable elle la répéta très haut pour être sûre que plusieurs invités l'eussent entendue, et même, sous un prétexte vague, en fit d'abord rapprocher quelques-uns. Swann demanda à faire la connaissance de tout le monde, même d'un vieil ami des Verdurin, Saniette, à qui sa timidité, sa simplicité et son bon cœur avaient fait perdre partout la considération que lui avaient value sa science d'archiviste, sa grosse fortune, et la famille distinguée dont il sortait. Il avait dans la bouche, en parlant, une bouillie qui était adorable parce qu'on sentait qu'elle trahissait moins un défaut de la langue qu'une qualité de l'âme, comme un reste de l'innocence du premier âge qu'il n'avait jamais perdue. Toutes les consonnes qu'il ne pouvait prononcer figuraient comme autant de duretés dont il était incapable. En demandant à être présenté à M. Saniette, Swann fit à Mme Verdurin l'effet de renverser les rôles (au point qu'en réponse, elle dit en insistant sur la différence: «Monsieur Swann, voudriez-vous avoir la bonté de me permettre de vous présenter notre ami Saniette»), mais excita chez Saniette une sympathie ardente que d'ailleurs les Verdurin ne révélèrent jamais à Swann, car Saniette les agaçait un peu et ils ne tenaient pas à lui faire des amis. Mais en revanche Swann les toucha infiniment en croyant devoir demander tout de suite à faire la connaissance de la tante du pianiste. En robe noire comme toujours, parce qu'elle croyait qu'en noir on est toujours bien et que c'est ce qu'il y a de plus distingué, elle avait le visage excessivement rouge comme chaque fois qu'elle venait de manger. Elle s'inclina devant Swann avec respect, mais se redressa avec majesté. Comme elle n'avait aucune instruction et avait peur de faire des fautes de français, elle prononçait exprès d'une manière confuse, pensant que si elle lâchait un cuir il serait estompé d'un tel vague qu'on ne pourrait le distinguer avec certitude, de sorte que sa conversation n'était qu'un graillonnement indistinct duquel émergeaient de temps à autre les rares vocables dont elle se sentait sûre. Swann crut pouvoir se moquer légèrement d'elle en parlant à M. Verdurin lequel au contraire fut piqué.

—«C'est une si excellente femme, répondit-il. Je vous accorde qu'elle n'est pas étourdissante; mais je vous assure qu'elle est agréable quand on cause seul avec elle. «Je n'en doute pas, s'empressa de concéder Swann. Je voulais dire qu'elle ne me semblait pas «éminente» ajouta-t-il en détachant cet adjectif, et en somme c'est plutôt un compliment!» «Tenez, dit M. Verdurin, je vais vous étonner, elle écrit d'une manière charmante. Vous n'avez jamais entendu son neveu? c'est admirable, n'est-ce pas, docteur? Voulez-vous que je lui demande de jouer quelque chose, Monsieur Swann?»

—«Mais ce sera un bonheur..., commençait à répondre Swann, quand le docteur l'interrompit d'un air moqueur. En effet ayant retenu que dans la conversation l'emphase, l'emploi de formes solennelles, était suranné, dès qu'il entendait un mot grave dit sérieusement comme venait de l'être le mot «bonheur», il croyait que celui qui l'avait prononcé venait de se montrer prudhommesque. Et si, de plus, ce mot se trouvait figurer par hasard dans ce qu'il appelait un vieux cliché, si courant que ce mot fût d'ailleurs, le docteur supposait que la phrase commencée était ridicule et la terminait ironiquement par le lieu commun qu'il semblait accuser son interlocuteur d'avoir voulu placer, alors que celui-ci n'y avait jamais pensé.

—«Un bonheur pour la France!» s'écria-t-il malicieusement en levant les bras avec emphase.

M. Verdurin ne put s'empêcher de rire.

—«Qu'est-ce qu'ils ont à rire toutes ces bonnes gens-là, on a l'air de ne pas engendrer la mélancolie dans votre petit coin là-bas, s'écria Mme Verdurin. Si vous croyez que je m'amuse, moi, à rester toute seule en pénitence», ajouta-t-elle sur un ton dépité, en faisant l'enfant.

Mme Verdurin était assise sur un haut siège suédois en sapin ciré, qu'un violoniste de ce pays lui avait donné et qu'elle conservait quoiqu'il rappelât la forme d'un escabeau et jurât avec les beaux meubles anciens qu'elle avait, mais elle tenait à garder en évidence les cadeaux que les fidèles avaient l'habitude de lui faire de temps en temps, afin que les donateurs eussent le plaisir de les reconnaître quand ils venaient. Aussi tâchait-elle de persuader qu'on s'en tînt aux fleurs et aux bonbons, qui du moins se détruisent; mais elle n'y réussissait pas et c'était chez elle une collection de chauffe-pieds, de coussins, de pendules, de paravents, de baromètres, de potiches, dans une accumulation de redites et un disparate d'étrennes.

De ce poste élevé elle participait avec entrain à la conversation des fidèles et s'égayait de leurs «fumisteries», mais depuis l'accident qui était arrivé à sa mâchoire, elle avait renoncé à prendre la peine de pouffer effectivement et se livrait à la place à une mimique conventionnelle qui signifiait sans fatigue ni risques pour elle, qu'elle riait aux larmes. Au moindre mot que lâchait un habitué contre un ennuyeux ou contre un ancien habitué rejeté au camp des ennuyeux,—et pour le plus grand désespoir de M. Verdurin qui avait eu longtemps la prétention d'être aussi aimable que sa femme, mais qui riant pour de bon s'essoufflait vite et avait été distancé et vaincu par cette ruse d'une incessante et fictive hilarité—, elle poussait un petit cri, fermait entièrement ses yeux d'oiseau qu'une taie commençait à voiler, et brusquement, comme si elle n'eût eu que le temps de cacher un spectacle indécent ou de parer à un accès mortel, plongeant sa figure dans ses mains qui la recouvraient et n'en laissaient plus rien voir, elle avait l'air de s'efforcer de réprimer, d'anéantir un rire qui, si elle s'y fût abandonnée, l'eût conduite à l'évanouissement. Telle, étourdie par la gaieté des fidèles, ivre de camaraderie, de médisance et d'assentiment, Mme Verdurin, juchée sur son perchoir, pareille à un oiseau dont on eût trempé le colifichet dans du vin chaud, sanglotait d'amabilité.

Cependant, M. Verdurin, après avoir demandé à Swann la permission d'allumer sa pipe («ici on ne se gêne pas, on est entre camarades»), priait le jeune artiste de se mettre au piano.

—«Allons, voyons, ne l'ennuie pas, il n'est pas ici pour être tourmenté, s'écria Mme Verdurin, je ne veux pas qu'on le tourmente moi!»

—«Mais pourquoi veux-tu que ça l'ennuie, dit M. Verdurin, M. Swann ne connaît peut-être pas la sonate en fa dièse que nous avons découverte, il va nous jouer l'arrangement pour piano.»

—«Ah! non, non, pas ma sonate! cria Mme Verdurin, je n'ai pas envie à force de pleurer de me fiche un rhume de cerveau avec névralgies faciales, comme la dernière fois; merci du cadeau, je ne tiens pas à recommencer; vous êtes bons vous autres, on voit bien que ce n'est pas vous qui garderez le lit huit jours!»

Cette petite scène qui se renouvelait chaque fois que le pianiste allait jouer enchantait les amis aussi bien que si elle avait été nouvelle, comme une preuve de la séduisante originalité de la «Patronne» et de sa sensibilité musicale. Ceux qui étaient près d'elle faisaient signe à ceux qui plus loin fumaient ou jouaient aux cartes, de se rapprocher, qu'il se passait quelque chose, leur disant, comme on fait au Reichstag dans les moments intéressants: «Écoutez, écoutez.» Et le lendemain on donnait des regrets à ceux qui n'avaient pas pu venir en leur disant que la scène avait été encore plus amusante que d'habitude.

—Eh bien! voyons, c'est entendu, dit M. Verdurin, il ne jouera que l'andante.

—«Que l'andante, comme tu y vas» s'écria Mme Verdurin. «C'est justement l'andante qui me casse bras et jambes. Il est vraiment superbe le Patron! C'est comme si dans la «Neuvième» il disait: nous n'entendrons que le finale, ou dans «les Maîtres» que l'ouverture.»

Le docteur cependant, poussait Mme Verdurin à laisser jouer le pianiste, non pas qu'il crût feints les troubles que la musique lui donnait—il y reconnaissait certains états neurasthéniques—mais par cette habitude qu'ont beaucoup de médecins, de faire fléchir immédiatement la sévérité de leurs prescriptions dès qu'est en jeu, chose qui leur semble beaucoup plus importante, quelque réunion mondaine dont ils font partie et dont la personne à qui ils conseillent d'oublier pour une fois sa dyspepsie, ou sa grippe, est un des facteurs essentiels.

—Vous ne serez pas malade cette fois-ci, vous verrez, lui dit-il en cherchant à la suggestionner du regard. Et si vous êtes malade nous vous soignerons.

—Bien vrai? répondit Mme Verdurin, comme si devant l'espérance d'une telle faveur il n'y avait plus qu'à capituler. Peut-être aussi à force de dire qu'elle serait malade, y avait-il des moments où elle ne se rappelait plus que c'était un mensonge et prenait une âme de malade. Or ceux-ci, fatigués d'être toujours obligés de faire dépendre de leur sagesse la rareté de leurs accès, aiment se laisser aller à croire qu'ils pourront faire impunément tout ce qui leur plaît et leur fait mal d'habitude, à condition de se remettre en les mains d'un être puissant, qui, sans qu'ils aient aucune peine à prendre, d'un mot ou d'une pilule, les remettra sur pied.

Odette était allée s'asseoir sur un canapé de tapisserie qui était près du piano:

—Vous savez, j'ai ma petite place, dit-elle à Mme Verdurin.

Celle-ci, voyant Swann sur une chaise, le fit lever:

—«Vous n'êtes pas bien là, allez donc vous mettre à côté d'Odette, n'est-ce pas Odette, vous ferez bien une place à M. Swann?»

—«Quel joli Beauvais, dit avant de s'asseoir Swann qui cherchait à être aimable.»

—«Ah! je suis contente que vous appréciiez mon canapé, répondit Mme Verdurin. Et je vous préviens que si vous voulez en voir d'aussi beau, vous pouvez y renoncer tout de suite. Jamais ils n'ont rien fait de pareil. Les petites chaises aussi sont des merveilles. Tout à l'heure vous regarderez cela. Chaque bronze correspond comme attribut au petit sujet du siège; vous savez, vous avez de quoi vous amuser si vous voulez regarder cela, je vous promets un bon moment. Rien que les petites frises des bordures, tenez là, la petite vigne sur fond rouge de l'Ours et les Raisins. Est-ce dessiné? Qu'est-ce que vous en dites, je crois qu'ils le savaient plutôt, dessiner! Est-elle assez appétissante cette vigne? Mon mari prétend que je n'aime pas les fruits parce que j'en mange moins que lui. Mais non, je suis plus gourmande que vous tous, mais je n'ai pas besoin de me les mettre dans la bouche puisque je jouis par les yeux. Qu'est ce que vous avez tous à rire? demandez au docteur, il vous dira que ces raisins-là me purgent. D'autres font des cures de Fontainebleau, moi je fais ma petite cure de Beauvais. Mais, monsieur Swann, vous ne partirez pas sans avoir touché les petits bronzes des dossiers. Est-ce assez doux comme patine? Mais non, à pleines mains, touchez-les bien.

—Ah! si madame Verdurin commence à peloter les bronzes, nous n'entendrons pas de musique ce soir, dit le peintre.

—«Taisez-vous, vous êtes un vilain. Au fond, dit-elle en se tournant vers Swann, on nous défend à nous autres femmes des choses moins voluptueuses que cela. Mais il n'y a pas une chair comparable à cela! Quand M. Verdurin me faisait l'honneur d'être jaloux de moi—allons, sois poli au moins, ne dis pas que tu ne l'as jamais été...—»

—«Mais je ne dis absolument rien. Voyons docteur je vous prends à témoin: est-ce que j'ai dit quelque chose?»

Swann palpait les bronzes par politesse et n'osait pas cesser tout de suite.

—Allons, vous les caresserez plus tard; maintenant c'est vous qu'on va caresser, qu'on va caresser dans l'oreille; vous aimez cela, je pense; voilà un petit jeune homme qui va s'en charger.

Or quand le pianiste eut joué, Swann fut plus aimable encore avec lui qu'avec les autres personnes qui se trouvaient là. Voici pourquoi:

L'année précédente, dans une soirée, il avait entendu une œuvre musicale exécutée au piano et au violon. D'abord, il n'avait goûté que la qualité matérielle des sons sécrétés par les instruments. Et ç'avait déjà été un grand plaisir quand au-dessous de la petite ligne du violon mince, résistante, dense et directrice, il avait vu tout d'un coup chercher à s'élever en un clapotement liquide, la masse de la partie de piano, multiforme, indivise, plane et entrechoquée comme la mauve agitation des flots que charme et bémolise le clair de lune. Mais à un moment donné, sans pouvoir nettement distinguer un contour, donner un nom à ce qui lui plaisait, charmé tout d'un coup, il avait cherché à recueillir la phrase ou l'harmonie—il ne savait lui-même—qui passait et qui lui avait ouvert plus largement l'âme, comme certaines odeurs de roses circulant dans l'air humide du soir ont la propriété de dilater nos narines. Peut-être est-ce parce qu'il ne savait pas la musique qu'il avait pu éprouver une impression aussi confuse, une de ces impressions qui sont peut-être pourtant les seules purement musicales, inattendues, entièrement originales, irréductibles à tout autre ordre d'impressions. Une impression de ce genre pendant un instant, est pour ainsi dire sine materia. Sans doute les notes que nous entendons alors, tendent déjà, selon leur hauteur et leur quantité, à couvrir devant nos yeux des surfaces de dimensions variées, à tracer des arabesques, à nous donner des sensations de largeur, de ténuité, de stabilité, de caprice. Mais les notes sont évanouies avant que ces sensations soient assez formées en nous pour ne pas être submergées par celles qu'éveillent déjà les notes suivantes ou même simultanées. Et cette impression continuerait à envelopper de sa liquidité et de son «fondu» les motifs qui par instants en émergent, à peine discernables, pour plonger aussitôt et disparaître, connus seulement par le plaisir particulier qu'ils donnent, impossibles à décrire, à se rappeler, à nommer, ineffables,—si la mémoire, comme un ouvrier qui travaille à établir des fondations durables au milieu des flots, en fabriquant pour nous des fac-similés de ces phrases fugitives, ne nous permettait de les comparer à celles qui leur succèdent et de les différencier. Ainsi à peine la sensation délicieuse que Swann avait ressentie était-elle expirée, que sa mémoire lui en avait fourni séance tenante une transcription sommaire et provisoire, mais sur laquelle il avait jeté les yeux tandis que le morceau continuait, si bien que quand la même impression était tout d'un coup revenue, elle n'était déjà plus insaisissable. Il s'en représentait l'étendue, les groupements symétriques, la graphie, la valeur expressive; il avait devant lui cette chose qui n'est plus de la musique pure, qui est du dessin, de l'architecture, de la pensée, et qui permet de se rappeler la musique. Cette fois il avait distingué nettement une phrase s'élevant pendant quelques instants au-dessus des ondes sonores. Elle lui avait proposé aussitôt des voluptés particulières, dont il n'avait jamais eu l'idée avant de l'entendre, dont il sentait que rien autre qu'elle ne pourrait les lui faire connaître, et il avait éprouvé pour elle comme un amour inconnu.

D'un rythme lent elle le dirigeait ici d'abord, puis là, puis ailleurs, vers un bonheur noble, inintelligible et précis. Et tout d'un coup au point où elle était arrivée et d'où il se préparait à la suivre, après une pause d'un instant, brusquement elle changeait de direction et d'un mouvement nouveau, plus rapide, menu, mélancolique, incessant et doux, elle l'entraînait avec elle vers des perspectives inconnues. Puis elle disparut. Il souhaita passionnément la revoir une troisième fois. Et elle reparut en effet mais sans lui parler plus clairement, en lui causant même une volupté moins profonde. Mais rentré chez lui il eut besoin d'elle, il était comme un homme dans la vie de qui une passante qu'il a aperçue un moment vient de faire entrer l'image d'une beauté nouvelle qui donne à sa propre sensibilité une valeur plus grande, sans qu'il sache seulement s'il pourra revoir jamais celle qu'il aime déjà et dont il ignore jusqu'au nom.

Même cet amour pour une phrase musicale sembla un instant devoir amorcer chez Swann la possibilité d'une sorte de rajeunissement. Depuis si longtemps il avait renoncé à appliquer sa vie à un but idéal et la bornait à la poursuite de satisfactions quotidiennes, qu'il croyait, sans jamais se le dire formellement, que cela ne changerait plus jusqu'à sa mort; bien plus, ne se sentant plus d'idées élevées dans l'esprit, il avait cessé de croire à leur réalité, sans pouvoir non plus la nier tout à fait. Aussi avait-il pris l'habitude de se réfugier dans des pensées sans importance qui lui permettaient de laisser de côté le fond des choses. De même qu'il ne se demandait pas s'il n'eût pas mieux fait de ne pas aller dans le monde, mais en revanche savait avec certitude que s'il avait accepté une invitation il devait s'y rendre et que s'il ne faisait pas de visite après il lui fallait laisser des cartes, de même dans sa conversation il s'efforçait de ne jamais exprimer avec cœur une opinion intime sur les choses, mais de fournir des détails matériels qui valaient en quelque sorte par eux-mêmes et lui permettaient de ne pas donner sa mesure. Il était extrêmement précis pour une recette de cuisine, pour la date de la naissance ou de la mort d'un peintre, pour la nomenclature de ses œuvres. Parfois, malgré tout, il se laissait aller à émettre un jugement sur une œuvre, sur une manière de comprendre la vie, mais il donnait alors à ses paroles un ton ironique comme s'il n'adhérait pas tout entier à ce qu'il disait. Or, comme certains valétudinaires chez qui tout d'un coup, un pays où ils sont arrivés, un régime différent, quelquefois une évolution organique, spontanée et mystérieuse, semblent amener une telle régression de leur mal qu'ils commencent à envisager la possibilité inespérée de commencer sur le tard une vie toute différente, Swann trouvait en lui, dans le souvenir de la phrase qu'il avait entendue, dans certaines sonates qu'il s'était fait jouer, pour voir s'il ne l'y découvrirait pas, la présence d'une de ces réalités invisibles auxquelles il avait cessé de croire et auxquelles, comme si la musique avait eu sur la sécheresse morale dont il souffrait une sorte d'influence élective, il se sentait de nouveau le désir et presque la force de consacrer sa vie. Mais n'étant pas arrivé à savoir de qui était l'œuvre qu'il avait entendue, il n'avait pu se la procurer et avait fini par l'oublier. Il avait bien rencontré dans la semaine quelques personnes qui se trouvaient comme lui à cette soirée et les avait interrogées; mais plusieurs étaient arrivées après la musique ou parties avant; certaines pourtant étaient là pendant qu'on l'exécutait mais étaient allées causer dans un autre salon, et d'autres restées à écouter n'avaient pas entendu plus que les premières. Quant aux maîtres de maison ils savaient que c'était une œuvre nouvelle que les artistes qu'ils avaient engagés avaient demandé à jouer; ceux-ci étant partis en tournée, Swann ne put pas en savoir davantage. Il avait bien des amis musiciens, mais tout en se rappelant le plaisir spécial et intraduisible que lui avait fait la phrase, en voyant devant ses yeux les formes qu'elle dessinait, il était pourtant incapable de la leur chanter. Puis il cessa d'y penser.

Or, quelques minutes à peine après que le petit pianiste avait commencé de jouer chez Mme Verdurin, tout d'un coup après une note haute longuement tenue pendant deux mesures, il vit approcher, s'échappant de sous cette sonorité prolongée et tendue comme un rideau sonore pour cacher le mystère de son incubation, il reconnut, secrète, bruissante et divisée, la phrase aérienne et odorante qu'il aimait. Et elle était si particulière, elle avait un charme si individuel et qu'aucun autre n'aurait pu remplacer, que ce fut pour Swann comme s'il eût rencontré dans un salon ami une personne qu'il avait admirée dans la rue et désespérait de jamais retrouver. À la fin, elle s'éloigna, indicatrice, diligente, parmi les ramifications de son parfum, laissant sur le visage de Swann le reflet de son sourire. Mais maintenant il pouvait demander le nom de son inconnue (on lui dit que c'était l'andante de la sonate pour piano et violon de Vinteuil), il la tenait, il pourrait l'avoir chez lui aussi souvent qu'il voudrait, essayer d'apprendre son langage et son secret.

Aussi quand le pianiste eut fini, Swann s'approcha-t-il de lui pour lui exprimer une reconnaissance dont la vivacité plut beaucoup à Mme Verdurin.

—Quel charmeur, n'est-ce pas, dit-elle à Swann; la comprend-il assez, sa sonate, le petit misérable? Vous ne saviez pas que le piano pouvait atteindre à ça. C'est tout excepté du piano, ma parole! Chaque fois j'y suis reprise, je crois entendre un orchestre. C'est même plus beau que l'orchestre, plus complet.

Le jeune pianiste s'inclina, et, souriant, soulignant les mots comme s'il avait fait un trait d'esprit:

—«Vous êtes très indulgente pour moi», dit-il.

Et tandis que Mme Verdurin disait à son mari: «Allons, donne-lui de l'orangeade, il l'a bien méritée», Swann racontait à Odette comment il avait été amoureux de cette petite phrase. Quand Mme Verdurin, ayant dit d'un peu loin: «Eh bien! il me semble qu'on est en train de vous dire de belles choses, Odette», elle répondit: «Oui, de très belles» et Swann trouva délicieuse sa simplicité. Cependant il demandait des renseignements sur Vinteuil, sur son œuvre, sur l'époque de sa vie où il avait composé cette sonate, sur ce qu'avait pu signifier pour lui la petite phrase, c'est cela surtout qu'il aurait voulu savoir.

Mais tous ces gens qui faisaient profession d'admirer ce musicien (quand Swann avait dit que sa sonate était vraiment belle, Mme Verdurin s'était écriée: «Je vous crois un peu qu'elle est belle! Mais on n'avoue pas qu'on ne connaît pas la sonate de Vinteuil, on n'a pas le droit de ne pas la connaître», et le peintre avait ajouté: «Ah! c'est tout à fait une très grande machine, n'est-ce pas. Ce n'est pas si vous voulez la chose «cher» et «public», n'est-ce pas, mais c'est la très grosse impression pour les artistes»), ces gens semblaient ne s'être jamais posé ces questions car ils furent incapables d'y répondre.

Même à une ou deux remarques particulières que fit Swann sur sa phrase préférée:

—«Tiens, c'est amusant, je n'avais jamais fait attention; je vous dirai que je n'aime pas beaucoup chercher la petite bête et m'égarer dans des pointes d'aiguille; on ne perd pas son temps à couper les cheveux en quatre ici, ce n'est pas le genre de la maison», répondit Mme Verdurin, que le docteur Cottard regardait avec une admiration béate et un zèle studieux se jouer au milieu de ce flot d'expressions toutes faites. D'ailleurs lui et Mme Cottard avec une sorte de bon sens comme en ont aussi certaines gens du peuple se gardaient bien de donner une opinion ou de feindre l'admiration pour une musique qu'ils s'avouaient l'un à l'autre, une fois rentrés chez eux, ne pas plus comprendre que la peinture de «M. Biche». Comme le public ne connaît du charme, de la grâce, des formes de la nature que ce qu'il en a puisé dans les poncifs d'un art lentement assimilé, et qu'un artiste original commence par rejeter ces poncifs, M. et Mme Cottard, image en cela du public, ne trouvaient ni dans la sonate de Vinteuil, ni dans les portraits du peintre, ce qui faisait pour eux l'harmonie de la musique et la beauté de la peinture. Il leur semblait quand le pianiste jouait la sonate qu'il accrochait au hasard sur le piano des notes que ne reliaient pas en effet les formes auxquelles ils étaient habitués, et que le peintre jetait au hasard des couleurs sur ses toiles. Quand, dans celles-ci, ils pouvaient reconnaître une forme, ils la trouvaient alourdie et vulgarisée (c'est-à-dire dépourvue de l'élégance de l'école de peinture à travers laquelle ils voyaient dans la rue même, les êtres vivants), et sans vérité, comme si M. Biche n'eût pas su comment était construite une épaule et que les femmes n'ont pas les cheveux mauves.

Pourtant les fidèles s'étant dispersés, le docteur sentit qu'il y avait là une occasion propice et pendant que Mme Verdurin disait un dernier mot sur la sonate de Vinteuil, comme un nageur débutant qui se jette à l'eau pour apprendre, mais choisit un moment où il n'y a pas trop de monde pour le voir:

—Alors, c'est ce qu'on appelle un musicien di primo cartello! s'écria-t-il avec une brusque résolution.

Swann apprit seulement que l'apparition récente de la sonate de Vinteuil avait produit une grande impression dans une école de tendances très avancées mais était entièrement inconnue du grand public.

—Je connais bien quelqu'un qui s'appelle Vinteuil, dit Swann, en pensant au professeur de piano des sœurs de ma grand'mère.

—C'est peut-être lui, s'écria Mme Verdurin.

—Oh! non, répondit Swann en riant. Si vous l'aviez vu deux minutes, vous ne vous poseriez pas la question.

—Alors poser la question c'est la résoudre? dit le docteur.

—Mais ce pourrait être un parent, reprit Swann, cela serait assez triste, mais enfin un homme de génie peut être le cousin d'une vieille bête. Si cela était, j'avoue qu'il n'y a pas de supplice que je ne m'imposerais pour que la vieille bête me présentât à l'auteur de la sonate: d'abord le supplice de fréquenter la vieille bête, et qui doit être affreux.

Le peintre savait que Vinteuil était à ce moment très malade et que le docteur Potain craignait de ne pouvoir le sauver.

—Comment, s'écria Mme Verdurin, il y a encore des gens qui se font soigner par Potain!

—Ah! madame Verdurin, dit Cottard, sur un ton de marivaudage, vous oubliez que vous parlez d'un de mes confères, je devrais dire un de mes maîtres.

Le peintre avait entendu dire que Vinteuil était menacé d'aliénation mentale. Et il assurait qu'on pouvait s'en apercevoir à certains passages de sa sonate. Swann ne trouva pas cette remarque absurde, mais elle le troubla; car une œuvre de musique pure ne contenant aucun des rapports logiques dont l'altération dans le langage dénonce la folie, la folie reconnue dans une sonate lui paraissait quelque chose d'aussi mystérieux que la folie d'une chienne, la folie d'un cheval, qui pourtant s'observent en effet.

—Laissez-moi donc tranquille avec vos maîtres, vous en savez dix fois autant que lui, répondit Mme Verdurin au docteur Cottard, du ton d'une personne qui a le courage de ses opinions et tient bravement tête à ceux qui ne sont pas du même avis qu'elle. Vous ne tuez pas vos malades, vous, au moins!

—Mais, Madame, il est de l'Académie, répliqua le docteur d'un ton air ironique. Si un malade préfère mourir de la main d'un des princes de la science... C'est beaucoup plus chic de pouvoir dire: «C'est Potain qui me soigne.»

—Ah! c'est plus chic? dit Mme Verdurin. Alors il y a du chic dans les maladies, maintenant? je ne savais pas ça... Ce que vous m'amusez, s'écria-t-elle tout à coup en plongeant sa figure dans ses mains. Et moi, bonne bête qui discutais sérieusement sans m'apercevoir que vous me faisiez monter à l'arbre.

Quant à M. Verdurin, trouvant que c'était un peu fatigant de se mettre à rire pour si peu, il se contenta de tirer une bouffée de sa pipe en songeant avec tristesse qu'il ne pouvait plus rattraper sa femme sur le terrain de l'amabilité.

—Vous savez que votre ami nous plaît beaucoup, dit Mme Verdurin à Odette au moment où celle-ci lui souhaitait le bonsoir. Il est simple, charmant; si vous n'avez jamais à nous présenter que des amis comme cela, vous pouvez les amener.

M. Verdurin fit remarquer que pourtant Swann n'avait pas apprécié la tante du pianiste.

—Il s'est senti un peu dépaysé, cet homme, répondit Mme Verdurin, tu ne voudrais pourtant pas que, la première fois, il ait déjà le ton de la maison comme Cottard qui fait partie de notre petit clan depuis plusieurs années. La première fois ne compte pas, c'était utile pour prendre langue. Odette, il est convenu qu'il viendra nous retrouver demain au Châtelet. Si vous alliez le prendre?

—Mais non, il ne veut pas.

—Ah! enfin, comme vous voudrez. Pourvu qu'il n'aille pas lâcher au dernier moment!

À la grande surprise de Mme Verdurin, il ne lâcha jamais. Il allait les rejoindre n'importe où, quelquefois dans les restaurants de banlieue où on allait peu encore, car ce n'était pas la saison, plus souvent au théâtre, que Mme Verdurin aimait beaucoup, et comme un jour, chez elle, elle dit devant lui que pour les soirs de premières, de galas, un coupe-file leur eût été fort utile, que cela les avait beaucoup gênés de ne pas en avoir le jour de l'enterrement de Gambetta, Swann qui ne parlait jamais de ses relations brillantes, mais seulement de celles mal côtées qu'il eût jugé peu délicat de cacher, et au nombre desquelles il avait pris dans le faubourg Saint-Germain l'habitude de ranger les relations avec le monde officiel, répondit:

—Je vous promets de m'en occuper, vous l'aurez à temps pour la reprise des Danicheff, je déjeune justement demain avec le Préfet de police à l'Elysée.

—Comment ça, à l'Elysée? cria le docteur Cottard d'une voix tonnante.

—Oui, chez M. Grévy, répondit Swann, un peu gêné de l'effet que sa phrase avait produit.

Et le peintre dit au docteur en manière de plaisanterie:

—Ça vous prend souvent?

Généralement, une fois l'explication donnée, Cottard disait: «Ah! bon, bon, ça va bien» et ne montrait plus trace d'émotion.

Mais cette fois-ci, les derniers mots de Swann, au lieu de lui procurer l'apaisement habituel, portèrent au comble son étonnement qu'un homme avec qui il dînait, qui n'avait ni fonctions officielles, ni illustration d'aucune sorte, frayât avec le Chef de l'État.

—Comment ça, M. Grévy? vous connaissez M. Grévy? dit-il à Swann de l'air stupide et incrédule d'un municipal à qui un inconnu demande à voir le Président de la République et qui, comprenant par ces mots «à qui il a affaire», comme disent les journaux, assure au pauvre dément qu'il va être reçu à l'instant et le dirige sur l'infirmerie spéciale du dépôt.

—Je le connais un peu, nous avons des amis communs (il n'osa pas dire que c'était le prince de Galles), du reste il invite très facilement et je vous assure que ces déjeuners n'ont rien d'amusant, ils sont d'ailleurs très simples, on n'est jamais plus de huit à table, répondit Swann qui tâchait d'effacer ce que semblaient avoir de trop éclatant aux yeux de son interlocuteur, des relations avec le Président de la République.

Aussitôt Cottard, s'en rapportant aux paroles de Swann, adopta cette opinion, au sujet de la valeur d'une invitation chez M. Grévy, que c'était chose fort peu recherchée et qui courait les rues. Dès lors il ne s'étonna plus que Swann, aussi bien qu'un autre, fréquentât l'Elysée, et même il le plaignait un peu d'aller à des déjeuners que l'invité avouait lui-même être ennuyeux.

—«Ah! bien, bien, ça va bien», dit-il sur le ton d'un douanier, méfiant tout à l'heure, mais qui, après vos explications, vous donne son visa et vous laisse passer sans ouvrir vos malles.

—«Ah! je vous crois qu'ils ne doivent pas être amusants ces déjeuners, vous avez de la vertu d'y aller, dit Mme Verdurin, à qui le Président de la République apparaissait comme un ennuyeux particulièrement redoutable parce qu'il disposait de moyens de séduction et de contrainte qui, employés à l'égard des fidèles, eussent été capables de les faire lâcher. Il paraît qu'il est sourd comme un pot et qu'il mange avec ses doigts.»

—«En effet, alors, cela ne doit pas beaucoup vous amuser d'y aller», dit le docteur avec une nuance de commisération; et, se rappelant le chiffre de huit convives: «Sont-ce des déjeuners intimes?» demanda-t-il vivement avec un zèle de linguiste plus encore qu'une curiosité de badaud.

Mais le prestige qu'avait à ses yeux le Président de la République finit pourtant par triompher et de l'humilité de Swann et de la malveillance de Mme Verdurin, et à chaque dîner, Cottard demandait avec intérêt: «Verrons-nous ce soir M. Swann? Il a des relations personnelles avec M. Grévy. C'est bien ce qu'on appelle un gentleman?» Il alla même jusqu'à lui offrir une carte d'invitation pour l'exposition dentaire.

—«Vous serez admis avec les personnes qui seront avec vous, mais on ne laisse pas entrer les chiens. Vous comprenez je vous dis cela parce que j'ai eu des amis qui ne le savaient pas et qui s'en sont mordu les doigts.»

Quant à M. Verdurin il remarqua le mauvais effet qu'avait produit sur sa femme cette découverte que Swann avait des amitiés puissantes dont il n'avait jamais parlé.

Si l'on n'avait pas arrangé une partie au dehors, c'est chez les Verdurin que Swann retrouvait le petit noyau, mais il ne venait que le soir et n'acceptait presque jamais à dîner malgré les instances d'Odette.

—«Je pourrais même dîner seule avec vous, si vous aimiez mieux cela», lui disait-elle.

—«Et Mme Verdurin?»

—«Oh! ce serait bien simple. Je n'aurais qu'à dire que ma robe n'a pas été prête, que mon cab est venu en retard. Il y a toujours moyen de s'arranger.

—«Vous êtes gentille.»

Mais Swann se disait que s'il montrait à Odette (en consentant seulement à la retrouver après dîner), qu'il y avait des plaisirs qu'il préférait à celui d'être avec elle, le goût qu'elle ressentait pour lui ne connaîtrait pas de longtemps la satiété. Et, d'autre part, préférant infiniment à celle d'Odette, la beauté d'une petite ouvrière fraîche et bouffie comme une rose et dont il était épris, il aimait mieux passer le commencement de la soirée avec elle, étant sûr de voir Odette ensuite. C'est pour les mêmes raisons qu'il n'acceptait jamais qu'Odette vînt le chercher pour aller chez les Verdurin. La petite ouvrière l'attendait près de chez lui à un coin de rue que son cocher Rémi connaissait, elle montait à côté de Swann et restait dans ses bras jusqu'au moment où la voiture l'arrêtait devant chez les Verdurin. A son entrée, tandis que Mme Verdurin montrant des roses qu'il avait envoyées le matin lui disait: «Je vous gronde» et lui indiquait une place à côté d'Odette, le pianiste jouait pour eux deux, la petite phrase de Vinteuil qui était comme l'air national de leur amour. Il commençait par la tenue des trémolos de violon que pendant quelques mesures on entend seuls, occupant tout le premier plan, puis tout d'un coup ils semblaient s'écarter et comme dans ces tableaux de Pieter de Hooch, qu'approfondit le cadre étroit d'une porte entr'ouverte, tout au loin, d'une couleur autre, dans le velouté d'une lumière interposée, la petite phrase apparaissait, dansante, pastorale, intercalée, épisodique, appartenant à un autre monde. Elle passait à plis simples et immortels, distribuant çà et là les dons de sa grâce, avec le même ineffable sourire; mais Swann y croyait distinguer maintenant du désenchantement. Elle semblait connaître la vanité de ce bonheur dont elle montrait la voie. Dans sa grâce légère, elle avait quelque chose d'accompli, comme le détachement qui succède au regret. Mais peu lui importait, il la considérait moins en elle-même,—en ce qu'elle pouvait exprimer pour un musicien qui ignorait l'existence et de lui et d'Odette quand il l'avait composée, et pour tous ceux qui l'entendraient dans des siècles—, que comme un gage, un souvenir de son amour qui, même pour les Verdurin que pour le petit pianiste, faisait penser à Odette en même temps qu'à lui, les unissait; c'était au point que, comme Odette, par caprice, l'en avait prié, il avait renoncé à son projet de se faire jouer par un artiste la sonate entière, dont il continua à ne connaître que ce passage. «Qu'avez-vous besoin du reste? lui avait-elle dit. C'est ça notre morceau.» Et même, souffrant de songer, au moment où elle passait si proche et pourtant à l'infini, que tandis qu'elle s'adressait à eux, elle ne les connaissait pas, il regrettait presque qu'elle eût une signification, une beauté intrinsèque et fixe, étrangère à eux, comme en des bijoux donnés, ou même en des lettres écrites par une femme aimée, nous en voulons à l'eau de la gemme, et aux mots du langage, de ne pas être faits uniquement de l'essence d'une liaison passagère et d'un être particulier.

Souvent il se trouvait qu'il s'était tant attardé avec la jeune ouvrière avant d'aller chez les Verdurin, qu'une fois la petite phrase jouée par le pianiste, Swann s'apercevait qu'il était bientôt l'heure qu'Odette rentrât. Il la reconduisait jusqu'à la porte de son petit hôtel, rue La Pérouse, derrière l'Arc de Triomphe. Et c'était peut-être à cause de cela, pour ne pas lui demander toutes les faveurs, qu'il sacrifiait le plaisir moins nécessaire pour lui de la voir plus tôt, d'arriver chez les Verdurin avec elle, à l'exercice de ce droit qu'elle lui reconnaissait de partir ensemble et auquel il attachait plus de prix, parce que, grâce à cela, il avait l'impression que personne ne la voyait, ne se mettait entre eux, ne l'empêchait d'être encore avec lui, après qu'il l'avait quittée.

Ainsi revenait-elle dans la voiture de Swann; un soir comme elle venait d'en descendre et qu'il lui disait à demain, elle cueillit précipitamment dans le petit jardin qui précédait la maison un dernier chrysanthème et le lui donna avant qu'il fût reparti. Il le tint serré contre sa bouche pendant le retour, et quand au bout de quelques jours la fleur fut fanée, il l'enferma précieusement dans son secrétaire.

Mais il n'entrait jamais chez elle. Deux fois seulement, dans l'après-midi, il était allé participer à cette opération capitale pour elle «prendre le thé». L'isolement et le vide de ces courtes rues (faites presque toutes de petits hôtels contigus, dont tout à coup venait rompre la monotonie quelque sinistre échoppe, témoignage historique et reste sordide du temps où ces quartiers étaient encore mal famés), la neige qui était restée dans le jardin et aux arbres, le négligé de la saison, le voisinage de la nature, donnaient quelque chose de plus mystérieux à la chaleur, aux fleurs qu'il avait trouvées en entrant.

Laissant à gauche, au rez-de-chaussée surélevé, la chambre à coucher d'Odette qui donnait derrière sur une petite rue parallèle, un escalier droit entre des murs peints de couleur sombre et d'où tombaient des étoffes orientales, des fils de chapelets turcs et une grande lanterne japonaise suspendue à une cordelette de soie (mais qui, pour ne pas priver les visiteurs des derniers conforts de la civilisation occidentale s'éclairait au gaz), montait au salon et au petit salon. Ils étaient précédés d'un étroit vestibule dont le mur quadrillé d'un treillage de jardin, mais doré, était bordé dans toute sa longueur d'une caisse rectangulaire où fleurissaient comme dans une serre une rangée de ces gros chrysanthèmes encore rares à cette époque, mais bien éloignés cependant de ceux que les horticulteurs réussirent plus tard à obtenir. Swann était agacé par la mode qui depuis l'année dernière se portait sur eux, mais il avait eu plaisir, cette fois, à voir la pénombre de la pièce zébrée de rose, d'oranger et de blanc par les rayons odorants de ces astres éphémères qui s'allument dans les jours gris. Odette l'avait reçu en robe de chambre de soie rose, le cou et les bras nus. Elle l'avait fait asseoir près d'elle dans un des nombreux retraits mystérieux qui étaient ménagés dans les enfoncements du salon, protégés par d'immenses palmiers contenus dans des cache-pot de Chine, ou par des paravents auxquels étaient fixés des photographies, des nœuds de rubans et des éventails. Elle lui avait dit: «Vous n'êtes pas confortable comme cela, attendez, moi je vais bien vous arranger», et avec le petit rire vaniteux qu'elle aurait eu pour quelque invention particulière à elle, avait installé derrière la tête de Swann, sous ses pieds, des coussins de soie japonaise qu'elle pétrissait comme si elle avait été prodigue de ces richesses et insoucieuse de leur valeur. Mais quand le valet de chambre était venu apporter successivement les nombreuses lampes qui, presque toutes enfermées dans des potiches chinoises, brûlaient isolées ou par couples, toutes sur des meubles différents comme sur des autels et qui dans le crépuscule déjà presque nocturne de cette fin d'après-midi d'hiver avaient fait reparaître un coucher de soleil plus durable, plus rose et plus humain,—faisant peut-être rêver dans la rue quelque amoureux arrêté devant le mystère de la présence que décelaient et cachaient à la fois les vitres rallumées—, elle avait surveillé sévèrement du coin de l'œil le domestique pour voir s'il les posait bien à leur place consacrée. Elle pensait qu'en en mettant une seule là où il ne fallait pas, l'effet d'ensemble de son salon eût été détruit, et son portrait, placé sur un chevalet oblique drapé de peluche, mal éclairé. Aussi suivait-elle avec fièvre les mouvements de cet homme grossier et le réprimanda-t-elle vivement parce qu'il avait passé trop près de deux jardinières qu'elle se réservait de nettoyer elle-même dans sa peur qu'on ne les abîmât et qu'elle alla regarder de près pour voir s'il ne les avait pas écornées. Elle trouvait à tous ses bibelots chinois des formes «amusantes», et aussi aux orchidées, aux catleyas surtout, qui étaient, avec les chrysanthèmes, ses fleurs préférées, parce qu'ils avaient le grand mérite de ne pas ressembler à des fleurs, mais d'être en soie, en satin. «Celle-là a l'air d'être découpée dans la doublure de mon manteau», dit-elle à Swann en lui montrant une orchidée, avec une nuance d'estime pour cette fleur si «chic», pour cette sœur élégante et imprévue que la nature lui donnait, si loin d'elle dans l'échelle des êtres et pourtant raffinée, plus digne que bien des femmes qu'elle lui fit une place dans son salon. En lui montrant tour à tour des chimères à langues de feu décorant une potiche ou brodées sur un écran, les corolles d'un bouquet d'orchidées, un dromadaire d'argent niellé aux yeux incrustés de rubis qui voisinait sur la cheminée avec un crapaud de jade, elle affectait tour à tour d'avoir peur de la méchanceté, ou de rire de la cocasserie des monstres, de rougir de l'indécence des fleurs et d'éprouver un irrésistible désir d'aller embrasser le dromadaire et le crapaud qu'elle appelait: «chéris». Et ces affectations contrastaient avec la sincérité de certaines de ses dévotions, notamment à Notre-Dame du Laghet qui l'avait jadis, quand elle habitait Nice, guérie d'une maladie mortelle et dont elle portait toujours sur elle une médaille d'or à laquelle elle attribuait un pouvoir sans limites. Odette fit à Swann «son» thé, lui demanda: «Citron ou crème?» et comme il répondit «crème», lui dit en riant: «Un nuage!» Et comme il le trouvait bon: «Vous voyez que je sais ce que vous aimez.» Ce thé en effet avait paru à Swann quelque chose de précieux comme à elle-même et l'amour a tellement besoin de se trouver une justification, une garantie de durée, dans des plaisirs qui au contraire sans lui n'en seraient pas et finissent avec lui, que quand il l'avait quittée à sept heures pour rentrer chez lui s'habiller, pendant tout le trajet qu'il fit dans son coupé, ne pouvant contenir la joie que cet après-midi lui avait causée, il se répétait: «Ce serait bien agréable d'avoir ainsi une petite personne chez qui on pourrait trouver cette chose si rare, du bon thé.» Une heure après, il reçut un mot d'Odette, et reconnut tout de suite cette grande écriture dans laquelle une affectation de raideur britannique imposait une apparence de discipline à des caractères informes qui eussent signifié peut-être pour des yeux moins prévenus le désordre de la pensée, l'insuffisance de l'éducation, le manque de franchise et de volonté. Swann avait oublié son étui à cigarettes chez Odette. «Que n'y avez-vous oublié aussi votre cœur, je ne vous aurais pas laissé le reprendre.»

Une seconde visite qu'il lui fit eut plus d'importance peut-être. En se rendant chez elle ce jour-là comme chaque fois qu'il devait la voir d'avance, il se la représentait; et la nécessité où il était pour trouver jolie sa figure de limiter aux seules pommettes roses et fraîches, les joues qu'elle avait si souvent jaunes, languissantes, parfois piquées de petits points rouges, l'affligeait comme une preuve que l'idéal est inaccessible et le bonheur médiocre. Il lui apportait une gravure qu'elle désirait voir. Elle était un peu souffrante; elle le reçut en peignoir de crêpe de Chine mauve, ramenant sur sa poitrine, comme un manteau, une étoffe richement brodée. Debout à côté de lui, laissant couler le long de ses joues ses cheveux qu'elle avait dénoués, fléchissant une jambe dans une attitude légèrement dansante pour pouvoir se pencher sans fatigue vers la gravure qu'elle regardait, en inclinant la tête, de ses grands yeux, si fatigués et maussades quand elle ne s'animait pas, elle frappa Swann par sa ressemblance avec cette figure de Zéphora, la fille de Jéthro, qu'on voit dans une fresque de la chapelle Sixtine. Swann avait toujours eu ce goût particulier d'aimer à retrouver dans la peinture des maîtres non pas seulement les caractères généraux de la réalité qui nous entoure, mais ce qui semble au contraire le moins susceptible de généralité, les traits individuels des visages que nous connaissons: ainsi, dans la matière d'un buste du doge Lorédan par Antoine Rizzo, la saillie des pommettes, l'obliquité des sourcils, enfin la ressemblance criante de son cocher Rémi; sous les couleurs d'un Ghirlandajo, le nez de M. de Palancy; dans un portrait de Tintoret, l'envahissement du gras de la joue par l'implantation des premiers poils des favoris, la cassure du nez, la pénétration du regard, la congestion des paupières du docteur du Boulbon. Peut-être ayant toujours gardé un remords d'avoir borné sa vie aux relations mondaines, à la conversation, croyait-il trouver une sorte d'indulgent pardon à lui accordé par les grands artistes, dans ce fait qu'ils avaient eux aussi considéré avec plaisir, fait entrer dans leur œuvre, de tels visages qui donnent à celle-ci un singulier certificat de réalité et de vie, une saveur moderne; peut-être aussi s'était-il tellement laissé gagner par la frivolité des gens du monde qu'il éprouvait le besoin de trouver dans une œuvre ancienne ces allusions anticipées et rajeunissantes à des noms propres d'aujourd'hui. Peut-être au contraire avait-il gardé suffisamment une nature d'artiste pour que ces caractéristiques individuelles lui causassent du plaisir en prenant une signification plus générale, dès qu'il les apercevait déracinées, délivrées, dans la ressemblance d'un portrait plus ancien avec un original qu'il ne représentait pas. Quoi qu'il en soit et peut-être parce que la plénitude d'impressions qu'il avait depuis quelque temps et bien qu'elle lui fût venue plutôt avec l'amour de la musique, avait enrichi même son goût pour la peinture, le plaisir fut plus profond et devait exercer sur Swann une influence durable, qu'il trouva à ce moment-là dans la ressemblance d'Odette avec la Zéphora de ce Sandro di Mariano auquel on ne donne plus volontiers son surnom populaire de Botticelli depuis que celui-ci évoque au lieu de l'œuvre véritable du peintre l'idée banale et fausse qui s'en est vulgarisée. Il n'estima plus le visage d'Odette selon la plus ou moins bonne qualité de ses joues et d'après la douceur purement carnée qu'il supposait devoir leur trouver en les touchant avec ses lèvres si jamais il osait l'embrasser, mais comme un écheveau de lignes subtiles et belles que ses regards dévidèrent, poursuivant la courbe de leur enroulement, rejoignant la cadence de la nuque à l'effusion des cheveux et à la flexion des paupières, comme en un portrait d'elle en lequel son type devenait intelligible et clair.

Il la regardait; un fragment de la fresque apparaissait dans son visage et dans son corps, que dès lors il chercha toujours à y retrouver soit qu'il fût auprès d'Odette, soit qu'il pensât seulement à elle, et bien qu'il ne tînt sans doute au chef-d'œuvre florentin que parce qu'il le retrouvait en elle, pourtant cette ressemblance lui conférait à elle aussi une beauté, la rendait plus précieuse. Swann se reprocha d'avoir méconnu le prix d'un être qui eût paru adorable au grand Sandro, et il se félicita que le plaisir qu'il avait à voir Odette trouvât une justification dans sa propre culture esthétique. Il se dit qu'en associant la pensée d'Odette à ses rêves de bonheur il ne s'était pas résigné à un pis-aller aussi imparfait qu'il l'avait cru jusqu'ici, puisqu'elle contentait en lui ses goûts d'art les plus raffinés. Il oubliait qu'Odette n'était pas plus pour cela une femme selon son désir, puisque précisément son désir avait toujours été orienté dans un sens opposé à ses goûts esthétiques. Le mot d'«œuvre florentine» rendit un grand service à Swann. Il lui permit, comme un titre, de faire pénétrer l'image d'Odette dans un monde de rêves, où elle n'avait pas eu accès jusqu'ici et où elle s'imprégna de noblesse. Et tandis que la vue purement charnelle qu'il avait eue de cette femme, en renouvelant perpétuellement ses doutes sur la qualité de son visage, de son corps, de toute sa beauté, affaiblissait son amour, ces doutes furent détruits, cet amour assuré quand il eut à la place pour base les données d'une esthétique certaine; sans compter que le baiser et la possession qui semblaient naturels et médiocres s'ils lui étaient accordés par une chair abîmée, venant couronner l'adoration d'une pièce de musée, lui parurent devoir être surnaturels et délicieux.

Et quand il était tenté de regretter que depuis des mois il ne fît plus que voir Odette, il se disait qu'il était raisonnable de donner beaucoup de son temps à un chef-d'œuvre inestimable, coulé pour une fois dans une matière différente et particulièrement savoureuse, en un exemplaire rarissime qu'il contemplait tantôt avec l'humilité, la spiritualité et le désintéressement d'un artiste, tantôt avec l'orgueil, l'égoïsme et la sensualité d'un collectionneur.

Il plaça sur sa table de travail, comme une photographie d'Odette, une reproduction de la fille de Jéthro. Il admirait les grands yeux, le délicat visage qui laissait deviner la peau imparfaite, les boucles merveilleuses des cheveux le long des joues fatiguées, et adaptant ce qu'il trouvait beau jusque-là d'une façon esthétique à l'idée d'une femme vivante, il le transformait en mérites physiques qu'il se félicitait de trouver réunis dans un être qu'il pourrait posséder. Cette vague sympathie qui nous porte vers un chef-d'œuvre que nous regardons, maintenant qu'il connaissait l'original charnel de la fille de Jéthro, elle devenait un désir qui suppléa désormais à celui que le corps d'Odette ne lui avait pas d'abord inspiré. Quand il avait regardé longtemps ce Botticelli, il pensait à son Botticelli à lui qu'il trouvait plus beau encore et approchant de lui la photographie de Zéphora, il croyait serrer Odette contre son cœur.

Et cependant ce n'était pas seulement la lassitude d'Odette qu'il s'ingéniait à prévenir, c'était quelquefois aussi la sienne propre; sentant que depuis qu'Odette avait toutes facilités pour le voir, elle semblait n'avoir pas grand'chose à lui dire, il craignait que les façons un peu insignifiantes, monotones, et comme définitivement fixées, qui étaient maintenant les siennes quand ils étaient ensemble, ne finissent par tuer en lui cet espoir romanesque d'un jour où elle voudrait déclarer sa passion, qui seul l'avait rendu et gardé amoureux. Et pour renouveler un peu l'aspect moral, trop figé, d'Odette, et dont il avait peur de se fatiguer, il lui écrivait tout d'un coup une lettre pleine de déceptions feintes et de colères simulées qu'il lui faisait porter avant le dîner. Il savait qu'elle allait être effrayée, lui répondre et il espérait que dans la contraction que la peur de le perdre ferait subir à son âme, jailliraient des mots qu'elle ne lui avait encore jamais dits; et en effet c'est de cette façon qu'il avait obtenu les lettres les plus tendres qu'elle lui eût encore écrites dont l'une, qu'elle lui avait fait porter à midi de la «Maison Dorée» (c'était le jour de la fête de Paris-Murcie donnée pour les inondés de Murcie), commençait par ces mots: «Mon ami, ma main tremble si fort que je peux à peine écrire», et qu'il avait gardée dans le même tiroir que la fleur séchée du chrysanthème. Ou bien si elle n'avait pas eu le temps de lui écrire, quand il arriverait chez les Verdurin, elle irait vivement à lui et lui dirait: «J'ai à vous parler», et il contemplerait avec curiosité sur son visage et dans ses paroles ce qu'elle lui avait caché jusque-là de son cœur.

Rien qu'en approchant de chez les Verdurin quand il apercevait, éclairées par des lampes, les grandes fenêtres dont on ne fermait jamais les volets, il s'attendrissait en pensant à l'être charmant qu'il allait voir épanoui dans leur lumière d'or. Parfois les ombres des invités se détachaient minces et noires, en écran, devant les lampes, comme ces petites gravures qu'on intercale de place en place dans un abat-jour translucide dont les autres feuillets ne sont que clarté. Il cherchait à distinguer la silhouette d'Odette. Puis, dès qu'il était arrivé, sans qu'il s'en rendît compte, ses yeux brillaient d'une telle joie que M. Verdurin disait au peintre: «Je crois que ça chauffe.» Et la présence d'Odette ajoutait en effet pour Swann à cette maison ce dont n'était pourvue aucune de celles où il était reçu: une sorte d'appareil sensitif, de réseau nerveux qui se ramifiait dans toutes les pièces et apportait des excitations constantes à son cœur.

Ainsi le simple fonctionnement de cet organisme social qu'était le petit «clan» prenait automatiquement pour Swann des rendez-vous quotidiens avec Odette et lui permettait de feindre une indifférence à la voir, ou même un désir de ne plus la voir, qui ne lui faisait pas courir de grands risques, puisque, quoi qu'il lui eût écrit dans la journée, il la verrait forcément le soir et la ramènerait chez elle.

Mais une fois qu'ayant songé avec maussaderie à cet inévitable retour ensemble, il avait emmené jusqu'au bois sa jeune ouvrière pour retarder le moment d'aller chez les Verdurin, il arriva chez eux si tard qu'Odette, croyant qu'il ne viendrait plus, était partie. En voyant qu'elle n'était plus dans le salon, Swann ressentit une souffrance au cœur; il tremblait d'être privé d'un plaisir qu'il mesurait pour la première fois, ayant eu jusque-là cette certitude de le trouver quand il le voulait, qui pour tous les plaisirs nous diminue ou même nous empêche d'apercevoir aucunement leur grandeur.

—«As-tu vu la tête qu'il a fait quand il s'est aperçu qu'elle n'était pas là? dit M. Verdurin à sa femme, je crois qu'on peut dire qu'il est pincé!»

—«La tête qu'il a fait?» demanda avec violence le docteur Cottard qui, étant allé un instant voir un malade, revenait chercher sa femme et ne savait pas de qui on parlait.

—«Comment vous n'avez pas rencontré devant la porte le plus beau des Swann»?

—«Non. M. Swann est venu»?

—Oh! un instant seulement. Nous avons eu un Swann très agité, très nerveux. Vous comprenez, Odette était partie.

—«Vous voulez dire qu'elle est du dernier bien avec lui, qu'elle lui a fait voir l'heure du berger», dit le docteur, expérimentant avec prudence le sens de ces expressions.

—«Mais non, il n'y a absolument rien, et entre nous, je trouve qu'elle a bien tort et qu'elle se conduit comme une fameuse cruche, qu'elle est du reste.»

—«Ta, ta, ta, dit M. Verdurin, qu'est-ce que tu en sais qu'il n'y a rien, nous n'avons pas été y voir, n'est-ce pas.»

—«A moi, elle me l'aurait dit, répliqua fièrement Mme Verdurin. Je vous dis qu'elle me raconte toutes ses petites affaires! Comme elle n'a plus personne en ce moment, je lui ai dit qu'elle devrait coucher avec lui. Elle prétend qu'elle ne peut pas, qu'elle a bien eu un fort béguin pour lui mais qu'il est timide avec elle, que cela l'intimide à son tour, et puis qu'elle ne l'aime pas de cette manière-là, que c'est un être idéal, qu'elle a peur de déflorer le sentiment qu'elle a pour lui, est-ce que je sais, moi. Ce serait pourtant absolument ce qu'il lui faut.»

—«Tu me permettras de ne pas être de ton avis, dit M. Verdurin, il ne me revient qu'à demi ce monsieur; je le trouve poseur.»

Mme Verdurin s'immobilisa, prit une expression inerte comme si elle était devenue une statue, fiction qui lui permit d'être censée ne pas avoir entendu ce mot insupportable de poseur qui avait l'air d'impliquer qu'on pouvait «poser» avec eux, donc qu'on était «plus qu'eux».

—«Enfin, s'il n'y a rien, je ne pense pas que ce soit que ce monsieur la croit *vertueuse*, dit ironiquement M. Verdurin. Et après tout, on ne peut rien dire, puisqu'il a l'air de la croire intelligente. Je ne sais si tu as entendu ce qu'il lui débitait l'autre soir sur la sonate de Vinteuil; j'aime Odette de tout mon cœur, mais pour lui faire des théories d'esthétique, il faut tout de même être un fameux jobard!»

—«Voyons, ne dites pas du mal d'Odette, dit Mme Verdurin en faisant l'enfant. Elle est charmante.»

—«Mais cela ne l'empêche pas d'être charmante; nous ne disons pas du mal d'elle, nous disons que ce n'est pas une vertu ni une intelligence. Au fond, dit-il au peintre, tenez-vous tant que ça à ce qu'elle soit vertueuse? Elle serait peut-être beaucoup moins charmante, qui sait?»

Sur le palier, Swann avait été rejoint par le maître d'hôtel qui ne se trouvait pas là au moment où il était arrivé et avait été chargé par Odette de lui dire,—mais il y avait bien une heure déjà,—au cas où il viendrait encore, qu'elle irait probablement prendre du chocolat chez Prévost avant de rentrer. Swann partit chez Prévost, mais à chaque pas sa voiture était arrêtée par d'autres ou par des gens qui traversaient, odieux obstacles qu'il eût été heureux de renverser si le procès-verbal de l'agent ne l'eût retardé plus encore que le passage du piéton. Il comptait le temps qu'il mettait, ajoutait quelques secondes à toutes les minutes pour être sûr de ne pas les avoir faites trop courtes, ce qui lui eût laissé croire plus grande qu'elle n'était en réalité sa chance d'arriver assez tôt et de trouver encore Odette. Et à un moment, comme un fiévreux qui vient de dormir et qui prend conscience de l'absurdité des rêvasseries qu'il ruminait sans se distinguer nettement d'elles, Swann tout d'un coup aperçut en lui l'étrangeté des pensées qu'il roulait depuis le moment où on lui avait dit chez les Verdurin qu'Odette était déjà partie, la nouveauté de la douleur au cœur dont il souffrait, mais qu'il constata seulement comme s'il venait de s'éveiller. Quoi? toute cette agitation parce qu'il ne verrait Odette que demain, ce que précisément il avait souhaité, il y a une heure, en se rendant chez Mme Verdurin. Il fut bien obligé de constater que dans cette même voiture qui l'emmenait chez Prévost, il n'était plus le même, et qu'il n'était plus seul, qu'un être nouveau était là avec lui, adhérent, amalgamé à lui, duquel il ne pourrait peut-être pas se débarrasser, avec qui il allait être obligé d'user de ménagements comme avec un maître ou avec une maladie. Et pourtant depuis un moment qu'il sentait qu'une nouvelle personne s'était ainsi ajoutée à lui, sa vie lui paraissait plus intéressante. C'est à peine s'il se disait que cette rencontre possible chez Prévost (de laquelle l'attente saccageait, dénudait à ce point les moments qui la précédaient qu'il ne trouvait plus une seule idée, un seul souvenir derrière lequel il pût faire reposer son esprit), il était probable pourtant, si elle avait lieu, qu'elle serait comme les autres, fort peu de chose. Comme chaque soir, dès qu'il serait avec Odette, jetant furtivement sur son changeant visage un regard aussitôt détourné de peur qu'elle n'y vît l'avance d'un désir et ne crût plus à son désintéressement, il cesserait de pouvoir penser à elle, trop occupé à trouver des prétextes qui lui permissent de ne pas la quitter tout de suite et de s'assurer, sans avoir l'air d'y tenir, qu'il la retrouverait le lendemain chez les Verdurin: c'est-à-dire de prolonger pour l'instant et de renouveler un jour de plus la déception et la torture que lui apportait la vaine présence de cette femme qu'il approchait sans oser l'étreindre.

Elle n'était pas chez Prévost; il voulut chercher dans tous les restaurants des boulevards. Pour gagner du temps, pendant qu'il visitait les uns, il envoya dans les autres son cocher Rémi (le doge Lorédan de Rizzo) qu'il alla attendre ensuite—n'ayant rien trouvé lui-même—à l'endroit qu'il lui avait désigné. La voiture ne revenait pas et Swann se représentait le moment qui approchait, à la fois comme celui où Rémi lui dirait: «Cette dame est là», et comme celui où Rémi lui dirait, «cette dame n'était dans aucun des cafés.» Et ainsi il voyait la fin de la soirée devant lui, une et pourtant alternative, précédée soit par la rencontre d'Odette qui abolirait son angoisse, soit, par le renoncement forcé à la trouver ce soir, par l'acceptation de rentrer chez lui sans l'avoir vue.

Le cocher revint, mais, au moment où il s'arrêta devant Swann, celui-ci ne lui dit pas: «Avez-vous trouvé cette dame?» mais: «Faites-moi donc penser demain à commander du bois, je crois que la provision doit commencer à s'épuiser.» Peut-être se disait-il que si Rémi avait trouvé Odette dans un café où elle l'attendait, la fin de la soirée néfaste était déjà anéantie par la réalisation commencée de la fin de soirée bienheureuse et qu'il n'avait pas besoin de se presser d'atteindre un bonheur capturé et en lieu sûr, qui ne s'échapperait plus. Mais aussi c'était par force d'inertie; il avait dans l'âme le manque de souplesse que certains êtres ont dans le corps, ceux-là qui au moment d'éviter un choc, d'éloigner une flamme de leur habit, d'accomplir un mouvement urgent, prennent leur temps, commencent par rester une seconde dans la situation où ils étaient auparavant comme pour y trouver leur point d'appui, leur élan. Et sans doute si le cocher l'avait interrompu en lui disant: «Cette dame est là», il eut répondu: «Ah! oui, c'est vrai, la course que je vous avais donnée, tiens je n'aurais pas cru», et aurait continué à lui parler provision de bois pour lui cacher l'émotion qu'il avait eue et se laisser à lui-même le temps de rompre avec l'inquiétude et de se donner au bonheur.

Mais le cocher revint lui dire qu'il ne l'avait trouvée nulle part, et ajouta son avis, en vieux serviteur:

—Je crois que Monsieur n'a plus qu'à rentrer.

Mais l'indifférence que Swann jouait facilement quand Rémi ne pouvait plus rien changer à la réponse qu'il apportait tomba, quand il le vit essayer de le faire renoncer à son espoir et à sa recherche:

—«Mais pas du tout, s'écria-t-il, il faut que nous trouvions cette dame; c'est de la plus haute importance. Elle serait extrêmement ennuyée, pour une affaire, et froissée, si elle ne m'avait pas vu.»

—«Je ne vois pas comment cette dame pourrait être froissée, répondit Rémi, puisque c'est elle qui est partie sans attendre Monsieur, qu'elle a dit qu'elle allait chez Prévost et qu'elle n'y était pas.»

D'ailleurs on commençait à éteindre partout. Sous les arbres des boulevards, dans une obscurité mystérieuse, les passants plus rares erraient, à peine reconnaissables. Parfois l'ombre d'une femme qui s'approchait de lui,

lui murmurant un mot à l'oreille, lui demandant de la ramener, fit tressaillir Swann. Il frôlait anxieusement tous ces corps obscurs comme si parmi les fantômes des morts, dans le royaume sombre, il eût cherché Eurydice.

De tous les modes de production de l'amour, de tous les agents de dissémination du mal sacré, il est bien l'un des plus efficaces, ce grand souffle d'agitation qui parfois passe sur nous. Alors l'être avec qui nous nous plaisons à ce moment-là, le sort en est jeté, c'est lui que nous aimerons. Il n'est même pas besoin qu'il nous plût jusque-là plus ou même autant que d'autres. Ce qu'il fallait, c'est que notre goût pour lui devînt exclusif. Et cette condition-là est réalisée quand—à ce moment où il nous fait défaut—à la recherche des plaisirs que son agrément nous donnait, s'est brusquement substitué en nous un besoin anxieux, qui a pour objet cet être même, un besoin absurde, que les lois de ce monde rendent impossible à satisfaire et difficile à guérir—le besoin insensé et douloureux de le posséder.

Swann se fit conduire dans les derniers restaurants; c'est la seule hypothèse du bonheur qu'il avait envisagée avec calme; il ne cachait plus maintenant son agitation, le prix qu'il attachait à cette rencontre et il promit en cas de succès une récompense à son cocher, comme si en lui inspirant le désir de réussir qui viendrait s'ajouter à celui qu'il en avait lui-même, il pouvait faire qu'Odette, au cas où elle fût déjà rentrée se coucher, se trouvât pourtant dans un restaurant du boulevard. Il poussa jusqu'à la Maison Dorée, entra deux fois chez Tortoni et, sans l'avoir vue davantage, venait de ressortir du Café Anglais, marchant à grands pas, l'air hagard, pour rejoindre sa voiture qui l'attendait au coin du boulevard des Italiens, quand il heurta une personne qui venait en sens contraire: c'était Odette; elle lui expliqua plus tard que n'ayant pas trouvé de place chez Prévost, elle était allée souper à la Maison Dorée dans un enfoncement où il ne l'avait pas découverte, et elle regagnait sa voiture.

Elle s'attendait si peu à le voir qu'elle eut un mouvement d'effroi. Quant à lui, il avait couru Paris non parce qu'il croyait possible de la rejoindre, mais parce qu'il lui était trop cruel d'y renoncer. Mais cette joie que sa raison n'avait cessé d'estimer, pour ce soir, irréalisable, ne lui en paraissait maintenant que plus réelle; car, il n'y avait pas collaboré par la prévision des vraisemblances, elle lui restait extérieure; il n'avait pas besoin de tirer de son esprit pour la lui fournir,—c'est d'elle-même qu'émanait, c'est elle-même qui projetait vers lui—cette vérité qui rayonnait au point de dissiper comme un songe l'isolement qu'il avait redouté, et sur laquelle il appuyait, il reposait, sans penser, sa rêverie heureuse. Ainsi un voyageur arrivé par un beau temps au bord de la Méditerranée, incertain de l'existence des pays qu'il vient de quitter, laisse éblouir sa vue, plutôt qu'il ne leur jette des regards, par les rayons qu'émet vers lui l'azur lumineux et résistant des eaux.

Il monta avec elle dans la voiture qu'elle avait et dit à la sienne de suivre.

Elle tenait à la main un bouquet de catleyas et Swann vit, sous sa fanchon de dentelle, qu'elle avait dans les cheveux des fleurs de cette même orchidée attachées à une aigrette en plumes de cygnes. Elle était habillée sous sa mantille, d'un flot de velours noir qui, par un rattrapé oblique, découvrait en un large triangle le bas d'une jupe de faille blanche et laissait voir un empiècement, également de faille blanche, à l'ouverture du corsage décolleté, où étaient enfoncées d'autres fleurs de catleyas. Elle était à peine remise de la frayeur que Swann lui avait causée quand un obstacle fit faire un écart au cheval. Ils furent vivement déplacés, elle avait jeté un cri et restait toute palpitante, sans respiration.

—«Ce n'est rien, lui dit-il, n'ayez pas peur.»

Et il la tenait par l'épaule, l'appuyant contre lui pour la maintenir; puis il lui dit:

—Surtout, ne me parlez pas, ne me répondez que par signes pour ne pas vous essouffler encore davantage. Cela ne vous gêne pas que je remette droites les fleurs de votre corsage qui ont été déplacées par le choc. J'ai peur que vous ne les perdiez, je voudrais les enfoncer un peu.

Elle, qui n'avait pas été habituée à voir les hommes faire tant de façons avec elle, dit en souriant:

—«Non, pas du tout, ça ne me gêne pas.»

Mais lui, intimidé par sa réponse, peut-être aussi pour avoir l'air d'avoir été sincère quand il avait pris ce prétexte, ou même, commençant déjà à croire qu'il l'avait été, s'écria:

—«Oh! non, surtout, ne parlez pas, vous allez encore vous essouffler, vous pouvez bien me répondre par gestes, je vous comprendrai bien. Sincèrement je ne vous gêne pas? Voyez, il y a un peu... je pense que c'est du pollen qui s'est répandu sur vous, vous permettez que je l'essuie avec ma main? Je ne vais pas trop fort, je ne suis pas trop brutal? Je vous chatouille peut-être un peu? mais c'est que je ne voudrais pas toucher le velours de la robe pour ne pas le friper. Mais, voyez-vous, il était vraiment nécessaire de les fixer ils seraient tombés;

et comme cela, en les enfonçant un peu moi-même... Sérieusement, je ne vous suis pas désagréable? Et en les respirant pour voir s'ils n'ont vraiment pas d'odeur non plus? Je n'en ai jamais senti, je peux? dites la vérité.»?

Souriant, elle haussa légèrement les épaules, comme pour dire «vous êtes fou, vous voyez bien que ça me plaît».

Il élevait son autre main le long de la joue d'Odette; elle le regarda fixement, de l'air languissant et grave qu'ont les femmes du maître florentin avec lesquelles il lui avait trouvé de la ressemblance; amenés au bord des paupières, ses yeux brillants, larges et minces, comme les leurs, semblaient prêts à se détacher ainsi que deux larmes. Elle fléchissait le cou comme on leur voit faire à toutes, dans les scènes païennes comme dans les tableaux religieux. Et, en une attitude qui sans doute lui était habituelle, qu'elle savait convenable à ces moments-là et qu'elle faisait attention à ne pas oublier de prendre, elle semblait avoir besoin de toute sa force pour retenir son visage, comme si une force invisible l'eût attiré vers Swann. Et ce fut Swann, qui, avant qu'elle le laissât tomber, comme malgré elle, sur ses lèvres, le retint un instant, à quelque distance, entre ses deux mains. Il avait voulu laisser à sa pensée le temps d'accourir, de reconnaître le rêve qu'elle avait si longtemps caressé et d'assister à sa réalisation, comme une parente qu'on appelle pour prendre sa part du succès d'un enfant qu'elle a beaucoup aimé. Peut-être aussi Swann attachait-il sur ce visage d'Odette non encore possédée, ni même encore embrassée par lui, qu'il voyait pour la dernière fois, ce regard avec lequel, un jour de départ, on voudrait emporter un paysage qu'on va quitter pour toujours.

Mais il était si timide avec elle, qu'ayant fini par la posséder ce soir-là, en commençant par arranger ses catleyas, soit crainte de la froisser, soit peur de paraître rétrospectivement avoir menti, soit manque d'audace pour formuler une exigence plus grande que celle-là (qu'il pouvait renouveler puisqu'elle n'avait pas fiché Odette la première fois), les jours suivants il usa du même prétexte. Si elle avait des catleyas à son corsage, il disait: «C'est malheureux, ce soir, les catleyas n'ont pas besoin d'être arrangés, ils n'ont pas été déplacés comme l'autre soir; il me semble pourtant que celui-ci n'est pas très droit. Je peux voir s'ils ne sentent pas plus que les autres?» Ou bien, si elle n'en avait pas: «Oh! pas de catleyas ce soir, pas moyen de me livrer à mes petits arrangements.» De sorte que, pendant quelque temps, ne fut pas changé l'ordre qu'il avait suivi le premier soir, en débutant par des attouchements de doigts et de lèvres sur la gorge d'Odette et que ce fut par eux encore que commençaient chaque fois ses caresses; et, bien plus tard quand l'arrangement (ou le simulacre d'arrangement) des catleyas, fut depuis longtemps tombé en désuétude, la métaphore «faire catleya», devenue un simple vocable qu'ils employaient sans y penser quand ils voulaient signifier l'acte de la possession physique—où d'ailleurs l'on ne possède rien,—survécut dans leur langage, où elle le commémorait, à cet usage oublié. Et peut-être cette manière particulière de dire «faire l'amour» ne signifiait-elle pas exactement la même chose que ses synonymes. On a beau être blasé sur les femmes, considérer la possession des plus différentes comme toujours la même et connue d'avance, elle devient au contraire un plaisir nouveau s'il s'agit de femmes assez difficiles—ou crues telles par nous—pour que nous soyons obligés de la faire naître de quelque épisode imprévu de nos relations avec elles, comme avait été la première fois pour Swann l'arrangement des catleyas. Il espérait en tremblant, ce soir-là (mais Odette, se disait-il, si elle était dupe de sa ruse, ne pouvait le deviner), que c'était la possession de cette femme qui allait sortir d'entre leurs larges pétales mauves; et le plaisir qu'il éprouvait déjà et qu'Odette ne tolérait peut-être, pensait-il, que parce qu'elle ne l'avait pas reconnu, lui semblait, à cause de cela—comme il put paraître au premier homme qui le goûta parmi les fleurs du paradis terrestre—un plaisir qui n'avait pas existé jusque-là, qu'il cherchait à créer, un plaisir—ainsi que le nom spécial qu'il lui donna en garda la trace—entièrement particulier et nouveau.

Maintenant, tous les soirs, quand il l'avait ramenée chez elle, il fallait qu'il entrât et souvent elle ressortait en robe de chambre et le conduisait jusqu'à sa voiture, l'embrassait aux yeux du cocher, disant: «Qu'est-ce que cela peut me faire, que me font les autres?» Les soirs où il n'allait pas chez les Verdurin (ce qui arrivait parfois depuis qu'il pouvait la voir autrement), les soirs de plus en plus rares où il allait dans le monde, elle lui demandait de venir chez elle avant de rentrer, quelque heure qu'il fût. C'était le printemps, un printemps pur et glacé. En sortant de soirée, il montait dans sa victoria, étendait une couverture sur ses jambes, répondait aux amis qui s'en allaient en même temps que lui et lui demandaient de revenir avec eux qu'il ne pouvait pas, qu'il n'allait pas du même côté, et le cocher partait au grand trot sachant où on allait. Eux s'étonnaient, et de fait, Swann n'était plus le même. On ne recevait plus jamais de lettre de lui où il demandât à connaître une femme. Il ne faisait plus attention à aucune, s'abstenait d'aller dans les endroits où on en rencontre. Dans un restaurant, à la campagne, il avait l'attitude inversée de celle à quoi, hier encore, on l'eût reconnu et qui avait semblé devoir toujours être la sienne. Tant une passion est en nous comme un caractère momentané et différent qui se substitue à l'autre et abolit les signes jusque-là invariables par lesquels il s'exprimait! En revanche ce qui était invariable maintenant, c'était que où que Swann se trouvât, il ne manquât pas d'aller rejoindre Odette. Le trajet qui le séparait d'elle était celui qu'il parcourait inévitablement et comme la pente même irrésistible et rapide de sa vie. A vrai dire, souvent resté tard dans le monde, il aurait mieux aimé rentrer directement chez lui sans faire cette longue course et ne la voir que le lendemain; mais le fait même de se déranger à une heure anormale pour aller chez elle, de deviner que les amis qui le quittaient se disaient: «Il est très tenu, il y a certainement une femme qui le force à aller chez elle à n'importe quelle heure», lui faisait sentir qu'il menait la vie des hommes qui ont une affaire amoureuse dans leur existence, et en qui le sacrifice qu'ils font de leur repos et de leurs intérêts à une rêverie voluptueuse fait naître un charme intérieur.

Puis sans qu'il s'en rendît compte, cette certitude qu'elle l'attendait, qu'elle n'était pas ailleurs avec d'autres, qu'il ne reviendrait pas sans l'avoir vue, neutralisait cette angoisse oubliée mais toujours prête à renaître qu'il avait éprouvée le soir où Odette n'était plus chez les Verdurin et dont l'apaisement actuel était si doux que cela pouvait s'appeler du bonheur. Peut-être était-ce à cette angoisse qu'il était redevable de l'importance qu'Odette avait prise pour lui. Les êtres nous sont d'habitude si indifférents, que quand nous avons mis dans l'un d'eux de telles possibilités de souffrance et de joie, pour nous il nous semble appartenir à un autre univers, il s'entoure de poésie, il fait de notre vie comme une étendue émouvante où il sera plus ou moins rapproché de nous. Swann ne pouvait se demander sans trouble ce qu'Odette deviendrait pour lui dans les années qui allaient venir. Parfois, en voyant, de sa victoria, dans ces belles nuits froides, la lune brillante qui répandait sa clarté entre ses yeux et les rues désertes, il pensait à cette autre figure claire et légèrement rosée comme celle de la lune, qui, un jour, avait surgi dans sa pensée et, depuis projetait sur le monde la lumière mystérieuse dans laquelle il le voyait. S'il arrivait après l'heure où Odette envoyait ses domestiques se coucher, avant de sonner à la porte du petit jardin, il allait d'abord dans la rue, où donnait au rez-de-chaussée, entre les fenêtres toutes pareilles, mais obscures, des hôtels contigus, la fenêtre, seule éclairée, de sa chambre. Il frappait au carreau, et elle, avertie, répondait et allait l'attendre de l'autre côté, à la porte d'entrée. Il trouvait ouverts sur son piano quelques-uns des morceaux qu'elle préférait: la *Valse des Roses* ou *Pauvre fou* de Tagliafico (qu'on devait, selon sa volonté écrite, faire exécuter à son enterrement), il lui demandait de jouer à la place la petite phrase de la sonate de Vinteuil, bien qu'Odette jouât fort mal, mais la vision la plus belle qui nous reste d'une œuvre est souvent celle qui s'éleva au-dessus des sons faux tirés par des doigts malhabiles, d'un piano désaccordé. La petite phrase continuait à s'associer pour Swann à l'amour qu'il avait pour Odette.

Il sentait bien que cet amour, c'était quelque chose qui ne correspondait à rien d'extérieur, de constatable par d'autres que lui; il se rendait compte que les qualités d'Odette ne justifiaient pas qu'il attachât tant de prix aux moments passés auprès d'elle. Et souvent, quand c'était l'intelligence positive qui régnait seule en Swann, il voulait cesser de sacrifier tant d'intérêts intellectuels et sociaux à ce plaisir imaginaire. Mais la petite phrase, dès qu'il l'entendait, savait rendre libre en lui l'espace qui pour elle était nécessaire, les proportions de l'âme de Swann s'en trouvaient changées; une marge y était réservée à une jouissance qui elle non plus ne correspondait à aucun objet extérieur et qui pourtant au lieu d'être purement individuelle comme celle de l'amour, s'imposait à Swann comme une réalité supérieure aux choses concrètes. Cette soif d'un charme inconnu, la petite phrase l'éveillait en lui, mais ne lui apportait rien de précis pour l'assouvir. De sorte que ces parties de l'âme de Swann où la petite phrase avait effacé le souci des intérêts matériels, les considérations humaines et valables pour tous, elle les avait laissées vacantes et en blanc, et il était libre d'y inscrire le nom d'Odette. Puis à ce que l'affection d'Odette pouvait avoir d'un peu court et décevant, la petite phrase venait ajouter, amalgamer son essence mystérieuse. A voir le visage de Swann pendant qu'il écoutait la phrase, on aurait dit qu'il était en train d'absorber un anesthésique qui donnait plus d'amplitude à sa respiration.

Et le plaisir que lui donnait la musique et qui allait bientôt créer chez lui un véritable besoin, ressemblait en effet, à ces moments-là, au plaisir qu'il aurait eu à expérimenter des parfums, à entrer en contact avec un monde pour lequel nous ne sommes pas faits, qui nous semble sans forme parce que nos yeux ne le perçoivent pas, sans signification parce qu'il échappe à notre intelligence, que nous n'atteignons que par un seul sens. Grand repos, mystérieuse rénovation pour Swann,—pour lui dont les yeux quoique délicats amateurs de peinture, dont l'esprit quoique fin observateur de mœurs, portaient à jamais la trace indélébile de la sécheresse de sa vie—de se sentir transformé en une créature étrangère à l'humanité, aveugle, dépourvue de facultés logiques, presque une fantastique licorne, une créature chimérique ne percevant le monde que par l'ouïe. Et comme dans la petite phrase il cherchait cependant un sens où son intelligence ne pouvait descendre, quelle étrange ivresse il avait à dépouiller son âme la plus intérieure de tous les secours du raisonnement et à la faire passer seule dans le couloir, dans le filtre obscur du son. Il commençait à se rendre compte de tout ce qu'il y avait de douloureux, peut-être même de secrètement inapaisé au fond de la douceur de cette phrase, mais il ne pouvait pas en souffrir. Qu'importait qu'elle lui dît que l'amour est fragile, le sien était si fort! Il jouait avec la tristesse qu'elle répandait, il la sentait passer sur lui, mais comme une caresse qui rendait plus profond et plus doux le sentiment qu'il avait de son bonheur. Il la faisait rejouer dix fois, vingt fois à Odette, exigeant qu'en même temps elle ne cessât pas de l'embrasser. Chaque baiser appelle un autre baiser. Ah! dans ces premiers temps où l'on aime, les baisers naissent si naturellement! Ils foisonnent si pressés les uns contre les autres; et l'on aurait autant de peine à compter les baisers qu'on s'est donnés pendant une heure que les fleurs d'un champ au mois de mai. Alors elle faisait mine de s'arrêter, disant: «Comment veux-tu que je joue comme cela si tu me tiens, je ne peux tout faire à la fois, sache au moins ce que tu veux, est-ce que je dois jouer la phrase ou faire des petites caresses», lui se fâchait et elle éclatait d'un rire qui se changeait et retombait sur lui, en une pluie de baisers.

Ou bien elle le regardait d'un air maussade, il revoyait un visage digne de figurer dans la Vie de Moïse de Botticelli, il l'y situait, il donnait au cou d'Odette l'inclinaison nécessaire; et quand il l'avait bien peinte à la détrempe, au XVe siècle, sur la muraille de la Sixtine, l'idée qu'elle était cependant restée là, près du piano, dans le moment actuel, prête à être embrassée et possédée, l'idée de sa matérialité et de sa vie venait l'enivrer avec une telle force que, l'œil égaré, les mâchoires tendues comme pour dévorer, il se précipitait sur cette vierge de Botticelli et se mettait à lui pincer les joues. Puis, une fois qu'il l'avait quittée, non sans être rentré pour l'embrasser encore parce qu'il avait oublié d'emporter dans son souvenir quelque particularité de son odeur ou de ses traits, tandis qu'il revenait dans sa victoria, bénissant Odette de lui permettre ces visites quotidiennes, dont il sentait qu'elles ne devaient pas lui causer à elle une bien grande joie, mais qui en le préservant de devenir jaloux,—en lui ôtant l'occasion de souffrir de nouveau du mal qui s'était déclaré en lui le soir où il ne l'avait pas trouvée chez les Verdurin—l'aideraient à arriver, sans avoir plus d'autres de ces crises dont la première avait été si douloureuse et resterait la seule, au bout de ces heures singulières de sa vie, heures presque enchantées, à la façon de celles où il traversait Paris au clair de lune. Et, remarquant, pendant ce retour, que l'astre était maintenant déplacé par rapport à lui, et presque au bout de l'horizon, sentant que son amour obéissait, lui aussi, à des lois immuables et naturelles, il se demandait si cette période où il était entré durerait encore longtemps, si bientôt sa pensée ne verrait plus le cher visage qu'occupant une position lointaine et diminuée, et près de cesser de répandre du charme. Car Swann en trouvait aux choses, depuis qu'il était amoureux, comme au temps où, adolescent, il se croyait artiste; mais ce n'était plus le même charme, celui-ci c'est Odette seule qui le leur conférait. Il sentait renaître en lui les inspirations de sa jeunesse qu'une vie frivole avait dissipées, mais elles portaient toutes le reflet, la marque d'un être particulier; et, dans les longues heures qu'il prenait maintenant un plaisir délicat à passer chez lui, seul avec son âme en convalescence, il redevenait peu à peu lui-même, mais à une autre.

Il n'allait chez elle que le soir, et il ne savait rien de l'emploi de son temps pendant le jour, pas plus que de son passé, au point qu'il lui manquait même ce petit renseignement initial qui, en nous permettant de nous imaginer ce que nous ne savons pas, nous donne envie de le connaître. Aussi ne se demandait-il pas ce qu'elle pouvait faire, ni quelle avait été sa vie. Il souriait seulement quelquefois en pensant qu'il y a quelques années, quand il ne la connaissait pas, on lui avait parlé d'une femme, qui, s'il se rappelait bien, devait certainement être elle, comme d'une fille, d'une femme entretenue, une de ces femmes auxquelles il attribuait encore, comme il avait peu vécu dans leur société, le caractère entier, foncièrement pervers, dont les dota longtemps l'imagination de certains romanciers.

Il se disait qu'il n'y a souvent qu'à prendre le contre-pied des réputations que fait le monde pour juger exactement une personne, quand, à un tel caractère, il opposait celui d'Odette, bonne, naïve, éprise d'idéal, presque si incapable de ne pas dire la vérité, que, l'ayant un jour priée, pour pouvoir dîner seul avec elle, d'écrire aux Verdurin qu'elle était souffrante, le lendemain, il l'avait vue, devant Mme Verdurin qui lui demandait si elle allait mieux, rougir, balbutier et refléter malgré elle, sur son visage, le chagrin, le supplice que cela lui était de mentir, et, tandis qu'elle multipliait dans sa réponse les détails inventés sur sa prétendue indisposition de la veille, avoir l'air de faire demander pardon par ses regards suppliants et sa voix désolée de la fausseté de ses paroles.

Certains jours pourtant, mais rares, elle venait chez lui dans l'après-midi, interrompre sa rêverie ou cette étude sur Ver Meer à laquelle il s'était remis dernièrement. On venait lui dire que Mme de Crécy était dans son petit salon. Il allait l'y retrouver, et quand il ouvrait la porte, au visage rosé d'Odette, dès qu'elle avait aperçu Swann, venait—, changeant la forme de sa bouche, le regard de ses yeux, le modelé de ses joues—se mélanger un sourire. Une fois seul, il revoyait ce sourire, celui qu'elle avait eu la veille, un autre dont elle l'avait accueilli telle ou telle fois, celui qui avait été sa réponse, en voiture, quand il lui avait demandé s'il lui était désagréable en redressant les catleyas; et la vie d'Odette pendant le reste du temps, comme il n'en connaissait rien, lui apparaissait avec son fond neutre et sans couleur, semblable à ces feuilles d'études de Watteau, où on voit çà et là, à toutes les places, dans tous les sens, dessinés aux trois crayons sur le papier chamois, d'innombrables sourires. Mais, parfois, dans un coin de cette vie que Swann voyait toute vide, si même son esprit lui disait qu'elle ne l'était pas, parce qu'il ne pouvait pas l'imaginer, quelque ami, qui, se doutant qu'ils s'aimaient, ne se fût pas risqué à lui rien dire d'elle que d'insignifiant, lui décrivait la silhouette d'Odette, qu'il avait aperçue, le matin même, montant à pied la rue Abbatucci dans une «visite» garnie de skunks, sous un chapeau «à la Rembrandt» et un bouquet de violettes à son corsage. Ce simple croquis bouleversait Swann parce qu'il lui faisait tout d'un coup apercevoir qu'Odette avait une vie qui n'était pas tout entière à lui; il voulait savoir à qui elle avait cherché à plaire par cette toilette qu'il ne lui connaissait pas; il se promettait de lui demander où elle allait, à ce moment-là, comme si dans toute la vie incolore,—presque inexistante, parce qu'elle lui était invisible—, de sa maîtresse, il n'y avait qu'une seule chose en dehors de tous ces sourires adressés à lui: sa démarche sous un chapeau à la Rembrandt, avec un bouquet de violettes au corsage.

Sauf en lui demandant la petite phrase de Vinteuil au lieu de la Valse des Roses, Swann ne cherchait pas à lui faire jouer plutôt des choses qu'il aimât, et pas plus en musique qu'en littérature, à corriger son mauvais goût. Il se rendait bien compte qu'elle n'était pas intelligente. En lui disant qu'elle aimerait tant qu'il lui parlât des grands poètes, elle s'était imaginé qu'elle allait connaître tout de suite des couplets héroïques et romanesques dans le genre de ceux du vicomte de Borelli, en plus émouvant encore. Pour Ver Meer de Delft, elle lui demanda s'il avait souffert par une femme, si c'était une femme qui l'avait inspiré, et Swann lui ayant avoué qu'on n'en savait rien, elle s'était désintéressée de ce peintre. Elle disait souvent: «Je crois bien, la poésie, naturellement, il n'y aurait rien de plus beau si c'était vrai, si les poètes pensaient tout ce qu'ils disent. Mais bien souvent, il n'y a pas plus intéressé que ces gens-là. J'en sais quelque chose, j'avais une amie qui a aimé une espèce de poète. Dans ses vers il ne parlait que de l'amour, du ciel, des étoiles. Ah! ce qu'elle a été refaite! Il lui a croqué plus de trois cent mille francs.» Si alors Swann cherchait à lui apprendre en quoi consistait la beauté artistique, comment il fallait admirer les vers ou les tableaux, au bout d'un instant, elle cessait d'écouter, disant: «Oui... je ne me figurais pas que c'était comme cela.» Et il sentait qu'elle éprouvait une telle déception qu'il préférait mentir en lui disant que tout cela n'était rien, que ce n'était encore que des bagatelles, qu'il n'avait pas le temps d'aborder le fond, qu'il y avait autre chose. Mais elle lui disait vivement: «Autre chose? quoi?... Dis-le alors», mais il ne le disait pas, sachant combien cela lui paraîtrait mince et différent de ce qu'elle espérait, moins sensationnel et moins touchant, et craignant que, désillusionnée de l'art, elle ne le fût en même temps de l'amour.

Et en effet elle trouvait Swann, intellectuellement, inférieur à ce qu'elle aurait cru. «Tu gardes toujours ton sang-froid, je ne peux te définir.» Elle s'émerveillait davantage de son indifférence à l'argent, de sa gentillesse pour chacun, de sa délicatesse. Et il arrive en effet souvent pour de plus grands que n'était Swann, pour un savant, pour un artiste, quand il n'est pas méconnu par ceux qui l'entourent, que celui de leurs sentiments qui prouve que la supériorité de son intelligence s'est imposée à eux, ce n'est pas leur admiration pour ses idées, car elles leur échappent, mais leur respect pour sa bonté. C'est aussi du respect qu'inspirait à Odette la situation qu'avait Swann dans le monde, mais elle ne désirait pas qu'il cherchât à l'y faire recevoir. Peut-être sentait-elle qu'il ne pourrait pas y réussir, et même craignait-elle, que rien qu'en parlant d'elle, il ne provoquât des révélations qu'elle redoutait. Toujours est-il qu'elle lui avait fait promettre de ne jamais prononcer son nom. La raison pour laquelle elle ne voulait pas aller dans le monde, lui avait-elle dit, était une brouille qu'elle avait eue autrefois avec une amie qui, pour se venger, avait ensuite dit du mal d'elle. Swann objectait: «Mais tout le monde n'a pas connu ton amie.»—«Mais si, ça fait la tache d'huile, le monde est si méchant.» D'une part Swann ne comprit pas cette histoire, mais d'autre part il savait que ces propositions: «Le monde est si méchant», «un propos calomnieux fait la tache d'huile», sont généralement tenues pour vraies; il devait y avoir des cas auxquels elles s'appliquaient. Celui d'Odette était-il l'un de ceux-là? Il se le demandait, mais pas longtemps, car il était sujet, lui aussi, à cette lourdeur d'esprit qui s'appesantissait sur son père, quand il se posait un problème difficile. D'ailleurs, ce monde qui faisait si peur à Odette, ne lui inspirait peut-être pas de grands désirs, car pour qu'elle se le représentât bien nettement, il était trop éloigné de celui qu'elle connaissait. Pourtant, tout en étant restée à certains égards vraiment simple (elle avait par exemple gardé pour amie une petite couturière retirée dont elle grimpait presque chaque jour l'escalier raide, obscur et fétide), elle avait soif de chic, mais ne s'en faisait pas la même idée que les gens du monde. Pour eux, le chic est une émanation de quelques personnes peu nombreuses qui le projettent jusqu'à un degré assez éloigné

—et plus ou moins affaibli dans la mesure où l'on est distant du centre de leur intimité—, dans le cercle de leurs amis ou des amis de leurs amis dont les noms forment une sorte de répertoire. Les gens du monde le possèdent dans leur mémoire, ils ont sur ces matières une érudition d'où ils ont extrait une sorte de goût, de tact, si bien que Swann par exemple, sans avoir besoin de faire appel à son savoir mondain, s'il lisait dans un journal les noms des personnes qui se trouvaient à un dîner pouvait dire immédiatement la nuance du chic de ce dîner, comme un lettré, à la simple lecture d'une phrase, apprécie exactement la qualité littéraire de son auteur. Mais Odette faisait partie des personnes (extrêmement nombreuses quoi qu'en pensent les gens du monde, et comme il y en a dans toutes les classes de la société), qui ne possèdent pas ces notions, imaginent un chic tout autre, qui revêt divers aspects selon le milieu auquel elles appartiennent, mais a pour caractère particulier,—que ce soit celui dont rêvait Odette, ou celui devant lequel s'inclinait Mme Cottard,—d'être directement accessible à tous. L'autre, celui des gens du monde, l'est à vrai dire aussi, mais il y faut quelque délai. Odette disait de quelqu'un:

—«Il ne va jamais que dans les endroits chics.»

Et si Swann lui demandait ce qu'elle entendait par là, elle lui répondait avec un peu de mépris:

—«Mais les endroits chics, parbleu! Si, à ton âge, il faut t'apprendre ce que c'est que les endroits chics, que veux-tu que je te dise, moi, par exemple, le dimanche matin, l'avenue de l'Impératrice, à cinq heures le tour du Lac, le jeudi l'Éden Théâtre, le vendredi l'Hippodrome, les bals...»

—Mais quels bals?

—«Mais les bals qu'on donne à Paris, les bals chics, je veux dire. Tiens, Herbinger, tu sais, celui qui est chez un coulissier? mais si, tu dois savoir, c'est un des hommes les plus lancés de Paris, ce grand jeune homme blond qui est tellement snob, il a toujours une fleur à la boutonnière, une raie dans le dos, des paletots clairs; il est avec ce vieux tableau qu'il promène à toutes les premières. Eh bien! il a donné un bal, l'autre soir, il y avait tout ce qu'il y a de chic à Paris. Ce que j'aurais aimé y aller! mais il fallait présenter sa carte d'invitation à la porte et je n'avais pas pu en avoir. Au fond j'aime autant ne pas y être allée, c'était une tuerie, je n'aurais rien vu. C'est plutôt pour pouvoir dire qu'on était chez Herbinger. Et tu sais, moi, la gloriole! Du reste, tu peux bien te dire que sur cent qui racontent qu'elles y étaient, il y a bien la moitié dont ça n'est pas vrai... Mais ça m'étonne que toi, un homme si «pschutt», tu n'y étais pas.»

Mais Swann ne cherchait nullement à lui faire modifier cette conception du chic; pensant que la sienne n'était pas plus vraie, était aussi sotte, dénuée d'importance, il ne trouvait aucun intérêt à en instruire sa maîtresse, si bien qu'après des mois elle ne s'intéressait aux personnes chez qui il allait que pour les cartes de pesage, de concours hippique, les billets de première qu'il pouvait avoir par elles. Elle souhaitait qu'il cultivât des relations si utiles mais elle était par ailleurs, portée à les croire peu chic, depuis qu'elle avait vu passer dans la rue la marquise de Villeparisis en robe de laine noire, avec un bonnet à brides.

—Mais elle a l'air d'une ouvreuse, d'une vieille concierge, darling! Ça, une marquise! Je ne suis pas marquise, mais il faudrait me payer bien cher pour me faire sortir nippée comme ça!

Elle ne comprenait pas que Swann habitât l'hôtel du quai d'Orléans que, sans oser le lui avouer, elle trouvait indigne de lui.

Certes, elle avait la prétention d'aimer les «antiquités» et prenait un air ravi et fin pour dire qu'elle adorait passer toute une journée à «bibeloter», à chercher «du bric-à-brac», des choses «du temps». Bien qu'elle s'entêtât dans une sorte de point d'honneur (et semblât pratiquer quelque précepte familial) en ne répondant jamais aux questions et en ne «rendant pas de comptes» sur l'emploi de ses journées, elle parla une fois à Swann d'une amie qui l'avait invitée et chez qui tout était «de l'époque». Mais Swann ne put arriver à lui faire dire quelle était cette époque. Pourtant, après avoir réfléchi, elle répondit que c'était «moyenâgeux». Elle entendait par là qu'il y avait des boiseries. Quelque temps après, elle lui reparla de son amie et ajouta, sur le ton hésitant et de l'air entendu dont on cite quelqu'un avec qui on a dîné la veille et dont on n'avait jamais entendu le nom, mais que vos amphitryons avaient l'air de considérer comme quelqu'un de si célèbre qu'on espère que l'interlocuteur saura bien de qui vous voulez parler: «Elle a une salle à manger... du... dix-huitième!» Elle trouvait du reste cela affreux, nu, comme si la maison n'était pas finie, les femmes y paraissaient affreuses et la mode n'en prendrait jamais. Enfin, une troisième fois, elle en reparla et montra à Swann l'adresse de l'homme qui avait fait cette salle à manger et qu'elle avait envie de faire venir, quand elle aurait de l'argent pour voir s'il ne pourrait pas lui en faire, non pas certes une pareille, mais celle qu'elle rêvait et que, malheureusement, les dimensions de son petit hôtel ne comportaient pas, avec de hauts dressoirs, des meubles Renaissance et des cheminées comme au château de Blois. Ce jour-là, elle laissa échapper devant Swann ce qu'elle pensait de son habitation du quai d'Orléans; comme il avait critiqué que l'amie d'Odette donnât non pas dans le Louis XVI, car, disait-il, bien que cela ne se fasse pas, cela peut être charmant, mais dans le faux ancien: «Tu ne voudrais pas qu'elle vécût comme toi au milieu de meubles cassés et de tapis usés», lui dit-elle, le respect humain de la bourgeoise l'emportant encore chez elle sur le dilettantisme de la cocotte.

De ceux qui aimaient à bibeloter, qui aimaient les vers, méprisaient les bas calculs, rêvaient d'honneur et d'amour, elle faisait une élite supérieure au reste de l'humanité. Il n'y avait pas besoin qu'on eût réellement ces goûts pourvu qu'on les proclamât; d'un homme qui lui avait avoué à dîner qu'il aimait à flâner, à se salir les doigts dans les vieilles boutiques, qu'il ne serait jamais apprécié par ce siècle commercial, car il ne se souciait pas de ses intérêts et qu'il était pour cela d'un autre temps, elle revenait en disant: «Mais c'est une âme adorable, un sensible, je ne m'en étais jamais doutée!» et elle se sentait pour lui une immense et soudaine amitié. Mais, en revanche ceux, qui comme Swann, avaient ces goûts, mais n'en parlaient pas, la laissaient froide. Sans doute elle était obligée d'avouer que Swann ne tenait pas à l'argent, mais elle ajoutait d'un air boudeur: «Mais lui, ça n'est pas la même chose»; et en effet, ce qui parlait à son imagination, ce n'était pas la pratique du désintéressement, c'en était le vocabulaire.

Sentant que souvent il ne pouvait pas réaliser ce qu'elle rêvait, il cherchait du moins à ce qu'elle se plût avec lui, à ne pas contrecarrer ces idées vulgaires, ce mauvais goût qu'elle avait en toutes choses, et qu'il aimait d'ailleurs comme tout ce qui venait d'elle, qui l'enchantaient même, car c'était autant de traits particuliers grâce auxquels l'essence de cette femme lui apparaissait, devenait visible. Aussi, quand elle avait l'air heureux parce qu'elle devait aller à la Reine Topaze, ou que son regard devenait sérieux, inquiet et volontaire, si elle avait peur de manquer la rite des fleurs ou simplement l'heure du thé, avec muffins et toasts, au «Thé de la Rue Royale» où elle croyait que l'assiduité était indispensable pour consacrer la réputation d'élégance d'une femme, Swann, transporté comme nous le sommes par le naturel d'un enfant ou par la vérité d'un portrait qui semble sur le point de parler, sentait si bien l'âme de sa maîtresse affleurer à son visage qu'il ne pouvait résister à venir l'y toucher avec ses lèvres. «Ah! elle veut qu'on la mène à la fête des fleurs, la petite Odette, elle veut se faire admirer, eh bien, on l'y mènera, nous n'avons qu'à nous incliner.» Comme la vue de Swann était un peu basse, il dut se résigner à se servir de lunettes pour travailler chez lui, et à adopter, pour aller dans le monde, le monocle qui le défigurait moins. La première fois qu'elle lui en vit un dans l'œil, elle ne put contenir sa joie: «Je trouve que pour un homme, il n'y a pas à dire, ça a beaucoup de chic! Comme tu es bien ainsi! tu as l'air d'un vrai gentleman. Il ne te manque qu'un titre!» ajouta-t-elle, avec une nuance de regret. Il aimait qu'Odette fût ainsi, de même que, s'il avait été épris d'une Bretonne, il aurait été heureux de la voir en coiffe et de lui entendre dire qu'elle croyait aux revenants.

Jusque-là, comme beaucoup d'hommes chez qui leur goût pour les arts se développe indépendamment de la sensualité, une disparate bizarre avait existé entre les satisfactions qu'il accordait à l'un et à l'autre, jouissant, dans la compagnie de femmes de plus en plus grossières, des séductions d'œuvres de plus en plus raffinées, emmenant une petite bonne dans une baignoire grillée à la représentation d'une pièce décadente qu'il avait envie d'entendre ou à une exposition de peinture impressionniste, et persuadé d'ailleurs qu'une femme du monde cultivée n'y eut pas compris davantage, mais n'aurait pas su se taire aussi gentiment. Mais, au contraire, depuis qu'il aimait Odette, sympathiser avec elle, tâcher de n'avoir qu'une âme à eux deux lui était si doux, qu'il cherchait à se plaire aux choses qu'elle aimait, et il trouvait un plaisir d'autant plus profond non seulement à imiter ses habitudes, mais à adopter ses opinions, que, comme elles n'avaient aucune racine dans sa propre intelligence, elles lui rappelaient seulement son amour, à cause duquel il les avait préférées. S'il retournait à Serge Panine, s'il recherchait les occasions d'aller voir conduire Olivier Métra, c'était pour la douceur d'être initié dans toutes les conceptions d'Odette, de se sentir de moitié dans tous ses goûts. Ce charme de le rapprocher d'elle, qu'avaient les ouvrages ou les lieux qu'elle aimait, lui semblait plus mystérieux que celui qui est intrinsèque à de plus beaux, mais qui ne la lui rappelaient pas. D'ailleurs, ayant laissé s'affaiblir les croyances intellectuelles de sa jeunesse, et son scepticisme d'homme du monde ayant à son insu pénétré jusqu'à elles, il pensait (ou du moins il avait si longtemps pensé cela qu'il le disait encore) que les objets de nos goûts n'ont pas en eux une valeur absolue, mais que tout est affaire d'époque, de classe, consiste en modes, dont les plus vulgaires valent celles qui passent pour les plus distinguées. Et comme il jugeait que l'importance attachée par Odette à avoir des cartes pour le vernissage n'était pas en soi quelque chose de plus ridicule que le plaisir qu'il avait autrefois à déjeuner chez le prince de Galles, de même, il ne pensait pas que l'admiration qu'elle professait pour Monte-Carlo ou pour le Righi fût plus déraisonnable que le goût qu'il avait, lui, pour la Hollande qu'elle se figurait laide et pour Versailles qu'elle trouvait triste. Aussi, se privait-il d'y aller, ayant plaisir à se dire que c'était pour elle, qu'il voulait ne sentir, n'aimer qu'avec elle.

Comme tout ce qui environnait Odette et n'était en quelque sorte que le mode selon lequel il pouvait la voir, causer avec elle, il aimait la société des Verdurin. Là, comme au fond de tous les divertissements, repas, musique, jeux, soupers costumés, parties de campagne, parties de théâtre, même les rares «grandes soirées» données pour les «ennuyeux», il y avait la présence d'Odette, la vue d'Odette, la conversation avec Odette, dont les Verdurin faisaient à Swann, en l'invitant, le don inestimable, il se plaisait mieux que partout ailleurs dans le «petit noyau», et cherchait à lui attribuer des mérites réels, car il s'imaginait ainsi que par goût il le fréquenterait toute sa vie. Or, n'osant pas se dire, par peur de ne pas le croire, qu'il aimerait toujours Odette, du moins en cherchant à supposer qu'il fréquenterait toujours les Verdurin (proposition qui, a priori, soulevait moins d'objections de principe de la part de son intelligence), il se voyait dans l'avenir continuant à rencontrer chaque soir Odette; cela ne revenait peut-être pas tout à fait au même que l'aimer toujours, mais, pour le moment, pendant qu'il l'aimait, croire qu'il ne cesserait pas un jour de la voir, c'est tout ce qu'il demandait. «Quel charmant milieu, se disait-il. Comme c'est au fond la vraie vie qu'on mène là! Comme on y est plus intelligent, plus artiste que dans le monde. Comme Mme Verdurin, malgré de petites exagérations un peu risibles, a un amour sincère de la peinture, de la musique! quelle passion pour les œuvres, quel désir de faire plaisir aux artistes! Elle se fait une idée inexacte des gens du monde; mais avec cela que le monde n'en a pas une plus fausse encore des milieux artistes! Peut-être n'ai-je pas de grands besoins intellectuels à assouvir dans la conversation, mais je me plais parfaitement bien avec Cottard, quoiqu'il fasse des calembours ineptes. Et quant au peintre, si sa prétention est déplaisante quand il cherche à étonner, en revanche c'est une des plus belles intelligences que j'aie connues. Et puis surtout, là, on se sent libre, on fait ce qu'on veut sans contrainte, sans cérémonie. Quelle dépense de bonne humeur il se fait par jour dans ce salon-là! Décidément, sauf quelques rares exceptions, je n'irai plus jamais que dans ce milieu. C'est là que j'aurai de plus en plus mes habitudes et ma vie.»

Et comme les qualités qu'il croyait intrinsèques aux Verdurin n'étaient que le reflet sur eux de plaisirs qu'avait goûtés chez eux son amour pour Odette, ces qualités devenaient plus sérieuses, plus profondes, plus vitales, quand ces plaisirs l'étaient aussi. Comme Mme Verdurin donnait parfois à Swann ce qui seul pouvait constituer pour lui le bonheur; comme, tel soir où il se sentait anxieux parce qu'Odette avait causé avec un invité plus qu'avec un autre, et où, irrité contre elle, il ne voulait pas prendre l'initiative de lui demander si elle reviendrait avec lui, Mme Verdurin lui apportait la paix et la joie en disant spontanément: «Odette, vous allez ramener M. Swann, n'est-ce pas»? comme cet été qui venait et où il s'était d'abord demandé avec inquiétude si Odette ne s'absenterait pas sans lui, s'il pourrait continuer à la voir tous les jours, Mme Verdurin allait les inviter à le passer tous deux chez elle à la campagne,—Swann laissant à son insu la reconnaissance et l'intérêt s'infiltrer dans son intelligence et influer sur ses idées, allait jusqu'à proclamer que Mme Verdurin était une grande âme. De quelques gens exquis ou éminents que tel de ses anciens camarades de l'école du Louvre lui parlât: «Je préfère cent fois les Verdurin, lui répondait-il.» Et, avec une solennité qui était nouvelle chez lui: «Ce sont des êtres magnanimes, et la magnanimité est, au fond, la seule chose qui importe et qui distingue ici-bas. Vois-tu, il n'y a que deux classes d'êtres: les magnanimes et les autres; et je suis arrivé à un âge où il faut prendre parti, décider une fois pour toutes qui on veut aimer et qui on veut dédaigner, se tenir à ceux qu'on aime et, pour réparer le temps qu'on a gâché avec les autres, ne plus les quitter jusqu'à sa mort. Eh bien! ajoutait-il avec cette légère émotion qu'on éprouve quand même sans bien s'en rendre compte, on dit une chose non parce qu'elle est vraie, mais parce qu'on a plaisir à la dire et qu'on l'écoute dans sa propre voix comme si elle venait d'ailleurs que de nous-mêmes, le sort en est jeté, j'ai choisi d'aimer les seuls cœurs magnanimes et de ne plus vivre que dans la magnanimité. Tu me demandes si Mme Verdurin est véritablement intelligente. Je t'assure qu'elle m'a donné les preuves d'une noblesse de cœur, d'une hauteur d'âme où, que veux-tu, on n'atteint pas sans une hauteur égale de pensée. Certes elle a la profonde intelligence des arts. Mais ce n'est peut-être pas là qu'elle est le plus admirable; et telle petite action ingénieusement, exquisement bonne, qu'elle a accomplie pour moi, telle géniale attention, tel geste familièrement sublime, révèlent une compréhension plus profonde de l'existence que tous les traités de philosophie.»

Il aurait pourtant pu se dire qu'il y avait des anciens amis de ses parents aussi simples que les Verdurin, des camarades de sa jeunesse aussi épris d'art, qu'il connaissait d'autres êtres d'un grand cœur, et que, pourtant, depuis qu'il avait opté pour la simplicité, les arts et la magnanimité, il ne les voyait plus jamais. Mais ceux-là ne connaissaient pas Odette, et, s'ils l'avaient connue, ne se seraient pas souciés de la rapprocher de lui.

Ainsi il n'y avait sans doute pas, dans tout le milieu Verdurin, un seul fidèle qui les aimât ou crût les aimer autant que Swann. Et pourtant, quand M. Verdurin avait dit que Swann ne lui revenait pas, non seulement il avait exprimé sa propre pensée, mais il avait deviné celle de sa femme. Sans doute Swann avait pour Odette une affection trop particulière et dont il avait négligé de faire de Mme Verdurin la confidente quotidienne: sans doute la discrétion même avec laquelle il usait de l'hospitalité des Verdurin, s'abstenant souvent de venir dîner pour une raison qu'ils ne soupçonnaient pas et à la place de laquelle ils voyaient le désir de ne pas manquer une invitation chez des «ennuyeux», sans doute aussi, et malgré toutes les précautions qu'il avait prises pour la leur cacher, la découverte progressive qu'ils faisaient de sa brillante situation mondaine, tout cela contribuait à leur irritation contre lui. Mais la raison profonde en était autre. C'est qu'ils avaient très vite senti en lui un espace réservé, impénétrable, où il continuait à professer silencieusement pour lui-même que la princesse de Sagan n'était pas grotesque et que les plaisanteries de Cottard n'étaient pas drôles, enfin et bien que jamais il ne se départît de son amabilité et ne se révoltât contre leurs dogmes, une impossibilité de les lui imposer, de l'y convertir entièrement, comme ils n'en avaient jamais rencontré une pareille chez personne. Ils lui auraient pardonné de fréquenter des ennuyeux (auxquels d'ailleurs, dans le fond de son cœur, il préférait mille fois les Verdurin et tout le petit noyau) s'il avait consenti, pour le bon exemple, à les renier en présence des fidèles. Mais c'est une abjuration qu'ils comprirent qu'on ne pourrait pas lui arracher.

Quelle différence avec un «nouveau» qu'Odette leur avait demandé d'inviter, quoiqu'elle ne l'eût rencontré que peu de fois, et sur lequel ils fondaient beaucoup d'espoir, le comte de Forcheville! (Il se trouva qu'il était justement le beau-frère de Saniette, ce qui remplit d'étonnement les fidèles: le vieil archiviste avait des manières si humbles qu'ils l'avaient toujours cru d'un rang social inférieur au leur et ne s'attendaient pas à apprendre qu'il appartenait à un monde riche et relativement aristocratique.) Sans doute Forcheville était grossièrement snob, alors que Swann ne l'était pas; sans doute il était bien loin de placer, comme lui, le milieu des Verdurin au-dessus de tous les autres. Mais il n'avait pas cette délicatesse de nature qui empêchait Swann de s'associer aux critiques trop manifestement fausses que dirigeait Mme Verdurin contre des gens qu'il connaissait. Quant aux tirades prétentieuses et vulgaires que le peintre lançait à certains jours, aux plaisanteries de commis voyageur que risquait Cottard et auxquelles Swann, qui les aimait l'un et l'autre, trouvait facilement des excuses mais n'avait pas le courage et l'hypocrisie d'applaudir, Forcheville était au contraire d'un niveau intellectuel qui lui permettait d'être abasourdi, émerveillé par les unes, sans d'ailleurs les comprendre, et de se délecter aux autres. Et justement le premier dîner chez les Verdurin auquel assista Forcheville, mit en lumière toutes ces différences, fit ressortir ses qualités et précipita la disgrâce de Swann.

Il y avait, à ce dîner, en dehors des habitués, un professeur de la Sorbonne, Brichot, qui avait rencontré M. et Mme Verdurin aux eaux et si ses fonctions universitaires et ses travaux d'érudition n'avaient pas rendu très rares ses moments de liberté, serait volontiers venu souvent chez eux. Car il avait cette curiosité, cette superstition de la vie, qui unie à un certain scepticisme relatif à l'objet de leurs études, donne dans n'importe quelle profession, à certains hommes intelligents, médecins qui ne croient pas à la médecine, professeurs de lycée qui ne croient pas au thème latin, la réputation d'esprits larges, brillants, et même supérieurs. Il affectait, chez Mme Verdurin, de chercher ses comparaisons dans ce qu'il y avait de plus actuel quand il parlait de philosophie et d'histoire, d'abord parce qu'il croyait qu'elles ne sont qu'une préparation à la vie et qu'il s'imaginait trouver en action dans le petit clan ce qu'il n'avait connu jusqu'ici que dans les livres, puis peut-être aussi parce que, s'étant vu inculquer autrefois, et ayant gardé à son insu, le respect de certains sujets, il croyait dépouiller l'universitaire en prenant avec eux des hardiesses qui, au contraire, ne lui paraissaient telles, que parce qu'il l'était resté.

Dès le commencement du repas, comme M. de Forcheville, placé à la droite de Mme Verdurin qui avait fait pour le «nouveau» de grands frais de toilette, lui disait: «C'est original, cette robe blanche», le docteur qui n'avait cessé de l'observer, tant il était curieux de savoir comment était fait ce qu'il appelait un «de», et qui cherchait une occasion d'attirer son attention et d'entrer plus en contact avec lui, saisit au vol le mot «blanche» et, sans lever le nez de son assiette, dit: «blanche? Blanche de Castille?», puis sans bouger la tête lança furtivement de droite et de gauche des regards incertains et souriants. Tandis que Swann, par l'effort douloureux et vain qu'il fit pour sourire, témoigna qu'il jugeait ce calembour stupide, Forcheville avait montré à la fois qu'il en goûtait la finesse et qu'il savait vivre, en contenant dans de justes limites une gaieté dont la franchise avait charmé Mme Verdurin.

—Qu'est-ce que vous dites d'un savant comme cela? avait-elle demandé à Forcheville. Il n'y a pas moyen de causer sérieusement deux minutes avec lui. Est-ce que vous leur en dites comme cela, à votre hôpital? avait-elle ajouté en se tournant vers le docteur, ça ne doit pas être ennuyeux tous les jours, alors. Je vois qu'il va falloir que je demande à m'y faire admettre.

—Je crois avoir entendu que le docteur parlait de cette vieille chipie de Blanche de Castille, si j'ose m'exprimer ainsi. N'est-il pas vrai, madame? demanda Brichot à Mme Verdurin qui, pâmant, les yeux fermés, précipita sa figure dans ses mains d'où s'échappèrent des cris étouffés.

«Mon Dieu, Madame, je ne voudrais pas alarmer les âmes respectueuses s'il y en a autour de cette table, sub rosa... Je reconnais d'ailleurs que notre ineffable république athénienne—ô combien!—pourrait honorer en cette capétienne obscurantiste le premier des préfets de police à poigne. Si fait, mon cher hôte, si fait, reprit-il de sa voix bien timbrée qui détachait chaque syllabe, en réponse à une objection de M. Verdurin. La chronique de Saint-Denis dont nous ne pouvons contester la sûreté d'information ne laisse aucun doute à cet égard. Nulle ne pourrait être mieux choisie comme patronne par un prolétariat laïcisateur que cette mère d'un saint à qui elle en fit d'ailleurs voir de saumâtres, comme dit Suger et autres saint Bernard; car avec elle chacun en prenait pour son grade.

—Quel est ce monsieur? demanda Forcheville à Mme Verdurin, il a l'air d'être de première force.

—Comment, vous ne connaissez pas le fameux Brichot? il est célèbre dans toute l'Europe.

—Ah! c'est Bréchot, s'écria Forcheville qui n'avait pas bien entendu, vous m'en direz tant, ajouta-t-il tout en attachant sur l'homme célèbre des yeux écarquillés. C'est toujours intéressant de dîner avec un homme en vue. Mais, dites-moi, vous nous invitez-là avec des convives de choix. On ne s'ennuie pas chez vous.

—Oh! vous savez ce qu'il y a surtout, dit modestement Mme Verdurin, c'est qu'ils se sentent en confiance. Ils parlent de ce qu'ils veulent, et la conversation rejaillit en fusées. Ainsi Brichot, ce soir, ce n'est rien: je l'ai vu, vous savez, chez moi, éblouissant, à se mettre à genoux devant; eh bien! chez les autres, ce n'est plus le même homme, il n'a plus d'esprit, il faut lui arracher les mots, il est même ennuyeux.

—C'est curieux! dit Forcheville étonné.

Un genre d'esprit comme celui de Brichot aurait été tenu pour stupidité pure dans la coterie où Swann avait passé sa jeunesse, bien qu'il soit compatible avec une intelligence réelle. Et celle du professeur, vigoureuse et bien nourrie, aurait probablement pu être enviée par bien des gens du monde que Swann trouvait spirituels. Mais ceux-ci avaient fini par lui inculquer si bien leurs goûts et leurs répugnances, au moins en tout ce qui touche à la vie mondaine et même en celle de ses parties annexes qui devrait plutôt relever du domaine de l'intelligence: la conversation, que Swann ne put trouver les plaisanteries de Brichot que pédantesques, vulgaires et grasses à écœurer. Puis il était choqué, dans l'habitude qu'il avait des bonnes manières, par le ton rude et militaire qu'affectait, en s'adressant à chacun, l'universitaire cocardier. Enfin, peut-être avait-il surtout perdu, ce soir-là, de son indulgence en voyant l'amabilité que Mme Verdurin déployait pour ce Forcheville qu'Odette avait eu la singulière idée d'amener. Un peu gênée vis-à-vis de Swann, elle lui avait demandé en arrivant:

—Comment trouvez-vous mon invité?

Et lui, s'apercevant pour la première fois que Forcheville qu'il connaissait depuis longtemps pouvait plaire à une femme et était assez bel homme, avait répondu: «Immonde!» Certes, il n'avait pas l'idée d'être jaloux d'Odette, mais il ne se sentait pas aussi heureux que d'habitude et quand Brichot, ayant commencé à raconter l'histoire de la mère de Blanche de Castille qui «avait été avec Henri Plantagenet des années avant de l'épouser», voulut s'en faire demander la suite par Swann en lui disant: «n'est-ce pas, monsieur Swann?» sur le ton martial qu'on prend pour se mettre à la portée d'un paysan ou pour donner du cœur à un troupier, Swann coupa l'effet de Brichot à la grande fureur de la maîtresse de la maison, en répondant qu'on voulût bien l'excuser de s'intéresser si peu à Blanche de Castille, mais qu'il avait quelque chose à demander au peintre. Celui-ci, en effet, était allé dans l'après-midi visiter l'exposition d'un artiste, ami de Mme Verdurin qui était mort récemment, et Swann aurait voulu savoir par lui (car il appréciait son goût) si vraiment il y avait dans ces dernières œuvres plus que la virtuosité qui stupéfiait déjà dans les précédentes.

—A ce point de vue-là, c'était extraordinaire, mais cela ne semblait pas d'un art, comme on dit, très «élevé», dit Swann en souriant.

—Élevé... à la hauteur d'une institution, interrompit Cottard en levant les bras avec une gravité simulée.

Toute la table éclata de rire.

—Quand je vous disais qu'on ne peut pas garder son sérieux avec lui, dit Mme Verdurin à Forcheville. Au moment où on s'y attend le moins, il vous sort une calembredaine.

Mais elle remarqua que seul Swann ne s'était pas déridé. Du reste il n'était pas très content que Cottard fît rire de lui devant Forcheville. Mais le peintre, au lieu de répondre d'une façon intéressante à Swann, ce qu'il eût probablement fait s'il eût été seul avec lui, préféra se faire admirer des convives en plaçant un morceau sur l'habileté du maître disparu.

—Je me suis approché, dit-il, pour voir comment c'était fait, j'ai mis le nez dessus. Ah! bien ouiche! on ne pourrait pas dire si c'est fait avec de la colle, avec du rubis, avec du savon, avec du bronze, avec du soleil, avec du caca!

—Et un font douze, s'écria trop tard le docteur dont personne ne comprit l'interruption.

—«Ça a l'air fait avec rien, reprit le peintre, pas plus moyen de découvrir le truc que dans la Ronde ou les Régentes et c'est encore plus fort comme patte que Rembrandt et que Hals. Tout y est, mais non, je vous jure.»

Et comme les chanteurs parvenus à la note la plus haute qu'ils puissent donner continuent en voix de tête, piano, il se contenta de murmurer, et en riant, comme si en effet cette peinture eût été dérisoire à force de beauté:

—«Ça sent bon, ça vous prend à la tête, ça vous coupe la respiration, ça vous fait des chatouilles, et pas mèche de savoir avec quoi c'est fait, c'en est sorcier, c'est de la rouerie, c'est du miracle (éclatant tout à fait de rire): c'en est malhonnête!» En s'arrêtant, redressant gravement la tête, prenant une note de basse profonde qu'il tâcha de rendre harmonieuse, il ajouta: «et c'est si loyal!»

Sauf au moment où il avait dit: «plus fort que la Ronde», blasphème qui avait provoqué une protestation de Mme Verdurin qui tenait «la Ronde» pour le plus grand chef-d'œuvre de l'univers avec «la Neuvième» et «la Samothrace», et à: «fait avec du caca» qui avait fait jeter à Forcheville un coup d'œil circulaire sur la table pour voir si le mot passait et avait ensuite amené sur sa bouche un sourire prude et conciliant, tous les convives, excepté Swann, avaient attaché sur le peintre des regards fascinés par l'admiration.

—«Ce qu'il m'amuse quand il s'emballe comme ça, s'écria, quand il eut terminé, Mme Verdurin, ravie que la table fût justement si intéressante le jour où M. de Forcheville venait pour la première fois. Et toi, qu'est-ce que tu as à rester comme cela, bouche bée comme une grande bête? dit-elle à son mari. Tu sais pourtant qu'il parle bien; on dirait que c'est la première fois qu'il vous entend. Si vous l'aviez vu pendant que vous parliez, il vous buvait. Et demain il nous récitera tout ce que vous avez dit sans manger un mot.»

—Mais non, c'est pas de la blague, dit le peintre, enchanté de son succès, vous avez l'air de croire que je fais le boniment, que c'est du chiqué; je vous y mènerai voir, vous direz si j'ai exagéré, je vous fiche mon billet que vous revenez plus emballée que moi!

—Mais nous ne croyons pas que vous exagérez, nous voulons seulement que vous mangiez, et que mon mari mange aussi; redonnez de la sole normande à Monsieur, vous voyez bien que la sienne est froide. Nous ne sommes pas si pressés, vous servez comme s'il y avait le feu, attendez donc un peu pour donner la salade.

Mme Cottard qui était modeste et parlait peu, savait pourtant ne pas manquer d'assurance quand une heureuse inspiration lui avait fait trouver un mot juste. Elle sentait qu'il aurait du succès, cela la mettait en confiance, et ce qu'elle en faisait était moins pour briller que pour être utile à la carrière de son mari. Aussi ne laissa-t-elle pas échapper le mot de salade que venait de prononcer Mme Verdurin.

—Ce n'est pas de la salade japonaise? dit-elle à mi-voix en se tournant vers Odette.

Et ravie et confuse de l'à-propos et de la hardiesse qu'il y avait à faire ainsi une allusion discrète, mais claire, à la nouvelle et retentissante pièce de Dumas, elle éclata d'un rire charmant d'ingénue, peu bruyant, mais si irrésistible qu'elle resta quelques instants sans pouvoir le maîtriser. «Qui est cette dame? elle a de l'esprit», dit Forcheville.

—«Non, mais nous vous en ferons si vous venez tous dîner vendredi.»

—Je vais vous paraître bien provinciale, monsieur, dit Mme Cottard à Swann, mais je n'ai pas encore vu cette fameuse Francillon dont tout le monde parle. Le docteur y est allé (je me rappelle même qu'il m'a dit avoir eu le très grand plaisir de passer la soirée avec vous) et j'avoue que je n'ai pas trouvé raisonnable qu'il louât des places pour y retourner avec moi. Évidemment, au Théâtre-Français, on ne regrette jamais sa soirée, c'est toujours si bien joué, mais comme nous avons des amis très aimables (Mme Cottard prononçait rarement un nom propre et se contentait de dire «des amis à nous», «une de mes amies», par «distinction», sur un ton factice, et avec l'air d'importance d'une personne qui ne nomme que qui elle veut) qui ont souvent des loges et ont la bonne idée de nous emmener à toutes les nouveautés qui en valent la peine, je suis toujours sûre de voir Francillon un peu plus tôt ou un peu plus tard, et de pouvoir me former une opinion. Je dois pourtant confesser que je me trouve assez sotte, car, dans tous les salons où je vais en visite, on ne parle naturellement que de cette malheureuse salade japonaise. On commence même à en être un peu fatigué, ajouta-t-elle en voyant que Swann n'avait pas l'air aussi intéressé qu'elle aurait cru par une si brûlante actualité. Il faut avouer pourtant que cela donne quelquefois prétexte à des idées assez amusantes. Ainsi j'ai une de mes amies qui est très originale, quoique très jolie femme, très entourée, très lancée, et qui prétend qu'elle a fait faire chez elle cette salade japonaise, mais en faisant mettre tout ce qu'Alexandre Dumas fils dit dans la pièce. Elle avait invité quelques amies à venir en manger. Malheureusement je n'étais pas des élues. Mais elle nous l'a raconté tantôt, à son jour; il paraît que c'était détestable, elle nous a fait rire aux larmes. Mais vous savez, tout est dans la manière de raconter, dit-elle en voyant que Swann gardait un air grave.

Et supposant que c'était peut-être parce qu'il n'aimait pas Francillon:

—Du reste, je crois que j'aurai une déception. Je ne crois pas que cela vaille Serge Panine, l'idole de Mme de Crécy. Voilà au moins des sujets qui ont du fond, qui font réfléchir; mais donner une recette de salade sur la scène du Théâtre-Français! Tandis que Serge Panine! Du reste, comme tout ce qui vient de la plume de Georges Ohnet, c'est toujours si bien écrit. Je ne sais pas si vous connaissez Le Maître de Forges que je préférerais encore à Serge Panine.

—«Pardonnez-moi, lui dit Swann d'un air ironique, mais j'avoue que mon manque d'admiration est à peu près égal pour ces deux chefs-d'œuvre.»

—«Vraiment, qu'est-ce que vous leur reprochez? Est-ce un parti pris? Trouvez-vous peut-être que c'est un peu triste? D'ailleurs, comme je dis toujours, il ne faut jamais discuter sur les romans ni sur les pièces de théâtre. Chacun a sa manière de voir et vous pouvez trouver détestable ce que j'aime le mieux.»

Elle fut interrompue par Forcheville qui interpellait Swann. En effet, tandis que Mme Cottard parlait de Francillon, Forcheville avait exprimé à Mme Verdurin son admiration pour ce qu'il avait appelé le petit «speech» du peintre.

—Monsieur a une facilité de parole, une mémoire! avait-il dit à Mme Verdurin quand le peintre eut terminé, comme j'en ai rarement rencontré. Bigre! je voudrais bien en avoir autant. Il ferait un excellent prédicateur. On peut dire qu'avec M. Bréchot, vous avez là deux numéros qui se valent, je ne sais même pas si comme platine, celui-ci ne damerait pas encore le pion au professeur. Ça vient plus naturellement, c'est moins recherché. Quoiqu'il ait chemin faisant quelques mots un peu réalistes, mais c'est le goût du jour, je n'ai pas souvent vu tenir le crachoir avec une pareille dextérité, comme nous disions au régiment, où pourtant j'avais un camarade que justement monsieur me rappelait un peu. A propos de n'importe quoi, je ne sais que vous dire, sur ce verre, par exemple, il pouvait dégoiser pendant des heures, non, pas à propos de ce verre, ce que je dis est stupide; mais à propos de la bataille de Waterloo, de tout ce que vous voudrez et il nous envoyait chemin faisant des choses auxquelles vous n'auriez jamais pensé. Du reste Swann était dans le même régiment; il a dû le connaître.»

—Vous voyez souvent M. Swann? demanda Mme Verdurin.

—Mais non, répondit M. de Forcheville et comme pour se rapprocher plus aisément d'Odette, il désirait être agréable à Swann, voulant saisir cette occasion, pour le flatter, de parler de ses belles relations, mais d'en parler en homme du monde sur un ton de critique cordiale et n'avoir pas l'air de l'en féliciter comme d'un succès inespéré: «N'est-ce pas, Swann? je ne vous vois jamais. D'ailleurs, comment faire pour le voir? Cet animal-là est tout le temps fourré chez les La Trémoïlle, chez les Laumes, chez tout ça!...» Imputation d'autant plus fausse d'ailleurs que depuis un an Swann n'allait plus guère que chez les Verdurin. Mais le seul nom de personnes qu'ils ne connaissaient pas était accueilli chez eux par un silence réprobateur. M. Verdurin, craignant la pénible impression que ces noms d'«ennuyeux», surtout lancés ainsi sans tact à la face de tous les fidèles, avaient dû produire sur sa femme, jeta sur elle à la dérobée un regard plein d'inquiète sollicitude. Il vit alors que dans sa résolution de ne pas prendre acte, de ne pas avoir été touchée par la nouvelle qui venait de lui être notifiée, de ne pas seulement rester muette, mais d'avoir été sourde comme nous l'affectons, quand un ami fautif essaye de glisser dans la conversation une excuse que ce serait avoir l'air d'admettre que de l'avoir écoutée sans protester, ou quand on prononce devant nous le nom défendu d'un ingrat, Mme Verdurin, pour que son silence n'eût pas l'air d'un consentement, mais du silence ignorant des choses inanimées, avait soudain dépouillé son visage de toute vie, de toute motilité; son front bombé n'était plus qu'une belle étude de ronde bosse où le nom de ces La Trémoïlle chez qui était toujours fourré Swann, n'avait pu pénétrer; son nez légèrement froncé laissait voir une échancrure qui semblait calquée sur la vie. On eût dit que sa bouche entr'ouverte allait parler. Ce n'était plus qu'une cire perdue, qu'un masque de plâtre, qu'une maquette pour un monument, qu'un buste pour le Palais de l'Industrie devant lequel le public s'arrêterait certainement pour admirer comment le sculpteur, en exprimant l'imprescriptible dignité des Verdurin opposée à celle des La Trémoïlle et des Laumes qu'ils valent certes ainsi que tous les ennuyeux de la terre, était arrivé à donner une majesté presque papale à la blancheur et à la rigidité de la pierre. Mais le marbre finit par s'animer et fit entendre qu'il fallait ne pas être dégoûté pour aller chez ces gens-là, car la femme était toujours ivre et le mari si ignorant qu'il disait collidor pour corridor.

—«On me paierait bien cher que je ne laisserais pas entrer ça chez moi», conclut Mme Verdurin, en regardant Swann d'un air impérieux.

Sans doute elle n'espérait pas qu'il se soumettrait jusqu'à imiter la sainte simplicité de la tante du pianiste qui venait de s'écrier:

—Voyez-vous ça? Ce qui m'étonne, c'est qu'ils trouvent encore des personnes qui consentent à leur causer; il me semble que j'aurais peur: un mauvais coup est si vite reçu! Comment y a-t-il encore du peuple assez brute pour leur courir après.

Que ne répondait-il du moins comme Forcheville: «Dame, c'est une duchesse; il y a des gens que ça impressionne encore», ce qui avait permis au moins à Mme Verdurin de répliquer: «Grand bien leur fasse!» Au lieu de cela, Swann se contenta de rire d'un air qui signifiait qu'il ne pouvait même pas prendre au sérieux une pareille extravagance. M. Verdurin, continuant à jeter sur sa femme des regards furtifs, voyait avec tristesse et comprenait trop bien qu'elle éprouvait la colère d'un grand inquisiteur qui ne parvient pas à extirper l'hérésie, et pour tâcher d'amener Swann à une rétractation, comme le courage de ses opinions paraît toujours un calcul et une lâcheté aux yeux de ceux à l'encontre de qui il s'exerce, M. Verdurin l'interpella:

—Dites donc franchement votre pensée, nous n'irons pas le leur répéter.

A quoi Swann répondit:

—Mais ce n'est pas du tout par peur de la duchesse (si c'est des La Trémoïlle que vous parlez). Je vous assure que tout le monde aime aller chez elle. Je ne vous dis pas qu'elle soit «profonde» (il prononça profonde, comme si ç'avait été un mot ridicule, car son langage gardait la trace d'habitudes d'esprit qu'une certaine rénovation, marquée par l'amour de la musique, lui avait momentanément fait perdre—il exprimait parfois ses opinions avec chaleur—) mais, très sincèrement, elle est intelligente et son mari est un véritable lettré. Ce sont des gens charmants.

Si bien que Mme Verdurin, sentant que, par ce seul infidèle, elle serait empêchée de réaliser l'unité morale du petit noyau, ne put pas s'empêcher dans sa rage contre cet obstiné qui ne voyait pas combien ses paroles la faisaient souffrir, de lui crier du fond du cœur:

—Trouvez-le si vous voulez, mais du moins ne nous le dites pas.

—Tout dépend de ce que vous appelez intelligence, dit Forcheville qui voulait briller à son tour. Voyons, Swann, qu'entendez-vous par intelligence?

—Voilà! s'écria Odette, voilà les grandes choses dont je lui demande de me parler, mais il ne veut jamais.

—Mais si... protesta Swann.

—Cette blague! dit Odette.

—Blague à tabac? demanda le docteur.

—Pour vous, reprit Forcheville, l'intelligence, est-ce le bagout du monde, les personnes qui savent s'insinuer?

—Finissez votre entremets qu'on puisse enlever votre assiette, dit Mme Verdurin d'un ton aigre en s'adressant à Saniette, lequel absorbé dans des réflexions, avait cessé de manger. Et peut-être un peu honteuse du ton qu'elle avait pris: «Cela ne fait rien, vous avez votre temps, mais, si je vous le dis, c'est pour les autres, parce que cela empêche de servir.»

—Il y a, dit Brichot en martelant les syllabes, une définition bien curieuse de l'intelligence dans ce doux anarchiste de Fénelon...

—Ecoutez! dit à Forcheville et au docteur Mme Verdurin, il va nous dire la définition de l'intelligence par Fénelon, c'est intéressant, on n'a pas toujours l'occasion d'apprendre cela.

Mais Brichot attendait que Swann eût donné la sienne. Celui-ci ne répondit pas et en se dérobant fit manquer la brillante joute que Mme Verdurin se réjouissait d'offrir à Forcheville.

—Naturellement, c'est comme avec moi, dit Odette d'un ton boudeur, je ne suis pas fâchée de voir que je ne suis pas la seule qu'il ne trouve pas à la hauteur.

—Ces de La Trémouaille que Mme Verdurin nous a montrés comme si peu recommandables, demanda Brichot, en articulant avec force, descendent-ils de ceux que cette bonne snob de Mme de Sévigné avouait être heureuse de connaître parce que cela faisait bien pour ses paysans? Il est vrai que la marquise avait une autre raison, et qui pour elle devait primer celle-là, car gendelettre dans l'âme, elle faisait passer la copie avant tout. Or dans le journal qu'elle envoyait régulièrement à sa fille, c'est Mme de la Trémouaille, bien documentée par ses grandes alliances, qui faisait la politique étrangère.

—Mais non, je ne crois pas que ce soit la même famille, dit à tout hasard Mme Verdurin.

Saniette qui, depuis qu'il avait rendu précipitamment au maître d'hôtel son assiette encore pleine, s'était replongé dans un silence méditatif, en sortit enfin pour raconter en riant l'histoire d'un dîner qu'il avait fait avec le duc de La Trémoïlle et d'où il résultait que celui-ci ne savait pas que George Sand était le pseudonyme d'une femme. Swann qui avait de la sympathie pour Saniette crut devoir lui donner sur la culture du duc des détails montrant qu'une telle ignorance de la part de celui-ci était matériellement impossible; mais tout d'un coup il s'arrêta, il venait de comprendre que Saniette n'avait pas besoin de ces preuves et savait que l'histoire était fausse pour la raison qu'il venait de l'inventer il y avait un moment. Cet excellent homme souffrait d'être trouvé si ennuyeux par les Verdurin; et ayant conscience d'avoir été plus terne encore à ce dîner que d'habitude, il n'avait voulu le laisser finir sans avoir réussi à amuser. Il capitula si vite, eut l'air si malheureux de voir manqué l'effet sur lequel il avait compté et répondit d'un ton si lâche à Swann pour que celui-ci ne s'acharnât pas à une réfutation désormais inutile: «C'est bon, c'est bon; en tous cas, même si je me trompe, ce n'est pas un crime, je pense» que Swann aurait voulu pouvoir dire que l'histoire était vraie et délicieuse. Le docteur qui les avait écoutés eut l'idée que c'était le cas de dire: «Se non e vero», mais il n'était pas assez sûr des mots et craignit de s'embrouiller.

Après le dîner Forcheville alla de lui-même vers le docteur.

—«Elle n'a pas dû être mal, Mme Verdurin, et puis c'est une femme avec qui on peut causer, pour moi tout est là. Évidemment elle commence à avoir un peu de bouteille. Mais Mme de Crécy voilà une petite femme qui a l'air intelligente, ah! saperlipopette, on voit tout de suite qu'elle a l'œil américain, celle-là! Nous parlons de Mme de Crécy, dit-il à M. Verdurin qui s'approchait, la pipe à la bouche. Je me figure que comme corps de femme...»

—«J'aimerais mieux l'avoir dans mon lit que le tonnerre», dit précipitamment Cottard qui depuis quelques instants attendait en vain que Forcheville reprît haleine pour placer cette vieille plaisanterie dont il craignait que ne revînt pas l'à-propos si la conversation changeait de cours, et qu'il débita avec cet excès de spontanéité et d'assurance qui cherche à masquer la froideur et l'émoi inséparables d'une récitation. Forcheville la connaissait, il la comprit et s'en amusa. Quant à M. Verdurin, il ne marchanda pas sa gaieté, car il avait trouvé depuis peu pour la signifier un symbole autre que celui dont usait sa femme, mais aussi simple et aussi clair. A peine avait-il commencé à faire le mouvement de tête et d'épaules de quelqu'un qui s'esclaffe qu'aussitôt il se mettait à tousser comme si, en riant trop fort, il avait avalé la fumée de sa pipe. Et la gardant toujours au coin de sa bouche, il prolongeait indéfiniment le simulacre de suffocation et d'hilarité. Ainsi lui et Mme Verdurin, qui en face, écoutant le peintre qui lui racontait une histoire, fermait les yeux avant de précipiter son visage dans ses mains, avaient l'air de deux masques de théâtre qui figuraient différemment la gaieté.

M. Verdurin avait d'ailleurs fait sagement en ne retirant pas sa pipe de sa bouche, car Cottard qui avait besoin de s'éloigner un instant fit à mi-voix une plaisanterie qu'il avait apprise depuis peu et qu'il renouvelait chaque fois qu'il avait à aller au même endroit: «Il faut que j'aille entretenir un instant le duc d'Aumale», de sorte que la quinte de M. Verdurin recommença.

—Voyons, enlève donc ta pipe de ta bouche, tu vois bien que tu vas t'étouffer à te retenir de rire comme ça, lui dit Mme Verdurin qui venait offrir des liqueurs.

—«Quel homme charmant que votre mari, il a de l'esprit comme quatre, déclara Forcheville à Mme Cottard. Merci madame. Un vieux troupier comme moi, ça ne refuse jamais la goutte.»

—«M. de Forcheville trouve Odette charmante», dit M. Verdurin à sa femme.

—Mais justement elle voudrait déjeuner une fois avec vous. Nous allons combiner ça, mais il ne faut pas que Swann le sache. Vous savez, il met un peu de froid. Ça ne vous empêchera pas de venir dîner, naturellement, nous espérons vous avoir très souvent. Avec la belle saison qui vient, nous allons souvent dîner en plein air. Cela ne vous ennuie pas les petits dîners au Bois? bien, bien, ce sera très gentil. Est-ce que vous n'allez pas travailler de votre métier, vous! cria-t-elle au petit pianiste, afin de faire montre, devant un nouveau de l'importance de Forcheville, à la fois de son esprit et de son pouvoir tyrannique sur les fidèles.

—M. de Forcheville était en train de me dire du mal de toi, dit Mme Cottard à son mari quand il rentra au salon.

Et lui, poursuivant l'idée de la noblesse de Forcheville qui l'occupait depuis le commencement du dîner, lui dit:

—«Je soigne en ce moment une baronne, la baronne Putbus, les Putbus étaient aux Croisades, n'est-ce pas? Ils ont, en Poméranie, un lac qui est grand comme dix fois la place de la Concorde. Je la soigne pour de l'arthrite sèche, c'est une femme charmante. Elle connaît du reste Mme Verdurin, je crois.

Ce qui permit à Forcheville, quand il se retrouva, un moment après, seul avec Mme Cottard, de compléter le jugement favorable qu'il avait porté sur son mari:

—Et puis il est intéressant, on voit qu'il connaît du monde. Dame, ça sait tant de choses, les médecins.

—Je vais jouer la phrase de la Sonate pour M. Swann? dit le pianiste.

—Ah! bigre! ce n'est pas au moins le «Serpent à Sonates»? demanda M. de Forcheville pour faire de l'effet.

Mais le docteur Cottard, qui n'avait jamais entendu ce calembour, ne le comprit pas et crut à une erreur de M. de Forcheville. Il s'approcha vivement pour la rectifier:

—«Mais non, ce n'est pas serpent à sonates qu'on dit, c'est serpent à sonnettes», dit-il d'un ton zélé, impatient et triomphal.

Forcheville lui expliqua le calembour. Le docteur rougit.

—Avouez qu'il est drôle, docteur?

—Oh! je le connais depuis si longtemps, répondit Cottard.

Mais ils se turent; sous l'agitation des trémolos de violon qui la protégeaient de leur tenue frémissante à deux octaves de là—et comme dans un pays de montagne, derrière l'immobilité apparente et vertigineuse d'une cascade, on aperçoit, deux cents pieds plus bas, la forme minuscule d'une promeneuse—la petite phrase venait d'apparaître, lointaine, gracieuse, protégée par le long déferlement du rideau transparent, incessant et sonore. Et Swann, en son cœur, s'adressa à elle comme à une confidente de son amour, comme à une amie d'Odette qui devrait bien lui dire de ne pas faire attention à ce Forcheville.

—Ah! vous arrivez tard, dit Mme Verdurin à un fidèle qu'elle n'avait invité qu'en «cure-dents», «nous avons eu «un» Brichot incomparable, d'une éloquence! Mais il est parti. N'est-ce pas, monsieur Swann? Je crois que c'est la première fois que vous vous rencontriez avec lui, dit-elle pour lui faire remarquer que c'était à elle qu'il devait de le connaître. «N'est-ce pas, il a été délicieux, notre Brichot?»

Swann s'inclina poliment.

—Non? il ne vous a pas intéressé? lui demanda sèchement Mme Verdurin.

—«Mais si, madame, beaucoup, j'ai été ravi. Il est peut-être un peu péremptoire et un peu jovial pour mon goût. Je lui voudrais parfois un peu d'hésitations et de douceur, mais on sent qu'il sait tant de choses et il a l'air d'un bien brave homme.

Tour le monde se retira fort tard. Les premiers mots de Cottard à sa femme furent:

—J'ai rarement vu Mme Verdurin aussi en verve que ce soir.

—Qu'est-ce que c'est exactement que cette Mme Verdurin, un demi-castor? dit Forcheville au peintre à qui il proposa de revenir avec lui.

Odette le vit s'éloigner avec regret, elle n'osa pas ne pas revenir avec Swann, mais fut de mauvaise humeur en voiture, et quand il lui demanda s'il devait entrer chez elle, elle lui dit: «Bien entendu» en haussant les épaules avec impatience. Quand tous les invités furent partis, Mme Verdurin dit à son mari:

—As-tu remarqué comme Swann a ri d'un rire niais quand nous avons parlé de Mme La Trémoïlle?»

Elle avait remarqué que devant ce nom Swann et Forcheville avaient plusieurs fois supprimé la particule. Ne doutant pas que ce fût pour montrer qu'ils n'étaient pas intimidés par les titres, elle souhaitait d'imiter leur fierté, mais n'avait pas bien saisi par quelle forme grammaticale elle se traduisait. Aussi sa vicieuse façon de parler l'emportant sur son intransigeance républicaine, elle disait encore les de La Trémoïlle ou plutôt par une abréviation en usage dans les paroles des chansons de café-concert et les légendes des caricaturistes et qui dissimulait le de, les d'La Trémoïlle, mais elle se rattrapait en disant: «Madame La Trémoïlle.» «La Duchesse, comme dit Swann», ajouta-t-elle ironiquement avec un sourire qui prouvait qu'elle ne faisait que citer et ne prenait pas à son compte une dénomination aussi naïve et ridicule.

—Je te dirai que je l'ai trouvé extrêmement bête.

Et M. Verdurin lui répondit:

—Il n'est pas franc, c'est un monsieur cauteleux, toujours entre le zist et le zest. Il veut toujours ménager la chèvre et le chou. Quelle différence avec Forcheville. Voilà au moins un homme qui vous dit carrément sa façon de penser. Ça vous plaît ou ça ne vous plaît pas. Ce n'est pas comme l'autre qui n'est jamais ni figue ni raisin. Du reste Odette a l'air de préférer joliment le Forcheville, et je lui donne raison. Et puis enfin puisque Swann veut nous la faire à l'homme du monde, au champion des duchesses, au moins l'autre a son titre; il est toujours comte de Forcheville, ajouta-t-il d'un air délicat, comme si, au courant de l'histoire de ce comté, il en soupesait minutieusement la valeur particulière.

—Je te dirai, dit Mme Verdurin, qu'il a cru devoir lancer contre Brichot quelques insinuations venimeuses et assez ridicules. Naturellement, comme il a vu que Brichot était aimé dans la maison, c'était une manière de nous atteindre, de bêcher notre dîner. On sent le bon petit camarade qui vous débinera en sortant.

—Mais je te l'ai dit, répondit M. Verdurin, c'est le raté, le petit individu envieux de tout ce qui est un peu grand.

En réalité il n'y avait pas un fidèle qui ne fût plus malveillant que Swann; mais tous ils avaient la précaution d'assaisonner leurs médisances de plaisanteries connues, d'une petite pointe d'émotion et de cordialité; tandis que la moindre réserve que se permettait Swann, dépouillée des formules de convention telles que: «Ce n'est pas du mal que nous disons» et auxquelles il dédaignait de s'abaisser, paraissait une perfidie. Il y a des auteurs originaux dont la moindre hardiesse révolte parce qu'ils n'ont pas d'abord flatté les goûts du public et ne lui ont pas servi les lieux communs auxquels il est habitué; c'est de la même manière que Swann indignait M. Verdurin. Pour Swann comme pour eux, c'était la nouveauté de son langage qui faisait croire à là noirceur de ses intentions.

Swann ignorait encore la disgrâce dont il était menacé chez les Verdurin et continuait à voir leurs ridicules en beau, au travers de son amour.

Il n'avait de rendez-vous avec Odette, au moins le plus souvent, que le soir; mais le jour, ayant peur de la fatiguer de lui en allant chez elle, il aurait aimé du moins ne pas cesser d'occuper sa pensée, et à tous moments il cherchait à trouver une occasion d'y intervenir, mais d'une façon agréable pour elle. Si, à la devanture d'un fleuriste ou d'un joaillier, la vue d'un arbuste ou d'un bijou le charmait, aussitôt il pensait à les envoyer à Odette, imaginant le plaisir qu'ils lui avaient procuré, ressenti par elle, venant accroître la tendresse qu'elle avait pour lui, et les faisait porter immédiatement rue La Pérouse, pour ne pas retarder l'instant où, comme elle recevrait quelque chose de lui, il se sentirait en quelque sorte près d'elle. Il voulait surtout qu'elle les reçût avant de sortir pour que la reconnaissance qu'elle éprouverait lui valût un accueil plus tendre quand elle le verrait chez les Verdurin, ou même, qui sait, si le fournisseur faisait assez diligence, peut-être une lettre qu'elle lui enverrait avant le dîner, ou sa venue à elle en personne chez lui, en une visite supplémentaire, pour le remercier. Comme jadis quand il expérimentait sur la nature d'Odette les réactions du dépit, il cherchait par celles de la gratitude à tirer d'elle des parcelles intimes de sentiment qu'elle ne lui avait pas révélées encore.

Souvent elle avait des embarras d'argent et, pressée par une dette, le priait de lui venir en aide. Il en était heureux comme de tout ce qui pouvait donner à Odette une grande idée de l'amour qu'il avait pour elle, ou simplement une grande idée de son influence, de l'utilité dont il pouvait lui être. Sans doute si on lui avait dit au début: «c'est ta situation qui lui plaît», et maintenant: «c'est pour ta fortune qu'elle t'aime», il ne l'aurait pas cru, et n'aurait pas été d'ailleurs très mécontent qu'on se la figurât tenant à lui,—qu'on les sentît unis l'un à l'autre—par quelque chose d'aussi fort que le snobisme ou l'argent. Mais, même s'il avait pensé que c'était vrai, peut-être n'eût-il pas souffert de découvrir à l'amour d'Odette pour lui cet état plus durable que l'agrément ou les qualités qu'elle pouvait lui trouver: l'intérêt, l'intérêt qui empêcherait de venir jamais le jour où elle aurait pu être tentée de cesser de le voir. Pour l'instant, en la comblant de présents, en lui rendant des services, il pouvait se reposer sur des avantages extérieurs à sa personne, à son intelligence, du soin épuisant de lui plaire par lui-même. Et cette volupté d'être amoureux, de ne vivre que d'amour, de la réalité de laquelle il doutait parfois, le prix dont en somme il la payait, en dilettante de sensations immatérielles, lui en augmentait la valeur,—comme on voit des gens incertains si le spectacle de la mer et le bruit de ses vagues sont délicieux, s'en convaincre ainsi que de la rare qualité de leurs goûts désintéressés, en louant cent francs par jour la chambre d'hôtel qui leur permet de les goûter.

Un jour que des réflexions de ce genre le ramenaient encore au souvenir du temps où on lui avait parlé d'Odette comme d'une femme entretenue, et où une fois de plus il s'amusait à opposer cette personnification étrange: la femme entretenue,—chatoyant amalgame d'éléments inconnus et diaboliques, serti, comme une apparition de Gustave Moreau, de fleurs vénéneuses entrelacées à des joyaux précieux,—et cette Odette sur le visage de qui il avait vu passer les mêmes sentiments de pitié pour un malheureux, de révolte contre une injustice, de gratitude pour un bienfait, qu'il avait vu éprouver autrefois par sa propre mère, par ses amis, cette Odette dont les propos avaient si souvent trait aux choses qu'il connaissait le mieux lui-même, à ses collections, à sa chambre, à son vieux domestique, au banquier chez qui il avait ses titres, il se trouva que cette dernière image du banquier lui rappela qu'il aurait à y prendre de l'argent. En effet, si ce mois-ci il venait moins largement à l'aide d'Odette dans ses difficultés matérielles qu'il n'avait fait le mois dernier où il lui avait donné cinq mille francs, et s'il ne lui offrait pas une rivière de diamants qu'elle désirait, il ne renouvellerait pas en elle cette admiration qu'elle avait pour sa générosité, cette reconnaissance, qui le rendaient si heureux, et même il risquerait de lui faire croire que son amour pour elle, comme elle en verrait les manifestations devenir moins grandes, avait diminué. Alors, tout d'un coup, il se demanda si cela, ce n'était pas précisément l'«entretenir» (comme si, en effet, cette notion d'entretenir pouvait être extraite d'éléments non pas mystérieux ni pervers, mais appartenant au fond quotidien et privé de sa vie, tels que ce billet de mille francs, domestique et familier, déchiré et recollé, que son valet de chambre, après lui avoir payé les comptes du mois et le terme, avait serré dans le tiroir du vieux bureau où Swann l'avait repris pour l'envoyer avec quatre autres à Odette) et si on ne pouvait pas appliquer à Odette, depuis qu'il la connaissait (car il ne soupçonna pas un instant qu'elle eût jamais pu recevoir d'argent de personne avant lui), ce mot qu'il avait cru si inconciliable avec elle, de «femme entretenue». Il ne put approfondir cette idée, car un accès d'une paresse d'esprit, qui était chez lui congénitale, intermittente et providentielle, vint à ce moment éteindre toute lumière dans son intelligence, aussi brusquement que, plus tard, quand on eut installé partout l'éclairage électrique, on put couper l'électricité dans une maison. Sa pensée tâtonna un instant dans l'obscurité, il retira ses lunettes, en essuya les verres, se passa la main sur les yeux, et ne revit la lumière que quand il se retrouva en présence d'une idée toute différente, à savoir qu'il faudrait tâcher d'envoyer le mois prochain six ou sept mille francs à Odette au lieu de cinq, à cause de la surprise et de la joie que cela lui causerait.

Le soir, quand il ne restait pas chez lui à attendre l'heure de retrouver Odette chez les Verdurin ou plutôt dans un des restaurants d'été qu'ils affectionnaient au Bois et surtout à Saint-Cloud, il allait dîner dans quelqu'une de ces maisons élégantes dont il était jadis le convive habituel. Il ne voulait pas perdre contact avec des gens qui—savait-on?—pourraient peut-être un jour être utiles à Odette, et grâce auxquels en attendant il réussissait souvent à lui être agréable. Puis l'habitude qu'il avait eue longtemps du monde, du luxe, lui en avait donné, en même temps que le dédain, le besoin, de sorte qu'à partir du moment où les réduits les plus modestes lui étaient apparus exactement sur le même pied que les plus princières demeures, ses sens étaient tellement accoutumés aux secondes qu'il eût éprouvé quelque malaise à se trouver dans les premiers. Il avait la même considération—à un degré d'identité qu'ils n'auraient pu croire—pour des petits bourgeois qui faisaient danser au cinquième étage d'un escalier D, palier à gauche, que pour la princesse de Parme qui donnait les plus belles fêtes de Paris; mais il n'avait pas la sensation d'être au bal en se tenant avec les pères dans la chambre à coucher de la maîtresse de la maison et la vue des lavabos recouverts de serviettes, des lits transformés en vestiaires, sur le couvre-pied desquels s'entassaient les pardessus et les chapeaux lui donnait la même sensation d'étouffement que peut causer aujourd'hui à des gens habitués à vingt ans d'électricité l'odeur d'une lampe qui charbonne ou d'une veilleuse qui file.

Le jour où il dînait en ville, il faisait atteler pour sept heures et demie; il s'habillait tout en songeant à Odette et ainsi il ne se trouvait pas seul, car la pensée constante d'Odette donnait aux moments où il était loin d'elle le même charme particulier qu'à ceux où elle était là. Il montait en voiture, mais il sentait que cette pensée y avait sauté en même temps et s'installait sur ses genoux comme une bête aimée qu'on emmène partout et qu'il garderait avec lui à table, à l'insu des convives. Il la caressait, se réchauffait à elle, et éprouvant une sorte de langueur, se laissait aller à un léger frémissement qui crispait son cou et son nez, et était nouveau chez lui, tout en fixant à sa boutonnière le bouquet d'ancolies. Se sentant souffrant et triste depuis quelque temps, surtout depuis qu'Odette avait présenté Forcheville aux Verdurin, Swann aurait aimé aller se reposer un peu à la campagne. Mais il n'aurait pas eu le courage de quitter Paris un seul jour pendant qu'Odette y était. L'air était chaud; c'étaient les plus beaux jours du printemps. Et il avait beau traverser une ville de pierre pour se rendre en quelque hôtel clos, ce qui était sans cesse devant ses yeux, c'était un parc qu'il possédait près de Combray, où, dès quatre heures, avant d'arriver au plant d'asperges, grâce au vent qui vient des champs de Méséglise, on pouvait goûter sous une charmille autant de fraîcheur qu'au bord de l'étang cerné de myosotis et de glaïeuls, et où, quand il dînait, enlacées par son jardinier, couraient autour de la table les groseilles et les roses.

Après dîner, si le rendez-vous au bois ou à Saint-Cloud était de bonne heure, il partait si vite en sortant de table,—surtout si la pluie menaçait de tomber et de faire rentrer plus tôt les «fidèles»,—qu'une fois la princesse des Laumes (chez qui on avait dîné tard et que Swann avait quittée avant qu'on servît le café pour rejoindre les Verdurin dans l'île du Bois) dit:

—«Vraiment, si Swann avait trente ans de plus et une maladie de la vessie, on l'excuserait de filer ainsi. Mais tout de même il se moque du monde.»

Il se disait que le charme du printemps qu'il ne pouvait pas aller goûter à Combray, il le trouverait du moins dans l'île des Cygnes ou à Saint-Cloud. Mais comme il ne pouvait penser qu'à Odette, il ne savait même pas, s'il avait senti l'odeur des feuilles, s'il y avait eu du clair de lune. Il était accueilli par la petite phrase de la Sonate jouée dans le jardin sur le piano du restaurant. S'il n'y en avait pas là, les Verdurin prenaient une grande peine pour en faire descendre un d'une chambre ou d'une salle à manger: ce n'est pas que Swann fût rentré en faveur auprès d'eux, au contraire. Mais l'idée d'organiser un plaisir ingénieux pour quelqu'un, même pour quelqu'un qu'ils n'aimaient pas, développait chez eux, pendant les moments nécessaires à ces préparatifs, des sentiments éphémères et occasionnels de sympathie et de cordialité. Parfois il se disait que c'était un nouveau soir de printemps de plus qui passait, il se contraignait à faire attention aux arbres, au ciel. Mais l'agitation où le mettait la présence d'Odette, et aussi un léger malaise fébrile qui ne le quittait guère depuis quelque temps, le privait du calme et du bien-être qui sont le fond indispensable aux impressions que peut donner la nature.

Un soir où Swann avait accepté de dîner avec les Verdurin, comme pendant le dîner il venait de dire que le lendemain il avait un banquet d'anciens camarades, Odette lui avait répondu en pleine table, devant Forcheville, qui était maintenant un des fidèles, devant le peintre, devant Cottard:

—«Oui, je sais que vous avez votre banquet, je ne vous verrai donc que chez moi, mais ne venez pas trop tard.»

Bien que Swann n'eût encore jamais pris bien sérieusement ombrage de l'amitié d'Odette pour tel ou tel fidèle, il éprouvait une douceur profonde à l'entendre avouer ainsi devant tous, avec cette tranquille impudeur, leurs rendez-vous quotidiens du soir, la situation privilégiée qu'il avait chez elle et la préférence pour lui qui y était impliquée. Certes Swann avait souvent pensé qu'Odette n'était à aucun degré une femme remarquable;

et la suprématie qu'il exerçait sur un être qui lui était si inférieur n'avait rien qui dût lui paraître si flatteur à voir proclamer à la face des «fidèles», mais depuis qu'il s'était aperçu qu'à beaucoup d'hommes Odette semblait une femme ravissante et désirable, le charme qu'avait pour eux son corps avait éveillé en lui un besoin douloureux de la maîtriser entièrement dans les moindres parties de son cœur. Et il avait commencé d'attacher un prix inestimable à ces moments passés chez elle le soir, où il l'asseyait sur ses genoux, lui faisait dire ce qu'elle pensait d'une chose, d'une autre, où il recensait les seuls biens à la possession desquels il tînt maintenant sur terre. Aussi, après ce dîner, la prenant à part, il ne manqua pas de la remercier avec effusion, cherchant à lui enseigner selon les degrés de la reconnaissance qu'il lui témoignait, l'échelle des plaisirs qu'elle pouvait lui causer, et dont le suprême était de le garantir, pendant le temps que son amour durerait et l'y rendrait vulnérable, des atteintes de la jalousie.

Quand il sortit le lendemain du banquet, il pleuvait à verse, il n'avait à sa disposition que sa victoria; un ami lui proposa de le reconduire chez lui en coupé, et comme Odette, par le fait qu'elle lui avait demandé de venir, lui avait donné la certitude qu'elle n'attendait personne, c'est l'esprit tranquille et le cœur content que, plutôt que de partir ainsi dans la pluie, il serait rentré chez lui se coucher. Mais peut-être, si elle voyait qu'il n'avait pas l'air de tenir à passer toujours avec elle, sans aucune exception, la fin de la soirée, négligerait-elle de la lui réserver, justement une fois où il l'aurait particulièrement désiré.

Il arriva chez elle après onze heures, et, comme il s'excusait de n'avoir pu venir plus tôt, elle se plaignit que ce fût en effet bien tard, l'orage l'avait rendue souffrante, elle se sentait mal à la tête et le prévint qu'elle ne le garderait pas plus d'une demi-heure, qu'à minuit, elle le renverrait; et, peu après, elle se sentit fatiguée et désira s'endormir.

—Alors, pas de catleyas ce soir? lui dit-il, moi qui espérais un bon petit catleya.

Et d'un air un peu boudeur et nerveux, elle lui répondit:

—«Mais non, mon petit, pas de catleyas ce soir, tu vois bien que je suis souffrante!»

—«Cela t'aurait peut-être fait du bien, mais enfin je n'insiste pas.»

Elle le pria d'éteindre la lumière avant de s'en aller, il referma lui-même les rideaux du lit et partit. Mais quand il fut rentré chez lui, l'idée lui vint brusquement que peut-être Odette attendait quelqu'un ce soir, qu'elle avait seulement simulé la fatigue et qu'elle ne lui avait demandé d'éteindre que pour qu'il crût qu'elle allait s'endormir, qu'aussitôt qu'il avait été parti, elle l'avait rallumée, et fait rentrer celui qui devait passer la nuit auprès d'elle. Il regarda l'heure. Il y avait à peu près une heure et demie qu'il l'avait quittée, il ressortit, prit un fiacre et se fit arrêter tout près de chez elle, dans une petite rue perpendiculaire à celle sur laquelle donnait derrière son hôtel et où il allait quelquefois frapper à la fenêtre de sa chambre à coucher pour qu'elle vînt lui ouvrir; il descendit de voiture, tout était désert et noir dans ce quartier, il n'eut que quelques pas à faire à pied et déboucha presque devant chez elle. Parmi l'obscurité de toutes les fenêtres éteintes depuis longtemps dans la rue, il en vit une seule d'où débordait,—entre les volets qui en pressaient la pulpe mystérieuse et dorée,—la lumière qui remplissait la chambre et qui, tant d'autres soirs, du plus loin qu'il l'apercevait, en arrivant dans la rue le réjouissait et lui annonçait: «elle est là qui t'attend» et qui maintenant, le torturait en lui disant: «elle est là avec celui qu'elle attendait». Il voulait savoir qui; il se glissa le long du mur jusqu'à la fenêtre, mais entre les lames obliques des volets il ne pouvait rien voir; il entendait seulement dans le silence de la nuit le murmure d'une conversation. Certes, il souffrait de voir cette lumière dans l'atmosphère d'or de laquelle se mouvait derrière le châssis le couple invisible et détesté, d'entendre ce murmure qui révélait la présence de celui qui était venu après son départ, la fausseté d'Odette, le bonheur qu'elle était en train de goûter avec lui.

Et pourtant il était content d'être venu: le tourment qui l'avait forcé de sortir de chez lui avait perdu de son acuité en perdant de son vague, maintenant que l'autre vie d'Odette, dont il avait eu, à ce moment-là, le brusque et impuissant soupçon, il la tenait là, éclairée en plein par la lampe, prisonnière sans le savoir dans cette chambre où, quand il le voudrait, il entrerait la surprendre et la capturer; ou plutôt il allait frapper aux volets comme il faisait souvent quand il venait très tard; ainsi du moins, Odette apprendrait qu'il avait su, qu'il avait vu la lumière et entendu la causerie, et lui, qui, tout à l'heure, se la représentait comme se riant avec l'autre de ses illusions, maintenant, c'était eux qu'il voyait, confiants dans leur erreur, trompés en somme par lui qu'ils croyaient bien loin d'ici et qui, lui, savait déjà qu'il allait frapper aux volets. Et peut-être, ce qu'il ressentait en ce moment de presque agréable, c'était autre chose aussi que l'apaisement d'un doute et d'une douleur: un plaisir de l'intelligence. Si, depuis qu'il était amoureux, les choses avaient repris pour lui un peu de l'intérêt délicieux qu'il leur trouvait autrefois, mais seulement là où elles étaient éclairées par le souvenir d'Odette, maintenant, c'était une autre faculté de sa studieuse jeunesse que sa jalousie ranimait, la passion de la vérité, mais d'une vérité, elle aussi, interposée entre lui et sa maîtresse, ne recevant sa lumière que d'elle, vérité tout individuelle qui avait pour objet unique, d'un prix infini et presque d'une beauté désintéressée, les actions d'Odette, ses relations, ses projets, son passé. A toute autre époque de sa vie, les petits faits et gestes quotidiens d'une personne avaient toujours paru sans valeur à Swann: si on lui en faisait le commérage, il le trouvait insignifiant, et, tandis qu'il l'écoutait, ce n'était que sa plus vulgaire attention qui y était intéressée; c'était pour lui un des moments où il se sentait le plus médiocre. Mais dans cette étrange période de l'amour, l'individuel prend quelque chose de si profond, que cette curiosité qu'il sentait s'éveiller en lui à l'égard des moindres occupations d'une femme, c'était celle qu'il avait eue autrefois pour l'Histoire. Et tout ce dont il aurait eu honte jusqu'ici, espionner devant une fenêtre, qui sait, demain, peut-être faire parler habilement les indifférents, soudoyer les domestiques, écouter aux portes, ne lui semblait plus, aussi bien que le déchiffrement des textes, la comparaison des témoignages et l'interprétation des monuments, que des méthodes d'investigation scientifique d'une véritable valeur intellectuelle et appropriées à la recherche de la vérité.

Sur le point de frapper contre les volets, il eut un moment de honte en pensant qu'Odette allait savoir qu'il avait eu des soupçons, qu'il était revenu, qu'il s'était posté dans la rue. Elle lui avait dit souvent l'horreur qu'elle avait des jaloux, des amants qui espionnent. Ce qu'il allait faire était bien maladroit, et elle allait le détester désormais, tandis qu'en ce moment encore, tant qu'il n'avait pas frappé, peut-être, même en le trompant, l'aimait-elle. Que de bonheurs possibles dont on sacrifie ainsi la réalisation à l'impatience d'un plaisir immédiat. Mais le désir de connaître la vérité était plus fort et lui sembla plus noble. Il savait que la réalité de circonstances qu'il eût donné sa vie pour restituer exactement, était lisible derrière cette fenêtre striée de lumière, comme sous la couverture enluminée d'or d'un de ces manuscrits précieux à la richesse artistique elle-même desquels le savant qui les consulte ne peut rester indifférent. Il éprouvait une volupté à connaître la vérité qui le passionnait dans cet exemplaire unique, éphémère et précieux, d'une matière translucide, si chaude et si belle. Et puis l'avantage qu'il se sentait,—qu'il avait tant besoin de se sentir,—sur eux, était peut-être moins de savoir, que de pouvoir leur montrer qu'il savait. Il se haussa sur la pointe des pieds. Il frappa. On n'avait pas entendu, il refrappa plus fort, la conversation s'arrêta. Une voix d'homme dont il chercha à distinguer auquel de ceux des amis d'Odette qu'il connaissait elle pouvait appartenir, demanda:

—«Qui est là?»

Il n'était pas sûr de la reconnaître. Il frappa encore une fois. On ouvrit la fenêtre, puis les volets. Maintenant, il n'y avait plus moyen de reculer, et, puisqu'elle allait tout savoir, pour ne pas avoir l'air trop malheureux, trop jaloux et curieux, il se contenta de crier d'un air négligent et gai:

—«Ne vous dérangez pas, je passais par là, j'ai vu de la lumière, j'ai voulu savoir si vous n'étiez plus souffrante.»

Il regarda. Devant lui, deux vieux messieurs étaient à la fenêtre, l'un tenant une lampe, et alors, il vit la chambre, une chambre inconnue. Ayant l'habitude, quand il venait chez Odette très tard, de reconnaître sa fenêtre à ce que c'était la seule éclairée entre les fenêtres toutes pareilles, il s'était trompé et avait frappé à la fenêtre suivante qui appartenait à la maison voisine. Il s'éloigna en s'excusant et rentra chez lui, heureux que la satisfaction de sa curiosité eût laissé leur amour intact et qu'après avoir simulé depuis si longtemps vis-à-vis d'Odette une sorte d'indifférence, il ne lui eût pas donné, par sa jalousie, cette preuve qu'il l'aimait trop, qui, entre deux amants, dispense, à tout jamais, d'aimer assez, celui qui la reçoit. Il ne lui parla pas de cette mésaventure, lui-même n'y songeait plus. Mais, par moments, un mouvement de sa pensée venait en rencontrer le souvenir qu'elle n'avait pas aperçu, le heurtait, l'enfonçait plus avant et Swann avait ressenti une douleur brusque et profonde. Comme si ç'avait été une douleur physique, les pensées de Swann ne pouvaient pas l'amoindrir; mais du moins la douleur physique, parce qu'elle est indépendante de la pensée, la pensée peut s'arrêter sur elle, constater qu'elle a diminué, qu'elle a momentanément cessé! Mais cette douleur-là, la pensée, rien qu'en se la rappelant, la recréait. Vouloir n'y pas penser, c'était y penser encore, en souffrir encore. Et quand, causant avec des amis, il oubliait son mal, tout d'un coup un mot qu'on lui disait le faisait changer de visage, comme un blessé dont un maladroit vient de toucher sans précaution le membre douloureux. Quand il quittait Odette, il était heureux, il se sentait calme, il se rappelait les sourires qu'elle avait eus, railleurs, en parlant de tel ou tel autre, et tendres pour lui, la lourdeur de sa tête qu'elle avait détachée de son axe pour l'incliner, la laisser tomber, presque malgré elle, sur ses lèvres, comme elle avait fait la première fois en voiture, les regards mourants qu'elle lui avait jetés pendant qu'elle était dans ses bras, tout en contractant frileusement contre l'épaule sa tête inclinée.

Mais aussitôt sa jalousie, comme si elle était l'ombre de son amour, se complétait du double de ce nouveau sourire qu'elle lui avait adressé le soir même—et qui, inverse maintenant, raillait Swann et se chargeait d'amour pour un autre—, de cette inclinaison de sa tête mais renversée vers d'autres lèvres, et, données à un autre, de toutes les marques de tendresse qu'elle avait eues pour lui. Et tous les souvenirs voluptueux qu'il emportait de chez elle, étaient comme autant d'esquisses, de «projets» pareils à ceux que vous soumet un décorateur, et qui permettaient à Swann de se faire une idée des attitudes ardentes ou pâmées qu'elle pouvait avoir avec d'autres. De sorte qu'il en arrivait à regretter chaque plaisir qu'il goûtait près d'elle, chaque caresse inventée et dont il avait eu l'imprudence de lui signaler la douceur, chaque grâce qu'il lui découvrait, car il savait qu'un instant après, elles allaient enrichir d'instruments nouveaux son supplice.

Celui-ci était rendu plus cruel encore quand revenait à Swann le souvenir d'un bref regard qu'il avait surpris, il y avait quelques jours, et pour la première fois, dans les yeux d'Odette. C'était après dîner, chez les Verdurin. Soit que Forcheville sentant que Saniette, son beau-frère, n'était pas en faveur chez eux, eût voulu le prendre comme tête de Turc et briller devant eux à ses dépens, soit qu'il eût été irrité par un mot maladroit que celui-ci venait de lui dire et qui, d'ailleurs, passa inaperçu pour les assistants qui ne savaient pas quelle allusion désobligeante il pouvait renfermer, bien contre le gré de celui qui le prononçait sans malice aucune, soit enfin qu'il cherchât depuis quelque temps une occasion de faire sortir de la maison quelqu'un qui le connaissait trop bien et qu'il savait trop délicat pour qu'il ne se sentît pas gêné à certains moments rien que de sa présence, Forcheville répondit à ce propos maladroit de Saniette avec une telle grossièreté, se mettant à l'insulter, s'enhardissant, au fur et à mesure qu'il vociférait, de l'effroi, de la douleur, des supplications de l'autre, que le malheureux, après avoir demandé à Mme Verdurin s'il devait rester, et n'ayant pas reçu de réponse, s'était retiré en balbutiant, les larmes aux yeux. Odette avait assisté impassible à cette scène, mais quand la porte se fut refermée sur Saniette, faisant descendre en quelque sorte de plusieurs crans l'expression habituelle de son visage, pour pouvoir se trouver dans la bassesse, de plain-pied avec Forcheville, elle avait brillanté ses prunelles d'un sourire sournois de félicitations pour l'audace qu'il avait eue, d'ironie pour celui qui en avait été victime; elle lui avait jeté un regard de complicité dans le mal, qui voulait si bien dire: «voilà une exécution, ou je ne m'y connais pas. Avez-vous vu son air penaud, il en pleurait», que Forcheville, quand ses yeux rencontrèrent ce regard, dégrisé soudain de la colère ou de la simulation de colère dont il était encore chaud, sourit et répondit:

—«Il n'avait qu'à être aimable, il serait encore ici, une bonne correction peut être utile à tout âge.»

Un jour que Swann était sorti au milieu de l'après-midi pour faire une visite, n'ayant pas trouvé la personne qu'il voulait rencontrer, il eut l'idée d'entrer chez Odette à cette heure où il n'allait jamais chez elle, mais où il savait qu'elle était toujours à la maison à faire sa sieste ou à écrire des lettres avant l'heure du thé, et où il aurait plaisir à la voir un peu sans la déranger. Le concierge lui dit qu'il croyait qu'elle était là; il sonna, crut entendre du bruit, entendre marcher, mais on n'ouvrit pas. Anxieux, irrité, il alla dans la petite rue où donnait l'autre face de l'hôtel, se mit devant la fenêtre de la chambre d'Odette; les rideaux l'empêchaient de rien voir, il frappa avec force aux carreaux, appela; personne n'ouvrit. Il vit que des voisins le regardaient. Il partit, pensant qu'après tout, il s'était peut-être trompé en croyant entendre des pas; mais il en resta si préoccupé qu'il ne pouvait penser à autre chose. Une heure après, il revint. Il la trouva; elle lui dit qu'elle était chez elle tantôt quand il avait sonné, mais dormait; la sonnette l'avait éveillée, elle avait deviné que c'était Swann, elle avait couru après lui, mais il était déjà parti. Elle avait bien entendu frapper aux carreaux. Swann reconnut tout de suite dans ce dire un de ces fragments d'un fait exact que les menteurs pris de court se consolent de faire entrer dans la composition du fait faux qu'ils inventent, croyant y faire sa part et y dérober sa ressemblance à la Vérité.

Certes quand Odette venait de faire quelque chose qu'elle ne voulait pas révéler, elle le cachait bien au fond d'elle-même. Mais dès qu'elle se trouvait en présence de celui à qui elle voulait mentir, un trouble la prenait, toutes ses idées s'effondraient, ses facultés d'invention et de raisonnement étaient paralysées, elle ne trouvait plus dans sa tête que le vide, il fallait pourtant dire quelque chose et elle rencontrait à sa portée précisément la chose qu'elle avait voulu dissimuler et qui étant vraie, était restée là. Elle en détachait un petit morceau, sans importance par lui-même, se disant qu'après tout c'était mieux ainsi puisque c'était un détail véritable qui n'offrait pas les mêmes dangers qu'un détail faux. «Ça du moins, c'est vrai, se disait-elle, c'est toujours autant de gagné, il peut s'informer, il reconnaîtra que c'est vrai, ce n'est toujours pas ça qui me trahira.» Elle se trompait, c'était cela qui la trahissait, elle ne se rendait pas compte que ce détail vrai avait des angles qui ne pouvaient s'emboîter que dans les détails contigus du fait vrai dont elle l'avait arbitrairement détaché et qui, quels que fussent les détails inventés entre lesquels elle le placerait, révéleraient toujours par la matière excédante et les vides non remplis, que ce n'était pas d'entre ceux-là qu'il venait. «Elle avoue qu'elle m'avait entendu sonner, puis frapper, et qu'elle avait cru que c'était moi, qu'elle avait envie de me voir, se disait Swann. Mais cela ne s'arrange pas avec le fait qu'elle n'ait pas fait ouvrir.»

Mais il ne lui fit pas remarquer cette contradiction, car il pensait que, livrée à elle-même, Odette produirait peut-être quelque mensonge qui serait un faible indice de la vérité; elle parlait; il ne l'interrompait pas, il recueillait avec une piété avide et douloureuse ces mots qu'elle lui disait et qu'il sentait (justement, parce qu'elle la cachait derrière eux tout en lui parlant) garder vaguement, comme le voile sacré, l'empreinte, dessiner l'incertain modelé, de cette réalité infiniment précieuse et hélas introuvable:—ce qu'elle faisait tantôt à trois heures, quand il était venu,—de laquelle il ne posséderait jamais que ces mensonges, illisibles et divins vestiges, et qui n'existait plus que dans le souvenir receleur de cet être qui la contemplait sans savoir l'apprécier, mais ne la lui livrerait pas. Certes il se doutait bien par moments qu'en elles-mêmes les actions quotidiennes d'Odette n'étaient pas passionnément intéressantes, et que les relations qu'elle pouvait avoir avec d'autres hommes n'exhalaient pas naturellement d'une façon universelle et pour tout être pensant, une tristesse morbide, capable de donner la fièvre du suicide. Il se rendait compte alors que cet intérêt, cette tristesse n'existaient qu'en lui comme une maladie, et que quand celle-ci serait guérie, les actes d'Odette, les baisers qu'elle aurait pu donner redeviendraient inoffensifs comme ceux de tant d'autres femmes.

Mais que la curiosité douloureuse que Swann y portait maintenant n'eût sa cause qu'en lui, n'était pas pour lui faire trouver déraisonnable de considérer cette curiosité comme importante et de mettre tout en œuvre pour lui donner satisfaction. C'est que Swann arrivait à un âge dont la philosophie—favorisée par celle de l'époque, par celle aussi du milieu où Swann avait beaucoup vécu, de cette coterie de la princesse des Laumes où il était convenu qu'on est intelligent dans la mesure où on doute de tout et où on ne trouvait de réel et d'incontestable que les goûts de chacun—n'est déjà plus celle de la jeunesse, mais une philosophie positive, presque médicale, d'hommes qui au lieu d'extérioriser les objets de leurs aspirations, essayent de dégager de leurs années déjà écoulées un résidu fixe d'habitudes, de passions qu'ils puissent considérer en eux comme caractéristiques et permanentes et auxquelles, délibérément, ils veilleront d'abord que le genre d'existence qu'ils adoptent puisse donner satisfaction. Swann trouvait sage de faire dans sa vie la part de la souffrance qu'il éprouvait à ignorer ce qu'avait fait Odette, aussi bien que la part de la recrudescence qu'un climat humide causait à son eczéma; de prévoir dans son budget une disponibilité importante pour obtenir sur l'emploi des journées d'Odette des renseignements sans lesquels il se sentirait malheureux, aussi bien qu'il en réservait pour d'autres goûts dont il savait qu'il pouvait attendre du plaisir, au moins avant qu'il fût amoureux, comme celui des collections et de la bonne cuisine.

Quand il voulut dire adieu à Odette pour rentrer, elle lui demanda de rester encore et le retint même vivement, en lui prenant le bras, au moment où il allait ouvrir là porte pour sortir. Mais il n'y prit pas garde, car, dans la multitude des gestes, des propos, des petits incidents qui remplissent une conversation, il est inévitable que nous passions, sans y rien remarquer qui éveille notre attention, près de ceux qui cachent une vérité que nos soupçons cherchent au hasard, et que nous nous arrêtions au contraire à ceux sous lesquels il n'y a rien. Elle lui redisait tout le temps: «Quel malheur que toi, qui ne viens jamais l'après-midi, pour une fois que cela t'arrive, je ne t'aie pas vu.» Il savait bien qu'elle n'était pas assez amoureuse de lui pour avoir un regret si vif d'avoir manqué sa visite, mais comme elle était bonne, désireuse de lui faire plaisir, et souvent triste quand elle l'avait contrarié, il trouva tout naturel qu'elle le fût cette fois de l'avoir privé de ce plaisir de passer une heure ensemble qui était très grand, non pour elle, mais pour lui. C'était pourtant une chose assez peu importante pour que l'air douloureux qu'elle continuait d'avoir finît par l'étonner. Elle rappelait ainsi plus encore qu'il ne le trouvait d'habitude, les figures de femmes du peintre de la Primavera. Elle avait en ce moment leur visage abattu et navré qui semble succomber sous le poids d'une douleur trop lourde pour elles, simplement quand elles laissent l'enfant Jésus jouer avec une grenade ou regardent Moïse verser de l'eau dans une auge.

Il lui avait déjà vu une fois une telle tristesse, mais ne savait plus quand. Et tout d'un coup, il se rappela: c'était quand Odette avait menti en parlant à Mme Verdurin le lendemain de ce dîner où elle n'était pas venue sous prétexte qu'elle était malade et en réalité pour rester avec Swann. Certes, eût-elle été la plus scrupuleuse des femmes qu'elle n'aurait pu avoir de remords d'un mensonge aussi innocent. Mais ceux que faisait couramment Odette l'étaient moins et servaient à empêcher des découvertes qui auraient pu lui créer avec les uns ou avec les autres, de terribles difficultés. Aussi quand elle mentait, prise de peur, se sentant peu armée pour se défendre, incertaine du succès, elle avait envie de pleurer, par fatigue, comme certains enfants qui n'ont pas dormi. Puis elle savait que son mensonge lésait d'ordinaire gravement l'homme à qui elle le faisait, et à la merci duquel elle allait peut-être tomber si elle mentait mal. Alors elle se sentait à la fois humble et coupable devant lui. Et quand elle avait à faire un mensonge insignifiant et mondain, par association de sensations et de souvenirs, elle éprouvait le malaise d'un surmenage et le regret d'une méchanceté.

Quel mensonge déprimant était-elle en train de faire à Swann pour qu'elle eût ce regard douloureux, cette voix plaintive qui semblaient fléchir sous l'effort qu'elle s'imposait, et demander grâce? Il eut l'idée que ce n'était pas seulement la vérité sur l'incident de l'après-midi qu'elle s'efforçait de lui cacher, mais quelque chose de plus actuel, peut-être de non encore survenu et de tout prochain, et qui pourrait l'éclairer sur cette vérité. A ce moment, il entendit un coup de sonnette. Odette ne cessa plus de parler, mais ses paroles n'étaient qu'un gémissement: son regret de ne pas avoir vu Swann dans l'après-midi, de ne pas lui avoir ouvert, était devenu un véritable désespoir.

On entendit la porte d'entrée se refermer et le bruit d'une voiture, comme si repartait une personne—celle probablement que Swann ne devait pas rencontrer—à qui on avait dit qu'Odette était sortie. Alors en songeant que rien qu'en venant à une heure où il n'en avait pas l'habitude, il s'était trouvé déranger tant de choses qu'elle ne voulait pas qu'il sût, il éprouva un sentiment de découragement, presque de détresse. Mais comme il aimait Odette, comme il avait l'habitude de tourner vers elle toutes ses pensées, la pitié qu'il eût pu s'inspirer à lui-même ce fut pour elle qu'il la ressentit, et il murmura: «Pauvre chérie!» Quand il la quitta, elle prit plusieurs lettres qu'elle avait sur sa table et lui demanda s'il ne pourrait pas les mettre à la poste. Il les emporta et, une fois rentré, s'aperçut qu'il avait gardé les lettres sur lui. Il retourna jusqu'à la poste, les tira de sa poche et avant de les jeter dans la boîte regarda les adresses. Elles étaient toutes pour des fournisseurs, sauf une pour Forcheville. Il la tenait dans sa main. Il se disait: «Si je voyais ce qu'il y a dedans, je saurais comment elle l'appelle, comment elle lui parle, s'il y a quelque chose entre eux. Peut-être même qu'en ne la regardant pas, je commets une indélicatesse à l'égard d'Odette, car c'est la seule manière de me délivrer d'un soupçon peut-être calomnieux pour elle, destiné en tous cas à la faire souffrir et que rien ne pourrait plus détruire, une fois la lettre partie.»

Il rentra chez lui en quittant la poste, mais il avait gardé sur lui cette dernière lettre. Il alluma une bougie et en approcha l'enveloppe qu'il n'avait pas osé ouvrir. D'abord il ne put rien lire, mais l'enveloppe était mince, et en la faisant adhérer à la carte dure qui y était incluse, il put à travers sa transparence, lire les derniers mots. C'était une formule finale très froide. Si, au lieu que ce fût lui qui regardât une lettre adressée à Forcheville, c'eût été Forcheville qui eût lu une lettre adressée à Swann, il aurait pu voir des mots autrement tendres! Il maintint immobile la carte qui dansait dans l'enveloppe plus grande qu'elle, puis, la faisant glisser avec le pouce, en amena successivement les différentes lignes sous la partie de l'enveloppe qui n'était pas doublée, la seule à travers laquelle on pouvait lire.

Malgré cela il ne distinguait pas bien. D'ailleurs cela ne faisait rien car il en avait assez vu pour se rendre compte qu'il s'agissait d'un petit événement sans importance et qui ne touchait nullement à des relations amoureuses, c'était quelque chose qui se rapportait à un oncle d'Odette. Swann avait bien lu au commencement de la ligne: «J'ai eu raison», mais ne comprenait pas ce qu'Odette avait eu raison de faire, quand soudain, un mot qu'il n'avait pas pu déchiffrer d'abord, apparut et éclaira le sens de la phrase tout entière: «J'ai eu raison d'ouvrir, c'était mon oncle.» D'ouvrir! alors Forcheville était là tantôt quand Swann avait sonné et elle l'avait fait partir, d'où le bruit qu'il avait entendu.

Alors il lut toute la lettre; à la fin elle s'excusait d'avoir agi aussi sans façon avec lui et lui disait qu'il avait oublié ses cigarettes chez elle, la même phrase qu'elle avait écrite à Swann une des premières fois qu'il était venu. Mais pour Swann elle avait ajouté: puissiez-vous y avoir laissé votre cœur, je ne vous aurais pas laissé le reprendre. Pour Forcheville rien de tel: aucune allusion qui pût faire supposer une intrigue entre eux. A vrai dire d'ailleurs, Forcheville était en tout ceci plus trompé que lui puisque Odette lui écrivait pour lui faire croire que le visiteur était son oncle. En somme, c'était lui, Swann, l'homme à qui elle attachait de l'importance et pour qui elle avait congédié l'autre. Et pourtant, s'il n'y avait rien entre Odette et Forcheville, pourquoi n'avoir pas ouvert tout de suite, pourquoi avoir dit: «J'ai bien fait d'ouvrir, c'était mon oncle»; si elle ne faisait rien de mal à ce moment-là, comment Forcheville pourrait-il même s'expliquer qu'elle eût pu ne pas ouvrir? Swann restait là, désolé, confus et pourtant heureux, devant cette enveloppe qu'Odette lui avait remise sans crainte, tant était absolue la confiance qu'elle avait en sa délicatesse, mais à travers le vitrage transparent de laquelle se dévoilait à lui, avec le secret d'un incident qu'il n'aurait jamais cru possible de connaître, un peu de la vie d'Odette, comme dans une étroite section lumineuse pratiquée à même l'inconnu. Puis sa jalousie s'en réjouissait, comme si cette jalousie eût eu une vitalité indépendante, égoïste, vorace de tout ce qui la nourrirait, fût-ce aux dépens de lui-même. Maintenant elle avait un aliment et Swann allait pouvoir commencer à s'inquiéter chaque jour des visites qu'Odette avait reçues vers cinq heures, à chercher à apprendre où se trouvait Forcheville à cette heure-là. Car la tendresse de Swann continuait à garder le même caractère que lui avait imprimé dès le début à la fois l'ignorance où il était de l'emploi des journées d'Odette et la paresse cérébrale qui l'empêchait de suppléer à l'ignorance par l'imagination. Il ne fut pas jaloux d'abord de toute la vie d'Odette, mais des seuls moments où une circonstance, peut-être mal interprétée, l'avait amené à supposer qu'Odette avait pu le tromper. Sa jalousie, comme une pieuvre qui jette une première, puis une seconde, puis une troisième amarre, s'attacha solidement à ce moment de cinq heures du soir, puis à un autre, puis à un autre encore. Mais Swann ne savait pas inventer ses souffrances. Elles n'étaient que le souvenir, la perpétuation d'une souffrance qui lui était venue du dehors.

Mais là tout lui en apportait. Il voulut éloigner Odette de Forcheville, l'emmener quelques jours dans le Midi. Mais il croyait qu'elle était désirée par tous les hommes qui se trouvaient dans l'hôtel et qu'elle-même les désirait. Aussi lui qui jadis en voyage recherchait les gens nouveaux, les assemblées nombreuses, on le voyait sauvage, fuyant la société des hommes comme si elle l'eût cruellement blessé. Et comment n'aurait-il pas été misanthrope quand dans tout homme il voyait un amant possible pour Odette? Et ainsi sa jalousie plus encore que n'avait fait le goût voluptueux et riant qu'il avait d'abord pour Odette, altérait le caractère de Swann et changeait du tout au tout, aux yeux des autres, l'aspect même des signes extérieurs par lesquels ce caractère se manifestait.

Un mois après le jour où il avait lu la lettre adressée par Odette à Forcheville, Swann alla à un dîner que les Verdurin donnaient au Bois. Au moment où on se préparait à partir, il remarqua des conciliabules entre Mme Verdurin et plusieurs des invités et crut comprendre qu'on rappelait au pianiste de venir le lendemain à une partie à Chatou; or, lui, Swann, n'y était pas invité.

Les Verdurin n'avaient parlé qu'à demi-voix et en termes vagues, mais le peintre, distrait sans doute, s'écria:

—«Il ne faudra aucune lumière et qu'il joue la sonate Clair de lune dans l'obscurité pour mieux voir s'éclairer les choses.»

Mme Verdurin, voyant que Swann était à deux pas, prit cette expression où le désir de faire taire celui qui parle et de garder un air innocent aux yeux de celui qui entend, se neutralise en une nullité intense du regard, où l'immobile signe d'intelligence du complice se dissimule sous les sourires de l'ingénu et qui enfin, commune à tous ceux qui s'aperçoivent d'une gaffe, la révèle instantanément sinon à ceux qui la font, du moins à celui qui en est l'objet. Odette eut soudain l'air d'une désespérée qui renonce à lutter contre les difficultés écrasantes de la vie, et Swann comptait anxieusement les minutes qui le séparaient du moment où, après avoir quitté ce restaurant, pendant le retour avec elle, il allait pouvoir lui demander des explications, obtenir qu'elle n'allât pas le lendemain à Chatou ou qu'elle l'y fît inviter et apaiser dans ses bras l'angoisse qu'il ressentait. Enfin on demanda leurs voitures. Mme Verdurin dit à Swann:

—Alors, adieu, à bientôt, n'est-ce pas? tâchant par l'amabilité du regard et la contrainte du sourire de l'empêcher de penser qu'elle ne lui disait pas, comme elle eût toujours fait jusqu'ici:

«A demain à Chatou, à après-demain chez moi.»

M. et Mme Verdurin firent monter avec eux Forcheville, la voiture de Swann s'était rangée derrière la leur dont il attendait le départ pour faire monter Odette dans la sienne.

—«Odette, nous vous ramenons, dit Mme Verdurin, nous avons une petite place pour vous à côté de M. de Forcheville.

—«Oui, Madame», répondit Odette.

—«Comment, mais je croyais que je vous reconduisais», s'écria Swann, disant sans dissimulation, les mots nécessaires, car la portière était ouverte, les secondes étaient comptées, et il ne pouvait rentrer sans elle dans l'état où il était.

—«Mais Mme Verdurin m'a demandé...»

—«Voyons, vous pouvez bien revenir seul, nous vous l'avons laissée assez de fois, dit Mme Verdurin.»

—Mais c'est que j'avais une chose importante à dire à Madame.

—Eh bien! vous la lui écrirez...

—Adieu, lui dit Odette en lui tendant la main.

Il essaya de sourire mais il avait l'air atterré.

—As-tu vu les façons que Swann se permet maintenant avec nous? dit Mme Verdurin à son mari quand ils furent rentrés. J'ai cru qu'il allait me manger, parce que nous ramenions Odette. C'est d'une inconvenance, vraiment! Alors, qu'il dise tout de suite que nous tenons une maison de rendez-vous! Je ne comprends pas qu'Odette supporte des manières pareilles. Il a absolument l'air de dire: vous m'appartenez. Je dirai ma manière de penser à Odette, j'espère qu'elle comprendra.»

Et elle ajouta encore un instant après, avec colère:

—Non, mais voyez-vous, cette sale bête! employant sans s'en rendre compte, et peut-être en obéissant au même besoin obscur de se justifier—comme Françoise à Combray quand le poulet ne voulait pas mourir—les mots qu'arrachent les derniers sursauts d'un animal inoffensif qui agonise, au paysan qui est en train de l'écraser.

Et quand la voiture de Mme Verdurin fut partie et que celle de Swann s'avança, son cocher le regardant lui demanda s'il n'était pas malade ou s'il n'était pas arrivé de malheur.

Swann le renvoya, il voulait marcher et ce fut à pied, par le Bois, qu'il rentra. Il parlait seul, à haute voix, et sur le même ton un peu factice qu'il avait pris jusqu'ici quand il détaillait les charmes du petit noyau et exaltait la magnanimité des Verdurin. Mais de même que les propos, les sourires, les baisers d'Odette lui devenaient aussi odieux qu'il les avait trouvés doux, s'ils étaient adressés à d'autres que lui, de même, le salon des Verdurin, qui tout à l'heure encore lui semblait amusant, respirant un goût vrai pour l'art et même une sorte de noblesse morale, maintenant que c'était un autre que lui qu'Odette allait y rencontrer, y aimer librement, lui exhibait ses ridicules, sa sottise, son ignominie.

Il se représentait avec dégoût la soirée du lendemain à Chatou. «D'abord cette idée d'aller à Chatou! Comme des merciers qui viennent de fermer leur boutique! vraiment ces gens sont sublimes de bourgeoisisme, ils ne doivent pas exister réellement, ils doivent sortir du théâtre de Labiche!»

Il y aurait là les Cottard, peut-être Brichot. «Est-ce assez grotesque cette vie de petites gens qui vivent les uns sur les autres, qui se croiraient perdus, ma parole, s'ils ne se retrouvaient pas tous demain à Chatou!» Hélas! il y aurait aussi le peintre, le peintre qui aimait à «faire des mariages», qui inviterait Forcheville à venir avec Odette à son atelier. Il voyait Odette avec une toilette trop habillée pour cette partie de campagne, «car elle est si vulgaire et surtout, la pauvre petite, elle est tellement bête!!!»

Il entendit les plaisanteries que ferait Mme Verdurin après dîner, les plaisanteries qui, quel que fût l'ennuyeux qu'elles eussent pour cible, l'avaient toujours amusé parce qu'il voyait Odette en rire, en rire avec lui, presque en lui. Maintenant il sentait que c'était peut-être de lui qu'on allait faire rire Odette. «Quelle gaieté fétide! disait-il en donnant à sa bouche une expression de dégoût si forte qu'il avait lui-même la sensation musculaire de sa grimace jusque dans son cou révulsé contre le col de sa chemise. Et comment une créature dont le visage est fait à l'image de Dieu peut-elle trouver matière à rire dans ces plaisanteries nauséabondes? Toute narine un peu délicate se détournerait avec horreur pour ne pas se laisser offusquer par de tels relents. C'est vraiment incroyable de penser qu'un être humain peut ne pas comprendre qu'en se permettant un sourire à l'égard d'un semblable qui lui a tendu loyalement la main, il se dégrade jusqu'à une fange d'où il ne sera plus possible à la meilleure volonté du monde de jamais le relever. J'habite à trop de milliers de mètres d'altitude au-dessus des bas-fonds où clapotent et clabaudent de tels sales papotages, pour que je puisse être éclaboussé par les plaisanteries d'une Verdurin, s'écria-t-il, en relevant la tête, en redressant fièrement son corps en arrière. Dieu m'est témoin que j'ai sincèrement voulu tirer Odette de là, et l'élever dans une atmosphère plus noble et plus pure. Mais la patience humaine a des bornes, et la mienne est à bout, se dit-il, comme si cette mission d'arracher Odette à une atmosphère de sarcasmes datait de plus longtemps que de quelques minutes, et comme s'il ne se l'était pas donnée seulement depuis qu'il pensait que ces sarcasmes l'avaient peut-être lui-même pour objet et tentaient de détacher Odette de lui.

Il voyait le pianiste prêt à jouer la sonate Clair de lune et les mines de Mme Verdurin s'effrayant du mal que la musique de Beethoven allait faire à ses nerfs: «Idiote, menteuse! s'écria-t-il, et ça croit aimer l'Art!». Elle dirait à Odette, après lui avoir insinué adroitement quelques mots louangeurs pour Forcheville, comme elle avait fait si souvent pour lui: «Vous allez faire une petite place à côté de vous à M. de Forcheville.» «Dans l'obscurité! maquerelle, entremetteuse!». «Entremetteuse», c'était le nom qu'il donnait aussi à la musique qui les convierait à se taire, à rêver ensemble, à se regarder, à se prendre la main. Il trouvait du bon à la sévérité contre les arts, de Platon, de Bossuet, et de la vieille éducation française.

En somme la vie qu'on menait chez les Verdurin et qu'il avait appelée si souvent «la vraie vie», lui semblait la pire de toutes, et leur petit noyau le dernier des milieux. «C'est vraiment, disait-il, ce qu'il y a de plus bas dans l'échelle sociale, le dernier cercle de Dante. Nul doute que le texte auguste ne se réfère aux Verdurin! Au fond, comme les gens du monde dont on peut médire, mais qui tout de même sont autre chose que ces bandes de voyous, montrent leur profonde sagesse en refusant de les connaître, d'y salir même le bout de leurs doigts. Quelle divination dans ce «Noli me tangere» du faubourg Saint-Germain.» Il avait quitté depuis bien longtemps les allées du Bois, il était presque arrivé chez lui, que, pas encore dégrisé de sa douleur et de la verve d'insincérité dont les intonations menteuses, la sonorité artificielle de sa propre voix lui versaient d'instant en instant plus abondamment l'ivresse, il continuait encore à pérorer tout haut dans le silence de la nuit: «Les gens du monde ont leurs défauts que personne ne reconnaît mieux que moi, mais enfin ce sont tout de même des gens avec qui certaines choses sont impossibles. Telle femme élégante que j'ai connue était loin d'être parfaite, mais enfin il y avait tout de même chez elle un fond de délicatesse, une loyauté dans les procédés qui l'auraient rendue, quoi qu'il arrivât, incapable d'une félonie et qui suffisent à mettre des abîmes entre elle et une mégère comme la Verdurin. Verdurin! quel nom! Ah! on peut dire qu'ils sont complets, qu'ils sont beaux dans leur genre! Dieu merci, il n'était que temps de ne plus condescendre à la promiscuité avec cette infamie, avec ces ordures.»

Mais, comme les vertus qu'il attribuait tantôt encore aux Verdurin, n'auraient pas suffi, même s'ils les avaient vraiment possédées, mais s'ils n'avaient pas favorisé et protégé son amour, à provoquer chez Swann cette ivresse où il s'attendrissait sur leur magnanimité et qui, même propagée à travers d'autres personnes, ne pouvait lui venir que d'Odette,—de même, l'immoralité, eût-elle été réelle, qu'il trouvait aujourd'hui aux Verdurin aurait été impuissante, s'ils n'avaient pas invité Odette avec Forcheville et sans lui, à déchaîner son indignation et à lui faire flétrir «leur infamie». Et sans doute la voix de Swann était plus clairvoyante que lui-même, quand elle se refusait à prononcer ces mots pleins de dégoût pour le milieu Verdurin et de la joie d'en avoir fini avec lui, autrement que sur un ton factice et comme s'ils étaient choisis plutôt pour assouvir sa colère que pour exprimer sa pensée. Celle-ci, en effet, pendant qu'il se livrait à ces invectives, était probablement, sans qu'il s'en aperçût, occupée d'un objet tout à fait différent, car une fois arrivé chez lui, à peine eut-il refermé la porte cochère, que brusquement il se frappa le front, et, la faisant rouvrir, ressortit en s'écriant d'une voix naturelle cette fois: «Je crois que j'ai trouvé le moyen de me faire inviter demain au dîner de Chatou!» Mais le moyen devait être mauvais, car Swann ne fut pas invité: le docteur Cottard qui, appelé en province pour un cas grave, n'avait pas vu les Verdurin depuis plusieurs jours et n'avait pu aller à Chatou, dit, le lendemain de ce dîner, en se mettant à table chez eux:

—«Mais, est-ce que nous ne verrons pas M. Swann, ce soir? Il est bien ce qu'on appelle un ami personnel du...»

—«Mais j'espère bien que non! s'écria Mme Verdurin, Dieu nous en préserve, il est assommant, bête et mal élevé.»

Cottard à ces mots manifesta en même temps son étonnement et sa soumission, comme devant une vérité contraire à tout ce qu'il avait cru jusque-là, mais d'une évidence irrésistible; et, baissant d'un air ému et peureux son nez dans son assiette, il se contenta de répondre: «Ah!-ah!-ah!-ah!-ah!» en traversant à reculons, dans sa retraite repliée en bon ordre jusqu'au fond de lui-même, le long d'une gamme descendante, tout le registre de sa voix. Et il ne fut plus question de Swann chez les Verdurin.

Alors ce salon qui avait réuni Swann et Odette devint un obstacle à leurs rendez-vous. Elle ne lui disait plus comme au premier temps de leur amour: «Nous nous venons en tous cas demain soir, il y a un souper chez les Verdurin.» Mais: «Nous ne pourrons pas nous voir demain soir, il y a un souper chez les Verdurin.» Ou bien les Verdurin devaient l'emmener à l'Opéra-Comique voir «Une nuit de Cléopâtre» et Swann lisait dans les yeux d'Odette cet effroi qu'il lui demandât de n'y pas aller, que naguère il n'aurait pu se retenir de baiser au passage sur le visage de sa maîtresse, et qui maintenant l'exaspérait. «Ce n'est pas de la colère, pourtant, se disait-il à lui-même, que j'éprouve en voyant l'envie qu'elle a d'aller picorer dans cette musique stercoraire. C'est du chagrin, non pas certes pour moi, mais pour elle; du chagrin de voir qu'après avoir vécu plus de six mois en contact quotidien avec moi, elle n'a pas su devenir assez une autre pour éliminer spontanément Victor Massé! Surtout pour ne pas être arrivée à comprendre qu'il y a des soirs où un être d'une essence un peu délicate doit savoir renoncer à un plaisir, quand on le lui demande. Elle devrait savoir dire «je n'irai pas», ne fût-ce que par intelligence, puisque c'est sur sa réponse qu'on classera une fois pour toutes sa qualité d'âme. «Et s'étant persuadé à lui-même que c'était seulement en effet pour pouvoir porter un jugement plus favorable sur la valeur spirituelle d'Odette qu'il désirait que ce soir-là elle restât avec lui au lieu d'aller à l'Opéra-Comique, il lui tenait le même raisonnement, au même degré d'insincérité qu'à soi-même, et même, à un degré de plus, car alors il obéissait aussi au désir de la prendre par l'amour-propre.

—Je te jure, lui disait-il, quelques instants avant qu'elle partît pour le théâtre, qu'en te demandant de ne pas sortir, tous mes souhaits, si j'étais égoïste, seraient pour que tu me refuses, car j'ai mille choses à faire ce soir et je me trouverai moi-même pris au piège et bien ennuyé si contre toute attente tu me réponds que tu n'iras pas. Mais mes occupations, mes plaisirs, ne sont pas tout, je dois penser à toi. Il peut venir un jour où me voyant à jamais détaché de toi tu auras le droit de me reprocher de ne pas t'avoir avertie dans les minutes décisives où je sentais que j'allais porter sur toi un de ces jugements sévères auxquels l'amour ne résiste pas longtemps. Vois-tu, «Une nuit de Cléopâtre» (quel titre!) n'est rien dans la circonstance. Ce qu'il faut savoir c'est si vraiment tu es cet être qui est au dernier rang de l'esprit, et même du charme, l'être méprisable qui n'est pas capable de renoncer à un plaisir. Alors, si tu es cela, comment pourrait-on t'aimer, car tu n'es même pas une personne, une créature définie, imparfaite, mais du moins perfectible? Tu es une eau informe qui coule selon la pente qu'on lui offre, un poisson sans mémoire et sans réflexion qui tant qu'il vivra dans son aquarium se heurtera cent fois par jour contre le vitrage qu'il continuera à prendre pour de l'eau. Comprends-tu que ta réponse, je ne dis pas aura pour effet que je cesserai de t'aimer immédiatement, bien entendu, mais te rendra moins séduisante à mes yeux quand je comprendrai que tu n'es pas une personne, que tu es au-dessous de toutes les choses et ne sais te placer au-dessus d'aucune? Évidemment j'aurais mieux aimé te demander comme une chose sans importance, de renoncer à «Une nuit de Cléopâtre» (puisque tu m'obliges à me souiller les lèvres de ce nom abject) dans l'espoir que tu irais cependant. Mais, décidé à tenir un tel compte, à tirer de telles conséquences de ta réponse, j'ai trouvé plus loyal de t'en prévenir.»

Odette depuis un moment donnait des signes d'émotion et d'incertitude. A défaut du sens de ce discours, elle comprenait qu'il pouvait rentrer dans le genre commun des «laïus», et scènes de reproches ou de supplications dont l'habitude qu'elle avait des hommes lui permettait sans s'attacher aux détails des mots, de conclure qu'ils ne les prononceraient pas s'ils n'étaient pas amoureux, que du moment qu'ils étaient amoureux, il était inutile de leur obéir, qu'ils ne le seraient que plus après. Aussi aurait-elle écouté Swann avec le plus grand calme si elle n'avait vu que l'heure passait et que pour peu qu'il parlât encore quelque temps, elle allait, comme elle le lui dit avec un sourire tendre, obstiné et confus, «finir par manquer l'Ouverture!»

D'autres fois il lui disait que ce qui plus que tout ferait qu'il cesserait de l'aimer, c'est qu'elle ne voulût pas renoncer à mentir. «Même au simple point de vue de la coquetterie, lui disait-il, ne comprends-tu donc pas combien tu perds de ta séduction en t'abaissant à mentir? Par un aveu! combien de fautes tu pourrais racheter! Vraiment tu es bien moins intelligente que je ne croyais!» Mais c'est en vain que Swann lui exposait ainsi toutes les raisons qu'elle avait de ne pas mentir; elles auraient pu ruiner chez Odette un système général du mensonge; mais Odette n'en possédait pas; elle se contentait seulement, dans chaque cas où elle voulait que Swann ignorât quelque chose qu'elle avait fait, de ne pas le lui dire. Ainsi le mensonge était pour elle un expédient d'ordre particulier; et ce qui seul pouvait décider si elle devait s'en servir ou avouer la vérité, c'était une raison d'ordre particulier aussi, la chance plus ou moins grande qu'il y avait pour que Swann pût découvrir qu'elle n'avait pas dit la vérité.

Physiquement, elle traversait une mauvaise phase: elle épaississait; et le charme expressif et dolent, les regards étonnés et rêveurs qu'elle avait autrefois semblaient avoir disparu avec sa première jeunesse. De sorte qu'elle était devenue si chère à Swann au moment pour ainsi dire où il la trouvait précisément bien moins jolie. Il la regardait longuement pour tâcher de ressaisir le charme qu'il lui avait connu, et ne le retrouvait pas. Mais savoir que sous cette chrysalide nouvelle, c'était toujours Odette qui vivait, toujours la même volonté fugace, insaisissable et sournoise, suffisait à Swann pour qu'il continuât de mettre la même passion à chercher à la capter. Puis il regardait des photographies d'il y avait deux ans, il se rappelait comme elle avait été délicieuse. Et cela le consolait un peu de se donner tant de mal pour elle.

Quand les Verdurin l'emmenaient à Saint-Germain, à Chatou, à Meulan, souvent, si c'était dans la belle saison, ils proposaient, sur place, de rester à coucher et de ne revenir que le lendemain. Mme Verdurin cherchait à apaiser les scrupules du pianiste dont la tante était restée à Paris.

—Elle sera enchantée d'être débarrassée de vous pour un jour. Et comment s'inquiéterait-elle, elle vous sait avec nous? d'ailleurs je prends tout sous mon bonnet.

Mais si elle n'y réussissait pas, M. Verdurin partait en campagne, trouvait un bureau de télégraphe ou un messager et s'informait de ceux des fidèles qui avaient quelqu'un à faire prévenir. Mais Odette le remerciait et disait qu'elle n'avait de dépêche à faire pour personne, car elle avait dit à Swann une fois pour toutes qu'en lui en envoyant une aux yeux de tous, elle se compromettrait. Parfois c'était pour plusieurs jours qu'elle s'absentait, les Verdurin l'emmenaient voir les tombeaux de Dreux, ou à Compiègne admirer, sur le conseil du peintre, des couchers de soleil en forêt et on poussait jusqu'au château de Pierrefonds.

—«Penser qu'elle pourrait visiter de vrais monuments avec moi qui ai étudié l'architecture pendant dix ans et qui suis tout le temps supplié de mener à Beauvais ou à Saint-Loup-de-Naud des gens de la plus haute valeur et ne le ferais que pour elle, et qu'à la place elle va avec les dernières des brutes s'extasier successivement devant les déjections de Louis-Philippe et devant celles de Viollet-le-Duc! Il me semble qu'il n'y a pas besoin d'être artiste pour cela et que, même sans flair particulièrement fin, on ne choisit pas d'aller villégiaturer dans des latrines pour être plus à portée de respirer des excréments.»

Mais quand elle était partie pour Dreux ou pour Pierrefonds,—hélas, sans lui permettre d'y aller, comme par hasard, de son côté, car «cela ferait un effet déplorable», disait-elle,—il se plongeait dans le plus enivrant des romans d'amour, l'indicateur des chemins de fer, qui lui apprenait les moyens de la rejoindre, l'après-midi, le soir, ce matin même! Le moyen? presque davantage: l'autorisation. Car enfin l'indicateur et les trains eux-mêmes n'étaient pas faits pour des chiens. Si on faisait savoir au public, par voie d'imprimés, qu'à huit heures du matin partait un train qui arrivait à Pierrefonds à dix heures, c'est donc qu'aller à Pierrefonds était un acte licite, pour lequel la permission d'Odette était superflue; et c'était aussi un acte qui pouvait avoir un tout autre motif que le désir de rencontrer Odette, puisque des gens qui ne la connaissaient pas l'accomplissaient chaque jour, en assez grand nombre pour que cela valût la peine de faire chauffer des locomotives.

En somme elle ne pouvait tout de même pas l'empêcher d'aller à Pierrefonds s'il en avait envie! Or, justement, il sentait qu'il en avait envie, et que s'il n'avait pas connu Odette, certainement il y serait allé. Il y avait longtemps qu'il voulait se faire une idée plus précise des travaux de restauration de Viollet-le-Duc. Et par le temps qu'il faisait, il éprouvait l'impérieux désir d'une promenade dans la forêt de Compiègne.

Ce n'était vraiment pas de chance qu'elle lui défendît le seul endroit qui le tentait aujourd'hui. Aujourd'hui! S'il y allait, malgré son interdiction, il pourrait la voir aujourd'hui même! Mais, alors que, si elle eût retrouvé à Pierrefonds quelque indifférent, elle lui eût dit joyeusement: «Tiens, vous ici!», et lui aurait demandé d'aller la voir à l'hôtel où elle était descendue avec les Verdurin, au contraire si elle l'y rencontrait, lui, Swann, elle serait froissée, elle se dirait qu'elle était suivie, elle l'aimerait moins, peut-être se détournerait-elle avec colère en l'apercevant. «Alors, je n'ai plus le droit de voyager!», lui dirait-elle au retour, tandis qu'en somme c'était lui qui n'avait plus le droit de voyager!

Il avait eu un moment l'idée, pour pouvoir aller à Compiègne et à Pierrefonds sans avoir l'air que ce fût pour rencontrer Odette, de s'y faire emmener par un de ses amis, le marquis de Forestelle, qui avait un château dans le voisinage. Celui-ci, à qui il avait fait part de son projet sans lui en dire le motif, ne se sentait pas de joie et s'émerveillait que Swann, pour la première fois depuis quinze ans, consentît enfin à venir voir sa propriété et, quoiqu'il ne voulait pas s'y arrêter, lui avait-il dit, lui promît du moins de faire ensemble des promenades et des excursions pendant plusieurs jours. Swann s'imaginait déjà là-bas avec M. de Forestelle. Même avant d'y voir Odette, même s'il ne réussissait pas à l'y voir, quel bonheur il aurait à mettre le pied sur cette terre où ne sachant pas l'endroit exact, à tel moment, de sa présence, il sentirait palpiter partout la possibilité de sa brusque apparition: dans la cour du château, devenu beau pour lui parce que c'était à cause d'elle qu'il était allé le voir; dans toutes les rues de la ville, qui lui semblait romanesque; sur chaque route de la forêt, rosée par un couchant profond et tendre;—asiles innombrables et alternatifs, où venait simultanément se réfugier, dans l'incertaine ubiquité de ses espérances, son cœur heureux, vagabond et multiplié. «Surtout, dirait-il à M. de Forestelle, prenons garde de ne pas tomber sur Odette et les Verdurin; je viens d'apprendre qu'ils sont justement aujourd'hui à Pierrefonds. On a assez le temps de se voir à Paris, ce ne serait pas la peine de le quitter pour ne pas pouvoir faire un pas les uns sans les autres.» Et son ami ne comprendrait pas pourquoi une fois là-bas il changerait vingt fois de projets, inspecterait les salles à manger de tous les hôtels de Compiègne sans se décider à s'asseoir dans aucune de celles où pourtant on n'avait pas vu trace de Verdurin, ayant l'air de rechercher ce qu'il disait vouloir fuir et du reste le fuyant dès qu'il l'aurait trouvé, car s'il avait rencontré le petit groupe, il s'en serait écarté avec affectation, content d'avoir vu Odette et qu'elle l'eût vu, surtout qu'elle l'eût vu ne se souciant pas d'elle. Mais non, elle devinerait bien que c'était pour elle qu'il était là. Et quand M. de Forestelle venait le chercher pour partir, il lui disait: «Hélas! non, je ne peux pas aller aujourd'hui à Pierrefonds, Odette y est justement.» Et Swann était heureux malgré tout de sentir que, si seul de tous les mortels il n'avait pas le droit en ce jour d'aller à Pierrefonds, c'était parce qu'il était en effet pour Odette quelqu'un de différent des autres, son amant, et que cette restriction apportée pour lui au droit universel de libre circulation, n'était qu'une des formes de cet esclavage, de cet amour qui lui était si cher.

Décidément il valait mieux ne pas risquer de se brouiller avec elle, patienter, attendre son retour. Il passait ses journées penché sur une carte de la forêt de Compiègne comme si ç'avait été la carte du Tendre, s'entourait de photographies du château de Pierrefonds. Dés que venait le jour où il était possible qu'elle revînt, il rouvrait l'indicateur, calculait quel train elle avait dû prendre, et si elle s'était attardée, ceux qui lui restaient encore. Il ne sortait pas de peur de manquer une dépêche, ne se couchait pas, pour le cas où, revenue par le dernier train, elle aurait voulu lui faire la surprise de venir le voir au milieu de la nuit. Justement il entendait sonner à la porte cochère, il lui semblait qu'on tardait à ouvrir, il voulait éveiller le concierge, se mettait à la fenêtre pour appeler Odette si c'était elle, car malgré les recommandations qu'il était descendu faire plus de dix fois lui-même, on était capable de lui dire qu'il n'était pas là. C'était un domestique qui rentrait. Il remarquait le vol incessant des voitures qui passaient, auquel il n'avait jamais fait attention autrefois. Il écoutait chacune venir au loin, s'approcher, dépasser sa porte sans s'être arrêtée et porter plus loin un message qui n'était pas pour lui. Il attendait toute la nuit, bien inutilement, car les Verdurin ayant avancé leur retour, Odette était à Paris depuis midi; elle n'avait pas eu l'idée de l'en prévenir; ne sachant que faire elle avait été passer sa soirée seule au théâtre et il y avait longtemps qu'elle était rentrée se coucher et dormait.

C'est qu'elle n'avait même pas pensé à lui. Et de tels moments où elle oubliait jusqu'à l'existence de Swann étaient plus utiles à Odette, servaient mieux à lui attacher Swann, que toute sa coquetterie. Car ainsi Swann vivait dans cette agitation douloureuse qui avait déjà été assez puissante pour faire éclore son amour le soir où il n'avait pas trouvé Odette chez les Verdurin et l'avait cherchée toute la soirée. Et il n'avait pas, comme j'eus à Combray dans mon enfance, des journées heureuses pendant lesquelles s'oublient les souffrances qui renaîtront le soir. Les journées, Swann les passait sans Odette; et par moments il se disait que laisser une aussi jolie femme sortir ainsi seule dans Paris était aussi imprudent que de poser un écrin plein de bijoux au milieu de la rue. Alors il s'indignait contre tous les passants comme contre autant de voleurs. Mais leur visage collectif et informe échappant à son imagination ne nourrissait pas sa jalousie. Il fatiguait la pensée de Swann, lequel, se passant la main sur les yeux, s'écriait: «À la grâce de Dieu», comme ceux qui après s'être acharnés à étreindre le problème de la réalité du monde extérieur ou de l'immortalité de l'âme accordent la détente d'un acte de foi à leur cerveau lassé. Mais toujours la pensée de l'absente était indissolublement mêlée aux actes les plus simples de la vie de Swann,—déjeuner, recevoir son courrier, sortir, se coucher,—par la tristesse même qu'il avait à les accomplir sans elle, comme ces initiales de Philibert le Beau que dans l'église de Brou, à cause du regret qu'elle avait de lui, Marguerite d'Autriche entrelaça partout aux siennes.

Certains jours, au lieu de rester chez lui, il allait prendre son déjeuner dans un restaurant assez voisin dont il avait apprécié autrefois la bonne cuisine et où maintenant il n'allait plus que pour une de ces raisons, à la fois mystiques et saugrenues, qu'on appelle romanesques; c'est que ce restaurant (lequel existe encore) portait le même nom que la rue habitée par Odette: Lapérouse. Quelquefois, quand elle avait fait un court déplacement ce n'est qu'après plusieurs jours qu'elle songeait à lui faire savoir qu'elle était revenue à Paris. Et elle lui disait tout simplement, sans plus prendre comme autrefois la précaution de se couvrir à tout hasard d'un petit morceau emprunté à la vérité, qu'elle venait d'y rentrer à l'instant même par le train du matin. Ces paroles étaient mensongères; du moins pour Odette elles étaient mensongères, inconsistantes, n'ayant pas, comme si elles avaient été vraies, un point d'appui dans le souvenir de son arrivée à la gare; même elle était empêchée de se les représenter au moment où elle les prononçait, par l'image contradictoire de ce qu'elle avait fait de tout différent au moment où elle prétendait être descendue du train. Mais dans l'esprit de Swann au contraire ces paroles qui ne rencontraient aucun obstacle venaient s'incruster et prendre l'inamovibilité d'une vérité si indubitable que si un ami lui disait être venu par ce train et ne pas avoir vu Odette il était persuadé que c'était l'ami qui se trompait de jour ou d'heure puisque son dire ne se conciliait pas avec les paroles d'Odette. Celles-ci ne lui eussent paru mensongères que s'il s'était d'abord défié qu'elles le fussent. Pour qu'il crût qu'elle mentait, un soupçon préalable était une condition nécessaire. C'était d'ailleurs aussi une condition suffisante. Alors tout ce que disait Odette lui paraissait suspect. L'entendait-il citer un nom, c'était certainement celui d'un de ses amants; une fois cette supposition forgée, il passait des semaines à se désoler; il s'aboucha même une fois avec une agence de renseignements pour savoir l'adresse, l'emploi du temps de l'inconnu qui ne le laisserait respirer que quand il serait parti en voyage, et dont il finit par apprendre que c'était un oncle d'Odette mort depuis vingt ans.

Bien qu'elle ne lui permît pas en général de la rejoindre dans des lieux publics disant que cela ferait jaser, il arrivait que dans une soirée où il était invité comme elle,—chez Forcheville, chez le peintre, ou à un bal de charité dans un ministère,—il se trouvât en même temps qu'elle. Il la voyait mais n'osait pas rester de peur de l'irriter en ayant l'air d'épier les plaisirs qu'elle prenait avec d'autres et qui—tandis qu'il rentrait solitaire, qu'il allait se coucher anxieux comme je devais l'être moi-même quelques années plus tard les soirs où il viendrait dîner à la maison, à Combray—lui semblaient illimités parce qu'il n'en avait pas vu la fin. Et une fois ou deux il connut par de tels soirs de ces joies qu'on serait tenté, si elles ne subissaient avec tant de violence le choc en retour de l'inquiétude brusquement arrêtée, d'appeler des joies calmes, parce qu'elles consistent en un apaisement: il était allé passer un instant à un raout chez le peintre et s'apprêtait à le quitter; il y laissait Odette muée en une brillante étrangère, au milieu d'hommes à qui ses regards et sa gaieté qui n'étaient pas pour lui, semblaient parler de quelque volupté, qui serait goûtée là ou ailleurs (peut-être au «Bal des Incohérents» où il tremblait qu'elle n'allât ensuite) et qui causait à Swann plus de jalousie que l'union charnelle même parce qu'il l'imaginait plus difficilement; il était déjà prêt à passer la porte de l'atelier quand il s'entendait rappeler par ces mots (qui en retranchant de la fête cette fin qui l'épouvantait, la lui rendaient rétrospectivement innocente, faisaient du retour d'Odette une chose non plus inconcevable et terrible, mais douce et connue et qui tiendrait à côté de lui, pareille à un peu de sa vie de tous les jours, dans sa voiture, et dépouillait Odette elle-même de son apparence trop brillante et gaie, montraient que ce n'était qu'un déguisement qu'elle avait revêtu un moment, pour lui-même, non en vue de mystérieux plaisirs, et duquel elle était déjà lasse), par ces mots qu'Odette lui jetait, comme il était déjà sur le seuil: «Vous ne voudriez pas m'attendre cinq minutes, je vais partir, nous reviendrions ensemble, vous me ramèneriez chez moi.»

Il est vrai qu'un jour Forcheville avait demandé à être ramené en même temps, mais comme, arrivé devant la porte d'Odette il avait sollicité la permission d'entrer aussi, Odette lui avait répondu en montrant Swann: «Ah! cela dépend de ce monsieur-là, demandez-lui. Enfin, entrez un moment si vous voulez, mais pas longtemps parce que je vous préviens qu'il aime causer tranquillement avec moi, et qu'il n'aime pas beaucoup qu'il y ait des visites quand il vient. Ah! si vous connaissiez cet être-là autant que je le connais; n'est-ce pas, my love, il n'y a que moi qui vous connaisse bien?»

Et Swann était peut-être encore plus touché de la voir ainsi lui adresser en présence de Forcheville, non seulement ces paroles de tendresse, de prédilection, mais encore certaines critiques comme: «Je suis sûre que vous n'avez pas encore répondu à vos amis pour votre dîner de dimanche. N'y allez pas si vous ne voulez pas, mais soyez au moins poli», ou: «Avez-vous laissé seulement ici votre essai sur Ver Meer pour pouvoir l'avancer un peu demain? Quel paresseux! Je vous ferai travailler, moi!» qui prouvaient qu'Odette se tenait au courant de ses invitations dans le monde et de ses études d'art, qu'ils avaient bien une vie à eux deux. Et en disant cela elle lui adressait un sourire au fond duquel il la sentait toute à lui.

Alors à ces moments-là, pendant qu'elle leur faisait de l'orangeade, tout d'un coup, comme quand un réflecteur mal réglé d'abord promène autour d'un objet, sur la muraille, de grandes ombres fantastiques qui viennent ensuite se replier et s'anéantir en lui, toutes les idées terribles et mouvantes qu'il se faisait d'Odette s'évanouissaient, rejoignaient le corps charmant que Swann avait devant lui. Il avait le brusque soupçon que cette heure passée chez Odette, sous la lampe, n'était peut-être pas une heure factice, à son usage à lui (destinée à masquer cette chose effrayante et délicieuse à laquelle il pensait sans cesse sans pouvoir bien se la représenter, une heure de la vraie vie d'Odette, de la vie d'Odette quand lui n'était pas là), avec des accessoires de théâtre et des fruits de carton, mais était peut-être une heure pour de bon de la vie d'Odette, que s'il n'avait pas été là elle eût avancé à Forcheville le même fauteuil et lui eût versé non un breuvage inconnu, mais précisément cette orangeade; que le monde habité par Odette n'était pas cet autre monde effroyable et surnaturel où il passait son temps à la situer et qui n'existait peut-être que dans son imagination, mais l'univers réel, ne dégageant aucune tristesse spéciale, comprenant cette table où il allait pouvoir écrire et cette boisson à laquelle il lui serait permis de goûter, tous ces objets qu'il contemplait avec autant de curiosité et d'admiration que de gratitude, car si en absorbant ses rêves ils l'en avaient délivré, eux en revanche, s'en étaient enrichis, ils lui en montraient la réalisation palpable, et ils intéressaient son esprit, ils prenaient du relief devant ses regards, en même temps qu'ils tranquillisaient son cœur. Ah! si le destin avait permis qu'il pût n'avoir qu'une seule demeure avec Odette et que chez elle il fût chez lui, si en demandant au domestique ce qu'il y avait à déjeuner c'eût été le menu d'Odette qu'il avait appris en réponse, si quand Odette voulait aller le matin se promener avenue du Bois-de-Boulogne, son devoir de bon mari l'avait obligé, n'eût-il pas envie de sortir, à l'accompagner, portant son manteau quand elle avait trop chaud, et le soir après le dîner si elle avait envie de rester chez elle en déshabillé, s'il avait été forcé de rester là près d'elle, à faire ce qu'elle voudrait; alors combien tous les riens de la vie de Swann qui lui semblaient si tristes, au contraire parce qu'ils auraient en même temps fait partie de la vie d'Odette auraient pris, même les plus familiers,—et comme cette lampe, cette orangeade, ce fauteuil qui contenaient tant de rêve, qui matérialisaient tant de désir—une sorte de douceur surabondante et de densité mystérieuse.

Pourtant il se doutait bien que ce qu'il regrettait ainsi c'était un calme, une paix qui n'auraient pas été pour son amour une atmosphère favorable. Quand Odette cesserait d'être pour lui une créature toujours absente, regrettée, imaginaire, quand le sentiment qu'il aurait pour elle ne serait plus ce même trouble mystérieux que lui causait la phrase de la sonate, mais de l'affection, de la reconnaissance quand s'établiraient entre eux des rapports normaux qui mettraient fin à sa folie et à sa tristesse, alors sans doute les actes de la vie d'Odette lui paraîtraient peu intéressants en eux-mêmes—comme il avait déjà eu plusieurs fois le soupçon qu'ils étaient, par exemple le jour où il avait lu à travers l'enveloppe la lettre adressée à Forcheville. Considérant son mal avec autant de sagacité que s'il se l'était inoculé pour en faire l'étude, il se disait que, quand il serait guéri, ce que pourrait faire Odette lui serait indifférent. Mais du sein de son état morbide, à vrai dire, il redoutait à l'égal de la mort une telle guérison, qui eût été en effet la mort de tout ce qu'il était actuellement.

Après ces tranquilles soirées, les soupçons de Swann étaient calmés; il bénissait Odette et le lendemain, dès le matin, il faisait envoyer chez elle les plus beaux bijoux, parce que ces bontés de la veille avaient excité ou sa gratitude, ou le désir de les voir se renouveler, ou un paroxysme d'amour qui avait besoin de se dépenser.

Mais, à d'autres moments, sa douleur le reprenait, il s'imaginait qu'Odette était la maîtresse de Forcheville et que quand tous deux l'avaient vu, du fond du landau des Verdurin, au Bois, la veille de la fête de Chatou où il n'avait pas été invité, la prier vainement, avec cet air de désespoir qu'avait remarqué jusqu'à son cocher, de revenir avec lui, puis s'en retourner de son côté, seul et vaincu, elle avait dû avoir pour le désigner à Forcheville et lui dire: «Hein! ce qu'il rage!» les mêmes regards, brillants, malicieux, abaissés et sournois, que le jour où celui-ci avait chassé Saniette de chez les Verdurin.

Alors Swann la détestait. «Mais aussi, je suis trop bête, se disait-il, je paie avec mon argent le plaisir des autres. Elle fera tout de même bien de faire attention et de ne pas trop tirer sur la corde, car je pourrais bien ne plus rien donner du tout. En tous cas, renonçons provisoirement aux gentillesses supplémentaires! Penser que pas plus tard qu'hier, comme elle disait avoir envie d'assister à la saison de Bayreuth, j'ai eu la bêtise de lui proposer de louer un des jolis châteaux du roi de Bavière pour nous deux dans les environs. Et d'ailleurs elle n'a pas paru plus ravie que cela, elle n'a encore dit ni oui ni non; espérons qu'elle refusera, grand Dieu! Entendre du Wagner pendant quinze jours avec elle qui s'en soucie comme un poisson d'une pomme, ce serait gai!» Et sa haine, tout comme son amour, ayant besoin de se manifester et d'agir, il se plaisait à pousser de plus en plus loin ses imaginations mauvaises, parce que, grâce aux perfidies qu'il prêtait à Odette, il la détestait davantage et pourrait si—ce qu'il cherchait à se figurer—elles se trouvaient être vraies, avoir une occasion de la punir et d'assouvir sur elle sa rage grandissante. Il alla ainsi jusqu'à supposer qu'il allait recevoir une lettre d'elle où elle lui demanderait de l'argent pour louer ce château près de Bayreuth, mais en le prévenant qu'il n'y pourrait pas venir, parce qu'elle avait promis à Forcheville et aux Verdurin de les inviter. Ah! comme il eût aimé qu'elle pût avoir cette audace. Quelle joie il aurait à refuser, à rédiger la réponse vengeresse dont il se complaisait à choisir, à énoncer tout haut les termes, comme s'il avait reçu la lettre en réalité.

Or, c'est ce qui arriva le lendemain même. Elle lui écrivit que les Verdurin et leurs amis avaient manifesté le désir d'assister à ces représentations de Wagner et que, s'il voulait bien lui envoyer cet argent, elle aurait enfin, après avoir été si souvent reçue chez eux, le plaisir de les inviter à son tour. De lui, elle ne disait pas un mot, il était sous-entendu que leur présence excluait la sienne.

Alors cette terrible réponse dont il avait arrêté chaque mot la veille sans oser espérer qu'elle pourrait servir jamais il avait la joie de la lui faire porter. Hélas! il sentait bien qu'avec l'argent qu'elle avait, ou qu'elle trouverait facilement, elle pourrait tout de même louer à Bayreuth puisqu'elle en avait envie, elle qui n'était pas capable de faire de différence entre Bach et Clapisson. Mais elle y vivrait malgré tout plus chichement. Pas moyen comme s'il lui eût envoyé cette fois quelques billets de mille francs, d'organiser chaque soir, dans un château, de ces soupers fins après lesquels elle se serait peut-être passé la fantaisie,—qu'il était possible qu'elle n'eût jamais eue encore—, de tomber dans les bras de Forcheville. Et puis du moins, ce voyage détesté, ce n'était pas lui, Swann, qui le paierait!—Ah! s'il avait pu l'empêcher, si elle avait pu se fouler le pied avant de partir, si le cocher de la voiture qui l'emmènerait à la gare avait consenti, à n'importe quel prix, à la conduire dans un lieu où elle fût restée quelque temps séquestrée, cette femme perfide, aux yeux émaillés par un sourire de complicité adressé à Forcheville, qu'Odette était pour Swann depuis quarante-huit heures.

Mais elle ne l'était jamais pour très longtemps; au bout de quelques jours le regard luisant et fourbe perdait de son éclat et de sa duplicité, cette image d'une Odette exécrée disant à Forcheville: «Ce qu'il rage!» commençait à pâlir, à s'effacer. Alors, progressivement reparaissait et s'élevait en brillant doucement, le visage de l'autre Odette, de celle qui adressait aussi un sourire à Forcheville, mais un sourire où il n'y avait pour Swann que de la tendresse, quand elle disait: «Ne restez pas longtemps, car ce monsieur-là n'aime pas beaucoup que j'aie des visites quand il a envie d'être auprès de moi. Ah! si vous connaissiez cet être-là autant que je le connais!», ce même sourire qu'elle avait pour remercier Swann de quelque trait de sa délicatesse qu'elle prisait si fort, de quelque conseil qu'elle lui avait demandé dans une de ces circonstances graves où elle n'avait confiance qu'en lui.

Alors, à cette Odette-là, il se demandait comment il avait pu écrire cette lettre outrageante dont sans doute jusqu'ici elle ne l'eût pas cru capable, et qui avait dû le faire descendre du rang élevé, unique, que par sa bonté, sa loyauté, il avait conquis dans son estime. Il allait lui devenir moins cher, car c'était pour ces qualités-là, qu'elle ne trouvait ni à Forcheville ni à aucun autre, qu'elle l'aimait. C'était à cause d'elles qu'Odette lui témoignait si souvent une gentillesse qu'il comptait pour rien au moment où il était jaloux, parce qu'elle n'était pas une marque de désir, et prouvait même plutôt de l'affection que de l'amour, mais dont il recommençait à sentir l'importance au fur et à mesure que la détente spontanée de ses soupçons, souvent accentuée par la distraction que lui apportait une lecture d'art ou la conversation d'un ami, rendait sa passion moins exigeante de réciprocités.

Maintenant qu'après cette oscillation, Odette était naturellement revenue à la place d'où la jalousie de Swann l'avait un moment écartée, dans l'angle où il la trouvait charmante, il se la figurait pleine de tendresse, avec un regard de consentement, si jolie ainsi, qu'il ne pouvait s'empêcher d'avancer les lèvres vers elle comme si elle avait été là et qu'il eût pu l'embrasser; et il lui gardait de ce regard enchanteur et bon autant de reconnaissance que si elle venait de l'avoir réellement et si cela n'eût pas été seulement son imagination qui venait de le peindre pour donner satisfaction à son désir.

Comme il avait dû lui faire de la peine! Certes il trouvait des raisons valables à son ressentiment contre elle, mais elles n'auraient pas suffi à le lui faire éprouver s'il ne l'avait pas autant aimée. N'avait-il pas eu des griefs aussi graves contre d'autres femmes, auxquelles il eût néanmoins volontiers rendu service aujourd'hui, étant contre elles sans colère parce qu'il ne les aimait plus. S'il devait jamais un jour se trouver dans le même état d'indifférence vis-à-vis d'Odette, il comprendrait que c'était sa jalousie seule qui lui avait fait trouver quelque chose d'atroce, d'impardonnable, à ce désir, au fond si naturel, provenant d'un peu d'enfantillage et aussi d'une certaine délicatesse d'âme, de pouvoir à son tour, puisqu'une occasion s'en présentait, rendre des politesses aux Verdurin, jouer à la maîtresse de maison.

Il revenait à ce point de vue—opposé à celui de son amour et de sa jalousie et auquel il se plaçait quelquefois par une sorte d'équité intellectuelle et pour faire la part des diverses probabilités—d'où il essayait de juger Odette comme s'il ne l'avait pas aimée, comme si elle était pour lui une femme comme les autres, comme si la vie d'Odette n'avait pas été, dès qu'il n'était plus là, différente, tramée en cachette de lui, ourdie contre lui.

Pourquoi croire qu'elle goûterait là-bas avec Forcheville ou avec d'autres des plaisirs enivrants qu'elle n'avait pas connus auprès de lui et que seule sa jalousie forgeait de toutes pièces? A Bayreuth comme à Paris, s'il arrivait que Forcheville pensât à lui ce n'eût pu être que comme à quelqu'un qui comptait beaucoup dans la vie d'Odette, à qui il était obligé de céder la place, quand ils se rencontraient chez elle. Si Forcheville et elle triomphaient d'être là-bas malgré lui, c'est lui qui l'aurait voulu en cherchant inutilement à l'empêcher d'y aller, tandis que s'il avait approuvé son projet, d'ailleurs défendable, elle aurait eu l'air d'être là-bas d'après son avis, elle s'y serait sentie envoyée, logée par lui, et le plaisir qu'elle aurait éprouvé à recevoir ces gens qui l'avaient tant reçue, c'est à Swann qu'elle en aurait su gré.

Et,—au lieu qu'elle allait partir brouillée avec lui, sans l'avoir revu—, s'il lui envoyait cet argent, s'il l'encourageait à ce voyage et s'occupait de le lui rendre agréable, elle allait accourir, heureuse, reconnaissante, et il aurait cette joie de la voir qu'il n'avait pas goûtée depuis près d'une semaine et que rien ne pouvait lui remplacer. Car sitôt que Swann pouvait se la représenter sans horreur, qu'il revoyait de la bonté dans son sourire, et que le désir de l'enlever à tout autre, n'était plus ajouté par la jalousie à son amour, cet amour redevenait surtout un goût pour les sensations que lui donnait la personne d'Odette, pour le plaisir qu'il avait à admirer comme un spectacle ou à interroger comme un phénomène, le lever d'un de ses regards, la formation d'un de ses sourires, l'émission d'une intonation de sa voix. Et ce plaisir différent de tous les autres, avait fini par créer en lui un besoin d'elle et qu'elle seule pouvait assouvir par sa présence ou ses lettres, presque aussi désintéressé, presque aussi artistique, aussi pervers, qu'un autre besoin qui caractérisait cette période nouvelle de la vie de Swann où à la sécheresse, à la dépression des années antérieures avait succédé une sorte de trop-plein spirituel, sans qu'il sût davantage à quoi il devait cet enrichissement inespéré de sa vie intérieure qu'une personne de santé délicate qui à partir d'un certain moment se fortifie, engraisse, et semble pendant quelque temps s'acheminer vers une complète guérison—cet autre besoin qui se développait aussi en dehors du monde réel, c'était celui d'entendre, de connaître de la musique.

Ainsi, par le chimisme même de son mal, après qu'il avait fait de la jalousie avec son amour, il recommençait à fabriquer de la tendresse, de la pitié pour Odette. Elle était redevenue l'Odette charmante et bonne. Il avait des remords d'avoir été dur pour elle. Il voulait qu'elle vînt près de lui et, auparavant, il voulait lui avoir procuré quelque plaisir, pour voir la reconnaissance pétrir son visage et modeler son sourire.

Aussi Odette, sûre de le voir venir après quelques jours, aussi tendre et soumis qu'avant, lui demander une réconciliation, prenait-elle l'habitude de ne plus craindre de lui déplaire et même de l'irriter et lui refusait-elle, quand cela lui était commode, les faveurs auxquelles il tenait le plus.

Peut-être ne savait-elle pas combien il avait été sincère vis-à-vis d'elle pendant la brouille, quand il lui avait dit qu'il ne lui enverrait pas d'argent et chercherait à lui faire du mal. Peut-être ne savait-elle pas davantage combien il l'était, vis-à-vis sinon d'elle, du moins de lui-même, en d'autres cas où dans l'intérêt de l'avenir de leur liaison, pour montrer à Odette qu'il était capable de se passer d'elle, qu'une rupture restait toujours possible, il décidait de rester quelque temps sans aller chez elle.

Parfois c'était après quelques jours où elle ne lui avait pas causé de souci nouveau; et comme, des visites prochaines qu'il lui ferait, il savait qu'il ne pouvait tirer nulle bien grande joie mais plus probablement quelque chagrin qui mettrait fin au calme où il se trouvait, il lui écrivait qu'étant très occupé il ne pourrait la voir aucun des jours qu'il lui avait dit. Or une lettre d'elle, se croisant avec la sienne, le priait précisément de déplacer un rendez-vous. Il se demandait pourquoi; ses soupçons, sa douleur le reprenaient. Il ne pouvait plus tenir, dans l'état nouveau d'agitation où il se trouvait, l'engagement qu'il avait pris dans l'état antérieur de calme relatif, il courait chez elle et exigeait de la voir tous les jours suivants. Et même si elle ne lui avait pas écrit la première, si elle répondait seulement, cela suffisait pour qu'il ne pût plus rester sans la voir. Car, contrairement au calcul de Swann, le consentement d'Odette avait tout changé en lui. Comme tous ceux qui possèdent une chose, pour savoir ce qui arriverait s'il cessait un moment de la posséder, il avait ôté cette chose de son esprit, en y laissant tout le reste dans le même état que quand elle était là. Or l'absence d'une chose, ce n'est pas que cela, ce n'est pas un simple manque partiel, c'est un bouleversement de tout le reste, c'est un état nouveau qu'on ne peut prévoir dans l'ancien.

Mais d'autres fois au contraire,—Odette était sur le point de partir en voyage,—c'était après quelque petite querelle dont il choisissait le prétexte, qu'il se résolvait à ne pas lui écrire et à ne pas la revoir avant son retour, donnant ainsi les apparences, et demandant le bénéfice d'une grande brouille, qu'elle croirait peut-être définitive, à une séparation dont la plus longue part était inévitable du fait du voyage et qu'il faisait commencer seulement un peu plus tôt. Déjà il se figurait Odette inquiète, affligée, de n'avoir reçu ni visite ni lettre et cette image, en calmant sa jalousie, lui rendait facile de se déshabituer de la voir. Sans doute, par moments, tout au bout de son esprit où sa résolution la refoulait grâce à toute la longueur interposée des trois semaines de séparation acceptée, c'était avec plaisir qu'il considérait l'idée qu'il reverrait Odette à son retour: mais c'était aussi avec si peu d'impatience qu'il commençait à se demander s'il ne doublerait pas volontairement la durée d'une abstinence si facile. Elle ne datait encore que de trois jours, temps beaucoup moins long que celui qu'il avait souvent passé en ne voyant pas Odette, et sans l'avoir comme maintenant prémédité. Et pourtant voici qu'une légère contrariété ou un malaise physique,—en l'incitant à considérer le moment présent comme un moment exceptionnel, en dehors de la règle, où la sagesse même admettrait d'accueillir l'apaisement qu'apporte un plaisir et de donner congé, jusqu'à la reprise utile de l'effort, à la volonté—suspendait l'action de celle-ci qui cessait d'exercer sa compression; ou, moins que cela, le souvenir d'un renseignement qu'il avait oublié de demander à Odette, si elle avait décidé la couleur dont elle voulait faire repeindre sa voiture, ou pour une certaine valeur de bourse, si c'était des actions ordinaires ou privilégiées qu'elle désirait acquérir (c'était très joli de lui montrer qu'il pouvait rester sans la voir, mais si après ça la peinture était à refaire ou si les actions ne donnaient pas de dividende, il serait bien avancé), voici que comme un caoutchouc tendu qu'on lâche ou comme l'air dans une machine pneumatique qu'on entr'ouvre, l'idée de la revoir, des lointains où elle était maintenue, revenait d'un bond dans le champ du présent et des possibilités immédiates.

Elle y revenait sans plus trouver de résistance, et d'ailleurs si irrésistible que Swann avait eu bien moins de peine à sentir s'approcher un à un les quinze jours qu'il devait rester séparé d'Odette, qu'il n'en avait à attendre les dix minutes que son cocher mettait pour atteler la voiture qui allait l'emmener chez elle et qu'il passait dans des transports d'impatience et de joie où il ressaisissait mille fois pour lui prodiguer sa tendresse cette idée de la retrouver qui, par un retour si brusque, au moment où il la croyait si loin, était de nouveau près de lui dans sa plus proche conscience. C'est qu'elle ne trouvait plus pour lui faire obstacle le désir de chercher sans plus tarder à lui résister qui n'existait plus chez Swann depuis que s'étant prouvé à lui-même,—il le croyait du moins,—qu'il en était si aisément capable, il ne voyait plus aucun inconvénient à ajourner un essai de séparation qu'il était certain maintenant de mettre à exécution dès qu'il le voudrait. C'est aussi que cette idée de la revoir revenait parée pour lui d'une nouveauté, d'une séduction, douée d'une virulence que l'habitude avait émoussées, mais qui s'étaient retrempées dans cette privation non de trois jours mais de quinze (car la durée d'un renoncement doit se calculer, par anticipation, sur le terme assigné), et de ce qui jusque-là eût été un plaisir attendu qu'on sacrifie aisément, avait fait un bonheur inespéré contre lequel on est sans force. C'est enfin qu'elle y revenait embellie par l'ignorance où était Swann de ce qu'Odette avait pu penser, faire peut-être en voyant qu'il ne lui avait pas donné signe de vie, si bien que ce qu'il allait trouver c'était la révélation passionnante d'une Odette presque inconnue.

Mais elle, de même qu'elle avait cru que son refus d'argent n'était qu'une feinte, ne voyait qu'un prétexte dans le renseignement que Swann venait lui demander, sur la voiture à repeindre, ou la valeur à acheter. Car elle ne reconstituait pas les diverses phases de ces crises qu'il traversait et dans l'idée qu'elle s'en faisait, elle omettait d'en comprendre le mécanisme, ne croyant qu'à ce qu'elle connaissait d'avance, à la nécessaire, à l'infaillible et toujours identique terminaison. Idée incomplète,—d'autant plus profonde peut-être—si on la jugeait du point de vue de Swann qui eût sans doute trouvé qu'il était incompris d'Odette, comme un morphinomane ou un tuberculeux, persuadés qu'ils ont été arrêtés, l'un par un événement extérieur au moment où il allait se délivrer de son habitude invétérée, l'autre par une indisposition accidentelle au moment où il allait être enfin rétabli, se sentent incompris du médecin qui n'attache pas la même importance qu'eux à ces prétendues contingences, simples déguisements, selon lui, revêtus, pour redevenir sensibles à ses malades, par le vice et l'état morbide qui, en réalité, n'ont pas cessé de peser incurablement sur eux tandis qu'ils berçaient des rêves de sagesse ou de guérison. Et de fait, l'amour de Swann en était arrivé à ce degré où le médecin et, dans certaines affections, le chirurgien le plus audacieux, se demandent si priver un malade de son vice ou lui ôter son mal, est encore raisonnable ou même possible.

Certes l'étendue de cet amour, Swann n'en avait pas une conscience directe. Quand il cherchait à le mesurer, il lui arrivait parfois qu'il semblât diminué, presque réduit à rien; par exemple, le peu de goût, presque le dégoût que lui avaient inspiré, avant qu'il aimât Odette, ses traits expressifs, son teint sans fraîcheur, lui revenait à certains jours. «Vraiment il y a progrès sensible, se disait-il le lendemain; à voir exactement les choses, je n'avais presque aucun plaisir hier à être dans son lit, c'est curieux je la trouvais même laide.» Et certes, il était sincère, mais son amour s'étendait bien au-delà des régions du désir physique. La personne même d'Odette n'y tenait plus une grande place. Quand du regard il rencontrait sur sa table la photographie d'Odette, ou quand elle venait le voir, il avait peine à identifier la figure de chair ou de bristol avec le trouble douloureux et constant qui habitait en lui. Il se disait presque avec étonnement: «C'est elle» comme si tout d'un coup on nous montrait extériorisée devant nous une de nos maladies et que nous ne la trouvions pas ressemblante à ce que nous souffrons. «Elle», il essayait de se demander ce que c'était; car c'est une ressemblance de l'amour et de la mort, plutôt que celles si vagues, que l'on redit toujours, de nous faire interroger plus avant, dans la peur que sa réalité se dérobe, le mystère de la personnalité. Et cette maladie qu'était l'amour de Swann avait tellement multiplié, il était si étroitement mêlé à toutes les habitudes de Swann, à tous ses actes, à sa pensée, à sa santé, à son sommeil, à sa vie, même à ce qu'il désirait pour après sa mort, il ne faisait tellement plus qu'un avec lui, qu'on n'aurait pas pu l'arracher de lui sans le détruire lui-même à peu près tout entier: comme on dit en chirurgie, son amour n'était plus opérable.

Par cet amour Swann avait été tellement détaché de tous les intérêts, que quand par hasard il retournait dans le monde en se disant que ses relations comme une monture élégante qu'elle n'aurait pas d'ailleurs su estimer très exactement, pouvaient lui rendre à lui-même un peu de prix aux yeux d'Odette (et ç'aurait peut-être été vrai en effet si elles n'avaient été avilies par cet amour même, qui pour Odette dépréciait toutes les choses qu'il touchait par le fait qu'il semblait les proclamer moins précieuses), il y éprouvait, à côté de la détresse d'être dans des lieux, au milieu de gens qu'elle ne connaissait pas, le plaisir désintéressé qu'il aurait pris à un roman ou à un tableau où sont peints les divertissements d'une classe oisive, comme, chez lui, il se complaisait à considérer le fonctionnement de sa vie domestique, l'élégance de sa garde-robe et de sa livrée, le bon placement de ses valeurs, de la même façon qu'à lire dans Saint-Simon, qui était un de ses auteurs favoris, la mécanique des journées, le menu des repas de Mme de Maintenon, ou l'avarice avisée et le grand train de Lulli. Et dans la faible mesure où ce détachement n'était pas absolu, la raison de ce plaisir nouveau que goûtait Swann, c'était de pouvoir émigrer un moment dans les rares parties de lui-même restées presque étrangères à son amour, à son chagrin.

A cet égard cette personnalité, que lui attribuait ma grand'tante, de «fils Swann», distincte de sa personnalité plus individuelle de Charles Swann, était celle où il se plaisait maintenant le mieux. Un jour que, pour l'anniversaire de la princesse de Parme (et parce qu'elle pouvait souvent être indirectement agréable à Odette en lui faisant avoir des places pour des galas, des jubilés), il avait voulu lui envoyer des fruits, ne sachant pas trop comment les commander, il en avait chargé une cousine de sa mère qui, ravie de faire une commission pour lui, lui avait écrit, en lui rendant compte qu'elle n'avait pas pris tous les fruits au même endroit, mais les raisins chez Crapote dont c'est la spécialité, les fraises chez Jauret, les poires chez Chevet où elles étaient plus belles, etc., «chaque fruit visité et examiné un par un par moi». Et en effet, par les remerciements de la princesse, il avait pu juger du parfum des fraises et du moelleux des poires. Mais surtout le «chaque fruit visité et examiné un par un par moi» avait été un apaisement à sa souffrance, en emmenant sa conscience dans une région où il se rendait rarement, bien qu'elle lui appartînt comme héritier d'une famille de riche et bonne bourgeoisie où s'étaient conservés héréditairement, tout prêts à être mis à son service dès qu'il le souhaitait, la connaissance des «bonnes adresses» et l'art de savoir bien faire une commande.

Certes, il avait trop longtemps oublié qu'il était le «fils Swann» pour ne pas ressentir quand il le redevenait un moment, un plaisir plus vif que ceux qu'il eût pu éprouver le reste du temps et sur lesquels il était blasé; et si l'amabilité des bourgeois, pour lesquels il restait surtout cela, était moins vive que celle de l'aristocratie (mais plus flatteuse d'ailleurs, car chez eux du moins elle ne se sépare jamais de la considération), une lettre d'altesse, quelques divertissements princiers qu'elle lui proposât, ne pouvait lui être aussi agréable que celle qui lui demandait d'être témoin, ou seulement d'assister à un mariage dans la famille de vieux amis de ses parents dont les uns avaient continué à le voir—comme mon grand-père qui, l'année précédente, l'avait invité au mariage de ma mère—et dont certains autres le connaissaient personnellement à peine mais se croyaient des devoirs de politesse envers le fils, envers le digne successeur de feu M. Swann.

Mais, par les intimités déjà anciennes qu'il avait parmi eux, les gens du monde, dans une certaine mesure, faisaient aussi partie de sa maison, de son domestique et de sa famille. Il se sentait, à considérer ses brillantes amitiés, le même appui hors de lui-même, le même confort, qu'à regarder les belles terres, la belle argenterie, le beau linge de table, qui lui venaient des siens. Et la pensée que s'il tombait chez lui frappé d'une attaque ce serait tout naturellement le duc de Chartres, le prince de Reuss, le duc de Luxembourg et le baron de Charlus, que son valet de chambre courrait chercher, lui apportait la même consolation qu'à notre vieille Françoise de savoir qu'elle serait ensevelie dans des draps fins à elle, marqués, non reprisés (ou si finement que cela ne donnait qu'une plus haute idée du soin de l'ouvrière), linceul de l'image fréquente duquel elle tirait une certaine satisfaction, sinon de bien-être, au moins d'amour-propre. Mais surtout, comme dans toutes celles de ses actions, et de ses pensées qui se rapportaient à Odette, Swann était constamment dominé et dirigé par le sentiment inavoué qu'il lui était peut-être pas moins cher, mais moins agréable à voir que quiconque, que le plus ennuyeux fidèle des Verdurin, quand il se reportait à un monde pour qui il était l'homme exquis par excellence, qu'on faisait tout pour attirer, qu'on se désolait de ne pas voir, il recommençait à croire à l'existence d'une vie plus heureuse, presque à en éprouver l'appétit, comme il arrive à un malade alité depuis des mois, à la diète, et qui aperçoit dans un journal le menu d'un déjeuner officiel ou l'annonce d'une croisière en Sicile.

S'il était obligé de donner des excuses aux gens du monde pour ne pas leur faire de visites, c'était de lui en faire qu'il cherchait à s'excuser auprès d'Odette. Encore les payait-il (se demandant à la fin du mois, pour peu qu'il eût un peu abusé de sa patience et fût allé souvent la voir, si c'était assez de lui envoyer quatre mille francs), et pour chacune trouvait un prétexte, un présent à lui apporter, un renseignement dont elle avait besoin, M. de Charlus qu'elle avait rencontré allant chez elle, et qui avait exigé qu'il l'accompagnât. Et à défaut d'aucun, il priait M. de Charlus de courir chez elle, de lui dire comme spontanément, au cours de la conversation, qu'il se rappelait avoir à parler à Swann, qu'elle voulût bien lui faire demander de passer tout de suite chez elle; mais le plus souvent Swann attendait en vain et M. de Charlus lui disait le soir que son moyen n'avait pas réussi. De sorte que si elle faisait maintenant de fréquentes absences, même à Paris, quand elle y restait, elle le voyait peu, et elle qui, quand elle l'aimait, lui disait: «Je suis toujours libre» et «Qu'est-ce que l'opinion des autres peut me faire?», maintenant, chaque fois qu'il voulait la voir, elle invoquait les convenances ou prétextait des occupations. Quand il parlait d'aller à une fête de charité, à un vernissage, à une première, où elle serait, elle lui disait qu'il voulait afficher leur liaison, qu'il la traitait comme une fille. C'est au point que pour tâcher de n'être pas partout privé de la rencontrer, Swann qui savait qu'elle connaissait et affectionnait beaucoup mon grand-oncle Adolphe dont il avait été lui-même l'ami, alla le voir un jour dans son petit appartement de la rue de Bellechasse afin de lui demander d'user de son influence sur Odette. Comme elle prenait toujours, quand elle parlait à Swann, de mon oncle, des airs poétiques, disant: «Ah! lui, ce n'est pas comme toi, c'est une si belle chose, si grande, si jolie, que son amitié pour moi. Ce n'est pas lui qui me considérerait assez peu pour vouloir se montrer avec moi dans tous les lieux publics», Swann fut embarrassé et ne savait pas à quel ton il devait se hausser pour parler d'elle à mon oncle. Il posa d'abord l'excellence a priori d'Odette, l'axiome de sa supra-humanité séraphique, la révélation de ses vertus indémontrables et dont la notion ne pouvait dériver de l'expérience. «Je veux parler avec vous. Vous, vous savez quelle femme au-dessus de toutes les femmes, quel être adorable, quel ange est Odette. Mais vous savez ce que c'est que la vie de Paris. Tout le monde ne connaît pas Odette sous le jour où nous la connaissons vous et moi. Alors il y a des gens qui trouvent que je joue un rôle un peu ridicule; elle ne peut même pas admettre que je la rencontre dehors, au théâtre. Vous, en qui elle a tant de confiance, ne pourriez-vous lui dire quelques mots pour moi, lui assurer qu'elle s'exagère le tort qu'un salut de moi lui cause?»

Mon oncle conseilla à Swann de rester un peu sans voir Odette qui ne l'en aimerait que plus, et à Odette de laisser Swann la retrouver partout où cela lui plairait. Quelques jours après, Odette disait à Swann qu'elle venait d'avoir une déception en voyant que mon oncle était pareil à tous les hommes: il venait d'essayer de la prendre de force. Elle calma Swann qui au premier moment voulait aller provoquer mon oncle, mais il refusa de lui serrer la main quand il le rencontra. Il regretta d'autant plus cette brouille avec mon oncle Adolphe qu'il avait espéré, s'il l'avait revu quelquefois et avait pu causer en toute confiance avec lui, tâcher de tirer au clair certains bruits relatifs à la vie qu'Odette avait menée autrefois à Nice. Or mon oncle Adolphe y passait l'hiver. Et Swann pensait que c'était même peut-être là qu'il avait connu Odette. Le peu qui avait échappé à quelqu'un devant lui, relativement à un homme qui aurait été l'amant d'Odette avait bouleversé Swann. Mais les choses qu'il aurait avant de les connaître, trouvé le plus affreux d'apprendre et le plus impossible de croire, une fois qu'il les savait, elles étaient incorporées à tout jamais à sa tristesse, il les admettait, il n'aurait plus pu comprendre qu'elles n'eussent pas été.

Seulement chacune opérait sur l'idée qu'il se faisait de sa maîtresse une retouche ineffaçable. Il crut même comprendre, une fois, que cette légèreté des mœurs d'Odette qu'il n'eût pas soupçonnée, était assez connue, et qu'à Bade et à Nice, quand elle y passait jadis plusieurs mois, elle avait eu une sorte de notoriété galante. Il chercha, pour les interroger, à se rapprocher de certains viveurs; mais ceux-ci savaient qu'il connaissait Odette; et puis il avait peur de les faire penser de nouveau à elle, de les mettre sur ses traces. Mais lui à qui jusque-là rien n'aurait pu paraître aussi fastidieux que tout ce qui se rapportait à la vie cosmopolite de Bade ou de Nice, apprenant qu'Odette avait peut-être fait autrefois la fête dans ces villes de plaisir, sans qu'il dût jamais arriver à savoir si c'était seulement pour satisfaire à des besoins d'argent que grâce à lui elle n'avait plus, ou à des caprices qui pouvaient renaître, maintenant il se penchait avec une angoisse impuissante, aveugle et vertigineuse vers l'abîme sans fond où étaient allées s'engloutir ces années du début du Septennat pendant lesquelles on passait l'hiver sur la promenade des Anglais, l'été sous les tilleuls de Bade, et il leur trouvait une profondeur douloureuse mais magnifique comme celle que leur eût prêtée un poète; et il eût mis à reconstituer les petits faits de la chronique de la Côte d'Azur d'alors, si elle avait pu l'aider à comprendre quelque chose du sourire ou des regards—pourtant si honnêtes et si simples—d'Odette, plus de passion que l'esthéticien qui interroge les documents subsistant de la Florence du XVe siècle pour tâcher d'entrer plus avant dans l'âme de la Primavera, de la bella Vanna, ou de la Vénus, de Botticelli. Souvent sans lui rien dire il la regardait, il songeait; elle lui disait: «Comme tu as l'air triste!» Il n'y avait pas bien longtemps encore, de l'idée qu'elle était une créature bonne, analogue aux meilleures qu'il eût connues, il avait passé à l'idée qu'elle était une femme entretenue; inversement il lui était arrivé depuis de revenir de l'Odette de Crécy, peut-être trop connue des fêtards, des hommes à femmes, à ce visage d'une expression parfois si douce, à cette nature si humaine.

Il se disait: «Qu'est-ce que cela veut dire qu'à Nice tout le monde sache qui est Odette de Crécy? Ces réputations-là, même vraies, sont faites avec les idées des autres»; il pensait que cette légende—fût-elle authentique—était extérieure à Odette, n'était pas en elle comme une personnalité irréductible et malfaisante; que la créature qui avait pu être amenée à mal faire, c'était une femme aux bons yeux, au cœur plein de pitié pour la souffrance, au corps docile qu'il avait tenu, qu'il avait serré dans ses bras et manié, une femme qu'il pourrait arriver un jour à posséder toute, s'il réussissait à se rendre indispensable à elle. Elle était là, souvent fatiguée, le visage vidé pour un instant de la préoccupation fébrile et joyeuse des choses inconnues qui faisaient souffrir Swann; elle écartait ses cheveux avec ses mains; son front, sa figure paraissaient plus larges; alors, tout d'un coup, quelque pensée simplement humaine, quelque bon sentiment comme il en existe dans toutes les créatures, quand dans un moment de repos ou de repliement elles sont livrées à elles-mêmes, jaillissait dans ses yeux comme un rayon jaune. Et aussitôt tout son visage s'éclairait comme une campagne grise, couverte de nuages qui soudain s'écartent, pour sa transfiguration, au moment du soleil couchant.

La vie qui était en Odette à ce moment-là, l'avenir même qu'elle semblait rêveusement regarder, Swann aurait pu les partager avec elle; aucune agitation mauvaise ne semblait y avoir laissé de résidu. Si rares qu'ils devinssent, ces moments-là ne furent pas inutiles. Par le souvenir Swann reliait ces parcelles, abolissait les intervalles, coulait comme en or une Odette de bonté et de calme pour laquelle il fit plus tard (comme on le verra dans la deuxième partie de cet ouvrage) des sacrifices que l'autre Odette n'eût pas obtenus. Mais que ces moments étaient rares, et que maintenant il la voyait peu! Même pour leur rendez-vous du soir, elle ne lui disait qu'à la dernière minute si elle pourrait le lui accorder car, comptant qu'elle le trouverait toujours libre, elle voulait d'abord être certaine que personne d'autre ne lui proposerait de venir. Elle alléguait qu'elle était obligée d'attendre une réponse de la plus haute importance pour elle, et même si après qu'elle avait fait venir Swann des amis demandaient à Odette, quand la soirée était déjà commencée, de les rejoindre au théâtre ou à souper, elle faisait un bond joyeux et s'habillait à la hâte. Au fur et à mesure qu'elle avançait dans sa toilette, chaque mouvement qu'elle faisait rapprochait Swann du moment où il faudrait la quitter, où elle s'enfuirait d'un élan irrésistible; et quand, enfin prête, plongeant une dernière fois dans son miroir ses regards tendus et éclairés par l'attention, elle remettait un peu de rouge à ses lèvres, fixait une mèche sur son front et demandait son manteau de soirée bleu ciel avec des glands d'or, Swann avait l'air si triste qu'elle ne pouvait réprimer un geste d'impatience et disait: «Voilà comme tu me remercies de t'avoir gardé jusqu'à la dernière minute.

Moi qui croyais avoir fait quelque chose de gentil. C'est bon à savoir pour une autre fois!» Parfois, au risque de la fâcher, il se promettait de chercher à savoir où elle était allée, il rêvait d'une alliance avec Forcheville qui peut-être aurait pu le renseigner. D'ailleurs quand il savait avec qui elle passait la soirée, il était bien rare qu'il ne pût pas découvrir dans toutes ses relations à lui quelqu'un qui connaissait fût-ce indirectement l'homme avec qui elle était sortie et pouvait facilement en obtenir tel ou tel renseignement. Et tandis qu'il écrivait à un de ses amis pour lui demander de chercher à éclaircir tel ou tel point, il éprouvait le repos de cesser de se poser ses questions sans réponses et de transférer à un autre la fatigue d'interroger. Il est vrai que Swann n'était guère plus avancé quand il avait certains renseignements. Savoir ne permet pas toujours d'empêcher, mais du moins les choses que nous savons, nous les tenons, sinon entre nos mains, du moins dans notre pensée où nous les disposons à notre gré, ce qui nous donne l'illusion d'une sorte de pouvoir sur elles. Il était heureux toutes les fois où M. de Charlus était avec Odette. Entre M. de Charlus et elle, Swann savait qu'il ne pouvait rien se passer, que quand M. de Charlus sortait avec elle c'était par amitié pour lui et qu'il ne ferait pas difficulté à lui raconter ce qu'elle avait fait. Quelquefois elle avait déclaré si catégoriquement à Swann qu'il lui était impossible de le voir un certain soir, elle avait l'air de tenir tant à une sortie, que Swann attachait une véritable importance à ce que M. de Charlus fût libre de l'accompagner.

Le lendemain, sans oser poser beaucoup de questions à M. de Charlus, il le contraignait, en ayant l'air de ne pas bien comprendre ses premières réponses, à lui en donner de nouvelles, après chacune desquelles il se sentait plus soulagé, car il apprenait bien vite qu'Odette avait occupé sa soirée aux plaisirs les plus innocents. «Mais comment, mon petit Mémé, je ne comprends pas bien..., ce n'est pas en sortant de chez elle que vous êtes allés au musée Grévin? Vous étiez allés ailleurs d'abord. Non? Oh! que c'est drôle! Vous ne savez pas comme vous m'amusez, mon petit Mémé. Mais quelle drôle d'idée elle a eue d'aller ensuite au Chat Noir, c'est bien une idée d'elle... Non? c'est vous. C'est curieux. Après tout ce n'est pas une mauvaise idée, elle devait y connaître beaucoup de monde? Non? elle n'a parlé à personne? C'est extraordinaire. Alors vous êtes restés là comme cela tous les deux tous seuls? Je vois d'ici cette scène. Vous êtes gentil, mon petit Mémé, je vous aime bien.» Swann se sentait soulagé. Pour lui, à qui il était arrivé en causant avec des indifférents qu'il écoutait à peine, d'entendre quelquefois certaines phrases (celle-ci par exemple: «J'ai vu hier Mme de Crécy, elle était avec un monsieur que je ne connais pas»), phrases qui aussitôt dans le cœur de Swann passaient à l'état solide, s'y durcissaient comme une incrustation, le déchiraient, n'en bougeaient plus, qu'ils étaient doux au contraire ces mots: «Elle ne connaissait personne, elle n'a parlé à personne», comme ils circulaient aisément en lui, qu'ils étaient fluides, faciles, respirables! Et pourtant au bout d'un instant il se disait qu'Odette devait le trouver bien ennuyeux pour que ce fussent là les plaisirs qu'elle préférait à sa compagnie. Et leur insignifiance, si elle le rassurait, lui faisait pourtant de la peine comme une trahison.

Même quand il ne pouvait savoir où elle était allée, il lui aurait suffi pour calmer l'angoisse qu'il éprouvait alors, et contre laquelle la présence d'Odette, la douceur d'être auprès d'elle était le seul spécifique (un spécifique qui à la longue aggravait le mal avec bien des remèdes, mais du moins calmait momentanément la souffrance), il lui aurait suffi, si Odette l'avait seulement permis, de rester chez elle tant qu'elle ne serait pas là, de l'attendre jusqu'à cette heure du retour dans l'apaisement de laquelle seraient venues se confondre les heures qu'un prestige, un maléfice lui avaient fait croire différentes des autres. Mais elle ne le voulait pas; il revenait chez lui; il se forçait en chemin à former divers projets, il cessait de songer à Odette; même il arrivait, tout en se déshabillant, à rouler en lui des pensées assez joyeuses; c'est le cœur plein de l'espoir d'aller le lendemain voir quelque chef-d'œuvre qu'il se mettait au lit et éteignait sa lumière; mais, dès que, pour se préparer à dormir, il cessait d'exercer sur lui-même une contrainte dont il n'avait même pas conscience tant elle était devenue habituelle, au même instant un frisson glacé refluait en lui et il se mettait à sangloter. Il ne voulait même pas savoir pourquoi, s'essuyait les yeux, se disait en riant: «C'est charmant, je deviens névropathe.» Puis il ne pouvait penser sans une grande lassitude que le lendemain il faudrait recommencer de chercher à savoir ce qu'Odette avait fait, à mettre en jeu des influences pour tâcher de la voir. Cette nécessité d'une activité sans trêve, sans variété, sans résultats, lui était si cruelle qu'un jour apercevant une grosseur sur son ventre, il ressentit une véritable joie à la pensée qu'il avait peut-être une tumeur mortelle, qu'il n'allait plus avoir à s'occuper de rien, que c'était la maladie qui allait le gouverner, faire de lui son jouet, jusqu'à la fin prochaine. Et en effet si, à cette époque, il lui arriva souvent sans se l'avouer de désirer la mort, c'était pour échapper moins à l'acuité de ses souffrances qu'à la monotonie de son effort.

Et pourtant il aurait voulu vivre jusqu'à l'époque où il ne l'aimerait plus, où elle n'aurait aucune raison de lui mentir et où il pourrait enfin apprendre d'elle si le jour où il était allé la voir dans l'après-midi, elle était ou non couchée avec Forcheville. Souvent pendant quelques jours, le soupçon qu'elle aimait quelqu'un d'autre le détournait de se poser cette question relative à Forcheville, la lui rendait presque indifférente, comme ces formes nouvelles d'un même état maladif qui semblent momentanément nous avoir délivrés des précédentes. Même il y avait des jours où il n'était tourmenté par aucun soupçon. Il se croyait guéri. Mais le lendemain matin, au réveil, il sentait à la même place la même douleur dont, la veille pendant la journée, il avait comme dilué la sensation dans le torrent des impressions différentes. Mais elle n'avait pas bougé de place. Et même, c'était l'acuité de cette douleur qui avait réveillé Swann.

Comme Odette ne lui donnait aucun renseignement sur ces choses si importantes qui l'occupaient tant chaque jour (bien qu'il eût assez vécu pour savoir qu'il n'y en a jamais d'autres que les plaisirs), il ne pouvait pas chercher longtemps de suite à les imaginer, son cerveau fonctionnait à vide; alors il passait son doigt sur ses paupières fatiguées comme il aurait essuyé le verre de son lorgnon, et cessait entièrement de penser.

Il surnageait pourtant à cet inconnu certaines occupations qui réapparaissaient de temps en temps, vaguement rattachées par elle à quelque obligation envers des parents éloignés ou des amis d'autrefois, qui, parce qu'ils étaient les seuls qu'elle lui citait souvent comme l'empêchant de le voir, paraissaient à Swann former le cadre fixe, nécessaire, de la vie d'Odette. A cause du ton dont elle lui disait de temps à autre «le jour où je vais avec mon amie à l'Hippodrome», si, s'étant senti malade et ayant pensé: «peut-être Odette voudrait bien passer chez moi», il se rappelait brusquement que c'était justement ce jour-là, il se disait: «Ah! non, ce n'est pas la peine de lui demander de venir, j'aurais dû y penser plus tôt, c'est le jour où elle va avec son amie à l'Hippodrome. Réservons-nous pour ce qui est possible; c'est inutile de s'user à proposer des choses inacceptables et refusées d'avance.» Et ce devoir qui incombait à Odette d'aller à l'Hippodrome et devant lequel Swann s'inclinait ainsi ne lui paraissait pas seulement inéluctable; mais ce caractère de nécessité dont il était empreint semblait rendre plausible et légitime tout ce qui de près ou de loin se rapportait à lui. Si Odette dans la rue ayant reçu d'un passant un salut qui avait éveillé la jalousie de Swann, elle répondait aux questions de celui-ci en rattachant l'existence de l'inconnu à un des deux ou trois grands devoirs dont elle lui parlait, si, par exemple, elle disait: «C'est un monsieur qui était dans la loge de mon amie avec qui je vais à l'Hippodrome», cette explication calmait les soupçons de Swann, qui en effet trouvait inévitable que l'amie eût d'autre invités qu'Odette dans sa loge à l'Hippodrome, mais n'avait jamais cherché ou réussi à se les figurer. Ah! comme il eût aimé la connaître, l'amie qui allait à l'Hippodrome, et qu'elle l'y emmenât avec Odette! Comme il aurait donné toutes ses relations pour n'importe quelle personne qu'avait l'habitude de voir Odette, fût-ce une manucure ou une demoiselle de magasin. Il eût fait pour elles plus de frais que pour des reines. Ne lui auraient-elles pas fourni, dans ce qu'elles contenaient de la vie d'Odette, le seul calmant efficace pour ses souffrances? Comme il aurait couru avec joie passer les journées chez telle de ces petites gens avec lesquelles Odette gardait des relations, soit par intérêt, soit par simplicité véritable. Comme il eût volontiers élu domicile à jamais au cinquième étage de telle maison sordide et enviée où Odette ne l'emmenait pas, et où, s'il y avait habité avec la petite couturière retirée dont il eût volontiers fait semblant d'être l'amant, il aurait presque chaque jour reçu sa visite. Dans ces quartiers presque populaires, quelle existence modeste, abjecte, mais douce, mais nourrie de calme et de bonheur, il eût accepté de vivre indéfiniment.

Il arrivait encore parfois, quand, ayant rencontré Swann, elle voyait s'approcher d'elle quelqu'un qu'il ne connaissait pas, qu'il pût remarquer sur le visage d'Odette cette tristesse qu'elle avait eue le jour où il était venu pour la voir pendant que Forcheville était là. Mais c'était rare; car les jours où malgré tout ce qu'elle avait à faire et la crainte de ce que penserait le monde, elle arrivait à voir Swann, ce qui dominait maintenant dans son attitude était l'assurance: grand contraste, peut-être revanche inconsciente ou réaction naturelle de l'émotion craintive qu'aux premiers temps où elle l'avait connu, elle éprouvait auprès de lui, et même loin de lui, quand elle commençait une lettre par ces mots: «Mon ami, ma main tremble si fort que je peux à peine écrire» (elle le prétendait du moins et un peu de cet émoi devait être sincère pour qu'elle désirât d'en feindre davantage). Swann lui plaisait alors. On ne tremble jamais que pour soi, que pour ceux qu'on aime. Quand notre bonheur n'est plus dans leurs mains, de quel calme, de quelle aisance, de quelle hardiesse on jouit auprès d'eux! En lui parlant, en lui écrivant, elle n'avait plus de ces mots par lesquels elle cherchait à se donner l'illusion qu'il lui appartenait, faisant naître les occasions de dire «mon», «mien», quand il s'agissait de lui: «Vous êtes mon bien, c'est le parfum de notre amitié, je le garde», de lui parler de l'avenir, de la mort même, comme d'une seule chose pour eux deux. Dans ce temps-là, à tout de qu'il disait, elle répondait avec admiration: «Vous, vous ne serez jamais comme tout le monde»; elle regardait sa longue tête un peu chauve, dont les gens qui connaissaient les succès de Swann pensaient: «Il n'est pas régulièrement beau si vous voulez, mais il est chic: ce toupet, ce monocle, ce sourire!», et, plus curieuse peut-être de connaître ce qu'il était que désireuse d'être sa maîtresse, elle disait:

—«Si je pouvais savoir ce qu'il y a dans cette tête là!»

Maintenant, à toutes les paroles de Swann elle répondait d'un ton parfois irrité, parfois indulgent:

—«Ah! tu ne seras donc jamais comme tout le monde!»

Elle regardait cette tête qui n'était qu'un peu plus vieillie par le souci (mais dont maintenant tous pensaient, en vertu de cette même aptitude qui permet de découvrir les intentions d'un morceau symphonique dont on a lu le programme, et les ressemblances d'un enfant quand on connaît sa parenté: «Il n'est pas positivement laid si vous voulez, mais il est ridicule: ce monocle, ce toupet, ce sourire!», réalisant dans leur imagination suggestionnée la démarcation immatérielle qui sépare à quelques mois de distance une tête d'amant de cœur et une tête de cocu), elle disait:

—«Ah! si je pouvais changer, rendre raisonnable ce qu'il y a dans cette tête-là.»

Toujours prêt à croire ce qu'il souhaitait si seulement les manières d'être d'Odette avec lui laissaient place au doute, il se jetait avidement sur cette parole:

—«Tu le peux si tu le veux, lui disait-il.»

Et il tâchait de lui montrer que l'apaiser, le diriger, le faire travailler, serait une noble tâche à laquelle ne demandaient qu'à se vouer d'autres femmes qu'elle, entre les mains desquelles il est vrai d'ajouter que la noble tâche ne lui eût paru plus qu'une indiscrète et insupportable usurpation de sa liberté. «Si elle ne m'aimait pas un peu, se disait-il, elle ne souhaiterait pas de me transformer. Pour me transformer, il faudra qu'elle me voie davantage.» Ainsi trouvait-il dans ce reproche qu'elle lui faisait, comme une preuve d'intérêt, d'amour peut-être; et en effet, elle lui en donnait maintenant si peu qu'il était obligé de considérer comme telles les défenses qu'elle lui faisait d'une chose ou d'une autre. Un jour, elle lui déclara qu'elle n'aimait pas son cocher, qu'il lui montait peut-être la tête contre elle, qu'en tous cas il n'était pas avec lui de l'exactitude et de la déférence qu'elle voulait. Elle sentait qu'il désirait lui entendre dire: «Ne le prends plus pour venir chez moi», comme il aurait désiré un baiser. Comme elle était de bonne humeur, elle le lui dit; il fut attendri. Le soir, causant avec M. de Charlus avec qui il avait la douceur de pouvoir parler d'elle ouvertement (car les moindres propos qu'il tenait, même aux personnes qui ne la connaissaient pas, se rapportaient en quelque manière à elle), il lui dit:

—Je crois pourtant qu'elle m'aime; elle est si gentille pour moi, ce que je fais ne lui est certainement pas indifférent.

Et si, au moment d'aller chez elle, montant dans sa voiture avec un ami qu'il devait laisser en route, l'autre lui disait:

—«Tiens, ce n'est pas Lorédan qui est sur le siège?», avec quelle joie mélancolique Swann lui répondait:

—«Oh! sapristi non! je te dirai, je ne peux pas prendre Lorédan quand je vais rue La Pérouse. Odette n'aime pas que je prenne Lorédan, elle ne le trouve pas bien pour moi; enfin que veux-tu, les femmes, tu sais! je sais que ça lui déplairait beaucoup. Ah bien oui! je n'aurais eu qu'à prendre Rémi! j'en aurais eu une histoire!»

Ces nouvelles façons indifférentes, distraites, irritables, qui étaient maintenant celles d'Odette avec lui, certes Swann en souffrait; mais il ne connaissait pas sa souffrance; comme c'était progressivement, jour par jour, qu'Odette s'était refroidie à son égard, ce n'est qu'en mettant en regard de ce qu'elle était aujourd'hui ce qu'elle avait été au début, qu'il aurait pu sonder la profondeur du changement qui s'était accompli. Or ce changement c'était sa profonde, sa secrète blessure, qui lui faisait mal jour et nuit, et dès qu'il sentait que ses pensées allaient un peu trop près d'elle, vivement il les dirigeait d'un autre côté de peur de trop souffrir. Il se disait bien d'une façon abstraite: «Il fut un temps où Odette m'aimait davantage», mais jamais il ne revoyait ce temps. De même qu'il y avait dans son cabinet une commode qu'il s'arrangeait à ne pas regarder, qu'il faisait un crochet pour éviter en entrant et en sortant, parce que dans un tiroir étaient serrés le chrysanthème qu'elle lui avait donné le premier soir où il l'avait reconduite, les lettres où elle disait: «Que n'y avez-vous oublié aussi votre cœur, je ne vous aurais pas laissé le reprendre» et: «A quelque heure du jour et de la nuit que vous ayez besoin de moi, faites-moi signe et disposez de ma vie», de même il y avait en lui une place dont il ne laissait jamais approcher son esprit, lui faisant faire s'il le fallait le détour d'un long raisonnement pour qu'il n'eût pas à passer devant elle: c'était celle où vivait le souvenir des jours heureux.

Mais sa si précautionneuse prudence fut déjouée un soir qu'il était allé dans le monde.

C'était chez la marquise de Saint-Euverte, à la dernière, pour cette année-là, des soirées où elle faisait entendre des artistes qui lui servaient ensuite pour ses concerts de charité. Swann, qui avait voulu successivement aller à toutes les précédentes et n'avait pu s'y résoudre, avait reçu, tandis qu'il s'habillait pour se rendre à celle-ci, la visite du baron de Charlus qui venait lui offrir de retourner avec lui chez la marquise, si sa compagnie devait l'aider à s'y ennuyer un peu moins, à s'y trouver moins triste. Mais Swann lui avait répondu:

—«Vous ne doutez pas du plaisir que j'aurais à être avec vous. Mais le plus grand plaisir que vous puissiez me faire c'est d'aller plutôt voir Odette. Vous savez l'excellente influence que vous avez sur elle. Je crois qu'elle ne sort pas ce soir avant d'aller chez son ancienne couturière où du reste elle sera sûrement contente que vous l'accompagniez. En tous cas vous la trouveriez chez elle avant. Tâchez de la distraire et aussi de lui parler raison. Si vous pouviez arranger quelque chose pour demain qui lui plaise et que nous pourrions faire tous les trois ensemble. Tâchez aussi de poser des jalons pour cet été, si elle avait envie de quelque chose, d'une croisière que nous ferions tous les trois, que sais-je? Quant à ce soir, je ne compte pas la voir; maintenant si elle le désirait ou si vous trouviez un joint, vous n'avez qu'à m'envoyer un mot chez Mme de Saint-Euverte jusqu'à minuit, et après chez moi. Merci de tout ce que vous faites pour moi, vous savez comme je vous aime.»

Le baron lui promit d'aller faire la visite qu'il désirait après qu'il l'aurait conduit jusqu'à la porte de l'hôtel Saint-Euverte, où Swann arriva tranquillisé par la pensée que M. de Charlus passerait la soirée rue La Pérouse, mais dans un état de mélancolique indifférence à toutes les choses qui ne touchaient pas Odette, et en particulier aux choses mondaines, qui leur donnait le charme de ce qui, n'étant plus un but pour notre volonté, nous apparaît en soi-même. Dès sa descente de voiture, au premier plan de ce résumé fictif de leur vie domestique que les maîtresses de maison prétendent offrir à leurs invités les jours de cérémonie et où elles cherchent à respecter la vérité du costume et celle du décor, Swann prit plaisir à voir les héritiers des «tigres» de Balzac, les grooms, suivants ordinaires de la promenade, qui, chapeautés et bottés, restaient dehors devant l'hôtel sur le sol de l'avenue, ou devant les écuries, comme des jardiniers auraient été rangés à l'entrée de leurs parterres. La disposition particulière qu'il avait toujours eue à chercher des analogies entre les êtres vivants et les portraits des musées s'exerçait encore mais d'une façon plus constante et plus générale; c'est la vie mondaine tout entière, maintenant qu'il en était détaché, qui se présentait à lui comme une suite de tableaux. Dans le vestibule où, autrefois, quand il était un mondain, il entrait enveloppé dans son pardessus pour en sortir en frac, mais sans savoir ce qui s'y était passé, étant par la pensée, pendant les quelques instants qu'il y séjournait, ou bien encore dans la fête qu'il venait de quitter, ou bien déjà dans la fête où on allait l'introduire, pour la première fois il remarqua, réveillée par l'arrivée inopinée d'un invité aussi tardif, la meute éparse, magnifique et désœuvrée de grands valets de pied qui dormaient çà et là sur des banquettes et des coffres et qui, soulevant leurs nobles profils aigus de lévriers, se dressèrent et, rassemblés, formèrent le cercle autour de lui.

L'un d'eux, d'aspect particulièrement féroce et assez semblable à l'exécuteur dans certains tableaux de la Renaissance qui figurent des supplices, s'avança vers lui d'un air implacable pour lui prendre ses affaires. Mais la dureté de son regard d'acier était compensée par la douceur de ses gants de fil, si bien qu'en approchant de Swann il semblait témoigner du mépris pour sa personne et des égards pour son chapeau. Il le prit avec un soin auquel l'exactitude de sa pointure donnait quelque chose de méticuleux et une délicatesse que rendait presque touchante l'appareil de sa force. Puis il le passa à un de ses aides, nouveau, et timide, qui exprimait l'effroi qu'il ressentait en roulant en tous sens des regards furieux et montrait l'agitation d'une bête captive dans les premières heures de sa domesticité.

A quelques pas, un grand gaillard en livrée rêvait, immobile, sculptural, inutile, comme ce guerrier purement décoratif qu'on voit dans les tableaux les plus tumultueux de Mantegna, songer, appuyé sur son bouclier, tandis qu'on se précipite et qu'on s'égorge à côté de lui; détaché du groupe de ses camarades qui s'empressaient autour de Swann, il semblait aussi résolu à se désintéresser de cette scène, qu'il suivait vaguement de ses yeux glauques et cruels, que si ç'eût été le massacre des Innocents ou le martyre de saint Jacques. Il semblait précisément appartenir à cette race disparue—ou qui peut-être n'exista jamais que dans le retable de San Zeno et les fresques des Eremitani où Swann l'avait approchée et où elle rêve encore—issue de la fécondation d'une statue antique par quelque modèle padouan du Maître ou quelque saxon d'Albert Dürer. Et les mèches de ses cheveux roux crespelés par la nature, mais collés par la brillantine, étaient largement traitées comme elles sont dans la sculpture grecque qu'étudiait sans cesse le peintre de Mantoue, et qui, si dans la création elle ne figure que l'homme, sait du moins tirer de ses simples formes des richesses si variées et comme empruntées à toute la nature vivante, qu'une chevelure, par l'enroulement lisse et les becs aigus de ses boucles, ou dans la superposition du triple et fleurissant diadème de ses tresses, a l'air à la fois d'un paquet d'algues, d'une nichée de colombes, d'un bandeau de jacinthes et d'une torsade de serpent.

D'autres encore, colossaux aussi, se tenaient sur les degrés d'un escalier monumental que leur présence décorative et leur immobilité marmoréenne auraient pu faire nommer comme celui du Palais Ducal: «l'Escalier des Géants» et dans lequel Swann s'engagea avec la tristesse de penser qu'Odette ne l'avait jamais gravi. Ah! avec quelle joie au contraire il eût grimpé les étages noirs, mal odorants et casse-cou de la petite couturière retirée, dans le «cinquième» de laquelle il aurait été si heureux de payer plus cher qu'une avant-scène hebdomadaire à l'Opéra le droit de passer la soirée quand Odette y venait et même les autres jours pour pouvoir parler d'elle, vivre avec les gens qu'elle avait l'habitude de voir quand il n'était pas là et qui à cause de cela lui paraissaient recéler, de la vie de sa maîtresse, quelque chose de plus réel, de plus inaccessible et de plus mystérieux.

Tandis que dans cet escalier pestilentiel et désiré de l'ancienne couturière, comme il n'y en avait pas un second pour le service, on voyait le soir devant chaque porte une boîte au lait vide et sale préparée sur le paillasson, dans l'escalier magnifique et dédaigné que Swann montait à ce moment, d'un côté et de l'autre, à des hauteurs différentes, devant chaque anfractuosité que faisait dans le mur la fenêtre de la loge, ou la porte d'un appartement, représentant le service intérieur qu'ils dirigeaient et en faisant hommage aux invités, un concierge, un majordome, un argentier (braves gens qui vivaient le reste de la semaine un peu indépendants dans leur domaine, y dînaient chez eux comme de petits boutiquiers et seraient peut-être demain au service bourgeois d'un médecin ou d'un industriel) attentifs à ne pas manquer aux recommandations qu'on leur avait faites avant de leur laisser endosser la livrée éclatante qu'ils ne revêtaient qu'à de rares intervalles et dans laquelle ils ne se sentaient pas très à leur aise, se tenaient sous l'arcature de leur portail avec un éclat pompeux tempéré de bonhomie populaire, comme des saints dans leur niche; et un énorme suisse, habillé comme à l'église, frappait les dalles de sa canne au passage de chaque arrivant.

Parvenu en haut de l'escalier le long duquel l'avait suivi un domestique à face blême, avec une petite queue de cheveux, noués d'un catogan, derrière la tête, comme un sacristain de Goya ou un tabellion du répertoire, Swann passa devant un bureau où des valets, assis comme des notaires devant de grands registres, se levèrent et inscrivirent son nom. Il traversa alors un petit vestibule qui,—tel que certaines pièces aménagées par leur propriétaire pour servir de cadre à une seule œuvre d'art, dont elles tirent leur nom, et d'une nudité voulue, ne contiennent rien d'autre—, exhibait à son entrée, comme quelque précieuse effigie de Benvenuto Cellini représentant un homme de guet, un jeune valet de pied, le corps légèrement fléchi en avant, dressant sur son hausse-col rouge une figure plus rouge encore d'où s'échappaient des torrents de feu, de timidité et de zèle, et qui, perçant les tapisseries d'Aubusson tendues devant le salon où on écoutait la musique, de son regard impétueux, vigilant, éperdu, avait l'air, avec une impassibilité militaire ou une foi surnaturelle,—allégorie de l'alarme, incarnation de l'attente, commémoration du branle-bas,—d'épier, ange ou vigie, d'une tour de donjon ou de cathédrale, l'apparition de l'ennemi ou l'heure du Jugement. Il ne restait plus à Swann qu'à pénétrer dans la salle du concert dont un huissier chargé de chaînes lui ouvrit les portes, en s'inclinant, comme il lui aurait remis les clefs d'une ville. Mais il pensait à la maison où il aurait pu se trouver en ce moment même, si Odette l'avait permis, et le souvenir entrevu d'une boîte au lait vide sur un paillasson lui serra le cœur.

Swann retrouva rapidement le sentiment de la laideur masculine, quand, au delà de la tenture de tapisserie, au spectacle des domestiques succéda celui des invités. Mais cette laideur même de visages qu'il connaissait pourtant si bien, lui semblait neuve depuis que leurs traits,—au lieu d'être pour lui des signes pratiquement utilisables à l'identification de telle personne qui lui avait représenté jusque-là un faisceau de plaisirs à poursuivre, d'ennuis à éviter, ou de politesses à rendre,—reposaient, coordonnés seulement par des rapports esthétiques, dans l'autonomie de leurs lignes. Et en ces hommes, au milieu desquels Swann se trouva enserré, il n'était pas jusqu'aux monocles que beaucoup portaient (et qui, autrefois, auraient tout au plus permis à Swann de dire qu'ils portaient un monocle), qui, déliés maintenant de signifier une habitude, la même pour tous, ne lui apparussent chacun avec une sorte d'individualité. Peut-être parce qu'il ne regarda le général de Froberville et le marquis de Bréauté qui causaient dans l'entrée que comme deux personnages dans un tableau, alors qu'ils avaient été longtemps pour lui les amis utiles qui l'avaient présenté au Jockey et assisté dans des duels, le monocle du général, resté entre ses paupières comme un éclat d'obus dans sa figure vulgaire, balafrée et triomphale, au milieu du front qu'il éborgnait comme l'œil unique du cyclope, apparut à Swann comme une blessure monstrueuse qu'il pouvait être glorieux d'avoir reçue, mais qu'il était indécent d'exhiber; tandis que celui que M. de Bréauté ajoutait, en signe de festivité, aux gants gris perle, au «gibus», à la cravate blanche et substituait au binocle familier (comme faisait Swann lui-même) pour aller dans le monde, portait collé à son revers, comme une préparation d'histoire naturelle sous un microscope, un regard infinitésimal et grouillant d'amabilité, qui ne cessait de sourire à la hauteur des plafonds, à la beauté des fêtes, à l'intérêt des programmes et à la qualité des rafraîchissements.

—Tiens, vous voilà, mais il y a des éternités qu'on ne vous a vu, dit à Swann le général qui, remarquant ses traits tirés et en concluant que c'était peut-être une maladie grave qui l'éloignait du monde, ajouta: «Vous avez bonne mine, vous savez!» pendant que M. de Bréauté demandait:

—«Comment, vous, mon cher, qu'est-ce que vous pouvez bien faire ici?» à un romancier mondain qui venait d'installer au coin de son œil un monocle, son seul organe d'investigation psychologique et d'impitoyable analyse, et répondit d'un air important et mystérieux, en roulant l'r:

—«J'observe.»

Le monocle du marquis de Forestelle était minuscule, n'avait aucune bordure et obligeant à une crispation incessante et douloureuse l'œil où il s'incrustait comme un cartilage superflu dont la présence est inexplicable et la matière recherchée, il donnait au visage du marquis une délicatesse mélancolique, et le faisait juger par les femmes comme capable de grands chagrins d'amour. Mais celui de M. de Saint-Candé, entouré d'un gigantesque anneau, comme Saturne, était le centre de gravité d'une figure qui s'ordonnait à tout moment par rapport à lui, dont le nez frémissant et rouge et la bouche lippue et sarcastique tâchaient par leurs grimaces d'être à la hauteur des feux roulants d'esprit dont étincelait le disque de verre, et se voyait préférer aux plus beaux regards du monde par des jeunes femmes snobs et dépravées qu'il faisait rêver de charmes artificiels et d'un raffinement de volupté; et cependant, derrière le sien, M. de Palancy qui avec sa grosse tête de carpe aux yeux ronds, se déplaçait lentement au milieu des fêtes, en desserrant d'instant en instant ses mandibules comme pour chercher son orientation, avait l'air de transporter seulement avec lui un fragment accidentel, et peut-être purement symbolique, du vitrage de son aquarium, partie destinée à figurer le tout qui rappela à Swann, grand admirateur des Vices et des Vertus de Giotto à Padoue, cet Injuste à côté duquel un rameau feuillu évoque les forêts où se cache son repaire.

Swann s'était avancé, sur l'insistance de Mme de Saint-Euverte et pour entendre un air d'Orphée qu'exécutait un flûtiste, s'était mis dans un coin où il avait malheureusement comme seule perspective deux dames déjà mûres assises l'une à côté de l'autre, la marquise de Cambremer et la vicomtesse de Franquetot, lesquelles, parce qu'elles étaient cousines, passaient leur temps dans les soirées, portant leurs sacs et suivies de leurs filles, à se chercher comme dans une gare et n'étaient tranquilles que quand elles avaient marqué, par leur éventail ou leur mouchoir, deux places voisines: Mme de Cambremer, comme elle avait très peu de relations, étant d'autant plus heureuse d'avoir une compagne, Mme de Franquetot, qui était au contraire très lancée, trouvait quelque chose d'élégant, d'original, à montrer à toutes ses belles connaissances qu'elle leur préférait une dame obscure avec qui elle avait en commun des souvenirs de jeunesse. Plein d'une mélancolique ironie, Swann les regardait écouter l'intermède de piano («Saint François parlant aux oiseaux», de Liszt) qui avait succédé à l'air de flûte, et suivre le jeu vertigineux du virtuose. Mme de Franquetot anxieusement, les yeux éperdus comme si les touches sur lesquelles il courait avec agilité avaient été une suite de trapèzes d'où il pouvait tomber d'une hauteur de quatre-vingts mètres, et non sans lancer à sa voisine des regards d'étonnement, de dénégation qui signifiaient: «Ce n'est pas croyable, je n'aurais jamais pensé qu'un homme pût faire cela», Mme de Cambremer, en femme qui a reçu une forte éducation musicale, battant la mesure avec sa tête transformée en balancier de métronome dont l'amplitude et la rapidité d'oscillations d'une épaule à l'autre étaient devenues telles (avec cette espèce d'égarement et d'abandon du regard qu'ont les douleurs qui ne se connaissent plus ni ne cherchent à se maîtriser et disent: «Que voulez-vous!») qu'à tout moment elle accrochait avec ses solitaires les pattes de son corsage et était obligée de redresser les raisins noirs qu'elle avait dans les cheveux, sans cesser pour cela d'accélérer le mouvement. De l'autre côté de Mme de Franquetot, mais un peu en avant, était la marquise de Gallardon, occupée à sa pensée favorite, l'alliance qu'elle avait avec les Guermantes et d'où elle tirait pour le monde et pour elle-même beaucoup de gloire avec quelque honte, les plus brillants d'entre eux la tenant un peu à l'écart, peut-être parce qu'elle était ennuyeuse, ou parce qu'elle était méchante, ou parce qu'elle était d'une branche inférieure, ou peut-être sans aucune raison. Quand elle se trouvait auprès de quelqu'un qu'elle ne connaissait pas, comme en ce moment auprès de Mme de Franquetot, elle souffrait que la conscience qu'elle avait de sa parenté avec les Guermantes ne pût se manifester extérieurement en caractères visibles comme ceux qui, dans les mosaïques des églises byzantines, placés les uns au-dessous des autres, inscrivent en une colonne verticale, à côté d'un Saint Personnage les mots qu'il est censé prononcer. Elle songeait en ce moment qu'elle n'avait jamais reçu une invitation ni une visite de sa jeune cousine la princesse des Laumes, depuis six ans que celle-ci était mariée. Cette pensée la remplissait de colère, mais aussi de fierté; car à force de dire aux personnes qui s'étonnaient de ne pas la voir chez Mme des Laumes, que c'est parce qu'elle aurait été exposée à y rencontrer la princesse Mathilde—ce que sa famille ultra-légitimiste ne lui aurait jamais pardonné, elle avait fini par croire que c'était en effet la raison pour laquelle elle n'allait pas chez sa jeune cousine. Elle se rappelait pourtant qu'elle avait demandé plusieurs fois à Mme des Laumes comment elle pourrait faire pour la rencontrer, mais ne se le rappelait que confusément et d'ailleurs neutralisait et au delà ce souvenir un peu humiliant en murmurant: «Ce n'est tout de même pas à moi à faire les premiers pas, j'ai vingt ans de plus qu'elle.» Grâce à la vertu de ces paroles intérieures, elle rejetait fièrement en arrière ses épaules détachées de son buste et sur lesquelles sa tête posée presque horizontalement faisait penser à la tête «rapportée» d'un orgueilleux faisan qu'on sert sur une table avec toutes ses plumes. Ce n'est pas qu'elle ne fût par nature courtaude, hommasse et boulotte; mais les camouflets l'avaient redressée comme ces arbres qui, nés dans une mauvaise position au bord d'un précipice, sont forcés de croître en arrière pour garder leur équilibre. Obligée, pour se consoler de ne pas être tout à fait l'égale des autres Guermantes, de se dire sans cesse que c'était par intransigeance de principes et fierté qu'elle les voyait peu, cette pensée avait fini par modeler son corps et par lui enfanter une sorte de prestance qui passait aux yeux des bourgeoises pour un signe de race et troublait quelquefois d'un désir fugitif le regard fatigué des hommes de cercle. Si on avait fait subir à la conversation de Mme de Gallardon ces analyses qui en relevant la fréquence plus ou moins grande de chaque terme permettent de découvrir la clef d'un langage chiffré, on se fût rendu compte qu'aucune expression, même la plus usuelle, n'y revenait aussi souvent que «chez mes cousins de Guermantes», «chez ma tante de Guermantes», «la santé d'Elzéar de Guermantes», «la baignoire de ma cousine de Guermantes». Quand on lui parlait d'un personnage illustre, elle répondait que, sans le connaître personnellement, elle l'avait rencontré mille fois chez sa tante de Guermantes, mais elle répondait cela d'un ton si glacial et d'une voix si sourde qu'il était clair que si elle ne le connaissait pas personnellement c'était en vertu de tous les principes indéracinables et entêtés auxquels ses épaules touchaient en arrière, comme à ces échelles sur lesquelles les professeurs de gymnastique vous font étendre pour vous développer le thorax.

Or, la princesse des Laumes qu'on ne se serait pas attendu à voir chez Mme de Saint-Euverte, venait précisément d'arriver. Pour montrer qu'elle ne cherchait pas à faire sentir dans un salon où elle ne venait que par condescendance, la supériorité de son rang, elle était entrée en effaçant les épaules là même où il n'y avait aucune foule à fendre et personne à laisser passer, restant exprès dans le fond, de l'air d'y être à sa place, comme un roi qui fait la queue à la porte d'un théâtre tant que les autorités n'ont pas été prévenues qu'il est là; et, bornant simplement son regard—pour ne pas avoir l'air de signaler sa présence et de réclamer des égards—à la considération d'un dessin du tapis ou de sa propre jupe, elle se tenait debout à l'endroit qui lui avait paru le plus modeste (et d'où elle savait bien qu'une exclamation ravie de Mme de Saint-Euverte allait la tirer dès que celle-ci l'aurait aperçue), à côté de Mme de Cambremer qui lui était inconnue. Elle observait la mimique de sa voisine mélomane, mais ne l'imitait pas. Ce n'est pas que, pour une fois qu'elle venait passer cinq minutes chez Mme de Saint-Euverte, la princesse des Laumes n'eût souhaité, pour que la politesse qu'elle lui faisait comptât double, se montrer le plus aimable possible. Mais par nature, elle avait horreur de ce qu'elle appelait «les exagérations» et tenait à montrer qu'elle «n'avait pas à» se livrer à des manifestations qui n'allaient pas avec le «genre» de la coterie où elle vivait, mais qui pourtant d'autre part ne laissaient pas de l'impressionner, à la faveur de cet esprit d'imitation voisin de la timidité que développe chez les gens les plus sûrs d'eux-mêmes l'ambiance d'un milieu nouveau, fût-il inférieur.

Elle commençait à se demander si cette gesticulation n'était pas rendue nécessaire par le morceau qu'on jouait et qui ne rentrait peut-être pas dans le cadre de la musique qu'elle avait entendue jusqu'à ce jour, si s'abstenir n'était pas faire preuve d'incompréhension à l'égard de l'œuvre et d'inconvenance vis-à-vis de la maîtresse de la maison: de sorte que pour exprimer par une «cote mal taillée» ses sentiments contradictoires, tantôt elle se contentait de remonter la bride de ses épaulettes ou d'assurer dans ses cheveux blonds les petites boules de corail ou d'émail rose, givrées de diamant, qui lui faisaient une coiffure simple et charmante, en examinant avec une froide curiosité sa fougueuse voisine, tantôt de son éventail elle battait pendant un instant la mesure, mais, pour ne pas abdiquer son indépendance, à contretemps. Le pianiste ayant terminé le morceau de Liszt et ayant commencé un prélude de Chopin, Mme de Cambremer lança à Mme de Franquetot un sourire attendri de satisfaction compétente et d'allusion au passé. Elle avait appris dans sa jeunesse à caresser les phrases, au long col sinueux et démesuré, de Chopin, si libres, si flexibles, si tactiles, qui commencent par chercher et essayer leur place en dehors et bien loin de la direction de leur départ, bien loin du point où on avait pu espérer qu'atteindrait leur attouchement, et qui ne se jouent dans cet écart de fantaisie que pour revenir plus délibérément,—d'un retour plus prémédité, avec plus de précision, comme sur un cristal qui résonnerait jusqu'à faire crier,—vous frapper au cœur.

Vivant dans une famille provinciale qui avait peu de relations, n'allant guère au bal, elle s'était grisée dans la solitude de son manoir, à ralentir, à précipiter la danse de tous ces couples imaginaires, à les égrener comme des fleurs, à quitter un moment le bal pour entendre le vent souffler dans les sapins, au bord du lac, et à y voir tout d'un coup s'avancer, plus différent de tout ce qu'on a jamais rêvé que ne sont les amants de la terre, un mince jeune homme à la voix un peu chantante, étrangère et fausse, en gants blancs. Mais aujourd'hui la beauté démodée de cette musique semblait défraîchie. Privée depuis quelques années de l'estime des connaisseurs, elle avait perdu son honneur et son charme et ceux mêmes dont le goût est mauvais n'y trouvaient plus qu'un plaisir inavoué et médiocre. Mme de Cambremer jeta un regard furtif derrière elle. Elle savait que sa jeune bru (pleine de respect pour sa nouvelle famille, sauf en ce qui touchait les choses de l'esprit sur lesquelles, sachant jusqu'à l'harmonie et jusqu'au grec, elle avait des lumières spéciales) méprisait Chopin et souffrait quand elle en entendait jouer. Mais loin de la surveillance de cette wagnérienne qui était plus loin avec un groupe de personnes de son âge, Mme de Cambremer se laissait aller à des impressions délicieuses. La princesse des Laumes les éprouvait aussi. Sans être par nature douée pour la musique, elle avait reçu il y a quinze ans les leçons qu'un professeur de piano du faubourg Saint-Germain, femme de génie qui avait été à la fin de sa vie réduite à la misère, avait recommencé, à l'âge de soixante-dix ans, à donner aux filles et aux petites-filles de ses anciennes élèves. Elle était morte aujourd'hui. Mais sa méthode, son beau son, renaissaient parfois sous les doigts de ses élèves, même de celles qui étaient devenues pour le reste des personnes médiocres, avaient abandonné la musique et n'ouvraient presque plus jamais un piano.

Aussi Mme des Laumes put-elle secouer la tête, en pleine connaissance de cause, avec une appréciation juste de la façon dont le pianiste jouait ce prélude qu'elle savait par cœur. La fin de la phrase commencée chanta d'elle-même sur ses lèvres. Et elle murmura «C'est toujours charmant», avec un double ch au commencement du mot qui était une marque de délicatesse et dont elle sentait ses lèvres si romanesquement froissées comme une belle fleur, qu'elle harmonisa instinctivement son regard avec elles en lui donnant à ce moment-là une sorte de sentimentalité et de vague. Cependant Mme de Gallardon était en train de se dire qu'il était fâcheux qu'elle n'eût que bien rarement l'occasion de rencontrer la princesse des Laumes, car elle souhaitait lui donner une leçon en ne répondant pas à son salut. Elle ne savait pas que sa cousine fût là. Un mouvement de tête de Mme de Franquetot la lui découvrit. Aussitôt elle se précipita vers elle en dérangeant tout le monde; mais désireuse de garder un air hautain et glacial qui rappelât à tous qu'elle ne désirait pas avoir de relations avec une personne chez qui on pouvait se trouver nez à nez avec la princesse Mathilde, et au-devant de qui elle n'avait pas à aller car elle n'était pas «sa contemporaine», elle voulut pourtant compenser cet air de hauteur et de réserve par quelque propos qui justifiât sa démarche et forçât la princesse à engager la conversation; aussi une fois arrivée près de sa cousine, Mme de Gallardon, avec un visage dur, une main tendue comme une carte forcée, lui dit: «Comment va ton mari?» de la même voix soucieuse que si le prince avait été gravement malade. La princesse éclatant d'un rire qui lui était particulier et qui était destiné à la fois à montrer aux autres qu'elle se moquait de quelqu'un et aussi à se faire paraître plus jolie en concentrant les traits de son visage autour de sa bouche animée et de son regard brillant, lui répondit:

—Mais le mieux du monde!

Et elle rit encore. Cependant tout en redressant sa taille et refroidissant sa mine, inquiète encore pourtant de l'état du prince, Mme de Gallardon dit à sa cousine:

—Oriane (ici Mme des Laumes regarda d'un air étonné et rieur un tiers invisible vis-à-vis duquel elle semblait tenir à attester qu'elle n'avait jamais autorisé Mme de Gallardon à l'appeler par son prénom), je tiendrais beaucoup à ce que tu viennes un moment demain soir chez moi entendre un quintette avec clarinette de Mozart. Je voudrais avoir ton appréciation.

Elle semblait non pas adresser une invitation, mais demander un service, et avoir besoin de l'avis de la princesse sur le quintette de Mozart comme si ç'avait été un plat de la composition d'une nouvelle cuisinière sur les talents de laquelle il lui eût été précieux de recueillir l'opinion d'un gourmet.

—Mais je connais ce quintette, je peux te dire tout de suite... que je l'aime!

—Tu sais, mon mari n'est pas bien, son foie..., cela lui ferait grand plaisir de te voir, reprit Mme de Gallardon, faisant maintenant à la princesse une obligation de charité de paraître à sa soirée.

La princesse n'aimait pas à dire aux gens qu'elle ne voulait pas aller chez eux. Tous les jours elle écrivait son regret d'avoir été privée—par une visite inopinée de sa belle-mère, par une invitation de son beau-frère, par l'Opéra, par une partie de campagne—d'une soirée à laquelle elle n'aurait jamais songé à se rendre. Elle donnait ainsi à beaucoup de gens la joie de croire qu'elle était de leurs relations, qu'elle eût été volontiers chez eux, qu'elle n'avait été empêchée de le faire que par les contretemps princiers qu'ils étaient flattés de voir entrer en concurrence avec leur soirée. Puis, faisant partie de cette spirituelle coterie des Guermantes où survivait quelque chose de l'esprit alerte, dépouillé de lieux communs et de sentiments convenus, qui descend de Mérimée,—et a trouvé sa dernière expression dans le théâtre de Meilhac et Halévy,—elle l'adaptait même aux rapports sociaux, le transposait jusque dans sa politesse qui s'efforçait d'être positive, précise, de se rapprocher de l'humble vérité. Elle ne développait pas longuement à une maîtresse de maison l'expression du désir qu'elle avait d'aller à sa soirée; elle trouvait plus aimable de lui exposer quelques petits faits d'où dépendrait qu'il lui fût ou non possible de s'y rendre.

—Écoute, je vais te dire, dit-elle à Mme de Gallardon, il faut demain soir que j'aille chez une amie qui m'a demandé mon jour depuis longtemps. Si elle nous emmène au théâtre, il n'y aura pas, avec la meilleure volonté, possibilité que j'aille chez toi; mais si nous restons chez elle, comme je sais que nous serons seuls, je pourrai la quitter.

—Tiens, tu as vu ton ami M. Swann?

—Mais non, cet amour de Charles, je ne savais pas qu'il fût là, je vais tâcher qu'il me voie.

—C'est drôle qu'il aille même chez la mère Saint-Euverte, dit Mme de Gallardon. Oh! je sais qu'il est intelligent, ajouta-t-elle en voulant dire par là intrigant, mais cela ne fait rien, un juif chez la sœur et la belle-sœur de deux archevêques!

—J'avoue à ma honte que je n'en suis pas choquée, dit la princesse des Laumes.

—Je sais qu'il est converti, et même déjà ses parents et ses grands-parents. Mais on dit que les convertis restent plus attachés à leur religion que les autres, que c'est une frime, est-ce vrai?

—Je suis sans lumières à ce sujet.

Le pianiste qui avait à jouer deux morceaux de Chopin, après avoir terminé le prélude avait attaqué aussitôt une polonaise. Mais depuis que Mme de Gallardon avait signalé à sa cousine la présence de Swann, Chopin ressuscité aurait pu venir jouer lui-même toutes ses œuvres sans que Mme des Laumes pût y faire attention. Elle faisait partie d'une de ces deux moitiés de l'humanité chez qui la curiosité qu'a l'autre moitié pour les êtres qu'elle ne connaît pas est remplacée par l'intérêt pour les êtres qu'elle connaît. Comme beaucoup de femmes du faubourg Saint-Germain la présence dans un endroit où elle se trouvait de quelqu'un de sa coterie, et auquel d'ailleurs elle n'avait rien de particulier à dire, accaparait exclusivement son attention aux dépens de tout le reste. A partir de ce moment, dans l'espoir que Swann la remarquerait, la princesse ne fit plus, comme une souris blanche apprivoisée à qui on tend puis on retire un morceau de sucre, que tourner sa figure, remplie de mille signes de connivence dénués de rapports avec le sentiment de la polonaise de Chopin, dans la direction où était Swann et si celui-ci changeait de place, elle déplaçait parallèlement son sourire aimanté.

—Oriane, ne te fâche pas, reprit Mme de Gallardon qui ne pouvait jamais s'empêcher de sacrifier ses plus grandes espérances sociales et d'éblouir un jour le monde, au plaisir obscur, immédiat et privé, de dire quelque chose de désagréable, il y a des gens qui prétendent que ce M. Swann, c'est quelqu'un qu'on ne peut pas recevoir chez soi, est-ce vrai?

—Mais... tu dois bien savoir que c'est vrai, répondit la princesse des Laumes, puisque tu l'as invité cinquante fois et qu'il n'est jamais venu.

Et quittant sa cousine mortifiée, elle éclata de nouveau d'un rire qui scandalisa les personnes qui écoutaient la musique, mais attira l'attention de Mme de Saint-Euverte, restée par politesse près du piano et qui aperçut seulement alors la princesse. Mme de Saint-Euverte était d'autant plus ravie de voir Mme des Laumes qu'elle la croyait encore à Guermantes en train de soigner son beau-père malade.

—Mais comment, princesse, vous étiez là?

—Oui, je m'étais mise dans un petit coin, j'ai entendu de belles choses.

—Comment, vous êtes là depuis déjà un long moment!

—Mais oui, un très long moment qui m'a semblé très court, long seulement parce que je ne vous voyais pas.

Mme de Saint-Euverte voulut donner son fauteuil à la princesse qui répondit:

—Mais pas du tout! Pourquoi? Je suis bien n'importe où!

Et, avisant avec intention, pour mieux manifester sa simplicité de grande dame, un petit siège sans dossier:

—Tenez, ce pouf, c'est tout ce qu'il me faut. Cela me fera tenir droite. Oh! mon Dieu, je fais encore du bruit, je vais me faire conspuer.

Cependant le pianiste redoublant de vitesse, l'émotion musicale était à son comble, un domestique passait des rafraîchissements sur un plateau et faisait tinter des cuillers et, comme chaque semaine, Mme de Saint-Euverte lui faisait, sans qu'il la vît, des signes de s'en aller. Une nouvelle mariée, à qui on avait appris qu'une jeune femme ne doit pas avoir l'air blasé, souriait de plaisir, et cherchait des yeux la maîtresse de maison pour lui témoigner par son regard sa reconnaissance d'avoir «pensé à elle» pour un pareil régal. Pourtant, quoique avec plus de calme que Mme de Franquetot, ce n'est pas sans inquiétude qu'elle suivait le morceau; mais la sienne avait pour objet, au lieu du pianiste, le piano sur lequel une bougie tressautant à chaque fortissimo, risquait, sinon de mettre le feu à l'abat-jour, du moins de faire des taches sur le palissandre. À la fin elle n'y tint plus et, escaladant les deux marches de l'estrade, sur laquelle était placé le piano, se précipita pour enlever la bobèche. Mais à peine ses mains allaient-elles la toucher que sur un dernier accord, le morceau finit et le pianiste se leva. Néanmoins l'initiative hardie de cette jeune femme, la courte promiscuité qui en résulta entre elle et l'instrumentiste, produisirent une impression généralement favorable.

—Vous avez remarqué ce qu'a fait cette personne, princesse, dit le général de Froberville à la princesse des Laumes qu'il était venu saluer et que Mme de Saint-Euverte quitta un instant. C'est curieux. Est-ce donc une artiste?

—Non, c'est une petite Mme de Cambremer, répondit étourdiment la princesse et elle ajouta vivement: Je vous répète ce que j'ai entendu dire, je n'ai aucune espèce de notion de qui c'est, on a dit derrière moi que c'étaient des voisins de campagne de Mme de Saint-Euverte, mais je ne crois pas que personne les connaisse. Ça doit être des «gens de la campagne»! Du reste, je ne sais pas si vous êtes très répandu dans la brillante société qui se trouve ici, mais je n'ai pas idée du nom de toutes ces étonnantes personnes. A quoi pensez-vous qu'ils passent leur vie en dehors des soirées de Mme de Saint-Euverte? Elle a dû les faire venir avec les musiciens, les chaises et les rafraîchissements. Avouez que ces «invités de chez Belloir» sont magnifiques. Est-ce que vraiment elle a le courage de louer ces figurants toutes les semaines. Ce n'est pas possible!

—Ah! Mais Cambremer, c'est un nom authentique et ancien, dit le général.

—Je ne vois aucun mal à ce que ce soit ancien, répondit sèchement la princesse, mais en tous cas ce n'est-ce pas euphonique, ajouta-t-elle en détachant le mot euphonique comme s'il était entre guillemets, petite affectation de dépit qui était particulière à la coterie Guermantes.

—Vous trouvez? Elle est jolie à croquer, dit le général qui ne perdait pas Mme de Cambremer de vue. Ce n'est pas votre avis, princesse?

—Elle se met trop en avant, je trouve que chez une si jeune femme, ce n'est pas agréable, car je ne crois pas qu'elle soit ma contemporaine, répondit Mme des Laumes (cette expression étant commune aux Gallardon et aux Guermantes).

Mais la princesse voyant que M. de Froberville continuait à regarder Mme de Cambremer, ajouta moitié par méchanceté pour celle-ci, moitié par amabilité pour le général: «Pas agréable... pour son mari! Je regrette de ne pas la connaître puisqu'elle vous tient à cœur, je vous aurais présenté,» dit la princesse qui probablement n'en aurait rien fait si elle avait connu la jeune femme. «Je vais être obligée de vous dire bonsoir, parce que c'est la fête d'une amie à qui je dois aller la souhaiter, dit-elle d'un ton modeste et vrai, réduisant la réunion mondaine à laquelle elle se rendait à la simplicité d'une cérémonie ennuyeuse mais où il était obligatoire et touchant d'aller. D'ailleurs je dois y retrouver Basin qui, pendant que j'étais ici, est allé voir ses amis que vous connaissez, je crois, qui ont un nom de pont, les Iéna.»

—«Ç'a été d'abord un nom de victoire, princesse, dit le général. Qu'est-ce que vous voulez, pour un vieux briscard comme moi, ajouta-t-il en ôtant son monocle pour l'essuyer, comme il aurait changé un pansement, tandis que la princesse détournait instinctivement les yeux, cette noblesse d'Empire, c'est autre chose bien entendu, mais enfin, pour ce que c'est, c'est très beau dans son genre, ce sont des gens qui en somme se sont battus en héros.»

—Mais je suis pleine de respect pour les héros, dit la princesse, sur un ton légèrement ironique: si je ne vais pas avec Basin chez cette princesse d'Iéna, ce n'est pas du tout pour ça, c'est tout simplement parce que je ne les connais pas. Basin les connaît, les chérit. Oh! non, ce n'est pas ce que vous pouvez penser, ce n'est pas un flirt, je n'ai pas à m'y opposer! Du reste, pour ce que cela sert quand je veux m'y opposer! ajouta-t-elle d'une voix mélancolique, car tout le monde savait que dès le lendemain du jour où le prince des Laumes avait épousé sa ravissante cousine, il n'avait pas cessé de la tromper. Mais enfin ce n'est pas le cas, ce sont des gens qu'il a connus autrefois, il en fait ses choux gras, je trouve cela très bien. D'abord je vous dirai que rien que ce qu'il m'a dit de leur maison... Pensez que tous leurs meubles sont «Empire!»

—Mais, princesse, naturellement, c'est parce que c'est le mobilier de leurs grands-parents.

—Mais je ne vous dis pas, mais ça n'est pas moins laid pour ça. Je comprends très bien qu'on ne puisse pas avoir de jolies choses, mais au moins qu'on n'ait pas de choses ridicules. Qu'est-ce que vous voulez? je ne connais rien de plus pompier, de plus bourgeois que cet horrible style avec ces commodes qui ont des têtes de cygnes comme des baignoires.

—Mais je crois même qu'ils ont de belles choses, ils doivent avoir la fameuse table de mosaïque sur laquelle a été signé le traité de...

—Ah! Mais qu'ils aient des choses intéressantes au point de vue de l'histoire, je ne vous dis pas. Mais ça ne peut pas être beau... puisque c'est horrible! Moi j'ai aussi des choses comme ça que Basin a héritées des Montesquiou. Seulement elles sont dans les greniers de Guermantes où personne ne les voit. Enfin, du reste, ce n'est pas la question, je me précipiterais chez eux avec Basin, j'irais les voir même au milieu de leurs sphinx et de leur cuivre si je les connaissais, mais... je ne les connais pas! Moi, on m'a toujours dit quand j'étais petite que ce n'était pas poli d'aller chez les gens qu'on ne connaissait pas, dit-elle en prenant un ton puéril. Alors, je fais ce qu'on m'a appris. Voyez-vous ces braves gens s'ils voyaient entrer une personne qu'ils ne connaissent pas? Ils me recevraient peut-être très mal! dit la princesse.

Et par coquetterie elle embellit le sourire que cette supposition lui arrachait, en donnant à son regard fixé sur le général une expression rêveuse et douce.

—«Ah! princesse, vous savez bien qu'ils ne se tiendraient pas de joie...»

—«Mais non, pourquoi?» lui demanda-t-elle avec une extrême vivacité, soit pour ne pas avoir l'air de savoir que c'est parce qu'elle était une des plus grandes dames de France, soit pour avoir le plaisir de l'entendre dire au général. «Pourquoi? Qu'en savez-vous? Cela leur serait peut-être tout ce qu'il y a de plus désagréable. Moi je ne sais pas, mais si j'en juge par moi, cela m'ennuie déjà tant de voir les personnes que je connais, je crois que s'il fallait voir des gens que je ne connais pas, «même héroïques», je deviendrais folle. D'ailleurs, voyons, sauf lorsqu'il s'agit de vieux amis comme vous qu'on connaît sans cela, je ne sais pas si l'héroïsme serait d'un format très portatif dans le monde. Ça m'ennuie déjà souvent de donner des dîners, mais s'il fallait offrir le bras à Spartacus pour aller à table... Non vraiment, ce ne serait jamais à Vercingétorix que je ferais signe comme quatorzième. Je sens que je le réserverais pour les grandes soirées. Et comme je n'en donne pas...»

—Ah! princesse, vous n'êtes pas Guermantes pour des prunes. Le possédez-vous assez, l'esprit des Guermantes!

—Mais on dit toujours l'esprit des Guermantes, je n'ai jamais pu comprendre pourquoi. Vous en connaissez donc d'autres qui en aient, ajouta-t-elle dans un éclat de rire écumant et joyeux, les traits de son visage concentrés, accouplés dans le réseau de son animation, les yeux étincelants, enflammés d'un ensoleillement radieux de gaîté que seuls avaient le pouvoir de faire rayonner ainsi les propos, fussent-ils tenus par la princesse elle-même, qui étaient une louange de son esprit ou de sa beauté. Tenez, voilà Swann qui a l'air de saluer votre Cambremer; là... il est à côté de la mère Saint-Euverte, vous ne voyez pas! Demandez-lui de vous présenter. Mais dépêchez-vous, il cherche à s'en aller!

—Avez-vous remarqué quelle affreuse mine il a? dit le général.

—Mon petit Charles! Ah! enfin il vient, je commençais à supposer qu'il ne voulait pas me voir!

Swann aimait beaucoup la princesse des Laumes, puis sa vue lui rappelait Guermantes, terre voisine de Combray, tout ce pays qu'il aimait tant et où il ne retournait plus pour ne pas s'éloigner d'Odette. Usant des formes mi-artistes, mi-galantes, par lesquelles il savait plaire à la princesse et qu'il retrouvait tout naturellement quand il se retrempait un instant dans son ancien milieu,—et voulant d'autre part pour lui-même exprimer la nostalgie qu'il avait de la campagne:

—Ah! dit-il à la cantonade, pour être entendu à la fois de Mme de Saint-Euverte à qui il parlait et de Mme des Laumes pour qui il parlait, voici la charmante princesse! Voyez, elle est venue tout exprès de Guermantes pour entendre le Saint-François d'Assise de Liszt et elle n'a eu le temps, comme une jolie mésange, que d'aller piquer pour les mettre sur sa tête quelques petits fruits de prunier des oiseaux et d'aubépine; il y a même encore de petites gouttes de rosée, un peu de la gelée blanche qui doit faire gémir la duchesse. C'est très joli, ma chère princesse.

—Comment la princesse est venue exprès de Guermantes? Mais c'est trop! Je ne savais pas, je suis confuse, s'écrie naïvement Mme de Saint-Euverte qui était peu habituée au tour d'esprit de Swann. Et examinant la coiffure de la princesse: Mais c'est vrai, cela imite... comment dirais-je, pas les châtaignes, non, oh! c'est une idée ravissante, mais comment la princesse pouvait-elle connaître mon programme. Les musiciens ne me l'ont même pas communiqué à moi.

Swann, habitué quand il était auprès d'une femme avec qui il avait gardé des habitudes galantes de langage, de dire des choses délicates que beaucoup de gens du monde ne comprenaient pas, ne daigna pas expliquer à Mme de Saint-Euverte qu'il n'avait parlé que par métaphore. Quant à la princesse, elle se mit à rire aux éclats, parce que l'esprit de Swann était extrêmement apprécié dans sa coterie et aussi parce qu'elle ne pouvait entendre un compliment s'adressant à elle sans lui trouver les grâces les plus fines et une irrésistible drôlerie.

—Hé bien! je suis ravie, Charles, si mes petits fruits d'aubépine vous plaisent. Pourquoi est-ce que vous saluez cette Cambremer, est-ce que vous êtes aussi son voisin de campagne?

Mme de Saint-Euverte voyant que la princesse avait l'air content de causer avec Swann s'était éloignée.

—Mais vous l'êtes vous-même, princesse.

—Moi, mais ils ont donc des campagnes partout, ces gens! Mais comme j'aimerais être à leur place!

—Ce ne sont pas les Cambremer, c'étaient ses parents à elle; elle est une demoiselle Legrandin qui venait à Combray. Je ne sais pas si vous savez que vous êtes la comtesse de Combray et que le chapitre vous doit une redevance.

—Je ne sais pas ce que me doit le chapitre mais je sais que je suis tapée de cent francs tous les ans par le curé, ce dont je me passerais. Enfin ces Cambremer ont un nom bien étonnant. Il finit juste à temps, mais il finit mal! dit-elle en riant.

—Il ne commence pas mieux, répondit Swann.

—En effet cette double abréviation!...

—C'est quelqu'un de très en colère et de très convenable qui n'a pas osé aller jusqu'au bout du premier mot.

—Mais puisqu'il ne devait pas pouvoir s'empêcher de commencer le second, il aurait mieux fait d'achever le premier pour en finir une bonne fois. Nous sommes en train de faire des plaisanteries d'un goût charmant, mon petit Charles, mais comme c'est ennuyeux de ne plus vous voir, ajouta-t-elle d'un ton câlin, j'aime tant causer avec vous. Pensez que je n'aurais même pas pu faire comprendre à cet idiot de Froberville que le nom de Cambremer était étonnant. Avouez que la vie est une chose affreuse. Il n'y a que quand je vous vois que je cesse de m'ennuyer.

Et sans doute cela n'était pas vrai. Mais Swann et la princesse avaient une même manière de juger les petites choses qui avait pour effet—à moins que ce ne fût pour cause—une grande analogie dans la façon de s'exprimer et jusque dans la prononciation. Cette ressemblance ne frappait pas parce que rien n'était plus différent que leurs deux voix. Mais si on parvenait par la pensée à ôter aux propos de Swann la sonorité qui les enveloppait, les moustaches d'entre lesquelles ils sortaient, on se rendait compte que c'étaient les mêmes phrases, les mêmes inflexions, le tour de la coterie Guermantes. Pour les choses importantes, Swann et la princesse n'avaient les mêmes idées sur rien. Mais depuis que Swann était si triste, ressentant toujours cette espèce de frisson qui précède le moment où l'on va pleurer, il avait le même besoin de parler du chagrin qu'un assassin a de parler de son crime. En entendant la princesse lui dire que la vie était une chose affreuse, il éprouva la même douceur que si elle lui avait parlé d'Odette.

—Oh! oui, la vie est une chose affreuse. Il faut que nous nous voyions, ma chère amie. Ce qu'il y a de gentil avec vous, c'est que vous n'êtes pas gaie. On pourrait passer une soirée ensemble.

—Mais je crois bien, pourquoi ne viendriez-vous pas à Guermantes, ma belle-mère serait folle de joie. Cela passe pour très laid, mais je vous dirai que ce pays ne me déplaît pas, j'ai horreur des pays «pittoresques».

—Je crois bien, c'est admirable, répondit Swann, c'est presque trop beau, trop vivant pour moi, en ce moment; c'est un pays pour être heureux. C'est peut-être parce que j'y ai vécu, mais les choses m'y parlent tellement. Dès qu'il se lève un souffle d'air, que les blés commencent à remuer, il me semble qu'il y a quelqu'un qui va arriver, que je vais recevoir une nouvelle; et ces petites maisons au bord de l'eau... je serais bien malheureux!

—Oh! mon petit Charles, prenez garde, voilà l'affreuse Rampillon qui m'a vue, cachez-moi, rappelez-moi donc ce qui lui est arrivé, je confonds, elle a marié sa fille ou son amant, je ne sais plus; peut-être les deux... et ensemble!... Ah! non, je me rappelle, elle a été répudiée par son prince... ayez l'air de me parler pour que cette Bérénice ne vienne pas m'inviter à dîner. Du reste, je me sauve. Ecoutez, mon petit Charles, pour une fois que je vous vois, vous ne voulez pas vous laisser enlever et que je vous emmène chez la princesse de Parme qui serait tellement contente, et Basin aussi qui doit m'y rejoindre. Si on n'avait pas de vos nouvelles par Mémé... Pensez que je ne vous vois plus jamais!

Swann refusa; ayant prévenu M. de Charlus qu'en quittant de chez Mme de Saint-Euverte il rentrerait directement chez lui, il ne se souciait pas en allant chez la princesse de Parme de risquer de manquer un mot qu'il avait tout le temps espéré se voir remettre par un domestique pendant la soirée, et que peut-être il allait trouver chez son concierge. «Ce pauvre Swann, dit ce soir-là Mme des Laumes à son mari, il est toujours gentil, mais il a l'air bien malheureux. Vous le verrez, car il a promis de venir dîner un de ces jours. Je trouve ridicule au fond qu'un homme de son intelligence souffre pour une personne de ce genre et qui n'est même pas intéressante, car on la dit idiote», ajouta-t-elle avec la sagesse des gens non amoureux qui trouvent qu'un homme d'esprit ne devrait être malheureux que pour une personne qui en valût la peine; c'est à peu près comme s'étonner qu'on daigne souffrir du choléra par le fait d'un être aussi petit que le bacille virgule.

Swann voulait partir, mais au moment où il allait enfin s'échapper, le général de Froberville lui demanda à connaître Mme de Cambremer et il fut obligé de rentrer avec lui dans le salon pour la chercher.

—Dites donc, Swann, j'aimerais mieux être le mari de cette femme-là que d'être massacré par les sauvages, qu'en dites-vous?

Ces mots «massacré par les sauvages» percèrent douloureusement le cœur de Swann; aussitôt il éprouva le besoin de continuer la conversation avec le général:

—«Ah! lui dit-il, il y a eu de bien belles vies qui ont fini de cette façon... Ainsi vous savez... ce navigateur dont Dumont d'Urville ramena les cendres, La Pérouse...(et Swann était déjà heureux comme s'il avait parlé d'Odette.) «C'est un beau caractère et qui m'intéresse beaucoup que celui de La Pérouse, ajouta-t-il d'un air mélancolique.»

—Ah! parfaitement, La Pérouse, dit le général. C'est un nom connu. Il a sa rue.

—Vous connaissez quelqu'un rue La Pérouse? demanda Swann d'un air agité.

—Je ne connais que Mme de Chanlivault, la sœur de ce brave Chaussepierre. Elle nous a donné une jolie soirée de comédie l'autre jour. C'est un salon qui sera un jour très élégant, vous verrez!

—Ah! elle demeure rue La Pérouse. C'est sympathique, c'est une jolie rue, si triste.

—Mais non; c'est que vous n'y êtes pas allé depuis quelque temps; ce n'est plus triste, cela commence à se construire, tout ce quartier-là.

Quand enfin Swann présenta M. de Froberville à la jeune Mme de Cambremer, comme c'était la première fois qu'elle entendait le nom du général, elle esquissa le sourire de joie et de surprise qu'elle aurait eu si on n'en avait jamais prononcé devant elle d'autre que celui-là, car ne connaissant pas les amis de sa nouvelle famille, à chaque personne qu'on lui amenait, elle croyait que c'était l'un d'eux, et pensant qu'elle faisait preuve de tact en ayant l'air d'en avoir tant entendu parler depuis qu'elle était mariée, elle tendait la main d'un air hésitant destiné à prouver la réserve apprise qu'elle avait à vaincre et la sympathie spontanée qui réussissait à en triompher. Aussi ses beaux-parents, qu'elle croyait encore les gens les plus brillants de France, déclaraient-ils qu'elle était un ange; d'autant plus qu'ils préféraient paraître, en la faisant épouser à leur fils, avoir cédé à l'attrait plutôt de ses qualités que de sa grande fortune.

—On voit que vous êtes musicienne dans l'âme, madame, lui dit le général en faisant inconsciemment allusion à l'incident de la bobèche.

Mais le concert recommença et Swann comprit qu'il ne pourrait pas s'en aller avant la fin de ce nouveau numéro du programme. Il souffrait de rester enfermé au milieu de ces gens dont la bêtise et les ridicules le frappaient d'autant plus douloureusement qu'ignorant son amour, incapables, s'ils l'avaient connu, de s'y intéresser et de faire autre chose que d'en sourire comme d'un enfantillage ou de le déplorer comme une folie, ils le lui faisaient apparaître sous l'aspect d'un état subjectif qui n'existait que pour lui, dont rien d'extérieur ne lui affirmait la réalité; il souffrait surtout, et au point que même le son des instruments lui donnait envie de crier, de prolonger son exil dans ce lieu où Odette ne viendrait jamais, où personne, où rien ne la connaissait, d'où elle était entièrement absente.

Mais tout à coup ce fut comme si elle était entrée, et cette apparition lui fut une si déchirante souffrance qu'il dut porter la main à son cœur. C'est que le violon était monté à des notes hautes où il restait comme pour une attente, une attente qui se prolongeait sans qu'il cessât de les tenir, dans l'exaltation où il était d'apercevoir déjà l'objet de son attente qui s'approchait, et avec un effort désespéré pour tâcher de durer jusqu'à son arrivée, de l'accueillir avant d'expirer, de lui maintenir encore un moment de toutes ses dernières forces le chemin ouvert pour qu'il pût passer, comme on soutient une porte qui sans cela retomberait. Et avant que Swann eût eu le temps de comprendre, et de se dire: «C'est la petite phrase de la sonate de Vinteuil, n'écoutons pas!» tous ses souvenirs du temps où Odette était éprise de lui, et qu'il avait réussi jusqu'à ce jour à maintenir invisibles dans les profondeurs de son être, trompés par ce brusque rayon du temps d'amour qu'ils crurent revenu, s'étaient réveillés, et à tire d'aile, étaient remontés lui chanter éperdument, sans pitié pour son infortune présente, les refrains oubliés du bonheur.

Au lieu des expressions abstraites «temps où j'étais heureux», «temps où j'étais aimé», qu'il avait souvent prononcées jusque-là et sans trop souffrir, car son intelligence n'y avait enfermé du passé que de prétendus extraits qui n'en conservaient rien, il retrouva tout ce qui de ce bonheur perdu avait fixé à jamais la spécifique et volatile essence; il revit tout, les pétales neigeux et frisés du chrysanthème qu'elle lui avait jeté dans sa voiture, qu'il avait gardé contre ses lèvres—l'adresse en relief de la «Maison Dorée» sur la lettre où il avait lu: «Ma main tremble si fort en vous écrivant»—le rapprochement de ses sourcils quand elle lui avait dit d'un air suppliant: «Ce n'est pas dans trop longtemps que vous me ferez signe?», il sentit l'odeur du fer du coiffeur par lequel il se faisait relever sa «brosse» pendant que Lorédan allait chercher la petite ouvrière, les pluies d'orage qui tombèrent si souvent ce printemps-là, le retour glacial dans sa victoria, au clair de lune, toutes les mailles d'habitudes mentales, d'impressions saisonnières, de créations cutanées, qui avaient étendu sur une suite de semaines un réseau uniforme dans lequel son corps se trouvait repris. A ce moment-là, il satisfaisait une curiosité voluptueuse en connaissant les plaisirs des gens qui vivent par l'amour. Il avait cru qu'il pourrait s'en tenir là, qu'il ne serait pas obligé d'en apprendre les douleurs; comme maintenant le charme d'Odette lui était peu de chose auprès de cette formidable terreur qui le prolongeait comme un trouble halo, cette immense angoisse de ne pas savoir à tous moments ce qu'elle avait fait, de ne pas la posséder partout et toujours! Hélas, il se rappela l'accent dont elle s'était écriée: «Mais je pourrai toujours vous voir, je suis toujours libre!» elle qui ne l'était plus jamais! l'intérêt, la curiosité qu'elle avait eus pour sa vie à lui, le désir passionné qu'il lui fît la faveur,—redoutée au contraire par lui en ce temps-là comme une cause d'ennuyeux dérangements—de l'y laisser pénétrer; comme elle avait été obligée de le prier pour qu'il se laissât mener chez les Verdurin; et, quand il la faisait venir chez lui une fois par mois, comme il avait fallu, avant qu'il se laissât fléchir, qu'elle lui répétât le délice que serait cette habitude de se voir tous les jours dont elle rêvait alors qu'elle ne lui semblait à lui qu'un fastidieux tracas, puis qu'elle avait prise en dégoût et définitivement rompue, pendant qu'elle était devenue pour lui un si invincible et si douloureux besoin. Il ne savait pas dire si vrai quand, à la troisième fois qu'il l'avait vue, comme elle lui répétait: «Mais pourquoi ne me laissez-vous pas venir plus souvent», il lui avait dit en riant, avec galanterie: «par peur de souffrir».

Maintenant, hélas! il arrivait encore parfois qu'elle lui écrivît d'un restaurant ou d'un hôtel sur du papier qui en portait le nom imprimé; mais c'était comme des lettres de feu qui le brûlaient. «C'est écrit de l'hôtel Vouillemont? Qu'y peut-elle être allée faire! avec qui? que s'y est-il passé?» Il se rappela les becs de gaz qu'on éteignait boulevard des Italiens quand il l'avait rencontrée contre tout espoir parmi les ombres errantes dans cette nuit qui lui avait semblé presque surnaturelle et qui en effet—nuit d'un temps où il n'avait même pas à se demander s'il ne la contrarierait pas en la cherchant, en la retrouvant, tant il était sûr qu'elle n'avait pas de plus grande joie que de le voir et de rentrer avec lui,—appartenait bien à un monde mystérieux où on ne peut jamais revenir quand les portes s'en sont refermées. Et Swann aperçut, immobile en face de ce bonheur revécu, un malheureux qui lui fit pitié parce qu'il ne le reconnut pas tout de suite, si bien qu'il dut baisser les yeux pour qu'on ne vît pas qu'ils étaient pleins de larmes. C'était lui-même.

Quand il l'eut compris, sa pitié cessa, mais il fut jaloux de l'autre lui-même qu'elle avait aimé, il fut jaloux de ceux dont il s'était dit souvent sans trop souffrir, «elle les aime peut-être», maintenant qu'il avait échangé l'idée vague d'aimer, dans laquelle il n'y a pas d'amour, contre les pétales du chrysanthème et l'«en tête» de la Maison d'Or, qui, eux en étaient pleins. Puis sa souffrance devenant trop vive, il passa sa main sur son front, laissa tomber son monocle, en essuya le verre. Et sans doute s'il s'était vu à ce moment-là, il eut ajouté à la collection de ceux qu'il avait distingués le monocle qu'il déplaçait comme une pensée importune et sur la face embuée duquel, avec un mouchoir, il cherchait à effacer des soucis.

Il y a dans le violon,—si ne voyant pas l'instrument, on ne peut pas rapporter ce qu'on entend à son image laquelle modifie la sonorité—des accents qui lui sont si communs avec certaines voix de contralto, qu'on a l'illusion qu'une chanteuse s'est ajoutée au concert. On lève les yeux, on ne voit que les étuis, précieux comme des boîtes chinoises, mais, par moment, on est encore trompé par l'appel décevant de la sirène; parfois aussi on croit entendre un génie captif qui se débat au fond de la docte boîte, ensorcelée et frémissante, comme un diable dans un bénitier; parfois enfin, c'est, dans l'air, comme un être surnaturel et pur qui passe en déroulant son message invisible.

Comme si les instrumentistes, beaucoup moins jouaient la petite phrase qu'ils n'exécutaient les rites exigés d'elle pour qu'elle apparût, et procédaient aux incantations nécessaires pour obtenir et prolonger quelques instants le prodige de son évocation, Swann, qui ne pouvait pas plus la voir que si elle avait appartenu à un monde ultra-violet, et qui goûtait comme le rafraîchissement d'une métamorphose dans la cécité momentanée dont il était frappé en approchant d'elle, Swann la sentait présente, comme une déesse protectrice et confidente de son amour, et qui pour pouvoir arriver jusqu'à lui devant la foule et l'emmener à l'écart pour lui parler, avait revêtu le déguisement de cette apparence sonore. Et tandis qu'elle passait, légère, apaisante et murmurée comme un parfum, lui disant ce qu'elle avait à lui dire et dont il scrutait tous les mots, regrettant de les voir s'envoler si vite, il faisait involontairement avec ses lèvres le mouvement de baiser au passage le corps harmonieux et fuyant. Il ne se sentait plus exilé et seul puisque, elle, qui s'adressait à lui, lui parlait à mi-voix d'Odette. Car il n'avait plus comme autrefois l'impression qu'Odette et lui n'étaient pas connus de la petite phrase. C'est que si souvent elle avait été témoin de leurs joies! Il est vrai que souvent aussi elle l'avait averti de leur fragilité. Et même, alors que dans ce temps-là il devinait de la souffrance dans son sourire, dans son intonation limpide et désenchantée, aujourd'hui il y trouvait plutôt la grâce d'une résignation presque gaie.

De ces chagrins dont elle lui parlait autrefois et qu'il la voyait, sans qu'il fût atteint par eux, entraîner en souriant dans son cours sinueux et rapide, de ces chagrins qui maintenant étaient devenus les siens sans qu'il eût l'espérance d'en être jamais délivré, elle semblait lui dire comme jadis de son bonheur: «Qu'est-ce, cela? tout cela n'est rien.» Et la pensée de Swann se porta pour la première fois dans un élan de pitié et de tendresse vers ce Vinteuil, vers ce frère inconnu et sublime qui lui aussi avait dû tant souffrir; qu'avait pu être sa vie? au fond de quelles douleurs avait-il puisé cette force de dieu, cette puissance illimitée de créer? Quand c'était la petite phrase qui lui parlait de la vanité de ses souffrances, Swann trouvait de la douceur à cette même sagesse qui tout à l'heure pourtant lui avait paru intolérable, quand il croyait la lire dans les visages des indifférents qui considéraient son amour comme une divagation sans importance. C'est que la petite phrase au contraire, quelque opinion qu'elle pût avoir sur la brève durée de ces états de l'âme, y voyait quelque chose, non pas comme faisaient tous ces gens, de moins sérieux que la vie positive, mais au contraire de si supérieur à elle que seul il valait la peine d'être exprimé.

Ces charmes d'une tristesse intime, c'était eux qu'elle essayait d'imiter, de recréer, et jusqu'à leur essence qui est pourtant d'être incommunicables et de sembler frivoles à tout autre qu'à celui qui les éprouve, la petite phrase l'avait captée, rendue visible. Si bien qu'elle faisait confesser leur prix et goûter leur douceur divine, par tous ces mêmes assistants—si seulement ils étaient un peu musiciens—qui ensuite les méconnaîtraient dans la vie, en chaque amour particulier qu'ils verraient naître près d'eux. Sans doute la forme sous laquelle elle les avait codifiés ne pouvait pas se résoudre en raisonnements. Mais depuis plus d'une année que lui révélant à lui-même bien des richesses de son âme, l'amour de la musique était pour quelque temps au moins né en lui, Swann tenait les motifs musicaux pour de véritables idées, d'un autre monde, d'un autre ordre, idées voilées de ténèbres, inconnues, impénétrables à l'intelligence, mais qui n'en sont pas moins parfaitement distinctes les unes des autres, inégales entre elles de valeur et de signification. Quand après la soirée Verdurin, se faisant rejouer la petite phrase, il avait cherché à démêler comment à la façon d'un parfum, d'une caresse, elle le circonvenait, elle l'enveloppait, il s'était rendu compte que c'était au faible écart entre les cinq notes qui la composaient et au rappel constant de deux d'entre elles qu'était due cette impression de douceur rétractée et frileuse; mais en réalité il savait qu'il raisonnait ainsi non sur la phrase elle-même mais sur de simples valeurs, substituées pour la commodité de son intelligence à la mystérieuse entité qu'il avait perçue, avant de connaître les Verdurin, à cette soirée où il avait entendu pour la première fois la sonate.

Il savait que le souvenir même du piano faussait encore le plan dans lequel il voyait les choses de la musique, que le champ ouvert au musicien n'est pas un clavier mesquin de sept notes, mais un clavier incommensurable, encore presque tout entier inconnu, où seulement çà et là, séparées par d'épaisses ténèbres inexplorées, quelques-unes des millions de touches de tendresse, de passion, de courage, de sérénité, qui le composent, chacune aussi différente des autres qu'un univers d'un autre univers, ont été découvertes par quelques grands artistes qui nous rendent le service, en éveillant en nous le correspondant du thème qu'ils ont trouvé, de nous montrer quelle richesse, quelle variété, cache à notre insu cette grande nuit impénétrée et décourageante de notre âme que nous prenons pour du vide et pour du néant. Vinteuil avait été l'un de ces musiciens. En sa petite phrase, quoiqu'elle présentât à la raison une surface obscure, on sentait un contenu si consistant, si explicite, auquel elle donnait une force si nouvelle, si originale, que ceux qui l'avaient entendue la conservaient en eux de plain-pied avec les idées de l'intelligence.

Swann s'y reportait comme à une conception de l'amour et du bonheur dont immédiatement il savait aussi bien en quoi elle était particulière, qu'il le savait pour la «Princesse de Clèves», ou pour «René», quand leur nom se présentait à sa mémoire. Même quand il ne pensait pas à la petite phrase, elle existait latente dans son esprit au même titre que certaines autres notions sans équivalent, comme les notions de la lumière, du son, du relief, de la volupté physique, qui sont les riches possessions dont se diversifie et se pare notre domaine intérieur. Peut-être les perdrons-nous, peut-être s'effaceront-elles, si nous retournons au néant. Mais tant que nous vivons nous ne pouvons pas plus faire que nous ne les ayons connues que nous ne le pouvons pour quelque objet réel, que nous ne pouvons, par exemple, douter de la lumière de la lampe qu'on allume devant les objets métamorphosés de notre chambre d'où s'est échappé jusqu'au souvenir de l'obscurité. Par là, la phrase de Vinteuil avait, comme tel thème de Tristan par exemple, qui nous représente aussi une certaine acquisition sentimentale, épousé notre condition mortelle, pris quelque chose d'humain qui était assez touchant. Son sort était lié à l'avenir, à la réalité de notre âme dont elle était un des ornements les plus particuliers, les mieux différenciés. Peut-être est-ce le néant qui est le vrai et tout notre rêve est-il inexistant, mais alors nous sentons qu'il faudra que ces phrases musicales, ces notions qui existent par rapport à lui, ne soient rien non plus. Nous périrons mais nous avons pour otages ces captives divines qui suivront notre chance. Et la mort avec elles a quelque chose de moins amer, de moins inglorieux, peut-être de moins probable.

Swann n'avait donc pas tort de croire que la phrase de la sonate existât réellement. Certes, humaine à ce point de vue, elle appartenait pourtant à un ordre de créatures surnaturelles et que nous n'avons jamais vues, mais que malgré cela nous reconnaissons avec ravissement quand quelque explorateur de l'invisible arrive à en capter une, à l'amener, du monde divin où il a accès, briller quelques instants au-dessus du nôtre. C'est ce que Vinteuil avait fait pour la petite phrase. Swann sentait que le compositeur s'était contenté, avec ses instruments de musique, de la dévoiler, de la rendre visible, d'en suivre et d'en respecter le dessin d'une main si tendre, si prudente, si délicate et si sûre que le son s'altérait à tout moment, s'estompant pour indiquer une ombre, revivifié quand il lui fallait suivre à la piste un plus hardi contour. Et une preuve que Swann ne se trompait pas quand il croyait à l'existence réelle de cette phrase, c'est que tout amateur un peu fin se fût tout de suite aperçu de l'imposture, si Vinteuil ayant eu moins de puissance pour en voir et en rendre les formes, avait cherché à dissimuler, en ajoutant çà et là des traits de son cru, les lacunes de sa vision ou les défaillances de sa main.

Elle avait disparu. Swann savait qu'elle reparaîtrait à la fin du dernier mouvement, après tout un long morceau que le pianiste de Mme Verdurin sautait toujours. Il y avait là d'admirables idées que Swann n'avait pas distinguées à la première audition et qu'il percevait maintenant, comme si elles se fussent, dans le vestiaire de sa mémoire, débarrassées du déguisement uniforme de la nouveauté. Swann écoutait tous les thèmes épars qui entreraient dans la composition de la phrase, comme les prémisses dans la conclusion nécessaire, il assistait à sa genèse. «O audace aussi géniale peut-être, se disait-il, que celle d'un Lavoisier, d'un Ampère, l'audace d'un

Vinteuil expérimentant, découvrant les lois secrètes d'une force inconnue, menant à travers l'inexploré, vers le seul but possible, l'attelage invisible auquel il se fie et qu'il n'apercevra jamais.» Le beau dialogue que Swann entendit entre le piano et le violon au commencement du dernier morceau! La suppression des mots humains, loin d'y laisser régner la fantaisie, comme on aurait pu croire, l'en avait éliminée; jamais le langage parlé ne fut si inflexiblement nécessité, ne connut à ce point la pertinence des questions, l'évidence des réponses. D'abord le piano solitaire se plaignit, comme un oiseau abandonné de sa compagne; le violon l'entendit, lui répondit comme d'un arbre voisin. C'était comme au commencement du monde, comme s'il n'y avait encore eu qu'eux deux sur la terre, ou plutôt dans ce monde fermé à tout le reste, construit par la logique d'un créateur et où ils ne seraient jamais que tous les deux: cette sonate. Est-ce un oiseau, est-ce l'âme incomplète encore de la petite phrase, est-ce une fée, invisible et gémissant dont le piano ensuite redisait tendrement la plainte? Ses cris étaient si soudains que le violoniste devait se précipiter sur son archet pour les recueillir. Merveilleux oiseau! le violoniste semblait vouloir le charmer, l'apprivoiser, le capter. Déjà il avait passé dans son âme, déjà la petite phrase évoquée agitait comme celui d'un médium le corps vraiment possédé du violoniste. Swann savait qu'elle allait parler encore une fois. Et il s'était si bien dédoublé que l'attente de l'instant imminent où il allait se retrouver en face d'elle le secoua d'un de ces sanglots qu'un beau vers ou une triste nouvelle provoquent en nous, non pas quand nous sommes seuls, mais si nous les apprenons à des amis en qui nous nous apercevons comme un autre dont l'émotion probable les attendrit. Elle reparut, mais cette fois pour se suspendre dans l'air et se jouer un instant seulement, comme immobile, et pour expirer après. Aussi Swann ne perdait-il rien du temps si court où elle se prorogeait. Elle était encore là comme une bulle irisée qui se soutient. Tel un arc-en-ciel, dont l'éclat faiblit, s'abaisse, puis se relève et avant de s'éteindre, s'exalte un moment comme il n'avait pas encore fait: aux deux couleurs qu'elle avait jusque-là laissé paraître, elle ajouta d'autres cordes diaprées, toutes celles du prisme, et les fit chanter. Swann n'osait pas bouger et aurait voulu faire tenir tranquilles aussi les autres personnes, comme si le moindre mouvement avait pu compromettre le prestige surnaturel, délicieux et fragile qui était si près de s'évanouir. Personne, à dire vrai, ne songeait à parler. La parole ineffable d'un seul absent, peut-être d'un mort (Swann ne savait pas si Vinteuil vivait encore) s'exhalant au-dessus des rites de ces officiants, suffisait à tenir en échec l'attention de trois cents personnes, et faisait de cette estrade où une âme était ainsi évoquée un des plus nobles autels où pût s'accomplir une cérémonie surnaturelle. De sorte que quand la phrase se fut enfin défaite flottant en lambeaux dans les motifs suivants qui déjà avaient pris sa place, si Swann au premier instant fut irrité de voir la comtesse de Monteriender, célèbre par ses naïvetés, se pencher vers lui pour lui confier ses impressions avant même que la sonate fût finie, il ne put s'empêcher de sourire, et peut-être de trouver aussi un sens profond qu'elle n'y voyait pas, dans les mots dont elle se servit. Émerveillée par la virtuosité des exécutants, la comtesse s'écria en s'adressant à Swann: «C'est prodigieux, je n'ai jamais rien vu d'aussi fort...» Mais un scrupule d'exactitude lui faisant corriger cette première assertion, elle ajouta cette réserve: «rien d'aussi fort... depuis les tables tournantes!»

A partir de cette soirée, Swann comprit que le sentiment qu'Odette avait eu pour lui ne renaîtrait jamais, que ses espérances de bonheur ne se réaliseraient plus. Et les jours où par hasard elle avait encore été gentille et tendre avec lui, si elle avait eu quelque attention, il notait ces signes apparents et menteurs d'un léger retour vers lui, avec cette sollicitude attendrie et sceptique, cette joie désespérée de ceux qui, soignant un ami arrivé aux derniers jours d'une maladie incurable, relatent comme des faits précieux «hier, il a fait ses comptes lui-même et c'est lui qui a relevé une erreur d'addition que nous avions faite; il a mangé un œuf avec plaisir, s'il le digère bien on essaiera demain d'une côtelette», quoiqu'ils les sachent dénués de signification à la veille d'une mort inévitable. Sans doute Swann était certain que s'il avait vécu maintenant loin d'Odette, elle aurait fini par lui devenir indifférente, de sorte qu'il aurait été content qu'elle quittât Paris pour toujours; il aurait eu le courage de rester; mais il n'avait pas celui de partir.

Il en avait eu souvent la pensée. Maintenant qu'il s'était remis à son étude sur Ver Meer il aurait eu besoin de retourner au moins quelques jours à la Haye, à Dresde, à Brunswick. Il était persuadé qu'une «Toilette de Diane» qui avait été achetée par le Mauritshuis à la vente Goldschmidt comme un Nicolas Maes était en réalité de Ver Meer. Et il aurait voulu pouvoir étudier le tableau sur place pour étayer sa conviction. Mais quitter Paris pendant qu'Odette y était et même quand elle était absente—car dans des lieux nouveaux où les sensations ne sont pas amorties par l'habitude, on retrempe, on ranime une douleur—c'était pour lui un projet si cruel, qu'il ne se sentait capable d'y penser sans cesse que parce qu'il se savait résolu à ne l'exécuter jamais. Mais il arrivait qu'en dormant, l'intention du voyage renaissait en lui,—sans qu'il se rappelât que ce voyage était impossible—

et elle s'y réalisait. Un jour il rêva qu'il partait pour un an; penché à la portière du wagon vers un jeune homme qui sur le quai lui disait adieu en pleurant, Swann cherchait à le convaincre de partir avec lui. Le train s'ébranlant, l'anxiété le réveilla, il se rappela qu'il ne partait pas, qu'il verrait Odette ce soir-là, le lendemain et presque chaque jour. Alors encore tout ému de son rêve, il bénit les circonstances particulières qui le rendaient indépendant, grâce auxquelles il pouvait rester près d'Odette, et aussi réussir à ce qu'elle lui permît de la voir quelquefois; et, récapitulant tous ces avantages: sa situation,—sa fortune, dont elle avait souvent trop besoin pour ne pas reculer devant une rupture (ayant même, disait-on, une arrière-pensée de se faire épouser par lui),—cette amitié de M. de Charlus, qui à vrai dire ne lui avait jamais fait obtenir grand'chose d'Odette, mais lui donnait la douceur de sentir qu'elle entendait parler de lui d'une manière flatteuse par cet ami commun pour qui elle avait une si grande estime—et jusqu'à son intelligence enfin, qu'il employait tout entière à combiner chaque jour une intrigue nouvelle qui rendît sa présence sinon agréable, du moins nécessaire à Odette—il songea à ce qu'il serait devenu si tout cela lui avait manqué, il songea que s'il avait été, comme tant d'autres, pauvre, humble, dénué, obligé d'accepter toute besogne, ou lié à des parents, à une épouse, il aurait pu être obligé de quitter Odette, que ce rêve dont l'effroi était encore si proche aurait pu être vrai, et il se dit: «On ne connaît pas son bonheur. On n'est jamais aussi malheureux qu'on croit.» Mais il compta que cette existence durait déjà depuis plusieurs années, que tout ce qu'il pouvait espérer c'est qu'elle durât toujours, qu'il sacrifierait ses travaux, ses plaisirs, ses amis, finalement toute sa vie à l'attente quotidienne d'un rendez-vous qui ne pouvait rien lui apporter d'heureux, et il se demanda s'il ne se trompait pas, si ce qui avait favorisé sa liaison et en avait empêché la rupture n'avait pas desservi sa destinée, si l'événement désirable, ce n'aurait pas été celui dont il se réjouissait tant qu'il n'eût eu lieu qu'en rêve: son départ; il se dit qu'on ne connaît pas son malheur, qu'on n'est jamais si heureux qu'on croit.

Quelquefois il espérait qu'elle mourrait sans souffrances dans un accident, elle qui était dehors, dans les rues, sur les routes, du matin au soir. Et comme elle revenait saine et sauve, il admirait que le corps humain fût si souple et si fort, qu'il pût continuellement tenir en échec, déjouer tous les périls qui l'environnent (et que Swann trouvait innombrables depuis que son secret désir les avait supputés), et permît ainsi aux êtres de se livrer chaque jour et à peu près impunément à leur œuvre de mensonge, à la poursuite du plaisir. Et Swann sentait bien près de son cœur ce Mahomet II dont il aimait le portrait par Bellini et qui, ayant senti qu'il était devenu amoureux fou d'une de ses femmes la poignarda afin, dit naïvement son biographe vénitien, de retrouver sa liberté d'esprit. Puis il s'indignait de ne penser ainsi qu'à soi, et les souffrances qu'il avait éprouvées lui semblaient ne mériter aucune pitié puisque lui-même faisait si bon marché de la vie d'Odette.

Ne pouvant se séparer d'elle sans retour, du moins, s'il l'avait vue sans séparations, sa douleur aurait fini par s'apaiser et peut-être son amour par s'éteindre. Et du moment qu'elle ne voulait pas quitter Paris à jamais, il eût souhaité qu'elle ne le quittât jamais. Du moins comme il savait que la seule grande absence qu'elle faisait était tous les ans celle d'août et septembre, il avait le loisir plusieurs mois d'avance d'en dissoudre l'idée amère dans tout le Temps à venir qu'il portait en lui par anticipation et qui, composé de jours homogènes aux jours actuels, circulait transparent et froid en son esprit où il entretenait la tristesse, mais sans lui causer de trop vives souffrances. Mais cet avenir intérieur, ce fleuve, incolore, et libre, voici qu'une seule parole d'Odette venait l'atteindre jusqu'en Swann et, comme un morceau de glace, l'immobilisait, durcissait sa fluidité, le faisait geler tout entier; et Swann s'était senti soudain rempli d'une masse énorme et infrangible qui pesait sur les parois intérieures de son être jusqu'à le faire éclater: c'est qu'Odette lui avait dit, avec un regard souriant et sournois qui l'observait: «Forcheville va faire un beau voyage, à la Pentecôte. Il va en Égypte», et Swann avait aussitôt compris que cela signifiait: «Je vais aller en Égypte à la Pentecôte avec Forcheville.» Et en effet, si quelques jours après, Swann lui disait: «Voyons, à propos de ce voyage que tu m'as dit que tu ferais avec Forcheville», elle répondait étourdiment: «Oui, mon petit, nous partons le 19, on t'enverra une vue des Pyramides.» Alors il voulait apprendre si elle était la maîtresse de Forcheville, le lui demander à elle-même. Il savait que, superstitieuse comme elle était, il y avait certains parjures qu'elle ne ferait pas et puis la crainte, qui l'avait retenu jusqu'ici, d'irriter Odette en l'interrogeant, de se faire détester d'elle, n'existait plus maintenant qu'il avait perdu tout espoir d'en être jamais aimé.

Un jour il reçut une lettre anonyme, qui lui disait qu'Odette avait été la maîtresse d'innombrables hommes (dont on lui citait quelques-uns parmi lesquels Forcheville, M. de Bréauté et le peintre), de femmes, et qu'elle fréquentait les maisons de passe. Il fut tourmenté de penser qu'il y avait parmi ses amis un être capable de lui avoir adressé cette lettre (car par certains détails elle révélait chez celui qui l'avait écrite une connaissance familière de la vie de Swann). Il chercha qui cela pouvait être. Mais il n'avait jamais eu aucun soupçon des actions inconnues des êtres, de celles qui sont sans liens visibles avec leurs propos. Et quand il voulut savoir si c'était plutôt sous le caractère apparent de M. de Charlus, de M. des Laumes, de M. d'Orsan, qu'il devait situer la région inconnue où cet acte ignoble avait dû naître, comme aucun de ces hommes n'avait jamais approuvé devant lui les lettres anonymes et que tout ce qu'ils lui avaient dit impliquait qu'ils les réprouvaient, il ne vit pas de raisons pour relier cette infamie plutôt à la nature de l'un que de l'autre. Celle de M. de Charlus était un peu d'un détraqué mais foncièrement bonne et tendre; celle de M. des Laumes un peu sèche mais saine et droite. Quant à M. d'Orsan, Swann, n'avait jamais rencontré personne qui dans les circonstances même les plus tristes vînt à lui avec une parole plus sentie, un geste plus discret et plus juste.

C'était au point qu'il ne pouvait comprendre le rôle peu délicat qu'on prêtait à M. d'Orsan dans la liaison qu'il avait avec une femme riche, et que chaque fois que Swann pensait à lui il était obligé de laisser de côté cette mauvaise réputation inconciliable avec tant de témoignages certains de délicatesse. Un instant Swann sentit que son esprit s'obscurcissait et il pensa à autre chose pour retrouver un peu de lumière. Puis il eut le courage de revenir vers ces réflexions. Mais alors après n'avoir pu soupçonner personne, il lui fallut soupçonner tout le monde. Après tout M. de Charlus l'aimait, avait bon cœur. Mais c'était un névropathe, peut-être demain pleurerait-il de le savoir malade, et aujourd'hui par jalousie, par colère, sur quelque idée subite qui s'était emparée de lui, avait-il désiré lui faire du mal. Au fond, cette race d'hommes est la pire de toutes. Certes, le prince des Laumes était bien loin d'aimer Swann autant que M. de Charlus. Mais à cause de cela même il n'avait pas avec lui les mêmes susceptibilités; et puis c'était une nature froide sans doute, mais aussi incapable de vilenies que de grandes actions. Swann se repentait de ne s'être pas attaché, dans la vie, qu'à de tels êtres.

Puis il songeait que ce qui empêche les hommes de faire du mal à leur prochain, c'est la bonté, qu'il ne pouvait au fond répondre que de natures analogues à la sienne, comme était, à l'égard du cœur, celle de M. de Charlus. La seule pensée de faire cette peine à Swann eût révolté celui-ci. Mais avec un homme insensible, d'une autre humanité, comme était le prince des Laumes, comment prévoir à quels actes pouvaient le conduire des mobiles d'une essence différente. Avoir du cœur c'est tout, et M. de Charlus en avait. M. d'Orsan n'en manquait pas non plus et ses relations cordiales mais peu intimes avec Swann, nées de l'agrément que, pensant de même sur tout, ils avaient à causer ensemble, étaient de plus de repos que l'affection exaltée de M. de Charlus, capable de se porter à des actes de passion, bons ou mauvais. S'il y avait quelqu'un par qui Swann s'était toujours senti compris et délicatement aimé, c'était par M. d'Orsan. Oui, mais cette vie peu honorable qu'il menait? Swann regrettait de n'en avoir pas tenu compte, d'avoir souvent avoué en plaisantant qu'il n'avait jamais éprouvé si vivement des sentiments de sympathie et d'estime que dans la société d'une canaille. Ce n'est pas pour rien, se disait-il maintenant, que depuis que les hommes jugent leur prochain, c'est sur ses actes. Il n'y a que cela qui signifie quelque chose, et nullement ce que nous disons, ce que nous pensons. Charlus et des Laumes peuvent avoir tels ou tels défauts, ce sont d'honnêtes gens. Orsan n'en a peut-être pas, mais ce n'est pas un honnête homme. Il a pu mal agir une fois de plus. Puis Swann soupçonna Rémi, qui il est vrai n'aurait pu qu'inspirer la lettre, mais cette piste lui parut un instant la bonne. D'abord Lorédan avait des raisons d'en vouloir à Odette. Et puis comment ne pas supposer que nos domestiques, vivant dans une situation inférieure à la nôtre, ajoutant à notre fortune et à nos défauts des richesses et des vices imaginaires pour lesquels ils nous envient et nous méprisent, se trouveront fatalement amenés à agir autrement que des gens de notre monde.

Il soupçonna aussi mon grand-père. Chaque fois que Swann lui avait demandé un service, ne le lui avait-il pas toujours refusé? puis avec ses idées bourgeoises il avait pu croire agir pour le bien de Swann. Celui-ci soupçonna encore Bergotte, le peintre, les Verdurin, admira une fois de plus au passage la sagesse des gens du monde de ne pas vouloir frayer avec ces milieux artistes où de telles choses sont possibles, peut-être même avouées sous le nom de bonnes farces; mais il se rappelait des traits de droiture de ces bohèmes, et les rapprocha de la vie d'expédients, presque d'escroqueries, où le manque d'argent, le besoin de luxe, la corruption des plaisirs conduisent souvent l'aristocratie. Bref cette lettre anonyme prouvait qu'il connaissait un être capable de scélératesse, mais il ne voyait pas plus de raison pour que cette scélératesse fût cachée dans le tuf—inexploré d'autrui—du caractère de l'homme tendre que de l'homme froid, de l'artiste que du bourgeois, du grand seigneur que du valet. Quel critérium adopter pour juger les hommes? au fond il n'y avait pas une seule des personnes qu'il connaissait qui ne pût être capable d'une infamie. Fallait-il cesser de les voir toutes? Son esprit se voila; il passa deux ou trois fois ses mains sur son front, essuya les verres de son lorgnon avec son mouchoir, et, songeant qu'après tout, des gens qui le valaient fréquentaient M. de Charlus, le prince des Laumes, et les autres, il se dit que cela signifiait sinon qu'ils fussent incapables d'infamie, du moins, que c'est une nécessité de la vie à laquelle chacun se soumet de fréquenter des gens qui n'en sont peut-être pas incapables. Et il continua à serrer la main à tous ces amis qu'il avait soupçonnés, avec cette réserve de pur style qu'ils avaient peut-être cherché à le désespérer. Quant au fond même de la lettre, il ne s'en inquiéta pas, car pas une des accusations formulées contre Odette n'avait l'ombre de vraisemblance. Swann comme beaucoup de gens avait l'esprit paresseux et manquait d'invention. Il savait bien comme une vérité générale que la vie des êtres est pleine de contrastes, mais pour chaque être en particulier il imaginait toute la partie de sa vie qu'il ne connaissait pas comme identique à la partie qu'il connaissait. Il imaginait ce qu'on lui taisait à l'aide de ce qu'on lui disait. Dans les moments où Odette était auprès de lui, s'ils parlaient ensemble d'une action indélicate commise, ou d'un sentiment indélicat éprouvé, par un autre, elle les flétrissait en vertu des mêmes principes que Swann avait toujours entendu professer par ses parents et auxquels il était resté fidèle; et puis elle arrangeait ses fleurs, elle buvait une tasse de thé, elle s'inquiétait des travaux de Swann.

Donc Swann étendait ces habitudes au reste de la vie d'Odette, il répétait ces gestes quand il voulait se représenter les moments où elle était loin de lui. Si on la lui avait dépeinte telle qu'elle était, ou plutôt qu'elle avait été si longtemps avec lui, mais auprès d'un autre homme, il eût souffert, car cette image lui eût paru vraisemblable. Mais qu'elle allât chez des maquerelles, se livrât à des orgies avec des femmes, qu'elle menât la vie crapuleuse de créatures abjectes, quelle divagation insensée à la réalisation de laquelle, Dieu merci, les chrysanthèmes imaginés, les thés successifs, les indignations vertueuses ne laissaient aucune place. Seulement de temps à autre, il laissait entendre à Odette que par méchanceté, on lui racontait tout ce qu'elle faisait; et, se servant à propos, d'un détail insignifiant mais vrai, qu'il avait appris par hasard, comme s'il était le seul petit bout qu'il laissât passer malgré lui, entre tant d'autres, d'une reconstitution complète de la vie d'Odette qu'il tenait cachée en lui, il l'amenait à supposer qu'il était renseigné sur des choses qu'en réalité il ne savait ni même ne soupçonnait, car si bien souvent il adjurait Odette de ne pas altérer la vérité, c'était seulement, qu'il s'en rendît compte ou non, pour qu'Odette lui dît tout ce qu'elle faisait. Sans doute, comme il le disait à Odette, il aimait la sincérité, mais il l'aimait comme une proxénète pouvant le tenir au courant de la vie de sa maîtresse.

Aussi son amour de la sincérité n'étant pas désintéressé, ne l'avait pas rendu meilleur. La vérité qu'il chérissait c'était celle que lui dirait Odette; mais lui-même, pour obtenir cette vérité, ne craignait pas de recourir au mensonge, le mensonge qu'il ne cessait de peindre à Odette comme conduisant à la dégradation toute créature humaine. En somme il mentait autant qu'Odette parce que plus malheureux qu'elle, il n'était pas moins égoïste. Et elle, entendant Swann lui raconter ainsi à elle-même des choses qu'elle avait faites, le regardait d'un air méfiant, et, à toute aventure, fâché, pour ne pas avoir l'air de s'humilier et de rougir de ses actes.

Un jour, étant dans la période de calme la plus longue qu'il eût encore pu traverser sans être repris d'accès de jalousie, il avait accepté d'aller le soir au théâtre avec la princesse des Laumes. Ayant ouvert le journal, pour chercher ce qu'on jouait, la vue du titre: Les Filles de Marbre de Théodore Barrière le frappa si cruellement qu'il eut un mouvement de recul et détourna la tête. Éclairé comme par la lumière de la rampe, à la place nouvelle où il figurait, ce mot de «marbre» qu'il avait perdu la faculté de distinguer tant il avait l'habitude de l'avoir souvent sous les yeux, lui était soudain redevenu visible et l'avait aussitôt fait souvenir de cette histoire qu'Odette lui avait racontée autrefois, d'une visite qu'elle avait faite au Salon du Palais de l'Industrie avec Mme Verdurin et où celle-ci lui avait dit: «Prends garde, je saurai bien te dégeler, tu n'es pas de marbre.» Odette lui avait affirmé que ce n'était qu'une plaisanterie, et il n'y avait attaché aucune importance. Mais il avait alors plus de confiance en elle qu'aujourd'hui. Et justement la lettre anonyme parlait d'amour de ce genre. Sans oser lever les yeux vers le journal, il le déplia, tourna une feuille pour ne plus voir ce mot: «Les Filles de Marbre» et commença à lire machinalement les nouvelles des départements. Il y avait eu une tempête dans la Manche, on signalait des dégâts à Dieppe, à Cabourg, à Beuzeval. Aussitôt il fit un nouveau mouvement en arrière.

Le nom de Beuzeval l'avait fait penser à celui d'une autre localité de cette région, Beuzeville, qui porte uni à celui-là par un trait d'union, un autre nom, celui de Bréauté, qu'il avait vu souvent sur les cartes, mais dont pour la première fois il remarquait que c'était le même que celui de son ami M. de Bréauté dont la lettre anonyme disait qu'il avait été l'amant d'Odette. Après tout, pour M. de Bréauté, l'accusation n'était pas invraisemblable; mais en ce qui concernait Mme Verdurin, il y avait impossibilité. De ce qu'Odette mentait quelquefois, on ne pouvait conclure qu'elle ne disait jamais la vérité et dans ces propos qu'elle avait échangés avec Mme Verdurin et qu'elle avait racontés elle-même à Swann, il avait reconnu ces plaisanteries inutiles et dangereuses que, par inexpérience de la vie et ignorance du vice, tiennent des femmes dont ils révèlent l'innocence, et qui—comme par exemple Odette—sont plus éloignées qu'aucune d'éprouver une tendresse exaltée pour une autre femme. Tandis qu'au contraire, l'indignation avec laquelle elle avait repoussé les soupçons qu'elle avait involontairement fait naître un instant en lui par son récit, cadrait avec tout ce qu'il savait des goûts, du tempérament de sa maîtresse. Mais à ce moment, par une de ces inspirations de jaloux, analogues à celle qui apporte au poète ou au savant, qui n'a encore qu'une rime ou qu'une observation, l'idée ou la loi qui leur donnera toute leur puissance, Swann se rappela pour la première fois une phrase qu'Odette lui avait dite il y avait déjà deux ans: «Oh! Mme Verdurin, en ce moment il n'y en a que pour moi, je suis un amour, elle m'embrasse, elle veut que je fasse des courses avec elle, elle veut que je la tutoie.» Loin de voir alors dans cette phrase un rapport quelconque avec les absurdes propos destinés à simuler le vice que lui avait racontés Odette, il l'avait accueillie comme la preuve d'une chaleureuse amitié. Maintenant voilà que le souvenir de cette tendresse de Mme Verdurin était venu brusquement rejoindre le souvenir de sa conversation de mauvais goût. Il ne pouvait plus les séparer dans son esprit, et les vit mêlées aussi dans la réalité, la tendresse donnant quelque chose de sérieux et d'important à ces plaisanteries qui en retour lui faisaient perdre de son innocence. Il alla chez Odette. Il s'assit loin d'elle. Il n'osait l'embrasser, ne sachant si en elle, si en lui, c'était l'affection ou la colère qu'un baiser réveillerait. Il se taisait, il regardait mourir leur amour. Tout à coup il prit une résolution.

—Odette, lui dit-il, mon chéri, je sais bien que je suis odieux, mais il faut que je te demande des choses. Tu te souviens de l'idée que j'avais eue à propos de toi et de Mme Verdurin? Dis-moi si c'était vrai, avec elle ou avec une autre.

Elle secoua la tête en fronçant la bouche, signe fréquemment employé par les gens pour répondre qu'ils n'iront pas, que cela les ennuie a quelqu'un qui leur a demandé: «Viendrez-vous voir passer la cavalcade, assisterez-vous à la Revue?» Mais ce hochement de tête affecté ainsi d'habitude à un événement à venir mêle à cause de cela de quelque incertitude la dénégation d'un événement passé. De plus il n'évoque que des raisons de convenance personnelle plutôt que la réprobation, qu'une impossibilité morale. En voyant Odette lui faire ainsi le signe que c'était faux, Swann comprit que c'était peut-être vrai.

—Je te l'ai dit, tu le sais bien, ajouta-t-elle d'un air irrité et malheureux.

—Oui, je sais, mais en es-tu sûre? Ne me dis pas: «Tu le sais bien», dis-moi: «Je n'ai jamais fait ce genre de choses avec aucune femme.»

Elle répéta comme une leçon, sur un ton ironique et comme si elle voulait se débarrasser de lui:

—Je n'ai jamais fait ce genre de choses avec aucune femme.

—Peux-tu me le jurer sur ta médaille de Notre-Dame de Laghet?

Swann savait qu'Odette ne se parjurerait pas sur cette médaille-là.

—«Oh! que tu me rends malheureuse, s'écria-t-elle en se dérobant par un sursaut à l'étreinte de sa question. Mais as-tu bientôt fini? Qu'est-ce que tu as aujourd'hui? Tu as donc décidé qu'il fallait que je te déteste, que je t'exècre? Voilà, je voulais reprendre avec toi le bon temps comme autrefois et voilà ton remerciement!»

Mais, ne la lâchant pas, comme un chirurgien attend la fin du spasme qui interrompt son intervention mais ne l'y fait pas renoncer:

—Tu as bien tort de te figurer que je t'en voudrais le moins du monde, Odette, lui dit-il avec une douceur persuasive et menteuse. Je ne te parle jamais que de ce que je sais, et j'en sais toujours bien plus long que je ne dis. Mais toi seule peux adoucir par ton aveu ce qui me fait te haïr tant que cela ne m'a été dénoncé que par d'autres. Ma colère contre toi ne vient pas de tes actions, je te pardonne tout puisque je t'aime, mais de ta fausseté, de ta fausseté absurde qui te fait persévérer à nier des choses que je sais. Mais comment veux-tu que je puisse continuer à t'aimer, quand je te vois me soutenir, me jurer une chose que je sais fausse. Odette, ne prolonge pas cet instant qui est une torture pour nous deux. Si tu le veux ce sera fini dans une seconde, tu seras pour toujours délivrée. Dis-moi sur ta médaille, si oui ou non, tu as jamais fais ces choses.

—Mais je n'en sais rien, moi, s'écria-t-elle avec colère, peut-être il y a très longtemps, sans me rendre compte de ce que je faisais, peut-être deux ou trois fois.

Swann avait envisagé toutes les possibilités. La réalité est donc quelque chose qui n'a aucun rapport avec les possibilités, pas plus qu'un coup de couteau que nous recevons avec les légers mouvements des nuages au-dessus de notre tête, puisque ces mots: «deux ou trois fois» marquèrent à vif une sorte de croix dans son cœur. Chose étrange que ces mots «deux ou trois fois», rien que des mots, des mots prononcés dans l'air, à distance, puissent ainsi déchirer le cœur comme s'ils le touchaient véritablement, puissent rendre malade, comme un poison qu'on absorberait. Involontairement Swann pensa à ce mot qu'il avait entendu chez Mme de Saint-Euverte: «C'est ce que j'ai vu de plus fort depuis les tables tournantes.» Cette souffrance qu'il ressentait ne ressemblait à rien de ce qu'il avait cru. Non pas seulement parce que dans ses heures de plus entière méfiance il avait rarement imaginé si loin dans le mal, mais parce que même quand il imaginait cette chose, elle restait vague, incertaine, dénuée de cette horreur particulière qui s'était échappée des mots «peut-être deux ou trois fois», dépourvue de cette cruauté spécifique aussi différente de tout ce qu'il avait connu qu'une maladie dont on est atteint pour la première fois. Et pourtant cette Odette d'où lui venait tout ce mal, ne lui était pas moins chère, bien au contraire plus précieuse, comme si au fur et à mesure que grandissait la souffrance, grandissait en même temps le prix du calmant, du contrepoison que seule cette femme possédait. Il voulait lui donner plus de soins comme à une maladie qu'on découvre soudain plus grave. Il voulait que la chose affreuse qu'elle lui avait dit avoir faite «deux ou trois fois» ne pût pas se renouveler. Pour cela il lui fallait veiller sur Odette.

On dit souvent qu'en dénonçant à un ami les fautes de sa maîtresse, on ne réussit qu'à le rapprocher d'elle parce qu'il ne leur ajoute pas foi, mais combien davantage s'il leur ajoute foi. Mais, se disait Swann, comment réussir à la protéger? Il pouvait peut-être la préserver d'une certaine femme mais il y en avait des centaines d'autres et il comprit quelle folie avait passé sur lui quand il avait le soir où il n'avait pas trouvé Odette chez les Verdurin, commencé de désirer la possession, toujours impossible, d'un autre être. Heureusement pour Swann, sous les souffrances nouvelles qui venaient d'entrer dans son âme comme des hordes d'envahisseurs, il existait un fond de nature plus ancien, plus doux et silencieusement laborieux, comme les cellules d'un organe blessé qui se mettent aussitôt en mesure de refaire les tissus lésés, comme les muscles d'un membre paralysé qui tendent à reprendre leurs mouvements. Ces plus anciens, plus autochtones habitants de son âme, employèrent un instant toutes les forces de Swann à ce travail obscurément réparateur qui donne l'illusion du repos à un convalescent, à un opéré. Cette fois-ci ce fut moins comme d'habitude dans le cerveau de Swann que se produisit cette détente par épuisement, ce fut plutôt dans son cœur. Mais toutes les choses de la vie qui ont existé une fois tendent à se récréer, et comme un animal expirant qu'agite de nouveau le sursaut d'une convulsion qui semblait finie, sur le cœur, un instant épargné, de Swann, d'elle-même la même souffrance vint retracer la même croix. Il se rappela ces soirs de clair de lune, où allongé dans sa victoria qui le menait rue La Pérouse, il cultivait voluptueusement en lui les émotions de l'homme amoureux, sans savoir le fruit empoisonné qu'elles produiraient nécessairement. Mais toutes ces pensées ne durèrent que l'espace d'une seconde, le temps qu'il portât la main à son cœur, reprit sa respiration et parvint à sourire pour dissimuler sa torture. Déjà il recommençait à poser ses questions. Car sa jalousie qui avait pris une peine qu'un ennemi ne se serait pas donnée pour arriver à lui faire asséner ce coup, à lui faire faire la connaissance de la douleur la plus cruelle qu'il eût encore jamais connue, sa jalousie ne trouvait pas qu'il eut assez souffert et cherchait à lui faire recevoir une blessure plus profonde encore. Telle comme une divinité méchante, sa jalousie inspirait Swann et le poussait à sa perte. Ce ne fut pas sa faute, mais celle d'Odette seulement si d'abord son supplice ne s'aggrava pas.

—Ma chérie, lui dit-il, c'est fini, était-ce avec une personne que je connais?

—Mais non je te jure, d'ailleurs je crois que j'ai exagéré, que je n'ai pas été jusque-là.

Il sourit et reprit:

—Que veux-tu? cela ne fait rien, mais c'est malheureux que tu ne puisses pas me dire le nom. De pouvoir me représenter la personne, cela m'empêcherait de plus jamais y penser. Je le dis pour toi parce que je ne t'ennuierais plus. C'est si calmant de se représenter les choses. Ce qui est affreux c'est ce qu'on ne peut pas imaginer. Mais tu as déjà été si gentille, je ne veux pas te fatiguer. Je te remercie de tout mon cœur de tout le bien que tu m'as fait. C'est fini. Seulement ce mot: «Il y a combien de temps?»

—Oh! Charles, mais tu ne vois pas que tu me tues, c'est tout ce qu'il y a de plus ancien. Je n'y avais jamais repensé, on dirait que tu veux absolument me redonner ces idées-là. Tu seras bien avancé, dit-elle, avec une sottise inconsciente et une méchanceté voulue.

—Oh! je voulais seulement savoir si c'est depuis que je te connais. Mais ce serait si naturel, est-ce que ça se passait ici; tu ne peux pas me dire un certain soir, que je me représente ce que je faisais ce soir-là; tu comprends bien qu'il n'est pas possible que tu ne te rappelles pas avec qui, Odette, mon amour.

—Mais je ne sais pas, moi, je crois que c'était au Bois un soir où tu es venu nous retrouver dans l'île. Tu avais dîné chez la princesse des Laumes, dit-elle, heureuse de fournir un détail précis qui attestait sa véracité. A une table voisine il y avait une femme que je n'avais pas vue depuis très longtemps. Elle m'a dit: «Venez donc derrière le petit rocher voir l'effet du clair de lune sur l'eau.» D'abord j'ai bâillé et j'ai répondu: «Non, je suis fatiguée et je suis bien ici.» Elle a assuré qu'il n'y avait jamais eu un clair de lune pareil. Je lui ai dit «cette blague!» je savais bien où elle voulait en venir.

Odette racontait cela presque en riant, soit que cela lui parût tout naturel, ou parce qu'elle croyait en atténuer ainsi l'importance, ou pour ne pas avoir l'air humilié. En voyant le visage de Swann, elle changea de ton:

—Tu es un misérable, tu te plais à me torturer, à me faire faire des mensonges que je dis afin que tu me laisses tranquille.

Ce second coup porté à Swann était plus atroce encore que le premier. Jamais il n'avait supposé que ce fût une chose aussi récente, cachée à ses yeux qui n'avaient pas su la découvrir, non dans un passé qu'il n'avait pas connu, mais dans des soirs qu'il se rappelait si bien, qu'il avait vécus avec Odette, qu'il avait cru connus si bien par lui et qui maintenant prenaient rétrospectivement quelque chose de fourbe et d'atroce; au milieu d'eux tout d'un coup se creusait cette ouverture béante, ce moment dans l'Ile du Bois. Odette sans être intelligente avait le charme du naturel. Elle avait raconté, elle avait mimé cette scène avec tant de simplicité que Swann haletant voyait tout; le bâillement d'Odette, le petit rocher. Il l'entendait répondre—gaiement, hélas!: «Cette blague»!!! Il sentait qu'elle ne dirait rien de plus ce soir, qu'il n'y avait aucune révélation nouvelle à attendre en ce moment; il se taisait; il lui dit:

—Mon pauvre chéri, pardonne-moi, je sens que je te fais de la peine, c'est fini, je n'y pense plus.

Mais elle vit que ses yeux restaient fixés sur les choses qu'il ne savait pas et sur ce passé de leur amour, monotone et doux dans sa mémoire parce qu'il était vague, et que déchirait maintenant comme une blessure cette minute dans l'île du Bois, au clair de lune, après le dîner chez la princesse des Laumes. Mais il avait tellement pris l'habitude de trouver la vie intéressante—d'admirer les curieuses découvertes qu'on peut y faire—que tout en souffrant au point de croire qu'il ne pourrait pas supporter longtemps une pareille douleur, il se disait: «La vie est vraiment étonnante et réserve de belles surprises; en somme le vice est quelque chose de plus répandu qu'on ne croit.

Voilà une femme en qui j'avais confiance, qui a l'air si simple, si honnête, en tous cas, si même elle était légère, qui semblait bien normale et saine dans ses goûts: sur une dénonciation invraisemblable, je l'interroge et le peu qu'elle m'avoue révèle bien plus que ce qu'on eût pu soupçonner.» Mais il ne pouvait pas se borner à ces remarques désintéressées. Il cherchait à apprécier exactement la valeur de ce qu'elle lui avait raconté, afin de savoir s'il devait conclure que ces choses, elle les avait faites souvent, qu'elles se renouvelleraient. Il se répétait ces mots qu'elle avait dits: «Je voyais bien où elle voulait en venir», «Deux ou trois fois», «Cette blague!» mais ils ne reparaissaient pas désarmés dans la mémoire de Swann, chacun d'eux tenait son couteau et lui en portait un nouveau coup. Pendant bien longtemps, comme un malade ne peut s'empêcher d'essayer à toute minute de faire le mouvement qui lui est douloureux, il se redisait ces mots: «Je suis bien ici», «Cette blague!», mais la souffrance était si forte qu'il était obligé de s'arrêter. Il s'émerveillait que des actes que toujours il avait jugés si légèrement, si gaiement, maintenant fussent devenus pour lui graves comme une maladie dont on peut mourir. Il connaissait bien des femmes à qui il eût pu demander de surveiller Odette. Mais comment espérer qu'elles se placeraient au même point de vue que lui et ne resteraient pas à celui qui avait été si longtemps le sien, qui avait toujours guidé sa vie voluptueuse, ne lui diraient pas en riant: «Vilain jaloux qui veut priver les autres d'un plaisir.» Par quelle trappe soudainement abaissée (lui qui n'avait eu autrefois de son amour pour Odette que des plaisirs délicats) avait-il été brusquement précipité dans ce nouveau cercle de l'enfer d'où il n'apercevait pas comment il pourrait jamais sortir. Pauvre Odette! il ne lui en voulait pas. Elle n'était qu'à demi coupable. Ne disait-on pas que c'était par sa propre mère qu'elle avait été livrée, presque enfant, à Nice, à un riche Anglais.

Mais quelle vérité douloureuse prenait pour lui ces lignes du Journal d'un Poète d'Alfred de Vigny qu'il avait lues avec indifférence autrefois: «Quand on se sent pris d'amour pour une femme, on devrait se dire: Comment est-elle entourée? Quelle a été sa vie? Tout le bonheur de la vie est appuyé là-dessus.» Swann s'étonnait que de simples phrases épelées par sa pensée, comme «Cette blague!», «Je voyais bien où elle voulait en venir» pussent lui faire si mal. Mais il comprenait que ce qu'il croyait de simples phrases n'était que les pièces de l'armature entre lesquelles tenait, pouvait lui être rendue, la souffrance qu'il avait éprouvée pendant le récit d'Odette. Car c'était bien cette souffrance-là qu'il éprouvait de nouveau. Il avait beau savoir maintenant,—

même, il eut beau, le temps passant, avoir un peu oublié, avoir pardonné—, au moment où il se redisait ses mots, la souffrance ancienne le refaisait tel qu'il était avant qu'Odette ne parlât: ignorant, confiant; sa cruelle jalousie le replaçait pour le faire frapper par l'aveu d'Odette dans la position de quelqu'un qui ne sait pas encore, et au bout de plusieurs mois cette vieille histoire le bouleversait toujours comme une révélation. Il admirait la terrible puissance recréatrice de sa mémoire. Ce n'est que de l'affaiblissement de cette génératrice dont la fécondité diminue avec l'âge qu'il pouvait espérer un apaisement à sa torture.

Mais quand paraissait un peu épuisé le pouvoir qu'avait de le faire souffrir un des mots prononcés par Odette, alors un de ceux sur lesquels l'esprit de Swann s'était moins arrêté jusque-là, un mot presque nouveau venait relayer les autres et le frappait avec une vigueur intacte. La mémoire du soir où il avait dîné chez la princesse des Laumes lui était douloureuse, mais ce n'était que le centre de son mal. Celui-ci irradiait confusément à l'entour dans tous les jours avoisinants. Et à quelque point d'elle qu'il voulût toucher dans ses souvenirs, c'est la saison tout entière où les Verdurin avaient si souvent dîné dans l'île du Bois qui lui faisait mal. Si mal que peu à peu les curiosités qu'excitait en lui sa jalousie furent neutralisées par la peur des tortures nouvelles qu'il s'infligerait en les satisfaisant. Il se rendait compte que toute la période de la vie d'Odette écoulée avant qu'elle ne le rencontrât, période qu'il n'avait jamais cherché à se représenter, n'était pas l'étendue abstraite qu'il voyait vaguement, mais avait été faite d'années particulières, remplie d'incidents concrets. Mais en les apprenant, il craignait que ce passé incolore, fluide et supportable, ne prît un corps tangible et immonde, un visage individuel et diabolique. Et il continuait à ne pas chercher à le concevoir non plus par paresse de penser, mais par peur de souffrir. Il espérait qu'un jour il finirait par pouvoir entendre le nom de l'île du Bois, de la princesse des Laumes, sans ressentir le déchirement ancien, et trouvait imprudent de provoquer Odette à lui fournir de nouvelles paroles, le nom d'endroits, de circonstances différentes qui, son mal à peine calmé, le feraient renaître sous une autre forme.

Mais souvent les choses qu'il ne connaissait pas, qu'il redoutait maintenant de connaître, c'est Odette elle-même qui les lui révélait spontanément, et sans s'en rendre compte; en effet l'écart que le vice mettait entre la vie réelle d'Odette et la vie relativement innocente que Swann avait cru, et bien souvent croyait encore, que menait sa maîtresse, cet écart Odette en ignorait l'étendue: un être vicieux, affectant toujours la même vertu devant les êtres de qui il ne veut pas que soient soupçonnés ses vices, n'a pas de contrôle pour se rendre compte combien ceux-ci, dont la croissance continue est insensible pour lui-même l'entraînent peu à peu loin des façons de vivre normales. Dans leur cohabitation, au sein de l'esprit d'Odette, avec le souvenir des actions qu'elle cachait à Swann, d'autres peu à peu en recevaient le reflet, étaient contagionnées par elles, sans qu'elle pût leur trouver rien d'étrange, sans qu'elles détonassent dans le milieu particulier où elle les faisait vivre en elle; mais si elle les racontait à Swann, il était épouvanté par la révélation de l'ambiance qu'elles trahissaient. Un jour il cherchait, sans blesser Odette, à lui demander si elle n'avait jamais été chez des entremetteuses.

A vrai dire il était convaincu que non; la lecture de la lettre anonyme en avait introduit la supposition dans son intelligence, mais d'une façon mécanique; elle n'y avait rencontré aucune créance, mais en fait y était restée, et Swann, pour être débarrassé de la présence purement matérielle mais pourtant gênante du soupçon, souhaitait qu'Odette l'extirpât. «Oh! non! Ce n'est pas que je ne sois pas persécutée pour cela, ajouta-t-elle, en dévoilant dans un sourire une satisfaction de vanité qu'elle ne s'apercevait plus ne pas pouvoir paraître légitime à Swann. Il y en a une qui est encore restée plus de deux heures hier à m'attendre, elle me proposait n'importe quel prix. Il paraît qu'il y a un ambassadeur qui lui a dit: «Je me tue si vous ne me l'amenez pas.» On lui a dit que j'étais sortie, j'ai fini par aller moi-même lui parler pour qu'elle s'en aille. J'aurais voulu que tu voies comme je l'ai reçue, ma femme de chambre qui m'entendait de la pièce voisine m'a dit que je criais à tue-tête: «Mais puisque je vous dis que je ne veux pas! C'est une idée comme ça, ça ne me plaît pas. Je pense que je suis libre de faire ce que je veux tout de même! Si j'avais besoin d'argent, je comprends...» Le concierge a ordre de ne plus la laisser entrer, il dira que je suis à la campagne. Ah! j'aurais voulu que tu sois caché quelque part. Je crois que tu aurais été content, mon chéri. Elle a du bon, tout de même, tu vois, ta petite Odette, quoiqu'on la trouve si détestable.»

D'ailleurs ses aveux même, quand elle lui en faisait, de fautes qu'elle le supposait avoir découvertes, servaient plutôt pour Swann de point de départ à de nouveaux doutes qu'ils ne mettaient un terme aux anciens. Car ils n'étaient jamais exactement proportionnés à ceux-ci. Odette avait eu beau retrancher de sa confession tout l'essentiel, il restait dans l'accessoire quelque chose que Swann n'avait jamais imaginé, qui l'accablait de sa nouveauté et allait lui permettre de changer les termes du problème de sa jalousie. Et ces aveux il ne pouvait plus les oublier. Son âme les charriait, les rejetait, les berçait, comme des cadavres. Et elle en était empoisonnée.

Une fois elle lui parla d'une visite que Forcheville lui avait faite le jour de la Fête de Paris-Murcie. «Comment, tu le connaissais déjà? Ah! oui, c'est vrai, dit-il en se reprenant pour ne pas paraître l'avoir ignoré.» Et tout d'un coup il se mit à trembler à la pensée que le jour de cette fête de Paris-Murcie où il avait reçu d'elle la lettre qu'il avait si précieusement gardée, elle déjeunait peut-être avec Forcheville à la Maison d'Or. Elle lui jura que non. «Pourtant la Maison d'Or me rappelle je ne sais quoi que j'ai su ne pas être vrai, lui dit-il pour l'effrayer.»—«Oui, que je n'y étais pas allée le soir où je t'ai dit que j'en sortais quand tu m'avais cherchée chez Prévost», lui répondit-elle (croyant à son air qu'il le savait), avec une décision où il y avait, beaucoup plus que du cynisme, de la timidité, une peur de contrarier Swann et que par amour-propre elle voulait cacher, puis le désir de lui montrer qu'elle pouvait être franche. Aussi frappa-t-elle avec une netteté et une vigueur de bourreau et qui étaient exemptes de cruauté car Odette n'avait pas conscience du mal qu'elle faisait à Swann; et même elle se mit à rire, peut-être il est vrai, surtout pour ne pas avoir l'air humilié, confus. «C'est vrai que je n'avais pas été à la Maison Dorée, que je sortais de chez Forcheville.

J'avais vraiment été chez Prévost, ça c'était pas de la blague, il m'y avait rencontrée et m'avait demandé d'entrer regarder ses gravures. Mais il était venu quelqu'un pour le voir. Je t'ai dit que je venais de la Maison d'Or parce que j'avais peur que cela ne t'ennuie. Tu vois, c'était plutôt gentil de ma part. Mettons que j'aie eu tort, au moins je te le dis carrément. Quel intérêt aurais-je à ne pas te dire aussi bien que j'avais déjeuné avec lui le jour de la Fête Paris-Murcie, si c'était vrai? D'autant plus qu'à ce moment-là on ne se connaissait pas encore beaucoup tous les deux, dis, chéri.» Il lui sourit avec la lâcheté soudaine de l'être sans forces qu'avaient fait de lui ces accablantes paroles. Ainsi, même dans les mois auxquels il n'avait jamais plus osé repenser parce qu'ils avaient été trop heureux, dans ces mois où elle l'avait aimé, elle lui mentait déjà! Aussi bien que ce moment (le premier soir qu'ils avaient «fait catleya») où elle lui avait dit sortir de la Maison Dorée, combien devait-il y en avoir eu d'autres, receleurs eux aussi d'un mensonge que Swann n'avait pas soupçonné.

Il se rappela qu'elle lui avait dit un jour: «Je n'aurais qu'à dire à Mme Verdurin que ma robe n'a pas été prête, que mon cab est venu en retard. Il y a toujours moyen de s'arranger.» A lui aussi probablement, bien des fois où elle lui avait glissé de ces mots qui expliquent un retard, justifient un changement d'heure dans un rendezvous, ils avaient dû cacher sans qu'il s'en fût douté alors, quelque chose qu'elle avait à faire avec un autre à qui elle avait dit: «Je n'aurai qu'à dire à Swann que ma robe n'a pas été prête, que mon cab est arrivé en retard, il y a toujours moyen de s'arranger.» Et sous tous les souvenirs les plus doux de Swann, sous les paroles les plus simples que lui avait dites autrefois Odette, qu'il avait crues comme paroles d'évangile, sous les actions quotidiennes qu'elle lui avait racontées, sous les lieux les plus accoutumés, la maison de sa couturière, l'avenue du Bois, l'Hippodrome, il sentait (dissimulée à la faveur de cet excédent de temps qui dans les journées les plus détaillées laisse encore du jeu, de la place, et peut servir de cachette à certaines actions), il sentait s'insinuer la présence possible et souterraine de mensonges qui lui rendaient ignoble tout ce qui lui était resté le plus cher, ses meilleurs soirs, la rue La Pérouse elle-même, qu'Odette avait toujours dû quitter à d'autres heures que celles qu'elle lui avait dites, faisant circuler partout un peu de la ténébreuse horreur qu'il avait ressentie en entendant l'aveu relatif à la Maison Dorée, et, comme les bêtes immondes dans la Désolation de Ninive, ébranlant pierre à pierre tout son passé.

Si maintenant il se détournait chaque fois que sa mémoire lui disait le nom cruel de la Maison Dorée, ce n'était plus comme tout récemment encore à la soirée de Mme de Saint-Euverte, parce qu'il lui rappelait un bonheur qu'il avait perdu depuis longtemps, mais un malheur qu'il venait seulement d'apprendre. Puis il en fut du nom de la Maison Dorée comme de celui de l'Ile du Bois, cessa peu à peu de faire souffrir Swann. Car ce que nous croyons notre amour, notre jalousie, n'est pas une même passion continue, indivisible. Ils se composent d'une infinité d'amours successifs, de jalousies différentes et qui sont éphémères, mais par leur multitude ininterrompue donnent l'impression de la continuité, l'illusion de l'unité. La vie de l'amour de Swann, la fidélité de sa jalousie, étaient faites de la mort, de l'infidélité, d'innombrables désirs, d'innombrables doutes, qui avaient tous Odette pour objet. S'il était resté longtemps sans la voir, ceux qui mouraient n'auraient pas été remplacés par d'autres. Mais la présence d'Odette continuait d'ensemencer le cœur de Swann de tendresse et de soupçons alternés.

Certains soirs elle redevenait tout d'un coup avec lui d'une gentillesse dont elle l'avertissait durement qu'il devait profiter tout de suite, sous peine de ne pas la voir se renouveler avant des années; il fallait rentrer immédiatement chez elle «faire catleya» et ce désir qu'elle prétendait avoir de lui était si soudain, si inexplicable, si impérieux, les caresses qu'elle lui prodiguait ensuite si démonstratives et si insolites, que cette tendresse brutale et sans vraisemblance faisait autant de chagrin à Swann qu'un mensonge et qu'une méchanceté. Un soir qu'il était ainsi, sur l'ordre qu'elle lui en avait donné, rentré avec elle, et qu'elle entremêlait ses baisers de paroles passionnées qui contrastaient avec sa sécheresse ordinaire, il crut tout d'un coup entendre du bruit; il se leva, chercha partout, ne trouva personne, mais n'eut pas le courage de reprendre sa place auprès d'elle qui alors, au comble de la rage, brisa un vase et dit à Swann: «On ne peut jamais rien faire avec toi!» Et il resta incertain si elle n'avait pas caché quelqu'un dont elle avait voulu faire souffrir la jalousie ou allumer les sens.

Quelquefois il allait dans des maisons de rendez-vous, espérant apprendre quelque chose d'elle, sans oser la nommer cependant. «J'ai une petite qui va vous plaire», disait l'entremetteuse.» Et il restait une heure à causer tristement avec quelque pauvre fille étonnée qu'il ne fit rien de plus. Une toute jeune et ravissante lui dit un jour: «Ce que je voudrais, c'est trouver un ami, alors il pourrait être sûr, je n'irais plus jamais avec personne.»—«Vraiment, crois-tu que ce soit possible qu'une femme soit touchée qu'on l'aime, ne vous trompe jamais?» lui demanda Swann anxieusement. «Pour sûr! ça dépend des caractères!» Swann ne pouvait s'empêcher de dire à ces filles les mêmes choses qui auraient plu à la princesse des Laumes. A celle qui cherchait un ami, il dit en souriant: «C'est gentil, tu as mis des yeux bleus de la couleur de ta ceinture.»—«Vous aussi, vous avez des manchettes bleues.»—«Comme nous avons une belle conversation, pour un endroit de ce genre! Je ne t'ennuie pas, tu as peut-être à faire?»—«Non, j'ai tout mon temps. Si vous m'aviez ennuyée, je vous l'aurais dit. Au contraire j'aime bien vous entendre causer.»—«Je suis très flatté. N'est-ce pas que nous causons gentiment?» dit-il à l'entremetteuse qui venait d'entrer.—«Mais oui, c'est justement ce que je me disais. Comme ils sont sages! Voilà! on vient maintenant pour causer chez moi. Le Prince le disait, l'autre jour, c'est bien mieux ici que chez sa femme. Il paraît que maintenant dans le monde elles ont toutes un genre, c'est un vrai scandale! Je vous quitte, je suis discrète.» Et elle laissa Swann avec la fille qui avait les yeux bleus. Mais bientôt il se leva et lui dit adieu, elle lui était indifférente, elle ne connaissait pas Odette.

Le peintre ayant été malade, le docteur Cottard lui conseilla un voyage en mer; plusieurs fidèles parlèrent de partir avec lui; les Verdurin ne purent se résoudre à rester seuls, louèrent un yacht, puis s'en rendirent acquéreurs et ainsi Odette fit de fréquentes croisières. Chaque fois qu'elle était partie depuis un peu de temps, Swann sentait qu'il commençait à se détacher d'elle, mais comme si cette distance morale était proportionnée à la distance matérielle, dès qu'il savait Odette de retour, il ne pouvait pas rester sans la voir. Une fois, partis pour un mois seulement, croyaient-ils, soit qu'ils eussent été tentés en route, soit que M. Verdurin eût sournoisement arrangé les choses d'avance pour faire plaisir à sa femme et n'eût averti les fidèles qu'au fur et à mesure, d'Alger ils allèrent à Tunis, puis en Italie, puis en Grèce, à Constantinople, en Asie Mineure. Le voyage durait depuis près d'un an. Swann se sentait absolument tranquille, presque heureux. Bien que M. Verdurin eût cherché à persuader au pianiste et au docteur Cottard que la tante de l'un et les malades de l'autre n'avaient aucun besoin d'eux, et, qu'en tous cas, il était imprudent de laisser Mme Cottard rentrer à Paris que Mme Verdurin assurait être en révolution, il fut obligé de leur rendre leur liberté à Constantinople. Et le peintre partit avec eux. Un jour, peu après le retour de ces trois voyageurs, Swann voyant passer un omnibus pour le Luxembourg où il avait à faire, avait sauté dedans, et s'y était trouvé assis en face de Mme Cottard qui faisait sa tournée de visites «de jours» en grande tenue, plumet au chapeau, robe de soie, manchon, en-tout-cas, porte-cartes et gants blancs nettoyés. Revêtue de ces insignes, quand il faisait sec, elle allait à pied d'une maison à l'autre, dans un même quartier, mais pour passer ensuite dans un quartier différent usait de l'omnibus avec correspondance. Pendant les premiers instants, avant que la gentillesse native de la femme eût pu percer l'empesé de la petite bourgeoise, et ne sachant trop d'ailleurs si elle devait parler des Verdurin à Swann, elle tint tout naturellement, de sa voix lente, gauche et douce que par moments l'omnibus couvrait complètement de son tonnerre, des propos choisis parmi ceux qu'elle entendait et répétait dans les vingt-cinq maisons dont elle montait les étages dans une journée:

—«Je ne vous demande pas, monsieur, si un homme dans le mouvement comme vous, a vu, aux Mirlitons, le portrait de Machard qui fait courir tout Paris. Eh bien! qu'en dites-vous? Etes-vous dans le camp de ceux qui approuvent ou dans le camp de ceux qui blâment? Dans tous les salons on ne parle que du portrait de Machard, on n'est pas chic, on n'est pas pur, on n'est pas dans le train, si on ne donne pas son opinion sur le portrait de Machard.»

Swann ayant répondu qu'il n'avait pas vu ce portrait, Mme Cottard eut peur de l'avoir blessé en l'obligeant à le confesser.

—«Ah! c'est très bien, au moins vous l'avouez franchement, vous ne vous croyez pas déshonoré parce que vous n'avez pas vu le portrait de Machard. Je trouve cela très beau de votre part. Hé bien, moi je l'ai vu, les avis sont partagés, il y en a qui trouvent que c'est un peu léché, un peu crème fouettée, moi, je le trouve idéal. Évidemment elle ne ressemble pas aux femmes bleues et jaunes de notre ami Biche. Mais je dois vous l'avouer franchement, vous ne me trouverez pas très fin de siècle, mais je le dis comme je le pense, je ne comprends pas. Mon Dieu je reconnais les qualités qu'il y a dans le portrait de mon mari, c'est moins étrange que ce qu'il fait d'habitude mais il a fallu qu'il lui fasse des moustaches bleues. Tandis que Machard! Tenez justement le mari de l'amie chez qui je vais en ce moment (ce qui me donne le très grand plaisir de faire route avec vous) lui a promis s'il est nommé à l'Académie (c'est un des collègues du docteur) de lui faire faire son portrait par Machard. Évidemment c'est un beau rêve! j'ai une autre amie qui prétend qu'elle aime mieux Leloir. Je ne suis qu'une pauvre profane et Leloir est peut-être encore supérieur comme science. Mais je trouve que la première qualité d'un portrait, surtout quand il coûte 10.000 francs, est d'être ressemblant et d'une ressemblance agréable.»

Ayant tenu ces propos que lui inspiraient la hauteur de son aigrette, le chiffre de son porte-cartes, le petit numéro tracé à l'encre dans ses gants par le teinturier, et l'embarras de parler à Swann des Verdurin, Mme Cottard, voyant qu'on était encore loin du coin de la rue Bonaparte où le conducteur devait l'arrêter, écouta son cœur qui lui conseillait d'autres paroles.

—Les oreilles ont dû vous tinter, monsieur, lui dit-elle, pendant le voyage que nous avons fait avec Mme Verdurin. On ne parlait que de vous.

Swann fut bien étonné, il supposait que son nom n'était jamais proféré devant les Verdurin.

—D'ailleurs, ajouta Mme Cottard, Mme de Crécy était là et c'est tout dire. Quand Odette est quelque part elle ne peut jamais rester bien longtemps sans parler de vous. Et vous pensez que ce n'est pas en mal. Comment! vous en doutez, dit-elle, en voyant un geste sceptique de Swann?

Et emportée par la sincérité de sa conviction, ne mettant d'ailleurs aucune mauvaise pensée sous ce mot qu'elle prenait seulement dans le sens où on l'emploie pour parler de l'affection qui unit des amis:

—Mais elle vous adore! Ah! je crois qu'il ne faudrait pas dire ça de vous devant elle! On serait bien arrangé! A propos de tout, si on voyait un tableau par exemple elle disait: «Ah! s'il était là, c'est lui qui saurait vous dire si c'est authentique ou non. Il n'y a personne comme lui pour ça.» Et à tout moment elle demandait: «Qu'est-ce qu'il peut faire en ce moment? Si seulement il travaillait un peu! C'est malheureux, un garçon si doué, qu'il soit si paresseux. (Vous me pardonnez, n'est-ce pas?)» En ce moment je le vois, il pense à nous, il se demande où nous sommes.» Elle a même eu un mot que j'ai trouvé bien joli; M. Verdurin lui disait: «Mais comment pouvez-vous voir ce qu'il fait en ce moment puisque vous êtes à huit cents lieues de lui?» Alors Odette lui a répondu: «Rien n'est impossible à l'œil d'une amie.» Non je vous jure, je ne vous dis pas cela pour vous flatter, vous avez là une vraie amie comme on n'en a pas beaucoup. Je vous dirai du reste que si vous ne le savez pas, vous êtes le seul. Mme Verdurin me le disait encore le dernier jour (vous savez les veilles de départ on cause mieux): «Je ne dis pas qu'Odette ne nous aime pas, mais tout ce que nous lui disons ne pèserait pas lourd auprès de ce que lui dirait M. Swann.» Oh! mon Dieu, voilà que le conducteur m'arrête, en bavardant avec vous j'allais laisser passer la rue Bonaparte... me rendriez-vous le service de me dire si mon aigrette est droite?»

Et Mme Cottard sortit de son manchon pour la tendre à Swann sa main gantée de blanc d'où s'échappa, avec une correspondance, une vision de haute vie qui remplit l'omnibus, mêlée à l'odeur du teinturier. Et Swann se sentit déborder de tendresse pour elle, autant que pour Mme Verdurin (et presque autant que pour Odette, car le sentiment qu'il éprouvait pour cette dernière n'étant plus mêlé de douleur, n'était plus guère de l'amour), tandis que de la plate-forme il la suivait de ses yeux attendris, qui enfilait courageusement la rue Bonaparte, l'aigrette haute, d'une main relevant sa jupe, de l'autre tenant son en-tout-cas et son porte-cartes dont elle laissait voir le chiffre, laissant baller devant elle son manchon.

Pour faire concurrence aux sentiments maladifs que Swann avait pour Odette, Mme Cottard, meilleur thérapeute que n'eût été son mari, avait greffé à côté d'eux d'autres sentiments, normaux ceux-là, de gratitude, d'amitié, des sentiments qui dans l'esprit de Swann rendraient Odette plus humaine (plus semblable aux autres femmes, parce que d'autres femmes aussi pouvaient les lui inspirer), hâteraient sa transformation définitive en cette Odette aimée d'affection paisible, qui l'avait ramené un soir après une fête chez le peintre boire un verre d'orangeade avec Forcheville et près de qui Swann avait entrevu qu'il pourrait vivre heureux.

Jadis ayant souvent pensé avec terreur qu'un jour il cesserait d'être épris d'Odette, il s'était promis d'être vigilant, et dès qu'il sentirait que son amour commencerait à le quitter, de s'accrocher à lui, de le retenir. Mais voici qu'à l'affaiblissement de son amour correspondait simultanément un affaiblissement du désir de rester amoureux. Car on ne peut pas changer, c'est-à-dire devenir une autre personne, tout en continuant à obéir aux sentiments de celle qu'on n'est plus. Parfois le nom aperçu dans un journal, d'un des hommes qu'il supposait avoir pu être les amants d'Odette, lui redonnait de la jalousie.

Mais elle était bien légère et comme elle lui prouvait qu'il n'était pas encore complètement sorti de ce temps où il avait tant souffert—mais aussi où il avait connu une manière de sentir si voluptueuse,—et que les hasards de la route lui permettraient peut-être d'en apercevoir encore furtivement et de loin les beautés, cette jalousie lui procurait plutôt une excitation agréable comme au morne Parisien qui quitte Venise pour retrouver la France, un dernier moustique prouve que l'Italie et l'été ne sont pas encore bien loin. Mais le plus souvent le temps si particulier de sa vie d'où il sortait, quand il faisait effort sinon pour y rester, du moins pour en avoir une vision claire pendant qu'il le pouvait encore, il s'apercevait qu'il ne le pouvait déjà plus; il aurait voulu apercevoir comme un paysage qui allait disparaître cet amour qu'il venait de quitter; mais il est si difficile d'être double et de se donner le spectacle véridique d'un sentiment qu'on a cessé de posséder, que bientôt l'obscurité se faisant dans son cerveau, il ne voyait plus rien, renonçait à regarder, retirait son lorgnon, en essuyait les verres; et il se disait qu'il valait mieux se reposer un peu, qu'il serait encore temps tout à l'heure, et se rencognait, avec l'incuriosité, dans l'engourdissement, du voyageur ensommeillé qui rabat son chapeau sur ses yeux pour dormir dans le wagon qu'il sent l'entraîner de plus en plus vite, loin du pays, où il a si longtemps vécu et qu'il s'était promis de ne pas laisser fuir sans lui donner un dernier adieu. Même, comme ce voyageur s'il se réveille seulement en France, quand Swann ramassa par hasard près de lui la preuve que Forcheville avait été l'amant d'Odette, il s'aperçut qu'il n'en ressentait aucune douleur, que l'amour était loin maintenant et regretta de n'avoir pas été averti du moment où il le quittait pour toujours.

Et de même qu'avant d'embrasser Odette pour la première fois il avait cherché à imprimer dans sa mémoire le visage qu'elle avait eu si longtemps pour lui et qu'allait transformer le souvenir de ce baiser, de même il eût voulu, en pensée au moins, avoir pu faire ses adieux, pendant qu'elle existait encore, à cette Odette lui inspirant de l'amour, de la jalousie, à cette Odette lui causant des souffrances et que maintenant il ne reverrait jamais. Il se trompait. Il devait la revoir une fois encore, quelques semaines plus tard. Ce fut en dormant, dans le crépuscule d'un rêve. Il se promenait avec Mme Verdurin, le docteur Cottard, un jeune homme en fez qu'il ne pouvait identifier, le peintre, Odette, Napoléon III et mon grand-père, sur un chemin qui suivait la mer et la surplombait à pic tantôt de très haut, tantôt de quelques mètres seulement, de sorte qu'on montait et redescendait constamment; ceux des promeneurs qui redescendaient déjà n'étaient plus visibles à ceux qui montaient encore, le peu de jour qui restât faiblissait et il semblait alors qu'une nuit noire allait s'étendre immédiatement. Par moment les vagues sautaient jusqu'au bord et Swann sentait sur sa joue des éclaboussures glacées. Odette lui disait de les essuyer, il ne pouvait pas et en était confus vis-à-vis d'elle, ainsi que d'être en chemise de nuit. Il espérait qu'à cause de l'obscurité on ne s'en rendait pas compté, mais cependant Mme Verdurin le fixa d'un regard étonné durant un long moment pendant lequel il vit sa figure se déformer, son nez s'allonger et qu'elle avait de grandes moustaches.

Il se détourna pour regarder Odette, ses joues étaient pâles, avec des petits points rouges, ses traits tirés, cernés, mais elle le regardait avec des yeux pleins de tendresse prêts à se détacher comme des larmes pour tomber sur lui et il se sentait l'aimer tellement qu'il aurait voulu l'emmener tout de suite. Tout d'un coup Odette tourna son poignet, regarda une petite montre et dit: «Il faut que je m'en aille», elle prenait congé de tout le monde, de la même façon, sans prendre à part à Swann, sans lui dire où elle le reverrait le soir ou un autre jour. Il n'osa pas le lui demander, il aurait voulu la suivre et était obligé, sans se retourner vers elle, de répondre en souriant à une question de Mme Verdurin, mais son cœur battait horriblement, il éprouvait de la haine pour Odette, il aurait voulu crever ses yeux qu'il aimait tant tout à l'heure, écraser ses joues sans fraîcheur. Il continuait à monter avec Mme Verdurin, c'est-à-dire à s'éloigner à chaque pas d'Odette, qui descendait en sens inverse. Au bout d'une seconde il y eut beaucoup d'heures qu'elle était partie. Le peintre fit remarquer à Swann que Napoléon III s'était éclipsé un instant après elle. «C'était certainement entendu entre eux, ajouta-t-il, ils ont dû se rejoindre en bas de la côte mais n'ont pas voulu dire adieu ensemble à cause des convenances. Elle est sa maîtresse.» Le jeune homme inconnu se mit à pleurer. Swann essaya de le consoler. «Après tout elle a raison, lui dit-il en lui essuyant les yeux et en lui ôtant son fez pour qu'il fût plus à son aise. Je le lui ai conseillé dix fois. Pourquoi en être triste? C'était bien l'homme qui pouvait la comprendre.» Ainsi Swann se parlait-il à lui-même, car le jeune homme qu'il n'avait pu identifier d'abord était aussi lui; comme certains romanciers, il avait distribué sa personnalité à deux personnages, celui qui faisait le rêve, et un qu'il voyait devant lui coiffé d'un fez.

Quant à Napoléon III, c'est à Forcheville que quelque vague association d'idées, puis une certaine modification dans la physionomie habituelle du baron, enfin le grand cordon de la Légion d'honneur en sautoir, lui avaient fait donner ce nom; mais en réalité, et pour tout ce que le personnage présent dans le rêve lui représentait et lui rappelait, c'était bien Forcheville. Car, d'images incomplètes et changeantes Swann endormi tirait des déductions fausses, ayant d'ailleurs momentanément un tel pouvoir créateur qu'il se reproduisait par simple division comme certains organismes inférieurs; avec la chaleur sentie de sa propre paume il modelait le creux d'une main étrangère qu'il croyait serrer et, de sentiments et d'impressions dont il n'avait pas conscience encore faisait naître comme des péripéties qui, par leur enchaînement logique amèneraient à point nommé dans le sommeil de Swann le personnage nécessaire pour recevoir son amour ou provoquer son réveil. Une nuit noire se fit tout d'un coup, un tocsin sonna, des habitants passèrent en courant, se sauvant des maisons en flammes; Swann entendait le bruit des vagues qui sautaient et son cœur qui, avec la même violence, battait d'anxiété dans sa poitrine. Tout d'un coup ses palpitations de cœur redoublèrent de vitesse, il éprouva une souffrance, une nausée inexplicables; un paysan couvert de brûlures lui jetait en passant: «Venez demander à Charlus où Odette est allée finir la soirée avec son camarade, il a été avec elle autrefois et elle lui dit tout. C'est eux qui ont mis le feu.» C'était son valet de chambre qui venait l'éveiller et lui disait:

—Monsieur, il est huit heures et le coiffeur est là, je lui ai dit de repasser dans une heure.

Mais ces paroles en pénétrant dans les ondes du sommeil où Swann était plongé, n'étaient arrivées jusqu'à sa conscience qu'en subissant cette déviation qui fait qu'au fond de l'eau un rayon paraît un soleil, de même qu'un moment auparavant le bruit de la sonnette prenant au fond de ces abîmes une sonorité de tocsin avait enfanté l'épisode de l'incendie. Cependant le décor qu'il avait sous les yeux vola en poussière, il ouvrit les yeux, entendit une dernière fois le bruit d'une des vagues de la mer qui s'éloignait. Il toucha sa joue. Elle était sèche. Et pourtant il se rappelait la sensation de l'eau froide et le goût du sel. Il se leva, s'habilla. Il avait fait venir le coiffeur de bonne heure parce qu'il avait écrit la veille à mon grand-père qu'il irait dans l'après-midi à Combray, ayant appris que Mme de Cambremer—Mlle Legrandin—devait y passer quelques jours. Associant dans son souvenir au charme de ce jeune visage celui d'une campagne où il n'était pas allé depuis si longtemps, ils lui offraient ensemble un attrait qui l'avait décidé à quitter enfin Paris pour quelques jours. Comme les différents hasards qui nous mettent en présence de certaines personnes ne coïncident pas avec le temps où nous les aimons, mais, le dépassant, peuvent se produire avant qu'il commence et se répéter après qu'il a fini, les premières apparitions que fait dans notre vie un être destiné plus tard à nous plaire, prennent rétrospectivement à nos yeux une valeur d'avertissement, de présage.

C'est de cette façon que Swann s'était souvent reporté à l'image d'Odette rencontrée au théâtre, ce premier soir où il ne songeait pas à la revoir jamais,—et qu'il se rappelait maintenant la soirée de Mme de Saint-Euverte où il avait présenté le général de Froberville à Mme de Cambremer. Les intérêts de notre vie sont si multiples qu'il n'est pas rare que dans une même circonstance les jalons d'un bonheur qui n'existe pas encore soient posés à côté de l'aggravation d'un chagrin dont nous souffrons. Et sans doute cela aurait pu arriver à Swann ailleurs que chez Mme de Saint-Euverte. Qui sait même, dans le cas où, ce soir-là, il se fût trouvé ailleurs, si d'autres bonheurs, d'autres chagrins ne lui seraient pas arrivés, et qui ensuite lui eussent paru avoir été inévitables? Mais ce qui lui semblait l'avoir été, c'était ce qui avait eu lieu, et il n'était pas loin de voir quelque chose de providentiel dans ce qu'il se fût décidé à aller à la soirée de Mme de Saint-Euverte, parce que son esprit désireux d'admirer la richesse d'invention de la vie et incapable de se poser longtemps une question difficile, comme de savoir ce qui eût été le plus à souhaiter, considérait dans les souffrances qu'il avait éprouvées ce soir-là et les plaisirs encore insoupçonnés qui germaient déjà,—et entre lesquels la balance était trop difficile à établir—, une sorte d'enchaînement nécessaire.

Mais tandis que, une heure après son réveil, il donnait des indications au coiffeur pour que sa brosse ne se dérangeât pas en wagon, il repensa à son rêve, il revit comme il les avait sentis tout près de lui, le teint pâle d'Odette, les joues trop maigres, les traits tirés, les yeux battus, tout ce que—au cours des tendresses successives qui avaient fait de son durable amour pour Odette un long oubli de l'image première qu'il avait reçue d'elle—il avait cessé de remarquer depuis les premiers temps de leur liaison dans lesquels sans doute, pendant qu'il dormait, sa mémoire en avait été chercher la sensation exacte. Et avec cette muflerie intermittente qui reparaissait chez lui dès qu'il n'était plus malheureux et que baissait du même coup le niveau de sa moralité, il s'écria en lui-même: «Dire que j'ai gâché des années de ma vie, que j'ai voulu mourir, que j'ai eu mon plus grand amour, pour une femme qui ne me plaisait pas, qui n'était pas mon genre!»

TROISIÈME PARTIE
NOMS DE PAYS: LE NOM

Parmi les chambres dont j'évoquais le plus souvent l'image dans mes nuits d'insomnie, aucune ne ressemblait moins aux chambres de Combray, saupoudrées d'une atmosphère grenue, pollinisée, comestible et dévote, que celle du Grand-Hôtel de la Plage, à Balbec, dont les murs passés au ripolin contenaient comme les parois polies d'une piscine où l'eau bleuit, un air pur, azuré et salin. Le tapissier bavarois qui avait été chargé de l'aménagement de cet hôtel avait varié la décoration des pièces et sur trois côtés, fait courir le long des murs, dans celle que je me trouvai habiter, des bibliothèques basses, à vitrines en glace, dans lesquelles selon la place qu'elles occupaient, et par un effet qu'il n'avait pas prévu, telle ou telle partie du tableau changeant de la mer se reflétait, déroulant une frise de claires marines, qu'interrompaient seuls les pleins de l'acajou. Si bien que toute la pièce avait l'air d'un de ces dortoirs modèles qu'on présente dans les expositions «modern style» du mobilier où ils sont ornés d'œuvres d'art qu'on a supposées capables de réjouir les yeux de celui qui couchera là et auxquelles on a donné des sujets en rapport avec le genre de site où l'habitation doit se trouver.

Mais rien ne ressemblait moins non plus à ce Balbec réel que celui dont j'avais souvent rêvé, les jours de tempête, quand le vent était si fort que Françoise en me menant aux Champs-Élysées me recommandait de ne pas marcher trop près des murs pour ne pas recevoir de tuiles sur la tête et parlait en gémissant des grands sinistres et naufrages annoncés par les journaux. Je n'avais pas de plus grand désir que de voir une tempête sur la mer, moins comme un beau spectacle que comme un moment dévoilé de la vie réelle de la nature; ou plutôt il n'y avait pour moi de beaux spectacles que ceux que je savais qui n'étaient pas artificiellement combinés pour mon plaisir, mais étaient nécessaires, inchangeables,—les beautés des paysages ou du grand art. Je n'étais curieux, je n'étais avide de connaître que ce que je croyais plus vrai que moi-même, ce qui avait pour moi le prix de me montrer un peu de la pensée d'un grand génie, ou de la force ou de la grâce de la nature telle qu'elle se manifeste livrée à elle-même, sans l'intervention des hommes. De même que le beau son de sa voix, isolément reproduit par le phonographe, ne nous consolerait pas d'avoir perdu notre mère, de même une tempête mécaniquement imitée m'aurait laissé aussi indifférent que les fontaines lumineuses de l'Exposition. Je voulais aussi pour que la tempête fût absolument vraie, que le rivage lui-même fût un rivage naturel, non une digue récemment créée par une municipalité. D'ailleurs la nature par tous les sentiments qu'elle éveillait en moi, me semblait ce qu'il y avait de plus opposé aux productions mécaniques des hommes. Moins elle portait leur empreinte et plus elle offrait d'espace à l'expansion de mon cœur. Or j'avais retenu le nom de Balbec que nous avait cité Legrandin, comme d'une plage toute proche de «ces côtes funèbres, fameuses par tant de naufrages qu'enveloppent six mois de l'année le linceul des brumes et l'écume des vagues».

«On y sent encore sous ses pas, disait-il, bien plus qu'au Finistère lui-même (et quand bien même des hôtels s'y superposeraient maintenant sans pouvoir y modifier la plus antique ossature de la terre), on y sent la véritable fin de la terre française, européenne, de la Terre antique. Et c'est le dernier campement de pêcheurs, pareils à tous les pêcheurs qui ont vécu depuis le commencement du monde, en face du royaume éternel des brouillards de la mer et des ombres.» Un jour qu'à Combray j'avais parlé de cette plage de Balbec devant M. Swann afin d'apprendre de lui si c'était le point le mieux choisi pour voir les plus fortes tempêtes, il m'avait répondu: «Je crois bien que je connais Balbec! L'église de Balbec, du XIIe et XIIIe siècle, encore à moitié romane, est peut-être le plus curieux échantillon du gothique normand, et si singulière, on dirait de l'art persan.» Et ces lieux qui jusque-là ne m'avaient semblé que de la nature immémoriale, restée contemporaine des grands phénomènes géologiques,—et tout aussi en dehors de l'histoire humaine que l'Océan ou la grande Ourse, avec ces sauvages pêcheurs pour qui, pas plus que pour les baleines, il n'y eut de moyen âge—, ç'avait été un grand charme pour moi de les voir tout d'un coup entrés dans la série des siècles, ayant connu l'époque romane, et de savoir que le trèfle gothique était venu nervurer aussi ces rochers sauvages à l'heure voulue, comme ces plantes frêles mais vivaces qui, quand c'est le printemps, étoilent çà et là la neige des pôles. Et si le gothique apportait à ces lieux et à ces hommes une détermination qui leur manquait, eux aussi lui en conféraient une en retour. J'essayais de me représenter comment ces pêcheurs avaient vécu, le timide et insoupçonné essai de rapports sociaux qu'ils avaient tenté là, pendant le moyen âge, ramassés sur un point des côtes d'Enfer, aux pieds des falaises de la mort; et le gothique me semblait plus vivant maintenant que, séparé des villes où je l'avais toujours imaginé jusque-là, je pouvais voir comment, dans un cas particulier, sur des rochers sauvages, il avait germé et fleuri en un fin clocher. On me mena voir des reproductions des plus célèbres statues de Balbec—les apôtres moutonnants et camus, la Vierge du porche, et de joie ma respiration s'arrêtait dans ma poitrine quand je pensais que je pourrais les voir se modeler en relief sur le brouillard éternel et salé. Alors, par les soirs orageux et doux de février, le vent,—soufflant dans mon cœur, qu'il ne faisait pas trembler moins fort que la cheminée de ma chambre, le projet d'un voyage à Balbec—mêlait en moi le désir de l'architecture gothique avec celui d'une tempête sur la mer.

J'aurais voulu prendre dès le lendemain le beau train généreux d'une heure vingt-deux dont je ne pouvais jamais sans que mon cœur palpitât lire, dans les réclames des Compagnies de chemin de fer, dans les annonces de voyages circulaires, l'heure de départ: elle me semblait inciser à un point précis de l'après-midi une savoureuse entaille, une marque mystérieuse à partir de laquelle les heures déviées conduisaient bien encore au soir, au matin du lendemain, mais qu'on verrait, au lieu de Paris, dans l'une de ces villes par où le train passe et entre lesquelles il nous permettait de choisir; car il s'arrêtait à Bayeux, à Coutances, à Vitré, à Questambert, à Pontorson, à Balbec, à Lannion, à Lamballe, à Benodet, à Pont-Aven, à Quimperlé, et s'avançait magnifiquement surchargé de noms qu'il m'offrait et entre lesquels je ne savais lequel j'aurais préféré, par impossibilité d'en sacrifier aucun. Mais sans même l'attendre, j'aurais pu en m'habillant à la hâte partir le soir même, si mes parents me l'avaient permis, et arriver à Balbec quand le petit jour se lèverait sur la mer furieuse, contre les écumes envolées de laquelle j'irais me réfugier dans l'église de style persan.

Mais à l'approche des vacances de Pâques, quand mes parents m'eurent promis de me les faire passer une fois dans le nord de l'Italie, voilà qu'à ces rêves de tempête dont j'avais été rempli tout entier, ne souhaitant voir que des vagues accourant de partout, toujours plus haut, sur la côte la plus sauvage, près d'églises escarpées et rugueuses comme des falaises et dans les tours desquelles crieraient les oiseaux de mer, voilà que tout à coup les effaçant, leur ôtant tout charme, les excluant parce qu'ils lui étaient opposés et n'auraient pu que l'affaiblir, se substituaient en moi le rêve contraire du printemps le plus diapré, non pas le printemps de Combray qui piquait encore aigrement avec toutes les aiguilles du givre, mais celui qui couvrait déjà de lys et d'anémones les champs de Fiésole et éblouissait Florence de fonds d'or pareils à ceux de l'Angelico. Dès lors, seuls les rayons, les parfums, les couleurs me semblaient avoir du prix; car l'alternance des images avait amené en moi un changement de front du désir, et,—aussi brusque que ceux qu'il y a parfois en musique, un complet changement de ton dans ma sensibilité. Puis il arriva qu'une simple variation atmosphérique suffit à provoquer en moi cette modulation sans qu'il y eût besoin d'attendre le retour d'une saison.

Car souvent dans l'une, on trouve égaré un jour d'une autre, qui nous y fait vivre, en évoque aussitôt, en fait désirer les plaisirs particuliers et interrompt les rêves que nous étions en train de faire, en plaçant, plus tôt ou plus tard qu'à son tour, ce feuillet détaché d'un autre chapitre, dans le calendrier interpolé du Bonheur. Mais bientôt comme ces phénomènes naturels dont notre confort ou notre santé ne peuvent tirer qu'un bénéfice accidentel et assez mince jusqu'au jour où la science s'empare d'eux, et les produisant à volonté, remet en nos mains la possibilité de leur apparition, soustraite à la tutelle et dispensée de l'agrément du hasard, de même la production de ces rêves d'Atlantique et d'Italie cessa d'être soumise uniquement aux changements des saisons et du temps. Je n'eus besoin pour les faire renaître que de prononcer ces noms: Balbec, Venise, Florence, dans l'intérieur desquels avait fini par s'accumuler le désir que m'avaient inspiré les lieux qu'ils désignaient. Même au printemps, trouver dans un livre le nom de Balbec suffisait à réveiller en moi le désir des tempêtes et du gothique normand; même par un jour de tempête le nom de Florence ou de Venise me donnait le désir du soleil, des lys, du palais des Doges et de Sainte-Marie-des-Fleurs.

Mais si ces noms absorbèrent à tout jamais l'image que j'avais de ces villes, ce ne fut qu'en la transformant, qu'en soumettant sa réapparition en moi à leurs lois propres; ils eurent ainsi pour conséquence de la rendre plus belle, mais aussi plus différente de ce que les villes de Normandie ou de Toscane pouvaient être en réalité, et, en accroissant les joies arbitraires de mon imagination, d'aggraver la déception future de mes voyages. Ils exaltèrent l'idée que je me faisais de certains lieux de la terre, en les faisant plus particuliers, par conséquent plus réels. Je ne me représentais pas alors les villes, les paysages, les monuments, comme des tableaux plus ou moins agréables, découpés çà et là dans une même matière, mais chacun d'eux comme un inconnu, essentiellement différent des autres, dont mon âme avait soif et qu'elle aurait profit à connaître. Combien ils prirent quelque chose de plus individuel encore, d'être désignés par des noms, des noms qui n'étaient que pour eux, des noms comme en ont les personnes. Les mots nous présentent des choses une petite image claire et usuelle comme celles que l'on suspend aux murs des écoles pour donner aux enfants l'exemple de ce qu'est un établi, un oiseau, une fourmilière, choses conçues comme pareilles à toutes celles de même sorte. Mais les noms présentent des personnes—et des villes qu'ils nous habituent à croire individuelles, uniques comme des personnes—une image confuse qui tire d'eux, de leur sonorité éclatante ou sombre, la couleur dont elle est peinte uniformément comme une de ces affiches, entièrement bleues ou entièrement rouges, dans lesquelles, à cause des limites du procédé employé ou par un caprice du décorateur, sont bleus ou rouges, non seulement le ciel et la mer, mais les barques, l'église, les passants. Le nom de Parme, une des villes où je désirais le plus aller, depuis que j'avais lu la Chartreuse, m'apparaissant compact, lisse, mauve et doux; si on me parlait d'une maison quelconque de Parme dans laquelle je serais reçu, on me causait le plaisir de penser que j'habiterais une demeure lisse, compacte, mauve et douce, qui n'avait de rapport avec les demeures d'aucune ville d'Italie puisque je l'imaginais seulement à l'aide de cette syllabe lourde du nom de Parme, où ne circule aucun air, et de tout ce que je lui avais fait absorber de douceur stendhalienne et du reflet des violettes. Et quand je pensais à Florence, c'était comme à une ville miraculeusement embaumée et semblable à une corolle, parce qu'elle s'appelait la cité des lys et sa cathédrale, Sainte-Marie-des-Fleurs. Quant à Balbec, c'était un de ces noms où comme sur une vieille poterie normande qui garde la couleur de la terre d'où elle fut tirée, on voit se peindre encore la représentation de quelque usage aboli, de quelque droit féodal, d'un état ancien de lieux, d'une manière désuète de prononcer qui en avait formé les syllabes hétéroclites et que je ne doutais pas de retrouver jusque chez l'aubergiste qui me servirait du café au lait à mon arrivée, me menant voir la mer déchaînée devant l'église et auquel je prêtais l'aspect disputeur, solennel et médiéval d'un personnage de fabliau.

Si ma santé s'affermissait et que mes parents me permissent, sinon d'aller séjourner à Balbec, du moins de prendre une fois, pour faire connaissance avec l'architecture et les paysages de la Normandie ou de la Bretagne, ce train d'une heure vingt-deux dans lequel j'étais monté tant de fois en imagination, j'aurais voulu m'arrêter de préférence dans les villes les plus belles; mais j'avais beau les comparer, comment choisir plus qu'entre des êtres individuels, qui ne sont pas interchangeables, entre Bayeux si haute dans sa noble dentelle rougeâtre et dont le faîte était illuminé par le vieil or de sa dernière syllabe; Vitré dont l'accent aigu losangeait de bois noir le vitrage ancien; le doux Lamballe qui, dans son blanc, va du jaune coquille d'œuf au gris perle; Coutances, cathédrale normande, que sa diphtongue finale, grasse et jaunissante couronne par une tour de beurre; Lannion avec le bruit, dans son silence villageois, du coche suivi de la mouche; Questambert, Pontorson, risibles et naïfs, plumes blanches et becs jaunes éparpillés sur la route de ces lieux fluviatiles et poétiques; Benodet, nom à peine amarré que semble vouloir entraîner la rivière au milieu de ses algues, Pont-Aven, envolée blanche et rose de l'aile d'une coiffe légère qui se reflète en tremblant dans une eau verdie de canal; Quimperlé, lui, mieux attaché et, depuis le moyen âge, entre les ruisseaux dont il gazouille et s'emperle en une grisaille pareille à celle que dessinent, à travers les toiles d'araignées d'une verrière, les rayons de soleil changés en pointes émoussées d'argent bruni?

Ces images étaient fausses pour une autre raison encore; c'est qu'elles étaient forcément très simplifiées; sans doute ce à quoi aspirait mon imagination et que mes sens ne percevaient qu'incomplètement et sans plaisir dans le présent, je l'avais enfermé dans le refuge des noms; sans doute, parce que j'y avais accumulé du rêve, ils aimantaient maintenant mes désirs; mais les noms ne sont pas très vastes; c'est tout au plus si je pouvais y faire entrer deux ou trois des «curiosités» principales de la ville et elles s'y juxtaposaient sans intermédiaires; dans le nom de Balbec, comme dans le verre grossissant de ces porte-plume qu'on achète aux bains de mer, j'apercevais des vagues soulevées autour d'une église de style persan. Peut-être même la simplification de ces images fut-elle une des causes de l'empire qu'elles prirent sur moi. Quand mon père eut décidé, une année, que nous irions passer les vacances de Pâques à Florence et à Venise, n'ayant pas la place de faire entrer dans le nom de Florence les éléments qui composent d'habitude les villes, je fus contraint à faire sortir une cité surnaturelle de la fécondation, par certains parfums printaniers, de ce que je croyais être, en son essence, le génie de Giotto. Tout au plus—et parce qu'on ne peut pas faire tenir dans un nom beaucoup plus de durée que d'espace—comme certains tableaux de Giotto eux-mêmes qui montrent à deux moments différents de l'action un même personnage, ici couché dans son lit, là s'apprêtant à monter à cheval, le nom de Florence était-il divisé en deux compartiments. Dans l'un, sous un dais architectural, je contemplais une fresque à laquelle était partiellement superposé un rideau de soleil matinal, poudreux, oblique et progressif; dans l'autre (car ne pensant pas aux noms comme à un idéal inaccessible mais comme à une ambiance réelle dans laquelle j'irais me plonger, la vie non vécue encore, la vie intacte et pure que j'y enfermais donnait aux plaisirs les plus matériels, aux scènes les plus simples, cet attrait qu'ils ont dans les œuvres des primitifs), je traversais rapidement,—pour trouver plus vite le déjeuner qui m'attendait avec des fruits et du vin de Chianti—le Ponte-Vecchio encombré de jonquilles, de narcisses et d'anémones. Voilà (bien que je fusse à Paris) ce que je voyais et non ce qui était autour de moi. Même à un simple point de vue réaliste, les pays que nous désirons tiennent à chaque moment beaucoup plus de place dans notre vie véritable, que le pays où nous nous trouvons effectivement. Sans doute si alors j'avais fait moi-même plus attention à ce qu'il y avait dans ma pensée quand je prononçais les mots «aller à Florence, à Parme, à Pise, à Venise», je me serais rendu compte que ce que je voyais n'était nullement une ville, mais quelque chose d'aussi différent de tout ce que je connaissais, d'aussi délicieux, que pourrait être pour une humanité dont la vie se serait toujours écoulée dans des fins d'après-midi d'hiver, cette merveille inconnue: une matinée de printemps.

Ces images irréelles, fixes, toujours pareilles, remplissant mes nuits et mes jours, différencièrent cette époque de ma vie de celles qui l'avaient précédée (et qui auraient pu se confondre avec elle aux yeux d'un observateur qui ne voit les choses que du dehors, c'est-à-dire qui ne voit rien), comme dans un opéra un motif mélodique introduit une nouveauté qu'on ne pourrait pas soupçonner si on ne faisait que lire le livret, moins encore si on restait en dehors du théâtre à compter seulement les quarts d'heure qui s'écoulent. Et encore, même à ce point de vue de simple quantité, dans notre vie les jours ne sont pas égaux. Pour parcourir les jours, les natures un peu nerveuses, comme était la mienne, disposent, comme les voitures automobiles, de «vitesses» différentes. Il y a des jours montueux et malaisés qu'on met un temps infini à gravir et des jours en pente qui se laissent descendre à fond de train en chantant. Pendant ce mois—où je ressassai comme une mélodie, sans pouvoir m'en rassasier, ces images de Florence, de Venise et de Pise desquelles le désir qu'elles excitaient en moi gardait quelque chose d'aussi profondément individuel que si ç'avait été un amour, un amour pour une personne—je ne cessai pas de croire qu'elles correspondaient à une réalité indépendante de moi, et elles me firent connaître une aussi belle espérance que pouvait en nourrir un chrétien des premiers âges à la veille d'entrer dans le paradis. Aussi sans que je me souciasse de la contradiction qu'il y avait à vouloir regarder et toucher avec les organes des sens, ce qui avait été élaboré par la rêverie et non perçu par eux—et d'autant plus tentant pour eux, plus différent de ce qu'ils connaissaient—c'est ce qui me rappelait la réalité de ces images, qui enflammait le plus mon désir, parce que c'était comme une promesse qu'il serait contenté. Et, bien que mon exaltation eût pour motif un désir de jouissances artistiques, les guides l'entretenaient encore plus que les livres d'esthétiques et, plus que les guides, l'indicateur des chemins de fer.

Ce qui m'émouvait c'était de penser que cette Florence que je voyais proche mais inaccessible dans mon imagination, si le trajet qui la séparait de moi, en moi-même, n'était pas viable, je pourrais l'atteindre par un biais, par un détour, en prenant la «voie de terre». Certes, quand je me répétais, donnant ainsi tant de valeur à ce que j'allais voir, que Venise était «l'école de Giorgione, la demeure du Titien, le plus complet musée de l'architecture domestique au moyen âge», je me sentais heureux. Je l'étais pourtant davantage quand, sorti pour une course, marchant vite à cause du temps qui, après quelques jours de printemps précoce était redevenu un temps d'hiver (comme celui que nous trouvions d'habitude à Combray, la Semaine Sainte),—voyant sur les boulevards les marronniers qui, plongés dans un air glacial et liquide comme de l'eau, n'en commençaient pas moins, invités exacts, déjà en tenue, et qui ne se sont pas laissé décourager, à arrondir et à ciseler en leurs blocs congelés, l'irrésistible verdure dont la puissance abortive du froid contrariait mais ne parvenait pas à réfréner la progressive poussée—, je pensais que déjà le Ponte-Vecchio était jonché à foison de jacinthes et d'anémones et que le soleil du printemps teignait déjà les flots du Grand Canal d'un si sombre azur et de si nobles émeraudes qu'en venant se briser aux pieds des peintures du Titien, ils pouvaient rivaliser de riche coloris avec elles.

Je ne pus plus contenir ma joie quand mon père, tout en consultant le baromètre et en déplorant le froid, commença à chercher quels seraient les meilleurs trains, et quand je compris qu'en pénétrant après le déjeuner dans le laboratoire charbonneux, dans la chambre magique qui se chargeait d'opérer la transmutation tout autour d'elle, on pouvait s'éveiller le lendemain dans la cité de marbre et d'or «rehaussée de jaspe et pavée d'émeraudes». Ainsi elle et la Cité des lys n'étaient pas seulement des tableaux fictifs qu'on mettait à volonté devant son imagination, mais existaient à une certaine distance de Paris qu'il fallait absolument franchir si l'on voulait les voir, à une certaine place déterminée de la terre, et à aucune autre, en un mot étaient bien réelles. Elles le devinrent encore plus pour moi, quand mon père en disant: «En somme, vous pourriez rester à Venise du 20 avril au 29 et arriver à Florence dès le matin de Pâques», les fit sortir toutes deux non plus seulement de l'Espace abstrait, mais de ce Temps imaginaire où nous situons non pas un seul voyage à la fois, mais d'autres, simultanés et sans trop d'émotion puisqu'ils ne sont que possibles,—ce Temps qui se refabrique si bien qu'on peut encore le passer dans une ville après qu'on l'a passé dans une autre—et leur consacra de ces jours particuliers qui sont le certificat d'authenticité des objets auxquels on les emploie, car ces jours uniques, ils se consument par l'usage, ils ne reviennent pas, on ne peut plus les vivre ici quand on les a vécus là; je sentis que c'était vers la semaine qui commençait le lundi où la blanchisseuse devait rapporter le gilet blanc que j'avais couvert d'encre, que se dirigeaient pour s'y absorber au sortir du temps idéal où elles n'existaient pas encore, les deux Cités Reines dont j'allais avoir, par la plus émouvante des géométries, à inscrire les dômes et les tours dans le plan de ma propre vie. Mais je n'étais encore qu'en chemin vers le dernier degré de l'allégresse; je l'atteignis enfin (ayant seulement alors la révélation que sur les rues clapotantes, rougies du reflet des fresques de Giorgione, ce n'était pas, comme j'avais, malgré tant d'avertissements, continué à l'imaginer, les hommes «majestueux et terribles comme la mer, portant leur armure aux reflets de bronze sous les plis de leur manteau sanglant» qui se promèneraient dans Venise la semaine prochaine, la veille de Pâques, mais que ce pourrait être moi le personnage minuscule que, dans une grande photographie de Saint-Marc qu'on m'avait prêtée, l'illustrateur avait représenté, en chapeau melon, devant les proches), quand j'entendis mon père me dire: «Il doit faire encore froid sur le Grand Canal, tu ferais bien de mettre à tout hasard dans ta malle ton pardessus d'hiver et ton gros veston.» A ces mots je m'élevai à une sorte d'extase; ce que j'avais cru jusque-là impossible, je me sentis vraiment pénétrer entre ces «rochers d'améthyste pareils à un récif de la mer des Indes»; par une gymnastique suprême et au-dessus de mes forces, me dévêtant comme d'une carapace sans objet de l'air de ma chambre qui m'entourait, je le remplaçai par des parties égales d'air vénitien, cette atmosphère marine, indicible et particulière comme celle des rêves que mon imagination avait enfermée dans le nom de Venise, je sentis s'opérer en moi une miraculeuse désincarnation; elle se doubla aussitôt de la vague envie de vomir qu'on éprouve quand on vient de prendre un gros mal de gorge, et on dut me mettre au lit avec une fièvre si tenace, que le docteur déclara qu'il fallait renoncer non seulement à me laisser partir maintenant à Florence et à Venise mais, même quand je serais entièrement rétabli, m'éviter d'ici au moins un an, tout projet de voyage et toute cause d'agitation.

Et hélas, il défendit aussi d'une façon absolue qu'on me laissât aller au théâtre entendre la Berma; l'artiste sublime, à laquelle Bergotte trouvait du génie, m'aurait en me faisant connaître quelque chose qui était peut-être aussi important et aussi beau, consolé de n'avoir pas été à Florence et à Venise, de n'aller pas à Balbec. On devait se contenter de m'envoyer chaque jour aux Champs-Élysées, sous la surveillance d'une personne qui m'empêcherait de me fatiguer et qui fut Françoise, entrée à notre service après la mort de ma tante Léonie. Aller aux Champs-Élysées me fut insupportable. Si seulement Bergotte les eût décrits dans un de ses livres, sans doute j'aurais désiré de les connaître, comme toutes les choses dont on avait commencé par mettre le «double» dans mon imagination. Elle les réchauffait, les faisait vivre, leur donnait une personnalité, et je voulais les retrouver dans la réalité; mais dans ce jardin public rien ne se rattachait à mes rêves.

Un jour, comme je m'ennuyais à notre place familière, à côté des chevaux de bois, Françoise m'avait emmené en excursion—au delà de la frontière que gardent à intervalles égaux les petits bastions des marchandes de sucre d'orge—, dans ces régions voisines mais étrangères où les visages sont inconnus, où passe la voiture aux chèvres; puis elle était revenue prendre ses affaires sur sa chaise adossée à un massif de lauriers; en l'attendant je foulais la grande pelouse chétive et rase, jaunie par le soleil, au bout de laquelle le bassin est dominé par une statue quand, de l'allée, s'adressant à une fillette à cheveux roux qui jouait au volant devant la vasque, une autre, en train de mettre son manteau et de serrer sa raquette, lui cria, d'une voix brève: «Adieu, Gilberte, je rentre, n'oublie pas que nous venons ce soir chez toi après dîner.» Ce nom de Gilberte passa près de moi, évoquant d'autant plus l'existence de celle qu'il désignait qu'il ne la nommait pas seulement comme un absent dont on parle, mais l'interpellait; il passa ainsi près de moi, en action pour ainsi dire, avec une puissance qu'accroissait la courbe de son jet et l'approche de son but;—transportant à son bord, je le sentais, la connaissance, les notions qu'avait de celle à qui il était adressé, non pas moi, mais l'amie qui l'appelait, tout ce que, tandis qu'elle le prononçait, elle revoyait ou du moins, possédait en sa mémoire, de leur intimité quotidienne, des visites qu'elles se faisaient l'une chez l'autre, de tout cet inconnu encore plus inaccessible et plus douloureux pour moi d'être au contraire si familier et si maniable pour cette fille heureuse qui m'en frôlait sans que j'y puisse pénétrer et le jetait en plein air dans un cri;—laissant déjà flotter dans l'air l'émanation délicieuse qu'il avait fait se dégager, en les touchant avec précision, de quelques points invisibles de la vie de

Mlle Swann, du soir qui allait venir, tel qu'il serait, après dîner, chez elle,—formant, passager céleste au milieu des enfants et des bonnes, un petit nuage d'une couleur précieuse, pareil à celui qui, bombé au-dessus d'un beau jardin du Poussin, reflète minutieusement comme un nuage d'opéra, plein de chevaux et de chars, quelque apparition de la vie des dieux;—jetant enfin, sur cette herbe pelée, à l'endroit où elle était un morceau à la fois de pelouse flétrie et un moment de l'après-midi de la blonde joueuse de volant (qui ne s'arrêta de le lancer et de le rattraper que quand une institutrice à plumet bleu l'eut appelée), une petite bande merveilleuse et couleur d'héliotrope impalpable comme un reflet et superposée comme un tapis sur lequel je ne pus me lasser de promener mes pas attardés, nostalgiques et profanateurs, tandis que Françoise me criait: «Allons, aboutonnez voir votre paletot et filons» et que je remarquais pour la première fois avec irritation qu'elle avait un langage vulgaire, et hélas, pas de plumet bleu à son chapeau.

Retournerait-elle seulement aux Champs-Élysées? Le lendemain elle n'y était pas; mais je l'y vis les jours suivants; je tournais tout le temps autour de l'endroit où elle jouait avec ses amies, si bien qu'une fois où elles ne se trouvèrent pas en nombre pour leur partie de barres, elle me fit demander si je voulais compléter leur camp, et je jouai désormais avec elle chaque fois qu'elle était là. Mais ce n'était pas tous les jours; il y en avait où elle était empêchée de venir par ses cours, le catéchisme, un goûter, toute cette vie séparée de la mienne que par deux fois, condensée dans le nom de Gilberte, j'avais senti passer si douloureusement près de moi, dans le raidillon de Combray et sur la pelouse des Champs-Élysées. Ces jours-là, elle annonçait d'avance qu'on ne la verrait pas; si c'était à cause de ses études, elle disait: «C'est rasant, je ne pourrai pas venir demain; vous allez tous vous amuser sans moi», d'un air chagrin qui me consolait un peu; mais en revanche quand elle était invitée à une matinée, et que, ne le sachant pas je lui demandais si elle viendrait jouer, elle me répondait: «J'espère bien que non! J'espère bien que maman me laissera aller chez mon amie.» Du moins ces jours-là, je savais que je ne la verrais pas, tandis que d'autres fois, c'était à l'improviste que sa mère l'emmenait faire des courses avec elle, et le lendemain elle disait: «Ah! oui, je suis sortie avec maman», comme une chose naturelle, et qui n'eût pas été pour quelqu'un le plus grand malheur possible. Il y avait aussi les jours de mauvais temps où son institutrice, qui pour elle-même craignait la pluie, ne voulait pas l'emmener aux Champs-Élysées.

Aussi si le ciel était douteux, dès le matin je ne cessais de l'interroger et je tenais compte de tous les présages. Si je voyais la dame d'en face qui, près de la fenêtre, mettait son chapeau, je me disais: «Cette dame va sortir; donc il fait un temps où l'on peut sortir: pourquoi Gilberte ne ferait-elle pas comme cette dame?» Mais le temps s'assombrissait, ma mère disait qu'il pouvait se lever encore, qu'il suffirait pour cela d'un rayon de soleil, mais que plus probablement il pleuvrait; et s'il pleuvait à quoi bon aller aux Champs-Élysées? Aussi depuis le déjeuner mes regards anxieux ne quittaient plus le ciel incertain et nuageux. Il restait sombre. Devant la fenêtre, le balcon était gris. Tout d'un coup, sur sa pierre maussade je ne voyais pas une couleur moins terne, mais je sentais comme un effort vers une couleur moins terne, la pulsation d'un rayon hésitant qui voudrait libérer sa lumière. Un instant après, le balcon était pâle et réfléchissant comme une eau matinale, et mille reflets de la ferronnerie de son treillage étaient venus s'y poser. Un souffle de vent les dispersait, la pierre s'était de nouveau assombrie, mais, comme apprivoisés, ils revenaient; elle recommençait imperceptiblement à blanchir et par un de ces crescendos continus comme ceux qui, en musique, à la fin d'une Ouverture, mènent une seule note jusqu'au fortissimo suprême en la faisant passer rapidement par tous les degrés intermédiaires, je la voyais atteindre à cet or inaltérable et fixe des beaux jours, sur lequel l'ombre découpée de l'appui ouvragé de la balustrade se détachait en noir comme une végétation capricieuse, avec une ténuité dans la délinéation des moindres détails qui semblait trahir une conscience appliquée, une satisfaction d'artiste, et avec un tel relief, un tel velours dans le repos de ses masses sombres et heureuses qu'en vérité ces reflets larges et feuillus qui reposaient sur ce lac de soleil semblaient savoir qu'ils étaient des gages de calme et de bonheur.

Lierre instantané, flore pariétaire et fugitive! la plus incolore, la plus triste, au gré de beaucoup, de celles qui peuvent ramper sur le mur ou décorer la croisée; pour moi, de toutes la plus chère depuis le jour où elle était apparue sur notre balcon, comme l'ombre même de la présence de Gilberte qui était peut-être déjà aux Champs-Élysées, et dès que j'y arriverais, me dirait: «Commençons tout de suite à jouer aux barres, vous êtes dans mon camp»; fragile, emportée par un souffle, mais aussi en rapport non pas avec la saison, mais avec l'heure; promesse du bonheur immédiat que la journée refuse ou accomplira, et par là du bonheur immédiat par excellence, le bonheur de l'amour; plus douce, plus chaude sur la pierre que n'est la mousse même; vivace, à qui il suffit d'un rayon pour naître et faire éclore de la joie, même au cœur de l'hiver.

Et jusque dans ces jours où toute autre végétation a disparu, où le beau cuir vert qui enveloppe le tronc des vieux arbres est caché sous la neige, quand celle-ci cessait de tomber, mais que le temps restait trop couvert pour espérer que Gilberte sortît, alors tout d'un coup, faisant dire à ma mère: «Tiens voilà justement qu'il fait beau, vous pourriez peut-être essayer tout de même d'aller aux Champs-Élysées», sur le manteau de neige qui couvrait le balcon, le soleil apparu entrelaçait des fils d'or et brodait des reflets noirs. Ce jour-là nous ne trouvions personne ou une seule fillette prête à partir qui m'assurait que Gilberte ne viendrait pas. Les chaises désertées par l'assemblée imposante mais frileuse des institutrices étaient vides. Seule, près de la pelouse, était assise une dame d'un certain âge qui venait par tous les temps, toujours harnachée d'une toilette identique, magnifique et sombre, et pour faire la connaissance de laquelle j'aurais à cette époque sacrifié, si l'échange m'avait été permis, tous les plus grands avantages futurs de ma vie. Car Gilberte allait tous les jours la saluer; elle demandait à Gilberte des nouvelles de «son amour de mère»; et il me semblait que si je l'avais connue, j'avais été pour Gilberte quelqu'un de tout autre, quelqu'un qui connaissait les relations de ses parents. Pendant que ses petits-enfants jouaient plus loin, elle lisait toujours les Débats qu'elle appelait «mes vieux Débats» et, par genre aristocratique, disait en parlant du sergent de ville ou de la loueuse de chaises: «Mon vieil ami le sergent de ville», «la loueuse de chaises et moi qui sommes de vieux amis».

Françoise avait trop froid pour rester immobile, nous allâmes jusqu'au pont de la Concorde voir la Seine prise, dont chacun et même les enfants s'approchaient sans peur comme d'une immense baleine échouée, sans défense, et qu'on allait dépecer. Nous revenions aux Champs-Élysées; je languissais de douleur entre les chevaux de bois immobiles et la pelouse blanche prise dans le réseau noir des allées dont on avait enlevé la neige et sur laquelle la statue avait à la main un jet de glace ajouté qui semblait l'explication de son geste. La vieille dame elle-même ayant plié ses Débats, demanda l'heure à une bonne d'enfants qui passait et qu'elle remercia en lui disant: «Comme vous êtes aimable!» puis, priant le cantonnier de dire à ses petits enfants de revenir, qu'elle avait froid, ajouta: «Vous serez mille fois bon. Vous savez que je suis confuse!» Tout à coup l'air se déchira: entre le guignol et le cirque, à l'horizon embelli, sur le ciel entr'ouvert, je venais d'apercevoir, comme un signe fabuleux, le plumet bleu de Mademoiselle. Et déjà Gilberte courait à toute vitesse dans ma direction, étincelante et rouge sous un bonnet carré de fourrure, animée par le froid, le retard et le désir du jeu; un peu avant d'arriver à moi, elle se laissa glisser sur la glace et, soit pour mieux garder son équilibre, soit parce qu'elle trouvait cela plus gracieux, ou par affectation du maintien d'une patineuse, c'est les bras grands ouverts qu'elle avançait en souriant, comme si elle avait voulu m'y recevoir. «Brava! Brava! ça c'est très bien, je dirais comme vous que c'est chic, que c'est crâne, si je n'étais pas d'un autre temps, du temps de l'ancien régime, s'écria la vieille dame prenant la parole au nom des Champs-Élysées silencieux pour remercier Gilberte d'être venue sans se laisser intimider par le temps. Vous êtes comme moi, fidèle quand même à nos vieux Champs-Élysées; nous sommes deux intrépides. Si je vous disais que je les aime, même ainsi. Cette neige, vous allez rire de moi, ça me fait penser à de l'hermine!» Et la vieille dame se mit à rire.

Le premier de ces jours—auxquels la neige, image des puissances qui pouvaient me priver de voir Gilberte, donnait la tristesse d'un jour de séparation et jusqu'à l'aspect d'un jour de départ parce qu'il changeait la figure et empêchait presque l'usage du lieu habituel de nos seules entrevues maintenant changé, tout enveloppé de housses—, ce jour fit pourtant faire un progrès à mon amour, car il fut comme un premier chagrin qu'elle eût partagé avec moi. Il n'y avait que nous deux de notre bande, et être ainsi le seul qui fût avec elle, c'était non seulement comme un commencement d'intimité, mais aussi de sa part,—comme si elle ne fût venue rien que pour moi par un temps pareil—cela me semblait aussi touchant que si un de ces jours où elle était invitée à une matinée, elle y avait renoncé pour venir me retrouver aux Champs-Élysées; je prenais plus de confiance en la vitalité et en l'avenir de notre amitié qui restait vivace au milieu de l'engourdissement, de la solitude et de la ruine des choses environnantes; et tandis qu'elle me mettait des boules de neige dans le cou, je souriais avec attendrissement à ce qui me semblait à la fois une prédilection qu'elle me marquait en me tolérant comme compagnon de voyage dans ce pays hivernal et nouveau, et une sorte de fidélité qu'elle me gardait au milieu du malheur. Bientôt l'une après l'autre, comme des moineaux hésitants, ses amies arrivèrent toutes noires sur la neige. Nous commençâmes à jouer et comme ce jour si tristement commencé devait finir dans la joie, comme je m'approchais, avant de jouer aux barres, de l'amie à la voix brève que j'avais entendue le premier jour crier le nom de Gilberte, elle me dit: «Non, non, on sait bien que vous aimez mieux être dans le camp de Gilberte, d'ailleurs vous voyez elle vous fait signe.» Elle m'appelait en effet pour que je vinsse sur la pelouse de neige, dans son camp, dont le soleil en lui donnant les reflets roses, l'usure métallique des brocarts anciens, faisait un camp du drap d'or.

Ce jour que j'avais tant redouté fut au contraire un des seuls où je ne fus pas trop malheureux.

Car, moi qui ne pensais plus qu'à ne jamais rester un jour sans voir Gilberte (au point qu'une fois ma grand'mère n'étant pas rentrée pour l'heure du dîner, je ne pus m'empêcher de me dire tout de suite que si elle avait été écrasée par une voiture, je ne pourrais pas aller de quelque temps aux Champs-Élysées; on n'aime plus personne dès qu'on aime) pourtant ces moments où j'étais auprès d'elle et que depuis la veille j'avais si impatiemment attendus, pour lesquels j'avais tremblé, auxquels j'aurais sacrifié tout le reste, n'étaient nullement des moments heureux; et je le savais bien car c'était les seuls moments de ma vie sur lesquels je concentrasse une attention méticuleuse, acharnée, et elle ne découvrait pas en eux un atome de plaisir.

Tout le temps que j'étais loin de Gilberte, j'avais besoin de la voir, parce que cherchant sans cesse à me représenter son image, je finissais par ne plus y réussir, et par ne plus savoir exactement à quoi correspondait mon amour. Puis, elle ne m'avait encore jamais dit qu'elle m'aimait. Bien au contraire, elle avait souvent prétendu qu'elle avait des amis qu'elle me préférait, que j'étais un bon camarade avec qui elle jouait volontiers quoique trop distrait, pas assez au jeu; enfin elle m'avait donné souvent des marques apparentes de froideur qui auraient pu ébranler ma croyance que j'étais pour elle un être différent des autres, si cette croyance avait pris sa source dans un amour que Gilberte aurait eu pour moi, et non pas, comme cela était, dans l'amour que j'avais pour elle, ce qui la rendait autrement résistante, puisque cela la faisait dépendre de la manière même dont j'étais obligé, par une nécessité intérieure, de penser à Gilberte. Mais les sentiments que je ressentais pour elle, moi-même je ne les lui avais pas encore déclarés. Certes, à toutes les pages de mes cahiers, j'écrivais indéfiniment son nom et son adresse, mais à la vue de ces vagues lignes que je traçais sans qu'elle pensât pour cela à moi, qui lui faisaient prendre autour de moi tant de place apparente sans qu'elle fût mêlée davantage à ma vie, je me sentais découragé parce qu'elles ne me parlaient pas de Gilberte qui ne les verrait même pas, mais de mon propre désir qu'elles semblaient me montrer comme quelque chose de purement personnel, d'irréel, de fastidieux et d'impuissant. Le plus pressé était que nous nous vissions Gilberte et moi, et que nous puissions nous faire l'aveu réciproque de notre amour, qui jusque-là n'aurait pour ainsi dire pas commencé. Sans doute les diverses raisons qui me rendaient si impatient de la voir auraient été moins impérieuses pour un homme mûr. Plus tard, il arrive que devenus habiles dans la culture de nos plaisirs, nous nous contentions de celui que nous avons à penser à une femme comme je pensais à Gilberte, sans être inquiets de savoir si cette image correspond à la réalité, et aussi de celui de l'aimer sans avoir besoin d'être certain qu'elle nous aime; ou encore que nous renoncions au plaisir de lui avouer notre inclination pour elle, afin d'entretenir plus vivace l'inclination qu'elle a pour nous, imitant ces jardiniers japonais qui pour obtenir une plus belle fleur, en sacrifient plusieurs autres. Mais à l'époque où j'aimais Gilberte, je croyais encore que l'Amour existait réellement en dehors de nous; que, en permettant tout au plus que nous écartions les obstacles, il offrait ses bonheurs dans un ordre auquel on n'était pas libre de rien changer; il me semblait que si j'avais, de mon chef, substitué à la douceur de l'aveu la simulation de l'indifférence, je ne me serais pas seulement privé d'une des joies dont j'avais le plus rêvé mais que je me serais fabriqué à ma guise un amour factice et sans valeur, sans communication avec le vrai, dont j'aurais renoncé à suivre les chemins mystérieux et préexistants.

Mais quand j'arrivais aux Champs-Élysées,—et que d'abord j'allais pouvoir confronter mon amour pour lui faire subir les rectifications nécessaires à sa cause vivante, indépendante de moi—, dès que j'étais en présence de cette Gilberte Swann sur la vue de laquelle j'avais compté pour rafraîchir les images que ma mémoire fatiguée ne retrouvait plus, de cette Gilberte Swann avec qui j'avais joué hier, et que venait de me faire saluer et reconnaître un instinct aveugle comme celui qui dans la marche nous met un pied devant l'autre avant que nous ayons eu le temps de penser, aussitôt tout se passait comme si elle et la fillette qui était l'objet de mes rêves avaient été deux êtres différents. Par exemple si depuis la veille je portais dans ma mémoire deux yeux de feu dans des joues pleines et brillantes, la figure de Gilberte m'offrait maintenant avec insistance quelque chose que précisément je ne m'étais pas rappelé, un certain effilement aigu du nez qui, s'associant instantanément à d'autres traits, prenait l'importance de ces caractères qui en histoire naturelle définissent une espèce, et la transmuait en une fillette du genre de celles à museau pointu. Tandis que je m'apprêtais à profiter de cet instant désiré pour me livrer, sur l'image de Gilberte que j'avais préparée avant de venir et que je ne retrouvais plus dans ma tête, à la mise au point qui me permettrait dans les longues heures où j'étais seul d'être sûr que c'était bien elle que je me rappelais, que c'était bien mon amour pour elle que j'accroissais peu à peu comme un ouvrage qu'on compose, elle me passait une balle; et comme le philosophe idéaliste dont le corps tient compte du monde extérieur à la réalité duquel son intelligence ne croit pas, le même moi qui m'avait fait la saluer avant que je l'eusse identifiée, s'empressait de me faire saisir la balle qu'elle me tendait (comme si elle était une camarade avec qui j'étais venu jouer, et non une âme sœur que j'étais venu rejoindre), me faisait lui tenir par bienséance jusqu'à l'heure où elle s'en allait, mille propos aimables et insignifiants et m'empêchait ainsi, ou de garder le silence pendant lequel j'aurais pu enfin remettre la main sur l'image urgente et égarée, ou de lui dire les paroles qui pouvaient faire faire à notre amour les progrès décisifs sur lesquels j'étais chaque fois obligé de ne plus compter que pour l'après-midi suivante. Il en faisait pourtant quelques-uns. Un jour que nous étions allés avec Gilberte jusqu'à la baraque de notre marchande qui était particulièrement aimable pour nous,—car c'était chez elle que M. Swann faisait acheter son pain d'épices, et par hygiène, il en consommait beaucoup, souffrant d'un eczéma ethnique et de la constipation des Prophètes,—Gilberte me montrait en riant deux petits garçons qui étaient comme le petit coloriste et le petit naturaliste des livres d'enfants. Car l'un ne voulait pas d'un sucre d'orge rouge parce qu'il préférait le violet et l'autre, les larmes aux yeux, refusait une prune que voulait lui acheter sa bonne, parce que, finit-il par dire d'une voix passionnée: «J'aime mieux l'autre prune, parce qu'elle a un ver!» J'achetai deux billes d'un sou. Je regardais avec admiration, lumineuses et captives dans une sébile isolée, les billes d'agate qui me semblaient précieuses parce qu'elles étaient souriantes et blondes comme des jeunes filles et parce qu'elles coûtaient cinquante centimes pièce. Gilberte à qui on donnait beaucoup plus d'argent qu'à moi me demanda laquelle je trouvais la plus belle. Elles avaient la transparence et le fondu de la vie. Je n'aurais voulu lui en faire sacrifier aucune. J'aurais aimé qu'elle pût les acheter, les délivrer toutes. Pourtant je lui en désignai une qui avait la couleur de ses yeux. Gilberte la prit, chercha son rayon doré, la caressa, paya sa rançon, mais aussitôt me remit sa captive en me disant: «Tenez, elle est à vous, je vous la donne, gardez-la comme souvenir.»

Une autre fois, toujours préoccupé du désir d'entendre la Berma dans une pièce classique, je lui avais demandé si elle ne possédait pas une brochure où Bergotte parlait de Racine, et qui ne se trouvait plus dans le commerce. Elle m'avait prié de lui en rappeler le titre exact, et le soir je lui avais adressé un petit télégramme en écrivant sur l'enveloppe ce nom de Gilberte Swann que j'avais tant de fois tracé sur mes cahiers. Le lendemain elle m'apporta dans un paquet noué de faveurs mauves et scellé de cire blanche, la brochure qu'elle avait fait chercher. «Vous voyez que c'est bien ce que vous m'avez demandé, me dit-elle, tirant de son manchon le télégramme que je lui avais envoyé.» Mais dans l'adresse de ce pneumatique,—qui, hier encore n'était rien, n'était qu'un petit bleu que j'avais écrit, et qui depuis qu'un télégraphiste l'avait remis au concierge de Gilberte et qu'un domestique l'avait porté jusqu'à sa chambre, était devenu cette chose sans prix, un des petits bleus qu'elle avait reçus ce jour-là,—j'eus peine à reconnaître les lignes vaines et solitaires de mon écriture sous les cercles imprimés qu'y avait apposés la poste, sous les inscriptions qu'y avait ajoutées au crayon un des facteurs, signes de réalisation effective, cachets du monde extérieur, violettes ceintures symboliques de la vie, qui pour la première fois venaient épouser, maintenir, relever, réjouir mon rêve.

Et il y eut un jour aussi où elle me dit: «Vous savez, vous pouvez m'appeler Gilberte, en tous cas moi, je vous appellerai par votre nom de baptême. C'est trop gênant.» Pourtant elle continua encore un moment à se contenter de me dire «vous» et comme je le lui faisais remarquer, elle sourit, et composant, construisant une phrase comme celles qui dans les grammaires étrangères n'ont d'autre but que de nous faire employer un mot nouveau, elle la termina par mon petit nom. Et me souvenant plus tard de ce que j'avais senti alors, j'y ai démêlé l'impression d'avoir été tenu un instant dans sa bouche, moi-même, nu, sans plus aucune des modalités sociales qui appartenaient aussi, soit à ses autres camarades, soit, quand elle disait mon nom de famille, à mes parents, et dont ses lèvres—en l'effort qu'elle faisait, un peu comme son père, pour articuler les mots qu'elle voulait mettre en valeur—eurent l'air de me dépouiller, de me dévêtir, comme de sa peau un fruit dont on ne peut avaler que la pulpe, tandis que son regard, se mettant au même degré nouveau d'intimité que prenait sa parole, m'atteignait aussi plus directement, non sans témoigner la conscience, le plaisir et jusque la gratitude qu'il en avait, en se faisant accompagner d'un sourire.

Mais au moment même, je ne pouvais apprécier la valeur de ces plaisirs nouveaux. Ils n'étaient pas donnés par la fillette que j'aimais, au moi qui l'aimait, mais par l'autre, par celle avec qui je jouais, à cet autre moi qui ne possédait ni le souvenir de la vraie Gilberte, ni le cœur indisponible qui seul aurait pu savoir le prix d'un bonheur, parce que seul il l'avait désiré. Même après être rentré à la maison je ne les goûtais pas, car, chaque jour, la nécessité qui me faisait espérer que le lendemain j'aurais la contemplation exacte, calme, heureuse de

Gilberte, qu'elle m'avouerait enfin son amour, en m'expliquant pour quelles raisons elle avait dû me le cacher jusqu'ici, cette même nécessité me forçait à tenir le passé pour rien, à ne jamais regarder que devant moi, à considérer les petits avantages qu'elle m'avait donnés non pas en eux-mêmes et comme s'ils se suffisaient, mais comme des échelons nouveaux où poser le pied, qui allaient me permettre de faire un pas de plus en avant et d'atteindre enfin le bonheur que je n'avais pas encore rencontré.

Si elle me donnait parfois de ces marques d'amitié, elle me faisait aussi de la peine en ayant l'air de ne pas avoir de plaisir à me voir, et cela arrivait souvent les jours mêmes sur lesquels j'avais le plus compté pour réaliser mes espérances. J'étais sûr que Gilberte viendrait aux Champs-Élysées et j'éprouvais une allégresse qui me paraissait seulement la vague anticipation d'un grand bonheur quand,—entrant dès le matin au salon pour embrasser maman déjà toute prête, la tour de ses cheveux noirs entièrement construite, et ses belles mains blanches et potelées sentant encore le savon,—j'avais appris, en voyant une colonne de poussière se tenir debout toute seule au-dessus du piano, et en entendant un orgue de Barbarie jouer sous la fenêtre: «En revenant de la revue», que l'hiver recevait jusqu'au soir la visite inopinée et radieuse d'une journée de printemps. Pendant que nous déjeunions, en ouvrant sa croisée, la dame d'en face avait fait décamper en un clin d'œil, d'à côté de ma chaise,—rayant d'un seul bond toute la largeur de notre salle à manger—un rayon qui y avait commencé sa sieste et était déjà revenu la continuer l'instant d'après.

Au collège, à la classe d'une heure, le soleil me faisait languir d'impatience et d'ennui en laissant traîner une lueur dorée jusque sur mon pupitre, comme une invitation à la fête où je ne pourrais arriver avant trois heures, jusqu'au moment où Françoise venait me chercher à la sortie, et où nous nous acheminions vers les Champs-Élysées par les rues décorées de lumière, encombrées par la foule, et où les balcons, descellés par le soleil et vaporeux, flottaient devant les maisons comme des nuages d'or. Hélas! aux Champs-Élysées je ne trouvais pas Gilberte, elle n'était pas encore arrivée. Immobile sur la pelouse nourrie par le soleil invisible qui çà et là faisait flamboyer la pointe d'un brin d'herbe, et sur laquelle les pigeons qui s'y étaient posés avaient l'air de sculptures antiques que la pioche du jardinier a ramenées à la surface d'un sol auguste, je restais les yeux fixés sur l'horizon, je m'attendais à tout moment à voir apparaître l'image de Gilberte suivant son institutrice, derrière la statue qui semblait tendre l'enfant qu'elle portait et qui ruisselait de rayons, à la bénédiction du soleil. La vieille lectrice des Débats était assise sur son fauteuil, toujours à la même place, elle interpellait un gardien à qui elle faisait un geste amical de la main en lui criant: «Quel joli temps!» Et la préposée s'étant approchée d'elle pour percevoir le prix du fauteuil, elle faisait mille minauderies en mettant dans l'ouverture de son gant le ticket de dix centimes comme si ç'avait été un bouquet, pour qui elle cherchait, par amabilité pour le donateur, la place la plus flatteuse possible. Quand elle l'avait trouvée, elle faisait exécuter une évolution circulaire à son cou, redressait son boa, et plantait sur la chaisière, en lui montrant le bout de papier jaune qui dépassait sur son poignet, le beau sourire dont une femme, en indiquant son corsage à un jeune homme, lui dit: «Vous reconnaissez vos roses!»

J'emmenais Françoise au-devant de Gilberte jusqu'à l'Arc-de-Triomphe, nous ne la rencontrions pas, et je revenais vers la pelouse persuadé qu'elle ne viendrait plus, quand, devant les chevaux de bois, la fillette à la voix brève se jetait sur moi: «Vite, vite, il y a déjà un quart d'heure que Gilberte est arrivée. Elle va repartir bientôt. On vous attend pour faire une partie de barres.» Pendant que je montais l'avenue des Champs-Élysées, Gilberte était venue par la rue Boissy-d'Anglas, Mademoiselle ayant profité du beau temps pour faire des courses pour elle; et M. Swann allait venir chercher sa fille. Aussi c'était ma faute; je n'aurais pas dû m'éloigner de la pelouse; car on ne savait jamais sûrement par quel côté Gilberte viendrait, si ce serait plus ou moins tard, et cette attente finissait par me rendre plus émouvants, non seulement les Champs-Élysées entiers et toute la durée de l'après-midi, comme une immense étendue d'espace et de temps sur chacun des points et à chacun des moments de laquelle il était possible qu'apparût l'image de Gilberte, mais encore cette image, elle-même, parce que derrière cette image je sentais se cacher la raison pour laquelle elle m'était décochée en plein cœur, à quatre heures au lieu de deux heures et demie, surmontée d'un chapeau de visite à la place d'un béret de jeu, devant les «Ambassadeurs» et non entre les deux guignols, je devinais quelqu'une de ces occupations où je ne pouvais suivre Gilberte et qui la forçaient à sortir ou à rester à la maison, j'étais en contact avec le mystère de sa vie inconnue. C'était ce mystère aussi qui me troublait quand, courant sur l'ordre de la fillette à la voix brève pour commencer tout de suite notre partie de barres, j'apercevais Gilberte, si vive et brusque avec nous, faisant une révérence à la dame aux Débats (qui lui disait: «Quel beau soleil, on dirait du feu»), lui parlant avec un sourire timide, d'un air compassé qui m'évoquait la jeune fille différente que Gilberte devait être chez ses parents, avec les amis de ses parents, en visite, dans toute son autre existence qui m'échappait. Mais de cette existence personne ne me donnait l'impression comme M. Swann qui venait un peu après pour retrouver sa fille. C'est que lui et Mme Swann,—parce que leur fille habitait chez eux, parce que ses études, ses jeux, ses amitiés dépendaient d'eux—contenaient pour moi, comme Gilberte, peut-être même plus que Gilberte, comme il convenait à des lieux tout-puissants sur elle en qui il aurait eu sa source, un inconnu inaccessible, un charme douloureux. Tout ce qui les concernait était de ma part l'objet d'une préoccupation si constante que les jours où, comme ceux-là, M. Swann (que j'avais vu si souvent autrefois sans qu'il excitât ma curiosité, quand il était lié avec mes parents) venait chercher Gilberte aux Champs-Élysées, une fois calmés les battements de cœur qu'avait excités en moi l'apparition de son chapeau gris et de son manteau à pèlerine, son aspect m'impressionnait encore comme celui d'un personnage historique sur lequel nous venons de lire une série d'ouvrages et dont les moindres particularités nous passionnent. Ses relations avec le comte de Paris qui, quand j'en entendais parler à Combray, me semblaient indifférentes, prenaient maintenant pour moi quelque chose de merveilleux, comme si personne d'autre n'eût jamais connu les Orléans; elles le faisaient se détacher vivement sur le fond vulgaire des promeneurs de différentes classes qui encombraient cette allée des Champs-Élysées, et au milieu desquels j'admirais qu'il consentît à figurer sans réclamer d'eux d'égards spéciaux, qu'aucun d'ailleurs ne songeait à lui rendre, tant était profond l'incognito dont il était enveloppé.

Il répondait poliment aux saluts des camarades de Gilberte, même au mien quoiqu'il fût brouillé avec ma famille, mais sans avoir l'air de me connaître. (Cela me rappela qu'il m'avait pourtant vu bien souvent à la campagne; souvenir que j'avais gardé mais dans l'ombre, parce que depuis que j'avais revu Gilberte, pour moi Swann était surtout son père, et non plus le Swann de Combray; comme les idées sur lesquelles j'embranchais maintenant son nom étaient différentes des idées dans le réseau desquelles il était autrefois compris et que je n'utilisais plus jamais quand j'avais à penser à lui, il était devenu un personnage nouveau; je le rattachai pourtant par une ligne artificielle secondaire et transversale à notre invité d'autrefois; et comme rien n'avait plus pour moi de prix que dans la mesure où mon amour pouvait en profiter, ce fut avec un mouvement de honte et le regret de ne pouvoir les effacer que je retrouvai les années où, aux yeux de ce même Swann qui était en ce moment devant moi aux Champs-Élysées et à qui heureusement Gilberte n'avait peut-être pas dit mon nom, je m'étais si souvent le soir rendu ridicule en envoyant demander à maman de monter dans ma chambre me dire bonsoir, pendant qu'elle prenait le café avec lui, mon père et mes grands-parents à la table du jardin.) Il disait à Gilberte qu'il lui permettait de faire une partie, qu'il pouvait attendre un quart d'heure, et s'asseyant comme tout le monde sur une chaise de fer payait son ticket de cette main que Philippe VII avait si souvent retenue dans la sienne, tandis que nous commencions à jouer sur la pelouse, faisant envoler les pigeons dont les beaux corps irisés qui ont la forme d'un cœur et sont comme les lilas du règne des oiseaux, venaient se réfugier comme en des lieux d'asile, tel sur le grand vase de pierre à qui son bec en y disparaissant faisait faire le geste et assignait la destination d'offrir en abondance les fruits ou les graines qu'il avait l'air d'y picorer, tel autre sur le front de la statue, qu'il semblait surmonter d'un de ces objets en émail desquels la polychromie varie dans certaines œuvres antiques la monotonie de la pierre et d'un attribut qui, quand la déesse le porte, lui vaut une épithète particulière et en fait, comme pour une mortelle un prénom différent, une divinité nouvelle.

Un de ces jours de soleil qui n'avait pas réalisé mes espérances, je n'eus pas le courage de cacher ma déception à Gilberte.

—J'avais justement beaucoup de choses à vous demander, lui dis-je. Je croyais que ce jour compterait beaucoup dans notre amitié. Et aussitôt arrivée, vous allez partir! Tâchez de venir demain de bonne heure, que je puisse enfin vous parler.

Sa figure resplendit et ce fut en sautant de joie qu'elle me répondit:

—Demain, comptez-y, mon bel ami, mais je ne viendrai pas! j'ai un grand goûter; après-demain non plus, je vais chez une amie pour voir de ses fenêtres l'arrivée du roi Théodose, ce sera superbe, et le lendemain encore à Michel Strogoff et puis après, cela va être bientôt Noël et les vacances du jour de l'An. Peut-être on va m'emmener dans le midi. Ce que ce serait chic! quoique cela me fera manquer un arbre de Noël; en tous cas si je reste à Paris, je ne viendrai pas ici car j'irai faire des visites avec maman. Adieu, voilà papa qui m'appelle.

Je revins avec Françoise par les rues qui étaient encore pavoisées de soleil, comme au soir d'une fête qui est finie. Je ne pouvais pas traîner mes jambes.

—Ça n'est pas étonnant, dit Françoise, ce n'est pas un temps de saison, il fait trop chaud. Hélas! mon Dieu, de partout il doit y avoir bien des pauvres malades, c'est à croire que là-haut aussi tout se détraque.

Je me redisais en étouffant mes sanglots les mots où Gilberte avait laissé éclater sa joie de ne pas venir de longtemps aux Champs-Élysées. Mais déjà le charme dont, par son simple fonctionnement, se remplissait mon esprit dès qu'il songeait à elle, la position particulière, unique,—fût elle affligeante,—où me plaçait inévitablement par rapport à Gilberte, la contrainte interne d'un pli mental, avaient commencé à ajouter, même à cette marque d'indifférence, quelque chose de romanesque, et au milieu de mes larmes se formait un sourire qui n'était que l'ébauche timide d'un baiser. Et quand vint l'heure du courrier, je me dis ce soir-là comme tous les autres: Je vais recevoir une lettre de Gilberte, elle va me dire enfin qu'elle n'a jamais cessé de m'aimer, et m'expliquera la raison mystérieuse pour laquelle elle a été forcée de me le cacher jusqu'ici, de faire semblant de pouvoir être heureuse sans me voir, la raison pour laquelle elle a pris l'apparence de la Gilberte simple camarade.

Tous les soirs je me plaisais à imaginer cette lettre, je croyais la lire, je m'en récitais chaque phrase. Tout d'un coup je m'arrêtais effrayé. Je comprenais que si je devais recevoir une lettre de Gilberte, ce ne pourrait pas en tous cas être celle-là puisque c'était moi qui venais de la composer. Et dès lors, je m'efforçais de détourner ma pensée des mots que j'aurais aimé qu'elle m'écrivît, par peur en les énonçant, d'exclure justement ceux-là,—les plus chers, les plus désirés—, du champ des réalisations possibles. Même si par une invraisemblable coïncidence, c'eût été justement la lettre que j'avais inventée que de son côté m'eût adressée Gilberte, y reconnaissant mon œuvre je n'eusse pas eu l'impression de recevoir quelque chose qui ne vînt pas de moi, quelque chose de réel, de nouveau, un bonheur extérieur à mon esprit, indépendant de ma volonté, vraiment donné par l'amour.

En attendant je relisais une page que ne m'avait pas écrite Gilberte, mais qui du moins me venait d'elle, cette page de Bergotte sur la beauté des vieux mythes dont s'est inspiré Racine, et que, à côté de la bille d'agathe, je gardais toujours auprès de moi. J'étais attendri par la bonté de mon amie qui me l'avait fait rechercher; et comme chacun a besoin de trouver des raisons à sa passion, jusqu'à être heureux de reconnaître dans l'être qu'il aime des qualités que la littérature ou la conversation lui ont appris être de celles qui sont dignes d'exciter l'amour, jusqu'à les assimiler par imitation et en faire des raisons nouvelles de son amour, ces qualités fussent-elles les plus oppressées à celles que cet amour eût recherchées tant qu'il était spontané—comme Swann autrefois le caractère esthétique de la beauté d'Odette,—moi, qui avais d'abord aimé Gilberte, dès Combray, à cause de tout l'inconnu de sa vie, dans lequel j'aurais voulu me précipiter, m'incarner, en délaissant la mienne qui ne m'était plus rien, je pensais maintenant comme à un inestimable avantage, que de cette mienne vie trop connue, dédaignée, Gilberte pourrait devenir un jour l'humble servante, la commode et confortable collaboratrice, qui le soir m'aidant dans mes travaux, collationnerait pour moi des brochures.

Quant à Bergotte, ce vieillard infiniment sage et presque divin à cause de qui j'avais d'abord aimé Gilberte, avant même de l'avoir vue, maintenant c'était surtout à cause de Gilberte que je l'aimais. Avec autant de plaisir que les pages qu'il avait écrites sur Racine, je regardais le papier fermé de grands cachets de cire blancs et noué d'un flot de rubans mauves dans lequel elle me les avait apportées. Je baisais la bille d'agate qui était la meilleure part du cœur de mon amie, la part qui n'était pas frivole, mais fidèle, et qui bien que parée du charme mystérieux de la vie de Gilberte demeurait près de moi, habitait ma chambre, couchait dans mon lit. Mais la beauté de cette pierre, et la beauté aussi de ces pages de Bergotte, que j'étais heureux d'associer à l'idée de mon amour pour Gilberte comme si dans les moments où celui-ci ne m'apparaissait plus que comme un néant, elles lui donnaient une sorte de consistance, je m'apercevais qu'elles étaient antérieures à cet amour, qu'elles ne lui ressemblaient pas, que leurs éléments avaient été fixés par le talent ou par les lois minéralogiques avant que Gilberte ne me connût, que rien dans le livre ni dans la pierre n'eût été autre si Gilberte ne m'avait pas aimé et que rien par conséquent ne m'autorisait à lire en eux un message de bonheur. Et tandis que mon amour attendant sans cesse du lendemain l'aveu de celui de Gilberte, annulait, défaisait chaque soir le travail mal fait de la journée, dans l'ombre de moi-même une ouvrière inconnue ne laissait pas au rebut les fils arrachés et les disposait, sans souci de me plaire et de travailler à mon bonheur, dans un ordre différent qu'elle donnait à tous ses ouvrages. Ne portant aucun intérêt particulier à mon amour, ne commençant pas par décider que j'étais aimé, elle recueillait les actions de Gilberte qui m'avaient semblé inexplicables et ses fautes que j'avais excusées. Alors les unes et les autres prenaient un sens. Il semblait dire, cet ordre nouveau, qu'en voyant Gilberte, au lieu qu'elle vînt aux Champs-Élysées, aller à une matinée, faire des courses avec son institutrice et se préparer à une absence pour les vacances du jour de l'an, j'avais tort de penser, me dire: «c'est qu'elle est frivole ou docile.»

Car elle eût cessé d'être l'un ou l'autre si elle m'avait aimé, et si elle avait été forcée d'obéir c'eût été avec le même désespoir que j'avais les jours où je ne la voyais pas. Il disait encore, cet ordre nouveau, que je devais pourtant savoir ce que c'était qu'aimer puisque j'aimais Gilberte; il me faisait remarquer le souci perpétuel que j'avais de me faire valoir à ses yeux, à cause duquel j'essayais de persuader à ma mère d'acheter à Françoise un caoutchouc et un chapeau avec un plumet bleu, ou plutôt de ne plus m'envoyer aux Champs-Élysées avec cette bonne dont je rougissais (à quoi ma mère répondait que j'étais injuste pour Françoise, que c'était une brave femme qui nous était dévouée), et aussi ce besoin unique de voir Gilberte qui faisait que des mois d'avance je ne pensais qu'à tâcher d'apprendre à quelle époque elle quitterait Paris et où elle irait, trouvant le pays le plus agréable un lieu d'exil si elle ne devait pas y être, et ne désirant que rester toujours à Paris tant que je pourrais la voir aux Champs-Élysées; et il n'avait pas de peine à me montrer que ce souci-là, ni ce besoin, je ne les trouverais sous les actions de Gilberte. Elle au contraire appréciait son institutrice, sans s'inquiéter de ce que j'en pensais. Elle trouvait naturel de ne pas venir aux Champs-Élysées, si c'était pour aller faire des emplettes avec Mademoiselle, agréable si c'était pour sortir avec sa mère.

Et à supposer même qu'elle m'eût permis d'aller passer les vacances au même endroit qu'elle, du moins pour choisir cet endroit elle s'occupait du désir de ses parents, de mille amusements dont on lui avait parlé et nullement que ce fût celui où ma famille avait l'intention de m'envoyer. Quand elle m'assurait parfois qu'elle m'aimait moins qu'un de ses amis, moins qu'elle ne m'aimait la veille parce que je lui avais fait perdre sa partie par une négligence, je lui demandais pardon, je lui demandais ce qu'il fallait faire pour qu'elle recommençât à m'aimer autant, pour qu'elle m'aimât plus que les autres; je voulais qu'elle me dît que c'était déjà fait, je l'en suppliais comme si elle avait pu modifier son affection pour moi à son gré, au mien, pour me faire plaisir, rien que par les mots qu'elle dirait, selon ma bonne ou ma mauvaise conduite. Ne savais-je donc pas que ce que j'éprouvais, moi, pour elle, ne dépendait ni de ses actions, ni de ma volonté?

Il disait enfin, l'ordre nouveau dessiné par l'ouvrière invisible, que si nous pouvons désirer que les actions d'une personne qui nous a peinés jusqu'ici n'aient pas été sincères, il y a dans leur suite une clarté contre quoi notre désir ne peut rien et à laquelle, plutôt qu'à lui, nous devons demander quelles seront ses actions de demain.

Ces paroles nouvelles, mon amour les entendait; elles le persuadaient que le lendemain ne serait pas différent de ce qu'avaient été tous les autres jours; que le sentiment de Gilberte pour moi, trop ancien déjà pour pouvoir changer, c'était l'indifférence; que dans mon amitié avec Gilberte, c'est moi seul qui aimais. «C'est vrai, répondait mon amour, il n'y a plus rien à faire de cette amitié-là, elle ne changera pas.» Alors dès le lendemain (ou attendant une fête s'il y en avait une prochaine, un anniversaire, le nouvel an peut-être, un de ces jours qui ne sont pas pareils aux autres, où le temps recommence sur de nouveaux frais en rejetant l'héritage du passé, en n'acceptant pas le legs de ses tristesses) je demandais à Gilberte de renoncer à notre amitié ancienne et de jeter les bases d'une nouvelle amitié.

J'avais toujours à portée de ma main un plan de Paris qui, parce qu'on pouvait y distinguer la rue où habitaient M. et Mme Swann, me semblait contenir un trésor. Et par plaisir, par une sorte de fidélité chevaleresque aussi, à propos de n'importe quoi, je disais le nom de cette rue, si bien que mon père me demandait, n'étant pas comme ma mère et ma grand'mère au courant de mon amour:

—Mais pourquoi parles-tu tout le temps de cette rue, elle n'a rien d'extraordinaire, elle est très agréable à habiter parce qu'elle est à deux pas du Bois, mais il y en a dix autres dans le même cas.

Je m'arrangeais à tout propos à faire prononcer à mes parents le nom de Swann: certes je me le répétais mentalement sans cesse: mais j'avais besoin aussi d'entendre sa sonorité délicieuse et de me faire jouer cette musique dont la lecture muette ne me suffisait pas. Ce nom de Swann d'ailleurs que je connaissais depuis si longtemps, était maintenant pour moi, ainsi qu'il arrive à certains aphasiques à l'égard des mots les plus usuels, un nom nouveau. Il était toujours présent à ma pensée et pourtant elle ne pouvait pas s'habituer à lui. Je le décomposais, je l'épelais, son orthographe était pour moi une surprise. Et en même temps que d'être familier, il avait cessé de me paraître innocent. Les joies que je prenais à l'entendre, je les croyais si coupables, qu'il me semblait qu'on devinait ma pensée et qu'on changeait la conversation si je cherchais à l'y amener. Je me rabattais sur les sujets qui touchaient encore à Gilberte, je rabâchais sans fin les mêmes paroles, et j'avais beau savoir que ce n'était que des paroles,—des paroles prononcées loin d'elle, qu'elle n'entendait pas, des paroles sans vertu qui répétaient ce qui était, mais ne le pouvaient modifier,—pourtant il me semblait qu'à force de manier, de brasser ainsi tout ce qui avoisinait Gilberte j'en ferais peut-être sortir quelque chose d'heureux. Je redisais à mes parents que Gilberte aimait bien son institutrice, comme si cette proposition énoncée pour la centième fois allait avoir enfin pour effet de faire brusquement entrer Gilberte venant à tout jamais vivre avec nous. Je reprenais l'éloge de la vieille dame qui lisait les Débats (j'avais insinué à mes parents que c'était une ambassadrice ou peut-être une altesse) et je continuais à célébrer sa beauté, sa magnificence, sa noblesse, jusqu'au jour où je dis que d'après le nom qu'avait prononcé Gilberte elle devait s'appeler Mme Blatin.

—Oh! mais je vois ce que c'est, s'écria ma mère tandis que je me sentais rougir de honte. À la garde! À la garde! comme aurait dit ton pauvre grand-père. Et c'est elle que tu trouves belle! Mais elle est horrible et elle l'a toujours été. C'est la veuve d'un huissier. Tu ne te rappelles pas quand tu étais enfant les manèges que je faisais pour l'éviter à la leçon de gymnastique où, sans me connaître, elle voulait venir me parler sous prétexte de me dire que tu étais «trop beau pour un garçon». Elle a toujours eu la rage de connaître du monde et il faut bien qu'elle soit une espèce de folle comme j'ai toujours pensé, si elle connaît vraiment Mme Swann. Car si elle était d'un milieu fort commun, au moins il n'y a jamais rien eu que je sache à dire sur elle. Mais il fallait toujours qu'elle se fasse des relations. Elle est horrible, affreusement vulgaire, et avec cela faiseuse d'embarras.»

Quant à Swann, pour tâcher de lui ressembler, je passais tout mon temps à table, à me tirer sur le nez et à me frotter les yeux. Mon père disait: «cet enfant est idiot, il deviendra affreux.» J'aurais surtout voulu être aussi chauve que Swann. Il me semblait un être si extraordinaire que je trouvais merveilleux que des personnes que je fréquentais le connussent aussi et que dans les hasards d'une journée quelconque on pût être amené à le rencontrer. Et une fois, ma mère, en train de nous raconter comme chaque soir à dîner, les courses qu'elle avait faites dans l'après-midi, rien qu'en disant: «A ce propos, devinez qui j'ai rencontré aux Trois Quartiers, au rayon des parapluies: Swann», fit éclore au milieu de son récit, fort aride pour moi, une fleur mystérieuse. Quelle mélancolique volupté, d'apprendre que cet après-midi-là, profilant dans la foule sa forme surnaturelle, Swann avait été acheter un parapluie. Au milieu des événements grands et minimes, également indifférents, celui-là éveillait en moi ces vibrations particulières dont était perpétuellement ému mon amour pour Gilberte. Mon père disait que je ne m'intéressais à rien parce que je n'écoutais pas quand on parlait des conséquences politiques que pouvait avoir la visite du roi Théodose, en ce moment l'hôte de la France et, prétendait-on, son allié. Mais combien en revanche, j'avais envie de savoir si Swann avait son manteau à pèlerine!

—Est-ce que vous vous êtes dit bonjour? demandai-je.

—Mais naturellement, répondit ma mère qui avait toujours l'air de craindre que si elle eût avoué que nous étions en froid avec Swann, on eût cherché à les réconcilier plus qu'elle ne souhaitait, à cause de Mme Swann qu'elle ne voulait pas connaître. «C'est lui qui est venu me saluer, je ne le voyais pas.

—Mais alors, vous n'êtes pas brouillés?

—Brouillés? mais pourquoi veux-tu que nous soyons brouillés», répondit-elle vivement comme si j'avais attenté à la fiction de ses bons rapports avec Swann et essayé de travailler à un «rapprochement».

—Il pourrait t'en vouloir de ne plus l'inviter.

—On n'est pas obligé d'inviter tout le monde; est-ce qu'il m'invite? Je ne connais pas sa femme.

—Mais il venait bien à Combray.

—Eh bien oui! il venait à Combray, et puis à Paris il a autre chose à faire et moi aussi. Mais je t'assure que nous n'avions pas du tout l'air de deux personnes brouillées. Nous sommes restés un moment ensemble parce qu'on ne lui apportait pas son paquet. Il m'a demandé de tes nouvelles, il m'a dit que tu jouais avec sa fille, ajouta ma mère, m'émerveillant du prodige que j'existasse dans l'esprit de Swann, bien plus, que ce fût d'une façon assez complète, pour que, quand je tremblais d'amour devant lui aux Champs-Élysées, il sût mon nom, qui était ma mère, et pût amalgamer autour de ma qualité de camarade de sa fille quelques renseignements sur mes grands-parents, leur famille, l'endroit que nous habitions, certaines particularités de notre vie d'autrefois, peut-être même inconnues de moi. Mais ma mère ne paraissait pas avoir trouvé un charme particulier à ce rayon des Trois Quartiers où elle avait représenté pour Swann, au moment où il l'avait vue, une personne définie avec qui il avait des souvenirs communs qui avaient motivé chez lui le mouvement de s'approcher d'elle, le geste de la saluer.

Ni elle d'ailleurs ni mon père ne semblaient non plus trouver à parler des grands-parents de Swann, du titre d'agent de change honoraire, un plaisir qui passât tous les autres. Mon imagination avait isolé et consacré dans le Paris social une certaine famille comme elle avait fait dans le Paris de pierre pour une certaine maison dont elle avait sculpté la porte cochère et rendu précieuses les fenêtres. Mais ces ornements, j'étais seul à les voir. De même que mon père et ma mère trouvaient la maison qu'habitait Swann pareille aux autres maisons construites en même temps dans le quartier du Bois, de même la famille de Swann leur semblait du même genre que beaucoup d'autres familles d'agents de change. Ils la jugeaient plus ou moins favorablement selon le degré où elle avait participé à des mérites communs au reste de l'univers et ne lui trouvaient rien d'unique. Ce qu'au contraire ils y appréciaient, ils le rencontraient à un degré égal, ou plus élevé, ailleurs. Aussi après avoir trouvé la maison bien située, ils parlaient d'une autre qui l'était mieux, mais qui n'avait rien à voir avec Gilberte, ou de financiers d'un cran supérieur à son grand-père; et s'ils avaient eu l'air un moment d'être du même avis que moi, c'était par un malentendu qui ne tardait pas à se dissiper. C'est que, pour percevoir dans tout ce qui entourait Gilberte, une qualité inconnue analogue dans le monde des émotions à ce que peut être dans celui des couleurs l'infra-rouge, mes parents étaient dépourvus de ce sens supplémentaire et momentané dont m'avait doté l'amour.

Les jours où Gilberte m'avait annoncé qu'elle ne devait pas venir aux Champs-Élysées, je tâchais de faire des promenades qui me rapprochassent un peu d'elle. Parfois j'emmenais Françoise en pèlerinage devant la maison qu'habitaient les Swann. Je lui faisais répéter sans fin ce que, par l'institutrice, elle avait appris relativement à Mme Swann. «Il paraît qu'elle a bien confiance à des médailles. Jamais elle ne partira en voyage si elle a entendu la chouette, ou bien comme un tic-tac d'horloge dans le mur, ou si elle a vu un chat à minuit, ou si le bois d'un meuble, il a craqué. Ah! c'est une personne très croyante!» J'étais si amoureux de Gilberte que si sur le chemin j'apercevais leur vieux maître d'hôtel promenant un chien, l'émotion m'obligeait à m'arrêter, j'attachais sur ses favoris blancs des regards pleins de passion. Françoise me disait:

—Qu'est-ce que vous avez?

Puis, nous poursuivions notre route jusque devant leur porte cochère où un concierge différent de tout concierge, et pénétré jusque dans les galons de sa livrée du même charme douloureux que j'avais ressenti dans le nom de Gilberte, avait l'air de savoir que j'étais de ceux à qui une indignité originelle interdirait toujours de pénétrer dans la vie mystérieuse qu'il était chargé de garder et sur laquelle les fenêtres de l'entre-sol paraissaient conscientes d'être refermées, ressemblant beaucoup moins entre la noble retombée de leurs rideaux de mousseline à n'importe quelles autres fenêtres, qu'aux regards de Gilberte. D'autres fois nous allions sur les boulevards et je me postais à l'entrée de la rue Duphot; on m'avait dit qu'on pouvait souvent y voir passer Swann se rendant chez son dentiste; et mon imagination différenciait tellement le père de Gilberte du reste de l'humanité, sa présence au milieu du monde réel y introduisait tant de merveilleux, que, avant même d'arriver à la Madeleine, j'étais ému à la pensée d'approcher d'une rue où pouvait se produire inopinément l'apparition surnaturelle.

Mais le plus souvent,—quand je ne devais pas voir Gilberte—comme j'avais appris que Mme Swann se promenait presque chaque jour dans l'allée «des Acacias», autour du grand Lac, et dans l'allée de la «Reine Marguerite», je dirigeais Françoise du côté du bois de Boulogne. Il était pour moi comme ces jardins zoologiques où l'on voit rassemblés des flores diverses et des paysages opposés; où, après une colline on trouve une grotte, un pré, des rochers, une rivière, une fosse, une colline, un marais, mais où l'on sait qu'ils ne sont là que pour fournir aux ébats de l'hippopotame, des zèbres, des crocodiles, des lapins russes, des ours et du héron, un milieu approprié ou un cadre pittoresque; lui, le Bois, complexe aussi, réunissant des petits mondes divers et clos,—faisant succéder quelque ferme plantée d'arbres rouges, de chênes d'Amérique, comme une exploitation agricole dans la Virginie, à une sapinière au bord du lac, ou à une futaie d'où surgit tout à coup dans sa souple fourrure, avec les beaux yeux d'une bête, quelque promeneuse rapide,—il était le Jardin des femmes; et,—comme l'allée de Myrtes de l'Énéide,—plantée pour elles d'arbres d'une seule essence, l'allée des Acacias était fréquentée par les Beautés célèbres. Comme, de loin, la culmination du rocher d'où elle se jette dans l'eau, transporte de joie les enfants qui savent qu'ils vont voir l'otarie, bien avant d'arriver à l'allée des Acacias, leur parfum qui, irradiant alentour, faisait sentir de loin l'approche et la singularité d'une puissante et molle individualité végétale; puis, quand je me rapprochais, le faîte aperçu de leur frondaison légère et mièvre, d'une élégance facile, d'une coupe coquette et d'un mince tissu, sur laquelle des centaines de fleurs s'étaient abattues comme des colonies ailées et vibratiles de parasites précieux; enfin jusqu'à leur nom féminin, désœuvré et doux, me faisaient battre le cœur mais d'un désir mondain, comme ces valses qui ne nous évoquent plus que le nom des belles invitées que l'huissier annonce à l'entrée d'un bal. On m'avait dit que je verrais dans l'allée certaines élégantes que, bien qu'elles n'eussent pas toutes été épousées, l'on citait habituellement à côté de Mme Swann, mais le plus souvent sous leur nom de guerre; leur nouveau nom, quand il y en avait un, n'était qu'une sorte d'incognito que ceux qui voulaient parler d'elles avaient soin de lever pour se faire comprendre.

Pensant que le Beau—dans l'ordre des élégances féminines—était régi par des lois occultes à la connaissance desquelles elles avaient été initiées, et qu'elles avaient le pouvoir de le réaliser, j'acceptais d'avance comme une révélation l'apparition de leur toilette, de leur attelage, de mille détails au sein desquels je mettais ma croyance comme une âme intérieure qui donnait la cohésion d'un chef-d'œuvre à cet ensemble éphémère et mouvant. Mais c'est Mme Swann que je voulais voir, et j'attendais qu'elle passât, ému comme si ç'avait été Gilberte, dont les parents, imprégnés comme tout ce qui l'entourait, de son charme, excitaient en moi autant d'amour qu'elle, même un trouble plus douloureux (parce que leur point de contact avec elle était cette partie intestine de sa vie qui m'était interdite), et enfin (car je sus bientôt, comme on le verra, qu'ils n'aimaient pas que je jouasse avec elle), ce sentiment de vénération que nous vouons toujours à ceux qui exercent sans frein la puissance de nous faire du mal.

J'assignais la première place à la simplicité, dans l'ordre des mérites esthétiques et des grandeurs mondaines quand j'apercevais Mme Swann à pied, dans une polonaise de drap, sur la tête un petit toquet agrémenté d'une aile de lophophore, un bouquet de violettes au corsage, pressée, traversant l'allée des Acacias comme si ç'avait été seulement le chemin le plus court pour rentrer chez elle et répondant d'un clin d'œil aux messieurs en voiture qui, reconnaissant de loin sa silhouette, la saluaient et se disaient que personne n'avait autant de chic. Mais au lieu de la simplicité, c'est le faste que je mettais au plus haut rang, si, après que j'avais forcé Françoise, qui n'en pouvait plus et disait que les jambes «lui rentraient», à faire les cent pas pendant une heure, je voyais enfin, débouchant de l'allée qui vient de la Porte Dauphine—image pour moi d'un prestige royal, d'une arrivée souveraine telle qu'aucune reine véritable n'a pu m'en donner l'impression dans la suite, parce que j'avais de leur pouvoir une notion moins vague et plus expérimentale,—emportée par le vol de deux chevaux ardents, minces et contournés comme on en voit dans les dessins de Constantin Guys, portant établi sur son siège un énorme cocher fourré comme un cosaque, à côté d'un petit groom rappelant le «tigre» de «feu Baudenord», je voyais—ou plutôt je sentais imprimer sa forme dans mon cœur par une nette et épuisante blessure—une incomparable victoria, à dessein un peu haute et laissant passer à travers son luxe «dernier cri» des allusions aux formes anciennes, au fond de laquelle reposait avec abandon Mme Swann, ses cheveux maintenant blonds avec une seule mèche grise ceints d'un mince bandeau de fleurs, le plus souvent des violettes, d'où descendaient de longs voiles, à la main une ombrelle mauve, aux lèvres un sourire ambigu où je ne voyais que la bienveillance d'une Majesté et où il y avait surtout la provocation de la cocotte, et qu'elle inclinait avec douceur sur les personnes qui la saluaient. Ce sourire en réalité disait aux uns: «Je me rappelle très bien, c'était exquis!»; à d'autres: «Comme j'aurais aimé! ç'a été la mauvaise chance!»; à d'autres: «Mais si vous voulez! Je vais suivre encore un moment la file et dès que je pourrai, je couperai.» Quand passaient des inconnus, elle laissait cependant autour de ses lèvres un sourire oisif, comme tourné vers l'attente ou le souvenir d'un ami et qui faisait dire: «Comme elle est belle!»

Et pour certains hommes seulement elle avait un sourire aigre, contraint, timide et froid et qui signifiait: «Oui, rosse, je sais que vous avez une langue de vipère, que vous ne pouvez pas vous tenir de parler! Est-ce que je m'occupe de vous, moi!» Coquelin passait en discourant au milieu d'amis qui l'écoutaient et faisait avec la main à des personnes en voiture, un large bonjour de théâtre. Mais je ne pensais qu'à Mme Swann et je faisais semblant de ne pas l'avoir vue, car je savais qu'arrivée à la hauteur du Tir aux pigeons elle dirait à son cocher de couper la file et de l'arrêter pour qu'elle pût descendre l'allée à pied. Et les jours où je me sentais le courage de passer à côté d'elle, j'entraînais Françoise dans cette direction. A un moment en effet, c'est dans l'allée des piétons, marchant vers nous que j'apercevais Mme Swann laissant s'étaler derrière elle la longue traîne de sa robe mauve, vêtue, comme le peuple imagine les reines, d'étoffes et de riches atours que les autres femmes ne portaient pas, abaissant parfois son regard sur le manche de son ombrelle, faisant peu attention aux personnes qui passaient, comme si sa grande affaire et son but avaient été de prendre de l'exercice, sans penser qu'elle était vue et que toutes les têtes étaient tournées vers elle. Parfois pourtant quand elle s'était retournée pour appeler son lévrier, elle jetait imperceptiblement un regard circulaire autour d'elle.

Ceux même qui ne la connaissaient pas étaient avertis par quelque chose de singulier et d'excessif—ou peut-être par une radiation télépathique comme celles qui déchaînaient des applaudissements dans la foule ignorante aux moments où la Berma était sublime,—que ce devait être quelque personne connue. Ils se demandaient: «Qui est-ce?», interrogeaient quelquefois un passant, ou se promettaient de se rappeler la toilette comme un point de repère pour des amis plus instruits qui les renseigneraient aussitôt. D'autres promeneurs, s'arrêtant à demi, disaient:

—«Vous savez qui c'est? Mme Swann! Cela ne vous dit rien? Odette de Crécy?»

—«Odette de Crécy? Mais je me disais aussi, ces yeux tristes... Mais savez-vous qu'elle ne doit plus être de la première jeunesse! Je me rappelle que j'ai couché avec elle le jour de la démission de Mac-Mahon.»

—«Je crois que vous ferez bien de ne pas le lui rappeler. Elle est maintenant Mme Swann, la femme d'un monsieur du Jockey, ami du prince de Galles. Elle est du reste encore superbe.»

—«Oui, mais si vous l'aviez connue à ce moment-là, ce qu'elle était jolie! Elle habitait un petit hôtel très étrange avec des chinoiseries. Je me rappelle que nous étions embêtés par le bruit des crieurs de journaux, elle a fini par me faire lever.»

Sans entendre les réflexions, je percevais autour d'elle le murmure indistinct de la célébrité. Mon cœur battait d'impatience quand je pensais qu'il allait se passer un instant encore avant que tous ces gens, au milieu desquels je remarquais avec désolation que n'était pas un banquier mulâtre par lequel je me sentais méprisé, vissent le jeune homme inconnu auquel ils ne prêtaient aucune attention, saluer (sans la connaître, à vrai dire, mais je m'y croyais autorisé parce que mes parents connaissaient son mari et que j'étais le camarade de sa fille), cette femme dont la réputation de beauté, d'inconduite et d'élégance était universelle. Mais déjà j'étais tout près de Mme Swann, alors je lui tirais un si grand coup de chapeau, si étendu, si prolongé, qu'elle ne pouvait s'empêcher de sourire. Des gens riaient. Quant à elle, elle ne m'avait jamais vu avec Gilberte, elle ne savait pas mon nom, mais j'étais pour elle—comme un des gardes du Bois, ou le batelier ou les canards du lac à qui elle jetait du pain—un des personnages secondaires, familiers, anonymes, aussi dénués de caractères individuels qu'un «emploi de théâtre», de ses promenades au bois. Certains jours où je ne l'avais pas vue allée des Acacias, il m'arrivait de la rencontrer dans l'allée de la Reine-Marguerite où vont les femmes qui cherchent à être seules, ou à avoir l'air de chercher à l'être; elle ne le restait pas longtemps, bientôt rejointe par quelque ami, souvent coiffé d'un «tube» gris, que je ne connaissais pas et qui causait longuement avec elle, tandis que leurs deux voitures suivaient.

Cette complexité du bois de Boulogne qui en fait un lieu factice et, dans le sens zoologique ou mythologique du mot, un Jardin, je l'ai retrouvée cette année comme je le traversais pour aller à Trianon, un des premiers matins de ce mois de novembre où, à Paris, dans les maisons, la proximité et la privation du spectacle de l'automne qui s'achève si vite sans qu'on y assiste, donnent une nostalgie, une véritable fièvre des feuilles mortes qui peut aller jusqu'à empêcher de dormir. Dans ma chambre fermée, elles s'interposaient depuis un mois, évoquées par mon désir de les voir, entre ma pensée et n'importe quel objet auquel je m'appliquais, et tourbillonnaient comme ces taches jaunes qui parfois, quoi que nous regardions, dansent devant nos yeux. Et ce matin-là, n'entendant plus la pluie tomber comme les jours précédents, voyant le beau temps sourire aux coins des rideaux fermés comme aux coins d'une bouche close qui laisse échapper le secret de son bonheur, j'avais senti que ces feuilles jaunes, je pourrais les regarder traversées par la lumière, dans leur suprême beauté; et ne pouvant pas davantage me tenir d'aller voir des arbres qu'autrefois, quand le vent soufflait trop fort dans ma cheminée, de partir pour le bord de la mer, j'étais sorti pour aller à Trianon, en passant par le bois de Boulogne. C'était l'heure et c'était la saison où le Bois semble peut-être le plus multiple, non seulement parce qu'il est plus subdivisé, mais encore parce qu'il l'est autrement. Même dans les parties découvertes où l'on embrasse un grand espace, çà et là, en face des sombres masses lointaines des arbres qui n'avaient pas de feuilles ou qui avaient encore leurs feuilles de l'été, un double rang de marronniers orangés semblait, comme dans un tableau à peine commencé, avoir seul encore été peint par le décorateur qui n'aurait pas mis de couleur sur le reste, et tendait son allée en pleine lumière pour la promenade épisodique de personnages qui ne seraient ajoutés que plus tard.

Plus loin, là où toutes leurs feuilles vertes couvraient les arbres, un seul, petit, trapu, étêté et têtu, secouait au vent une vilaine chevelure rouge. Ailleurs encore c'était le premier éveil de ce mois de mai des feuilles, et celles d'un empelopsis merveilleux et souriant, comme une épine rose de l'hiver, depuis le matin même étaient tout en fleur. Et le Bois avait l'aspect provisoire et factice d'une pépinière ou d'un parc, où soit dans un intérêt botanique, soit pour la préparation d'une fête, on vient d'installer, au milieu des arbres de sorte commune qui n'ont pas encore été déplantés, deux ou trois espèces précieuses aux feuillages fantastiques et qui semblent autour d'eux réserver du vide, donner de l'air, faire de la clarté. Ainsi c'était la saison où le Bois de Boulogne trahit le plus d'essences diverses et juxtapose le plus de parties distinctes en un assemblage composite.

Et c'était aussi l'heure. Dans les endroits où les arbres gardaient encore leurs feuilles, ils semblaient subir une altération de leur matière à partir du point où ils étaient touchés par la lumière du soleil, presque horizontale le matin comme elle le redeviendrait quelques heures plus tard au moment où dans le crépuscule commençant, elle s'allume comme une lampe, projette à distance sur le feuillage un reflet artificiel et chaud, et fait flamber les suprêmes feuilles d'un arbre qui reste le candélabre incombustible et terne de son faîte incendié. Ici, elle épaississait comme des briques, et, comme une jaune maçonnerie persane à dessins bleus, cimentait grossièrement contre le ciel les feuilles des marronniers, là au contraire les détachait de lui, vers qui elles crispaient leurs doigts d'or. A mi-hauteur d'un arbre habillé de vigne vierge, elle greffait et faisait épanouir, impossible à discerner nettement dans l'éblouissement, un immense bouquet comme de fleurs rouges, peut-être une variété d'œillet.

Les différentes parties du Bois, mieux confondues l'été dans l'épaisseur et la monotonie des verdures se trouvaient dégagées. Des espaces plus éclaircis laissaient voir l'entrée de presque toutes, ou bien un feuillage somptueux la désignait comme une oriflamme. On distinguait, comme sur une carte en couleur, Armenonville, le Pré Catelan, Madrid, le Champ de courses, les bords du Lac. Par moments apparaissait quelque construction inutile, une fausse grotte, un moulin à qui les arbres en s'écartant faisaient place ou qu'une pelouse portait en avant sur sa moelleuse plateforme. On sentait que le Bois n'était pas qu'un bois, qu'il répondait à une destination étrangère à la vie de ses arbres, l'exaltation que j'éprouvais n'était pas causée que par l'admiration de l'automne, mais par un désir. Grande source d'une joie que l'âme ressent d'abord sans en reconnaître la cause, sans comprendre que rien au dehors ne la motive. Ainsi regardais-je les arbres avec une tendresse insatisfaite qui les dépassait et se portait à mon insu vers ce chef-d'œuvre des belles promeneuses qu'ils enferment chaque jour pendant quelques heures. J'allais vers l'allée des Acacias. Je traversais des futaies où la lumière du matin qui leur imposait des divisions nouvelles, émondait les arbres, mariait ensemble les tiges diverses et composait des bouquets. Elle attirait adroitement à elle deux arbres; s'aidant du ciseau puissant du rayon et de l'ombre, elle retranchait à chacun une moitié de son tronc et de ses branches, et, tressant ensemble les deux moitiés qui restaient, en faisait soit un seul pilier d'ombre, que délimitait l'ensoleillement d'alentour, soit un seul fantôme de clarté dont un réseau d'ombre noire cernait le factice et tremblant contour. Quand un rayon de soleil dorait les plus hautes branches, elles semblaient, trempées d'une humidité étincelante, émerger seules de l'atmosphère liquide et couleur d'émeraude où la futaie tout entière était plongée comme sous la mer. Car les arbres continuaient à vivre de leur vie propre et quand ils n'avaient plus de feuilles, elle brillait mieux sur le fourreau de velours vert qui enveloppait leurs troncs ou dans l'émail blanc des sphères de gui qui étaient semées au faîte des peupliers, rondes comme le soleil et la lune dans la Création de Michel-Ange. Mais forcés depuis tant d'années par une sorte de greffe à vivre en commun avec la femme, ils m'évoquaient la dryade, la belle mondaine rapide et colorée qu'au passage ils couvrent de leurs branches et obligent à ressentir comme eux la puissance de la saison; ils me rappelaient le temps heureux de ma croyante jeunesse, quand je venais avidement aux lieux où des chefs-d'œuvre d'élégance féminine se réaliseraient pour quelques instants entre les feuillages inconscients et complices.

Mais la beauté que faisaient désirer les sapins et les acacias du bois de Boulogne, plus troublants en cela que les marronniers et les lilas de Trianon que j'allais voir, n'était pas fixée en dehors de moi dans les souvenirs d'une époque historique, dans des œuvres d'art, dans un petit temple à l'amour au pied duquel s'amoncellent les feuilles palmées d'or. Je rejoignis les bords du Lac, j'allai jusqu'au Tir aux pigeons. L'idée de perfection que je portais en moi, je l'avais prêtée alors à la hauteur d'une victoria, à la maigreur de ces chevaux furieux et légers comme des guêpes, les yeux injectés de sang comme les cruels chevaux de Diomède, et que maintenant, pris d'un désir de revoir ce que j'avais aimé, aussi ardent que celui qui me poussait bien des années auparavant dans ces mêmes chemins, je voulais avoir de nouveau sous les yeux au moment où l'énorme cocher de Mme Swann, surveillé par un petit groom gros comme le poing et aussi enfantin que saint Georges, essayait de maîtriser leurs ailes d'acier qui se débattaient effarouchées et palpitantes. Hélas! il n'y avait plus que des automobiles conduites par des mécaniciens moustachus qu'accompagnaient de grands valets de pied. Je voulais tenir sous les yeux de mon corps pour savoir s'ils étaient aussi charmants que les voyaient les yeux de ma mémoire, de petits chapeaux de femmes si bas qu'ils semblaient une simple couronne.

Tous maintenant étaient immenses, couverts de fruits et de fleurs et d'oiseaux variés. Au lieu des belles robes dans lesquelles Mme Swann avait l'air d'une reine, des tuniques gréco-saxonnes relevaient avec les plis des Tanagra, et quelquefois dans le style du Directoire, des chiffrons liberty semés de fleurs comme un papier peint. Sur la tête des messieurs qui auraient pu se promener avec Mme Swann dans l'allée de la Reine-Marguerite, je ne trouvais pas le chapeau gris d'autrefois, ni même un autre. Ils sortaient nu-tête. Et toutes ces parties nouvelles du spectacle, je n'avais plus de croyance à y introduire pour leur donner la consistance, l'unité, l'existence; elles passaient éparses devant moi, au hasard, sans vérité, ne contenant en elles aucune beauté que mes yeux eussent pu essayer comme autrefois de composer. C'étaient des femmes quelconques, en l'élégance desquelles je n'avais aucune foi et dont les toilettes me semblaient sans importance. Mais quand disparaît une croyance, il lui survit—et de plus en plus vivace pour masquer le manque de la puissance que nous avons perdue de donner de la réalité à des choses nouvelles—un attachement fétichiste aux anciennes qu'elle avait animées, comme si c'était en elles et non en nous que le divin résidait et si notre incrédulité actuelle avait une cause contingente, la mort des Dieux.

Quelle horreur! me disais-je: peut-on trouver ces automobiles élégantes comme étaient les anciens attelages? je suis sans doute déjà trop vieux—mais je ne suis pas fait pour un monde où les femmes s'entravent dans des robes qui ne sont pas même en étoffe. A quoi bon venir sous ces arbres, si rien n'est plus de ce qui s'assemblait sous ces délicats feuillages rougissants, si la vulgarité et la folie ont remplacé ce qu'ils encadraient d'exquis. Quelle horreur! Ma consolation c'est de penser aux femmes que j'ai connues, aujourd'hui qu'il n'y a plus d'élégance. Mais comment des gens qui contemplent ces horribles créatures sous leurs chapeaux couverts d'une volière ou d'un potager, pourraient-ils même sentir ce qu'il y avait de charmant à voir Mme Swann coiffée d'une simple capote mauve ou d'un petit chapeau que dépassait une seule fleur d'iris toute droite. Aurais-je même pu leur faire comprendre l'émotion que j'éprouvais par les matins d'hiver à rencontrer Mme Swann à pied, en paletot de loutre, coiffée d'un simple béret que dépassaient deux couteaux de plumes de perdrix, mais autour de laquelle la tiédeur factice de son appartement était évoquée, rien que par le bouquet de violettes qui s'écrasait à son corsage et dont le fleurissement vivant et bleu en face du ciel gris, de l'air glacé, des arbres aux branches nues, avait le même charme de ne prendre la saison et le temps que comme un cadre, et de vivre dans une atmosphère humaine, dans l'atmosphère de cette femme, qu'avaient dans les vases et les jardinières de son salon, près du feu allumé, devant le canapé de soie, les fleurs qui regardaient par la fenêtre close la neige tomber? D'ailleurs il ne m'eût pas suffi que les toilettes fussent les mêmes qu'en ces années-là.

A cause de la solidarité qu'ont entre elles les différentes parties d'un souvenir et que notre mémoire maintient équilibrées dans un assemblage où il ne nous est pas permis de rien distraire, ni refuser, j'aurais voulu pouvoir aller finir la journée chez une de ces femmes, devant une tasse de thé, dans un appartement aux murs peints de couleurs sombres, comme était encore celui de Mme Swann (l'année d'après celle où se termine la première partie de ce récit) et où luiraient les feux orangés, la rouge combustion, la flamme rose et blanche des chrysanthèmes dans le crépuscule de novembre pendant des instants pareils à ceux où (comme on le verra plus tard) je n'avais pas su découvrir les plaisirs que je désirais. Mais maintenant, même ne me conduisant à rien, ces instants me semblaient avoir eu eux-mêmes assez de charme. Je voudrais les retrouver tels que je me les rappelais. Hélas! il n'y avait plus que des appartements Louis XVI tout blancs, émaillés d'hortensias bleus.

D'ailleurs, on ne revenait plus à Paris que très tard. Mme Swann m'eût répondu d'un château qu'elle ne rentrerait qu'en février, bien après le temps des chrysanthèmes, si je lui avais demandé de reconstituer pour moi les éléments de ce souvenir que je sentais attaché à une année lointaine, à un millésime vers lequel il ne m'était pas permis de remonter, les éléments de ce désir devenu lui-même inaccessible comme le plaisir qu'il avait jadis vainement poursuivi. Et il m'eût fallu aussi que ce fussent les mêmes femmes, celles dont la toilette m'intéressait parce que, au temps où je croyais encore, mon imagination les avait individualisées et les avait pourvues d'une légende. Hélas! dans l'avenue des Acacias—l'allée de Myrtes—j'en revis quelques-unes, vieilles, et qui n'étaient plus que les ombres terribles de ce qu'elles avaient été, errant, cherchant désespérément on ne sait quoi dans les bosquets virgiliens. Elles avaient fui depuis longtemps que j'étais encore à interroger vainement les chemins désertés. Le soleil s'était caché.

La nature recommençait à régner sur le Bois d'où s'était envolée l'idée qu'il était le Jardin élyséen de la Femme; au-dessus du moulin factice le vrai ciel était gris; le vent ridait le Grand Lac de petites vaguelettes, comme un lac; de gros oiseaux parcouraient rapidement le Bois, comme un bois, et poussant des cris aigus se posaient l'un après l'autre sur les grands chênes qui sous leur couronne druidique et avec une majesté dodonéenne semblaient proclamer le vide inhumain de la forêt désaffectée, et m'aidaient à mieux comprendre la contradiction que c'est de chercher dans la réalité les tableaux de la mémoire, auxquels manquerait toujours le charme qui leur vient de la mémoire même et de n'être pas perçus par les sens.

La réalité que j'avais connue n'existait plus. Il suffisait que Mme Swann n'arrivât pas toute pareille au même moment, pour que l'Avenue fût autre. Les lieux que nous avons connus n'appartiennent pas qu'au monde de l'espace où nous les situons pour plus de facilité. Ils n'étaient qu'une mince tranche au milieu d'impressions contiguës qui formaient notre vie d'alors; le souvenir d'une certaine image n'est que le regret d'un certain instant; et les maisons, les routes, les avenues, sont fugitives, hélas, comme les années.

FIN.

À L'OMBRE DES JEUNES FILLES EN FLEURS

1919

PREMIÈRE PARTIE

Ma mère, quand il fut question d'avoir pour la première fois M. de Norpois à dîner, ayant exprimé le regret que le Professeur Cottard fût en voyage et qu'elle-même eût entièrement cessé de fréquenter Swann, car l'un et l'autre eussent sans doute intéressé l'ancien ambassadeur, mon père répondit qu'un convive éminent, un savant illustre, comme Cottard, ne pouvait jamais mal faire dans un dîner, mais que Swann, avec son ostentation, avec sa manière de crier sur les toits ses moindres relations, était un vulgaire esbrouffeur que le marquis de Norpois eût sans doute trouvé selon son expression, «puant». Or cette réponse de mon père demande quelques mots d'explication, certaines personnes se souvenant peut-être d'un Cottard bien médiocre et d'un Swann poussant jusqu'à la plus extrême délicatesse, en matière mondaine, la modestie et la discrétion. Mais pour ce qui regarde celui-ci, il était arrivé qu'au «fils Swann» et aussi au Swann du Jockey, l'ancien ami de mes parents avait ajouté une personnalité nouvelle (et qui ne devait pas être la dernière), celle de mari d'Odette. Adaptant aux humbles ambitions de cette femme, l'instinct, le désir, l'industrie, qu'il avait toujours eus, il s'était ingénié à se bâtir, fort au-dessous de l'ancienne, une position nouvelle et appropriée à la compagne qui l'occuperait avec lui. Or il s'y montrait un autre homme. Puisque (tout en continuant à fréquenter seul ses amis personnels, à qui il ne voulait pas imposer Odette quand ils ne lui demandaient pas spontanément à la connaître) c'était une seconde vie qu'il commençait, en commun avec sa femme, au milieu d'êtres nouveaux, on eût encore compris que pour mesurer le rang de ceux-ci, et par conséquent le plaisir d'amour-propre qu'il pouvait éprouver à les recevoir, il se fût servi, comme d'un point de comparaison, non pas des gens les plus brillants qui formaient sa société avant son mariage, mais des relations antérieures d'Odette.

Mais, même quand on savait que c'était avec d'inélégants fonctionnaires, avec des femmes tarées, parure des bals de ministères, qu'il désirait de se lier, on était étonné de l'entendre, lui qui autrefois et même encore aujourd'hui dissimulait si gracieusement une invitation de Twickenham ou de Buckingham Palace, faire sonner bien haut que la femme d'un sous-chef de cabinet était venue rendre sa visite à Madame Swann. On dira peut-être que cela tenait à ce que la simplicité du Swann élégant, n'avait été chez lui qu'une forme plus raffinée de la vanité et que, comme certains israélites, l'ancien ami de mes parents avait pu présenter tour à tour les états successifs par où avaient passé ceux de sa race, depuis le snobisme le plus naïf et la plus grossière goujaterie, jusqu'à la plus fine politesse. Mais la principale raison, et celle-là applicable à l'humanité en général, était que nos vertus elles-mêmes ne sont pas quelque chose de libre, de flottant, de quoi nous gardions la disponibilité permanente; elles finissent par s'associer si étroitement dans notre esprit avec les actions à l'occasion desquelles nous nous sommes fait un devoir de les exercer, que si surgit pour nous une activité d'un autre ordre, elle nous prend au dépourvu et sans que nous ayons seulement l'idée qu'elle pourrait comporter la mise en oeuvre de ces mêmes vertus. Swann empressé avec ces nouvelles relations et les citant avec fierté, était comme ces grands artistes modestes ou généreux qui, s'ils se mettent à la fin de leur vie à se mêler de cuisine ou de jardinage, étalent une satisfaction naïve des louanges qu'on donne à leurs plats ou à leurs plates-bandes pour lesquels ils n'admettent pas la critique qu'ils acceptent aisément s'il s'agit de leurs chefs-d'oeuvre; ou bien qui, donnant une de leurs toiles pour rien, ne peuvent en revanche sans mauvaise humeur perdre quarante sous aux dominos.

Quant au Professeur Cottard, on le reverra, longuement, beaucoup plus loin, chez la Patronne, au château de la Raspelière. Qu'il suffise actuellement, à son égard, de faire observer ceci: pour Swann, à la rigueur le changement peut surprendre puisqu'il était accompli et non soupçonné de moi quand je voyais le père de Gilberte aux Champs-Élysées, où d'ailleurs ne m'adressant pas la parole il ne pouvait faire étalage devant moi de ses relations politiques (il est vrai que s'il l'eût fait, je ne me fusse peut-être pas aperçu tout de suite de sa vanité car l'idée qu'on s'est faite longtemps d'une personne, bouche les yeux et les oreilles; ma mère pendant trois ans ne distingua pas plus le fard qu'une de ses nièces se mettait aux lèvres que s'il eût été invisiblement dissous entièrement dans un liquide; jusqu'au jour où une parcelle supplémentaire, ou bien quelque autre cause amena le phénomène appelé sursaturation; tout le fard non aperçu cristallisa et ma mère devant cette débauche soudaine de couleurs déclara, comme on eût fait à Combray, que c'était une honte et cessa presque toute relation avec sa nièce). Mais pour Cottard au contraire, l'époque où on l'a vu assister aux débuts de Swann chez les Verdurin était déjà assez lointaine; or les honneurs, les titres officiels viennent avec les années; deuxièmement, on peut être illettré, faire des calembours stupides, et posséder un don particulier, qu'aucune culture générale ne remplace, comme le don du grand stratège ou du grand clinicien. Ce n'est pas seulement en effet comme un praticien obscur, devenu, à la longue, notoriété européenne, que ses confrères considéraient Cottard. Les plus intelligents d'entre les jeunes médecins déclarèrent,—au moins pendant quelques années, car les modes changent étant nées elles-mêmes du besoin de changement,—que si jamais ils tombaient malades, Cottard était le seul maître auquel ils confieraient leur peau. Sans doute ils préféraient le commerce de certains chefs plus lettrés, plus artistes, avec lesquels ils pouvaient parler de Nietzsche, de Wagner. Quand on faisait de la musique chez Madame Cottard, aux soirées où elle recevait, avec l'espoir qu'il devînt un jour doyen de la Faculté, les collègues et les élèves de son mari, celui-ci au lieu d'écouter, préférait jouer aux cartes dans un salon voisin. Mais on vantait la promptitude, la profondeur, la sûreté de son coup d'oeil, de son diagnostic. En troisième lieu, en ce qui concerne l'ensemble de façons que le Professeur Cottard montrait à un homme comme mon père, remarquons que la nature que nous faisons paraître dans la seconde partie de notre vie, n'est pas toujours, si elle l'est souvent, notre nature première développée ou flétrie, grossie ou atténuée; elle est quelquefois une nature inverse, un véritable vêtement retourné. Sauf chez les Verdurin qui s'étaient engoués de lui, l'air hésitant de Cottard, sa timidité, son amabilité excessives, lui avaient, dans sa jeunesse, valu de perpétuels brocards. Quel ami charitable lui conseilla l'air glacial? L'importance de sa situation lui rendit plus aisé de le prendre. Partout, sinon chez les Verdurin où il redevenait instinctivement lui-même, il se rendit froid, volontiers silencieux, péremptoire quand il fallait parler, n'oubliant pas de dire des choses désagréables. Il put faire l'essai de cette nouvelle attitude devant des clients qui ne l'ayant pas encore vu, n'étaient pas à même de faire des comparaisons, et eussent été bien étonnés d'apprendre qu'il n'était pas un homme d'une rudesse naturelle. C'est surtout à l'impassibilité qu'il s'efforçait, et même dans son service d'hôpital, quand il débitait quelques-uns de ces calembours qui faisaient rire tout le monde, du chef de clinique au plus récent externe, il le faisait toujours sans qu'un muscle bougeât dans sa figure d'ailleurs méconnaissable depuis qu'il avait rasé barbe et moustaches.

Disons pour finir qui était le marquis de Norpois. Il avait été ministre plénipotentiaire avant la guerre et ambassadeur au Seize Mai, et, malgré cela, au grand étonnement de beaucoup, chargé plusieurs fois, depuis, de représenter la France dans des missions extraordinaires—et même comme contrôleur de la Dette, en Égypte, où grâce à ses grandes capacités financières il avait rendu d'importants services—par des cabinets radicaux qu'un simple bourgeois réactionnaire se fût refusé à servir, et auxquels le passé de M. de Norpois, ses attaches, ses opinions eussent dû le rendre suspect. Mais ces ministres avancés semblaient se rendre compte qu'ils montraient par une telle désignation quelle largeur d'esprit était la leur dès qu'il s'agissait des intérêts supérieurs de la France, se mettaient hors de pair des hommes politiques en méritant que le *Journal des Débats* lui-même, les qualifiât d'hommes d'État, et bénéficiaient enfin du prestige qui s'attache à un nom aristocratique et de l'intérêt qu'éveille comme un coup de théâtre un choix inattendu. Et ils savaient aussi que ces avantages ils pouvaient, en faisant appel à M. de Norpois, les recueillir sans avoir à craindre de celui-ci un manque de loyalisme politique contre lequel la naissance du marquis devait non pas les mettre en garde, mais les garantir. Et en cela le gouvernement de la République ne se trompait pas. C'est d'abord parce qu'une certaine aristocratie, élevée dès l'enfance à considérer son nom comme un avantage intérieur que rien ne peut lui enlever (et dont ses pairs, ou ceux qui sont de naissance plus haute encore, connaissent assez exactement la valeur), sait qu'elle peut s'éviter, car ils ne lui ajouteraient rien, les efforts que sans résultat ultérieur appréciable, font tant de bourgeois pour ne professer que des opinions bien portées et de ne fréquenter que des gens bien pensants. En revanche, soucieuse de se grandir aux yeux des familles princières ou ducales au-dessous desquelles elle est immédiatement située, cette aristocratie sait qu'elle ne le peut qu'en augmentant son nom de ce qu'il ne contenait pas, de ce qui fait qu'à nom égal, elle prévaudra: une influence politique, une réputation littéraire ou artistique, une grande fortune. Et les frais dont elle se dispense à l'égard de l'inutile hobereau recherché des bourgeois et de la stérile amitié duquel un prince ne lui saurait aucun gré, elle les prodiguera aux hommes politiques, fussent-ils francs-maçons, qui peuvent faire arriver dans les ambassades ou patronner dans les élections, aux artistes ou aux savants dont l'appui aide à «percer» dans la branche où ils priment, à tous ceux enfin qui sont en mesure de conférer une illustration nouvelle ou de faire réussir un riche mariage.

Mais en ce qui concernait M. de Norpois, il y avait surtout que, dans une longue pratique de la diplomatie, il s'était imbu de cet esprit négatif, routinier, conservateur, dit «esprit de gouvernement» et qui est, en effet, celui de tous les gouvernements et, en particulier, sous tous les gouvernements, l'esprit des chancelleries. Il avait puisé dans la carrière, l'aversion, la crainte et le mépris de ces procédés plus ou moins révolutionnaires, et à tout le moins incorrects, que sont les procédés des oppositions. Sauf chez quelques illettrés du peuple et du monde, pour qui la différence des genres est lettre morte, ce qui rapproche, ce n'est pas la communauté des opinions, c'est la consanguinité des esprits. Un académicien du genre de Legouvé et qui serait partisan des classiques, eût applaudi plus volontiers à l'éloge de Victor Hugo par Maxime Ducamp ou Mézières, qu'à celui de Boileau par Claudel. Un même nationalisme suffit à rapprocher Barrès de ses électeurs qui ne doivent pas faire grande différence entre lui et M. Georges Berry, mais non de ceux de ses collègues de l'Académie qui ayant, ses opinions politiques mais un autre genre d'esprit, lui préféreront même des adversaires comme MM. Ribot et Deschanel, dont à leur tour de fidèles monarchistes se sentent beaucoup plus près que de Maurras et de Léon Daudet qui souhaitent cependant aussi le retour du Roi. Avare de ses mots non seulement par pli professionnel de prudence et de réserve, mais aussi parce qu'ils ont plus de prix, offrent plus de nuances aux yeux d'hommes dont les efforts de dix années pour rapprocher deux pays se résument, se traduisent,—dans un discours, dans un protocole—par un simple adjectif, banal en apparence, mais où ils voient tout un monde, M. de Norpois passait pour très froid à la Commission, où il siégeait à côté de mon père, et où chacun félicitait celui-ci de l'amitié que lui témoignait l'ancien ambassadeur. Elle étonnait mon père tout le premier.

Car étant généralement peu aimable, il avait l'habitude de n'être pas recherché en dehors du cercle de ses intimes et l'avouait avec simplicité. Il avait conscience qu'il y avait dans les avances du diplomate, un effet de ce point de vue tout individuel où chacun se place pour décider de ses sympathies, et d'où toutes les qualités intellectuelles ou la sensibilité d'une personne ne seront pas auprès de l'un de nous qu'elle ennuie ou agace une aussi bonne recommandation que la rondeur et la gaieté d'une autre qui passerait, aux yeux de beaucoup pour vide, frivole et nulle. «De Norpois m'a invité de nouveau à dîner; c'est extraordinaire; tout le monde en est stupéfait à la Commission où il n'a de relations privées avec personne. Je suis sûr qu'il va encore me raconter des choses palpitantes sur la guerre de 70.» Mon père savait que seul, peut-être, M. de Norpois avait averti l'Empereur de la puissance grandissante et des intentions belliqueuses de la Prusse, et que Bismarck avait pour son intelligence une estime particulière. Dernièrement encore, à l'Opéra, pendant le gala offert au roi Théodose, les journaux avaient remarqué l'entretien prolongé que le souverain avait accordé à M. de Norpois. «Il faudra que je sache si cette visite du Roi a vraiment de l'importance, nous dit mon père qui s'intéressait beaucoup à la politique étrangère. Je sais bien que le père Norpois est très boutonné, mais avec moi, il s'ouvre si gentiment.»

Quant à ma mère, peut-être l'Ambassadeur n'avait-il pas par lui-même le genre d'intelligence vers lequel elle se sentait le plus attirée. Et je dois dire que la conversation de M. de Norpois était un répertoire si complet des formes surannées du langage particulières à une carrière, à une classe, et à un temps—un temps qui, pour cette carrière et cette classe-là, pourrait bien ne pas être tout à fait aboli—que je regrette parfois de n'avoir pas retenu purement et simplement les propos que je lui ai entendu tenir. J'aurais ainsi obtenu un effet de démodé, à aussi bon compte et de la même façon que cet acteur du Palais-Royal à qui on demandait où il pouvait trouver ses surprenants chapeaux et qui répondait: «Je ne trouve pas mes chapeaux. Je les garde.» En un mot, je crois que ma mère jugeait M. de Norpois un peu «vieux jeu», ce qui était loin de lui sembler déplaisant au point de vue des manières, mais la charmait moins dans le domaine, sinon des idées—car celles de M. de Norpois étaient fort modernes—mais des expressions. Seulement, elle sentait que c'était flatter délicatement son mari que de lui parler avec admiration du diplomate qui lui marquait une prédilection si rare. En fortifiant dans l'esprit de mon père la bonne opinion qu'il avait de M. de Norpois, et par là en le conduisant à en prendre une bonne aussi de lui-même, elle avait conscience de remplir celui de ses devoirs qui consistait à rendre la vie agréable à son époux, comme elle faisait quand elle veillait à ce que la cuisine fût soignée et le service silencieux.

Et comme elle était incapable de mentir à mon père, elle s'entraînait elle-même à admirer l'Ambassadeur pour pouvoir le louer avec sincérité. D'ailleurs, elle goûtait naturellement son air de bonté, sa politesse un peu désuète (et si cérémonieuse que quand, marchant en redressant sa haute taille, il apercevait ma mère qui passait en voiture, avant de lui envoyer un coup de chapeau, il jetait au loin un cigare à peine commencé); sa conversation si mesurée, où il parlait de lui-même le moins possible et tenait toujours compte de ce qui pouvait être agréable à l'interlocuteur, sa ponctualité tellement surprenante à répondre à une lettre que quand, venant de lui en envoyer une, mon père reconnaissait l'écriture de M. de Norpois sur une enveloppe, son premier mouvement était de croire que par mauvaise chance leur correspondance s'était croisée: on eût dit qu'il existait, pour lui, à la poste, des levées supplémentaires et de luxe. Ma mère s'émerveillait qu'il fut si exact quoique si occupé, si aimable quoique si répandu, sans songer que les «quoique» sont toujours des «parce que» méconnus, et que (de même que les vieillards sont étonnants pour leur âge, les rois pleins de simplicité, et les provinciaux au courant de tout) c'était les mêmes habitudes qui permettaient à M. de Norpois de satisfaire à tant d'occupations et d'être si ordonné dans ses réponses, de plaire dans le monde et d'être aimable avec nous. De plus, l'erreur de ma mère comme celle de toutes les personnes qui ont trop de modestie, venait de ce qu'elle mettait les choses qui la concernaient au-dessous, et par conséquent en dehors des autres. La réponse qu'elle trouvait que l'ami de mon père avait eu tant de mérite à nous adresser rapidement parce qu'il écrivait par jour beaucoup de lettres, elle l'exceptait de ce grand nombre de lettres dont ce n'était que l'une; de même elle ne considérait pas qu'un dîner chez nous fût pour M. de Norpois un des actes innombrables de sa vie sociale: elle ne songeait pas que l'Ambassadeur avait été habitué autrefois dans la diplomatie à considérer les dîners en ville comme faisant partie de ses fonctions, et à y déployer une grâce invétérée dont c'eût été trop lui demander de se départir par extraordinaire quand il venait chez nous.

Le premier dîner que M. de Norpois fit à la maison, une année où je jouais encore aux Champs-Élysées, est resté dans ma mémoire, parce que l'après-midi de ce même jour fut celui où j'allai enfin entendre la Berma, en «matinée», dans *Phèdre*, et aussi parce qu'en causant avec M. de Norpois je me rendis compte tout d'un coup, et d'une façon nouvelle, combien les sentiments éveillés en moi par tout ce qui concernait Gilberte Swann et ses parents différaient de ceux que cette même famille faisait éprouver à n'importe quelle autre personne.

Ce fut sans doute en remarquant l'abattement où me plongeait l'approche des vacances du jour de l'an pendant lesquelles, comme elle me l'avait annoncé elle-même, je ne devais pas voir Gilberte, qu'un jour, pour me distraire, ma mère me dit: «Si tu as encore le même grand désir d'entendre la Berma, je crois que ton père permettrait peut-être que tu y ailles: ta grand'mère pourrait t'y emmener.»

Mais c'était parce que M. de Norpois lui avait dit qu'il devrait me laisser entendre la Berma, que c'était pour un jeune homme un souvenir à garder, que mon père, jusque-là si hostile à ce que j'allasse perdre mon temps à risquer de prendre du mal pour ce qu'il appelait, au grand scandale de ma grand'mère, des inutilités, n'était plus loin de considérer cette soirée préconisée par l'Ambassadeur comme faisant vaguement partie d'un ensemble de recettes précieuses pour la réussite d'une brillante carrière. Ma grand'mère qui, en renonçant pour moi au profit que, selon elle, j'aurais trouvé à entendre la Berma, avait fait un gros sacrifice à l'intérêt de ma santé, s'étonnait que celui-ci devînt négligeable sur une seule parole de M. de Norpois. Mettant ses espérances invincibles de rationaliste dans le régime de grand air et de coucher de bonne heure qui m'avait été prescrit, elle déplorait comme un désastre cette infraction que j'allais y faire et, sur un ton navré, disait: «Comme vous êtes léger» à mon père qui, furieux, répondait: «Comment, c'est vous maintenant qui ne voulez pas qu'il y aille! c'est un peu fort, vous qui nous répétiez tout le temps que cela pouvait lui être utile.»

Mais M. de Norpois avait changé sur un point bien plus important pour moi, les intentions de mon père. Celui-ci avait toujours désiré que je fusse diplomate, et je ne pouvais supporter l'idée que même si je devais rester quelque temps attaché au ministère, je risquasse d'être envoyé un jour comme ambassadeur dans des capitales que Gilberte n'habiterait pas. J'aurais préféré revenir aux projets littéraires que j'avais autrefois formés et abandonnés au cours de mes promenades du côté de Guermantes. Mais mon père avait fait une constante opposition à ce que je me destinasse à la carrière des lettres qu'il estimait fort inférieure à la diplomatie, lui refusant même le nom de carrière, jusqu'au jour où M. de Norpois, qui n'aimait pas beaucoup les agents diplomatiques de nouvelles couches, lui avait assuré qu'on pouvait, comme écrivain, s'attirer autant de considération, exercer autant d'action et garder plus d'indépendance que dans les ambassades.

—Hé bien! je ne l'aurais pas cru, le père Norpois n'est pas du tout opposé à l'idée que tu fasses de la littérature, m'avait dit mon père. Et comme, assez influent lui-même, il croyait qu'il n'y avait rien qui ne s'arrangeât, ne trouvât sa solution favorable dans la conversation des gens importants: «Je le ramènerai dîner un de ces soirs en sortant de la Commission. Tu causeras un peu avec lui pour qu'il puisse t'apprécier. Écris quelque chose de bien que tu puisses lui montrer; il est très lié avec le directeur de la *Revue des Deux-Mondes*, il t'y fera entrer, il réglera cela, c'est un vieux malin; et, ma foi, il a l'air de trouver que la diplomatie, aujourd'hui!...»

Le bonheur que j'aurais à ne pas être séparé de Gilberte me rendait désireux mais non capable d'écrire une belle chose qui pût être montrée à M. de Norpois. Après quelques pages préliminaires, l'ennui me faisant tomber la plume des mains, je pleurais de rage en pensant que je n'aurais jamais de talent, que je n'étais pas doué et ne pourrais même pas profiter de la chance que la prochaine venue de M. de Norpois m'offrait de rester toujours à Paris. Seule, l'idée qu'on allait me laisser entendre la Berma me distrayait de mon chagrin. Mais de même que je ne souhaitais voir des tempêtes que sur les côtes où elles étaient les plus violentes, de même je n'aurais voulu entendre la grande actrice que dans un de ces rôles classiques où Swann m'avait dit qu'elle touchait au sublime. Car quand c'est dans l'espoir d'une découverte précieuse que nous désirons recevoir certaines impressions de nature ou d'art, nous avons quelque scrupule à laisser notre âme accueillir à leur place des impressions moindres qui pourraient nous tromper sur la valeur exacte du Beau. La Berma dans *Andromaque*, dans *Les Caprices de Marianne*, dans *Phèdre*, c'était de ces choses fameuses que mon imagination avait tant désirées. J'aurais le même ravissement que le jour où une gondole m'emmènerait au pied du Titien des Frari ou des Carpaccio de San Giorgio dei Schiavoni, si jamais j'entendais réciter par la Berma les vers: «On dit qu'un prompt départ vous éloigne de nous, Seigneur, etc.» Je les connaissais par la simple reproduction en noir et blanc qu'en donnent les éditions imprimées; mais mon coeur battait quand je pensais, comme à la réalisation d'un voyage, que je les verrais enfin baigner effectivement dans l'atmosphère et l'ensoleillement de la voix dorée. Un Carpaccio à Venise, la Berma dans *Phèdre*, chefs-d'oeuvre d'art pictural ou dramatique que le prestige qui s'attachait à eux rendait en moi si vivants, c'est-à-dire si indivisibles, que si j'avais été voir des Carpaccio dans une salle du Louvre ou la Berma dans quelque pièce dont je n'aurais jamais entendu parler, je n'aurais plus éprouvé le même étonnement délicieux d'avoir enfin les yeux ouverts devant l'objet inconcevable et unique de tant de milliers de mes rêves. Puis, attendant du jeu de la Berma des révélations sur certains aspects de la noblesse, de la douleur, il me semblait que ce qu'il y avait de grand, de réel dans ce jeu, devait l'être davantage si l'actrice le superposait à une oeuvre d'une valeur véritable au lieu de broder en somme du vrai et du beau sur une trame médiocre et vulgaire.

Enfin, si j'allais entendre la Berma dans une pièce nouvelle, il ne me serait pas facile de juger de son art, de sa diction, puisque je ne pourrais pas faire le départ entre un texte que je ne connaîtrais pas d'avance et ce que lui ajouteraient des intonations et des gestes qui me sembleraient faire corps avec lui; tandis que les oeuvres anciennes que je savais par coeur, m'apparaissaient comme de vastes espaces réservés et tout prêts où je pourrais apprécier en pleine liberté les inventions dont la Berma les couvrirait, comme à fresque, des perpétuelles trouvailles de son inspiration. Malheureusement, depuis des années qu'elle avait quitté les grandes scènes et faisait la fortune d'un théâtre de boulevard dont elle était l'étoile, elle ne jouait plus de classique, et j'avais beau consulter les affiches, elles n'annonçaient jamais que des pièces toutes récentes, fabriquées exprès pour elle par des auteurs en vogue; quand un matin, cherchant sur la colonne des théâtres les matinées de la semaine du jour de l'an, j'y vis pour la première fois—en fin de spectacle, après un lever de rideau probablement insignifiant dont le titre me sembla opaque parce qu'il contenait tout le particulier d'une action que j'ignorais—deux actes de *Phèdre* avec Mme Berma, et aux matinées suivantes *Le Demi-Monde*, *Les Caprices de Marianne*, noms qui, comme celui de *Phèdre*, étaient pour moi transparents, remplis seulement de clarté, tant l'oeuvre m'était connue, illuminés jusqu'au fond d'un sourire d'art. Ils me parurent ajouter de la noblesse à Mme Berma elle-même quand je lus dans les journaux après le programme de ces spectacles que c'était elle qui avait résolu de se montrer de nouveau au public dans quelques-unes de ses anciennes créations. Donc, l'artiste savait que certains rôles ont un intérêt qui survit à la nouveauté de leur apparition ou au succès de leur reprise, elle les considérait, interprétés par elle, comme des chefs-d'oeuvre de musée qu'il pouvait être instructif de remettre sous les yeux de la génération qui l'y avait admirée, ou de celle qui ne l'y avait pas vue. En faisant afficher ainsi, au milieu de pièces qui n'étaient destinées qu'à faire passer le temps d'une soirée, *Phèdre*, dont le titre n'était pas plus long que les leurs et n'était pas imprimé en caractères différents, elle y ajoutait comme le sous-entendu d'une maîtresse de maison qui, en vous présentant à ses convives au moment d'aller à table, vous dit au milieu des noms d'invités qui ne sont que des invités, et sur le même ton qu'elle a cité les autres: M. Anatole France.

Le médecin qui me soignait—celui qui m'avait défendu tout voyage—déconseilla à mes parents de me laisser aller au théâtre; j'en reviendrais malade, pour longtemps peut-être, et j'aurais en fin de compte plus de souffrance que de plaisir. Cette crainte eût pu m'arrêter, si ce que j'avais attendu d'une telle représentation eût été seulement un plaisir qu'en somme une souffrance ultérieure peut annuler, par compensation. Mais—de même qu'au voyage à Balbec, au voyage à Venise que j'avais tant désirés—ce que je demandais à cette matinée, c'était tout autre chose qu'un plaisir: des vérités appartenant à un monde plus réel que celui où je vivais, et desquelles l'acquisition une fois faite ne pourrait pas m'être enlevée par des incidents insignifiants, fussent-ils douloureux à mon corps, de mon oiseuse existence. Tout au plus, le plaisir que j'aurais pendant le spectacle, m'apparaissait-il comme la forme peut-être nécessaire de la perception de ces vérités; et c'était assez pour que je souhaitasse que les malaises prédits ne commençassent qu'une fois la représentation finie, afin qu'il ne fût pas par eux compromis et faussé. J'implorais mes parents, qui, depuis la visite du médecin, ne voulaient plus me permettre d'aller à *Phèdre*. Je me récitais sans cesse la tirade: «On dit qu'un prompt départ vous éloigne de nous», cherchant toutes les intonations qu'on pouvait y mettre, afin de mieux mesurer l'inattendu de celle que la Berma trouverait. Cachée comme le Saint des Saints sous le rideau qui me la dérobait et derrière lequel je lui prêtais à chaque instant un aspect nouveau, selon ceux des mots de Bergotte—dans la plaquette retrouvée par Gilberte—qui me revenaient à l'esprit: «Noblesse plastique, cilice chrétien, pâleur janséniste, princesse de Trézène et de Clèves, drame mycénien, symbole delphique, mythe solaire», la divine Beauté que devait me révéler le jeu de la Berma, nuit et jour, sur un autel perpétuellement allumé, trônait au fond de mon esprit, de mon esprit dont mes parents sévères et légers allaient décider s'il enfermerait ou non, et pour jamais, les perfections de la Déesse dévoilée à cette même place où se dressait sa forme invisible.

Et les yeux fixés sur l'image inconcevable, je luttais du matin au soir contre les obstacles que ma famille m'opposait. Mais quand ils furent tombés, quand ma mère—bien que cette matinée eût lieu précisément le jour de la séance de la Commission après laquelle mon père devait ramener dîner M. de Norpois—m'eût dit: «Hé bien, nous ne voulons pas te chagriner, si tu crois que tu auras tant de plaisir, il faut y aller», quand cette journée de théâtre, jusque-là défendue, ne dépendit plus que de moi, alors, pour la première fois, n'ayant plus à m'occuper qu'elle cessât d'être impossible, je me demandai si elle était souhaitable, si d'autres raisons que la défense de mes parents n'auraient pas dû m'y faire renoncer. D'abord, après avoir détesté leur cruauté, leur consentement me les rendait si chers que l'idée de leur faire de la peine m'en causait à moi-même une, à travers laquelle la vie ne m'apparaissait plus comme ayant pour but la vérité, mais la tendresse, et ne me semblait plus bonne ou mauvaise que selon que mes parents seraient heureux ou malheureux. «J'aimerais mieux ne pas y aller, si cela doit vous affliger», dis-je à ma mère qui, au contraire, s'efforçait de m'ôter cette arrière-pensée qu'elle pût en être triste, laquelle, disait-elle, gâterait ce plaisir que j'aurais à *Phèdre* et en considération duquel elle et mon père étaient revenus sur leur défense.

Mais alors cette sorte d'obligation d'avoir du plaisir me semblait bien lourde. Puis si je rentrais malade, serais-je guéri assez vite pour pouvoir aller aux Champs-Élysées, les vacances finies, aussitôt qu'y retournerait Gilberte? A toutes ces raisons, je confrontais, pour décider ce qui devait l'emporter, l'idée, invisible derrière son voile, de la perfection de la Berma. Je mettais dans un des balances du plateau, «sentir maman triste, risquer de ne pas pouvoir aller aux Champs-Élysées», dans l'autre, «pâleur janséniste, mythe solaire»; mais ces mots eux-mêmes finissaient par s'obscurcir devant mon esprit, ne me disaient plus rien, perdaient tout poids; peu à peu mes hésitations devenaient si douloureuses que si j'avais maintenant opté pour le théâtre, ce n'eût plus été que pour les faire cesser et en être délivré une fois pour toutes. C'eût été pour abréger ma souffrance et non plus dans l'espoir d'un bénéfice intellectuel et en cédant à l'attrait de la perfection, que je me serais laissé conduire non vers la Sage Déesse, mais vers l'implacable Divinité sans visage et sans nom qui lui avait été subrepticement substituée sous son voile. Mais brusquement tout fut changé, mon désir d'aller entendre la Berma reçut un coup de fouet nouveau qui me permit d'attendre dans l'impatience et dans la joie cette «matinée»: étant allé faire devant la colonne des théâtres ma station quotidienne, depuis peu si cruelle, de stylite, j'avais vu, tout humide encore, l'affiche détaillée de *Phèdre* qu'on venait de coller pour la première fois (et où à vrai dire le reste de la distribution ne m'apportait aucun attrait nouveau qui pût me décider). Mais elle donnait à l'un des buts entre lesquels oscillait mon indécision, une forme plus concrète et—comme l'affiche était datée non du jour où je la lisais mais de celui où la représentation aurait lieu, et de l'heure même du lever du rideau—presque imminente, déjà en voie de réalisation, si bien que je sautai de joie devant la colonne en pensant que ce jour-là, exactement à cette heure, je serais prêt à entendre la Berma, assis à ma place; et de peur que mes parents n'eussent plus le temps d'en trouver deux bonnes pour ma grand'mère et pour moi, je ne fis qu'un bond jusqu'à la maison, cinglé que j'étais par ces mots magiques qui avaient remplacé dans ma pensée «pâleur janséniste» et «mythe solaire»: «les dames ne seront pas reçues à l'orchestre en chapeau, les portes seront fermées à deux heures.»

Hélas! cette première matinée fut une grande déception. Mon père nous proposa de nous déposer ma grand'mère et moi au théâtre, en se rendant à sa Commission. Avant de quitter la maison, il dit à ma mère: «Tâche d'avoir un bon dîner; tu te rappelles que je dois ramener de Norpois?» Ma mère ne l'avait pas oublié. Et depuis la veille, Françoise, heureuse de s'adonner à cet art de la cuisine pour lequel elle avait certainement un don, stimulée, d'ailleurs, par l'annonce d'un convive nouveau, et sachant qu'elle aurait à composer, selon des méthodes sues d'elle seule, du boeuf à la gelée, vivait dans l'effervescence de la création; comme elle attachait une importance extrême à la qualité intrinsèque des matériaux qui devaient entrer dans la fabrication de son oeuvre, elle allait elle-même aux Halles se faire donner les plus beaux carrés de romsteck, de jarret de boeuf, de pied de veau, comme Michel-Ange passant huit mois dans les montagnes de Carrare à choisir les blocs de marbre les plus parfaits pour le monument de Jules II. Françoise dépensait dans ces allées et venues une telle ardeur que maman voyant sa figure enflammée craignait que notre vieille servante ne tombât malade de surmenage comme l'auteur du Tombeau des Médicis dans les carrières de Pietraganta. Et dès la veille Françoise avait envoyé cuire dans le four du boulanger, protégé de mie de pain comme du marbre rose ce qu'elle appelait du jambon de Nev'York. Croyant la langue moins riche qu'elle n'est et ses propres oreilles peu sûres, sans doute la première fois qu'elle avait entendu parler de jambon d'York avait-elle cru—trouvant d'une prodigalité invraisemblable dans le vocabulaire qu'il pût exister à la fois York et New-York—qu'elle avait mal entendu et qu'on aurait voulu dire le nom qu'elle connaissait déjà. Aussi, depuis, le mot d'York se faisait précéder dans ses oreilles ou devant ses yeux si elle lisait une annonce de: New qu'elle prononçait Nev'. Et c'est de la meilleure foi du monde qu'elle disait à sa fille de cuisine: «Allez me chercher du jambon chez Olida. Madame m'a bien recommandé que ce soit du Nev'York.»

Ce jour-là, si Françoise avait la brûlante certitude des grands créateurs, mon lot était la cruelle inquiétude du chercheur. Sans doute, tant que je n'eus pas entendu la Berma, j'éprouvai du plaisir. J'en éprouvai dans le petit square qui précédait le théâtre et dont, deux heures plus tard, les marronniers dénudés allaient luire avec des reflets métalliques dès que les becs de gaz allumés éclaireraient le détail de leurs ramures; devant les employés du contrôle, desquels le choix, l'avancement, le sort, dépendaient de la grande artiste—qui seule détenait le pouvoir dans cette administration à la tête de laquelle des directeurs éphémères et purement nominaux se succédaient obscurément—et qui prirent nos billets sans nous regarder, agités qu'ils étaient de savoir si toutes les prescriptions de Mme Berma avaient bien été transmises au personnel nouveau, s'il était bien entendu que la claque ne devait jamais applaudir pour elle, que les fenêtres devaient être ouvertes tant qu'elle ne serait pas en scène et la moindre porte fermée après, un pot d'eau chaude dissimulé près d'elle pour faire tomber la poussière du plateau: et, en effet, dans un moment sa voiture attelée de deux chevaux à longue crinière allait s'arrêter devant le théâtre, elle en descendrait enveloppée dans des fourrures, et, répondant d'un geste maussade aux saluts, elle enverrait une de ses suivantes s'informer de l'avant-scène qu'on avait réservée pour ses amis, de la température de la salle, de la composition des loges, de la tenue des ouvreuses, théâtre et public n'étant pour elle qu'un second vêtement plus extérieur dans lequel elle entrerait et le milieu plus ou moins bon conducteur que son talent aurait à traverser. Je fus heureux aussi dans la salle même; depuis que je savais que—contrairement à ce que m'avaient si longtemps représenté mes imaginations enfantines—il n'y avait qu'une scène pour tout le monde, je pensais qu'on devait être empêché de bien voir par les autres spectateurs comme on l'est au milieu d'une foule; or je me rendis compte qu'au contraire, grâce à une disposition qui est comme le symbole de toute perception, chacun se sent le centre du théâtre; ce qui m'explique qu'une fois qu'on avait envoyé Françoise voir un mélodrame aux troisièmes galeries, elle avait assuré en rentrant que sa place était la meilleure qu'on pût avoir et au lieu de se trouver trop loin, s'était sentie intimidée par la proximité mystérieuse et vivante du rideau.

Mon plaisir s'accrut encore quand je commençai à distinguer derrière ce rideau baissé des bruits confus comme on en entend sous la coquille d'un œuf quand le poussin va sortir, qui bientôt grandirent, et tout à coup, de ce monde impénétrable à notre regard, mais qui nous voyait du sien, s'adressèrent indubitablement à nous sous la forme impérieuse de trois coups aussi émouvants que des signaux venus de la planète Mars. Et—ce rideau une fois levé—quand sur la scène une table à écrire et une cheminée assez ordinaires, d'ailleurs, signifièrent que les personnages qui allaient entrer seraient, non pas des acteurs venus pour réciter comme j'en avais vus une fois en soirée, mais des hommes en train de vivre chez eux un jour de leur vie dans laquelle je pénétrais par effraction sans qu'ils pussent me voir—mon plaisir continua de durer; il fut interrompu par une courte inquiétude: juste comme je dressais l'oreille avant que commençât la pièce, deux hommes entrèrent sur la scène, bien en colère, puisqu'ils parlaient assez fort pour que dans cette salle où il y avait plus de mille personnes on distinguât toutes leurs paroles, tandis que dans un petit café on est obligé de demander au garçon ce que disent deux individus qui se collettent; mais dans le même instant étonné de voir que le public les entendait sans protester, submergé qu'il était par un unanime silence sur lequel vint bientôt clapoter un rire ici, un autre là, je compris que ces insolents étaient les acteurs et que la petite pièce, dite lever de rideau, venait de commencer. Elle fut suivie d'un entr'acte si long que les spectateurs revenus à leurs places s'impatientaient, tapaient des pieds. J'en étais effrayé; car de même que dans le compte rendu d'un procès, quand je lisais qu'un homme d'un noble coeur allait venir au mépris de ses intérêts, témoigner en faveur d'un innocent, je craignais toujours qu'on ne fût pas assez gentil pour lui, qu'on ne lui marquât pas assez de reconnaissance, qu'on ne le récompensât pas richement, et, qu'écoeuré, il se mît du côté de l'injustice; de même, assimilant en cela le génie à la vertu, j'avais peur que la Berma dépitée par les mauvaises façons d'un public aussi mal élevé—dans lequel j'aurais voulu au contraire qu'elle pût reconnaître avec satisfaction quelques célébrités au jugement de qui elle eût attaché de l'importance—ne lui exprimât son mécontentement et son dédain en jouant mal.

Et je regardais d'un air suppliant ces brutes trépignantes qui allaient briser dans leur fureur l'impression fragile et précieuse que j'étais venu chercher. Enfin, les derniers moments de mon plaisir furent pendant les premières scènes de *Phèdre*. Le personnage de *Phèdre* ne paraît pas dans ce commencement du second acte; et, pourtant, dès que le rideau fut levé et qu'un second rideau, en velours rouge celui-là, se fut écarté, qui dédoublait la profondeur de la scène dans toutes les pièces où jouait l'étoile, une actrice entra par le fond, qui avait la figure et la voix qu'on m'avait dit être celles de la Berma. On avait dû changer la distribution, tout le soin que j'avais mis à étudier le rôle de la femme de Thésée devenait inutile. Mais une autre actrice donna la réplique à la première. J'avais dû me tromper en prenant celle-là pour la Berma, car la seconde lui ressemblait davantage encore et, plus que l'autre, avait sa diction. Toutes deux d'ailleurs ajoutaient à leur rôle de nobles gestes—que je distinguais clairement et dont je comprenais la relation avec le texte, tandis qu'elles soulevaient leurs beaux péplums—et aussi des intonations ingénieuses, tantôt passionnées, tantôt ironiques, qui me faisaient comprendre la signification d'un vers que j'avais lu chez moi sans apporter assez d'attention à ce qu'il voulait dire. Mais tout d'un coup, dans l'écartement du rideau rouge du sanctuaire, comme dans un cadre, une femme parut et, aussitôt à la peur que j'eus, bien plus anxieuse que pouvait être celle de la Berma, qu'on la gênât en ouvrant une fenêtre, qu'on altérât le son d'une de ses paroles en froissant un programme, qu'on l'indisposât en applaudissant ses camarades, en ne l'applaudissant pas elle, assez;—à ma façon, plus absolue encore que celle de la Berma, de ne considérer dès cet instant, salle, public, acteurs, pièce, et mon propre corps que comme un milieu acoustique n'ayant d'importance que dans la mesure où il était favorable aux inflexions de cette voix, je compris que les deux actrices que j'admirais depuis quelques minutes n'avaient aucune ressemblance avec celle que j'étais venu entendre.

Mais en même temps tout mon plaisir avait cessé; j'avais beau tendre vers la Berma mes yeux, mes oreilles, mon esprit, pour ne pas laisser échapper une miette des raisons qu'elle me donnerait de l'admirer, je ne parvenais pas à en recueillir une seule. Je ne pouvais même pas, comme pour ses camarades, distinguer dans sa diction et dans son jeu des intonations intelligentes, de beaux gestes. Je l'écoutais comme j'aurais lu *Phèdre*, ou comme si Phèdre, elle-même avait dit en ce moment les choses que j'entendais, sans que le talent de la Berma semblât leur avoir rien ajouté. J'aurais voulu—pour pouvoir l'approfondir, pour tâcher d'y découvrir ce qu'elle avait de beau—arrêter, immobiliser longtemps devant moi chaque intonation de l'artiste, chaque expression de sa physionomie; du moins, je tâchais, à force d'agilité morale, en ayant avant un vers mon attention tout installée et mise au point, de ne pas distraire en préparatifs une parcelle de la durée de chaque mot, de chaque geste, et, grâce à l'intensité de mon attention, d'arriver à descendre en eux aussi profondément que j'aurais fait si j'avais eu de longues heures à moi. Mais que cette durée était brève! A peine un son était-il reçu dans mon oreille qu'il était remplacé par un autre. Dans une scène où la Berma reste immobile un instant, le bras levé à la hauteur du visage baignée grâce à un artifice d'éclairage, dans une lumière verdâtre, devant le décor qui représente la mer, la salle éclata en applaudissements, mais déjà l'actrice avait changé de place et le tableau que j'aurais voulu étudier n'existait plus.

Je dis à ma grand'mère que je ne voyais pas bien, elle me passa sa lorgnette. Seulement, quand on croit à la réalité des choses, user d'un moyen artificiel pour se les faire montrer n'équivaut pas tout à fait à se sentir près d'elles. Je pensais que ce n'était plus la Berma que je voyais, mais son image, dans le verre grossissant. Je reposai la lorgnette; mais peut-être l'image que recevait mon oeil, diminuée par l'éloignement, n'était pas plus exacte; laquelle des deux Berma était la vraie? Quant à la déclaration à Hippolyte, j'avais beaucoup compté sur ce morceau où, à en juger par la signification ingénieuse que ses camarades me découvraient à tout moment dans des parties moins belles, elle aurait certainement des intonations plus surprenantes que celles que chez moi, en lisant, j'avais tâché d'imaginer; mais elle n'atteignit même pas jusqu'à celles qu'OEnone ou Aricie eussent trouvées, elle passa au rabot d'une mélopée uniforme, toute la tirade où se trouvèrent confondues ensemble des oppositions, pourtant si tranchées, qu'une tragédienne à peine intelligente, même des élèves de lycée, n'en eussent pas négligé l'effet; d'ailleurs, elle la débita tellement vite que ce fut seulement quand elle fut arrivée au dernier vers que mon esprit prit conscience de la monotonie voulue qu'elle avait imposée aux premiers.

Enfin éclata mon premier sentiment d'admiration: il fut provoqué par les applaudissements frénétiques des spectateurs. J'y mêlai les miens en tâchant de les prolonger, afin que par reconnaissance, la Berma se surpassant, je fusse certain de l'avoir entendue dans un de ses meilleurs jours. Ce qui est du reste curieux, c'est que le moment où se déchaîna cet enthousiasme du public, fut, je l'ai su depuis, celui où la Berma a une de ses plus belles trouvailles. Il semble que certaines réalités transcendantes émettent autour d'elles des rayons auxquels la foule est sensible. C'est ainsi que, par exemple, quand un événement se produit, quand à la frontière une armée est en danger, ou battue, ou victorieuse, les nouvelles assez obscures qu'on reçoit et d'où l'homme cultivé ne sait pas tirer grand chose, excitent dans la foule une émotion qui le surprend et dans laquelle, une fois que les experts l'ont mis au courant de la véritable situation militaire, il reconnaît la perception par le peuple de cette «aura» qui entoure les grands événements et qui peut être visible à des centaines de kilomètres. On apprend la victoire, ou après-coup quand la guerre est finie, ou tout de suite par la joie du concierge. On découvre un trait génial du jeu de la Berma huit jours après l'avoir entendue, par la critique, ou sur le coup par les acclamations du parterre. Mais cette connaissance immédiate de la foule étant mêlée à cent autres toutes erronées, les applaudissements tombaient le plus souvent à faux, sans compter qu'ils étaient mécaniquement soulevés par la force des applaudissements antérieurs comme dans une tempête une fois que la mer a été suffisamment remuée elle continue à grossir, même si le vent ne s'accroît plus.

N'importe, au fur et à mesure que j'applaudissais, il me semblait que la Berma avait mieux joué. «Au moins, disait à côté de moi une femme assez commune, elle se dépense celle-là, elle se frappe à se faire mal, elle court, parlez-moi de ça, c'est jouer.» Et heureux de trouver ces raisons de la supériorité de la Berma, tout en me doutant qu'elles ne l'expliquaient pas plus que celle de la Joconde, ou du Persée de Benvenuto l'exclamation d'un paysan: «C'est bien fait tout de même! c'est tout en or, et du beau! quel travail!», je partageai avec ivresse le vin grossier de cet enthousiasme populaire. Je n'en sentis pas moins, le rideau tombé, un désappointement que ce plaisir que j'avais tant désiré n'eût pas été plus grand, mais en même temps le besoin de le prolonger, de ne pas quitter pour jamais, en sortant de la salle, cette vie du théâtre qui pendant quelques heures avait été la mienne, et dont je me serais arraché comme en un départ pour l'exil, en rentrant directement à la maison, si je n'avais espéré d'y apprendre beaucoup sur la Berma par son admirateur auquel je devais qu'on m'eût permis d'aller à *Phèdre*, M. de Norpois.

Je lui fus présenté avant le dîner par mon père qui m'appela pour cela dans son cabinet. A mon entrée, l'ambassadeur se leva, me tendit la main, inclina sa haute taille et fixa attentivement sur moi ses yeux bleus. Comme les étrangers de passage qui lui étaient présentés, au temps où il représentait la France, étaient plus ou moins—jusqu'aux chanteurs connus—des personnes de marque et dont il savait alors qu'il pourrait dire plus tard quand on prononcerait leur nom à Paris ou à Pétersbourg, qu'il se rappelait parfaitement la soirée qu'il avait passée avec eux à Munich ou à Sofia, il avait pris l'habitude de leur marquer par son affabilité la satisfaction qu'il avait de les connaître: mais de plus, persuadé que dans la vie des capitales, au contact à la fois des individualités intéressantes qui les traversent et des usages du peuple qui les habite, on acquiert une connaissance approfondie, et que les livres ne donnent pas, de l'histoire, de la géographie, des moeurs des différentes nations, du mouvement intellectuel de l'Europe, il exerçait sur chaque nouveau venu ses facultés aiguës d'observateur afin de savoir de suite à quelle espèce d'homme il avait à faire. Le gouvernement ne lui avait plus depuis longtemps confié de poste à l'étranger, mais dès qu'on lui présentait quelqu'un, ses yeux, comme s'ils n'avaient pas reçu notification de sa mise en disponibilité, commençaient à observer avec fruit, cependant que par toute son attitude il cherchait à montrer que le nom de l'étranger ne lui était pas inconnu.

Aussi, tout en me parlant avec bonté et de l'air d'importance d'un homme qui sait sa vaste expérience, il ne cessait de m'examiner avec une curiosité sagace et pour son profit, comme si j'eusse été quelque usage exotique, quelque monument instructif, ou quelque étoile en tournée. Et de la sorte il faisait preuve à la fois, à mon endroit, de la majestueuse amabilité du sage Mentor et de la curiosité studieuse du jeune Anacharsis.

Il ne m'offrit absolument rien pour la *Revue des Deux-Mondes*, mais me posa un certain nombre de questions sur ce qu'avaient été ma vie et mes études, sur mes goûts dont j'entendis parler pour la première fois comme s'il pouvait être raisonnable de les suivre, tandis que j'avais cru jusqu'ici que c'était un devoir de les contrarier. Puisqu'ils me portaient du côté de la littérature, il ne me détourna pas d'elle; il m'en parla au contraire avec déférence comme d'une personne vénérable et charmante du cercle choisi de laquelle, à Rome ou à Dresde, on a gardé le meilleur souvenir et qu'on regrette par suite des nécessités de la vie de retrouver si rarement. Il semblait m'envier en souriant d'un air presque grivois les bons moments que, plus heureux que lui et plus libre, elle me ferait passer. Mais les termes mêmes dont il se servait me montraient la Littérature comme trop différente de l'image que je m'en étais faite à Combray et je compris que j'avais eu doublement raison de renoncer à elle. Jusqu'ici je m'étais seulement rendu compte que je n'avais pas le don d'écrire; maintenant M. de Norpois m'en ôtait même le désir. Je voulus lui exprimer ce que j'avais rêvé; tremblant d'émotion, je me serais fait un scrupule que toutes mes paroles ne fussent pas l'équivalent le plus sincère possible de ce que j'avais senti et que je n'avais jamais essayé de me formuler; c'est dire que mes paroles n'eurent aucune netteté. Peut-être par habitude professionnelle, peut-être en vertu du calme qu'acquiert tout homme important dont on sollicite le conseil et qui sachant qu'il gardera en mains la maîtrise de la conversation, laisse l'interlocuteur s'agiter, s'efforcer, peiner à son aise, peut-être aussi pour faire valoir le caractère de sa tête (selon lui grecque, malgré les grands favoris), M. de Norpois, pendant qu'on lui exposait quelque chose, gardait une immobilité de visage aussi absolue, que si vous aviez parlé devant quelque buste antique—et sourd—dans une glyptothèque. Tout à coup, tombant comme le marteau du commissaire-priseur, ou comme un oracle de Delphes, la voix de l'ambassadeur qui vous répondait vous impressionnait d'autant plus, que rien dans sa face ne vous avait laissé soupçonner le genre d'impression que vous aviez produit sur lui, ni l'avis qu'il allait émettre.

—Précisément, me dit-il tout à coup comme si la cause était jugée et après m'avoir laissé bafouiller en face des yeux immobiles qui ne me quittaient pas un instant, j'ai le fils d'un de mes amis qui, *mutatis mutandis*, est comme vous (et il prit pour parler de nos dispositions communes le même ton rassurant que si elles avaient été des dispositions non pas à la littérature, mais au rhumatisme et s'il avait voulu me montrer qu'on n'en mourait pas). Aussi a-t-il préféré quitter le quai d'Orsay où la voie lui était pourtant toute tracée par son père et sans se soucier du qu'en dira-t-on, il s'est mis à produire. Il n'a certes pas lieu de s'en repentir. Il a publié il y a deux ans—il est d'ailleurs beaucoup plus âgé que vous, naturellement—un ouvrage relatif au sentiment de l'Infini sur la rive occidentale du lac Victoria-Nyanza et cette année un opuscule moins important, mais conduit d'une plume alerte, parfois même acérée, sur le fusil à répétition dans l'armée bulgare, qui l'ont mis tout à fait hors de pair. Il a déjà fait un joli chemin, il n'est pas homme à s'arrêter en route, et je sais que, sans que l'idée d'une candidature ait été envisagée, on a laissé tomber son nom deux ou trois dans la conversation et d'une façon qui n'avait rien de défavorable, à l'Académie des Sciences morales. En somme, sans pouvoir dire encore qu'il soit au pinacle, il a conquis de haute lutte une fort jolie position et le succès qui ne va pas toujours qu'aux agités et aux brouillons, aux faiseurs d'embarras qui sont presque toujours des faiseurs, le succès a récompensé son effort.

Mon père, me voyant déjà académicien dans quelques années, respirait une satisfaction que M. de Norpois porta à son comble quand, après un instant d'hésitation pendant lequel il sembla calculer les conséquences de son acte, il me dit, en me tendant sa carte: «Allez donc le voir de ma part, il pourra vous donner d'utiles conseils», me causant par ces mots une agitation aussi pénible que s'il m'avait annoncé qu'on m'embarquait le lendemain comme mousse à bord d'un voilier.

Ma tante Léonie m'avait fait hériter en même temps que de beaucoup d'objets et de meubles fort embarrassants, de presque toute sa fortune liquide—révélant ainsi après sa mort une affection pour moi que je n'avais guère soupçonnée pendant sa vie. Mon père, qui devait gérer cette fortune jusqu'à ma majorité, consulta M. de Norpois sur un certain nombre de placements. Il conseilla des titres à faible rendement qu'il jugeait particulièrement solides, notamment les Consolidés Anglais et le 4% Russe. «Avec ces valeurs de tout premier ordre, dit M. de Norpois, si le revenu n'est pas très élevé, vous êtes du moins assuré de ne jamais voir fléchir le capital.» Pour le reste, mon père lui dit en gros ce qu'il avait acheté. M. de Norpois eut un imperceptible sourire de félicitations: comme tous les capitalistes, il estimait la fortune une chose enviable, mais trouvait plus délicat de ne complimenter que par un signe d'intelligence à peine avoué, au sujet de celle qu'on possédait; d'autre part, comme il était lui-même colossalement riche, il trouvait de bon goût d'avoir l'air de juger considérables les revenus moindres d'autrui, avec pourtant un retour joyeux et confortable sur la supériorité des siens. En revanche il n'hésita pas à féliciter mon père de la «composition» de son portefeuille «d'un goût très sûr, très délicat, très fin». On aurait dit qu'il attribuait aux relations des valeurs de bourse entre elles, et même aux valeurs de bourse en elles-mêmes, quelque chose comme un mérite esthétique. D'une, assez nouvelle et ignorée, dont mon père lui parla, M. de Norpois, pareil à ces gens qui ont lu des livres que vous vous croyez seul à connaître, lui dit: «Mais si, je me suis amusé pendant quelque temps à la suivre dans la Cote, elle était intéressante», avec le sourire rétrospectivement captivé d'un abonné qui a lu le dernier roman d'une revue, par tranches, en feuilleton. «Je ne vous déconseillerais pas de souscrire à l'émission qui va être lancée prochainement. Elle est attrayante, car on vous offre les titres à des prix tentants.» Pour certaines valeurs anciennes au contraire, mon père ne se rappelant plus exactement les noms, faciles à confondre avec ceux d'actions similaires, ouvrit un tiroir et montra les titres eux-mêmes, à l'Ambassadeur. Leur vue me charma; ils étaient enjolivés de flèches de cathédrales et de figures allégoriques comme certaines vieilles publications romantiques que j'avais feuilletées autrefois. Tout ce qui est d'un même temps se ressemble; les artistes qui illustrent les poèmes d'une époque sont les mêmes que font travailler pour elles les Sociétés financières. Et rien ne fait mieux penser à certaines livraisons de *Notre-Dame de Paris* et d'oeuvres de Gérard de Nerval, telles qu'elles étaient accrochées à la devanture de l'épicerie de Combray, que, dans son encadrement rectangulaire et fleuri que supportaient des divinités fluviales, une action nominative de la Compagnie des Eaux.

Mon père avait pour mon genre d'intelligence un mépris suffisamment corrigé par la tendresse pour qu'au total, son sentiment sur tout ce que je faisais fut une indulgence aveugle. Aussi n'hésita-t-il pas à m'envoyer chercher un petit poème en prose que j'avais fait autrefois à Combray en revenant d'une promenade. Je l'avais écrit avec une exaltation qu'il me semblait devoir communiquer à ceux qui le liraient. Mais elle ne dut pas gagner M. de Norpois, car ce fut sans me dire une parole qu'il me le rendit.

Ma mère, pleine de respect pour les occupations de mon père, vint demander, timidement, si elle pouvait faire servir. Elle avait peur d'interrompre une conversation où elle n'aurait pas eu à être mêlée. Et, en effet, à tout moment mon père rappelait au marquis quelque mesure utile qu'ils avaient décidé de soutenir à la prochaine séance de Commission, et il le faisait sur le ton particulier qu'ont ensemble dans un milieu différent—pareils en cela à deux collégiens—deux collègues à qui leurs habitudes professionnelles créent des souvenirs communs où n'ont pas accès les autres et auxquels ils s'excusent de se reporter devant eux.

Mais la parfaite indépendance des muscles du visage à laquelle M. de Norpois était arrivé, lui permettait d'écouter sans avoir l'air d'entendre. Mon père finissait par se troubler: «J'avais pensé à demander l'avis de la Commission...» disait-il à M. de Norpois après de longs préambules. Alors du visage de l'aristocratique virtuose qui avait gardé l'inertie d'un instrumentiste dont le moment n'est pas venu d'exécuter sa partie, sortait avec un débit égal, sur un ton aigu et comme ne faisant que finir, mais confiée cette fois à un autre timbre, la phrase commencée: «Que bien entendu vous n'hésiterez pas à réunir, d'autant plus que les membres vous sont individuellement connus et peuvent facilement se déplacer.» Ce n'était pas évidemment en elle-même une terminaison bien extraordinaire. Mais l'immobilité qui l'avait précédée la faisait se détacher avec la netteté cristalline, l'imprévu quasi malicieux de ces phrases par lesquelles le piano, silencieux jusque-là, réplique, au moment voulu, au violoncelle qu'on vient d'entendre, dans un concerto de Mozart.

—Hé bien, as-tu été content de ta matinée? me dit mon père, tandis qu'on passait à table, pour me faire briller et pensant que mon enthousiasme me ferait bien juger par M. de Norpois. «Il est allé entendre la Berma tantôt, vous vous rappelez que nous en avions parlé ensemble», dit-il en se tournant vers le diplomate du même ton d'allusion rétrospective, technique et mystérieuse que s'il se fût agi d'une séance de la Commission.

—Vous avez dû être enchanté, surtout si c'était la première fois que vous l'entendiez. M. votre père s'alarmait du contre-coup que cette petite escapade pouvait avoir sur votre état de santé, car vous êtes un peu délicat, un peu frêle, je crois. Mais je l'ai rassuré. Les théâtres ne sont plus aujourd'hui ce qu'ils étaient il y a seulement vingt ans. Vous avez des sièges à peu près confortables, une atmosphère renouvelée, quoique nous ayons fort à faire encore pour rejoindre l'Allemagne et l'Angleterre, qui à cet égard comme à bien d'autres ont une formidable avance sur nous. Je n'ai pas vu Mme Berma dans *Phèdre*, mais j'ai entendu dire qu'elle y était admirable. Et vous avez été ravi, naturellement?

M. de Norpois, mille fois plus intelligent que moi, devait détenir cette vérité que je n'avais pas su extraire du jeu de la Berma, il allait me la découvrir; en répondant à sa question, j'allais le prier de me dire en quoi cette vérité consistait; et il justifierait ainsi ce désir que j'avais eu de voir l'actrice. Je n'avais qu'un moment, il fallait en profiter et faire porter mon interrogatoire sur les points essentiels. Mais quels étaient-ils? Fixant mon attention tout entière sur mes impressions si confuses, et ne songeant nullement à me faire admirer de M. de Norpois, mais à obtenir de lui la vérité souhaitée, je ne cherchais pas à remplacer les mots qui me manquaient par des expressions toutes faites, je balbutiai, et finalement, pour tâcher de le provoquer à déclarer ce que la Berma avait d'admirable, je lui avouai que j'avais été déçu.

—Mais comment, s'écria mon père, ennuyé de l'impression fâcheuse que l'aveu de mon incompréhension pouvait produire sur M. de Norpois, comment peux-tu dire que tu n'as pas eu de plaisir? ta grand'mère nous a raconté que tu ne perdais pas un mot de ce que la Berma disait, que tu avais les yeux hors de la tête, qu'il n'y avait que toi dans la salle comme cela.

—Mais oui, j'écoutais de mon mieux pour savoir ce qu'elle avait de si remarquable. Sans doute, elle est très bien....

—Si elle est très bien, qu'est-ce qu'il te faut de plus?

—Une des choses qui contribuent certainement au succès de Mme Berma, dit M. de Norpois en se tournant avec application vers ma mère pour ne pas la laisser en dehors de la conversation et afin de remplir consciencieusement son devoir de politesse envers une maîtresse de maison, c'est le goût parfait qu'elle apporte dans le choix de ses rôles et qui lui vaut toujours un franc succès, et de bon aloi. Elle joue rarement des médiocrités. Voyez, elle s'est attaquée au rôle de Phèdre. D'ailleurs, ce goût elle l'apporte dans ses toilettes, dans son jeu. Bien qu'elle ait fait de fréquentes et fructueuses tournées en Angleterre et en Amérique, la vulgarité je ne dirai pas de John Bull ce qui serait injuste, au moins pour l'Angleterre de l'ère Victorienne, mais de l'oncle Sam n'a pas déteint sur elle. Jamais de couleurs trop voyantes, de cris exagérés. Et puis cette voix admirable qui la sert si bien et dont elle joue à ravir, je serais presque tenté de dire en musicienne!

Mon intérêt pour le jeu de la Berma n'avait cessé de grandir depuis que la représentation était finie parce qu'il ne subissait plus la compression et les limites de la réalité; mais j'éprouvais le besoin de lui trouver des explications; de plus, il s'était porté avec une intensité égale, pendant que la Berma jouait, sur tout ce qu'elle offrait, dans l'indivisibilité de la vie, à mes yeux, à mes oreilles; il n'avait rien séparé et distingué; aussi fut-il heureux de se découvrir une cause raisonnable dans ces éloges donnés à la simplicité, au bon goût de l'artiste, il les attirait à lui par son pouvoir d'absorption, s'emparait d'eux comme l'optimisme d'un homme ivre des actions de son voisin dans lesquelles il trouve une raison d'attendrissement. «C'est vrai, me disais-je, quelle belle voix, quelle absence de cris, quels costumes simples, quelle intelligence d'avoir été choisir *Phèdre*! Non, je n'ai pas été déçu.»

Le boeuf froid aux carottes fit son apparition, couché par le Michel-Ange de notre cuisine sur d'énormes cristaux de gelée pareils à des blocs de quartz transparent.

—Vous avez un chef de tout premier ordre, madame, dit M. de Norpois. Et ce n'est pas peu de chose. Moi qui ai eu à l'étranger à tenir un certain train de maison, je sais combien il est souvent difficile de trouver un parfait maître queux. Ce sont de véritables agapes auxquelles vous nous avez conviés là.

Et, en effet, Françoise, surexcitée par l'ambition de réussir pour un invité de marque un dîner enfin semé de difficultés dignes d'elle, s'était donné une peine qu'elle ne prenait plus quand nous étions seuls et avait retrouvé sa manière incomparable de Combray.

—Voilà ce qu'on ne peut obtenir au cabaret, je dis dans les meilleurs: une daube de boeuf où la gelée ne sente pas la colle, et où le boeuf ait pris le parfum des carottes, c'est admirable! Permettez-moi d'y revenir, ajouta-t-il en faisant signe qu'il voulait encore de la gelée. Je serais curieux de juger votre Vatel maintenant sur un mets tout différent, je voudrais, par exemple, le trouver aux prises avec le boeuf Stroganof.

M. de Norpois pour contribuer lui aussi à l'agrément du repas nous servit diverses histoires dont il régalait fréquemment ses collègues de carrière, tantôt en citant une période ridicule dite par un homme politique coutumier du fait et qui les faisait longues et pleines d'images incohérentes, tantôt telle formule lapidaire d'un diplomate plein d'atticisme. Mais, à vrai dire, le critérium qui distinguait pour lui ces deux ordres de phrases ne ressemblait en rien à celui que j'appliquais à la littérature. Bien des nuances m'échappaient; les mots qu'il récitait en s'esclaffant ne me paraissaient pas très différents de ceux qu'il trouvait remarquables. Il appartenait au genre d'hommes qui pour les oeuvres que j'aimais eût dit: «Alors, vous comprenez? moi j'avoue que je ne comprends pas, je ne suis pas initié», mais j'aurais pu lui rendre la pareille, je ne saisissais pas l'esprit ou la sottise, l'éloquence ou l'enflure qu'il trouvait dans une réplique, ou dans un discours et l'absence de toute raison perceptible pourquoi ceci était mal et ceci bien, faisait que cette sorte de littérature m'était plus mystérieuse, me semblait plus obscure qu'aucune. Je démêlai seulement que répéter ce que tout le monde pensait n'était pas en politique une marque d'infériorité mais de supériorité. Quand M. de Norpois se servait de certaines expressions qui traînaient dans les journaux et les prononçait avec force, on sentait qu'elles devenaient un acte par le seul fait qu'il les avait employées et un acte qui susciterait des commentaires.

Ma mère comptait beaucoup sur la salade d'ananas et de truffes. Mais l'Ambassadeur après avoir exercé un instant sur le mets la pénétration de son regard d'observateur la mangea en restant entouré de discrétion diplomatique et ne nous livra pas sa pensée. Ma mère insista pour qu'il en reprît, ce que fit M. de Norpois, mais en disant seulement au lieu du compliment qu'on espérait: «J'obéis, madame, puisque je vois que c'est là de votre part un véritable oukase.»

—Nous avons lu dans les «feuilles» que vous vous étiez entretenu longuement avec le roi Théodose, lui dit mon père.

—En effet, le roi qui a une rare mémoire des physionomies a eu la bonté de se souvenir en m'apercevant à l'orchestre que j'avais eu l'honneur de le voir pendant plusieurs jours à la cour de Bavière, quand il ne songeait pas à son trône oriental (vous savez qu'il y a été appelé par un congrès européen, et il a même fort hésité à l'accepter, jugeant cette souveraineté un peu inégale à sa race, la plus noble, héraldiquement parlant, de toute l'Europe). Un aide-de-camp est venu me dire d'aller saluer Sa Majesté, à l'ordre de qui je me suis naturellement empressé de déférer.

—Avez-vous été content des résultats de son séjour?

—Enchanté! Il était permis de concevoir quelque appréhension sur la façon dont un monarque encore si jeune, se tirerait de ce pas difficile, surtout dans des conjonctures aussi délicates. Pour ma part je faisais pleine confiance au sens politique du souverain. Mais j'avoue que mes espérances ont été dépassées. Le toast qu'il a prononcé à l'Elysée, et qui, d'après des renseignements qui me viennent de source tout à fait autorisée, avait été composé par lui du premier mot jusqu'au dernier, était entièrement digne de l'intérêt qu'il a excité partout. C'est tout simplement un coup de maître; un peu hardi je le veux bien, mais d'une audace qu'en somme l'événement a pleinement justifiée. Les traditions diplomatiques ont certainement du bon, mais dans l'espèce elles avaient fini par faire vivre son pays et le nôtre dans une atmosphère de renfermé qui n'était plus respirable. Eh bien! une des manières de renouveler l'air, évidemment une de celles qu'on ne peut pas recommander mais que le roi Théodose pouvait se permettre, c'est de casser les vitres. Et il l'a fait avec une belle humeur qui a ravi tout le monde et aussi une justesse dans les termes, où on a reconnu tout de suite la race de princes lettrés à laquelle il appartient par sa mère. Il est certain que quand il a parlé des «affinités» qui unissent son pays à la France, l'expression pour peu usitée qu'elle puisse être dans le vocabulaire des chancelleries, était singulièrement heureuse. Vous voyez que la littérature ne nuit pas, même dans la diplomatie, même sur un trône, ajouta-t-il en s'adressant à moi. La chose était constatée depuis longtemps, je le veux bien, et les rapports entre les deux puissances étaient devenus excellents. Encore fallait-il qu'elle fut dite. Le mot était attendu, il a été choisi à merveille, vous avez vu comme il a porté. Pour ma part j'y applaudis des deux mains.

—Votre ami, M. De Vaugoubert, qui préparait le rapprochement depuis des années, a dû être content.

—D'autant plus que Sa Majesté qui est assez coutumière du fait avait tenu à lui en faire la surprise. Cette surprise a été complète du reste pour tout le monde, à commencer par le Ministre des Affaires étrangères, qui, à ce qu'on m'a dit, ne l'a pas trouvée à son goût. A quelqu'un qui lui en parlait, il aurait répondu très nettement, assez haut pour être entendu des personnes voisines: «Je n'ai été ni consulté, ni prévenu», indiquant clairement par là qu'il déclinait toute responsabilité dans l'événement. Il faut avouer que celui-ci a fait un beau tapage et je n'oserais pas affirmer, ajouta-t-il avec un sourire malicieux, que tels de mes collègues pour qui la loi suprême semble être celle du moindre effort, n'en ont pas été troublés dans leur quiétude. Quant à Vaugoubert, vous savez qu'il avait été fort attaqué pour sa politique de rapprochement avec la France, et il avait dû d'autant plus en souffrir, que c'est un sensible, un coeur exquis. J'en puis d'autant mieux témoigner que bien qu'il soit mon cadet et de beaucoup, je l'ai fort pratiqué, nous sommes amis de longue date, et je le connais bien. D'ailleurs qui ne le connaîtrait? C'est une âme de cristal. C'est même le seul défaut qu'on pourrait lui reprocher, il n'est pas nécessaire que le coeur d'un diplomate soit aussi transparent que le sien. Cela n'empêche pas qu'on parle de l'envoyer à Rome, ce qui est un bel avancement, mais un bien gros morceau. Entre nous, je crois que Vaugoubert, si dénué qu'il soit d'ambition en serait fort content et ne demande nullement qu'on éloigne de lui ce calice. Il fera peut-être merveille là-bas; il est le candidat de la Consulta, et pour ma part, je le vois très bien, lui artiste, dans le cadre du palais Farnèse et la galerie des Carraches. Il semble qu'au moins personne ne devrait pouvoir le haïr; mais il y a autour du Roi Théodose, toute une camarilla plus ou moins inféodée à la

Wilhelmstrasse dont elle suit docilement les inspirations et qui a cherché de toutes façons à lui tailler des croupières. Vaugoubert n'a pas eu à faire face seulement aux intrigues de couloirs mais aux injures de folliculaires à gages qui plus tard, lâches comme l'est tout journaliste stipendié, ont été des premiers à demander l'*aman*, mais qui en attendant n'ont pas reculé à faire état, contre notre représentant, des ineptes accusations de gens sans aveu. Pendant plus d'un mois les ennemis de Vaugoubert ont dansé autour de lui la danse du scalp, dit M. de Norpois, en détachant avec force ce dernier mot. Mais un bon averti en vaut deux; ces injures il les a repoussées du pied, ajouta-t-il plus énergiquement encore, et avec un regard si farouche que nous cessâmes un instant de manger. Comme dit un beau proverbe arabe: «Les chiens aboient, la caravane passe.» Après avoir jeté cette citation, M. de Norpois s'arrêta pour nous regarder et juger de l'effet qu'elle avait produit sur nous. Il fut grand, le proverbe nous était connu. Il avait remplacé cette année-là chez les hommes de haute valeur cet autre: «Qui sème le vent récolte la tempête», lequel avait besoin de repos, n'étant pas infatigable et vivace comme: «Travailler pour le Roi de Prusse.»

Car la culture de ces gens éminents était une culture alternée, et généralement triennale. Certes les citations de ce genre, et desquelles M. de Norpois excellait à émailler ses articles de la *Revue*, n'étaient point nécessaires pour que ceux-ci parussent solides et bien informés. Même dépourvus de l'ornement qu'elles apportaient, il suffisait que M. de Norpois écrivit à point nommé—ce qu'il ne manquait pas de faire—: «Le Cabinet de Saint-James ne fut pas le dernier à sentir le péril» ou bien: «l'émotion fut grande au Pont-aux-Chantres où l'on suivait d'un oeil inquiet la politique égoïste mais habile de la monarchie bicéphale», ou: «Un cri d'alarme partit de Montecitorio», ou encore «cet éternel double jeu qui est bien dans la manière du Ballplatz». A ces expressions le lecteur profane avait aussitôt reconnu et salué le diplomate de carrière. Mais ce qui avait fait dire qu'il était plus que cela, qu'il possédait une culture supérieure, cela avait été l'emploi raisonné de citations dont le modèle achevé restait alors: «Faites-moi de bonne politique et je vous ferai de bonnes finances, comme avait coutume de dire le Baron Louis.» (On n'avait pas encore importé d'Orient: «La victoire est à celui des deux adversaires qui sait souffrir un quart d'heure de plus que l'autre, comme disent les Japonais»). Cette réputation de grand lettré, jointe à un véritable génie d'intrigue caché sous le masque de l'indifférence avait fait entrer M. de Norpois à l'Académie des Sciences morales. Et quelques personnes pensèrent même qu'il ne serait pas déplacé à l'Académie Française, le jour où, voulant indiquer que c'est en resserrant l'alliance russe que nous pourrions arriver à une entente avec l'Angleterre, il n'hésita pas à écrire: «Qu'on le sache bien au quai d'Orsay, qu'on l'enseigne désormais dans tous les manuels de géographie qui se montrent incomplets à cet égard, qu'on refuse impitoyablement au baccalauréat tout candidat qui ne saura pas le dire: «Si tous les chemins mènent à Rome, en revanche la route qui va de Paris à Londres passe nécessairement par Pétersbourg.»

—Somme toute, continua M. de Norpois en s'adressant à mon père, Vaugoubert s'est taillé là un beau succès et qui dépasse même celui qu'il avait escompté. Il s'attendait en effet à un toast correct (ce qui après les nuages des dernières années était déjà fort beau) mais à rien de plus. Plusieurs personnes qui étaient au nombre des assistants m'ont assuré qu'on ne peut pas en lisant ce toast se rendre compte de l'effet qu'il a produit, prononcé et détaillé à merveille par le roi qui est maître en l'art de dire et qui soulignait au passage toutes les intentions, toutes les finesses. Je me suis laissé raconter à ce propos un fait assez piquant et qui met en relief une fois de plus chez le roi Théodose cette bonne grâce juvénile qui lui gagne si bien les coeurs. On m'a affirmé que précisément à ce mot d'«affinités» qui était en somme la grosse innovation du discours, et qui défraiera, encore longtemps vous verrez, les commentaires des chancelleries, Sa Majesté, prévoyant la joie de notre ambassadeur, qui allait trouver là le juste couronnement de ses efforts, de son rêve pourrait-on dire et, somme toute, son bâton de maréchal, se tourna à demi vers Vaugoubert et fixant sur lui ce regard si prenant des Oettingen, détacha ce mot si bien choisi d'«affinités», ce mot qui était une véritable trouvaille, sur un ton qui faisait savoir à tous qu'il était employé à bon escient et en pleine connaissance de cause. Il paraît que Vaugoubert avait peine à maîtriser son émotion et, dans une certaine mesure, j'avoue que je le comprends. Une personne digne de toute créance m'a même confié que le roi se serait approché de Vaugoubert après le dîner, quand Sa Majesté a tenu cercle, et lui aurait dit à mi-voix: «Etes-vous content de votre élève, mon cher marquis?»

—Il est certain, conclut M. de Norpois, qu'un pareil toast a plus fait que vingt ans de négociations pour resserrer les deux pays, leurs «affinités», selon la pittoresque expression de Théodose II. Ce n'est qu'un mot, si vous voulez, mais voyez, quelle fortune il a fait, comme toute la presse européenne le répète, quel intérêt il éveille, quel son nouveau il a rendu. Il est d'ailleurs bien dans la manière du souverain. Je n'irai pas jusqu'à vous dire qu'il trouve tous les jours de purs diamants comme celui-là. Mais il est bien rare que dans ses discours étudiés, mieux encore, dans le prime-saut de la conversation il ne donne pas son signalement—j'allais dire il n'appose pas sa signature—par quelque mot à l'emporte-pièce. Je suis d'autant moins suspect de partialité en la matière que je suis ennemi de toute innovation en ce genre. Dix-neuf fois sur vingt elles sont dangereuses.

—Oui, j'ai pensé que le récent télégramme de l'empereur d'Allemagne n'a pas dû être de votre goût, dit mon père.

M. de Norpois leva les yeux au ciel d'un air de dire: Ah! celui-là! «D'abord, c'est un acte d'ingratitude. C'est plus qu'un crime, c'est une faute et d'une sottise que je qualifierai de pyramidale! Au reste si personne n'y met le holà, l'homme qui a chassé Bismarck est bien capable de répudier peu à peu toute la politique bismarckienne, alors c'est le saut dans l'inconnu.»

—Et mon mari m'a dit, monsieur, que vous l'entraîneriez peut-être un de ces étés en Espagne, j'en suis ravie pour lui.

—Mais oui, c'est un projet tout à fait attrayant et dont je me réjouis. J'aimerais beaucoup faire avec vous ce voyage, mon cher. Et vous, madame, avez-vous déjà songé à l'emploi des vacances?

—J'irai peut-être avec mon fils à Balbec, je ne sais.

—Ah! Balbec est agréable, j'ai passé par là il y a quelques années. On commence à y construire des villas fort coquettes: je crois que l'endroit vous plaira. Mais puis-je vous demander ce qui vous a fait choisir Balbec?

—Mon fils a le grand désir de voir certaines églises du pays, surtout celle de Balbec. Je craignais un peu pour sa santé les fatigues du voyage et surtout du séjour. Mais j'ai appris qu'on vient de construire un excellent hôtel qui lui permettra de vivre dans les conditions de confort requises par son état.

—Ah! il faudra que je donne ce renseignement à certaine personne qui n'est pas femme à en faire fi.

—L'église de Balbec est admirable, n'est-ce pas, monsieur, demandai-je, surmontant la tristesse d'avoir appris qu'un des attraits de Balbec résidait dans ses coquettes villas.

—Non, elle n'est pas mal, mais enfin elle ne peut soutenir la comparaison avec ces véritables bijoux ciselés que sont les cathédrales de Reims, de Chartres, et à mon goût, la perle de toutes, la Sainte-Chapelle de Paris.

—Mais l'église de Balbec est en partie romane?

—En effet, elle est du style roman, qui est déjà par lui-même extrêmement froid et ne laisse en rien présager l'élégance, la fantaisie des architectes gothiques qui fouillent la pierre comme de la dentelle. L'église de Balbec mérite une visite si on est dans le pays, elle est assez curieuse; si un jour de pluie vous ne savez que faire, vous pourrez entrer là, vous verrez le tombeau de Tourville.

—Est-ce que vous étiez hier au banquet des Affaires étrangères? je n'ai pas pu y aller, dit mon père.

—Non, répondit M. de Norpois avec un sourire, j'avoue que je l'ai délaissé pour une soirée assez différente. J'ai dîné chez une femme dont vous avez peut-être entendu parler, la belle madame Swann.

Ma mère réprima un frémissement, car d'une sensibilité plus prompte que mon père, elle s'alarmait pour lui de ce qui ne devait le contrarier qu'un instant après. Les désagréments qui lui arrivaient étaient perçus d'abord par elle comme ces mauvaises nouvelles de France qui sont connues plus tôt à l'étranger que chez nous. Mais curieuse de savoir quel genre de personnes les Swann pouvaient recevoir, elle s'enquit auprès de M. de Norpois de celles qu'il y avait rencontrées.

—Mon Dieu ... c'est une maison où il me semble que vont surtout ... des messieurs. Il y avait quelques hommes mariés, mais leurs femmes étaient souffrantes ce soir-là et n'étaient pas venues, répondit l'ambassadeur avec une finesse voilée de bonhomie et en jetant autour de lui des regards dont la douceur et la discrétion faisaient mine de tempérer et exagéraient habilement la malice.

—Je dois dire, ajouta-t-il, pour être tout à fait juste, qu'il y va cependant des femmes, mais ... appartenant plutôt..., comment dirais-je, au monde républicain qu'à la société de Swann (il prononçait Svann). Qui sait? Ce sera peut-être un jour un salon politique ou littéraire. Du reste, il semble qu'ils soient contents comme cela. Je trouve que Swann le montre même un peu trop. Il nommait les gens chez qui lui et sa femme étaient invités pour la semaine suivante et de l'intimité desquels il n'y a pourtant pas lieu de s'enorgueillir, avec un manque de réserve et de goût, presque de tact, qui m'a étonné chez un homme aussi fin. Il répétait: «Nous n'avons pas un soir de libre», comme si ç'avait été une gloire, et en véritable parvenu, qu'il n'est pas cependant. Car Swann avait beaucoup d'amis et même d'amies, et sans trop m'avancer, ni vouloir commettre d'indiscrétion, je crois pouvoir dire que non pas toutes, ni même le plus grand nombre, mais l'une au moins, et qui est une fort grande dame, ne se serait peut-être pas montrée entièrement réfractaire à l'idée d'entrer en relations avec Madame Swann, auquel cas, vraisemblablement, plus d'un mouton de Panurge aurait suivi. Mais il semble qu'il n'y ait eu de la part de Swann aucune démarche esquissée en ce sens.... Comment encore un pudding à la Nesselrode! Ce ne sera pas de trop de la cure de Carlsbad pour me remettre d'un pareil festin de Lucullus.... Peut-être Swann a-t-il senti qu'il y aurait trop de résistances à vaincre. Le mariage, cela est certain, n'a pas plu. On a parlé de la fortune de la femme, ce qui est une grosse bourde. Mais, enfin, tout cela n'a pas paru agréable.

Et puis Swann a une tante excessivement riche et admirablement posée, femme d'un homme qui, financièrement parlant, est une puissance. Et non seulement elle a refusé de recevoir Mme Swann, mais elle a mené une campagne en règle pour que ses amies et connaissances en fissent autant. Je n'entends pas par là qu'aucun Parisien de bonne compagnie ait manqué de respect à Madame Swann.... Non! cent fois non! Le mari était d'ailleurs homme à relever le gant. En tous cas, il y a une chose curieuse, c'est de voir combien Swann, qui connaît tant de monde et du plus choisi, montre d'empressement auprès d'une société dont le moins qu'on puisse dire est qu'elle est fort mêlée. Moi qui l'ai connu jadis, j'avoue que j'éprouvais autant de surprise que d'amusement à voir un homme aussi bien élevé, aussi à la mode dans les coteries les plus triées, remercier avec effusion le Directeur du Cabinet du Ministre des Postes, d'être venu chez eux et lui demander si Mme Swann pourrait *se permettre* d'aller voir sa femme. Il doit pourtant se trouver dépaysé; évidemment ce n'est plus le même monde. Mais je ne crois pas cependant que Swann soit malheureux. Il y a eu, il est vrai, dans les années qui précédèrent le mariage, d'assez vilaines manoeuvres de chantage de la part de la femme; elle privait Swann de sa fille chaque fois qu'il lui refusait quelque chose. Le pauvre Swann, aussi naïf qu'il est pourtant raffiné, croyait chaque fois que l'enlèvement de sa fille était une coïncidence et ne voulait pas voir la réalité.

Elle lui faisait d'ailleurs des scènes si continuelles qu'on pensait que le jour où elle serait arrivée à ses fins et se serait fait épouser, rien ne la retiendrait plus et que leur vie serait un enfer. Hé bien! c'est le contraire qui est arrivé. On plaisante beaucoup la manière dont Swann parle de sa femme, on en fait même des gorges chaudes. On ne demandait certes pas que, plus ou moins conscient d'être ... (vous savez le mot de Molière), il allât le proclamer *urbi et orbi*; n'empêche qu'on le trouve exagéré quand il dit que sa femme est une excellente épouse. Or, ce n'est pas aussi faux qu'on le croit. A sa manière qui n'est pas celle que tous les maris préféreraient,— mais enfin, entre nous, il me semble difficile que Swann qui la connaissait depuis longtemps et est loin d'être un maître-sot, ne sût pas à quoi s'en tenir,—il est indéniable qu'elle semble avoir de l'affection pour lui. Je ne dis pas qu'elle ne soit pas volage et Swann lui-même ne se fait pas faute de l'être, à en croire les bonnes langues qui, vous pouvez le penser, vont leur train. Mais elle lui est reconnaissante de ce qu'il a fait pour elle, et, contrairement aux craintes éprouvées par tout le monde, elle paraît devenue d'une douceur d'ange.

Ce changement n'était peut-être pas aussi extraordinaire que le trouvait M. de Norpois. Odette n'avait pas cru que Swann finirait par l'épouser; chaque fois qu'elle lui annonçait tendancieusement qu'un homme comme il faut venait de se marier avec sa maîtresse, elle lui avait vu garder un silence glacial et tout au plus, si elle l'interpellait directement en lui demandant: «Alors, tu ne trouves pas que c'est très bien, que c'est bien beau ce qu'il a fait là, pour une femme qui lui a consacré sa jeunesse?», répondre sèchement: «Mais je ne te dis pas que ce soit mal, chacun agit à sa guise.» Elle n'était même pas loin de croire que, comme il le lui disait dans des moments de colère, il l'abandonnerait tout à fait, car elle avait depuis peu entendu dire par une femme sculpteur: «On peut s'attendre à tout de la part des hommes, ils sont si mufles», et frappée par la profondeur de cette maxime pessimiste, elle se l'était appropriée, elle la répétait à tout bout de champ d'un air découragé qui semblait dire: «Après tout, il n'y aurait rien d'impossible, c'est bien ma chance.» Et, par suite, toute vertu avait été enlevée à la maxime optimiste qui avait jusque-là guidé Odette dans la vie: «On peut tout faire aux hommes qui vous aiment, ils sont idiots», et qui s'exprimait dans son visage par le même clignement d'yeux qui eût pu accompagner des mots tels que: «Ayez pas peur, il ne cassera rien.» En attendant, Odette souffrait de ce que telle de ses amies, épousée par un homme qui était resté moins longtemps avec elle, qu'elle-même avec Swann, et n'avait pas, elle, d'enfant, relativement considérée maintenant, invitée aux bals de l'Élysée, devait penser de la conduite de Swann. Un consultant plus profond que ne l'était M. de Norpois eût sans doute pu diagnostiquer que c'était ce sentiment d'humiliation et de honte qui avait aigri Odette, que le caractère infernal qu'elle montrait ne lui était pas essentiel, n'était pas un mal sans remède, et eût aisément prédit ce qui était arrivé, à savoir qu'un régime nouveau, le régime matrimonial, ferait cesser avec une rapidité presque magique ces accidents pénibles, quotidiens, mais nullement organiques. Presque tout le monde s'étonna de ce mariage, et cela même est étonnant. Sans doute peu de personnes comprennent le caractère purement subjectif du phénomène qu'est l'amour, et la sorte de création que c'est d'une personne supplémentaire, distincte de celle qui porte le même nom dans le monde, et dont la plupart des éléments sont tirés de nous-mêmes. Aussi y a-t-il peu de gens qui puissent trouver naturelles les proportions énormes que finit par prendre pour nous un être qui n'est pas le même que celui qu'ils voient. Pourtant il semble qu'en ce qui concerne Odette on aurait pu se rendre compte que si, certes, elle n'avait jamais entièrement compris l'intelligence de Swann, du moins savait-elle les titres, tout le détail de ses travaux, au point que le nom de Ver Meer lui était aussi familier que celui de son couturier; de Swann, elle connaissait à fond ces traits du caractère que le reste du monde ignore ou ridiculise et dont seule une maîtresse, une soeur, possèdent l'image ressemblante et aimée; et nous tenons tellement à eux, même à ceux que nous voudrions le plus corriger, que c'est parce qu'une femme finit par en prendre une habitude indulgente et amicalement railleuse, pareille à l'habitude que nous en avons nous-mêmes, et qu'en ont nos parents, que les vieilles liaisons ont quelque chose de la douceur et de la force des affections de famille. Les liens qui nous unissent à un être se trouvent sanctifiés quand il se place au même point de vue que nous pour juger une de nos tares. Et parmi ces traits particuliers, il y en avait aussi qui appartenaient autant à l'intelligence de Swann qu'à son caractère, et que pourtant, en raison de la racine qu'ils avaient malgré tout en celui-ci, Odette avait plus facilement discernés. Elle se plaignait que quand Swann faisait métier d'écrivain, quand il publiait des études, on ne reconnut pas ces traits-là autant que dans les lettres ou dans sa conversation où ils abondaient. Elle lui conseillait de leur faire la part la plus grande. Elle l'aurait voulu parce que c'était ceux qu'elle préférait en lui, mais comme elle les préférait parce qu'ils étaient plus à lui, elle n'avait peut-être pas tort de souhaiter qu'on les retrouvât dans ce qu'il écrivait. Peut-être aussi pensait-elle que des ouvrages plus vivants, en lui procurant enfin à lui le succès, lui eussent permis à elle de se faire ce que chez les Verdurin elle avait appris à mettre au-dessus de tout: un salon.

Parmi les gens qui trouvaient ce genre de mariage ridicule, gens qui pour eux-mêmes se demandaient: «Que pensera M. de Guermantes, que dira Bréauté, quand j'épouserai Mlle de Montmorency?», parmi les gens ayant cette sorte d'idéal social, aurait figuré, vingt ans plus tôt, Swann lui-même. Swann qui s'était donné du mal pour être reçu au Jockey et avait compté dans ce temps-là faire un éclatant mariage qui eût achevé, en consolidant sa situation, de faire de lui un des hommes les plus en vue de Paris. Seulement, les images que représentent un tel mariage à l'intéressé ont, comme toutes les images, pour ne pas dépérir et s'effacer complètement, besoin d'être alimentées du dehors. Votre rêve le plus ardent est d'humilier l'homme qui vous a offensé. Mais si vous n'entendez plus jamais parler de lui, ayant changé de pays, votre ennemi finira par ne plus avoir pour vous aucune importance. Si on a perdu de vue pendant vingt ans toutes les personnes à cause desquelles on aurait aimé entrer au Jockey ou à l'Institut, la perspective d'être membre de l'un ou de l'autre de ces groupements ne tentera nullement. Or, tout autant qu'une retraite, qu'une maladie, qu'une conversion religieuse, une liaison prolongée substitue d'autres images aux anciennes. Il n'y eut pas de la part de Swann, quand il épousa Odette, renoncement aux ambitions mondaines car de ces ambitions-là, depuis longtemps Odette l'avait, au sens spirituel du mot, détaché. D'ailleurs, ne l'eût-il pas été qu'il n'en aurait eu que plus de mérite. C'est parce qu'ils impliquent le sacrifice d'une situation plus ou moins flatteuse à une douceur purement intime, que généralement les mariages infamants sont les plus estimables de tous (on ne peut en effet entendre par mariage infamant un mariage d'argent, n'y ayant point d'exemple d'un ménage où la femme, ou bien le mari se soient vendus et qu'on n'ait fini par recevoir, ne fût-ce que par tradition et sur la foi de tant d'exemples et pour ne pas avoir deux poids et deux mesures).

Peut-être, d'autre part, en artiste, sinon en corrompu, Swann eût-il en tous cas éprouvé une certaine volupté à accoupler à lui, dans un de ces croisements d'espèces comme en pratiquent les mendélistes ou comme en raconte la mythologie, un être de race différente, archiduchesse ou cocotte, à contracter une alliance royale ou à faire une mésalliance. Il n'y avait eu dans le monde qu'une seule personne dont il se fût préoccupé, chaque fois qu'il avait pensé à son mariage possible avec Odette, c'était, et non par snobisme, la duchesse de Guermantes. De celle-là, au contraire, Odette se souciait peu, pensant seulement aux personnes situées immédiatement au-dessus d'elle-même plutôt que dans un aussi vague empyrée. Mais quand Swann dans ses heures de rêverie voyait Odette devenue sa femme, il se représentait invariablement le moment où il l'amènerait, elle et surtout sa fille, chez la princesse des Laumes, devenue bientôt la duchesse de Guermantes par la mort de son beau-père. Il ne désirait pas les présenter ailleurs, mais il s'attendrissait quand il inventait, en énonçant les mots eux-mêmes, tout ce que la duchesse dirait de lui à Odette, et Odette à Madame de

Guermantes, la tendresse que celle-ci témoignerait à Gilberte, la gâtant, le rendant fier de sa fille. Il se jouait à lui-même la scène de la présentation avec la même précision dans le détail imaginaire qu'ont les gens qui examinent comment ils emploieraient, s'ils le gagnaient, un lot dont ils fixent arbitrairement le chiffre. Dans la mesure où une image qui accompagne une de nos résolutions la motive, on peut dire que si Swann épousa Odette, ce fut pour la présenter elle et Gilberte, sans qu'il y eût personne là, au besoin sans que personne le sût jamais, à la duchesse de Guermantes. On verra comment cette seule ambition mondaine qu'il avait souhaitée pour sa femme et sa fille fut justement celle dont la réalisation se trouva lui être interdite et par un veto si absolu que Swann mourut sans supposer que la duchesse pourrait jamais les connaître.

On verra aussi qu'au contraire la duchesse de Guermantes se lia avec Odette et Gilberte après la mort de Swann. Et peut-être eût-il été sage—pour autant qu'il pouvait attacher de l'importance à si peu de chose—en ne se faisant pas une idée trop sombre de l'avenir, à cet égard, et en réservant que la réunion souhaitée pourrait bien avoir lieu quand il ne serait plus là pour en jouir. Le travail de causalité qui finit par produire à peu près tous les effets possibles, et par conséquent aussi ceux qu'on avait cru l'être le moins, ce travail est parfois lent, rendu un peu plus lent encore par notre désir—qui, en cherchant à l'accélérer, l'entrave—par notre existence même et n'aboutit que quand nous avons cessé de désirer, et quelquefois de vivre. Swann ne le savait-il pas par sa propre expérience, et n'était-ce pas déjà, dans sa vie—comme une préfiguration de ce qui devait arriver après sa mort—un bonheur après décès que ce mariage avec cette Odette qu'il avait passionnément aimée— si elle ne lui avait pas plu au premier abord—et qu'il avait épousée quand il ne l'aimait plus, quand l'être qui, en Swann, avait tant souhaité et tant désespéré de vivre toute sa vie avec Odette, quand cet être là était mort?

Je me mis à parler du comte de Paris, à demander s'il n'était pas ami de Swann, car je craignais que la conversation se détournât de celui-ci. «Oui, en effet, répondit M. de Norpois en se tournant vers moi et en fixant sur ma modeste personne le regard bleu où flottaient, comme dans leur élément vital, ses grandes facultés de travail et son esprit d'assimilation. Et, mon Dieu, ajouta-t-il en s'adressant de nouveau à mon père, je ne crois pas franchir les bornes du respect dont je fais profession pour le Prince (sans cependant entretenir avec lui des relations personnelles que rendrait difficiles ma situation, si peu officielle qu'elle soit), en vous citant ce fait assez piquant que, pas plus tard qu'il y a quatre ans, dans une petite gare de chemins de fer d'un des pays de l'Europe Centrale, le prince eut l'occasion d'apercevoir Mme Swann. Certes, aucun de ses familiers ne s'est permis de demander à Monseigneur comment il l'avait trouvée. Cela n'eût pas été séant. Mais quand par hasard la conversation amenait son nom, à de certains signes, imperceptibles si l'on veut, mais qui ne trompent pas, le prince semblait donner assez volontiers à entendre que son impression était en somme loin d'avoir été défavorable.»

—Mais il n'y aurait pas eu possibilité de la présenter au comte de Paris? demanda mon père.

—Eh bien! on ne sait pas; avec les princes on ne sait jamais, répondit M. de Norpois; les plus glorieux, ceux qui savent le plus se faire rendre ce qu'on leur doit, sont aussi quelquefois ceux qui s'embarrassent le moins des décrets de l'opinion publique, même les plus justifiés, pour peu qu'il s'agisse de récompenser certains attachements. Or, il est certain que le comte de Paris a toujours agréé avec beaucoup de bienveillance le dévouement de Swann qui est, d'ailleurs, un garçon d'esprit s'il en fut.

—Et votre impression à vous, quelle a-t-elle été, monsieur l'ambassadeur? demanda ma mère par politesse et par curiosité.

Avec une énergie de vieux connaisseur qui tranchait sur la modération habituelle de ses propos:

—Tout à fait excellente! répondit M. de Norpois.

Et sachant que l'aveu d'une forte sensation produite par une femme, rentre à condition qu'on le fasse avec enjouement, dans une certaine forme particulièrement appréciée de l'esprit de conversation, il éclata d'un petit rire qui se prolongea pendant quelques instants, humectant les yeux bleus du vieux diplomate et faisant vibrer les ailes de son nez nervurées de fibrilles rouges.

—Elle est tout à fait charmante!

—Est-ce qu'un écrivain du nom de Bergotte était à ce dîner, monsieur? demandai-je timidement pour tâcher de retenir la conversation sur le sujet des Swann.

—Oui, Bergotte était là, répondit M. de Norpois, inclinant la tête de mon côté avec courtoisie, comme si dans son désir d'être aimable avec mon père, il attachait tout ce qui tenait à lui une véritable importance, et même aux questions d'un garçon de mon âge qui n'était pas habitué à se voir montrer tant de politesse par des personnes du sien. Est-ce que vous le connaissez? ajouta-t-il en fixant sur moi ce regard clair dont Bismarck admirait la pénétration.

—Mon fils ne le connaît pas mais l'admire beaucoup, dit ma mère.

—Mon Dieu, dit M. de Norpois (qui m'inspira sur ma propre intelligence des doutes plus graves que ceux qui me déchiraient d'habitude, quand je vis que ce que je mettais mille et mille fois au-dessus de moi-même, ce que je trouvais de plus élevé au monde, était pour lui tout en bas de l'échelle de ses admirations), je ne partage pas cette manière de voir. Bergotte est ce que j'appelle un joueur de flûte; il faut reconnaître du reste qu'il en joue agréablement quoique avec bien du maniérisme, de l'afféterie. Mais enfin ce n'est que cela, et cela n'est pas grand'chose. Jamais on ne trouve dans ses ouvrages sans muscles ce qu'on pourrait nommer la charpente. Pas d'action—ou si peu—mais surtout pas de portée. Ses livres pèchent par la base ou plutôt il n'y a pas de base du tout. Dans un temps comme le nôtre où la complexité croissante de la vie laisse à peine le temps de lire, où la carte de l'Europe a subi des remaniements profonds et est à la veille d'en subir de plus grands encore peut-être, où tant de problèmes menaçants et nouveaux se posent partout, vous m'accorderez qu'on a le droit de demander à un écrivain d'être autre chose qu'un bel esprit qui nous fait oublier dans des discussions oiseuses et byzantines sur des mérites de pure forme, que nous pouvons être envahis d'un instant à l'autre par un double flot de Barbares, ceux du dehors et ceux du dedans. Je sais que c'est blasphémer contre la Sacro-Sainte Ecole de ce que ces Messieurs appellent l'Art pour l'Art, mais à notre époque, il y a des tâches plus urgentes que d'agencer des mots d'une façon harmonieuse.

Celle de Bergotte est parfois assez séduisante, je n'en disconviens pas, mais au total tout cela est bien mièvre, bien mince, et bien peu viril. Je comprends mieux maintenant, en me reportant à votre admiration tout à fait exagérée pour Bergotte, les quelques lignes que vous m'avez montrées tout à l'heure et sur lesquelles j'aurais mauvaise grâce à ne pas passer l'éponge, puisque vous avez dit vous-même en toute simplicité, que ce n'était qu'un griffonnage d'enfant (je l'avais dit, en effet, mais je n'en pensais pas un mot). A tout péché miséricorde et surtout aux péchés de jeunesse. Après tout, d'autres que vous en ont de pareils sur la conscience, et vous n'êtes pas le seul qui se soit cru poète à son heure. Mais on voit dans ce que vous m'avez montré la mauvaise influence de Bergotte. Évidemment, je ne vous étonnerai pas en vous disant qu'il n'y avait là aucune de ses qualités, puisqu'il est passé maître dans l'art, tout superficiel du reste, d'un certain style dont à votre âge vous ne pouvez posséder même le rudiment. Mais c'est déjà le même défaut, ce contre-sens d'aligner des mots bien sonores en ne se souciant qu'ensuite du fond. C'est mettre la charrue avant les boeufs, même dans les livres de Bergotte. Toutes ces chinoiseries de forme, toutes ces subtilités de mandarin déliquescent me semblent bien vaines. Pour quelques feux d'artifice agréablement tirés par un écrivain, on crie de suite au chef-d'oeuvre. Les chefs-d'oeuvre ne sont pas si fréquents que cela! Bergotte n'a pas à son actif, dans son bagage si je puis dire, un roman d'une envolée un peu haute, un de ces livres qu'on place dans le bon coin de sa bibliothèque. Je n'en vois pas un seul dans son oeuvre. Il n'empêche que chez lui, l'oeuvre est infiniment supérieure à l'auteur. Ah! voilà quelqu'un qui donne raison à l'homme d'esprit qui prétendait qu'on ne doit connaître les écrivains que par leurs livres. Impossible de voir un individu qui réponde moins aux siens, plus prétentieux, plus solennel, moins homme de bonne compagnie. Vulgaire par moments, parlant à d'autres comme un livre, et même pas comme un livre de lui, mais comme un livre ennuyeux, ce qu'au moins ne sont pas les siens, tel est ce Bergotte. C'est un esprit des plus confus, alambiqué, ce que nos pères appelaient un diseur de phébus et qui rend encore plus déplaisantes, par sa façon de les énoncer, les choses qu'il dit. Je ne sais si c'est Loménie ou Sainte-Beuve, qui raconte que Vigny rebutait par le même travers. Mais Bergotte n'a jamais écrit *Cinq-Mars*, ni le *Cachet rouge*, où certaines pages sont de véritables morceaux d'anthologie.

Atterré par ce que M. de Norpois venait de me dire du fragment que je lui avais soumis, songeant d'autre part aux difficultés que j'éprouvais quand je voulais écrire un essai ou seulement me livrer à des réflexions sérieuses, je sentis une fois de plus ma nullité intellectuelle et que je n'étais pas né pour la littérature. Sans doute autrefois à Combray, certaines impressions fort humbles, ou une lecture de Bergotte, m'avaient mis dans un état de rêverie qui m'avait paru avoir une grande valeur. Mais cet état, mon poème en prose le reflétait: nul doute que M. de Norpois n'en eût saisi et percé à jour tout de suite ce que j'y trouvais de beau seulement par un mirage entièrement trompeur, puisque l'ambassadeur n'en était pas dupe. Il venait de m'apprendre au contraire quelle place infime était la mienne (quand j'étais jugé du dehors, objectivement, par le connaisseur le mieux disposé et le plus intelligent). Je me sentais consterné, réduit; et mon esprit comme un fluide qui n'a de dimensions que celles du vase qu'on lui fournit, de même qu'il s'était dilaté jadis à remplir les capacités immenses du génie, contracté maintenant, tenait tout entier dans la médiocrité étroite où M. de Norpois l'avait soudain enfermé et restreint.

—Notre mise en présence, à Bergotte et à moi, ajouta-t-il en se tournant vers mon père, ne laissait pas que d'être assez épineuse (ce qui après tout est aussi une manière d'être piquante). Bergotte voilà quelques années de cela, fit un voyage à Vienne, pendant que j'y étais ambassadeur; il me fut présenté par la princesse de Metternich, vint s'inscrire et désirait être invité. Or, étant à l'étranger représentant de la France, à qui en somme il fait honneur par ses écrits, dans une certaine mesure, disons, pour être exacts, dans une mesure bien faible, j'aurais passé sur la triste opinion que j'ai de sa vie privée. Mais il ne voyageait pas seul et bien plus il prétendait ne pas être invité sans sa compagne. Je crois ne pas être plus pudibond qu'un autre et étant célibataire, je pouvais peut-être ouvrir un peu plus largement les portes de l'Ambassade que si j'eusse été marié et père de famille. Néanmoins, j'avoue qu'il y a un degré d'ignominie dont je ne saurais m'accommoder, et qui est rendu plus écoeurant encore par le ton plus que moral, tranchons le mot, moralisateur, que prend Bergotte dans ses livres où on ne voit qu'analyses perpétuelles et d'ailleurs entre nous, un peu languissantes, de scrupules douloureux, de remords maladifs, et pour de simples peccadilles, de véritables prêchis-prêchas (on sait ce qu'en vaut l'aune), alors qu'il montre tant d'inconscience et de cynisme dans sa vie privée. Bref, j'éludai la réponse, la princesse revint à la charge, mais sans plus de succès. De sorte que je ne suppose pas que je doive être très en odeur de sainteté auprès du personnage, et je ne sais pas jusqu'à quel point il a apprécié l'attention de Swann de l'inviter en même temps que moi. A moins que ce ne soit lui qui l'ait demandé. On ne peut pas savoir, car au fond c'est un malade. C'est même sa seule excuse.

—Et est-ce que la fille de Mme Swann était à ce dîner, demandai-je à M. de Norpois, profitant pour faire cette question d'un moment où, comme on passait au salon, je pouvais dissimuler plus facilement mon émotion que je n'aurais fait à table, immobile et en pleine lumière.

M. de Norpois parut chercher un instant à se souvenir:

—Oui, une jeune personne de quatorze à quinze ans? En effet, je me souviens qu'elle m'a été présentée avant le dîner comme la fille de notre amphitryon. Je vous dirai que je l'ai peu vue, elle est allée se coucher de bonne heure. Ou elle allait chez des amies, je ne me rappelle pas bien. Mais je vois que vous êtes fort au courant de la maison Swann.

—Je joue avec Mlle Swann aux Champs-Élysées, elle est délicieuse.

—Ah! voilà! voilà! Mais à moi, en effet, elle m'a paru charmante. Je vous avoue pourtant que je ne crois pas qu'elle approchera jamais de sa mère, si je peux dire cela sans blesser en vous un sentiment trop vif.

—Je préfère la figure de Mlle Swann, mais j'admire aussi énormément sa mère, je vais me promener au Bois rien que dans l'espoir de la voir passer.

—Ah! mais je vais leur dire cela, elles seront très flattées.

Pendant qu'il disait ces mots, M. de Norpois était, pour quelques secondes encore, dans la situation de toutes les personnes qui, m'entendant parler de Swann comme d'un homme intelligent, de ses parents comme d'agents de change honorables, de sa maison comme d'une belle maison, croyaient que je parlerais aussi volontiers d'un autre homme aussi intelligent, d'autres agents de change aussi honorables, d'une autre maison aussi belle; c'est le moment où un homme sain d'esprit qui cause avec un fou ne s'est pas encore aperçu que c'est un fou. M. de Norpois savait qu'il n'y a rien que de naturel dans le plaisir de regarder les jolies femmes, qu'il est de bonne compagnie dès que quelqu'un nous parle avec chaleur de l'une d'elles, de faire semblant de croire qu'il en est amoureux, de l'en plaisanter, et de lui promettre de seconder ses desseins.

Mais en disant qu'il parlerait de moi à Gilberte et à sa mère (ce qui me permettrait, comme une divinité de l'Olympe qui a pris la fluidité d'un souffle ou plutôt l'aspect du vieillard dont Minerve emprunte les traits, de pénétrer moi-même, invisible, dans le salon de Mme Swann, d'attirer son attention, d'occuper sa pensée, d'exciter sa reconnaissance pour mon admiration, de lui apparaître comme l'ami d'un homme important, de lui sembler à l'avenir digne d'être invité par elle et d'entrer dans l'intimité de sa famille), cet homme important qui allait user en ma faveur du grand prestige qu'il devait avoir aux yeux de Mme Swann, m'inspira subitement une tendresse si grande que j'eus peine à me retenir de ne pas embrasser ses douces mains blanches et fripées, qui avaient l'air d'être restées trop longtemps dans l'eau. J'en ébauchai presque le geste que je me crus seul à avoir remarqué. Il est difficile en effet à chacun de nous de calculer exactement à quelle échelle ses paroles ou ses mouvements apparaissent à autrui; par peur de nous exagérer notre importance et en grandissant dans des proportions énormes le champ sur lequel sont obligés de s'étendre les souvenirs des autres au cours de leur vie, nous nous imaginons que les parties accessoires de notre discours, de nos attitudes, pénètrent à peine dans la conscience, à plus forte raison ne demeurent pas dans la mémoire de ceux avec qui nous causons. C'est d'ailleurs à une supposition de ce genre qu'obéissent les criminels quand ils retouchent après coup un mot qu'ils ont dit et duquel ils pensent qu'on ne pourra confronter cette variante à aucune autre version. Mais il est bien possible que, même en ce qui concerne la vie millénaire de l'humanité, la philosophie du feuilletoniste selon laquelle tout est promis à l'oubli soit moins vraie qu'une philosophie contraire qui prédirait la conservation de toutes choses. Dans le même journal où le moraliste du «Premier Paris» nous dit d'un événement, d'un chef-d'oeuvre, à plus forte raison d'une chanteuse qui eut «son heure de célébrité»: «Qui se souviendra de tout cela dans dix ans?» à la troisième page, le compte rendu de l'Académie des Inscriptions ne parle-t-il pas souvent d'un fait par lui-même moins important, d'un poème de peu de valeur, qui date de l'époque des Pharaons et qu'on connaît encore intégralement?

Peut-être n'en est-il pas tout à fait de même dans la courte vie humaine. Pourtant quelques années plus tard, dans une maison où M. de Norpois, qui se trouvait en visite, me semblait le plus solide appui que j'y pusse rencontrer, parce qu'il était l'ami de mon père, indulgent, porté à nous vouloir du bien à tous, d'ailleurs habitué par sa profession et ses origines à la discrétion, quand, une fois l'Ambassadeur parti, on me raconta qu'il avait fait allusion à une soirée d'autrefois dans laquelle il avait «vu le moment où j'allais lui baiser les mains», je ne rougis pas seulement jusqu'aux oreilles, je fus stupéfait d'apprendre qu'étaient si différentes de ce que j'aurais cru, non seulement la façon dont M. de Norpois parlait de moi, mais encore la composition de ses souvenirs; ce «potin» m'éclaira sur les proportions inattendues de distraction et de présence d'esprit, de mémoire et d'oubli dont est fait l'esprit humain; et, je fus aussi merveilleusement surpris que le jour où je lus pour la première fois, dans un livre de Maspero, qu'on savait exactement la liste des chasseurs qu'Assourbanipal invitait à ses battues, dix siècles avant Jésus-Christ.

—Oh! monsieur, dis-je à M. de Norpois, quand il m'annonça qu'il ferait part à Gilberte et à sa mère, de l'admiration que j'avais pour elles, si vous faisiez cela, si vous parliez de moi à Mme Swann, ce ne serait pas assez de toute ma vie pour vous témoigner ma gratitude, et cette vie vous appartiendrait! Mais je tiens à vous faire remarquer que je ne connais pas Mme Swann et que je ne lui ai jamais été présenté.

J'avais ajouté ces derniers mots par scrupule et pour ne pas avoir l'air de m'être vanté d'une relation que je n'avais pas. Mais en les prononçant, je sentais qu'ils étaient déjà devenus inutiles, car dès le début de mon remerciement, d'une ardeur réfrigérante, j'avais vu passer sur le visage de l'ambassadeur une expression d'hésitation et de mécontentement et dans ses yeux, ce regard vertical, étroit et oblique (comme, dans le dessin en perspective d'un solide, la ligne fuyante d'une de ses faces), regard qui s'adresse à cet interlocuteur invisible qu'on a en soi-même, au moment où on lui dit quelque chose que l'autre interlocuteur, le Monsieur avec qui on parlait jusqu'ici—moi dans la circonstance—ne doit pas entendre. Je me rendis compte aussitôt que ces phrases que j'avais prononcées et qui, faibles encore auprès de l'effusion reconnaissante dont j'étais envahi, m'avaient paru devoir toucher M. de Norpois et achever de le décider à une intervention qui lui eût donné si peu de peine, et à moi tant de joie, étaient peut-être (entre toutes celles qu'eussent pu chercher diaboliquement des personnes qui m'eussent voulu du mal), les seules qui pussent avoir pour résultat de l'y faire renoncer. En les entendant en effet, de même qu'au moment où un inconnu, avec qui nous venions d'échanger agréablement des impressions que nous avions pu croire semblables sur des passants que nous nous accordions à trouver vulgaires, nous montre tout à coup l'abîme pathologique qui le sépare de nous en ajoutant négligemment tout en tâtant sa poche: «C'est malheureux que je n'aie pas mon revolver, il n'en serait pas resté un seul», M. de Norpois qui savait que rien n'était moins précieux ni plus aisé que d'être recommandé à Mme Swann et introduit chez elle, et qui vit que pour moi, au contraire, cela présentait un tel prix, par conséquent, sans doute, une grande difficulté, pensa que le désir, normal en apparence, que j'avais exprimé, devait dissimuler quelque pensée différente, quelque visée suspecte, quelque faute antérieure, à cause de quoi, dans la certitude de déplaire à Mme Swann, personne n'avait jusqu'ici voulu se charger de lui transmettre une commission de ma part.

Et je compris que cette commission, il ne la ferait jamais, qu'il pourrait voir Mme Swann quotidiennement pendant des années, sans pour cela lui parler une seule fois de moi. Il lui demanda cependant quelques jours plus tard un renseignement que je désirais et chargea mon père de me le transmettre. Mais il n'avait pas cru devoir dire pour qui il le demandait. Elle n'apprendrait donc pas que je connaissais M. de Norpois et que je souhaitais tant d'aller chez elle; et ce fut peut-être un malheur moins grand que je ne croyais. Car la seconde de ces nouvelles n'eût probablement pas beaucoup ajouté à l'efficacité, d'ailleurs incertaine, de la première. Pour Odette, l'idée de sa propre vie et de sa propre demeure n'éveillant aucun trouble mystérieux, une personne qui la connaissait, qui allait chez elle, ne lui semblait pas un être fabuleux comme il le paraissait à moi qui aurais jeté dans les fenêtres de Swann une pierre si j'avais pu écrire sur elle que je connaissais M. de Norpois: j'étais persuadé qu'un tel message, même transmis d'une façon aussi brutale, m'eût donné beaucoup plus de prestige aux yeux de la maîtresse de la maison qu'il ne l'eût indisposée contre moi. Mais, même si j'avais pu me rendre compte que la mission dont ne s'acquitta pas M. de Norpois fût restée sans utilité, bien plus, qu'elle eût pu me nuire auprès des Swann, je n'aurais pas eu le courage, s'il s'était montré consentant, d'en décharger l'Ambassadeur et de renoncer à la volupté, si funestes qu'en pussent être les suites, que mon nom et ma personne se trouvassent ainsi un moment auprès de Gilberte, dans sa maison et sa vie inconnues.

Quand M. de Norpois fut parti, mon père jeta un coup d'oeil sur le journal du soir; je songeais de nouveau à la Berma. Le plaisir que j'avais eu à l'entendre exigeait d'autant plus d'être complété qu'il était loin d'égaler celui que je m'étais promis; aussi s'assimilait-il immédiatement tout ce qui était susceptible de le nourrir, par exemple ces mérites que M. de Norpois avait reconnus à la Berma et que mon esprit avait bus d'un seul trait comme un pré trop sec sur qui on verse de l'eau. Or mon père me passa le journal en me désignant un entrefilet conçu en ces termes: «La représentation de *Phèdre* qui a été donnée devant une salle enthousiaste où on remarquait les principales notabilités du monde des arts et de la critique a été pour Mme Berma qui jouait le rôle de Phèdre, l'occasion d'un triomphe comme elle en a rarement connu de plus éclatant au cours de sa prestigieuse carrière. Nous reviendrons plus longuement sur cette représentation qui constitue un véritable événement théâtral; disons seulement que les juges les plus autorisés s'accordaient à déclarer qu'une telle interprétation renouvelait entièrement le rôle de Phèdre, qui est un des plus beaux et des plus fouillés de Racine, et constituait la plus pure et la plus haute manifestation d'art à laquelle de notre temps il ait été donné d'assister.» Dès que mon esprit eut conçu cette idée nouvelle de «la plus pure et haute manifestation d'art», celle-ci se rapprocha du plaisir imparfait que j'avais éprouvé au théâtre, lui ajouta un peu de ce qui lui manquait et leur réunion forma quelque chose de si exaltant que je m'écriai: «Quelle grande artiste!» Sans doute on peut trouver que je n'étais pas absolument sincère.

Mais qu'on songe plutôt à tant d'écrivains qui, mécontents du morceau qu'ils viennent d'écrire, s'ils lisent un éloge du génie de Chateaubriand, ou évoquant tel grand artiste dont ils ont souhaité d'être l'égal, fredonnant par exemple en eux-mêmes telle phrase de Beethoven de laquelle ils comparent la tristesse à celle qu'ils ont voulu mettre dans leur prose, se remplissent tellement de cette idée de génie qu'ils l'ajoutent à leurs propres productions en repensant à elles, ne les voient plus telles qu'elles leur étaient apparues d'abord, et risquant un acte de foi dans la valeur de leur oeuvre se disent: «Après tout!» sans se rendre compte que, dans le total qui détermine leur satisfaction finale, ils font entrer le souvenir de merveilleuses pages de Chateaubriand qu'ils assimilent aux leurs, mais enfin qu'ils n'ont point écrites; qu'on se rappelle tant d'hommes qui croient en l'amour d'une maîtresse de qui ils ne connaissent que les trahisons; tous ceux aussi qui espèrent alternativement soit une survie incompréhensible dès qu'ils pensent, maris inconsolables, à une femme qu'ils ont perdue et qu'ils aiment encore, artistes, à la gloire future de laquelle ils pourront jouir, soit un néant rassurant quand leur intelligence se reporte au contraire aux fautes que sans lui ils auraient à expier après leur mort; qu'on pense encore aux touristes qu'exalte la beauté d'ensemble d'un voyage dont jour par jour ils n'ont éprouvé que de l'ennui, et qu'on dise, si dans la vie en commun que mènent les idées au sein de notre esprit, il est une seule de celles qui nous rendent le plus heureux qui n'ait été d'abord en véritable parasite demander à une idée étrangère et voisine le meilleur de la force qui lui manquait.

Ma mère ne parut pas très satisfaite que mon père ne songeât plus pour moi à la «carrière». Je crois que soucieuse avant tout qu'une règle d'existence disciplinât les caprices de mes nerfs, ce qu'elle regrettait, c'était moins de me voir renoncer à la diplomatie que m'adonner à la littérature. «Mais laisse donc, s'écria mon père, il faut avant tout prendre du plaisir à ce qu'on fait. Or, il n'est plus un enfant. Il sait bien maintenant ce qu'il aime, il est peu probable qu'il change, et il est capable de se rendre compte de ce qui le rendra heureux dans l'existence.» En attendant que grâce à la liberté qu'elles m'octroyaient, je fusse, ou non, heureux dans l'existence, les paroles de mon père me firent ce soir-là bien de la peine. De tout temps ses gentillesses imprévues m'avaient, quand elles se produisaient, donné une telle envie d'embrasser au-dessus de sa barbe ses joues colorées que si je n'y cédais pas, c'était seulement par peur de lui déplaire. Aujourd'hui, comme un auteur s'effraye de voir ses propres rêveries qui lui paraissent sans grande valeur parce qu'il ne les sépare pas de lui-même, obliger un éditeur à choisir un papier, à employer des caractères peut-être trop beaux pour elles, je me demandais si mon désir d'écrire était quelque chose d'assez important pour que mon père dépensât à cause de cela tant de bonté. Mais surtout en parlant de mes goûts qui ne changeraient plus, de ce qui était destiné à rendre mon existence heureuse, il insinuait en moi deux terribles soupçons. Le premier c'était que (alors que chaque jour je me considérais comme sur le seuil de ma vie encore intacte et qui ne débuterait que le lendemain matin) mon existence était déjà commencée, bien plus, que ce qui allait en suivre ne serait pas très différent de ce qui avait précédé. Le second soupçon, qui n'était à vrai dire qu'une autre forme du premier, c'est que je n'étais pas situé en dehors du Temps, mais soumis à ses lois, tout comme ces personnages de roman qui, à cause de cela, me jetaient dans une telle tristesse, quand je lisais leur vie, à Combray, au fond de ma guérite d'osier. Théoriquement on sait que la terre tourne, mais en fait on ne s'en aperçoit pas, le sol sur lequel on marche semble ne pas bouger et on vit tranquille. Il en est ainsi du Temps dans la vie. Et pour rendre sa fuite sensible, les romanciers sont obligés, en accélérant follement les battements de l'aiguille, de faire franchir au lecteur dix, vingt, trente ans, en deux minutes. Au haut d'une page on a quitté un amant plein d'espoir, au bas de la suivante on le retrouve octogénaire, accomplissant péniblement dans le préau d'un hospice sa promenade quotidienne, répondant à peine aux paroles qu'on lui adresse, ayant oublié le passé. En disant de moi: «Ce n'est plus un enfant, ses goûts ne changeront plus, etc.», mon père venait tout d'un coup de me faire apparaître à moi-même dans le Temps, et me causait le même genre de tristesse, que si j'avais été non pas encore l'hospitalisé ramolli, mais ces héros dont l'auteur, sur un ton indifférent qui est particulièrement cruel, nous dit à la fin d'un livre: «il quitte de moins en moins la campagne. Il a fini par s'y fixer définitivement, etc.»

Cependant, mon père, pour aller au-devant des critiques que nous aurions pu faire sur notre invité, dit à maman:

—J'avoue que le père Norpois a été un peu «poncif» comme vous dites. Quand il a dit qu'il aurait été «peu séant» de poser une question au comte de Paris, j'ai eu peur que vous ne vous mettiez à rire.

—Mais pas du tout, répondit ma mère, j'aime beaucoup qu'un homme de cette valeur et de cet âge ait gardé cette sorte de naïveté qui ne prouve qu'un fond d'honnêteté et de bonne éducation.

—Je crois bien! Cela ne l'empêche pas d'être fin et intelligent, je le sais moi qui le vois à la Commission tout autre qu'il n'est ici, s'écria mon père, heureux de voir que maman appréciait M. de Norpois, et voulant lui persuader qu'il était encore supérieur à ce qu'elle croyait, parce que la cordialité surfait avec autant de plaisir qu'en prend la taquinerie à déprécier. Comment a-t-il donc dit ... «avec les princes on ne sait jamais...»

—Mais oui, comme tu dis là. J'avais remarqué, c'est très fin. On voit qu'il a une profonde expérience de la vie.

—C'est extraordinaire qu'il ait dîné chez les Swann et qu'il y ait trouvé en somme des gens réguliers, des fonctionnaires.... Où est-ce que Mme Swann a pu aller pêcher ce monde-là?

—As-tu remarqué, avec quelle malice il a fait cette réflexion: «C'est une maison où il va surtout des hommes!»

Et tous deux cherchaient à reproduire la manière dont M. de Norpois avait dit cette phrase, comme ils auraient fait pour quelque intonation de Bressant ou de Thiron dans *l'Aventurière* ou dans *le Gendre de M. Poirier*. Mais de tous ses mots, le plus goûté, le fut par Françoise qui, encore plusieurs années après, ne pouvait pas «tenir son sérieux» si on lui rappelait qu'elle avait été traitée par l'ambassadeur de «chef de premier ordre», ce que ma mère était allée lui transmettre comme un ministre de la guerre les félicitations d'un souverain de passage après «la Revue». Je l'avais d'ailleurs précédée à la cuisine. Car j'avais fait promettre à Françoise, pacifiste mais cruelle, qu'elle ne ferait pas trop souffrir le lapin qu'elle avait à tuer et je n'avais pas eu de nouvelles de cette mort; Françoise m'assura qu'elle s'était passée le mieux du monde et très rapidement: «J'ai jamais vu une bête comme ça; elle est morte sans dire seulement une parole, vous auriez dit qu'elle était muette.» Peu au courant du langage des bêtes, j'alléguai que le lapin ne criait peut-être pas comme le poulet. «Attendez un peu voir, me dit Françoise indignée de mon ignorance, si les lapins ne crient pas autant comme les poulets. Ils ont même la voix bien plus forte.» Françoise accepta les compliments de M. de Norpois avec la fière simplicité, le regard joyeux et—fût-ce momentanément—intelligent, d'un artiste à qui on parle de son art. Ma mère l'avait envoyée autrefois dans certains grands restaurants voir comment on y faisait la cuisine. J'eus ce soir-là à l'entendre traiter les plus célèbres de gargotes le même plaisir qu'autrefois à apprendre, pour les artistes dramatiques, que la hiérarchie de leurs mérites n'était pas la même que celle de leurs réputations. «L'Ambassadeur, lui dit ma mère, assure que nulle part on ne mange de boeuf froid et de soufflés comme les vôtres.» Françoise avec un air de modestie et de rendre hommage à la vérité, l'accorda, sans être, d'ailleurs, impressionnée par le titre d'ambassadeur; elle disait de M. de Norpois, avec l'amabilité due à quelqu'un qui l'avait prise pour un «chef»: «C'est un bon vieux comme moi.» Elle avait bien cherché à l'apercevoir quand il était arrivé, mais sachant que Maman détestait qu'on fût derrière les portes ou aux fenêtres et pensant qu'elle saurait par les autres domestiques ou par les concierges qu'elle avait fait le guet (car Françoise ne voyait partout que «jalousies» et «racontages» qui jouaient dans son imagination le même rôle permanent et funeste que, pour telles autres personnes, les intrigues des jésuites ou des juifs), elle s'était contentée de regarder par la croisée de la cuisine, «pour ne pas avoir des raisons avec Madame» et sur l'aspect sommaire de M. de Norpois, elle avait «cru voir Monsieur Legrand», à cause de son *agileté*, et bien qu'il n'y eût pas un trait commun entre eux. «Mais enfin, lui demanda ma mère, comment expliquez-vous que personne ne fasse la gelée aussi bien que vous (quand vous le voulez)?—Je ne sais pas d'où ce que ça devient», répondit Françoise (qui n'établissait pas une démarcation bien nette entre le verbe venir, au moins pris dans certaines acceptions et le verbe devenir). Elle disait vrai du reste, en partie, et n'était pas beaucoup plus capable—ou désireuse—de dévoiler le mystère qui faisait la supériorité de ses gelées ou de ses crèmes, qu'une grande élégante pour ses toilettes, ou une grande cantatrice pour son chant. Leurs explications ne nous disent pas grand chose; il en était de même des recettes de notre cuisinière. «Ils font cuire trop à la va-vite, répondit-elle en parlant des grands restaurateurs, et puis pas tout ensemble.

Il faut que le boeuf, il devienne comme une éponge, alors il boit tout le jus jusqu'au fond. Pourtant il y avait un de ces Cafés où il me semble qu'on savait bien un peu faire la cuisine. Je ne dis pas que c'était tout à fait ma gelée, mais c'était fait bien doucement et les soufflés ils avaient bien de la crème.—Est-ce Henry? demanda mon père qui nous avait rejoints et appréciait beaucoup le restaurant de la place Gaillon où il avait à dates fixes des repas de corps.—Oh non! dit Françoise avec une douceur qui cachait un profond dédain, je parlais d'un petit restaurant. Chez cet Henry c'est très bon bien sûr, mais c'est pas un restaurant, c'est plutôt ... un bouillon!—Weber?—Ah! non, monsieur, je voulais dire un bon restaurant. Weber c'est dans la rue Royale, ce n'est pas un restaurant, c'est une brasserie. Je ne sais pas si ce qu'ils vous donnent est servi. Je crois qu'ils n'ont même pas de nappe, ils posent cela comme cela sur la table, va comme je te pousse.—Cirro?» Françoise sourit: «Oh! là je crois qu'en fait de cuisine il y a surtout des dames du monde. (Monde signifiait pour Françoise demi-monde.) Dame, il faut ça pour la jeunesse.» Nous nous apercevions qu'avec son air de simplicité Françoise était pour les cuisiniers célèbres une plus terrible «camarade» que ne peut l'être l'actrice la plus envieuse et la plus infatuée. Nous sentîmes pourtant qu'elle avait un sentiment juste de son art et le respect des traditions, car elle ajouta: «Non, je veux dire un restaurant où c'est qu'il y avait l'air d'avoir une bien bonne petite cuisine bourgeoise. C'est une maison encore assez conséquente. Ça travaillait beaucoup. Ah! on en ramassait des sous là-dedans (Françoise, économe, comptait par sous, non par louis comme les décavés). Madame connaît bien là-bas à droite sur les grands boulevards, un peu en arrière...» Le restaurant dont elle parlait avec cette équité mêlée d'orgueil et de bonhomie, c'était ... le Café Anglais.

Quand vint le 1er janvier, je fis d'abord des visites de famille avec maman, qui, pour ne pas me fatiguer, les avait d'avance (à l'aide d'un itinéraire tracé par mon père) classées par quartier plutôt que selon le degré exact de la parenté. Mais à peine entrés dans le salon d'une cousine assez éloignée qui avait comme raison de passer d'abord, que sa demeure ne le fût pas de la nôtre, ma mère était épouvantée en voyant, ses marrons glacés ou déguisés à la main, le meilleur ami du plus susceptible de mes oncles auquel il allait rapporter que nous n'avions pas commencé notre tournée par lui. Cet oncle serait sûrement blessé; il n'eût trouvé que naturel que nous allassions de la Madeleine au Jardin des Plantes où il habitait avant de nous arrêter à Saint-Augustin, pour repartir rue de l'École-de-Médecine.

Les visites finies (ma grand'mère dispensait que nous en fissions une chez elle, comme nous y dînions ce jour-là) je courus jusqu'aux Champs-Élysées porter à notre marchande pour qu'elle la remît à la personne qui venait plusieurs fois par semaine de chez les Swann y chercher du pain d'épices, la lettre que dès le jour où mon amie m'avait fait tant de peine, j'avais décidé de lui envoyer au nouvel an, et dans laquelle je lui disais que notre amitié ancienne disparaissait avec l'année finie, que j'oubliais mes griefs et mes déceptions et qu'à partir du 1er janvier, c'était une amitié neuve que nous allions bâtir, si solide que rien ne la détruirait, si merveilleuse que j'espérais que Gilberte mettrait quelque coquetterie à lui garder toute sa beauté et à m'avertir à temps comme je promettais de le faire moi-même, aussitôt que surviendrait le moindre péril qui pourrait l'endommager. En rentrant, Françoise me fit arrêter, au coin de la rue Royale, devant un étalage en plein vent où elle choisit, pour ses propres étrennes, des photographies de Pie IX et de Raspail et où, pour ma part, j'en achetai une de la Berma. Les innombrables admirations qu'excitait l'artiste donnaient quelque chose d'un peu pauvre à ce visage unique qu'elle avait pour y répondre, immuable et précaire comme ce vêtement des personnes qui n'en ont pas de rechange, et où elle ne pouvait exhiber toujours que le petit pli au-dessus de la lèvre supérieure, le relèvement des sourcils, quelques autres particularités physiques toujours les mêmes qui, en somme, étaient à la merci d'une brûlure ou d'un choc. Ce visage, d'ailleurs, ne m'eût pas à lui seul semblé beau, mais il me donnait l'idée, et par conséquent, l'envie de l'embrasser à cause de tous les baisers qu'il avait dû supporter, et que du fond de la «carte-album», il semblait appeler encore par ce regard coquettement tendre et ce sourire artificieusement ingénu. Car la Berma devait ressentir effectivement pour bien des jeunes hommes ces désirs qu'elle avouait sous le couvert du personnage de Phèdre, et dont tout, même le prestige de son nom qui ajoutait à sa beauté et prorogeait sa jeunesse, devait lui rendre l'assouvissement si facile.

Le soir tombait, je m'arrêtai devant une colonne de théâtre où était affichée la représentation que la Berma donnait pour le 1er janvier. Il soufflait un vent humide et doux. C'était un temps que je connaissais; j'eus la sensation et le pressentiment que le jour de l'an n'était pas un jour différent des autres, qu'il n'était pas le premier d'un monde nouveau où j'aurais pu, avec une chance encore intacte, refaire la connaissance de Gilberte comme au temps de la Création, comme s'il n'existait pas encore de passé, comme si eussent été anéanties, avec les indices qu'on aurait pu en tirer pour l'avenir, les déceptions qu'elle m'avait parfois causées: un nouveau monde où rien ne subsistât de l'ancien ... rien qu'une chose: mon désir que Gilberte m'aimât. Je compris que si mon coeur souhaitait ce renouvellement autour de lui d'un univers qui ne l'avait pas satisfait, c'est que lui, mon coeur, n'avait pas changé, et je me dis qu'il n'y avait pas de raison pour que celui de Gilberte eût changé davantage; je sentis que cette nouvelle amitié c'était la même, comme ne sont pas séparées des autres par un fossé les années nouvelles que notre désir, sans pouvoir les atteindre et les modifier, recouvre à leur insu d'un nom différent. J'avais beau dédier celle-ci à Gilberte, et comme on superpose une religion aux lois aveugles de la nature essayer d'imprimer au jour de l'an l'idée particulière que je m'étais faite de lui, c'était en vain; je sentais qu'il ne savait pas qu'on l'appelât le jour de l'an, qu'il finissait dans le crépuscule d'une façon qui ne m'était pas nouvelle: dans le vent doux qui soufflait autour de la colonne d'affiches, j'avais reconnu, j'avais senti reparaître la matière éternelle et commune, l'humidité familière, l'ignorante fluidité des anciens jours.

Je revins à la maison. Je venais de vivre le 1er janvier des hommes vieux qui diffèrent ce jour-là des jeunes, non parce qu'on ne leur donne plus d'étrennes, mais parce qu'ils ne croient plus au nouvel an. Des étrennes j'en avais reçu mais non pas les seules qui m'eussent fait plaisir et qui eussent été un mot de Gilberte. J'étais pourtant jeune encore tout de même puisque j'avais pu lui en écrire un par lequel j'espérais, en lui disant les rêves lointains de ma tendresse, en éveiller de pareils en elle. La tristesse des hommes qui ont vieilli c'est de ne pas même songer à écrire de telles lettres dont ils ont appris l'inefficacité.

Quand je fus couché, les bruits de la rue, qui se prolongeaient plus tard ce soir de fête, me tinrent éveillé. Je pensais à tous les gens qui finiraient leur nuit dans les plaisirs, à l'amant, à la troupe de débauchés peut-être, qui avaient dû aller chercher la Berma à la fin de cette représentation que j'avais vue annoncée pour le soir. Je ne pouvais même pas, pour calmer l'agitation que cette idée faisait naître en moi dans cette nuit d'insomnie, me dire que la Berma ne pensait peut-être pas à l'amour, puisque les vers qu'elle récitait, qu'elle avait longuement étudiés, lui rappelaient à tous moments qu'il est délicieux, comme elle le savait d'ailleurs si bien qu'elle en faisait apparaître les troubles bien connus—mais doués d'une violence nouvelle et d'une douceur insoupçonnée—à des spectateurs émerveillés dont chacun pourtant les avait ressentis par soi-même. Je rallumai ma bougie éteinte pour regarder encore une fois son visage. A la pensée qu'il était sans doute en ce moment caressé par ces hommes que je ne pouvais empêcher de donner à la Berma, et de recevoir d'elle, des joies surhumaines et vagues, j'éprouvais un émoi plus cruel qu'il n'était voluptueux, une nostalgie que vint aggraver le son du cor, comme on l'entend la nuit de la Mi-Carême, et souvent des autres fêtes, et qui, parce qu'il est alors sans poésie, est plus triste, sortant d'un mastroquet, que «le soir au fond des bois». A ce moment-là, un mot de Gilberte n'eût peut-être pas été ce qu'il m'eût fallu. Nos désirs vont s'interférant et, dans la confusion de l'existence, il est rare qu'un bonheur vienne justement se poser sur le désir qui l'avait réclamé.

Je continuai à aller aux Champs-Élysées les jours de beau temps, par des rues dont les maisons élégantes et roses baignaient, parce que c'était le moment de la grande vogue des Expositions d'Aquarellistes, dans un ciel mobile et léger. Je mentirais en disant que dans ce temps-là les palais de Gabriel m'aient paru d'une plus grande beauté ni même d'une autre époque que les hôtels avoisinants. Je trouvais plus de style et aurais cru plus d'ancienneté sinon au Palais de l'Industrie, du moins à celui du Trocadéro. Plongée dans un sommeil agité, mon adolescence enveloppait d'un même rêve tout le quartier où elle le promenait, et je n'avais jamais songé qu'il pût y avoir un édifice du XVIIIe siècle dans la rue Royale, de même que j'aurais été étonné si j'avais appris que la Porte-Saint-Martin et la Porte Saint-Denis, chefs-d'oeuvre du temps de Louis XIV, n'étaient pas contemporains des immeubles les plus récents de ces arrondissements sordides. Une seule fois un des palais de Gabriel me fit arrêter longuement; c'est que la nuit étant venue, ses colonnes dématérialisées par le clair de lune avaient l'air découpées dans du carton et, me rappelant un décor de l'opérette *Orphée aux Enfers*, me donnaient pour la première fois une impression de beauté.

Gilberte cependant ne revenait toujours pas aux Champs-Élysées. Et pourtant j'aurais eu besoin de la voir, car je ne me rappelais même pas sa figure. La manière chercheuse, anxieuse, exigeante que nous avons de regarder la personne que nous aimons, notre attente de la parole qui nous donnera ou nous ôtera l'espoir d'un rendez-vous pour le lendemain, et, jusqu'à ce que cette parole soit dite, notre imagination alternative, sinon simultanée, de la joie et du désespoir, tout cela rend notre attention en face de l'être aimé trop tremblante pour qu'elle puisse obtenir de lui une image bien nette. Peut-être aussi cette activité de tous les sens à la fois, et qui essaye de connaître avec les regards seuls ce qui est au delà d'eux, est-elle trop indulgente aux mille formes, à toutes les saveurs, aux mouvements de la personne vivante que d'habitude, quand nous n'aimons pas, nous immobilisons. Le modèle chéri, au contraire, bouge; on n'en a jamais que des photographies manquées. Je ne savais vraiment plus comment étaient faits les traits de Gilberte sauf dans les moments divins, où elle les dépliait pour moi: je ne me rappelais que son sourire. Et ne pouvant revoir ce visage bien-aimé, quelque effort que je fisse pour m'en souvenir, je m'irritais de trouver, dessinés dans ma mémoire avec une exactitude définitive, les visages inutiles et frappants de l'homme des chevaux de bois et de la marchande de sucre d'orge: ainsi ceux qui ont perdu un être aimé qu'ils ne revoient jamais en dormant, s'exaspèrent de rencontrer sans cesse dans leurs rêves tant de gens insupportables et que c'est déjà trop d'avoir connus dans l'état de veille.

Dans leur impuissance à se représenter l'objet de leur douleur, ils s'accusent presque de n'avoir pas de douleur. Et moi je n'étais pas loin de croire que ne pouvant me rappeler les traits de Gilberte, je l'avais oubliée elle-même, je ne l'aimais plus. Enfin elle revint jouer presque tous les jours, mettant devant moi de nouvelles choses à désirer, à lui demander, pour le lendemain, faisant bien chaque jour en ce sens-là, de ma tendresse une tendresse nouvelle. Mais une chose changea une fois de plus et brusquement la façon dont tous les après-midis vers deux heures se posait le problème de mon amour. M. Swann avait-il surpris la lettre que j'avais écrite à sa fille, ou Gilberte ne faisait-elle que m'avouer longtemps après, et afin que je fusse plus prudent, un état de choses déjà ancien? Comme je lui disais combien j'admirais son père et sa mère, elle prit cet air vague, plein de réticences et de secret qu'elle avait quand on lui parlait de ce qu'elle avait à faire, de ses courses et de ses visites, et tout d'un coup finit par me dire: «Vous savez, ils ne vous gobent pas!» et glissante comme une ondine—elle était ainsi—elle éclata de rire. Souvent son rire en désaccord avec ses paroles semblait, comme fait la musique, décrire dans un autre plan une surface invisible. M. et Mme Swann ne demandaient pas à Gilberte de cesser de jouer avec moi, mais eussent autant aimé, pensait-elle, que cela n'eût pas commencé. Ils ne voyaient pas mes relations avec elle d'un oeil favorable, ne me croyaient pas d'une grande moralité et s'imaginaient que je ne pouvais exercer sur leur fille qu'une mauvaise influence. Ce genre de jeunes gens peu scrupuleux auxquels Swann me croyait ressembler, je me les représentais comme détestant les parents de la jeune fille qu'ils aiment, les flattant quand ils sont là, mais se moquant d'eux avec elle, la poussant à leur désobéir, et quand ils ont une fois conquis leur fille, les privant même de la voir. A ces traits (qui ne sont jamais ceux sous lesquels le plus grand misérable se voit lui-même) avec quelle violence mon coeur opposait ces sentiments dont il était animé à l'égard de Swann, si passionnés au contraire que je ne doutais pas que s'il les eût soupçonnés il ne se fût repenti de son jugement à mon égard comme d'une erreur judiciaire.

Tout ce que je ressentais pour lui, j'osai le lui écrire dans une longue lettre que je confiai à Gilberte en la priant de la lui remettre. Elle y consentit. Hélas! il voyait donc en moi un plus grand imposteur encore que je ne pensais; ces sentiments que j'avais cru peindre, en seize pages, avec tant de vérité, il en avait donc douté; la lettre que je lui écrivis, aussi ardente et aussi sincère que les paroles que j'avais dites à M. de Norpois n'eut pas plus de succès. Gilberte me raconta le lendemain, après m'avoir emmené à l'écart derrière un massif de lauriers, dans une petite allée où nous nous assîmes chacun sur une chaise, qu'en lisant la lettre qu'elle me rapportait, son père avait haussé les épaules, en disant: «Tout cela ne signifie rien, cela ne fait que prouver combien j'ai raison.» Moi qui savais la pureté de mes intentions, la bonté de mon âme, j'étais indigné que mes paroles n'eussent même pas effleuré l'absurde erreur de Swann. Car que ce fût une erreur, je n'en doutais pas alors. Je sentais que j'avais décrit avec tant d'exactitude certaines caractéristiques irrécusables de mes sentiments généreux que, pour que d'après elles Swann ne les eût pas aussitôt reconstitués, ne fût pas venu me demander pardon et avouer qu'il s'était trompé, il fallait que ces nobles sentiments, il ne les eût lui-même jamais ressentis, ce qui devait le rendre incapable de les comprendre chez les autres.

Or, peut-être simplement Swann savait-il que la générosité n'est souvent que l'aspect intérieur que prennent nos sentiments égoïstes quand nous ne les avons pas encore nommés et classés. Peut-être avait-il reconnu dans la sympathie que je lui exprimais, un simple effet—et une confirmation enthousiaste—de mon amour pour Gilberte, par lequel—et non par ma vénération secondaire pour lui—seraient fatalement dans la suite dirigés mes actes. Je ne pouvais partager ses prévisions, car je n'avais pas réussi à abstraire de moi-même mon amour, à le faire rentrer dans la généralité des autres et à en supporter expérimentalement les conséquences; j'étais désespéré. Je dus quitter un instant Gilberte, Françoise m'ayant appelé. Il me fallut l'accompagner dans un petit pavillon treillissé de vert, assez semblable aux bureaux d'octroi désaffectés du vieux Paris, et dans lequel étaient depuis peu installés, ce qu'on appelle en Angleterre un lavabo, et en France, par une anglomanie mal informée, des water-closets. Les murs humides et anciens de l'entrée, où je restai à attendre Françoise, dégageaient une fraîche odeur de renfermé qui, m'allégeant aussitôt des soucis que venaient de faire naître en moi les paroles de Swann rapportées par Gilberte, me pénétra d'un plaisir non pas de la même espèce que les autres, lesquels nous laissent plus instables, incapables de les retenir, de les posséder, mais au contraire d'un plaisir consistant auquel je pouvais m'étayer, délicieux, paisible, riche d'une vérité durable, inexpliquée et certaine.

J'aurais voulu, comme autrefois dans mes promenades du côté de Guermantes, essayer de pénétrer le charme de cette impression qui m'avait saisi et rester immobile à interroger cette émanation vieillotte qui me proposait non de jouir du plaisir qu'elle ne me donnait que par surcroît, mais de descendre dans la réalité qu'elle ne m'avait pas dévoilée. Mais la tenancière de l'établissement, vieille dame à joues plâtrées, et à perruque rousse, se mit à me parler. Françoise la croyait «tout à fait bien de chez elle». Sa demoiselle avait épousé ce que Françoise appelait «un jeune homme de famille», par conséquent quelqu'un qu'elle trouvait plus différent d'un ouvrier que Saint-Simon un duc d'un homme «sorti de la lie du peuple». Sans doute la tenancière avant de l'être avait eu des revers. Mais Françoise assurait qu'elle était marquise et appartenait à la famille de Saint-Ferréol. Cette marquise me conseilla de ne pas rester au frais et m'ouvrit même un cabinet en me disant: «Vous ne voulez pas entrer? en voici un tout propre, pour vous ce sera gratis.» Elle le faisait peut-être seulement comme les demoiselles de chez Gouache quand nous venions faire une commande m'offraient un des bonbons qu'elles avaient sur le comptoir sous des cloches de verre et que maman me défendait, hélas! d'accepter; peut-être aussi moins innocemment comme telle vieille fleuriste par qui maman faisait remplir ses «jardinières» et qui me donnait une rose en roulant des yeux doux. En tous cas, si la «marquise» avait du goût pour les jeunes garçons, en leur ouvrant la porte hypogéenne de ces cubes de pierre où les hommes sont accroupis comme des sphinx, elle devait chercher dans ses générosités moins l'espérance de les corrompre que le plaisir qu'on éprouve à se montrer vainement prodigue envers ce qu'on aime, car je n'ai jamais vu auprès d'elle d'autre visiteur qu'un vieux garde forestier du jardin.

Un instant après je prenais congé de la marquise, accompagné de Françoise, et je quittai cette dernière pour retourner auprès de Gilberte. Je l'aperçus tout de suite, sur une chaise, derrière le massif de lauriers. C'était pour ne pas être vue de ses amies: on jouait à cache-cache. J'allai m'asseoir à côté d'elle. Elle avait une toque plate qui descendait assez bas sur ses yeux leur donnant ce même regard «en dessous», rêveur et fourbe que je lui avais vu la première fois à Combray. Je lui demandai s'il n'y avait pas moyen que j'eusse une explication verbale avec son père. Gilberte me dit qu'elle la lui avait proposée, mais qu'il la jugeait inutile. Tenez, ajouta-t-elle, ne me laissez pas votre lettre, il faut rejoindre les autres puisqu'ils ne m'ont pas trouvée.»

Si Swann était arrivé alors avant même que je l'eusse reprise, cette lettre de la sincérité de laquelle je trouvais qu'il avait été si insensé de ne pas s'être laissé persuader, peut-être aurait-il vu que c'était lui qui avait raison. Car m'approchant de Gilberte qui, renversée sur sa chaise, me disait de prendre la lettre et ne me la tendait pas, je me sentis si attiré par son corps que je lui dis:

—Voyons, empêchez-moi de l'attraper, nous allons voir qui sera le plus fort.

Elle la mit dans son dos, je passai mes mains derrière son cou, en soulevant les nattes de ses cheveux qu'elle portait sur les épaules, soit que ce fût encore de son âge, soit que sa mère voulût la faire paraître plus longtemps enfant, afin de se rajeunir elle-même; nous luttions, arc-boutés. Je tâchais de l'attirer, elle résistait; ses pommettes enflammées par l'effort étaient rouges et rondes comme des cerises; elle riait comme si je l'eusse chatouillée; je la tenais serrée entre mes jambes comme un arbuste après lequel j'aurais voulu grimper; et, au milieu de la gymnastique que je faisais, sans qu'en fût à peine augmenté l'essoufflement que me donnaient l'exercice musculaire et l'ardeur du jeu, je répandis, comme quelques gouttes de sueur arrachées par l'effort, mon plaisir auquel je ne pus pas même m'attarder le temps d'en connaître le goût; aussitôt je pris la lettre. Alors, Gilberte me dit avec bonté:

—Vous savez, si vous voulez, nous pouvons lutter encore un peu.

Peut-être avait-elle obscurément senti que mon jeu avait un autre objet que celui que j'avais avoué, mais n'avait-elle pas su remarquer que je l'avais atteint. Et moi qui craignais qu'elle s'en fût aperçue (et un certain mouvement rétractile et contenu de pudeur offensée qu'elle eut un instant après, me donna à penser que je n'avais pas eu tort de le craindre), j'acceptai de lutter encore, de peur qu'elle pût croire que je ne m'étais proposé d'autre but que celui après quoi je n'avais plus envie que de rester tranquille auprès d'elle.

En rentrant, j'aperçus, je me rappelai brusquement l'image, cachée jusque-là, dont m'avait approché, sans me la laisser voir ni reconnaître, le frais, sentant presque la suie, du pavillon treillagé. Cette image était celle de la petite pièce de mon oncle Adolphe, à Combray, laquelle exhalait en effet le même parfum d'humidité. Mais je ne pus comprendre et je remis à plus tard de chercher pourquoi le rappel d'une image si insignifiante m'avait donné une telle félicité. En attendant, il me sembla que je méritais vraiment le dédain de M. de Norpois: j'avais préféré jusqu'ici à tous les écrivains celui qu'il appelait un simple «joueur de flûte» et une véritable exaltation m'avait été communiquée, non par quelque idée importante, mais par une odeur de moisi.

Depuis quelque temps, dans certaines familles, le nom des Champs-Élysées, si quelque visiteur le prononçait, était accueilli par les mères avec l'air malveillant qu'elles réservent à un médecin réputé auquel elles prétendent avoir vu faire trop de diagnostics erronés pour avoir encore confiance en lui; on assurait que ce jardin ne réussissait pas aux enfants, qu'on pouvait citer plus d'un mal de gorge, plus d'une rougeole et nombre de fièvres dont il était responsable. Sans mettre ouvertement en doute la tendresse de maman qui continuait à m'y envoyer, certaines de ses amies déploraient du moins son aveuglement.

Les névropathes sont peut-être, malgré l'expression consacrée, ceux qui «s'écoutent» le moins: ils entendent en eux tant de choses dont ils se rendent compte ensuite qu'ils avaient eu tort de s'alarmer, qu'ils finissent par ne plus faire attention à aucune. Leur système nerveux leur a si souvent crié: «Au secours!» comme pour une grave maladie, quand tout simplement il allait tomber de la neige ou qu'on allait changer d'appartement, qu'ils prennent l'habitude de ne pas plus tenir compte de ces avertissements qu'un soldat, lequel dans l'ardeur de l'action, les perçoit si peu, qu'il est capable, étant mourant, de continuer encore quelques jours à mener la vie d'un homme en bonne santé. Un matin, portant coordonnés en moi mes malaises habituels, de la circulation constante et intestine desquels je tenais toujours mon esprit détourné aussi bien que de celle de mon sang, je courais allègrement vers la salle à manger où mes parents étaient déjà à table, et—m'étant dit comme d'ordinaire qu'avoir froid peut signifier non qu'il faut se chauffer, mais par exemple qu'on a été grondé, et ne pas avoir faim, qu'il va pleuvoir et non qu'il ne faut pas manger—je me mettais à table, quand, au moment d'avaler la première bouchée d'une côtelette appétissante, une nausée, un étourdissement m'arrêtèrent, réponse fébrile d'une maladie commencée, dont la glace de mon indifférence avait masqué, retardé les symptômes, mais qui refusait obstinément la nourriture que je n'étais pas en état d'absorber. Alors, dans la même seconde, la pensée que l'on m'empêcherait de sortir si l'on s'apercevait que j'étais malade me donna, comme l'instinct de conservation à un blessé, la force de me traîner jusqu'à ma chambre où je vis que j'avais 40 degrés de fièvre, et ensuite de me préparer pour aller aux Champs-Élysées. A travers le corps languissant et perméable dont elle était enveloppée, ma pensée souriante rejoignait, exigeait le plaisir si doux d'une partie de barres avec Gilberte, et une heure plus tard, me soutenant à peine, mais heureux à côté d'elle, j'avais la force de le goûter encore.

Françoise, au retour, déclara que je m'étais «trouvé indisposé», que j'avais dû prendre un «chaud et froid», et le docteur, aussitôt appelé, déclara «préférer» la «sévérité», la «virulence» de la poussée fébrile qui accompagnait ma congestion pulmonaire et ne serait «qu'un feu de paille» à des formes plus «insidieuses» et «larvées». Depuis longtemps déjà j'étais sujet à des étouffements et notre médecin, malgré la désapprobation de ma grand'mère, qui me voyait déjà mourant alcoolique, m'avait conseillé outre la caféine qui m'était prescrite pour m'aider à respirer, de prendre de la bière, du champagne ou du cognac quand je sentais venir une crise. Celles-ci avorteraient, disait-il, dans l'«euphorie» causée par l'alcool. J'étais souvent obligé pour que ma grand'mère permît qu'on m'en donnât, de ne pas dissimuler, de faire presque montre de mon état de suffocation. D'ailleurs, dès que je le sentais s'approcher, toujours incertain des proportions qu'il prendrait, j'en étais inquiet à cause de la tristesse de ma grand'mère que je craignais beaucoup plus que ma souffrance. Mais en même temps mon corps, soit qu'il fût trop faible pour garder seul le secret de celle-ci, soit qu'il redoutât que dans l'ignorance du mal imminent on exigeât de moi quelque effort qui lui eût été impossible ou dangereux, me donnait le besoin d'avertir ma grand'mère de mes malaises avec une exactitude où je finissais par mettre une sorte de scrupule physiologique. Apercevais-je en moi un symptôme fâcheux que je n'avais pas encore discerné, mon corps était en détresse tant que je ne l'avais pas communiqué à ma grand'mère.

Feignait-elle de n'y prêter aucune attention, il me demandait d'insister. Parfois j'allais trop loin; et le visage aimé qui n'était plus toujours aussi maître de ses émotions qu'autrefois, laissait paraître une expression de pitié, une contraction douloureuse. Alors mon coeur était torturé par la vue de la peine qu'elle avait; comme si mes baisers eussent dû effacer cette peine, comme si ma tendresse eût pu donner à ma grand'mère autant de joie que mon bonheur, je me jetais dans ses bras. Et les scrupules étant d'autre part apaisés par la certitude qu'elle connaissait le malaise ressenti, mon corps ne faisait pas opposition à ce que je la rassurasse. Je protestais que ce malaise n'avait rien de pénible, que je n'étais nullement à plaindre, qu'elle pouvait être certaine que j'étais heureux; mon corps avait voulu obtenir exactement ce qu'il méritait de pitié, et pourvu qu'on sût qu'il avait une douleur en son côté droit, il ne voyait pas d'inconvénient à ce que je déclarasse que cette douleur n'était pas un mal et n'était pas pour moi un obstacle au bonheur, mon corps ne se piquant pas de philosophie; elle n'était pas de son ressort. J'eus presque chaque jour de ces crises d'étouffement pendant ma convalescence. Un soir que ma grand'mère m'avait laissé assez bien, elle rentra dans ma chambre très tard dans la soirée, et s'apercevant que la respiration me manquait: «Oh! mon Dieu, comme tu souffres», s'écria-t-elle, les traits bouleversés. Elle me quitta aussitôt, j'entendis la porte cochère, et elle rentra un peu plus tard avec du cognac qu'elle était allée acheter parce qu'il n'y en avait pas à la maison. Bientôt je commençai à me sentir heureux. Ma grand'mère, un peu rouge, avait l'air gêné, et ses yeux une expression de lassitude et de découragement.

—J'aime mieux te laisser et que tu profites un peu de ce mieux, me dit-elle, en me quittant brusquement. Je l'embrassai pourtant et je sentis sur ses joues fraîches quelque chose de mouillé dont je ne sus pas si c'était l'humidité de l'air nocturne qu'elle venait de traverser. Le lendemain, elle ne vint que le soir dans ma chambre parce qu'elle avait eu, me dit-on, à sortir. Je trouvai que c'était montrer bien de l'indifférence pour moi, et je me retins pour ne pas la lui reprocher.

Mes suffocations ayant persisté alors que ma congestion depuis longtemps finie ne les expliquait plus, mes parents firent venir en consultation le professeur Cottard. Il ne suffit pas à un médecin appelé dans des cas de ce genre d'être instruit. Mis en présence de symptômes qui peuvent être ceux de trois ou quatre maladies différentes, c'est en fin de compte son flair, son coup d'oeil qui décident à laquelle malgré les apparences à peu près semblables il y a chance qu'il ait à faire. Ce don mystérieux n'implique pas de supériorité dans les autres parties de l'intelligence et un être d'une grande vulgarité, aimant la plus mauvaise peinture, la plus mauvaise musique, n'ayant aucune curiosité d'esprit, peut parfaitement le posséder. Dans mon cas ce qui était matériellement observable pouvait aussi bien être causé par des spasmes nerveux, par un commencement de tuberculose, par de l'asthme, par une dyspnée toxi-alimentaire avec insuffisance rénale, par de la bronchite chronique, par un état complexe dans lequel seraient entrés plusieurs de ces facteurs. Or les spasmes nerveux demandaient à être traités par le mépris, la tuberculose par de grands soins et par un genre de suralimentation qui eût été mauvaise pour un état arthritique comme l'asthme, et eût pu devenir dangereux en cas de dyspnée toxi-alimentaire laquelle exige un régime qui en revanche serait néfaste pour un tuberculeux. Mais les hésitations de Cottard furent courtes et ses prescriptions impérieuses: «Purgatifs violents et drastiques, lait pendant plusieurs jours, rien que du lait. Pas de viande, pas d'alcool.»—Ma mère murmura que j'avais pourtant bien besoin d'être reconstitué, que j'étais déjà assez nerveux, que cette purge de cheval et ce régime me mettraient à bas. Je vis aux yeux de Cottard, aussi inquiets que s'il avait peur de manquer le train, qu'il se demandait s'il ne s'était pas laissé aller à sa douceur naturelle. Il tâchait de se rappeler s'il avait pensé à prendre un masque froid, comme on cherche une glace pour regarder si on n'a pas oublié de nouer sa cravate. Dans le doute et pour faire, à tout hasard, compensation, il répondit grossièrement: «Je n'ai pas l'habitude de répéter deux fois mes ordonnances. Donnez-moi une plume. Et surtout au lait. Plus tard, quand nous aurons jugulé les crises et l'agrypnie, je veux bien que vous preniez quelques potages, puis des purées, mais toujours au lait, au lait. Cela vous plaira, puisque l'Espagne est à la mode, ollé! ollé! (Ses élèves connaissaient bien ce calembour qu'il faisait à l'hôpital chaque fois qu'il mettait un cardiaque ou un hépatique au régime lacté.) Ensuite vous reviendrez progressivement à la vie commune. Mais chaque fois que la toux et les étouffements recommenceront, purgatifs, lavages intestinaux, lit, lait.» Il écouta d'un air glacial, sans y répondre, les dernières objections de ma mère, et, comme il nous quitta sans avoir daigné expliquer les raisons de ce régime, mes parents le jugèrent sans rapport avec mon cas, inutilement affaiblissant et ne me le firent pas essayer. Ils cherchèrent naturellement à cacher au Professeur leur désobéissance et pour y réussir plus sûrement, évitèrent toutes les maisons où ils auraient pu le rencontrer. Puis mon état s'aggravant on se décida à me faire suivre à la lettre les prescriptions de Cottard; au bout de trois jours je n'avais plus de râles, plus de toux et je respirais bien. Alors nous comprîmes que Cottard, tout en me trouvant comme il le dit dans la suite, assez asthmatique et surtout «toqué», avait discerné que ce qui prédominait à ce moment-là en moi, c'était l'intoxication, et qu'en faisant couler mon foie et en lavant mes reins, il décongestionnerait mes bronches, me rendrait le souffle, le sommeil, les forces. Et nous comprîmes que cet imbécile était un grand clinicien. Je pus enfin me lever. Mais on parlait de ne plus m'envoyer aux Champs-Élysées. On disait que c'était à cause du mauvais air; je pensais bien qu'on profitait du prétexte pour que je ne pusse plus voir Mlle Swann et je me contraignais à redire tout le temps le nom de Gilberte, comme ce langage natal que les vaincus s'efforcent de maintenir pour ne pas oublier la patrie qu'ils ne reverront pas. Quelquefois ma mère passait sa main sur mon front en me disant:

—Alors, les petits garçons ne racontent plus à leur maman les chagrins qu'ils ont?

Françoise s'approchait tous les jours de moi en me disant: «Monsieur a une mine! Vous ne vous êtes pas regardé, on dirait un mort!» Il est vrai que si j'avais eu un simple rhume, Françoise eût pris le même air funèbre. Ces déplorations tenaient plus à sa «classe» qu'à mon état de santé. Je ne démêlais pas alors si ce pessimisme était chez Françoise douloureux ou satisfait. Je conclus provisoirement qu'il était social et professionnel.

Un jour, à l'heure du courrier, ma mère posa sur mon lit une lettre. Je l'ouvris distraitement puisqu'elle ne pouvait pas porter la seule signature qui m'eût rendu heureux, celle de Gilberte avec qui je n'avais pas de relations en dehors des Champs-Élysées. Or, au bas du papier, timbré d'un sceau d'argent représentant un chevalier casqué sous lequel se contournait cette devise: *Per viam rectam*, au-dessous d'une lettre, d'une grande écriture, et où presque toutes les phrases semblaient soulignées, simplement parce que la barre des t étant tracée non au travers d'eux, mais au-dessus, mettait un trait sous le mot correspondant de la ligne supérieure, ce fut justement la signature de Gilberte que je vis. Mais parce que je la savais impossible dans une lettre adressée à moi, cette vue, non accompagnée de croyance, ne me causa pas de joie. Pendant un instant elle ne fit que frapper d'irréalité tout ce qui m'entourait. Avec une vitesse vertigineuse, cette signature sans vraisemblance jouait aux quatre coins avec mon lit, ma cheminée, mon mur. Je voyais tout vaciller comme quelqu'un qui tombe de cheval et je me demandais s'il n'y avait pas une existence toute différente de celle que je connaissais, en contradiction avec elle, mais qui serait la vraie, et qui m'étant montrée tout d'un coup me remplissait de cette hésitation que les sculpteurs dépeignant le Jugement dernier ont donnée aux morts réveillés qui se trouvent au seuil de l'autre Monde. «Mon cher ami, disait la lettre, j'ai appris que vous aviez été très souffrant et que vous ne veniez plus aux Champs-Élysées. Moi je n'y vais guère non plus parce qu'il y a énormément de malades. Mais mes amies viennent goûter tous les lundis et vendredis à la maison. Maman me charge de vous dire que vous nous feriez très grand plaisir en venant aussi dès que vous serez rétabli, et nous pourrions reprendre à la maison nos bonnes causeries des Champs-Élysées. Adieu, mon cher ami, j'espère que vos parents vous permettront de venir très souvent goûter, et je vous envoie toutes mes amitiés. Gilberte.»

Tandis que je lisais ces mots, mon système nerveux recevait avec une diligence admirable la nouvelle qu'il m'arrivait un grand bonheur. Mais mon âme, c'est-à-dire moi-même, et en somme le principal intéressé, l'ignorait encore. Le bonheur, le bonheur par Gilberte, c'était une chose à laquelle j'avais constamment songé, une chose toute en pensées, c'était, comme disait Léonard, de la peinture, *cosa mentale*. Une feuille de papier couverte de caractères, la pensée ne s'assimile pas cela tout de suite. Mais dès que j'eus terminé la lettre, je pensai à elle, elle devint un objet de rêverie, elle devint, elle aussi, *cosa mentale* et je l'aimais déjà tant que toutes les cinq minutes, il me fallait la relire, l'embrasser. Alors, je connus mon bonheur.

La vie est semée de ces miracles que peuvent toujours espérer les personnes qui aiment. Il est possible que celui-ci eût été provoqué artificiellement par ma mère qui voyant que depuis quelque temps j'avais perdu tout coeur à vivre, avait peut-être fait demander à Gilberte de m'écrire, comme, au temps de mes premiers bains de mer, pour me donner du plaisir à plonger, ce que je détestais parce que cela me coupait la respiration, elle remettait en cachette à mon guide baigneur de merveilleuses boîtes en coquillages et des branches de corail que je croyais trouver moi-même au fond des eaux. D'ailleurs, pour tous les événements qui dans la vie et ses situations contrastées, se rapportent à l'amour, le mieux est de ne pas essayer de comprendre, puisque, dans ce qu'ils ont d'inexorable, comme d'inespéré, ils semblent régis par des lois plutôt magiques que rationnelles. Quand un multimillionnaire, homme malgré cela charmant, reçoit son congé d'une femme pauvre et sans agrément avec qui il vit, appelle à lui, dans son désespoir, toutes les puissances de l'or et fait jouer toutes les influences de la terre, sans réussir à se faire reprendre, mieux vaut devant l'invincible entêtement de sa maîtresse supposer que le Destin veut l'accabler et le faire mourir d'une maladie de coeur plutôt que de chercher une explication logique. Ces obstacles contre lesquels les amants ont à lutter et que leur imagination surexcitée par la souffrance cherche en vain à deviner, résident parfois dans quelque singularité de caractère de la femme qu'ils ne peuvent ramener à eux, dans sa bêtise, dans l'influence qu'ont prise sur elle et les craintes que lui ont suggérées des êtres que l'amant ne connaît pas, dans le genre de plaisirs qu'elle demande momentanément à la vie, plaisirs que son amant, ni la fortune de son amant ne peuvent lui offrir. En tous cas l'amant est mal placé pour connaître la nature des obstacles que la ruse de la femme lui cache et que son propre jugement faussé par l'amour l'empêche d'apprécier exactement. Ils ressemblent à ces tumeurs que le médecin finit par réduire mais sans en avoir connu l'origine. Comme elles ces obstacles restent mystérieux mais sont temporaires. Seulement ils durent généralement plus que l'amour. Et comme celui-ci n'est pas une passion désintéressée, l'amoureux qui n'aime plus ne cherche pas à savoir pourquoi la femme pauvre et légère qu'il aimait, s'est obstinément refusée pendant des années à ce qu'il continuât à l'entretenir.

Or, le même mystère qui dérobe aux yeux souvent la cause des catastrophes, quand il s'agit de l'amour, entoure, tout aussi fréquemment la soudaineté de certaines solutions heureuses (telle que celle qui m'était apportée par la lettre de Gilberte). Solutions heureuses ou du moins qui paraissent l'être, car il n'y en a guère qui le soient réellement quand il s'agit d'un sentiment d'une telle sorte que toute satisfaction qu'on lui donne ne fait généralement que déplacer la douleur. Parfois pourtant une trêve est accordée et l'on a pendant quelque temps l'illusion d'être guéri.

En ce qui concerne cette lettre au bas de laquelle Françoise se refusa à reconnaître le nom de Gilberte parce que le G historié, appuyé sur un *i* sans point avait l'air d'un A, tandis que la dernière syllabe était indéfiniment prolongée à l'aide d'un paraphe dentelé, si l'on tient à chercher une explication rationnelle du revirement qu'elle traduisait et qui me rendait si joyeux, peut-être pourra-t-on penser que j'en fus, pour une part, redevable à un incident que j'avais cru au contraire de nature à me perdre à jamais dans l'esprit des Swann. Peu de temps auparavant, Bloch était venu pour me voir, pendant que le professeur Cottard, que depuis que je suivais son régime on avait fait revenir, se trouvait dans ma chambre. La consultation étant finie et Cottard restant seulement en visiteur parce que mes parents l'avaient retenu à dîner, on laissa entrer Bloch. Comme nous étions tous en train de causer, Bloch ayant raconté qu'il avait entendu dire que Mme Swann m'aimait beaucoup, par une personne avec qui il avait dîné la veille et qui elle-même était très liée avec Mme Swann, j'aurais voulu lui répondre qu'il se trompait certainement, et bien établir, par le même scrupule qui me l'avait fait déclarer à M. de Norpois et de peur que Mme Swann me prît pour un menteur, que je ne la connaissais pas et ne lui avais jamais parlé. Mais je n'eus pas le courage de rectifier l'erreur de Bloch, parce que je compris bien qu'elle était volontaire, et que s'il inventait quelque chose que Mme Swann n'avait pas pu dire en effet, c'était pour faire savoir, ce qu'il jugeait flatteur et ce qui n'était pas vrai, qu'il avait dîné à côté d'une des amies de cette dame. Or il arriva que tandis que M. de Norpois apprenant que je ne connaissais pas et aurais aimé connaître Mme Swann, s'était bien gardé de lui parler de moi, Cottard, qu'elle avait pour médecin, ayant induit de ce qu'il avait entendu dire à Bloch qu'elle me connaissait beaucoup et m'appréciait, pensa que, quand il la verrait, dire que j'étais un charmant garçon avec lequel il était lié, ne pourrait en rien être utile pour moi et serait flatteur pour lui, deux raisons qui le décidèrent à parler de moi à Odette dès qu'il en trouva l'occasion.

Alors je connus cet appartement d'où dépassait jusque dans l'escalier le parfum dont se servait Mme Swann, mais qu'embaumait bien plus encore le charme particulier et douloureux qui émanait de la vie de Gilberte. L'implacable concierge, changé en une bienveillante Euménide, prit l'habitude, quand je lui demandais si je pouvais monter, de m'indiquer en soulevant sa casquette d'une main propice, qu'il exauçait ma prière. Les fenêtres qui du dehors interposaient entre moi et les trésors qui ne m'étaient pas destinés, un regard brillant, distant et superficiel qui me semblait le regard même des Swann, il m'arriva, quand à la belle saison j'avais passé tout un après-midi avec Gilberte dans sa chambre, de les ouvrir moi-même pour laisser entrer un peu d'air et même de m'y pencher à côté d'elle, si c'était le jour de réception de sa mère, pour voir arriver les visites qui souvent, levant la tête en descendant de voiture, me faisaient bonjour de la main, me prenant pour quelque neveu de la maîtresse de maison. Les nattes de Gilberte dans ces moments-là touchaient ma joue. Elles me semblaient, en la finesse de leur gramen à la fois naturel et surnaturel, et la puissance de leurs rinceaux d'art, un ouvrage unique pour lequel on avait utilisé le gazon même du Paradis. A une section même infime d'elles, quel herbier céleste n'eussé-je pas donné comme châsse. Mais n'espérant point obtenir un morceau vrai de ces nattes, si au moins j'avais pu en posséder la photographie, combien plus précieuse que celle de fleurettes dessinées par le Vinci! Pour en avoir une je fis auprès d'amis des Swann et même de photographes, des bassesses qui ne me procurèrent pas ce que je voulais, mais me lièrent pour toujours avec des gens très ennuyeux.

Les parents de Gilberte, qui si longtemps m'avaient empêché de la voir, maintenant—quand j'entrais dans la sombre antichambre où planait perpétuellement, plus formidable et plus désirée que jadis à Versailles l'apparition du Roi, la possibilité de les rencontrer, et où habituellement, après avoir buté contre un énorme porte-manteaux à sept branches comme le Chandelier de l'Écriture, je me confondais en salutations devant un valet de pied assis, dans sa longue jupe grise, sur le coffre de bois et que dans l'obscurité j'avais pris pour Mme Swann,—les parents de Gilberte, si l'un d'eux se trouvait passer au moment de mon arrivée, loin d'avoir l'air irrité, me serraient la main en souriant et me disaient:

—Comment allez-vous (qu'ils prononçaient tous deux «commen allez-vous», sans faire la liaison du *t*, liaison, qu'on pense bien qu'une fois rentré à la maison je me faisais un incessant et voluptueux exercice de supprimer). Gilberte sait-elle que vous êtes là? alors je vous quitte.

Bien plus, les goûters eux-mêmes que Gilberte offrait à ses amies et qui si longtemps m'avaient paru la plus infranchissable des séparations accumulées entre elle et moi devenaient maintenant une occasion de nous réunir dont elle m'avertissait par un mot, écrit (parce que j'étais une relation encore assez nouvelle), sur un papier à lettres toujours différent. Une fois il était orné d'un caniche bleu en relief surmontant une légende humoristique écrite en anglais et suivie d'un point d'exclamation, une autre fois timbré d'une ancre marine, ou du chiffre G. S., démesurément allongé en un rectangle qui tenait toute la hauteur de la feuille, ou encore du nom «Gilberte» tantôt tracé en travers dans un coin en caractères dorés qui imitaient la signature de mon amie et finissaient par un paraphe, au-dessous d'un parapluie ouvert imprimé en noir, tantôt enfermé dans un monogramme en forme de chapeau chinois qui en contenait toutes les lettres en majuscules sans qu'il fût possible d'en distinguer une seule. Enfin comme la série des papiers à lettres que Gilberte possédait, pour nombreuse que fût cette série, n'était pas illimitée, au bout d'un certain nombre de semaines, je voyais revenir celui qui portait, comme la première fois qu'elle m'avait écrit, la devise: *Per viam rectam*, au-dessous du chevalier casqué, dans une médaille d'argent bruni. Et chacun était choisi tel jour plutôt que tel autre en vertu de certains rites, pensais-je alors, mais plutôt je le crois maintenant, parce qu'elle cherchait à se rappeler ceux dont elle s'était servie les autres fois, de façon à ne jamais envoyer le même à un de ses correspondants, au moins de ceux pour qui elle prenait la peine de faire des frais, qu'aux intervalles les plus éloignés possibles.

Comme à cause de la différence des heures de leurs leçons, certaines des amies que Gilberte invitait à ces goûters étaient obligées de partir comme les autres arrivaient seulement, dès l'escalier j'entendais s'échapper de l'antichambre un murmure de voix qui, dans l'émotion que me causait la cérémonie imposante à laquelle j'allais assister, rompait brusquement bien avant que j'atteignisse le palier, les liens qui me rattachaient encore à la vie antérieure et m'ôtaient jusqu'au souvenir d'avoir à retirer mon foulard une fois que je serais au chaud et de regarder l'heure pour ne pas rentrer en retard. Cet escalier, d'ailleurs, tout en bois, comme on faisait alors dans certaines maisons de rapport de ce style Henri II qui avait été si longtemps l'idéal d'Odette et dont elle devait bientôt se déprendre, et pourvu d'une pancarte sans équivalent chez nous, sur laquelle on lisait ces mots: «Défense de se servir de l'ascenseur pour descendre», me semblait quelque chose de tellement prestigieux que je dis à mes parents que c'était un escalier ancien rapporté de très loin par M. Swann. Mon amour de la vérité était si grand que je n'aurais pas hésité à leur donner ce renseignement même si j'avais su qu'il était faux, car seul il pouvait leur permettre d'avoir pour la dignité de l'escalier des Swann le même respect que moi. C'est ainsi que devant un ignorant qui ne peut comprendre en quoi consiste le génie d'un grand médecin, on croirait bien faire de ne pas avouer qu'il ne sait pas guérir le rhume de cerveau. Mais comme je n'avais aucun esprit d'observation, comme en général je ne savais ni le nom ni l'espèce des choses qui se trouvaient sous mes yeux, et comprenais seulement que quand elles approchaient les Swann, elles devaient être extraordinaires, il ne me parut pas certain qu'en avertissant mes parents de leur valeur artistique et de la provenance lointaine de cet escalier, je commisse un mensonge. Cela ne me parut pas certain; mais cela dut me paraître probable, car je me sentis devenir très rouge, quand mon père m'interrompit en disant: «Je connais ces maisons-là; j'en ai vu une, elles sont toutes pareilles; Swann occupe simplement plusieurs étages, c'est Berlier qui les a construites.» Il ajouta qu'il avait voulu louer dans l'une d'elles, mais qu'il y avait renoncé, ne les trouvant pas commodes et l'entrée pas assez claire; il le dit; mais je sentis instinctivement que mon esprit devait faire au prestige des Swann et à mon bonheur les sacrifices nécessaires, et par un coup d'autorité intérieure, malgré ce que je venais d'entendre, j'écartai à tout jamais de moi, comme un dévot la *Vie de Jésus* de Renan, la pensée dissolvante que leur appartement était un appartement quelconque que nous aurions pu habiter.

Cependant, ces jours de goûter, m'élevant dans l'escalier marche à marche, déjà dépouillé de ma pensée et de ma mémoire, n'étant plus que le jouet des plus vils réflexes, j'arrivais à la zone où le parfum de Mme Swann se faisait sentir. Je croyais déjà voir la majesté du gâteau au chocolat, entouré d'un cercle d'assiettes à petits fours et de petites serviettes damassées grises à dessins, exigées par l'étiquette et particulières aux Swann. Mais cet ensemble inchangeable et réglé semblait, comme l'univers nécessaire de Kant, suspendu à un acte suprême de liberté. Car quand nous étions tous dans le petit salon de Gilberte, tout d'un coup regardant l'heure, elle disait:

—Dites donc, mon déjeuner commence à être loin, je ne dîne qu'à huit heures, j'ai bien envie de manger quelque chose. Qu'en diriez-vous?

Et elle nous faisait entrer dans la salle à manger, sombre comme l'intérieur d'un Temple asiatique peint par Rembrandt, et où un gâteau architectural aussi débonnaire et familier qu'il était imposant, semblait trôner là à tout hasard comme un jour quelconque, pour le cas où il aurait pris fantaisie à Gilberte de le découronner de ses créneaux en chocolat et d'abattre ses remparts aux pentes fauves et raides, cuites au four comme les bastions du palais de Darius. Bien mieux, pour procéder à la destruction de la pâtisserie ninivite, Gilberte ne consultait pas seulement sa faim; elle s'informait encore de la mienne, tandis qu'elle extrayait pour moi du monument écroulé tout un pan verni et cloisonné de fruits écarlates, dans le goût oriental. Elle me demandait même l'heure à laquelle mes parents dînaient, comme si je l'avais encore sue, comme si le trouble qui me dominait avait laissé persister la sensation de l'inappétence ou de la faim, la notion du dîner ou l'image de la famille, dans ma mémoire vide et mon estomac paralysé. Malheureusement cette paralysie n'était que momentanée. Les gâteaux que je prenais sans m'en apercevoir, il viendrait un moment où il faudrait les digérer. Mais il était encore lointain. En attendant Gilberte me faisait «mon thé». J'en buvais indéfiniment, alors qu'une seule tasse m'empêchait de dormir pour vingt-quatre heures. Aussi ma mère avait-elle l'habitude de dire: «C'est ennuyeux, cet enfant ne peut aller chez les Swann sans rentrer malade.» Mais savais-je seulement quand j'étais chez les Swann que c'était du thé que je buvais? L'eussé-je su que j'en eusse pris tout de même, car en admettant que j'eusse recouvré un instant le discernement du présent, cela ne m'eût pas rendu le souvenir du passé et la prévision de l'avenir. Mon imagination n'était pas capable d'aller jusqu'au temps lointain où je pourrais avoir l'idée de me coucher et le besoin du sommeil.

Les amies de Gilberte n'étaient pas toutes plongées dans cet état d'ivresse où une décision est impossible. Certaines refusaient du thé! Alors Gilberte disait, phrase très répandue à cette époque: «Décidément, je n'ai pas de succès avec mon thé!» Et pour effacer davantage l'idée de cérémonie, dérangeant l'ordre des chaises autour de la table: «Nous avons l'air d'une noce; mon Dieu que les domestiques sont bêtes.»

Elle grignotait, assise de côté sur un siège en forme d'x et placé de travers. Même, comme si elle eût pu avoir tant de petits fours à sa disposition, sans avoir demandé la permission à sa mère, quand Mme Swann—dont le «jour» coïncidait d'ordinaire avec les goûters de Gilberte—après avoir reconduit une visite, entrait, un moment après, en courant, quelquefois habillée de velours bleu, souvent dans une robe en satin noir couverte de dentelles blanches, elle disait d'un air étonné:

—Tiens, ça a l'air bon ce que vous mangez là, cela me donne faim de vous voir manger du cake.

—Eh bien, maman, nous vous invitons, répondait Gilberte.

—Mais non, mon trésor, qu'est-ce que diraient mes visites, j'ai encore Mme Trombert, Mme Cottard et Mme Bontemps, tu sais que chère Mme Bontemps ne fait pas des visites très courtes et elle vient seulement d'arriver. Qu'est-ce qu'ils diraient toutes ces bonnes gens de ne pas me voir revenir; s'il ne vient plus personne, je reviendrai bavarder avec vous (ce qui m'amusera beaucoup plus) quand elles seront parties. Je crois que je mérite d'être un peu tranquille, j'ai eu quarante-cinq visites et sur quarante-cinq il y en a eu quarante-deux qui ont parlé du tableau de Gérôme! Mais venez-donc un de ces jours, me disait-elle, prendre votre thé avec Gilberte, elle vous le fera comme vous l'aimez, comme vous le prenez dans votre petit «studio», ajoutait-elle, tout en s'enfuyant vers ses visites et comme si ç'avait été quelque chose d'aussi connu de moi que mes habitudes (fût-ce celle que j'aurais eue de prendre le thé, si j'en avais jamais pris; quand à un «studio» j'étais incertain si j'en avais un ou non) que j'étais venu chercher dans ce monde mystérieux. «Quand viendrez-vous? Demain? On vous fera des toasts aussi bons que chez Colombin. Non? Vous êtes un vilain», disait-elle, car depuis qu'elle aussi commençait à avoir un salon, elle prenait les façons de Mme Verdurin, son ton de despotisme minaudier.

Les toasts m'étant d'ailleurs aussi inconnus que Colombin, cette dernière promesse n'aurait pu ajouter à ma tentation. Il semblera plus étrange, puisque tout le monde parle ainsi et peut-être même maintenant à Combray, que je n'eusse pas à la première minute compris de qui voulait parler Mme Swann, quand je l'entendis me faire l'éloge de notre vieille «nurse». Je ne savais pas l'anglais, je compris bientôt pourtant que ce mot désignait Françoise. Moi qui aux Champs-Élysées, avais eu si peur de la fâcheuse impression qu'elle devait produire, j'appris par Mme Swann que c'est tout ce que Gilberte lui avait raconté sur ma «nurse» qui leur avait donné à elle et à son mari de la sympathie pour moi. «On sent qu'elle vous est si dévouée, qu'elle est si bien.» (Aussitôt je changeai entièrement d'avis sur Françoise. Par contre-coup, avoir une institutrice pourvue d'un caoutchouc et d'un plumet ne me sembla plus chose si nécessaire.) Enfin je compris, par quelques mots échappés à Mme Swann sur Mme Blatin dont elle reconnaissait la bienveillance mais redoutait les visites, que des relations personnelles avec cette dame ne m'eussent pas été aussi précieuses que j'avais cru et n'eussent amélioré en rien ma situation chez les Swann.

Si j'avais déjà commencé d'explorer avec ces tressaillements de respect et de joie le domaine féerique qui contre toute attente avait ouvert devant moi ses avenues jusque-là fermées, pourtant c'était seulement en tant qu'ami de Gilberte. Le royaume dans lequel j'étais accueilli était contenu lui-même dans un plus mystérieux encore où Swann et sa femme menaient leur vie surnaturelle, et vers lequel ils se dirigeaient après m'avoir serré la main quand ils traversaient en même temps que moi, en sens inverse, l'antichambre. Mais bientôt je pénétrai aussi au coeur du Sanctuaire. Par exemple, Gilberte n'était pas là, M. ou Mme Swann se trouvait à la maison. Ils avaient demandé qui avait sonné, et apprenant que c'était moi, m'avaient fait prier d'entrer un instant auprès d'eux, désirant que j'usasse dans tel ou tel sens, pour une chose ou pour une autre, de mon influence sur leur fille. Je me rappelais cette lettre si complète, si persuasive, que j'avais naguère écrite à Swann et à laquelle il n'avait même pas daigné répondre. J'admirais l'impuissance de l'esprit, du raisonnement et du coeur à opérer la moindre conversion, à résoudre une seule de ces difficultés, qu'ensuite la vie, sans qu'on sache seulement comment elle s'y est prise, dénoue si aisément. Ma position nouvelle d'ami de Gilberte, douée sur elle d'une excellente influence, me faisait maintenant bénéficier de la même faveur que si ayant eu pour camarade, dans un collège où on m'eût classé toujours premier, le fils d'un roi, j'avais dû à ce hasard mes petites entrées au Palais et des audiences dans la salle du trône; Swann avec une bienveillance infinie et comme s'il n'avait pas été surchargé d'occupations glorieuses, me faisait entrer dans sa bibliothèque et m'y laissait pendant une heure répondre par des balbutiements, des silences de timidité coupés de brefs et incohérents élans de courage, à des propos dont mon émoi m'empêchait de comprendre un seul mot; il me montrait des objets d'art et des livres qu'il jugeait susceptibles de m'intéresser et dont je ne doutais pas d'avance qu'ils ne passassent infiniment en beauté tous ceux que possèdent le Louvre et la Bibliothèque Nationale, mais qu'il m'était impossible de regarder.

A ces moments-là son maître d'hôtel m'aurait fait plaisir en me demandant de lui donner ma montre, mon épingle de cravate, mes bottines et de signer un acte qui le reconnaissait pour mon héritier: selon la belle expression populaire dont, comme pour les plus célèbres épopées, on ne connaît pas l'auteur, mais qui comme elles et contrairement à la théorie de Wolf en a eu certainement un (un de ces esprits inventifs et modestes ainsi qu'il s'en rencontre chaque année, lesquels font des trouvailles telles que «mettre un nom sur une figure»; mais leur nom à eux, ils ne le font pas connaître), *je ne savais plus ce que je faisais*. Tout au plus m'étonnais-je quand la visite se prolongeait, à quel néant de réalisation, à quelle absence de conclusion heureuse, conduisaient ces heures vécues dans la demeure enchantée. Mais ma déception ne tenait ni à l'insuffisance des chefs-d'oeuvre montrés, ni à l'impossibilité d'arrêter sur eux un regard distrait. Car ce n'était pas la beauté intrinsèque des choses qui me rendait miraculeux d'être dans le cabinet de Swann, c'était l'adhérence à ces choses—qui eussent pu être les plus laides du monde—du sentiment particulier, triste et voluptueux que j'y localisais depuis tant d'années et qui l'imprégnait encore; de même la multitude des miroirs, des brosses d'argent, des autels à saint Antoine de Padoue sculptés et peints par les plus grands artistes, ses amis, n'étaient pour rien dans le sentiment de mon indignité et de sa bienveillance royale qui m'était inspiré quand Mme Swann me recevait un moment dans sa chambre où trois belles et imposantes créatures, sa première, sa deuxième et sa troisième femmes de chambre préparaient en souriant des toilettes merveilleuses, et vers laquelle sur l'ordre proféré par le valet de pied en culotte courte que madame désirait me dire un mot, je me dirigeais par le sentier sinueux d'un couloir tout embaumé à distance des essences précieuses qui exhalaient sans cesse du cabinet de toilette leurs effluves odoriférants.

Quand Mme Swann était retournée auprès de ses visites, nous l'entendions encore parler et rire, car même devant deux personnes et comme si elle avait eu à tenir tête à tous les «camarades», elle élevait la voix, lançait les mots, comme elle avait si souvent, dans le petit clan, entendu faire à la «patronne», dans les moments où celle-ci «dirigeait la conversation». Les expressions que nous avons récemment empruntées aux autres étant celles, au moins pendant un temps, dont nous aimons le plus à nous servir, Mme Swann choisissait tantôt celles qu'elle avait apprises de gens distingués que son mari n'avait pu éviter de lui faire connaître (c'est d'eux qu'elle tenait le maniérisme qui consiste à supprimer l'article ou le pronom démonstratif devant un adjectif qualifiant une personne), tantôt de plus vulgaires (par exemple: «C'est un rien!» mot favori d'une de ses amies) et cherchait à les placer dans toutes les histoires que, selon une habitude prise dans le «petit clan», elle aimait à raconter. Elle disait volontiers ensuite: «J'aime beaucoup cette histoire», «ah! avouez, c'est une bien belle histoire!»; ce qui lui venait, par son mari, des Guermantes qu'elle ne connaissait pas.

Mme Swann avait quitté la salle à manger, mais son mari qui venait de rentrer faisait à son tour une apparition auprès de nous.—Sais-tu si ta mère est seule, Gilberte?—Non, elle a encore du monde, papa.—Comment, encore? à sept heures! C'est effrayant. La pauvre femme doit être brisée. C'est odieux. (A la maison j'avais toujours entendu, dans *odieux*, prononcer l'*o* long—audieux,—mais M. et Mme Swann disaient odieux, en faisant l'*o* bref.) Pensez, depuis deux heures de l'après-midi! reprenait-il en se tournant vers moi. Et Camille me disait qu'entre quatre et cinq heures, il est bien venu douze personnes. Qu'est-ce que je dis douze, je crois qu'il m'a dit quatorze. Non, douze; enfin je ne sais plus. Quand je suis rentré je ne songeais pas que c'était son jour, et en voyant toutes ces voitures devant la porte, je croyais qu'il y avait un mariage dans la maison. Et depuis un moment que je suis dans ma bibliothèque les coups de sonnette n'ont pas arrêté, ma parole d'honneur, j'en ai mal à la tête. Et il y a encore beaucoup de monde près d'elle?—Non, deux visites seulement.—Sais-tu qui?—Mme Cottard et Mme Bontemps.—Ah! la femme du chef de cabinet du ministre des Travaux publics.—J'sais que son mari est employé dans un ministère, mais j'sais pas au juste comme quoi, disait Gilberte en faisant l'enfant.

—Comment, petite sotte, tu parles comme si tu avais deux ans. Qu'est-ce que tu dis: employé dans un ministère? Il est tout simplement chef de cabinet, chef de toute la boutique, et encore, où ai-je la tête, ma parole je suis aussi distrait que toi, il n'est pas chef de cabinet, il est *directeur* du cabinet.

—J'sais pas, moi; alors c'est beaucoup d'être le directeur du cabinet? répondait Gilberte qui ne perdait jamais une occasion de manifester de l'indifférence pour tout ce qui donnait de la vanité à ses parents (elle pouvait d'ailleurs penser qu'elle ne faisait qu'ajouter à une relation aussi éclatante, en n'ayant pas l'air d'y attacher trop d'importance).

—Comment, si c'est beaucoup! s'écriait Swann qui préférait à cette modestie qui eût pu me laisser dans le doute, un langage plus explicite. Mais c'est simplement le premier après le ministre! C'est même plus que le ministre, car c'est lui qui fait tout. Il paraît du reste que c'est une capacité, un homme de premier ordre, un individu tout à fait distingué. Il est officier de la Légion d'honneur. C'est un homme délicieux, même fort joli garçon.

Sa femme d'ailleurs l'avait épousé envers et contre tous parce que c'était un «être de charme». Il avait, ce qui peut suffire à constituer un ensemble rare et délicat, une barbe blonde et soyeuse, de jolis traits, une voix nasale, l'haleine forte et un oeil de verre.

—Je vous dirai, ajoutait-il en s'adressant à moi, que je m'amuse beaucoup de voir ces gens-là dans le gouvernement actuel, parce que ce sont les Bontemps, de la maison Bontemps-Chenut, le type de la bourgeoisie réactionnaire cléricale, à idées étroites. Votre pauvre grand-père a bien connu, au moins de réputation et de vue, le vieux père Chenut qui ne donnait qu'un sou de pourboire aux cochers bien qu'il fût riche pour l'époque, et le baron Bréau-Chenut. Toute la fortune a sombré dans le krach de l'Union Générale, vous êtes trop jeune pour avoir connu ça, et dame on s'est refait comme on a pu.

—C'est l'oncle d'une petite qui venait à mon cours, dans une classe bien au-dessous de moi, la fameuse «Albertine». Elle sera sûrement très «fast» mais en attendant elle a une drôle de touche.

—Elle est étonnante ma fille, elle connaît tout le monde.

—Je ne la connais pas. Je la voyais seulement passer, on criait Albertine par-ci, Albertine par-là. Mais je connais Mme Bontemps, et elle ne me plaît pas non plus.

—Tu as le plus grand tort, elle est charmante, jolie, intelligente. Elle est même spirituelle. Je vais aller lui dire bonjour, lui demander si son mari croit que nous allons avoir la guerre, et si on peut compter sur le roi Théodose. Il doit savoir cela, n'est-ce pas, lui qui est dans le secret des Dieux?

Ce n'est pas ainsi que Swann parlait autrefois; mais qui n'a vu des princesses royales fort simples, si dix ans plus tard elles se sont fait enlever par un valet de chambre, et qu'elles cherchent à revoir du monde et sentent qu'on ne vient pas volontiers chez elles, prendre spontanément le langage des vieilles raseuses, et quand on cite une duchesse à la mode, ne les a entendues dire: «Elle était hier chez moi», et: «Je vis très à l'écart»? Aussi est-il inutile d'observer les moeurs puisque on peut les déduire des lois psychologiques.

Les Swann participaient à ce travers des gens chez qui peu de monde va; la visite, l'invitation, une simple parole aimable de personnes un peu marquantes étaient pour eux un événement auquel ils souhaitaient de donner de la publicité. Si la mauvaise chance voulait que les Verdurin fussent à Londres quand Odette avait eu un dîner un peu brillant, on s'arrangeait pour que par quelque ami commun la nouvelle leur en fût câblée outre-Manche. Il n'est pas jusqu'aux lettres, aux télégrammes flatteurs reçus par Odette, que les Swann ne fussent incapables de garder pour eux. On en parlait aux amis, on les faisait passer de mains en mains. Le salon des Swann ressemblait ainsi à ces hôtels de villes d'eaux où on affiche les dépêches.

Du reste, les personnes qui n'avaient pas seulement connu l'ancien Swann en dehors du monde, comme j'avais fait, mais dans le monde, dans ce milieu Guermantes, où, en exceptant les Altesses et les Duchesses, on était d'une exigence infinie pour l'esprit et le charme, où on prononçait l'exclusive pour des hommes éminents, qu'on trouvait ennuyeux ou vulgaires, ces personnes-là auraient pu s'étonner en constatant que l'ancien Swann avait cessé d'être non seulement discret quand il parlait de ses relations mais difficile quand il s'agissait de les choisir. Comment Mme Bontemps, si commune, si méchante, ne l'exaspérait-elle pas? Comment pouvait-il la déclarer agréable? Le souvenir du milieu Guermantes, aurait dû l'en empêcher semblait-il; en réalité il l'y aidait. Il y avait certes chez les Guermantes, à l'encontre des trois quarts des milieux mondains, du goût, un goût raffiné même, mais aussi du snobisme, d'où possibilité d'une interruption momentanée dans l'exercice du goût. S'il s'agissait de quelqu'un qui n'était pas indispensable à cette coterie, d'un ministre des Affaires étrangères, républicain un peu solennel, d'un académicien bavard, le goût s'exerçait à fond contre lui, Swann plaignait Mme de Guermantes d'avoir dîné à côté de pareils convives dans une ambassade et on leur préférait mille fois un homme élégant, c'est-à-dire un homme du milieu Guermantes, bon à rien, mais possédant l'esprit des Guermantes, quelqu'un qui était de la même chapelle. Seulement, une grande-duchesse, une princesse du sang dînait-elle souvent chez Mme de Guermantes, elle se trouvait alors faire partie de cette chapelle elle aussi, sans y avoir aucun droit, sans en posséder en rien l'esprit. Mais avec la naïveté des gens du monde, du moment qu'on la recevait, on s'ingéniait à la trouver agréable, faute de pouvoir se dire que c'est parce qu'on l'avait trouvée agréable qu'on la recevait. Swann, venant au secours de Mme de Guermantes, lui disait quand l'Altesse était partie: «Au fond elle est bonne femme, elle a même un certain sens du comique.

Mon Dieu je ne pense pas qu'elle ait approfondi la *Critique de la Raison pure*, mais elle n'est pas déplaisante.—Je suis absolument de votre avis, répondait la duchesse. Et encore elle était intimidée, mais vous verrez qu'elle peut être charmante.—Elle est bien moins embêtante que Mme X (la femme de l'académicien bavard, laquelle était remarquable) qui vous cite vingt volumes.—Mais il n'y a même pas de comparaison possible.» La faculté de dire de telles choses, de les dire sincèrement, Swann l'avait acquise chez la duchesse, et conservée. Il en usait maintenant à l'égard des gens qu'il recevait. Il s'efforçait à discerner, à aimer en eux les qualités que tout être humain révèle, si on l'examine avec une prévention favorable et non avec le dégoût des délicats; il mettait en valeur les mérites de Mme Bontemps comme autrefois ceux de la princesse de Parme, laquelle eût dû être exclue du milieu Guermantes, s'il n'y avait pas eu entrée de faveur pour certaines altesses et si même quand il s'agissait d'elles on n'eût vraiment considéré que l'esprit et un certain charme. On a vu d'ailleurs autrefois que Swann avait le goût (dont il faisait maintenant une application seulement plus durable) d'échanger sa situation mondaine contre une autre qui dans certaines circonstances lui convenait mieux. Il n'y a que les gens incapables de décomposer, dans leur perception, ce qui au premier abord paraît indivisible, qui croient que la situation fait corps avec la personne. Un même être, pris à des moments successifs de sa vie, baigne à différents degrés de l'échelle sociale dans des milieux qui ne sont pas forcément de plus en plus élevés; et chaque fois que dans une période autre de l'existence, nous nouons, ou renouons, des liens avec un certain milieu, que nous nous y sentons choyés, nous commençons tout naturellement à nous y attacher en y poussant d'humaines racines.

Pour ce qui concerne Mme Bontemps, je crois aussi que Swann en parlant d'elle avec cette insistance n'était pas fâché de penser que mes parents apprendraient qu'elle venait voir sa femme. A vrai dire, à la maison, le nom des personnes que celle-ci arrivait peu à peu à connaître, piquait plus la curiosité qu'il n'excitait d'admiration. Au nom de Mme Trombert, ma mère disait:

—Ah! mais voilà une nouvelle recrue et qui lui en amènera d'autres.

Et comme si elle eût comparé la façon un peu sommaire, rapide et violente dont Mme Swann conquérait ses relations à une guerre coloniale, maman ajoutait:

—Maintenant que les Trombert sont soumis, les tribus voisines ne tarderont pas à se rendre.

Quand elle croisait dans la rue Mme Swann, elle nous disait en rentrant:

—J'ai aperçu Mme Swann sur son pied de guerre, elle devait partir pour quelque offensive fructueuse chez les Masséchutos, les Cynghalais ou les Trombert.

Et toutes les personnes nouvelles que je lui disais avoir vues dans ce milieu un peu composite et artificiel où elles avaient souvent été amenées assez difficilement et de mondes assez différents, elle en devinait tout de suite l'origine et parlait d'elles comme elle aurait fait de trophées chèrement achetés; elle disait:

—Rapporté d'une Expédition chez les un tel.

Pour Mme Cottard, mon père s'étonnait que Mme Swann pût trouver quelque avantage à attirer cette bourgeoise peu élégante et disait: «Malgré la situation du professeur, j'avoue que je ne comprends pas.» Ma mère, elle, au contraire, comprenait très bien; elle savait qu'une grande partie des plaisirs qu'une femme trouve à pénétrer dans un milieu différent de celui où elle vivait autrefois lui manquerait si elle ne pouvait informer ses anciennes relations de celles, relativement plus brillantes par lesquelles elle les a remplacées. Pour cela il faut un témoin qu'on laisse pénétrer dans ce monde nouveau et délicieux, comme dans une fleur un insecte bourdonnant et volage, qui ensuite, au hasard de ses visites, répandra, on l'espère du moins, la nouvelle, le germe dérobé d'envie et d'admiration. Mme Cottard toute trouvée pour remplir ce rôle rentrait dans cette catégorie spéciale d'invités que maman qui avait certains côtés de la tournure d'esprit de son père, appelait des: «Etranger, va dire à Sparte!» D'ailleurs—en dehors d'une autre raison qu'on ne sut que bien des années après—Mme Swann en conviant cette amie bienveillante, réservée et modeste, n'avait pas craint d'introduire chez soi, à ses «jours» brillants, un traître ou une concurrente. Elle savait le nombre énorme de calices bourgeois que pouvait, quand elle était armée de l'aigrette et du porte-cartes, visiter en un seul après-midi cette active ouvrière. Elle en connaissait le pouvoir de dissémination et en se basant sur le calcul des probabilités, était fondée à penser que, très vraisemblablement, tel habitué des Verdurin, apprendrait dès le surlendemain que le gouverneur de Paris avait mis des cartes chez elle, ou que M. Verdurin lui-même entendrait raconter que M. Le Hault de Pressagny, président du Concours hippique, les avait emmenés, elle et Swann, au gala du roi Théodose; elle ne supposait les Verdurin informés que de ces deux événements flatteurs pour elle parce que les matérialisations particulières sous lesquelles nous nous représentons et nous poursuivons la gloire sont peu nombreuses par le défaut de notre esprit qui n'est pas capable d'imaginer à la fois toutes les formes que nous espérons bien d'ailleurs—en gros—que, simultanément, elle ne manquera pas de revêtir pour nous.

D'ailleurs, Mme Swann n'avait obtenu de résultats que dans ce qu'on appelait le «monde officiel». Les femmes élégantes n'allaient pas chez elle. Ce n'était pas la présence de notabilités républicaines qui les avaient fait fuir. Au temps de ma petite enfance, tout ce qui appartenait à la société conservatrice était mondain, et dans un salon bien posé on n'eût pas pu recevoir un républicain. Les personnes qui vivaient dans un tel milieu s'imaginaient que l'impossibilité de jamais inviter un «opportuniste», à plus forte raison un affreux radical, était une chose qui durerait toujours, comme les lampes à huile et les omnibus à chevaux. Mais pareille aux kaléidoscopes qui tournent de temps en temps, la société place successivement de façon différente des éléments qu'on avait cru immuables et compose une autre figure. Je n'avais pas encore fait ma première communion, que des dames bien pensantes avaient la stupéfaction de rencontrer en visite une juive élégante. Ces dispositions nouvelles du kaléidoscope sont produites par ce qu'un philosophe appellerait un changement de critère. L'affaire Dreyfus en amena un nouveau, à une époque un peu postérieure à celle où je commençais à aller chez Mme Swann, et le kaléidoscope renversa une fois de plus ses petits losanges colorés. Tout ce qui était juif passa en bas, fût-ce la dame élégante, et des nationalistes obscurs montèrent prendre sa place. Le salon le plus brillant de Paris fut celui d'un prince autrichien et ultra-catholique. Qu'au lieu de l'affaire Dreyfus il fût survenu une guerre avec l'Allemagne, le tour du kaléidoscope se fût produit dans un autre sens. Les juifs ayant à l'étonnement général, montré qu'ils étaient patriotes, auraient gardé leur situation et personne n'aurait plus voulu aller ni même avouer être jamais allé chez le prince autrichien. Cela n'empêche pas que chaque fois que la société est momentanément immobile, ceux qui y vivent s'imaginent qu'aucun changement n'aura plus lieu, de même qu'ayant vu commencer le téléphone, ils ne veulent pas croire à l'aéroplane. Cependant, les philosophes du journalisme flétrissent la période précédente, non seulement le genre de plaisirs que l'on y prenait et qui leur semble le dernier mot de la corruption, mais même les oeuvres des artistes et des philosophes qui n'ont plus à leurs yeux aucune valeur, comme si elles étaient reliées indissolublement aux modalités successives de la frivolité mondaine. La seule chose qui ne change pas est qu'il semble chaque fois qu'il y ait «quelque chose de changé en France». Au moment où j'allai chez Mme Swann, l'affaire Dreyfus n'avait pas encore éclaté, et certains grands juifs étaient fort puissants.

Aucun ne l'était plus que sir Rufus Israels dont la femme lady Israels était la tante de Swann. Elle n'avait pas personnellement des intimités aussi élégantes que son neveu qui d'autre part, ne l'aimant pas, ne l'avait jamais beaucoup cultivée, quoiqu'il dût vraisemblablement être son héritier. Mais c'était la seule des parentes de Swann qui eût conscience de la situation mondaine de celui-ci, les autres étant toujours restées à cet égard dans la même ignorance qui avait été longtemps la nôtre. Quand, dans une famille, un des membres émigre dans la haute société—ce qui lui semble à lui un phénomène unique, mais ce qu'à dix ans de distance il constate avoir été accompli d'une autre façon et pour des raisons différentes par plus d'un jeune homme avec qui il avait été élevé—il décrit autour de lui une zone d'ombre, une *terra incognita*, fort visible en ses moindres nuances pour tous ceux qui l'habitent, mais qui n'est que nuit et pur néant pour ceux qui n'y pénètrent pas et la côtoient sans en soupçonner, tout près d'eux, l'existence. Aucune Agence Havas n'ayant renseigné les cousines de Swann sur les gens qu'il fréquentait, c'est (avant son horrible mariage bien entendu) avec des sourires de condescendance qu'on se racontait dans les dîners de famille qu'on avait «vertueusement» employé son dimanche à aller voir le «cousin Charles» que, le croyant un peu envieux et parent pauvre on appelait spirituellement, en jouant sur le titre du roman de Balzac: «Le Cousin Bête». Lady Rufus Israels, elle, savait à merveille qui étaient ces gens qui prodiguaient à Swann une amitié dont elle était jalouse. La famille de son mari qui était à peu près l'équivalent des Rothschild, faisait depuis plusieurs générations les affaires des princes d'Orléans. Lady Israels, excessivement riche, disposait d'une grande influence et elle l'avait employée à ce qu'aucune personne qu'elle connaissait ne reçût Odette. Une seule avait désobéi, en cachette. C'était la comtesse de Marsantes. Or, le malheur avait voulu qu'Odette étant allé faire visite à Mme De Marsantes, lady Israels était entrée presque en même temps. Mme De Marsantes était sur des épines. Avec la lâcheté des gens qui pourtant pourraient tout se permettre, elle n'adressa pas une fois la parole à Odette qui ne fut pas encouragée à pousser désormais plus loin une incursion dans un monde qui du reste n'était nullement celui où elle eût aimé être reçue. Dans ce complet désintéressement du faubourg Saint-Germain, Odette continuait à être la cocotte illettrée bien différente des bourgeois ferrés sur les moindres points de généalogie et qui trompent dans la lecture des anciens mémoires la soif des relations aristocratiques que la vie réelle ne leur fournit pas.

Et Swann d'autre part, continuait sans doute d'être l'amant à qui toutes ces particularités d'une ancienne maîtresse semblent agréables ou inoffensives, car souvent j'entendis sa femme proférer de vraies hérésies mondaines sans que (par un reste de tendresse, un manque d'estime, ou la paresse de la perfectionner) il cherchât à les corriger. C'était peut-être aussi là une forme de cette simplicité qui nous avait si longtemps trompés à Combray et qui faisait maintenant que continuant à connaître, au moins pour son compte, des gens très brillants, il ne tenait pas à ce que dans la conversation on eût l'air dans le salon de sa femme de leur trouver quelque importance. Ils en avaient d'ailleurs moins que jamais pour Swann, le centre de gravité de sa vie s'étant déplacé. En tous cas l'ignorance d'Odette en matière mondaine était telle que si le nom de la princesse de Guermantes venait dans la conversation après celui de la duchesse, sa cousine: «Tiens, ceux-là sont princes, ils ont donc monté en grade, disait Odette.» Si quelqu'un disait: «le prince» en parlant du duc de Chartres, elle rectifiait: «Le duc, il est duc de Chartres et non prince.» Pour le duc d'Orléans, fils du comte de Paris: «C'est drôle, le fils est plus que le père», tout en ajoutant comme elle était anglomane: «On s'y embrouille dans ces «Royalties»; et à une personne qui lui demandait de quelle province étaient les Guermantes, elle répondit: «de l'Aisne».

Swann était du reste aveugle, en ce qui concernait Odette, non seulement devant ces lacunes de son éducation, mais aussi devant la médiocrité de son intelligence. Bien plus, chaque fois qu'Odette racontait une histoire bête, Swann écoutait sa femme avec une complaisance, une gaieté, presque une admiration où il devait entrer des restes de volupté; tandis que, dans la même conversation, ce que lui-même pouvait dire de fin, même de profond, était écouté par Odette, habituellement sans intérêt, assez vite, avec impatience et quelquefois contredit avec sévérité. Et on conclura que cet asservissement de l'élite à la vulgarité est de règle dans bien des ménages, si l'on pense, inversement, à tant de femmes supérieures qui se laissent charmer par un butor, censeur impitoyable de leurs plus délicates paroles, tandis qu'elles s'extasient, avec l'indulgence infinie de la tendresse, devant ses facéties les plus plates. Pour revenir aux raisons qui empêchèrent à cette époque Odette de pénétrer dans le faubourg Saint-Germain, il faut dire que le plus récent tour du kaléidoscope mondain avait été provoqué par une série de scandales. Des femmes chez qui on allait en toute confiance avaient été reconnues être des filles publiques, des espionnes anglaises. On allait pendant quelque temps demander aux gens, on le croyait du moins, d'être avant tout, bien posés, bien assis... Odette représentait exactement tout ce avec quoi on venait de rompre et d'ailleurs immédiatement de renouer (car les hommes ne changeant pas du jour au lendemain cherchent dans un nouveau régime la continuation de l'ancien, mais en le cherchant sous une forme différente qui permît d'être dupe et de croire que ce n'était plus la société d'avant la crise). Or, aux dames «brûlées» de cette société, Odette ressemblait trop. Les gens du monde sont fort myopes; au moment où ils cessent toutes relations avec des dames israélites qu'ils connaissaient, pendant qu'ils se demandent comment remplacer ce vide, ils aperçoivent, poussée là comme à la faveur d'une nuit d'orage, une dame nouvelle, israélite aussi; mais grâce à sa nouveauté, elle n'est pas associée dans leur esprit, comme les précédentes, avec ce qu'ils croient devoir détester. Elle ne demande pas qu'on respecte son Dieu. On l'adopte. Il ne s'agissait pas d'antisémitisme à l'époque où je commençai d'aller chez Odette. Mais elle était pareille à ce qu'on voulait fuir pour un temps.

Swann, lui, allait souvent faire visite à quelques-unes de ses relations d'autrefois et par conséquent appartenant toutes au plus grand monde. Pourtant, quand il nous parlait des gens qu'il venait d'aller voir, je remarquai qu'entre celles qu'il avait connues jadis, le choix qu'il faisait était guidé par cette même sorte de goût, mi-artistique, mi-historique, qui inspirait chez lui le collectionneur. Et remarquant que c'était souvent telle ou telle grande dame déclassée qui l'intéressait parce qu'elle avait été la maîtresse de Liszt ou qu'un roman de Balzac avait été dédié à sa grand'mère (comme il achetait un dessin si Chateaubriand l'avait décrit), j'eus le soupçon que nous avions remplacé à Combray l'erreur de croire Swann un bourgeois n'allant pas dans le monde, par une autre, celle de le croire un des hommes les plus élégants de Paris. Être l'ami du Comte de Paris ne signifie rien. Combien y en a-t-il de ces «amis des Princes» qui ne seraient pas reçus dans un salon un peu fermé. Les princes se savent princes, ne sont pas snobs et se croient d'ailleurs tellement au-dessus de ce qui n'est pas de leur sang que grands seigneurs et bourgeois leur apparaissent, au-dessous d'eux, presque au même niveau.

Au reste, Swann ne se contentait pas de chercher dans la société telle qu'elle existe et en s'attachant aux noms que le passé y a inscrits et qu'on peut encore y lire, un simple plaisir de lettré et d'artiste, il goûtait un divertissement assez vulgaire à faire comme des bouquets sociaux en groupant des éléments hétérogènes, en réunissant des personnes prises ici et là. Ces expériences de sociologie amusante (ou que Swann trouvait telle) n'avaient pas sur toutes les amies de sa femme—du moins d'une façon constante—une répercussion identique. «J'ai l'intention d'inviter ensemble les Cottard et la duchesse de Vendôme», disait-il en riant à Mme Bontemps, de l'air friand d'un gourmet qui a l'intention et veut faire l'essai de remplacer dans une sauce, les clous de girofle par du poivre de Cayenne. Or ce projet qui allait paraître en effet plaisant, dans le sens ancien du mot, aux Cottard, avait le don d'exaspérer Mme Bontemps. Elle avait été récemment présentée par les Swann à la duchesse de Vendôme et avait trouvé cela aussi agréable que naturel. En tirer gloire auprès des Cottard, en le leur racontant, n'avait pas été la partie la moins savoureuse de son plaisir. Mais comme les nouveaux décorés qui, dès qu'ils le sont, voudraient voir se fermer aussitôt le robinet des croix, Mme Bontemps eût souhaité qu'après elle, personne de son monde à elle ne fût présenté à la princesse. Elle maudissait intérieurement le goût dépravé de Swann qui lui faisait, pour réaliser une misérable bizarrerie esthétique, dissiper d'un seul coup toute la poudre qu'elle avait jetée aux yeux des Cottard en leur parlant de la duchesse de Vendôme.

Comment allait-elle même oser annoncer à son mari que le professeur et sa femme allaient à leur tour avoir leur part de ce plaisir qu'elle lui avait vanté comme unique. Encore si les Cottard avaient pu savoir qu'ils n'étaient pas invités pour de bon, mais pour l'amusement. Il est vrai que les Bontemps l'avaient été de même, mais Swann ayant pris à l'aristocratie cet éternel don juanisme qui entre deux femmes de rien fait croire à chacune que ce n'est qu'elle qu'on aime sérieusement, avait parlé à Mme Bontemps de la duchesse de Vendôme comme d'une personne avec qui il était tout indiqué qu'elle dînât. «Oui, nous comptons inviter la princesse avec les Cottard, dit, quelques semaines plus tard Mme Swann, mon mari croit que cette conjonction pourra donner quelque chose d'amusant», car si elle avait gardé du «petit noyau» certaines habitudes chères à Mme Verdurin comme de crier très fort pour être entendue de tous les fidèles, en revanche, elle employait certaines expressions—comme «conjonction» — chères au milieu Guermantes duquel elle subissait ainsi à distance et à son insu, comme la mer le fait pour la lune, l'attraction, sans pourtant se rapprocher sensiblement de lui. «Oui, les Cottard et la duchesse de Vendôme, est-ce que vous ne trouvez pas que cela sera drôle?» demanda Swann. «Je crois que ça marchera très mal et que ça ne vous attirera que des ennuis, il ne faut pas jouer avec le feu», répondit Mme Bontemps, furieuse.

Elle et son mari furent, d'ailleurs, ainsi que le prince d'Agrigente, invités à ce dîner, que Mme Bontemps et Cottard eurent deux manières de raconter, selon les personnes à qui ils s'adressaient. Aux uns, Mme Bontemps de son côté, Cottard du sien, disaient négligemment quand on leur demandait qui il y avait d'autre au dîner: «Il n'y avait que le prince d'Agrigente, c'était tout à fait intime.» Mais d'autres, risquaient d'être mieux informés (même une fois quelqu'un avait dit à Cottard: «Mais est-ce qu'il n'y avait pas aussi les Bontemps?» «Je les oubliais», avait en rougissant répondu Cottard au maladroit qu'il classa désormais dans la catégorie des mauvaises langues). Pour ceux-là les Bontemps et les Cottard adoptèrent chacun, sans s'être consultés une version dont le cadre était identique et où seuls leurs noms respectifs étaient interchangés. Cottard disait: «Hé bien, il y avait seulement les maîtres de maison, le duc et la duchesse de Vendôme—(en souriant avantageusement) le professeur et Mme Cottard, et ma foi du diable, si on a jamais su pourquoi, car ils allaient là comme des cheveux sur la soupe, M. et Mme Bontemps.» Mme Bontemps récitait exactement le même morceau, seulement c'était M. et Mme Bontemps qui étaient nommés avec une emphase satisfaite, entre la duchesse de Vendôme et le prince d'Agrigente, et les pelés qu'à la fin elle accusait de s'être invités eux-mêmes et qui faisaient tache, c'était les Cottard.

De ses visites Swann rentrait souvent assez peu de temps avant le dîner. A ce moment de six heures du soir où jadis il se sentait si malheureux, il ne se demandait plus ce qu'Odette pouvait être en train de faire et s'inquiétait peu qu'elle eût du monde chez elle, ou fût sortie. Il se rappelait parfois qu'il avait, bien des années auparavant, essayé un jour de lire à travers l'enveloppe une lettre adressée par Odette à Forcheville. Mais ce souvenir ne lui était pas agréable et plutôt que d'approfondir la honte qu'il ressentait, il préférait se livrer à une petite grimace du coin de la bouche complétée au besoin d'un hochement de tête qui signifiait: «qu'est-ce que ça peut me faire?» Certes, il estimait maintenant que l'hypothèse à laquelle il s'était souvent arrêté jadis et d'après quoi c'étaient les imaginations de sa jalousie qui seules noircissaient la vie, en réalité innocente, d'Odette, que cette hypothèse (en somme bienfaisante puisque tant qu'avait duré sa maladie amoureuse elle avait diminué ses souffrances en les lui faisant paraître imaginaires) n'était pas la vraie, que c'était sa jalousie qui avait vu juste, et que si Odette l'avait aimé plus qu'il n'avait cru, elle l'avait aussi trompé davantage. Autrefois pendant qu'il souffrait tant, il s'était juré que dès qu'il n'aimerait plus Odette, et ne craindrait plus de la fâcher ou de lui faire croire qu'il l'aimait trop, il se donnerait la satisfaction d'élucider avec elle, par simple amour de la vérité et comme un point d'histoire, si oui ou non Forcheville était couché avec elle le jour où il avait sonné et frappé au carreau sans qu'on lui ouvrît, et où elle avait écrit à Forcheville que c'était un oncle à elle qui était venu.

Mais le problème si intéressant qu'il attendait seulement la fin de sa jalousie pour tirer au clair, avait précisément perdu tout intérêt aux yeux de Swann, quand il avait cessé d'être jaloux. Pas immédiatement pourtant. Il n'éprouvait déjà plus de jalousie à l'égard d'Odette, que le jour des coups frappés en vain par lui dans l'après-midi à la porte du petit hôtel de la rue Lapérouse, avait continué à en exciter chez lui. C'était comme si la jalousie, pareille un peu en cela à ces maladies qui semblent avoir leur siège, leur source de contagionnement, moins dans certaines personnes que dans certains lieux, dans certaines maisons, n'avait pas eu tant pour objet Odette elle-même que ce jour, cette heure du passé perdu où Swann avait frappé à toutes les entrées de l'hôtel d'Odette. On aurait dit que ce jour, cette heure avaient seuls fixé quelques dernières parcelles de la personnalité amoureuse que Swann avait eue autrefois et qu'il ne les retrouvait plus que là. Il était depuis longtemps insoucieux qu'Odette l'eût trompé et le trompât encore. Et pourtant il avait continué pendant quelques années à rechercher d'anciens domestiques d'Odette, tant avait persisté chez lui la douloureuse curiosité de savoir si ce jour-là, tellement ancien, à six heures, Odette était couchée avec Forcheville. Puis cette curiosité elle-même avait disparu, sans pourtant que ses investigations cessassent. Il continuait à tâcher d'apprendre ce qui ne l'intéressait plus, parce que son moi ancien parvenu à l'extrême décrépitude, agissait encore machinalement, selon des préoccupations abolies au point que Swann ne réussissait même plus à se représenter cette angoisse, si forte pourtant autrefois qu'il ne pouvait se figurer alors qu'il s'en délivrât jamais et que seule la mort de celle qu'il aimait (la mort qui, comme le montrera plus loin dans ce livre, une cruelle contre-épreuve, ne diminue en rien les souffrances de la jalousie) lui semblait capable d'aplanir pour lui la route, entièrement barrée, de sa vie.

Mais éclaircir un jour les faits de la vie d'Odette auxquels il avait dû ces souffrances n'avait pas été le seul souhait de Swann; il avait mis en réserve aussi celui de se venger d'elles, quand n'aimant plus Odette il ne la craindrait plus; or, d'exaucer ce second souhait, l'occasion se présentait justement car Swann aimait une autre femme, une femme qui ne lui donnait pas de motifs de jalousie mais pourtant de la jalousie parce qu'il n'était plus capable de renouveler sa façon d'aimer et que c'était celle dont il avait usé pour Odette qui lui servait encore pour une autre. Pour que la jalousie de Swann renaquît, il n'était pas nécessaire que cette femme fût infidèle, il suffisait que pour une raison quelconque elle fût loin de lui, à une soirée par exemple, et eût paru s'y amuser. C'était assez pour réveiller en lui l'ancienne angoisse, lamentable et contradictoire excroissance de son amour, et qui éloignait Swann de ce qu'elle était comme un besoin d'atteindre (le sentiment réel que cette jeune femme avait pour lui, le désir caché de ses journées, le secret de son coeur), car entre Swann et celle qu'il aimait cette angoisse interposait un amas réfractaire de soupçons antérieurs, ayant leur cause en Odette, ou en telle autre peut-être qui avait précédé Odette, et qui ne permettaient plus à l'amant vieilli de connaître sa maîtresse d'aujourd'hui qu'à travers le fantôme ancien et collectif de la «femme qui excitait sa jalousie» dans lequel il avait arbitrairement incarné son nouvel amour. Souvent pourtant Swann l'accusait, cette jalousie, de le faire croire à des trahisons imaginaires; mais alors il se rappelait qu'il avait fait bénéficier Odette du même raisonnement, et à tort. Aussi tout ce que la jeune femme qu'il aimait faisait aux heures où il n'était pas avec elle cessait de lui paraître innocent. Mais alors qu'autrefois, il avait fait le serment, si jamais il cessait d'aimer celle qu'il ne devinait pas devoir être un jour sa femme, de lui manifester implacablement son indifférence, enfin sincère, pour venger son orgueil longtemps humilié, ces représailles qu'il pouvait exercer maintenant sans risques (car que pouvait lui faire d'être pris au mot et privé de ces tête-à-tête avec Odette qui lui étaient jadis si nécessaires), ces représailles il n'y tenait plus; avec l'amour avait disparu le désir de montrer qu'il n'avait plus d'amour. Et lui qui, quand il souffrait par Odette eût tant désiré de lui laisser voir un jour qu'il était épris d'une autre, maintenant qu'il l'aurait pu, il prenait mille précautions pour que sa femme ne soupçonnât pas ce nouvel amour.

Ce ne fut pas seulement à ces goûters, à cause desquels j'avais eu autrefois la tristesse de voir Gilberte me quitter et rentrer plus tôt, que désormais je pris part, mais les sorties qu'elle faisait avec sa mère, soit pour aller en promenade ou à une matinée, et qui en l'empêchant de venir aux Champs-Élysées m'avaient privé d'elle, les jours où je restais seul le long de la pelouse ou devant les chevaux de bois, ces sorties maintenant M. et Mme Swann m'y admettaient, j'avais une place dans leur landau et même c'était à moi qu'on demandait si j'aimais mieux aller au théâtre, à une leçon de danse chez une camarade de Gilberte, à une réunion mondaine chez des amies des Swann (ce que celle-ci appelait «un petit meeting») ou visiter les tombeaux de Saint-Denis.

Ces jours où je devais sortir avec les Swann, je venais chez eux pour le déjeuner, que Mme Swann appelait le lunch; comme on n'était invité que pour midi et demi et qu'à cette époque mes parents déjeunaient à onze heures un quart, c'est après qu'ils étaient sortis de table que je m'acheminais vers ce quartier luxueux, assez solitaire à toute heure, mais particulièrement à celle-là où tout le monde était rentré. Même l'hiver et par la gelée s'il faisait beau, tout en resserrant de temps à autre le noeud d'une magnifique cravate de chez Charvet et en regardant si mes bottines vernies ne se salissaient pas, je me promenais de long en large dans les avenues en attendant midi vingt-sept. J'apercevais de loin dans le jardinet des Swann, le soleil qui faisait étinceler comme du givre les arbres dénudés. Il est vrai que ce jardinet n'en possédait que deux. L'heure indue faisait nouveau le spectacle. A ces plaisirs de nature (qu'avivait la suppression de l'habitude, et même la faim), la perspective émotionnante de déjeuner chez Mme Swann se mêlait, elle ne les diminuait pas, mais les dominant, les asservissait, en faisait des accessoires mondains; de sorte que si, à cette heure où d'ordinaire je ne les percevais pas, il me semblait découvrir le beau temps, le froid, la lumière hivernale, c'était comme une sorte de préface aux oeufs à la crème, comme une patine, un rose et frais glacis ajoutés au revêtement de cette chapelle mystérieuse qu'était la demeure de Mme Swann et au coeur de laquelle il y avait au contraire tant de chaleur, de parfums et de fleurs.

A midi et demi, je me décidais enfin à entrer dans cette maison qui, comme un gros soulier de Noël, me semblait devoir m'apporter de surnaturels plaisirs. (Le nom de Noël était du reste inconnu à Mme Swann et à Gilberte qui l'avaient remplacé par celui de Christmas, et ne parlaient que du pudding de Christmas, de ce qu'on leur avait donné pour leur Christmas, de s'absenter—ce qui me rendait fou de douleur—pour Christmas. Même à la maison, je me serais cru déshonoré en parlant de Noël et je ne disais plus que Christmas, ce que mon père trouvait extrêmement ridicule.)

Je ne rencontrais d'abord qu'un valet de pied qui, après m'avoir fait traverser plusieurs grands salons m'introduisait dans un tout petit, vide, que commençait déjà à faire rêver l'après-midi bleu de ses fenêtres; je restais seul en compagnie d'orchidées, de roses et de violettes qui—pareilles à des personnes qui attendent à côté de vous mais ne vous connaissent pas—gardaient un silence que leur individualité de choses vivantes rendait plus impressionnant et recevaient frileusement la chaleur d'un feu incandescent de charbon, précieusement posé derrière une vitrine de cristal, dans une cuve de marbre blanc où il faisait écrouler de temps à autre ses dangereux rubis.

Je m'étais assis, mais me levais précipitamment en entendant ouvrir la porte; ce n'était qu'un second valet de pied, puis un troisième, et le mince résultat auquel aboutissaient leurs allées et venues inutilement émouvantes était de remettre un peu de charbon dans le feu ou d'eau dans les vases. Ils s'en allaient, je me retrouvais seul, une fois refermée la porte que Mme Swann finirait bien par ouvrir. Et, certes, j'eusse été moins troublé dans un antre magique que dans ce petit salon d'attente où le feu me semblait procéder à des transmutations, comme dans le laboratoire de Klingsor. Un nouveau bruit de pas retentissait, je ne me levais pas, ce devait être encore un valet de pied, c'était M. Swann. «Comment? vous êtes seul? Que voulez-vous, ma pauvre femme n'a jamais pu savoir ce que c'est que l'heure. Une heure moins dix. Tous les jours c'est plus tard. Et vous allez voir, elle arrivera sans se presser en croyant qu'elle est en avance.» Et comme il était resté neuro-arthritique, et devenu un peu ridicule, avoir une femme si inexacte qui rentrait tellement tard du Bois, qui s'oubliait chez sa couturière, et n'était jamais à l'heure pour le déjeuner, cela inquiétait Swann pour son estomac, mais le flattait dans son amour-propre.

Il me montrait des acquisitions nouvelles qu'il avait faites et m'en expliquait l'intérêt, mais l'émotion, jointe au manque d'habitude d'être encore à jeun à cette heure-là, tout en agitant mon esprit y faisait le vide, de sorte que, capable de parler, je ne l'étais pas d'entendre. D'ailleurs aux oeuvres que possédait Swann, il suffisait pour moi qu'elles fussent situées chez lui, y fissent partie de l'heure délicieuse qui précédait le déjeuner. La Joconde se serait trouvée là qu'elle ne m'eût pas fait plus de plaisir qu'une robe de chambre de Mme Swann, ou ses flacons de sel.

Je continuais à attendre, seul, ou avec Swann et souvent Gilberte, qui était venue nous tenir compagnie. L'arrivée de Mme Swann, préparée par tant de majestueuses entrées, me paraissait devoir être quelque chose d'immense. J'épiais chaque craquement. Mais on ne trouve jamais aussi hauts qu'on avait espérés, une cathédrale, une vague dans la tempête, le bond d'un danseur; après ces valets de pied en livrée, pareils aux figurants dont le cortège, au théâtre, prépare, et par là même diminue l'apparition finale de la reine, Mme

Swann entrant furtivement en petit paletot de loutre, sa voilette baissée sur un nez rougi par le froid, ne tenait pas les promesses prodiguées dans l'attente à mon imagination.

Mais si elle était restée toute la matinée chez elle, quand elle arrivait dans le salon, c'était vêtue d'un peignoir en crêpe de Chine de couleur claire qui me semblait plus élégant que toutes les robes.

Quelquefois les Swann se décidaient à rester à la maison tout l'après-midi. Et alors, comme on avait déjeuné si tard, je voyais bien vite sur le mur du jardinet décliner le soleil de ce jour qui m'avait paru devoir être différent des autres, et les domestiques avaient beau apporter des lampes de toutes les grandeurs et de toutes les formes, brûlant chacune sur l'autel consacré d'une console, d'un guéridon, d'une «encoignure» ou d'une petite table, comme pour la célébration d'un culte inconnu, rien d'extraordinaire ne naissait de la conversation et je m'en allais déçu, comme on l'est souvent dès l'enfance après la messe de minuit.

Mais ce désappointement là n'était guère que spirituel. Je rayonnais de joie dans cette maison où Gilberte, quand elle n'était pas encore avec nous, allait entrer, et me donnerait dans un instant, pour des heures, sa parole, son regard attentif et souriant tel que je l'avais vu pour la première fois à Combray. Tout au plus étais-je un peu jaloux en la voyant souvent disparaître dans de grandes chambres auxquelles on accédait par un escalier intérieur. Obligé de rester au salon, comme l'amoureux d'une actrice qui n'a que son fauteuil à l'orchestre et rêve avec inquiétude de ce qui se passe dans les coulisses, au foyer des artistes, je posai à Swann, au sujet de cette autre partie de la maison, des questions savamment voilées, mais sur un ton duquel je ne parvins pas à bannir quelque anxiété. Il m'expliqua que la pièce où allait Gilberte était la lingerie, s'offrit à me la montrer et me promit que chaque fois que Gilberte aurait à s'y rendre il la forcerait à m'y emmener. Par ces derniers mots et la détente qu'ils me procurèrent, Swann supprima brusquement pour moi une de ces affreuses distances intérieures au terme desquelles une femme que nous aimons nous apparaît si lointaine. A ce moment-là, j'éprouvai pour lui une tendresse que je crus plus profonde que ma tendresse pour Gilberte. Car maître de sa fille, il me la donnait et elle, elle se refusait parfois; je n'avais pas directement sur elle ce même empire qu'indirectement par Swann. Enfin elle, je l'aimais et ne pouvais par conséquent la voir sans ce trouble, sans ce désir de quelque chose de plus, qui ôte, auprès de l'être qu'on aime, la sensation d'aimer.

Au reste, le plus souvent, nous ne restions pas à la maison, nous allions nous promener. Parfois avant d'aller s'habiller, Mme Swann se mettait au piano. Ses belles mains, sortant des manches roses, ou blanches, souvent de couleurs très vives, de sa robe de chambre de crêpe de Chine, allongeaient leurs phalanges sur le piano avec cette même mélancolie qui était dans ses yeux et n'était pas dans son coeur. Ce fut un de ces jours-là qu'il lui arriva de me jouer la partie de la Sonate de Vinteuil où se trouve la petite phrase que Swann avait tant aimée. Mais souvent on n'entend rien, si c'est une musique un peu compliquée qu'on écoute pour la première fois. Et pourtant quand plus tard on m'eut joué deux ou trois fois cette Sonate, je me trouvai la connaître parfaitement. Aussi n'a-t-on pas tort de dire «entendre pour la première fois». Si l'on n'avait vraiment, comme on l'a cru, rien distingué à la première audition, la deuxième, la troisième seraient autant de premières, et il n'y aurait pas de raison pour qu'on comprît quelque chose de plus à la dixième. Probablement ce qui fait défaut, la première fois, ce n'est pas la compréhension, mais la mémoire. Car la nôtre, relativement à la complexité des impressions auxquelles elle a à faire face pendant que nous écoutons, est infime, aussi brève que la mémoire d'un homme qui en dormant pense mille choses qu'il oublie aussitôt, ou d'un homme tombé à moitié en enfance qui ne se rappelle pas la minute d'après ce qu'on vient de lui dire. Ces impressions multiples, la mémoire n'est pas capable de nous en fournir immédiatement le souvenir. Mais celui-ci se forme en elle peu à peu et, à l'égard des oeuvres qu'on a entendues deux ou trois fois, on est comme le collégien qui a relu à plusieurs reprises avant de s'endormir une leçon qu'il croyait ne pas savoir et qui la récite par coeur le lendemain matin. Seulement je n'avais encore, jusqu'à ce jour, rien entendu de cette sonate, et là où Swann et sa femme voyaient une phrase distincte, celle-ci était aussi loin de ma perception claire qu'un nom qu'on cherche à se rappeler et à la place duquel on ne trouve que du néant, un néant d'où une heure plus tard, sans qu'on y pense, s'élanceront d'elles-mêmes, en un seul bond, les syllabes d'abord vainement sollicitées. Et non seulement on ne retient pas tout de suite les oeuvres vraiment rares, mais même au sein de chacune de ces oeuvres-là, et cela m'arriva pour la Sonate de Vinteuil, ce sont les parties les moins précieuses qu'on perçoit d'abord. De sorte que je ne me trompais pas seulement en pensant que l'oeuvre ne me réservait plus rien (ce qui fit que je restai longtemps sans chercher à l'entendre) du moment que Madame Swann m'en avait joué la phrase la plus fameuse (j'étais aussi stupide en cela que ceux qui n'espèrent plus éprouver de surprise devant Saint-Marc de Venise parce que la photographie leur a appris la forme de ses dômes). Mais bien plus, même quand j'eus écouté la sonate d'un bout à l'autre, elle me resta presque tout entière invisible, comme un monument dont la distance ou la brume ne laissent apercevoir que de faibles parties. De là, la mélancolie qui s'attache à la connaissance de tels ouvrages, comme de tout ce qui se réalise dans le temps. Quand ce qui est le plus caché dans la Sonate de Vinteuil se découvrit à moi, déjà entraîné par l'habitude hors des prises de ma sensibilité, ce que j'avais distingué, préféré tout d'abord, commençait à m'échapper, à me fuir. Pour n'avoir pu aimer qu'en des temps successifs tout ce que m'apportait cette sonate, je ne la possédai jamais tout entière: elle ressemblait à la vie. Mais, moins décevants que la vie, ces grands chefs-d'oeuvre ne commencent pas par nous donner ce qu'ils ont de meilleur. Dans la Sonate de Vinteuil, les beautés qu'on découvre le plus tôt sont aussi celles dont on se fatigue le plus vite et pour la même raison sans doute, qui est qu'elles diffèrent moins de ce qu'on connaissait déjà. Mais quand celles-là se sont éloignées, il nous reste à aimer telle phrase que son ordre trop nouveau pour offrir à notre esprit rien que confusion nous avait rendue indiscernable et gardée intacte; alors elle devant qui nous passions tous les jours sans le savoir et qui s'était réservée, qui pour le pouvoir de sa seule beauté était devenue invisible et restée inconnue, elle vient à nous la dernière. Mais nous la quitterons aussi en dernier. Et nous l'aimerons plus longtemps que les autres, parce que nous aurons mis plus longtemps à l'aimer. Ce temps du reste qu'il faut à un individu—comme il me le fallut à moi à l'égard de cette Sonate—pour pénétrer une oeuvre un peu profonde, n'est que le raccourci et comme le symbole des années, des siècles parfois, qui s'écoulent avant que le public puisse aimer un chef-d'oeuvre vraiment nouveau. Aussi l'homme de génie pour s'épargner les méconnaissances de la foule se dit peut-être que les contemporains manquant du recul nécessaire, les oeuvres écrites pour la postérité ne devraient être lues que par elle, comme certaines peintures qu'on juge mal de trop près. Mais en réalité toute lâche précaution pour éviter les faux arguments est inutile, ils ne sont pas évitables. Ce qui est cause qu'une oeuvre de génie est difficilement admirée tout de suite, c'est que celui qui l'a écrite est extraordinaire, que peu de gens lui ressemblent.

C'est son oeuvre elle-même qui, en fécondant les rares esprits capables de le comprendre, les fera croître et multiplier. Ce sont les quatuors de Beethoven (les quatuors XII, XIII, XIV et XV) qui ont mis cinquante ans à faire naître, à grossir le public des quatuors de Beethoven, réalisant ainsi comme tous les chefs-d'oeuvre un progrès sinon dans la valeur des artistes, du moins dans la société des esprits, largement composée aujourd'hui de ce qui était introuvable quand le chef-d'oeuvre parut, c'est-à-dire d'être capables de l'aimer. Ce qu'on appelle la postérité, c'est la postérité de l'oeuvre. Il faut que l'oeuvre (en ne tenant pas compte, pour simplifier, des génies qui à la même époque peuvent parallèlement préparer pour l'avenir un public meilleur dont d'autres génies que lui bénéficieront) crée elle-même sa postérité. Si donc l'oeuvre était tenue en réserve, n'était connue que de la postérité, celle-ci, pour cette oeuvre, ne serait pas la postérité mais une assemblée de contemporains ayant simplement vécu cinquante ans plus tard. Aussi faut-il que l'artiste—et c'est ce qu'avait fait Vinteuil—s'il veut que son oeuvre puisse suivre sa route, la lance, là où il y a assez de profondeur, en plein et lointain avenir.

Et pourtant ce temps à venir, vraie perspective des chefs-d'oeuvre, si n'en pas tenir compte est l'erreur des mauvais juges, en tenir compte est parfois le dangereux scrupule des bons. Sans doute, il est aisé de s'imaginer dans une illusion analogue à celle qui uniformise toutes choses à l'horizon, que toutes les révolutions qui ont eu lieu jusqu'ici dans la peinture ou la musique respectaient tout de même certaines règles et que ce qui est immédiatement devant nous, impressionnisme, recherche de la dissonance, emploi exclusif de la gamme chinoise, cubisme, futurisme, diffère outrageusement de ce qui a précédé. C'est que ce qui a précédé on le considère sans tenir compte qu'une longue assimilation l'a converti pour nous en une matière variée sans doute, mais somme toute homogène, où Hugo voisine avec Molière. Songeons seulement aux choquants disparates que nous présenterait, si nous ne tenions pas compte du temps à venir et des changements qu'il amène, tel horoscope de notre propre âge mûr tiré devant nous durant notre adolescence. Seulement tous les horoscopes ne sont pas vrais et être obligé pour une oeuvre d'art de faire entrer dans le total de sa beauté le facteur du temps mêle à notre jugement quelque chose d'aussi hasardeux et par là aussi dénué d'intérêt véritable que toute prophétie dont la non réalisation n'impliquera nullement la médiocrité d'esprit du prophète, car ce qui appelle à l'existence les possibles ou les en exclut n'est pas forcément de la compétence du génie; on peut en avoir eu et ne pas avoir cru à l'avenir des chemins de fer, ni des avions, ou, tout en étant grand psychologue, à la fausseté d'une maîtresse ou d'un ami, dont de plus médiocres eussent prévu les trahisons.

Si je ne compris pas la Sonate je fus ravi d'entendre jouer Mme Swann. Son toucher me paraissait, comme son peignoir, comme le parfum de son escalier, comme ses manteaux, comme ses chrysanthèmes, faire partie d'un tout individuel et mystérieux, dans un monde infiniment supérieur à celui où la raison peut analyser le talent. «N'est-ce pas que c'est beau cette Sonate de Vinteuil? me dit Swann. Le moment où il fait nuit sous les arbres, où les arpèges du violon font tomber la fraîcheur. Avouez que c'est bien joli; il y a là tout le côté statique du clair de lune, qui est le côté essentiel. Ce n'est pas extraordinaire qu'une cure de lumière comme celle que suit ma femme agisse sur les muscles, puisque le clair de lune empêche les feuilles de bouger. C'est cela qui est si bien peint dans cette petite phrase, c'est le bois de Boulogne tombé en catalepsie. Au bord de la mer c'est encore plus frappant, parce qu'il y a les réponses faibles des vagues que naturellement on entend très bien puisque le reste ne peut pas remuer. A Paris c'est le contraire; c'est tout au plus si on remarque ces lueurs insolites sur les monuments, ce ciel éclairé comme par un incendie sans couleurs et sans danger, cette espèce d'immense fait divers deviné.

Mais dans la petite phrase de Vinteuil, et du reste dans toute la Sonate, ce n'est pas cela, cela se passe au Bois, dans le gruppetto on entend distinctement la voix de quelqu'un qui dit: «On pourrait presque lire son journal.» Ces paroles de Swann auraient pu fausser, pour plus tard, ma compréhension de la Sonate, la musique étant trop peu exclusive pour écarter absolument ce qu'on nous suggère d'y trouver. Mais je compris par d'autres propos de lui que ces feuillages nocturnes étaient tout simplement ceux sous l'épaisseur desquels, dans maint restaurant des environs de Paris, il avait entendu, bien des soirs, la petite phrase. Au lieu du sens profond qu'il lui avait si souvent demandé, ce qu'elle rapportait à Swann, c'était ces feuillages rangés, enroulés, peints autour d'elle (et qu'elle lui donnait le désir de revoir parce qu'elle lui semblait leur être intérieure comme une âme), c'était tout un printemps dont il n'avait pu jouir autrefois, n'ayant pas, fiévreux et chagrin comme il était alors, assez de bien-être pour cela, et que (comme on fait, pour un malade, des bonnes choses qu'il n'a pu manger), elle lui avait gardé. Les charmes que lui avaient fait éprouver certaines nuits dans le Bois et sur lesquels la Sonate de Vinteuil pouvait le renseigner, il n'aurait pu à leur sujet interroger Odette, qui pourtant l'accompagnait comme la petite phrase. Mais Odette était seulement à côté de lui, alors (non en lui comme le motif de Vinteuil)—ne voyant donc point—Odette eût-elle été mille fois plus compréhensive—ce qui, pour nul de nous (du moins j'ai cru longtemps que cette règle ne souffrait pas d'exceptions), ne peut s'extérioriser. «C'est au fond assez joli n'est-ce pas, dit Swann, que le son puisse refléter, comme l'eau, comme une glace. Et remarquez que la phrase de Vinteuil ne me montre que tout ce à quoi je ne faisais pas attention à cette époque. De mes soucis, de mes amours de ce temps-là, elle ne me rappelle plus rien, elle a fait l'échange.—Charles, il me semble que ce n'est pas très aimable pour moi tout ce que vous me dites là.—Pas aimable! Les femmes sont magnifiques! Je voulais dire simplement à ce jeune homme que ce que la musique montre—du moins à moi—ce n'est pas du tout la «Volonté en soi» et la «Synthèse de l'infini», mais, par exemple, le père Verdurin en redingote dans le Palmarium du Jardin d'Acclimatation. Mille fois, sans sortir de ce salon, cette petite phrase m'a emmené dîner à Armenonville avec elle.

Mon Dieu c'est toujours moins ennuyeux que d'y aller avec Mme de Cambremer.» Mme Swann se mit à rire: «C'est une dame qui passe pour avoir été très éprise de Charles», m'expliqua-t-elle du même ton dont, un peu avant, en parlant de Ver Meer de Delft, que j'avais été étonné de voir qu'elle connaissait, elle m'avait répondu: «C'est que je vous dirai que monsieur s'occupait beaucoup de ce peintre-là au moment où il me faisait la cour. N'est-ce pas, mon petit Charles?—Ne parlez pas à tort et à travers de Mme de Cambremer, dit Swann, dans le fond très flatté.—Mais je ne fais que répéter ce qu'on m'a dit. D'ailleurs il paraît qu'elle est très intelligente, je ne la connais pas. Je la crois très «pushing», ce qui m'étonne d'une femme intelligente. Mais tout le monde dit qu'elle a été folle de vous, cela n'a rien de froissant.» Swann garda un mutisme de sourd, qui était une espèce de confirmation, et une preuve de fatuité. «Puisque ce que je joue vous rappelle le Jardin d'Acclimatation, reprit Mme Swann en faisant par plaisanterie semblant d'être piquée, nous pourrions le prendre tantôt comme but de promenade si ça amuse ce petit. Il fait très beau et vous retrouveriez vos chères impressions!

A propos du Jardin d'Acclimatation, vous savez ce jeune homme croyait que nous aimions beaucoup une personne que je «coupe» au contraire aussi souvent que je peux, Mme Blatin! Je trouve très humiliant pour nous qu'elle passe pour notre amie. Pensez que le bon Docteur Cottard qui ne dit jamais de mal de personne déclare lui-même qu'elle est infecte.—Quelle horreur! Elle n'a pour elle que de ressembler tellement à Savonarole. C'est exactement le portrait de Savonarole par Fra Bartolomeo.» Cette manie qu'avait Swann de trouver ainsi des ressemblances dans la peinture était défendable, car même ce que nous appelons l'expression individuelle est—comme on s'en rend compte avec tant de tristesse quand on aime et qu'on voudrait croire à la réalité unique de l'individu—quelque chose de général, et a pu se rencontrer à différentes époques. Mais si on avait écouté Swann, les cortèges des rois mages, déjà si anachroniques quand Benozzo Gozzoli y introduisait les Médicis, l'eussent été davantage encore puisqu'ils eussent contenu les portraits d'une foule d'hommes, contemporains non de Gozzoli, mais de Swann, c'est-à-dire postérieurs non plus seulement de quinze siècles à la Nativité, mais de quatre au peintre lui-même. Il n'y avait pas selon Swann, dans ces cortèges, un seul Parisien de marque qui manquât, comme dans cet acte d'une pièce de Sardou, où, par amitié pour l'auteur et la principale interprète, par mode aussi, toutes les notabilités parisiennes, de célèbres médecins, des hommes politiques, des avocats, vinrent pour s'amuser, chacun un soir, figurer sur la scène. «Mais quel rapport a-t-elle avec le Jardin d'Acclimatation?—Tous!—Quoi, vous croyez qu'elle a un derrière bleu-ciel comme les singes?—Charles vous êtes d'une inconvenance! Non, je pensais au mot que lui a dit le Cynghalais.—Racontez-le lui, c'est vraiment un «beau mot».—C'est idiot. Vous savez que Mme Blatin aime à interpeller tout le monde d'un air qu'elle croit aimable et qui est surtout protecteur.—Ce que nos bons voisins de la Tamise appellent *patronising*, interrompit Odette.—Elle est allée dernièrement au Jardin d'Acclimatation où il y a des noirs, des Cynghalais, je crois, a dit ma femme, qui est beaucoup plus forte en ethnographie que moi.—Allons, Charles, ne vous moquez pas.—Mais je ne me moque nullement. Enfin, elle s'adresse à un de ces noirs: «Bonjour, négro!»—C'est un rien!—En tous cas ce qualificatif ne plut pas au noir: «Moi négro, dit-il avec colère à Mme Blatin, mais toi, chameau!»—Je trouve cela très drôle! J'adore cette histoire. N'est-ce pas que c'est «beau»? On voit bien la mère Blatin: «Moi négro, mais toi chameau!» Je manifestai un extrême désir d'aller voir ces Cynghalais dont l'un avait appelé Mme Blatin: chameau. Ils ne m'intéressaient pas du tout. Mais je pensais que pour aller au Jardin d'Acclimatation et en revenir nous traverserions cette allée des Acacias où j'avais tant admiré Mme Swann, et que peut-être le mulâtre ami de Coquelin, à qui je n'avais jamais pu me montrer saluant Mme Swann, me verrait assis à côté d'elle au fond d'une victoria.

Pendant ces minutes où Gilberte, partie se préparer, n'était pas dans le salon avec nous, M. et Mme Swann se plaisaient à me découvrir les rares vertus de leur fille. Et tout ce que j'observais semblait prouver qu'ils disaient vrai; je remarquais que, comme sa mère me l'avait raconté, elle avait non seulement pour ses amies, mais pour les domestiques, pour les pauvres, des attentions délicates, longuement méditées, un désir de faire plaisir, une peur de mécontenter, se traduisant par de petites choses qui souvent lui donnaient beaucoup de mal. Elle avait fait un ouvrage pour notre marchande des Champs-Élysées et sortit par la neige pour le lui remettre elle-même et sans un jour de retard. «Vous n'avez pas idée de ce qu'est son coeur, car elle le cache», disait son père. Si jeune, elle avait l'air bien plus raisonnable que ses parents. Quand Swann parlait des grandes relations de sa femme, Gilberte détournait la tête et se taisait, mais sans air de blâme, car son père ne lui paraissait pas pouvoir être l'objet de la plus légère critique. Un jour que je lui avais parlé de Mlle Vinteuil, elle me dit:

—Jamais je ne la connaîtrai, pour une raison, c'est qu'elle n'était pas gentille pour son père, à ce qu'on dit, elle lui faisait de la peine. Vous ne pouvez pas plus comprendre cela que moi, n'est-ce pas, vous qui ne pourriez sans doute pas plus survivre à votre papa que moi au mien, ce qui est du reste tout naturel. Comment oublier jamais quelqu'un qu'on aime depuis toujours!

Et une fois qu'elle était plus particulièrement câline avec Swann, comme je le lui fis remarquer quand il fut loin:

—Oui, pauvre papa, c'est ces jours-ci l'anniversaire de la mort de son père. Vous pouvez comprendre ce qu'il doit éprouver, vous comprenez cela, vous, nous sentons de même sur ces choses-là. Alors, je tâche d'être moins méchante que d'habitude.—Mais il ne vous trouve pas méchante, il vous trouve parfaite.—Pauvre papa, c'est parce qu'il est trop bon.

Ses parents ne me firent pas seulement l'éloge des vertus de Gilberte—cette même Gilberte qui même avant que je l'eusse jamais vue m'apparaissait devant une église, dans un paysage de l'Ile-de-France et qui ensuite m'évoquant non plus mes rêves, mais mes souvenirs, était toujours devant la haie d'épines roses, dans le raidillon que je prenais pour aller du côté de Méséglise;—comme j'avais demandé à Mme Swann, en m'efforçant de prendre le ton indifférent d'un ami de la famille, curieux des préférences d'une enfant, quels étaient parmi les camarades de Gilberte ceux qu'elle aimait le mieux, Mme Swann me répondit:

—Mais vous devez être plus avancé que moi dans ses confidences, vous qui êtes le grand favori, le grand crack comme disent les Anglais.

Sans doute dans ces coïncidences tellement parfaites, quand la réalité se replie et s'applique sur ce que nous avons si longtemps rêvé, elle nous le cache entièrement, se confond avec lui, comme deux figures égales et superposées qui n'en font plus qu'une, alors qu'au contraire, pour donner à notre joie toute sa signification, nous voudrions garder à tous ces points de notre désir, dans le moment même où nous y touchons—et pour être plus certain que ce soit bien eux—le prestige d'être intangibles. Et la pensée ne peut même pas reconstituer l'état ancien pour le confronter au nouveau, car elle n'a plus le champ libre: la connaissance que nous avons faite, le souvenir des premières minutes inespérées, les propos que nous avons entendus, sont là qui obstruent l'entrée de notre conscience, et commandent beaucoup plus les issues de notre mémoire que celles de notre imagination, ils rétroagissent davantage sur notre passé que nous ne sommes plus maîtres de voir sans tenir compte d'eux, que sur la forme, restée libre, de notre avenir. J'avais pu croire pendant des années qu'aller chez Mme Swann était une vague chimère que je n'atteindrais jamais; après avoir passé un quart d'heure chez elle, c'est le temps où je ne la connaissais pas qui était devenu chimérique et vague comme un possible que la réalisation d'un autre possible a anéanti.

Comment aurais-je encore pu rêver de la salle à manger comme d'un lieu inconcevable, quand je ne pouvais pas faire un mouvement dans mon esprit sans y rencontrer les rayons infrangibles qu'émettait à l'infini derrière lui, jusque dans mon passé le plus ancien, le homard à l'américaine que je venais de manger? Et Swann avait dû voir, pour ce qui le concernait lui-même, se produire quelque chose d'analogue: car cet appartement où il me recevait pouvait être considéré comme le lieu où étaient venus se confondre, et coïncider, non pas seulement l'appartement idéal que mon imagination avait engendré, mais un autre encore, celui que l'amour jaloux de Swann, aussi inventif que mes rêves, lui avait si souvent décrit, cet appartement commun à Odette et à lui qui lui était apparu si inaccessible, tel soir où Odette l'avait ramené avec Forcheville prendre de l'orangeade chez elle; et ce qui était venu s'absorber, pour lui, dans le plan de la salle à manger où nous déjeunions, c'était ce paradis inespéré où jadis il ne pouvait sans trouble imaginer qu'il aurait dit à leur maître d'hôtel ces mêmes mots: «Madame est-elle prête?» que je lui entendais prononcer maintenant avec une légère impatience mêlée de quelque satisfaction d'amour-propre. Pas plus que ne le pouvait sans doute Swann, je n'arrivais à connaître mon bonheur, et quand Gilberte elle-même s'écriait: «Qu'est-ce qui vous aurait dit que la petite fille que vous regardiez, sans lui parler, jouer aux barres serait votre grande amie chez qui vous iriez tous les jours où cela vous plairait», elle parlait d'un changement que j'étais bien obligé de constater du dehors, mais que je ne possédais pas intérieurement, car il se composait de deux états que je ne pouvais, sans qu'ils cessassent d'être distincts l'un de l'autre, réussir à penser à la fois.

Et pourtant cet appartement, parce qu'il avait été si passionnément désiré par la volonté de Swann, devait conserver pour lui quelque douceur, si j'en jugeais par moi pour qui il n'avait pas perdu tout mystère. Ce charme singulier dans lequel j'avais pendant si longtemps supposé que baignait la vie des Swann, je ne l'avais pas entièrement chassé de leur maison en y pénétrant; je l'avais fait reculer, dompté qu'il était par cet étranger, ce paria que j'avais été et à qui Mlle Swann avançait maintenant gracieusement pour qu'il y prît place, un fauteuil délicieux, hostile et scandalisé; mais tout autour de moi, ce charme, dans mon souvenir, je le perçois encore. Est-ce parce que, ces jours où M. et Mme Swann m'invitaient à déjeuner, pour sortir ensuite avec eux et Gilberte, j'imprimais avec mon regard—pendant que j'attendais seul—sur le tapis, sur les bergères, sur les consoles, sur les paravents, sur les tableaux, l'idée gravée en moi que Mme Swann, ou son mari, ou Gilberte allaient entrer? Est-ce parce que ces choses ont vécu depuis dans ma mémoire à côté des Swann et ont fini par prendre quelque chose d'eux? Est-ce parce que sachant qu'ils passaient leur existence au milieu d'elles, je faisais de toutes comme les emblèmes de leur vie particulière, de leurs habitudes dont j'avais été trop longtemps exclu pour qu'elles ne continuassent pas à me sembler étrangères même quand on me fit la faveur de m'y mêler? Toujours est-il que chaque fois que je pense à ce salon que Swann (sans que cette critique impliquât de sa part l'intention de contrarier en rien les goûts de sa femme), trouvait si disparate—parce que tout conçu qu'il était encore dans le goût moitié serre, moitié atelier qui était celui de l'appartement où il avait connu Odette, elle avait pourtant commencé à remplacer dans ce fouillis nombre des objets chinois qu'elle trouvait maintenant un peu «toc», bien «à côté», par une foule de petits meubles tendus de vieilles soies Louis XIV (sans compter les chefs-d'oeuvre apportés par Swann de l'hôtel du quai d'Orléans)—il a au contraire dans mon souvenir, ce salon composite, une cohésion, une unité, un charme individuel que n'ont jamais même les ensembles les plus intacts que le passé nous ait légués, ni les plus vivants où se marque l'empreinte d'une personne; car nous seuls pouvons, par la croyance qu'elles ont une existence à elles, donner à certaines choses que nous voyons une âme qu'elles gardent ensuite et qu'elles développent en nous.

Toutes les idées que je m'étais faites des heures, différentes de celles qui existent pour les autres hommes, que passaient les Swann dans cet appartement qui était pour le temps quotidien de leur vie ce que le corps est pour l'âme, et qui devait en exprimer la singularité, toutes ces idées étaient réparties, amalgamées—partout également troublantes et indéfinissables—dans la place des meubles, dans l'épaisseur des tapis, dans l'orientation des fenêtres, dans le service des domestiques. Quand, après le déjeuner, nous allions, au soleil, prendre le café, dans la grande baie du salon, tandis que Mme Swann me demandait combien je voulais de morceaux de sucre dans mon café, ce n'était pas seulement le tabouret de soie qu'elle poussait vers moi qui dégageait avec le charme douloureux que j'avais perçu autrefois—sous l'épine rose, puis à côté du massif de lauriers—dans le nom de Gilberte, l'hostilité que m'avaient témoignée ses parents et que ce petit meuble semblait avoir si bien sue et partagée que je ne me sentais pas digne, et que je me trouvais un peu lâche d'imposer mes pieds à son capitonnage sans défense; une âme personnelle le reliait secrètement à la lumière de deux heures de l'après-midi, différente de ce qu'elle était partout ailleurs dans le golfe où elle faisait jouer à nos pieds ses flots d'or parmi lesquels les canapés bleuâtres et les vaporeuses tapisseries émergeaient comme des îles enchantées; et il n'était pas jusqu'au tableau de Rubens accroché au-dessus de la cheminée qui ne possédât lui aussi le même genre et presque la même puissance de charme que les bottines à lacets de M. Swann et ce manteau à pèlerine dont j'avais tant désiré porter le pareil et que maintenant Odette demandait à son mari de remplacer par un autre, pour être plus élégant, quand je leur faisais l'honneur de sortir avec eux.

Elle allait s'habiller elle aussi, bien que j'eusse protesté qu'aucune robe «de ville» ne vaudrait à beaucoup près la merveilleuse robe de chambre de crêpe de Chine ou de soie, vieux rose, cerise, rose Tiepolo, blanche, mauve, verte, rouge, jaune unie ou à dessins, dans laquelle Mme Swann avait déjeuné et qu'elle allait ôter. Quand je disais qu'elle aurait dû sortir ainsi, elle riait, par moquerie de mon ignorance ou plaisir de mon compliment. Elle s'excusait de posséder tant de peignoirs parce qu'elle prétendait qu'il n'y avait que là-dedans qu'elle se sentait bien et elle nous quittait pour aller mettre une de ces toilettes souveraines qui s'imposaient à tous, et entre lesquelles pourtant j'étais parfois appelé à choisir celle que je préférais qu'elle revêtit.

Au Jardin d'Acclimatation, que j'étais fier quand nous étions descendus de voiture de m'avancer à côté de Mme Swann! Tandis que dans sa démarche nonchalante elle laissait flotter son manteau, je jetais sur elle des regards d'admiration auxquels elle répondait coquettement par un long sourire. Maintenant si nous rencontrions l'un ou l'autre des camarades, fille ou garçon, de Gilberte, qui nous saluait de loin, j'étais à mon tour regardé par eux comme un de ces êtres que j'avais enviés, un de ces amis de Gilberte qui connaissaient sa famille et étaient mêlés à l'autre partie de sa vie, celle qui ne se passait pas aux Champs-Élysées.

Souvent dans les allées du Bois ou du Jardin d'Acclimatation nous croisions, nous étions salués par telle ou telle grande dame amie des Swann, qu'il lui arrivait de ne pas voir et que lui signalait sa femme. «Charles, vous ne voyez pas Mme de Montmorency?» et Swann, avec le sourire amical dû à une longue familiarité se découvrait pourtant largement avec une élégance qui n'était qu'à lui. Quelquefois la dame s'arrêtait, heureuse de faire à Mme Swann une politesse qui ne tirait pas à conséquence et de laquelle on savait qu'elle ne chercherait pas à profiter ensuite, tant Swann l'avait habituée à rester sur la réserve. Elle n'en avait pas moins pris toutes les manières du monde, et si élégante et noble de port que fût la dame, Mme Swann l'égalait toujours en cela; arrêtée un moment auprès de l'amie que son mari venait de rencontrer, elle nous présentait avec tant d'aisance, Gilberte et moi, gardait tant de liberté et de calme dans son amabilité, qu'il eût été difficile de dire de la femme de Swann ou de l'aristocratique passante, laquelle des deux était la grande dame. Le jour où nous étions allés voir les Cynghalais, comme nous revenions, nous aperçûmes, venant dans notre direction et suivie de deux autres qui semblaient l'escorter, une dame âgée, mais encore belle, enveloppée dans un manteau sombre et coiffée d'une petite capote attachée sous le cou par deux brides. «Ah! voilà quelqu'un qui va vous intéresser», me dit Swann. La vieille dame, maintenant à trois pas de nous souriait avec une douceur caressante.

Swann se découvrit, Mme Swann s'abaissa en une révérence et voulut baiser la main de la dame pareille à un portrait de Winterhalter qui la releva et l'embrassa. «Voyons, voulez-vous mettre votre chapeau, vous», dit-elle à Swann, d'une grosse voix un peu maussade, en amie familière. «Je vais vous présenter à Son Altesse Impériale», me dit Mme Swann. Swann m'attira un moment à l'écart pendant que Mme Swann causait du beau temps et des animaux nouvellement arrivés au Jardin d'Acclimatation, avec l'Altesse. «C'est la princesse

Mathilde, me dit-il, vous savez, l'amie de Flaubert, de Sainte-Beuve, de Dumas. Songez, c'est la nièce de Napoléon 1er! Elle a été demandée en mariage par Napoléon III et par l'empereur de Russie.

Ce n'est pas intéressant? Parlez-lui un peu. Mais je voudrais qu'elle ne nous fît pas rester une heure sur nos jambes.» «J'ai rencontré Taine qui m'a dit que la Princesse était brouillée avec lui, dit Swann.—Il s'est conduit comme un cauchon, dit-elle d'une voix rude et en prononçant le mot comme si ç'avait été le nom de l'évêque contemporain de Jeanne d'Arc. Après l'article qu'il a écrit sur l'Empereur je lui ai laissé une carte avec P.P.C.» J'éprouvais la surprise qu'on a en ouvrant la correspondance de la duchesse d'Orléans, née princesse Palatine. Et, en effet, la princesse Mathilde, animée de sentiments si français, les éprouvait avec une honnête rudesse comme en avait l'Allemagne d'autrefois et qu'elle avait hérités sans doute de sa mère wurtemburgeoise. Sa franchise un peu fruste et presque masculine, elle l'adoucissait, dès qu'elle souriait, de langueur italienne. Et le tout était enveloppé dans une toilette tellement second empire que bien que la princesse la portât seulement sans doute par attachement aux modes qu'elle avait aimées, elle semblait avoir eu l'intention de ne pas commettre une faute de couleur historique et de répondre à l'attente de ceux qui attendaient d'elle l'évocation d'une autre époque. Je soufflai à Swann de lui demander si elle avait connu Musset. «Très peu, Monsieur, répondit-elle d'un air qui faisait semblant d'être fâché, et, en effet, c'était par plaisanterie qu'elle disait Monsieur à Swann, étant fort intime avec lui. Je l'ai eu une fois à dîner. Je l'avais invité pour sept heures.

A sept heures et demie, comme il n'était pas là, nous nous mîmes à table. Il arriva à huit heures, me salua, s'assied, ne desserre pas les dents, part après le dîner sans que j'aie entendu le son de sa voix. Il était ivre-mort. Cela ne m'a pas beaucoup encouragée à recommencer.» Nous étions un peu à l'écart, Swann et moi. «J'espère que cette petite séance ne va pas se prolonger, me dit-il, j'ai mal à la plante des pieds. Aussi je ne sais pas pourquoi ma femme alimente la conversation. Après cela c'est elle qui se plaindra d'être fatiguée et moi je ne peux plus supporter ces stations debout.» Mme Swann en effet, qui tenait le renseignement de Mme Bontemps, était en train de dire à la princesse que le gouvernement comprenant enfin sa goujaterie, avait décidé de lui envoyer une invitation pour assister dans les tribunes à la visite que le tsar Nicolas devait faire le surlendemain aux Invalides. Mais la princesse qui malgré les apparences, malgré le genre de son entourage composé surtout d'artistes et d'hommes de lettres était restée au fond et chaque fois qu'elle avait à agir, nièce de Napoléon: «Oui, Madame, je l'ai reçue ce matin et je l'ai renvoyée au ministre qui doit l'avoir à l'heure qu'il est.

Je lui ai dit que je n'avais pas besoin d'invitation pour aller aux Invalides. Si le gouvernement désire que j'y aille, ce ne sera pas dans une tribune, mais dans notre caveau, où est le tombeau de l'empereur. Je n'ai pas besoin de cartes pour cela. J'ai mes clefs. J'entre comme je veux. Le gouvernement n'a qu'à me faire savoir s'il désire que je vienne ou non. Mais si j'y vais, ce sera là ou pas du tout.» A ce moment nous fûmes salués, Mme Swann et moi, par un jeune homme qui lui dit bonjour sans s'arrêter et que je ne savais pas qu'elle connût: Bloch. Sur une question que je lui posai, Mme Swann me dit qu'il lui avait été présenté par Mme Bontemps, qu'il était attaché au Cabinet du ministre, ce que j'ignorais.

Du reste, elle ne devait pas l'avoir vu souvent—ou bien elle n'avait pas voulu citer le nom, trouvé peut-être par elle, peu «chic», de Bloch—car elle dit qu'il s'appelait M. Moreul. Je lui assurai qu'elle confondait, qu'il s'appelait Bloch. La princesse redressa une traîne qui se déroulait derrière elle et que Mme Swann regardait avec admiration. «C'est justement une fourrure que l'empereur de Russie m'avait envoyée, dit la princesse et comme j'ai été le voir tantôt, je l'ai mise pour lui montrer que cela avait pu s'arranger en manteau.—Il paraît que le prince Louis s'est engagé dans l'armée russe, la princesse va être désolée de ne plus l'avoir près d'elle, dit Mme Swann qui ne voyait pas les signes d'impatience de son mari.—Il avait bien besoin de cela! Comme je lui ai dit: Ce n'est pas une raison parce que tu as eu un militaire dans ta famille», répondit la Princesse, faisant avec cette brusque simplicité, allusion à Napoléon 1er. Swann ne tenait plus en place. «Madame, c'est moi qui vais faire l'Altesse et vous demander la permission de prendre congé, mais ma femme a été très souffrante et je ne veux pas qu'elle reste davantage immobile.» Mme Swann refit la révérence et la princesse eut pour nous tous un divin sourire qu'elle sembla amener du passé, des grâces de sa jeunesse, des soirées de Compiègne et qui coula intact et doux sur le visage tout à l'heure grognon, puis elle s'éloigna suivie des deux dames d'honneur qui n'avaient fait, à la façon d'interprètes, de bonnes d'enfants, ou de gardes-malades, que ponctuer notre conversation de phrases insignifiantes et d'explications inutiles. «Vous devriez aller écrire votre nom chez elle, un jour de cette semaine, me dit Mme Swann; on ne corne pas de bristol à toutes ces *royalties*, comme disent les Anglais, mais elle vous invitera si vous vous faites inscrire.»

Parfois dans ces derniers jours d'hiver, nous entrions avant d'aller nous promener dans quelqu'une des petites expositions qui s'ouvraient alors et où Swann, collectionneur de marque, était salué avec une particulière déférence par les marchands de tableaux chez qui elles avaient lieu. Et par ces temps encore froids, mes anciens désirs de partir pour le Midi et Venise étaient réveillés par ces salles où un printemps déjà avancé et un soleil ardent mettaient des reflets violacés sur les Alpilles roses et donnaient la transparence foncée de l'émeraude au Grand Canal. S'il faisait mauvais nous allions au concert ou au théâtre et goûter ensuite dans un «Thé». Dès que Mme Swann voulait me dire quelque chose qu'elle désirait que les personnes des tables voisines ou même les garçons qui servaient ne comprissent pas, elle me le disait en anglais comme si c'eût été un langage connu de nous deux seulement. Or tout le monde savait l'anglais, moi seul je ne l'avais pas encore appris et étais obligé de le dire à Mme Swann pour qu'elle cessât de faire sur les personnes qui buvaient le thé ou sur celles qui l'apportaient, des réflexions que je devinais désobligeantes sans que j'en comprisse, ni que l'individu visé en perdît un seul mot.

Une fois à propos d'une matinée théâtrale, Gilberte me causa un étonnement profond. C'était justement le jour dont elle m'avait parlé d'avance et où tombait l'anniversaire de la mort de son grand-père. Nous devions elle et moi, aller entendre avec son institutrice, les fragments d'un opéra et Gilberte s'était habillée dans l'intention de se rendre à cette exécution musicale, gardant l'air d'indifférence qu'elle avait l'habitude de montrer pour la chose que nous devions faire, disant que ce pouvait être n'importe quoi pourvu que cela me plût et fût agréable à ses parents. Avant le déjeuner, sa mère nous prit à part pour lui dire que cela ennuyait son père de nous voir aller au concert ce jour-là. Je trouvai que c'était trop naturel. Gilberte resta impassible mais devint pâle d'une colère qu'elle ne put cacher, et ne dit plus un mot. Quand M. Swann revint, sa femme l'emmena à l'autre bout du salon et lui parla à l'oreille. Il appela Gilberte, et la prit à part dans la pièce à côté. On entendit des éclats de voix. Je ne pouvais cependant pas croire que Gilberte, si soumise, si tendre, si sage, résistât à la demande de son père, un jour pareil et pour une cause si insignifiante. Enfin Swann sortit en lui disant:

—Tu sais ce que je t'ai dit. Maintenant, fais ce que tu voudras.

La figure de Gilberte resta contractée pendant tout le déjeuner, après lequel nous allâmes dans sa chambre. Puis tout d'un coup, sans une hésitation et comme si elle n'en avait eue à aucun moment: «Deux heures! s'écria-t-elle, mais vous savez que le concert commence à deux heures et demie.» Et elle dit à son institutrice de se dépêcher.

—Mais, lui dis-je, est-ce que cela n'ennuie pas votre père?

—Pas le moins du monde.

—Cependant, il avait peur que cela ne semble bizarre à cause de cet anniversaire.

—Qu'est-ce que cela peut me faire ce que les autres pensent. Je trouve ça grotesque de s'occuper des autres dans les choses de sentiment. On sent pour soi, pas pour le public. Mademoiselle qui a peu de distractions se fait une fête d'aller à ce concert, je ne vais pas l'en priver pour faire plaisir au public.

Elle prit son chapeau.

—Mais Gilberte, lui dis-je en lui prenant le bras, ce n'est pas pour faire plaisir au public, c'est pour faire plaisir à votre père.

—Vous n'allez pas me faire d'observations, j'espère, me cria-t-elle, d'une voix dure et en se dégageant vivement.

Faveur plus précieuse encore que de m'emmener avec eux au Jardin d'Acclimatation ou au concert, les Swann ne m'excluaient même pas de leur amitié avec Bergotte, laquelle avait été à l'origine du charme que je leur avais trouvé quand, avant même de connaître Gilberte, je pensais que son intimité avec le divin vieillard eût fait d'elle pour moi la plus passionnante des amies, si le dédain que je devais lui inspirer ne m'eût pas interdit l'espoir qu'elle m'emmenât jamais avec lui visiter les villes qu'il aimait. Or, un jour, Mme Swann m'invita à un grand déjeuner. Je ne savais pas quels devaient être les convives. En arrivant, je fus, dans le vestibule, déconcerté par un incident qui m'intimida. Mme Swann manquait rarement d'adopter les usages qui passent pour élégants pendant une saison et ne parvenant pas à se maintenir sont bientôt abandonnés (comme beaucoup d'années auparavant elle avait eu son «handsome cab», ou faisait imprimer sur une invitation à déjeuner que c'était «to meet» un personnage plus ou moins important). Souvent ces usages n'avaient rien de mystérieux et n'exigeaient pas d'initiation. C'est ainsi que, mince innovation de ces années-là et importée d'Angleterre, Odette avait fait faire à son mari des cartes où le nom de Charles Swann était précédé de «Mr». Après la première visite que je lui avais faite, Mme Swann avait corné chez moi un de ces «cartons» comme elle disait. Jamais personne ne m'avait déposé de cartes; je ressentis tant de fierté, d'émotion, de reconnaissance, que réunissant tout ce que je possédais d'argent, je commandais une superbe corbeille de camélias et l'envoyai à Mme Swann. Je suppliai mon père d'aller mettre une carte chez elle, mais de s'en faire vite graver d'abord où son nom fût précédé de «Mr». Il n'obéit à aucune de mes deux prières, j'en fus désespéré pendant quelques jours, et me demandai ensuite s'il n'avait pas eu raison.

Mais l'usage du «Mr», s'il était inutile, était clair. Il n'en était pas ainsi d'un autre qui, le jour de ce déjeuner me fut révélé, mais non pourvu de signification. Au moment où j'allais passer de l'antichambre dans le salon, le maître d'hôtel me remit une enveloppe mince et longue sur laquelle mon nom était écrit. Dans ma surprise, je le remerciai, cependant je regardais l'enveloppe. Je ne savais pas plus ce que j'en devais faire qu'un étranger d'un de ces petits instruments que l'on donne aux convives dans les dîners chinois. Je vis qu'elle était fermée, je craignis d'être indiscret en l'ouvrant tout de suite et je la mis dans ma poche d'un air entendu. Mme Swann m'avait écrit quelques jours auparavant de venir déjeuner «en petit comité». Il y avait pourtant seize personnes, parmi lesquelles j'ignorais absolument que se trouvât Bergotte. Mme Swann qui venait de me «nommer» comme elle disait à plusieurs d'entre elles, tout à coup, à la suite de mon nom, de la même façon qu'elle venait de le dire (et comme si nous étions seulement deux invités du déjeuner qui devaient être chacun également contents de connaître l'autre), prononça le nom du doux Chantre aux cheveux blancs. Ce nom de Bergotte me fit tressauter comme le bruit d'un revolver qu'on aurait déchargé sur moi, mais instinctivement pour faire bonne contenance je saluai; devant moi, comme ces prestidigitateurs qu'on aperçoit intacts et en redingote dans la poussière d'un coup de feu d'où s'envole une colombe, mon salut m'était rendu par un homme jeune, rude, petit, râblé et myope, à nez rouge en forme de coquille de colimaçon et à barbiche noire. J'étais mortellement triste, car ce qui venait d'être réduit en poudre, ce n'était pas seulement le langoureux vieillard dont il ne restait plus rien, c'était aussi la beauté d'une oeuvre immense que j'avais pu loger dans l'organisme défaillant et sacré que j'avais comme un temple construit expressément pour elle, mais à laquelle aucune place n'était réservée dans le corps trapu, rempli de vaisseaux, d'os, de ganglions, du petit homme à nez camus et à barbiche noire qui était devant moi. Tout le Bergotte que j'avais lentement et délicatement élaboré moi-même, goutte à goutte, comme une stalactite, avec la transparente beauté de ses livres, ce Bergotte-là se trouvait d'un seul coup ne plus pouvoir être d'aucun usage du moment qu'il fallait conserver le nez en colimaçon et utiliser la barbiche noire; comme n'est plus bonne à rien la solution que nous avions trouvée pour un problème dont nous avions lu incomplètement la donnée et sans tenir compte que le total devait faire un certain chiffre.

Le nez et la barbiche étaient des éléments aussi inéluctables et d'autant plus gênants que, me forçant à rééditer entièrement le personnage de Bergotte, ils semblaient encore impliquer, produire, sécréter incessamment un certain genre d'esprit actif et satisfait de soi, ce qui n'était pas de jeu, car cet esprit-là n'avait rien à voir avec la sorte d'intelligence répandue dans ces livres, si bien connus de moi et que pénétrait une douce et divine sagesse. En partant d'eux, je ne serais jamais arrivé à ce nez en colimaçon; mais en partant de ce nez qui n'avait pas l'air de s'en inquiéter, faisait cavalier seul et «fantaisie», j'allais dans une tout autre direction que l'oeuvre de Bergotte, j'aboutirais, semblait-il à quelque mentalité d'ingénieur pressé, de la sorte de ceux qui quand on les salue croient comme il faut de dire: «Merci et vous» avant qu'on leur ait demandé de leurs nouvelles et si on leur déclare qu'on a été enchanté de faire leur connaissance, répondent par une abréviation qu'ils se figurent bien portée, intelligente et moderne en ce qu'elle évite de perdre en de vaines formules un temps précieux: «Également».

Sans doute, les noms sont des dessinateurs fantaisistes, nous donnant des gens et des pays des croquis si peu ressemblants que nous éprouvons souvent une sorte de stupeur quand nous avons devant nous, au lieu du monde imaginé, le monde visible (qui d'ailleurs, n'est pas le monde vrai, nos sens ne possédant pas beaucoup plus le don de la ressemblance que l'imagination, si bien que les dessins enfin approximatifs qu'on peut obtenir de la réalité sont au moins aussi différents du monde vu que celui-ci l'était du monde imaginé). Mais pour Bergotte la gêne du nom préalable n'était rien auprès de celle que me causait l'oeuvre connue, à laquelle j'étais obligé d'attacher, comme après un ballon, l'homme à barbiche sans savoir si elle garderait la force de s'élever. Il semblait bien pourtant que ce fût lui qui eût écrit les livres que j'avais tant aimés, car Mme Swann ayant cru devoir lui dire mon goût pour l'un d'eux, il ne montra nul étonnement qu'elle en eût fait part à lui plutôt qu'à un autre convive, et ne sembla pas voir là l'effet d'une méprise; mais, emplissant la redingote qu'il avait mise en l'honneur de tous ces invités, d'un corps avide du déjeuner prochain, ayant son attention occupée d'autres réalités importantes, ce ne fut que comme à un épisode révolu de sa vie antérieure, et comme si on avait fait allusion à un costume du duc de Guise qu'il eût mis une certaine année à un bal costumé, qu'il sourit en se reportant à l'idée de ses livres, lesquels aussitôt déclinèrent pour moi (entraînant dans leur chute toute la valeur du Beau, de l'univers, de la vie) jusqu'à n'avoir été que quelque médiocre divertissement d'homme à barbiche. Je me disais qu'il avait dû s'y appliquer, mais que s'il avait vécu dans une île entourée par des bancs d'huîtres perlières, il se fût à la place livré avec succès au commerce des perles. Son oeuvre ne me semblait plus aussi inévitable. Et alors je me demandais si l'originalité prouve vraiment que les grands écrivains soient des Dieux régnant chacun dans un royaume qui n'est qu'à lui, ou bien s'il n'y a pas dans tout cela un peu de feinte, si les différences entre les oeuvres ne seraient pas le résultat du travail, plutôt que l'expression d'une différence radicale d'essence entre les diverses personnalités.

Cependant on était passé à table. A côté de mon assiette je trouvai un oeillet dont la tige était enveloppée dans du papier d'argent. Il m'embarrassa moins que n'avait fait l'enveloppe remise dans l'antichambre et que j'avais complètement oubliée. L'usage, pourtant aussi nouveau pour moi, me parut plus intelligible quand je vis tous les convives masculins s'emparer d'un oeillet semblable qui accompagnait leur couvert et l'introduire dans la boutonnière de leur redingote. Je fis comme eux avec cet air naturel d'un libre penseur dans une église, lequel ne connaît pas la messe, mais se lève quand tout le monde se lève et se met à genoux un peu après que tout le monde s'est mis à genoux. Un autre usage inconnu et moins éphémère me déplut davantage. De l'autre côté de mon assiette il y en avait une plus petite remplie d'une matière noirâtre que je ne savais pas être du caviar. J'étais ignorant de ce qu'il fallait en faire, mais résolu à n'en pas manger.

Bergotte n'était pas placé loin de moi, j'entendais parfaitement ses paroles. Je compris alors l'impression de M. de Norpois. Il avait en effet un organe bizarre; rien n'altère autant les qualités matérielles de la voix que de contenir de la pensée: la sonorité des diphtongues, l'énergie des labiales, en sont influencées. La diction l'est aussi. La sienne me semblait entièrement différente de sa manière d'écrire et même les choses qu'il disait de celles qui remplissent ses ouvrages. Mais la voix sort d'un masque sous lequel elle ne suffit pas à nous faire reconnaître d'abord un visage que nous avons vu à découvert dans le style. Dans certains passages de la conversation où Bergotte avait l'habitude de se mettre à parler d'une façon qui ne paraissait pas affectée et déplaisante qu'à M. de Norpois, j'ai été long à découvrir une exacte correspondance avec les parties de ses livres où sa forme devenait si poétique et musicale. Alors il voyait dans ce qu'il disait une beauté plastique indépendante de la signification des phrases, et comme la parole humaine est en rapport avec l'âme, mais sans l'exprimer comme fait le style, Bergotte avait l'air de parler presque à contre-sens, psalmodiant certains mots et, s'il poursuivait au-dessous d'eux une seule image, les filant sans intervalle comme un même son, avec une fatigante monotonie. De sorte qu'un débit prétentieux, emphatique et monotone était le signe de la qualité esthétique de ses propos, et l'effet, dans sa conversation, de ce même pouvoir qui produisait dans ses livres la suite des images et l'harmonie. J'avais eu d'autant plus de peine à m'en apercevoir d'abord que ce qu'il disait à ces moments-là, précisément parce que c'était vraiment de Bergotte n'avait pas l'air d'être du Bergotte. C'était un foisonnement d'idées précises, non incluses dans ce «genre Bergotte» que beaucoup de chroniqueurs s'étaient approprié; et cette dissemblance était probablement—vue d'une façon trouble à travers la conversation, comme une image derrière un verre fumé—un autre aspect de ce fait que quand on lisait une page de Bergotte, elle n'était jamais ce qu'aurait écrit n'importe lequel de ces plats imitateurs qui pourtant, dans le journal et dans le livre, ornaient leur prose de tant d'images et de pensées «à la Bergotte».

Cette différence dans le style venait de ce que «le Bergotte» était avant tout quelque élément précieux et vrai, caché au coeur de quelque chose, puis extrait d'elle par ce grand écrivain grâce à son génie, extraction qui était le but du doux Chantre et non pas de faire du Bergotte. A vrai dire il en faisait malgré lui puisqu'il était Bergotte, et qu'en ce sens chaque nouvelle beauté de son oeuvre était la petite quantité de Bergotte enfouie dans une chose et qu'il en avait tirée. Mais si par là chacune de ces beautés était apparentée avec les autres et reconnaissable, elle restait cependant particulière, comme la découverte qui l'avait mise à jour; nouvelle, par conséquent différente de ce qu'on appelait le genre Bergotte qui était une vague synthèse des Bergotte déjà trouvés et rédigés par lui, lesquels ne permettaient nullement à des hommes sans génie d'augurer ce qu'il découvrirait ailleurs. Il en est ainsi pour tous les grands écrivains, la beauté de leurs phrases est imprévisible, comme est celle d'une femme qu'on ne connaît pas encore; elle est création puisqu'elle s'applique à un objet extérieur auquel ils pensent—et non à soi—et qu'ils n'ont pas encore exprimé. Un auteur de mémoires d'aujourd'hui, voulant sans trop en avoir l'air, faire du Saint-Simon, pourra à la rigueur écrire la première ligne du portrait de Villars: «C'était un assez grand homme brun... avec une physionomie vive, ouverte, sortante», mais quel déterminisme pourra lui faire trouver la seconde ligne qui commence par: «et véritablement un peu folle». La vraie variété est dans cette plénitude d'éléments réels et inattendus, dans le rameau chargé de fleurs bleues qui s'élance, contre toute attente, de la haie printanière qui semblait déjà comble, tandis que l'imitation purement formelle de la variété (et on pourrait raisonner de même pour toutes les autres qualités du style) n'est que vide et uniformité, c'est-à-dire ce qui est le plus opposé à la variété, et ne peut chez les imitateurs en donner l'illusion et en rappeler le souvenir que pour celui qui ne l'a pas comprise chez les maîtres.

Aussi—de même que la diction de Bergotte eût sans doute charmé si lui-même n'avait été que quelque amateur récitant du prétendu Bergotte, au lieu qu'elle était liée à la pensée de Bergotte en travail et en action par des rapports vitaux que l'oreille ne dégageait pas immédiatement—de même c'était parce que Bergotte appliquait cette pensée avec précision à la réalité qui lui plaisait que son langage avait quelque chose de positif, de trop nourrissant, qui décevait ceux qui s'attendaient à l'entendre parler seulement de «l'éternel torrent des apparences» et des «mystérieux frissons de la beauté». Enfin la qualité toujours rare et neuve de ce qu'il écrivait se traduisait dans sa conversation par une façon si subtile d'aborder une question, en négligeant tous ses aspects déjà connus, qu'il avait l'air de la prendre par un petit côté, d'être dans le faux, de faire du paradoxe, et qu'ainsi ses idées semblaient le plus souvent confuses, chacun appelant idées claires celles qui sont au même degré de confusion que les siennes propres. D'ailleurs toute nouveauté ayant pour condition l'élimination préalable du poncif auquel nous étions habitués et qui nous semblait la réalité même, toute conversation neuve, aussi bien que toute peinture, toute musique originales, paraîtra toujours alambiquée et fatigante.

Elle repose sur des figures auxquelles nous ne sommes pas accoutumés, le causeur nous paraît ne parler que par métaphores, ce qui lasse et donne l'impression d'un manque de vérité. (Au fond les anciennes formes de langage avaient été elles aussi autrefois des images difficiles à suivre quand l'auditeur ne connaissait pas encore l'univers qu'elles peignaient. Mais depuis longtemps on se figure que c'était l'univers réel, on se repose sur lui.) Aussi quand Bergotte, ce qui semble pourtant bien simple aujourd'hui, disait de Cottard que c'était un ludion qui cherchait son équilibre, et de Brichot que «plus encore qu'à Mme Swann le soin de sa coiffure lui donnait de la peine parce que doublement préoccupé de son profil et de sa réputation, il fallait à tout moment que l'ordonnance de la chevelure lui donnât l'air à la fois d'un lion et d'un philosophe», on éprouvait vite de la fatigue et on eût voulu reprendre pied sur quelque chose de plus concret, disait-on, pour signifier de plus habituel. Les paroles méconnaissables sorties du masque que j'avais sous les yeux c'était bien à l'écrivain que j'admirais qu'il fallait les rapporter, elles n'auraient pas su s'insérer dans ses livres à la façon d'un puzzle qui s'encadre entre d'autres, elles étaient dans un autre plan et nécessitaient une transposition moyennant laquelle un jour que je me répétais des phrases que j'avais entendu dire à Bergotte, j'y retrouvai toute l'armature de son style écrit, dont je pus reconnaître et nommer les différentes pièces dans ce discours parlé qui m'avait paru si différent.

A un point de vue plus accessoire, la façon spéciale, un peu trop minutieuse et intense, qu'il avait de prononcer certains mots, certains adjectifs qui revenaient souvent dans sa conversation et qu'il ne disait pas sans une certaine emphase, faisant ressortir toutes leurs syllabes et chanter la dernière (comme pour le mot «visage» qu'il substituait toujours au mot «figure» et à qui il ajoutait un grand nombre de v, d's, de g, qui semblaient tous exploser de sa main ouverte à ces moments) correspondait exactement à la belle place où dans sa prose il mettait ces mots aimés en lumière, précédés d'une sorte de marge et composés de telle façon dans le nombre total de la phrase, qu'on était obligé, sous peine de faire une faute de mesure, d'y faire compter toute leur «quantité». Pourtant, on ne retrouvait pas dans le langage de Bergotte certain éclairage qui dans ses livres comme dans ceux de quelques autres auteurs, modifie souvent dans la phrase écrite l'apparence des mots. C'est sans doute qu'il vient de grandes profondeurs et n'amène pas ses rayons jusqu'à nos paroles dans les heures où, ouverts aux autres par la conversation, nous sommes dans une certaine mesure fermés à nous-même. A cet égard il y avait plus d'intonations, plus d'accent, dans ses livres que dans ses propos; accent indépendant de la beauté du style, que l'auteur lui-même n'a pas perçu sans doute, car il n'est pas séparable de sa personnalité la plus intime. C'est cet accent qui aux moments où, dans ses livres, Bergotte était entièrement naturel, rythmait les mots souvent alors fort insignifiants qu'il écrivait. Cet accent n'est pas noté dans le texte, rien ne l'y indique et pourtant il s'ajoute de lui-même aux phrases, on ne peut pas les dire autrement, il est ce qu'il y avait de plus éphémère et pourtant de plus profond chez l'écrivain et c'est cela qui portera témoignage sur sa nature, qui dira si malgré toutes les duretés qu'il a exprimées il était doux, malgré toutes les sensualités, sentimental.

Certaines particularités d'élocution qui existaient à l'état de faibles traces dans la conversation de Bergotte ne lui appartenaient pas en propre, car quand j'ai connu plus tard ses frères et ses soeurs, je les ai retrouvées chez eux bien plus accentuées. C'était quelque chose de brusque et de rauque dans les derniers mots d'une phrase gaie, quelque chose d'affaibli et d'expirant à la fin d'une phrase triste. Swann, qui avait connu le Maître quand il était enfant, m'a dit qu'alors on entendait chez lui, tout autant que chez ses frères et soeurs ces inflexions en quelque sorte familiales, tour à tour cris de violente gaieté, murmures d'une lente mélancolie, et que dans la salle où ils jouaient tous ensemble il faisait sa partie, mieux qu'aucun, dans leurs concerts successivement assourdissants et languides. Si particulier qu'il soit, tout ce bruit qui s'échappe des êtres est fugitif et ne leur survit pas. Mais il n'en fut pas ainsi de la prononciation de la famille Bergotte. Car s'il est difficile de comprendre jamais, même dans les *Maîtres Chanteurs*, comment un artiste peut inventer la musique en écoutant gazouiller les oiseaux, pourtant Bergotte avait transposé et fixé dans sa prose cette façon de traîner sur des mots qui se répètent en clameurs de joie ou qui s'égouttent en tristes soupirs. Il y a dans ses livres telles terminaisons de phrases où l'accumulation des sonorités qui se prolongent, comme aux derniers accords d'une ouverture d'Opéra qui ne peut pas finir et redit plusieurs fois sa suprême cadence avant que le chef d'orchestre pose son bâton, dans lesquelles je retrouvai plus tard un équivalent musical de ces cuivres phonétiques de la famille Bergotte. Mais pour lui, à partir du moment où il les transporta dans ses livres, il cessa inconsciemment d'en user dans son discours. Du jour où il avait commencé d'écrire et, à plus forte raison, plus tard, quand je le connus, sa voix s'en était désorchestrée pour toujours.

Ces jeunes Bergotte—le futur écrivain et ses frères et soeurs—n'étaient sans doute pas supérieurs, au contraire, à des jeunes gens plus fins, plus spirituels qui trouvaient les Bergotte bien bruyants, voire un peu vulgaires, agaçants dans leurs plaisanteries qui caractérisaient le «genre» moitié prétentieux, moitié bêta, de la maison. Mais le génie, même le grand talent, vient moins d'éléments intellectuels et d'affinement social supérieurs à ceux d'autrui, que de la faculté de les transformer, de les transposer. Pour faire chauffer un liquide avec une lampe électrique, il ne s'agit pas d'avoir la plus forte lampe possible, mais une dont le courant puisse cesser d'éclairer, être dérivé et donner, au lieu de lumière, de la chaleur. Pour se promener dans les airs, il n'est pas nécessaire d'avoir l'automobile la plus puissante, mais une automobile qui ne continuant pas de courir à terre et coupant d'une verticale la ligne qu'elle suivait soit capable de convertir en force ascensionnelle sa vitesse horizontale. De même ceux qui produisent des oeuvres géniales ne sont pas ceux qui vivent dans le milieu le plus délicat, qui ont la conversation la plus brillante, la culture la plus étendue, mais ceux qui ont eu le pouvoir, cessant brusquement de vivre pour eux-mêmes, de rendre leur personnalité pareille à un miroir, de telle sorte que leur vie si médiocre d'ailleurs qu'elle pouvait être mondainement et même, dans un certain sens, intellectuellement parlant, s'y reflète, le génie consistant dans le pouvoir réfléchissant et non dans la qualité intrinsèque du spectacle reflété. Le jour où le jeune Bergotte put montrer au monde de ses lecteurs le salon de mauvais goût où il avait passé son enfance et les causeries pas très drôles qu'il y tenait avec ses frères, ce jour-là il monta plus haut que les amis de sa famille, plus spirituels et plus distingués: ceux-ci dans leurs belles Rolls-Royce pourraient rentrer chez eux en témoignant un peu de mépris pour la vulgarité des Bergotte; mais lui, de son modeste appareil qui venait enfin de «décoller», il les survolait.

C'était, non plus avec des membres de sa famille, mais avec certains écrivains de son temps que d'autres traits de son élocution lui étaient communs. De plus jeunes qui commençaient à le renier et prétendaient n'avoir aucune parenté intellectuelle avec lui, la manifestaient sans le vouloir en employant les mêmes adverbes, les mêmes prépositions qu'il répétait sans cesse, en construisant les phrases de la même manière, en parlant sur le même ton amorti, ralenti, par réaction contre le langage éloquent et facile d'une génération précédente. Peut-être ces jeunes gens—on en verra qui étaient dans ce cas—n'avaient-ils pas connu Bergotte. Mais sa façon de penser, inoculée en eux, y avait développé ces altérations de la syntaxe et de l'accent qui sont en relation nécessaire avec l'originalité intellectuelle. Relation qui demande à être interprétée d'ailleurs. Ainsi Bergotte, s'il ne devait rien à personne dans sa façon d'écrire, tenait sa façon de parler d'un de ses vieux camarades, merveilleux causeur dont il avait subi l'ascendant, qu'il imitait sans le vouloir dans la conversation, mais qui, lui, étant moins doué, n'avait jamais écrit de livres vraiment supérieurs. De sorte que si l'on s'en était tenu à l'originalité du débit, Bergotte eût été étiqueté disciple, écrivain de seconde main, alors que, influencé par son ami dans le domaine de la causerie, il avait été original et créateur comme écrivain. Sans doute encore pour se séparer de la précédente génération, trop amie des abstractions, des grands lieux communs, quand Bergotte voulait dire du bien d'un livre, ce qu'il faisait valoir, ce qu'il citait c'était toujours quelque scène faisant image, quelque tableau sans signification rationnelle. «Ah! si! disait-il, c'est bien! il y a une petite fille en châle orange, ah! c'est bien», ou encore: «Oh! oui il y a un passage où il y a un régiment qui traverse la ville, ah! oui, c'est bien!» Pour le style, il n'était pas tout à fait de son temps (et restait du reste fort exclusivement de son pays, il détestait Tolstoï, Georges Eliot, Ibsen et Dostoïevski) car le mot qui revenait toujours quand il voulait faire l'éloge d'un style, c'était le mot «doux». «Si, j'aime, tout de même mieux le Chateaubriand d'*Atala* que celui de *René*, il me semble que c'est plus doux.» Il disait ce mot-là comme un médecin à qui un malade assure que le lait lui fait mal à l'estomac et qui répond: «C'est pourtant bien doux.» Et il est vrai qu'il y avait dans le style de Bergotte une sorte d'harmonie pareille à celle pour laquelle les anciens donnaient à certains de leurs orateurs des louanges dont nous concevons difficilement la nature, habitués que nous sommes à nos langues modernes où on ne cherche pas ce genre d'effets.

Il disait aussi, avec un sourire timide, de pages de lui pour lesquelles on lui déclarait son admiration: «Je crois que c'est assez vrai, c'est assez exact, cela peut être utile», mais simplement par modestie, comme à une femme à qui on dit que sa robe, ou sa fille, est ravissante, répond, pour la première: «Elle est commode», pour la seconde: «Elle a un bon caractère». Mais l'instinct du constructeur était trop profond chez Bergotte pour qu'il ignorât que la seule preuve qu'il avait bâti utilement et selon la vérité, résidait dans la joie que son oeuvre lui avait donnée, à lui d'abord, et aux autres ensuite. Seulement bien des années plus tard, quand il n'eut plus de talent, chaque fois qu'il écrivit quelque chose dont il n'était pas content, pour ne pas l'effacer comme il aurait dû, pour le publier, il se répéta, à soi-même cette fois: «Malgré tout, c'est assez exact, cela n'est pas inutile à mon pays.» De sorte que la phrase murmurée jadis devant ses admirateurs par une ruse de sa modestie, le fut, à la fin, dans le secret de son coeur, par les inquiétudes de son orgueil. Et les mêmes mots qui avaient servi à Bergotte d'excuse superflue pour la valeur de ses premières oeuvres, lui devinrent comme une inefficace consolation de la médiocrité des dernières.

Une espèce de sévérité de goût qu'il avait, de volonté de n'écrire jamais que des choses dont il pût dire: «C'est doux», et qui l'avait fait passer tant d'années pour un artiste stérile, précieux, ciseleur de riens, était au contraire le secret de sa force, car l'habitude fait aussi bien le style de l'écrivain que le caractère de l'homme et l'auteur qui s'est plusieurs fois contenté d'atteindre dans l'expression de sa pensée à un certain agrément, pose ainsi pour toujours les bornes de son talent, comme en cédant souvent au plaisir, à la paresse, à la peur de souffrir on dessine soi-même, sur un caractère où la retouche finit par n'être plus possible, la figure de ses vices et les limites de sa vertu.

Si, pourtant, malgré tant de correspondances que je perçus dans la suite entre l'écrivain et l'homme, je n'avais pas cru au premier moment, chez Mme Swann, que ce fût Bergotte, que ce fût l'auteur de tant de livres divins qui se trouvât devant moi, peut-être n'avais-je pas eu absolument tort, car lui-même (au vrai sens du mot) ne le «croyait» pas non plus. Il ne le croyait pas puisqu'il montrait un grand empressement envers des gens du monde (sans être d'ailleurs snob), envers des gens de lettres, des journalistes, qui lui étaient bien inférieurs. Certes, maintenant il avait appris par le suffrage des autres qu'il avait du génie, à côté de quoi la situation dans le monde et les positions officielles ne sont rien. Il avait appris qu'il avait du génie, mais il ne le croyait pas puisqu'il continuait à simuler la déférence envers des écrivains médiocres pour arriver à être prochainement académicien, alors que l'Académie ou le faubourg Saint-Germain n'ont pas plus à voir avec la part de l'Esprit éternel laquelle est l'auteur des livres de Bergotte qu'avec le principe de causalité ou l'idée de Dieu. Cela il le savait aussi, comme un kleptomane sait inutilement qu'il est mal de voler. Et l'homme à barbiche et à nez en colimaçon avait des ruses de gentleman voleur de fourchettes, pour se rapprocher du fauteuil académique espéré, de telle duchesse qui disposait de plusieurs voix dans les élections, mais de s'en rapprocher en tâchant qu'aucune personne qui eût estimé que c'était un vice de poursuivre un pareil but, pût voir son manège. Il n'y réussissait qu'à demi, on entendait alterner avec les propos du vrai Bergotte, ceux du Bergotte égoïste, ambitieux et qui ne pensait qu'à parler de tels gens puissants, nobles ou riches, pour se faire valoir, lui qui dans ses livres, quand il était vraiment lui-même avait si bien montré, pur comme celui d'une source, le charme des pauvres.

Quant à ces autres vices auxquels avait fait allusion M. de Norpois, à cet amour à demi incestueux qu'on disait même compliqué d'indélicatesse en matière d'argent, s'ils contredisaient d'une façon choquante la tendance de ses derniers romans, pleins d'un souci si scrupuleux, si douloureux, du bien, que les moindres joies de leurs héros en étaient empoisonnées et que pour le lecteur même il s'en dégageait un sentiment d'angoisse à travers lequel l'existence la plus douce semblait difficile à supporter, ces vices ne prouvaient pas cependant, à supposer qu'on les imputât justement à Bergotte, que sa littérature fût mensongère, et tant de sensibilité, de la comédie. De même qu'en pathologie certains états d'apparence semblable, sont dûs, les uns à un excès, d'autres à une insuffisance de tension, de sécrétion, etc., de même il peut y avoir vice par hypersensibilité comme il y a vice par manque de sensibilité. Peut-être n'est-ce que dans des vies réellement vicieuses que le problème moral peut se poser avec toute sa force d'anxiété. Et à ce problème l'artiste donne une solution non pas dans le plan de sa vie individuelle, mais de ce qui est pour lui sa vraie vie, une solution générale, littéraire.

Comme les grands docteurs de l'Église commencèrent souvent tout en étant bons par connaître les péchés de tous les hommes, et en tirèrent leur sainteté personnelle, souvent les grands artistes tout en étant mauvais se servent de leurs vices pour arriver à concevoir la règle morale de tous. Ce sont les vices (ou seulement les faiblesses et les ridicules) du milieu où ils vivaient, les propos inconséquents, la vie frivole et choquante de leur fille, les trahisons de leur femme ou leurs propres fautes, que les écrivains ont le plus souvent flétries dans leurs diatribes sans changer pour cela le train de leur ménage ou le mauvais ton qui règne dans leur foyer. Mais ce contraste frappait moins autrefois qu'au temps de Bergotte, parce que d'une part, au fur et à mesure que se corrompait la société, les notions de moralité allaient s'épurant, et que d'autre part le public s'était mis au courant plus qu'il n'avait encore fait jusque-là de la vie privée des écrivains; et certains soirs au théâtre on se montrait l'auteur que j'avais tant admiré à Combray, assis au fond d'une loge dont la seule composition semblait un commentaire singulièrement risible ou poignant, un impudent démenti de la thèse qu'il venait de soutenir dans sa dernière oeuvre. Ce n'est pas ce que les uns ou les autres purent me dire qui me renseigna beaucoup sur la bonté ou la méchanceté de Bergotte. Tel de ses proches fournissait des preuves de sa dureté, tel inconnu citait un trait (touchant car il avait été évidemment destiné à rester caché) de sa sensibilité profonde. Il avait agi cruellement avec sa femme. Mais dans une auberge de village où il était venu passer la nuit il était resté pour veiller une pauvresse qui avait tenté de se jeter à l'eau, et quand il avait été obligé de partir il avait laissé beaucoup d'argent à l'aubergiste pour qu'il ne chassât pas cette malheureuse et pour qu'il eût des attentions envers elle. Peut-être, plus le grand écrivain se développa en Bergotte aux dépens de l'homme à barbiche, plus sa vie individuelle se noya dans le flot de toutes les vies qu'il imaginait et ne lui parut plus l'obliger à des devoirs effectifs, lesquels étaient remplacés pour lui par le devoir d'imaginer ces autres vies. Mais en même temps, parce qu'il imaginait les sentiments des autres aussi bien que s'ils avaient été les siens, quand l'occasion faisait qu'il avait à s'adresser à un malheureux, au moins d'une façon passagère, il le faisait en se plaçant non à son point de vue personnel, mais à celui même de l'être qui souffrait, point de vue d'où lui aurait fait horreur le langage de ceux qui continuent à penser à leurs petits intérêts devant la douleur d'autrui. De sorte qu'il a excité autour de lui des rancunes justifiées et des gratitudes ineffaçables.

C'était surtout un homme qui au fond n'aimait vraiment que certaines images et (comme une miniature au fond d'un coffret) que les composer et les peindre sous les mots. Pour un rien qu'on lui avait envoyé, si ce rien lui était l'occasion d'en entrelacer quelques-unes, il se montrait prodigue dans l'expression de sa reconnaissance, alors qu'il n'en témoignait aucune pour un riche présent. Et s'il avait eu à se défendre devant un tribunal, malgré lui il aurait choisi ses paroles non selon l'effet qu'elles pouvaient produire sur le juge mais en vue d'images que le juge n'aurait certainement pas aperçues.

Ce premier jour où je le vis chez les parents de Gilberte, je racontai à Bergotte que j'avais entendu récemment la Berma dans *Phèdre*; il me dit que dans la scène où elle reste le bras levé à la hauteur de l'épaule—précisément une des scènes où on avait tant applaudi—elle avait su évoquer avec un art très noble des chefs-d'oeuvre qu'elle n'avait peut-être d'ailleurs jamais vus, une Hespéride qui fait ce geste sur une métope d'Olympie, et aussi les belles vierges de l'ancien Erechthéion.

—Ce peut être une divination, je me figure pourtant qu'elle va dans les musées. Ce serait intéressant à «repérer» (repérer était une de ces expressions habituelles à Bergotte et que tels jeunes gens qui ne l'avaient jamais rencontré lui avaient prises, parlant comme lui par une sorte de suggestion à distance).

—Vous pensez aux Cariatides? demanda Swann.

—Non, non, dit Bergotte, sauf dans la scène où elle avoue sa passion à OEnone et où elle fait avec la main le mouvement d'Hégéso dans la stèle du Céramique, c'est un art bien plus ancien qu'elle ranime. Je parlais des Koraï de l'ancien Erechthéion, et je reconnais qu'il n'y a peut-être rien qui soit aussi loin de l'art de Racine, mais il y a tant déjà de choses dans *Phèdre*..., une de plus... Oh! et puis, si, elle est bien jolie la petite Phèdre du VIe siècle, la verticalité du bras, la boucle du cheveu qui «fait marbre», si, tout de même, c'est très fort d'avoir trouvé tout ça. Il y a là beaucoup plus d'antiquité que dans bien des livres qu'on appelle cette année «antiques».

Comme Bergotte avait adressé dans un de ses livres une invocation célèbre à ces statues archaïques, les paroles qu'il prononçait en ce moment étaient fort claires pour moi et me donnaient une nouvelle raison de m'intéresser au jeu de la Berma. Je tâchais de la revoir dans mon souvenir, telle qu'elle avait été dans cette scène où je me rappelais qu'elle avait élevé le bras à la hauteur de l'épaule. Et je me disais: «Voilà l'Hespéride d'Olympie; voilà la soeur d'une de ces admirables orantes de l'Acropole; voilà ce que c'est qu'un art noble.» Mais pour que ces pensées pussent m'embellir le geste de la Berma, il aurait fallu que Bergotte me les eût fournies avant la représentation. Alors pendant que cette attitude de l'actrice existait effectivement devant moi, à ce moment où la chose qui a lieu a encore la plénitude de la réalité, j'aurais pu essayer d'en extraire l'idée de sculpture archaïque. Mais de la Berma dans cette scène, ce que je gardais c'était un souvenir qui n'était plus modifiable, mince comme une image dépourvue de ces dessous profonds du présent qui se laissent creuser et d'où l'on peut tirer véridiquement quelque chose de nouveau, une image à laquelle on ne peut imposer rétroactivement une interprétation qui ne serait plus susceptible de vérification, de sanction objective. Pour se mêler à la conversation, Mme Swann me demanda si Gilberte avait pensé à me donner ce que Bergotte avait écrit sur Phèdre. «J'ai une fille si étourdie», ajouta-t-elle. Bergotte eut un sourire de modestie et protesta que c'étaient des pages sans importance. «Mais c'est si ravissant ce petit opuscule, ce petit *tract*, dit Mme Swann pour se montrer bonne maîtresse de maison, pour faire croire qu'elle avait lu la brochure, et aussi parce qu'elle n'aimait pas seulement complimenter Bergotte, mais faire un choix entre les choses qu'il écrivait, le diriger. Et à vrai dire elle l'inspira, d'une autre façon, du reste, qu'elle ne crut. Mais enfin il y a entre ce que fut l'élégance du salon de Mme Swann et tout un côté de l'oeuvre de Bergotte des rapports tels que chacun des deux peut être alternativement, pour les vieillards d'aujourd'hui, un commentaire de l'autre.

Je me laissais aller à raconter mes impressions. Souvent Bergotte ne les trouvait pas justes, mais il me laissait parler. Je lui dis que j'avais aimé cet éclairage vert qu'il y a au moment où Phèdre lève le bras. «Ah! vous feriez très plaisir au décorateur qui est un grand artiste, je le lui raconterai parce qu'il est très fier de cette lumière-là. Moi je dois dire que je ne l'aime pas beaucoup, ça baigne tout dans une espèce de machine glauque, la petite Phèdre là-dedans fait trop branche de corail au fond d'un aquarium. Vous direz que ça fait ressortir le côté cosmique du drame. Ça c'est vrai. Tout de même ce serait mieux pour une pièce qui se passerait chez Neptune. Je sais bien qu'il y a là de la vengeance de Neptune. Mon Dieu je ne demande pas qu'on ne pense qu'à Port-Royal, mais enfin, tout de même ce que Racine a raconté ce ne sont pas les amours des oursins. Mais enfin c'est ce que mon ami a voulu et c'est très fort tout de même et au fond, c'est assez joli. Oui, enfin vous avez aimé ça, vous avez compris, n'est-ce pas, au fond nous pensons de même là-dessus, c'est un peu insensé ce qu'il a fait, n'est-ce pas, mais enfin c'est très intelligent.» Et quand l'avis de Bergotte était ainsi contraire au mien, il ne me réduisait nullement au silence, à l'impossibilité de rien répondre, comme eût fait celui de M. de Norpois. Cela ne prouve pas que les opinions de Bergotte fussent moins valables que celles de l'ambassadeur, au contraire. Une idée forte communique un peu de sa force au contradicteur. Participant à la valeur universelle des esprits, elle s'insère, se greffe en l'esprit de celui qu'elle réfute, au milieu d'idées adjacentes, à l'aide desquelles, reprenant quelque avantage, il la complète, la rectifie; si bien que la sentence finale est en quelque sorte l'oeuvre des deux personnes qui discutaient. C'est aux idées qui ne sont pas, à proprement parler, des idées, aux idées qui ne tenant à rien, ne trouvent aucun point d'appui, aucun rameau fraternel dans l'esprit de l'adversaire, que celui-ci, aux prises avec le pur vide, ne trouve rien à répondre. Les arguments de M. de Norpois (en matière d'art) étaient sans réplique parce qu'ils étaient sans réalité.

Bergotte n'écartant pas mes objections, je lui avouai qu'elles avaient été méprisées par M. de Norpois. «Mais c'est un vieux serin, répondit-il; il vous a donné des coups de bec parce qu'il croit toujours avoir devant lui un échaudé ou une seiche.—Comment! vous connaissez Norpois», me dit Swann.—Oh! il est ennuyeux comme la pluie, interrompit sa femme qui avait grande confiance dans le jugement de Bergotte et craignait sans doute que M. de Norpois ne nous eût dit du mal d'elle. J'ai voulu causer avec lui après le dîner, je ne sais pas si c'est l'âge ou la digestion, mais je l'ai trouvé d'un vaseux. Il semble qu'on aurait eu besoin de le doper!—Oui, n'est-ce pas, dit Bergotte, il est bien obligé de se taire assez souvent pour ne pas épuiser avant la fin de la soirée la provision de sottises qui empèsent le jabot de la chemise et maintiennent le gilet blanc.—Je trouve Bergotte et ma femme bien sévères, dit Swann qui avait pris chez lui «l'emploi» d'homme de bon sens. Je reconnais que Norpois ne peut pas vous intéresser beaucoup, mais à un autre point de vue (car Swann aimait à recueillir les beautés de la «vie»), il est quelqu'un d'assez curieux, d'assez curieux comme «amant». Quand il était secrétaire à Rome, ajouta-t-il, après s'être assuré que Gilberte ne pouvait pas entendre, il avait à Paris une maîtresse dont il était éperdu et il trouvait le moyen de faire le voyage deux fois par semaine pour la voir deux heures. C'était du reste une femme très intelligente et ravissante à ce moment-là, c'est une douairière maintenant. Et il en a eu beaucoup d'autres dans l'intervalle. Moi je serais devenu fou s'il avait fallu que la femme que j'aimais habitât Paris pendant que j'étais retenu à Rome. Pour les gens nerveux il faudrait toujours qu'ils aimassent comme disent les gens du peuple, «au-dessous d'eux» afin qu'une question d'intérêt mît la femme qu'ils aiment à leur discrétion.» A ce moment Swann s'aperçut de l'application que je pouvais faire de cette maxime à lui et à Odette. Et comme même chez les êtres supérieurs, au moment où ils semblent planer avec vous au-dessus de la vie, l'amour-propre reste mesquin, il fut pris d'une grande mauvaise humeur contre moi. Mais cela ne se manifesta que par l'inquiétude de son regard. Il ne me dit rien au moment même. Il ne faut pas trop s'en étonner. Quand Racine, selon un récit d'ailleurs controuvé, mais dont la matière se répète tous les jours dans la vie de Paris, fit allusion à Scarron devant Louis XIV, le plus puissant roi du monde ne dit rien le soir même au poète. Et c'est le lendemain que celui-ci tomba en disgrâce.

Mais comme une théorie désire d'être exprimée entièrement, Swann, après cette minute d'irritation et ayant essuyé le verre de son monocle, compléta sa pensée en ces mots qui devaient plus tard prendre dans mon souvenir la valeur d'un avertissement prophétique et duquel je ne sus pas tenir compte. «Cependant le danger de ce genre d'amours est que la sujétion de la femme calme un moment la jalousie de l'homme mais la rend aussi plus exigeante. Il arrive à faire vivre sa maîtresse comme ces prisonniers qui sont jour et nuit éclairés pour être mieux gardés. Et cela finit généralement par des drames.»

Je revins à M. de Norpois. «Ne vous y fiez pas, il est au contraire très mauvaise langue», dit Mme Swann avec un accent qui me parut d'autant plus signifier que M. de Norpois avait mal parlé d'elle, que Swann regarda sa femme d'un air de réprimande et comme pour l'empêcher d'en dire davantage.

Cependant Gilberte qu'on avait déjà prié deux fois d'aller se préparer pour sortir, restait à nous écouter, entre sa mère et son père, à l'épaule duquel elle était câlinement appuyée. Rien, au premier aspect, ne faisait plus contraste avec Mme Swann qui était brune que cette jeune fille à la chevelure rousse, à la peau dorée. Mais au bout d'un instant on reconnaissait en Gilberte bien des traits—par exemple le nez arrêté avec une brusque et infaillible décision par le sculpteur invisible qui travaille de son ciseau pour plusieurs générations—l'expression, les mouvements de sa mère; pour prendre une comparaison dans un autre art, elle avait l'air d'un portrait peu ressemblant encore de Mme Swann que le peintre par un caprice de coloriste, eût fait poser à demi-déguisée, prête à se rendre à un dîner de «têtes», en vénitienne. Et comme elle n'avait pas qu'une perruque blonde, mais que tout atome sombre avait été expulsé de sa chair laquelle dévêtue de ses voiles bruns semblait plus nue, recouverte seulement des rayons dégagés par un soleil intérieur, le grimage n'était pas que superficiel, mais incarné; Gilberte avait l'air de figurer quelque animal fabuleux, ou de porter un travesti mythologique. Cette peau rousse c'était celle de son père au point que la nature semblait avoir eu, quand Gilberte avait été créée, à résoudre le problème de refaire peu à peu Mme Swann, en n'ayant à sa disposition comme matière que la peau de M. Swann. Et la nature l'avait utilisée parfaitement, comme un maître huchier qui tient à laisser apparents le grain, les noeuds du bois.

Dans la figure de Gilberte, au coin du nez d'Odette parfaitement reproduit, la peau se soulevait pour garder intacts les deux grains de beauté de M. Swann. C'était une nouvelle variété de Mme Swann qui était obtenue là, à côté d'elle, comme un lilas blanc près d'un lilas violet. Il ne faudrait pourtant pas se représenter la ligne de démarcation entre les deux ressemblances comme absolument nette. Par moments, quand Gilberte riait, on distinguait l'ovale de la joue de son père dans la figure de sa mère comme si on les avait mis ensemble pour voir ce que donnerait le mélange; cet ovale se précisait comme un embryon se forme, il s'allongeait obliquement, se gonflait, au bout d'un instant il avait disparu. Dans les yeux de Gilberte il y avait le bon regard franc de son père; c'est celui qu'elle avait eu quand elle m'avait donné la bille d'agate et m'avait dit: «Gardez-la en souvenir de notre amitié.» Mais, posait-on à Gilberte une question sur ce qu'elle avait fait, alors on voyait dans ces mêmes yeux l'embarras, l'incertitude, la dissimulation, la tristesse qu'avait autrefois Odette quand Swann lui demandait où elle était allée, et qu'elle lui faisait une de ces réponses mensongères qui désespéraient l'amant et maintenant lui faisaient brusquement changer la conversation en mari incurieux et prudent. Souvent aux Champs-Élysées, j'étais inquiet en voyant ce regard chez Gilberte. Mais la plupart du temps, c'était à tort. Car chez elle, survivance toute physique de sa mère, ce regard—celui-là du moins—ne correspondait plus à rien. C'est quand elle était allée à son cours, quand elle devait rentrer pour une leçon que les pupilles de Gilberte exécutaient ce mouvement qui jadis en les yeux d'Odette était causé par la peur de révéler qu'elle avait reçu dans la journée un de ses amants ou qu'elle était pressée de se rendre à un rendez-vous. Telles on voyait ces deux natures de M. et de Mme Swann onduler, refluer, empiéter tour à tour l'une sur l'autre, dans le corps de cette Mélusine.

Sans doute on sait bien qu'un enfant tient de son père et de sa mère. Encore la distribution des qualités et des défauts dont il hérite se fait-elle si étrangement que, de deux qualités qui semblaient inséparables chez un des parents, on ne trouve plus que l'une chez l'enfant, et alliée à celui des défauts de l'autre parent qui semblait inconciliable avec elle. Même l'incarnation d'une qualité morale dans un défaut physique incompatible est souvent une des lois de la ressemblance filiale. De deux soeurs, l'une aura, avec la fière stature de son père, l'esprit mesquin de sa mère; l'autre, toute remplie de l'intelligence paternelle, la présentera au monde sous l'aspect qu'a sa mère; le gros nez, le ventre noueux, et jusqu'à la voix sont devenus les vêtements de dons qu'on connaissait sous une apparence superbe. De sorte que de chacune des deux soeurs on peut dire avec autant de raison que c'est elle qui tient le plus de tel de ses parents. Il est vrai que Gilberte était fille unique, mais il y avait, au moins, deux Gilbertes. Les deux natures, de son père et de sa mère, ne faisaient pas que se mêler en elle; elles se la disputaient, et encore ce serait parler inexactement et donnerait à supposer qu'une troisième Gilberte souffrait pendant ce temps là d'être la proie des deux autres. Or, Gilberte était tour à tour l'une et puis l'autre, et à chaque moment rien de plus que l'une, c'est-à-dire incapable, quand elle était moins bonne, d'en souffrir, la meilleure Gilberte ne pouvant alors du fait de son absence momentanée, constater cette déchéance. Aussi la moins bonne des deux était-elle libre de se réjouir de plaisirs peu nobles. Quand l'autre parlait avec le coeur de son père, elle avait des vues larges, on aurait voulu conduire avec elle une belle et bienfaisante entreprise, on le lui disait, mais au moment où l'on allait conclure, le coeur de sa mère avait déjà repris son tour; et c'est lui qui vous répondait; et on était déçu et irrité—presque intrigué comme devant une substitution de personne—par une réflexion mesquine, un ricanement fourbe, où Gilberte se complaisait, car ils sortaient de ce qu'elle-même était à ce moment-là. L'écart était même parfois tellement grand entre les deux Gilberte qu'on se demandait, vainement du reste, ce qu'on avait pu lui faire, pour la retrouver si différente. Le rendez-vous qu'elle vous avait proposé, non seulement elle n'y était pas venue et ne s'excusait pas ensuite, mais, quelle que fût l'influence qui eût pu faire changer sa détermination, elle se montrait si différente ensuite, qu'on aurait cru que, victime d'une ressemblance comme celle qui fait le fond des Ménechmes, on n'était pas devant la personne qui vous avait si gentiment demandé à vous voir, si elle ne nous eût témoigné une mauvaise humeur qui décelait qu'elle se sentait en faute et désirait éviter les explications.

—Allons, va, tu vas nous faire attendre, lui dit sa mère.

—Je suis si bien près de mon petit papa, je veux rester encore un moment, répondit Gilberte en cachant sa tête sous le bras de son père qui passa tendrement les doigts dans la chevelure blonde.

Swann était un de ces hommes qui ayant vécu longtemps dans les illusions de l'amour, ont vu le bien-être qu'ils ont donné à nombre de femmes accroître le bonheur de celles-ci sans créer de leur part aucune reconnaissance, aucune tendresse envers eux; mais dans leur enfant ils croient sentir une affection qui, incarnée dans leur nom même, les fera durer après leur mort. Quand il n'y aurait plus de Charles Swann, il y aurait encore une Mlle Swann, ou une Mme X., née Swann, qui continuerait à aimer le père disparu. Même à l'aimer trop peut-être, pensait sans doute Swann, car il répondit à Gilberte: «Tu es une bonne fille» de ce ton attendri par l'inquiétude que nous inspire pour l'avenir, la tendresse trop passionnée d'un être destiné à nous survivre. Pour dissimuler son émotion, il se mêla à notre conversation sur la Berma. Il me fit remarquer, mais d'un ton détaché, ennuyé, comme s'il voulait rester en quelque sorte en dehors de ce qu'il disait, avec quelle intelligence, quelle justesse imprévue l'actrice disait à OEnone: «Tu le savais!» Il avait raison: cette intonation-là, du moins, avait une valeur vraiment intelligible et aurait pu par là satisfaire à mon désir de trouver des raisons irréfutables d'admirer la Berma. Mais c'est à cause de sa clarté même qu'elle ne le contentait point. L'intonation était si ingénieuse, d'une intention, d'un sens si définis, qu'elle semblait exister en elle-même et que toute artiste intelligente eût pu l'acquérir. C'était une belle idée; mais quiconque la concevrait aussi pleinement la posséderait de même. Il restait à la Berma qu'elle l'avait trouvée, mais peut-on employer ce mot de «trouver», quand il s'agit de quelque chose qui ne serait pas différent si on l'avait reçu, quelque chose qui ne tient pas essentiellement à votre être puisqu'un autre peut ensuite le reproduire?

«Mon Dieu, mais comme votre présence élève le *niveau de la conversation!*» me dit, comme pour s'excuser auprès de Bergotte, Swann qui avait pris dans le milieu Guermantes l'habitude de recevoir les grands artistes comme de bons amis à qui on cherche seulement à faire manger les plats qu'ils aiment, jouer aux jeux ou, à la campagne, se livrer aux sports qui leur plaisent. «Il me semble que nous parlons bien d'*art*», ajouta-t-il.—C'est très bien, j'aime beaucoup ça», dit Mme Swann en me jetant un regard reconnaissant, par bonté et aussi parce qu'elle avait gardé ses anciennes aspirations vers une conversation plus intellectuelle. Ce fut ensuite à d'autres personnes, à Gilberte en particulier que parla Bergotte. J'avais dit à celui-ci tout ce que je ressentais avec une liberté qui m'avait étonné et qui tenait à ce qu'ayant pris avec lui, depuis des années (au cours de tant d'heures de solitude et de lecture, où il n'était pour moi que la meilleure partie de moi-même), l'habitude de la sincérité, de la franchise, de la confiance, il m'intimidait moins qu'une personne avec qui j'aurais causé pour la première fois. Et cependant pour la même raison j'étais fort inquiet de l'impression que j'avais dû produire sur lui, le mépris que j'avais supposé qu'il aurait pour mes idées ne datant pas d'aujourd'hui, mais des temps déjà anciens où j'avais commencé à lire ses livres, dans notre jardin de Combray. J'aurais peut-être dû pourtant me dire que puisque c'était sincèrement, en m'abandonnant à ma pensée, que d'une part j'avais tant sympathisé avec l'oeuvre de Bergotte et que, d'autre part, j'avais éprouvé au théâtre un désappointement dont je ne connaissais pas les raisons, ces deux mouvements instinctifs qui m'avaient entraîné ne devaient pas être si différents l'un de l'autre, mais obéir aux mêmes lois; et que cet esprit de Bergotte, que j'avais aimé dans ses livres, ne devait pas être quelque chose d'entièrement étranger et hostile à ma déception et à mon incapacité de l'exprimer.

Car mon intelligence devait être une, et peut-être même n'en existe-t-il qu'une seule dont tout le monde est co-locataire, une intelligence sur laquelle chacun, du fond de son corps particulier porte ses regards, comme au théâtre, où si chacun a sa place, en revanche, il n'y a qu'une seule scène. Sans doute, les idées que j'avais le goût de chercher à démêler, n'étaient pas celles qu'approfondissait d'ordinaire Bergotte dans ses livres. Mais si c'était la même intelligence que nous avions lui et moi à notre disposition, il devait, en me les entendant exprimer, se les rappeler, les aimer, leur sourire, gardant probablement, malgré ce que je supposais, devant son oeil intérieur, tout une autre partie de l'intelligence que celle dont une découpure avait passé dans ses livres et d'après laquelle j'avais imaginé tout son univers mental. De même que les prêtres, ayant la plus grande expérience du coeur, peuvent le mieux pardonner aux péchés qu'ils ne commettent pas, de même le génie ayant la plus grande expérience de l'intelligence peut le mieux comprendre les idées qui sont le plus opposées à celles qui forment le fond de ses propres oeuvres. J'aurais dû me dire tout cela (qui d'ailleurs n'a rien de très agréable, car la bienveillance des hauts esprits a pour corollaire l'incompréhension et l'hostilité des médiocres; or, on est beaucoup moins heureux de l'amabilité d'un grand écrivain qu'on trouve à la rigueur dans ses livres, qu'on ne souffre de l'hostilité d'une femme qu'on n'a pas choisie pour son intelligence, mais qu'on ne peut s'empêcher d'aimer). J'aurais dû me dire tout cela, mais ne me le disais pas, j'étais persuadé que j'avais paru stupide à Bergotte, quand Gilberte me chuchota à l'oreille:

—Je nage dans la joie, parce que vous avez fait la conquête de mon grand ami Bergotte. Il a dit à maman qu'il vous avait trouvé extrêmement intelligent.

—Où allons-nous? demandai-je à Gilberte.

—Oh! où on voudra, moi, vous savez, aller ici ou là...

Mais depuis l'incident qui avait eu lieu le jour de l'anniversaire de la mort de son grand-père, je me demandais si le caractère de Gilberte n'était pas autre que ce que j'avais cru, si cette indifférence à ce qu'on ferait, cette sagesse, ce calme, cette douce soumission constante, ne cachaient pas au contraire des désirs très passionnés que par amour-propre elle ne voulait pas laisser voir et qu'elle ne révélait que par sa soudaine résistance quand ils étaient par hasard contrariés.

Comme Bergotte habitait dans le même quartier que mes parents, nous partîmes ensemble; en voiture il me parla de ma santé: «Nos amis m'ont dit que vous étiez souffrant. Je vous plains beaucoup. Et puis malgré cela je ne vous plains pas trop, parce que je vois bien que vous devez avoir les plaisirs de l'intelligence et c'est probablement ce qui compte surtout pour vous, comme pour tous ceux qui les connaissent.»

Hélas! ce qu'il disait là, combien je sentais que c'était peu vrai pour moi que tout raisonnement, si élevé qu'il fût, laissait froid, qui n'étais heureux que dans des moments de simple flânerie, quand j'éprouvais du bien-être; je sentais combien ce que je désirais dans la vie était purement matériel, et avec quelle facilité je me serais passé de l'intelligence. Comme je ne distinguais pas entre les plaisirs ceux qui me venaient de sources différentes, plus ou moins profondes et durables, je pensai, au moment de lui répondre, que j'aurais aimé une existence où j'aurais été lié avec la duchesse de Guermantes, et où j'aurais souvent senti comme dans l'ancien bureau d'octroi des Champs-Élysées une fraîcheur qui m'eût rappelé Combray. Or, dans cet idéal de vie que je n'osais lui confier, les plaisirs de l'intelligence ne tenaient aucune place.

—Non, monsieur, les plaisirs de l'intelligence sont bien peu de chose pour moi, ce n'est pas eux que je recherche, je ne sais même pas si je les ai jamais goûtés.

—Vous croyez vraiment, me répondit-il. Eh bien, écoutez, si, tout de même, cela doit être cela que vous aimez le mieux, moi, je me le figure, voilà ce que je crois.

Il ne me persuadait certes pas; pourtant je me sentais plus heureux, moins à l'étroit. A cause de ce que m'avait dit M. de Norpois, j'avais considéré mes moments de rêverie, d'enthousiasme, de confiance en moi, comme purement subjectifs et sans vérité. Or, selon Bergotte qui avait l'air de connaître mon cas, il semblait que le symptôme à négliger c'était au contraire mes doutes, mon dégoût de moi-même. Surtout ce qu'il avait dit de M. de Norpois ôtait beaucoup de sa force à une condamnation que j'avais crue sans appel.

«Etes-vous bien soigné? me demanda Bergotte. Qui est-ce qui s'occupe de votre santé?» Je lui dis que j'avais vu et reverrais sans doute Cottard. «Mais ce n'est pas ce qu'il vous faut! me répondit-il. Je ne le connais pas comme médecin, mais je l'ai vu chez Mme Swann. C'est un imbécile. A supposer que cela n'empêche pas d'être un bon médecin, ce que j'ai peine à croire, cela empêche d'être un bon médecin pour artistes, pour gens intelligents. Les gens comme vous ont besoin de médecins appropriés, je dirais presque de régimes, de médicaments particuliers. Cottard vous ennuiera et rien que l'ennui empêchera son traitement d'être efficace. Et puis ce traitement ne peut pas être le même pour vous que pour un individu quelconque. Les trois quarts du mal des gens intelligents viennent de leur intelligence. Il leur faut au moins un médecin qui connaisse ce mal-là. Comment voulez-vous que Cottard puisse vous soigner, il a prévu la difficulté de digérer les sauces, l'embarras gastrique, mais il n'a pas prévu la lecture de Shakespeare... Aussi ses calculs ne sont plus justes avec vous, l'équilibre est rompu, c'est toujours le petit ludion qui remonte. Il vous trouvera une dilatation de l'estomac, il n'a pas besoin de vous examiner, puisqu'il l'a d'avance dans son oeil. Vous pouvez le voir, elle se reflète dans son lorgnon.» Cette manière de parler me fatiguait beaucoup, je me disais avec la stupidité du bon sens: «Il n'y a pas plus de dilatation de l'estomac reflétée dans le lorgnon du professeur Cottard, que de sottises cachées dans le gilet blanc de M. de Norpois.» «Je vous conseillerais plutôt, poursuivit Bergotte, le docteur du Boulbon, qui est tout à fait intelligent.—C'est un grand admirateur de vos oeuvres», lui répondis-je. Je vis que Bergotte le savait et j'en conclus que les esprits fraternels se rejoignent vite, qu'on a peu de vrais «amis inconnus». Ce que Bergotte me dit au sujet de Cottard me frappa tout en étant contraire à tout ce que je croyais. Je ne m'inquiétais nullement de trouver mon médecin ennuyeux; j'attendais de lui que, grâce à un art dont les lois m'échappaient, il rendît au sujet de ma santé un indiscutable oracle en consultant mes entrailles.

Et je ne tenais pas à ce que, à l'aide d'une intelligence où j'aurais pu le suppléer, il cherchât à comprendre la mienne, que je ne me représentais que comme un moyen indifférent en soi-même de tâcher d'atteindre des vérités extérieures. Je doutais beaucoup que le gens intelligents eussent besoin d'une autre hygiène que les imbéciles et j'étais tout prêt à me soumettre à celle de ces derniers. «Quelqu'un qui aurait besoin d'un bon médecin, c'est notre ami Swann», dit Bergotte. Et comme je demandais s'il était malade. «Hé! bien c'est l'homme qui a épousé une fille, qui avale par jour cinquante couleuvres de femmes qui ne veulent pas recevoir la sienne, ou d'hommes qui ont couché avec elle. On les voit, elles lui tordent la bouche. Regardez un jour le sourcil circonflexe qu'il a quand il rentre, pour voir qui il y a chez lui.» La malveillance avec laquelle Bergotte parlait ainsi à un étranger d'amis chez qui il était reçu depuis si longtemps était aussi nouvelle pour moi que le ton presque tendre que chez les Swann il prenait à tous moments avec eux.

Certes, une personne comme ma grand'tante, par exemple, eût été incapable avec aucun de nous, de ces gentillesses que j'avais entendu Bergotte prodiguer à Swann. Même aux gens qu'elle aimait, elle se plaisait à dire des choses désagréables. Mais hors de leur présence elle n'aurait pas prononcé une parole qu'ils n'eussent pu entendre. Rien, moins que notre société de Combray ne ressemblait au monde. Celle des Swann était déjà un acheminement vers lui, vers ses flots versatiles. Ce n'était pas encore la grande mer, c'était déjà la lagune. «Tout ceci de vous à moi», me dit Bergotte en me quittant devant ma porte. Quelques années plus tard, je lui aurais répondu: «Je ne répète jamais rien.» C'est la phrase rituelle des gens du monde, par laquelle chaque fois le médisant est faussement rassuré. C'est celle que j'aurais déjà ce jour-là adressée à Bergotte car on n'invente pas tout ce qu'on dit, surtout dans les moments où on agit comme personnage social. Mais je ne la connaissais pas encore. D'autre part, celle de ma grand'tante dans une occasion semblable eût été: «Si vous ne voulez pas que ce soit répété, pourquoi le dites-vous?» C'est la réponse des gens insociables, des «mauvaises têtes». Je ne l'étais pas: je m'inclinai en silence.

Des gens de lettres qui étaient pour moi des personnages considérables intriguaient pendant des années avant d'arriver à nouer avec Bergotte des relations qui restaient toujours obscurément littéraires et ne sortaient pas de son cabinet de travail, alors que moi, je venais de m'installer parmi les amis du grand écrivain, d'emblée et tranquillement, comme quelqu'un qui au lieu de faire la queue avec tout le monde pour avoir une mauvaise place, gagne les meilleures, ayant passé par un couloir fermé aux autres. Si Swann me l'avait ainsi ouvert, c'est sans doute parce que comme un roi se trouve naturellement inviter les amis de ses enfants dans la loge royale, sur le yacht royal, de même les parents de Gilberte recevaient les amis de leur fille au milieu des choses précieuses qu'ils possédaient et des intimités plus précieuses encore qui y étaient encadrées. Mais à cette époque je pensai, et peut-être avec raison, que cette amabilité de Swann était indirectement à l'adresse de mes parents. J'avais cru entendre autrefois à Combray qu'il leur avait offert, voyant mon admiration pour Bergotte, de m'emmener dîner chez lui, et que mes parents avaient refusé, disant que j'étais trop jeune et trop nerveux pour «sortir». Sans doute, mes parents représentaient-ils pour certaines personnes, justement celles qui me semblaient le plus merveilleuses, quelque chose de tout autre qu'à moi, de sorte que comme au temps où la dame en rose avait adressé à mon père des éloges dont il s'était montré si peu digne, j'aurais souhaité que mes parents comprissent quel inestimable présent je venais de recevoir et témoignassent leur reconnaissance à ce Swann généreux et courtois qui me l'avait, ou le leur avait, offert, sans avoir plus l'air de s'apercevoir de sa valeur que ne fait dans la fresque de Luini, le charmant roi mage, au nez busqué, aux cheveux blonds, et avec lequel on lui avait trouvé autrefois—paraît-il—une grande ressemblance.

Malheureusement, cette faveur que m'avait faite Swann et que, en rentrant, avant même d'ôter mon pardessus, j'annonçai à mes parents, avec l'espoir qu'elle éveillerait dans leur coeur un sentiment aussi ému que le mien et les déterminerait envers les Swann à quelque «politesse» énorme et décisive, cette faveur ne parut pas très appréciée par eux. «Swann t'a présenté à Bergotte? Excellente connaissance, charmante relation! s'écria ironiquement mon père. Il ne manquait plus que cela!» Hélas, quand j'eus ajouté qu'il ne goûtait pas du tout M. de Norpois:

—Naturellement! reprit-il. Cela prouve bien que c'est un esprit faux et malveillant. Mon pauvre fils tu n'avais pas déjà beaucoup de sens commun, je suis désolé de te voir tombé dans un milieu qui va achever de te détraquer.

Déjà ma simple fréquentation chez les Swann avait été loin d'enchanter mes parents. La présentation à Bergotte leur apparut comme une conséquence néfaste, mais naturelle, d'une première faute, de la faiblesse qu'ils avaient eue et que mon grand-père eût appelée un «manque de circonspection». Je sentis que je n'avais plus pour compléter leur mauvaise humeur qu'à dire que cet homme pervers et qui n'appréciait pas M. de Norpois, m'avait trouvé extrêmement intelligent. Quand mon père, en effet, trouvait qu'une personne, un de mes camarades par exemple, était dans une mauvaise voie—comme moi en ce moment—si celui-là avait alors l'approbation de quelqu'un que mon père n'estimait pas, il voyait dans ce suffrage la confirmation de son fâcheux diagnostic. Le mal ne lui en apparaissait que plus grand. Je l'entendais déjà qui allait s'écrier: «Nécessairement, c'est tout un ensemble!», mot qui m'épouvantait par l'imprécision et l'immensité des réformes dont il semblait annoncer l'imminente introduction dans ma si douce vie. Mais comme, n'eussé-je pas raconté ce que Bergotte avait dit de moi, rien ne pouvait plus quand même effacer l'impression qu'avaient éprouvée mes parents, qu'elle fût encore un peu plus mauvaise n'avait pas grande importance.

D'ailleurs ils me semblaient si injustes, tellement dans l'erreur, que non seulement je n'avais pas l'espoir, mais presque pas le désir de les ramener à une vue plus équitable. Pourtant sentant au moment où les mots sortaient de ma bouche, comme ils allaient être effrayés de penser que j'avais plu à quelqu'un qui trouvait les hommes intelligents bêtes, était l'objet du mépris des honnêtes gens, et duquel la louange en me paraissant enviable m'encourageait au mal, ce fut à voix basse et d'un air un peu honteux que, achevant mon récit, je jetai le bouquet: «Il a dit aux Swann qu'il m'avait trouvé extrêmement intelligent.» Comme un chien empoisonné qui dans un champ se jette sans le savoir sur l'herbe qui est précisément l'antidote de la toxine qu'il a absorbée, je venais sans m'en douter de dire la seule parole qui fût au monde capable de vaincre chez mes parents ce préjugé à l'égard de Bergotte, préjugé contre lequel tous les plus beaux raisonnements que j'aurais pu faire, tous les éloges que je lui aurais décernés, seraient demeurés vains. Au même instant la situation changea de face:

—Ah!... Il a dit qu'il te trouvait intelligent, dit ma mère. Cela me fait plaisir parce que c'est un homme de talent?

—Comment! il a dit cela? reprit mon père... Je ne nie en rien sa valeur littéraire devant laquelle tout le monde s'incline, seulement c'est ennuyeux qu'il ait cette existence peu honorable dont a parlé à mots couverts le père Norpois, ajouta-t-il sans s'apercevoir que devant la vertu souveraine des mots magiques que je venais de prononcer la dépravation des moeurs de Bergotte ne pouvait guère lutter plus longtemps que la fausseté de son jugement.

—Oh! mon ami, interrompit maman, rien ne prouve que ce soit vrai. On dit tant de choses. D'ailleurs, M. de Norpois est tout ce qu'il y a de plus gentil, mais il n'est pas toujours très bienveillant, surtout pour les gens qui ne sont pas de son bord.

—C'est vrai, je l'avais aussi remarqué, répondit mon père.

—Et puis enfin il sera beaucoup pardonné à Bergotte puisqu'il a trouvé mon petit enfant gentil, reprit maman tout en caressant avec ses doigts mes cheveux et en attachant sur moi un long regard rêveur.

Ma mère d'ailleurs n'avait pas attendu ce verdict de Bergotte pour me dire que je pouvais inviter Gilberte à goûter quand j'aurais des amis. Mais je n'osais pas le faire pour deux raisons. La première est que chez Gilberte, on ne servait jamais que du thé. A la maison au contraire, maman tenait à ce qu'à côté du thé il y eût du chocolat. J'avais peur que Gilberte ne trouvât cela commun et n'en conçût un grand mépris pour nous. L'autre raison fut une difficulté de protocole que je ne pus jamais réussir à lever. Quand j'arrivais chez Mme Swann elle me demandait:

—Comment va madame votre mère?

J'avais fait quelques ouvertures à maman pour savoir si elle ferait de même quand viendrait Gilberte, point qui me semblait plus grave qu'à la cour de Louis XIV le «Monseigneur». Mais maman ne voulut rien entendre.

—Mais non, puisque je ne connais pas Mme Swann.

—Mais elle ne te connaît pas davantage.

—Je ne te dis pas, mais nous ne sommes pas obligés de faire exactement de même en tout. Moi je ferai d'autres amabilités à Gilberte que Madame Swann n'aura pas pour toi.

Mais je ne fus pas convaincu et préférai ne pas inviter Gilberte.

Ayant quitté mes parents, j'allai changer de vêtements et en vidant mes poches je trouvai tout à coup l'enveloppe que m'avait remise le maître d'hôtel des Swann avant de m'introduire au salon. J'étais seul maintenant. Je l'ouvris, à l'intérieur était une carte sur laquelle on m'indiquait la dame à qui je devais offrir le bras pour aller à table.

Ce fut vers cette époque que Bloch bouleversa ma conception du monde, ouvrit pour moi des possibilités nouvelles de bonheur (qui devaient du reste se changer plus tard en possibilités de souffrance), en m'assurant que contrairement à ce que je croyais au temps de mes promenades du côté de Méséglise, les femmes ne demandaient jamais mieux que de faire l'amour. Il compléta ce service en m'en rendant un second que je ne devais apprécier que beaucoup plus tard: ce fut lui qui me conduisit pour la première fois dans une maison de passe. Il m'avait bien dit qu'il y avait beaucoup de jolies femmes qu'on peut posséder. Mais je leur attribuais une figure vague, que les maisons de passe devaient me permettre de remplacer par des visages particuliers.

De sorte que si j'avais à Bloch—pour sa «bonne nouvelle» que le bonheur, la possession de la beauté, ne sont pas choses inaccessibles et que nous avons fait oeuvre utile en y renonçant à jamais—une obligation de même genre qu'à tel médecin ou tel philosophe optimiste qui nous fait espérer la longévité dans ce monde, et de ne pas être entièrement séparé de lui quand on aura passé dans un autre, les maisons de rendez-vous que je fréquentai quelques années plus tard—en me fournissant des échantillons du bonheur, en me permettant d'ajouter à la beauté des femmes cet élément que nous ne pouvons inventer, qui n'est pas que le résumé des beautés anciennes, le présent vraiment divin, le seul que nous ne puissions recevoir de nous-même, devant lequel expirent toutes les créations logiques de notre intelligence et que nous ne pouvons demander qu'à la réalité: un charme individuel—méritèrent d'être classées par moi à côté de ces autres bienfaiteurs d'origine plus récente mais d'utilité analogue (avant lesquels nous imaginions sans ardeur la séduction de Mantegna, de

Wagner, de Sienne, d'après d'autres peintres, d'autres musiciens, d'autres villes): les éditions d'histoire de la peinture illustrées, les concerts symphoniques et les études sur les «Villes d'art».

Mais la maison où Bloch me conduisit et où il n'allait plus d'ailleurs lui-même depuis longtemps était d'un rang trop inférieur, le personnel était trop médiocre et trop peu renouvelé pour que j'y puisse satisfaire d'anciennes curiosités ou contracter de nouvelles. La patronne de cette maison ne connaissait aucune des femmes qu'on lui demandait et en proposait toujours dont on n'aurait pas voulu. Elle m'en vantait surtout une, une dont, avec un sourire plein de promesses (comme si ç'avait été une rareté et un régal), elle disait: «C'est une Juive! Ça ne vous dit rien?» (C'est sans doute à cause de cela qu'elle l'appelait Rachel.) Et avec une exaltation niaise et factice qu'elle espérait être communicative, et qui finissait sur un râle presque de jouissance: «Pensez donc mon petit, une juive, il me semble que ça doit être affolant! Rah!» Cette Rachel, que j'aperçus sans qu'elle me vît, était brune, pas jolie, mais avait l'air intelligent, et non sans passer un bout de langue sur ses lèvres, souriait d'un air plein d'impertinence aux michés qu'on lui présentait et que j'entendais entamer la conversation avec elle. Son mince et étroit visage était entouré de cheveux noirs et frisés, irréguliers comme s'ils avaient été indiqués par des hachures dans un lavis, à l'encre de Chine. Chaque fois je promettais à la patronne qui me la proposait avec une insistance particulière en vantant sa grande intelligence et son instruction que je ne manquerais pas un jour de venir tout exprès pour faire la connaissance de Rachel surnommée par moi «Rachel quand du Seigneur». Mais le premier soir j'avais entendu celle-ci au moment où elle s'en allait, dire à la patronne:

—Alors c'est entendu, demain je suis libre, si vous avez quelqu'un, vous n'oublierez pas de me faire chercher.

Et ces mots m'avaient empêché de voir en elle une personne parce qu'ils me l'avaient fait classer immédiatement dans une catégorie générale de femmes dont l'habitude commune à toutes était de venir là le soir voir s'il n'y avait pas un louis ou deux à gagner. Elle variait seulement la forme de sa phrase en disant: «Si vous avez besoin de moi», ou «si vous avez besoin de quelqu'un.»

La patronne qui ne connaissait pas l'opéra d'Halévy ignorait pourquoi j'avais pris l'habitude de dire: «Rachel quand du Seigneur». Mais ne pas la comprendre n'a jamais fait trouver une plaisanterie moins drôle et c'est chaque fois en riant de tout son coeur qu'elle me disait:

—Alors, ce n'est pas encore pour ce soir que je vous unis à «Rachel quand du Seigneur»? Comment dites-vous cela: «Rachel quand du Seigneur!» Ah! ça c'est très bien trouvé. Je vais vous fiancer. Vous verrez que vous ne le regretterez pas.

Une fois je faillis me décider, mais elle était «sous presse», une autre fois entre les mains du «coiffeur», un vieux monsieur qui ne faisait rien d'autre aux femmes que verser de l'huile sur leurs cheveux déroulés et les peigner ensuite. Et je me lassai d'attendre bien que quelques habituées fort humbles, soi-disant ouvrières, mais toujours sans travail, fussent venues me faire de la tisane et tenir avec moi une longue conversation à laquelle—malgré le sérieux des sujets traités—la nudité partielle ou complète de mes interlocutrices donnait une savoureuse simplicité. Je cessai du reste d'aller dans cette maison parce que désireux de témoigner mes bons sentiments à la femme qui la tenait et avait besoin de meubles, je lui en donnai quelques-uns—notamment un grand canapé—que j'avais hérités de ma tante Léonie. Je ne les voyais jamais car le manque de place avait empêché mes parents de les laisser entrer chez nous et ils étaient entassés dans un hangar. Mais dès que je les retrouvai dans la maison où ces femmes se servaient d'eux, toutes les vertus qu'on respirait dans la chambre de ma tante à Combray, m'apparurent, suppliciées par le contact cruel auquel je les avais livrés sans défense! J'aurais fait violer une morte que je n'aurais pas souffert davantage. Je ne retournai plus chez l'entremetteuse, car ils me semblaient vivre et me supplier, comme ces objets en apparence inanimés d'un conte persan, dans lesquels sont enfermées des âmes qui subissent un martyre et implorent leur délivrance. D'ailleurs, comme notre mémoire ne nous présente pas d'habitude nos souvenirs dans leur suite chronologique, mais comme un reflet où l'ordre des parties est renversé, je me rappelai seulement beaucoup plus tard que c'était sur ce même canapé que bien des années auparavant j'avais connu pour la première fois les plaisirs de l'amour avec une de mes petites cousines avec qui je ne savais où me mettre et qui m'avait donné le conseil assez dangereux de profiter d'une heure où ma tante Léonie était levée.

Toute une autre partie des meubles et surtout une magnifique argenterie ancienne de ma tante Léonie, je les vendis, malgré l'avis contraire de mes parents, pour pouvoir disposer de plus d'argent et envoyer plus de fleurs à Mme Swann qui me disait en recevant d'immenses corbeilles d'orchidées: «Si j'étais monsieur votre père, je vous ferais donner un conseil judiciaire.» Comment pouvais-je supposer qu'un jour je pourrais regretter tout particulièrement cette argenterie et placer certains plaisirs plus haut que celui, qui deviendrait peut-être absolument nul, de faire des politesses aux parents de Gilberte. C'est de même en vue de Gilberte et pour ne pas la quitter que j'avais décidé de ne pas entrer dans les ambassades. Ce n'est jamais qu'à cause d'un état d'esprit qui n'est pas destiné à durer qu'on prend des résolutions définitives. J'imaginais à peine que cette substance étrange qui résidait en Gilberte et rayonnait en ses parents, en sa maison, me rendant indifférent à tout le reste, cette substance pourrait être libérée, émigrer dans un autre être. Vraiment la même substance et pourtant devant avoir sur moi de tout autres effets. Car la même maladie évolue; et un délicieux poison n'est plus toléré de même quand, avec les années, a diminué la résistance du coeur.

Mes parents cependant auraient souhaité que l'intelligence que Bergotte m'avait reconnue se manifestât par quelque travail remarquable. Quand je ne connaissais pas les Swann je croyais que j'étais empêché de travailler par l'état d'agitation où me mettait l'impossibilité de voir librement Gilberte. Mais quand leur demeure me fut ouverte, à peine je m'étais assis à mon bureau de travail que je me levais et courais chez eux. Et une fois que je les avais quittés et que j'étais rentré à la maison, mon isolement n'était qu'apparent, ma pensée ne pouvait plus remonter le courant du flux de paroles par lequel je m'étais laissé machinalement entraîner pendant des heures. Seul, je continuais à fabriquer les propos qui eussent été capables de plaire aux Swann, et pour donner plus d'intérêt au jeu, je tenais la place de ces partenaires absents, je me posais à moi-même des questions fictives choisies de telle façon que mes traits brillants ne leur servissent que d'heureuse répartie. Silencieux, cet exercice était pourtant une conversation et non une méditation, ma solitude une vie de salon mentale où c'était non ma propre personne mais des interlocuteurs imaginaires qui gouvernaient mes paroles et où j'éprouvais à former, au lieu des pensées que je croyais vraies, celles qui me venaient sans peine, sans régression du dehors vers le dedans, ce genre de plaisir tout passif que trouve à rester tranquille quelqu'un qui est alourdi par une mauvaise digestion.

Si j'avais été moins décidé à me mettre définitivement au travail, j'aurais peut-être fait un effort pour commencer tout de suite. Mais puisque ma résolution était formelle, et qu'avant vingt-quatre heures, dans les cadres vides de la journée du lendemain où tout se plaçait si bien parce que je n'y étais pas encore, mes bonnes dispositions se réaliseraient aisément, il valait mieux ne pas choisir un soir où j'étais mal disposé pour un début auquel les jours suivants, hélas! ne devaient pas se montrer plus propices. Mais j'étais raisonnable. De la part de qui avait attendu des années, il eût été puéril de ne pas supporter un retard de trois jours. Certain que le surlendemain j'aurais déjà écrit quelques pages, je ne disais plus un seul mot à mes parents de ma décision; j'aimais mieux patienter quelques heures, et apporter à ma grand'mère consolée et convaincue, de l'ouvrage en train. Malheureusement le lendemain n'était pas cette journée extérieure et vaste que j'avais attendue dans la fièvre. Quand il était fini, ma paresse et ma lutte pénible contre certains obstacles internes avait simplement duré vingt-quatre heures de plus. Et au bout de quelques jours, mes plans n'ayant pas été réalisés, je n'avais plus le même espoir qu'ils le seraient immédiatement, partant, plus autant de courage pour subordonner tout à cette réalisation: je recommençais à veiller, n'ayant plus pour m'obliger à me coucher de bonne heure un soir, la vision certaine de voir l'oeuvre commencée le lendemain matin. Il me fallait avant de reprendre mon élan quelques jours de détente, et la seule fois où ma grand'mère osa d'un ton doux et désenchanté formuler ce reproche: «Hé bien, ce travail, on n'en parle même plus?» je lui en voulus, persuadé que n'ayant pas su voir que mon parti était irrévocablement pris, elle venait d'en ajourner encore et pour longtemps peut-être, l'exécution, par l'énervement que son déni de justice me causait et sous l'empire duquel je ne voudrais pas commencer mon oeuvre. Elle sentit que son scepticisme venait de heurter à l'aveugle une volonté. Elle s'en excusa, me dit en m'embrassant: «Pardon, je ne dirai plus rien.» Et pour que je ne me décourageasse pas, m'assura que du jour où je serais bien portant, le travail viendrait tout seul par surcroît.

D'ailleurs, me disais-je, en passant ma vie chez les Swann ne fais-je pas comme Bergotte? A mes parents il semblait presque que tout en étant paresseux, je menais, puisque c'était dans le même salon qu'un grand écrivain, la vie la plus favorable au talent. Et pourtant que quelqu'un puisse être dispensé de faire ce talent soi-même, par le dedans, et le reçoive d'autrui, est aussi impossible que se faire une bonne santé (malgré qu'on manque à toutes les règles de l'hygiène et qu'on commette les pires excès) rien qu'en dînant souvent en ville avec un médecin. La personne du reste qui était le plus complètement dupe de l'illusion qui m'abusait ainsi que mes parents, c'était Mme Swann. Quand je lui disais que je ne pouvais pas venir, qu'il fallait que je restasse à travailler, elle avait l'air de trouver que je faisais bien des embarras, qu'il y avait un peu de sottise et de prétention dans mes paroles:

—Mais Bergotte vient bien, lui? Est-ce que vous trouvez que ce qu'il écrit n'est pas bien. Cela sera même mieux bientôt, ajoutait-elle, car il est plus aigu, plus concentré dans le journal que dans le livre où il délaie un peu. J'ai obtenu qu'il fasse désormais le «leader article» dans le Figaro. Ce sera tout à fait «the right man in the right place.»

Et elle ajoutait:

—Venez, il vous dira mieux que personne ce qu'il faut faire.

Et c'était comme on invite un engagé volontaire avec son colonel, c'était dans l'intérêt de ma carrière, et comme si les chefs-d'oeuvre se faisaient par «relations», qu'elle me disait de ne pas manquer de venir le lendemain dîner chez elle avec Bergotte.

Ainsi pas plus du côté des Swann que du côté de mes parents, c'est-à-dire de ceux qui, à des moments différents, avaient semblé devoir y mettre obstacle, aucune opposition n'était plus faite à cette douce vie où je pouvais voir Gilberte comme je voulais, avec ravissement, sinon avec calme. Il ne peut pas y en avoir dans l'amour, puisque ce qu'on a obtenu n'est jamais qu'un nouveau point de départ pour désirer davantage. Tant que je n'avais pu aller chez elle, les yeux fixés vers cet inaccessible bonheur, je ne pouvais même pas imaginer les causes nouvelles de trouble qui m'y attendaient. Une fois la résistance de ses parents brisée, et le problème enfin résolu, il recommença à se poser, chaque fois dans d'autres termes. En ce sens c'était bien en effet chaque jour une nouvelle amitié qui commençait. Chaque soir en rentrant je me rendais compte que j'avais à dire à Gilberte des choses capitales, desquelles notre amitié dépendait, et ces choses n'étaient jamais les mêmes. Mais enfin j'étais heureux et aucune menace ne s'élevait plus contre mon bonheur. Il allait en venir hélas, d'un côté où je n'avais jamais aperçu aucun péril, du côté de Gilberte et de moi-même. J'aurais pourtant dû être tourmenté par ce qui, au contraire, me rassurait, par ce que je croyais du bonheur. C'est, dans l'amour, un état anormal, capable de donner tout de suite, à l'accident le plus simple en apparence et qui peut toujours survenir, une gravité que par lui-même cet accident ne comporterait pas. Ce qui rend si heureux, c'est la présence dans le coeur de quelque chose d'instable, qu'on s'arrange perpétuellement à maintenir et dont on ne s'aperçoit presque plus tant qu'il n'est pas déplacé. En réalité, dans l'amour il y a une souffrance permanente, que la joie neutralise, rend virtuelle, ajourne, mais qui peut à tout moment devenir ce qu'elle serait depuis longtemps si l'on n'avait pas obtenu ce qu'on souhaitait, atroce.

Plusieurs fois je sentis que Gilberte désirait éloigner mes visites. Il est vrai que quand je tenais trop à la voir je n'avais qu'à me faire inviter par ses parents qui étaient de plus en plus persuadés de mon excellente influence sur elle. Grâce à eux, pensais-je, mon amour ne court aucun risque; du moment que je les ai pour moi, je peux être tranquille puisqu'ils ont toute autorité sur Gilberte. Malheureusement à certains signes d'impatience que celle-ci laissait échapper quand son père me faisait venir en quelque sorte malgré elle, je me demandai si ce que j'avais considéré comme une protection pour mon bonheur n'était pas au contraire la raison secrète pour laquelle il ne pourrait durer.

La dernière fois que je vins voir Gilberte, il pleuvait; elle était invitée à une leçon de danse chez des gens qu'elle connaissait trop peu pour pouvoir m'emmener avec elle. J'avais pris à cause de l'humidité plus de caféine que d'habitude. Peut-être à cause du mauvais temps, peut-être ayant quelque prévention contre la maison où cette matinée devait avoir lieu, Mme Swann, au moment où sa fille allait partir, la rappela avec une extrême vivacité: «Gilberte!» et me désigna pour signifier que j'étais venu pour la voir et qu'elle devait rester avec moi. Ce «Gilberte» avait été prononcé, crié plutôt, dans une bonne intention pour moi, mais au haussement d'épaules que fit Gilberte en ôtant ses affaires, je compris que sa mère avait involontairement accéléré l'évolution, peut-être jusque-là possible encore à arrêter, qui détachait peu à peu de moi mon amie. «On n'est pas obligé d'aller danser tous les jours», dit Odette à sa fille, avec une sagesse sans doute apprise autrefois de Swann. Puis, redevenant Odette, elle se mit à parler anglais à sa fille. Aussitôt ce fut comme si un mur m'avait caché une partie de la vie de Gilberte, comme si un génie malfaisant avait emmené loin de moi mon amie. Dans une langue que nous savons, nous avons substitué à l'opacité des sons la transparence des idées. Mais une langue que nous ne savons pas est un palais clos dans lequel celle que nous aimons peut nous tromper, sans que, restés au dehors et désespérément crispés dans notre impuissance, nous parvenions à rien voir, à rien empêcher. Telle cette conversation en anglais dont je n'eusse que souri un mois auparavant et au milieu de laquelle quelques noms propres français ne laissaient pas d'accroître et d'orienter mes inquiétudes, avait, tenue à deux pas de moi par deux personnes immobiles, la même cruauté, me faisait aussi délaissé et seul, qu'un enlèvement. Enfin Mme Swann nous quitta. Ce jour-là peut-être par rancune contre moi, cause involontaire qu'elle n'allât pas s'amuser, peut-être aussi parce que la devinant fâchée j'étais préventivement plus froid que d'habitude, le visage de Gilberte, dépouillé de toute joie, nu, saccagé, sembla tout l'après-midi vouer un regret mélancolique au pas-de-quatre que ma présence l'empêchait d'aller danser, et défier toutes les créatures, à commencer par moi, de comprendre les raisons subtiles qui avaient déterminé chez elle une inclination sentimentale pour le boston. Elle se borna à échanger, par moments, avec moi, sur le temps qu'il faisait, la recrudescence de la pluie, l'avance de la pendule, une conversation ponctuée de silences et de monosyllabes où je m'entêtais moi-même, avec une sorte de rage désespérée, à détruire les instants que nous aurions pu donner à l'amitié et au bonheur.

Et à tous nos propos une sorte de dureté suprême était conférée par le paroxisme de leur insignifiance paradoxale, lequel me consolait pourtant, car il empêchait Gilberte d'être dupe de la banalité de mes réflexions et de l'indifférence de mon accent. C'est en vain que je disais: «Il me semble que l'autre jour la pendule retardait plutôt», elle traduisait évidemment: «Comme vous êtes méchante!» J'avais beau m'obstiner à prolonger, tout le long de ce jour pluvieux, ces paroles sans éclaircies, je savais que ma froideur n'était pas quelque chose d'aussi définitivement figé que je le feignais, et que Gilberte devait bien sentir que si, après le lui avoir déjà dit trois fois, je m'étais hasardé une quatrième à lui répéter que les jours diminuaient, j'aurais eu de la peine à me retenir à fondre en larmes. Quand elle était ainsi, quand un sourire ne remplissait pas ses yeux et ne découvrait pas son visage, on ne peut dire de quelle désolante monotonie étaient empreints ses yeux tristes et ses traits maussades. Sa figure, devenue presque livide, ressemblait alors à ces plages ennuyeuses où la mer retirée très loin vous fatigue d'un reflet toujours pareil que cerne un horizon immuable et borné. A la fin, ne voyant pas se produire de la part de Gilberte le changement heureux que j'attendais depuis plusieurs heures, je lui dis qu'elle n'était pas gentille: «C'est vous qui n'êtes pas gentil», me répondit-elle. «Mais si!» Je me demandai ce que j'avais fait, et ne le trouvant pas, le lui demandai à elle-même: «Naturellement, vous vous trouvez gentil!» me dit-elle en riant longuement. Alors je sentis ce qu'il y avait de douloureux pour moi à ne pouvoir atteindre cet autre plan, plus insaisissable, de sa pensée, que décrivait son rire.

Ce rire avait l'air de signifier: «Non, non, je ne me laisse pas prendre à tout ce que vous me dites, je sais que vous êtes fou de moi, mais cela ne me fait ni chaud ni froid, car je me fiche de vous.» Mais je me disais qu'après tout le rire n'est pas un langage assez déterminé pour que je pusse être assuré de bien comprendre celui-là. Et les paroles de Gilberte étaient affectueuses. «Mais en quoi ne suis-je pas gentil, lui demandai-je, dites-le moi, je ferai tout ce que vous voudrez.» «Non cela ne servirait à rien, je ne peux pas vous expliquer.» Un instant j'eus peur qu'elle crût que je ne l'aimasse pas, et ce fut pour moi une autre souffrance, non moins vive, mais qui réclamait une dialectique différente. «Si vous saviez le chagrin que vous me faites, vous me le diriez.» Mais ce chagrin qui, si elle avait douté de mon amour eût dû la réjouir, l'irrita au contraire. Alors, comprenant mon erreur, décidé à ne plus tenir compte de ses paroles, la laissant, sans la croire, me dire: «Je vous aimais vraiment, vous verrez cela un jour» (ce jour, où les coupables assurent que leur innocence sera reconnue et qui, pour des raisons mystérieuses, n'est jamais celui où on les interroge), j'eus le courage de prendre subitement la résolution de ne plus la voir, et sans le lui annoncer encore, parce qu'elle ne m'aurait pas cru.

Un chagrin causé par une personne qu'on aime peut être amer, même quand il est inséré au milieu de préoccupations, d'occupations, de joies, qui n'ont pas cet être pour objet et desquelles notre attention ne se détourne que de temps en temps pour revenir à lui. Mais quand un tel chagrin naît—comme c'était le cas pour celui-ci—à un moment où le bonheur de voir cette personne nous remplit tout entiers, la brusque dépression qui se produit alors dans notre âme jusque-là ensoleillée, soutenue et calme, détermine en nous une tempête furieuse contre laquelle nous ne savons pas si nous serons capables de lutter jusqu'au bout. Celle qui soufflait sur mon coeur était si violente que je revins vers la maison, bousculé, meurtri, sentant que je ne pourrais retrouver la respiration qu'en rebroussant chemin, qu'en retournant sous un prétexte quelconque auprès de Gilberte. Mais elle se serait dit: «Encore lui! Décidément je peux tout me permettre, il reviendra chaque fois d'autant plus docile qu'il m'aura quittée plus malheureux.» Puis j'étais irrésistiblement ramené vers elle par ma pensée, et ces orientations alternatives, cet affolement de la boussole intérieure persistèrent quand je fus rentré, et se traduisirent par les brouillons de lettres contradictoires que j'écrivis à Gilberte.

J'allais passer par une de ces conjonctures difficiles en face desquelles il arrive généralement qu'on se trouve à plusieurs reprises dans la vie et auxquelles, bien qu'on n'ait pas changé de caractère, de nature—notre nature qui crée elle-même nos amours, et presque les femmes que nous aimons, et jusqu'à leurs fautes—on ne fait pas face de la même manière à chaque fois, c'est-à-dire à tout âge. A ces moments-là notre vie est divisée, et comme distribuée dans une balance, en deux plateaux opposés où elle tient tout entière. Dans l'un, il y a notre désir de ne pas déplaire, de ne pas paraître trop humble à l'être que nous aimons sans parvenir à le comprendre, mais que nous trouvons plus habile de laisser un peu de côté pour qu'il n'ait pas ce sentiment de se croire indispensable qui le détournerait de nous; de l'autre côté, il y a une souffrance—non pas une souffrance localisée et partielle—qui ne pourrait au contraire être apaisée que si, renonçant à plaire à cette femme et à lui faire croire que nous pouvons nous passer d'elle, nous allions la retrouver. Qu'on retire du plateau où est la fierté une petite quantité de volonté qu'on a eu la faiblesse de laisser s'user avec l'âge, qu'on ajoute dans le plateau où est le chagrin une souffrance physique acquise et à qui on a permis de s'aggraver, et au lieu de la solution courageuse qui l'aurait emporté à vingt ans, c'est l'autre, devenue trop lourde et sans assez de contre-poids, qui nous abaisse à cinquante. D'autant plus que les situations tout en se répétant changent, et qu'il y a chance pour qu'au milieu ou à la fin de la vie on ait eu pour soi-même la funeste complaisance de compliquer l'amour d'une part d'habitude que l'adolescence, retenue par d'autres devoirs, moins libre de soi-même, ne connaît pas.

Je venais d'écrire à Gilberte une lettre où je laissais tonner ma fureur, non sans pourtant jeter la bouée de quelques mots placés comme au hasard, et où mon amie pourrait accrocher une réconciliation; un instant après, le vent ayant tourné, c'était des phrases tendres que je lui adressais pour la douceur de certaines expressions désolées, de tels «jamais plus», si attendrissants pour ceux qui les emploient, si fastidieux pour celle qui les lira, soit qu'elle les croit mensongers et traduise «jamais plus» par «ce soir même, si vous voulez bien de moi» ou qu'elle les croie vrais et lui annonçant alors une de ces séparations définitives qui nous sont si parfaitement égales dans la vie quand il s'agit d'êtres dont nous ne sommes pas épris. Mais puisque nous sommes incapables tandis que nous aimons d'agir en dignes prédécesseurs de l'être prochain que nous serons et qui n'aimera plus, comment pourrions-nous tout à fait imaginer l'état d'esprit d'une femme à qui, même si nous savions que nous lui sommes indifférents, nous avons perpétuellement fait tenir dans nos rêveries, pour nous bercer d'un beau songe ou nous consoler d'un gros chagrin, les mêmes propos que si elle nous aimait. Devant les pensées, les actions d'une femme que nous aimons, nous sommes aussi désorientés que le pouvaient être devant les phénomènes de la nature, les premiers physiciens (avant que la science fût constituée et eût mis un peu de lumière dans l'inconnu). Ou pis encore, comme un être pour l'esprit de qui le principe de causalité existerait à peine, un être qui ne serait pas capable d'établir un lien entre un phénomène et un autre et devant qui le spectacle du monde serait incertain comme un rêve.

Certes je m'efforçais de sortir de cette incohérence, de trouver des causes. Je tâchais même d'être «objectif» et pour cela de bien tenir compte de la disproportion qui existait entre l'importance qu'avait pour moi Gilberte et celle non seulement que j'avais pour elle, mais qu'elle-même avait pour les autres êtres que moi, disproportion qui, si je l'eusse omise, eût risqué de me faire prendre une simple amabilité de mon amie pour un aveu passionné, une démarche grotesque et avilissante de ma part pour le simple et gracieux mouvement qui vous dirige vers de beaux yeux. Mais je craignais aussi de tomber dans l'excès contraire, où j'aurais vu dans l'arrivée inexacte de Gilberte à un rendez-vous un mouvement de mauvaise humeur, une hostilité irrémédiable. Je tâchais de trouver entre ces deux optiques également déformantes celle qui me donnerait la vision juste des choses; les calculs qu'il me fallait faire pour cela me distrayaient un peu de ma souffrance; et soit par obéissance à la réponse des nombres, soit que je leur eusse fait dire ce que je désirais, je me décidai le lendemain à aller chez les Swann, heureux, mais de la même façon que ceux qui s'étant tourmentés longtemps à cause d'un voyage qu'ils ne voulaient pas faire, ne vont pas plus loin que la gare, et rentrent chez eux défaire leur malle.

Et comme, pendant qu'on hésite, la seule idée d'une résolution possible (à moins d'avoir rendu cette idée inerte en décidant qu'on ne prendra pas la résolution) développe, comme une graine vivace, les linéaments, tout le détail des émotions qui naîtraient de l'acte exécuté, je me dis que j'avais été bien absurde de me faire, en projetant de ne plus voir Gilberte, autant de mal que si j'eusse dû réaliser ce projet et que, puisque au contraire c'était pour finir par retourner chez elle, j'aurais pu faire l'économie de tant de velléités et d'acceptations douloureuses. Mais cette reprise des relations d'amitié ne dura que le temps d'aller jusqu'à chez les Swann: non pas parce que leur maître d'hôtel, lequel m'aimait beaucoup, me dit que Gilberte était sortie (je sus en effet dès le soir même, que c'était vrai, par des gens qui l'avaient rencontrée), mais à cause de la façon dont il me le dit: «Monsieur, mademoiselle est sortie, je peux affirmer à monsieur que je ne mens pas. Si monsieur veut se renseigner, je peux faire venir la femme de chambre. Monsieur pense bien que je ferais tout ce que je pourrais pour lui faire plaisir et que si mademoiselle était là je mènerais tout de suite monsieur auprès d'elle.»

Ces paroles, de la sorte qui est la seule importante, involontaires, nous donnant la radiographie au moins sommaire de la réalité insoupçonnable que cacherait un discours étudié, prouvaient que dans l'entourage de Gilberte on avait l'impression que je lui étais importun; aussi, à peine le maître d'hôtel les eut-il prononcées, qu'elles engendrèrent chez moi de la haine à laquelle je préférai donner comme objet au lieu de Gilberte le maître d'hôtel; il concentra sur lui tous les sentiments de colère que j'avais pu avoir pour mon amie; débarrassé d'eux grâce à ces paroles, mon amour subsista seul; mais elles m'avaient montré en même temps que je devais pendant quelque temps ne pas chercher à voir Gilberte. Elle allait certainement m'écrire pour s'excuser. Malgré cela, je ne retournerais pas tout de suite la voir, afin de lui prouver que je pouvais vivre sans elle. D'ailleurs, une fois que j'aurais reçu sa lettre, fréquenter Gilberte serait une chose dont je pourrais plus aisément me priver pendant quelque temps, parce que je serais sûr de la retrouver dès que je le voudrais. Ce qu'il me fallait pour supporter moins tristement l'absence volontaire, c'était sentir mon coeur débarrassé de la terrible incertitude de savoir si nous n'étions pas brouillés pour toujours, si elle n'était pas fiancée, partie, enlevée. Les jours qui suivirent ressemblèrent à ceux de cette ancienne semaine du jour de l'an que j'avais dû passer sans Gilberte.

Mais cette semaine-là finie, jadis, d'une part mon amie reviendrait aux Champs-Élysées, je la reverrais comme auparavant; j'en étais sûr, et, d'autre part, je savais avec non moins de certitude que tant que dureraient les vacances du jour de l'an, ce n'était pas la peine d'aller aux Champs-Élysées. De sorte que durant cette triste semaine déjà lointaine, j'avais supporté ma tristesse avec calme parce qu'elle n'était mêlée ni de crainte ni d'espérance. Maintenant, au contraire, c'était ce dernier sentiment qui presque autant que la crainte rendait ma souffrance intolérable. N'ayant pas eu de lettre de Gilberte le soir même, j'avais fait la part de sa négligence, de ses occupations, je ne doutais pas d'en trouver une d'elle dans le courrier du matin. Il fut attendu par moi, chaque jour, avec des palpitations de coeur auxquelles succédait un état d'abattement quand je n'y avais trouvé que des lettres de personnes qui n'étaient pas Gilberte ou bien rien, ce qui n'était pas pire, les preuves d'amitié d'une autre me rendant plus cruelles celles de son indifférence. Je me remettais à espérer pour le courrier de l'après-midi. Même entre les heures des levées des lettres je n'osais pas sortir, car elle eût pu faire porter la sienne. Puis le moment finissait par arriver où, ni facteur, ni valet de pied des Swann ne pouvant plus venir, il fallait remettre au lendemain matin l'espoir d'être rassuré, et ainsi, parce que je croyais que ma souffrance ne durerait pas, j'étais obligé pour ainsi dire de la renouveler sans cesse. Le chagrin était peut-être le même, mais au lieu de ne faire, comme autrefois, que prolonger uniformément une émotion initiale, recommençait plusieurs fois par jour en débutant par une émotion si fréquemment renouvelée qu'elle finissait—elle, état tout physique, si momentané—par se stabiliser, si bien que les troubles causés par l'attente ayant à peine le temps de se calmer avant qu'une nouvelle raison d'attendre survint, il n'y avait plus une seule minute par jour où je ne fusse dans cette anxiété qu'il est pourtant si difficile de supporter pendant une heure.

Ainsi ma souffrance était infiniment plus cruelle qu'au temps de cet ancien 1er janvier, parce que cette fois il y avait en moi, au lieu de l'acceptation pure et simple de cette souffrance, l'espoir, à chaque instant, de la voir cesser. A cette acceptation, je finis pourtant par arriver, alors je compris qu'elle devait être définitive et je renonçai pour toujours à Gilberte, dans l'intérêt même de mon amour, et parce que je souhaitais avant tout qu'elle ne conservât pas de moi un souvenir dédaigneux. Même, à partir de ce moment-là, et pour qu'elle ne pût former la supposition d'une sorte de dépit amoureux de ma part, quand dans la suite, elle me fixa des rendez-vous, je les acceptais souvent et, au dernier moment, je lui écrivais que je ne pouvais pas venir, mais en protestant que j'en étais désolé comme j'aurais fait avec quelqu'un que je n'aurais pas désiré voir.

Ces expressions de regret qu'on réserve d'ordinaire aux indifférents persuaderaient mieux Gilberte de mon indifférence, me semblait-il, que ne ferait le ton d'indifférence qu'on affecte seulement envers celle qu'on aime. Quand mieux qu'avec des paroles, par des actions indéfiniment répétées, je lui aurais prouvé que je n'avais pas de goût à la voir, peut-être en retrouverait-elle pour moi. Hélas! ce serait en vain: chercher en ne la voyant plus à ranimer en elle ce goût de me voir, c'était la perdre pour toujours; d'abord, parce que quand il commencerait à renaître, si je voulais qu'il durât, il ne faudrait pas y céder tout de suite; d'ailleurs, les heures les plus cruelles seraient passées; c'était en ce moment qu'elle m'était indispensable et j'aurais voulu pouvoir l'avertir que bientôt elle ne calmerait, en me revoyant, qu'une douleur tellement diminuée qu'elle ne serait plus, comme elle l'eût été encore en ce moment même, et pour y mettre fin, un motif de capitulation, de se réconcilier et de se revoir. Et enfin plus tard quand je pourrais enfin avouer sans péril à Gilberte, tant son goût pour moi aurait repris de force, le mien pour elle, celui-ci n'aurait pu résister à une si longue absence et n'existerait plus; Gilberte me serait devenue indifférente. Je le savais, mais je ne pouvais pas le lui dire; elle aurait cru que si je prétendais que je cesserais de l'aimer en restant trop longtemps sans la voir, c'était à seule fin qu'elle me dît de revenir vite auprès d'elle.

En attendant, ce qui me rendait plus aisé de me condamner à cette séparation, c'est que (afin qu'elle se rendît bien compte que malgré mes affirmations contraires, c'était ma volonté, et non un empêchement, non mon état de santé, qui me privaient de la voir) toutes les fois où je savais d'avance que Gilberte ne serait pas chez ses parents, devait sortir avec une amie, et ne rentrerait pas dîner, j'allais voir Mme Swann (laquelle était redevenue pour moi ce qu'elle était au temps où je voyais si difficilement sa fille et où, les jours où celle-ci ne venait pas aux Champs-Élysées, j'allais me promener avenue des Acacias). De cette façon j'entendrais parler de Gilberte et j'étais sûr qu'elle entendrait ensuite parler de moi et d'une façon qui lui montrerait que je ne tenais pas à elle. Et je trouvais, comme tous ceux qui souffrent, que ma triste situation aurait pu être pire.

Car, ayant libre entrée dans la demeure où habitait Gilberte, je me disais toujours, bien que décidé à ne pas user de cette faculté, que si jamais ma douleur était trop vive, je pourrais la faire cesser. Je n'étais malheureux qu'au jour le jour. Et c'est trop dire encore. Combien de fois par heure (mais maintenant sans l'anxieuse attente qui m'avait étreint les premières semaines après notre brouille, avant d'être retourné chez les Swann), ne me récitais-je pas la lettre que Gilberte m'enverrait bien un jour, m'apporterait peut-être elle-même. La constante vision de ce bonheur imaginaire m'aidait à supporter la destruction du bonheur réel. Pour les femmes qui ne nous aiment pas, comme pour les «disparus», savoir qu'on n'a plus rien à espérer n'empêche pas de continuer à attendre. On vit aux aguets, aux écoutes; des mères dont le fils est parti en mer pour une exploration dangereuse se figurent à toute minute, et alors que la certitude qu'il a péri est acquise depuis longtemps, qu'il va entrer miraculeusement sauvé et bien portant. Et cette attente, selon la force du souvenir et la résistance des organes, ou bien les aide à traverser les années au bout desquelles elles supporteront que leur fils ne soit plus, d'oublier peu à peu et de survivre—ou bien les fait mourir.

D'autre part, mon chagrin était un peu consolé par l'idée qu'il profitait à mon amour. Chaque visite que je faisais à Mme Swann, sans voir Gilberte, m'était cruelle, mais je sentais qu'elle améliorait d'autant l'idée que Gilberte avait de moi.

D'ailleurs si je m'arrangeais toujours, avant d'aller chez Mme Swann, à être certain de l'absence de sa fille, cela tenait peut-être autant qu'à ma résolution d'être brouillé avec elle, à cet espoir de réconciliation qui se superposait à ma volonté de renoncement (bien peu sont absolus, au moins d'une façon continue, dans cette âme humaine dont une des lois, fortifiée par les afflux inopinés de souvenirs différents, est l'intermittence) et me masquait ce qu'elle avait de trop cruel. Cet espoir je savais bien ce qu'il avait de chimérique. J'étais comme un pauvre qui mêle moins de larmes à son pain sec s'il se dit que tout à l'heure peut-être un étranger va lui laisser toute sa fortune. Nous sommes tous obligés pour rendre la réalité supportable, d'entretenir en nous quelques petites folies. Or mon espérance restait plus intacte—tout en même temps que la séparation s'effectuait mieux—si je ne rencontrais pas Gilberte. Si je m'étais trouvé face à face avec elle chez sa mère nous aurions peut-être échangé des paroles irréparables qui eussent rendu définitive notre brouille, tué mon espérance et d'autre part, en créant une anxiété nouvelle, réveillé mon amour et rendu plus difficile ma résignation.

Depuis bien longtemps et fort avant ma brouille avec sa fille, Mme Swann m'avait dit: «C'est très bien de venir voir Gilberte, mais j'aimerais aussi que vous veniez quelquefois pour *moi*, pas à mon Choufleury, où vous vous ennuieriez parce que j'ai trop de monde, mais les autres jours où vous me trouverez toujours un peu tard.» J'avais donc l'air, en allant la voir, de n'obéir que longtemps après à un désir anciennement exprimé par elle. Et très tard, déjà dans la nuit, presque au moment où mes parents se mettaient à table, je partais faire à Mme Swann une visite pendant laquelle je savais que je ne verrais pas Gilberte et où pourtant je ne penserais qu'à elle. Dans ce quartier, considéré alors comme éloigné, d'un Paris plus sombre qu'aujourd'hui, et qui, même dans le centre, n'avait pas d'électricité sur la voie publique et bien peu dans les maisons, les lampes d'un salon situé au rez-de-chaussée ou à un entresol très bas (tel qu'était celui de ses appartements où recevait habituellement Mme Swann), suffisaient à illuminer la rue et à faire lever les yeux au passant qui rattachait à leur clarté comme à sa cause apparente et voilée la présence devant la porte de quelques coupés bien attelés. Le passant croyait, et non sans un certain émoi, à une modification survenue dans cette cause mystérieuse, quand il voyait l'un de ces coupés, se mettre en mouvement; mais c'était seulement un cocher qui, craignant que ses bêtes prissent froid leur faisait faire de temps à autre des allées et venues d'autant plus impressionnantes que les roues caoutchoutées donnaient au pas des chevaux un fond de silence sur lequel il se détachait plus distinct et plus explicite.

Le «jardin d'hiver» que dans ces années-là le passant apercevait d'ordinaire, quelle que fût la rue, si l'appartement n'était pas à un niveau trop élevé au-dessus du trottoir, ne se voit plus que dans les héliogravures des livres d'étrennes de P.-J. Stahl où, en contraste avec les rares ornements floraux des salons Louis XVI d'aujourd'hui—une rose ou un iris du Japon dans un vase de cristal à long col qui ne pourrait pas contenir une fleur de plus—il semble, à cause de la profusion des plantes d'appartement qu'on avait alors, et du manque absolu de stylisation dans leur arrangement, avoir dû, chez les maîtresses de maison, répondre plutôt à quelque vivante et délicieuse passion pour la botanique qu'à un froid souci de morte décoration. Il faisait penser en plus grand, dans les hôtels d'alors, à ces serres minuscules et portatives posées au matin du 1er janvier sous la lampe allumée—les enfants n'ayant pas eu la patience d'attendre qu'il fît jour—parmi les autres cadeaux du jour de l'an, mais le plus beau d'entre eux, consolant, avec les plantes qu'on va pouvoir cultiver, de la nudité de l'hiver; plus encore qu'à ces serres-là elles-mêmes, ces jardins d'hiver ressemblaient à celle qu'on voyait tout auprès d'elles, figurée dans un beau livre, autre cadeau du jour de l'an, et qui bien qu'elle fût donnée non aux enfants, mais à Mlle Lili, l'héroïne de l'ouvrage, les enchantait à tel point que, devenus maintenant presque vieillards, ils se demandaient si dans ces années fortunées l'hiver n'était pas la plus belle des saisons.

Enfin, au fond de ce jardin d'hiver, à travers les arborescences d'espèces variées qui de la rue faisaient ressembler la fenêtre éclairée au vitrage de ces serres d'enfants, dessinées ou réelles, le passant, se hissant sur ses pointes, apercevait généralement un homme en redingote, un gardenia ou un oeillet à la boutonnière, debout devant une femme assise, tous deux vagues, comme deux intailles dans une topaze, au fond de l'atmosphère du salon, ambrée par le samovar—importation récente alors—de vapeurs qui s'en échappent peut-être encore aujourd'hui, mais qu'à cause de l'habitude personne ne voit plus. Mme Swann tenait beaucoup à ce «thé»; elle croyait montrer de l'originalité et dégager du charme en disant à un homme: «Vous me trouverez tous les jours un peu tard, venez prendre le thé», de sorte qu'elle accompagnait d'un sourire fin et doux ces mots prononcés par elle avec un accent anglais momentané et desquels son interlocuteur prenait bonne note en saluant d'un air grave, comme s'ils avaient été quelque chose d'important et de singulier qui commandât la déférence et exigeât de l'attention. Il y avait une autre raison que celles données plus haut et pour laquelle les fleurs n'avaient pas qu'un caractère d'ornement dans le salon de Mme Swann, et cette raison-là ne tenait pas à l'époque, mais en partie à l'existence qu'avait menée jadis Odette. Une grande cocotte, comme elle avait été, vit beaucoup pour ses amants, c'est-à-dire chez elle, ce qui peut la conduire à vivre pour elle. Les choses que chez une honnête femme on voit et qui certes peuvent lui paraître, à elle aussi, avoir de l'importance, sont celles, en tous cas, qui pour la cocotte en ont le plus. Le point culminant de sa journée est celui non pas où elle s'habille pour le monde, mais où elle se déshabille pour un homme. Il lui faut être aussi élégante en robe de chambre, en chemise de nuit, qu'en toilette de ville. D'autres femmes montrent leurs bijoux, elle, elle vit dans l'intimité de ses perles. Ce genre d'existence impose l'obligation, et finit par donner le goût d'un luxe secret, c'est-à-dire bien près d'être désintéressé.

Mme Swann l'étendait aux fleurs. Il y avait toujours près de son fauteuil une immense coupe de cristal remplie entièrement de violettes de Parme ou de marguerites effeuillées dans l'eau, et qui semblait témoigner aux yeux de l'arrivant, de quelque occupation préférée et interrompue, comme eût été la tasse de thé que Mme Swann eût bu seule, pour son plaisir; d'une occupation plus intime même et plus mystérieuse, si bien qu'on avait envie de s'excuser en voyant les fleurs étalées là, comme on l'eût fait de regarder le titre du volume encore ouvert qui eût révélé la lecture récente, donc peut-être la pensée actuelle d'Odette. Et plus que le livre, les fleurs vivaient; on était gêné si on entrait faire une visite à Mme Swann de s'apercevoir qu'elle n'était pas seule, ou si on rentrait avec elle de ne pas trouver le salon vide, tant y tenaient une place énigmatique et se rapportant à des heures de la vie de la maîtresse de maison, qu'on ne connaissait pas, ces fleurs qui n'avaient pas été préparées pour les visiteurs d'Odette, mais comme oubliées là par elle, avaient eu et auraient encore avec elle des entretiens particuliers qu'on avait peur de déranger, et dont on essayait en vain de lire le secret, en fixant des yeux la couleur délavée, liquide, mauve et dissolue des violettes de Parme. Dès la fin d'octobre Odette rentrait le plus régulièrement qu'elle pouvait pour le thé, qu'on appelait encore dans ce temps-là le «five o'clock tea», ayant entendu dire (et aimant à répéter) que si Mme Verdurin s'était fait un salon c'était parce qu'on était toujours sûr de pouvoir la rencontrer chez elle à la même heure. Elle s'imaginait elle-même en avoir un, du même genre, mais plus libre, «senza rigore», aimait-elle à dire. Elle se voyait ainsi comme une espèce de Lespinasse et croyait avoir fondé un salon rival en enlevant à la du Deffant du petit groupe ses hommes les plus agréables, en particulier Swann qui l'avait suivie dans sa sécession et sa retraite, selon une version qu'on comprend qu'elle eût réussi à accréditer auprès de nouveaux venus, ignorants du passé, mais non auprès d'elle-même. Mais certains rôles favoris sont par nous joués tant de fois devant le monde, et ressassés en nous-mêmes, que nous nous référons plus aisément à leur témoignage fictif qu'à celui d'une réalité presque complètement oubliée.

Les jours où Mme Swann n'était pas sortie du tout, on la trouvait dans une robe de chambre de crêpe de Chine, blanche comme une première neige, parfois aussi dans un de ces longs tuyautages de mousseline de soie, qui ne semblent qu'une jonchée de pétales roses ou blancs et qu'on trouverait aujourd'hui peu appropriés à l'hiver, et bien à tort. Car ces étoffes légères et ces couleurs tendres donnaient à la femme—dans la grande chaleur des salons d'alors fermés de portières et desquels ce que les romanciers mondains de l'époque trouvaient à dire de plus élégant, c'est qu'ils étaient «douillettement capitonnés»—le même air frileux qu'aux roses, qui pouvaient y rester à côté d'elle, malgré l'hiver, dans l'incarnat de leur nudité, comme au printemps. A cause de cet étouffement des sons par les tapis et de sa retraite dans des enfoncements, la maîtresse de la maison n'étant pas avertie de votre entrée comme aujourd'hui, continuait à lire pendant que vous étiez déjà presque devant elle, ce qui ajoutait encore à cette impression de romanesque, à ce charme d'une sorte de secret surpris, que nous retrouvons aujourd'hui dans le souvenir de ces robes déjà démodées alors, que Mme Swann était peut-être la seule à ne pas avoir encore abandonnées et qui nous donnent l'idée que la femme qui les portait devait être une héroïne de roman parce que nous, pour la plupart, ne les avons guère vues que dans certains romans d'Henry Gréville. Odette avait maintenant, dans son salon, au commencement de l'hiver, des chrysanthèmes énormes et d'une variété de couleurs comme Swann jadis n'eût pu en voir chez elle.

Mon admiration pour eux—quand j'allais faire à Mme Swann une de ces tristes visites où, lui ayant, de par mon chagrin, retrouvé toute sa mystérieuse poésie de mère de cette Gilberte à qui elle dirait le lendemain: «Ton ami m'a fait une visite»—venait sans doute de ce que, rose pâle comme la soie Louis XIV de ses fauteuils, blancs de neige comme sa robe de chambre en crêpe de Chine, ou d'un rouge métallique comme son samovar, ils superposaient à celle du salon une décoration supplémentaire, d'un coloris aussi riche, aussi raffiné, mais vivante et qui ne durerait que quelques jours. Mais j'étais touché, moins par ce que ces chrysanthèmes avaient d'éphémère, que de relativement durable par rapport à ces tons aussi roses ou aussi cuivrés, que le soleil couché exalte si somptueusement dans la brume des fins d'après-midi de novembre, et qu'après les avoir aperçus avant que j'entrasse chez Mme Swann, s'éteignant dans le ciel, je retrouvais prolongés, transposés dans la palette enflammée des fleurs. Comme des feux arrachés par un grand coloriste à l'instabilité de l'atmosphère et du soleil, afin qu'ils vinssent orner une demeure humaine, ils m'invitaient, ces chrysanthèmes, et malgré toute ma tristesse, à goûter avidement pendant cette heure du thé les plaisirs si courts de novembre dont ils faisaient flamber près de moi la splendeur intime et mystérieuse. Hélas, ce n'était pas dans les conversations que j'entendais que je pouvais l'atteindre; elles lui ressemblaient bien peu. Même avec Mme Cottard et quoique l'heure fût avancée, Mme Swann se faisait caressante pour dire: «Mais non, il n'est pas tard, ne regardez pas la pendule, ce n'est pas l'heure, elle ne va pas; qu'est-ce que vous pouvez avoir de si pressé à faire»; et elle offrait une tartelette de plus à la femme du professeur qui gardait son porte-cartes à la main.

—On ne peut pas s'en aller de cette maison, disait Mme Bontemps à Mme Swann tandis que Mme Cottard, dans sa surprise d'entendre exprimer sa propre impression s'écriait: «C'est ce que je me dis toujours, avec ma petite jugeotte, dans mon for intérieur!», approuvée par des messieurs du Jockey qui s'étaient confondus en saluts, et comme comblés par tant d'honneur, quand Mme Swann les avait présentés à cette petite bourgeoise peu aimable, qui restait devant les brillants amis d'Odette sur la réserve sinon sur ce qu'elle appelait la «défensive», car elle employait toujours un langage noble pour les choses les plus simples. «On ne le dirait pas, voilà trois mercredis que vous me faites faux-bond», disait Mme Swann à Mme Cottard. «C'est vrai, Odette, il y a *des siècles, des éternités* que je ne vous ai vue. Vous voyez que je plaide coupable, mais il faut vous dire, ajoutait-elle d'un air pudibond et vague, car quoique femme de médecin elle n'aurait pas oser parler sans périphrases de rhumatismes ou de coliques néphrétiques, que j'ai eu bien des petites *misères*. Chacun a les siennes. Et puis j'ai eu une crise dans ma domesticité mâle. Sans être plus qu'une autre très imbue de mon autorité, j'ai dû, pour faire un exemple, renvoyer mon Vatel qui, je crois, cherchait d'ailleurs une place plus lucrative. Mais son départ a failli entraîner la démission de tout le ministère. Ma femme de chambre ne voulait pas rester non plus, il y a eu des scènes homériques. Malgré tout, j'ai tenu ferme le gouvernail, et c'est une véritable leçon de choses qui n'aura pas été perdue pour moi. Je vous ennuie avec ces histoires de serviteurs, mais vous savez comme moi quel tracas c'est d'être obligée de procéder à des remaniements dans son personnel.»

—Et nous ne verrons pas votre délicieuse fille? demandait-elle.—Non, ma délicieuse fille, dîne chez une amie», répondait Mme Swann, et elle ajoutait en se tournant vers moi: «Je crois qu'elle vous a écrit pour que vous veniez la voir demain... Et nos babys?» demandait-elle à la femme du Professeur. Je respirais largement. Ces mots de Mme Swann qui me prouvaient que je pourrais voir Gilberte quand je voudrais, me faisaient justement le bien que j'étais venu chercher et qui me rendait à cette époque-là les visites à Mme Swann si nécessaires. «Non, je lui écrirai un mot ce soir. Du reste, Gilberte et moi nous ne pouvons plus nous voir», ajoutais-je, ayant l'air d'attribuer notre séparation à une cause mystérieuse, ce qui me donnait encore une illusion d'amour, entretenue aussi par la manière tendre dont je parlais de Gilberte et dont elle parlait de moi. «Vous savez qu'elle vous aime infiniment, me disait Mme Swann. Vraiment vous ne voulez pas demain?» Tout d'un coup une allégresse me soulevait, je venais de me dire: «Mais après tout pourquoi pas, puisque c'est sa mère elle-même qui me le propose.»

Mais aussitôt je retombais dans ma tristesse. Je craignais qu'en me revoyant, Gilberte pensât que mon indifférence de ces derniers temps avait été simulée et j'aimais mieux prolonger la séparation. Pendant ces apartés Mme Bontemps se plaignait de l'ennui que lui causaient les femmes des hommes politiques, car elle affectait de trouver tout le monde assommant et ridicule, et d'être désolée de la position de son mari. «Alors vous pouvez comme ça recevoir cinquante femmes de médecins de suite, disait-elle à Mme Cottard qui elle, au contraire, était pleine de bienveillance pour chacun et de respect pour toutes les obligations. Ah, vous avez de la vertu! Moi, au ministère, n'est-ce pas, je suis obligée, naturellement. Eh! bien, c'est plus fort que moi, vous savez, ces femmes de fonctionnaires, je ne peux pas m'empêcher de leur tirer la langue. Et ma nièce Albertine est comme moi. Vous ne savez pas ce qu'elle est effrontée cette petite. La semaine dernière il y avait à mon jour la femme du sous-secrétaire d'État aux Finances qui disait qu'elle ne s'y connaissait pas en cuisine. «Mais, madame, lui a répondu ma nièce avec son plus gracieux sourire, vous devriez pourtant savoir ce que c'est puisque votre père était marmiton.» «Oh! j'aime beaucoup cette histoire, je trouve cela exquis», disait Mme Swann. «Mais au moins pour les jours de consultation du docteur vous devriez avoir un petit home, avec vos fleurs, vos livres, les choses que vous aimez», conseillait-elle à Mme Cottard. «Comme ça, v'lan dans la figure, v'lan, elle ne lui a pas envoyé dire. Et elle ne m'avait prévenue de rien cette petite masque, elle est rusée comme un singe. Vous avez de la chance de pouvoir vous retenir; j'envie les gens qui savent déguiser leur pensée.» «Mais je n'en ai pas besoin, madame: je ne suis pas si difficile, répondait avec douceur Mme Cottard. D'abord, je n'y ai pas les mêmes droits que vous, ajoutait-elle d'une voix un peu plus forte qu'elle prenait, afin de les souligner, chaque fois qu'elle glissait dans la conversation quelqu'une de ces amabilités délicates, de ces ingénieuses flatteries qui faisaient l'admiration et aidaient à la carrière de son mari. Et puis je fais avec plaisir tout ce qui peut être utile au professeur.

—Mais, madame, il faut pouvoir. Probablement vous n'êtes pas nerveuse. Moi quand je vois la femme du ministre de la Guerre faire des grimaces, immédiatement je me mets à l'imiter. C'est terrible d'avoir un tempérament comme ça.

—Ah! oui, dit Mme Cottard, j'ai entendu dire qu'elle avait des tics; mon mari connaît aussi quelqu'un de très haut placé et naturellement, quand ces messieurs causent entre eux...

—Mais tenez, madame, c'est encore comme le chef du protocole qui est bossu, c'est réglé, il n'est pas depuis cinq minutes chez moi que je vais toucher sa bosse. Mon mari dit que je le ferai révoquer. Eh bien! zut pour le ministère! Oui, zut pour le ministère! je voulais fait mettre ça comme devise sur mon papier à lettres. Je suis sûre que je vous scandalise parce que vous êtes bonne, moi j'avoue que rien ne m'amuse comme les petites méchancetés. Sans cela la vie serait bien monotone.

Et elle continuait à parler tout le temps du ministère comme si ç'avait été l'Olympe. Pour changer la conversation Mme Swann se tournait vers Mme Cottard:

—Mais vous me semblez bien belle? *Redfern fecit?*

—Non, vous savez que je suis une fervente de Raudnitz. Du reste c'est un retapage.

—Eh! bien, cela a un chic!

—Combien croyez-vous?... Non, changez le premier chiffre.

—Comment, mais c'est pour rien, c'est donné. On m'avait dit trois fois autant.

—Voilà comme on écrit l'Histoire, concluait la femme du docteur. Et montrant à Mme Swann un tour de cou dont celle-ci lui avait fait présent:

—Regardez, Odette. Vous reconnaissez?

Dans l'entrebâillement d'une tenture une tête se montrait cérémonieusement déférente, feignant par plaisanterie la peur de déranger: c'était Swann. «Odette, le Prince d'Agrigente qui est avec moi dans mon cabinet demande s'il pourrait venir vous présenter ses hommages. Que dois-je aller lui répondre?—Mais que je serai enchantée», disait Odette avec satisfaction sans se départir d'un calme qui lui était d'autant plus facile qu'elle avait toujours, même comme cocotte, reçu des hommes élégants. Swann partait transmettre l'autorisation et, accompagné du Prince, il revenait auprès de sa femme à moins que dans l'intervalle ne fût entrée Mme Verdurin. Quand il avait épousé Odette, il lui avait demandé de ne plus fréquenter le petit clan (il avait pour cela bien des raisons et s'il n'en avait pas eu, l'eût fait tout de même par obéissance à une loi d'ingratitude qui ne souffre pas d'exception et qui fait ressortir l'imprévoyance de tous les entremetteurs ou leur désintéressement). Il avait seulement permis qu'Odette échangeât avec Mme Verdurin deux visites par an, ce qui semblait encore excessif à certains fidèles indignés de l'injure faite à la Patronne qui avait pendant tant d'années traité Odette et même Swann comme les enfants chéris de la maison.

Car s'il contenait des faux-frères qui lâchaient certains soirs pour se rendre sans le dire à une invitation d'Odette, prêts, dans le cas où ils seraient découverts, à s'excuser sur la curiosité de rencontrer Bergotte (quoique la Patronne prétendît qu'il ne fréquentait pas chez les Swann, était dépourvu de talent, et malgré cela elle cherchait suivant une expression qui lui était chère, à l'attirer), le petit groupe avait aussi ses «ultras». Et ceux-ci, ignorants des convenances particulières qui détournent souvent les gens de l'attitude extrême qu'on aimerait à leur voir prendre pour ennuyer quelqu'un, auraient souhaité et n'avaient pas obtenu que Mme Verdurin cessât toutes relations avec Odette, et lui ôtât ainsi la satisfaction de dire en riant: «Nous allons très rarement chez la patronne depuis le Schisme. C'était encore possible quand mon mari était garçon, mais pour un ménage ce n'est pas toujours très facile... M. Swann, pour vous dire la vérité n'avale pas la mère Verdurin et il n'apprécierait pas beaucoup que j'en fasse ma fréquentation habituelle. Et moi, fidèle épouse...» Swann y accompagnait sa femme en soirée, mais évitait d'être là quand Mme Verdurin venait chez Odette en visite.

Ainsi si la Patronne était dans le salon, le Prince d'Agrigente entrait seul. Seul aussi d'ailleurs il était présenté par Odette qui préférait que Mme Verdurin n'entendît pas de noms obscurs et voyant plus d'un visage inconnu d'elle, pût se croire au milieu de notabilités aristocratiques, calcul qui réussissait si bien que le soir Mme Verdurin disait avec dégoût à son mari: «Charmant milieu! Il y avait toute la fleur de la Réaction!» Odette vivait à l'égard de Mme Verdurin dans une illusion inverse. Non que ce salon eût même seulement commencé alors de devenir ce que nous le verrons être un jour. Mme Verdurin n'en était même pas encore à la période d'incubation où on suspend les grandes fêtes dans lesquelles les rares éléments brillants récemment acquis seraient noyés dans trop de tourbe et où on préfère attendre que le pouvoir générateur des dix justes qu'on a réussi à attirer en ait produit septante fois dix. Comme Odette n'allait pas tarder à le faire, Mme Verdurin se proposait bien le «monde» comme objectif, mais ses zones d'attaque étaient encore si limitées et d'ailleurs si éloignées de celles par où Odette avait quelque chance d'arriver à un résultat identique, à percer, que celle-ci vivait dans la plus complète ignorance des plans stratégiques qu'élaborait la Patronne.

Et c'était de la meilleure foi du monde que, quand on parlait à Odette de Mme Verdurin comme d'une snob, Odette se mettait à rire, et disait: «C'est tout le contraire. D'abord elle n'en a pas les éléments, elle ne connaît personne. Ensuite il faut lui rendre cette justice que cela lui plaît ainsi. Non, ce qu'elle aime ce sont ses mercredis, les causeurs agréables.» Et secrètement elle enviait à Mme Verdurin (bien qu'elle ne désespérât pas d'avoir elle-même à une si grande école fini par les apprendre) ces arts auxquels la Patronne attachait une si belle importance bien qu'ils ne fassent que nuancer l'inexistant, sculpter le vide, et soient à proprement parler les Arts du Néant: l'art (pour une maîtresse de maison) de savoir «réunir», de s'entendre à «grouper», de «mettre en valeur», de «s'effacer», de servir de «trait d'union».

En tous cas les amies de Mme Swann étaient impressionnées de voir chez elle une femme qu'on ne se représentait habituellement que dans son propre salon, entourée d'un cadre inséparable d'invités, de tout un petit groupe qu'on s'émerveillait de voir ainsi, évoqué, résumé, resserré, dans un seul fauteuil, sous les espèces de la Patronne devenue visiteuse dans l'emmitouflement de son manteau fourré de grèbe, aussi duveteux que les blanches fourrures qui tapissaient ce salon au sein duquel Mme Verdurin était elle-même un salon. Les femmes les plus timides voulaient se retirer par discrétion et employant le pluriel, comme quand on veut faire comprendre aux autres qu'il est plus sage de ne pas trop fatiguer une convalescente qui se lève pour la première fois, disaient: «Odette nous allons vous laisser.» On enviait Mme Cottard que la patronne appelait par son prénom. «Est-ce que je vous enlève?» lui disait Mme Verdurin qui ne pouvait supporter la pensée qu'une fidèle allait rester là au lieu de la suivre. «Mais Madame est assez aimable pour me ramener, répondait Mme Cottard, ne voulant pas avoir l'air d'oublier, en faveur d'une personne plus célèbre, qu'elle avait accepté l'offre que Mme Bontemps lui avait faite de la ramener dans sa voiture à cocarde. J'avoue que je suis particulièrement reconnaissante aux amies qui veulent bien me prendre avec elles dans leur véhicule. C'est une véritable aubaine pour moi qui n'ai pas d'automédon.» «D'autant plus, répondait la patronne (n'osant trop rien dire car elle connaissait un peu Mme Bontemps et venait de l'inviter à ses mercredis), que chez Mme de Crécy vous n'êtes pas près de chez vous. Oh! mon Dieu, je n'arriverai jamais à dire madame Swann.»

C'était une plaisanterie dans le petit clan, pour des gens qui n'avaient pas beaucoup d'esprit, de faire semblant de ne pas pouvoir s'habituer à dire Mme Swann. «J'avais tellement l'habitude de dire Mme de Crécy, j'ai encore failli de me tromper.» Seule Mme Verdurin, quand elle parlait à Odette, ne faisait pas que faillir et se trompait exprès. «Cela ne vous fait pas peur, Odette, d'habiter ce quartier perdu. Il me semble que je ne serais qu'à moitié tranquille le soir pour rentrer. Et puis c'est si humide. Ça ne doit rien valoir pour l'eczéma de votre mari. Vous n'avez pas de rats au moins?—Mais non! Quelle horreur!—Tant mieux, on m'avait dit cela. Je suis bien aise de savoir que ce n'est pas vrai, parce que j'en ai une peur épouvantable et que je ne serais pas revenue chez vous. Au revoir ma bonne chérie, à bientôt, vous savez comme je suis heureuse de vous voir. Vous ne savez pas arranger les chrysanthèmes, disait-elle en s'en allant tandis que Mme Swann se levait pour la reconduire.

Ce sont des fleurs japonaises, il faut les disposer comme font les Japonais.—Je ne suis pas de l'avis de Mme Verdurin, bien qu'en toutes choses elle soit pour moi la Loi et les Prophètes. Il n'y a que vous, Odette, pour trouver des chrysanthèmes si belles ou plutôt si beaux puisque il paraît que c'est ainsi qu'on dit maintenant, déclarait Mme Cottard, quand la Patronne avait refermé la porte.—Chère Mme Verdurin n'est pas toujours très bienveillante pour les fleurs des autres, répondait doucement Mme Swann.—Qui cultivez-vous, Odette? demandait Mme Cottard pour ne pas laisser se prolonger les critiques à l'adresse de la Patronne... Lemaître? J'avoue que devant chez Lemaître il y avait l'autre jour un grand arbuste rose qui m'a fait faire une folie.» Mais par pudeur elle se refusa à donner des renseignements plus précis sur le prix de l'arbuste et dit seulement que le professeur «qui n'avait pourtant pas la tête près du bonnet» avait tiré flamberge au vent et lui avait dit qu'elle ne savait pas la valeur de l'argent. «Non, non, je n'ai de fleuriste attitré que Debac.—Moi aussi, disait Mme Cottard, mais je confesse que je lui fais des infidélités avec Lachaume.—Ah! vous le trompez avec Lachaume, je lui dirai, répondait Odette qui s'efforçait d'avoir de l'esprit et de conduire la conversation chez elle, où elle se sentait plus à l'aise que dans le petit clan. Du reste Lachaume devient vraiment trop cher; ses prix sont excessifs, savez-vous, ses prix je les trouve inconvenants!» ajoutait-elle en riant.

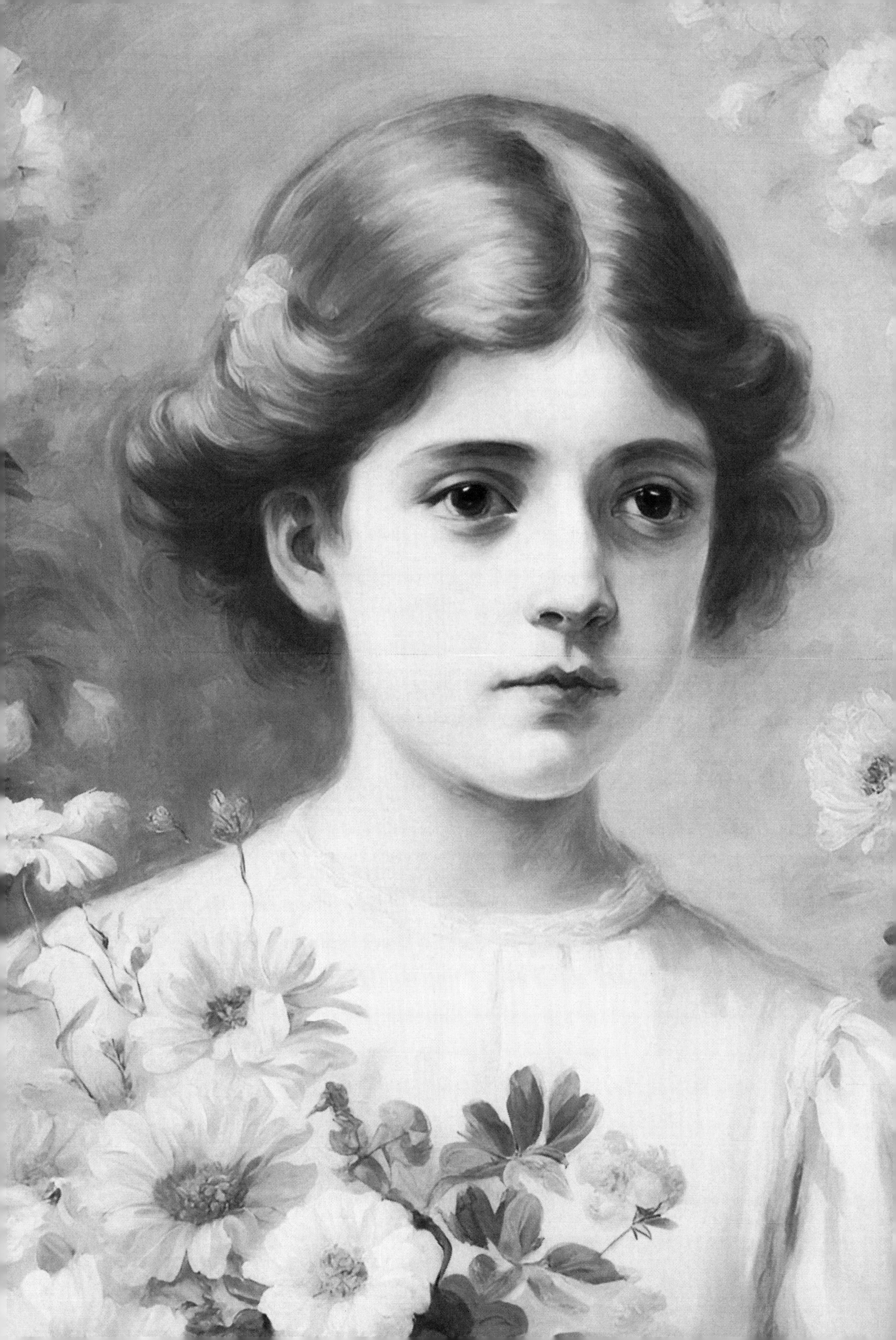

DEUXIÈME PARTIE

Cependant Mme Bontemps qui avait dit cent fois qu'elle ne voulait pas aller chez les Verdurin, ravie d'être invitée aux mercredis, était en train de calculer comment elle pourrait s'y rendre le plus de fois possible. Elle ignorait que Mme Verdurin souhaitait qu'on n'en manquât aucun; d'autre part, elle était de ces personnes peu recherchées, qui quand elles sont conviées à des «séries» par une maîtresse de maison, ne vont pas chez elle comme ceux qui savent faire toujours plaisir, quand ils ont un moment et le désir de sortir; elles, au contraire, se privent par exemple de la première soirée et de la troisième, s'imaginant que leur absence sera remarquée et se réservent pour la deuxième et la quatrième; à moins que leurs informations ne leur ayant appris que la troisième sera particulièrement brillante, elles ne suivent un ordre inverse, alléguant que «malheureusement la dernière fois elles n'étaient pas libres». Telle Mme Bontemps supputait combien il pouvait y avoir encore de mercredis avant Pâques et de quelle façon elle arriverait à en avoir un de plus, sans pourtant paraître s'imposer. Elle comptait sur Mme Cottard, avec laquelle elle allait revenir, pour lui donner quelques indications. «Oh! Madame Bontemps, je vois que vous vous levez, c'est très mal de donner ainsi le signal de la fuite. Vous me devez une compensation pour n'être pas venue jeudi dernier... Allons rasseyez-vous un moment. Vous ne ferez tout de même plus d'autre visite avant le dîner. Vraiment vous ne vous laissez pas tenter? ajoutait Mme Swann et tout en tendant une assiette de gâteaux: Vous savez que ce n'est pas mauvais du tout ces petites saletés-là. Ça ne paye pas de mine, mais goûtez-en, vous m'en direz des nouvelles.—Au contraire, ça a l'air délicieux, répondait Mme Cottard, chez vous, Odette, on n'est jamais à court de victuailles. Je n'ai pas besoin de vous demander la marque de fabrique, je sais que vous faites tout venir de chez Rebattet. Je dois dire que je suis plus éclectique. Pour les petits fours, pour toutes les friandises, je m'adresse souvent à Bourbonneux.

Mais je reconnais qu'ils ne savent pas ce que c'est qu'une glace. Rebattet, pour tout ce qui est glace, bavaroise ou sorbet, c'est le grand art. Comme dirait mon mari, le *nec plus ultra*.—Mais ceci est tout simplement fait ici. Vraiment non?—Je ne pourrai pas dîner, répondait Mme Bontemps, mais je me rassieds un instant, vous savez, moi j'adore causer avec une femme intelligente comme vous.—Vous allez me trouver indiscrète, Odette, mais j'aimerais savoir comment vous jugez le chapeau qu'avait Mme Trombert. Je sais bien que la mode est aux grands chapeaux. Tout de même n'y a-t-il pas un peu d'exagération. Et à côté de celui avec lequel elle est venue l'autre jour chez moi, celui qu'elle portait tantôt était microscopique.—Mais non je ne suis pas intelligente, disait Odette, pensant que cela faisait bien. Je suis au fond une gobeuse, qui croit tout ce qu'on lui dit, qui se fait du chagrin pour un rien.» Et elle insinuait qu'elle avait, au commencement, beaucoup souffert d'avoir épousé un homme comme Swann qui avait une vie de son côté et qui la trompait. Cependant le Prince d'Agrigente ayant entendu les mots: «Je ne suis pas intelligente», trouvait de son devoir de protester, mais il n'avait pas d'esprit de répartie. «Taratata, s'écriait Mme Bontemps, vous pas intelligente!—En effet je me disais: «Qu'est-ce que j'entends?» disait le Prince en saisissant cette perche. Il faut que mes oreilles m'aient trompé.—Mais non, je vous assure, disait Odette, je suis au fond une petite bourgeoise très choquable, pleine de préjugés, vivant dans son trou, surtout très ignorante.» Et pour demander des nouvelles du baron de Charlus: «Avez-vous vu cher baronet?» lui disait-elle.—Vous, ignorante, s'écriait Mme Bontemps! Hé bien alors qu'est-ce que vous diriez du monde officiel, toutes ces femmes d'Excellences, qui ne savent parler que de chiffons!... Tenez, madame, pas plus tard qu'il y a huit jours je mets sur *Lohengrin* la ministresse de l'Instruction publique.

Elle me répond: «*Lohengrin*? Ah! oui, la dernière revue des Folies-Bergères, il paraît que c'est tordant.» Hé bien! madame, qu'est-ce que vous voulez, quand on entend des choses comme ça, ça vous fait bouillir. J'avais envie de la gifler. Parce que j'ai mon petit caractère vous savez. Voyons, monsieur, disait-elle en se tournant vers moi, est-ce que je n'ai pas raison?—Écoutez, disait Mme Cottard, on est excusable de répondre un peu de travers quand on est interrogée ainsi de but en blanc, sans être prévenue. J'en sais quelque chose car Mme Verdurin a l'habitude de nous mettre aussi le couteau sur la gorge.—A propos de Mme Verdurin demandait Mme Bontemps à Mme Cottard, savez-vous qui il y aura mercredi chez elle?... Ah! je me rappelle maintenant que nous avons accepté une invitation pour mercredi prochain. Vous ne voulez pas dîner de mercredi en huit avec nous? Nous irons ensemble chez Madame Verdurin. Cela m'intimide d'entrer seule, je ne sais pas pourquoi cette grande femme m'a toujours fait peur.—Je vais vous le dire, répondait Mme Cottard, ce qui vous effraye chez Mme Verdurin, c'est son organe. Que voulez-vous, tout le monde n'a pas un aussi joli organe que Madame Swann. Mais le temps de prendre langue, comme dit la Patronne, et la glace sera bientôt rompue. Car dans le fond elle est très accueillante. Mais je comprends très bien votre sensation, ce n'est jamais agréable de se trouver la première fois en pays perdu.—Vous pourriez aussi dîner avec nous, disait Mme Bontemps à Mme Swann. Après dîner on irait tous ensemble en Verdurin, faire Verdurin; et même si ce devait avoir pour effet que la Patronne me fasse les gros yeux et ne m'invite plus, une fois chez elle nous resterons toutes les trois à causer entre nous, je sens que c'est ce qui m'amusera le plus.» Mais cette affirmation ne devait pas être très véridique car Mme Bontemps demandait: «Qui pensez-vous qu'il y aura de mercredi en huit? Qu'est-ce qui se passera? Il n'y aura pas trop de monde, au moins?—Moi, je n'irai certainement pas, disait Odette. Nous ne ferons qu'une petite apparition au mercredi final. Si cela vous est égal d'attendre jusque-là...» Mais Mme Bontemps ne semblait pas séduite par cette proposition d'ajournement.

Bien que les mérites spirituels d'un salon et son élégance soient généralement en rapports inverses plutôt que directs, il faut croire, puisque Swann trouvait Mme Bontemps agréable, que toute déchéance acceptée a pour conséquence de rendre les gens moins difficiles sur ceux avec qui ils sont résignés à se plaire, moins difficiles sur leur esprit comme sur le reste. Et si cela est vrai, les hommes doivent, comme les peuples, voir leur culture et même leur langage disparaître avec leur indépendance. Un des effets de cette indulgence est d'aggraver la tendance qu'à partir d'un certain âge on a à trouver agréables les paroles qui sont un hommage à notre propre tour d'esprit, à nos penchants, un encouragement à nous y livrer; cet âge-là est celui où un grand artiste préfère à la société de génies originaux celle d'élèves qui n'ont en commun avec lui que la lettre de sa doctrine et par qui il est encensé, écouté; où un homme ou une femme remarquables qui vivent pour un amour trouveront la plus intelligente dans une réunion la personne peut-être inférieure, mais dont une phrase aura montré qu'elle sait comprendre et approuver ce qu'est une existence vouée à la galanterie, et aura ainsi chatouillé agréablement la tendance voluptueuse de l'amant ou de la maîtresse; c'était l'âge aussi où Swann, en tant qu'il était devenu le mari d'Odette, se plaisait à entendre dire à Mme Bontemps que c'est ridicule de ne recevoir que des duchesses (concluant de là, au contraire de ce qu'il eût fait jadis chez les Verdurin, que c'était une bonne femme, très spirituelle et qui n'était pas snob) et à lui raconter des histoires qui la faisaient «tordre», parce qu'elle ne les connaissait pas et que d'ailleurs elle «saisissait» vite, aimant à flatter et à s'amuser. «Alors le docteur ne raffole pas comme vous, des fleurs? demandait Mme Swann à Mme Cottard.—Oh! vous savez que mon mari est un sage; il est modéré en toutes choses. Si, pourtant, il a une passion.»

L'oeil brillant de malveillance, de joie et de curiosité: «Laquelle, madame?» demandait Mme Bontemps. Avec simplicité, Mme Cottard répondait: «La lecture.—Oh! c'est une passion de tout repos chez un mari! s'écriait Mme Bontemps en étouffant un rire satanique.—Quand le docteur est dans un livre, vous savez!—Hé bien, madame, cela ne doit pas vous effrayer beaucoup...—Mais si!... pour sa vue. Je vais aller le retrouver, Odette, et je reviendrai au premier jour frapper à votre porte. A propos de vue, vous a-t-on dit que l'hôtel particulier que vient d'acheter Mme Verdurin sera éclairé à l'électricité? Je ne le tiens pas de ma petite police particulière, mais d'une autre source: c'est l'électricien lui-même, Mildé, qui me l'a dit. Vous voyez que je cite mes auteurs! Jusqu'aux chambres qui auront leurs lampes électriques avec un abat-jour qui tamisera la lumière. C'est évidemment un luxe charmant. D'ailleurs nos contemporaines veulent absolument du nouveau, n'en fût-il plus au monde. Il y a la belle-soeur d'une de mes amies qui a le téléphone posé chez elle! Elle peut faire une commande à un fournisseur sans sortir de son appartement! J'avoue que j'ai platement intrigué pour avoir la permission de venir un jour parler devant l'appareil. Cela me tente beaucoup, mais plutôt chez une amie que chez moi. Il me semble que je n'aimerais pas avoir le téléphone à domicile. Le premier amusement passé, cela doit être vrai casse-tête. Allons, Odette, je me sauve, ne retenez plus Mme Bontemps puisqu'elle se charge de moi, il faut absolument que je m'arrache, vous me faites faire du joli, je vais être rentrée après mon mari!»

Et moi aussi, il fallait que je rentrasse, avant d'avoir goûté à ces plaisirs de l'hiver, desquels les chrysanthèmes m'avaient semblé être l'enveloppe éclatante. Ces plaisirs n'étaient pas venus et cependant Mme Swann n'avait pas l'air d'attendre encore quelque chose. Elle laissait les domestiques emporter le thé comme elle aurait annoncé: «On ferme!» Et elle finissait par me dire: «Alors, vraiment, vous partez? Hé bien, *good bye!*» Je sentais que j'aurais pu rester sans rencontrer ces plaisirs inconnus et que ma tristesse n'était pas seule à m'avoir privé d'eux. Ne se trouvaient-ils donc pas situés sur cette route battue des heures, qui mènent toujours si vite à l'instant du départ, mais plutôt sur quelque chemin de traverse inconnu de moi et par où il eût fallu bifurquer? Du moins le but de ma visite était atteint, Gilberte saurait que j'étais venu chez ses parents quand elle n'était pas là, et que j'y avais, comme n'avait cessé de le répéter Mme Cottard, fait d'emblée, de prime abord, la conquête de Mme Verdurin. «Il faut, m'avait dit la femme du docteur qui ne l'avait jamais vue faire «autant de frais», que vous ayez ensemble des atomes crochus.» Gilberte saurait que j'avais parlé d'elle comme je devais le faire, avec tendresse, mais que je n'avais pas cette incapacité de vivre sans que nous nous vissions que je croyais à la base de l'ennui qu'elle avait éprouvé ces derniers temps auprès de moi. J'avais dit à Mme Swann que je ne pouvais plus me trouver avec Gilberte. Je l'avais dit comme si j'avais décidé pour toujours de ne plus la voir. Et la lettre que j'allais envoyer à Gilberte serait conçue dans le même sens. Seulement à moi-même pour me donner courage je ne me proposais qu'un suprême et court effort de peu de jours. Je me disais: «C'est le dernier rendez-vous d'elle que je refuse, j'accepterai le prochain.» Pour me rendre la séparation moins difficile à réaliser, je ne me la présentais pas comme définitive. Mais je sentais bien qu'elle le serait.

Le 1er janvier me fut particulièrement douloureux cette année-là. Tout l'est sans doute, qui fait date et anniversaire, quand on est malheureux. Mais si c'est par exemple d'avoir perdu un être cher, la souffrance consiste seulement dans une comparaison plus vive avec le passé. Il s'y ajoutait dans mon cas l'espoir informulé que Gilberte, ayant voulu me laisser l'initiative des premiers pas et constatant que je ne les avais pas faits, n'avait attendu que le prétexte du 1er janvier pour m'écrire: «Enfin, qu'y a-t-il? je suis folle de vous, venez que nous nous expliquions franchement, je ne peux pas vivre sans vous voir.» Dès les derniers jours de l'année cette lettre me parut probable. Elle ne l'était peut-être pas, mais, pour que nous la croyions telle, le désir, le besoin que nous en avons suffit. Le soldat est persuadé qu'un certain délai indéfiniment prolongeable lui sera accordé avant qu'il soit tué, le voleur avant qu'il soit pris, les hommes en général avant qu'ils aient à mourir. C'est là l'amulette qui préserve les individus—et parfois les peuples—non du danger mais de la peur du danger, en réalité de la croyance au danger, ce qui dans certains cas permet de les braver sans qu'il soit besoin d'être brave.

Une confiance de ce genre, et aussi peu fondée, soutient l'amoureux qui compte sur une réconciliation, sur une lettre. Pour que je n'eusse pas attendu celle-là, il eût suffi que j'eusse cessé de la souhaiter. Si indifférent qu'on sache que l'on est à celle qu'on aime encore, on lui prête une série de pensées—fussent-elles d'indifférence—une intention de les manifester, une complication de vie intérieure où l'on est l'objet peut-être d'une antipathie, mais aussi d'une attention permanentes. Pour imaginer au contraire ce qui se passait en Gilberte, il eût fallu que je pusse tout simplement anticiper dès ce 1er janvier-là ce que j'eusse ressenti celui d'une des années suivantes, et où l'attention, ou le silence, ou la tendresse, ou la froideur de Gilberte eussent passé à peu près inaperçus à mes yeux et où je n'eusse pas songé, pas même pu songer à chercher la solution de problèmes qui auraient cessé de se poser pour moi. Quand on aime l'amour est trop grand pour pouvoir être contenu tout entier en nous; il irradie vers la personne aimée, rencontre en elle une surface qui l'arrête, le force à revenir vers son point de départ; et c'est ce choc en retour de notre propre tendresse que nous appelons les sentiments de l'autre et qui nous charme plus qu'à l'aller, parce que nous ne connaissons pas qu'elle vient de nous. Le 1er janvier sonna toutes ses heures sans qu'arrivât cette lettre de Gilberte. Et comme j'en reçus quelques-unes de vœux tardifs ou retardés par l'encombrement des courriers à ces dates-là, le 3 et le 4 janvier, j'espérais encore, de moins en moins pourtant. Les jours qui suivirent, je pleurai beaucoup. Certes cela tenait à ce qu'ayant été moins sincère que je ne l'avais cru quand j'avais renoncé à Gilberte, j'avais gardé cet espoir d'une lettre d'elle pour la nouvelle année. Et le voyant épuisé avant que j'eusse eu le temps de me précautionner d'un autre, je souffrais comme un malade qui a vidé sa fiole de morphine sans en avoir sous la main une seconde. Mais peut-être en moi—et ces deux explications ne s'excluent pas, car un seul sentiment est quelquefois fait de contraires—l'espérance que j'avais de recevoir enfin une lettre, avait-elle rapproché de moi l'image de Gilberte, recréé les émotions que l'attente de me trouver près d'elle, sa vue, sa manière d'être avec moi, me causaient autrefois. La possibilité immédiate d'une réconciliation avait supprimé cette chose de l'énormité de laquelle nous ne nous rendons pas compte—la résignation. Les neurasthéniques ne peuvent croire les gens qui leur assurent qu'ils seront à peu près calmés en restant au lit sans recevoir de lettres, sans lire de journaux. Ils se figurent que ce régime ne fera qu'exaspérer leur nervosité. De même les amoureux, le considérant du sein d'un état contraire, n'ayant pas commencé de l'expérimenter, ne peuvent croire à la puissance bienfaisante du renoncement.

A cause de la violence de mes battements de cœur on me fit diminuer la caféine, ils cessèrent. Alors je me demandai si ce n'était pas un peu à elle qu'était due cette angoisse que j'avais éprouvée quand je m'étais à peu près brouillé avec Gilberte, et que j'avais attribuée chaque fois qu'elle se renouvelait à la souffrance de ne plus voir mon amie, ou de risquer de ne la voir qu'en proie à la même mauvaise humeur. Mais si ce médicament avait été à l'origine des souffrances que mon imagination eût alors faussement interprétées (ce qui n'aurait rien d'extraordinaire, les plus cruelles peines morales ayant souvent pour cause chez les amants, l'habitude physique de la femme avec qui ils vivent), c'était à la façon du philtre qui longtemps après avoir été absorbé continue à lier Tristan à Yseult. Car l'amélioration physique que la diminution de la caféine amena presque immédiatement chez moi n'arrêta pas l'évolution de chagrin que l'absorption du toxique avait peut-être sinon créé, du moins su rendre plus aigu.

Seulement, quand le milieu du mois de janvier approcha, une fois déçues mes espérances d'une lettre pour le jour de l'an et la douleur supplémentaire qui avait accompagné leur déception une fois calmée, ce fut mon chagrin d'avant «les Fêtes» qui recommença. Ce qu'il y avait peut-être encore en lui de plus cruel, c'est que j'en fusse moi-même l'artisan inconscient, volontaire, impitoyable et patient. La seule chose à laquelle je tinsse, mes relations avec Gilberte, c'est moi qui travaillais à les rendre impossibles en créant peu à peu, par la séparation prolongée d'avec mon amie, non pas son indifférence, mais ce qui reviendrait finalement au même, la mienne. C'était à un long et cruel suicide du moi qui en moi-même aimait Gilberte que je m'acharnais avec continuité, avec la clairvoyance non seulement de ce que je faisais dans le présent, mais de ce qui en résulterait pour l'avenir: je savais non pas seulement que dans un certain temps je n'aimerais plus Gilberte, mais encore qu'elle-même le regretterait, et que les tentatives qu'elle ferait alors pour me voir seraient aussi vaines que celles d'aujourd'hui, non plus parce que je l'aimerais trop mais parce que j'aimerais certainement une autre femme que je resterais à désirer, à attendre, pendant des heures dont je n'oserais pas distraire une parcelle pour Gilberte qui ne me serait plus rien. Et sans doute en ce moment même, où (puisque j'étais résolu à ne plus la voir, à moins d'une demande formelle d'explications, d'une complète déclaration d'amour de sa part, lesquelles n'avaient plus aucune chance de venir) j'avais déjà perdu Gilberte, et l'aimais davantage, je sentais tout ce qu'elle était pour moi, mieux que l'année précédente, quand passant tous mes après-midi avec elle, selon que je voulais, je croyais que rien ne menaçait notre amitié, sans doute en ce moment l'idée que j'éprouverais un jour les mêmes sentiments pour une autre m'était odieuse, car cette idée m'enlevait outre Gilberte, mon amour et ma souffrance. Mon amour, ma souffrance, où en pleurant j'essayais de saisir justement ce qu'était Gilberte, et desquels il me fallait reconnaître qu'ils ne lui appartenaient pas spécialement et seraient, tôt ou tard, le lot de telle ou telle femme.

De sorte—c'était du moins alors ma manière de penser—qu'on est toujours détaché des êtres: quand on aime, on sent que cet amour ne porte pas leur nom, pourra dans l'avenir renaître, aurait même pu, même dans le passé, naître pour une autre et non pour celle-là. Et dans le temps où l'on n'aime pas, si l'on prend philosophiquement son parti de ce qu'il y a de contradictoire dans l'amour, c'est que cet amour dont on parle à son aise on ne l'éprouve pas alors, donc on ne le connaît pas, la connaissance en ces matières étant intermittente et ne survivant pas à la présence effective du sentiment. Cet avenir où je n'aimerais plus Gilberte et que ma souffrance m'aidait à deviner sans que mon imagination pût encore se le représenter clairement, certes il eût été temps encore d'avertir Gilberte qu'il se formerait peu à peu, que sa venue était sinon imminente, du moins inéluctable, si elle-même, Gilberte, ne venait pas à mon aide et ne détruisait pas dans son germe ma future indifférence. Combien de fois ne fus-je pas sur le point d'écrire, ou d'aller dire à Gilberte: «Prenez garde, j'en ai pris la résolution, la démarche que je fais est une démarche suprême. Je vous vois pour la dernière fois. Bientôt je ne vous aimerai plus.» A quoi bon? De quel droit eussé-je reproché à Gilberte une indifférence que, sans me croire coupable pour cela, je manifestais à tout ce qui n'était pas elle? La dernière fois! A moi, cela me paraissait quelque chose d'immense, parce que j'aimais Gilberte. A elle cela lui eût fait sans doute autant d'impression que ces lettres où des amis demandent à nous faire une visite avant de s'expatrier, visite que, comme aux ennuyeuses femmes qui nous aiment, nous leur refusons parce que nous avons des plaisirs devant nous. Le temps dont nous disposons chaque jour est élastique; les passions que nous ressentons le dilatent, celles que nous inspirons le rétrécissent et l'habitude le remplit.

D'ailleurs, j'aurais eu beau parler à Gilberte, elle ne m'aurait pas entendu. Nous nous imaginons toujours, quand nous parlons, que ce sont nos oreilles, notre esprit qui écoutent. Mes paroles ne seraient parvenues à Gilberte que déviées, comme si elles avaient eu à traverser le rideau mouvant d'une cataracte avant d'arriver à mon amie, méconnaissables, rendant un son ridicule, n'ayant plus aucune espèce de sens. La vérité qu'on met dans les mots ne se fraye pas son chemin directement, n'est pas douée d'une évidence irrésistible. Il faut qu'assez de temps passe pour qu'une vérité de même ordre ait pu se former en eux. Alors l'adversaire politique qui, malgré tous les raisonnements et toutes les preuves, tenait le sectateur de la doctrine opposée pour un traître, partage lui-même la conviction détestée à laquelle celui qui cherchait inutilement à la répandre ne tient plus. Alors, le chef-d'oeuvre qui pour les admirateurs qui le lisaient haut semblait montrer en soi les preuves de son excellence et n'offrait à ceux qui écoutaient qu'une image insane ou médiocre, sera par eux proclamé chef-d'oeuvre, trop tard pour que l'auteur puisse l'apprendre. Pareillement en amour les barrières, quoi qu'on fasse, ne peuvent être brisées du dehors par celui qu'elles désespèrent; et c'est quand il ne se souciera plus d'elles, que, tout à coup, par l'effet du travail venu d'un autre côté, accompli à l'intérieur de celle qui n'aimait pas, ces barrières, attaquées jadis sans succès, tomberont sans utilité. Si j'étais venu annoncer à Gilberte mon indifférence future et le moyen de la prévenir, elle aurait induit de cette démarche que mon amour pour elle, le besoin que j'avais d'elle, étaient encore plus grands qu'elle n'avait cru, et son ennui de me voir en eût été augmenté. Et il est bien vrai, du reste, que c'est cet amour qui m'aidait, par les états d'esprit disparates qu'il faisait se succéder en moi, à prévoir, mieux qu'elle, la fin de cet amour. Pourtant, un tel avertissement, je l'eusse peut-être adressé, par lettre ou de vive voix, à Gilberte, quand assez de temps eût passé, me la rendant ainsi, il est vrai, moins indispensable, mais aussi ayant pu lui prouver qu'elle ne me l'était pas.

Malheureusement, certaines personnes bien ou mal intentionnées lui parlèrent de moi d'une façon qui dut lui laisser croire qu'elles le faisaient à ma prière. Chaque fois que j'appris ainsi que Cottard, ma mère elle-même, et jusqu'à M. de Norpois avaient, par de maladroites paroles, rendu inutile tout le sacrifice que je venais d'accomplir, gâché tout le résultat de ma réserve en me donnant faussement l'air d'en être sorti, j'avais un double ennui. D'abord je ne pouvais plus faire dater que de ce jour-là ma pénible et fructueuse abstention que les fâcheux avaient à mon insu interrompue et, par conséquent, annihilée. Mais, de plus, j'eusse eu moins de plaisir à voir Gilberte qui me croyait maintenant non plus dignement résigné, mais manoeuvrant dans l'ombre pour une entrevue qu'elle avait dédaigné d'accorder. Je maudissais ces vains bavardages de gens qui souvent, sans même l'intention de nuire ou de rendre service, pour rien, pour parler, quelquefois parce que nous n'avons pas pu nous empêcher de le faire devant eux et qu'ils sont indiscrets (comme nous), nous causent, à point nommé, tant de mal. Il est vrai que dans la funeste besogne accomplie pour la destruction de notre amour, ils sont loin de jouer un rôle égal à deux personnes qui ont pour habitude l'une par excès de bonté et l'autre de méchanceté de tout défaire au moment que tout allait s'arranger. Mais ces deux personnes-là, nous ne leur en voulons pas comme aux inopportuns Cottard, car la dernière, c'est la personne que nous aimons et la première, c'est nous-même.

Cependant, comme presque chaque fois que j'allais la voir, Mme Swann m'invitait à venir goûter avec sa fille et me disait de répondre directement à celle-ci, j'écrivais souvent à Gilberte, et dans cette correspondance je ne choisissais pas les phrases qui eussent pu, me semblait-il la persuader, je cherchais seulement à frayer le lit le plus doux au ruissellement de mes pleurs. Car le regret comme le désir ne cherche pas à s'analyser, mais à se satisfaire; quand on commence d'aimer on passe le temps non à savoir ce qu'est son amour, mais à préparer les possibilités des rendez-vous du lendemain. Quand on renonce, on cherche non à connaître son chagrin, mais à offrir de lui à celle qui le cause l'expression qui nous paraît la plus tendre. On dit les choses qu'on éprouve le besoin de dire et que l'autre ne comprendra pas, on ne parle que pour soi-même. J'écrivais: «J'avais cru que ce ne serait pas possible. Hélas, je vois que ce n'est pas si difficile.» Je disais aussi: «Je ne vous verrai probablement plus», je le disais en continuant à me garder d'une froideur qu'elle eût pu croire affectée, et ces mots, en les écrivant, me faisaient pleurer, parce que je sentais qu'ils exprimaient non ce que j'aurais voulu croire, mais ce qui arriverait en réalité. Car à la prochaine demande de rendez-vous qu'elle me ferait adresser, j'aurais encore comme cette fois le courage de ne pas céder et, de refus en refus, j'arriverais peu à peu au moment où à force de ne plus l'avoir vue je ne désirerais pas la voir. Je pleurais mais je trouvais le courage, je connaissais la douceur, de sacrifier le bonheur d'être auprès d'elle à la possibilité de lui paraître agréable un jour, un jour où, hélas! lui paraître agréable me serait indifférent.

L'hypothèse même, pourtant si peu vraisemblable, qu'en ce moment, comme elle l'avait prétendu pendant la dernière visite que je lui avais faite, elle m'aimât, que ce que je prenais pour l'ennui qu'on éprouve auprès de quelqu'un dont on est las, ne fût dû qu'à une susceptibilité jalouse, à une feinte d'indifférence analogue à la mienne, ne faisait que rendre ma résolution moins cruelle. Il me semblait alors que dans quelques années, après que nous nous serions oubliés l'un l'autre, quand je pourrais rétrospectivement lui dire que cette lettre qu'en ce moment j'étais en train de lui écrire n'avait été nullement sincère, elle me répondrait: «Comment, vous, vous m'aimiez? Si vous saviez comme je l'attendais, cette lettre, comme j'espérais un rendez-vous, comme elle me fit pleurer.» La pensée, pendant que je lui écrivais, aussitôt rentré de chez sa mère, que j'étais peut-être en train de consommer précisément ce malentendu-là, cette pensée par sa tristesse même, par le plaisir d'imaginer que j'étais aimé de Gilberte, me poussait à continuer ma lettre.

Si, au moment de quitter Mme Swann quand son «thé» finissait, je pensais à ce que j'allais écrire à sa fille, Mme Cottard elle, en s'en allant, avait eu des pensées d'un caractère tout différent. Faisant sa «petite inspection», elle n'avait pas manqué de féliciter Mme Swann sur les meubles nouveaux, les récentes «acquisitions» remarquées dans le salon. Elle pouvait d'ailleurs y retrouver, quoique en bien petit nombre, quelques-uns des objets qu'Odette avait autrefois dans l'hôtel de la rue Lapérouse, notamment ses animaux en matières précieuses, ses fétiches.

Mais Mme Swann ayant appris d'un ami qu'elle vénérait le mot «tocard»—lequel lui avait ouvert de nouveaux horizons parce qu'il désignait précisément les choses que quelques années auparavant elle avait trouvées «chic»—toutes ces choses-là successivement avaient suivi dans leur retraite le treillage doré qui servait d'appui aux chrysanthèmes, mainte bonbonnière de chez Giroux et le papier à lettres à couronne (pour ne pas parler des louis en carton semés sur les cheminées et que, bien avant qu'elle connut Swann, un homme de goût lui avait conseillé de sacrifier). D'ailleurs dans le désordre artiste, dans le pêle-mêle d'atelier, des pièces aux murs encore peints de couleurs sombres qui les faisaient aussi différentes que possible des salons blancs que Mme Swann eut un peu plus tard, l'Extrême-Orient, reculait de plus en plus devant l'invasion du XVIIIe siècle; et les coussins que, afin que je fusse plus «confortable», Mme Swann entassait et pétrissait derrière mon dos étaient semés de bouquets Louis XV, et non plus comme autrefois de dragons chinois. Dans la chambre où on la trouvait le plus souvent et dont elle disait: «Oui, je l'aime assez, je m'y tiens beaucoup; je ne pourrais pas vivre au milieu de choses hostiles et pompier; c'est ici que je travaille» (sans d'ailleurs préciser si c'était à un tableau, peut-être à un livre, le goût d'en écrire commençait à venir aux femmes qui aiment à faire quelque chose, et à ne pas être inutiles), elle était entourée de Saxe (aimant cette dernière sorte de porcelaine, dont elle prononçait le nom avec un accent anglais, jusqu'à dire à propos de tout: c'est joli, cela ressemble à des fleurs de Saxe), elle redoutait pour eux, plus encore que jadis pour ses magots et ses potiches, le toucher ignorant des domestiques auxquels elle faisait expier les transes qu'ils lui avaient données par des emportement auxquels Swann, maître si poli et doux, assistait sans en être choqué. La vue lucide de certaines infériorités n'ôte d'ailleurs rien à la tendresse; celle-ci les fait au contraire trouver charmantes.

Maintenant c'était plus rarement dans des robes de chambre japonaises qu'Odette recevait ses intimes, mais plutôt dans les soies claires et mousseuses de peignoirs Watteau desquelles elle faisait le geste de caresser sur ses seins l'écume fleurie, et dans lesquelles elle se baignait, se prélassait, s'ébattait avec un tel air de bien-être, de rafraîchissement de la peau, et des respirations si profondes, qu'elle semblait les considérer non pas comme décoratives à la façon d'un cadre, mais comme nécessaires de la même manière que le «tub» et le «footing», pour contenter les exigences de sa physionomie et les raffinements de son hygiène. Elle avait l'habitude de dire qu'elle se passerait plus aisément de pain que d'art et de propreté, et qu'elle eût été plus triste de voir brûler la *Joconde* que des «foultitudes» de personnes qu'elle connaissait. Théories qui semblaient paradoxales à ses amies, mais la faisaient passer pour une femme supérieure auprès d'elles et lui valaient une fois par semaine la visite du ministre de Belgique, de sorte que dans le petit monde dont elle était le soleil, chacun eût été bien étonné si l'on avait appris qu'ailleurs, chez les Verdurin par exemple, elle passât pour bête. A cause de cette vivacité d'esprit, Mme Swann préférait la société des hommes à celle des femmes. Mais quand elle critiquait celles-ci c'était toujours en cocotte, signalant en elles les défauts qui pouvaient leur nuire auprès des hommes, de grosses attaches, un vilain teint, pas d'orthographe, des poils aux jambes, une odeur pestilentielle, de faux sourcils. Pour telle au contraire qui lui avait jadis montré de l'indulgence et de l'amabilité, elle était plus tendre, surtout si celle-là était malheureuse. Elle la défendait avec adresse et disait: «On est injuste pour elle, car c'est une gentille femme, je vous assure.»

Ce n'était pas seulement l'ameublement du salon d'Odette, c'était Odette elle-même que Mme Cottard et tous ceux qui avaient fréquenté Mme de Crécy auraient eu peine s'ils ne l'avaient pas vue depuis longtemps à reconnaître. Elle semblait avoir tant d'années de moins qu'autrefois. Sans doute, cela tenait en partie à ce qu'elle avait engraissé, et devenue mieux portante, avait l'air plus calme, frais, reposé, et d'autre part à ce que les coiffures nouvelles aux cheveux lissés, donnaient plus d'extension à son visage qu'une poudre rose animait, et où ses yeux et son profil, jadis trop saillants, semblaient maintenant résorbés. Mais une autre raison de ce changement consistait en ceci que, arrivée au milieu de la vie, Odette s'était enfin découvert, ou inventé, une physionomie personnelle, un «caractère» immuable, un «genre de beauté», et sur ses traits décousus—qui pendant si longtemps, livrés aux caprices hasardeux et impuissants de la chair, prenant à la moindre fatigue pour un instant des années, une sorte de vieillesse passagère, lui avaient composé tant bien que mal, selon son humeur et selon sa mine, un visage épars, journalier, informe et charmant—avait appliqué ce type fixe, comme une jeunesse immortelle.

Swann avait dans sa chambre, au lieu des belles photographies qu'on faisait maintenant de sa femme, et où la même expression énigmatique et victorieuse laissait reconnaître, quels que fussent la robe et le chapeau, sa silhouette et son visage triomphants, un petit daguerréotype ancien tout simple, antérieur à ce type, et duquel la jeunesse et la beauté d'Odette, non encore trouvées par elle, semblaient absentes. Mais sans doute Swann, fidèle ou revenu à une conception différente, goûtait-il dans la jeune femme grêle aux yeux pensifs, aux traits las, à l'attitude suspendue entre la marche et l'immobilité, une grâce plus botticellienne. Il aimait encore en effet à voir en sa femme un Botticelli. Odette qui au contraire cherchait non à faire ressortir mais à compenser, à dissimuler ce qui, en elle-même, ne lui plaisait pas, ce qui était peut-être, pour un artiste, son «caractère», mais que, comme femme, elle trouvait des défauts, ne voulait pas entendre parler de ce peintre. Swann possédait une merveilleuse écharpe orientale, bleue et rose, qu'il avait achetée parce que c'était exactement celle de la vierge du *Magnificat*. Mais Mme Swann ne voulait pas la porter. Une fois seulement elle laissa son mari lui commander une toilette toute criblée de pâquerettes, de bluets, de myosotis et de campanules d'après la Primavera du Printemps. Parfois, le soir, quand elle était fatiguée, il me faisait remarquer tout bas comme elle donnait sans s'en rendre compte à ses mains pensives, le mouvement délié, un peu tourmenté de la Vierge qui trempe sa plume dans l'encrier que lui tend l'ange, avant d'écrire sur le livre saint où est déjà tracé le mot *Magnificat*. Mais il ajoutait: «Surtout ne le lui dites pas, il suffirait qu'elle le sût pour qu'elle fît autrement.»

Sauf à ces moments d'involontaire fléchissement où Swann essayait de retrouver la mélancolique cadence botticellienne, le corps d'Odette était maintenant découpé en une seule silhouette cernée tout entière par une «ligne» qui, pour suivre le contour de la femme, avait abandonné les chemins accidentés, les rentrants et les sortants factices, les lacis, l'éparpillement composite des modes d'autrefois, mais qui aussi, là où c'était l'anatomie qui se trompait en faisant des détours inutiles en deçà ou au delà du tracé idéal, savait rectifier d'un trait hardi les écarts de la nature, suppléer, pour toute une partie du parcours, aux défaillances aussi bien de la chair que des étoffes. Les coussins, le «strapontin» de l'affreuse «tournure» avaient disparu ainsi que ces corsages à basques qui, dépassant la jupe et raidis par des baleines avaient ajouté si longtemps à Odette un ventre postiche et lui avaient donné l'air d'être composée de pièces disparates qu'aucune individualité ne reliait. La verticale des «effilés» et la courbe des ruches avaient cédé la place à l'inflexion d'un corps qui faisait palpiter la soie comme la sirène bat l'onde et donnait à la percaline une expression humaine, maintenant qu'il s'était dégagé, comme une forme organisée et vivante, du long chaos et de l'enveloppement nébuleux des modes détrônées. Mais Mme Swann cependant avait voulu, avait su garder un vestige de certaines d'entre elles, au milieu même de celles qui les avaient remplacées.

Quand le soir, ne pouvant travailler et étant assuré que Gilberte était au théâtre avec des amies, j'allais à l'improviste chez ses parents, je trouvais souvent Mme Swann dans quelque élégant déshabillé dont la jupe, d'un de ces beaux tons sombres, rouge foncé ou orange qui avaient l'air d'avoir une signification particulière parce qu'ils n'étaient plus à la mode, était obliquement traversée d'une rampe ajourée et large de dentelle noire qui faisait penser aux volants d'autrefois. Quand par un jour encore froid de printemps elle m'avait, avant ma brouille avec sa fille, emmené au Jardin d'Acclimatation, sous sa veste qu'elle entr'ouvrait plus ou moins selon qu'elle se réchauffait en marchant, le «dépassant» en dents de scie de sa chemisette avait l'air du revers entrevu de quelque gilet absent, pareil à l'un de ceux qu'elle avait portés quelques années plus tôt et dont elle aimait que les bords eussent ce léger déchiquetage; et sa cravate—de cet «écossais» auquel elle était restée fidèle, mais en adoucissant tellement les tons (le rouge devenu rose et le bleu lilas), que l'on aurait presque cru à un de ces taffetas gorge de pigeon qui étaient la dernière nouveauté—était nouée de telle façon sous son menton sans qu'on pût voir où elle était attachée, qu'on pensait invinciblement à ces «brides» de chapeaux, qui ne se portaient plus. Pour peu qu'elle sût «durer» encore quelque temps ainsi, les jeunes gens, essayant de comprendre ses toilettes, diraient: «Madame Swann, n'est-ce pas, c'est toute une époque?»

Comme dans un beau style qui superpose des formes différentes et que fortifie une tradition cachée, dans la toilette de Mme Swann, ces souvenirs incertains de gilets, ou de boucles, parfois une tendance aussitôt réprimée au «saute en barque», et jusqu'à une illusion lointaine et vague au «suivez-moi jeune homme», faisaient circuler sous la forme concrète la ressemblance inachevée d'autres plus anciennes qu'on n'aurait pu y trouver effectivement réalisées par la couturière ou la modiste, mais auxquelles on pensait sans cesse, et enveloppaient Mme Swann de quelque chose de noble—peut-être parce que l'inutilité même de ces atours faisait qu'ils semblaient répondre à un but plus qu'utilitaire, peut-être à cause du vestige conservé des années passées, ou encore d'une sorte d'individualité vestimentaire, particulière à cette femme et qui donnait à ses mises les plus différentes un même air de famille. On sentait qu'elle ne s'habillait pas seulement pour la commodité ou la parure de son corps; elle était entourée de sa toilette comme de l'appareil délicat et spiritualisé d'une civilisation.

Quand Gilberte, qui d'habitude donnait ses goûters le jour où recevait sa mère, devait au contraire être absente et qu'à cause de cela je pouvais aller au «Choufleury» de Mme Swann, je la trouvais vêtue de quelque belle robe, certaines en taffetas, d'autres en faille, ou en velours, ou en crêpe de Chine, ou en satin, ou en soie, et qui non point lâches comme les déshabillés qu'elle revêtait ordinairement à la maison, mais combinées comme pour la sortie au dehors, donnaient cet après-midi-là à son oisiveté chez elle quelque chose d'alerte et d'agissant. Et sans doute la simplicité hardie de leur coupe était bien appropriée à sa taille et à ses mouvements dont les manches avaient l'air d'être la couleur, changeante selon les jours; on aurait dit qu'il y avait soudain de la décision dans le velours bleu, une humeur facile dans le taffetas blanc, et qu'une sorte de réserve suprême et pleine de distinction dans la façon d'avancer le bras avait, pour devenir visible, revêtu l'apparence brillante du sourire des grands sacrifices, du crêpe de Chine noir. Mais en même temps à ces robes si vives, la complication des «garnitures» sans utilité pratique, sans raison d'être visible, ajoutait quelque chose de désintéressé, de pensif, de secret, qui s'accordait à la mélancolie que Mme Swann gardait toujours au moins dans la cernure de ses yeux et les phalanges de ses mains. Sous la profusion des porte-bonheur en saphir, des trèfles à quatre feuilles d'émail, des médailles d'argent, des médaillons d'or, des amulettes de turquoise, des chaînettes de rubis, des châtaignes de topaze, il y avait dans la robe elle-même tel dessin colorié poursuivant sur un empiècement rapporté son existence antérieure, telle rangée de petits boutons de satin qui ne boutonnaient rien et ne pouvaient pas se déboutonner, une soutache cherchant à faire plaisir avec la minutie, la discrétion d'un rappel délicat, lesquels, tout autant que les bijoux, avaient l'air—n'ayant sans cela aucune justification possible—de déceler une intention, d'être un gage de tendresse, de retenir une confidence, de répondre à une superstition, de garder le souvenir d'une guérison, d'un voeu, d'un amour ou d'une philippine.

Et parfois, dans le velours bleu du corsage un soupçon de crevé Henri II, dans la robe de satin noir un léger renflement qui soit aux manches, près des épaules, faisaient penser aux «gigots» 1830, soit, au contraire sous la jupe «aux paniers» Louis XV, donnaient à la robe un air imperceptible d'être un costume, et en insinuant sous la vie présente comme une réminiscence indiscernable du passé, mêlaient à la personne de Mme Swann le charme de certaines héroïnes historiques ou romanesques. Et si je lui faisais remarquer: «Je ne joue pas au golf comme plusieurs de mes amies, disait-elle. Je n'aurais aucune excuse à être comme elles, vêtues de Sweaters.»

Dans la confusion du salon, revenant de reconduire une visite, ou prenant une assiette de gâteaux pour les offrir à une autre, Mme Swann en passant près de moi, me prenait une seconde à part: «Je suis spécialement chargée par Gilberte de vous inviter à déjeuner pour après-demain. Comme je n'étais pas certaine de vous voir, j'allais vous écrire si vous n'étiez pas venu.» Je continuais à résister. Et cette résistance me coûtait de moins en moins, parce qu'on a beau aimer le poison qui vous fait du mal, quand on en est privé par quelque nécessité, depuis déjà un certain temps, on ne peut pas ne pas attacher quelque prix au repos qu'on ne connaissait plus, à l'absence d'émotions et de souffrances. Si l'on n'est pas tout à fait sincère en se disant qu'on ne voudra jamais revoir celle qu'on aime, on ne le serait pas non plus en disant qu'on veut la revoir. Car, sans doute, on ne peut supporter son absence qu'en se la promettant courte, en pensant au jour où on se retrouvera, mais d'autre part on sent à quel point ces rêves quotidiens d'une réunion prochaine et sans cesse ajournée sont moins douloureux que ne serait une entrevue qui pourrait être suivie de jalousie, de sorte que la nouvelle qu'on va revoir celle qu'on aime donnerait une commotion peu agréable.

Ce qu'on recule maintenant de jour en jour, ce n'est plus la fin de l'intolérable anxiété causée par la séparation, c'est le recommencement redouté d'émotions sans issue. Comme à une telle entrevue on préfère le souvenir docile qu'on complète à son gré de rêveries où celle qui, dans la réalité, ne vous aime pas vous fait au contraire des déclarations, quand vous êtes tout seul; ce souvenir qu'on peut arriver en y mêlant peu à peu beaucoup de ce qu'on désire à rendre aussi doux qu'on veut, comme on le préfère à l'entretien ajourné où on aurait affaire à un être à qui on ne dicterait plus à son gré les paroles qu'on désire, mais dont on subirait les nouvelles froideurs, les violences inattendues. Nous savons tous, quand nous n'aimons plus, que l'oubli, même le souvenir vague ne causent pas tant de souffrances que l'amour malheureux. C'est d'un tel oubli anticipé que je préférais sans me l'avouer, la reposante douceur.

D'ailleurs, ce qu'une telle cure de détachement psychique et d'isolement peut avoir de pénible, le devient de moins en moins pour une autre raison, c'est qu'elle affaiblit, en attendant de la guérir, cette idée fixe qu'est un amour. Le mien était encore assez fort pour que je tinsse à reconquérir tout mon prestige aux yeux de Gilberte, lequel, par ma séparation volontaire devait, me semblait-il, grandir progressivement, de sorte que chacune de ces calmes et tristes journées où je ne la voyais pas, venant chacune après l'autre, sans interruption, sans prescription (quand un fâcheux ne se mêlait pas de mes affaires), était une journée non pas perdue, mais gagnée. Inutilement gagnée peut-être, car bientôt on pourrait me déclarer guéri. La résignation, modalité de l'habitude, permet à certaines forces de s'accroître indéfiniment. Celles, si infimes que j'avais pour supporter mon chagrin, le premier soir de ma brouille avec Gilberte, avaient été portées depuis lors à une puissance incalculable. Seulement la tendance de tout ce qui existe à se prolonger, est parfois coupée de brusques impulsions auxquelles nous nous concédons avec d'autant moins de scrupules de nous laisser aller que nous savons pendant combien de jours, de mois, nous avons pu, nous pourrions encore, nous priver. Et souvent, c'est quand la bourse où l'on épargne va être pleine qu'on la vide tout d'un coup, c'est sans attendre le résultat du traitement et quand déjà on s'est habitué à lui, qu'on le cesse. Et un jour où Mme Swann me redisait ses habituelles paroles sur le plaisir que Gilberte aurait à me voir, mettant ainsi le bonheur dont je me privais déjà depuis si longtemps comme à la portée de ma main, je fus bouleversé en comprenant qu'il était encore possible de le goûter; et j'eus peine à attendre le lendemain; je venais de me résoudre à aller surprendre Gilberte avant son dîner.

Ce qui m'aida à patienter tout l'espace d'une journée fut un projet que je fis. Du moment que tout était oublié, que j'étais réconcilié avec Gilberte, je ne voulais plus la voir qu'en amoureux. Tous les jours elle recevrait de moi les plus belles fleurs qui fussent. Et si Mme Swann, bien qu'elle n'eût pas le droit d'être une mère trop sévère, ne me permettait pas des envois de fleurs quotidiens, je trouverais des cadeaux plus précieux et moins fréquents. Mes parents ne me donnaient pas assez d'argent pour acheter des choses chères. Je songeai à une grande potiche de vieux Chine qui me venait de ma tante Léonie et dont maman prédisait chaque jour que Françoise allait venir en lui disant: «A s'est décollée» et qu'il n'en resterait rien. Dans ces conditions n'était-il pas plus sage de la vendre, de la vendre pour pouvoir faire tout le plaisir que je voudrais à Gilberte? Il me semblait que je pourrais bien en tirer mille francs. Je la fis envelopper; l'habitude m'avait empêché de jamais la voir: m'en séparer eut au moins un avantage qui fut de me faire faire sa connaissance. Je l'emportai avec moi avant d'aller chez les Swann, et en donnant leur adresse au cocher, je lui dis de prendre, par les Champs-Élysées, au coin desquels était le magasin d'un grand marchand de chinoiseries que connaissait mon père. A ma grande surprise, il m'offrit séance tenante de la potiche non pas mille, mais dix mille francs.

Je pris ces billets avec ravissement; pendant toute une année, je pourrais combler chaque jour Gilberte de roses et de lilas. Quand je fus remonté dans la voiture en quittant le marchand, le cocher, tout naturellement, comme les Swann demeuraient près du Bois, se trouva, au lieu du chemin habituel, descendre l'avenue des Champs-Élysées. Il avait déjà dépassé le coin de la rue de Berri, quand, dans le crépuscule, je crus reconnaître, très près de la maison des Swann mais allant dans la direction inverse et s'en éloignant, Gilberte qui marchait lentement, quoique d'un pas délibéré, à côté d'un jeune homme avec qui elle causait et duquel je ne pus distinguer le visage. Je me soulevai dans la voiture, voulant faire arrêter, puis j'hésitai. Les deux promeneurs étaient déjà un peu loin et les deux lignes douces et parallèles que traçait leur lente promenade allaient s'estompant dans l'ombre élyséenne. Bientôt j'arrivai devant la maison de Gilberte. Je fus reçu par Mme Swann: «Oh! elle va être désolée, me dit-elle, je ne sais pas comment elle n'est pas là. Elle a eu très chaud tantôt à un cours, elle m'a dit qu'elle voulait aller prendre un peu l'air avec une de ses amies.» «Je crois que je l'ai aperçue avenue des Champs-Élysées.» «Je ne pense pas que ce fût elle. En tous cas ne le dites pas à son père, il n'aime pas qu'elle sorte à ces heures-là. *Good evening.*» Je partis, dis au cocher de reprendre le même chemin, mais ne retrouvai pas les deux promeneurs. Où avaient-ils été? Que se disaient-ils dans le soir, de cet air confidentiel?

Je rentrai, tenant avec désespoir les dix mille francs inespérés qui avaient dû me permettre de faire tant de petits plaisirs à cette Gilberte que, maintenant, j'étais décidé à ne plus revoir.

Sans doute, cet arrêt chez le marchand de chinoiseries m'avait réjoui en me faisant espérer que je ne verrais plus jamais mon amie que contente de moi et reconnaissante. Mais si je n'avais pas fait cet arrêt, si la voiture n'avait pas pris par l'avenue des Champs-Élysées, je n'eusse pas rencontré Gilberte et ce jeune homme. Ainsi un même fait porte des rameaux opposites et le malheur qu'il engendre annule le bonheur qu'il avait causé. Il m'était arrivé le contraire de ce qui se produit si fréquemment. On désire une joie, et le moyen matériel de l'atteindre fait défaut. «Il est triste, a dit La Bruyère, d'aimer sans une grande fortune.» Il ne reste plus qu'à essayer d'anéantir peu à peu le désir de cette joie. Pour moi, au contraire, le moyen matériel avait été obtenu, mais, au même moment, sinon par un effet logique, du moins par une conséquence fortuite de cette réussite première, la joie avait été dérobée. Il semble, d'ailleurs, qu'elle doive nous l'être toujours. D'ordinaire, il est vrai, pas dans la même soirée où nous avons acquis ce qui la rend possible. Le plus souvent nous continuons de nous évertuer et d'espérer quelque temps. Mais le bonheur ne peut jamais avoir lieu. Si les circonstances arrivent à être surmontées, la nature transporte la lutte du dehors au dedans et fait peu à peu changer assez notre coeur pour qu'il désire autre chose que ce qu'il va posséder. Et si la péripétie a été si rapide que notre coeur n'a pas eu le temps de changer, la nature ne désespère pas pour cela de nous vaincre, d'une manière plus tardive il est vrai, plus subtile, mais aussi efficace. C'est alors à la dernière seconde que la possession du bonheur nous est enlevée, ou plutôt c'est cette possession même que par une ruse diabolique la nature charge de détruire le bonheur. Ayant échoué dans tout ce qui était du domaine des faits et de la vie, c'est une impossibilité dernière, l'impossibilité psychologique du bonheur que la nature crée. Le phénomène du bonheur ne se produit pas ou donne lieu aux réactions les plus amères.

Je serrai les dix mille francs. Mais ils ne me servaient plus à rien. Je les dépensai du reste encore plus vite que si j'eusse envoyé tous les jours des fleurs à Gilberte, car quand le soir venait, j'étais si malheureux que je ne pouvais rester chez moi et allais pleurer dans les bras de femmes que je n'aimais pas. Quant à chercher à faire un plaisir quelconque à Gilberte, je ne le souhaitais plus; maintenant retourner dans la maison de Gilberte n'eût pu que me faire souffrir. Même revoir Gilberte, qui m'eût été si délicieux la veille ne m'eût plus suffi. Car j'aurais été inquiet tout le temps où je n'aurais pas été près d'elle. C'est ce qui fait qu'une femme par toute nouvelle souffrance qu'elle nous inflige, souvent sans le savoir, augmente son pouvoir sur nous, mais aussi nos exigences envers elle. Par ce mal qu'elle nous a fait, la femme nous cerne de plus en plus, redouble nos chaînes, mais aussi celles dont il nous aurait jusque-là semblé suffisant de la garrotter pour que nous nous sentions tranquilles. La veille encore, si je n'avais pas cru ennuyer Gilberte, je me serais contenté de réclamer de rares entrevues, lesquelles maintenant ne m'eussent plus contenté et que j'eusse remplacées par bien d'autres conditions. Car en amour, au contraire de ce qui se passe après les combats, on les fait plus dures, on ne cesse de les aggraver, plus on est vaincu, si toutefois on est en situation de les imposer. Ce n'était pas mon cas à l'égard de Gilberte. Aussi je préférai d'abord ne pas retourner chez sa mère. Je continuais bien à me dire que Gilberte ne m'aimait pas, que je le savais depuis assez longtemps, que je pouvais la revoir si je voulais, et, si je ne le voulais pas, l'oublier à la longue. Mais ces idées, comme un remède qui n'agit pas contre certaines affections, étaient sans aucune espèce de pouvoir efficace contre ces deux lignes parallèles que je revoyais de temps à autre, de Gilberte et du jeune homme s'enfonçant à petits pas dans l'avenue des Champs-Élysées. C'était un mal nouveau, qui lui aussi finirait par s'user, c'était une image qui un jour se présenterait à mon esprit entièrement décantée de tout ce qu'elle contenait de nocif, comme ces poisons mortels qu'on manie sans danger, comme un peu de dynamite à quoi on peut allumer sa cigarette sans crainte d'explosion. En attendant, il y avait en moi une autre force qui luttait de toute sa puissance, contre cette force malsaine qui me représentait sans changement la promenade de Gilberte dans le crépuscule: pour briser les assauts renouvelés de ma mémoire, travaillait utilement en sens inverse mon imagination.

La première de ces deux forces, certes, continuait à me montrer ces deux promeneurs de l'avenue des Champs-Élysées, et m'offrait d'autres images désagréables, tirées du passé, par exemple Gilberte haussant les épaules quand sa mère lui demandait de rester avec moi. Mais la seconde force, travaillant sur le canevas de mes espérances, dessinait un avenir bien plus complaisamment développé que ce pauvre passé en somme si restreint. Pour une minute où je revoyais Gilberte maussade, combien n'y en avait-il pas où je combinais une démarche qu'elle ferait faire pour notre réconciliation, pour nos fiançailles peut-être. Il est vrai que cette force que l'imagination dirigeait vers l'avenir, elle la puisait malgré tout dans le passé. Au fur et à mesure que s'effacerait mon ennui que Gilberte eût haussé les épaules, diminuerait aussi le souvenir de son charme, souvenir qui me faisait souhaiter qu'elle revînt vers moi. Mais j'étais encore bien loin de cette mort du passé. J'aimais toujours celle qu'il est vrai que je croyais détester. Mais chaque fois qu'on me trouvait bien coiffé, ayant bonne mine, j'aurais voulu qu'elle fût là. J'étais irrité du désir que beaucoup de gens manifestèrent à cette époque de me recevoir et chez lesquels je refusai d'aller. Il y eut une scène à la maison parce que je n'accompagnai pas mon père à un dîner officiel où il devait y avoir les Bontemps avec leur nièce Albertine, petite jeune fille, presque encore enfant. Les différentes périodes de notre vie se chevauchent ainsi l'une l'autre.

On refuse dédaigneusement, à cause de ce qu'on aime et qui vous sera un jour si égal, de voir ce qui vous est égal aujourd'hui, qu'on aimera demain, qu'on aurait peut-être pu, si on avait consenti à le voir, aimer plus tôt, et qui eût ainsi abrégé vos souffrances actuelles, pour les remplacer il est vrai par d'autres. Les miennes allaient se modifiant. J'avais l'étonnement d'apercevoir au fond de moi-même, un jour un sentiment, le jour suivant un autre, généralement inspirés par telle espérance ou telle crainte relatives à Gilberte, la Gilberte que je portais en moi. J'aurais dû me dire que l'autre, la réelle, était peut-être entièrement différente de celle-là, ignorait tous les regrets que je lui prêtais, pensait probablement beaucoup moins à moi non seulement que moi à elle, mais que je ne la faisais elle-même penser à moi quand j'étais seul en tête à tête avec ma Gilberte fictive, cherchais quelles pouvaient être ses vraies intentions à mon égard et l'imaginais ainsi, son attention toujours tournée vers moi.

Pendant ces périodes où, tout en s'affaiblissant, persiste le chagrin, il faut distinguer entre celui que nous cause la pensée constante de la personne elle-même, et celui que raniment certains souvenirs, telle phrase méchante dite, tel verbe employé dans une lettre qu'on a reçue. En réservant de décrire à l'occasion d'un amour ultérieur les formes diverses du chagrin, disons que de ces deux-là, la première est infiniment moins cruelle que la seconde. Cela tient à ce que notre notion de la personne vivant toujours en nous, y est embellie de l'auréole que nous ne tardons pas à lui rendre, et s'empreint sinon des douceurs fréquentes de l'espoir, tout au moins du calme d'une tristesse permanente. (D'ailleurs, il est à remarquer que l'image d'une personne qui nous fait souffrir tient peu de place dans ces complications qui aggravent un chagrin d'amour, le prolongent et l'empêchent de guérir, comme dans certaines maladies la cause est hors de proportions avec la fièvre consécutive et la lenteur à entrer en convalescence.) Mais si l'idée de la personne que nous aimons reçoit le reflet d'une intelligence généralement optimiste, il n'en est pas de même de ces souvenirs particuliers, de ces propos méchants, de cette lettre hostile (je n'en reçus qu'une seule qui le fût, de Gilberte), on dirait que la personne elle-même réside dans ces fragments pourtant si restreints et portée à une puissance qu'elle est bien loin d'avoir dans l'idée habituelle que nous formons d'elle tout entière. C'est que la lettre nous ne l'avons pas, comme l'image de l'être aimé, contemplée dans le calme mélancolique du regret; nous l'avons lue, dévorée, dans l'angoisse affreuse dont nous étreignait un malheur inattendu. La formation de cette sorte de chagrins est autre; ils nous viennent du dehors et c'est par le chemin de la plus cruelle souffrance qu'ils sont allés jusqu'à notre coeur. L'image de notre amie que nous croyons ancienne, authentique, a été en réalité refaite par nous bien des fois. Le souvenir cruel lui, n'est pas contemporain de cette image restaurée, il est d'un autre âge, il est un des rares témoins d'un monstrueux passé. Mais comme ce passé continue à exister, sauf en nous à qui il a plu de lui substituer un merveilleux âge d'or, un paradis où tout le monde sera réconcilié, ces souvenirs, ces lettres, sont un rappel à la réalité et devraient nous faire sentir par le brusque mal qu'ils nous font, combien nous nous sommes éloignés d'elle dans les folles espérances de notre attente quotidienne. Ce n'est pas que cette réalité doive toujours rester la même bien que cela arrive parfois. Il y a dans notre vie bien des femmes que nous n'avons jamais cherché à revoir et qui ont tout naturellement répondu à notre silence nullement voulu par un silence pareil. Seulement celles-là, comme nous ne les aimions pas, nous n'avons pas compté les années passées loin d'elles, et cet exemple qui l'infirmerait est négligé par nous quand nous raisonnons sur l'efficacité de l'isolement, comme le sont, par ceux qui croient aux pressentiments, tous les cas où les leurs ne furent pas vérifiés.

Mais enfin l'éloignement peut être efficace. Le désir, l'appétit de nous revoir, finissent par renaître dans le coeur qui actuellement nous méconnaît. Seulement il y faut du temps. Or, nos exigences en ce qui concerne le temps ne sont pas moins exorbitantes que celles réclamées par le coeur pour changer. D'abord, du temps, c'est précisément ce que nous accordons le moins aisément, car notre souffrance est cruelle et nous sommes pressés de la voir finir. Ensuite, ce temps dont l'autre coeur aura besoin pour changer, le nôtre s'en servira pour changer lui aussi, de sorte que quand le but que nous nous proposions deviendra accessible, il aura cessé d'être un but pour nous. D'ailleurs, l'idée même qu'il sera accessible, qu'il n'est pas de bonheur que, lorsqu'il ne sera plus un bonheur pour nous, nous ne finissions par atteindre, cette idée comporte une part, mais une part seulement, de vérité. Il nous échoit quand nous y sommes devenus indifférents. Mais précisément cette indifférence nous a rendus moins exigeants et nous permet de croire rétrospectivement qu'il nous eût ravi à une époque où il nous eût peut-être semblé fort incomplet. On n'est pas très difficile ni très bon juge sur ce dont on ne se soucie point. L'amabilité d'un être que nous n'aimons plus et qui semble encore excessive à notre indifférence eût peut-être été bien loin de suffire à notre amour. Ces tendres paroles, cette offre d'un rendez-vous, nous pensons au plaisir qu'elles nous auraient causé, non à toutes celles dont nous les aurions voulu voir immédiatement suivies et que par cette avidité nous aurions peut-être empêché de se produire. De sorte qu'il n'est pas certain que le bonheur survenu trop tard, quand on ne peut plus en jouir, quand on n'aime plus, soit tout à fait ce même bonheur dont le manque nous rendit jadis si malheureux. Une seule personne pourrait en décider, notre moi d'alors; il n'est plus là; et sans doute suffirait-il qu'il revînt, pour que, identique ou non, le bonheur s'évanouît.

En attendant ces réalisations après coup d'un rêve auquel je ne tiendrais plus, à force d'inventer, comme au temps où je connaissais à peine Gilberte, des paroles, des lettres, où elle implorait mon pardon, avouait n'avoir jamais aimé que moi et demandait à m'épouser, une série de douces images incessamment recréées, finirent par prendre plus de place dans mon esprit que la vision de Gilberte et du jeune homme, laquelle n'était plus alimentée par rien. Je serais peut-être dès lors retourné chez Mme Swann sans un rêve que je fis et où un de mes amis, lequel n'était pourtant pas de ceux que je me connaissais, agissait envers moi avec la plus grande fausseté et croyait à la mienne. Brusquement réveillé par la souffrance que venait de me causer ce rêve et voyant qu'elle persistait, je repensai à lui, cherchai à me rappeler quel était l'ami que j'avais vu en dormant et dont le nom espagnol n'était déjà plus distinct. A la fois Joseph et Pharaon, je me mis à interpréter mon rêve. Je savais que dans beaucoup d'entre eux il ne faut tenir compte ni de l'apparence des personnes lesquelles peuvent être déguisées et avoir interchangé leurs visages, comme ces saints mutilés des cathédrales que des archéologues ignorants ont refaits, en mettant sur le corps de l'un la tête de l'autre, et en mêlant les attributs et les noms. Ceux que les êtres portent dans un rêve peuvent nous abuser. La personne que nous aimons doit y être reconnue seulement à la force de la douleur éprouvée. La mienne m'apprit que devenue pendant mon sommeil un jeune homme, la personne dont la fausseté récente me faisait encore mal était Gilberte. Je me rappelai alors que la dernière fois que je l'avais vue, le jour où sa mère l'avait empêchée d'aller à une matinée de danse, elle avait soit sincèrement, soit en le feignant, refusé tout en riant d'une façon étrange de croire à mes bonnes intentions pour elle. Par association, ce souvenir en ramena un autre dans ma mémoire. Longtemps auparavant, ç'avait été Swann qui n'avait pas voulu croire à ma sincérité, ni que je fusse un bon ami pour Gilberte. Inutilement je lui avais écrit, Gilberte m'avait rapporté ma lettre et me l'avait rendue avec le même rire incompréhensible. Elle ne me l'avait pas rendue tout de suite, je me rappelai toute la scène derrière le massif de lauriers. On devient moral dès qu'on est malheureux. L'antipathie actuelle de Gilberte pour moi me sembla comme un châtiment infligé par la vie à cause de la conduite que j'avais eue ce jour-là.

Les châtiments on croit les éviter, parce qu'on fait attention aux voitures en traversant, qu'on évite les dangers. Mais il en est d'internes. L'accident vient du côté auquel on ne songeait pas, du dedans, du coeur. Les mots de Gilberte: «Si vous voulez, continuons à lutter» me firent horreur. Je l'imaginai telle, chez elle peut-être, dans la lingerie, avec le jeune homme que j'avais vu l'accompagnant dans l'avenue des Champs-Élysées. Ainsi, autant que (il y avait quelque temps) de croire que j'étais tranquillement installé dans le bonheur, j'avais été insensé, maintenant que j'avais renoncé à être heureux, de tenir pour assuré que du moins j'étais devenu, je pourrais rester calme. Car tant que notre coeur enferme d'une façon permanente l'image d'un autre être, ce n'est pas seulement notre bonheur qui peut à tout moment être détruit; quand ce bonheur est évanoui, quand nous avons souffert, puis, que nous avons réussi à endormir notre souffrance, ce qui est aussi trompeur et précaire qu'avait été le bonheur même, c'est le calme. Le mien finit par revenir, car ce qui, modifiant notre état moral, nos désirs, est entré, à la faveur d'un rêve, dans notre esprit, cela aussi peu à peu se dissipe, la permanence et la durée ne sont promises à rien, pas même à la douleur. D'ailleurs, ceux qui souffrent par l'amour sont comme on dit de certains malades, leur propre médecin. Comme il ne peut leur venir de consolation que de l'être qui cause leur douleur et que cette douleur est une émanation de lui, c'est en elle qu'ils finissent par trouver un remède.

Elle le leur découvre elle-même à un moment donné, car au fur et à mesure qu'ils la retournent en eux, cette douleur leur montre un autre aspect de la personne regrettée, tantôt si haïssable qu'on n'a même plus le désir de la revoir parce qu'avant de se plaire avec elle il faudrait la faire souffrir, tantôt si douce que la douceur qu'on lui prête on lui en fait un mérite et on en tire une raison d'espérer. Mais la souffrance qui s'était renouvelée en moi eut beau finir par s'apaiser, je ne voulus plus retourner que rarement chez Mme Swann. C'est d'abord que chez ceux qui aiment et sont abandonnés, le sentiment d'attente—même d'attente inavouée—dans lequel ils vivent se transforme de lui-même, et bien qu'en apparence identique, fait succéder à un premier état, un second exactement contraire. Le premier était la suite, le reflet des incidents douloureux qui nous avaient bouleversés. L'attente de ce qui pourrait se produire est mêlée d'effroi, d'autant plus que nous désirons à ce moment-là, si rien de nouveau ne nous vient du côté de celle que nous aimons, agir nous-même, et nous ne savons trop quel sera le succès d'une démarche après laquelle il ne sera peut-être plus possible d'en entamer d'autre. Mais bientôt, sans que nous nous en rendions compte, notre attente qui continue est déterminée, nous l'avons vu, non plus par le souvenir du passé que nous avons subi, mais par l'espérance d'un avenir imaginaire. Dès lors, elle est presque agréable. Puis la première en durant un peu, nous a habitués à vivre dans l'expectative. La souffrance que nous avons éprouvée durant nos derniers rendez-vous survit encore en nous, mais déjà ensommeillée. Nous ne sommes pas trop pressés de la renouveler, d'autant plus que nous ne voyons pas bien ce que nous demanderions maintenant. La possession d'un peu plus de la femme que nous aimons ne ferait que nous rendre plus nécessaire ce que nous ne possédons pas, et qui resterait malgré tout, nos besoins naissant de nos satisfactions, quelque chose d'irréductible.

Enfin une dernière raison s'ajouta plus tard à celle-ci pour me faire cesser complètement mes visites à Mme Swann. Cette raison, plus tardive, n'était pas que j'eusse encore oublié Gilberte, mais de tâcher de l'oublier plus vite. Sans doute, depuis que ma grande souffrance était finie, mes visites chez Mme Swann étaient redevenues, pour ce qui me restait de tristesse, le calmant et la distraction qui m'avaient été si précieux au début. Mais la raison de l'efficacité du premier faisait aussi l'inconvénient de la seconde, à savoir qu'à ces visites le souvenir de Gilberte était intimement mêlé. La distraction ne m'eût été utile que si elle eût mis en lutte avec un sentiment que la présence de Gilberte n'alimentait plus, des pensées, des intérêts, des passions où Gilberte ne fût entrée pour rien. Ces états de conscience auxquels l'être qu'on aime reste étranger occupent alors une place qui, si petite qu'elle soit d'abord, est autant de retranché à l'amour qui occupait l'âme tout entière. Il faut chercher à nourrir, à faire croître ces pensées, cependant que décline le sentiment qui n'est plus qu'un souvenir, de façon que les éléments nouveaux introduits dans l'esprit, lui disputent, lui arrachent une part de plus en plus grande de l'âme, et finalement la lui dérobent toute. Je me rendais compte que c'était la seule manière de tuer un amour et j'étais encore assez jeune, assez courageux pour entreprendre de le faire, pour assumer la plus cruelle des douleurs qui naît de la certitude, que, quelque temps qu'on doive y mettre, on réussira. La raison que je donnais maintenant dans mes lettres à Gilberte, de mon refus de la voir, c'était une allusion à quelque mystérieux malentendu, parfaitement fictif, qu'il y aurait eu entre elle et moi et sur lequel j'avais espéré d'abord que Gilberte me demanderait des explications. Mais, en fait, jamais, même dans les relations les plus insignifiantes de la vie, un éclaircissement n'est sollicité par un correspondant qui sait qu'une phrase obscure, mensongère, incriminatrice, est mise à dessein pour qu'il proteste, et qui est trop heureux de sentir par là qu'il possède— et de garder—la maîtrise et l'initiative des opérations. A plus forte raison en est-il de même dans des relations plus tendres, où l'amour a tant d'éloquence, l'indifférence si peu de curiosité.

Gilberte n'ayant pas mis en doute ni cherché à connaître ce malentendu, il devint pour moi quelque chose de réel auquel je me référais dans chaque lettre. Et il y a dans ces situations prises à faux, dans l'affectation de la froideur, un sortilège qui vous y fait persévérer. A force d'écrire: «Depuis que nos coeurs sont désunis» pour que Gilberte me répondit: «Mais ils ne le sont pas, expliquons-nous», j'avais fini par me persuader qu'ils l'étaient. En répétant toujours: «La vie a pu changer pour nous, elle n'effacera pas le sentiment que nous eûmes», par désir de m'entendre dire enfin: «Mais il n'y a rien de changé, ce sentiment est plus fort que jamais», je vivais avec l'idée que la vie avait changé en effet, que nous garderions le souvenir du sentiment qui n'était plus, comme certains nerveux pour avoir simulé une maladie finissent par rester toujours malades. Maintenant chaque fois que j'avais à écrire à Gilberte, je me reportais à ce changement imaginé et dont l'existence désormais tacitement reconnue par le silence qu'elle gardait à ce sujet dans ses réponses, subsisterait entre nous. Puis Gilberte cessa de s'en tenir à la prétérition.

Elle-même adopta mon point de vue; et, comme dans les toasts officiels, où le chef d'État qui est reçu reprend peu à peu les mêmes expressions dont vient d'user le chef d'État qui le reçoit, chaque fois que j'écrivais à Gilberte: «La vie a pu nous séparer, le souvenir du temps où nous nous connûmes durera», elle ne manqua pas de répondre: «La vie a pu nous séparer, elle ne pourra nous faire oublier les bonnes heures qui nous seront toujours chères» (nous aurions été bien embarrassé de dire pourquoi «la vie» nous avait séparés, quel changement s'était produit). Je ne souffrais plus trop. Pourtant un jour où je lui disais dans une lettre que j'avais appris la mort de notre vieille marchande de sucre d'orge des Champs-Élysées, comme je venais d'écrire ces mots: «J'ai pensé que cela vous a fait de la peine, en moi cela a remué bien des souvenirs», je ne pus m'empêcher de fondre en larmes en voyant que je parlais au passé, et comme s'il s'agissait d'un mort déjà presque oublié, de cet amour auquel malgré moi je n'avais jamais cessé de penser comme étant vivant, pouvant du moins renaître. Rien de plus tendre que cette correspondance entre amis qui ne voulaient plus se voir. Les lettres de Gilberte avaient la délicatesse de celles que j'écrivais aux indifférents et me donnaient les mêmes marques apparentes d'affection si douces pour moi à recevoir d'elle.

D'ailleurs peu à peu chaque refus de la voir me fit moins de peine. Et comme elle me devenait moins chère, mes souvenirs douloureux n'avaient plus assez de force pour détruire dans leur retour incessant la formation du plaisir que j'avais à penser à Florence, à Venise. Je regrettais à ces moments-là d'avoir renoncé à entrer dans la diplomatie et de m'être fait une existence sédentaire, pour ne pas m'éloigner d'une jeune fille que je ne verrais plus et que j'avais déjà presque oubliée. On construit sa vie pour une personne et quand enfin on peut l'y recevoir, cette personne ne vient pas, puis meurt pour vous et on vit prisonnier dans ce qui n'était destiné qu'à elle. Si Venise semblait à mes parents bien lointain et bien fiévreux pour moi, il était du moins facile d'aller sans fatigue s'installer à Balbec. Mais pour cela il eût fallu quitter Paris, renoncer à ces visites, grâce auxquelles, si rares qu'elles fussent, j'entendais quelquefois Mme Swann me parler de sa fille. Je commençais du reste à y trouver tel ou tel plaisir où Gilberte n'était pour rien.

Quand le printemps approcha, ramenant le froid, au temps des Saints de glace et des giboulées de la Semaine Sainte, comme Mme Swann trouvait qu'on gelait chez elle, il m'arrivait souvent de la voir recevant dans des fourrures, ses mains et ses épaules frileuses disparaissant sous le blanc et brillant tapis d'un immense manchon plat et d'un collet, tous deux d'hermine, qu'elle n'avait pas quittés en rentrant et qui avaient l'air des derniers carrés des neiges de l'hiver plus persistants que les autres et que la chaleur du feu ni le progrès de la saison n'avaient réussi à fondre. Et la vérité totale de ces semaines glaciales mais déjà fleurissantes était suggérée pour moi dans ce salon, où bientôt je n'irais plus, par d'autres blancheurs plus enivrantes, celles par exemple, des «boules de neige» assemblant au sommet de leurs hautes tiges nues comme les arbustes linéaires des préraphaélites, leurs globes parcellés mais unis, blancs comme des anges annonciateurs et qu'entourait une odeur de citron. Car la châtelaine de Tansonville savait qu'avril, même glacé, n'est pas dépourvu de fleurs, que l'hiver, le printemps, l'été, ne sont pas séparés par des cloisons aussi hermétiques que tend à le croire le boulevardier qui jusqu'aux premières chaleurs s'imagine le monde comme renfermant seulement des maisons nues sous la pluie.

Que Mme Swann se contentât des envois que lui faisait son jardinier de Combray, et que par l'intermédiaire de sa fleuriste «attitrée» elle ne comblât pas les lacunes d'une insuffisante évocation à l'aide d'emprunts faits à la précocité méditerranéenne, je suis loin de le prétendre et je ne m'en souciais pas. Il me suffisait pour avoir la nostalgie de la campagne, qu'à côté des névés du manchon que tenait Mme Swann, les boules de neige (qui n'avaient peut-être dans la pensée de la maîtresse de la maison d'autre but que de faire, sur les conseils de Bergotte, «symphonie en blanc majeur» avec son ameublement et sa toilette) me rappelassent que l'Enchantement du Vendredi Saint figure un miracle naturel auquel on pourrait assister tous les ans si l'on était plus sage, et aidées du parfum acide et capiteux de corolles d'autres espèces dont j'ignorais les noms et qui m'avait fait rester tant de fois en arrêt dans mes promenades de Combray, rendissent le salon de Mme Swann aussi virginal, aussi candidement fleuri sans aucune feuille, aussi surchargé d'odeurs authentiques, que le petit raidillon de Tansonville.

Mais c'était encore trop que celui-ci me fût rappelé. Son souvenir risquait d'entretenir le peu qui subsistait de mon amour pour Gilberte. Aussi, bien que je ne souffrisse plus du tout durant ces visites à Mme Swann, je les espaçai encore et cherchai à la voir le moins possible. Tout au plus, comme je continuais à ne pas quitter Paris, me concédai-je certaines promenades avec elle. Les beaux jours étaient enfin revenus, et la chaleur. Comme je savais qu'avant le déjeuner Mme Swann sortait pendant une heure et allait faire quelques pas avenue du Bois, près de l'Étoile, et de l'endroit qu'on appelait alors, à cause des gens qui venaient regarder les riches qu'ils ne connaissaient que de nom, le «Club des Pannés», j'obtins de mes parents que le dimanche—car je n'étais pas libre en semaine à cette heure-là—je pourrais ne déjeuner que bien après eux, à une heure un quart, et aller faire un tour auparavant.

Je n'y manquai jamais pendant ce mois de mai, Gilberte étant allée à la campagne chez des amies. J'arrivais à l'Arc de Triomphe vers midi. Je faisais le guet à l'entrée de l'avenue, ne perdant pas des yeux le coin de la petite rue par où Mme Swann, qui n'avait que quelques mètres à franchir, venait de chez elle. Comme c'était déjà l'heure où beaucoup de promeneurs rentraient déjeuner, ceux qui restaient étaient peu nombreux et, pour la plus grande part, des gens élégants. Tout d'un coup, sur le sable de l'allée, tardive, alentie et luxuriante comme la plus belle fleur et qui ne s'ouvrirait qu'à midi, Mme Swann apparaissait, épanouissant autour d'elle une toilette toujours différente mais que je me rappelle surtout mauve; puis elle hissait et déployait sur un long pédoncule, au moment de sa plus complète irradiation, le pavillon de soie d'une large ombrelle de la même nuance que l'effeuillaison des pétales de sa robe. Toute une suite l'environnait; Swann, quatre ou cinq hommes de club qui étaient venus la voir le matin chez elle ou qu'elle avait rencontrés: et leur noire ou grise agglomération obéissante, exécutant les mouvements presque mécaniques d'un cadre inerte autour d'Odette, donnait l'air à cette femme qui seule avait de l'intensité dans les yeux, de regarder devant elle, d'entre tous ces hommes, comme d'une fenêtre dont elle se fût approchée, et la faisait surgir, frêle, sans crainte, dans la nudité de ses tendres couleurs, comme l'apparition d'un être d'une espèce différente, d'une race inconnue, et d'une puissance presque guerrière, grâce à quoi elle compensait à elle seule sa multiple escorte.

Souriante, heureuse du beau temps, du soleil qui n'incommodait pas encore, ayant l'air d'assurance et de calme du créateur qui a accompli son oeuvre et ne se soucie plus du reste, certaine que sa toilette—dussent des passants vulgaires ne pas l'apprécier—était la plus élégante de toutes, elle la portait pour soi-même et pour ses amis, naturellement, sans attention exagérée, mais aussi sans détachement complet; n'empêchant pas les petits noeuds de son corsage et de sa jupe de flotter légèrement devant elle comme des créatures dont elle n'ignorait pas la présence et à qui elle permettait avec indulgence de se livrer à leurs jeux, selon leur rythme propre, pourvu qu'ils suivissent sa marche, et même sur son ombrelle mauve que souvent elle tenait encore fermée quand elle arrivait, elle laissait tomber par moment, comme sur un bouquet de violettes de Parme, son regard heureux et si doux que quand il ne s'attachait plus à ses amis mais à un objet inanimé, il avait l'air de sourire encore.

Elle réservait ainsi, elle faisait occuper à sa toilette cet intervalle d'élégance dont les hommes à qui Mme Swann parlait le plus en camarades, respectaient l'espace et la nécessité, non sans une certaine déférence de profanes, un aveu de leur propre ignorance, et sur lequel ils reconnaissaient à leur amie comme à un malade sur les soins spéciaux qu'il doit prendre, ou comme à une mère sur l'éducation de ses enfants, compétence et juridiction. Non moins que par la cour qui l'entourait et ne semblait pas voir les passants, Mme Swann, à cause de l'heure tardive de son apparition, évoquait cet appartement où elle avait passé une matinée si longue et où il faudrait qu'elle rentrât bientôt déjeuner; elle semblait en indiquer la proximité par la tranquillité flâneuse de sa promenade, pareille à celle qu'on fait à petits pas dans son jardin; de cet appartement on aurait dit qu'elle portait encore autour d'elle l'ombre intérieure et fraîche. Mais, par tout cela même, sa vue ne me donnait que davantage la sensation du plein air et de la chaleur. D'autant plus que déjà persuadé qu'en vertu de la liturgie et des rites dans lesquels Mme Swann était profondément versée, sa toilette était unie à la saison et à l'heure par un lien nécessaire, unique, les fleurs de son inflexible chapeau de paille, les petits rubans de sa robe me semblaient naître du mois de mai plus naturellement encore que les fleurs des jardins et des bois; et pour connaître le trouble nouveau de la saison, je ne levais pas les yeux plus haut que son ombrelle, ouverte et tendue comme un autre ciel plus proche, rond, clément, mobile et bleu. Car ces rites, s'ils étaient souverains, mettaient leur gloire, et par conséquent Mme Swann mettait la sienne à obéir avec condescendance, au matin, au printemps, au soleil, lesquels ne me semblaient pas assez flattés qu'une femme si élégante voulût bien ne pas les ignorer, et eût choisi à cause d'eux une robe d'une étoffe plus claire, plus légère, faisant penser, par son évasement au col et aux manches, à la moiteur du cou et des poignets, fît enfin pour eux tous les frais d'une grande dame qui s'étant gaiement abaissée à aller voir à la campagne des gens communs et que tout le monde, même le vulgaire, connaît, n'en a pas moins tenu à revêtir spécialement pour ce jour-là une toilette champêtre. Dès son arrivée, je saluais Mme Swann, elle m'arrêtait et me disait: «Good morning» en souriant.

Nous faisions quelques pas. Et je comprenais que ces canons selon lesquels elle s'habillait, c'était pour elle-même qu'elle y obéissait, comme à une sagesse supérieure dont elle eût été la grande prêtresse: car s'il lui arrivait qu'ayant trop chaud, elle entr'ouvrît, ou même ôtât tout à fait et me donnât à porter sa jaquette qu'elle avait cru garder fermée, je découvrais dans la chemisette mille détails d'exécution qui avaient eu grande chance de rester inaperçus comme ces parties d'orchestre auxquelles le compositeur a donné tous ses soins, bien qu'elles ne doivent jamais arriver aux oreilles du public; ou dans les manches de la jaquette pliée sur mon bras je voyais, je regardais longuement par plaisir ou par amabilité, quelque détail exquis, une bande d'une teinte délicieuse, une satinette mauve habituellement cachée aux yeux de tous, mais aussi délicatement travaillée que les parties extérieures, comme ces sculptures gothiques d'une cathédrale dissimulées au revers d'une balustrade à quatre-vingts pieds de hauteur, aussi parfaites que les bas-reliefs du grand porche, mais que personne n'avait jamais vues avant qu'au hasard d'un voyage, un artiste n'eût obtenu de monter se promener en plein ciel, pour dominer toute la ville, entre les deux tours.

Ce qui augmentait cette impression que Mme Swann se promenait dans l'avenue du Bois comme dans l'allée d'un jardin à elle, c'était—pour ces gens qui ignoraient ses habitudes de «footing»—qu'elle fût venue à pieds, sans voiture qui suivît, elle que, dès le mois de mai, on avait l'habitude de voir passer avec l'attelage le plus soigné, la livrée la mieux tenue de Paris, mollement et majestueusement assise comme une déesse, dans le tiède plein air d'une immense victoria à huit ressorts. A pieds, Mme Swann avait l'air, surtout avec sa démarche que ralentissait la chaleur, d'avoir cédé à une curiosité, de commettre une élégante infraction aux règles du protocole, comme ces souverains qui sans consulter personne, accompagnés par l'admiration un peu scandalisée d'une suite qui n'ose formuler une critique, sortent de leur loge pendant un gala et visitent le foyer en se mêlant pendant quelques instants aux autres spectateurs. Ainsi, entre Mme Swann et la foule, celle-ci sentait ces barrières d'une certaine sorte de richesse, lesquelles lui semblent les plus infranchissables de toutes.

Le faubourg Saint-Germain a bien aussi les siennes, mais moins parlantes aux yeux et à l'imagination des «pannés». Ceux-ci auprès d'une grande dame plus simple, plus facile à confondre avec une petite bourgeoise, moins éloignée du peuple, n'éprouveront pas ce sentiment de leur inégalité, presque de leur indignité, qu'ils ont devant une Mme Swann. Sans doute, ces sortes de femmes ne sont pas elles-mêmes frappées comme eux du brillant appareil dont elles sont entourées, elles n'y font plus attention, mais c'est à force d'y être habituées, c'est-à-dire d'avoir fini par le trouver d'autant plus naturel, d'autant plus nécessaire, par juger les autres êtres selon qu'ils sont plus ou moins initiés à ces habitudes du luxe: de sorte que (la grandeur qu'elles laissent éclater en elles, qu'elles découvrent chez les autres, étant toute matérielle, facile à constater, longue à acquérir, difficile à compenser), si ces femmes mettent un passant au rang le plus bas, c'est de la même manière qu'elles lui sont apparues au plus haut, à savoir immédiatement, à première vue, sans appel. Peut-être cette classe sociale particulière qui comptait alors des femmes comme lady Israels mêlée à celles de l'aristocratie et Mme Swann qui devait les fréquenter un jour, cette classe intermédiaire, inférieure au faubourg Saint-Germain, puisqu'elle le courtisait, mais supérieure à ce qui n'est pas du faubourg Saint-Germain, et qui avait ceci de particulier que déjà dégagée du monde des riches, elle était la richesse encore, mais la richesse devenue ductile, obéissant à une destination, à une pensée artistiques, l'argent malléable, poétiquement ciselé et qui sait sourire, peut-être cette classe, du moins avec le même caractère et le même charme, n'existe-t-elle plus.

D'ailleurs, les femmes qui en faisaient partie n'auraient plus aujourd'hui ce qui était la première condition de leur règne, puisque avec l'âge elles ont, presque toutes, perdu leur beauté. Or, autant que du faîte de sa noble richesse, c'était du comble glorieux de son été mûr et si savoureux encore, que Mme Swann, majestueuse, souriante et bonne, s'avançant dans l'avenue du Bois, voyait comme Hypatie, sous la lente marche de ses pieds, rouler les mondes. Des jeunes gens qui passaient la regardaient anxieusement, incertains si leurs vagues relations avec elle (d'autant plus qu'ayant à peine été présentés une fois à Swann ils craignaient qu'il ne les reconnût pas), étaient suffisantes pour qu'ils se permissent de la saluer. Et ce n'était qu'en tremblant devant les conséquences, qu'ils s'y décidaient, se demandant si leur geste audacieusement provocateur et sacrilège, attentant à l'inviolable suprématie d'une caste, n'allait pas déchaîner des catastrophes ou faire descendre le châtiment d'un dieu. Il déclenchait seulement, comme un mouvement d'horlogerie, la gesticulation de petits personnages salueurs qui n'étaient autres que l'entourage d'Odette, à commencer par Swann, lequel soulevait son tube doublé de cuir vert, avec une grâce souriante, apprise dans le faubourg Saint-Germain, mais à laquelle ne s'alliait plus l'indifférence qu'il aurait eue autrefois. Elle était remplacée (comme s'il était dans une certaine mesure pénétré des préjugés d'Odette), à la fois par l'ennui d'avoir à répondre à quelqu'un d'assez mal habillé, et par la satisfaction que sa femme connût tant de monde, sentiment mixte qu'il traduisait en disant aux amis élégants qui l'accompagnaient: «Encore un! Ma parole, je me demande où Odette va chercher tous ces gens-là!» Cependant, ayant répondu par un signe de tête au passant alarmé déjà hors de vue, mais dont le coeur battait encore, Mme Swann se tournait vers moi: «Alors, me disait-elle, c'est fini? Vous ne viendrez plus jamais voir Gilberte? Je suis contente d'être exceptée et que vous ne me «dropiez» pas tout à fait. J'aime vous voir, mais j'aimais aussi l'influence que vous aviez sur ma fille. Je crois qu'elle le regrette beaucoup aussi.

Enfin, je ne veux pas vous tyranniser parce que vous n'auriez qu'à ne plus vouloir me voir non plus!» «Odette, Sagan qui vous dit bonjour», faisait remarquer Swann à sa femme. Et, en effet, le prince faisant comme dans une apothéose de théâtre, de cirque, ou dans un tableau ancien, faire front à son cheval dans une magnifique apothéose, adressait à Odette un grand salut théâtral et comme allégorique où s'amplifiait toute la chevaleresque courtoisie du grand seigneur inclinant son respect devant la Femme, fût-elle incarnée en une femme que sa mère ou sa soeur ne pourraient pas fréquenter. D'ailleurs à tout moment, reconnue au fond de la transparence liquide et du vernis lumineux de l'ombre que versait sur elle son ombrelle, Mme Swann était saluée par les derniers cavaliers attardés, comme cinématographiés au galop sur l'ensoleillement blanc de l'avenue, hommes de cercle dont les noms, célèbres pour le public—Antoine de Castellane, Adalbert de Montmorency et tant d'autres—étaient pour Mme Swann des noms familiers d'amis. Et, comme la durée moyenne de la vie—la longévité relative—est beaucoup plus grande pour les souvenirs des sensations poétiques que pour ceux des souffrances du coeur, depuis si longtemps que se sont évanouis les chagrins que j'avais alors à cause de Gilberte, il leur a survécu le plaisir que j'éprouve, chaque fois que je veux lire, en une sorte de cadran solaire, les minutes qu'il y a entre midi un quart et une heure, au mois de mai, à me revoir causant ainsi avec Mme Swann, sous son ombrelle, comme sous le reflet d'un berceau de glycines.

J'étais arrivé à une presque complète indifférence à l'égard de Gilberte, quand deux ans plus tard je partis avec ma grand'mère pour Balbec. Quand je subissais le charme d'un visage nouveau, quand c'était à l'aide d'une autre jeune fille que j'espérais connaître les cathédrales gothiques, les palais et les jardins de l'Italie, je me disais tristement que notre amour, en tant qu'il est l'amour d'une certaine créature, n'est peut-être pas quelque chose de bien réel, puisque, si des associations de rêveries agréables ou douloureuses peuvent le lier pendant quelque temps à une femme jusqu'à nous faire penser qu'il a été inspiré par elle d'une façon nécessaire, en revanche si nous nous dégageons volontairement ou à notre insu de ces associations, cet amour comme s'il était au contraire spontané et venait de nous seuls, renaît pour se donner à une autre femme. Pourtant au moment de ce départ pour Balbec, et pendant les premiers temps de mon séjour, mon indifférence n'était encore qu'intermittente. Souvent (notre vie étant si peu chronologique, interférant tant d'anachronismes dans la suite des jours), je vivais dans ceux, plus anciens que la veille ou l'avant-veille, où j'aimais Gilberte. Alors ne plus la voir m'était soudain douloureux, comme c'eût été dans ce temps-là. Le moi qui l'avait aimée, remplacé déjà presque entièrement par un autre, resurgissait, et il m'était rendu beaucoup plus fréquemment par une chose futile que par une chose importante. Par exemple, pour anticiper sur mon séjour en Normandie, j'entendis à Balbec un inconnu que je croisai sur la digue dire: «La famille du directeur du ministère des Postes.»

Or (comme je ne savais pas alors l'influence que cette famille devait avoir sur ma vie), ce propos aurait dû me paraître oiseux, mais il me causa une vive souffrance, celle qu'éprouvait un moi, aboli pour une grande part depuis longtemps, à être séparé de Gilberte. C'est que jamais je n'avais repensé à une conversation que Gilberte avait eue devant moi avec son père, relativement à la famille du «directeur du ministère des Postes». Or, les souvenirs d'amour ne font pas exception aux lois générales de la mémoire, elles-mêmes régies par les lois plus générales de l'habitude. Comme celle-ci affaiblit tout, ce qui nous rappelle le mieux un être, c'est justement ce que nous avions oublié (parce que c'était insignifiant et que nous lui avions ainsi laissé toute sa force). C'est pourquoi la meilleure part de notre mémoire est hors de nous, dans un souffle pluvieux, dans l'odeur de renfermé d'une chambre ou dans l'odeur d'une première flambée, partout où nous retrouvons de nous-même ce que notre intelligence, n'en ayant pas l'emploi, avait dédaigné, la dernière réserve du passé, la meilleure, celle qui quand toutes nos larmes semblent taries, sait nous faire pleurer encore. Hors de nous? En nous pour mieux dire, mais dérobée à nos propres regards, dans un oubli plus ou moins prolongé. C'est grâce à cet oubli seul que nous pouvons de temps à autre retrouver l'être que nous fûmes, nous placer vis-à-vis des choses comme cet être l'était, souffrir à nouveau, parce que nous ne sommes plus nous, mais lui, et qu'il aimait ce qui nous est maintenant indifférent. Au grand jour de la mémoire habituelle, les images du passé pâlissent peu à peu, s'effacent, il ne reste plus rien d'elles, nous ne le retrouverions plus. Ou plutôt nous ne le retrouverions plus, si quelques mots (comme «directeur au ministère des Postes») n'avaient été soigneusement enfermés dans l'oubli, de même qu'on dépose à la Bibliothèque Nationale un exemplaire d'un livre qui sans cela risquerait de devenir introuvable.

Mais cette souffrance et ce regain d'amour pour Gilberte ne furent pas plus longs que ceux qu'on a en rêve, et cette fois, au contraire, parce qu'à Balbec l'Habitude ancienne n'était plus là pour les faire durer. Et si ces effets de l'Habitude semblent contradictoires, c'est qu'elle obéit à des lois multiples. A Paris j'étais devenu de plus en plus indifférent à Gilberte, grâce à l'Habitude. Le changement d'habitude, c'est-à-dire la cessation momentanée de l'Habitude paracheva l'oeuvre de l'Habitude quand je partis pour Balbec. Elle affaiblit mais stabilise, elle amène la désagrégation mais la fait durer indéfiniment. Chaque jour depuis des années je calquais tant bien que mal mon état d'âme sur celui de la veille. A Balbec un lit nouveau à côté duquel on m'apportait le matin un petit déjeuner différent de celui de Paris ne devait plus soutenir les pensées dont s'était nourri mon amour pour Gilberte: il y a des cas (assez rares, il est vrai) où la sédentarité immobilisant les jours, le meilleur moyen de gagner du temps, c'est de changer de place. Mon voyage à Balbec fut comme la première sortie d'un convalescent qui n'attendait plus qu'elle pour s'apercevoir qu'il est guéri.

Ce voyage, on le ferait sans doute aujourd'hui en automobile, croyant le rendre ainsi plus agréable. On verra, qu'accompli de cette façon, il serait même en un sens plus vrai puisque on y suivrait de plus près, dans une intimité plus étroite, les diverses gradations selon lesquelles change la surface de la terre. Mais enfin le plaisir spécifique du voyage n'est pas de pouvoir descendre en route et s'arrêter quand on est fatigué, c'est de rendre la différence entre le départ et l'arrivée non pas aussi insensible, mais aussi profonde qu'on peut, de la ressentir dans sa totalité, intacte, telle quelle était dans notre pensée quand notre imagination nous portait du lieu où nous vivions jusqu'au coeur d'un lieu désiré, en un bond qui nous semblait moins miraculeux parce qu'il franchissait une distance que parce qu'il unissait deux individualités distinctes de la terre, qu'il nous menait d'un nom à un autre nom, et que schématise (mieux qu'une promenade où, comme on débarque où l'on veut, il n'y a guère plus d'arrivée) l'opération mystérieuse qui s'accomplissait dans ces lieux spéciaux, les gares, lesquels ne font pas partie pour ainsi dire de la ville mais contiennent l'essence de sa personnalité de même que sur un écriteau signalétique elles portent son nom.

Mais en tout genre, notre temps a la manie de vouloir ne montrer les choses qu'avec ce qui les entoure dans la réalité, et par là de supprimer l'essentiel, l'acte de l'esprit, qui les isola d'elle. On «présente» un tableau au milieu de meubles, de bibelots, de tentures de la même époque, fade décor qu'excelle à composer dans les hôtels d'aujourd'hui la maîtresse de maison la plus ignorante la veille, passant maintenant ses journées dans les archives et les bibliothèques et au milieu duquel le chef-d'oeuvre qu'on regarde tout en dînant ne nous donne pas la même enivrante joie qu'on ne doit lui demander que dans une salle de musée, laquelle symbolise bien mieux par sa nudité et son dépouillement de toutes particularités, les espaces intérieurs où l'artiste s'est abstrait pour créer.

Malheureusement ces lieux merveilleux que sont les gares, d'où l'on part pour une destination éloignée, sont aussi des lieux tragiques, car si le miracle s'y accomplit grâce auquel les pays qui n'avaient encore d'existence que dans notre pensée vont être ceux au milieu desquels nous vivrons, pour cette raison même il faut renoncer au sortir de la salle d'attente à retrouver tout à l'heure la chambre familière où l'on était il y a un instant encore. Il faut laisser toute espérance de rentrer coucher chez soi, une fois qu'on s'est décidé à pénétrer dans l'antre empesté par où l'on accède au mystère, dans un de ces grands ateliers vitrés, comme celui de Saint-Lazare où j'allai chercher le train de Balbec, et qui déployait au-dessus de la ville éventrée un de ces immenses ciels crus et gros de menaces amoncelées de drame, pareils à certains ciels, d'une modernité presque parisienne, de Mantegna ou de Véronèse, et sous lequel ne pouvait s'accomplir que quelque acte terrible et solennel comme un départ en chemin de fer ou l'érection de la Croix.

Tant que je m'étais contenté d'apercevoir du fond de mon lit de Paris l'église persane de Balbec au milieu des flocons de la tempête, aucune objection à ce voyage n'avait été faite par mon corps. Elles avaient commencé seulement quand il avait compris qu'il serait de la partie et que le soir de l'arrivée on me conduirait à «ma» chambre qui lui serait inconnue. Sa révolte était d'autant plus profonde que la veille même du départ j'avais appris que ma mère ne nous accompagnerait pas, mon père, retenu au ministère jusqu'au moment où il partirait pour l'Espagne avec M. de Norpois, ayant préféré louer une maison dans les environs de Paris. D'ailleurs la contemplation de Balbec ne me semblait pas moins désirable parce qu'il fallait l'acheter au prix d'un mal qui au contraire me semblait figurer et garantir la réalité de l'impression que j'allais chercher, impression que n'aurait remplacée aucun spectacle prétendu équivalent, aucun «panorama» que j'eusse pu aller voir sans être empêché par cela même de rentrer dormir dans mon lit. Ce n'était pas la première fois que je sentais que ceux qui aiment et ceux qui ont du plaisir ne sont pas les mêmes. Je croyais désirer aussi profondément Balbec que le docteur qui me soignait et qui me dit s'étonnant, le matin du départ, de mon air malheureux: «Je vous réponds que si je pouvais seulement trouver huit jours pour aller prendre le frais au bord de la mer, je ne me ferais pas prier. Vous allez avoir les courses, les régates, ce sera exquis.» Pour moi j'avais déjà appris, et même bien avant d'aller entendre la Berma, que quelle que fût la chose que j'aimerais, elle ne serait jamais placée qu'au terme d'une poursuite douloureuse au cours de laquelle il me faudrait d'abord sacrifier mon plaisir à ce bien suprême, au lieu de l'y chercher.

Ma grand'mère concevait naturellement notre départ d'une façon un peu différente et toujours aussi désireuse qu'autrefois de donner aux présents qu'on me faisait un caractère artistique, avait voulu pour m'offrir de ce voyage une «épreuve» en partie ancienne, que nous refissions moitié en chemin de fer, moitié en voiture le trajet qu'avait suivi Mme de Sévigné quand elle était allée de Paris à «L'Orient» en passant par Chaulnes et par «le Pont-Audemer». Mais ma grand'mère avait été obligée de renoncer à ce projet, sur la défense de mon père, qui savait, quand elle organisait un déplacement en vue de lui faire rendre tout le profit intellectuel qu'il pouvait comporter, combien on pouvait pronostiquer de trains manqués, de bagages perdus, de maux de gorge et de contraventions. Elle se réjouissait du moins à la pensée que jamais au moment d'aller sur la plage, nous ne serions exposés à en être empêchés par la survenue de ce que sa chère Sévigné appelle une chienne de carrossée, puisque nous ne connaîtrions personne à Balbec, Legrandin ne nous ayant pas offert de lettre d'introduction pour sa soeur. (Abstention qui n'avait pas été appréciée de même par mes tantes Céline et Victoire lesquelles ayant connu jeune fille celle qu'elles n'avaient appelée jusqu'ici, pour marquer cette intimité d'autrefois que «Renée de Cambremer», et possédant encore d'elle de ces cadeaux qui meublent une chambre et la conversation mais auxquels la réalité actuelle ne correspond pas, croyaient venger notre affront en ne prononçant plus jamais chez Mme Legrandin mère, le nom de sa fille, et se bornant à se congratuler une fois sorties par des phrases comme: «Je n'ai pas fait allusion à qui tu sais», «je crois qu'*on* aura compris».)

Donc nous partirions simplement de Paris par ce train de une heure vingt-deux que je m'étais plu trop longtemps à chercher dans l'indicateur des chemins de fer, où il me donnait chaque fois l'émotion, presque la bienheureuse illusion du départ, pour ne pas me figurer que je le connaissais. Comme la détermination dans notre imagination des traits d'un bonheur tient plutôt à l'identité des désirs qu'il nous inspire, qu'à la précision des renseignements que nous avons sur lui, je croyais connaître celui-là dans ses détails, et je ne doutais pas que j'éprouverais dans le wagon un plaisir spécial quand la journée commencerait à fraîchir, que je contemplerais tel effet à l'approche d'une certaine station; si bien que ce train réveillant toujours en moi les images des mêmes villes que j'enveloppais dans la lumière de ces heures de l'après-midi qu'il traverse, me semblait différent de tous les autres trains; et j'avais fini comme on fait souvent pour un être qu'on n'a jamais vu mais dont on se plaît à s'imaginer qu'on a conquis l'amitié, par donner une physionomie particulière et immuable à ce voyageur artiste et blond qui m'aurait emmené sur sa route, et à qui j'aurais dit adieu au pied de la cathédrale de Saint-Lô, avant qu'il se fût éloigné vers le couchant.

Comme ma grand'mère ne pouvait se résoudre à aller «tout bêtement» à Balbec, elle s'arrêterait vingt-quatre heures chez une de ses amies, de chez laquelle je repartirais le soir même pour ne pas déranger, et aussi de façon à voir dans la journée du lendemain l'église de Balbec, qui, avions-nous appris, était assez éloignée de Balbec-Plage, et où je ne pourrais peut-être pas aller ensuite au début de mon traitement de bains. Et peut-être était-il moins pénible pour moi de sentir l'objet admirable de mon voyage placé avant la cruelle première nuit où j'entrerais dans une demeure nouvelle et accepterais d'y vivre. Mais il avait fallu d'abord quitter l'ancienne; ma mère avait arrangé de s'installer ce jour-là même à Saint-Cloud, et elle avait pris, ou feint de prendre, toutes ses dispositions pour y aller directement après nous avoir conduits à la gare, sans avoir à repasser par la maison où elle craignait que je ne voulusse, au lieu de partir pour Balbec, rentrer avec elle. Et même sous le prétexte d'avoir beaucoup à faire dans la maison qu'elle venait de louer et d'être à court de temps, en réalité pour m'éviter la cruauté de ce genre d'adieux, elle avait décidé de ne pas rester avec nous jusqu'à ce départ du train où, dissimulée auparavant dans des allées et venues et des préparatifs qui n'engagent pas définitivement, une séparation apparaît brusquement impossible à souffrir, alors qu'elle n'est déjà plus possible à éviter, concentrée tout entière dans un instant immense de lucidité impuissante et suprême.

Pour la première fois je sentais qu'il était possible que ma mère vécût sans moi, autrement que pour moi, d'une autre vie. Elle allait habiter de son côté avec mon père à qui peut-être elle trouvait que ma mauvaise santé, ma nervosité, rendaient l'existence un peu compliquée et triste. Cette séparation me désolait davantage parce que je me disais qu'elle était probablement pour ma mère le terme des déceptions successives que je lui avais causées, qu'elle m'avait tues et après lesquelles elle avait compris la difficulté de vacances communes; et peut-être aussi le premier essai d'une existence à laquelle elle commençait à se résigner pour l'avenir, au fur et à mesure que les années viendraient pour mon père et pour elle, d'une existence où je la verrais moins, où, ce qui même dans mes cauchemars ne m'était jamais apparu, elle serait déjà pour moi un peu étrangère, une dame qu'on verrait rentrer seule dans une maison où je ne serais pas, demandant au concierge s'il n'y avait pas de lettres de moi.

Je pus à peine répondre à l'employé qui voulut me prendre ma valise. Ma mère essayait pour me consoler des moyens qui lui paraissaient les plus efficaces. Elle croyait inutile d'avoir l'air de ne pas voir mon chagrin, elle le plaisantait doucement:

—Eh bien, qu'est-ce que dirait l'église de Balbec si elle savait que c'est avec cet air malheureux qu'on s'apprête à aller la voir? Est-ce cela le voyageur ravi dont parle Ruskin? D'ailleurs, je saurai si tu as été à la hauteur des circonstances, même loin je serai encore avec mon petit loup. Tu auras demain une lettre de ta maman.

—Ma fille, dit ma grand'mère, je te vois comme Mme de Sévigné, une carte devant les yeux et ne nous quittant pas un instant.

Puis maman cherchait à me distraire, elle me demandait ce que je commanderais pour dîner, elle admirait Françoise, lui faisait compliment d'un chapeau et d'un manteau qu'elle ne reconnaissait pas, bien qu'ils eussent jadis excité son horreur quand elle les avait vus neufs sur ma grand'tante, l'un avec l'immense oiseau qui le surmontait, l'autre chargé de dessins affreux et de jais. Mais le manteau étant hors d'usage, Françoise l'avait fait retourner et exhibait un envers de drap uni d'un beau ton. Quant à l'oiseau, il y avait longtemps que, cassé, il avait été mis au rancart. Et, de même qu'il est quelquefois troublant de rencontrer les raffinements vers lesquels les artistes les plus conscients s'efforcent, dans une chanson populaire, à la façade de quelque maison de paysan qui fait épanouir au-dessus de la porte une rose blanche ou soufrée juste à la place qu'il fallait—de même le noeud de velours, la coque de ruban qui eussent ravi dans un portrait de Chardin ou de Whistler, Françoise les avait placés avec un goût infaillible et naïf sur le chapeau devenu charmant.

Pour remonter à un temps plus ancien, la modestie et l'honnêteté qui donnaient souvent de la noblesse au visage de notre vieille servante ayant gagné les vêtements que, en femme réservée mais sans bassesse, qui sait «tenir son rang et garder sa place», elle avait revêtus pour le voyage afin d'être digne d'être vue avec nous sans avoir l'air de chercher à se faire voir,—Françoise dans le drap cerise mais passé de son manteau et les poils sans rudesse de son collet de fourrure, faisait penser à quelqu'une de ces images d'Anne de Bretagne peintes dans des livres d'Heures par un vieux maître, et dans lesquelles tout est si bien en place, le sentiment de l'ensemble s'est si également répandu dans toutes les parties que la riche et désuète singularité du costume exprime la même gravité pieuse que les yeux, les lèvres et les mains.

On n'aurait pu parler de pensée à propos de Françoise. Elle ne savait rien, dans ce sens total où ne rien savoir équivaut à ne rien comprendre, sauf les rares vérités que le coeur est capable d'atteindre directement. Le monde immense des idées n'existait pas pour elle. Mais devant la clarté de son regard, devant les lignes délicates de ce nez, de ces lèvres, devant tous ces témoignages absents de tant d'êtres cultivés chez qui ils eussent signifié la distinction suprême, le noble détachement d'un esprit d'élite, on était troublé comme devant le regard intelligent et bon d'un chien à qui on sait pourtant que sont étrangères toutes les conceptions des hommes, et on pouvait se demander s'il n'y a pas parmi ces autres humbles frères, les paysans, des êtres qui sont comme les hommes supérieurs du monde des simples d'esprit, ou plutôt qui, condamnés par une injuste destinée à vivre parmi les simples d'esprit, privés de lumière, mais qui pourtant plus naturellement, plus essentiellement apparentés aux natures d'élite que ne le sont la plupart des gens instruits, sont comme des membres dispersés, égarés, privés de raison, de la famille sainte, des parents, restés en enfance, des plus hautes intelligences, et auxquels—comme il apparaît dans la lueur impossible à méconnaître de leurs yeux où pourtant elle ne s'applique à rien—il n'a manqué, pour avoir du talent, que du savoir.

Ma mère voyant que j'avais peine à contenir mes larmes, me disait: «Régulus avait coutume dans les grandes circonstances... Et puis ce n'est pas gentil pour ta maman. Citons Madame de Sévigné, comme ta grand'mère: «Je vais être obligée de me servir de tout le courage que tu n'as pas.» Et se rappelant que l'affection pour autrui détourne des douleurs égoïstes, elle tâchait de me faire plaisir en me disant qu'elle croyait que son trajet de Saint-Cloud s'effectuerait bien, qu'elle était contente du fiacre qu'elle avait gardé, que le cocher était poli, et la voiture confortable. Je m'efforçais de sourire à ces détails et j'inclinais la tête d'un air d'acquiescement et de satisfaction. Mais ils ne m'aidaient qu'à me représenter avec plus de vérité le départ de Maman et c'est le coeur serré que je la regardais comme si elle était déjà séparée de moi, sous ce chapeau de paille rond qu'elle avait acheté pour la campagne, dans une robe légère qu'elle avait mise à cause de cette longue course par la pleine chaleur, et qui la faisaient autre, appartenant déjà à la villa de «Montretout» où je ne la verrais pas.

Pour éviter les crises de suffocation que me donnerait le voyage, le médecin m'avait conseillé de prendre au moment du départ un peu trop de bière ou de cognac, afin d'être dans un état qu'il appelait «euphorie», où le système nerveux est momentanément moins vulnérable. J'étais encore incertain si je le ferais, mais je voulais au moins que ma grand'mère reconnût qu'au cas où je m'y déciderais, j'aurais pour moi le droit et la sagesse. Aussi j'en parlais comme si mon hésitation ne portait que sur l'endroit où je boirais de l'alcool, buffet ou wagon-bar. Mais aussitôt à l'air de blâme que prit le visage de ma grand'mère et de ne pas même vouloir s'arrêter à cette idée: «Comment, m'écriai-je, me résolvant soudain à cette action d'aller boire, dont l'exécution devenait nécessaire à prouver ma liberté puisque son annonce verbale n'avait pu passer sans protestation, comment tu sais combien je suis malade, tu sais ce que le médecin m'a dit, et voilà le conseil que tu me donnes!»

Quand j'eus expliqué mon malaise à ma grand'mère, elle eut un air si désolé, si bon, en répondant: «Mais alors, va vite chercher de la bière ou une liqueur, si cela doit te faire du bien» que je me jetai sur elle et la couvris de baisers. Et si j'allai cependant boire beaucoup trop dans le bar du train, ce fut parce que je sentais que sans cela j'aurais un accès trop violent et que c'est encore ce qui la peinerait le plus. Quand, à la première station, je remontai dans notre wagon, je dis à ma grand'mère combien j'étais heureux d'aller à Balbec, que je sentais que tout s'arrangerait bien, qu'au fond je m'habituerais vite à être loin de maman, que ce train était agréable, l'homme du bar et les employés si charmants que j'aurais voulu refaire souvent ce trajet pour avoir la possibilité de les revoir. Ma grand'mère cependant ne paraissait pas éprouver la même joie que moi de toutes ces bonnes nouvelles. Elle me répondit en évitant de me regarder:

—Tu devrais peut-être essayer de dormir un peu, et tourna les yeux vers la fenêtre dont nous avions baissé le rideau qui ne remplissait pas tout le cadre de la vitre, de sorte que le soleil pouvait glisser sur le chêne ciré de la portière et le drap de la banquette (comme une réclame beaucoup plus persuasive pour une vie mêlée à la nature que celles accrochées trop haut dans le wagon, par les soins de la Compagnie, et représentant des paysages dont je ne pouvais pas lire les noms) la même clarté tiède et dormante qui faisait la sieste dans les clairières.

Mais quand ma grand'mère croyait que j'avais les yeux fermés, je la voyais par moments sous son voile à gros pois jeter un regard sur moi puis le retirer, puis recommencer, comme quelqu'un qui cherche à s'efforcer, pour s'y habituer, à un exercice qui lui est pénible.

Alors je lui parlais, mais cela ne semblait pas lui être agréable. Et à moi pourtant ma propre voix me donnait du plaisir, et de même les mouvements les plus insensibles, les plus intérieurs de mon corps. Aussi je tâchais de les faire durer, je laissais chacune de mes inflexions s'attarder longtemps aux mots, je sentais chacun de mes regards se trouver bien là où il s'était posé et y rester au delà du temps habituel. «Allons, repose-toi, me dit ma grand'mère. Si tu ne peux pas dormir lis quelque chose.» Et elle me passa un volume de Mme de Sévigné que j'ouvris, pendant qu'elle-même s'absorbait dans les Mémoires de Madame de Beausergent. Elle ne voyageait jamais sans un tome de l'une et de l'autre. C'était ses deux auteurs de prédilection. Ne bougeant pas volontiers ma tête en ce moment et éprouvant un grand plaisir à garder une position une fois que je l'avais prise, je restai à tenir le volume de Mme de Sévigné sans l'ouvrir, et je n'abaissai pas sur lui mon regard qui n'avait devant lui que le store bleu de la fenêtre. Mais contempler ce store me paraissait admirable et je n'eusse pas pris la peine de répondre à qui eût voulu me détourner de ma contemplation. La couleur bleue du store me semblait, non peut-être par sa beauté mais par sa vivacité intense, effacer à tel point toutes les couleurs qui avaient été devant mes yeux depuis le jour de ma naissance jusqu'au moment où j'avais fini d'avaler ma boisson et où elle avait commencé de faire son effet, qu'à côté de ce bleu du store, elles étaient pour moi aussi ternes, aussi nulles, que peut l'être rétrospectivement l'obscurité où ils ont vécu pour les aveugles-nés qu'on opère sur le tard et qui voient enfin les couleurs. Un vieil employé vint nous demander nos billets. Les reflets argentés qu'avaient les boutons en métal de sa tunique ne laissèrent pas de me charmer. Je voulus lui demander de s'asseoir à côté de nous. Mais il passa dans un autre wagon, et je songeai avec nostalgie à la vie des cheminots, lesquels passant tout leur temps en chemin de fer, ne devaient guère manquer un seul jour de voir ce vieil employé. Le plaisir que j'éprouvais à regarder le store bleu et à sentir que ma bouche était à demi ouverte commença enfin à diminuer. Je devins plus mobile; je remuai un peu; j'ouvris le volume que ma grand'mère m'avait tendu et je pus fixer mon attention sur les pages que je choisis çà et là. Tout en lisant je sentais grandir mon admiration pour Mme de Sévigné.

Il ne faut pas se laisser tromper par des particularités purement formelles qui tiennent à l'époque, à la vie de salon et qui font que certaines personnes croient qu'elles ont fait leur Sévigné quand elles ont dit: «Mandez-moi ma bonne» ou «Ce comte me parut avoir bien de l'esprit», ou «faner est la plus jolie chose du monde». Déjà Mme de Simiane s'imagine ressembler à sa grand'mère parce qu'elle écrit: «M. de la Boulie se porte à merveille, monsieur, et il est fort en état d'entendre des nouvelles de sa mort», ou «Oh! mon cher marquis, que votre lettre me plaît! Le moyen de ne pas y répondre», ou encore: «Il me semble, monsieur, que vous me devez une réponse et moi des tabatières de bergamote. Je m'en acquitte pour huit, il en viendra d'autres...; jamais la terre n'en avait tant porté. C'est apparemment pour vous plaire.» Et elle écrit dans ce même genre la lettre sur la saignée, sur les citrons, etc., qu'elle se figure être des lettres de Mme de Sévigné.

Mais ma grand'mère qui était venue à celle-ci par le dedans, par l'amour pour les siens, pour la nature, m'avait appris à en aimer les vraies beautés, qui sont tout autres. Elles devaient bientôt me frapper d'autant plus que Mme de Sévigné est une grande artiste de la même famille qu'un peintre que j'allais rencontrer à Balbec et qui eut une influence si profonde sur ma vision des choses, Elstir. Je me rendis compte à Balbec que c'est de la même façon que lui, qu'elle nous présente les choses, dans l'ordre de nos perceptions, au lieu de les expliquer d'abord par leur cause. Mais déjà cet après-midi-là, dans ce wagon, en relisant la lettre où apparaît le clair de lune: «Je ne pus résister à la tentation, je mets toutes mes coiffes et casques qui n'étaient pas nécessaires, je vais dans ce mail dont l'air est bon comme celui de ma chambre; je trouve mille coquecigrues, *des moines blancs et noirs, plusieurs religieuses grises et blanches, du linge jeté par-ci par-là, des hommes ensevelis tout droits contre des arbres*, etc.», je fus ravi par ce que j'eusse appelé un peu plus tard (ne peint-elle pas les paysages de la même façon que lui les caractères?) le côté Dostoïewski des *Lettres de Madame de Sévigné*.

Quand le soir, après avoir conduit ma grand'mère et être resté quelques heures chez son amie, j'eus repris seul le train, du moins je ne trouvai pas pénible la nuit qui vint; c'est que je n'avais pas à la passer dans la prison d'une chambre dont l'ensommeillement me tiendrait éveillé; j'étais entouré par la calmante activité de tous ces mouvements du train qui me tenaient compagnie, s'offraient à causer avec moi si je ne trouvais pas le sommeil, me berçaient de leurs bruits que j'accouplais comme le son des cloches à Combray tantôt sur un rythme, tantôt sur un autre (entendant selon ma fantaisie d'abord quatre doubles croches égales, puis une double croche furieusement précipitée contre une noire); ils neutralisaient la force centrifuge de mon insomnie en exerçant sur elle des pressions contraires qui me maintenaient en équilibre et sur lesquelles mon immobilité et bientôt mon sommeil se sentirent portés avec la même impression rafraîchissante que m'aurait donnée le repos dû à la vigilance de forces puissantes au sein de la nature et de la vie, si j'avais pu pour un moment m'incarner en quelque poisson qui dort dans la mer, promené dans son assoupissement par les courants et la vague, ou en quelque aigle étendu sur le seul appui de la tempête.

Les levers de soleil sont un accompagnement des longs voyages en chemin de fer, comme les oeufs durs, les journaux illustrés, les jeux de cartes, les rivières où des barques s'évertuent sans avancer. A un moment où je dénombrais les pensées qui avaient rempli mon esprit pendant les minutes précédentes, pour me rendre compte si je venais ou non de dormir (et où l'incertitude même qui me faisait me poser la question, était en train de me fournir une réponse affirmative), dans le carreau de la fenêtre, au-dessus d'un petit bois noir, je vis des nuages échancrés dont le doux duvet était d'un rose fixé, mort, qui ne changera plus, comme celui qui teint les plumes de l'aile qui l'a assimilé ou le pastel sur lequel l'a déposé la fantaisie du peintre. Mais je sentais qu'au contraire cette couleur n'était ni inertie, ni caprice, mais nécessité et vie. Bientôt s'amoncelèrent derrière elle des réserves de lumière. Elle s'aviva, le ciel devint d'un incarnat que je tâchais, en collant mes yeux à la vitre, de mieux voir car je le sentais en rapport avec l'existence profonde de la nature, mais la ligne du chemin de fer ayant changé de direction, le train tourna, la scène matinale fut remplacée dans le cadre de la fenêtre par un village nocturne aux toits bleus de clair de lune, avec un lavoir encrassé de la nacre opaline de la nuit, sous un ciel encore semé de toutes ses étoiles, et je me désolais d'avoir perdu ma bande de ciel rose quand je l'aperçus de nouveau, mais rouge cette fois, dans la fenêtre d'en face qu'elle abandonna à un deuxième coude de la voie ferrée; si bien que je passais mon temps à courir d'une fenêtre à l'autre pour rapprocher, pour rentoiler les fragments intermittents et opposites de mon beau matin écarlate et versatile et en avoir une vue totale et un tableau continu.

Le paysage devint accidenté, abrupt, le train s'arrêta à une petite gare entre deux montagnes. On ne voyait au fond de la gorge, au bord du torrent, qu'une maison de garde enfoncée dans l'eau qui coulait au ras des fenêtres. Si un être peut être le produit d'un sol dont on goûte en lui le charme particulier, plus encore que la paysanne que j'avais tant désiré voir apparaître quand j'errais seul du côté de Méséglise, dans les bois de

Roussainville, ce devait être la grande fille que je vis sortir de cette maison et, sur le sentier qu'illuminait obliquement le soleil levant, venir vers la gare en portant une jarre de lait. Dans la vallée à qui ces hauteurs cachaient le reste du monde, elle ne devait jamais voir personne que dans ces trains qui ne s'arrêtaient qu'un instant. Elle longea les wagons, offrant du café au lait à quelques voyageurs réveillés. Empourpré des reflets du matin, son visage était plus rose que le ciel. Je ressentis devant elle ce désir de vivre qui renaît en nous chaque fois que nous prenons de nouveau conscience de la beauté et du bonheur. Nous oublions toujours qu'ils sont individuels et, leur substituant dans notre esprit un type de convention que nous formons en faisant une sorte de moyenne entre les différents visages qui nous ont plu, entre les plaisirs que nous avons connus, nous n'avons que des images abstraites qui sont languissantes et fades parce qu'il leur manque précisément ce caractère d'une chose nouvelle, différente de ce que nous avons connu, ce caractère qui est propre à la beauté et au bonheur.

Et nous portons sur la vie un jugement pessimiste et que nous supposons juste, car nous avons cru y faire entrer en ligne de compte le bonheur et la beauté quand nous les avons omis et remplacés par des synthèses où d'eux il n'y a pas un seul atome. C'est ainsi que bâille d'avance d'ennui un lettré à qui on parle d'un nouveau «beau livre», parce qu'il imagine une sorte de composé de tous les beaux livres qu'il a lus, tandis qu'un beau livre est particulier, imprévisible, et n'est pas fait de la somme de tous les chefs-d'oeuvre précédents mais de quelque chose que s'être parfaitement assimilé cette somme ne suffit nullement à faire trouver, car c'est justement en dehors d'elle. Dès qu'il a eu connaissance de cette nouvelle oeuvre, le lettré, tout à l'heure blasé, se sent de l'intérêt pour la réalité qu'elle dépeint. Telle, étrangère aux modèles de beauté que dessinait ma pensée quand je me trouvais seul, la belle fille me donna aussitôt le goût d'un certain bonheur (seule forme, toujours particulière, sous laquelle nous puissions connaître le goût du bonheur), d'un bonheur qui se réaliserait en vivant auprès d'elle. Mais ici encore la cessation momentanée de l'Habitude agissait pour une grande part. Je faisais bénéficier la marchande de lait de ce que c'était mon être complet, apte à goûter de vives jouissances, qui était en face d'elle. C'est d'ordinaire avec notre être réduit au minimum que nous vivons, la plupart de nos facultés restent endormies parce qu'elles se reposent sur l'habitude qui sait ce qu'il y a à faire et n'a pas besoin d'elles.

Mais par ce matin de voyage l'interruption de la routine de mon existence, le changement de lieu et d'heure avaient rendu leur présence indispensable. Mon habitude qui étaient sédentaire et n'était pas matinale, faisait défaut, et toutes mes facultés étaient accourues pour la remplacer, rivalisant entre elles de zèle—s'élevant toutes, comme des vagues à un même niveau inaccoutumé—de la plus basse, à la plus noble, de la respiration, de l'appétit, et de la circulation sanguine à la sensibilité et à l'imagination. Je ne sais si, en me faisant croire que cette fille n'était pas pareille aux autres femmes, le charme sauvage de ces lieux ajoutait au sien, mais elle le leur rendait. La vie m'aurait paru délicieuse si seulement j'avais pu, heure par heure, la passer avec elle, l'accompagner jusqu'au torrent, jusqu'à la vache, jusqu'au train, être toujours à ses côtés, me sentir connu d'elle, ayant ma place dans sa pensée. Elle m'aurait initié aux charmes de la vie rustique et des premières heures du jour. Je lui fis signe qu'elle vînt me donner du café au lait. J'avais besoin d'être remarqué d'elle. Elle ne me vit pas, je l'appelai. Au-dessus de son corps très grand, le teint de sa figure était si doré et si rose qu'elle avait l'air d'être vue à travers un vitrail illuminé. Elle revint sur ses pas, je ne pouvais détacher mes yeux de son visage de plus en plus large, pareil à un soleil qu'on pourrait fixer et qui s'approcherait jusqu'à venir tout près de vous, se laissant regarder de près, vous éblouissant d'or et de rouge. Elle posa sur moi son regard perçant, mais comme les employés fermaient les portières, le train se mit en marche; je la vis quitter la gare et reprendre le sentier, il faisait grand jour maintenant: je m'éloignais de l'aurore. Que mon exaltation eût été produite par cette fille, ou au contraire eût causé la plus grande partie du plaisir que j'avais eu à me trouver près d'elle, en tous cas elle était si mêlée à lui, que mon désir de la revoir était avant tout le désir moral de ne pas laisser cet état d'excitation périr entièrement, de ne pas être séparé à jamais de l'être qui y avait, même à son insu, participé. Ce n'est pas seulement que cet état fût agréable.

C'est surtout que (comme la tension plus grande d'une corde ou la vibration plus rapide d'un nerf produit une sonorité ou une couleur différente) il donnait une autre tonalité à ce que je voyais, il m'introduisait comme acteur dans un univers inconnu et infiniment plus intéressant; cette belle fille que j'apercevais encore, tandis que le train accélérait sa marche, c'était comme une partie d'une vie autre que celle que je connaissais, séparée d'elle par un liseré, et où les sensations qu'éveillaient les objets n'étaient plus les mêmes; et d'où sortir maintenant eût été comme mourir à moi-même. Pour avoir la douceur de me sentir du moins attaché à cette vie il eût suffi que j'habitasse assez près de la petite station pour pouvoir venir tous les matins demander du café au lait à cette paysanne. Mais, hélas! elle serait toujours absente de l'autre vie vers laquelle je m'en allais de plus en plus vite et que je ne me résignais à accepter qu'en combinant des plans qui me permettraient un jour de reprendre ce même train et de m'arrêter à cette même gare, projet qui avait aussi l'avantage de fournir un aliment à la disposition intéressée, active, pratique, machinale, paresseuse, centrifuge qui est celle de notre esprit car il se détourne volontiers de l'effort qu'il faut pour approfondir en soi-même, d'une façon générale et désintéressée, une impression agréable que nous avons eue. Et comme d'autre part nous voulons continuer à penser à elle, il préfère l'imaginer dans l'avenir, préparer habilement les circonstances qui pourront la faire renaître, ce qui ne nous apprend rien sur son essence, mais nous évite la fatigue de la recréer en nous-même et nous permet d'espérer la recevoir de nouveau du dehors.

Certains noms de villes, Vezelay ou Chartres, Bourges ou Beauvais servent à désigner, par abréviation, leur église principale. Cette acception partielle où nous le prenons si souvent, finit—s'il s'agit de lieux que nous ne connaissons pas encore—par sculpter le nom tout entier qui dès lors quand nous voudrons y faire entrer l'idée de la ville—de la ville que nous n'avons jamais vue—lui imposera—comme un moule—les mêmes ciselures, et du même style, en fera une sorte de grande cathédrale. Ce fut pourtant à une station de chemin de fer, au-dessus d'un buffet, en lettres blanches sur un avertisseur bleu, que je lus le nom, presque de style persan, de Balbec. Je traversai vivement la gare et le boulevard qui y aboutissait, je demandai la grève pour ne voir que l'église et la mer; on n'avait pas l'air de comprendre ce que je voulais dire. Balbec-le-vieux, Balbec-en-terre, où je me trouvais, n'était ni une plage ni un port. Certes, c'était bien dans la mer que les pêcheurs avaient trouvé, selon la légende, le Christ miraculeux dont un vitrail de cette église qui était à quelques mètres de moi racontait la découverte; c'était bien de falaises battues par les flots qu'avait été tirée la pierre de la nef et des tours. Mais cette mer, qu'à cause de cela j'avais imaginée venant mourir au pied du vitrail, était à plus de cinq lieues de distance, à Balbec-plage, et, à côté de sa coupole, ce clocher que, parce que j'avais lu qu'il était lui-même une âpre falaise normande où s'amassaient les grains, où tournoyaient les oiseaux, je m'étais toujours représenté comme recevant à sa base la dernière écume des vagues soulevées, il se dressait sur une place où était l'embranchement de deux lignes de tramways, en face d'un Café qui portait, écrit en lettres d'or, le mot «Billard»; il se détachait sur un fond de maisons aux toits desquelles ne se mêlait aucun mât. Et l'église—entrant dans mon attention avec le Café, avec le passant à qui il avait fallu demander mon chemin, avec la gare où j'allais retourner—faisait un avec tout le reste, semblait un accident, un produit de cette fin d'après-midi, dans laquelle la coupe moelleuse et gonflée sur le ciel était comme un fruit dont la même lumière qui baignait les cheminées des maisons mûrissait la peau rose, dorée et fondante. Mais je ne voulus plus penser qu'à la signification éternelle des sculptures, quand je reconnus les Apôtres dont j'avais vu les statues moulées au musée du Trocadéro et qui des deux côtés de la Vierge, devant la baie profonde du porche m'attendaient comme pour me faire honneur. La figure bienveillante, camuse et douce, le dos voûté, ils semblaient s'avancer d'un air de bienvenue en chantant l'*Alleluia* d'un beau jour. Mais on s'apercevait que leur expression était immuable comme celle d'un mort et ne se modifiait que si on tournait autour d'eux. Je me disais: c'est ici, c'est l'église de Balbec. Cette place qui a l'air de savoir sa gloire est le seul lieu du monde qui possède l'église de Balbec. Ce que j'ai vu jusqu'ici c'était des photographies de cette église, et, de ces Apôtres, de cette Vierge du porche si célèbres, les moulages seulement. Maintenant c'est l'église elle-même, c'est la statue elle-même, ce sont elles; elles, les uniques, c'est bien plus.

C'était moins aussi peut-être. Comme un jeune homme un jour d'examen ou de duel, trouve le fait sur lequel on l'a interrogé, la balle qu'il a tirée, bien peu de chose, quand il pense aux réserves de science et de courage qu'il possède et dont il aurait voulu faire preuve, de même mon esprit qui avait dressé la Vierge du Porche hors des reproductions que j'en avais eues sous les yeux, inaccessible aux vicissitudes qui pouvaient menacer celles-ci, intacte si on les détruisait, idéale, ayant une valeur universelle, s'étonnait de voir la statue qu'il avait mille fois sculptée réduite maintenant à sa propre apparence de pierre, occupant par rapport à la portée de mon bras une place où elle avait pour rivales une affiche électorale et la pointe de ma canne, enchaînée à la Place, inséparable du débouché de la grand'rue, ne pouvant fuir les regards du café et du bureau d'omnibus, recevant sur son visage la moitié du rayon de soleil couchant—et bientôt, dans quelques heures de la clarté du réverbère—dont le bureau du Comptoir d'Escompte recevait l'autre moitié, gagnée en même temps que cette succursale d'un établissement de crédit, par le relent des cuisines du pâtissier, soumise à la tyrannie du Particulier au point que, si j'avais voulu tracer ma signature sur cette pierre, c'est elle, la Vierge illustre que jusque-là j'avais douée d'une existence générale et d'une intangible beauté, la Vierge de Balbec, l'unique (ce qui, hélas! voulait dire la seule), qui, sur son corps encrassé de la même suie que les maisons voisines, aurait, sans pouvoir s'en défaire, montré à tous les admirateurs venus là pour la contempler la trace de mon morceau de craie et les lettres de mon nom, et c'était elle enfin l'oeuvre d'art immortelle et si longtemps désirée, que je trouvais, métamorphosée ainsi que l'église elle-même, en une petite vieille de pierre dont je pouvais mesurer la hauteur et compter les rides.

L'heure passait, il fallait retourner à la gare où je devais attendre ma grand'mère et Françoise pour gagner ensemble Balbec-Plage. Je me rappelais ce que j'avais lu sur Balbec, les paroles de Swann: «C'est délicieux, c'est aussi beau que Sienne.» Et n'accusant de ma déception que des contingences, la mauvaise disposition où j'étais, ma fatigue, mon incapacité de savoir regarder, j'essayais de me consoler en pensant qu'il restait d'autres villes encore intactes pour moi, que je pourrais prochainement peut-être pénétrer, comme au milieu d'une pluie de perles, dans le frais gazouillis des égouttements de Quimperlé, traverser le reflet verdissant et rose qui baignait Pont-Aven; mais pour Balbec dès que j'y étais entré ç'avait été comme si j'avais entr'ouvert un nom qu'il eût fallu tenir hermétiquement clos et où, profitant de l'issue que je leur avais imprudemment offerte en chassant toutes les images qui y vivaient jusque-là, un tramway, un café, les gens qui passaient sur la place, la succursale du Comptoir d'Escompte, irrésistiblement poussés par une pression externe et une force pneumatique, s'étaient engouffrés à l'intérieur des syllabes qui, refermées sur eux, les laissaient maintenant encadrer le porche de l'église persane et ne cesseraient plus de les contenir.

Dans le petit chemin de fer d'intérêt local qui devait nous conduire à Balbec-Plage, je retrouvai ma grand'mère mais l'y retrouvai seule—car elle avait imaginé de faire partir avant elle pour que tout fût préparé d'avance (mais lui ayant donné un renseignement faux n'avait réussi qu'à faire partir dans une mauvaise direction), Françoise qui en ce moment sans s'en douter filait à toute vitesse sur Nantes et se réveillerait peut-être à Bordeaux. A peine fus-je assis dans le wagon rempli par la lumière fugitive du couchant et par la chaleur persistante de l'après-midi (la première, hélas! me permettant de voir en plein sur le visage de ma grand'mère combien la seconde l'avait fatiguée), elle me demanda: «Hé bien, Balbec?» avec un sourire si ardemment éclairé par l'espérance du grand plaisir qu'elle pensait que j'avais éprouvé, que je n'osai pas lui avouer tout d'un coup ma déception. D'ailleurs, l'impression que mon esprit avait recherchée m'occupait moins au fur et à mesure que se rapprochait le lieu auquel mon corps aurait à s'accoutumer. Au terme, encore éloigné de plus d'une heure, de ce trajet, je cherchais à imaginer le directeur de l'hôtel de Balbec pour qui j'étais, en ce moment, inexistant, et j'aurais voulu me présenter à lui dans une compagnie plus prestigieuse que celle de ma grand'mère qui allait certainement lui demander des rabais. Il m'apparaissait empreint d'une morgue certaine, mais très vague de contours.

A tout moment le petit chemin de fer nous arrêtait à l'une des stations qui précédaient Balbec-Plage et dont les noms mêmes (Incarville, Marcouville, Doville, Pont-à-Couleuvre, Arambouville, Saint-Mars-le-Vieux, Hermonville, Maineville) me semblaient étranges, alors que lus dans un livre ils auraient eu quelque rapport avec les noms de certaines localités qui étaient voisines de Combray. Mais à l'oreille d'un musicien deux motifs, matériellement composés de plusieurs des mêmes notes, peuvent ne présenter aucune ressemblance, s'ils diffèrent par la couleur de l'harmonie et de l'orchestration. De même, rien moins que ces tristes noms faits de sable, d'espace trop aéré et vide, et de sel, au-dessus desquels le mot ville s'échappait comme vole dans pigeon-vole, ne me faisait penser à ces autres noms de Roussainville ou de Martinville, qui parce que je les avais entendu prononcer si souvent par ma grand'tante à table, dans la «salle», avaient acquis un certain charme sombre où s'étaient peut-être mélangés des extraits du goût des confitures, de l'odeur du feu de bois et du papier d'un livre de Bergotte, de la couleur de grès de la maison d'en face, et qui, aujourd'hui encore, quand ils remontent comme une bulle gazeuse, du fond de ma mémoire, conservent leur vertu spécifique à travers les couches superposées de milieux différents qu'ils ont à franchir avant d'atteindre jusqu'à la surface.

C'étaient, dominant la mer lointaine du haut de leur dune, ou s'accommodant déjà pour la nuit au pied de collines d'un vert cru et d'une forme désobligeante, comme celle du canapé d'une chambre d'hôtel où l'on vient d'arriver, composées de quelques villas que prolongeait un terrain de tennis et quelquefois un casino dont le drapeau claquait au vent fraîchissant, évidé et anxieux, de petites stations qui me montraient pour la première fois leurs hôtes habituels, mais me les montraient par leur dehors—des joueurs de tennis en casquettes blanches, le chef de gare vivant là, près de ses tamaris et de ses roses, une dame, coiffée d'un «canotier», qui, décrivant le tracé quotidien d'une vie que je ne connaîtrais jamais, rappelait son lévrier qui s'attardait et rentrait dans son chalet où la lampe était déjà allumée—et qui blessaient cruellement de ces images étrangement usuelles et dédaigneusement familières, mes regards inconnus et mon coeur dépaysé. Mais combien ma souffrance s'aggrava quand nous eûmes débarqué dans le hall du grand hôtel de Balbec, en face de l'escalier monumental qui imitait le marbre, et pendant que ma grand'mère, sans souci d'accroître l'hostilité et le mépris des étrangers au milieu desquels nous allions vivre, discutait les «conditions» avec le directeur, sorte de poussah à la figure et à la voix pleines de cicatrices (qu'avait laissées l'extirpation sur l'une, de nombreux boutons, sur l'autre des divers accents dus à des origines lointaines et à une enfance cosmopolite), au smoking de mondain, au regard de psychologue, prenant généralement à l'arrivée de l'«omnibus», les grands seigneurs pour des râleux et les rats d'hôtel pour des grands seigneurs.

Oubliant sans doute que lui-même ne touchait pas cinq cent francs d'appointements mensuels, il méprisait profondément les personnes pour qui cinq cents francs ou plutôt comme il disait «vingt-cinq louis» est «une somme» et les considérait comme faisant partie d'une race de parias à qui n'était pas destiné le Grand Hôtel. Il est vrai que dans ce Palace même, il y avait des gens qui ne payaient pas très cher tout en étant estimés du directeur, à condition que celui-ci fût certain qu'ils regardaient à dépenser non pas par pauvreté mais par avarice. Elle ne saurait en effet rien ôter au prestige, puisqu'elle est un vice et peut par conséquent se rencontrer dans toutes les situations sociales. La situation sociale était la seule chose à laquelle le directeur fît attention, la situation sociale, ou plutôt les signes qui lui paraissaient impliquer qu'elle était élevée, comme de ne pas se découvrir en entrant dans le hall, de porter des knickerbockers, un paletot à taille, et de sortir un cigare ceint de pourpre et d'or d'un étui en maroquin écrasé (tous avantages, hélas! qui me faisaient défaut). Il émaillait ses propos commerciaux d'expressions choisies, mais à contre-sens.

Tandis que j'entendais ma grand'mère, sans se froisser qu'il l'écoutât son chapeau sur la tête et tout en sifflotant, lui demander avec une intonation artificielle: «Et quels sont... vos prix?... Oh! beaucoup trop élevés pour mon petit budget», attendant sur une banquette, je me réfugiais au plus profond de moi-même, je m'efforçais d'émigrer dans des pensées éternelles, de ne laisser rien de moi, rien de vivant, à la surface de mon corps—insensibilisée comme l'est celle des animaux qui par inhibition font les morts quand on les blesse—afin de ne pas trop souffrir dans ce lieu où mon manque total d'habitude m'était rendu plus sensible encore par la vue de celle que semblait en avoir au même moment une dame élégante à qui le directeur témoignait son respect en prenant des familiarités avec le petit chien dont elle était suivie, le jeune gandin qui, la plume au chapeau, rentrait en demandant «s'il avait des lettres», tous ces gens pour qui c'était regagner leur home que de gravir les degrés en faux marbre. Et en même temps le regard de Minos, Eaque et Rhadamante (regard dans lequel je plongeai mon âme dépouillée, comme dans un inconnu où plus rien ne la protégeait), me fut jeté sévèrement par des messieurs qui, peu versés peut-être dans l'art de «recevoir», portaient le titre de «chefs de réception»; plus loin, derrière un vitrage clos, des gens étaient assis dans un salon de lecture pour la description duquel il m'aurait fallu choisir dans le Dante, tour à tour les couleurs qu'il prête au Paradis et à l'Enfer, selon que je pensais au bonheur des élus qui avaient le droit d'y lire en toute tranquillité, ou à la terreur que m'eût causée ma grand'mère si, dans son insouci de ce genre d'impressions, elle m'eût ordonné d'y pénétrer.

Mon impression de solitude s'accrut encore un moment après. Comme j'avais avoué à ma grand'mère que je n'étais pas bien, que je croyais que nous allions être obligés de revenir à Paris, sans protester elle avait dit qu'elle sortait pour quelques emplettes, utiles aussi bien si nous partions que si nous restions (et que je sus ensuite m'être toutes destinées, Françoise ayant avec elle des affaires qui m'eussent manqué); en l'attendant j'étais allé faire les cent pas dans les rues encombrées d'une foule qui y maintenait une chaleur d'appartement et où était encore ouverts la boutique du coiffeur et le salon d'un pâtissier chez lequel des habitués prenaient des glaces, devant la statue de Duguay-Trouin. Elle me causa à peu près autant de plaisir que son image au milieu d'un «illustré» peut en procurer au malade qui le feuillette dans le cabinet d'attente d'un chirurgien. Je m'étonnais qu'il y eût des gens assez différents de moi pour que, cette promenade dans la ville, le directeur eût pu me la conseiller comme une distraction, et aussi pour que le lieu de supplice qu'est une demeure nouvelle pût paraître à certains «un séjour de délices» comme disait le prospectus de l'hôtel qui pouvait exagérer, mais pourtant s'adressait à toute une clientèle dont il flattait les goûts.

Il est vrai qu'il invoquait, pour la faire venir au Grand-Hôtel de Balbec, non seulement «la chère exquise» et le «coup d'oeil féerique des jardins du Casino», mais encore les «arrêts de Sa Majesté la Mode, qu'on ne peut violer impunément sans passer pour un béotien, ce à quoi aucun homme bien élevé ne voudrait s'exposer». Le besoin que j'avais de ma grand'mère était grandi par ma crainte de lui avoir causé une désillusion. Elle devait être découragée, sentir que si je ne supportais pas cette fatigue c'était à désespérer qu'aucun voyage pût me faire du bien. Je me décidai à rentrer l'attendre; le directeur vint lui-même pousser un bouton: et un personnage encore inconnu de moi, qu'on appelait «lift» (et qui à ce point le plus haut de l'hôtel où serait le lanternon d'une église normande, était installé comme un photographe derrière son vitrage ou comme un organiste dans sa chambre), se mit à descendre vers moi avec l'agilité d'un écureuil domestique, industrieux et captif. Puis en glissant de nouveau le long d'un pilier il m'entraîna à sa suite vers le dôme de la nef commerciale. A chaque étage, des deux côtés de petits escaliers de communication, se dépliaient en éventails de sombres galeries, dans lesquelles, portant un traversin, passait une femme de chambre. J'appliquais à son visage rendu indécis par le crépuscule le masque de mes rêves les plus passionnés, mais lisais dans son regard tourné vers moi l'horreur de mon néant. Cependant pour dissiper, au cours de l'interminable ascension, l'angoisse mortelle que j'éprouvais à traverser en silence le mystère de ce clair-obscur sans poésie, éclairé d'une seule rangée verticale de verrières que faisait l'unique water-closet de chaque étage, j'adressai la parole au jeune organiste, artisan de mon voyage et compagnon de ma captivité, lequel continuait à tirer les registres de son instrument et à pousser les tuyaux. Je m'excusai de tenir autant de place, de lui donner tellement de peine, et lui demandai si je ne le gênais pas dans l'exercice d'un art, à l'endroit duquel, pour flatter le virtuose, je fis plus que manifester de la curiosité, je confessai ma prédilection. Mais il ne me répondit pas, soit étonnement de mes paroles, attention à son travail, souci de l'étiquette, dureté de son ouïe, respect du lieu, crainte du danger, paresse d'intelligence ou consigne du directeur.

Il n'est peut-être rien qui donne plus l'impression de la réalité de ce qui nous est extérieur, que le changement de la position, par rapport à nous, d'une personne même insignifiante, avant que nous l'ayons connue, et après. J'étais le même homme qui avait pris à la fin de l'après-midi le petit chemin de fer de Balbec, je portais en moi la même âme. Mais dans cette âme, à l'endroit où, à six heures, il y avait avec l'impossibilité d'imaginer le directeur, le Palace, son personnel, une attente vague et craintive du moment où j'arriverais, se trouvaient maintenant les boutons extirpés dans la figure du directeur cosmopolite (en réalité naturalisé Monégasque, bien qu'il fût—comme il disait parce qu'il employait toujours des expressions qu'il croyait distinguées, sans s'apercevoir qu'elles étaient vicieuses—«d'originalité roumaine»)—son geste pour sonner le lift, le lift lui-même, toute une frise de personnages de guignol sortis de cette boîte de Pandore qu'était le Grand-Hôtel, indéniables, inamovibles, et comme tout ce qui est réalisé, stérilisants. Mais du moins ce changement dans lequel je n'étais pas intervenu me prouvait qu'il s'était passé quelque chose d'extérieur à moi—si dénuée d'intérêt que cette chose fût en soi—et j'étais comme le voyageur qui, ayant eu le soleil devant lui en commençant une course, constate que les heures sont passées, quand il le voit derrière lui. J'étais brisé par la fatigue, j'avais la fièvre, je me serais bien couché, mais je n'avais rien de ce qu'il eût fallu pour cela. J'aurais voulu au moins m'étendre un instant sur le lit, mais à quoi bon puisque je n'aurais pu y faire trouver de repos à cet ensemble de sensations qui est pour chacun de nous son corps conscient, sinon son corps matériel, et puisque les objets inconnus qui l'encerclaient, en le forçant à mettre ses perceptions sur le pied permanent d'une défensive vigilante, auraient maintenu mes regards, mon ouïe, tous mes sens, dans une position aussi réduite et incommode (même si j'avais allongé mes jambes) que celle du cardinal La Balue dans la cage où il ne pouvait ni se tenir debout ni s'asseoir. C'est notre attention qui met des objets dans une chambre, et l'habitude qui les en retire, et nous y fait de la place.

De la place, il n'y en avait pas pour moi dans ma chambre de Balbec (mienne de nom seulement), elle était pleine de choses qui ne me connaissant pas, me rendirent le coup d'oeil méfiant que je leur jetai et sans tenir aucun compte de mon existence, témoignèrent que je dérangeais le train-train de la leur. La pendule—alors qu'à la maison je n'entendais la mienne que quelques secondes par semaine, seulement quand je sortais d'une profonde méditation—continua sans s'interrompre un instant à tenir dans une langue inconnue des propos qui devaient être désobligeants pour moi, car les grands rideaux violets l'écoutaient sans répondre, mais dans une attitude analogue à celle des gens qui haussent les épaules pour montrer que la vue d'un tiers les irrite. Ils donnaient à cette chambre si haute un caractère quasi-historique qui eût pu la rendre appropriée à l'assassinat du duc de Guise, et plus tard à une visite de touristes, conduits par un guide de l'agence Cook, mais nullement à mon sommeil. J'étais tourmenté par la présence de petites bibliothèques à vitrines, qui couraient le long des murs, mais surtout par une grande glace à pieds, arrêtée en travers de la pièce et avant le départ de laquelle je sentais qu'il n'y aurait pas pour moi de détente possible. Je levais à tout moment mes regards—que les objets de ma chambre de Paris ne gênaient pas plus que ne faisaient mes propres prunelles, car ils n'étaient plus que des annexes de mes organes, un agrandissement de moi-même—vers le plafond surélevé de ce belvédère situé au sommet de l'hôtel et que ma grand'mère avait choisi pour moi; et, jusque dans cette région plus intime que celle où nous voyons et où nous entendons, dans cette région où nous éprouvons la qualité des odeurs, c'était presque à l'intérieur de mon moi que celle du vétiver venait pousser dans mes derniers retranchements son offensive, à laquelle j'opposais non sans fatigue la riposte inutile et incessante d'un reniflement alarmé. N'ayant plus d'univers, plus de chambre, plus de corps que menacé par les ennemis qui m'entouraient, qu'envahi jusque dans les os par la fièvre, j'étais seul, j'avais envie de mourir. Alors ma grand'mère entra; et à l'expansion de mon coeur refoulé s'ouvrirent aussitôt des espaces infinis.

Elle portait une robe de chambre de percale qu'elle revêtait à la maison chaque fois que l'un de nous était malade (parce qu'elle s'y sentait plus à l'aise, disait-elle, attribuant toujours à ce qu'elle faisait des mobiles égoïstes), et qui était pour nous soigner, pour nous veiller, sa blouse de servante et de garde, son habit de religieuse. Mais tandis que les soins de celles-là, la bonté qu'elles ont, le mérite qu'on leur trouve et la reconnaissance qu'on leur doit augmentent encore l'impression qu'on a d'être, pour elles, un autre, de se sentir seul, gardant pour soi la charge de ses pensées, de son propre désir de vivre, je savais, quand j'étais avec ma grand'mère, si grand chagrin qu'il y eût en moi, qu'il serait reçu dans une pitié plus vaste encore; que tout ce qui était mien, mes soucis, mon vouloir, serait, en ma grand'mère, étayé sur un désir de conservation et d'accroissement de ma propre vie autrement fort que celui que j'avais de moi-même; et mes pensées se prolongeaient en elle sans subir de déviation parce qu'elles passaient de mon esprit dans le sien sans changer de milieu, de personne. Et—comme quelqu'un qui veut nouer sa cravate devant une glace sans comprendre que le bout qu'il voit n'est pas placé par rapport à lui du côté où il dirige sa main, ou comme un chien qui poursuit à terre l'ombre dansante d'un insecte—trompé par l'apparence du corps comme on l'est dans ce monde où nous ne percevons pas directement les âmes, je me jetai dans les bras de ma grand'mère et je suspendis mes lèvres à sa figure comme si j'accédais ainsi à ce coeur immense qu'elle m'ouvrait. Quand j'avais ainsi ma bouche collée à ses joues, à son front, j'y puisais quelque chose de si bienfaisant, de si nourricier, que je gardais l'immobilité, le sérieux, la tranquille avidité d'un enfant qui tette.

Je regardais ensuite sans me lasser son grand visage découpé comme un beau nuage ardent et calme, derrière lequel on sentait rayonner la tendresse. Et tout ce qui recevait encore, si faiblement que ce fût, un peu de ses sensations, tout ce qui pouvait ainsi être dit encore à elle, en était aussitôt si spiritualisé, si sanctifié que de mes paumes je lissais ses beaux cheveux à peine gris avec autant de respect, de précaution et de douceur que si j'y avais caressé sa bonté. Elle trouvait un tel plaisir dans toute peine qui m'en épargnait une, et, dans un moment d'immobilité et de calme pour mes membres fatigués, quelque chose de si délicieux, que quand, ayant vu qu'elle voulait m'aider à me coucher et me déchausser, je fis le geste de l'en empêcher et de commencer à me déshabiller moi-même, elle arrêta d'un regard suppliant mes mains qui touchaient aux premiers boutons de ma veste et de mes bottines.

—Oh, je t'en prie, me dit-elle. C'est une telle joie pour ta grand'mère. Et surtout ne manque pas de frapper au mur si tu as besoin de quelque chose cette nuit, mon lit est adossé au tien, la cloison est très mince. D'ici un moment quand tu seras couché fais-le, pour voir si nous nous comprenons bien.

Et, en effet, ce soir-là, je frappai trois coups—que une semaine plus tard quand je fus souffrant je renouvelai pendant quelques jours tous les matins parce que ma grand'mère voulait me donner du lait de bonne heure. Alors quand je croyais entendre qu'elle était réveillée—pour qu'elle n'attendît pas et pût, tout de suite après, se rendormir—je risquais trois petits coups, timidement, faiblement, distinctement malgré tout, car si je craignais d'interrompre son sommeil dans le cas où je me serais trompé et où elle eût dormi, je n'aurais pas voulu non plus qu'elle continuât d'épier un appel qu'elle n'aurait pas distingué d'abord et que je n'oserais pas renouveler. Et à peine j'avais frappé mes coups que j'en entendais trois autres, d'une intonation différente de ceux-là, empreints d'une calme autorité, répétés à deux reprises pour plus de clarté et qui disaient: «Ne t'agite pas, j'ai entendu, dans quelques instants je serai là»; et bientôt après ma grand'mère arrivait. Je lui disais que j'avais eu peur qu'elle ne m'entendît pas ou crût que c'était un voisin qui avait frappé; elle riait:

—Confondre les coups de mon pauvre chou avec d'autres, mais entre mille sa grand'mère les reconnaîtrait! Crois-tu donc qu'il y en ait d'autres au monde qui soient aussi bêtas, aussi fébriles, aussi partagés entre la crainte de me réveiller et de ne pas être compris. Mais quand même elle se contenterait d'un grattement, on reconnaîtrait tout de suite sa petite souris, surtout quand elle est aussi unique et à plaindre que la mienne. Je l'entendais déjà depuis un moment qui hésitait, qui se remuait dans le lit, qui faisait tous ses manèges.

Elle entr'ouvrait les persiennes; à l'annexe en saillie de l'hôtel, le soleil était déjà installé sur les toits comme un couvreur matinal qui commence tôt son ouvrage et l'accomplit en silence pour ne pas réveiller la ville qui dort encore et de laquelle l'immobilité le fait paraître plus agile. Elle me disait l'heure, le temps qu'il ferait, que ce n'était pas la peine que j'allasse jusqu'à la fenêtre, qu'il y avait de la brume sur la mer, si la boulangerie était déjà ouverte, quelle était cette voiture qu'on entendait: tout cet insignifiant lever de rideau, ce négligeable introït du jour auquel personne n'assiste, petit morceau de vie qui n'était qu'à nous deux, que j'évoquerais volontiers dans la journée devant Françoise ou des étrangers en parlant du brouillard à couper au couteau qu'il y avait eu le matin à six heures, avec l'ostentation non d'un savoir acquis, mais d'une marque d'affection reçue par moi, seul; doux instant matinal qui s'ouvrait comme une symphonie par le dialogue rythmé de mes trois coups auquel la cloison pénétrée de tendresse et de joie, devenue harmonieuse, immatérielle, chantant comme les anges, répondait par trois autres coups, ardemment attendus, deux fois répétés, et où elle savait transporter l'âme de ma grand'mère tout entière et la promesse de sa venue, avec une allégresse d'annonciation et une fidélité musicale.

Mais cette première nuit d'arrivée, quand ma grand'mère m'eut quitté, je recommençai à souffrir, comme j'avais déjà souffert à Paris au moment de quitter la maison. Peut-être cet effroi que j'avais—qu'ont tant d'autres—de coucher dans une chambre inconnue, peut-être cet effroi, n'est-il que la forme la plus humble, obscure, organique, presque inconsciente, de ce grand refus désespéré qu'opposent les choses qui constituent le meilleur de notre vie présente à ce que nous revêtions mentalement de notre acceptation la formule d'un avenir où elles ne figurent pas; refus qui était au fond de l'horreur que m'avait fait si souvent éprouver la pensée que mes parents mourraient un jour, que les nécessités de la vie pourraient m'obliger à vivre loin de Gilberte, ou simplement à me fixer définitivement dans un pays où je ne verrais plus jamais mes amis; refus qui était encore au fond de la difficulté que j'avais à penser à ma propre mort ou à une survie comme celle que Bergotte promettait aux hommes dans ses livres, dans laquelle je ne pourrais emporter mes souvenirs, mes défauts, mon caractère qui ne se résignaient pas à l'idée de ne plus être et ne voulaient pour moi ni du néant, ni d'une éternité où ils ne seraient plus.

Quand Swann m'avait dit à Paris, un jour que j'étais particulièrement souffrant: «Vous devriez partir pour ces délicieuses îles de l'Océanie, vous verrez que vous n'en reviendrez plus», j'aurais voulu lui répondre: «Mais alors je ne verrai plus votre fille, je vivrai au milieu de choses et de gens qu'elle n'a jamais vus.» Et pourtant ma raison me disait: «Qu'est-ce que cela peut faire, puisque tu n'en seras pas affligé? Quand M. Swann te dit que tu ne reviendras pas, il entend par là que tu ne voudras pas revenir, et puisque tu ne le voudras pas, c'est que, là-bas, tu seras heureux.» Car ma raison savait que l'habitude—l'habitude qui allait assumer maintenant l'entreprise de me faire aimer ce logis inconnu, de changer de place la glace, la nuance des rideaux, d'arrêter la pendule—se charge aussi bien de nous rendre chers les compagnons qui nous avaient déplu d'abord, de donner une autre forme aux visages, de rendre sympathique le son d'une voix, de modifier l'inclination des coeurs. Certes ces amitiés nouvelles pour des lieux et des gens ont pour trame l'oubli des anciennes; mais justement ma raison pensait que je pouvais envisager sans terreur la perspective d'une vie où je serais à jamais séparé d'êtres dont je perdrais le souvenir, et c'est comme une consolation qu'elle offrait à mon coeur une promesse d'oubli qui ne faisait au contraire qu'affoler son désespoir. Ce n'est pas que notre coeur ne doive éprouver lui aussi, quand la séparation sera consommée, les effets analgésiques de l'habitude; mais jusque-là il continuera de souffrir.

Et la crainte d'un avenir où nous serons enlevés la vue et l'entretien de ceux que nous aimons et d'où nous tirons aujourd'hui notre plus chère joie, cette crainte, loin de se dissiper, s'accroît, si à la douleur d'une telle privation nous pensons que s'ajoutera ce qui pour nous semble actuellement plus cruel encore: ne pas la ressentir comme une douleur, y rester indifférent; car alors notre moi serait changé, ce ne serait plus seulement le charme de nos parents, de notre maîtresse, de nos amis, qui ne serait plus autour de nous, mais notre affection pour eux; elle aurait été si parfaitement arrachée de notre coeur dont elle est aujourd'hui une notable part, que nous pourrions nous plaire à cette vie séparée d'eux dont la pensée nous fait horreur aujourd'hui; ce serait donc une vraie mort de nous-même, mort suivie, il est vrai, de résurrection, mais en un moi différent et jusqu'à l'amour duquel ne peuvent s'élever les parties de l'ancien moi condamnées à mourir. Ce sont elles—même les plus chétives, comme les obscurs attachements aux dimensions, à l'atmosphère d'une chambre—qui s'effarent et refusent, en des rébellions où il faut voir un mode secret, partiel, tangible et vrai de la résistance à la mort, de la longue résistance désespérée et quotidienne à la mort fragmentaire et successive telle qu'elle s'insère dans toute la durée de notre vie, détachant de nous à chaque moment des lambeaux de nous-mêmes sur la mortification desquels des cellules nouvelles multiplieront. Et pour une nature nerveuse comme était la mienne, c'est-à-dire chez qui les intermédiaires, les nerfs, remplissent mal leurs fonctions, n'arrêtent pas dans sa route vers la conscience, mais y laissent au contraire parvenir, distincte, épuisante, innombrable et douloureuse, la plainte des plus humbles éléments du moi qui vont disparaître, l'anxieuse alarme que j'éprouvais sous ce plafond inconnu et trop haut, n'était que la protestation d'une amitié qui survivait en moi, pour un plafond familier et bas. Sans doute cette amitié disparaîtrait, une autre ayant pris sa place (alors la mort, puis une nouvelle vie auraient, sous le nom d'Habitude, accompli leur oeuvre double); mais jusqu'à son anéantissement, chaque soir elle souffrirait, et ce premier soir-là surtout, mise en présence d'un avenir déjà réalisé où il n'y avait plus de place pour elle, elle se révoltait, elle me torturait du cri de ses lamentations chaque fois que mes regards, ne pouvant se détourner de ce qui les blessait, essayaient de se poser au plafond inaccessible.

Mais le lendemain matin!—après qu'un domestique fut venu m'éveiller et m'apporter de l'eau chaude, et pendant que je faisais ma toilette et essayais vainement de trouver les affaires dont j'avais besoin dans ma malle d'où je ne tirais, pêle-mêle, que celles qui ne pouvaient me servir à rien, quelle joie, pensant déjà au plaisir du déjeuner et de la promenade, de voir dans la fenêtre et dans toutes les vitrines des bibliothèques, comme dans les hublots d'une cabine de navire, la mer nue, sans ombrages et pourtant à l'ombre sur une moitié de son étendue que délimitait une ligne mince et mobile, et de suivre des yeux les flots qui s'élançaient l'un après l'autre comme des sauteurs sur un tremplin. A tous moments, tenant à la main la serviette raide et empesée où était écrit le nom de l'hôtel et avec laquelle je faisais d'inutiles efforts pour me sécher, je retournais près de la fenêtre jeter encore un regard sur ce vaste cirque éblouissant et montagneux et sur les sommets neigeux de ses vagues en pierre d'émeraude çà et là polie et translucide, lesquelles avec une placide violence et un froncement léonin laissaient s'accomplir et dévaler l'écoulement de leurs pentes auxquelles le soleil ajoutait un sourire sans visage.

Fenêtre à laquelle je devais ensuite me mettre chaque matin comme au carreau d'une diligence dans laquelle on a dormi, pour voir si pendant la nuit s'est rapprochée ou éloignée une chaîne désirée—ici ces collines de la mer qui avant de revenir vers nous en dansant, peuvent reculer si loin que souvent ce n'était qu'après une longue plaine sablonneuse que j'apercevais à une grande distance leurs premières ondulations, dans un lointain transparent, vaporeux et bleuâtre comme ces glaciers qu'on voit au fond des tableaux des primitifs toscans. D'autres fois, c'était tout près de moi que le soleil riait sur ces flots d'un vert aussi tendre que celui que conserve aux prairies alpestres (dans les montagnes où le soleil s'étale çà et là comme un géant qui en descendrait gaiement, par bonds inégaux, les pentes) moins l'humidité du sol que la liquide mobilité de la lumière. Au reste, dans cette brèche que la plage et les flots pratiquent au milieu du monde pour du reste y faire passer, pour y accumuler la lumière, c'est elle surtout, selon la direction d'où elle vient et que suit notre oeil, c'est elle qui déplace et situe les vallonnements de la mer. La diversité de l'éclairage ne modifie pas moins l'orientation d'un lieu, ne dresse pas moins devant nous de nouveaux buts qu'il nous donne le désir d'atteindre, que ne ferait un trajet longuement et effectivement parcouru en voyage. Quand le matin le soleil venait de derrière l'hôtel, découvrant devant moi les grèves illuminées jusqu'aux premiers contreforts de la mer, il semblait m'en montrer un autre versant et m'engager à poursuivre, sur la route tournante de ses rayons, un voyage immobile et varié à travers les plus beaux sites du paysage accidenté des heures.

Et dès ce premier matin le soleil me désignait au loin d'un doigt souriant ces cimes bleues de la mer qui n'ont de nom sur aucune carte géographique, jusqu'à ce qu'étourdi de sa sublime promenade à la surface retentissante et chaotique de leurs crêtes et de leurs avalanches, il vînt se mettre à l'abri du vent dans ma chambre, se prélassant sur le lit défait et égrenant ses richesses sur le lavabo mouillé, dans la malle ouverte, où par sa splendeur même et son luxe déplacé, il ajoutait encore à l'impression du désordre. Hélas, le vent de mer, une heure plus tard, dans la grande salle à manger—tandis que nous déjeunions et que, de la gourde de cuir d'un citron, nous répandions quelques gouttes d'or sur deux soles qui bientôt laissèrent dans nos assiettes le panache de leurs arêtes, frisé comme une plume et sonore comme une cithare—il parut cruel à ma grand'mère de n'en pas sentir le souffle vivifiant à cause du châssis transparent mais clos qui, comme une vitrine, nous séparait de la plage tout en nous la laissant entièrement voir et dans lequel le ciel entrait si complètement que son azur avait l'air d'être la couleur des fenêtres et ses nuages blancs un défaut du verre. Me persuadant que j'étais «assis sur le môle» ou au fond du «boudoir» dont parle Baudelaire, je me demandais si son «soleil rayonnant sur la mer» ce n'était pas—bien différent du rayon du soir, simple et superficiel comme un trait doré et tremblant—celui qui en ce moment brûlait la mer comme une topaze, la faisait fermenter, devenir blonde et laiteuse comme de la bière, écumante comme du lait, tandis que par moments s'y promenaient çà et là de grandes ombres bleues, que quelque Dieu semblait s'amuser à déplacer en bougeant un miroir dans le ciel. Malheureusement ce n'était pas seulement par son aspect que différait de la «salle» de Combray donnant sur les maisons d'en face, cette salle à manger de Balbec, nue, emplie de soleil vert comme l'eau d'une piscine, et à quelques mètres de laquelle la marée pleine et le grand jour élevaient, comme devant la cité céleste, un rempart indestructible et mobile d'émeraude et d'or.

A Combray, comme nous étions connus de tout le monde, je ne me souciais de personne. Dans la vie de bains de mer on ne connaît que ses voisins. Je n'étais pas encore assez âgé et j'étais resté trop sensible pour avoir renoncé au désir de plaire aux êtres et de les posséder. Je n'avais pas l'indifférence plus noble qu'aurait éprouvée un homme du monde à l'égard des personnes qui déjeunaient dans la salle à manger, ni des jeunes gens et des jeunes filles passant sur la digue, avec lesquels je souffrais de penser que je ne pourrais pas faire d'excursions, moins pourtant que si ma grand'mère, dédaigneuse des formes mondaines et ne s'occupant que de ma santé, leur avait adressé la demande, humiliante pour moi, de m'agréer comme compagnon de promenade. Soit qu'ils rentrassent vers quelque chalet inconnu, soit qu'ils en sortissent pour se rendre raquette en mains à un terrain de tennis, ou montassent sur des chevaux dont les sabots me piétinaient le coeur, je les regardais avec une curiosité passionnée, dans cet éclairage aveuglant de la plage où les proportions sociales sont changées, je suivais tous leurs mouvements à travers la transparence de cette grande baie vitrée qui laissait passer tant de lumière. Mais elle interceptait le vent et c'était un défaut à l'avis de ma grand'mère qui, ne pouvant supporter l'idée que je perdisse le bénéfice d'une heure d'air, ouvrit subrepticement un carreau et fit envoler du même coup avec les menus, les journaux, voiles et casquettes de toutes les personnes qui étaient en train de déjeuner; elle-même, soutenue par le souffle céleste, restait calme et souriante comme sainte Blandine, au milieu des invectives qui, augmentant mon impression d'isolement et de tristesse, réunissaient contre nous les touristes méprisants, dépeignés et furieux.

Pour une certaine partie—ce qui, à Balbec, donnait à la population, d'ordinaire banalement riche et cosmopolite, de ces sortes d'hôtels de grand luxe, un caractère régional assez accentué—ils se composaient de personnalités éminentes des principaux départements de cette partie de la France, d'un premier président de Caen, d'un bâtonnier de Cherbourg, d'un grand notaire du Mans qui, à l'époque des vacances, partant des points sur lesquels toute l'année ils étaient disséminés en tirailleurs ou comme des pions au jeu de dames, venaient se concentrer dans cet hôtel. Ils y conservaient toujours les mêmes chambres, et, avec leurs femmes qui avaient des prétentions à l'aristocratie, formaient un petit groupe, auquel s'étaient adjoints un grand avocat et un grand médecin de Paris qui le jour du départ leur disaient:

—Ah! c'est vrai, vous ne prenez pas le même train que nous, vous êtes privilégiés, vous serez rendus pour le déjeuner.

—Comment, privilégiés? Vous qui habitez la capitale, Paris, la grand ville, tandis que j'habite un pauvre chef-lieu de cent mille âmes, il est vrai cent deux mille au dernier recensement; mais qu'est-ce à côté de vous qui en comptez deux millions cinq cent mille? et qui allez retrouver l'asphalte et tout l'éclat du monde parisien?

Ils le disaient avec un roulement d'r paysan, sans y mettre d'aigreur, car c'étaient des lumières de leur province qui auraient pu comme d'autres venir à Paris—on avait plusieurs fois offert au premier président de Caen un siège à la Cour de cassation—mais avaient préféré rester sur place, par amour de leur ville, ou de l'obscurité, ou de la gloire, ou parce qu'ils étaient réactionnaires, et pour l'agrément des relations de voisinage avec les châteaux. Plusieurs d'ailleurs ne regagnaient pas tout de suite leur chef-lieu.

Car—comme la baie de Balbec était un petit univers à part au milieu du grand, une corbeille des saisons où étaient rassemblés en cercle les jours variés et les mois successifs, si bien que, non seulement les jours où on apercevait Rivebelle, ce qui était signe d'orage, on y distinguait du soleil sur les maisons pendant qu'il faisait noir à Balbec, mais encore que quand les froids avaient gagné Balbec, on était certain de trouver sur cette autre rive deux ou trois mois supplémentaires de chaleur—ceux de ces habitués du Grand-Hôtel dont les vacances commençaient tard ou duraient longtemps, faisaient, quand arrivaient les pluies et les brumes, à l'approche de l'automne, charger leurs malles sur une barque, et traversaient rejoindre l'été à Rivebelle ou à Costedor. Ce petit groupe de l'hôtel de Balbec regardait d'un air méfiant chaque nouveau venu, et, ayant l'air de ne pas s'intéresser à lui, tous interrogeaient sur son compte leur ami le maître d'hôtel. Car c'était le même—Aimé—qui revenait tous les ans faire la saison et leur gardait leurs tables; et mesdames leurs épouses, sachant que sa femme attendait un bébé, travaillaient après les repas chacune à une pièce de la layette, tout en nous toisant avec leur face à main, ma grand'mère et moi, parce que nous mangions des oeufs durs dans la salade, ce qui était réputé commun et ne se faisait pas dans la bonne société d'Alençon. Ils affectaient une attitude de méprisante ironie à l'égard d'un Français qu'on appelait Majesté et qui s'était, en effet, proclamé lui-même roi d'un petit îlot de l'Océanie peuplé par quelques sauvages. Il habitait l'hôtel avec sa jolie maîtresse, sur le passage de qui, quand elle allait se baigner, les gamins criaient: «Vive la reine!» parce qu'elle faisait pleuvoir sur eux des pièces de cinquante centimes. Le premier président et le bâtonnier ne voulaient même pas avoir l'air de la voir, et si quelqu'un de leurs amis la regardait, ils croyaient devoir le prévenir que c'était une petite ouvrière.

—Mais on m'avait assuré qu'à Ostende ils usaient de la cabine royale.

—Naturellement! On la loue pour vingt francs. Vous pouvez la prendre si cela vous fait plaisir. Et je sais pertinemment que, lui, avait fait demander une audience au roi qui lui a fait savoir qu'il n'avait pas à connaître ce souverain de Guignol.

—Ah, vraiment, c'est intéressant! il y a tout de même des gens!...

Et sans doute tout cela était vrai, mais c'était aussi par ennui de sentir que pour une bonne partie de la foule ils n'étaient, eux, que de bons bourgeois qui ne connaissaient pas ce roi et cette reine prodigues de leur monnaie, que le notaire, le président, le bâtonnier, au passage de ce qu'ils appelaient un carnaval, éprouvaient tant de mauvaise humeur et manifestaient tout haut une indignation au courant de laquelle était leur ami le maître d'hôtel, qui, obligé de faire bon visage aux souverains plus généreux qu'authentiques, cependant tout en prenant leur commande, adressait de loin à ses vieux clients un clignement d'oeil significatif. Peut-être y avait-il aussi un peu de ce même ennui d'être par erreur crus moins «chic» et de ne pouvoir expliquer qu'ils l'étaient davantage, au fond du «Joli Monsieur!» dont ils qualifiaient un jeune gommeux, fils poitrinaire et fêtard d'un grand industriel et qui, tous les jours, dans un veston nouveau, une orchidée à la boutonnière, déjeunait au champagne, et allait, pâle, impassible, un sourire d'indifférence aux lèvres, jeter au Casino sur la table de baccarat des sommes énormes «qu'il n'a pas les moyens de perdre» disait d'un air renseigné le notaire au premier président duquel la femme «tenait de bonne source» que ce jeune homme «fin de siècle» faisait mourir de chagrin ses parents.

D'autre part, le bâtonnier et ses amis ne tarissaient pas de sarcasmes, au sujet d'une vieille dame riche et titrée, parce qu'elle ne se déplaçait qu'avec tout son train de maison. Chaque fois que la femme du notaire et la femme du premier président la voyaient dans la salle à manger au moment des repas, elles l'inspectaient insolemment avec leur face à main du même air minutieux et défiant que si elle avait été quelque plat au nom pompeux mais à l'apparence suspecte qu'après le résultat défavorable d'une observation méthodique on fait éloigner, avec un geste distant, et une grimace de dégoût.

Sans doute par là voulaient-elles seulement montrer que, s'il y avait certaines choses dont elles manquaient—dans l'espèce certaines prérogatives de la vieille dame, et être en relations avec elle—c'était non pas parce qu'elles ne pouvaient, mais ne voulaient pas les posséder. Mais elles avaient fini par s'en convaincre elles-mêmes; et c'est la suppression de tout désir, de la curiosité pour les formes de la vie qu'on ne connaît pas, de l'espoir de plaire à de nouveaux êtres, remplacés chez ces femmes par un dédain simulé, par une allégresse factice, qui avait l'inconvénient de leur faire mettre du déplaisir sous l'étiquette de contentement et se mentir perpétuellement à elles-mêmes, deux conditions pour qu'elles fussent malheureuses. Mais tout le monde dans cet hôtel agissait sans doute de la même manière qu'elles, bien que sous d'autres formes, et sacrifiait sinon à l'amour-propre, du moins à certains principes d'éducations ou à des habitudes intellectuelles, le trouble délicieux de se mêler à une vie inconnue. Sans doute le microcosme dans lequel s'isolait la vieille dame n'était pas empoisonné de virulentes aigreurs comme le groupe où ricanaient de rage la femme du notaire et du premier président. Il était au contraire embaumé d'un parfum fin et vieillot mais qui n'était pas moins factice.

Car au fond la vieille dame eût probablement trouvé à séduire, à s'attacher, en se renouvelant pour cela elle-même, la sympathie mystérieuse d'êtres nouveaux, un charme dont est dénué le plaisir qu'il y a à ne fréquenter que des gens de son monde et à se rappeler que, ce monde étant le meilleur qui soit, le dédain mal informé d'autrui est négligeable. Peut-être sentait-elle que, si elle était arrivée inconnue au Grand-Hôtel de Balbec elle eût avec sa robe de laine noire et son bonnet démodé fait sourire quelque noceur qui de son «rocking» eût murmuré «quelle purée!» ou surtout quelque homme de valeur ayant gardé comme le premier président, entre ses favoris poivre et sel, un visage frais et des yeux spirituels comme elle les aimait, et qui eût aussitôt désigné à la lentille rapprochante du face à main conjugal l'apparition de ce phénomène insolite; et peut-être était-ce par inconsciente appréhension de cette première minute qu'on sait courte mais qui n'est pas moins redoutée—comme la première tête qu'on pique dans l'eau—que cette dame envoyait d'avance un domestique mettre l'hôtel au courant de sa personnalité et de ses habitudes, et coupant court aux salutations du directeur gagnait avec une brièveté où il y avait plus de timidité que d'orgueil sa chambre où des rideaux personnels remplaçant ceux qui pendaient aux fenêtres, des paravents, des photographies, mettaient si bien entre elle et le monde extérieur auquel il eût fallu s'adapter la cloison de ses habitudes, que c'était son chez elle, au sein duquel elle était restée, qui voyageait plutôt qu'elle-même...

Dès lors, ayant placé entre elle d'une part, le personnel de l'hôtel et les fournisseurs de l'autre, ses domestiques qui recevaient à sa place le contact de cette humanité nouvelle et entretenaient autour de leur maîtresse l'atmosphère accoutumée, ayant mis ses préjugés entre elle et les baigneurs, insoucieuse de déplaire à des gens que ses amies n'auraient pas reçus, c'est dans son monde qu'elle continuait à vivre par la correspondance avec ses amies, par le souvenir, par la conscience intime qu'elle avait de sa situation, de la qualité de ses manières, de la compétence de sa politesse. Et tous les jours, quand elle descendait pour aller dans sa calèche faire une promenade, sa femme de chambre qui portait ses affaires derrière elle, son valet de pied qui la devançait semblaient comme ces sentinelles, qui aux portes d'une ambassade, pavoisée aux couleurs du pays dont elle dépend, garantissent pour elle, au milieu d'un sol étranger, le privilège de son exterritorialité.

Elle ne quitta pas sa chambre avant le milieu de l'après-midi, le jour de notre arrivée, et nous ne l'aperçûmes pas dans la salle à manger où le directeur, comme nous étions nouveaux venus, nous conduisit, sous sa protection, à l'heure du déjeuner, comme un gradé qui mène des bleus chez le caporal tailleur pour les faire habiller; mais nous y vîmes, en revanche, au bout d'un instant un hobereau et sa fille, d'une obscure mais très ancienne famille de Bretagne, M. et Mlle de Stermaria dont on nous avait fait donner la table, croyant qu'ils ne rentreraient que le soir. Venus seulement à Balbec pour retrouver des châtelains qu'ils connaissaient dans le voisinage, ils ne passaient dans la salle à manger de l'hôtel, entre les invitations acceptées au dehors et les visites rendues que le temps strictement nécessaire. C'était leur morgue qui les préservait de toute sympathie humaine, de tout intérêt pour les inconnus assis autour d'eux, et au milieu desquels M. de Stermaria gardait l'air glacial, pressé, distant, rude, pointilleux et malintentionné, qu'on a dans un buffet de chemin de fer au milieu de voyageurs qu'on n'a jamais vus, qu'on ne reverra pas, et avec qui on ne conçoit d'autres rapports que de défendre contre eux son poulet froid et son coin dans le wagon. A peine commencions-nous à déjeuner qu'on vint nous faire lever sur l'ordre de M. de Stermaria, lequel venait d'arriver et sans le moindre geste d'excuse à notre adresse, pria à haute voix le maître d'hôtel de veiller à ce qu'une pareille erreur ne se renouvelât pas, car il lui était désagréable que «des gens qu'il ne connaissait pas» eussent pris sa table.

Et certes dans le sentiment qui poussait une certaine actrice (plus connue d'ailleurs à cause de son élégance, de son esprit, de ses belles collections de porcelaine allemande que pour quelques rôles joués à l'Odéon), son amant, jeune homme très riche pour lequel elle s'était cultivée, et deux hommes très en vue de l'aristocratie, à faire dans la vie bande à part, à ne voyager qu'ensemble, à prendre à Balbec leur déjeuner, très tard, quand tout le monde avait fini; à passer la journée dans leur salon à jouer aux cartes, il n'entrait aucune malveillance, mais seulement les exigences du goût qu'ils avaient pour certaines formes spirituelles de conversation, pour certains raffinements de bonne chère, lequel leur faisait trouver plaisir à ne vivre, à ne prendre leurs repas qu'ensemble, et leur eût rendu insupportable la vie en commun avec des gens qui n'y avaient pas été initiés.

Même devant une table servie, ou devant une table à jeu, chacun d'eux avait besoin de savoir que dans le convive ou le partenaire qui était assis en face de lui, reposaient en suspens et inutilisés un certain savoir qui permet de reconnaître la camelote dont tant de demeures parisiennes se parent comme d'un «moyen âge» ou d'une «Renaissance» authentiques et, en toutes choses, des critériums communs à eux pour distinguer le bon et le mauvais. Sans doute ce n'était plus, dans ces moments-là, que par quelque rare et drôle interjection jetée au milieu du silence du repas ou de la partie, ou par la robe charmante et nouvelle que la jeune actrice avait revêtue pour déjeuner ou faire un poker, que se manifestait l'existence spéciale dans laquelle ces amis voulaient partout rester plongés. Mais en les enveloppant ainsi d'habitudes qu'ils connaissaient à fond, elle suffisait à les protéger contre le mystère de la vie ambiante. Pendant de longs après-midi, la mer n'était suspendue en face d'eux que comme une toile d'une couleur agréable accrochée dans le boudoir d'un riche célibataire, et ce n'était que dans l'intervalle des coups qu'un des joueurs, n'ayant rien de mieux à faire, levait les yeux vers elle pour en tirer une indication sur le beau temps ou sur l'heure, et rappeler aux autres que le goûter attendait. Et le soir ils ne dînaient pas à l'hôtel où les sources électriques faisant sourdre à flots la lumière dans la grande salle à manger, celle-ci devenait comme un immense et merveilleux aquarium devant la paroi de verre duquel la population ouvrière de Balbec, les pêcheurs et aussi les familles de petits bourgeois, invisibles dans l'ombre, s'écrasaient au vitrage pour apercevoir, lentement balancée dans des remous d'or, la vie luxueuse de ces gens, aussi extraordinaire pour les pauvres que celle de poissons et de mollusques étranges (une grande question sociale, de savoir si la paroi de verre protègera toujours le festin des bêtes merveilleuses et si les gens obscurs qui regardent avidement dans la nuit ne viendront pas les cueillir dans leur aquarium et les manger). En attendant, peut-être parmi la foule arrêtée et confondue dans la nuit y avait-il quelque écrivain, quelque amateur d'ichtyologie humaine, qui, regardant les mâchoires de vieux monstres féminins se refermer sur un morceau de nourriture engloutie, se complaisait à classer ceux-ci par race, par caractères innés et aussi par ces caractères acquis qui font qu'une vieille dame serbe dont l'appendice buccal est d'un grand poisson de mer, parce que depuis son enfance elle vit dans les eaux douces du faubourg Saint-Germain, mange la salade comme une La Rochefoucauld.

A cette heure-là on apercevait les trois hommes en smoking attendant la femme en retard laquelle bientôt, en une robe presque chaque fois nouvelle et des écharpes choisies selon un goût particulier à son amant, après avoir, de son étage, sonné le lift, sortait de l'ascenseur comme d'une boîte de joujoux. Et tous les quatre qui trouvaient que le phénomène international du Palace, implanté à Balbec, y avait fait fleurir le luxe plus que la bonne cuisine, s'engouffraient dans une voiture, allaient dîner à une demi-lieue de là dans un petit restaurant réputé où ils avaient avec le cuisinier d'interminables conférences sur la composition du menu et la confection des plats. Pendant ce trajet la route bordée de pommiers qui part de Balbec n'était pour eux que la distance qu'il fallait franchir—peu distincte dans la nuit noire de celle qui séparait leurs domiciles parisiens du Café Anglais ou de la Tour d'Argent—avant d'arriver au petit restaurant élégant où, tandis que les amis du jeune homme riche l'enviaient d'avoir une maîtresse si bien habillée, les écharpes de celle-ci tendaient devant la petite société comme un voile parfumé et souple, mais qui la séparait du monde.

Malheureusement pour ma tranquillité, j'étais bien loin d'être comme tous ces gens. De beaucoup d'entre eux je me souciais; j'aurais voulu ne pas être ignoré d'un homme au front déprimé, au regard fuyant entre les oeillères de ses préjugés et de son éducation, le grand seigneur de la contrée, lequel n'était autre que le beau-frère de Legrandin, qui venait quelquefois en visite à Balbec et, le dimanche, par la garden-party hebdomadaire que sa femme et lui donnaient, dépeuplait l'hôtel d'une partie de ses habitants, parce qu'un ou deux d'entre eux étaient invités à ces fêtes, et parce que les autres pour ne pas avoir l'air de ne pas l'être, choisissaient ce jour-là pour faire une excursion éloignée. Il avait, d'ailleurs, été le premier jour fort mal reçu à l'hôtel quand le personnel, frais débarqué de la Côte d'Azur, ne savait pas encore qui il était. Non seulement il n'était pas habillé en flanelle blanche, mais par vieille manière française et ignorance de la vie des Palaces, entrant dans un hall où il y avait des femmes, il avait ôté son chapeau dès la porte, ce qui avait fait que le directeur n'avait même pas touché le sien pour lui répondre, estimant que ce devait être quelqu'un de la plus humble extraction, ce qu'il appelait un homme «sortant de l'ordinaire». Seule la femme du notaire s'était sentie attirée vers le nouveau venu qui fleurait toute la vulgarité gourmée des gens comme il faut et elle avait déclaré, avec le fond de discernement infaillible et d'autorité sans réplique d'une personne pour qui la première société du Mans n'a pas de secrets, qu'on se sentait devant lui en présence d'un homme d'une haute distinction, parfaitement bien élevé et qui tranchait sur tout ce qu'on rencontrait à Balbec et qu'elle jugeait infréquentable tant qu'elle ne le fréquentait pas. Ce jugement favorable qu'elle avait porté sur le beau-frère de Legrandin tenait peut-être au terne aspect de quelqu'un qui n'avait rien d'intimidant, peut-être à ce qu'elle avait reconnu dans ce gentilhomme-fermier à allure de sacristain les signes maçonniques de son propre cléricalisme.

J'avais beau avoir appris que les jeunes gens qui montaient tous les jours à cheval devant l'hôtel étaient les fils du propriétaire véreux d'un magasin de nouveautés et que mon père n'eût jamais consenti à connaître, la «vie de bains de mer» les dressait, à mes yeux, en statues équestres de demi-dieux, et le mieux que je pouvais espérer était qu'ils ne laissassent jamais tomber leurs regards sur le pauvre garçon que j'étais, qui ne quittait la salle à manger de l'hôtel que pour aller s'asseoir sur le sable. J'aurais voulu inspirer de la sympathie à l'aventurier même qui avait été roi d'une île déserte en Océanie, même au jeune tuberculeux dont j'aimais à supposer qu'il cachait sous ses dehors insolents une âme craintive et tendre qui eût peut-être prodigué pour moi seul des trésors d'affection. D'ailleurs (au contraire de ce qu'on dit d'habitude des relations de voyage) comme être vu avec certaines personnes peut vous ajouter, sur une plage où l'on retourne quelquefois, un coefficient sans équivalent dans la vraie vie mondaine, il n'y a rien, non pas qu'on tienne aussi à distance, mais qu'on cultive si soigneusement dans la vie de Paris, que les amitiés de bains de mer. Je me souciais de l'opinion que pouvaient avoir de moi toutes ces notabilités momentanées ou locales que ma disposition à me mettre à la place des gens et à recréer leur état d'esprit me faisait situer non à leur rang réel, à celui qu'ils auraient occupé à Paris par exemple et qui eût été fort bas, mais à celui qu'ils devaient croire le leur, et qui l'était à vrai dire à Balbec où l'absence de commune mesure leur donnait une sorte de supériorité relative et d'intérêt singulier. Hélas d'aucune de ces personnes le mépris ne m'était aussi pénible que celui de M. de Stermaria.

Car j'avais remarqué sa fille dès son entrée, son joli visage pâle et presque bleuté, ce qu'il y avait de particulier dans le port de sa haute taille, dans sa démarche, et qui m'évoquait avec raison son hérédité, son éducation aristocratique et d'autant plus clairement que je savais son nom—comme ces thèmes expressifs inventés par des musiciens de génie et qui peignent splendidement le scintillement de la flamme, le bruissement du fleuve et la paix de la campagne, pour les auditeurs qui, en parcourant préalablement le livret, ont aiguillé leur imagination dans la bonne voie. La «race» en ajoutant aux charmes de Mlle de Stermaria l'idée de leur cause, les rendait plus intelligibles, plus complets. Elle les faisait aussi plus désirables, annonçant qu'ils étaient peu accessibles, comme un prix élevé ajoute à la valeur d'un objet qui nous a plu. Et la tige héréditaire donnait à ce teint composé de sucs choisis la saveur d'un fruit exotique ou d'un cru célèbre.

Or, un hasard mit tout d'un coup entre nos mains le moyen de nous donner à ma grand'mère et à moi, pour tous les habitants de l'hôtel, un prestige immédiat. En effet, dès ce premier jour, au moment où la vieille dame descendait de chez elle, exerçant, grâce au valet de pied qui la précédait, à la femme de chambre qui courait derrière avec un livre et une couverture oubliés, une action sur les âmes et excitant chez tous une curiosité et un respect auxquels il fut visible qu'échappait moins que personne M. de Stermaria, le directeur se pencha vers ma grand'mère, et par amabilité (comme on montre le Shah de Perse ou la Reine Ranavalo à un spectateur obscur qui ne peut évidemment avoir aucune relation avec le puissant souverain, mais peut trouver intéressant de l'avoir vu à quelques pas), il lui coula dans l'oreille: «La Marquise de Villeparisis», cependant qu'au même moment cette dame apercevant ma grand'mère ne pouvait retenir un regard de joyeuse surprise.

On peut penser que l'apparition soudaine, sous les traits d'une petite vieille, de la plus puissante des fées, ne m'aurait pas causé plus de plaisir, dénué comme j'étais de tout recours pour m'approcher de Mlle de Stermaria, dans un pays où je ne connaissais personne. J'entends personne au point de vue pratique. Esthétiquement, le nombre des types humains est trop restreint pour qu'on n'ait pas bien souvent, dans quelque endroit qu'on aille, la joie de revoir des gens de connaissance, même sans les chercher dans les tableaux des vieux maîtres, comme faisait Swann. C'est ainsi que dès les premiers jours de notre séjour à Balbec, il m'était arrivé de rencontrer Legrandin, le concierge de Swann, et Mme Swann elle-même, devenus le premier garçon de café, le second un étranger de passage que je ne revis pas, et la dernière, un maître baigneur. Et une sorte d'aimantation attire et retient si inséparablement les uns après les autres certains caractères de physionomie et de mentalité que quand la nature introduit ainsi une personne dans un nouveau corps, elle ne la mutile pas trop. Legrandin changé en garçon de café gardait intacts sa stature, le profil de son nez et une partie du menton; Mme Swann dans le sexe masculin et la condition de maître baigneur avait été suivie non seulement par sa physionomie habituelle, mais même par une certaine manière de parler. Seulement elle ne pouvait pas m'être de plus d'utilité entourée de sa ceinture rouge, et hissant, à la moindre houle, le drapeau qui interdit les bains, car les maîtres-baigneurs sont prudents, sachant rarement nager, qu'elle ne l'eût pu dans la fresque de la *Vie de Moïse* où Swann l'avait reconnue jadis sous les traits de la fille de Jethro. Tandis que cette Mme de Villeparisis était bien la véritable, elle n'avait pas été victime d'un enchantement qui l'eût dépouillée de sa puissance, mais était capable au contraire d'en mettre un à la disposition de la mienne qu'il centuplerait, et grâce auquel, comme si j'avais été porté par les ailes d'un oiseau fabuleux, j'allais franchir en quelques instants les distances sociales infinies, au moins à Balbec, qui me séparaient de Mlle de Stermaria.

Malheureusement, s'il y avait quelqu'un qui, plus que quiconque, vécût enfermé dans son univers particulier, c'était ma grand'mère. Elle ne m'aurait même pas méprisé, elle ne m'aurait pas compris, si elle avait su que j'attachais de l'importance à l'opinion, que j'éprouvais de l'intérêt pour la personne, de gens dont elle ne remarquait seulement pas l'existence et dont elle devait quitter Balbec sans avoir retenu le nom; je n'osais pas lui avouer que si ces mêmes gens l'avaient vu causer avec Mme de Villeparisis, j'en aurais eu un grand plaisir, parce que je sentais que la marquise avait du prestige dans l'hôtel et que son amitié nous eût posés aux yeux de M. de Stermaria. Non d'ailleurs que l'amie de ma grand'mère me représentât le moins du monde une personne de l'aristocratie: j'étais trop habitué à son nom devenu familier à mes oreilles avant que mon esprit s'arrêtât sur lui, quand tout enfant je l'entendais prononcer à la maison; et son titre n'y ajoutait qu'une particularité bizarre comme aurait fait un prénom peu usité, ainsi qu'il arrive dans les noms de rue où on n'aperçoit rien de plus noble, dans la rue Lord-Byron, dans la si populaire et vulgaire rue Rochechouart, ou dans la rue de Gramont que dans la rue Léonce-Reynaud ou la rue Hippolyte-Lebas. Mme de Villeparisis ne me faisait pas plus penser à une personne d'un monde spécial, que son cousin Mac-Mahon que je ne différenciais pas de M. Carnot, président de la République, comme lui, et de Raspail dont Françoise avait acheté la photographie avec celle de Pie IX. Ma grand'mère avait pour principe qu'en voyage on ne doit plus avoir de relations, qu'on ne va pas au bord de la mer pour voir des gens, qu'on a tout le temps pour cela à Paris, qu'ils vous feraient perdre en politesses, en banalités, le temps précieux qu'il faut passer tout entier au grand air, devant les vagues; et trouvant plus commode de supposer que cette opinion était partagée par tout le monde et qu'elle autorisait entre de vieux amis que le hasard mettait en présence dans le même hôtel la fiction d'un incognito réciproque, au nom que lui cita le directeur, elle se contenta de détourner les yeux et eut l'air de ne pas voir Mme de Villeparisis qui, comprenant que ma grand'mère ne tenait pas à faire de reconnaissances, regarda à son tour dans le vague. Elle s'éloigna, et je restai dans mon isolement comme un naufragé de qui a paru s'approcher un vaisseau, lequel a disparu ensuite sans s'être arrêté.

Elle prenait aussi ses repas dans la salle à manger, mais à l'autre bout. Elle ne connaissait aucune des personnes qui habitaient l'hôtel ou y venaient en visite, pas même M. de Cambremer; en effet, je vis qu'il ne la saluait pas, un jour où il avait accepté avec sa femme une invitation à déjeuner du bâtonnier, lequel, ivre de l'honneur d'avoir le gentilhomme à sa table, évitait ses amis des autres jours et se contentait de leur adresser de loin un clignement d'oeil pour faire à cet événement historique une allusion toutefois assez discrète pour qu'elle ne pût pas être interprétée comme une invite à s'approcher.

—Eh bien, j'espère que vous vous mettez bien, que vous êtes un homme chic, lui dit le soir la femme du premier président.

—Chic? pourquoi? demanda le bâtonnier, dissimulant sa joie sous un étonnement exagéré; à cause de mes invités? dit-il en sentant qu'il était incapable de feindre plus longtemps; mais qu'est-ce que ça a de chic d'avoir des amis à déjeuner? Faut bien qu'ils déjeunent quelque part!

—Mais si, c'est chic! C'était bien les *de* Cambremer, n'est-ce pas? Je les ai bien reconnus. C'est une marquise. Et authentique. Pas par les femmes.

—Oh! c'est une femme bien simple, elle est charmante, on ne fait pas moins de façons. Je pensais que vous alliez venir, je vous faisais des signes... je vous aurais présenté! dit-il en corrigeant par une légère ironie l'énormité de cette proposition comme Assuérus quand il dit à Esther: «Faut-il de mes États vous donner la moitié!»

—Non, non, non, non, nous restons cachés, comme l'humble violette.

—Mais vous avez eu tort, je vous le répète, répondit le bâtonnier enhardi maintenant que le danger était passé. Ils ne vous auraient pas mangés. Allons-nous faire notre petit bésigue?

—Mais volontiers, nous n'osions pas vous le proposer, maintenant que vous traitez des marquises!

—Oh! allez, elles n'ont rien de si extraordinaire. Tenez, j'y dîne demain soir. Voulez-vous y aller à ma place? C'est de grand coeur. Franchement, j'aime autant rester ici.

—Non, non!... on ne me révoquerait comme réactionnaire, s'écria le président, riant aux larmes de sa plaisanterie. Mais vous aussi vous êtes reçu à Féterne, ajouta-t-il en se tournant vers le notaire.

—Oh! je vais là les dimanches, on entre par une porte, on sort par l'autre. Mais ils ne déjeunent pas chez moi comme chez le bâtonnier.

M. de Stermaria n'était pas ce jour-là à Balbec au grand regret du bâtonnier. Mais insidieusement il dit au maître d'hôtel:

—Aimé, vous pourrez dire à M. de Stermaria qu'il n'est pas le seul noble qu'il y ait eu dans cette salle à manger. Vous avez bien vu ce monsieur qui a déjeuné avec moi ce matin? Hein? petites moustaches, air militaire? Eh bien, c'est le marquis de Cambremer.

—Ah, vraiment? cela ne m'étonne pas!

—Ça lui montrera qu'il n'est pas le seul homme titré. Et attrape donc! Il n'est pas mal de leur rabattre leur caquet à ces nobles. Vous savez, Aimé, ne lui dites rien si vous voulez, moi, ce que j'en dis, ce n'est pas pour moi; du reste, il le connaît bien.

Et le lendemain, M. de Stermaria qui savait que le bâtonnier avait plaidé pour un de ses amis, alla se présenter lui-même.

—Nos amis communs, les de Cambremer, voulaient justement nous réunir, nos jours n'ont pas coïncidé, enfin je ne sais plus, dit le bâtonnier, qui comme beaucoup de menteurs s'imaginent qu'on ne cherchera pas à élucider un détail insignifiant qui suffit pourtant (si le hasard vous met en possession de l'humble réalité qui est en contradiction avec lui) pour dénoncer un caractère et inspirer à jamais la méfiance.

Comme toujours, mais plus facilement pendant que son père s'était éloigné pour causer avec le bâtonnier, je regardais Mlle de Stermaria. Autant que la singularité hardie et toujours belle de ses attitudes, comme quand les deux coudes posés sur la table, elle élevait son verre au-dessus de ses deux avant-bras, la sécheresse d'un regard vite épuisé, la dureté foncière, familiale, qu'on sentait, mal recouverte sous ses inflexions personnelles, au fond de sa voix, et qui avait choqué ma grand'mère, une sorte de cran d'arrêt atavique auquel elle revenait dès que dans un coup d'oeil ou une intonation elle avait achevé de donner sa pensée propre; tout cela ramenait la pensée de celui qui la regardait vers la lignée qui lui avait légué cette insuffisance de sympathie humaine, des lacunes de sensibilité, un manque d'ampleur dans l'étoffe qui à tout moment faisait faute.

Mais à certains regards qui passaient un instant sur le fond si vite à sec de sa prunelle et dans lesquels on sentait cette douceur presque humble que le goût prédominant des plaisirs des sens donne à la plus fière, laquelle bientôt ne reconnaît plus qu'un prestige, celui qu'a pour elle tout être qui peut les lui faire éprouver, fût-ce un comédien ou un saltimbanque pour lequel elle quittera peut-être un jour son mari; à certaine teinte d'un rose sensuel et vif qui s'épanouissait dans ses joues pâles, pareille à celle qui mettait son incarnat au coeur des nymphéas blancs de la Vivonne, je croyais sentir qu'elle eût facilement permis que je vinsse chercher sur elle le goût de cette vie si poétique qu'elle menait en Bretagne, vie à laquelle, soit par trop d'habitude, soit par distinction innée, soit par dégoût de la pauvreté ou de l'avarice des siens, elle ne semblait pas trouver grand prix, mais que pourtant elle contenait enclose en son corps. Dans la chétive réserve de volonté qui lui avait été transmise et qui donnait à son expression quelque chose de lâche, peut-être n'eût-elle pas trouvé les ressources d'une résistance. Et surmonté d'une plume un peu démodée et prétentieuse, le feutre gris qu'elle portait invariablement à chaque repas me la rendait plus douce, non parce qu'il s'harmonisait avec son teint d'argent ou de rose, mais parce qu'en me la faisant supposer pauvre, il la rapprochait de moi. Obligée à une attitude de convention par la présence de son père, mais apportant déjà à la perception et au classement des êtres qui étaient devant elle des principes autres que lui, peut-être voyait-elle en moi non le rang insignifiant, mais le sexe et l'âge. Si un jour M. de Stermaria était sorti sans elle, surtout si Mme de Villeparisis en venant s'asseoir à notre table lui avait donné de nous une opinion qui m'eût enhardi à m'approcher d'elle, peut-être aurions-nous pu échanger quelques paroles, prendre un rendez-vous, nous lier davantage.

Et, un mois où elle serait restée seule sans ses parents dans son château romanesque, peut-être aurions-nous pu nous promener seuls le soir tous deux dans le crépuscule où luiraient plus doucement au-dessus de l'eau assombrie les fleurs roses des bruyères, sous les chênes battus par le clapotement des vagues. Ensemble nous aurions parcouru cette île empreinte pour moi de tant de charme parce qu'elle avait enfermé la vie habituelle de Mlle de Stermaria et qu'elle reposait dans la mémoire de ses yeux. Car il me semblait que je ne l'aurais vraiment possédée que là, quand j'aurais traversé ces lieux qui l'enveloppaient de tant de souvenirs—voile que mon désir voulait arracher et de ceux que la nature interpose entre la femme et quelques êtres (dans la même intention qui lui fait, pour tous, mettre l'acte de la reproduction entre eux et le plus vif plaisir, et pour les insectes, placer devant le nectar le pollen qu'ils doivent emporter) afin que trompés par l'illusion de la posséder ainsi plus entière ils soient forcés de s'emparer d'abord des paysages au milieu desquels elle vit et qui, plus utiles pour leur imagination que le plaisir sensuel, n'eussent pas suffi pourtant, sans lui, à les attirer.

Mais je dus détourner mes regards de Mlle de Stermaria, car déjà, considérant sans doute que faire la connaissance d'une personnalité importante était un acte curieux et bref qui se suffisait à lui-même et qui pour développer tout l'intérêt qu'il comportait n'exigeait qu'une poignée de mains et un coup d'oeil pénétrant sans conversation immédiate ni relations ultérieures, son père avait pris congé du bâtonnier et retournait s'asseoir en face d'elle, en se frottant les mains comme un homme qui vient de faire une précieuse acquisition. Quant au bâtonnier, la première émotion de cette entrevue une fois passée, comme les autres jours, on l'entendait par moments s'adressant au maître d'hôtel:

—Mais moi je ne suis pas roi, Aimé; allez donc près du roi; dites, Premier, cela a l'air très bon ces petites truites-là, nous allons en demander à Aimé. Aimé cela me semble tout à fait recommandable ce petit poisson que vous avez là-bas: vous allez nous apporter de cela, Aimé, et à discrétion.

Il répétait tout le temps le nom d'Aimé, ce qui faisait que quand il avait quelqu'un à dîner, son invité lui disait: «Je vois que vous êtes tout à fait bien dans la maison» et croyait devoir aussi prononcer constamment «Aimé» par cette disposition, où il entre à la fois de la timidité, de la vulgarité et de la sottise, qu'ont certaines personnes à croire qu'il est spirituel et élégant d'imiter à la lettre les gens avec qui elles se trouvent. Il le répétait sans cesse, mais avec un sourire, car il tenait à étaler à la fois ses bonnes relations avec le maître d'hôtel et sa supériorité sur lui. Et le maître d'hôtel lui aussi, chaque fois que revenait son nom, souriait d'un air attendri et fier, montrant qu'il ressentait l'honneur et comprenait la plaisanterie.

Si intimidants que fussent toujours pour moi les repas, dans ce vaste restaurant, habituellement comble du Grand-Hôtel, ils le devenaient davantage encore quand arrivait pour quelques jours le propriétaire (ou directeur général élu par une société de commanditaires, je ne sais) non seulement de ce palace mais de sept ou huit autres, situés aux quatre coins de la France, et dans chacun desquels, faisant entre eux la navette, il venait passer, de temps en temps, une semaine. Alors, presque au commencement du dîner, apparaissait chaque soir, à l'entrée de la salle à manger, cet homme petit, à cheveux blancs, à nez rouge, d'une impassibilité et d'une correction extraordinaires, et qui était connu paraît-il, à Londres aussi bien qu'à Monte-Carlo, pour un des premiers hôteliers de l'Europe. Une fois que j'étais sorti un instant au commencement du dîner, comme en rentrant, je passai devant lui, il me salua, mais avec une froideur dont je ne pus démêler si la cause était la réserve de quelqu'un qui n'oublie pas ce qu'il est, ou le dédain pour un client sans importance.

Devant ceux qui en avaient au contraire une très grande, le Directeur général s'inclinait avec autant de froideur mais plus profondément, les paupières abaissées par une sorte de respect pudique, comme s'il eût eu devant lui, à un enterrement, le père de la défunte ou le Saint-Sacrement. Sauf pour ces saluts glacés et rares, il ne faisait pas un mouvement comme pour montrer que ses yeux étincelants qui semblaient lui sortir de la figure, voyaient tout, réglaient tout, assuraient dans «le Dîner au Grand-Hôtel» aussi bien le fini des détails que l'harmonie de l'ensemble. Il se sentait évidemment plus que metteur en scène, que chef d'orchestre, véritable généralissime. Jugeant qu'une contemplation portée à son maximum d'intensité lui suffisait pour s'assurer que tout était prêt, qu'aucune faute commise ne pouvait entraîner la déroute, et pour prendre enfin ses responsabilités, il s'abstenait non seulement de tout geste, même de bouger ses yeux pétrifiés par l'attention qui embrassaient et dirigeaient la totalité des opérations.

Je sentais que les mouvements de ma cuiller eux-mêmes ne lui échappaient pas, et s'éclipsât-il dès après le potage, pour tout le dîner la revue qu'il venait de passer m'avait coupé l'appétit. Le sien était fort bon, comme on pouvait le voir au déjeuner qu'il prenait comme un simple particulier, à la même table que tout le monde, dans la salle à manger. Sa table n'avait qu'une particularité, c'est qu'à côté pendant qu'il mangeait, l'autre directeur, l'habituel, restait debout tout le temps à faire la conversation. Car étant le subordonné du Directeur général, il cherchait à le flatter et avait de lui une grande peur. La mienne était moindre pendant ces déjeuners, car perdu alors au milieu des clients, il mettait la discrétion d'un général assis dans un restaurant où se trouvent aussi des soldats à ne pas avoir l'air de s'occuper d'eux. Néanmoins quand le concierge, entouré de ses «chasseurs», m'annonçait: «Il repart demain matin pour Dinard. De là il va à Biarritz et après à Cannes», je respirais plus librement.

Ma vie dans l'hôtel était rendue non seulement triste parce que je n'y avais pas de relations, mais incommode, parce que Françoise en avait noué de nombreuses. Il peut sembler qu'elles auraient dû nous faciliter bien des choses. C'était tout le contraire. Les prolétaires s'ils avaient quelque peine à être traités en personnes de connaissance par Françoise et ne le pouvaient qu'à de certaines conditions de grande politesse envers elle, en revanche, une fois qu'ils y étaient arrivés, étaient les seules gens qui comptassent pour elle. Son vieux code lui enseignait qu'elle n'était tenue à rien envers les amis de ses maîtres, qu'elle pouvait si elle était pressée envoyer promener une dame venue pour voir ma grand'mère. Mais envers ses relations à elle, c'est-à-dire avec les rares gens du peuple admis à sa difficile amitié, le protocole le plus subtil et le plus absolu réglait ses actions. Ainsi Françoise ayant fait la connaissance du cafetier et d'une petite femme de chambre qui faisait des robes pour une dame belge, ne remontait plus préparer les affaires de ma grand'mère tout de suite après déjeuner, mais seulement une heure plus tard parce que le cafetier voulait lui faire du café ou une tisane à la caféterie, que la femme de chambre lui demandait de venir la regarder coudre et que leur refuser eût été impossible et de ces choses qui ne se font pas. D'ailleurs des égards particuliers étaient dus à la petite femme de chambre qui était orpheline et avait été élevée chez des étrangers auprès desquels elle allait passer parfois quelques jours. Cette situation excitait la pitié de Françoise et aussi son dédain bienveillant. Elle qui avait de la famille, une petite maison qui lui venait de ses parents et où son frère élevait quelques vaches, elle ne pouvait pas considérer comme son égale une déracinée. Et comme cette petite espérait pour le 15 août aller voir ses bienfaiteurs, Françoise ne pouvait se tenir de répéter: «Elle me fait rire. Elle dit: j'espère d'aller chez moi pour le 15 août. Chez moi, qu'elle dit! C'est seulement pas son pays, c'est des gens qui l'ont recueillie, et ça dit chez moi comme si c'était vraiment chez elle. Pauvre petite! quelle misère qu'elle peut bien avoir pour qu'elle ne connaisse pas ce que c'est que d'avoir un chez soi.»

Mais si encore Françoise ne s'était liée qu'avec des femmes de chambre amenées par des clients, lesquelles dînaient avec elle aux «courriers» et devant son beau bonnet de dentelles et son fin profil la prenaient pour quelque dame noble peut-être, réduite par les circonstances ou poussée par l'attachement à servir de dame de compagnie à ma grand'mère, si en un mot Françoise n'eût connu que des gens qui n'étaient pas de l'hôtel, le mal n'eût pas été grand, parce qu'elle n'eût pu les empêcher de nous servir à quelque chose, pour la raison qu'en aucun cas, et même inconnus d'elle, ils n'auraient pu nous servir à rien. Mais elle s'était liée aussi avec un sommelier, avec un homme de la cuisine, avec une gouvernante d'étage. Et il en résultait en ce qui concernait notre vie de tous les jours que, Françoise qui le jour de son arrivée, quand elle ne connaissait encore personne sonnait à tort et à travers pour la moindre chose, à des heures où ma grand'mère et moi nous n'aurions pas osé le faire, et si nous lui en faisions une légère observation répondait: «Mais on paye assez cher pour ça», comme si elle avait payé elle-même; maintenant depuis qu'elle était amie d'une personnalité de la cuisine, ce qui nous avait paru de bon augure pour notre commodité, si ma grand'mère ou moi nous avions froid aux pieds, Françoise, fût-il une heure tout à fait normale, n'osait pas sonner; elle assurait que ce serait mal vu parce que cela obligerait à rallumer les fourneaux, ou gênerait le dîner des domestiques qui seraient mécontents. Et elle finissait par une locution qui malgré la façon incertaine dont elle la prononçait n'en était pas moins claire et nous donnait nettement tort: «Le fait est...» Nous n'insistions pas, de peur de nous en faire infliger une, bien plus grave: «C'est quelque chose!...» De sorte qu'en somme nous ne pouvions plus avoir d'eau chaude parce que Françoise était devenue l'amie de celui qui la faisait chauffer.

A la fin nous aussi, nous fîmes une relation, malgré mais par ma grand'mère, car elle et Mme de Villeparisis tombèrent un matin l'une sur l'autre dans une porte et furent obligées de s'aborder non sans échanger au préalable des gestes de surprise, d'hésitation, exécuter des mouvements de recul, de doute et enfin des protestations de politesse et de joie comme dans certaines scènes de Molière où deux acteurs monologuant depuis longtemps chacun de son côté à quelques pas l'un de l'autre, sont censés ne pas s'être vus encore, et tout à coup s'aperçoivent, n'en peuvent croire leurs yeux, entrecoupent leurs propos, finalement parlent ensemble, le choeur ayant suivi le dialogue, et se jettent dans les bras l'un de l'autre. Mme de Villeparisis par discrétion voulut au bout d'un instant quitter ma grand'mère qui, au contraire, préféra la retenir jusqu'au déjeuner, désirant apprendre comment elle faisait pour avoir son courrier plus tôt que nous et de bonnes grillades (car Mme de Villeparisis, très gourmande, goûtait fort peu la cuisine de l'hôtel où l'on nous servait des repas que ma grand'mère, citant toujours Mme de Sévigné, prétendait être «d'une magnificence à mourir de faim»). Et la marquise prit l'habitude de venir tous les jours, en attendant qu'on la servît, s'asseoir un moment près de nous dans la salle à manger, sans permettre que nous nous levions, que nous nous dérangions en rien. Tout au plus nous attardions-nous souvent à causer avec elle, notre déjeuner fini, à ce moment sordide où les couteaux traînent sur la nappe à côté des serviettes défaites. Pour ma part, afin de garder, pour pouvoir aimer Balbec, l'idée que j'étais sur la pointe extrême de la terre, je m'efforçais de regarder plus loin, de ne voir que la mer, d'y chercher des effets décrits par Baudelaire et de ne laisser tomber mes regards sur notre table que les jours où y était servi quelque vaste poisson, monstre marin, qui au contraire des couteaux et des fourchettes était contemporain des époques primitives où la vie commençait à affluer dans l'Océan, au temps des Cimmériens, et duquel le corps aux innombrables vertèbres, aux nerfs bleus et roses, avait été construit par la nature, mais selon un plan architectural, comme une polychrome cathédrale de la mer.

Comme un coiffeur voyant un officier qu'il sert avec une considération particulière, reconnaître un client qui vient d'entrer et entamer un bout de causette avec lui, se réjouit en comprenant qu'ils sont du même monde et ne peut s'empêcher de sourire en allant chercher le bol de savon, car il sait que dans son établissement, aux besognes vulgaires du simple salon de coiffure, s'ajoutent des plaisirs sociaux, voire aristocratiques, tel Aimé, voyant que Mme de Villeparisis avait retrouvé en nous d'anciennes relations, s'en allait chercher nos rince-bouches avec le même sourire orgueilleusement modeste et savamment discret de maîtresse de maison qui sait se retirer à propos. On eût dit aussi un père heureux et attendri qui veille sans le troubler sur le bonheur de fiançailles qui se sont nouées à sa table. Du reste, il suffisait qu'on prononçât le nom d'une personne titrée pour qu'Aimé parût heureux, au contraire de Françoise devant qui on ne pouvait dire «le comte Un tel» sans que son visage s'assombrît et que sa parole devînt sèche et brève, ce qui signifiait qu'elle chérissait la noblesse, non pas moins que ne faisait Aimé, mais davantage.

Puis Françoise avait la qualité qu'elle trouvait chez les autres le plus grand des défauts, elle était fière. Elle n'était pas de la race agréable et pleine de bonhomie dont Aimé faisait partie. Ils éprouvent, ils manifestent un vif plaisir quand on leur raconte un fait plus ou moins piquant, mais inédit qui n'est pas dans le journal. Françoise ne voulait pas avoir l'air étonné. On aurait dit devant elle que l'archiduc Rodolphe, dont elle n'avait jamais soupçonné l'existence, était non pas mort comme cela passait pour assuré, mais vivant, qu'elle eût répondu «Oui», comme si elle le savait depuis longtemps. Il est, d'ailleurs, à croire que pour que même de notre bouche à nous, qu'elle appelait si humblement ses maîtres et qui l'avions presque si entièrement domptée, elle ne pût entendre, sans avoir à réprimer un mouvement de colère, le nom d'un noble, il fallait que la famille dont elle était sortie occupât dans son village une situation aisée, indépendante, et qui ne devait être troublée dans la considération dont elle jouissait que par ces mêmes nobles chez lesquels au contraire, dès l'enfance, un Aimé a servi comme domestique, s'il n'y a pas été élevé par charité. Pour Françoise, Mme de Villeparisis avait donc à se faire pardonner d'être noble. Mais, en France du moins, c'est justement le talent, comme la seule occupation, des grands seigneurs et des grandes dames. Françoise, obéissant à la tendance des domestiques qui recueillent sans cesse sur les rapports de leurs maîtres avec les autres personnes des observations fragmentaires dont ils tirent parfois des inductions erronées—comme font les humains sur la vie des animaux—trouvait à tout moment qu'on nous avait «manqué», conclusion à laquelle l'amenait facilement, d'ailleurs, autant que son amour excessif pour nous, le plaisir qu'elle avait à nous être désagréable. Mais ayant constaté, sans erreur possible, les mille prévenances dont nous entourait et dont l'entourait elle-même Mme de Villeparisis, Françoise l'excusa d'être marquise et comme elle n'avait jamais cessé de lui savoir gré de l'être, elle la préféra à toutes les personnes que nous connaissions. C'est qu'aussi aucune ne s'efforçait d'être aussi continuellement aimable.

Chaque fois que ma grand'mère remarquait un livre que Mme de Villeparisis lisait ou disait avoir trouvé beaux des fruits que celle-ci avait reçus d'une amie, une heure après un valet de chambre montait nous remettre livre ou fruits. Et quand nous la voyions ensuite, pour répondre à nos remerciements, elle se contentait de dire, ayant l'air de chercher une excuse à son présent dans quelque utilité spéciale: «Ce n'est pas un chef-d'oeuvre, mais les journaux arrivent si tard, il faut bien avoir quelque chose à lire.» Ou: «C'est toujours plus prudent d'avoir du fruit dont on est sûr au bord de la mer.» «Mais il me semble que vous ne mangez jamais d'huîtres nous dit Mme de Villeparisis, (augmentant l'impression de dégoût que j'avais à cette heure-là, car la chair vivante des huîtres me répugnait encore plus que la viscosité des méduses ne me ternissait la plage de Balbec); elles sont exquises sur cette côte! Ah! je dirai à ma femme de chambre d'aller prendre vos lettres en même temps que les miennes. Comment, votre fille vous écrit *tous les jours*? Mais qu'est-ce que vous pouvez trouver à vous dire!» Ma grand'mère se tut, mais on peut croire que ce fut par dédain, elle qui répétait pour maman les mots de Mme de Sévigné: «Dès que j'ai reçu une lettre, j'en voudrais tout à l'heure une autre, je ne respire que d'en recevoir. Peu de gens sont dignes de comprendre ce que je sens.» Et je craignais qu'elle n'appliquât à Mme de Villeparisis la conclusion: «Je cherche ceux qui sont de ce petit nombre et j'évite les autres.» Elle se rabattit sur l'éloge des fruits que Mme de Villeparisis nous avait fait apporter la veille.

Et ils étaient en effet si beaux que le directeur, malgré la jalousie de ses compotiers dédaignés, m'avait dit: «Je suis comme vous, je suis plus frivole de fruit que de tout autre dessert.» Ma grand'mère dit à son amie qu'elle les avait d'autant plus appréciés que ceux qu'on servait à l'hôtel étaient généralement détestables. «Je ne peux pas, ajouta-t-elle, dire comme Mme de Sévigné que si nous voulions par fantaisie trouver un mauvais fruit, nous serions obligés de le faire venir de Paris.—Ah, oui, vous lisez Mme de Sévigné. Je vous vois depuis le premier jour avec ses lettres (elle oubliait qu'elle n'avait jamais aperçu ma grand'mère dans l'hôtel avant de la rencontrer dans cette porte). Est-ce que vous ne trouvez pas que c'est un peu exagéré ce souci constant de sa fille, elle en parle trop pour que ce soit bien sincère. Elle manque de naturel.» Ma grand'mère trouva la discussion inutile et pour éviter d'avoir à parler des choses qu'elle aimait devant quelqu'un qui ne pouvait les comprendre, elle cacha, en posant son sac sur eux, les mémoires de Madame de Beausergent.

Quand Mme de Villeparisis rencontrait Françoise au moment (que celle-ci appelait «le midi») où, coiffée d'un beau bonnet et entourée de la considération générale elle descendait «manger aux courriers», Mme de Villeparisis l'arrêtait pour lui demander de nos nouvelles. Et Françoise, nous transmettant les commissions de la marquise: «Elle a dit: «Vous leur donnerez bien le bonjour», contrefaisait la voix de Mme de Villeparisis de laquelle elle croyait citer textuellement les paroles, tout en ne les déformant pas moins que Platon celles de Socrate ou saint Jean celles de Jésus. Françoise était naturellement très touchée de ces attentions. Tout au plus ne croyait-elle pas ma grand'mère et pensait-elle que celle-ci mentait dans un intérêt de classe, les gens riches se soutenant les uns les autres, quand elle assurait que Mme de Villeparisis avait été autrefois ravissante. Il est vrai qu'il n'en subsistait que de bien faibles restes dont on n'eût pu, à moins d'être plus artiste que Françoise, restituer la beauté détruite. Car pour comprendre combien une vieille femme a pu être jolie, il ne faut pas seulement regarder, mais traduire chaque trait.

—Il faudra que je pense une fois à lui demander si je me trompe et si elle n'a pas quelque parenté avec les Guermantes, me dit ma grand'mère qui excita par là mon indignation. Comment aurais-je pu croire à une communauté d'origine entre deux noms qui étaient entrés en moi l'un par la porte basse et honteuse de l'expérience, l'autre par la porte d'or de l'imagination?

On voyait souvent passer depuis quelques jours, en pompeux équipage, grande, rousse, belle, avec un nez un peu fort, la princesse de Luxembourg qui était en villégiature pour quelques semaines dans le pays. Sa calèche s'était arrêtée devant l'hôtel, un valet de pied était venu parler au directeur, était retourné à la voiture et avait rapporté des fruits merveilleux (qui unissaient dans une seule corbeille, comme la baie elle-même, diverses saisons), avec une carte: «La princesse de Luxembourg», où étaient écrits quelques mots au crayon. A quel voyageur princier demeurant ici incognito, pouvaient être destinés ces prunes glauques, lumineuses et sphériques comme était à ce moment-là la rotondité de la mer, des raisins transparents suspendus au bois desséché comme une claire journée d'automne, des poires d'un outre-mer céleste? Car ce ne pouvait être à l'amie de ma grand'mère que la princesse avait voulu faire visite. Pourtant le lendemain soir Mme de Villeparisis nous envoya la grappe de raisins fraîche et dorée et des prunes et des poires que nous reconnûmes aussi, quoique les prunes eussent passé, comme la mer à l'heure de notre dîner, au mauve et que dans l'outre-mer des poires flottassent quelques formes de nuages roses. Quelques jours après nous rencontrâmes Mme de Villeparisis en sortant du concert symphonique qui se donnait le matin sur la plage. Persuadé que les oeuvres que j'y entendais (le Prélude de *Lohengrin*, l'ouverture de *Tannhauser*, etc.) exprimaient les vérités les plus hautes, je tâchais de m'élever autant que je pouvais pour atteindre jusqu'à elles, je tirais de moi pour les comprendre, je leur remettais tout ce que je recélais alors de meilleur, de plus profond.

Or, en sortant du concert, comme, en reprenant le chemin qui va vers l'hôtel, nous nous étions arrêtés un instant sur la digue, ma grand'mère et moi, pour échanger quelques mots avec Mme de Villeparisis qui nous annonçait qu'elle avait commandé pour nous à l'hôtel des «Croque-Monsieur» et des oeufs à la crème, je vis de loin venir dans notre direction la princesse de Luxembourg, à demi-appuyée sur une ombrelle de façon à imprimer à son grand et merveilleux corps cette légère inclinaison, à lui faire dessiner cette arabesque si chère aux femmes qui avaient été belles sous l'Empire et qui savaient, les épaules tombantes, le dos remonté, la hanche creuse, la jambe tendue, faire flotter mollement leur corps comme un foulard, autour de l'armature d'une invisible tige inflexible et oblique, qui l'aurait traversé. Elle sortait tous les matins faire son tour de plage presque à l'heure où tout le monde après le bain remontait pour déjeuner, et comme le sien était seulement à une heure et demie, elle ne rentrait à sa villa que longtemps après que les baigneurs avaient abandonné la digue déserte et brûlante. Mme de Villeparisis présenta ma grand'mère, voulut me présenter, mais dut me demander mon nom, car elle ne se le rappelait pas.

Elle ne l'avait peut-être jamais su, ou en tous cas avait oublié depuis bien des années à qui ma grand'mère avait marié sa fille. Ce nom parut faire une vive impression sur Mme de Villeparisis. Cependant la princesse de Luxembourg nous avait tendu la main et, de temps en temps, tout en causant avec la marquise, elle se détournait pour poser de doux regards sur ma grand'mère et sur moi, avec cet embryon de baiser qu'on ajoute au sourire quand celui-ci s'adresse à un bébé avec sa nounou. Même dans son désir de ne pas avoir l'air de siéger dans une sphère supérieure à la nôtre, elle avait sans doute mal calculé la distance, car, par une erreur de réglage, ses regards s'imprégnèrent d'une telle bonté que je vis approcher le moment où elle nous flatterait de la main comme deux bêtes sympathiques qui eussent passé la tête vers elle, à travers un grillage, au Jardin d'Acclimatation. Aussitôt du reste cette idée d'animaux et de Bois de Boulogne prit plus de consistance pour moi. C'était l'heure où la digue est parcourue par des marchands ambulants et criards qui vendent des gâteaux, des bonbons, des petits pains. Ne sachant que faire pour nous témoigner sa bienveillance, la princesse arrêta le premier qui passa; il n'avait plus qu'un pain de seigle, du genre de ceux qu'on jette aux canards. La princesse le prit et me dit: «C'est pour votre grand'mère.» Pourtant, ce fut à moi qu'elle le tendit, en me disant avec un fin sourire: «Vous le lui donnerez vous-même», pensant qu'ainsi mon plaisir serait plus complet s'il n'y avait pas d'intermédiaires entre moi et les animaux.

D'autres marchands s'approchèrent, elle remplit mes poches de tout ce qu'ils avaient, de paquets tout ficelés, de plaisirs, de babas et de sucres d'orge. Elle me dit: «Vous en mangerez et vous en ferez manger aussi à votre grand'mère» et elle fit payer les marchands par le petit nègre habillé en satin rouge qui la suivait partout et qui faisait l'émerveillement de la plage. Puis elle dit adieu à Mme de Villeparisis et nous tendit la main avec l'intention de nous traiter de la même manière que son amie, en intimes et de se mettre à notre portée. Mais cette fois, elle plaça sans doute notre niveau un peu moins bas dans l'échelle des êtres, car son égalité avec nous fut signifiée par la princesse à ma grand'mère au moyen de ce tendre et maternel sourire qu'on adresse à un gamin quand on lui dit au revoir comme à une grande personne. Par un merveilleux progrès de l'évolution, ma grand'mère n'était plus un canard ou une antilope, mais déjà ce que Mme Swann eût appelé un «baby». Enfin, nous ayant quittés tous trois, la Princesse reprit sa promenade sur la digue ensoleillée en incurvant sa taille magnifique qui comme un serpent autour d'une baguette s'enlaçait à l'ombrelle blanche imprimée de bleu que Mme de Luxembourg tenait fermée à la main. C'était ma première altesse, je dis la première, car la princesse Mathilde n'était pas altesse du tout de façons. La seconde, on le verra plus tard, ne devait pas moins m'étonner par sa bonne grâce. Une forme de l'amabilité des grands seigneurs, intermédiaires bénévoles entre les souverains et les bourgeois me fut apprise le lendemain quand Mme de Villeparisis nous dit: «Elle vous a trouvés charmants. C'est une femme d'un grand jugement, de beaucoup de coeur. Elle n'est pas comme tant de souverains ou d'altesses. Elle a une vraie valeur.» Et Mme de Villeparisis ajouta d'un air convaincu, et toute ravie de pouvoir nous le dire: «Je crois qu'elle serait enchantée de vous revoir.»

Mais ce matin-là même, en quittant la princesse de Luxembourg, Mme de Villeparisis me dit une chose qui me frappa davantage et qui n'était pas du domaine de l'amabilité.

—Est-ce que vous êtes le fils du directeur au Ministère? me demanda-t-elle. Ah! il paraît que votre père est un homme charmant. Il fait un bien beau voyage en ce moment.

Quelques jours auparavant nous avions appris par une lettre de Maman que mon père et son compagnon M. de Norpois avaient perdu leurs bagages.

—Ils sont retrouvés, ou plutôt ils n'ont jamais été perdus, voici ce qui était arrivé, nous dit Mme de Villeparisis, qui sans que nous sussions comment, avait l'air beaucoup plus renseigné que nous sur les détails du voyage. Je crois que votre père avancera son retour à la semaine prochaine car il renoncera probablement à aller à Algésiras. Mais il a envie de consacrer un jour de plus à Tolède car il est admirateur d'un élève de Titien dont je ne me rappelle pas le nom et qu'on ne voit bien que là.

Et je me demandais par quel hasard, dans la lunette indifférente à travers laquelle Mme de Villeparisis considérait d'assez loin l'agitation sommaire, minuscule et vague de la foule des gens qu'elle connaissait, se trouvait intercalé à l'endroit où elle considérait mon père, un morceau de verre prodigieusement grossissant qui lui faisait voir avec tant de relief et dans le plus grand détail tout ce qu'il avait d'agréable, les contingences qui le forçaient à revenir, ses ennuis de douane, son goût pour le Greco, et, changeant pour elle l'échelle de sa vision, lui montrait ce seul homme si grand au milieu des autres, tout petits, comme ce Jupiter à qui Gustave Moreau a donné, quand il l'a peint à côté d'une faible mortelle, une stature plus qu'humaine.

Ma grand'mère prit congé de Mme de Villeparisis pour que nous pussions rester à respirer l'air un instant de plus devant l'hôtel, en attendant qu'on nous fît signe à travers le vitrage que notre déjeuner était servi. On entendit un tumulte. C'était la jeune maîtresse du roi des sauvages, qui venait de prendre son bain et rentrait déjeuner.

—Vraiment c'est un fléau, c'est à quitter la France! s'écria rageusement le bâtonnier qui passait à ce moment.

Cependant la femme du notaire attachait des yeux écarquillés sur la fausse souveraine.

—Je ne peux pas vous dire comme Mme Blandais m'agace en regardant ces gens-là comme cela, dit le bâtonnier au président. Je voudrais pouvoir lui donner une gifle. C'est comme cela qu'on donne de l'importance à cette canaille qui naturellement ne demande qu'à ce que l'on s'occupe d'elle. Dites donc à son mari de l'avertir que c'est ridicule; moi je ne sors plus avec eux s'ils ont l'air de faire attention aux déguisés.

Quant à la venue de la princesse de Luxembourg, dont l'équipage, le jour où elle avait apporté des fruits, s'était arrêté devant l'hôtel, elle n'avait pas échappé au groupe de la femme du notaire, du bâtonnier et du premier président, déjà depuis quelque temps fort agitées de savoir si c'était une marquise authentique et non une aventurière que cette Madame de Villeparisis qu'on traitait avec tant d'égards, desquels toutes ces dames brûlaient d'apprendre qu'elle était indigne. Quand Mme de Villeparisis traversait le hall, la femme du premier président qui flairait partout des irrégulières, levait son nez sur son ouvrage et la regardait d'une façon qui faisait mourir de rire ses amies.

—Oh! moi, vous savez, disait-elle avec orgueil, je commence toujours par croire le mal. Je ne consens à admettre qu'une femme est vraiment mariée que quand on m'a sorti les extraits de naissance et les actes notariés. Du reste, n'ayez crainte, je vais procéder à ma petite enquête.

Et chaque jour toutes ces dames accouraient en riant.

—Nous venons aux nouvelles.

Mais le soir de la visite de la princesse de Luxembourg, la femme du Premier mit un doigt sur sa bouche.

—Il y a du nouveau.

—Oh! elle est extraordinaire, Mme Poncin! je n'ai jamais vu... mais dites, qu'y a-t-il?

—Hé bien, il y a qu'une femme aux cheveux jaunes, avec un pied de rouge sur la figure, une voiture qui sentait l'horizontale d'une lieue, et comme n'en ont que ces demoiselles, est venue tantôt pour voir la prétendue marquise.

—Ouil you uouil! patatras! Voyez-vous ça! mais c'est cette dame que nous avons vue, vous vous rappelez bâtonnier, nous avons bien trouvé qu'elle marquait très mal mais nous ne savions pas qu'elle était venue pour la marquise. Une femme avec un nègre, n'est-ce pas?

—C'est cela même.

—Ah! vous m'en direz tant. Vous ne savez pas son nom?

—Si, j'ai fait semblant de me tromper, j'ai pris la carte, elle a comme nom de guerre la princesse de Luxembourg! Avais-je raison de me méfier! C'est agréable d'avoir ici une promiscuité avec cette espèce de Baronne d'Ange.

Le bâtonnier cita Mathurin Régnier et Macette au premier Président.

Il ne faut, d'ailleurs, pas croire que ce malentendu fut momentané comme ceux qui se forment au deuxième acte d'un vaudeville pour se dissiper au dernier. Mme de Luxembourg, nièce du roi d'Angleterre et de l'empereur d'Autriche, et Mme de Villeparisis, parurent toujours, quand la première venait chercher la seconde pour se promener en voiture, deux drôlesses de l'espèce de celles dont on se gare difficilement dans les villes d'eaux. Les trois quarts des hommes du faubourg Saint-Germain passent aux yeux d'une bonne partie de la bourgeoisie pour des décavés crapuleux (qu'ils sont d'ailleurs quelquefois individuellement) et que, par conséquent, personne ne reçoit. La bourgeoisie est trop honnête en cela, car leurs tares ne les empêcheraient nullement d'être reçus avec la plus grande faveur là où elle ne le sera jamais. Et eux s'imaginent tellement que la bourgeoisie le sait qu'ils affectent une simplicité en ce qui les concerne, un dénigrement pour leurs amis particulièrement «à la côte», qui achève le malentendu.

Si par hasard un homme du grand monde est en rapports avec la petite bourgeoisie parce qu'il se trouve, étant extrêmement riche, avoir la présidence des plus importantes sociétés financières, la bourgeoisie qui voit enfin un noble digne d'être grand bourgeois jurerait qu'il ne fraye pas avec le marquis joueur et ruiné qu'elle croit d'autant plus dénué de relations qu'il est plus aimable. Et elle n'en revient pas quand le duc, président du conseil d'administration de la colossale Affaire, donne pour femme à son fils la fille du marquis joueur, mais dont le nom est le plus ancien de France, de même qu'un souverain fera plutôt épouser à son fils la fille d'un roi détrôné que d'un président de la république en fonctions. C'est dire que les deux mondes ont l'un de l'autre une vue aussi chimérique que les habitants d'une plage située à une des extrémités de la baie de Balbec, ont de la plage située à l'autre extrémité: de Rivebelle on voit un peu Marcouville l'Orgueilleuse; mais cela même trompe, car on croit qu'on est vu de Marcouville, d'où au contraire les splendeurs de Rivebelle sont en grande partie invisibles.

Le médecin de Balbec appelé pour un accès de fièvre que j'avais eu, ayant estimé que je ne devrais pas rester toute la journée au bord de la mer, en plein soleil, par les grandes chaleurs, et rédigé à mon usage quelques ordonnances pharmaceutiques, ma grand'mère prit les ordonnances avec un respect apparent où je reconnus tout de suite sa ferme décision de n'en faire exécuter aucune, mais tint compte du conseil en matière d'hygiène et accepta l'offre de Mme de Villeparisis de nous faire faire quelques promenades en voiture. J'allais et venais, jusqu'à l'heure du déjeuner, de ma chambre à celle de ma grand'mère. Elle ne donnait pas directement sur la mer comme la mienne mais prenait jour de trois côtés différents: sur un coin de la digue, sur une cour et sur la campagne, et était meublée autrement, avec des fauteuils brodés de filigranes métalliques et de fleurs roses d'où semblait émaner l'agréable et fraîche odeur qu'on trouvait en entrant. Et à cette heure où des rayons venus d'expositions, et comme d'heures différentes, brisaient les angles du mur, à côté d'un reflet de la plage, mettaient sur la commode un reposoir diapré comme les fleurs du sentier, suspendaient à la paroi les ailes repliées, tremblantes et tièdes d'une clarté prête à reprendre son vol, chauffaient comme un bain un carré de tapis provincial devant la fenêtre de la courette que le soleil festonnait comme une vigne, ajoutaient au charme et à la complexité de la décoration mobilière en semblant exfolier la soie fleurie des fauteuils et détacher leur passementerie, cette chambre, que je traversais un moment avant de m'habiller pour la promenade, avait l'air d'un prisme où se décomposaient les couleurs de la lumière du dehors, d'une ruche où les sucs de la journée que j'allais goûter étaient dissociés, épars, enivrants et visibles, d'un jardin de l'espérance qui se dissolvait en une palpitation de rayons d'argent et de pétales de rose. Mais avant tout j'avais ouvert mes rideaux dans l'impatience de savoir quelle était la Mer qui jouait ce matin-là au bord du rivage, comme une Néréide. Car chacune de ces Mers ne restait jamais plus d'un jour. Le lendemain il y en avait une autre qui parfois lui ressemblait. Mais je ne vis jamais deux fois la même.

Il y en avait qui étaient d'une beauté si rare qu'en les apercevant mon plaisir était encore accru par la surprise. Par quel privilège, un matin plutôt qu'un autre, la fenêtre en s'entr'ouvrant découvrit-elle à mes yeux émerveillés la nymphe Glaukonomèné, dont la beauté paresseuse et qui respirait mollement avait la transparence d'une vaporeuse émeraude à travers laquelle je voyais affluer les éléments pondérables qui la coloraient? Elle faisait jouer le soleil avec un sourire alangui par une brume invisible qui n'était qu'un espace vide réservé autour de sa surface translucide rendue ainsi plus abrégée et plus saisissante, comme ces déesses que le sculpteur détache sur le reste du bloc qu'il ne daigne pas dégrossir. Telle, dans sa couleur unique, elle nous invitait à la promenade sur ces routes grossières et terriennes, d'où, installés dans la calèche de Mme de Villeparisis, nous apercevions tout le jour et sans jamais l'atteindre la fraîcheur de sa molle palpitation.

Mme de Villeparisis faisait atteler de bonne heure, pour que nous eussions le temps d'aller soit jusqu'à Saint-Mars-le-Vêtu, soit jusqu'aux rochers de Quetteholme ou à quelque autre but d'excursion qui, pour une voiture assez lente, était fort lointain et demandait toute la journée. Dans ma joie de la longue promenade que nous allions entreprendre, je fredonnais quelque air récemment écouté, et je faisais les cent pas en attendant que Mme de Villeparisis fût prête. Si c'était dimanche, sa voiture n'était pas seule devant l'hôtel; plusieurs fiacres loués attendaient non seulement les personnes qui étaient invitées au château de Féterne chez Mme de Cambremer, mais celles qui plutôt que de rester là comme des enfants punis déclaraient que le dimanche était un jour assommant à Balbec et partaient dès après déjeuner se cacher dans une plage voisine ou visiter quelque site, et même souvent quand on demandait à Mme Blandais si elle avait été chez les Cambremer, elle répondait péremptoirement: «Non, nous étions aux cascades du Bec», comme si c'était là la seule raison pour laquelle elle n'avait pas passé la journée à Féterne. Et le bâtonnier disait charitablement:

—Je vous envie, j'aurais bien changé avec vous, c'est autrement intéressant.

A côté des voitures, devant le porche où j'attendais, était planté comme un arbrisseau d'une espèce rare un jeune chasseur qui ne frappait pas moins les yeux par l'harmonie singulière de ses cheveux colorés, que par son épiderme de plante. A l'intérieur, dans le hall qui correspondait au narthex ou église des Catéchumènes, des églises romanes, et où les personnes qui n'habitaient pas l'hôtel avaient le droit de passer, les camarades du groom «extérieur» ne travaillaient pas beaucoup plus que lui mais exécutaient du moins quelques mouvements. Il est probable que le matin ils aidaient au nettoyage. Mais l'après-midi ils restaient là seulement comme des choristes qui, même quand ils ne servent à rien, demeurent en scène pour ajouter à la figuration. Le Directeur général, celui qui me faisait si peur, comptait augmenter considérablement leur nombre l'année suivante, car il «voyait grand». Et sa décision affligeait beaucoup le Directeur de l'Hôtel, lequel trouvait que tous ces enfants n'étaient que des «faiseurs d'embarras» entendant par là qu'ils embarrassaient le passage et ne servaient à rien. Du moins entre le déjeuner et le dîner, entre les sorties et les rentrées des clients remplissaient-ils le vide de l'action, comme ces élèves de Mme de Maintenon qui sous le costume de jeunes israélites font intermède chaque fois qu'Esther ou Joad s'en vont. Mais le chasseur du dehors, aux nuances précieuses, à la taille élancée et frêle, non loin duquel j'attendais que la marquise descendît, gardait une immobilité à laquelle s'ajoutait de la mélancolie, car ses frères aînés avaient quitté l'hôtel pour des destinées plus brillantes et il se sentait isolé sur cette terre étrangère. Enfin Mme de Villeparisis arrivait. S'occuper de sa voiture et l'y faire monter eût peut-être dû faire partie des fonctions du chasseur. Mais il savait qu'une personne qui amène ses gens avec soi se fait servir par eux, et d'habitude donne peu de pourboires dans un hôtel, que les nobles de l'ancien faubourg Saint-Germain agissent de même. Mme de Villeparisis appartenait à la fois à ces deux catégories. Le chasseur arborescent en concluait qu'il n'avait rien à attendre de la marquise; en laissant le maître d'hôtel et la femme de chambre de celle-ci l'installer avec ses affaires, il rêvait tristement au sort envié de ses frères et conservait son immobilité végétale.

Nous partions; quelque temps après avoir contourné la station du chemin de fer nous entrions dans une route campagnarde qui me devint bientôt aussi familière que celles de Combray, depuis le coude où elle s'amorçait entre des clos charmants jusqu'au tournant où nous la quittions et qui avait de chaque côté des terres labourées. Au milieu d'elles, on voyait çà et là un pommier privé il est vrai de ses fleurs et ne portant plus qu'un bouquet de pistils, mais qui suffisait à m'enchanter parce que je reconnaissais ces feuilles inimitables dont la large étendue, comme le tapis d'estrade d'une fête nuptiale maintenant terminée avait été tout récemment foulée par la traîne de satin blanc des fleurs rougissantes.

Combien de fois à Paris dans le mois de mai de l'année suivante, il m'arriva d'acheter une branche de pommier chez le fleuriste et de passer ensuite la nuit devant ses fleurs où s'épanouissait la même essence crémeuse qui poudrait encore de son écume les bourgeons des feuilles et entre les blanches corolles desquelles il semblait que ce fût le marchand qui, par générosité envers moi, par goût inventif aussi et contraste ingénieux, eût ajouté de chaque côté, en surplus, un seyant bouton rose; je les regardais, je les faisais poser sous ma lampe—si longtemps que j'étais souvent encore là quand l'aurore leur apportait la même rougeur qu'elle devait faire en même temps à Balbec—et je cherchais à les reporter sur cette route par l'imagination, à les multiplier, à les étendre dans le cadre préparé, sur la toile toute prête de ces clos dont je savais le dessin par coeur—et que j'aurais tant voulu, qu'un jour je devais revoir—au moment où avec la verve ravissante du génie, le printemps couvre leur canevas de ses couleurs.

Avant de monter en voiture j'avais composé le tableau de mer que j'allais chercher, que j'espérais voir avec le «soleil rayonnant», et qu'à Balbec je n'apercevais que trop morcelé entre tant d'enclaves vulgaires et que mon rêve n'admettait pas, de baigneurs, de cabines, de yacht de plaisance. Mais quand, la voiture de Mme de Villeparisis étant parvenue au haut d'une côte, j'apercevais la mer entre les feuillages des arbres, alors sans doute de si loin disparaissaient ces détails contemporains qui l'avaient mise comme en dehors de la nature et de l'histoire, et je pouvais en regardant les flots m'efforcer de penser que c'était les mêmes que Leconte de Lisle nous peint dans l'*Orestie* quand «tel qu'un vol d'oiseaux carnassiers dans l'aurore» les guerriers chevelus de l'héroïque Hellas «de cent mille avirons battaient le flot sonore». Mais en revanche je n'étais plus assez près de la mer qui ne me semblait pas vivante, mais figée, je ne sentais plus de puissance sous ses couleurs étendues comme celles d'une peinture entre les feuilles où elle apparaissait aussi inconstante que le ciel, et seulement plus foncée que lui.

Mme de Villeparisis voyant que j'aimais les églises me promettait que nous irions voir une fois l'une, une fois l'autre, et surtout celle de Carqueville «toute cachée sous son vieux lierre», dit-elle avec un mouvement de la main qui semblait envelopper avec goût la façade absente dans un feuillage invisible et délicat. Mme de Villeparisis avait souvent, avec ce petit geste descriptif, un mot juste pour définir le charme et la particularité d'un monument, évitant toujours les termes techniques, mais ne pouvant dissimuler qu'elle savait très bien les choses dont elle parlait. Elle semblait chercher à s'en excuser sur ce qu'un des châteaux de son père, et où elle avait été élevée, étant situé dans une région où il y avait des églises du même style qu'autour de Balbec il eût été honteux qu'elle n'eût pas pris le goût de l'architecture, ce château étant d'ailleurs le plus bel exemplaire de celle de la Renaissance. Mais comme il était aussi un vrai musée, comme d'autre part Chopin et Listz y avaient joué, Lamartine récité des vers, tous les artistes connus de tout un siècle écrit des pensées, des mélodies, fait des croquis sur l'album familial, Mme de Villeparisis ne donnait, par grâce, bonne éducation, modestie réelle, ou manque d'esprit philosophique, que cette origine purement matérielle à sa connaissance de tous les arts, et finissait par avoir l'air de considérer la peinture, la musique, la littérature et la philosophie comme l'apanage d'une jeune fille élevée de la façon la plus aristocratique dans un monument classé et illustre. On aurait dit qu'il n'y avait pas pour elle d'autres tableaux que ceux dont on a hérités. Elle fut contente que ma grand'mère aimât un collier qu'elle portait et qui dépassait de sa robe. Il était dans le portrait d'une bisaïeule à elle, par Titien, et qui n'était jamais sorti de la famille. Comme cela on était sûr que c'était un vrai. Elle ne voulait pas entendre parler des tableaux achetés on ne sait comment par un Crésus, elle était d'avance persuadée qu'ils étaient faux et n'avait aucun désir de les voir, nous savions qu'elle-même faisait des aquarelles de fleurs, et ma grand'mère qui les avait entendu vanter lui en parla. Mme de Villeparisis changea de conversation par modestie, mais sans montrer plus d'étonnement ni de plaisir qu'une artiste suffisamment connue à qui les compliments n'apprennent rien. Elle se contenta de dire que c'était un passe-temps charmant parce que si les fleurs nées du pinceau n'étaient pas fameuses, du moins les peindre vous faisait vivre dans la société des fleurs naturelles, de la beauté desquelles, surtout quand on était obligé de les regarder de plus près pour les imiter, on ne se lassait pas. Mais à Balbec Mme de Villeparisis se donnait congé pour laisser reposer ses yeux.

Nous fûmes étonnés, ma grand'mère et moi, de voir combien elle était plus «libérale» que même la plus grande partie de la bourgeoisie. Elle s'étonnait qu'on fût scandalisé des expulsions des jésuites, disant que cela s'était toujours fait, même sous la monarchie, même en Espagne. Elle défendait la République à laquelle elle ne reprochait son anticléricalisme que dans cette mesure: «Je trouverais tout aussi mauvais qu'on m'empêchât d'aller à la messe si j'en ai envie que d'être forcée d'y aller si je ne le veux pas», lançant même certains mots comme: «Oh! la noblesse aujourd'hui, qu'est-ce que c'est!» «Pour moi, un homme qui ne travaille pas, ce n'est rien», peut-être seulement parce qu'elle sentait ce qu'ils prenaient de piquant, de savoureux, de mémorable dans sa bouche.

En entendant souvent exprimer avec franchise des opinions avancées—pas jusqu'au socialisme cependant, qui était la bête noire de Mme de Villeparisis—précisément par une de ces personnes en considération de l'esprit desquelles, notre scrupuleuse et timide impartialité se refuse à condamner les idées des conservateurs, nous n'étions pas loin, ma grand'mère et moi, de croire qu'en notre agréable compagne se trouvaient la mesure et le modèle de la vérité en toutes choses. Nous la croyions sur parole tandis qu'elle jugeait ses Titiens, la colonnade de son château, l'esprit de conversation de Louis-Philippe. Mais—comme ces érudits qui émerveillent quand on les met sur la peinture égyptienne et les inscriptions étrusques, et qui parlent d'une façon si banale des oeuvres modernes que nous nous demandons si nous n'avons pas surfait l'intérêt des sciences où ils sont versés, puisque n'y apparaît pas cette même médiocrité qu'ils ont pourtant dû y apporter aussi bien que dans leurs niaises études sur Beaudelaire—Mme de Villeparisis, interrogée par moi sur Chateaubriand, sur Balzac, sur Victor Hugo, tous reçus jadis par ses parents et entrevus par elle-même, riait de mon admiration, racontait sur eux des traits piquants comme elle venait de faire sur des grands seigneurs ou des hommes politiques, et jugeait sévèrement ces écrivains, précisément parce qu'ils avaient manqué de cette modestie, de cet effacement de soi, de cet art sobre qui se contente d'un seul trait juste et n'appuie pas, qui fuit plus que tout le ridicule de la grandiloquence, de cet à-propos, de ces qualités de modération de jugement et de simplicité, auxquelles on lui avait appris qu'atteint la vraie valeur: on voyait qu'elle n'hésitait pas à leur préférer des hommes qui, peut-être, en effet, avaient eu, à cause d'elles, l'avantage sur un Balzac, un Hugo, un Vigny, dans un salon, une académie, un conseil des ministres, Molé, Fontanes, Vitroles, Bersot, Pasquier, Lebrun, Salvandy ou Daru.

—C'est comme les romans de Stendhal pour qui vous aviez l'air d'avoir de l'admiration. Vous l'auriez beaucoup étonné en lui parlant sur ce ton. Mon père qui le voyait chez M. Mérimée—un homme de talent au moins celui-là—m'a souvent dit que Beyle (c'était son nom) était d'une vulgarité affreuse, mais spirituel dans un dîner, et ne s'en faisant pas accroire pour ses livres. Du reste, vous avez pu voir vous-même par quel haussement d'épaules il a répondu aux éloges outrés de M. de Balzac. En cela du moins il était homme de bonne compagnie.

Elle avait de tous ces grands hommes des autographes, et semblait, se prévalant des relations particulières que sa famille avait eues avec eux, penser que son jugement à leur égard était plus juste que celui de jeunes gens qui comme moi n'avaient pas pu les fréquenter.

—Je crois que je peux en parler, car ils venaient chez mon père; et comme disait M. Sainte-Beuve, qui avait bien de l'esprit, il faut croire sur eux ceux qui les ont vus de près et ont pu juger plus exactement de ce qu'ils valaient.

Parfois, comme la voiture gravissait une route montante entre des terres labourées, rendant les champs plus réels, leur ajoutant une marque d'authenticité, comme la précieuse fleurette dont certains maîtres anciens signaient leurs tableaux, quelques bleuets hésitants pareils à ceux de Combray suivaient notre voiture. Bientôt nos chevaux les distançaient, mais, mais après quelques pas, nous en apercevions un autre qui en nous attendant avait piqué devant nous dans l'herbe son étoile bleue; plusieurs s'enhardissaient jusqu'à venir se poser au bord de la route et c'était toute une nébuleuse qui se formait avec mes souvenirs lointains et les fleurs apprivoisées.

Nous redescendions la côte; alors nous croisions, la montant à pied, à bicyclette, en carriole ou en voiture, quelqu'une de ces créatures—fleurs de la belle journée, mais qui ne sont pas comme les fleurs des champs, car chacune recèle quelque chose qui n'est pas dans une autre et qui empêchera que nous puissions contenter avec ses pareilles le désir qu'elle a fait naître en nous—quelque fille de ferme poussant sa vache ou à demi couchée sur une charrette, quelque fille de boutiquier en promenade, quelque élégante demoiselle assise sur le strapontin d'un landau, en face de ses parents. Certes Bloch m'avait ouvert une ère nouvelle et avait changé pour moi la valeur de la vie, le jour où il m'avait appris que les rêves que j'avais promenés solitairement du côté de Méséglise quand je souhaitais que passât une paysanne que je prendrais dans mes bras, n'étaient pas une chimère qui ne correspondait à rien d'extérieur à moi, mais que toutes les filles qu'on rencontrait, villageoises ou demoiselles étaient toutes prêtes à en exaucer de pareils. Et dussé-je, maintenant que j'étais souffrant et ne sortais pas seul, ne jamais pouvoir faire l'amour avec elles, j'étais tout de même heureux comme un enfant né dans une prison ou dans un hôpital et qui, ayant cru longtemps que l'organisme humain ne peut digérer que du pain sec et des médicaments, a appris tout d'un coup que les pêches, les abricots, le raisin, ne sont pas une simple parure de la campagne, mais des aliments délicieux et assimilables. Même si son geôlier ou son garde-malade ne lui permettent pas de cueillir ces beaux fruits, le monde cependant lui paraît meilleur et l'existence plus clémente. Car un désir nous semble plus beau, nous nous appuyons à lui avec plus de confiance quand nous savons qu'en dehors de nous la réalité s'y conforme, même si pour nous il n'est pas réalisable. Et nous pensons avec plus de joie à une vie où, à condition que nous écartions pour un instant de notre pensée le petit obstacle accidentel et particulier qui nous empêche personnellement de le faire, nous pouvons nous imaginer l'assouvissant. Pour les belles filles qui passaient, du jour où j'avais su que leurs joues pouvaient être embrassées, j'étais devenu curieux de leur âme. Et l'univers m'avait paru plus intéressant.

La voiture de Mme de Villeparisis allait vite. A peine avais-je le temps de voir la fillette qui venait dans notre direction; et pourtant— comme la beauté des êtres n'est pas comme celle des choses, et que nous sentons qu'elle est celle d'une créature unique, consciente et volontaire—dès que son individualité, âme vague, volonté inconnue de moi, se peignait en une petite image prodigieusement réduite, mais complète, au fond de son regard distrait, aussitôt, mystérieuse réplique des pollens tout préparés pour les pistils, je sentais saillir en moi l'embryon aussi vague, aussi minuscule, du désir de ne pas laisser passer cette fille, sans que sa pensée prît conscience de ma personne, sans que j'empêchasse ses désirs d'aller à quelqu'un d'autre, sans que je vinsse me fixer dans sa rêverie et saisir son coeur. Cependant notre voiture s'éloignait, la belle fille était déjà derrière nous, et comme elle ne possédait de moi aucune des notions qui constituent une personne, ses yeux, qui m'avaient à peine vu, m'avaient déjà oublié. Était-ce parce que je ne l'avais qu'entr'aperçue que je l'avais trouvée si belle? Peut-être. D'abord l'impossibilité de s'arrêter auprès d'une femme, le risque de ne pas la retrouver un autre jour lui donnent brusquement le même charme qu'à un pays la maladie ou la pauvreté qui nous empêchent de le visiter, ou qu'aux jours si ternes qui nous restent à vivre le combat où nous succomberons sans doute. De sorte que, s'il n'y avait pas l'habitude, la vie devrait paraître délicieuse à des êtres qui seraient à chaque heure menacés de mourir—c'est-à-dire à tous les hommes.

Puis si l'imagination est entraînée par le désir de ce que nous ne pouvons posséder, son essor n'est pas limité par une réalité complètement perçue dans ces rencontres où les charmes de la passante sont généralement en relation directe avec la rapidité du passage. Pour peu que la nuit tombe et que la voiture aille vite, à la campagne, dans une ville, il n'y a pas un torse féminin mutilé comme un marbre antique par la vitesse qui nous entraîne et le crépuscule qui le noie, qui ne tire sur notre coeur, à chaque coin de route, du fond de chaque boutique, les flèches de la Beauté, de la Beauté dont on serait parfois tenté de se demander si elle est en ce monde autre chose que la partie de complément qu'ajoute à une passante fragmentaire et fugitive notre imagination surexcitée par le regret.

Si j'avais pu descendre parler à la fille que nous croisions, peut-être eussé-je été désillusionné par quelque défaut de sa peau que de la voiture je n'avais pas distingué. (Et alors, tout effort pour pénétrer dans sa vie m'eût semblé soudain impossible. Car la beauté est une suite d'hypothèses que rétrécit la laideur en barrant la route que nous voyions déjà s'ouvrir sur l'inconnu.) Peut-être un seul mot qu'elle eût dit, un sourire, m'eussent fourni une clef, un chiffre inattendus, pour lire l'expression de sa figure et de sa démarche, qui seraient aussitôt devenues banales. C'est possible, car je n'ai jamais rencontré dans la vie de filles aussi désirables que les jours où j'étais avec quelque grave personne que malgré les mille prétextes que j'inventais je ne pouvais quitter: quelques années après celle où j'allai pour la première fois à Balbec, faisant à Paris une course en voiture avec un ami de mon père et ayant aperçu une femme qui marchait vite dans la nuit, je pensai qu'il était déraisonnable de perdre pour une raison de convenances ma part de bonheur dans la seule vie qu'il y ait sans doute, et sautant à terre sans m'excuser, je me mis à la recherche de l'inconnue, la perdis au carrefour de deux rues, la retrouvai dans une troisième, et me trouvai enfin, tout essoufflé, sous un réverbère, en face de la vieille Mme Verdurin que j'évitais partout et qui heureuse et surprise s'écria: «Oh! comme c'est aimable d'avoir couru pour me dire bonjour.»

Cette année-là, à Balbec, au moment de ces rencontres, j'assurais à ma grand'mère, à Mme de Villeparisis qu'à cause d'un grand mal de tête, il valait mieux que je rentrasse seul à pied. Elles refusaient de me laisser descendre. Et j'ajoutais la belle fille (bien plus difficile à retrouver que ne l'est un monument, car elle était anonyme et mobile) à la collection de toutes celles que je me promettais de voir de près. Une pourtant se trouva repasser sous mes yeux, dans des conditions telles que je crus que je pourrais la connaître comme je voudrais. C'était une laitière qui vint d'une ferme apporter un supplément de crème à l'hôtel. Je pensai qu'elle m'avait aussi reconnu et elle me regardait, en effet, avec une attention qui n'était peut-être causée que par l'étonnement que lui causait la mienne. Or le lendemain, jour où je m'étais reposé toute la matinée quand Françoise vint ouvrir les rideaux vers midi, elle me remit une lettre qui avait été déposée pour moi à l'hôtel. Je ne connaissais personne à Balbec. Je ne doutai pas que la lettre ne fût de la laitière. Hélas, elle n'était que de Bergotte qui, de passage, avait essayé de me voir, mais ayant su que je dormais m'avait laissé un mot charmant pour lequel le liftman avait fait une enveloppe que j'avais cru écrite par la laitière. J'étais affreusement déçu, et l'idée qu'il était plus difficile et plus flatteur d'avoir une lettre de Bergotte ne me consolait en rien qu'elle ne fût pas de la laitière. Cette fille-là même, je ne la retrouvai pas plus que celles que j'apercevais seulement de la voiture de Mme de Villeparisis. La vue et la perte de toutes accroissaient l'état d'agitation où je vivais et je trouvais quelque sagesse aux philosophes qui nous recommandent de borner nos désirs (si toutefois ils veulent parler du désir des êtres, car c'est le seul qui puisse laisser de l'anxiété, s'appliquant à de l'inconnu conscient. Supposer que la philosophie veut parler du désir des richesses serait trop absurde). Pourtant j'étais disposé à juger cette sagesse incomplète, car je me disais que ces rencontres me faisaient trouver encore plus beau un monde qui fait ainsi croître sur toutes les routes campagnardes des fleurs à la fois singulières et communes, trésors fugitifs de la journée, aubaines de la promenade, dont les circonstances contingentes qui ne se reproduiraient peut-être pas toujours m'avaient seules empêché de profiter, et qui donnent un goût nouveau à la vie.

Mais peut-être, en espérant qu'un jour, plus libre, je pourrais trouver sur d'autres routes de semblables filles, je commençais déjà à fausser ce qu'a d'exclusivement individuel le désir de vivre auprès d'une femme qu'on a trouvé jolie, et du seul fait que j'admettais la possibilité de le faire naître artificiellement, j'en avais implicitement reconnu l'illusion.

Le jour que Mme de Villeparisis nous mena à Carqueville où était cette église couverte de lierre dont elle avait parlé et qui, bâtie sur un tertre, domine le village, la rivière qui le traverse et qui a conservé son petit pont du moyen âge, ma grand'mère, pensant que je serais content d'être seul pour regarder le monument, proposa à son amie d'aller goûter chez le pâtissier, sur la place qu'on apercevait distinctement et qui sous sa patine dorée était comme une autre partie d'un objet tout entier ancien.

Il fut convenu que j'irais les y retrouver. Dans le bloc de verdure devant lequel on me laissa, il fallait pour reconnaître une église faire un effort qui me fît serrer de plus près l'idée d'église; en effet, comme il arrive aux élèves qui saisissent plus complètement le sens d'une phrase quand on les oblige par la version ou par le thème à la dévêtir des formes auxquelles ils sont accoutumés, cette idée d'église dont je n'avais guère besoin d'habitude devant des clochers qui se faisaient reconnaître d'eux-mêmes, j'étais obligé d'y faire perpétuellement appel pour ne pas oublier, ici que le cintre de cette touffe de lierre était celui d'une verrière ogivale, là, que la saillie des feuilles était due au relief d'un chapiteau. Mais alors un peu de vent soufflait, faisait frémir le porche mobile que parcouraient des remous propagés et tremblants comme une clarté; les feuilles déferlaient les unes contre les autres; et frissonnante, la façade végétale entraînait avec elle les piliers onduleux, caressés et fuyants.

Comme je quittais l'église, je vis devant le vieux pont des filles du village qui, sans doute parce que c'était un dimanche, se tenaient attifées, interpellant les garçons qui passaient. Moins bien vêtue que les autres, mais semblant les dominer par quelque ascendant—car elle répondait à peine à ce qu'elles lui disaient—l'air plus grave et plus volontaire, il y en avait une grande qui assise à demi sur le rebord du pont, laissant pendre ses jambes, avait devant elle un petit pot plein de poissons qu'elle venait probablement de pêcher. Elle avait un teint bruni, des yeux doux, mais un regard dédaigneux de ce qui l'entourait, un petit nez d'une forme fine et charmante. Mes regards se posaient sur sa peau et mes lèvres à la rigueur pouvaient croire qu'elles avaient suivi mes regards. Mais ce n'est pas seulement son corps que j'aurais voulu atteindre, c'était aussi la personne qui vivait en lui et avec laquelle il n'est qu'une sorte d'attouchement, qui est d'attirer son attention, qu'une sorte de pénétration, y éveiller une idée.

Et cet être intérieur de la belle pêcheuse, semblait m'être clos encore, je doutais si j'y étais entré, même après que j'eus aperçu ma propre image se refléter furtivement dans le miroir de son regard, suivant un indice de réfraction qui m'était aussi inconnu que si je me fusse placé dans le champ visuel d'une biche. Mais de même qu'il ne m'eût pas suffi que mes lèvres prissent du plaisir sur les siennes mais leur en donnassent, de même j'aurais voulu que l'idée de moi qui entrerait en cet être, qui s'y accrocherait, n'amenât pas à moi seulement son attention, mais son admiration, son désir, et le forçât à garder mon souvenir jusqu'au jour où je pourrais le retrouver. Cependant, j'apercevais à quelques pas la place où devait m'attendre la voiture de Mme de Villeparisis. Je n'avais qu'un instant; et déjà je sentais que les filles commençaient à rire de me voir ainsi arrêté. J'avais cinq francs dans ma poche. Je les en sortis, et avant d'expliquer à la belle fille la commission dont je la chargeais, pour avoir plus de chance qu'elle m'écoutât, je tins un instant la pièce devant ses yeux:

—Puisque vous avez l'air d'être du pays, dis-je à la pêcheuse, est-ce que vous auriez la bonté de faire une petite course pour moi? Il faudrait aller devant un pâtissier qui est paraît-il sur une place, mais je ne sais pas où c'est, et où une voiture m'attend. Attendez!... pour ne pas confondre vous demanderez si c'est la voiture de la marquise de Villeparisis. Du reste vous verrez bien, elle a deux chevaux.

C'était cela que je voulais qu'elle sût pour prendre une grande idée de moi. Mais quand j'eus prononcé les mots «marquise» et «deux chevaux», soudain j'éprouvai un grand apaisement. Je sentis que la pêcheuse se souviendrait de moi et se dissiper, avec mon effroi de ne pouvoir la retrouver, une partie de mon désir de la retrouver. Il me semblait que je venais de toucher sa personne avec des lèvres invisibles et que je lui avais plu. Et cette prise de force de son esprit, cette possession immatérielle, lui avait ôté de son mystère autant que fait la possession physique.

Nous descendîmes sur Hudimesnil; tout d'un coup je fus rempli de ce bonheur profond que je n'avais pas souvent ressenti depuis Combray, un bonheur analogue à celui que m'avaient donné, entre autres, les clochers de Martinville. Mais cette fois il resta incomplet. Je venais d'apercevoir, en retrait de la route en dos d'âne que nous suivions, trois arbres qui devaient servir d'entrée à une allée couverte et formaient un dessin que je ne voyais pas pour la première fois, je ne pouvais arriver à reconnaître le lieu dont ils étaient comme détachés mais je sentais qu'il m'avait été familier autrefois; de sorte que mon esprit ayant trébuché entre quelque année lointaine et le moment présent, les environs de Balbec vacillèrent et je me demandai si toute cette promenade n'était pas une fiction, Balbec un endroit où je n'étais jamais allé que par l'imagination, Mme de Villeparisis un personnage de roman et les trois vieux arbres la réalité qu'on retrouve en levant les yeux de dessus le livre qu'on était en train de lire et qui vous décrivait un milieu dans lequel on avait fini par se croire effectivement transporté.

Je regardais les trois arbres, je les voyais bien, mais mon esprit sentait qu'ils recouvraient quelque chose sur quoi il n'avait pas prise, comme sur ces objets placés trop loin dont nos doigts allongés au bout de notre bras tendu, effleurent seulement par instant l'enveloppe sans arriver à rien saisir. Alors on se repose un moment pour jeter le bras en avant d'un élan plus fort et tâcher d'atteindre plus loin. Mais pour que mon esprit pût ainsi se rassembler, prendre son élan, il m'eût fallu être seul. Que j'aurais voulu pouvoir m'écarter comme je faisais dans les promenades du côté de Guermantes quand je m'isolais de mes parents. Il me semblait même que j'aurais dû le faire. Je reconnaissais ce genre de plaisir qui requiert, il est vrai, un certain travail de la pensée sur elle-même, mais à côté duquel les agréments de la nonchalance qui vous fait renoncer à lui, semblent bien médiocres. Ce plaisir, dont l'objet n'était que pressenti, que j'avais à créer moi-même, je ne l'éprouvais que de rares fois, mais à chacune d'elles il me semblait que les choses qui s'étaient passées dans l'intervalle n'avaient guère d'importance et qu'en m'attachant à la seule réalité je pourrais commencer enfin une vraie vie. Je mis un instant ma main devant mes yeux pour pouvoir les fermer sans que Mme de Villeparisis s'en aperçût. Je restai sans penser à rien, puis de ma pensée ramassée, ressaisie avec plus de force, je bondis plus avant dans la direction des arbres, ou plutôt dans cette direction intérieure au bout de laquelle je les voyais en moi-même. Je sentis de nouveau derrière eux le même objet connu mais vague et que je ne pus ramener à moi. Cependant tous trois au fur et à mesure que la voiture avançait, je les voyais s'approcher. Où les avais-je déjà regardés? Il n'y avait aucun lieu autour de Combray où une allée s'ouvrit ainsi. Le site qu'ils me rappelaient il n'y avait pas de place pour lui davantage dans la campagne allemande où j'étais allé une année avec ma grand'mère prendre les eaux.

Fallait-il croire qu'ils venaient d'années déjà si lointaines de ma vie que le paysage qui les entourait avait été entièrement aboli dans ma mémoire et que, comme ces pages qu'on est tout d'un coup ému de retrouver dans un ouvrage qu'on s'imaginait n'avoir jamais lu, ils surnageaient seuls du livre oublié de ma première enfance. N'appartenaient-ils au contraire qu'à ces paysages du rêve, toujours les mêmes, du moins pour moi chez qui leur aspect étrange n'était que l'objectivation dans mon sommeil de l'effort que je faisais pendant la veille, soit pour atteindre le mystère dans un lieu derrière l'apparence duquel je le pressentais, comme cela m'était arrivé si souvent du côté de Guermantes, soit pour essayer de le réintroduire dans un lieu que j'avais désiré connaître et qui du jour où je l'avais connu n'avait paru tout superficiel, comme Balbec?

N'étaient-ils qu'une image toute nouvelle détachée d'un rêve de la nuit précédente mais déjà si effacée qu'elle me semblait venir de beaucoup plus loin? Ou bien ne les avais-je jamais vus et cachaient-ils derrière eux comme tels arbres, telle touffe d'herbes que j'avais vus du côté de Guermantes, un sens aussi obscur, aussi difficile à saisir qu'un passé lointain, de sorte que, sollicité par eux d'approfondir une pensée, je croyais avoir à reconnaître un souvenir. Ou encore ne cachaient-ils même pas de pensées et était-ce une fatigue de ma vision qui me les faisait voir doubles dans le temps comme on voit quelquefois double dans l'espace? Je ne savais. Cependant ils venaient vers moi; peut-être apparition mythique, ronde de sorcières ou de nornes qui me proposait ses oracles. Je crus plutôt que c'étaient des fantômes du passé, de chers compagnons de mon enfance, des amis disparus qui invoquaient nos communs souvenirs. Comme des ombres ils semblaient me demander de les emmener avec moi, de les rendre à la vie. Dans leur gesticulation naïve et passionnée, je reconnaissais le regret impuissant d'un être aimé qui a perdu l'usage de la parole, sent qu'il ne pourra nous dire ce qu'il veut et que nous ne savons pas deviner. Bientôt à un croisement de routes, la voiture les abandonna. Elle m'entraînait loin de ce que je croyais seul vrai, de ce qui m'eût rendu vraiment heureux, elle ressemblait à ma vie.

Je vis les arbres s'éloigner en agitant leurs bras désespérés, semblant me dire: ce que tu n'apprends pas de nous aujourd'hui, tu ne le sauras jamais. Si tu nous laisses retomber au fond de ce chemin d'où nous cherchions à nous hisser jusqu'à toi, toute une partie de toi-même que nous t'apportions tombera pour jamais au néant. En effet, si dans la suite je retrouvai le genre de plaisir et d'inquiétude que je venais de sentir encore une fois, et si un soir—trop tard, mais pour toujours—je m'attachai à lui, de ces arbres eux-mêmes, en revanche je ne sus jamais ce qu'ils avaient voulu m'apporter ni où je les avais vus. Et quand la voiture ayant bifurqué, je leur tournai le dos et cessai de les voir, tandis que Mme de Villeparisis, me demandait pourquoi j'avais l'air rêveur, j'étais triste comme si je venais de perdre un ami, de mourir moi-même, de renier un mort ou de méconnaître un Dieu.

Il fallait songer au retour. Mme de Villeparisis qui avait un certain sens de la nature, plus froid que celui de ma grand'mère mais qui sait reconnaître, même en dehors des musées et des demeures aristocratiques, la beauté simple et majestueuse de certaines choses anciennes, disait au cocher de prendre la vieille route de Balbec, peu fréquentée, mais plantée de vieux ormes qui nous semblaient admirables.

Une fois que nous connûmes cette vieille route, pour changer, nous revînmes, à moins que nous ne l'eussions prise à l'aller, par une autre qui traversait les bois de Chantereine et de Canteloup. L'invisibilité des innombrables oiseaux qui s'y répondaient tout à côté de nous dans les arbres donnait la même impression de repos qu'on a les yeux fermés. Enchaîné à mon strapontin comme Prométhée sur son rocher, j'écoutais mes Océanides. Et quand, par hasard, j'apercevais l'un de ces oiseaux qui passait d'une feuille sous une autre, il y avait si peu de lien apparent entre lui et ces chants que je ne croyais pas voir la cause de ceux-ci dans ce petit corps sautillant, étonné et sans regard.

Cette route était pareille à bien d'autres de ce genre qu'on rencontre en France, montant en pente assez raide, puis redescendant sur une grande longueur. Au moment même, je ne lui trouvais pas un grand charme, j'étais seulement content de rentrer. Mais elle devint pour moi dans la suite une cause de joies en restant dans ma mémoire comme une amorce où toutes les routes semblables sur lesquelles je passerais plus tard au cours d'une promenade ou d'un voyage s'embrancheraient aussitôt sans solution de continuité et pourraient, grâce à elle, communiquer immédiatement avec mon coeur. Car dès que la voiture ou l'automobile s'engagerait dans une de ces routes qui auraient l'air d'être la continuation de celle que j'avais parcourue avec Mme de Villeparisis, ce à quoi ma conscience actuelle se trouverait immédiatement appuyée comme à mon passé le plus récent, ce serait (toutes les années intermédiaires se trouvant abolies) les impressions que j'avais eues par ces fins d'après-midi-là, en promenade près de Balbec, quand les feuilles sentaient bon, que la brume s'élevait et qu'au delà du prochain village on apercevrait entre les arbres le coucher du soleil comme s'il avait été quelque localité suivante, forestière, distante et qu'on n'atteindra pas le soir même. Raccordées à celles que j'éprouvais maintenant dans un autre pays, sur une route semblable, s'entourant de toutes les sensations accessoires de libre respiration, de curiosité, d'indolence, d'appétit, de gaieté, qui leur étaient communes, excluant toutes les autres, ces impressions se renforceraient, prendraient la consistance d'un type particulier de plaisir, et presque d'un cadre d'existence que j'avais d'ailleurs rarement l'occasion de retrouver, mais dans lequel le réveil des souvenirs mettait au milieu de la réalité matériellement perçue une part assez grande de réalité évoquée, songée, insaisissable, pour me donner, au milieu de ces régions où je passais, plus qu'un sentiment esthétique, un désir fugitif mais exalté, d'y vivre désormais pour toujours. Que de fois pour avoir simplement senti une odeur de feuillée, être assis sur un strapontin en face de Mme de Villeparisis, croiser la princesse de Luxembourg qui lui envoyait des bonjours de sa voiture, rentrer dîner au Grand-Hôtel, ne m'est-il pas apparu comme un de ces bonheurs ineffables que ni le présent ni l'avenir ne peuvent nous rendre et qu'on ne goûte qu'une fois dans la vie.

Souvent le jour était tombé avant que nous fussions de retour. Timidement je citais à Mme de Villeparisis en lui montrant la lune dans le ciel, quelque belle expression de Chateaubriand ou de Vigny, ou de Victor Hugo: «Elle répandait ce vieux secret de mélancolie» ou «pleurant comme Diane au bord de ses fontaines» ou «L'ombre était nuptiale, auguste et solennelle.»

—Et vous trouvez cela beau? me demandait-elle, génial comme vous dites? Je vous dirai que je suis toujours étonnée de voir qu'on prend maintenant au sérieux des choses que les amis de ces messieurs, tout en rendant pleine justice à leurs qualités, étaient les premiers à plaisanter. On ne prodiguait pas le nom de génie comme aujourd'hui, où si vous dites à un écrivain qu'il n'a que du talent il prend cela pour une injure. Vous me citez une grande phrase de M. de Chateaubriand sur le clair de lune. Vous allez voir que j'ai mes raisons pour y être réfractaire. M. de Chateaubriand venait bien souvent chez mon père. Il était du reste agréable quand on était seul parce qu'alors il était simple et amusant, mais dès qu'il y avait du monde, il se mettait à poser et devenait ridicule; devant mon père, il prétendait avoir jeté sa démission à la face du roi et dirigé le conclave, oubliant que mon père avait été chargé par lui de supplier le roi de le reprendre; et l'avait entendu faire sur l'élection du pape les pronostics les plus insensés. Il fallait entendre sur ce fameux conclave M. de Blacas, qui était un autre homme que M. de Chateaubriand. Quant aux phrases de celui-ci sur le clair de lune elles étaient tout simplement devenues une charge à la maison. Chaque fois qu'il faisait clair de lune autour du château, s'il y avait quelque invité nouveau, on lui conseillait d'emmener M. de Chateaubriand prendre l'air après le dîner. Quand ils revenaient, mon père ne manquait pas de prendre à part l'invité: «M. de Chateaubriand a été bien éloquent?—Oh! oui.—Il vous a parlé du clair de lune.—Oui, comment savez-vous?—Attendez, ne vous a-t-il pas dit, et il lui citait la phrase.—Oui, mais par quel mystère.—Et il vous a parlé même du clair de lune dans la campagne romaine.—Mais vous êtes sorcier.» Mon père n'était pas sorcier, mais M. de Chateaubriand se contentait de servir toujours un même morceau tout préparé.

Au nom de Vigny elle se mit à rire.

—Celui qui disait: «Je suis le comte Alfred de Vigny.» On est comte ou on n'est pas comte, ça n'a aucune espèce d'importance.

Et peut-être trouvait-elle que cela en avait tout de même un peu, car elle ajoutait:

—D'abord je ne suis pas sûre qu'il le fût, et il était en tout cas de très petite souche, ce monsieur qui a parlé dans ses vers de son «cimier de gentilhomme». Comme c'est de bon goût et comme c'est intéressant pour le lecteur! C'est comme Musset, simple bourgeois de Paris, qui disait emphatiquement: «L'épervier d'or dont mon casque est armé.» Jamais un vrai grand seigneur ne dit de ces choses-là. Au moins Musset avait du talent comme poète. Mais à part *Cinq-Mars* je n'ai jamais rien pu lire de M. de Vigny, l'ennui me fait tomber le livre des mains. M. Molé, qui avait autant d'esprit et de tact que M. de Vigny en avait peu, l'a arrangé de belle façon en le recevant à l'Académie. Comment, vous ne connaissez pas son discours? C'est un chef-d'oeuvre de malice et d'impertinence.

Elle reprochait à Balzac qu'elle s'étonnait de voir admiré par ses neveux, d'avoir prétendu peindre une société «où il n'était pas reçu», et dont il a raconté mille invraisemblances. Quant à Victor Hugo, elle nous disait que M. de Bouillon, son père, qui avait des camarades dans la jeunesse romantique, était entré grâce à eux à la première d'*Hernani* mais qu'il n'avait pu rester jusqu'au bout, tant il avait trouvé ridicule, les vers de cet écrivain doué mais exagéré et qui n'a reçu le titre de grand poète qu'en vertu d'un marché fait, et comme récompense de l'indulgence intéressée qu'il a professée pour les dangereuses divagations des socialistes.

Nous apercevions déjà l'hôtel, ses lumières si hostiles le premier soir, à l'arrivée, maintenant protectrices et douces, annonciatrices du foyer. Et quand la voiture arrivait près de la porte, le concierge, les grooms, le lift, empressés, naïfs, vaguement inquiets de notre retard, massés sur les degrés à nous attendre, étaient devenus familiers, de ces êtres qui changent tant de fois au cours de notre vie, comme nous changeons nous-mêmes, mais dans lesquels au moment où ils sont pour un temps le miroir de nos habitudes, nous trouvons de la douceur à nous sentir fidèlement et amicalement reflétés. Nous les préférons à des amis que nous n'avons pas vus depuis longtemps, car ils contiennent davantage de ce que nous sommes actuellement. Seul «le chasseur», exposé au soleil dans la journée avait été rentré pour ne pas supporter la rigueur du soir, et emmailloté de lainages, lesquels joints à l'éplorement orangé de sa chevelure, et à la fleur curieusement rose de ses joues, faisaient au milieu du hall vitré, penser à une plante de serre qu'on protège contre le froid. Nous descendions de voiture, aidés par beaucoup plus de serviteurs qu'il n'était nécessaire, mais ils sentaient l'importance de la scène et se croyaient obligés d'y jouer un rôle. J'étais affamé. Aussi, souvent pour ne pas retarder le moment de dîner, je ne remontais pas dans la chambre qui avait fini par devenir si réellement mienne que revoir les grands rideaux violets et les bibliothèques basses, c'était me retrouver seul avec ce moi-même dont les choses, comme les gens, m'offraient l'image, et nous attendions tous ensemble dans le hall que le maître d'hôtel vînt nous dire que nous étions servis. C'était encore l'occasion pour nous d'écouter Mme de Villeparisis.

—Nous abusons de vous, disait ma grand'mère.

—Mais comment, je suis ravie, cela m'enchante, répondait son amie avec un sourire câlin, en filant les sons, sur un ton mélodieux, qui contrastait avec sa simplicité coutumière.

C'est qu'en effet dans ces moments-là elle n'était pas naturelle, elle se souvenait de son éducation, des façons aristocratiques avec lesquelles une grande dame doit montrer à des bourgeois qu'elle est heureuse de se trouver avec eux, qu'elle est sans morgue. Et le seul manque de véritable politesse qu'il y eût en elle était dans l'excès de ses politesses; car on y reconnaissait ce pli professionnel d'une dame du faubourg Saint-Germain, laquelle voyant toujours dans certains bourgeois les mécontents qu'elle est destinée à faire certains jours, profite avidement de toutes les occasions où il lui est possible, dans le livre de compte de son amabilité avec eux, de prendre l'avance d'un solde créditeur, qui lui permettra prochainement d'inscrire à son débit le dîner ou le raout où elle ne les invitera pas. Ainsi, ayant agi jadis sur elle une fois pour toutes, et ignorant que maintenant les circonstances étaient autres, les personnes différentes et qu'à Paris elle souhaiterait de nous voir chez elle souvent, le génie de sa caste poussait avec une ardeur fiévreuse Mme de Villeparisis, comme si le temps qui lui était concédé pour être aimable était court, à multiplier avec nous, pendant que nous étions à Balbec, les envois de roses et de melons, les prêts de livres, les promenades en voiture et les effusions verbales. Et par là—tout autant que la splendeur aveuglante de la plage, que le flamboiement multicolore et les lueurs sous-océaniques des chambres, tout autant même que les leçons d'équitation par lesquelles des fils de commerçants étaient déifiés comme Alexandre de Macédoine—les amabilités quotidiennes de Mme de Villeparisis et aussi la facilité momentanée, estivale, avec laquelle ma grand'mère les acceptait, sont restées dans mon souvenir comme caractéristiques de la vie de bains de mer.

—Donnez donc vos manteaux pour qu'on les remonte.

Ma grand'mère les passait au directeur, et à cause de ses gentillesses pour moi, j'étais désolé de ce manque d'égards dont il paraissait souffrir.

—Je crois que ce monsieur est froissé, disait la marquise. Il se croit probablement trop grand seigneur pour prendre vos châles. Je me rappelle le duc de Nemours, quand j'étais encore bien petite, entrant chez mon père qui habitait le dernier étage de l'hôtel Bouillon, avec un gros paquet sous le bras, des lettres et des journaux. Je crois voir le prince dans son habit bleu sous l'encadrement de notre porte qui avait de jolies boiseries, je crois que c'est Bagard qui faisait cela, vous savez ces fines baguettes si souples que l'ébéniste parfois leur faisait former des petites coques, et des fleurs, comme des rubans qui nouent un bouquet. «Tenez, Cyrus, dit-il à mon père, voilà ce que votre concierge m'a donné pour vous. Il m'a dit: «Puisque vous allez chez M. le comte, ce n'est pas la peine que je monte les étages, mais prenez garde de ne pas gâter la ficelle.» Maintenant que vous avez donné vos affaires, asseyez-vous, tenez, mettez-vous là, disait-elle à ma grand'mère en lui prenant la main.

—Oh! si cela vous est égal, pas dans ce fauteuil! Il est trop petit pour deux, mais trop grand pour moi seule, j'y serais mal.

—Vous me faites penser, car c'était tout à fait le même, à un fauteuil que j'ai eu longtemps mais que j'ai fini par ne pas pouvoir garder parce qu'il avait été donné à ma mère par la malheureuse duchesse de Praslin. Ma mère qui était pourtant la personne la plus simple du monde, mais qui avait encore des idées qui viennent d'un autre temps et que déjà je ne comprenais pas très bien, n'avait pas voulu d'abord se laisser présenter à Mme de Praslin qui n'était que Mlle Sebastiani, tandis que celle-ci, parce qu'elle était duchesse, trouvait que ce n'était pas à elle à se faire présenter. Et par le fait, ajoutait Mme de Villeparisis oubliant qu'elle ne comprenait pas ce genre de nuances, n'eût-elle été que Mme de Choiseul que sa prétention aurait pu se soutenir. Les Choiseul sont tout ce qu'il y a de plus grand, ils sortent d'une soeur du roi Louis-le-Gros, ils étaient de vrais souverains en Basigny. J'admets que nous l'emportons par les alliances et l'illustration, mais l'ancienneté est presque la même. Il était résulté de cette question de préséance des incidents comiques, comme un déjeuner qui fut servi en retard de plus d'une grande heure que mit l'une de ces dames à accepter de se laisser présenter.

Elles étaient malgré cela devenues de grandes amies et elle avait donné à ma mère un fauteuil du genre de celui-ci et où, comme vous venez de faire, chacun refusait de s'asseoir. Un jour ma mère entend une voiture dans la cour de son hôtel. Elle demande à un petit domestique qui c'est. «C'est Madame la duchesse de La Rochefoucauld, madame la comtesse.—Ah! bien, je la recevrai.» Au bout d'un quart d'heure, personne. «Hé bien, Madame la duchesse de La Rochefoucauld? où est-elle donc?—Elle est dans l'escalier, a soufflé, madame la comtesse», répond le petit domestique qui arrivait depuis peu de la campagne où ma mère avait la bonne habitude de les prendre. Elle les avait souvent vu naître. C'est comme cela qu'on a chez soi de braves gens. Et c'est le premier des luxes. En effet, la duchesse de La Rochefoucauld montait difficilement, étant énorme, si énorme, que quand elle entra ma mère eut un instant d'inquiétude en se demandant où elle pourrait la placer. A ce moment le meuble donné par Mme de Praslin frappa ses yeux: «Prenez donc la peine de vous asseoir», dit ma mère en le lui avançant. Et la duchesse le remplit jusqu'aux bords. Elle était, malgré cette importance, restée assez agréable. «Elle fait encore un certain effet quand elle entre», disait un de nos amis. «Elle en fait surtout quand elle sort», répondit ma mère qui avait le mot plus leste qu'il ne serait de mise aujourd'hui. Chez Mme de La Rochefoucauld même, on ne se gênait pas pour plaisanter devant elle, qui en riait la première, ses amples proportions. «Mais est-ce que vous êtes seul?» demanda un jour à M. de La Rochefoucauld ma mère qui venait faire visite à la duchesse et qui, reçue à l'entrée par le mari, n'avait pas aperçu sa femme qui était dans une baie du fond. «Est-ce que Madame de La Rochefoucauld n'est pas là? je ne la vois pas.—Comme vous êtes aimable!» répondit le duc qui avait un des jugements les plus faux que j'aie jamais connus mais ne manquait pas d'un certain esprit.

Après le dîner, quand j'étais remonté avec ma grand'mère, je lui disais que les qualités qui nous charmaient chez Mme de Villeparisis, le tact, la finesse, la discrétion, l'effacement de soi-même n'étaient peut-être pas bien précieuses puisque ceux qui les possédèrent au plus haut degré ne furent que des Molé et des Loménie, et que si leur absence peut rendre les relations quotidiennes désagréables, elle n'a pas empêché de devenir Chateaubriand, Vigny, Hugo, Balzac, des vaniteux qui n'avaient pas de jugement, qu'il était facile de railler, comme Bloch... Mais au nom de Bloch ma grand'mère se récriait. Et elle me vantait Mme de Villeparisis. Comme on dit que c'est l'intérêt de l'espèce qui guide en amour les préférences de chacun, et pour que l'enfant soit constitué de la façon la plus normale fait rechercher les femmes maigres aux hommes gras et les grasses aux maigres, de même c'était obscurément les exigences de mon bonheur menacé par le nervosisme, par mon penchant maladif à la tristesse, à l'isolement, qui lui faisaient donner le premier rang aux qualités de pondération et de jugement, particulières non seulement à Mme de Villeparisis mais à une société où je pourrais trouver une distraction, un apaisement, une société pareille à celle où l'on vit fleurir l'esprit d'un Doudan, d'un M. de Rémusat, pour ne pas dire d'un Beausergent, d'un Joubert, d'une Sévigné, esprit qui met plus de bonheur, plus de dignité dans la vie que les raffinements opposés lesquels ont conduit un Baudelaire, un Poe, un Verlaine, un Rimbaud, à des souffrances, à une déconsidération dont ma grand'mère ne voulait pas pour son petit-fils. Je l'interrompais pour l'embrasser et lui demandais si elle avait remarqué telle phrase que Mme de Villeparisis avait dite et dans laquelle se marquait la femme qui tenait plus à sa naissance qu'elle ne l'avouait. Ainsi soumettais-je à ma grand'mère mes impressions car je ne savais jamais le degré d'estime dû à quelqu'un que quand elle me l'avait indiqué. Chaque soir je venais lui apporter les croquis que j'avais pris dans la journée d'après tous ces êtres inexistants qui n'étaient pas elle. Une fois je luis dis:—Sans toi je ne pourrai pas vivre.—Mais il ne faut pas, me répondit-elle d'une voix troublée. Il faut nous faire un coeur plus dur que ça. Sans cela que deviendrais-tu si je partais en voyage? J'espère au contraire que tu serais très raisonnable et très heureux.

—Je saurais être raisonnable si tu partais pour quelques jours, mais je compterais les heures.

—Mais si je partais pour des mois... (à cette seule idée mon coeur se serrait), pour des années... pour...

Nous nous taisions tous les deux. Nous n'osions pas nous regarder. Pourtant je souffrais plus de son angoisse que de la mienne. Aussi je m'approchai de la fenêtre et distinctement je lui dis en détournant les yeux:

—Tu sais comme je suis un être d'habitudes. Les premiers jours où je viens d'être séparé des gens que j'aime le plus, je suis malheureux. Mais tout en les aimant toujours autant, je m'accoutume, ma vie devient calme, douce; je supporterais d'être séparé d'eux, des mois, des années.

Je dus me taire et regarder tout à fait par la fenêtre. Ma grand'mère sortit un instant de la chambre. Mais le lendemain je me mis à parler de philosophie, sur le ton le plus indifférent, en m'arrangeant cependant pour que ma grand'mère fît attention à mes paroles; je dis que c'était curieux, qu'après les dernières découvertes de la science, le matérialisme semblait ruiné, et que le plus probable était encore l'éternité des âmes et leur future réunion.

Mme de Villeparisis nous prévint que bientôt elle ne pourrait nous voir aussi souvent. Un jeune neveu qui préparait Saumur, actuellement en garnison dans le voisinage, à Doncières, devait venir passer auprès d'elle un congé de quelques semaines et elle lui donnerait beaucoup de son temps. Au cours de nos promenades, elle nous avait vanté sa grande intelligence, surtout son bon coeur; déjà je me figurais qu'il allait se prendre de sympathie pour moi, que je serais son ami préféré et quand, avant son arrivée, sa tante laissa entendre à ma grand'mère qu'il était malheureusement tombé dans les griffes d'une mauvaise femme dont il était fou et qui ne le lâcherait pas, comme j'étais persuadé que ce genre d'amour finissait fatalement par l'aliénation mentale, le crime et le suicide, pensant au temps si court qui était réservé à notre amitié, déjà si grande dans mon coeur sans que je l'eusse encore vu, je pleurai sur elle et sur les malheurs qui l'attendaient comme sur un être cher dont on vient de nous apprendre qu'il est gravement atteint et que ses jours sont comptés.

Une après-midi de grande chaleur j'étais dans la salle à manger de l'hôtel qu'on avait laissée à demi dans l'obscurité pour la protéger du soleil en tirant des rideaux qu'il jaunissait et qui par leurs interstices laissaient clignoter le bleu de la mer, quand, dans la travée centrale qui allait de la plage à la route, je vis, grand, mince, le cou dégagé, la tête haute et fièrement portée, passer un jeune homme aux yeux pénétrants et dont la peau était aussi blonde et les cheveux aussi dorés que s'ils avaient absorbé tous les rayons du soleil. Vêtu d'une étoffe souple et blanchâtre comme je n'aurais jamais cru qu'un homme eût osé en porter, et dont la minceur n'évoquait pas moins que le frais de la salle à manger, la chaleur et le beau temps du dehors, il marchait vite.

Ses yeux, de l'un desquels tombait à tout moment un monocle, étaient de la couleur de la mer. Chacun le regarda curieusement passer, on savait que ce jeune marquis de Saint-Loup-en-Bray était célèbre pour son élégance. Tous les journaux avaient décrit le costume dans lequel il avait récemment servi de témoin au jeune duc d'Uzès, dans un duel. Il semblait que la qualité si particulière de ses cheveux, de ses yeux, de sa peau, de sa tournure, qui l'eussent distingué au milieu d'une foule comme un filon précieux d'opale azurée et lumineuse, engaîné dans une matière grossière, devait correspondre à une vie différente de celle des autres hommes.

Et en conséquence, quand avant la liaison dont Mme de Villeparisis se plaignait, les plus jolies femmes du grand monde se l'étaient disputé, sa présence, dans une plage par exemple, à côté de la beauté en renom à laquelle il faisait la cour, ne la mettait pas seulement tout à fait en vedette, mais attirait les regards autant sur lui que sur elle. A cause de son «chic», de son impertinence de jeune «lion», à cause de son extraordinaire beauté surtout, certains lui trouvaient même un air efféminé, mais sans le lui reprocher car on savait combien il était viril et qu'il aimait passionnément les femmes.

C'était ce neveu de Mme de Villeparisis duquel elle nous avait parlé. Je fus ravi de penser que j'allais le connaître pendant quelques semaines et sûr qu'il me donnerait toute son affection. Il traversa rapidement l'hôtel dans toute sa largeur, semblant poursuivre son monocle qui voltigeait devant lui comme un papillon. Il venait de la plage, et la mer qui remplissait jusqu'à mi-hauteur le vitrage du hall lui faisait un fond sur lequel il se détachait en pied, comme dans certains portraits où des peintres prétendent sans tricher en rien sur l'observation la plus exacte de la vie actuelle, mais en choisissant pour leur modèle un cadre approprié, pelouse de polo, de golf, champ de courses, pont de yacht, donner un équivalent moderne de ces toiles où les primitifs faisaient apparaître la figure humaine au premier plan d'un paysage. Une voiture à deux chevaux l'attendait devant la porte; et tandis que son monocle reprenait ses ébats sur la route ensoleillée, avec l'élégance et la maîtrise qu'un grand pianiste trouve le moyen de montrer dans le trait le plus simple, où il ne semblait pas possible qu'il sût se montrer supérieur à un exécutant de deuxième ordre, le neveu de Mme de Villeparisis prenant les guides que lui passa le cocher, s'assit à côté de lui et tout en décachetant une lettre que le directeur de l'hôtel lui remit, fit partir les bêtes.

Quelle déception j'éprouvai les jours suivants quand, chaque fois que je le rencontrai dehors ou dans l'hôtel—le col haut, équilibrant perpétuellement les mouvements de ses membres autour de son monocle fugitif et dansant qui semblait leur centre de gravité—je pus me rendre compte qu'il ne cherchait pas à se rapprocher de nous et vis qu'il ne nous saluait pas quoiqu'il ne pût ignorer que nous étions les amis de sa tante. Et me rappelant l'amabilité que m'avaient témoignée Mme de Villeparisis et avant elle M. de Norpois, je pensais que peut-être ils n'étaient que des nobles pour rire et qu'un article secret des lois qui gouvernent l'aristocratie doit y permettre peut-être aux femmes et à certains diplomates de manquer dans leurs rapports avec les roturiers, et pour une raison qui m'échappait, à la morgue que devait au contraire pratiquer impitoyablement un jeune marquis. Mon intelligence aurait pu me dire le contraire. Mais la caractéristique de l'âge ridicule que je traversais—âge nullement ingrat, très fécond—est qu'on n'y consulte pas l'intelligence et que les moindres attributs des êtres semblent faire partie indivisible de leur personnalité. Tout entouré de monstres et de dieux, on ne connaît guère le calme. Il n'y a presque pas un des gestes qu'on a faits alors qu'on ne voudrait plus tard pouvoir abolir. Mais ce qu'on devrait regretter au contraire c'est de ne plus posséder la spontanéité qui nous les faisait accomplir. Plus tard on voit les choses d'une façon plus pratique, en pleine conformité avec le reste de la société, mais l'adolescence est le seul temps où l'on ait appris quelque chose.

Cette insolence que je devinais chez M. de Saint-Loup, et tout ce qu'elle impliquait de dureté naturelle se trouva vérifiée par son attitude chaque fois qu'il passait à côté de nous, le corps aussi inflexiblement élancé, la tête toujours aussi haute, le regard impassible, ce n'est pas assez dire, aussi implacable, dépouillé de ce vague respect qu'on a pour les droits d'autres créatures, même si elles ne connaissent pas votre tante, et qui faisait que je n'étais pas tout à fait le même devant une vieille dame que devant un bec de gaz. Ces manières glacées étaient aussi loin des lettres charmantes que je l'imaginais encore, il y a quelques jours, m'écrivant pour me dire sa sympathie, qu'est loin de l'enthousiasme de la Chambre et du peuple qu'il s'est représenté en train de soulever par un discours inoubliable, la situation médiocre, obscure, de l'imaginatif qui après avoir ainsi rêvassé tout seul, pour son compte, à haute voix, se retrouve, les acclamations imaginaires une fois apaisées, gros Jean comme devant.

Quand Mme de Villeparisis sans doute pour tâcher d'effacer la mauvaise impression que nous avaient causée ces dehors révélateurs d'une nature orgueilleuse et méchante nous reparla de l'inépuisable bonté de son petit-neveu (il était le fils d'une de ses nièces et était un peu plus âgé que moi) j'admirai comme dans le monde, au mépris de toute vérité, on prête des qualités de coeur à ceux qui l'ont si sec, fussent-ils d'ailleurs aimables avec des gens brillants, qui font partie de leur milieu. Mme de Villeparisis ajouta elle-même, quoique indirectement, une confirmation aux traits essentiels, déjà certains pour moi de la nature de son neveu, un jour où je les rencontrai tous deux dans un chemin si étroit qu'elle ne put faire autrement que de me présenter à lui. Il sembla ne pas entendre qu'on lui nommait quelqu'un, aucun muscle de son visage ne bougea; ses yeux où ne brilla pas la plus faible lueur de sympathie humaine, montrèrent seulement dans l'insensibilité, dans l'inanité du regard, une exagération à défaut de laquelle rien ne les eût différenciés de miroirs sans vie.

Puis fixant sur moi ces yeux durs comme s'il eût voulu se renseigner sur moi, avant de me rendre mon salut, par un brusque déclenchement qui sembla plutôt dû à un réflexe musculaire qu'à un acte de volonté, mettant entre lui et moi le plus grand intervalle possible, allongea le bras dans toute sa longueur, et me tendit la main, à distance. Je crus qu'il s'agissait au moins d'un duel, quand le lendemain il me fit passer sa carte. Mais il ne me parla que de littérature, déclara après une longue causerie qu'il avait une envie extrême de me voir plusieurs heures chaque jour. Il n'avait pas, durant cette visite, fait preuve seulement d'un goût très ardent pour les choses de l'esprit, il m'avait témoigné une sympathie qui allait fort peu avec le salut de la veille. Quand je le lui eus vu refaire chaque fois qu'on lui présentait quelqu'un, je compris que c'était une simple habitude mondaine particulière à une certaine partie de sa famille et à laquelle sa mère qui tenait à ce qu'il fût admirablement bien élevé, avait plié son corps; il faisait ces saluts-là sans y penser plus qu'à ses beaux vêtements, à ses beaux cheveux; c'était une chose dénuée de la signification morale que je lui avais donnée d'abord, une chose purement apprise, comme cette autre habitude qu'il avait aussi de se faire présenter immédiatement aux parents de quelqu'un qu'il connaissait, et qui était devenue chez lui si instinctive que, me voyant le lendemain de notre rencontre, il fonça sur moi et, sans me dire bonjour, me demanda de le nommer à ma grand'mère qui était auprès de moi, avec la même rapidité fébrile que si cette requête eût été due à quelque instinct défensif, comme le geste de parer un coup ou de fermer les yeux devant un jet d'eau bouillante et sans le préservatif de laquelle il y eût péril à demeurer une seconde de plus.

Les premiers rites d'exorcisme une fois accomplis, comme une fée hargneuse dépouille sa première apparence et se pare de grâces enchanteresses, je vis cet être dédaigneux devenir le plus aimable, le plus prévenant jeune homme que j'eusse jamais rencontré. «Bon, me dis-je, je me suis déjà trompé sur lui, j'avais été victime d'un mirage, mais je n'ai triomphé du premier que pour tomber dans un second car c'est un grand seigneur féru de noblesse et cherchant à le dissimuler.» Or, toute la charmante éducation, toute l'amabilité de Saint-Loup devait en effet, au bout de peu de temps, me laisser voir un autre être mais bien différent de celui que je soupçonnais.

Ce jeune homme qui avait l'air d'un aristocrate et d'un sportsman dédaigneux n'avait d'estime et de curiosité que pour les choses de l'esprit, surtout pour ces manifestations modernistes de la littérature et de l'art qui semblaient si ridicules à sa tante; il était imbu d'autre part de ce qu'elle appelait les déclamations socialistes, rempli du plus profond mépris pour sa caste et passait des heures à étudier Nietzsche et Proudhon. C'était un de ces «intellectuels» prompts à l'admiration qui s'enferment dans un livre, soucieux seulement de haute pensée. Même, chez Saint-Loup, l'expression de cette tendance très abstraite et qui l'éloignait tant de mes préoccupations habituelles, tout en me paraissant touchante m'ennuyait un peu. Je peux dire que, quand je sus bien qui avait été son père, les jours où je venais de lire des mémoires tout nourris d'anecdotes sur ce fameux comte de Marsantes en qui se résume l'élégance si spéciale d'une époque déjà lointaine, l'esprit empli de rêveries, désireux d'avoir des précisions sur la vie qu'avait menée M. de Marsantes, j'enrageais que Robert de Saint-Loup au lieu de se contenter d'être le fils de son père, au lieu d'être capable de me guider dans le roman démodé qu'avait été l'existence de celui-ci, se fût élevé jusqu'à l'amour de Nietzsche et de Proudhon. Son père n'eût pas partagé mes regrets. Il était lui-même un homme intelligent, excédant les bornes de sa vie d'homme du monde. Il n'avait guère eu le temps de connaître son fils, mais avait souhaité qu'il valût mieux que lui. Et je crois bien que contrairement au reste de la famille, il l'eût admiré, se fût réjoui qu'il délaissât ce qui avait fait ses minces divertissements pour d'austères méditations, et, sans en rien dire, dans sa modestie de grand seigneur spirituel, eût lu en cachette les auteurs favoris de son fils pour apprécier de combien Robert lui était supérieur.

Il y avait, du reste, cette chose assez triste, c'est que si M. de Marsantes, à l'esprit fort ouvert, eût apprécié un fils si différent de lui, Robert de Saint-Loup parce qu'il était de ceux qui croient que le mérite est attaché à certaines formes d'art et de vie, avait un souvenir affectueux mais un peu méprisant d'un père qui s'était occupé toute sa vie de chasse et de course, avait bâillé à Wagner et raffolé d'Offenbach. Saint-Loup n'était pas assez intelligent pour comprendre que la valeur intellectuelle n'a rien à voir avec l'adhésion à une certaine formule esthétique, et il avait pour l'intellectualité de M. de Marsantes, un peu le même genre de dédain qu'auraient pu avoir pour Boieldieu ou pour Labiche, un fils Boieldieu ou un fils Labiche qui eussent été des adeptes de la littérature la plus symbolique et de la musique la plus compliquée. «J'ai très peu connu mon père, disait Robert.

Il paraît que c'était un homme exquis. Son désastre a été la déplorable époque où il a vécu. Être né dans le faubourg Saint-Germain et avoir vécu à l'époque de la *Belle-Hélène*, cela fait cataclysme dans une existence. Peut-être petit bourgeois fanatique du «Ring» eût-il donné tout autre chose. On me dit même qu'il aimait la littérature. Mais on ne peut pas savoir puisque ce qu'il entendait par littérature, se compose d'oeuvres périmées.» Et pour ce qui était de moi, si je trouvais Saint-Loup un peu sérieux, lui ne comprenait pas que je ne le fusse pas davantage. Ne jugeant chaque chose qu'au poids d'intelligence qu'elle contient, ne percevant pas les enchantements d'imagination que me donnaient certaines qu'il jugeait frivoles, il s'étonnait que moi—moi à qui il s'imaginait être tellement inférieur—je pusse m'y intéresser.

Dès les premiers jours Saint-Loup fit la conquête de ma grand'mère, non seulement par la bonté incessante qu'il s'ingéniait à nous témoigner à tous deux, mais par le naturel qu'il y mettait comme en toutes choses. Or, le naturel—sans doute parce que, sous l'art de l'homme, il laisse sentir la nature—était la qualité que ma grand'mère préférait à toutes, tant dans les jardins où elle n'aimait pas qu'il y eût, comme dans celui de Combray, de plates-bandes trop régulières, qu'en cuisine où elle détestait ces «pièces montées» dans lesquelles on reconnaît à peine les aliments qui ont servi à les faire, ou dans l'interprétation pianistique qu'elle ne voulait pas trop fignolée, trop léchée, ayant même eu pour les notes accrochées, pour les fausses notes de Rubinstein, une complaisance particulière. Ce naturel elle le goûtait jusque dans les vêtements de Saint-Loup, d'une élégance souple sans rien de «gommeux» ni de «compassé», sans raideur et sans empois. Elle prisait davantage encore ce jeune homme riche dans la façon négligente et libre qu'il avait de vivre dans le luxe sans «sentir l'argent», sans airs importants; elle retrouvait même le charme de ce naturel dans l'incapacité que Saint-Loup avait gardée—et qui généralement disparaît avec l'enfance en même temps que certaines particularités physiologiques de cet âge—d'empêcher son visage de refléter une émotion.

Quelque chose qu'il désirait par exemple et sur quoi il n'avait pas compté, ne fût-ce qu'un compliment, faisait se dégager en lui un plaisir si brusque, si brûlant, si volatile, si expansif, qu'il lui était impossible de le contenir et de le cacher; une grimace de plaisir s'emparait irrésistiblement de son visage; la peau trop fine de ses joues laissait transparaître une vive rougeur, ses yeux reflétaient la confusion et la joie; et ma grand'mère était infiniment sensible à cette gracieuse apparence de franchise et d'innocence, laquelle d'ailleurs chez Saint-Loup, au moins à l'époque où je me liai avec lui, ne trompait pas. Mais j'ai connu un autre être, et il y en a beaucoup, chez lequel la sincérité physiologique de cet incarnat passager n'excluait nullement la duplicité morale; bien souvent il prouve seulement la vivacité avec laquelle ressentent le plaisir, jusqu'à être désarmées devant lui et à être forcées de le confesser aux autres, des natures capables des plus viles fourberies. Mais où ma grand'mère adorait surtout le naturel de Saint-Loup, c'était dans sa façon d'avouer sans aucun détour la sympathie qu'il avait pour moi, et pour l'expression de laquelle il avait de ces mots comme elle n'eût pas pu en trouver elle-même, disait-elle, de plus justes et vraiment aimants, des mots qu'eussent contresignés «Sévigné et Beausergent»; il ne se gênait pas pour plaisanter mes défauts—qu'il avait démêlés avec une finesse dont elle était amusée—mais comme elle-même aurait fait, avec tendresse, exaltant au contraire mes qualités avec une chaleur, un abandon qui ne connaissait pas les réserves et la froideur grâce auxquelles les jeunes gens de son âge croient généralement se donner de l'importance. Et il montrait à prévenir mes moindres malaises, à remettre des couvertures sur mes jambes si le temps fraîchissait sans que je m'en fusse aperçu, à s'arranger sans le dire à rester le soir avec moi plus tard, s'il me sentait triste ou mal disposé, une vigilance que, du point de vue de ma santé pour laquelle plus d'endurcissement eût peut-être été préférable, ma grand'mère trouvait presque excessive, mais qui comme preuve d'affection pour moi la touchait profondément.

Il fut bien vite convenu entre lui et moi que nous étions devenus de grands amis pour toujours, et il disait «notre amitié» comme s'il eût parlé de quelque chose d'important et de délicieux qui eût existé en dehors de nous-mêmes et qu'il appela bientôt—en mettant à part son amour pour sa maîtresse—la meilleure joie de sa vie. Ces paroles me causaient une sorte de tristesse, et j'étais embarrassé pour y répondre, car je n'éprouvais à me trouver, à causer avec lui—et sans doute c'eût été de même avec tout autre—rien de ce bonheur qu'il m'était au contraire possible de ressentir quand j'étais sans compagnon. Seul, quelquefois, je sentais affluer du fond de moi quelqu'une de ces impressions qui me donnaient un bien-être délicieux. Mais dès que j'étais avec quelqu'un, dès que je parlais à un ami, mon esprit faisait volte-face, c'était vers cet interlocuteur et non vers moi-même qu'il dirigeait ses pensées et quand elles suivaient ce sens inverse, elles ne me procuraient aucun plaisir. Une fois que j'avais quitté Saint-Loup, je mettais, à l'aide de mots, une sorte d'ordre dans les minutes confuses que j'avais passées avec lui; je me disais que j'avais un bon ami, qu'un bon ami est une chose rare et je goûtais, à me sentir entouré de biens difficiles à acquérir, ce qui était justement l'opposé du plaisir qui m'était naturel, l'opposé du plaisir d'avoir extrait de moi-même et amené à la lumière quelque chose qui y était caché dans la pénombre. Si j'avais passé deux ou trois heures à causer avec Robert de Saint-Loup et qu'il eût admiré ce que je lui avais dit, j'éprouvais une sorte de remords, de regret, de fatigues de ne pas être resté seul et prêt enfin à travailler.

Mais je me disais qu'on n'est pas intelligent que pour soi-même, que les plus grands ont désiré d'être appréciés, que je ne pouvais pas considérer comme perdues des heures où j'avais bâti une haute idée de moi dans l'esprit de mon ami, je me persuadais facilement que je devais en être heureux et je souhaitais d'autant plus vivement que ce bonheur ne me fût jamais enlevé que je ne l'avais pas ressenti. On craint plus que de tous les autres la disparition des biens restés en dehors de nous parce que notre coeur ne s'en est pas emparé. Je me sentais capable d'exercer les vertus de l'amitié mieux que beaucoup (parce que je ferais toujours passer le bien de mes amis avant ces intérêts personnels auxquels d'autres sont attachés et qui ne comptaient pas pour moi) mais non pas de connaître la joie par un sentiment qui, au lieu d'accroître les différences qu'il y avait entre mon âme et celles des autres—comme il y en a entre les âmes de chacun de nous—les effacerait. En revanche par moment ma pensée démêlait en Saint-Loup un être plus général que lui-même, le «noble», et qui comme un esprit intérieur mouvait ses membres, ordonnait ses gestes et ses actions; alors, à ces moments-là, quoique près de lui j'étais seul comme je l'eusse été devant un paysage dont j'aurais compris l'harmonie. Il n'était plus qu'un objet que ma rêverie cherchait à approfondir.

A retrouver toujours en lui cet être antérieur, séculaire, cet aristocrate que Robert aspirait justement à ne pas être, j'éprouvais une vive joie, mais d'intelligence, non d'amitié. Dans l'agilité morale et physique qui donnait tant de grâce à son amabilité, dans l'aisance avec laquelle il offrait sa voiture à ma grand'mère et l'y faisait monter, dans son adresse à sauter du siège quand il avait peur que j'eusse froid, pour jeter son propre manteau sur mes épaules, je ne sentais pas seulement la souplesse héréditaire des grands chasseurs qu'avaient été depuis des générations les ancêtres de ce jeune homme qui ne prétendait qu'à l'intellectualité, leur dédain de la richesse qui, subsistant chez lui à côté du goût qu'il avait d'elle rien que pour pouvoir mieux fêter ses amis, lui faisait mettre si négligemment son luxe à leurs pieds; j'y sentais surtout la certitude ou l'illusion qu'avaient eu ces grands seigneurs d'être «plus que les autres», grâce à quoi ils n'avaient pu léguer à Saint-Loup ce désir de montrer qu'on est «autant que les autres», cette peur de paraître trop empressé, qui lui était en effet vraiment inconnue et qui enlaidit de tant de laideur et de gaucherie la plus sincère amabilité plébéienne. Quelquefois je me reprochais de prendre ainsi plaisir à considérer mon ami comme une oeuvre d'art, c'est-à-dire à regarder le jeu de toutes les parties de son être comme harmonieusement réglé par une idée générale à laquelle elles étaient suspendues mais qu'il ne connaissait pas et qui par conséquent n'ajoutait rien à ses qualités propres, à cette valeur personnelle d'intelligence et de moralité à quoi il attachait tant de prix.

Et pourtant elle était, dans une certaine mesure, leur condition. C'est parce qu'il était un gentilhomme que cette activité mentale, ces aspirations socialistes, qui lui faisaient rechercher de jeunes étudiants prétentieux et mal mis, avaient chez lui quelque chose de vraiment pur et désintéressé qu'elles n'avaient pas chez eux. Se croyant l'héritier d'une caste ignorante et égoïste, il cherchait sincèrement à ce qu'ils lui pardonnassent ces origines aristocratiques qui exerçaient sur eux au contraire une séduction et à cause desquelles ils le recherchaient, tout en simulant à son égard la froideur et même l'insolence. Il était ainsi amené à faire des avances à des gens dont mes parents, fidèles à la sociologie de Combray, eussent été stupéfaits qu'il ne se détournât pas. Un jour que nous étions assis sur le sable, Saint-Loup et moi, nous entendîmes d'une tente de toile contre laquelle nous étions, sortir des imprécations contre le fourmillement d'Israélites qui infestait Balbec. «On ne peut faire deux pas sans en rencontrer, disait la voix. Je ne suis pas par principe irréductiblement hostile à la nationalité juive, mais ici il y a pléthore. On n'entend que: «Dis donc Apraham, chai fu Chakop.» On se croirait rue d'Aboukir.» L'homme qui tonnait ainsi contre Israël sortit enfin de la tente, nous levâmes les yeux sur cet antisémite. C'était mon camarade Bloch. Saint-Loup me demanda immédiatement de rappeler à celui-ci qu'ils s'étaient rencontrés au Concours Général où Bloch avait eu le prix d'honneur, puis dans une Université populaire.

Tout au plus souriais-je parfois de retrouver chez Robert les leçons des jésuites dans la gêne que la peur de froisser faisait naître chez lui, chaque fois que quelqu'un de ses amis intellectuels commettait une erreur mondaine, faisait une chose ridicule à laquelle, lui, Saint-Loup, n'attachait aucune importance, mais dont il sentait que l'autre aurait rougi si l'on s'en était aperçu. Et c'était Robert qui rougissait comme si ç'avait été lui le coupable, par exemple le jour où Bloch lui promettant d'aller le voir à l'hôtel, ajouta:

—Comme je ne peux pas supporter d'attendre parmi le faux chic de ces grands caravansérails, et que les tziganes me feraient trouver mal, dites au «laïft» de les faire taire et de vous prévenir de suite.

Personnellement, je ne tenais pas beaucoup à ce que Bloch vînt à l'hôtel. Il était à Balbec, non pas seul, malheureusement, mais avec ses soeurs qui y avaient elles-mêmes beaucoup de parents et d'amis. Or cette colonie juive était plus pittoresque qu'agréable. Il en était de Balbec comme de certains pays, la Russie ou la Roumanie, où les cours de géographie nous enseignent que la population israélite n'y jouit point de la même faveur et n'y est pas parvenue au même degré d'assimilation qu'à Paris par exemple. Toujours ensemble, sans mélange d'aucun autre élément, quand les cousines et les oncles de Bloch, ou leurs coreligionnaires mâles ou femelles se rendaient au Casino, les unes pour le «bal», les autres bifurquant vers le baccarat, ils formaient un cortège homogène en soi et entièrement dissemblable des gens qui les regardaient passer et les retrouvaient là tous les ans sans jamais échanger un salut avec eux, que ce fût la société des Cambremer, le clan du premier président, ou des grands et petits bourgeois, ou même de simples grainetiers de Paris, dont les filles, belles, fières, moqueuses et françaises comme les statues de Reims, n'auraient pas voulu se mêler à cette horde de fillasses mal élevées, poussant le souci des modes de «bains de mer» jusqu'à toujours avoir l'air de revenir de pêcher la crevette ou d'être en train de danser le tango. Quant aux hommes, malgré l'éclat des smokings et des souliers vernis, l'exagération de leur type faisait penser à ces recherches dites «intelligentes» des peintres qui, ayant à illustrer les Évangiles ou les Mille et Une Nuits, pensent au pays où la scène se passe et donnent à saint Pierre ou à Ali-Baba précisément la figure qu'avait le plus gros «ponte» de Balbec. Bloch me présenta ses soeurs, auxquelles il fermait le bec avec la dernière brusquerie et qui riaient aux éclats des moindres boutades de leur frère, leur admiration et leur idole. De sorte qu'il est probable que ce milieu devait renfermer comme tout autre, peut-être plus que tout autre, beaucoup d'agréments, de qualités et de vertus. Mais pour les éprouver, il eût fallu y pénétrer. Or, il ne plaisait pas, il le sentait, il voyait là la preuve d'un antisémitisme contre lequel il faisait front en une phalange compacte et close où personne d'ailleurs ne songeait à se frayer un chemin.

Pour ce qui est de «laïft», cela avait d'autant moins lieu de me surprendre que quelques jours auparavant, Bloch m'ayant demandé pourquoi j'étais venu à Balbec (il lui semblait au contraire tout naturel que lui-même y fût) et si c'était «dans l'espoir de faire de belles connaissances», comme je lui avais dit que ce voyage répondait à un de mes plus anciens désirs, moins profond pourtant que celui d'aller à Venise, il avait répondu: «Oui, naturellement, pour boire des sorbets avec les belles madames, tout en faisant semblant de lire les *Stones of Venaïce*, de Lord John Ruskin, sombre raseur et l'un des plus barbifiants bonshommes qui soient.» Bloch croyait donc évidemment qu'en Angleterre, non seulement tous les individus du sexe mâle sont lords, mais encore que la lettre *i* s'y prononce toujours *aï*. Quant à Saint-Loup, il trouvait cette faute de prononciation d'autant moins grave qu'il y voyait surtout un manque de ces notions presque mondaines que mon nouvel ami méprisait autant qu'il les possédait. Mais la peur que Bloch apprenant un jour qu'on dit Venice et que Ruskin n'était pas lord, crût rétrospectivement que Robert l'avait trouvé ridicule, fit que ce dernier se sentit coupable comme s'il avait manqué de l'indulgence dont il débordait, et que la rougeur qui colorerait sans doute un jour le visage de Bloch à la découverte de son erreur, il la sentit par anticipation et réversibilité monter au sien. Car il pensait bien que Bloch attachait plus d'importance que lui à cette faute. Ce que Bloch prouva quelque temps après, un jour qu'il m'entendit prononcer «lift», en interrompant:

—Ah! on dit lift? Et d'un ton sec et hautain:

—Cela n'a d'ailleurs aucune espèce d'importance. Phrase analogue à un réflexe, la même chez tous les hommes qui ont de l'amour-propre, dans les plus graves circonstances aussi bien que dans les plus infimes; dénonçant alors aussi bien que dans celle-ci combien importante paraît la chose en question à celui qui la déclare sans importance; phrase tragique parfois qui la première de toutes s'échappe, si navrante alors, des lèvres de tout homme un peu fier à qui on vient d'enlever la dernière espérance à laquelle il se raccrochait, en lui refusant un service: «Ah! bien, cela n'a aucune espèce d'importance, je m'arrangerai autrement»; l'autre arrangement vers lequel il est sans aucune espèce d'importance d'être rejeté étant quelquefois le suicide.

Puis Bloch me dit des choses fort gentilles. Il avait certainement envie d'être très aimable avec moi. Pourtant, il me demanda: «Est-ce par goût de t'élever vers la noblesse—une noblesse très à-côté du reste, mais tu es demeuré naïf—que tu fréquentes de Saint-Loup-en-Bray? Tu dois être en train de traverser une jolie crise de snobisme. Dis-moi es-tu snob? Oui n'est-ce pas?» Ce n'est pas que son désir d'amabilité eût brusquement changé. Mais ce qu'on appelle en un français assez incorrect «la mauvaise éducation» était son défaut, par conséquent le défaut dont il ne s'apercevait pas, à plus forte raison dont il ne crût pas que les autres pussent être choqués. Dans l'humanité, la fréquence des vertus identiques pour tous, n'est pas plus merveilleuse que la multiplicité des défauts particuliers à chacun.

Sans doute, ce n'est pas le bon sens qui est «la chose du monde la plus répandue», c'est la bonté. Dans les coins les plus lointains, les plus perdus, on s'émerveille de la voir fleurir d'elle-même, comme dans un vallon écarté un coquelicot pareil à ceux du reste du monde, lui qui ne les a jamais vus, et n'a jamais connu que le vent qui fait frissonner parfois son rouge chaperon solitaire. Même si cette bonté, paralysée par l'intérêt, ne s'exerce pas, elle existe pourtant, et chaque fois qu'aucun mobile égoïste ne l'empêche de le faire, par exemple, pendant la lecture d'un roman ou d'un journal, elle s'épanouit, se tourne, même dans le coeur de celui qui, assassin dans la vie, reste tendre comme amateur de feuilletons, vers le faible, vers le juste et le persécuté. Mais la variété des défauts n'est pas moins admirable que la similitude des vertus. Chacun a tellement les siens que pour continuer à l'aimer, nous sommes obligés de n'en pas tenir compte et de les négliger en faveur du reste. La personne la plus parfaite a un certain défaut qui choque ou qui met en rage. L'une est d'une belle intelligence, voit tout d'un point de vue élevé, ne dit jamais de mal de personne, mais oublie dans sa poche les lettres les plus importantes qu'elle vous a demandé elle-même de lui confier, et vous fait manquer ensuite un rendez-vous capital, sans vous faire d'excuses, avec un sourire, parce qu'elle met sa fierté à ne jamais savoir l'heure. Un autre a tant de finesse, de douceur, de procédés délicats, qu'il ne vous dit jamais de vous-même que les choses qui peuvent vous rendre heureux, mais vous sentez qu'il en tait, qu'il en ensevelit dans son coeur, où elles aigrissent, de toutes différentes, et le plaisir qu'il a à vous voir lui est si cher qu'il vous ferait crever de fatigue plutôt que de vous quitter.

Un troisième a plus de sincérité, mais la pousse jusqu'à tenir à ce que vous sachiez, quand vous vous êtes excusé sur votre état de santé de ne pas être allé le voir, que vous avez été vu vous rendant au théâtre et qu'on vous a trouvé bonne mine, ou qu'il n'a pu profiter entièrement de la démarche que vous avez faite pour lui, que d'ailleurs déjà trois autres lui ont proposé de faire et dont il ne vous est ainsi que légèrement obligé. Dans les deux circonstances, l'ami précédent aurait fait semblant d'ignorer que vous étiez allé au théâtre et que d'autres personnes eussent pu lui rendre le même service. Quant à ce dernier ami il éprouve le besoin de répéter ou de révéler à quelqu'un ce qui peut le plus vous contrarier, est ravi de sa franchise et vous dit avec force: «Je suis comme cela.» Tandis que d'autres vous agacent par leur curiosité exagérée, ou par leur incuriosité si absolue, que vous pouvez leur parler des événements les plus sensationnels sans qu'ils sachent de quoi il s'agit; que d'autres encore restent des mois à vous répondre si votre lettre a trait à un fait qui concerne vous et non eux, ou bien s'ils vous disent qu'ils vont venir vous demander quelque chose et que vous n'osiez pas sortir de peur de les manquer, ne viennent pas et vous laissent attendre des semaines parce que n'ayant pas reçu de vous la réponse que leur lettre ne demandait nullement, ils avaient cru vous avoir fâché. Et certains, consultant leur désir et non le vôtre, vous parlent sans vous laisser placer un mot s'ils sont gais et ont envie de vous voir, quelque travail urgent que vous ayez à faire, mais s'ils se sentent fatigués par le temps, ou de mauvaise humeur, vous ne pouvez pas tirer d'eux une parole, ils opposent à vos efforts une inerte langueur et ne prennent pas plus la peine de répondre, même par monosyllabes, à ce que vous dites que s'ils ne vous avaient pas entendus. Chacun de nos amis a tellement ses défauts que pour continuer à l'aimer nous sommes obligés d'essayer de nous consoler d'eux—en pensant à son talent, à sa bonté, à sa tendresse—ou plutôt de ne pas en tenir compte en déployant pour cela toute notre bonne volonté.

Malheureusement notre complaisante obstination à ne pas voir le défaut de notre ami est surpassée par celle qu'il met à s'y adonner à cause de son aveuglement ou de celui qu'il prête aux autres. Car il ne le voit pas ou croit qu'on ne le voit pas. Comme le risque de déplaire vient surtout de la difficulté d'apprécier ce qui passe ou non inaperçu, on devrait, au moins, par prudence, ne jamais parler de soi, parce que c'est un sujet où on peut être sûr que la vue des autres et la nôtre propre ne concordent jamais. Si on a autant de surprises qu'à visiter une maison d'apparence quelconque dont l'intérieur est rempli de trésors, de pinces-monseigneur et de cadavres quand on découvre la vraie vie des autres, l'univers réel sous l'univers apparent, on n'en éprouve pas moins si, au lieu de l'image qu'on s'était faite de soi-même grâce à ce que chacun nous en disait, on apprend par le langage qu'ils tiennent à notre égard en notre absence quelle image entièrement différente ils portaient en eux de nous et de notre vie. De sorte que chaque fois que nous avons parlé de nous, nous pouvons être sûrs que nos inoffensives et prudentes paroles, écoutées avec une politesse apparente et une hypocrite approbation, ont donné lieu aux commentaires les plus exaspérés ou les plus joyeux, en tous cas les moins favorables. Le moins que nous risquions est d'agacer par la disproportion qu'il y a entre notre idée de nous-mêmes et nos paroles, disproportion qui rend généralement les propos des gens sur eux aussi risibles que ces chantonnements des faux amateurs de musique qui éprouvent le besoin de fredonner un air qu'ils aiment en compensant l'insuffisance de leur murmure inarticulé par une mimique énergique et un air d'admiration que ce qu'ils nous font entendre ne justifie pas.

Et à la mauvaise habitude de parler de soi et de ses défauts il faut ajouter, comme faisant bloc avec elle, cette autre de dénoncer chez les autres des défauts précisément analogues à ceux qu'on a. Or, c'est toujours de ces défauts-là qu'on parle, comme si c'était une manière de parler de soi, détournée, et qui joint au plaisir de s'absoudre celui d'avouer. D'ailleurs il semble que notre attention toujours attirée sur ce qui nous caractérise le remarque plus que toute autre chose chez les autres. Un myope dit d'un autre: «Mais il peut à peine ouvrir les yeux»; un poitrinaire a des doutes sur l'intégrité pulmonaire du plus solide; un malpropre ne parle que des bains que les autres ne prennent pas; un malodorant prétend qu'on sent mauvais; un mari trompé voit partout des maris trompés; une femme légère des femmes légères; le snob des snobs. Et puis chaque vice, comme chaque profession, exige et développe un savoir spécial qu'on n'est pas fâché d'étaler. L'investi dépiste les investis, le couturier invité dans le monde n'a pas encore causé avec vous qu'il a déjà apprécié l'étoffe de votre vêtement et que ses doigts brûlent d'en palper les qualités, et si après quelques instants de conversation vous demandiez sa vraie opinion sur vous à un odontalgiste, il vous dirait le nombre de vos mauvaises dents.

Rien ne lui paraît plus important, et à vous, qui avez remarqué les siennes, plus ridicule. Et ce n'est pas seulement quand nous parlons de nous que nous croyons les autres aveugles; nous agissons comme s'ils l'étaient. Pour chacun de nous, un Dieu spécial est là qui lui cache ou lui promet l'inversibilité de son défaut, de même qu'il ferme les yeux et les narines aux gens qui ne se lavent pas sur la raie de crasse qu'ils portent aux oreilles et l'odeur de transpiration qu'ils gardent au creux des bras, et les persuade qu'ils peuvent impunément promener l'une et l'autre dans le monde qui ne s'apercevra de rien. Et ceux qui portent ou donnent en présent de fausses perles s'imaginent qu'on les prendra pour des vraies. Bloch était mal élevé, névropathe, snob et, appartenant à une famille peu estimée, supportait comme au fond des mers les incalculables pressions que faisaient peser sur lui non seulement les chrétiens de la surface, mais les couches superposées des castes juives supérieures à la sienne, chacune accablant de son mépris celle qui lui était immédiatement inférieure. Percer jusqu'à l'air libre en s'élevant de famille juive en famille juive eût demandé à Bloch plusieurs milliers d'années. Il valait mieux chercher à se frayer une issue d'un autre côté.

Quand Bloch me parla de la crise de snobisme que je devais traverser et me demanda de lui avouer que j'étais snob, j'aurais pu lui répondre: «Si je l'étais, je ne te fréquenterais pas.» Je lui dis seulement qu'il était peu aimable. Alors il voulut s'excuser mais selon le mode qui est justement celui de l'homme mal élevé, lequel est trop heureux en revenant sur ses paroles de trouver une occasion de les aggraver. «Pardonne-moi, me disait-il maintenant chaque fois qu'il me rencontrait, je t'ai chagriné, torturé, j'ai été méchant à plaisir. Et pourtant—l'homme en général et ton ami en particulier est un si singulier animal—tu ne peux imaginer, moi qui te taquine si cruellement, la tendresse que j'ai pour toi. Elle va souvent quand je pense à toi, jusqu'aux larmes.» Et il fit entendre un sanglot.

Ce qui m'étonnait plus chez Bloch que ses mauvaises manières, c'était combien la qualité de sa conversation était inégale. Ce garçon si difficile, qui des écrivains les plus en vogue disait: «C'est un sombre idiot, c'est tout à fait un imbécile», par moments racontait avec une grande gaieté des anecdotes qui n'avaient rien de drôle et citait comme «quelqu'un de vraiment curieux», tel homme entièrement médiocre. Cette double balance pour juger de l'esprit, de la valeur, de l'intérêt des êtres, ne laissa pas de m'étonner jusqu'au jour où je connus M. Bloch père.

Je n'avais pas cru que nous serions jamais admis à le connaître, car Bloch fils avait mal parlé de moi à Saint-Loup et de Saint-Loup à moi. Il avait notamment dit à Robert que j'étais (toujours) affreusement snob. «Si, si, il est enchanté de connaître M. LLLLegrandin», dit-il. Cette manière de détacher un mot était chez Bloch le signe à la fois de l'ironie et de la littérature. Saint-Loup qui n'avait jamais entendu le nom de Legrandin s'étonna: «Mais qui est-ce?»—«Oh! c'est quelqu'un de *très bien*», répondit Bloch en riant et en mettant frileusement ses mains dans les poches de son veston, persuadé qu'il était en ce moment en train de contempler le pittoresque aspect d'un extraordinaire gentilhomme provincial auprès de quoi ceux de Barbey d'Aurevilly n'étaient rien. Il se consolait de ne pas savoir peindre M. Legrandin en lui donnant plusieurs L et en savourant ce nom comme un vin de derrière les fagots. Mais ces jouissances subjectives restaient inconnues aux autres. S'il dit à Saint-Loup du mal de moi, d'autre part il ne m'en dit pas moins de Saint-Loup. Nous avions connu le détail de ces médisances chacun dès le lendemain, non que nous nous les fussions répétées l'un à l'autre, ce qui nous eût semblé très coupable, mais paraissait si naturel et presque si inévitable à Bloch que dans son inquiétude, et tenant pour certain qu'il ne ferait qu'apprendre à l'un ou à l'autre ce qu'ils allaient savoir, il préféra prendre les devants, et emmenant Saint-Loup à part lui avoua qu'il avait dit du mal de lui, exprès, pour que cela lui fût redit, lui jura «par le Kroniôn Zeus, gardien des serments», qu'il l'aimait, qu'il donnerait sa vie pour lui et essuya une larme.

Le même jour, il s'arrangea pour me voir seul, me fit sa confession, déclara qu'il avait agi dans mon intérêt parce qu'il croyait qu'un certain genre de relations mondaines m'était néfaste et que je «valais mieux que cela». Puis, me prenant la main avec un attendrissement d'ivrogne, bien que son ivresse fût purement nerveuse: «Crois-moi, dit-il, et que la noire Ker me saisisse à l'instant et me fasse franchir les portes d'Hadès, odieux aux hommes, si hier en pensant à toi, à Combray, à ma tendresse infinie pour toi, à telles après-midi en classe que tu ne te rappelles même pas, je n'ai pas sangloté toute la nuit. Oui, toute la nuit, je te le jure, et hélas, je le sais, car je connais les âmes, tu ne me croiras pas.» Je ne le croyais pas, en effet, et à ces paroles que je sentais inventées à l'instant même et au fur et à mesure qu'il parlait, son serment «par la Ker» n'ajoutait pas un grand poids, le culte hellénique étant chez Bloch purement littéraire. D'ailleurs dès qu'il commençait à s'attendrir et désirait qu'on s'attendrît sur un fait faux, il disait: «Je te le jure», plus encore pour la volupté hystérique de mentir que dans l'intérêt de faire croire qu'il disait la vérité. Je ne croyais pas ce qu'il me disait, mais je ne lui en voulais pas, car je tenais de ma mère et de ma grand'mère d'être incapable de rancune, même contre de bien plus grands coupables et de ne jamais condamner personne.

Ce n'était du reste pas absolument un mauvais garçon que Bloch, il pouvait avoir de grandes gentillesses. Et depuis que la race de Combray, la race d'où sortaient des êtres absolument intacts comme ma grand'mère et ma mère, semble presque éteinte, comme je n'ai plus guère le choix qu'entre d'honnêtes brutes, insensibles et loyales, et chez qui le simple son de la voix montre bien vite qu'ils ne se soucient en rien de votre vie—et une autre espèce d'hommes qui tant qu'ils sont auprès de vous vous comprennent, vous chérissent, s'attendrissent jusqu'à pleurer, prennent leur revanche quelques heures plus tard en faisant une cruelle plaisanterie sur vous, mais vous reviennent, toujours aussi compréhensifs, aussi charmants, aussi momentanément assimilés à vous-même, je crois que c'est cette dernière sorte d'hommes dont je préfère, sinon la valeur morale, du moins la société.

—Tu ne peux t'imaginer ma douleur quand je pense à toi, reprit Bloch. Au fond, c'est un côté assez juif chez moi, ajouta-t-il ironiquement en rétrécissant sa prunelle comme s'il s'agissait de doser au microscope une quantité infinitésimale de «sang juif» et comme aurait pu le dire—mais ne l'eût pas dit—un grand seigneur français qui parmi ses ancêtres tous chrétiens eût pourtant compté Samuel Bernard ou plus anciennement encore la Sainte Vierge de qui prétendent descendre, dit-on, les Lévy—qui reparaît: «J'aime assez, ajouta-t-il, faire ainsi dans mes sentiments la part, assez mince d'ailleurs, qui peut tenir à mes origines juives.» Il prononça cette phrase parce que cela lui paraissait à la fois spirituel et brave de dire la vérité sur sa race, vérité que par la même occasion il s'arrangeait à atténuer singulièrement, comme les avares qui se décident à acquitter leurs dettes mais n'ont le courage d'en payer que la moitié. Le genre de fraudes qui consiste à avoir l'audace de proclamer la vérité, mais en y mêlant, pour une bonne part, des mensonges qui la falsifient, est plus répandu qu'on ne pense et même chez ceux qui ne le pratiquent pas habituellement, certaines crises dans la vie, notamment celles où une liaison amoureuse est en jeu, leur donnent l'occasion de s'y livrer.

Toutes ces diatribes confidentielles de Bloch à Saint-Loup contre moi, à moi contre Saint-Loup finirent par une invitation à dîner. Je ne suis pas bien sûr qu'il ne fit pas d'abord une tentative pour avoir Saint-Loup seul. La vraisemblance rend cette tentative probable, le succès ne la couronna pas, car ce fut à moi et à Saint-Loup que Bloch dit un jour: «Cher maître, et vous, cavalier aimé d'Arès, de Saint-Loup-en-Bray, dompteur de chevaux, puisque je vous ai rencontré sur le rivage d'Amphitrite, résonnant d'écume, près des tentes des Ménier aux nefs rapides, voulez-vous tous deux venir dîner un jour de la semaine chez mon illustre père, au coeur irréprochable?» Il nous adressait cette invitation parce qu'il avait le désir de se lier plus étroitement avec Saint-Loup qui le ferait, espérait-il, pénétrer dans des milieux aristocratiques. Formé par moi, pour moi—ce souhait eût paru à Bloch la marque du plus hideux snobisme, bien conforme à l'opinion qu'il avait de tout un côté de ma nature qu'il ne jugeait pas, jusqu'ici du moins, le principal; mais le même souhait, de sa part, lui semblait la preuve d'une belle curiosité de son intelligence désireuse de certains dépaysements sociaux où il pouvait peut-être trouver quelque utilité littéraire. M. Bloch père quand son fils lui avait dit qu'il amènerait à dîner un de ses amis, dont il avait décliné sur un ton de satisfaction sarcastique le titre et le nom: «Le marquis de Saint-Loup-en-Bray» avait éprouvé une commotion violente. «Le marquis de Saint-Loup-en-Bray! Ah! bougre!» s'était-il écrié, usant du juron qui était chez lui la marque la plus forte de la déférence sociale.

Et il avait jeté sur son fils, capable de s'être fait de telles relations, un regard admiratif qui signifiait: «Il est vraiment étonnant. Ce prodige est-il mon enfant?» et qui causa autant de plaisir à mon camarade que si cinquante francs avaient été ajoutés à sa pension mensuelle. Car Bloch était mal à l'aise chez lui et sentait que son père le traitait de dévoyé parce qu'il vivait dans l'admiration de Leconte de Lisle, Heredia et autres «bohèmes». Mais des relations avec Saint-Loup-en-Bray dont le père avait été président du Canal de Suez! (ah! bougre!) c'était un résultat «indiscutable». On regretta d'autant plus d'avoir laissé à Paris, par crainte de l'abîmer, le stéréoscope. Seul, M. Bloch, le père, avait l'art ou du moins le droit de s'en servir. Il ne le faisait du reste que rarement, à bon escient, les jours où il y avait gala et domestiques mâles en extra. De sorte que de ces séances de stéréoscope émanaient pour ceux qui y assistaient comme une distinction, une faveur de privilégiés, et pour le maître de maison qui les donnait un prestige analogue à celui que le talent confère et qui n'aurait pas pu être plus grand, si les vues avaient été prises par M. Bloch lui-même et l'appareil de son invention. «Vous n'étiez pas invité hier chez Salomon?» disait-on dans la famille. «Non, je n'étais pas des élus! Qu'est-ce qu'il y avait?» «Un grand tralala, le stéréoscope, toute la boutique.» «Ah! s'il y avait le stéréoscope, je regrette, car il paraît que Salomon est extraordinaire quand il le montre.» «Que veux-tu, dit M. Bloch à son fils, il ne faut pas lui donner tout à la fois, comme cela il lui restera quelque chose à désirer.» Il avait bien pensé dans sa tendresse paternelle et pour émouvoir son fils à faire venir l'instrument.

Mais le «temps matériel» manquait, ou plutôt on avait cru qu'il manquerait; mais nous dûmes faire remettre le dîner parce que Saint-Loup ne put se déplacer, attendant un oncle qui allait venir passer quarante-huit heures auprès de Mme de Villeparisis. Comme, très adonné aux exercices physiques, surtout aux longues marches, c'était en grande partie à pied, en couchant la nuit dans les fermes, que cet oncle devait faire la route, depuis le château où il était en villégiature, le moment où il arriverait à Balbec était assez incertain. Et Saint-Loup n'osant bouger me chargea même d'aller porter à Incauville, où était le bureau télégraphique, la dépêche que mon ami envoyait quotidiennement à sa maîtresse. L'oncle qu'on attendait s'appelait Palamède, d'un prénom qu'il avait hérité des princes de Sicile ses ancêtres. Et plus tard quand je retrouvai dans mes lectures historiques, appartenant à tel podestat ou tel prince de l'Église, ce prénom même, belle médaille de la Renaissance—d'aucuns disaient un véritable antique—toujours restée dans la famille, ayant glissé de descendant en descendant depuis le cabinet du Vatican jusqu'à l'oncle de mon ami, j'éprouvais le plaisir réservé à ceux qui ne pouvant faute d'argent constituer un médaillier, une pinacothèque, recherchent les vieux noms (noms de localités, documentaires et pittoresques comme une carte ancienne, une vue cavalière, une enseigne ou un coutumier, noms de baptême où résonne et s'entend, dans les belles finales françaises, le défaut de langue, l'intonation d'une vulgarité ethnique, la prononciation vicieuse selon lesquels nos ancêtres faisaient subir aux mots latins et saxons des mutilations durables devenues plus tard les augustes législatrices des grammaires) et en somme grâce à ces collections de sonorités anciennes se donnent à eux-mêmes des concerts, à la façon de ceux qui acquièrent des violes de gambe et des violes d'amour pour jouer de la musique d'autrefois sur des instruments anciens.

Saint-Loup me dit que même dans la société aristocratique la plus fermée, son oncle Palamède se distinguait encore comme particulièrement difficile d'accès, dédaigneux, entiché de sa noblesse, formant avec la femme de son frère et quelques autres personnes choisies, ce qu'on appelait le cercle des Phénix. Là même il était si redouté pour ses insolences qu'autrefois il était arrivé que des gens du monde qui désiraient le connaître et s'étaient adressés à son propre frère avaient essuyé un refus. «Non, ne me demandez pas de vous présenter à mon frère Palamède. Ma femme, nous tous, nous nous y attellerions, que nous ne pourrions pas. Ou bien vous risqueriez qu'il ne soit pas aimable et je ne le voudrais pas.» Au Jockey, il avait avec quelques amis désigné deux cents membres qu'ils ne se laisseraient jamais présenter. Et chez le comte de Paris il était connu sous le sobriquet du «Prince» à cause de son élégance et de sa fierté.

Saint-Loup me parla de la jeunesse, depuis longtemps passée, de son oncle. Il amenait tous les jours des femmes dans une garçonnière qu'il avait en commun avec deux de ses amis, beaux comme lui, ce qui faisait qu'on les appelait «les trois Grâces».

—Un jour un des hommes qui est aujourd'hui des plus en vue dans le faubourg Saint-Germain, comme eût dit Balzac, mais qui dans une première période assez fâcheuse montrait des goûts bizarres avait demandé à mon oncle de venir dans cette garçonnière. Mais à peine arrivé ce ne fut pas aux femmes, mais à mon oncle Palamède, qu'il se mit à faire une déclaration. Mon oncle fit semblant de ne pas comprendre, emmena sous un prétexte ses deux amis, ils revinrent, prirent le coupable, le déshabillèrent, le frappèrent jusqu'au sang, et par un froid de dix degrés au-dessous de zéro le jetèrent à coups de pieds dehors où il fut trouvé à demi-mort, si bien que la justice fit une enquête à laquelle le malheureux eut toute la peine du monde à la faire renoncer. Mon oncle ne se livrerait plus aujourd'hui à une exécution aussi cruelle et tu n'imagines pas le nombre d'hommes du peuple, lui si hautain avec les gens du monde, qu'il prend en affection, qu'il protège, quitte à être payé d'ingratitude. Ce sera un domestique qui l'aura servi dans un hôtel et qu'il placera à Paris, ou un paysan à qui il fera apprendre un métier. C'est même le côté assez gentil qu'il y a chez lui, par contraste avec le côté mondain.» Saint-Loup appartenait, en effet, à ce genre de jeunes gens du monde, situés à une altitude où on a pu faire pousser ces expressions: «Ce qu'il y a même d'assez gentil chez lui, son côté assez gentil», semences assez précieuses, produisant très vite une manière de concevoir les choses dans laquelle on se compte pour rien, et le «peuple» pour tout; en somme tout le contraire de l'orgueil plébéien.

Il paraît qu'on ne peut se figurer comme il donnait le ton, comme il faisait la loi à toute la société dans sa jeunesse. Pour lui en toute circonstance il faisait ce qui lui paraissait le plus agréable, le plus commode, mais aussitôt c'était imité par les snobs. S'il avait eu soif au théâtre et s'était fait apporter à boire dans le fond de sa loge, les petits salons qu'il y avait derrière chacune se remplissaient, la semaine suivante, de rafraîchissements. Un été très pluvieux où il avait un peu de rhumatisme il s'était commandé un pardessus d'une vigogne souple mais chaude qui ne sert que pour faire des couvertures de voyage et dont il avait respecté les raies bleues et oranges. Les grands tailleurs se virent commander aussitôt par leurs clients des pardessus bleus et frangés, à longs poils. Si pour une raison quelconque il désirait ôter tout caractère de solennité à un dîner dans un château où il passait une journée, et pour marquer cette nuance n'avait pas apporté d'habits et s'était mis à table avec le veston de l'après-midi, la mode devenait de dîner à la campagne en veston. Que pour manger un gâteau il se servît, au lieu de sa cuiller, d'une fourchette ou d'un couvert de son invention commandé par lui à un orfèvre, ou de ses doigts, il n'était plus permis de faire autrement. Il avait eu envie de réentendre certains quatuors de Beethoven (car avec toutes ses idées saugrenues il est loin d'être bête, et est fort doué) et avait fait venir des artistes pour les jouer chaque semaine, pour lui et quelques amis. La grande élégance fut cette année-là de donner des réunions peu nombreuses où on entendait de la musique de chambre. Je crois d'ailleurs qu'il ne s'est pas ennuyé dans la vie. Beau comme il a été, il a dû avoir des femmes! Je ne pourrais pas vous dire d'ailleurs exactement lesquelles parce qu'il est très discret. Mais je sais qu'il a bien trompé ma pauvre tante. Ce qui n'empêche pas qu'il était délicieux avec elle, qu'elle l'adorait, et qu'il l'a pleurée pendant des années. Quand il est à Paris, il va encore au cimetière presque chaque jour.»

Le lendemain du jour où Robert m'avait ainsi parlé de son oncle tout en l'attendant, vainement du reste, comme je passais seul devant le casino en rentrant à l'hôtel, j'eus la sensation d'être regardé par quelqu'un qui n'était pas loin de moi. Je tournai la tête et j'aperçus un homme d'une quarantaine d'années, très grand et assez gros, avec des moustaches très noires, et qui, tout en frappant nerveusement son pantalon avec une badine, fixait sur moi des yeux dilatés par l'attention. Par moments, ils étaient percés en tous sens par des regards d'une extrême activité comme en ont seuls devant une personne qu'ils ne connaissent pas des hommes à qui, pour un motif quelconque, elle inspire des pensées qui ne viendraient pas à tout autre—par exemple des fous ou des espions. Il lança sur moi une suprême oeillade à la fois hardie, prudente, rapide et profonde, comme un dernier coup que l'on tire au moment de prendre la fuite, et après avoir regardé tout autour de lui, prenant soudain un air distrait et hautain, par un brusque revirement de toute sa personne il se tourna vers une affiche dans la lecture de laquelle il s'absorba, en fredonnant un air et en arrangeant la rose mousseuse qui pendait à sa boutonnière. Il sortit de sa poche un calepin sur lequel il eut l'air de prendre en note le titre du spectacle annoncé, tira deux ou trois fois sa montre, abaissa sur ses yeux un canotier de paille noire dont il prolongea le rebord avec sa main mise en visière comme pour voir si quelqu'un n'arrivait pas, fit le geste de mécontentement par lequel on croit faire voir qu'on a assez d'attendre, mais qu'on ne fait jamais quand on attend réellement, puis rejetant en arrière son chapeau et laissant voir une brosse coupée ras qui admettait cependant de chaque côté d'assez longues ailes de pigeon ondulées, il exhala le souffle bruyant des personnes qui ont non pas trop chaud mais le désir de montrer qu'elles ont trop chaud.

J'eus l'idée d'un escroc d'hôtel qui, nous ayant peut-être déjà remarqués les jours précédents ma grand'mère et moi, et préparant quelque mauvais coup, venait de s'apercevoir que je l'avais surpris pendant qu'il m'épiait; pour me donner le change, peut-être cherchait-il seulement par sa nouvelle attitude à exprimer la distraction et le détachement, mais c'était avec une exagération si agressive que son but semblait, au moins autant que de dissiper les soupçons que j'avais dû avoir, de venger une humiliation qu'à mon insu je lui eusse infligée, de me donner l'idée non pas tant qu'il ne m'avait pas vu, que celle que j'étais un objet de trop petite importance pour attirer l'attention. Il cambrait sa taille d'un air de bravade, pinçait les lèvres, relevait ses moustaches et dans son regard ajustait quelque chose d'indifférent, de dur, de presque insultant. Si bien que la singularité de son expression me le faisait prendre tantôt pour un voleur, et tantôt pour un aliéné.

Pourtant sa mise extrêmement soignée était beaucoup plus grave et beaucoup plus simple que celles de tous les baigneurs que je voyais à Balbec, et rassurante pour mon veston si souvent humilié par la blancheur éclatante et banale de leurs costumes de plage. Mais ma grand'mère venait à ma rencontre, nous fîmes un tour ensemble et je l'attendais, une heure après, devant l'hôtel où elle était rentrée un instant, quand je vis sortir Mme de Villeparisis avec Robert de Saint-Loup et l'inconnu qui m'avait regardé si fixement devant le casino. Avec la rapidité d'un éclair son regard me traversa, ainsi qu'au moment où je l'avais aperçu, et revint, comme s'il ne m'avait pas vu, se ranger, un peu bas, devant ses yeux, émoussé comme le regard neutre qui feint de ne rien voir au dehors et n'est capable de rien dire au dedans, le regard qui exprime seulement la satisfaction de sentir autour de soi les cils qu'il écarte de sa rondeur béate, le regard dévot et confit qu'ont certains hypocrites, le regard fat qu'ont certains sots. Je vis qu'il avait changé de costume.

Celui qu'il portait était encore plus sombre; et sans doute c'est que la véritable élégance est moins loin de la simplicité que la fausse; mais il y avait autre chose: d'un peu près on sentait que si la couleur était presque entièrement absente de ces vêtements, ce n'était pas parce que celui qui l'en avait bannie y était indifférent, mais plutôt parce que pour une raison quelconque il se l'interdisait. Et la sobriété qu'ils laissaient paraître semblait de celles qui viennent de l'obéissance à un régime, plutôt que du manque de gourmandise. Un filet de vert sombre s'harmonisait, dans le tissu du pantalon, à la rayure des chaussettes avec un raffinement qui décelait la vivacité d'un goût maté partout ailleurs et à qui cette seule concession avait été faite par tolérance, tandis qu'une tache rouge sur la cravate était imperceptible comme une liberté qu'on n'ose prendre.

—Comment allez-vous, je vous présente mon neveu, le baron de Guermantes, me dit Mme de Villeparisis, pendant que l'inconnu, sans me regarder, grommelant un vague: «Charmé», qu'il fit suivre de: «Heue, heue, heue», pour donner à son amabilité quelque chose de forcé, et repliant le petit doigt, l'index et le pouce, me tendait le troisième doigt et l'annulaire, dépourvus de toute bague, que je serrai sous son gant de Suède; puis sans avoir levé les yeux sur moi il se détourna vers Mme de Villeparisis.

—Mon Dieu, est-ce que je perds la tête, dit celle-ci, voilà que je t'appelle le baron de Guermantes. Je vous présente le baron de Charlus. Après tout l'erreur n'est pas si grande, ajouta-t-elle, tu es bien un Guermantes tout de même.

Cependant ma grand'mère sortait, nous fîmes route ensemble. L'oncle de Saint-Loup ne m'honora non seulement pas d'une parole mais même d'un regard. S'il dévisageait les inconnus (et pendant cette courte promenade il lança deux ou trois fois son terrible et profond regard en coup de sonde sur des gens insignifiants et de la plus modeste extraction qui passaient), en revanche, il ne regardait à aucun moment, si j'en jugeais par moi, les personnes qu'il connaissait—comme un policier en mission secrète mais qui tient ses amis en dehors de sa surveillance professionnelle. Les laissant causer ensemble, ma grand'mère, Mme de Villeparisis et lui, je retins Saint-Loup en arrière:

—Dites-moi, ai-je bien entendu, Madame de Villeparisis a dit à votre oncle qu'il était un Guermantes.

—Mais oui, naturellement, c'est Palamède de Guermantes.

—Mais des mêmes Guermantes qui ont un château près de Combray et qui prétendent descendre de Geneviève de Brabant?

—Mais absolument: mon oncle qui est on ne peut plus héraldique vous répondrait que notre *cri*, notre cri de guerre qui devint ensuite Passavant était d'abord Combraysis, dit-il en riant pour ne pas avoir l'air de tirer vanité de cette prérogative du cri qu'avaient seules les maisons quasi-souveraines, les grands chefs des bandes. Il est le frère du possesseur actuel du château.

Ainsi s'apparentait et de tout près aux Guermantes, cette Mme de Villeparisis, restée si longtemps pour moi la dame qui m'avait donné une boîte de chocolat tenue par un canard, quand j'étais petit, plus éloignée alors du côté de Guermantes que si elle avait été enfermée dans le côté de Méséglise, moins brillante, moins haut située par moi que l'opticien de Combray, et qui maintenant subissait brusquement une de ces hausses fantastiques, parallèles aux dépréciations non moins imprévues d'autres objets que nous possédons, lesquelles—les unes comme les autres—introduisent dans notre adolescence et dans les parties de notre vie où persiste un peu de notre adolescence, des changements aussi nombreux que les métamorphoses d'Ovide.

—Est-ce qu'il n'y a pas dans ce château tous les bustes des anciens seigneurs de Guermantes?

—Oui, c'est un beau spectacle, dit ironiquement Saint-Loup. Entre nous je trouve toutes ces choses-là un peu falotes. Mais il y a à Guermantes, ce qui est un peu plus intéressant! un portrait bien touchant de ma tante par Carrière. C'est beau comme du Whistler ou du Vélasquez, ajouta Saint-Loup qui dans son zèle de néophyte ne gardait pas toujours très exactement l'échelle des grandeurs. Il y a aussi d'émouvantes peintures de Gustave Moreau. Ma tante est la nièce de votre amie Madame de Villeparisis, elle a été élevée par elle, et a épousé son cousin qui était neveu aussi de ma tante Villeparisis, le duc de Guermantes actuel.

—Et alors qu'est votre oncle?

—Il porte le titre de baron de Charlus. Régulièrement, quand mon grand-oncle est mort, mon oncle Palamède aurait dû prendre le titre de prince des Laumes, qui était celui de son frère avant qu'il devînt duc de Guermantes, car dans cette famille-là ils changent de nom comme de chemise. Mais mon oncle a sur tout cela des idées particulières. Et comme il trouve qu'on abuse un peu des duchés italiens, grandesses espagnoles, etc., et bien qu'il eût le choix entre quatre ou cinq titres de prince il a gardé celui de baron de Charlus, par protestation et avec une apparente simplicité où il y a beaucoup d'orgueil. Aujourd'hui, dit-il, tout le monde est prince, il faut pourtant bien avoir quelque chose qui vous distingue; je prendrai un titre de prince quand je voudrai voyager incognito. Il n'y a pas selon lui de titre plus ancien que celui de baron de Charlus; pour vous prouver qu'il est antérieur à celui des Montmorency, qui se disaient faussement les premiers barons de France, alors qu'ils l'étaient seulement de l'Ile-de-France, où était leur fief, mon oncle vous donnera des explications pendant des heures et avec plaisir parce que quoi qu'il soit très fin, très doué, il trouve cela un sujet de conversation tout à fait vivant, dit Saint-Loup avec un sourire. Mais comme je ne suis pas comme lui, vous n'allez pas me faire parler généalogie, je ne sais rien de plus assommant, de plus périmé, vraiment l'existence est trop courte.

Je reconnaissais maintenant dans le regard dur qui m'avait fait retourner tout à l'heure près du casino celui que j'avais vu fixé sur moi à Tansonville au moment où Mme Swann avait appelé Gilberte.

—Mais parmi les nombreuses maîtresses que vous me disiez qu'avait eues votre oncle, M. de Charlus, est-ce qu'il n'y avait pas Madame Swann?

—Oh! pas du tout! C'est-à-dire qu'il est un grand ami de Swann et l'a toujours beaucoup soutenu. Mais on n'a jamais dit qu'il fût l'amant de sa femme. Vous causeriez beaucoup d'étonnement dans le monde si vous aviez l'air de croire cela.

Je n'osais lui répondre qu'on en aurait éprouvé bien plus à Combray si j'avais eu l'air de ne pas le croire.

Ma grand'mère fut enchantée de M. de Charlus. Sans doute il attachait une extrême importance à toutes les questions de naissance et de situation mondaine, et ma grand'mère l'avait remarqué, mais sans rien de cette sévérité où entrent d'habitude une secrète envie et l'irritation de voir un autre se réjouir d'avantages qu'on voudrait et qu'on ne peut posséder. Comme au contraire ma grand'mère contente de son sort et ne regrettant nullement de ne pas vivre dans une société plus brillante, ne se servait que de son intelligence pour observer les travers de M. de Charlus, elle parlait de l'oncle de Saint-Loup avec cette bienveillance détachée, souriante, presque sympathique, par laquelle nous récompensons l'objet de notre observation désintéressée du plaisir qu'elle nous procure, et d'autant plus que cette fois l'objet était un personnage dont elle trouvait que les prétentions sinon légitimes, du moins pittoresques, le faisaient assez vivement trancher sur les personnes qu'elle avait généralement l'occasion de voir. Mais c'était surtout en faveur de l'intelligence et de la sensibilité qu'on devinait extrêmement vives chez M. de Charlus, au contraire de tant de gens du monde dont se moquait Saint-Loup, que ma grand'mère lui avait si aisément pardonné son préjugé aristocratique. Celui-ci n'avait pourtant pas été sacrifié par l'oncle, comme par le neveu, à des qualités supérieures. M. de Charlus l'avait plutôt concilié avec elles.

Possédant comme descendant des ducs de Nemours et des princes de Lamballe, des archives, des meubles, des tapisseries, des portraits faits pour ses aïeux par Raphaël, par Velasquez, par Boucher, pouvant dire justement qu'il visitait un musée et une incomparable bibliothèque, rien qu'en parcourant ses souvenirs de famille, il plaçait au contraire au rang d'où son neveu l'avait fait déchoir, tout l'héritage de l'aristocratie.

Peut-être aussi moins idéologue que Saint-Loup, se payant moins de mots, plus réaliste observateur des hommes, ne voulait-il pas négliger un élément essentiel de prestige à leurs yeux et qui, s'il donnait à son imagination des jouissances désintéressées, pouvait être souvent pour son activité utilitaire un adjuvant puissamment efficace. Le débat reste ouvert entre les hommes de cette sorte et ceux qui obéissent à l'idéal intérieur qui les pousse à se défaire de ces avantages pour chercher uniquement à le réaliser, semblables en cela aux peintres, aux écrivains qui renoncent à leur virtuosité, aux peuples artistes qui se modernisent, aux peuples guerriers prenant l'initiative du désarmement universel, aux gouvernements absolus qui se font démocratiques et abrogent de dures lois, bien souvent sans que la réalité récompense leur noble effort; car les uns perdent leur talent, les autres leur prédominance séculaire; le pacifisme multiplie quelquefois les guerres et l'indulgence la criminalité. Si les efforts de sincérité et d'émancipation de Saint-Loup ne pouvaient être trouvés que très nobles, à juger par le résultat extérieur, il était permis de se féliciter qu'ils eussent fait défaut chez M. de Charlus, lequel avait fait transporter chez lui une grande partie des admirables boiseries de l'hôtel Guermantes au lieu de les échanger comme son neveu contre un mobilier modern-style, des Lebourg et des Guillaumin. Il n'en était pas moins vrai que l'idéal de M. de Charlus était fort factice, et si cette épithète peut être rapprochée du mot idéal, tout autant mondain qu'artistique.

A quelques femmes de grande beauté et de rare culture dont les aïeules avaient été deux siècles plus tôt mêlées à toute la gloire et à toute l'élégance de l'ancien régime, il trouvait une distinction qui le faisait pouvoir se plaire seulement avec elles, et sans doute l'admiration qu'il leur avait vouée était sincère, mais de nombreuses réminiscences d'histoire et d'art évoquées par leurs noms y entraient pour une grande part, comme des souvenirs de l'antiquité sont une des raisons du plaisir qu'un lettré trouve à lire une ode d'Horace peut-être inférieure à des poèmes de nos jours qui laisseraient ce même lettré indifférent. Chacune de ces femmes à côté d'une jolie bourgeoise était pour lui ce qu'est à une toile contemporaine représentant une route ou une noce, ces tableaux anciens dont on sait l'histoire, depuis le Pape ou le Roi qui les commandèrent, en passant par tels personnages auprès de qui leur présence, par don, achat, prise ou héritage nous rappelle quelque événement ou tout au moins quelque alliance d'un intérêt historique, par conséquent des connaissances que nous avons acquises, leur donne une nouvelle utilité, augmente le sentiment de la richesse des possessions de notre mémoire ou de notre érudition. M. de Charlus se félicitait qu'un préjugé analogue au sien, en empêchant ces quelques grandes dames de frayer avec des femmes d'un sang moins pur, les offrît à son culte intactes, dans leur noblesse inaltérée, comme telle façade du XVIIIe siècle soutenue par ses colonnes plates de marbre rose et à laquelle les temps nouveaux n'ont rien changé.

M. de Charlus célébrait la véritable noblesse d'esprit et de coeur de ces femmes, jouant ainsi sur le mot par une équivoque qui le trompait lui-même et où résidait le mensonge de cette conception bâtarde, de cet ambigu d'aristocratie, de générosité et d'art, mais aussi sa séduction, dangereuse pour des êtres comme ma grand'mère à qui le préjugé plus grossier mais plus innocent d'un noble qui ne regarde qu'aux quartiers et ne se soucie pas du reste, eût semblé trop ridicule, mais qui était sans défense dès que quelque chose se présentait sous les dehors d'une supériorité spirituelle, au point qu'elle trouvait les princes enviables par-dessus tous les hommes, parce qu'ils purent avoir un La Bruyère, un Fénelon comme précepteurs.

Devant le Grand-Hôtel, les trois Guermantes nous quittèrent; ils allaient déjeuner chez la princesse de Luxembourg. Au moment où ma grand'mère disait au revoir à Mme de Villeparisis et Saint-Loup à ma grand'mère, M. de Charlus qui jusque-là ne m'avait pas adressé la parole, fit quelques pas en arrière et arrivé à côté de moi: «Je prendrai le thé ce soir après dîner dans l'appartement de ma tante Villeparisis, me dit-il. J'espère que vous me ferez le plaisir de venir avec Madame votre grand'mère.» Et il rejoignit la marquise.

Quoique ce fût dimanche, il n'y avait pas plus de fiacres devant l'hôtel qu'au commencement de la saison. La femme du notaire en particulier trouvait que c'était bien des frais que de louer chaque fois une voiture pour ne pas aller chez les Cambremer, et elle se contentait de rester dans sa chambre.

—Est-ce que Mme Blandais est souffrante? demandait-on au notaire, on ne l'a pas vue aujourd'hui.

—Elle a un peu mal à la tête, la chaleur, cet orage. Il lui suffit d'un rien; mais je crois que vous la verrez ce soir. Je lui ai conseillé de descendre. Cela ne peut lui faire que du bien.

J'avais pensé qu'en nous invitant ainsi chez sa tante, que je ne doutais pas qu'il eût prévenue, M. de Charlus eût voulu réparer l'impolitesse qu'il m'avait témoignée pendant la promenade du matin. Mais quand arrivé dans le salon de Mme de Villeparisis, je voulus saluer le neveu de celle-ci, j'eus beau tourner autour de lui qui, d'une voix aiguë, racontait une histoire assez malveillante pour un de ses parents, je ne pus pas attraper son regard; je me décidai à lui dire bonjour et assez fort, pour l'avertir de ma présence, mais je compris qu'il l'avait remarquée, car avant même qu'aucun mot ne fût sorti de mes lèvres, au moment où je m'inclinais je vis ses deux doigts tendus pour que je les serrasse, sans qu'il eût tourné les yeux ou interrompu la conversation.

Il m'avait évidemment vu, sans le laisser paraître, et je m'aperçus alors que ses yeux qui n'étaient jamais fixés sur l'interlocuteur, se promenaient perpétuellement dans toutes les directions, comme ceux de certains animaux effrayés, ou ceux de ces marchands en plein air qui, tandis qu'ils débitent leur boniment et exhibent leur marchandise illicite, scrutent, sans pourtant tourner la tête, les différents points de l'horizon par où pourrait venir la police. Cependant j'étais un peu étonné de voir que Mme de Villeparisis heureuse de nous voir venir, ne semblait pas s'y être attendue, je le fus plus encore d'entendre M. de Charlus dire à ma grand'mère: «Ah! c'est une très bonne idée que vous avez eue de venir, c'est charmant, n'est-ce pas, ma tante?» Sans doute avait-il remarqué la surprise de celle-ci à notre entrée et pensait-il en homme habitué à donner le ton, le «la», qu'il lui suffisait pour changer cette surprise en joie d'indiquer qu'il en éprouvait lui-même, que c'était bien le sentiment que notre venue devait exciter. En quoi il calculait bien, car Mme de Villeparisis qui comptait fort son neveu et savait combien il était difficile de lui plaire, parut soudain avoir trouvé à ma grand'mère de nouvelles qualités et ne cessa de lui faire fête. Mais je ne pouvais comprendre que M. de Charlus eût oublié en quelques heures l'invitation si brève, mais en apparence si intentionnelle, si préméditée qu'il m'avait adressée le matin même et qu'il appelât «bonne idée» de ma grand'mère, une idée qui était toute de lui. Avec un scrupule de précision que je gardai jusqu'à l'âge où je compris que ce n'est pas en la lui demandant qu'on apprend la vérité sur l'intention qu'un homme a eue et que le risque d'un malentendu qui passera probablement inaperçu est moindre que celui d'une naïve insistance: «Mais, monsieur, lui dis-je, vous vous rappelez bien, n'est-ce pas, que c'est vous qui m'avez demandé que nous vinssions ce soir?» Aucun son, aucun mouvement ne trahirent que M. de Charlus eût entendu ma question. Ce que voyant je la répétai comme les diplomates ou ces jeunes gens brouillés qui mettent une bonne volonté inlassable et vaine à obtenir des éclaircissements que l'adversaire est décidé à ne pas donner. M. de Charlus ne me répondit pas davantage. Il me sembla voir flotter sur ses lèvres le sourire de ceux qui de très haut jugent les caractères et les éducations.

Puisqu'il refusait toute explication, j'essayai de m'en donner une, et je n'arrivai qu'à hésiter entre plusieurs dont aucune ne pouvait être la bonne. Peut-être ne se rappelait-il pas ou peut-être c'était moi qui avais mal compris ce qu'il m'avait dit le matin... Plus probablement par orgueil ne voulait-il pas paraître avoir cherché à attirer des gens qu'il dédaignait, et préférait-il rejeter sur eux l'initiative de leur venue. Mais alors, s'il nous dédaignait, pourquoi avait-il tenu à ce que nous vinssions ou plutôt à ce que ma grand'mère vînt, car de nous deux ce fut à elle seule qu'il adressa la parole pendant cette soirée et pas une seule fois à moi. Causant avec la plus grande animation avec elle ainsi qu'avec Mme de Villeparisis, caché en quelque sorte derrière elles, comme il eût été au fond d'une loge, il se contentait seulement, détournant par moments le regard investigateur de ses yeux pénétrants, de l'attacher sur ma figure, avec le même sérieux, le même air de préoccupation, que si elle eût été un manuscrit difficile à déchiffrer.

Sans doute s'il n'avait pas eu ces yeux, le visage de M. de Charlus était semblable à celui de beaucoup de beaux hommes. Et quand Saint-Loup en me parlant d'autres Guermantes me dit plus tard: «Dame, ils n'ont pas cet air de race, de grand seigneur jusqu'au bout des ongles, qu'a mon oncle Palamède», en confirmant que l'air de race et la distinction aristocratiques n'étaient rien de mystérieux et de nouveau, mais qui consistaient en des éléments que j'avais reconnus sans difficulté et sans éprouver d'impression particulière, je devais sentir se dissiper une de mes illusions. Mais ce visage, auquel une légère couche de poudre donnait un peu l'aspect d'un visage de théâtre, M. de Charlus avait beau en fermer hermétiquement l'expression, les yeux étaient comme une lézarde, comme une meurtrière que seule il n'avait pu boucher et par laquelle, selon le point où on était placé par rapport à lui, on se sentait brusquement croisé du reflet de quelque engin intérieur qui semblait n'avoir rien de rassurant, même pour celui qui, sans en être absolument maître, le porterait en soi, à l'état d'équilibre instable et toujours sur le point d'éclater; et l'expression circonspecte et incessamment inquiète de ces yeux, avec toute la fatigue qui, autour d'eux, jusqu'à un cerne descendu très bas, en résultait pour le visage, si bien composé et arrangé qu'il fût, faisait penser à quelque incognito, à quelque déguisement d'un homme puissant en danger, ou seulement d'un individu dangereux, mais tragique.

J'aurais voulu deviner quel était ce secret que ne portaient pas en eux les autres hommes et qui m'avait déjà rendu si énigmatique le regard de M. de Charlus quand je l'avais vu le matin près du casino. Mais avec ce que je savais maintenant de sa parenté, je ne pouvais plus croire ni que ce fût celui d'un voleur, ni, d'après ce que j'entendais de sa conversation, que ce fût celui d'un fou. S'il était si froid avec moi, alors qu'il était tellement aimable avec ma grand'mère, cela ne tenait peut-être pas à une antipathie personnelle, car d'une manière générale, autant il était bienveillant pour les femmes, des défauts de qui il parlait sans se départir, habituellement, d'une grande indulgence, autant il avait à l'égard des hommes, et particulièrement des jeunes gens, une haine d'une violence qui rappelait celle de certains misogynes pour les femmes. De deux ou trois «gigolos» qui étaient de la famille ou de l'intimité de Saint-Loup et dont celui-ci cita par hasard le nom, M. de Charlus dit avec une expression presque féroce qui tranchait sur sa froideur habituelle: «Ce sont de petites canailles.» Je compris que ce qu'il reprochait surtout aux jeunes gens d'aujourd'hui, c'était d'être trop efféminés. «Ce sont de vraies femmes», disait-il avec mépris. Mais quelle vie n'eût pas semblé efféminée auprès de celle qu'il voulait que menât un homme et qu'il ne trouvait jamais assez énergique et virile? (lui-même dans ses voyages à pied, après des heures de course, se jetait brûlant dans des rivières glacées.) Il n'admettait même pas qu'un homme portât une seule bague. Mais ce parti pris de virilité ne l'empêchait pas d'avoir des qualités de sensibilité des plus fines. A Mme de Villeparisis qui le priait de décrire pour ma grand'mère un château où avait séjourné Mme de Sévigné, ajoutant qu'elle voyait un peu de littérature dans ce désespoir d'être séparée de cette ennuyeuse Mme de Grignan:

—Rien au contraire, répondit-il, ne me semble plus vrai. C'était du reste une époque où ces sentiments-là étaient bien compris. L'habitant du Monomopata de Lafontaine, courant chez son ami qui lui est apparu un peu triste pendant son sommeil, le pigeon trouvant que le plus grand des maux est l'absence de l'autre pigeon, vous semblent peut-être, ma tante, aussi exagérés que Mme de Sévigné ne pouvant pas attendre le moment où elle sera seule avec sa fille. C'est si beau ce qu'elle dit quand elle la quitte: «Cette séparation me fait une douleur à l'âme que je sens comme un mal du corps. Dans l'absence on est libéral des heures. On avance dans un temps auquel on aspire.»

Ma grand'mère était ravie d'entendre parler de ces Lettres, exactement de la façon qu'elle eût fait. Elle s'étonnait qu'un homme pût les comprendre si bien. Elle trouvait à M. de Charlus des délicatesses, une sensibilité féminines. Nous nous dîmes plus tard quand nous fûmes seuls et parlâmes tous les deux de lui qu'il avait dû subir l'influence profonde d'une femme, sa mère, ou plus tard sa fille s'il avait des enfants. Moi je pensai: «Une maîtresse» en me reportant à l'influence que celle de Saint-Loup me semblait avoir eue sur lui et qui me permettait de me rendre compte à quel point les femmes avec lesquelles ils vivent affinent les hommes.

—Une fois près de sa fille elle n'avait probablement rien à lui dire, répondit Mme de Villeparisis.

—Certainement si; fût-ce de ce qu'elle appelait «choses si légères qu'il n'y a que vous et moi qui les remarquions». Et en tous cas, elle était près d'elle. Et La Bruyère nous dit que c'est tout: «Être près des gens qu'on aime, leur parler, ne leur parler point, tout est égal.» Il a raison; c'est le seul bonheur, ajouta M. de Charlus d'une voix mélancolique; et ce bonheur-là, hélas, la vie est si mal arrangée qu'on le goûte bien rarement; Mme de Sévigné a été en somme moins à plaindre que d'autres. Elle a passé une grande partie de sa vie auprès de ce qu'elle aimait.

—Tu oublies que ce n'était pas de l'amour, c'était de sa fille qu'il s'agissait.

—Mais l'important dans la vie n'est pas ce qu'on aime, reprit-il d'un ton compétent, péremptoire et presque tranchant, c'est d'aimer. Ce que ressentait Mme de Sévigné pour sa fille peut prétendre beaucoup plus justement ressembler à la passion que Racine a dépeinte dans *Andromaque* ou dans *Phèdre*, que les banales relations que le jeune Sévigné avait avec ses maîtresses. De même l'amour de tel mystique pour son Dieu. Les démarcations trop étroites que nous traçons autour de l'amour viennent seulement de notre grande ignorance de la vie.

—Tu aimes beaucoup *Andromaque* et *Phèdre*?» demanda Saint-Loup à son oncle, sur un ton légèrement dédaigneux.

—Il y a plus de vérité dans une tragédie de Racine que dans tous les drames de Monsieur Victor Hugo, répondit M. de Charlus.

—C'est tout de même effrayant le monde, me dit Saint-Loup à l'oreille. Préférer Racine à Victor Hugo c'est quand même quelque chose d'énorme! Il était sincèrement attristé des paroles de son oncle, mais le plaisir de dire «quand même» et surtout «énorme» le consolait.

Dans ces réflexions sur la tristesse qu'il y a à vivre loin de ce qu'on aime (qui devaient amener ma grand'mère à me dire que le neveu de Mme de Villeparisis comprenait autrement bien certaines oeuvres que sa tante, et surtout avait quelque chose qui le mettait bien au-dessus de la plupart des gens du club), M. de Charlus ne laissait pas seulement paraître une finesse de sentiment que montrent en effet rarement les hommes; sa voix elle-même, pareille à certaines voix de contralto en qui on n'a pas assez cultivé le médium et dont le chant semble le duo alterné d'un jeune homme et d'une femme, se posait au moment où il exprimait ces pensées si délicates, sur des notes hautes, prenait une douceur imprévue et semblait contenir des choeurs de fiancées, de soeurs, qui répandaient leur tendresse. Mais la nichée de jeunes filles que M. de Charlus, avec son horreur de tout efféminement, aurait été si navré, d'avoir l'air d'abriter ainsi dans sa voix, ne s'y bornait pas à l'interprétation, à la modulation, des morceaux de sentiment. Souvent, tandis que causait M. de Charlus, on entendait leur rire aigu et frais de pensionnaires ou de coquettes ajuster leur prochain avec des malices de bonnes langues et de fines mouches.

Il racontait qu'une demeure qui avait appartenu à sa famille, où Marie-Antoinette avait couché, dont le parc était de Lenôtre, appartenait maintenant aux riches financiers Israël, qui l'avaient achetée. «Israël, du moins c'est le nom que portent ces gens, qui me semble un terme générique, ethnique, plutôt qu'un nom propre. On ne sait pas peut-être que ce genre de personnes ne portent pas de noms et sont seulement désignées par la collectivité à laquelle elles appartiennent. Cela ne fait rien! Avoir été la demeure des Guermantes et appartenir aux Israël!!! s'écria-t-il. Cela fait penser à cette chambre du château de Blois où le gardien qui le faisait visiter me dit: «C'est ici que Marie Stuart faisait sa prière; et c'est là maintenant où ce que je mets mes balais.» Naturellement je ne veux rien savoir de cette demeure qui s'est déshonorée, pas plus que de ma cousine Clara de Chimay qui a quitté son mari. Mais je conserve la photographie de la première encore intacte, comme celle de la princesse quand ses grands yeux n'avaient de regards que pour mon cousin. La photographie acquiert un peu de la dignité qui lui manque quand elle cesse d'être une reproduction du réel et nous montre des choses qui n'existent plus. Je pourrai vous en donner une, puisque ce genre d'architecture vous intéresse», dit-il à ma grand'mère. A ce moment apercevant que le mouchoir brodé qu'il avait dans sa poche laissait dépasser des liserés de couleur, il le rentra vivement avec la mine effarouchée d'une femme pudibonde mais point innocente dissimulant des appâts que, par un excès de scrupule, elle juge indécents. «Imaginez-vous, reprit-il, que ces gens ont commencé par détruire le parc de Lenôtre, ce qui est aussi coupable que de lacérer un tableau de Poussin. Pour cela, ces Israël devraient être en prison. Il est vrai, ajouta-t-il en souriant après un moment de silence, qu'il y a sans doute tant d'autres choses pour lesquelles ils devraient y être! En tous cas vous vous imaginez l'effet que produit devant ces architectures un jardin anglais.

—Mais la maison est du même style que le Petit Trianon, dit Mme de Villeparisis, et Marie-Antoinette y a bien fait faire un jardin anglais.

—Qui dépare tout de même la façade de Gabriel, répondit M. de Charlus. Évidemment ce serait maintenant une sauvagerie que de détruire le Hameau. Mais quel que soit l'esprit du jour, je doute tout de même qu'à cet égard une fantaisie de Mme Israël ait le même prestige que le souvenir de la Reine.

Cependant ma grand'mère m'avait fait signe de monter me coucher, malgré l'insistance de Saint-Loup qui, à ma grande honte, avait fait allusion devant M. de Charlus à la tristesse que j'éprouvais souvent le soir avant de m'endormir et que son oncle devait trouver quelque chose de bien peu viril. Je tardai encore quelques instants, puis m'en allai, et fus bien étonné quand un peu après, ayant entendu frapper à la porte de ma chambre et ayant demandé qui était là, j'entendis la voix de M. de Charlus qui disait d'un ton sec:

—C'est Charlus. Puis-je entrer, monsieur? Monsieur, reprit-il du même ton une fois qu'il eut refermé la porte, mon neveu racontait tout à l'heure que vous étiez un peu ennuyé avant de vous endormir, et d'autre part que vous admiriez les livres de Bergotte. Comme j'en ai dans ma malle un que vous ne connaissez probablement pas, je vous l'apporte pour vous aider à passer ces moments où vous ne vous sentez pas heureux.

Je remerciai M. de Charlus avec émotion et lui dis que j'avais au contraire eu peur que ce que Saint-Loup lui avait dit de mon malaise à l'approche de la nuit, m'eût fait paraître à ses yeux plus stupide encore que je n'étais.

—Mais non, répondit-il avec un accent plus doux. Vous n'avez peut-être pas de mérite personnel, si peu d'êtres en ont! Mais pour un temps du moins vous avez la jeunesse et c'est toujours une séduction. D'ailleurs, monsieur, la plus grande des sottises, c'est de trouver ridicules ou blâmables les sentiments qu'on n'éprouve pas. J'aime la nuit et vous me dites que vous la redoutez; j'aime sentir les roses et j'ai un ami à qui leur odeur donne la fièvre. Croyez-vous que je pense pour cela qu'il vaut moins que moi? Je m'efforce de tout comprendre et je me garde de rien condamner. En somme ne vous plaignez pas trop, je ne dirai pas que ces tristesses ne sont pas pénibles, je sais ce qu'on peut souffrir pour des choses que les autres ne comprendraient pas. Mais du moins vous avez bien placé votre affection dans votre grand'mère. Vous la voyez beaucoup. Et puis c'est une tendresse permise, je veux dire une tendresse payée de retour. Il y en a tant dont on ne peut pas dire cela!

Il marchait de long en large dans la chambre, regardant un objet, en soulevant un autre. J'avais l'impression qu'il avait quelque chose à m'annoncer et ne trouvait pas en quels termes le faire.

—J'ai un autre volume de Bergotte ici, je vais vous le chercher, ajouta-t-il, et il sonna. Un groom vint au bout d'un moment. «Allez me chercher votre maître d'hôtel. Il n'y a que lui ici qui soit capable de faire une commission intelligemment, dit M. de Charlus avec hauteur.—Monsieur Aimé, Monsieur? demanda le groom.—Je ne sais pas son nom, mais si, je me rappelle que je l'ai entendu appeler Aimé. Allez vite, je suis pressé.—Il va être tout de suite ici, monsieur, je l'ai justement vu en bas», répondit le groom qui voulait avoir l'air au courant. Un certain temps se passa. Le groom revint. «Monsieur, Monsieur Aimé est couché. Mais je peux faire la commission.—Non, vous n'avez qu'à le faire lever.» «Monsieur, je ne peux pas, il ne couche pas là.—Alors, laissez-nous tranquilles.—Mais, monsieur, dis-je, le groom parti, vous êtes trop bon, un seul volume de Bergotte me suffira.—C'est ce qui me semble, après tout.» M. de Charlus marchait. Quelques minutes se passèrent ainsi, puis, après quelques instants d'hésitation et se reprenant à plusieurs fois, il pivota sur lui-même et de sa voix redevenue cinglante, il me jeta: «Bonsoir, monsieur» et partit. Après tous les sentiments élevés que je lui avais entendu exprimer ce soir-là, le lendemain qui était jour de son départ, sur la plage, dans la matinée, au moment où j'allais prendre mon bain, comme M. de Charlus s'était approché de moi pour m'avertir que ma grand'mère m'attendait aussitôt que je serais sorti de l'eau, je fus bien étonné de l'entendre me dire, en me pinçant le cou, avec une familiarité et un rire vulgaires:

—Mais on s'en fiche bien de sa vieille grand'mère, hein? petite fripouille!

—Comment, monsieur, je l'adore!

—Monsieur, me dit-il en s'éloignant d'un pas et avec un air glacial, vous êtes encore jeune, vous devriez en profiter pour apprendre deux choses: la première c'est de vous abstenir d'exprimer des sentiments trop naturels pour n'être pas sous-entendus; la seconde c'est de ne pas partir en guerre pour répondre aux choses qu'on vous dit avant d'avoir pénétré leur signification. Si vous aviez pris cette précaution, il y a un instant, vous vous seriez évité d'avoir l'air de parler à tort et à travers comme un sourd et d'ajouter par là un second ridicule à celui d'avoir des ancres brodées sur votre costume de bain. Je vous ai prêté un livre de Bergotte dont j'ai besoin. Faites-le moi rapporter dans une heure par ce maître d'hôtel au prénom risible et mal porté, qui je suppose n'est pas couché à cette heure-ci. Vous me faites apercevoir que je vous ai parlé trop tôt hier soir des séductions de la jeunesse, je vous aurais rendu meilleur service en vous signalant son étourderie, ses inconséquences et son incompréhension. J'espère, monsieur, que cette petite douche ne vous sera pas moins salutaire que votre bain. Mais ne restez pas ainsi immobile, vous pourriez prendre froid. Bonsoir, monsieur.

Sans doute eut-il regret de ces paroles, car quelque temps après je reçus—dans une reliure de maroquin sur le plat de laquelle avait été encastrée une plaque de cuir incisé qui représentait en demi-relief une branche de myosotis—le livre qu'il m'avait prêté et que je lui avais fait remettre, non par Aimé qui se trouvait «de sortie», mais par le liftier.

FIN

LE CÔTÉ DE GUERMANTES

1920 – 1921

PREMIÈRE PARTIE

Le pépiement matinal des oiseaux semblait insipide à Françoise. Chaque parole des «bonnes» la faisait sursauter; incommodée par tous leurs pas, elle s'interrogeait sur eux; c'est que nous avions déménagé. Certes les domestiques ne remuaient pas moins, dans le «sixième» de notre ancienne demeure; mais elle les connaissait; elle avait fait de leurs allées et venues des choses amicales. Maintenant elle portait au silence même une attention douloureuse. Et comme notre nouveau quartier paraissait aussi calme que le boulevard sur lequel nous avions donné jusque-là était bruyant, la chanson (distincte de loin, quand elle est faible, comme un motif d'orchestre) d'un homme qui passait, faisait venir des larmes aux yeux de Françoise en exil.

Aussi, si je m'étais moqué d'elle qui, navrée d'avoir eu à quitter un immeuble où l'on était «si bien estimé, de partout» et où elle avait fait ses malles en pleurant, selon les rites de Combray, et en déclarant supérieure à toutes les maisons possibles celle qui avait été la nôtre, en revanche, moi qui assimilais aussi difficilement les nouvelles choses que j'abandonnais aisément les anciennes, je me rapprochai de notre vieille servante quand je vis que l'installation dans une maison où elle n'avait pas reçu du concierge qui ne nous connaissait pas encore les marques de considération nécessaires à sa bonne nutrition morale, l'avait plongée dans un état voisin du dépérissement. Elle seule pouvait me comprendre; ce n'était certes pas son jeune valet de pied qui l'eût fait; pour lui qui était aussi peu de Combray que possible, emménager, habiter un autre quartier, c'était comme prendre des vacances où la nouveauté des choses donnait le même repos que si l'on eût voyagé; il se croyait à la campagne; et un rhume de cerveau lui apporta, comme un «coup d'air» pris dans un wagon où la glace ferme mal, l'impression délicieuse qu'il avait vu du pays; à chaque éternuement, il se réjouissait d'avoir trouvé une si chic place, ayant toujours désiré des maîtres qui voyageraient beaucoup. Aussi, sans songer à lui, j'allai droit à Françoise; comme j'avais ri de ses larmes à un départ qui m'avait laissé indifférent, elle se montra glaciale à l'égard de ma tristesse, parce qu'elle la partageait. Avec la «sensibilité» prétendue des nerveux grandit leur égoïsme; ils ne peuvent supporter de la part des autres l'exhibition des malaises auxquels ils prêtent chez eux-mêmes de plus en plus d'attention. Françoise, qui ne laissait pas passer le plus léger de ceux qu'elle éprouvait, si je souffrais détournait la tête pour que je n'eusse pas le plaisir de voir ma souffrance plainte, même remarquée. Elle fit de même dès que je voulus lui parler de notre nouvelle maison. Du reste, ayant dû au bout de deux jours aller chercher des vêtements oubliés dans celle que nous venions de quitter, tandis que j'avais encore, à la suite de l'emménagement, de la «température» et que, pareil à un boa qui vient d'avaler un boeuf, je me sentais péniblement bossué par un long bahut que ma vue avait à «digérer», Françoise, avec l'infidélité des femmes, revint en disant qu'elle avait cru étouffer sur notre ancien boulevard, que pour s'y rendre elle s'était trouvée toute «déroutée», que jamais elle n'avait vu des escaliers si mal commodes, qu'elle ne retournerait pas habiter là-bas «pour un empire» et lui donnât-on des millions—hypothèse gratuite—que tout (c'est-à-dire ce qui concernait la cuisine et les couloirs) était beaucoup mieux «agencé» dans notre nouvelle maison. Or, il est temps de dire que celle-ci—et nous étions venus y habiter parce que ma grand'mère ne se portant pas très bien, raison que nous nous étions gardés de lui donner, avait besoin d'un air plus pur—était un appartement qui dépendait de l'hôtel de Guermantes.

A l'âge où les Noms, nous offrant l'image de l'inconnaissable que nous avons versé en eux, dans le même moment où ils désignent aussi pour nous un lieu réel, nous forcent par là à identifier l'un à l'autre au point que nous partons chercher dans une cité une âme qu'elle ne peut contenir mais que nous n'avons plus le pouvoir d'expulser de son nom, ce n'est pas seulement aux villes et aux fleuves qu'ils donnent une individualité, comme le font les peintures allégoriques, ce n'est pas seulement l'univers physique qu'ils diaprent de différences, qu'ils peuplent de merveilleux, c'est aussi l'univers social: alors chaque château, chaque hôtel ou palais fameux a sa dame, ou sa fée, comme les forêts leurs génies et leurs divinités les eaux. Parfois, cachée au fond de son nom, la fée se transforme au gré de la vie de notre imagination qui la nourrit; c'est ainsi que l'atmosphère où Mme de Guermantes existait en moi, après n'avoir été pendant des années que le reflet d'un verre de lanterne magique et d'un vitrail d'église, commençait à éteindre ses couleurs, quand des rêves tout autres l'imprégnèrent de l'écumeuse humidité des torrents.

Cependant, la fée dépérit si nous nous approchons de la personne réelle à laquelle correspond son nom, car, cette personne, le nom alors commence à la refléter et elle ne contient rien de la fée; la fée peut renaître si nous nous éloignons de la personne; mais si nous restons auprès d'elle, la fée meurt définitivement et avec elle le nom, comme cette famille de Lusignan qui devait s'éteindre le jour où disparaîtrait la fée Mélusine. Alors le Nom, sous les repeints successifs duquel nous pourrions finir par retrouver à l'origine le beau portrait d'une étrangère que nous n'aurons jamais connue, n'est plus que la simple carte photographique d'identité à laquelle nous nous reportons pour savoir si nous connaissons, si nous devons ou non saluer une personne qui passe. Mais qu'une sensation d'une année d'autrefois—comme ces instruments de musique enregistreurs qui gardent le son et le style des différents artistes qui en jouèrent—permette à notre mémoire de nous faire entendre ce nom avec le timbre particulier qu'il avait alors pour notre oreille, et ce nom en apparence non changé, nous sentons la distance qui sépare l'un de l'autre les rêves que signifièrent successivement pour nous ses syllabes identiques. Pour un instant, du ramage réentendu qu'il avait en tel printemps ancien, nous pouvons tirer, comme des petits tubes dont on se sert pour peindre, la nuance juste, oubliée, mystérieuse et fraîche des jours que nous avions cru nous rappeler, quand, comme les mauvais peintres, nous donnions à tout notre passé étendu sur une même toile les tons conventionnels et tous pareils de la mémoire volontaire. Or, au contraire, chacun des moments qui le composèrent employait, pour une création originale, dans une harmonie unique, les couleurs d'alors que nous ne connaissons plus et qui, par exemple, me ravissent encore tout à coup si, grâce à quelque hasard, le nom de Guermantes ayant repris pour un instant après tant d'années le son, si différent de celui d'aujourd'hui, qu'il avait pour moi le jour du mariage de Mlle Percepied, il me rend ce mauve si doux, trop brillant, trop neuf, dont se veloutait la cravate gonflée de la jeune duchesse, et, comme une pervenche incueillissable et refleurie, ses yeux ensoleillés d'un sourire bleu. Et le nom de Guermantes d'alors est aussi comme un de ces petits ballons dans lesquels on a enfermé de l'oxygène ou un autre gaz: quand j'arrive à le crever, à en faire sortir ce qu'il contient, je respire l'air de Combray de cette année-là, de ce jour-là, mêlé d'une odeur d'aubépines agitée par le vent du coin de la place, précurseur de la pluie, qui tour à tour faisait envoler le soleil, le laissait s'étendre sur le tapis de laine rouge de la sacristie et le revêtir d'une carnation brillante, presque rose, de géranium, et de cette douceur, pour ainsi dire wagnérienne, dans l'allégresse, qui conserve tant de noblesse à la festivité. Mais même en dehors des rares minutes comme celles-là, où brusquement nous sentons l'entité originale tressaillir et reprendre sa forme et sa ciselure au sein des syllabes mortes aujourd'hui, si dans le tourbillon vertigineux de la vie courante, où ils n'ont plus qu'un usage entièrement pratique, les noms ont perdu toute couleur comme une toupie prismatique qui tourne trop vite et qui semble grise, en revanche quand, dans la rêverie, nous réfléchissons, nous cherchons, pour revenir sur le passé, à ralentir, à suspendre le mouvement perpétuel où nous sommes entraînés, peu à peu nous revoyons apparaître, juxtaposées, mais entièrement distinctes les unes des autres, les teintes qu'au cours de notre existence nous présenta successivement un même nom.

Sans doute quelque forme se découpait à mes yeux en ce nom de Guermantes, quand ma nourrice—qui sans doute ignorait, autant que moi-même aujourd'hui, en l'honneur de qui elle avait été composée—me berçait de cette vieille chanson: *Gloire à la Marquise de Guermantes* ou quand, quelques années plus tard, le vieux maréchal de Guermantes remplissant ma bonne d'orgueil, s'arrêtait aux Champs-Élysées en disant: «Le bel enfant!» et sortait d'une bonbonnière de poche une pastille de chocolat, cela je ne le sais pas. Ces années de ma première enfance ne sont plus en moi, elles me sont extérieures, je n'en peux rien apprendre que, comme pour ce qui a eu lieu avant notre naissance, par les récits des autres. Mais plus tard je trouve successivement dans la durée en moi de ce même nom sept ou huit figures différentes; les premières étaient les plus belles: peu à peu mon rêve, forcé par la réalité d'abandonner une position intenable, se retranchait à nouveau un peu en deçà jusqu'à ce qu'il fût obligé de reculer encore. Et, en même temps que Mme de Guermantes, changeait sa demeure, issue elle aussi de ce nom que fécondait d'année en année telle ou telle parole entendue qui modifiait mes rêveries, cette demeure les reflétait dans ses pierres mêmes devenues réfléchissantes comme la surface d'un nuage ou d'un lac.

Un donjon sans épaisseur qui n'était qu'une bande de lumière orangée et du haut duquel le seigneur et sa dame décidaient de la vie et de la mort de leurs vassaux avait fait place—tout au bout de ce «côté de Guermantes» où, par tant de beaux après-midi, je suivais avec mes parents le cours de la Vivonne—à cette terre torrentueuse où la duchesse m'apprenait à pêcher la truite et à connaître le nom des fleurs aux grappes violettes et rougeâtres qui décoraient les murs bas des enclos environnants; puis ç'avait été la terre héréditaire, le poétique domaine où cette race altière de Guermantes, comme une tour jaunissante et fleuronnée qui traverse les âges, s'élevait déjà sur la France, alors que le ciel était encore vide là où devaient plus tard surgir Notre-Dame de Paris et Notre-Dame de Chartres; alors qu'au sommet de la colline de Laon la nef de la cathédrale ne s'était pas posée comme l'Arche du Déluge au sommet du mont Ararat, emplie de Patriarches et de Justes anxieusement penchés aux fenêtres pour voir si la colère de Dieu s'est apaisée, emportant avec elle les types des végétaux qui multiplieront sur la terre, débordante d'animaux qui s'échappent jusque par les tours où des boeufs, se promenant paisiblement sur la toiture, regardent de haut les plaines de Champagne; alors que le voyageur qui quittait Beauvais à la fin du jour ne voyait pas encore le suivre en tournoyant, dépliées sur l'écran d'or du couchant, les ailes noires et ramifiées de la cathédrale. C'était, ce Guermantes, comme le cadre d'un roman, un paysage imaginaire que j'avais peine à me représenter et d'autant plus le désir de découvrir, enclavé au milieu de terres et de routes réelles qui tout à coup s'imprégneraient de particularités héraldiques, à deux lieues d'une gare; je me rappelais les noms des localités voisines comme si elles avaient été situées au pied du Parnasse ou de l'Hélicon, et elles me semblaient précieuses comme les conditions matérielles—en science topographique—de la production d'un phénomène mystérieux. Je revoyais les armoiries qui sont peintes aux soubassements des vitraux de Combray et dont les quartiers s'étaient remplis, siècle par siècle, de toutes les seigneuries que, par mariages ou acquisitions, cette illustre maison avait fait voler à elle de tous les coins de l'Allemagne, de l'Italie et de la France: terres immenses du Nord, cités puissantes du Midi, venues se rejoindre et se composer en Guermantes et, perdant leur matérialité, inscrire allégoriquement leur donjon de sinople ou leur château d'argent dans son champ d'azur. J'avais entendu parler des célèbres tapisseries de Guermantes et je les voyais, médiévales et bleues, un peu grosses, se détacher comme un nuage sur le nom amarante et légendaire, au pied de l'antique forêt où chassa si souvent Childebert et ce fin fond mystérieux des terres, ce lointain des siècles, il me semblait qu'aussi bien que par un voyage je pénétrerais dans leurs secrets, rien qu'en approchant un instant à Paris Mme de Guermantes, suzeraine du lieu et dame du lac, comme si son visage et ses paroles eussent dû posséder le charme local des futaies et des rives et les mêmes particularités séculaires que le vieux coutumier de ses archives.

Mais alors j'avais connu Saint-Loup; il m'avait appris que le château ne s'appelait Guermantes que depuis le XVIIe siècle où sa famille l'avait acquis. Elle avait résidé jusque-là dans le voisinage, et son titre ne venait pas de cette région. Le village de Guermantes avait reçu son nom du château, après lequel il avait été construit, et pour qu'il n'en détruisît pas les perspectives, une servitude restée en vigueur réglait le tracé des rues et limitait la hauteur des maisons. Quant aux tapisseries, elles étaient de Boucher, achetées au XIXe siècle par un Guermantes amateur, et étaient placées, à côté de tableaux de chasse médiocres qu'il avait peints lui-même, dans un fort vilain salon drapé d'andrinople et de peluche. Par ces révélations, Saint-Loup avait introduit dans le château des éléments étrangers au nom de Guermantes qui ne me permirent plus de continuer à extraire uniquement de la sonorité des syllabes la maçonnerie des constructions. Alors au fond de ce nom s'était effacé le château reflété dans son lac, et ce qui m'était apparu autour de Mme de Guermantes comme sa demeure, ç'avait été son hôtel de Paris, l'hôtel de Guermantes, limpide comme son nom, car aucun élément matériel et opaque n'en venait interrompre et aveugler la transparence. Comme l'église ne signifie pas seulement le temple, mais aussi l'assemblée des fidèles, cet hôtel de Guermantes comprenait tous ceux qui partageaient la vie de la duchesse, mais ces intimes que je n'avais jamais vus n'étaient pour moi que des noms célèbres et poétiques, et, connaissant uniquement des personnes qui n'étaient elles aussi que des noms, ne faisaient qu'agrandir et protéger le mystère de la duchesse en étendant autour d'elle un vaste halo qui allait tout au plus en se dégradant.

Dans les fêtes qu'elle donnait, comme je n'imaginais pour les invités aucun corps, aucune moustache, aucune bottine, aucune phrase prononcée qui fût banale, ou même originale d'une manière humaine et rationnelle, ce tourbillon de noms introduisant moins de matière que n'eût fait un repas de fantômes ou un bal de spectres autour de cette statuette en porcelaine de Saxe qu'était Mme de Guermantes, gardait une transparence de vitrine à son hôtel de verre. Puis quand Saint-Loup m'eut raconté des anecdotes relatives au chapelain, aux jardiniers de sa cousine, l'hôtel de Guermantes était devenu—comme avait pu être autrefois quelque Louvre—une sorte de château entouré, au milieu de Paris même, de ses terres, possédé héréditairement, en vertu d'un droit antique bizarrement survivant, et sur lesquelles elle exerçait encore des privilèges féodaux. Mais cette dernière demeure s'était elle-même évanouie quand nous étions venus habiter tout près de Mme de Villeparisis un des appartements voisins de celui de Mme de Guermantes dans une aile de son hôtel. C'était une de ces vieilles demeures comme il en existe peut-être encore et dans lesquelles la cour d'honneur—soit alluvions apportées par le flot montant de la démocratie, soit legs de temps plus anciens où les divers métiers étaient groupés autour du seigneur—avait souvent sur ses côtés des arrière-boutiques, des ateliers, voire quelque échoppe de cordonnier ou de tailleur, comme celles qu'on voit accotées aux flancs des cathédrales que l'esthétique des ingénieurs n'a pas dégagées, un concierge savetier, qui élevait des poules et cultivait des fleurs—et au fond, dans le logis «faisant hôtel», une «comtesse» qui, quand elle sortait dans sa vieille calèche à deux chevaux, montrant sur son chapeau quelques capucines semblant échappées du jardinet de la loge (ayant à côté du cocher un valet de pied qui descendait corner des cartes à chaque hôtel aristocratique du quartier), envoyait indistinctement des sourires et de petits bonjours de la main aux enfants du portier et aux locataires bourgeois de l'immeuble qui passaient à ce moment-là et qu'elle confondait dans sa dédaigneuse affabilité et sa morgue égalitaire.

Dans la maison que nous étions venus habiter, la grande dame du fond de la cour était une duchesse, élégante et encore jeune. C'était Mme de Guermantes, et grâce à Françoise, je possédais assez vite des renseignements sur l'hôtel. Car les Guermantes (que Françoise désignait souvent par les mots de «en dessous», «en bas») étaient sa constante préoccupation depuis le matin, où, jetant, pendant qu'elle coiffait maman, un coup d'oeil défendu, irrésistible et furtif dans la cour, elle disait: «Tiens, deux bonnes soeurs; cela va sûrement en dessous» ou «oh! les beaux faisans à la fenêtre de la cuisine, il n'y a pas besoin de demander d'où qu'ils deviennent, le duc aura-t-été à la chasse», jusqu'au soir, où, si elle entendait, pendant qu'elle me donnait mes affaires de nuit, un bruit de piano, un écho de chansonnette, elle induisait: «Ils ont du monde en bas, c'est à la gaieté»; dans son visage régulier, sous ses cheveux blancs maintenant, un sourire de sa jeunesse animé et décent mettait alors pour un instant chacun de ses traits à sa place, les accordait dans un ordre apprêté et fin, comme avant une contredanse.

Mais le moment de la vie des Guermantes qui excitait le plus vivement l'intérêt de Françoise, lui donnait le plus de satisfaction et lui faisait aussi le plus de mal, c'était précisément celui où la porte cochère s'ouvrant à deux battants, la duchesse montait dans sa calèche. C'était habituellement peu de temps après que nos domestiques avaient fini de célébrer cette sorte de pâque solennelle que nul ne doit interrompre, appelée leur déjeuner, et pendant laquelle ils étaient tellement «tabous» que mon père lui-même ne se fût pas permis de les sonner, sachant d'ailleurs qu'aucun ne se fût pas plus dérangé au cinquième coup qu'au premier, et qu'il eût ainsi commis cette inconvenance en pure perte, mais non pas sans dommage pour lui. Car Françoise (qui, depuis qu'elle était une vieille femme se faisait à tout propos ce qu'on appelle une tête de circonstance) n'eût pas manqué de lui présenter toute la journée une figure couverte de petites marques cunéiformes et rouges qui déployaient au dehors, mais d'une façon peu déchiffrable, le long mémoire de ses doléances et les raisons profondes de son mécontentement. Elle les développait d'ailleurs, à la cantonade, mais sans que nous puissions bien distinguer les mots. Elle appelait cela—qu'elle croyait désespérant pour nous, «mortifiant», «vexant»,—dire toute la sainte journée des «messes basses».

Les derniers rites achevés, Françoise, qui était à la fois, comme dans l'église primitive, le célébrant et l'un des fidèles, se servait un dernier verre de vin, détachait de son cou sa serviette, la pliait en essuyant à ses lèvres un reste d'eau rougie et de café, la passait dans un rond, remerciait d'un oeil dolent «son» jeune valet de pied qui pour faire du zèle lui disait: «Voyons, madame, encore un peu de raisin; il est esquis», et allait aussitôt ouvrir la fenêtre sous le prétexte qu'il faisait trop chaud «dans cette misérable cuisine». En jetant avec dextérité, dans le même temps qu'elle tournait la poignée de la croisée et prenait l'air, un coup d'oeil désintéressé sur le fond de la cour, elle y dérobait furtivement la certitude que la duchesse n'était pas encore prête, couvait un instant de ses regards dédaigneux et passionnés la voiture attelée, et, cet instant d'attention une fois donné par ses yeux aux choses de la terre, les levait au ciel dont elle avait d'avance deviné la pureté en sentant la douceur de l'air et la chaleur du soleil; et elle regardait à l'angle du toit la place où, chaque printemps, venaient faire leur nid, juste au-dessus de la cheminée de ma chambre, des pigeons pareils à ceux qui roucoulaient dans sa cuisine, à Combray.

—Ah! Combray, Combray, s'écriait-elle. (Et le ton presque chanté sur lequel elle déclamait cette invocation eût pu, chez Françoise, autant que l'arlésienne pureté de son visage, faire soupçonner une origine méridionale et que la patrie perdue qu'elle pleurait n'était qu'une patrie d'adoption. Mais peut-être se fût-on trompé, car il semble qu'il n'y ait pas de province qui n'ait son «midi» et, combien ne rencontre-t-on pas de Savoyards et de Bretons chez qui l'on trouve toutes les douces transpositions de longues et de brèves qui caractérisent le méridional.) Ah! Combray, quand est-ce que je te reverrai, pauvre terre! Quand est-ce que je pourrai passer toute la sainte journée sous tes aubépines et nos pauvres lilas—en écoutant les pinsons et la Vivonne qui fait comme le murmure de quelqu'un qui chuchoterait, au lieu d'entendre cette misérable sonnette de notre jeune maître qui ne reste jamais une demi-heure sans me faire courir le long de ce satané couloir. Et encore il ne trouve pas que je vais assez vite, il faudrait qu'on ait entendu avant qu'il ait sonné, et si vous êtes d'une minute en retard, il «rentre» dans des colères épouvantables. Hélas! pauvre Combray! peut-être que je ne te reverrai que morte, quand on me jettera comme une pierre dans le trou de la tombe. Alors, je ne les sentirai plus tes belles aubépines toutes blanches. Mais dans le sommeil de la mort, je crois que j'entendrai encore ces trois coups de la sonnette qui m'auront déjà damnée dans ma vie.

Mais elle était interrompue par les appels du giletier de la cour, celui qui avait tant plu autrefois à ma grand'mère le jour où elle était allée voir Mme de Villeparisis et n'occupait pas un rang moins élevé dans la sympathie de Françoise. Ayant levé la tête en entendant ouvrir notre fenêtre, il cherchait déjà depuis un moment à attirer l'attention de sa voisine pour lui dire bonjour. La coquetterie de la jeune fille qu'avait été Françoise affinait alors pour M. Jupien le visage ronchonneur de notre vieille cuisinière alourdie par l'âge, par la mauvaise humeur et par la chaleur du fourneau, et c'est avec un mélange charmant de réserve, de familiarité et de pudeur qu'elle adressait au giletier un gracieux salut, mais sans lui répondre de la voix, car si elle enfreignait les recommandations de maman en regardant dans la cour, elle n'eût pas osé les braver jusqu'à causer par la fenêtre, ce qui avait le don, selon Françoise, de lui valoir, de la part de Madame, «tout un chapitre». Elle lui montrait la calèche attelée en ayant l'air de dire: «Des beaux chevaux, hein!» mais tout en murmurant: «Quelle vieille sabraque!» et surtout parce qu'elle savait qu'il allait lui répondre, en mettant la main devant la bouche pour être entendu tout en parlant à mi-voix: «*Vous* aussi vous pourriez en avoir si vous vouliez, et même peut-être plus qu'eux, mais vous n'aimez pas tout cela.»

Et Françoise après un signe modeste, évasif et ravi dont la signification était à peu près: «Chacun son genre; ici c'est à la simplicité», refermait la fenêtre de peur que maman n'arrivât. Ces «vous» qui eussent pu avoir plus de chevaux que les Guermantes, c'était nous, mais Jupien avait raison de dire «vous», car, sauf pour certains plaisirs d'amour-propre purement personnels—comme celui, quand elle toussait sans arrêter et que toute la maison avait peur de prendre son rhume, de prétendre, avec un ricanement irritant, qu'elle n'était pas enrhumée—pareille à ces plantes qu'un animal auquel elles sont entièrement unies nourrit d'aliments qu'il attrape, mange, digère pour elles et qu'il leur offre dans son dernier et tout assimilable résidu, Françoise vivait avec nous en symbiose; c'est nous qui, avec nos vertus, notre fortune, notre train de vie, notre situation, devions nous charger d'élaborer les petites satisfactions d'amour-propre dont était formée—en y ajoutant le droit reconnu d'exercer librement le culte du déjeuner suivant la coutume ancienne comportant la petite gorgée d'air à la fenêtre quand il était fini, quelque flânerie dans la rue en allant faire ses emplettes et une sortie le dimanche pour aller voir sa nièce—la part de contentement indispensable à sa vie. Aussi comprend-on que Françoise avait pu dépérir, les premiers jours, en proie, dans une maison où tous les titres honorifiques de mon père n'étaient pas encore connus, à un mal qu'elle appelait elle-même l'ennui, l'ennui dans ce sens énergique qu'il a chez Corneille ou sous la plume des soldats qui finissent par se suicider parce qu'ils s'«ennuient» trop après leur fiancée, leur village. L'ennui de Françoise avait été vite guéri par Jupien précisément, car il lui procura tout de suite un plaisir aussi vif et plus raffiné que celui qu'elle aurait eu si nous nous étions décidés à avoir une voiture.—«Du bien bon monde, ces Jupien, de bien braves gens et ils le portent sur la figure.» Jupien sut en effet comprendre et enseigner à tous que si nous n'avions pas d'équipage, c'est que nous ne voulions pas. Cet ami de Françoise vivait peu chez lui, ayant obtenu une place d'employé dans un ministère. Giletier d'abord avec la «gamine» que ma grand'mère avait prise pour sa fille, il avait perdu tout avantage à en exercer le métier quand la petite qui presque encore enfant savait déjà très bien recoudre une jupe, quand ma grand'mère était allée autrefois faire une visite à Mme de Villeparisis, s'était tournée vers la couture pour dames et était devenue jupière.

D'abord «petite main» chez une couturière, employée à faire un point, à recoudre un volant, à attacher un bouton ou une «pression», à ajuster un tour de taille avec des agrafes, elle avait vite passé deuxième puis première, et s'étant faite une clientèle de dames du meilleur monde, elle travaillait chez elle, c'est-à-dire dans notre cour, le plus souvent avec une ou deux de ses petites camarades de l'atelier qu'elle employait comme apprenties. Dès lors la présence de Jupien avait été moins utile. Sans doute la petite, devenue grande, avait encore souvent à faire des gilets. Mais aidée de ses amies elle n'avait besoin de personne. Aussi Jupien, son oncle, avait-il sollicité un emploi. Il fut libre d'abord de rentrer à midi, puis, ayant remplacé définitivement celui qu'il secondait seulement, pas avant l'heure du dîner. Sa «titularisation» ne se produisit heureusement que quelques semaines après notre emménagement, de sorte que la gentillesse de Jupien put s'exercer assez longtemps pour aider Françoise à franchir sans trop de souffrances les premiers temps difficiles. D'ailleurs, sans méconnaître l'utilité qu'il eut ainsi pour Françoise à titre de «médicament de transition», je dois reconnaître que Jupien ne m'avait pas plu beaucoup au premier abord. A quelques pas de distance, détruisant entièrement l'effet qu'eussent produit sans cela ses grosses joues et son teint fleuri, ses yeux débordés par un regard compatissant, désolé et rêveur, faisaient penser qu'il était très malade ou venait d'être frappé d'un grand deuil. Non seulement il n'en était rien, mais dès qu'il parlait, parfaitement bien d'ailleurs, il était plutôt froid et railleur. Il résultait de ce désaccord entre son regard et sa parole quelque chose de faux qui n'était pas sympathique et par quoi il avait l'air lui-même de se sentir aussi gêné qu'un invité en veston dans une soirée où tout le monde est en habit, ou que quelqu'un qui ayant à répondre à une Altesse ne sait pas au juste comment il faut lui parler et tourne la difficulté en réduisant ses phrases à presque rien. Celles de Jupien—car c'est pure comparaison—étaient au contraire charmantes. Correspondant peut-être à cette inondation du visage par les yeux (à laquelle on ne faisait plus attention quand on le connaissait), je discernai vite en effet chez lui une intelligence rare et l'une des plus naturellement littéraires qu'il m'ait été donné de connaître, en ce sens que, sans culture probablement, il possédait ou s'était assimilé, rien qu'à l'aide de quelques livres hâtivement parcourus, les tours les plus ingénieux de la langue. Les gens les plus doués que j'avais connus étaient morts très jeunes. Aussi étais-je persuadé que la vie de Jupien finirait vite. Il avait de la bonté, de la pitié, les sentiments les plus délicats, les plus généreux. Son rôle dans la vie de Françoise avait vite cessé d'être indispensable. Elle avait appris à le doubler.

Même quand un fournisseur ou un domestique venait nous apporter quelque paquet, tout en ayant l'air de ne pas s'occuper de lui, et en lui désignant seulement d'un air détaché une chaise, pendant qu'elle continuait son ouvrage, Françoise mettait si habilement à profit les quelques instants qu'il passait dans la cuisine, en attendant la réponse de maman, qu'il était bien rare qu'il repartît sans avoir indestructiblement gravée en lui la certitude que «si nous n'en avions pas, c'est que nous ne voulions pas». Si elle tenait tant d'ailleurs à ce que l'on sût que nous avions «d'argent», (car elle ignorait l'usage de ce que Saint-Loup appelait les articles partitifs et disait: «avoir d'argent», «apporter d'eau»), à ce qu'on nous sût riches, ce n'est pas que la richesse sans plus, la richesse sans la vertu, fût aux yeux de Françoise le bien suprême, mais la vertu sans la richesse n'était pas non plus son idéal. La richesse était pour elle comme une condition nécessaire de la vertu, à défaut de laquelle la vertu serait sans mérite et sans charme. Elle les séparait si peu qu'elle avait fini par prêter à chacune les qualités de l'autre, à exiger quelque confortable dans la vertu, à reconnaître quelque chose d'édifiant dans la richesse.

Une fois la fenêtre refermée, assez rapidement—sans cela, maman lui eût, paraît-il, «raconté toutes les injures imaginables»—Françoise commençait en soupirant à ranger la table de la cuisine.

—Il y a des Guermantes qui restent rue de la Chaise, disait le valet de chambre, j'avais un ami qui y avait travaillé; il était second cocher chez eux. Et je connais quelqu'un, pas mon copain alors, mais son beau-frère, qui avait fait son temps au régiment avec un piqueur du baron de Guermantes. «Et après tout allez-y donc, c'est pas mon père!» ajoutait le valet de chambre qui avait l'habitude, comme il fredonnait les refrains de l'année, de parsemer ses discours des plaisanteries nouvelles.

Françoise, avec la fatigue de ses yeux de femme déjà âgée et qui d'ailleurs voyaient tout de Combray, dans un vague lointain, distingua non la plaisanterie qui était dans ces mots, mais qu'il devait y en avoir une, car ils n'étaient pas en rapport avec la suite du propos, et avaient été lancés avec force par quelqu'un qu'elle savait farceur. Aussi sourit-elle d'un air bienveillant et ébloui et comme si elle disait: «Toujours le même, ce Victor!» Elle était du reste heureuse, car elle savait qu'entendre des traits de ce genre se rattache de loin à ces plaisirs honnêtes de la société pour lesquels dans tous les mondes on se dépêche de faire toilette, on risque de prendre froid. Enfin elle croyait que le valet de chambre était un ami pour elle car il ne cessait de lui dénoncer avec indignation les mesures terribles que la République allait prendre contre le clergé. Françoise n'avait pas encore compris que les plus cruels de nos adversaires ne sont pas ceux qui nous contredisent et essayent de nous persuader, mais ceux qui grossissent ou inventent les nouvelles qui peuvent nous désoler, en se gardant bien de leur donner une apparence de justification qui diminuerait notre peine et nous donnerait peut-être une légère estime pour un parti qu'ils tiennent à nous montrer, pour notre complet supplice, à la fois atroce et triomphant.

«La duchesse doit être alliancée avec tout ça, dit Françoise en reprenant la conversation aux Guermantes de la rue de la Chaise, comme on recommence un morceau à l'andante. Je ne sais plus qui m'a dit qu'un de ceux-là avait marié une cousine au Duc. En tout cas c'est de la même «parenthèse». C'est une grande famille que les Guermantes!» ajoutait-elle avec respect, fondant la grandeur de cette famille à la fois sur le nombre de ses membres et l'éclair de son illustration, comme Pascal la vérité de la Religion sur la Raison et l'autorité des Écritures. Car n'ayant que ce seul mot de «grand» pour les deux choses, il lui semblait qu'elles n'en formaient qu'une seule, son vocabulaire, comme certaines pierres, présentant ainsi par endroit un défaut et qui projetait de l'obscurité jusque dans la pensée de Françoise.

«Je me demande si ce serait pas euss qui ont leur château à Guermantes, à dix lieues de Combray, alors ça doit être parent aussi à leur cousine d'Alger. (Nous nous demandâmes longtemps ma mère et moi qui pouvait être cette cousine d'Alger, mais nous comprîmes enfin que Françoise entendait par le nom d'Alger la ville d'Angers. Ce qui est lointain peut nous être plus connu que ce qui est proche. Françoise, qui savait le nom d'Alger à cause d'affreuses dattes que nous recevions au jour de l'an, ignorait celui d'Angers. Son langage, comme la langue française elle-même, et surtout la toponymie, était parsemé d'erreurs.) Je voulais en causer à leur maître d'hôtel.—Comment donc qu'on lui dit?» s'interrompit-elle comme se posant une question de protocole; elle se répondit à elle-même: «Ah oui! c'est Antoine qu'on lui dit», comme si Antoine avait été un titre. «C'est lui qu'aurait pu m'en dire, mais c'est un vrai seigneur, un grand pédant, on dirait qu'on lui a coupé la langue ou qu'il a oublié d'apprendre à parler. Il ne vous fait même pas réponse quand on lui cause», ajoutait Françoise qui disait: «faire réponse», comme Mme de Sévigné. «Mais, ajouta-t-elle sans sincérité, du moment que je sais ce qui cuit dans ma marmite, je ne m'occupe pas de celle des autres. En tout cas tout ça n'est pas catholique. Et puis c'est pas un homme courageux (cette appréciation aurait pu faire croire que Françoise avait changé d'avis sur la bravoure qui, selon elle, à Combray, ravalait les hommes aux animaux féroces, mais il n'en était rien. Courageux signifiait seulement travailleur). On dit aussi qu'il est voleur comme une pie, mais il ne faut pas toujours croire les cancans. Ici tous les employés partent, rapport à la loge, les concierges sont jaloux et ils montent la tête à la Duchesse. Mais on peut bien dire que c'est un vrai feignant que cet Antoine, et son «Antoinesse» ne vaut pas mieux que lui», ajoutait Françoise qui, pour trouver au nom d'Antoine un féminin qui désignât la femme du maître d'hôtel, avait sans doute dans sa création grammaticale un inconscient ressouvenir de chanoine et chanoinesse. Elle ne parlait pas mal en cela. Il existe encore près de Notre-Dame une rue appelée rue Chanoinesse, nom qui lui avait été donné (parce qu'elle n'était habitée que par des chanoines) par ces Français de jadis, dont Françoise était, en réalité, la contemporaine. On avait d'ailleurs, immédiatement après, un nouvel exemple de cette manière de former les féminins, car Françoise ajoutait:

—Mais sûr et certain que c'est à la Duchesse qu'est le château de Guermantes. Et c'est elle dans le pays qu'est madame la mairesse. C'est quelque chose.

—Je comprends que c'est quelque chose, disait avec conviction le valet de pied, n'ayant pas démêlé l'ironie.

—Penses-tu, mon garçon, que c'est quelque chose? mais pour des gens comme «euss», être maire et mairesse c'est trois fois rien. Ah! si c'était à moi le château de Guermantes, on ne me verrait pas souvent à Paris. Faut-il tout de même que des maîtres, des personnes qui ont de quoi comme Monsieur et Madame, en aient des idées pour rester dans cette misérable ville plutôt que non pas aller à Combray dès l'instant qu'ils sont libres de le faire et que personne les retient. Qu'est-ce qu'ils attendent pour prendre leur retraite puisqu'ils ne manquent de rien; d'être morts? Ah! si j'avais seulement du pain sec à manger et du bois pour me chauffer l'hiver, il y a beau temps que je serais chez moi dans la pauvre maison de mon frère à Combray. Là-bas on se sent vivre au moins, on n'a pas toutes ces maisons devant soi, il y a si peu de bruit que la nuit on entend les grenouilles chanter à plus de deux lieues.

—Ça doit être vraiment beau, madame, s'écriait le jeune valet de pied avec enthousiasme, comme si ce dernier trait avait été aussi particulier à Combray que la vie en gondole à Venise.

D'ailleurs, plus récent dans la maison que le valet de chambre, il parlait à Françoise des sujets qui pouvaient intéresser non lui-même, mais elle. Et Françoise, qui faisait la grimace quand on la traitait de cuisinière, avait pour le valet de pied qui disait, en parlant d'elle, «la gouvernante», la bienveillance spéciale qu'éprouvent certains princes de second ordre envers les jeunes gens bien intentionnés qui leur donnent de l'Altesse.

—Au moins on sait ce qu'on fait et dans quelle saison qu'on vit. Ce n'est pas comme ici qu'il n'y aura pas plus un méchant bouton d'or à la sainte Pâques qu'à la Noël, et que je ne distingue pas seulement un petit angélus quand je lève ma vieille carcasse. Là-bas on entend chaque heure, ce n'est qu'une pauvre cloche, mais tu te dis: «Voilà mon frère qui rentre des champs», tu vois le jour qui baisse, on sonne pour les biens de la terre, tu as le temps de te retourner avant d'allumer ta lampe. Ici il fait jour, il fait nuit, on va se coucher qu'on ne pourrait seulement pas plus dire que les bêtes ce qu'on a fait.

—Il paraît que Méséglise aussi c'est bien joli, madame, interrompit le jeune valet de pied au gré de qui la conversation prenait un tour un peu abstrait et qui se souvenait par hasard de nous avoir entendus parler à table de Méséglise.

—Oh! Méséglise, disait Françoise avec le large sourire qu'on amenait toujours sur ses lèvres quand on prononçait ces noms de Méséglise, de Combray, de Tansonville. Ils faisaient tellement partie de sa propre existence qu'elle éprouvait à les rencontrer au dehors, à les entendre dans une conversation, une gaieté assez voisine de celle qu'un professeur excite dans sa classe en faisant allusion à tel personnage contemporain dont ses élèves n'auraient pas cru que le nom pût jamais tomber du haut de la chaire. Son plaisir venait aussi de sentir que ces pays-là étaient pour elle quelque chose qu'ils n'étaient pas pour les autres, de vieux camarades avec qui on a fait bien des parties; et elle leur souriait comme si elle leur trouvait de l'esprit, parce qu'elle retrouvait en eux beaucoup d'elle-même.

—Oui, tu peux le dire, mon fils, c'est assez joli Méséglise, reprenait-elle en riant finement; mais comment que tu en as eu entendu causer, toi, de Méséglise?

—Comment que j'ai entendu causer de Méséglise? mais c'est bien connu; on m'en a causé et même souventes fois causé, répondait-il avec cette criminelle inexactitude des informateurs qui, chaque fois que nous cherchons à nous rendre compte objectivement de l'importance que peut avoir pour les autres une chose qui nous concerne, nous mettent dans l'impossibilité d'y réussir.

—Ah! je vous réponds qu'il fait meilleur là sous les cerisiers que près du fourneau.

Elle leur parlait même d'Eulalie comme d'une bonne personne. Car depuis qu'Eulalie était morte, Françoise avait complètement oublié qu'elle l'avait peu aimée durant sa vie comme elle aimait peu toute personne qui n'avait rien à manger chez soi, qui «crevait la faim», et venait ensuite, comme une propre à rien, grâce à la bonté des riches, «faire des manières». Elle ne souffrait plus de ce qu'Eulalie eût si bien su se faire chaque semaine «donner la pièce» par ma tante. Quant à celle-ci, Françoise ne cessait de chanter ses louanges.

—Mais c'est à Combray même, chez une cousine de Madame, que vous étiez, alors? demandait le jeune valet de pied.

—Oui, chez Mme Octave, ah! une bien sainte femme, mes pauvres enfants, et où il y avait toujours de quoi, et du beau et du bon, une bonne femme, vous pouvez dire, qui ne plaignait pas les perdreaux, ni les faisans, ni rien, que vous pouviez arriver dîner à cinq, à six, ce n'était pas la viande qui manquait et de première qualité encore, et vin blanc, et vin rouge, tout ce qu'il fallait. (Françoise employait le verbe plaindre dans le même sens que fait La Bruyère.) Tout était toujours à ses dépens, même si la famille, elle restait des mois et an-nées. (Cette réflexion n'avait rien de désobligeant pour nous, car Françoise était d'un temps où «dépens» n'était pas réservé au style judiciaire et signifiait seulement dépense.) Ah! je vous réponds qu'on ne partait pas de là avec la faim. Comme M. le curé nous l'a eu fait ressortir bien des fois, s'il y a une femme qui peut compter d'aller près du bon Dieu, sûr et certain que c'est elle. Pauvre Madame, je l'entends encore qui me disait de sa petite voix: «Françoise, vous savez, moi je ne mange pas, mais je veux que ce soit aussi bon pour tout le monde que si je mangeais.» Bien sûr que c'était pas pour elle. Vous l'auriez vue, elle ne pesait pas plus qu'un paquet de cerises; il n'y en avait pas. Elle ne voulait pas me croire, elle ne voulait jamais aller au médecin. Ah! ce n'est pas là-bas qu'on aurait rien mangé à la va vite. Elle voulait que ses domestiques soient bien nourris. Ici, encore ce matin, nous n'avons pas seulement eu le temps de casser la croûte. Tout se fait à la sauvette.

Elle était surtout exaspérée par les biscottes de pain grillé que mangeait mon père. Elle était persuadée qu'il en usait pour faire des manières et la faire «valser». «Je peux dire, approuvait le jeune valet de pied, que j'ai jamais vu ça!» Il le disait comme s'il avait tout vu et si en lui les enseignements d'une expérience millénaire s'étendaient à tous les pays et à leurs usages parmi lesquels ne figurait nulle part celui du pain grillé. «Oui, oui, grommelait le maître d'hôtel, mais tout cela pourrait bien changer, les ouvriers doivent faire une grève au Canada et le ministre a dit l'autre soir à Monsieur qu'il a touché pour ça deux cent mille francs.» Le maître d'hôtel était loin de l'en blâmer, non qu'il ne fût lui-même parfaitement honnête, mais croyant tous les hommes politiques véreux, le crime de concussion lui paraissait moins grave que le plus léger délit de vol. Il ne se demandait même pas s'il avait bien entendu cette parole historique et il n'était pas frappé de l'invraisemblance qu'elle eût été dite par le coupable lui-même à mon père, sans que celui-ci l'eût mis dehors. Mais la philosophie de Combray empêchait que Françoise pût espérer que les grèves du Canada eussent une répercussion sur l'usage des biscottes: «Tant que le monde sera monde, voyez-vous, disait-elle, il y aura des maîtres pour nous faire trotter et des domestiques pour faire leurs caprices.» En dépit de la théorie de cette trotte perpétuelle; depuis un quart d'heure ma mère, qui n'usait probablement pas des mêmes mesures que Françoise pour apprécier la longueur du déjeuner de celle-ci, disait: «Mais qu'est-ce qu'ils peuvent bien faire, voilà plus de deux heures qu'ils sont à table.» Et elle sonnait timidement trois ou quatre fois. Françoise, son valet de pied, le maître d'hôtel entendaient les coups de sonnette non comme un appel et sans songer à venir, mais pourtant comme les premiers sons des instruments qui s'accordent quand un concert va bientôt recommencer et qu'on sent qu'il n'y aura plus que quelques minutes d'entr'acte. Aussi quand, les coups commençant à se répéter et à devenir plus insistants, nos domestiques se mettaient à y prendre garde et estimant qu'ils n'avaient plus beaucoup de temps devant eux et que la reprise du travail était proche, à un tintement de la sonnette un peu plus sonore que les autres, ils poussaient un soupir et, prenant leur parti, le valet de pied descendait fumer une cigarette devant la porte; Françoise, après quelques réflexions sur nous, telles que «ils ont sûrement la bougeotte», montait ranger ses affaires dans son sixième, et le maître d'hôtel ayant été chercher du papier à lettres dans ma chambre expédiait rapidement sa correspondance privée.

Malgré l'air de morgue de leur maître d'hôtel, Françoise avait pu, dès les premiers jours, m'apprendre que les Guermantes n'habitaient pas leur hôtel en vertu d'un droit immémorial, mais d'une location assez récente, et que le jardin sur lequel il donnait du côté que je ne connaissais pas était assez petit, et semblable à tous les jardins contigus; et je sus enfin qu'on n'y voyait ni gibet seigneurial, ni moulin fortifié, ni sauvoir, ni colombier à piliers, ni four banal, ni grange à nef, ni châtelet, ni ponts fixes ou levis, voire volants, non plus que péages, ni aiguilles, chartes, murales ou montjoies. Mais comme Elstir, quand la baie de Balbec ayant perdu son mystère, étant devenue pour moi une partie quelconque interchangeable avec toute autre des quantités d'eau salée qu'il y a sur le globe, lui avait tout d'un coup rendu une individualité en me disant que c'était le golfe d'opale de Whistler dans ses harmonies bleu argent, ainsi le nom de Guermantes avait vu mourir sous les coups de Françoise la dernière demeure issue de lui, quand un vieil ami de mon père nous dit un jour en parlant de la duchesse: «Elle a la plus grande situation dans le faubourg Saint-Germain, elle a la première maison du faubourg Saint-Germain.» Sans doute le premier salon, la première maison du faubourg Saint-Germain, c'était bien peu de chose auprès des autres demeures que j'avais successivement rêvées. Mais enfin celle-ci encore, et ce devait être la dernière, avait quelque chose, si humble ce fût-il, qui était, au delà de sa propre matière, une différenciation secrète.

Et cela m'était d'autant plus nécessaire de pouvoir chercher dans le «salon» de Mme de Guermantes, dans ses amis, le mystère de son nom, que je ne le trouvais pas dans sa personne quand je la voyais sortir le matin à pied ou l'après-midi en voiture. Certes déjà, dans l'église de Combray, elle m'était apparue dans l'éclair d'une métamorphose avec des joues irréductibles, impénétrables à la couleur du nom de Guermantes, et des après-midi au bord de la Vivonne, à la place de mon rêve foudroyé, comme un cygne ou un saule en lequel a été changé un Dieu ou une nymphe et qui désormais soumis aux lois de la nature glissera dans l'eau ou sera agité par le vent. Pourtant ces reflets évanouis, à peine les avais-je quittés qu'ils s'étaient reformés comme les reflets roses et verts du soleil couché, derrière la rame qui les a brisés, et dans la solitude de ma pensée le nom avait eu vite fait de s'approprier le souvenir du visage. Mais maintenant souvent je la voyais à sa fenêtre, dans la cour, dans la rue; et moi du moins si je ne parvenais pas à intégrer en elle le nom de Guermantes, à penser qu'elle était Mme de Guermantes, j'en accusais l'impuissance de mon esprit à aller jusqu'au bout de l'acte que je lui demandais; mais elle, notre voisine, elle semblait commettre la même erreur; bien plus, la commettre sans trouble, sans aucun de mes scrupules, sans même le soupçon que ce fût une erreur.

Ainsi Mme de Guermantes montrait dans ses robes le même souci de suivre la mode que si, se croyant devenue une femme comme les autres, elle avait aspiré à cette élégance de la toilette dans laquelle des femmes quelconques pouvaient l'égaler, la surpasser peut-être; je l'avais vue dans la rue regarder avec admiration une actrice bien habillée; et le matin, au moment où elle allait sortir à pied, comme si l'opinion des passants dont elle faisait ressortir la vulgarité en promenant familièrement au milieu d'eux sa vie inaccessible, pouvait être un tribunal pour elle, je pouvais l'apercevoir devant sa glace, jouant avec une conviction exempte de dédoublement et d'ironie, avec passion, avec mauvaise humeur, avec amour-propre, comme une reine qui a accepté de représenter une soubrette dans une comédie de cour, ce rôle, si inférieur à elle, de femme élégante; et dans l'oubli mythologique de sa grandeur native, elle regardait si sa voilette était bien tirée, aplatissait ses manches, ajustait son manteau, comme le cygne divin fait tous les mouvements de son espèce animale, garde ses yeux peints des deux côtés de son bec sans y mettre de regards et se jette tout d'un coup sur un bouton ou un parapluie, en cygne, sans se souvenir qu'il est un Dieu. Mais comme le voyageur, déçu par le premier aspect d'une ville, se dit qu'il en pénétrera peut-être le charme en en visitant les musées, en liant connaissance avec le peuple, en travaillant dans les bibliothèques, je me disais que si j'avais été reçu chez Mme de Guermantes, si j'étais de ses amis, si je pénétrais dans son existence, je connaîtrais ce que sous son enveloppe orangée et brillante son nom enfermait réellement, objectivement, pour les autres, puisque enfin l'ami de mon père avait dit que le milieu des Guermantes était quelque chose d'à part dans le faubourg Saint-Germain.

La vie que je supposais y être menée dérivait d'une source si différente de l'expérience, et me semblait devoir être si particulière, que je n'aurais pu imaginer aux soirées de la duchesse la présence de personnes que j'eusse autrefois fréquentées, de personnes réelles. Car ne pouvant changer subitement de nature, elles auraient tenu là des propos analogues à ceux que je connaissais; leurs partenaires se seraient peut-être abaissés à leur répondre dans le même langage humain; et pendant une soirée dans le premier salon du faubourg Saint-Germain, il y aurait eu des instants identiques à des instants que j'avais déjà vécus: ce qui était impossible. Il est vrai que mon esprit était embarrassé par certaines difficultés, et la présence du corps de Jésus-Christ dans l'hostie ne me semblait pas un mystère plus obscur que ce premier salon du Faubourg situé sur la rive droite et dont je pouvais de ma chambre entendre battre les meubles le matin. Mais la ligne de démarcation qui me séparait du faubourg Saint-Germain, pour être seulement idéale, ne m'en semblait que plus réelle; je sentais bien que c'était déjà le Faubourg, le paillasson des Guermantes étendu de l'autre côté de cet Équateur et dont ma mère avait osé dire, l'ayant aperçu comme moi, un jour que leur porte était ouverte, qu'il était en bien mauvais état. Au reste, comment leur salle à manger, leur galerie obscure, aux meubles de peluche rouge, que je pouvais apercevoir quelquefois par la fenêtre de notre cuisine, ne m'auraient-ils pas semblé posséder le charme mystérieux du faubourg Saint-Germain, en faire partie d'une façon essentielle, y être géographiquement situés, puisque avoir été reçu dans cette salle à manger, c'était être allé dans le faubourg Saint-Germain, en avoir respiré l'atmosphère, puisque ceux qui, avant d'aller à table, s'asseyaient à côté de Mme de Guermantes sur le canapé de cuir de la galerie, étaient tous du faubourg Saint-Germain? Sans doute, ailleurs que dans le Faubourg, dans certaines soirées, on pouvait voir parfois trônant majestueusement au milieu du peuple vulgaire des élégants l'un de ces hommes qui ne sont que des noms et qui prennent tour à tour quand on cherche à se les représenter l'aspect d'un tournoi et d'une forêt domaniale.

Mais ici, dans le premier salon du faubourg Saint-Germain, dans la galerie obscure, il n'y avait qu'eux. Ils étaient, en une matière précieuse, les colonnes qui soutenaient le temple. Même pour les réunions familiales, ce n'était que parmi eux que Mme de Guermantes pouvait choisir ses convives, et dans les dîners de douze personnes, assemblés autour de la nappe servie, ils étaient comme les statues d'or des apôtres de la Sainte-Chapelle, piliers symboliques et consécrateurs, devant la Sainte Table. Quant au petit bout de jardin qui s'étendait entre de hautes murailles, derrière l'hôtel, et où l'été Mme de Guermantes faisait après dîner servir des liqueurs et l'orangeade; comment n'aurais-je pas pensé que s'asseoir, entre neuf et onze heures du soir, sur ses chaises de fer—douées d'un aussi grand pouvoir que le canapé de cuir—sans respirer les brises particulières au faubourg Saint-Germain, était aussi impossible que de faire la sieste dans l'oasis de Figuig, sans être par cela même en Afrique? Il n'y a que l'imagination et la croyance qui peuvent différencier des autres certains objets, certains êtres, et créer une atmosphère. Hélas! ces sites pittoresques, ces accidents naturels, ces curiosités locales, ces ouvrages d'art du faubourg Saint-Germain, il ne me serait sans doute jamais donné de poser mes pas parmi eux. Et je me contentais de tressaillir en apercevant de la haute mer (et sans espoir d'y jamais aborder) comme un minaret avancé, comme un premier palmier, comme le commencement de l'industrie ou de la végétation exotiques, le paillasson usé du rivage.

Mais si l'hôtel de Guermantes commençait pour moi à la porte de son vestibule, ses dépendances devaient s'étendre beaucoup plus loin au jugement du duc qui, tenant tous les locataires pour fermiers, manants, acquéreurs de biens nationaux, dont l'opinion ne compte pas, se faisait la barbe le matin en chemise de nuit à sa fenêtre, descendait dans la cour, selon qu'il avait plus ou moins chaud, en bras de chemise, en pyjama, en veston écossais de couleur rare, à longs poils, en petits paletots clairs plus courts que son veston, et faisait trotter en main devant lui par un de ses piqueurs quelque nouveau cheval qu'il avait acheté. Plus d'une fois même le cheval abîma la devanture de Jupien, lequel indigna le duc en demandant une indemnité. «Quand ce ne serait qu'en considération de tout le bien que madame la Duchesse fait dans la maison et dans la paroisse, disait M. de Guermantes, c'est une infamie de la part de ce quidam de nous réclamer quelque chose.» Mais Jupien avait tenu bon, paraissant ne pas du tout savoir quel «bien» avait jamais fait la duchesse. Pourtant elle en faisait, mais, comme on ne peut l'étendre sur tout le monde, le souvenir d'avoir comblé l'un est une raison pour s'abstenir à l'égard d'un autre chez qui on excite d'autant plus de mécontentement. A d'autres points de vue d'ailleurs que celui de la bienfaisance, le quartier ne paraissait au duc—et cela jusqu'à de grandes distances—qu'un prolongement de sa cour, une piste plus étendue pour ses chevaux.

Après avoir vu comment un nouveau cheval trottait seul, il le faisait atteler, traverser toutes les rues avoisinantes, le piqueur courant le long de la voiture en tenant les guides, le faisant passer et repasser devant le duc arrêté sur le trottoir, debout, géant, énorme, habillé de clair, le cigare à la bouche, la tête en l'air, le monocle curieux, jusqu'au moment où il sautait sur le siège, menait le cheval lui-même pour l'essayer, et partait avec le nouvel attelage retrouver sa maîtresse aux Champs-Élysées. M. de Guermantes disait bonjour dans la cour à deux couples qui tenaient plus ou moins à son monde: un ménage de cousins à lui, qui, comme les ménages d'ouvriers, n'était jamais à la maison pour soigner les enfants, car dès le matin la femme partait à la «Schola» apprendre le contrepoint et la fugue et le mari à son atelier faire de la sculpture sur bois et des cuirs repoussés; puis le baron et la baronne de Norpois, habillés toujours en noir, la femme en loueuse de chaises et le mari en croque-mort, qui sortaient plusieurs fois par jour pour aller à l'église. Ils étaient les neveux de l'ancien ambassadeur que nous connaissions et que justement mon père avait rencontré sous la voûte de l'escalier mais sans comprendre d'où il venait; car mon père pensait qu'un personnage aussi considérable, qui s'était trouvé en relation avec les hommes les plus éminents de l'Europe et était probablement fort indifférent à de vaines distinctions aristocratiques, ne devait guère fréquenter ces nobles obscurs, cléricaux et bornés. Ils habitaient depuis peu dans la maison; Jupien étant venu dire un mot dans la cour au mari qui était en train de saluer M. de Guermantes, l'appela «M. Norpois», ne sachant pas exactement son nom.

—Ah! monsieur Norpois, ah! c'est vraiment trouvé! Patience! bientôt ce particulier vous appellera citoyen Norpois! s'écria, en se tournant vers le baron, M. de Guermantes. Il pouvait enfin exhaler sa mauvaise humeur contre Jupien qui lui disait «Monsieur» et non «Monsieur le Duc».

Un jour que M. de Guermantes avait besoin d'un renseignement qui se rattachait à la profession de mon père, il s'était présenté lui-même avec beaucoup de grâce. Depuis il avait souvent quelque service de voisin à lui demander, et dès qu'il l'apercevait en train de descendre l'escalier tout en songeant à quelque travail et désireux d'éviter toute rencontre, le duc quittait ses hommes d'écuries, venait à mon père dans la cour, lui arrangeait le col de son pardessus, avec la serviabilité héritée des anciens valets de chambre du Roi, lui prenait la main, et la retenant dans la sienne, la lui caressant même pour lui prouver, avec une impudeur de courtisane, qu'il ne lui marchandait pas le contact de sa chair précieuse, il le menait en laisse, fort ennuyé et ne pensant qu'à s'échapper, jusqu'au delà de la porte cochère. Il nous avait fait de grands saluts un jour qu'il nous avait croisés au moment où il sortait en voiture avec sa femme; il avait dû lui dire mon nom, mais quelle chance y avait-il pour qu'elle se le fût rappelé, ni mon visage? Et puis quelle piètre recommandation que d'être désigné seulement comme étant un de ses locataires! Une plus importante eût été de rencontrer la duchesse chez Mme de Villeparisis qui justement m'avait fait demander par ma grand'mère d'aller la voir, et, sachant que j'avais eu l'intention de faire de la littérature, avait ajouté que je rencontrerais chez elle des écrivains. Mais mon père trouvait que j'étais encore bien jeune pour aller dans le monde et, comme l'état de ma santé ne laissait pas de l'inquiéter, il ne tenait pas à me fournir des occasions inutiles de sorties nouvelles.

Comme un des valets de pied de Mme de Guermantes causait beaucoup avec Françoise, j'entendis nommer quelques-uns des salons où elle allait, mais je ne me les représentais pas: du moment qu'ils étaient une partie de sa vie, de sa vie que je ne voyais qu'à travers son nom, n'étaient-ils pas inconcevables?

—Il y a ce soir grande soirée d'ombres chinoises chez la princesse de Parme, disait le valet de pied, mais nous n'irons pas, parce que, à cinq heures, Madame prend le train de Chantilly pour aller passer deux jours chez le duc d'Aumale, mais c'est la femme de chambre et le valet de chambre qui y vont. Moi je reste ici. Elle ne sera pas contente, la princesse de Parme, elle a écrit plus de quatre fois à Madame la Duchesse.

—Alors vous n'êtes plus pour aller au château de Guermantes cette année?

—C'est la première fois que nous n'y serons pas: à cause des rhumatismes à Monsieur le Duc, le docteur a défendu qu'on y retourne avant qu'il y ait un calorifère, mais avant ça tous les ans on y était pour jusqu'en janvier. Si le calorifère n'est pas prêt, peut-être Madame ira quelques jours à Cannes chez la duchesse de Guise, mais ce n'est pas encore sûr.

—Et au théâtre, est-ce que vous y allez?

—Nous allons quelquefois à l'Opéra, quelquefois aux soirées d'abonnement de la princesse de Parme, c'est tous les huit jours; il paraît que c'est très chic ce qu'on voit: il y a pièces, opéra, tout. Madame la Duchesse n'a pas voulu prendre d'abonnements mais nous y allons tout de même une fois dans une loge d'une amie à Madame, une autre fois dans une autre, souvent dans la baignoire de la princesse de Guermantes, la femme du cousin à Monsieur le Duc. C'est la soeur au duc de Bavière.

—Et alors vous remontez comme ça chez vous, disait le valet de pied qui, bien qu'identifié aux Guermantes, avait cependant des *maîtres* en général une notion politique qui lui permettait de traiter Françoise avec autant de respect que si elle avait été placée chez une duchesse. Vous êtes d'une bonne santé, madame.

—Ah! ces maudites jambes! En plaine encore ça va bien (en plaine voulait dire dans la cour, dans les rues où Françoise ne détestait pas de se promener, en un mot en terrain plat), mais ce sont ces satanés escaliers. Au revoir, monsieur, on vous verra peut-être encore ce soir.

Elle désirait d'autant plus causer encore avec le valet de pied qu'il lui avait appris que les fils des ducs portent souvent un titre de prince qu'ils gardent jusqu'à la mort de leur père. Sans doute le culte de la noblesse, mêlé et s'accommodant d'un certain esprit de révolte contre elle, doit, héréditairement puisé sur les glèbes de France, être bien fort en son peuple. Car Françoise, à qui on pouvait parler du génie de Napoléon ou de la télégraphie sans fil sans réussir à attirer son attention et sans qu'elle ralentît un instant les mouvements par lesquels elle retirait les cendres de la cheminée ou mettait le couvert, si seulement elle apprenait ces particularités et que le fils cadet du duc de Guermantes s'appelait généralement le prince d'Oléron, s'écriait: «C'est beau ça!» et restait éblouie comme devant un vitrail.

Françoise apprit aussi par le valet de chambre du prince d'Agrigente, qui s'était lié avec elle en venant souvent porter des lettres chez la duchesse, qu'il avait, en effet, fort entendu parler dans le monde du mariage du marquis de Saint-Loup avec Mlle d'Ambresac et que c'était presque décidé.

Cette villa, cette baignoire, où Mme de Guermantes transvasait sa vie, ne me semblaient pas des lieux moins féeriques que ses appartements. Les noms de Guise, de Parme, de Guermantes-Bavière, différenciaient de toutes les autres les villégiatures où se rendait la duchesse, les fêtes quotidiennes que le sillage de sa voiture reliait à son hôtel. S'ils me disaient qu'en ces villégiatures, en ces fêtes consistait successivement la vie de Mme de Guermantes, ils ne m'apportaient sur elle aucun éclaircissement. Elles donnaient chacune à la vie de la duchesse une détermination différente, mais ne faisaient que la changer de mystère sans qu'elle laissât rien évaporer du sien, qui se déplaçait seulement, protégé par une cloison, enfermé dans un vase, au milieu des flots de la vie de tous. La duchesse pouvait déjeuner devant la Méditerranée à l'époque de Carnaval, mais, dans la villa de Mme de Guise, où la reine de la société parisienne n'était plus, dans sa robe de piqué blanc, au milieu de nombreuses princesses, qu'une invitée pareille aux autres, et par là plus émouvante encore pour moi, plus elle-même d'être renouvelée comme une étoile de la danse qui, dans la fantaisie d'un pas, vient prendre successivement la place de chacune des ballerines ses soeurs, elle pouvait regarder des ombres chinoises, mais à une soirée de la princesse de Parme, écouter la tragédie ou l'opéra, mais dans la baignoire de la princesse de Guermantes.

Comme nous localisons dans le corps d'une personne toutes les possibilités de sa vie, le souvenir des êtres qu'elle connaît et qu'elle vient de quitter, ou s'en va rejoindre, si, ayant appris par Françoise que Mme de Guermantes irait à pied déjeuner chez la princesse de Parme, je la voyais vers midi descendre de chez elle en sa robe de satin chair, au-dessus de laquelle son visage était de la même nuance, comme un nuage au soleil couchant, c'était tous les plaisirs du faubourg Saint-Germain que je voyais tenir devant moi, sous ce petit volume, comme dans une coquille, entre ces valves glacées de nacre rose.

Mon père avait au ministère un ami, un certain A.J. Moreau, lequel, pour se distinguer des autres Moreau, avait soin de toujours faire précéder son nom de ces deux initiales, de sorte qu'on l'appelait, pour abréger, A.J. Or, je ne sais comment cet A.J. se trouva possesseur d'un fauteuil pour une soirée de gala à l'Opéra; il l'envoya à mon père et, comme la Berma que je n'avais plus vue jouer depuis ma première déception devait jouer un acte de *Phèdre*, ma grand'mère obtint que mon père me donnât cette place.

A vrai dire je n'attachais aucun prix à cette possibilité d'entendre la Berma qui, quelques années auparavant, m'avait causé tant d'agitation. Et ce ne fut pas sans mélancolie que je constatai mon indifférence à ce que jadis j'avais préféré à la santé, au repos. Ce n'est pas que fût moins passionné qu'alors mon désir de pouvoir contempler de près les parcelles précieuses de réalité qu'entrevoyait mon imagination. Mais celle-ci ne les situait plus maintenant dans la diction d'une grande actrice; depuis mes visites chez Elstir, c'est sur certaines tapisseries, sur certains tableaux modernes, que j'avais reporté la foi intérieure que j'avais eue jadis en ce jeu, en cet art tragique de la Berma; ma foi, mon désir ne venant plus rendre à la diction et aux attitudes de la Berma un culte incessant, le «double» que je possédais d'eux, dans mon coeur, avait dépéri peu à peu comme ces autres «doubles» des trépassés de l'ancienne Égypte qu'il fallait constamment nourrir pour entretenir leur vie. Cet art était devenu mince et minable. Aucune âme profonde ne l'habitait plus.

Au moment où, profitant du billet reçu par mon père, je montais le grand escalier de l'Opéra, j'aperçus devant moi un homme que je pris d'abord pour M. de Charlus duquel il avait le maintien; quand il tourna la tête pour demander un renseignement à un employé, je vis que je m'étais trompé, mais je n'hésitai pas cependant à situer l'inconnu dans la même classe sociale d'après la manière non seulement dont il était habillé, mais encore dont il parlait au contrôleur et aux ouvreuses qui le faisaient attendre. Car, malgré les particularités individuelles, il y avait encore à cette époque, entre tout homme gommeux et riche de cette partie de l'aristocratie et tout homme gommeux et riche du monde de la finance ou de la haute industrie, une différence très marquée. Là où l'un de ces derniers eût cru affirmer son chic par un ton tranchant, hautain, à l'égard d'un inférieur, le grand seigneur, doux, souriant, avait l'air de considérer, d'exercer l'affectation de l'humilité et de la patience, la feinte d'être l'un quelconque des spectateurs, comme un privilège de sa bonne éducation. Il est probable qu'à le voir ainsi dissimulant sous un sourire plein de bonhomie le seuil infranchissable du petit univers spécial qu'il portait en lui, plus d'un fils de riche banquier, entrant à ce moment au théâtre, eût pris ce grand seigneur pour un homme de peu, s'il ne lui avait trouvé une étonnante ressemblance avec le portrait, reproduit récemment par les journaux illustrés, d'un neveu de l'empereur d'Autriche, le prince de Saxe, qui se trouvait justement à Paris en ce moment. Je le savais grand ami des Guermantes. En arrivant moi-même près du contrôleur, j'entendis le prince de Saxe, ou supposé tel, dire en souriant: «Je ne sais pas le numéro de la loge, c'est sa cousine qui m'a dit que je n'avais qu'à demander sa loge.»

Il était peut-être le prince de Saxe; c'était peut-être la duchesse de Guermantes (que dans ce cas je pourrais apercevoir en train de vivre un des moments de sa vie inimaginable, dans la baignoire de sa cousine) que ses yeux voyaient en pensée quand il disait: «sa cousine qui m'a dit que je n'avais qu'à demander sa loge», si bien que ce regard souriant et particulier, et ces mots si simples, me caressaient le coeur (bien plus que n'eût fait une rêverie abstraite), avec les antennes alternatives d'un bonheur possible et d'un prestige incertain. Du moins, en disant cette phrase au contrôleur, il embranchait sur une vulgaire soirée de ma vie quotidienne un passage éventuel vers un monde nouveau; le couloir qu'on lui désigna après avoir prononcé le mot de baignoire, et dans lequel il s'engagea, était humide et lézardé et semblait conduire à des grottes marines, au royaume mythologique des nymphes des eaux. Je n'avais devant moi qu'un monsieur en habit qui s'éloignait; mais je faisais jouer auprès de lui, comme avec un réflecteur maladroit, et sans réussir à l'appliquer exactement sur lui, l'idée qu'il était le prince de Saxe et allait voir la duchesse de Guermantes. Et, bien qu'il fût seul, cette idée extérieure à lui, impalpable, immense et saccadée comme une projection, semblait le précéder et le conduire comme cette Divinité, invisible pour le reste des hommes, qui se tient auprès du guerrier grec.

Je gagnai ma place, tout en cherchant à retrouver un vers de *Phèdre* dont je ne me souvenais pas exactement. Tel que je me le récitais, il n'avait pas le nombre de pieds voulus, mais comme je n'essayai pas de les compter, entre son déséquilibre et un vers classique il me semblait qu'il n'existait aucune commune mesure. Je n'aurais pas été étonné qu'il eût fallu ôter plus de six syllabes à cette phrase monstrueuse pour en faire un vers de douze pieds. Mais tout à coup je me le rappelai, les irréductibles aspérités d'un monde inhumain s'anéantirent magiquement; les syllabes du vers remplirent aussitôt la mesure d'un alexandrin, ce qu'il avait de trop se dégagea avec autant d'aisance et de souplesse qu'une bulle d'air qui vient crever à la surface de l'eau. Et en effet cette énormité avec laquelle j'avais lutté n'était qu'un seul pied.

Un certain nombre de fauteuils d'orchestre avaient été mis en vente au bureau et achetés par des snobs ou des curieux qui voulaient contempler des gens qu'ils n'auraient pas d'autre occasion de voir de près. Et c'était bien, en effet, un peu de leur vraie vie mondaine habituellement cachée qu'on pourrait considérer publiquement, car la princesse de Parme ayant placé elle-même parmi ses amis les loges, les balcons et les baignoires, la salle était comme un salon où chacun changeait de place, allait s'asseoir ici ou là, près d'une amie.

A côté de moi étaient des gens vulgaires qui, ne connaissant pas les abonnés, voulaient montrer qu'ils étaient capables de les reconnaître et les nommaient tout haut. Ils ajoutaient que ces abonnés venaient ici comme dans leur salon, voulant dire par là qu'ils ne faisaient pas attention aux pièces représentées. Mais c'est le contraire qui avait lieu. Un étudiant génial qui a pris un fauteuil pour entendre la Berma ne pense qu'à ne pas salir ses gants, à ne pas gêner, à se concilier le voisin que le hasard lui a donné, à poursuivre d'un sourire intermittent le regard fugace, à fuir d'un air impoli le regard rencontré d'une personne de connaissance qu'il a découverte dans la salle et qu'après mille perplexités il se décide à aller saluer au moment où les trois coups, en retentissant avant qu'il soit arrivé jusqu'à elle, le forcent à s'enfuir comme les Hébreux dans la mer Rouge entre les flots houleux des spectateurs et des spectatrices qu'il a fait lever et dont il déchire les robes ou écrase les bottines. Au contraire, c'était parce que les gens du monde étaient dans leurs loges (derrière le balcon en terrasse), comme dans de petits salons suspendus dont une cloison eût été enlevée, ou dans de petits cafés où l'on va prendre une bavaroise, sans être intimidé par les glaces encadrées d'or, et les sièges rouges de l'établissement du genre napolitain; c'est parce qu'ils posaient une main indifférente sur les fûts dorés des colonnes qui soutenaient ce temple de l'art lyrique, c'est parce qu'ils n'étaient pas émus des honneurs excessifs que semblaient leur rendre deux figures sculptées qui tendaient vers les loges des palmes et des lauriers, que seuls ils auraient eu l'esprit libre pour écouter la pièce si seulement ils avaient eu de l'esprit.

D'abord il n'y eut que de vagues ténèbres où on rencontrait tout d'un coup, comme le rayon d'une pierre précieuse qu'on ne voit pas, la phosphorescence de deux yeux célèbres, ou, comme un médaillon d'Henri IV détaché sur un fond noir, le profil incliné du duc d'Aumale, à qui une dame invisible criait: «Que Monseigneur me permette de lui ôter son pardessus», cependant que le prince répondait: «Mais voyons, comment donc, Madame d'Ambresac.» Elle le faisait malgré cette vague défense et était enviée par tous à cause d'un pareil honneur.

Mais, dans les autres baignoires, presque partout, les blanches déités qui habitaient ces sombres séjours s'étaient réfugiées contre les parois obscures et restaient invisibles. Cependant, au fur et à mesure que le spectacle s'avançait, leurs formes vaguement humaines se détachaient mollement l'une après l'autre des profondeurs de la nuit qu'elles tapissaient et, s'élevant vers le jour, laissaient émerger leurs corps demi-nus, et venaient s'arrêter à la limite verticale et à la surface clair-obscur où leurs brillants visages apparaissaient derrière le déferlement rieur, écumeux et léger de leurs éventails de plumes, sous leurs chevelures de pourpre emmêlées de perles que semblait avoir courbées l'ondulation du flux; après commençaient les fauteuils d'orchestre, le séjour des mortels à jamais séparé du sombre et transparent royaume auquel çà et là servaient de frontière, dans leur surface liquide et pleine, les yeux limpides et réfléchissant des déesses des eaux. Car les strapontins du rivage, les formes des monstres de l'orchestre se peignaient dans ces yeux suivant les seules lois de l'optique et selon leur angle d'incidence, comme il arrive pour ces deux parties de la réalité extérieure auxquelles, sachant qu'elles ne possèdent pas, si rudimentaire soit-elle, d'âme analogue à la nôtre, nous nous jugerions insensés d'adresser un sourire ou un regard: les minéraux et les personnes avec qui nous ne sommes pas en relations. En deçà, au contraire, de la limite de leur domaine, les radieuses filles de la mer se retournaient à tout moment en souriant vers des tritons barbus pendus aux anfractuosités de l'abîme, ou vers quelque demi-dieu aquatique ayant pour crâne un galet poli sur lequel le flot avait ramené une algue lisse et pour regard un disque en cristal de roche. Elles se penchaient vers eux, elles leur offraient des bonbons; parfois le flot s'entr'ouvrait devant une nouvelle néréide qui, tardive, souriante et confuse, venait de s'épanouir du fond de l'ombre; puis l'acte fini, n'espérant plus entendre les rumeurs mélodieuses de la terre qui les avaient attirées à la surface, plongeant toutes à la fois, les diverses soeurs disparaissaient dans la nuit. Mais de toutes ces retraites au seuil desquelles le souci léger d'apercevoir les oeuvres des hommes amenait les déesses curieuses, qui ne se laissent pas approcher, la plus célèbre était le bloc de demi-obscurité connu sous le nom de baignoire de la princesse de Guermantes.

Comme une grande déesse qui préside de loin aux jeux des divinités inférieures, la princesse était restée volontairement un peu au fond sur un canapé latéral, rouge comme un rocher de corail, à côté d'une large réverbération vitreuse qui était probablement une glace et faisait penser à quelque section qu'un rayon aurait pratiquée, perpendiculaire, obscure et liquide, dans le cristal ébloui des eaux. A la fois plume et corolle, ainsi que certaines floraisons marines, une grande fleur blanche, duvetée comme une aile, descendait du front de la princesse le long d'une de ses joues dont elle suivait l'inflexion avec une souplesse coquette, amoureuse et vivante, et semblait l'enfermer à demi comme un oeuf rose dans la douceur d'un nid d'alcyon. Sur la chevelure de la princesse, et s'abaissant jusqu'à ses sourcils, puis reprise plus bas à la hauteur de sa gorge, s'étendait une résille faite de ces coquillages blancs qu'on pêche dans certaines mers australes et qui étaient mêlés à des perles, mosaïque marine à peine sortie des vagues qui par moment se trouvait plongée dans l'ombre au fond de laquelle, même alors, une présence humaine était révélée par la motilité éclatante des yeux de la princesse. La beauté qui mettait celle-ci bien au-dessus des autres filles fabuleuses de la pénombre n'était pas tout entière matériellement et inclusivement inscrite dans sa nuque, dans ses épaules, dans ses bras, dans sa taille. Mais la ligne délicieuse et inachevée de celle-ci était l'exact point de départ, l'amorce inévitable de lignes invisibles en lesquelles l'oeil ne pouvait s'empêcher de les prolonger, merveilleuses, engendrées autour de la femme comme le spectre d'une figure idéale projetée sur les ténèbres.

—C'est la princesse de Guermantes, dit ma voisine au monsieur qui était avec elle, en ayant soin de mettre devant le mot princesse plusieurs *p* indiquant que cette appellation était risible. Elle n'a pas économisé ses perles. Il me semble que si j'en avais autant, je n'en ferais pas un pareil étalage; je ne trouve pas que cela ait l'air comme il faut.

Et cependant, en reconnaissant la princesse, tous ceux qui cherchaient à savoir qui était dans la salle sentaient se relever dans leur coeur le trône légitime de la beauté. En effet, pour la duchesse de Luxembourg, pour Mme de Morienval, pour Mme de Saint-Euverte, pour tant d'autres, ce qui permettait d'identifier leur visage, c'était la connexité d'un gros nez rouge avec un bec de lièvre, ou de deux joues ridées avec une fine moustache. Ces traits étaient d'ailleurs suffisants pour charmer, puisque, n'ayant que la valeur conventionnelle d'une écriture, ils donnaient à lire un nom célèbre et qui imposait; mais aussi, ils finissaient par donner l'idée que la laideur a quelque chose d'aristocratique, et qu'il est indifférent que le visage d'une grande dame, s'il est distingué, soit beau. Mais comme certains artistes qui, au lieu des lettres de leur nom, mettent au bas de leur toile une forme belle par elle-même, un papillon, un lézard, une fleur, de même c'était la forme d'un corps et d'un visage délicieux que la princesse apposait à l'angle de sa loge, montrant par là que la beauté peut être la plus noble des signatures; car la présence de Mme de Guermantes, qui n'amenait au théâtre que des personnes qui le reste du temps faisaient partie de son intimité, était, aux yeux des amateurs d'aristocratie, le meilleur certificat d'authenticité du tableau que présentait sa baignoire, sorte d'évocation d'une scène de la vie familière et spéciale de la princesse dans ses palais de Munich et de Paris.

Notre imagination étant comme un orgue de Barbarie détraqué qui joue toujours autre chose que l'air indiqué, chaque fois que j'avais entendu parler de la princesse de Guermantes-Bavière, le souvenir de certaines oeuvres du XVIe siècle avait commencé à chanter en moi. Il me fallait l'en dépouiller maintenant que je la voyais, en train d'offrir des bonbons glacés à un gros monsieur en frac. Certes j'étais bien loin d'en conclure qu'elle et ses invités fussent des êtres pareils aux autres. Je comprenais bien que ce qu'ils faisaient là n'était qu'un jeu, et que pour préluder aux actes de leur vie véritable (dont sans doute ce n'est pas ici qu'ils vivaient la partie importante) ils convenaient en vertu des rites ignorés de moi, ils feignaient d'offrir et de refuser des bonbons, geste dépouillé de sa signification et réglé d'avance comme le pas d'une danseuse qui tour à tour s'élève sur sa pointe et tourne autour d'une écharpe. Qui sait? peut-être au moment où elle offrait ses bonbons, la Déesse disait-elle sur ce ton d'ironie (car je la voyais sourire): «Voulez-vous des bonbons?» Que m'importait? J'aurais trouvé d'un délicieux raffinement la sécheresse voulue, à la Mérimée ou à la Meilhac, de ces mots adressés par une déesse à un demi-dieu qui, lui, savait quelles étaient les pensées sublimes que tous deux résumaient, sans doute pour le moment où ils se remettraient à vivre leur vraie vie et qui, se prêtant à ce jeu, répondait avec la même mystérieuse malice: «Oui, je veux bien une cerise.» Et j'aurais écouté ce dialogue avec la même avidité que telle scène du *Mari de la Débutante*, où l'absence de poésie, de grandes pensées, choses si familières pour moi et que je suppose que Meilhac eût été mille fois capable d'y mettre, me semblait à elle seule une élégance, une élégance conventionnelle, et par là d'autant plus mystérieuse et plus instructive.

—Ce gros-là, c'est le marquis de Ganançay, dit d'un air renseigné mon voisin qui avait mal entendu le nom chuchoté derrière lui.

Le marquis de Palancy, le cou tendu, la figure oblique, son gros oeil rond collé contre le verre du monocle, se déplaçait lentement dans l'ombre transparente et paraissait ne pas plus voir le public de l'orchestre qu'un poisson qui passe, ignorant de la foule des visiteurs curieux, derrière la cloison vitrée d'un aquarium. Par moment il s'arrêtait, vénérable, soufflant et moussu, et les spectateurs n'auraient pu dire s'il souffrait, dormait, nageait, était en train de pondre ou respirait seulement. Personne n'excitait en moi autant d'envie que lui, à cause de l'habitude qu'il avait l'air d'avoir de cette baignoire et de l'indifférence avec laquelle il laissait la princesse lui tendre des bonbons; elle jetait alors sur lui un regard de ses beaux yeux taillés dans un diamant que semblaient bien fluidifier, à ces moments-là, l'intelligence et l'amitié, mais qui, quand ils étaient au repos, réduits à leur pure beauté matérielle, à leur seul éclat minéralogique, si le moindre réflexe les déplaçait légèrement, incendiaient la profondeur du parterre de feux inhumains, horizontaux et splendides. Cependant, parce que l'acte de *Phèdre* que jouait la Berma allait commencer, la princesse vint sur le devant de la baignoire; alors, comme si elle-même était une apparition de théâtre, dans la zone différente de lumière qu'elle traversa, je vis changer non seulement la couleur mais la matière de ses parures. Et dans la baignoire asséchée, émergée, qui n'appartenait plus au monde des eaux, la princesse cessant d'être une néréide apparut enturbannée de blanc et de bleu comme quelque merveilleuse tragédienne costumée en Zaïre ou peut-être en Orosmane; puis quand elle se fut assise au premier rang, je vis que le doux nid d'alcyon qui protégeait tendrement la nacre rose de ses joues était, douillet, éclatant et velouté, un immense oiseau de paradis.

Cependant mes regards furent détournés de la baignoire de la princesse de Guermantes par une petite femme mal vêtue, laide, les yeux en feu, qui vint, suivie de deux jeunes gens, s'asseoir à quelques places de moi. Puis le rideau se leva. Je ne pus constater sans mélancolie qu'il ne me restait rien de mes dispositions d'autrefois quand, pour ne rien perdre du phénomène extraordinaire que j'aurais été contempler au bout du monde, je tenais mon esprit préparé comme ces plaques sensibles que les astronomes vont installer en Afrique, aux Antilles, en vue de l'observation scrupuleuse d'une comète ou d'une éclipse; quand je tremblais que quelque nuage (mauvaise disposition de l'artiste, incident dans le public) empêchât le spectacle de se produire dans son maximum d'intensité; quand j'aurais cru ne pas y assister dans les meilleures conditions si je ne m'étais pas rendu dans le théâtre même qui lui était consacré comme un autel, où me semblaient alors faire encore partie, quoique partie accessoire, de son apparition sous le petit rideau rouge, les contrôleurs à oeillet blanc nommés par elle, le soubassement de la nef au-dessus d'un parterre plein de gens mal habillés, les ouvreuses vendant un programme avec sa photographie, les marronniers du square, tous ces compagnons, ces confidents de mes impressions d'alors et qui m'en semblaient inséparables. *Phèdre*, la «Scène de la Déclaration», la Berma avaient alors pour moi une sorte d'existence absolue. Situées en retrait du monde de l'expérience courante, elles existaient par elles-mêmes, il me fallait aller vers elles, je pénétrerais d'elles ce que je pourrais, et en ouvrant mes yeux et mon âme tout grands j'en absorberais encore bien peu.

Mais comme la vie me paraissait agréable! l'insignifiance de celle que je menais n'avait aucune importance, pas plus que les moments où on s'habille, où on se prépare pour sortir, puisque au delà existait, d'une façon absolue, bonnes et difficiles à approcher, impossibles à posséder tout entières, ces réalités plus solides, *Phèdre*, la manière dont disait la Berma. Saturé par ces rêveries sur la perfection dans l'art dramatique desquelles on eût pu extraire alors une dose importante, si l'on avait dans ces temps-là analysé mon esprit à quelque minute du jour et peut-être de la nuit que ce fût, j'étais comme une pile qui développe son électricité. Et il était arrivé un moment où malade, même si j'avais cru en mourir, il aurait fallu que j'allasse entendre la Berma. Mais maintenant, comme une colline qui au loin semble faite d'azur et qui de près rentre dans notre vision vulgaire des choses, tout cela avait quitté le monde de l'absolu et n'était plus qu'une chose pareille aux autres, dont je prenais connaissance parce que j'étais là, les artistes étaient des gens de même essence que ceux que je connaissais, tâchant de dire le mieux possible ces vers de *Phèdre* qui, eux, ne formaient plus une essence sublime et individuelle, séparée de tout, mais des vers plus ou moins réussis, prêts à rentrer dans l'immense matière de vers français où ils étaient mêlés. J'en éprouvais un découragement d'autant plus profond que si l'objet de mon désir têtu et agissant n'existait plus, en revanche les mêmes dispositions à une rêverie fixe, qui changeait d'année en année, mais me conduisait à une impulsion brusque, insoucieuse du danger, persistaient. Tel jour où, malade, je partais pour aller voir dans un château un tableau d'Elstir, une tapisserie gothique, ressemblait tellement au jour où j'avais dû partir pour Venise, à celui où j'étais allé entendre la Berma, ou parti pour Balbec, que d'avance je sentais que l'objet présent de mon sacrifice me laisserait indifférent au bout de peu de temps, que je pourrais alors passer très près de lui sans aller regarder ce tableau, ces tapisseries pour lesquelles j'eusse en ce moment affronté tant de nuits sans sommeil, tant de crises douloureuses. Je sentais par l'instabilité de son objet la vanité de mon effort, et en même temps son énormité à laquelle je n'avais pas cru, comme ces neurasthéniques dont on double la fatigue en leur faisant remarquer qu'ils sont fatigués. En attendant, ma songerie donnait du prestige à tout ce qui pouvait se rattacher à elle. Et même dans mes désirs les plus charnels toujours orientés d'un certain côté, concentrés autour d'un même rêve, j'aurais pu reconnaître comme premier moteur une idée, une idée à laquelle j'aurais sacrifié ma vie, et au point le plus central de laquelle, comme dans mes rêveries pendant les après-midi de lecture au jardin à Combray, était l'idée de perfection.

Je n'eus plus la même indulgence qu'autrefois pour les justes intentions de tendresse ou de colère que j'avais remarquées alors dans le débit et le jeu d'Aricie, d'Ismène et d'Hippolyte. Ce n'est pas que ces artistes— c'étaient les mêmes—ne cherchassent toujours avec la même intelligence à donner ici à leur voix une inflexion caressante ou une ambiguïté calculée, là à leurs gestes une ampleur tragique ou une douceur suppliante. Leurs intonations commandaient à cette voix: «Sois douce, chante comme un rossignol, caresse»; ou au contraire: «Fais-toi furieuse», et alors se précipitaient sur elle pour tâcher de l'emporter dans leur frénésie. Mais elle, rebelle, extérieure à leur diction, restait irréductiblement leur voix naturelle, avec ses défauts ou ses charmes matériels, sa vulgarité ou son affectation quotidiennes, et étalait ainsi un ensemble de phénomènes acoustiques ou sociaux que n'avait pas altéré le sentiment des vers récités.

De même le geste de ces artistes disait à leurs bras, à leur péplum: «Soyez majestueux.» Mais les membres insoumis laissaient se pavaner entre l'épaule et le coude un biceps qui ne savait rien du rôle; ils continuaient à exprimer l'insignifiance de la vie de tous les jours et à mettre en lumière, au lieu des nuances raciniennes, des connexités musculaires; et la draperie qu'ils soulevaient retombait selon une verticale où ne le disputait aux lois de la chute des corps qu'une souplesse insipide et textile. A ce moment la petite dame qui était près de moi s'écria:

—Pas un applaudissement! Et comme elle est ficelée! Mais elle est trop vieille, elle ne peut plus, on renonce dans ces cas-là.

Devant les «chut» des voisins, les deux jeunes gens qui étaient avec elle tâchèrent de la faire tenir tranquille, et sa fureur ne se déchaînait plus que dans ses yeux. Cette fureur ne pouvait d'ailleurs s'adresser qu'au succès, à la gloire, car la Berma qui avait gagné tant d'argent n'avait que des dettes. Prenant toujours des rendez-vous d'affaires ou d'amitié auxquels elle ne pouvait pas se rendre, elle avait dans toutes les rues des chasseurs qui couraient décommander dans les hôtels des appartements retenus à l'avance et qu'elle ne venait jamais occuper, des océans de parfums pour laver ses chiennes, des dédits à payer à tous les directeurs. A défaut de frais plus considérables, et moins voluptueuse que Cléopâtre, elle aurait trouvé le moyen de manger en pneumatiques et en voitures de l'Urbaine des provinces et des royaumes. Mais la petite dame était une actrice qui n'avait pas eu de chance et avait voué une haine mortelle à la Berma. Celle-ci venait d'entrer en scène.

Et alors, ô miracle, comme ces leçons que nous nous sommes vainement épuisés à apprendre le soir et que nous retrouvons en nous, sues par coeur, après que nous avons dormi, comme aussi ces visages des morts que les efforts passionnés de notre mémoire poursuivent sans les retrouver, et qui, quand nous ne pensons plus à eux, sont là devant nos yeux, avec la ressemblance de la vie, le talent de la Berma qui m'avait fui quand je cherchais si avidement à en saisir l'essence, maintenant, après ces années d'oubli, dans cette heure d'indifférence, s'imposait avec la force de l'évidence à mon admiration. Autrefois, pour tâcher d'isoler ce talent, je défalquais en quelque sorte de ce que j'entendais le rôle lui-même, le rôle, partie commune à toutes les actrices qui jouaient *Phèdre* et que j'avais étudié d'avance pour que je fusse capable de le soustraire, de ne recueillir comme résidu que le talent de Mme Berma. Mais ce talent que je cherchais à apercevoir en dehors du rôle, il ne faisait qu'un avec lui. Tel pour un grand musicien (il paraît que c'était le cas pour Vinteuil quand il jouait du piano), son jeu est d'un si grand pianiste qu'on ne sait même plus si cet artiste est pianiste du tout, parce que (n'interposant pas tout cet appareil d'efforts musculaires, ça et là couronnés de brillants effets, toute cette éclaboussure de notes où du moins l'auditeur qui ne sait où se prendre croit trouver le talent dans sa réalité matérielle, tangible) ce jeu est devenu si transparent, si rempli de ce qu'il interprète, que lui-même on ne le voit plus, et qu'il n'est plus qu'une fenêtre qui donne sur un chef-d'oeuvre.

Les intentions entourant comme une bordure majestueuse ou délicate la voix et la mimique d'Aricie, d'Ismène, d'Hippolyte, j'avais pu les distinguer; mais Phèdre se les était intériorisées, et mon esprit n'avait pas réussi à arracher à la diction et aux attitudes, à appréhender dans l'avare simplicité de leurs surfaces unies, ces trouvailles, ces effets qui n'en dépassaient pas, tant ils s'y étaient profondément résorbés. La voix de la Berma, en laquelle ne subsistait plus un seul déchet de matière inerte et réfractaire à l'esprit, ne laissait pas discerner autour d'elle cet excédent de larmes qu'on voyait couler, parce qu'elles n'avaient pu s'y imbiber, sur la voix de marbre d'Aricie ou d'Ismène, mais avait été délicatement assouplie en ses moindres cellules comme l'instrument d'un grand violoniste chez qui on veut, quand on dit qu'il a un beau son, louer non pas une particularité physique mais une supériorité d'âme; et comme dans le paysage antique où à la place d'une nymphe disparue il y a une source inanimée, une intention discernable et concrète s'y était changée en quelque qualité du timbre, d'une limpidité étrange, appropriée et froide. Les bras de la Berma que les vers eux-mêmes, de la même émission par laquelle ils faisaient sortir sa voix de ses lèvres, semblaient soulever sur sa poitrine, comme ces feuillages que l'eau déplace en s'échappant; son attitude en scène qu'elle avait lentement constituée, qu'elle modifierait encore, et qui était faite de raisonnements d'une autre profondeur que ceux dont on apercevait la trace dans les gestes de ses camarades, mais de raisonnements ayant perdu leur origine volontaire, fondus dans une sorte de rayonnement où ils faisaient palpiter, autour du personnage de Phèdre, des éléments riches et complexes, mais que le spectateur fasciné prenait, non pour une réussite de l'artiste mais pour une donnée de la vie; ces blancs voiles eux-mêmes, qui, exténués et fidèles, semblaient de la matière vivante et avoir été filés par la souffrance mi-païenne, mi-janséniste, autour de laquelle ils se contractaient comme un cocon fragile et frileux; tout cela, voix, attitudes, gestes, voiles, n'étaient, autour de ce corps d'une idée qu'est un vers (corps qui, au contraire des corps humains, n'est pas devant l'âme comme un obstacle opaque qui empêche de l'apercevoir mais comme un vêtement purifié, vivifié où elle se diffuse et où on la retrouve), que des enveloppes supplémentaires qui, au lieu de la cacher, rendaient plus splendidement l'âme qui se les était assimilées et s'y était répandue, que des coulées de substances diverses, devenues translucides, dont la superposition ne fait que réfracter plus richement le rayon central et prisonnier qui les traverse et rendre plus étendue, plus précieuse et plus belle la matière imbibée de flamme où il est engainé. Telle l'interprétation de la Berma était, autour de l'oeuvre, une seconde oeuvre vivifiée aussi par le génie.

Mon impression, à vrai dire, plus agréable que celle d'autrefois, n'était pas différente. Seulement je ne la confrontais plus à une idée préalable, abstraite et fausse, du génie dramatique, et je comprenais que le génie dramatique, c'était justement cela. Je pensais tout à l'heure que, si je n'avais pas eu de plaisir la première fois que j'avais entendu la Berma, c'est que, comme jadis quand je retrouvais Gilberte aux Champs-Élysées, je venais à elle avec un trop grand désir. Entre les deux déceptions il n'y avait peut-être pas seulement cette ressemblance, une autre aussi, plus profonde. L'impression que nous cause une personne, une oeuvre (ou une interprétation) fortement caractérisées, est particulière. Nous avons apporté avec nous les idées de «beauté», «largeur de style», «pathétique», que nous pourrions à la rigueur avoir l'illusion de reconnaître dans la banalité d'un talent, d'un visage corrects, mais notre esprit attentif a devant lui l'insistance d'une forme dont il ne possède pas l'équivalent intellectuel, dont il lui faut dégager l'inconnu. Il entend un son aigu, une intonation bizarrement interrogative. Il se demande: «Est-ce beau? ce que j'éprouve, est-ce de l'admiration? est-ce cela la richesse de coloris, la noblesse, la puissance?» Et ce qui lui répond de nouveau, c'est une voix aiguë, c'est un ton curieusement questionneur, c'est l'impression despotique causée par un être qu'on ne connaît pas, toute matérielle, et dans laquelle aucun espace vide n'est laissé pour la «largeur de l'interprétation». Et à cause de cela ce sont les oeuvres vraiment belles, si elles sont sincèrement écoutées, qui doivent le plus nous décevoir, parce que, dans la collection de nos idées, il n'y en a aucune qui réponde à une impression individuelle.

C'était précisément ce que me montrait le jeu de la Berma. C'était bien cela, la noblesse, l'intelligence de la diction. Maintenant je me rendais compte des mérites d'une interprétation large, poétique, puissante; ou plutôt, c'était cela à quoi on a convenu de décerner ces titres, mais comme on donne le nom de Mars, de Vénus, de Saturne à des étoiles qui n'ont rien de mythologique. Nous sentons dans un monde, nous pensons, nous nommons dans un autre, nous pouvons entre les deux établir une concordance mais non combler l'intervalle.

C'est bien un peu, cet intervalle, cette faille, que j'avais à franchir quand, le premier jour où j'étais allé voir jouer la Berma, l'ayant écoutée de toutes mes oreilles, j'avais eu quelque peine à rejoindre mes idées de «noblesse d'interprétation», d'«originalité» et n'avais éclaté en applaudissements qu'après un moment de vide, et comme s'ils naissaient non pas de mon impression même, mais comme si je les rattachais à mes idées préalables, au plaisir que j'avais à me dire: «J'entends enfin la Berma.» Et la différence qu'il y a entre une personne, une oeuvre fortement individuelle et l'idée de beauté existe aussi grande entre ce qu'elles nous font ressentir et les idées d'amour, d'admiration. Aussi ne les reconnaît-on pas. Je n'avais pas eu de plaisir à entendre la Berma (pas plus que je n'en avais à voir Gilberte). Je m'étais dit: «Je ne l'admire donc pas.» Mais cependant je ne songeais alors qu'à approfondir le jeu de la Berma, je n'étais préoccupé que de cela, je tâchais d'ouvrir ma pensée le plus largement possible pour recevoir tout ce qu'il contenait. Je comprenais maintenant que c'était justement cela: admirer.

Ce génie dont l'interprétation de la Berma n'était seulement que la révélation, était-ce bien seulement le génie de Racine?

Je le crus d'abord. Je devais être détrompé, une fois l'acte de *Phèdre* fini, après les rappels du public, pendant lesquels la vieille actrice rageuse, redressant sa taille minuscule, posant son corps de biais, immobilisa les muscles de son visage, et plaça ses bras en croix sur sa poitrine pour montrer qu'elle ne se mêlait pas aux applaudissements des autres et rendre plus évidente une protestation qu'elle jugeait sensationnelle, mais qui passa inaperçue. La pièce suivante était une des nouveautés qui jadis me semblaient, à cause du défaut de célébrité, devoir paraître minces, particulières, dépourvues qu'elles étaient d'existence en dehors de la représentation qu'on en donnait. Mais je n'avais pas comme pour une pièce classique cette déception de voir l'éternité d'un chef-d'oeuvre ne tenir que la longueur de la rampe et la durée d'une représentation qui l'accomplissait aussi bien qu'une pièce de circonstance. Puis à chaque tirade que je sentais que le public aimait et qui serait un jour fameuse, à défaut de la célébrité qu'elle n'avait pu avoir dans le passé, j'ajoutais celle qu'elle aurait dans l'avenir, par un effort d'esprit inverse de celui qui consiste à se représenter des chefs-d'oeuvre au temps de leur grêle apparition, quand leur titre qu'on n'avait encore jamais entendu ne semblait pas devoir être mis un jour, confondu dans une même lumière, à côté de ceux des autres oeuvres de l'auteur.

Et ce rôle serait mis un jour dans la liste de ses plus beaux, auprès de celui de Phèdre. Non qu'en lui-même il ne fût dénué de toute valeur littéraire; mais la Berma y était aussi sublime que dans *Phèdre*. Je compris alors que l'oeuvre de l'écrivain n'était pour la tragédienne qu'une matière, à peu près indifférente en soi-même, pour la création de son chef-d'oeuvre d'interprétation, comme le grand peintre que j'avais connu à Balbec, Elstir, avait trouvé le motif de deux tableaux qui se valent, dans un bâtiment scolaire sans caractère et dans une cathédrale qui est, par elle-même, un chef-d'oeuvre. Et comme le peintre dissout maison, charrette, personnages, dans quelque grand effet de lumière qui les fait homogènes, la Berma étendait de vastes nappes de terreur, de tendresse, sur les mots fondus également, tous aplanis ou relevés, et qu'une artiste médiocre eût détachés l'un après l'autre. Sans doute chacun avait une inflexion propre, et la diction de la Berma n'empêchait pas qu'on perçut le vers. N'est-ce pas déjà un premier élément de complexité ordonnée, de beauté, quand en entendant une rime, c'est-à-dire quelque chose qui est à la fois pareil et autre que la rime précédente, qui est motivé par elle, mais y introduit la variation d'une idée nouvelle, on sent deux systèmes qui se superposent, l'un de pensée, l'autre de métrique? Mais la Berma faisait pourtant entrer les mots, même les vers, même les «tirades», dans des ensembles plus vastes qu'eux-mêmes, à la frontière desquels c'était un charme de les voir obligés de s'arrêter, s'interrompre; ainsi un poète prend plaisir à faire hésiter un instant, à la rime, le mot qui va s'élancer et un musicien à confondre les mots divers du livret dans un même rythme qui les contrarie et les entraîne. Ainsi dans les phrases du dramaturge moderne comme dans les vers de Racine, la Berma savait introduire ces vastes images de douleur, de noblesse, de passion, qui étaient ses chefs-d'oeuvre à elle, et où on la reconnaissait comme, dans des portraits qu'il a peints d'après des modèles différents, on reconnaît un peintre.

Je n'aurais plus souhaité comme autrefois de pouvoir immobiliser les attitudes de la Berma, le bel effet de couleur qu'elle donnait un instant seulement dans un éclairage aussitôt évanoui et qui ne se reproduisait pas, ni lui faire redire cent fois un vers. Je comprenais que mon désir d'autrefois était plus exigeant que la volonté du poète, de la tragédienne, du grand artiste décorateur qu'était son metteur en scène, et que ce charme répandu au vol sur un vers, ces gestes instables perpétuellement transformés, ces tableaux successifs, c'était le résultat fugitif, le but momentané, le mobile chef-d'oeuvre que l'art théâtral se proposait et que détruirait en voulant le fixer l'attention d'un auditeur trop épris. Même je ne tenais pas à venir un autre jour réentendre la Berma; j'étais satisfait d'elle; c'est quand j'admirais trop pour ne pas être déçu par l'objet de mon admiration, que cet objet fût Gilberte ou la Berma, que je demandais d'avance à l'impression du lendemain le plaisir que m'avait refusé l'impression de la veille. Sans chercher à approfondir la joie que je venais d'éprouver et dont j'aurais peut-être pu faire un plus fécond usage, je me disais comme autrefois certain de mes camarades de collège: «C'est vraiment la Berma que je mets en premier», tout en sentant confusément que le génie de la Berma n'était peut-être pas traduit très exactement par cette affirmation de ma préférence et par cette place de «première» décernée, quelque calme d'ailleurs qu'elles m'apportent.

Au moment où cette seconde pièce commença, je regardai du côté de la baignoire de Mme de Guermantes. Cette princesse venait, par un mouvement générateur d'une ligne délicieuse que mon esprit poursuivait dans le vide, de tourner la tête vers le fond de la baignoire; les invités étaient debout, tournés aussi vers le fond, et entre la double haie qu'ils faisaient, dans son assurance et sa grandeur de déesse, mais avec une douceur inconnue que d'arriver si tard et de faire lever tout le monde au milieu de la représentation mêlait aux mousselines blanches dans lesquelles elle était enveloppée un air habilement naïf, timide et confus qui tempérait son sourire victorieux, la duchesse de Guermantes, qui venait d'entrer, alla vers sa cousine, fit une profonde révérence à un jeune homme blond qui était assis au premier rang et, se retournant vers les monstres marins et sacrés flottant au fond de l'antre, fit à ces demi-dieux du Jockey-Club—qui à ce moment-là, et particulièrement M. de Palancy, furent les hommes que j'aurais le plus aimé être—un bonjour familier de vieille amie, allusion à l'au jour le jour de ses relations avec eux depuis quinze ans. Je ressentais le mystère, mais ne pouvais déchiffrer l'énigme de ce regard souriant qu'elle adressait à ses amis, dans l'éclat bleuté dont il brillait tandis qu'elle abandonnait sa main aux uns et aux autres, et qui, si j'eusse pu en décomposer le prisme, en analyser les cristallisations, m'eût peut-être révélé l'essence de la vie inconnue qui y apparaissait à ce moment-là. Le duc de Guermantes suivait sa femme, les reflets de son monocle, le rire de sa dentition, la blancheur de son oeillet ou de son plastron plissé, écartant pour faire place à leur lumière ses sourcils, ses lèvres, son frac; d'un geste de sa main étendue qu'il abaissa sur leurs épaules, tout droit, sans bouger la tête, il commanda de se rasseoir aux monstres inférieurs qui lui faisaient place, et s'inclina profondément devant le jeune homme blond. On eût dit que la duchesse avait deviné que sa cousine dont elle raillait, disait-on, ce qu'elle appelait les exagérations (nom que de son point de vue spirituellement français et tout modéré prenaient vite la poésie et l'enthousiasme germaniques) aurait ce soir une de ces toilettes où la duchesse la trouvait «costumée», et qu'elle avait voulu lui donner une leçon de goût. Au lieu des merveilleux et doux plumages qui de la tête de la princesse descendaient jusqu'à son cou, au lieu de sa résille de coquillages et de perles, la duchesse n'avait dans les cheveux qu'une simple aigrette qui dominant son nez busqué et ses yeux à fleur de tête avait l'air de l'aigrette d'un oiseau. Son cou et ses épaules sortaient d'un flot neigeux de mousseline sur lequel venait battre un éventail en plumes de cygne, mais ensuite la robe, dont le corsage avait pour seul ornement d'innombrables paillettes soit de métal, en baguettes et en grains, soit de brillants, moulait son corps avec une précision toute britannique. Mais si différentes que les deux toilettes fussent l'une de l'autre, après que la princesse eut donné à sa cousine la chaise qu'elle occupait jusque-là, on les vit, se retournant l'une vers l'autre, s'admirer réciproquement.

Peut-être Mme de Guermantes aurait-elle le lendemain un sourire quand elle parlerait de la coiffure un peu trop compliquée de la princesse, mais certainement elle déclarerait que celle-ci n'en était pas moins ravissante et merveilleusement arrangée; et la princesse, qui, par goût, trouvait quelque chose d'un peu froid, d'un peu sec, d'un peu couturier, dans la façon dont s'habillait sa cousine, découvrirait dans cette stricte sobriété un raffinement exquis. D'ailleurs entre elles l'harmonie, l'universelle gravitation préétablie de leur éducation, neutralisaient les contrastes non seulement d'ajustement mais d'attitude. A ces lignes invisibles et aimantées que l'élégance des manières tendait entre elles, le naturel expansif de la princesse venait expirer, tandis que vers elles, la rectitude de la duchesse se laissait attirer, infléchir, se faisait douceur et charme. Comme dans la pièce que l'on était en train de représenter, pour comprendre ce que la Berma dégageait de poésie personnelle, on n'avait qu'à confier le rôle qu'elle jouait, et qu'elle seule pouvait jouer, à n'importe quelle autre actrice, le spectateur qui eût levé les yeux vers le balcon eût vu, dans deux loges, un «arrangement» qu'elle croyait rappeler ceux de la princesse de Guermantes, donner simplement à la baronne de Morienval l'air excentrique, prétentieux et mal élevé, et un effort à la fois patient et coûteux pour imiter les toilettes et le chic de la duchesse de Guermantes, faire seulement ressembler Mme de Cambremer à quelque pensionnaire provinciale, montée sur fil de fer, droite, sèche et pointue, un plumet de corbillard verticalement dressé dans les cheveux. Peut-être la place de cette dernière n'était-elle pas dans une salle où c'était seulement avec les femmes les plus brillantes de l'année que les loges (et même celles des plus hauts étages qui d'en bas semblaient de grosses bourriches piquées de fleurs humaines et attachées au cintre de la salle par les brides rouges de leurs séparations de velours) composaient un panorama éphémère que les morts, les scandales, les maladies, les brouilles modifieraient bientôt, mais qui en ce moment était immobilisé par l'attention, la chaleur, le vertige, la poussière, l'élégance et l'ennui, dans cette espèce d'instant éternel et tragique d'inconsciente attente et de calme engourdissement qui, rétrospectivement, semble avoir précédé l'explosion d'une bombe ou la première flamme d'un incendie.

La raison pour quoi Mme de Cambremer se trouvait là était que la princesse de Parme, dénuée de snobisme comme la plupart des véritables altesses et, en revanche, dévorée par l'orgueil, le désir de la charité qui égalait chez elle le goût de ce qu'elle croyait les Arts, avait cédé çà et là quelques loges à des femmes comme Mme de Cambremer qui ne faisaient pas partie de la haute société aristocratique, mais avec lesquelles elle était en relations pour ses oeuvres de bienfaisance. Mme de Cambremer ne quittait pas des yeux la duchesse et la princesse de Guermantes, ce qui lui était d'autant plus aisé que, n'étant pas en relations véritables avec elles, elle ne pouvait avoir l'air de quêter un salut. Être reçue chez ces deux grandes dames était pourtant le but qu'elle poursuivait depuis dix ans avec une inlassable patience. Elle avait calculé qu'elle y serait sans doute parvenue dans cinq ans. Mais atteinte d'une maladie qui ne pardonne pas et dont, se piquant de connaissances médicales, elle croyait connaître le caractère inexorable, elle craignait de ne pouvoir vivre jusque-là.

Elle était du moins heureuse ce soir-là de penser que toutes ces femmes qu'elle ne connaissait guère verraient auprès d'elle un homme de leurs amis, le jeune marquis de Beausergent, frère de Mme d'Argencourt, lequel fréquentait également les deux sociétés, et de la présence de qui les femmes de la seconde aimaient beaucoup à se parer sous les yeux de celles de la première. Il s'était assis derrière Mme de Cambremer sur une chaise placée en travers pour pouvoir lorgner dans les autres loges. Il y connaissait tout le monde et, pour saluer, avec la ravissante élégance de sa jolie tournure cambrée, de sa fine tête aux cheveux blonds, il soulevait à demi son corps redressé, un sourire à ses yeux bleus, avec un mélange de respect et de désinvolture, gravant ainsi avec précision dans le rectangle du plan oblique où il était placé comme une de ces vieilles estampes qui figurent un grand seigneur hautain et courtisan. Il acceptait souvent de la sorte d'aller au théâtre avec Mme de Cambremer; dans la salle et à la sortie, dans le vestibule, il restait bravement auprès d'elle au milieu de la foule des amies plus brillantes qu'il avait là et à qui il évitait de parler, ne voulant pas les gêner, et comme s'il avait été en mauvaise compagnie. Si alors passait la princesse de Guermantes, belle et légère comme Diane, laissant traîner derrière elle un manteau incomparable, faisant se détourner toutes les têtes et suivie par tous les yeux (par ceux de Mme de Cambremer plus que par tous les autres), M. de Beausergent s'absorbait dans une conversation avec sa voisine, ne répondait au sourire amical et éblouissant de la princesse que contraint et forcé et avec la réserve bien élevée et la charitable froideur de quelqu'un dont l'amabilité peut être devenue momentanément gênante.

Mme de Cambremer n'eût-elle pas su que la baignoire appartenait à la princesse qu'elle eût cependant reconnu que Mme de Guermantes était l'invitée, à l'air d'intérêt plus grand qu'elle portait au spectacle de la scène et de la salle afin d'être aimable envers son hôtesse. Mais en même temps que cette force centrifuge, une force inverse développée par le même désir d'amabilité ramenait l'attention de la duchesse vers sa propre toilette, sur son aigrette, son collier, son corsage et, aussi vers celle de la princesse elle-même, dont la cousine semblait se proclamer la sujette, l'esclave, venue ici seulement pour la voir, prête à la suivre ailleurs s'il avait pris fantaisie à la titulaire de la loge de s'en aller, et ne regardant que comme composée d'étrangers curieux à considérer le reste de la salle où elle comptait pourtant nombre d'amis dans la loge desquels elle se trouvait d'autres semaines et à l'égard de qui elle ne manquait pas de faire preuve alors du même loyalisme exclusif, relativiste et hebdomadaire. Mme de Cambremer était étonnée de voir la duchesse ce soir. Elle savait que celle-ci restait très tard à Guermantes et supposait qu'elle y était encore. Mais on lui avait raconté que parfois, quand il y avait à Paris un spectacle qu'elle jugeait intéressant, Mme de Guermantes faisait atteler une de ses voitures aussitôt qu'elle avait pris le thé avec les chasseurs et, au soleil couchant, partait au grand trot, à travers la forêt crépusculaire, puis par la route, prendre le train à Combray pour être à Paris le soir. «Peut-être vient-elle de Guermantes exprès pour entendre la Berma», pensait avec admiration Mme de Cambremer. Et elle se rappelait avoir entendu dire à Swann, dans ce jargon ambigu qu'il avait en commun avec M. de Charlus: «La duchesse est un des êtres les plus nobles de Paris, de l'élite la plus raffinée, la plus choisie.» Pour moi qui faisais dériver du nom de Guermantes, du nom de Bavière et du nom de Condé la vie, la pensée des deux cousines (je ne le pouvais plus pour leurs visages puisque je les avais vus), j'aurais mieux aimé connaître leur jugement sur *Phèdre* que celui du plus grand critique du monde. Car dans le sien je n'aurais trouvé que de l'intelligence, de l'intelligence supérieure à la mienne, mais de même nature. Mais ce que pensaient la duchesse et la princesse de Guermantes, et qui m'eût fourni sur la nature de ces deux poétiques créatures un document inestimable, je l'imaginais à l'aide de leurs noms, j'y supposais un charme irrationnel et, avec la soif et la nostalgie d'un fiévreux, ce que je demandais à leur opinion sur *Phèdre* de me rendre, c'était le charme des après-midi d'été où je m'étais promené du côté de Guermantes.

Mme de Cambremer essayait de distinguer quelle sorte de toilette portaient les deux cousines. Pour moi, je ne doutais pas que ces toilettes ne leur fussent particulières, non pas seulement dans le sens où la livrée à col rouge ou à revers bleu appartenait jadis exclusivement aux Guermantes et aux Condé, mais plutôt comme pour un oiseau le plumage qui n'est pas seulement un ornement de sa beauté, mais une extension de son corps. La toilette de ces deux femmes me semblait comme une matérialisation neigeuse ou diaprée de leur activité intérieure, et, comme les gestes que j'avais vu faire à la princesse de Guermantes et que je n'avais pas douté correspondre à une idée cachée, les plumes qui descendaient du front de la princesse et le corsage éblouissant et pailleté de sa cousine semblaient avoir une signification, être pour chacune des deux femmes un attribut qui n'était qu'à elle et dont j'aurais voulu connaître la signification: l'oiseau de paradis me semblait inséparable de l'une, comme le paon de Junon; je ne pensais pas qu'aucune femme pût usurper le corsage pailleté de l'autre plus que l'égide étincelante et frangée de Minerve. Et quand je portais mes yeux sur cette baignoire, bien plus qu'au plafond du théâtre où étaient peintes de froides allégories, c'était comme si j'avais aperçu, grâce au déchirement miraculeux des nuées coutumières, l'assemblée des Dieux en train de contempler le spectacle des hommes, sous un velum rouge, dans une éclaircie lumineuse, entre deux piliers du Ciel.

Je contemplais cette apothéose momentanée avec un trouble que mélangeait de paix le sentiment d'être ignoré des Immortels; la duchesse m'avait bien vu une fois avec son mari, mais ne devait certainement pas s'en souvenir, et je ne souffrais pas qu'elle se trouvât, par la place qu'elle occupait dans la baignoire, regarder les madrépores anonymes et collectifs du public de l'orchestre, car je sentais heureusement mon être dissous au milieu d'eux, quand, au moment où en vertu des lois de la réfraction vint sans doute se peindre dans le courant impassible des deux yeux bleus la forme confuse du protozoaire dépourvu d'existence individuelle que j'étais, je vis une clarté les illuminer: la duchesse, de déesse devenue femme et me semblant tout d'un coup mille fois plus belle, leva vers moi la main gantée de blanc qu'elle tenait appuyée sur le rebord de la loge, l'agita en signe d'amitié, mes regards se sentirent croisés par l'incandescence involontaire et les feux des yeux de la princesse, laquelle les avait fait entrer à son insu en conflagration rien qu'en les bougeant pour chercher à voir à qui sa cousine venait de dire bonjour, et celle-ci, qui m'avait reconnu, fit pleuvoir sur moi l'averse étincelante et céleste de son sourire.

Maintenant tous les matins, bien avant l'heure où elle sortait, j'allais par un long détour me poster à l'angle de la rue qu'elle descendait d'habitude, et, quand le moment de son passage me semblait proche, je remontais d'un air distrait, regardant dans une direction opposée et levant les yeux vers elle dès que j'arrivais à sa hauteur, mais comme si je ne m'étais nullement attendu à la voir. Même les premiers jours, pour être plus sûr de ne pas la manquer, j'attendais devant la maison. Et chaque fois que la porte cochère s'ouvrait (laissant passer successivement tant de personnes qui n'étaient pas celle que j'attendais), son ébranlement se prolongeait ensuite dans mon coeur en oscillations qui mettaient longtemps à se calmer. Car jamais fanatique d'une grande comédienne qu'il ne connaît pas, allant faire «le pied de grue» devant la sortie des artistes, jamais foule exaspérée ou idolâtre réunie pour insulter ou porter en triomphe le condamné ou le grand homme qu'on croit être sur le point de passer chaque fois qu'on entend du bruit venu de l'intérieur de la prison ou du palais ne furent aussi émus que je l'étais, attendant le départ de cette grande dame qui, dans sa toilette simple, savait, par la grâce de sa marche (toute différente de l'allure qu'elle avait quand elle entrait dans un salon ou dans une loge), faire de sa promenade matinale—il n'y avait pour moi qu'elle au monde qui se promenât—tout un poème d'élégance et la plus fine parure, la plus curieuse fleur du beau temps. Mais après trois jours, pour que le concierge ne pût se rendre compte de mon manège, je m'en allai beaucoup plus loin, jusqu'à un point quelconque du parcours habituel de la duchesse. Souvent avant cette soirée au théâtre, je faisais ainsi de petites sorties avant le déjeuner, quand le temps était beau; s'il avait plu, à la première éclaircie je descendais faire quelques pas, et tout d'un coup, venant sur le trottoir encore mouillé, changé par la lumière en laque d'or, dans l'apothéose d'un carrefour poudroyant d'un brouillard que tanne et blondit le soleil, j'apercevais une pensionnaire suivie de son institutrice ou une laitière avec ses manches blanches, je restais sans mouvement, une main contre mon coeur qui s'élançait déjà vers une vie étrangère; je tâchais de me rappeler la rue, l'heure, la porte sous laquelle la fillette (que quelquefois je suivais) avait disparu sans ressortir.

Heureusement la fugacité de ces images caressées et que je me promettais de chercher à revoir les empêchait de se fixer fortement dans mon souvenir. N'importe, j'étais moins triste d'être malade, de n'avoir jamais eu encore le courage de me mettre à travailler, à commencer un livre, la terre me paraissait plus agréable à habiter, la vie plus intéressante à parcourir depuis que je voyais que les rues de Paris comme les routes de Balbec étaient fleuries de ces beautés inconnues que j'avais si souvent cherché à faire surgir des bois de Méséglise, et dont chacune excitait un désir voluptueux qu'elle seule semblait capable d'assouvir.

En rentrant de l'Opéra, j'avais ajouté pour le lendemain à celles que depuis quelques jours je souhaitais de retrouver l'image de Mme de Guermantes, grande, avec sa coiffure haute de cheveux blonds et légers; avec la tendresse promise dans le sourire qu'elle m'avait adressé de la baignoire de sa cousine. Je suivrais le chemin que Françoise m'avait dit que prenait la duchesse et je tâcherais pourtant, pour retrouver deux jeunes filles que j'avais vues l'avant-veille, de ne pas manquer la sortie d'un cours et d'un catéchisme.

Mais, en attendant, de temps à autre, le scintillant sourire de Mme de Guermantes, la sensation de douceur qu'il m'avait donnée, me revenaient. Et sans trop savoir ce que je faisais, je m'essayais à les placer (comme une femme regarde l'effet que ferait sur une robe une certaine sorte de boutons de pierrerie qu'on vient de lui donner) à côté des idées romanesques que je possédais depuis longtemps et que la froideur d'Albertine, le départ prématuré de Gisèle et, avant cela, la séparation voulue et trop prolongée d'avec Gilberte avaient libérées (l'idée par exemple d'être aimé d'une femme, d'avoir une vie en commun avec elle); puis c'était l'image de l'une ou l'autre des deux jeunes filles que j'approchais de ces idées auxquelles, aussitôt après, je tâchais d'adapter le souvenir de la duchesse. Auprès de ces idées, le souvenir de Mme de Guermantes à l'Opéra était bien peu de chose, une petite étoile à côté de la longue queue de sa comète flamboyante; de plus je connaissais très bien ces idées longtemps avant de connaître Mme de Guermantes; le souvenir, lui, au contraire, je le possédais imparfaitement; il m'échappait par moments; ce fut pendant les heures où, de flottant en moi au même titre que les images d'autres femmes jolies, il passa peu à peu à une association unique et définitive—exclusive de toute autre image féminine—avec mes idées romanesques si antérieures à lui, ce fut pendant ces quelques heures où je me le rappelais le mieux que j'aurais dû m'aviser de savoir exactement quel il était; mais je ne savais pas alors l'importance qu'il allait prendre pour moi; il était doux seulement comme un premier rendez-vous de Mme de Guermantes en moi-même, il était la première esquisse, la seule vraie, la seule faite d'après la vie, la seule qui fût réellement Mme de Guermantes; durant les quelques heures où j'eus le bonheur de le détenir sans savoir faire attention à lui, il devait être bien charmant pourtant, ce souvenir, puisque c'est toujours à lui, librement encore à ce moment-là, sans hâte, sans fatigue, sans rien de nécessaire ni d'anxieux, que mes idées d'amour revenaient; ensuite au fur et à mesure que ces idées le fixèrent plus définitivement, il acquit d'elles une plus grande force, mais devint lui-même plus vague; bientôt je ne sus plus le retrouver; et dans mes rêveries, je le déformais sans doute complètement, car, chaque fois que je voyais Mme de Guermantes, je constatais un écart, d'ailleurs toujours différent, entre ce que j'avais imaginé et ce que je voyais.

Chaque jour maintenant, certes, au moment que Mme de Guermantes débouchait au haut de la rue, j'apercevais encore sa taille haute, ce visage au regard clair sous une chevelure légère, toutes choses pour lesquelles j'étais là; mais en revanche, quelques secondes plus tard, quand, ayant détourné les yeux dans une autre direction pour avoir l'air de ne pas m'attendre à cette rencontre que j'étais venu chercher, je les levais sur la duchesse au moment où j'arrivais au même niveau de la rue qu'elle, ce que je voyais alors, c'étaient des marques rouges, dont je ne savais si elles étaient dues au grand air ou à la couperose, sur un visage maussade qui, par un signe fort sec et bien éloigné de l'amabilité du soir de *Phèdre*, répondait à ce salut que je lui adressais quotidiennement avec un air de surprise et qui ne semblait pas lui plaire. Pourtant, au bout de quelques jours pendant lesquels le souvenir des deux jeunes filles lutta avec des chances inégales pour la domination de mes idées amoureuses avec celui de Mme de Guermantes, ce fut celui-ci, comme de lui-même, qui finit par renaître le plus souvent pendant que ses concurrents s'éliminaient; ce fut sur lui que je finis par avoir, en somme volontairement encore et comme par choix et plaisir, transféré toutes mes pensées d'amour. Je ne songeai plus aux fillettes du catéchisme, ni à une certaine laitière; et pourtant je n'espérai plus de retrouver dans la rue ce que j'étais venu y chercher, ni la tendresse promise au théâtre dans un sourire, ni la silhouette et le visage clair sous la chevelure blonde qui n'étaient tels que de loin. Maintenant je n'aurais même pu dire comment était Mme de Guermantes, à quoi je la reconnaissais, car chaque jour, dans l'ensemble de sa personne, la figure était autre comme la robe et le chapeau.

Pourquoi tel jour, voyant s'avancer de face sous une capote mauve une douce et lisse figure aux charmes distribués avec symétrie autour de deux yeux bleus et dans laquelle la ligne du nez semblait résorbée, apprenais-je d'une commotion joyeuse que je ne rentrerais pas sans avoir aperçu Mme de Guermantes? pourquoi ressentais-je le même trouble, affectais-je la même indifférence, détournais-je les yeux de la même façon distraite que la veille à l'apparition de profil dans une rue de traverse et sous un toquet bleu marine, d'un nez en bec d'oiseau, le long d'une joue rouge, barrée d'un œil perçant, comme quelque divinité égyptienne? Une fois ce ne fut pas seulement une femme à bec d'oiseau que je vis, mais comme un oiseau même: la robe et jusqu'au toquet de Mme de Guermantes étaient en fourrures et, ne laissant ainsi voir aucune étoffe, elle semblait naturellement fourrée, comme certains vautours dont le plumage épais, uni, fauve et doux, a l'air d'une sorte de pelage. Au milieu de ce plumage naturel, la petite tête recourbait son bec d'oiseau et les yeux à fleur de tête étaient perçants et bleus.

Tel jour, je venais de me promener de long en large dans la rue pendant des heures sans apercevoir Mme de Guermantes, quand tout d'un coup, au fond d'une boutique de crémier cachée entre deux hôtels dans ce quartier aristocratique et populaire, se détachait le visage confus et nouveau d'une femme élégante qui était en train de se faire montrer des «petits suisses» et, avant que j'eusse eu le temps de la distinguer, venait me frapper, comme un éclair qui aurait mis moins de temps à arriver à moi que le reste de l'image, le regard de la duchesse; une autre fois, ne l'ayant pas rencontrée et entendant sonner midi, je comprenais que ce n'était plus la peine de rester à attendre, je reprenais tristement le chemin de la maison; et, absorbé dans ma déception, regardant sans la voir une voiture qui s'éloignait, je comprenais tout d'un coup que le mouvement de tête qu'une dame avait fait de la portière était pour moi et que cette dame, dont les traits dénoués et pâles, ou au contraire tendus et vifs, composaient sous un chapeau rond, au bas d'une haute aigrette, le visage d'une étrangère que j'avais cru ne pas reconnaître, était Mme de Guermantes par qui je m'étais laissé saluer sans même lui répondre. Et quelquefois je la trouvais en rentrant, au coin de la loge, où le détestable concierge dont je haïssais les coup d'oeil investigateurs était en train de lui faire de grands saluts et sans doute aussi des «rapports». Car tout le personnel des Guermantes, dissimulé derrière les rideaux des fenêtres, épiait en tremblant le dialogue qu'il n'entendait pas et à la suite duquel la duchesse ne manquait pas de priver de ses sorties tel ou tel domestique que le «pipelet» avait vendu. A cause de toutes les apparitions successives de visages différents qu'offrait Mme de Guermantes, visages occupant une étendue relative et variée, tantôt étroite, tantôt vaste, dans l'ensemble de sa toilette, mon amour n'était pas attaché à telle ou telle de ces parties changeantes de chair et d'étoffe qui prenaient, selon les jours, la place des autres et qu'elle pouvait modifier et renouveler presque entièrement sans altérer mon trouble parce qu'à travers elles, à travers le nouveau collet la joue inconnue, je sentais que c'était toujours Mme de Guermantes. Ce que j'aimais, c'était la personne invisible qui mettait en mouvement tout cela, c'était elle, dont l'hostilité me chagrinait, dont l'approche me bouleversait, dont j'eusse voulu capter la vie et chasser les amis. Elle pouvait arborer une plume bleue ou montrer un teint de feu, sans que ses actions perdissent pour moi de leur importance.

Je n'aurais pas senti moi-même que Mme de Guermantes était excédée de me rencontrer tous les jours que je l'aurais indirectement appris du visage plein de froideur, de réprobation et de pitié qui était celui de Françoise quand elle m'aidait à m'apprêter pour ces sorties matinales. Dès que je lui demandais mes affaires, je sentais s'élever un vent contraire dans les traits rétractés et battus de sa figure. Je n'essayais même pas de gagner la confiance de Françoise, je sentais que je n'y arriverais pas. Elle avait, pour savoir immédiatement tout ce qui pouvait nous arriver, à mes parents et à moi, de désagréable, un pouvoir dont la nature m'est toujours restée obscure. Peut-être n'était-il pas surnaturel et aurait-il pu s'expliquer par des moyens d'informations qui lui étaient spéciaux; c'est ainsi que des peuplades sauvages apprennent certaines nouvelles plusieurs jours avant que la poste les ait apportées à la colonie européenne, et qui leur ont été en réalité transmises, non par télépathie, mais de colline en colline à l'aide de feux allumés. Ainsi dans le cas particulier de mes promenades, peut-être les domestiques de Mme de Guermantes avaient-ils entendu leur maîtresse exprimer sa lassitude de me trouver inévitablement sur son chemin et avaient-ils répété ces propos à Françoise. Mes parents, il est vrai, auraient pu affecter à mon service quelqu'un d'autre que Françoise, je n'y aurais pas gagné. Françoise en un sens était moins domestique que les autres. Dans sa manière de sentir, d'être bonne et pitoyable, d'être dure et hautaine, d'être fine et bornée, d'avoir la peau blanche et les mains rouges, elle était la demoiselle de village dont les parents «étaient bien de chez eux» mais, ruinés, avaient été obligés de la mettre en condition. Sa présence dans notre maison, c'était l'air de la campagne et la vie sociale dans une ferme, il y a cinquante ans, transportés chez nous, grâce à une sorte de voyage inverse où c'est la villégiature qui vient vers le voyageur.

Comme la vitrine d'un musée régional l'est par ces curieux ouvrages que les paysannes exécutent et passementent encore dans certaines provinces, notre appartement parisien était décoré par les paroles de Françoise inspirées d'un sentiment traditionnel et local et qui obéissaient à des règles très anciennes. Et elle savait y retracer comme avec des fils de couleur les cerisiers et les oiseaux de son enfance, le lit où était morte sa mère, et qu'elle voyait encore. Mais malgré tout cela, dès qu'elle était entrée à Paris à notre service, elle avait partagé—et à plus forte raison toute autre l'eût fait à sa place—les idées, les jurisprudences d'interprétation des domestiques des autres étages, se rattrapant du respect qu'elle était obligée de nous témoigner, en nous répétant ce que la cuisinière du quatrième disait de grossier à sa maîtresse, et avec une telle satisfaction de domestique, que, pour la première fois de notre vie, nous sentant une sorte de solidarité avec la détestable locataire du quatrième, nous nous disions que peut-être, en effet, nous étions des maîtres. Cette altération du caractère de Françoise était peut-être inévitable. Certaines existences sont si anormales qu'elles doivent engendrer fatalement certaines tares, telle celle que le Roi menait à Versailles entre ses courtisans, aussi étrange que celle d'un pharaon ou d'un doge, et, bien plus que celle du Roi, la vie des courtisans. Celle des domestiques est sans doute d'une étrangeté plus monstrueuse encore et que seule l'habitude nous voile. Mais c'est jusque dans des détails encore plus particuliers que j'aurais été condamné, même si j'avais renvoyé Françoise, à garder le même domestique. Car divers autres purent entrer plus tard à mon service; déjà pourvus des défauts généraux des domestiques, ils n'en subissaient pas moins chez moi une rapide transformation. Comme les lois de l'attaque commandent celles de la riposte, pour ne pas être entamés par les aspérités de mon caractère, tous pratiquaient dans le leur un rentrant identique et au même endroit; et, en revanche, ils profitaient de mes lacunes pour y installer des avancées. Ces lacunes, je ne les connaissais pas, non plus que les saillants auxquels leur entre-deux donnait lieu, précisément parce qu'elles étaient des lacunes. Mais mes domestiques, en se gâtant peu à peu, me les apprirent. Ce fut par leurs défauts invariablement acquis que j'appris mes défauts naturels et invariables, leur caractère me présenta une sorte d'épreuve négative du mien. Nous nous étions beaucoup moqués autrefois, ma mère et moi, de Mme Sazerat qui disait en parlant des domestiques: «Cette race, cette espèce.» Mais je dois dire que la raison pourquoi je n'avais pas lieu de souhaiter de remplacer Françoise par quelque autre est que cette autre aurait appartenu tout autant et inévitablement à la race générale des domestiques et à l'espèce particulière des miens.

Pour en revenir à Françoise, je n'ai jamais dans ma vie éprouvé une humiliation sans avoir trouvé d'avance sur le visage de Françoise des condoléances toutes prêtes; et si, lorsque dans ma colère d'être plaint par elle, je tentais de prétendre avoir au contraire remporté un succès, mes mensonges venaient inutilement se briser à son incrédulité respectueuse, mais visible, et à la conscience qu'elle avait de son infaillibilité. Car elle savait la vérité; elle la taisait et faisait seulement un petit mouvement des lèvres comme si elle avait encore la bouche pleine et finissait un bon morceau. Elle la taisait, du moins je l'ai cru longtemps, car à cette époque-là je me figurais encore que c'était au moyen de paroles qu'on apprend aux autres la vérité. Même les paroles qu'on me disait déposaient si bien leur signification inaltérable dans mon esprit sensible, que je ne croyais pas plus possible que quelqu'un qui m'avait dit m'aimer ne m'aimât pas, que Françoise elle-même n'aurait pu douter, quand elle l'avait lu dans un journal, qu'un prêtre ou un monsieur quelconque fût capable, contre une demande adressée par la poste, de nous envoyer gratuitement un remède infaillible contre toutes les maladies ou un moyen de centupler nos revenus. (En revanche, si notre médecin lui donnait la pommade la plus simple contre le rhume de cerveau, elle si dure aux plus rudes souffrances gémissait de ce qu'elle avait dû renifler, assurant que cela lui «plumait le nez», et qu'on ne savait plus où vivre.) Mais la première, Françoise me donna l'exemple (que je ne devais comprendre que plus tard quand il me fut donné de nouveau et plus douloureusement, comme on le verra dans les derniers volumes de cet ouvrage, par une personne qui m'était plus chère) que la vérité n'a pas besoin d'être dite pour être manifestée, et qu'on peut peut-être la recueillir plus sûrement sans attendre les paroles et sans tenir même aucun compte d'elles, dans mille signes extérieurs, même dans certains phénomènes invisibles, analogues dans le monde des caractères à ce que sont, dans la nature physique, les changements atmosphériques. J'aurais peut-être pu m'en douter, puisque à moi-même, alors, il m'arrivait souvent de dire des choses où il n'y avait nulle vérité, tandis que je la manifestais par tant de confidences involontaires de mon corps et de mes actes (lesquelles étaient fort bien interprétées par Françoise); j'aurais peut-être pu m'en douter, mais pour cela il aurait fallu que j'eusse su que j'étais alors quelquefois menteur et fourbe.

Or le mensonge et la fourberie étaient chez moi, comme chez tout le monde, commandés d'une façon si immédiate et contingente, et pour sa défensive, par un intérêt particulier, que mon esprit, fixé sur un bel idéal, laissait mon caractère accomplir dans l'ombre ces besognes urgentes et chétives et ne se détournait pas pour les apercevoir. Quand Françoise, le soir, était gentille avec moi, me demandait la permission de s'asseoir dans ma chambre, il me semblait que son visage devenait transparent et que j'apercevais en elle la bonté et la franchise. Mais Jupien, lequel avait des parties d'indiscrétion que je ne connus que plus tard, révéla depuis qu'elle disait que je ne valais pas la corde pour me pendre et que j'avais cherché à lui faire tout le mal possible.

Ces paroles de Jupien tirèrent aussitôt devant moi, dans une teinte inconnue, une épreuve de mes rapports avec Françoise si différente de celle sur laquelle je me complaisais souvent à reposer mes regards et où, sans la plus légère indécision, Françoise m'adorait et ne perdait pas une occasion de me célébrer, que je compris que ce n'est pas le monde physique seul qui diffère de l'aspect sous lequel nous le voyons; que toute réalité est peut-être aussi dissemblable de celle que nous croyons percevoir directement, que les arbres, le soleil et le ciel ne seraient pas tels que nous les voyons, s'ils étaient connus par des êtres ayant des yeux autrement constitués que les nôtres, ou bien possédant pour cette besogne des organes autres que des yeux et qui donneraient des arbres, du ciel et du soleil des équivalents mais non visuels. Telle qu'elle fut, cette brusque échappée que m'ouvrit une fois Jupien sur le monde réel m'épouvanta. Encore ne s'agissait-il que de Françoise dont je ne me souciais guère. En était-il ainsi dans tous les rapports sociaux? Et jusqu'à quel désespoir cela pourrait-il me mener un jour, s'il en était de même dans l'amour? C'était le secret de l'avenir. Alors, il ne s'agissait encore que de Françoise. Pensait-elle sincèrement ce qu'elle avait dit à Jupien? L'avait-elle dit seulement pour brouiller Jupien avec moi, peut-être pour qu'on ne prît pas la fille de Jupien pour la remplacer? Toujours est-il que je compris l'impossibilité de savoir d'une manière directe et certaine si Françoise m'aimait ou me détestait. Et ainsi ce fut elle qui la première me donna l'idée qu'une personne n'est pas, comme j'avais cru, claire et immobile devant nous avec ses qualités, ses défauts, ses projets, ses intentions à notre égard (comme un jardin qu'on regarde, avec toutes ses plates-bandes, à travers une grille) mais est une ombre où nous ne pouvons jamais pénétrer, pour laquelle il n'existe pas de connaissance directe, au sujet de quoi nous nous faisons des croyances nombreuses à l'aide de paroles et même d'actions, lesquelles les unes et les autres ne nous donnent que des renseignements insuffisants et d'ailleurs contradictoires, une ombre où nous pouvons tour à tour imaginer, avec autant de vraisemblance, que brillent la haine et l'amour.

J'aimais vraiment Mme de Guermantes. Le plus grand bonheur que j'eusse pu demander à Dieu eût été de faire fondre sur elle toutes les calamités, et que ruinée, déconsidérée, dépouillée de tous les privilèges qui me séparaient d'elle, n'ayant plus de maison où habiter ni de gens qui consentissent à la saluer, elle vînt me demander asile. Je l'imaginais le faisant. Et même les soirs où quelque changement dans l'atmosphère ou dans ma propre santé amenait dans ma conscience quelque rouleau oublié sur lequel étaient inscrites des impressions d'autrefois, au lieu de profiter des forces de renouvellement qui venaient de naître en moi, au lieu de les employer à déchiffrer en moi-même des pensées qui d'habitude m'échappaient, au lieu de me mettre enfin au travail, je préférais parler tout haut, penser d'une manière mouvementée, extérieure, qui n'était qu'un discours et une gesticulation inutiles, tout un roman purement d'aventures, stérile et sans vérité, où la duchesse, tombée dans la misère, venait m'implorer, moi qui étais devenu par suite de circonstances inverses riche et puissant. Et quand j'avais passé des heures ainsi à imaginer des circonstances, à prononcer les phrases que je dirais à la duchesse en l'accueillant sous mon toit, la situation restait la même; j'avais, hélas, dans la réalité, choisi précisément pour l'aimer la femme qui réunissait peut-être le plus d'avantages différents et aux yeux de qui, à cause de cela, je ne pouvais espérer avoir aucun prestige; car elle était aussi riche que le plus riche qui n'eût pas été noble; sans compter ce charme personnel qui la mettait à la mode, en faisait entre toutes une sorte de reine.

Je sentais que je lui déplaisais en allant chaque matin au-devant d'elle; mais si même j'avais eu le courage de rester deux ou trois jours sans le faire, peut-être cette abstention qui eût représenté pour moi un tel sacrifice, Mme de Guermantes ne l'eût pas remarquée, ou l'aurait attribuée à quelque empêchement indépendant de ma volonté. Et en effet je n'aurais pu réussir à cesser d'aller sur sa route qu'en m'arrangeant à être dans l'impossibilité de le faire, car le besoin sans cesse renaissant de la rencontrer, d'être pendant un instant l'objet de son attention, la personne à qui s'adressait son salut, ce besoin-là était plus fort que l'ennui de lui déplaire. Il aurait fallu m'éloigner pour quelque temps; je n'en avais pas le courage. J'y songeais quelquefois. Je disais alors à Françoise de faire mes malles, puis aussitôt après de les défaire. Et comme le démon du pastiche, et de ne pas paraître vieux jeu, altère la forme la plus naturelle et la plus sûre de soi, Françoise, empruntant cette expression au vocabulaire de sa fille, disait que j'étais dingo. Elle n'aimait pas cela, elle disait que je «balançais» toujours, car elle usait, quand elle ne voulait pas rivaliser avec les modernes, du langage de Saint-Simon. Il est vrai qu'elle aimait encore moins quand je parlais en maître. Elle savait que cela ne m'était pas naturel et ne me seyait pas, ce qu'elle traduisait en disant que «le voulu ne m'allait pas».

Je n'aurais eu le courage de partir que dans une direction qui me rapprochât de Mme de Guermantes. Ce n'était pas chose impossible. Ne serait-ce pas en effet me trouver plus près d'elle que je ne l'étais le matin dans la rue, solitaire, humilié, sentant que pas une seule des pensées que j'aurais voulu lui adresser n'arrivait jamais jusqu'à elle, dans ce piétinement sur place de mes promenades, qui pourraient durer indéfiniment sans m'avancer en rien, si j'allais à beaucoup de lieues de Mme de Guermantes, mais chez quelqu'un qu'elle connût, qu'elle sût difficile dans le choix de ses relations et qui m'appréciât, qui pourrait lui parler de moi, et sinon obtenir d'elle ce que je voulais, au moins le lui faire savoir, quelqu'un grâce à qui, en tout cas, rien que parce que j'envisagerais avec lui s'il pourrait se charger ou non de tel ou tel message auprès d'elle, je donnerais à mes songeries solitaires et muettes une forme nouvelle, parlée, active, qui me semblerait un progrès, presque une réalisation. Ce qu'elle faisait durant la vie mystérieuse de la «Guermantes» qu'elle était, cela, qui était l'objet de ma rêverie constante, y intervenir, même de façon indirecte, comme avec un levier, en mettant en oeuvre quelqu'un à qui ne fussent pas interdits l'hôtel de la duchesse, ses soirées, la conversation prolongée avec elle, ne serait-ce pas un contact plus distant mais plus effectif que ma contemplation dans la rue tous les matins?

L'amitié, l'admiration que Saint-Loup avait pour moi, me semblaient imméritées et m'étaient restées indifférentes. Tout d'un coup j'y attachai du prix, j'aurais voulu qu'il les révélât à Mme de Guermantes, j'aurais été capable de lui demander de le faire. Car dès qu'on est amoureux, tous les petits privilèges inconnus qu'on possède, on voudrait pouvoir les divulguer à la femme qu'on aime, comme font dans la vie les déshérités et les fâcheux. On souffre qu'elle les ignore, on cherche à se consoler en se disant que justement parce qu'ils ne sont jamais visibles, peut-être ajoute-t-elle à l'idée qu'elle a de vous cette possibilité d'avantages qu'on ne sait pas.

Saint-Loup ne pouvait pas depuis longtemps venir à Paris, soit, comme il le disait, à cause des exigences de son métier, soit plutôt à cause de chagrins que lui causait sa maîtresse avec laquelle il avait déjà été deux fois sur le point de rompre. Il m'avait souvent dit le bien que je lui ferais en allant le voir dans cette garnison dont, le surlendemain du jour où il avait quitté Balbec, le nom m'avait causé tant de joie quand je l'avais lu sur l'enveloppe de la première lettre que j'eusse reçue de mon ami. C'était, moins loin de Balbec que le paysage tout terrien ne l'aurait fait croire, une de ces petites cités aristocratiques et militaires, entourées d'une campagne étendue où, par les beaux jours, flotte si souvent dans le lointain une sorte de buée sonore intermittente qui,—comme un rideau de peupliers par ses sinuosités dessine le cours d'une rivière qu'on ne voit pas—révèle les changements de place d'un régiment à la manoeuvre, que l'atmosphère même des rues, des avenues et des places, a fini par contracter une sorte de perpétuelle vibratilité musicale et guerrière, et que le bruit le plus grossier de chariot ou de tramway s'y prolonge en vagues appels de clairon, ressassés indéfiniment aux oreilles hallucinées par le silence. Elle n'était pas située tellement loin de Paris que je ne pusse, en descendant du rapide, rentrer, retrouver ma mère et ma grand'mère et coucher dans mon lit.

Aussitôt que je l'eus compris, troublé d'un douloureux désir, j'eus trop peu de volonté pour décider de ne pas revenir à Paris et de rester dans la ville; mais trop peu aussi pour empêcher un employé de porter ma valise jusqu'à un fiacre et pour ne pas prendre, en marchant derrière lui, l'âme dépourvue d'un voyageur qui surveille ses affaires et qu'aucune grand'mère n'attend, pour ne pas monter dans la voiture avec la désinvolture de quelqu'un qui, ayant cessé de penser à ce qu'il veut, a l'air de savoir ce qu'il veut, et ne pas donner au cocher l'adresse du quartier de cavalerie. Je pensais que Saint-Loup viendrait coucher cette nuit-là à l'hôtel où je descendrais afin de me rendre moins angoissant le premier contact avec cette ville inconnue. Un homme de garde alla le chercher, et je l'attendis à la porte du quartier, devant ce grand vaisseau tout retentissant du vent de novembre, et d'où, à chaque instant, car c'était six heures du soir, des hommes sortaient deux par deux dans la rue, titubant comme s'ils descendaient à terre dans quelque port exotique où ils eussent momentanément stationné.

Saint-Loup arriva, remuant dans tous les sens, laissant voler son monocle devant lui; je n'avais pas fait dire mon nom, j'étais impatient de jouir de sa surprise et de sa joie.

—Ah! quel ennui, s'écria-t-il en m'apercevant tout à coup et en devenant rouge jusqu'aux oreilles, je viens de prendre la semaine et je ne pourrai pas sortir avant huit jours!

Et préoccupé par l'idée de me voir passer seul cette première nuit, car il connaissait mieux que personne mes angoisses du soir qu'il avait souvent remarquées et adoucies à Balbec, il interrompait ses plaintes pour se retourner vers moi, m'adresser de petits sourires, de tendres regards inégaux, les uns venant directement de son oeil, les autres à travers son monocle, et qui tous étaient une allusion à l'émotion qu'il avait de me revoir, une allusion aussi à cette chose importante que je ne comprenais toujours pas mais qui m'importait maintenant, notre amitié.

—Mon Dieu! et où allez-vous coucher? Vraiment, je ne vous conseille pas l'hôtel où nous prenons pension, c'est à côté de l'Exposition où des fêtes vont commencer, vous auriez un monde fou. Non, il vaudrait mieux l'hôtel de Flandre, c'est un ancien petit palais du XVIIIe siècle avec de vieilles tapisseries. Ça «fait» assez «vieille demeure historique».

Saint-Loup employait à tout propos ce mot de «faire» pour «avoir l'air», parce que la langue parlée, comme la langue écrite, éprouve de temps en temps le besoin de ces altérations du sens des mots, de ces raffinements d'expression. Et de même que souvent les journalistes ignorent de quelle école littéraire proviennent les «élégances» dont ils usent, de même le vocabulaire, la diction même de Saint-Loup étaient faits de l'imitation de trois esthètes différents dont il ne connaissait aucun, mais dont ces modes de langage lui avaient été indirectement inculqués. «D'ailleurs, conclut-il, cet hôtel est assez adapté à votre hyperesthésie auditive. Vous n'aurez pas de voisins. Je reconnais que c'est un piètre avantage, et comme en somme un autre voyageur peut y arriver demain, cela ne vaudrait pas la peine de choisir cet hôtel-là pour des résultats de précarité. Non, c'est à cause de l'aspect que je vous le recommande. Les chambres sont assez sympathiques, tous les meubles anciens et confortables, ça a quelque chose de rassurant.» Mais pour moi, moins artiste que Saint-Loup, le plaisir que peut donner une jolie maison était superficiel, presque nul, et ne pouvait pas calmer mon angoisse commençante, aussi pénible que celle que j'avais jadis à Combray quand ma mère ne venait pas me dire bonsoir ou celle que j'avais ressentie le jour de mon arrivée à Balbec dans la chambre trop haute qui sentait le vétiver. Saint-Loup le comprit à mon regard fixe.

—Mais vous vous en fichez bien, mon pauvre petit, de ce joli palais, vous êtes tout pâle; moi, comme une grande brute, je vous parle de tapisseries que vous n'aurez pas même le coeur de regarder. Je connais la chambre où on vous mettrait, personnellement je la trouve très gaie, mais je me rends bien compte que pour vous avec votre sensibilité ce n'est pas pareil. Ne croyez pas que je ne vous comprenne pas, moi je ne ressens pas la même chose, mais je me mets bien à votre place.

Un sous-officier qui essayait un cheval dans la cour, très occupé à le faire sauter, ne répondant pas aux saluts des soldats, mais envoyant des bordées d'injures à ceux qui se mettaient sur son chemin, adressa à ce moment un sourire à Saint-Loup et, s'apercevant alors que celui-ci avait un ami avec lui, salua. Mais son cheval se dressa de toute sa hauteur, écumant. Saint-Loup se jeta à sa tête, le prit par la bride, réussit à le calmer et revint à moi.

—Oui, me dit-il, je vous assure que je me rends compte, que je souffre de ce que vous éprouvez; je suis malheureux, ajouta-t-il, en posant affectueusement sa main sur mon épaule, de penser que si j'avais pu rester près de vous, peut-être j'aurais pu, en causant avec vous jusqu'au matin, vous ôter un peu de votre tristesse. Je vous prêterais bien des livrés, mais vous ne pourrez pas lire si vous êtes comme cela. Et jamais je n'obtiendrai de me faire remplacer ici; voilà deux fois de suite que je l'ai fait parce que ma gosse était venue.

Et il fronçait le sourcil à cause de son ennui et aussi de sa contention à chercher, comme un médecin, quel remède il pourrait appliquer à mon mal.

—Cours donc faire du feu dans ma chambre, dit-il à un soldat qui passait. Allons, plus vite que ça, grouille-toi.

Puis, de nouveau, il se détournait vers moi, et le monocle et le regard myope faisaient allusion à notre grande amitié:

—Non! vous ici, dans ce quartier où j'ai tant pensé à vous, je ne peux pas en croire mes yeux, je crois que je rêve. En somme, la santé, cela va-t-il plutôt mieux? Vous allez me raconter tout cela tout à l'heure. Nous allons monter chez moi, ne restons pas trop dans la cour, il fait un bon dieu de vent, moi je ne le sens même plus, mais pour vous qui n'êtes pas habitué, j'ai peur que vous n'ayez froid. Et le travail, vous y êtes-vous mis? Non? que vous êtes drôle! Si j'avais vos dispositions, je crois que j'écrirais du matin au soir. Cela vous amuse davantage de ne rien faire. Quel malheur que ce soient les médiocres comme moi qui soient toujours prêts à travailler et que ceux qui pourraient ne veuillent pas! Et je ne vous ai pas seulement demandé des nouvelles de Madame votre grand'mère. Son Proudhon ne me quitte pas.

Un officier, grand, beau, majestueux, déboucha à pas lents et solennels d'un escalier. Saint-Loup le salua et immobilisa la perpétuelle instabilité de son corps le temps de tenir la main à la hauteur du képi. Mais il l'y avait précipitée avec tant de force, se redressant d'un mouvement si sec, et, aussitôt le salut fini, la fit retomber par un déclanchement si brusque en changeant toutes les positions de l'épaule, de la jambe et du monocle, que ce moment fut moins d'immobilité que d'une vibrante tension où se neutralisaient les mouvements excessifs qui venaient de se produire et ceux qui allaient commencer. Cependant l'officier, sans se rapprocher, calme, bienveillant, digne, impérial, représentant en somme tout l'opposé de Saint-Loup, leva, lui aussi, mais sans se hâter, la main vers son képi.

—Il faut que je dise un mot au capitaine, me chuchota Saint-Loup; soyez assez gentil pour aller m'attendre dans ma chambre, c'est la seconde à droite, au troisième étage, je vous rejoins dans un moment.

Et, partant au pas de charge, précédé de son monocle qui volait en tous sens, il marcha droit vers le digne et lent capitaine dont on amenait à ce moment le cheval et qui, avant de se préparer à y monter, donnait quelques ordres avec une noblesse de gestes étudiée comme dans quelque tableau historique et s'il allait partir pour une bataille du premier Empire, alors qu'il rentrait simplement chez lui, dans la demeure qu'il avait louée pour le temps qu'il resterait à Doncières et qui était sise sur une place, nommée, comme par une ironie anticipée à l'égard de ce napoléonide, Place de la République! Je m'engageai dans l'escalier, manquant à chaque pas de glisser sur ces marches cloutées, apercevant des chambrées aux murs nus, avec le double alignement des lits et des paquetages. On m'indiqua la chambre de Saint-Loup. Je restai un instant devant sa porte fermée, car j'entendais remuer; on bougeait une chose, on en laissait tomber une autre; je sentais que la chambre n'était pas vide et qu'il y avait quelqu'un. Mais ce n'était que le feu allumé qui brûlait. Il ne pouvait pas se tenir tranquille, il déplaçait les bûches et fort maladroitement. J'entrai; il en laissa rouler une, en fit fumer une autre. Et même quand il ne bougeait pas, comme les gens vulgaires il faisait tout le temps entendre des bruits qui, du moment que je voyais monter la flamme, se montraient à moi des bruits de feu, mais que, si j'eusse été de l'autre côté du mur, j'aurais cru venir de quelqu'un qui se mouchait et marchait.

Enfin, je m'assis dans la chambre. Des tentures de liberty et de vieilles étoffes allemandes du XVIIIe siècle la préservaient de l'odeur qu'exhalait le reste du bâtiment, grossière, fade et corruptible comme celle du pain bis. C'est là, dans cette chambre charmante, que j'eusse dîné et dormi avec bonheur et avec calme. Saint-Loup y semblait presque présent grâce aux livres de travail qui étaient sur sa table à côté des photographies parmi lesquelles je reconnus la mienne et celle de Mme de Guermantes, grâce au feu qui avait fini par s'habituer à la cheminée et, comme une bête couchée en une attente ardente, silencieuse et fidèle, laissait seulement de temps à autre tomber une braise qui s'émiettait, ou léchait d'une flamme la paroi de la cheminée. J'entendais le tic tac de la montre de Saint-Loup, laquelle ne devait pas être bien loin de moi. Ce tic tac changeait de place à tout moment, car je ne voyais pas la montre; il me semblait venir de derrière moi, de devant, d'à droite, d'à gauche, parfois s'éteindre comme s'il était très loin. Tout d'un coup je découvris la montre sur la table. Alors j'entendis le tic tac en un lieu fixe d'où il ne bougea plus. Je croyais l'entendre à cet endroit-là; je ne l'y entendais pas, je l'y voyais, les sons n'ont pas de lieu. Du moins les rattachons-nous à des mouvements et par là ont-ils l'utilité de nous prévenir de ceux-ci, de paraître les rendre nécessaires et naturels. Certes il arrive quelquefois qu'un malade auquel on a hermétiquement bouché les oreilles n'entende plus le bruit d'un feu pareil à celui qui rabâchait en ce moment dans la cheminée de Saint-Loup, tout en travaillant à faire des tisons et des cendres qu'il laissait ensuite tomber dans sa corbeille, n'entende pas non plus le passage des tramways dont la musique prenait son vol, à intervalles réguliers, sur la grand'place de Doncières. Alors que le malade lise, et les pages se tourneront silencieusement comme si elles étaient feuilletées par un dieu.

La lourde rumeur d'un bain qu'on prépare s'atténue, s'allège et s'éloigne comme un gazouillement céleste. Le recul du bruit, son amincissement, lui ôtent toute puissance agressive à notre égard; affolés tout à l'heure par des coups de marteau qui semblaient ébranler le plafond sur notre tête, nous nous plaisons maintenant à les recueillir, légers, caressants, lointains comme un murmure de feuillages jouant sur la route avec le zéphir. On fait des réussites avec des cartes qu'on n'entend pas, si bien qu'on croit ne pas les avoir remuées, qu'elles bougent d'elles-mêmes et, allant au-devant de notre désir de jouer avec elles, se sont mises à jouer avec nous. Et à ce propos on peut se demander si pour l'Amour (ajoutons même à l'Amour l'amour de la vie, l'amour de la gloire, puisqu'il y a, paraît-il, des gens qui connaissent ces deux derniers sentiments) on ne devrait pas agir comme ceux qui, contre le bruit, au lieu d'implorer qu'il cesse, se bouchent les oreilles; et, à leur imitation, reporter notre attention, notre défensive, en nous-même, leur donner comme objet à réduire, non pas l'être extérieur que nous aimons, mais notre capacité de souffrir par lui.

Pour revenir au son, qu'on épaississe encore les boules qui ferment le conduit auditif, elles obligent au pianissimo la jeune fille qui jouait au-dessus de notre tête un air turbulent; qu'on enduise une de ces boules d'une matière grasse, aussitôt son despotisme est obéi par toute la maison, ses lois mêmes s'étendent au dehors. Le pianissimo ne suffit plus, la boule fait instantanément fermer le clavier et la leçon de musique est brusquement finie; le monsieur qui marchait sur notre tête cesse d'un seul coup sa ronde; la circulation des voitures et des tramways est interrompue comme si on attendait un Chef d'État. Et cette atténuation des sons trouble même quelquefois le sommeil au lieu de le protéger. Hier encore les bruits incessants, en nous décrivant d'une façon continue les mouvements dans la rue et dans la maison, finissaient par nous endormir comme un livre ennuyeux; aujourd'hui, à la surface de silence étendue sur notre sommeil, un heurt plus fort que les autres arrive à se faire entendre, léger comme un soupir, sans lien avec aucun autre son, mystérieux; et la demande d'explication qu'il exhale suffit à nous éveiller. Que l'on retire pour un instant au malade les cotons superposés à son tympan, et soudain la lumière, le plein soleil du son se montre de nouveau, aveuglant, renaît dans l'univers; à toute vitesse rentre le peuple des bruits exilés; on assiste, comme si elles étaient psalmodiées par des anges musiciens, à la résurrection des voix. Les rues vides sont remplies pour un instant par les ailes rapides et successives des tramways chanteurs. Dans la chambre elle-même, le malade vient de créer, non pas, comme Prométhée, le feu, mais le bruit du feu. Et en augmentant, en relâchant les tampons d'ouate, c'est comme si on faisait jouer alternativement l'une et l'autre des deux pédales qu'on a ajoutées à la sonorité du monde extérieur.

Seulement il y aussi des suppressions de bruits qui ne sont pas momentanées. Celui qui est devenu entièrement sourd ne peut même pas faire chauffer auprès de lui une bouillotte de lait sans devoir guetter des yeux, sur le couvercle ouvert, le reflet blanc, hyperboréen, pareil à celui d'une tempête de neige et qui est le signe prémonitoire auquel il est sage d'obéir en retirant, comme le Seigneur arrêtant les flots, les prises électriques; car déjà l'oeuf ascendant et spasmodique du lait qui bout accomplit sa crue en quelques soulèvements obliques, enfle, arrondit quelques voiles à demi chavirées qu'avait plissées la crème, en lance dans la tempête une en nacre et que l'interruption des courants, si l'orage électrique est conjuré à temps, fera toutes tournoyer sur elles-mêmes et jettera à la dérive, changées en pétales de magnolia. Mais si le malade n'avait pas pris assez vite les précautions nécessaires, bientôt ses livres et sa montre engloutis, émergeant à peine d'une mer blanche après ce mascaret lacté, il serait obligé d'appeler au secours sa vieille bonne qui, fût-il lui-même un homme politique illustre ou un grand écrivain, lui dirait qu'il n'a pas plus de raison qu'un enfant de cinq ans. A d'autres moments, dans la chambre magique, devant la porte fermée, une personne qui n'était pas là tout à l'heure a fait son apparition, c'est un visiteur qu'on n'a pas entendu entrer et qui fait seulement des gestes comme dans un de ces petits théâtres de marionnettes, si reposants pour ceux qui ont pris en dégoût le langage parlé. Et pour ce sourd total, comme la perte d'un sens ajoute autant de beauté au monde que ne fait son acquisition, c'est avec délices qu'il se promène maintenant sur une Terre presque édénique où le son n'a pas encore été créé. Les plus hautes cascades déroulent pour ses yeux seuls leur nappe de cristal, plus calmes que la mer immobile, comme des cataractes du Paradis. Comme le bruit était pour lui, avant sa surdité, la forme perceptible que revêtait la cause d'un mouvement, les objets remués sans bruit semblent l'être sans cause; dépouillés de toute qualité sonore, ils montrent une activité spontanée, ils semblent vivre; ils remuent, s'immobilisent, prennent feu d'eux-mêmes. D'eux-mêmes ils s'envolent comme les monstres ailés de la préhistoire. Dans la maison solitaire et sans voisins du sourd, le service qui, avant que l'infirmité fût complète, montrait déjà plus de réserve, se faisait silencieusement, est assuré maintenant, avec quelque chose de subreptice, par des muets, ainsi qu'il arrive pour un roi de féerie. Comme sur la scène encore, le monument que le sourd voit de sa fenêtre—caserne, église, mairie—n'est qu'un décor. Si un jour il vient à s'écrouler, il pourra émettre un nuage de poussière et des décombres visibles; mais moins matériel même qu'un palais de théâtre dont il n'a pourtant pas la minceur, il tombera dans l'univers magique sans que la chute de ses lourdes pierres de taille ternisse de la vulgarité d'aucun bruit la chasteté du silence.

Celui, bien plus relatif, qui régnait dans la petite chambre militaire où je me trouvais depuis un moment, fut rompu. La porte s'ouvrit, et Saint-Loup, laissant tomber son monocle, entra vivement.

—Ah! Robert, qu'on est bien chez vous, lui dis-je; comme il serait bon qu'il fût permis d'y dîner et d'y coucher!

Et en effet, si cela n'avait pas été défendu, quel repos sans tristesse j'aurais goûté là, protégé par cette atmosphère de tranquillité, de vigilance et de gaieté qu'entretenaient mille volontés réglées et sans inquiétude, mille esprits insouciants, dans cette grande communauté qu'est une caserne où, le temps ayant pris la forme de l'action, la triste cloche des heures était remplacée par la même joyeuse fanfare de ces appels dont était perpétuellement tenu en suspens sur les pavés de la ville, émietté et pulvérulent, le souvenir sonore;—voix sûre d'être écoutée, et musicale, parce qu'elle n'était pas seulement le commandement de l'autorité à l'obéissance mais aussi de la sagesse au bonheur.

—Ah! vous aimeriez mieux coucher ici près de moi que de partir seul à l'hôtel, me dit Saint-Loup en riant.

—Oh! Robert, vous êtes cruel de prendre cela avec ironie, lui dis-je, puisque vous savez que c'est impossible et que je vais tant souffrir là-bas.

—Eh bien! vous me flattez, me dit-il, car j'ai justement eu, de moi-même, cette idée que vous aimeriez mieux rester ici ce soir. Et c'est précisément cela que j'étais allé demander au capitaine.

—Et il a permis? m'écriai-je.

—Sans aucune difficulté.

—Oh! je l'adore!

—Non, c'est trop. Maintenant laissez-moi appeler mon ordonnance pour qu'il s'occupe de notre dîner, ajouta-t-il, pendant que je me détournais pour cacher mes larmes.

Plusieurs fois entrèrent l'un ou l'autre des camarades de Saint-Loup. Il les jetait à la porte.

—Allons, fous le camp.

Je lui demandais de les laisser rester.

—Mais non, ils vous assommeraient: ce sont des êtres tout à fait incultes, qui ne peuvent parler que courses, si ce n'est pansage. Et puis, même pour moi, ils me gâteraient ces instants si précieux que j'ai tant désirés. Remarquez que si je parle de la médiocrité de mes camarades, ce n'est pas que tout ce qui est militaire manque d'intellectualité. Bien loin de là. Nous avons un commandant qui est un homme admirable. Il a fait un cours où l'histoire militaire est traitée comme une démonstration, comme une espèce d'algèbre. Même esthétiquement, c'est d'une beauté tour à tour inductive et déductive à laquelle vous ne seriez pas insensible.

—Ce n'est pas le capitaine qui m'a permis de rester ici?

—Non, Dieu merci, car l'homme que vous «adorez» pour peu de chose est le plus grand imbécile que la terre ait jamais porté. Il est parfait pour s'occuper de l'ordinaire et de la tenue de ses hommes; il passe des heures avec le maréchal des logis chef et le maître tailleur. Voilà sa mentalité. Il méprise d'ailleurs beaucoup, comme tout le monde, l'admirable commandant dont je vous parle. Personne ne fréquente celui-là, parce qu'il est franc-maçon et ne va pas à confesse. Jamais le Prince de Borodino ne recevrait chez lui ce petit bourgeois. Et c'est tout de même un fameux culot de la part d'un homme dont l'arrière-grand-père était un petit fermier et qui, sans les guerres de Napoléon, serait probablement fermier aussi. Du reste il se rend bien un peu compte de la situation ni chair ni poisson qu'il a dans la société. Il va à peine au Jockey, tant il y est gêné, ce prétendu prince, ajouta Robert, qui, ayant été amené par un même esprit d'imitation à adopter les théories sociales de ses maîtres et les préjugés mondains de ses parents, unissait, sans s'en rendre compte, à l'amour de la démocratie le dédain de la noblesse d'Empire.

Je regardais la photographie de sa tante et la pensée que Saint-Loup possédant cette photographie, il pourrait peut-être me la donner, me fit le chérir davantage et souhaiter de lui rendre mille services qui me semblaient peu de choses en échange d'elle. Car cette photographie c'était comme une rencontre de plus ajoutée à celles que j'avais déjà faites de Mme de Guermantes; bien mieux, une rencontre prolongée, comme si, par un brusque progrès dans nos relations, elle s'était arrêtée auprès de moi, en chapeau de jardin, et m'avait laissé pour la première fois regarder à loisir ce gras de joue, ce tournant de nuque, ce coin de sourcils (jusqu'ici voilés pour moi par la rapidité de son passage, l'étourdissement de mes impressions, l'inconsistance du souvenir); et leur contemplation, autant que celle de la gorge et des bras d'une femme que je n'aurais jamais vue qu'en robe montante, m'était une voluptueuse découverte, une faveur. Ces lignes qu'il me semblait presque défendu de regarder, je pourrais les étudier là comme dans un traité de la seule géométrie qui eût de la valeur pour moi. Plus tard, en regardant Robert, je m'aperçus que lui aussi était un peu comme une photographie de sa tante, et par un mystère presque aussi émouvant pour moi puisque, si sa figure à lui n'avait pas été directement produite par sa figure à elle, toutes deux avaient cependant une origine commune. Les traits de la duchesse de Guermantes qui étaient épinglés dans ma vision de Combray, le nez en bec de faucon, les yeux perçants, semblaient avoir servi aussi à découper—dans un autre exemplaire analogue et mince d'une peau trop fine— la figure de Robert presque superposable à celle de sa tante. Je regardais sur lui avec envie ces traits caractéristiques des Guermantes, de cette race restée si particulière au milieu du monde, où elle ne se perd pas et où elle reste isolée dans sa gloire divinement ornithologique, car elle semble issue, aux âges de la mythologie, de l'union d'une déesse et d'un oiseau.

Robert, sans en connaître les causes, était touché de mon attendrissement. Celui-ci d'ailleurs s'augmentait du bien-être causé par la chaleur du feu et par le vin de Champagne qui faisait perler en même temps des gouttes de sueur à mon front et des larmes à mes yeux; il arrosait des perdreaux; je les mangeais avec l'émerveillement d'un profane, de quelque sorte qu'il soit, quand il trouve dans une certaine vie qu'il ne connaissait pas ce qu'il avait cru qu'elle excluait (par exemple d'un libre penseur faisant un dîner exquis dans un presbytère). Et le lendemain matin en m'éveillant, j'allai jeter par la fenêtre de Saint-Loup qui, située fort haut, donnait sur tout le pays, un regard de curiosité pour faire la connaissance de ma voisine, la campagne, que je n'avais pas pu apercevoir la veille, parce que j'étais arrivé trop tard, à l'heure où elle dormait déjà dans la nuit. Mais de si bonne heure qu'elle fût éveillée, je ne la vis pourtant en ouvrant la croisée, comme on la voit d'une fenêtre de château, du côté de l'étang, qu'emmitouflée encore dans sa douce et blanche robe matinale de brouillard qui ne me laissait presque rien distinguer. Mais je savais qu'avant que les soldats qui s'occupaient des chevaux dans la cour eussent fini leur pansage, elle l'aurait dévêtue. En attendant je ne pouvais voir qu'une maigre colline, dressant tout contre le quartier son dos déjà dépouillé d'ombre, grêle et rugueux. A travers les rideaux ajourés de givre, je ne quittais pas des yeux cette étrangère qui me regardait pour la première fois.

Mais quand j'eus pris l'habitude de venir au quartier, la conscience que la colline était là, plus réelle par conséquent, même quand je ne la voyais pas, que l'hôtel de Balbec, que notre maison de Paris auxquels je pensais comme à des absents, comme à des morts, c'est-à-dire sans plus guère croire à leur existence, fit que, même sans que je m'en rendisse compte, sa forme réverbérée se profila toujours sur les moindres impressions que j'eus à Doncières et, pour commencer par ce matin-là, sur la bonne impression de chaleur que me donna le chocolat préparé par l'ordonnance de Saint-Loup dans cette chambre confortable qui avait l'air d'un centre optique pour regarder la colline (l'idée de faire autre chose que la regarder et de s'y promener étant rendue impossible par ce même brouillard qu'il y avait). Imbibant la forme de la colline, associé au goût du chocolat et à toute la trame de mes pensées d'alors, ce brouillard, sans que je pensasse le moins du monde à lui, vint mouiller toutes mes pensées de ce temps-là, comme tel or inaltérable et massif était resté allié à mes impressions de Balbec, ou comme la présence voisine des escaliers extérieurs de grès noirâtre donnait quelque grisaille à mes impressions de Combray. Il ne persista d'ailleurs pas tard dans la matinée, le soleil commença par user inutilement contre lui quelques flèches qui le passementèrent de brillants puis en eurent raison. La colline put offrir sa croupe grise aux rayons qui, une heure plus tard, quand je descendis dans la ville, donnaient aux rouges des feuilles d'arbres, aux rouges et aux bleus des affiches électorales posées sur les murs une exaltation qui me soulevait moi-même et me faisait battre, en chantant, les pavés sur lesquels je me retenais pour ne pas bondir de joie.

Mais, dès le second jour, il me fallut aller coucher à l'hôtel. Et je savais d'avance que fatalement j'allais y trouver la tristesse. Elle était comme un arome irrespirable que depuis ma naissance exhalait pour moi toute chambre nouvelle, c'est-à-dire toute chambre: dans celle que j'habitais d'ordinaire, je n'étais pas présent, ma pensée restait ailleurs et à sa place envoyait seulement l'habitude. Mais je ne pouvais charger cette servante moins sensible de s'occuper de mes affaires dans un pays nouveau, où je la précédais, où j'arrivais seul, où il me fallait faire entrer en contact avec les choses ce «Moi» que je ne retrouvais qu'à des années d'intervalles, mais toujours le même, n'ayant pas grandi depuis Combray, depuis ma première arrivée à Balbec, pleurant, sans pouvoir être consolé, sur le coin d'une malle défaite.

Or, je m'étais trompé. Je n'eus pas le temps d'être triste, car je ne fus pas un instant seul. C'est qu'il restait du palais ancien un excédent de luxe, inutilisable dans un hôtel moderne, et qui, détaché de toute affectation pratique, avait pris dans son désoeuvrement une sorte de vie: couloirs revenant sur leurs pas, dont on croisait à tous moments les allées et venues sans but, vestibules longs comme des corridors et ornés comme des salons, qui avaient plutôt l'air d'habiter là que de faire partie de l'habitation, qu'on n'avait pu faire entrer dans aucun appartement, mais qui rôdaient autour du mien et vinrent tout de suite m'offrir leur compagnie—sorte de voisins oisifs, mais non bruyants, de fantômes subalternes du passé à qui on avait concédé de demeurer sans bruit à la porte des chambres qu'on louait, et qui chaque fois que je les trouvais sur mon chemin se montraient pour moi d'une prévenance silencieuse. En somme, l'idée d'un logis, simple contenant de notre existence actuelle et nous préservant seulement du froid, de la vue des autres, était absolument inapplicable à cette demeure, ensemble de pièces, aussi réelles qu'une colonie de personnes, d'une vie il est vrai silencieuse, mais qu'on était obligé de rencontrer, d'éviter, d'accueillir, quand on rentrait. On tâchait de ne pas déranger et on ne pouvait regarder sans respect le grand salon qui avait pris, depuis le XVIIIe siècle, l'habitude de s'étendre entre ses appuis de vieil or, sous les nuages de son plafond peint. Et on était pris d'une curiosité plus familière pour les petites pièces qui, sans aucun souci de la symétrie, couraient autour de lui, innombrables, étonnées, fuyant en désordre jusqu'au jardin où elles descendaient si facilement par trois marches ébréchées.

Si je voulais sortir ou rentrer sans prendre l'ascenseur ni être vu dans le grand escalier, un plus petit, privé, qui ne servait plus, me tendait ses marches si adroitement posées l'une tout près de l'autre, qu'il semblait exister dans leur gradation une proportion parfaite du genre de celles qui dans les couleurs, dans les parfums, dans les saveurs, viennent souvent émouvoir en nous une sensualité particulière. Mais celle qu'il y a à monter et à descendre, il m'avait fallu venir ici pour la connaître, comme jadis dans une station alpestre pour savoir que l'acte, habituellement non perçu, de respirer, peut être une constante volupté. Je reçus cette dispense d'effort que nous accordent seules les choses dont nous avons un long usage, quand je posai mes pieds pour la première fois sur ces marches, familières avant d'être connues, comme si elles possédaient, peut-être déposée, incorporée en elles par les maîtres d'autrefois qu'elles accueillaient chaque jour, la douceur anticipée d'habitudes que je n'avais pas contractées encore et qui même ne pourraient que s'affaiblir quand elles seraient devenues miennes.

J'ouvris une chambre, la double porte se referma derrière moi, la draperie fit entrer un silence sur lequel je me sentis comme une sorte d'enivrante royauté; une cheminée de marbre ornée de cuivres ciselés, dont on aurait eu tort de croire qu'elle ne savait que représenter l'art du Directoire, me faisait du feu, et un petit fauteuil bas sur pieds m'aida à me chauffer aussi confortablement que si j'eusse été assis sur le tapis. Les murs étreignaient la chambre, la séparant du reste du monde et, pour y laisser entrer, y enfermer ce qui la faisait complète, s'écartaient devant la bibliothèque, réservaient l'enfoncement du lit des deux côtés duquel des colonnes soutenaient légèrement le plafond surélevé de l'alcôve. Et la chambre était prolongée dans le sens de la profondeur par deux cabinets aussi larges qu'elle, dont le dernier suspendait à son mur, pour parfumer le recueillement qu'on y vient chercher, un voluptueux rosaire de grains d'iris; les portes, si je les laissais ouvertes pendant que je me retirais dans ce dernier retrait, ne se contentaient pas de le tripler, sans qu'il cessât d'être harmonieux, et ne faisaient pas seulement goûter à mon regard le plaisir de l'étendue après celui de la concentration, mais encore ajoutaient, au plaisir de ma solitude, qui restait inviolable et cessait d'être enclose, le sentiment de la liberté. Ce réduit donnait sur une cour, belle solitaire que je fus heureux d'avoir pour voisine quand, le lendemain matin, je la découvris, captive entre ses hauts murs où ne prenait jour aucune fenêtre, et n'ayant que deux arbres jaunis qui suffisaient à donner une douceur mauve au ciel pur.

Avant de me coucher, je voulus sortir de ma chambre pour explorer tout mon féerique domaine. Je marchai en suivant une longue galerie qui me fit successivement hommage de tout ce qu'elle avait à m'offrir si je n'avais pas sommeil, un fauteuil placé dans un coin, une épinette, sur une console un pot de faïence bleu rempli de cinéraires, et dans un cadre ancien le fantôme d'une dame d'autrefois aux cheveux poudrés mêlés de fleurs bleues et tenant à la main un bouquet d'œillets. Arrivé au bout, son mur plein où ne s'ouvrait aucune porte me dit naïvement: «Maintenant il faut revenir, mais tu vois, tu es chez toi», tandis que le tapis moelleux ajoutait pour ne pas demeurer en reste que, si je ne dormais pas cette nuit, je pourrais très bien venir nu-pieds, et que les fenêtres sans volets qui regardaient la campagne m'assuraient qu'elles passeraient une nuit blanche et qu'en venant à l'heure que je voudrais je n'avais à craindre de réveiller personne. Et derrière une tenture je surpris seulement un petit cabinet qui, arrêté par la muraille et ne pouvant se sauver, s'était caché là, tout penaud, et me regardait avec effroi de son œil-de-bœuf rendu bleu par le clair de lune. Je me couchai, mais la présence de l'édredon, des colonnettes, de la petite cheminée, en mettant mon attention à un cran où elle n'était pas à Paris, m'empêcha de me livrer au traintrain habituel de mes rêvasseries. Et comme c'est cet état particulier de l'attention qui enveloppe le sommeil et agit sur lui, le modifie, le met de plain-pied avec telle ou telle série de nos souvenirs, les images qui remplirent mes rêves, cette première nuit, furent empruntées à une mémoire entièrement distincte de celle que mettait d'habitude à contribution mon sommeil.

Si j'avais été tenté en dormant de me laisser réentraîner vers ma mémoire coutumière, le lit auquel je n'étais pas habitué, la douce attention que j'étais obligé de prêter à mes positions quand je me retournais, suffisaient à rectifier ou à maintenir le fil nouveau de mes rêves. Il en est du sommeil comme de la perception du monde extérieur. Il suffit d'une modification dans nos habitudes pour le rendre poétique, il suffit qu'en nous déshabillant nous nous soyons endormi sans le vouloir sur notre lit, pour que les dimensions du sommeil soient changées et sa beauté sentie. On s'éveille, on voit quatre heures à sa montre, ce n'est que quatre heures du matin, mais nous croyons que toute la journée s'est écoulée, tant ce sommeil de quelques minutes et que nous n'avions pas cherché nous a paru descendu du ciel, en vertu de quelque droit divin, énorme et plein comme le globe d'or d'un empereur. Le matin, ennuyé de penser que mon grand-père était prêt et qu'on m'attendait pour partir du côté de Méséglise, je fus éveillé par la fanfare d'un régiment qui tous les jours passa sous mes fenêtres. Mais deux ou trois fois—et je le dis, car on ne peut bien décrire la vie des hommes si on ne la fait baigner dans le sommeil où elle plonge et qui, nuit après nuit, la contourne comme une presqu'île est cernée par la mer—le sommeil interposé fut en moi assez résistant pour soutenir le choc de la musique, et je n'entendis rien. Les autres jours il céda un instant; mais encore veloutée d'avoir dormi, ma conscience, comme ces organes préalablement anesthésiés, par qui une cautérisation, restée d'abord insensible, n'est perçue que tout à fait à sa fin et comme une légère brûlure, n'était touchée qu'avec douceur par les pointes aiguës des fifres qui la caressaient d'un vague et frais gazouillis matinal; et après cette étroite interruption où le silence s'était fait musique, il reprenait avec mon sommeil avant même que les dragons eussent fini de passer, me dérobant les dernières gerbes épanouies du bouquet jaillissant et sonore. Et la zone de ma conscience que ses tiges jaillissantes avaient effleurée était si étroite, si circonvenue de sommeil, que plus tard, quand Saint-Loup me demandait si j'avais entendu la musique, je n'étais pas plus certain que le son de la fanfare n'eût pas été aussi imaginaire que celui que j'entendais dans le jour s'élever après le moindre bruit au-dessus des pavés de la ville. Peut-être ne l'avais-je entendu qu'en un rêve, par la crainte d'être réveillé, ou au contraire de ne pas l'être et de ne pas voir le défilé. Car souvent quand je restais endormi au moment où j'avais pensé au contraire que le bruit m'aurait réveillé, pendant une heure encore je croyais l'être, tout en sommeillant, et je me jouais à moi-même en minces ombres sur l'écran de mon sommeil les divers spectacles auxquels il m'empêchait, mais auxquels j'avais l'illusion d'assister.

Ce qu'on aurait fait le jour, il arrive en effet, le sommeil venant, qu'on ne l'accomplisse qu'en rêve, c'est-à-dire après l'inflexion de l'ensommeillement, en suivant une autre voie qu'on n'eût fait éveillé. La même histoire tourne et a une autre fin. Malgré tout, le monde dans lequel on vit pendant le sommeil est tellement différent, que ceux qui ont de la peine à s'endormir cherchent avant tout à sortir du nôtre. Après avoir désespérément, pendant des heures, les yeux clos, roulé des pensées pareilles à celles qu'ils auraient eues les yeux ouverts, ils reprennent courage s'ils s'aperçoivent que la minute précédente a été toute alourdie d'un raisonnement en contradiction formelle avec les lois de la logique et l'évidence du présent, cette courte «absence» signifiant que la porte est ouverte par laquelle ils pourront peut-être s'échapper tout à l'heure de la perception du réel, aller faire une halte plus ou moins loin de lui, ce qui leur donnera un plus ou moins «bon» sommeil. Mais un grand pas est déjà fait quand on tourne le dos au réel, quand on atteint les premiers antres où les «autosuggestions» préparent comme des sorcières l'infernal fricot des maladies imaginaires ou de la recrudescence des maladies nerveuses, et guettent l'heure où les crises remontées pendant le sommeil inconscient se déclancheront assez fortes pour le faire cesser.

Non loin de là est le jardin réservé où croissent comme des fleurs inconnues les sommeils si différents les uns des autres, sommeil du datura, du chanvre indien, des multiples extraits de l'éther, sommeil de la belladone, de l'opium, de la valériane, fleurs qui restent closes jusqu'au jour où l'inconnu prédestiné viendra les toucher, les épanouir, et pour de longues heures dégager l'arome de leurs rêves particuliers en un être émerveillé et surpris. Au fond du jardin est le couvent aux fenêtres ouvertes où l'on entend répéter les leçons apprises avant de s'endormir et qu'on ne saura qu'au réveil; tandis que, présage de celui-ci, fait résonner son tic tac ce réveille-matin intérieur que notre préoccupation a réglé si bien que, quand notre ménagère viendra nous dire: il est sept heures, elle nous trouvera déjà prêt. Aux parois obscures de cette chambre qui s'ouvre sur les rêves, et où travaille sans cesse cet oubli des chagrins amoureux duquel est parfois interrompue et défaite par un cauchemar plein de réminiscences la tâche vite recommencée, pendent, même après qu'on est réveillé, les souvenirs des songes, mais si enténébrés que souvent nous ne les apercevons pour la première fois qu'en pleine après-midi quand le rayon d'une idée similaire vient fortuitement les frapper; quelques-uns déjà, harmonieusement clairs pendant qu'on dormait, mais devenus si méconnaissables que, ne les ayant pas reconnus, nous ne pouvons que nous hâter de les rendre à la terre, ainsi que des morts trop vite décomposés ou que des objets si gravement atteints et près de la poussière que le restaurateur le plus habile ne pourrait leur rendre une forme, et rien en tirer.

Près de la grille est la carrière où les sommeils profonds viennent chercher des substances qui imprègnent la tête d'enduits si durs que, pour éveiller le dormeur, sa propre volonté est obligée, même dans un matin d'or, de frapper à grands coups de hache, comme un jeune Siegfried. Au delà encore sont les cauchemars dont les médecins prétendent stupidement qu'ils fatiguent plus que l'insomnie, alors qu'ils permettent au contraire au penseur de s'évader de l'attention; les cauchemars avec leurs albums fantaisistes, où nos parents qui sont morts viennent de subir un grave accident qui n'exclut pas une guérison prochaine. En attendant nous les tenons dans une petite cage à rats, où ils sont plus petits que des souris blanches et, couverts de gros boutons rouges, plantés chacun d'une plume, nous tiennent des discours cicéroniens. A côté de cet album est le disque tournant du réveil grâce auquel nous subissons un instant l'ennui d'avoir à rentrer tout à l'heure dans une maison qui est détruite depuis cinquante ans, et dont l'image est effacée, au fur et à mesure que le sommeil s'éloigne, par plusieurs autres, avant que nous arrivions à celle qui ne se présente qu'une fois le disque arrêté et qui coïncide avec celle que nous verrons avec nos yeux ouverts.

Quelquefois je n'avais rien entendu, étant dans un de ces sommeils où l'on tombe comme dans un trou duquel on est tout heureux d'être tiré un peu plus tard, lourd, surnourri, digérant tout ce que nous ont apporté, pareilles aux nymphes qui nourrissaient Hercule, ces agiles puissances végétatives, à l'activité redoublée pendant que nous dormons.

On appelle cela un sommeil de plomb; il semble qu'on soit devenu soi-même, pendant quelques instants après qu'un tel sommeil a cessé, un simple bonhomme de plomb. On n'est plus personne. Comment, alors, cherchant sa pensée, sa personnalité comme on cherche un objet perdu, finit-on par retrouver son propre moi plutôt que tout autre? Pourquoi, quand on se remet à penser, n'est-ce pas alors une autre personnalité que l'antérieure qui s'incarne en nous? On ne voit pas ce qui dicte le choix et pourquoi, entre les millions d'êtres humains qu'on pourrait être, c'est sur celui qu'on était la veille qu'on met juste la main. Qu'est-ce qui nous guide, quand il y a eu vraiment interruption (soit que le sommeil ait été complet, ou les rêves, entièrement différents de nous)? Il y a eu vraiment mort, comme quand le coeur a cessé de battre et que des tractions rythmées de la langue nous raniment. Sans doute la chambre, ne l'eussions-nous vue qu'une fois, éveille-t-elle des souvenirs auxquels de plus anciens sont suspendus. Ou quelques-uns dormaient-ils en nous-mêmes, dont nous prenons conscience? La résurrection au réveil—après ce bienfaisant accès d'aliénation mentale qu'est le sommeil—doit ressembler au fond à ce qui se passe quand on retrouve un nom, un vers, un refrain oubliés. Et peut-être la résurrection de l'âme après la mort est-elle concevable comme un phénomène de mémoire.

Quand j'avais fini de dormir, attiré par le ciel ensoleillé, mais retenu par la fraîcheur de ces derniers matins si lumineux et si froids où commence l'hiver, pour regarder les arbres où les feuilles n'étaient plus indiquées que par une ou deux touches d'or ou de rose qui semblaient être restées en l'air, dans une trame invisible, je levais la tête et tendais le cou tout en gardant le corps à demi caché dans mes couvertures; comme une chrysalide en voie de métamorphose, j'étais une créature double aux diverses parties de laquelle ne convenait pas le même milieu; à mon regard suffisait de la couleur, sans chaleur; ma poitrine par contre se souciait de chaleur et non de couleur. Je ne me levais que quand mon feu était allumé et je regardais le tableau si transparent et si doux de la matinée mauve et dorée à laquelle je venais d'ajouter artificiellement les parties de chaleur qui lui manquaient, tisonnant mon feu qui brûlait et fumait comme une bonne pipe et qui me donnait comme elle eût fait un plaisir à la fois grossier parce qu'il reposait sur un bien-être matériel et délicat parce que derrière lui s'estompait une pure vision. Mon cabinet de toilette était tendu d'un papier à fond d'un rouge violent que parsemaient des fleurs noires et blanches, auxquelles il semble que j'aurais dû avoir quelque peine à m'habituer. Mais elles ne firent que me paraître nouvelles, que me forcer à entrer non en conflit mais en contact avec elles, que modifier la gaieté et les chants de mon lever, elles ne firent que me mettre de force au coeur d'une sorte de coquelicot pour regarder le monde, que je voyais tout autre qu'à Paris, de ce gai paravent qu'était cette maison nouvelle, autrement orientée que celle de mes parents et où affluait un air pur. Certains jours, j'étais agité par l'envie de revoir ma grand'mère ou par la peur qu'elle ne fût souffrante; ou bien c'était le souvenir de quelque affaire laissée en train à Paris, et qui ne marchait pas: parfois aussi quelque difficulté dans laquelle, même ici, j'avais trouvé le moyen de me jeter. L'un ou l'autre de ces soucis m'avait empêché de dormir, et j'étais sans force contre ma tristesse, qui en un instant remplissait pour moi toute l'existence. Alors, de l'hôtel, j'envoyais quelqu'un au quartier, avec un mot pour Saint-Loup: je lui disais que si cela lui était matériellement possible—je savais que c'était très difficile—il fût assez bon pour passer un instant. Au bout d'une heure il arrivait; et en entendant son coup de sonnette je me sentais délivré de mes préoccupations. Je savais, que si elles étaient plus fortes que moi, il était plus fort qu'elles, et mon attention se détachait d'elles et se tournait vers lui qui avait à décider. Il venait d'entrer; et déjà il avait mis autour de moi le plein air où il déployait tant d'activité depuis le matin, milieu vital fort différent de ma chambre et auquel je m'adaptais immédiatement par des réactions appropriées.

—J'espère que vous ne m'en voulez pas de vous avoir dérangé; j'ai quelque chose qui me tourmente, vous avez dû le deviner.

—Mais non, j'ai pensé simplement que vous aviez envie de me voir et j'ai trouvé ça très gentil. J'étais enchanté que vous m'ayez fait demander. Mais quoi? ça ne va pas, alors? qu'est-ce qu'il y a pour votre service?

Il écoutait mes explications, me répondait avec précision; mais avant même qu'il eût parlé, il m'avait fait semblable à lui; à côté des occupations importantes qui le faisaient si pressé, si alerte, si content, les ennuis qui m'empêchaient tout à l'heure de rester un instant sans souffrir me semblaient, comme à lui, négligeables; j'étais comme un homme qui, ne pouvant ouvrir les yeux depuis plusieurs jours, fait appeler un médecin lequel avec adresse et douceur lui écarte la paupière, lui enlève et lui montre un grain de sable; le malade est guéri et rassuré. Tous mes tracas se résolvaient en un télégramme que Saint-Loup se chargeait de faire partir. La vie me semblait si différente, si belle, j'étais inondé d'un tel trop-plein de force que je voulais agir.

—Que faites-vous maintenant? disais-je à Saint-Loup.

—Je vais vous quitter, car on part en marche dans trois quarts d'heure et on a besoin de moi.

—Alors ça vous a beaucoup gêné de venir?

—Non, ça ne m'a pas gêné, le capitaine a été très gentil, il a dit que du moment que c'était pour vous il fallait que je vienne, mais enfin je ne veux pas avoir l'air d'abuser.

—Mais si je me levais vite et si j'allais de mon côté à l'endroit où vous allez manoeuvrer, cela m'intéresserait beaucoup, et je pourrais peut-être causer avec vous dans les pauses.

—Je ne vous le conseille pas; vous êtes resté éveillé, vous vous êtes mis martel en tête pour une chose qui, je vous assure, est sans aucune conséquence, mais maintenant qu'elle ne vous agite plus, retournez-vous sur votre oreiller et dormez, ce qui sera excellent contre la déminéralisation de vos cellules nerveuses; ne vous endormez pas trop vite parce que notre garce de musique va passer sous vos fenêtres; mais aussitôt après, je pense que vous aurez la paix, et nous nous reverrons ce soir à dîner.

Mais un peu plus tard j'allai souvent voir le régiment faire du service en campagne, quand je commençai à m'intéresser aux théories militaires que développaient à dîner les amis de Saint-Loup et que cela devint le désir de mes journées de voir de plus près leurs différents chefs, comme quelqu'un qui fait de la musique sa principale étude et vit dans les concerts a du plaisir à fréquenter les cafés où l'on est mêlé à la vie des musiciens de l'orchestre. Pour arriver au terrain de manoeuvres il me fallait faire de grandes marches. Le soir, après le dîner, l'envie de dormir faisait par moments tomber ma tête comme un vertige. Le lendemain, je m'apercevais que je n'avais pas plus entendu la fanfare, qu'à Balbec, le lendemain des soirs où Saint-Loup m'avait emmené dîner à Rivebelle, je n'avais entendu le concert de la plage. Et au moment où je voulais me lever, j'en éprouvais délicieusement l'incapacité; je me sentais attaché à un sol invisible et profond par les articulations, que la fatigue me rendait sensibles, de radicelles musculeuses et nourricières. Je me sentais plein de force, la vie s'étendait plus longue devant moi; c'est que j'avais reculé jusqu'aux bonnes fatigues de mon enfance à Combray, le lendemain des jours où nous nous étions promenés du côté de Guermantes. Les poètes prétendent que nous retrouvons un moment ce que nous avons jadis été en rentrant dans telle maison, dans un tel jardin où nous avons vécu jeunes. Ce sont là pèlerinages fort hasardeux et à la suite desquels on compte autant de déceptions que de succès. Les lieux fixes, contemporains d'années différentes, c'est en nous-même qu'il vaut mieux les trouver. C'est à quoi peuvent, dans une certaine mesure, nous servir une grande fatigue que suit une bonne nuit. Celles-là du moins, pour nous faire descendre dans les galeries les plus souterraines du sommeil, où aucun reflet de la veille, aucune lueur de mémoire n'éclairent plus le monologue intérieur, si tant est que lui-même n'y cesse pas, retournent si bien le sol et le tuf de notre corps qu'elles nous font retrouver, là où nos muscles plongent et tordent leurs ramifications et aspirent la vie nouvelle, le jardin où nous avons été enfant. Il n'y a pas besoin de voyager pour le revoir, il faut descendre pour le retrouver. Ce qui a couvert la terre n'est plus sur elle, mais dessous; l'excursion ne suffit pas pour visiter la ville morte, les fouilles sont nécessaires. Mais on verra combien certaines impressions fugitives et fortuites ramènent bien mieux encore vers le passé, avec une précision plus fine, d'un vol plus léger, plus immatériel, plus vertigineux, plus infaillible, plus immortel, que ces dislocations organiques.

Quelquefois ma fatigue était plus grande encore: j'avais, sans pouvoir me coucher, suivi les manoeuvres pendant plusieurs jours. Que le retour à l'hôtel était alors béni! En entrant dans mon lit, il me semblait avoir enfin échappé à des enchanteurs, à des sorciers, tels que ceux qui peuplent les «romans» aimés de notre XVIIe siècle. Mon sommeil et ma grasse matinée du lendemain n'étaient plus qu'un charmant conte de fées. Charmant; bienfaisant peut-être aussi. Je me disais que les pires souffrances ont leur lieu d'asile, qu'on peut toujours, à défaut de mieux, trouver le repos. Ces pensées me menaient fort loin.

Les jours où il y avait repos et où Saint-Loup ne pouvait cependant pas sortir, j'allais souvent le voir au quartier. C'était loin; il fallait sortir de la ville, franchir le viaduc, des deux côtés duquel j'avais une immense vue. Une forte brise soufflait presque toujours sur ces hauts lieux, et emplissait les bâtiments construits sur trois côtés de la cour qui grondaient sans cesse comme un antre des vents. Tandis que, pendant qu'il était occupé à quelque service, j'attendais Robert, devant la porte de sa chambre ou au réfectoire, en causant avec tels de ses amis auxquels il m'avait présenté (et que je vins ensuite voir quelquefois, même quand il ne devait pas être là), voyant par la fenêtre, à cent mètres au-dessous de moi, la campagne dépouillée mais où çà et là des semis nouveaux, souvent encore mouillés de pluie et éclairés par le soleil, mettaient quelques bandes vertes d'un brillant et d'une limpidité translucide d'émail, il m'arrivait d'entendre parler de lui; et je pus bien vite me rendre compte combien il était aimé et populaire.

Chez plusieurs engagés, appartenant à d'autres escadrons, jeunes bourgeois riches qui ne voyaient la haute société aristocratique que du dehors et sans y pénétrer, la sympathie qu'excitait en eux ce qu'ils savaient du caractère de Saint-Loup se doublait du prestige qu'avait à leurs yeux le jeune homme que souvent, le samedi soir, quand ils venaient en permission à Paris, ils avaient vu souper au Café de la Paix avec le duc d'Uzès et le prince d'Orléans. Et à cause de cela, dans sa jolie figure, dans sa façon dégingandée de marcher, de saluer, dans le perpétuel lancé de son monocle, dans «la fantaisie» de ses képis trop hauts, de ses pantalons d'un drap trop fin et trop rose, ils avaient introduit l'idée d'un «chic» dont ils assuraient qu'étaient dépourvus les officiers les plus élégants du régiment, même le majestueux capitaine à qui j'avais dû de coucher au quartier, lequel semblait, par comparaison, trop solennel et presque commun.

L'un disait que le capitaine avait acheté un nouveau cheval. «Il peut acheter tous les chevaux qu'il veut. J'ai rencontré Saint-Loup dimanche matin allée des Acacias, il monte avec un autre chic!» répondait l'autre, et en connaissance de cause; car ces jeunes gens appartenaient à une classe qui, si elle ne fréquente pas le même personnel mondain, pourtant, grâce à l'argent et au loisir, ne diffère pas de l'aristocratie dans l'expérience de toutes celles des élégances qui peuvent s'acheter. Tout au plus la leur avait-elle, par exemple en ce qui concernait les vêtements, quelque chose de plus appliqué, de plus impeccable, que cette libre et négligente élégance de Saint-Loup qui plaisait tant à ma grand'mère. C'était une petite émotion pour ces fils de grands banquiers ou d'agents de change, en train de manger des huîtres après le théâtre, de voir à une table voisine de la leur le sous-officier Saint-Loup. Et que de récits faits au quartier le lundi, en rentrant de permission, par l'un d'eux qui était de l'escadron de Robert et à qui il avait dit bonjour «très gentiment»; par un autre qui n'était pas du même escadron, mais qui croyait bien que malgré cela Saint-Loup l'avait reconnu, car deux ou trois fois il avait braqué son monocle dans sa direction.

—Oui, mon frère l'a aperçu à «la Paix», disait un autre qui avait passé la journée chez sa maîtresse, il paraît même qu'il avait un habit trop large et qui ne tombait pas bien.

—Comment était son gilet?

—Il n'avait pas de gilet blanc, mais mauve avec des espèces de palmes, époilant!

Pour les anciens (hommes du peuple ignorant le Jockey et qui mettaient seulement Saint-Loup dans la catégorie des sous-officiers très riches, où ils faisaient entrer tous ceux qui, ruinés ou non, menaient un certain train, avaient un chiffre assez élevé de revenus ou de dettes et étaient généreux avec les soldats), la démarche, le monocle, les pantalons, les képis de Saint-Loup, s'ils n'y voyaient rien d'aristocratique, n'offraient pas cependant moins d'intérêt et de signification. Ils reconnaissaient dans ces particularités le caractère, le genre qu'ils avaient assignés une fois pour toutes à ce plus populaire des gradés du régiment, manières pareilles à celles de personne, dédain de ce que pourraient penser les chefs, et qui leur semblait la conséquence naturelle de sa bonté pour le soldat. Le café du matin dans la chambrée, ou le repos sur les lits pendant l'après-midi, paraissaient meilleurs, quand quelque ancien servait à l'escouade gourmande et paresseuse quelque savoureux détail sur un képi qu'avait Saint-Loup.

—Aussi haut comme mon paquetage.

—Voyons, vieux, tu veux nous la faire à l'oseille, il ne pouvait pas être aussi haut que ton paquetage, interrompait un jeune licencié ès lettres qui cherchait, en usant de ce dialecte, à ne pas avoir l'air d'un bleu et, en osant cette contradiction, à se faire confirmer un fait qui l'enchantait.

—Ah! il n'est pas aussi haut que mon paquetage? Tu l'as mesuré peut-être. Je te dis que le lieutenant-colon le fixait comme s'il voulait le mettre au bloc. Et faut pas croire que mon fameux Saint-Loup s'épatait: il allait, il venait, il baissait la tête, il la relevait, et toujours ce coup du monocle. Faudra voir ce que va dire le capiston. Ah! il se peut qu'il ne dise rien, mais pour sûr que cela ne lui fera pas plaisir. Mais ce képi-là, il n'a encore rien d'épatant. Il paraît que chez lui, en ville, il en a plus de trente.

—Comment que tu le sais, vieux? Par notre sacré cabot? demandait le jeune licencié avec pédantisme, étalant les nouvelles formes grammaticales qu'il n'avait apprises que de fraîche date et dont il était fier de parer sa conversation.

—Comment que je le sais? Par son ordonnance, pardi!

—Tu parles qu'en voilà un qui ne doit pas être malheureux!

—Je comprends! Il a plus de braise que moi, pour sûr! Et encore il lui donne tous ses effets, et tout et tout. Il n'avait pas à sa suffisance à la cantine. Voilà mon de Saint-Loup qui s'est amené et le cuistot en à entendu: «Je veux qu'il soit bien nourri, ça coûtera ce que ça coûtera.»

Et l'ancien rachetait l'insignifiance des paroles par l'énergie de l'accent, en une imitation médiocre qui avait le plus grand succès.

Au sortir du quartier je faisais un tour, puis, en attendant le moment où j'allais quotidiennement dîner avec Saint-Loup, à l'hôtel où lui et ses amis avaient pris pension, je me dirigeais vers le mien, sitôt le soleil couché, afin d'avoir deux heures pour me reposer et lire. Sur la place, le soir posait aux toits en poudrière du château de petits nuages rosés assortis à la couleur des briques et achevait le raccord en adoucissant celles-ci d'un reflet. Un tel courant de vie affluait à mes nerfs qu'aucun de mes mouvements ne pouvait l'épuiser; chacun de mes pas, après avoir touché un pavé de la place, rebondissait, il me semblait avoir aux talons les ailes de Mercure. L'une des fontaines était pleine d'une lueur rouge, et dans l'autre déjà le clair de lune rendait l'eau de la couleur d'une opale. Entre elles des marmots jouaient, poussaient des cris, décrivaient des cercles, obéissant à quelque nécessité de l'heure, à la façon des martinets ou des chauves-souris. A côté de l'hôtel, les anciens palais nationaux et l'orangerie de Louis XVI dans lesquels se trouvaient maintenant la Caisse d'épargne et le corps d'armée étaient éclairés du dedans par les ampoules pâles et dorées du gaz déjà allumé qui, dans le jour encore clair, seyait à ces hautes et vastes fenêtres du XVIIIe siècle où n'était pas encore effacé le dernier reflet du couchant, comme eût fait à une tête avivée de rouge une parure d'écaille blonde, et me persuadait d'aller retrouver mon feu et ma lampe qui, seule dans la façade de l'hôtel que j'habitais, luttait contre le crépuscule et pour laquelle je rentrais, avant qu'il fût tout à fait nuit, par plaisir, comme on fait pour le goûter. Je gardais, dans mon logis, la même plénitude de sensation que j'avais eue dehors. Elle bombait de telle façon l'apparence de surfaces qui nous semblent si souvent plates et vides, la flamme jaune du feu, le papier gros bleu de ciel sur lequel le soir avait brouillonné, comme un collégien, les tire-bouchons d'un crayonnage rose, la tapis à dessin singulier de la table ronde sur laquelle une rame de papier écolier et un encrier m'attendaient avec un roman de Bergotte, que, depuis, ces choses ont continué à me sembler riches de toute une sorte particulière d'existence qu'il me semble que je saurais extraire d'elles s'il m'était donné de les retrouver. Je pensais avec joie à ce quartier que je venais de quitter et duquel la girouette tournait à tous les vents. Comme un plongeur respirant dans un tube qui monte jusqu'au-dessus de la surface de l'eau, c'était pour moi comme être relié à la vie salubre, à l'air libre, que de me sentir pour point d'attache ce quartier, ce haut observatoire dominant la campagne sillonnée de canaux d'émail vert, et sous les hangars et dans les bâtiments duquel je comptais pour un précieux privilège, que je souhaitais durable, de pouvoir me rendre quand je voulais, toujours sûr d'être bien reçu.

A sept heures je m'habillais et je ressortais pour aller dîner avec Saint-Loup à l'hôtel où il avait pris pension. J'aimais m'y rendre à pied. L'obscurité était profonde, et dès le troisième jour commença à souffler, aussitôt la nuit venue, un vent glacial qui semblait annoncer la neige. Tandis que je marchais, il semble que j'aurais dû ne pas cesser un instant de penser à Mme de Guermantes; ce n'était que pour tâcher d'être rapproché d'elle que j'étais venu dans la garnison de Robert. Mais un souvenir, un chagrin, sont mobiles. Il y a des jours où ils s'en vont si loin que nous les apercevons à peine, nous les croyons partis. Alors nous faisons attention à d'autres choses. Et les rues de cette ville n'étaient pas encore pour moi, comme là où nous avons l'habitude de vivre, de simples moyens d'aller d'un endroit à un autre. La vie que menaient les habitants de ce monde inconnu me semblait devoir être merveilleuse, et souvent les vitres éclairées de quelque demeure me retenaient longtemps immobile dans la nuit en mettant sous mes yeux les scènes véridiques et mystérieuses d'existences où je ne pénétrais pas. Ici le génie du feu me montrait en un tableau empourpré la taverne d'un marchand de marrons où deux sous-officiers, leurs ceinturons posés sur des chaises, jouaient aux cartes sans se douter qu'un magicien les faisait surgir de la nuit, comme dans une apparition de théâtre, et les évoquait tels qu'ils étaient effectivement à cette minute même, aux yeux d'un passant arrêté qu'ils ne pouvaient voir. Dans un petit magasin de bric-à-brac, une bougie à demi consumée, en projetant sa lueur rouge sur une gravure, la transformait en sanguine, pendant que, luttant contre l'ombre, la clarté de la grosse lampe basanait un morceau de cuir, niellait un poignard de paillettes étincelantes, sur des tableaux qui n'étaient que de mauvaises copies déposait une dorure précieuse comme la patine du passé ou le vernis d'un maître, et faisait enfin de ce taudis où il n'y avait que du toc et des croûtes, un inestimable Rembrandt.

Parfois je levais les yeux jusqu'à quelque vaste appartement ancien dont les volets n'étaient pas fermés et où des hommes et des femmes amphibies, se réadaptant chaque soir à vivre dans un autre élément que le jour, nageaient lentement dans la grasse liqueur qui, à la tombée de la nuit, sourd incessamment du réservoir des lampes pour remplir les chambres jusqu'au bord de leurs parois de pierre et de verre, et au sein de laquelle ils propageaient, en déplaçant leurs corps, des remous, onctueux et dorés. Je reprenais mon chemin, et souvent dans la ruelle noire qui passe devant la cathédrale, comme jadis dans le chemin de Méséglise, la force de mon désir m'arrêtait; il me semblait qu'une femme allait surgir pour le satisfaire; si dans l'obscurité je sentais tout d'un coup passer une robe, la violence même du plaisir que j'éprouvais m'empêchait de croire que ce frôlement fût fortuit et j'essayais d'enfermer dans mes bras une passante effrayée. Cette ruelle gothique avait pour moi quelque chose de si réel, que si j'avais pu y lever et y posséder une femme, il m'eût été impossible de ne pas croire que c'était l'antique volupté qui allait nous unir, cette femme eût-elle été une simple raccrocheuse postée là tous les soirs, mais à laquelle auraient prêté leur mystère l'hiver, le dépaysement, l'obscurité et le moyen âge. Je songeais à l'avenir: essayer d'oublier Mme de Guermantes me semblait affreux, mais raisonnable et, pour la première fois, possible, facile peut-être. Dans le calme absolu de ce quartier, j'entendais devant moi des paroles et des rires qui devaient venir de promeneurs à demi avinés qui rentraient. Je m'arrêtais pour les voir, je regardais du côté où j'avais entendu le bruit. Mais j'étais obligé d'attendre longtemps, car le silence environnant était si profond qu'il avait laissé passer avec une netteté et une force extrêmes des bruits encore lointains. Enfin, les promeneurs arrivaient non pas devant moi comme j'avais cru, mais fort loin derrière. Soit que le croisement des rues, l'interposition des maisons eussent causé par réfraction cette erreur d'acoustique, soit qu'il soit très difficile de situer un son dont la place ne nous est pas connue, je m'étais trompé, tout autant sur la distance, que sur la direction.

Le vent grandissait. Il était tout hérissé et grenu d'une approche de neige; je regagnais la grand'rue et sautais dans le petit tramway où de la plate-forme un officier qui semblait ne pas les voir répondait aux saluts des soldats balourds qui passaient sur le trottoir, la face peinturlurée par le froid; et elle faisait penser, dans cette cité que le brusque saut de l'automne dans ce commencement d'hiver semblait avoir entraînée plus avant dans le nord, à la face rubiconde que Breughel donne à ses paysans joyeux, ripailleurs et gelés.

Et précisément à l'hôtel où j'avais rendez-vous avec Saint-Loup et ses amis et où les fêtes qui commençaient attireraient beaucoup de gens du voisinage et d'étrangers, c'était, pendant que je traversais directement la cour qui s'ouvrait sur de rougeoyantes cuisines où tournaient des poulets embrochés, où grillaient des porcs, où des homards encore vivants étaient jetés dans ce que l'hôtelier appelait le «feu éternel», une affluence (digne de quelque «Dénombrement devant Bethléem» comme en peignaient les vieux maîtres flamands) d'arrivants qui s'assemblaient par groupes dans la cour, demandant au patron ou à l'un de ses aides (qui leur indiquaient de préférence un logement dans la ville quand ils ne les trouvaient pas d'assez bonne mine) s'ils pourraient être servis et logés, tandis qu'un garçon passait en tenant par le cou une volaille qui se débattait. Et dans la grande salle à manger que je traversai le premier jour, avant d'atteindre la petite pièce où m'attendait mon ami, c'était aussi à un repas de l'Évangile figuré avec la naïveté du vieux temps et l'exagération des Flandres que faisait penser le nombre des poissons, des poulardes, des coqs de bruyères, des bécasses, des pigeons, apportés tout décorés et fumants par des garçons hors d'haleine qui glissaient sur le parquet pour aller plus vite et les déposaient sur l'immense console où ils étaient découpés aussitôt, mais où—beaucoup de repas touchant à leur fin, quand j'arrivais—ils s'entassaient inutilisés; comme si leur profusion et la précipitation de ceux qui les apportaient répondaient, beaucoup plutôt qu'aux demandes des dîneurs, au respect du texte sacré scrupuleusement suivi dans sa lettre, mais naïvement illustré par des détails réels empruntés à la vie locale, et au souci esthétique et religieux de montrer aux yeux l'éclat de la fête par la profusion des victuailles et l'empressement des serviteurs. Un d'entre eux au bout de la salle songeait, immobile près d'un dressoir; et pour demander à celui-là, qui seul paraissait assez calme pour me répondre, dans quelle pièce on avait préparé notre table, m'avançant entre les réchauds allumés çà et là afin d'empêcher que se refroidissent les plats des retardataires (ce qui n'empêchait pas qu'au centre de la salle les desserts étaient tenus par les mains d'un énorme bonhomme quelquefois supporté sur les ailes d'un canard en cristal, semblait-il, en réalité en glace, ciselée chaque jour au fer rouge, par un cuisinier sculpteur, dans un goût bien flamand), j'allai droit, au risque d'être renversé par les autres, vers ce serviteur dans lequel je crus reconnaître un personnage qui est de tradition dans ces sujets sacrés et dont il reproduisait scrupuleusement la figure camuse, naïve et mal dessinée, l'expression rêveuse, déjà à demi presciente du miracle d'une présence divine que les autres n'ont pas encore soupçonnée.

Ajoutons qu'en raison sans doute des fêtes prochaines, à cette figuration fut ajouté un supplément céleste recruté tout entier dans un personnel de chérubins et de séraphins. Un jeune ange musicien, aux cheveux blonds encadrant une figure de quatorze ans, ne jouait à vrai dire d'aucun instrument, mais rêvassait devant un gong ou une pile d'assiettes, cependant que des anges moins enfantins s'empressaient à travers les espaces démesurés de la salle, en y agitant l'air du frémissement incessant des serviettes qui descendaient le long de leurs corps en formes d'ailes de primitifs, aux pointes aiguës. Fuyant ces régions mal définies, voilées d'un rideau de palmes, d'où les célestes serviteurs avaient l'air, de loin, de venir de l'empyrée, je me frayai un chemin jusqu'à la petite salle où était la table de Saint-Loup. J'y trouvai quelques-uns de ses amis qui dînaient toujours avec lui, nobles, sauf un ou deux roturiers, mais en qui les nobles avaient dès le collège flairé des amis et avec qui ils s'étaient liés volontiers, prouvant ainsi qu'ils n'étaient pas, en principe, hostiles aux bourgeois, fussent-ils républicains, pourvu qu'ils eussent les mains propres et allassent à la messe. Dès la première fois, avant qu'on se mît à table, j'entraînai Saint-Loup dans un coin de la salle à manger, et devant tous les autres, mais qui ne nous entendaient pas, je lui dis:

—Robert, le moment et l'endroit sont mal choisis pour vous dire cela, mais cela ne durera qu'une seconde. Toujours j'oublie de vous le demander au quartier; est-ce que ce n'est pas Mme de Guermantes dont vous avez la photographie sur la table?

—Mais si, c'est ma bonne tante.

—Tiens, mais c'est vrai, je suis fou, je l'avais su autrefois, je n'y avais jamais songé; mon Dieu, vos amis doivent s'impatienter, parlons vite, ils nous regardent, ou bien une autre fois, cela n'a aucune importance.

—Mais si, marchez toujours, ils sont là pour attendre.

—Pas du tout, je tiens à être poli; ils sont si gentils; vous savez, du reste, je n'y tiens pas autrement.

—Vous la connaissez, cette brave Oriane?

Cette «brave Oriane», comme il eût dit cette «bonne Oriane», ne signifiait pas que Saint-Loup considérât Mme de Guermantes comme particulièrement bonne. Dans ce cas, bonne, excellente, brave, sont de simples renforcements de «cette», désignant une personne qu'on connaît et dont on ne sait trop que dire avec quelqu'un qui n'est pas de votre intimité. «Bonne» sert de hors-d'oeuvre et permet d'attendre un instant qu'on ait trouvé: «Est-ce que vous la voyez souvent?» ou «Il y a des mois que je ne l'ai vue», ou «Je la vois mardi» ou «Elle ne doit plus être de la première jeunesse».

—Je ne peux pas vous dire comme cela m'amuse que ce soit sa photographie, parce que nous habitons maintenant dans sa maison et j'ai appris sur elle des choses inouïes (j'aurais été bien embarrassé de dire lesquelles) qui font qu'elle m'intéresse beaucoup, à un point de vue littéraire, vous comprenez, comment dirai-je, à un point de vue balzacien, vous qui êtes tellement intelligent, vous comprenez cela à demi-mot; mais finissons vite, qu'est-ce que vos amis doivent penser de mon éducation!

—Mais ils ne pensent rien du tout; je leur ai dit que vous êtes sublime et ils sont beaucoup plus intimidés que vous.

—Vous êtes trop gentil. Mais justement, voilà: Mme de Guermantes ne se doute pas que je vous connais, n'est-ce pas?

—Je n'en sais rien; je ne l'ai pas vue depuis l'été dernier puisque je ne suis pas venu en permission depuis qu'elle est rentrée.

—C'est que je vais vous dire, on m'a assuré qu'elle me croit tout à fait idiot.

—Cela, je ne le crois pas: Oriane n'est pas un aigle, mais elle n'est tout de même pas stupide.

—Vous savez que je ne tiens pas du tout en général à ce que vous publiez les bons sentiments que vous avez pour moi, car je n'ai pas d'amour-propre. Aussi je regrette que vous ayez dit des choses aimables sur mon compte à vos amis (que nous allons rejoindre dans deux secondes). Mais pour Mme de Guermantes, si vous pouviez lui faire savoir, même avec un peu d'exagération, ce que vous pensez de moi, vous me feriez un grand plaisir.

—Mais très volontiers, si vous n'avez que cela à me demander, ce n'est pas trop difficile, mais quelle importance cela peut-il avoir ce qu'elle peut penser de vous? Je suppose que vous vous en moquez bien; en tout cas si ce n'est que cela, nous pourrons en parler devant tout le monde ou quand nous serons seuls, car j'ai peur que vous vous fatiguiez à parler debout et d'une façon si incommode, quand nous avons tant d'occasions d'être en tête à tête.

C'était bien justement cette incommodité qui m'avait donné le courage de parler à Robert; la présence des autres était pour moi un prétexte m'autorisant à donner à mes propos un tour bref et décousu, à la faveur duquel je pouvais plus aisément dissimuler le mensonge que je faisais en disant à mon ami que j'avais oublié sa parenté avec la duchesse et pour ne pas lui laisser le temps de me poser sur mes motifs de désirer que Mme de Guermantes me sût lié avec lui, intelligent, etc., des questions qui m'eussent d'autant plus troublé que je n'aurais pas pu y répondre.

—Robert, pour vous si intelligent, cela m'étonne que vous ne compreniez pas qu'il ne faut pas discuter ce qui fait plaisir à ses amis mais le faire. Moi, si vous me demandiez n'importe quoi, et même je tiendrais beaucoup à ce que vous me demandiez quelque chose, je vous assure que je ne vous demanderais pas d'explications. Je vais plus loin que ce que je désire; je ne tiens pas à connaître Mme de Guermantes; mais j'aurais dû, pour vous éprouver, vous dire que je désirerais dîner avec Mme de Guermantes et je sais que vous ne l'auriez pas fait.

—Non seulement je l'aurais fait, mais je le ferai.

—Quand cela?

—Dès que je viendrai à Paris, dans trois semaines, sans doute.

—Nous verrons, d'ailleurs elle ne voudra pas. Je ne peux pas vous dire comme je vous remercie.

—Mais non, ce n'est rien.

—Ne me dites pas cela, c'est énorme, parce que maintenant je vois l'ami que vous êtes; que la chose que je vous demande soit importante ou non, désagréable ou non, que j'y tienne en réalité ou seulement pour vous éprouver, peu importe, vous dites que vous le ferez, et vous montrez par là la finesse de votre intelligence et de votre coeur. Un ami bête eût discuté.

C'était justement ce qu'il venait de faire; mais peut-être je voulais le prendre par l'amour-propre; peut-être aussi j'étais sincère, la seule pierre de touche du mérite me semblant être l'utilité dont on pouvait être pour moi à l'égard de l'unique chose qui me semblât importante, mon amour. Puis j'ajoutai, soit par duplicité, soit par un surcroît véritable de tendresse produit par la reconnaissance, par l'intérêt et par tout ce que la nature avait mis des traits mêmes de Mme de Guermantes en son neveu Robert:

—Mais voilà qu'il faut rejoindre les autres et je ne vous ai demandé que l'une des deux choses, la moins importante, l'autre l'est plus pour moi, mais je crains que vous ne me la refusiez; cela vous ennuierait-il que nous nous tutoyions?

—Comment m'ennuyer, mais voyons! *joie! pleurs de joie! félicité inconnue*!

—Comme je vous remercie ... te remercie. Quand vous aurez commencé! Cela me fait un tel plaisir que vous pouvez ne rien faire pour Mme de Guermantes si vous voulez, le tutoiement me suffit.

—On fera les deux.

—Ah! Robert! Écoutez, dis-je encore à Saint-Loup pendant le dîner,—oh! c'est d'un comique cette conversation à propos interrompus et du reste je ne sais pas pourquoi—vous savez la dame dont je viens de vous parler?

—Oui.

—Vous savez bien qui je veux dire?

—Mais voyons, vous me prenez pour un crétin du Valais, pour un *demeuré*.

—Vous ne voudriez pas me donner sa photographie?

Je comptais lui demander seulement de me la prêter. Mais au moment de parler, j'éprouvai de la timidité, je trouvai ma demande indiscrète et, pour ne pas le laisser voir, je la formulai plus brutalement et la grossis encore, comme si elle avait été toute naturelle.

—Non, il faudrait que je lui demande la permission d'abord, me répondit-il.

Aussitôt il rougit. Je compris qu'il avait une arrière-pensée, qu'il m'en prêtait une, qu'il ne servirait mon amour qu'à moitié, sous la réserve de certains principes de moralité, et je le détestai.

Et pourtant j'étais touché de voir combien Saint-Loup se montrait autre à mon égard depuis que je n'étais plus seul avec lui et que ses amis étaient en tiers. Son amabilité plus grande m'eût laissé indifférent si j'avais cru qu'elle était voulue; mais je la sentais involontaire et faite seulement de tout ce qu'il devait dire à mon sujet quand j'étais absent et qu'il taisait quand j'étais seul avec lui. Dans nos tête-à-tête, certes, je soupçonnais le plaisir qu'il avait à causer avec moi, mais ce plaisir restait presque toujours inexprimé. Maintenant les mêmes propos de moi, qu'il goûtait d'habitude sans le marquer, il surveillait du coin de l'oeil s'ils produisaient chez ses amis l'effet sur lequel il avait compté et qui devait répondre à ce qu'il leur avait annoncé. La mère d'une débutante ne suspend pas davantage son attention aux répliques de sa fille et à l'attitude du public. Si j'avais dit un mot dont, devant moi seul, il n'eût que souri, il craignait qu'on ne l'eût pas bien compris, il me disait: «Comment, comment?» pour me faire répéter, pour faire faire attention, et aussitôt se tournant vers les autres et se faisant, sans le vouloir, en les regardant avec un bon rire, l'entraîneur de leur rire, il me présentait pour la première fois l'idée qu'il avait de moi et qu'il avait dû souvent leur exprimer. De sorte que je m'apercevais tout d'un coup moi-même du dehors, comme quelqu'un qui lit son nom dans le journal ou qui se voit dans une glace.

Il m'arriva un de ces soirs-là de vouloir raconter une histoire assez comique sur Mme Blandais, mais je m'arrêtai immédiatement car je me rappelai que Saint-Loup la connaissait déjà et qu'ayant voulu la lui dire le lendemain de mon arrivée, il m'avait interrompu en me disant: «Vous me l'avez déjà racontée à Balbec.» Je fus donc surpris de le voir m'exhorter à continuer en m'assurant qu'il ne connaissait pas cette histoire et qu'elle l'amuserait beaucoup. Je lui dis: «Vous avez un moment d'oubli, mais vous allez bientôt la reconnaître.—Mais non, je te jure que tu confonds. Jamais tu ne me l'as dite. Va.» Et pendant toute l'histoire il attachait fiévreusement ses regards ravis tantôt sur moi, tantôt sur ses camarades. Je compris seulement quand j'eus fini au milieu des rires de tous qu'il avait songé qu'elle donnerait une haute idée de mon esprit à ses camarades et que c'était pour cela qu'il avait feint de ne pas la connaître. Telle est l'amitié.

Le troisième soir, un de ses amis auquel je n'avais pas eu l'occasion de parler les deux premières fois, causa très longuement avec moi; et je l'entendais qui disait à mi-voix à Saint-Loup le plaisir qu'il y trouvait. Et de fait nous causâmes presque toute la soirée ensemble devant nos verres de sauternes que nous ne vidions pas, séparés, protégés des autres par les voiles magnifiques d'une de ces sympathies entre hommes qui, lorsqu'elles n'ont pas d'attrait physique à leur base, sont les seules qui soient tout à fait mystérieuses. Tel, de nature énigmatique, m'était apparu à Balbec ce sentiment que Saint-Loup ressentait pour moi, qui ne se confondait pas avec l'intérêt de nos conversations, détaché de tout lien matériel, invisible, intangible et dont pourtant il éprouvait la présence en lui-même comme une sorte de phlogistique, de gaz, assez pour en parler en souriant. Et peut-être y avait-il quelque chose de plus surprenant encore dans cette sympathie née ici en une seule soirée, comme une fleur qui se serait ouverte en quelques minutes, dans la chaleur de cette petite pièce. Je ne pus me tenir de demander à Robert, comme il me parlait de Balbec, s'il était vraiment décidé qu'il épousât Mlle d'Ambresac. Il me déclara que non seulement ce n'était pas décidé, mais qu'il n'en avait jamais été question, qu'il ne l'avait jamais vue, qu'il ne savait pas qui c'était. Si j'avais vu à ce moment-là quelques-unes des personnes du monde qui avaient annoncé ce mariage, elles m'eussent fait part de celui de Mlle d'Ambresac avec quelqu'un qui n'était pas Saint-Loup et de celui de Saint-Loup avec quelqu'un qui n'était pas Mlle d'Ambresac. Je les eusse beaucoup étonnées en leur rappelant leurs prédictions contraires et encore si récentes. Pour que ce petit jeu puisse continuer et multiplier les fausses nouvelles en en accumulant successivement sur chaque nom le plus grand nombre possible, la nature a donné à ce genre de joueurs une mémoire d'autant plus courte que leur crédulité est plus grande.

Saint-Loup m'avait parlé d'un autre de ses camarades qui était là aussi, avec qui il s'entendait particulièrement bien, car ils étaient dans ce milieu les deux seuls partisans de la révision du procès Dreyfus.

—Oh! lui, ce n'est pas comme Saint-Loup, c'est un énergumène, me dit mon nouvel ami; il n'est même pas de bonne foi. Au début, il disait: «Il n'y a qu'à attendre, il y a là un homme que je connais bien, plein de finesse, de bonté, le général de Boisdeffre; on pourra, sans hésiter, accepter son avis.» Mais quand il a su que Boisdeffre proclamait la culpabilité de Dreyfus, Boisdeffre ne valait plus rien; le cléricalisme, les préjugés de l'état-major l'empêchaient de juger sincèrement, quoique personne ne soit, ou du moins ne fût aussi clérical, avant son Dreyfus, que notre ami. Alors il nous a dit qu'en tout cas on saurait la vérité, car l'affaire allait être entre les mains de Saussier, et que celui-là, soldat républicain (notre ami est d'une famille ultra-monarchiste), était un homme de bronze, une conscience inflexible. Mais quand Saussier a proclamé l'innocence d'Esterhazy, il a trouvé à ce verdict des explications nouvelles, défavorables non à Dreyfus, mais au général Saussier. C'était l'esprit militariste qui aveuglait Saussier (et remarquez que lui est aussi militariste que clérical, ou du moins qu'il l'était, car je ne sais plus que penser de lui). Sa famille est désolée de le voir dans ces idées-là.

—Voyez-vous, dis-je et en me tournant à demi vers Saint-Loup, pour ne pas avoir l'air de m'isoler, ainsi que vers son camarade, et pour le faire participer à la conversation, c'est que l'influence qu'on prête au milieu est surtout vraie du milieu intellectuel. On est l'homme de son idée; il y a beaucoup moins d'idées que d'hommes, ainsi tous les hommes d'une même idée sont pareils. Comme une idée n'a rien de matériel, les hommes qui ne sont que matériellement autour de l'homme d'une idée ne la modifient en rien.

Saint-Loup ne se contenta pas de ce rapprochement. Dans un délire de joie que redoublait sans doute celle qu'il avait à me faire briller devant ses amis, avec une volubilité extrême il me répétait en me bouchonnant comme un cheval arrivé le premier au poteau: «Tu es l'homme le plus intelligent que je connaisse, tu sais.» Il se reprit et ajouta: «avec Elstir.—Cela ne te fâche pas, n'est-ce pas? tu comprends, scrupule. Comparaison: je te le dis comme on aurait dit à Balzac: Vous êtes le plus grand romancier du siècle, avec Stendhal. Excès de scrupule, tu comprends, au fond immense admiration. Non? tu ne marches pas pour Stendhal?» ajoutait-il avec une confiance naïve dans mon jugement, qui se traduisait par une charmante interrogation souriante, presque enfantine, de ses yeux verts. «Ah! bien, je vois que tu es de mon avis, Bloch déteste Stendhal, je trouve cela idiot de sa part. *La Chartreuse*, c'est tout de même quelque chose d'énorme! Je suis content que tu sois de mon avis. Qu'est-ce que tu aimes le mieux dans *La Chartreuse*? réponds, me disait-il avec une impétuosité juvénile (et sa force physique, menaçante, donnait presque quelque chose d'effrayant à sa question), Mosca? Fabrice?» Je répondais timidement que Mosca avait quelque chose de M. de Norpois. Sur quoi tempête de rire du jeune Siegfried-Saint-Loup. Je n'avais pas fini d'ajouter: «Mais Mosca est bien plus intelligent, moins pédantesque» que j'entendis Robert crier bravo en battant effectivement des mains, en riant à s'étouffer, et en criant: «D'une justesse! Excellent! Tu es inouï.»

A ce moment je fus interrompu par Saint-Loup parce qu'un des jeunes militaires venait en souriant de me désigner à lui en disant: «Duroc, tout à fait Duroc.» Je ne savais pas ce que ça voulait dire, mais je sentais que l'expression du visage intimidé était plus que bienveillante. Quand je parlais, l'approbation des autres semblait encore de trop à Saint-Loup, il exigeait le silence. Et comme un chef d'orchestre interrompt ses musiciens en frappant avec son archet parce que quelqu'un a fait du bruit, il réprimanda le perturbateur: «Gibergue, dit-il, il faut vous taire quand on parle. Vous direz ça après. Allez, continuez», me dit-il.

Je respirai, car j'avais craint qu'il ne me fît tout recommencer.

—Et comme une idée, continuai-je, est quelque chose qui ne peut participer aux intérêts humains et ne pourrait jouir de leurs avantages, les hommes d'une idée ne sont pas influencés par l'intérêt.

—Dites donc, ça vous en bouche un coin, mes enfants, s'exclama après que j'eus fini de parler Saint-Loup, qui m'avait suivi des yeux avec la même sollicitude anxieuse que si j'avais marché sur la corde raide. Qu'est-ce que vous vouliez dire, Gibergue?

—Je disais que monsieur me rappelait beaucoup le commandant Duroc. Je croyais l'entendre.

—Mais j'y ai pensé bien souvent, répondit Saint-Loup, il y a bien des rapports, mais vous verrez que celui-ci a mille choses que n'a pas Duroc.

De même qu'un frère de cet ami de Saint-Loup, élève à la Schola Cantorum, pensait sur toute nouvelle oeuvre musicale nullement comme son père, sa mère, ses cousins, ses camarades de club, mais exactement comme tous les autres élèves de la Schola, de même ce sous-officier noble (dont Bloch se fit une idée extraordinaire quand je lui en parlai, parce que, touché d'apprendre qu'il était du même parti que lui, il l'imaginait cependant, à cause de ses origines aristocratiques et de son éducation religieuse et militaire, on ne peut plus différent, paré du même charme qu'un natif d'une contrée lointaine) avait une «mentalité», comme on commençait à dire, analogue à celle de tous les dreyfusards en général et de Bloch en particulier, et sur laquelle ne pouvaient avoir aucune espèce de prise les traditions de sa famille et les intérêts de sa carrière. C'est ainsi qu'un cousin de Saint-Loup avait épousé une jeune princesse d'Orient qui, disait-on, faisait des vers aussi beaux que ceux de Victor Hugo ou d'Alfred de Vigny et à qui, malgré cela, on supposait un esprit autre que ce qu'on pouvait concevoir, un esprit de princesse d'Orient recluse dans un palais des *Mille et une Nuits.* Aux écrivains qui eurent le privilège de l'approcher fut réservée la déception, ou plutôt la joie, d'entendre une conversation qui donnait l'idée non de Schéhérazade, mais d'un être de génie du genre d'Alfred de Vigny ou de Victor Hugo.

Je me plaisais surtout à causer avec ce jeune homme, comme avec les autres amis de Robert du reste, et avec Robert lui-même, du quartier, des officiers de la garnison, de l'armée en général. Grâce à cette échelle immensément agrandie à laquelle nous voyons les choses, si petites qu'elles soient, au milieu desquelles nous mangeons, nous causons, nous menons notre vie réelle, grâce à cette formidable majoration qu'elles subissent et qui fait que le reste, absent du monde, ne peut lutter avec elles et prend, à côté, l'inconsistance d'un songe, j'avais commencé à m'intéresser aux diverses personnalités du quartier, aux officiers que j'apercevais dans la cour quand j'allais voir Saint-Loup ou, si j'étais réveillé, quand le régiment passait sous mes fenêtres. J'aurais voulu avoir des détails sur le commandant qu'admirait tant Saint-Loup et sur le cours d'histoire militaire qui m'aurait ravi «même esthétiquement». Je savais que chez Robert un certain verbalisme était trop souvent un peu creux, mais d'autres fois signifiait l'assimilation d'idées profondes qu'il était fort capable de comprendre. Malheureusement, au point de vue armée, Robert était surtout préoccupé en ce moment de l'affaire Dreyfus. Il en parlait peu parce que seul de sa table il était dreyfusard; les autres étaient violemment hostiles à la révision, excepté mon voisin de table, mon nouvel ami, dont les opinions paraissaient assez flottantes. Admirateur convaincu du colonel, qui passait pour un officier remarquable et qui avait flétri l'agitation contre l'armée en divers ordres du jour qui le faisaient passer pour antidreyfusard, mon voisin avait appris que son chef avait laissé échapper quelques assertions qui avaient donné à croire qu'il avait des doutes sur la culpabilité de Dreyfus et gardait son estime à Picquart. Sur ce dernier point, en tout cas, le bruit de dreyfusisme relatif du colonel était mal fondé, comme tous les bruits venus on ne sait d'où qui se produisent autour de toute grande affaire. Car, peu après, ce colonel, ayant été chargé d'interroger l'ancien chef du bureau des renseignements, le traita avec une brutalité et un mépris qui n'avaient encore jamais été égalés. Quoi qu'il en fût et bien qu'il ne se fût pas permis de se renseigner directement auprès du colonel, mon voisin avait fait à Saint-Loup la politesse de lui dire—du ton dont une dame catholique annonce à une dame juive que son curé blâme les massacres de juifs en Russie et admire la générosité de certains Israélites—que le colonel n'était pas pour le dreyfusisme—pour un certain dreyfusisme au moins—l'adversaire fanatique, étroit, qu'on avait représenté.

—Cela ne m'étonne pas, dit Saint-Loup, car c'est un homme intelligent. Mais, malgré tout, les préjugés de naissance et surtout le cléricalisme l'aveuglent. Ah! me dit-il, le commandant Duroc, le professeur d'histoire militaire dont je t'ai parlé, en voilà un qui, paraît-il, marche à fond dans nos idées. Du reste, le contraire m'eût étonné, parce qu'il est non seulement sublime d'intelligence, mais radical-socialiste et franc-maçon.

Autant par politesse pour ses amis à qui les professions de foi dreyfusardes de Saint-Loup étaient pénibles que parce que le reste m'intéressait davantage, je demandai à mon voisin si c'était exact que ce commandant fît, de l'histoire militaire, une démonstration d'une véritable beauté esthétique.

—C'est absolument vrai.

—Mais qu'entendez-vous par là?

—Eh bien! par exemple, tout ce que vous lisez, je suppose, dans le récit d'un narrateur militaire, les plus petits faits, les plus petits événements, ne sont que les signes d'une idée qu'il faut dégager et qui souvent en recouvre d'autres, comme dans un palimpseste. De sorte que vous avez un ensemble aussi intellectuel que n'importe quelle science ou n'importe quel art, et qui est satisfaisant pour l'esprit.

—Exemples, si je n'abuse pas.

—C'est difficile à te dire comme cela, interrompit Saint-Loup. Tu lis par exemple que tel corps a tenté ... Avant même d'aller plus loin, le nom du corps, sa composition, ne sont pas sans signification. Si ce n'est pas la première fois que l'opération est essayée, et si pour la même opération nous voyons apparaître un autre corps, ce peut être le signe que les précédents ont été anéantis ou fort endommagés par ladite opération, qu'ils ne sont plus en état de la mener à bien. Or, il faut s'enquérir quel était ce corps aujourd'hui anéanti; si c'étaient des troupes de choc, mises en réserve pour de puissants assauts: un nouveau corps de moindre qualité a peu de chance de réussir là où elles ont échoué. De plus, si ce n'est pas au début d'une campagne, ce nouveau corps lui-même peut être composé de bric et de broc, ce qui, sur les forces dont dispose encore le belligérant, sur la proximité du moment où elles seront inférieures à celles de l'adversaire, peut fournir des indications qui donneront à l'opération elle-même que ce corps va tenter une signification différente, parce que, s'il n'est plus en état de réparer ses pertes, ses succès eux-mêmes ne feront que l'acheminer, arithmétiquement, vers l'anéantissement final. D'ailleurs, le numéro désignatif du corps qui lui est opposé n'a pas moins de signification.

Si, par exemple, c'est une unité beaucoup plus faible et qui a déjà consommé plusieurs unités importantes de l'adversaire, l'opération elle-même change de caractère car, dût-elle se terminer par la perte de la position que tenait le défenseur, l'avoir tenue quelque temps peut être un grand succès, si avec de très petites forces cela a suffi à en détruire de très importantes chez l'adversaire. Tu peux comprendre que si, dans l'analyse des corps engagés, on trouve ainsi des choses importantes, l'étude de la position elle-même, des routes, des voies ferrées qu'elle commande, des ravitaillements qu'elle protège est de plus grande conséquence. Il faut étudier ce que j'appellerai tout le contexte géographique, ajouta-t-il en riant. (Et en effet, il fut si content de cette expression, que, dans la suite, chaque fois qu'il l'employa, même des mois après, il eut toujours le même rire.) Pendant que l'opération est préparée par l'un des belligérants, si tu lis qu'une de ses patrouilles est anéantie dans les environs de la position par l'autre belligérant, une des conclusions que tu peux tirer est que le premier cherchait à se rendre compte des travaux défensifs par lesquels le deuxième a l'intention de faire échec à son attaque. Une action particulièrement violente sur un point peut signifier le désir de le conquérir, mais aussi le désir de retenir là l'adversaire, de ne pas lui répondre là où il a attaqué, ou même n'être qu'une feinte et cacher, par ce redoublement de violence, des prélèvements de troupes à cet endroit. (C'est une feinte classique dans les guerres de Napoléon.)

D'autre part, pour comprendre la signification d'une manœuvre, son but probable et, par conséquent, de quelles autres elle sera accompagnée ou suivie, il n'est pas indifférent de consulter beaucoup moins ce qu'en annonce le commandement et qui peut être destiné à tromper l'adversaire, à masquer un échec possible, que les règlements militaires du pays. Il est toujours à supposer que la manoeuvre qu'a voulu tenter une armée est celle que prescrivait le règlement en vigueur dans les circonstances analogues. Si, par exemple, le règlement prescrit d'accompagner une attaque de front par une attaque de flanc, si, cette seconde attaque ayant échoué, le commandement prétend qu'elle était sans lien avec la première et n'était qu'une diversion, il y a chance pour que la vérité doive être cherchée dans le règlement et non dans les dires du commandement. Et il n'y a pas que les règlements de chaque armée, mais leurs traditions, leurs habitudes, leurs doctrines. L'étude de l'action diplomatique toujours en perpétuel état d'action ou de réaction sur l'action militaire ne doit pas être négligée non plus. Des incidents en apparence insignifiants, mal compris à l'époque, t'expliqueront que l'ennemi, comptant sur une aide dont ces incidents trahissent qu'il a été privé, n'a exécuté en réalité qu'une partie de son action stratégique. De sorte que, si tu sais lire l'histoire militaire, ce qui est récit confus pour le commun des lecteurs est pour toi un enchaînement aussi rationnel qu'un tableau pour l'amateur qui sait regarder ce que le personnage porte sur lui, tient dans les mains, tandis que le visiteur ahuri des musées se laisse étourdir et migrainer par de vagues couleurs.

Mais, comme pour certains tableaux où il ne suffit pas de remarquer que le personnage tient un calice, mais où il faut savoir pourquoi le peintre lui a mis dans les mains un calice, ce qu'il symbolise par là, ces opérations militaires, en dehors même de leur but immédiat, sont habituellement, dans l'esprit du général qui dirige la campagne, calquées sur des batailles plus anciennes qui sont, si tu veux, comme le passé, comme la bibliothèque, comme l'érudition, comme l'étymologie, comme l'aristocratie des batailles nouvelles. Remarque que je ne parle pas en ce moment de l'identité locale, comment dirais-je, spatiale des batailles. Elle existe aussi. Un champ de bataille n'a pas été ou ne sera pas à travers les siècles que le champ d'une seule bataille. S'il a été champ de bataille, c'est qu'il réunissait certaines conditions de situation géographique, de nature géologique, de défauts même propres à gêner l'adversaire (un fleuve, par exemple, le coupant en deux) qui en ont fait un bon champ de bataille. Donc il l'a été, il le sera. On ne fait pas un atelier de peinture avec n'importe quelle chambre, on ne fait pas un champ de bataille avec n'importe quel endroit. Il y a des lieux prédestinés. Mais encore une fois, ce n'est pas de cela que je parlais, mais du type de bataille qu'on imite, d'une espèce de décalque stratégique, de pastiche tactique, si tu veux: la bataille d'Ulm, de Lodi, de Leipzig, de Cannes. Je ne sais s'il y aura encore des guerres ni entre quels peuples; mais s'il y en a, sois sûr qu'il y aura (et sciemment de la part du chef) un Cannes, un Austerlitz, un Rosbach, un Waterloo, sans parler des autres, quelques-uns ne se gênent pas pour le dire. Le maréchal von Schieffer et le général de Falkenhausen ont d'avance préparé contre la France une bataille de Cannes, genre Annibal, avec fixation de l'adversaire sur tout le front et avance par les deux ailes, surtout par la droite en Belgique, tandis que Bernhardi préfère l'ordre oblique de Frédéric le Grand, Leuthen plutôt que Cannes. D'autres exposent moins crûment leurs vues, mais je te garantis bien, mon vieux, que Beauconseil, ce chef d'escadron à qui je t'ai présenté l'autre jour et qui est un officier du plus grand avenir, a potassé sa petite attaque du Pratzen, la connaît dans les coins, la tient en réserve et que si jamais il a l'occasion de l'exécuter, il ne ratera pas le coup et nous la servira dans les grandes largeurs. L'enfoncement du centre à Rivoli, va, ça se refera s'il y a encore des guerres. Ce n'est pas plus périmé que *l'Iliade*. J'ajoute qu'on est presque condamné aux attaques frontales parce qu'on ne veut pas retomber dans l'erreur de 70, mais faire de l'offensive, rien que de l'offensive. La seule chose qui me trouble est que, si je ne vois que des esprits retardataires s'opposer à cette magnifique doctrine, pourtant un de mes plus jeunes maîtres, qui est un homme de génie, Mangin, voudrait qu'on laisse sa place, place provisoire, naturellement, à la défensive. On est bien embarrassé de lui répondre quand il cite comme exemple Austerlitz où la défense n'est que le prélude de l'attaque et de la victoire.

Ces théories de Saint-Loup me rendaient heureux. Elles me faisaient espérer que peut-être je n'étais pas dupe dans ma vie de Doncières, à l'égard de ces officiers dont j'entendais parler en buvant du sauternes qui projetait sur eux son reflet charmant, de ce même grossissement qui m'avait fait paraître énormes, tant que j'étais à Balbec, le roi et la reine d'Océanie, la petite société des quatre gourmets, le jeune homme joueur, le beau-frère de Legrandin, maintenant diminués à mes yeux jusqu'à me paraître inexistants. Ce qui me plaisait aujourd'hui ne me deviendrait peut-être pas indifférent demain, comme cela m'était toujours arrivé jusqu'ici, l'être que j'étais encore en ce moment n'était peut-être pas voué à une destruction prochaine, puisque, à la passion ardente et fugitive que je portais, ces quelques soirs, à tout ce qui concernait la vie militaire, Saint-Loup, par ce qu'il venait de me dire touchant l'art de la guerre, ajoutait un fondement intellectuel, d'une nature permanente, capable de m'attacher assez fortement pour que je pusse croire, sans essayer de me tromper moi-même, qu'une fois parti, je continuerais à m'intéresser aux travaux de mes amis de Doncières et ne tarderais pas à revenir parmi eux. Afin d'être plus assuré pourtant que cet art de la guerre fût bien un art au sens spirituel du mot:

—Vous m'intéressez, pardon, tu m'intéresses beaucoup, dis-je à Saint-Loup, mais dis-moi, il y a un point qui m'inquiète. Je sens que je pourrais me passionner pour l'art militaire, mais pour cela il faudrait que je ne le crusse pas différent à tel point des autres arts, que la règle apprise n'y fût pas tout. Tu me dis qu'on calque des batailles. Je trouve cela en effet esthétique, comme tu disais, de voir sous une bataille moderne une plus ancienne, je ne peux te dire comme cette idée me plaît. Mais alors, est-ce que le génie du chef n'est rien? Ne fait-il vraiment qu'appliquer des règles? Ou bien, à science égale, y a-t-il de grands généraux comme il y a de grands chirurgiens qui, les éléments fournis par deux états maladifs étant les mêmes au point de vue matériel, sentent pourtant à un rien, peut-être fait de leur expérience, mais interprété, que dans tel cas ils ont plutôt à faire ceci, dans tel cas plutôt à faire cela, que dans tel cas il convient plutôt d'opérer, dans tel cas de s'abstenir?

—Mais je crois bien! Tu verras Napoléon ne pas attaquer quand toutes les règles voulaient qu'il attaquât, mais une obscure divination le lui déconseillait. Par exemple, vois à Austerlitz ou bien, en 1806, ses instructions à Lannes. Mais tu verras des généraux imiter scolastiquement telle manoeuvre de Napoléon et arriver au résultat diamétralement opposé. Dix exemples de cela en 1870. Mais même pour l'interprétation de ce que *peut* faire l'adversaire, ce qu'il fait n'est qu'un symptôme qui peut signifier beaucoup de choses différentes. Chacune de ces choses a autant de chance d'être la vraie, si on s'en tient au raisonnement et à la science, de même que, dans certains cas complexes, toute la science médicale du monde ne suffira pas à décider si la tumeur invisible est fibreuse ou non, si l'opération doit être faite ou pas. C'est le flair, la divination genre Mme de Thèbes (tu me comprends) qui décide chez le grand général comme chez le grand médecin. Ainsi je t'ai dit, pour te prendre un exemple, ce que pouvait signifier une reconnaissance au début d'une bataille. Mais elle peut signifier dix autres choses, par exemple faire croire à l'ennemi qu'on va attaquer sur un point pendant qu'on veut attaquer sur un autre, tendre un rideau qui l'empêchera de voir les préparatifs de l'opération réelle, le forcer à amener des troupes, à les fixer, à les immobiliser dans un autre endroit que celui où elles sont nécessaires, se rendre compte des forces dont il dispose, le tâter, le forcer à découvrir son jeu. Même quelquefois, le fait qu'on engage dans une opération des troupes énormes n'est pas la preuve que cette opération soit la vraie; car on peut l'exécuter pour de bon, bien qu'elle ne soit qu'une feinte, pour que cette feinte ait plus de chances de tromper. Si j'avais le temps de te raconter à ce point de vue les guerres de Napoléon, je t'assure que ces simples mouvements classiques que nous étudions, et que tu nous verras faire en service en campagne, par simple plaisir de promenade, jeune cochon; non, je sais que tu es malade, pardon! eh bien, dans une guerre, quand on sent derrière eux la vigilance, le raisonnement et les profondes recherches du haut commandement, on est ému devant eux comme devant les simples feux d'un phare, lumière matérielle, mais émanation de l'esprit et qui fouille l'espace pour signaler le péril aux vaisseaux. J'ai même peut-être tort de te parler seulement littérature de guerre. En réalité, comme la constitution du sol, la direction du vent et de la lumière indiquent de quel côté un arbre poussera, les conditions dans lesquelles se font une campagne, les caractéristiques du pays où on manoeuvre, commandent en quelque sorte et limitent les plans entre lesquels le général peut choisir. De sorte que le long des montagnes, dans un système de vallées, sur telles plaines, c'est presque avec le caractère de nécessité et de beauté grandiose des avalanches que tu peux prédire la marche des armées.

—Tu me refuses maintenant la liberté chez le chef, la divination chez l'adversaire qui veut lire dans ses plans, que tu m'octroyais tout à l'heure.

—Mais pas du tout! Tu te rappelles ce livre de philosophie que nous lisions ensemble à Balbec, la richesse du monde des possibles par rapport au monde réel. Eh bien! c'est encore ainsi en art militaire. Dans une situation donnée, il y aura quatre plans qui s'imposent et entre lesquels le général a pu choisir, comme une maladie peut suivre diverses évolutions auxquelles le médecin doit s'attendre. Et là encore la faiblesse et la grandeur humaines sont des causes nouvelles d'incertitude. Car entre ces quatre plans, mettons que des raisons contingentes (comme des buts accessoires à atteindre, ou le temps qui presse, ou le petit nombre et le mauvais ravitaillement de ses effectifs) fassent préférer au général le premier plan, qui est moins parfait mais d'une exécution moins coûteuse, plus rapide, et ayant pour terrain un pays plus riche pour nourrir son armée. Il peut, ayant commencé par ce premier plan dans lequel l'ennemi, d'abord incertain, lira bientôt, ne pas pouvoir y réussir, à cause d'obstacles trop grands—c'est ce que j'appelle l'aléa né de la faiblesse humaine—l'abandonner et essayer du deuxième ou du troisième ou du quatrième plan. Mais il se peut aussi qu'il n'ait essayé du premier—et c'est ici ce que j'appelle la grandeur humaine—que par feinte, pour fixer l'adversaire de façon à le surprendre là où il ne croyait pas être attaqué. C'est ainsi qu'à Ulm, Mack, qui attendait l'ennemi à l'ouest, fut enveloppé par le nord où il se croyait bien tranquille. Mon exemple n'est du reste pas très bon. Et Ulm est un meilleur type de bataille d'enveloppement que l'avenir verra se reproduire parce qu'il n'est pas seulement un exemple classique dont les généraux s'inspireront, mais une forme en quelque sorte nécessaire (nécessaire entre d'autres, ce qui laisse le choix, la variété), comme un type de cristallisation. Mais tout cela ne fait rien parce que ces cadres sont malgré tout factices. J'en reviens à notre livre de philosophie, c'est comme les principes rationnels, ou les lois scientifiques, la réalité se conforme à cela, à peu près, mais rappelle-toi le grand mathématicien Poincaré, il n'est pas sûr que les mathématiques soient rigoureusement exactes. Quant aux règlements eux-mêmes, dont je t'ai parlé, ils sont en somme d'une importance secondaire, et d'ailleurs on les change de temps en temps. Ainsi pour nous autres cavaliers, nous vivons sur le *Service en Campagne* de 1895 dont on peut dire qu'il est périmé, puisqu'il repose sur la vieille et désuète doctrine qui considère que le combat de cavalerie n'a guère qu'un effet moral par l'effroi que la charge produit sur l'adversaire. Or, les plus intelligents de nos maîtres, tout ce qu'il y a de meilleur dans la cavalerie, et notamment le commandant dont je te parlais, envisagent au contraire que la décision sera obtenue par une véritable mêlée où on s'escrimera du sabre et de la lance et où le plus tenace sera vainqueur non pas simplement moralement et par impression de terreur, mais matériellement.

—Saint-Loup a raison et il est probable que le prochain *Service en Campagne* portera la trace de cette évolution, dit mon voisin.

—Je ne suis pas fâché de ton approbation, car tes avis semblent faire plus impression que les miens sur mon ami, dit en riant Saint-Loup, soit que cette sympathie naissante entre son camarade et moi l'agaçât un peu, soit qu'il trouvât gentil de la consacrer en la constatant aussi officiellement. Et puis j'ai peut-être diminué l'importance des règlements. On les change, c'est certain. Mais en attendant ils commandent la situation militaire, les plans de campagne et de concentration. S'ils reflètent une fausse conception stratégique, ils peuvent être le principe initial de la défaite. Tout cela, c'est un peu technique pour toi, me dit-il. Au fond, dis-toi bien que ce qui précipite le plus l'évolution de l'art de la guerre, ce sont les guerres elles-mêmes. Au cours d'une campagne, si elle est un peu longue, on voit l'un des belligérants profiter des leçons que lui donnent les succès et les fautes de l'adversaire, perfectionner les méthodes de celui-ci qui, à son tour, enchérit. Mais cela c'est du passé. Avec les terribles progrès de l'artillerie, les guerres futures, s'il y a encore des guerres, seront si courtes qu'avant qu'on ait pu songer à tirer parti de l'enseignement, la paix sera faite.

—Ne sois pas si susceptible, dis-je à Saint-Loup, répondant à ce qu'il avait dit avant ces dernières paroles. Je t'ai écouté avec assez d'avidité!

—Si tu veux bien ne plus prendre la mouche et le permettre, reprit l'ami de Saint-Loup, j'ajouterai à ce que tu viens de dire que, si les batailles s'imitent et se superposent, ce n'est pas seulement à cause de l'esprit du chef. Il peut arriver qu'une erreur du chef (par exemple son appréciation insuffisante de la valeur de l'adversaire) l'amène à demander à ses troupes des sacrifices exagérés, sacrifices que certaines unités accompliront avec une abnégation si sublime, que leur rôle sera par là analogue à celui de telle autre unité dans telle autre bataille, et seront cités dans l'histoire comme des exemples interchangeables: pour nous en tenir à 1870, la garde prussienne à Saint-Privat, les turcos à Froeschviller et à Wissembourg.

—Ah! interchangeables, très exact! excellent! tu es intelligent, dit Saint-Loup.

Je n'étais pas indifférent à ces derniers exemples, comme chaque fois que sous le particulier on me montrait le général. Mais pourtant le génie du chef, voilà ce qui m'intéressait, j'aurais voulu me rendre compte en quoi il consistait, comment, dans une circonstance donnée, où le chef sans génie ne pourrait résister à l'adversaire, s'y prendrait le chef génial pour rétablir la bataille compromise, ce qui, au dire de Saint-Loup, était très possible et avait été réalisé par Napoléon plusieurs fois. Et pour comprendre ce que c'était que la valeur militaire, je demandais des comparaisons entre les généraux dont je savais les noms, lequel avait le plus une nature de chef, des dons de tacticien, quitte à ennuyer mes nouveaux amis, qui du moins ne le laissaient pas voir et me répondaient avec une infatigable bonté.

Je me sentais séparé—non seulement de la grande nuit glacée qui s'étendait au loin et dans laquelle nous entendions de temps en temps le sifflet d'un train qui ne faisait que rendre plus vif le plaisir d'être là, ou les tintements d'une heure qui heureusement était encore éloignée de celle où ces jeunes gens devraient reprendre leurs sabres et rentrer—mais aussi de toutes les préoccupations extérieures, presque du souvenir de Mme de Guermantes, par la bonté de Saint-Loup à laquelle celle de ses amis qui s'y ajoutait donnait comme plus d'épaisseur; par la chaleur aussi de cette petite salle à manger, par la saveur des plats raffinés qu'on nous servait. Ils donnaient autant de plaisir à mon imagination qu'à ma gourmandise; parfois le petit morceau de nature d'où ils avaient été extraits, bénitier rugueux de l'huître dans lequel restent quelques gouttes d'eau salée, ou sarment noueux, pampres jaunis d'une grappe de raisin, les entourait encore, incomestible, poétique et lointain comme un paysage, et faisant se succéder au cours du dîner les évocations d'une sieste sous une vigne et d'une promenade en mer; d'autres soirs c'est par le cuisinier seulement qu'était mise en relief cette particularité originale des mets, qu'il présentait dans son cadre naturel comme une oeuvre d'art; et un poisson cuit au court-bouillon était' apporté dans un long plat en terre, où, comme il se détachait en relief sur des jonchées d'herbes bleuâtres, infrangible mais contourné encore d'avoir été jeté vivant dans l'eau bouillante, entouré d'un cercle de coquillages d'animalcules satellites, crabes, crevettes et moules, il avait l'air d'apparaître dans une céramique de Bernard Palissy.

—Je suis jaloux, je suis furieux, me dit Saint-Loup, moitié en riant, moitié sérieusement, faisant allusion aux interminables conversations à part que j'avais avec son ami. Est-ce que vous le trouvez plus intelligent que moi? est-ce que vous l'aimez mieux que moi? Alors, comme ça, il n'y en a plus que pour lui? (Les hommes qui aiment énormément une femme, qui vivent dans une société d'hommes à femmes se permettent des plaisanteries que d'autres qui y verraient moins d'innocence n'oseraient pas.)

Dès que la conversation devenait générale, on évitait de parler de Dreyfus de peur de froisser Saint-Loup. Pourtant, une semaine plus tard, deux de ses camarades firent remarquer combien il était curieux que, vivant dans un milieu si militaire, il fût tellement dreyfusard, presque antimilitariste: «C'est, dis-je, ne voulant pas entrer dans des détails, que l'influence du milieu n'a pas l'importance qu'on croit ...» Certes, je comptais m'en tenir là et ne pas reprendre les réflexions que j'avais présentées à Saint-Loup quelques jours plus tôt. Malgré cela, comme ces mots-là, du moins, je les lui avais dits presque textuellement, j'allais m'en excuser en ajoutant:

«C'est justement ce que l'autre jour ...» Mais j'avais compté sans le revers qu'avait la gentille admiration de Robert pour moi et pour quelques autres personnes. Cette admiration se complétait d'une si entière assimilation de leurs idées, qu'au bout de quarante-huit heures il avait oublié que ces idées n'étaient pas de lui. Aussi en ce qui concernait ma modeste thèse, Saint-Loup, absolument comme si elle eût toujours habité son cerveau et si je ne faisais que chasser sur ses terres, crut devoir me souhaiter la bienvenue avec chaleur et m'approuver.

—Mais oui! le milieu n'a pas d'importance.

Et avec la même force que s'il avait peur que je l'interrompisse ou ne le comprisse pas:

—La vraie influence, c'est celle du milieu intellectuel! On est l'homme de son idée!

Il s'arrêta un instant, avec le sourire de quelqu'un qui a bien digéré, laissa tomber son monocle, et posant son regard comme une vrille sur moi:

—Tous les hommes d'une même idée sont pareils, me dit-il, d'un air de défi. Il n'avait sans doute aucun souvenir que je lui avais dit peu de jours auparavant ce qu'il s'était en revanche si bien rappelé.

Je n'arrivais pas tous les soirs au restaurant de Saint-Loup dans les mêmes dispositions. Si un souvenir, un chagrin qu'on a, sont capables de nous laisser au point que nous ne les apercevions plus, ils reviennent aussi et parfois de longtemps ne nous quittent. Il y avait des soirs où, en traversant la ville pour aller vers le restaurant, je regrettais tellement Mme de Guermantes, que j'avais peine à respirer: on aurait dit qu'une partie de ma poitrine avait été sectionnée par un anatomiste habile, enlevée, et remplacée par une partie égale de souffrance immatérielle, par un équivalent de nostalgie et d'amour. Et les points de suture ont beau avoir été bien faits, on vit assez malaisément quand le regret d'un être est substitué aux viscères, il a l'air de tenir plus de place qu'eux, on le sent perpétuellement, et puis, quelle ambiguïté d'être obligé de *penser* une partie de son corps! Seulement il semble qu'on vaille davantage. A la moindre brise on soupire d'oppression, mais aussi de langueur. Je regardais le ciel. S'il était clair, je me disais: «Peut-être elle est à la campagne, elle regarde les mêmes étoiles», et qui sait si, en arrivant au restaurant, Robert ne va pas me dire: «Une bonne nouvelle, ma tante vient de m'écrire, elle voudrait te voir, elle va venir ici.» Ce n'est pas dans le firmament seul que je mettais la pensée de Mme de Guermantes. Un souffle d'air un peu doux qui passait semblait m'apporter un message d'elle, comme jadis de Gilberte dans les blés de Méséglise: on ne change pas, on fait entrer dans le sentiment qu'on rapporte à un être bien des éléments assoupis qu'il réveille mais qui lui sont étrangers.

Et puis ces sentiments particuliers, toujours quelque chose en nous s'efforce de les amener à plus de vérité, c'est-à-dire de les faire se rejoindre à un sentiment plus général, commun à toute l'humanité, avec lequel les individus et les peines qu'ils nous causent nous sont seulement une occasion de communiquer. Ce qui mêlait quelque plaisir à ma peine c'est que je la savais une petite partie de l'universel amour. Sans doute de ce que je croyais reconnaître des tristesses que j'avais éprouvées à propos de Gilberte, ou bien quand le soir, à Combray, maman ne restait pas dans ma chambre, et aussi le souvenir de certaines pages de Bergotte, dans la souffrance que j'éprouvais et à laquelle Mme de Guermantes, sa froideur, son absence, n'étaient pas liées clairement comme la cause l'est à l'effet dans l'esprit d'un savant, je ne concluais pas que Mme de Guermantes ne fût pas cette cause. N'y a-t-il pas telle douleur physique diffuse, s'étendant par irradiation dans des régions extérieures à la partie malade, mais qu'elle abandonne pour se dissiper entièrement si un praticien touche le point précis d'où elle vient? Et pourtant, avant cela, son extension lui donnait pour nous un tel caractère de vague et de fatalité, qu'impuissants à l'expliquer, à la localiser même, nous croyions impossible de la guérir. Tout en m'acheminant vers le restaurant je me disais: «Il y a déjà quatorze jours que je n'ai vu Mme de Guermantes.» Quatorze jours, ce qui ne paraissait une chose énorme qu'à moi qui, quand il s'agissait de Mme de Guermantes, comptais par minutes. Pour moi ce n'était plus seulement les étoiles et la brise, mais jusqu'aux divisions arithmétiques du temps qui prenaient quelque chose de douloureux et de poétique. Chaque jour était maintenant comme la crête mobile d'une colline incertaine: d'un côté, je sentais que je pouvais descendre vers l'oubli; de l'autre, j'étais emporté par le besoin de revoir la duchesse. Et j'étais tantôt plus près de l'un ou de l'autre, n'ayant pas d'équilibre stable. Un jour je me dis: «Il y aura peut-être une lettre ce soir» et en arrivant dîner j'eus le courage de demander à Saint-Loup:

—Tu n'as pas par hasard des nouvelles de Paris?

—Si, me répondit-il d'un air sombre, elles sont mauvaises.

Je respirai en comprenant que ce n'était que lui qui avait du chagrin et que les nouvelles étaient celles de sa maîtresse. Mais je vis bientôt qu'une de leurs conséquences serait d'empêcher Robert de me mener de longtemps chez sa tante.

J'appris qu'une querelle avait éclaté entre lui et sa maîtresse, soit par correspondance, soit qu'elle fût venue un matin le voir entre deux trains. Et les querelles, même moins graves, qu'ils avaient eues jusqu'ici, semblaient toujours devoir être insolubles. Car elle était de mauvaise humeur, trépignait, pleurait, pour des raisons aussi incompréhensibles que celles des enfants qui s'enferment dans un cabinet noir, ne viennent pas dîner, refusant toute explication, et ne font que redoubler de sanglots quand, à bout de raisons, on leur donne des claques. Saint-Loup souffrit horriblement de cette brouille, mais c'est une manière de dire qui est trop simple, et fausse par là l'idée qu'on doit se faire de cette douleur.

Quand il se retrouva seul, n'ayant plus qu'à songer à sa maîtresse partie avec le respect pour lui qu'elle avait éprouvé en le voyant si énergique, les anxiétés qu'il avait eues les premières heures prirent fin devant l'irréparable, et la cessation d'une anxiété est une chose si douce, que la brouille, une fois certaine, prit pour lui un peu du même genre de charme qu'aurait eu une réconciliation. Ce dont il commença à souffrir un peu plus tard furent une douleur, un accident secondaires, dont le flux venait incessamment de lui-même, à l'idée que peut-être elle aurait bien voulu se rapprocher; qu'il n'était pas impossible qu'elle attendît un mot de lui; qu'en attendant, pour se venger elle ferait peut-être, tel soir, à tel endroit, telle chose, et qu'il n'y aurait qu'à lui télégraphier qu'il arrivait pour qu'elle n'eût pas lieu; que d'autres peut-être profitaient du temps qu'il laissait perdre, et qu'il serait trop tard dans quelques jours pour la retrouver car elle serait prise. De toutes ces possibilités il ne savait rien, sa maîtresse gardait un silence qui finit par affoler sa douleur jusqu'à lui faire se demander si elle n'était pas cachée à Doncières ou partie pour les Indes.

On a dit que le silence était une force; dans un tout autre sens, il en est une terrible à la disposition de ceux qui sont aimés. Elle accroît l'anxiété de qui attend. Rien n'invite tant à s'approcher d'un être que ce qui en sépare, et quelle plus infranchissable barrière que le silence? On a dit aussi que le silence était un supplice, et capable de rendre fou celui qui y était astreint dans les prisons. Mais quel supplice—plus grand que de garder le silence—de l'endurer de ce qu'on aime! Robert se disait: «Que fait-elle donc pour qu'elle se taise ainsi? Sans doute, elle me trompe avec d'autres?» Il disait encore: «Qu'ai-je donc fait pour qu'elle se taise ainsi? Elle me hait peut-être, et pour toujours.» Et il s'accusait. Ainsi le silence le rendait fou en effet, par la jalousie et par le remords. D'ailleurs, plus cruel que celui des prisons, ce silence-là est prison lui-même. Une clôture immatérielle, sans doute, mais impénétrable, cette tranche interposée d'atmosphère vide, mais que les rayons visuels de l'abandonné ne peuvent traverser. Est-il un plus terrible éclairage que le silence, qui ne nous montre pas une absente, mais mille, et chacune se livrant à quelque autre trahison? Parfois, dans une brusque détente, ce silence, Robert croyait qu'il allait cesser à l'instant, que la lettre attendue allait venir. Il la voyait, elle arrivait, il épiait chaque bruit, il était déjà désaltéré, il murmurait: «La lettre! La lettre!» Après avoir entrevu ainsi une oasis imaginaire de tendresse, il se retrouvait piétinant dans le désert réel du silence sans fin.

Il souffrait d'avance, sans en oublier une, toutes les douleurs d'une rupture qu'à d'autres moments il croyait pouvoir éviter, comme les gens qui règlent toutes leurs affaires en vue d'une expatriation qui ne s'effectuera pas, et dont la pensée, qui ne sait plus où elle devra se situer le lendemain, s'agite momentanément, détachée d'eux, pareille à ce coeur qu'on arrache à un malade et qui continue à battre, séparé du reste du corps. En tout cas, cette espérance que sa maîtresse reviendrait lui donnait le courage de persévérer dans la rupture, comme la croyance qu'on pourra revenir vivant du combat aide à affronter la mort. Et comme l'habitude est, de toutes les plantes humaines, celle qui a le moins besoin de sol nourricier pour vivre et qui apparaît la première sur le roc en apparence le plus désolé, peut-être en pratiquant d'abord la rupture par feinte, aurait-il fini par s'y accoutumer sincèrement. Mais l'incertitude entretenait chez lui un état qui, lié au souvenir de cette femme, ressemblait à l'amour. Il se forçait cependant à ne pas lui écrire, pensant peut-être que le tourment était moins cruel de vivre sans sa maîtresse qu'avec elle dans certaines conditions, ou qu'après la façon dont ils s'étaient quittés, attendre ses excuses était nécessaire pour qu'elle conservât ce qu'il croyait qu'elle avait pour lui sinon d'amour, du moins d'estime et de respect. Il se contentait d'aller au téléphone, qu'on venait d'installer à Doncières, et de demander des nouvelles, ou de donner des instructions à une femme de chambre qu'il avait placée auprès de son amie.

Ces communications étaient du reste compliquées et lui prenaient plus de temps parce que, suivant les opinions de ses amis littéraires relativement à la laideur de la capitale, mais surtout en considération de ses bêtes, de ses chiens, de son singe, de ses serins et de son perroquet, dont son propriétaire de Paris avait cessé de tolérer les cris incessants, la maîtresse de Robert venait de louer une petite propriété aux environs de Versailles. Cependant lui, à Doncières, ne dormait plus un instant la nuit. Une fois, chez moi, vaincu par la fatigue, il s'assoupit un peu. Mais tout d'un coup, il commença à parler, il voulait courir, empêcher quelque chose, il disait: «Je l'entends, vous ne ... vous ne....» Il s'éveilla. Il me dit qu'il venait de rêver qu'il était à la campagne chez le maréchal des logis chef. Celui-ci avait tâché de l'écarter d'une certaine partie de la maison. Saint-Loup avait deviné que le maréchal des logis avait chez lui un lieutenant très riche et très vicieux qu'il savait désirer beaucoup son amie. Et tout à coup dans son rêve il avait distinctement entendu les cris intermittents et réguliers qu'avait l'habitude de pousser sa maîtresse aux instants de volupté. Il avait voulu forcer le maréchal des logis de le mener à la chambre. Et celui-ci le maintenait pour l'empêcher d'y aller, tout en ayant un certain air froissé de tant d'indiscrétion, que Robert disait qu'il ne pourrait jamais oublier.

—Mon rêve est idiot, ajouta-t-il encore tout essoufflé.

Mais je vis bien que, pendant l'heure qui suivit, il fut plusieurs fois sur le point de téléphoner à sa maîtresse pour lui demander de se réconcilier. Mon père avait le téléphone depuis peu, mais je ne sais si cela eût beaucoup servi à Saint-Loup. D'ailleurs il ne me semblait pas très convenable de donner à mes parents, même seulement à un appareil posé chez eux, ce rôle d'intermédiaire entre Saint-Loup et sa maîtresse, si distinguée et noble de sentiments que pût être celle-ci. Le cauchemar qu'avait eu Saint-Loup s'effaça un peu de son esprit. Le regard distrait et fixe, il vint me voir durant tous ces jours atroces qui dessinèrent pour moi, en se suivant l'un l'autre, comme la courbe magnifique de quelque rampe durement forgée d'où Robert restait à se demander quelle résolution son amie allait prendre.

Enfin, elle lui demanda s'il consentirait à pardonner. Aussitôt qu'il eut compris que la rupture était évitée, il vit tous les inconvénients d'un rapprochement. D'ailleurs il souffrait déjà moins et avait presque accepté une douleur dont il faudrait, dans quelques mois peut-être, retrouver à nouveau la morsure si sa liaison recommençait. Il n'hésita pas longtemps. Et peut-être n'hésita-t-il que parce qu'il était enfin certain de pouvoir reprendre sa maîtresse, de le pouvoir, donc de le faire. Seulement elle lui demandait, pour qu'elle retrouvât son calme, de ne pas revenir à Paris au 1er janvier. Or, il n'avait pas le courage d'aller à Paris sans la voir. D'autre part elle avait consenti à voyager avec lui, mais pour cela il lui fallait un véritable congé que le capitaine de Borodino ne voulait pas lui accorder.

—Cela m'ennuie à cause de notre visite chez ma tante qui se trouve ajournée. Je retournerai sans doute à Paris à Pâques.

—Nous ne pourrons pas aller chez Mme de Guermantes à ce moment-là, car je serai déjà à Balbec. Mais ça ne fait absolument rien.

—A Balbec? mais vous n'y étiez allé qu'au mois d'août.

—Oui, mais cette année, à cause de ma santé, on doit m'y envoyer plus tôt.

Toute sa crainte était que je ne jugeasse mal sa maîtresse, après ce qu'il m'avait raconté. «Elle est violente seulement parce qu'elle est trop franche, trop entière dans ses sentiments. Mais c'est un être sublime. Tu ne peux pas t'imaginer les délicatesses de poésie qu'il y a chez elle. Elle va passer tous les ans le jour des morts à Bruges. C'est «bien», n'est-ce pas? Si jamais tu la connais, tu verras, elle a une grandeur....» Et comme il était imbu d'un certain langage qu'on parlait autour de cette femme dans des milieux littéraires: «Elle a quelque chose de sidéral et même de vatique, tu comprends ce que je veux dire, le poète qui était presque un prêtre.»

Je cherchai pendant tout le dîner un prétexte qui permît à Saint-Loup de demander à sa tante de me recevoir sans attendre qu'il vînt à Paris. Or, ce prétexte me fut fourni par le désir que j'avais de revoir des tableaux d'Elstir, le grand peintre que Saint-Loup et moi nous avions connu à Balbec. Prétexte où il y avait, d'ailleurs, quelque vérité car si, dans mes visites à Elstir, j'avais demandé à sa peinture de me conduire à la compréhension et à l'amour de choses meilleures qu'elle-même, un dégel véritable, une authentique place de province, de vivantes femmes sur la plage (tout au plus lui eussé-je commandé le portrait des réalités que je n'avais pas su approfondir, comme un chemin d'aubépine, non pour qu'il me conservât leur beauté mais me la découvrît), maintenant au contraire, c'était l'originalité, la séduction de ces peintures qui excitaient mon désir, et ce que je voulais surtout voir, c'était d'autres tableaux d'Elstir.

Il me semblait d'ailleurs que ses moindres tableaux, à lui, étaient quelque chose d'autre que les chefs-d'oeuvre de peintres même plus grands. Son oeuvre était comme un royaume clos, aux frontières infranchissables, à la matière sans seconde. Collectionnant avidement les rares revues où on avait publié des études sur lui, j'y avais appris que ce n'était que récemment qu'il avait commencé à peindre des paysages et des natures mortes, mais qu'il avait commencé par des tableaux mythologiques (j'avais vu les photographies de deux d'entre eux dans son atelier), puis avait été longtemps impressionné par l'art japonais.

Certaines des oeuvres les plus caractéristiques de ses diverses manières se trouvaient en province. Telle maison des Andelys où était un de ses plus beaux paysages m'apparaissait aussi précieuse, me donnait un aussi vif désir du voyage, qu'un village chartrain dans la pierre meulière duquel est enchâssé un glorieux vitrail; et vers le possesseur de ce chef-d'oeuvre, vers cet homme qui au fond de sa maison grossière, sur la grand'rue, enfermé comme un astrologue, interrogeait un de ces miroirs du monde qu'est un tableau d'Elstir et qui l'avait peut-être acheté plusieurs milliers de francs, je me sentais porté par cette sympathie qui unit jusqu'aux coeurs, jusqu'aux caractères de ceux qui pensent de la même façon que nous sur un sujet capital. Or, trois oeuvres importantes de mon peintre préféré étaient désignées, dans l'une de ces revues, comme appartenant à Mme de Guermantes. Ce fut donc en somme sincèrement que, le soir où Saint-Loup m'avait annoncé le voyage de son amie à Bruges, je pus, pendant le dîner, devant ses amis, lui jeter comme à l'improviste:

—Écoute, tu permets? dernière conversation au sujet de la dame dont nous avons parlé. Tu te rappelles Elstir, le peintre que j'ai connu à Balbec?

—Mais, voyons, naturellement.

—Tu te rappelles mon admiration pour lui?

—Très bien, et la lettre que nous lui avions fait remettre.

—Eh bien, une des raisons, pas des plus importantes, une raison accessoire pour laquelle je désirerais connaître ladite dame, tu sais toujours bien laquelle?

—Mais oui! que de parenthèses!

—C'est qu'elle a chez elle au moins un très beau tableau d'Elstir.

—Tiens, je ne savais pas.

—Elstir sera sans doute à Balbec à Pâques, vous savez qu'il passe maintenant presque toute l'année sur cette côte. J'aurais beaucoup aimé avoir vu ce tableau avant mon départ. Je ne sais si vous êtes en termes assez intimes avec votre tante: ne pourriez-vous, en me faisant assez habilement valoir à ses yeux pour qu'elle ne refuse pas, lui demander de me laisser aller voir le tableau sans vous, puisque vous ne serez pas là?

—C'est entendu, je réponds pour elle, j'en fais mon affaire.

—Robert, comme je vous aime!

—Vous êtes gentil de m'aimer mais vous le seriez aussi de me tutoyer comme vous l'aviez promis et comme tu avais commencé de le faire.

—J'espère que ce n'est pas votre départ que vous complotez, me dit un des amis de Robert. Vous savez, si Saint-Loup part en permission, cela ne doit rien changer, nous sommes là. Ce sera peut-être moins amusant pour vous, mais on se donnera tant de peine pour tâcher de vous faire oublier son absence.

En effet, au moment où on croyait que l'amie de Robert irait seule à Bruges, on venait d'apprendre que le capitaine de Borodino, jusque-là d'un avis contraire, venait de faire accorder au sous-officier Saint-Loup une longue permission pour Bruges. Voici ce qui s'était passé. Le Prince, très fier de son opulente chevelure, était un client assidu du plus grand coiffeur de la ville, autrefois garçon de l'ancien coiffeur de Napoléon III. Le capitaine de Borodino était au mieux avec le coiffeur car il était, malgré ses façons majestueuses, simple avec les petites gens. Mais le coiffeur, chez qui le Prince avait une note arriérée d'au moins cinq ans et que les flacons de «Portugal», d'«Eau des Souverains», les fers, les rasoirs, les cuirs enflaient non moins que les shampings, les coupes de cheveux, etc., plaçait plus haut Saint-Loup qui payait rubis sur l'ongle, avait plusieurs voitures et des chevaux de selle. Mis au courant de l'ennui de Saint-Loup de ne pouvoir partir avec sa maîtresse, il en parla chaudement au Prince ligoté d'un surplis blanc dans le moment que le barbier lui tenait la tête renversée et menaçait sa gorge. Le récit de ces aventures galantes d'un jeune homme arracha au capitaine-prince un sourire d'indulgence bonapartiste. Il est peu probable qu'il pensa à sa note impayée, mais la recommandation du coiffeur l'inclinait autant à la bonne humeur qu'à la mauvaise celle d'un duc. Il avait encore du savon plein le menton que la permission était promise et elle fut signée le soir même. Quant au coiffeur, qui avait l'habitude de se vanter sans cesse et, afin de le pouvoir, s'attribuait, avec une faculté de mensonge extraordinaire, des prestiges entièrement inventés, pour une fois qu'il rendit un service signalé à Saint-Loup, non seulement il n'en fit pas sonner le mérite, mais, comme si la vanité avait besoin de mentir, et, quand il n'y a pas lieu de le faire, cède la place à la modestie, n'en reparla jamais à Robert.

Tous les amis de Robert me dirent qu'aussi longtemps que je resterais à Doncières, ou à quelque époque que j'y revinsse, s'il n'était pas là, leurs voitures, leurs chevaux, leurs maisons, leurs heures de liberté seraient à moi et je sentais que c'était de grand coeur que ces jeunes gens mettaient leur luxe, leur jeunesse, leur vigueur au service de ma faiblesse.

—Pourquoi du reste, reprirent les amis de Saint-Loup après avoir insisté pour que je restasse, ne reviendriez-vous pas tous les ans? vous voyez bien que cette petite vie vous plaît! Et, même, vous vous intéressez à tout ce qui se passe au régiment comme un ancien.

Car je continuais à leur demander avidement de classer les différents officiers dont je savais les noms, selon l'admiration plus ou moins grande qu'ils leur semblaient mériter, comme jadis, au collège, je faisais faire à mes camarades pour les acteurs du Théâtre-Français. Si à la place d'un des généraux que j'entendais toujours citer en tête de tous les autres, un Galliffet ou un Négrier, quelque ami de Saint-Loup disait: «Mais Négrier est un officier général des plus médiocres» et jetait le nom nouveau, intact et savoureux de Pau ou de Geslin de Bourgogne, j'éprouvais la même surprise heureuse que jadis quand les noms épuisés de Thiron ou de Febvre se trouvaient refoulés par l'épanouissement soudain du nom inusité d'Amaury. «Même supérieur à Négrier? Mais en quoi? donnez-moi un exemple.» Je voulais qu'il existât des différences profondes jusqu'entre les officiers subalternes du régiment, et j'espérais, dans la raison de ces différences, saisir l'essence de ce qu'était la supériorité militaire. L'un de ceux dont cela m'eût le plus intéressé d'entendre parler, parce que c'est lui que j'avais aperçu le plus souvent, était le prince de Borodino. Mais ni Saint-Loup, ni ses amis, s'ils rendaient en lui justice au bel officier qui assurait à son escadron une tenue incomparable, n'aimaient l'homme. Sans parler de lui évidemment sur le même ton que de certains officiers sortis du rang et francs-maçons, qui ne fréquentaient pas les autres et gardaient à côté d'eux un aspect farouche d'adjudants, ils ne semblaient pas situer M. de Borodino au nombre des autres officiers nobles, desquels à vrai dire, même à l'égard de Saint-Loup, il différait beaucoup par l'attitude. Eux, profitant de ce que Robert n'était que sous-officier et qu'ainsi sa puissante famille pouvait être heureuse qu'il fût invité chez des chefs qu'elle eût dédaignés sans cela, ne perdaient pas une occasion de le recevoir à leur table quand s'y trouvait quelque gros bonnet capable d'être utile à un jeune maréchal des logis. Seul, le capitaine de Borodino n'avait que des rapports de service, d'ailleurs excellents, avec Robert. C'est que le prince, dont le grand-père avait été fait maréchal et prince-duc par l'Empereur, à la famille de qui il s'était ensuite allié par son mariage, puis dont le père avait épousé une cousine de Napoléon III et avait été deux fois ministre après le coup d'État, sentait que malgré cela il n'était pas grand' chose pour Saint-Loup et la société des Guermantes, lesquels à leur tour, comme il ne se plaçait pas au même point de vue qu'eux, ne comptaient guère pour lui. Il se doutait que, pour Saint-Loup, il était—lui apparenté aux Hohenzollern—non pas un vrai noble mais le petit-fils d'un fermier, mais, en revanche, considérait Saint-Loup comme le fils d'un homme dont le comté avait été confirmé par l'Empereur—on appelait cela dans le faubourg Saint-Germain les comtes refaits—et avait sollicité de lui une préfecture, puis tel autre poste placé bien bas sous les ordres de S.A. le prince de Borodino, ministre d'État, à qui l'on écrivait «Monseigneur» et qui était neveu du souverain.

Plus que neveu peut-être. La première princesse de Borodino passait pour avoir eu des bontés pour Napoléon Ier qu'elle suivit à l'île d'Elbe, et la seconde pour Napoléon III. Et si, dans la face placide du capitaine, on retrouvait de Napoléon Ier, sinon les traits naturels du visage, du moins la majesté étudiée du masque, l'officier avait surtout dans le regard mélancolique et bon, dans la moustache tombante, quelque chose qui faisait penser à Napoléon III; et cela d'une façon si frappante qu'ayant demandé après Sedan à pouvoir rejoindre l'Empereur, et ayant été éconduit par Bismarck auprès de qui on l'avait mené, ce dernier levant par hasard les yeux sur le jeune homme qui se disposait à s'éloigner, fut saisi soudain par cette ressemblance et, se ravisant, le rappela et lui accorda l'autorisation que, comme à tout le monde, il venait de lui refuser.

Si le prince de Borodino ne voulait pas faire d'avances à Saint-Loup ni aux autres membres de la société du faubourg Saint-Germain qu'il y avait dans le régiment (alors qu'il invitait beaucoup deux lieutenants roturiers qui étaient des hommes agréables), c'est que, les considérant tous du haut de sa grandeur impériale, il faisait, entre ces inférieurs, cette différence que les uns étaient des inférieurs qui se savaient l'être et avec qui il était charmé de frayer, étant, sous ses apparences de majesté, d'une humeur simple et joviale, et les autres des inférieurs qui se croyaient supérieurs, ce qu'il n'admettait pas. Aussi, alors que tous les officiers du régiment faisaient fête à Saint-Loup, le prince de Borodino à qui il avait été recommandé par le maréchal de X... se borna à être obligeant pour lui dans le service, où Saint-Loup était d'ailleurs exemplaire, mais il ne le reçut jamais chez lui, sauf en une circonstance particulière où il fut en quelque sorte forcé de l'inviter, et, comme elle se présentait pendant mon séjour, lui demanda de m'amener. Je pus facilement, ce soir-là, en voyant Saint-Loup à la table de son capitaine, discerner jusque dans les manières et l'élégance de chacun d'eux la différence qu'il y avait entre les deux aristocraties: l'ancienne noblesse et celle de l'Empire. Issu d'une caste dont les défauts, même s'il les répudiait de toute son intelligence, avaient passé dans son sang, et qui, ayant cessé d'exercer une autorité réelle depuis au moins un siècle, ne voit plus dans l'amabilité protectrice qui fait partie de l'éducation qu'elle reçoit, qu'un exercice comme l'équitation ou l'escrime, cultivé sans but sérieux, par divertissement, à l'encontre des bourgeois que cette noblesse méprise assez pour croire que sa familiarité les flatte et que son sans-gêne les honorerait, Saint-Loup prenait amicalement la main de n'importe quel bourgeois qu'on lui présentait et dont il n'avait peut-être pas entendu le nom, et en causant avec lui (sans cesser de croiser et de décroiser les jambes, se renversant en arrière, dans une attitude débraillée, le pied dans la main) l'appelait «mon cher».

Mais au contraire, d'une noblesse dont les titres gardaient encore leur signification, tout pourvus qu'ils restaient de riches majorats récompensant de glorieux services, et rappelant le souvenir de hautes fonctions dans lesquelles on commande à beaucoup d'hommes et où l'on doit connaître les hommes, le prince de Borodino—sinon distinctement, et dans sa conscience personnelle et claire, du moins en son corps qui le révélait par ses attitudes et ses façons—considérait son rang comme une prérogative effective; à ces mêmes roturiers que Saint-Loup eût touchés à l'épaule et pris par le bras, il s'adressait avec une affabilité majestueuse, où une réserve pleine de grandeur tempérait la bonhomie souriante qui lui était naturelle, sur un ton empreint à la fois d'une bienveillance sincère et d'une hauteur voulue. Cela tenait sans doute à ce qu'il était moins éloigné des grandes ambassades et de la cour, où son père avait eu les plus hautes charges et où les manières de Saint-Loup, le coude sur la table et le pied dans la main, eussent été mal reçues, mais surtout cela tenait à ce que cette bourgeoisie, il la méprisait moins, qu'elle était le grand réservoir où le premier Empereur avait pris ses maréchaux, ses nobles, où le second avait trouvé un Fould, un Rouher.

Sans doute, fils ou petit-fils d'empereur, et qui n'avait plus qu'à commander un escadron, les préoccupations de son père et de son grand-père ne pouvaient, faute d'objet à quoi s'appliquer, survivre réellement dans la pensée de M. de Borodino. Mais comme l'esprit d'un artiste continue à modeler bien des années après qu'il est éteint la statue qu'il sculpta, elles avaient pris corps en lui, s'y étaient matérialisées, incarnées, c'était elles que reflétait son visage. C'est avec, dans la voix, la vivacité du premier Empereur qu'il adressait un reproche à un brigadier, avec la mélancolie songeuse du second qu'il exhalait la bouffée d'une cigarette. Quand il passait en civil dans les rues de Doncières un certain éclat dans ses yeux, s'échappant de sous le chapeau melon, faisait reluire autour du capitaine un incognito souverain; on tremblait quand il entrait dans le bureau du maréchal des logis chef, suivi de l'adjudant, et du fourrier comme de Berthier et de Masséna. Quand il choisissait l'étoffe d'un pantalon pour son escadron, il fixait sur le brigadier tailleur un regard capable de déjouer Talleyrand et tromper Alexandre; et parfois, en train de passer une revue d'installage, il s'arrêtait, laissant rêver ses admirables yeux bleus, tortillait sa moustache, avait l'air d'édifier une Prusse et une Italie nouvelles. Mais aussitôt, redevenant de Napoléon III Napoléon Ier, il faisait remarquer que le paquetage n'était pas astiqué et voulait goûter à l'ordinaire des hommes. Et chez lui, dans sa vie privée, c'était pour les femmes d'officiers bourgeois (à la condition qu'ils ne fussent pas francs-maçons) qu'il faisait servir non seulement une vaisselle de Sèvres bleu de roi, digne d'un ambassadeur (donnée à son père par Napoléon, et qui paraissait plus précieuse encore dans la maison provinciale qu'il habitait sur le Mail, comme ces porcelaines rares que les touristes admirent avec plus de plaisir dans l'armoire rustique d'un vieux manoir aménagé en ferme achalandée et prospère), mais encore d'autres présents de l'Empereur: ces nobles et charmantes manières qui elles aussi eussent fait merveille dans quelque poste de représentation, si pour certains ce n'était pas être voué pour toute sa vie au plus injuste des ostracismes que d'être «né», des gestes familiers, la bonté, la grâce et, enfermant sous un émail bleu de roi aussi, des images glorieuses, la relique mystérieuse, éclairée et survivante du regard.

Et à propos des relations bourgeoises que le prince avait à Doncières, il convient de dire ceci. Le lieutenant-colonel jouait admirablement du piano, la femme du médecin-chef chantait comme si elle avait eu un premier prix au Conservatoire. Ce dernier couple, de même que le lieutenant-colonel et sa femme, dînaient chaque semaine chez M. de Borodino. Ils étaient certes flattés, sachant que, quand le Prince allait à Paris en permission, il dînait chez Mme de Pourtalès, chez les Murat, etc. Mais ils se disaient: «C'est un simple capitaine, il est trop heureux que nous venions chez lui. C'est du reste un vrai ami pour nous.» Mais quand M. de Borodino, qui faisait depuis longtemps des démarches pour se rapprocher de Paris, fut nommé à Beauvais, il fit son déménagement, oublia aussi complètement les deux couples musiciens que le théâtre de Doncières et le petit restaurant d'où il faisait souvent venir son déjeuner, et à leur grande indignation ni le lieutenant-colonel, ni le médecin-chef, qui avaient si souvent dîné chez lui, ne reçurent plus, de toute leur vie, de ses nouvelles.

Un matin, Saint-Loup m'avoua, qu'il avait écrit à ma grand'mère pour lui donner de mes nouvelles et lui suggérer l'idée, puisque un service téléphonique fonctionnait entre Doncières et Paris, de causer avec moi. Bref, le même jour, elle devait me faire appeler à l'appareil et il me conseilla d'être vers quatre heures moins un quart à la poste. Le téléphone n'était pas encore à cette époque d'un usage aussi courant qu'aujourd'hui. Et pourtant l'habitude met si peu de temps à dépouiller de leur mystère les forces sacrées avec lesquelles nous sommes en contact que, n'ayant pas eu ma communication immédiatement, la seule pensée que j'eus ce fut que c'était bien long, bien incommode, et presque l'intention d'adresser une plainte. Comme nous tous maintenant, je ne trouvais pas assez rapide à mon gré, dans ses brusques changements, l'admirable féerie à laquelle quelques instants suffisent pour qu'apparaisse près de nous, invisible mais présent, l'être à qui nous voulions parler, et qui restant à sa table, dans la ville qu'il habite (pour ma grand'mère c'était Paris), sous un ciel différent du nôtre, par un temps qui n'est pas forcément le même, au milieu de circonstances et de préoccupations que nous ignorons et que cet être va nous dire, se trouve tout à coup transporté à des centaines de lieues (lui et toute l'ambiance où il reste plongé) près de notre oreille, au moment où notre caprice l'a ordonné.

Et nous sommes comme le personnage du conte à qui une magicienne, sur le souhait qu'il en exprime, fait apparaître dans une clarté surnaturelle sa grand'mère ou sa fiancée, en train de feuilleter un livre, de verser des larmes, de cueillir des fleurs, tout près du spectateur et pourtant très loin, à l'endroit même où elle se trouve réellement. Nous n'avons, pour que ce miracle s'accomplisse, qu'à approcher nos lèvres de la planchette magique et à appeler—quelquefois un peu trop longtemps, je le veux bien—les Vierges Vigilantes dont nous entendons chaque jour la voix sans jamais connaître le visage, et qui sont nos Anges gardiens dans les ténèbres vertigineuses dont elles surveillent jalousement les portes; les Toutes-Puissantes par qui les absents surgissent à notre côté, sans qu'il soit permis de les apercevoir: les Danaïdes de l'invisible qui sans cesse vident, remplissent, se transmettent les urnes des sons; les ironiques Furies qui, au moment que nous murmurions une confidence à une amie, avec l'espoir que personne ne nous entendait, nous crient cruellement: «J'écoute»; les servantes toujours irritées du Mystère, les ombrageuses prêtresses de l'Invisible, les Demoiselles du téléphone!

Et aussitôt que notre appel a retenti, dans la nuit pleine d'apparitions sur laquelle nos oreilles s'ouvrent seules, un bruit léger—un bruit abstrait—celui de la distance supprimée—et la voix de l'être cher s'adresse à nous.

C'est lui, c'est sa voix qui nous parle, qui est là. Mais comme elle est loin! Que de fois je n'ai pu l'écouter sans angoisse, comme si devant cette impossibilité de voir, avant de longues heures de voyage, celle dont la voix était si près de mon oreille, je sentais mieux ce qu'il y a de décevant dans l'apparence du rapprochement le plus doux, et à quelle distance nous pouvons être des personnes aimées au moment où il semble que nous n'aurions qu'à étendre la main pour les retenir. Présence réelle que cette voix si proche—dans la séparation effective! Mais anticipation aussi d'une séparation éternelle! Bien souvent, écoutant de la sorte, sans voir celle qui me parlait de si loin, il m'a semblé que cette voix clamait des profondeurs d'où l'on ne remonte pas, et j'ai connu l'anxiété qui allait m'étreindre un jour, quand une voix reviendrait ainsi (seule et ne tenant plus à un corps que je ne devais jamais revoir) murmurer à mon oreille des paroles que j'aurais voulu embrasser au passage sur des lèvres à jamais en poussière.

Ce jour-là, hélas, à Doncières, le miracle n'eut pas lieu. Quand j'arrivai au bureau de poste, ma grand'mère m'avait déjà demandé; j'entrai dans la cabine, la ligne était prise, quelqu'un causait qui ne savait pas sans doute qu'il n'y avait personne pour lui répondre car, quand j'amenai à moi le récepteur, ce morceau de bois se mit à parler comme Polichinelle; je le fis taire, ainsi qu'au guignol, en le remettant à sa place, mais, comme Polichinelle, dès que je le ramenais près de moi, il recommençait son bavardage. Je finis, en désespoir de cause, en raccrochant définitivement le récepteur, par étouffer les convulsions de ce tronçon sonore qui jacassa jusqu'à la dernière seconde et j'allai chercher l'employé qui me dit d'attendre un instant; puis je parlai, et après quelques instants de silence, tout d'un coup j'entendis cette voix que je croyais à tort connaître si bien, car jusque-là, chaque fois que ma grand'mère avait causé avec moi, ce qu'elle me disait, je l'avais toujours suivi sur la partition ouverte de son visage où les yeux tenaient beaucoup de place; mais sa voix elle-même, je l'écoutais aujourd'hui pour la première fois. Et parce que cette voix m'apparaissait changée dans ses proportions dès l'instant qu'elle était un tout, et m'arrivait ainsi seule et sans l'accompagnement des traits de la figure, je découvris combien cette voix était douce; peut-être d'ailleurs ne l'avait-elle jamais été à ce point, car ma grand'mère, me sentant loin et malheureux, croyait pouvoir s'abandonner à l'effusion d'une tendresse que, par «principes» d'éducatrice, elle contenait et cachait d'habitude. Elle était douce, mais aussi comme elle était triste, d'abord à cause de sa douceur même presque décantée, plus que peu de voix humaines ont jamais dû l'être, de toute dureté, de tout élément de résistance aux autres, de tout égoïsme; fragile à force de délicatesse, elle semblait à tout moment prête à se briser, à expirer en un pur flot de larmes, puis l'ayant seule près de moi, vue sans le masque du visage, j'y remarquais, pour la première fois, les chagrins qui l'avaient fêlée au cours de la vie.

Était-ce d'ailleurs uniquement la voix qui, parce qu'elle était seule, me donnait cette impression nouvelle qui me déchirait? Non pas; mais plutôt que cet isolement de la voix était comme un symbole, une évocation, un effet direct d'un autre isolement, celui de ma grand'mère, pour la première fois séparée de moi. Les commandements ou défenses qu'elle m'adressait à tout moment dans l'ordinaire de la vie, l'ennui de l'obéissance ou la fièvre de la rébellion qui neutralisaient la tendresse que j'avais pour elle, étaient supprimés en ce moment et même pouvaient l'être pour l'avenir (puisque ma grand'mère n'exigeait plus de m'avoir près d'elle sous sa loi, était en train de me dire son espoir que je resterais tout à fait à Doncières, ou en tout cas que j'y prolongerais mon séjour le plus longtemps possible, ma santé et mon travail pouvant s'en bien trouver); aussi, ce que j'avais sous cette petite cloche approchée de mon oreille, c'était, débarrassée des pressions opposées qui chaque jour lui avaient fait contrepoids, et dès lors irrésistible, me soulevant tout entier, notre mutuelle tendresse. Ma grand'mère, en me disant de rester, me donna un besoin anxieux et fou de revenir. Cette liberté qu'elle me laissait désormais, et à laquelle je n'avais jamais entrevu qu'elle pût consentir, me parut tout d'un coup aussi triste que pourrait être ma liberté après sa mort (quand je l'aimerais encore et qu'elle aurait à jamais renoncé à moi). Je criais: «Grand'mère, grand'mère», et j'aurais voulu l'embrasser; mais je n'avais près de moi que cette voix, fantôme aussi impalpable que celui qui reviendrait peut-être, me visiter quand ma grand'mère serait morte. «Parle-moi»; mais alors il arriva que, me laissant plus seul encore, je cessai tout d'un coup de percevoir cette voix. Ma grand'mère ne m'entendait plus, elle n'était plus en communication avec moi, nous avions cessé d'être en face l'un de l'autre, d'être l'un pour l'autre audibles, je continuais à l'interpeller en tâtonnant dans la nuit, sentant que des appels d'elle aussi devaient s'égarer. Je palpitais de la même angoisse que, bien loin dans le passé, j'avais éprouvée autrefois, un jour que petit enfant, dans une foule, je l'avais perdue, angoisse moins de ne pas la retrouver que de sentir qu'elle me cherchait, de sentir qu'elle se disait que je la cherchais; angoisse assez semblable à celle que j'éprouverais le jour où on parle à ceux qui ne peuvent plus répondre et de qui on voudrait au moins tant faire entendre tout ce qu'on ne leur a pas dit, et l'assurance qu'on ne souffre pas. Il me semblait que c'était déjà une ombre chérie que je venais de laisser se perdre parmi les ombres, et seul devant l'appareil, je continuais à répéter en vain: «Grand'mère, grand'mère», comme Orphée, resté seul, répète le nom de la morte. Je me décidais à quitter la poste, à aller retrouver Robert à son restaurant pour lui dire que, allant peut-être recevoir une dépêche qui m'obligerait à revenir, je voudrais savoir à tout hasard l'horaire des trains. Et pourtant, avant de prendre cette résolution, j'aurais voulu une dernière fois invoquer les Filles de la Nuit, les Messagères de la parole, les Divinités sans visage; mais les capricieuses Gardiennes n'avaient plus voulu ouvrir les portes merveilleuses, ou sans doute elles ne le purent pas; elles eurent beau invoquer inlassablement, selon leur coutume, le vénérable inventeur de l'imprimerie et le jeune prince amateur de peinture impressionniste et chauffeur (lequel était neveu du capitaine de Borodino), Gutenberg et Wagram laissèrent leurs supplications sans réponse et je partis, sentant que l'Invisible sollicité resterait sourd.

En arrivant auprès de Robert et de ses amis, je ne leur avouai pas que mon coeur n'était plus avec eux, que mon départ était déjà irrévocablement décidé. Saint-Loup parut me croire, mais j'ai su depuis qu'il avait, dès la première minute, compris que mon incertitude était simulée, et que le lendemain il ne me retrouverait pas. Tandis que, laissant les plats refroidir auprès d'eux, ses amis cherchaient avec lui dans l'indicateur le train que je pourrais prendre pour rentrer à Paris, et qu'on entendait dans la nuit étoilée et froide les sifflements des locomotives, je n'éprouvais certes plus la même paix que m'avaient donnée ici tant de soirs l'amitié des uns, le passage lointain des autres. Ils ne manquaient pas pourtant, ce soir, sous une autre forme à ce même office.

Mon départ m'accabla moins quand je ne fus plus obligé d'y penser seul, quand je sentis employer à ce qui s'effectuait l'activité plus normale et plus saine de mes énergiques amis, les camarades de Robert, et de ces autres êtres forts, les trains dont l'allée et venue, matin et soir, de Doncières à Paris, émiettait rétrospectivement ce qu'avait de trop compact et insoutenable mon long isolement d'avec ma grand'mère, en des possibilités quotidiennes de retour.

—Je ne doute pas de la vérité de tes paroles et que tu ne comptes pas partir encore, me dit en riant Saint-Loup, mais fais comme si tu partais et viens me dire adieu demain matin de bonne heure, sans cela je cours le risque de ne pas te revoir; je déjeune justement en ville, le capitaine m'a donné l'autorisation; il faut que je sois rentré à deux heures au quartier car on va en marche toute la journée. Sans doute, le seigneur chez qui je déjeune, à trois kilomètres d'ici, me ramènera à temps pour être au quartier à deux heures.

A peine disait-il ces mots qu'on vint me chercher de mon hôtel; on m'avait demandé de la poste au téléphone. J'y courus car elle allait fermer. Le mot interurbain revenait sans cesse dans les réponses que me donnaient les employés. J'étais au comble de l'anxiété car c'était ma grand'mère qui me demandait. Le bureau allait fermer. Enfin j'eus la communication. «C'est toi, grand'mère?» Une voix de femme avec un fort accent anglais me répondit: «Oui, mais je ne reconnais pas votre voix.» Je ne reconnaissais pas davantage la voix qui me parlait, puis ma grand'mère ne me disait pas «vous». Enfin tout s'expliqua. Le jeune homme que sa grand'mère avait fait demander au téléphone portait un nom presque identique au mien et habitait une annexe de l'hôtel. M'interpellant le jour même où j'avais voulu téléphoner à ma grand'mère, je n'avais pas douté un seul instant que ce fût elle qui me demandât. Or c'était par une simple coïncidence que la poste et l'hôtel venaient de faire une double erreur.

Le lendemain matin, je me mis en retard, je ne trouvai pas Saint-Loup déjà parti pour déjeuner dans ce château voisin. Vers une heure et demie, je me préparais à aller à tout hasard au quartier pour y être dès son arrivée, quand, en traversant une des avenues qui y conduisait, je vis, dans la direction même où j'allais, un tilbury qui, en passant près de moi, m'obligea à me garer; un sous-officier le conduisait le monocle à l'oeil, c'était Saint-Loup. A côté de lui était l'ami chez qui il avait déjeuné et que j'avais déjà rencontré une fois à l'hôtel où Robert dînait. Je n'osais pas appeler Robert comme il n'était pas seul, mais voulant qu'il s'arrêtât pour me prendre avec lui, j'attirai son attention par un grand salut qui était censé motivé par la présence d'un inconnu. Je savais Robert myope, j'aurais pourtant cru que, si seulement il me voyait, il ne manquerait pas de me reconnaître; or, il vit bien le salut et le rendit, mais sans s'arrêter; et, s'éloignant à toute vitesse, sans un sourire, sans qu'un muscle de sa physionomie bougeât, il se contenta de tenir pendant deux minutes sa main levée au bord de son képi, comme il eût répondu à un soldat qu'il n'eût pas connu. Je courus jusqu'au quartier, mais c'était encore loin; quand j'arrivai, le régiment se formait dans la cour où on ne me laissa pas rester, et j'étais désolé de n'avoir pu dire adieu à Saint-Loup; je montai à sa chambre, il n'y était plus; je pus m'informer de lui à un groupe de soldats malades, des recrues dispensées de marche, le jeune bachelier, un ancien, qui regardaient le régiment se former.

—Vous n'avez pas vu le maréchal des logis Saint-Loup? demandai-je.

—Monsieur, il est déjà descendu, dit l'ancien.

—Je ne l'ai pas vu, dit le bachelier.

—Tu ne l'as pas vu, dit l'ancien, sans plus s'occuper de moi, tu n'as pas vu notre fameux Saint-Loup, ce qu'il dégotte avec son nouveau phalzard! Quand le capiston va voir ça, du drap d'officier!

—Ah! tu en as des bonnes, du drap d'officier, dit le jeune bachelier qui, malade à la chambre, n'allait pas en marche et s'essayait non sans une certaine inquiétude à être hardi avec les anciens. Ce drap d'officier, c'est du drap comme ça.

—Monsieur? demanda avec colère l'«ancien» qui avait parlé du phalzard.

Il était indigné que le jeune bachelier mît en doute que ce phalzard fût en drap d'officier, mais, Breton, né dans un village qui s'appelle Penguern-Stereden, ayant appris le français aussi difficilement que s'il eût été Anglais ou Allemand, quand il se sentait possédé par une émotion, il disait deux ou trois fois «monsieur» pour se donner le temps de trouver ses paroles, puis après cette préparation il se livrait à son éloquence, se contentant de répéter quelques mots qu'il connaissait mieux que les autres, mais sans hâte, en prenant ses précautions contre son manque d'habitude de la prononciation.

—Ah! c'est du drap comme ça? reprit-il, avec une colère dont s'accroissaient progressivement l'intensité et la lenteur de son débit. Ah! c'est du drap comme ça? quand je te dis que c'est du drap d'officier, quand je-te-le-dis, puisque je-te-le-dis, c'est que je le sais, je pense.

—Ah! alors, dit le jeune bachelier vaincu par cette argumentation. C'est pas à nous qu'il faut faire des boniments à la noix de coco.

—Tiens, v'là justement le capiston qui passe. Non, mais regarde un peu Saint-Loup; c'est ce coup de lancer la jambe; et puis sa tête. Dirait-on un sous-off? Et le monocle; ah! il va un peu partout.

Je demandai à ces soldats que ma présence ne troublait pas à regarder aussi par la fenêtre. Ils ne m'en empêchèrent pas, ni ne se dérangèrent. Je vis le capitaine de Borodino passer majestueusement en faisant trotter son cheval, et semblant avoir l'illusion qu'il se trouvait à la bataille d'Austerlitz. Quelques passants étaient assemblés devant la grille du quartier pour voir le régiment sortir. Droit sur son cheval, le visage un peu gras, les joues d'une plénitude impériale, l'oeil lucide, le Prince devait être le jouet de quelque hallucination comme je l'étais moi-même chaque fois qu'après le passage du tramway le silence qui suivait son roulement me semblait parcouru et strié par une vague palpitation musicale. J'étais désolé de ne pas avoir dit adieu à Saint-Loup, mais je partis tout de même, car mon seul souci était de retourner auprès de ma grand'mère: jusqu'à ce jour, dans cette petite ville, quand je pensais à ce que ma grand-mère faisait seule, je me la représentais telle qu'elle était avec moi, mais en me supprimant, sans tenir compte des effets sur elle de cette suppression; maintenant, j'avais à me délivrer au plus vite, dans ses bras, du fantôme, insoupçonné jusqu'alors et soudain évoqué par sa voix, d'une grand'mère réellement séparée de moi, résignée, ayant, ce que je ne lui avais encore jamais connu, un âge, et qui venait de recevoir une lettre de moi dans l'appartement vide où j'avais déjà imaginé maman quand j'étais parti pour Balbec.

Hélas, ce fantôme-là, ce fut lui que j'aperçus quand, entré au salon sans que ma grand'mère fût avertie de mon retour, je la trouvai en train de lire. J'étais là, ou plutôt je n'étais pas encore là puisqu'elle ne le savait pas, et, comme une femme qu'on surprend en trahi de faire un ouvrage qu'elle cachera si on entre, elle était livrée à des pensées qu'elle n'avait jamais montrées devant moi. De moi—par ce privilège qui ne dure pas et où nous avons, pendant le court instant du retour, la faculté d'assister brusquement à notre propre absence—il n'y avait là que le témoin, l'observateur, en chapeau et manteau de voyage, l'étranger qui n'est pas de la maison, le photographe qui vient prendre un cliché des lieux qu'on ne reverra plus. Ce qui, mécaniquement, se fit à ce moment dans mes yeux quand j'aperçus ma grand'mère, ce fut bien une photographie. Nous ne voyons jamais les êtres chéris que dans le système animé, le mouvement perpétuel de notre incessante tendresse, laquelle, avant de laisser les images que nous présente leur visage arriver jusqu'à nous, les prend dans son tourbillon, les rejette sur l'idée que nous nous faisons d'eux depuis toujours, les fait adhérer à elle, coïncider avec elle. Comment, puisque le front, les joues de ma grand'mère, je leur faisais signifier ce qu'il y avait de plus délicat et de plus permanent dans son esprit, comment, puisque tout regard habituel est une nécromancie et chaque visage qu'on aime le miroir du passé, comment n'en eussé-je pas omis ce qui en elle avait pu s'alourdir et changer, alors que, même dans les spectacles les plus indifférents de la vie, notre oeil, chargé de pensée, néglige, comme ferait une tragédie classique, toutes les images qui ne concourent pas à l'action et ne retient que celles qui peuvent en rendre intelligible le but? Mais qu'au lieu de notre oeil ce soit un objectif purement matériel, une plaque photographique, qui ait regardé, alors ce que nous verrons, par exemple dans la cour de l'Institut, au lieu de la sortie d'un académicien qui veut appeler un fiacre, ce sera sa titubation, ses précautions pour ne pas tomber en arrière, la parabole de sa chute, comme s'il était ivre ou que le sol fût couvert de verglas.

Il en est de même quand quelque cruelle ruse du hasard empêche notre intelligente et pieuse tendresse d'accourir à temps pour cacher à nos regards ce qu'ils ne doivent jamais contempler, quand elle est devancée par eux qui, arrivés les premiers sur place et laissés à eux-mêmes, fonctionnent mécaniquement à la façon de pellicules, et nous montrent, au lieu de l'être aimé qui n'existe plus depuis longtemps mais dont elle n'avait jamais voulu que la mort nous fût révélée, l'être nouveau que cent fois par jour elle revêtait d'une chère et menteuse ressemblance. Et, comme un malade qui ne s'était pas regardé depuis longtemps, et composant à tout moment le visage qu'il ne voit pas d'après l'image idéale qu'il porte de soi-même dans sa pensée, recule en apercevant dans une glace, au milieu d'une figure aride et déserte, l'exhaussement oblique et rose d'un nez gigantesque comme une pyramide d'Égypte, moi pour qui ma grand'mère c'était encore moi-même, moi qui ne l'avais jamais vue que dans mon âme, toujours à la même place du passé, à travers la transparence des souvenirs contigus et superposés, tout d'un coup, dans notre salon qui faisait partie d'un monde nouveau, celui du temps, celui où vivent les étrangers dont on dit «il vieillit bien», pour la première fois et seulement pour un instant, car elle disparut bien vite, j'aperçus sur le canapé, sous la lampe, rouge, lourde et vulgaire, malade, rêvassant, promenant au-dessus d'un livre des yeux un peu fous, une vieille femme accablée que je ne connaissais pas.

A ma demande d'aller voir les Elstirs de Mme de Guermantes, Saint-Loup m'avait dit: «Je réponds pour elle.» Et malheureusement, en effet, pour elle ce n'était que lui qui avait répondu. Nous répondons aisément des autres quand, disposant dans notre pensée les petites images qui les figurent, nous faisons manoeuvrer celles-ci à notre guise. Sans doute même à ce moment-là nous tenons compte des difficultés provenant de la nature de chacun, différente de la nôtre, et nous ne manquons pas d'avoir recours à tel ou tel moyen d'action puissant sur elle, intérêt, persuasion, émoi, qui neutralisera des penchants contraires. Mais ces différences d'avec notre nature, c'est encore notre nature qui les imagine; ces difficultés, c'est nous qui les levons; ces mobiles efficaces, c'est nous qui les dosons. Et quand les mouvements que dans notre esprit nous avons fait répéter à l'autre personne, et qui la font agir à notre gré, nous voulons les lui faire exécuter dans la vie, tout change, nous nous heurtons à des résistances imprévues qui peuvent être invincibles. L'une des plus fortes est sans doute celle que peut développer en une femme qui n'aime pas, le dégoût que lui inspire, insurmontable et fétide, l'homme qui l'aime: pendant les longues semaines que Saint-Loup resta encore sans venir à Paris, sa tante, à qui je ne doutai pas qu'il eût écrit pour la supplier de le faire, ne me demanda pas une fois de venir chez elle voir les tableaux d'Elstir.

Je reçus des marques de froideur de la part d'une autre personne de la maison. Ce fut de Jupien. Trouvait-il que j'aurais dû entrer lui dire bonjour, à mon retour de Doncières, avant même de monter chez moi? Ma mère me dit que non, qu'il ne fallait pas s'étonner. Françoise lui avait dit qu'il était ainsi, sujet à de brusques mauvaises humeurs, sans raison. Cela se dissipait toujours au bout de peu de temps.

Cependant l'hiver finissait. Un matin, après quelques semaines de giboulées et de tempêtes, j'entendis dans ma cheminée—au lieu du vent informe, élastique et sombre qui me secouait de l'envie d'aller au bord de la mer—le roucoulement des pigeons qui nichaient dans la muraille: irisé, imprévu comme une première jacinthe déchirant doucement son coeur nourricier pour qu'en jaillît, mauve et satinée, sa fleur sonore, faisant entrer comme une fenêtre ouverte, dans ma chambre encore fermée et noire, la tiédeur, l'éblouissement, la fatigue d'un premier beau jour. Ce matin-là, je me surpris à fredonner un air de café-concert que j'avais oublié depuis l'année où j'avais dû aller à Florence et à Venise. Tant l'atmosphère, selon le hasard des jours, agit profondément sur notre organisme et tire des réserves obscures où nous les avions oubliées les mélodies inscrites que n'a pas déchiffrées notre mémoire. Un rêveur plus conscient accompagna bientôt ce musicien que j'écoutais en moi, sans même avoir reconnu tout de suite ce qu'il jouait.

Je sentais bien que les raisons n'étaient pas particulières à Balbec pour lesquelles, quand j'y étais arrivé, je n'avais plus trouvé à son église le charme qu'elle avait pour moi avant que je la connusse; qu'à Florence, à Parme ou à Venise, mon imagination ne pourrait pas davantage se substituer à mes yeux pour regarder. Je le sentais. De même, un soir du 1er janvier, à la tombée de la nuit, devant une colonne d'affiches, j'avais découvert l'illusion qu'il y a à croire que certains jours de fête différent essentiellement des autres. Et pourtant je ne pouvais pas empêcher que le souvenir du temps pendant lequel j'avais cru passer à Florence la semaine sainte ne continuât à faire d'elle comme l'atmosphère de la cité des Fleurs, à donner à la fois au jour de Pâques quelque chose de florentin, et à Florence quelque chose de pascal. La semaine de Pâques était encore loin; mais dans la rangée des jours qui s'étendait devant moi, les jours saints se détachaient plus clairs au bout des jours mitoyens. Touchés d'un rayon comme certaines maisons d'un village qu'on aperçoit au loin dans un effet d'ombre et de lumière, ils retenaient sur eux tout le soleil.

Le temps était devenu plus doux. Et mes parents eux-mêmes, en me conseillant de me promener, me fournissaient un prétexte à continuer mes sorties du matin. J'avais voulu les cesser parce que j'y rencontrais Mme de Guermantes. Mais c'est à cause de cela même que je pensais tout le temps à ces sorties, ce qui me faisait trouver à chaque instant une raison nouvelle de les faire, laquelle n'avait aucun rapport avec Mme de Guermantes et me persuadait aisément que, n'eût-elle pas existé, je n'en eusse pas moins manqué de me promener à cette même heure.

Hélas! si pour moi rencontrer toute autre personne qu'elle eût été indifférent, je sentais que, pour elle, rencontrer n'importe qui excepté moi eût été supportable. Il lui arrivait, dans ses promenades matinales, de recevoir le salut de bien des sots et qu'elle jugeait tels. Mais elle tenait leur apparition sinon pour une promesse de plaisir, du moins pour un effet du hasard. Et elle les arrêtait quelquefois car il y a des moments où on a besoin de sortir de soi, d'accepter l'hospitalité de l'âme des autres, à condition que cette âme, si modeste et laide soit-elle, soit une âme étrangère, tandis que dans mon coeur elle sentait avec exaspération que ce qu'elle eût retrouvé, c'était elle. Aussi, même quand j'avais pour prendre le même chemin une autre raison que de la voir, je tremblais comme un coupable au moment où elle passait; et quelquefois, pour neutraliser ce que mes avances pouvaient avoir d'excessif, je répondais à peine à son salut, ou je la fixais du regard sans la saluer, ni réussir qu'à l'irriter davantage et à faire qu'elle commença en plus à me trouver insolent et mal élevé.

Elle avait maintenant des robes plus légères, ou du moins plus claires, et descendait la rue où déjà, comme si c'était le printemps, devant les étroites boutiques intercalées entre les vastes façades des vieux hôtels aristocratiques, à l'auvent de la marchande de beurre, de fruits, de légumes, des stores étaient tendus contre le soleil. Je me disais que la femme que je voyais de loin marcher, ouvrir son ombrelle, traverser la rue, était, de l'avis des connaisseurs, la plus grande artiste actuelle dans l'art d'accomplir ces mouvements et d'en faire quelque chose de délicieux. Cependant elle s'avançait ignorante de cette réputation éparse; son corps étroit, réfractaire et qui n'en avait rien absorbé était obliquement cambré sous une écharpe de surah violet; ses yeux maussades et clairs regardaient distraitement devant elle et m'avaient peut-être aperçu; elle mordait le coin de sa lèvre; je la voyais redresser son manchon, faire l'aumône à un pauvre, acheter un bouquet de violettes à une marchande, avec la même curiosité que j'aurais eue à regarder un grand peintre donner des coups de pinceau. Et quand, arrivée à ma hauteur, elle me faisait un salut auquel s'ajoutait parfois un mince sourire, c'était comme si elle eût exécuté pour moi, en y ajoutant une dédicace, un lavis qui était un chef-d'oeuvre. Chacune de ses robes m'apparaissait comme une ambiance naturelle, nécessaire, comme la projection d'un aspect particulier de son âme. Un de ces matins de carême où elle allait déjeuner en ville, je la rencontrai dans une robe d'un velours rouge clair, laquelle était légèrement échancrée au cou. Le visage de Mme de Guermantes paraissait rêveur sous ses cheveux blonds. J'étais moins triste que d'habitude parce que la mélancolie de son expression, l'espèce de claustration que la violence de la couleur mettait autour d'elle et le reste du monde, lui donnaient quelque chose de malheureux et de solitaire qui me rassurait. Cette robe me semblait la matérialisation autour d'elle des rayons écarlates d'un coeur que je ne lui connaissais pas et que j'aurais peut-être pu consoler; réfugiée dans la lumière mystique de l'étoffe aux flots adoucis elle me faisait penser à quelque sainte des premiers âges chrétiens. Alors j'avais honte d'affliger par ma vue cette martyre. «Mais après tout la rue est à tout le monde.»

«La rue est à tout le monde», reprenais-je en donnant à ces mots un sens différent et en admirant qu'en effet dans la rue populeuse souvent mouillée de pluie, et qui devenait précieuse comme est parfois la rue dans les vieilles cités de l'Italie, la duchesse de Guermantes mêlât à la vie publique des moments de sa vie secrète, se montrant ainsi à chacun, mystérieuse, coudoyée de tous, avec la splendide gratuité des grands chefs-d'oeuvre. Comme je sortais le matin après être resté éveillé toute la nuit, l'après-midi, mes parents me disaient de me coucher un peu et de chercher le sommeil. Il n'y a pas besoin pour savoir le trouver de beaucoup de réflexion, mais l'habitude y est très utile et même l'absence de la réflexion. Or, à ces heures-là, les deux me faisaient défaut. Avant de m'endormir je pensais si longtemps que je ne le pourrais, que, même endormi, il me restait un peu de pensée. Ce n'était qu'une lueur dans la presque obscurité, mais elle suffisait pour faire se refléter dans mon sommeil, d'abord l'idée que je ne pourrais dormir, puis, reflet de ce reflet, l'idée que c'était en dormant que j'avais eu l'idée que je ne dormais pas, puis, par une réfraction nouvelle, mon éveil ... à un nouveau somme où je voulais raconter à des amis qui étaient entrés dans ma chambre que, tout à l'heure en dormant, j'avais cru que je ne dormais pas. Ces ombres étaient à peine distinctes; il eût fallu une grande et bien vaine délicatesse de perception pour les saisir.

Ainsi plus tard, à Venise, bien après le coucher du soleil, quand il semble qu'il fasse tout à fait nuit, j'ai vu, grâce à l'écho invisible pourtant d'une dernière note de lumière indéfiniment tenue sur les canaux comme par l'effet de quelque pédale optique, les reflets des palais déroulés comme à tout jamais en velours plus noir sur le gris crépusculaire des eaux. Un de mes rêves était la synthèse de ce que mon imagination avait souvent cherché à se représenter, pendant la veille, d'un certain paysage marin et de son passé médiéval. Dans mon sommeil je voyais une cité gothique au milieu d'une mer aux flots immobilisés comme sur un vitrail. Un bras de mer divisait en deux la ville; l'eau verte s'étendait à mes pieds; elle baignait sur la rive opposée une église orientale, puis des maisons qui existaient encore dans le XIVe siècle, si bien qu'aller vers elles, c'eût été remonter le cours des âges. Ce rêve où la nature avait appris l'art, où la mer était devenue gothique, ce rêve où je désirais, où je croyais aborder à l'impossible, il me semblait l'avoir déjà fait souvent. Mais comme c'est le propre de ce qu'on imagine en dormant de se multiplier dans le passé, et de paraître, bien qu'étant nouveau, familier, je crus m'être trompé. Je m'aperçus au contraire que je faisais en effet souvent ce rêve.

Les amoindrissements mêmes qui caractérisent le sommeil se reflétaient dans le mien, mais d'une façon symbolique: je ne pouvais pas dans l'obscurité distinguer le visage des amis qui étaient là, car on dort les yeux fermés; moi qui me tenais sans fin des raisonnements verbaux en rêvant, dès que je voulais parler à ces amis je sentais le son s'arrêter dans ma gorge, car on ne parle pas distinctement dans le sommeil; je voulais aller à eux et je ne pouvais pas déplacer mes jambes, car on n'y marche pas non plus; et tout à coup, j'avais honte de paraître devant eux, car on dort déshabillé. Telle, les yeux aveugles, les lèvres scellées, les jambes liées, le corps nu, la figure du sommeil que projetait mon sommeil lui-même avait l'air de ces grandes figures allégoriques où Giotto a représenté l'Envie avec un serpent dans la bouche, et que Swann m'avait données.

Saint-Loup vint à Paris pour quelques heures seulement. Tout en m'assurant qu'il n'avait pas eu l'occasion de parler de moi à sa cousine: «Elle n'est pas gentille du tout, Oriane, me dit-il, en se trahissant naïvement, ce n'est plus mon Oriane d'autrefois, on me l'a changée. Je t'assure qu'elle ne vaut pas la peine que tu t'occupes d'elle. Tu lui fais beaucoup trop d'honneur. Tu ne veux pas que je te présente à ma cousine Poictiers? ajouta-t-il sans se rendre compte que cela ne pourrait me faire aucun plaisir. Voilà une jeune femme intelligente et qui te plairait. Elle a épousé mon cousin, le duc de Poictiers, qui est un bon garçon, mais un peu simple pour elle. Je lui ai parlé de toi. Elle m'a demandé de t'amener. Elle est autrement jolie qu'Oriane et plus jeune. C'est quelqu'un de gentil, tu sais, c'est quelqu'un de bien.» C'étaient des expressions nouvellement—d'autant plus ardemment—adoptées par Robert et qui signifiaient qu'on avait une nature délicate: «Je ne te dis pas qu'elle soit dreyfusarde, il faut aussi tenir compte de son milieu, mais enfin elle dit: «S'il était innocent quelle horreur ce serait qu'il fût à l'île du Diable.» Tu comprends, n'est-ce pas? Et puis enfin c'est une personne qui fait beaucoup pour ses anciennes institutrices, elle a défendu qu'on les fasse monter par l'escalier de service. Je t'assure, c'est quelqu'un de très bien. Dans le fond Oriane ne l'aime pas parce qu'elle la sent plus intelligente.»

Quoique absorbée par la pitié que lui inspirait un valet de pied des Guermantes—lequel ne pouvait aller voir sa fiancée même quand la Duchesse était sortie car cela eût été immédiatement rapporté par la loge—Françoise fut navrée de ne s'être pas trouvée là au moment de la visite de Saint-Loup, mais c'est qu'elle maintenant en faisait aussi. Elle sortait infailliblement les jours où j'avais besoin d'elle. C'était toujours pour aller voir son frère, sa nièce, et surtout sa propre fille arrivée depuis peu à Paris. Déjà la nature familiale de ces visites que faisait Françoise ajoutait à mon agacement d'être privé de ses services, car je prévoyais qu'elle parlerait de chacune comme d'une de ces choses dont on ne peut se dispenser, selon les lois enseignées à Saint-André-des-Champs. Aussi je n'écoutais jamais ses excuses sans une mauvaise humeur fort injuste et à laquelle venait mettre le comble la manière dont Françoise disait non pas: «j'ai été voir mon frère, j'ai été voir ma nièce», mais: «j'ai été voir le frère, je suis entrée «en courant» donner le bonjour à la nièce (ou à ma nièce la bouchère)». Quant à sa fille, Françoise eût voulu la voir retourner à Combray. Mais la nouvelle Parisienne, usant, comme une élégante, d'abréviatifs, mais vulgaires, elle disait que la semaine qu'elle devrait aller passer à Combray lui semblerait bien longue sans avoir seulement «l'Intran». Elle voulait encore moins aller chez la soeur de Françoise dont la province était montagneuse, car «les montagnes, disait la fille de Françoise en donnant à «intéressant» un sens affreux et nouveau, ce n'est guère intéressant». Elle ne pouvait se décider à retourner à Méséglise où «le monde est si bête», où, au marché, les commères, les «pétrousses» se découvriraient un cousinage avec elle et diraient: «Tiens, mais c'est-il pas la fille au défunt Bazireau?» Elle aimerait mieux mourir que de retourner se fixer là-bas, «maintenant qu'elle avait goûté à la vie de Paris», et Françoise, traditionaliste, souriait pourtant avec complaisance à l'esprit d'innovation qu'incarnait la nouvelle «Parisienne» quand elle disait: «Eh bien, mère, si tu n'as pas ton jour de sortie, tu n'as qu'à m'envoyer un pneu.»

Le temps était redevenu froid. «Sortir? pourquoi? pour prendre la crève», disait Françoise qui aimait mieux rester à la maison pendant la semaine que sa fille, le frère et la bouchère étaient allés passer à Combray. D'ailleurs, dernière sectatrice en qui survécût obscurément la doctrine de ma tante Léonie—sachant la physique,—Françoise ajoutait en parlant de ce temps hors de saison: «C'est le restant de la colère de Dieu!» Mais je ne répondais à ses plaintes que par un sourire plein de langueur, d'autant plus indifférent à ces prédictions que, de toutes manières, il ferait beau pour moi; déjà je voyais briller le soleil du matin sur la colline de Fiesole, je me chauffais à ses rayons; leur force m'obligeait à ouvrir et à fermer à demi les paupières, en souriant, et, comme des veilleuses d'albâtre, elles se remplissaient d'une lueur rose. Ce n'était pas seulement les cloches qui revenaient d'Italie, l'Italie était venue avec elles. Mes mains fidèles ne manqueraient pas de fleurs pour honorer l'anniversaire du voyage que j'avais dû faire jadis, car depuis qu'à Paris le temps était redevenu froid, comme une autre année au moment de nos préparatifs de départ à la fin du carême, dans l'air liquide et glacial qui les baignait les marronniers, les platanes des boulevards, l'arbre de la cour de notre maison, entr'ouvraient déjà leurs feuilles comme dans une coupe d'eau pure les narcisses, les jonquilles, les anémones du Ponte-Vecchio.

Mon père nous avait raconté qu'il savait maintenant par A.J. où allait M. de Noirpois quand il le rencontrait dans la maison.

—C'est chez Mme de Villeparisis, il la connaît beaucoup, je n'en savais rien. Il paraît que c'est une personne délicieuse, une femme supérieure. Tu devrais aller la voir, me dit-il. Du reste, j'ai été très étonné. Il m'a parlé de M. de Guermantes comme d'un homme tout à fait distingué: je l'avais toujours pris pour une brute. Il paraît qu'il sait infiniment de choses, qu'il a un goût parfait, il est seulement très fier de son nom et de ses alliances. Mais du reste, au dire de Noirpois, sa situation est énorme, non seulement ici, mais partout en Europe. Il paraît que l'empereur d'Autriche, l'empereur de Russie le traitent tout à fait en ami. Le père Noirpois m'a dit que Mme de Villeparisis t'aimait beaucoup et que tu ferais dans son salon la connaissance de gens intéressants. Il m'a fait un grand éloge de toi, tu le retrouveras chez elle et il pourrait être pour toi d'un bon conseil même si tu dois écrire. Car je vois que tu ne feras pas autre chose. On peut trouver cela une belle carrière, moi ce n'est pas ce que j'aurais préféré pour toi, mais tu seras bientôt un homme, nous ne serons pas toujours auprès de toi, et il ne faut pas que nous t'empêchions de suivre ta vocation.

Si, au moins, j'avais pu commencer à écrire! Mais quelles que fussent les conditions dans lesquelles j'abordasse ce projet (de même, hélas! que celui de ne plus prendre d'alcool, de me coucher de bonne heure, de dormir, de me bien porter), que ce fût avec emportement, avec méthode, avec plaisir, en me privant d'une promenade, en l'ajournant et en la réservant comme récompense, en profitant d'une heure de bonne santé, en utilisant l'inaction forcée d'un jour de maladie, ce qui finissait toujours par sortir de mes efforts, c'était une page blanche, vierge de toute écriture, inéluctable comme cette carte forcée que dans certains tours on finit fatalement par tirer, de quelque façon qu'on eût préalablement brouillé le jeu. Je n'étais que l'instrument d'habitudes de ne pas travailler, de ne pas me coucher, de ne pas dormir, qui devaient se réaliser coûte que coûte; si je ne leur résistais pas, si je me contentais du prétexte qu'elles tiraient de la première circonstance venue que leur offrait ce jour-là pour les laisser agir à leur guise, je m'en tirais sans trop de dommage, je reposais quelques heures tout de même, à la fin de la nuit, je lisais un peu, je ne faisais pas trop d'excès; mais si je voulais les contrarier, si je prétendais entrer tôt dans mon lit, ne boire que de l'eau, travailler, elles s'irritaient, elles avaient recours aux grands moyens, elles me rendaient tout à fait malade, j'étais obligé de doubler la dose d'alcool, je ne me mettais pas au lit de deux jours, je ne pouvais même plus lire, et je me promettais une autre fois d'être plus raisonnable, c'est-à-dire moins sage, comme une victime qui se laisse voler de peur, si elle résiste, d'être assassinée.

Mon père dans l'intervalle avait rencontré une fois ou deux M. de Guermantes, et maintenant que M. de Norpois lui avait dit que le duc était un homme remarquable, il faisait plus attention à ses paroles. Justement ils parlèrent, dans la cour, de Mme de Villeparisis. «Il m'a dit que c'était sa tante; il prononce Viparisi. Il m'a dit qu'elle était extraordinairement intelligente. Il a même ajouté qu'elle tenait un *bureau d'esprit*», ajouta mon père impressionné par le vague de cette expression qu'il avait bien lue une ou deux fois dans des Mémoires, mais à laquelle il n'attachait pas un sens précis. Ma mère avait tant de respect pour lui que, le voyant ne pas trouver indifférent que Mme de Villeparisis tînt bureau d'esprit, elle jugea que ce fait était de quelque conséquence. Bien que par ma grand'mère elle sût de tout temps ce que valait exactement la marquise, elle s'en fit immédiatement une idée plus avantageuse. Ma grand'mère, qui était un peu souffrante, ne fut pas d'abord favorable à la visite, puis s'en désintéressa. Depuis que nous habitions notre nouvel appartement, Mme de Villeparisis lui avait demandé plusieurs fois d'aller la voir. Et toujours ma grand'mère avait répondu qu'elle ne sortait pas en ce moment, dans une de ces lettres que, par une habitude nouvelle et que nous ne comprenions pas, elle ne cachetait plus jamais elle-même et laissait à Françoise le soin de fermer. Quant à moi, sans bien me représenter ce «bureau d'esprit», je n'aurais pas été très étonné de trouver la vieille dame de Balbec installée devant un «bureau», ce qui, du reste, arriva.

Mon père aurait bien voulu par surcroît savoir si l'appui de l'Ambassadeur lui vaudrait beaucoup de voix à l'Institut où il comptait se présenter comme membre libre. A vrai dire, tout en n'osant pas douter de l'appui de M. de Norpois, il n'avait pourtant pas de certitude. Il avait cru avoir affaire à de mauvaises langues quand on lui avait dit au ministère que M. de Norpois désirant être seul à y représenter l'Institut, ferait tous les obstacles possibles à une candidature qui, d'ailleurs, le gênerait particulièrement en ce moment où il en soutenait une autre. Pourtant, quand M. Leroy-Beaulieu lui avait conseillé de se présenter et avait supputé ses chances, avait-il été impressionné de voir que, parmi les collègues sur qui il pouvait compter en cette circonstance, l'éminent économiste n'avait pas cité M. de Norpois. Mon père n'osait poser directement la question à l'ancien ambassadeur mais espérait que je reviendrais de chez Mme de Villeparisis avec son élection faite. Cette visite était imminente. La propagande de M. de Norpois, capable en effet d'assurer à mon père les deux tiers de l'Académie, lui paraissait d'ailleurs d'autant plus probable que l'obligeance de l'Ambassadeur était proverbiale, les gens qui l'aimaient le moins reconnaissant que personne n'aimait autant que lui à rendre service. Et, d'autre part, au ministère sa protection s'étendait sur mon père d'une façon beaucoup plus marquée que sur tout autre fonctionnaire.

Mon père fit une autre rencontre mais qui, celle-là, lui causa un étonnement, puis une indignation extrêmes. Il passa dans la rue près de Mme Sazerat, dont la pauvreté relative réduisait la vie à Paris à de rares séjours chez une amie. Personne autant que Mme Sazerat n'ennuyait mon père, au point que maman était obligée une fois par an de lui dire d'une voix douce et suppliante: «Mon ami, il faudrait bien que j'invite une fois Mme Sazerat, elle ne restera pas tard» et même: «Écoute, mon ami, je vais te demander un grand sacrifice, va faire une petite visite à Mme Sazerat. Tu sais que je n'aime pas t'ennuyer, mais ce serait si gentil de ta part.» Mon père riait, se fâchait un peu, et allait faire cette visite. Malgré donc que Mme Sazerat ne le divertît pas, mon père, la rencontrant, alla vers elle en se découvrant, mais, à sa profonde surprise, Mme Sazerat se contenta d'un salut glacé, forcé par la politesse envers quelqu'un qui est coupable d'une mauvaise action ou est condamné à vivre désormais dans un hémisphère différent. Mon père était rentré fâché, stupéfait. Le lendemain ma mère rencontra Mme Sazerat dans un salon. Celle-ci ne lui tendit pas la main et lui sourit d'un air vague et triste comme à une personne avec qui on a joué dans son enfance, mais avec qui on a cessé depuis lors toutes relations parce qu'elle a mené une vie de débauches, épousé un forçat ou, qui pis est, un homme divorcé.

Or de tous temps mes parents accordaient et inspiraient à Mme Sazerat l'estime la plus profonde. Mais (ce que ma mère ignorait) Mme Sazerat, seule de son espèce à Combray, était dreyfusarde. Mon père, ami de M. Méline, était convaincu de la culpabilité de Dreyfus. Il avait envoyé promener avec mauvaise humeur des collègues qui lui avaient demandé de signer une liste révisionniste. Il ne me reparla pas de huit jours quand il apprit que j'avais suivi une ligne de conduite différente. Ses opinions étaient connues. On n'était pas loin de le traiter de nationaliste. Quant à ma grand'mère que seule de la famille paraissait devoir enflammer un doute généreux, chaque fois qu'on lui parlait de l'innocence possible de Dreyfus, elle avait un hochement de tête dont nous ne comprenions pas alors le sens, et qui était semblable à celui d'une personne qu'on vient déranger dans des pensées plus sérieuses. Ma mère, partagée entre son amour pour mon père et l'espoir que je fusse intelligent, gardait une indécision qu'elle traduisait par le silence. Enfin mon grand-père, adorant l'armée (bien que ses obligations de garde national eussent été le cauchemar de son âge mûr), ne voyait jamais à Combray un régiment défiler devant la grille sans se découvrir quand passaient le colonel et le drapeau. Tout cela était assez pour que Mme Sazerat, qui connaissait à fond la vie de désintéressement et d'honneur de mon père et de mon grand-père, les considérât comme des suppôts de l'Injustice. On pardonne les crimes individuels, mais non la participation à un crime collectif. Dès qu'elle le sut antidreyfusard, elle mit entre elle et lui des continents et des siècles. Ce qui explique qu'à une pareille distance dans le temps et dans l'espace, son salut ait paru imperceptible à mon père et qu'elle n'eût pas songé à une poignée de main et à des paroles lesquelles n'eussent pu franchir les mondes qui les séparaient.

Saint-Loup, devant venir à Paris, m'avait promis de me mener chez Mme de Villeparisis où j'espérais, sans le lui avoir dit, que nous rencontrerions Mme de Guermantes. Il me demanda de déjeuner au restaurant avec sa maîtresse que nous conduirions ensuite à une répétition. Nous devions aller la chercher le matin, aux environs de Paris où elle habitait.

J'avais demandé à Saint-Loup que le restaurant où nous déjeunerions (dans la vie des jeunes nobles qui dépensent de l'argent le restaurant joue un rôle aussi important que les caisses d'étoffe dans les contes arabes) fût de préférence celui où Aimé m'avait annoncé qu'il devait entrer comme maître d'hôtel en attendant la saison de Balbec. C'était un grand charme pour moi qui rêvais à tant de voyages et en faisais si peu, de revoir quelqu'un qui faisait partie plus que de mes souvenirs de Balbec, mais de Balbec même, qui y allait tous les ans, qui, quand la fatigue ou mes cours me forçaient à rester à Paris, n'en regardait pas moins, pendant les longues fins d'après-midi de juillet, en attendant que les clients vinssent dîner, le soleil descendre et se coucher dans la mer, à travers les panneaux de verre de la grande salle à manger derrière lesquels, à l'heure où il s'éteignait, les ailes immobiles des vaisseaux lointains et bleuâtres avaient l'air de papillons exotiques et nocturnes dans une vitrine. Magnétisé lui-même par son contact avec le puissant aimant de Balbec, ce maître d'hôtel devenait à son tour aimant pour moi. J'espérais en causant avec lui être déjà en communication avec Balbec, avoir réalisé sur place un peu du charme du voyage.

Je quittai dès le matin la maison, où je laissai Françoise gémissante parce que le valet de pied fiancé n'avait pu encore une fois, la veille au soir, aller voir sa promise. Françoise l'avait trouvé en pleurs; il avait failli aller gifler le concierge, mais s'était contenu, car il tenait à sa place.

Avant d'arriver chez Saint-Loup, qui devait m'attendre devant sa porte, je rencontrai Legrandin, que nous avions perdu de vue depuis Combray et qui, tout grisonnant maintenant, avait gardé son air jeune et candide. Il s'arrêta.

—Ah! vous voilà, me dit-il, homme chic, et en redingote encore! Voilà une livrée dont mon indépendance ne s'accommoderait pas. Il est vrai que vous devez être un mondain, faire des visites! Pour aller rêver comme je le fais devant quelque tombe à demi détruite, ma lavallière et mon veston ne sont pas déplacés. Vous savez que j'estime la jolie qualité de votre âme; c'est vous dire combien je regrette que vous alliez la renier parmi les Gentils. En étant capable de rester un instant dans l'atmosphère nauséabonde, irrespirable pour moi, des salons, vous rendez contre votre avenir la condamnation, la damnation du Prophète. Je vois cela d'ici, vous fréquentez les «coeurs légers», la société des châteaux; tel est le vice de la bourgeoisie contemporaine. Ah! les aristocrates, la Terreur a été bien coupable de ne pas leur couper le cou à tous. Ce sont tous de sinistres crapules quand ce ne sont pas tout simplement de sombres idiots. Enfin, mon pauvre enfant, si cela vous amuse! Pendant que vous irez à quelque *five o'clock*, votre vieil ami sera plus heureux que vous, car seul dans un faubourg, il regardera monter dans le ciel violet la lune rose. La vérité est que je n'appartiens guère à cette Terre où je me sens si exilé; il faut toute la force de la loi de gravitation pour m'y maintenir et que je ne m'évade pas dans une autre sphère. Je suis d'une autre planète. Adieu, ne prenez pas en mauvaise part la vieille franchise du paysan de la Vivonne qui est aussi resté le paysan du Danube. Pour vous prouver que je fais cas de vous, je vais vous envoyer mon dernier roman. Mais vous n'aimerez pas cela; ce n'est pas assez déliquescent, assez fin de siècle pour vous, c'est trop franc, trop honnête; vous, il vous faut du Bergotte, vous l'avez avoué, du faisandé pour les palais blasés de jouisseurs raffinés. On doit me considérer dans votre groupe comme un vieux troupier; j'ai le tort de mettre du coeur dans ce que j'écris, cela ne se porte plus; et puis la vie du peuple ce n'est pas assez distingué pour intéresser vos snobinettes. Allons, tâchez de vous rappeler quelquefois la parole du Christ: «Faites cela et vous vivrez.» Adieu, ami.

Ce n'est pas de trop mauvaise humeur contre Legrandin que je le quittai. Certains souvenirs sont comme des amis communs, ils savent faire des réconciliations; jeté au milieu des champs semés de boutons d'or où s'entassaient les ruines féodales, le petit pont de bois nous unissait, Legrandin et moi, comme les deux bords de la Vivonne.

Ayant quitté Paris où, malgré le printemps commençant, les arbres des boulevards étaient à peine pourvus de leurs premières feuilles, quand le train de ceinture nous arrêta, Saint-Loup et moi, dans le village de banlieue où habitait sa maîtresse, ce fut un émerveillement de voir chaque jardinet pavoisé par les immenses reposoirs blancs des arbres fruitiers en fleurs. C'était comme une des fêtes singulières, poétiques, éphémères et locales qu'on vient de très loin contempler à époques fixes, mais celle-là donnée par la nature. Les fleurs des cerisiers sont si étroitement collées aux branches, comme un blanc fourreau, que de loin, parmi les arbres qui n'étaient presque ni fleuris, ni feuillus, on aurait pu croire, par ce jour de soleil encore si froid, que c'était de la neige, fondue ailleurs, qui était encore restée après les arbustes. Mais les grands poiriers enveloppaient chaque maison, chaque modeste cour, d'une blancheur plus vaste, plus unie, plus éclatante et comme si tous les logis, tous les enclos du village fussent en train de faire, à la même date, leur première communion.

Ces villages des environs de Paris gardent encore à leurs portes des parcs du XVIIe et du XVIIIe siècle, qui furent les «folies» des intendants et des favorites. Un horticulteur avait utilisé l'un d'eux situé en contre-bas de la route pour la culture des arbres fruitiers (ou peut-être conservé simplement le dessin d'un immense verger de ce temps-là). Cultivés en quinconces, ces poiriers, plus espacés, moins avancés que ceux que j'avais vus, formaient de grands quadrilatères—séparés par des murs bas—de fleurs blanches sur chaque côté desquels la lumière venait se peindre différemment, si bien que toutes ces chambres sans toit et en plein air avaient l'air d'être celles du Palais du Soleil, tel qu'on aurait pu le retrouver dans quelque Crète; et elles faisaient penser aussi aux chambres d'un réservoir ou de telles parties de la mer que l'homme pour quelque pêche ou ostréiculture subdivise, quand on voyait des branches, selon l'exposition, la lumière venir se jouer sur les espaliers comme sur les eaux printanières et faire déferler çà et là, étincelant parmi le treillage à claire-voie et rempli d'azur des branches, l'écume blanchissante d'une fleur ensoleillée et mousseuse.

C'était un village ancien, avec sa vieille mairie cuite et dorée devant laquelle, en guise de mâts de cocagne et d'oriflammes, trois grands poiriers étaient, comme pour une fête civique et locale, galamment pavoisés de satin blanc.

Jamais Robert ne me parla plus tendrement de son amie que pendant ce trajet. Seule elle avait des racines dans son coeur; l'avenir qu'il avait dans l'armée, sa situation mondaine, sa famille, tout cela ne lui était pas indifférent certes, mais ne comptait en rien auprès des moindres choses qui concernaient sa maîtresse. Cela seul avait pour lui du prestige, infiniment plus de prestige que les Guermantes et tous les rois de la terre. Je ne sais pas s'il se formulait à lui-même qu'elle était d'une essence supérieure à tout, mais je sais qu'il n'avait de considération, de souci, que pour ce qui la touchait. Par elle, il était capable de souffrir, d'être heureux, peut-être de tuer. Il n'y avait vraiment d'intéressant, de passionnant pour lui, que ce que voulait, ce que ferait sa maîtresse, que ce qui se passait, discernable tout au plus par des expressions fugitives, dans l'espace étroit de son visage et sous son front privilégié. Si délicat pour tout le reste, il envisageait la perspective d'un brillant mariage, seulement pour pouvoir continuer à l'entretenir, à la garder. Si on s'était demandé à quel prix il l'estimait, je crois qu'on n'eût jamais pu imaginer un prix assez élevé. S'il ne l'épousait pas c'est parce qu'un instinct pratique lui faisait sentir que, dès qu'elle n'aurait plus rien à attendre de lui, elle le quitterait ou du moins vivrait à sa guise, et qu'il fallait la tenir par l'attente du lendemain. Car il supposait que peut-être elle ne l'aimait pas. Sans doute, l'affection générale appelée amour devait le forcer—comme elle fait pour tous les hommes—à croire par moments qu'elle l'aimait. Mais pratiquement il sentait que cet amour qu'elle avait pour lui n'empêchait pas qu'elle ne restât avec lui qu'à cause de son argent, et que le jour où elle n'aurait plus rien à attendre de lui elle s'empresserait (victime des théories de ses amis de la littérature et tout en l'aimant, pensait-il) de le quitter.

—Je lui ferai aujourd'hui, si elle est gentille, me dit-il, un cadeau qui lui fera plaisir. C'est un collier qu'elle a vu chez Boucheron. C'est un peu cher pour moi en ce moment: trente mille francs. Mais ce pauvre loup, elle n'a pas tant de plaisir dans la vie. Elle va être joliment contente. Elle m'en avait parlé et elle m'avait dit qu'elle connaissait quelqu'un qui le lui donnerait peut-être. Je ne crois pas que ce soit vrai, mais je me suis à tout hasard entendu avec Boucheron, qui est le fournisseur de ma famille, pour qu'il me le réserve. Je suis heureux de penser que tu vas la voir; elle n'est pas extraordinaire comme figure, tu sais (je vis bien qu'il pensait tout le contraire et ne disait cela que pour que mon admiration fût plus grande), elle a surtout un jugement merveilleux; devant toi elle n'osera peut-être pas beaucoup parler, mais je me réjouis d'avance de ce qu'elle me dira ensuite de toi; tu sais, elle dit des choses qu'on peut approfondir indéfiniment, elle a vraiment quelque chose de pythique.

Pour arriver à la maison qu'elle habitait, nous longions de petits jardins, et je ne pouvais m'empêcher de m'arrêter, car ils avaient toute une floraison de cerisiers et de poiriers; sans doute vides et inhabités hier encore comme une propriété qu'on n'a pas louée, ils étaient subitement peuplés et embellis par ces nouvelles venues arrivées de la veille et dont à travers les grillages on apercevait les belles robes blanches au coin des allées.

—Écoute, puisque je vois que tu veux regarder tout cela, être poétique, me dit Robert, attends-moi là, mon amie habite tout près, je vais aller la chercher.

En l'attendant je fis quelques pas, je passais devant de modestes jardins. Si je levais la tête, je voyais quelquefois des jeunes filles aux fenêtres, mais même en plein air et à la hauteur d'un petit étage, çà et là, souples et légères, dans leur fraîche toilette mauve, suspendues dans les feuillages, de jeunes touffes de lilas se laissaient balancer par la brise sans s'occuper du passant qui levait les yeux jusqu'à leur entresol de verdure. Je reconnaissais en elles les pelotons violets disposés à l'entrée du parc de M. Swann, passé la petite barrière blanche, dans les chauds après-midi du printemps, pour une ravissante tapisserie provinciale. Je pris un sentier qui aboutissait à une prairie. Un air froid y soufflait vif comme à Combray, mais, au milieu de la terre grasse, humide et campagnarde qui eût pu être au bord de la Vivonne, n'en avait pas moins surgi, exact au rendez-vous comme toute la bande de ses compagnons, un grand poirier blanc qui agitait en souriant et opposait au soleil, comme un rideau de lumière matérialisée et palpable, ses fleurs convulsées par la brise, mais lissées et glacées d'argent par les rayons.

Tout à coup, Saint-Loup apparut accompagné de sa maîtresse et alors, dans cette femme qui était pour lui tout l'amour, toutes les douceurs possibles de la vie, dont la personnalité mystérieusement enfermée dans un corps comme dans un Tabernacle était l'objet encore sur lequel travaillait sans cesse l'imagination de mon ami, qu'il sentait qu'il ne connaîtrait jamais, dont il se demandait perpétuellement ce qu'elle était en elle-même, derrière le voile des regards et de la chair, dans cette femme, je reconnus à l'instant «Rachel quand du Seigneur», celle qui, il y a quelques années—les femmes changent si vite de situation dans ce monde-là, quand elles en changent—disait à la maquerelle: «Alors, demain soir, si vous avez besoin de moi pour quelqu'un, vous me ferez chercher.»

Et quand on était «venu la chercher» en effet, et qu'elle se trouvait seule dans la chambre avec ce quelqu'un, elle savait si bien ce qu'on voulait d'elle, qu'après avoir fermé à clef, par précaution de femme prudente, ou par geste rituel, elle commençait à ôter toutes ses affaires, comme on fait devant le docteur qui va vous ausculter, et ne s'arrêtant en route que si le «quelqu'un», n'aimant pas la nudité, lui disait qu'elle pouvait garder sa chemise, comme certains praticiens qui, ayant l'oreille très fine et la crainte de faire se refroidir leur malade, se contentent d'écouter la respiration et le battement du coeur à travers un linge. A cette femme dont toute la vie, toutes les pensées, tout le passé, tous les hommes par qui elle avait pu être possédée, m'étaient chose si indifférente que, si elle me l'eût contée, je ne l'eusse écoutée que par politesse et à peine entendue, je sentis que l'inquiétude, le tourment, l'amour de Saint-Loup s'étaient appliqués jusqu'à faire—de ce qui était pour moi un jouet mécanique—un objet de souffrances infinies, le prix même de l'existence. Voyant ces deux éléments dissociés (parce que j'avais connu «Rachel quand du Seigneur» dans une maison de passe), je comprenais que bien des femmes pour lesquelles des hommes vivent, souffrent, se tuent, peuvent être en elles-mêmes ou pour d'autres ce que Rachel était pour moi. L'idée qu'on pût avoir une curiosité douloureuse à l'égard de sa vie me stupéfiait. J'aurais pu apprendre bien des coucheries d'elle à Robert, lesquelles me semblaient la chose la plus indifférente du monde. Et combien elles l'eussent peiné! Et que n'avait-il pas donné pour les connaître, sans y réussir!

Je me rendais compte de tout ce qu'une imagination humaine peut mettre derrière un petit morceau de visage comme était celui de cette femme, si c'est l'imagination qui l'a connue d'abord; et, inversement, en quels misérables éléments matériels et dénués de toute valeur pouvait se décomposer ce qui était le but de tant de rêveries, si, au contraire, cela avait été, connue d'une manière opposée, par la connaissance la plus triviale. Je comprenais que ce qui m'avait paru ne pas valoir vingt francs quand cela m'avait été offert pour vingt francs dans la maison de passe, où c'était seulement pour moi une femme désireuse de gagner vingt francs, peut valoir plus qu'un million, que la famille, que toutes les situation enviées, si on a commencé par imaginer en elle un être inconnu, curieux à connaître, difficile à saisir, à garder. Sans doute c'était le même mince et étroit visage que nous voyions Robert et moi. Mais nous étions arrivés à lui par les deux routes opposées qui ne communiqueront jamais, et nous n'en verrions jamais la même face. Ce visage, avec ses regards, ses sourires, les mouvements de sa bouche, moi je l'avais connu du dehors comme étant celui d'une femme quelconque qui pour vingt francs ferait tout ce que je voudrais. Aussi les regards, les sourires, les mouvements de bouche m'avaient paru seulement significatifs d'actes généraux, sans rien d'individuel, et sous eux je n'aurais pas eu la curiosité de chercher une personne. Mais ce qui m'avait en quelque sorte été offert au départ, ce visage consentant, ç'avait été pour Robert un point d'arrivée vers lequel il s'était dirigé à travers combien d'espoirs, de doutes, de soupçons, de rêves. Il donnait plus d'un million pour avoir, pour que ne fût pas offert à d'autres, ce qui m'avait été offert comme à chacun pour vingt francs. Pour quel motif, cela, il ne l'avait pas eu à ce prix, peut tenir au hasard d'un instant, d'un instant pendant lequel celle qui semblait prête à se donner se dérobe, ayant peut-être un rendez-vous, quelque raison qui la rende plus difficile ce jour-là.

Si elle a affaire à un sentimental, même si elle ne s'en aperçoit pas, et surtout si elle s'en aperçoit, un jeu terrible commence. Incapable de surmonter sa déception, de se passer de cette femme, il la relance, elle le fuit, si bien qu'un sourire qu'il n'osait plus espérer est payé mille fois ce qu'eussent dû l'être les dernières faveurs. Il arrive même parfois dans ce cas, quand on a eu, par un mélange de naïveté dans le jugement et de lâcheté devant la souffrance, la folie de faire d'une fille une inaccessible idole, que ces dernières faveurs, ou même le premier baiser, on ne l'obtiendra jamais, on n'ose même plus le demander pour ne pas démentir des assurances de platonique amour. Et c'est une grande souffrance alors de quitter la vie sans avoir jamais su ce que pouvait être le baiser de la femme qu'on a le plus aimée. Les faveurs de Rachel, Saint-Loup pourtant avait réussi par chance à les avoir toutes. Certes, s'il avait su maintenant qu'elles avaient été offertes à tout le monde pour un louis, il eût sans doute terriblement souffert, mais n'eût pas moins donné un million pour les conserver, car tout ce qu'il eût appris n'eût pas pu le faire sortir—car cela est au-dessus des forces de l'homme et ne peut arriver que malgré lui par l'action de quelque grande loi naturelle—de la route dans laquelle il était et d'où ce visage ne pouvait lui apparaître qu'à travers les rêves qu'il avait formés, d'où ces regards, ces sourires, ce mouvement de bouche étaient pour lui la seule révélation d'une personne dont il aurait voulu connaître la vraie nature et posséder à lui seul les désirs. L'immobilité de ce mince visage, comme celle d'une feuille de papier soumise aux colossales pressions de deux atmosphères, me semblait équilibrée par deux infinis qui venaient aboutir à elle sans se rencontrer, car elle les séparait. Et en effet, la regardant tous les deux, Robert et moi, nous ne la voyions pas du même côté du mystère.

Ce n'était pas «Rachel quand du Seigneur» qui me semblait peu de chose, c'était la puissance de l'imagination humaine, l'illusion sur laquelle reposaient les douleurs de l'amour, que je trouvais grandes. Robert vit que j'avais l'air ému. Je détournai les yeux vers les poiriers et les cerisiers du jardin d'en face pour qu'il crût que c'était leur beauté qui me touchait. Et elle me touchait un peu de la même façon, elle mettait aussi près de moi de ces choses qu'on ne voit pas qu'avec ses yeux, mais qu'on sent dans son coeur. Ces arbustes que j'avais vus dans le jardin, en les prenant pour des dieux étrangers, ne m'étais-je pas trompé comme Madeleine quand, dans un autre jardin, un jour dont l'anniversaire allait bientôt venir, elle vit une forme humaine et «crut que c'était le jardinier»? Gardiens des souvenirs de l'âge d'or, garants de la promesse que la réalité n'est pas ce qu'on croit, que la splendeur de la poésie, que l'éclat merveilleux de l'innocence peuvent y resplendir et pourront être la récompense que nous nous efforcerons de mériter, les grandes créatures blanches merveilleusement penchées au-dessus de l'ombre propice à la sieste, à la pêche, à la lecture, n'était-ce pas plutôt des anges? J'échangeais quelques mots avec la maîtresse de Saint-Loup. Nous coupâmes par le village. Les maisons en étaient sordides. Mais à côté des plus misérables, de celles qui avaient un air d'avoir été brûlées par une pluie de salpêtre, un mystérieux voyageur, arrêté pour un jour dans la cité maudite, un ange resplendissant se tenait debout, étendant largement sur elle l'éblouissante protection de ses ailes d'innocence en fleurs: c'était un poirier. Saint-Loup fit quelques pas en avant avec moi:

—J'aurais aimé que nous puissions, toi et moi, attendre ensemble, j'aurais même été plus content de déjeuner seul avec toi, et que nous restions seuls jusqu'au moment d'aller chez ma tante. Mais ma pauvre gosse, ça lui fait tant de plaisir, et elle est si gentille pour moi, tu sais, je n'ai pu lui refuser. Du reste, elle te plaira, c'est une littéraire, une vibrante, et puis c'est une chose si gentille de déjeuner avec elle au restaurant, elle est si agréable, si simple, toujours contente de tout.

Je crois pourtant que, précisément ce matin-là, et probablement pour la seule fois, Robert s'évada un instant hors de la femme que, tendresse après tendresse, il avait lentement composée, et aperçut tout d'un coup à quelque distance de lui une autre Rachel, un double d'elle, mais absolument différent et qui figurait une simple petite grue. Quittant le beau verger, nous allions prendre le train pour rentrer à Paris quand, à la gare, Rachel, marchant à quelques pas de nous, fut reconnue et interpellée par de vulgaires «poules» comme elle était et qui d'abord, la croyant seule, lui crièrent: «Tiens, Rachel, tu montes avec nous? Lucienne et Germaine sont dans le wagon et il y a justement encore de la place; viens, on ira ensemble au skating», et s'apprêtaient à lui présenter deux «calicots», leurs amants, qui les accompagnaient, quand, devant l'air légèrement gêné de Rachel, elles levèrent curieusement les yeux un peu plus loin, nous aperçurent et s'excusant lui dirent adieu en recevant d'elle un adieu aussi, un peu embarrassé mais amical. C'étaient deux pauvres petites poules, avec des collets en fausse loutre, ayant à peu près l'aspect qu'avait Rachel quand Saint-Loup l'avait rencontrée la première fois. Il ne les connaissait pas, ni leur nom, et voyant qu'elles avaient l'air très liées avec son amie, eut l'idée que celle-ci avait peut-être eu sa place, l'avait peut-être encore, dans une vie insoupçonnée de lui, fort différente de celle qu'il menait avec elle, une vie où on avait les femmes pour un louis tandis qu'il donnait plus de cent mille francs par an à Rachel. Il ne fit pas qu'entrevoir cette vie, mais aussi au milieu une Rachel tout autre que celle qu'il connaissait, une Rachel pareille à ces deux petites poules, une Rachel à vingt francs. En somme Rachel s'était un instant dédoublée pour lui, il avait aperçu à quelque distance de sa Rachel la Rachel petite poule, la Rachel réelle, à supposer que la Rachel poule fût plus réelle que l'autre. Robert eut peut-être l'idée alors que cet enfer où il vivait, avec la perspective et la nécessité d'un mariage riche, d'une vente de son nom, pour pouvoir continuer à donner cent mille francs par an à Rachel, il aurait peut-être pu s'en arracher aisément, et avoir les faveurs de sa maîtresse, comme ces calicots celles de leurs grues, pour peu de chose. Mais comment faire? Elle n'avait démérité en rien. Moins comblée, elle serait moins gentille, ne lui dirait plus, ne lui écrirait plus de ces choses qui le touchaient tant et qu'il citait avec un peu d'ostentation à ses camarades, en prenant soin de faire remarquer combien c'était gentil d'elle, mais en omettant qu'il l'entretenait fastueusement, même qu'il lui donnât quoi que ce fût, que ces dédicaces sur une photographie ou cette formule pour terminer une dépêche, c'était la transmutation sous sa forme la plus réduite et la plus précieuse de cent mille francs. S'il se gardait de dire que ces rares gentillesses de Rachel étaient payées par lui, il serait faux—et pourtant ce raisonnement simpliste, on en use absurdement pour tous les amants qui casquent, pour tant de maris—de dire que c'était par amour-propre, par vanité.

Saint-Loup était assez intelligent pour se rendre compte que tous les plaisirs de la vanité, il les aurait trouvés aisément et gratuitement dans le monde, grâce à son grand nom, à son joli visage, et que sa liaison avec Rachel, au contraire, était ce qui l'avait mis un peu hors du monde, faisait qu'il y était moins coté. Non, cet amour-propre à vouloir paraître avoir gratuitement les marques apparentes de prédilection de celle qu'on aime, c'est simplement un dérivé de l'amour, le besoin de se représenter à soi-même et aux autres comme aimé par ce qu'on aime tant. Rachel se rapprocha de nous, laissant les deux poules monter dans leur compartiment; mais, non moins que la fausse loutre de celles-ci et l'air guindé des calicots, les noms de Lucienne et de Germaine maintinrent un instant la Rachel nouvelle. Un instant il imagina une vie de la place Pigalle, avec des amis inconnus, des bonnes fortunes sordides, des après-midi de plaisirs naïfs, promenade ou partie de plaisir, dans ce Paris où l'ensoleillement des rues depuis le boulevard de Clichy ne lui sembla pas le même que la clarté solaire où il se promenait avec sa maîtresse, mais devoir être autre, car l'amour, et la souffrance qui fait un avec lui, ont, comme l'ivresse, le pouvoir de différencier pour nous les choses.

Ce fut presque comme un Paris inconnu au milieu de Paris même qu'il soupçonna, sa liaison lui apparut comme l'exploration d'une vie étrange, car si avec lui Rachel était un peu semblable à lui-même, pourtant c'était bien une partie de sa vie réelle que Rachel vivait avec lui, même la partie la plus précieuse à cause des sommes folles qu'il lui donnait, la partie qui la faisait tellement envier des amies et lui permettrait un jour de se retirer à la campagne ou de se lancer dans les grands théâtres, après avoir fait sa pelote. Robert aurait voulu demander à son amie qui étaient Lucienne et Germaine, les choses qu'elles lui eussent dites si elle était montée dans leur compartiment, à quoi elles eussent ensemble, elle et ses camarades, passé une journée qui eût peut-être fini comme divertissement suprême, après les plaisirs du skating, à la taverne de l'Olympia, si lui, Robert, et moi n'avions pas été présents. Un instant les abords de l'Olympia, qui jusque-là lui avaient paru assommants, excitèrent sa curiosité, sa souffrance, et le soleil de ce jour printanier donnant dans la rue Caumartin où, peut-être, si elle n'avait pas connu Robert, Rachel fût allée tantôt et eût gagné un louis, lui donnèrent une vague nostalgie. Mais à quoi bon poser à Rachel des questions, quand il savait d'avance que la réponse serait ou un simple silence ou un mensonge ou quelque chose de très pénible pour lui sans pourtant lui décrire rien? Les employés fermaient les portières, nous montâmes vite dans une voiture de première, les perles admirables de Rachel rappriront à Robert qu'elle était une femme d'un grand prix, il la caressa, la fit rentrer dans son propre coeur où il la contempla, intériorisée, comme il avait toujours fait jusqu'ici—sauf pendant ce bref instant où il l'avait vue sur une place Pigalle de peintre impressionniste,—et le train partit.

C'était du reste vrai qu'elle était une «littéraire». Elle ne s'interrompit de me parler livres, art nouveau, tolstoïsme, que pour faire des reproches à Saint-Loup qu'il bût trop de vin.

—Ah! si tu pouvais vivre un an avec moi on verrait, je te ferais boire de l'eau et tu serais bien mieux.

—C'est entendu, partons.

—Mais tu sais bien que j'ai beaucoup à travailler (car elle prenait au sérieux l'art dramatique). D'ailleurs que dirait ta famille?

Et elle se mit à me faire sur sa famille des reproches qui me semblèrent du reste fort justes, et auxquels Saint-Loup, tout en désobéissant à Rachel sur l'article du Champagne, adhéra entièrement. Moi qui craignais tant le vin pour Saint-Loup et sentais la bonne influence de sa maîtresse, j'étais tout prêt à lui conseiller d'envoyer promener sa famille. Les larmes montèrent aux yeux de la jeune femme parce que j'eus l'imprudence de parler de Dreyfus.

—Le pauvre martyr, dit-elle en retenant un sanglot, ils le feront mourir là-bas.

—Tranquillise-toi, Zézette, il reviendra, il sera acquitté, l'erreur sera reconnue.

—Mais avant cela il sera mort! Enfin au moins ses enfants porteront un nom sans tache. Mais penser à ce qu'il doit souffrir, c'est ce qui me tue! Et croyez-vous que la mère de Robert, une femme pieuse, dit qu'il faut qu'il reste à l'île du Diable, même s'il est innocent? n'est-ce pas une horreur?

—Oui, c'est absolument vrai, elle le dit, affirma Robert. C'est ma mère, je n'ai rien à objecter, mais il est bien certain qu'elle n'a pas la sensibilité de Zézette.

En réalité, ces déjeuners «choses si gentilles» se passaient toujours fort mal. Car dès que Saint-Loup se trouvait avec sa maîtresse dans un endroit public, il s'imaginait qu'elle regardait tous les hommes présents, il devenait sombre, elle s'apercevait de sa mauvaise humeur qu'elle s'amusait peut-être à attiser, mais que, plus probablement, par amour-propre bête, elle ne voulait pas, blessée par son ton, avoir l'air de chercher à désarmer; elle faisait semblant de ne pas détacher ses yeux de tel ou tel homme, et d'ailleurs ce n'était pas toujours par pur jeu. En effet, que le monsieur qui au théâtre ou au café se trouvait leur voisin, que tout simplement le cocher du fiacre qu'ils avaient pris, eût quelque chose d'agréable, Robert, aussitôt averti par sa jalousie, l'avait remarqué avant sa maîtresse; il voyait immédiatement en lui un de ces êtres immondes dont il m'avait parlé à Balbec, qui pervertissent et déshonorent les femmes pour s'amuser, il suppliait sa maîtresse de détourner de lui ses regards et par là-même le lui désignait.

Or, quelquefois elle trouvait que Robert avait eu si bon goût dans ses soupçons, qu'elle finissait même par cesser de le taquiner pour qu'il se tranquillisât et consentît à aller faire une course pour qu'il lui laissât le temps d'entrer en conversation avec l'inconnu, souvent de prendre rendez-vous, quelquefois même d'expédier une passade. Je vis bien dès notre entrée au restaurant que Robert avait l'air soucieux. C'est que Robert avait immédiatement remarqué, ce qui nous avait échappé à Balbec, que, au milieu de ses camarades vulgaires, Aimé, avec un éclat modeste, dégageait, bien involontairement, le romanesque qui émane pendant un certain nombre d'années de cheveux légers et d'un nez grec, grâce à quoi il se distinguait au milieu de la foule des autres serviteurs. Ceux-ci, presque tous assez âgés, offraient des types extraordinairement laids et accusés de curés hypocrites, de confesseurs papelards, plus souvent d'anciens acteurs comiques dont on ne retrouve plus guère le front en pain de sucre que dans les collections de portraits exposés dans le foyer humblement historique de petits théâtres désuets où ils sont représentés jouant des rôles de valets de chambre ou de grands pontifes, et dont ce restaurant semblait, grâce à un recrutement sélectionné et peut-être à un mode de nomination héréditaire, conserver le type solennel en une sorte de collège augural. Malheureusement, Aimé nous ayant reconnus, ce fut lui qui vint prendre notre commande, tandis que s'écoulait vers d'autres tables le cortège des grands prêtres d'opérette.

Aimé s'informa de la santé de ma grand'mère, je lui demandai des nouvelles de sa femme et de ses enfants. Il me les donna avec émotion, car il était homme de famille. Il avait un air intelligent, énergique, mais respectueux. La maîtresse de Robert se mit à le regarder avec une étrange attention. Mais les yeux enfoncés d'Aimé, auxquels une légère myopie donnait une sorte de profondeur dissimulée, ne trahirent aucune impression au milieu de sa figure immobile. Dans l'hôtel de province où il avait servi bien des années avant de venir à Balbec, le joli dessin, un peu jauni et fatigué maintenant, qu'était sa figure, et que pendant tant d'années, comme telle gravure représentant le prince Eugène, on avait vu toujours à la même place, au fond de la salle à manger presque toujours vide, n'avait pas dû attirer de regards bien curieux. Il était donc resté longtemps, sans doute faute de connaisseurs, ignorant de la valeur artistique de son visage, et d'ailleurs peu disposé à la faire remarquer, car il était d'un tempérament froid. Tout au plus quelque Parisienne de passage, s'étant arrêtée une fois dans la ville, avait levé les yeux sur lui, lui avait peut-être demandé de venir la servir dans sa chambre avant de reprendre le train, et dans le vide translucide, monotone et profond de cette existence de bon mari et de domestique de province, avait enfoui le secret d'un caprice sans lendemain que personne n'y viendrait jamais découvrir. Pourtant Aimé dut s'apercevoir de l'insistance avec laquelle les yeux de la jeune artiste restaient attachés sur lui. En tout cas elle n'échappa pas à Robert sur le visage duquel je voyais s'amasser une rougeur non pas vive comme celle qui l'empourprait s'il avait une brusque émotion, mais faible, émiettée.

—Ce maître d'hôtel est très intéressant, Zézette? demanda-t-il à sa maîtresse après avoir renvoyé Aimé assez brusquement. On dirait que tu veux faire une étude d'après lui.

—Voilà que ça commence, j'en étais sûre!

—Mais qu'est-ce qui commence, mon petit? Si j'ai eu tort, je n'ai rien dit, je veux bien. Mais j'ai tout de même le droit de te mettre en garde contre ce larbin que je connais de Balbec (sans cela je m'en ficherais pas mal), et qui est une des plus grandes fripouilles que la terre ait jamais portées.

Elle parut vouloir obéir à Robert et engagea avec moi une conversation littéraire à laquelle il se mêla. Je ne m'ennuyais pas en causant avec elle, car elle connaissait très bien les oeuvres que j'admirais et était à peu près d'accord avec moi dans ses jugements; mais comme j'avais entendu dire par Mme de Villeparisis qu'elle n'avait pas de talent, je n'attachais pas grande importance à cette culture. Elle plaisantait finement de mille choses, et eût été vraiment agréable si elle n'eût pas affecté d'une façon agaçante le jargon des cénacles et des ateliers. Elle l'étendait d'ailleurs à tout, et, par exemple, ayant pris l'habitude de dire d'un tableau s'il était impressionniste ou d'un opéra s'il était wagnérien: «Ah! c'est *bien*», un jour qu'un jeune homme l'avait embrassée sur l'oreille et que, touché qu'elle simulât un frisson, il faisait le modeste, elle dit: «Si, comme sensation, je trouve que c'est *bien*.» Mais surtout ce qui m'étonnait, c'est que les expressions propres à Robert (et qui d'ailleurs étaient peut-être venues à celui-ci de littérateurs connus par elle), elle les employait devant lui, lui devant elle, comme si c'eût été un langage nécessaire et sans se rendre compte du néant d'une originalité qui est à tous.

Elle était, en mangeant, maladroite de ses mains à un degré qui laissait supposer qu'en jouant la comédie sur la scène elle devait se montrer bien gauche. Elle ne retrouvait de la dextérité que dans l'amour, par cette touchante prescience des femmes qui aiment tant le corps de l'homme qu'elles devinent du premier coup ce qui fera le plus de plaisir à ce corps pourtant si différent du leur.

Je cessai de prendre part à la conversation quand on parla théâtre, car sur ce chapitre Rachel était trop malveillante. Elle prit, il est vrai, sur un ton de commisération—contre Saint-Loup, ce qui prouvait qu'elle l'attaquait souvent devant lui—la défense de la Berma, en disant: «Oh! non, c'est une femme remarquable. Évidemment ce qu'elle fait ne nous touche plus, cela ne correspond plus tout à fait à ce que nous cherchons, mais il faut la placer au moment où elle est venue, on lui doit beaucoup. Elle a fait des choses bien, tu sais. Et puis c'est une si brave femme, elle a un si grand coeur, elle n'aime pas naturellement les choses qui nous intéressent, mais elle a eu, avec un visage assez émouvant, une jolie qualité d'intelligence.» (Les doigts n'accompagnent pas de même tous les jugements esthétiques. S'il s'agit de peinture, pour montrer que c'est un beau morceau, en pleine pâte, on se contente de faire saillir le pouce. Mais la «jolie qualité d'esprit» est plus exigeante. Il lui faut deux doigts, ou plutôt deux ongles, comme s'il s'agissait de faire sauter une poussière.) Mais—cette exception faite—la maîtresse de Saint-Loup parlait des artistes les plus connus sur un ton d'ironie et de supériorité qui m'irritait, parce que je croyais—faisant erreur en cela—- que c'était elle qui leur était inférieure. Elle s'aperçut très bien que je devais la tenir pour une artiste médiocre et avoir au contraire beaucoup de considération pour ceux qu'elle méprisait. Mais elle ne s'en froissa pas, parce qu'il y a dans le grand talent non reconnu encore, comme était le sien, si sûr qu'il puisse être de lui-même, une certaine humilité, et que nous proportionnons les égards que nous exigeons, non à nos dons cachés, mais à notre situation acquise. (Je devais, une heure plus tard, voir au théâtre la maîtresse de Saint-Loup montrer beaucoup de déférence envers les mêmes artistes sur lesquels elle portait un jugement si sévère.)

Aussi, si peu de doute qu'eût dû lui laisser mon silence, n'en insista-t-elle pas moins pour que nous dînions le soir ensemble, assurant que jamais la conversation de personne ne lui avait autant plu que la mienne. Si nous n'étions pas encore au théâtre, où nous devions aller après le déjeuner, nous avions l'air de nous trouver dans un «foyer» qu'illustraient des portraits anciens de la troupe, tant les maîtres d'hôtel avaient de ces figures qui semblent perdues avec toute une génération d'artistes hors ligne du Palais-Royal; ils avaient l'air d'académiciens aussi: arrêté devant un buffet, l'un examinait des poires avec la figure et la curiosité désintéressée qu'eût pu avoir M. de Jussieu. D'autres, à côté de lui, jetaient sur la salle les regards empreints de curiosité et de froideur que des membres de l'Institut déjà arrivés jettent sur le public tout en échangeant quelques mots qu'on n'entend pas. C'étaient des figures célèbres parmi les habitués. Cependant on s'en montrait un nouveau, au nez raviné, à la lèvre papelarde, qui avait l'air d'église et entrait en fonctions pour la première fois, et chacun regardait avec intérêt le nouvel élu. Mais bientôt, peut-être pour faire partir Robert afin de se trouver seule avec Aimé, Rachel se mit à faire de l'oeil à un jeune boursier qui déjeunait à une table voisine avec un ami.

—Zézette, je te prierai de ne pas regarder ce jeune homme comme cela, dit Saint-Loup sur le visage de qui les hésitantes rougeurs de tout à l'heure s'étaient concentrées en une nuée sanglante qui dilatait et fonçait les traits distendus de mon ami; si tu dois nous donner en spectacle, j'aime mieux déjeuner de mon côté et aller t'attendre au théâtre.

A ce moment on vint dire à Aimé qu'un monsieur le priait de venir lui parler à la portière de sa voiture. Saint-Loup, toujours inquiet et craignant qu'il ne s'agît d'une commission amoureuse à transmettre à sa maîtresse, regarda par la vitre et aperçut au fond de son coupé, les mains serrées dans des gants blancs rayés de noir, une fleur à la boutonnière, M. de Charlus.

—Tu vois, me dit-il à voix basse, ma famille me fait traquer jusqu'ici. Je t'en prie, moi je ne peux pas, mais puisque tu connais bien le maître d'hôtel, qui va sûrement nous vendre, demande-lui de ne pas aller à la voiture. Au moins que ce soit un garçon qui ne me connaisse pas. Si on dit à mon oncle qu'on ne me connaît pas, je sais comment il est, il ne viendra pas voir dans le café, il déteste ces endroits-là. N'est-ce pas tout de même dégoûtant qu'un vieux coureur de femmes comme lui, qui n'a pas dételé, me donne perpétuellement des leçons et vienne m'espionner!

Aimé, ayant reçu mes instructions, envoya un de ses commis qui devait dire qu'il ne pouvait pas se déranger et que, si on demandait le marquis de Saint-Loup, on dise qu'on ne le connaissait pas. La voiture repartit bientôt. Mais la maîtresse de Saint-Loup, qui n'avait pas entendu nos propos chuchotés à voix basse et avait cru qu'il s'agissait du jeune homme à qui Robert lui reprochait de faire de l'oeil, éclata en injures.

—Allons bon! c'est ce jeune homme maintenant? tu fais bien de me prévenir; oh! c'est délicieux de déjeuner dans ces conditions! Ne vous occupez pas de ce qu'il dit, il est un peu piqué et surtout, ajouta-t-elle en se tournant vers moi, il dit cela parce qu'il croit que ça fait élégant, que ça fait grand seigneur d'avoir l'air jaloux.

Et elle se mit à donner avec ses pieds et avec ses mains des signes d'énervement.

—Mais, Zézette, c'est pour moi que c'est désagréable. Tu nous rends ridicules aux yeux de ce monsieur, qui va être persuadé que tu lui fais des avances et qui m'a l'air tout ce qu'il y a de pis.

—Moi, au contraire, il me plaît beaucoup; d'abord il a des yeux ravissants, et qui ont une manière de regarder les femmes! on sent qu'il doit les aimer.

—Tais-toi au moins jusqu'à ce que je sois parti, si tu es folle, s'écria Robert. Garçon, mes affaires.

Je ne savais si je devais le suivre.

—Non, j'ai besoin d'être seul, me dit-il sur le même ton dont il venait de parler à sa maîtresse et comme s'il était tout fâché contre moi. Sa colère était comme une même phrase musicale sur laquelle dans un opéra se chantent plusieurs répliques, entièrement différentes entre elles, dans le livret, de sens et de caractère, mais qu'elle réunit par un même sentiment. Quand Robert fut parti, sa maîtresse appela Aimé et lui demanda différents renseignements. Elle voulait ensuite savoir comment je le trouvais.

—Il a un regard amusant, n'est-ce pas? Vous comprenez, ce qui m'amuserait ce serait de savoir ce qu'il peut penser, d'être souvent servie par lui, de l'emmener en voyage. Mais pas plus que ça. Si on était obligé d'aimer tous les gens qui vous plaisent, ce serait au fond assez terrible. Robert a tort de se faire des idées. Tout ça, ça se forme dans ma tête, Robert devrait être bien tranquille. (Elle regardait toujours Aimé.) Tenez, regardez les yeux noirs qu'il a, je voudrais savoir ce qu'il y a dessous.

Bientôt on vint lui dire que Robert la faisait demander dans un cabinet particulier où, en passant par une autre entrée, il était allé finir de déjeuner sans retraverser le restaurant. Je restai ainsi seul, puis à mon tour Robert me fit appeler. Je trouvai sa maîtresse étendue sur un sofa, riant sous les baisers, les caresses qu'il lui prodiguait. Ils buvaient du Champagne. «Bonjour, vous!» lui dit-elle, car elle avait appris récemment cette formule qui lui paraissait le dernier mot de la tendresse et de l'esprit. J'avais mal déjeuné, j'étais mal à l'aise, et sans que les paroles de Legrandin y fussent pour quelque chose, je regrettais de penser que je commençais dans un cabinet de restaurant et finirais dans des coulisses de théâtre cette première après-midi de printemps. Après avoir regardé l'heure pour voir si elle ne se mettrait pas en retard, elle m'offrit du Champagne, me tendit une de ses cigarettes d'Orient et détacha pour moi une rose de son corsage. Je me dis alors: «Je n'ai pas trop à regretter ma journée; ces heures passées auprès de cette jeune femme ne sont pas perdues pour moi puisque par elle j'ai, chose gracieuse et qu'on ne peut payer trop cher, une rose, une cigarette parfumée, une coupe de Champagne.» Je me le disais parce qu'il me semblait que c'était douer d'un caractère esthétique, et par là justifier, sauver ces heures d'ennui. Peut-être aurais-je dû penser que le besoin même que j'éprouvais d'une raison qui me consolât de mon ennui suffisait à prouver que je ne ressentais rien d'esthétique. Quant à Robert et à sa maîtresse, ils avaient l'air de ne garder aucun souvenir de la querelle qu'ils avaient eue quelques instants auparavant, ni que j'y eusse assisté. Ils n'y firent aucune allusion, ils ne lui cherchèrent aucune excuse pas plus qu'au contraste que faisaient avec elle leurs façons de maintenant. A force de boire du Champagne avec eux, je commençai à éprouver un peu de l'ivresse que je ressentais à Rivebelle, probablement pas tout à fait la même. Non seulement chaque genre d'ivresse, de celle que donne le soleil ou le voyage à celle que donne la fatigue ou le vin, mais chaque degré d'ivresse, et qui devrait porter une «cote» différente comme celles qui indiquent les fonds dans la mer, met à nu en nous, exactement à la profondeur où il se trouve, un homme spécial. Le cabinet où se trouvait Saint-Loup était petit, mais la glace unique qui le décorait était de telle sorte qu'elle semblait en réfléchir une trentaine d'autres, le long, d'une perspective infinie; et l'ampoule électrique placée au sommet du cadre devait le soir, quand elle était allumée, suivie de la procession d'une trentaine de reflets pareils à elle-même, donner au buveur même solitaire l'idée que l'espace autour de lui se multipliait en même temps que ses sensations exaltées par l'ivresse et qu'enfermé seul dans ce petit réduit, il régnait pourtant sur quelque chose de bien plus étendu, en sa courbe indéfinie et lumineuse, qu'une allée du «Jardin de Paris». Or, étant alors à ce moment-là ce buveur, tout d'un coup, le cherchant dans la glace, je l'aperçus, hideux, inconnu, qui me regardait. La joie de l'ivresse était plus forte que le dégoût; par gaîté ou bravade, je lui souris et en même temps il me souriait. Et je me sentais tellement sous l'empire éphémère et puissant de la minute où les sensations sont si fortes que je ne sais si ma seule tristesse ne fut pas de penser que, le moi affreux que je venais d'apercevoir, c'était peut-être son dernier jour et que je ne rencontrerais plus jamais cet étranger dans le cours de ma vie.

Robert était seulement fâché que je ne voulusse pas briller davantage aux yeux de sa maîtresse.

—Voyons, ce monsieur que tu as rencontré ce matin et qui mêle le snobisme et l'astronomie, raconte-le-lui, je ne me rappelle pas bien—et il la regardait du coin de l'oeil.

—Mais, mon petit, il n'y a rien à dire d'autre que ce que tu viens de dire.

—Tu es assommant. Alors raconte les choses de Françoise aux Champs-Élysées, cela lui plaira tant!

—Oh oui! Bobbey m'a tant parlé de Françoise. Et en prenant Saint-Loup par le menton, elle redit, par manque d'invention, en attirant ce menton vers la lumière: «Bonjour, vous!»

Depuis que les acteurs n'étaient plus exclusivement, pour moi, les dépositaires, en leur diction et leur jeu, d'une vérité artistique, ils m'intéressaient en eux-mêmes; je m'amusais, croyant avoir devant moi les personnages d'un vieux roman comique, de voir du visage nouveau d'un jeune seigneur qui venait d'entrer dans la salle, l'ingénue écouter distraitement la déclaration que lui faisait le jeune premier dans la pièce, tandis que celui-ci, dans le feu roulant de sa tirade amoureuse, n'en dirigeait pas moins une oeillade enflammée vers une vieille dame assise dans une loge voisine, et dont les magnifiques perles l'avaient frappé; et ainsi, surtout grâce aux renseignements que Saint-Loup me donnait sur la vie privée des artistes, je voyais une autre pièce, muette et expressive, se jouer sous la pièce parlée, laquelle d'ailleurs, quoique médiocre, m'intéressait; car j'y sentais germer et s'épanouir pour une heure, à la lumière de la rampe, faites de l'agglutinement sur le visage d'un acteur d'un autre visage de fard et de carton, sur son âme personnelle des paroles d'un rôle.

Ces individualités éphémères et vivaces que sont les personnages d'une pièce séduisante aussi, qu'on aime, qu'on admire, qu'on plaint, qu'on voudrait retrouver encore, une fois qu'on a quitté le théâtre, mais qui déjà se sont désagrégées en un comédien qui n'a plus la condition qu'il avait dans la pièce, en un texte qui ne montre plus le visage du comédien, en une poudre colorée qu'efface le mouchoir, qui sont retournées en un mot à des éléments qui n'ont plus rien d'elles, à cause de leur dissolution, consommée sitôt après la fin du spectacle, font, comme celle d'un être aimé, douter de la réalité du moi et méditer sur le mystère de la mort.

Un numéro du programme me fut extrêmement pénible. Une jeune femme que détestaient Rachel et plusieurs de ses amies devait y faire dans des chansons anciennes un début sur lequel elle avait fondé toutes ses espérances d'avenir et celles des siens. Cette jeune femme avait une croupe trop proéminente, presque ridicule, et une voix jolie mais trop menue, encore affaiblie par l'émotion et qui contrastait avec cette puissante musculature. Rachel avait aposté dans la salle un certain nombre d'amis et d'amies dont le rôle était de décontenancer par leurs sarcasmes la débutante, qu'on savait timide, de lui faire perdre la tête de façon qu'elle fît un fiasco complet après lequel le directeur ne conclurait pas d'engagement. Dès les premières notes de la malheureuse, quelques spectateurs, recrutés pour cela, se mirent à se montrer son dos en riant, quelques femmes qui étaient du complot rirent tout haut, chaque note flûtée augmentait l'hilarité voulue qui tournait au scandale. La malheureuse, qui suait de douleur sous son fard, essaya un instant de lutter, puis jeta autour d'elle sur l'assistance des regards désolés, indignés, qui ne firent que redoubler les huées. L'instinct d'imitation, le désir de se montrer spirituelles et braves, mirent de la partie de jolies actrices qui n'avaient pas été prévenues, mais qui lançaient aux autres des oeillades de complicité méchante, se tordaient de rire, avec de violents éclats, si bien qu'à la fin de la seconde chanson et bien que le programme en comportât encore cinq, le régisseur fit baisser le rideau. Je m'efforçai de ne pas plus penser à cet incident qu'à la souffrance de ma grand'mère quand mon grand-oncle, pour la taquiner, faisait prendre du cognac à mon grand-père, l'idée de la méchanceté ayant pour moi quelque chose de trop douloureux. Et pourtant, de même que la pitié pour le malheur n'est peut-être pas très exacte, car par l'imagination nous recréons toute une douleur sur laquelle le malheureux obligé de lutter contre elle ne songe pas à s'attendrir, de même la méchanceté n'a probablement pas dans l'âme du méchant cette pure et voluptueuse cruauté qui nous fait si mal à imaginer. La haine l'inspire, la colère lui donne une ardeur, une activité qui n'ont rien de très joyeux; il faudrait le sadisme pour en extraire du plaisir, le méchant croit que c'est un méchant qu'il fait souffrir. Rachel s'imaginait certainement que l'actrice qu'elle faisait souffrir était loin d'être intéressante, en tout cas qu'en la faisant huer, elle-même vengeait le bon goût en se moquant du grotesque et donnait une leçon à une mauvaise camarade. Néanmoins, je préférai ne pas parler de cet incident puisque je n'avais eu ni le courage ni la puissance de l'empêcher; il m'eût été trop pénible, en disant du bien de la victime, de faire ressembler aux satisfactions de la cruauté les sentiments qui animaient les bourreaux de cette débutante.

Mais le commencement de cette représentation m'intéressa encore d'une autre manière. Il me fit comprendre en partie la nature de l'illusion dont Saint-Loup était victime à l'égard de Rachel et qui avait mis un abîme entre les images que nous avions de sa maîtresse, lui et moi, quand nous la voyions ce matin même sous les poiriers en fleurs. Rachel jouait un rôle presque de simple figurante, dans la petite pièce. Mais vue ainsi, c'était une autre femme. Rachel avait un de ces visages que l'éloignement—et pas nécessairement celui de la salle à la scène, le monde n'étant pour cela qu'un plus grand théâtre—dessine et qui, vus de près, retombent en poussière. Placé à côté d'elle, on ne voyait qu'une nébuleuse, une voie lactée de taches de rousseur, de tout petits boutons, rien d'autre. A une distance convenable, tout cela cessait d'être visible et, des joues effacées, résorbées, se levait, comme un croissant de lune, un nez si fin, si pur, qu'on aurait souhaité être l'objet de l'attention de Rachel, la revoir autant qu'on voudrait, la posséder auprès de soi, si jamais on ne l'avait vue autrement et de près. Ce n'était pas mon cas, mais c'était celui de Saint-Loup quand il l'avait vue jouer la première fois. Alors, il s'était demandé comment l'approcher, comment la connaître, en lui s'était ouvert tout un domaine merveilleux—celui où elle vivait—d'où émanaient des radiations délicieuses, mais où il ne pourrait pénétrer. Il sortit du théâtre se disant qu'il serait fou de lui écrire, qu'elle ne lui répondrait pas, tout prêt à donner sa fortune et son nom pour la créature qui vivait en lui dans un monde tellement supérieur à ces réalités trop connues, un monde embelli par le désir et le rêve, quand du théâtre, vieille petite construction qui avait elle-même l'air d'un décor, il vit, à la sortie des artistes, par une porte déboucher la troupe gaie et gentiment chapeautée des artistes qui avaient joué. Des jeunes gens qui les connaissaient étaient là à les attendre.

Le nombre des pions humains étant moins nombreux que celui des combinaisons qu'ils peuvent former, dans une salle où font défaut toutes les personnes qu'on pouvait connaître, il s'en trouve une qu'on ne croyait jamais avoir l'occasion de revoir et qui vient si à point que le hasard semble providentiel, auquel pourtant quelque autre hasard se fût sans doute substitué si nous avions été non dans ce lieu mais dans un différent où seraient nés d'autres désirs et où se serait rencontrée quelque autre vieille connaissance pour les seconder. Les portes d'or du monde des rêves s'étaient refermées sur Rachel avant que Saint-Loup l'eût vue sortir, de sorte que les taches de rousseur et les boutons eurent peu d'importance. Ils lui déplurent cependant, d'autant que, n'étant plus seul, il n'avait plus le même pouvoir de rêver qu'au théâtre devant elle. Mais, bien qu'il ne pût plus l'apercevoir, elle continuait à régir ses actes comme ces astres qui nous gouvernent par leur attraction, même pendant les heures où ils ne sont pas visibles à nos yeux.

Aussi, le désir de la comédienne aux fins traits qui n'étaient même pas présents au souvenir de Robert, fit que, sautant sur l'ancien camarade qui par hasard était là, il se fit présenter à la personne sans traits et aux taches de rousseur, puisque c'était la même, et en se disant que plus tard on aviserait de savoir laquelle des deux cette même personne était en réalité. Elle était pressée, elle n'adressa même pas cette fois-là la parole à Saint-Loup, et ce ne fut qu'après plusieurs jours qu'il put enfin, obtenant qu'elle quittât ses camarades, revenir avec elle. Il l'aimait déjà. Le besoin de rêve, le désir d'être heureux par celle à qui on a rêvé, font que beaucoup de temps n'est pas nécessaire pour qu'on confie toutes ses chances de bonheur à celle qui quelques jours auparavant n'était qu'une apparition fortuite, inconnue, indifférente, sur les planchers de la scène.

Quand, le rideau tombé, nous passâmes sur le plateau, intimidé de m'y promener, je voulus parler avec vivacité à Saint-Loup; de cette façon mon attitude, comme je ne savais pas laquelle on devait prendre dans ces lieux nouveaux pour moi, serait entièrement accaparée par notre conversation et on penserait que j'y étais si absorbé, si distrait, qu'on trouverait naturel que je n'eusse pas les expressions de physionomie que j'aurais dû avoir dans un endroit où, tout à ce que je disais, je savais à peine que je me trouvais; et saisissant, pour aller plus vite, le premier sujet de conversation:

—Tu sais, dis-je à Robert, que j'ai été pour te dire adieu le jour de mon départ, nous n'avons jamais eu l'occasion d'en causer. Je t'ai salué dans la rue.

—Ne m'en parle pas, me répondit-il, j'en ai été désolé; nous nous sommes rencontrés tout près du quartier, mais je n'ai pas pu m'arrêter parce que j'étais déjà très en retard. Je t'assure que j'étais navré.

Ainsi il m'avait reconnu! Je revoyais encore le salut entièrement impersonnel qu'il m'avait adressé en levant la main à son képi, sans un regard dénonçant qu'il me connût, sans un geste qui manifestât qu'il regrettait de ne pouvoir s'arrêter. Évidemment cette fiction qu'il avait adoptée à ce moment-là, de ne pas me reconnaître, avait dû lui simplifier beaucoup les choses. Mais j'étais stupéfait qu'il eût su s'y arrêter si rapidement et avant qu'un réflexe eût décelé sa première impression. J'avais déjà remarqué à Balbec que, à côté de cette sincérité naïve de son visage dont la peau laissait voir par transparence le brusque afflux de certaines émotions, son corps avait été admirablement dressé par l'éducation à un certain nombre de dissimulations de bienséance et, comme un parfait comédien, il pouvait dans sa vie de régiment, dans sa vie mondaine, jouer l'un après l'autre des rôles différents. Dans l'un de ses rôles il m'aimait profondément, il agissait à mon égard presque comme s'il était mon frère; mon frère, il l'avait été, il l'était redevenu, mais pendant un instant il avait été un autre personnage qui ne me connaissait pas et qui, tenant les rênes, le monocle à l'oeil, sans un regard ni un sourire, avait levé la main à la visière de son képi pour me rendre correctement le salut militaire!

Les décors encore plantés entre lesquels je passais, vus ainsi de près et dépouillés de tout ce que leur ajoutent l'éloignement et l'éclairage que le grand peintre qui les avait brossés avait calculés, étaient misérables, et Rachel, quand je m'approchai d'elle, ne subit pas un moindre pouvoir de destruction. Les ailes de son nez charmant étaient restées dans la perspective, entre la salle et la scène, tout comme le relief des décors. Ce n'était plus elle, je ne la reconnaissais que grâce à ses yeux où son identité s'était réfugiée. La forme, l'éclat de ce jeune astre si brillant tout à l'heure avaient disparu. En revanche, comme si nous nous approchions de la lune et qu'elle cessât de nous paraître de rose et d'or, sur ce visage si uni tout à l'heure je ne distinguais plus que des protubérances, des taches, des fondrières. Malgré l'incohérence où se résolvaient de près, non seulement le visage féminin mais les toiles peintes, j'étais heureux d'être là, de cheminer parmi les décors, tout ce cadre qu'autrefois mon amour de la nature m'eût fait trouver ennuyeux et factice, mais auquel sa peinture par Goethe dans *Wilhelm Meister* avait donné pour moi une certaine beauté; et j'étais déjà charmé d'apercevoir, au milieu de journalistes ou de gens du monde amis des actrices, qui saluaient, causaient, fumaient comme à la ville, un jeune homme en toque de velours noir, en jupe hortensia, les joues crayonnées de rouge comme une page d'album de Watteau, lequel, la bouche souriante, les yeux au ciel, esquissant de gracieux signes avec les paumes de ses mains, bondissant légèrement, semblait tellement d'une autre espèce que les gens raisonnables en veston et en redingote au milieu desquels il poursuivait comme un fou son rêve extasié, si étranger aux préoccupations de leur vie, si antérieur aux habitudes de leur civilisation, si affranchi des lois de la nature, que c'était quelque chose d'aussi reposant et d'aussi frais que de voir un papillon égaré dans une foule, de suivre des yeux, entres les frises, les arabesques naturelles qu'y traçaient ses ébats ailés, capricieux et fardés. Mais au même instant Saint-Loup s'imagina que sa maîtresse faisait attention à ce danseur en train de repasser une dernière fois une figure du divertissement dans lequel il allait paraître, et sa figure se rembrunit.

—Tu pourrais regarder d'un autre côté, lui dit-il d'un air sombre. Tu sais que ces danseurs ne valent pas la corde sur laquelle ils feraient bien de monter pour se casser les reins, et ce sont des gens à aller après se vanter que tu as fait attention à eux. Du reste tu entends bien qu'on te dit d'aller dans ta loge t'habiller. Tu vas encore être en retard.

Trois messieurs—trois journalistes—voyant l'air furieux de Saint-Loup, se rapprochèrent, amusés, pour entendre ce qu'on disait. Et comme on plantait un décor de l'autre côté nous fûmes resserrés contre eux.

—Oh! mais je le reconnais, c'est mon ami, s'écria la maîtresse de Saint-Loup en regardant le danseur. Voilà qui est bien fait, regardez-moi ces petites mains qui dansent comme tout le reste de sa personne!

Le danseur tourna la tête vers elle, et sa personne humaine apparaissant sous le sylphe qu'il s'exerçait à être, la gelée droite et grise de ses yeux trembla et brilla entre ses cils raidis et peints, et un sourire prolongea des deux côtés sa bouche dans sa face pastellisée de rouge; puis, pour amuser la jeune femme, comme une chanteuse qui nous fredonne par complaisance l'air où nous lui avons dit que nous l'admirions, il se mit à refaire le mouvement de ses paumes, en se contrefaisant lui-même avec une finesse de pasticheur et une bonne humeur d'enfant.

—Oh! c'est trop gentil, ce coup de s'imiter soi-même, s'écria-t-elle en battant des mains.

—Je t'en supplie, mon petit, lui dit Saint-Loup d'une voix désolée, ne te donne pas en spectacle comme cela, tu me tues, je te jure que si tu dis un mot de plus, je ne t'accompagne pas à ta loge, et je m'en vais; voyons, ne fais pas la méchante.—Ne reste pas comme cela dans la fumée de cigare, cela va te faire mal, me dit Saint-Loup avec cette sollicitude qu'il avait pour moi depuis Balbec.

—Oh! quel bonheur si tu t'en vas.

—Je te préviens que je ne reviendrai plus.

—Je n'ose pas l'espérer.

—Écoute, tu sais, je t'ai promis le collier si tu étais gentille, mais du moment que tu me traites comme cela....

—Ah! voilà une chose qui ne m'étonne pas de toi. Tu m'avais fait une promesse, j'aurais bien dû penser que tu ne la tiendrais pas. Tu veux faire sonner que tu as de l'argent, mais je ne suis pas intéressée comme toi. Je m'en fous de ton collier. J'ai quelqu'un qui me le donnera.

—Personne d'autre ne pourra te le donner, car je l'ai retenu chez Boucheron et j'ai sa parole qu'il ne le vendra qu'à moi.

—C'est bien cela, tu as voulu me faire chanter, tu as pris toutes tes précautions d'avance. C'est bien ce qu'on dit: Marsantes, Mater Semita, ça sent la race, répondit Rachel répétant une étymologie qui reposait sur un grossier contresens car Semita signifie «sente» et non «Sémite», mais que les nationalistes appliquaient à Saint-Loup à cause des opinions dreyfusardes qu'il devait pourtant à l'actrice. (Elle était moins bien venue que personne à traiter de Juive Mme de Marsantes à qui les ethnographes de la société ne pouvaient arriver à trouver de juif que sa parenté avec les Lévy-Mirepoix.) Mais tout n'est pas fini, sois-en sûr. Une parole donnée dans ces conditions n'a aucune valeur. Tu as agi par traîtrise avec moi. Boucheron le saura et on lui en donnera le double, de son collier. Tu auras bientôt de mes nouvelles, sois tranquille.

Robert avait cent fois raison. Mais les circonstances sont toujours si embrouillées que celui qui a cent fois raison peut avoir eu une fois tort. Et je ne pus m'empêcher de me rappeler ce mot désagréable et pourtant bien innocent qu'il avait eu à Balbec: «De cette façon, j'ai barre sur elle.»

—Tu as mal compris ce que je t'ai dit pour le collier. Je ne te l'avais pas promis d'une façon formelle. Du moment que tu fais tout ce qu'il faut pour que je te quitte, il est bien naturel, voyons, que je ne te le donne pas; je ne comprends pas où tu vois de la traîtrise là dedans, ni que je suis intéressé. On ne peut pas dire que je fais sonner mon argent, je te dis toujours que je suis un pauvre bougre qui n'a pas le sou. Tu as tort de le prendre comme ça, mon petit. En quoi suis-je intéressé? Tu sais bien que mon seul intérêt, c'est toi.

—Oui, oui, tu peux continuer, lui dit-elle ironiquement, en esquissant le geste de quelqu'un qui vous fait la barbe. Et se tournant vers le danseur:

—Ah! vraiment il est épatant avec ses mains. Moi qui suis une femme, je ne pourrais pas faire ce qu'il fait là. Et se tournant vers lui en lui montrant les traits convulsés de Robert: «Regarde, il souffre», lui dit-elle tout bas, dans l'élan momentané d'une cruauté sadique qui n'était d'ailleurs nullement en rapport avec ses vrais sentiments d'affection pour Saint-Loup.

—Écoute, pour le dernière fois, je te jure que tu auras beau faire, tu pourras avoir dans huit jours tous les regrets du monde, je ne reviendrai pas, la coupe est pleine, fais attention, c'est irrévocable, tu le regretteras un jour, il sera trop tard.

Peut-être était-il sincère et le tourment de quitter sa maîtresse lui semblait-il moins cruel que celui de rester près d'elle dans certaines conditions.

—Mais mon petit, ajouta-t-il en s'adressant à moi, ne reste pas là, je te dis, tu vas te mettre à tousser.

Je lui montrai le décor qui m'empêchait de me déplacer. Il toucha légèrement son chapeau et dit au journaliste:

—Monsieur, est-ce que vous voudriez bien jeter votre cigare, la fumée fait mal à mon ami.

Sa maîtresse, ne l'attendant pas, s'en allait vers sa loge, et se retournant:

—Est-ce qu'elles font aussi comme ça avec les femmes, ces petites mains-là? jeta-t-elle au danseur du fond du théâtre, avec une voix facticement mélodieuse et innocente d'ingénue, tu as l'air d'une femme toi-même, je crois qu'on pourrait très bien s'entendre avec toi et une de mes amies.

—Il n'est pas défendu de fumer, que je sache; quand on est malade, on n'a qu'à rester chez soi, dit le journaliste.

Le danseur sourit mystérieusement à l'artiste.

—Oh! tais-toi, tu me rends folle, lui cria-t-elle, on en fera des parties!

—En tout cas, monsieur, vous n'êtes pas très aimable, dit Saint-Loup au journaliste, toujours sur un ton poli et doux, avec l'air de constatation de quelqu'un qui vient de juger rétrospectivement un incident terminé.

A ce moment, je vis Saint-Loup lever son bras verticalement au-dessus de sa tête comme s'il avait fait signe à quelqu'un que je ne voyais pas, ou comme un chef d'orchestre, et en effet—sans plus de transition que, sur un simple geste d'archet, dans une symphonie ou un ballet, des rythmes violents succèdent à un gracieux andante—après les paroles courtoises qu'il venait de dire, il abattit sa main, en une gifle retentissante, sur la joue du journaliste.

Maintenant qu'aux conversations cadencées des diplomates, aux arts riants de la paix, avait succédé l'élan furieux de la guerre, les coups appelant les coups, je n'eusse pas été trop étonné de voir les adversaires baignant dans leur sang. Mais ce que je ne pouvais pas comprendre (comme les personnes qui trouvent que ce n'est pas de jeu que survienne une guerre entre deux pays quand il n'a encore été question que d'une rectification de frontière, ou la mort d'un malade alors qu'il n'était question que d'une grosseur du foie), c'était comment Saint-Loup avait pu faire suivre ces paroles qui appréciaient une nuance d'amabilité, d'un geste qui ne sortait nullement d'elles, qu'elles n'annonçaient pas, le geste de ce bras levé non seulement au mépris du droit des gens, mais du principe de causalité, en une génération spontanée de colère, ce geste créé *ex nihilo*. Heureusement le journaliste qui, trébuchant sous la violence du coup, avait pâli et hésité un instant ne riposta pas. Quant à ses amis, l'un avait aussitôt détourné la tête en regardant avec attention du côté des coulisses quelqu'un qui évidemment ne s'y trouvait pas; le second fit semblant qu'un grain de poussière lui était entré dans l'oeil et se mit à pincer sa paupière en faisant des grimaces de souffrance; pour le troisième, il s'était élancé en s'écriant:

—Mon Dieu, je crois qu'on va lever le rideau, nous n'aurons pas nos places.

J'aurais voulu parler à Saint-Loup, mais il était tellement rempli par son indignation contre le danseur, qu'elle venait adhérer exactement à la surface de ses prunelles; comme une armature intérieure, elle tendait ses joues, de sorte que son agitation intérieure se traduisant par une entière inamovibilité extérieure, il n'avait même pas le relâchement, le «jeu» nécessaire pour accueillir un mot de moi et y répondre. Les amis du journaliste, voyant que tout était terminé, revinrent auprès de lui, encore tremblants. Mais, honteux de l'avoir abandonné, ils tenaient absolument à ce qu'il crût qu'ils ne s'étaient rendu compte de rien. Aussi s'étendaient-ils l'un sur sa poussière dans l'oeil, l'autre sur la fausse alerte qu'il avait eue en se figurant qu'on levait le rideau, le troisième sur l'extraordinaire ressemblance d'une personne qui avait passé avec son frère. Et même ils lui témoignèrent une certaine mauvaise humeur de ce qu'il n'avait pas partagé leurs émotions.

—Comment, cela ne t'a pas frappé? Tu ne vois donc pas clair?

—C'est-à-dire que vous êtes tous des capons, grommela le journaliste giflé.

Inconséquents avec la fiction qu'ils avaient adoptée et en vertu de laquelle ils auraient dû—mais ils n'y songèrent pas—avoir l'air de ne pas comprendre ce qu'il voulait dire, ils préférèrent une phrase qui est de tradition en ces circonstances: «Voilà que tu t'emballes, ne prends pas la mouche, on dirait que tu as le mors aux dents!»

J'avais compris le matin, devant les poiriers en fleurs, l'illusion sur laquelle reposait son amour pour «Rachel quand du Seigneur», je ne me rendais pas moins compte de ce qu'avaient au contraire de réel les souffrances qui naissaient de cet amour. Peu à peu celle qu'il ressentait depuis une heure, sans cesser, se rétracta, rentra en lui, une zone disponible et souple parut dans ses yeux.

Nous quittâmes le théâtre, Saint-Loup et moi, et marchâmes d'abord un peu. Je m'étais attardé un instant à un angle de l'avenue Gabriel d'où je voyais souvent jadis arriver Gilberte. J'essayai pendant quelques secondes de me rappeler ces impressions lointaines, et j'allais rattraper Saint-Loup au pas «gymnastique», quand je vis qu'un monsieur assez mal habillé avait l'air de lui parler d'assez près. J'en conclus que c'était un ami personnel de Robert; cependant ils semblaient se rapprocher encore l'un de l'autre; tout à coup, comme apparaît au ciel un phénomène astral, je vis des corps ovoïdes prendre avec une rapidité vertigineuse toutes les positions qui leur permettaient de composer, devant Saint-Loup, une instable constellation. Lancés comme par une fronde ils me semblèrent être au moins au nombre de sept. Ce n'étaient pourtant que les deux poings de Saint-Loup, multipliés par leur vitesse à changer de place dans cet ensemble en apparence idéal et décoratif. Mais cette pièce d'artifice n'était qu'une roulée qu'administrait Saint-Loup, et dont le caractère agressif au lieu d'esthétique me fut d'abord révélé par l'aspect du monsieur médiocrement habillé, lequel parut perdre à la fois toute contenance, une mâchoire, et beaucoup de sang.

Il donna des explications mensongères aux personnes qui s'approchaient pour l'interroger, tourna la tête et, voyant que Saint-Loup s'éloignait définitivement pour me rejoindre, resta à le regarder d'un air de rancune et d'accablement, mais nullement furieux. Saint-Loup au contraire l'était, bien qu'il n'eût rien reçu, et ses yeux étincelaient encore de colère quand il me rejoignit. L'incident ne se rapportait en rien, comme je l'avais cru, aux gifles du théâtre. C'était un promeneur passionné qui, voyant le beau militaire qu'était Saint-Loup, lui avait fait des propositions. Mon ami n'en revenait pas de l'audace de cette «clique» qui n'attendait même plus les ombres nocturnes pour se hasarder, et il parlait des propositions qu'on lui avait faites avec la même indignation que les journaux d'un vol à main armée, osé en plein jour, dans un quartier central de Paris. Pourtant le monsieur battu était excusable en ceci qu'un plan incliné rapproche assez vite le désir de la jouissance pour que la seule beauté apparaisse déjà comme un consentement. Or, que Saint-Loup fût beau n'était pas discutable. Des coups de poing comme ceux qu'il venait de donner ont cette utilité, pour des hommes du genre de celui qui l'avait accosté tout à l'heure, de leur donner sérieusement à réfléchir, mais toutefois pendant trop peu de temps pour qu'ils puissent se corriger et échapper ainsi à des châtiments judiciaires. Ainsi, bien que Saint-Loup eût donné sa raclée sans beaucoup réfléchir, toutes celles de ce genre, même si elles viennent en aide aux lois, n'arrivent pas à homogénéiser les moeurs.

Ces incidents, et sans doute celui auquel il pensait le plus, donnèrent sans doute à Robert le désir d'être un peu seul. Au bout d'un moment il me demanda de nous séparer et que j'allasse de mon côté chez Mme de Villeparisis, il m'y retrouverait, mais aimait mieux que nous n'entrions pas ensemble pour qu'il eût l'air d'arriver seulement à Paris plutôt que de donner à penser que nous avions déjà passé l'un avec l'autre une partie de l'après-midi.

DEUXIÈME PARTIE

Comme je l'avais supposé avant de faire la connaissance de Mme de Villeparisis à Balbec, il y avait une grande différence entre le milieu où elle vivait et celui de Mme de Guermantes. Mme de Villeparisis était une de ces femmes qui, nées dans une maison glorieuse, entrées par leur mariage dans une autre qui ne l'était pas moins, ne jouissent pas cependant d'une grande situation mondaine, et, en dehors de quelques duchesses qui sont leurs nièces ou leurs belles-soeurs, et même d'une ou deux têtes couronnées, vieilles relations de famille, n'ont dans leur salon qu'un public de troisième ordre, bourgeoisie, noblesse de province ou tarée, dont la présence a depuis longtemps éloigné les gens élégants et snobs qui ne sont pas obligés d'y venir par devoirs de parenté ou d'intimité trop ancienne. Certes je n'eus au bout de quelques instants aucune peine à comprendre pourquoi Mme de Villeparisis s'était trouvée, à Balbec, si bien informée, et mieux que nous-mêmes, des moindres détails du voyage que mon père faisait alors en Espagne avec M. de Norpois.

Mais il n'était pas possible malgré cela de s'arrêter à l'idée que la liaison, depuis plus de vingt ans, de Mme de Villeparisis avec l'Ambassadeur pût être la cause du déclassement de la marquise dans un monde où les femmes les plus brillantes affichaient des amants moins respectables que celui-ci, lequel d'ailleurs n'était probablement plus depuis longtemps pour la marquise autre chose qu'un vieil ami. Mme de Villeparisis avait-elle eu jadis d'autres aventures? étant alors d'un caractère plus passionné que maintenant, dans une vieillesse apaisée et pieuse qui devait peut-être pourtant un peu de sa couleur à ces années ardentes et consumées, n'avait-elle pas su, en province où elle avait vécu longtemps, éviter certains scandales, inconnus des nouvelles générations, lesquelles en constataient seulement l'effet dans la composition mêlée et défectueuse d'un salon fait, sans cela, pour être un des plus purs de tout médiocre alliage? Cette «mauvaise langue» que son neveu lui attribuait lui avait-elle, dans ces temps-là, fait des ennemis? l'avait-elle poussée à profiter de certains succès auprès des hommes pour exercer des vengeances contre des femmes? Tout cela était possible; et ce n'est pas la façon exquise, sensible—nuançant si délicatement non seulement les expressions mais les intonations—avec laquelle Mme de Villeparisis parlait de la pudeur, de la bonté, qui pouvait infirmer cette supposition; car ceux qui non seulement parlent bien de certaines vertus, mais même en ressentent le charme et les comprennent à merveille (qui sauront en peindre dans leurs Mémoires une digne image), sont souvent issus, mais ne font pas eux-mêmes partie, de la génération muette, fruste et sans art, qui les pratiqua. Celle-ci se reflète en eux, mais ne s'y continue pas. A la place du caractère qu'elle avait, on trouve une sensibilité, une intelligence, qui ne servent pas à l'action. Et qu'il y eût ou non dans la vie de Mme de Villeparisis de ces scandales qu'eût effacés l'éclat de son nom, c'est cette intelligence, une intelligence presque d'écrivain de second ordre bien plus que de femme du monde, qui était certainement la cause de sa déchéance mondaine.

Sans doute c'étaient des qualités assez peu exaltantes, comme la pondération et la mesure, que prônait surtout Mme de Villeparisis; mais pour parler de la mesure d'une façon entièrement adéquate, la mesure ne suffit pas et il faut certains mérites d'écrivains qui supposent une exaltation peu mesurée; j'avais remarqué à Balbec que le génie de certains grands artistes restait incompris de Mme de Villeparisis; et qu'elle ne savait que les railler finement, et donner à son incompréhension une forme spirituelle et gracieuse. Mais cet esprit et cette grâce, au degré où ils étaient poussés chez elle, devenaient eux-mêmes—dans un autre plan, et fussent-ils déployés pour méconnaître les plus hautes oeuvres—de véritables qualités artistiques. Or, de telles qualités exercent sur toute situation mondaine une action morbide élective, comme disent les médecins, et si désagrégeante que les plus solidement assises ont peine à y résister quelques années. Ce que les artistes appellent intelligence semble prétention pure à la société élégante qui, incapable de se placer au seul point de vue d'où ils jugent tout, ne comprenant jamais l'attrait particulier auquel ils cèdent en choisissant une expression ou en faisant un rapprochement, éprouve auprès d'eux une fatigue, une irritation d'où naît très vite l'antipathie.

Pourtant dans sa conversation, et il en est de même des Mémoires d'elle qu'on a publiés depuis, Mme de Villeparisis ne montrait qu'une sorte de grâce tout à fait mondaine. Ayant passé à côté de grandes choses sans les approfondir, quelquefois sans les distinguer, elle n'avait guère retenu des années où elle avait vécu, et qu'elle dépeignait d'ailleurs avec beaucoup de justesse et de charme, que ce qu'elles avaient offert de plus frivole. Mais un ouvrage, même s'il s'applique seulement à des sujets qui ne sont pas intellectuels, est encore une oeuvre de l'intelligence, et pour donner dans un livre, ou dans une causerie qui en diffère peu, l'impression achevée de la frivolité, il faut une dose de sérieux dont une personne purement frivole serait incapable. Dans certains Mémoires écrits par une femme et considérés comme un chef-d'oeuvre, telle phrase qu'on cite comme un modèle de grâce légère m'a toujours fait supposer que pour arriver à une telle légèreté l'auteur avait dû posséder autrefois une science un peu lourde, une culture rébarbative, et que, jeune fille, elle semblait probablement à ses amies un insupportable bas bleu. Et entre certaines qualités littéraires et l'insuccès mondain, la connexité est si nécessaire, qu'en lisant aujourd'hui les Mémoires de Mme de Villeparisis, telle épithète juste, telles métaphores qui se suivent, suffiront au lecteur pour qu'à leur aide il reconstitue le salut profond, mais glacial, que devait adresser à la vieille marquise, dans l'escalier d'une ambassade, telle snob comme Mme Leroi, qui lui cornait peut-être un carton en allant chez les Guermantes mais ne mettait jamais les pieds dans son salon de peur de s'y déclasser parmi toutes ces femmes de médecins ou de notaires. Un bas bleu, Mme de Villeparisis en avait peut-être été un dans sa prime jeunesse, et, ivre alors de son savoir, n'avait peut-être pas su retenir contre des gens du monde moins intelligents et moins instruits qu'elle, des traits acérés que le blessé n'oublie pas.

Puis le talent n'est pas un appendice postiche qu'on ajoute artificiellement à ces qualités différentes qui font réussir dans la société, afin de faire, avec le tout, ce que les gens du monde appellent une «femme complète». Il est le produit vivant d'une certaine complexion morale où généralement beaucoup de qualités font défaut et où prédomine une sensibilité dont d'autres manifestations que nous ne percevons pas dans un livre peuvent se faire sentir assez vivement au cours de l'existence, par exemple telles curiosités, telles fantaisies, le désir d'aller ici ou là pour son propre plaisir, et non en vue de l'accroissement, du maintien, ou pour le simple fonctionnement des relations mondaines. J'avais vu à Balbec Mme de Villeparisis enfermée entre ses gens et ne jetant pas un coup d'oeil sur les personnes assises dans le hall de l'hôtel. Mais j'avais eu le pressentiment que cette abstention n'était pas de l'indifférence, et il paraît qu'elle ne s'y était pas toujours cantonnée. Elle se toquait de connaître tel ou tel individu qui n'avait aucun titre à être reçu chez elle, parfois parce qu'elle l'avait trouvé beau, ou seulement parce qu'on lui avait dit qu'il était amusant, ou qu'il lui avait semblé différent des gens qu'elle connaissait, lesquels, à cette époque où elle ne les appréciait pas encore parce qu'elle croyait qu'ils ne la lâcheraient jamais, appartenaient tous au plus pur faubourg Saint-Germain.

Ce bohème, ce petit bourgeois qu'elle avait distingué, elle était obligée de lui adresser ses invitations, dont il ne pouvait pas apprécier la valeur, avec une insistance qui la dépréciait peu à peu aux yeux des snobs habitués à coter un salon d'après les gens que la maîtresse de maison exclut plutôt que d'après ceux qu'elle reçoit. Certes, si à un moment donné de sa jeunesse, Mme de Villeparisis, blasée sur la satisfaction d'appartenir à la fine fleur de l'aristocratie, s'était en quelque sorte amusée à scandaliser les gens parmi lesquels elle vivait, à défaire délibérément sa situation, elle s'était mise à attacher de l'importance à cette situation après qu'elle l'eut perdue. Elle avait voulu montrer aux duchesses qu'elle était plus qu'elles, en disant, en faisant tout ce que celles-ci n'osaient pas dire, n'osaient pas faire. Mais maintenant que celles-ci, sauf celles de sa proche parenté, ne venaient plus chez elle, elle se sentait amoindrie et souhaitait encore de régner, mais d'une autre manière que par l'esprit. Elle eût voulu attirer toutes celles qu'elle avait pris tant de soin d'écarter.

Combien de vies de femmes, vies peu connues d'ailleurs (car chacun, selon son âge, a comme un monde différent, et la discrétion des vieillards empêche les jeunes gens de se faire une idée du passé et d'embrasser tout le cycle), ont été divisées ainsi en périodes contrastées, la dernière toute employée à reconquérir ce qui dans la deuxième avait été si gaiement jeté au vent. Jeté au vent de quelle manière? Les jeunes gens se le figurent d'autant moins qu'ils ont sous les yeux une vieille et respectable marquise de Villeparisis et n'ont pas l'idée que la grave mémorialiste d'aujourd'hui, si digne sous sa perruque blanche, ait pu être jadis une gaie soupeuse qui fit peut-être alors les délices, mangea peut-être la fortune d'hommes couchés depuis dans la tombe; qu'elle se fût employée aussi à défaire, avec une industrie persévérante et naturelle, la situation qu'elle tenait de sa grande naissance ne signifie d'ailleurs nullement que, même à cette époque reculée, Mme de Villeparisis n'attachât pas un grand prix à sa situation. De même l'isolement, l'inaction où vit un neurasthénique peuvent être ourdis par lui du matin au soir sans lui paraître pour cela supportables, et tandis qu'il se dépêche d'ajouter une nouvelle maille au filet qui le retient prisonnier, il est possible qu'il ne rêve que bals, chasses et voyages. Nous travaillons à tout moment à donner sa forme à notre vie, mais en copiant malgré nous comme un dessin les traits de la personne que nous sommes et non de celle qu'il nous serait agréable d'être. Les saluts dédaigneux de Mme Leroi pouvaient exprimer en quelques manières la nature véritable de Mme de Villeparisis, ils ne répondaient aucunement à son désir.

Sans doute, au même moment où Mme Leroi, selon une expression chère à Mme Swann, «coupait» la marquise, celle-ci pouvait chercher à se consoler en se rappelant qu'un jour la reine Marie-Amélie lui avait dit: «Je vous aime comme une fille.» Mais de telles amabilités royales, secrètes et ignorées, n'existaient que pour la marquise, poudreuses comme le diplôme d'un ancien premier prix du Conservatoire. Les seuls vrais avantages mondains sont ceux qui créent de la vie, ceux qui peuvent disparaître sans que celui qui en a bénéficié ait à chercher à les retenir ou à les divulguer, parce que dans la même journée cent autres leur succèdent. Se rappelant de telles paroles de la reine, Mme de Villeparisis les eût pourtant volontiers troquées contre le pouvoir permanent d'être invitée que possédait Mme Leroi, comme, dans un restaurant, un grand artiste inconnu, et de qui le génie n'est écrit ni dans les traits de son visage timide, ni dans la coupe désuète de son veston râpé, voudrait bien être même le jeune coulissier du dernier rang de la société mais qui déjeune à une table voisine avec deux actrices, et vers qui, dans une course obséquieuse et incessante, s'empressent patron, maître d'hôtel, garçons, chasseurs et jusqu'aux marmitons qui sortent de la cuisine en défilés pour le saluer comme dans les féeries, tandis que s'avance le sommelier, aussi poussiéreux que ses bouteilles, bancroche et ébloui comme si, venant de la cave, il s'était tordu le pied avant de remonter au jour.

Il faut dire pourtant que, dans le salon de Mme de Villeparisis, l'absence de Mme Leroi, si elle désolait la maîtresse de maison, passait inaperçue aux yeux d'un grand nombre de ses invités. Ils ignoraient totalement la situation particulière de Mme Leroi, connue seulement du monde élégant, et ne doutaient pas que les réceptions de Mme de Villeparisis ne fussent, comme en sont persuadés aujourd'hui les lecteurs de ses Mémoires, les plus brillantes de Paris.

A cette première visite qu'en quittant Saint-Loup j'allai faire à Mme de Villeparisis, suivant le conseil que M. de Norpois avait donné à mon père, je la trouvai dans son salon tendu de soie jaune sur laquelle les canapés et les admirables fauteuils en tapisseries de Beauvais se détachaient en une couleur rose, presque violette, de framboises mûres. A côté des portraits des Guermantes, des Villeparisis, on en voyait—offerts par le modèle lui-même—de la reine Marie-Amélie, de la reine des Belges, du prince de Joinville, de l'impératrice d'Autriche. Mme de Villeparisis, coiffée d'un bonnet de dentelles noires de l'ancien temps (qu'elle conservait avec le même instinct avisé de la couleur locale ou historique qu'un hôtelier breton qui, si parisienne que soit devenue sa clientèle, croit plus habile de faire garder à ses servantes la coiffe et les grandes manches), était assise à un petit bureau, où devant elle, à côté de ses pinceaux, de sa palette et d'une aquarelle de fleurs commencée, il y avait dans des verres, dans des soucoupes, dans des tasses, des roses mousseuses, des zinnias, des cheveux de Vénus, qu'à cause de l'affluence à ce moment-là des visites elle s'était arrêtée de peindre, et qui avaient l'air d'achalander le comptoir d'une fleuriste dans quelque estampe du XVIIIe siècle.

Dans ce salon légèrement chauffé à dessein, parce que la marquise s'était enrhumée en revenant de son château, il y avait, parmi les personnes présentes quand j'arrivai, un archiviste avec qui Mme de Villeparisis avait classé le matin les lettres autographes de personnages historiques à elle adressées et qui étaient destinées à figurer en *fac-similés* comme pièces justificatives dans les Mémoires qu'elle était en train de rédiger, et un historien solennel et intimidé qui, ayant appris qu'elle possédait par héritage un portrait de la duchesse de Montmorency, était venu lui demander la permission de reproduire ce portrait dans une planche de son ouvrage sur la Fronde, visiteurs auxquels vint se joindre mon ancien camarade Bloch, maintenant jeune auteur dramatique, sur qui elle comptait pour lui procurer à l'oeil des artistes qui joueraient à ses prochaines matinées. Il est vrai que le kaléidoscope social était en train de tourner et que l'affaire Dreyfus allait précipiter les Juifs au dernier rang de l'échelle sociale. Mais, d'une part, le cyclone dreyfusiste avait beau faire rage, ce n'est pas au début d'une tempête que les vagues atteignent leur plus grand courroux. Puis Mme de Villeparisis, laissant toute une partie de sa famille tonner contre les Juifs, était jusqu'ici restée entièrement étrangère à l'Affaire et ne s'en souciait pas. Enfin un jeune homme comme Bloch, que personne ne connaissait, pouvait passer inaperçu, alors que de grands Juifs représentatifs de leur parti étaient déjà menacés. Il avait maintenant le menton ponctué d'un «bouc», il portait un binocle, une longue redingote, un gant, comme un rouleau de papyrus à la main.

Les Roumains, les Égyptiens et les Turcs peuvent détester les Juifs. Mais dans un salon français les différences entre ces peuples ne sont pas si perceptibles, et un Israélite faisant son entrée comme s'il sortait du fond du désert, le corps penché comme une hyène, la nuque obliquement inclinée et se répandant en grands «salams», contente parfaitement un goût d'orientalisme. Seulement il faut pour cela que le Juif n'appartienne pas au «monde», sans quoi il prend facilement l'aspect d'un lord, et ses façons sont tellement francisées que chez lui un nez rebelle, poussant, comme les capucines, dans des directions imprévues, fait penser au nez de Mascarille plutôt qu'à celui de Salomon. Mais Bloch n'ayant pas été assoupli par la gymnastique du «Faubourg», ni ennobli par un croisement avec l'Angleterre ou l'Espagne, restait, pour un amateur d'exotisme, aussi étrange et savoureux à regarder, malgré son costume européen, qu'un Juif de Decamps. Admirable puissance de la race qui du fond des siècles pousse en avant jusque dans le Paris moderne, dans les couloirs de nos théâtres, derrière les guichets de nos bureaux, à un enterrement, dans la rue, une phalange intacte stylisant la coiffure moderne, absorbant, faisant oublier, disciplinant la redingote, demeurant, en somme, toute pareille à celle des scribes assyriens peints en costume de cérémonie à la frise d'un monument de Suse qui défend les portes du palais de Darius. (Une heure plus tard, Bloch allait se figurer que c'était par malveillance antisémitique que M. de Charlus s'informait s'il portait un prénom juif, alors que c'était simplement par curiosité esthétique et amour de la couleur locale.) Mais, au reste, parler de permanence de races rend inexactement l'impression que nous recevons des Juifs, des Grecs, des Persans, de tous ces peuples auxquels il vaut mieux laisser leur variété. Nous connaissons, par les peintures antiques, le visage des anciens Grecs, nous avons vu des Assyriens au fronton d'un palais de Suse.

Or il nous semble, quand nous rencontrons dans le monde des Orientaux appartenant à tel ou tel groupe, être en présence de créatures que la puissance du spiritisme aurait fait apparaître. Nous ne connaissions qu'une image superficielle; voici qu'elle a pris de la profondeur, qu'elle s'étend dans les trois dimensions, qu'elle bouge. La jeune dame grecque, fille d'un riche banquier, et à la mode en ce moment, a l'air d'une de ces figurantes qui, dans un ballet historique et esthétique à la fois, symbolisent, en chair et en os, l'art hellénique; encore, au théâtre, la mise en scène banalise-t-elle ces images; au contraire, le spectacle auquel l'entrée dans un salon d'une Turque, d'un Juif, nous fait assister, en animant les figures, les rend plus étranges, comme s'il s'agissait en effet d'être évoqués par un effort médiumnique. C'est l'âme (ou plutôt le peu de chose auquel se réduit, jusqu'ici du moins, l'âme, dans ces sortes de matérialisations), c'est l'âme entrevue auparavant par nous dans les seuls musées, l'âme des Grecs anciens, des anciens Juifs, arrachée à une vie tout à la fois insignifiante et transcendantale, qui semble exécuter devant nous cette mimique déconcertante. Dans la jeune dame grecque qui se dérobe, ce que nous voudrions vainement étreindre, c'est une figure jadis admirée aux flancs d'un vase. Il me semblait que si j'avais dans la lumière du salon de Mme de Villeparisis pris des clichés d'après Bloch, ils eussent donné d'Israël cette même image, si troublante parce qu'elle ne paraît pas émaner de l'humanité, si décevante parce que tout de même elle ressemble trop à l'humanité, et que nous montrent les photographies spirites. Il n'est pas, d'une façon plus générale, jusqu'à la nullité des propos tenus par les personnes au milieu desquelles nous vivons qui ne nous donne l'impression du surnaturel, dans notre pauvre monde de tous les jours où même un homme de génie de qui nous attendons, rassemblés comme autour d'une table tournante, le secret de l'infini, prononce seulement ces paroles, les mêmes qui venaient de sortir des lèvres de Bloch: «Qu'on fasse attention à mon chapeau haut de forme.»

—Mon Dieu, les ministres, mon cher monsieur, était en train de dire Mme de Villeparisis s'adressant plus particulièrement à mon ancien camarade, et renouant le fil d'une conversation que mon entrée avait interrompue, personne ne voulait les voir. Si petite que je fusse, je me rappelle encore le roi priant mon grand-père d'inviter M. Decazes à une redoute où mon père devait danser avec la duchesse de Berry. «Vous me ferez plaisir, Florimond», disait le roi. Mon grand-père, qui était un peu sourd, ayant entendu M. de Castries, trouvait la demande toute naturelle. Quand il comprit qu'il s'agissait de M. Decazes, il eut un moment de révolte, mais s'inclina et écrivit le soir même à M. Decazes en le suppliant de lui faire la grâce et l'honneur d'assister à son bal qui avait lieu la semaine suivante. Car on était poli, monsieur, dans ce temps-là, et une maîtresse de maison n'aurait pas su se contenter d'envoyer sa carte en ajoutant à la main: «une tasse de thé», ou «thé dansant», ou «thé musical». Mais si on savait la politesse on n'ignorait pas non plus l'impertinence. M. Decazes accepta, mais la veille du bal on apprenait que mon grand-père se sentant souffrant avait décommandé la redoute. Il avait obéi au roi, mais il n'avait pas eu M. Decazes à son bal.... —Oui, monsieur, je me souviens très bien de M. Molé, c'était un homme d'esprit, il l'a prouvé quand il a reçu M. de Vigny à l'Académie, mais il était très solennel et je le vois encore descendant dîner chez lui son chapeau haut de forme à la main.

—Ah! c'est bien évocateur d'un temps assez pernicieusement philistin, car c'était sans doute une habitude universelle d'avoir son chapeau à la main chez soi, dit Bloch, désireux de profiter de cette occasion si rare de s'instruire, auprès d'un témoin oculaire, des particularités de la vie aristocratique d'autrefois, tandis que l'archiviste, sorte de secrétaire intermittent de la marquise, jetait sur elle des regards attendris et semblait nous dire: «Voilà comme elle est, elle sait tout, elle a connu tout le monde, vous pouvez l'interroger sur ce que vous voudrez, elle est extraordinaire.»

—Mais non, répondit Mme de Villeparisis tout en disposant plus près d'elle le verre où trempaient les cheveux de Vénus que tout à l'heure elle recommencerait à peindre, c'était une habitude à M. Molé, tout simplement. Je n'ai jamais vu mon père avoir son chapeau chez lui, excepté, bien entendu, quand le roi venait, puisque le roi étant partout chez lui, le maître de la maison n'est plus qu'un visiteur dans son propre salon.

—Aristote nous a dit dans le chapitre II..., hasarda M. Pierre, l'historien de la Fronde, mais si timidement que personne n'y fit attention. Atteint depuis quelques semaines d'insomnie nerveuse qui résistait à tous les traitements, il ne se couchait plus et, brisé de fatigue, ne sortait que quand ses travaux rendaient nécessaire qu'il se déplaçât. Incapable de recommencer souvent ces expéditions si simples pour d'autres mais qui lui coûtaient autant que si pour les faire il descendait de la lune, il était surpris de trouver souvent que la vie de chacun n'était pas organisée d'une façon permanente pour donner leur maximum d'utilité aux brusques élans de la sienne. Il trouvait parfois fermée une bibliothèque qu'il n'était allé voir qu'en se campant artificiellement debout et dans une redingote comme un homme de Wells. Par bonheur il avait rencontré Mme de Villeparisis chez elle et allait voir le portrait.

Bloch lui coupa la parole.

—Vraiment, dit-il en répondant à ce que venait de dire Mme de Villeparisis au sujet du protocole réglant les visites royales, je ne savais absolument pas cela—comme s'il était étrange qu'il ne le sût pas.

—A propos de ce genre de visites, vous savez la plaisanterie stupide que m'a faite hier matin mon neveu Basin? demanda Mme de Villeparisis à l'archiviste. Il m'a fait dire, au lieu de s'annoncer, que c'était la reine de Suède qui demandait à me voir.

—Ah! il vous a fait dire cela froidement comme cela! Il en a de bonnes! s'écria Bloch en s'esclaffant, tandis que l'historien souriait avec une timidité majestueuse.

—J'étais assez étonnée parce que je n'étais revenue de la campagne que depuis quelques jours; j'avais demandé pour être un peu tranquille qu'on ne dise à personne que j'étais à Paris, et je me demandais comment la reine de Suède le savait déjà, reprit Mme de Villeparisis laissant ses visiteurs étonnés qu'une visite de la reine de Suède ne fût en elle-même rien d'anormal pour leur hôtesse.

Certes si le matin Mme de Villeparisis avait compulsé, avec l'archiviste la documentation de ses Mémoires, en ce moment elle en essayait à son insu le mécanisme et le sortilège sur un public moyen, représentatif de celui où se recruteraient un jour ses lecteurs. Le salon de Mme de Villeparisis pouvait se différencier d'un salon véritablement élégant d'où auraient été absentes beaucoup de bourgeoises qu'elle recevait et où on aurait vu en revanche telles des dames brillantes que Mme Leroi avait fini par attirer, mais cette nuance n'est pas perceptible dans ses Mémoires, où certaines relations médiocres qu'avait l'auteur disparaissent, parce qu'elles n'ont pas l'occasion d'y être citées; et des visiteuses qu'il n'avait pas n'y font pas faute, parce que dans l'espace forcément restreint qu'offrent ces Mémoires, peu de personnes peuvent figurer, et que si ces personnes sont des personnages princiers, des personnalités historiques, l'impression maximum d'élégance que des Mémoires puissent donner au public se trouve atteinte. Au jugement de Mme Leroi, le salon de Mme de Villeparisis était un salon de troisième ordre; et Mme de Villeparisis souffrait du jugement de Mme Leroi. Mais personne ne sait plus guère aujourd'hui qui était Mme Leroi, son jugement s'est évanoui, et c'est le salon de Mme de Villeparisis, où fréquentait la reine de Suède, où avaient fréquenté le duc d'Aumale, le duc de Broglie, Thiers, Montalembert, Mgr Dupanloup, qui sera considéré comme un des plus brillants du XIXe siècle par cette postérité qui n'a pas changé depuis les temps d'Homère et de Pindare, et pour qui le rang enviable c'est la haute naissance, royale ou quasi royale, l'amitié des rois, des chefs du peuple, des hommes illustres.

Or, de tout cela Mme de Villeparisis avait un peu dans son salon actuel et dans les souvenirs, quelquefois retouchés légèrement, à l'aide desquels elle le prolongeait dans le passé. Puis M. de Norpois, qui n'était pas capable de refaire une vraie situation à son amie, lui amenait en revanche les hommes d'État étrangers ou français qui avaient besoin de lui et savaient que la seule manière efficace de lui faire leur cour était de fréquenter chez Mme de Villeparisis. Peut-être Mme Leroi connaissait-elle aussi ces éminentes personnalités européennes. Mais en femme agréable et qui fuit le ton des bas bleus elle se gardait de parler de la question d'Orient aux premiers ministres aussi bien que de l'essence de l'amour aux romanciers et aux philosophes. «L'amour? avait-elle répondu une fois à une dame prétentieuse qui lui avait demandé: «Que pensez-vous de l'amour?» L'amour? je le fais souvent mais je n'en parle jamais.» Quand elle avait chez elle de ces célébrités de la littérature et de la politique elle se contentait, comme la duchesse de Guermantes, de les faire jouer au poker. Ils aimaient souvent mieux cela que les grandes conversations à idées générales où les contraignait Mme de Villeparisis. Mais ces conversations, peut-être ridicules dans le monde, ont fourni aux «Souvenirs» de Mme de Villeparisis de ces morceaux excellents, de ces dissertations politiques qui font bien dans des Mémoires comme dans les tragédies à la Corneille. D'ailleurs les salons des Mme de Villeparisis peuvent seuls passer à la postérité parce que les Mme Leroi ne savent pas écrire, et le sauraient-elles, n'en auraient pas le temps. Et si les dispositions littéraires des Mme de Villeparisis sont la cause du dédain des Mme Leroi, à son tour le dédain des Mme Leroi sert singulièrement les dispositions littéraires des Mme de Villeparisis en faisant aux dames bas bleus le loisir que réclame la carrière des lettres. Dieu qui veut qu'il y ait quelques livres bien écrits souffle pour cela ces dédains dans le coeur des Mme Leroi, car il sait que si elles invitaient à dîner les Mme de Villeparisis, celles-ci laisseraient immédiatement leur écritoire et feraient atteler pour huit heures.

Au bout d'un instant entra d'un pas lent et solennel une vieille dame d'une haute taille et qui, sous son chapeau de paille relevé, laissait voir une monumentale coiffure blanche à la Marie-Antoinette. Je ne savais pas alors qu'elle était une des trois femmes qu'on pouvait observer encore dans la société parisienne et qui, comme Mme de Villeparisis, tout en étant d'une grande naissance, avaient été réduites, pour des raisons qui se perdaient dans la nuit des temps et qu'aurait pu nous dire seul quelque vieux beau de cette époque, à ne recevoir qu'une lie de gens dont on ne voulait pas ailleurs. Chacune de ces dames avait sa «duchesse de Guermantes», sa nièce brillante qui venait lui rendre des devoirs, mais ne serait pas parvenue à attirer chez elle la «duchesse de Guermantes» d'une des deux autres. Mme de Villeparisis était fort liée avec ces trois dames, mais elle ne les aimait pas. Peut-être leur situation assez analogue à la sienne lui en présentait-elle une image qui ne lui était pas agréable. Puis aigries, bas bleus, cherchant, par le nombre des saynètes qu'elles faisaient jouer, à se donner l'illusion d'un salon, elles avaient entre elles des rivalités qu'une fortune assez délabrée au cours d'une existence peu tranquille forçait à compter, à profiter du concours gracieux d'un artiste, en une sorte de lutte pour la vie. De plus la dame à la coiffure de Marie-Antoinette, chaque fois qu'elle voyait Mme de Villeparisis, ne pouvait s'empêcher de penser que la duchesse de Guermantes n'allait pas à ses vendredis. Sa consolation était qu'à ces mêmes vendredis ne manquait jamais, en bonne parente, la princesse de Poix, laquelle était sa Guermantes à elle et qui n'allait jamais chez Mme de Villeparisis quoique Mme de Poix fût amie intime de la duchesse.

Néanmoins de l'hôtel du quai Malaquais aux salons de la rue de Tournon, de la rue de la Chaise et du faubourg Saint-Honoré, un lien aussi fort que détesté unissait les trois divinités déchues, desquelles j'aurais bien voulu apprendre, en feuilletant quelque dictionnaire mythologique de la société, quelle aventure galante, quelle outrecuidance sacrilège, avaient amené la punition. La même origine brillante, la même déchéance actuelle entraient peut-être pour beaucoup dans telle nécessité qui les poussait, en même temps qu'à se haïr, à se fréquenter. Puis chacune d'elles trouvait dans les autres un moyen commode de faire des politesses à leurs visiteurs. Comment ceux-ci n'eussent-ils pas cru pénétrer dans le faubourg le plus fermé, quand on les présentait à une dame fort titrée dont la soeur avait épousé un duc de Sagan ou un prince de Ligne? D'autant plus qu'on parlait infiniment plus dans les journaux de ces prétendus salons que des vrais. Même les neveux «gratins» à qui un camarade demandait de les mener dans le monde (Saint-Loup tout le premier) disaient: «Je vous conduirai chez ma tante Villeparisis, ou chez ma tante X..., c'est un salon intéressant.» Ils savaient surtout que cela leur donnerait moins de peine que de faire pénétrer lesdits amis chez les nièces ou belles-soeurs élégantes de ces dames. Les hommes très âgés, les jeunes femmes qui l'avaient appris d'eux, me dirent que si ces vieilles dames n'étaient pas reçues, c'était à cause du dérèglement extraordinaire de leur conduite, lequel, quand j'objectai que ce n'est pas un empêchement à l'élégance, me fut représenté comme ayant dépassé toutes les proportions aujourd'hui connues.

L'inconduite de ces dames solennelles qui se tenaient assises toutes droites prenait, dans la bouche de ceux qui en parlaient, quelque chose que je ne pouvais imaginer, proportionné à la grandeur des époques anté-historiques, à l'âge du mammouth. Bref ces trois Parques à cheveux blancs, bleus ou roses, avaient filé le mauvais coton d'un nombre incalculable de messieurs. Je pensai que les hommes d'aujourd'hui exagéraient les vices de ces temps fabuleux, comme les Grecs qui composèrent Icare, Thésée, Hercule avec des hommes qui avaient été peu différents de ceux qui longtemps après les divinisaient. Mais on ne fait la somme des vices d'un être que quand il n'est plus guère en état de les exercer, et qu'à la grandeur du châtiment social, qui commence à s'accomplir et qu'on constate seul, on mesure, on imagine, on exagère celle du crime qui a été commis. Dans cette galerie de figures symboliques qu'est le «monde», les femmes véritablement légères, les Messalines complètes, présentent toujours l'aspect solennel d'une dame d'au moins soixante-dix ans, hautaine, qui reçoit tant qu'elle peut, mais non qui elle veut, chez qui ne consentent pas à aller les femmes dont la conduite prête un peu à redire, à laquelle le pape donne toujours sa «rose d'or», et qui quelquefois a écrit sur la jeunesse de Lamartine un ouvrage couronné par l'Académie française. «Bonjour Alix», dit Mme de Villeparisis à la dame à coiffure blanche de Marie-Antoinette, laquelle dame jetait un regard perçant sur l'assemblée afin de dénicher s'il n'y avait pas dans ce salon quelque morceau qui pût être utile pour le sien et que, dans ce cas, elle devrait découvrir elle-même, car Mme de Villeparisis, elle n'en doutait pas, serait assez maligne pour essayer de le lui cacher. C'est ainsi que Mme de Villeparisis eut grand soin de ne pas présenter Bloch à la vieille dame de peur qu'il ne fît jouer la même saynète que chez elle dans l'hôtel du quai Malaquais. Ce n'était d'ailleurs qu'un rendu.

Car la vieille dame avait eu la veille Mme Ristori qui avait dit des vers, et avait eu soin que Mme de Villeparisis à qui elle avait chipé l'artiste italienne ignorât l'événement avant qu'il fût accompli. Pour que celle-ci ne l'apprît pas par les journaux et ne s'en trouvât pas froissée, elle venait le lui raconter, comme ne se sentant pas coupable. Mme de Villeparisis, jugeant que ma présentation n'avait pas les mêmes inconvénients que celle de Bloch, me nomma à la Marie-Antoinette du quai. Celle-ci cherchant, en faisant le moins de mouvements possible, à garder dans sa vieillesse cette ligne de déesse de Coysevox qui avait, il y a bien des années, charmé la jeunesse élégante, et que de faux hommes de lettres célébraient maintenant dans des bouts rimés—ayant pris d'ailleurs l'habitude de la raideur hautaine et compensatrice, commune à toutes les personnes qu'une disgrâce particulière oblige à faire perpétuellement des avances—abaissa légèrement la tête avec une majesté glaciale et la tournant d'un autre côté ne s'occupa pas plus de moi que si je n'eusse pas existé. Son attitude à double fin semblait dire à Mme de Villeparisis: «Vous voyez que je n'en suis pas à une relation près et que les petits jeunes—à aucun point de vue, mauvaise langue,—ne m'intéressent pas.» Mais quand, un quart d'heure après, elle se retira, profitant du tohu-bohu elle me glissa à l'oreille de venir le vendredi suivant dans sa loge, avec une des trois dont le nom éclatant—elle était d'ailleurs née Choiseul—me fit un prodigieux effet.

—Monsieur, j'crois que vous voulez écrire quelque chose sur Mme la duchesse de Montmorency, dit Mme de Villeparisis à l'historien de la Fronde, avec cet air bougon dont, à son insu, sa grande amabilité était froncée par le recroquevillement boudeur, le dépit physiologique de la vieillesse, ainsi que par l'affectation d'imiter le ton presque paysan de l'ancienne aristocratie. J'vais vous montrer son portrait, l'original de la copie qui est au Louvre.

Elle se leva en posant ses pinceaux près de ses fleurs, et le petit tablier qui apparut alors à sa taille et qu'elle portait pour ne pas se salir avec ses couleurs, ajoutait encore à l'impression presque d'une campagnarde que donnaient son bonnet et ses grosses lunettes et contrastait avec le luxe de sa domesticité, du maître d'hôtel qui avait apporté le thé et les gâteaux, du valet de pied en livrée qu'elle sonna pour éclairer le portrait de la duchesse de Montmorency, abbesse dans un des plus célèbres chapitres de l'Est. Tout le monde s'était levé. «Ce qui est assez amusant, dit-elle, c'est que dans ces chapitres où nos grand'tantes étaient souvent abbesses, les filles du roi de France n'eussent pas été admises. C'étaient des chapitres très fermés.—Pas admises les filles du Roi, pourquoi cela? demanda Bloch stupéfait.—Mais parce que la Maison de France n'avait plus assez de quartiers depuis qu'elle s'était mésalliée.» L'étonnement de Bloch allait grandissant. «Mésalliée, la Maison de France? Comment ça?—Mais en s'alliant aux Médicis, répondit Mme de Villeparisis du ton le plus naturel. Le portrait est beau, n'est-ce pas? et dans un état de conservation parfaite», ajouta-t-elle.

—Ma chère amie, dit la dame coiffée à la Marie-Antoinette, vous vous rappelez que quand je vous ai amené Liszt il vous a dit que c'était celui-là qui était la copie.

—Je m'inclinerai devant une opinion de Liszt en musique, mais pas en peinture! D'ailleurs, il était déjà gâteux et je ne me rappelle pas qu'il ait jamais dit cela. Mais ce n'est pas vous qui me l'avez amené. J'avais dîné vingt fois avec lui chez la princesse de Sayn-Wittgenstein.

Le coup d'Alix avait raté, elle se tut, resta debout et immobile. Des couches de poudre plâtrant son visage, celui-ci avait l'air d'un visage de pierre. Et comme le profil était noble, elle semblait, sur un socle triangulaire et moussu caché par le mantelet, la déesse effritée d'un parc.

—Ah! voilà encore un autre beau portrait, dit l'historien.

La porte s'ouvrit et la duchesse de Guermantes entra.

—Tiens, bonjour, lui dit sans un signe de tête Mme de Villeparisis en tirant d'une poche de son tablier une main qu'elle tendit à la nouvelle arrivante; et cessant aussitôt de s'occuper d'elle pour se retourner vers l'historien: C'est le portrait de la duchesse de La Rochefoucauld....

Un jeune domestique, à l'air hardi et à la figure charmante (mais rognée si juste pour rester aussi parfaite que le nez un peu rouge et la peau légèrement enflammée semblaient garder quelque trace de la récente et sculpturale incision) entra portant une carte sur un plateau.

—C'est ce monsieur qui est déjà venu plusieurs fois pour voir Madame la Marquise.

—Est-ce que vous lui avez dit que je recevais?

—Il a entendu causer.

—Eh bien! soit, faites-le entrer. C'est un monsieur qu'on m'a présenté, dit Mme de Villeparisis. Il m'a dit qu'il désirait beaucoup être reçu ici. Jamais je ne l'ai autorisé à venir. Mais enfin voilà cinq fois qu'il se dérange, il ne faut pas froisser les gens. Monsieur, me dit-elle, et vous, monsieur, ajouta-t-elle en désignant l'historien de la Fronde, je vous présente ma nièce, la duchesse de Guermantes.

L'historien s'inclina profondément ainsi que moi et, semblant supposer que quelque réflexion cordiale devait suivre ce salut, ses yeux s'animèrent et il s'apprêtait à ouvrir la bouche quand il fut refroidi par l'aspect de Mme de Guermantes qui avait profité de l'indépendance de son torse pour le jeter en avant avec une politesse exagérée et le ramener avec justesse sans que son visage et son regard eussent paru avoir remarqué qu'il y avait quelqu'un devant eux; après avoir poussé un léger soupir, elle se contenta de manifester de la nullité de l'impression que lui produisaient la vue de l'historien et la mienne en exécutant certains mouvements des ailes du nez avec une précision qui attestait l'inertie absolue de son attention désoeuvrée.

Le visiteur importun entra, marchant droit vers Mme de Villeparisis, d'un air ingénu et fervent, c'était Legrandin.

—Je vous remercie beaucoup de me recevoir, madame, dit-il en insistant sur le mot «beaucoup»: c'est un plaisir d'une qualité tout à fait rare et subtile que vous faites à un vieux solitaire, je vous assure que sa répercussion....

Il s'arrêta net en m'apercevant.

—Je montrais à monsieur le beau portrait de la duchesse de La Rochefoucauld, femme de l'auteur des *Maximes*, il me vient de famille.

Mme de Guermantes, elle, salua Alix, en s'excusant de n'avoir pu, cette année comme les autres, aller la voir. «J'ai eu de vos nouvelles par Madeleine», ajouta-t-elle.

—Elle a déjeuné chez moi ce matin, dit la marquise du quai Malaquais avec la satisfaction de penser que Mme de Villeparisis n'en pourrait jamais dire autant.

Cependant je causais avec Bloch, et craignant, d'après ce qu'on m'avait dit du changement à son égard de son père, qu'il n'enviât ma vie, je lui dis que la sienne devait être plus heureuse. Ces paroles étaient de ma part un simple effet de l'amabilité. Mais elle persuade aisément de leur bonne chance ceux qui ont beaucoup d'amour-propre, ou leur donne le désir de persuader les autres. «Oui, j'ai en effet une vie délicieuse, me dit Bloch d'un air de béatitude. J'ai trois grands amis, je n'en voudrais pas un de plus, une maîtresse adorable, je suis infiniment heureux. Rare est le mortel à qui le Père Zeus accorde tant de félicités.» Je crois qu'il cherchait surtout à se louer et à me faire envie. Peut-être aussi y avait-il quelque désir d'originalité dans son optimisme. Il fut visible qu'il ne voulait pas répondre les mêmes banalités que tout le monde: «Oh! ce n'était rien, etc.» quand, à ma question: «Était-ce joli?» posée à propos d'une matinée dansante donnée chez lui et à laquelle je n'avais pu aller, il me répondit d'un air uni, indifférent comme s'il s'était agi d'un autre: «Mais oui, c'était très joli, on ne peut plus réussi. C'était vraiment ravissant.»

—Ce que vous nous apprenez là m'intéresse infiniment, dit Legrandin à Mme de Villeparisis, car je me disais justement l'autre jour que vous teniez beaucoup de lui par la netteté alerte du tour, par quelque chose que j'appellerai de deux termes contradictoires, la rapidité lapidaire et l'instantané immortel. J'aurais voulu ce soir prendre en note toutes les choses que vous dites; mais je les retiendrai. Elles sont, d'un mot qui est, je crois, de Joubert, amies de la mémoire. Vous n'avez jamais lu Joubert? Oh! vous lui auriez tellement plu! Je me permettrai dès ce soir de vous envoyer ses oeuvres, très fier de vous présenter son esprit. Il n'avait pas votre force. Mais il avait aussi bien de la grâce.

J'avais voulu tout de suite aller dire bonjour à Legrandin, mais il se tenait constamment le plus éloigné de moi qu'il pouvait, sans doute dans l'espoir que je n'entendisse pas les flatteries qu'avec un grand raffinement d'expression, il ne cessait à tout propos de prodiguer à Mme de Villeparisis.

Elle haussa les épaules en souriant comme s'il avait voulu se moquer et se tourna vers l'historien.

—Et celle-ci, c'est la fameuse Marie de Rohan, duchesse de Chevreuse, qui avait épousé en premières noces M. de Luynes.

—Ma chère, Mme de Luynes me fait penser à Yolande; elle est venue hier chez moi; si j'avais su que vous n'aviez votre soirée prise par personne, je vous aurais envoyé chercher; Mme Ristori, qui est venue à l'improviste, a dit devant l'auteur des vers de la reine Carmen Sylva, c'était d'une beauté!

«Quelle perfidie! pensa Mme de Villeparisis. C'est sûrement de cela qu'elle parlait tout bas, l'autre jour, à Mme de Beaulaincourt et à Mme de Chaponay.»—J'étais libre, mais je ne serais pas venue, répondit-elle. J'ai entendu Mme Ristori dans son beau temps, ce n'est plus qu'une ruine. Et puis je déteste les vers de Carmen Sylva. La Ristori est venue ici une fois, amenée par la duchesse d'Aoste, dire un chant de l'Enfer, de Dante. Voilà où elle est incomparable.

Alix supporta le coup sans faiblir. Elle restait de marbre. Son regard était perçant et vide, son nez noblement arqué. Mais une joue s'écaillait. Des végétations légères, étranges, vertes et roses, envahissaient le menton. Peut-être un hiver de plus la jetterait bas.

—Tenez, monsieur, si vous aimez la peinture, regardez le portrait de Mme de Montmorency, dit Mme de Villeparisis à Legrandin pour interrompre les compliments qui recommençaient.

Profitant de ce qu'il s'était éloigné, Mme de Guermantes le désigna à sa tante d'un regard ironique et interrogateur.

—C'est M. Legrandin, dit à mi-voix Mme de Villeparisis; il a une soeur qui s'appelle Mme de Cambremer, ce qui ne doit pas, du reste, te dire plus qu'à moi.

—Comment, mais je la connais parfaitement, s'écria en mettant sa main devant sa bouche Mme de Guermantes. Ou plutôt je ne la connais pas, mais je ne sais pas ce qui a pris à Basin, qui rencontre Dieu sait où le mari, de dire à cette grosse femme de venir me voir. Je ne peux pas vous dire ce que ç'a été que sa visite. Elle m'a raconté qu'elle était allée à Londres, elle m'a énuméré tous les tableaux du British. Telle que vous me voyez, en sortant de chez vous je vais fourrer un carton chez ce monstre. Et ne croyez pas que ce soit des plus faciles, car sous prétexte qu'elle est mourante elle est toujours chez elle et, qu'on y aille à sept heures du soir ou à neuf heures du matin, elle est prête à vous offrir des tartes aux fraises.

—Mais bien entendu, voyons, c'est un monstre, dit Mme de Guermantes à un regard interrogatif de sa tante. C'est une personne impossible: elle dit «plumitif», enfin des choses comme ça.—Qu'est-ce que ça veut dire «plumitif»? demanda Mme de Villeparisis à sa nièce?—Mais je n'en sais rien! s'écria la duchesse avec une indignation feinte. Je ne veux pas le savoir. Je ne parle pas ce français-là. Et voyant que sa tante ne savait vraiment pas ce que voulait dire plumitif, pour avoir la satisfaction de montrer qu'elle était savante autant que puriste et pour se moquer de sa tante après s'être moquée de Mme de Cambremer:—Mais si, dit-elle avec un demi-rire, que les restes de la mauvaise humeur jouée réprimaient, tout le monde sait ça, un plumitif c'est un écrivain, c'est quelqu'un qui tient une plume. Mais c'est une horreur de mot. C'est à vous faire tomber vos dents de sagesse. Jamais on ne me ferait dire ça.

—Comment, c'est le frère! je n'ai pas encore réalisé. Mais au fond ce n'est pas incompréhensible. Elle a la même humilité de descente de lit et les mêmes ressources de bibliothèque tournante. Elle est aussi flagorneuse que lui et aussi embêtante. Je commence à me faire assez bien à l'idée de cette parenté.

—Assieds-toi, on va prendre un peu de thé, dit Mme de Villeparisis à Mme de Guermantes, sers-toi toi-même, toi tu n'as pas besoin de voir les portraits de tes arrière-grand'mères, tu les connais aussi bien que moi.

Mme de Villeparisis revint bientôt s'asseoir et se mit à peindre. Tout le monde se rapprocha, j'en profitai pour aller vers Legrandin et, ne trouvant rien de coupable à sa présence chez Mme de Villeparisis, je lui dis sans songer combien j'allais à la fois le blesser et lui faire croire à l'intention de le blesser: «Eh bien, monsieur, je suis presque excusé d'être dans un salon puisque je vous y trouve.» M. Legrandin conclut de ces paroles (ce fut du moins le jugement qu'il porta sur moi quelques jours plus tard) que j'étais un petit être foncièrement méchant qui ne se plaisait qu'au mal.

«Vous pourriez avoir la politesse de commencer par me dire bonjour», me répondit-il, sans me donner la main et d'une voix rageuse et vulgaire que je ne lui soupçonnais pas et qui, nullement en rapport rationnel avec ce qu'il disait d'habitude, en avait un autre plus immédiat et plus saisissant avec quelque chose qu'il éprouvait. C'est que, ce que nous éprouvons, comme nous sommes décidés à toujours le cacher, nous n'avons jamais pensé à la façon dont nous l'exprimerions. Et tout d'un coup, c'est en nous une bête immonde et inconnue qui se fait entendre et dont l'accent parfois peut aller jusqu'à faire aussi peur à qui reçoit cette confidence involontaire, elliptique et presque irrésistible de votre défaut ou de votre vice, que ferait l'aveu soudain indirectement et bizarrement proféré par un criminel ne pouvant s'empêcher de confesser un meurtre dont vous ne le saviez pas coupable. Certes je savais bien que l'idéalisme, même subjectif, n'empêche pas de grands philosophes de rester gourmands ou de se présenter avec ténacité à l'Académie. Mais vraiment Legrandin n'avait pas besoin de rappeler si souvent qu'il appartenait à une autre planète quand tous ses mouvements convulsifs de colère ou d'amabilité étaient gouvernés par le désir d'avoir une bonne position dans celle-ci.

—Naturellement, quand on me persécute vingt fois de suite pour me faire venir quelque part, continua-t-il à voix basse, quoique j'aie bien droit à ma liberté, je ne peux pourtant pas agir comme un rustre.

Mme de Guermantes s'était assise. Son nom, comme il était accompagné de son titre, ajoutait à sa personne physique son duché qui se projetait autour d'elle et faisait régner la fraîcheur ombreuse et dorée des bois des Guermantes au milieu du salon, à l'entour du pouf où elle était. Je me sentais seulement étonné que leur ressemblance ne fût pas plus lisible sur le visage de la duchesse, lequel n'avait rien de végétal et où tout au plus le couperose des joues—qui auraient dû, semblait-il, être blasonnées par le nom de Guermantes—était l'effet, mais non l'image, de longues chevauchées au grand air. Plus tard, quand elle me fut devenue indifférente, je connus bien des particularités de la duchesse, et notamment (afin de m'en tenir pour le moment à ce dont je subissais déjà le charme alors sans savoir le distinguer) ses yeux, où était captif comme dans un tableau le ciel bleu d'une après-midi de France, largement découvert, baigné de lumière même quand elle ne brillait pas; et une voix qu'on eût crue, aux premiers sons enroués, presque canaille, où traînait, comme sur les marches de l'église de Combray ou la pâtisserie de la place, l'or paresseux et gras d'un soleil de province. Mais ce premier jour je ne discernais rien, mon ardente attention volatilisait immédiatement le peu que j'eusse pu recueillir et où j'aurais pu retrouver quelque chose du nom de Guermantes.

En tout cas je me disais que c'était bien elle que désignait pour tout le monde le nom de duchesse de Guermantes: la vie inconcevable que ce nom signifiait, ce corps la contenait bien; il venait de l'introduire au milieu d'êtres différents, dans ce salon qui la circonvenait de toutes parts et sur lequel elle exerçait une réaction si vive que je croyais voir, là où cette vie cessait de s'étendre, une frange d'effervescence en délimiter les frontières: dans la circonférence que découpait sur le tapis le ballon de la jupe de pékin bleu, et, dans les prunelles claires de la duchesse, à l'intersection des préoccupations, des souvenirs, de la pensée incompréhensible, méprisante, amusée et curieuse qui les remplissaient, et des images étrangères qui s'y reflétaient. Peut-être eussé-je été un peu moins ému si je l'eusse rencontrée chez Mme de Villeparisis à une soirée, au lieu de la voir ainsi à un des «jours» de la marquise, à un de ces thés qui ne sont pour les femmes qu'une courte halte au milieu de leur sortie et où, gardant le chapeau avec lequel elles viennent de faire leurs courses, elles apportent dans l'enfilade des salons la qualité de l'air du dehors et donnent plus jour sur Paris à la fin de l'après-midi que ne font les hautes fenêtres ouvertes dans lesquelles on entend les roulements des victorias: Mme de Guermantes était coiffée d'un canotier fleuri de bleuets; et ce qu'ils m'évoquaient, ce n'était pas, sur les sillons de Combray où si souvent j'en avais cueilli, sur le talus contigu à la haie de Tansonville, les soleils des lointaines années, c'était l'odeur et la poussière du crépuscule, telles qu'elles étaient tout à l'heure, au moment où Mme de Guermantes venait de les traverser, rue de la Paix.

D'un air souriant, dédaigneux et vague, tout en faisant la moue avec ses lèvres serrées, de la pointe de son ombrelle, comme de l'extrême antenne de sa vie mystérieuse, elle dessinait des ronds sur le tapis, puis, avec cette attention indifférente qui commence par ôter tout point de contact avec ce que l'on considère soi-même, son regard fixait tour à tour chacun de nous, puis inspectait les canapés et les fauteuils mais en s'adoucissant alors de cette sympathie humaine qu'éveille la présence même insignifiante d'une chose que l'on connaît, d'une chose qui est presque une personne; ces meubles n'étaient pas comme nous, ils étaient vaguement de son monde, ils étaient liés à la vie de sa tante; puis du meuble de Beauvais ce regard était ramené à la personne qui y était assise et reprenait alors le même air de perspicacité et de cette même désapprobation que le respect de

Mme de Guermantes pour sa tante l'eût empêchée d'exprimer, mais enfin qu'elle eût éprouvée si elle eût constaté sur les fauteuils au lieu de notre présence celle d'une tache de graisse ou d'une couche de poussière.

L'excellent écrivain G—— entra; il venait faire à Mme de Villeparisis une visite qu'il considérait comme une corvée. La duchesse, qui fut enchantée de le retrouver, ne lui fit pourtant pas signe, mais tout naturellement il vint près d'elle, le charme qu'elle avait, son tact, sa simplicité la lui faisant considérer comme une femme d'esprit. D'ailleurs la politesse lui faisait un devoir d'aller auprès d'elle, car, comme il était agréable et célèbre, Mme de Guermantes l'invitait souvent à déjeuner même en tête à tête avec elle et son mari, ou l'automne, à Guermantes, profitait de cette intimité pour le convier certains soirs à dîner avec des altesses curieuses de le rencontrer. Car la duchesse aimait à recevoir certains hommes d'élite, à la condition toutefois qu'ils fussent garçons, condition que, même mariés, ils remplissaient toujours pour elle, car comme leurs femmes, toujours plus ou moins vulgaires, eussent fait tache dans un salon où il n'y avait que les plus élégantes beautés de Paris, c'est toujours sans elles qu'ils étaient invités; et le duc, pour prévenir toute susceptibilité, expliquait à ces veufs malgré eux que la duchesse ne recevait pas de femmes, ne supportait pas la société des femmes, presque comme si c'était par ordonnance du médecin et comme il eût dit qu'elle ne pouvait rester dans une chambre où il y avait des odeurs, manger trop salé, voyager en arrière ou porter un corset.

Il est vrai que ces grands hommes voyaient chez les Guermantes la princesse de Parme, la princesse de Sagan (que Françoise, entendant toujours parler d'elle, finit par appeler, croyant ce féminin exigé par la grammaire, la Sagante), et bien d'autres, mais on justifiait leur présence en disant que c'était la famille, ou des amies d'enfance qu'on ne pouvait éliminer. Persuadés ou non par les explications que le duc de Guermantes leur avait données sur la singulière maladie de la duchesse de ne pouvoir fréquenter des femmes, les grands hommes les transmettaient à leurs épouses. Quelques-unes pensaient que la maladie n'était qu'un prétexte pour cacher sa jalousie, parce que la duchesse voulait être seule à régner sur une cour d'adorateurs. De plus naïves encore pensaient que peut-être la duchesse avait un genre singulier, voire un passé scandaleux, que les femmes ne voulaient pas aller chez elle, et qu'elle donnait le nom de sa fantaisie à la nécessité. Les meilleures, entendant leur mari dire monts et merveilles de l'esprit de la duchesse, estimaient que celle-ci était si supérieure au reste des femmes qu'elle s'ennuyait dans leur société car elles ne savent parler de rien. Et il est vrai que la duchesse s'ennuyait auprès des femmes, si leur qualité princière ne leur donnait pas un intérêt particulier. Mais les épouses éliminées se trompaient quand elles s'imaginaient qu'elle ne voulait recevoir que des hommes pour pouvoir parler littérature, science et philosophie.

Car elle n'en parlait jamais, du moins avec les grands intellectuels. Si, en vertu de la même tradition de famille qui fait que les filles de grands militaires gardent au milieu de leurs préoccupations les plus vaniteuses le respect des choses de l'armée, petite-fille de femmes qui avaient été liées avec Thiers, Mérimée et Augier, elle pensait qu'avant tout il faut garder dans son salon une place aux gens d'esprit, mais avait d'autre part retenu de la façon à la fois condescendante et intime dont ces hommes célèbres étaient reçus à Guermantes le pli de considérer les gens de talent comme des relations familières dont le talent ne vous éblouit pas, à qui on ne parle pas de leurs oeuvres, ce qui ne les intéresserait d'ailleurs pas. Puis le genre d'esprit Mérimée et Meilhac et Halévy, qui était le sien, la portait, par contraste avec le sentimentalisme verbal d'une époque antérieure, à un genre de conversation qui rejette tout ce qui est grandes phrases et expression de sentiments élevés, et faisait qu'elle mettait une sorte d'élégance quand elle était avec un poète ou un musicien à ne parler que des plats qu'on mangeait ou de la partie de cartes qu'on allait faire. Cette abstention avait, pour un tiers peu au courant, quelque chose de troublant qui allait jusqu'au mystère. Si Mme de Guermantes lui demandait s'il lui ferait plaisir d'être invité avec tel poète célèbre, dévoré de curiosité il arrivait à l'heure dite. La duchesse parlait au poète du temps qu'il faisait.

On passait à table. «Aimez-vous cette façon de faire les oeufs?» demandait-elle au poète. Devant son assentiment, qu'elle partageait, car tout ce qui était chez elle lui paraissait exquis, jusqu'à un cidre affreux qu'elle faisait venir de Guermantes: «Redonnez des oeufs à monsieur», ordonnait-elle au maître d'hôtel, cependant que le tiers, anxieux, attendait toujours ce qu'avaient sûrement eu l'intention de se dire, puisqu'ils avaient arrangé de se voir malgré mille difficultés avant son départ, le poète et la duchesse. Mais le repas continuait, les plats étaient enlevés les uns après les autres, non sans fournir à Mme de Guermantes l'occasion de spirituelles plaisanteries ou de fines historiettes. Cependant le poète mangeait toujours sans que duc ou duchesse eussent eu l'air de se rappeler qu'il était poète. Et bientôt le déjeuner était fini et on se disait adieu, sans avoir dit un mot de la poésie, que tout le monde pourtant aimait, mais dont, par une réserve analogue à celle dont Swann m'avait donné l'avant-goût, personne ne parlait. Cette réserve était simplement de bon ton. Mais pour le tiers, s'il y réfléchissait un peu, elle avait quelque chose de fort mélancolique, et les repas du milieu Guermantes faisaient alors penser à ces heures que des amoureux timides passent souvent ensemble à parler de banalités jusqu'au moment de se quitter, et sans que, soit timidité, pudeur, ou maladresse, le grand secret qu'ils seraient plus heureux d'avouer ait pu jamais passer de leur coeur à leurs lèvres. D'ailleurs il faut ajouter que ce silence gardé sur les choses profondes qu'on attendait toujours en vain le moment de voir aborder, s'il pouvait passer pour caractéristique de la duchesse, n'était pas chez elle absolu. Mme de Guermantes avait passé sa jeunesse dans un milieu un peu différent, aussi aristocratique, mais moins brillant et surtout moins futile que celui où elle vivait aujourd'hui, et de grande culture. Il avait laissé à sa frivolité actuelle une sorte de tuf plus solide, invisiblement nourricier et où même la duchesse allait chercher (fort rarement car elle détestait le pédantisme) quelque citation de Victor Hugo ou de Lamartine qui, fort bien appropriée, dite avec un regard senti de ses beaux yeux, ne manquait pas de surprendre et de charmer. Parfois même, sans prétentions, avec pertinence et simplicité, elle donnait à un auteur dramatique académicien quelque conseil sagace, lui faisait atténuer une situation ou changer un dénouement.

Si, dans le salon de Mme de Villeparisis, tout autant que dans l'église de Combray, au mariage de Mlle Percepied, j'avais peine à retrouver dans le beau visage, trop humain, de Mme de Guermantes, l'inconnu de son nom, je pensais du moins que, quand elle parlerait, sa causerie, profonde, mystérieuse, aurait une étrangeté de tapisserie médiévale, de vitrail gothique. Mais pour que je n'eusse pas été déçu par les paroles que j'entendrais prononcer à une personne qui s'appelait Mme de Guermantes, même si je ne l'eusse pas aimée, il n'eût pas suffi que les paroles fussent fines, belles et profondes, il eût fallu qu'elles reflétassent cette couleur amarante de la dernière syllabe de son nom, cette couleur que je m'étais dès le premier jour étonné de ne pas trouver dans sa personne et que j'avais fait se réfugier dans sa pensée. Sans doute j'avais déjà entendu Mme de Villeparisis, Saint-Loup, des gens dont l'intelligence n'avait rien d'extraordinaire prononcer sans précaution ce nom de Guermantes, simplement comme étant celui d'une personne qui allait venir en visite ou avec qui on devait dîner, en n'ayant pas l'air de sentir, dans ce nom, des aspects de bois jaunissants et tout un mystérieux coin de province. Mais ce devait être une affectation de leur part comme quand les poètes classiques ne nous avertissent pas des intentions profondes qu'ils ont cependant eues, affectation que moi aussi je m'efforçais d'imiter en disant sur le ton le plus naturel: la duchesse de Guermantes, comme un nom qui eût ressemblé à d'autres. Du reste tout le monde assurait que c'était une femme très intelligente, d'une conversation spirituelle, vivant dans une petite coterie des plus intéressantes: paroles qui se faisaient complices de mon rêve. Car quand ils disaient coterie intelligente, conversation spirituelle, ce n'est nullement l'intelligence telle que je la connaissais que j'imaginais, fût-ce celle des plus grands esprits, ce n'était nullement de gens comme Bergotte que je composais cette coterie. Non, par intelligence, j'entendais une faculté ineffable, dorée, imprégnée d'une fraîcheur sylvestre. Même en tenant les propos les plus intelligents (dans le sens où je prenais le mot «intelligent» quand il s'agissait d'un philosophe ou d'un critique), Mme de Guermantes aurait peut-être déçu plus encore mon attente d'une faculté si particulière, que si, dans une conversation insignifiante, elle s'était contentée de parler de recettes de cuisine ou de mobilier de château, de citer des noms de voisines ou de parents à elle, qui m'eussent évoqué sa vie.

—Je croyais trouver Basin ici, il comptait venir vous voir, dit Mme de Guermantes à sa tante.

—Je ne l'ai pas vu, ton mari, depuis plusieurs jours, répondit d'un ton susceptible et fâché Mme de Villeparisis. Je ne l'ai pas vu, ou enfin peut-être une fois, depuis cette charmante plaisanterie de se faire annoncer comme la reine de Suède.

Pour sourire Mme de Guermantes pinça le coin de ses lèvres comme si elle avait mordu sa voilette.

—Nous avons dîné avec elle hier chez Blanche Leroi, vous ne la reconnaîtriez pas, elle est devenue énorme, je suis sûre qu'elle est malade.

—Je disais justement à ces messieurs que tu lui trouvais l'air d'une grenouille.

Mme de Guermantes fit entendre une espèce de bruit rauque qui signifiait qu'elle ricanait par acquit de conscience.

—Je ne savais pas que j'avais fait cette jolie comparaison, mais, dans ce cas, maintenant c'est la grenouille qui a réussi à devenir aussi grosse que le boeuf. Ou plutôt ce n'est pas tout à fait cela, parce que toute sa grosseur s'est amoncelée sur le ventre, c'est plutôt une grenouille dans une position intéressante.

—Ah! je trouve ton image drôle, dit Mme de Villeparisis qui était au fond assez fière, pour ses visiteurs, de l'esprit de sa nièce.

—Elle est surtout *arbitraire*, répondit Mme de Guermantes en détachant ironiquement cette épithète choisie, comme eût fait Swann, car j'avoue n'avoir jamais vu de grenouille en couches. En tout cas cette grenouille, qui d'ailleurs ne demande pas de roi, car je ne l'ai jamais vue plus folâtre que depuis la mort de son époux, doit venir dîner à la maison un jour de la semaine prochaine. J'ai dit que je vous préviendrais à tout hasard.

Mme de Villeparisis fit entendre une sorte de grommellement indistinct.

—Je sais qu'elle a dîné avant-hier chez Mme de Mecklembourg, ajouta-t-elle. Il y avait Hannibal de Bréauté. Il est venu me le raconter, assez drôlement je dois dire.

—Il y avait à ce dîner quelqu'un de bien plus spirituel encore que Babal, dit Mme de Guermantes, qui, si intime qu'elle fût avec M. de Bréauté-Consalvi, tenait à le montrer en l'appelant par ce diminutif. C'est M. Bergotte.

Je n'avais pas songé que Bergotte pût être considéré comme spirituel; de plus il m'apparaissait comme mêlé à l'humanité intelligente, c'est-à-dire infiniment distant de ce royaume mystérieux que j'avais aperçu sous les toiles de pourpre d'une baignoire et où M. de Bréauté, faisant rire la duchesse, tenait avec elle, dans la langue des Dieux, cette chose inimaginable: une conversation entre gens du faubourg Saint-Germain. Je fus navré de voir l'équilibre se rompre et Bergotte passer par-dessus M. de Bréauté. Mais, surtout, je fus désespéré d'avoir évité Bergotte le soir de *Phèdre*, de ne pas être allé à lui, en entendant Mme de Guermantes dire à Mme de Villeparisis:

—C'est la seule personne que j'aie envie de connaître, ajouta la duchesse en qui on pouvait toujours, comme au moment d'une marée spirituelle, voir le flux d'une curiosité à l'égard des intellectuels célèbres croiser en route le reflux du snobisme aristocratique. Cela me ferait un plaisir!

La présence de Bergotte à côté de moi, présence qu'il m'eût été si facile d'obtenir, mais que j'aurais crue capable de donner une mauvaise idée de moi à Mme de Guermantes, eût sans doute eu au contraire pour résultat qu'elle m'eût fait signe de venir dans sa baignoire et m'eût demandé d'amener un jour déjeuner le grand écrivain.

—Il paraît qu'il n'a pas été très aimable, on l'a présenté à M. de Cobourg et il ne lui a pas dit un mot, ajouta Mme de Guermantes, en signalant ce trait curieux comme elle aurait raconté qu'un Chinois se serait mouché avec du papier. Il ne lui a pas dit une fois «Monseigneur», ajouta-t-elle, d'un air amusé par ce détail aussi important pour elle que le refus par un protestant, au cours d'une audience du pape, de se mettre à genoux devant Sa Sainteté.

Intéressée par ces particularités de Bergotte, elle n'avait d'ailleurs pas l'air de les trouver blâmables, et paraissait plutôt lui en faire un mérite sans qu'elle sût elle-même exactement de quel genre. Malgré cette façon étrange de comprendre l'originalité de Bergotte, il m'arriva plus tard de ne pas trouver tout à fait négligeable que Mme de Guermantes, au grand étonnement de beaucoup, trouvât Bergotte plus spirituel que M. de Bréauté. Ces jugements subversifs, isolés et, malgré tout, justes, sont ainsi portés dans le monde par de rares personnes supérieures aux autres. Et ils y dessinent les premiers linéaments de la hiérarchie des valeurs telle que l'établira la génération suivante au lieu de s'en tenir éternellement à l'ancienne.

Le comte d'Argencourt, chargé d'affaires de Belgique et petit-cousin par alliance de Mme de Villeparisis, entra en boitant, suivi bientôt de deux jeunes gens, le baron de Guermantes et S.A. le duc de Châtellerault, à qui Mme de Guermantes dit: «Bonjour, mon petit Châtellerault», d'un air distrait et sans bouger de son pouf, car elle était une grande amie de la mère du jeune duc, lequel avait, à cause de cela et depuis son enfance, un extrême respect pour elle. Grands, minces, la peau et les cheveux dorés, tout à fait de type Guermantes, ces deux jeunes gens avaient l'air d'une condensation de la lumière printanière et vespérale qui inondait le grand salon. Suivant une habitude qui était à la mode à ce moment-là, ils posèrent leurs hauts de forme par terre, près d'eux. L'historien de la Fronde pensa qu'ils étaient gênés comme un paysan entrant à la mairie et ne sachant que faire de son chapeau. Croyant devoir venir charitablement en aide à la gaucherie et à la timidité qu'il leur supposait:

—Non, non, leur dit-il, ne les posez pas par terre, vous allez les abîmer.

Un regard du baron de Guermantes, en rendant oblique le plan de ses prunelles, y roula tout à coup une couleur d'un bleu cru et tranchant qui glaça le bienveillant historien.

—Comment s'appelle ce monsieur, me demanda le baron, qui venait de m'être présenté par Mme de Villeparisis?

—M. Pierre, répondis-je à mi-voix.

—Pierre de quoi?

—Pierre, c'est son nom, c'est un historien de grande valeur.

—Ah!... vous m'en direz tant.

—Non, c'est une nouvelle habitude qu'ont ces messieurs de poser leurs chapeaux à terre, expliqua Mme de Villeparisis, je suis comme vous, je ne m'y habitue pas. Mais j'aime mieux cela que mon neveu Robert qui laisse toujours le sien dans l'antichambre. Je lui dis, quand je le vois entrer ainsi, qu'il a l'air de l'horloger et je lui demande s'il vient remonter les pendules.

—Vous parliez tout à l'heure, madame la marquise, du chapeau de M. Molé, nous allons bientôt arriver à faire, comme Aristote, un chapitre des chapeaux, dit l'historien de la Fronde, un peu rassuré par l'intervention de Mme de Villeparisis, mais pourtant d'une voix encore si faible que, sauf moi, personne ne l'entendit.

—Elle est vraiment étonnante la petite duchesse, dit M. d'Argencourt en montrant Mme de Guermantes qui causait avec G... Dès qu'il y a un homme en vue dans un salon, il est toujours à côté d'elle. Évidemment cela ne peut être que le grand pontife qui se trouve là. Cela ne peut pas être tous les jours M. de Borelli, Schlumberger ou d'Avenel. Mais alors ce sera M. Pierre Loti ou Edmond Rostand. Hier soir, chez les Doudeauville, où, entre parenthèses, elle était splendide sous son diadème d'émeraudes, dans une grande robe rose à queue, elle avait d'un côté d'elle M. Deschanel, de l'autre l'ambassadeur d'Allemagne: elle leur tenait tête sur la Chine; le gros public, à distance respectueuse, et qui n'entendait pas ce qu'ils disaient, se demandait s'il n'y allait pas y avoir la guerre. Vraiment on aurait dit une reine qui tenait le cercle.

Chacun s'était rapproché de Mme de Villeparisis pour la voir peindre.

—Ces fleurs sont d'un rose vraiment céleste, dit Legrandin, je veux dire couleur de ciel rose. Car il y a un rose ciel comme il y a un bleu ciel. Mais, murmura-t-il pour tâcher de n'être entendu que de la marquise, je crois que je penche encore pour le soyeux, pour l'incarnat vivant de la copie que vous en faites. Ah! vous laissez bien loin derrière vous Pisanello et Van Huysun, leur herbier minutieux et mort.

Un artiste, si modeste qu'il soit, accepte toujours d'être préféré à ses rivaux et tâche seulement de leur rendre justice.

—Ce qui vous fait cet effet-là, c'est qu'ils peignaient des fleurs de ce temps-là que nous ne connaissons plus, mais ils avaient une bien grande science.

—Ah! des fleurs de ce temps-là, comme c'est ingénieux, s'écria Legrandin.

—Vous peignez en effet de belles fleurs de cerisier ... ou de roses de mai, dit l'historien de la Fronde non sans hésitation quant à la fleur, mais avec de l'assurance dans la voix, car il commençait à oublier l'incident des chapeaux.

—Non, ce sont des fleurs de pommier, dit la duchesse de Guermantes en s'adressant à sa tante.

—Ah! je vois que tu es une bonne campagnarde; comme moi, tu sais distinguer les fleurs.

—Ah! oui, c'est vrai! mais je croyais que la saison des pommiers était déjà passée, dit au hasard l'historien de la Fronde pour s'excuser.

—Mais non, au contraire, ils ne sont pas en fleurs, ils ne le seront pas avant une quinzaine, peut-être trois semaines, dit l'archiviste qui, gérant un peu les propriétés de Mme de Villeparisis, était plus au courant des choses de la campagne.

—Oui, et encore dans les environs de Paris où ils sont très en avance. En Normandie, par exemple, chez son père, dit-elle en désignant le duc de Châtellerault, qui a de magnifiques pommiers au bord de la mer, comme sur un paravent japonais, ils ne sont vraiment roses qu'après le 20 mai.

—Je ne les vois jamais, dit le jeune duc, parce que ça me donne la fièvre des foins, c'est épatant.

—La fièvre des foins, je n'ai jamais entendu parler de cela, dit l'historien.

—C'est la maladie à la mode, dit l'archiviste.

—Ça dépend, cela ne vous donnerait peut-être rien si c'est une année où il y a des pommes. Vous savez le mot du Normand. Pour une année où il y a des pommes ... dit M. d'Argencourt, qui n'étant pas tout à fait français, cherchait à se donner l'air parisien.

—Tu as raison, répondit à sa nièce Mme de Villeparisis, ce sont des pommiers du Midi. C'est une fleuriste qui m'a envoyé ces branches-là en me demandant de les accepter. Cela vous étonne, monsieur Vallenères, dit-elle en se tournant vers l'archiviste, qu'une fleuriste m'envoie des branches de pommier? Mais j'ai beau être une vieille dame, je connais du monde, j'ai quelques amis, ajouta-t-elle en souriant par simplicité, crut-on généralement, plutôt, me sembla-t-il, parce qu'elle trouvait du piquant à tirer vanité de l'amitié d'une fleuriste quand on avait d'aussi grandes relations.

Bloch se leva pour venir à son tour admirer les fleurs que peignait Mme de Villeparisis.

—N'importe, marquise, dit l'historien regagnant sa chaise, quand même reviendrait une de ces révolutions qui ont si souvent ensanglanté l'histoire de France—et, mon Dieu, par les temps où nous vivons on ne peut savoir, ajouta-t-il en jetant un regard circulaire et circonspect comme pour voir s'il ne se trouvait aucun «mal pensant» dans le salon, encore qu'il n'en doutât pas,—avec un talent pareil et vos cinq langues, vous seriez toujours sûre de vous tirer d'affaire. L'historien de la Fronde goûtait quelque repos, car il avait oublié ses insomnies. Mais il se rappela soudain qu'il n'avait pas dormi depuis six jours, alors une dure fatigue, née de son esprit, s'empara de ses jambes, lui fit courber les épaules, et son visage désolé pendait, pareil à celui d'un vieillard.

Bloch voulut faire un geste pour exprimer son admiration, mais d'un coup de coude il renversa le vase où était la branche et toute l'eau se répandit sur le tapis.

—Vous avez vraiment des doigts de fée, dit à la marquise l'historien qui, me tournant le dos à ce moment-là, ne s'était pas aperçu de la maladresse de Bloch.

Mais celui-ci crut que ces mots s'appliquaient à lui, et pour cacher sous une insolence la honte de sa gaucherie:

—Cela ne présente aucune importance, dit-il, car je ne suis pas mouillé.

Mme de Villeparisis sonna et un valet de pied vint essuyer le tapis et ramasser les morceaux de verre. Elle invita les deux jeunes gens à sa matinée ainsi que la duchesse de Guermantes à qui elle recommanda:

—Pense à dire à Gisèle et à Berthe (les duchesses d'Auberjon et de Portefin) d'être là un peu avant deux heures pour m'aider, comme elle aurait dit à des maîtres d'hôtel extras d'arriver d'avance pour faire les compotiers.

Elle n'avait avec ses parents princiers, pas plus qu'avec M. de Norpois, aucune de ces amabilités qu'elle avait avec l'historien, avec Cottard, avec Bloch, avec moi, et ils semblaient n'avoir pour elle d'autre intérêt que de les offrir en pâture à notre curiosité. C'est qu'elle savait qu'elle n'avait pas à se gêner avec des gens pour qui elle n'était pas une femme plus ou moins brillante, mais la soeur susceptible, et ménagée, de leur père ou de leur oncle. Il ne lui eût servi à rien de chercher à briller vis-à-vis d'eux, à qui cela ne pouvait donner le change sur le fort ou le faible de sa situation, et qui mieux que personne connaissaient son histoire et respectaient la race illustre dont elle était issue. Mais surtout ils n'étaient plus pour elle qu'un résidu mort qui ne fructifierait plus; ils ne lui feraient pas connaître leurs nouveaux amis, partager leurs plaisirs. Elle ne pouvait obtenir que leur présence ou la possibilité de parler d'eux à sa réception de cinq heures, comme plus tard dans ses Mémoires dont celle-ci n'était qu'une sorte de répétition, de première lecture à haute voix devant un petit cercle.

Et la compagnie que tous ces nobles parents lui servaient à intéresser, à éblouir, à enchaîner, la compagnie des Cottard, des Bloch, des auteurs dramatiques notoires, historiens de la Fronde de tout genre, c'était dans celle-là que, pour Mme de Villeparisis—à défaut de la partie du monde élégant qui n'allait pas chez elle— étaient le mouvement, la nouveauté, les divertissements et la vie; c'étaient ces gens-là dont elle pouvait tirer des avantages sociaux (qui valaient bien qu'elle leur fît rencontrer quelquefois, sans qu'ils la connussent jamais, la duchesse de Guermantes): des dîners avec des hommes remarquables dont les travaux l'avaient intéressée, un opéra-comique ou une pantomime toute montée que l'auteur faisait représenter chez elle, des loges pour des spectacles curieux. Bloch se leva pour partir. Il avait dit tout haut que l'incident du vase de fleurs renversé n'avait aucune importance, mais ce qu'il disait tout bas était différent, plus différent encore ce qu'il pensait: «Quand on n'a pas des domestiques assez bien stylés pour savoir placer un vase sans risquer de tremper et même de blesser les visiteurs on ne se mêle pas d'avoir de ces luxes-là», grommelait-il tout bas. Il était de ces gens susceptibles et «nerveux» qui ne peuvent supporter d'avoir commis une maladresse qu'ils ne s'avouent pourtant pas, pour qui elle gâte toute la journée. Furieux, il se sentait des idées noires, ne voulait plus retourner dans le monde. C'était le moment où un peu de distraction est nécessaire. Heureusement, dans une seconde, Mme de Villeparisis allait le retenir. Soit parce qu'elle connaissait les opinions de ses amis et le flot d'antisémitisme qui commençait à monter, soit par distraction, elle ne l'avait pas présenté aux personnes qui se trouvaient là. Lui, cependant, qui avait peu l'usage du monde, crut qu'en s'en allant il devait les saluer, par savoir-vivre, mais sans amabilité; il inclina plusieurs fois le front, enfonça son menton barbu dans son faux-col, regardant successivement chacun à travers son lorgnon, d'un air froid et mécontent. Mais Mme de Villeparisis l'arrêta; elle avait encore à lui parler du petit acte qui devait être donné chez elle, et d'autre part elle n'aurait pas voulu qu'il partît sans avoir eu la satisfaction de connaître M. de Norpois (qu'elle s'étonnait de ne pas voir entrer), et bien que cette présentation fût superflue, car Bloch était déjà résolu à persuader aux deux artistes dont il avait parlé de venir chanter à l'oeil chez la marquise, dans l'intérêt de leur gloire, à une de ces réceptions où fréquentait l'élite de l'Europe. Il avait même proposé en plus une tragédienne «aux yeux purs, belle comme Héra», qui dirait des proses lyriques avec le sens de la beauté plastique. Mais à son nom Mme de Villeparisis avait refusé, car c'était l'amie de Saint-Loup.

—J'ai de meilleures nouvelles, me dit-elle à l'oreille, je crois que cela ne bat plus que d'une aile et qu'ils ne tarderont pas à être séparés, malgré un officier qui a joué un rôle abominable dans tout cela, ajouta-t-elle. (Car la famille de Robert commençait à en vouloir à mort à M. de Borodino qui avait donné la permission pour Bruges, sur les instances du coiffeur, et l'accusait de favoriser une liaison infâme.) C'est quelqu'un de très mal, me dit Mme de Villeparisis, avec l'accent vertueux des Guermantes même les plus dépravés. De très, très mal, reprit-elle en mettant trois t à très. On sentait qu'elle ne doutait pas qu'il ne fût en tiers dans toutes les orgies. Mais comme l'amabilité était chez la marquise l'habitude dominante, son expression de sévérité froncée envers l'horrible capitaine, dont elle dit avec une emphase ironique le nom: le Prince de Borodino, en femme pour qui l'Empire ne compte pas, s'acheva en un tendre sourire à mon adresse avec un clignement d'oeil mécanique de connivence vague avec moi.

—J'aime beaucoup de Saint-Loup-en-Bray, dit Bloch, quoiqu'il soit un mauvais chien, parce qu'il est extrêmement bien élevé. J'aime beaucoup, pas lui, mais les personnes extrêmement bien élevées, c'est si rare, continua-t-il sans se rendre compte, parce qu'il était lui-même très mal élevé, combien ses paroles déplaisaient. Je vais vous citer une preuve que je trouve très frappante de sa parfaite éducation. Je l'ai rencontré une fois avec un jeune homme, comme il allait monter sur son char aux belles jantes, après avoir passé lui-même les courroies splendides à deux chevaux nourris d'avoine et d'orge et qu'il n'est pas besoin d'exciter avec le fouet étincelant. Il nous présenta, mais je n'entendis pas le nom du jeune homme, car on n'entend jamais le nom des personnes à qui on vous présente, ajouta-t-il en riant parce que c'était une plaisanterie de son père. De Saint-Loup-en-Bray resta simple, ne fit pas de frais exagérés pour le jeune homme, ne parut gêné en aucune façon. Or, par hasard, j'ai appris quelques jours après que le jeune homme était le fils de Sir Rufus Israël!

La fin de cette histoire parut moins choquante que son début, car elle resta incompréhensible pour les personnes présentes. En effet, Sir Rufus Israël, qui semblait à Bloch et à son père un personnage presque royal devant lequel Saint-Loup devait trembler, était au contraire aux yeux du milieu Guermantes un étranger parvenu, toléré par le monde, et de l'amitié de qui on n'eût pas eu l'idée de s'enorgueillir, bien au contraire!

—Je l'ai appris, dit Bloch, par le fondé de pouvoir de Sir Rufus Israël, lequel est un ami de mon père et un homme tout à fait extraordinaire. Ah! un individu absolument curieux, ajouta-t-il, avec cette énergie affirmative, cet accent d'enthousiasme qu'on n'apporte qu'aux convictions qu'on ne s'est pas formées soi-même.

Bloch s'était montré enchanté de l'idée de connaître M. de Norpois.

—Il eût aimé, disait-il, le faire parler sur l'affaire Dreyfus. Il y a là une mentalité que je connais mal et ce serait assez piquant de prendre une interview à ce diplomate considérable, dit-il d'un ton sarcastique pour ne pas avoir l'air de se juger inférieur à l'Ambassadeur.

—Dis-moi, reprit Bloch en me parlant tout bas, quelle fortune peut avoir Saint-Loup? Tu comprends bien que, si je te demande cela, je m'en moque comme de l'an quarante, mais c'est au point de vue balzacien, tu comprends. Et tu ne sais même pas en quoi c'est placé, s'il a des valeurs, françaises, étrangères, des terres?

Je ne pus le renseigner en rien. Cessant de parler à mi-voix, Bloch demanda très haut la permission d'ouvrir les fenêtres et, sans attendre la réponse, se dirigea vers celles-ci. Mme de Villeparisis dit qu'il était impossible d'ouvrir, qu'elle était enrhumée. «Ah! si ça doit vous faire du mal! répondit Bloch, déçu. Mais on peut dire qu'il fait chaud!» Et se mettant à rire, il fit faire à ses regards qui tournèrent autour de l'assistance une quête qui réclamait un appui contre Mme de Villeparisis. Il ne le rencontra pas, parmi ces gens bien élevés. Ses yeux allumés, qui n'avaient pu débaucher personne, reprirent avec résignation leur sérieux; il déclara en matière de défaite: «Il fait au moins 22 degrés 25! Cela ne m'étonne pas. Je suis presque en nage. Et je n'ai pas, comme le sage Anténor, fils du fleuve Alpheios, la faculté de me tremper dans l'onde paternelle, pour étancher ma sueur, avant de me mettre dans une baignoire polie et de m'oindre d'une huile parfumée.» Et avec ce besoin qu'on a d'esquisser à l'usage des autres des théories médicales dont l'application serait favorable à notre propre bien-être: «Puisque vous croyez que c'est bon pour vous! Moi je crois tout le contraire. C'est justement ce qui vous enrhume.»

Mme de Villeparisis regretta qu'il eût dit cela aussi tout haut, mais n'y attacha pas grande importance quand elle vit que l'archiviste, dont les opinions nationalistes la tenaient pour ainsi dire à la chaîne, se trouvait placé trop loin pour avoir pu entendre. Elle fut plus choquée d'entendre que Bloch, entraîné par le démon de sa mauvaise éducation qui l'avait préalablement rendu aveugle, lui demandait, en riant à la plaisanterie paternelle: «N'ai-je pas lu de lui une savante étude où il démontrait pour quelles raisons irréfutables la guerre russo-japonaise devait se terminer par la victoire des Russes et la défaite des Japonais? Et n'est-il pas un peu gâteux? Il me semble que c'est lui que j'ai vu viser son siège, avant d'aller s'y asseoir, en glissant comme sur des roulettes.»

—Jamais de la vie! Attendez un instant, ajouta la marquise, je ne sais pas ce qu'il peut faire.

Elle sonna et quand le domestique fut entré, comme elle ne dissimulait nullement et même aimait à montrer que son vieil ami passait la plus grande partie de son temps chez elle:

—Allez donc dire à M. de Norpois de venir, il est en train de classer des papiers dans mon bureau, il a dit qu'il viendrait dans vingt minutes et voilà une heure trois quarts que je l'attends. Il vous parlera de l'affaire Dreyfus, de tout ce que vous voudrez, dit-elle d'un ton boudeur à Bloch, il n'approuve pas beaucoup ce qui se passe.

Car M. de Norpois était mal avec le ministère actuel et Mme de Villeparisis, bien qu'il ne se fût pas permis de lui amener des personnes du gouvernement (elle gardait tout de même sa hauteur de dame de la grande aristocratie et restait en dehors et au-dessus des relations qu'il était obligé de cultiver), était tenue par lui au courant de ce qui se passait. De même ces nommes politiques du régime n'auraient pas osé demander à M. de Norpois de les présenter à Mme de Villeparisis. Mais plusieurs étaient aller le chercher chez elle à la campagne, quand ils avaient eu besoin de son concours dans des circonstances graves. On savait l'adresse. On allait au château. On ne voyait pas la châtelaine. Mais au dîner elle disait: «Monsieur, je sais qu'on est venu vous déranger. Les affaires vont-elles mieux?»

—Vous n'êtes pas trop pressé? demanda Mme de Villeparisis à Bloch?

—Non, non, je voulais partir parce que je ne suis pas très bien, il est même question que je fasse une cure à Vichy pour ma vésicule biliaire, dit-il en articulant ces mots avec une ironie satanique.

—Tiens, mais justement mon petit-neveu Châtellerault doit y aller, vous devriez arranger cela ensemble. Est-ce qu'il est encore là? Il est gentil, vous savez, dit Mme de Villeparisis de bonne foi peut-être, et pensant que des gens qu'elle connaissait tous deux n'avaient aucune raison de ne pas se lier.

—Oh! je ne sais si ça lui plairait, je ne le connais ... qu'à peine, il est là-bas plus loin, dit Bloch confus et ravi.

Le maître d'hôtel n'avait pas dû exécuter d'une façon complète la commission dont il venait d'être chargé pour M. de Norpois. Car celui-ci, pour faire croire qu'il arrivait du dehors et n'avait pas encore vu la maîtresse de la maison, prit au hasard un chapeau dans l'antichambre et vint baiser cérémonieusement la main de Mme de Villeparisis, en lui demandant de ses nouvelles avec le même intérêt qu'on manifeste après une longue absence. Il ignorait que la marquise de Villeparisis avait préalablement ôté toute vraisemblance à cette comédie, à laquelle elle coupa court d'ailleurs en emmenant M. de Norpois et Bloch dans un salon voisin. Bloch, qui avait vu toutes les amabilités qu'on faisait à celui qu'il ne savait pas encore être M. de Norpois, et les saluts compassés, gracieux et profonds par lesquels l'Ambassadeur y répondait, Bloch se sentait inférieur à tout ce cérémonial et, vexé de penser qu'il ne s'adresserait jamais à lui, m'avait dit pour avoir l'air à l'aise: «Qu'est-ce que cette espèce d'imbécile?» Peut-être du reste toutes les salutations de M. de Norpois choquant ce qu'il y avait de meilleur en Bloch, la franchise plus directe d'un milieu moderne, est-ce en partie sincèrement qu'il les trouvait ridicules. En tout cas elles cessèrent de le lui paraître et même l'enchantèrent dès la seconde où ce fut lui, Bloch, qui se trouva en être l'objet.

—Monsieur l'Ambassadeur, dit Mme de Villeparisis, je voudrais vous faire connaître Monsieur. Monsieur Bloch, Monsieur le marquis de Norpois. Elle tenait, malgré la façon dont elle rudoyait M. de Norpois, à lui dire: «Monsieur l'Ambassadeur» par savoir-vivre, par considération exagérée du rang d'ambassadeur, considération que le marquis lui avait inculquée, et enfin pour appliquer ces manières moins familières, plus cérémonieuses à l'égard d'un certain homme, lesquelles dans le salon d'une femme distinguée, tranchant avec la liberté dont elle use avec ses autres habitués, désignent aussitôt son amant.

M. de Norpois noya son regard bleu dans sa barbe blanche, abaissa profondément sa haute taille comme s'il l'inclinait devant tout ce que lui représentait de notoire et d'imposant le nom de Bloch, murmura «je suis enchanté», tandis que son jeune interlocuteur, ému mais trouvant que le célèbre diplomate allait trop loin, rectifia avec empressement et dit: «Mais pas du tout, au contraire, c'est moi qui suis enchanté!» Mais cette cérémonie, que M. de Norpois par amitié pour Mme de Villeparisis renouvelait avec chaque inconnu que sa vieille amie lui présentait, ne parut pas à celle-ci une politesse suffisante pour Bloch à qui elle dit:

—Mais demandez-lui tout ce que vous voulez savoir, emmenez-le à côté si cela est plus commode; il sera enchanté de causer avec vous. Je crois que vous vouliez lui parler de l'affaire Dreyfus, ajouta-t-elle sans plus se préoccuper si cela faisait plaisir à M. de Norpois qu'elle n'eût pensé à demander leur agrément au portrait de la duchesse de Montmorency avant de le faire éclairer pour l'historien, ou au thé avant d'en offrir une tasse.

—Parlez-lui fort, dit-elle à Bloch, il est un peu sourd, mais il vous dira tout ce que vous voudrez, il a très bien connu Bismarck, Cavour. N'est-ce pas, Monsieur, dit-elle avec force, vous avez bien connu Bismarck?

—Avez-vous quelque chose sur le chantier? me demanda M. de Norpois avec un signe d'intelligence en me serrant la main cordialement. J'en profitai pour le débarrasser obligeamment du chapeau qu'il avait cru devoir apporter en signe de cérémonie, car je venais de m'apercevoir que c'était le mien qu'il avait pris par hasard. «Vous m'aviez montré une oeuvrette un peu tarabiscotée où vous coupiez les cheveux en quatre. Je vous ai donné franchement mon avis; ce que vous aviez fait ne valait pas la peine que vous le couchiez sur le papier. Nous préparez-vous quelque chose? Vous êtes très féru de Bergotte, si je me souviens bien.—Ah! ne dites pas de mal de Bergotte, s'écria la duchesse.—Je ne conteste pas son talent de peintre, nul ne s'en aviserait, duchesse. Il sait graver au burin ou à l'eau-forte, sinon brosser, comme M. Cherbuliez, une grande composition. Mais il me semble que notre temps fait une confusion de genres et que le propre du romancier est plutôt de nouer une intrigue et d'élever les coeurs que de fignoler à la pointe sèche un frontispice ou un cul-de-lampe. Je verrai votre père dimanche chez ce brave A.J., ajouta-t-il en se tournant vers moi.

J'espérai un instant, en le voyant parler à Mme de Guermantes, qu'il me prêterait peut-être pour aller chez elle l'aide qu'il m'avait refusée pour aller chez M. Swann. «Une autre de mes grandes admirations, lui dis-je, c'est Elstir. Il paraît que la duchesse de Guermantes en a de merveilleux, notamment cette admirable botte de radis que j'ai aperçue à l'Exposition et que j'aimerais tant revoir; quel chef-d'oeuvre que ce tableau!» Et en effet, si j'avais été un homme en vue, et qu'on m'eût demandé le morceau de peinture que je préférais, j'aurais cité cette botte de radis.

—Un chef-d'oeuvre? s'écria M. de Norpois avec un air d'étonnement et de blâme. Ce n'a même pas la prétention d'être un tableau, mais une simple esquisse (il avait raison). Si vous appelez chef-d'oeuvre cette vive pochade, que direz-vous de la «Vierge» d'Hébert ou de Dagnan-Bouveret?

—J'ai entendu que vous refusiez l'amie de Robert, dit Mme de Guermantes à sa tante après que Bloch eût pris à part l'Ambassadeur, je crois que vous n'avez rien à regretter, vous savez que c'est une horreur, elle n'a pas l'ombre de talent, et en plus elle est grotesque.

—Mais comment la connaissez-vous, duchesse? dit M. d'Argencourt.

—Mais comment, vous ne savez pas qu'elle a joué chez moi avant tout le monde? je n'en suis pas plus fière pour cela, dit en riant Mme de Guermantes, heureuse pourtant, puisqu'on parlait de cette actrice, de faire savoir qu'elle avait eu la primeur de ses ridicules. Allons, je n'ai plus qu'à partir, ajouta-t-elle sans bouger.

Elle venait de voir entrer son mari, et par les mots qu'elle prononçait, faisait allusion au comique d'avoir l'air de faire ensemble une visite de noces, nullement aux rapports souvent difficiles qui existaient entre elle et cet énorme gaillard vieillissant, mais qui menait toujours une vie de jeune homme. Promenant sur le grand nombre de personnes qui entouraient la table à thé les regards affables, malicieux et un peu éblouis par les rayons du soleil couchant, de ses petites prunelles rondes et exactement logées dans l'oeil comme les «mouches» que savait viser et atteindre si parfaitement l'excellent tireur qu'il était, le duc s'avançait avec une lenteur émerveillée et prudente comme si, intimidé par une si brillante assemblée, il eût craint de marcher sur les robes et de déranger les conversations. Un sourire permanent de bon roi d'Yvetot légèrement pompette, une main à demi dépliée flottant, comme l'aileron d'un requin, à côté de sa poitrine, et qu'il laissait presser indistinctement par ses vieux amis et par les inconnus qu'on lui présentait, lui permettaient, sans avoir à faire un seul geste ni à interrompre sa tournée débonnaire, fainéante et royale, de satisfaire à l'empressement de tous, en murmurant seulement: «Bonsoir, mon bon», «bonsoir mon cher ami», «charmé monsieur Bloch», «bonsoir Argencourt», et près de moi, qui fus le plus favorisé quand il eut entendu mon nom: «Bonsoir, mon petit voisin, comment va votre père? Quel brave homme!» Il ne fit de grandes démonstrations que pour Mme de Villeparisis, qui lui dit bonjour d'un signe de tête en sortant une main de son petit tablier.

Formidablement riche dans un monde où on l'est de moins en moins, ayant assimilé à sa personne, d'une façon permanente, la notion de cette énorme fortune, en lui la vanité du grand seigneur était doublée de celle de l'homme d'argent, l'éducation raffinée du premier arrivant tout juste à contenir la suffisance du second. On comprenait d'ailleurs que ses succès de femmes, qui faisaient le malheur de la sienne, ne fussent pas dus qu'à son nom et à sa fortune, car il était encore d'une grande beauté, avec, dans le profil, la pureté, la décision de contour de quelque dieu grec.

—Vraiment, elle a joué chez vous? demanda M. d'Argencourt à la duchesse.

—Mais voyons, elle est venue réciter, avec un bouquet de lis dans la main et d'autres lis «su» sa robe. (Mme de Guermantes mettait, comme Mme de Villeparisis, de l'affectation à prononcer certains mots d'une façon très paysanne, quoiqu'elle ne roulât nullement les *r* comme faisait sa tante.)

Avant que M. de Norpois, contraint et forcé, n'emmenât Bloch dans la petite baie où ils pourraient causer ensemble, je revins un instant vers le vieux diplomate et lui glissai un mot d'un fauteuil académique pour mon père. Il voulut d'abord remettre la conversation à plus tard. Mais j'objectai que j'allais partir pour Balbec. «Comment! vous allez de nouveau à Balbec? Mais vous êtes un véritable globe-trotter!» Puis il m'écouta. Au nom de Leroy-Beaulieu, M. de Norpois me regarda d'un air soupçonneux. Je me figurai qu'il avait peut-être tenu à M. Leroy-Beaulieu des propos désobligeants pour mon père, et qu'il craignait que l'économiste ne les lui eût répétés. Aussitôt, il parut animé d'une véritable affection pour mon père. Et après un de ces ralentissements du débit où tout d'un coup une parole éclate, comme malgré celui qui parle, et chez qui l'irrésistible conviction emporte les efforts bégayants qu'il faisait pour se taire: «Non, non, me dit-il avec émotion, il ne *faut pas* que votre père se présente. Il ne le faut pas dans son intérêt, pour lui-même, par respect pour sa valeur qui est grande et qu'il compromettrait dans une pareille aventure. Il vaut mieux que cela. Fût-il nommé, il aurait tout à perdre et rien à gagner. Dieu merci, il n'est pas orateur. Et c'est la seule chose qui compte auprès de mes chers collègues, quand même ce qu'on dit ne serait que turlutaines. Votre père a un but important dans la vie; il doit y marcher droit, sans se laisser détourner à battre les buissons, fût-ce les buissons, d'ailleurs plus épineux que fleuris, du jardin d'Academus. D'ailleurs il ne réunirait que quelques voix. L'Académie aime à faire faire un stage au postulant avant de l'admettre dans son giron. Actuellement, il n'y a rien à faire. Plus tard je ne dis pas.

Mais il faut que ce soit la Compagnie elle-même qui vienne le chercher. Elle pratique avec plus de fétichisme que de bonheur le «*Farà da se*» de nos voisins d'au delà des Alpes. Leroy-Beaulieu m'a parlé de tout cela d'une manière qui ne m'a pas plu. Il m'a du reste semblé à vue de nez avoir partie liée avec votre père. Je lui ai peut-être fait sentir un peu vivement qu'habitué à s'occuper de cotons et de métaux, il méconnaissait le rôle des impondérables, comme disait Bismarck. Ce qu'il faut éviter avant tout, c'est que votre père se présente: *Principiis obsta*. Ses amis se trouveraient dans une position délicate s'il les mettait en présence du fait accompli. Tenez, dit-il brusquement d'un air de franchise, en fixant ses yeux bleus sur moi, je vais vous dire une chose qui va vous étonner de ma part à moi qui aime tant votre père. Eh bien, justement parce que je l'aime, justement (nous sommes les deux inséparables, *Arcades ambo*) parce que je sais les services qu'il peut rendre à son pays, les écueils qu'il peut lui éviter s'il reste à la barre, par affection, par haute estime, par patriotisme, je ne voterai pas pour lui. Du reste, je crois l'avoir laissé entendre. (Et je crus apercevoir dans ses yeux le profil assyrien et sévère de Leroy-Beaulieu.) Donc lui donner ma voix serait de ma part une sorte de palinodie.

A plusieurs reprises, M. de Norpois traita ses collègues de fossiles. En dehors des autres raisons, tout membre d'un club ou d'une Académie aime à investir ses collègues du genre de caractère le plus contraire au sien, moins pour l'utilité de pouvoir dire: «Ah! si cela ne dépendait que de moi!» que pour la satisfaction de présenter le titre qu'il a obtenu comme plus difficile et plus flatteur. «Je vous dirai, conclut-il, que, dans votre intérêt à tous, j'aime mieux pour votre père une élection triomphale dans dix ou quinze ans.» Paroles qui furent jugées par moi comme dictées, sinon par la jalousie, au moins par un manque absolu de serviabilité et qui se trouvèrent recevoir plus tard, de l'événement même, un sens différent.

—Vous n'avez pas l'intention d'entretenir l'Institut du prix du pain pendant la Fronde? demanda timidement l'historien de la Fronde à M. de Norpois. Vous pourriez trouver là un succès considérable (ce qui voulait dire me faire une réclame monstre), ajouta-t-il en souriant à l'Ambassadeur avec une pusillanimité mais aussi une tendresse qui lui fit lever les paupières et découvrir ses yeux, grands comme un ciel. Il me semblait avoir vu ce regard, pourtant je ne connaissais que d'aujourd'hui l'historien. Tout d'un coup je me rappelai: ce même regard, je l'avais vu dans les yeux d'un médecin brésilien qui prétendait guérir les étouffements du genre de ceux que j'avais par d'absurdes inhalations d'essences de plantes. Comme, pour qu'il prît plus soin de moi, je lui avais dit que je connaissais le professeur Cottard, il m'avait répondu, comme dans l'intérêt de Cottard: «Voilà un traitement, si vous lui en parliez, qui lui fournirait la matière d'une retentissante communication à l'Académie de médecine!» Il n'avait osé insister mais m'avait regardé de ce même air d'interrogation timide, intéressée et suppliante que je venais d'admirer chez l'historien de la Fronde. Certes ces deux hommes ne se connaissaient pas et ne se ressemblaient guère, mais les lois psychologiques ont comme les lois physiques une certaine généralité. Et les conditions nécessaires sont les mêmes, un même regard éclaire des animaux humains différents, comme un même ciel matinal des lieux de la terre situés bien loin l'un de l'autre et qui ne se sont jamais vus. Je n'entendis pas la réponse de l'Ambassadeur, car tout le monde, avec un peu de brouhaha, s'était approché de Mme de Villeparisis pour la voir peindre.

—Vous savez de qui nous parlons, Basin? dit la duchesse à son mari.

—Naturellement je devine, dit le duc.

—Ah! ce n'est pas ce que nous appelons une comédienne de la grande lignée.

—Jamais, reprit Mme de Guermantes s'adressant à M. d'Argencourt, vous n'avez imaginé quelque chose de plus risible.

—C'était même drolatique, interrompit M. de Guermantes dont le bizarre vocabulaire permettait à la fois aux gens du monde de dire qu'il n'était pas un sot et aux gens de lettres de le trouver le pire des imbéciles.

—Je ne peux pas comprendre, reprit la duchesse, comment Robert a jamais pu l'aimer. Oh! je sais bien qu'il ne faut jamais discuter ces choses-là, ajouta-t-elle avec une jolie moue de philosophe et de sentimentale désenchantée. Je sais que n'importe qui peut aimer n'importe quoi. Et, ajouta-t-elle—car si elle se moquait encore de la littérature nouvelle, celle-ci, peut-être par la vulgarisation des journaux ou à travers certaines conversations, s'était un peu infiltrée en elle—c'est même ce qu'il y a de beau dans l'amour, parce que c'est justement ce qui le rend «mystérieux».

—Mystérieux! Ah! j'avoue que c'est un peu fort pour moi, ma cousine, dit le comte d'Argencourt.

—Mais si, c'est très mystérieux, l'amour, reprit la duchesse avec un doux sourire de femme du monde aimable, mais aussi avec l'intransigeante conviction d'une wagnérienne qui affirme à un homme du cercle qu'il n'y a pas que du bruit dans la *Walkyrie*. Du reste, au fond, on ne sait pas pourquoi une personne en aime une autre; ce n'est peut-être pas du tout pour ce que nous croyons, ajouta-t-elle en souriant, repoussant ainsi tout d'un coup par son interprétation l'idée qu'elle venait d'émettre. Du reste, au fond on ne sait jamais rien, conclut-elle d'un air sceptique et fatigué. Aussi, voyez-vous, c'est plus «intelligent»; il ne faut jamais discuter le choix des amants.

Mais après avoir posé ce principe, elle y manqua immédiatement en critiquant le choix de Saint-Loup.

—Voyez-vous, tout de même, je trouve étonnant qu'on puisse trouver de la séduction à une personne ridicule.

Bloch entendant que nous parlions de Saint-Loup, et comprenant qu'il était à Paris, se mit à en dire un mal si épouvantable que tout le monde en fut révolté. Il commençait à avoir des haines, et on sentait que pour les assouvir il ne reculerait devant rien. Ayant posé en principe qu'il avait une haute valeur morale, et que l'espèce de gens qui fréquentait la Boulie (cercle sportif qui lui semblait élégant) méritait le bagne, tous les coups qu'il pouvait leur porter lui semblaient méritoires. Il alla une fois jusqu'à parler d'un procès qu'il voulait intenter à un de ses amis de la Boulie. Au cours de ce procès, il comptait déposer d'une façon mensongère et dont l'inculpé ne pourrait pas cependant prouver la fausseté. De cette façon, Bloch, qui ne mit du reste pas à exécution son projet, pensait le désespérer et l'affoler davantage. Quel mal y avait-il à cela, puisque celui qu'il voulait frapper ainsi était un homme qui ne pensait qu'au chic, un homme de la Boulie, et que contre de telles gens toutes les armes sont permises, surtout à un Saint, comme lui, Bloch?

—Pourtant, voyez Swann, objecta M. d'Argencourt qui, venant enfin de comprendre le sens des paroles qu'avait prononcées sa cousine, était frappé de leur justesse et cherchait dans sa mémoire l'exemple de gens ayant aimé des personnes qui à lui ne lui eussent pas plu.

—Ah! Swann ce n'est pas du tout le même cas, protesta la duchesse. C'était très étonnant tout de même parce que c'était une brave idiote, mais elle n'était pas ridicule et elle a été jolie.

—Hou, hou, grommela Mme de Villeparisis.

—Ah! vous ne la trouviez pas jolie? si, elle avait des choses charmantes, de bien jolis yeux, de jolis cheveux, elle s'habillait et elle s'habille encore merveilleusement. Maintenant, je reconnais qu'elle est immonde, mais elle a été une ravissante personne. Ça ne m'a fait pas moins de chagrin que Charles l'ait épousée, parce que c'était tellement inutile.

La duchesse ne croyait pas dire quelque chose de remarquable, mais, comme M. d'Argencourt se mit à rire, elle répéta la phrase, soit qu'elle la trouvât drôle, ou seulement qu'elle trouvât gentil le rieur qu'elle se mit à regarder d'un air câlin, pour ajouter l'enchantement de la douceur à celui de l'esprit. Elle continua:

—Oui, n'est-ce pas, ce n'était pas la peine, mais enfin elle n'était pas sans charme et je comprends parfaitement qu'on l'aimât, tandis que la demoiselle de Robert, je vous assure qu'elle est à mourir de rire. Je sais bien qu'on m'objectera cette vieille rengaine d'Augier: «Qu'importe le flacon pourvu qu'on ait l'ivresse!» Eh bien, Robert a peut-être l'ivresse, mais il n'a vraiment pas fait preuve de goût dans le choix du flacon! D'abord, imaginez-vous qu'elle avait la prétention que je fisse dresser un escalier au beau milieu de mon salon. C'est un rien, n'est-ce pas, et elle m'avait annoncé qu'elle resterait couchée à plat ventre sur les marches. D'ailleurs, si vous aviez entendu ce qu'elle disait! je ne connais qu'une scène, mais je ne crois pas qu'on puisse imaginer quelque chose de pareil: cela s'appelle les *Sept Princesses*.

—Les *Sept Princesses*, oh! oïl, oïl, quel snobisme! s'écria M. d'Argencourt. Ah! mais attendez, je connais toute la pièce. C'est d'un de mes compatriotes. Il l'a envoyée au Roi qui n'y a rien compris et m'a demandé de lui expliquer.

—Ce n'est pas par hasard du Sar Peladan? demanda l'historien de la Fronde avec une intention de finesse et d'actualité, mais si bas que sa question passa inaperçue.

—Ah! vous connaissez les *Sept Princesses*? répondit la duchesse à M. d'Argencourt. Tous mes compliments! Moi je n'en connais qu'une, mais cela m'a ôté la curiosité de faire la connaissance des six autres. Si elles sont toutes pareilles à celle que j'ai vue!

«Quelle buse!» pensais-je, irrité de l'accueil glacial qu'elle m'avait fait. Je trouvais une sorte d'âpre satisfaction à constater sa complète incompréhension de Maeterlinck. «C'est pour une pareille femme que tous les matins je fais tant de kilomètres, vraiment j'ai de la bonté. Maintenant c'est moi qui ne voudrais pas d'elle.» Tels étaient les mots que je me disais; ils étaient le contraire de ma pensée; c'étaient de purs mots de conversation, comme nous nous en disons dans ces moments où, trop agités pour rester seuls avec nous-même, nous éprouvons le besoin, à défaut d'autre interlocuteur, de causer avec nous, sans sincérité, comme avec un étranger.

—Je ne peux pas vous donner une idée, continua la duchesse, c'était à se tordre de rire. On ne s'en est pas fait faute, trop même, car la petite personne n'a pas aimé cela, et dans le fond Robert m'en a toujours voulu. Ce que je ne regrette pas du reste, car si cela avait bien tourné, la demoiselle serait peut-être revenue et je me demande jusqu'à quel point cela aurait charmé Marie-Aynard.

On appelait ainsi dans la famille la mère de Robert, Mme de Marsantes, veuve d'Aynard de Saint-Loup, pour la distinguer de sa cousine la princesse de Guermantes-Bavière, autre Marie, au prénom de qui ses neveux, cousins et beaux-frères ajoutaient, pour éviter la confusion, soit le prénom de son mari, soit un autre de ses prénoms à elle, ce qui donnait soit Marie-Gilbert, soit Marie-Hedwige.

—D'abord la veille il y eut une espèce de répétition qui était une bien belle chose! poursuivit ironiquement Mme de Guermantes. Imaginez qu'elle disait une phrase, pas même, un quart de phrase, et puis elle s'arrêtait; elle ne disait plus rien, mais je n'exagère pas, pendant cinq minutes.

—Oïl, oïl, oïl! s'écria M. d'Argencourt.

—Avec toute la politesse du monde je me suis permis d'insinuer que cela étonnerait peut-être un peu. Et elle m'a répondu textuellement: «Il faut toujours dire une chose comme si on était en train de la composer soi-même.» Si vous y réfléchissez c'est monumental, cette réponse!

—Mais je croyais qu'elle ne disait pas mal les vers, dit un des deux jeunes gens.

—Elle ne se doute pas de ce que c'est, répondit Mme de Guermantes. Du reste je n'ai pas eu besoin de l'entendre. Il m'a suffi de la voir arriver avec des lis! J'ai tout de suite compris qu'elle n'avait pas de talent quand j'ai vu les lis!

Tout le monde rit.

—Ma tante, vous ne m'en avez pas voulu de ma plaisanterie de l'autre jour au sujet de la reine de Suède? je viens vous demander l'aman.

—Non, je ne t'en veux pas; je te donne même le droit de goûter si tu as faim.

—Allons, Monsieur Vallenères, faites la jeune fille, dit Mme de Villeparisis à l'archiviste, selon une plaisanterie consacrée.

M. de Guermantes se redressa dans le fauteuil où il s'était affalé, son chapeau à côté de lui sur le tapis, examina d'un air de satisfaction les assiettes de petits fours qui lui étaient présentées.

—Mais volontiers, maintenant que je commence à être familiarisé avec cette noble assistance, j'accepterai un baba, ils semblent excellents.

—Monsieur remplit à merveille son rôle de jeune fille, dit M. d'Argencourt qui, par esprit d'imitation, reprit la plaisanterie de Mme de Villeparisis.

L'archiviste présenta l'assiette de petits fours à l'historien de la Fronde.

—Vous vous acquittez à merveille de vos fonctions, dit celui-ci par timidité et pour tâcher de conquérir la sympathie générale.

Aussi jeta-t-il à la dérobée un regard de connivence sur ceux qui avaient déjà fait comme lui.

—Dites-moi, ma bonne tante, demanda M. de Guermantes à Mme de Villeparisis, qu'est-ce que ce monsieur assez bien de sa personne qui sortait comme j'entrais? Je dois le connaître parce qu'il m'a fait un grand salut, mais je ne l'ai pas remis; vous savez, je suis brouillé avec les noms, ce qui est bien désagréable, dit-il d'un air de satisfaction.

—M. Legrandin.

—Ah! mais Oriane a une cousine dont la mère, sauf erreur, est née Grandin. Je sais très bien, ce sont des Grandin de l'Éprevier.

—Non, répondit Mme de Villeparisis, cela n'a aucun rapport. Ceux-ci Grandin tout simplement, Grandin de rien du tout. Mais ils ne demandent qu'à l'être de tout ce que tu voudras. La soeur de celui-ci s'appelle Mme de Cambremer.

—Mais voyons, Basin, vous savez bien de qui ma tante veut parler, s'écria la duchesse avec indignation, c'est le frère de cette énorme herbivore que vous avez eu l'étrange idée d'envoyer venir me voir l'autre jour. Elle est restée une heure, j'ai pensé que je deviendrais folle. Mais j'ai commencé par croire que c'était elle qui l'était en voyant entrer chez moi une personne que je ne connaissais pas et qui avait l'air d'une vache.

—Écoutez, Oriane, elle m'avait demandé votre jour; je ne pouvais pourtant pas lui faire une grossièreté, et puis, voyons, vous exagérez, elle n'a pas l'air d'une vache, ajouta-t-il d'un air plaintif, mais non sans jeter à la dérobée un regard souriant sur l'assistance.

Il savait que la verve de sa femme avait besoin d'être stimulée par la contradiction, la contradiction du bon sens qui proteste que, par exemple, on ne peut pas prendre une femme pour une vache (c'est ainsi que Mme de Guermantes, enchérissant sur une première image, était souvent arrivée à produire ses plus jolis mots). Et le duc se présentait naïvement pour l'aider, sans en avoir l'air, à réussir son tour, comme, dans un wagon, le compère inavoué d'un joueur de bonneteau.

—Je reconnais qu'elle n'a pas l'air d'une vache, car elle a l'air de plusieurs, s'écria Mme de Guermantes. Je vous jure que j'étais bien embarrassée voyant ce troupeau de vaches qui entrait en chapeau dans mon salon et qui me demandait comment j'allais. D'un côté j'avais envie de lui répondre: «Mais, troupeau de vaches, tu confonds, tu ne peux pas être en relations avec moi puisque tu es un troupeau de vaches», et d'autre part, ayant cherché dans ma mémoire, j'ai fini par croire que votre Cambremer était l'infante Dorothée qui avait dit qu'elle viendrait une fois et qui est assez *bovine* aussi, de sorte que j'ai failli dire Votre Altesse royale et parler à la troisième personne à un troupeau de vaches. Elle a aussi le genre de gésier de la reine de Suède. Du reste cette attaque de vive force avait été préparée par un tir à distance, selon toutes les règles de l'art. Depuis je ne sais combien de temps j'étais bombardée de ses cartes, j'en trouvais partout, sur tous les meubles, comme des prospectus. J'ignorais le but de cette réclame. On ne voyait chez moi que «Marquis et Marquise de Cambremer» avec une adresse que je ne me rappelle pas et dont je suis d'ailleurs résolue à ne jamais me servir.

—Mais c'est très flatteur de ressembler à une reine, dit l'historien de la Fronde.

—Oh! mon Dieu, monsieur, les rois et les reines, à notre époque ce n'est pas grand'chose! dit M. de Guermantes parce qu'il avait la prétention d'être un esprit et moderne, et aussi pour n'avoir pas l'air de faire cas des relations royales, auxquelles il tenait beaucoup.

Bloch et M. de Norpois, qui s'étaient levés, se trouvèrent plus près de nous.

—Monsieur, dit Mme de Villeparisis, lui avez-vous parlé de l'affaire Dreyfus?

M. de Norpois leva les yeux au ciel, mais en souriant, comme pour attester l'énormité des caprices auxquels sa Dulcinée lui imposait le devoir d'obéir. Néanmoins il parla à Bloch, avec beaucoup d'affabilité, des années affreuses, peut-être mortelles, que traversait la France. Comme cela signifiait probablement que M. de Norpois (à qui Bloch cependant avait dit croire à l'innocence de Dreyfus) était ardemment antidreyfusard, l'amabilité de l'Ambassadeur, l'air qu'il avait de donner raison à son interlocuteur, de ne pas douter qu'ils fussent du même avis, de se liguer en complicité avec lui pour accabler le gouvernement, flattaient la vanité de Bloch et excitaient sa curiosité. Quels étaient les points importants que M. de Norpois ne spécifiait point, mais sur lesquels il semblait implicitement admettre que Bloch et lui étaient d'accord, quelle opinion avait-il donc de l'affaire, qui pût les réunir? Bloch était d'autant plus étonné de l'accord mystérieux qui semblait exister entre lui et M. de Norpois que cet accord ne portait pas que sur la politique, Mme de Villeparisis ayant assez longuement parlé à M. de Norpois des travaux littéraires de Bloch.

—Vous n'êtes pas de votre temps, dit celui-ci l'ancien ambassadeur, et je vous en félicite, vous n'êtes pas de ce temps où les études désintéressées n'existent plus, où on ne vend plus au public que des obscénités ou des inepties. Des efforts tels que les vôtres devraient être encouragés si nous avions un gouvernement.

Bloch était flatté de surnager seul dans le naufrage universel. Mais là encore il aurait voulu des précisions, savoir de quelles inepties voulait parler M. de Norpois. Bloch avait le sentiment de travailler dans la même voie que beaucoup, il ne s'était pas cru si exceptionnel. Il revint à l'affaire Dreyfus, mais ne put arriver à démêler l'opinion de M. de Norpois. Il tâcha de le faire parler des officiers dont le nom revenait souvent dans les journaux à ce moment-là; ils excitaient plus la curiosité que les hommes politiques mêlés à la même affaire, parce qu'ils n'étaient pas déjà connus comme ceux-ci et, dans un costume spécial, du fond d'une vie différente et d'un silence religieusement gardé, venaient seulement de surgir et de parler, comme Lohengrin descendant d'une nacelle conduite par un cygne. Bloch avait pu, grâce à un avocat nationaliste qu'il connaissait, entrer à plusieurs audiences du procès Zola. Il arrivait là le matin, pour n'en sortir que le soir, avec une provision de sandwiches et une bouteille de café, comme au concours général ou aux compositions de baccalauréat, et ce changement d'habitudes réveillant l'éréthisme nerveux que le café et les émotions du procès portaient à son comble, il sortait de là tellement amoureux de tout ce qui s'y était passé que, le soir, rentré chez lui, il voulait se replonger dans le beau songe et courait retrouver dans un restaurant fréquenté par les deux partis des camarades avec qui il reparlait sans fin de ce qui s'était passé dans la journée et réparait par un souper commandé sur un ton impérieux qui lui donnait l'illusion du pouvoir le jeûne et les fatigues d'une journée commencée si tôt et où on n'avait pas déjeuné. L'homme, jouant perpétuellement entre les deux plans de l'expérience et de l'imagination, voudrait approfondir la vie idéale des gens qu'il connaît et connaître les êtres dont il a eu à imaginer la vie. Aux questions de Bloch, M. de Norpois répondit:

—Il y a deux officiers mêlés à l'affaire en cours et dont j'ai entendu parler autrefois par un homme dont le jugement m'inspirait grande confiance et qui faisait d'eux le plus grand cas (M. de Miribel), c'est le lieutenant-colonel Henry et le lieutenant-colonel Picquart.

—Mais, s'écria Bloch, la divine Athèna, fille de Zeus, a mis dans l'esprit de chacun le contraire de ce qui est dans l'esprit de l'autre. Et ils luttent l'un contre l'autre, tels deux lions. Le colonel Picquart avait une grande situation dans l'armée, mais sa Moire l'a conduit du côté qui n'était pas le sien. L'épée des nationalistes tranchera son corps délicat et il servira de pâture aux animaux carnassiers et aux oiseaux qui se nourrissent de la graisse de morts.

M. de Norpois ne répondit pas.

—De quoi palabrent-ils là-bas dans un coin, demanda M. de Guermantes à Mme de Villeparisis en montrant M. de Norpois et Bloch.

—De l'affaire Dreyfus.

—Ah! diable! A propos, saviez-vous qui est partisan enragé de Dreyfus? Je vous le donne en mille. Mon neveu Robert! Je vous dirai même qu'au Jockey, quand on a appris ces prouesses, cela a été une levée de boucliers, un véritable tollé. Comme on le présente dans huit jours....

—Évidemment, interrompit la duchesse, s'ils sont tous comme Gilbert qui a toujours soutenu qu'il fallait renvoyer tous les Juifs à Jérusalem....

—Ah! alors, le prince de Guermantes est tout à fait dans mes idées, interrompit M. d'Argencourt.

Le duc se parait de sa femme mais ne l'aimait pas. Très «suffisant», il détestait d'être interrompu, puis il avait dans son ménage l'habitude d'être brutal avec elle. Frémissant d'une double colère de mauvais mari à qui on parle et de beau parleur qu'on n'écoute pas, il s'arrêta net et lança sur la duchesse un regard qui embarrassa tout le monde.

—Qu'est-ce qu'il vous prend de nous parler de Gilbert et de Jérusalem? dit-il enfin. Il ne s'agit pas de cela. Mais, ajouta-t-il d'un ton radouci, vous m'avouerez que si un des nôtres était refusé au Jockey, et surtout Robert dont le père y a été pendant dix ans président, ce serait un comble. Que voulez-vous, ma chère, ça les a fait tiquer, ces gens, ils ont ouvert de gros yeux. Je ne peux pas leur donner tort; personnellement vous savez que je n'ai aucun préjugé de races, je trouve que ce n'est pas de notre époque et j'ai la prétention de marcher avec mon temps, mais enfin, que diable! quand on s'appelle le marquis de Saint-Loup, on n'est pas dreyfusard, que voulez-vous que je vous dise!

M. de Guermantes prononça ces mots: «quand on s'appelle le marquis de Saint-Loup» avec emphase. Il savait pourtant bien que c'était une plus grande chose de s'appeler «le duc de Guermantes». Mais si son amour-propre avait des tendances à s'exagérer plutôt la supériorité du titre de duc de Guermantes, ce n'était peut-être pas tant les règles du bon goût que les lois de l'imagination qui le poussaient à le diminuer. Chacun voit en plus beau ce qu'il voit à distance, ce qu'il voit chez les autres. Car les lois générales qui règlent la perspective dans l'imagination s'appliquent aussi bien aux ducs qu'aux autres hommes. Non seulement les lois de l'imagination, mais celles du langage. Or, l'une ou l'autre de deux lois du langage pouvaient s'appliquer ici, l'une veut qu'on s'exprime comme les gens de sa classe mentale et non de sa caste d'origine.

Par là M. de Guermantes pouvait être dans ses expressions, même quand il voulait parler de la noblesse, tributaire de très petits bourgeois qui auraient dit: «Quand on s'appelle le duc de Guermantes», tandis qu'un homme lettré, un Swann, un Legrandin, ne l'eussent pas dit. Un duc peut écrire des romans d'épicier, même sur les moeurs du grand monde, les parchemins n'étant là de nul secours, et l'épithète d'aristocratique être méritée par les écrits d'un plébéien. Quel était dans ce cas le bourgeois à qui M. de Guermantes avait entendu dire: «Quand on s'appelle», il n'en savait sans doute rien. Mais une autre loi du langage est que de temps en temps, comme font leur apparition et s'éloignent certaines maladies dont on n'entend plus parler ensuite, il naît on ne sait trop comment, soit spontanément, soit par un hasard comparable à celui qui fit germer en France une mauvaise herbe d'Amérique dont la graine prise après la peluche d'une couverture de voyage était tombée sur un talus de chemin de fer, des modes d'expressions qu'on entend dans la même décade dites par des gens qui ne se sont pas concertés pour cela. Or, de même qu'une certaine année j'entendis Bloch dire en parlant de lui-même: «Comme les gens les plus charmants, les plus brillants, les mieux posés, les plus difficiles, se sont aperçus qu'il n'y avait qu'un seul être qu'ils trouvaient intelligent, agréable, dont ils ne pouvaient se passer, c'était Bloch» et la même phrase dans la bouche de bien d'autres jeunes gens qui ne la connaissaient pas et qui remplaçaient seulement Bloch par leur propre nom, de même je devais entendre souvent le «quand on s'appelle».

—Que voulez-vous, continua le duc, avec l'esprit qui règne là, c'est assez compréhensible.

—C'est surtout comique, répondit la duchesse, étant donné les idées de sa mère qui nous rase avec la Patrie française du matin au soir.

—Oui, mais il n'y a pas que sa mère, il ne faut pas nous raconter de craques. Il y a une donzelle, une cascadeuse de la pire espèce, qui a plus d'influence sur lui et qui est précisément compatriote du sieur Dreyfus. Elle a passé à Robert son état d'esprit.

—Vous ne saviez peut-être pas, monsieur le duc, qu'il y a un mot nouveau pour exprimer un tel genre d'esprit, dit l'archiviste qui était secrétaire des comités antirevisionnistes. On dit «mentalité». Cela signifie exactement la même chose, mais au moins personne ne sait ce qu'on veut dire. C'est le fin du fin et, comme on dit, le «dernier cri».

Cependant, ayant entendu le nom de Bloch, il le voyait poser des questions à M. de Norpois avec une inquiétude qui en éveilla une différente mais aussi forte chez la marquise. Tremblant devant l'archiviste et faisant l'antidreyfusarde avec lui, elle craignait ses reproches s'il se rendait compte qu'elle avait reçu un Juif plus ou moins affilié au «syndicat».

—Ah! mentalité, j'en prends note, je le resservirai, dit le duc. (Ce n'était pas une figure, le duc avait un petit carnet rempli de «citations» et qu'il relisait avant les grands dîners.) Mentalité me plaît. Il y a comme cela des mots nouveaux qu'on lance, mais ils ne durent pas. Dernièrement, j'ai lu comme cela qu'un écrivain était «talentueux». Comprenne qui pourra. Puis je ne l'ai plus jamais revu.

—Mais mentalité est plus employé que talentueux, dit l'historien de la Fronde pour se mêler à la conversation. Je suis membre d'une commission au ministère de l'Instruction publique où je l'ai entendu employer plusieurs fois, et aussi à mon cercle, le cercle Volney, et même à dîner chez M. Émile Ollivier.

—Moi qui n'ai pas l'honneur, de faire partie du ministère de l'Instruction publique, répondit le duc avec une feinte humilité, mais avec une vanité si profonde que sa bouche ne pouvait s'empêcher de sourire et ses yeux de jeter à l'assistance des regards pétillants de joie sous l'ironie desquels rougit le pauvre historien, moi qui n'ai pas l'honneur de faire partie du ministère de l'Instruction publique, reprit-il, s'écoutant parler, ni du cercle Volney (je ne suis que de l'Union et du Jockey) … vous n'êtes pas du Jockey, monsieur? demanda-t-il à l'historien qui, rougissant encore davantage, flairant une insolence et ne la comprenant pas, se mit à trembler de tous ses membres, moi qui ne dîne même pas chez M. Émile Ollivier, j'avoue que je ne connaissais pas mentalité. Je suis sûr que vous êtes dans mon cas, Argencourt.

—Vous savez pourquoi on ne peut pas montrer les preuves de la trahison de Dreyfus. Il paraît que c'est parce qu'il est l'amant de la femme du ministre de la Guerre, cela se dit sous le manteau.

—Ah! je croyais de la femme du président du Conseil, dit M. d'Argencourt.

—Je vous trouve tous aussi assommants, les uns que les autres avec cette affaire, dit la duchesse de Guermantes qui, au point de vue mondain, tenait toujours à montrer qu'elle ne se laissait mener par personne. Elle ne peut pas avoir de conséquence pour moi au point de vue des Juifs pour la bonne raison que je n'en ai pas dans mes relations et compte toujours rester dans cette bienheureuse ignorance. Mais, d'autre part, je trouve insupportable que, sous prétexte qu'elles sont bien pensantes, qu'elles n'achètent rien aux marchands juifs ou qu'elles ont «Mort aux Juifs» écrit sur leur ombrelle, une quantité de dames Durand ou Dubois, que nous n'aurions jamais connues, nous soient imposées par Marie-Aynard ou par Victurnienne. Je suis allée chez Marie-Aynard avant-hier. C'était charmant autrefois. Maintenant on y trouve toutes les personnes qu'on a passé sa vie à éviter, sous prétexte qu'elle sont contre Dreyfus, et d'autres dont on n'a pas idée qui c'est.

—Non, c'est la femme du ministre de la Guerre. C'est du moins un bruit qui court les ruelles, reprit le duc qui employait ainsi dans la conversation certaines expressions qu'il croyait ancien régime. Enfin en tout cas, personnellement, on sait que je pense tout le contraire de mon cousin Gilbert. Je ne suis pas un féodal comme lui, je me promènerais avec un nègre s'il était de mes amis, et je me soucierais de l'opinion du tiers et du quart comme de l'an quarante, mais enfin tout de même vous m'avouerez que, quand on s'appelle Saint-Loup, on ne s'amuse pas à prendre le contrepied des idées de tout le monde qui a plus d'esprit que Voltaire et même que mon neveu. Et surtout on ne se livre pas à ce que j'appellerai ces acrobaties de sensibilité, huit jours avant de se présenter au Cercle! Elle est un peu roide! Non, c'est probablement sa petite grue qui lui aura monté le bourrichon. Elle lui aura persuadé qu'il se classerait parmi les «intellectuels». Les intellectuels, c'est le «tarte à la crème» de ces messieurs. Du reste cela a fait faire un assez joli jeu de mots, mais très méchant.

Et le duc cita tout bas pour la duchesse et M. d'Argencourt: «Mater Semita» qui en effet se disait déjà au Jockey, car de toutes les graines voyageuses, celle à qui sont attachées les ailes les plus solides qui lui permettent d'être disséminée à une plus grande distance de son lieu d'éclosion, c'est encore une plaisanterie.

—Nous pourrions demander des explications à monsieur, qui a l'air *d'une* érudit, dit-il en montrant l'historien. Mais il est préférable de n'en pas parler, d'autant plus que le fait est parfaitement faux. Je ne suis pas si ambitieux que ma cousine Mirepoix qui prétend qu'elle peut suivre la filiation de sa maison avant Jésus-Christ jusqu'à la tribu de Lévi, et je me fais fort de démontrer qu'il n'y a jamais eu une goutte de sang juif dans notre famille. Mais enfin il ne faut tout de même pas nous la faire à l'oseille, il est bien certain que les charmantes opinions de monsieur mon neveu peuvent faire assez de bruit dans Landerneau. D'autant plus que Fezensac est malade, ce sera Duras qui mènera tout, et vous savez s'il aime à faire des embarras, dit le duc qui n'était jamais arrivé à connaître le sens précis de certains mots et qui croyait que faire des embarras voulait dire faire non pas de l'esbroufe, mais des complications.

Bloch cherchait à pousser M. de Norpois sur le colonel Picquart.

—Il est hors de conteste, répondit M. de Norpois, que sa déposition était nécessaire. Je sais qu'en soutenant cette opinion j'ai fait pousser à plus d'un de mes collègues des cris d'orfraie, mais, à mon sens, le gouvernement avait le devoir de laisser parler le colonel. On ne sort pas d'une pareille impasse par une simple pirouette, ou alors on risque de tomber dans un bourbier. Pour l'officier lui-même, cette déposition produisit à la première audience une impression des plus favorables. Quand on l'a vu, bien pris dans le joli uniforme des chasseurs, venir sur un ton parfaitement simple et franc raconter ce qu'il avait vu, ce qu'il avait cru, dire: «Sur mon honneur de soldat (et ici la voix de M. de Norpois vibra d'un léger trémolo patriotique) telle est ma conviction», il n'y a pas à nier que l'impression a été profonde.

«Voilà, il est dreyfusard, il n'y a plus l'ombre d'un doute», pensa Bloch.

—Mais ce qui lui a aliéné entièrement les sympathies qu'il avait pu rallier d'abord, cela a été sa confrontation avec l'archiviste Gribelin, quand on entendit ce vieux serviteur, cet homme qui n'a qu'une parole (et M. de Norpois accentua avec l'énergie des convictions sincères les mots qui suivirent), quand on l'entendit, quand on le vit regarder dans les yeux son supérieur, ne pas craindre de lui tenir la dragée haute et lui dire d'un ton qui n'admettait pas de réplique: «Voyons, mon colonel, vous savez bien que je n'ai jamais menti, vous savez bien qu'en ce moment, comme toujours, je dis la vérité», le vent tourna, M. Picquart eut beau remuer ciel et terre dans les audiences suivantes, il fit bel et bien fiasco.

«Non, décidément il est antidreyfusard, c'est couru, se dit Bloch. Mais s'il croit Picquart un traître qui ment, comment peut-il tenir compte de ses révélations et les évoquer comme s'il y trouvait du charme et les croyait sincères? Et si au contraire il voit en lui un juste qui délivre sa conscience, comment peut-il le supposer mentant dans sa confrontation avec Gribelin?»

—En tout cas, si ce Dreyfus est innocent, interrompit la duchesse, il ne le prouve guère. Quelles lettres idiotes, emphatiques, il écrit de son île! Je ne sais pas si M. Esterhazy vaut mieux que lui, mais il a un autre chic dans la façon de tourner les phrases, une autre couleur. Cela ne doit pas faire plaisir aux partisans de M. Dreyfus. Quel malheur pour eux qu'ils ne puissent pas changer d'innocent.

Tout le monde éclata de rire. «Vous avez entendu le mot d'Oriane? demanda vivement le duc de Guermantes à Mme de Villeparisis.—Oui, je le trouve très drôle.» Cela ne suffisait pas au duc: «Eh bien, moi, je ne le trouve pas drôle; ou plutôt cela m'est tout à fait égal qu'il soit drôle ou non. Je ne fais aucun cas de l'esprit.» M. d'Argencourt protestait. «Il ne pense pas un mot de ce qu'il dit», murmura la duchesse. «C'est sans doute parce que j'ai fait partie des Chambres où j'ai entendu des discours brillants qui ne signifiaient rien. J'ai appris à y apprécier surtout la logique. C'est sans doute à cela que je dois de n'avoir pas été réélu. Les choses drôles me sont indifférentes.—Basin, ne faites pas le Joseph Prudhomme, mon petit, vous savez bien que personne n'aime plus l'esprit que vous.—Laissez-moi finir. C'est justement parce que je suis insensible à un certain genre de facéties, que je prise souvent l'esprit de ma femme. Car il part généralement d'une observation juste. Elle raisonne comme un homme, elle formule comme un écrivain.»

Peut-être la raison pour laquelle M. de Norpois parlait ainsi à Bloch comme s'ils eussent été d'accord venait-elle de ce qu'il était tellement antidreyfusard que, trouvant que le gouvernement ne l'était pas assez, il en était l'ennemi tout autant qu'étaient les dreyfusards. Peut-être parce que l'objet auquel il s'attachait en politique était quelque chose de plus profond, situé dans un autre plan, et d'où le dreyfusisme apparaissait comme une modalité sans importance et qui ne mérite pas de retenir un patriote soucieux des grandes questions extérieures. Peut-être, plutôt, parce que les maximes de sa sagesse politique ne s'appliquant qu'à des questions de forme, de procédé, d'opportunité, elles étaient aussi impuissantes à résoudre les questions de fond qu'en philosophie la pure logique l'est à trancher les questions d'existence, ou que cette sagesse même lui fît trouver dangereux de traiter de ces sujets et que, par prudence, il ne voulût parler que de circonstances secondaires. Mais où Bloch se trompait, c'est quand il croyait que M. de Norpois, même moins prudent de caractère et d'esprit moins exclusivement formel, eût pu, s'il l'avait voulu, lui dire la vérité sur le rôle d'Henry, de Picquart, de du Paty de Clam, sur tous les points de l'affaire. La vérité, en effet, sur toutes ces choses, Bloch ne pouvait douter que M. de Norpois la connût. Comment l'aurait-il ignorée puisqu'il connaissait les ministres?

Certes, Bloch pensait que la vérité politique peut être approximativement reconstituée par les cerveaux les plus lucides, mais il s'imaginait, tout comme le gros du public, qu'elle habite toujours, indiscutable et matérielle, le dossier secret du président de la République et du président du Conseil, lesquels en donnent connaissance aux ministres. Or, même quand la vérité politique comporte des documents, il est rare que ceux-ci aient plus que la valeur d'un cliché radioscopique où le vulgaire croit, que la maladie du patient s'inscrit en toutes lettres, tandis qu'en fait, ce cliché fournit un simple élément d'appréciation qui se joindra à beaucoup d'autres sur lesquels s'appliquera le raisonnement du médecin et d'où il tirera son diagnostic. Aussi la vérité politique, quand on se rapproche des hommes renseignés et qu'on croit l'atteindre, se dérobe. Même plus tard, et pour en rester à l'affaire Dreyfus, quand se produisit un fait aussi éclatant que l'aveu d'Henry, suivi de son suicide, ce fait fut aussitôt interprété de façon opposée par des ministres dreyfusards et par Cavaignac et Cuignet qui avaient eux-mêmes fait la découverte du faux et conduit l'interrogatoire; bien plus, parmi les ministres dreyfusards eux-mêmes, et de même nuance, jugeant non seulement sur les mêmes pièces mais dans le même esprit, le rôle d'Henry fut expliqué de façon entièrement opposée, les uns voyant en lui un complice d'Esterhazy, les autres assignant au contraire ce rôle à du Paty de Clam, se ralliant ainsi à une thèse de leur adversaire Cuignet et étant en complète opposition avec leur partisan Reinach. Tout ce que Bloch put tirer de M. de Norpois c'est que, s'il était vrai que le chef d'état-major, M. de Boisdeffre, eût fait faire une communication secrète à M. Rochefort, il y avait évidemment là quelque chose de singulièrement regrettable.

—Tenez pour assuré que le ministre de la Guerre a dû, *in petto* du moins, vouer son chef d'état-major aux dieux infernaux. Un désaveu officiel n'eût pas été à mon sens une superfétation. Mais le ministre de la Guerre s'exprime fort crûment là-dessus *inter pocula*. Il y a du reste certains sujets sur lesquels il est fort imprudent de créer une agitation dont on ne peut ensuite rester maître.

—Mais ces pièces sont manifestement fausses, dit Bloch.

M. de Norpois ne répondit pas, mais déclara qu'il n'approuvait pas les manifestations du Prince Henri d'Orléans:

—D'ailleurs elles ne peuvent que troubler la sérénité du prétoire et encourager des agitations qui dans un sens comme dans l'autre seraient à déplorer. Certes il faut mettre le holà aux menées antimilitaristes, mais nous n'avons non plus que faire d'un grabuge encouragé par ceux des éléments de droite qui, au lieu de servir l'idée patriotique, songent à s'en servir. La France, Dieu merci, n'est pas une république sud-américaine et le besoin ne se fait pas sentir d'un général de pronunciamento.

Bloch ne put arriver à le faire parler de la question de la culpabilité de Dreyfus ni donner un pronostic sur le jugement qui interviendrait dans l'affaire civile actuellement en cours. En revanche M. de Norpois parut prendre plaisir à donner des détails sur les suites de ce jugement.

—Si c'est une condamnation, dit-il, elle sera probablement cassée, car il est rare que, dans un procès où les dépositions de témoins sont aussi nombreuses, il n'y ait pas de vices de forme que les avocats puissent invoquer. Pour en finir sur l'algarade du prince Henri d'Orléans, je doute fort qu'elle ait été du goût de son père.

—Vous croyez que Chartres est pour Dreyfus? demanda la duchesse en souriant, les yeux ronds, les joues roses, le nez dans son assiette de petits fours, l'air scandalisé.

—Nullement, je voulais seulement dire qu'il y a dans toute la famille, de ce côté-là, un sens politique dont on a pu voir, chez l'admirable princesse Clémentine, le *nec plus ultra*, et que son fils le prince Ferdinand a gardé comme un précieux héritage. Ce n'est pas le prince de Bulgarie qui eût serré le commandant Esterhazy dans ses bras.

—Il aurait préféré un simple soldat, murmura Mme de Guermantes, qui dînait souvent avec le Bulgare chez le prince de Joinville et qui lui avait répondu une fois, comme il lui demandait si elle n'était pas jalouse: «Si, Monseigneur, de vos bracelets.»

—Vous n'allez pas ce soir au bal de Mme de Sagan? dit M. de Norpois à Mme de Villeparisis pour couper court à l'entretien avec Bloch.

Celui-ci ne déplaisait pas à l'Ambassadeur qui nous dit plus tard, non sans naïveté et sans doute à cause des quelques traces qui subsistaient dans le langage de Bloch de la mode néo-homérique qu'il avait pourtant abandonnée: «Il est assez amusant, avec sa manière de parler un peu vieux jeu, un peu solennelle. Pour un peu il dirait: «les Doctes Soeurs» comme Lamartine ou Jean-Baptiste Rousseau. C'est devenu assez rare dans la jeunesse actuelle et cela l'était même dans celle qui l'avait précédée. Nous-mêmes nous étions un peu romantiques.» Mais si singulier que lui parût l'interlocuteur, M. de Norpois trouvait que l'entretien n'avait que trop duré.

—Non, monsieur, je ne vais plus au bal, répondit-elle avec un joli sourire de vieille femme. Vous y allez, vous autres? C'est de votre âge, ajouta-t-elle en englobant dans un même regard M. de Châtellerault, son ami, et Bloch. Moi aussi j'ai été invitée, dit-elle en affectant par plaisanterie d'en tirer vanité. On est même venu m'inviter. (On: c'était la princesse de Sagan.)

—Je n'ai pas de carte d'invitation, dit Bloch, pensant que Mme de Villeparisis allait lui en offrir une, et que Mme de Sagan serait heureuse de recevoir l'ami d'une femme qu'elle était venue inviter en personne.

La marquise ne répondit rien, et Bloch n'insista pas, car il avait une affaire plus sérieuse à traiter avec elle et pour laquelle il venait de lui demander un rendez-vous pour le surlendemain. Ayant entendu les deux jeunes gens dire qu'ils avaient donné leur démission du cercle de la rue Royale où on entrait comme dans un moulin, il voulait demander à Mme de Villeparisis de l'y faire recevoir.

—Est-ce que ce n'est pas assez faux chic, assez snob à côté, ces Sagan? dit-il d'un air sarcastique.

—Mais pas du tout, c'est ce que nous faisons de mieux dans le genre, répondit M. d'Argencourt qui avait adopté toutes les plaisanteries parisiennes.

—Alors, dit Bloch à demi ironiquement, c'est ce qu'on appelle une des *solennités*, des grandes *assises mondaines* de la saison!

Mme de Villeparisis dit gaiement à Mme de Guermantes:

—Voyons, est-ce une grande solennité mondaine, le bal de Mme de Sagan?

—Ce n'est pas à moi qu'il faut demander cela, lui répondit ironiquement la duchesse, je ne suis pas encore arrivée à savoir ce que c'était qu'une solennité mondaine. Du reste, les choses mondaines ne sont pas mon fort.

—Ah! je croyais le contraire, dit Bloch qui se figurait que Mme de Guermantes avait parlé sincèrement.

Il continua, au grand désespoir de M. de Norpois, à lui poser nombre de questions sur les officiers dont le nom revenait le plus souvent à propos de l'affaire Dreyfus; celui-ci déclara qu'à «vue de nez» le colonel du Paty de Clam lui faisait l'effet d'un cerveau un peu fumeux et qui n'avait peut-être pas été très heureusement choisi pour conduire cette chose délicate, qui exige tant de sang-froid et de discernement, une instruction.

—Je sais que le parti socialiste réclame sa tête à cor et à cri, ainsi que l'élargissement immédiat du prisonnier de l'île du Diable. Mais je pense que nous n'en sommes pas encore réduits à passer ainsi sous les fourches caudines de MM. Gérault-Richard et consorts. Cette affaire-là, jusqu'ici, c'est la bouteille à l'encre. Je ne dis pas que d'un côté comme de l'autre il n'y ait à cacher d'assez vilaines turpitudes. Que même certains protecteurs plus ou moins désintéressés de votre client puissent avoir de bonnes intentions, je ne prétends pas le contraire, mais vous savez que l'enfer en est pavé, ajouta-t-il avec un regard fin. Il est essentiel que le gouvernement donne l'impression qu'il n'est pas aux mains des factions de gauche et qu'il n'a pas à se rendre pieds et poings liés aux sommations de je ne sais quelle armée prétorienne qui, croyez-moi, n'est pas l'armée. Il va de soi que si un fait nouveau se produisait, une procédure de révision serait entamée. La conséquence saute aux yeux. Réclamer cela, c'est enfoncer une porte ouverte. Ce jour-là le gouvernement saura parler haut et clair ou il laisserait tomber en quenouille ce qui est sa prérogative essentielle. Les coqs-à-l'âne ne suffiront plus. Il faudra donner des juges à Dreyfus. Et ce sera chose facile car, quoique l'on ait pris l'habitude dans notre douce France, où l'on aime à se calomnier soi-même, de croire ou de laisser croire que pour faire entendre les mots de vérité et de justice il est indispensable de traverser la Manche, ce qui n'est bien souvent qu'un moyen détourné de rejoindre la Sprée, il n'y a pas de juges qu'à Berlin. Mais une fois l'action gouvernementale mise en mouvement, le gouvernement saurez-vous l'écouter? Quand il vous conviera à remplir votre devoir civique, saurez-vous l'écouter, vous rangerez-vous autour de lui? à son patriotique appel saurez-vous ne pas rester sourds et répondre: «Présent!»?

M. de Norpois posait ces questions à Bloch avec une véhémence qui, tout en intimidant mon camarade, le flattait aussi; car l'Ambassadeur avait l'air de s'adresser en lui à tout un parti, d'interroger Bloch comme s'il avait reçu les confidences de ce parti et pouvait assumer la responsabilité des décisions qui seraient prises. «Si vous ne désarmiez pas, continua M. de Norpois sans attendre la réponse collective de Bloch, si, avant même que fût séchée l'encre du décret qui instituerait la procédure de révision, obéissant à je ne sais quel insidieux mot d'ordre vous ne désarmiez pas, mais vous confiniez dans une opposition stérile qui semble pour certains *l'ultima ratio* de la politique, si vous vous retiriez sous votre tente et brûliez vos vaisseaux, ce serait à votre grand dam. Êtes-vous prisonniers des fauteurs de désordre? Leur avez-vous donné des gages?» Bloch était embarrassé pour répondre. M. de Norpois ne lui en laissa pas le temps. «Si la négative est vraie, comme je veux le croire, et si vous avez un peu de ce qui me semble malheureusement manquer à certains de vos chefs et de vos amis, quelque esprit politique, le jour même où la Chambre criminelle sera saisie, si vous ne vous laissez pas embrigader par les pêcheurs en eau trouble, vous aurez ville gagnée. Je ne réponds pas que tout l'état-major puisse tirer son épingle du jeu, mais c'est déjà bien beau si une partie tout au moins peut sauver la face sans mettre le feu aux poudres et amener du grabuge.

Il va de soi d'ailleurs que c'est au gouvernement qu'il appartient de dire le droit et de clore la liste trop longue des crimes impunis, non, certes, en obéissant aux excitations socialistes ni de je ne sais quelle soldatesque, ajouta-t-il, en regardant Bloch dans les yeux et peut-être avec l'instinct qu'ont tous les conservateurs de se ménager des appuis dans le camp adverse. L'action gouvernementale doit s'exercer sans souci des surenchères, d'où qu'elles viennent. Le gouvernement n'est, Dieu merci, aux ordres ni du colonel Driant, ni, à l'autre pôle, de M. Clemenceau. Il faut mater les agitateurs de profession et les empêcher de relever la tête. La France dans son immense majorité désire le travail, dans l'ordre! Là-dessus ma religion est faite. Mais il ne faut pas craindre d'éclairer l'opinion; et si quelques moutons, de ceux qu'a si bien connus notre Rabelais, se jetaient à l'eau tête baissée, il conviendrait de leur montrer que cette eau est trouble, qu'elle a été troublée à dessein par une engeance qui n'est pas de chez nous, pour en dissimuler les dessous dangereux. Et il ne doit pas se donner l'air de sortir de sa passivité à son corps défendant quand il exercera le droit qui est essentiellement le sien, j'entends de mettre en mouvement Dame Justice. Le gouvernement acceptera toutes vos suggestions. S'il est avéré qu'il y ait eu erreur judiciaire, il sera assuré d'une majorité écrasante qui lui permettrait de se donner du champ.

—Vous, monsieur, dit Bloch, en se tournant vers M. d'Argencourt à qui on l'avait nommé en même temps que les autres personnes, vous êtes certainement dreyfusard: à l'étranger tout le monde l'est.

—C'est une affaire qui ne regarde que les Français entre eux, n'est-ce pas? répondit M. d'Argencourt avec cette insolence particulière qui consiste à prêter à l'interlocuteur une opinion qu'on sait manifestement qu'il ne partage pas, puisqu'il vient d'en émettre une opposée.

Bloch rougit; M. d'Argencourt sourit, en regardant autour de lui, et si ce sourire, pendant qu'il l'adressa aux autres visiteurs, fut malveillant pour Bloch, il se tempéra de cordialité en l'arrêtant finalement sur mon ami afin d'ôter à celui-ci le prétexte de se fâcher des mots qu'il venait d'entendre et qui n'en restaient pas moins cruels. Mme de Guermantes dit à l'oreille de M. d'Argencourt quelque chose que je n'entendis pas mais qui devait avoir trait à la religion de Bloch, car il passa à ce moment dans la figure de la duchesse cette expression à laquelle la peur qu'on a d'être remarqué par la personne dont on parle donne quelque chose d'hésitant et de faux et où se mêle la gaîté curieuse et malveillante qu'inspire un groupement humain auquel nous nous sentons radicalement étrangers. Pour se rattraper Bloch se tourna vers le duc de Châtellerault: «Vous, monsieur, qui êtes français, vous savez certainement qu'on est dreyfusard à l'étranger, quoiqu'on prétende qu'en France on ne sait jamais ce qui se passe à l'étranger.

Du reste je sais qu'on peut causer avec vous, Saint-Loup me l'a dit.» Mais le jeune duc, qui sentait que tout le monde se mettait contre Bloch et qui était lâche comme on l'est souvent dans le monde, usant d'ailleurs d'un esprit précieux et mordant que, par atavisme, il semblait tenir de M. de Charlus: «Excusez-moi, Monsieur, de ne pas discuter de Dreyfus avec vous, mais c'est une affaire dont j'ai pour principe de ne parler qu'entre Japhétiques.» Tout le monde sourit, excepté Bloch, non qu'il n'eût l'habitude de prononcer des phrases ironiques sur ses origines juives, sur son côté qui tenait un peu au Sinaï. Mais au lieu d'une de ces phrases, lesquelles sans doute n'étaient pas prêtes, le déclic de la machine intérieure en fit monter une autre à la bouche de Bloch. Et on ne put recueillir que ceci: «Mais comment avez-vous pu savoir? Qui vous a dit?» comme s'il avait été le fils d'un forçat. D'autre part, étant donné son nom qui ne passe pas précisément pour chrétien, et son visage, son étonnement montrait quelque naïveté.

Ce que lui avait dit M. de Norpois ne l'ayant pas complètement satisfait, il s'approcha de l'archiviste et lui demanda si on ne voyait pas quelquefois, chez Mme de Villeparisis M. du Paty de Clam ou M. Joseph Reinach. L'archiviste ne répondit rien; il était nationaliste et ne cessait de prêcher à la marquise qu'il y aurait bientôt une guerre sociale et qu'elle devrait être plus prudente dans le choix de ses relations. Il se demanda si Bloch n'était pas un émissaire secret du syndicat venu pour le renseigner et alla immédiatement répéter à Mme de Villeparisis ces questions que Bloch venait de lui poser. Elle jugea qu'il était au moins mal élevé, peut-être dangereux pour la situation de M. de Norpois. Enfin elle voulait donner satisfaction à l'archiviste, la seule personne qui lui inspirât quelque crainte et par lequel elle était endoctrinée, sans grand succès (chaque matin il lui lisait l'article de M. Judet dans le *Petit Journal*). Elle voulut donc signifier à Bloch qu'il eût à ne pas revenir et elle trouva tout naturellement dans son répertoire mondain la scène par laquelle une grande dame met quelqu'un à la porte de chez elle, scène qui ne comporte nullement le doigt levé et les yeux flambants que l'on se figure. Comme Bloch s'approchait d'elle pour lui dire au revoir, enfoncée dans son grand fauteuil, elle parut à demi tirée d'une vague somnolence. Ses regards noyés n'eurent que la lueur faible et charmante d'une perle. Les adieux de Bloch, déplissant à peine dans la figure de la marquise un languissant sourire, ne lui arrachèrent pas une parole, et elle ne lui tendit pas la main. Cette scène mit Bloch au comble de l'étonnement, mais comme un cercle de personnes en était témoin alentour, il ne pensa pas qu'elle pût se prolonger sans inconvénient pour lui et, pour forcer la marquise, la main qu'on ne venait pas lui prendre, de lui-même il la tendit. Mme de Villeparisis fut choquée. Mais sans doute, tout en tenant à donner une satisfaction immédiate à l'archiviste et au clan antidreyfusard, voulait-elle pourtant ménager l'avenir, elle se contenta d'abaisser les paupières et de fermer à demi les yeux.

—Je crois qu'elle dort, dit Bloch à l'archiviste qui, se sentant soutenu par la marquise, prit un air indigné. Adieu, madame, cria-t-il.

La marquise fit le léger mouvement de lèvres d'une mourante qui voudrait ouvrir la bouche, mais dont le regard ne reconnaît plus. Puis elle se tourna, débordante d'une vie retrouvée, vers le marquis d'Argencourt tandis que Bloch s'éloignait persuadé qu'elle était «ramollie». Plein de curiosité et du dessein d'éclairer un incident si étrange, il revint la voir quelques jours après. Elle le reçut très bien parce qu'elle était bonne femme, que l'archiviste n'était pas là, qu'elle tenait à la saynète que Bloch devait faire jouer chez elle, et qu'enfin elle avait fait le jeu de grande dame qu'elle désirait, lequel fut universellement admiré et commenté le soir même dans divers salons, mais d'après une version qui n'avait déjà plus aucun rapport avec la vérité.

—Vous parliez des *Sept Princesses*, duchesse, vous savez (je n'en suis pas plus fier pour ça) que l'auteur de ce ... comment dirai-je, de ce factum, est un de mes compatriotes, dit M. d'Argencourt avec une ironie mêlée de la satisfaction de connaître mieux que les autres l'auteur d'une oeuvre dont on venait de parler. Oui, il est belge de son état, ajouta-t-il.

—Vraiment? Non, nous ne vous accusons pas d'être pour quoi que ce soit dans les *Sept Princesses*. Heureusement pour vous et pour vos compatriotes, vous ne ressemblez pas à l'auteur de cette ineptie. Je connais des Belges très aimables, vous, votre Roi qui est un peu timide mais plein d'esprit, mes cousins Ligne et bien d'autres, mais heureusement vous ne parlez pas le même langage que l'auteur des *Sept Princesses*. Du reste, si vous voulez que je vous dise, c'est trop d'en parler parce que surtout ce n'est rien. Ce sont des gens qui cherchent à avoir l'air obscur et au besoin qui s'arrangent d'être ridicules pour cacher qu'ils n'ont pas d'idées. S'il y avait quelque chose dessous, je vous dirais que je ne crains pas certaines audaces, ajouta-t-elle d'un ton sérieux, du moment qu'il y a de la pensée. Je ne sais pas si vous avez vu la pièce de Borelli. Il y a des gens que cela a choqués; moi, quand je devrais me faire lapider, ajouta-t-elle sans se rendre compte qu'elle ne courait pas de grands risques, j'avoue que j'ai trouvé cela infiniment curieux. Mais les *Sept Princesses*! L'une d'elle a beau avoir des bontés pour son neveu, je ne peux pas pousser les sentiments de famille....

La duchesse s'arrêta net, car une dame entrait qui était la vicomtesse de Marsantes, la mère de Robert. Mme de Marsantes était considérée dans le faubourg Saint-Germain comme un être supérieur, d'une bonté, d'une résignation angéliques. On me l'avait dit et je n'avais pas de raison particulière pour en être surpris, ne sachant pas à ce moment-là qu'elle était la propre soeur du duc de Guermantes. Plus tard j'ai toujours été étonné chaque fois que j'appris, dans cette société, que des femmes mélancoliques, pures, sacrifiées, vénérées comme d'idéales saintes de vitrail, avaient fleuri sur la même souche généalogique que des frères brutaux, débauchés et vils. Des frères et soeurs, quand ils sont tout à fait pareils du visage comme étaient le duc de Guermantes et Mme de Marsantes, me semblaient devoir avoir en commun une seule intelligence, un même coeur, comme aurait une personne qui peut avoir de bons ou de mauvais moments mais dont on ne peut attendre tout de même de vastes vues si elle est d'esprit borné, et une abnégation sublime si elle est de coeur dur.

Mme de Marsantes suivait les cours de Brunetière. Elle enthousiasmait le faubourg Saint-Germain et, par sa vie de sainte, l'édifiait aussi. Mais la connexité morphologique du joli nez et du regard pénétrant incitait pourtant à classer Mme de Marsantes dans la même famille intellectuelle et morale que son frère le duc. Je ne pouvais croire que le seul fait d'être une femme, et peut-être d'avoir été malheureuse et d'avoir l'opinion de tous pour soi, pouvait faire qu'on fût aussi différent des siens, comme dans les chansons de geste où toutes les vertus et les grâces sont réunies en la soeur de frères farouches. Il me semblait que la nature, moins libre que les vieux poètes, devait se servir à peu près exclusivement des éléments communs à la famille et je ne pouvais lui attribuer tel pouvoir d'innovation qu'elle fît, avec des matériaux analogues à ceux qui composaient un sot et un rustre, un grand esprit sans aucune tare de sottise, une sainte sans aucune souillure de brutalité. Mme de Marsantes avait une robe de surah blanc à grandes palmes, sur lesquelles se détachaient des fleurs en étoffe lesquelles étaient noires. C'est qu'elle avait perdu, il y a trois semaines, son cousin M. de Montmorency, ce qui ne l'empêchait pas de faire des visites, d'aller à de petits dîners, mais en deuil. C'était une grande dame. Par atavisme son âme était remplie par la frivolité des existences de cour, avec tout ce qu'elles ont de superficiel et de rigoureux. Mme de Marsantes n'avait pas eu la force de regretter longtemps son père et sa mère, mais pour rien au monde elle n'eût porté de couleurs dans le mois qui suivait la mort d'un cousin. Elle fut plus qu'aimable avec moi parce que j'étais l'ami de Robert et parce que je n'étais pas du même monde que Robert.

Cette bonté s'accompagnait d'une feinte timidité, de l'espèce de mouvement de retrait intermittent de la voix, du regard, de la pensée qu'on ramène à soi comme une jupe indiscrète, pour ne pas prendre trop de place, pour rester bien droite, même dans la souplesse, comme le veut la bonne éducation. Bonne éducation qu'il ne faut pas prendre trop au pied de la lettre d'ailleurs, plusieurs de ces dames versant très vite dans le dévergondage des moeurs sans perdre jamais la correction presque enfantine des manières. Mme de Marsantes agaçait un peu dans la conversation parce que, chaque fois qu'il s'agissait d'un roturier, par exemple de Bergotte, d'Elstir, elle disait en détachant le mot, en le faisant valoir, et en le psalmodiant sur deux tons différents en une modulation qui était particulière aux Guermantes: «J'ai eu *l'honneur*, le grand *hon*-neur de rencontrer Monsieur Bergotte, de faire la connaissance de Monsieur Elstir», soit pour faire admirer son humilité, soit par le même goût qu'avait M. de Guermantes de revenir aux formes désuètes pour protester contre les usages de mauvaise éducation actuelle où on ne se dit pas assez «honoré». Quelle que fût celle de ces deux raisons qui fût la vraie, de toutes façons on sentait que, quand Mme de Marsantes disait: «J'ai eu *l'honneur*, le grand *hon*-neur», elle croyait remplir un grand rôle, et montrer qu'elle savait accueillir les noms des hommes de valeur comme elle les eût reçus eux-mêmes dans son château, s'ils s'étaient trouvés dans le voisinage. D'autre part, comme sa famille était nombreuse, qu'elle l'aimait beaucoup, que, lente de débit et amie des explications, elle voulait faire comprendre les parentés, elle se trouvait (sans aucun désir d'étonner et tout en n'aimant sincèrement parler que de paysans touchants et de gardes-chasse sublimes) citer à tout instant toutes les familles médiatisées d'Europe, ce que les personnes moins brillantes ne lui pardonnaient pas et, si elles étaient un peu intellectuelles, raillaient comme de la stupidité.

A la campagne, Mme de Marsantes était adorée pour le bien qu'elle faisait, mais surtout parce que la pureté d'un sang où depuis plusieurs générations on ne rencontrait que ce qu'il y a de plus grand dans l'histoire de France avait ôté à sa manière d'être tout ce que les gens du peuple appellent «des manières» et lui avait donné la parfaite simplicité. Elle ne craignait pas d'embrasser une pauvre femme qui était malheureuse et lui disait d'aller chercher un char de bois au château. C'était, disait-on, la parfaite chrétienne. Elle tenait à faire faire un mariage colossalement riche à Robert. Être grande dame, c'est jouer à la grande dame, c'est-à-dire, pour une part, jouer la simplicité. C'est un jeu qui coûte extrêmement cher, d'autant plus que la simplicité ne ravit qu'à la condition que les autres sachent que vous pourriez ne pas être simples, c'est-à-dire que vous êtes très riches. On me dit plus tard, quand je racontai que je l'avais vue: «Vous avez dû vous rendre compte qu'elle a été ravissante.» Mais la vraie beauté est si particulière, si nouvelle, qu'on ne la reconnaît pas pour la beauté. Je me dis seulement ce jour-là qu'elle avait un nez tout petit, des yeux très bleus, le cou long et l'air triste.

—Écoute, dit Mme de Villeparisis à la duchesse de Guermantes, je crois que j'aurai tout à l'heure la visite d'une femme que tu ne veux pas connaître, j'aime mieux te prévenir pour que cela ne t'ennuie pas. D'ailleurs, tu peux être tranquille, je ne l'aurai jamais chez moi plus tard, mais elle doit venir pour une seule fois aujourd'hui. C'est la femme de Swann.

Mme Swann, voyant les proportions que prenait l'affaire Dreyfus et craignant que les origines de son mari ne se tournassent contre elle, l'avait supplié de ne plus jamais parler de l'innocence du condamné. Quand il n'était pas là, elle allait plus loin et faisait profession du nationalisme le plus ardent; elle ne faisait que suivre en cela d'ailleurs Mme Verdurin chez qui un antisémitisme bourgeois et latent s'était réveillé et avait atteint une véritable exaspération. Mme Swann avait gagné à cette attitude d'entrer dans quelques-unes des ligues de femmes du monde antisémite qui commençaient à se former et avait noué des relations avec plusieurs personnes de l'aristocratie. Il peut paraître étrange que, loin de les imiter, la duchesse de Guermantes, si amie de Swann, eût, au contraire, toujours résisté au désir qu'il ne lui avait pas caché de lui présenter sa femme. Mais on verra plus tard que c'était un effet du caractère particulier de la duchesse qui jugeait qu'elle «n'avait pas» à faire telle ou telle chose, et imposait avec despotisme ce qu'avait décidé son «libre arbitre» mondain, fort arbitraire.

—Je vous remercie de me prévenir, répondit la duchesse. Cela me serait en effet très désagréable. Mais comme je la connais de vue je me lèverai à temps.

—Je t'assure, Oriane, elle est très agréable, c'est une excellente femme, dit Mme de Marsantes.

—Je n'en doute pas, mais je n'éprouve aucun besoin de m'en assurer par moi-même.

—Est-ce que tu es invitée chez Lady Israël? demanda Mme de Villeparisis à la duchesse, pour changer la conversation.

—Mais, Dieu merci, je ne la connais pas, répondit Mme de Guermantes. C'est à Marie-Aynard qu'il faut demander cela. Elle la connaît et je me suis toujours demandé pourquoi.

—Je l'ai en effet connue, répondit Mme de Marsantes, je confesse mes erreurs. Mais je suis décidée à ne plus la connaître. Il paraît que c'est une des pires et qu'elle ne s'en cache pas. Du reste, nous avons tous été trop confiants, trop hospitaliers. Je ne fréquenterai plus personne de cette nation. Pendant qu'on avait de vieux cousins de province du même sang, à qui on fermait sa porte, on l'ouvrait aux Juifs. Nous voyons maintenant leur remerciement. Hélas! je n'ai rien à dire, j'ai un fils adorable et qui débite, en jeune fou qu'il est, toutes les insanités possibles, ajouta-t-elle en entendant que M. d'Argencourt avait fait allusion à Robert. Mais, à propos de Robert, est-ce que vous ne l'avez pas vu? demanda-t-elle à Mme de Villeparisis; comme c'est samedi, je pensais qu'il aurait pu passer vingt-quatre heures à Paris, et dans ce cas il serait sûrement venu vous voir.

En réalité Mme de Marsantes pensait que son fils n'aurait pas de permission; mais comme, en tout cas, elle savait que s'il en avait eu une il ne serait pas venu chez Mme de Villeparisis, elle espérait, en ayant l'air de croire qu'elle l'eût trouvé ici, lui faire pardonner, par sa tante susceptible, toutes les visites qu'il ne lui avait pas faites.

—Robert ici! Mais je n'ai pas même eu un mot de lui; je crois que je ne l'ai pas vu depuis Balbec.

—Il est si occupé, il a tant à faire, dit Mme de Marsantes.

Un imperceptible sourire fit onduler les cils de Mme de Guermantes qui regarda le cercle qu'avec la pointe de son ombrelle elle traçait sur le tapis. Chaque fois que le duc avait délaissé trop ouvertement sa femme, Mme de Marsantes avait pris avec éclat contre son propre frère le parti de sa belle-sœur. Celle-ci gardait de cette protection un souvenir reconnaissant et rancunier, et elle n'était qu'à demi fâchée des fredaines de Robert. A ce moment, la porte s'étant ouverte de nouveau, celui-ci entra.

—Tiens, quand on parle du Saint-Loup ... dit Mme de Guermantes.

Mme de Marsantes, qui tournait le dos à la porte, n'avait pas vu entrer son fils. Quand elle l'aperçut, en cette mère la joie battit véritablement comme un coup d'aile, le corps de Mme de Marsantes se souleva à demi, son visage palpita et elle attachait sur Robert des yeux émerveillés:

—Comment, tu es venu! quel bonheur! quelle surprise!

—Ah! *quand on parle du Saint-Loup* ... je comprends, dit le diplomate belge riant aux éclats.

—C'est délicieux, répliqua sèchement Mme de Guermantes qui détestait les calembours et n'avait hasardé celui-là qu'en ayant l'air de se moquer d'elle-même.

—Bonjour, Robert, dit-elle; eh bien! voilà comme on oublie sa tante.

Ils causèrent un instant ensemble et sans doute de moi, car tandis que Saint-Loup se rapprochait de sa mère, Mme de Guermantes se tourna vers moi.

—Bonjour, comment allez-vous? me dit-elle.

Elle laissa pleuvoir sur moi la lumière de son regard bleu, hésita un instant, déplia et tendit la tige de son bras, pencha en avant son corps, qui se redressa rapidement en arrière comme un arbuste qu'on a couché et qui, laissé libre, revient à sa position naturelle. Ainsi agissait-elle sous le feu des regards de Saint-Loup qui l'observait et faisait à distance des efforts désespérés pour obtenir un peu plus encore de sa tante. Craignant que la conversation ne tombât, il vint l'alimenter et répondit pour moi:

—Il ne va pas très bien, il est un peu fatigué; du reste, il irait peut-être mieux s'il te voyait plus souvent, car je ne te cache pas qu'il aime beaucoup te voir.

—Ah! mais, c'est très aimable, dit Mme de Guermantes d'un ton volontairement banal, comme si je lui eusse apporté son manteau. Je suis très flattée.

—Tiens, je vais un peu près de ma mère, je te donne ma chaise, me dit Saint-Loup en me forçant ainsi à m'asseoir à côté de sa tante.

Nous nous tûmes tous deux.

—Je vous aperçois quelquefois le matin, me dit-elle comme si ce fût une nouvelle qu'elle m'eût apprise, et comme si moi je ne la voyais pas. Ça fait beaucoup de bien à la santé.

—Oriane, dit à mi-voix Mme de Marsantes, vous disiez que vous alliez voir Mme de Saint-Ferréol, est-ce que vous auriez été assez gentille pour lui dire qu'elle ne m'attende pas à dîner? Je resterai chez moi puisque j'ai Robert. Si même j'avais osé vous demander de dire en passant qu'on achète tout de suite de ces cigares que Robert aime, ça s'appelle des «Corona», il n'y en a plus.

Robert se rapprocha; il avait seulement entendu le nom de Mme de Saint-Ferréol.

—Qu'est-ce que c'est encore que ça, Mme de Saint-Ferréol? demanda-t-il sur un ton d'étonnement et de décision, car il affectait d'ignorer tout ce qui concernait le monde.

—Mais voyons, mon chéri, tu sais bien, dit sa mère, c'est la soeur de Vermandois; c'est elle qui t'avait donné ce beau jeu de billard que tu aimais tant.

—Comment, c'est la soeur de Vermandois, je n'en avais pas la moindre idée. Ah! ma famille est épatante, dit-il en se tournant à demi vers moi et en prenant sans s'en rendre compte les intonations de Bloch comme il empruntait ses idées, elle connaît des gens inouïs, des gens qui s'appellent plus ou moins Saint-Ferréol (et détachant la dernière consonne de chaque mot), elle va au bal, elle se promène en Victoria, elle mène une existence fabuleuse. C'est prodigieux.

Mme de Guermantes fit avec la gorge ce bruit léger, bref et fort comme d'un sourire forcé qu'on ravale, et qui était destiné à montrer qu'elle prenait part, dans la mesure où la parenté l'y obligeait, à l'esprit de son neveu. On vint annoncer que le prince de Faffenheim-Munsterburg-Weinigen faisait dire à M. de Norpois qu'il était là.

—Allez le chercher, monsieur, dit Mme de Villeparisis à l'ancien ambassadeur qui se porta au-devant du premier ministre allemand.

Mais la marquise le rappela:

—Attendez, monsieur; faudra-t-il que je lui montre la miniature de l'Impératrice Charlotte?

—Ah! je crois qu'il sera ravi, dit l'Ambassadeur d'un ton pénétré et comme s'il enviait ce fortuné ministre de la faveur qui l'attendait.

—Ah! je sais qu'il est très *bien pensant*, dit Mme de Marsantes, et c'est si rare parmi les étrangers. Mais je suis renseignée. C'est l'antisémitisme en personne.

Le nom du prince gardait, dans la franchise avec, laquelle ses premières syllabes étaient—comme on dit en musique—attaquées, et dans la bégayante répétition qui les scandait, l'élan, la naïveté maniérée, les lourdes «délicatesses» germaniques projetées comme des branchages verdâtres sur le «Heim» d'émail bleu sombre qui déployait la mysticité d'un vitrail rhénan, derrière les dorures pâles et finement ciselées du XVIIIe siècle allemand. Ce nom contenait, parmi les noms divers dont il était formé, celui d'une petite ville d'eaux allemande, où tout enfant j'avais été avec ma grand'mère, au pied d'une montagne honorée par les promenades de Goethe, et des vignobles de laquelle nous buvions au Kurhof les crus illustres à l'appellation composée et retentissante comme les épithètes qu'Homère donne à ses héros. Aussi à peine eus-je entendu prononcer le nom du prince, qu'avant de m'être rappelé la station thermale il me parut diminuer, s'imprégner d'humanité, trouver assez grande pour lui une petite place dans ma mémoire, à laquelle il adhéra, familier, terre à terre, pittoresque, savoureux, léger, avec quelque chose d'autorisé, de prescrit. Bien plus, M. de Guermantes, en expliquant qui était le prince, cita plusieurs de ses titres, et je reconnus le nom d'un village traversé par la rivière où chaque soir, la cure finie, j'allais en barque, à travers les moustiques; et celui d'une forêt assez éloignée pour que le médecin ne m'eût pas permis d'y aller en promenade. Et en effet, il était compréhensible que la suzeraineté du seigneur s'étendît aux lieux circonvoisins et associât à nouveau dans l'énumération de ses titres les noms qu'on pouvait lire à côté les uns des autres sur une carte. Ainsi, sous la visière du prince du Saint-Empire et de l'écuyer de Franconie, ce fut le visage d'une terre aimée où s'étaient souvent arrêtés pour moi les rayons du soleil de six heures que je vis, du moins avant que le prince, rhingrave et électeur palatin, fût entré.

Car j'appris en quelques instants que les revenus qu'il tirait de la forêt et de la rivière peuplées de gnomes et d'ondines, de la montagne enchantée où s'élève le vieux Burg qui garde le souvenir de Luther et de Louis le Germanique, il en usait pour avoir cinq automobiles Charron, un hôtel à Paris et un à Londres, une loge le lundi à l'Opéra et une aux «mardis» des «Français». Il ne me semblait pas—et il ne semblait pas lui-même le croire—qu'il différât des hommes de même fortune et de même âge qui avaient une moins poétique origine. Il avait leur culture, leur idéal, se réjouissant de son rang mais seulement à cause des avantages qu'il lui conférait, et n'avait plus qu'une ambition dans la vie, celle d'être élu membre correspondant de l'Académie des Sciences morales et politiques, raison pour laquelle il était venu chez Mme de Villeparisis. Si lui, dont la femme était à la tête de la coterie la plus fermée de Berlin, avait sollicité d'être présenté chez la marquise, ce n'était pas qu'il en eût éprouvé d'abord le désir. Rongé depuis des années par cette ambition d'entrer à l'Institut, il n'avait malheureusement jamais pu voir monter au-dessus de cinq le nombre des Académiciens qui semblaient prêts à voter pour lui. Il savait que M. de Norpois disposait à lui seul d'au moins une dizaine de voix auxquelles il était capable, grâce à d'habiles transactions, d'en ajouter d'autres.

Aussi le prince, qui l'avait connu en Russie quand ils y étaient tous deux ambassadeurs, était-il allé le voir et avait-il fait tout ce qu'il avait pu pour se le concilier. Mais il avait eu beau multiplier les amabilités, faire avoir au marquis des décorations russes, le citer dans des articles de politique étrangère, il avait eu devant lui un ingrat, un homme pour qui toutes ces prévenances avaient l'air de ne pas compter, qui n'avait pas fait avancer sa candidature d'un pas, ne lui avait même pas promis sa voix! Sans doute M. de Norpois le recevait avec une extrême politesse, même ne voulait pas qu'il se dérangeât et «prît la peine de venir jusqu'à sa porte», se rendait lui-même à l'hôtel du prince et, quand le chevalier teutonique avait lancé: «Je voudrais bien être votre collègue», répondait d'un ton pénétré: «Ah! je serais très heureux!» Et sans doute un naïf, un docteur Cottard, se fût dit: «Voyons, il est là chez moi, c'est lui qui a tenu à venir parce qu'il me considère comme un personnage plus important que lui, il me dit qu'il serait heureux que je sois de l'Académie, les mots ont tout de même un sens, que diable! sans doute s'il ne me propose pas de voter pour moi, c'est qu'il n'y pense pas. Il parle trop de mon grand pouvoir, il doit croire que les alouettes me tombent toutes rôties, que j'ai autant de voix que j'en veux, et c'est pour cela qu'il ne m'offre pas la sienne, mais je n'ai qu'à le mettre au pied du mur, là, entre nous deux, et à lui dire: «Eh bien! votez pour moi», et il sera obligé de le faire.

Mais le prince de Faffenheim n'était pas un naïf; il était ce que le docteur Cottard eût appelé «un fin diplomate» et il savait que M. de Norpois n'en était pas un moins fin, ni un homme qui ne se fût pas avisé de lui-même qu'il pourrait être agréable à un candidat en votant pour lui. Le prince, dans ses ambassades et comme ministre des Affaires Étrangères, avait tenu, pour son pays au lieu que ce fût comme maintenant pour lui-même, de ces conversations où on sait d'avance jusqu'où on veut aller et ce qu'on ne vous fera pas dire. Il n'ignorait pas que dans le langage diplomatique causer signifie offrir. Et c'est pour cela qu'il avait fait avoir à M. de Norpois le cordon de Saint-André. Mais s'il eût dû rendre compte à son gouvernement de l'entretien qu'il avait eu après cela avec M. de Norpois, il eût pu énoncer dans sa dépêche:

«J'ai compris que j'avais fait fausse route.» Car dès qu'il avait recommencé à parler Institut, M. de Norpois lui avait redit:

—J'aimerais cela beaucoup, beaucoup pour mes collègues. Ils doivent, je pense, se sentir vraiment honorés que vous ayez pensé à eux. C'est une candidature tout à fait intéressante, un peu en dehors de nos habitudes. Vous savez, l'Académie est très routinière, elle s'effraye de tout ce qui rend un son un peu nouveau. Personnellement je l'en blâme. Que de fois il m'est arrivé de le laisser entendre à mes collègues. Je ne sais même pas, Dieu me pardonne, si le mot d'encroûtés n'est pas sorti une fois de mes lèvres, avait-il ajouté avec un sourire scandalisé, à mi-voix, presque *a parte*, comme dans un effet de théâtre et en jetant sur le prince un coup d'oeil rapide et oblique de son oeil bleu, comme un vieil acteur qui veut juger de son effet. Vous comprenez, prince, que je ne voudrais pas laisser une personnalité aussi éminente que la vôtre s'embarquer dans une partie perdue d'avance. Tant que les idées de mes collègues resteront aussi arriérées, j'estime que la sagesse est de s'abstenir. Croyez bien d'ailleurs que si je voyais jamais un esprit un peu plus nouveau, un peu plus vivant, se dessiner dans ce collège qui tend à devenir une nécropole, si j'escomptais une chance possible pour vous, je serais le premier à vous en avertir.

«Le cordon de Saint-André est une erreur, pensa le prince; les négociations n'ont pas fait un pas; ce n'est pas cela qu'il voulait. Je n'ai pas mis la main sur la bonne clef.»

C'était un genre de raisonnement dont M. de Norpois, formé à la même école que le prince, eût été capable. On peut railler la pédantesque niaiserie avec laquelle les diplomates à la Norpois s'extasient devant une parole officielle à peu près insignifiante. Mais leur enfantillage a sa contre-partie: les diplomates savent que, dans la balance qui assure cet équilibre, européen ou autre, qu'on appelle la paix, les bons sentiments, les beaux discours, les supplications pèsent fort peu; et que le poids lourd, le vrai, les déterminations, consiste en autre chose, en la possibilité que l'adversaire a, s'il est assez fort, ou n'a pas, de contenter, par moyen d'échange, un désir. Cet ordre de vérités, qu'une personne entièrement désintéressée comme ma grand'mère, par exemple, n'eût pas compris, M. de Norpois, le prince von —— avaient souvent été aux prises avec lui. Chargé d'affaires dans les pays avec lesquels nous avions été à deux doigts d'avoir la guerre, M. de Norpois, anxieux de la tournure que les événements allaient prendre, savait très bien que ce n'était pas par le mot «Paix», ou par le mot «Guerre», qu'ils lui seraient signifiés, mais par un autre, banal en apparence, terrible ou béni, et que le diplomate, à l'aide de son chiffre, saurait immédiatement lire, et auquel, pour sauvegarder la dignité de la France, il répondrait par un autre mot tout aussi banal mais sous lequel le ministre de la nation ennemie verrait aussitôt: Guerre. Et même, selon une coutume ancienne, analogue à celle qui donnait au premier rapprochement de deux êtres promis l'un à l'autre la forme d'une entrevue fortuite à une représentation du théâtre du Gymnase, le dialogue où le destin dicterait le mot «Guerre» ou le mot «Paix» n'avait généralement pas eu lieu dans le cabinet du ministre, mais sur le banc d'un «Kurgarten» où le ministre et M. de Norpois allaient l'un et l'autre à des fontaines thermales boire à la source de petits verres d'une eau curative. Par une sorte de convention tacite, ils se rencontraient à l'heure de la cure, faisaient d'abord ensemble quelques pas d'une promenade que, sous son apparence bénigne, les deux interlocuteurs savaient aussi tragique qu'un ordre de mobilisation. Or, dans une affaire privée comme cette présentation à l'Institut, le prince avait usé du même système d'induction qu'il avait fait dans sa carrière, de la même méthode de lecture à travers les symboles superposés.

Et certes on ne peut prétendre que ma grand'mère et ses rares pareils eussent été seuls à ignorer ce genre de calculs. En partie la moyenne de l'humanité, exerçant des professions tracées d'avance, rejoint par son manque d'intuition l'ignorance que ma grand'mère devait à son haut désintéressement. Il faut souvent descendre jusqu'aux êtres entretenus, hommes ou femmes, pour avoir à chercher le mobile de l'action ou des paroles en apparence les plus innocentes dans l'intérêt, dans la nécessité de vivre. Quel homme ne sait que, quand une femme qu'il va payer lui dit: «Ne parlons pas d'argent», cette parole doit être comptée, ainsi qu'on dit en musique, comme «une mesure pour rien», et que si plus tard elle lui déclare: «Tu m'as fait trop de peine, tu m'as souvent caché la vérité, je suis à bout», il doit interpréter: «un autre protecteur lui offre davantage»? Encore n'est-ce là que le langage d'une cocotte assez rapprochée des femmes du monde. Les apaches fournissent des exemples plus frappants. Mais M. de Norpois et le prince allemand, si les apaches leur étaient inconnus, avaient accoutumé de vivre sur le même plan que les nations, lesquelles sont aussi, malgré leur grandeur, des êtres d'égoïsme et de ruse, qu'on ne dompte que par la force, par la considération de leur intérêt, qui peut les pousser jusqu'au meurtre, un meurtre symbolique souvent lui aussi, la simple hésitation à se battre ou le refus de se battre pouvant signifier pour une nation: «périr». Mais comme tout cela n'est pas dit dans les Livres Jaunes et autres, le peuple est volontiers pacifiste; s'il est guerrier, c'est instinctivement, par haine, par rancune, non par les raisons qui ont décidé les chefs d'État avertis par les Norpois.

L'hiver suivant, le prince fut très malade, il guérit, mais son coeur resta irrémédiablement atteint. «Diable! se dit-il, il ne faudrait pas perdre de temps pour l'Institut car, si je suis trop long, je risque de mourir avant d'être nommé. Ce serait vraiment désagréable.»

Il fit sur la politique de ces vingt dernières années une étude pour la *Revue des Deux Mondes* et s'y exprima à plusieurs reprises dans les termes les plus flatteurs sur M. de Norpois. Celui-ci alla le voir et le remercia. Il ajouta qu'il ne savait comment exprimer sa gratitude. Le prince se dit, comme quelqu'un qui vient d'essayer d'une autre clef pour une serrure: «Ce n'est pas encore celle-ci», et se sentant un peu essoufflé en reconduisant M. de Norpois, pensa: «Sapristi, ces gaillards-là me laisseront crever avant de me faire entrer. Dépêchons.»

Le même soir, il rencontra M. de Norpois à l'Opéra:

—Mon cher ambassadeur, lui dit-il, vous me disiez ce matin que vous ne saviez pas comment me prouver votre reconnaissance; c'est fort exagéré, car vous ne m'en devez aucune, mais je vais avoir l'indélicatesse de vous prendre au mot.

M. de Norpois n'estimait pas moins le tact du prince que le prince le sien. Il comprit immédiatement que ce n'était pas une demande qu'allait lui faire le prince de Faffenheim, mais une offre, et avec une affabilité souriante il se mit en devoir de l'écouter.

—Voilà, vous allez me trouver très indiscret. Il y a deux personnes auxquelles je suis très attaché et tout à fait diversement comme vous allez, le comprendre, et qui se sont fixées depuis peu à Paris où elles comptent vivre désormais: ma femme et la grande-duchesse Jean. Elles vont donner quelques dîners, notamment en l'honneur du roi et de la reine d'Angleterre, et leur rêve aurait été de pouvoir offrir à leurs convives une personne pour laquelle, sans la connaître, elle éprouvent toutes deux une grande admiration. J'avoue que je ne savais comment faire pour contenter leur désir quand j'ai appris tout à l'heure, par le plus grand des hasards, que vous connaissiez cette personne; je sais qu'elle vit très retirée, ne veut voir que peu de monde, *happy few*; mais si vous me donniez votre appui, avec la bienveillance que vous me témoignez, je suis sûr qu'elle permettrait que vous me présentiez chez elle et que je lui transmette le désir de la grande-duchesse et de la princesse. Peut-être consentirait-elle à venir dîner avec la reine d'Angleterre et, qui sait, si nous ne l'ennuyons pas trop, passer les vacances de Pâques avec nous à Beaulieu chez la grande-duchesse Jean. Cette personne s'appelle la marquise de Villeparisis. J'avoue que l'espoir de devenir l'un des habitués d'un pareil bureau d'esprit me consolerait, me ferait envisager sans ennui de renoncer à me présenter à l'Institut. Chez elle aussi on tient commerce d'intelligence et de fines causeries.

Avec un sentiment de plaisir inexprimable le prince sentit que la serrure ne résistait pas et qu'enfin cette clef-là y entrait.

—Une telle option est bien inutile, mon cher prince, répondit M. de Norpois; rien ne s'accorde mieux avec l'Institut que le salon dont vous parlez et qui est une véritable pépinière d'académiciens. Je transmettrai votre requête à Mme la marquise de Villeparisis: elle en sera certainement flattée. Quant à aller dîner chez vous, elle sort très peu et ce sera peut-être plus difficile. Mais je vous présenterai et vous plaiderez vous-même votre cause. Il ne faut surtout pas renoncer à l'Académie; je déjeune précisément, de demain en quinze, pour aller ensuite avec lui à une séance importante, chez Leroy-Beaulieu sans lequel on ne peut faire une élection; j'avais déjà laissé tomber devant lui votre nom qu'il connaît, naturellement, à merveille. Il avait émis certaines objections. Mais il se trouve qu'il a besoin de l'appui de mon groupe pour l'élection prochaine, et j'ai l'intention de revenir à la charge; je lui dirai très franchement les liens tout à fait cordiaux qui nous unissent, je ne lui cacherai pas que, si vous vous présentiez, je demanderais à tous mes amis de voter pour vous (le prince eut un profond soupir de soulagement) et il sait que j'ai des amis. J'estime que, si je parvenais à m'assurer son concours, vos chances deviendraient fort sérieuses. Venez ce soir-là à six heures chez Mme de Villeparisis, je vous introduirai et je pourrai vous rendre compte de mon entretien du matin.

C'est ainsi que le prince de Faffenheim avait été amené à venir voir Mme de Villeparisis. Ma profonde désillusion eut lieu quand il parla. Je n'avais pas songé que, si une époque a des traits particuliers et généraux plus forts qu'une nationalité, de sorte que, dans un dictionnaire illustré où l'on donne jusqu'au portrait authentique de Minerve, Leibniz avec sa perruque et sa fraise diffère peu de Marivaux ou de Samuel Bernard, une nationalité a des traits particuliers plus forts qu'une caste. Or ils se traduisirent devant moi, non par un discours où je croyais d'avance que j'entendrais le frôlement des elfes et la danse des Kobolds, mais par une transposition qui ne certifiait pas moins cette poétique origine: le fait qu'en s'inclinant, petit, rouge et ventru, devant Mme de Villeparisis, le Rhingrave lui dit: «Ponchour, Matame la marquise» avec le même accent qu'un concierge alsacien.

—Vous ne voulez pas que je vous donne une tasse de thé ou un peu de tarte, elle est très bonne, me dit Mme de Guermantes, désireuse d'avoir été aussi aimable que possible. Je fais les honneurs de cette maison comme si c'était la mienne, ajouta-t-elle sur un ton ironique qui donnait quelque chose d'un peu guttural à sa voix, comme si elle avait étouffé un rire rauque.

—Monsieur, dit Mme de Villeparisis à M. de Norpois, vous penserez tout à l'heure que vous avez quelque chose à dire au prince au sujet de l'Académie?

Mme de Guermantes baissa les yeux, fit faire un quart de cercle à son poignet pour regarder l'heure.

—Oh! mon Dieu; il est temps que je dise au revoir à ma tante, si je dois encore passer chez Mme de Saint-Ferréol, et je dîne chez Mme Leroi.

Et elle se leva sans me dire adieu. Elle venait d'apercevoir Mme Swann, qui parut assez gênée de me rencontrer. Elle se rappelait sans doute qu'avant personne elle m'avait dit être convaincue de l'innocence de Dreyfus.

—Je ne veux pas que ma mère me présente à Mme Swann, me dit Saint-Loup. C'est une ancienne grue. Son mari est juif et elle nous le fait au nationalisme. Tiens, voici mon oncle Palamède.

La présence de Mme Swann avait pour moi un intérêt particulier dû à un fait qui s'était produit quelques jours auparavant, et qu'il est nécessaire de relater à cause des conséquences qu'il devait avoir beaucoup plus tard, et qu'on suivra dans leur détail quand le moment sera venu. Donc, quelques jours avant cette visite, j'en avais reçu une à laquelle je ne m'attendais guère, celle de Charles Morel, le fils, inconnu de moi, de l'ancien valet de chambre de mon grand-oncle. Ce grand-oncle (celui chez lequel j'avais vu la dame en rose) était mort l'année précédente. Son valet de chambre avait manifesté à plusieurs reprises l'intention de venir me voir; je ne savais pas le but de sa visite, mais je l'aurais vu volontiers car j'avais appris par Françoise qu'il avait gardé un vrai culte pour la mémoire de mon oncle et faisait, à chaque occasion, le pèlerinage du cimetière. Mais obligé d'aller se soigner dans son pays, et comptant y rester longtemps, il me déléguait son fils. Je fus surpris de voir entrer un beau garçon de dix-huit ans, habillé plutôt richement qu'avec goût, mais qui pourtant avait l'air de tout, excepté d'un valet de chambre. Il tint du reste, dès l'abord, à couper le câble avec la domesticité d'où il sortait, en m'apprenant avec un sourire satisfait qu'il était premier prix du Conservatoire.

Le but de sa visite était celui-ci: son père avait, parmi les souvenirs de mon oncle Adolphe, mis de côté certains qu'il avait jugé inconvenant d'envoyer à mes parents, mais qui, pensait-il, étaient de nature à intéresser un jeune homme de mon âge. C'étaient les photographies des actrices célèbres, des grandes cocottes que mon oncle avait connues, les dernières images de cette vie de vieux viveur qu'il séparait, par une cloison étanche, de sa vie de famille. Tandis que le jeune Morel me les montrait, je me rendis compte qu'il affectait de me parler comme à un égal. Il avait à dire «vous», et le moins souvent possible «Monsieur», le plaisir de quelqu'un dont le père n'avait jamais employé, en s'adressant à mes parents, que la «troisième personne». Presque toutes les photographies portaient une dédicace telle que: «A mon meilleur ami». Une actrice plus ingrate et plus avisée avait écrit: «Au meilleur des amis», ce qui lui permettait, m'a-t-on assuré, de dire que mon oncle n'était nullement, et à beaucoup près, son meilleur ami, mais l'ami qui lui avait rendu le plus de petits services, l'ami dont elle se servait, un excellent homme, presque une vieille bête. Le jeune Morel avait beau chercher à s'évader de ses origines, on sentait que l'ombre de mon oncle Adolphe, vénérable et démesurée aux yeux du vieux valet de chambre, n'avait cessé de planer, presque sacrée, sur l'enfance et la jeunesse du fils. Pendant que je regardais les photographies, Charles Morel examinait ma chambre. Et comme je cherchais où je pourrais les serrer: «Mais comment se fait-il, me dit-il (d'un ton où le reproche n'avait pas besoin de s'exprimer tant il était dans les paroles mêmes), que je n'en voie pas une seule de votre oncle dans votre chambre?» Je sentis le rouge me monter au visage, et balbutiai: «Mais je crois que je n'en ai pas.—Comment, vous n'avez pas une seule photographie de votre oncle Adolphe qui vous aimait tant! Je vous en enverrai une que je prendrai dans les quantités qu'a mon paternel, et j'espère que vous l'installerez à la place d'honneur, au-dessus de cette commode qui vous vient justement de votre oncle.» Il est vrai que, comme je n'avais même pas une photographie de mon père ou de ma mère dans ma chambre, il n'y avait rien de si choquant à ce qu'il ne s'en trouvât pas de mon oncle Adolphe.

Mais il n'était pas difficile de deviner que pour Morel, lequel avait enseigné cette manière de voir à son fils, mon oncle était le personnage important de la famille, duquel mes parents tiraient seulement un éclat amoindri. J'étais plus en faveur parce que mon oncle disait tous les jours que je serais une espèce de Racine, de Vaulabelle, et Morel me considérait à peu près comme un fils adoptif, comme un enfant d'élection de mon oncle. Je me rendis vite compte que le fils de Morel était très «arriviste». Ainsi, ce jour-là, il me demanda, étant un peu compositeur aussi, et capable de mettre quelques vers en musique, si je ne connaissais pas de poète ayant une situation importante dans le monde «aristo». Je lui en citai un. Il ne connaissait pas les oeuvres de ce poète et n'avait jamais entendu son nom, qu'il prit en note. Or je sus que peu après il avait écrit à ce poète pour lui dire qu'admirateur fanatique de ses oeuvres, il avait fait de la musique sur un sonnet de lui et serait heureux que le librettiste en fît donner une audition chez la Comtesse ——. C'était aller un peu vite et démasquer son plan. Le poète, blessé, ne répondit pas. Au reste, Charles Morel semblait avoir, à côté de l'ambition, un vif penchant vers des réalités plus concrètes. Il avait remarqué dans la cour la nièce de Jupien en train de faire un gilet et, bien qu'il me dît seulement avoir justement besoin d'un gilet «de fantaisie», je sentis que la jeune fille avait produit une vive impression sur lui. Il n'hésita pas à me demander de descendre et de la présenter, «mais par rapport à votre famille, vous m'entendez, je compte sur votre discrétion quant à mon père, dites seulement un grand artiste de vos amis, vous comprenez, il faut faire bonne impression aux commerçants». Bien qu'il m'eût insinué que, ne le connaissant pas assez pour l'appeler, il le comprenait, «cher ami», je pourrais lui dire devant la jeune fille quelque chose comme «pas Cher Maître évidemment ... quoique, mais, si cela vous plaît: cher grand artiste», j'évitai dans la boutique de le «qualifier» comme eût dit Saint-Simon, et me contentai de répondre à ses «vous» par des «vous».

Il avisa, parmi quelques pièces de velours, une du rouge le plus vif et si criard que, malgré le mauvais goût qu'il avait, il ne put jamais, par la suite, porter ce gilet. La jeune fille se remit à travailler avec ses deux «apprenties», mais il me sembla que l'impression avait été réciproque et que Charles Morel, qu'elle crut «de son monde» (plus élégant seulement et plus riche), lui avait plu singulièrement. Comme j'avais été très étonné de trouver parmi les photographies que m'envoyait son père une du portrait de miss Sacripant (c'est-à-dire Odette) par Elstir, je dis à Charles Morel, en l'accompagnant jusqu'à la porte cochère: «Je crains que vous ne puissiez me renseigner. Est-ce que mon oncle connaissait beaucoup cette dame? Je ne vois pas à quelle époque de la vie de mon oncle je puis la situer; et cela m'intéresse à cause de M. Swann....—Justement j'oubliais de vous dire que mon père m'avait recommandé d'attirer votre attention sur cette dame. En effet, cette demi-mondaine déjeunait chez votre oncle le dernier jour que vous l'avez vu. Mon père ne savait pas trop s'il pouvait vous faire entrer. Il paraît que vous aviez plu beaucoup à cette femme légère, et elle espérait vous revoir. Mais justement à ce moment-là il y a eu de la fâche dans la famille, à ce que m'a dit mon père, et vous n'avez jamais revu votre oncle.» Il sourit à ce moment, pour lui dire adieu de loin, à la nièce de Jupien. Elle le regardait et admirait sans doute son visage maigre, d'un dessin régulier, ses cheveux légers, ses yeux gais. Moi, en lui serrant la main, je pensais à Mme Swann, et je me disais avec étonnement, tant elles étaient séparées et différentes dans mon souvenir, que j'aurais désormais à l'identifier avec la «Dame en rose».

M. de Charlus fut bientôt assis à côté de Mme Swann. Dans toutes les réunions où il se trouvait, et dédaigneux avec les hommes, courtisé par les femmes, il avait vite fait d'aller faire corps avec la plus élégante, de la toilette de laquelle il se sentait empanaché. La redingote ou le frac du baron le faisait ressembler à ces portraits remis par un grand coloriste d'un homme en noir, mais qui a près de lui, sur une chaise, un manteau éclatant qu'il va revêtir pour quelque bal costumé. Ce tête-à-tête, généralement avec quelque Altesse, procurait à M. de Charlus de ces distinctions qu'il aimait. Il avait, par exemple, pour conséquence que les maîtresses de maison laissaient, dans une fête, le baron avoir seul une chaise sur le devant dans un rang de dames, tandis que les autres hommes se bousculaient dans le fond. De plus, fort absorbé, semblait-il, à raconter, et très haut, d'amusantes histoires à la dame charmée, M. de Charlus était dispensé d'aller dire bonjour aux autres, donc d'avoir des devoirs à rendre. Derrière la barrière parfumée que lui faisait la beauté choisie, il était isolé au milieu d'un salon comme au milieu d'une salle de spectacle dans une loge et, quand on venait le saluer, au travers pour ainsi dire de la beauté de sa compagne, il était excusable de répondre fort brièvement et sans s'interrompre de parler à une femme. Certes Mme Swann n'était guère du rang des personnes avec qui il aimait ainsi à s'afficher. Mais il faisait profession d'admiration pour elle, d'amitié pour Swann, savait qu'elle serait flattée de son empressement, et était flatté lui-même d'être compromis par la plus jolie personne qu'il y eût là.

Mme de Villeparisis n'était d'ailleurs qu'à demi contente d'avoir la visite de M. de Charlus. Celui-ci, tout en trouvant de grands défauts à sa tante, l'aimait beaucoup. Mais, par moments, sous le coup de la colère, de griefs imaginaires, il lui adressait, sans résister à ses impulsions, des lettres de la dernière violence, dans lesquelles il faisait état de petites choses qu'il semblait jusque-là n'avoir pas remarquées. Entre autres exemples je peux citer ce fait, parce que mon séjour à Balbec me mit au courant de lui: Mme de Villeparisis, craignant de ne pas avoir emporté assez d'argent pour prolonger sa villégiature à Balbec, et n'aimant pas, comme elle était avare et craignait les frais superflus, faire venir de l'argent de Paris, s'était fait prêter trois mille francs par M. de Charlus. Celui-ci, un mois plus tard, mécontent de sa tante pour une raison insignifiante, les lui réclama par mandat télégraphique. Il reçut deux mille neuf cent quatre-vingt-dix et quelques francs. Voyant sa tante quelques jours après à Paris et causant amicalement avec elle, il lui fit, avec beaucoup de douceur, remarquer l'erreur commise par la banque chargée de l'envoi. «Mais il n'y a pas erreur, répondit Mme de Villeparisis, le mandat télégraphique coûte six francs soixante-quinze.—Ah! du moment que c'est intentionnel, c'est parfait, répliqua M. de Charlus. Je vous l'avais dit seulement pour le cas où vous l'auriez ignoré, parce que dans ce cas-là, si la banque avait agi de même avec des personnes moins liées avec vous que moi, cela aurait pu vous contrarier.—Non, non, il n'y a pas erreur.—Au fond vous avez eu parfaitement raison», conclut gaiement M. de Charlus en baisant tendrement la main de sa tante.

En effet, il ne lui en voulait nullement et souriait seulement de cette petite mesquinerie. Mais quelque temps après, ayant cru que dans une chose de famille sa tante avait voulu le jouer et «monter contre lui tout un complot», comme celle-ci se retranchait assez bêtement derrière des hommes d'affaires avec qui il l'avait précisément soupçonnée d'être alliée contre lui, il lui avait écrit une lettre qui débordait de fureur et d'insolence. «Je ne me contenterai pas de me venger, ajoutait-il en post-scriptum, je vous rendrai ridicule. Je vais dès demain aller raconter à tout le monde l'histoire du mandat télégraphique et des six francs soixante-quinze que vous m'avez retenus sur les trois mille francs que je vous avais prêtés, je vous déshonorerai.» Au lieu de cela il était allé le lendemain demander pardon à sa tante Villeparisis, ayant regret d'une lettre où il y avait des phrases vraiment affreuses. D'ailleurs à qui eût-il pu apprendre l'histoire du mandat télégraphique? Ne voulant pas de vengeance, mais une sincère réconciliation, cette histoire du mandat, c'est maintenant qu'il l'aurait tue. Mais auparavant il l'avait racontée partout, tout en étant très bien avec sa tante, il l'avait racontée sans méchanceté, pour faire rire, et parce qu'il était l'indiscrétion même. Il l'avait racontée, mais sans que Mme de Villeparisis le sût. De sorte qu'ayant appris par sa lettre qu'il comptait la déshonorer en divulguant une circonstance où il lui avait déclaré à elle-même qu'elle avait bien agi, elle avait pensé qu'il l'avait trompée alors et mentait en feignant de l'aimer. Tout cela s'était apaisé, mais chacun des deux ne savait pas exactement l'opinion que l'autre avait de lui. Certes il s'agit là d'un cas de brouilles intermittentes un peu particulier. D'ordre différent étaient celles de Bloch et de ses amis. D'un autre encore celles de M. de Charlus, comme on le verra, avec des personnes tout autres que Mme de Villeparisis. Malgré cela il faut se rappeler que l'opinion que nous avons les uns des autres, les rapports d'amitié, de famille, n'ont rien de fixe qu'en apparence, mais sont aussi éternellement mobiles que la mer. De là tant de bruits de divorce entre des époux qui semblaient unis et qui, bientôt après, parlent tendrement l'un de l'autre; tant d'infamies dites par un ami sur un ami dont nous le croyions inséparable et avec qui nous le trouverons réconcilié avant que nous ayons eu le temps de revenir de notre surprise; tant de renversements d'alliances en si peu de temps, entre les peuples.

—Mon Dieu, ça chauffe entre mon oncle et Mme Swann, me dit Saint-Loup. Et maman qui, dans son innocence, vient les déranger. Aux pures tout est pur!

Je regardais M. de Charlus. La houppette de ses cheveux gris, son oeil dont le sourcil était relevé par le monocle et qui souriait, sa boutonnière en fleurs rouges, formaient comme les trois sommets mobiles d'un triangle convulsif et frappant. Je n'avais pas osé le saluer, car il ne m'avait fait aucun signe. Or, bien qu'il ne fût pas tourné de mon côté, j'étais persuadé qu'il m'avait vu; tandis qu'il débitait quelque histoire à Mme Swann dont flottait jusque sur un genou du baron le magnifique manteau couleur pensée, les yeux errants de M. de Charlus, pareils à ceux d'un marchand en plein vent qui craint l'arrivée de la *Rousse*, avaient certainement exploré chaque partie du salon et découvert toutes les personnes qui s'y trouvaient. M. de Châtellerault vint lui dire bonjour sans que rien décelât dans le visage de M. de Charlus qu'il eût aperçu le jeune duc avant le moment où celui-ci se trouva devant lui. C'est ainsi que, dans les réunions un peu nombreuses comme était celle-ci, M. de Charlus gardait d'une façon presque constante un sourire sans direction déterminée ni destination particulière, et qui, préexistant de la sorte aux saluts des arrivants, se trouvait, quand ceux-ci entraient dans sa zone, dépouillé de toute signification d'amabilité pour eux.

Néanmoins il fallait bien que j'allasse dire bonjour à Mme Swann. Mais, comme elle ne savait pas si je connaissais Mme de Marsantes et M. de Charlus, elle fut assez froide, craignant sans doute que je lui demandasse de me présenter. Je m'avançai alors vers M. de Charlus, et aussitôt le regrettai car, devant très bien me voir, il ne le marquait en rien. Au moment où je m'inclinai devant lui, je trouvai, distant de son corps dont il m'empêchait d'approcher de toute la longueur de son bras tendu, un doigt veuf, eût-on dit, d'un anneau épiscopal dont il avait l'air d'offrir, pour qu'on la baisât, la place consacrée, et dus paraître avoir pénétré, à l'insu du baron et par une effraction dont il me laissait la responsabilité, dans la permanence, la dispersion anonyme et vacante de son sourire. Cette froideur ne fut pas pour encourager beaucoup Mme Swann à se départir de la sienne.

—Comme tu as l'air fatigué et agité, dit Mme de Marsantes à son fils qui était venu dire bonjour à M. de Charlus.

Et en effet, les regards de Robert semblaient par moments atteindre à une profondeur qu'ils quittaient aussitôt comme un plongeur qui a touché le fond. Ce fond, qui faisait si mal à Robert quand il le touchait qu'il le quittait aussitôt pour y revenir un instant après, c'était l'idée qu'il avait rompu avec sa maîtresse.

—Ça ne fait rien, ajouta sa mère, en lui caressant la joue, ça ne fait rien, c'est bon de voir son petit garçon.

Mais cette tendresse paraissant agacer Robert, Mme de Marsantes entraîna son fils dans le fond du salon, là où, dans une baie tendue de soie jaune, quelques fauteuils de Beauvais massaient leurs tapisseries violacées comme des iris empourprés dans un champ de boutons d'or. Mme Swann se trouvant seule et ayant compris que j'étais lié avec Saint-Loup me fit signe de venir auprès d'elle. Ne l'ayant pas vue depuis si longtemps, je ne savais de quoi lui parler. Je ne perdais pas de vue mon chapeau parmi tous ceux qui se trouvaient sur le tapis, mais me demandais curieusement à qui pouvait en appartenir un qui n'était pas celui du duc de Guermantes et dans la coiffe duquel un G était surmonté de la couronne ducale. Je savais qui étaient tous les visiteurs et n'en trouvais pas un seul dont ce pût être le chapeau.

—Comme M. de Norpois est sympathique, dis-je à Mme Swann en le lui montrant. Il est vrai que Robert de Saint-Loup me dit que c'est une peste, mais....

—Il a raison, répondit-elle.

Et voyant que son regard se reportait à quelque chose qu'elle me cachait, je la pressai de questions. Peut-être contente d'avoir l'air d'être très occupée par quelqu'un dans ce salon, où elle ne connaissait presque personne, elle m'emmena dans un coin.

—Voilà sûrement ce que M. de Saint-Loup a voulu vous dire, me répondit-elle, mais ne le lui répétez pas, car il me trouverait indiscrète et je tiens beaucoup à son estime, je suis très «honnête homme», vous savez. Dernièrement Charlus a dîné chez la princesse de Guermantes; je ne sais pas comment on a parlé de vous. M. de Norpois leur aurait dit—c'est inepte, n'allez pas vous mettre martel en tête pour cela, personne n'y a attaché d'importance, on savait trop de quelle bouche cela tombait—que vous étiez un flatteur à moitié hystérique.

J'ai raconté bien auparavant ma stupéfaction qu'un ami de mon père comme était M. de Norpois eût pu s'exprimer ainsi en parlant de moi. J'en éprouvai une plus grande encore à savoir que mon émoi de ce jour ancien où j'avais parlé de Mme Swann et de Gilberte était connu par la princesse de Guermantes de qui je me croyais ignoré. Chacune de nos actions, de nos paroles, de nos attitudes est séparée du «monde», des gens qui ne l'ont pas directement perçue, par un milieu dont la perméabilité varie à l'infini et nous reste inconnue; ayant appris par l'expérience que tel propos important que nous avions souhaité vivement être propagé (tels ceux si enthousiastes que je tenais autrefois à tout le monde et en toute occasion sur Mme Swann, pensant que parmi tant de bonnes graines répandues il s'en trouverait bien une qui lèverait) s'est trouvé, souvent à cause de notre désir même, immédiatement mis sous le boisseau, combien à plus forte raison étions-nous éloigné de croire que telle parole minuscule, oubliée de nous-même, voire jamais prononcée par nous et formée en route par l'imparfaite réfraction d'une parole différente, serait transportée, sans que jamais sa marche s'arrêtât, à des distances infinies—en l'espèce jusque chez la princesse de Guermantes—et allât divertir à nos dépens le festin des dieux. Ce que nous nous rappelons de notre conduite reste ignoré de notre plus proche voisin; ce que nous en avons oublié avoir dit, ou même ce que nous n'avons jamais dit, va provoquer l'hilarité jusque dans une autre planète, et l'image que les autres se font de nos faits et gestes ne ressemble pas plus à celle que nous nous en faisons nous-même qu'à un dessin quelque décalque raté, où tantôt au trait noir correspondrait un espace vide, et à un blanc un contour inexplicable. Il peut du reste arriver que ce qui n'a pas été transcrit soit quelque trait irréel que nous ne voyons que par complaisance, et que ce qui nous semble ajouté nous appartienne au contraire, mais si essentiellement que cela nous échappe. De sorte que cette étrange épreuve qui nous semble si peu ressemblante a quelquefois le genre de vérité, peu flatteur certes, mais profond et utile, d'une photographie par les rayons N. Ce n'est pas une raison pour que nous nous y reconnaissions. Quelqu'un qui a l'habitude de sourire dans la glace à sa belle figure et à son beau torse, si on lui montre leur radiographie aura, devant ce chapelet osseux, indiqué comme étant une image de lui-même, le même soupçon d'une erreur que le visiteur d'une exposition qui, devant un portrait de jeune femme, lit dans le catalogue: «Dromadaire couché». Plus tard, cet écart entre notre image selon qu'elle est dessinée par nous-même ou par autrui, je devais m'en rendre compte pour d'autres que moi, vivant béatement au milieu d'une collection de photographies qu'ils avaient tirées d'eux-mêmes tandis qu'alentour grimaçaient d'effroyables images, habituellement invisibles pour eux-mêmes, mais qui les plongeaient dans la stupeur si un hasard les leur montrait en leur disant: «C'est vous.»

Il y a quelques années j'aurais été bien heureux de dire à Mme Swann «à quel sujet» j'avais été si tendre pour M. de Norpois, puisque ce «sujet» était le désir de la connaître. Mais je ne le ressentais plus, je n'aimais plus Gilberte. D'autre part, je ne parvenais pas à identifier Mme Swann à la Dame en rose de mon enfance. Aussi je parlai de la femme qui me préoccupait en ce moment.

—Avez-vous vu tout à l'heure la duchesse de Guermantes? demandai-je à Mme Swann.

Mais comme la duchesse ne saluait pas Mme Swann, celle-ci voulait avoir l'air de la considérer comme une personne sans intérêt et de la présence de laquelle on ne s'aperçoit même pas.

—Je ne sais pas, je n'ai pas *réalisé*, me répondit-elle d'un air désagréable, en employant un terme traduit de l'anglais.

J'aurais pourtant voulu avoir des renseignements non seulement sur Mme de Guermantes mais sur tous les êtres qui l'approchaient, et, tout comme Bloch, avec le manque de tact des gens qui cherchent dans leur conversation non à plaire aux autres mais à élucider, en égoïstes, des points que les intéressent, pour tâcher de me représenter exactement la vie de Mme de Guermantes, j'interrogeai Mme de Villeparisis sur Mme Leroi.

—Oui, je sais, répondit-elle avec un dédain affecté, la fille de ces gros marchands de bois. Je sais qu'elle voit du monde maintenant, mais je vous dirai que je suis bien vieille pour faire de nouvelles connaissances. J'ai connu des gens si intéressants, si aimables, que vraiment je crois que Mme Leroi n'ajouterait rien à ce que j'ai.

Mme de Marsantes, qui faisait la dame d'honneur de la marquise, me présenta au prince, et elle n'avait pas fini que M. de Norpois me présentait aussi, dans les termes les plus chaleureux. Peut-être trouvait-il commode de me faire une politesse qui n'entamait en rien son crédit puisque je venais justement d'être présenté; peut-être parce qu'il pensait qu'un étranger, même illustre, était moins au courant des salons français et pouvait croire qu'on lui présentait un jeune homme du grand monde; peut-être pour exercer une de ses prérogatives, celle d'ajouter le poids de sa propre recommandation d'ambassadeur, ou par le goût d'archaïsme de faire revivre en l'honneur du prince l'usage, flatteur pour cette Altesse, que deux parrains étaient nécessaires si on voulait lui être présenté.

Mme de Villeparisis interpella M. de Norpois, éprouvant le besoin de me faire dire par lui qu'elle n'avait pas à regretter de ne pas connaître Mme Leroi.

—N'est-ce pas, monsieur l'ambassadeur, que Mme Leroi est une personne sans intérêt, très inférieure à toutes celles qui fréquentent ici, et que j'ai eu raison de ne pas l'attirer?

Soit indépendance, soit fatigue, M. de Norpois se contenta de répondre par un salut plein de respect mais vide de signification.

—Monsieur, lui dit Mme de Villeparisis en riant, il y a des gens bien ridicules. Croyez-vous que j'ai eu aujourd'hui la visite d'un monsieur qui a voulu me faire croire qu'il avait plus de plaisir à embrasser ma main que celle d'une jeune femme?

Je compris tout de suite que c'était Legrandin. M. de Norpois sourit avec un léger clignement d'oeil, comme s'il s'agissait d'une concupiscence si naturelle qu'on ne pouvait en vouloir à celui qui l'éprouvait, presque d'un commencement de roman qu'il était prêt à absoudre, voire à encourager, avec une indulgence perverse à la Voisenon ou à la Crébillon fils.

—Bien des mains de jeunes femmes seraient incapables de faire ce que j'ai vu là, dit le prince en montrant les aquarelles commencées de Mme de Villeparisis.

Et il lui demanda si elle avait vu les fleurs de Fantin-Latour qui venaient d'être exposées.

—Elles sont de premier ordre et, comme on dit aujourd'hui, d'un beau peintre, d'un des maîtres de la palette, déclara M. de Norpois; je trouve cependant qu'elles ne peuvent pas soutenir la comparaison avec celles de Mme de Villeparisis où je reconnais mieux le coloris de la fleur.

Même en supposant que la partialité de vieil amant, l'habitude de flatter, les opinions admises dans une coterie, dictassent ces paroles à l'ancien ambassadeur, celles-ci prouvaient pourtant sur quel néant de goût véritable repose le jugement artistique des gens du monde, si arbitraire qu'un rien peut le faire aller aux pires absurdités, sur le chemin desquelles il ne rencontre pour l'arrêter aucune impression vraiment sentie.

—Je n'ai aucun mérite à connaître les fleurs, j'ai toujours vécu aux champs, répondit modestement Mme de Villeparisis. Mais, ajouta-t-elle gracieusement en s'adressant au prince, si j'en ai eu toute jeune des notions un peu plus sérieuses que les autres enfants de la campagne, je le dois à un homme bien distingué de votre nation, M. de Schlegel. Je l'ai rencontré à Broglie où ma tante Cordelia (la maréchale de Castellane) m'avait amenée. Je me rappelle très bien que M. Lebrun, M. de Salvandy, M. Doudan, le faisaient parler sur les fleurs. J'étais une toute petite fille, je ne pouvais pas bien comprendre ce qu'il disait. Mais il s'amusait à me faire jouer et, revenu dans votre pays, il m'envoya un bel herbier en souvenir d'une promenade que nous avions été faire en phaéton au Val Richer et où je m'étais endormie sur ses genoux. J'ai toujours conservé cet herbier et il m'a appris à remarquer bien des particularités des fleurs qui ne m'auraient pas frappée sans cela. Quand Mme de Barante a publié quelques lettres de Mme de Broglie, belles et affectées comme elle était elle-même, j'avais espéré y trouver quelques-unes de ces conversations de M. de Schlegel. Mais c'était une femme qui ne cherchait dans la nature que des arguments pour la religion. Robert m'appela dans le fond du salon, où il était avec sa mère.

—Que tu as été gentil, lui dis-je, comment te remercier? Pouvons-nous dîner demain ensemble?

—Demain, si tu veux, mais alors avec Bloch; je l'ai rencontré devant la porte; après un instant de froideur, parce que j'avais, malgré moi, laissé sans réponse deux lettres de lui (il ne m'a pas dit que c'était cela qui l'avait froissé, mais je l'ai compris), il a été d'une tendresse telle que je ne peux pas me montrer ingrat envers un tel ami. Entre nous, de sa part au moins, je sens bien que c'est à la vie, à la mort.

Je ne crois pas que Robert se trompât absolument. Le dénigrement furieux était souvent chez Bloch l'effet d'une vive sympathie qu'il avait cru qu'on ne lui rendait pas. Et comme il imaginait peu la vie des autres, ne songeait pas qu'on peut avoir été malade ou en voyage, etc., un silence de huit jours lui paraissait vite provenir d'une froideur voulue. Aussi je n'ai jamais cru que ses pires violences d'ami, et plus tard d'écrivain, fussent bien profondes. Elles s'exaspéraient si l'on y répondait par une dignité glacée, ou par une platitude qui l'encourageait à redoubler ses coups, mais cédaient souvent à une chaude sympathie. «Quant à gentil, continua Saint-Loup, tu prétends que je l'ai été pour toi, mais je n'ai pas été gentil du tout, ma tante dit que c'est toi qui la fuis, que tu ne lui dis pas un mot. Elle se demande si tu n'as pas quelque chose contre elle.»

Heureusement pour moi, si j'avais été dupe de ces paroles, notre imminent départ pour Balbec m'eût empêché d'essayer de revoir Mme de Guermantes, de lui assurer que je n'avais rien contre elle et de la mettre ainsi dans la nécessité de me prouver que c'était elle qui avait quelque chose contre moi. Mais je n'eus qu'à me rappeler qu'elle ne m'avait pas même offert d'aller voir les Elstir. D'ailleurs ce n'était pas une déception; je ne m'étais nullement attendu à ce qu'elle m'en parlât; je savais que je ne lui plaisais pas, que je n'avais pas à espérer me faire aimer d'elle; le plus que j'avais pu souhaiter, c'est que, grâce à sa bonté, j'eusse d'elle, puisque je ne devais pas la revoir avant de quitter Paris, une impression entièrement douce, que j'emporterais à Balbec indéfiniment prolongée, intacte, au lieu d'un souvenir mêlé d'anxiété et de tristesse.

A tous moments Mme de Marsantes s'interrompait de causer avec Robert pour me dire combien il lui avait souvent parlé de moi, combien il m'aimait; elle était avec moi d'un empressement qui me faisait presque de la peine parce que je le sentais dicté par la crainte qu'elle avait de faire fâcher ce fils qu'elle n'avait pas encore vu aujourd'hui, avec qui elle était impatiente de se trouver seule, et sur lequel elle croyait donc que l'empire qu'elle exerçait n'égalait pas et devait ménager le mien. M'ayant entendu auparavant demander à Bloch des nouvelles de M. Nissim Bernard, son oncle, Mme de Marsantes s'informa si c'était celui qui avait habité Nice.

—Dans ce cas, il y a connu M. de Marsantes avant qu'il m'épousât, avait répondu Mme de Marsantes. Mon mari m'en a souvent parlé comme d'un homme excellent, d'un coeur délicat et généreux.

«Dire que pour une fois il n'avait pas menti, c'est incroyable», eût pensé Bloch.

Tout le temps j'aurais voulu dire à Mme de Marsantes que Robert avait pour elle infiniment plus d'affection que pour moi, et que, m'eût-elle témoigné de l'hostilité, je n'étais pas d'une nature à chercher à le prévenir contre elle, à le détacher d'elle. Mais depuis que Mme de Guermantes était partie, j'étais plus libre d'observer Robert, et je m'aperçus seulement alors que de nouveau une sorte de colère semblait s'être élevée en lui, affleurant à son visage durci et sombre. Je craignais qu'au souvenir de la scène de l'après-midi il ne fût humilié vis-à-vis de moi de s'être laissé traiter si durement par sa maîtresse, sans riposter.

Brusquement il s'arracha d'auprès de sa mère qui lui avait passé un bras autour du cou, et venant à moi m'entraîna derrière le petit comptoir fleuri de Mme de Villeparisis, où celle-ci s'était rassise, puis me fit signe de le suivre dans le petit salon. Je m'y dirigeais assez vivement quand M. de Charlus, qui avait pu croire que j'allais vers la sortie, quitta brusquement M. de Faffenheim avec qui il causait, fit un tour rapide qui l'amena en face de moi. Je vis avec inquiétude qu'il avait pris le chapeau au fond duquel il y avait un G et une couronne ducale. Dans l'embrasure de la porte du petit salon il me dit sans me regarder:

—Puisque je vois que vous allez dans le monde maintenant, faites-moi donc le plaisir de venir me voir. Mais c'est assez compliqué, ajouta-t-il d'un air d'inattention et de calcul, et comme s'il s'était agi d'un plaisir qu'il avait peur de ne plus retrouver une fois qu'il aurait laissé échapper l'occasion de combiner avec moi les moyens de le réaliser. Je suis peu chez moi, il faudrait que vous m'écriviez. Mais j'aimerais mieux vous expliquer cela plus tranquillement. Je vais partir dans un moment. Voulez-vous faire deux pas avec moi? Je ne vous retiendrai qu'un instant.

—Vous ferez bien de faire attention, monsieur, lui dis-je. Vous avez pris par erreur le chapeau d'un des visiteurs.

—Vous voulez m'empêcher de prendre mon chapeau?

Je supposai, l'aventure m'étant arrivée à moi-même peu auparavant, que, quelqu'un lui ayant enlevé son, chapeau, il en avait avisé un au hasard pour ne pas rentrer nu-tête, et que je le mettais dans l'embarras en dévoilant sa ruse. Je lui dis qu'il fallait d'abord que je dise quelques mots à Saint-Loup. «Il est en train de parler avec cet idiot de duc de Guermantes, ajoutai-je.—C'est charmant ce que vous dites là, je le dirai à mon frère.— Ah! vous croyez que cela peut intéresser M. de Charlus? (Je me figurais que, s'il avait un frère, ce frère devait s'appeler Charlus aussi. Saint-Loup m'avait bien donné quelques explications là-dessus à Balbec, mais je les avais oubliées.)—Qui est-ce qui vous parle de M. de Charlus? me dit le baron d'un air insolent. Allez auprès de Robert. Je sais que vous avez participé ce matin à un de ces déjeuners d'orgie qu'il a avec une femme qui le déshonore. Vous devriez bien user de votre influence sur lui pour lui faire comprendre le chagrin qu'il cause à sa pauvre mère et à nous tous en traînant notre nom dans la boue».

J'aurais voulu répondre qu'au déjeuner avilissant on n'avait parlé que d'Emerson, d'Ibsen, de Tolstoï, et que la jeune femme avait prêché Robert pour qu'il ne bût que de l'eau; afin de tâcher d'apporter quelque baume à Robert de qui je croyais la fierté blessée, je cherchai à excuser sa maîtresse. Je ne savais pas qu'en ce moment, malgré sa colère contre elle, c'était à lui-même qu'il adressait des reproches. Même dans les querelles entre un bon et une méchante et quand le droit est tout entier d'un côté, il arrive toujours qu'il y a une vétille qui peut donner à la méchante l'apparence de n'avoir pas tort sur un point. Et comme tous les autres points, elle les néglige, pour peu que le bon ait besoin d'elle, soit démoralisé par la séparation, son affaiblissement le rendra scrupuleux, il se rappellera les reproches absurdes qui lui ont été faits et se demandera s'ils n'ont pas quelque fondement.

—Je crois que j'ai eu tort dans cette affaire du collier, me dit Robert. Bien sûr je ne l'avais pas fait dans une mauvaise intention, mais je sais bien que les autres ne se mettent pas au même point de vue que nous-même. Elle a eu une enfance très dure. Pour elle je suis tout de même le riche qui croit qu'on arrive à tout par son argent, et contre lequel le pauvre ne peut pas lutter, qu'il s'agisse d'influencer Boucheron ou de gagner un procès devant un tribunal. Sans doute elle a été bien cruelle; moi qui n'ai jamais cherché que son bien. Mais, je me rends bien compte, elle croit que j'ai voulu lui faire sentir qu'on pouvait la tenir par l'argent, et ce n'est pas vrai. Elle qui m'aime tant, que doit-elle se dire! Pauvre chérie; si tu savais, elle a de telles délicatesses, je ne peux pas te dire, elle a souvent fait pour moi des choses adorables. Ce qu'elle doit être malheureuse en ce moment! En tout cas, quoi qu'il arrive je ne veux pas qu'elle me prenne pour un mufle, je cours chez Boucheron chercher le collier. Qui sait? peut-être en voyant que j'agis ainsi reconnaîtra-t-elle ses torts. Vois-tu, c'est l'idée qu'elle souffre en ce moment que je ne peux pas supporter! Ce qu'on souffre, soi, on le sait, ce n'est rien. Mais elle, se dire qu'elle souffre et ne pas pouvoir se le représenter, je crois que je deviendrais fou, j'aimerais mieux ne la revoir jamais que de la laisser souffrir. Qu'elle soit heureuse sans moi s'il le faut, c'est tout ce que je demande. Écoute, tu sais, pour moi, tout ce qui la touche c'est immense, cela prend quelque chose de cosmique; je cours chez le bijoutier et après cela lui demander pardon. Jusqu'à ce que je sois là-bas, qu'est-ce qu'elle va pouvoir penser de moi? Si elle savait seulement que je vais venir! A tout hasard tu pourras venir chez elle; qui sait, tout s'arrangera peut-être. Peut-être, dit-il avec un sourire, comme n'osant croire à un tel rêve, nous irons dîner tous les trois à la campagne. Mais on ne peut pas savoir encore, je sais si mal la prendre; pauvre petite, je vais peut-être encore la blesser. Et puis sa décision est peut-être irrévocable.

Robert m'entraîna brusquement vers sa mère.

—Adieu, lui dit-il; je suis forcé de partir. Je ne sais pas quand je reviendrai en permission, sans doute pas avant un mois. Je vous l'écrirai dès que je le saurai.

Certes Robert n'était nullement de ces fils qui, quand ils sont dans le monde avec leur mère, croient qu'une attitude exaspérée à son égard doit faire contrepoids aux sourires et aux saluts qu'ils adressent aux étrangers. Rien n'est plus répandu que cette odieuse vengeance de ceux qui semblent croire que la grossièreté envers les siens complète tout naturellement la tenue de cérémonie. Quoi que la pauvre mère dise, son fils, comme s'il avait été emmené malgré lui et voulait faire payer cher sa présence, contrebat immédiatement d'une contradiction ironique, précise, cruelle, l'assertion timidement risquée; la mère se range aussitôt, sans le désarmer pour cela, à l'opinion de cet être supérieur qu'elle continuera à vanter à chacun, en son absence, comme une nature délicieuse, et qui ne lui épargne pourtant aucun de ses traits les plus acérés. Saint-Loup était tout autre, mais l'angoisse que provoquait l'absence de Rachel faisait que, pour des raisons différentes, il n'était pas moins dur avec sa mère que ne le sont ces fils-là avec la leur. Et aux paroles qu'il prononça je vis le même battement, pareil à celui d'une aile, que Mme de Marsantes n'avait pu réprimer à l'arrivée de son fils, la dresser encore tout entière; mais maintenant c'était un visage anxieux, des yeux désolés qu'elle attachait sur lui.

—Comment, Robert, tu t'en vas? c'est sérieux? mon petit enfant! le seul jour où je pouvais t'avoir!

Et presque bas, sur le ton le plus naturel, d'une voix d'où elle s'efforçait de bannir toute tristesse pour ne pas inspirer à son fils une pitié qui eût peut-être été cruelle pour lui, ou inutile et bonne seulement à l'irriter, comme un argument de simple bon sens elle ajouta:

—Tu sais que ce n'est pas gentil ce que tu fais là.

Mais à cette simplicité elle ajoutait tant de timidité pour lui montrer qu'elle n'entreprenait pas sur sa liberté, tant de tendresse pour qu'il ne lui reprochât pas d'entraver ses plaisirs, que Saint-Loup ne put pas ne pas apercevoir en lui-même comme la possibilité d'un attendrissement, c'est-à-dire un obstacle à passer la soirée avec son amie. Aussi se mit-il en colère:

—C'est regrettable, mais gentil ou non, c'est ainsi.

Et il fit à sa mère les reproches que sans doute il se sentait peut-être mériter; c'est ainsi que les égoïstes ont toujours le dernier mot; ayant posé d'abord que leur résolution est inébranlable, plus le sentiment auquel on fait appel en eux pour qu'ils y renoncent est touchant, plus ils trouvent condamnables, non pas eux qui y résistent, mais ceux qui les mettent dans la nécessité d'y résister, de sorte que leur propre dureté peut aller jusqu'à la plus extrême cruauté sans que cela fasse à leurs yeux qu'aggraver d'autant la culpabilité de l'être assez indélicat pour souffrir, pour avoir raison, et leur causer ainsi lâchement la douleur d'agir contre leur propre pitié. D'ailleurs, d'elle-même Mme de Marsantes cessa d'insister, car elle sentait qu'elle ne le retiendrait plus.

—Je te laisse, me dit-il, mais, maman, ne le gardez pas longtemps parce qu'il faut qu'il aille faire une visite tout à l'heure.

Je sentais bien que ma présence ne pouvait faire aucun plaisir à Mme de Marsantes, mais j'aimais mieux, en ne partant pas avec Robert, qu'elle ne crût pas que j'étais mêlé à ces plaisirs qui la privaient de lui. J'aurais voulu trouver quelque excuse à la conduite de son fils, moins par affection pour lui que par pitié pour elle. Mais ce fut elle qui parla la première:

—Pauvre petit, me dit-elle, je suis sûre que je lui ai fait de la peine. Voyez-vous, monsieur, les mères sont très égoïstes; il n'a pourtant pas tant de plaisirs, lui qui vient si peu à Paris. Mon Dieu, s'il n'était pas encore parti, j'aurais voulu le rattraper, non pas pour le retenir certes, mais pour lui dire que je ne lui en veux pas, que je trouve qu'il a eu raison. Cela ne vous ennuie pas que je regarde sur l'escalier?

Et nous allâmes jusque-là:

—Robert! Robert! cria-t-elle. Non, il est parti, il est trop tard.

Maintenant je me serais aussi volontiers chargé d'une mission pour faire rompre Robert et sa maîtresse qu'il y a quelques heures pour qu'il partît vivre tout à fait avec elle. Dans un cas Saint-Loup m'eût jugé un ami traître, dans l'autre cas sa famille m'eût appelé son mauvais génie. J'étais pourtant le même homme à quelques heures de distance.

Nous rentrâmes dans le salon. En ne voyant pas rentrer Saint-Loup, Mme de Villeparisis échangea avec M. de Norpois ce regard dubitatif, moqueur, et sans grande pitié qu'on a en montrant une épouse trop jalouse ou une mère trop tendre (lesquelles donnent aux autres la comédie) et qui signifie: «Tiens, il a dû y avoir de l'orage.»

Robert alla chez sa maîtresse en lui apportant le splendide bijou que, d'après leurs conventions, il n'aurait pas dû lui donner. Mais d'ailleurs cela revint au même car elle n'en voulut pas, et même, dans la suite, il ne réussit jamais à le lui faire accepter. Certains amis de Robert pensaient que ces preuves de désintéressement qu'elle donnait étaient un calcul pour se l'attacher. Pourtant elle ne tenait pas à l'argent, sauf peut-être pour pouvoir le dépenser sans compter. Je lui ai vu faire à tort et à travers, à des gens qu'elle croyait pauvres, des charités insensées. «En ce moment, disaient à Robert ses amis pour faire contrepoids par leurs mauvaises paroles à un acte de désintéressement de Rachel, en ce moment elle doit être au promenoir des Folies-Bergère. Cette Rachel, c'est une énigme, un véritable sphinx.» Au reste combien de femmes intéressées, puisqu'elles sont entretenues, ne voit-on pas, par une délicatesse qui fleurit au milieu de cette existence, poser elles-mêmes mille petites bornes à la générosité de leur amant!

Robert ignorait presque toutes les infidélités de sa maîtresse et faisait travailler son esprit sur ce qui n'était que des riens insignifiants auprès de la vraie vie de Rachel, vie qui ne commençait chaque jour que lorsqu'il venait de la quitter. Il ignorait presque toutes ces infidélités. On aurait pu les lui apprendre sans ébranler sa confiance en Rachel. Car c'est une charmante loi de nature, qui se manifeste au sein des sociétés les plus complexes, qu'on vive dans l'ignorance parfaite de ce qu'on aime. D'un côté du miroir, l'amoureux se dit: «C'est un ange, jamais elle ne se donnera à moi, je n'ai plus qu'à mourir, et pourtant elle m'aime; elle m'aime tant que peut-être ... mais non ce ne sera pas possible.» Et dans l'exaltation de son désir, dans l'angoisse de son attente, que de bijoux il met aux pieds de cette femme, comme il court emprunter de l'argent pour lui éviter un souci! cependant, de l'autre côté de la cloison, à travers laquelle ces conversations ne passeront pas plus que celles qu'échangent les promeneurs devant un aquarium, le public dit: «Vous ne la connaissez pas? je vous en félicite, elle a volé, ruiné je ne sais pas combien de gens, il n'y a pas pis que ça comme fille. C'est une pure escroqueuse. Et roublarde!» Et peut-être le public n'a-t-il pas absolument tort en ce qui concerne cette dernière épithète, car même l'homme sceptique qui n'est pas vraiment amoureux de cette femme et à qui elle plaît seulement dit à ses amis: «Mais non, mon cher, ce n'est pas du tout une cocotte; je ne dis pas que dans sa vie elle n'ait pas eu deux ou trois caprices, mais ce n'est pas une femme qu'on paye, ou alors ce serait trop cher. Avec elle c'est cinquante mille francs ou rien du tout.» Or, lui, a dépensé cinquante mille francs pour elle, il l'a eue une fois, mais elle, trouvant d'ailleurs pour cela un complice chez lui-même, dans la personne de son amour-propre, elle a su lui persuader qu'il était de ceux qui l'avaient eue pour rien. Telle est la société, où chaque être est double, et où le plus percé à jour, le plus mal famé, ne sera jamais connu par un certain autre qu'au fond et sous la protection d'une coquille, d'un doux cocon, d'une délicieuse curiosité naturelle. Il y avait à Paris deux honnêtes gens que Saint-Loup ne saluait plus et dont il ne parlait pas sans que sa voix tremblât, les appelant exploiteurs de femmes: c'est qu'ils avaient été ruinés par Rachel.

—Je ne me reproche qu'une chose, me dit tout bas Mme de Marsantes, c'est de lui avoir dit qu'il n'était pas gentil. Lui, ce fils adorable, unique, comme il n'y en a pas d'autres, pour la seule fois où je le vois, lui avoir dit qu'il n'était pas gentil, j'aimerais mieux avoir reçu un coup de bâton, parce que je suis certaine que, quelque plaisir qu'il ait ce soir, lui qui n'en a pas tant, il lui sera gâté par cette parole injuste. Mais, Monsieur, je ne vous retiens pas, puisque vous êtes pressé.

Mme de Marsantes me dit au revoir avec anxiété. Ces sentiments se rapportaient à Robert, elle était sincère. Mais elle cessa de l'être pour redevenir grande dame:

—J'ai été *intéressée, si heureuse*, de causer un peu avec vous. Merci! merci!

Et d'un air humble elle attachait sur moi des regards reconnaissants, enivrés, comme si ma conversation était un des plus grands plaisirs qu'elle eût connus dans la vie. Ces regards charmants allaient fort bien avec les fleurs noires sur la robe blanche à ramages; ils étaient d'une grande dame qui sait son métier.

—Mais, je ne suis pas pressé, Madame, répondis-je; d'ailleurs j'attends M. de Charlus avec qui je dois m'en aller.

Mme de Villeparisis entendit ces derniers mots. Elle en parut contrariée. S'il ne s'était agi d'une chose qui ne pouvait intéresser un sentiment de cette nature, il m'eût paru que ce qui me semblait en alarme à ce moment-là chez Mme de Villeparisis, c'était la pudeur. Mais cette hypothèse ne se présenta même pas à mon esprit. J'étais content de Mme de Guermantes, de Saint-Loup, de Mme de Marsantes, de M. de Charlus, de Mme de Villeparisis, je ne réfléchissais pas, et je parlais gaiement à tort et à travers.

—Vous devez partir avec mon neveu Palamède? me dit-elle.

Pensant que cela pouvait produire une impression très favorable sur Mme de Villeparisis que je fusse lié avec un neveu qu'elle prisait si fort: «Il m'a demandé de revenir avec lui, répondis-je avec joie. J'en suis enchanté. Du reste nous sommes plus amis que vous ne croyez, Madame, et je suis décidé à tout pour que nous le soyons davantage.»

De contrariée, Mme de Villeparisis sembla devenue soucieuse: «Ne l'attendez pas, me dit-elle d'un air préoccupé, il cause avec M. de Faffenheim. Il ne pense déjà plus à ce qu'il vous a dit. Tenez, partez, profitez vite pendant qu'il a le dos tourné.»

Ce premier émoi de Mme de Villeparisis eût ressemblé, n'eussent été les circonstances, à celui de la pudeur. Son insistance, son opposition auraient pu, si l'on n'avait consulté que son visage, paraître dictées par la vertu. Je n'étais, pour ma part, guère pressé d'aller retrouver Robert et sa maîtresse. Mais Mme de Villeparisis semblait tenir tant à ce que je partisse que, pensant peut-être qu'elle avait à causer d'affaire importante avec son neveu, je lui dis au revoir. A côté d'elle M. de Guermantes, superbe et olympien, était lourdement assis. On aurait dit que la notion omniprésente en tous ses membres de ses grandes richesses lui donnait une densité particulièrement élevée, comme si elles avaient été fondues au creuset en un seul lingot humain, pour faire cet homme qui valait si cher. Au moment où je lui dis au revoir, il se leva poliment de son siège et je sentis la masse inerte de trente millions que la vieille éducation française faisait mouvoir, soulevait, et qui se tenait debout devant moi. Il me semblait voir cette statue de Jupiter Olympien que Phidias, dit-on, avait fondue tout en or. Telle était la puissance que la bonne éducation avait sur M. de Guermantes, sur le corps de M. de Guermantes du moins, car elle ne régnait pas aussi en maîtresse sur l'esprit du duc. M. de Guermantes riait de ses bons mots, mais ne se déridait pas à ceux des autres.

Dans l'escalier, j'entendis derrière moi une voix qui m'interpellait:

—Voilà comme vous m'attendez, Monsieur. C'était M. de Charlus.

—Cela vous est égal de faire quelques pas à pied? me dit-il sèchement, quand nous fûmes dans la cour. Nous marcherons jusqu'à ce que j'aie trouvé un fiacre qui me convienne.

—Vous vouliez me parler de quelque chose, Monsieur?

—Ah! voilà, en effet, j'avais certaines choses à vous dire, mais je ne sais trop si je vous les dirai. Certes je crois qu'elles pourraient être pour vous le point de départ d'avantages inappréciables. Mais j'entrevois aussi qu'elles amèneraient dans mon existence, à mon âge où on commence à tenir à la tranquillité, bien des pertes de temps, bien des dérangements. Je me demande si vous valez la peine que je me donne pour vous tout ce tracas, et je n'ai pas le plaisir de vous connaître assez pour en décider. Peut-être aussi n'avez-vous pas de ce que je pourrais faire pour vous un assez grand désir pour que je me donne tant d'ennuis, car je vous le répète très franchement, Monsieur, pour moi ce ne peut être que de l'ennui.

Je protestai qu'alors il n'y fallait pas songer. Cette rupture des pourparlers ne parut pas être de son goût.

—Cette politesse ne signifie rien, me dit-il d'un ton dur. Il n'y a rien de plus agréable que de se donner de l'ennui pour une personne qui en vaille le peine. Pour les meilleurs d'entre nous, l'étude des arts, le goût de la brocante, les collections, les jardins, ne sont que des ersatz, des succédanés, des alibis. Dans le fond de notre tonneau, comme Diogène, nous demandons un homme. Nous cultivons les bégonias, nous taillons les ifs, par pis aller, parce que les ifs et les bégonias se laissent faire. Mais nous aimerions donner notre temps à un arbuste humain, si nous étions sûrs qu'il en valût la peine. Toute la question est là; vous devez vous connaître un peu. Valez-vous la peine ou non?

—Je ne voudrais, Monsieur, pour rien au monde, être pour vous une cause de soucis, lui dis-je, mais quant à mon plaisir, croyez bien que tout ce qui me viendra de vous m'en causera un très grand. Je suis profondément touché que vous veuillez bien faire ainsi attention à moi et chercher à m'être utile.

A mon grand étonnement ce fut presque avec effusion qu'il me remercia de ces paroles. Passant son bras sous le mien avec cette familiarité intermittente qui m'avait déjà frappé à Balbec et qui contrastait avec la dureté de son accent:

—Avec l'inconsidération de votre âge, me dit-il, vous pourriez parfois avoir des paroles capables de creuser un abîme infranchissable entre nous. Celles que vous venez de prononcer au contraire sont du genre qui est justement capable de me toucher et de me faire faire beaucoup pour vous.

Tout en marchant bras dessus bras dessous avec moi et en me disant ces paroles qui, bien que mêlées de dédain, étaient si affectueuses, M. de Charlus tantôt fixait ses regards sur moi avec cette fixité intense, cette dureté perçante qui m'avaient frappé le premier matin où je l'avais aperçu devant le casino à Balbec, et même bien des années avant, près de l'épinier rose, à côté de Mme Swann que je croyais alors sa maîtresse, dans le parc de Tansonville; tantôt il les faisait errer autour de lui et examiner les fiacres, qui passaient assez nombreux à cette heure de relais, avec tant d'insistance que plusieurs s'arrêtèrent, le cocher ayant cru qu'on voulait le prendre. Mais M. de Charlus les congédiait aussitôt.

—Aucun ne fait mon affaire, me dit-il, tout cela est une question de lanternes, du quartier où ils rentrent. Je voudrais, Monsieur, me dit-il, que vous ne puissiez pas vous méprendre sur le caractère purement désintéressé et charitable de la proposition que je vais vous adresser.

J'étais frappé combien sa diction ressemblait à celle de Swann encore plus qu'à Balbec.

—Vous êtes assez intelligent, je suppose, pour ne pas croire que c'est par «manque de relations», par crainte de la solitude et de l'ennui, que je m'adresse à vous. Je n'aime pas beaucoup à parler de moi, Monsieur, mais enfin, vous l'avez peut-être appris, un article assez retentissant du *Times* y a fait allusion, l'empereur d'Autriche, qui m'a toujours honoré de sa bienveillance et veut bien entretenir avec moi des relations de cousinage, a déclaré naguère dans un entretien rendu public que, si M. le comte de Chambord avait eu auprès de lui un homme possédant aussi à fond que moi les dessous de la politique européenne, il serait aujourd'hui roi de France. J'ai souvent pensé, Monsieur, qu'il y avait en moi, du fait non de mes faibles dons mais de circonstances que vous apprendrez peut-être un jour, un trésor d'expérience, une sorte de dossier secret et inestimable, que je n'ai pas cru devoir utiliser personnellement, mais qui serait sans prix pour un jeune homme à qui je livrerais en quelques mois ce que j'ai mis plus de trente ans à acquérir et que je suis peut-être seul à posséder. Je ne parle pas des jouissances intellectuelles que vous auriez à apprendre certains secrets qu'un Michelet de nos jours donnerait des années de sa vie pour connaître et grâce auxquels certains événements prendraient à ses yeux un aspect entièrement différent. Et je ne parle pas seulement des événements accomplis, mais de l'enchaînement de circonstances (c'était une des expressions favorites de M. de Charlus et souvent, quand il la prononçait, il conjoignait ses deux mains comme quand on veut prier, mais les doigts raides et comme pour faire comprendre par ce complexus ces circonstances qu'il ne spécifiait pas et leur enchaînement).

Je vous donnerais une explication inconnue non seulement du passé, mais de l'avenir. M. de Charlus s'interrompit pour me poser des questions sur Bloch dont on avait parlé sans qu'il eût l'air d'entendre, chez Mme de Villeparisis. Et de cet accent dont il savait si bien détacher ce qu'il disait qu'il avait l'air de penser à toute autre chose et de parler machinalement par simple politesse; il me demanda si mon camarade était jeune, était beau, etc. Bloch, s'il l'eût entendu, eût été plus en peine encore que pour M. de Norpois, mais à cause de raisons bien différentes, de savoir si M. de Charlus était pour ou contre Dreyfus. «Vous n'avez pas tort, si vous voulez vous instruire, me dit M. de Charlus après m'avoir posé ces questions sur Bloch, d'avoir parmi vos amis quelques étrangers.» Je répondis que Bloch était Français. «Ah! dit M. de Charlus, j'avais cru qu'il était Juif.» La déclaration de cette incompatibilité me fit croire que M. de Charlus était plus antidreyfusard qu'aucune des personnes que j'avais rencontrées; Il protesta au contraire contre l'accusation de trahison portée contre Dreyfus.

Mais ce fut sous cette forme: «Je crois que les journaux disent que Dreyfus a commis un crime contre sa patrie, je crois qu'on le dit, je ne fais pas attention aux journaux, je les lis comme je me lave les mains, sans trouver que cela vaille la peine de m'intéresser. En tout cas le crime est inexistant, le compatriote de votre ami aurait commis un crime contre sa patrie s'il avait trahi la Judée, mais qu'est-ce qu'il a à voir avec la France?»

J'objectai que, s'il y avait jamais une guerre, les Juifs seraient aussi bien mobilisés que les autres. «Peut-être et il n'est pas certain que ce ne soit pas une imprudence. Mais si on fait venir des Sénégalais et des Malgaches, je ne pense pas qu'ils mettront grand coeur à défendre la France, et c'est bien naturel. Votre Dreyfus pourrait plutôt être condamné pour infraction aux règles de l'hospitalité. Mais laissons cela. Peut-être pourriez-vous demander à votre ami de me faire assister à quelque belle fête au temple, à une circoncision, à des chants juifs. Il pourrait peut-être louer une salle et me donner quelque divertissement biblique, comme les filles de Saint-Cyr jouèrent des scènes tirées des *Psaumes* par Racine pour distraire Louis XIV. Vous pourriez peut-être arranger même des parties pour faire rire. Par exemple une lutte entre votre ami et son père où il le blesserait comme David Goliath. Cela composerait une farce assez plaisante. Il pourrait même, pendant qu'il y est, frapper à coups redoublés sur sa charogne, ou, comme dirait ma vieille bonne, sur sa carogne de mère. Voilà qui serait fort bien fait et ne serait pas pour nous déplaire, hein! petit ami, puisque nous aimons les spectacles exotiques et que frapper cette créature extra-européenne, ce serait donner une correction méritée à un vieux chameau.» En disant ces mots affreux et presque fous, M. de Charlus me serrait le bras à me faire mal. Je me souvenais de la famille de M. de Charlus citant tant de traits de bonté admirables, de la part du baron, à l'égard, de cette vieille bonne dont il venait de rappeler le patois moliéresque, et je me disais que les rapports, peu étudiés jusqu'ici, me semblait-il, entre la bonté et la méchanceté dans un même coeur, pour divers qu'ils puissent être, seraient intéressants à établir.

Je l'avertis qu'en tout cas Mme Bloch n'existait plus, et que quant à M. Bloch je me demandais jusqu'à quel point il se plairait à un jeu qui pourrait parfaitement lui crever les yeux. M. de Charlus sembla fâché. «Voilà, dit-il, une femme qui a eu grand tort de mourir. Quant aux yeux crevés, justement la Synagogue est aveugle, elle ne voit pas les vérités de l'Évangile. En tout cas, pensez, en ce moment où tous ces malheureux Juifs tremblent devant la fureur stupide des chrétiens, quel honneur pour eux de voir un homme comme moi condescendre à s'amuser de leurs jeux.» A ce moment j'aperçus M. Bloch père qui passait, allant sans doute au-devant de son fils. Il ne nous voyait pas mais j'offris à M. de Charlus de le lui présenter. Je ne me doutais pas de la colère que; j'allais déchaîner chez mon compagnon: «Me le présenter! Mais il faut que vous ayez bien peu le sentiment des valeurs! On ne me connaît pas si facilement que ça. Dans le cas actuel l'inconvenance serait double à cause de la juvénilité du présentateur et de l'indignité du présenté. Tout au plus, si on me donne un jour le spectacle asiatique que j'esquissais, pourrai-je adresser à cet affreux bonhomme quelques paroles empreintes de bonhomie. Mais à condition qu'il se soit laissé copieusement rosser par son fils. Je pourrais aller jusqu'à exprimer ma satisfaction.» D'ailleurs M. Bloch ne faisait nulle attention à nous. Il était en train d'adresser à Mme Sazerat de grands saluts fort bien accueillis d'elle. J'en étais surpris, car jadis, à Combray, elle avait été indignée que mes parents eussent reçu le jeune Bloch, tant elle était antisémite. Mais le dreyfusisme, comme une chasse d'air, avait fait il y a quelques jours voler jusqu'à elle M. Bloch.

Le père de mon ami avait trouvé Mme Sazerat charmante et était particulièrement flatté de l'antisémitisme de cette dame qu'il trouvait une preuve de la sincérité de sa foi et de la vérité de ses opinions dreyfusardes, et qui donnait aussi du prix à la visite qu'elle l'avait autorisée à lui faire. Il n'avait même pas été blessé qu'elle eût dit étourdiment devant lui: «M. Drumont a la prétention de mettre les révisionnistes dans le même sac que les protestants et les juifs. C'est charmant cette promiscuité!» «Bernard, avait-il dit avec orgueil, en rentrant, à M. Nissim Bernard, tu sais, elle a le préjugé!» Mais M. Nissim Bernard n'avait rien répondu et avait levé au ciel un regard d'ange. S'attristant du malheur des Juifs, se souvenant de ses amitiés chrétiennes, devenant maniéré et précieux au fur et à mesure que les années venaient, pour des raisons que l'on verra plus tard, il avait maintenant l'air d'une larve préraphaélite où des poils se seraient malproprement implantés, comme des cheveux noyés dans une opale. «Toute cette affaire Dreyfus, reprit le baron qui tenait toujours mon bras, n'a qu'un inconvénient: c'est qu'elle détruit la société (je ne dis pas la bonne société, il y a longtemps que la société ne mérite plus cette épithète louangeuse) par l'afflux de messieurs et de dames du Chameau, de la Chamellerie, de la Chamellière, enfin de gens inconnus que je trouve même chez mes cousines parce qu'ils font partie de la ligue de la Patrie Française, antijuive, je ne sais quoi, comme si une opinion politique donnait droit à une qualification sociale.» Cette frivolité de M. de Charlus l'apparentait davantage à la duchesse de Guermantes. Je lui soulignai le rapprochement. Comme il semblait croire que je ne la connaissais pas, je lui rappelai la soirée de l'Opéra où il avait semblé vouloir se cacher de moi. M. de Charlus me dit avec tant de force ne m'avoir nullement vu que j'aurais fini par le croire si bientôt un petit incident ne m'avait donné à penser que trop orgueilleux peut-être il n'aimait pas à être vu avec moi.

—Revenons à vous, me dit M. de Charlus, et à mes projets sur vous. Il existe entre certains hommes, Monsieur, une franc-maçonnerie dont je ne puis vous parler, mais qui compte dans ses rangs en ce moment quatre souverains de l'Europe. Or l'entourage de l'un d'eux veut le guérir de sa chimère. Cela est une chose très grave et peut nous amener la guerre. Oui, Monsieur, parfaitement. Vous connaissez l'histoire de cet homme qui croyait tenir dans une bouteille la princesse de la Chine. C'était une folie. On l'en guérit. Mais dès qu'il ne fut plus fou il devint bête. Il y a des maux dont il ne faut pas chercher à guérir parce qu'ils nous protègent seuls contre de plus graves. Un de mes cousins avait une maladie de l'estomac, il ne pouvait rien digérer. Les plus savants spécialistes de l'estomac le soignèrent sans résultat. Je l'amenai à un certain médecin (encore un être bien curieux, entre parenthèses, et sur lequel il y aurait beaucoup à dire). Celui-ci devina aussitôt que la maladie était nerveuse, il persuada son malade, lui ordonna de manger sans crainte ce qu'il voudrait et qui serait toujours bien toléré. Mais mon cousin avait aussi de la néphrite. Ce que l'estomac digère parfaitement, le rein finit par ne plus pouvoir l'éliminer, et mon cousin, au lieu de vivre vieux avec une maladie d'estomac imaginaire qui le forçait à suivre un régime, mourut à quarante ans, l'estomac guéri mais le rein perdu.

Ayant une formidable avance sur votre propre vie, qui sait, vous serez peut-être ce qu'eut pu être un homme éminent du passé si un génie bienfaisant lui avait dévoilé, au milieu d'une humanité qui les ignorait, les lois de la vapeur et de l'électricité. Ne soyez pas bête, ne refusez pas par discrétion. Comprenez que si je vous rends un grand service, je n'estime pas que vous m'en rendiez un moins grand. Il y a longtemps que les gens du monde ont cessé de m'intéresser, je n'ai plus qu'une passion, chercher à racheter les fautes de ma vie en faisant profiter de ce que je sais une âme encore vierge et capable d'être enflammée par la vertu. J'ai eu de grands chagrins, Monsieur, et que je vous dirai peut-être un jour, j'ai perdu ma femme qui était l'être le plus beau, le plus noble, le plus parfait qu'on pût rêver. J'ai de jeunes parents qui ne sont pas, je ne dirai pas dignes, mais capables de recevoir l'héritage moral dont je vous parle. Qui sait si vous n'êtes pas celui entre les mains de qui il peut aller, celui dont je pourrai diriger et élever si haut la vie? La mienne y gagnerait par surcroît. Peut-être en vous apprenant les grandes affaires diplomatiques y reprendrais-je goût de moi-même et me mettrais-je enfin à faire des choses intéressantes où vous seriez de moitié. Mais avant de le savoir, il faudrait que je vous visse souvent, très souvent, chaque jour.

Je voulais profiter de ces bonnes dispositions inespérées de M. de Charlus pour lui demander s'il ne pourrait pas me faire rencontrer sa belle-soeur, mais, à ce moment, j'eus le bras vivement déplacé par une secousse comme électrique. C'était M. de Charlus qui venait de retirer précipitamment son bras de dessous le mien. Bien que, tout en parlant, il promenât ses regards dans toutes les directions, il venait seulement d'apercevoir M. d'Argencourt qui débouchait d'une rue transversale. En nous voyant, M. d'Argencourt parut contrarié, jeta sur moi un regard de méfiance, presque ce regard destiné à un être d'une autre race que Mme de Guermantes avait eu pour Bloch, et tâcha de nous éviter. Mais on eût dit que M. de Charlus tenait à lui montrer qu'il ne cherchait nullement à ne pas être vu de lui, car il l'appela et pour lui dire une chose fort insignifiante. Et craignant peut-être que M. d'Argencourt ne me reconnût pas, M. de Charlus lui dit que j'étais un grand ami de Mme de Villeparisis, de la duchesse de Guermantes, de Robert de Saint-Loup; que lui-même, Charlus, était un vieil ami de ma grand'mère, heureux de reporter sur le petit-fils un peu de la sympathie qu'il avait pour elle. Néanmoins je remarquai que M. d'Argencourt, à qui pourtant j'avais été à peine nommé chez Mme de Villeparisis et à qui M. de Charlus venait de parler longuement de ma famille, fut plus froid avec moi qu'il n'avait été il y a une heure; pendant fort longtemps il en fut ainsi chaque fois qu'il me rencontrait. Il m'observait avec une curiosité qui n'avait rien de sympathique et sembla même avoir à vaincre une résistance quand, en nous quittant, après une hésitation, il me tendit une main qu'il retira aussitôt.

—Je regrette cette rencontre, me dit M. de Charlus. Cet Argencourt, bien né mais mal élevé, diplomate plus que médiocre, mari détestable et coureur, fourbe comme dans les pièces, est un de ces hommes incapables de comprendre, mais très capables de détruire les choses vraiment grandes. J'espère que notre amitié le sera, si elle doit se fonder un jour, et j'espère que vous me ferez l'honneur de la tenir autant que moi à l'abri des coups de pied d'un de ces ânes qui, par désoeuvrement, par maladresse, par méchanceté, écrasent ce qui semblait fait pour durer. C'est malheureusement sur ce moule que sont faits la plupart des gens du monde.

—La duchesse de Guermantes semble très intelligente. Nous parlions tout à l'heure d'une guerre possible. Il paraît qu'elle a là-dessus des lumières spéciales.

—Elle n'en a aucune, me répondit sèchement M. de Charlus. Les femmes, et beaucoup d'hommes d'ailleurs, n'entendent rien aux choses dont je voulais parler. Ma belle-soeur est une femme charmante qui s'imagine être encore au temps des romans de Balzac où les femmes influaient sur la politique. Sa fréquentation ne pourrait actuellement exercer sur vous qu'une action fâcheuse, comme d'ailleurs toute fréquentation mondaine. Et c'est justement une des premières choses que j'allais vous dire quand ce sot m'a interrompu. Le premier sacrifice qu'il faut me faire—j'en exigerai autant que je vous ferai de dons—c'est de ne pas aller dans le monde. J'ai souffert tantôt de vous voir à cette réunion ridicule. Vous me direz que j'y étais bien, mais pour moi ce n'est pas une réunion mondaine, c'est une visite de famille. Plus tard, quand vous serez un homme arrivé, si cela vous amuse de descendre un moment dans le monde, ce sera peut-être sans inconvénients. Alors je n'ai pas besoin de vous dire de quelle utilité je pourrai vous être. Le «Sésame» de l'hôtel Guermantes et de tous ceux qui valent la peine que la porte s'ouvre grande devant vous, c'est moi qui le détiens. Je serai juge et entends rester maître de l'heure.

Je voulus profiter de ce que M. de Charlus parlait de cette visite chez Mme de Villeparisis pour tâcher de savoir quelle était exactement celle-ci, mais la question se posa sur mes lèvres autrement que je n'aurais voulu et je demandai ce que c'était que la famille Villeparisis.

—C'est absolument comme si vous me demandiez ce que c'est que la famille: «rien» me répondit M. de Charlus. Ma tante a épousé par amour un M. Thirion, d'ailleurs excessivement riche, et dont les soeurs étaient très bien mariées et qui, à partir de ce moment-là, s'est appelé le marquis de Villeparisis. Cela n'a fait de mal à personne, tout au plus un peu à lui, et bien peu! Quant à la raison, je ne sais pas; je suppose que c'était, en effet, un monsieur de Villeparisis, un monsieur né à Villeparisis, vous savez que c'est une petite localité près de Paris. Ma tante a prétendu qu'il y avait ce marquisat dans la famille, elle a voulu faire les choses régulièrement, je ne sais pas pourquoi. Du moment qu'on prend un nom auquel on n'a pas droit, le mieux est de ne pas simuler des formes régulières.

«Mme de Villeparisis, n'étant que Mme Thirion, acheva la chute qu'elle avait commencée dans mon esprit quand j'avais vu la composition mêlée de son salon. Je trouvais injuste qu'une femme dont même le titre et le nom étaient presque tout récents pût faire illusion aux contemporains et dût faire illusion à la postérité grâce à des amitiés royales. Mme de Villeparisis redevenant ce qu'elle m'avait paru être dans mon enfance, une personne qui n'avait rien d'aristocratique, ces grandes parentés qui l'entouraient me semblèrent lui rester étrangères. Elle ne cessa dans la suite d'être charmante pour nous. J'allais quelquefois la voir et elle m'envoyait de temps en temps un souvenir. Mais je n'avais nullement l'impression qu'elle fût du faubourg Saint-Germain, et si j'avais eu quelque renseignement à demander sur lui, elle eût été une des dernières personnes à qui je me fusse adressé.

«Actuellement, continua M. de Charlus, en allant dans le monde, vous ne feriez que nuire à votre situation, déformer votre intelligence et votre caractère. Du reste il faudrait surveiller, même et surtout, vos camaraderies. Ayez des maîtresses si votre famille n'y voit pas d'inconvénient, cela ne me regarde pas et même je ne peux que vous y encourager, jeune polisson, jeune polisson qui allez avoir bientôt besoin de vous faire raser, me dit-il en me touchant le menton. Mais le choix des amis hommes a une autre importance. Sur dix jeunes gens, huit sont de petites fripouilles, de petits misérables capables de vous faire un tort que vous ne réparerez jamais. Tenez, mon neveu Saint-Loup est à la rigueur un bon camarade pour vous. Au point de vue de votre avenir, il ne pourra vous être utile en rien; mais pour cela, moi je suffis. Et, somme toute, pour sortir avec vous, aux moments où vous aurez assez de moi, il me semble ne pas présenter d'inconvénient sérieux, à ce que je crois. Du moins, lui c'est un homme, ce n'est pas un de ces efféminés comme on en rencontre tant aujourd'hui qui ont l'air de petits truqueurs et qui mèneront peut-être demain à l'échafaud leurs innocentes victimes. (Je ne savais pas le sens de cette expression d'argot: «truqueur». Quiconque l'eût connue eût été aussi surpris que moi. Les gens du monde aiment volontiers à parler argot, et les gens à qui on peut reprocher certaines choses à montrer qu'ils ne craignent nullement de parler d'elles. Preuve d'innocence à leurs yeux. Mais ils ont perdu l'échelle, ne se rendent plus compte du degré à partir duquel une certaine plaisanterie deviendra trop spéciale, trop choquante, sera plutôt une preuve de corruption que de naïveté.) Il n'est pas comme les autres, il est très gentil, très sérieux.

Je ne pus m'empêcher de sourire de cette épithète de «sérieux» à laquelle l'intonation que lui prêta M. de Charlus semblait donner le sens de «vertueux», de «rangé», comme on dit d'une petite ouvrière qu'elle est «sérieuse». A ce moment un fiacre passa qui allait tout de travers; un jeune cocher, ayant déserté son siège, le conduisait du fond de la voiture où il était assis sur les coussins, l'air à moitié gris. M. de Charlus l'arrêta vivement. Le cocher parlementa un moment.

—De quel côté allez-vous?

—Du vôtre (cela m'étonnait, car M. de Charlus avait déjà refusé plusieurs fiacres ayant des lanternes de la même couleur).

—Mais je ne veux pas remonter sur le siège. Ça vous est égal que je reste dans la voiture?

—Oui, seulement baissez la capote. Enfin pensez à ma proposition, me dit M. de Charlus avant de me quitter, je vous donne quelques jours pour y réfléchir, écrivez-moi. Je vous le répète, il faudra que je vous voie chaque jour et que je reçoive de vous des garanties de loyauté, de discrétion que d'ailleurs, je dois le dire, vous semblez offrir. Mais, au cours de ma vie, j'ai été si souvent trompé par les apparences que je ne veux plus m'y fier. Sapristi! c'est bien le moins qu'avant d'abandonner un trésor je sache en quelles mains je le remets. Enfin, rappelez-vous bien ce que je vous offre, vous êtes comme Hercule dont, malheureusement pour vous, vous ne me semblez pas avoir la forte musculature, au carrefour de deux routes. Tâchez de ne pas avoir à regretter toute votre vie de n'avoir pas choisi celle qui conduisait à la vertu. Comment, dit-il au cocher, vous n'avez pas encore, baissé la capote? je vais plier les ressorts moi-même Je crois du reste qu'il faudra aussi que je conduise, étant donné l'état où vous semblez être.

Et il sauta à côté du cocher, au fond du fiacre qui partit au grand trot.

Pour ma part, à peine rentré à la maison, j'y retrouvai le pendant de la conversation qu'avaient échangée un peu auparavant Bloch et M. de Norpois, mais sous une forme brève, invertie et cruelle: c'était une dispute entre notre maître d'hôtel, qui était dreyfusard, et celui des Guermantes, qui était antidreyfusard. Les vérités et contre-vérités qui s'opposaient en haut chez les intellectuels de la Ligue de la Patrie française et celle des Droits de l'homme se propageaient en effet jusque dans les profondeurs du peuple. M. Reinach manœuvrait par le sentiment des gens qui ne l'avaient jamais vu, alors que pour lui l'affaire Dreyfus se posait seulement devant sa raison comme un théorème irréfutable et qu'il démontra, en effet, par la plus étonnante réussite de politique rationnelle (réussite contre la France, dirent certains) qu'on ait jamais vue. En deux ans il remplaça un ministère Billot par un ministère Clemenceau, changea de fond en comble l'opinion publique, tira de sa prison Picquart pour le mettre, ingrat, au Ministère de la Guerre. Peut-être ce rationaliste manœuvreur de foules était-il lui-même manœuvré par son ascendance. Quand les systèmes philosophiques qui contiennent le plus de vérités sont dictés à leurs auteurs, en dernière analyse, par une raison de sentiment, comment supposer que, dans une simple affaire politique comme l'affaire Dreyfus, des raisons de ce genre ne puissent, à l'insu du raisonneur, gouverner sa raison? Bloch croyait avoir logiquement choisi son dreyfusisme, et savait pourtant que son nez, sa peau et ses cheveux lui avaient été imposés par sa race. Sans doute la raison est plus libre; elle obéit pourtant à certaines lois qu'elle ne s'est pas données. Le cas du maître d'hôtel des Guermantes et du nôtre était particulier. Les vagues des deux courants de dreyfusisme et d'antidreyfusisme, qui de haut en bas divisaient la France, étaient assez silencieuses, mais les rares échos qu'elles émettaient étaient sincères.

En entendant quelqu'un, au milieu d'une causerie qui s'écartait volontairement de l'Affaire, annoncer furtivement une nouvelle politique, généralement fausse mais toujours souhaitée, on pouvait induire de l'objet de ses prédictions l'orientation de ses désirs. Ainsi s'affrontaient sur quelques points, d'un côté un timide apostolat, de l'autre, une sainte indignation. Les deux maîtres d'hôtel que j'entendis en rentrant faisaient exception à la règle. Le nôtre laissa entendre que Dreyfus était coupable, celui des Guermantes qu'il était innocent. Ce n'était pas pour dissimuler leurs convictions, mais par méchanceté et âpreté au jeu. Notre maître d'hôtel, incertain si la révision se ferait, voulait d'avance, pour le cas d'un échec, ôter au maître d'hôtel des Guermantes la joie de croire une juste cause battue. Le maître d'hôtel des Guermantes pensait qu'en cas de refus de révision, le nôtre serait plus ennuyé de voir maintenir à l'île du Diable un innocent.

Je remontai et trouvai ma grand'mère plus souffrante. Depuis quelque temps, sans trop savoir ce qu'elle avait, elle se plaignait de sa santé. C'est dans la maladie que nous nous rendons compte que nous ne vivons pas seuls, mais enchaînés à un être d'un règne différent, dont des abîmes nous séparent, qui ne nous connaît pas et duquel il est impossible de nous faire comprendre: notre corps. Quelque brigand que nous rencontrions sur une route, peut-être pourrons-nous arriver à le rendre sensible à son intérêt personnel sinon à notre malheur. Mais demander pitié à notre corps, c'est discourir devant une pieuvre, pour qui nos paroles ne peuvent pas avoir plus de sens que le bruit de l'eau, et avec laquelle nous serions épouvantés d'être condamnés à vivre. Les malaises de ma grand'mère passaient souvent inaperçus à son attention toujours détournée vers nous. Quand elle en souffrait trop, pour arriver à les guérir, elle s'efforçait en vain de les comprendre. Si les phénomènes morbides dont son corps était le théâtre restaient obscurs et insaisissables à la pensée de ma grand'mère, ils étaient clairs et intelligibles pour des êtres appartenant au même règne physique qu'eux, de ceux à qui l'esprit humain a fini par s'adresser pour comprendre ce que lui dit son corps, comme devant les réponses d'un étranger on va chercher quelqu'un du même pays qui servira d'interprète. Eux peuvent causer avec notre corps, nous dire si sa colère est grave ou s'apaisera bientôt. Cottard, qu'on avait appelé auprès de ma grand'mère et qui nous avait agacés en nous demandant avec un sourire fin, dès la première minute où nous lui avions dit que ma grand'mère était malade: «Malade? Ce n'est pas au moins une maladie diplomatique?», Cottard essaya, pour calmer l'agitation de sa malade, le régime lacté. Mais les perpétuelles soupes au lait ne firent pas d'effet parce que ma grand'mère y mettait beaucoup de sel (Widal n'ayant pas encore fait ses découvertes), dont on ignorait l'inconvénient en ce temps-là. Car la médecine étant un compendium des erreurs successives et contradictoires des médecins, en appelant à soi les meilleurs d'entre eux on a grande chance d'implorer une vérité qui sera reconnue fausse quelques années plus tard. De sorte que croire à la médecine serait la suprême folie, si n'y pas croire n'en était pas une plus grande, car de cet amoncellement d'erreurs se sont dégagées à la longue quelques vérités. Cottard avait recommandé qu'on prît sa température.

On alla chercher un thermomètre. Dans presque toute sa hauteur le tube était vide de mercure. A peine si l'on distinguait, tapie au fond dans sa petite cuve, la salamandre d'argent. Elle semblait morte. On plaça le chalumeau de verre dans la bouche de ma grand'mère. Nous n'eûmes pas besoin de l'y laisser longtemps; la petite sorcière n'avait pas été longue à tirer son horoscope. Nous la trouvâmes immobile, perchée à mi-hauteur de sa tour et n'en bougeant plus, nous montrant avec exactitude le chiffre que nous lui avions demandé et que toutes les réflexions qu'ait pu faire sur soi-même l'âme de ma grand'mère eussent été bien incapables de lui fournir: 38°3. Pour la première fois nous ressentîmes quelque inquiétude. Nous secouâmes bien fort le thermomètre pour effacer le signe fatidique, comme si nous avions pu par là abaisser la fièvre en même temps que la température marquée. Hélas! il fut bien clair que la petite sibylle dépourvue de raison n'avait pas donné arbitrairement cette réponse, car le lendemain, à peine le thermomètre fut-il replacé entre les lèvres de ma grand'mère que presque aussitôt, comme d'un seul bond, belle de certitude et de l'intuition d'un fait pour nous invisible, la petite prophétesse était venue s'arrêter au même point, en une immobilité implacable, et nous montrait encore ce chiffre 38°3, de sa verge étincelante. Elle ne disait rien d'autre, mais nous avions eu beau désirer, vouloir, prier, sourde, il semblait que ce fût son dernier mot avertisseur et menaçant. Alors, pour tâcher de la contraindre à modifier sa réponse, nous nous adressâmes à une autre créature du même règne, mais plus puissante, qui ne se contente pas d'interroger le corps mais peut lui commander, un fébrifuge du même ordre que l'aspirine, non encore employée alors. Nous n'avions pas fait baisser le thermomètre au delà de 37°1/2 dans l'espoir qu'il n'aurait pas ainsi à remonter. Nous fîmes prendre ce fébrifuge à ma grand'mère et remîmes alors le thermomètre.

Comme un gardien implacable à qui on montre l'ordre d'une autorité supérieure auprès de laquelle on a fait jouer une protection, et qui le trouvant en règle répond: «C'est bien, je n'ai rien à dire, du moment que c'est comme ça, passez», la vigilante tourière ne bougea pas cette fois. Mais, morose, elle semblait dire: «A quoi cela vous servira-t-il? Puisque vous connaissez la quinine, elle me donnera l'ordre de ne pas bouger, une fois, dix fois, vingt fois. Et puis elle se lassera, je la connais, allez. Cela ne durera pas toujours. Alors vous serez bien avancés.» Alors ma grand'mère éprouva la présence, en elle, d'une créature qui connaissait mieux le corps humain que ma grand'mère, la présence d'une contemporaine des races disparues, la présence du premier occupant—bien antérieur à la création de l'homme qui pense;—elle sentit cet allié millénaire qui la tâtait, un peu durement même, à la tête, au coeur, au coude; il reconnaissait les lieux, organisait tout pour le combat préhistorique qui eut lieu aussitôt après. En un moment, Python écrasé, la fièvre fut vaincue par le puissant élément chimique, que ma grand'mère, à travers les règnes, passant par-dessus tous les animaux et les végétaux, aurait voulu pouvoir remercier. Et elle restait émue de cette entrevue qu'elle venait d'avoir, à travers tant de siècles, avec un climat antérieur à la création même des plantes. De son côté le thermomètre, comme une Parque momentanément vaincue par un dieu plus ancien, tenait immobile son fuseau d'argent. Hélas! d'autres créatures inférieures, que l'homme a dressées à la chasse de ces gibiers mystérieux qu'il ne peut pas poursuivre au fond de lui-même, nous apportaient cruellement tous les jours un chiffre d'albumine faible, mais assez fixe pour que lui aussi parût en rapport avec quelque état persistant que nous n'apercevions pas.

Bergotte avait choqué en moi l'instinct scrupuleux qui me faisait subordonner mon intelligence, quand il m'avait parlé du docteur du Boulbon comme d'un médecin qui ne m'ennuierait pas, qui trouverait des traitements, fussent-ils en apparence bizarres, mais s'adapteraient à la singularité de mon intelligence. Mais les idées se transforment en nous, elles triomphent des résistances que nous leur opposions d'abord et se nourrissent de riches réserves intellectuelles toutes prêtes, que nous ne savions pas faites pour elles. Maintenant, comme il arrive chaque fois que les propos entendus au sujet de quelqu'un que nous ne connaissons pas ont eu la vertu d'éveiller en nous l'idée d'un grand talent, d'une sorte de génie, au fond de mon esprit je faisais bénéficier le docteur du Boulbon de cette confiance sans limites que nous inspire celui qui d'un oeil plus profond qu'un autre perçoit la vérité. Je savais certes qu'il était plutôt un spécialiste des maladies nerveuses, celui à qui Charcot avant de mourir avait prédit qu'il régnerait sur la neurologie et la psychiatrie. «Ah! je ne sais pas, c'est très possible», dit Françoise qui était là et qui entendait pour la première fois le nom de Charcot comme celui de du Boulbon. Mais cela ne l'empêchait nullement de dire: «C'est possible.» Ses «c'est possible», ses «peut-être», ses «je ne sais pas» étaient exaspérants en pareil cas. On avait envie de lui répondre: «Bien entendu que vous ne le saviez pas puisque vous ne connaissez rien à la chose dont il s'agit, comment pouvez-vous même dire que c'est possible ou pas, vous n'en savez rien? En tout cas maintenant vous ne pouvez pas dire que vous ne savez pas ce que Charcot a dit à du Boulbon, etc., vous le savez puisque nous vous l'avons dit, et vos «peut-être», vos «c'est possible» ne sont pas de mise puisque c'est certain.»

Malgré cette compétence plus particulière en matière cérébrale et nerveuse, comme je savais que du Boulbon était un grand médecin, un homme supérieur, d'une intelligence inventive et profonde, je suppliai ma mère de le faire venir, et l'espoir que, par une vue juste du mal, il le guérirait peut-être, finit par l'emporter sur la crainte que nous avions, si nous appelions un consultant, d'effrayer ma grand'mère. Ce qui décida ma mère fut que, inconsciemment encouragée par Cottard, ma grand'mère ne sortait plus, ne se levait guère. Elle avait beau nous répondre par la lettre de Mme de Sévigné sur Mme de la Fayette: «On disait qu'elle était folle de ne vouloir point sortir. Je disais à ces personnes si précipitées dans leur jugement: «Mme de la Fayette n'est pas folle» et je m'en tenais là. Il a fallu qu'elle soit morte pour faire voir qu'elle avait raison de ne pas sortir.» Du Boulbon appelé donna tort, sinon à Mme de Sévigné qu'on ne lui cita pas, du moins à ma grand'mère. Au lieu de l'ausculter, tout en posant sur elle ses admirables regards où il y avait peut-être l'illusion de scruter profondément la malade, ou le désir de lui donner cette illusion, qui semblait spontanée mais devait être tenue machinale, ou de ne pas lui laisser voir qu'il pensait à tout autre chose, ou de prendre de l'empire sur elle,—il commença à parler de Bergotte.

—Ah! je crois bien, Madame, c'est admirable; comme vous avez raison de l'aimer! Mais lequel de ses livres préférez-vous? Ah! vraiment! Mon Dieu, c'est peut-être en effet le meilleur. C'est en tout cas son roman le mieux composé: Claire y est bien charmante; comme personnage d'homme lequel vous y est le plus sympathique?

Je crus d'abord qu'il la faisait ainsi parler littérature parce que, lui, la médecine l'ennuyait, peut-être aussi pour faire montre de sa largeur d'esprit, et même, dans un but plus thérapeutique, pour rendre confiance à la malade, lui montrer qu'il n'était pas inquiet, la distraire de son état. Mais, depuis, j'ai compris que, surtout particulièrement remarquable comme aliéniste et pour ses études sur le cerveau, il avait voulu se rendre compte par ses questions si la mémoire de ma grand'mère était bien intacte. Comme à contre-coeur il l'interrogea un peu sur sa vie, l'oeil sombre et fixe. Puis tout à coup, comme apercevant la vérité et décidé à l'atteindre coûte que coûte, avec un geste préalable qui semblait avoir peine à s'ébrouer, en les écartant, du flot des dernières hésitations qu'il pouvait avoir et de toutes les objections que nous aurions pu faire, regardant ma grand'mère d'un oeil lucide, librement et comme enfin sur la terre ferme, ponctuant les mots sur un ton doux et prenant, dont l'intelligence nuançait toutes les inflexions (sa voix du reste, pendant toute la visite, resta ce qu'elle était naturellement, caressante, et sous ses sourcils embroussaillés, ses yeux ironiques étaient remplis de bonté):

—Vous irez bien, Madame, le jour lointain ou proche, et il dépend de vous que ce soit aujourd'hui même, où vous comprendrez que vous n'avez rien et où vous aurez repris la vie commune. Vous m'avez dit que vous ne mangiez pas, que vous ne sortiez pas?

—Mais, Monsieur, j'ai un peu de fièvre.

Il toucha sa main.

—Pas en ce moment en tout cas. Et puis la belle excuse! Ne savez-vous pas que nous laissons au grand air, que nous suralimentons, des tuberculeux qui ont jusqu'à 39°?

—Mais j'ai aussi un peu d'albumine.

—Vous ne devriez pas le savoir. Vous avez ce que j'ai décrit sous le nom d'albumine mentale. Nous avons tous eu, au cours d'une indisposition, notre petite crise d'albumine que notre médecin s'est empressé de rendre durable en nous la signalant. Pour une affection que les médecins guérissent avec des médicaments (on assure, du moins, que cela est arrivé quelquefois), ils en produisent dix chez des sujets bien portants, en leur inoculant cet agent pathogène, plus virulent mille fois que tous les microbes, l'idée qu'on est malade. Une telle croyance, puissante sur le tempérament de tous, agit avec une efficacité particulière chez les nerveux. Dites-leur qu'une fenêtre fermée est ouverte dans leur dos, ils commencent à éternuer; faites-leur croire que vous avez mis de la magnésie dans leur potage, ils seront pris de coliques; que leur café était plus fort que d'habitude, ils ne fermeront pas l'oeil de la nuit. Croyez-vous, Madame, qu'il ne m'a pas suffi de voir vos yeux, d'entendre seulement la façon dont vous vous exprimez, que dis-je? de voir Madame votre fille et votre petit-fils qui vous ressemblent tant, pour connaître à qui j'avais affaire? «Ta grand'mère pourrait peut-être aller s'asseoir, si le docteur le lui permet, dans une allée calme des Champs-Élysées, près de ce massif de lauriers devant lequel tu jouais autrefois», me dit ma mère consultant ainsi indirectement du Boulbon et de laquelle la voix prenait, à cause de cela, quelque chose de timide et de déférent qu'elle n'aurait pas eu si elle s'était adressée à moi seul. Le docteur se tourna vers ma grand'mère et, comme il n'était pas moins lettré que savant: «Allez aux Champs-Élysées, Madame, près du massif de lauriers qu'aime votre petit-fils. Le laurier vous sera salutaire. Il purifie. Après avoir exterminé le serpent Python, c'est une branche de laurier à la main qu'Apollon fit son entrée dans Delphes. Il voulait ainsi se préserver des germes mortels de la bête venimeuse. Vous voyez que le laurier est le plus ancien, le plus vénérable, et j'ajouterai—ce qui a sa valeur en thérapeutique, comme en prophylaxie—le plus beau des antiseptiques.»

Comme une grande partie de ce que savent les médecins leur est enseignée par les malades, ils sont facilement portés à croire que ce savoir des «patients» est le même chez tous, et ils se flattent d'étonner celui auprès de qui ils se trouvent avec quelque remarque apprise de ceux qu'ils ont auparavant soignés. Aussi fut-ce avec le fin sourire d'un Parisien qui, causant avec un paysan, espérerait l'étonner en se servant d'un mot de patois, que le docteur du Boulbon dit à ma grand'mère: «Probablement les temps de vent réussissent à vous faire dormir là où échoueraient les, plus puissants hypnotiques.—Au contraire, Monsieur, le vent m'empêche absolument de dormir.» Mais les médecins sont susceptibles. «Ach!» murmura du Boulbon en fronçant les sourcils, comme si on lui avait marché sur le pied et si les insomnies de ma grand'mère par les nuits de tempête étaient pour lui une injure personnelle. Il n'avait pas tout de même trop d'amour-propre, et comme, en tant qu'«esprit supérieur», il croyait de son devoir de ne pas ajouter foi à la médecine, il reprit vite sa sérénité philosophique.

Ma mère, par désir passionné d'être rassurée par l'ami de Bergotte, ajouta à l'appui de son dire qu'une cousine germaine de ma grand'mère, en proie à une affection nerveuse, était restée sept ans cloîtrée dans sa chambre à coucher de Combray, sans se lever qu'une fois ou deux par semaine.

—Vous voyez, Madame, je ne le savais pas, et j'aurais pu vous le dire.

—Mais, Monsieur, je ne suis nullement comme elle, au contraire; mon médecin ne peut pas me faire rester couchée, dit ma grand'mère, soit qu'elle fût un peu agacée par les théories du docteur ou désireuse de lui soumettre les objections qu'on y pouvait faire, dans l'espoir qu'il les réfuterait, et que, une fois qu'il serait parti, elle n'aurait plus en elle-même aucun doute à élever sur son heureux diagnostic.

—Mais naturellement, Madame, on ne peut pas avoir, pardonnez-moi le mot, toutes les vésanies; vous en avez d'autres, vous n'avez pas celle-là. Hier, j'ai visité une maison de santé pour neurasthéniques. Dans le jardin, un homme était debout sur un banc, immobile comme un fakir, le cou incliné dans une position qui devait être fort pénible. Comme je lui demandais ce qu'il faisait là, il me répondit sans faire un mouvement ni tourner la tête: «Docteur, je suis extrêmement rhumatisant et enrhumable, je viens de prendre trop d'exercice, et pendant que je me donnais bêtement chaud ainsi, mon cou était appuyé contre mes flanelles. Si maintenant je l'éloignais de ces flanelles avant d'avoir laissé tomber ma chaleur, je suis sûr de prendre un torticolis et peut-être une bronchite.» Et il l'aurait pris, en effet. «Vous êtes un joli neurasthénique, voilà ce que vous êtes», lui dis-je. Savez-vous la raison qu'il me donna pour me prouver que non? C'est que, tandis que tous les malades de l'établissement avaient la manie de prendre leur poids, au point qu'on avait dû mettre un cadenas à la balance pour qu'ils ne passassent pas toute la journée à se peser, lui on était obligé de le forcer à monter sur la bascule, tant il en avait peu envie. Il triomphait de n'avoir pas la manie des autres, sans penser qu'il avait aussi la sienne et que c'était elle qui le préservait d'une autre. Ne soyez pas blessée de la comparaison, Madame, car cet homme qui n'osait pas tourner le cou de peur de s'enrhumer est le plus grand poète de notre temps. Ce pauvre maniaque est la plus haute intelligence que je connaisse. Supportez d'être appelée une nerveuse. Vous appartenez à cette famille magnifique et lamentable qui est le sel de la terre. Tout ce que nous connaissons de grand nous vient des nerveux. Ce sont eux et non pas d'autres qui ont fondé les religions et composé les chefs-d'oeuvre. Jamais le monde ne saura tout ce qu'il leur doit et surtout ce qu'eux ont souffert pour le lui donner. Nous goûtons les fines musiques, les beaux tableaux, mille délicatesses, mais nous ne savons pas ce qu'elles ont coûté, à ceux qui les inventèrent, d'insomnies, de pleurs, de rires spasmodiques, d'urticaires, d'asthmes, d'épilepsies, d'une angoisse de mourir qui est pire que tout cela, et que vous connaissez peut-être, Madame, ajouta-t-il en souriant à ma grand'mère, car, avouez-le, quand je suis venu, vous n'étiez pas très rassurée. Vous vous croyiez malade, dangereusement malade peut-être.

Dieu sait de quelle affection vous croyiez découvrir en vous les symptômes. Et vous ne vous trompiez pas, vous les aviez. Le nervosisme est un pasticheur de génie. Il n'y a pas de maladie qu'il ne contrefasse à merveille. Il imite à s'y méprendre la dilatation des dyspeptiques, les nausées de la grossesse, l'arythmie du cardiaque, la fébricité du tuberculeux. Capable de tromper le médecin, comment ne tromperait-il pas le malade? Ah! ne croyez pas que je raille vos maux, je n'entreprendrais pas de les soigner si je ne savais pas les comprendre. Et, tenez, il n'y a de bonne confession que réciproque. Je vous ai dit que sans maladie nerveuse il n'est pas de grand artiste, qui plus est, ajouta-t-il en élevant gravement l'index, il n'y a pas de grand savant. J'ajouterai que, sans qu'il soit atteint lui-même de maladie nerveuse, il n'est pas, ne me faites pas dire de bon médecin, mais seulement de médecin correct des maladies nerveuses. Dans la pathologie nerveuse, un médecin qui ne dit pas trop de bêtises, c'est un malade à demi guéri, comme un critique est un poète qui ne fait plus de vers, un policier un voleur qui n'exerce plus. Moi, Madame, je ne me crois pas comme vous albuminurique, je n'ai pas la peur nerveuse de la nourriture, du grand air, mais je ne peux pas m'endormir sans m'être relevé plus de vingt fois pour voir si ma porte est fermée. Et cette maison de santé où j'ai trouvé hier un poète qui ne tournait pas le cou, j'y allais retenir une chambre, car, ceci entre nous, j'y passe mes vacances à me soigner quand j'ai augmenté mes maux en me fatiguant trop à guérir ceux des autres.

—Mais, Monsieur, devrais-je faire une cure semblable? dit avec effroi ma grand'mère.

—C'est inutile, Madame. Les manifestations que vous accusez céderont devant ma parole. Et puis vous avez près de vous quelqu'un de très puissant que je constitue désormais votre médecin. C'est votre mal, votre suractivité nerveuse. Je saurais la manière de vous en guérir, je me garderais bien de le faire. Il me suffit de lui commander. Je vois sur votre table un ouvrage de Bergotte. Guérie de votre nervosisme, vous ne l'aimeriez plus. Or, me sentirais-je le droit d'échanger les joies qu'il procure contre une intégrité nerveuse qui serait bien incapable de vous les donner? Mais ces joies mêmes, c'est un puissant remède, le plus puissant de tous peut-être. Non, je n'en veux pas à votre énergie nerveuse. Je lui demande seulement de m'écouter; je vous confie à elle. Qu'elle fasse machine en arrière. La force qu'elle mettait pour vous empêcher de vous promener, de prendre assez de nourriture, qu'elle l'emploie à vous faire manger, à vous faire lire, à vous faire sortir, à vous distraire de toutes façons. Ne me dites pas que vous êtes fatiguée. La fatigue est la réalisation organique d'une idée préconçue. Commencez par ne pas la penser. Et si jamais vous avez une petite indisposition, ce qui peut arriver à tout le monde, ce sera comme si vous ne l'aviez pas, car elle aura fait de vous, selon un mot profond de M. de Talleyrand, un bien portant imaginaire. Tenez, elle a commencé à vous guérir, vous m'écoutez toute droite, sans vous être appuyée une fois, l'oeil vif, la mine bonne, et il y a de cela une demi-heure d'horloge et vous ne vous en êtes pas aperçue. Madame, j'ai bien l'honneur de vous saluer.

Quand, après avoir reconduit le docteur du Boulbon, je rentrai dans la chambre où ma mère était seule, le chagrin qui m'oppressait depuis plusieurs semaines s'envola, je sentis que ma mère allait laisser éclater sa joie et qu'elle allait voir la mienne, j'éprouvai cette impossibilité de supporter l'attente de l'instant prochain où, près de nous, une personne va être émue qui, dans un autre ordre, est un peu comme la peur qu'on éprouve quand on sait que quelqu'un va entrer pour vous effrayer par une porte qui est encore fermée; je voulus dire un mot à maman, mais ma voix se brisa, et fondant en larmes, je restai longtemps, la tête sur son épaule, à pleurer, à goûter, à accepter, à chérir la douleur, maintenant que je savais qu'elle était sortie de ma vie, comme nous aimons à nous exalter de vertueux projets que les circonstances ne nous permettent pas de mettre à exécution. Françoise m'exaspéra en ne prenant pas part à notre joie. Elle était tout émue parce qu'une scène terrible avait éclaté entre le valet de pied et le concierge rapporteur. Il avait fallu que la duchesse, dans sa bonté, intervînt, rétablît un semblant de paix et pardonnât au valet de pied. Car elle était bonne, et ç'aurait été la place idéale si elle n'avait pas écouté les «racontages».

On commençait déjà depuis plusieurs jours à savoir ma grand'mère souffrante et à prendre de ses nouvelles. Saint-Loup m'avait écrit: «Je ne veux pas profiter de ces heures où ta chère grand'mère n'est pas bien pour te faire ce qui est beaucoup plus que des reproches et où elle n'est pour rien. Mais je mentirais en te disant, fût-ce par prétérition, que je n'oublierai jamais la perfidie de ta conduite et qu'il n'y aura jamais un pardon pour ta fourberie et ta trahison.» Mais des amis, jugeant ma grand'mère peu souffrante (on ignorait même qu'elle le fût du tout), m'avaient demandé de les prendre le lendemain aux Champs-Élysées pour aller de là faire une visite et assister, à la campagne, à un dîner qui m'amusait. Je n'avais plus aucune raison de renoncer à ces deux plaisirs. Quand on avait dit à ma grand'mère qu'il faudrait maintenant, pour obéir au docteur du Boulbon, qu'elle se promenât beaucoup, on a vu qu'elle avait tout de suite parlé des Champs-Élysées. Il me serait aisé de l'y conduire; pendant qu'elle serait assise à lire, de m'entendre avec mes amis sur le lieu où nous retrouver, et j'aurais encore le temps, en me dépêchant, de prendre avec eux le train pour Ville-d'Avray. Au moment convenu, ma grand'mère ne voulut pas sortir, se trouvant fatiguée. Mais ma mère, instruite par du Boulbon, eut l'énergie de se fâcher et de se faire obéir. Elle pleurait presque à la pensée que ma grand'mère allait retomber dans sa faiblesse nerveuse, et ne s'en relèverait plus. Jamais un temps aussi beau et chaud ne se prêterait si bien à sa sortie. Le soleil changeant de place intercalait çà et là dans la solidité rompue du balcon ses inconsistantes mousselines et donnait à la pierre de taille un tiède épiderme, un halo d'or imprécis. Comme Françoise n'avait pas eu le temps d'envoyer un «tube» à sa fille, elle nous quitta dès après le déjeuner.

Ce fut déjà bien beau qu'avant elle entrât chez Jupien pour faire faire un point au mantelet que ma grand'mère mettrait pour sortir. Rentrant moi-même à ce moment-là de ma promenade matinale, j'allai avec elle chez le giletier. «Est-ce votre jeune maître qui vous amène ici, dit Jupien à Françoise, est-ce vous qui me l'amenez, ou bien est-ce quelque bon vent et la fortune qui vous amènent tous les deux?» Bien qu'il n'eût pas fait ses classes, Jupien respectait aussi naturellement la syntaxe que M. de Guermantes, malgré bien des efforts, la violait. Une fois Françoise partie et le mantelet réparé, il fallut que ma grand-mère s'habillât; Ayant refusé obstinément que maman restât avec elle, elle mit, toute seule, un temps infini à sa toilette, et maintenant que je savais qu'elle était bien portante, et avec cette étrange indifférence que nous avons pour nos parents tant qu'ils vivent, qui fait que nous les faisons passer après tout le monde, je la trouvais bien égoïste d'être si longue, de risquer de me mettre en retard quand elle savait que j'avais rendez-vous avec des amis et devais dîner à Ville-d'Avray. D'impatience, je finis par descendre d'avance, après qu'on m'eut dit deux fois qu'elle allait être prête. Enfin elle me rejoignit, sans me demander pardon de son retard comme elle faisait d'habitude dans ces cas-là, rouge et distraite comme une personne qui est pressée et qui a oublié la moitié de ses affaires, comme j'arrivais près de la porte vitrée entr'ouverte qui, sans les en réchauffer le moins du monde, laissait entrer l'air liquide, gazouillant et tiède du dehors, comme si on avait ouvert un réservoir, entre les glaciales parois de l'hôtel.

—Mon Dieu, puisque tu vas voir des amis, j'aurais pu mettre un autre mantelet. J'ai l'air un peu malheureux avec cela.

Je fus frappé comme elle était congestionnée et compris que, s'étant mise en retard, elle avait dû beaucoup se dépêcher. Comme nous venions de quitter le fiacre à l'entrée de l'avenue Gabriel, dans les Champs-Élysées, je vis ma grand'mère qui, sans me parler, s'était détournée et se dirigeait vers le petit pavillon ancien, grillagé de vert, où un jour j'avais attendu Françoise. Le même garde forestier qui s'y trouvait alors y était encore auprès de la «marquise», quand, suivant ma grand'mère qui, parce qu'elle avait sans doute une nausée, tenait sa main devant sa bouche, je montai les degrés du petit théâtre rustique édifié au milieu des jardins. Au contrôle, comme dans ces cirques forains où le clown, prêt à entrer en scène et tout enfariné, reçoit lui-même à la porte le prix des places, la «marquise», percevant les entrées, était toujours là avec son museau énorme et irrégulier enduit de plâtre grossier, et son petit bonnet de fleurs rouges et de dentelle noire surmontant sa perruque rousse. Mais je ne crois pas qu'elle me reconnut. Le garde, délaissant la surveillance des verdures, à la couleur desquelles était assorti son uniforme, causait, assis à côté d'elle.

—Alors, disait-il, vous êtes toujours là. Vous ne pensez pas à vous retirer.

—Et pourquoi que je me retirerais, Monsieur? Voulez-vous me dire où je serais mieux qu'ici, où j'aurais plus mes aises et tout le confortable? Et puis toujours du va-et-vient, de la distraction; c'est ce que j'appelle mon petit Paris: mes clients me tiennent au courant de ce qui se passe. Tenez, Monsieur, il y en a un qui est sorti il n'y a pas plus de cinq minutes, c'est un magistrat tout ce qu'il y a de plus haut placé. Eh bien! Monsieur, s'écriat-elle avec ardeur comme prête à soutenir cette assertion par la violence—si l'agent de l'autorité avait fait mine d'en contester l'exactitude,—depuis huit ans, vous m'entendez bien, tous les jours que Dieu a faits, sur le coup de 3 heures, il est ici, toujours poli, jamais un mot plus haut que l'autre, ne salissant jamais rien, il reste plus d'une demi-heure pour lire ses journaux en faisant ses petits besoins. Un seul jour il n'est pas venu. Sur le moment je ne m'en suis pas aperçue, mais le soir tout d'un coup je me suis dit: «Tiens, mais ce monsieur n'est pas venu, il est peut-être mort.» Ça m'a fait quelque chose parce que je m'attache quand le monde est bien. Aussi j'ai été bien contente quand je l'ai revu le lendemain, je lui ai dit: «Monsieur, il ne vous était rien arrivé hier?» Alors il m'a dit comme ça qu'il ne lui était rien arrivé à lui, que c'était sa femme qui était morte, et qu'il avait été si retourné qu'il n'avait pas pu venir. Il avait l'air triste assurément, vous comprenez, des gens qui étaient mariés depuis vingt-cinq ans, mais il avait l'air content tout de même de revenir. On sentait qu'il avait été tout dérangé dans ses petites habitudes. J'ai tâché de le remonter, je lui ai dit: «Il ne faut pas se laisser aller. Venez comme avant, dans votre chagrin ça vous fera une petite distraction.»

La «marquise» reprit un ton plus doux, car elle avait constaté que le protecteur des massifs et des pelouses l'écoutait avec bonhomie sans songer à la contredire, gardant inoffensive au fourreau une épée qui avait plutôt l'air de quelque instrument de jardinage ou de quelque attribut horticole.

—Et puis, dit-elle, je choisis mes clients, je ne reçois pas tout le monde dans ce que j'appelle mes salons. Est-ce que ça n'a pas l'air d'un salon, avec mes fleurs? Comme j'ai des clients très aimables, toujours l'un ou l'autre veut m'apporter une petite branche de beau lilas, de jasmin, ou des roses, ma fleur préférée.

L'idée que nous étions peut-être mal jugés par cette dame en ne lui apportant jamais ni lilas, ni belles roses me fit rougir, et pour tâcher d'échapper physiquement—ou de n'être jugé par elle que par contumace—à un mauvais jugement, je m'avançai vers la porte de sortie. Mais ce ne sont pas toujours dans la vie les personnes qui apportent les belles roses pour qui on est le plus aimable, car la «marquise», croyant que je m'ennuyais, s'adressa à moi:

—Vous ne voulez pas que je vous ouvre une petite cabine?

Et comme je refusais:

—Non, vous ne voulez pas? ajouta-t-elle avec un sourire; c'était de bon coeur, mais je sais bien que ce sont des besoins qu'il ne suffit pas de ne pas payer pour les avoir.

A ce moment une femme mal vêtue entra précipitamment qui semblait précisément les éprouver. Mais elle ne faisait pas partie du monde de la «marquise», car celle-ci, avec une férocité de snob, lui dit sèchement:

—Il n'y a rien de libre, Madame.

—Est-ce que ce sera long? demanda la pauvre dame, rouge sous ses fleurs jaunes.

—Ah! Madame, je vous conseille d'aller ailleurs, car, vous voyez, il y a encore ces deux messieurs qui attendent, dit-elle en nous montrant moi et le garde, et je n'ai qu'un cabinet, les autres sont en réparation.

«Ça a une tête de mauvais payeur, dit la «marquise». Ce n'est pas le genre d'ici, ça n'a pas de propreté, pas de respect, il aurait fallu que ce soit moi qui passe une heure à nettoyer pour madame. Je ne regrette pas ses deux sous.»

Enfin ma grand'mère sortit, et songeant qu'elle ne chercherait pas à effacer par un pourboire l'indiscrétion qu'elle avait montrée en restant un temps pareil, je battis en retraite pour ne pas avoir une part du dédain que lui témoignerait sans doute la «marquise», et je m'engageai dans une allée, mais lentement, pour que ma grand'mère pût facilement me rejoindre et continuer avec moi. C'est ce qui arriva bientôt. Je pensais que ma grand'mère allait me dire: «Je t'ai fait bien attendre, j'espère que tu ne manqueras tout de même pas tes amis», mais elle ne prononça pas une seule parole, si bien qu'un peu déçu, je ne voulus pas lui parler le premier; enfin levant les yeux vers elle, je vis que, tout en marchant auprès de moi, elle tenait la tête tournée de l'autre côté. Je craignais qu'elle n'eût encore mal au coeur. Je la regardai mieux et fus frappé de sa démarche saccadée. Son chapeau était de travers, son manteau sale, elle avait l'aspect désordonné et mécontent, la figure rouge et préoccupée d'une personne qui vient d'être bousculée par une voiture ou qu'on a retirée d'un fossé.

—J'ai eu peur que tu n'aies eu une nausée, grand'mère; te sens-tu mieux? lui dis-je.

Sans doute pensa-t-elle qu'il lui était impossible, sans m'inquiéter, de ne pas me répondre.

—J'ai entendu toute la conversation entre la «marquise» et le garde, me dit-elle. C'était on ne peut plus Guermantes et petit noyau Verdurin. Dieu! qu'en termes galants ces choses-là étaient mises. Et elle ajouta encore, avec application, ceci de sa marquise à elle, Mme de Sévigné: «En les écoutant je pensais qu'ils me préparaient les délices d'un adieu.»

Voilà le propos qu'elle me tint et où elle avait mis toute sa finesse, son goût des citations, sa mémoire des classiques, un peu plus même qu'elle n'eût fait d'habitude et comme pour montrer qu'elle gardait bien tout cela en sa possession. Mais ces phrases, je les devinai plutôt que je ne les entendis, tant elle les prononça d'une voix ronchonnante et en serrant les dents plus que ne pouvait l'expliquer la peur de vomir.

—Allons, lui dis-je assez légèrement pour n'avoir pas l'air de prendre trop au sérieux son malaise, puisque tu as un peu mal au coeur, si tu veux bien nous allons rentrer, je ne veux pas promener aux Champs-Élysées une grand'mère qui a une indigestion.

—Je n'osais pas te le proposer à cause de tes amis, me répondit-elle. Pauvre petit! Mais puisque tu le veux bien, c'est plus sage.

J'eus peur qu'elle ne remarquât la façon dont elle prononçait ces mots.

—Voyons, lui dis-je brusquement, ne te fatigue donc pas à parler, puisque tu as mal au coeur; c'est absurde, attends au moins que nous soyons rentrés.

Elle me sourit tristement et me serra la main. Elle avait compris qu'il n'y avait pas à me cacher ce que j'avais deviné tout de suite: qu'elle venait d'avoir une petite attaque.

CHAPITRE PREMIER
Maladie De Ma Grand'mère. Maladie De Bergotte. Le Duc Et Le Médecin. Déclin De Ma Grand'mère. Sa Mort.

Nous retraversâmes l'avenue Gabriel, au milieu de la foule des promeneurs. Je fis asseoir ma grand'mère sur un banc et j'allai chercher un fiacre. Elle, au coeur de qui je me plaçais toujours pour juger la personne la plus insignifiante, elle m'était maintenant fermée, elle était devenue une partie du monde extérieur, et plus qu'à de simples passants, j'étais forcé de lui taire ce que je pensais de son état, de lui taire mon inquiétude. Je n'aurais pu lui en parler avec plus de confiance qu'à une étrangère. Elle venait de me restituer les pensées, les chagrins que depuis mon enfance je lui avais confiés pour toujours. Elle n'était pas morte encore. J'étais déjà seul. Et même ces allusions qu'elle avait faites aux Guermantes, à Molière, à nos conversations sur le petit noyau, prenaient un air sans appui, sans cause, fantastique, parce qu'elles sortaient du néant de ce même être qui, demain peut-être, n'existerait plus, pour lequel elles n'auraient plus aucun sens, de ce néant—incapable de les concevoir—que ma grand'mère serait bientôt.

—Monsieur, je ne dis pas, mais vous n'avez pas pris de rendez-vous avec moi, vous n'avez pas de numéro. D'ailleurs, ce n'est pas mon jour de consultation. Vous devez avoir votre médecin. Je ne peux pas me substituer, à moins qu'il ne me fasse appeler en consultation. C'est une question de déontologie....

Au moment où je faisais signe à un fiacre, j'avais rencontré le fameux professeur E..., presque ami de mon père et de mon grand-père, en tout cas en relations avec eux, lequel demeurait avenue Gabriel, et, pris d'une inspiration subite, je l'avais arrêté au moment où il rentrait, pensant qu'il serait peut-être d'un excellent conseil pour ma grand'mère. Mais, pressé, après avoir pris ses lettres, il voulait m'éconduire, et je ne pus lui parler qu'en montant avec lui dans l'ascenseur, dont il me pria de le laisser manoeuvrer les boutons, c'était chez lui une manie.

—Mais, Monsieur, je ne demande pas que vous receviez ma grand'mère, vous comprendrez après ce que je vais vous dire, qu'elle est peu en état, je vous demande au contraire de passer d'ici une demi-heure chez nous, où elle sera rentrée.

—Passer chez vous? mais, Monsieur, vous n'y pensez pas. Je dîne chez le Ministre du Commerce, il faut que je fasse une visite avant, je vais m'habiller tout de suite; pour comble de malheur mon habit a été déchiré et l'autre n'a pas de boutonnière pour passer les décorations. Je vous en prie, faites-moi le plaisir de ne pas toucher les boutons de l'ascenseur, vous ne savez pas le manoeuvrer, il faut être prudent en tout. Cette boutonnière va me retarder encore. Enfin, par amitié pour les vôtres, si votre grand'mère vient tout de suite je la recevrai. Mais je vous préviens que je n'aurai qu'un quart d'heure bien juste à lui donner.

J'étais reparti aussitôt, n'étant même pas sorti de l'ascenseur que le professeur E... avait mis lui-même en marche pour me faire descendre, non sans me regarder avec méfiance.

Nous disons bien que l'heure de la mort est incertaine, mais quand nous disons cela, nous nous représentons cette heure comme située dans un espace vague et lointain, nous ne pensons pas qu'elle ait un rapport quelconque avec la journée déjà commencée et puisse signifier que la mort—ou sa première prise de possession partielle de nous, après laquelle elle ne nous lâchera plus—pourra se produire dans cet après-midi même, si peu incertain, cet après-midi où l'emploi de toutes les heures est réglé d'avance. On tient à sa promenade pour avoir dans un mois le total de bon air nécessaire, on a hésité sur le choix d'un manteau à emporter, du cocher à appeler, on est en fiacre, la journée est tout entière devant vous, courte, parce qu'on veut être rentré à temps pour recevoir une amie; on voudrait qu'il fît aussi beau le lendemain; et on ne se doute pas que la mort, qui cheminait en vous dans un autre plan, au milieu d'une impénétrable obscurité, a choisi précisément ce jour-là pour entrer en scène, dans quelques minutes, à peu près à l'instant où la voiture atteindra les Champs-Élysées. Peut-être ceux que hante d'habitude l'effroi de la singularité particulière à la mort, trouveront-ils quelque chose de rassurant à ce genre de mort-là—à ce genre de premier contact avec la mort—parce qu'elle y revêt une apparence connue, familière, quotidienne. Un bon déjeuner l'a précédée et la même sortie que font des gens bien portants. Un retour en voiture découverte se superpose à sa première atteinte; si malade que fût ma grand'mère, en somme plusieurs personnes auraient pu dire qu'à six heures, quand nous revînmes des Champs-Élysées, elles l'avaient saluée, passant en voiture découverte, par un temps superbe. Legrandin, qui se dirigeait vers la place de la Concorde, nous donna un coup de chapeau, en s'arrêtant, l'air étonné. Moi qui n'étais pas encore détaché de la vie, je demandai à ma grand'mère si elle lui avait répondu, lui rappelant qu'il était susceptible. Ma grand'mère, me trouvant sans doute bien léger, leva sa main en l'air comme pour dire: «Qu'est-ce que cela fait? cela n'a aucune importance.»

Oui, on aurait pu dire tout à l'heure, pendant que je cherchais un fiacre, que ma grand'mère était assise sur un banc, avenue Gabriel, qu'un peu après elle avait passé en voiture découverte. Mais eût-ce été bien vrai? Le banc, lui, pour qu'il se tienne dans une avenue—bien qu'il soit soumis aussi à certaines conditions d'équilibre—n'a pas besoin d'énergie. Mais pour qu'un être vivant soit stable, même appuyé sur un banc ou dans une voiture, il faut une tension de forces que nous ne percevons pas, d'habitude, plus que nous ne percevons (parce qu'elle s'exerce dans tous les sens) la pression atmosphérique. Peut-être si on faisait le vide en nous et qu'on nous laissât supporter la pression de l'air, sentirions-nous, pendant l'instant qui précéderait notre destruction, le poids terrible que rien ne neutraliserait plus. De même, quand les abîmes de la maladie et de la mort s'ouvrent en nous et que nous n'avons plus rien à opposer au tumulte avec lequel le monde et notre propre corps se ruent sur nous, alors soutenir même la pesée de nos muscles, même le frisson qui dévaste nos moelles, alors, même nous tenir immobiles dans ce que nous croyons d'habitude n'être rien que la simple position négative d'une chose, exige, si l'on veut que la tête reste droite et le regard calme, de l'énergie vitale, et devient l'objet d'une lutte épuisante.

Et si Legrandin nous avait regardés de cet air étonné, c'est qu'à lui comme à ceux qui passaient alors, dans le fiacre où ma grand'mère semblait assise sur la banquette, elle était apparue sombrant, glissant à l'abîme, se retenant désespérément aux coussins qui pouvaient à peine retenir son corps précipité, les cheveux en désordre, l'oeil égaré, incapable de plus faire face à l'assaut des images que ne réussissait plus à porter sa prunelle. Elle était apparue, bien qu'à côté de moi, plongée dans ce monde inconnu au sein duquel elle avait déjà reçu les coups dont elle portait les traces quand je l'avais vue tout à l'heure aux Champs-Élysées, son chapeau, son visage, son manteau dérangés par la main de l'ange invisible avec lequel elle avait lutté. J'ai pensé, depuis, que ce moment de son attaque n'avait pas dû surprendre entièrement ma grand'mère, que peut-être même elle l'avait prévu longtemps d'avance, avait vécu dans son attente. Sans doute, elle n'avait pas su quand ce moment fatal viendrait, incertaine, pareille aux amants qu'un doute du même genre porte tour à tour à fonder des espoirs déraisonnables et des soupçons injustifiés sur la fidélité de leur maîtresse. Mais il est rare que ces grandes maladies, telles que celle qui venait enfin de la frapper en plein visage, n'élisent pas pendant longtemps domicile chez le malade avant de le tuer, et durant cette période ne se fassent pas assez vite, comme un voisin ou un locataire «liant», connaître de lui. C'est une terrible connaissance, moins par les souffrances qu'elle cause que par l'étrange nouveauté des restrictions définitives qu'elle impose à la vie. On se voit mourir, dans ce cas, non pas à l'instant même de la mort, mais des mois, quelquefois des années auparavant, depuis qu'elle est hideusement venue habiter chez nous. La malade fait la connaissance de l'étranger qu'elle entend aller et venir dans son cerveau. Certes elle ne le connaît pas de vue, mais des bruits qu'elle l'entend régulièrement faire elle déduit ses habitudes. Est-ce un malfaiteur? Un matin, elle ne l'entend plus. Il est parti. Ah! si c'était pour toujours! Le soir, il est revenu. Quels sont ses desseins? Le médecin consultant, soumis à la question, comme une maîtresse adorée, répond par des serments tel jour crus, tel jour mis en doute. Au reste, plutôt que celui de la maîtresse, le médecin joue le rôle des serviteurs interrogés. Ils ne sont que des tiers. Celle que nous pressons, dont nous soupçonnons qu'elle est sur le point de nous trahir, c'est la vie elle-même, et malgré que nous ne la sentions plus la même, nous croyons encore en elle, nous demeurons en tout cas dans le doute jusqu'au jour qu'elle nous a enfin abandonnés.

Je mis ma grand'mère dans l'ascenseur du professeur E..., et au bout d'un instant il vint à nous et nous fit passer dans son cabinet. Mais là, si pressé qu'il fût, son air rogue changea, tant les habitudes sont fortes, et il avait celle d'être aimable, voire enjoué, avec ses malades. Comme il savait ma grand'mère très lettrée et qu'il l'était aussi, il se mit à lui citer pendant deux ou trois minutes de beaux vers sur l'Été radieux qu'il faisait. Il l'avait assise dans un fauteuil, lui à contre-jour, de manière à bien la voir. Son examen fut minutieux, nécessita même que je sortisse un instant. Il le continua encore, puis ayant fini, se mit, bien que le quart d'heure touchât à sa fin, à refaire quelques citations à ma grand'mère. Il lui adressa même quelques plaisanteries assez fines, que j'eusse préféré entendre un autre jour, mais qui me rassurèrent complètement par le ton amusé du docteur. Je me rappelai alors que M. Fallières, président du Sénat, avait eu, il y avait nombre d'années, une fausse attaque, et qu'au désespoir de ses concurrents, il s'était mis trois jours après à reprendre ses fonctions et préparait, disait-on, une candidature plus ou moins lointaine à la présidence de la République. Ma confiance en un prompt rétablissement de ma grand'mère fut d'autant plus complète, que, au moment où je me rappelais l'exemple de M. Fallières, je fus tiré de la pensée de ce rapprochement par un franc éclat de rire qui termina une plaisanterie du professeur E.... Sur quoi il tira sa montre, fronça fiévreusement le sourcil en voyant qu'il était en retard de cinq minutes, et tout en nous disant adieu sonna pour qu'on apportât immédiatement son habit. Je laissai ma grand'mère passer devant, refermai la porte et demandai la vérité au savant.

—Votre grand'mère est perdue, me dit-il. C'est une attaque provoquée par l'urémie. En soi, l'urémie n'est pas fatalement un mal mortel, mais le cas me paraît désespéré. Je n'ai pas besoin de vous dire que j'espère me tromper. Du reste, avec Cottard, vous êtes en excellentes mains. Excusez-moi, me dit-il en voyant entrer une femme de chambre qui portait sur le bras l'habit noir du professeur. Vous savez que je dîne chez le Ministre du Commerce, j'ai une visite à faire avant. Ah! la vie n'est pas que roses, comme on le croit à votre âge.

Et il me tendit gracieusement la main. J'avais refermé la porte et un valet nous guidait dans l'antichambre, ma grand'mère et moi, quand nous entendîmes de grands cris de colère. La femme de chambre avait oublié de percer la boutonnière pour les décorations. Cela allait demander encore dix minutes. Le professeur tempêtait toujours pendant que je regardais sur le palier ma grand'mère qui était perdue. Chaque personne est bien seule. Nous repartîmes vers la maison.

Le soleil déclinait; il enflammait un interminable mur que notre fiacre avait à longer avant d'arriver à la rue que nous habitions, mur sur lequel l'ombre, projetée par le couchant, du cheval et de la voiture, se détachait en noir sur le fond rougeâtre, comme un char funèbre dans une terre cuite de Pompéi. Enfin nous arrivâmes. Je fis asseoir la malade en bas de l'escalier dans le vestibule, et je montai prévenir ma mère. Je lui dis que ma grand'mère rentrait un peu souffrante, ayant eu un étourdissement. Dès mes premiers mots, le visage de ma mère atteignit au paroxysme d'un désespoir pourtant déjà si résigné, que je compris que depuis bien des années elle le tenait tout prêt en elle pour un jour incertain et fatal. Elle ne me demanda rien; il semblait, de même que la méchanceté aime à exagérer les souffrances des autres, que par tendresse elle ne voulût pas admettre que sa mère fût très atteinte, surtout d'une maladie qui peut toucher l'intelligence. Maman frissonnait, son visage pleurait sans larmes, elle courut dire qu'on allât chercher le médecin, mais comme Françoise demandait qui était malade, elle ne put répondre, sa voix s'arrêta dans sa gorge. Elle descendit en courant avec moi, effaçant de sa figure le sanglot qui la plissait. Ma grand'mère attendait en bas sur le canapé du vestibule, mais dès qu'elle nous entendit, se redressa, se tint debout, fit à maman des signes gais de la main. Je lui avais enveloppé à demi la tête avec une mantille en dentelle blanche, lui disant que c'était pour qu'elle n'eût pas froid dans l'escalier. Je ne voulais pas que ma mère remarquât trop l'altération du visage, la déviation de la bouche; ma précaution était inutile: ma mère s'approcha de grand'mère, embrassa sa main comme celle de son Dieu, la soutint, la souleva jusqu'à l'ascenseur, avec des précautions infinies où il y avait, avec la peur d'être maladroite et de lui faire mal, l'humilité de qui se sent indigne de toucher ce qu'il connaît de plus précieux, mais pas une fois elle ne leva les yeux et ne regarda le visage de la malade. Peut-être fut-ce pour que celle-ci ne s'attristât pas en pensant que sa vue avait pu inquiéter sa fille. Peut-être par crainte d'une douleur trop forte qu'elle n'osa pas affronter. Peut-être par respect, parce qu'elle ne croyait pas qu'il lui fût permis sans impiété de constater la trace de quelque affaiblissement intellectuel dans le visage vénéré. Peut-être pour mieux garder plus tard intacte l'image du vrai visage de sa mère, rayonnant d'esprit et de bonté. Ainsi montèrent-elles l'une à côté de l'autre, ma grand'mère à demi cachée dans sa mantille, ma mère détournant les yeux.

Pendant ce temps il y avait une personne qui ne quittait pas des siens ce qui pouvait se deviner des traits modifiés de ma grand'mère que sa fille n'osait pas voir, une personne qui attachait sur eux un regard ébahi, indiscret et de mauvais augure: c'était Françoise. Non qu'elle n'aimât sincèrement ma grand'mère (même elle avait déçue et presque scandalisée par la froideur de maman qu'elle aurait voulu voir se jeter en pleurant dans les bras de sa mère), mais elle avait un certain penchant à envisager toujours le pire, elle avait gardé de son enfance deux particularités qui sembleraient devoir s'exclure, mais qui, quand elles sont assemblées, se fortifient: le manque d'éducation des gens du peuple qui ne cherchent pas à dissimuler l'impression, voire l'effroi douloureux causé en eux par la vue d'un changement physique qu'il serait plus délicat de ne pas paraître remarquer, et la rudesse insensible de la paysanne qui arrache les ailes des libellules avant qu'elle ait l'occasion de tordre le cou aux poulets et manque de la pudeur qui lui ferait cacher l'intérêt qu'elle éprouve à voir la chair qui souffre.

Quand, grâce aux soins parfaits de Françoise, ma grand'mère fut couchée, elle se rendit compte qu'elle parlait beaucoup plus facilement, le petit déchirement ou encombrement d'un vaisseau qu'avait produit l'urémie avait sans doute été très léger. Alors elle voulut ne pas faire faute à maman, l'assister dans les instants les plus cruels que celle-ci eût encore traversés.

—Eh bien! ma fille, lui dit-elle, en lui prenant la main, et en gardant l'autre devant sa bouche pour donner cette cause apparente à la légère difficulté qu'elle avait encore à prononcer certains mots, voilà comme tu plains ta mère! tu as l'air de croire que ce n'est pas désagréable une indigestion!

Alors pour la première fois les yeux de ma mère se posèrent passionnément sur ceux de ma grand'mère, ne voulant pas voir le reste de son visage, et elle dit, commençant la liste de ces faux serments que nous ne pouvons pas tenir:

—Maman, tu seras bientôt guérie, c'est ta fille qui s'y engage.

Et enfermant son amour le plus fort, toute sa volonté que sa mère guérît, dans un baiser à qui elle les confia et qu'elle accompagna de sa pensée, de tout son être jusqu'au bord de ses lèvres, elle alla le déposer humblement, pieusement sur le front adoré.

Ma grand'mère se plaignait d'une espèce d'alluvion de couvertures qui se faisait tout le temps du même côté sur sa jambe gauche et qu'elle ne pouvait pas arriver à soulever. Mais elle ne se rendait pas compte qu'elle en était elle-même la cause, de sorte que chaque jour elle accusa injustement Françoise de mal «retaper» son lit. Par un mouvement convulsif, elle rejetait de ce côté tout le flot de ces écumantes couvertures de fine laine qui s'y amoncelaient comme les sables dans une baie bien vite transformée en grève (si on n'y construit une digue) par les apports successifs du flux.

Ma mère et moi (de qui le mensonge était d'avance percé à jour par Françoise, perspicace et offensante), nous ne voulions même pas dire que ma grand'mère fût très malade, comme si cela eût pu faire plaisir aux ennemis que d'ailleurs elle n'avait pas, et eût été plus affectueux de trouver qu'elle n'allait pas si mal que ça, en somme, par le même sentiment instinctif qui m'avait fait supposer qu'Andrée plaignait trop Albertine pour l'aimer beaucoup. Les mêmes phénomènes se reproduisent des particuliers à la masse, dans les grandes crises. Dans une guerre, celui qui n'aime pas son pays n'en dit pas de mal, mais le croit perdu, le plaint, voit les choses en noir.

Françoise nous rendait un service infini par sa faculté de se passer de sommeil, de faire les besognes les plus dures. Et si, étant allée se coucher après plusieurs nuits passées debout, on était obligé de l'appeler un quart d'heure après qu'elle s'était endormie, elle était si heureuse de pouvoir faire des choses pénibles comme si elles eussent été les plus simples du monde que, loin de rechigner, elle montrait sur son visage de la satisfaction et de la modestie. Seulement quand arrivait l'heure de la messe, et l'heure du premier déjeuner, ma grand'mère eût-elle été agonisante, Françoise se fût éclipsée à temps pour ne pas être en retard. Elle ne pouvait ni ne voulait être suppléée par son jeune valet de pied. Certes elle avait apporté de Combray une idée très haute des devoirs de chacun envers nous; elle n'eût pas toléré qu'un de nos gens nous «manquât». Cela avait fait d'elle une si noble, si impérieuse, si efficace éducatrice, qu'il n'y avait jamais eu chez nous de domestiques si corrompus qui n'eussent vite modifié, épuré leur conception de la vie jusqu'à ne plus toucher le «sou du franc» et à se précipiter—si peu serviables qu'ils eussent été jusqu'alors—pour me prendre des mains et ne pas me laisser me fatiguer à porter le moindre paquet. Mais, à Combray aussi, Françoise avait contracté—et importé à Paris—l'habitude de ne pouvoir supporter une aide quelconque dans son travail. Se voir prêter un concours lui semblait recevoir une avanie, et des domestiques sont restés des semaines sans obtenir d'elle une réponse à leur salut matinal, sont même partis en vacances sans qu'elle leur dît adieu et qu'ils devinassent pourquoi, en réalité pour la seule raison qu'ils avaient voulu faire un peu de sa besogne, un jour qu'elle était souffrante.

Et en ce moment où ma grand'mère était si mal, la besogne de Françoise lui semblait particulièrement sienne. Elle ne voulait pas, elle la titulaire, se laisser chiper son rôle dans ces jours de gala. Aussi son jeune valet de pied, écarté par elle, ne savait que faire, et non content d'avoir, à l'exemple de Victor, pris mon papier dans mon bureau, il s'était mis, de plus, à emporter des volumes de vers de ma bibliothèque. Il les lisait, une bonne moitié de la journée, par admiration pour les poètes qui les avaient composés, mais aussi afin, pendant l'autre partie de son temps, d'émailler de citations les lettres qu'il écrivait à ses amis de village. Certes, il pensait ainsi les éblouir. Mais, comme il avait peu de suite dans les idées, il s'était formé celle-ci que ces poèmes, trouvés dans ma bibliothèque, étaient chose connue de tout le monde et à quoi il est courant de se reporter. Si bien qu'écrivant à ces paysans dont il escomptait la stupéfaction, il entremêlait ses propres réflexions de vers de Lamartine, comme il eût dit: qui vivra verra, ou même: bonjour.

A cause des souffrances de ma grand'mère on lui permit la morphine. Malheureusement si celle-ci les calmait, elle augmentait aussi la dose d'albumine. Les coups que nous destinions au mal qui s'était installé en grand'mère portaient toujours à faux; c'était elle, c'était son pauvre corps interposé qui les recevait, sans qu'elle se plaignît qu'avec un faible gémissement. Et les douleurs que nous lui causions n'étaient pas compensées par un bien que nous ne pouvions lui faire. Le mal féroce que nous aurions voulu exterminer, c'est à peine si nous l'avions frôlé, nous ne faisions que l'exaspérer davantage, hâtant peut-être l'heure où la captive serait dévorée. Les jours où la dose d'albumine avait été trop forte, Cottard après une hésitation refusait la morphine. Chez cet homme si insignifiant, si commun, il y avait, dans ces courts moments où il délibérait, où les dangers d'un traitement et d'un autre se disputaient en lui jusqu'à ce qu'il s'arrêtât à l'un, la sorte de grandeur d'un général qui, vulgaire dans le reste de la vie, est un grand stratège, et, dans un moment périlleux, après avoir réfléchi un instant, conclut pour ce qui militairement est le plus sage et dit: «Faites face à l'Est.» Médicalement, si peu d'espoir qu'il y eût de mettre un terme à cette crise d'urémie, il ne fallait pas fatiguer le rein.

Mais, d'autre part, quand ma grand'mère n'avait pas de morphine, ses douleurs devenaient intolérables, elle recommençait perpétuellement un certain mouvement qui lui était difficile à accomplir sans gémir; pour une grande part, la souffrance est une sorte de besoin de l'organisme de prendre conscience d'un état nouveau qui l'inquiète, de rendre la sensibilité adéquate à cet état. On peut discerner cette origine de la douleur dans le cas d'incommodités qui n'en sont pas pour tout le monde. Dans une chambre remplie d'une fumée à l'odeur pénétrante, deux hommes grossiers entreront et vaqueront à leurs affaires; un troisième, d'organisation plus fine, trahira un trouble incessant. Ses narines ne cesseront de renifler anxieusement l'odeur qu'il devrait, semble-t-il, essayer de ne pas sentir et qu'il cherchera chaque fois à faire adhérer, par une connaissance plus exacte, à son odorat incommodé. De là vient sans doute qu'une vive préoccupation empêche de se plaindre d'une rage de dents. Quand ma grand'mère souffrait ainsi, la sueur coulait sur son grand front mauve, y collant les mèches blanches, et si elle croyait que nous n'étions pas dans la chambre, elle poussait des cris: «Ah! c'est affreux!», mais si elle apercevait ma mère, aussitôt elle employait toute son énergie à effacer de son visage les traces de douleur, ou, au contraire, répétait les mêmes plaintes en les accompagnant d'explications qui donnaient rétrospectivement un autre sens à celles que ma mère avait pu entendre:

—Ah! ma fille, c'est affreux, rester couchée par ce beau soleil quand on voudrait aller se promener, je pleure de rage contre vos prescriptions.

Mais elle ne pouvait empêcher le gémissement de ses regards, la sueur de son front, le sursaut convulsif, aussitôt réprimé, de ses membres.

—Je n'ai pas mal, je me plains parce que je suis mal couchée, je me sens les cheveux en désordre, j'ai mal au coeur, je me suis cognée contre le mur.

Et ma mère, au pied du lit, rivée à cette souffrance comme si, à force de percer de son regard ce front douloureux, ce corps qui recelait le mal, elle eût dû finir par l'atteindre et l'emporter, ma mère disait:

—Non, ma petite maman, nous ne te laisserons pas souffrir comme ça, on va trouver quelque chose, prends patience une seconde, me permets-tu de t'embrasser sans que tu aies à bouger?

Et penchée sur le lit, les jambes fléchissantes, à demi agenouillée, comme si, à force d'humilité, elle avait plus de chance de faire exaucer le don passionné d'elle-même, elle inclinait vers ma grand'mère toute sa vie dans son visage comme, dans un ciboire qu'elle lui tendait, décoré en reliefs de fossettes et de plissements si passionnés, si désolés et si doux qu'on ne savait pas s'ils y étaient creusés par le ciseau d'un baiser, d'un sanglot ou d'un sourire. Ma grand'mère essayait, elle aussi, de tendre vers maman son visage. Il avait tellement changé que sans doute, si elle eût eu la force de sortir, on ne l'eût reconnue qu'à la plume de son chapeau. Ses traits, comme dans des séances de modelage, semblaient s'appliquer, dans un effort qui la détournait de tout le reste, à se conformer à certain modèle que nous ne connaissions pas. Ce travail de statuaire touchait à sa fin et, si la figure de ma grand'mère avait diminué, elle avait également durci. Les veines qui la traversaient semblaient celles, non pas d'un marbre, mais d'une pierre plus rugueuse. Toujours penchée en avant par la difficulté de respirer, en même temps que repliée sur elle-même par la fatigue, sa figure fruste, réduite, atrocement expressive, semblait, dans une sculpture primitive, presque préhistorique, la figure rude, violâtre, rousse, désespérée de quelque sauvage gardienne de tombeau. Mais toute l'oeuvre n'était pas accomplie. Ensuite, il faudrait la briser, et puis, dans ce tombeau—qu'on avait si péniblement gardé, avec cette dure contraction—descendre.

Dans un de ces moments où, selon l'expression populaire, on ne sait plus à quel saint se vouer, comme ma grand'mère toussait et éternuait beaucoup, on suivit le conseil d'un parent qui affirmait qu'avec le spécialiste X... on était hors d'affaire en trois jours. Les gens du monde disent cela de leur médecin, et on les croit comme Françoise croyait les réclames des journaux. Le spécialiste vint avec sa trousse chargée de tous les rhumes de ses clients, comme l'outre d'Éole. Ma grand'mère refusa net de se laisser examiner. Et nous, gênés pour le praticien qui s'était dérangé inutilement, nous déférâmes au désir qu'il exprima de visiter nos nez respectifs, lesquels pourtant n'avaient rien. Il prétendait que si, et que migraine ou colique, maladie de coeur ou diabète, c'est une maladie du nez mal comprise. A chacun de nous il dit: «Voilà une petite cornée que je serais bien aise de revoir. N'attendez pas trop. Avec quelques pointes de feu je vous débarrasserai.» Certes nous pensions à toute autre chose. Pourtant nous nous demandâmes: «Mais débarrasser de quoi?» Bref tous nos nez étaient malades; il ne se trompa qu'en mettant la chose au présent. Car dès le lendemain son examen et son pansement provisoire avaient accompli leur effet. Chacun de nous eut son catarrhe. Et comme il rencontrait dans la rue mon père secoué par des quintes, il sourit à l'idée qu'un ignorant pût croire le mal dû à son intervention. Il nous avait examinés au moment où nous étions déjà malades.

La maladie de ma grand'mère donna lieu à diverses personnes de manifester un excès ou une insuffisance de sympathie qui nous surprirent tout autant que le genre de hasard par lequel les uns ou les autres nous découvraient des chaînons de circonstances, ou même d'amitiés, que nous n'eussions pas soupçonnées. Et les marques d'intérêt données par les personnes qui venaient sans cesse prendre des nouvelles nous révélaient la gravité d'un mal que jusque-là nous n'avions pas assez isolé, séparé des mille impressions douloureuses ressenties auprès ma grand'mère. Prévenues par dépêche, ses soeurs ne quittèrent pas Combray. Elles avaient découvert un artiste qui leur donnait des séances d'excellente musique de chambre, dans l'audition de laquelle elles pensaient trouver, mieux qu'au chevet de la malade, un recueillement, une élévation douloureuse, desquels la forme ne laissa pas de paraître insolite. Madame Sazerat écrivit à maman, mais comme une personne dont les fiançailles brusquement rompues (la rupture était le dreyfusisme) nous ont à jamais séparés. En revanche Bergotte vint passer tous les jours plusieurs heures avec moi.

Il avait toujours aimé à venir se fixer pendant quelque temps dans une même maison où il n'eût pas de frais à faire. Mais autrefois c'était pour y parler sans être interrompu, maintenant pour garder longuement le silence sans qu'on lui demandât de parler. Car il était très malade: les uns disaient d'albuminurie, comme ma grand'mère; selon d'autres il avait une tumeur. Il allait en s'affaiblissant; c'est avec difficulté qu'il montait notre escalier, avec une plus grande encore qu'il le descendait. Bien qu'appuyé à la rampe il trébuchait souvent, et je crois qu'il serait resté chez lui s'il n'avait pas craint de perdre entièrement l'habitude, la possibilité de sortir, lui l'«homme à barbiche» que j'avais connu alerte, il n'y avait pas si longtemps. Il n'y voyait plus goutte, et sa parole même s'embarrassait souvent.

Mais en même temps, tout au contraire, la somme de ses oeuvres, connues seulement des lettrés à l'époque où Mme Swann patronnait leurs timides efforts de dissémination, maintenant grandies et fortes aux yeux de tous, avait pris dans le grand public une extraordinaire puissance d'expansion. Sans doute il arrive que c'est après sa mort seulement qu'un écrivain devient célèbre. Mais c'était en vie encore et durant son lent acheminement vers la mort non encore atteinte, qu'il assistait à celui de ses oeuvres vers la Renommée. Un auteur mort est du moins illustre sans fatigue. Le rayonnement de son nom s'arrête à la pierre de sa tombe. Dans la surdité du sommeil éternel, il n'est pas importuné par la Gloire. Mais pour Bergotte l'antithèse n'était pas entièrement achevée. Il existait encore assez pour souffrir du tumulte. Il remuait encore, bien que péniblement, tandis que ses oeuvres, bondissantes, comme des filles qu'on aime mais dont l'impétueuse jeunesse et les bruyants plaisirs vous fatiguent, entraînaient chaque jour jusqu'au pied de son lit des admirateurs nouveaux.

Les visites qu'il nous faisait maintenant venaient pour moi quelques années trop tard, car je ne l'admirais plus autant. Ce qui n'est pas en contradiction avec ce grandissement de sa renommée. Une oeuvre est rarement tout à fait comprise et victorieuse, sans que celle d'un autre écrivain, obscure encore, n'ait commencé, auprès de quelques esprits plus difficiles, de substituer un nouveau culte à celui qui a presque fini de s'imposer. Dans les livres de Bergotte, que je relisais souvent, ses phrases étaient aussi claires devant mes yeux que mes propres idées, les meubles dans ma chambre et les voitures dans la rue. Toutes choses s'y voyaient aisément, sinon telles qu'on les avait toujours vues, du moins telles qu'on avait l'habitude de les voir maintenant. Or un nouvel écrivain avait commencé à publier des oeuvres où les rapports entre les choses étaient si différents de ceux qui les liaient pour moi que je ne comprenais presque rien de ce qu'il écrivait. Il disait par exemple: «Les tuyaux d'arrosage admiraient le bel entretien des routes» (et cela c'était facile, je glissais le long de ces routes) «qui partaient toutes les cinq minutes de Briand et de Claudel». Alors je ne comprenais plus parce que j'avais attendu un nom de ville et qu'il m'était donné un nom de personne. Seulement je sentais que ce n'était pas la phrase qui était mal faite, mais moi pas assez fort et agile pour aller jusqu'au bout. Je reprenais mon élan, m'aidais des pieds et des mains pour arriver à l'endroit d'où je verrais les rapports nouveaux entre les choses. Chaque fois, parvenu à peu près à la moitié de la phrase, je retombais comme plus tard au régiment, dans l'exercice appelé portique. Je n'en avais, pas moins pour le nouvel écrivain l'admiration d'un enfant gauche et à qui on donne zéro pour la gymnastique, devant un autre enfant plus adroit. Dès lors j'admirai moins Bergotte dont la limpidité me parut de l'insuffisance. Il y eut un temps où on reconnaissait bien les choses quand c'était Fromentin qui les peignait et où on ne les reconnaissait plus quand c'était Renoir.

Les gens de goût nous disent aujourd'hui que Renoir est un grand peintre du XVIIIe siècle. Mais en disant cela ils oublient le Temps et qu'il en a fallu beaucoup, même en plein XIXe, pour que Renoir fût salué grand artiste. Pour réussir à être ainsi reconnus, le peintre original, l'artiste original procèdent à la façon des oculistes. Le traitement par leur peinture, par leur prose, n'est pas toujours agréable. Quand il est terminé, le praticien nous dit: Maintenant regardez. Et voici que le monde (qui n'a pas été créé une fois, mais aussi souvent qu'un artiste original est survenu) nous apparaît entièrement différent de l'ancien, mais parfaitement clair. Des femmes passent dans la rue, différentes de celles d'autrefois, puisque ce sont des Renoir, ces Renoir où nous nous refusions jadis à voir des femmes. Les voitures aussi sont des Renoir, et l'eau, et le ciel: nous avons envie de nous promener dans la forêt pareille à celle qui le premier jour nous semblait tout excepté une forêt, et par exemple une tapisserie aux nuances nombreuses mais où manquaient justement les nuances propres aux forêts. Tel est l'univers nouveau et périssable qui vient d'être créé. Il durera jusqu'à la prochaine catastrophe géologique que déchaîneront un nouveau peintre ou un nouvel écrivain originaux.

Celui qui avait remplacé pour moi Bergotte me lassait non par l'incohérence mais par la nouveauté, parfaitement cohérente, de rapports que je n'avais pas l'habitude de suivre. Le point, toujours le même, où je me sentais retomber, indiquait l'identité de chaque tour de force à faire. Du reste, quand une fois sur mille je pouvais suivre l'écrivain jusqu'au bout de sa phrase, ce que je voyais était toujours d'une drôlerie, d'une vérité, d'un charme, pareils à ceux que j'avais trouvés jadis dans la lecture de Bergotte, mais plus délicieux. Je songeais qu'il n'y avait pas tant d'années qu'un même renouvellement du monde, pareil à celui que j'attendais de son successeur, c'était Bergotte qui me l'avait apporté. Et j'arrivais à me demander s'il y avait quelque vérité en cette distinction que nous faisons toujours entre l'art, qui n'est pas plus avancé qu'au temps d'Homère, et la science aux progrès continus. Peut-être l'art ressemblait-il au contraire en cela à la science; chaque nouvel écrivain original me semblait en progrès sur celui qui l'avait précédé; et qui me disait que dans vingt ans, quand je saurais accompagner sans fatigue le nouveau d'aujourd'hui, un autre ne surviendrait pas devant qui l'actuel filerait rejoindre Bergotte?

Je parlai à ce dernier du nouvel écrivain. Il me dégoûta de lui moins en m'assurant que son art était rugueux, facile et vide, qu'en me racontant l'avoir vu, ressemblant, au point de s'y méprendre, à Bloch.

Cette image se profila désormais sur les pages écrites et je ne me crus plus astreint à la peine de comprendre. Si Bergotte m'avait mal parlé de lui, c'était moins, je crois, par jalousie de son insuccès que par ignorance de son oeuvre. Il ne lisait presque rien. Déjà la plus grande partie de sa pensée avait passé de son cerveau dans ses livres. Il était amaigri comme s'il avait été opéré d'eux. Son instinct reproducteur ne l'induisait plus à l'activité, maintenant qu'il avait produit au dehors presque tout ce qu'il pensait. Il menait la vie végétative d'un convalescent, d'une accouchée; ses beaux yeux restaient immobiles, vaguement éblouis, comme les yeux d'un homme étendu au bord de la mer qui dans une vague rêverie regarde seulement chaque petit flot. D'ailleurs si j'avais moins d'intérêt à causer avec lui que je n'aurais eu jadis, de cela je n'éprouvais pas de remords. Il était tellement homme d'habitude que les plus simples comme les plus luxueuses, une fois qu'il les avait prises, lui devenaient indispensables pendant un certain temps. Je ne sais ce qui le fit venir une première fois, mais ensuite chaque jour ce fut pour la raison qu'il était venu la veille. Il arrivait à la maison comme il fût allé au café, pour qu'on ne lui parlât pas, pour qu'il pût—bien rarement—parler, de sorte qu'on aurait pu en somme trouver un signe qu'il fût ému de notre chagrin ou prît plaisir à se trouver avec moi, si l'on avait voulu induire quelque chose d'une telle assiduité. Elle n'était pas indifférente à ma mère, sensible à tout ce qui pouvait être considéré comme un hommage à sa malade. Et tous les jours elle me disait: «Surtout n'oublie pas de bien le remercier.»

Nous eûmes—discrète attention de femme, comme le goûter que nous sert entre deux séances de pose la compagne d'un peintre,—supplément à titre gracieux de celles que nous faisait son mari, la visite de Mme Cottard. Elle venait nous offrir sa «camériste», si nous aimions le service d'un homme, allait se «mettre en campagne» et mieux, devant nos refus, nous dit qu'elle espérait du moins que ce n'était pas là de notre part une «défaite», mot qui dans son monde signifie un faux prétexte pour ne pas accepter une invitation. Elle nous assura que le professeur, qui ne parlait jamais chez lui de ses malades, était aussi triste que s'il s'était agi d'elle-même. On verra plus tard que même si cela eût été vrai, cela eût été à la fois bien peu et beaucoup, de la part du plus infidèle et plus reconnaissant des maris.

Des offres aussi utiles, et infiniment plus touchantes par la manière (qui était un mélange de la plus haute intelligence, du plus grand coeur, et d'un rare bonheur d'expression), me furent adressées par le grand-duc héritier de Luxembourg. Je l'avais connu à Balbec où il était venu voir une de ses tantes, la princesse de Luxembourg, alors qu'il n'était encore que comte de Nassau. Il avait épousé quelques mois après la ravissante fille d'une autre princesse de Luxembourg, excessivement riche parce qu'elle était la fille unique d'un prince à qui appartenait une immense affaire de farines. Sur quoi le grand-duc de Luxembourg, qui n'avait pas d'enfants et qui adorait son neveu Nassau, avait fait approuver par la Chambre qu'il fût déclaré grand-duc héritier. Comme dans tous les mariages de ce genre, l'origine de la fortune est l'obstacle, comme elle est aussi la cause efficiente. Je me rappelais ce comte de Nassau comme un des plus remarquables jeunes gens que j'aie rencontrés, déjà dévoré alors d'un sombre et éclatant amour pour sa fiancée. Je fus très touché des lettres qu'il ne cessa de m'écrire pendant la maladie de ma grand'mère, et maman elle-même, émue, reprenait tristement un mot de sa mère: Sévigné n'aurait pas mieux dit. Le sixième jour, maman, pour obéir aux prières de grand'mère, dut la quitter un moment et faire semblant d'aller se reposer. J'aurais voulu, pour que ma grand'mère s'endormît, que Françoise restât sans bouger. Malgré mes supplications, elle sortit de la chambre; elle aimait ma grand'mère; avec sa clairvoyance et son pessimisme elle la jugeait perdue.

Elle aurait donc voulu lui donner tous les soins possibles. Mais on venait de dire qu'il y avait un ouvrier électricien, très ancien dans sa maison, beau-frère de son patron, estimé dans notre immeuble où il venait travailler depuis de longues années, et surtout de Jupien. On avait commandé cet ouvrier avant que ma grand'mère tombât malade. Il me semblait qu'on eût pu le faire repartir ou le laisser attendre. Mais le protocole de Françoise ne le permettait pas, elle aurait manqué de délicatesse envers ce brave homme, l'état de ma grand'mère ne comptait plus. Quand au bout d'un quart d'heure, exaspéré, j'allai la chercher à la cuisine, je la trouvai causant avec lui sur le «carré» de l'escalier de service, dont la porte était ouverte, procédé qui avait l'avantage de permettre, si l'un de nous arrivait, de faire semblant qu'on allait se quitter, mais l'inconvénient d'envoyer d'affreux courants d'air. Françoise quitta donc l'ouvrier, non sans lui avoir encore crié quelques compliments, qu'elle avait oubliés, pour sa femme et son beau-frère. Souci caractéristique de Combray, de ne pas manquer à la délicatesse, que Françoise portait jusque dans la politique extérieure. Les niais s'imaginent que les grosses dimensions des phénomènes sociaux sont une excellente occasion de pénétrer plus avant dans l'âme humaine; ils devraient au contraire comprendre que c'est en descendant en profondeur dans une individualité qu'ils auraient chance de comprendre ces phénomènes.

Françoise avait mille fois répété au jardinier de Combray que la guerre est le plus insensé des crimes et que rien ne vaut sinon vivre. Or, quand éclata la guerre russo-japonaise, elle était gênée, vis-à-vis du czar, que nous ne nous fussions pas mis en guerre pour aider «les pauvres Russes» «puisqu'on est alliance», disait-elle. Elle ne trouvait pas cela délicat envers Nicolas II qui avait toujours eu «de si bonnes paroles pour nous»; c'était un effet du même code qui l'eût empêchée de refuser à Jupien un petit verre, dont elle savait qu'il allait «contrarier sa digestion», et qui faisait que, si près de la mort de ma grand'mère, la même malhonnêteté dont elle jugeait coupable la France, restée neutre à l'égard du Japon, elle eût cru la commettre, en n'allant pas s'excuser elle-même auprès de ce bon ouvrier électricien qui avait pris tant de dérangement.

Nous fûmes heureusement très vite débarrassés de la fille de Françoise qui eut à s'absenter plusieurs semaines. Aux conseils habituels qu'on donnait, à Combray, à la famille d'un malade: «Vous n'avez pas essayé d'un petit voyage, le changement d'air, retrouver l'appétit, etc....» elle avait ajouté l'idée presque unique qu'elle s'était spécialement forgée et qu'ainsi elle répétait chaque fois qu'on la voyait, sans se lasser, et comme pour l'enfoncer dans la tête des autres: «Elle aurait dû se soigner *radicalement* dès le début.» Elle ne préconisait pas un genre de cure plutôt qu'un autre, pourvu que cette cure fût *radicale*. Quant à Françoise, elle voyait qu'on donnait peu de médicaments à ma grand'mère. Comme, selon elle, ils ne servent qu'à vous abîmer l'estomac, elle en était heureuse, mais plus encore humiliée. Elle avait dans le Midi des cousins—riches relativement—dont la fille, tombée malade en pleine adolescence, était morte à vingt-trois ans; pendant quelques années le père et la mère s'étaient ruinés en remèdes, en docteurs différents, en pérégrinations d'une «station» thermale à une autre, jusqu'au décès. Or cela paraissait à Françoise, pour ces parents-là, une espèce de luxe, comme s'ils avaient eu des chevaux de courses, un château. Eux-mêmes, si affligés qu'ils fussent, tiraient une certaine vanité de tant de dépenses. Ils n'avaient plus rien, ni surtout le bien le plus précieux, leur enfant, mais ils aimaient à répéter qu'ils avaient fait pour elle autant et plus que les gens les plus riches. Les rayons ultra-violets, à l'action desquels on avait, plusieurs fois par jour, pendant des mois, soumis la malheureuse, les flattaient particulièrement. Le père, enorgueilli dans sa douleur par une espèce de gloire, en arrivait quelquefois à parler de sa fille comme d'une étoile de l'Opéra pour laquelle il se fût ruiné. Françoise n'était pas insensible à tant de mise en scène; celle qui entourait la maladie de ma grand'mère lui semblait un peu pauvre, bonne pour une maladie sur un petit théâtre de province.

Il y eut un moment où les troubles de l'urémie se portèrent sur les yeux de ma grand'mère. Pendant quelques jours, elle ne vit plus du tout. Ses yeux n'étaient nullement ceux d'une aveugle et restaient les mêmes. Et je compris seulement qu'elle ne voyait pas, à l'étrangeté d'un certain sourire d'accueil qu'elle avait dès qu'on ouvrait la porte, jusqu'à ce qu'on lui eût pris la main pour lui dire bonjour, sourire qui commençait trop tôt et restait stéréotypé sur ses lèvres, fixe, mais toujours de face et tâchant à être vu de partout, parce qu'il n'y avait plus l'aide du regard pour le régler, lui indiquer le moment, la direction, le mettre au point, le faire varier au fur et à mesure du changement de place ou d'expression de la personne qui venait d'entrer; parce qu'il restait seul, sans sourire des yeux qui eût détourné un peu de lui l'attention du visiteur, et prenait par là, dans sa gaucherie, une importance excessive, donnant l'impression d'une amabilité exagérée. Puis la vue revint complètement, des yeux le mal nomade passa aux oreilles. Pendant quelques jours, ma grand'mère fut sourde.

Et comme elle avait peur d'être surprise par l'entrée soudaine de quelqu'un qu'elle n'aurait pas entendu venir, à tout moment (bien que couchée du côté du mur) elle détournait brusquement la tête vers la porte. Mais le mouvement de son cou était maladroit, car on ne se fait pas en quelques jours à cette transposition, sinon de regarder les bruits, du moins d'écouter avec les yeux. Enfin les douleurs diminuèrent, mais l'embarras de la parole augmenta. On était obligé de faire répéter à ma grand'mère à peu près tout ce qu'elle disait.

Maintenant ma grand'mère, sentant qu'on ne la comprenait plus, renonçait à prononcer un seul mot et restait immobile. Quand elle m'apercevait, elle avait une sorte de sursaut comme ceux qui tout d'un coup manquent d'air, elle voulait me parler, mais n'articulait que des sons inintelligibles. Alors, domptée par son impuissance même, elle laissait retomber sa tête, s'allongeait à plat sur le lit, le visage grave, de marbre, les mains immobiles sur le drap, ou s'occupant d'une action toute matérielle comme de s'essuyer les doigts avec son mouchoir. Elle ne voulait pas penser. Puis elle commença à avoir une agitation constante. Elle désirait sans cesse se lever. Mais on l'empêchait, autant qu'on pouvait, de le faire, de peur qu'elle ne se rendît compte de sa paralysie. Un jour qu'on l'avait laissée un instant seule, je la trouvai, debout, en chemise de nuit, qui essayait d'ouvrir la fenêtre.

A Balbec, un jour où on avait sauvé malgré elle une veuve qui s'était jetée à l'eau, elle m'avait dit (mue peut-être par un de ces pressentiments que nous lisons parfois dans le mystère si obscur pourtant de notre vie organique, mais où il semble que se reflète l'avenir) qu'elle ne connaissait pas cruauté pareille à celle d'arracher une désespérée à la mort qu'elle a voulue et de la rendre à son martyre.

Nous n'eûmes que le temps de saisir ma grand'mère, elle soutint contre ma mère une lutte presque brutale, puis vaincue, rassise de force dans un fauteuil, elle cessa de vouloir, de regretter, son visage redevint impassible et elle se mit à enlever soigneusement les poils de fourrure qu'avait laissés sur sa chemise de nuit un manteau qu'on avait jeté sur elle.

Son regard changea tout à fait, souvent inquiet, plaintif, hagard, ce n'était plus son regard d'autrefois, c'était le regard maussade d'une vieille femme qui radote....

A force de lui demander si elle ne désirait pas être coiffée, Françoise finit par se persuader que la demande venait de ma grand'mère. Elle apporta des brosses, des peignes, de l'eau de Cologne, un peignoir. Elle disait: «Cela ne peut pas fatiguer Madame Amédée, que je la peigne; si faible qu'on soit on peut toujours être peignée.» C'est-à-dire, on n'est jamais trop faible pour qu'une autre personne ne puisse, en ce qui la concerne, vous peigner. Mais quand j'entrai dans la chambre, je vis entre les mains cruelles de Françoise, ravie comme si elle était en train de rendre la santé à ma grand'mère, sous l'éplorement d'une vieille chevelure qui n'avait pas la force de supporter le contact du peigne, une tête qui, incapable de garder la pose qu'on lui donnait, s'écroulait dans un tourbillon incessant où l'épuisement des forces alternait avec la douleur. Je sentis que le moment où Françoise allait avoir terminé s'approchait et je n'osai pas la hâter en lui disant: «C'est assez», de peur qu'elle ne me désobéît. Mais en revanche je me précipitai quand, pour que ma grand'mère vît si elle se trouvait bien coiffée, Françoise, innocemment féroce, approcha une glace. Je fus d'abord heureux d'avoir pu l'arracher à temps de ses mains, avant que ma grand'mère, de qui on avait soigneusement éloigné tout miroir, eût aperçu par mégarde une image d'elle-même qu'elle ne pouvait se figurer. Mais, hélas! quand, un instant après, je me penchai vers elle pour baiser ce beau front qu'on avait tant fatigué, elle me regarda d'un air étonné, méfiant, scandalisé: elle ne m'avait pas reconnu.

Selon notre médecin c'était un symptôme que la congestion du cerveau augmentait. Il fallait le dégager.

Cottard hésitait. Françoise espéra un instant qu'on mettrait des ventouses «clarifiées». Elle en chercha les effets dans mon dictionnaire mais ne put les trouver. Eût-elle bien dit scarifiées au lieu de clarifiées qu'elle n'eût pas trouvé davantage cet adjectif, car elle ne le cherchait pas plus à la lettre *s* qu'à la lettre *c*; elle disait en effet clarifiées mais écrivait (et par conséquent croyait que c'était écrit) «esclarifiées». Cottard, ce qui la déçut, donna, sans beaucoup d'espoir, la préférence aux sangsues. Quand, quelques heures après, j'entrai chez ma grand'mère, attachés à sa nuque, à ses tempes, à ses oreilles, les petits serpents noirs se tordaient dans sa chevelure ensanglantée, comme dans celle de Méduse. Mais dans son visage pâle et pacifié, entièrement immobile, je vis grands ouverts, lumineux et calmes, ses beaux yeux d'autrefois (peut-être encore plus surchargés d'intelligence qu'ils n'étaient avant sa maladie, parce que, comme elle ne pouvait pas parler, ne devait pas bouger, c'est à ses yeux seuls qu'elle confiait sa pensée, la pensée qui tantôt tient en nous une place immense, nous offrant des trésors insoupçonnés, tantôt semble réduite à rien, puis peut renaître comme par génération spontanée par quelques gouttes de sang qu'on tire), ses yeux, doux et liquides comme de l'huile, sur lesquels le feu rallumé qui brûlait éclairait devant la malade l'univers reconquis.

Son calme n'était plus la sagesse du désespoir mais de l'espérance. Elle comprenait qu'elle allait mieux, voulait être prudente, ne pas remuer, et me fit seulement le don d'un beau sourire pour que je susse qu'elle se sentait mieux, et me pressa légèrement la main.

Je savais quel dégoût ma grand'mère avait de voir certaines bêtes, à plus forte raison d'être touchée par elles. Je savais que c'était en considération d'une utilité supérieure qu'elle supportait les sangsues. Aussi Françoise m'exaspérait-elle en lui répétant avec ces petits rires qu'on a avec un enfant qu'on veut faire jouer: «Oh! les petites bébêtes qui courent sur Madame.» C'était, de plus, traiter notre malade sans respect, comme si elle était tombée en enfance. Mais ma grand'mère, dont la figure avait pris la calme bravoure d'un stoïcien, n'avait même pas l'air d'entendre.

Hélas! aussitôt les sangsues retirées, la congestion reprit de plus en plus grave. Je fus surpris qu'à ce moment où ma grand'mère était si mal, Françoise disparût à tout moment. C'est qu'elle s'était commandé une toilette de deuil et ne voulait pas faire attendre la couturière. Dans la vie de la plupart des femmes, tout, même le plus grand chagrin, aboutit à une question d'essayage.

Quelques jours plus tard, comme je dormais, ma mère vint m'appeler au milieu de la nuit. Avec les douces attentions que, dans les grandes circonstances, les gens qu'une profonde douleur accable témoignent fût-ce aux petits ennuis des autres:

—Pardonne-moi de venir troubler ton sommeil, me dit-elle.

—Je ne dormais pas, répondis-je en m'éveillant.

Je le disais de bonne foi. La grande modification qu'amène en nous le réveil est moins de nous introduire dans la vie claire de la conscience que de nous faire perdre le souvenir de la lumière un peu plus tamisée où reposait notre intelligence, comme au fond opalin des eaux. Les pensées à demi voilées sur lesquelles nous voguions il y a un instant encore entraînaient en nous un mouvement parfaitement suffisant pour que nous ayons pu les désigner sous le nom de veille. Mais les réveils trouvent alors une interférence de mémoire. Peu après, nous les qualifions sommeil parce que nous ne nous les rappelons plus. Et quand luit cette brillante étoile, qui, à l'instant du réveil, éclaire derrière le dormeur son sommeil tout entier, elle lui fait croire pendant quelques secondes que c'était non du sommeil, mais de la veille; étoile filante à vrai dire, qui emporte avec sa lumière l'existence mensongère, mais les aspects aussi du songe et permet seulement à celui qui s'éveille de se dire: «J'ai dormi.»

D'une voix si douce qu'elle semblait craindre de me faire mal, ma mère me demanda si cela ne me fatiguerait pas trop de me lever, et me caressant les mains:

—Mon pauvre petit, ce n'est plus maintenant que sur ton papa et sur ta maman que tu pourras compter.

Nous entrâmes dans la chambre. Courbée en demi-cercle sur le lit, un autre être que ma grand'mère, une espèce de bête qui se serait affublée de ses cheveux et couchée dans ses draps, haletait, geignait, de ses convulsions secouait les couvertures. Les paupières étaient closes et c'est parce qu'elles fermaient mal plutôt que parce qu'elles s'ouvraient qu'elle laissaient voir un coin de prunelle, voilé, chassieux, reflétant l'obscurité d'une vision organique et d'une souffrance interne. Toute cette agitation ne s'adressait pas à nous qu'elle ne voyait pas, ni ne connaissait. Mais si ce n'était plus qu'une bête qui remuait là, ma grand'mère où était-elle? On reconnaissait pourtant la forme de son nez, sans proportion maintenant avec le reste de la figure, mais au coin duquel un grain de beauté restait attaché, sa main qui écartait les couvertures d'un geste qui eût autrefois signifié que ces couvertures la gênaient et qui maintenant ne signifiait rien.

Maman me demanda d'aller chercher un peu d'eau et de vinaigre pour imbiber le front de grand'mère. C'était la seule chose qui la rafraîchissait, croyait maman qui la voyait essayer d'écarter ses cheveux. Mais on me fit signe par la porte de venir. La nouvelle que ma grand'mère était à toute extrémité s'était immédiatement répandue dans la maison. Un de ces «extras» qu'on fait venir dans les périodes exceptionnelles pour soulager la fatigue des domestiques, ce qui fait que les agonies ont quelque chose des fêtes, venait d'ouvrir au duc de Guermantes, lequel, resté dans l'antichambre, me demandait; je ne pus lui échapper.

—Je viens, mon cher monsieur, d'apprendre ces nouvelles macabres. Je voudrais en signe de sympathie serrer la main à monsieur votre père.

Je m'excusai sur la difficulté de le déranger en ce moment. M. de Guermantes tombait comme au moment où on part en voyage. Mais il sentait tellement l'importance de la politesse qu'il nous faisait, que cela lui cachait le reste et qu'il voulait absolument entrer au salon. En général, il avait l'habitude de tenir à l'accomplissement entier des formalités dont il avait décidé d'honorer quelqu'un et il s'occupait peu que les malles fussent faites ou le cercueil prêt.

—Avez-vous fait venir Dieulafoy? Ah! c'est une grave erreur. Et si vous me l'aviez demandé, il serait venu pour moi, il ne me refuse rien, bien qu'il ait refusé à la duchesse de Chartres. Vous voyez, je me mets carrément au-dessus d'une princesse du sang. D'ailleurs devant la mort nous sommes tous égaux, ajouta-t-il, non pour me persuader que ma grand'mère devenait son égale, mais ayant peut-être senti qu'une conversation prolongée relativement à son pouvoir sur Dieulafoy et à sa prééminence sur la duchesse de Chartres ne serait pas de très bon goût.

Son conseil du reste ne m'étonnait pas. Je savais que, chez les Guermantes, on citait toujours le nom de Dieulafoy (avec un peu plus de respect seulement) comme celui d'un «fournisseur» sans rival. Et la vieille duchesse de Mortemart, née Guermantes (il est impossible de comprendre pourquoi dès qu'il s'agit d'une duchesse on dit presque toujours: «la vieille duchesse de» ou tout au contraire, d'un air fin et Watteau, si elle est jeune, la «petite duchesse de»), préconisait presque mécaniquement, en clignant de l'oeil, dans les cas graves «Dieulafoy, Dieulafoy», comme si on avait besoin d'un glacier «Poiré Blanche» ou pour des petits fours «Rebattet, Rebattet». Mais j'ignorais que mon père venait précisément de faire demander Dieulafoy.

A ce moment ma mère, qui attendait avec impatience des ballons d'oxygène qui devaient rendre plus aisée la respiration de ma grand'mère, entra elle-même dans l'antichambre où elle ne savait guère trouver M. de Guermantes. J'aurais voulu le cacher n'importe où. Mais persuadé que rien n'était plus essentiel, ne pouvait d'ailleurs la flatter davantage et n'était plus indispensable à maintenir sa réputation de parfait gentilhomme, il me prit violemment par le bras et malgré que je me défendisse comme contre un viol par des: «Monsieur, monsieur, monsieur» répétés, il m'entraîna vers maman en me disant: «Voulez-vous me faire le grand honneur de me présenter à madame votre *mère*?» en déraillant un peu sur le mot mère.

Et il trouvait tellement que l'honneur était pour elle qu'il ne pouvait s'empêcher de sourire tout en faisant une figure de circonstance. Je ne pus faire autrement que de le nommer, ce qui déclancha aussitôt de sa part des courbettes, des entrechats, et il allait commencer toute la cérémonie complète du salut. Il pensait même entrer en conversation, mais ma mère, noyée dans sa douleur, me dit de venir vite, et ne répondit même pas aux phrases de M. de Guermantes qui, s'attendant à être reçu en visite et se trouvant au contraire laissé seul dans l'antichambre, eût fini par sortir si, au même moment, il n'avait vu entrer Saint-Loup arrivé le matin même et accouru aux nouvelles. «Ah! elle est bien bonne!» s'écria joyeusement le duc en attrapant son neveu par sa manche qu'il faillit arracher, sans se soucier de la présence de ma mère qui retraversait l'antichambre. Saint-Loup n'était pas fâché, je crois, malgré son sincère chagrin, d'éviter de me voir, étant donné ses dispositions pour moi. Il partit, entraîné par son oncle qui, ayant quelque chose de très important à lui dire et ayant failli pour cela partir à Doncières, ne pouvait pas en croire sa joie d'avoir pu économiser un tel dérangement. «Ah! si on m'avait dit que je n'avais qu'à traverser la cour et que je te trouverais ici, j'aurais cru à une vaste blague; comme dirait ton camarade M. Bloch, c'est assez farce.» Et tout en s'éloignant avec Robert, qu'il tenait par l'épaule: «C'est égal, répétait-il, on voit bien que je viens de toucher de la corde de pendu ou tout comme; j'ai une sacrée veine.» Ce n'est pas que le duc de Guermantes fût mal élevé, au contraire.

Mais il était de ces hommes incapables de se mettre à la place des autres, de ces hommes ressemblant en cela à la plupart des médecins et aux croquemorts, et qui, après avoir pris une figure de circonstance et dit: «ce sont des instants très pénibles», vous avoir au besoin embrassé et conseillé le repos, ne considèrent plus une agonie ou un enterrement que comme une réunion mondaine plus ou moins restreinte où, avec une jovialité comprimée un moment, ils cherchent des yeux la personne à qui ils peuvent parler de leurs petites affaires, demander de les présenter à une autre ou «offrir une place» dans leur voiture pour les «ramener». Le duc de Guermantes, tout en se félicitant du «bon vent» qui l'avait poussé vers son neveu, resta si étonné de l'accueil pourtant si naturel de ma mère, qu'il déclara plus tard qu'elle était aussi désagréable que mon père était poli, qu'elle avait des «absences» pendant lesquelles elle semblait même ne pas entendre les choses qu'on lui disait et qu'à son avis elle n'était pas dans son assiette et peut-être même n'avait pas toute sa tête à elle. Il voulut bien cependant, à ce qu'on me dit, mettre cela en partie sur le compte des circonstances et déclarer que ma mère lui avait paru très «affectée» par cet événement. Mais il avait encore dans les jambes tout le reste des saluts et révérences à reculons qu'on l'avait empêché de mener à leur fin et se rendait d'ailleurs si peu compte de ce que c'était que le chagrin de maman, qu'il demanda, la veille de l'enterrement, si je n'essayais pas de la distraire.

Un beau-frère de ma grand'mère, qui était religieux, et que je ne connaissais pas, télégraphia en Autriche où était le chef de son ordre, et ayant par faveur exceptionnelle obtenu l'autorisation, vint ce jour-là. Accablé de tristesse, il lisait à côté du lit des textes de prières et de méditations sans cependant détacher ses yeux en vrille de la malade. A un moment où ma grand'mère était sans connaissance, la vue de la tristesse de ce prêtre me fit mal, et je le regardai. Il parut surpris de ma pitié et il se produisit alors quelque chose de singulier. Il joignit ses mains sur sa figure comme un homme absorbé dans une méditation douloureuse, mais, comprenant que j'allais détourner de lui les yeux, je vis qu'il avait laissé un petit écart entre ses doigts. Et, au moment où mes regards le quittaient, j'aperçus son oeil aigu qui avait profité de cet abri de ses mains pour observer si ma douleur était sincère. Il était embusqué là comme dans l'ombre d'un confessionnal. Il s'aperçut que je le voyais et aussitôt clôtura hermétiquement le grillage qu'il avait laissé entr'ouvert. Je l'ai revu plus tard, et jamais entre nous il ne fut question de cette minute. Il fut tacitement convenu que je n'avais pas remarqué qu'il m'épiait. Chez le prêtre comme chez l'aliéniste, il y a toujours quelque chose du juge d'instruction. D'ailleurs quel est l'ami, si cher soit-il, dans le passé, commun avec le nôtre, de qui il n'y ait pas de ces minutes dont nous ne trouvions plus commode de nous persuader qu'il a dû les oublier?

Le médecin fit une piqûre de morphine et pour rendre la respiration moins pénible demanda des ballons d'oxygène. Ma mère, le docteur, la soeur les tenaient dans leurs mains; dès que l'un était fini, on leur en passait un autre. J'étais sorti un moment de la chambre. Quand je rentrai je me trouvai comme devant un miracle. Accompagnée en sourdine par un murmure incessant, ma grand'mère semblait nous adresser un long chant heureux qui remplissait la chambre, rapide et musical. Je compris bientôt qu'il n'était guère moins inconscient, qu'il était aussi purement mécanique, que le râle de tout à l'heure. Peut-être reflétait-il dans une faible mesure quelque bien-être apporté par la morphine. Il résultait surtout, l'air ne passant plus tout à fait de la même façon dans les bronches, d'un changement de registre de la respiration. Dégagé par la double action de l'oxygène et de la morphine, le souffle de ma grand'mère ne peinait plus, ne geignait plus, mais vif, léger, glissait, patineur, vers le fluide délicieux. Peut-être à l'haleine, insensible comme celle du vent dans la flûte d'un roseau, se mêlait-il, dans ce chant, quelques-uns de ces soupirs plus humains qui, libérés à l'approche de la mort, font croire à des impressions de souffrance ou de bonheur chez ceux qui déjà ne sentent plus, et venaient ajouter un accent plus mélodieux, mais sans changer son rythme, à cette longue phrase qui s'élevait, montait encore, puis retombait pour s'élancer de nouveau de la poitrine allégée, à la poursuite de l'oxygène. Puis, parvenu si haut, prolongé avec tant de force, le chant, mêlé d'un murmure de supplication dans la volupté, semblait à certains moments s'arrêter tout à fait comme une source s'épuise.

Françoise, quand elle avait un grand chagrin, éprouvait le besoin si inutile, mais ne possédait pas l'art si simple, de l'exprimer. Jugeant ma grand'mère tout à fait perdue, c'était ses impressions à elle, Françoise, qu'elle tenait à nous faire connaître. Et elle ne savait que répéter: «Cela me fait quelque chose», du même ton dont elle disait, quand elle avait pris trop de soupe aux choux: «J'ai comme un poids sur l'estomac», ce qui dans les deux cas était plus naturel qu'elle ne semblait le croire. Si faiblement traduit, son chagrin n'en était pas moins très grand, aggravé d'ailleurs par l'ennui que sa fille, retenue à Combray (que la jeune Parisienne appelait maintenant la «cambrousse» et où elle se sentait devenir «pétrousse»), ne pût vraisemblablement revenir pour la cérémonie mortuaire que Françoise sentait devoir être quelque chose de superbe. Sachant que nous nous épanchions peu, elle avait à tout hasard convoqué d'avance Jupien pour tous les soirs de la semaine. Elle savait qu'il ne serait pas libre à l'heure de l'enterrement. Elle voulait du moins, au retour, le lui «raconter».

Depuis plusieurs nuits mon père, mon grand-père, un de nos cousins veillaient et ne sortaient plus de la maison. Leur dévouement continu finissait par prendre un masque d'indifférence, et l'interminable oisiveté autour de cette agonie leur faisait tenir ces mêmes propos qui sont inséparables d'un séjour prolongé dans un wagon de chemin de fer. D'ailleurs ce cousin (le neveu de ma grand'tante) excitait chez moi autant d'antipathie qu'il méritait et obtenait généralement d'estime.

On le «trouvait» toujours dans les circonstances graves, et il était si assidu auprès des mourants que les familles, prétendant qu'il était délicat de santé, malgré son apparence robuste, sa voix de basse-taille et sa barbe de sapeur, le conjuraient toujours avec les périphrases d'usage de ne pas venir à l'enterrement. Je savais d'avance que maman, qui pensait aux autres au milieu de la plus immense douleur, lui dirait sous une tout autre forme ce qu'il avait l'habitude de s'entendre toujours dire:

—Promettez-moi que vous ne viendrez pas «demain». Faites-le pour «elle». Au moins n'allez pas «là-bas». Elle vous avait demandé de ne pas venir.

Rien n'y faisait; il était toujours le premier à la «maison», à cause de quoi on lui avait donné, dans un autre milieu, le surnom, que nous ignorions, de «ni fleurs ni couronnes». Et avant d'aller à «tout», il avait toujours «pensé à tout», ce qui lui valait ces mots: «Vous, on ne vous dit pas merci.»

—Quoi? demanda d'une voix forte mon grand-père qui était devenu un peu sourd et qui n'avait pas entendu quelque chose que mon cousin venait de dire à mon père.

—Rien, répondit le cousin. Je disais seulement que j'avais reçu ce matin une lettre de Combray où il fait un temps épouvantable et ici un soleil trop chaud.

—Et pourtant le baromètre est très bas, dit mon père.

—Où ça dites-vous qu'il fait mauvais temps? demanda mon grand-père.

—A Combray.

—Ah! cela ne m'étonne pas, chaque fois qu'il fait mauvais ici il fait beau à Combray, et *vice versa*. Mon Dieu! vous parlez de Combray: a-t-on pensé à prévenir Legrandin?

—Oui, ne vous tourmentez pas, c'est fait, dit mon cousin dont les joues bronzées par une barbe trop forte sourirent imperceptiblement de la satisfaction d'y avoir pensé.

A ce moment, mon père se précipita, je crus qu'il y avait du mieux ou du pire. C'était seulement le docteur Dieulafoy qui venait d'arriver. Mon père alla le recevoir dans le salon voisin, comme l'acteur qui doit venir jouer. On l'avait fait demander non pour soigner, mais pour constater, en espèce de notaire. Le docteur Dieulafoy a pu en effet être un grand médecin, un professeur merveilleux; à ces rôles divers où il excella, il en joignait un autre dans lequel il fut pendant quarante ans sans rival, un rôle aussi original que le raisonneur, le scaramouche ou le père noble, et qui était de venir constater l'agonie ou la mort. Son nom déjà présageait la dignité avec laquelle il tiendrait l'emploi, et quand la servante disait: M. Dieulafoy, on se croyait chez Molière. A la dignité de l'attitude concourait sans se laisser voir la souplesse d'une taille charmante. Un visage en soi-même trop beau était amorti par la convenance à des circonstances douloureuses. Dans sa noble redingote noire, le professeur entrait, triste sans affectation, ne donnait pas une seule condoléance qu'on eût pu croire feinte et ne commettait pas non plus la plus légère infraction au tact. Aux pieds d'un lit de mort, c'était lui et non le duc de Guermantes qui était le grand seigneur. Après avoir regardé ma grand'mère sans la fatiguer, et avec un excès de réserve qui était une politesse au médecin traitant, il dit à voix basse quelques mots à mon père, s'inclina respectueusement devant ma mère, à qui je sentis que mon père se retenait pour ne pas dire: «Le professeur Dieulafoy». Mais déjà celui-ci avait détourné la tête, ne voulant pas importuner, et sortit de la plus belle façon du monde, en prenant simplement le cachet qu'on lui remit. Il n'avait pas eu l'air de le voir, et nous-mêmes nous demandâmes un moment si nous le lui avions remis tant il avait mis de la souplesse d'un prestidigitateur à le faire disparaître, sans pour cela perdre rien de sa gravité plutôt accrue de grand consultant à la longue redingote à revers de soie, à la belle tête pleine d'une noble commisération.

Sa lenteur et sa vivacité montraient que, si cent visites l'attendaient encore, il ne voulait pas avoir l'air pressé. Car il était le tact, l'intelligence et la bonté mêmes. Cet homme éminent n'est plus. D'autres médecins, d'autres professeurs ont pu l'égaler, le dépasser peut-être. Mais l'«emploi» où son savoir, ses dons physiques, sa haute éducation le faisaient triompher, n'existe plus, faute de successeurs qui aient su le tenir. Maman n'avait même pas aperçu M. Dieulafoy, tout ce qui n'était pas ma grand'mère n'existant pas. Je me souviens (et j'anticipe ici) qu'au cimetière, où on la vit, comme une apparition surnaturelle, s'approcher timidement de la tombe et semblant regarder un être envolé qui était déjà loin d'elle, mon père lui ayant dit: «Le père Norpois est venu à la maison, à l'église, au cimetière, il a manqué une commission très importante pour lui, tu devrais lui dire un mot, cela le toucherait beaucoup», ma mère, quand l'ambassadeur s'inclina vers elle, ne put que pencher avec douceur son visage qui n'avait pas pleuré. Deux jours plus tôt—et pour anticiper encore avant de revenir à l'instant même auprès du lit où la malade agonisait—pendant qu'on veillait ma grand'mère morte, Françoise, qui, ne niant pas absolument les revenants, s'effrayait au moindre bruit, disait: «Il me semble que c'est elle.» Mais au lieu d'effroi, c'était une douceur infinie que ces mots éveillèrent chez ma mère qui aurait tant voulu que les morts revinssent, pour avoir quelquefois sa mère auprès d'elle.

Pour revenir maintenant à ces heures de l'agonie:

—Vous savez ce que ses sœurs nous ont télégraphié? demanda mon grand-père à mon cousin.

—Oui, Beethoven, on m'a dit; c'est à encadrer, cela ne m'étonne pas.

—Ma pauvre femme qui les aimait tant, dit mon grand-père en essuyant une larme. Il ne faut pas leur en vouloir. Elles sont folles à lier, je l'ai toujours dit. Qu'est-ce qu'il y a, on ne donne plus d'oxygène?

Ma mère dit:

—Mais, alors, maman va recommencer à mal respirer.

Le médecin répondit:

—Oh! non, l'effet de l'oxygène durera encore un bon moment, nous recommencerons tout à l'heure.

Il me semblait qu'on n'aurait pas dit cela pour une mourante; que, si ce bon effet devait durer, c'est qu'on pouvait quelque chose sur sa vie. Le sifflement de l'oxygène cessa pendant quelques instants. Mais la plainte heureuse de la respiration jaillissait toujours, légère, tourmentée, inachevée, sans cesse recommençante. Par moments, il semblait que tout fût fini, le souffle s'arrêtait, soit par ces mêmes changements d'octaves qu'il y a dans la respiration d'un dormeur, soit par une intermittence naturelle, un effet de l'anesthésie, le progrès de l'asphyxie, quelque défaillance du coeur. Le médecin reprit le pouls de ma grand'mère, mais déjà, comme si un affluent venait apporter son tribut au courant asséché, un nouveau chant s'embranchait à la phrase interrompue. Et celle-ci reprenait à un autre diapason, avec le même élan inépuisable. Qui sait si, sans même que ma grand'mère en eût conscience, tant d'états heureux et tendres comprimés par la souffrance ne s'échappaient pas d'elle maintenant comme ces gaz plus légers qu'on refoula longtemps? On aurait dit que tout ce qu'elle avait à nous dire s'épanchait, que c'était à nous qu'elle s'adressait avec cette prolixité, cet empressement, cette effusion. Au pied du lit, convulsée par tous les souffles de cette agonie, ne pleurant pas mais par moments trempée de larmes, ma mère avait la désolation sans pensée d'un feuillage que cingle la pluie et retourne le vent. On me fit m'essuyer les yeux avant que j'allasse embrasser ma grand'mère.

—Mais je croyais qu'elle ne voyait plus, dit mon père.

—On ne peut jamais savoir, répondit le docteur.

Quand mes lèvres la touchèrent, les mains de ma grand'mère s'agitèrent, elle fut parcourue tout entière d'un long frisson, soit réflexe, soit que certaines tendresses aient leur hyperesthésie qui reconnaît à travers le voile de l'inconscience ce qu'elles n'ont presque pas besoin des sens pour chérir. Tout d'un coup ma grand'mère se dressa à demi, fit un effort violent, comme quelqu'un qui défend sa vie. Françoise ne put résister à cette vue et éclata en sanglots. Me rappelant ce que le médecin avait dit, je voulus la faire sortir de la chambre. A ce moment, ma grand'mère ouvrit les yeux. Je me précipitai sur Françoise pour cacher ses pleurs, pendant que mes parents parleraient à la malade. Le bruit de l'oxygène s'était tu, le médecin s'éloigna du lit. Ma grand'mère était morte.

Quelques heures plus tard, Françoise put une dernière fois et sans les faire souffrir peigner ces beaux cheveux qui grisonnaient seulement et jusqu'ici avaient semblé être moins âgés qu'elle. Mais maintenant, au contraire, ils étaient seuls à imposer la couronne de la vieillesse sur le visage redevenu jeune d'où avaient disparu les rides, les contractions, les empâtements, les tensions, les fléchissements que, depuis tant d'années, lui avait ajoutés la souffrance. Comme au temps lointain où ses parents lui avaient choisi un époux, elle avait les traits délicatement tracés par la pureté et la soumission, les joues brillantes d'une chaste espérance, d'un rêve de bonheur, même d'une innocente gaieté, que les années avaient peu à peu détruits. La vie en se retirant venait d'emporter les désillusions de la vie. Un sourire semblait posé sur les lèvres de ma grand'mère. Sur ce lit funèbre, la mort, comme le sculpteur du moyen âge, l'avait couchée sous l'apparence d'une jeune fille.

CHAPITRE DEUXIÈME

Visite D'albertine. Perspective D'un Riche Mariage Pour Quelques Amis De Saint-Loup. L'esprit Des Guermantes Devant La Princesse De Parme. Étrange Visite A M. De Charlus. Je Comprends De Moins En Moins Son Caractère. Les Souliers Rouges De La Duchesse.

Bien que ce fût simplement un dimanche d'automne, je venais de renaître, l'existence était intacte devant moi, car dans la matinée, après une série de jours doux, il avait fait un brouillard froid qui ne s'était levé que vers midi. Or, un changement de temps suffit à recréer le monde et nous-même. Jadis, quand le vent soufflait dans ma cheminée, j'écoutais les coups qu'il frappait contre la trappe avec autant d'émotion que si, pareils aux fameux coups d'archet par lesquels débute la Symphonie en ut mineur, ils avaient été les appels irrésistibles d'un mystérieux destin. Tout changement à vue de la nature nous offre une transformation semblable, en adaptant au mode nouveau des choses nos désirs harmonisés. La brume, dès le réveil, avait fait de moi, au lieu de l'être centrifuge qu'on est par les beaux jours, un homme replié, désireux du coin du feu et du lit partagé, Adam frileux en quête d'une Ève sédentaire, dans ce monde différent.

Entre la couleur grise et douce d'une campagne matinale et le goût d'une tasse de chocolat, je faisais tenir toute l'originalité de la vie physique, intellectuelle et morale que j'avais apportée une année environ auparavant à Doncières, et qui, blasonnée de la forme oblongue d'une colline pelée—toujours présente même quand elle était invisible—formait en moi une série de plaisirs entièrement distincts de tous autres, indicibles à des amis en ce sens que les impressions richement tissées les unes dans les autres qui les orchestraient les caractérisaient bien plus pour moi et à mon insu que les faits que j'aurais pu raconter. A ce point de vue le monde nouveau dans lequel le brouillard de ce matin m'avait plongé était un monde déjà connu de moi (ce qui ne lui donnait que plus de vérité), et oublié depuis quelque temps (ce qui lui rendait toute sa fraîcheur). Et je pus regarder quelques-uns des tableaux de bruine que ma mémoire avait acquis, notamment des «Matin à Doncières», soit le premier jour au quartier, soit, une autre fois, dans un château voisin où Saint-Loup m'avait emmené passer vingt-quatre heures, de la fenêtre dont j'avais soulevé les rideaux à l'aube, avant de me recoucher, dans le premier un cavalier, dans le second (à la mince lisière d'un étang et d'un bois dont tout le reste était englouti dans la douceur uniforme et liquide de la brume) un cocher en train d'astiquer une courroie, m'étaient apparus comme ces rares personnages, à peine distincts pour l'oeil obligé de s'adapter au vague mystérieux des pénombres, qui émergent d'une fresque effacée.

C'est de mon lit que je regardais aujourd'hui ces souvenirs, car je m'étais recouché pour attendre le moment où, profitant de l'absence de mes parents, partis pour quelques jours à Combray, je comptais ce soir même aller entendre une petite pièce qu'on jouait chez Mme de Villeparisis. Eux revenus, je n'aurais peut-être osé le faire; ma mère, dans les scrupules de son respect pour le souvenir de ma grand'mère, voulait que les marques de regret qui lui étaient données le fussent librement, sincèrement; elle ne m'aurait pas défendu cette sortie, elle l'eût désapprouvée. De Combray au contraire, consultée, elle ne m'eût pas répondu par un triste: «Fais ce que tu veux, tu es assez grand pour savoir ce que tu dois faire», mais se reprochant de m'avoir laissé seul à Paris, et jugeant mon chagrin d'après le sien, elle eût souhaité pour lui des distractions qu'elle se fût refusées à elle-même et qu'elle se persuadait que ma grand'mère, soucieuse avant tout de ma santé et de mon équilibre nerveux, m'eût conseillées.

Depuis le matin on avait allumé le nouveau calorifère à eau. Son bruit désagréable, qui poussait de temps à autre une sorte de hoquet, n'avait aucun rapport avec mes souvenirs de Doncières. Mais sa rencontre prolongée avec eux en moi, cet après-midi, allait lui faire contracter avec eux une affinité telle que, chaque fois que (un peu) déshabitué de lui j'entendrais de nouveau le chauffage central, il me les rappellerait.

Il n'y avait à la maison que Françoise. Le jour gris, tombant comme une pluie fine, tissait sans arrêt de transparents filets dans lesquels les promeneurs dominicaux semblaient s'argenter. J'avais rejeté à mes pieds le *Figaro* que tous les jours je faisais acheter consciencieusement depuis que j'y avais envoyé un article qui n'y avait pas paru; malgré l'absence de soleil, l'intensité du jour m'indiquait que nous n'étions encore qu'au milieu de l'après-midi. Les rideaux de tulle de la fenêtre, vaporeux et friables comme ils n'auraient pas été par un beau temps, avaient ce même mélange de douceur et de cassant qu'ont les ailes de libellules et les verres de Venise. Il me pesait d'autant plus d'être seul ce dimanche-là que j'avais fait porter le matin une lettre à Mlle de Stermaria. Robert de Saint-Loup, que sa mère avait réussi à faire rompre, après de douloureuses tentatives avortées, avec sa maîtresse, et qui depuis ce moment avait été envoyé au Maroc pour oublier celle qu'il n'aimait déjà plus depuis quelque temps, m'avait écrit un mot, reçu la veille, où il m'annonçait sa prochaine arrivée en France pour un congé très court. Comme il ne ferait que toucher barre à Paris (où sa famille craignait sans doute de le voir renouer avec Rachel), il m'avertissait, pour me montrer qu'il avait pensé à moi, qu'il avait rencontré à Tanger Mlle ou plutôt Mme de Stermaria, car elle avait divorcé après trois mois de mariage. Et Robert se souvenant de ce que je lui avais dit à Balbec avait demandé de ma part un rendez-vous à la jeune femme. Elle dînerait très volontiers avec moi, lui avait-elle répondu, un des jours que, avant de regagner la Bretagne, elle passerait à Paris. Il me disait de me hâter d'écrire à Mme de Stermaria, car elle était certainement arrivée.

La lettre de Saint-Loup ne m'avait pas étonné, bien que je n'eusse pas reçu de nouvelles de lui depuis qu'au moment de la maladie de ma grand'mère il m'eût accusé de perfidie et de trahison. J'avais très bien compris alors ce qui s'était passé. Rachel, qui aimait à exciter sa jalousie—elle avait des raisons accessoires aussi de m'en vouloir—avait persuadé à son amant que j'avais fait des tentatives sournoises pour avoir, pendant l'absence de Robert, des relations avec elle. Il est probable qu'il continuait à croire que c'était vrai, mais il avait cessé d'être épris d'elle, de sorte que, vrai ou non, ce lui était devenu parfaitement égal et que notre amitié seule subsistait. Quand, une fois que je l'eus revu, je voulus essayer de lui parler de ses reproches, il eut seulement un bon et tendre sourire par lequel il avait l'air de s'excuser, puis il changea de conversation.

Ce n'est pas qu'il ne dût un peu plus tard, à Paris, revoir quelquefois Rachel. Les créatures qui ont joué un grand rôle dans notre vie, il est rare qu'elles en sortent tout d'un coup d'une façon définitive. Elles reviennent s'y poser par moments (au point que certains croient à un recommencement d'amour) avant de la quitter à jamais. La rupture de Saint-Loup avec Rachel lui était très vite devenue moins douloureuse, grâce au plaisir apaisant que lui apportaient les incessantes demandes d'argent de son amie. La jalousie, qui prolonge l'amour, ne peut pas contenir beaucoup plus de choses que les autres formes de l'imagination. Si l'on emporte, quand on part en voyage, trois ou quatre images qui du reste se perdront en route (les lys et les anémones du Ponte Vecchio, l'église persane dans les brumes, etc.), la malle est déjà bien pleine. Quand on quitte une maîtresse, on voudrait bien, jusqu'à ce qu'on l'ait un peu oubliée, qu'elle ne devînt pas la possession de trois ou quatre entreteneurs possibles et qu'on se figure, c'est-à-dire dont on est jaloux: tous ceux qu'on ne se figure pas ne sont rien. Or, les demandes d'argent fréquentes d'une maîtresse quittée ne vous donnent pas plus une idée complète de sa vie que des feuilles de température élevée ne donneraient de sa maladie.

Mais les secondes seraient tout de même un signe qu'elle est malade et les premières fournissent une présomption, assez vague il est vrai, que la délaissée ou délaisseuse n'a pas dû trouver grand'chose comme riche protecteur. Aussi chaque demande est-elle accueillie avec la joie que produit une accalmie dans la souffrance du jaloux, et suivie immédiatement d'envois d'argent, car on veut qu'elle ne manque de rien, sauf d'amants (d'un des trois amants qu'on se figure), le temps de se rétablir un peu soi-même et de pouvoir apprendre sans faiblesse le nom du successeur. Quelquefois Rachel revint assez tard dans la soirée pour demander à son ancien amant la permission de dormir à côté de lui jusqu'au matin. C'était une grande douceur pour Robert, car il se rendait compte combien ils avaient tout de même vécu intimement ensemble, rien qu'à voir que, même s'il prenait à lui seul une grande moitié du lit, il ne la dérangeait en rien pour dormir. Il comprenait qu'elle était près de son corps, plus commodément qu'elle n'eût été ailleurs, qu'elle se retrouvait à son côté—fût-ce à l'hôtel—comme dans une chambre anciennement connue où l'on a ses habitudes, où on dort mieux. Il sentait que ses épaules, ses jambes, tout lui, étaient pour elle, même quand il remuait trop par insomnie ou travail à faire, de ces choses si parfaitement usuelles qu'elles ne peuvent gêner et que leur perception ajoute encore à la sensation du repos.

Pour revenir en arrière, j'avais été d'autant plus troublé par la lettre de Robert que je lisais entre les lignes ce qu'il n'avait pas osé écrire plus explicitement. «Tu peux très bien l'inviter en cabinet particulier, me disait-il. C'est une jeune personne charmante, d'un délicieux caractère, vous vous entendrez parfaitement et je suis certain d'avance que tu passeras une très bonne soirée.» Comme mes parents rentraient à la fin de la semaine, samedi ou dimanche, et qu'après je serais forcé de dîner tous les soirs à la maison, j'avais aussitôt écrit à Mme de Stermaria pour lui proposer le jour qu'elle voudrait, jusqu'à vendredi. On avait répondu que j'aurais une lettre, vers huit heures, ce soir même. Je l'aurais atteint assez vite si j'avais eu pendant l'après-midi qui me séparait de lui le secours d'une visite. Quand les heures s'enveloppent de causeries, on ne peut plus les mesurer, même les voir, elles s'évanouissent, et tout d'un coup c'est bien loin du point où il vous avait échappé que reparaît devant votre attention le temps agile et escamoté. Mais si nous sommes seuls, la préoccupation, en ramenant devant nous le moment encore éloigné et sans cesse attendu, avec la fréquence et l'uniformité d'un tic tac, divise ou plutôt multiplie les heures par toutes les minutes qu'entre amis nous n'aurions pas comptées. Et confrontée, par le retour incessant de mon désir, à l'ardent plaisir que je goûterais dans quelques jours seulement, hélas! avec Mme de Stermaria, cette après-midi, que j'allais achever seul, me paraissait bien vide et bien mélancolique.

Par moments, j'entendais le bruit de l'ascenseur qui montait, mais il était suivi d'un second bruit, non celui que j'espérais: l'arrêt à mon étage, mais d'un autre fort différent que l'ascenseur faisait pour continuer sa route élancée vers les étages supérieurs et qui, parce qu'il signifia si souvent la désertion du mien quand j'attendais une visite, est resté pour moi plus tard, même quand je n'en désirais plus aucune, un bruit par lui-même douloureux, où résonnait comme une sentence d'abandon. Lasse, résignée, occupée pour plusieurs heures encore à sa tâche immémoriale, la grise journée filait sa passementerie de nacre et je m'attristais de penser que j'allais rester seul en tête à tête avec elle qui ne me connaissait pas plus qu'une, ouvrière qui, installée près de la fenêtre pour voir plus clair en faisant sa besogne, ne s'occupe nullement de la personne présente dans la chambre. Tout d'un coup, sans que j'eusse entendu sonner, Françoise vint ouvrir la porte, introduisant Albertine qui entra souriante, silencieuse, replète, contenant dans la plénitude de son corps, préparés pour que je continuasse à les vivre, venus vers moi, les jours passés dans ce Balbec où je n'étais jamais retourné.

Sans doute, chaque fois que nous revoyons une personne avec qui nos rapports—si insignifiants soient-ils—se trouvent changés, c'est comme une confrontation de deux époques. Il n'y a pas besoin pour cela qu'une ancienne maîtresse vienne nous voir en amie, il suffit de la visite à Paris de quelqu'un que nous avons connu dans l'au-jour-le-jour d'un certain genre de vie, et que cette vie ait cessé, fût-ce depuis une semaine seulement. Sur chaque trait rieur, interrogatif et gêné du visage d'Albertine, je pouvais épeler ces questions: «Et Madame de Villeparisis? Et le maître de danse? Et le pâtissier?» Quand elle s'assit, son dos eut l'air de dire: «Dame, il n'y a pas de falaise ici, vous permettez que je m'asseye tout de même près de vous, comme j'aurais fait à Balbec?» Elle semblait une magicienne me présentant un miroir du Temps. En cela elle était pareille à tous ceux que nous revoyons rarement, mais qui jadis vécurent plus intimement avec nous. Mais avec Albertine il n'y avait que cela. Certes, même à Balbec, dans nos rencontres quotidiennes j'étais toujours surpris en l'apercevant tant elle était journalière. Mais maintenant on avait peine à la reconnaître. Dégagés de la vapeur rose qui les baignait, ses traits avaient sailli comme une statue. Elle avait un autre visage, ou plutôt elle avait enfin un visage; son corps avait grandi. Il ne restait presque plus rien de la gaine où elle avait été enveloppée et sur la surface de laquelle à Balbec sa forme future se dessinait à peine.

Albertine, cette fois, rentrait à Paris plus tôt que de coutume. D'ordinaire elle n'y arrivait qu'au printemps, de sorte que, déjà troublé depuis quelques semaines par les orages sur les premières fleurs, je ne séparais pas, dans le plaisir que j'avais, le retour d'Albertine et celui de la belle saison. Il suffisait qu'on me dise qu'elle était à Paris et qu'elle était passée chez moi pour que je la revisse comme une rose au bord de la mer. Je ne sais trop si c'était le désir de Balbec ou d'elle qui s'emparait de moi alors, peut-être le désir d'elle étant lui-même une forme paresseuse, lâche et incomplète de posséder Balbec, comme si posséder matériellement une chose, faire sa résidence d'une ville, équivalait à la posséder spirituellement. Et d'ailleurs, même matériellement, quand elle était non plus balancée par mon imagination devant l'horizon marin, mais immobile auprès de moi, elle me semblait souvent une bien pauvre rose devant laquelle j'aurais bien voulu fermer les yeux pour ne pas voir tel défaut des pétales et pour croire que je respirais sur la plage.

Je peux le dire ici, bien que je ne susse pas alors ce qui ne devait arriver que dans la suite. Certes, il est plus raisonnable de sacrifier sa vie aux femmes qu'aux timbres-poste, aux vieilles tabatières, même aux tableaux et aux statues. Seulement l'exemple des autres collections devrait nous avertir de changer, de n'avoir pas une seule femme, mais beaucoup. Ces mélanges charmants qu'une jeune fille fait avec une plage, avec la chevelure tressée d'une statue d'église, avec une estampe, avec tout ce à cause de quoi on aime en l'une d'elles, chaque fois qu'elle entre, un tableau charmant, ces mélanges ne sont pas très stables. Vivez tout à fait avec la femme et vous ne verrez plus rien de ce qui vous l'a fait aimer; certes les deux éléments désunis, la jalousie peut à nouveau les rejoindre. Si après un long temps de vie commune je devais finir par ne plus voir en Albertine qu'une femme ordinaire, quelque intrigue d'elle avec un être qu'elle eût aimé à Balbec eût peut-être suffi pour réincorporer en elle et amalgamer la plage et le déferlement du flot. Seulement ces mélanges secondaires ne ravissant plus nos yeux, c'est à notre coeur qu'ils sont sensibles et funestes. On ne peut sous une forme si dangereuse trouver souhaitable le renouvellement du miracle. Mais j'anticipe les années. Et je dois seulement ici regretter de n'être pas resté assez sage pour avoir eu simplement ma collection de femmes comme on a des lorgnettes anciennes, jamais assez nombreuses derrière une vitrine où toujours une place vide attend une lorgnette nouvelle et plus rare.

Contrairement à l'ordre habituel de ses villégiatures, cette année elle venait directement de Balbec et encore y était-elle restée bien moins tard que d'habitude. Il y avait longtemps que je ne l'avais vue. Et comme je ne connaissais pas, même de nom, les personnes qu'elle fréquentait à Paris, je ne savais rien d'elle pendant les périodes où elle restait sans venir me voir. Celles-ci étaient souvent assez longues. Puis, un beau jour, surgissait brusquement Albertine dont les roses apparitions et les silencieuses visites me renseignaient assez peu sur ce qu'elle avait pu faire dans leur intervalle, qui restait plongé dans cette obscurité de sa vie que mes yeux ne se souciaient guère de percer.

Cette fois-ci pourtant, certains signes semblaient indiquer que des choses nouvelles avaient dû se passer dans cette vie. Mais il fallait peut-être tout simplement induire d'eux qu'on change très vite à l'âge qu'avait Albertine. Par exemple, son intelligence se montrait mieux, et quand je lui reparlai du jour où elle avait mis tant d'ardeur à imposer son idée de faire écrire par Sophocle: «Mon cher Racine», elle fut la première à rire de bon coeur. «C'est Andrée qui avait raison, j'étais stupide, dit-elle, il fallait que Sophocle écrive: «Monsieur». Je lui répondis que le «monsieur» et le «cher monsieur» d'Andrée n'étaient pas moins comiques que son «mon cher Racine» à elle et le «mon cher ami» de Gisèle, mais qu'il n'y avait, au fond, de stupides que des professeurs faisant encore adresser par Sophocle une lettre à Racine. Là, Albertine ne me suivit plus. Elle ne voyait pas ce que cela avait de bête; son intelligence s'entr'ouvrait, mais n'était pas développée. Il y avait des nouveautés plus attirantes en elle; je sentais, dans la même jolie fille qui venait de s'asseoir près de mon lit, quelque chose de différent; et dans ces lignes qui dans le regard et les traits du visage expriment la volonté habituelle, un changement de front, une demi-conversion comme si avaient été détruites ces résistances contre lesquelles je m'étais brisé à Balbec, un soir déjà lointain où nous formions un couple symétrique mais inverse de celui de l'après-midi actuel, puisque alors c'était elle qui était couchée et moi à côté de son lit.

Voulant et n'osant m'assurer si maintenant elle se laisserait embrasser, chaque fois qu'elle se levait pour partir, je lui demandais de rester encore. Ce n'était pas très facile à obtenir, car bien qu'elle n'eût rien à faire (sans cela, elle eût bondi au dehors), elle était une personne exacte et d'ailleurs peu aimable avec moi, ne semblant guère se plaire dans ma compagnie. Pourtant chaque fois, après avoir regardé sa montre, elle se rasseyait à ma prière, de sorte qu'elle avait passé plusieurs heures avec moi et sans que je lui eusse rien demandé; les phrases que je lui disais se rattachaient à celles que je lui avais dites pendant les heures précédentes, et ne rejoignaient en rien ce à quoi je pensais, ce que je désirais, lui restaient indéfiniment parallèles. Il n'y a rien comme le désir pour empêcher les choses qu'on dit d'avoir aucune ressemblance avec ce qu'on a dans la pensée. Le temps presse et pourtant il semble qu'on veuille gagner du temps en parlant de sujets absolument étrangers à celui qui nous préoccupe. On cause, alors que la phrase qu'on voudrait prononcer serait déjà accompagnée d'un geste, à supposer même que, pour se donner le plaisir de l'immédiat et assouvir la curiosité qu'on éprouve à l'égard des réactions qu'il amènera sans mot dire, sans demander aucune permission, on n'ait pas fait ce geste. Certes je n'aimais nullement Albertine: fille de la brume du dehors, elle pouvait seulement contenter le désir imaginatif que le temps nouveau avait éveillé en moi et qui était intermédiaire entre les désirs que peuvent satisfaire d'une part les arts de la cuisine et ceux de la sculpture monumentale, car il me faisait rêver à la fois de mêler à ma chair une matière différente et chaude, et d'attacher par quelque point à mon corps étendu un corps divergent comme le corps d'Ève tenait à peine par les pieds à la hanche d'Adam, au corps duquel elle est presque perpendiculaire, dans ces bas-reliefs romans de la cathédrale de Balbec qui figurent d'une façon si noble et si paisible, presque encore comme une frise antique, la création de la femme; Dieu y est partout suivi, comme par deux ministres, de deux petits anges dans lesquels on reconnaît—telles ces créatures ailées et tourbillonnantes de l'été que l'hiver a surprises et épargnées—des Amours d'Herculanum encore en vie en plein XIIIe siècle, et traînant leur dernier vol, las mais ne manquant pas à la grâce qu'on peut attendre d'eux, sur toute la façade du porche.

Or, ce plaisir, qui en accomplissant mon désir m'eût délivré de cette rêverie, et que j'eusse tout aussi volontiers cherché en n'importe quelle autre jolie femme, si l'on m'avait demandé sur quoi—au cours de ce bavardage interminable où je taisais à Albertine la seule chose à laquelle je pensasse—se basait mon hypothèse optimiste au sujet des complaisances possibles, j'aurais peut-être répondu que cette hypothèse était due (tandis que les traits oubliés de la voix d'Albertine redessinaient pour moi le contour de sa personnalité) à l'apparition de certains mots qui ne faisaient pas partie de son vocabulaire, au moins dans l'acception qu'elle leur donnait maintenant. Comme elle me disait qu'Elstir était bête et que je me récriais:

—Vous ne me comprenez pas, répliqua-t-elle en souriant, je veux dire qu'il a été bête en cette circonstance, mais je sais parfaitement que c'est quelqu'un de tout à fait distingué.

De même pour dire du golf de Fontainebleau qu'il était élégant, elle déclara:

—C'est tout à fait une sélection.

A propos d'un duel que j'avais eu, elle me dit de mes témoins: «Ce sont des témoins de choix», et regardant ma figure avoua qu'elle aimerait me voir «porter la moustache». Elle alla même, et mes chances me parurent alors très grandes, jusqu'à prononcer, terme que, je l'eusse juré, elle ignorait l'année précédente, que depuis qu'elle avait vu Gisèle il s'était passé un certain «laps de temps». Ce n'est pas qu'Albertine ne possédât déjà quand j'étais à Balbec un lot très sortable de ces expressions qui décèlent immédiatement qu'on est issu d'une famille aisée, et que d'année en année une mère abandonne à sa fille comme elle lui donne au fur et à mesure qu'elle grandit, dans les circonstances importantes, ses propres bijoux. On avait senti qu'Albertine avait cessé d'être une petite enfant quand un jour, pour remercier d'un cadeau qu'une étrangère lui avait fait, elle avait répondu: «Je suis confuse.» Mme Bontemps n'avait pu s'empêcher de regarder son mari, qui avait répondu:

—Dame, elle va sur ses quatorze ans.

La nubilité plus accentuée s'était marquée quand Albertine, parlant d'une jeune fille qui avait mauvaise façon, avait dit: «On ne peut même pas distinguer si elle est jolie, elle a un *pied de rouge* sur la figure.» Enfin, quoique jeune fille encore, elle prenait déjà des façons de femme de son milieu et de son rang en disant, si quelqu'un faisait des grimaces: «Je ne peux pas le voir parce que j'ai envie d'en faire aussi», ou si on s'amusait à des imitations: «Le plus drôle, quand vous la contrefaites, c'est que vous lui ressemblez.» Tout cela est tiré du trésor social. Mais justement le milieu d'Albertine ne me paraissait pas pouvoir lui fournir «distingué» dans le sens où mon père disait de tel de ses collègues qu'il ne connaissait pas encore et dont on lui vantait la grande intelligence: «Il paraît que c'est quelqu'un de tout à fait distingué.» «Sélection», même pour le golf, me parut aussi incompatible avec la famille Simonet qu'il le serait, accompagné de l'adjectif «naturel», avec un texte antérieur de plusieurs siècles aux travaux de Darwin. «Laps de temps» me sembla de meilleur augure encore. Enfin m'apparut l'évidence de bouleversements que je ne connaissais pas mais propres à autoriser pour moi toutes les espérances, quand Albertine me dit, avec la satisfaction d'une personne dont l'opinion n'est pas indifférente:

—C'est, *à mon sens*, ce qui pouvait arriver de mieux.... J'estime que c'est la meilleure solution, la solution élégante.

C'était si nouveau, si visiblement une alluvion laissant soupçonner de si capricieux détours à travers des terrains jadis inconnus d'elle que, dès les mots «à mon sens», j'attirai Albertine, et à «j'estime» je l'assis sur mon lit.

Sans doute il arrive que des femmes peu cultivées, épousant un homme fort lettré, reçoivent dans leur apport dotal de telles expressions. Et peu après la métamorphose qui suit la nuit de noces, quand elles font leurs visites et sont réservées avec leurs anciennes amies, on remarque avec étonnement qu'elles sont devenues femmes si, en décrétant qu'une personne est intelligente, elles mettent deux *l* au mot intelligente; mais cela est justement le signe d'un changement, et il me semblait qu'il y avait un monde entre les expressions actuelles et le vocabulaire de l'Albertine que j'avais connue à Balbec—celui où les plus grandes hardiesses étaient de dire d'une personne bizarre: «C'est un type», ou, si on proposait à Albertine de jouer: «Je n'ai pas d'argent à perdre», ou encore, si telle de ses amies lui faisait un reproche qu'elle ne trouvait pas justifié: «Ah! vraiment, je te trouve magnifique!», phrases dictées dans ces cas-là par une sorte de tradition bourgeoise presque aussi ancienne que le *Magnificat* lui-même, et qu'une jeune fille un peu en colère et sûre de son droit emploie ce qu'on appelle «tout naturellement», c'est-à-dire parce qu'elle les a apprises de sa mère comme à faire sa prière ou à saluer. Toutes celles-là, Mme Bontemps les lui avait apprises en même temps que la haine des Juifs et que l'estime pour le noir où on est toujours convenable et comme il faut, même sans que Mme Bontemps le lui eût formellement enseigné, mais comme se modèle au gazouillement des parents chardonnerets celui des petits chardonnerets récemment nés, de sorte qu'ils deviennent de vrais chardonnerets eux-mêmes. Malgré tout, «sélection» me parut allogène et «j'estime» encourageant. Albertine n'était plus la même, donc elle n'agirait peut-être pas, ne réagirait pas de même.

Non seulement je n'avais plus d'amour pour elle, mais je n'avais même, plus à craindre, comme j'aurais pu à Balbec, de briser en elle une amitié pour moi qui n'existait plus. Il n'y avait aucun doute que je lui fusse depuis longtemps devenu fort indifférent. Je me rendais compte que pour elle je ne faisais plus du tout partie de la «petite bande» à laquelle j'avais autrefois tant cherché, et j'avais ensuite été si heureux de réussir à être agrégé. Puis comme elle n'avait même plus, comme à Balbec, un air de franchise et de bonté, je n'éprouvais pas de grands scrupules; pourtant je crois que ce qui me décida fut une dernière découverte philologique. Comme, continuant à ajouter un nouvel anneau à la chaîne extérieure de propos sous laquelle je cachais mon désir intime, je parlais, tout en ayant maintenant Albertine au coin de mon lit, d'une des filles de la petite bande, plus menue que les autres, mais que je trouvais tout de même assez jolie: «Oui, me répondit Albertine, elle a l'air d'une petite mousmé.» De toute évidence, quand j'avais connu Albertine, le mot de «mousmé» lui était inconnu. Il est vraisemblable que, si les choses eussent suivi leur cours normal, elle ne l'eût jamais appris, et je n'y aurais vu pour ma part aucun inconvénient car nul n'est plus horripilant. A l'entendre on se sent le même mal de dents que si on a mis un trop gros morceau de glace dans sa bouche. Mais chez Albertine, jolie comme elle était, même «mousmé» ne pouvait m'être déplaisant. En revanche, il me parut révélateur sinon d'une initiation extérieure, au moins d'une évolution interne. Malheureusement il était l'heure où il eût fallu que je lui dise au revoir si je voulais qu'elle rentrât à temps pour son dîner et aussi que je me levasse assez tôt pour le mien. C'était Françoise qui le préparait, elle n'aimait pas qu'il attendît et devait déjà trouver contraire à un des articles de son code qu'Albertine, en l'absence de mes parents, m'eût fait une visite aussi prolongée et qui allait tout mettre en retard. Mais, devant «mousmé», ces raisons tombèrent et je me hâtai de dire:

—Imaginez-vous que je ne suis pas chatouilleux du tout, vous pourriez me chatouiller pendant une heure que je ne le sentirais même pas.

—Vraiment!

—Je vous assure.

Elle comprit sans doute que c'était l'expression maladroite d'un désir, car comme quelqu'un qui vous offre une recommandation que vous n'osiez pas solliciter, mais dont vos paroles lui ont prouvé qu'elle pouvait vous être utile:

—Voulez-vous que j'essaye? dit-elle avec l'humilité de la femme.

—Si vous voulez, mais alors ce serait plus commode que vous vous étendiez tout à fait sur mon lit.

—Comme cela?

—Non, enfoncez-vous.

—Mais je ne suis pas trop lourde?

Comme elle finissait cette phrase la porte s'ouvrit, et Françoise portant une lampe entra. Albertine n'eut que le temps de se rasseoir sur la chaise. Peut-être Françoise avait-elle choisi cet instant pour nous confondre, étant à écouter à la porte, ou même à regarder par le trou de la serrure. Mais je n'avais pas besoin de faire une telle supposition, elle avait pu dédaigner de s'assurer par les yeux de ce que son instinct avait dû suffisamment flairer, car à force de vivre avec moi et mes parents, la crainte, la prudence, l'attention et la ruse avaient fini par lui donner de nous cette sorte de connaissance instinctive et presque divinatoire qu'a de la mer le matelot, du chasseur le gibier, et de la maladie, sinon le médecin, du moins souvent le malade. Tout ce qu'elle arrivait à savoir aurait pu stupéfier à aussi bon droit que l'état avancé de certaines connaissances chez les anciens, vu les moyens presque nuls d'information qu'ils possédaient (les siens n'étaient pas plus nombreux: c'était quelques propos, formant à peine le vingtième de notre conversation à dîner, recueillis à la volée par le maître d'hôtel et inexactement transmis à l'office). Encore ses erreurs tenaient-elles plutôt, comme les leurs, comme les fables auxquelles Platon croyait, à une fausse conception du monde et à des idées préconçues qu'à l'insuffisance des ressources matérielles. C'est ainsi que, de nos jours encore, les plus grandes découvertes dans les moeurs des insectes ont pu être faites par un savant qui ne disposait d'aucun laboratoire, de nul appareil. Mais si les gênes qui résultaient de sa position de domestique ne l'avaient pas empêchée d'acquérir une science indispensable à l'art qui en était le terme—et qui consistait à nous confondre en nous en communiquant les résultats—la contrainte avait fait plus; là l'entrave ne s'était pas contentée de ne pas paralyser l'essor, elle y avait puissamment aidé. Sans doute Françoise ne négligeait aucun adjuvant, celui de la diction et de l'attitude par exemple. Comme (si elle ne croyait jamais ce que nous lui disions et que nous souhaitions qu'elle crût) elle admettait sans l'ombre d'un doute ce que toute personne de sa condition lui racontait de plus absurde et qui pouvait en même temps choquer nos idées, autant sa manière d'écouter nos assertions témoignait de son incrédulité, autant l'accent avec lequel elle rapportait (car le discours indirect lui permettait de nous adresser les pires injures avec impunité) le récit d'une cuisinière qui lui avait raconté qu'elle avait menacé ses maîtres et en avait obtenu, en les traitant devant tout le monde de «fumier», mille faveurs, montrait que c'était pour elle parole d'évangile. Françoise ajoutait même: «Moi, si j'avais été patronne je me serais trouvée vexée.» Nous avions beau, malgré notre peu de sympathie originelle pour la dame du quatrième, hausser les épaules, comme à une fable invraisemblable, à ce récit d'un si mauvais exemple, en le faisant, la narratrice savait prendre le cassant, le tranchant de la plus indiscutable et plus exaspérante affirmation.

Mais surtout, comme les écrivains arrivent souvent à une puissance de concentration dont les eût dispensés le régime de la liberté politique ou de l'anarchie littéraire, quand ils sont ligotés par la tyrannie d'un monarque ou d'une poétique, par les sévérités des règles prosodiques ou d'une religion d'État, ainsi Françoise, ne pouvant nous répondre d'une façon explicite, parlait comme Tirésias et eût écrit comme Tacite. Elle savait faire tenir tout ce qu'elle ne pouvait exprimer directement, dans une phrase que nous ne pouvions incriminer sans nous accuser, dans moins qu'une phrase même, dans un silence, dans la manière dont elle plaçait un objet.

Ainsi, quand il m'arrivait de laisser, par mégarde, sur ma table, au milieu d'autres lettres, une certaine qu'il n'eût pas fallu qu'elle vît, par exemple parce qu'il y était parlé d'elle avec une malveillance qui en supposait une aussi grande à son égard chez le destinataire que chez l'expéditeur, le soir, si je rentrais inquiet et allais droit à ma chambre, sur mes lettres rangées bien en ordre en une pile parfaite, le document compromettant frappait tout d'abord mes yeux comme il n'avait pas pu ne pas frapper ceux de Françoise, placé par elle tout en dessus, presque à part, en une évidence qui était un langage, avait son éloquence, et dès la porte me faisait tressaillir comme un cri. Elle excellait à régler ces mises en scène destinées à instruire si bien le spectateur, Françoise absente, qu'il savait déjà qu'elle savait tout quand ensuite elle faisait son entrée. Elle avait, pour faire parler ainsi un objet inanimé, l'art à la fois génial et patient d'Irving et de Frédéric Lemaître. En ce moment, tenant au-dessus d'Albertine et de moi la lampe allumée qui ne laissait dans l'ombre aucune des dépressions encore visibles que le corps de la jeune fille avait creusées dans le couvre-pieds, Françoise avait l'air de la «Justice éclairant le Crime». La figure d'Albertine ne perdait pas à cet éclairage. Il découvrait sur les joues le même vernis ensoleillé qui m'avait charmé à Balbec. Ce visage d'Albertine, dont l'ensemble avait quelquefois, dehors, une espèce de pâleur blême, montrait, au contraire, au fur et à mesure que la lampe les éclairait, des surfaces si brillamment, si uniformément colorées, si résistantes et si lisses, qu'on aurait pu les comparer aux carnations soutenues de certaines fleurs. Surpris pourtant par l'entrée inattendue de Françoise, je m'écriai:

—Comment, déjà la lampe? Mon Dieu que cette lumière est vive!

Mon but était sans doute par la seconde de ces phrases de dissimuler mon trouble, par la première d'excuser mon retard. Françoise répondit avec une ambiguïté cruelle:

—Faut-il que j'éteinde?

—Teigne? glissa à mon oreille Albertine, me laissant charmé par la vivacité familière avec laquelle, me prenant à la fois pour maître et pour complice, elle insinua cette affirmation psychologique dans le ton interrogatif d'une question grammaticale.

Quand Françoise fut sortie de la chambre et Albertine rassise sur mon lit:

—Savez-vous ce dont j'ai peur, lui dis-je, c'est que si nous continuons comme cela, je ne puisse pas m'empêcher de vous embrasser.

—Ce serait un beau malheur.

Je n'obéis pas tout de suite à cette invitation, un autre l'eût même pu trouver superflue, car Albertine avait une prononciation si charnelle et si douce que, rien qu'en vous parlant, elle semblait vous embrasser. Une parole d'elle était une faveur, et sa conversation vous couvrait de baisers. Et pourtant elle m'était bien agréable, cette invitation. Elle me l'eût été même d'une autre jolie fille du même âge; mais qu'Albertine me fût maintenant si facile, cela me causait plus que du plaisir, une confrontation d'images empreintes de beauté. Je me rappelais Albertine d'abord devant la plage, presque peinte sur le fond de la mer, n'ayant pas pour moi une existence plus réelle que ces visions de théâtre, où on ne sait pas si on a affaire à l'actrice qui est censée apparaître, à une figurante qui la double à ce moment-là, ou à une simple projection. Puis la femme vraie s'était détachée du faisceau lumineux, elle était venue à moi, mais simplement pour que je pusse m'apercevoir qu'elle n'avait nullement, dans le monde réel, cette facilité amoureuse qu'on lui supposait empreinte dans le tableau magique. J'avais appris qu'il n'était pas possible de la toucher, de l'embrasser, qu'on pouvait seulement causer avec elle, que pour moi elle n'était pas plus une femme que des raisins de jade, décoration incomestible des tables d'autrefois, ne sont des raisins. Et voici que dans un troisième plan elle m'apparaissait, réelle comme dans la seconde connaissance que j'avais eue d'elle, mais facile comme dans la première; facile, et d'autant plus délicieusement que j'avais cru si longtemps qu'elle ne l'était pas. Mon surplus de science sur la vie (sur la vie moins unie, moins simple que je ne l'avais cru d'abord) aboutissait provisoirement à l'agnosticisme. Que peut-on affirmer, puisque ce qu'on avait cru probable d'abord s'est montré faux ensuite, et se trouve en troisième lieu être vrai? Et hélas, je n'étais pas au bout de mes découvertes avec Albertine.

En tout cas, même s'il n'y avait pas eu l'attrait romanesque de cet enseignement d'une plus grande richesse de plans découverts l'un après l'autre par la vie (cet attrait inverse de celui que Saint-Loup goûtait, pendant les dîners de Rivebelle, à retrouver, parmi les masques que l'existence avait superposés dans une calme figure, des traits qu'il avait jadis tenus sous ses lèvres), savoir qu'embrasser les joues d'Albertine était une chose possible, c'était un plaisir peut-être plus grand encore que celui de les embrasser. Quelle différence entre posséder une femme sur laquelle notre corps seul s'applique parce qu'elle n'est qu'un morceau de chair, ou posséder la jeune fille qu'on apercevait sur la plage avec ses amies, certains jours, sans même savoir pourquoi ces jours-là plutôt que tels autres, ce qui faisait qu'on tremblait de ne pas la revoir. La vie vous avait complaisamment révélé tout au long le roman de cette petite fille, vous avait prêté pour la voir un instrument d'optique, puis un autre, et ajouté au désir charnel un accompagnement, qui le centuple et le diversifie, de ces désirs plus spirituels et moins assouvissables qui ne sortent pas de leur torpeur et le laissent aller seul quand il ne prétend qu'à la saisie d'un morceau de chair, mais qui, pour la possession de toute une région de souvenirs d'où ils se sentaient nostalgiquement exilés, s'élèvent en tempête à côté de lui, le grossissent, ne peuvent le suivre jusqu'à l'accomplissement, jusqu'à l'assimilation, impossible sous la forme où elle est souhaitée, d'une réalité immatérielle, mais attendent ce désir à mi-chemin, et au moment du souvenir, du retour, lui font à nouveau escorte; baiser, au lieu des joues de la première venue, si fraîches soient-elles, mais anonymes, sans secret, sans prestige, celles auxquelles j'avais si longtemps rêvé, serait connaître le goût, la saveur, d'une couleur bien souvent regardée.

On a vu une femme, simple image dans le décor de la vie, comme Albertine, profilée sur la mer, et puis cette image on peut la détacher, la mettre près de soi, et voir peu à peu son volume, ses couleurs, comme si on l'avait fait passer derrière les verres d'un stéréoscope. C'est pour cela que les femmes un peu difficiles, qu'on ne possède pas tout de suite, dont on ne sait même pas tout de suite qu'on pourra jamais les posséder, sont les seules intéressantes. Car les connaître, les approcher, les conquérir, c'est faire varier de forme, de grandeur, de relief l'image humaine, c'est une leçon de relativisme dans l'appréciation, belle à réapercevoir quand elle a repris sa minceur de silhouette dans le décor de la vie. Les femmes qu'on connaît d'abord chez l'entremetteuse n'intéressent pas parce qu'elles restent invariables.

D'autre part Albertine tenait, liées autour d'elle, toutes les impressions d'une série maritime qui m'était particulièrement chère. Il me semblait que j'aurais pu, sur les deux joues de la jeune fille, embrasser toute la plage de Balbec.

—Si vraiment vous permettez que je vous embrasse, j'aimerais mieux remettre cela à plus tard et bien choisir mon moment. Seulement il ne faudrait pas que vous oubliiez alors que vous m'avez permis. Il me faut un «bon pour un baiser».

—Faut-il que je le signe?

—Mais si je le prenais tout de suite, en aurais-je un tout de même plus tard?

—Vous m'amusez avec vos bons, je vous en referai de temps en temps.

—Dites-moi, encore un mot: vous savez, à Balbec, quand je ne vous connaissais pas encore, vous aviez souvent un regard dur, rusé; vous ne pouvez pas me dire à quoi vous pensiez à ces moments-là?

—Ah! je n'ai aucun souvenir.

—Tenez, pour vous aider, un jour votre amie Gisèle a sauté à pieds joints par-dessus la chaise où était assis un vieux monsieur. Tâchez de vous rappeler ce que vous avez pensé à ce moment-là.

—Gisèle était celle que nous fréquentions le moins, elle était de la bande si vous voulez, mais pas tout à fait. J'ai dû penser qu'elle était bien mal élevée et commune.

—Ah! c'est tout?

J'aurais bien voulu, avant de l'embrasser, pouvoir la remplir à nouveau du mystère qu'elle avait pour moi sur la plage, avant que je la connusse, retrouver en elle le pays où elle avait vécu auparavant; à sa place du moins, si je ne le connaissais pas, je pouvais insinuer tous les souvenirs de notre vie à Balbec, le bruit du flot déferlant sous ma fenêtre, les cris des enfants. Mais en laissant mon regard glisser sur le beau globe rose de ses joues, dont les surfaces doucement incurvées venaient mourir aux pieds des premiers plissements de ses beaux cheveux noirs qui couraient en chaînes mouvementées, soulevaient leurs contreforts escarpés et modelaient les ondulations de leurs vallées, je dus me dire: «Enfin, n'y ayant pas réussi à Balbec, je vais savoir le goût de la rose inconnue que sont les joues d'Albertine. Et puisque les cercles que nous pouvons faire traverser aux choses et aux êtres, pendant le cours de notre existence, ne sont pas bien nombreux, peut-être pourrai-je considérer la mienne comme en quelque manière accomplie, quand, ayant fait sortir de son cadre lointain le visage fleuri que j'avais choisi entre tous, je l'aurai amené dans ce plan nouveau, où j'aurai enfin de lui la connaissance par les lèvres.» Je me disais cela parce que je croyais qu'il est une connaissance par les lèvres; je me disais que j'allais connaître le goût de cette rose charnelle, parce que je n'avais pas songé que l'homme, créature évidemment moins rudimentaire que l'oursin ou même la baleine, manque cependant encore d'un certain nombre d'organes essentiels, et notamment n'en possède aucun qui serve au baiser. A cet organe absent il supplée par les lèvres, et par là arrive-t-il peut-être à un résultat un peu plus satisfaisant que s'il était réduit à caresser la bien-aimée avec une défense de corne. Mais les lèvres, faites pour amener au palais la saveur de ce qui les tente, doivent se contenter, sans comprendre leur erreur et sans avouer leur déception, de vaguer à la surface et de se heurter à la clôture de la joue impénétrable et désirée. D'ailleurs à ce moment-là, au contact même de la chair, les lèvres, même dans l'hypothèse où elles deviendraient plus expertes et mieux douées, ne pourraient sans doute pas goûter davantage la saveur que la nature les empêche actuellement de saisir, car, dans cette zone désolée où elles ne peuvent trouver leur nourriture, elles sont seules, le regard, puis l'odorat les ont abandonnées depuis longtemps. D'abord au fur et à mesure que ma bouche commença à s'approcher des joues que mes regards lui avaient proposé d'embrasser, ceux-ci se déplaçant virent des joues nouvelles; le cou, aperçu de plus près et comme à la loupe, montra, dans ses gros grains, une robustesse qui modifia le caractère de la figure.

Les dernières applications de la photographie—qui couchent aux pieds d'une cathédrale toutes les maisons qui nous parurent si souvent, de près, presque aussi hautes que les tours, font successivement manoeuvrer comme un régiment, par files, en ordre dispersé, en masses serrées, les mêmes monuments, rapprochent l'une contre l'autre les deux colonnes de la Piazzetta tout à l'heure si distantes, éloignent la proche Salute et dans un fond pâle et dégradé réussissent à faire tenir un horizon immense sous l'arche d'un pont, dans l'embrasure d'une fenêtre, entre les feuilles d'un arbre situé au premier plan et d'un ton plus vigoureux, donnent successivement pour cadre à une même église les arcades de toutes les autres—je ne vois que cela qui puisse, autant que le baiser, faire surgir de ce que nous croyons une chose à aspect défini, les cent autres choses qu'elle est tout aussi bien, puisque chacune est relative à une perspective non moins légitime. Bref, de même qu'à Balbec, Albertine m'avait souvent paru différente, maintenant—comme si, en accélérant prodigieusement la rapidité des changements de perspective et des changements de coloration que nous offre une personne dans nos diverses rencontres avec elle, j'avais voulu les faire tenir toutes en quelques secondes pour recréer expérimentalement le phénomène qui diversifie l'individualité d'un être et tirer les unes des autres, comme d'un étui, toutes les possibilités qu'il enferme—dans ce court trajet de mes lèvres vers sa joue, c'est dix Albertines que je vis; cette seule jeune fille étant comme une déesse à plusieurs têtes, celle que j'avais vue en dernier, si je tentais de m'approcher d'elle, faisait place une autre. Du moins tant que je ne l'avais pas touchée, cette tête, je la voyais, un léger parfum venait d'elle jusqu'à moi. Mais hélas!—car pour le baiser, nos narines et nos yeux sont aussi mal placés que nos lèvres mal faites—tout d'un coup, mes yeux cessèrent de voir, à son tour mon nez s'écrasant ne perçut plus aucune odeur, et sans connaître pour cela davantage le goût du rose désiré, j'appris à ces détestables signes, qu'enfin j'étais en train d'embrasser la joue d'Albertine.

Était-ce parce que nous jouions (figurée par la révolution d'un solide) la scène inverse de celle de Balbec, que j'étais, moi, couché, et elle levée, capable d'esquiver une attaque brutale et de diriger le plaisir à sa guise, qu'elle me laissa prendre avec tant de facilité maintenant ce qu'elle avait refusé jadis avec une mine si sévère?

(Sans doute, de cette mine d'autrefois, l'expression voluptueuse que prenait aujourd'hui son visage à l'approche de mes lèvres ne différait que par une déviation de lignes infinitésimales, mais dans lesquelles peut tenir toute la distance qu'il y a entre le geste d'un homme qui achève un blessé et d'un qui le secourt, entre un portrait sublime ou affreux.) Sans savoir si j'avais à faire honneur et savoir gré de son changement d'attitude à quelque bienfaiteur involontaire qui, un de ces mois derniers, à Paris ou à Balbec, avait travaillé pour moi, je pensai que la façon dont nous étions placés était la principale cause de ce changement. C'en fut pourtant une autre que me fournit Albertine; exactement celle-ci: «Ah! c'est qu'à ce moment-là, à Balbec, je ne vous connaissais pas, je pouvais croire que vous aviez de mauvaises intentions.» Cette raison me laissa perplexe. Albertine me la donna sans doute sincèrement. Une femme a tant de peine à reconnaître dans les mouvements de ses membres, dans les sensations éprouvées par son corps, au cours d'un tête-à-tête avec un camarade, la faute inconnue où elle tremblait qu'un étranger préméditât de la faire tomber.

En tout cas, quelles que fussent les modifications survenues depuis quelque temps dans sa vie, et qui eussent peut-être expliqué qu'elle eût accordé aisément à mon désir momentané et purement physique ce qu'à Balbec elle avait avec horreur refusé à mon amour, une bien plus étonnante se produisit en Albertine, ce soir-là même, aussitôt que ses caresses eurent amené chez moi la satisfaction dont elle dut bien s'apercevoir et dont j'avais même craint qu'elle ne lui causât le petit mouvement de répulsion et de pudeur offensée que Gilberte avait eu à un moment semblable, derrière le massif de lauriers, aux Champs-Élysées.

Ce fut tout le contraire. Déjà, au moment où je l'avais couchée sur mon lit et où j'avais commencé à la caresser, Albertine avait pris un air que je ne lui connaissais pas, de bonne volonté docile, de simplicité presque puérile. Effaçant d'elle toutes préoccupations, toutes prétentions habituelles, le moment qui précède le plaisir, pareil en cela à celui qui suit la mort, avait rendu à ses traits rajeunis comme l'innocence du premier âge. Et sans doute tout être dont le talent est soudain mis en jeu devient modeste, appliqué et charmant; surtout si, par ce talent, il sait nous donner un grand plaisir, il en est lui-même heureux, veut nous le donner bien complet. Mais dans cette expression nouvelle du visage d'Albertine il y avait plus que du désintéressement et de la conscience, de la générosité professionnels, une sorte de dévouement conventionnel et subit; et c'est plus loin qu'à sa propre enfance, mais à la jeunesse de sa race qu'elle était revenue. Bien différente de moi qui n'avais rien souhaité de plus qu'un apaisement physique, enfin obtenu, Albertine semblait trouver qu'il y eût eu de sa part quelque grossièreté à croire que ce plaisir matériel allât sans un sentiment moral et terminât quelque chose. Elle, si pressée tout à l'heure, maintenant sans doute et parce qu'elle trouvait que les baisers impliquent l'amour et que l'amour l'emporte sur tout autre devoir, disait, quand je lui rappelais son dîner:

—Mais ça ne fait rien du tout, voyons, j'ai tout mon temps.

Elle semblait gênée de se lever tout de suite après ce qu'elle venait de faire, gênée par bienséance, comme Françoise, quand elle avait cru, sans avoir soif, devoir accepter avec une gaieté décente le verre de vin que Jupien lui offrait, n'aurait pas osé partir aussitôt la dernière gorgée bue, quelque devoir impérieux qui l'eût appelée. Albertine—et c'était peut-être, avec une autre que l'on verra plus tard, une des raisons qui m'avaient à mon insu fait la désirer—était une des incarnations de la petite paysanne française dont le modèle est en pierre à Saint-André-des-Champs. De Françoise, qui devait pourtant bientôt devenir sa mortelle ennemie, je reconnus en elle la courtoisie envers l'hôte et l'étranger, la décence, le respect de la couche.

Françoise, qui, après la mort de ma tante, ne croyait pouvoir parler que sur un ton apitoyé, dans les mois qui précédèrent le mariage de sa fille, eût trouvé choquant, quand celle-ci se promenait avec son fiancé, qu'elle ne le tînt pas par le bras. Albertine, immobilisée auprès de moi, me disait:

—Vous avez de jolis cheveux, vous avez de beaux yeux, vous êtes gentil.

Comme, lui ayant fait remarquer qu'il était tard, j'ajoutais: «Vous ne me croyez pas?», elle me répondit, ce qui était peut-être vrai, mais seulement depuis deux minutes et pour quelques heures:

—Je vous crois toujours.

Elle me parla de moi, de ma famille, de mon milieu social. Elle me dit: «Oh! je sais que vos parents connaissent des gens très bien. Vous êtes ami de Robert Forestier et de Suzanne Delage.» A la première minute, ces noms ne me dirent absolument rien. Mais tout d'un coup je me rappelai que j'avais en effet joué aux Champs-Élysées avec Robert Forestier que je n'avais jamais revu. Quant à Suzanne Delage, c'était la petite nièce de Mme Blandais, et j'avais dû une fois aller à une leçon de danse, et même tenir un petit rôle dans une comédie de salon, chez ses parents. Mais la peur d'avoir le fou rire, et des saignements de nez m'en avaient empêché, de sorte que je ne l'avais jamais vue. J'avais tout au plus cru comprendre autrefois que l'institutrice à plumet des Swann avait été chez ses parents, mais peut-être n'était-ce qu'une soeur de cette institutrice ou une amie. Je protestai à Albertine que Robert Forestier et Suzanne Delage tenaient peu de place dans ma vie. «C'est possible, vos mères sont liées, cela permet de vous situer. Je croise souvent Suzanne Delage avenue de Messine, elle a du chic.» Nos mères ne se connaissaient que dans l'imagination de Mme Bontemps qui, ayant su que j'avais joué jadis avec Robert Forestier auquel, paraît-il, je récitais des vers, en avait conclu que nous étions liés par des relations de famille. Elle ne laissait jamais, m'a-t-on dit, passer le nom de maman sans dire: «Ah! oui, c'est le milieu des Delage, des Forestier, etc.», donnant à mes parents un bon point qu'ils ne méritaient pas.

Du reste les notions sociales d'Albertine étaient d'une sottise extrême. Elle croyait les Simonnet avec deux *n* inférieurs non seulement aux Simonet avec un seul *n*, mais à toutes les autres personnes possibles. Que quelqu'un ait le même nom que vous, sans être de votre famille, est une grande raison de le dédaigner. Certes il y a des exceptions. Il peut arriver que deux Simonnet (présentés l'un à l'autre dans une de ces réunions où l'on éprouve le besoin de parler de n'importe quoi et où on se sent d'ailleurs plein de dispositions optimistes, par exemple dans le cortège d'un enterrement qui se rend au cimetière), voyant qu'ils s'appellent de même, cherchent avec une bienveillance réciproque, et sans résultat, s'ils n'ont aucun lien de parenté. Mais ce n'est qu'une exception. Beaucoup d'hommes sont peu honorables, mais nous l'ignorons ou n'en avons cure. Mais si l'homonymie fait qu'on nous remet des lettres à eux destinées, ou *vice versa* nous commençons par une méfiance, souvent justifiée, quant à ce qu'ils valent. Nous craignons des confusions, nous les prévenons par une moue de dégoût si l'on nous parle d'eux. En lisant notre nom porté par eux, dans le journal, ils nous semblent l'avoir usurpé. Les péchés des autres membres du corps social nous sont indifférents. Nous en chargeons plus lourdement nos homonymes. La haine que nous portons aux autres Simonnet est d'autant plus forte qu'elle n'est pas individuelle, mais se transmet héréditairement. Au bout de deux générations on se souvient seulement de la moue insultante que les grands-parents avaient à l'égard des autres Simonnet; on ignore la cause; on ne serait pas étonné d'apprendre que cela a commencé par un assassinat. Jusqu'au jour fréquent où, entre une Simonnet et un Simonnet qui ne sont pas parents du tout, cela finit par un mariage.

Non seulement Albertine me parla de Robert Forestier et de Suzanne Delage, mais spontanément, par un devoir de confidence que le rapprochement des corps crée, au début du moins, avant qu'il ait engendré une duplicité spéciale et le secret envers le même être, Albertine me raconta sur sa famille et un oncle d'Andrée une histoire dont elle avait, à Balbec, refusé de me dire un seul mot, mais elle ne pensait pas qu'elle dût paraître avoir encore des secrets à mon égard. Maintenant sa meilleure amie lui eût raconté quelque chose contre moi qu'elle se fût fait un devoir de me le rapporter. J'insistai pour qu'elle rentrât, elle finit par partir, mais si confuse pour moi de ma grossièreté, qu'elle riait presque pour m'excuser, comme une maîtresse de maison chez qui on va en veston, qui vous accepte ainsi mais à qui cela n'est pas indifférent.

—Vous riez? lui dis-je.

—Je ne ris pas, je vous souris, me répondit-elle tendrement. Quand est-ce que je vous revois? ajouta-t-elle comme n'admettant pas que ce que nous venions de faire, puisque c'en est d'habitude le couronnement, ne fût pas au moins le prélude d'une amitié grande, d'une amitié préexistante et que nous nous devions de découvrir, de confesser et qui seule pouvait expliquer ce à quoi nous nous étions livrés.

—Puisque vous m'y autorisez, quand je pourrai je vous ferai chercher.

Je n'osai lui dire que je voulais tout subordonner à la possibilité de voir Mme de Stermaria.

—Hélas! ce sera à l'improviste, je ne sais jamais d'avance, lui dis-je. Serait-ce possible que je vous fisse chercher le soir quand je serai libre?

—Ce sera très possible bientôt car j'aurai une entrée indépendante de celle de ma tante. Mais en ce moment c'est impraticable. En tout cas je viendrai à tout hasard demain ou après-demain dans l'après-midi. Vous ne me recevrez que si vous le pouvez.

Arrivée à la porte, étonnée que je ne l'eusse pas devancée, elle me tendit sa joue, trouvant qu'il n'y avait nul besoin d'un grossier désir physique pour que maintenant nous nous embrassions. Comme les courtes relations que nous avions eues tout à l'heure ensemble étaient de celles auxquelles conduisent parfois une intimité absolue et un choix du coeur, Albertine avait cru devoir improviser et ajouter momentanément aux baisers que nous avions échangés sur mon lit, le sentiment dont ils eussent été le signe pour un chevalier et sa dame tels que pouvait les concevoir un jongleur gothique.

Quand m'eut quitté la jeune Picarde, qu'aurait pu sculpter à son porche l'imagier de Saint-André-des-Champs, Françoise m'apporta une lettre qui me remplit de joie, car elle était de Mme de Stermaria, laquelle acceptait à dîner. De Mme de Stermaria, c'est-à-dire, pour moi, plus que de la Mme de Stermaria réelle, de celle à qui j'avais pensé toute la journée avant l'arrivée d'Albertine. C'est la terrible tromperie de l'amour qu'il commence par nous faire jouer avec une femme non du monde extérieur, mais avec une poupée intérieure à notre cerveau, la seule d'ailleurs que nous ayons toujours à notre disposition, la seule que nous posséderons, que l'arbitraire du souvenir, presque aussi absolu que celui de l'imagination, peut avoir fait aussi différente de la femme réelle que du Balbec réel avait été pour moi le Balbec rêvé; création factice à laquelle peu à peu, pour notre souffrance, nous forcerons la femme réelle à ressembler.

Albertine m'avait tant retardé que la comédie venait de finir quand j'arrivai chez Mme de Villeparisis; et peu désireux de prendre à revers le flot des invités qui s'écoulait en commentant la grande nouvelle: la séparation qu'on disait déjà accomplie entre le duc et la duchesse de Guermantes, je m'étais, en attendant de pouvoir saluer la maîtresse de maison, assis sur une bergère vide dans le deuxième salon, quand du premier, où sans doute elle avait été assise tout à fait au premier rang de chaises, je vis déboucher, majestueuse, ample et haute dans une longue robe de satin jaune à laquelle étaient attachés en relief d'énormes pavots noirs, la duchesse. Sa vue ne me causait plus aucun trouble. Un certain jour, m'imposant les mains sur le front (comme c'était son habitude quand elle avait peur de me faire de la peine), en me disant: «Ne continue pas tes sorties pour rencontrer Mme de Guermantes, tu es la fable de la maison. D'ailleurs, vois comme ta grand'mère est souffrante, tu as vraiment des choses plus sérieuses à faire que de te poster sur le chemin d'une femme qui se moque de toi», d'un seul coup, comme un hypnotiseur qui vous fait revenir du lointain pays où vous vous imaginiez être, et vous rouvre les yeux, ou comme le médecin qui, vous rappelant au sentiment du devoir et de la réalité, vous guérit d'un mal imaginaire dans lequel vous vous complaisiez, ma mère m'avait réveillé d'un trop long songe. La journée qui avait suivi avait été consacrée à dire un dernier adieu à ce mal auquel je renonçais; j'avais chanté des heures de suite en pleurant l'«Adieu» de Schubert:

... *Adieu, des voix étranges T'appellent loin de moi, céleste soeur des Anges.*

Et puis ç'avait été fini. J'avais cessé mes sorties du matin, et si facilement que je tirai alors le pronostic, qu'on verra se trouver faux, plus tard, que je m'habituerais aisément, dans le cours de ma vie, à ne plus voir une femme. Et quand ensuite Françoise m'eut raconté que Jupien, désireux de s'agrandir, cherchait une boutique dans le quartier, désireux de lui en trouver une (tout heureux aussi, en flânant dans la rue que déjà de mon lit j'entendais crier lumineusement comme une plage, de voir, sous le rideau de fer levé des crémeries, les petites laitières à manches blanches), j'avais pu recommencer ces sorties. Fort librement du reste; car j'avais conscience de ne plus les faire dans le but de voir Mme de Guermantes; telle une femme qui prend des précautions infinies tant qu'elle a un amant, du jour qu'elle a rompu avec lui laisse traîner ses lettres, au risque de découvrir à son mari le secret d'une faute dont elle a fini de s'effrayer en même temps que de la commettre. Ce qui me faisait de la peine c'était d'apprendre que presque toutes les maisons étaient habitées par des gens malheureux. Ici la femme pleurait sans cesse parce que son mari la trompait. Là c'était l'inverse. Ailleurs une mère travailleuse, rouée de coups par un fils ivrogne, tâchait de cacher sa souffrance aux yeux des voisins. Toute une moitié de l'humanité pleurait. Et quand je la connus, je vis qu'elle était si exaspérante que je me demandai si ce n'était pas le mari ou la femme adultères, qui l'étaient seulement parce que le bonheur légitime leur avait été refusé, et se montraient charmants et loyaux envers tout autre que leur femme ou leur mari, qui avaient raison. Bientôt je n'avais même plus eu la raison d'être utile à Jupien pour continuer mes pérégrinations matinales. Car on apprit que l'ébéniste de notre cour, dont les ateliers n'étaient séparés de la boutique de Jupien que par une cloison fort mince, allait recevoir congé du gérant parce qu'il frappait des coups trop bruyants. Jupien ne pouvait espérer mieux, les ateliers avaient un sous-sol où mettre les boiseries, et qui communiquait avec nos caves. Jupien y mettrait son charbon, ferait abattre la cloison et aurait une seule et vaste boutique. Mais même sans l'amusement de chercher pour lui, j'avais continué à sortir avant déjeuner. Même comme Jupien, trouvant le prix que M. de Guermantes faisait très élevé, laissait visiter pour que, découragé de ne pas trouver de locataire, le duc se résignât à lui faire une diminution, Françoise, ayant remarqué que, même après l'heure où on ne visitait pas, le concierge laissait «contre» la porte de la boutique à louer, flaira un piège dressé par le concierge pour attirer la fiancée du valet de pied des Guermantes (ils y trouveraient une retraite d'amour), et ensuite les surprendre.

Quoi qu'il en fût, bien que n'ayant plus à chercher une boutique pour Jupien, je continuai à sortir avant le déjeuner. Souvent, dans ces sorties, je rencontrais M. de Norpois. Il arrivait que, causant avec un collègue, il jetait sur moi des regards qui, après m'avoir entièrement examiné, se détournaient vers son interlocuteur sans m'avoir plus souri ni salué que s'il ne m'avait pas connu du tout. Car chez ces importants diplomates, regarder d'une certaine manière n'a pas pour but de vous faire savoir qu'ils vous ont vu, mais qu'ils ne vous ont pas vu et qu'ils ont à parler avec leur collègue de quelque question sérieuse. Une grande femme que je croisais souvent près de la maison était moins discrète avec moi. Car bien que je ne la connusse pas, elle se retournait vers moi, m'attendait—inutilement—devant les vitrines des marchands, me souriait, comme si elle allait m'embrasser, faisait le geste de s'abandonner. Elle reprenait un air glacial à mon égard si elle rencontrait quelqu'un qu'elle connût. Depuis longtemps déjà dans ces courses du matin, selon ce que j'avais à faire, fût-ce acheter le plus insignifiant journal, je choisissais le chemin le plus direct, sans regret s'il était en dehors du parcours habituel que suivaient les promenades de la duchesse et, s'il en faisait au contraire partie, sans scrupules et sans dissimulation parce qu'il ne me paraissait plus le chemin défendu où j'arrachais à une ingrate la faveur de la voir malgré elle. Mais je n'avais pas songé que ma guérison, en me donnant à l'égard de Mme de Guermantes une attitude normale, accomplirait parallèlement la même oeuvre en ce qui la concernait et rendrait possible une amabilité, une amitié qui ne m'importaient plus. Jusque-là les efforts du monde entier ligués pour me rapprocher d'elle eussent expiré devant le mauvais sort que jette un amour malheureux. Des fées plus puissantes que les hommes ont décrété que, dans ces cas-là, rien ne pourra servir jusqu'au jour où nous aurons dit sincèrement dans notre coeur la parole: «Je n'aime plus.» J'en avais voulu à Saint-Loup de ne m'avoir pas mené chez sa tante. Mais pas plus que n'importe qui, il n'était capable de briser un enchantement. Tandis que j'aimais Mme de Guermantes, les marques de gentillesse que je recevais des autres, les compliments, me faisaient de la peine, non seulement parce que cela ne venait pas d'elle, mais parce qu'elle ne les apprenait pas. Or, les eût-elle sus que cela n'eût été d'aucune utilité. Même dans les détails d'une affection, une absence, le refus d'un dîner, une rigueur involontaire, inconsciente, servent plus que tous les cosmétiques et les plus beaux habits. Il y aurait des parvenus, si on enseignait dans ce sens l'art de parvenir.

Au moment où elle traversait le salon où j'étais assis, la pensée pleine du souvenir des amis que je ne connaissais pas et qu'elle allait peut-être retrouver tout à l'heure dans une autre soirée, Mme de Guermantes m'aperçut sur ma bergère, véritable indifférent qui ne cherchais qu'à être aimable, alors que, tandis que j'aimais, j'avais tant essayé de prendre, sans y réussir, l'air d'indifférence; elle obliqua, vint à moi et retrouvant le sourire du soir de l'Opéra-Comique et que le sentiment pénible d'être aimée par quelqu'un qu'elle n'aimait pas n'effaçait plus:

—Non, ne vous dérangez pas, vous permettez que je m'asseye un instant à côté de vous? me dit-elle en relevant gracieusement son immense jupe qui sans cela eût occupé la bergère dans son entier.

Plus grande que moi et accrue encore de tout le volume de sa robe, j'étais presque effleuré par son admirable bras nu autour duquel un duvet imperceptible et innombrable faisait fumer perpétuellement comme une vapeur dorée, et par la torsade blonde de ses cheveux qui m'envoyaient leur odeur. N'ayant guère de place, elle ne pouvait se tourner facilement vers moi et, obligée de regarder plutôt devant elle que de mon côté, prenait une expression rêveuse et douce, comme dans un portrait.

—Avez-vous des nouvelles de Robert? me dit-elle.

Mme de Villeparisis passa à ce moment-là.

—Eh bien! vous arrivez à une jolie heure, monsieur, pour une fois qu'on vous voit.

Et remarquant que je parlais avec sa nièce, supposant peut-être que nous étions plus liés qu'elle ne savait:

—Mais je ne veux pas déranger votre conversation avec Oriane, ajouta-t-elle (car les bons offices de l'entremetteuse font partie des devoirs d'une maîtresse de maison). Vous ne voulez pas venir dîner mercredi avec elle?

C'était le jour où je devais dîner avec Mme de Stermaria, je refusai.

—Et samedi?

Ma mère revenant le samedi ou le dimanche, c'eût été peu gentil de ne pas rester tous les soirs à dîner avec elle; je refusai donc encore.

—Ah! vous n'êtes pas un homme facile à avoir chez soi.

—Pourquoi ne venez-vous jamais me voir? me dit Mme de Guermantes quand Mme de Villeparisis se fut éloignée pour féliciter les artistes et remettre à la diva un bouquet de roses dont la main qui l'offrait faisait seule tout le prix, car il n'avait coûté que vingt francs. (C'était du reste son prix maximum quand on n'avait chanté qu'une fois. Celles qui prêtaient leur concours à toutes les matinées et soirées recevaient des roses peintes par la marquise.)

—C'est ennuyeux de ne jamais se voir que chez les autres. Puisque vous ne voulez pas dîner avec moi chez ma tante, pourquoi ne viendriez-vous pas dîner chez moi?

Certaines personnes, étant restées le plus longtemps possible, sous des prétextes quelconques, mais qui sortaient enfin, voyant la duchesse assise pour causer avec un jeune homme, sur un meuble si étroit qu'on n'y pouvait tenir que deux, pensèrent qu'on les avait mal renseignées, que c'était la duchesse, non le duc, qui demandait la séparation, à cause de moi. Puis elles se hâtèrent de répandre cette nouvelle. J'étais plus à même que personne d'en connaître la fausseté. Mais j'étais surpris que, dans ces périodes difficiles où s'effectue une séparation non encore consommée, la duchesse, au lieu de s'isoler, invitât justement quelqu'un qu'elle connaissait aussi peu. J'eus le soupçon que le duc avait été seul à ne pas vouloir qu'elle me reçût et que, maintenant qu'il la quittait, elle ne voyait plus d'obstacles à s'entourer des gens qui lui plaisaient.

Deux minutes auparavant j'eusse été stupéfait si on m'avait dit que Mme de Guermantes allait me demander d'aller la voir, encore plus de venir dîner. J'avais beau savoir que le salon Guermantes ne pouvait pas présenter les particularités que j'avais extraites de ce nom, le fait qu'il m'avait été interdit d'y pénétrer, en m'obligeant à lui donner le même genre d'existence qu'aux salons dont nous avons lu la description dans un roman, ou vu l'image dans un rêve, me le faisait, même quand j'étais certain qu'il était pareil à tous les autres, imaginer tout différent; entre moi et lui il y avait la barrière où finit le réel. Dîner chez les Guermantes, c'était comme entreprendre un voyage longtemps désiré, faire passer un désir de ma tête devant mes yeux et lier connaissance avec un songe. Du moins eussé-je pu croire qu'il s'agissait d'un de ces dîners auxquels les maîtres de maison invitent quelqu'un en disant: «Venez, il n'y aura *absolument* que nous», feignant d'attribuer au paria la crainte qu'ils éprouvent de le voir mêlé à leurs autres amis, et cherchant même à transformer en un enviable privilège réservé aux seuls intimes la quarantaine de l'exclu, malgré lui sauvage et favorisé. Je sentis, au contraire, que Mme de Guermantes avait le désir de me faire goûter à ce qu'elle avait de plus agréable quand elle me dit, mettant d'ailleurs devant mes yeux comme la beauté violâtre d'une arrivée chez la tante de Fabrice et le miracle d'une présentation au comte Mosca:

—Vendredi vous ne seriez pas libre, en petit comité? Ce serait gentil. Il y aura la princesse de Parme qui est charmante; d'abord je ne vous inviterais pas si ce n'était pas pour rencontrer des gens agréables.

Désertée dans les milieux mondains intermédiaires qui sont livrés à un mouvement perpétuel d'ascension, la famille joue au contraire un rôle important dans les milieux immobiles comme la petite bourgeoisie et comme l'aristocratie princière, qui ne peut chercher à s'élever puisque, au-dessus d'elle, à son point de vue spécial, il n'y a rien. L'amitié que me témoignaient «la tante Villeparisis» et Robert avait peut-être fait de moi pour Mme de Guermantes et ses amis, vivant toujours sur eux-mêmes et dans une même coterie, l'objet d'une attention curieuse que je ne soupçonnais pas.

Elle avait de ces parents-là une connaissance familiale, quotidienne, vulgaire, fort différente de ce que nous imaginons, et dans laquelle, si nous nous y trouvons compris, loin que nos actions en soient expulsées comme le grain de poussière de l'oeil ou la goutte d'eau de la trachée-artère, elles peuvent rester gravées, être commentées, racontées encore des années après que nous les avons oubliées nous-mêmes, dans le palais où nous sommes étonnés de les retrouver comme une lettre de nous dans une précieuse collection d'autographes.

De simples gens élégants peuvent défendre leur porte trop envahie. Mais celle des Guermantes ne l'était pas. Un étranger n'avait presque jamais l'occasion de passer devant elle. Pour une fois que la duchesse s'en voyait désigner un, elle ne songeait pas à se préoccuper de la valeur mondaine qu'il apporterait, puisque c'était chose qu'elle conférait et ne pouvait recevoir. Elle ne pensait qu'à ses qualités réelles, Mme de Villeparisis et Saint-Loup lui avaient dit que j'en possédais. Et sans doute ne les eût-elle pas crus, si elle n'avait remarqué qu'ils ne pouvaient jamais arriver à me faire venir quand ils le voulaient, donc que je ne tenais pas au monde, ce qui semblait à la duchesse le signe qu'un étranger faisait partie des «gens agréables».

Il fallait voir, parlant de femmes qu'elle n'aimait guère, comme elle changeait de visage aussitôt si on nommait, à propos de l'une, par exemple sa belle-soeur. «Oh! elle est charmante», disait-elle d'un air de finesse et de certitude. La seule raison qu'elle en donnât était que cette dame avait refusé d'être présentée à la marquise de Chaussegros et à la princesse de Silistrie. Elle n'ajoutait pas que cette dame avait refusé de lui être présentée à elle-même, duchesse de Guermantes. Cela avait eu lieu pourtant, et depuis ce jour, l'esprit de la duchesse travaillait sur ce qui pouvait bien se passer chez la dame si difficile à connaître. Elle mourait d'envie d'être reçue chez elle. Les gens du monde ont tellement l'habitude qu'on les recherche que qui les fuit leur semble un phénix et accapare leur attention.

Le motif véritable de m'inviter était-il, dans l'esprit de Mme de Guermantes (depuis que je ne l'aimais plus), que je ne recherchais pas ses parents quoique étant recherché d'eux? Je ne sais. En tout cas, s'étant décidée à m'inviter, elle voulait me faire les honneurs de ce qu'elle avait de meilleur chez elle, et éloigner ceux de ses amis qui auraient pu m'empêcher de revenir, ceux qu'elle savait ennuyeux. Je n'avais pas su à quoi attribuer le changement de route de la duchesse quand je l'avais vue dévier de sa marche stellaire, venir s'asseoir à côté de moi et m'inviter à dîner, effet de causes ignorées, faute de sens spécial qui nous renseigne à cet égard. Nous nous figurons les gens que nous connaissons à peine—comme moi la duchesse—comme ne pensant à nous que dans les rares moments où ils nous voient. Or, cet oubli idéal où nous nous figurons qu'ils nous tiennent est absolument arbitraire. De sorte que, pendant que dans le silence de la solitude pareil à celui d'une belle nuit nous nous imaginons les différentes reines de la société poursuivant leur route dans le ciel à une distance infinie, nous ne pouvons nous défendre d'un sursaut de malaise ou de plaisir s'il nous tombe de là-haut, comme un aérolithe portant gravé notre nom, que nous croyions inconnu dans Vénus ou Cassiopée, une invitation à dîner ou un méchant potin.

Peut-être parfois, quand, à l'imitation des princes persans qui, au dire du *Livre d'Esther*, se faisaient lire les registres où étaient inscrits les noms de ceux de leurs sujets qui leur avaient témoigné du zèle, Mme de Guermantes consultait la liste des gens bien intentionnés, elle s'était dit de moi: «Un à qui nous demanderons de venir dîner.» Mais d'autres pensées l'avaient distraite

(De soins tumultueux un prince environné Vers de nouveaux objets est sans cesse entraîné)

jusqu'au moment où elle m'avait aperçu seul comme Mardochée à la porte du palais; et ma vue ayant rafraîchi sa mémoire elle voulait, tel Assuérus, me combler de ses dons.

Cependant je dois dire qu'une surprise d'un genre opposé allait suivre celle que j'avais eue au moment où Mme de Guermantes m'avait invité. Cette première surprise, comme j'avais trouvé plus modeste de ma part et plus reconnaissant de ne pas la dissimuler et d'exprimer au contraire avec exagération ce qu'elle avait de joyeux, Mme de Guermantes, qui se disposait à partir pour une dernière soirée, venait de me dire, presque comme une justification, et par peur que je ne susse pas bien qui elle était, pour avoir l'air si étonné d'être invité chez elle: «Vous savez que je suis la tante de Robert de Saint-Loup qui vous aime beaucoup, et du reste nous nous sommes déjà vus ici.» En répondant que je le savais, j'ajoutai que je connaissais aussi M. de Charlus, lequel «avait été très bon pour moi à Balbec et à Paris». Mme de Guermantes parut étonnée et ses regards semblèrent se reporter, comme pour une vérification, à une page déjà plus ancienne du livre intérieur. «Comment! vous connaissez Palamède?» Ce prénom prenait dans la bouche de Mme de Guermantes une grande douceur à cause de la simplicité involontaire avec laquelle elle parlait d'un homme si brillant, mais qui n'était pour elle que son beau-frère et le cousin avec lequel elle avait été élevée. Et dans le gris confus qu'était pour moi la vie de la duchesse de Guermantes, ce nom de Palamède mettait comme la clarté des longues journées d'été où elle avait joué avec lui, jeune fille, à Guermantes, au jardin. De plus, dans cette partie depuis longtemps écoulée de leur vie, Oriane de Guermantes et son cousin Palamède avaient été fort différents de ce qu'ils étaient devenus depuis; M. de Charlus notamment, tout entier livré à des goûts d'art qu'il avait si bien refrénés par la suite que je fus stupéfait d'apprendre que c'était par lui qu'avait été peint l'immense éventail d'iris jaunes et noirs que déployait en ce moment la duchesse. Elle eût pu aussi me montrer une petite sonatine qu'il avait autrefois composée pour elle. J'ignorais absolument que le baron eût tous ces talents dont il ne parlait jamais. Disons en passant que M. de Charlus n'était pas enchanté que dans sa famille on l'appelât Palamède.

Pour Mémé, on eût pu comprendre encore que cela ne lui plût pas. Ces stupides abréviations sont un signe de l'incompréhension que l'aristocratie a de sa propre poésie (le judaïsme a d'ailleurs la même puisqu'un neveu de Lady Rufus Israël, qui s'appelait Moïse, était couramment appelé dans le monde: «Momo») en même temps que de sa préoccupation de ne pas avoir l'air d'attacher d'importance à ce qui est aristocratique. Or, M. de Charlus avait sur ce point plus d'imagination poétique et plus d'orgueil exhibé. Mais la raison qui lui faisait peu goûter Mémé n'était pas celle-là puisqu'elle s'étendait aussi au beau prénom de Palamède. La vérité est que se jugeant, se sachant d'une famille princière, il aurait voulu que son frère et sa belle-soeur disent de lui: «Charlus», comme la reine Marie-Amélie ou le duc d'Orléans pouvaient dire de leurs fils, petits-fils, neveux et frères: «Joinville, Nemours, Chartres, Paris».

—Quel cachottier que ce Mémé, s'écria-t-elle. Nous lui avons parlé longuement de vous, il nous a dit qu'il serait très heureux de faire votre connaissance, absolument comme s'il ne vous avait jamais vu. Avouez qu'il est drôle! et, ce qui n'est pas très gentil de ma part à dire d'un beau-frère que j'adore et dont j'admire la rare valeur, par moments un peu fou.

Je fus très frappé de ce mot appliqué à M. de Charlus et je me dis que cette demi-folie expliquait peut-être certaines choses, par exemple qu'il eût paru si enchanté du projet de demander à Bloch de battre sa propre mère. Je m'avisai que non seulement par les choses qu'il disait, mais par la manière dont il les disait, M. de Charlus était un peu fou. La première fois qu'on entend un avocat ou un acteur, on est surpris de leur ton tellement différent de la conversation. Mais comme on se rend compte que tout le monde trouve cela tout naturel, on ne dit rien aux autres, on ne se dit rien à soi-même, on se contente d'apprécier le degré de talent. Tout au plus pense-t-on d'un acteur du Théâtre-Français: «Pourquoi au lieu de laisser retomber son bras levé l'a-t-il fait descendre par petites saccades coupées de repos, pendant au moins dix minutes?» ou d'un Labori: «Pourquoi, dès qu'il a ouvert la bouche, a-t-il émis ces sons tragiques, inattendus, pour dire la chose la plus simple?» Mais comme tout le monde admet cela *a priori*, on n'est pas choqué. De même, en y réfléchissant, on se disait que M. de Charlus parlait de soi avec emphase, sur un ton qui n'était nullement celui du débit ordinaire. Il semblait qu'on eût dû à toute minute lui dire: «Mais pourquoi criez-vous si fort? pourquoi êtes-vous si insolent?» Seulement tout le monde semblait bien avoir admis tacitement que c'était bien ainsi. Et on entrait dans la ronde qui lui faisait fête pendant qu'il pérorait. Mais certainement à de certains moments un étranger eût cru entendre crier un dément.

—Mais vous êtes sûr que vous ne confondez pas, que vous parlez bien de mon beau-frère Palamède? ajouta la duchesse avec une légère impertinence qui se greffait chez elle sur la simplicité.

Je répondis que j'étais absolument sûr et qu'il fallait que M. de Charlus eût mal entendu mon nom.

—Eh bien! je vous quitte, me dit comme à regret Mme de Guermantes. Il faut que j'aille une seconde chez la princesse de Ligne. Vous n'y allez pas? Non, vous n'aimez pas le monde? Vous avez bien raison, c'est assommant. Si je n'étais pas obligée! Mais c'est ma cousine, ce ne serait pas gentil. Je regrette égoïstement, pour moi, parce que j'aurais pu vous conduire, même vous ramener. Alors je vous dis au revoir et je me réjouis pour mercredi.

Que M. de Charlus eût rougi de moi devant M. d'Argencourt, passe encore. Mais qu'à sa propre belle-soeur, et qui avait une si haute idée de lui, il niât me connaître, fait si naturel puisque je connaissais à la fois sa tante et son neveu, c'est ce que je ne pouvais comprendre.

Je terminerai ceci en disant qu'à un certain point de vue il y avait chez Mme de Guermantes une véritable grandeur qui consistait à effacer entièrement tout ce que d'autres n'eussent qu'incomplètement oublié. Elle ne m'eût jamais rencontré la harcelant, la suivant, la pistant, dans ses promenades matinales, elle n'eût jamais répondu à mon salut quotidien avec une impatience excédée, elle n'eût jamais envoyé promener Saint-Loup quand il l'avait suppliée de m'inviter, qu'elle n'aurait pas pu avoir avec moi des façons plus noblement et naturellement aimables. Non seulement elle ne s'attardait pas à des explications rétrospectives, à des demi-mots, à des sourires ambigus, à des sous-entendus, non seulement elle avait dans son affabilité actuelle, sans retours en arrière, sans réticences, quelque chose d'aussi fièrement rectiligne que sa majestueuse stature, mais les griefs qu'elle avait pu ressentir contre quelqu'un dans le passé étaient si entièrement réduits en cendres, ces cendres étaient elles-mêmes rejetées si loin de sa mémoire ou tout au moins de sa manière d'être, qu'à regarder son visage chaque fois qu'elle avait à traiter par la plus belle des simplifications ce qui chez tant d'autres eût été prétexte à des restes de froideur, à des récriminations, on avait l'impression d'une sorte de purification.

Mais si j'étais surpris de la modification qui s'était opérée en elle à mon égard, combien je l'étais plus d'en trouver en moi une tellement plus grande au sien. N'y avait-il pas eu un moment où je ne reprenais vie et force que si j'avais, échafaudant toujours de nouveaux projets, cherché quelqu'un qui me ferait recevoir par elle et, après ce premier bonheur, en procurerait bien d'autres à mon coeur de plus en plus exigeant? C'était l'impossibilité de rien trouver qui m'avait fait partir à Doncières voir Robert de Saint-Loup. Et maintenant, c'était bien par les conséquences dérivant d'une lettre de lui que j'étais agité, mais à cause de Mme de Stermaria et non de Mme de Guermantes.

Ajoutons, pour en finir avec cette soirée, qu'il s'y passa un fait, démenti quelques jours après, qui ne laissa pas de m'étonner, me brouilla pour quelque temps avec Bloch, et qui constitue en soi une de ces curieuses contradictions dont on va trouver l'explication à la fin de ce volume[1] (Sodome I). Donc, chez Mme de Villeparisis, Bloch ne cessa de me vanter l'air d'amabilité de M. de Charlus, lequel Charlus, quand il le rencontrait dans la rue, le regardait dans les yeux comme s'il le connaissait, avait envie de le connaître, savait très bien qui il était. J'en souris d'abord, Bloch s'étant exprimé avec tant de violence à Balbec sur le compte du même M. de Charlus. Et je pensai simplement que Bloch, à l'instar de son père pour Bergotte, connaissait le baron «sans le connaître». Et que ce qu'il prenait pour un regard aimable était un regard distrait. Mais enfin Bloch vint à tant de précisions, et sembla si certain qu'à deux ou trois reprises M. de Charlus avait voulu l'aborder, que, me rappelant que j'avais parlé de mon camarade au baron, lequel m'avait justement, en revenant d'une visite chez Mme de Villeparisis, posé sur lui diverses questions, je fis la supposition que Bloch ne mentait pas, que M. de Charlus avait appris son nom, qu'il était mon ami, etc.... Aussi quelque temps après, au théâtre, je demandai à M. de Charlus de lui présenter Bloch, et sur son acquiescement allai le chercher. Mais dès que M. de Charlus l'aperçut, un étonnement aussitôt réprimé se peignit sur sa figure où il fut remplacé par une étincelante fureur. Non seulement il ne tendit pas la main à Bloch, mais chaque fois que celui-ci lui adressa la parole il lui répondit de l'air le plus insolent, d'une voix irritée et blessante. De sorte que Bloch, qui, à ce qu'il disait, n'avait eu jusque-là du baron que des sourires, crut que je l'avais non pas recommandé mais desservi, pendant le court entretien où, sachant le goût de M. de Charlus pour les protocoles, je lui avais parlé de mon camarade avant de l'amener à lui. Bloch nous quitta, éreinté comme qui a voulu monter un cheval tout le temps prêt à prendre le mors aux dents, ou nager contre des vagues qui vous rejettent sans cesse sur le galet, et ne me reparla pas de six mois.

FIN

[1] Dans l'édition originale «Sodome et Gomorrhe I» se trouvait compris dans le même volume que cette 2e partie du Côté de Guermantes, ce qui explique la phrase et la parenthèse. Mais, dans cette édition in-octavo, le titre de Sodome est reporté au volume suivant.

SODOME ET GOMORRHE

1921 – 1922

PREMIÈRE PARTIE
PREMIÈRE APPARITION DES HOMMES-FEMMES, DESCENDANTS DE CEUX DES HABITANTS DE SODOME QUI FURENT ÉPARGNÉS PAR LE FEU DU CIEL

«La femme aura Gomorrhe et l'homme aura Sodome.» ALFRED DE VIGNY.

On sait que bien avant d'aller ce jour-là (le jour où avait lieu la soirée de la princesse de Guermantes) rendre au duc et à la duchesse la visite que je viens de raconter, j'avais épié leur retour et fait, pendant la durée de mon guet, une découverte, concernant particulièrement M. de Charlus, mais si importante en elle-même que j'ai jusqu'ici, jusqu'au moment de pouvoir lui donner la place et l'étendue voulues, différé de la rapporter. J'avais, comme je l'ai dit, délaissé le point de vue merveilleux, si confortablement aménagé au haut de la maison, d'où l'on embrasse les pentes accidentées par où l'on monte jusqu'à l'hôtel de Bréquigny, et qui sont gaiement décorées à l'italienne par le rose campanile de la remise appartenant au marquis de Frécourt. J'avais trouvé plus pratique, quand j'avais pensé que le duc et la duchesse étaient sur le point de revenir, de me poster sur l'escalier. Je regrettais un peu mon séjour d'altitude. Mais à cette heure-là, qui était celle d'après le déjeuner, j'avais moins à regretter, car je n'aurais pas vu, comme le matin, les minuscules personnages de tableaux, que devenaient à distance les valets de pied de l'hôtel de Bréquigny et de Tresmes, faire la lente ascension de la côte abrupte, un plumeau à la main, entre les larges feuilles de mica transparentes qui se détachaient si plaisamment sur les contreforts rouges. A défaut de la contemplation du géologue, j'avais du moins celle du botaniste et regardais par les volets de l'escalier le petit arbuste de la duchesse et la plante précieuse exposés dans la cour avec cette insistance qu'on met à faire sortir les jeunes gens à marier, et je me demandais si l'insecte improbable viendrait, par un hasard providentiel, visiter le pistil offert et délaissé. La curiosité m'enhardissant peu à peu, je descendis jusqu'à la fenêtre du rez-de-chaussée, ouverte elle aussi, et dont les volets n'étaient qu'à moitié clos. J'entendais distinctement, se préparant à partir, Jupien qui ne pouvait me découvrir derrière mon store où je restai immobile jusqu'au moment où je me rejetai brusquement de côté par peur d'être vu de M. de Charlus, lequel, allant chez Mme de Villeparisis, traversait lentement la cour, bedonnant, vieilli par le plein jour, grisonnant. Il avait fallu une indisposition de Mme de Villeparisis (conséquence de la maladie du marquis de Fierbois avec lequel il était personnellement brouillé à mort) pour que M. de Charlus fît une visite, peut-être la première fois de son existence, à cette heure-là. Car avec cette singularité des Guermantes qui, au lieu de se conformer à la vie mondaine, la modifiaient d'après leurs habitudes personnelles (non mondaines, croyaient-ils, et dignes par conséquent qu'on humiliât devant elles cette chose sans valeur, la mondanité—c'est ainsi que Mme de Marsantes n'avait pas de jour, mais recevait tous les matins ses amies, de 10 heures à midi)—le baron, gardant ce temps pour la lecture, la recherche des vieux bibelots, etc... ne faisait jamais une visite qu'entre 4 et 6 heures du soir. A 6 heures il allait au Jockey ou se promener au Bois. Au bout d'un instant je fis un nouveau mouvement de recul pour ne pas être vu par Jupien; c'était bientôt son heure de partir au bureau, d'où il ne revenait que pour le dîner, et même pas toujours depuis une semaine que sa nièce était allée avec ses apprenties à la campagne chez une cliente finir une robe. Puis me rendant compte que personne ne pouvait me voir, je résolus de ne plus me déranger de peur de manquer, si le miracle devait se produire, l'arrivée presque impossible à espérer (à travers tant d'obstacles, de distance, de risques contraires, de dangers) de l'insecte envoyé de si loin en ambassadeur à la vierge qui depuis longtemps prolongeait son attente. Je savais que cette attente n'était pas plus passive que chez la fleur mâle, dont les étamines s'étaient spontanément tournées pour que l'insecte pût plus facilement la recevoir; de même la fleur-femme qui était ici, si l'insecte venait, arquerait coquettement ses «styles», et pour être mieux pénétrée par lui ferait imperceptiblement, comme une jouvencelle hypocrite mais ardente, la moitié du chemin. Les lois du monde végétal sont gouvernées elles-mêmes par des lois de plus en plus hautes. Si la visite d'un insecte, c'est-à-dire l'apport de la semence d'une autre fleur, est habituellement nécessaire pour féconder une fleur, c'est que l'autofécondation, la fécondation de la fleur par elle-même, comme les mariages répétés dans une même famille, amènerait la dégénérescence et la stérilité, tandis que le croisement opéré par les insectes donne aux générations suivantes de la même espèce une vigueur inconnue de leurs aînées. Cependant cet essor peut être excessif, l'espèce se développer démesurément; alors, comme une antitoxine défend contre la maladie, comme le corps thyroïde règle notre embonpoint, comme la défaite vient punir l'orgueil, la fatigue le plaisir, et comme le sommeil repose à son tour de la fatigue, ainsi un acte exceptionnel d'autofécondation vient à point nommé donner son tour de vis, son coup de frein, fait rentrer dans la norme la fleur qui en était exagérément sortie. Mes réflexions avaient suivi une pente que je décrirai plus tard et j'avais déjà tiré de la ruse apparente des fleurs une conséquence sur toute une partie inconsciente de l'oeuvre littéraire, quand je vis M. de Charlus qui ressortait de chez la marquise. Il ne s'était passé que quelques minutes depuis son entrée. Peut-être avait-il appris de sa vieille parente elle-même, ou seulement par un domestique, le grand mieux ou plutôt la guérison complète de ce qui n'avait été chez Mme de Villeparisis qu'un malaise.

A ce moment, où il ne se croyait regardé par personne, les paupières baissées contre le soleil, M. de Charlus avait relâché dans son visage cette tension, amorti cette vitalité factice, qu'entretenaient chez lui l'animation de la causerie et la force de la volonté. Pâle comme un marbre, il avait le nez fort, ses traits fins ne recevaient plus d'un regard volontaire une signification différente qui altérât la beauté de leur modelé; plus rien qu'un Guermantes, il semblait déjà sculpté, lui Palamède XV, dans la chapelle de Combray. Mais ces traits généraux de toute une famille prenaient pourtant, dans le visage de M. de Charlus, une finesse plus spiritualisée, plus douce surtout. Je regrettais pour lui qu'il adultérât habituellement de tant de violences, d'étrangetés déplaisantes, de potinages, de dureté, de susceptibilité et d'arrogance, qu'il cachât sous une brutalité postiche l'aménité, la bonté qu'au moment où il sortait de chez Mme de Villeparisis, je voyais s'étaler si naïvement sur son visage. Clignant des yeux contre le soleil, il semblait presque sourire, je trouvai à sa figure vue ainsi au repos et comme au naturel quelque chose de si affectueux, de si désarmé, que je ne pus m'empêcher de penser combien M. de Charlus eût été fâché s'il avait pu se savoir regardé; car ce à quoi me faisait penser cet homme, qui était si épris, qui se piquait si fort de virilité, à qui tout le monde semblait odieusement efféminé, ce à quoi il me faisait penser tout d'un coup, tant il en avait passagèrement les traits, l'expression, le sourire, c'était à une femme.

J'allais me déranger de nouveau pour qu'il ne pût m'apercevoir; je n'en eus ni le temps, ni le besoin. Que vis-je! Face à face, dans cette cour où ils ne s'étaient certainement jamais rencontrés (M. de Charlus ne venant à l'hôtel Guermantes que dans l'après-midi, aux heures où Jupien était à son bureau), le baron, ayant soudain largement ouvert ses yeux mi-clos, regardait avec une attention extraordinaire l'ancien giletier sur le seuil de sa boutique, cependant que celui-ci, cloué subitement sur place devant M. de Charlus, enraciné comme une plante, contemplait d'un air émerveillé l'embonpoint du baron vieillissant. Mais, chose plus étonnante encore, l'attitude de M. de Charlus ayant changé, celle de Jupien se mit aussitôt, comme selon les lois d'un art secret, en harmonie avec elle. Le baron, qui cherchait maintenant à dissimuler l'impression qu'il avait ressentie, mais qui, malgré son indifférence affectée, semblait ne s'éloigner qu'à regret, allait, venait, regardait dans le vague de la façon qu'il pensait mettre le plus en valeur la beauté de ses prunelles, prenait un air fat, négligent, ridicule. Or Jupien, perdant aussitôt l'air humble et bon que je lui avais toujours connu, avait—en symétrie parfaite avec le baron—redressé la tête, donnait à sa taille un port avantageux, posait avec une impertinence grotesque son poing sur la hanche, faisait saillir son derrière, prenait des poses avec la coquetterie qu'aurait pu avoir l'orchidée pour le bourdon providentiellement survenu. Je ne savais pas qu'il pût avoir l'air si antipathique. Mais j'ignorais aussi qu'il fût capable de tenir à l'improviste sa partie dans cette sorte de scène des deux muets, qui (bien qu'il se trouvât pour la première fois en présence de M. de Charlus) semblait avoir été longuement répétée;-on n'arrive spontanément à cette perfection que quand on rencontre à l'étranger un compatriote, avec lequel alors l'entente se fait d'elle-même, le truchement étant identique, et sans qu'on se soit pourtant jamais vu.

Cette scène n'était, du reste, pas positivement comique, elle était empreinte d'une étrangeté, ou si l'on veut d'un naturel, dont la beauté allait croissant. M. de Charlus avait beau prendre un air détaché, baisser distraitement les paupières, par moments il les relevait et jetait alors sur Jupien un regard attentif. Mais (sans doute parce qu'il pensait qu'une pareille scène ne pouvait se prolonger indéfiniment dans cet endroit, soit pour des raisons qu'on comprendra plus tard, soit enfin par ce sentiment de la brièveté de toutes choses qui fait qu'on veut que chaque coup porte juste, et qui rend si émouvant le spectacle de tout amour), chaque fois que M. de Charlus regardait Jupien, il s'arrangeait pour que son regard fût accompagné d'une parole, ce qui le rendait infiniment dissemblable des regards habituellement dirigés sur une personne qu'on connaît ou qu'on ne connaît pas; il regardait Jupien avec la fixité particulière de quelqu'un qui va vous dire: «Pardonnez-moi mon indiscrétion, mais vous avez un long fil blanc qui pend dans votre dos», ou bien: «Je ne dois pas me tromper, vous devez être aussi de Zurich, il me semble bien vous avoir rencontré souvent chez le marchand d'antiquités.»

Telle, toutes les deux minutes, la même question semblait intensément posée à Jupien dans l'oeillade de M. de Charlus, comme ces phrases interrogatives de Beethoven, répétées indéfiniment, à intervalles égaux, et destinées—avec un luxe exagéré de préparations—à amener un nouveau motif, un changement de ton, une «rentrée». Mais justement la beauté des regards de M. de Charlus et de Jupien venait, au contraire, de ce que, provisoirement du moins, ces regards ne semblaient pas avoir pour but de conduire à quelque chose. Cette beauté, c'était la première fois que je voyais le baron et Jupien la manifester. Dans les yeux de l'un et de l'autre, c'était le ciel, non pas de Zurich, mais de quelque cité orientale dont je n'avais pas encore deviné le nom, qui venait de se lever. Quel que fût le point qui pût retenir M. de Charlus et le giletier, leur accord semblait conclu et ces inutiles regards n'être que des préludes rituels, pareils aux fêtes qu'on donne avant un mariage décidé.

Plus près de la nature encore—et la multiplicité de ces comparaisons est elle-même d'autant plus naturelle qu'un même homme, si on l'examine pendant quelques minutes, semble successivement un homme, un homme-oiseau ou un homme-insecte, etc.—on eût dit deux oiseaux, le mâle et la femelle, le mâle cherchant à s'avancer, la femelle—Jupien—ne répondant plus par aucun signe à ce manège, mais regardant son nouvel ami sans étonnement, avec une fixité inattentive, jugée sans doute plus troublante et seule utile, du moment que le mâle avait fait les premiers pas, et se contentant de lisser ses plumes. Enfin l'indifférence de Jupien ne parut plus lui suffire; de cette certitude d'avoir conquis à se faire poursuivre et désirer, il n'y avait qu'un pas et Jupien, se décidant à partir pour son travail, sortit par la porte cochère. Ce ne fut pourtant qu'après avoir retourné deux ou trois fois la tête, qu'il s'échappa dans la rue où le baron, tremblant de perdre sa piste (sifflotant d'un air fanfaron, non sans crier un «au revoir» au concierge qui, à demi saoul et traitant des invités dans son arrière-cuisine, ne l'entendit même pas), s'élança vivement pour le rattraper. Au même instant où M. de Charlus avait passé la porte en sifflant comme un gros bourdon, un autre, un vrai celui-là, entrait dans la cour.

Qui sait si ce n'était pas celui attendu depuis si longtemps par l'orchidée, et qui venait lui apporter le pollen si rare sans lequel elle resterait vierge? Mais je fus distrait de suivre les ébats de l'insecte, car au bout de quelques minutes, sollicitant davantage mon attention, Jupien (peut-être afin de prendre un paquet qu'il emporta plus tard et que, dans l'émotion que lui avait causée l'apparition de M. de Charlus, il avait oublié, peut-être tout simplement pour une raison plus naturelle), Jupien revint, suivi par le baron. Celui-ci, décidé à brusquer les choses, demanda du feu au giletier, mais observa aussitôt: «Je vous demande du feu, mais je vois que j'ai oublié mes cigares.» Les lois de l'hospitalité l'emportèrent sur les règles de la coquetterie: «Entrez, on vous donnera tout ce que vous voudrez», dit le giletier, sur la figure de qui le dédain fit place à la joie. La porte de la boutique se referma sur eux et je ne pus plus rien entendre. J'avais perdu de vue le bourdon, je ne savais pas s'il était l'insecte qu'il fallait à l'orchidée, mais je ne doutais plus, pour un insecte très rare et une fleur captive, de la possibilité miraculeuse de se conjoindre, alors que M. de Charlus (simple comparaison pour les providentiels hasards, quels qu'ils soient, et sans la moindre prétention scientifique de rapprocher certaines lois de la botanique et ce qu'on appelle parfois fort mal l'homosexualité), qui, depuis des années, ne venait dans cette maison qu'aux heures où Jupien n'y était pas, par le hasard d'une indisposition de Mme de Villeparisis, avait rencontré le giletier et avec lui la bonne fortune réservée aux hommes du genre du baron par un de ces êtres qui peuvent même être, on le verra, infiniment plus jeunes que Jupien et plus beaux, l'homme prédestiné pour que ceux-ci aient leur part de volupté sur cette terre: l'homme qui n'aime que les vieux messieurs.

Ce que je viens de dire d'ailleurs ici est ce que je ne devais comprendre que quelques minutes plus tard, tant adhèrent à la réalité ces propriétés d'être invisible, jusqu'à ce qu'une circonstance l'ait dépouillée d'elles. En tout cas, pour le moment j'étais fort ennuyé de ne plus entendre la conversation de l'ancien giletier et du baron. J'avisai alors la boutique à louer, séparée seulement de celle de Jupien par une cloison extrêmement mince. Je n'avais pour m'y rendre qu'à remonter à notre appartement, aller à la cuisine, descendre l'escalier de service jusqu'aux caves, les suivre intérieurement pendant toute la largeur de la cour, et, arrivé à l'endroit du sous-sol où l'ébéniste, il y a quelques mois encore, serrait ses boiseries, où Jupien comptait mettre son charbon, monter les quelques marches qui accédaient à l'intérieur de la boutique. Ainsi toute ma route se ferait à couvert, je ne serais vu de personne. C'était le moyen le plus prudent. Ce ne fut pas celui que j'adoptai, mais, longeant les murs, je contournai à l'air libre la cour en tâchant de ne pas être vu. Si je ne le fus pas, je pense que je le dois plus au hasard qu'à ma sagesse. Et au fait que j'aie pris un parti si imprudent, quand le cheminement dans la cave était si sûr, je vois trois raisons possibles, à supposer qu'il y en ait une. Mon impatience d'abord. Puis peut-être un obscur ressouvenir de la scène de Montjouvain, caché devant la fenêtre de Mlle Vinteuil. De fait, les choses de ce genre auxquelles j'assistai eurent toujours, dans la mise en scène, le caractère le plus imprudent et le moins vraisemblable, comme si de telles révélations ne devaient être la récompense que d'un acte plein de risques, quoique en partie clandestin. Enfin j'ose à peine, à cause de son caractère d'enfantillage, avouer la troisième raison, qui fut, je crois bien, inconsciemment déterminante. Depuis que pour suivre—et voir se démentir—les principes militaires de Saint-Loup, j'avais suivi avec grand détail la guerre des Boërs, j'avais été conduit à relire d'anciens récits d'explorations, de voyages.

Ces récits m'avaient passionné et j'en faisais l'application dans la vie courante pour me donner plus de courage. Quand des crises m'avaient forcé à rester plusieurs jours et plusieurs nuits de suite non seulement sans dormir, mais sans m'étendre, sans boire et sans manger, au moment où l'épuisement et la souffrance devenaient tels que je pensais n'en sortir jamais, je pensais à tel voyageur jeté sur la grève, empoisonné par des herbes malsaines, grelottant de fièvre dans ses vêtements trempés par l'eau de la mer, et qui pourtant se sentait mieux au bout de deux jours, reprenait au hasard sa route, à la recherche d'habitants quelconques, qui seraient peut-être des anthropophages. Leur exemple me tonifiait, me rendait l'espoir, et j'avais honte d'avoir eu un moment de découragement. Pensant aux Boërs qui, ayant en face d'eux des armées anglaises, ne craignaient pas de s'exposer au moment où il fallait traverser, avant de retrouver un fourré, des parties de rase campagne: «Il ferait beau voir, pensai-je, que je fusse plus pusillanime, quand le théâtre d'opérations est simplement notre propre cour, et quand, moi qui me suis battu plusieurs fois en duel sans aucune crainte, au moment de l'affaire Dreyfus, le seul fer que j'aie à craindre est celui du regard des voisins qui ont autre chose à faire qu'à regarder dans la cour.»

Mais quand je fus dans la boutique, évitant de faire craquer le moins du monde le plancher, en me rendant compte que le moindre craquement dans la boutique de Jupien s'entendait de la mienne, je songeai combien Jupien et M. de Charlus avaient été imprudents et combien la chance les avait servis.

Je n'osais bouger. Le palefrenier des Guermantes, profitant sans doute de leur absence, avait bien transféré dans la boutique où je me trouvais une échelle serrée jusque-là dans la remise. Et si j'y étais monté j'aurais pu ouvrir le vasistas et entendre comme si j'avais été chez Jupien même. Mais je craignais de faire du bruit. Du reste c'était inutile. Je n'eus même pas à regretter de n'être arrivé qu'au bout de quelques minutes dans ma boutique. Car d'après ce que j'entendis les premiers temps dans celle de Jupien et qui ne furent que des sons inarticulés, je suppose que peu de paroles furent prononcées. Il est vrai que ces sons étaient si violents que, s'ils n'avaient pas été toujours repris un octave plus haut par une plainte parallèle, j'aurais pu croire qu'une personne en égorgeait une autre à côté de moi et qu'ensuite le meurtrier et sa victime ressuscitée prenaient un bain pour effacer les traces du crime. J'en conclus plus tard qu'il y a une chose aussi bruyante que la souffrance, c'est le plaisir, surtout quand s'y ajoutent—à défaut de la peur d'avoir des enfants, ce qui ne pouvait être le cas ici, malgré l'exemple peu probant de la Légende dorée—des soucis immédiats de propreté. Enfin au bout d'une demi-heure environ (pendant laquelle je m'étais hissé à pas de loup sur mon échelle afin de voir par le vasistas que je n'ouvris pas), une conversation s'engagea. Jupien refusait avec force l'argent que M. de Charlus voulait lui donner.

Au bout d'une demi-heure, M. de Charlus ressortit. «Pourquoi avez-vous votre menton rasé comme cela, dit-il au baron d'un ton de câlinerie. C'est si beau une belle barbe.—Fi! c'est dégoûtant», répondit le baron.

Cependant il s'attardait encore sur le pas de la porte et demandait à Jupien des renseignements sur le quartier. «Vous ne savez rien sur le marchand de marrons du coin, pas à gauche, c'est une horreur, mais du côté pair, un grand gaillard tout noir? Et le pharmacien d'en face, il a un cycliste très gentil qui porte ses médicaments.» Ces questions froissèrent sans doute Jupien car, se redressant avec le dépit d'une grande coquette trahie, il répondit: «Je vois que vous avez un coeur d'artichaut.» Proféré d'un ton douloureux, glacial et maniéré, ce reproche fut sans doute sensible à M. de Charlus qui, pour effacer la mauvaise impression que sa curiosité avait produite, adressa à Jupien, trop bas pour que je distinguasse bien les mots, une prière qui nécessiterait sans doute qu'ils prolongeassent leur séjour dans la boutique et qui toucha assez le giletier pour effacer sa souffrance, car il considéra la figure du baron, grasse et congestionnée sous les cheveux gris, de l'air noyé de bonheur de quelqu'un dont on vient de flatter profondément l'amour-propre, et, se décidant à accorder à M. de Charlus ce que celui-ci venait de lui demander, Jupien, après des remarques dépourvues de distinction telles que: «Vous en avez un gros pétard!», dit au baron d'un air souriant, ému, supérieur et reconnaissant: «Oui, va, grand gosse!»

«Si je reviens sur la question du conducteur de tramway, reprit M. de Charlus avec ténacité, c'est qu'en dehors de tout, cela pourrait présenter quelque intérêt pour le retour. Il m'arrive en effet, comme le calife qui parcourait Bagdad pris pour un simple marchand, de condescendre à suivre quelque curieuse petite personne dont la silhouette m'aura amusé.» Je fis ici la même remarque que j'avais faite sur Bergotte. S'il avait jamais à répondre devant un tribunal, il userait non de phrases propres à convaincre les juges, mais de ces phrases bergottesques que son tempérament littéraire particulier lui suggérait naturellement et lui faisait trouver plaisir à employer. Pareillement M. de Charlus se servait, avec le giletier, du même langage qu'il eût fait avec des gens du monde de sa coterie, exagérant même ses tics, soit que la timidité contre laquelle il s'efforçait de lutter le poussât à un excessif orgueil, soit que, l'empêchant de se dominer (car on est plus troublé devant quelqu'un qui n'est pas de votre milieu), elle le forçât de dévoiler, de mettre à nu sa nature, laquelle était en effet orgueilleuse et un peu folle, comme disait Mme de Guermantes. «Pour ne pas perdre sa piste, continua-t-il, je saute comme un petit professeur, comme un jeune et beau médecin, dans le même tramway que la petite personne, dont nous ne parlons au féminin que pour suivre la règle (comme on dit en parlant d'un prince: Est-ce que Son Altesse est bien portante). Si elle change de tramway, je prends, avec peut-être les microbes de la peste, la chose incroyable appelée «correspondance», un numéro, et qui, bien qu'on le remette à *moi*, n'est pas toujours le n° 1! Je change ainsi jusqu'à trois, quatre fois de «voiture». Je m'échoue parfois à onze heures du soir à la gare d'Orléans, et il faut revenir! Si encore ce n'était que de la gare d'Orléans! Mais une fois, par exemple, n'ayant pu entamer la conversation avant, je suis allé jusqu'à Orléans même, dans un de ces affreux wagons où on a comme vue, entre des triangles d'ouvrages dits de «filet», la photographie des principaux chefs-d'oeuvre d'architecture du réseau. Il n'y avait qu'une place de libre, j'avais en face de moi, comme monument historique, une «vue» de la cathédrale d'Orléans, qui est la plus laide de France, et aussi fatigante à regarder ainsi malgré moi que si on m'avait forcé d'en fixer les tours dans la boule de verre de ces porte-plume optiques qui donnent des ophtalmies.

Je descendis aux Aubrais en même temps que ma jeune personne qu'hélas, sa famille (alors que je lui supposais tous les défauts excepté celui d'avoir une famille) attendait sur le quai! Je n'eus pour consolation, en attendant le train qui me ramènerait à Paris, que la maison de Diane de Poitiers. Elle a eu beau charmer un de mes ancêtres royaux, j'eusse préféré une beauté plus vivante. C'est pour cela, pour remédier à l'ennui de ces retours seul, que j'aimerais assez connaître un garçon des wagons-lits, un conducteur d'omnibus. Du reste ne soyez pas choqué, conclut le baron, tout cela est une question de genre. Pour les jeunes gens du monde par exemple, je ne désire aucune possession physique, mais je ne suis tranquille qu'une fois que je les ai touchés, je ne veux pas dire matériellement, mais touché leur corde sensible. Une fois qu'au lieu de laisser mes lettres sans réponse, un jeune homme ne cesse plus de m'écrire, qu'il est à ma disposition morale, je suis apaisé, ou du moins je le serais, si je n'étais bientôt saisi par le souci d'un autre. C'est assez curieux, n'est-ce pas? A propos de jeunes gens du monde, parmi ceux qui viennent ici, vous n'en connaissez pas?—Non, mon bébé. Ah! si, un brun, très grand, à monocle, qui rit toujours et se retourne.—Je ne vois pas qui vous voulez dire.» Jupien compléta le portrait, M. de Charlus ne pouvait arriver à trouver de qui il s'agissait, parce qu'il ignorait que l'ancien giletier était une de ces personnes, plus nombreuses qu'on ne croit, qui ne se rappellent pas la couleur des cheveux des gens qu'ils connaissent peu.

Mais pour moi, qui savais cette infirmité de Jupien et qui remplaçais brun par blond, le portrait me parut se rapporter exactement au duc de Châtellerault. «Pour revenir aux jeunes gens qui ne sont pas du peuple, reprit le baron, en ce moment j'ai la tête tournée par un étrange petit bonhomme, un intelligent petit bourgeois, qui montre à mon égard une incivilité prodigieuse. Il n'a aucunement la notion du prodigieux personnage que je suis et du microscopique vibrion qu'il figure. Après tout qu'importe, ce petit âne peut braire autant qu'il lui plaît devant ma robe auguste d'évêque.—Évêque! s'écria Jupien qui n'avait rien compris des dernières phrases que venait de prononcer M. de Charlus, mais que le mot d'évêque stupéfia. Mais cela ne va guère avec la religion, dit-il.—J'ai trois papes dans ma famille, répondit M. de Charlus, et le droit de draper en rouge à cause d'un titre cardinalice, la nièce du cardinal mon grand-oncle ayant apporté à mon grand-père le titre de duc qui fut substitué. Je vois que les métaphores vous laissent sourd et l'histoire de France indifférent.

Du reste, ajouta-t-il, peut-être moins en manière de conclusion que d'avertissement, cet attrait qu'exercent sur moi les jeunes personnes qui me fuient, par crainte, bien entendu, car seul le respect leur ferme la bouche pour me crier qu'elles m'aiment, requiert-il d'elles un rang social éminent. Encore leur feinte indifférence peut-elle produire malgré cela l'effet directement contraire. Sottement prolongée elle m'écoeure. Pour prendre un exemple dans une classe qui vous sera plus familière, quand on répara mon hôtel, pour ne pas faire de jalouses entre toutes les duchesses qui se disputaient l'honneur de pouvoir me dire qu'elles m'avaient logé, j'allai passer quelques jours à l'«hôtel», comme on dit. Un des garçons d'étage m'était connu, je lui désignai un curieux petit «chasseur» qui fermait les portières et qui resta réfractaire à mes propositions. A la fin exaspéré, pour lui prouver que mes intentions étaient pures, je lui fis offrir une somme ridiculement élevée pour monter seulement me parler cinq minutes dans ma chambre. Je l'attendis inutilement. Je le pris alors en un tel dégoût que je sortais par la porte de service pour ne pas apercevoir la frimousse de ce vilain petit drôle. J'ai su depuis qu'il n'avait jamais eu aucune de mes lettres, qui avaient été interceptées, la première par le garçon d'étage qui était envieux, la seconde par le concierge de jour qui était vertueux, la troisième par le concierge de nuit qui aimait le jeune chasseur et couchait avec lui à l'heure où Diane se levait. Mais mon dégoût n'en a pas moins persisté, et m'apporterait-on le chasseur comme un simple gibier de chasse sur un plat d'argent, je le repousserais avec un vomissement. Mais voilà le malheur, nous avons parlé de choses sérieuses et maintenant c'est fini entre nous pour ce que j'espérais. Mais vous pourriez me rendre de grands services, vous entremettre; et puis non, rien que cette idée me rend quelque gaillardise et je sens que rien n'est fini.»

Dès le début de cette scène, une révolution, pour mes yeux dessillés, s'était opérée en M. de Charlus, aussi complète, aussi immédiate que s'il avait été touché par une baguette magique. Jusque-là, parce que je n'avais pas compris, je n'avais pas vu. Le vice (on parle ainsi pour la commodité du langage), le vice de chacun l'accompagne à la façon de ce génie qui était invisible pour les hommes tant qu'ils ignoraient sa présence. La bonté, la fourberie, le nom, les relations mondaines, ne se laissent pas découvrir, et on les porte cachés. Ulysse lui-même ne reconnaissait pas d'abord Athéné. Mais les dieux sont immédiatement perceptibles aux dieux, le semblable aussi vite au semblable, ainsi encore l'avait été M. de Charlus à Jupien. Jusqu'ici je m'étais trouvé, en face de M. de Charlus, de la même façon qu'un homme distrait, lequel, devant une femme enceinte dont il n'a pas remarqué la taille alourdie, s'obstine, tandis qu'elle lui répète en souriant: «Oui, je suis un peu fatiguée en ce moment», à lui demander indiscrètement: «Qu'avez-vous donc?» Mais que quelqu'un lui dise: «Elle est grosse», soudain il aperçoit le ventre et ne verra plus que lui. C'est la raison qui ouvre les yeux; une erreur dissipée nous donne un sens de plus.

Les personnes qui n'aiment pas se reporter comme exemples de cette loi aux messieurs de Charlus de leur connaissance, que pendant bien longtemps elles n'avaient pas soupçonnés, jusqu'au jour où, sur la surface unie de l'individu pareil aux autres, sont venus apparaître, tracés en une encre jusque-là, invisible, les caractères qui composent le mot cher aux anciens Grecs, n'ont, pour se persuader que le monde qui les entoure leur apparaît d'abord nu, dépouillé de mille ornements qu'il offre à de plus instruits, qu'à se souvenir combien de fois, dans la vie, il leur est arrivé d'être sur le point de commettre une gaffe. Rien, sur le visage privé de caractères de tel ou tel homme, ne pouvait leur faire supposer qu'il était précisément le frère, ou le fiancé, ou l'amant d'une femme dont elles allaient dire: «Quel chameau!» Mais alors, par bonheur, un mot que leur chuchote un voisin arrête sur leurs lèvres le terme fatal. Aussitôt apparaissent, comme un *Mane, Thecel, Phares*, ces mots: il est le fiancé, ou: il est le frère, ou: il est l'amant de la femme qu'il ne convient pas d'appeler devant lui: «chameau». Et cette seule notion nouvelle entraînera tout un regroupement, le retrait ou l'avance de la fraction des notions, désormais complétées, qu'on possédait sur le reste de la famille. En M. de Charlus un autre être avait beau s'accoupler, qui le différenciait des autres hommes, comme dans le centaure le cheval, cet être avait beau faire corps avec le baron, je ne l'avais jamais aperçu. Maintenant l'abstrait s'était matérialisé, l'être enfin compris avait aussitôt perdu son pouvoir de rester invisible, et la transmutation de M. de Charlus en une personne nouvelle était si complète, que non seulement les contrastes de son visage, de sa voix, mais rétrospectivement les hauts et les bas eux-mêmes de ses relations avec moi, tout ce qui avait paru jusque-là incohérent à mon esprit, devenaient intelligibles, se montraient évidents, comme une phrase, n'offrant aucun sens tant qu'elle reste décomposée en lettres disposées au hasard, exprime, si les caractères se trouvent replacés dans l'ordre qu'il faut, une pensée que l'on ne pourra plus oublier.

De plus je comprenais maintenant pourquoi tout à l'heure, quand je l'avais vu sortir de chez Mme de Villeparisis, j'avais pu trouver que M. de Charlus avait l'air d'une femme: c'en était une! Il appartenait à la race de ces êtres, moins contradictoires qu'ils n'en ont l'air, dont l'idéal est viril, justement parce que leur tempérament est féminin, et qui sont dans la vie pareils, en apparence seulement, aux autres hommes; là où chacun porte, inscrite en ces yeux à travers lesquels il voit toutes choses dans l'univers, une silhouette installée dans la facette de la prunelle, pour eux ce n'est pas celle d'une nymphe, mais d'un éphèbe. Race sur qui pèse une malédiction et qui doit vivre dans le mensonge et le parjure, puisqu'elle sait tenu pour punissable et honteux, pour inavouable, son désir, ce qui fait pour toute créature la plus grande douceur de vivre; qui doit renier son Dieu, puisque, même chrétiens, quand à la barre du tribunal ils comparaissent comme accusés, il leur faut, devant le Christ et en son nom, se défendre comme d'une calomnie de ce qui est leur vie même; fils sans mère, à laquelle ils sont obligés de mentir toute la vie et même à l'heure de lui fermer les yeux; amis sans amitiés, malgré toutes celles que leur charme fréquemment reconnu inspire et que leur coeur souvent bon ressentirait; mais peut-on appeler amitiés ces relations qui ne végètent qu'à la faveur d'un mensonge et d'où le premier élan de confiance et de sincérité qu'ils seraient tentés d'avoir les ferait rejeter avec dégoût, à moins qu'ils n'aient à faire à un esprit impartial, voire sympathique, mais qui alors, égaré à leur endroit par une psychologie de convention, fera découler du vice confessé l'affection même qui lui est la plus étrangère, de même que certains juges supposent et excusent plus facilement l'assassinat chez les invertis et la trahison chez les Juifs pour des raisons tirées du péché originel et de la fatalité de la race.

Enfin—du moins selon la première théorie que j'en esquissais alors, qu'on verra se modifier par la suite, et en laquelle cela les eût par-dessus tout fâchés si cette contradiction n'avait été dérobée à leurs yeux par l'illusion même que les faisait voir et vivre—amants à qui est presque fermée la possibilité de cet amour dont l'espérance leur donne la force de supporter tant de risques et de solitudes, puisqu'ils sont justement épris d'un homme qui n'aurait rien d'une femme, d'un homme qui ne serait pas inverti et qui, par conséquent, ne peut les aimer; de sorte que leur désir serait à jamais inassouvissable si l'argent ne leur livrait de vrais hommes, et si l'imagination ne finissait par leur faire prendre pour de vrais hommes les invertis à qui ils se sont prostitués. Sans honneur que précaire, sans liberté que provisoire, jusqu'à la découverte du crime; sans situation qu'instable, comme pour le poète la veille fêté dans tous les salons, applaudi dans tous les théâtres de Londres, chassé le lendemain de tous les garnis sans pouvoir trouver un oreiller où reposer sa tête, tournant la meule comme Samson et disant comme lui: «Les deux sexes mourront chacun de son côté»; exclus même, hors les jours de grande infortune où le plus grand nombre se rallie autour de la victime, comme les Juifs autour de Dreyfus, de la sympathie—parfois de la société—de leurs semblables, auxquels ils donnent le dégoût de voir ce qu'ils sont, dépeint dans un miroir qui, ne les flattant plus, accuse toutes les tares qu'ils n'avaient pas voulu remarquer chez eux-mêmes et qui leur fait comprendre que ce qu'ils appelaient leur amour (et à quoi, en jouant sur le mot, ils avaient, par sens social, annexé tout ce que la poésie, la peinture, la musique, la chevalerie, l'ascétisme, ont pu ajouter à l'amour) découle non d'un idéal de beauté qu'ils ont élu, mais d'une maladie inguérissable; comme les Juifs encore (sauf quelques-uns qui ne veulent fréquenter que ceux de leur race, ont toujours à la bouche les mots rituels et les plaisanteries consacrées) se fuyant les uns les autres, recherchant ceux qui leur sont le plus opposés, qui ne veulent pas d'eux, pardonnant leurs rebuffades, s'enivrant de leurs complaisances; mais aussi rassemblés à leurs pareils par l'ostracisme qui les frappe, l'opprobre où ils sont tombés, ayant fini par prendre, par une persécution semblable à celle d'Israël, les caractères physiques et moraux d'une race, parfois beaux, souvent affreux, trouvant (malgré toutes les moqueries dont celui qui, plus mêlé, mieux assimilé à la race adverse, est relativement, en apparence, le moins inverti, accable qui l'est demeuré davantage) une détente dans la fréquentation de leurs semblables, et même un appui dans leur existence, si bien que, tout en niant qu'ils soient une race (dont le nom est la plus grande injure), ceux qui parviennent à cacher qu'ils en sont, ils les démasquent volontiers, moins pour leur nuire, ce qu'ils ne détestent pas, que pour s'excuser, et allant chercher, comme un médecin l'appendicite, l'inversion jusque dans l'histoire, ayant plaisir à rappeler que Socrate était l'un d'eux, comme les Israélites disent de Jésus, sans songer qu'il n'y avait pas d'anormaux quand l'homosexualité était la norme, pas d'antichrétiens avant le Christ, que l'opprobre seul fait le crime, parce qu'il n'a laissé subsister que ceux qui étaient réfractaires à toute prédication, à tout exemple, à tout châtiment, en vertu d'une disposition innée tellement spéciale qu'elle répugne plus aux autres hommes (encore qu'elle puisse s'accompagner de hautes qualités morales) que de certains vices qui y contredisent, comme le vol, la cruauté, la mauvaise foi, mieux compris, donc plus excusés du commun des hommes; formant une franc-maçonnerie bien plus étendue, plus efficace et moins soupçonnée que celle des loges, car elle repose sur une identité de goûts, de besoins, d'habitudes, de dangers, d'apprentissage, de savoir, de trafic, de glossaire, et dans laquelle les membres mêmes qui souhaitent de ne pas se connaître aussitôt se reconnaissent à des signes naturels ou de convention, involontaires ou voulus, qui signalent un de ses semblables au mendiant dans le grand seigneur à qui il ferme la portière de sa voiture, au père dans le fiancé de sa fille, à celui qui avait voulu se guérir, se confesser, qui avait à se défendre, dans le médecin, dans le prêtre, dans l'avocat qu'il est allé trouver; tous obligés à protéger leur secret, mais ayant leur part d'un secret des autres que le reste de l'humanité ne soupçonne pas et qui fait qu'à eux les romans d'aventure les plus invraisemblables semblent vrais, car dans cette vie romanesque, anachronique, l'ambassadeur est ami du forçat; le prince, avec une certaine liberté d'allures que donne l'éducation aristocratique et qu'un petit bourgeois tremblant n'aurait pas, en sortant de chez la duchesse s'en va conférer avec l'apache; partie réprouvée de la collectivité humaine, mais partie importante, soupçonnée là où elle n'est pas étalée, insolente, impunie là où elle n'est pas devinée; comptant des adhérents partout, dans le peuple, dans l'armée, dans le temple, au bagne, sur le trône; vivant enfin, du moins un grand nombre, dans l'intimité caressante et dangereuse avec les hommes de l'autre race, les provoquant, jouant avec eux à parler de son vice comme s'il n'était pas sien, jeu qui est rendu facile par l'aveuglement ou la fausseté des autres, jeu qui peut se prolonger des années jusqu'au jour du scandale où ces dompteurs sont dévorés; jusque-là obligés de cacher leur vie, de détourner leurs regards d'où ils voudraient se fixer, de les fixer sur ce dont ils voudraient se détourner, de changer le genre de bien des adjectifs dans leur vocabulaire, contrainte sociale légère auprès de la contrainte intérieure que leur vice, ou ce qu'on nomme improprement ainsi, leur impose non plus à l'égard des autres mais d'eux-mêmes, et de façon qu'à eux-mêmes il ne leur paraisse pas un vice. Mais certains, plus pratiques, plus pressés, qui n'ont pas le temps d'aller faire leur marché et de renoncer à la simplification de la vie et à ce gain de temps qui peut résulter de la coopération, se sont fait deux sociétés dont la seconde est composée exclusivement d'êtres pareils à eux.

Cela frappe chez ceux qui sont pauvres et venus de la province, sans relations, sans rien que l'ambition d'être un jour médecin ou avocat célèbre, ayant un esprit encore vide d'opinions, un corps dénué de manières et qu'ils comptent rapidement orner, comme ils achèteraient pour leur petite chambre du quartier latin des meubles d'après ce qu'ils remarqueraient et calqueraient chez ceux qui sont déjà «arrivés» dans la profession utile et sérieuse où ils souhaitent de s'encadrer et de devenir illustres; chez ceux-là, leur goût spécial, hérité à leur insu, comme des dispositions pour le dessin, pour la musique, est peut-être, à la vérité, la seule originalité vivace, despotique—et qui tels soirs les force à manquer telle réunion utile à leur carrière avec des gens dont, pour le reste, ils adoptent les façons de parler, de penser, de s'habiller, de se coiffer.

Dans leur quartier, où ils ne fréquentent sans cela que des condisciples, des maîtres ou quelque compatriote arrivé et protecteur, ils ont vite découvert d'autres jeunes gens que le même goût particulier rapproche d'eux, comme dans une petite ville se lient le professeur de seconde et le notaire qui aiment tous les deux la musique de chambre, les ivoires du moyen âge; appliquant à l'objet de leur distraction le même instinct utilitaire, le même esprit professionnel qui les guide dans leur carrière, ils les retrouvent à des séances où nul profane n'est admis, pas plus qu'à celles qui réunissent des amateurs de vieilles tabatières, d'estampes japonaises, de fleurs rares, et où, à cause du plaisir de s'instruire, de l'utilité des échanges et de la crainte des compétitions, règne à la fois, comme dans une bourse aux timbres, l'entente étroite des spécialistes et les féroces rivalités des collectionneurs. Personne d'ailleurs, dans le café où ils ont leur table, ne sait quelle est cette réunion, si c'est celle d'une société de pêche, des secrétaires de rédaction, ou des enfants de l'Indre, tant leur tenue est correcte, leur air réservé et froid, et tant ils n'osent regarder qu'à la dérobée les jeunes gens à la mode, les jeunes «lions» qui, à quelques mètres plus loin, font grand bruit de leurs maîtresses, et parmi lesquels ceux qui les admirent sans oser lever les yeux apprendront seulement vingt ans plus tard, quand les uns seront à la veille d'entrer dans une académie et les autres de vieux hommes de cercle, que le plus séduisant, maintenant un gros et grisonnant Charlus, était en réalité pareil à eux, mais ailleurs, dans un autre monde, sous d'autres symboles extérieurs, avec des signes étrangers, dont la différence les a induits en erreur. Mais les groupements sont plus ou moins avancés; et comme l'«Union des gauches» diffère de la «Fédération socialiste» et telle société de musique Mendelssohnienne de la Schola Cantorum, certains soirs, à une autre table, il y a des extrémistes qui laissent passer un bracelet sous leur manchette, parfois un collier dans l'évasement de leur col, forcent par leurs regards insistants, leurs gloussements, leurs rires, leurs caresses entre eux, une bande de collégiens à s'enfuir au plus vite, et sont servis, avec une politesse sous laquelle couve l'indignation, par un garçon qui, comme les soirs où il sert les dreyfusards, aurait plaisir à aller chercher la police s'il n'avait avantage à empocher les pourboires.

C'est à ces organisations professionnelles que l'esprit oppose le goût des solitaires, et sans trop d'artifices d'une part, puisqu'il ne fait en cela qu'imiter les solitaires eux-mêmes qui croient que rien ne diffère plus du vice organisé que ce qui leur paraît à eux un amour incompris, avec quelque artifice toutefois, car ces différentes classes répondent, tout autant qu'à des types physiologiques divers, à des moments successifs d'une évolution pathologique ou seulement sociale. Et il est bien rare en effet qu'un jour ou l'autre, ce ne soit pas dans de telles organisations que les solitaires viennent se fondre, quelquefois par simple lassitude, par commodité (comme finissent ceux qui en ont été le plus adversaires par faire poser chez eux le téléphone, par recevoir les Iéna, ou par acheter chez Potin). Ils y sont d'ailleurs généralement assez mal reçus, car, dans leur vie relativement pure, le défaut d'expérience, la saturation par la rêverie où ils sont réduits, ont marqué plus fortement en eux ces caractères particuliers d'efféminement que les professionnels ont cherché à effacer.

Et il faut avouer que chez certains de ces nouveaux venus, la femme n'est pas seulement intérieurement unie à l'homme, mais hideusement visible, agités qu'ils sont dans un spasme d'hystérique, par un rire aigu qui convulse leurs genoux et leurs mains, ne ressemblant pas plus au commun des hommes que ces singes à l'oeil mélancolique et cerné, aux pieds prenants, qui revêtent le smoking et portent une cravate noire; de sorte que ces nouvelles recrues sont jugées, par de moins chastes pourtant, d'une fréquentation compromettante, et leur admission difficile; on les accepte cependant et ils bénéficient alors de ces facilités par lesquelles le commerce, les grandes entreprises, ont transformé la vie des individus, leur ont rendu accessibles des denrées jusque-là trop dispendieuses à acquérir et même difficiles à trouver, et qui maintenant les submergent par la pléthore de ce que seuls ils n'avaient pu arriver à découvrir dans les plus grandes foules. Mais, même avec ces exutoires innombrables, la contrainte sociale est trop lourde encore pour certains, qui se recrutent surtout parmi ceux chez qui la contrainte mentale ne s'est pas exercée et qui tiennent encore pour plus rare qu'il n'est leur genre d'amour. Laissons pour le moment de côté ceux qui, le caractère exceptionnel de leur penchant les faisant se croire supérieurs à elles, méprisent les femmes, font de l'homosexualité le privilège des grands génies et des époques glorieuses, et quand ils cherchent à faire partager leur goût, le font moins à ceux qui leur semblent y être prédisposés, comme le morphinomane fait pour la morphine, qu'à ceux qui leur en semblent dignes, par zèle d'apostolat, comme d'autres prêchent le sionisme, le refus du service militaire, le saint-simonisme, le végétarisme et l'anarchie. Quelques-uns, si on les surprend le matin encore couchés, montrent une admirable tête de femme, tant l'expression est générale et symbolise tout le sexe; les cheveux eux-mêmes l'affirment, leur inflexion est si féminine, déroulés, ils tombent si naturellement en tresses sur la joue, qu'on s'émerveille que la jeune femme, la jeune fille, Galathée qui s'éveille à peine dans l'inconscient de ce corps d'homme où elle est enfermée, ait su si ingénieusement, de soi-même, sans l'avoir appris de personne, profiter des moindres issues de sa prison, trouver ce qui était nécessaire à sa vie.

Sans doute le jeune homme qui a cette tête délicieuse ne dit pas: «Je suis une femme.» Même si—pour tant de raisons possibles—il vit avec une femme, il peut lui nier que lui en soit une, lui jurer qu'il n'a jamais eu de relations avec des hommes. Qu'elle le regarde comme nous venons de le montrer, couché dans un lit, en pyjama, les bras nus, le cou nu sous les cheveux noirs. Le pyjama est devenu une camisole de femme, la tête celle d'une jolie Espagnole. La maîtresse s'épouvante de ces confidences faites à ses regards, plus vraies que ne pourraient être des paroles, des actes mêmes, et que les actes mêmes, s'ils ne l'ont déjà fait, ne pourront manquer de confirmer, car tout être suit son plaisir, et si cet être n'est pas trop vicieux, il le cherche dans un sexe opposé au sien. Et pour l'inverti le vice commence, non pas quand il noue des relations (car trop de raisons peuvent les commander), mais quand il prend son plaisir avec des femmes. Le jeune homme que nous venons d'essayer de peindre était si évidemment une femme, que les femmes qui le regardaient avec désir étaient vouées (à moins d'un goût particulier) au même désappointement que celles qui, dans les comédies de Shakespeare, sont déçues par une jeune fille déguisée qui se fait passer pour un adolescent. La tromperie est égale, l'inverti même le sait, il devine la désillusion que, le travestissement ôté, la femme éprouvera, et sent combien cette erreur sur le sexe est une source de fantaisiste poésie.

Du reste, même à son exigeante maîtresse, il a beau ne pas avouer (si elle n'est pas gomorrhéenne): «Je suis une femme», pourtant en lui, avec quelles ruses, quelle agilité, quelle obstination de plante grimpante, la femme inconsciente et visible cherche-t-elle l'organe masculin. On n'a qu'à regarder cette chevelure bouclée sur l'oreiller blanc pour comprendre que le soir, si ce jeune homme glisse hors des doigts de ses parents, malgré eux, malgré lui ce ne sera par pour aller retrouver des femmes. Sa maîtresse peut le châtier, l'enfermer, le lendemain l'homme-femme aura trouvé le moyen de s'attacher à un homme, comme le volubilis jette ses vrilles là où se trouve une pioche ou un râteau. Pourquoi, admirant dans le visage de cet homme des délicatesses qui nous touchent, une grâce, un naturel dans l'amabilité comme les hommes n'en ont point, serions-nous désolés d'apprendre que ce jeune homme recherche les boxeurs? Ce sont des aspects différents d'une même réalité.

Et même, celui qui nous répugne est le plus touchant, plus touchant que toutes les délicatesses, car il représente un admirable effort inconscient de la nature: la reconnaissance du sexe par lui-même; malgré les duperies du sexe, apparaît la tentative inavouée pour s'évader vers ce qu'une erreur initiale de la société a placé loin de lui. Pour les uns, ceux qui ont eu l'enfance la plus timide sans doute, ils ne se préoccupent guère de la sorte matérielle de plaisir qu'ils reçoivent, pourvu qu'ils puissent le rapporter à un visage masculin. Tandis que d'autres, ayant des sens plus violents sans doute, donnent à leur plaisir matériel d'impérieuses localisations. Ceux-là choqueraient peut-être par leurs aveux la moyenne du monde. Ils vivent peut-être moins exclusivement sous le satellite de Saturne, car pour eux les femmes ne sont pas entièrement exclues comme pour les premiers, à l'égard desquels elles n'existeraient pas sans la conversation, la coquetterie, les amours de tête.

Mais les seconds recherchent celles qui aiment les femmes, elles peuvent leur procurer un jeune homme, accroître le plaisir qu'ils ont à se trouver avec lui; bien plus, ils peuvent, de la même manière, prendre avec elles le même plaisir qu'avec un homme. De là vient que la jalousie n'est excitée, pour ceux qui aiment les premiers, que par le plaisir qu'ils pourraient prendre avec un homme et qui seul leur semble une trahison, puisqu'ils ne participent pas à l'amour des femmes, ne l'ont pratiqué que comme habitude et pour se réserver la possibilité du mariage, se représentant si peu le plaisir qu'il peut donner, qu'ils ne peuvent souffrir que celui qu'ils aiment le goûte; tandis que les seconds inspirent souvent de la jalousie par leurs amours avec des femmes. Car dans les rapports qu'ils ont avec elles, ils jouent pour la femme qui aime les femmes le rôle d'une autre femme, et la femme leur offre en même temps à peu près ce qu'ils trouvent chez l'homme, si bien que l'ami jaloux souffre de sentir celui qu'il aime rivé à celle qui est pour lui presque un homme, en même temps qu'il le sent presque lui échapper, parce que, pour ces femmes, il est quelque chose qu'il ne connaît pas, une espèce de femme. Ne parlons pas non plus de ces jeunes fous qui, par une sorte d'enfantillage, pour taquiner leurs amis, choquer leurs parents, mettent une sorte d'acharnement à choisir des vêtements qui ressemblent à des robes, à rougir leurs lèvres et noircir leurs yeux; laissons-les de côté, car ce sont eux qu'on retrouvera, quand ils auront trop cruellement porté la peine de leur affectation, passant toute une vie à essayer vainement de réparer, par une tenue sévère, protestante, le tort qu'ils se sont fait quand ils étaient emportés par le même démon qui pousse des jeunes femmes du faubourg Saint-Germain à vivre d'une façon scandaleuse, à rompre avec tous les usages, à bafouer leur famille, jusqu'au jour où elles se mettent avec persévérance et sans succès à remonter la pente qu'il leur avait paru si amusant de descendre, qu'elles avaient trouvé si amusant, ou plutôt qu'elles n'avaient pas pu s'empêcher de descendre. Laissons enfin pour plus tard ceux qui ont conclu un pacte avec Gomorrhe.

Nous en parlerons quand M. de Charlus les connaîtra. Laissons tous ceux, d'une variété ou d'une autre, qui apparaîtront à leur tour, et pour finir ce premier exposé, ne disons un mot que de ceux dont nous avions commencé de parler tout à l'heure, des solitaires. Tenant leur vice pour plus exceptionnel qu'il n'est, ils sont allés vivre seuls du jour qu'ils l'ont découvert, après l'avoir porté longtemps sans le connaître, plus longtemps seulement que d'autres. Car personne ne sait tout d'abord qu'il est inverti, ou poète, ou snob, ou méchant. Tel collégien qui apprenait des vers d'amour ou regardait des images obscènes, s'il se serrait alors contre un camarade, s'imaginait seulement communier avec lui dans un même désir de la femme. Comment croirait-il n'être pas pareil à tous, quand ce qu'il éprouve il en reconnaît la substance en lisant Mme de Lafayette, Racine, Baudelaire, Walter Scott, alors qu'il est encore trop peu capable, de s'observer soi-même pour se rendre compte de ce qu'il ajoute de son cru, et que si le sentiment est le même, l'objet diffère, que ce qu'il désire c'est Rob Roy et non Diana Vernon? Chez beaucoup, par une prudence défensive de l'instinct qui précède la vue plus claire de l'intelligence, la glace et les murs de leur chambre disparaissaient sous des chromos représentant des actrices; ils font des vers tels que: «Je n'aime que Chloé au monde, elle est divine, elle est blonde, et d'amour mon coeur s'inonde.» Faut-il pour cela mettre au commencement de ces vies un goût qu'on ne devait point retrouver chez elles dans la suite, comme ces boucles blondes des enfants qui doivent ensuite devenir les plus bruns? Qui sait si les photographies de femmes ne sont pas un commencement d'hypocrisie, un commencement aussi d'horreur pour les autres invertis? Mais les solitaires sont précisément ceux à qui l'hypocrisie est douloureuse.

Peut-être l'exemple des Juifs, d'une colonie différente, n'est-il même pas assez fort pour expliquer combien l'éducation a peu de prise sur eux, et avec quel art ils arrivent à revenir, peut-être pas à quelque chose d'aussi simplement atroce que le suicide où les fous, quelque précaution qu'on prenne, reviennent et, sauvés de la rivière où ils se sont jetés, s'empoisonnent, se procurent un revolver, etc., mais à une vie dont les hommes de l'autre race non seulement ne comprennent pas, n'imaginent pas, haïssent les plaisirs nécessaires, mais encore dont le danger fréquent et la honte permanente leur feraient horreur. Peut-être, pour les peindre, faut-il penser sinon aux animaux qui ne se domestiquent pas, aux lionceaux prétendus apprivoisés mais restés lions, du moins aux noirs, que l'existence confortable des blancs désespère et qui préfèrent les risques de la vie sauvage et ses incompréhensibles joies. Quand le jour est venu où ils se sont découverts incapables à la fois de mentir aux autres et de se mentir à soi-même, ils partent vivre à la campagne, fuyant leurs pareils (qu'ils croient peu nombreux) par horreur de la monstruosité ou crainte de la tentation, et le reste de l'humanité par honte.

N'étant jamais parvenus à la véritable maturité, tombés dans la mélancolie, de temps à autre, un dimanche sans lune, ils vont faire une promenade sur un chemin jusqu'à un carrefour, où, sans qu'ils se soient dit un mot, est venu les attendre un de leurs amis d'enfance qui habite un château voisin. Et ils recommencent les jeux d'autrefois, sur l'herbe, dans la nuit, sans échanger une parole. En semaine, ils se voient l'un chez l'autre, causent de n'importe quoi, sans une allusion à ce qui s'est passé, exactement comme s'ils n'avaient rien fait et ne devaient rien refaire, sauf, dans leurs rapports, un peu de froideur, d'ironie, d'irritabilité et de rancune, parfois de la haine. Puis le voisin part pour un dur voyage à cheval, et, à mulet, ascensionne des pics, couche dans la neige; son ami, qui identifie son propre vice avec une faiblesse de tempérament, la vie casanière et timide, comprend que le vice ne pourra plus vivre en son ami émancipé, à tant de milliers de mètres au-dessus du niveau de la mer. Et en effet, l'autre se marie. Le délaissé pourtant ne guérit pas (malgré les cas où l'on verra que l'inversion est guérissable). Il exige de recevoir lui-même le matin, dans sa cuisine, la crème fraîche des mains du garçon laitier et, les soirs où des désirs l'agitent trop, il s'égare jusqu'à remettre dans son chemin un ivrogne, jusqu'à arranger la blouse de l'aveugle. Sans doute la vie de certains invertis paraît quelquefois changer, leur vice (comme on dit) n'apparaît plus dans leurs habitudes; mais rien ne se perd: un bijou caché se retrouve; quand la quantité des urines d'un malade diminue, c'est bien qu'il transpire davantage, mais il faut toujours que l'excrétion se fasse. Un jour cet homosexuel perd un jeune cousin et, à son inconsolable douleur, vous comprenez que c'était dans cet amour, chaste peut-être et qui tenait plus à garder l'estime qu'à obtenir la possession, que les désirs avaient passé par virement, comme dans un budget, sans rien changer au total, certaines dépenses sont portées à un autre exercice. Comme il en est pour ces malades chez qui une crise d'urticaire fait disparaître pour un temps leurs indispositions habituelles, l'amour pur à l'égard d'un jeune parent semble, chez l'inverti, avoir momentanément remplacé, par métastase, des habitudes qui reprendront un jour ou l'autre la place du mal vicariant et guéri.

Cependant le voisin marié du solitaire est revenu; devant la beauté de la jeune épouse et la tendresse que son mari lui témoigne, le jour où l'ami est forcé de les inviter à dîner, il a honte du passé. Déjà dans une position intéressante, elle doit rentrer de bonne heure, laissant son mari; celui-ci, quand l'heure est venue de rentrer, demande un bout de conduite à son ami, que d'abord aucune suspicion n'effleure, mais qui, au carrefour, se voit renversé sur l'herbe, sans une parole, par l'alpiniste bientôt père. Et les rencontres recommencent jusqu'au jour où vient s'installer non loin de là un cousin de la jeune femme, avec qui se promène maintenant toujours le mari. Et celui-ci, si le délaissé vient le voir et cherche à s'approcher de lui, furibond, le repousse avec l'indignation que l'autre n'ait pas eu le tact de pressentir le dégoût qu'il inspire désormais. Une fois pourtant se présente un inconnu envoyé par le voisin infidèle; mais, trop affairé, le délaissé ne peut le recevoir et ne comprend que plus tard dans quel but l'étranger était venu.

Alors le solitaire languit seul. Il n'a d'autre plaisir que d'aller à la station de bain de mer voisine demander un renseignement à un certain employé de chemin de fer. Mais celui-ci a reçu de l'avancement, est nommé à l'autre bout de la France; le solitaire ne pourra plus aller lui demander l'heure des trains, le prix des premières, et avant de rentrer rêver dans sa tour, comme Grisélidis, il s'attarde sur la plage, telle une étrange Andromède qu'aucun Argonaute ne viendra délivrer, comme une méduse stérile qui périra sur le sable, ou bien il reste paresseusement, avant le départ du train, sur le quai, à jeter sur la foule des voyageurs un regard qui semblera indifférent, dédaigneux ou distrait, à ceux d'une autre race, mais qui, comme l'éclat lumineux dont se parent certains insectes pour attirer ceux de la même espèce, ou comme le nectar qu'offrent certaines fleurs pour attirer les insectes qui les féconderont, ne tromperait pas l'amateur presque introuvable d'un plaisir trop singulier, trop difficile à placer, qui lui est offert, le confrère avec qui notre spécialiste pourrait parler la langue insolite; tout au plus, à celle-ci quelque loqueteux du quai fera-t-il semblant de s'intéresser, mais pour un bénéfice matériel seulement, comme ceux qui au Collège de France, dans la salle où le professeur de sanscrit parle sans auditeur, vont suivre le cours, mais seulement pour se chauffer. Méduse! Orchidée! quand je ne suivais que mon instinct, la méduse me répugnait à Balbec; mais si je savais la regarder, comme Michelet, du point de vue de l'histoire naturelle et de l'esthétique, je voyais une délicieuse girandole d'azur. Ne sont-elles pas, avec le velours transparent de leurs pétales, comme les mauves orchidées de la mer? Comme tant de créatures du règne animal et du règne végétal, comme la plante qui produirait la vanille, mais qui, parce que, chez elle, l'organe mâle est séparé par une cloison de l'organe femelle, demeure stérile si les oiseaux-mouches ou certaines petites abeilles ne transportent le pollen des unes aux autres ou si l'homme ne les féconde artificiellement, M. de Charlus (et ici le mot fécondation doit être pris au sens moral, puisqu'au sens physique l'union du mâle avec le mâle est stérile, mais il n'est pas indifférent qu'un individu puisse rencontrer le seul plaisir qu'il est susceptible de goûter, et «qu'ici-bas tout être» puisse donner à quelqu'un «sa musique, sa flamme ou son parfum»), M. de Charlus était de ces hommes qui peuvent être appelés exceptionnels, parce que, si nombreux soient-ils, la satisfaction, si facile chez d'autres de leurs besoins sexuels, dépend de la coïncidence de trop de conditions, et trop difficiles à rencontrer.

Pour des hommes comme M. de Charlus, et sous la réserve des accommodements qui paraîtront peu à peu et qu'on a pu déjà pressentir, exigés par le besoin de plaisir, qui se résignent à de demi-consentements, l'amour mutuel, en dehors des difficultés si grandes, parfois insurmontables, qu'il rencontre chez le commun des êtres, leur en ajoute de si spéciales, que ce qui est toujours très rare pour tout le monde devient à leur égard à peu près impossible, et que, si se produit pour eux une rencontre vraiment heureuse ou que la nature leur fait paraître telle, leur bonheur, bien plus encore que celui de l'amoureux normal, a quelque chose d'extraordinaire, de sélectionné, de profondément nécessaire. La haine des Capulet et des Montaigu n'était rien auprès des empêchements de tout genre qui ont été vaincus, des éliminations spéciales que la nature a dû faire subir aux hasards déjà peu communs qui amènent l'amour, avant qu'un ancien giletier, qui comptait partir sagement pour son bureau, titube, ébloui, devant un quinquagénaire bedonnant; ce Roméo et cette Juliette peuvent croire à bon droit que leur amour n'est pas le caprice d'un instant, mais une véritable prédestination préparée par les harmonies de leur tempérament, non pas seulement par leur tempérament propre, mais par celui de leurs ascendants, par leur plus lointaine hérédité, si bien que l'être qui se conjoint à eux leur appartient avant la naissance, les a attirés par une force comparable à celle qui dirige les mondes où nous avons passé nos vies antérieures. M. de Charlus m'avait distrait de regarder si le bourdon apportait à l'orchidée le pollen qu'elle attendait depuis si longtemps, qu'elle n'avait chance de recevoir que grâce à un hasard si improbable qu'on le pouvait appeler une espèce de miracle.

Mais c'était un miracle aussi auquel je venais d'assister, presque du même genre, et non moins merveilleux. Dès que j'eus considéré cette rencontre de ce point de vue, tout m'y sembla empreint de beauté. Les ruses les plus extraordinaires que la nature a inventées pour forcer les insectes à assurer la fécondation des fleurs, qui, sans eux, ne pourraient pas l'être parce que la fleur mâle y est trop éloignée de la fleur femelle, ou qui, si c'est le vent qui doit assurer le transport du pollen, le rend bien plus facile à détacher de la fleur mâle, bien plus aisé à attraper au passage de la fleur femelle, en supprimant la sécrétion du nectar, qui n'est plus utile puisqu'il n'y a pas d'insectes à attirer, et même l'éclat des corolles qui les attirent, et, pour que la fleur soit réservée au pollen qu'il faut, qui ne peut fructifier qu'en elle, lui fait sécréter une liqueur qui l'immunise contre les autres pollens—ne me semblaient pas plus merveilleuses que l'existence de la sous-variété d'invertis destinée à assurer les plaisirs de l'amour à l'inverti devenant vieux: les hommes qui sont attirés non par tous les hommes, mais—par un phénomène de correspondance et d'harmonie comparable à ceux qui règlent la fécondation des fleurs hétérostylées trimorphes, comme le *Lythrum salicoria*—seulement par les hommes beaucoup plus âgés qu'eux. De cette sous-variété, Jupien venait de m'offrir un exemple, moins saisissant pourtant que d'autres que tout herborisateur humain, tout botaniste moral, pourra observer, malgré leur rareté, et qui leur présentera un frêle jeune homme qui attendait les avances d'un robuste et bedonnant quinquagénaire, restant aussi indifférent aux avances des autres jeunes gens que restent stériles les fleurs hermaphrodites à court style de la *Primula veris* tant qu'elles ne sont fécondées que par d'autres *Primula veris* à court style aussi, tandis qu'elles accueillent avec joie le pollen des *Primula veris* à long style. Quant à ce qui était de M. de Charlus, du reste, je me rendis compte dans la suite qu'il y avait pour lui divers genres de conjonctions et desquelles certaines, par leur multiplicité, leur instantanéité à peine visible, et surtout le manque de contact entre les deux acteurs, rappelaient plus encore ces fleurs qui dans un jardin sont fécondées par le pollen d'une fleur voisine qu'elles ne toucheront jamais. Il y avait en effet certains êtres qu'il lui suffisait de faire venir chez lui, de tenir pendant quelques heures sous la domination de sa parole, pour que son désir, allumé dans quelque rencontre, fût apaisé. Par simples paroles la conjonction était faite aussi simplement qu'elle peut se produire chez les infusoires. Parfois, ainsi que cela lui était sans doute arrivé pour moi le soir où j'avais été mandé par lui après le dîner Guermantes, l'assouvissement avait lieu grâce à une violente semonce que le baron jetait à la figure du visiteur, comme certaines fleurs, grâce à un ressort, aspergent à distance l'insecte inconsciemment complice et décontenancé. M. de Charlus, de dominé devenu dominateur, se sentait purgé de son inquiétude et calmé, renvoyait le visiteur, qui avait aussitôt cessé de lui paraître désirable. Enfin, l'inversion elle-même, venant de ce que l'inverti se rapproche trop de la femme pour pouvoir avoir des rapports utiles avec elle, se rattache par là à une loi plus haute qui fait que tant de fleurs hermaphrodites restent infécondes, c'est-à-dire à la stérilité de l'auto-fécondation. Il est vrai que les invertis à la recherche d'un mâle se contentent souvent d'un inverti aussi efféminé qu'eux. Mais il suffit qu'ils n'appartiennent pas au sexe féminin, dont ils ont en eux un embryon dont ils ne peuvent se servir, ce qui arrive à tant de fleurs hermaphrodites et même à certains animaux hermaphrodites, comme l'escargot, qui ne peuvent être fécondés par eux-mêmes, mais peuvent l'être par d'autres hermaphrodites. Par là les invertis, qui se rattachent volontiers à l'antique Orient ou à l'âge d'or de la Grèce, remonteraient plus haut encore, à ces époques d'essai où n'existaient ni les fleurs dioïques, ni les animaux unisexués, à cet hermaphrodisme initial dont quelques rudiments d'organes mâles dans l'anatomie de la femme et d'organes femelles dans l'anatomie de l'homme semblent conserver la trace.

Je trouvais la mimique, d'abord incompréhensible pour moi, de Jupien et de M. de Charlus aussi curieuse que ces gestes tentateurs adressés aux insectes, selon Darwin, non seulement par les fleurs dites composées, haussant les demi-fleurons de leurs capitules pour être vues de plus loin, comme certaine hétérostylée qui retourne ses étamines et les courbe pour frayer le chemin aux insectes, ou qui leur offre une ablution, et tout simplement même aux parfums de nectar, à l'éclat des corolles qui attiraient en ce moment des insectes dans la cour. A partir de ce jour, M. de Charlus devait changer l'heure de ses visites à Mme de Villeparisis, non qu'il ne pût voir Jupien ailleurs et plus commodément, mais parce qu'aussi bien qu'ils l'étaient pour moi, le soleil de l'après-midi et les fleurs de l'arbuste étaient sans doute liés à son souvenir. D'ailleurs, il ne se contenta pas de recommander les Jupien à Mme de Villeparisis, à la duchesse de Guermantes, à toute une brillante clientèle, qui fut d'autant plus assidue auprès de la jeune brodeuse que les quelques dames qui avaient résisté ou seulement tardé furent de la part du baron l'objet de terribles représailles, soit afin qu'elles servissent d'exemple, soit parce qu'elles avaient éveillé sa fureur et s'étaient dressées contre ses entreprises de domination; il rendit la place de Jupien de plus en plus lucrative jusqu'à ce qu'il le prît définitivement comme secrétaire et l'établît dans les conditions que nous verrons plus tard. «Ah! en voilà un homme heureux que ce Jupien», disait Françoise qui avait une tendance à diminuer ou à exagérer les bontés selon qu'on les avait pour elle ou pour les autres. D'ailleurs là, elle n'avait pas besoin d'exagération ni n'éprouvait d'ailleurs d'envie, aimant sincèrement Jupien. «Ah! c'est un si bon homme que le baron, ajoutait-elle, si bien, si dévot, si comme il faut! Si j'avais une fille à marier et que j'étais du monde riche, je la donnerais au baron les yeux fermés.—Mais, Françoise, disait doucement ma mère, elle aurait bien des maris cette fille. Rappelez-vous que vous l'avez déjà promise à Jupien.—Ah! dame, répondait Françoise, c'est que c'est encore quelqu'un qui rendrait une femme bien heureuse. Il y a beau avoir des riches et des pauvres misérables, ça ne fait rien pour la nature. Le baron et Jupien, c'est bien le même genre de personnes.»

Au reste j'exagérais beaucoup alors, devant cette révélation première, le caractère électif d'une conjonction si sélectionnée. Certes, chacun des hommes pareils à M. de Charlus est une créature extraordinaire, puisque, s'il ne fait pas de concessions aux possibilités de la vie, il recherche essentiellement l'amour d'un homme de l'autre race, c'est-à-dire d'un homme aimant les femmes (et qui par conséquent ne pourra pas l'aimer); contrairement à ce que je croyais dans la cour, où je venais de voir Jupien tourner autour de M. de Charlus comme l'orchidée faire des avances au bourdon, ces êtres d'exception que l'on plaint sont une foule, ainsi qu'on le verra au cours de cet ouvrage, pour une raison qui ne sera dévoilée qu'à la fin, et se plaignent eux-mêmes d'être plutôt trop nombreux que trop peu. Car les deux anges qui avaient été placés aux portes de Sodome pour savoir si ses habitants, dit la Genèse, avaient entièrement fait toutes ces choses dont le cri était monté jusqu'à l'Éternel, avaient été, on ne peut que s'en réjouir, très mal choisis par le Seigneur, lequel n'eût dû confier la tâche qu'à un Sodomiste. Celui-là, les excuses: «Père de six enfants, j'ai deux maîtresses, etc.» ne lui eussent pas fait abaisser bénévolement l'épée flamboyante et adoucir les sanctions; il aurait répondu: «Oui, et ta femme souffre les tortures de la jalousie. Mais même quand ces femmes n'ont pas été choisies par toi à Gomorrhe, tu passes tes nuits avec un gardeur de troupeaux de l'Hébron.» Et il l'aurait immédiatement fait rebrousser chemin vers la ville qu'allait détruire la pluie de feu et de soufre. Au contraire, on laissa s'enfuir tous les Sodomistes honteux, même si, apercevant un jeune garçon, ils détournaient la tête, comme la femme de Loth, sans être pour cela changés comme elle en statues de sel. De sorte qu'ils eurent une nombreuse postérité chez qui ce geste est resté habituel, pareil à celui des femmes débauchées qui, en ayant l'air de regarder un étalage de chaussures placées derrière une vitrine, retournent la tête vers un étudiant. Ces descendants des Sodomistes, si nombreux qu'on peut leur appliquer l'autre verset de la Genèse: «Si quelqu'un peut compter la poussière de la terre, il pourra aussi compter cette postérité», se sont fixés sur toute la terre, ils ont eu accès à toutes les professions, et entrent si bien dans les clubs les plus fermés que, quand un sodomiste n'y est pas admis, les boules noires y sont en majorité celles de sodomistes, mais qui ont soin d'incriminer la sodomie, ayant hérité le mensonge qui permit à leurs ancêtres de quitter la ville maudite. Il est possible qu'ils y retournent un jour. Certes ils forment dans tous les pays une colonie orientale, cultivée, musicienne, médisante, qui a des qualités charmantes et d'insupportables défauts. On les verra d'une façon plus approfondie au cours des pages qui suivront; mais on a voulu provisoirement prévenir l'erreur funeste qui consisterait, de même qu'on a encouragé un mouvement sioniste, à créer un mouvement sodomiste et à rebâtir Sodome. Or, à peine arrivés, les sodomistes quitteraient la ville pour ne pas avoir l'air d'en être, prendraient femme, entretiendraient des maîtresses dans d'autres cités, où ils trouveraient d'ailleurs toutes les distractions convenables. Ils n'iraient à Sodome que les jours de suprême nécessité, quand leur ville serait vide, par ces temps où la faim fait sortir le loup du bois, c'est-à-dire que tout se passerait en somme comme à Londres, à Berlin, à Rome, à Pétrograd ou à Paris.

En tout cas, ce jour-là, avant ma visite à la duchesse, je ne songeais pas si loin et j'étais désolé d'avoir, par attention à la conjonction Jupien-Charlus, manqué peut-être de voir la fécondation de la fleur par le bourdon.

CHAPITRE PREMIER

M. de Charlus dans le monde.—Un médecin.—Face caractéristique de Mme de Vaugoubert.—Mme d'Arpajon, le jet d'eau d'Hubert Robert et la gaieté du grand-duc Wladimir.—Mme d'Amoncourt de Citri, Mme de Saint-Euverte, etc.—Curieuse conversation entre Swann et le prince de Guermantes.—Albertine au téléphone.—Visites en attendant mon dernier et deuxième séjour à Balbec.—Arrivée à Balbec.—Les intermittences du coeur.

Comme je n'étais pas pressé d'arriver à cette soirée des Guermantes où je n'étais pas certain d'être invité, je restais oisif dehors; mais le jour d'été ne semblait pas avoir plus de hâte que moi à bouger. Bien qu'il fût plus de neuf heures, c'était lui encore qui sur la place de la Concorde donnait à l'obélisque de Louqsor un air de nougat rose. Puis il en modifia la teinte et le changea en une matière métallique, de sorte que l'obélisque ne devint pas seulement plus précieux, mais sembla aminci et presque flexible. On s'imaginait qu'on aurait pu tordre, qu'on avait peut-être déjà légèrement faussé ce bijou. La lune était maintenant dans le ciel comme un quartier d'orange pelé délicatement quoique un peu entamé. Mais elle devait plus tard être faite de l'or le plus résistant. Blottie toute seule derrière elle, une pauvre petite étoile allait servir d'unique compagne à la lune solitaire, tandis que celle-ci, tout en protégeant son amie, mais plus hardie et allant de l'avant, brandirait comme une arme irrésistible, comme un symbole oriental, son ample et merveilleux croissant d'or.

Devant l'hôtel de la princesse de Guermantes, je rencontrai le duc de Châtellerault; je ne me rappelais plus qu'une demi-heure auparavant me persécutait encore la crainte—laquelle allait du reste bientôt me ressaisir—de venir sans avoir été invité. On s'inquiète, et c'est parfois longtemps après l'heure du danger, oubliée grâce à la distraction, que l'on se souvient de son inquiétude. Je dis bonjour au jeune duc et pénétrai dans l'hôtel. Mais ici il faut d'abord que je note une circonstance minime, laquelle permettra de comprendre un fait qui suivra bientôt.

Il y avait quelqu'un qui, ce soir-là comme les précédents, pensait beaucoup au duc de Châtellerault, sans soupçonner du reste qui il était: c'était l'huissier (qu'on appelait dans ce temps-là «l'aboyeur») de Mme de

Guermantes. M. de Châtellerault, bien loin d'être un des intimes—comme il était l'un des cousins—de la princesse, était reçu dans son salon pour la première fois. Ses parents, brouillés avec elle depuis dix ans, s'étaient réconciliés depuis quinze jours et, forcés d'être ce soir absents de Paris, avaient chargé leur fils de les représenter. Or, quelques jours auparavant, l'huissier de la princesse avait rencontré dans les Champs-Elysées un jeune homme qu'il avait trouvé charmant mais dont il n'avait pu arriver à établir l'identité. Non que le jeune homme ne se fût montré aussi aimable que généreux. Toutes les faveurs que l'huissier s'était figuré avoir à accorder à un monsieur si jeune, il les avait au contraire reçues. Mais M. de Châtellerault était aussi froussard qu'imprudent; il était d'autant plus décidé à ne pas dévoiler son incognito qu'il ignorait à qui il avait affaire; il aurait eu une peur bien plus grande—quoique mal fondée—s'il l'avait su. Il s'était borné à se faire passer pour un Anglais, et à toutes les questions passionnées de l'huissier, désireux de retrouver quelqu'un à qui il devait tant de plaisir et de largesses, le duc s'était borné à répondre, tout le long de l'avenue Gabriel: «*I do not speak french.*»

Bien que, malgré tout—à cause de l'origine maternelle de son cousin—le duc de Guermantes affectât de trouver un rien de Courvoisier dans le salon de la princesse de Guermantes-Bavière, on jugeait généralement l'esprit d'initiative et la supériorité intellectuelle de cette dame d'après une innovation qu'on ne rencontrait nulle part ailleurs dans ce milieu. Après le dîner, et quelle que fût l'importance du raout qui devait suivre, les sièges, chez la princesse de Guermantes, se trouvaient disposés de telle façon qu'on formait de petits groupes, qui, au besoin, se tournaient le dos. La princesse marquait alors son sens social en allant s'asseoir, comme par préférence, dans l'un d'eux. Elle ne craignait pas du reste d'élire et d'attirer le membre d'un autre groupe. Si, par exemple, elle avait fait remarquer à M. Detaille, lequel avait naturellement acquiescé, combien Mme de Villemur, que sa place dans un autre groupe faisait voir de dos, possédait un joli cou, la princesse n'hésitait pas à élever la voix: «Madame de Villemur, M. Detaille, en grand peintre qu'il est, est en train d'admirer votre cou.» Mme de Villemur sentait là une invite directe à la conversation; avec l'adresse que donne l'habitude du cheval, elle faisait lentement pivoter sa chaise selon un arc de trois quarts de cercle et, sans déranger en rien ses voisins, faisait presque face à la princesse. «Vous ne connaissez pas M. Detaille? demandait la maîtresse de maison, à qui l'habile et pudique conversion de son invitée ne suffisait pas.—Je ne le connais pas, mais je connais ses oeuvres», répondait Mme de Villemur, d'un air respectueux, engageant, et avec un à-propos que beaucoup enviaient, tout en adressant au célèbre peintre, que l'interpellation n'avait pas suffi à lui présenter d'une manière formelle, un imperceptible salut. «Venez, monsieur Detaille, disait la princesse, je vais vous présenter à Mme de Villemur.» Celle-ci mettait alors autant d'ingéniosité à faire une place à l'auteur du *Rêve* que tout à l'heure à se tourner vers lui. Et la princesse s'avançait une chaise pour elle-même; elle n'avait en effet interpellé Mme de Villemur que pour avoir un prétexte de quitter le premier groupe où elle avait passé les dix minutes de règle, et d'accorder une durée égale de présence au second. En trois quarts d'heure, tous les groupes avaient reçu sa visite, laquelle semblait n'avoir été guidée chaque fois que par l'improviste et les prédilections, mais avait surtout pour but de mettre en relief avec quel naturel «une grande dame sait recevoir». Mais maintenant les invités de la soirée commençaient d'arriver et la maîtresse de maison s'était assise non loin de l'entrée—droite et fière, dans sa majesté quasi royale, les yeux flambant par leur incandescence propre—entre deux Altesses sans beauté et l'ambassadrice d'Espagne.

Je faisais la queue derrière quelques invités arrivés plus tôt que moi. J'avais en face de moi la princesse, de laquelle la beauté ne me fait pas seule sans doute, entre tant d'autres, souvenir de cette fête-là. Mais ce visage de la maîtresse de maison était si parfait, était frappé comme une si belle médaille, qu'il a gardé pour moi une vertu commémorative. La princesse avait l'habitude de dire à ses invités, quand elle les rencontrait quelques jours avant une de ses soirées: «Vous viendrez, n'est-ce pas?» comme si elle avait un grand désir de causer avec eux. Mais comme, au contraire, elle n'avait à leur parler de rien, dès qu'ils arrivaient devant elle, elle se contentait, sans se lever, d'interrompre un instant sa vaine conversation avec les deux Altesses et l'ambassadrice et de remercier en disant: «C'est gentil d'être venu», non qu'elle trouvât que l'invité eût fait preuve de gentillesse en venant, mais pour accroître encore la sienne; puis aussitôt le rejetant à la rivière, elle ajoutait: «Vous trouverez M. de Guermantes à l'entrée des jardins», de sorte qu'on partait visiter et qu'on la laissait tranquille. A certains même elle ne disait rien, se contentant de leur montrer ses admirables yeux d'onyx, comme si on était venu seulement à une exposition de pierres précieuses.

La première personne à passer avant moi était le duc de Châtellerault.

Ayant à répondre à tous les sourires, à tous les bonjours de la main qui lui venaient du salon, il n'avait pas aperçu l'huissier. Mais dès le premier instant l'huissier l'avait reconnu. Cette identité qu'il avait tant désiré d'apprendre, dans un instant il allait la connaître. En demandant à son «Anglais» de l'avant-veille quel nom il devait annoncer, l'huissier n'était pas seulement ému, il se jugeait indiscret, indélicat. Il lui semblait qu'il allait révéler à tout le monde (qui pourtant ne se douterait de rien) un secret qu'il était coupable de surprendre de la sorte et d'étaler publiquement. En entendant la réponse de l'invité: «Le duc de Châtellerault», il se sentit troublé d'un tel orgueil qu'il resta un instant muet. Le duc le regarda, le reconnut, se vit perdu, cependant que le domestique, qui s'était ressaisi et connaissait assez son armorial pour compléter de lui-même une appellation trop modeste, hurlait avec l'énergie professionnelle qui se veloutait d'une tendresse intime: «Son Altesse Monseigneur le duc de Châtellerault!» Mais c'était maintenant mon tour d'être annoncé. Absorbé dans la contemplation de la maîtresse de maison, qui ne m'avait pas encore vu, je n'avais pas songé aux fonctions, terribles pour moi—quoique d'une autre façon que pour M. de Châtellerault—de cet huissier habillé de noir comme un bourreau, entouré d'une troupe de valets aux livrées les plus riantes, solides gaillards prêts à s'emparer d'un intrus et à le mettre à la porte. L'huissier me demanda mon nom, je le lui dis aussi machinalement que le condamné à mort se laisse attacher au billot. Il leva aussitôt majestueusement la tête et, avant que j'eusse pu le prier de m'annoncer à mi-voix pour ménager mon amour-propre si je n'étais pas invité, et celui de la princesse de Guermantes si je l'étais, il hurla les syllabes inquiétantes avec une force capable d'ébranler la voûte de l'hôtel.

L'illustre Huxley (celui dont le neveu occupe actuellement une place prépondérante dans le monde de la littérature anglaise) raconte qu'une de ses malades n'osait plus aller dans le monde parce que souvent, dans le fauteuil même qu'on lui indiquait d'un geste courtois, elle voyait assis un vieux monsieur. Elle était bien certaine que, soit le geste inviteur, soit la présence du vieux monsieur, était une hallucination, car on ne lui aurait pas ainsi désigné un fauteuil déjà occupé. Et quand Huxley, pour la guérir, la força à retourner en soirée, elle eut un instant de pénible hésitation en se demandant si le signe aimable qu'on lui faisait était la chose réelle, ou si, pour obéir à une vision inexistante, elle allait en public s'asseoir sur les genoux d'un monsieur en chair et en os. Sa brève incertitude fut cruelle. Moins peut-être que la mienne. A partir du moment où j'avais perçu le grondement de mon nom, comme le bruit préalable d'un cataclysme possible, je dus, pour plaider en tout cas ma bonne foi et comme si je n'étais tourmenté d'aucun doute, m'avancer vers la princesse d'un air résolu.

Elle m'aperçut comme j'étais à quelques pas d'elle et, ce qui ne me laissa plus douter que j'avais été victime d'une machination, au lieu de rester assise comme pour les autres invités, elle se leva, vint à moi. Une seconde après, je pus pousser le soupir de soulagement de la malade d'Huxley quand, ayant pris le parti de s'asseoir dans le fauteuil, elle le trouva libre et comprit que c'était le vieux monsieur qui était une hallucination. La princesse venait de me tendre la main en souriant. Elle resta quelques instants debout, avec le genre de grâce particulier à la stance de Malherbe qui finit ainsi:

Et pour leur faire honneur les Anges se lever.

Elle s'excusa de ce que la duchesse ne fût pas encore arrivée, comme si je devais m'ennuyer sans elle. Pour me dire ce bonjour, elle exécuta autour de moi, en me tenant la main, un tournoiement plein de grâce, dans le tourbillon duquel je me sentais emporté. Je m'attendais presque à ce qu'elle me remît alors, telle une conductrice de cotillon, une canne à bec d'ivoire, ou une montre-bracelet. Elle ne me donna à vrai dire rien de tout cela, et comme si au lieu de danser le boston elle avait plutôt écouté un sacro-saint quatuor de Beethoven dont elle eût craint de troubler les sublimes accents, elle arrêta là la conversation, ou plutôt ne la commença pas et, radieuse encore de m'avoir vu entrer, me fit part seulement de l'endroit où se trouvait le prince.

Je m'éloignai d'elle et n'osai plus m'en rapprocher, sentant qu'elle n'avait absolument rien à me dire et que, dans son immense bonne volonté, cette femme merveilleusement haute et belle, noble comme l'étaient tant de grandes dames qui montèrent si fièrement à l'échafaud, n'aurait pu, faute d'oser m'offrir de l'eau de mélisse, que me répéter ce qu'elle m'avait déjà dit deux fois: «Vous trouverez le prince dans le jardin.» Or, aller auprès du prince, c'était sentir renaître sous une autre forme mes doutes.

En tout cas fallait-il trouver quelqu'un qui me présentât. On entendait, dominant toutes les conversations, l'intarissable jacassement de M. de Charlus, lequel causait avec Son Excellence le duc de Sidonia, dont il venait de faire la connaissance. De profession à profession, on se devine, et de vice à vice aussi. M. de Charlus et M. de Sidonia avaient chacun immédiatement flairé celui de l'autre, et qui, pour tous les deux, était, dans le monde, d'être monologuistes, au point de ne pouvoir souffrir aucune interruption. Ayant jugé tout de suite que le mal était sans remède, comme dit un célèbre sonnet, ils avaient pris la détermination, non de se taire, mais de parler chacun sans s'occuper de ce que dirait l'autre. Cela avait réalisé ce bruit confus, produit dans les comédies de Molière par plusieurs personnes qui disent ensemble des choses différentes. Le baron, avec sa voix éclatante, était du reste certain d'avoir le dessus, de couvrir la voix faible de M. de Sidonia; sans décourager ce dernier pourtant car, lorsque M. de Charlus reprenait un instant haleine, l'intervalle était rempli par le susurrement du grand d'Espagne qui avait continué imperturbablement son discours. J'aurais bien demandé à M. de Charlus de me présenter au prince de Guermantes, mais je craignais (avec trop de raison) qu'il ne fût fâché contre moi. J'avais agi envers lui de la façon la plus ingrate en laissant pour la seconde fois tomber ses offres et en ne lui donnant pas signe de vie depuis le soir où il m'avait si affectueusement reconduit à la maison. Et pourtant je n'avais nullement comme excuse anticipée la scène que je venais de voir, cet après-midi même, se passer entre Jupien et lui. Je ne soupçonnais rien de pareil. Il est vrai que peu de temps auparavant, comme mes parents me reprochaient ma paresse et de n'avoir pas encore pris la peine d'écrire un mot à M. de Charlus, je leur avais violemment reproché de vouloir me faire accepter des propositions déshonnêtes. Mais seuls la colère, le désir de trouver la phrase qui pouvait leur être le plus désagréable m'avaient dicté cette réponse mensongère. En réalité, je n'avais rien imaginé de sensuel, ni même de sentimental, sous les offres du baron. J'avais dit cela à mes parents comme une folie pure. Mais quelquefois l'avenir habite en nous sans que nous le sachions, et nos paroles qui croient mentir dessinent une réalité prochaine.

M. de Charlus m'eût sans doute pardonné mon manque de reconnaissance. Mais ce qui le rendait furieux, c'est que ma présence ce soir chez la princesse de Guermantes, comme depuis quelque temps chez sa cousine, paraissait narguer la déclaration solennelle: «On n'entre dans ces salons-là que par moi.» Faute grave, crime peut-être inexpiable, je n'avais pas suivi la voie hiérarchique. M. de Charlus savait bien que les tonnerres qu'il brandissait contre ceux qui ne se pliaient pas à ses ordres, ou qu'il avait pris en haine, commençaient à passer, selon beaucoup de gens, quelque rage qu'il y mît, pour des tonnerres en carton, et n'avaient plus la force de chasser n'importe qui de n'importe où. Mais peut-être croyait-il que son pouvoir amoindri, grand encore, restait intact aux yeux des novices tels que moi. Aussi ne le jugeai-je pas très bien choisi pour lui demander un service dans une fête où ma présence seule semblait un ironique démenti à ses prétentions.

Je fus à ce moment arrêté par un homme assez vulgaire, le professeur E... Il avait été surpris de m'apercevoir chez les Guermantes. Je ne l'étais pas moins de l'y trouver, car jamais on n'avait vu, et on ne vit dans la suite, chez la princesse, un personnage de sa sorte. Il venait de guérir le prince, déjà administré, d'une pneumonie infectieuse, et la reconnaissance toute particulière qu'en avait pour lui Mme de Guermantes était cause qu'on avait rompu avec les usages et qu'on l'avait invité. Comme il ne connaissait absolument personne dans ces salons et ne pouvait y rôder indéfiniment seul, comme un ministre de la mort, m'ayant reconnu, il s'était senti, pour la première fois de sa vie, une infinité de choses à me dire, ce qui lui permettait de prendre une contenance, et c'était une des raisons pour lesquelles il s'était avancé vers moi. Il y en avait une autre. Il attachait beaucoup d'importance à ne jamais faire d'erreur de diagnostic. Or son courrier était si nombreux qu'il ne se rappelait pas toujours très bien, quand il n'avait vu qu'une fois un malade, si la maladie avait bien suivi le cours qu'il lui avait assigné. On n'a peut-être pas oublié qu'au moment de l'attaque de ma grand'mère, je l'avais conduite chez lui le soir où il se faisait coudre tant de décorations. Depuis le temps écoulé, il ne se rappelait plus le faire-part qu'on lui avait envoyé à l'époque. «Madame votre grand'mère est bien morte, n'est-ce pas? me dit-il d'une voix où une quasi-certitude calmait une légère appréhension. Ah! En effet! Du reste dès la première minute où je l'ai vue, mon pronostic avait été tout à fait sombre, je me souviens très bien.»

C'est ainsi que le professeur E... apprit ou rapprit la mort de ma grand'mère, et, je dois le dire à sa louange, qui est celle du corps médical tout entier, sans manifester, sans éprouver peut-être de satisfaction. Les erreurs des médecins sont innombrables. Ils pèchent d'habitude par optimisme quant au régime, par pessimisme quant au dénouement. «Du vin? en quantité modérée cela ne peut vous faire du mal, c'est en somme un tonifiant... Le plaisir physique? après tout c'est une fonction. Je vous le permets sans abus, vous m'entendez bien. L'excès en tout est un défaut.» Du coup, quelle tentation pour le malade de renoncer à ces deux résurrecteurs, l'eau et la chasteté. En revanche, si l'on a quelque chose au coeur, de l'albumine, etc., on n'en a pas pour longtemps. Volontiers, des troubles graves, mais fonctionnels, sont attribués à un cancer imaginé. Il est inutile de continuer des visites qui ne sauraient enrayer un mal inéluctable. Que le malade, livré à lui-même, s'impose alors un régime implacable, et ensuite guérisse ou tout au moins survive, le médecin, salué par lui avenue de l'Opéra quand il le croyait depuis longtemps au Père-Lachaise, verra dans ce coup de chapeau un geste de narquoise insolence. Une innocente promenade effectuée à son nez et à sa barbe ne causerait pas plus de colère au président d'assises qui, deux ans auparavant, a prononcé contre le badaud, qui semble sans crainte, une condamnation à mort. Les médecins (il ne s'agit pas de tous, bien entendu, et nous n'omettons pas, mentalement, d'admirables exceptions) sont en général plus mécontents, plus irrités de l'infirmation de leur verdict que joyeux de son exécution. C'est ce qui explique que le professeur E..., quelque satisfaction intellectuelle qu'il ressentît sans doute à voir qu'il ne s'était pas trompé, sut ne me parler que tristement du malheur qui nous avait frappés. Il ne tenait pas à abréger la conversation, qui lui fournissait une contenance et une raison de rester. Il me parla de la grande chaleur qu'il faisait ces jours-ci, mais, bien qu'il fût lettré et eût pu s'exprimer en bon français, il me dit: «Vous ne souffrez pas de cette hyperthermie?» C'est que la médecine a fait quelques petits progrès dans ses connaissances depuis Molière, mais aucun dans son vocabulaire. Mon interlocuteur ajouta: «Ce qu'il faut, c'est éviter les sudations que cause, surtout dans les salons surchauffés, un temps pareil. Vous pouvez y remédier, quand vous rentrez et avez envie de boire, par la chaleur» (ce qui signifie évidemment des boissons chaudes).

A cause de la façon dont était morte ma grand'mère, le sujet m'intéressait et j'avais lu récemment dans un livre d'un grand savant que la transpiration était nuisible aux reins en faisant passer par la peau ce dont l'issue est ailleurs. Je déplorais ces temps de canicule par lesquels ma grand'mère était morte et n'étais pas loin de les incriminer. Je n'en parlai pas au docteur E..., mais de lui-même il me dit: «L'avantage de ces temps très chauds, où la transpiration est très abondante, c'est que le rein en est soulagé d'autant.» La médecine n'est pas une science exacte.

Accroché à moi, le professeur E... ne demandait qu'à ne pas me quitter. Mais je venais d'apercevoir, faisant à la princesse de Guermantes de grandes révérences de droite et de gauche, après avoir reculé d'un pas, le marquis de Vaugoubert. M. de Norpois m'avait dernièrement fait faire sa connaissance et j'espérais que je trouverais en lui quelqu'un qui fût capable de me présenter au maître de maison. Les proportions de cet ouvrage ne me permettent pas d'expliquer ici à la suite de quels incidents de jeunesse M. de Vaugoubert était un des seuls hommes du monde (peut-être le seul) qui se trouvât ce qu'on appelle à Sodome être «en confidences» avec M. de Charlus. Mais si notre ministre auprès du roi Théodose avait quelques-uns des mêmes défauts que le baron, ce n'était qu'à l'état de bien pâle reflet. C'était seulement sous une forme infiniment adoucie, sentimentale et niaise qu'il présentait ces alternances de sympathie et de haine par où le désir de charmer, et ensuite la crainte—également imaginaire—d'être, sinon méprisé, du moins découvert, faisait passer le baron. Rendues ridicules par une chasteté, un «platonisme» (auxquels en grand ambitieux il avait, dès l'âge du concours, sacrifié tout plaisir), par sa nullité intellectuelle surtout, ces alternances, M. de Vaugoubert les présentait pourtant. Mais tandis que chez M. de Charlus les louanges immodérées étaient clamées avec un véritable éclat d'éloquence, et assaisonnées des plus fines, des plus mordantes railleries et qui marquaient un homme à jamais, chez M. de Vaugoubert, au contraire, la sympathie était exprimée avec la banalité d'un homme de dernier ordre, d'un homme du grand monde, et d'un fonctionnaire, les griefs (forgés généralement de toutes pièces comme chez le baron) par une malveillance sans trêve mais sans esprit et qui choquait d'autant plus qu'elle était d'habitude en contradiction avec les propos que le ministre avait tenus six mois avant et tiendrait peut-être à nouveau dans quelque temps: régularité dans le changement qui donnait une poésie presque astronomique aux diverses phases de la vie de M. de Vaugoubert, bien que sans cela personne moins que lui ne fît penser à un astre.

Le bonsoir qu'il me rendit n'avait rien de celui qu'aurait eu M. de Charlus. A ce bonsoir M. de Vaugoubert, outre les mille façons qu'il croyait celles du monde et de la diplomatie, donnait un air cavalier, fringant, souriant, pour sembler, d'une part, ravi de l'existence—alors qu'il remâchait intérieurement les déboires d'une carrière sans avancement et menacée d'une mise à la retraite—d'autre part, jeune, viril et charmant, alors qu'il voyait et n'osait même plus aller regarder dans sa glace les rides se figer aux entours d'un visage qu'il eût voulu garder plein de séductions. Ce n'est pas qu'il eût souhaité des conquêtes effectives, dont la seule pensée lui faisait peur à cause du qu'en-dira-t-on, des éclats, des chantages. Ayant passé d'une débauche presque infantile à la continence absolue datant du jour où il avait pensé au quai d'Orsay et voulu faire une grande carrière, il avait l'air d'une bête en cage, jetant dans tous les sens des regards qui exprimaient la peur, l'appétence et la stupidité. La sienne était telle qu'il ne réfléchissait pas que les voyous de son adolescence n'étaient plus des gamins et que, quand un marchand de journaux lui criait en plein nez: *La Presse!* plus encore que de désir il frémissait d'épouvante, se croyant reconnu et dépisté.

Mais à défaut des plaisirs sacrifiés à l'ingratitude du quai d'Orsay, M. de Vaugoubert—et c'est pour cela qu'il aurait voulu plaire encore—avait de brusques élans de coeur. Dieu sait de combien de lettres il assommait le ministère (quelles ruses personnelles il déployait, combien de prélèvements il opérait sur le crédit de Mme de Vaugoubert qu'à cause de sa corpulence, de sa haute naissance, de son air masculin, et surtout à cause de la médiocrité du mari, on croyait douée de capacités éminentes et remplissant les vraies fonctions de ministre) pour faire entrer sans aucune raison valable un jeune homme dénué de tout mérite dans le personnel de la légation. Il est vrai que quelques mois, quelques années après, pour peu que l'insignifiant attaché parût, sans l'ombre d'une mauvaise intention, avoir donné des marques de froideur à son chef, celui-ci se croyant méprisé ou trahi mettait la même ardeur hystérique à le punir que jadis à le combler. Il remuait ciel et terre pour qu'on le rappelât, et le directeur des Affaires politiques recevait journellement une lettre: «Qu'attendez-vous pour me débarrasser de ce lascar-là. Dressez-le un peu, dans son intérêt. Ce dont il a besoin c'est de manger un peu de vache enragée.» Le poste d'attaché auprès du roi Théodose était à cause de cela peu agréable. Mais pour tout le reste, grâce à son parfait bon sens d'homme du monde, M. de Vaugoubert était un des meilleurs agents du Gouvernement français à l'étranger. Quand un homme prétendu supérieur, jacobin, qui était savant en toutes choses, le remplaça plus tard, la guerre ne tarda pas à éclater entre la France et le pays dans lequel régnait le roi.

M. de Vaugoubert comme M. de Charlus n'aimait pas dire bonjour le premier. L'un et l'autre préféraient «répondre», craignant toujours les potins que celui auquel ils eussent sans cela tendu la main avait pu entendre sur leur compte depuis qu'ils ne l'avaient vu. Pour moi, M. de Vaugoubert n'eut pas à se poser la question, j'étais en effet allé le saluer le premier, ne fût-ce qu'à cause de la différence d'âge. Il me répondit d'un air émerveillé et ravi, ses deux yeux continuant à s'agiter comme s'il y avait eu de la luzerne défendue à brouter de chaque côté. Je pensai qu'il était convenable de solliciter de lui ma présentation à Mme de Vaugoubert avant celle au prince, dont je comptais ne lui parler qu'ensuite. L'idée de me mettre en rapports avec sa femme parut le remplir de joie pour lui comme pour elle et il me mena d'un pas délibéré vers la marquise. Arrivé devant elle et me désignant de la main et des yeux, avec toutes les marques de considération possibles, il resta néanmoins muet et se retira au bout de quelques secondes, d'un air frétillant, pour me laisser seul avec sa femme. Celle-ci m'avait aussitôt tendu la main, mais sans savoir à qui cette marque d'amabilité s'adressait, car je compris que M. de Vaugoubert avait oublié comment je m'appelais, peut-être même ne m'avait pas reconnu et, n'ayant pas voulu, par politesse, me l'avouer, avait fait consister la présentation en une simple pantomime. Aussi je n'étais pas plus avancé; comment me faire présenter au maître de la maison par une femme qui ne savait pas mon nom? De plus, je me voyais forcé de causer quelques instants avec Mme de Vaugoubert. Et cela m'ennuyait à deux points de vue. Je ne tenais pas à m'éterniser dans cette fête car j'avais convenu avec Albertine (je lui avais donné une loge pour *Phèdre*) qu'elle viendrait me voir un peu avant minuit. Certes je n'étais nullement épris d'elle; j'obéissais en la faisant venir ce soir à un désir tout sensuel, bien qu'on fût à cette époque torride de l'année où la sensualité libérée visite plus volontiers les organes du goût, recherche surtout la fraîcheur. Plus que du baiser d'une jeune fille elle a soif d'une orangeade, d'un bain, voire de contempler cette lune épluchée et juteuse qui désaltérait le ciel. Mais pourtant je comptais me débarrasser, aux côtés d'Albertine—laquelle du reste me rappelait la fraîcheur du flot—des regrets que ne manqueraient pas de me laisser bien des visages charmants (car c'était aussi bien une soirée de jeunes filles que de dames que donnait la princesse). D'autre part, celui de l'imposante Mme de Vaugoubert, bourbonien et morose, n'avait rien d'attrayant.

On disait au ministère, sans y mettre ombre de malice, que, dans le ménage, c'était le mari qui portait les jupes et la femme les culottes. Or il y avait plus de vérité là dedans qu'on ne le croyait. Mme de Vaugoubert, c'était un homme. Avait-elle toujours été ainsi, ou était-elle devenue ce que je la voyais, peu importe, car dans l'un et l'autre cas on a affaire à l'un des plus touchants miracles de la nature et qui, le second surtout, font ressembler le règne humain au règne des fleurs. Dans la première hypothèse:—si la future Mme de Vaugoubert avait toujours été aussi lourdement hommasse—la nature, par une ruse diabolique et bienfaisante, donne à la jeune fille l'aspect trompeur d'un homme. Et l'adolescent qui n'aime pas les femmes et veut guérir trouve avec joie ce subterfuge de découvrir une fiancée qui lui représente un fort aux halles. Dans le cas contraire, si la femme n'a d'abord pas les caractères masculins, elle les prend peu à peu, pour plaire à son mari, même inconsciemment, par cette sorte de mimétisme qui fait que certaines fleurs se donnent l'apparence des insectes qu'elles veulent attirer. Le regret de ne pas être aimée, de ne pas être homme la virilise. Même en dehors du cas qui nous occupe, qui n'a remarqué combien les couples les plus normaux finissent par se ressembler, quelquefois même par interchanger leurs qualités? Un ancien chancelier allemand, le prince de Bulow, avait épousé une Italienne. A la longue, sur le Pincio, on remarqua combien l'époux germanique avait pris de finesse italienne, et la princesse italienne de rudesse allemande. Pour sortir jusqu'à un point excentrique des lois que nous traçons, chacun connaît un éminent diplomate français dont l'origine n'était rappelée que par son nom, un des plus illustres de l'Orient. En mûrissant, en vieillissant, s'est révélé en lui l'Oriental qu'on n'avait jamais soupçonné, et en le voyant on regrette l'absence du fez qui le compléterait.

Pour en revenir à des moeurs fort ignorées de l'ambassadeur dont nous venons d'évoquer la silhouette ancestralement épaissie, Mme de Vaugoubert réalisait le type, acquis ou prédestiné, dont l'image immortelle est la princesse Palatine, toujours en habit de cheval et ayant pris de son mari plus que la virilité, épousant les défauts des hommes qui n'aiment pas les femmes, dénonçant dans ses lettres de commère les relations qu'ont entre eux tous les grands seigneurs de la cour de Louis XIV. Une des causes qui ajoutent encore à l'air masculin des femmes telles que Mme de Vaugoubert est que l'abandon où elles sont laissées par leur mari, la honte qu'elles en éprouvent, flétrissent peu à peu chez elles tout ce qui est de la femme. Elles finissent par prendre les qualités et les défauts que le mari n'a pas. Au fur et à mesure qu'il est plus frivole, plus efféminé, plus indiscret, elles deviennent comme l'effigie sans charme des vertus que l'époux devrait pratiquer.

Des traces d'opprobre, d'ennui, d'indignation, ternissaient le visage régulier de Mme de Vaugoubert. Hélas, je sentais qu'elle me considérait avec intérêt et curiosité comme un de ces jeunes hommes qui plaisaient à M. de Vaugoubert, et qu'elle aurait tant voulu être maintenant que son mari vieillissant préférait la jeunesse. Elle me regardait avec l'attention de ces personnes de province qui, dans un catalogue de magasin de nouveautés, copient la robe tailleur si seyante à la jolie personne dessinée (en réalité la même à toutes les pages, mais multipliée illusoirement en créatures différentes grâce à la différence des poses et à la variété des toilettes.) L'attrait végétal qui poussait vers moi Mme de Vaugoubert était si fort qu'elle alla jusqu'à m'empoigner le bras pour que je la conduisisse boire un verre d'orangeade. Mais je me dégageai en alléguant que moi, qui allais bientôt partir, je ne m'étais pas fait présenter encore au maître de la maison.

La distance qui me séparait de l'entrée des jardins où il causait avec quelques personnes n'était pas bien grande. Mais elle me faisait plus peur que si pour la franchir il eût fallu s'exposer à un feu continu. Beaucoup de femmes par qui il me semblait que j'eusse pu me faire présenter étaient dans le jardin où, tout en feignant une admiration exaltée, elles ne savaient pas trop que faire. Les fêtes de ce genre sont en général anticipées. Elles n'ont guère de réalité que le lendemain, où elles occupent l'attention des personnes qui n'ont pas été invitées. Un véritable écrivain, dépourvu du sot amour-propre de tant de gens de lettres, si, lisant l'article d'un critique qui lui a toujours témoigné la plus grande admiration, il voit cités les noms d'auteurs médiocres mais pas le sien, n'a pas le loisir de s'arrêter à ce qui pourrait être pour lui un sujet d'étonnement, ses livres le réclament. Mais une femme du monde n'a rien à faire, et en voyant dans le *Figaro*: «Hier le prince et la princesse de Guermantes ont donné une grande soirée, etc.», elle s'exclame: «Comment! j'ai, il y a trois jours, causé une heure avec Marie Gilbert sans qu'elle m'en dise rien!» et elle se casse la tête pour savoir ce qu'elle a pu faire aux Guermantes. Il faut dire qu'en ce qui concernait les fêtes de la princesse, l'étonnement était quelquefois aussi grand chez les invités que chez ceux qui ne l'étaient pas. Car elles explosaient au moment où on les attendait le moins, et faisaient appel à des gens que Mme de Guermantes avait oubliés pendant des années.

Et presque tous les gens du monde sont si insignifiants que chacun de leurs pareils ne prend, pour les juger, que la mesure de leur amabilité, invité les chérit, exclu les déteste. Pour ces derniers, si, en effet, souvent la princesse, même s'ils étaient de ses amis, ne les conviait pas, cela tenait souvent à sa crainte de mécontenter «Palamède» qui les avait excommuniés. Aussi pouvais-je être certain qu'elle n'avait pas parlé de moi à M. de Charlus, sans quoi je ne me fusse pas trouvé là. Il s'était maintenant accoudé devant le jardin, à côté de l'ambassadeur d'Allemagne, à la rampe du grand escalier qui ramenait dans l'hôtel, de sorte que les invités, malgré les trois ou quatre admiratrices qui s'étaient groupées autour du baron et le masquaient presque, étaient forcés de venir lui dire bonsoir. Il y répondait en nommant les gens par leur nom. Et on entendait successivement: «Bonsoir, monsieur du Hazay, bonsoir madame de La Tour du Pin-Verclause, bonsoir madame de La Tour du Pin-Gouvernet, bonsoir Philibert, bonsoir ma chère Ambassadrice, etc.» Cela faisait un glapissement continu qu'interrompaient des recommandations bénévoles ou des questions (desquelles il n'écoutait pas la réponse), et que M. de Charlus adressait d'un ton radouci, factice afin de témoigner l'indifférence, et bénin: «Prenez garde que la petite n'ait pas froid, les jardins c'est toujours un peu humide. Bonsoir madame de Brantes. Bonsoir madame de Mecklembourg. Est-ce que la jeune fille est venue? A-t-elle mis la ravissante robe rose? Bonsoir Saint-Géran.» Certes il y avait de l'orgueil dans cette attitude. M. de Charlus savait qu'il était un Guermantes occupant une place prépondérante dans cette fête. Mais il n'y avait pas que de l'orgueil, et ce mot même de fête évoquait, pour l'homme aux dons esthétiques, le sens luxueux, curieux, qu'il peut avoir si cette fête est donnée non chez des gens du monde, mais dans un tableau de Carpaccio ou de Véronèse. Il est même plus probable que le prince allemand qu'était M. de Charlus devait plutôt se représenter la fête qui se déroule dans *Tannhäuser*, et lui-même comme le Margrave, ayant, à l'entrée de la Warburg, une bonne parole condescendante pour chacun des invités, tandis que leur écoulement dans le château ou le parc est salué par la longue phrase, cent fois reprise, de la fameuse «Marche».

Il fallait pourtant me décider. Je reconnaissais bien sous les arbres des femmes avec qui j'étais plus ou moins lié, mais elles semblaient transformées parce qu'elles étaient chez la princesse et non chez sa cousine, et que je les voyais assises non devant une assiette de Saxe mais sous les branches d'un marronnier. L'élégance du milieu n'y faisait rien. Eût-elle été infiniment moindre que chez «Oriane», le même trouble eût existé en moi. Que l'électricité vienne à s'éteindre dans notre salon et qu'on doive la remplacer par des lampes à huile, tout nous paraît changé. Je fus tiré de mon incertitude par Mme de Souvré. «Bonsoir, me dit-elle en venant à moi. Y a-t-il longtemps que vous n'avez vu la duchesse de Guermantes?» Elle excellait à donner à ce genre de phrases une intonation qui prouvait qu'elle ne les débitait pas par bêtise pure comme les gens qui, ne sachant pas de quoi parler, vous abordent mille fois en citant une relation commune, souvent très vague. Elle eut au contraire un fin fil conducteur du regard qui signifiait: «Ne croyez pas que je ne vous aie pas reconnu. Vous êtes le jeune homme que j'ai vu chez la duchesse de Guermantes. Je me rappelle très bien.» Malheureusement cette protection qu'étendait sur moi cette phrase d'apparence stupide et d'intention délicate était extrêmement fragile et s'évanouit aussitôt que je voulus en user. Madame de Souvré avait l'art, s'il s'agissait d'appuyer une sollicitation auprès de quelqu'un de puissant, de paraître à la fois aux yeux du solliciteur le recommander, et aux yeux du haut personnage ne pas recommander ce solliciteur, de manière que ce geste à double sens lui ouvrait un crédit de reconnaissance envers ce dernier sans lui créer aucun débit vis-à-vis de l'autre. Encouragé par la bonne grâce de cette dame à lui demander de me présenter à M. de Guermantes, elle profita d'un moment où les regards du maître de maison n'étaient pas tournés vers nous, me prit maternellement par les épaules et, souriant à la figure détournée du prince qui ne pouvait pas la voir, elle me poussa vers lui d'un mouvement prétendu protecteur et volontairement inefficace qui me laissa en panne presque à mon point de départ. Telle est la lâcheté des gens du monde.

Celle d'une dame qui vint me dire bonjour en m'appelant par mon nom fut plus grande encore. Je cherchais à retrouver le sien tout en lui parlant; je me rappelais très bien avoir dîné avec elle, je me rappelais des mots qu'elle avait dits. Mais mon attention, tendue vers la région intérieure où il y avait ces souvenirs d'elle, ne pouvait y découvrir ce nom. Il était là pourtant. Ma pensée avait engagé comme une espèce de jeu avec lui pour saisir ses contours, la lettre par laquelle il commençait, et l'éclairer enfin tout entier. C'était peine perdue, je sentais à peu près sa masse, son poids, mais pour ses formes, les confrontant au ténébreux captif blotti dans la nuit intérieure, je me disais: «Ce n'est pas cela.» Certes mon esprit aurait pu créer les noms les plus difficiles. Par malheur il n'avait pas à créer mais à reproduire. Toute action de l'esprit est aisée si elle n'est pas soumise au réel. Là, j'étais forcé de m'y soumettre. Enfin d'un coup le nom vint tout entier: «Madame d'Arpajon.» J'ai tort de dire qu'il vint, car il ne m'apparut pas, je crois, dans une propulsion de lui-même. Je ne pense pas non plus que les légers et nombreux souvenirs qui se rapportaient à cette dame, et auxquels je ne cessais de demander de m'aider (par des exhortations comme celle-ci: «Voyons, c'est cette dame qui est amie de Mme de Souvré, qui éprouve à l'endroit de Victor Hugo une admiration si naïve, mêlée de tant d'effroi et d'horreur»), je ne crois pas que tous ces souvenirs, voletant entre moi et son nom, aient servi en quoi que ce soit à le renflouer. Dans ce grand «cache-cache» qui se joue dans la mémoire quand on veut retrouver un nom, il n'y a pas une série d'approximations graduées.

On ne voit rien, puis tout d'un coup apparaît le nom exact et fort différent de ce qu'on croyait deviner. Ce n'est pas lui qui est venu à nous. Non, je crois plutôt qu'au fur et à mesure que nous vivons, nous passons notre temps à nous éloigner de la zone où un nom est distinct, et c'est par un exercice de ma volonté et de mon attention, qui augmentait l'acuité de mon regard intérieur, que tout d'un coup j'avais percé la demi-obscurité et vu clair. En tout cas, s'il y a des transitions entre l'oubli et le souvenir, alors ces transitions sont inconscientes. Car les noms d'étape par lesquels nous passons, avant de trouver le nom vrai, sont, eux, faux, et ne nous rapprochent en rien de lui. Ce ne sont même pas à proprement parler des noms, mais souvent de simples consonnes et qui ne se retrouvent pas dans le nom retrouvé. D'ailleurs ce travail de l'esprit passant du néant à la réalité est si mystérieux, qu'il est possible, après tout, que ces consonnes fausses soient des perches préalables, maladroitement tendues pour nous aider à nous accrocher au nom exact. «Tout ceci, dira le lecteur, ne nous apprend rien sur le manque de complaisance de cette dame; mais puisque vous vous êtes si longtemps arrêté, laissez-moi, monsieur l'auteur, vous faire perdre une minute de plus pour vous dire qu'il est fâcheux que, jeune comme vous l'étiez (ou comme était votre héros s'il n'est pas vous), vous eussiez déjà si peu de mémoire, que de ne pouvoir vous rappeler le nom d'une dame que vous connaissiez fort bien.» C'est très fâcheux en effet, monsieur le lecteur. Et plus triste que vous croyez quand on y sent l'annonce du temps où les noms et les mots disparaîtront de la zone claire de la pensée, et où il faudra, pour jamais, renoncer à se nommer à soi-même ceux qu'on a le mieux connus.

C'est fâcheux en effet qu'il faille ce labeur dès la jeunesse pour retrouver des noms qu'on connaît bien. Mais si cette infirmité ne se produisait que pour des noms à peine connus, très naturellement oubliés, et dont on ne voulût pas prendre la fatigue de se souvenir, cette infirmité-là ne serait pas sans avantages. «Et lesquels, je vous prie?» Hé, monsieur, c'est que le mal seul fait remarquer et apprendre et permet de décomposer les mécanismes que sans cela on ne connaîtrait pas. Un homme qui chaque soir tombe comme une masse dans son lit et ne vit plus jusqu'au moment de s'éveiller et de se lever, cet homme-là songera-t-il jamais à faire, sinon de grandes découvertes, au moins de petites remarques sur le sommeil? A peine sait-il s'il dort. Un peu d'insomnie n'est pas inutile pour apprécier le sommeil, projeter quelque lumière dans cette nuit. Une mémoire sans défaillance n'est pas un très puissant excitateur à étudier les phénomènes de mémoire. «Enfin, Mme d'Arpajon vous présenta-t-elle au prince?» Non, mais taisez-vous et laissez-moi reprendre mon récit.

Mme d'Arpajon fut plus lâche encore que Mme de Souvré, mais sa lâcheté avait plus d'excuses. Elle savait qu'elle avait toujours eu peu de pouvoir dans la société. Ce pouvoir avait été encore affaibli par la liaison qu'elle avait eue avec le duc de Guermantes; l'abandon de celui-ci y porta le dernier coup. La mauvaise humeur que lui causa ma demande de me présenter au Prince détermina chez elle un silence qu'elle eut la naïveté de croire un semblant de n'avoir pas entendu ce que j'avais dit. Elle ne s'aperçut même pas que la colère lui faisait froncer les sourcils. Peut-être au contraire s'en aperçut-elle, ne se soucia pas de la contradiction, et s'en servit pour la leçon de discrétion qu'elle pouvait me donner sans trop de grossièreté, je veux dire une leçon muette et qui n'était pas pour cela moins éloquente.

D'ailleurs, Mme d'Arpajon était fort contrariée; beaucoup de regards s'étant levés vers un balcon Renaissance à l'angle duquel, au lieu des statues monumentales qu'on y avait appliquées si souvent à cette époque, se penchait, non moins sculpturale qu'elles, la magnifique duchesse de Surgis-le-Duc, celle qui venait de succéder à Mme d'Arpajon dans le coeur de Basin de Guermantes. Sous le léger tulle blanc qui la protégeait de la fraîcheur nocturne on voyait, souple, son corps envolé de Victoire.

Je n'avais plus recours qu'auprès de M. de Charlus, rentré dans une pièce du bas, laquelle accédait au jardin. J'eus tout le loisir (comme il feignait d'être absorbé dans une partie de whist simulée qui lui permettait de ne pas avoir l'air de voir les gens) d'admirer la volontaire et artiste simplicité de son frac qui, par des riens qu'un couturier seul eût discernés, avait l'air d'une «Harmonie» noir et blanc de Whistler; noir, blanc et rouge plutôt, car M. de Charlus portait, suspendue à un large cordon au jabot de l'habit, la croix en émail blanc, noir et rouge de Chevalier de l'Ordre religieux de Malte. A ce moment la partie du baron fut interrompue par Mme de Gallardon, conduisant son neveu, le vicomte de Courvoisier, jeune homme d'une jolie figure et d'un air impertinent: «Mon cousin, dit Mme de Gallardon, permettez-moi de vous présenter mon neveu Adalbert. Adalbert, tu sais, le fameux oncle Palamède dont tu entends toujours parler.—Bonsoir, madame de Gallardon», répondit M. de Charlus. Et il ajouta sans même regarder le jeune homme: «Bonsoir, Monsieur», d'un air bourru et d'une voix si violemment impolie, que tout le monde en fut stupéfait. Peut-être M. de Charlus, sachant que Mme de Gallardon avait des doutes sur ses moeurs et n'avait pu résister une fois au plaisir d'y faire une allusion, tenait-il à couper court à tout ce qu'elle aurait pu broder sur un accueil aimable fait à son neveu, en même temps qu'à faire une retentissante profession d'indifférence à l'égard des jeunes gens; peut-être n'avait-il pas trouvé que ledit Adalbert eût répondu aux paroles de sa tante par un air suffisamment respectueux; peut-être, désireux de pousser plus tard sa pointe avec un aussi agréable cousin, voulait-il se donner les avantages d'une agression préalable, comme les souverains qui, avant d'engager une action diplomatique, l'appuient d'une action militaire.

Il n'était pas aussi difficile que je le croyais que M. de Charlus accédât à ma demande de me présenter. D'une part, au cours de ces vingt dernières années, ce Don Quichotte s'était battu contre tant de moulins à vent (souvent des parents qu'il prétendait s'être mal conduits à son égard), il avait avec tant de fréquence interdit «comme une personne impossible à recevoir» d'être invité chez tels ou telles Guermantes, que ceux-ci commençaient à avoir peur de se brouiller avec tous les gens qu'ils aimaient, de se priver, jusqu'à leur mort, de la fréquentation de certains nouveaux venus dont ils étaient curieux, pour épouser les rancunes tonnantes mais inexpliquées d'un beau-frère ou cousin qui aurait voulu qu'on abandonnât pour lui femme, frère, enfants.

Plus intelligent que les autres Guermantes, M. de Charlus s'apercevait qu'on ne tenait plus compte de ses exclusives qu'une fois sur deux, et, anticipant l'avenir, craignant qu'un jour ce fût de lui qu'on se privât, il avait commencé à faire la part du feu, à baisser, comme on dit, ses prix. De plus, s'il avait la faculté de donner pour des mois, des années, une vie identique à un être détesté—à celui-là il n'eût pas toléré qu'on adressât une invitation, et se serait plutôt battu comme un portefaix avec une reine, la qualité de ce qui lui faisait obstacle ne comptant plus pour lui—en revanche il avait de trop fréquentes explosions de colère pour qu'elles ne fussent pas assez fragmentaires. «L'imbécile, le méchant drôle! on va vous remettre cela à sa place, le balayer dans l'égout où malheureusement il ne sera pas inoffensif pour la salubrité de la ville», hurlait-il, même seul chez lui, à la lecture d'une lettre qu'il jugeait irrévérente, ou en se rappelant un propos qu'on lui avait redit. Mais une nouvelle colère contre un second imbécile dissipait l'autre, et pour peu que le premier se montrât déférent, la crise occasionnée par lui était oubliée, n'ayant pas assez duré pour faire un fond de haine où construire. Aussi, peut-être eusse-je—malgré sa mauvaise humeur contre moi—réussi auprès de lui quand je lui demandai de me présenter au Prince, si je n'avais pas eu la malheureuse idée d'ajouter par scrupule, et pour qu'il ne pût pas me supposer l'indélicatesse d'être entré à tout hasard en comptant sur lui pour me faire rester: «Vous savez que je les connais très bien, la Princesse a été très gentille pour moi.—Hé bien, si vous les connaissez, en quoi avez-vous besoin de moi pour vous présenter», me répondit-il d'un ton claquant, et, me tournant le dos, il reprit sa partie feinte avec le Nonce, l'ambassadeur d'Allemagne et un personnage que je ne connaissais pas.

Alors, du fond de ces jardins où jadis le duc d'Aiguillon faisait élever les animaux rares, vint jusqu'à moi, par les portes grandes ouvertes, le bruit d'un reniflement qui humait tant d'élégances et n'en voulait rien laisser perdre. Le bruit se rapprocha, je me dirigeai à tout hasard dans sa direction, si bien que le mot «bonsoir» fut susurré à mon oreille par M. de Bréauté, non comme le son ferrailleux et ébréché d'un couteau qu'on repasse pour l'aiguiser, encore moins comme le cri du marcassin dévastateur des terres cultivées, mais comme la voix d'un sauveur possible. Moins puissant que Mme de Souvré, mais moins foncièrement atteint qu'elle d'inserviabilité, beaucoup plus à l'aise avec le Prince que ne l'était Mme d'Arpajon, se faisant peut-être des illusions sur ma situation dans le milieu des Guermantes, ou peut-être la connaissant mieux que moi, j'eus pourtant, les premières secondes, quelque peine à capter son attention, car, les papilles du nez frétillantes, les narines dilatées, il faisait face de tous côtés, écarquillant curieusement son monocle comme s'il s'était trouvé devant cinq cents chefs-d'oeuvre. Mais ayant entendu ma demande, il l'accueillit avec satisfaction, me conduisit vers le Prince et me présenta à lui d'un air friand, cérémonieux et vulgaire, comme s'il lui avait passé, en les recommandant, une assiette de petits fours. Autant l'accueil du duc de Guermantes était, quand il le voulait, aimable, empreint de camaraderie, cordial et familier, autant je trouvai celui du Prince compassé, solennel, hautain. Il me sourit à peine, m'appela gravement: «Monsieur». J'avais souvent entendu le duc se moquer de la morgue de son cousin.

Mais aux premiers mots qu'il me dit et qui, par leur froideur et leur sérieux faisaient le plus entier contraste avec le langage de Basin, je compris tout de suite que l'homme foncièrement dédaigneux était le duc qui vous parlait dès la première visite de «pair à compagnon», et que des deux cousins celui qui était vraiment simple c'était le Prince. Je trouvai dans sa réserve un sentiment plus grand, je ne dirai pas d'égalité, car ce n'eût pas été concevable pour lui, au moins de la considération qu'on peut accorder à un inférieur, comme il arrive dans tous les milieux fortement hiérarchisés, au Palais par exemple, dans une Faculté, où un procureur général ou un «doyen» conscients de leur haute charge cachent peut-être plus de simplicité réelle et, quand on les connaît davantage, plus de bonté, de simplicité vraie, de cordialité, dans leur hauteur traditionnelle que de plus modernes dans l'affectation de la camaraderie badine. «Est-ce que vous comptez suivre la carrière de monsieur votre père», me dit-il d'un air distant, mais d'intérêt. Je répondis sommairement à sa question, comprenant qu'il ne l'avait posée que par bonne grâce, et je m'éloignai pour le laisser accueillir les nouveaux arrivants.

J'aperçus Swann, voulus lui parler, mais à ce moment je vis que le prince de Guermantes, au lieu de recevoir sur place le bonsoir du mari d'Odette, l'avait aussitôt, avec la puissance d'une pompe aspirante, entraîné avec lui au fond du jardin, même, dirent certaines personnes, «afin de le mettre à la porte».

Tellement distrait dans le monde que je n'appris que le surlendemain, par les journaux, qu'un orchestre tchèque avait joué toute la soirée et que, de minute en minute, s'étaient succédé les feux de Bengale, je retrouvai quelque faculté d'attention à la pensée d'aller voir le célèbre jet d'eau d'Hubert Robert.

Dans une clairière réservée par de beaux arbres dont plusieurs étaient aussi anciens que lui, planté à l'écart, on le voyait de loin, svelte, immobile, durci, ne laissant agiter par la brise que la retombée plus légère de son panache pâle et frémissant. Le XVIIIe siècle avait épuré l'élégance de ses lignes, mais, fixant le style du jet, semblait en avoir arrêté la vie; à cette distance on avait l'impression de l'art plutôt que la sensation de l'eau. Le nuage humide lui-même qui s'amoncelait perpétuellement à son faîte gardait le caractère de l'époque comme ceux qui dans le ciel s'assemblent autour des palais de Versailles. Mais de près on se rendait compte que, tout en respectant, comme les pierres d'un palais antique, le dessin préalablement tracé, c'était des eaux toujours nouvelles qui, s'élançant et voulant obéir aux ordres anciens de l'architecte, ne les accomplissaient exactement qu'en paraissant les violer, leurs mille bonds épars pouvant seuls donner à distance l'impression d'un unique élan. Celui-ci était en réalité aussi souvent interrompu que l'éparpillement de la chute, alors que, de loin, il m'avait paru infléchissable, dense, d'une continuité sans lacune. D'un peu près, on voyait que cette continuité, en apparence toute linéaire, était assurée à tous les points de l'ascension du jet, partout où il aurait dû se briser, par l'entrée en ligne, par la reprise latérale d'un jet parallèle qui montait plus haut que le premier et était lui-même, à une plus grande hauteur, mais déjà fatigante pour lui, relevé par un troisième. De près, des gouttes sans force retombaient de la colonne d'eau en croisant au passage leurs soeurs montantes, et, parfois déchirées, saisies dans un remous de l'air troublé par ce jaillissement sans trêve, flottaient avant d'être chavirées dans le bassin. Elles contrariaient de leurs hésitations, de leur trajet en sens inverse, et estompaient de leur molle vapeur la rectitude et la tension de cette tige, portant au-dessus de soi un nuage oblong fait de mille gouttelettes, mais en apparence peint en brun doré et immuable, qui montait, infrangible, immobile, élancé et rapide, s'ajouter aux nuages du ciel. Malheureusement un coup de vent suffisait à l'envoyer obliquement sur la terre; parfois même un simple jet désobéissant divergeait et, si elle ne s'était pas tenue à une distance respectueuse, aurait mouillé jusqu'aux moelles la foule imprudente et contemplative.

Un de ces petits accidents, qui ne se produisaient guère qu'au moment où la brise s'élevait, fut assez désagréable. On avait fait croire à Mme d'Arpajon que le duc de Guermantes—en réalité non encore arrivé—était avec Mme de Surgis dans les galeries de marbre rose où on accédait par la double colonnade, creusée à l'intérieur, qui s'élevait de la margelle du bassin. Or, au moment où Mme d'Arpajon allait s'engager dans l'une des colonnades, un fort coup de chaude brise tordit le jet d'eau et inonda si complètement la belle dame que, l'eau dégoulinante de son décolletage dans l'intérieur de sa robe, elle fut aussi trempée que si on l'avait plongée dans un bain. Alors, non loin d'elle, un grognement scandé retentit assez fort pour pouvoir se faire entendre à toute une armée et pourtant prolongé par période comme s'il s'adressait non pas à l'ensemble, mais successivement à chaque partie des troupes; c'était le grand-duc Wladimir qui riait de tout son coeur en voyant l'immersion de Mme d'Arpajon, une des choses les plus gaies, aimait-il à dire ensuite, à laquelle il eût assisté de toute sa vie. Comme quelques personnes charitables faisaient remarquer au Moscovite qu'un mot de condoléances de lui serait peut-être mérité et ferait plaisir à cette femme qui, malgré sa quarantaine bien sonnée, et tout en s'épongeant avec son écharpe, sans demander le secours de personne, se dégageait malgré l'eau qui souillait malicieusement la margelle de la vasque, le Grand-Duc, qui avait bon coeur, crut devoir s'exécuter et, les derniers roulements militaires du rire à peine apaisés, on entendit un nouveau grondement plus violent encore que l'autre. «Bravo, la vieille!» s'écriait-il en battant des mains comme au théâtre. Mme d'Arpajon ne fut pas sensible à ce qu'on vantât sa dextérité aux dépens de sa jeunesse. Et comme quelqu'un lui disait, assourdi par le bruit de l'eau, que dominait pourtant le tonnerre de Monseigneur: «Je crois que Son Altesse Impériale vous a dit quelque chose», «Non! c'était à Mme de Souvré», répondit-elle.

Je traversai les jardins et remontai l'escalier où l'absence du Prince, disparu à l'écart avec Swann, grossissait autour de M. de Charlus la foule des invités, de même que, quand Louis XIV n'était pas à Versailles, il y avait plus de monde chez Monsieur, son frère. Je fus arrêté au passage par le baron, tandis que derrière moi deux dames et un jeune homme s'approchaient pour lui dire bonjour.

«C'est gentil de vous voir ici», me dit-il, en me tendant la main. «Bonsoir madame de la Trémoïlle, bonsoir ma chère Herminie.» Mais sans doute le souvenir de ce qu'il m'avait dit sur son rôle de chef dans l'hôtel Guermantes lui donnait le désir de paraître éprouver à l'endroit de ce qui le mécontentait, mais qu'il n'avait pu empêcher, une satisfaction à laquelle son impertinence de grand seigneur et son égaillement d'hystérique donnèrent immédiatement une forme d'ironie excessive: «C'est gentil, reprit-il, mais c'est surtout bien drôle.» Et il se mit à pousser des éclats de rire qui semblèrent à la fois témoigner de sa joie et de l'impuissance où la parole humaine était de l'exprimer. Cependant que certaines personnes, sachant combien il était à la fois difficile d'accès et propre aux «sorties» insolentes, s'approchaient avec curiosité et, avec un empressement presque indécent, prenaient leurs jambes à leur cou. «Allons, ne vous fâchez pas, me dit-il, en me touchant doucement l'épaule, vous savez que je vous aime bien. Bonsoir Antioche, bonsoir Louis-René. Avez-vous été voir le jet d'eau? me demanda-t-il sur un ton plus affirmatif que questionneur. C'est bien joli, n'est-ce pas? C'est merveilleux. Cela pourrait être encore mieux, naturellement, en supprimant certaines choses, et alors il n'y aurait rien de pareil, en France. Mais tel que c'est, c'est déjà parmi les choses les mieux. Bréauté vous dira qu'on a eu tort de mettre des lampions, pour tâcher de faire oublier que c'est lui qui a eu cette idée absurde. Mais, en somme, il n'a réussi que très peu à enlaidir. C'est beaucoup plus difficile de défigurer un chef-d'oeuvre que de le créer. Nous nous doutions du reste déjà vaguement que Bréauté était moins puissant qu'Hubert Robert.»

Je repris la file des visiteurs qui entraient dans l'hôtel. «Est-ce qu'il y a longtemps que vous avez vu ma délicieuse cousine Oriane?» me demanda la Princesse qui avait depuis peu déserté son fauteuil à l'entrée, et avec qui je retournais dans les salons. «Elle doit venir ce soir, je l'ai vue cet après-midi, ajouta la maîtresse de maison. Elle me l'a promis. Je crois du reste que vous dînez avec nous deux chez la reine d'Italie, à l'ambassade, jeudi. Il y aura toutes les Altesses possibles, ce sera très intimidant.» Elles ne pouvaient nullement intimider la princesse de Guermantes, de laquelle les salons en foisonnaient et qui disait: «Mes petits Cobourg» comme elle eût dit: «Mes petits chiens». Aussi, Mme de Guermantes dit-elle: «Ce sera très intimidant», par simple bêtise, qui, chez les gens du monde, l'emporte encore sur la vanité. A l'égard de sa propre généalogie, elle en savait moins qu'un agrégé d'histoire. Pour ce qui concernait ses relations, elle tenait à montrer qu'elle connaissait les surnoms qu'on leur avait donnés. M'ayant demandé si je dînais la semaine suivante chez la marquise de la Pommelière, qu'on appelait souvent «la Pomme», la Princesse, ayant obtenu de moi une réponse négative, se tut pendant quelques instants. Puis, sans aucune autre raison qu'un étalage voulu d'érudition involontaire, de banalité et de conformité à l'esprit général, elle ajouta: «C'est une assez agréable femme, la Pomme!»

Tandis que la Princesse causait avec moi, faisaient précisément leur entrée le duc et la duchesse de Guermantes! Mais je ne pus d'abord aller au-devant d'eux, car je fus happé au passage par l'ambassadrice de Turquie, laquelle, me désignant la maîtresse de maison que je venais de quitter, s'écria en m'empoignant par le bras: «Ah! quelle femme délicieuse que la Princesse! Quel être supérieur à tous! Il me semble que si j'étais un homme, ajouta-t-elle, avec un peu de bassesse et de sensualité orientales, je vouerais ma vie à cette céleste créature.» Je répondis qu'elle me semblait charmante en effet, mais que je connaissais plus sa cousine la duchesse. «Mais il n'y a aucun rapport, me dit l'ambassadrice. Oriane est une charmante femme du monde qui tire son esprit de Mémé et de Babal, tandis que Marie-Gilbert, c'est *quelqu'un*.»

Je n'aime jamais beaucoup qu'on me dise ainsi sans réplique ce que je dois penser des gens que je connais. Et il n'y avait aucune raison pour que l'ambassadrice de Turquie eût sur la valeur de la duchesse de Guermantes un jugement plus sûr que le mien. D'autre part, ce qui expliquait aussi mon agacement contre l'ambassadrice, c'est que les défauts d'une simple connaissance, et même d'un ami, sont pour nous de vrais poisons, contre lesquels nous sommes heureusement «mithridatés».

Mais, sans apporter le moindre appareil de comparaison scientifique et parler d'anaphylaxie, disons qu'au sein de nos relations amicales ou purement mondaines, il y a une hostilité momentanément guérie, mais récurrente, par accès. Habituellement on souffre peu de ces poisons tant que les gens sont «naturels». En disant «Babal», «Mémé», pour désigner des gens qu'elle ne connaissait pas, l'ambassadrice de Turquie suspendait les effets du «mithridatisme» qui, d'ordinaire, me la rendait tolérable. Elle m'agaçait, ce qui était d'autant plus injuste qu'elle ne parlait pas ainsi pour faire mieux croire qu'elle était intime de «Mémé», mais à cause d'une instruction trop rapide qui lui faisait nommer ces nobles seigneurs selon ce qu'elle croyait la coutume du pays. Elle avait fait ses classes en quelques mois et n'avait pas suivi la filière. Mais en y réfléchissant je trouvais à mon déplaisir de rester auprès de l'ambassadrice une autre raison. Il n'y avait pas si longtemps que chez «Oriane» cette même personnalité diplomatique m'avait dit, d'un air motivé et sérieux, que la princesse de Guermantes lui était franchement antipathique. Je crus bon de ne pas m'arrêter à ce revirement: l'invitation à la fête de ce soir l'avait amené. L'ambassadrice était parfaitement sincère en me disant que la princesse de Guermantes était une créature sublime. Elle l'avait toujours pensé. Mais n'ayant jamais été jusqu'ici invitée chez la princesse, elle avait cru devoir donner à ce genre de non-invitation la forme d'une abstention volontaire par principes. Maintenant qu'elle avait été conviée et vraisemblablement le serait désormais, sa sympathie pouvait librement s'exprimer. Il n'y a pas besoin, pour expliquer les trois quarts des opinions qu'on porte sur les gens, d'aller jusqu'au dépit amoureux, jusqu'à l'exclusion du pouvoir politique. Le jugement reste incertain: une invitation refusée ou reçue le détermine. Au reste, l'ambassadrice de Turquie, comme disait la princesse de Guermantes qui passa avec moi l'inspection des salons, «faisait bien». Elle était surtout fort utile. Les étoiles véritables du monde sont fatiguées d'y paraître. Celui qui est curieux de les apercevoir doit souvent émigrer dans un autre hémisphère, où elles sont à peu près seules. Mais les femmes pareilles à l'ambassadrice ottomane, toutes récentes dans le monde, ne laissent pas d'y briller pour ainsi dire partout à la fois. Elles sont utiles à ces sortes de représentations qui s'appellent une soirée, un raout, et où elles se feraient traîner, moribondes, plutôt que d'y manquer. Elles sont les figurantes sur qui on peut toujours compter, ardentes à ne jamais manquer une fête. Aussi, les sots jeunes gens, ignorant que ce sont de fausses étoiles, voient-ils en elles les reines du chic, tandis qu'il faudrait une leçon pour leur expliquer en vertu de quelles raisons Mme Standish, ignorée d'eux et peignant des coussins, loin du monde, est au moins une aussi grande dame que la duchesse de Doudeauville.

Dans l'ordinaire de la vie, les yeux de la duchesse de Guermantes étaient distraits et un peu mélancoliques, elle les faisait briller seulement d'une flamme spirituelle chaque fois qu'elle avait à dire bonjour à quelque ami; absolument comme si celui-ci avait été quelque mot d'esprit, quelque trait charmant, quelque régal pour délicats dont la dégustation a mis une expression de finesse et de joie sur le visage du connaisseur. Mais pour les grandes soirées, comme elle avait trop de bonjours à dire, elle trouvait qu'il eût été fatigant, après chacun d'eux, d'éteindre à chaque fois la lumière. Tel un gourmet de littérature, allant au théâtre voir une nouveauté d'un des maîtres de la scène, témoigne sa certitude de ne pas passer une mauvaise soirée en ayant déjà, tandis qu'il remet ses affaires à l'ouvreuse, sa lèvre ajustée pour un sourire sagace, son regard avivé pour une approbation malicieuse; ainsi c'était dès son arrivée que la duchesse allumait pour toute la soirée. Et tandis qu'elle donnait son manteau du soir, d'un magnifique rouge Tiepolo, lequel laissa voir un véritable carcan de rubis qui enfermait son cou, après avoir jeté sur sa robe ce dernier regard rapide, minutieux et complet de couturière qui est celui d'une femme du monde, Oriane s'assura du scintillement de ses yeux non moins que de ses autres bijoux. Quelques «bonnes langues» comme M. de Janville eurent beau se précipiter sur le duc pour l'empêcher d'entrer: «Mais vous ignorez donc que le pauvre Mama est à l'article de la mort? On vient de l'administrer.—Je sais, je le sais, répondit M. de Guermantes en refoulant le fâcheux pour entrer.

Le viatique a produit le meilleur effet», ajouta-t-il en souriant de plaisir à la pensée de la redoute à laquelle il était décidé de ne pas manquer après la soirée du prince. «Nous ne voulions pas qu'on sût que nous étions rentrés», me dit la duchesse. Elle ne se doutait pas que la princesse avait d'avance infirmé cette parole en me racontant qu'elle avait vu un instant sa cousine qui lui avait promis de venir. Le duc, après un long regard dont pendant cinq minutes il accabla sa femme: «J'ai raconté à Oriane les doutes que vous aviez.» Maintenant qu'elle voyait qu'ils n'étaient pas fondés et qu'elle n'avait aucune démarche à faire pour essayer de les dissiper, elle les déclara absurdes, me plaisanta longuement. «Cette idée de croire que vous n'étiez pas invité! Et puis, il y avait moi. Croyez-vous que je n'aurais pas pu vous faire inviter chez ma cousine?» Je dois dire qu'elle fit souvent, dans la suite, des choses bien plus difficiles pour moi; néanmoins je me gardai de prendre ses paroles dans ce sens que j'avais été trop réservé. Je commençais à connaître l'exacte valeur du langage parlé ou muet de l'amabilité aristocratique, amabilité heureuse de verser un baume sur le sentiment d'infériorité de ceux à l'égard desquels elle s'exerce, mais pas pourtant jusqu'au point de la dissiper, car dans ce cas elle n'aurait plus de raison d'être. «Mais vous êtes notre égal, sinon mieux», semblaient, par toutes leurs actions, dire les Guermantes; et ils le disaient de la façon la plus gentille que l'on puisse imaginer, pour être aimés, admirés, mais non pour être crus; qu'on démêlât le caractère fictif de cette amabilité, c'est ce qu'ils appelaient être bien élevés; croire l'amabilité réelle, c'était la mauvaise éducation. Je reçus du reste à peu de temps de là une leçon qui acheva de m'enseigner, avec la plus parfaite exactitude, l'extension et les limites de certaines formes de l'amabilité aristocratique. C'était à une matinée donnée par la duchesse de Montmorency pour la reine d'Angleterre; il y eut une espèce de petit cortège pour aller au buffet, et en tête marchait la souveraine ayant à son bras le duc de Guermantes. J'arrivai à ce moment-là. De sa main libre, le duc me fit au moins à quarante mètres de distance mille signes d'appel et d'amitié, et qui avaient l'air de vouloir dire que je pouvais m'approcher sans crainte, que je ne serais pas mangé tout cru à la place des sandwichs. Mais moi, qui commençais à me perfectionner dans le langage des cours, au lieu de me rapprocher même d'un seul pas, à mes quarante mètres de distance je m'inclinai profondément, mais sans sourire, comme j'aurais fait devant quelqu'un que j'aurais à peine connu, puis continuai mon chemin en sens opposé. J'aurais pu écrire un chef-d'oeuvre, les Guermantes m'en eussent moins fait d'honneur que de ce salut. Non seulement il ne passa pas inaperçu aux yeux du duc, qui ce jour-là pourtant eut à répondre à plus de cinq cents personnes, mais à ceux de la duchesse, laquelle, ayant rencontré ma mère, le lui raconta en se gardant bien de lui dire que j'avais eu tort, que j'aurais dû m'approcher. Elle lui dit que son mari avait été émerveillé de mon salut, qu'il était impossible d'y faire tenir plus de choses. On ne cessa de trouver à ce salut toutes les qualités, sans mentionner toutefois celle qui avait paru la plus précieuse, à savoir qu'il avait été discret, et on ne cessa pas non plus de me faire des compliments dont je compris qu'ils étaient encore moins une récompense pour le passé qu'une indication pour l'avenir, à la façon de celle délicatement fournie à ses élèves par le directeur d'un établissement d'éducation: «N'oubliez pas, mes chers enfants, que ces prix sont moins pour vous que pour vos parents, afin qu'ils vous renvoient l'année prochaine.» C'est ainsi que Mme de Marsantes, quand quelqu'un d'un monde différent entrait dans son milieu, vantait devant lui les gens discrets «qu'on trouve quand on va les chercher et qui se font oublier le reste du temps», comme on prévient, sous une forme indirecte, un domestique qui sent mauvais que l'usage des bains est parfait pour la santé.

Pendant que, avant même qu'elle eût quitté le vestibule, je causais avec Mme de Guermantes, j'entendis une voix d'une sorte qu'à l'avenir je devais, sans erreur possible, discerner. C'était, dans le cas particulier, celle de M. de Vaugoubert causant avec M. de Charlus. Un clinicien n'a même pas besoin que le malade en observation soulève sa chemise ni d'écouter la respiration, la voix suffit. Combien de fois plus tard fus-je frappé dans un salon par l'intonation ou le rire de tel homme, qui pourtant copiait exactement le langage de sa profession ou les manières de son milieu, affectant une distinction sévère ou une familière grossièreté, mais dont la voix fausse me suffisait pour apprendre: «C'est un Charlus», à mon oreille exercée, comme le diapason d'un accordeur. A ce moment tout le personnel, d'une ambassade passa, lequel salua M. de Charlus. Bien que ma découverte du genre de maladie en question datât seulement du jour même (quand j'avais aperçu M. de Charlus et Jupien), je n'aurais pas eu besoin, pour donner un diagnostic, de poser des questions, d'ausculter. Mais M. de Vaugoubert causant avec M. de Charlus parut incertain. Pourtant il aurait dû savoir à quoi s'en tenir après les doutes de l'adolescence. L'inverti se croit seul de sa sorte dans l'univers; plus tard seulement, il se figure—autre exagération—que l'exception unique, c'est l'homme normal. Mais, ambitieux et timoré, M. de Vaugoubert ne s'était pas livré depuis bien longtemps à ce qui eût été pour lui le plaisir. La carrière diplomatique avait eu sur sa vie l'effet d'une entrée dans les ordres. Combinée avec l'assiduité à l'Ecole des Sciences politiques, elle l'avait voué depuis ses vingt ans à la chasteté du chrétien. Aussi, comme chaque sens perd de sa force et de sa vivacité, s'atrophie quand il n'est plus mis en usage, M. de Vaugoubert, de même que l'homme civilisé qui ne serait plus capable des exercices de force, de la finesse d'ouïe de l'homme des cavernes, avait perdu la perspicacité spéciale qui se trouvait rarement en défaut chez M. de Charlus; et aux tables officielles, soit à Paris, soit à l'étranger, le ministre plénipotentiaire n'arrivait même plus à reconnaître ceux qui, sous le déguisement de l'uniforme, étaient au fond ses pareils. Quelques noms que prononça M. de Charlus, indigné si on le citait pour ses goûts, mais toujours amusé de faire connaître ceux des autres, causèrent à M. de Vaugoubert un étonnement délicieux. Non qu'après tant d'années il songeât à profiter d'aucune aubaine. Mais ces révélations rapides, pareilles à celles qui dans les tragédies de Racine apprennent à Athalie et à Abner que Joas est de la race de David, qu'Esther assise dans la pourpre a des parents youpins, changeant l'aspect de la légation de X... ou tel service du Ministère des Affaires étrangères, rendaient rétrospectivement ces palais aussi mystérieux que le temple de Jérusalem ou la salle du trône de Suse. Pour cette ambassade dont le jeune personnel vint tout entier serrer la main de M. de Charlus, M. de Vaugoubert prit l'air émerveillé d'Élise s'écriant dans *Esther*:

Ciel! quel nombreux essaim d'innocentes beautés
S'offre à mes yeux en foule et sort de tous côtés!
Quelle aimable pudeur sur leur visage est peinte!

Puis désireux d'être plus «renseigné», il jeta en souriant à M. de Charlus un regard niaisement interrogateur et concupiscent: «Mais voyons, bien entendu», dit M. de Charlus, de l'air docte d'un érudit parlant à un ignare. Aussitôt M. de Vaugoubert (ce qui agaça beaucoup M. de Charlus) ne détacha plus ses yeux de ces jeunes secrétaires, que l'ambassadeur de X... en France, vieux cheval de retour, n'avait pas choisis au hasard. M. de Vaugoubert se taisait, je voyais seulement ses regards. Mais, habitué dès mon enfance à prêter, même à ce qui est muet, le langage des classiques, je faisais dire aux yeux de M. de Vaugoubert les vers par lesquels Esther explique à Élise que Mardochée a tenu, par zèle pour sa religion, à ne placer auprès de la Reine que des filles qui y appartinssent.

Cependant son amour pour notre nation

A peuplé ce palais de filles de Sion,

Jeunes et tendres fleurs par le sort agitées,

Sous un ciel étranger comme moi transplantées

Dans un lieu séparé de profanes témoins,

Il (l'excellent ambassadeur) met à les former son

étude et ses soins.

Enfin M. de Vaugoubert parla, autrement que par ses regards. «Qui sait, dit-il avec mélancolie, si, dans le pays où je réside, la même chose n'existe pas.—C'est probable, répondit M. de Charlus, à commencer par le roi Théodose, bien que je ne sache rien de positif sur lui.—Oh! pas du tout!—Alors il n'est pas permis d'en avoir l'air à ce point-là. Et il fait des petites manières. Il a le genre «ma chère», le genre que je déteste le plus. Je n'oserais pas me montrer avec lui dans la rue. Du reste, vous devez bien le connaître pour ce qu'il est, il est connu comme le loup blanc.—Vous vous trompez tout à fait sur lui. Il est du reste charmant. Le jour où l'accord avec la France a été signé, le Roi m'a embrassé. Je n'ai jamais été si ému.—C'était le moment de lui dire ce que vous désiriez.—Oh! mon Dieu, quelle horreur, s'il avait seulement un soupçon! Mais je n'ai pas de crainte à cet égard.» Paroles que j'entendis, car j'étais peu éloigné, et qui firent que je me récitai mentalement:

Le Roi jusqu'à ce jour ignore qui je suis,

Et ce secret toujours tient ma langue enchaînée.

Ce dialogue, moitié muet, moitié parlé, n'avait duré que peu d'instants, et je n'avais encore fait que quelques pas dans les salons avec la duchesse de Guermantes quand une petite dame brune, extrêmement jolie, l'arrêta:

«Je voudrais bien vous voir. D'Annunzio vous a aperçue d'une loge, il a écrit à la princesse de T... une lettre où il dit qu'il n'a jamais rien vu de si beau. Il donnerait toute sa vie pour dix minutes d'entretien avec vous. En tout cas, même si vous ne pouvez pas ou ne voulez pas, la lettre est en ma possession. Il faudrait que vous me fixiez un rendez-vous. Il y a certaines choses secrètes que je ne puis dire ici. Je vois que vous ne me reconnaissez pas, ajouta-t-elle en s'adressant à moi; je vous ai connu chez la princesse de Parme (chez qui je n'étais jamais allé). L'empereur de Russie voudrait que votre père fût envoyé à Pétersbourg. Si vous pouviez venir mardi, justement Isvolski sera là, il en parlerait avec vous. J'ai un cadeau à vous faire, chérie, ajouta-t-elle en se tournant vers la duchesse, et que je ne ferais à personne qu'à vous. Les manuscrits de trois pièces d'Ibsen, qu'il m'a fait porter par son vieux garde-malade. J'en garderai une et vous donnerai les deux autres.»

Le duc de Guermantes n'était pas enchanté de ces offres. Incertain si Ibsen ou d'Annunzio étaient morts ou vivants, il voyait déjà des écrivains, des dramaturges allant faire visite à sa femme et la mettant dans leurs ouvrages. Les gens du monde se représentent volontiers les livres comme une espèce de cube dont une face est enlevée, si bien que l'auteur se dépêche de «faire entrer» dedans les personnes qu'il rencontre. C'est déloyal évidemment, et ce ne sont que des gens de peu. Certes, ce ne serait pas ennuyeux de les voir «en passant», car grâce à eux, si on lit un livre ou un article, on connaît «le dessous des cartes», on peut «lever les masques». Malgré tout, le plus sage est de s'en tenir aux auteurs morts. M. de Guermantes trouvait seulement «parfaitement convenable» le monsieur qui faisait la nécrologie dans le *Gaulois*. Celui-là, du moins, se contentait de citer le nom de M. de Guermantes en tête des personnes remarquées «notamment» dans les enterrements où le duc s'était inscrit. Quand ce dernier préférait que son nom ne figurât pas, au lieu de s'inscrire il envoyait une lettre de condoléances à la famille du défunt en l'assurant de ses sentiments bien tristes. Que si cette famille faisait mettre dans le journal: «Parmi les lettres reçues, citons celle du duc de Guermantes, etc.», ce n'était pas la faute de l'échotier, mais du fils, frère, père de la défunte, que le duc qualifiait d'arrivistes, et avec qui il était désormais décidé à ne plus avoir de relations (ce qu'il appelait, ne sachant pas bien le sens des locutions, «avoir maille à partir»). Toujours est-il que les noms d'Ibsen et d'Annunzio, et leur survivance incertaine, firent se froncer les sourcils du duc, qui n'était pas encore assez loin de nous pour ne pas avoir entendu les amabilités diverses de Mme Timoléon d'Amoncourt. C'était une femme charmante, d'un esprit, comme sa beauté, si ravissant, qu'un seul des deux eût réussi à plaire. Mais, née hors du milieu où elle vivait maintenant, n'ayant aspiré d'abord qu'à un salon littéraire, amie successivement—nullement amante, elle était de moeurs fort pures—et exclusivement de chaque grand écrivain qui lui donnait tous ses manuscrits, écrivait des livres pour elle, le hasard l'ayant introduite dans le faubourg Saint-Germain, ces privilèges littéraires l'y servirent. Elle avait maintenant une situation à n'avoir pas à dispenser d'autres grâces que celles que sa présence répandait. Mais habituée jadis à l'entregent, aux manèges, aux services à rendre, elle y persévérait bien qu'ils ne fussent plus nécessaires. Elle avait toujours un secret d'État à vous révéler, un potentat à vous faire connaître, une aquarelle de maître à vous offrir. Il y avait bien dans tous ces attraits inutiles un peu de mensonge, mais il faisaient de sa vie une comédie d'une complication scintillante et il était exact qu'elle faisait nommer des préfets et des généraux.

Tout en marchant à côté de moi, la duchesse de Guermantes laissait la lumière azurée de ses yeux flotter devant elle, mais dans le vague, afin d'éviter les gens avec qui elle ne tenait pas à entrer en relations, et dont elle devinait parfois, de loin, l'écueil menaçant. Nous avancions entre une double haie d'invités, lesquels, sachant qu'ils ne connaîtraient jamais «Oriane», voulaient au moins, comme une curiosité, la montrer à leur femme: «Ursule, vite, vite, venez voir Madame de Guermantes qui cause avec ce jeune homme.» Et on sentait qu'il ne s'en fallait pas de beaucoup pour qu'ils fussent montés sur des chaises, pour mieux voir, comme à la revue du 14 juillet ou au Grand Prix. Ce n'est pas que la duchesse de Guermantes eût un salon plus aristocratique que sa cousine. Chez la première fréquentaient des gens que la seconde n'eût jamais voulu inviter, surtout à cause de son mari. Jamais elle n'eût reçu Mme Alphonse de Rothschild, qui, intime amie de Mme de la Trémoïlle et de Mme de Sagan, comme Oriane elle-même, fréquentait beaucoup chez cette dernière. Il en était encore de même du baron Hirsch, que le prince de Galles avait amené chez elle, mais non chez la princesse à qui il aurait déplu, et aussi de quelques grandes notoriétés bonapartistes ou même républicaines, qui intéressaient la duchesse mais que le prince, royaliste convaincu, n'eût pas voulu recevoir. Son antisémitisme, étant aussi de principe, ne fléchissait devant aucune élégance, si accréditée fût-elle, et s'il recevait Swann dont il était l'ami de tout temps, étant d'ailleurs le seul des Guermantes qui l'appelât Swann et non Charles, c'est que, sachant que la grand'mère de Swann, protestante mariée à un juif, avait été la maîtresse du duc de Berri, il essayait, de temps en temps, de croire à la légende qui faisait du père de Swann un fils naturel du prince. Dans cette hypothèse, laquelle était d'ailleurs fausse, Swann, fils d'un catholique, fils lui-même d'un Bourbon et d'une catholique, n'avait rien que de chrétien.

«Comment, vous ne connaissez pas ces splendeurs», me dit la duchesse, en me parlant de l'hôtel où nous étions. Mais après avoir célébré le «palais» de sa cousine, elle s'empressa d'ajouter qu'elle préférait mille fois «son humble trou». «Ici, c'est admirable pour *visiter*. Mais je mourrais de chagrin s'il me fallait rester à coucher dans des chambres où ont eu lieu tant d'événements historiques. Ça me ferait l'effet d'être restée après la fermeture, d'avoir été oubliée, au château de Blois, de Fontainebleau ou même au Louvre, et d'avoir comme seule ressource contre la tristesse de me dire que je suis dans la chambre où a été assassiné Monaldeschi. Comme camomille, c'est insuffisant. Tiens, voilà Mme de Saint-Euverte. Nous avons dîné tout à l'heure chez elle. Comme elle donne demain sa grande machine annuelle, je pensais qu'elle serait allée se coucher. Mais elle ne peut pas rater une fête. Si celle-ci avait eu lieu à la campagne, elle serait montée sur une tapissière plutôt que de ne pas y être allée.»

En réalité, Mme de Saint-Euverte était venue, ce soir, moins pour le plaisir de ne pas manquer une fête chez les autres que pour assurer le succès de la sienne, recruter les derniers adhérents, et en quelque sorte passer *in extremis* la revue des troupes qui devaient le lendemain évoluer brillamment à sa garden-party. Car, depuis pas mal d'années, les invités des fêtes Saint-Euverte n'étaient plus du tout les mêmes qu'autrefois. Les notabilités féminines du milieu Guermantes, si clairsemées alors, avaient—comblées de politesses par la maîtresse de la maison—amené peu à peu leurs amies. En même temps, par un travail parallèlement progressif, mais en sens inverse, Mme de Saint-Euverte avait d'année en année réduit le nombre des personnes inconnues au monde élégant. On avait cessé de voir l'une, puis l'autre. Pendant quelque temps fonctionna le système des «fournées», qui permettait, grâce à des fêtes sur lesquelles on faisait le silence, de convier les réprouvés à venir se divertir entre eux, ce qui dispensait de les inviter avec les gens de bien. De quoi pouvaient-ils se plaindre?

N'avaient-ils pas *panem et circenses*, des petits fours et un beau programme musical? Aussi, en symétrie en quelque sorte avec les deux duchesses en exil, qu'autrefois, quand avait débuté le salon Saint-Euverte, on avait vues en soutenir, comme deux cariatides, le faîte chancelant, dans les dernières années on ne distingua plus, mêlées au beau monde, que deux personnes hétérogènes: la vieille Mme de Cambremer et la femme à belle voix d'un architecte à laquelle on était souvent obligé de demander de chanter. Mais ne connaissant plus personne chez Mme de Saint-Euverte, pleurant leurs compagnes perdues, sentant qu'elles gênaient, elles avaient l'air prêtes à mourir de froid comme deux hirondelles qui n'ont pas émigré à temps. Aussi l'année suivante ne furent-elles pas invitées; Mme de Franquetot tenta une démarche en faveur de sa cousine qui aimait tant la musique. Mais comme elle ne put pas obtenir pour elle une réponse plus explicite que ces mots: «Mais on peut toujours entrer écouter de la musique si ça vous amuse, ça n'a rien de criminel!» Mme de Cambremer ne trouva pas l'invitation assez pressante et s'abstint.

Une telle transmutation, opérée par Mme de Saint-Euverte, d'un salon de lépreux en un salon de grandes dames (la dernière forme, en apparence ultra-chic, qu'il avait prise), on pouvait s'étonner que la personne qui donnait le lendemain la fête la plus brillante de la saison eût eu besoin de venir la veille adresser un suprême appel à ses troupes. Mais c'est que la prééminence du salon Saint-Euverte n'existait que pour ceux dont la vie mondaine consiste seulement à lire le compte rendu des matinées et soirées, dans le *Gaulois* ou le *Figaro*, sans être jamais allés à aucune. A ces mondains qui ne voient le monde que par le journal, l'énumération des ambassadrices d'Angleterre, d'Autriche, etc.; des duchesses d'Uzès, de La Trémoïlle, etc., etc., suffisait pour qu'ils s'imaginassent volontiers le salon Saint-Euverte comme le premier de Paris, alors qu'il était un des derniers. Non que les comptes rendus fussent mensongers. La plupart des personnes citées avaient bien été présentes. Mais chacune était venue à la suite d'implorations, de politesses, de services, et en ayant le sentiment d'honorer infiniment Mme de Saint-Euverte. De tels salons, moins recherchés que fuis, et où on va pour ainsi dire en service commandé, ne font illusion qu'aux lectrices de «Mondanités». Elles glissent sur une fête vraiment élégante, celle-là où la maîtresse de la maison, pouvant avoir toutes les duchesses, lesquelles brûlent d'être «parmi les élus», ne demandent qu'à deux ou trois, et ne font pas mettre le nom de leurs invités dans le journal. Aussi ces femmes, méconnaissant ou dédaignant le pouvoir qu'a pris aujourd'hui la publicité, sont-elles élégantes pour la reine d'Espagne, mais, méconnues de la foule, parce que la première sait et que la seconde ignore qui elles sont.

Mme de Saint-Euverte n'était pas de ces femmes, et en bonne butineuse elle venait cueillir pour le lendemain tout ce qui était invité. M. de Charlus ne l'était pas, il avait toujours refusé d'aller chez elle. Mais il était brouillé avec tant de gens, que Mme de Saint-Euverte pouvait mettre cela sur le compte du caractère.

Certes, s'il n'y avait eu là qu'Oriane, Mme de Saint-Euverte eût pu ne pas se déranger, puisque l'invitation avait été faite de vive voix, et d'ailleurs acceptée avec cette charmante bonne grâce trompeuse dans l'exercice de laquelle triomphent ces académiciens de chez lesquels le candidat sort attendri et ne doutant pas qu'il peut compter sur leur voix. Mais il n'y avait pas qu'elle. Le prince d'Agrigente viendrait-il? Et Mme de Durfort? Aussi, pour veiller au grain, Mme de Saint-Euverte avait-elle cru plus expédient de se transporter elle-même; insinuante avec les uns, impérative avec les autres, pour tous elle annonçait à mots couverts d'inimaginables divertissements qu'on ne pourrait revoir une seconde fois, et à chacun promettait qu'il trouverait chez elle la personne qu'il avait le désir, ou le personnage qu'il avait le besoin de rencontrer. Et cette sorte de fonction dont elle était investie pour une fois dans l'année—telles certaines magistratures du monde antique—de personne qui donnera le lendemain la plus considérable garden-party de la saison lui conférait une autorité momentanée. Ses listes étaient faites et closes, de sorte que, tout en parcourant les salons de la princesse avec lenteur pour verser successivement dans chaque oreille: «Vous ne m'oublierez pas demain», elle avait la gloire éphémère de détourner les yeux, en continuant à sourire, si elle apercevait un laideron à éviter ou quelque hobereau qu'une camaraderie de collège avait fait admettre chez «Gilbert», et duquel la présence à sa garden-party n'ajouterait rien. Elle préférait ne pas lui parler pour pouvoir dire ensuite: «J'ai fait mes invitations verbalement, et malheureusement je ne vous ai pas rencontré.» Ainsi elle, simple Saint-Euverte, faisait-elle de ses yeux fureteurs un «tri» dans la composition de la soirée de la princesse. Et elle se croyait, en agissant ainsi, une vraie duchesse de Guermantes.

Il faut dire que celle-ci n'avait pas non plus tant qu'on pourrait croire la liberté de ses bonjours et de ses sourires. Pour une part, sans doute, quand elle les refusait, c'était volontairement: «Mais elle m'embête, disait-elle, est-ce que je vais être obligée de lui parler de sa soirée pendant une heure?»

On vit passer une duchesse fort noire, que sa laideur et sa bêtise, et certains écarts de conduite, avaient exilée non de la société, mais de certaines intimités élégantes. «Ah! susurra Mme de Guermantes, avec le coup d'oeil exact et désabusé du connaisseur à qui on montre un bijou faux, on reçoit ça ici!» Sur la seule vue de la dame à demi tarée, et dont la figure était encombrée de trop de grains de poils noirs, Mme de Guermantes cotait la médiocre valeur de cette soirée. Elle avait été élevée, mais avait cessé toutes relations avec cette dame; elle ne répondit à son salut que par un signe de tête des plus secs. «Je ne comprends pas, me dit-elle, comme pour s'excuser, que Marie-Gilbert nous invite avec toute cette lie. On peut dire qu'il y en a ici de toutes les paroisses. C'était beaucoup mieux arrangé chez Mélanie Pourtalès. Elle pouvait avoir le Saint-Synode et le Temple de l'Oratoire si ça lui plaisait, mais, au moins, on ne nous faisait pas venir ces jours-là.» Mais pour beaucoup, c'était par timidité, peur d'avoir une scène de son mari, qui ne voulait pas qu'elle reçût des artistes, etc. (Marie-Gilbert en protégeait beaucoup, il fallait prendre garde de ne pas être abordée par quelque illustre chanteuse allemande), par quelque crainte aussi à l'égard du nationalisme qu'en tant que, détenant, comme M. de Charlus, l'esprit des Guermantes, elle méprisait au point de vue mondain (on faisait passer maintenant, pour glorifier l'état-major, un général plébéien avant certains ducs) mais auquel pourtant, comme elle se savait cotée mal pensante, elle faisait de larges concessions, jusqu'à redouter d'avoir à tendre la main à Swann dans ce milieu antisémite. A cet égard elle fut vite rassurée, ayant appris que le Prince n'avait pas laissé entrer Swann et avait eu avec lui «une espèce d'altercation». Elle ne risquait pas d'avoir à faire publiquement la conversation avec «pauvre Charles» qu'elle préférait chérir dans le privé.

—Et qu'est-ce encore que celle-là? s'écria Mme de Guermantes en voyant une petite dame l'air un peu étrange, dans une robe noire tellement simple qu'on aurait dit une malheureuse, lui faire, ainsi que son mari, un grand salut. Elle ne la reconnut pas et, ayant de ces insolences, se redressa comme offensée, et regarda sans répondre, d'un air étonné: «Qu'est-ce que c'est que cette personne, Basin?» demanda-t-elle d'un air étonné, pendant que M. de Guermantes, pour réparer l'impolitesse d'Oriane, saluait la dame et serrait la main du mari. «Mais, c'est Mme de Chaussepierre, vous avez été très impolie.—Je ne sais pas ce que c'est Chaussepierre.—Le neveu de la vieille mère Chanlivault.—Je ne connais rien de tout ça. Qui est la femme, pourquoi me salue-t-elle?—Mais, vous ne connaissez que ça, c'est la fille de Mme de Charleval, Henriette Montmorency.—Ah! mais j'ai très bien connu sa mère, elle était charmante, très spirituelle. Pourquoi a-t-elle épousé tous ces gens que je ne connais pas? Vous dites qu'elle s'appelle Mme de Chaussepierre?» dit-elle en épelant ce dernier mot d'un air interrogateur et comme si elle avait peur de se tromper. Le duc lui jeta un regard dur. «Cela n'est pas si ridicule que vous avez l'air de croire de s'appeler Chaussepierre! Le vieux Chaussepierre était le frère de la Charleval déjà nommée, de Mme de Sennecour et de la vicomtesse du Merlerault. Ce sont des gens bien.—Ah! assez, s'écria la duchesse qui, comme une dompteuse, ne voulait jamais avoir l'air de se laisser intimider par les regards dévorants du fauve. Basin, vous faites ma joie. Je ne sais pas où vous avez été dénicher ces noms, mais je vous fais tous mes compliments. Si j'ignorais Chaussepierre, j'ai lu Balzac, vous n'êtes pas le seul, et j'ai même lu Labiche. J'apprécie Chanlivault, je ne hais pas Charleval, mais j'avoue que du Merlerault est le chef-d'oeuvre. Du reste, avouons que Chaussepierre n'est pas mal non plus. Vous avez collectionné tout ça, ce n'est pas possible. Vous qui voulez faire un livre, me dit-elle, vous devriez retenir Charleval et du Merlerault. Vous ne trouverez pas mieux.—Il se fera faire tout simplement procès, et il ira en prison; vous lui donnez de très mauvais conseils, Oriane.—J'espère pour lui qu'il a à sa disposition des personnes plus jeunes s'il a envie de demander de mauvais conseils, et surtout de les suivre. Mais s'il ne veut rien faire de plus mal qu'un livre!» Assez loin de nous, une merveilleuse et fière jeune femme se détachait doucement dans une robe blanche, toute en diamants et en tulle. Madame de Guermantes la regarda qui parlait devant tout un groupe aimanté par sa grâce.

«Votre soeur est partout la plus belle; elle est charmante ce soir», dit-elle, tout en prenant une chaise, au prince de Chimay qui passait. Le colonel de Froberville (il avait pour oncle le général du même nom) vint s'asseoir à côté de nous, ainsi que M. de Bréauté, tandis que M. de Vaugoubert, se dandinant (par un excès de politesse qu'il gardait même quand il jouait au tennis où, à force de demander des permissions aux personnes de marque avant d'attraper la balle, il faisait inévitablement perdre la partie à son camp), retournait auprès de M. de Charlus (jusque-là quasi enveloppé par l'immense jupe de la comtesse Molé, qu'il faisait profession d'admirer entre toutes les femmes), et, par hasard, au moment où plusieurs membres d'une nouvelle mission diplomatique à Paris saluaient le baron. A la vue d'un jeune secrétaire à l'air particulièrement intelligent, M. de Vaugoubert fixa sur M. de Charlus un sourire où s'épanouissait visiblement une seule question. M. de Charlus eût peut-être volontiers compromis quelqu'un, mais se sentir, lui, compromis par ce sourire partant d'un autre et qui ne pouvait avoir qu'une signification, l'exaspéra. «Je n'en sais absolument rien, je vous prie de garder vos curiosités pour vous-même. Elles me laissent plus que froid. Du reste, dans le cas particulier, vous faites un impair de tout premier ordre. Je crois ce jeune homme absolument le contraire.» Ici, M. de Charlus, irrité d'avoir été dénoncé par un sot, ne disait pas la vérité. Le secrétaire eût, si le baron avait dit vrai, fait exception dans cette ambassade.

Elle était, en effet, composée de personnalités fort différentes, plusieurs extrêmement médiocres, en sorte que, si l'on cherchait quel avait pu être le motif du choix qui s'était porté sur elles, on ne pouvait découvrir que l'inversion. En mettant à la tête de ce petit Sodome diplomatique un ambassadeur aimant au contraire les femmes avec une exagération comique de compère de revue, qui faisait manoeuvrer en règle son bataillon de travestis, on semblait avoir obéi à la loi des contrastes. Malgré ce qu'il avait sous les yeux, il ne croyait pas à l'inversion. Il en donna immédiatement la preuve en mariant sa soeur à un chargé d'affaires qu'il croyait bien faussement un coureur de poules. Dès lors il devint un peu gênant et fut bientôt remplacé par une Excellence nouvelle qui assura l'homogénéité de l'ensemble. D'autres ambassades cherchèrent à rivaliser avec celle-là, mais elles ne purent lui disputer le prix (comme au concours général, où un certain lycée l'a toujours) et il fallut que plus de dix ans se passassent avant que, des attachés hétérogènes s'étant introduits dans ce tout si parfait, une autre pût enfin lui arracher la funeste palme et marcher en tête.

Rassurée sur la crainte d'avoir à causer avec Swann, Mme de Guermantes n'éprouvait plus que de la curiosité au sujet de la conversation qu'il avait eue avec le maître de maison. «Savez-vous à quel sujet? demanda le duc à M. de Bréauté.—J'ai entendu dire, répondit celui-ci, que c'était à propos d'un petit acte que l'écrivain Bergotte avait fait représenter chez eux. C'était ravissant, d'ailleurs. Mais il paraît que l'acteur s'était fait la tête de Gilbert, que, d'ailleurs, le sieur Bergotte aurait voulu en effet dépeindre.—Tiens, cela m'aurait amusée de voir contrefaire Gilbert, dit la duchesse en souriant rêveusement.—C'est sur cette petite représentation, reprit M. de Bréauté en avançant sa mâchoire de rongeur, que Gilbert a demandé des explications à Swann, qui s'est contenté de répondre, ce que tout le monde trouva très spirituel: «Mais, pas du tout, cela ne vous ressemble en rien, vous êtes bien plus ridicule que ça!» Il paraît, du reste, reprit M. de Bréauté, que cette petite pièce était ravissante. Mme Molé y était, elle s'est énormément amusée.—Comment, Mme Molé va là? dit la duchesse étonnée. Ah! c'est Mémé qui aura arrangé cela. C'est toujours ce qui finit par arriver avec ces endroits-là. Tout le monde, un beau jour, se met à y aller, et moi, qui me suis volontairement exclue par principe, je me trouve seule à m'ennuyer dans mon coin.» Déjà, depuis le récit que venait de leur faire M. de Bréauté, la duchesse de Guermantes (sinon sur le salon Swann, du moins sur l'hypothèse de rencontrer Swann dans un instant) avait, comme on voit, adopté un nouveau point de vue. «L'explication que vous nous donnez, dit à M. de Bréauté le colonel de Froberville, est de tout point controuvée. J'ai mes raisons pour le savoir. Le Prince a purement et simplement fait une algarade à Swann et lui a fait assavoir, comme disaient nos pères, de ne plus avoir à se montrer chez lui, étant donné les opinions qu'il affiche. Et, selon moi, mon oncle Gilbert a eu mille fois raison, non seulement de faire cette algarade, mais aurait dû en finir il y a plus de six mois avec un dreyfusard avéré.»

Le pauvre M. de Vaugoubert, devenu cette fois-ci de trop lambin joueur de tennis une inerte balle de tennis elle-même qu'on lance sans ménagements, se trouva projeté vers la duchesse de Guermantes, à laquelle il présenta ses hommages. Il fut assez mal reçu, Oriane vivant dans la persuasion que tous les diplomates—ou hommes politiques—de son monde étaient des nigauds.

M. de Froberville avait forcément bénéficié de la situation de faveur qui depuis peu était faite aux militaires dans la société. Malheureusement, si la femme qu'il avait épousée était parente très véritable des Guermantes, c'en était une aussi extrêmement pauvre, et comme lui-même avait perdu sa fortune, ils n'avaient guère de relations et c'étaient de ces gens qu'on laissait de côté, hors des grandes occasions, quand ils avaient la chance de perdre ou de marier un parent. Alors, ils faisaient vraiment partie de la communion du grand monde, comme les catholiques de nom qui ne s'approchent de la sainte Table qu'une fois l'an. Leur situation matérielle eût même été malheureuse si Mme de Saint-Euverte, fidèle à l'affection qu'elle avait eue pour feu le général de Froberville, n'avait pas aidé de toutes façons le ménage, donnant des toilettes et des distractions aux deux petites filles. Mais le colonel, qui passait pour un bon garçon, n'avait pas l'âme reconnaissante. Il était envieux des splendeurs d'une bienfaitrice qui les célébrait elle-même sans trêve et sans mesure. La garden-party était pour lui, sa femme et ses enfants, un plaisir merveilleux qu'ils n'eussent pas voulu manquer pour tout l'or du monde, mais un plaisir empoisonné par l'idée des joies d'orgueil qu'en tirait Mme de Saint-Euverte. L'annonce de cette garden-party dans les journaux qui, ensuite, après un récit détaillé, ajoutaient machiavéliquement: «Nous reviendrons sur cette belle fête», les détails complémentaires sur les toilettes, donnés pendant plusieurs jours de suite, tout cela faisait tellement mal aux Froberville, qu'eux, assez sevrés de plaisirs et qui savaient pouvoir compter sur celui de cette matinée, en arrivaient chaque année à souhaiter que le mauvais temps en gênât la réussite, à consulter le baromètre et à anticiper avec délices les prémices d'un orage qui pût faire rater la fête.

—Je ne discuterai pas politique avec vous, Froberville, dit M. de Guermantes, mais, pour ce qui concerne Swann, je peux dire franchement que sa conduite à notre égard a été inqualifiable. Patronné jadis dans le monde par nous, par le duc de Chartres, on me dit qu'il est ouvertement dreyfusard. Jamais je n'aurais cru cela de lui, de lui un fin gourmet, un esprit positif, un collectionneur, un amateur de vieux livres, membre du Jockey, un homme entouré de la considération générale, un connaisseur de bonnes adresses qui nous envoyait le meilleur porto qu'on puisse boire, un dilettante, un père de famille. Ah! j'ai été bien trompé. Je ne parle pas de moi, il est convenu que je suis une vieille bête, dont l'opinion ne compte pas, une espèce de va-nu-pieds, mais rien que pour Oriane, il n'aurait pas dû faire cela, il aurait dû désavouer ouvertement les Juifs et les sectateurs du condamné.

«Oui, après l'amitié que lui a toujours témoignée ma femme, reprit le duc, qui considérait évidemment que condamner Dreyfus pour haute trahison, quelque opinion qu'on eût dans son for intérieur sur sa culpabilité, constituait une espèce de remerciement pour la façon dont on avait été reçu dans le faubourg Saint-Germain, il aurait dû se désolidariser. Car, demandez à Oriane, elle avait vraiment de l'amitié pour lui.» La duchesse, pensant qu'un ton ingénu et calme donnerait une valeur plus dramatique et sincère à ses paroles, dit d'une voix d'écolière, comme laissant sortir simplement la vérité de sa bouche et en donnant seulement à ses yeux une expression un peu mélancolique: «Mais c'est vrai, je n'ai aucune raison de cacher que j'avais une sincère affection pour Charles!—Là, vous voyez, je ne lui fais pas dire. Et après cela, il pousse l'ingratitude jusqu'à être dreyfusard!»

«A propos de dreyfusards, dis-je, il paraît que le prince Von l'est,—Ah! vous faites bien de me parler de lui, s'écria M. de Guermantes, j'allais oublier qu'il m'a demandé de venir dîner lundi. Mais, qu'il soit dreyfusard ou non, cela m'est parfaitement égal puisqu'il est étranger. Je m'en fiche comme de colin-tampon. Pour un Français, c'est autre chose. Il est vrai que Swann est juif. Mais jusqu'à ce jour—excusez-moi, Froberville—j'avais eu la faiblesse de croire qu'un juif peut être Français, j'entends un juif honorable, homme du monde. Or Swann était cela dans toute la force du terme. Hé bien! il me force à reconnaître que je me suis trompé, puisqu'il prend parti pour ce Dreyfus (qui, coupable ou non, ne fait nullement partie de son milieu, qu'il n'aurait jamais rencontré) contre une société qui l'avait adopté, qui l'avait traité comme un des siens. Il n'y a pas à dire, nous nous étions tous portés garants de Swann, j'aurais répondu de son patriotisme comme du mien. Ah! il nous récompense bien mal. J'avoue que de sa part je ne me serais jamais attendu à cela. Je le jugeais mieux. Il avait de l'esprit (dans son genre, bien entendu). Je sais bien qu'il avait déjà fait l'insanité de son honteux mariage. Tenez, savez-vous quelqu'un à qui le mariage de Swann a fait beaucoup de peine? C'est à ma femme. Oriane a souvent ce que j'appellerai une affectation d'insensibilité. Mais au fond, elle ressent avec une force extraordinaire.» Mme de Guermantes, ravie de cette analyse de son caractère, l'écoutait d'un air modeste mais ne disait pas un mot, par scrupule d'acquiescer à l'éloge, surtout par peur de l'interrompre. M. de Guermantes aurait pu parler une heure sur ce sujet qu'elle eût encore moins bougé que si on lui avait fait de la musique. «Hé bien! je me rappelle, quand elle a appris le mariage de Swann, elle s'est sentie froissée; elle a trouvé que c'était mal de quelqu'un à qui nous avions témoigné tant d'amitié. Elle aimait beaucoup Swann; elle a eu beaucoup de chagrin. N'est-ce pas Oriane?» Mme de Guermantes crut devoir répondre à une interpellation aussi directe sur un point de fait qui lui permettrait, sans en avoir l'air, de confirmer des louanges qu'elle sentait terminées. D'un ton timide et simple, et un air d'autant plus appris qu'il voulait paraître «senti», elle dit avec une douceur réservée: «C'est vrai, Basin ne se trompe pas.—Et pourtant ce n'était pas encore la même chose. Que voulez-vous, l'amour est l'amour quoique, à mon avis, il doive rester dans certaines bornes. J'excuserais encore un jeune homme, un petit morveux, se laissant emballer par les utopies.

Mais Swann, un homme intelligent, d'une délicatesse éprouvée, un fin connaisseur en tableaux, un familier du duc de Chartres, de Gilbert lui-même!» Le ton dont M. de Guermantes disait cela était d'ailleurs parfaitement sympathique, sans ombre de la vulgarité qu'il montrait trop souvent. Il parlait avec une tristesse légèrement indignée, mais tout en lui respirait cette gravité douce qui fait le charme onctueux et large de certains personnages de Rembrandt, le bourgmestre Six par exemple. On sentait que la question de l'immoralité de la conduite de Swann dans l'Affaire ne se posait même pas pour le duc, tant elle faisait peu de doute; il en ressentait l'affliction d'un père voyant un de ses enfants, pour l'éducation duquel il a fait les plus grands sacrifices, ruiner volontairement la magnifique situation qu'il lui a faite et déshonorer, par des frasques que les principes ou les préjugés de la famille ne peuvent admettre, un nom respecté.

Il est vrai que M. de Guermantes n'avait pas manifesté autrefois un étonnement aussi profond et aussi douloureux quand il avait appris que Saint-Loup était dreyfusard. Mais d'abord il considérait son neveu comme un jeune homme dans une mauvaise voie et de qui rien, jusqu'à ce qu'il se soit amendé, ne saurait étonner, tandis que Swann était ce que M. de Guermantes appelait «un homme pondéré, un homme ayant une position de premier ordre». Ensuite et surtout, un assez long temps avait passé pendant lequel, si, au point de vue historique, les événements avaient en partie semblé justifier la thèse dreyfusiste, l'opposition antidreyfusarde avait redoublé de violence, et de purement politique d'abord était devenue sociale. C'était maintenant une question de militarisme, de patriotisme, et les vagues de colère soulevées dans la société avaient eu le temps de prendre cette force qu'elles n'ont jamais au début d'une tempête. «Voyez-vous, reprit M. de Guermantes, même au point de vue de ses chers juifs, puisqu'il tient absolument à les soutenir, Swann a fait une boulette d'une portée incalculable. Il prouve qu'ils sont en quelque sorte forcés de prêter appui à quelqu'un de leur race, même s'ils ne le connaissent pas. C'est un danger public. Nous avons évidemment été trop coulants, et la gaffe que commet Swann aura d'autant plus de retentissement qu'il était estimé, même reçu, et qu'il était à peu près le seul juif qu'on connaissait. On se dira: *Ab uno disce omnes.*» (La satisfaction d'avoir trouvé à point nommé, dans sa mémoire, une citation si opportune éclaira seule d'un orgueilleux sourire la mélancolie du grand seigneur trahi.)

J'avais grande envie de savoir ce qui s'était exactement passé entre le Prince et Swann et de voir ce dernier, s'il n'avait pas encore quitté la soirée. «Je vous dirai, me répondit la duchesse, à qui je parlais de ce désir, que moi je ne tiens pas excessivement à le voir parce qu'il paraît, d'après ce qu'on m'a dit tout à l'heure chez Mme de Saint-Euverte, qu'il voudrait avant de mourir que je fasse la connaissance de sa femme et de sa fille. Mon Dieu, ce me fait une peine infinie qu'il soit malade, mais d'abord j'espère que ce n'est pas aussi grave que ça. Et puis enfin ce n'est tout de même pas une raison, parce que ce serait vraiment trop facile. Un écrivain sans talent n'aurait qu'à dire: «Votez pour moi à l'Académie parce que ma femme va mourir et que je veux lui donner cette dernière joie.» Il n'y aurait plus de salons si on était obligé de faire la connaissance de tous les mourants. Mon cocher pourrait me faire valoir: «Ma fille est très mal, faites-moi recevoir chez la princesse de Parme.» J'adore Charles, et cela me ferait beaucoup de chagrin de lui refuser, aussi est-ce pour cela que j'aime mieux éviter qu'il me le demande. J'espère de tout mon coeur qu'il n'est pas mourant, comme il le dit, mais vraiment, si cela devait arriver, ce ne serait pas le moment pour moi de faire la connaissance de ces deux créatures qui m'ont privée du plus agréable de mes amis pendant quinze ans, et qu'il me laisserait pour compte une fois que je ne pourrais même pas en profiter pour le voir lui, puisqu'il serait mort!»

Mais M. de Bréauté n'avait cessé de ruminer le démenti que lui avait infligé le colonel de Froberville.

—Je ne doute pas de l'exactitude de votre récit, mon cher ami, dit-il, mais je tenais le mien de bonne source. C'est le prince de La Tour d'Auvergne qui me l'avait narré.

—Je m'étonne qu'un savant comme vous dise encore le prince de La Tour d'Auvergne, interrompit le duc de Guermantes, vous savez qu'il ne l'est pas le moins du monde. Il n'y a plus qu'un seul membre de cette famille: c'est l'oncle d'Oriane, le duc de Bouillon.

—Le frère de Mme de Villeparisis? demandai-je, me rappelant que celle-ci était une demoiselle de Bouillon.

—Parfaitement. Oriane, Mme de Lambresac vous dit bonjour.

En effet, on voyait par moments se former et passer comme une étoile filante un faible sourire destiné par la duchesse de Lambresac à quelque personne qu'elle avait reconnue. Mais ce sourire, au lieu de se préciser en une affirmation active, en un langage muet mais clair, se noyait presque aussitôt en une sorte d'extase idéale qui ne distinguait rien, tandis que la tête s'inclinait en un geste de bénédiction béate rappelant celui qu'incline vers la foule des communiantes un prélat un peu ramolli. Mme de Lambresac ne l'était en aucune façon. Mais je connaissais déjà ce genre particulier de distinction désuète. A Combray et à Paris, toutes les amies de ma grand'mère avaient l'habitude de saluer, dans une réunion mondaine, d'un air aussi séraphique que si elles avaient aperçu quelqu'un de connaissance à l'église, au moment de l'Élévation ou pendant un enterrement, et lui jetaient mollement un bonjour qui s'achevait en prière. Or, une phrase de M. de Guermantes allait compléter le rapprochement que je faisais. «Mais vous avez vu le duc de Bouillon, me dit M. de Guermantes. Il sortait tantôt de ma bibliothèque comme vous y entriez, un monsieur court de taille et tout blanc.» C'était celui que j'avais pris pour un petit bourgeois de Combray, et dont maintenant, à la réflexion, je dégageais la ressemblance avec Mme de Villeparisis. La similitude des saluts évanescents de la duchesse de Lambresac avec ceux des amies de ma grand'mère avait commencé de m'intéresser en me montrant que dans les milieux étroits et fermés, qu'ils soient de petite bourgeoisie ou de grandes noblesse, les anciennes manières persistent, nous permettant comme à un archéologue de retrouver ce que pouvait être l'éducation et la part d'âme qu'elle reflète, au temps du vicomte d'Arlincourt et de Loïsa Puget.

Mieux maintenant la parfaite conformité d'apparence entre un petit bourgeois de Combray de son âge et le duc de Bouillon me rappelait (ce qui m'avait déjà tant frappé quand j'avais vu le grand-père maternel de Saint-Loup, le duc de La Rochefoucauld, sur un daguerréotype où il était exactement pareil comme vêtements, comme air et comme façons à mon grand-oncle) que les différences sociales, voire individuelles, se fondent à distance dans l'uniformité d'une époque. La vérité est que la ressemblance des vêtements et aussi la réverbération par le visage de l'esprit de l'époque tiennent, dans une personne, une place tellement plus importante que sa caste, en occupent une grande seulement dans l'amour-propre de l'intéressé et l'imagination des autres, que, pour se rendre compte qu'un grand seigneur du temps de Louis-Philippe est moins différent d'un bourgeois du temps de Louis-Philippe que d'un grand seigneur du temps de Louis XV, il n'est pas nécessaire de parcourir les galeries du Louvre.

A ce moment, un musicien bavarois à grands cheveux, que protégeait la princesse de Guermantes, salua Oriane. Celle-ci répondit par une inclinaison de tête, mais le duc, furieux de voir sa femme dire bonsoir à quelqu'un qu'il ne connaissait pas, qui avait une touche singulière, et qui, autant que M. de Guermantes croyait le savoir, avait fort mauvaise réputation, se retourna vers sa femme d'un air interrogateur et terrible, comme s'il disait: «Qu'est-ce que c'est que cet ostrogoth-là?» La situation de la pauvre Mme de Guermantes était déjà assez compliquée, et si le musicien eût eu un peu pitié de cette épouse martyre, il se serait au plus vite éloigné. Mais, soit désir de ne pas rester sur l'humiliation qui venait de lui être infligée en public, au milieu des plus vieux amis du cercle du duc, desquels la présence avait peut-être bien motivé un peu sa silencieuse inclinaison, et pour montrer que c'était à bon droit, et non sans la connaître, qu'il avait salué Mme de Guermantes, soit obéissant à l'inspiration obscure et irrésistible de la gaffe qui le poussa—dans un moment où il eût dû se fier plutôt à l'esprit—à appliquer la lettre même du protocole, le musicien s'approcha davantage de Mme de Guermantes et lui dit: «Madame la duchesse, je voudrais solliciter l'honneur d'être présenté au duc.» Mme de Guermantes était bien malheureuse. Mais enfin, elle avait beau être une épouse trompée, elle était tout de même la duchesse de Guermantes et ne pouvait avoir l'air d'être dépouillée de son droit de présenter à son mari les gens qu'elle connaissait. «Basin, dit-elle, permettez-moi de vous présenter M. d'Herweck.»

—Je ne vous demande pas si vous irez demain chez Mme de Saint-Euverte, dit le colonel de Froberville à Mme de Guermantes pour dissiper l'impression pénible produite par la requête intempestive de M. d'Herweck. Tout Paris y sera.

Cependant, se tournant d'un seul mouvement et comme d'une seule pièce vers le musicien indiscret, le duc de Guermantes, faisant front, monumental, muet, courroucé, pareil à Jupiter tonnant, resta immobile ainsi quelques secondes, les yeux flambant de colère et d'étonnement, ses cheveux crespelés semblant sortir d'un cratère. Puis, comme dans l'emportement d'une impulsion qui seule lui permettait d'accomplir la politesse qui lui était demandée, et après avoir semblé par son attitude de défi attester toute l'assistance qu'il ne connaissait pas le musicien bavarois, croisant derrière le dos ses deux mains gantées de blanc, il se renversa en avant et asséna au musicien un salut si profond, empreint de tant de stupéfaction et de rage, si brusque, si violent, que l'artiste tremblant recula tout en s'inclinant pour ne pas recevoir un formidable coup de tête dans le ventre. «Mais c'est que justement je ne serai pas à Paris, répondit la duchesse au colonel de Froberville.

Je vous dirai (ce que je ne devrais pas avouer) que je suis arrivée à mon âge sans connaître les vitraux de Montfort-l'Amaury. C'est honteux, mais c'est ainsi. Alors pour réparer cette coupable ignorance, je me suis promis d'aller demain les voir.» M. de Bréauté sourit finement. Il comprit en effet que, si la duchesse avait pu rester jusqu'à son âge sans connaître les vitraux de Montfort-l'Amaury, cette visite artistique ne prenait pas subitement le caractère urgent d'une intervention «à chaud» et eût pu sans péril, après avoir été différée pendant plus de vingt-cinq ans, être reculée de vingt-quatre heures. Le projet qu'avait formé la duchesse était simplement le décret rendu, dans la manière des Guermantes, que le salon Saint-Euverte n'était décidément pas une maison vraiment bien, mais une maison où on vous invitait pour se parer de vous dans le compte rendu du *Gaulois*, une maison qui décernerait un cachet de suprême élégance à celles, ou, en tout cas, à celle, si elle n'était qu'une, qu'on n'y verrait pas. Le délicat amusement de M. de Bréauté, doublé de ce plaisir poétique qu'avaient les gens du monde à voir Mme de Guermantes faire des choses que leur situation moindre ne leur permettait pas d'imiter, mais dont la vision seule leur causait le sourire du paysan attaché à sa glèbe qui voit des hommes plus libres et plus fortunés passer au-dessus de sa tête, ce plaisir délicat n'avait aucun rapport avec le ravissement dissimulé, mais éperdu, qu'éprouva aussitôt M. de Froberville.

Les efforts que faisait M. de Froberville pour qu'on n'entendît pas son rire l'avaient fait devenir rouge comme un coq, et malgré cela c'est en entrecoupant ses mots de hoquets de joie qu'il s'écria d'un ton miséricordieux: «Oh! pauvre tante Saint-Euverte, elle va en faire une maladie! Non! la malheureuse femme ne va pas avoir sa duchesse; quel coup! mais il y a de quoi la faire crever!» ajouta-t-il, en se tordant de rire. Et dans son ivresse il ne pouvait s'empêcher de faire des appels de pieds et de se frotter les mains. Souriant d'un oeil et d'un seul coin de la bouche à M. de Froberville dont elle appréciait l'intention aimable, mais moins tolérable le mortel ennui, Mme de Guermantes finit par se décider à le quitter. «Écoutez, je vais être *obligée* de vous dire bonsoir», lui dit-elle en se levant, d'un air de résignation mélancolique, et comme si ç'avait été pour elle un malheur. Sous l'incantation de ses yeux bleus, sa voix doucement musicale faisait penser à la plainte poétique d'une fée. «Basin veut que j'aille voir un peu Marie.»

En réalité, elle en avait assez d'entendre Froberville, lequel ne cessait plus de l'envier d'aller à Montfort-l'Amaury quand elle savait fort bien qu'il entendait parler de ces vitraux pour la première fois, et que, d'autre part, il n'eût pour rien au monde lâché la matinée Saint-Euverte. «Adieu, je vous ai à peine parlé; c'est comme ça dans le monde, on ne se voit pas, on ne dit pas les choses qu'on voudrait se dire; du reste, partout, c'est la même chose dans la vie. Espérons qu'après la mort ce sera mieux arrangé. Au moins on n'aura toujours pas besoin de se décolleter. Et encore qui sait? On exhibera peut-être ses os et ses vers pour les grandes fêtes. Pourquoi pas? Tenez, regardez la mère Rampillon, trouvez-vous une très grande différence entre ça et un squelette en robe ouverte? Il est vrai qu'elle a tous les droits, car elle a au moins cent ans. Elle était déjà un des monstres sacrés devant lesquels je refusais de m'incliner quand j'ai fait mes débuts dans le monde. Je la croyais morte depuis très longtemps; ce qui serait d'ailleurs la seule explication du spectacle qu'elle nous offre. C'est impressionnant et liturgique. C'est du «Campo-Santo»! La duchesse avait quitté Froberville; il se rapprocha: «Je voudrais vous dire un dernier mot.» Un peu agacée: «Qu'est-ce qu'il y a encore?» lui dit-elle avec hauteur. Et lui, ayant craint qu'au dernier moment elle ne se ravisât pour Montfort-l'Amaury: «Je n'avais pas osé vous en parler à cause de Mme de Saint-Euverte, pour ne pas lui faire de peine, mais puisque vous ne comptez pas y aller, je puis vous dire que je suis heureux pour vous, car il y a de la rougeole chez elle!—Oh! Mon Dieu! dit Oriane qui avait peur des maladies. Mais pour moi ça ne fait rien, je l'ai déjà eue. On ne peut pas l'avoir deux fois.—Ce sont les médecins qui disent ça; je connais des gens qui l'ont eue jusqu'à quatre. Enfin, vous êtes avertie.» Quant à lui, cette rougeole fictive, il eût fallu qu'il l'eût réellement et qu'elle l'eût cloué au lit pour qu'il se résignât à manquer la fête Saint-Euverte attendue depuis tant de mois. Il aurait le plaisir d'y voir tant d'élégances! le plaisir plus grand d'y constater certaines choses ratées, et surtout celui de pouvoir longtemps se vanter d'avoir frayé avec les premières et, en les exagérant ou en les inventant, de déplorer les secondes.

Je profitai de ce que la duchesse changeait de place pour me lever aussi afin d'aller vers le fumoir m'informer de Swann. «Ne croyez pas un mot de ce qu'a raconté Babal, me dit-elle. Jamais la petite Molé ne serait allée se fourrer là dedans. On nous dit ça pour nous attirer. Ils ne reçoivent personne et ne sont invités nulle part. Lui-même l'avoue: «Nous restons tous les deux seuls au coin de notre feu.» Comme il dit toujours *nous*, non pas comme le roi, mais pour sa femme, je n'insiste pas. Mais je suis très renseignée», ajouta la duchesse. Elle et moi nous croisâmes deux jeunes gens dont la grande et dissemblable beauté tirait d'une même femme son origine. C'étaient les deux fils de Mme de Surgis, la nouvelle maîtresse du duc de Guermantes.

Ils resplendissaient des perfections de leur mère, mais chacun d'une autre. En l'un avait passé, ondoyante en un corps viril, la royale prestance de Mme de Surgis, et la même pâleur ardente, roussâtre et sacrée affluait aux joues marmoréennes de la mère et de ce fils; mais son frère avait reçu le front grec, le nez parfait, le cou de statue, les yeux infinis; ainsi faite de présents divers que la déesse avait partagés, leur double beauté offrait le plaisir abstrait de penser que la cause de cette beauté était en dehors d'eux; on eût dit que les principaux attributs de leur mère s'étaient incarnés en deux corps différents; que l'un des jeunes gens était la stature de sa mère et son teint, l'autre son regard, comme les êtres divins qui n'étaient que la force et la beauté de Jupiter ou de Minerve. Pleins de respect pour M. de Guermantes, dont ils disaient: «C'est un grand ami de nos parents», l'aîné cependant crut qu'il était prudent de ne pas venir saluer la duchesse dont il savait, sans en comprendre peut-être la raison, l'inimitié pour sa mère, et à notre vue il détourna légèrement la tête. Le cadet, qui imitait toujours son frère, parce qu'étant stupide et, de plus, myope, il n'osait pas avoir d'avis personnel, pencha la tête selon le même angle, et ils se glissèrent tous deux vers la salle de jeux, l'un derrière l'autre, pareils à deux figures allégoriques.

Au moment d'arriver à cette salle, je fus arrêté par la marquise de Citri, encore belle mais presque l'écume aux dents. D'une naissance assez noble, elle avait cherché et fait un brillant mariage en épousant M. de Citri, dont l'arrière-grand'mère était Aumale-Lorraine. Mais aussitôt cette satisfaction éprouvée, son caractère négateur lui avait fait prendre les gens du grand monde en une horreur qui n'excluait pas absolument la vie mondaine. Non seulement, dans une soirée, elle se moquait de tout le monde, mais cette moquerie avait quelque chose de si violent que le rire même n'était pas assez âpre et se changeait en guttural sifflement: «Ah! me dit-elle, en me montrant la duchesse de Guermantes qui venait de me quitter et qui était déjà un peu loin, ce qui me renverse c'est qu'elle puisse mener cette vie-là.» Cette parole était-elle d'une sainte furibonde, et qui s'étonne que les Gentils ne viennent pas d'eux-mêmes à la vérité, ou bien d'une anarchiste en appétit de carnage? En tout cas, cette apostrophe était aussi peu justifiée que possible. D'abord, la «vie que menait» Mme de Guermantes différait très peu (à l'indignation près) de celle de Mme de Citri. Mme de Citri était stupéfaite de voir la duchesse capable de ce sacrifice mortel: assister à une soirée de Marie-Gilbert. Il faut dire, dans le cas particulier, que Mme de Citri aimait beaucoup la princesse, qui était en effet très bonne, et qu'elle savait en se rendant à sa soirée lui faire grand plaisir. Aussi avait-elle décommandé, pour venir à cette fête, une danseuse à qui elle croyait du génie et qui devait l'initier aux mystères de la chorégraphie russe. Une autre raison qui ôtait quelque valeur à la rage concentrée qu'éprouvait Mme de Citri en voyant Oriane dire bonjour à tel ou telle invité est que Mme de Guermantes, bien qu'à un état beaucoup moins avancé, présentait les symptômes du mal qui ravageait Mme de Citri. On a, du reste, vu qu'elle en portait les germes de naissance.

Enfin, plus intelligente que Mme de Citri, Mme de Guermantes aurait eu plus de droits qu'elle à ce nihilisme (qui n'était pas que mondain), mais il est vrai que certaines qualités aident plutôt à supporter les défauts du prochain qu'elles ne contribuent à en faire souffrir; et un homme de grand talent prêtera d'habitude moins d'attention à la sottise d'autrui que ne ferait un sot. Nous avons assez longuement décrit le genre d'esprit de la duchesse pour convaincre que, s'il n'avait rien de commun avec une haute intelligence, il était du moins de l'esprit, de l'esprit adroit à utiliser (comme un traducteur) différentes formes de syntaxe. Or, rien de tel ne semblait qualifier Mme de Citri à mépriser des qualités tellement semblables aux siennes. Elle trouvait tout le monde idiot, mais dans sa conversation, dans ses lettres, se montrait plutôt inférieure aux gens qu'elle traitait avec tant de dédain. Elle avait, du reste, un tel besoin de destruction que, lorsqu'elle eut à peu près renoncé au monde, les plaisirs qu'elle rechercha alors subirent l'un après l'autre son terrible pouvoir dissolvant. Après avoir quitté les soirées pour des séances de musique, elle se mit à dire: «Vous aimez entendre cela, de la musique? Ah! mon Dieu, cela dépend des moments. Mais ce que cela peut être ennuyeux! Ah! Beethoven, la barbe!» Pour Wagner, puis pour Franck, pour Debussy, elle ne se donnait même pas la peine de dire «la barbe» mais se contentait de faire passer sa main, comme un barbier, sur son visage.

Bientôt, ce qui fut ennuyeux, ce fut tout. «C'est si ennuyeux les belles choses! Ah! les tableaux, c'est à vous rendre fou... Comme vous avez raison, c'est si ennuyeux d'écrire des lettres!» Finalement ce fut la vie elle-même qu'elle nous déclara une chose rasante, sans qu'on sût bien où elle prenait son terme de comparaison.

Je ne sais si c'est à cause de ce que la duchesse de Guermantes, le premier soir que j'avais dîné chez elle, avait dit de cette pièce, mais la salle de jeux ou fumoir, avec son pavage illustré, ses trépieds, ses figures de dieux et d'animaux qui vous regardaient, les sphinx allongés aux bras des sièges, et surtout l'immense table en marbre ou en mosaïque émaillée, couverte de signes symboliques plus ou moins imités de l'art étrusque et égyptien, cette salle de jeux me fit l'effet d'une véritable chambre magique. Or, sur un siège approché de la table étincelante et augurale, M. de Charlus, lui, ne touchant à aucune carte, insensible à ce qui se passait autour de lui, incapable de s'apercevoir que je venais d'entrer, semblait précisément un magicien appliquant toute la puissance de sa volonté et de son raisonnement à tirer un horoscope. Non seulement comme à une Pythie sur son trépied les yeux lui sortaient de la tête, mais, pour que rien ne vînt le distraire des travaux qui exigeaient la cessation des mouvements les plus simples, il avait (pareil à un calculateur qui ne veut rien faire d'autre tant qu'il n'a pas résolu son problème) posé auprès de lui le cigare qu'il avait un peu auparavant dans la bouche et qu'il n'avait plus la liberté d'esprit nécessaire pour fumer. En apercevant les deux divinités accroupies que portait à ses bras le fauteuil placé en face de lui, on eût pu croire que le baron cherchait à découvrir l'énigme du sphinx, si ce n'avait pas été plutôt celle d'un jeune et vivant Oedipe, assis précisément dans ce fauteuil, où il s'était installé pour jouer. Or, la figure à laquelle M. de Charlus appliquait, et avec une telle contention, toutes ses facultés spirituelles, et qui n'était pas, à vrai dire, de celles qu'on étudie d'habitude *more geometrico*, c'était celle que lui proposaient les lignes de la figure du jeune marquis de Surgis; elle semblait, tant M. de Charlus était profondément absorbé devant elle, être quelque mot en losange, quelque devinette, quelque problème d'algèbre dont il eût cherché à percer l'énigme ou à dégager la formule.

Devant lui les signes sibyllins et les figures inscrites sur cette table de la Loi semblaient le grimoire qui allait permettre au vieux sorcier de savoir dans quel sens s'orientaient les destins du jeune homme. Soudain, il s'aperçut que je le regardais, leva la tête comme s'il sortait d'un rêve et me sourit en rougissant. A ce moment l'autre fils de Mme de Surgis vint auprès de celui qui jouait, regarder ses cartes. Quand M. de Charlus eut appris de moi qu'ils étaient frères, son visage ne put dissimuler l'admiration que lui inspirait une famille créatrice de chefs-d'oeuvre aussi splendides et aussi différents. Et ce qui eût ajouté à l'enthousiasme du baron, c'est d'apprendre que les deux fils de Mme de Surgis-le-Duc n'étaient pas seulement de la même mère mais du même père. Les enfants de Jupiter sont dissemblables, mais cela vient de ce qu'il épousa d'abord Métis, dans le destin de qui il était de donner le jour à de sages enfants, puis Thémis, et ensuite Eurynome, et Mnemosyne, et Leto, et en dernier lieu seulement Junon. Mais d'un seul père Mme de Surgis avait fait naître deux fils qui avaient reçu des beautés d'elle, mais des beautés différentes.

J'eus enfin le plaisir que Swann entrât dans cette pièce, qui était fort grande, si bien qu'il ne m'aperçut pas d'abord. Plaisir mêlé de tristesse, d'une tristesse que n'éprouvaient peut-être pas les autres invités, mais qui chez eux consistait dans cette espèce de fascination qu'exercent les formes inattendues et singulières d'une mort prochaine, d'une mort qu'on a déjà, comme dit le peuple, sur le visage. Et c'est avec une stupéfaction presque désobligeante, où il entrait de la curiosité indiscrète, de la cruauté, un retour à la fois quiet et soucieux (mélange à la fois de *suave mari magno* et de *memento quia pulvis*, eût dit Robert), que tous les regards s'attachèrent à ce visage duquel la maladie avait si bien rongé les joues, comme une lune décroissante, que, sauf sous un certain angle, celui sans doute sous lequel Swann se regardait, elles tournaient court comme un décor inconsistant auquel une illusion d'optique peut seule ajouter l'apparence de l'épaisseur. Soit à cause de l'absence de ces joues qui n'étaient plus là pour le diminuer, soit que l'artériosclérose, qui est une intoxication aussi, le rougît comme eût fait l'ivrognerie, ou le déformât comme eût fait la morphine, le nez de polichinelle de Swann, longtemps résorbé dans un visage agréable, semblait maintenant énorme, tuméfié, cramoisi, plutôt celui d'un vieil Hébreu que d'un curieux Valois. D'ailleurs peut-être chez lui, en ces derniers jours, la race faisait-elle apparaître plus accusé le type physique qui la caractérise, en même-temps que le sentiment d'une solidarité morale avec les autres Juifs, solidarité que Swann semblait avoir oubliée toute sa vie, et que, greffées les unes sur les autres, la maladie mortelle, l'affaire Dreyfus, la propagande antisémite, avaient réveillée. Il y a certains Israélites, très fins pourtant et mondains délicats, chez lesquels restent en réserve et dans la coulisse, afin de faire leur entrée à une heure donnée de leur vie, comme dans une pièce, un mufle et un prophète. Swann était arrivé à l'âge du prophète. Certes, avec sa figure d'où, sous l'action de la maladie des segments entiers avaient disparu, comme dans un bloc de glace qui fond et dont des pans entiers sont tombés, il avait bien changé. Mais je ne pouvais m'empêcher d'être frappé combien davantage il avait changé par rapport à moi. Cet homme, excellent, cultivé, que j'étais bien loin d'être ennuyé de rencontrer, je ne pouvais arriver à comprendre comment j'avais pu l'ensemencer autrefois d'un mystère tel que son apparition dans les Champs-Elysées me faisait battre le coeur au point que j'avais honte de m'approcher de sa pèlerine doublée de soie; qu'à la porte de l'appartement où vivait un tel être, je ne pouvais sonner sans être saisi d'un trouble et d'un effroi infinis; tout cela avait disparu, non seulement de sa demeure mais de sa personne, et l'idée de causer avec lui pouvait m'être agréable ou non, mais n'affectait en quoi que ce fût mon système nerveux.

Et, de plus, combien il était changé depuis cet après-midi même où je l'avais rencontré—en somme quelques heures auparavant—dans le cabinet du duc de Guermantes. Avait-il vraiment eu une scène avec le Prince et qui l'avait bouleversé? La supposition n'était pas nécessaire. Les moindres efforts qu'on demande à quelqu'un qui est très malade deviennent vite pour lui un surmenage excessif. Pour peu qu'on l'expose, déjà fatigué, à la chaleur d'une soirée, sa mine se décompose et bleuit comme fait en moins d'un jour une poire trop mûre, ou du lait près de tourner. De plus, la chevelure de Swann était éclaircie par places, et, comme disait Mme de Guermantes, avait besoin du fourreur, avait l'air camphrée, et mal camphrée. J'allais traverser le fumoir et parler à Swann quand malheureusement une main s'abattit sur mon épaule: «Bonjour, mon petit, je suis à Paris pour quarante-huit heures. J'ai passé chez toi, on m'a dit que tu étais ici, de sorte que c'est toi qui vaut à ma tante l'honneur de ma présence à sa fête.» C'était Saint-Loup. Je lui dis combien je trouvais la demeure belle. «Oui, ça fait assez monument historique.

Moi, je trouve ça assommant. Ne nous mettons pas près de mon oncle Palamède, sans cela nous allons être happés. Comme Mme Molé (car c'est elle qui tient la corde en ce moment) vient de partir, il est tout désemparé. Il paraît que c'était un vrai spectacle, il ne l'a pas quittée d'un pas, il ne l'a laissée que quand il l'a eu mise en voiture. Je n'en veux pas à mon oncle, seulement je trouve drôle que mon conseil de famille, qui s'est toujours montré si sévère pour moi, soit composé précisément des parents qui ont le plus fait la bombe, à commencer par le plus noceur de tous, mon oncle Charlus, qui est mon subrogé tuteur, qui a eu autant de femmes que don Juan, et qui à son âge ne détèle pas. Il a été question à un moment qu'on me nomme un conseil judiciaire. Je pense que, quand tous ces vieux marcheurs se réunissaient pour examiner la question et me faisaient venir pour me faire de la morale, et me dire que je faisais de la peine à ma mère, ils ne devaient pas pouvoir se regarder sans rire. Tu examineras la composition du conseil, on a l'air d'avoir choisi exprès ceux qui ont le plus retroussé de jupons.» En mettant à part M. de Charlus, au sujet duquel l'étonnement de mon ami ne me paraissait pas plus justifié, mais pour d'autres raisons et qui devaient d'ailleurs se modifier plus tard dans mon esprit, Robert avait bien tort de trouver extraordinaire que des leçons de sagesse fussent données à un jeune homme par des parents qui ont fait les fous, ou le font encore.

Quand l'atavisme, les ressemblances familiales seraient seules en cause, il est inévitable que l'oncle qui fait la semonce ait à peu près les mêmes défauts que le neveu qu'on l'a chargé de gronder. L'oncle n'y met d'ailleurs aucune hypocrisie, trompé qu'il est par la faculté qu'ont les hommes de croire, à chaque nouvelle circonstance, qu'il s'agit «d'autre chose», faculté qui leur permet d'adopter des erreurs artistiques, politiques, etc., sans s'apercevoir que ce sont les mêmes qu'ils ont prises pour des vérités, il y a dix ans, à propos d'une autre école de peinture qu'ils condamnaient, d'une autre affaire politique qu'ils croyaient mériter leur haine, dont ils sont revenus, et qu'ils épousent sans les reconnaître sous un nouveau déguisement. D'ailleurs, même si les fautes de l'oncle sont différentes de celles du neveu, l'hérédité peut n'en être pas moins, dans une certaine mesure, la loi causale, car l'effet ne ressemble pas toujours à la cause, comme la copie à l'original, et même, si les fautes de l'oncle sont pires, il peut parfaitement les croire moins graves.

Quand M. de Charlus venait de faire des remontrances indignées à Robert, qui d'ailleurs ne connaissait pas les goûts véritables de son oncle, à cette époque-là, et même si c'eût encore été celle où le baron flétrissait ses propres goûts, il eût parfaitement pu être sincère, en trouvant, du point de vue de l'homme du monde, que Robert était infiniment plus coupable que lui. Robert n'avait-il pas failli, au moment où son oncle avait été chargé de lui faire entendre raison, se faire mettre au ban de son monde? ne s'en était-il pas fallu de peu qu'il ne fût blackboulé au Jockey? n'était-il pas un objet de risée par les folles dépenses qu'il faisait pour une femme de la dernière catégorie, par ses amitiés avec des gens, auteurs, acteurs, juifs, dont pas un n'était du monde, par ses opinions qui ne se différenciaient pas de celles des traîtres, par la douleur qu'il causait à tous les siens? En quoi cela pouvait-il se comparer, cette vie scandaleuse, à celle de M. de Charlus qui avait su, jusqu'ici, non seulement garder, mais grandir encore sa situation de Guermantes, étant dans la société un être absolument privilégié, recherché, adulé par la société la plus choisie, et qui, marié à une princesse de Bourbon, femme éminente, avait su la rendre heureuse, avait voué à sa mémoire un culte plus fervent, plus exact qu'on n'a l'habitude dans le monde, et avait ainsi été aussi bon mari que bon fils!

«Mais es-tu sûr que M. de Charlus ait eu tant de maîtresses?» demandai-je, non certes dans l'intention diabolique de révéler à Robert le secret que j'avais surpris, mais agacé cependant de l'entendre soutenir une erreur avec tant de certitude et de suffisance. Il se contenta de hausser les épaules en réponse à ce qu'il croyait de ma part de la naïveté. «Mais d'ailleurs, je ne l'en blâme pas, je trouve qu'il a parfaitement raison.» Et il commença à m'esquisser une théorie qui lui eût fait horreur à Balbec (où il ne se contentait pas de flétrir les séducteurs, la mort lui paraissant le seul châtiment proportionné au crime). C'est qu'alors il était encore amoureux et jaloux. Il alla jusqu'à me faire l'éloge des maisons de passe. «Il n'y a que là qu'on trouve chaussure à son pied, ce que nous appelons au régiment son gabarit.» Il n'avait plus pour ce genre d'endroits le dégoût qui l'avait soulevé à Balbec quand j'avais fait allusion à eux, et, en l'entendant maintenant, je lui dis que Bloch m'en avait fait connaître, mais Robert me répondit que celle où allait Bloch devait être «extrêmement purée, le paradis du pauvre». «Ça dépend, après tout: où était-ce?» Je restai dans le vague, car je me rappelai que c'était là, en effet, que se donnait pour un louis cette Rachel que Robert avait tant aimée. «En tout cas, je t'en ferai connaître de bien mieux, où il va des femmes épatantes.» En m'entendant exprimer le désir qu'il me conduisît le plus tôt possible dans celles qu'il connaissait et qui devaient, en effet, être bien supérieures à la maison que m'avait indiquée Bloch, il témoigna d'un regret sincère de ne le pouvoir pas cette fois puisqu'il repartait le lendemain. «Ce sera pour mon prochain séjour, dit-il. Tu verras, il y a même des jeunes filles, ajouta-t-il d'un air mystérieux. Il y a une petite demoiselle de... je crois d'Orgeville, je te dirai exactement, qui est la fille de gens tout ce qu'il y a de mieux; la mère est plus ou moins née La Croix-l'Evêque, ce sont des gens du gratin, même un peu parents, sauf erreur, à ma tante Oriane. Du reste, rien qu'à voir la petite, on sent que c'est la fille de gens bien (je sentis s'étendre un instant sur la voix de Robert l'ombre du génie des Guermantes qui passa comme un nuage, mais à une grande hauteur et ne s'arrêta pas). Ça m'a tout l'air d'une affaire merveilleuse. Les parents sont toujours malades et ne peuvent s'occuper d'elle. Dame, la petite se désennuie, et je compte sur toi pour lui trouver des distractions, à cette enfant!—Oh! quand reviendras-tu?—Je ne sais pas; si tu ne tiens pas absolument à des duchesses (le titre de duchesse étant pour l'aristocratie le seul qui désigne un rang particulièrement brillant, comme on dirait, dans le peuple, des princesses), dans un autre genre il y a la première femme de chambre de Mme Putbus.»

A ce moment, Mme de Surgis entra dans le salon de jeu pour chercher ses fils. En l'apercevant, M. de Charlus alla à elle avec une amabilité dont la marquise fut d'autant plus agréablement surprise, que c'est une grande froideur qu'elle attendait du baron, lequel s'était posé de tout temps comme le protecteur d'Oriane et, seul de la famille—trop souvent complaisante aux exigences du duc à cause de son héritage et par jalousie à l'égard de la duchesse—tenait impitoyablement à distance les maîtresses de son frère. Aussi Mme de Surgis eût-elle fort bien compris les motifs de l'attitude qu'elle redoutait chez le baron, mais ne soupçonna nullement ceux de l'accueil tout opposé qu'elle reçut de lui. Il lui parla avec admiration du portrait que Jacquet avait fait d'elle autrefois. Cette admiration s'exalta même jusqu'à un enthousiasme qui, s'il était en partie intéressé pour empêcher la marquise de s'éloigner de lui, pour «l'accrocher», comme Robert disait des armées ennemies dont on veut forcer les effectifs à rester engagés sur un certain point, était peut-être aussi sincère. Car si chacun se plaisait à admirer dans les fils le port de reine et les yeux de Mme de Surgis, le baron pouvait éprouver un plaisir inverse, mais aussi vif, à retrouver ces charmes réunis en faisceau chez leur mère, comme en un portrait qui n'inspire pas lui-même de désirs, mais nourrit, de l'admiration esthétique qu'il inspire, ceux qu'il réveille. Ceux-ci venaient rétrospectivement donner un charme voluptueux au portrait de Jacquet lui-même, et en ce moment le baron l'eût volontiers acquis pour étudier en lui la généalogie physiologique des deux jeunes Surgis.

«Tu vois que je n'exagérais pas, me dit Robert. Regarde un peu l'empressement de mon oncle auprès de Mme de Surgis. Et même, là, cela m'étonne. Si Oriane le savait elle serait furieuse. Franchement il y a assez de femmes sans aller juste se précipiter sur celle-là», ajouta-t-il; comme tous les gens qui ne sont pas amoureux, il s'imaginait qu'on choisit la personne qu'on aime après mille délibérations et d'après des qualités et convenances diverses. Du reste, tout en se trompant sur son oncle, qu'il croyait adonné aux femmes, Robert, dans sa rancune, parlait de M. de Charlus avec trop de légèreté. On n'est pas toujours impunément le neveu de quelqu'un. C'est très souvent par son intermédiaire qu'une habitude héréditaire est transmise tôt ou tard. On pourrait faire ainsi toute une galerie de portraits, ayant le titre de la comédie allemande *Oncle et neveu*, où l'on verrait l'oncle veillant jalousement, bien qu'involontairement, à ce que son neveu finisse par lui ressembler.

J'ajouterai même que cette galerie serait incomplète si l'on n'y faisait pas figurer les oncles qui n'ont aucune parenté réelle, n'étant que les oncles de la femme du neveu. Les Messieurs de Charlus sont, en effet, tellement persuadés d'être les seuls bons maris, en plus les seuls dont une femme ne soit pas jalouse, que généralement, par affection pour leur nièce, ils lui font épouser aussi un Charlus. Ce qui embrouille l'écheveau des ressemblances. Et à l'affection pour la nièce se joint parfois de l'affection aussi pour son fiancé. De tels mariages ne sont pas rares, et sont souvent ce qu'on appelle heureux.

—De quoi parlions-nous? Ah! de cette grande blonde, la femme de chambre de Mme Putbus. Elle aime aussi les femmes, mais je pense que cela t'est égal; je peux te dire franchement, je n'ai jamais vu créature aussi belle.—Je me l'imagine assez Giorgione?—Follement Giorgione! Ah! si j'avais du temps à passer à Paris, ce qu'il y a de choses magnifiques à faire! Et puis, on passe à une autre. Car pour l'amour, vois-tu, c'est une bonne blague, j'en suis bien revenu.

Je m'aperçus bientôt, avec surprise, qu'il n'était pas moins revenu de la littérature, alors que c'était seulement des littérateurs qu'il m'avait paru désabusé à notre dernière rencontre (c'est presque tous fripouille et Cie, m'avait-il dit, ce qui se pouvait expliquer par sa rancune justifiée à l'endroit de certains amis de Rachel. Ils lui avaient en effet persuadé qu'elle n'aurait jamais de talent si elle laissait «Robert, homme d'une autre race», prendre de l'influence sur elle, et avec elle se moquaient de lui, devant lui, dans les dîners qu'il leur donnait). Mais en réalité l'amour de Robert pour les Lettres n'avait rien de profond, n'émanait pas de sa vraie nature, il n'était qu'un dérivé de son amour pour Rachel, et il s'était effacé de celui-ci, en même temps que son horreur des gens de plaisir et que son respect religieux pour la vertu des femmes.

«Comme ces deux jeunes gens ont un air étrange! Regardez cette curieuse passion du jeu, marquise», dit M. de Charlus, en désignant à Mme de Surgis ses deux fils, comme s'il ignorait absolument qui ils étaient, «ce doivent être deux Orientaux, ils ont certains traits caractéristiques, ce sont peut-être des Turcs», ajouta-t-il, à la fois pour confirmer encore sa feinte innocence, témoigner d'une vague antipathie, qui, quand elle ferait place ensuite à l'amabilité, prouverait que celle-ci s'adresserait seulement à la qualité de fils de Mme de Surgis, n'ayant commencé que quand le baron avait appris qui ils étaient. Peut-être aussi M. de Charlus, de qui l'insolence était un don de nature qu'il avait joie à exercer, profitait-il de la minute pendant laquelle il était censé ignorer qui était le nom de ces deux jeunes gens pour se divertir aux dépens de Mme de Surgis et se livrer à ses railleries coutumières, comme Scapin met à profit le déguisement de son maître pour lui administrer des volées de coups de bâton.

«Ce sont mes fils», dit Mme de Surgis, avec une rougeur qu'elle n'aurait pas eue si elle avait été plus fine sans être plus vertueuse. Elle eût compris alors que l'air d'indifférence absolue ou de raillerie que M. de Charlus manifestait à l'égard d'un jeune homme n'était pas plus sincère que l'admiration toute superficielle qu'il témoignait à une femme n'exprimait le vrai fond de sa nature. Celle à qui il pouvait tenir indéfiniment les propos les plus complimenteurs aurait pu être jalouse du regard que, tout en causant avec elle, il lançait à un homme qu'il feignait ensuite de n'avoir pas remarqué. Car ce regard-là était un regard autre que ceux que M. de Charlus avait pour les femmes; un regard particulier, venu des profondeurs, et qui, même dans une soirée, ne pouvait s'empêcher d'aller naïvement aux jeunes gens, comme les regards d'un couturier qui décèlent sa profession par la façon immédiate qu'ils ont de s'attacher aux habits.

«Oh! comme c'est curieux», répondit non sans insolence M. de Charlus, en ayant l'air de faire faire à sa pensée un long trajet pour l'amener à une réalité si différente de celle qu'il feignait d'avoir supposée. «Mais je ne les connais pas», ajouta-t-il, craignant d'être allé un peu loin dans l'expression de l'antipathie et d'avoir paralysé ainsi chez la marquise l'intention de lui faire faire leur connaissance. «Est-ce que vous voudriez me permettre de vous les présenter? demanda timidement Mme de Surgis.—Mais, mon Dieu! comme vous penserez, moi, je veux bien, je ne suis pas peut-être un personnage bien divertissant pour d'aussi jeunes gens», psalmodia M. de Charlus avec l'air d'hésitation et de froideur de quelqu'un qui se laisse arracher une politesse.

«Arnulphe, Victurnien, venez vite», dit Mme de Surgis. Victurnien se leva avec décision. Arnulphe, sans voir plus loin que son frère, le suivit docilement.

—Voilà le tour des fils, maintenant, me dit Robert. C'est à mourir de rire. Jusqu'au chien du logis, il s'efforce de complaire. C'est d'autant plus drôle que mon oncle déteste les gigolos. Et regarde comme il les écoute avec sérieux. Si c'était moi qui avais voulu les lui présenter, ce qu'il m'aurait envoyé dinguer. Écoute, il va falloir que j'aille dire bonjour à Oriane. J'ai si peu de temps à passer à Paris que je veux tâcher de voir ici tous les gens à qui j'aurais été sans cela mettre des cartes.

—Comme ils ont l'air bien élevés, comme ils ont de jolies manières, était en train de dire M. de Charlus.

—Vous trouvez? répondait Mme de Surgis ravie.

Swann m'ayant aperçu s'approcha de Saint-Loup et de moi. La gaieté juive était chez Swann moins fine que les plaisanteries de l'homme du monde. «Bonsoir, nous dit-il. Mon Dieu! tous trois ensemble, on va croire à une réunion de syndicat. Pour un peu on va chercher où est la caisse!» Il ne s'était pas aperçu que M. de Beauserfeuil était dans son dos et l'entendait. Le général fronça involontairement les sourcils. Nous entendions la voix de M. de Charlus tout près de nous: «Comment? vous vous appelez Victurnien, comme dans le *Cabinet des Antiques*», disait le baron pour prolonger la conversation avec les deux jeunes gens. «De Balzac, oui», répondit l'aîné des Surgis, qui n'avait jamais lu une ligne de ce romancier mais à qui son professeur avait signalé, il y avait quelques jours, la similitude de son prénom avec celui de d'Esgrignon. Mme de Surgis était ravie de voir son fils briller et de M. de Charlus extasié devant tant de science.

—Il paraît que Loubet est en plein pour nous, de source tout à fait sûre, dit à Saint-Loup, mais cette fois à voix plus basse pour ne pas être entendu du général, Swann pour qui les relations républicaines de sa femme devenaient plus intéressantes depuis que l'affaire Dreyfus était le centre de ses préoccupations. Je vous dis cela parce que je sais que vous marchez à fond avec nous.

—Mais, pas tant que ça; vous vous trompez complètement, répondit Robert. C'est une affaire mal engagée dans laquelle je regrette bien de m'être fourré. Je n'avais rien à voir là dedans. Si c'était à recommencer, je m'en tiendrais bien à l'écart. Je suis soldat et avant tout pour l'armée. Si tu restes un moment avec M. Swann, je te retrouverai tout à l'heure, je vais près de ma tante.

Mais je vis que c'était avec Mlle d'Ambressac qu'il allait causer et j'éprouvai du chagrin à la pensée qu'il m'avait menti sur leurs fiançailles possibles. Je fus rasséréné quand j'appris qu'il lui avait été présenté une demi-heure avant par Mme de Marsantes, gui désirait ce mariage, les Ambressac étant très riches.

«Enfin, dit M. de Charlus à Mme de Surgis, je trouve un jeune homme instruit, qui a lu, qui sait ce que c'est que Balzac. Et cela me fait d'autant plus de plaisir de le rencontrer là où c'est devenu le plus rare, chez un des mes pairs, chez un des nôtres», ajouta-t-il en insistant sur ces mots. Les Guermantes avaient beau faire semblant de trouver tous les hommes pareils, dans les grandes occasions où ils se trouvaient avec des gens «nés», et surtout moins bien «nés», qu'ils désiraient et pouvaient flatter, ils n'hésitaient pas à sortir les vieux souvenirs de famille. «Autrefois, reprit le baron, aristocrates voulait dire les meilleurs, par l'intelligence, par le coeur. Or, voilà le premier d'entre nous que je vois sachant ce que c'est que Victurnien d'Esgrignon. J'ai tort de dire le premier. Il y a aussi un Polignac et un Montesquiou, ajouta M. de Charlus qui savait que cette double assimilation ne pouvait qu'enivrer la marquise. D'ailleurs vos fils ont de qui tenir, leur grand-père maternel avait une collection célèbre du XVIIIe siècle. Je vous montrerai la mienne si vous voulez me faire le plaisir de venir déjeuner un jour, dit-il au jeune Victurnien. Je vous montrerai une curieuse édition du *Cabinet des Antiques* avec des corrections de la main de Balzac. Je serai charmé de confronter ensemble les deux Victurnien.»

Je ne pouvais me décider à quitter Swann. Il était arrivé à ce degré de fatigue où le corps d'un malade n'est plus qu'une cornue où s'observent des réactions chimiques. Sa figure se marquait de petits points bleu de Prusse, qui avaient l'air de ne pas appartenir au monde vivant, et dégageait ce genre d'odeur qui, au lycée, après les «expériences», rend si désagréable de rester dans une classe de «Sciences». Je lui demandai s'il n'avait pas eu une longue conversation avec le prince de Guermantes et s'il ne voulait pas me raconter ce qu'elle avait été.

—Si, me dit-il, mais allez d'abord un moment avec M. de Charlus et Mme de Surgis, je vous attendrai ici.

En effet, M. de Charlus ayant proposé à Mme de Surgis de quitter cette pièce trop chaude et d'aller s'asseoir un moment avec elle, dans une autre, n'avait pas demandé aux deux fils de venir avec leur mère, mais à moi. De cette façon, il se donnait l'air, après les avoir amorcés, de ne pas tenir aux deux jeunes gens. Il me faisait de plus une politesse facile, Mme de Surgis-le-Duc étant assez mal vue.

Malheureusement, à peine étions-nous assis dans une baie sans dégagements, que Mme de Saint-Euverte, but des quolibets du baron, vint à passer. Elle, peut-être pour dissimuler, ou dédaigner ouvertement les mauvais sentiments qu'elle inspirait à M. de Charlus, et surtout montrer qu'elle était intime avec une dame qui causait si familièrement avec lui, dit un bonjour dédaigneusement amical à la célèbre beauté, laquelle lui répondit, tout en regardant du coin de l'oeil M. de Charlus avec un sourire moqueur. Mais la baie était si étroite que Mme de Saint-Euverte, quand elle voulut, derrière nous, continuer de quêter ses invités du lendemain, se trouva prise et ne put facilement se dégager, moment précieux dont M. de Charlus, désireux de faire briller sa verve insolente aux yeux de la mère des deux jeunes gens, se garda bien de ne pas profiter. Une niaise question que je lui posai sans malice lui fournit l'occasion d'un triomphal couplet dont la pauvre de Saint-Euverte, quasi immobilisée derrière nous, ne pouvait guère perdre un mot.

—Croyez-vous que cet impertinent jeune homme, dit-il en me désignant à Mme de Surgis, vient de me demander, sans le moindre souci qu'on doit avoir de cacher ces sortes de besoins, si j'allais chez Mme de Saint-Euverte, c'est-à-dire, je pense, si j'avais la colique. Je tâcherais en tout cas de m'en soulager dans un endroit plus confortable que chez une personne qui, si j'ai bonne mémoire, célébrait son centenaire quand je commençai à aller dans le monde, c'est-à-dire pas chez elle. Et pourtant, qui plus qu'elle serait intéressante à entendre? Que de souvenirs historiques, vus et vécus du temps du Premier Empire et de la Restauration, que d'histoires intimes aussi qui n'avaient certainement rien de «Saint», mais devaient être très «Vertes», si l'on en croit la cuisse restée légère de la vénérable gambadeuse. Ce qui m'empêcherait de l'interroger sur ces époques passionnantes, c'est la sensibilité de mon appareil olfactif. La proximité de la dame suffit. Je me dis tout d'un coup: «Oh! mon Dieu, on a crevé ma fosse d'aisances», c'est simplement la marquise qui, dans quelque but d'invitation, vient d'ouvrir la bouche. Et vous comprenez que si j'avais le malheur d'aller chez elle, la fosse d'aisances se multiplierait en un formidable tonneau de vidange. Elle porte pourtant un nom mystique qui me fait toujours penser avec jubilation, quoiqu'elle ait passé depuis longtemps la date de son jubilé, à ce stupide vers dit «déliquescent»: «Ah! verte, combien verte était mon âme ce jour-là...» Mais il me faut une plus propre verdure. On me dit que l'infatigable marcheuse donne des «garden-parties», moi j'appellerais ça «des invites à se promener dans les égouts». Est-ce que vous allez vous crotter là? demanda-t-il à Mme de Surgis, qui cette fois se trouva ennuyée. Car voulant feindre de n'y pas aller, vis-à-vis du baron, et sachant qu'elle donnerait des jours de sa propre vie plutôt que de manquer la matinée Saint-Euverte, elle s'en tira par une moyenne, c'est-à-dire l'incertitude. Cette incertitude prit une forme si bêtement dilettante et si mesquinement couturière, que M. de Charlus, ne craignant pas d'offenser Mme de Surgis, à laquelle pourtant il désirait plaire, se mit à rire pour lui montrer que «ça ne prenait pas».

—J'admire toujours les gens qui font des projets, dit-elle; je me décommande souvent au dernier moment. Il y a une question de robe d'été qui peut changer les choses. J'agirai sous l'inspiration du moment.

Pour ma part, j'étais indigné de l'abominable petit discours que venait de tenir M. de Charlus. J'aurais voulu combler de biens la donneuse de garden-parties. Malheureusement dans le monde, comme dans le monde politique, les victimes sont si lâches qu'on ne peut pas en vouloir bien longtemps aux bourreaux. Mme de Saint-Euverte, qui avait réussi à se dégager de la baie dont nous barrions l'entrée, frôla involontairement le baron en passant, et, par un réflexe de snobisme qui annihilait chez elle toute colère, peut-être même dans l'espoir d'une entrée en matière d'un genre dont ce ne devait pas être le premier essai: «Oh! pardon, monsieur de Charlus, j'espère que je ne vous ai pas fait mal», s'écria-t-elle comme si elle s'agenouillait devant son maître. Celui-ci ne daigna répondre autrement que par un large rire ironique et concéda seulement un «bonsoir», qui, comme s'il s'apercevait seulement de la présence de la marquise une fois qu'elle l'avait salué la première, était une insulte de plus. Enfin, avec une platitude suprême, dont je souffris pour elle, Mme de Saint-Euverte s'approcha de moi et, m'ayant pris à l'écart, me dit à l'oreille: «Mais, qu'ai-je fait à M. de Charlus? On prétend qu'il ne me trouve pas assez chic pour lui», dit-elle, en riant à gorge déployée. Je restai sérieux. D'une part, je trouvais stupide qu'elle eût l'air de se croire ou de vouloir faire croire que personne n'était, en effet, aussi chic qu'elle. D'autre part, les gens qui rient si fort de ce qu'ils disent, et qui n'est pas drôle, nous dispensent par là, en prenant à leur charge l'hilarité, d'y participer.

—D'autres assurent qu'il est froissé que je ne l'invite pas. Mais il ne m'encourage pas beaucoup. Il a l'air de me bouder (l'expression me parut faible). Tâchez de le savoir et venez me le dire demain. Et s'il a des remords et veut vous accompagner, amenez-le. A tout péché miséricorde. Cela me ferait même assez plaisir, à cause de Mme de Surgis que cela ennuierait. Je vous laisse carte blanche. Vous avez le flair le plus fin de toutes ces choses-là et je ne veux pas avoir l'air de quémander des invités. En tout cas, sur vous, je compte absolument.

Je songeai que Swann devait se fatiguer à m'attendre. Je ne voulais pas, du reste, rentrer trop tard à cause d'Albertine, et, prenant congé de Mme de Surgis et de M. de Charlus, j'allai retrouver mon malade dans la salle de jeux. Je lui demandai si ce qu'il avait dit au Prince dans leur entretien au jardin était bien ce que M. de Bréauté (que je ne lui nommai pas) nous avait rendu et qui était relatif à un petit acte de Bergotte. Il éclata de rire: «Il n'y a pas un mot de vrai, pas un seul, c'est entièrement inventé et aurait été absolument stupide. Vraiment c'est inouï cette génération spontanée de l'erreur. Je ne vous demande pas qui vous a dit cela, mais ce serait vraiment curieux, dans un cadre aussi délimité que celui-ci, de remonter de proche en proche pour savoir comment cela s'est formé. Du reste, comment cela peut-il intéresser les gens, ce que le Prince m'a dit? Les gens sont bien curieux. Moi, je n'ai jamais été curieux, sauf quand j'ai été amoureux et quand j'ai été jaloux.

Et pour ce que cela m'a appris! Êtes-vous jaloux?» Je dis à Swann que je n'avais jamais éprouvé de jalousie, que je ne savais même pas ce que c'était. «Hé bien! je vous en félicite. Quand on l'est un peu, cela n'est pas tout à fait désagréable, à deux points de vue. D'une part, parce que cela permet aux gens qui ne sont pas curieux de s'intéresser à la vie des autres personnes, ou au moins d'une autre. Et puis, parce que cela fait assez bien sentir la douceur de posséder, de monter en voiture avec une femme, de ne pas la laisser aller seule. Mais cela, ce n'est que dans les tout premiers débuts du mal ou quand la guérison est presque complète. Dans l'intervalle, c'est le plus affreux des supplices. Du reste, même les deux douceurs dont je vous parle, je dois vous dire que je les ai peu connues; la première, par la faute de ma nature qui n'est pas capable de réflexions très prolongées; la seconde, à cause des circonstances, par la faute de la femme, je veux dire des femmes, dont j'ai été jaloux. Mais cela ne fait rien. Même quand on ne tient plus aux choses, il n'est pas absolument indifférent d'y avoir tenu, parce que c'était toujours pour des raisons qui échappaient aux autres. Le souvenir de ces sentiments-là, nous sentons qu'il n'est qu'en nous; c'est en nous qu'il faut rentrer pour le regarder.

Ne vous moquez pas trop de ce jargon idéaliste, mais ce que je veux dire, c'est que j'ai beaucoup aimé la vie et que j'ai beaucoup aimé les arts. Hé bien! maintenant que je suis un peu trop fatigué pour vivre avec les autres, ces anciens sentiments si personnels à moi, que j'ai eus, me semblent, ce qui est la manie de tous les collectionneurs, très précieux. Je m'ouvre à moi-même mon coeur comme une espèce de vitrine, je regarde un à un tant d'amours que les autres n'auront pas connus. Et de cette collection à laquelle je suis maintenant plus attaché encore qu'aux autres, je me dis, un peu comme Mazarin pour ses livres, mais, du reste, sans angoisse aucune, que ce sera bien embêtant de quitter tout cela. Mais venons à l'entretien avec le Prince, je ne le raconterai qu'à une seule personne, et cette personne, cela va être vous.» J'étais gêné, pour l'entendre, par la conversation que, tout près de nous, M. de Charlus, revenu dans la salle de jeux, prolongeait indéfiniment. «Et vous lisez aussi? Qu'est-ce que vous faites?» demanda-t-il au comte Arnulphe, qui ne connaissait même pas le nom de Balzac. Mais sa myopie, comme il voyait tout très petit, lui donnait l'air de voir très loin, de sorte que, rare poésie en un sculptural dieu grec, dans ses prunelles s'inscrivaient comme de distantes et mystérieuses étoiles.

«Si nous allions faire quelques pas dans le jardin, monsieur», dis-je à Swann, tandis que le comte Arnulphe, avec une voix zézayante qui semblait indiquer que son développement, au moins mental, n'était pas complet, répondait à M. de Charlus avec une précision complaisante et naïve: «Oh! moi, c'est plutôt le golf, le tennis, le ballon, la course à pied, surtout le polo.» Telle Minerve, s'étant subdivisée, avait cessé, dans certaine cité, d'être la déesse de la Sagesse et avait incarné une part d'elle-même en une divinité purement sportive, hippique, «Athènè Hippia». Et il allait aussi à Saint-Moritz faire du ski, car Pallas Tritogeneia fréquente les hauts sommets et rattrape les cavaliers. «Ah!» répondit M. de Charlus, avec le sourire transcendant de l'intellectuel qui ne prend même pas la peine de dissimuler qu'il se moque, mais qui, d'ailleurs, se sent si supérieur aux autres et méprise tellement l'intelligence de ceux qui sont le moins bêtes, qu'il les différencie à peine de ceux qui le sont le plus, du moment qu'ils peuvent lui être agréables d'une autre façon. En parlant à Arnulphe, M. de Charlus trouvait qu'il lui conférait par là même une supériorité que tout le monde devait envier et reconnaître. «Non, me répondit Swann, je suis trop fatigué pour marcher, asseyons-nous plutôt dans un coin, je ne tiens plus debout.» C'était vrai, et pourtant, commencer à causer lui avait déjà rendu une certaine vivacité. C'est que dans la fatigue la plus réelle il y a, surtout chez les gens nerveux, une part qui dépend de l'attention et qui ne se conserve que par la mémoire. On est subitement las dès qu'on craint de l'être, et pour se remettre de sa fatigue, il suffit de l'oublier. Certes, Swann n'était pas tout à fait de ces infatigables épuisés qui, arrivés défaits, flétris, ne se tenant plus, se raniment dans la conversation comme une fleur dans l'eau et peuvent pendant des heures puiser dans leurs propres paroles des forces qu'ils ne transmettent malheureusement pas à ceux qui les écoutent et qui paraissent de plus en plus abattus au fur et à mesure que le parleur se sent plus réveillé. Mais Swann appartenait à cette forte race juive, à l'énergie vitale, à la résistance à la mort de qui les individus eux-mêmes semblent participer. Frappés chacun de maladies particulières, comme elle l'est, elle-même, par la persécution, ils se débattent indéfiniment dans des agonies terribles qui peuvent se prolonger au delà de tout terme vraisemblable, quand déjà on ne voit plus qu'une barbe de prophète surmontée d'un nez immense qui se dilate pour aspirer les derniers souffles, avant l'heure des prières rituelles, et que commence le défilé ponctuel des parents éloignés s'avançant avec des mouvements mécaniques, comme sur une frise assyrienne.

Nous allâmes nous asseoir, mais, avant de s'éloigner du groupe que M. de Charlus formait avec les deux jeunes Surgis et leur mère, Swann ne put s'empêcher d'attacher sur le corsage de celle-ci de longs regards de connaisseur dilatés et concupiscents. Il mit son monocle pour mieux apercevoir, et, tout en me parlant, de temps à autre il jetait un regard vers la direction de cette dame.

—Voici mot pour mot, me dit-il, quand nous fûmes assis, ma conversation avec le Prince, et si vous vous rappelez ce que je vous ai dit tantôt, vous verrez pourquoi je vous choisis pour confident. Et puis aussi, pour une autre raison que vous saurez un jour. «Mon cher Swann, m'a dit le prince de Guermantes, vous m'excuserez si j'ai paru vous éviter depuis quelque temps. (Je ne m'en étais nullement aperçu, étant malade et fuyant moi-même tout le monde.) D'abord, j'avais entendu dire, et je prévoyais bien que vous aviez, dans la malheureuse affaire qui divise le pays, des opinions entièrement opposées aux miennes. Or, il m'eût été excessivement pénible que vous les professiez devant moi. Ma nervosité était si grande que, la Princesse ayant entendu, il y a deux ans, son beau-frère le grand-duc de Hesse dire que Dreyfus était innocent, elle ne s'était pas contentée de relever le propos avec vivacité, mais ne me l'avait pas répété pour ne pas me contrarier. Presque à la même époque, le prince royal de Suède était venu à Paris et, ayant probablement entendu dire que l'impératrice Eugénie était dreyfusiste, avait confondu avec la Princesse (étrange confusion, vous l'avouerez, entre une femme du rang de ma femme et une Espagnole, beaucoup moins bien née qu'on ne dit, et mariée à un simple Bonaparte) et lui avait dit: «Princesse, je suis doublement heureux de vous voir, car je sais que vous avez les mêmes idées que moi sur l'affaire Dreyfus, ce qui ne m'étonne pas puisque Votre Altesse est bavaroise.» Ce qui avait attiré au Prince cette réponse: «Monseigneur, je ne suis plus qu'une princesse française, et je pense comme tous mes compatriotes.» Or, mon cher Swann, il y a environ un an et demi, une conversation que j'eus avec le général de Beauserfeuil me donna le soupçon que, non pas une erreur, mais de graves illégalités, avaient été commises dans la conduite du procès.»

Nous fûmes interrompus (Swann ne tenait pas à ce qu'on entendît son récit) par la voix de M. de Charlus qui, sans se soucier de nous, d'ailleurs, passait en reconduisant Mme de Surgis et s'arrêta pour tâcher de la retenir encore, soit à cause de ses fils, ou de ce désir qu'avaient les Guermantes de ne pas voir finir la minute actuelle, lequel les plongeait dans une sorte d'anxieuse inertie. Swann m'apprit à ce propos, un peu plus tard, quelque chose qui ôta, pour moi, au nom de Surgis-le-Duc toute la poésie que je lui avais trouvée. La marquise de Surgis-le-Duc avait une beaucoup plus grande situation mondaine, de beaucoup plus belles alliances que son cousin, le comte de Surgis qui, pauvre, vivait dans ses terres. Mais le mot qui terminait le titre, «le Duc», n'avait nullement l'origine que je lui prêtais et qui m'avait fait le rapprocher, dans mon imagination, de Bourg-l'Abbé, Bois-le-Roi, etc. Tout simplement, un comte de Surgis avait épousé, pendant la Restauration, la fille d'un richissime industriel M. Leduc, ou Le Duc, fils lui-même d'un fabricant de produits chimiques, l'homme le plus riche de son temps, et qui était pair de France. Le roi Charles X avait créé, pour l'enfant issu de ce mariage, le marquisat de Surgis-le-Duc, le marquisat de Surgis existant déjà dans la famille. L'adjonction du nom bourgeois n'avait pas empêché cette branche de s'allier, à cause de l'énorme fortune, aux premières familles du royaume. Et la marquise actuelle de Surgis-le-Duc, d'une grande naissance, aurait pu avoir une situation de premier ordre. Un démon de perversité l'avait poussée, dédaignant la situation toute faite, à s'enfuir de la maison conjugale, à vivre de la façon la plus scandaleuse. Puis, le monde dédaigné par elle à vingt ans, quand il était à ses pieds, lui avait cruellement manqué à trente, quand, depuis dix ans, personne, sauf de rares amies fidèles, ne la saluait plus, et elle avait entrepris de reconquérir laborieusement, pièce par pièce, ce qu'elle possédait en naissant (aller et retour qui ne sont pas rares).

Quant aux grands seigneurs ses parents, reniés jadis par elle, et qui l'avaient reniée à leur tour, elle s'excusait de la joie qu'elle aurait à les ramener à elle sur des souvenirs d'enfance qu'elle pourrait évoquer avec eux. Et en disant cela, pour dissimuler son snobisme, elle mentait peut-être moins qu'elle ne croyait. «Basin, c'est toute ma jeunesse!» disait-elle le jour où il lui était revenu. Et, en effet, c'était un peu vrai. Mais elle avait mal calculé en le choisissant comme amant. Car toutes les amies de la duchesse de Guermantes allaient prendre parti pour elle, et ainsi Mme de Surgis redescendrait pour la deuxième fois cette pente qu'elle avait eu tant de peine à remonter. «Hé bien! était en train de lui dire M. de Charlus, qui tenait à prolonger l'entretien, vous mettrez mes hommages au pied du beau portrait. Comment va-t-il? Que devient-il?—Mais, répondit Mme de Surgis, vous savez que je ne l'ai plus: mon mari n'en a pas été content.—Pas content! d'un des chefs-d'œuvre de notre époque, égal à la duchesse de Châteauroux de Nattier et qui, du reste, ne prétendait pas à fixer une moins majestueuse et meurtrière déesse! Oh! le petit col bleu! C'est-à-dire que jamais Ver Meer n'a peint une étoffe avec plus de maîtrise, ne le disons pas trop haut pour que Swann ne s'attaque pas à nous dans l'intention de venger son peintre favori, le maître de Delft.» La marquise, se retournant, adressa un sourire et tendit la main à Swann qui s'était soulevé pour la saluer.

Mais presque sans dissimulation, soit qu'une vie déjà avancée lui en eût ôté la volonté morale par l'indifférence à l'opinion, ou le pouvoir physique par l'exaltation du désir et l'affaiblissement des ressorts qui aident à le cacher, dès que Swann eut, en serrant la main de la marquise, vu sa gorge de tout près et de haut, il plongea un regard attentif, sérieux, absorbé, presque soucieux, dans les profondeurs du corsage, et ses narines, que le parfum de la femme grisait, palpitèrent comme un papillon prêt à aller se poser sur la fleur entrevue. Brusquement il s'arracha au vertige qui l'avait saisi, et Mme de Surgis elle-même, quoique gênée, étouffa une respiration profonde, tant le désir est parfois contagieux. «Le peintre s'est froissé, dit-elle à M. de Charlus, et l'a repris. On avait dit qu'il était maintenant chez Diane de Saint-Euverte.—Je ne croirai jamais, répliqua le baron, qu'un chef-d'oeuvre ait si mauvais goût.»

—Il lui parle de son portrait. Moi, je lui en parlerais aussi bien que Charlus, de ce portrait, me dit Swann, affectant un ton traînard et voyou et suivant des yeux le couple qui s'éloignait. Et cela me ferait sûrement plus de plaisir qu'à Charlus, ajouta-t-il.

Je lui demandais si ce qu'on disait de M. de Charlus était vrai, en quoi je mentais doublement, car si je ne savais pas qu'on eût jamais rien dit, en revanche je savais fort bien depuis tantôt que ce que je voulais dire était vrai. Swann haussa les épaules, comme si j'avais proféré une absurdité.

—C'est-à-dire que c'est un ami délicieux. Mais ai-je besoin d'ajouter que c'est purement platonique. Il est plus sentimental que d'autres, voilà tout; d'autre part, comme il ne va jamais très loin avec les femmes, cela a donné une espèce de crédit aux bruits insensés dont vous voulez parler. Charlus aime peut-être beaucoup ses amis, mais tenez pour assuré que cela ne s'est jamais passé ailleurs que dans sa tête et dans son coeur. Enfin, nous allons peut-être avoir deux secondes de tranquillité. Donc, le prince de Guermantes continua: «Je vous avouerai que cette idée d'une illégalité possible dans la conduite du procès m'était extrêmement pénible à cause du culte que vous savez que j'ai pour l'armée; j'en reparlai avec le général, et je n'eus plus, hélas! aucun doute à cet égard. Je vous dirai franchement que, dans tout cela, l'idée qu'un innocent pourrait subir la plus infamante des peines ne m'avait même pas effleuré. Mais par cette idée d'illégalité, je me mis à étudier ce que je n'avais pas voulu lire, et voici que des doutes, cette fois non plus sur l'illégalité mais sur l'innocence, vinrent me hanter. Je ne crus pas en devoir parler à la Princesse. Dieu sait qu'elle est devenue aussi Française que moi. Malgré tout, du jour où je l'ai épousée, j'eus tant de coquetterie à lui montrer dans toute sa beauté notre France, et ce que pour moi elle a de plus splendide, son armée, qu'il m'était trop cruel de lui faire part de mes soupçons qui n'atteignaient, il est vrai, que quelques officiers. Mais je suis d'une famille de militaires, je ne voulais pas croire que des officiers pussent se tromper. J'en reparlai encore à Beauserfeuil, il m'avoua que des machinations coupables avaient été ourdies, que le bordereau n'était peut-être pas de Dreyfus, mais que la preuve éclatante de sa culpabilité existait. C'était la pièce Henry. Et quelques jours après, on apprenait que c'était un faux. Dès lors, en cachette de la Princesse, je me mis à lire tous les jours le *Siècle*, l'*Aurore*; bientôt je n'eus plus aucun doute, je ne pouvais plus dormir. Je m'ouvris de mes souffrances morales à notre ami, l'abbé Poiré, chez qui je rencontrai avec étonnement la même conviction, et je fis dire par lui des messes à l'intention de Dreyfus, de sa malheureuse femme et de ses enfants. Sur ces entrefaites, un matin que j'allais chez la Princesse, je vis sa femme de chambre qui cachait quelque chose qu'elle avait dans la main. Je lui demandai en riant ce que c'était, elle rougit et ne voulut pas me le dire. J'avais la plus grande confiance dans ma femme, mais cet incident me troubla fort (et sans doute aussi la Princesse à qui sa camériste avait dû le raconter), car ma chère Marie me parla à peine pendant le déjeuner qui suivit. Je demandai ce jour-là à l'abbé Poiré s'il pourrait dire le lendemain ma messe pour Dreyfus.» Allons, bon! s'écria Swann à mi-voix en s'interrompant.

Je levai la tête et vis le duc de Guermantes qui venait à nous. «Pardon de vous déranger, mes enfants. Mon petit, dit-il en s'adressant à moi, je suis délégué auprès de vous par Oriane. Marie et Gilbert lui ont demandé de rester à souper à leur table avec cinq ou six personnes seulement: la princesse de Hesse, Mme de Ligne, Mme de Tarente, Mme de Chevreuse, la duchesse d'Arenberg. Malheureusement, nous ne pouvons pas rester, parce que nous allons à une espèce de petite redoute.» J'écoutais, mais chaque fois que nous avons quelque chose à faire à un moment déterminé, nous chargeons nous-mêmes un certain personnage habitué à ce genre de besogne de surveiller l'heure et de nous avertir à temps. Ce serviteur interne me rappela, comme je l'en avais prié il y a quelques heures, qu'Albertine, en ce moment bien loin de la pensée, devait venir chez moi aussitôt après le théâtre. Aussi, je refusai le souper. Ce n'est pas que je ne me plusse chez la princesse de Guermantes.

Ainsi les hommes peuvent avoir plusieurs sortes de plaisirs. Le véritable est celui pour lequel ils quittent l'autre. Mais ce dernier, s'il est apparent, ou même seul apparent, peut donner le change sur le premier, rassure ou dépiste les jaloux, égare le jugement du monde. Et pourtant, il suffirait pour que nous le sacrifiions à l'autre d'un peu de bonheur ou d'un peu de souffrance. Parfois un troisième ordre de plaisirs plus graves, mais plus essentiels, n'existe pas encore pour nous chez qui sa virtualité ne se traduit qu'en éveillant des regrets, des découragements. Et c'est à ces plaisirs-là pourtant que nous nous donnerons plus tard. Pour en donner un exemple tout à fait secondaire, un militaire en temps de paix sacrifiera la vie mondaine à l'amour, mais la guerre déclarée (et sans qu'il soit même besoin de faire intervenir l'idée d'un devoir patriotique), l'amour à la passion, plus forte que l'amour, de se battre. Swann avait beau dire qu'il était heureux de me raconter son histoire, je sentais bien que sa conversation avec moi, à cause de l'heure tardive, et parce qu'il était trop souffrant, était une de ces fatigues dont ceux qui savent qu'ils se tuent par les veilles, par les excès, ont en rentrant un regret exaspéré, pareil à celui qu'ont de la folle dépense qu'ils viennent encore de faire les prodigues, qui ne pourront pourtant pas s'empêcher le lendemain de jeter l'argent par les fenêtres. A partir d'un certain degré d'affaiblissement, qu'il soit causé par l'âge ou par la maladie, tout plaisir pris aux dépens du sommeil, en dehors des habitudes, tout dérèglement, devient un ennui. Le causeur continue à parler par politesse, par excitation, mais il sait que l'heure où il aurait pu encore s'endormir est déjà passée, et il sait aussi les reproches qu'il s'adressera au cours de l'insomnie et de la fatigue qui vont suivre. Déjà, d'ailleurs, même le plaisir momentané a pris fin, le corps et l'esprit sont trop démeublés de leurs forces pour accueillir agréablement ce qui paraît un divertissement à votre interlocuteur. Ils ressemblent à un appartement un jour de départ ou de déménagement, où ce sont des corvées que les visites que l'on reçoit assis sur des malles, les yeux fixés sur la pendule.

—Enfin seuls, me dit-il; je ne sais plus où j'en suis. N'est-ce pas, je vous ai dit que le Prince avait demandé à l'abbé Poiré s'il pourrait faire dire sa messe pour Dreyfus. «Non, me répondit l'abbé (je vous dis «me», me dit Swann, parce que c'est le Prince qui me parle, vous comprenez?) car j'ai une autre messe qu'on m'a chargé de dire également ce matin pour lui.—Comment, lui dis-je, il y a un autre catholique que moi qui est convaincu de son innocence?—Il faut le croire.—Mais la conviction de cet autre partisan doit être moins ancienne que la mienne.—Pourtant, ce partisan me faisait déjà dire des messes quand vous croyiez encore Dreyfus coupable.—Ah! je vois bien que ce n'est pas quelqu'un de notre milieu.—Au contraire!—Vraiment, il y a parmi nous des dreyfusistes? Vous m'intriguez; j'aimerais m'épancher avec lui, si je le connais, cet oiseau rare.—Vous le connaissez.—Il s'appelle?—La princesse de Guermantes.» Pendant que je craignais de froisser les opinions nationalistes, la foi française de ma chère femme, elle, avait eu peur d'alarmer mes opinions religieuses, mes sentiments patriotiques. Mais, de son côté, elle pensait comme moi, quoique depuis plus longtemps que moi. Et ce que sa femme de chambre cachait en entrant dans sa chambre, ce qu'elle allait lui acheter tous les jours, c'était l'*Aurore*. Mon cher Swann, dès ce moment je pensai au plaisir que je vous ferais en vous disant combien mes idées étaient sur ce point parentes des vôtres; pardonnez-moi de ne l'avoir pas fait plus tôt. Si vous vous reportez au silence que j'avais gardé vis-à-vis de la Princesse, vous ne serez pas étonné que penser comme vous m'eût alors encore plus écarté de vous que penser autrement que vous. Car ce sujet m'était infiniment pénible à aborder. Plus je crois qu'une erreur, que même des crimes ont été commis, plus je saigne dans mon amour de l'armée. J'aurais pensé que des opinions semblables aux miennes étaient loin de vous inspirer la même douleur, quand on m'a dit l'autre jour que vous réprouviez avec force les injures à l'armée et que les dreyfusistes acceptassent de s'allier à ses insulteurs. Cela m'a décidé, j'avoue qu'il m'a été cruel de vous confesser ce que je pense de certains officiers, peu nombreux heureusement, mais c'est un soulagement pour moi de ne plus avoir à me tenir loin de vous et surtout que vous sentiez bien que, si j'avais pu être dans d'autres sentiments, c'est que je n'avais pas un doute sur le bien-fondé du jugement rendu. Dès que j'en eus un, je ne pouvais plus désirer qu'une chose, la réparation de l'erreur.» Je vous avoue que ces paroles du prince de Guermantes m'ont profondément ému. Si vous le connaissiez comme moi, si vous saviez d'où il a fallu qu'il revienne pour en arriver là, vous auriez de l'admiration pour lui, et il en mérite. D'ailleurs, son opinion ne m'étonne pas, c'est une nature si droite!

Swann oubliait que, dans l'après-midi, il m'avait dit au contraire que les opinions en cette affaire Dreyfus étaient commandées par l'atavisme. Tout au plus avait-il fait exception pour l'intelligence, parce que chez Saint-Loup elle était arrivée à vaincre l'atavisme et à faire de lui un dreyfusard. Or, il venait de voir que cette victoire avait été de courte durée et que Saint-Loup avait passé dans l'autre camp. C'était donc maintenant à la droiture du coeur qu'il donnait le rôle dévolu tantôt à l'intelligence. En réalité, nous découvrons toujours après coup que nos adversaires avaient une raison d'être du parti où ils sont et qui ne tient pas à ce qu'il peut y avoir de juste dans ce parti, et que ceux qui pensent comme nous c'est que l'intelligence, si leur nature morale est trop basse pour être invoquée, ou leur droiture, si leur pénétration est faible, les y a contraints.

Swann trouvait maintenant indistinctement intelligents ceux qui étaient de son opinion, son vieil ami le prince de Guermantes, et mon camarade Bloch qu'il avait tenu à l'écart jusque-là, et qu'il invita à déjeuner.

Swann intéressa beaucoup Bloch en lui disant que le prince de Guermantes était dreyfusard. «Il faudrait lui demander de signer nos listes pour Picquart; avec un nom comme le sien, cela ferait un effet formidable.» Mais Swann, mêlant à son ardente conviction d'Israélite la modération diplomatique du mondain, dont il avait trop pris les habitudes pour pouvoir si tardivement s'en défaire, refusa d'autoriser Bloch à envoyer au Prince, même comme spontanément, une circulaire à signer. «Il ne peut pas faire cela, il ne faut pas demander l'impossible, répétait Swann. Voilà un homme charmant qui a fait des milliers de lieues pour venir jusqu'à nous.

Il peut nous être très utile. S'il signait votre liste, il se compromettrait simplement auprès des siens, serait châtié à cause de nous, peut-être se repentirait-il de ses confidences et n'en ferait-il plus.» Bien plus, Swann refusa son propre nom. Il le trouvait trop hébraïque pour ne pas faire mauvais effet. Et puis, s'il approuvait tout ce qui touchait à la révision, il ne voulait être mêlé en rien à la campagne antimilitariste. Il portait, ce qu'il n'avait jamais fait jusque-là, la décoration qu'il avait gagnée comme tout jeune mobile, en 70, et ajouta à son testament un codicille pour demander que, contrairement à ses dispositions précédentes, des honneurs militaires fussent rendus à son grade de chevalier de la Légion d'honneur. Ce qui assembla, autour de l'église de Combray tout un escadron de ces cavaliers sur l'avenir desquels pleurait autrefois Françoise, quand elle envisageait la perspective d'une guerre. Bref Swann refusa de signer la circulaire de Bloch, de sorte que, s'il passait pour un dreyfusard enragé aux yeux de beaucoup, mon camarade le trouva tiède, infecté de nationalisme, et cocardier.

Swann me quitta sans me serrer la main pour ne pas être obligé de faire des adieux dans cette salle où il avait trop d'amis, mais il me dit: «Vous devriez venir voir votre amie Gilberte. Elle a réellement grandi et changé, vous ne la reconnaîtriez pas. Elle serait si heureuse!» Je n'aimais plus Gilberte. Elle était pour moi comme une morte qu'on a longtemps pleurée, puis l'oubli est venu, et, si elle ressuscitait, elle ne pourrait plus s'insérer dans une vie qui n'est plus faite pour elle. Je n'avais plus envie de la voir ni même cette envie de lui montrer que je ne tenais pas à la voir et que chaque jour, quand je l'aimais, je me promettais de lui témoigner quand je ne l'aimerais plus.

Aussi, ne cherchant plus qu'à me donner, vis-à-vis de Gilberte, l'air d'avoir désiré de tout mon coeur la retrouver et d'en avoir été empêché par des circonstances dites «indépendantes de ma volonté» et qui ne se produisent en effet, au moins avec une certaine suite, que quand la volonté ne les contrecarre pas, bien loin d'accueillir avec réserve l'invitation de Swann, je ne le quittai pas qu'il ne m'eût promis d'expliquer en détail à sa fille les contretemps qui m'avaient privé, et me priveraient encore, d'aller la voir. «Du reste, je vais lui écrire tout à l'heure en rentrant, ajoutai-je. Mais dites-lui bien que c'est une lettre de menaces, car, dans un mois ou deux, je serai tout à fait libre, et alors qu'elle tremble, car je serai chez vous aussi souvent même qu'autrefois.»

Avant de laisser Swann, je lui dis un mot de sa santé. «Non, ça ne va pas si mal que ça, me répondit-il. D'ailleurs, comme je vous le disais, je suis assez fatigué et accepte d'avance avec résignation ce qui peut arriver. Seulement, j'avoue que ce serait bien agaçant de mourir avant la fin de l'affaire Dreyfus. Toutes ces canailles-là ont plus d'un tour dans leur sac. Je ne doute pas qu'ils soient finalement vaincus, mais enfin ils sont très puissants, ils ont des appuis partout. Dans le moment où ça va le mieux, tout craque. Je voudrais bien vivre assez pour voir Dreyfus réhabilité et Picquart colonel.»

Quand Swann fut parti, je retournai dans le grand salon où se trouvait cette princesse de Guermantes avec laquelle je ne savais pas alors que je dusse être un jour si lié. La passion qu'elle eut pour M. de Charlus ne se découvrit pas d'abord à moi. Je remarquai seulement que le baron, à partir d'une certaine époque et sans être pris contre la princesse de Guermantes d'aucune de ces inimitiés qui chez lui n'étonnaient pas, tout en continuant à avoir pour elle autant, plus d'affection peut-être encore, paraissait mécontent et agacé chaque fois qu'on lui parlait d'elle. Il ne donnait plus jamais son nom dans la liste des personnes avec qui il désirait dîner.

Il est vrai qu'avant cela j'avais entendu un homme du monde très méchant dire que la Princesse était tout à fait changée, qu'elle était amoureuse de M. de Charlus, mais cette médisance m'avait paru absurde et m'avait indigné. J'avais bien remarqué avec étonnement que, quand je racontais quelque chose qui me concernait, si au milieu intervenait M. de Charlus, l'attention de la Princesse se mettait aussitôt à ce cran plus serré qui est celui d'un malade qui, nous entendant parler de nous, par conséquent, d'une façon distraite et nonchalante, reconnaît tout d'un coup qu'un nom est celui du mal dont il est atteint, ce qui à la fois l'intéresse et le réjouit. Telle, si je lui disais: «Justement M. de Charlus me racontait...», la Princesse reprenait en mains les rênes détendues de son attention. Et une fois, ayant dit devant elle que M. de Charlus avait en ce moment un assez vif sentiment pour une certaine personne, je vis avec étonnement s'insérer dans les yeux de la Princesse ce trait différent et momentané qui trace dans les prunelles comme le sillon d'une fêlure et qui provient d'une pensée que nos paroles, à leur insu, ont agitée en l'être à qui nous parlons, pensée secrète qui ne se traduira pas par des mots, mais qui montera, des profondeurs remuées par nous, à la surface un instant altérée du regard. Mais si mes paroles avaient ému la Princesse, je n'avais pas soupçonné de quelle façon.

D'ailleurs peu de temps après, elle commença à me parler de M. de Charlus, et presque sans détours. Si elle faisait allusion aux bruits que de rares personnes faisaient courir sur le baron, c'était seulement comme à d'absurdes et infâmes inventions. Mais, d'autre part, elle disait: «Je trouve qu'une femme qui s'éprendrait d'un homme de l'immense valeur de Palamède devrait avoir assez de hauteur de vues, assez de dévouement, pour l'accepter et le comprendre en bloc, tel qu'il est, pour respecter sa liberté, ses fantaisies, pour chercher seulement à lui aplanir les difficultés et à le consoler de ses peines.» Or, par ces propos pourtant si vagues, la princesse de Guermantes révélait ce qu'elle cherchait à magnifier, de la même façon que faisait parfois M. de Charlus lui-même. N'ai-je pas entendu à plusieurs reprises ce dernier dire à des gens qui jusque-là étaient incertains si on le calomniait ou non: «Moi, qui ai eu bien des hauts et bien des bas dans ma vie, qui ai connu toute espèce de gens, aussi bien des voleurs que des rois, et même je dois dire, avec une légère préférence pour les voleurs, qui ai poursuivi la beauté sous toutes ses formes, etc...», et par ces paroles qu'il croyait habiles, et en démentant des bruits dont on ne soupçonnait pas qu'ils eussent couru (ou pour faire à la vérité, par goût, par mesure, par souci de la vraisemblance une part qu'il était seul à juger minime), il ôtait leurs derniers doutes sur lui aux uns, inspirait leurs premiers à ceux qui n'en avaient pas encore.

Car le plus dangereux de tous les recels, c'est celui de la faute elle-même dans l'esprit du coupable. La connaissance permanente qu'il a d'elle l'empêche de supposer combien généralement elle est ignorée, combien un mensonge complet serait aisément cru, et, en revanche, de se rendre compte à quel degré de vérité commence pour les autres, dans des paroles qu'il croit innocentes, l'aveu. Et d'ailleurs il aurait eu de toute façon bien tort de chercher à le taire, car il n'y a pas de vices qui ne trouvent dans le grand monde des appuis complaisants, et l'on a vu bouleverser l'aménagement d'un château pour faire coucher une soeur près de sa soeur dès qu'on eut appris qu'elle ne l'aimait pas qu'en soeur. Mais ce qui me révéla tout d'un coup l'amour de la Princesse, ce fut un fait particulier et sur lequel je n'insisterai pas ici, car il fait partie du récit tout autre où M. de Charlus laissa mourir une reine plutôt que de manquer le coiffeur qui devait le friser au petit fer pour un contrôleur d'omnibus devant lequel il se trouva prodigieusement intimidé. Cependant, pour en finir avec l'amour de la Princesse, disons quel rien m'ouvrit les yeux. J'étais, ce jour-là, seul en voiture avec elle. Au moment où nous passions devant une poste, elle fit arrêter. Elle n'avait pas emmené de valet de pied. Elle sorti à demi une lettre de son manchon et commença le mouvement de descendre pour la mettre dans la boîte. Je voulus l'arrêter, elle se débattit légèrement, et déjà nous nous rendions compte l'un et l'autre que notre premier geste avait été, le sien compromettant en ayant l'air de protéger un secret, le mien indiscret en m'opposant à cette protection. Ce fut elle qui se ressaisit le plus vite. Devenant subitement très rouge, elle me donna la lettre, je n'osai plus ne pas la prendre, mais, en la mettant dans la boîte, je vis, sans le vouloir, qu'elle était adressée à M. de Charlus.

Pour revenir en arrière et à cette première soirée chez la princesse de Guermantes, j'allai lui dire adieu, car son cousin et sa cousine me ramenaient et étaient fort pressés, M. de Guermantes voulait cependant dire au revoir à son frère. Mme de Surgis ayant eu le temps, dans une porte, de dire au duc que M. de Charlus avait été charmant pour elle et pour ses fils, cette grande gentillesse de son frère, et la première que celui-ci eût eue dans cet ordre d'idées, toucha profondément Basin et réveilla chez lui des sentiments de famille qui ne s'endormaient jamais longtemps. Au moment où nous disions adieu à la Princesse, il tint, sans dire expressément ses remerciements à M. de Charlus, à lui exprimer sa tendresse, soit qu'il eût en effet peine à la contenir, soit pour que le baron se souvînt que le genre d'actions qu'il avait eu ce soir ne passait pas inaperçu aux yeux d'un frère, de même que, dans le but de créer pour l'avenir des associations de souvenirs salutaires, on donne du sucre à un chien qui a fait le beau. «Hé bien! petit frère, dit le duc en arrêtant M. de Charlus et en le prenant tendrement sous le bras, voilà comment on passe devant son aîné sans même un petit bonjour. Je ne te vois plus, Mémé, et tu ne sais pas comme cela me manque. En cherchant de vieilles lettres j'en ai justement retrouvé de la pauvre maman qui sont toutes si tendres pour toi.—Merci, Basin, répondit M. de Charlus d'une voix altérée, car il ne pouvait jamais parler sans émotion de leur mère.—Tu devrais te décider à me laisser t'installer un pavillon à Guermantes, reprit le duc.» «C'est gentil de voir les deux frères si tendres l'un avec l'autre, dit la Princesse à Oriane.—Ah! ça, je ne crois pas qu'on puisse trouver beaucoup de frères comme cela. Je vous inviterai avec lui, me promit-elle. Vous n'êtes pas mal avec lui?... Mais qu'est-ce qu'ils peuvent avoir à se dire», ajouta-t-elle d'un ton inquiet, car elle entendait imparfaitement leurs paroles. Elle avait toujours eu une certaine jalousie du plaisir que M. de Guermantes éprouvait à causer avec son frère d'un passé à distance duquel il tenait un peu sa femme. Elle sentait que, quand ils étaient heureux d'être ainsi l'un près de l'autre et que, ne retenant plus son impatiente curiosité, elle venait se joindre à eux, son arrivée ne leur faisait pas plaisir. Mais, ce soir, à cette jalousie habituelle s'en ajoutait une autre.

Car si Mme de Surgis avait raconté à M. de Guermantes les bontés qu'avait eues son frère, afin qu'il l'en remerciât, en même temps des amies dévouées du couple Guermantes avaient cru devoir prévenir la duchesse que la maîtresse de son mari avait été vue en tête à tête avec le frère de celui-ci. Et Mme de Guermantes en était tourmentée. «Rappelle-toi comme nous étions heureux jadis à Guermantes, reprit le duc en s'adressant à M. de Charlus. Si tu y venais quelquefois l'été, nous reprendrions notre bonne vie. Te rappelles-tu le vieux père Courveau: «Pourquoi est-ce que Pascal est troublant? parce qu'il est trou... trou...—blé», prononça M. de Charlus comme s'il répondait encore à son professeur.—«Et pourquoi est-ce que Pascal est troublé? parce qu'il est trou... parce qu'il est trou...—Blanc.—Très bien, vous serez reçu, vous aurez certainement une mention, et Mme la duchesse vous donnera un dictionnaire chinois.» Si je me rappelle, mon petit Mémé! Et la vieille potiche que t'avait rapportée Hervey de Saint-Denis, je la vois encore. Tu nous menaçais d'aller passer définitivement ta vie en Chine tant tu étais épris de ce pays; tu aimais déjà faire de longues vadrouilles. Ah! tu as été un type spécial, car on peut dire qu'en rien tu n'as jamais eu les goûts de tout le monde...» Mais à peine avait-il dit ces mots que le duc piqua ce qu'on appelle un soleil, car il connaissait, sinon les moeurs, du moins la réputation de son frère.

Comme il ne lui en parlait jamais, il était d'autant plus gêné d'avoir dit quelque chose qui pouvait avoir l'air de s'y rapporter, et plus encore d'avoir paru gêné. Après une seconde de silence: «Qui sait, dit-il pour effacer ses dernières paroles, tu étais peut-être amoureux d'une Chinoise avant d'aimer tant de blanches et de leur plaire, si j'en juge par une certaine dame à qui tu as fait bien plaisir ce soir en causant avec elle. Elle a été ravie de toi.» Le duc s'était promis de ne pas parler de Mme de Surgis, mais, au milieu du désarroi que la gaffe qu'il avait faite venait de jeter dans ses idées, il s'était jeté sur la plus voisine, qui était précisément celle qui ne devait pas paraître dans l'entretien, quoiqu'elle l'eût motivé. Mais M. de Charlus avait remarqué la rougeur de son frère. Et, comme les coupables qui ne veulent pas avoir l'air embarrassé qu'on parle devant eux du crime qu'ils sont censés ne pas avoir commis et croient devoir prolonger une conversation périlleuse: «J'en suis charmé, lui répondit-il, mais je tiens à revenir sur ta phrase précédente, qui me semble profondément vraie. Tu disais que je n'ai jamais eu les idées de tout le monde; comme c'est juste! tu disais que j'avais des goûts spéciaux.—Mais non», protesta M. de Guermantes, qui, en effet, n'avait pas dit ces mots et ne croyait peut-être pas chez son frère à la réalité de ce qu'ils désignent. Et, d'ailleurs, se croyait-il le droit de le tourmenter pour des singularités qui en tout cas étaient restées assez douteuses ou assez secrètes pour ne nuire en rien à l'énorme situation du baron? Bien plus, sentant que cette situation de son frère allait se mettre au service de ses maîtresses, le duc se disait que cela valait bien quelques complaisances en échange; eût-il à ce moment connu quelque liaison «spéciale» de son frère que, dans l'espoir de l'appui que celui-ci lui prêterait, espoir uni au pieux souvenir du temps passé, M. de Guermantes eût passé dessus, fermant les yeux sur elle, et au besoin prêtant la main. «Voyons, Basin; bonsoir, Palamède, dit la duchesse qui, rongée de rage et de curiosité, n'y pouvait plus tenir, si vous avez décidé de passer la nuit ici, il vaut mieux que nous restions à souper. Vous nous tenez debout, Marie et moi, depuis une demi-heure.» Le duc quitta son frère après une significative étreinte et nous descendîmes tous trois l'immense escalier de l'hôtel de la Princesse.

Des deux côtés, sur les marches les plus hautes, étaient répandus des couples qui attendaient que leur voiture fût avancée. Droite, isolée, ayant à ses côtés son mari et moi, la duchesse se tenait à gauche de l'escalier, déjà enveloppée dans son manteau à la Tiepolo, le col enserré dans le fermoir de rubis, dévorée des yeux par des femmes, des hommes, qui cherchaient à surprendre le secret de son élégance et de sa beauté. Attendant sa voiture sur le même degré de l'escalier que Mme de Guermantes, mais à l'extrémité opposée, Mme de Gallardon, qui avait perdu depuis longtemps tout espoir d'avoir jamais la visite de sa cousine, tournait le dos pour ne pas avoir l'air de la voir, et surtout pour ne pas offrir la preuve que celle-ci ne la saluait pas. Mme de Gallardon était de fort méchante humeur parce que des messieurs qui étaient avec elle avaient cru devoir lui parler d'Oriane: «Je ne tiens pas du tout à la voir, leur avait-elle répondu, je l'ai, du reste, aperçue tout à l'heure, elle commence à vieillir; il paraît qu'elle ne peut pas s'y faire. Basin lui-même le dit. Et dame! je comprends ça, parce que, comme elle n'est pas intelligente, qu'elle est méchante comme une teigne et qu'elle a mauvaise façon, elle sent bien que, quand elle ne sera plus belle, il ne lui restera rien du tout.»

J'avais mis mon pardessus, ce que M. de Guermantes, qui craignait les refroidissements, blâma, en descendant avec moi, à cause de la chaleur qu'il faisait. Et la génération de nobles qui a plus ou moins passé par Monseigneur Dupanloup parle un si mauvais français (excepté les Castellane), que le duc exprima ainsi sa pensée: «Il vaut mieux ne pas être couvert avant d'aller dehors, du moins *en thèse générale*.» Je revois toute cette sortie, je revois, si ce n'est pas à tort que je le place sur cet escalier, portrait détaché de son cadre, le prince de Sagan, duquel ce dut être la dernière soirée mondaine, se découvrant pour présenter ses hommages à la duchesse, avec une si ample révolution du chapeau haut de forme dans sa main gantée de blanc, qui répondait au gardénia de la boutonnière, qu'on s'étonnait que ce ne fût pas un feutre à plume de l'ancien régime, duquel plusieurs visages ancestraux étaient exactement reproduits dans celui de ce grand seigneur. Il ne resta qu'un peu de temps auprès d'elle, mais ses poses, même d'un instant, suffisaient à composer tout un tableau vivant et comme une scène historique. D'ailleurs, comme il est mort depuis, et que je ne l'avais de son vivant qu'aperçu, il est tellement devenu pour moi un personnage d'histoire, d'histoire mondaine du moins, qu'il m'arrive de m'étonner en pensant qu'une femme, qu'un homme que je connais sont sa soeur et son neveu.

Pendant que nous descendions l'escalier, le montait, avec un air de lassitude qui lui seyait, une femme qui paraissait une quarantaine d'années bien qu'elle eût davantage. C'était la princesse d'Orvillers, fille naturelle, disait-on, du duc de Parme, et dont la douce voix se scandait d'un vague accent autrichien. Elle s'avançait, grande, inclinée, dans une robe de soie blanche à fleurs, laissant battre sa poitrine délicieuse, palpitante et fourbue, à travers un harnais de diamants et de saphirs. Tout en secouant la tête comme une cavale de roi qu'eût embarrassée son licol de perles, d'une valeur inestimable et d'un poids incommode, elle posait çà et là ses regards doux et charmants, d'un bleu qui, au fur et à mesure qu'il commençait à s'user, devenait plus caressant encore, et faisait à la plupart des invités qui s'en allaient un signe de tête amical. «Vous arrivez à une jolie heure, Paulette! dit la duchesse.—Ah! j'ai un tel regret! Mais vraiment il n'y a pas eu la possibilité matérielle», répondit la princesse d'Orvillers qui avait pris à la duchesse de Guermantes ce genre de phrases», mais y ajoutait sa douceur naturelle et l'air de sincérité donné par l'énergie d'un accent lointainement tudesque dans une voix si tendre. Elle avait l'air de faire allusion à des complications de vie trop longues à dire, et non vulgairement à des soirées, bien qu'elle revînt en ce moment de plusieurs.

Mais ce n'était pas elles qui la forçaient de venir si tard. Comme le prince de Guermantes avait pendant de longues années empêché sa femme de recevoir Mme d'Orvillers, celle-ci, quand l'interdit fut levé, se contenta de répondre aux invitations, pour ne pas avoir l'air d'en avoir soif, par des simples cartes déposées. Au bout de deux ou trois ans de cette méthode, elle venait elle-même, mais très tard, comme après le théâtre. De cette façon, elle se donnait l'air de ne tenir nullement à la soirée, ni à y être vue, mais simplement de venir faire une visite au Prince et à la Princesse, rien que pour eux, par sympathie, au moment où, les trois quarts des invités déjà partis, elle «jouirait mieux d'eux». «Oriane est vraiment tombée au dernier degré, ronchonna Mme de Gallardon. Je ne comprends pas Basin de la laisser parler à Mme d'Orvillers. Ce n'est pas M. de Gallardon qui m'eût permis cela.» Pour moi, j'avais reconnu en Mme d'Orvillers la femme qui, près de l'hôtel Guermantes, me lançait de longs regards langoureux, se retournait, s'arrêtait devant les glaces des boutiques. Mme de Guermantes me présenta, Mme d'Orvillers fut charmante, ni trop aimable, ni piquée. Elle me regarda comme tout le monde, de ses yeux doux... Mais je ne devais plus jamais, quand je la rencontrerais, recevoir d'elle une seule de ces avances où elle avait semblé s'offrir. Il y a des regards particuliers et qui ont l'air de vous reconnaître, qu'un jeune homme ne reçoit jamais de certaines femmes—et de certains hommes—que jusqu'au jour où ils vous connaissent et apprennent que vous êtes l'ami de gens avec qui ils sont liés aussi.

On annonça que la voiture était avancée. Mme de Guermantes prit sa jupe rouge comme pour descendre et monter en voiture, mais, saisie peut-être d'un remords, ou du désir de faire plaisir et surtout de profiter de la brièveté que l'empêchement matériel de le prolonger imposait à un acte aussi ennuyeux, elle regarda Mme de Gallardon; puis, comme si elle venait seulement de l'apercevoir, prise d'une inspiration, elle retraversa, avant de descendre, toute la longueur du degré et, arrivée à sa cousine ravie, lui tendit la main. «Comme il y a longtemps», lui dit la duchesse qui, pour ne pas avoir à développer tout ce qu'était censé contenir de regrets et de légitimes excuses cette formule, se tourna d'un air effrayé vers le duc, lequel, en effet, descendu avec moi vers la voiture, tempêtait en voyant que sa femme était partie vers Mme de Gallardon et interrompait la circulation des autres voitures. «Oriane est tout de même encore bien belle! dit Mme de Gallardon. Les gens m'amusent quand ils disent que nous sommes en froid; nous pouvons, pour des raisons où nous n'avons pas besoin de mettre les autres, rester des années sans nous voir, nous avons trop de souvenirs communs pour pouvoir jamais être séparées, et, au fond, elle sait bien qu'elle m'aime plus que tant des gens qu'elle voit tous les jours et qui ne sont pas de son rang.» Mme de Gallardon était en effet comme ces amoureux dédaignés qui veulent à toute force faire croire qu'ils sont plus aimés que ceux que choie leur belle. Et (par les éloges que, sans souci de la contradiction avec ce qu'elle avait dit peu avant, elle prodigua en parlant de la duchesse de Guermantes) elle prouva indirectement que celle-ci possédait à fond les maximes qui doivent guider dans sa carrière une grande élégante laquelle, dans le moment même où sa plus merveilleuse toilette excite, à côté de l'admiration, l'envie, doit savoir traverser tout un escalier pour la désarmer. «Faites au moins attention de ne pas mouiller vos souliers» (il avait tombé une petite pluie d'orage), dit le duc, qui était encore furieux d'avoir attendu.

Pendant le retour, à cause de l'exiguïté du coupé, les souliers rouges se trouvèrent forcément peu éloignés des miens, et Mme de Guermantes, craignant même qu'ils ne les eussent touchés, dit au duc: «Ce jeune homme va être obligé de me dire comme je ne sais plus quelle caricature: «Madame, dites-moi tout de suite que vous m'aimez, mais ne me marchez pas sur les pieds comme cela.» Ma pensée d'ailleurs était assez loin de Mme de Guermantes. Depuis que Saint-Loup m'avait parlé d'une jeune fille de grande naissance qui allait dans une maison de passe et de la femme de chambre de la baronne Putbus, c'était dans ces deux personnes que, faisant bloc, s'étaient résumés les désirs que m'inspiraient chaque jour tant de beautés de deux classes, d'une part les vulgaires et magnifiques, les majestueuses femmes de chambre de grande maison enflées d'orgueil et qui disent «nous» en parlant des duchesses, d'autre part ces jeunes filles dont il me suffisait parfois, même sans les avoir vues passer en voiture ou à pied, d'avoir lu le nom dans un compte rendu de bal pour que j'en devinsse amoureux et qu'ayant consciencieusement cherché dans l'annuaire des châteaux où elles passaient l'été (bien souvent en me laissant égarer par un nom similaire) je rêvasse tour à tour d'aller habiter les plaines de l'Ouest, les dunes du Nord, les bois de pins du Midi. Mais j'avais beau fondre toute la matière charnelle la plus exquise pour composer, selon l'idéal que m'en avait tracé Saint-Loup, la jeune fille légère et la femme de chambre de Mme Putbus, il manquait à mes deux beautés possédables ce que j'ignorerais tant que je ne les aurais pas vues: le caractère individuel. Je devais m'épuiser vainement à rechercher à me figurer, pendant les mois où j'eusse préféré une femme de chambre, celle de Mme Putbus. Mais quelle tranquillité, après avoir été perpétuellement troublé par mes désirs inquiets pour tant d'êtres fugitifs dont souvent je ne savais même pas le nom, qui étaient en tout cas si difficiles à retrouver, encore plus à connaître, impossibles peut-être à conquérir, d'avoir prélevé sur toute cette beauté éparse, fugitive, anonyme, deux spécimens de choix munis de leur fiche signalétique et que j'étais du moins certain de me procurer quand je le voudrais. Je reculais l'heure de me mettre à ce double plaisir, comme celle du travail, mais la certitude de l'avoir quand je voudrais me dispensait presque de le prendre, comme ces cachets soporifiques qu'il suffit d'avoir à la portée de la main pour n'avoir pas besoin d'eux et s'endormir. Je ne désirais dans l'univers que deux femmes dont je ne pouvais, il est vrai, arriver à me représenter le visage, mais dont Saint-Loup m'avait appris les noms et garanti la complaisance. De sorte que, s'il avait par ses paroles de tout à l'heure fourni un rude travail à mon imagination, il avait par contre procuré une appréciable détente, un repos durable à ma volonté.

«Hé bien! me dit la duchesse, en dehors de vos bals, est-ce que je ne peux vous être d'aucune utilité? Avez-vous trouvé un salon où vous aimeriez que je vous présente?» Je lui répondis que je craignais que le seul qui me fît envie ne fût trop peu élégant pour elle. «Qui est-ce?» demanda-t-elle d'une voix menaçante et rauque, sans presque ouvrir la bouche. «La baronne Putbus.» Cette fois-ci elle feignit une véritable colère. «Ah! non, ça, par exemple, je crois que vous vous fichez de moi. Je ne sais même pas par quel hasard je sais le nom de ce chameau. Mais c'est la lie de la société. C'est comme si vous me demandiez de vous présenter à ma mercière. Et encore non, car ma mercière est charmante. Vous êtes un peu fou, mon pauvre petit. En tout cas, je vous demande en grâce d'être poli avec les personnes à qui je vous ai présenté, de leur mettre des cartes, d'aller les voir et de ne pas leur parler de la baronne Putbus, qui leur est inconnue.» Je demandai si Mme d'Orvillers n'était pas un peu légère. «Oh! pas du tout, vous confondez, elle serait plutôt bégueule. N'est-ce pas, Basin?— Oui, en tout cas je ne crois pas qu'il y ait jamais rien à dire sur elle», dit le duc.

«Vous ne voulez pas venir avec nous à la redoute? me demanda-t-il. Je vous prêterais un manteau vénitien et je sais quelqu'un à qui cela ferait bougrement plaisir, à Oriane d'abord, cela ce n'est pas la peine de le dire; mais à la princesse de Parme. Elle chante tout le temps vos louanges, elle ne jure que par vous. Vous avez la chance—comme elle est un peu mûre—qu'elle soit d'une pudicité absolue. Sans cela elle vous aurait certainement pris comme sigisbée, comme on disait dans ma jeunesse, une espèce de cavalier servant.»

Je ne tenais pas à la redoute, mais au rendez-vous avec Albertine. Aussi je refusai. La voiture s'était arrêtée, le valet de pied demanda la porte cochère, les chevaux piaffèrent jusqu'à ce qu'elle fût ouverte toute grande, et la voiture s'engagea dans la cour. «A la revoyure, me dit le duc.—J'ai quelquefois regretté de demeurer aussi près de Marie, me dit la duchesse, parce que, si je l'aime beaucoup, j'aime un petit peu moins la voir. Mais je n'ai jamais regretté cette proximité autant que ce soir puisque cela me fait rester si peu avec vous.—Allons, Oriane, pas de discours.» La duchesse aurait voulu que j'entrasse un instant chez eux. Elle rit beaucoup, ainsi que le duc, quand je dis que je ne pouvais pas parce qu'une jeune fille devait précisément venir me faire une visite maintenant. «Vous avez une drôle d'heure pour recevoir vos visites, me dit-elle.—Allons, mon petit, dépêchons-nous, dit M. de Guermantes à sa femme. Il est minuit moins le quart et le temps de nous costumer...» Il se heurta devant sa porte, sévèrement gardée par elles, aux deux dames à canne qui n'avaient pas craint de descendre nuitamment de leur cime afin d'empêcher un scandale. «Basin, nous avons tenu à vous prévenir, de peur que vous ne soyez vu à cette redoute: le pauvre Amanien vient de mourir, il y a une heure.» Le duc eut un instant d'alarme. Il voyait la fameuse redoute s'effondrer pour lui du moment que, par ces maudites montagnardes, il était averti de la mort de M. d'Osmond. Mais il se ressaisit bien vite et lança aux deux cousines ce mot où il faisait entrer, avec la détermination de ne pas renoncer à un plaisir, son incapacité d'assimiler exactement les tours de la langue française: «Il est mort! Mais non, on exagère, on exagère!» Et sans plus s'occuper des deux parentes qui, munies de leurs alpenstocks, allaient faire l'ascension dans la nuit, il se précipita aux nouvelles en interrogeant son valet de chambre: «Mon casque est bien arrivé?—Oui, monsieur le duc.—Il y a bien un petit trou pour respirer? Je n'ai pas envie d'être asphyxié, que diable!—Oui, monsieur le duc.—Ah! tonnerre de Dieu, c'est un soir de malheur. Oriane, j'ai oublié de demander à Babal si les souliers à la poulaine étaient pour vous!—Mais, mon petit, puisque le costumier de l'Opéra-Comique est là, il nous le dira. Moi, je ne crois pas que ça puisse aller avec vos éperons.—Allons trouver le costumier, dit le duc. Adieu, mon petit, je vous dirais bien d'entrer avec nous pendant que nous essaierons, pour vous amuser. Mais nous causerions, il va être minuit et il faut que nous n'arrivions pas en retard pour que la fête soit complète.»

Moi aussi j'étais pressé de quitter M. et Mme de Guermantes au plus vite. *Phèdre* finissait vers onze heures et demie. Le temps de venir, Albertine devait être arrivée. J'allai droit à Françoise: «Mlle Albertine est là?—Personne n'est venu.»

Mon Dieu, cela voulait-il dire que personne ne viendrait! J'étais tourmenté, la visite d'Albertine me semblant maintenant d'autant plus désirable qu'elle était moins certaine.

Françoise était ennuyée aussi, mais pour une tout autre raison. Elle venait d'installer sa fille à table pour un succulent repas. Mais en m'entendant venir, voyant le temps lui manquer pour enlever les plats et disposer des aiguilles et du fil comme s'il s'agissait d'un ouvrage et non d'un souper: Elle vient de prendre une cuillère de soupe, me dit Françoise, je l'ai forcée de sucer un peu de carcasse», pour diminuer ainsi jusqu'à rien le souper de sa fille, et comme si ç'avait été coupable qu'il fût copieux. Même au déjeuner ou au dîner, si je commettais la faute d'entrer dans la cuisine, Françoise faisait semblant qu'on eût fini et s'excusait même en disant: «J'avais voulu manger un *morceau* ou une *bouchée*.» Mais on était vite rassuré en voyant la multitude des plats qui couvraient la table et que Françoise, surprise par mon entrée soudaine, comme un malfaiteur qu'elle n'était pas, n'avait pas eu le temps de faire disparaître. Puis elle ajouta: «Allons, va te coucher, tu as assez travaillé comme cela aujourd'hui (car elle voulait que sa fille eût l'air non seulement de ne nous coûter rien, de vivre de privations, mais encore de se tuer au travail pour nous). Tu ne fais qu'encombrer la cuisine et surtout gêner Monsieur qui attend de la visite. Allons, monte», reprit-elle, comme si elle était obligée d'user de son autorité pour envoyer coucher sa fille qui, du moment que le souper était raté, n'était plus là que pour la frime et, si j'étais resté cinq minutes encore, eût d'elle-même décampé. Et se tournant vers moi, avec ce beau français populaire et pourtant un peu individuel qui était le sien: «Monsieur ne voit pas que l'envie de dormir lui coupe la figure.» J'étais resté ravi de ne pas avoir à causer avec la fille de Françoise.

J'ai dit qu'elle était d'un petit pays qui était tout voisin de celui de sa mère, et pourtant différent par la nature du terrain, les cultures, le patois, par certaines particularités des habitants, surtout. Ainsi la «bouchère» et la nièce de Françoise s'entendaient fort mal, mais avaient ce point commun, quand elles partaient faire une course, de s'attarder des heures «chez la sœur» ou «chez la cousine», étant d'elles-mêmes incapables de terminer une conversation, conversation au cours de laquelle le motif qui les avait fait sortir s'évanouissait au point que si on leur disait à leur retour: «Hé bien, M. le marquis de Norpois sera-t-il visible à six heures un quart», elles ne se frappaient même pas le front en disant: «Ah! j'ai oublié», mais: «Ah! je n'ai pas compris que monsieur avait demandé cela, je croyais qu'il fallait seulement lui donner le bonjour.» Si elles «perdaient la boule» de cette façon pour une chose dite une heure auparavant, en revanche il était impossible de leur ôter de la tête ce qu'elles avaient une fois entendu dire par la soeur ou par la cousine. Ainsi, si la bouchère avait entendu dire que les Anglais nous avaient fait la guerre en 70 en même temps que les Prussiens, et que j'eusse eu beau expliquer que ce fait était faux, toutes les trois semaines la bouchère me répétait au cours d'une conversation: «C'est cause à cette guerre que les Anglais nous ont faite en 70 en même temps que les Prussiens.—Mais je vous ai dit cent fois que vous vous trompez.» Elle répondait, ce qui impliquait que rien n'était ébranlé dans sa conviction: «En tout cas, ce n'est pas une raison pour leur en vouloir. Depuis 70, il a coulé de l'eau sous les ponts, etc.» Une autre fois, prônant une guerre avec l'Angleterre, que je désapprouvais, elle disait: «Bien sûr, vaut toujours mieux pas de guerre; mais puisqu'il le faut, vaut mieux y aller tout de suite. Comme l'a expliqué tantôt la soeur, depuis cette guerre que les Anglais nous ont faite en 70, les traités de commerce nous ruinent. Après qu'on les aura battus, on ne laissera plus entrer en France un seul Anglais sans payer trois cents francs d'entrée, comme nous maintenant pour aller en Angleterre.»

Tel était, en dehors de beaucoup d'honnêteté et, quand ils parlaient, d'une sourde obstination à ne pas se laisser interrompre, à reprendre vingt fois là où ils en étaient si on les interrompait, ce qui finissait par donner à leurs propos la solidité inébranlable d'une fugue de Bach, le caractère des habitants dans ce petit pays qui n'en comptait pas cinq cents et que bordaient ses châtaigniers, ses saules, ses champs de pommes de terre et de betteraves.

La fille de Françoise, au contraire, parlait, se croyant une femme d'aujourd'hui et sortie des sentiers trop anciens, l'argot parisien et ne manquait aucune des plaisanteries adjointes. Françoise lui ayant dit que je venais de chez une princesse: «Ah! sans doute une princesse à la noix de coco.» Voyant que j'attendais une visite, elle fit semblant de croire que je m'appelais Charles. Je lui répondis naïvement que non, ce qui lui permit de placer: «Ah! je croyais! Et je me disais Charles attend (charlatan).» Ce n'était pas de très bon goût. Mais je fus moins indifférent lorsque, comme consolation du retard d'Albertine, elle me dit: «Je crois que vous pouvez l'attendre à perpète. Elle ne viendra plus. Ah! nos gigolettes d'aujourd'hui!»

Ainsi son parler différait de celui de sa mère; mais, ce qui est plus curieux, le parler de sa mère n'était pas le même que celui de sa grand'mère, native de Bailleau-le-Pin, qui était si près du pays de Françoise. Pourtant les patois différaient légèrement comme les deux paysages. Le pays de la mère de Françoise, en pente et descendant à un ravin, était fréquenté par les saules. Et, très loin de là, au contraire, il y avait en France une petite région où on parlait presque tout à fait le même patois qu'à Méséglise. J'en fis la découverte en même temps que j'en éprouvai l'ennui. En effet, je trouvai une fois Françoise en grande conversation avec une femme de chambre de la maison, qui était de ce pays et parlait ce patois. Elles se comprenaient presque, je ne les comprenais pas du tout, elles le savaient et ne cessaient pas pour cela, excusées, croyaient-elles, par la joie d'être payses quoique nées si loin l'une de l'autre, de continuer à parler devant moi cette langue étrangère, comme lorsqu'on ne veut pas être compris. Ces pittoresques études de géographie linguistique et de camaraderie ancillaire se poursuivirent chaque semaine dans la cuisine, sans que j'y prisse aucun plaisir.

Comme, chaque fois que la porte cochère s'ouvrait, la concierge appuyait sur un bouton électrique qui éclairait l'escalier, et comme il n'y avait pas de locataires qui ne fussent rentrés, je quittai immédiatement la cuisine et revins m'asseoir dans l'antichambre, épiant, là où la tenture un peu trop étroite, qui ne couvrait pas complètement la porte vitrée de notre appartement, laissait passer la sombre raie verticale faite par la demi-obscurité de l'escalier. Si tout d'un coup cette raie devenait d'un blond doré, c'est qu'Albertine viendrait d'entrer en bas et serait dans deux minutes près de moi; personne d'autre ne pouvait plus venir à cette heure-là. Et je restais, ne pouvant détacher mes yeux de la raie qui s'obstinait à demeurer sombre; je me penchais tout entier pour être sûr de bien voir; mais j'avais beau regarder, le noir trait vertical, malgré mon désir passionné, ne me donnait pas l'enivrante allégresse que j'aurais eue si je l'avais vu changé, par un enchantement soudain et significatif, en un lumineux barreau d'or. C'était bien de l'inquiétude pour cette Albertine à laquelle je n'avais pas pensé trois minutes pendant la soirée Guermantes! Mais, réveillant les sentiments d'attente jadis éprouvés à propos d'autres jeunes filles, surtout de Gilberte, quand elle tardait à venir, la privation possible d'un simple plaisir physique me causait une cruelle souffrance morale.

Il me fallut rentrer dans ma chambre. Françoise m'y suivit. Elle trouvait, comme j'étais revenu de ma soirée, qu'il était inutile que je gardasse la rose que j'avais à la boutonnière et vint pour me l'enlever. Son geste, en me rappelant qu'Albertine pouvait ne plus venir, et en m'obligeant aussi à confesser que je désirais être élégant pour elle, me causa une irritation qui fut redoublée du fait qu'en me dégageant violemment, je froissai la fleur et que Françoise me dit: «Il aurait mieux valu me la laisser ôter plutôt que non pas la gâter ainsi.» D'ailleurs, ses moindres paroles m'exaspéraient. Dans l'attente, on souffre tant de l'absence de ce qu'on désire qu'on ne peut supporter une autre présence.

Françoise sortie de la chambre, je pensai que, si c'était pour en arriver maintenant à avoir de la coquetterie à l'égard d'Albertine, il était bien fâcheux que je me fusse montré tant de fois à elle si mal rasé, avec une barbe de plusieurs jours, les soirs où je la laissais venir pour recommencer nos caresses. Je sentais qu'insoucieuse de moi, elle me laissait seul. Pour embellir un peu ma chambre, si Albertine venait encore, et parce que c'était une des plus jolies choses que j'avais, je remis, pour la première fois depuis des années, sur la table qui était auprès de mon lit, ce portefeuille orné de turquoises que Gilberte m'avait fait faire pour envelopper la plaquette de Bergotte et que, si longtemps, j'avais voulu garder avec moi pendant que je dormais, à côté de la bille d'agate. D'ailleurs, autant peut-être qu'Albertine, toujours pas venue, sa présence en ce moment dans un «ailleurs» qu'elle avait évidemment trouvé plus agréable, et que je ne connaissais pas, me causait un sentiment douloureux qui, malgré ce que j'avais dit, il y avait à peine une heure, à Swann, sur mon incapacité d'être jaloux, aurait pu, si j'avais vu mon amie à des intervalles moins éloignés, se changer en un besoin anxieux de savoir où, avec qui, elle passait son temps. Je n'osais pas envoyer chez Albertine, il était trop tard, mais dans l'espoir que, soupant peut-être avec des amies, dans un café, elle aurait l'idée de me téléphoner, je tournai le commutateur et, rétablissant la communication dans ma chambre, je la coupai entre le bureau de postes et la loge du concierge à laquelle il était relié d'habitude à cette heure-là. Avoir un récepteur dans le petit couloir où donnait la chambre de Françoise eût été plus simple, moins dérangeant, mais inutile.

Les progrès de la civilisation permettent à chacun de manifester des qualités insoupçonnées ou de nouveaux vices qui les rendent plus chers ou plus insupportables à leurs amis. C'est ainsi que la découverte d'Edison avait permis à Françoise d'acquérir un défaut de plus, qui était de se refuser, quelque utilité, quelque urgence qu'il y eût, à se servir du téléphone. Elle trouvait le moyen de s'enfuir quand on voulait le lui apprendre, comme d'autres au moment d'être vaccinés. Aussi le téléphone était-il placé dans ma chambre, et, pour qu'il ne gênât pas mes parents, sa sonnerie était remplacée par un simple bruit de tourniquet. De peur de ne pas l'entendre, je ne bougeais pas. Mon immobilité était telle que, pour la première fois depuis des mois, je remarquai le tic tac de la pendule. Françoise vint arranger des choses. Elle causait avec moi, mais je détestais cette conversation, sous la continuité uniformément banale de laquelle mes sentiments changeaient de minute en minute, passant de la crainte à l'anxiété; de l'anxiété à la déception complète. Différent des paroles vaguement satisfaites que je me croyais obligé de lui adresser, je sentais mon visage si malheureux que je prétendis que je souffrais d'un rhumatisme pour expliquer le désaccord entre mon indifférence simulée et cette expression douloureuse; puis je craignais que les paroles prononcées, d'ailleurs à mi-voix, par Françoise (non à cause d'Albertine, car elle jugeait passée depuis longtemps l'heure de sa venue possible) risquassent de m'empêcher d'entendre l'appel sauveur qui ne viendrait plus. Enfin Françoise alla se coucher; je la renvoyai avec une rude douceur, pour que le bruit qu'elle ferait en s'en allant ne couvrît pas celui du téléphone. Et je recommençai à écouter, à souffrir; quand nous attendons, de l'oreille qui recueille les bruits à l'esprit qui les dépouille et les analyse, et de l'esprit au coeur à qui il transmet ses résultats, le double trajet est si rapide que nous ne pouvons même pas percevoir sa durée, et qu'il semble que nous écoutions directement avec notre coeur.

J'étais torturé par l'incessante reprise du désir toujours plus anxieux, et jamais accompli, d'un bruit d'appel; arrivé au point culminant d'une ascension tourmentée dans les spirales de mon angoisse solitaire, du fond du Paris populeux et nocturne approché soudain de moi, à côté de ma bibliothèque, j'entendis tout à coup, mécanique et sublime, comme dans *Tristan* l'écharpe agitée ou le chalumeau du pâtre, le bruit de toupie du téléphone. Je m'élançai, c'était Albertine. «Je ne vous dérange pas en vous téléphonant à une pareille heure?— Mais non...», dis-je en comprimant ma joie, car ce qu'elle disait de l'heure indue était sans doute pour s'excuser de venir dans un moment, si tard, non parce qu'elle n'allait pas venir. «Est-ce que vous venez? demandai-je d'un ton indifférent.—Mais... non, si vous n'avez pas absolument besoin de moi.» Une partie de moi à laquelle l'autre voulait se rejoindre était en Albertine. Il fallait qu'elle vînt, mais je ne le lui dis pas d'abord; comme nous étions en communication, je me dis que je pourrais toujours l'obliger, à la dernière seconde, soit à venir chez moi, soit à me laisser courir chez elle. «Oui, je suis près de chez moi, dit-elle, et infiniment loin de chez vous; je n'avais pas bien lu votre mot. Je viens de le retrouver et j'ai eu peur que vous ne m'attendiez.»

Je sentais qu'elle mentait, et c'était maintenant, dans ma fureur, plus encore par besoin de la déranger que de la voir que je voulais l'obliger à venir. Mais je tenais d'abord à refuser ce que je tâcherais d'obtenir dans quelques instants. Mais où était-elle? À ses paroles se mêlaient d'autres sons: la trompe d'un cycliste, la voix d'une femme qui chantait, une fanfare lointaine retentissaient aussi distinctement que la voix chère, comme pour me montrer que c'était bien Albertine dans son milieu actuel qui était près de moi en ce moment, comme une motte de terre avec laquelle on a emporté toutes les graminées qui l'entourent. Les mêmes bruits que j'entendais frappaient aussi son oreille et mettaient une entrave à son attention: détails de vérité, étrangers au sujet, inutiles en eux-mêmes, d'autant plus nécessaires à nous révéler l'évidence du miracle; traits sobres et charmants, descriptifs de quelque rue parisienne, traits perçants aussi et cruels d'une soirée inconnue qui, au sortir de *Phèdre*, avaient empêché Albertine de venir chez moi. «Je commence par vous prévenir que ce n'est pas pour que vous veniez, car, à cette heure-ci, vous me gêneriez beaucoup..., lui dis-je, je tombe de sommeil. Et puis, enfin, mille complications. Je tiens à vous dire qu'il n'y avait pas de malentendu possible dans ma lettre. Vous m'avez répondu que c'était convenu. Alors, si vous n'aviez pas compris, qu'est-ce que vous entendiez par là?—J'ai dit que c'était convenu, seulement je ne me souvenais plus trop de ce qui était convenu. Mais je vois que vous êtes fâché, cela m'ennuie. Je regrette d'être allée à *Phèdre*. Si j'avais su que cela ferait tant d'histoires... ajouta-t-elle, comme tous les gens qui, en faute pour une chose, font semblant de croire que c'est une autre qu'on leur reproche.—*Phèdre* n'est pour rien dans mon mécontentement, puisque c'est moi qui vous ai demandé d'y aller.—Alors, vous m'en voulez, c'est ennuyeux qu'il soit trop tard ce soir, sans cela je serais allée chez vous, mais je viendrai demain ou après-demain, pour m'excuser.—Oh! non, Albertine, je vous en prie, après m'avoir fait perdre une soirée, laissez-moi au moins la paix les jours suivants. Je ne serai pas libre avant une quinzaine de jours ou trois semaines.

Écoutez, si cela vous ennuie que nous restions sur une impression de colère, et, au fond, vous avez peut-être raison, alors j'aime encore mieux, fatigue pour fatigue, puisque je vous ai attendue jusqu'à cette heure-ci et que vous êtes encore dehors, que vous veniez tout de suite, je vais prendre du café pour me réveiller.—Ce ne serait pas possible de remettre cela à demain? parce que la difficulté...» En entendant ces mots d'excuse, prononcés comme si elle n'allait pas venir, je sentis qu'au désir de revoir la figure veloutée qui déjà à Balbec dirigeait toutes mes journées vers le moment où, devant la mer mauve de septembre, je serais auprès de cette fleur rose, tentait douloureusement de s'unir un élément bien différent. Ce terrible besoin d'un être, à Combray, j'avais appris à le connaître au sujet de ma mère, et jusqu'à vouloir mourir si elle me faisait dire par Françoise qu'elle ne pourrait pas monter. Cet effort de l'ancien sentiment, pour se combiner et ne faire qu'un élément unique avec l'autre, plus récent, et qui, lui, n'avait pour voluptueux objet que la surface colorée, la rose carnation d'une fleur de plage, cet effort aboutit souvent à ne faire (au sens chimique) qu'un corps nouveau, qui peut ne durer que quelques instants.

Ce soir-là, du moins, et pour longtemps encore, les deux éléments restèrent dissociés. Mais déjà, aux derniers mots entendus au téléphone, je commençai à comprendre que la vie d'Albertine était située (non pas matériellement sans doute) à une telle distance de moi qu'il m'eût fallu toujours de fatigantes explorations pour mettre la main sur elle, mais, de plus, organisée comme des fortifications de campagne et, pour plus de sûreté, de l'espèce de celles que l'on a pris plus tard l'habitude d'appeler camouflées. Albertine, au reste, faisait, à un degré plus élevé de la société, partie de ce genre de personnes à qui la concierge promet à votre porteur de faire remettre la lettre quand elle rentrera—jusqu'au jour où vous vous apercevez que c'est précisément elle, la personne rencontrée dehors et à laquelle vous vous êtes permis d'écrire, qui est la concierge. De sorte qu'elle habite bien—mais dans la loge—le logis qu'elle vous a indiqué (lequel, d'autre part, est une petite maison de passe dont la concierge est la maquerelle)—et qu'elle donne comme adresse un immeuble où elle est connue par des complices qui ne vous livreront pas son secret, d'où on lui fera parvenir vos lettres, mais où elle n'habite pas, où elle a tout au plus laissé des affaires. Existences disposées sur cinq ou six lignes de repli, de sorte que, quand on veut voir cette femme, ou savoir, on est venu frapper trop à droite, ou trop à gauche, ou trop en avant, ou trop en arrière, et qu'on peut pendant des mois, des années, tout ignorer. Pour Albertine, je sentais que je n'apprendrais jamais rien, qu'entre la multiplicité entremêlée des détails réels et des faits mensongers je n'arriverais jamais à me débrouiller. Et que ce serait toujours ainsi, à moins que de la mettre en prison (mais on s'évade) jusqu'à la fin. Ce soir-là, cette conviction ne fit passer à travers moi qu'une inquiétude, mais où je sentais frémir comme une anticipation de longues souffrances.

—Mais non, répondis-je, je vous ai déjà dit que je ne serais pas libre avant trois semaines, pas plus demain qu'un autre jour.—Bien, alors... je vais prendre le pas de course... c'est ennuyeux, parce que je suis chez une amie qui... (Je sentais qu'elle n'avait pas cru que j'accepterais sa proposition de venir, laquelle n'était donc pas sincère, et je voulais la mettre au pied du mur.)—Qu'est-ce que ça peut me faire, votre amie? venez ou ne venez pas, c'est votre affaire, ce n'est pas moi qui vous demande de venir, c'est vous qui me l'avez proposé.—Ne vous fâchez pas, je saute dans un fiacre et je serai chez vous dans dix minutes.

Ainsi, de ce Paris des profondeurs nocturnes duquel avait déjà émané jusque dans ma chambre, mesurant le rayon d'action d'un être lointain, une voix qui allait surgir et apparaître, après cette première annonciation, c'était cette Albertine que j'avais connue jadis sous le ciel de Balbec, quand les garçons du Grand-Hôtel, en mettant le couvert, étaient aveuglés par la lumière du couchant, que, les vitres étant entièrement tirées, les souffles imperceptibles du soir passaient librement de la plage, où s'attardaient les derniers promeneurs, à l'immense salle à manger où les premiers dîneurs n'étaient pas assis encore, et que dans la glace placée derrière le comptoir passait le reflet rouge de la coque et s'attardait longtemps le reflet gris de la fumée du dernier bateau pour Rivebelle. Je ne me demandais plus ce qui avait pu mettre Albertine en retard, et quand Françoise entra dans ma chambre me dire: «Mademoiselle Albertine est là», si je répondis sans même bouger la tête, ce fut seulement par dissimulation: «Comment mademoiselle Albertine vient-elle aussi tard!» Mais levant alors les yeux sur Françoise comme dans une curiosité d'avoir sa réponse qui devait corroborer l'apparente sincérité de ma question, je m'aperçus, avec admiration et fureur, que, capable de rivaliser avec la Berma elle-même dans l'art de faire parler les vêtements inanimés et les traits du visage, Françoise avait su faire la leçon à son corsage, à ses cheveux dont les plus blancs avaient été ramenés à la surface, exhibés comme un extrait de naissance, à son cou courbé par la fatigue et l'obéissance. Ils la plaignaient d'avoir été tirée du sommeil et de la moiteur du lit, au milieu de la nuit, à son âge, obligée de se vêtir quatre à quatre, au risque de prendre une fluxion de poitrine. Aussi, craignant d'avoir eu l'air de m'excuser de la venue tardive d'Albertine: «En tout cas, je suis bien content qu'elle soit venue, tout est pour le mieux», et je laissai éclater ma joie profonde. Elle ne demeura pas longtemps sans mélange, quand j'eus entendu la réponse de Françoise.

Celle-ci, sans proférer aucune plainte, ayant même l'air d'étouffer de son mieux une toux irrésistible, et croisant seulement sur elle son châle comme si elle avait froid, commença par me raconter tout ce qu'elle avait dit à Albertine, n'ayant pas manqué de lui demander des nouvelles de sa tante. «Justement j'y disais, monsieur devait avoir crainte que mademoiselle ne vienne plus, parce que ce n'est pas une heure pour venir, c'est bientôt le matin. Mais elle devait être dans des endroits qu'elle s'amusait bien car elle ne m'a pas seulement dit qu'elle était contrariée d'avoir fait attendre monsieur, elle m'a répondu d'un air de se fiche du monde: «Mieux vaut tard que jamais!» Et Françoise ajouta ces mots qui me percèrent le coeur: «En parlant comme ça elle s'est vendue. Elle aurait peut-être bien voulu se cacher mais...» Je n'avais pas de quoi être bien étonné. Je viens de dire que Françoise rendait rarement compte, dans les commissions qu'on lui donnait, sinon de ce qu'elle avait dit et sur quoi elle s'étendait volontiers, du moins de la réponse attendue. Mais, si par exception elle nous répétait les paroles que nos amis avaient dites, si courtes qu'elles fussent, elle s'arrangerait généralement, au besoin grâce à l'expression, au ton dont elle assurait qu'elles avaient été accompagnées, à leur donner quelque chose de blessant. À la rigueur, elle acceptait d'avoir subi d'un fournisseur chez qui nous l'avions envoyée une avanie, d'ailleurs probablement imaginaire, pourvu que, s'adressant à elle qui nous représentait, qui avait parlé en notre nom, cette avanie nous atteignît par ricochet. Il n'eût resté qu'à lui répondre qu'elle avait mal compris, qu'elle était atteinte de délire de persécution et que tous les commerçants n'étaient pas ligués contre elle. D'ailleurs leurs sentiments m'importaient peu. Il n'en était pas de même de ceux d'Albertine. Et en me redisant ces mots ironiques: «Mieux vaut tard que jamais!» Françoise m'évoqua aussitôt les amis dans la société desquels Albertine avait fini sa soirée, s'y plaisant donc plus que dans la mienne. «Elle est comique, elle a un petit chapeau plat, avec ses gros yeux, ça lui donne un drôle d'air, surtout avec son manteau qu'elle aurait bien fait d'envoyer chez l'estoppeuse car il est tout mangé. Elle m'amuse», ajouta, comme se moquant d'Albertine, Françoise, qui partageait rarement mes impressions mais éprouvait le besoin de faire connaître les siennes.

Je ne voulais même pas avoir l'air de comprendre que ce rire signifiait le dédain de la moquerie, mais, pour rendre coup pour coup, je répondis à Françoise, bien que je ne connusse pas le petit chapeau dont elle parlait: «Ce que vous appelez «petit chapeau plat» est quelque chose de simplement ravissant...—C'est-à-dire que c'est trois fois rien», dit Françoise en exprimant, franchement cette fois, son véritable mépris. Alors (d'un ton doux et ralenti pour que ma réponse mensongère eût l'air d'être l'expression non de ma colère mais de la vérité, en ne perdant pas de temps cependant, pour ne pas faire attendre Albertine), j'adressai à Françoise ces paroles cruelles: «Vous êtes excellente, lui dis-je miellesement, vous êtes gentille, vous avez mille qualités, mais vous en êtes au même point que le jour où vous êtes arrivée à Paris, aussi bien pour vous connaître en choses de toilette que pour bien prononcer les mots et ne pas faire de cuirs.» Et ce reproche était particulièrement stupide, car ces mots français que nous sommes si fiers de prononcer exactement ne sont eux-mêmes que des «cuirs» faits par des bouches gauloises qui prononçaient de travers le latin ou le saxon, notre langue n'étant que la prononciation défectueuse de quelques autres.

Le génie linguistique à l'état vivant, l'avenir et le passé du français, voilà ce qui eût dû m'intéresser dans les fautes de Françoise. L'«estoppeuse» pour la «stoppeuse» n'était-il pas aussi curieux que ces animaux survivants des époques lointaines, comme la baleine ou la girafe, et qui nous montrent les états que la vie animale a traversés? «Et, ajoutai-je, du moment que depuis tant d'années vous n'avez pas su apprendre, vous n'apprendrez jamais. Vous pouvez vous en consoler, cela ne vous empêche pas d'être une très brave personne, de faire à merveille le boeuf à la gelée, et encore mille autres choses. Le chapeau que vous croyez simple est copié sur un chapeau de la princesse de Guermantes, qui a coûté cinq cents francs. Du reste, je compte en offrir prochainement un encore plus beau à Mlle Albertine.» Je savais que ce qui pouvait le plus ennuyer Françoise c'est que je dépensasse de l'argent pour des gens qu'elle n'aimait pas. Elle me répondit par quelques mots que rendit peu intelligibles un brusque essoufflement. Quand j'appris plus tard qu'elle avait une maladie de coeur, quel remords j'eus de ne m'être jamais refusé le plaisir féroce et stérile de riposter ainsi à ses paroles! Françoise détestait, du reste, Albertine parce que, pauvre, Albertine ne pouvait accroître ce que Françoise considérait comme mes supériorités. Elle souriait avec bienveillance chaque fois que j'étais invité par Mme de Villeparisis. En revanche elle était indignée qu'Albertine ne pratiquât pas la réciprocité. J'en étais arrivé à être obligé d'inventer de prétendus cadeaux faits par celle-ci et à l'existence desquels Françoise n'ajouta jamais l'ombre de foi. Ce manque de réciprocité la choquait surtout en matière alimentaire. Qu'Albertine acceptât des dîners de maman, si nous n'étions pas invités chez Mme Bontemps (laquelle pourtant n'était pas à Paris la moitié du temps, son mari acceptant des «postes» comme autrefois quand il avait assez du ministère), cela lui paraissait, de la part de mon amie, une indélicatesse qu'elle flétrissait indirectement en récitant ce dicton courant à Combray:

«Mangeons mon pain,

—Je le veux bien.

—Mangeons le tien.

—Je n'ai plus faim.»

Je fis semblant d'être contraint d'écrire, «À qui écrivez-vous? me dit Albertine en entrant.—À une jolie amie à moi, à Gilberte Swann. Vous ne la connaissez pas?—Non.» Je renonçai à poser à Albertine des questions sur sa soirée, je sentais que je lui ferais des reproches et que nous n'aurions plus le temps, vu l'heure qu'il était, de nous réconcilier suffisamment pour passer aux baisers et aux caresses. Aussi ce fut par eux que je voulais dès la première minute commencer. D'ailleurs, si j'étais un peu calmé, je ne me sentais pas heureux. La perte de toute boussole, de toute direction, qui caractérise l'attente persiste encore après l'arrivée de l'être attendu, et, substituée en nous au calme à la faveur duquel nous nous peignions sa venue comme un tel plaisir, nous empêche d'en goûter aucun. Albertine était là: mes nerfs démontés, continuant leur agitation, l'attendaient encore. «Je veux prendre un bon baiser, Albertine.—Tant que vous voudrez», me dit-elle avec toute sa bonté. Je ne l'avais jamais vue aussi jolie. «Encore un?—Mais vous savez que ça me fait un grand, grand plaisir.—Et à moi encore mille fois plus, me répondit-elle. Oh! le joli portefeuille que vous avez là!—Prenez-le, je vous le donne en souvenir.—Vous êtes trop gentil...» On serait à jamais guéri du romanesque si l'on voulait, pour penser à celle qu'on aime, tâcher d'être celui qu'on sera quand on ne l'aimera plus. Le portefeuille, la bille d'agate de Gilberte, tout cela n'avait reçu jadis son importance que d'un état purement inférieur, puisque maintenant c'était pour moi un portefeuille, une bille quelconques.

Je demandai à Albertine si elle voulait boire. «Il me semble que je vois là des oranges et de l'eau, me dit-elle. Ce sera parfait.» Je pus goûter ainsi, avec ses baisers, cette fraîcheur qui me paraissait supérieure à eux chez la princesse de Guermantes. Et l'orange pressée dans l'eau semblait me livrer, au fur et à mesure que je buvais, la vie secrète de son mûrissement, son action heureuse contre certains états de ce corps humain qui appartient à un règne si différent, son impuissance à le faire vivre, mais en revanche les jeux d'arrosage par où elle pouvait lui être favorable, cent mystères dévoilés par le fruit à ma sensation, nullement à mon intelligence.

Albertine partie, je me rappelai que j'avais promis à Swann d'écrire à Gilberte et je trouvai plus gentil de le faire tout de suite. Ce fut sans émotion, et comme mettant la dernière ligne à un ennuyeux devoir de classe, que je traçai sur l'enveloppe le nom de Gilberte Swann dont je couvrais jadis mes cahiers pour me donner l'illusion de correspondre avec elle. C'est que, si, autrefois, ce nom-là, c'était moi qui l'écrivais, maintenant la tâche en avait été dévolue par l'habitude à l'un de ces nombreux secrétaires qu'elle s'adjoint. Celui-là pouvait écrire le nom de Gilberte avec d'autant plus de calme que, placé récemment chez moi par l'habitude, récemment entré à mon service, il n'avait pas connu Gilberte et savait seulement, sans mettre aucune réalité sous ces mots, parce qu'il m'avait entendu parler d'elle, que c'était une jeune fille de laquelle j'avais été amoureux.

Je ne pouvais l'accuser de sécheresse. L'être que j'étais maintenant vis-à-vis d'elle était le «témoin» le mieux choisi pour comprendre ce qu'elle-même avait été. Le portefeuille, la bille d'agate, étaient simplement redevenus pour moi à l'égard d'Albertine ce qu'ils avaient été pour Gilberte, ce qu'ils eussent été pour tout être qui n'eût pas fait jouer sur eux le reflet d'une flamme intérieure. Mais maintenant un nouveau trouble était en moi qui altérait à son tour la puissance véritable des choses et des mots. Et comme Albertine me disait, pour me remercier encore: «J'aime tant les turquoises!» je lui répondis: «Ne laissez pas mourir celles-là», leur confiant ainsi comme à des pierres l'avenir de notre amitié qui pourtant n'était pas plus capable d'inspirer un sentiment à Albertine qu'il ne l'avait été de conserver celui qui m'unissait autrefois à Gilberte.

Il se produisit à cette époque un phénomène qui ne mérite d'être mentionné que parce qu'il se retrouve à toutes les périodes importantes de l'histoire. Au moment même où j'écrivais à Gilberte, M. de Guermantes, à peine rentré de la redoute, encore coiffé de son casque, songeait que le lendemain il serait bien forcé d'être officiellement en deuil, et décida d'avancer de huit jours la cure d'eaux qu'il devait faire. Quand il en revint trois semaines après (et pour anticiper, puisque je viens seulement de finir ma lettre à Gilberte), les amis du duc qui l'avaient vu, si indifférent au début, devenir un antidreyfusard forcené, restèrent muets de surprise en l'entendant (comme si la cure n'avait pas agi seulement sur la vessie) leur répondre: «Hé bien, le procès sera révisé et il sera acquitté; on ne peut pas condamner un homme contre lequel il n'y a rien. Avez-vous jamais vu un gaga comme Froberville? Un officier préparant les Français à la boucherie, pour dire la guerre! Étrange époque!» Or, dans l'intervalle, le duc de Guermantes avait connu aux eaux trois charmantes dames (une princesse italienne et ses deux belles-soeurs). En les entendant dire quelques mots sur les livres qu'elles lisaient, sur une pièce qu'on jouait au Casino, le duc avait tout de suite compris qu'il avait affaire à des femmes d'une intellectualité supérieure et avec lesquelles, comme il le disait, il n'était pas de force.

Il n'en avait été que plus heureux d'être invité à jouer au bridge par la princesse. Mais à peine arrivé chez elle, comme il lui disait, dans la ferveur de son antidreyfusisme sans nuances: «Hé bien, on ne nous parle plus de la révision du fameux Dreyfus», sa stupéfaction avait été grande d'entendre la princesse et ses belles-soeurs dire: «On n'en a jamais été si près. On ne peut pas retenir au bagne quelqu'un qui n'a rien fait.—Ah? Ah?», avait d'abord balbutié le duc, comme à la découverte d'un sobriquet bizarre qui eût été en usage dans cette maison pour tourner en ridicule quelqu'un qu'il avait cru jusque-là intelligent. Mais au bout de quelques jours, comme, par lâcheté et esprit d'imitation, on crie: «Eh! là, Jojotte», sans savoir pourquoi, à un grand artiste qu'on entend appeler ainsi, dans cette maison, le duc, encore tout gêné par la coutume nouvelle, disait cependant: «En effet, s'il n'y a rien contre lui!» Les trois charmantes dames trouvaient qu'il n'allait pas assez vite et le rudoyaient un peu: «Mais, au fond, personne d'intelligent n'a pu croire qu'il y eût rien.» Chaque fois qu'un fait «écrasant» contre Dreyfus se produisait et que le duc, croyant que cela allait convertir les trois dames charmantes, venait le leur annoncer, elles riaient beaucoup et n'avaient pas de peine, avec une grande finesse de dialectique, à lui montrer que l'argument était sans valeur et tout à fait ridicule. Le duc était rentré à Paris dreyfusard enragé. Et certes nous ne prétendons pas que les trois dames charmantes ne fussent pas, dans ce cas-là, messagères de vérité. Mais il est à remarquer que tous les dix ans, quand on a laissé un homme rempli d'une conviction véritable, il arrive qu'un couple intelligent, ou une seule dame charmante, entrent dans sa société et qu'au bout de quelques mois on l'amène à des opinions contraires. Et sur ce point il y a beaucoup de pays qui se comportent comme l'homme sincère, beaucoup de pays qu'on a laissés remplis de haine pour un peuple et qui, six mois après, ont changé de sentiment et renversé leurs alliances.

Je ne vis plus de quelque temps Albertine, mais continuai, à défaut de Mme de Guermantes qui ne parlait plus à mon imagination, à voir d'autres fées et leurs demeures, aussi inséparables d'elles que du mollusque qui la fabriqua et s'en abrite la valve de nacre ou d'émail, ou la tourelle à créneaux de son coquillage. Je n'aurais pas su classer ces dames, la difficulté du problème étant aussi insignifiante et impossible non seulement à résoudre mais à poser. Avant la dame il fallait aborder le féerique hôtel. Or l'une recevait toujours après déjeuner, les mois d'été; même avant d'arriver chez elle, il avait fallu faire baisser la capote du fiacre, tant tapait dur le soleil, dont le souvenir, sans que je m'en rendisse compte, allait entrer dans l'impression totale. Je croyais seulement aller au Cours-la-Reine; en réalité, avant d'être arrivé dans la réunion dont un homme pratique se fût peut-être moqué, j'avais, comme dans un voyage à travers l'Italie, un éblouissement, des délices, dont l'hôtel ne serait plus séparé dans ma mémoire. De plus, à cause de la chaleur de la maison et de l'heure, la dame avait clos hermétiquement les volets dans les vastes salons rectangulaires du rez-de-chaussée où elle recevait. Je reconnaissais mal d'abord la maîtresse de maison et ses visiteurs, même la duchesse de Guermantes, qui de sa voix rauque me demandait de venir m'asseoir auprès d'elle, dans un fauteuil de Beauvais représentant l'Enlèvement d'Europe. Puis je distinguais sur les murs les vastes tapisseries du XVIIIe siècle représentant des vaisseaux aux mâts fleuris de roses trémières, au-dessous desquels je me trouvais comme dans le palais non de la Seine mais de Neptune, au bord du fleuve Océan, où la duchesse de Guermantes devenait comme une divinité des eaux. Je n'en finirais pas si j'énumérais tous les salons différents de celui-là. Cet exemple suffit à montrer que je faisais entrer dans mes jugements mondains des impressions poétiques que je ne faisais jamais entrer en ligne de compte au moment de faire le total, si bien que, quand je calculais les mérites d'un salon, mon addition n'était jamais juste.

Certes ces causes d'erreur étaient loin d'être les seules, mais je n'ai plus le temps, avant mon départ pour Balbec (où, pour mon malheur, je vais faire un second séjour qui sera aussi le dernier), de commencer des peintures du monde qui trouveront leur place bien plus tard. Disons seulement qu'à cette première fausse raison (ma vie relativement frivole et qui faisait supposer l'amour du monde) de ma lettre à Gilberte et du retour aux Swann qu'elle semblait indiquer, Odette aurait pu en ajouter tout aussi inexactement une seconde. Je n'ai imaginé jusqu'ici les aspects différents que le monde prend pour une même personne qu'en supposant que la même dame qui ne connaissait personne va chez tout le monde, et que telle autre qui avait une position dominante est délaissée, on est tenté d'y voir uniquement de ces hauts et bas, purement personnels, qui de temps à autre amènent dans une même société, à la suite de spéculations de bourse, une ruine retentissante ou un enrichissement inespéré. Or ce n'est pas seulement cela. Dans une certaine mesure, les manifestations mondaines—fort inférieures aux mouvements artistiques, aux crises politiques, à l'évolution qui porte le goût public vers le théâtre d'idées, puis vers la peinture impressionniste, puis vers la musique allemande et complexe, puis vers la musique russe et simple, ou vers les idées sociales, les idées de justice, la réaction religieuse, le sursaut patriotique—en sont cependant le reflet lointain, brisé, incertain, trouble, changeant. De sorte que même les salons ne peuvent être dépeints dans une immobilité statique qui a pu convenir jusqu'ici à l'étude des caractères, lesquels devront, eux aussi, être comme entraînés dans un mouvement quasi historique. Le goût de nouveauté qui porte les hommes du monde plus ou moins sincèrement avides de se renseigner sur l'évolution intellectuelle à fréquenter les milieux où ils peuvent suivre celle-ci, leur fait préférer d'habitude quelque maîtresse de maison jusque-là inédite, qui représente encore toutes fraîches les espérances de mentalité supérieure si fanées et défraîchies chez les femmes qui ont exercé depuis longtemps le pouvoir mondain, et lesquelles, comme ils en connaissent le fort et le faible, ne parlent plus à leur imagination.

Et chaque époque se trouve ainsi personnifiée dans des femmes nouvelles, dans un nouveau groupe de femmes, qui, rattachées étroitement à ce qui pique à ce moment-là les curiosités les plus neuves, semblent, dans leur toilette, apparaître seulement, à ce moment-là, comme une espèce inconnue née du dernier déluge, beautés irrésistibles de chaque nouveau Consulat, de chaque nouveau Directoire. Mais très souvent la maîtresse de maison nouvelle est tout simplement comme certains hommes d'État dont c'est le premier ministère, mais qui, depuis quarante ans, frappaient à toutes les portes sans se les voir ouvrir, des femmes qui n'étaient pas connues de la société mais n'en recevaient pas moins, depuis fort longtemps, et faute de mieux, quelques «rares intimes». Certes, ce n'est pas toujours le cas, et quand, avec l'efflorescence prodigieuse des ballets russes, révélatrice coup sur coup de Bakst, de Nijinski, de Benoist, du génie de Stravinski, la princesse Yourbeletieff, jeune marraine de tous ces grands hommes nouveaux, apparut portant sur la tête une immense aigrette tremblante inconnue des Parisiennes et qu'elles cherchèrent toutes à imiter, on put croire que cette merveilleuse créature avait été apportée dans leurs innombrables bagages, et comme leur plus précieux trésor, par les danseurs russes; mais quand à côté d'elle, dans son avant-scène, nous verrons, à toutes les représentations des «Russes», siéger comme une véritable fée, ignorée jusqu'à ce jour de l'aristocratie, Mme Verdurin, nous pourrons répondre aux gens du monde qui crurent aisément Mme Verdurin fraîchement débarquée avec la troupe de Diaghilew, que cette dame avait déjà existé dans des temps différents, et passé par divers avatars dont celui-là ne différait qu'en ce qu'il était le premier qui amenait enfin, désormais assuré, et en marche d'un pas de plus en plus rapide, le succès si longtemps et si vainement attendu par la Patronne. Pour Mme Swann, il est vrai, la nouveauté qu'elle représentait n'avait pas le même caractère collectif. Son salon s'était cristallisé autour d'un homme, d'un mourant, qui avait presque tout d'un coup passé, aux moments où son talent s'épuisait, de l'obscurité à la grande gloire.

L'engouement pour les oeuvres de Bergotte était immense. Il passait toute la journée, exhibé, chez Mme Swann, qui chuchotait à un homme influent: «Je lui parlerai, il vous fera un article.» Il était, du reste, en état de le faire, et même un petit acte pour Mme Swann. Plus près de la mort, il allait un peu moins mal qu'au temps où il venait prendre des nouvelles de ma grand'mère. C'est que de grandes douleurs physiques lui avaient imposé un régime. La maladie est le plus écouté des médecins: à la bonté, au savoir on ne fait que promettre; on obéit à la souffrance. Certes, le petit clan des Verdurin avait actuellement un intérêt autrement vivant que le salon légèrement nationaliste, plus encore littéraire, et avant tout bergottique, de Mme Swann. Le petit clan était en effet le centre actif d'une longue crise politique arrivée à son maximum d'intensité: le dreyfusisme. Mais les gens du monde étaient pour la plupart tellement antirévisionnistes, qu'un salon dreyfusien semblait quelque chose d'aussi impossible qu'à une autre époque un salon communard. La princesse de Caprarola, qui avait fait la connaissance de Mme Verdurin à propos d'une grande exposition qu'elle avait organisée, avait bien été rendre à celle-ci une longue visite, dans l'espoir de débaucher quelques éléments intéressants du petit clan et de les agréger à son propre salon, visite au cours de laquelle la princesse (jouant au petit pied la duchesse de Guermantes) avait pris la contre-partie des opinions reçues, déclaré les gens de son monde idiots, ce que Mme Verdurin avait trouvé d'un grand courage. Mais ce courage ne devait pas aller plus tard jusqu'à oser, sous le feu des regards de dames nationalistes, saluer Mme Verdurin aux courses de Balbec.

Pour Mme Swann, les antidreyfusards lui savaient, au contraire, gré d'être «bien pensante», ce à quoi, mariée à un juif, elle avait un mérite double. Néanmoins les personnes qui n'étaient jamais allées chez elle s'imaginaient qu'elle recevait seulement quelques Israélites obscurs et des élèves de Bergotte. On classe ainsi des femmes, autrement qualifiées que Mme Swann, au dernier rang de l'échelle sociale, soit à cause de leurs origines, soit parce qu'elles n'aiment pas les dîners en ville et les soirées où on ne les voit jamais, ce qu'on suppose faussement dû à ce qu'elles n'auraient pas été invitées, soit parce qu'elles ne parlent jamais de leurs amitiés mondaines mais seulement de littérature et d'art, soit parce que les gens se cachent d'aller chez elles, ou que, pour ne pas faire d'impolitesse aux autres, elles se cachent de les recevoir, enfin pour mille raisons qui achèvent de faire de telle ou telle d'entre elles aux yeux de certains, la femme qu'on ne reçoit pas. Il en était ainsi pour Odette. Mme d'Épinoy, à l'occasion d'un versement qu'elle désirait pour la «Patrie française», ayant eu à aller la voir, comme elle serait entrée chez sa mercière, convaincue d'ailleurs qu'elle ne trouverait que des visages, non pas même méprisés mais inconnus, resta clouée sur la place quand la porte s'ouvrit, non sur le salon qu'elle supposait, mais sur une salle magique où, comme grâce à un changement à vue dans une féerie, elle reconnut dans des figurantes éblouissantes, à demi étendues sur des divans, assises sur des fauteuils, appelant la maîtresse de maison par son petit nom, les altesses, les duchesses qu'elle-même, la princesse d'Épinoy, avait grand'peine à attirer chez elle, et auxquelles en ce moment, sous les yeux bienveillants d'Odette, le marquis du Lau, le comte Louis de Turenne, le prince Borghèse, le duc d'Estrées, portant l'orangeade et les petits fours, servaient de panetiers et d'échansons.

La princesse d'Épinoy, comme elle mettait, sans s'en rendre compte, la qualité mondaine à l'intérieur des êtres, fut obligée de désincarner Mme Swann et de la réincarner en une femme élégante. L'ignorance de la vie réelle que mènent les femmes qui ne l'exposent pas dans les journaux tend ainsi sur certaines situations (et contribue par là à diversifier les salons) un voile de mystère. Pour Odette, au commencement, quelques hommes de la plus haute société, curieux de connaître Bergotte, avaient été dîner chez elle dans l'intimité. Elle avait eu le tact, récemment acquis, de n'en pas faire étalage, ils trouvaient là, souvenir peut-être du petit noyau dont Odette avait gardé, depuis le schisme, les traditions, le couvert mis, etc. Odette les emmenait avec Bergotte, que cela achevait d'ailleurs de tuer, aux «première» intéressantes. Ils parlèrent d'elle à quelques femmes de leur monde capables de s'intéresser à tant de nouveauté. Elles étaient persuadées qu'Odette, intime de Bergotte, avait plus ou moins collaboré à ses oeuvres, et la croyaient mille fois plus intelligente que les femmes les plus remarquables du faubourg, pour la même raison qu'elles mettaient tout leur espoir politique en certains républicains bon teint comme M. Doumer et M. Deschanel, tandis qu'elles voyaient la France aux abîmes si elle était confiée au personnel monarchiste qu'elles recevaient à dîner, aux Charette, aux Doudeauville, etc. Ce changement de la situation d'Odette s'accomplissait de sa part avec une discrétion qui la rendait plus sûre et plus rapide, mais ne la laissait nullement soupçonner du public enclin à s'en remettre aux chroniques du *Gaulois*, des progrès ou de la décadence d'un salon, de sorte qu'un jour, à une répétition générale d'une pièce de Bergotte donnée dans une salle des plus élégantes au bénéfice d'une oeuvre de charité, ce fut un vrai coup de théâtre quand on vit dans la loge de face, qui était celle de l'auteur, venir s'asseoir à côté de Mme Swann, Mme de Marsantes et celle qui, par l'effacement progressif de la duchesse de Guermantes (rassasiée d'honneur, et s'annihilant par moindre effort), était en train de devenir la lionne, la reine du temps, la comtesse Molé. «Quand nous ne nous doutions pas même qu'elle avait commencé à monter, se dit-on d'Odette, au moment où on vit entrer la comtesse Molé dans la loge, elle a franchi le dernier échelon.»

De sorte que Mme Swann pouvait croire que c'était par snobisme que je me rapprochais de sa fille.

Odette, malgré ses brillantes amies, n'écouta pas moins la pièce avec une extrême attention, comme si elle eût été là seulement pour l'entendre, de même que jadis elle traversait le Bois par hygiène et pour faire de l'exercice. Des hommes qui étaient jadis moins empressés autour d'elle vinrent au balcon, dérangeant tout le monde, se suspendre à sa main pour approcher le cercle imposant dont elle était environnée. Elle, avec un sourire plutôt encore d'amabilité que d'ironie, répondait patiemment à leurs questions, affectant plus de calme qu'on n'aurait cru, et qui était peut-être sincère, cette exhibition n'étant que l'exhibition tardive d'une intimité habituelle et discrètement cachée. Derrière ces trois dames attirant tous les yeux était Bergotte entouré par le prince d'Agrigente, le comte Louis Turenne, et le marquis de Bréauté. Et il est aisé de comprendre que, pour des hommes qui étaient reçus partout et qui ne pouvaient plus attendre une surélévation que de recherches d'originalité, cette démonstration de leur valeur, qu'ils croyaient faire en se laissant attirer par une maîtresse de maison réputée de haute intellectualité et auprès de qui ils s'attendaient à rencontrer tous les auteurs dramatiques et tous les romanciers en vogue, était plus excitante et vivante que ces soirées chez la princesse de Guermantes, lesquelles, sans aucun programme et attrait nouveau, se succédaient depuis tant d'années, plus ou moins pareilles à celle que nous avons si longuement décrite. Dans ce grand monde-là, celui des Guermantes, d'où la curiosité se détournait un peu, les modes intellectuelles nouvelles ne s'incarnaient pas en divertissements à leur image, comme en ces bluettes de Bergotte écrites pour Mme Swann, comme en ces véritables séances de salut public (si le monde avait pu s'intéresser à l'affaire Dreyfus) où chez Mme Verdurin se réunissaient Picquart, Clemenceau, Zola, Reinach et Labori.

Gilberte servait aussi à la situation de sa mère, car un oncle de Swann venait de laisser près de quatre-vingts millions à la jeune fille, ce qui faisait que le faubourg Saint-Germain commençait à penser à elle. Le revers de la médaille était que Swann, d'ailleurs mourant, avait des opinions dreyfusistes, mais cela même ne nuisait pas à sa femme et même lui rendait service. Cela ne lui nuisait pas parce qu'on disait: «Il est gâteux, idiot, on ne s'occupe pas de lui, il n'y a que sa femme qui compte et elle est charmante.» Mais même le dreyfusisme de Swann était utile à Odette. Livrée à elle-même, elle se fût peut-être laissé aller à faire aux femmes chics des avances qui l'eussent perdue. Tandis que les soirs où elle traînait son mari dîner dans le faubourg Saint-Germain, Swann, restant farouchement dans son coin, ne se gênait pas, s'il voyait Odette se faire présenter à quelque dame nationaliste, de dire à haute voix: «Mais voyons, Odette, vous êtes folle. Je vous prie de rester tranquille. Ce serait une platitude de votre part de vous faire présenter à des antisémites. Je vous le défends.» Les gens du monde après qui chacun court ne sont habitués ni à tant de fierté ni à tant de mauvaise éducation.

Pour la première fois ils voyaient quelqu'un qui se croyait «plus» qu'eux. On se racontait ces grognements de Swann, et les cartes cornées pleuvaient chez Odette. Quand celle-ci était en visite chez Mme d'Arpajon, c'était un vif et sympathique mouvement de curiosité. «Ça ne vous a pas ennuyée que je vous l'aie présentée, disait Mme d'Arpajon. Elle est très gentille. C'est Marie de Marsantes qui me l'a fait connaître.—Mais non, au contraire, il paraît qu'elle est tout ce qu'il y a de plus intelligente, elle est charmante. Je désirais au contraire la rencontrer; dites-moi donc où elle demeure.» Mme d'Arpajon disait à Mme Swann qu'elle s'était beaucoup amusée chez elle l'avant-veille et avait lâché avec joie pour elle Mme de Saint-Euverte. Et c'était vrai, car préférer Mme Swann, c'était montrer qu'on était intelligent, comme d'aller au concert au lieu d'aller à un thé.

Mais quand Mme de Saint-Euverte venait chez Mme d'Arpajon en même temps qu'Odette, comme Mme de Saint-Euverte était très snob et que Mme d'Arpajon, tout en la traitant d'assez haut, tenait à ses réceptions, Mme d'Arpajon ne présentait pas Odette pour que Mme de Saint-Euverte ne sût pas qui c'était. La marquise s'imaginait que ce devait être quelque princesse qui sortait très peu pour qu'elle ne l'eût jamais vue, prolongeait sa visite, répondait indirectement à ce que disait Odette, mais Mme d'Arpajon restait de fer. Et quand Mme de Saint-Euverte, vaincue, s'en allait: «Je ne vous ai pas présentée, disait la maîtresse de maison à Odette, parce qu'on n'aime pas beaucoup aller chez elle et elle invite énormément; vous n'auriez pas pu vous en dépêtrer.— Oh! cela ne fait rien», disait Odette avec un regret. Mais elle gardait l'idée qu'on n'aimait pas aller chez Mme de Saint-Euverte, ce qui, dans une certaine mesure, était vrai, et elle en concluait qu'elle avait une situation très supérieure à Mme de Saint-Euverte bien que celle-ci en eût une très grande, et Odette encore aucune.

Elle ne s'en rendait pas compte, et bien que toutes les amies de Mme de Guermantes fussent liées avec Mme d'Arpajon, quand celle-ci invitait Mme Swann, Odette disait d'un air scrupuleux: «Je vais chez Mme d'Arpajon, mais vous allez me trouver bien vieux jeu; cela me choque, à cause de Mme de Guermantes (qu'elle ne connaissait pas du reste). Les hommes distingués pensaient que le fait que Mme Swann connût peu de gens du grand monde tenait à ce qu'elle devait être une femme supérieure, probablement une grande musicienne, et que ce serait une espèce de titre extramondain, comme pour un duc d'être docteur ès sciences, que d'aller chez elle. Les femmes complètement nulles étaient attirées vers Odette par une raison contraire; apprenant qu'elle allait au concert Colonne et se déclarait wagnérienne, elles en concluaient que ce devait être une «farceuse», et elles étaient fort allumées par l'idée de la connaître. Mais peu assurées dans leur propre situation, elles craignaient de se compromettre en public en ayant l'air liées avec Odette, et, si dans un concert de charité elles apercevaient Mme Swann, elles détournaient la tête, jugeant impossible de saluer, sous les yeux de Mme de Rochechouart, une femme qui était bien capable d'être allée à Bayreuth—ce qui voulait dire faire les cent dix-neuf coups. Chaque personne en visite chez une autre devenait différente.

Sans parler des métamorphoses merveilleuses qui s'accomplissaient ainsi chez les fées, dans le salon de Mme Swann, M. de Bréauté, soudain mis en valeur par l'absence des gens qui l'entouraient d'habitude, par l'air de satisfaction qu'il avait de se trouver là aussi bien que si, au lieu d'aller à une fête, il avait chaussé des besicles pour s'enfermer à lire la *Revue des Deux-Mondes*, par le rite mystérieux qu'il avait l'air d'accomplir en venant voir Odette, M. de Bréauté lui-même semblait un homme nouveau. J'aurais beaucoup donné pour voir quelles altérations la duchesse de Montmorency-Luxembourg aurait subies dans ce milieu nouveau. Mais elle était une des personnes à qui jamais on ne pourrait présenter Odette. Mme de Montmorency, beaucoup plus bienveillante pour Oriane que celle-ci n'était pour elle, m'étonnait beaucoup en me disant à propos de Mme de Guermantes: «Elle connaît des gens d'esprit, tout le monde l'aime, je crois que, si elle avait eu un peu plus d'esprit de suite, elle serait arrivée à se faire un salon. La vérité est qu'elle n'y tenait pas, elle a bien raison, elle est heureuse comme cela, recherchée de tous.» Si Mme de Guermantes n'avait pas un «salon», alors qu'est-ce que c'était qu'un «salon»? La stupéfaction où me jetèrent ces paroles n'était pas plus grande que celle que je causai à Mme de Guermantes en lui disant que j'aimais bien aller chez Mme de Montmorency. Oriane la trouvait une vieille crétine. «Encore moi, disait-elle, j'y suis forcée, c'est ma tante; mais vous! Elle ne sait même pas attirer les gens agréables.» Mme de Guermantes ne se rendait pas compte que les gens agréables me laissaient froid, que quand elle me disait «salon Arpajon» je voyais un papillon jaune, et «salon Swann» (Mme Swann était chez elle l'hiver de 6 à 7) un papillon noir aux ailes feutrées de neige. Encore ce dernier salon, qui n'en était pas un, elle le jugeait, bien qu'inaccessible pour elle, excusable pour moi, à cause des «gens d'esprit». Mais Mme de Luxembourg! Si j'eusse déjà «produit» quelque chose qui eût été remarqué, elle eût conclu qu'une part de snobisme peut s'allier au talent.

Et je mis le comble à sa déception; je lui avouai que je n'allais pas chez Mme de Montmorency (comme elle croyait) pour «prendre des notes» et «faire une étude». Mme de Guermantes ne se trompait, du reste, pas plus que les romanciers mondains qui analysent cruellement du dehors les actes d'un snob ou prétendu tel, mais ne se placent jamais à l'intérieur de celui-ci, à l'époque où fleurit dans l'imagination tout un printemps social. Moi-même, quand je voulus savoir quel si grand plaisir j'éprouvais à aller chez Mme de Montmorency, je fus un peu désappointé. Elle habitait, dans le faubourg Saint-Germain, une vieille demeure remplie de pavillons que séparaient de petits jardins. Sous la voûte, une statuette, qu'on disait de Falconet, représentait une Source d'où, du reste, une humidité perpétuelle suintait. Un peu plus loin la concierge, toujours les yeux rouges, soit chagrin, soit neurasthénie, soit migraine, soit rhume, ne vous répondait jamais, vous faisait un geste vague indiquant que la duchesse était là et laissait tomber de ses paupières quelques gouttes au-dessus d'un bol rempli de «ne m'oubliez pas». Le plaisir que j'avais à voir la statuette, parce qu'elle me faisait penser à un petit jardinier en plâtre qu'il y avait dans un jardin de Combray, n'était rien auprès de celui que me causait le grand escalier humide et sonore, plein d'échos, comme celui de certains établissements de bains d'autrefois, aux vases remplis de cinéraires—bleu sur bleu—dans l'antichambre, et surtout le tintement de la sonnette, qui était exactement celui de la chambre d'Eulalie. Ce tintement mettait le comble à mon enthousiasme, mais me semblait trop humble pour que je le pusse expliquer à Mme de Montmorency, de sorte que cette dame me voyait toujours dans un ravissement dont elle ne devina jamais la cause.

LES INTERMITTENCES DU COEUR

Ma seconde arrivée à Balbec fut bien différente de la première. Le directeur était venu en personne m'attendre à Pont-à-Couleuvre, répétant combien il tenait à sa clientèle titrée, ce qui me fit craindre qu'il m'anoblît jusqu'à ce que j'eusse compris que, dans l'obscurité de sa mémoire grammaticale, titrée signifiait simplement attitrée. Du reste, au fur et à mesure qu'il apprenait de nouvelles langues, il parlait plus mal les anciennes. Il m'annonça qu'il m'avait logé tout en haut de l'hôtel. «J'espère, dit-il, que vous ne verrez pas là un manque d'impolitesse, j'étais ennuyé de vous donner une chambre dont vous êtes indigne, mais je l'ai fait rapport au bruit, parce que comme cela vous n'aurez personne au-dessus de vous pour vous fatiguer le trépan (pour tympan). Soyez tranquille, je ferai fermer les fenêtres pour qu'elles ne battent pas. Là-dessus je suis intolérable», ces mots n'exprimant pas sa pensée, laquelle était qu'on le trouverait toujours inexorable à ce sujet, mais peut-être bien celle de ses valets d'étage. Les chambres étaient d'ailleurs celles du premier séjour. Elles n'étaient pas plus bas, mais j'avais monté dans l'estime du directeur. Je pourrais faire faire du feu si cela me plaisait (car sur l'ordre des médecins, j'étais parti dès Pâques), mais il craignait qu'il n'y eût des «fixures» dans le plafond. «Surtout attendez toujours pour allumer une flambée que la précédente soit consommée (pour consumée). Car l'important c'est d'éviter de ne pas mettre le feu à la cheminée, d'autant plus que, pour égayer un peu, j'ai fait placer dessus une grande postiche en vieux Chine, que cela pourrait abîmer.»

Il m'apprit avec beaucoup de tristesse la mort du bâtonnier de Cherbourg: «C'était un vieux routinier», dit-il (probablement pour roublard) et me laissa entendre que sa fin avait été avancée par une vie de déboires, ce qui signifiait de débauches. «Déjà depuis quelque temps je remarquais qu'après le dîner il s'accroupissait dans le salon (sans doute pour s'assoupissait). Les derniers temps, il était tellement changé que, si l'on n'avait pas su que c'était lui, à le voir il était à peine reconnaissant» (pour reconnaissable sans doute).

Compensation heureuse: le premier président de Caen venait de recevoir la «cravache» de commandeur de la Légion d'honneur. «Sûr et certain qu'il a des capacités, mais paraît qu'on la lui a donnée surtout à cause de sa grande «impuissance». On revenait du reste sur cette décoration dans *l'Écho de Paris* de la veille, dont le directeur n'avait encore lu que «le premier paraphe» (pour paragraphe). La politique de M. Caillaux y était bien arrangée. «Je trouve du reste qu'ils ont raison, dit-il. Il nous met trop sous la coupole de l'Allemagne» (sous la coupe). Comme ce genre de sujet, traité par un hôtelier, me paraissait ennuyeux, je cessai d'écouter. Je pensais aux images qui m'avaient décidé de retourner à Balbec. Elles étaient bien différentes de celles d'autrefois, la vision que je venais chercher était aussi éclatante que la première était brumeuse; elles ne devaient pas moins me décevoir. Les images choisies par le souvenir sont aussi arbitraires, aussi étroites, aussi insaisissables, que celles que l'imagination avait formées et la réalité détruites. Il n'y a pas de raison pour qu'en dehors de nous, un lieu réel possède plutôt les tableaux de la mémoire que ceux du rêve. Et puis, une réalité nouvelle nous fera peut-être oublier, détester même les désirs à cause desquels nous étions partis.

Ceux qui m'avaient fait partir pour Balbec tenaient en partie à ce que les Verdurin des invitations de qui je n'avais jamais profité, et qui seraient certainement heureux de me recevoir si j'allais, à la campagne, m'excuser de n'avoir jamais pu leur faire une visite à Paris, sachant que plusieurs fidèles passeraient les vacances sur cette côte, et ayant, à cause de cela, loué pour toute la saison un des châteaux de M. de Cambremer (la Raspelière), y avaient invité Mme Putbus. Le soir où je l'avais appris (à Paris), j'envoyai, en véritable fou, notre jeune valet de pied s'informer si cette dame emmènerait à Balbec sa camériste. Il était onze heures du soir. Le concierge mit longtemps à ouvrir et, par miracle, n'envoya pas promener mon messager, ne fit pas appeler la police, se contenta de le recevoir très mal, tout en lui fournissant le renseignement désiré. Il dit qu'en effet la première femme de chambre accompagnerait sa maîtresse, d'abord aux eaux en Allemagne, puis à Biarritz, et, pour finir, chez Mme Verdurin. Dès lors j'avais été tranquille et content d'avoir ce pain sur la planche. J'avais pu me dispenser de ces poursuites dans les rues où j'étais dépourvu auprès des beautés rencontrées de cette lettre d'introduction que serait auprès du «Giorgione» d'avoir dîné le soir même, chez les Verdurin, avec sa maîtresse. D'ailleurs elle aurait peut-être meilleure idée de moi encore en sachant que je connaissais, non seulement les bourgeois locataires de la Raspelière mais ses propriétaires, et surtout Saint-Loup qui, ne pouvant me recommander à distance à la femme de chambre (celle-ci ignorant le nom de Robert), avait écrit pour moi une lettre chaleureuse aux Cambremer. Il pensait qu'en dehors de toute l'utilité dont ils me pourraient être, Mme de Cambremer la belle-fille, née Legrandin, m'intéresserait en causant avec moi. «C'est une femme intelligente, m'avait-il assuré. Elle ne te dira pas des choses définitives (les choses «définitives» avaient été substituées aux choses «sublimes» par Robert qui modifiait, tous les cinq ou six ans, quelques-unes de ses expressions favorites tout en conservant les principales), mais c'est une nature, elle a une personnalité, de l'intuition; elle jette à propos la parole qu'il faut. De temps en temps elle est énervante, elle lance des bêtises pour «faire gratin», ce qui est d'autant plus ridicule que rien n'est moins élégant que les Cambremer, elle n'est pas toujours *à la page*, mais, somme toute, elle est encore dans les personnes les plus supportables à fréquenter.»

Aussitôt que la recommandation de Robert leur était parvenue, les Cambremer, soit snobisme qui leur faisait désirer d'être indirectement aimables pour Saint-Loup, soit reconnaissance de ce qu'il avait été pour un de leurs neveux à Doncières, et plus probablement surtout par bonté et traditions hospitalières, avaient écrit de longues lettres demandant que j'habitasse chez eux, et, si je préférais être plus indépendant, s'offrant à me chercher un logis. Quand Saint-Loup leur eût objecté que j'habiterais le Grand-Hôtel de Balbec, ils répondirent que, du moins, ils attendaient une visite dès mon arrivée et, si elle tardait trop, ne manqueraient pas de venir me relancer pour m'inviter à leurs garden-parties.

Sans doute rien ne rattachait d'une façon essentielle la femme de chambre de Mme Putbus au pays de Balbec; elle n'y serait pas pour moi comme la paysanne que, seul sur la route de Méséglise, j'avais si souvent appelée en vain, de toute la force de mon désir.

Mais j'avais depuis longtemps cessé de chercher à extraire d'une femme comme la racine carrée de son inconnu, lequel ne résistait pas souvent à une simple présentation. Du moins à Balbec, où je n'étais pas allé depuis longtemps, j'aurais cet avantage, à défaut du rapport nécessaire qui n'existait pas entre le pays et cette femme, que le sentiment de la réalité n'y serait pas supprimé pour moi par l'habitude, comme à Paris où, soit dans ma propre maison, soit dans une chambre connue, le plaisir auprès d'une femme ne pouvait pas me donner un instant l'illusion, au milieu des choses quotidiennes, qu'il m'ouvrait accès à une nouvelle vie. (Car si l'habitude est une seconde nature, elle nous empêche de connaître la première, dont elle n'a ni les cruautés, ni les enchantements.) Or cette illusion, je l'aurais peut-être dans un pays nouveau où renaît la sensibilité, devant un rayon de soleil, et où justement achèverait de m'exalter la femme de chambre que je désirais: or on verra les circonstances faire non seulement que cette femme ne vint pas à Balbec, mais que je ne redoutai rien tant qu'elle y pût venir, de sorte que ce but principal de mon voyage ne fut ni atteint, ni même poursuivi. Certes Mme Putbus ne devait pas aller aussi tôt dans la saison chez les Verdurin; mais ces plaisirs qu'on a choisis, peuvent être lointains, si leur venue est assurée, et que dans leur attente on puisse se livrer d'ici là à la paresse de chercher à plaire et à l'impuissance d'aimer. Au reste, à Balbec, je n'allais pas dans un esprit aussi pratique que la première fois; il y a toujours moins d'égoïsme dans l'imagination pure que dans le souvenir; et je savais que j'allais précisément me trouver dans un de ces lieux où foisonnent les belles inconnues; une plage n'en offre pas moins qu'un bal, et je pensais d'avance aux promenades devant l'hôtel, sur la digue, avec ce même genre de plaisir que Mme de Guermantes m'aurait procuré si, au lieu de me faire inviter dans des dîners brillants, elle avait donné plus souvent mon nom pour leurs listes de cavaliers aux maîtresses de maison chez qui l'on dansait. Faire des connaissances féminines à Balbec me serait aussi facile que cela m'avait été malaisé autrefois, car j'y avais maintenant autant de relations et d'appuis que j'en étais dénué à mon premier voyage.

Je fus tiré de ma rêverie par la voix du directeur, dont je n'avais pas écouté les dissertations politiques. Changeant de sujet, il me dit la joie du premier président en apprenant mon arrivée et qu'il viendrait me voir dans ma chambre, le soir même. La pensée de cette visite m'effraya si fort (car je commençais à me sentir fatigué) que je le priai d'y mettre obstacle (ce qu'il me promit) et, pour plus de sûreté, de faire, pour le premier soir, monter la garde à mon étage par ses employés. Il ne paraissait pas les aimer beaucoup. «Je suis tout le temps obligé de courir après eux parce qu'ils manquent trop d'inertie. Si je n'étais pas là ils ne bougeraient pas. Je mettrai le liftier de planton à votre porte.» Je demandai s'il était enfin «chef des chasseurs». «Il n'est pas encore assez vieux dans la maison, me répondit-il. Il a des camarades plus âgés que lui. Cela ferait crier. En toutes choses il faut des granulations. Je reconnais qu'il a une bonne aptitude (pour attitude) devant son ascenseur. Mais c'est encore un peu jeune pour des situations pareilles. Avec d'autres qui sont trop anciens, cela ferait contraste. Ça manque un peu de sérieux, ce qui est la qualité primitive (sans doute la qualité primordiale, la qualité la plus importante). Il faut qu'il ait un peu plus de plomb dans l'aile (mon interlocuteur voulait dire dans la tête). Du reste, il n'a qu'à se fier à moi. Je m'y connais. Avant de prendre mes galons comme directeur du Grand-Hôtel, j'ai fait mes premières armes sous M. Paillard.» Cette comparaison m'impressionna et je remerciai le directeur d'être venu lui-même jusqu'à Pont-à-Couleuvre. «Oh! de rien. Cela ne m'a fait perdre qu'un temps infini» (pour infime). Du reste nous étions arrivés.

Bouleversement de toute ma personne. Dès la première nuit, comme je souffrais d'une crise de fatigue cardiaque, tâchant de dompter ma souffrance, je me baissai avec lenteur et prudence pour me déchausser. Mais à peine eus-je touché le premier bouton de ma bottine, ma poitrine s'enfla, remplie d'une présence inconnue, divine, des sanglots me secouèrent, des larmes ruisselèrent de mes yeux. L'être qui venait à mon secours, qui me sauvait de la sécheresse de l'âme, c'était celui qui, plusieurs années auparavant, dans un moment de détresse et de solitude identiques, dans un moment où je n'avais plus rien de moi, était entré, et qui m'avait rendu à moi-même, car il était moi et plus que moi (le contenant qui est plus que le contenu et me l'apportait). Je venais d'apercevoir, dans ma mémoire, penché sur ma fatigue, le visage tendre, préoccupé et déçu de ma grand'mère, telle qu'elle avait été ce premier soir d'arrivée, le visage de ma grand'mère, non pas de celle que je m'étais étonné et reproché de si peu regretter et qui n'avait d'elle que le nom, mais de ma grand'mère véritable dont, pour la première fois depuis les Champs-Elysées où elle avait eu son attaque, je retrouvais dans un souvenir involontaire et complet la réalité vivante.

Cette réalité n'existe pas pour nous tant qu'elle n'a pas été recréée par notre pensée (sans cela les hommes qui ont été mêlés à un combat gigantesque seraient tous de grands poètes épiques); et ainsi, dans un désir fou de me précipiter dans ses bras, ce n'était qu'à l'instant—plus d'une année après son enterrement, à cause de cet anachronisme qui empêche si souvent le calendrier des faits de coïncider avec celui des sentiments—que je venais d'apprendre qu'elle était morte. J'avais souvent parlé d'elle depuis ce moment-là et aussi pensé à elle, mais sous mes paroles et mes pensées de jeune homme ingrat, égoïste et cruel, il n'y avait jamais rien eu qui ressemblât à ma grand'mère, parce que dans ma légèreté, mon amour du plaisir, mon accoutumance à la voir malade, je ne contenais en moi qu'à l'état virtuel le souvenir de ce qu'elle avait été. A n'importe quel moment que nous la considérions, notre âme totale n'a qu'une valeur presque fictive, malgré le nombreux bilan de ses richesses, car tantôt les unes, tantôt les autres sont indisponibles, qu'il s'agisse d'ailleurs de richesses effectives aussi bien que de celles de l'imagination, et pour moi, par exemple, tout autant que de l'ancien nom de Guermantes, de celles, combien plus graves, du souvenir vrai de ma grand'mère. Car aux troubles de la mémoire sont liées les intermittences du coeur. C'est sans doute l'existence de notre corps, semblable pour nous à un vase où notre spiritualité serait enclose, qui nous induit à supposer que tous nos biens intérieurs, nos joies passées, toutes nos douleurs sont perpétuellement en notre possession. Peut-être est-il aussi inexact de croire qu'elles s'échappent ou reviennent. En tout cas, si elles restent en nous c'est, la plupart du temps, dans un domaine inconnu où elles ne sont de nul service pour nous, et où même les plus usuelles sont refoulées par des souvenirs d'ordre différent et qui excluent toute simultanéité avec elles dans la conscience. Mais si le cadre de sensations où elles sont conservées est ressaisi, elles ont à leur tour ce même pouvoir d'expulser tout ce qui leur est incompatible, d'installer seul en nous, le moi qui les vécut. Or, comme celui que je venais subitement de redevenir n'avait pas existé depuis ce soir lointain où ma grand'mère m'avait déshabillé à mon arrivée à Balbec, ce fut tout naturellement, non pas après la journée actuelle, que ce moi ignorait, mais—comme s'il y avait dans le temps des séries différentes et parallèles—sans solution de continuité, tout de suite après le premier soir d'autrefois que j'adhérai à la minute où ma grand'mère s'était penchée vers moi. Le moi que j'étais alors, et qui avait disparu si longtemps, était de nouveau si près de moi qu'il me semblait encore entendre les paroles qui avaient immédiatement précédé et qui n'étaient pourtant plus qu'un songe, comme un homme mal éveillé croit percevoir tout près de lui les bruits de son rêve qui s'enfuit.

Je n'étais plus que cet être qui cherchait à se réfugier dans les bras de sa grand'mère, à effacer les traces de ses peines en lui donnant des baisers, cet être que j'aurais eu à me figurer, quand j'étais tel ou tel de ceux qui s'étaient succédé en moi depuis quelque temps, autant de difficulté que maintenant il m'eût fallu d'efforts, stériles d'ailleurs, pour ressentir les désirs et les joies de l'un de ceux que, pour un temps du moins, je n'étais plus. Je me rappelais comme une heure avant le moment où ma grand'mère s'était penchée ainsi, dans sa robe de chambre, vers mes bottines; errant dans la rue étouffante de chaleur, devant le pâtissier, j'avais cru que je ne pourrais jamais, dans le besoin que j'avais de l'embrasser, attendre l'heure qu'il me fallait encore passer sans elle. Et maintenant que ce même besoin renaissait, je savais que je pouvais attendre des heures après des heures, qu'elle ne serait plus jamais auprès de moi, je ne faisais que de le découvrir parce que je venais, en la sentant, pour la première fois, vivante, véritable, gonflant mon coeur à le briser, en la retrouvant enfin, d'apprendre que je l'avais perdue pour toujours. Perdue pour toujours; je ne pouvais comprendre, et je m'exerçais à subir la souffrance de cette contradiction: d'une part, une existence, une tendresse, survivantes en moi telles que je les avais connues, c'est-à-dire faites pour moi, un amour où tout trouvait tellement en moi son complément, son but, sa constante direction, que le génie de grands hommes, tous les génies qui avaient pu exister depuis le commencement du monde n'eussent pas valu pour ma grand'mère un seul de mes défauts; et d'autre part, aussitôt que j'avais revécu, comme présente, cette félicité, la sentir traversée par la certitude, s'élançant comme une douleur physique à répétition, d'un néant qui avait effacé mon image de cette tendresse, qui avait détruit cette existence, aboli rétrospectivement notre mutuelle prédestination, fait de ma grand'mère, au moment où je la retrouvais comme dans un miroir, une simple étrangère qu'un hasard a fait passer quelques années auprès de moi, comme cela aurait pu être auprès de tout autre, mais pour qui, avant et après, je n'étais rien, je ne serais rien.

Au lieu des plaisirs que j'avais eus depuis quelque temps, le seul qu'il m'eût été possible de goûter en ce moment c'eût été, retouchant le passé, de diminuer les douleurs que ma grand'mère avait autrefois ressenties. Or, je ne me la rappelais pas seulement dans cette robe de chambre, vêtement approprié, au point d'en devenir presque symbolique, aux fatigues, malsaines sans doute, mais douces aussi, qu'elle prenait pour moi; peu à peu voici que je me souvenais de toutes les occasions que j'avais saisies, en lui laissant voir, en lui exagérant au besoin mes souffrances, de lui faire une peine que je m'imaginais ensuite effacée par mes baisers, comme si ma tendresse eût été aussi capable que mon bonheur de faire le sien; et pis que cela, moi qui ne concevais plus de bonheur maintenant qu'à en pouvoir retrouver répandu dans mon souvenir sur les pentes de ce visage modelé et incliné par la tendresse, j'avais mis autrefois une rage insensée à chercher d'en extirper jusqu'aux plus petits plaisirs, tel ce jour où Saint-Loup avait fait la photographie de grand'mère et où, ayant peine à dissimuler à celle-ci la puérilité presque ridicule de la coquetterie qu'elle mettait à poser, avec son chapeau à grands bords, dans un demi-jour seyant, je m'étais laissé aller à murmurer quelques mots impatientés et blessants, qui, je l'avais senti à une contraction de son visage, avaient porté, l'avaient atteinte; c'était moi qu'ils déchiraient, maintenant qu'était impossible à jamais la consolation de mille baisers.

Mais jamais je ne pourrais plus effacer cette contraction de sa figure, et cette souffrance de son coeur, ou plutôt du mien; car comme les morts n'existent plus qu'en nous, c'est nous-mêmes que nous frappons sans relâche quand nous nous obstinons à nous souvenir des coups que nous leur avons assénés. Ces douleurs, si cruelles qu'elles fussent, je m'y attachais de toutes mes forces, car je sentais bien qu'elles étaient l'effet du souvenir de ma grand'mère, la preuve que ce souvenir que j'avais était bien présent en moi. Je sentais que je ne me la rappelais vraiment que par la douleur, et j'aurais voulu que s'enfonçassent plus solidement encore en moi ces clous qui y rivaient sa mémoire. Je ne cherchais pas à rendre la souffrance plus douce, à l'embellir, à feindre que ma grand'mère ne fût qu'absente et momentanément invisible, en adressant à sa photographie (celle que Saint-Loup avait faite et que j'avais avec moi) des paroles et des prières comme à un être séparé de nous mais qui, resté individuel, nous connaît et nous reste relié par une indissoluble harmonie. Jamais je ne le fis, car je ne tenais pas seulement à souffrir, mais à respecter l'originalité de ma souffrance telle que je l'avais subie tout d'un coup sans le vouloir, et je voulais continuer à la subir, suivant ses lois à elle, à chaque fois que revenait cette contradiction si étrange de la survivance et du néant entre-croisés en moi.

Cette impression douloureuse et actuellement incompréhensible, je savais non certes pas si j'en dégagerais un peu de vérité un jour, mais que si, ce peu de vérité, je pouvais jamais l'extraire, ce ne pourrait être que d'elle, si particulière, si spontanée, qui n'avait été ni tracée par mon intelligence, ni atténuée par ma pusillanimité, mais que la mort elle-même, la brusque révélation de la mort, avait, comme la foudre, creusée en moi, selon un graphique surnaturel et inhumain, un double et mystérieux sillon. (Quant à l'oubli de ma grand'mère où j'avais vécu jusqu'ici, je ne pouvais même pas songer à m'attacher à lui pour en tirer de la vérité; puisqu'en lui-même il n'était rien qu'une négation, l'affaiblissement de la pensée incapable de recréer un moment réel de la vie et obligée de lui substituer des images conventionnelles et indifférentes.)

Peut-être pourtant, l'instinct de conservation, l'ingéniosité de l'intelligence à nous préserver de la douleur, commençant déjà à construire sur des ruines encore fumantes, à poser les premières assises de son oeuvre utile et néfaste, goûtais-je trop la douceur de me rappeler tels et tels jugements de l'être chéri, de me les rappeler comme si elle eût pu les porter encore, comme si elle existait, comme si je continuais d'exister pour elle. Mais dès que je fus arrivé à m'endormir, à cette heure, plus véridique, où mes yeux se fermèrent aux choses du dehors, le monde du sommeil (sur le seuil duquel l'intelligence et la volonté momentanément paralysées ne pouvaient plus me disputer à la cruauté de mes impressions véritables) refléta, réfracta la douloureuse synthèse de la survivance et du néant, dans la profondeur organique et devenue translucide des viscères mystérieusement éclairés. Monde du sommeil, où la connaissance interne, placée sous la dépendance des troubles de nos organes, accélère le rythme du coeur ou de la respiration, parce qu'une même dose d'effroi, de tristesse, de remords agit, avec une puissance centuplée si elle est ainsi injectée dans nos veines; dès que, pour y parcourir les artères de la cité souterraine, nous nous sommes embarqués sur les flots noirs de notre propre sang comme sur un Léthé intérieur aux sextuples replis, de grandes figures solennelles nous apparaissent, nous abordent et nous quittent, nous laissant en larmes.

Je cherchai en vain celle de ma grand'mère dès que j'eus abordé sous les porches sombres; je savais pourtant qu'elle existait encore, mais d'une vie diminuée, aussi pâle que celle du souvenir; l'obscurité grandissait, et le vent; mon père n'arrivait pas qui devait me conduire à elle. Tout d'un coup la respiration me manqua, je sentis mon coeur comme durci, je venais de me rappeler que depuis de longues semaines j'avais oublié d'écrire à ma grand'mère. Que devait-elle penser de moi? «Mon Dieu, me disais-je, comme elle doit être malheureuse dans cette petite chambre qu'on a louée pour elle, aussi petite que pour une ancienne domestique, où elle est toute seule avec la garde qu'on a placée pour la soigner et où elle ne peut pas bouger, car elle est toujours un peu paralysée et n'a pas voulu une seule fois se lever. Elle doit croire que je l'oublie depuis qu'elle est morte; comme elle doit se sentir seule et abandonnée! Oh! il faut que je coure la voir, je ne peux pas attendre une minute, je ne peux pas attendre que mon père arrive; mais où est-ce? comment ai-je pu oublier l'adresse? pourvu qu'elle me reconnaisse encore!

Comment ai-je pu l'oublier pendant des mois? Il fait noir, je ne trouverai pas, le vent m'empêche d'avancer; mais voici mon père qui se promène devant moi; je lui crie: «Où est grand'mère? dis-moi l'adresse. Est-elle bien? Est-ce bien sûr qu'elle ne manque de rien?—Mais non, me dit mon père, tu peux être tranquille. Sa garde est une personne ordonnée. On envoie de temps en temps une toute petite somme pour qu'on puisse lui acheter le peu qui lui est nécessaire. Elle demande quelquefois ce que tu es devenu. On lui a même dit que tu allais faire un livre. Elle a paru contente. Elle a essuyé une larme.» Alors je crus me rappeler qu'un peu après sa mort, ma grand'mère m'avait dit en sanglotant d'un air humble, comme une vieille servante chassée, comme une étrangère: «Tu me permettras bien de te voir quelquefois tout de même, ne me laisse pas trop d'années sans me visiter. Songe que tu as été mon petit-fils et que les grand'mères n'oublient pas.» En revoyant le visage si soumis, si malheureux, si doux qu'elle avait, je voulais courir immédiatement et lui dire ce que j'aurais dû lui répondre alors: «Mais, grand'mère, tu me verras autant que tu voudras, je n'ai que toi au monde, je ne te quitterai plus jamais.» Comme mon silence a dû la faire sangloter depuis tant de mois que je n'ai été là où elle est couchée, qu'a-t-elle pu se dire? Et c'est en sanglotant que moi aussi je dis à mon père: «Vite, vite, son adresse, conduis-moi.» Mais lui: «C'est que... je ne sais si tu pourras la voir, Et puis, tu sais, elle est très faible, très faible, elle n'est plus elle-même, je crois que ce te sera plutôt pénible. Et je ne me rappelle pas le numéro exact de l'avenue.—Mais dis-moi, toi qui sais, ce n'est pas vrai que les morts ne vivent plus.

Ce n'est pas vrai tout de même, malgré ce qu'on dit, puisque grand'mère existe encore.» Mon père sourit tristement: «Oh! bien peu, tu sais, bien peu. Je crois que tu ferais mieux de n'y pas aller. Elle ne manque de rien. On vient tout mettre en ordre.—Mais elle est souvent seule?—Oui, mais cela vaut mieux pour elle. Il vaut mieux qu'elle ne pense pas, cela ne pourrait que lui faire de la peine. Cela fait souvent de la peine de penser. Du reste, tu sais, elle est très éteinte. Je te laisserai l'indication précise pour que tu puisses y aller; je ne vois pas ce que tu pourrais y faire et je ne crois pas que la garde te la laisserait voir.—Tu sais bien pourtant que je vivrai toujours près d'elle, cerfs, cerfs, Francis Jammes, fourchette.» Mais déjà j'avais retraversé le fleuve aux ténébreux méandres, j'étais remonté à la surface où s'ouvre le monde des vivants, aussi si je répétais encore: «Francis Jammes, cerfs, cerfs», la suite de ces mots ne m'offrait plus le sens limpide et la logique qu'ils exprimaient si naturellement pour moi il y a un instant encore, et que je ne pouvais plus me rappeler.

Je ne comprenais plus même pourquoi le mot Alas, que m'avait dit tout à l'heure mon père, avait immédiatement signifié: «Prends garde d'avoir froid», sans aucun doute possible. J'avais oublié de fermer les volets, et sans doute le grand jour m'avait éveillé. Mais je ne pus supporter d'avoir sous les yeux ces flots de la mer que ma grand'mère pouvait autrefois contempler pendant des heures; l'image nouvelle de leur beauté indifférente se complétait aussitôt par l'idée qu'elle ne les voyait pas; j'aurais voulu boucher mes oreilles à leur bruit, car maintenant la plénitude lumineuse de la plage creusait un vide dans mon coeur; tout semblait me dire comme ces allées et ces pelouses d'un jardin public où je l'avais autrefois perdue, quand j'étais tout enfant: «Nous ne l'avons pas vue», et sous la rotondité du ciel pâle et divin je me sentais oppressé comme sous une immense cloche bleuâtre fermant un horizon où ma grand'mère n'était pas. Pour ne plus rien voir, je me tournai du côté du mur, mais hélas, ce qui était contre moi c'était cette cloison qui servait jadis entre nous deux de messager matinal, cette cloison qui, aussi docile qu'un violon à rendre toutes les nuances d'un sentiment, disait si exactement à ma grand'mère ma crainte à la fois de la réveiller, et, si elle était éveillée déjà, de n'être pas entendu d'elle et qu'elle n'osât bouger, puis aussitôt, comme la réplique d'un second instrument, m'annonçant sa venue et m'invitant au calme. Je n'osais pas approcher de cette cloison plus que d'un piano où ma grand'mère aurait joué et qui vibrerait encore de son toucher. Je savais que je pourrais frapper maintenant, même plus fort, que rien ne pourrait plus la réveiller, que je n'entendais aucune réponse, que ma grand'mère ne viendrait plus. Et je ne demandais rien de plus à Dieu, s'il existe un paradis, que d'y pouvoir frapper contre cette cloison les trois petits coups que ma grand'mère reconnaîtrait entre mille, et auxquels elle répondrait par ces autres coups qui voulaient dire: «Ne t'agite pas, petite souris, je comprends que tu es impatient, mais je vais venir», et qu'il me laissât rester avec elle toute l'éternité, qui ne serait pas trop longue pour nous deux.

Le directeur vint me demander si je ne voulais pas descendre. A tout hasard il avait veillé à mon «placement» dans la salle à manger. Comme il ne m'avait pas vu, il avait craint que je ne fusse repris de mes étouffements d'autrefois. Il espérait que ce ne serait qu'un tout petit «maux de gorge» et m'assura avoir entendu dire qu'on les calmait à l'aide de ce qu'il appelait: le «calyptus».

Il me remit un petit mot d'Albertine. Elle n'avait pas dû venir à Balbec cette année, mais, ayant changé de projets, elle était depuis trois jours, non à Balbec même, mais à dix minutes par le tram, à une station voisine. Craignant que je ne fusse fatigué par le voyage, elle s'était abstenue pour le premier soir, mais me faisait demander quand je pourrais la recevoir. Je m'informai si elle était venue elle-même, non pour la voir, mais pour m'arranger à ne pas la voir. «Mais oui, me répondit le directeur. Mais elle voudrait que ce soit le plus tôt possible, à moins que vous n'ayez pas de raisons tout à fait nécessiteuses. Vous voyez, conclut-il, que tout le monde ici vous désire, en définitif.» Mais moi, je ne voulais voir personne.

Et pourtant, la veille, à l'arrivée, je m'étais senti repris par le charme indolent de la vie de bains de mer. Le même lift, silencieux, cette fois, par respect, non par dédain, et rouge de plaisir, avait mis en marche l'ascenseur. M'élevant le long de la colonne montante, j'avais retraversé ce qui avait été autrefois pour moi le mystère d'un hôtel inconnu, où quand on arrive, touriste sans protection et sans prestige, chaque habitué qui rentre dans sa chambre, chaque jeune fille qui descend dîner, chaque bonne qui passe dans les couloirs étrangement délinéamentés, et la jeune fille venue d'Amérique avec sa dame de compagnie et qui descend dîner, jettent sur vous un regard où l'on ne lit rien de ce qu'on aurait voulu. Cette fois-ci, au contraire, j'avais éprouvé le plaisir trop reposant de faire la montée d'un hôtel connu, où je me sentais chez moi, où j'avais accompli une fois de plus cette opération toujours à recommencer, plus longue, plus difficile que le retournement de la paupière, et qui consiste à poser sur les choses l'âme qui nous est familière au lieu de la leur qui nous effrayait. Faudrait-il maintenant, m'étais-je dit, ne me doutant pas du brusque changement d'âme qui m'attendait, aller toujours dans d'autres hôtels, où je dînerais pour la première fois, où l'habitude n'aurait pas encore tué, à chaque étage, devant chaque porte, le dragon terrifiant qui semblait veiller sur une existence enchantée, où j'aurais à approcher de ces femmes inconnues que les palaces, les casinos, les plages ne font, à la façon des vastes polypiers, que réunir et faire vivre en commun?

J'avais ressenti du plaisir même à ce que l'ennuyeux premier président fût si pressé de me voir; je voyais, pour le premier jour, des vagues, les chaînes de montagne d'azur de la mer, ses glaciers et ses cascades, son élévation et sa majesté négligente—rien qu'à sentir, pour la première fois depuis si longtemps, en me lavant les mains, cette odeur spéciale des savons trop parfumés du Grand-Hôtel—laquelle, semblant appartenir à la fois au moment présent et au séjour passé, flottait entre eux comme le charme réel d'une vie particulière où l'on ne rentre que pour changer de cravates. Les draps du lit, trop fins, trop légers, trop vastes, impossibles à border, à faire tenir, et qui restaient soufflés autour des couvertures en volutes mouvantes, m'eussent attristé autrefois. Ils bercèrent seulement, sur la rondeur incommode et bombée de leurs voiles, le soleil glorieux et plein d'espérances du premier matin. Mais celui-ci n'eut pas le temps de paraître. Dans la nuit même l'atroce et divine présence avait ressuscité. Je priai le directeur de s'en aller, de demander que personne n'entrât. Je lui dis que je resterais couché et repoussai son offre de faire chercher chez le pharmacien l'excellente drogue. Il fut ravi de mon refus car il craignait que des clients ne fussent incommodés par l'odeur du «calyptus». Ce qui me valut ce compliment: «Vous êtes dans le mouvement» (il voulait dire: «dans le vrai»), et cette recommandation: «Faites attention de ne pas vous salir à la porte, car, rapport aux serrures, je l'ai faite «induire» d'huile; si un employé se permettait de frapper à votre chambre il serait «roulé» de coups. Et qu'on se le tienne pour dit car je n'aime pas les «répétitions» (évidemment cela signifiait: je n'aime pas répéter deux fois les choses). Seulement, est-ce que vous ne voulez pas pour vous remonter un peu du vin vieux dont j'ai en bas une bourrique (sans doute pour barrique)? Je ne vous l'apporterai pas sur un plat d'argent comme la tête de Jonathan, et je vous préviens que ce n'est pas du Château-Lafite, mais c'est à peu près équivoque (pour équivalent). Et comme c'est léger, on pourrait vous faire frire une petite sole.» Je refusai le tout, mais fus surpris d'entendre le nom du poisson (la sole) être prononcé comme l'arbre le saule, par un homme qui avait dû en commander tant dans sa vie.

Malgré les promesses du directeur, on m'apporta un peu plus tard la carte cornée de la marquise de Cambremer. Venue pour me voir, la vieille dame avait fait demander si j'étais là, et quand elle avait appris que mon arrivée datait seulement de la veille, et que j'étais souffrant, elle n'avait pas insisté, et (non sans s'arrêter sans doute devant le pharmacien, ou la mercière, chez lesquels le valet de pied, sautant du siège, entrait payer quelque note ou faire des provisions) la marquise était repartie pour Féterne, dans sa vieille calèche à huit ressorts attelée de deux chevaux. Assez souvent d'ailleurs, on entendait le roulement et on admirait l'apparat de celle-ci dans les rues de Balbec et de quelques autres petites localités de la côte, situées entre Balbec et Féterne. Non pas que ces arrêts chez des fournisseurs fussent le but de ces randonnées. Il était au contraire quelque goûter, ou garden-party, chez un hobereau ou un bourgeois fort indignes de la marquise. Mais celle-ci, quoique dominant de très haut, par sa naissance et sa fortune, la petite noblesse des environs, avait, dans sa bonté et sa simplicité parfaites, tellement peur de décevoir quelqu'un qui l'avait invitée, qu'elle se rendait aux plus insignifiantes réunions mondaines du voisinage. Certes, plutôt que de faire tant de chemin pour venir entendre, dans la chaleur d'un petit salon étouffant, une chanteuse généralement sans talent et qu'en sa qualité de grande dame de la région et de musicienne renommée il lui faudrait ensuite féliciter avec exagération, Mme de Cambremer eût préféré aller se promener ou rester dans ses merveilleux jardins de Féterne au bas desquels le flot assoupi d'une petite baie vient mourir au milieu des fleurs. Mais elle savait que sa venue probable avait été annoncée par le maître de maison, que ce fût un noble ou un franc-bourgeois de Maineville-la-Teinturière ou de Chatton-court-l'Orgueilleux.

Or, si Mme de Cambremer était sortie ce jour-là sans faire acte de présence à la fête, tel ou tel des invités venu d'une des petites plages qui longent la mer avait pu entendre et voir la calèche de la marquise, ce qui eût ôté l'excuse de n'avoir pu quitter Féterne. D'autre part, ces maîtres de maison avaient beau avoir vu souvent Mme de Cambremer se rendre à des concerts donnés chez des gens où ils considéraient que ce n'était pas sa place d'être, la petite diminution qui, à leurs yeux, était, de ce fait, infligée à la situation de la trop bonne marquise disparaissait aussitôt que c'était eux qui recevaient, et c'est avec fièvre qu'ils se demandaient s'ils l'auraient ou non à leur petit goûter. Quel soulagement à des inquiétudes ressenties depuis plusieurs jours, si, après le premier morceau chanté par la fille des maîtres de la maison ou par quelque amateur en villégiature, un invité annonçait (signe infaillible que la marquise allait venir à la matinée) avoir vu les chevaux de la fameuse calèche arrêtés devant l'horloger ou le droguiste. Alors Mme de Cambremer (qui, en effet, n'allait pas tarder à entrer, suivie de sa belle-fille, des invités en ce moment à demeure chez elle, et qu'elle avait demandé la permission, accordée avec quelle joie, d'amener) reprenait tout son lustre aux yeux des maîtres de maison, pour lesquels la récompense de sa venue espérée avait peut-être été la cause déterminante et inavouée de la décision qu'ils avaient prise il y a un mois: s'infliger les tracas et faire les frais de donner une matinée. Voyant la marquise présente à leur goûter, ils se rappelaient non plus sa complaisance à se rendre à ceux de voisins peu qualifiés, mais l'ancienneté de sa famille, le luxe de son château, l'impolitesse de sa belle-fille née Legrandin qui, par son arrogance, relevait la bonhomie un peu fade de la belle-mère. Déjà ils croyaient lire, au courrier mondain du *Gaulois*, l'entrefilet qu'ils cuisineraient eux-mêmes en famille, toutes portes fermées à clef, sur «le petit coin de Bretagne où l'on s'amuse ferme, la matinée ultra-select où l'on ne s'est séparé qu'après avoir fait promettre aux maîtres de maison de bientôt recommencer». Chaque jour ils attendaient le journal, anxieux de ne pas avoir encore vu leur matinée y figurer, et craignant de n'avoir eu Mme de Cambremer que pour leurs seuls invités et non pour la multitude des lecteurs. Enfin le jour béni arrivait: «La saison est exceptionnellement brillante cette année à Balbec. La mode est aux petits concerts d'après-midi, etc...» Dieu merci, le nom de Mme de Cambremer avait été bien orthographié et «cité au hasard», mais en tête. Il ne restait plus qu'à paraître ennuyé de cette indiscrétion des journaux qui pouvait amener des brouilles avec les personnes qu'on n'avait pu inviter, et à demander hypocritement, devant Mme de Cambremer, qui avait pu avoir la perfidie d'envoyer cet écho dont la marquise bienveillante et grande dame, disait: «Je comprends que cela vous ennuie, mais pour moi je n'ai été que très heureuse qu'on me sût chez vous.»

Sur la carte qu'on me remit, Mme de Cambremer avait griffonné qu'elle donnait une matinée le surlendemain. Et certes il y a seulement deux jours, si fatigué de vie mondaine que je fusse, c'eût été un vrai plaisir pour moi que de la goûter transplantée dans ces jardins où poussaient en pleine terre, grâce à l'exposition de Féterne, les figuiers, les palmiers, les plants de rosiers, jusque dans la mer souvent d'un calme et d'un bleu méditerranéens et sur laquelle le petit yacht des propriétaires allait, avant le commencement de la fête, chercher, dans les plages de l'autre côté de la baie, les invités les plus importants, servait, avec ses vélums tendus contre le soleil, quand tout le monde était arrivé, de salle à manger pour goûter, et repartait le soir reconduire ceux qu'il avait amenés. Luxe charmant, mais si coûteux que c'était en partie afin de parer aux dépenses qu'il entraînait que Mme de Cambremer avait cherché à augmenter ses revenus de différentes façons, et notamment en louant, pour la première fois, une de ses propriétés, fort différente de Féterne: la Raspelière. Oui, il y a deux jours, combien une telle matinée, peuplée de petits nobles inconnus, dans un cadre nouveau, m'eût changé de la «haute vie» parisienne! Mais maintenant les plaisirs n'avaient plus aucun sens pour moi. J'écrivis donc à Mme de Cambremer pour m'excuser, de même qu'une heure avant j'avais fait congédier Albertine: le chagrin avait aboli en moi la possibilité du désir aussi complètement qu'une forte fièvre coupe l'appétit... Ma mère devait arriver le lendemain. Il me semblait que j'étais moins indigne de vivre auprès d'elle, que je la comprendrais mieux, maintenant que toute une vie étrangère et dégradante avait fait place à la remontée des souvenirs déchirants qui ceignaient et ennoblissaient mon âme, comme la sienne, de leur couronne d'épines. Je le croyais; en réalité il y a bien loin des chagrins véritables comme était celui de maman—qui vous ôtent littéralement la vie pour bien longtemps, quelquefois pour toujours, dès qu'on a perdu l'être qu'on aime—à ces autres chagrins, passagers malgré tout, comme devait être le mien, qui s'en vont vite comme ils sont venus tard, qu'on ne connaît que longtemps après l'événement parce qu'on a eu besoin pour les ressentir de les comprendre; chagrins comme tant de gens en éprouvent, et dont celui qui était actuellement ma torture ne se différenciait que par cette modalité du souvenir involontaire.

Quant à un chagrin aussi profond que celui de ma mère, je devais le connaître un jour, on le verra dans la suite de ce récit, mais ce n'était pas maintenant, ni ainsi que je me le figurais. Néanmoins, comme un récitant qui devrait connaître son rôle et être à sa place depuis bien longtemps mais qui est arrivé seulement à la dernière seconde et, n'ayant lu qu'une fois ce qu'il a à dire, sait dissimuler assez habilement, quand vient le moment où il doit donner la réplique, pour que personne ne puisse s'apercevoir de son retard, mon chagrin tout nouveau me permit, quand ma mère arriva, de lui parler comme s'il avait toujours été le même. Elle crut seulement que la vue de ces lieux où j'avais été avec ma grand'mère (et ce n'était d'ailleurs pas cela) l'avait réveillé. Pour la première fois alors, et parce que j'avais une douleur qui n'était rien à côté de la sienne, mais qui m'ouvrait les yeux, je me rendis compte avec épouvante de ce qu'elle pouvait souffrir. Pour la première fois je compris que ce regard fixe et sans pleurs (ce qui faisait que Françoise la plaignait peu) qu'elle avait depuis la mort de ma grand'mère était arrêté sur cette incompréhensible contradiction du souvenir et du néant. D'ailleurs, quoique toujours dans ses voiles noirs, plus habillée dans ce pays nouveau, j'étais plus frappé de la transformation qui s'était accomplie en elle. Ce n'est pas assez de dire qu'elle avait perdu toute gaîté; fondue, figée en une sorte d'image implorante, elle semblait avoir peur d'offenser d'un mouvement trop brusque, d'un son de voix trop haut, la présence douloureuse qui ne la quittait pas. Mais surtout, dès que je la vis entrer, dans son manteau de crêpe, je m'aperçus—ce qui m'avait échappé à Paris—que ce n'était plus ma mère que j'avais sous les yeux, mais ma grand'mère. Comme dans les familles royales et ducales, à la mort du chef le fils prend son titre et, de duc d'Orléans, de prince de Tarente ou de prince des Laumes, devient roi de France, duc de la

Trémoïlle, duc de Guermantes, ainsi souvent, par un avènement d'un autre ordre et de plus profonde origine, le mort saisit le vif qui devient son successeur ressemblant, le continuateur de sa vie interrompue.

Peut-être le grand chagrin qui suit, chez une fille telle qu'était maman, la mort de sa mère, ne fait-il que briser plus tôt la chrysalide, hâter la métamorphose et l'apparition d'un être qu'on porte en soi et qui, sans cette crise qui fait brûler les étapes et sauter d'un seul coup des périodes, ne fût survenu que plus lentement. Peut-être dans le regret de celle qui n'est plus y a-t-il une espèce de suggestion qui finit par amener sur nos traits des similitudes que nous avions d'ailleurs en puissance, et y a-t-il surtout arrêt de notre activité plus particulièrement individuelle (chez ma mère, de son bon sens, de la gaîté moqueuse qu'elle tenait de son père), que nous ne craignions pas, tant que vivait l'être bien-aimé, d'exercer, fût-ce à ses dépens, et qui contrebalançait le caractère que nous tenions exclusivement de lui. Une fois qu'elle est morte, nous aurions scrupule à être autre, nous n'admirons plus que ce qu'elle était, ce que nous étions déjà, mais mêlé à autre chose, et ce que nous allons être désormais uniquement. C'est dans ce sens-là (et non dans celui si vague, si faux où on l'entend généralement) qu'on peut dire que la mort n'est pas inutile, que le mort continue à agir sur nous. Il agit même plus qu'un vivant parce que, la véritable réalité n'étant dégagée que par l'esprit, étant l'objet d'une opération spirituelle, nous ne connaissons vraiment que ce que nous sommes obligés de recréer par la pensée, ce que nous cache la vie de tous les jours... Enfin dans ce culte du regret pour nos morts, nous vouons une idolâtrie à ce qu'ils ont aimé. Non seulement ma mère ne pouvait se séparer du sac de ma grand'mère, devenu plus précieux que s'il eût été de saphirs et de diamants, de son manchon, de tous ces vêtements qui accentuaient encore la ressemblance d'aspect entre elles deux, mais même des volumes de Mme de Sévigné que ma grand'mère avait toujours avec elle, exemplaires que ma mère n'eût pas changés contre le manuscrit même des lettres. Elle plaisantait autrefois ma grand'mère qui ne lui écrivait jamais une fois sans citer une phrase de Mme de Sévigné ou de Mme de Beausergent. Dans chacune des trois lettres que je reçus de maman avant son arrivée à Balbec, elle me cita Mme de Sévigné comme si ces trois lettres eussent été non pas adressées par elle à moi, mais par ma grand'mère adressées à elle.

Elle voulut descendre sur la digue voir cette plage dont ma grand'mère lui parlait tous les jours en lui écrivant. Tenant à la main l'«en tous cas» de sa mère, je la vis de la fenêtre s'avancer toute noire, à pas timides, pieux, sur le sable que des pieds chéris avaient foulé avant elle, et elle avait l'air d'aller à la recherche d'une morte que les flots devaient ramener. Pour ne pas la laisser dîner seule, je dus descendre avec elle. Le premier président et la veuve du bâtonnier se firent présenter à elle. Et tout ce qui avait rapport à ma grand'mère lui était si sensible qu'elle fut touchée infiniment, garda toujours le souvenir et la reconnaissance de ce que lui dit le premier président, comme elle souffrit avec indignation de ce qu'au contraire la femme du bâtonnier n'eût pas une parole de souvenir pour la morte. En réalité, le premier président ne se souciait pas plus d'elle que la femme du bâtonnier. Les paroles émues de l'un et le silence de l'autre, bien que ma mère mît entre eux une telle différence, n'étaient qu'une façon diverse d'exprimer cette indifférence que nous inspirent les morts. Mais je crois que ma mère trouva surtout de la douceur dans les paroles où, malgré moi, je laissai passer un peu de ma souffrance. Elle ne pouvait que rendre maman heureuse (malgré toute la tendresse qu'elle avait pour moi), comme tout ce qui assurait à ma grand'mère une survivance dans les coeurs. Tous les jours suivants ma mère descendit s'asseoir sur la plage, pour faire exactement ce que sa mère avait fait, et elle lisait ses deux livres préférés, les *Mémoires* de Mme de Beausergent et les *Lettres* de Mme de Sévigné. Elle, et aucun de nous, n'avait pu supporter qu'on appelât cette dernière la «spirituelle marquise», pas plus que La Fontaine «le Bonhomme». Mais quand elle lisait dans les lettres ces mots: «ma fille», elle croyait entendre sa mère lui parler.

Elle eut la mauvaise chance, dans un de ces pèlerinages où elle ne voulait pas être troublée, de rencontrer sur la plage une dame de Combray, suivie de ses filles. Je crois que son nom était Mme Poussin. Mais nous ne l'appelions jamais entre nous que «Tu m'en diras des nouvelles», car c'est par cette phrase perpétuellement répétée qu'elle avertissait ses filles des maux qu'elles se préparaient, par exemple en disant à l'une qui se frottait les yeux: «Quand tu auras une bonne ophtalmie, tu m'en diras des nouvelles.» Elle adressa de loin à maman de longs saluts éplorés, non en signe de condoléance, mais par genre d'éducation. Elle eût fait de même si nous n'eussions pas perdu ma grand'mère et n'eussions eu que des raisons d'être heureux. Vivant assez retirée à Combray, dans un immense jardin, elle ne trouvait jamais rien assez doux et faisait subir des adoucissements aux mots et aux noms mêmes de la langue française. Elle trouvait trop dur d'appeler «cuiller» la pièce d'argenterie qui versait ses sirops, et disait en conséquence «cueiller»; elle eût eu peur de brusquer le doux chantre de Télémaque en l'appelant rudement Fénelon—comme je faisais moi-même en connaissance de cause, ayant pour ami le plus cher l'être le plus intelligent, bon et brave, inoubliable à tous ceux qui l'ont connu, Bertrand de Fénelon—et elle ne disait jamais que «Fénelon» trouvant que l'accent aigu ajoutait quelque mollesse. Le gendre, moins doux, de cette Mme Poussin, et duquel j'ai oublié le nom, étant notaire à Combray, emporta la caisse et fit perdre à mon oncle, notamment, une assez forte somme. Mais la plupart des gens de Combray étaient si bien avec les autres membres de la famille qu'il n'en résulta aucun froid et qu'on se contenta de plaindre Mme Poussin. Elle ne recevait pas, mais chaque fois qu'on passait devant sa grille on s'arrêtait à admirer ses admirables ombrages, sans pouvoir distinguer autre chose. Elle ne nous gêna guère à Balbec où je ne la rencontrai qu'une fois, à un moment où elle disait à sa fille en train de se ronger les ongles: «Quand tu auras un bon panaris, tu m'en diras des nouvelles.»

Pendant que maman lisait sur la plage je restais seul dans ma chambre. Je me rappelais les derniers temps de la vie de ma grand'mère et tout ce qui se rapportait à eux, la porte de l'escalier qui était maintenue ouverte quand nous étions sortis pour sa dernière promenade. En contraste avec tout cela, le reste du monde semblait à peine réel et ma souffrance l'empoisonnait tout entier. Enfin ma mère exigea que je sortisse. Mais, à chaque pas, quelque aspect oublié du Casino, de la rue où en l'attendant, le premier soir, j'étais allé jusqu'au monument de Duguay-Trouin, m'empêchait, comme un vent contre lequel on ne peut lutter, d'aller plus avant; je baissais les yeux pour ne pas voir. Et après avoir repris quelque force, je revenais vers l'hôtel, vers l'hôtel où je savais qu'il était désormais impossible que, si longtemps dussé-je attendre, je retrouvasse ma grand'mère, que j'avais retrouvée autrefois, le premier soir d'arrivée. Comme c'était la première fois que je sortais, beaucoup de domestiques que je n'avais pas encore vus me regardèrent curieusement. Sur le seuil même de l'hôtel, un jeune chasseur ôta sa casquette pour me saluer et la remit prestement. Je crus qu'Aimé lui avait, selon son expression, «passé la consigne» d'avoir des égards pour moi. Mais je vis au même moment que, pour une autre personne qui rentrait, il l'enleva de nouveau. La vérité était que, dans la vie, ce jeune homme ne savait qu'ôter et remettre sa casquette, et le faisait parfaitement bien. Ayant compris qu'il était incapable d'autre chose et qu'il excellait dans celle-là, il l'accomplissait le plus grand nombre de fois qu'il pouvait par jour, ce qui lui valait de la part des clients une sympathie discrète mais générale, une grande sympathie aussi de la part du concierge à qui revenait la tâche d'engager les chasseurs et qui, jusqu'à cet oiseau rare, n'avait pas pu en trouver un qui ne se fît renvoyer en moins de huit jours, au grand étonnement d'Aimé qui disait: «Pourtant, dans ce métier-là, on ne leur demande guère que d'être poli, ça ne devrait pas être si difficile.» Le directeur tenait aussi à ce qu'ils eussent ce qu'il appelait une belle «présence», voulant dire qu'ils restassent là, ou plutôt ayant mal retenu le mot prestance. L'aspect de la pelouse qui s'étendait derrière l'hôtel avait été modifié par la création de quelques plates-bandes fleuries et l'enlèvement non seulement d'un arbuste exotique, mais du chasseur qui, la première année, décorait extérieurement l'entrée par la tige souple de sa taille et la coloration curieuse de sa chevelure. Il avait suivi une comtesse polonaise qui l'avait pris comme secrétaire, imitant en cela ses deux aînés et sa soeur dactylographe, arrachés à l'hôtel par des personnalités de pays et de sexe divers, qui s'étaient éprises de leur charme. Seul demeurait leur cadet, dont personne ne voulait parce qu'il louchait. Il était fort heureux quand la comtesse polonaise et les protecteurs des deux autres venaient passer quelque temps à l'hôtel de Balbec.

Car, malgré qu'il enviât ses frères, il les aimait et pouvait ainsi, pendant quelques semaines, cultiver des sentiments de famille. L'abbesse de Fontevrault n'avait-elle pas l'habitude, quittant pour cela ses moinesses, de venir partager l'hospitalité qu'offrait Louis XIV à cette autre Mortemart, sa maîtresse, Mme de Montespan? Pour lui, c'était la première année qu'il était à Balbec; il ne me connaissait pas encore, mais ayant entendu ses camarades plus anciens faire suivre, quand ils me parlaient, le mot de Monsieur de mon nom, il les imita dès la première fois avec l'air de satisfaction, soit de manifester son instruction relativement à une personnalité qu'il jugeait connue, soit de se conformer à un usage qu'il ignorait il y a cinq minutes, mais auquel il lui semblait qu'il était indispensable de ne pas manquer. Je comprenais très bien le charme que ce grand palace pouvait offrir à certaines personnes. Il était dressé comme un théâtre, et une nombreuse figuration, l'animait jusque dans les plinthes. Bien que le client ne fût qu'une sorte de spectateur, il était mêlé perpétuellement au spectacle, non même comme dans ces théâtres où les acteurs jouent une scène dans la salle, mais comme si la vie du spectateur se déroulait au milieu des somptuosités de la scène. Le joueur de tennis pouvait rentrer en veston de flanelle blanche, le concierge s'était mis en habit bleu galonné d'argent pour lui donner ses lettres.

Si ce joueur de tennis ne voulait pas monter à pied, il n'était pas moins mêlé aux acteurs en ayant à côté de lui pour faire monter l'ascenseur le lift aussi richement costumé. Les couloirs des étages dérobaient une fuite de caméristes et de couturières, belles sur la mer et jusqu'aux petites chambres desquelles les amateurs de la beauté féminine ancillaire arrivaient par de savants détours. En bas, c'était l'élément masculin qui dominait et faisait de cet hôtel, à cause de l'extrême et oisive jeunesse des serviteurs, comme une sorte de tragédie judéo-chrétienne ayant pris corps et perpétuellement représentée. Aussi ne pouvais-je m'empêcher de me dire à moi-même, en les voyant, non certes les vers de Racine qui m'étaient venus à l'esprit chez la princesse de Guermantes tandis que M. de Vaugoubert regardait de jeunes secrétaires d'ambassade saluant M. de Charlus, mais d'autres vers de Racine, cette fois-ci non plus d'*Esther,* mais *d'Athalie:* car dès le hall, ce qu'au XVIIe siècle on appelait les Portiques, «un peuple florissant» de jeunes chasseurs se tenait, surtout à l'heure du goûter, comme les jeunes Israélites des choeurs de Racine. Mais je ne crois pas qu'un seul eût pu fournir même la vague réponse que Joas trouve pour Athalie quand celle-ci demande au prince enfant: «Quel est donc votre emploi?» car ils n'en avaient aucun. Tout au plus, si l'on avait demandé à n'importe lequel d'entre eux, comme la nouvelle Reine: «Mais tout ce peuple enfermé dans ce lieu, à quoi s'occupe-t-il?», aurait-il pu dire: «Je vois l'ordre pompeux de ces cérémonies et j'y contribue.» Parfois un des jeunes figurants allait vers quelque personnage plus important, puis cette jeune beauté rentrait dans le choeur, et, à moins que ce ne fût l'instant d'une détente contemplative, tous entrelaçaient leurs évolutions inutiles, respectueuses, décoratives et quotidiennes. Car, sauf leur «jour de sortie», «loin du monde élevés» et ne franchissant pas le parvis, ils menaient la même existence ecclésiastique que les lévites dans *Athalie*, et devant cette «troupe jeune et fidèle» jouant aux pieds des degrés couverts de tapis magnifiques, je pouvais me demander si je pénétrais dans le grand hôtel de Balbec ou dans le temple de Salomon.

Je remontais directement à ma chambre. Mes pensées étaient habituellement attachées aux derniers jours de la maladie de ma grand'mère, à ces souffrances que je revivais, en les accroissant de cet élément, plus difficile encore à supporter que la souffrance même des autres et auxquelles il est ajouté par notre cruelle pitié; quand nous croyons seulement recréer les douleurs d'un être cher, notre pitié les exagère; mais peut-être est-ce elle qui est dans le vrai, plus que la conscience qu'ont de ces douleurs ceux qui les souffrent, et auxquels est cachée cette tristesse de leur vie, que la pitié, elle, voit, dont elle se désespère. Toutefois ma pitié eût dans un élan nouveau dépassé les souffrances de ma grand'mère si j'avais su alors ce que j'ignorai longtemps, que ma grand'mère, la veille de sa mort, dans un moment de conscience et s'assurant que je n'étais pas là, avait pris la main de maman et, après y avoir collé ses lèvres fiévreuses, lui avait dit: «Adieu, ma fille, adieu pour toujours.» Et c'est peut-être aussi ce souvenir-là que ma mère n'a plus jamais cessé de regarder si fixement. Puis les doux souvenirs me revenaient. Elle était ma grand'mère et j'étais son petit-fils. Les expressions de son visage semblaient écrites dans une langue qui n'était que pour moi; elle était tout dans ma vie, les autres n'existaient que relativement à elle, au jugement qu'elle me donnerait sur eux; mais non, nos rapports ont été trop fugitifs pour n'avoir pas été accidentels. Elle ne me connaît plus, je ne la reverrai jamais. Nous n'avions pas été créés uniquement l'un pour l'autre, c'était une étrangère. Cette étrangère, j'étais en train d'en regarder la photographie par Saint-Loup. Maman, qui avait rencontré Albertine, avait insisté pour que je la visse, à cause des choses gentilles qu'elle lui avait dites sur grand'mère et sur moi. Je lui avais donc donné rendez-vous.

Je prévins le directeur pour qu'il la fît attendre au salon. Il me dit qu'il la connaissait depuis bien longtemps, elle et ses amies, bien avant qu'elles eussent atteint «l'âge de la pureté», mais qu'il leur en voulait de choses qu'elles avaient dites de l'hôtel. Il faut qu'elles ne soient pas bien «illustrées» pour causer ainsi. A moins qu'on ne les ait calomniées. Je compris aisément que pureté était dit pour «puberté». En attendant l'heure d'aller retrouver Albertine, je tenais mes yeux fixés, comme sur un dessin qu'on finit par ne plus voir à force de l'avoir regardé, sur la photographie que Saint-Loup avait faite, quand tout d'un coup, je pensai de nouveau: «C'est grand'mère, je suis son petit-fils», comme un amnésique retrouve son nom, comme un malade change de personnalité. Françoise entra me dire qu'Albertine était là, et voyant la photographie: «Pauvre Madame, c'est bien elle, jusqu'à son bouton de beauté sur la joue; ce jour que le marquis l'a photographiée, elle avait été bien malade, elle s'était deux fois trouvée mal. «Surtout, Françoise, qu'elle m'avait dit, il ne faut pas que mon petit-fils le sache.» Et elle le cachait bien, elle était toujours gaie en société. Seule, par exemple, je trouvais qu'elle avait l'air par moments d'avoir l'esprit un peu monotone. Mais ça passait vite.

Et puis elle me dit comme ça: «Si jamais il m'arrivait quelque chose, il faudrait qu'il ait un portrait de moi. Je n'en ai jamais fait faire un seul. «. Alors elle m'envoya dire à M. le marquis, en lui recommandant de ne pas raconter à Monsieur que c'était elle qui l'avait demandé, s'il ne pourrait pas lui tirer sa photographie. Mais quand je suis revenue lui dire que oui, elle ne voulait plus parce qu'elle se trouvait trop mauvaise figure. «C'est pire encore, qu'elle me dit, que pas de photographie du tout.» Mais comme elle n'était pas bête, elle finit pas s'arranger si bien, en mettant un grand chapeau rabattu, qu'il n'y paraissait plus quand elle n'était pas au grand jour. Elle en était bien contente de sa photographie, parce qu'en ce moment-là elle ne croyait pas qu'elle reviendrait de Balbec. J'avais beau lui dire: «Madame, il ne faut pas causer comme ça, j'aime pas entendre Madame causer comme ça», c'était dans son idée. Et dame, il y avait plusieurs jours qu'elle ne pouvait pas manger. C'est pour cela qu'elle poussait Monsieur à aller dîner très loin avec M. le marquis. Alors au lieu d'aller à table elle faisait semblant de lire et, dès que la voiture du marquis était partie, elle montait se coucher. Des jours elle voulait prévenir Madame d'arriver pour la voir encore. Et puis elle avait peur de la surprendre, comme elle ne lui avait rien dit. «Il vaut mieux qu'elle reste avec son mari, voyez-vous Françoise.» Françoise, me regardant, me demanda tout à coup si je me «sentais indisposé». Je lui dis que non; et elle: «Et puis vous me ficelez là à causer avec vous. Votre visite est peut-être déjà arrivée. Il faut que je descende. Ce n'est pas une personne pour ici. Et avec une allant vite comme elle, elle pourrait être repartie. Elle n'aime pas attendre. Ah! maintenant. Mademoiselle Albertine» c'est quelqu'un.—Vous vous trompez, Françoise, elle est assez bien, trop bien pour ici. Mais allez la prévenir que je ne pourrai pas la voir aujourd'hui.» Quelles déclamations apitoyées j'aurais éveillées en Françoise si elle m'avait vu pleurer. Soigneusement je me cachai. Sans cela j'aurais eu sa sympathie.

Mais je lui donnai la mienne. Nous ne nous mettons pas assez dans le coeur de ces pauvres femmes de chambre qui ne peuvent pas nous voir pleurer, comme si pleurer nous faisait mal; ou peut-être leur faisait mal, Françoise m'ayant dit quand j'étais petit: «Ne pleurez pas comme cela, je n'aime pas vous voir pleurer comme cela.» Nous n'aimons pas les grandes phrases, les attestations, nous avons tort, nous fermons ainsi notre coeur au pathétique des campagnes, à la légende que la pauvre servante, renvoyée, peut-être injustement, pour vol, toute pâle, devenue subitement plus humble comme si c'était un crime d'être accusée, déroule en invoquant l'honnêteté de son père, les principes de sa mère, les conseils de l'aïeule. Certes ces mêmes domestiques qui ne peuvent supporter nos larmes nous feront prendre sans scrupule une fluxion de poitrine parce que la femme de chambre d'au-dessous aime les courants d'air et que ce ne serait pas poli de les supprimer. Car il faut que ceux-là mêmes qui ont raison, comme Françoise, aient tort aussi, pour faire de la Justice une chose impossible. Même les humbles plaisirs des servantes provoquent ou le refus ou la raillerie de leurs maîtres. Car c'est toujours un rien, mais niaisement sentimental, anti-hygiénique. Aussi peuvent-elles dire: «Comment, moi qui ne demande que cela dans l'année, on ne me l'accorde pas.» Et pourtant les maîtres accorderont beaucoup plus, qui ne fût pas stupide et dangereux pour elles—ou pour eux. Certes, à l'humilité de la pauvre femme de chambre, tremblante, prête à avouer ce qu'elle n'a pas commis, disant «je partirai ce soir s'il le faut», on ne peut pas résister. Mais il faut savoir aussi ne pas rester insensibles, malgré la banalité solennelle et menaçante des choses qu'elle dit, son héritage maternel et la dignité du «clos», devant une vieille cuisinière drapée dans une vie et une ascendance d'honneur, tenant le balai comme un sceptre, poussant son rôle au tragique, l'entrecoupant de pleurs, se redressant avec majesté. Ce jour-là je me rappelai ou j'imaginai de telles scènes, je les rapportai à notre vieille servante, et, depuis lors, malgré tout le mal qu'elle put faire à Albertine, j'aimai Françoise d'une affection, intermittente il est vrai, mais du genre le plus fort, celui qui a pour base la pitié.

Certes, je souffris toute la journée en restant devant la photographie de ma grand'mère. Elle me torturait. Moins pourtant que ne fit le soir la visite du directeur. Comme je lui parlais de ma grand'mère et qu'il me renouvelait ses condoléances, je l'entendis me dire (car il aimait employer les mots qu'il prononçait mal): «C'est comme le jour où Madame votre grand'mère avait eu cette symecope, je voulais vous en avertir, parce qu'à cause de la clientèle, n'est-ce pas, cela aurait pu faire du tort à la maison. Il aurait mieux valu qu'elle parte le soir même. Mais elle me supplia de ne rien dire et me promit qu'elle n'aurait plus de symecope, ou qu'à la première elle partirait. Le chef de l'étage m'a pourtant rendu compte qu'elle en a eu une autre. Mais, dame, vous étiez de vieux clients qu'on cherchait à contenter, et du moment que personne ne s'est plaint:» Ainsi ma grand'mère avait des syncopes et me les avait cachées. Peut-être au moment où j'étais le moins gentil pour elle, où elle était obligée, tout en souffrant, de faire attention à être de bonne humeur pour ne pas m'irriter et à paraître bien portante pour ne pas être mise à la porte de l'hôtel. «Simecope» c'est un mot que, prononcé ainsi, je n'aurais jamais imaginé, qui m'aurait peut-être, s'appliquant à d'autres, paru ridicule, mais qui dans son étrange nouveauté sonore, pareille à celle d'une dissonance originale, resta longtemps ce qui était capable d'éveiller en moi les sensations les plus douloureuses.

Le lendemain j'allai, à la demande de maman, m'étendre un peu sur le sable, ou plutôt dans les dunes, là où on est caché par leurs replis, et où je savais qu'Albertine et ses amies ne pourraient pas me trouver. Mes paupières, abaissées, ne laissaient passer qu'une seule lumière, toute rose, celle des parois intérieures des yeux. Puis elles se fermèrent tout à fait. Alors ma grand'mère m'apparut assise dans un fauteuil. Si faible, elle avait l'air de vivre moins qu'une autre personne. Pourtant je l'entendais respirer; parfois un signe montrait qu'elle avait compris ce que nous disions, mon père et moi. Mais j'avais beau l'embrasser, je ne pouvais pas arriver à éveiller un regard d'affection dans ses yeux, un peu de couleur sur ses joues. Absente d'elle-même, elle avait l'air de ne pas m'aimer, de ne pas me connaître, peut-être de ne pas me voir. Je ne pouvais deviner le secret de son indifférence, de son abattement, de son mécontentement silencieux. J'entraînai mon père à l'écart. «Tu vois tout de même, lui dis-je, il n'y a pas à dire, elle a saisi exactement chaque chose. C'est l'illusion complète de la vie. Si on pouvait faire venir ton cousin qui prétend que les morts ne vivent pas! Voilà plus d'un an qu'elle est morte et, en somme, elle vit toujours. Mais pourquoi ne veut-elle pas m'embrasser?—Regarde, sa pauvre tête retombe.—Mais elle voudrait aller aux Champs-Elysées tantôt.—C'est de la folie!—Vraiment, tu crois que cela pourrait lui faire mal, qu'elle pourrait mourir davantage? Il n'est pas possible qu'elle ne m'aime plus. J'aurai beau l'embrasser, est-ce qu'elle ne me sourira plus jamais?—Que veux-tu, les morts sont les morts.»

Quelques jours plus tard la photographie qu'avait faite Saint-Loup m'était douce à regarder; elle ne réveillait pas le souvenir de ce que m'avait dit Françoise parce qu'il ne m'avait plus quitté et je m'habituais à lui. Mais, en regard de l'idée que je me faisais de son état si grave, si douloureux ce jour-là, la photographie, profitant encore des ruses qu'avait eues ma grand'mère et qui réussissaient à me tromper même depuis qu'elles m'avaient été dévoilées, me la montrait si élégante, si insouciante, sous le chapeau qui cachait un peu son visage, que je la voyais moins malheureuse et mieux portante que je ne l'avais imaginée. Et pourtant ses joues, ayant à son insu une expression à elles, quelque chose de plombé, de hagard, comme le regard d'une bête qui se sentirait déjà choisie et désignée, ma grand'mère avait un air de condamnée à mort, un air involontairement sombre, inconsciemment tragique, qui m'échappait mais qui empêchait maman de regarder jamais cette photographie, cette photographie qui lui paraissait, moins une photographie de sa mère que de la maladie de celle-ci, d'une insulte que cette maladie faisait au visage brutalement souffleté de grand'mère.

Puis un jour, je me décidai à faire dire à Albertine que je la recevrais prochainement. C'est qu'un matin de grande chaleur prématurée, les mille cris des enfants qui jouaient, des baigneurs plaisantant, des marchands de journaux, m'avaient décrit en traits de feu, en flammèches entrelacées, la plage ardente que les petites vagues venaient une à une arroser de leur fraîcheur; alors avait commencé le concert symphonique mêlé au clapotement de l'eau, dans lequel les violons vibraient comme un essaim d'abeilles égaré sur la mer. Aussitôt j'avais désiré de réentendre le rire d'Albertine, de revoir ses amies, ces jeunes filles se détachant sur les flots, et restées dans mon souvenir le charme inséparable, la flore caractéristique de Balbec; et j'avais résolu d'envoyer par Françoise un mot à Albertine, pour la semaine prochaine, tandis que, montant doucement, la mer, à chaque déferlement de lame, recouvrait complètement de coulées de cristal la mélodie dont les phrases apparaissaient séparées les unes des autres, comme ces anges luthiers qui, au faîte de la cathédrale italienne, s'élèvent entre les crêtes de porphyre bleu et de jaspe écumant. Mais le jour où Albertine vint, le temps s'était de nouveau gâté et rafraîchi, et d'ailleurs je n'eus pas l'occasion d'entendre son rire; elle était de fort mauvaise humeur. «Balbec est assommant cette année, me dit-elle. Je tâcherai de ne pas rester longtemps. Vous savez que je suis ici depuis Pâques, cela fait plus d'un mois. Il n'y a personne.

Si vous croyez que c'est folichon.» Malgré la pluie récente et le ciel changeant à toute minute, après avoir accompagné Albertine jusqu'à Egreville, car Albertine faisait, selon son expression, la «navette» entre cette petite plage, où était la villa de Mme Bontemps, et Incarville où elle avait été «prise en pension» par les parents de Rosemonde, je partis me promener seul vers cette grande route que prenait la voiture de Mme de Villeparisis quand nous allions nous promener avec ma grand'mère; des flaques d'eau, que le soleil qui brillait n'avait pas séchées, faisaient du sol un vrai marécage, et je pensais à ma grand'mère qui jadis ne pouvait marcher deux pas sans se crotter. Mais, dès que je fus arrivé à la route, ce fut un éblouissement. Là où je n'avais vu, avec ma grand'mère, au mois d'août, que les feuilles et comme l'emplacement des pommiers, à perte de vue ils étaient en pleine floraison, d'un luxe inouï, les pieds dans la boue et en toilette de bal, ne prenant pas de précautions pour ne pas gâter le plus merveilleux satin rose qu'on eût jamais vu et que faisait briller le soleil; l'horizon lointain de la mer fournissait aux pommiers comme un arrière-plan d'estampe japonaise; si je levais la tête pour regarder le ciel entre les fleurs, qui faisaient paraître son bleu rasséréné, presque violent, elles semblaient s'écarter pour montrer la profondeur de ce paradis.

Sous cet azur, une brise légère mais froide faisait trembler légèrement les bouquets rougissants. Des mésanges bleues venaient se poser sur les branches et sautaient entre les fleurs, indulgentes, comme si c'eût été un amateur d'exotisme et de couleurs qui avait artificiellement créé cette beauté vivante. Mais elle touchait jusqu'aux larmes parce que, si loin qu'on allât dans ses effets d'art raffiné, on sentait qu'elle était naturelle, que ces pommiers étaient là en pleine campagne comme des paysans, sur une grande route de France. Puis aux rayons du soleil succédèrent subitement ceux de la pluie; ils zébrèrent tout l'horizon, enserrèrent la file des pommiers dans leur réseau gris. Mais ceux-ci continuaient à dresser leur beauté, fleurie et rose, dans le vent devenu glacial sous l'averse qui tombait: c'était une journée de printemps.

CHAPITRE DEUXIÈME

Les Mysteres D'albertine.—Les Jeunes Filles Qu'elle Voit Dans La Glace.—La Dame Inconnue.—Le Liftier.—Madame De Cambremer.—Les Plaisirs De M. Nissim Bernard.—Premiere Esquisse Du Caractère Étrange De Morel.—M. De Charlus Dine Chez Les Verdurin.

Dans ma crainte que le plaisir trouvé dans cette promenade solitaire n'affaiblît en moi le souvenir de ma grand'mère, je cherchais à le raviver en pensant à telle grande souffrance morale qu'elle avait eue; à mon appel cette souffrance essayait de se construire dans mon coeur, elle y élançait ses piliers immenses; mais mon coeur, sans doute, était trop petit pour elle, je n'avais la force de porter une douleur si grande, mon attention se dérobait au moment où elle se reformait tout entière, et ses arches s'effondraient avant de s'être rejointes, comme avant d'avoir parfait leur voûte s'écroulent les vagues. Cependant, rien que par mes rêves quand j'étais endormi, j'aurais pu apprendre que mon chagrin de la mort de ma grand'mère diminuait, car elle y apparaissait moins oppressée par l'idée que je me faisais de son néant. Je la voyais toujours malade, mais en voie de se rétablir, je la trouvais mieux. Et si elle faisait allusion à ce qu'elle avait souffert, je lui fermais la bouche avec mes baisers et je l'assurais qu'elle était maintenant guérie pour toujours. J'aurais voulu faire constater aux sceptiques que la mort est vraiment une maladie dont on revient. Seulement je ne trouvais plus chez ma grand'mère la riche spontanéité d'autrefois. Ses paroles n'étaient qu'une réponse affaiblie, docile, presque un simple écho de mes paroles; elle n'était plus que le reflet de ma propre pensée.

Incapable comme je l'étais encore d'éprouver à nouveau un désir physique, Albertine recommençait cependant à m'inspirer comme un désir de bonheur. Certains rêves de tendresse partagée, toujours flottants en nous, s'allient volontiers, par une sorte d'affinité, au souvenir (à condition que celui-ci soit déjà devenu un peu vague) d'une femme avec qui nous avons eu du plaisir. Ce sentiment me rappelait des aspects du visage d'Albertine, plus doux, moins gais, assez différents de ceux que m'eût évoqués le désir physique; et comme il était aussi moins pressant que ne l'était ce dernier, j'en eusse volontiers ajourné la réalisation à l'hiver suivant sans chercher à revoir Albertine à Balbec avant son départ. Mais, même au milieu d'un chagrin encore vif, le désir physique renaît. De mon lit où on me faisait rester longtemps tous les jours à me reposer, je souhaitais qu'Albertine vînt recommencer nos jeux d'autrefois. Ne voit-on pas, dans la chambre même où ils ont perdu un enfant, des époux, bientôt de nouveau entrelacés, donner un frère au petit mort? J'essayais de me distraire de ce désir en allant jusqu'à la fenêtre regarder la mer de ce jour-là. Comme la première année, les mers, d'un jour à l'autre, étaient rarement les mêmes.

Mais d'ailleurs elles ne ressemblaient guère à celles de cette première année, soit parce que maintenant c'était le printemps avec ses orages, soit parce que, même si j'étais venu à la même date que la première fois, des temps différents, plus changeants, auraient pu déconseiller cette côte à certaines mers indolentes, vaporeuses et fragiles que j'avais vues pendant des jours ardents dormir sur la plage en soulevant imperceptiblement leur sein bleuâtre, d'une molle palpitation, soit surtout parce que mes yeux, instruits par Elstir à retenir précisément les éléments que j'écartais volontairement jadis, contemplaient longuement ce que la première année ils ne savaient pas voir.

Cette opposition qui alors me frappait tant entre les promenades agrestes que je faisais avec Mme de Villeparisis et ce voisinage fluide, inaccessible et mythologique, de l'Océan éternel n'existait plus pour moi. Et certains jours la mer me semblait, au contraire, maintenant presque rurale elle-même. Les jours, assez rares, de vrai beau temps, la chaleur avait tracé sur les eaux, comme à travers champs, une route poussiéreuse et blanche derrière laquelle la fine pointe d'un bateau de pêche dépassait comme un clocher villageois.

Un remorqueur, dont on ne voyait que la cheminée, fumait au loin comme une usine écartée, tandis que seul à l'horizon un carré blanc et bombé, peint sans doute par une voile, mais qui semblait compact et comme calcaire, faisait penser à l'angle ensoleillé de quelque bâtiment isolé, hôpital ou école. Et les nuages et le vent, les jours où il s'en ajoutait au soleil, parachevaient sinon l'erreur du jugement, du moins l'illusion du premier regard, la suggestion qu'il éveille dans l'imagination. Car l'alternance d'espaces de couleurs nettement tranchées, comme celles qui résultent, dans la campagne, de la contiguïté de cultures différentes, les inégalités âpres, jaunes, et comme boueuses de la surface marine, les levées, les talus qui dérobaient à la vue une barque où une équipe d'agiles matelots semblait moissonner, tout cela, par les jours orageux, faisait de l'océan quelque chose d'aussi varié, d'aussi consistant, d'aussi accidenté, d'aussi populeux, d'aussi civilisé que la terre carrossable sur laquelle j'allais autrefois et ne devais pas tarder à faire des promenades. Et une fois, ne pouvant plus résister à mon désir, au lieu de me recoucher, je m'habillai et partis chercher Albertine à Incarville. Je lui demanderais de m'accompagner jusqu'à Douville où j'irais faire à Féterne une visite à Mme de Cambremer, et à la Raspelière une visite à Mme Verdurin. Albertine m'attendrait pendant ce temps-là sur la plage et nous reviendrions ensemble dans la nuit. J'allai prendre le petit chemin de fer d'intérêt local dont j'avais, par Albertine et ses amies, appris autrefois tous les surnoms dans la région, où on l'appelait tantôt le *Tortillard* à cause de ses innombrables détours, le *Tacot* parce qu'il n'avançait pas, le *Transatlantique* à cause d'une effroyable sirène qu'il possédait pour que se garassent les passants, le *Decauville* et le *Funi*, bien que ce ne fût nullement un funiculaire mais parce qu'il grimpait sur la falaise, ni même à proprement parler un Decauville mais parce qu'il avait une voie de 60, le *B. A. G.* parce qu'il allait de Balbec à Grallevast en passant par Angerville, le *Tram* et le *T. S. N.* parce qu'il faisait partie de la ligne des tramways du Sud de la Normandie. Je m'installai dans un wagon où j'étais seul; il faisait un soleil splendide, on étouffait; je baissai le store bleu qui ne laissa passer qu'une raie de soleil. Mais aussitôt je vis ma grand'mère, telle qu'elle était assise dans le train à notre départ de Paris à Balbec, quand, dans la souffrance de me voir prendre de la bière, elle avait préféré ne pas regarder, fermer les yeux et faire semblant de dormir.

Moi qui ne pouvais supporter autrefois la souffrance qu'elle avait quand mon grand-père prenait du cognac, je lui avais infligé celle, non pas même seulement de me voir prendre, sur l'invitation d'un autre, une boisson qu'elle croyait funeste pour moi, mais je l'avais forcée à me laisser libre de m'en gorger à ma guise; bien plus, par mes colères, mes crises d'étouffement, je l'avais forcée à m'y aider, à me le conseiller, dans une résignation suprême dont j'avais devant ma mémoire l'image muette, désespérée, aux yeux clos pour ne pas voir. Un tel souvenir, comme un coup de baguette, m'avait de nouveau rendu l'âme que j'étais en train de perdre depuis quelque temps; qu'est-ce que j'aurais pu faire de Rosemonde quand mes lèvres tout entières étaient parcourues seulement par le désir désespéré d'embrasser une morte? qu'aurais-je pu dire aux Cambremer et aux Verdurin quand mon coeur battait si fort parce que s'y reformait à tout moment la douleur que ma grand'mère avait soufferte? Je ne pus rester dans ce wagon. Dès que le train s'arrêta à Maineville-la-Teinturière, renonçant à mes projets, je descendis, je rejoignis la falaise et j'en suivis les chemins sinueux. Maineville avait acquis depuis quelque temps une importance considérable et une réputation particulière, parce qu'un directeur de nombreux casinos, marchand de bien-être, avait fait construire non loin de là, avec un luxe de mauvais goût capable de rivaliser avec celui d'un palace, un établissement, sur lequel nous reviendrons, et qui était, à franc parler, la première maison publique pour gens chics qu'on eût eu l'idée de construire sur les côtes de France. C'était la seule. Chaque port a bien la sienne, mais bonne seulement pour les marins et pour les amateurs de pittoresque que cela amuse de voir, tout près de l'église immémoriale, la patronne presque aussi vieille, vénérable et moussue, se tenir devant sa porte mal famée en attendant le retour des bateaux de pêche.

M'écartant de l'éblouissante maison de «plaisir», insolemment dressée là malgré les protestations des familles inutilement adressées au maire, je rejoignis la falaise et j'en suivis les chemins sinueux dans la direction de Balbec. J'entendis sans y répondre l'appel des aubépines. Voisines moins cossues des fleurs de pommiers, elles les trouvaient bien lourdes, tout en reconnaissant le teint frais qu'ont les filles, aux pétales roses, de ces gros fabricants de cidre. Elles savaient que, moins richement dotées, on les recherchait cependant davantage et qu'il leur suffisait, pour plaire, d'une blancheur chiffonnée.

Quand je rentrai, le concierge de l'hôtel me remit une lettre de deuil où faisaient part le marquis et la marquise de Gonneville, le vicomte et la vicomtesse d'Amfreville, le comte et la comtesse de Berneville, le marquis et la marquise de Graincourt, le comte d'Amenoncourt, la comtesse de Maineville, le comte et la comtesse de Franquetot, la comtesse de Chaverny née d'Aigleville, et de laquelle je compris enfin pourquoi elle m'était envoyée quand je reconnus les noms de la marquise de Cambremer née du Mesnil La Guichard, du marquis et de la marquise de Cambremer, et que je vis que la morte, une cousine des Cambremer, s'appelait Éléonore-Euphrasie-Humbertine de Cambremer, comtesse de Criquetot. Dans toute l'étendue de cette famille provinciale, dont le dénombrement remplissait des lignes fines et serrées, pas un bourgeois, et d'ailleurs pas un titre connu, mais tout le ban et l'arrière-ban des nobles de la région qui faisaient chanter leurs noms—ceux de tous les lieux intéressants du pays—aux joyeuses finales en *ville*, en *court*, parfois plus sourdes (en *tôt*). Habillés des tuiles de leur château ou du crépi de leur église, la tête branlant dépassant à peine la voûte ou le corps de logis, et seulement pour se coiffer du lanternon normand ou des colombages du toit en poivrière, ils avaient l'air d'avoir sonné le rassemblement de tous les jolis villages échelonnés ou dispersés à cinquante lieues à la ronde et de les avoir disposés en formation serrée, sans une lacune, sans un intrus, dans le damier compact et rectangulaire de l'aristocratique lettre bordée de noir.

Ma mère était remontée dans sa chambre, méditant cette phrase de Mme de Sévigné: «Je ne vois aucun de ceux qui veulent me divertir de vous; en paroles couvertes c'est qu'ils veulent m'empêcher de penser à vous et cela m'offense», parce que le premier président lui avait dit qu'elle devrait se distraire. A moi il chuchota: «C'est la princesse de Parme.» Ma peur se dissipa en voyant que la femme que me montrait le magistrat n'avait aucun rapport avec Son Altesse Royale. Mais comme elle avait fait retenir une chambre pour passer la nuit en revenant de chez Mme de Luxembourg, la nouvelle eut pour effet sur beaucoup de leur faire prendre toute nouvelle dame arrivée pour la princesse de Parme—et pour moi, de me faire monter m'enfermer dans mon grenier.

Je n'aurais pas voulu y rester seul. Il était à peine quatre heures. Je demandai à Françoise d'aller chercher Albertine pour qu'elle vînt passer la fin de l'après-midi avec moi.

Je crois que je mentirais en disant que commença déjà la douloureuse et perpétuelle méfiance que devait m'inspirer Albertine, à plus forte raison le caractère particulier, surtout gomorrhéen, que devait revêtir cette méfiance. Certes, dès ce jour-là—mais ce n'était pas le premier—mon attente fut un peu anxieuse. Françoise, une fois partie, resta si longtemps que je commençai à désespérer. Je n'avais pas allumé de lampe. Il ne faisait plus guère jour. Le vent faisait claquer le drapeau du Casino. Et, plus débile encore dans le silence de la grève, sur laquelle la mer montait, et comme une voix qui aurait traduit et accru le vague énervant de cette heure inquiète et fausse, un petit orgue de Barbarie arrêté devant l'hôtel jouait des valses viennoises. Enfin Françoise arriva, mais seule. «Je suis été aussi vite que j'ai pu mais elle ne voulait pas venir à cause qu'elle ne se trouvait pas assez coiffée. Si elle n'est pas restée une heure d'horloge à se pommader, elle n'est pas restée cinq minutes. Ça va être une vraie parfumerie ici. Elle vient, elle est restée en arrière pour s'arranger devant la glace. Je croyais la trouver là.» Le temps fut long encore avant qu'Albertine arrivât. Mais la gaieté, la gentillesse qu'elle eut cette fois dissipèrent ma tristesse. Elle m'annonça (contrairement à ce qu'elle avait dit l'autre jour) qu'elle resterait la saison entière, et me demanda si nous ne pourrions pas, comme la première année, nous voir tous les jours. Je lui dis qu'en ce moment j'étais trop triste et que je la ferais plutôt chercher de temps en temps, au dernier moment, comme à Paris. «Si jamais vous vous sentez de la peine ou que le coeur vous en dise, n'hésitez pas, me dit-elle, faites-moi chercher, je viendrai en vitesse, et si vous ne craignez pas que cela fasse scandale dans l'hôtel, je resterai aussi longtemps que vous voudrez.» Françoise avait, en la ramenant, eu l'air heureuse comme chaque fois qu'elle avait pris une peine pour moi et avait réussi à me faire plaisir. Mais Albertine elle-même n'était pour rien dans cette joie et, dès le lendemain, Françoise devait me dire ces paroles profondes: «Monsieur ne devrait pas voir cette demoiselle. Je vois bien le genre de caractère qu'elle a, elle vous fera des chagrins.» En reconduisant Albertine, je vis, par la salle à manger éclairée, la princesse de Parme. Je ne fis que la regarder en m'arrangeant à n'être pas vu. Mais j'avoue que je trouvai une certaine grandeur dans la royale politesse qui m'avait fait sourire chez les Guermantes.

C'est un principe que les souverains sont partout chez eux, et le protocole le traduit en usages morts et sans valeur, comme celui qui veut que le maître de la maison tienne à la main son chapeau, dans sa propre demeure, pour montrer qu'il n'est plus chez lui mais chez le Prince. Or cette idée, la princesse de Parme ne se la formulait peut-être pas, mais elle en était tellement imbue que tous ses actes, spontanément inventés pour les circonstances, la traduisaient. Quand elle se leva de table elle remit un gros pourboire à Aimé comme s'il avait été là uniquement pour elle et si elle récompensait, en quittant un château, un maître d'hôtel affecté à son service. Elle ne se contenta d'ailleurs pas du pourboire, mais avec un gracieux sourire lui adressa quelques paroles aimables et flatteuses, dont sa mère l'avait munie. Un peu plus, elle lui aurait dit qu'autant l'hôtel était bien tenu, autant était florissante la Normandie, et qu'à tous les pays du monde elle préférait la France. Une autre pièce glissa des mains de la princesse pour le sommelier qu'elle avait fait appeler et à qui elle tint à exprimer sa satisfaction comme un général qui vient de passer une revue. Le lift était, à ce moment, venu lui donner une réponse; il eut aussi un mot, un sourire et un pourboire, tout cela mêlé de paroles encourageantes et humbles destinées à leur prouver qu'elle n'était pas plus que l'un d'eux. Comme Aimé, le sommelier, le lift et les autres crurent qu'il serait impoli de ne pas sourire jusqu'aux oreilles à une personne qui leur souriait, elle fut bientôt entourée d'un groupe de domestiques avec qui elle causa bienveillamment; ces façons étant inaccoutumées dans les palaces, les personnes qui passaient sur la place, ignorant son nom, crurent qu'ils voyaient une habituée de Balbec, qui, à cause d'une extraction médiocre ou dans un intérêt professionnel (c'était peut-être la femme d'un placier en Champagne), était moins différente de la domesticité que les clients vraiment chics. Pour moi je pensai au palais de Parme, aux conseils moitié religieux, moitié politiques donnés à cette princesse, laquelle agissait avec le peuple comme si elle avait dû se le concilier pour régner un jour, bien plus, comme si elle régnait déjà.

Je remontais dans ma chambre, mais je n'y étais pas seul. J'entendais quelqu'un jouer avec moelleux des morceaux de Schumann. Certes il arrive que les gens, même ceux que nous aimons le mieux, se saturent de la tristesse ou de l'agacement qui émane de nous. Il y a pourtant quelque chose qui est capable d'un pouvoir d'exaspérer où n'atteindra jamais une personne: c'est un piano.

Albertine m'avait fait prendre en note les dates où elle devait s'absenter et aller chez des amies pour quelques jours, et m'avait fait inscrire aussi leur adresse pour si j'avais besoin d'elle un de ces soirs-là, car aucune n'habitait bien loin. Cela fit que, pour la trouver, de jeune fille en jeune fille, se nouèrent tout naturellement autour d'elle des liens de fleurs. J'ose avouer que beaucoup de ses amies—je ne l'aimais pas encore—me donnèrent, sur une plage ou une autre, des instants de plaisir. Ces jeunes camarades bienveillantes ne me semblaient pas très nombreuses. Mais dernièrement j'y ai repensé, leurs noms me sont revenus. Je comptai que, dans cette seule saison, douze me donnèrent leurs frêles faveurs. Un nom me revint ensuite, ce qui fit treize. J'eus alors comme une cruauté enfantine de rester sur ce nombre. Hélas, je songeais que j'avais oublié la première, Albertine qui n'était plus et qui fit la quatorzième.

J'avais, pour reprendre le fil du récit, inscrit les noms et les adresses des jeunes filles chez qui je la trouverais tel jour où elle ne serait pas à Incarville, mais de ces jours-là j'avais pensé que je profiterais plutôt pour aller chez Mme Verdurin. D'ailleurs nos désirs pour différentes femmes n'ont pas toujours la même force. Tel soir nous ne pouvons nous passer d'une qui, après cela, pendant un mois ou deux, ne nous troublera guère. Et puis les causes d'alternance, que ce n'est pas le lieu d'étudier ici, après les grandes fatigues charnelles, font que la femme dont l'image hante notre sénilité momentanée est une femme qu'on ne ferait presque que baiser sur le front. Quant à Albertine, je la voyais rarement, et seulement les soirs, fort espacés, où je ne pouvais me passer d'elle. Si un tel désir me saisissait quand elle était trop loin de Balbec pour que Françoise pût aller jusque-là, j'envoyais le lift à Egreville, à la Sogne, à Saint-Frichoux, en lui demandant de terminer son travail un peu plus tôt. Il entrait dans ma chambre, mais en laissait la porte ouverte car, bien qu'il fît avec conscience son «boulot», lequel était fort dur, consistant, dès cinq heures du matin, en nombreux nettoyages, il ne pouvait se résoudre à l'effort de fermer une porte et, si on lui faisait remarquer qu'elle était ouverte, il revenait en arrière et, aboutissant à son maximum d'effort, la poussait légèrement. Avec l'orgueil démocratique qui le caractérisait et auquel n'atteignent pas dans les carrières libérales les membres de professions un peu nombreuses, avocats, médecins, hommes de lettres appelant seulement un autre avocat, homme de lettres ou médecin: «Mon confrère», lui, usant avec raison d'un terme réservé aux corps restreints, comme les académies par exemple, il me disait, en parlant d'un chasseur qui était lift un jour sur deux: «Je vais voir à me faire remplacer par mon *collègue*.» Cet orgueil ne l'empêchait pas, dans le but d'améliorer ce qu'il appelait *son traitement*, d'accepter pour ses courses des rémunérations, qui l'avaient fait prendre en horreur à Françoise: «Oui, la première fois qu'on le voit on lui donnerait le bon Dieu sans confession, mais il y a des jours où il est poli comme une porte de prison. Tout ça c'est des tire-sous.» Cette catégorie où elle avait si souvent fait figurer Eulalie et où, hélas, pour tous les malheurs que cela devait un jour amener, elle rangeait déjà Albertine, parce qu'elle me voyait souvent demander à maman, pour mon amie peu fortunée, de menus objets, des colifichets, ce que Françoise trouvait inexcusable, parce que Mme Bontemps n'avait qu'une bonne à tout faire.

Bien vite, le lift, ayant retiré ce que j'eusse appelé sa livrée et ce qu'il nommait sa tunique, apparaissait en chapeau de paille, avec une canne, soignant sa démarche et le corps redressé, car sa mère lui avait recommandé de ne jamais prendre le genre «ouvrier» ou «chasseur». De même que, grâce aux livres, la science l'est à un ouvrier qui n'est plus ouvrier quand il a fini son travail, de même, grâce au canotier et à la paire de gants, l'élégance devenait accessible au lift qui, ayant cessé, pour la soirée, de faire monter les clients, se croyait, comme un jeune chirurgien qui a retiré sa blouse, ou le maréchal des logis Saint-Loup sans uniforme, devenu un parfait homme du monde. Il n'était pas d'ailleurs sans ambition, ni talent non plus pour manipuler sa cage et ne pas vous arrêter entre deux étages. Mais son langage était défectueux. Je croyais à son ambition parce qu'il disait en parlant du concierge, duquel il dépendait: «Mon concierge», sur le même ton qu'un homme possédant à Paris ce que le chasseur eût appelé «un hôtel particulier» eût parlé de son portier.

Quant au langage du liftier, il est curieux que quelqu'un qui entendait cinquante fois par jour un client appeler: «Ascenseur», ne dît jamais lui-même qu'«accenseur». Certaines choses étaient extrêmement agaçantes chez ce liftier: quoi que je lui eusse dit il m'interrompait par une locution «Vous pensez!» ou «Pensez!» qui semblait signifier ou bien que ma remarque était d'une telle évidence que tout le monde l'eût trouvée, ou bien reporter sur lui le mérite comme si c'était lui qui attirait mon attention là-dessus. «Vous pensez!» ou «Pensez!», exclamé avec la plus grande énergie, revenait toutes les deux minutes dans sa bouche, pour des choses dont il ne se fût jamais avisé, ce qui m'irritait tant que je me mettais aussitôt à dire le contraire pour lui montrer qu'il n'y comprenait rien. Mais à ma seconde assertion, bien qu'elle fût inconciliable avec la première, il ne répondait pas moins: «Vous pensez!», comme si ces mots étaient inévitables. Je lui pardonnais difficilement aussi qu'il employât certains termes de son métier, et qui eussent, à cause de cela, été parfaitement convenables au propre, seulement dans le sens figuré, ce qui leur donnait une intention spirituelle assez bébête, par exemple le verbe pédaler. Jamais il n'en usait quand il avait fait une course à bicyclette. Mais si, à pied, il s'était dépêché pour être à l'heure, pour signifier qu'il avait marché vite il disait: «Vous pensez si on a pédalé!» Le liftier était plutôt petit, mal bâti et assez laid. Cela n'empêchait pas que chaque fois qu'on lui parlait d'un jeune homme de taille haute, élancée et fine, il disait: «Ah! oui, je sais, un qui est juste de ma grandeur.» Et un jour que j'attendais une réponse de lui, comme on avait monté l'escalier, au bruit des pas j'avais par impatience ouvert la porte de ma chambre et j'avais vu un chasseur beau comme Endymion, les traits incroyablement parfaits, qui venait pour une dame que je ne connaissais pas.

Quand le liftier était rentré, en lui disant avec quelle impatience j'avais attendu sa réponse, je lui avais raconté que j'avais cru qu'il montait mais que c'était un chasseur de l'hôtel de Normandie. «Ah! oui, je sais lequel, me dit-il, il n'y en a qu'un, un garçon de ma taille. Comme figure aussi il me ressemble tellement qu'on pourrait nous prendre l'un pour l'autre, on dirait tout à fait mon frangin.» Enfin il voulait paraître avoir tout compris dès la première seconde, ce qui faisait que, dès qu'on lui recommandait quelque chose, il disait: «Oui, oui, oui, oui, oui, je comprends très bien», avec une netteté et un ton intelligent qui me firent quelque temps illusion; mais les personnes, au fur et à mesure qu'on les connaît, sont comme un métal plongé dans un mélange altérant, et on les voit peu à peu perdre leurs qualités (comme parfois leurs défauts). Avant de lui faire mes recommandations, je vis qu'il avait laissé la porte ouverte; je le lui fis remarquer, j'avais peur qu'on ne nous entendît; il condescendit à mon désir et revint ayant diminué l'ouverture. «C'est pour vous faire plaisir. Mais il n'y a plus personne à l'étage que nous deux.» Aussitôt j'entendis passer une, puis deux, puis trois personnes. Cela m'agaçait à cause de l'indiscrétion possible:, mais surtout parce que je voyais que cela ne l'étonnait nullement et que c'était un va-et-vient normal. «Oui, c'est la femme de chambre d'à côté qui va chercher ses affaires. Oh! c'est sans importance, c'est le sommelier qui remonte ses clefs. Non, non, ce n'est rien, vous pouvez parler, c'est mon collègue qui va prendre son service.» Et comme les raisons que tous les gens avaient de passer ne diminuaient pas mon ennui qu'ils pussent m'entendre, sur mon ordre formel, il alla, non pas fermer la porte, ce qui était au-dessus des forces de ce cycliste qui désirait une «moto», mais la pousser un peu plus. «Comme ça nous sommes bien tranquilles.» Nous l'étions tellement qu'une Américaine entra et se retira en s'excusant de s'être trompée de chambre. «Vous allez me ramener cette jeune fille, lui dis-je, après avoir fait claquer moi-même la porte de toutes mes forces (ce qui amena un autre chasseur s'assurer qu'il n'y avait pas de fenêtre ouverte). Vous vous rappelez bien: Mlle Albertine Simonet.

Du reste, c'est sur l'enveloppe. Vous n'avez qu'à lui dire que cela vient de moi. Elle viendra très volontiers, ajoutai-je pour l'encourager et ne pas trop m'humilier.—Vous pensez!—Mais non, au contraire, ce n'est pas du tout naturel qu'elle vienne volontiers. C'est très incommode de venir de Berneville ici.—Je comprends!—Vous lui direz de venir avec vous.—Oui, oui, oui, oui, je comprends très bien, répondait-il de ce ton précis et fin qui depuis longtemps avait cessé de me faire «bonne impression» parce que je savais qu'il était presque mécanique et recouvrait sous sa netteté apparente beaucoup de vague et de bêtise.—A quelle heure serez-vous revenu?—J'ai pas pour bien longtemps, disait le lift qui, poussant à l'extrême la règle édictée par Bélise d'éviter la récidive du *pas* avec le *ne*, se contentait toujours d'une seule négative. Je peux très bien y aller. Justement les sorties ont été supprimées ce tantôt parce qu'il y avait un salon de 20 couverts pour le déjeuner. Et c'était mon tour de sortir le tantôt. C'est bien juste si je sors un peu ce soir. Je prends n'avec moi mon vélo. Comme cela je ferai vite.» Et une heure après il arrivait en me disant: «Monsieur a bien attendu, mais cette demoiselle vient n'avec moi. Elle est en bas.—Ah! merci, le concierge ne sera pas fâché contre moi?—Monsieur Paul? Il sait seulement pas où je suis été. Même le chef de la porte n'a rien à dire.» Mais une fois où je lui avais dit: «Il faut absolument que vous la rameniez», il me dit en souriant: «Vous savez que je ne l'ai pas trouvée. Elle n'est pas là.

Et j'ai pas pu rester plus longtemps; j'avais peur d'être comme mon collègue qui a été envoyé de l'hôtel (car le lift qui disait rentrer pour une profession où on entre pour la première fois, «je voudrais bien rentrer dans les postes», pour compensation, ou pour adoucir la chose s'il s'était agi de lui, ou l'insinuer plus doucereusement et perfidement s'il s'agissait d'un autre supprimait l'*r* et disait: «Je sais qu'il a été envoyé»). Ce n'était pas par méchanceté qu'il souriait, mais à cause de sa timidité. Il croyait diminuer l'importance de sa faute en la prenant en plaisanterie. De même s'il m'avait dit: «*Vous savez* que je ne l'ai pas trouvée», ce n'est pas qu'il crût qu'en effet je le susse déjà. Au contraire il ne doutait pas que je l'ignorasse, et surtout il s'en effrayait. Aussi disait-il «vous le savez» pour s'éviter à lui-même les affres qu'il traverserait en prononçant les phrases destinées à me l'apprendre. On ne devrait jamais se mettre en colère contre ceux qui, pris en faute par nous, se mettent à ricaner. Ils le font non parce qu'ils se moquent, mais tremblent que nous puissions être mécontents. Témoignons une grande pitié, montrons une grande douceur à ceux qui rient. Pareil à une véritable attaque, le trouble du lift avait amené chez lui non seulement une rougeur apoplectique mais une altération du langage, devenu soudain familier. Il finit par m'expliquer qu'Albertine n'était pas à Egreville, qu'elle devait revenir seulement à 9 heures et que, si des fois, ce qui voulait dire par hasard, elle rentrait plus tôt, on lui ferait la commission, et qu'elle serait en tout cas chez moi avant une heure du matin.

Ce ne fut pas ce soir-là encore, d'ailleurs, que commença à prendre consistance ma cruelle méfiance. Non, pour le dire tout de suite, et bien que le fait ait eu lieu seulement quelques semaines après, elle naquit d'une remarque de Cottard. Albertine et ses amies avaient voulu ce jour-là m'entraîner au casino d'Incarville et, pour ma chance, je ne les y eusse pas rejointes (voulant aller faire une visite à Mme Verdurin qui m'avait invité plusieurs fois), si je n'eusse été arrêté à Incarville même par une panne de tram qui allait demander un certain temps de réparation. Marchant de long en large en attendant qu'elle fût finie, je me trouvai tout à coup face à face avec le docteur Cottard venu à Incarville en consultation. J'hésitai presque à lui dire bonjour comme il n'avait répondu à aucune de mes lettres. Mais l'amabilité ne se manifeste pas chez tout le monde de la même façon. N'ayant pas été astreint par l'éducation aux mêmes règles fixes de savoir-vivre que les gens du monde, Cottard était plein de bonnes intentions qu'on ignorait, qu'on niait, jusqu'au jour où il avait l'occasion de les manifester. Il s'excusa, avait bien reçu mes lettres, avait signalé ma présence aux Verdurin, qui avaient grande envie de me voir et chez qui il me conseillait d'aller. Il voulait même m'y emmener le soir même, car il allait reprendre le petit chemin de fer d'intérêt local pour y aller dîner. Comme j'hésitais et qu'il avait encore un peu de temps pour son train, la panne devant être assez longue, je le fis entrer dans le petit Casino, un de ceux qui m'avaient paru si tristes le soir de ma première arrivée, maintenant plein du tumulte des jeunes filles qui, faute de cavaliers, dansaient ensemble. Andrée vint à moi en faisant des glissades, je comptais repartir dans un instant avec Cottard chez les Verdurin, quand je refusai définitivement son offre, pris d'un désir trop vif de rester avec Albertine. C'est que je venais de l'entendre rire. Et ce rire évoquait aussi les roses carnations, les parois parfumées contre lesquelles il semblait qu'il vînt de se frotter et dont, âcre, sensuel et révélateur comme une odeur de géranium, il semblait transporter avec lui quelques particules presque pondérables, irritantes et secrètes.

Une des jeunes filles que je ne connaissais pas se mit au piano, et Andrée demanda à Albertine de valser avec elle. Heureux, dans ce petit Casino, de penser que j'allais rester avec ces jeunes filles, je fis remarquer à

Cottard comme elles dansaient bien. Mais lui, du point de vue spécial du médecin, et avec une mauvaise éducation qui ne tenait pas compte de ce que je connaissais ces jeunes filles, à qui il avait pourtant dû me voir dire bonjour, me répondit: «Oui, mais les parents sont bien imprudents qui laissent leurs filles prendre de pareilles habitudes. Je ne permettrais certainement pas aux miennes de venir ici. Sont-elles jolies au moins? Je ne distingue pas leurs traits. Tenez, regardez, ajouta-t-il en me montrant Albertine et Andrée qui valsaient lentement, serrées l'une contre l'autre, j'ai oublié mon lorgnon et je ne vois pas bien, mais elles sont certainement au comble de la jouissance. On ne sait pas assez que c'est surtout par les seins que les femmes l'éprouvent. Et, voyez, les leurs se touchent complètement.» En effet, le contact n'avait pas cessé entre ceux d'Andrée et ceux d'Albertine. Je ne sais si elles entendirent ou devinèrent la réflexion de Cottard, mais elles se détachèrent légèrement l'une de l'autre tout en continuant à valser. Andrée dit à ce moment un mot à Albertine et celle-ci rit du même rire pénétrant et profond que j'avais entendu tout à l'heure. Mais le trouble qu'il m'apporta cette fois ne me fut plus que cruel; Albertine avait l'air d'y montrer, de faire constater à Andrée quelque frémissement voluptueux et secret. Il sonnait comme les premiers ou les derniers accords d'une fête inconnue. Je repartis avec Cottard, distrait en causant avec lui, ne pensant que par instants à la scène que je venais de voir. Ce n'était pas que la conversation de Cottard fût intéressante. Elle était même en ce moment devenue aigre car nous venions d'apercevoir le docteur du Boulbon, qui ne nous vit pas. Il était venu passer quelque temps de l'autre côté de la baie de Balbec, où on le consultait beaucoup. Or, quoique Cottard eût l'habitude de déclarer qu'il ne faisait pas de médecine en vacances, il avait espéré se faire, sur cette côte, une clientèle de choix, à quoi du Boulbon se trouvait mettre obstacle. Certes le médecin de Balbec ne pouvait gêner Cottard. C'était seulement un médecin très consciencieux, qui savait tout et à qui on ne pouvait parler de la moindre démangeaison sans qu'il vous indiquât aussitôt, dans une formule complexe, la pommade, lotion ou liniment qui convenait. Comme disait Marie Gineste dans son joli langage, il savait «charmer» les blessures et les plaies. Mais il n'avait pas d'illustration. Il avait bien causé un petit ennui à Cottard. Celui-ci, depuis qu'il voulait troquer sa chaire contre celle de thérapeutique, s'était fait une spécialité des intoxications. Les intoxications, périlleuse innovation de la médecine, servant à renouveler les étiquettes des pharmaciens dont tout produit est déclaré nullement toxique, au rebours des drogues similaires, et même désintoxiquant. C'est la réclame à la mode; à peine s'il survit en bas, en lettres illisibles, comme une faible trace d'une mode précédente, l'assurance que le produit a été soigneusement antiseptisé. Les intoxications servent aussi à rassurer le malade, qui apprend avec joie que sa paralysie n'est qu'un malaise toxique. Or un grand-duc étant venu passer quelques jours à Balbec et ayant un oeil extrêmement enflé avait fait venir Cottard lequel, en échange de quelques billets de cent francs (le professeur ne se dérangeait pas à moins), avait imputé comme cause à l'inflammation un état toxique et prescrit un régime désintoxiquant. L'oeil ne désenflant pas, le grand-duc se rabattit sur le médecin ordinaire de Balbec, lequel en cinq minutes retira un grain de poussière. Le lendemain il n'y paraissait plus. Un rival plus dangereux pourtant était une célébrité des maladies nerveuses. C'était un homme rouge, jovial, à la fois parce que la fréquentation de la déchéance nerveuse ne l'empêchait pas d'être très bien portant, et aussi pour rassurer ses malades par le gros rire de son bonjour et de son au revoir, quitte à aider de ses bras d'athlète à leur passer plus tard la camisole de force. Néanmoins, dès qu'on causait avec lui dans le monde, fût-ce de politique ou de littérature, il vous écoutait avec une bienveillance attentive, d'un air de dire: «De quoi s'agit-il?», sans se prononcer tout de suite comme s'il s'était agi d'une consultation. Mais enfin celui-là, quelque talent qu'il eût, était un spécialiste. Aussi toute la rage de Cottard était-elle reportée sur du Boulbon. Je quittai du reste bientôt, pour rentrer, le professeur ami des Verdurin, en lui promettant d'aller les voir.

Le mal que m'avaient fait ses paroles concernant Albertine et Andrée était profond, mais les pires souffrances n'en furent pas senties par moi immédiatement, comme il arrive pour ces empoisonnements qui n'agissent qu'au bout d'un certain temps.

Albertine, le soir où le lift était allé la chercher, ne vint pas, malgré les assurances de celui-ci. Certes les charmes d'une personne sont une cause moins fréquente d'amour qu'une phrase du genre de celle-ci: «Non, ce soir je ne serai pas libre.» On ne fait guère attention à cette phrase si on est avec des amis; on est gai toute la soirée, on ne s'occupe pas d'une certaine image; pendant ce temps-là elle baigne dans le mélange nécessaire; en rentrant on trouve le cliché, qui est développé et parfaitement net. On s'aperçoit que la vie n'est plus la vie qu'on aurait quittée pour un rien la veille, parce que, si on continue à ne pas craindre la mort, on n'ose plus penser à la séparation.

Du reste, à partir, non d'une heure du matin (heure que le liftier avait fixée), mais de trois heures, je n'eus plus comme autrefois la souffrance de sentir diminuer mes chances qu'elle apparût. La certitude qu'elle ne viendrait plus m'apporta un calme complet, une fraîcheur; cette nuit était tout simplement une nuit comme tant d'autres où je ne la voyais pas, c'est de cette idée que je partais. Et dès lors la pensée que je la verrais le lendemain ou d'autres jours, se détachant sur ce néant accepté, devenait douce. Quelquefois, dans ces soirées d'attente, l'angoisse est due à un médicament qu'on a pris. Faussement interprété par celui qui souffre, il croit être anxieux à cause de celle qui ne vient pas. L'amour naît dans ce cas comme certaines maladies nerveuses de l'explication inexacte d'un malaise pénible. Explication qu'il n'est pas utile de rectifier, du moins en ce qui concerne l'amour, sentiment qui (quelle qu'en soit la cause) est toujours erroné.

Le lendemain, quand Albertine m'écrivit qu'elle venait seulement de rentrer à Egreville, n'avait donc pas eu mon mot à temps, et viendrait, si je le permettais, me voir le soir, derrière les mots de sa lettre comme derrière ceux qu'elle m'avait dits une fois au téléphone, je crus sentir la présence de plaisirs, d'êtres, qu'elle m'avait préférés. Encore une fois je fus agité tout entier par la curiosité douloureuse de savoir ce qu'elle avait pu faire, par l'amour latent qu'on porte toujours en soi; je pus croire un moment qu'il allait m'attacher à Albertine, mais il se contenta de frémir sur place et ses dernières rumeurs s'éteignirent sans qu'il se fût mis en marche.

J'avais mal compris, dans mon premier séjour à Balbec—et peut-être bien Andrée avait fait comme moi—le caractère d'Albertine. J'avais cru que c'était frivolité, mais ne savais si toutes nos supplications ne réussiraient pas à la retenir et lui faire manquer une garden-party, une promenade à ânes, un pique-nique. Dans mon second séjour à Balbec, je soupçonnai que cette frivolité n'était qu'une apparence, la garden-party qu'un paravent, sinon une invention. Il se passait sous des formes diverses la chose suivante (j'entends la chose vue par moi, de mon côté du verre, qui n'était nullement transparent, et sans que je puisse savoir ce qu'il y avait de vrai de l'autre côté). Albertine me faisait les protestations de tendresse les plus passionnées.

Elle regardait l'heure parce qu'elle devait aller faire une visite à une dame qui recevait, paraît-il, tous les jours à cinq heures, à Infreville. Tourmenté d'un soupçon et me sentant d'ailleurs souffrant, je demandais à Albertine, je la suppliais de rester avec moi. C'était impossible (et même elle n'avait plus que cinq minutes à rester) parce que cela fâcherait cette dame, peu hospitalière et susceptible, et, disait Albertine, assommante. «Mais on peut bien manquer une visite.—Non, ma tante m'a appris qu'il fallait être polie avant tout.—Mais je vous ai vue si souvent être impolie.—Là, ce n'est pas la même chose, cette dame m'en voudrait et me ferait des histoires avec ma tante. Je ne suis déjà pas si bien que cela avec elle. Elle tient à ce que je sois allée une fois la voir.—Mais puisqu'elle reçoit tous les jours.» Là, Albertine sentant qu'elle s'était «coupée», modifiait la raison. «Bien entendu elle reçoit tous les jours. Mais aujourd'hui j'ai donné rendez-vous chez elle à des amies. Comme cela on s'ennuiera moins.—Alors, Albertine, vous préférez la dame et vos amies à moi, puisque, pour ne pas risquer de faire une visite un peu ennuyeuse, vous préférez de me laisser seul, malade et désolé?—Cela me serait bien égal que la visite fût ennuyeuse. Mais c'est par dévouement pour elles. Je les ramènerai dans ma carriole. Sans cela elles n'auraient plus aucun moyen de transport.» Je faisais remarquer à Albertine qu'il y avait des trains jusqu'à 10 heures du soir, d'Infreville. «C'est vrai, mais, vous savez, il est possible qu'on nous demande de rester à dîner. Elle est très hospitalière.—Hé bien, vous refuserez.—Je fâcherais encore ma tante.—Du reste, vous pouvez dîner et prendre le train de 10 heures.—C'est un peu juste.—Alors je ne peux jamais aller dîner en ville et revenir par le train. Mais tenez, Albertine, nous allons faire une chose bien simple: je sens que l'air me fera du bien; puisque vous ne pouvez lâcher la dame, je vais vous accompagner jusqu'à Infreville.

Ne craignez rien, je n'irai pas jusqu'à la tour Élisabeth (la villa de la dame), je ne verrai ni la dame, ni vos amies.» Albertine avait l'air d'avoir reçu un coup terrible. Sa parole était entrecoupée. Elle dit que les bains de mer ne lui réussissaient pas. «Si ça vous ennuie que je vous accompagne?—Mais comment pouvez-vous dire cela, vous savez bien que mon plus grand plaisir est de sortir avec vous.» Un brusque revirement s'était opéré. «Puisque nous allons nous promener ensemble, me dit-elle, pourquoi n'irions-nous pas de l'autre côté de Balbec, nous dînerions ensemble. Ce serait si gentil. Au fond, cette côte-là est bien plus jolie. Je commence à en avoir soupé d'Infreville et du reste, tous ces petits coins vert-épinard.—Mais l'amie de votre tante sera fâchée si vous n'allez pas la voir.—Hé bien, elle se défâchera.—Non, il ne faut pas fâcher les gens.—Mais elle ne s'en apercevra même pas, elle reçoit tous les jours; que j'y aille demain, après-demain, dans huit jours, dans quinze jours, cela fera toujours l'affaire.—Et vos amies?—Oh! elles m'ont assez souvent plaquée. C'est bien mon tour.—Mais du côté que vous me proposez, il n'y a pas de train après neuf heures.—Hé bien, la belle affaire! neuf heures c'est parfait. Et puis il ne faut jamais se laisser arrêter par les questions du retour. On trouvera toujours une charrette, un vélo, à défaut on a ses jambes.—On trouve toujours, Albertine, comme vous y allez! Du côté d'Infreville, où les petites stations de bois sont collées les unes à côtés des autres, oui. Mais du côté de... ce n'est pas la même chose.—Même de ce côté-là. Je vous promets de vous ramener sain et sauf.» Je sentais qu'Albertine renonçait pour moi à quelque chose d'arrangé qu'elle ne voulait pas me dire, et qu'il y avait quelqu'un qui serait malheureux comme je l'étais. Voyant que ce qu'elle avait voulu n'était pas possible, puisque je voulais l'accompagner, elle renonçait franchement.

Elle savait que ce n'était pas irrémédiable. Car, comme toutes les femmes qui ont plusieurs choses dans leur existence, elle avait ce point d'appui qui ne faiblit jamais: le doute et la jalousie. Certes elle ne cherchait pas à les exciter, au contraire. Mais les amoureux sont si soupçonneux qu'ils flairent tout de suite le mensonge. De sorte qu'Albertine n'était pas mieux qu'une autre, savait par expérience (sans deviner le moins du monde qu'elle le devait à la jalousie) qu'elle était toujours sûre de retrouver les gens qu'elle avait plaqués un soir. La personne inconnue qu'elle lâchait pour moi souffrirait, l'en aimerait davantage (Albertine ne savait pas que c'était pour cela), et, pour ne pas continuer à souffrir, reviendrait de soi-même vers elle, comme j'aurais fait. Mais je ne voulais ni faire de la peine, ni me fatiguer, ni entrer dans la voie terrible des investigations, de la surveillance multiforme, innombrable. «Non, Albertine, je ne veux pas gâter votre plaisir, allez chez votre dame d'Infreville, ou enfin chez la personne dont elle est le porte-nom, cela m'est égal. La vraie raison pour laquelle je ne vais pas avec vous, c'est que vous ne le désirez pas, que la promenade que vous feriez avec moi n'est pas celle que vous vouliez faire, la preuve en est que vous vous êtes contredite plus de cinq fois sans vous en apercevoir.» La pauvre Albertine craignit que ses contradictions, qu'elle n'avait pas aperçues, eussent été plus graves. Ne sachant pas exactement les mensonges qu'elle avait faits: «C'est très possible que je me sois contredite. L'air de la mer m'ôte tout raisonnement. Je dis tout le temps les noms les uns pour les autres.»

Et (ce qui me prouva qu'elle n'aurait pas eu besoin, maintenant, de beaucoup de douces affirmations pour que je la crusse) je ressentis la souffrance d'une blessure en entendant cet aveu de ce que je n'avais que faiblement supposé. «Hé bien, c'est entendu, je pars, dit-elle d'un ton tragique, non sans regarder l'heure afin de voir si elle n'était pas en retard pour l'autre, maintenant que je lui fournissais le prétexte de ne pas passer la soirée avec moi. Vous êtes trop méchant. Je change tout pour passer une bonne soirée avec vous et c'est vous qui ne voulez pas, et vous m'accusez de mensonge. Jamais je ne vous avais encore vu si cruel. La mer sera mon tombeau. Je ne vous reverrai jamais. (Mon coeur battit à ces mots, bien que je fusse sûr qu'elle reviendrait le lendemain, ce qui arriva.) Je me noierai, je me jetterai à l'eau.—Comme Sapho.—Encore une insulte de plus; vous n'avez pas seulement des doutes sur ce que je dis mais sur ce que je fais.—Mais, mon petit, je ne mettais aucune intention, je vous le jure, vous savez que Sapho s'est précipitée dans la mer.—-Si, si, vous n'avez aucune confiance en moi.» Elle vit qu'il était moins vingt à la pendule; elle craignit de rater ce qu'elle avait à faire, et, choisissant l'adieu le plus bref (dont elle s'excusa, du reste, en me venant voir le lendemain; probablement, ce lendemain-là, l'autre personne n'était pas libre), elle s'enfuit au pas de course en criant: «Adieu pour jamais», d'un air désolé. Et peut-être était-elle désolée. Car sachant ce qu'elle faisait en ce moment mieux que moi, plus sévère et plus indulgente à la fois à elle-même que je n'étais pour elle, peut-être avait-elle tout de même un doute que je ne voudrais plus la recevoir après la façon dont elle m'avait quitté. Or, je crois qu'elle tenait à moi, au point que l'autre personne était plus jalouse que moi-même.

Quelques jours après, à Balbec, comme nous étions dans la salle de danse du Casino, entrèrent la soeur et la cousine de Bloch, devenues l'une et l'autre fort jolies, mais que je ne saluais plus à cause de mes amies, parce que la plus jeune, la cousine, vivait, au su de tout le monde, avec l'actrice dont elle avait fait la connaissance pendant mon premier séjour. Andrée, sur une allusion qu'on fit à mi-voix à cela, me dit: «Oh! là-dessus je suis comme Albertine, il n'y a rien qui nous fasse horreur à toutes les deux comme cela.» Quant à Albertine, se mettant à causer avec moi sur le canapé où nous étions assis, elle avait tourné le dos aux deux jeunes filles de mauvais genre. Et pourtant j'avais remarqué qu'avant ce mouvement, au moment où étaient apparues Mlle Bloch et sa cousine, avait passé dans les yeux de mon amie cette attention brusque et profonde qui donnait parfois au visage de l'espiègle jeune fille un air sérieux, même grave, et la laissait triste après. Mais Albertine avait aussitôt détourné vers moi ses regards restés pourtant singulièrement immobiles et rêveurs. Mlle Bloch et sa cousine ayant fini par s'en aller après avoir ri très fort et poussé des cris peu convenables, je demandai à Albertine si la petite blonde (celle qui était l'amie de l'actrice) n'était pas la même qui, la veille, avait eu le prix dans la course pour les voitures de fleurs. «Ah! je ne sais pas, dit Albertine, est-ce qu'il y en a une qui est blonde? Je vous dirai qu'elles ne m'intéressent pas beaucoup, je ne les ai jamais regardées. Est-ce qu'il y en a une qui est blonde?» demanda-t-elle d'un air interrogateur et détaché à ses trois amies. S'appliquant à des personnes qu'Albertine rencontrait tous les jours sur la digue, cette ignorance me parut bien excessive pour ne pas être feinte. «Elles n'ont pas l'air de nous regarder beaucoup non plus, dis-je à Albertine, peut-être dans l'hypothèse, que je n'envisageais pourtant pas d'une façon consciente, où Albertine eût aimé les femmes, de lui ôter tout regret en lui montrant qu'elle n'avait pas attiré l'attention de celles-ci, et que d'une façon générale il n'est pas d'usage, même pour les plus vicieuses, de se soucier des jeunes filles qu'elles ne connaissent pas.—Elles ne nous ont pas regardées? me répondit étourdiment Albertine. Elles n'ont pas fait autre chose tout le temps.—Mais vous ne pouvez pas le savoir, lui dis-je, vous leur tourniez le dos.—Eh bien, et cela?» me répondit-elle en me montrant, encastrée dans le mur en face de nous, une grande glace que je n'avais pas remarquée, et sur laquelle je comprenais maintenant que mon amie, tout en me parlant, n'avait pas cessé de fixer ses beaux yeux remplis de préoccupation.

A partir du jour où Cottard fut entré avec moi dans le petit casino d'Incarville, sans partager l'opinion qu'il avait émise, Albertine ne me sembla plus la même; sa vue me causait de la colère. Moi-même j'avais changé tout autant qu'elle me semblait autre. J'avais cessé de lui vouloir du bien; en sa présence, hors de sa présence quand cela pouvait lui être répété, je parlais d'elle de la façon la plus blessante. Il y avait des trêves cependant. Un jour j'apprenais qu'Albertine et Andrée avaient accepté toutes deux une invitation chez Elstir. Ne doutant pas que ce fût en considération de ce qu'elles pourraient, pendant le retour, s'amuser, comme des pensionnaires, à contrefaire les jeunes filles qui ont mauvais genre, et y trouver un plaisir inavoué de vierges qui me serrait le coeur, sans m'annoncer, pour les gêner et priver Albertine du plaisir sur lequel elle comptait, j'arrivai à l'improviste chez Elstir. Mais je n'y trouvai qu'Andrée. Albertine avait choisi un autre jour où sa tante devait y aller. Alors je me disais que Cottard avait dû se tromper; l'impression favorable que m'avait produite la présence d'Andrée sans son amie se prolongeait et entretenait en moi des dispositions plus douces à l'égard d'Albertine. Mais elles ne duraient pas plus longtemps que la fragile bonne santé de ces personnes délicates sujettes à des mieux passagers, et qu'un rien suffit à faire retomber malades. Albertine incitait Andrée à des jeux qui, sans aller bien loin, n'étaient peut-être pas tout à fait innocents; souffrant de ce soupçon, je finissais par l'éloigner. A peine j'en étais guéri qu'il renaissait sous une autre forme.

Je venais de voir Andrée, dans un de ces mouvements gracieux qui lui étaient particuliers, poser câlinement sa tête sur l'épaule d'Albertine, l'embrasser dans le cou en fermant à demi les yeux; ou bien elles avaient échangé un coup d'oeil; une parole avait échappé à quelqu'un qui les avait vues seules ensemble et allant se baigner, petits riens tels qu'il en flotte d'une façon habituelle dans l'atmosphère ambiante où la plupart des gens les absorbent toute la journée sans que leur santé en souffre ou que leur humeur s'en altère, mais qui sont morbides et générateurs de souffrances nouvelles pour un être prédisposé. Parfois même, sans que j'eusse revu Albertine, sans que personne m'eût parlé d'elle, je retrouvais dans ma mémoire une pose d'Albertine auprès de Gisèle et qui m'avait paru innocente alors; elle suffisait maintenant pour détruire le calme que j'avais pu retrouver, je n'avais même plus besoin d'aller respirer au dehors des germes dangereux, je m'étais, comme aurait dit Cottard, intoxiqué moi-même. Je pensais alors à tout ce que j'avais appris de l'amour de Swann pour Odette, de la façon dont Swann avait été joué toute sa vie. Au fond, si je veux y penser, l'hypothèse qui me fit peu à peu construire tout le caractère d'Albertine et interpréter douloureusement chaque moment d'une vie que je ne pouvais pas contrôler entière, ce fut le souvenir, l'idée fixe du caractère de Mme Swann, tel qu'on m'avait raconté qu'il était. Ces récits contribuèrent à faire que, dans l'avenir, mon imagination faisait le jeu de supposer qu'Albertine aurait pu, au lieu d'être une jeune fille bonne, avoir la même immoralité, la même faculté de tromperie qu'une ancienne grue, et je pensais à toutes les souffrances qui m'auraient attendu dans ce cas si j'avais jamais dû l'aimer.

Un jour, devant le Grand-Hôtel où nous étions réunis sur la digue, je venais d'adresser à Albertine les paroles les plus dures et les plus humiliantes, et Rosemonde disait: «Ah! ce que vous êtes changé tout de même pour elle, autrefois il n'y en avait que pour elle, c'était elle qui tenait la corde, maintenant elle n'est plus bonne à donner à manger aux chiens.» J'étais en train, pour faire ressortir davantage encore mon attitude à l'égard d'Albertine, d'adresser toutes les amabilités possibles à Andrée qui, si elle était atteinte du même vice, me semblait plus excusable parce qu'elle était souffrante et neurasthénique, quand nous vîmes déboucher au petit trot de ses deux chevaux, dans la rue perpendiculaire à la digue à l'angle de laquelle nous nous tenions, la calèche de Mme de Cambremer. Le premier président qui, à ce moment, s'avançait vers nous, s'écarta d'un bond, quand il reconnut la voiture, pour ne pas être vu dans notre société; puis, quand il pensa que les regards de la marquise allaient pouvoir croiser les siens, s'inclina en lançant un immense coup de chapeau. Mais la voiture, au lieu de continuer, comme il semblait probable, par la rue de la Mer, disparut derrière l'entrée de l'hôtel. Il y avait bien dix minutes de cela lorsque le lift, tout essoufflé, vint me prévenir: «C'est la marquise de Camembert qui vient n'ici pour voir Monsieur. Je suis monté à la chambre, j'ai cherché au salon de lecture, je ne pouvais pas trouver Monsieur. Heureusement que j'ai eu l'idée de regarder sur la plage.» Il finissait à peine son récit que, suivie de sa belle-fille et d'un monsieur très cérémonieux, s'avança vers moi la marquise, arrivant probablement d'une matinée ou d'un thé dans le voisinage et toute voûtée sous le poids moins de la vieillesse que de la foule d'objets de luxe dont elle croyait plus aimable et plus digne de son rang d'être recouverte afin de paraître le plus «habillé» possible aux gens qu'elle venait voir.

C'était, en somme, à l'hôtel, ce «débarquage» des Cambremer que ma grand'mère redoutait si fort autrefois quand elle voulait qu'on laissât ignorer à Legrandin que nous irions peut-être à Balbec. Alors maman riait des craintes inspirées par un événement qu'elle jugeait impossible. Voici qu'enfin il se produisait pourtant, mais par d'autres voies et sans que Legrandin y fût pour quelque chose. «Est-ce que je peux rester, si je ne vous dérange pas, me demanda Albertine (dans les yeux de qui restaient, amenées par les choses cruelles que je venais de lui dire, quelques larmes que je remarquai sans paraître les voir, mais non sans en être réjoui), j'aurais quelque chose à vous dire.» Un chapeau à plumes, surmonté lui-même d'une épingle de saphir, était posé n'importe comment sur la perruque de Mme de Cambremer, comme un insigne dont l'exhibition est nécessaire, mais suffisante, la place indifférente, l'élégance conventionnelle, et l'immobilité inutile. Malgré la chaleur, la bonne dame avait revêtu un mantelet de jais pareil à une dalmatique, par-dessus lequel pendait une étole d'hermine dont le port semblait en relation non avec la température et la saison, mais avec le caractère de la cérémonie. Et sur la poitrine de Mme de Cambremer un tortil de baronne relié à une chaînette pendait à la façon d'une croix pectorale. Le Monsieur était un célèbre avocat de Paris, de famille nobiliaire, qui était venu passer trois jours chez les Cambremer. C'était un de ces hommes à qui leur expérience professionnelle consommée fait un peu mépriser leur profession et qui disent par exemple: «Je sais que je plaide bien, aussi cela ne m'amuse plus de plaider», ou: «Cela ne m'intéresse plus d'opérer; je sais que j'opère bien.» Intelligents, *artistes*, ils voient autour de leur maturité, fortement rentée par le succès, briller cette «intelligence», cette nature d'«artiste» que leurs confrères leur reconnaissent et qui leur confère un à-peu-près de goût et de discernement.

Ils se prennent de passion pour la peinture non d'un grand artiste, mais d'un artiste cependant très distingué, et à l'achat des oeuvres duquel ils emploient les gros revenus que leur procure leur carrière. Le Sidaner était l'artiste élu par l'ami des Cambremer, lequel était, du reste, très agréable. Il parlait bien des livres, mais non de ceux des vrais maîtres, de ceux qui se sont maîtrisés. Le seul défaut gênant qu'offrît cet amateur était qu'il employait certaines expressions toutes faites d'une façon constante, par exemple: «en majeure partie», ce qui donnait à ce dont il voulait parler quelque chose d'important et d'incomplet. Mme de Cambremer avait profité, me dit-elle, d'une matinée que des amis à elle avaient donnée ce jour-là à côté de Balbec, pour venir me voir, comme elle l'avait promis à Robert de Saint-Loup. «Vous savez qu'il doit bientôt venir passer quelques jours dans le pays. Son oncle Charlus y est en villégiature chez sa belle-soeur, la duchesse de Luxembourg, et M. de Saint-Loup profitera de l'occasion pour aller à la fois dire bonjour à sa tante et revoir son ancien régiment, où il est très aimé, très estimé. Nous recevons souvent des officiers qui nous parlent tous de lui avec des éloges infinis. Comme ce serait gentil si vous nous faisiez le plaisir de venir tous les deux à Féterne.» Je lui présentai Albertine et ses amies. Mme de Cambremer nous nomma à sa belle-fille. Celle-ci, qui se montrait glaciale avec les petits nobliaux que le voisinage de Féterne la forçait à fréquenter, si pleine de réserve de crainte de se compromettre, me tendit au contraire la main avec un sourire rayonnant, mise comme elle était en sûreté et en joie devant un ami de Robert de Saint-Loup et que celui-ci, gardant plus de finesse mondaine qu'il ne voulait le laisser voir, lui avait dit très lié avec les Guermantes. Telle, au rebours de sa belle-mère, Mme de Cambremer avait-elle deux politesses infiniment différentes. C'est tout au plus la première, sèche, insupportable, qu'elle m'eût concédée si je l'avais connue par son frère Legrandin. Mais pour un ami des Guermantes elle n'avait pas assez de sourires.

La pièce la plus commode de l'hôtel pour recevoir était le salon de lecture, ce lieu jadis si terrible où maintenant j'entrais dix fois par jour, ressortant librement, en maître, comme ces fous peu atteints et depuis si longtemps pensionnaires d'un asile que le médecin leur en a confié la clef. Aussi offris-je à Mme de Cambremer de l'y conduire. Et comme ce salon ne m'inspirait plus de timidité et ne m'offrait plus de charme parce que le visage des choses change pour nous comme celui des personnes, c'est sans trouble que je lui fis cette proposition. Mais elle la refusa, préférant rester dehors, et nous nous assîmes en plein air, sur la terrasse de l'hôtel. J'y trouvai et recueillis un volume de Mme de Sévigné que maman n'avait pas eu le temps d'emporter dans sa fuite précipitée, quand elle avait appris qu'il arrivait des visites pour moi. Autant que ma grand'mère elle redoutait ces invasions d'étrangers et, par peur de ne plus pouvoir s'échapper si elle se laissait cerner, elle se sauvait avec une rapidité qui nous faisait toujours, à mon père et à moi, nous moquer d'elle. Mme de Cambremer tenait à la main, avec la crosse d'une ombrelle, plusieurs sacs brodés, un vide-poche, une bourse en or d'où pendaient des fils de grenats, et un mouchoir en dentelle. Il me semblait qu'il lui eût été plus commode de les poser sur une chaise; mais je sentais qu'il eût été inconvenant et inutile de lui demander d'abandonner les ornements de sa tournée pastorale et de son sacerdoce mondain. Nous regardions la mer calme où des mouettes éparses flottaient comme des corolles blanches.

A cause du niveau de simple «médium» où nous abaisse la conversation mondaine, et aussi notre désir de plaire non à l'aide de nos qualités ignorées de nous-mêmes, mais de ce que nous croyons devoir être prisé par ceux qui sont avec nous, je me mis instinctivement à parler à Mme de Cambremer, née Legrandin, de la façon qu'eut pu faire son frère, «Elles ont, dis-je, en parlant des mouettes, une immobilité et une blancheur de nymphéas.» Et en effet elles avaient l'air d'offrir un but inerte aux petits flots qui les ballottaient au point que ceux-ci, par contraste, semblaient, dans leur poursuite, animés d'une intention, prendre de la vie. La marquise douairière ne se lassait pas de célébrer la superbe vue de la mer que nous avions à Balbec, et m'enviait, elle qui de la Raspelière (qu'elle n'habitait du reste pas cette année) ne voyait les flots que de si loin. Elle avait deux singulières habitudes qui tenaient à la fois à son amour exalté pour les arts (surtout pour la musique) et à son insuffisance dentaire. Chaque fois qu'elle parlait esthétique, ses glandes salivaires, comme celles de certains animaux au moment du rut, entraient dans une phase d'hypersécrétion telle que la bouche édentée de la vieille dame laissait passer, au coin des lèvres légèrement moustachues, quelques gouttes dont ce n'était pas la place. Aussitôt elle les ravalait avec un grand soupir, comme quelqu'un qui reprend sa respiration. Enfin, s'il s'agissait d'une trop grande beauté musicale, dans son enthousiasme elle levait les bras et proférait quelques jugements sommaires, énergiquement mastiqués et au besoin venant du nez. Or je n'avais jamais songé que la vulgaire plage de Balbec pût offrir en effet une «vue de mer», et les simples paroles de Mme de Cambremer changeaient mes idées à cet égard. En revanche, et je le lui dis, j'avais toujours entendu célébrer le coup d'oeil unique de la Raspelière, située au faîte de la colline et où, dans un grand salon à deux cheminées, toute une rangée de fenêtres regarde, au bout des jardins, entre les feuillages, la mer jusqu'au delà de Balbec, et l'autre rangée, la vallée. «Comme vous êtes aimable et comme c'est bien dit: la mer entre les feuillages. C'est ravissant, on dirait... un éventail.» Et je sentis à une respiration profonde destinée à rattraper la salive et à assécher la moustache, que le compliment était sincère.

Mais la marquise, née Legrandin, resta froide pour témoigner de son dédain non pas pour mes paroles mais pour celles de sa belle-mère. D'ailleurs elle ne méprisait pas seulement l'intelligence de celle-ci, mais déplorait son amabilité, craignant toujours que les gens n'eussent pas une idée suffisante des Cambremer. «Et comme le nom est joli, dis-je. On aimerait savoir l'origine de tous ces noms-là.—Pour celui-là je peux vous le dire, me répondit avec douceur la vieille dame. C'est une demeure de famille, de ma grand'mère Arrachepel, ce n'est pas une famille illustre, mais c'est une bonne et très ancienne famille de province.—Comment, pas illustre? interrompit sèchement sa belle-fille. Tout un vitrail de la cathédrale de Bayeux est rempli par ses armes, et la principale église d'Avranches contient leurs monuments funéraires. Si ces vieux noms vous amusent, ajouta-t-elle, vous venez un an trop tard. Nous avions fait nommer à la cure de Criquetot, malgré toutes les difficultés qu'il y a à changer de diocèse, le doyen d'un pays où j'ai personnellement des terres, fort loin d'ici, à Combray, où le bon prêtre se sentait devenir neurasthénique. Malheureusement l'air de la mer n'a pas réussi à son grand âge; sa neurasthénie s'est augmentée et il est retourné à Combray.

Mais il s'est amusé, pendant qu'il était notre voisin, à aller consulter toutes les vieilles chartes, et il a fait une petite brochure assez curieuse sur les noms de la région. Cela l'a d'ailleurs mis en goût, car il paraît qu'il occupe ses dernières années à écrire un grand ouvrage sur Combray et ses environs. Je vais vous envoyer sa brochure sur les environs de Féterne. C'est un vrai travail de Bénédictin. Vous y lirez des choses très intéressantes sur notre vieille Raspelière dont ma belle-mère parle beaucoup trop modestement.—En tout cas, cette année, répondit Mme de Cambremer douairière, la Raspelière n'est plus nôtre et ne m'appartient pas. Mais on sent que vous avez une nature de peintre; vous devriez dessiner, et j'aimerais tant vous montrer Féterne qui est bien mieux que la Raspelière.» Car depuis que les Cambremer avaient loué cette dernière demeure aux Verdurin, sa position dominante avait brusquement cessé de leur apparaître ce qu'elle avait été pour eux pendant tant d'années, c'est-à-dire donnant l'avantage, unique dans le pays, d'avoir vue à la fois sur la mer et sur la vallée, et en revanche leur avait présenté tout à coup—et après coup—l'inconvénient qu'il fallait toujours monter et descendre pour y arriver et en sortir. Bref, on eût cru que si Mme de Cambremer l'avait louée, c'était moins pour accroître ses revenus que pour reposer ses chevaux. Et elle se disait ravie de pouvoir enfin posséder tout le temps la mer de si près, à Féterne, elle qui pendant si longtemps, oubliant les deux mois qu'elle y passait, ne l'avait vue que d'en haut et comme dans un panorama. «Je la découvre à mon âge, disait-elle, et comme j'en jouis! Ça me fait un bien! Je louerais la Raspelière pour rien afin d'être contrainte d'habiter Féterne.»

—Pour revenir à des sujets plus intéressants, reprit la soeur de Legrandin qui disait: «Ma mère» à la vieille marquise, mais, avec les années, avait pris des façons insolentes avec elle, vous parliez de nymphéas: je pense que vous connaissez ceux que Claude Monet a peints. Quel génie! Cela m'intéresse d'autant plus qu'auprès de Combray, cet endroit où je vous ai dit que j'avais des terres... Mais elle préféra ne pas trop parler de Combray. «Ah! c'est sûrement la série dont nous a parlé Elstir, le plus grand des peintres contemporains, s'écria Albertine qui n'avait rien dit jusque-là.—Ah! on voit que Mademoiselle aime les arts, s'écria Mme de Cambremer qui, en poussant une respiration profonde, résorba un jet de salive.—Vous me permettrez de lui préférer Le Sidaner, Mademoiselle», dit l'avocat en souriant d'un air connaisseur. Et, comme il avait goûté, ou vu goûter, autrefois certaines «audaces» d'Elstir, il ajouta: «Elstir était doué, il a même fait presque partie de l'avant-garde, mais je ne sais pas pourquoi il a cessé de suivre, il a gâché sa vie.» Mme de Cambremer donna raison à l'avocat en ce qui concernait Elstir, mais, au grand chagrin de son invité, égala Monet à Le Sidaner. On ne peut pas dire qu'elle fût bête; elle débordait d'une intelligence que je sentais m'être entièrement inutile. Justement, le soleil s'abaissant, les mouettes étaient maintenant jaunes, comme les nymphéas dans une autre toile de cette même série de Monet. Je dis que je la connaissais et (continuant à imiter le langage, du frère, dont je n'avais pas encore osé citer le nom) j'ajoutai qu'il était malheureux qu'elle n'eût pas eu plutôt l'idée de venir la veille, car à la même heure, c'est une lumière de Poussin qu'elle eût pu admirer. Devant un hobereau normand inconnu des Guermantes et qui lui eût dit qu'elle eût dû venir la veille, Mme de Cambremer-Legrandin se fût sans doute redressée d'un air offensé. Mais j'aurais pu être bien plus familier encore qu'elle n'eût été que douceur moelleuse et florissante; je pouvais, dans la chaleur de cette belle fin d'après-midi, butiner à mon gré dans le gros gâteau de miel que Mme de Cambremer était si rarement et qui remplaça les petits fours que je n'eus pas l'idée d'offrir. Mais le nom de Poussin, sans altérer l'aménité de la femme du monde, souleva les protestations de la dilettante.

En entendant ce nom, à six reprises que ne séparait presque aucun intervalle, elle eut ce petit claquement de la langue contre les lèvres qui sert à signifier à un enfant qui est en train de faire une bêtise, à la fois un blâme d'avoir commencé et l'interdiction de poursuivre. «Au nom du ciel, après un peintre comme Monet, qui est tout bonnement un génie, n'allez pas nommer un vieux poncif sans talent comme Poussin. Je vous dirai tout nûment que je le trouve le plus barbifiant des raseurs. Qu'est-ce que vous voulez, je ne peux pourtant pas appeler cela de la peinture. Monet, Degas, Manet, oui, voilà des peintres! C'est très curieux, ajouta-t-elle, en fixant un regard scrutateur et ravi sur un point vague de l'espace, où elle apercevait sa propre pensée, c'est très curieux, autrefois je préférais Manet. Maintenant, j'admire toujours Manet, c'est entendu, mais je crois que je lui préfère peut-être encore Monet. Ah! les cathédrales!» Elle mettait autant de scrupules que de complaisance à me renseigner sur l'évolution qu'avait suivie son goût. Et on sentait que les phases par lesquelles avait passé ce goût n'étaient pas, selon elle, moins importantes que les différentes manières de Monet lui-même. Je n'avais pas, du reste, à être flatté qu'elle me fît confidence de ses admirations, car, même devant la provinciale la plus bornée, elle ne pouvait pas rester cinq minutes sans éprouver le besoin de les confesser.

Quand une dame noble d'Avranches, laquelle n'eût pas été capable de distinguer Mozart de Wagner, disait devant Madame de Cambremer: «Nous n'avons pas eu de nouveauté intéressante pendant notre séjour à Paris, nous avons été une fois à l'Opéra-Comique, on donnait *Pelléas et Mélisande*, c'est affreux», Mme de Cambremer non seulement bouillait mais éprouvait le besoin de s'écrier: «Mais au contraire, c'est un petit chef-d'oeuvre», et de «discuter». C'était peut-être une habitude de Combray, prise auprès des soeurs de ma grand'mère qui appelaient cela: «Combattre pour la bonne cause», et qui aimaient les dîners où elles savaient, toutes les semaines, qu'elles auraient à défendre leurs dieux contre des Philistins. Telle Mme de Cambremer aimait à se «fouetter le sang» en se «chamaillant» sur l'art, comme d'autres sur la politique. Elle prenait le parti de Debussy comme elle aurait fait celui d'une de ses amies dont on eût incriminé la conduite. Elle devait pourtant bien comprendre qu'en disant: «Mais non, c'est un petit chef-d'oeuvre», elle ne pouvait pas improviser, chez la personne qu'elle remettait à sa place, toute la progression de culture artistique au terme de laquelle elles fussent tombées d'accord sans avoir besoin de discuter. «Il faudra que je demande à Le Sidaner ce qu'il pense de Poussin, me dit l'avocat. C'est un renfermé, un silencieux, mais je saurai bien lui tirer les vers du nez.»

—Du reste, continua Mme de Cambremer, j'ai horreur des couchers de soleil, c'est romantique, c'est opéra. C'est pour cela que je déteste la maison de ma belle-mère, avec ses plantes du Midi. Vous verrez, ça a l'air d'un parc de Monte-Carlo. C'est pour cela que j'aime mieux votre rive. C'est plus triste, plus sincère; il y a un petit chemin d'où on ne voit pas la mer. Les jours de pluie, il n'y a que de la boue, c'est tout un monde. C'est comme à Venise, je déteste le Grand Canal et je ne connais rien de touchant comme les petites ruelles. Du reste c'est une question d'ambiance.

—Mais, lui dis-je, sentant que la seule manière de réhabiliter Poussin aux yeux de Mme de Cambremer c'était d'apprendre à celle-ci qu'il était redevenu à la mode, M. Degas assure qu'il ne connaît rien de plus beau que les Poussin de Chantilly.—Ouais? Je ne connais pas ceux de Chantilly, me dit Mme de Cambremer, qui ne voulait pas être d'un autre avis que Degas, mais je peux parler de ceux du Louvre qui sont des horreurs.—Il les admire aussi énormément.—Il faudra que je les revoie. Tout cela est un peu ancien dans ma tête, répondit-elle après un instant de silence et comme si le jugement favorable qu'elle allait certainement bientôt porter sur Poussin devait dépendre, non de la nouvelle que je venais de lui communiquer, mais de l'examen supplémentaire, et cette fois définitif, qu'elle comptait faire subir aux Poussin du Louvre pour avoir la faculté de se déjuger.

Me contentant de ce qui était un commencement de rétractation, puisque, si elle n'admirait pas encore les Poussin, elle s'ajournait pour une seconde délibération, pour ne pas la laisser plus longtemps à la torture je dis à sa belle-mère combien on m'avait parlé des fleurs admirables de Féterne. Modestement elle parla du petit jardin de curé qu'elle avait derrière et où le matin, en poussant une porte, elle allait en robe de chambre donner à manger à ses paons, chercher les oeufs pondus, et cueillir des zinnias ou des roses qui, sur le chemin de table, faisant aux oeufs à la crème ou aux fritures une bordure de fleurs, lui rappelaient ses allées. «C'est vrai que nous avons beaucoup de roses, me dit-elle, notre roseraie est presque un peu trop près de la maison d'habitation, il y a des jours où cela me fait mal à la tête. C'est plus agréable de la terrasse de la Raspelière où le vent apporte l'odeur des roses, mais déjà moins entêtante.» Je me tournai vers la belle-fille: «C'est tout à fait Pelléas, lui dis-je, pour contenter son goût de modernisme, cette odeur de roses montant jusqu'aux terrasses. Elle est si forte, dans la partition, que, comme j'ai le hay-fever et la rose-fever, elle me faisait éternuer chaque fois que j'entendais cette scène.»

«Quel chef-d'oeuvre que *Pelléas*! s'écria Mme de Cambremer, j'en suis férue»; et s'approchant de moi avec les gestes d'une femme sauvage qui aurait voulu me faire des agaceries, s'aidant des doigts pour piquer les notes imaginaires, elle se mit à fredonner quelque chose que je supposai être pour elle les adieux de Pelléas, et continua avec une véhémente insistance comme s'il avait été d'importance que Mme de Cambremer me rappelât en ce moment cette scène, ou peut-être plutôt me montrât qu'elle se la rappelait. «Je crois que c'est encore plus beau que *Parsifal*, ajouta-t-elle, parce que dans *Parsifal* il s'ajoute aux plus grandes beautés un certain halo de phrases mélodiques, donc caduques puisque mélodiques.—Je sais que vous êtes une grande musicienne, Madame, dis-je à la douairière. J'aimerais beaucoup vous entendre.» Mme de Cambremer-Legrandin regarda la mer pour ne pas prendre part à la conversation. Considérant que ce qu'aimait sa belle-mère n'était pas de la musique, elle considérait le talent, prétendu selon elle, et des plus remarquables en réalité, qu'on lui reconnaissait comme une virtuosité sans intérêt. Il est vrai que la seule élève encore vivante de Chopin déclarait avec raison que la manière de jouer, le «sentiment», du Maître, ne s'était transmis, à travers elle, qu'à Mme de Cambremer; mais jouer comme Chopin était loin d'être une référence pour la soeur de Legrandin, laquelle ne méprisait personne autant que le musicien polonais. «Oh! elles s'envolent, s'écria Albertine en me montrant les mouettes qui, se débarrassant pour un instant de leur incognito de fleurs, montaient toutes ensemble vers le soleil.—Leurs ailes de géants les empêchent de marcher, dit Mme de Cambremer, confondant les mouettes avec les albatros.—Je les aime beaucoup, j'en voyais à Amsterdam, dit Albertine. Elles sentent la mer, elles viennent la humer même à travers les pierres des rues.—Ah! vous avez été en Hollande, vous connaissez les Ver Meer?» demanda impérieusement Mme de Cambremer et du ton dont elle aurait dit: «Vous connaissez les Guermantes?», car le snobisme en changeant d'objet ne change pas d'accent. Albertine répondit non: elle croyait que c'étaient des gens vivants. Mais il n'y parut pas. «Je serais très heureuse de vous faire de la musique, me dit Mme de Cambremer. Mais, vous savez, je ne joue que des choses qui n'intéressent plus votre génération. J'ai été élevée dans le culte de Chopin», dit-elle à voix basse, car elle redoutait sa belle-fille et savait que celle-ci, considérant que Chopin n'était pas de la musique, le bien jouer ou le mal jouer étaient des expressions dénuées de sens.

Elle reconnaissait que sa belle-mère avait du mécanisme, perlait les traits. «Jamais on ne me fera dire qu'elle est musicienne», concluait Mme de Cambremer-Legrandin. Parce qu'elle se croyait «avancée» et (en art seulement) «jamais assez à gauche», disait-elle, elle se représentait non seulement que la musique progresse, mais sur une seule ligne, et que Debussy était en quelque sorte un sur-Wagner, encore un peu plus avancé que Wagner. Elle ne se rendait pas compte que si Debussy n'était pas aussi indépendant de Wagner qu'elle-même devait le croire dans quelques années, parce qu'on se sert tout de même des armes conquises pour achever de s'affranchir de celui qu'on a momentanément vaincu, il cherchait cependant, après la satiété qu'on commençait à avoir des oeuvres trop complètes, où tout est exprimé, à contenter un besoin contraire. Des théories, bien entendu, étayaient momentanément cette réaction, pareilles à celles qui, en politique, viennent à l'appui des lois contre les congrégations, des guerres en Orient (enseignement contre nature, péril jaune, etc., etc.). On disait qu'à une époque de hâte convenait un art rapide, absolument comme on aurait dit que la guerre future ne pouvait pas durer plus de quinze jours, ou qu'avec les chemins de fer seraient délaissés les petits coins chers aux diligences et que l'auto pourtant devait remettre en honneur. On recommandait de ne pas fatiguer l'attention de l'auditeur, comme si nous ne disposions pas d'attentions différentes dont il dépend précisément de l'artiste d'éveiller les plus hautes. Car ceux qui bâillent de fatigue après dix lignes d'un article médiocre avaient refait tous les ans le voyage de Bayreuth pour entendre la *Tétralogie*. D'ailleurs le jour devait venir où, pour un temps, Debussy serait déclaré aussi fragile que Massenet et les tressautements de Mélisande abaissés au rang de ceux de *Manon*. Car les théories et les écoles, comme les microbes et les globules, s'entre-dévorent et assurent, par leur lutte, la continuité de la vie. Mais ce temps n'était pas encore venu.

Comme à la Bourse, quand un mouvement de hausse se produit, tout un compartiment de valeurs en profitent, un certain nombre d'auteurs dédaignés bénéficiaient de la réaction, soit parce qu'ils ne méritaient pas ce dédain, soit simplement—ce qui permettait de dire une nouveauté en les prônant—parce qu'ils l'avaient encouru. Et on allait même chercher, dans un passé isolé, quelques talents indépendants sur la réputation de qui ne semblait pas devoir influer le mouvement actuel, mais dont un des maîtres nouveaux passait pour citer le nom avec faveur. Souvent c'était parce qu'un maître, quel qu'il soit, si exclusive que doive être son école, juge d'après son sentiment original, rend justice au talent partout où il se trouve, et même moins qu'au talent, à quelque agréable inspiration qu'il a goûtée autrefois, qui se rattache à un moment aimé de son adolescence. D'autres fois parce que certains artistes d'une autre époque ont, dans un simple morceau, réalisé quelque chose qui ressemble à ce que le maître peu à peu s'est rendu compte que lui-même avait voulu faire. Alors il voit en cet ancien comme un précurseur; il aime chez lui, sous une tout autre forme, un effort momentanément, partiellement fraternel. Il y a des morceaux de Turner dans l'oeuvre de Poussin, une phrase de Flaubert dans Montesquieu. Et quelquefois aussi ce bruit de la prédilection du Maître était le résultat d'une erreur, née on ne sait où et colportée dans l'école. Mais le nom cité bénéficiait alors de la firme sous la protection de laquelle il était entré juste à temps, car s'il y a quelque liberté, un goût vrai, dans le choix du maître, les écoles, elles, ne se dirigent plus que suivant la théorie. C'est ainsi que l'esprit, suivant son cours habituel qui s'avance par digression, en obliquant une fois dans un sens, la fois suivante dans le sens contraire, avait ramené la lumière d'en haut sur un certain nombre d'oeuvres auxquelles le besoin de justice, ou de renouvellement, ou le goût de Debussy, ou son caprice, ou quelque propos qu'il n'avait peut-être pas tenu, avaient ajouté celles de Chopin.

Prônées par les juges en qui on avait toute confiance, bénéficiant de l'admiration qu'excitait *Pelléas*, elles avaient retrouvé un éclat nouveau, et ceux mêmes qui ne les avaient pas réentendues étaient si désireux de les aimer qu'ils le faisaient malgré eux, quoique avec l'illusion de la liberté. Mais Mme de Cambremer-Legrandin restait une partie de l'année en province. Même à Paris, malade, elle vivait beaucoup dans sa chambre. Il est vrai que l'inconvénient pouvait surtout s'en faire sentir dans le choix des expressions que Mme de Cambremer croyait à la mode et qui eussent convenu plutôt au langage écrit, nuance qu'elle ne discernait pas, car elle les tenait plus de la lecture que de la conversation. Celle-ci n'est pas aussi nécessaire pour la connaissance exacte des opinions que des expressions nouvelles. Pourtant ce rajeunissement des «nocturnes» n'avait pas encore été annoncé par la critique. La nouvelle s'en était transmise seulement par des causeries de «jeunes». Il restait ignoré de Mme de Cambremer-Legrandin. Je me fis un plaisir de lui apprendre, mais en m'adressant pour cela à sa belle-mère, comme quand, au billard, pour atteindre une boule on joue par la bande, que Chopin, bien loin d'être démodé, était le musicien préféré de Debussy. «Tiens, c'est amusant», me dit en souriant finement la belle-fille, comme si ce n'avait été là qu'un paradoxe lancé par l'auteur de *Pelléas*. Néanmoins il était bien certain maintenant qu'elle n'écouterait plus Chopin qu'avec respect et même avec plaisir. Aussi mes paroles, qui venaient de sonner l'heure de la délivrance pour la douairière, mirent-elles dans sa figure une expression de gratitude pour moi, et surtout de joie.

Ses yeux brillèrent comme ceux de Latude dans la pièce appelée *Latude ou Trente-cinq ans de captivité* et sa poitrine huma l'air de la mer avec cette dilatation que Beethoven a si bien marquée dans *Fidelio*, quand ses prisonniers respirent enfin «cet air qui vivifie». Quant à la douairière, je crus qu'elle allait poser sur ma joue ses lèvres moustachues. «Comment, vous aimez Chopin? Il aime Chopin, il aime Chopin», s'écria-t-elle dans un nasonnement passionné; elle aurait dit: «Comment, vous connaissez aussi Mme de Franquetot?» avec cette différence que mes relations avec Mme de Franquetot lui eussent été profondément indifférentes, tandis que ma connaissance de Chopin la jeta dans une sorte de délire artistique. L'hyper-sécrétion salivaire ne suffit plus. N'ayant même pas essayé de comprendre le rôle de Debussy dans la réinvention de Chopin, elle sentit seulement que mon jugement était favorable. L'enthousiasme musical la saisit. «Élodie! Élodie! il aime Chopin»; ses seins se soulevèrent et elle battit l'air de ses bras. «Ah! j'avais bien senti que vous étiez musicien, s'écria-t-elle. Je comprends, artiste comme vous êtes, que vous aimiez cela. C'est si beau!» Et sa voix était aussi caillouteuse que si, pour m'exprimer son ardeur pour Chopin, elle eût, imitant Démosthène, rempli sa bouche avec tous les galets de la plage. Enfin le reflux vint, atteignant jusqu'à la voilette qu'elle n'eut pas le temps de mettre à l'abri et qui fut transpercée, enfin la marquise essuya avec son mouchoir brodé la bave d'écume dont le souvenir de Chopin venait de tremper ses moustaches.

«Mon Dieu, me dit Mme de Cambremer-Legrandin, je crois que ma belle-mère s'attarde un peu trop, elle oublie que nous avons à dîner mon oncle de Ch'nouville. Et puis Cancan n'aime pas attendre.» Cancan me resta incompréhensible, et je pensai qu'il s'agissait peut-être d'un chien. Mais pour les cousins de Ch'nouville, voilà. Avec l'âge s'était amorti chez la jeune marquise le plaisir qu'elle avait à prononcer leur nom de cette manière. Et cependant c'était pour le goûter qu'elle avait jadis décidé son mariage. Dans d'autres groupes mondains, quand on parlait des Chenouville, l'habitude était (du moins chaque fois que la particule était précédée d'un nom finissant par une voyelle, car dans le cas contraire on était bien obligé de prendre appui sur le *de*, la langue se refusant à prononcer Madam' d' Ch'nonceaux) que ce fût l'*e* muet de la particule qu'on sacrifiât. On disait: «Monsieur d'Chenouville». Chez les Cambremer la tradition était inverse, mais aussi impérieuse. C'était l'*e* muet de Chenouville que, dans tous les cas, on supprimait. Que le nom fût précédé de mon cousin ou de ma cousine, c'était toujours de «Ch'nouville» et jamais de Chenouville. (Pour le père de ces Chenouville on disait notre oncle, car on n'était pas assez gratin à Féterne pour prononcer notre «onk», comme eussent fait les Guermantes, dont le baragouin voulu, supprimant les consonnes et nationalisant les noms étrangers, était aussi difficile à comprendre que le vieux français ou un moderne patois.) Toute personne qui entrait dans la famille recevait aussitôt, sur ce point des Ch'nouville, un avertissement dont Mlle Legrandin-Cambremer n'avait pas eu besoin. Un jour, en visite, entendant une jeune fille dire: «ma tante d'Uzai», «mon onk de Rouan», elle n'avait pas reconnu immédiatement les noms illustres qu'elle avait l'habitude de prononcer: Uzès et Rohan; elle avait eu l'étonnement, l'embarras et la honte de quelqu'un qui a devant lui à table un instrument nouvellement inventé dont il ne sait pas l'usage et dont il n'ose pas commencer à manger.

Mais, la nuit suivante et le lendemain, elle avait répété avec ravissement: «ma tante d'Uzai» avec cette suppression de la finale, suppression qui l'avait stupéfaite la veille, mais qu'il lui semblait maintenant si vulgaire de ne pas connaître qu'une de ses amies lui ayant parlé d'un buste de la duchesse d'Uzès, Mlle Legrandin lui avait répondu avec mauvaise humeur, et d'un ton hautain: «Vous pourriez au moins prononcer comme il faut: Mame d'Uzai.» Dès lors elle avait compris qu'en vertu de la transmutation des matières consistantes en éléments de plus en plus subtils, la fortune considérable et si honorablement acquise qu'elle tenait de son père, l'éducation complète qu'elle avait reçue, son assiduité à la Sorbonne, tant aux cours de Caro qu'à ceux de Brunetière, et aux concerts Lamoureux, tout cela devait se volatiliser, trouver sa sublimation dernière dans le plaisir de dire un jour: «ma tante d'Uzai». Il n'excluait pas de son esprit qu'elle continuerait à fréquenter, au moins dans les premiers temps qui suivraient son mariage, non pas certaines amies qu'elle aimait et qu'elle était résignée à sacrifier, mais certaines autres qu'elle n'aimait pas et à qui elle voulait pouvoir dire (puisqu'elle se marierait pour cela): «Je vais vous présenter à ma tante d'Uzai», et quand elle vit que cette alliance était trop difficile: «Je vais vous présenter à ma tante de Ch'nouville» et: «Je vous ferai dîner avec les Uzai.»

Son mariage avec M. de Cambremer avait procuré à Mlle Legrandin l'occasion de dire la première de ces phrases mais non la seconde, le monde que fréquentaient ses beaux-parents n'étant pas celui qu'elle avait cru et duquel elle continuait à rêver. Aussi, après m'avoir dit de Saint-Loup (en adoptant pour cela une expression de Robert, car si, pour causer, j'employais avec elle ces expressions de Legrandin, par une suggestion inverse elle me répondait dans le dialecte de Robert, qu'elle ne savait pas emprunté à Rachel), en rapprochant le pouce de l'index et en fermant à demi les yeux comme si elle regardait quelque chose d'infiniment délicat qu'elle était parvenue à capter: «Il a une jolie qualité d'esprit»; elle fit son éloge avec tant de chaleur qu'on aurait pu croire qu'elle était amoureuse de lui (on avait d'ailleurs prétendu qu'autrefois, quand il était à Doncières, Robert avait été son amant), en réalité simplement pour que je le lui répétasse et pour aboutir à: «Vous êtes très lié avec la duchesse de Guermantes. Je suis souffrante, je ne sors guère, et je sais qu'elle reste confinée dans un cercle d'amis choisis, ce que je trouve très bien, aussi je la connais très peu, mais je sais que c'est une femme absolument supérieure.» Sachant que Mme de Cambremer la connaissait à peine, et pour me faire aussi petit qu'elle, je glissai sur ce sujet et répondis à la marquise que j'avais connu surtout son frère, M. Legrandin. A ce nom, elle prit le même air évasif que j'avais eu pour Mme de Guermantes, mais en y joignant une expression de mécontentement, car elle pensa que j'avais dit cela pour humilier non pas moi, mais elle. Était-elle rongée par le désespoir d'être née Legrandin? C'est du moins ce que prétendaient les soeurs et belles-soeurs de son mari, dames nobles de province qui ne connaissaient personne et ne savaient rien, jalousaient l'intelligence de Mme de Cambremer, son instruction, sa fortune, les agréments physiques qu'elle avait eus avant de tomber malade. «Elle ne pense pas à autre chose, c'est cela qui la tue», disaient ces méchantes dès qu'elles parlaient de Mme de Cambremer à n'importe qui, mais de préférence à un roturier, soit, s'il était fat et stupide, pour donner plus de valeur, par cette affirmation de ce qu'a de honteux la roture, à l'amabilité qu'elles marquaient pour lui, soit, s'il était timide et fin et s'appliquait le propos à soi-même, pour avoir le plaisir, tout en le recevant bien, de lui faire indirectement une insolence. Mais si ces dames croyaient dire vrai pour leur belle-soeur, elles se trompaient. Celle-ci souffrait d'autant moins d'être née Legrandin qu'elle en avait perdu le souvenir. Elle fut froissée que je le lui rendisse et se tut comme si elle n'avait pas compris, ne jugeant pas nécessaire d'apporter une précision, ni même une confirmation aux miens.

«Nos parents ne sont pas la principale cause de l'écourtement de notre visite, me dit Mme de Cambremer douairière, qui était probablement plus blasée que sa belle-fille sur le plaisir qu'il y a à dire: «Ch'nouville». Mais, pour ne pas vous fatiguer de trop de monde, Monsieur, dit-elle en montrant l'avocat, n'a pas osé faire venir jusqu'ici sa femme et son fils. Ils se promènent sur la plage en nous attendant et doivent commencer à s'ennuyer.» Je me les fis désigner exactement et courus les chercher. La femme avait une figure ronde comme certaines fleurs de la famille des renonculacées, et au coin de l'oeil un assez large signe végétal. Et les générations des hommes gardant leurs caractères comme une famille de plantes, de même que sur la figure flétrie de la mère, le même signe, qui eût pu aider au classement d'une variété, se gonflait sous l'oeil du fils. Mon empressement auprès de sa femme et de son fils toucha l'avocat. Il montra de l'intérêt au sujet de mon séjour à Balbec. «Vous devez vous trouver un peu dépaysé, car il y a ici, en majeure partie, des étrangers.» Et il me regardait tout en me parlant, car n'aimant pas les étrangers, bien que beaucoup fussent de ses clients, il voulait s'assurer que je n'étais pas hostile à sa xénophobie, auquel cas il eût battu en retraite en disant: «Naturellement, Mme X... peut être une femme charmante. C'est une question de principes.» Comme je n'avais, à cette époque, aucune opinion sur les étrangers, je ne témoignai pas de désapprobation, il se sentit en terrain sûr. Il alla jusqu'à me demander de venir un jour chez lui, à Paris, voir sa collection de Le Sidaner, et d'entraîner avec moi les Cambremer, avec lesquels il me croyait évidemment intime. «Je vous inviterai avec Le Sidaner, me dit-il, persuadé que je ne vivrais plus que dans l'attente de ce jour béni. Vous verrez quel homme exquis. Et ses tableaux vous enchanteront. Bien entendu, je ne puis pas rivaliser avec les grands collectionneurs, mais je crois que c'est moi qui ai le plus grand nombre de ses toiles préférées. Cela vous intéressera d'autant plus, venant de Balbec, que ce sont des marines, du moins en majeure partie.» La femme et le fils, pourvus du caractère végétal, écoutaient avec recueillement. On sentait qu'à Paris leur hôtel était une sorte de temple du Le Sidaner. Ces sortes de temples ne sont pas inutiles. Quand le dieu a des doutes sur lui-même, il bouche aisément les fissures de son opinion sur lui-même par les témoignages irrécusables d'êtres qui ont voué leur vie à son oeuvre.

Sur un signe de sa belle-fille, Mme de Cambremer allait se lever et me disait: «Puisque vous ne voulez pas vous installer à Féterne, ne voulez-vous pas au moins venir déjeuner, un jour de la semaine, demain par exemple?» Et, dans sa bienveillance, pour me décider elle ajouta: «Vous *retrouverez* le comte de Crisenoy» que je n'avais nullement perdu, pour la raison que je ne le connaissais pas. Elle commençait à faire luire à mes yeux d'autres tentations encore, mais elle s'arrêta net. Le premier président, qui, en rentrant, avait appris qu'elle était à l'hôtel, l'avait sournoisement cherchée partout, attendue ensuite et, feignant de la rencontrer par hasard, il vint lui présenter ses hommages. Je compris que Mme de Cambremer ne tenait pas à étendre à lui l'invitation à déjeuner qu'elle venait de m'adresser. Il la connaissait pourtant depuis bien plus longtemps que moi, étant depuis des années un de ces habitués des matinées de Féterne que j'enviais tant durant mon premier séjour à Balbec. Mais l'ancienneté ne fait pas tout pour les gens du monde. Et ils réservent plus volontiers les déjeuners aux relations nouvelles qui piquent encore leur curiosité, surtout quand elles arrivent précédées d'une prestigieuse et chaude recommandation comme celle de Saint-Loup. Mme de Cambremer supputa que le premier président n'avait pas entendu ce qu'elle m'avait dit, mais pour calmer les remords qu'elle éprouvait, elle lui tint les plus aimables propos. Dans l'ensoleillement qui noyait à l'horizon la côte dorée, habituellement invisible, de Rivebelle, nous discernâmes, à peine séparées du lumineux azur, sortant des eaux, roses, argentines, imperceptibles, les petites cloches de l'*angélus* qui sonnaient aux environs de Féterne. «Ceci est encore assez Pelléas, fis-je remarquer à Mme de Cambremer-Legrandin. Vous savez la scène que je veux dire.— Je crois bien que je sais»; mais «je ne sais pas du tout» était proclamé par sa voix et son visage, qui ne se moulaient à aucun souvenir, et par son sourire sans appui, en l'air. La douairière ne revenait pas de ce que les cloches portassent jusqu'ici et se leva en pensant à l'heure: «Mais en effet, dis-je, d'habitude, de Balbec, on ne voit pas cette côte, et on ne l'entend pas non plus.

Il faut que le temps ait changé et ait doublement élargi l'horizon. A moins qu'elles ne viennent vous chercher puisque je vois qu'elles vous font partir; elles sont pour vous la cloche du dîner.» Le premier président, peu sensible aux cloches, regardait furtivement la digue qu'il se désolait de voir ce soir aussi dépeuplée. «Vous êtes un vrai poète, me dit Mme de Cambremer. On vous sent si vibrant, si artiste; venez, je vous jouerai du Chopin», ajouta-t-elle en levant les bras d'un air extasié et en prononçant les mots d'une voix rauque qui avait l'air de déplacer des galets. Puis vint la déglutition de la salive, et la vieille dame essuya instinctivement la légère brosse, dite à l'américaine, de sa moustache avec son mouchoir. Le premier président me rendit sans le vouloir un très grand service en empoignant la marquise par le bras pour la conduire à sa voiture, une certaine dose de vulgarité, de hardiesse et de goût pour l'ostentation dictant une conduite que d'autres hésiteraient à assurer, et qui est loin de déplaire dans le monde.

Il en avait d'ailleurs, depuis tant d'années, bien plus l'habitude que moi. Tout en le bénissant je n'osai l'imiter et marchai à côté de Mme de Cambremer-Legrandin, laquelle voulut voir le livre que je tenais à la main. Le nom de Mme de Sévigné lui fit faire la moue; et, usant d'un mot qu'elle avait lu dans certains journaux, mais qui, parlé et mis au féminin, et appliqué à un écrivain du XVIIe siècle, faisait un effet bizarre, elle me demanda: «La trouvez-vous vraiment talentueuse?» La marquise donna au valet de pied l'adresse d'un pâtissier où elle avait à s'en aller avant de repartir sur la route, rose de la poussière du soir, où bleuissaient en forme de croupes les falaises échelonnées. Elle demanda à son vieux cocher si un de ses chevaux, qui était frileux, avait eu assez chaud, si le sabot de l'autre ne lui faisait pas mal. «Je vous écrirai pour ce que nous devons convenir, me dit-elle à mi-voix. J'ai vu que vous causiez littérature avec ma belle-fille, elle est adorable», ajouta-t-elle, bien qu'elle ne le pensât pas, mais elle avait pris l'habitude—gardée par bonté—de le dire pour que son fils n'eût pas l'air d'avoir fait un mariage d'argent. «Et puis, ajouta-t-elle dans un dernier mâchonnement enthousiaste, elle est si hartthhisstte!» Puis elle monta en voiture, balançant la tête, levant la crosse de son ombrelle, et repartit par les rues de Balbec, surchargée des ornements de son sacerdoce, comme un vieil évêque en tournée de confirmation.

«Elle vous a invité à déjeuner, me dit sévèrement le premier président quand la voiture se fut éloignée et que je rentrai avec mes amies. Nous sommes en froid. Elle trouve que je la néglige. Dame, je suis facile à vivre. Qu'on ait besoin de moi, je suis toujours là pour répondre: «Présent.» Mais ils ont voulu jeter le grappin sur moi. Ah! alors, cela, ajouta-t-il d'un air fin et en levant le doigt comme quelqu'un qui distingue et argumente, je ne permets pas ça. C'est attenter à la liberté de mes vacances. J'ai été obligé de dire: «Halte-là». Vous paraissez fort bien avec elle. Quand vous aurez mon âge, vous verrez que c'est bien peu de chose, le monde, et vous regretterez d'avoir attaché tant d'importance à ces riens. Allons, je vais faire un tour avant dîner. Adieu les enfants», cria-t-il à la cantonade, comme s'il était déjà éloigné de cinquante pas.

Quand j'eus dit au revoir à Rosemonde et à Gisèle, elles virent avec étonnement Albertine arrêtée qui ne les suivait pas. «Hé bien, Albertine, qu'est-ce que tu fais, tu sais l'heure?—Rentrez, leur répondit-t-elle avec autorité. J'ai à causer avec lui», ajouta-t-elle en me montrant d'un air soumis. Rosemonde et Gisèle me regardaient, pénétrées pour moi d'un respect nouveau. Je jouissais de sentir que, pour un moment du moins, aux yeux mêmes de Rosemonde et de Gisèle, j'étais pour Albertine quelque chose de plus important que l'heure de rentrer, que ses amies, et pouvais même avoir avec elle de graves secrets auxquels il était impossible qu'on les mêlât. «Est-ce que nous ne te verrons pas ce soir?—Je ne sais pas, ça dépendra de celui-ci. En tout cas à demain.—Montons dans ma chambre», lui dis-je, quand ses amies se furent éloignées. Nous prîmes l'ascenseur; elle garda le silence devant le lift. L'habitude d'être obligé de recourir à l'observation personnelle et à la déduction pour connaître les petites affaires des maîtres, ces gens étranges qui causent entre eux et ne leur parlent pas, développe chez les «employés» (comme le lift appelle les domestiques) un plus grand pouvoir de divination que chez les «patrons». Les organes s'atrophient ou deviennent plus forts ou plus subtils selon que le besoin qu'on a d'eux croît ou diminue. Depuis qu'il existe des chemins de fer, la nécessité de ne pas manquer le train nous a appris à tenir compte des minutes, alors que chez les anciens Romains, dont l'astronomie n'était pas seulement plus sommaire mais aussi la vie moins pressée, la notion, non pas de minutes, mais même d'heures fixes, existait à peine.

Aussi le lift avait-il compris et comptait-il raconter à ses camarades que nous étions préoccupés, Albertine et moi. Mais il nous parlait sans arrêter parce qu'il n'avait pas de tact. Cependant je voyais se peindre sur son visage, substitué à l'impression habituelle d'amitié et de joie de me faire monter dans son ascenseur, un air d'abattement et d'inquiétude extraordinaires. Comme j'en ignorais la cause, pour tâcher de l'en distraire, et quoique plus préoccupé d'Albertine, je lui dis que la dame qui venait de partir s'appelait la marquise de Cambremer et non de Camembert. A l'étage devant lequel nous posions alors, j'aperçus, portant un traversin, une femme de chambre affreuse qui me salua avec respect, espérant un pourboire au départ. J'aurais voulu savoir si c'était celle que j'avais tant désirée le soir de ma première arrivée à Balbec, mais je ne pus jamais arriver à une certitude. Le lift me jura, avec la sincérité de la plupart des faux témoins, mais sans quitter son air désespéré, que c'était bien sous le nom de Camembert que la marquise lui avait demandé de l'annoncer. Et, à vrai dire, il était bien naturel qu'il eût entendu un nom qu'il connaissait déjà. Puis, ayant sur la noblesse et la nature des noms avec lesquels se font les titres les notions fort vagues qui sont celles de beaucoup de gens qui ne sont pas liftiers, le nom de Camembert lui avait paru d'autant plus vraisemblable que, ce fromage étant universellement connu, il ne fallait point s'étonner qu'on eût tiré un marquisat d'une renommée aussi glorieuse, à moins que ce ne fût celle du marquisat qui eût donné sa célébrité au fromage. Néanmoins, comme il voyait que je ne voulais pas avoir l'air de m'être trompé et qu'il savait que les maîtres aiment à voir obéis leurs caprices les plus futiles et acceptés leurs mensonges les plus évidents, il me promit, en bon domestique, de dire désormais Cambremer. Il est vrai qu'aucun boutiquier de la ville ni aucun paysan des environs, où le nom et la personne des Cambremer étaient parfaitement connus, n'auraient jamais pu commettre l'erreur du lift. Mais le personnel du «grand hôtel de Balbec» n'était nullement du pays. Il venait de droite ligne, avec tout le matériel, de Biarritz, Nice et Monte-Carlo, une partie ayant été dirigée sur Deauville, une autre sur Dinard et la troisième réservée à Balbec.

Mais la douleur anxieuse du lift ne fit que grandir. Pour qu'il oubliât ainsi de me témoigner son dévouement par ses habituels sourires, il fallait qu'il lui fût arrivé quelque malheur. Peut-être avait-il été «envoyé». Je me promis dans ce cas de tâcher d'obtenir qu'il restât, le directeur m'ayant promis de ratifier tout ce que je déciderais concernant son personnel. «Vous pouvez toujours faire ce que vous voulez, je rectifie d'avance.» Tout à coup, comme je venais de quitter l'ascenseur, je compris la détresse, l'air atterré du lift. A cause de la présence d'Albertine je ne lui avais pas donné les cent sous que j'avais l'habitude de lui remettre en montant. Et cet imbécile, au lieu de comprendre que je ne voulais pas faire devant des tiers étalage de pourboires, avait commencé à trembler, supposant que c'était fini une fois pour toutes, que je ne lui donnerais plus jamais rien. Il s'imaginait que j'étais tombé dans la «dèche» (comme eût dit le duc de Guermantes), et sa supposition ne lui inspirait aucune pitié pour moi, mais une terrible déception égoïste. Je me dis que j'étais moins déraisonnable que ne trouvait ma mère quand je n'osais pas ne pas donner un jour la somme exagérée mais fiévreusement attendue que j'avais donnée la veille. Mais aussi la signification donnée jusque-là par moi, et sans aucun doute, à l'air habituel de joie, où je n'hésitais pas à voir un signe d'attachement, me parut d'un sens moins assuré. En voyant le liftier prêt, dans son désespoir, à se jeter des cinq étages, je me demandais si, nos conditions sociales se trouvant respectivement changées, du fait par exemple d'une révolution, au lieu de manoeuvrer gentiment pour moi l'ascenseur, le lift, devenu bourgeois, ne m'en eût pas précipité, et s'il n'y a pas, dans certaines classes du peuple, plus de duplicité que dans le monde où, sans doute, l'on réserve pour notre absence les propos désobligeants, mais où l'attitude à notre égard ne serait pas insultante si nous étions malheureux.

On ne peut pourtant pas dire qu'à l'hôtel de Balbec, le lift fût le plus intéressé. A ce point de vue le personnel se divisait en deux catégories: d'une part ceux qui faisaient des différences entre les clients, plus sensibles au pourboire raisonnable d'un vieux noble (d'ailleurs en mesure de leur éviter 28 jours en les recommandant au général de Beautreillis) qu'aux largesses inconsidérées d'un rasta qui décelait par là même un manque d'usage que, seulement devant lui, on appelait de la bonté. D'autre part ceux pour qui noblesse, intelligence, célébrité, situation, manières, étaient inexistantes, recouvertes par un chiffre. Il n'y avait pour ceux-là qu'une hiérarchie, l'argent qu'on a, ou plutôt celui qu'on donne. Peut-être Aimé lui-même, bien que prétendant, à cause du grand nombre d'hôtels où il avait servi, à un grand savoir mondain, appartenait-il à cette catégorie-là. Tout au plus donnait-il un tour social et de connaissance des familles à ce genre d'appréciation, en disant de la princesse de Luxembourg par exemple; «Il y a beaucoup d'argent là dedans?» (le point d'interrogation étant afin de se renseigner, ou de contrôler définitivement les renseignements qu'il avait pris, avant de procurer à un client un «chef» pour Paris, ou de lui assurer une table à gauche, à l'entrée, avec vue sur la mer, à Balbec), Malgré cela, sans être dépourvu d'intérêt, il ne l'eût pas exhibé avec le sot désespoir du lift. Au reste, la naïveté de celui-ci simplifiait peut-être les choses. C'est la commodité d'un grand hôtel, d'une maison comme était autrefois celle de Rachel; c'est que, sans intermédiaires, sur la face jusque-là glacée d'un employé ou d'une femme, la vue d'un billet de cent francs, à plus forte raison de mille, même donné, pour cette fois-là, à un autre, amène un sourire et des offres. Au contraire, dans la politique, dans les relations d'amant à maîtresse, il y a trop de choses placées entre l'argent et la docilité. Tant de choses que ceux-là mêmes chez qui l'argent éveille finalement le sourire sont souvent incapables de suivre le processus interne qui les relie, se croient, sont plus délicats. Et puis cela décante la conversation polie des «Je sais ce qui me reste à faire, demain on me trouvera à la Morgue.» Aussi rencontre-t-on dans la société polie peu de romanciers, de poètes, de tous ces êtres sublimes qui parlent justement de ce qu'il ne faut pas dire.

Aussitôt seuls et engagés dans le corridor, Albertine me dit: «Qu'est-ce que vous avez contre moi?» Ma dureté avec elle m'avait-elle été pénible à moi-même? N'était-elle de ma part qu'une ruse inconsciente se proposant d'amener vis-à-vis de moi mon amie à cette attitude de crainte et de prière qui me permettrait de l'interroger, et peut-être d'apprendre laquelle des deux hypothèses que je formais depuis longtemps sur elle était la vraie? Toujours est-il que, quand j'entendis sa question, je me sentis soudain heureux comme quelqu'un qui touche à un but longtemps désiré. Avant de lui répondre je la conduisis jusqu'à ma porte. Celle-ci en s'ouvrant fit refluer la lumière rose qui remplissait la chambre et changeait la mousseline blanche des rideaux tendus sur le soir en lampas aurore. J'allai jusqu'à la fenêtre; les mouettes étaient posées de nouveau sur les flots; mais maintenant elles étaient roses. Je le fis remarquer à Albertine: «Ne détournez pas la conversation, me dit-elle, soyez franc comme moi.» Je mentis. Je lui déclarai qu'il lui fallait écouter un aveu préalable, celui d'une grande passion que j'avais depuis quelque temps pour Andrée, et je le lui fis avec une simplicité et une franchise dignes du théâtre, mais qu'on n'a guère dans la vie que pour les amours qu'on ne ressent pas. Reprenant le mensonge dont j'avais usé avec Gilberte avant mon premier séjour à Balbec, mais le variant, j'allai, pour me faire mieux croire d'elle quand je lui disais maintenant que je ne l'aimais pas, jusqu'à laisser échapper qu'autrefois j'avais été sur le point d'être amoureux d'elle, mais que trop de temps avait passé, qu'elle n'était plus pour moi qu'une bonne camarade et que, l'eussé-je voulu, il ne m'eût plus été possible d'éprouver de nouveau à son égard des sentiments plus ardents.

D'ailleurs, en appuyant ainsi devant Albertine sur ces protestations de froideur pour elle, je ne faisais—à cause d'une circonstance et en vue d'un but particuliers—que rendre plus sensible, marquer avec plus de force, ce rythme binaire qu'adopte l'amour chez tous ceux qui doutent trop d'eux-mêmes pour croire qu'une femme puisse jamais les aimer, et aussi qu'eux-mêmes puissent l'aimer véritablement. Ils se connaissent assez pour savoir qu'auprès des plus différentes, ils éprouvaient les mêmes espoirs, les mêmes angoisses, inventaient les mêmes romans, prononçaient les mêmes paroles, pour s'être rendu ainsi compte que leurs sentiments, leurs actions, ne sont pas en rapport étroit et nécessaire avec la femme aimée, mais passent à côté d'elle, l'éclaboussent, la circonviennent comme le flux qui se jette le long des rochers, et le sentiment de leur propre instabilité augmente encore chez eux la défiance que cette femme, dont ils voudraient tant être aimés, ne les aime pas. Pourquoi le hasard aurait-il fait, puisqu'elle n'est qu'un simple accident placé devant le jaillissement de nos désirs, que nous fussions nous-mêmes le but de ceux qu'elle a? Aussi, tout en ayant besoin d'épancher vers elle tous ces sentiments, si différents des sentiments simplement humains que notre prochain nous inspire, ces sentiments si spéciaux que sont les sentiments amoureux, après avoir fait un pas en avant, en avouant à celle que nous aimons notre tendresse pour elle, nos espoirs, aussitôt craignant de lui déplaire, confus aussi de sentir que le langage que nous lui avons tenu n'a pas été formé expressément pour elle, qu'il nous a servi, nous servira pour d'autres, que si elle ne nous aime pas elle ne peut pas nous comprendre, et que nous avons parlé alors avec le manque de goût, l'impudeur du pédant adressant à des ignorants des phrases subtiles qui ne sont pas pour eux, cette crainte, cette honte, amènent le contre-rythme, le reflux, le besoin, fût-ce en reculant d'abord, en retirant vivement la sympathie précédemment confessée, de reprendre l'offensive et de ressaisir l'estime, la domination; le rythme double est perceptible dans les diverses périodes d'un même amour, dans toutes les périodes correspondantes d'amours similaires, chez tous les êtres qui s'analysent mieux qu'ils ne se prisent haut. S'il était pourtant un peu plus vigoureusement accentué qu'il n'est d'habitude, dans ce discours que j'étais en train de faire à Albertine, c'était simplement pour me permettre de passer plus vite et plus énergiquement au rythme opposé que scanderait ma tendresse.

Comme si Albertine avait dû avoir de la peine à croire ce que je lui disais de mon impossibilité de l'aimer de nouveau, à cause du trop long intervalle, j'étayais ce que j'appelais une bizarrerie de mon caractère d'exemples tirés de personnes avec qui j'avais, par leur faute ou la mienne, laissé passer l'heure de les aimer, sans pouvoir, quelque désir que j'en eusse, la retrouver après. J'avais ainsi l'air à la fois de m'excuser auprès d'elle, comme d'une impolitesse, de cette incapacité de recommencer à l'aimer, et de chercher à lui en faire comprendre les raisons psychologiques comme si elles m'eussent été particulières. Mais en m'expliquant de la sorte, en m'étendant sur le cas de Gilberte, vis-à-vis de laquelle en effet avait été rigoureusement vrai ce qui le devenait si peu, appliqué à Albertine, je ne faisais que rendre mes assertions aussi plausibles que je feignais de croire qu'elles le fussent peu. Sentant qu'Albertine appréciait ce qu'elle croyait mon «franc parler» et reconnaissait dans mes déductions la clarté de l'évidence, je m'excusai du premier, lui disant que je savais bien qu'on déplaisait toujours en disant la vérité et que celle-ci d'ailleurs devait lui paraître incompréhensible. Elle me remercia, au contraire, de ma sincérité et ajouta qu'au surplus elle comprenait à merveille un état d'esprit si fréquent et si naturel.

Cet aveu fait à Albertine d'un sentiment imaginaire pour Andrée, et pour elle-même d'une indifférence que, pour paraître tout à fait sincère et sans exagération, je lui assurai incidemment, comme par un scrupule de politesse, ne pas devoir être prise trop à la lettre, je pus enfin, sans crainte, qu'Albertine y soupçonnât de l'amour, lui parler avec une douceur que je me refusais depuis si longtemps et qui me parut délicieuse. Je caressais presque ma confidente; en lui parlant de son amie que j'aimais, les larmes me venaient aux yeux.

Mais, venant au fait, je lui dis enfin qu'elle savait ce qu'était l'amour, ses susceptibilités, ses souffrances, et que peut-être, en amie déjà ancienne pour moi, elle aurait à coeur de faire cesser les grands chagrins qu'elle me causait, non directement puisque ce n'était pas elle que j'aimais, si j'osais le redire sans la froisser, mais indirectement en m'atteignant dans mon amour pour Andrée. Je m'interrompis pour regarder et montrer à Albertine un grand oiseau solitaire et hâtif qui, loin devant nous, fouettant l'air du battement régulier de ses ailes, passait à toute vitesse au-dessus de la plage tachée çà et là de reflets pareils à des petits morceaux de papier rouge déchirés et la traversait dans toute sa longueur, sans ralentir son allure, sans détourner son attention, sans dévier de son chemin, comme un émissaire qui va porter bien loin un message urgent et capital. «Lui, du moins, va droit au but! me dit Albertine d'un air de reproche.—Vous me dites cela parce que vous ne savez pas ce que j'aurais voulu vous dire. Mais c'est tellement difficile que j'aime mieux y renoncer; je suis certain que je vous fâcherais; alors cela n'aboutira qu'à ceci: je ne serai en rien plus heureux avec celle que j'aime d'amour et j'aurai perdu une bonne camarade.—Mais puisque je vous jure que je ne me fâcherai pas.» Elle avait l'air si doux, si tristement docile et d'attendre de moi son bonheur, que j'avais peine à me contenir et à ne pas embrasser, presque avec le même genre de plaisir que j'aurais eu à embrasser ma mère, ce visage nouveau qui n'offrait plus la mine éveillée et rougissante d'une chatte mutine et perverse au petit nez rose et levé, mais semblait dans la plénitude de sa tristesse accablée, fondu, à larges coulées aplaties et retombantes, dans de la bonté. Faisant abstraction de mon amour comme d'une folie chronique sans rapport avec elle, me mettant à sa place, je m'attendrissais devant cette brave fille habituée à ce qu'on eût pour elle des procédés aimables et loyaux, et que le bon camarade qu'elle avait pu croire que j'étais pour elle poursuivait, depuis des semaines, de persécutions qui étaient enfin arrivées à leur point culminant.

C'est parce que je me plaçais à un point de vue purement humain, extérieur à nous deux et d'où mon amour jaloux s'évanouissait, que j'éprouvais pour Albertine cette pitié profonde, qui l'eût moins été si je ne l'avais pas aimée. Du reste, dans cette oscillation rythmée qui va de la déclaration à la brouille (le plus sûr moyen, le plus efficacement dangereux pour former, par mouvements opposés et successifs, un noeud qui ne se défasse pas et nous attache solidement à une personne), au sein du mouvement de retrait qui constitue l'un des deux éléments du rythme, à quoi bon distinguer encore les reflux de la pitié humaine, qui, opposés à l'amour, quoique ayant peut-être inconsciemment la même cause, produisent en tout cas les mêmes effets? En se rappelant plus tard le total de tout ce qu'on a fait pour une femme, on se rend compte souvent que les actes inspirés par le désir de montrer qu'on aime, de se faire aimer, de gagner des faveurs, ne tiennent guère plus de place que ceux dus au besoin humain de réparer les torts envers l'être qu'on aime, par simple devoir moral, comme si on ne l'aimait pas. «Mais enfin qu'est-ce que j'ai pu faire?» me demanda Albertine. On frappa; c'était le lift; la tante d'Albertine, qui passait devant l'hôtel en voiture, s'était arrêtée à tout hasard pour voir si elle n'y était pas et la ramener. Albertine fit répondre qu'elle ne pouvait pas descendre, qu'on dînât sans l'attendre, qu'elle ne savait pas à quelle heure elle rentrerait. «Mais votre tante sera fâchée?—Pensez-vous! Elle comprendra très bien.» Ainsi donc, en ce moment, du moins, tel qu'il n'en reviendrait peut-être pas, un entretien avec moi se trouvait, par suite des circonstances, être aux yeux d'Albertine une chose d'une importance si évidente qu'on dût le faire passer avant tout, et à laquelle, se reportant sans doute instinctivement à une jurisprudence familiale, énumérant telles conjonctures où, quand la carrière de M. Bontemps était en jeu, on n'avait pas regardé à un voyage, mon amie ne doutait pas que sa tante trouvât tout naturel de voir sacrifier l'heure du dîner. Cette heure lointaine qu'elle passait sans moi, chez les siens, Albertine l'ayant fait glisser jusqu'à moi me la donnait; j'en pouvais user à ma guise. Je finis par oser lui dire ce qu'on m'avait raconté de son genre de vie, et que, malgré le profond dégoût que m'inspiraient les femmes atteintes du même vice, je ne m'en étais pas soucié jusqu'à ce qu'on m'eût nommé sa complice, et qu'elle pouvait comprendre facilement, au point où j'aimais Andrée, quelle douleur j'en avais ressentie. Il eût peut-être été plus habile de dire qu'on m'avait cité aussi d'autres femmes, mais qui m'étaient indifférentes. Mais la brusque et terrible révélation que m'avait faite Cottard était entrée en moi me déchirer, telle quelle, tout entière, mais sans plus.

Et de même qu'auparavant je n'aurais jamais eu de moi-même l'idée qu'Albertine aimait Andrée, ou du moins pût avoir des jeux caressants avec elle, si Cottard ne m'avait pas fait remarquer leur pose en valsant, de même je n'avais pas su passer de cette idée à celle, pour moi tellement différente, qu'Albertine pût avoir avec d'autres femmes qu'Andrée des relations dont l'affection n'eût même pas été l'excuse. Albertine, avant même de me jurer que ce n'était pas vrai, manifesta, comme toute personne à qui on vient d'apprendre qu'on a ainsi parlé d'elle, de la colère, du chagrin et, à l'endroit du calomniateur inconnu, la curiosité rageuse de savoir qui il était et le désir d'être confrontée avec lui pour pouvoir le confondre. Mais elle m'assura qu'à moi du moins, elle n'en voulait pas. «Si cela avait été vrai, je vous l'aurais avoué. Mais Andrée et moi nous avons aussi horreur l'une que l'autre de ces choses-là. Nous ne sommes pas arrivées à notre âge sans voir des femmes aux cheveux courts, qui ont des manières d'hommes et le genre que vous dites, et rien ne nous révolte autant.» Albertine ne me donnait que sa parole, une parole péremptoire et non appuyée de preuves. Mais c'est justement ce qui pouvait le mieux me calmer, la jalousie appartenant à cette famille de doutes maladifs que lève bien plus l'énergie d'une affirmation que sa vraisemblance.

C'est d'ailleurs le propre de l'amour de nous rendre à la fois plus défiants et plus crédules, de nous faire soupçonner, plus vite que nous n'aurions fait une autre, celle que nous aimons, et d'ajouter foi plus aisément à ses dénégations. Il faut aimer pour prendre souci qu'il n'y ait pas que des honnêtes femmes, autant dire pour s'en aviser, et il faut aimer aussi pour souhaiter, c'est-à-dire pour s'assurer qu'il y en a. Il est humain de chercher la douleur et aussitôt à s'en délivrer. Les propositions qui sont capables d'y réussir nous semblent facilement vraies, on ne chicane pas beaucoup sur un calmant qui agit. Et puis, si multiple que soit l'être que nous aimons, il peut en tout cas nous présenter deux personnalités essentielles, selon qu'il nous apparaît comme nôtre ou comme tournant ses désirs ailleurs que vers nous. La première de ces personnalités possède la puissance particulière qui nous empêche de croire à la réalité de la seconde, le secret spécifique pour apaiser les souffrances que cette dernière a causées. L'être aimé est successivement le mal et le remède qui suspend et aggrave le mal. Sans doute j'avais été depuis longtemps, par la puissance qu'exerçait sur mon imagination et ma faculté d'être ému l'exemple de Swann, préparé à croire vrai ce que je craignais au lieu de ce que j'aurais souhaité. Aussi la douceur apportée par les affirmations d'Albertine faillit-elle en être compromise un moment parce que je me rappelai l'histoire d'Odette. Mais je me dis que, s'il était juste de faire sa part au pire, non seulement quand, pour comprendre les souffrances de Swann, j'avais essayé de me mettre à la place de celui-ci, mais maintenant qu'il s'agissait de moi-même, en cherchant la vérité comme s'il se fût agi d'un autre, il ne fallait cependant pas que, par cruauté pour moi-même, soldat qui choisit le poste non pas où il peut être le plus utile mais où il est le plus exposé, j'aboutisse à l'erreur de tenir une supposition pour plus vraie que les autres, à cause de cela seul qu'elle était la plus douloureuse.

N'y avait-il pas un abîme entre Albertine, jeune fille d'assez bonne famille bourgeoise, et Odette, cocotte vendue par sa mère dès son enfance? La parole de l'une ne pouvait être mise en comparaison avec celle de l'autre. D'ailleurs Albertine n'avait en rien à me mentir le même intérêt qu'Odette à Swann. Et encore à celui-ci Odette avait avoué ce qu'Albertine venait de nier. J'aurais donc commis une faute de raisonnement aussi grave—quoique inverse—que celle qui m'eût incliné vers une hypothèse parce que celle-ci m'eût fait moins souffrir que les autres, en ne tenant pas compte de ces différences de fait dans les situations, et en reconstituant la vie réelle de mon amie uniquement d'après ce que j'avais appris de celle d'Odette. J'avais devant moi une nouvelle Albertine, déjà entrevue plusieurs fois, il est vrai, vers la fin de mon premier séjour à Balbec, franche, bonne, une Albertine qui venait, par affection pour moi, de me pardonner mes soupçons et de tâcher à les dissiper. Elle me fit asseoir à côté d'elle sur mon lit. Je la remerciai de ce qu'elle m'avait dit, je l'assurai que notre réconciliation était faite et que je ne serais plus jamais dur avec elle. Je dis à Albertine qu'elle devrait tout de même rentrer dîner. Elle me demanda si je n'étais pas bien comme cela. Et attirant ma tête pour une caresse qu'elle ne m'avait encore jamais faite et que je devais peut-être à notre brouille finie, elle passa légèrement sa langue sur mes lèvres, qu'elle essayait d'entr'ouvrir. Pour commencer je ne les desserrai pas. «Quel grand méchant vous faites!» me dit-elle.

J'aurais dû partir ce soir-là sans jamais la revoir. Je pressentais dès lors que, dans l'amour non partagé—autant dire dans l'amour, car il est des êtres pour qui il n'est pas d'amour partagé—on peut goûter du bonheur seulement ce simulacre qui m'en était donné à un de ces moments uniques dans lesquels la bonté d'une femme, ou son caprice, ou le hasard, appliquent sur nos désirs, en une coïncidence parfaite, les mêmes paroles, les mêmes actions, que si nous étions vraiment aimés. La sagesse eût été de considérer avec curiosité, de posséder avec délices cette petite parcelle de bonheur, à défaut de laquelle je serais mort sans avoir soupçonné ce qu'il peut être pour des coeurs moins difficiles ou plus favorisés; de supposer qu'elle faisait partie d'un bonheur vaste et durable qui m'apparaissait en ce point seulement; et, pour que le lendemain n'inflige pas un démenti à cette feinte, de ne pas chercher à demander une faveur de plus après celle qui n'avait été due qu'à l'artifice d'une minute d'exception. J'aurais dû quitter Balbec, m'enfermer dans la solitude, y rester en harmonie avec les dernières vibrations de la voix que j'avais su rendre un instant amoureuse, et de qui je n'aurais plus rien exigé que de ne pas s'adresser davantage à moi; de peur que, par une parole nouvelle qui n'eût pu désormais être que différente, elle vînt blesser d'une dissonance le silence sensitif où, comme grâce à quelque pédale, aurait pu survivre longtemps en moi la tonalité du bonheur.

Tranquillisé par mon explication avec Albertine, je recommençai à vivre davantage auprès de ma mère. Elle aimait à me parler doucement du temps où ma grand'mère était plus jeune. Craignant que je ne me fisse des reproches sur les tristesses dont j'avais pu assombrir la fin de cette vie, elle revenait volontiers aux années où mes premières études avaient causé à ma grand'mère des satisfactions que jusqu'ici on m'avait toujours cachées. Nous reparlions de Combray. Ma mère me dit que là-bas du moins je lisais, et qu'à Balbec je devrais bien faire de même, si je ne travaillais pas. Je répondis que, pour m'entourer justement des souvenirs de Combray et des jolies assiettes peintes, j'aimerais relire les *Mille et une Nuits*. Comme jadis à Combray, quand elle me donnait des livres pour ma fête, c'est en cachette, pour me faire une surprise, que ma mère me fit venir à la fois les *Mille et une Nuits* de Galland et les *Mille et une Nuits* de Mardrus. Mais, après avoir jeté un coup d'oeil sur les deux traductions, ma mère aurait bien voulu que je m'en tinsse à celle de Galland, tout en craignant de m'influencer, à cause du respect qu'elle avait de la liberté intellectuelle, de la peur d'intervenir maladroitement dans la vie de ma pensée, et du sentiment qu'étant une femme, d'une part elle manquait, croyait-elle, de la compétence littéraire qu'il fallait, d'autre part qu'elle ne devait pas juger d'après ce qui la choquait les lectures d'un jeune homme. En tombant sur certains contes, elle avait été révoltée par l'immoralité du sujet et la crudité de l'expression. Mais surtout, conservant précieusement comme des reliques, non pas seulement la broche, l'en-tout-cas, le manteau, le volume de Mme de Sévigné, mais aussi les habitudes de pensée et de langage de sa mère, cherchant en toute occasion quelle opinion celle-ci eût émise, ma mère ne pouvait douter de la condamnation que ma grand'mère eût prononcée contre le livre de Mardrus.

Elle se rappelait qu'à Combray, tandis qu'avant de partir marcher du côté de Méséglise je lisais Augustin Thierry, ma grand'mère, contente de mes lectures, de mes promenades, s'indignait pourtant de voir celui dont le nom restait attaché à cet hémistiche: «Puis règne Mérovée» appelé Merowig, refusait de dire Carolingiens pour les Carlovingiens, auxquels elle restait fidèle. Enfin je lui avais raconté ce que ma grand'mère avait pensé des noms grecs que Bloch, d'après Leconte de Lisle, donnait aux dieux d'Homère, allant même, pour les choses les plus simples, à se faire un devoir religieux, en lequel il croyait que consistait le talent littéraire, d'adopter une orthographe grecque. Ayant, par exemple, à dire dans une lettre que le vin qu'on buvait chez lui était un vrai nectar, il écrivait un vrai nektar, avec un *k*, ce qui lui permettait de ricaner au nom de Lamartine. Or si une *Odyssée* d'où étaient absents les noms d'Ulysse et de Minerve n'était plus pour elle l'*Odyssée*, qu'aurait-elle dit en voyant déjà déformé sur la couverture le titre de ses *Mille et Une Nuits*, en ne retrouvant plus, exactement transcrits comme elle avait été de tout temps habituée à les dire, les noms immortellement familiers de Sheherazade, de Dinarzade, où, débaptisés eux-mêmes, si l'on ose employer le mot pour des contes musulmans, le charmant Calife et les puissants Génies se reconnaissaient à peine, étant appelés l'un le «Khalifat», les autres les «Gennis»? Pourtant ma mère me remit les deux ouvrages, et je lui dis que je les lirais les jours où je serais trop fatigué pour me promener.

Ces jours-là n'étaient pas très fréquents d'ailleurs. Nous allions goûter comme autrefois «en bande», Albertine, ses amies et moi, sur la falaise ou à la ferme Marie-Antoinette. Mais il y avait des fois où Albertine me donnait ce grand plaisir. Elle me disait: «Aujourd'hui je veux être un peu seule avec vous, ce sera plus gentil de se voir tous les deux.» Alors elle disait qu'elle avait à faire, que d'ailleurs elle n'avait pas de comptes à rendre, et pour que les autres, si elles allaient tout de même sans nous se promener et goûter, ne pussent pas nous retrouver, nous allions, comme deux amants, tout seuls à Bagatelle ou à la Croix d'Heulan, pendant que la bande, qui n'aurait jamais eu l'idée de nous chercher là et n'y allait jamais, restait indéfiniment, dans l'espoir de nous voir arriver, à Marie-Antoinette. Je me rappelle les temps chauds qu'il faisait alors, où du front des garçons de ferme travaillant au soleil une goutte de sueur tombait verticale, régulière, intermittente, comme la goutte d'eau d'un réservoir, et alternait avec la chute du fruit mûr qui se détachait de l'arbre dans les «clos» voisins; ils sont restés, aujourd'hui encore, avec ce mystère d'une femme cachée, la part la plus consistante de tout amour qui se présente pour moi. Une femme dont on me parle et à laquelle je ne songerais pas un instant, je dérange tous les rendez-vous de ma semaine pour la connaître, si c'est une semaine où il fait un de ces temps-là, et si je dois la voir dans quelque ferme isolée. J'ai beau savoir que ce genre de temps et de rendez-vous n'est pas d'elle, c'est l'appât, pourtant bien connu de moi, auquel je me laisse prendre et qui suffit pour m'accrocher. Je sais que cette femme, par un temps froid, dans une ville, j'aurais pu la désirer, mais sans accompagnement de sentiment romanesque, sans devenir amoureux; l'amour n'en est pas moins fort une fois que, grâce à des circonstances, il m'a enchaîné—il est seulement plus mélancolique, comme le deviennent dans la vie nos sentiments pour des personnes, au fur et à mesure que nous nous apercevons davantage de la part de plus en plus petite qu'elles y tiennent et que l'amour nouveau que nous souhaiterions si durable, abrégé en même temps que notre vie même, sera le dernier.

Il y avait encore peu de monde à Balbec, peu de jeunes filles. Quelquefois j'en voyais telle ou telle arrêtée sur la plage, sans agrément, et que pourtant bien des coïncidences semblaient certifier être la même que j'avais été désespéré de ne pouvoir approcher au moment où elle sortait avec ses amies du manège ou de l'école de gymnastique. Si c'était la même (et je me gardais d'en parler à Albertine), la jeune fille que j'avais crue enivrante n'existait pas. Mais je ne pouvais arriver à une certitude, car le visage de ces jeunes filles n'occupait pas sur la plage une grandeur, n'offrait pas une forme permanente, contracté, dilaté, transformé qu'il était par ma propre attente, l'inquiétude de mon désir ou un bien-être qui se suffit à lui-même, les toilettes différentes qu'elles portaient, la rapidité de leur marche ou leur immobilité. De tout près pourtant, deux ou trois me semblaient adorables. Chaque fois que je voyais une de celles-là, j'avais envie de l'emmener dans l'avenue des Tamaris, ou dans les dunes, mieux encore sur la falaise. Mais bien que dans le désir, par comparaison avec l'indifférence, il entre déjà cette audace qu'est un commencement, même unilatéral, de réalisation, tout de même, entre mon désir et l'action que serait ma demande de l'embrasser, il y avait tout le «blanc» indéfini de l'hésitation, de la timidité. Alors j'entrais chez le pâtissier-limonadier, je buvais l'un après l'autre sept à huit verres de porto. Aussitôt, au lieu de l'intervalle impossible à combler entre mon désir et l'action, l'effet de l'alcool traçait une ligne qui les conjoignait tous deux. Plus de place pour l'hésitation ou la crainte. Il me semblait que la jeune fille allait voler jusqu'à moi. J'allais jusqu'à elle, d'eux-mêmes sortaient de mes lèvres: «J'aimerais me promener avec vous. Vous ne voulez pas qu'on aille sur la falaise, on n'y est dérangé par personne derrière le petit bois qui protège du vent la maison démontable actuellement inhabitée?» Toutes les difficultés de la vie étaient aplanies, il n'y avait plus d'obstacles à l'enlacement de nos deux corps. Plus d'obstacles pour moi du moins. Car ils n'avaient pas été volatilisés pour elle qui n'avait pas bu de porto. L'eût-elle fait, et l'univers eût-il perdu quelque réalité à ses yeux, le rêve longtemps chéri qui lui aurait alors paru soudain réalisable n'eût peut-être pas été du tout de tomber dans mes bras.

Non seulement les jeunes filles étaient peu nombreuses, mais, en cette saison qui n'était pas encore «la saison», elles restaient peu. Je me souviens d'une au teint roux de colaeus, aux yeux verts, aux deux joues rousses et dont la figure double et légère ressemblait aux graines ailées de certains arbres. Je ne sais quelle brise l'amena à Balbec et quelle autre la remporta. Ce fut si brusquement que j'en eus pendant plusieurs jours un chagrin que j'osai avouer à Albertine quand je compris qu'elle était partie pour toujours.

Il faut dire que plusieurs étaient ou des jeunes filles que je ne connaissais pas du tout, ou que je n'avais pas vues depuis des années. Souvent, avant de les rencontrer, je leur écrivais. Si leur réponse me faisait croire à un amour possible, quelle joie! On ne peut pas, au début d'une amitié pour une femme, et même si elle ne doit pas se réaliser par la suite, se séparer de ces premières lettres reçues. On les veut avoir tout le temps auprès de soi, comme de belles fleurs reçues, encore toutes fraîches, et qu'on ne s'interrompt de regarder que pour les respirer de plus près. La phrase qu'on sait par coeur est agréable à relire et, dans celles moins littéralement apprises, on veut vérifier le degré de tendresse d'une expression. A-t-elle écrit: «Votre chère lettre?» Petite déception dans la douceur qu'on respire, et qui doit être attribuée soit à ce qu'on a lu trop vite, soit à l'écriture illisible de la correspondante; elle n'a pas mis: «Et votre chère lettre», mais: «En voyant cette lettre». Mais le reste est si tendre. Oh! que de pareilles fleurs viennent demain. Puis cela ne suffit plus, il faudrait aux mots écrits confronter les regards, la voix. On prend rendez-vous, et—sans qu'elle ait changé peut-être—là où on croyait, sur la description faite ou le souvenir personnel, rencontrer la fée Viviane, on trouve le Chat botté. On lui donne rendez-vous pour le lendemain quand même, car c'est tout de même *elle* et ce qu'on désirait, c'est elle. Or ces désirs pour une femme dont on a rêvé ne rendent pas absolument nécessaire la beauté de tel trait précis. Ces désirs sont seulement le désir de tel être; vagues comme des parfums, comme le styrax était le désir de Prothyraïa, le safran le désir éthéré, les aromates le désir d'Héra, la myrrhe le parfum des mages, la manne le désir de Nikè, l'encens le parfum de la mer. Mais ces parfums que chantent les Hymnes orphiques sont bien moins nombreux que les divinités qu'ils chérissent. La myrrhe est le parfum des mages, mais aussi de Protogonos, de Neptune, de Nérée, de Leto; l'encens est le parfum de la mer, mais aussi de la belle Diké, de Thémis, de Circé, des neuf Muses, d'Eos, de Mnémosyne, du Jour, de Dikaïosunè. Pour le styrax, la manne et les aromates, on n'en finirait pas de dire les divinités qui les inspirent, tant elles sont nombreuses. Amphiétès a tous les parfums excepté l'encens, et Gaïa rejette uniquement les fèves et les aromates. Ainsi en était-il de ces désirs de jeunes filles que j'avais. Moins nombreux qu'elles n'étaient, ils se changeaient en des déceptions et des tristesses assez semblables les unes aux autres. Je n'ai jamais voulu de la myrrhe. Je l'ai réservée pour Jupien et pour la princesse de Guermantes, car elle est le désir de Protogonos «aux deux sexes, ayant le mugissement du taureau, aux nombreuses orgies, mémorable, inénarrable, descendant, joyeux, vers les sacrifices des Orgiophantes».

Mais bientôt la saison battit son plein; c'était tous les jours une arrivée nouvelle, et à la fréquence subitement croissante de mes promenades, remplaçant la lecture charmante des *Mille et Une Nuits*, il y avait une cause dépourvue de plaisir et qui les empoisonnait tous. La plage était maintenant peuplée de jeunes filles, et l'idée que m'avait suggérée Cottard m'ayant, non pas fourni de nouveaux soupçons, mais rendu sensible et fragile de ce côté, et prudent à ne pas en laisser se former en moi, dès qu'une jeune femme arrivait à Balbec, je me sentais mal à l'aise, je proposais à Albertine les excursions les plus éloignées, afin qu'elle ne pût faire la connaissance et même, si c'était possible, pût ne pas recevoir la nouvelle venue. Je redoutais naturellement davantage encore celles dont on remarquait le mauvais genre ou connaissait la mauvaise réputation; je tâchais de persuader à mon amie que cette mauvaise réputation n'était fondée sur rien, était calomnieuse, peut-être sans me l'avouer par une peur, encore inconsciente, qu'elle cherchât à se lier avec la dépravée ou qu'elle regrettât de ne pouvoir la chercher, à cause de moi, ou qu'elle crût, par le nombre des exemples, qu'un vice si répandu n'est pas condamnable. En le niant de chaque coupable je ne tendais pas à moins qu'à prétendre que le saphisme n'existe pas. Albertine adoptait mon incrédulité pour le vice de telle et telle: «Non, je crois que c'est seulement un genre qu'elle cherche à se donner, c'est pour faire du genre.» Mais alors je regrettais presque d'avoir plaidé l'innocence, car il me déplaisait qu'Albertine, si sévère autrefois, pût croire que ce «genre» fût quelque chose d'assez flatteur, d'assez avantageux, pour qu'une femme exempte de ces goûts eût cherché à s'en donner l'apparence. J'aurais voulu qu'aucune femme ne vînt plus à Balbec; je tremblais en pensant que, comme c'était à peu près l'époque où Mme Putbus devait arriver chez les Verdurin, sa femme de chambre, dont Saint-Loup ne m'avait pas caché les préférences, pourrait venir excursionner jusqu'à la plage, et, si c'était un jour où je n'étais pas auprès d'Albertine, essayer de la corrompre.

J'arrivais à me demander, comme Cottard ne m'avait pas caché que les Verdurin tenaient beaucoup à moi, et, tout en ne voulant pas avoir l'air, comme il disait, de me courir après, auraient donné beaucoup pour que j'allasse chez eux, si je ne pourrais pas, moyennant les promesses de leur amener à Paris tous les Guermantes du monde, obtenir de Mme Verdurin que, sous un prétexte quelconque, elle prévînt Mme Putbus qu'il lui était impossible de la garder chez elle et la fît repartir au plus vite. Malgré ces pensées, et comme c'était surtout la présence d'Andrée qui m'inquiétait, l'apaisement que m'avaient procuré les paroles d'Albertine persistait encore un peu;—je savais d'ailleurs que bientôt j'aurais moins besoin de lui, Andrée devant partir avec Rosemonde et Gisèle presque au moment où tout le monde arrivait, et n'ayant plus à rester auprès d'Albertine que quelques semaines. Pendant celles-ci d'ailleurs, Albertine sembla combiner tout ce qu'elle faisait, tout ce qu'elle disait, en vue de détruire mes soupçons s'il m'en restait, ou de les empêcher de renaître. Elle s'arrangeait à ne jamais rester seule avec Andrée, et insistait, quand nous rentrions, pour que je l'accompagnasse jusqu'à sa porte, pour que je vinsse l'y chercher quand nous devions sortir. Andrée cependant prenait de son côté une peine égale, semblait éviter de voir Albertine. Et cette apparente entente entre elles n'était pas le seul indice qu'Albertine avait dû mettre son amie au courant de notre entretien et lui demander d'avoir la gentillesse de calmer mes absurdes soupçons.

Vers cette époque se produisit au Grand-Hôtel de Balbec un scandale qui ne fut pas pour changer la pente de mes tourments. La soeur de Bloch avait depuis quelque temps, avec une ancienne actrice, des relations secrètes qui bientôt ne leur suffirent plus. Être vues leur semblait ajouter de la perversité à leur plaisir, elles voulaient faire baigner leurs dangereux ébats dans les regards de tous. Cela commença par des caresses, qu'on pouvait en somme attribuer à une intimité amicale, dans le salon de jeu, autour de la table de baccara. Puis elles s'enhardirent. Et enfin un soir, dans un coin pas même obscur de la grande salle de danses, sur un canapé, elles ne se gênèrent pas plus que si elles avaient été dans leur lit. Deux officiers, qui étaient non loin de là avec leurs femmes, se plaignirent au directeur. On crut un moment que leur protestation aurait quelque efficacité. Mais ils avaient contre eux que, venus pour un soir de Netteholme, où ils habitaient, à Balbec, ils ne pouvaient en rien être utiles au directeur. Tandis que, même à son insu, et quelque observation que lui fît le directeur, planait sur Mlle Bloch la protection de M. Nissim Bernard. Il faut dire pourquoi. M. Nissim Bernard pratiquait au plus haut point les vertus de famille. Tous les ans il louait à Balbec une magnifique villa pour son neveu, et aucune invitation n'aurait pu le détourner de rentrer dîner dans son chez lui, qui était en réalité leur chez eux. Mais jamais il ne déjeunait chez lui. Tous les jours il était à midi au Grand-Hôtel. C'est qu'il entretenait, comme d'autres, un rat d'opéra, un: «commis», assez pareil à ces chasseurs dont nous avons parlé, et qui nous faisaient penser aux jeunes israélites d'*Esther* et d'*Athalie*. A vrai dire, les quarante années qui séparaient M. Nissim Bernard du jeune commis auraient dû préserver celui-ci d'un contact peu aimable. Mais, comme le dit Racine avec tant de sagesse dans les mêmes choeurs:

Mon Dieu, qu'une vertu naissante,

Parmi tant de périls marche à pas incertains!

Qu'une âme qui te cherche et veut être innocente,

Trouve d'obstacle à ses desseins.

Le jeune commis avait eu beau être «loin du monde élevé», dans le Temple-Palace de Balbec, il n'avait pas suivi le conseil de Joad:

Sur la richesse et l'or ne mets point ton appui.

Il s'était peut-être fait une raison en disant: «Les pécheurs couvrent la terre.» Quoi qu'il en fût, et bien que M. Nissim Bernard n'espérât pas un délai aussi court, dès le premier jour,

Et soit frayeur encor ou pour le caresser,
De ses bras innocents il se sentit presser.

Et dès le deuxième jour, M. Nissim Bernard promenant le commis, «l'abord contagieux altérait son innocence». Dès lors la vie du jeune enfant avait changé. Il avait beau porter le pain et le sel, comme son chef de rang le lui commandait, tout son visage chantait:

De fleurs en fleurs, de plaisirs en plaisirs
Promenons nos désirs.
De nos ans passagers le nombre est incertain
Hâtons-nous aujourd'hui de jouir de la vie!
...L'honneur et les emplois
Sont le prix d'une aveugle et basse obéissance.
Pour la triste innocence
Qui voudrait élever la voix!

Depuis ce jour-là, M. Nissim Bernard n'avait jamais manqué de venir occuper sa place au déjeuner (comme l'eût fait à l'orchestre quelqu'un qui entretient une figurante, une figurante celle-là d'un genre fortement caractérisé, et qui attend encore son Degas). C'était le plaisir de M. Nissim Bernard de suivre dans la salle à manger, et jusque dans les perspectives lointaines où, sous son palmier, trônait la caissière, les évolutions de l'adolescent empressé au service, au service de tous, et moins de M. Nissim Bernard depuis que celui-ci l'entretenait, soit que le jeune enfant de chœur ne crût pas nécessaire de témoigner la même amabilité à quelqu'un de qui il se croyait suffisamment aimé, soit que cet amour l'irritât ou qu'il craignît que, découvert, il lui fît manquer d'autres occasions. Mais cette froideur même plaisait à M. Nissim Bernard par tout ce qu'elle dissimulait; que ce fût par atavisme hébraïque ou par profanation du sentiment chrétien, il se plaisait singulièrement, qu'elle fût juive ou catholique, à la cérémonie racinienne. Si elle eût été une véritable représentation d'*Esther* ou d'*Athalie* M. Bernard eût regretté que la différence des siècles ne lui eût pas permis de connaître l'auteur, Jean Racine, afin d'obtenir pour son protégé un rôle plus considérable. Mais la cérémonie du déjeuner n'émanant d'aucun écrivain, il se contentait d'être en bons termes avec le directeur et avec Aimé pour que le «jeune Israélite» fût promu aux fonctions souhaitées, ou de demi-chef, ou même de chef de rang. Celles du sommelier lui avaient été offertes. Mais M. Bernard l'obligea à les refuser, car il n'aurait plus pu venir chaque jour le voir courir dans la salle à manger verte et se faire servir par lui comme un étranger. Or ce plaisir était si fort que tous les ans M. Bernard revenait à Balbec et y prenait son déjeuner hors de chez lui, habitudes où M. Bloch voyait, dans la première un goût poétique pour la belle lumière, les couchers de soleil de cette côte préférée à toute autre; dans la seconde, une manie invétérée de vieux célibataire.

A vrai dire, cette erreur des parents de M. Nissim Bernard, lesquels ne soupçonnaient pas la vraie raison de son retour annuel à Balbec et ce que la pédante Mme Bloch appelait ses découchages en cuisine, cette erreur était une vérité plus profonde et du second degré. Car M. Nissim Bernard ignorait lui-même ce qu'il pouvait entrer d'amour de la plage de Balbec, de la vue qu'on avait, du restaurant, sur la mer, et d'habitudes maniaques, dans le goût qu'il avait d'entretenir comme un rat d'opéra d'une autre sorte, à laquelle il manque encore un Degas, l'un de ses servants qui étaient encore des filles. Aussi M. Nissim Bernard entretenait-il avec le directeur de ce théâtre qu'était l'hôtel de Balbec, et avec le metteur en scène et régisseur Aimé—desquels le rôle en toute cette affaire n'était pas des plus limpides—d'excellentes relations. On intriguerait un jour pour obtenir un grand rôle, peut-être une place de maître d'hôtel. En attendant, le plaisir de M. Nissim Bernard, si poétique et calmement contemplatif qu'il fût, avait un peu le caractère de ces hommes à femmes qui savent toujours—Swann jadis, par exemple—qu'en allant dans le monde ils vont retrouver leur maîtresse. A peine M. Nissim Bernard serait-il assis qu'il verrait l'objet de ses vœux s'avancer sur la scène portant à la main des fruits ou des cigares sur un plateau. Aussi tous les matins, après avoir embrassé sa nièce, s'être inquiété des travaux de mon ami Bloch et donné à manger à ses chevaux des morceaux de sucre posés dans sa paume tendue, avait-il une hâte fébrile d'arriver pour le déjeuner au Grand-Hôtel. Il y eût eu le feu chez lui, sa nièce eût eu une attaque, qu'il fût sans doute parti tout de même. Aussi craignait-il comme la peste un rhume pour lequel il eût gardé le lit—car il était hypocondriaque—et qui eût nécessité qu'il fît demander à Aimé de lui envoyer chez lui, avant l'heure du goûter, son jeune ami.

Il aimait d'ailleurs tout le labyrinthe de couloirs, de cabinets secrets, de salons, de vestiaires, de garde-manger, de galeries qu'était l'hôtel de Balbec. Par atavisme d'Oriental il aimait les sérails et, quand il sortait le soir, on le voyait en explorer furtivement les détours.

Tandis que, se risquant jusqu'aux sous-sols et cherchant malgré tout à ne pas être vu et à éviter le scandale, M. Nissim Bernard, dans sa recherche des jeunes lévites, faisait penser à ces vers de la *Juive*:

O Dieu de nos pères,

Parmi nous descends,

Cache nos mystères

A l'oeil des méchants!

Je montais au contraire dans la chambre de deux soeurs qui avaient accompagné à Balbec, comme femmes de chambre, une vieille dame étrangère. C'était ce que le langage des hôtels appelait deux courrières et celui de Françoise, laquelle s'imaginait qu'un courrier ou une courrière sont là pour faire des courses, deux «coursières». Les hôtels, eux, en sont restés, plus noblement, au temps où l'on chantait: «C'est un courrier de cabinet.»

Malgré la difficulté qu'il y avait pour un client à aller dans des chambres de courrières, et réciproquement, je m'étais très vite lié d'une amitié très vive, quoique très pure, avec ces deux jeunes personnes, Mlle Marie Gineste et Mme Céleste Albaret. Nées au pied des hautes montagnes du centre de la France, au bord de ruisseaux et de torrents (l'eau passait même sous leur maison de famille où tournait un moulin et qui avait été dévastée plusieurs fois par l'inondation), elles semblaient en avoir gardé la nature. Marie Gineste était plus régulièrement rapide et saccadée, Céleste Albaret plus molle et languissante, étalée comme un lac, mais avec de terribles retours de bouillonnement où sa fureur rappelait le danger des crues et des tourbillons liquides qui entraînent tout, saccagent tout. Elles venaient souvent, le matin, me voir quand j'étais encore couché. Je n'ai jamais connu de personnes aussi volontairement ignorantes, qui n'avaient absolument rien appris à l'école, et dont le langage eût pourtant quelque chose de si littéraire que, sans le naturel presque sauvage de leur ton, on aurait cru leurs paroles affectées. Avec une familiarité que je ne retouche pas, malgré les éloges (qui ne sont pas ici pour me louer, mais pour louer le génie étrange de Céleste) et les critiques, également fausses, mais très sincères, que ces propos semblent comporter à mon égard, tandis que je trempais des croissants dans mon lait, Céleste me disait: «Oh! petit diable noir aux cheveux de geai, ô profonde malice! je ne sais pas à quoi pensait votre mère quand elle vous a fait, car vous avez tout d'un oiseau. Regarde, Marie, est-ce qu'on ne dirait pas qu'il se lisse ses plumes, et tourne son cou avec une souplesse, il a l'air tout léger, on dirait qu'il est en train d'apprendre à voler. Ah! vous avez de la chance que ceux qui vous ont créé vous aient fait naître dans le rang des riches; qu'est-ce que vous seriez devenu, gaspilleur comme vous êtes.

Voilà qu'il jette son croissant parce qu'il a touché le lit. Allons bon, voilà qu'il répand son lait, attendez que je vous mette une serviette car vous ne sauriez pas vous y prendre, je n'ai jamais vu quelqu'un de si bête et de si maladroit que vous.» On entendait alors le bruit plus régulier de torrent de Marie Gineste qui, furieuse, faisait des réprimandes à sa soeur: «Allons, Céleste, veux-tu te taire? Es-tu pas folle de parler à Monsieur comme cela?» Céleste n'en faisait que sourire; et comme je détestais qu'on m'attachât une serviette: «Mais non, Marie, regarde-le, bing, voilà qu'il s'est dressé tout droit comme un serpent. Un vrai serpent, je te dis.» Elle prodiguait, du reste, les comparaisons zoologiques, car, selon elle, on ne savait pas quand je dormais, je voltigeais toute la nuit comme un papillon, et le jour j'étais aussi rapide que ces écureuils, «tu sais, Marie, comme on voit chez nous, si agiles que même avec les yeux on ne peut pas les suivre.—Mais, Céleste, tu sais qu'il n'aime pas avoir une serviette quand il mange.—Ce n'est pas qu'il n'aime pas ça, c'est pour bien dire qu'on ne peut pas lui changer sa volonté. C'est un seigneur et il veut montrer qu'il est un seigneur.

On changera les draps dix fois s'il le faut, mais il n'aura pas cédé. Ceux d'hier avaient fait leur course, mais aujourd'hui ils viennent seulement d'être mis, et déjà il faudra les changer. Ah! j'avais raison de dire qu'il n'était pas fait pour naître parmi les pauvres. Regarde, ses cheveux se hérissent, ils se boursouflent par la colère comme les plumes des oiseaux. Pauvre *ploumissou*!» Ici ce n'était pas seulement Marie qui protestait, mais moi, car je ne me sentais pas seigneur du tout. Mais Céleste ne croyait jamais à la sincérité de ma modestie et, me coupant la parole: «Ah! sac à ficelles, ah! douceur, ah! perfidie! rusé entre les rusés, rosse des rosses! Ah!

Molière!» (C'était le seul nom d'écrivain qu'elle connût, mais elle me l'appliquait, entendant par là quelqu'un qui serait capable à la fois de composer des pièces et de les jouer.) «Céleste!» criait impérieusement Marie qui, ignorant le nom de Molière, craignait que ce ne fût une injure nouvelle.

Céleste se remettait à sourire: «Tu n'as donc pas vu dans son tiroir sa photographie quand il était enfant? Il avait voulu nous faire croire qu'on l'habillait toujours très simplement. Et là, avec sa petite canne, il n'est que fourrures et dentelles, comme jamais prince n'a eues. Mais ce n'est rien à côté de son immense majesté et de sa bonté encore plus profonde.—Alors, grondait le torrent Marie, voilà que tu fouilles dans ses tiroirs maintenant.» Pour apaiser les craintes de Marie je lui demandais ce qu'elle pensait de ce que M. Nissim Bernard faisait. «Ah! Monsieur, c'est des choses que je n'aurais pas pu croire que ça existait: il a fallu venir ici» et, damant pour une fois le pion à Céleste par une parole plus profonde: «Ah! voyez-vous, Monsieur, on ne peut jamais savoir ce qu'il peut y avoir dans une vie.» Pour changer le sujet, je lui parlais de celle de mon père, qui travaillait nuit et jour. «Ah! Monsieur, ce sont des vies dont on ne garde rien pour soi, pas une minute, pas un plaisir; tout, entièrement tout est un sacrifice pour les autres, ce sont des vies *données*.—Regarde, Céleste, rien que pour poser sa main sur la couverture et prendre son croissant, quelle distinction! il peut faire les choses les plus insignifiantes, on dirait que toute la noblesse de France, jusqu'aux Pyrénées, se déplace dans chacun de ses mouvements.»

Anéanti par ce portrait si peu véridique, je me taisais; Céleste voyait là une ruse nouvelle: «Ah! front qui as l'air si pur et qui caches tant de choses, joues amies et fraîches comme l'intérieur d'une amande, petites mains de satin tout peluchoux, ongles comme des griffes», etc. «Tiens, Marie, regarde-le boire son lait avec un recueillement qui me donne envie de faire ma prière. Quel air sérieux! On devrait bien tirer son portrait en ce moment. Il a tout des enfants. Est-ce de boire du lait comme eux qui vous a conservé leur teint clair? Ah! jeunesse! ah! jolie peau! Vous ne vieillirez jamais. Vous avez de la chance, vous n'aurez jamais à lever la main sur personne car vous avez des yeux qui savent imposer leur volonté. Et puis le voilà en colère maintenant. Il se tient debout, tout droit comme une évidence.»

Françoise n'aimait pas du tout que celles qu'elle appelait les deux enjôleuses vinssent ainsi tenir conversation avec moi. Le directeur, qui faisait guetter par ses employés tout ce qui se passait, me fit même observer gravement qu'il n'était pas digne d'un client de causer avec des courrières. Moi qui trouvais les «enjôleuses» supérieures à toutes les clientes de l'hôtel, je me contentai de lui éclater de rire au nez, convaincu qu'il ne comprendrait pas mes explications. Et les deux soeurs revenaient. «Regarde, Marie, ses traits si fins. O miniature parfaite, plus belle que la plus précieuse qu'on verrait sous une vitrine, car il a les mouvements, et des paroles à l'écouter des jours et des nuits.»

C'est miracle qu'une dame étrangère ait pu les emmener, car, sans savoir l'histoire ni la géographie, elles détestaient de confiance les Anglais, les Allemands, les Russes, les Italiens, la «vermine» des étrangers et n'aimaient, avec des exceptions, que les Français. Leur figure avait tellement gardé l'humidité de la glaise malléable de leurs rivières, que, dès qu'on parlait d'un étranger qui était dans l'hôtel, pour répéter ce qu'il avait dit Céleste et Marie appliquaient sur leurs figures sa figure, leur bouche devenait sa bouche, leurs yeux ses yeux, on aurait voulu garder ces admirables masques de théâtre. Céleste même, en faisant semblant de ne redire que ce qu'avait dit le directeur, ou tel de mes amis, insérait dans son petit récit des propos feints où étaient peints malicieusement tous les défauts de Bloch, ou du premier président, etc., sans en avoir l'air. C'était, sous la forme de compte rendu d'une simple commission dont elle s'était obligeamment chargée, un portrait inimitable. Elles ne lisaient jamais rien, pas même un journal. Un jour pourtant, elles trouvèrent sur mon lit un volume. C'étaient des poèmes admirables mais obscurs de Saint-Léger Léger. Céleste lut quelques pages et me dit: «Mais êtes-vous bien sûr que ce sont des vers, est-ce que ce ne serait pas plutôt des devinettes?» Évidemment pour une personne qui avait appris dans son enfance une seule poésie: *Ici-bas tous les lilas meurent*, il y avait manque de transition. Je crois que leur obstination à ne rien apprendre tenait un peu à leur pays malsain. Elles étaient pourtant aussi douées qu'un poète, avec plus de modestie qu'ils n'en ont généralement. Car si Céleste avait dit quelque chose de remarquable et que, ne me souvenant pas bien, je lui demandais de me le rappeler, elle assurait avoir oublié. Elles ne liront jamais de livres, mais n'en feront jamais non plus.

Françoise fut assez impressionnée en apprenant que les deux frères de ces femmes si simples avaient épousé, l'un la nièce de l'archevêque de Tours, l'autre une parente de l'évêque de Rodez. Au directeur, cela n'eût rien dit. Céleste reprochait quelquefois à son mari de ne pas la comprendre, et moi je m'étonnais qu'il pût la supporter. Car à certains moments, frémissante, furieuse, détruisant tout, elle était détestable. On prétend que le liquide salé qu'est notre sang n'est que la survivance intérieure de l'élément marin primitif. Je crois de même que Céleste, non seulement dans ses fureurs, mais aussi dans ses heures de dépression, gardait le rythme des ruisseaux de son pays. Quand elle était épuisée, c'était à leur manière; elle était vraiment à sec. Rien n'aurait pu alors la revivifier. Puis tout d'un coup la circulation reprenait dans son grand corps magnifique et léger. L'eau coulait dans la transparence opaline de sa peau bleuâtre. Elle souriait au soleil et devenait plus bleue encore. Dans ces moments-là elle était vraiment céleste.

La famille de Bloch avait beau n'avoir jamais soupçonné la raison pour laquelle son oncle ne déjeunait jamais à la maison et avoir accepté cela dès le début comme une manie de vieux célibataire, peut-être pour les exigences d'une liaison avec quelque actrice, tout ce qui touchait à M. Nissim Bernard était «tabou» pour le directeur de l'hôtel de Balbec. Et voilà pourquoi, sans en avoir même référé à l'oncle, il n'avait finalement pas osé donner tort à la nièce, tout en lui recommandant quelque circonspection. Or la jeune fille et son amie qui, pendant quelques jours, s'étaient figurées être exclues du Casino et du Grand-Hôtel, voyant que tout s'arrangeait, furent heureuses de montrer à ceux des pères de famille qui les tenaient à l'écart qu'elles pouvaient impunément tout se permettre. Sans doute n'allèrent-elles pas jusqu'à renouveler la scène publique qui avait révolté tout le monde. Mais peu à peu leurs façons reprirent insensiblement. Et un soir où je sortais du Casino à demi éteint, avec Albertine, et Bloch que nous avions rencontré, elles passèrent enlacées, ne cessant de s'embrasser, et, arrivées à notre hauteur, poussèrent des gloussements, des rires, des cris indécents. Bloch baissa les yeux pour ne pas avoir l'air de reconnaître sa sœur, et moi j'étais torturé en pensant que ce langage particulier et atroce s'adressait peut-être à Albertine.

Un autre incident fixa davantage encore mes préoccupations du côté de Gomorrhe. J'avais vu sur la plage une belle jeune femme élancée et pâle de laquelle les yeux, autour de leur centre, disposaient des rayons si géométriquement lumineux qu'on pensait, devant son regard, à quelque constellation. Je songeais combien cette jeune femme était plus belle qu'Albertine et comme il était plus sage de renoncer à l'autre. Tout au plus le visage de cette belle jeune femme était-il passé au rabot invisible d'une grande bassesse de vie, de l'acceptation constante d'expédients vulgaires, si bien que ses yeux, plus nobles pourtant que le reste du visage, ne devaient rayonner que d'appétits et de désirs. Or, le lendemain, cette jeune femme étant placée très loin de nous au Casino, je vis qu'elle ne cessait de poser sur Albertine les feux alternés et tournants de ses regards. On eût dit qu'elle lui faisait des signes comme à l'aide d'un phare. Je souffrais que mon amie vît qu'on faisait si attention à elle, je craignais que ces regards incessamment allumés n'eussent la signification conventionnelle d'un rendez-vous d'amour pour le lendemain. Qui sait? ce rendez-vous n'était peut-être pas le premier. La jeune femme aux yeux rayonnants avait pu venir une autre année à Balbec. C'était peut-être parce qu'Albertine avait déjà cédé à ses désirs ou à ceux d'une amie que celle-ci se permettait de lui adresser ces brillants signaux. Ils faisaient alors plus que réclamer quelque chose pour le présent, ils s'autorisaient pour cela des bonnes heures du passé.

Ce rendez-vous, en ce cas, ne devait pas être le premier, mais la suite de parties faites ensemble d'autres années. Et, en effet, les regards ne disaient pas: «Veux-tu?» Dès que la jeune femme avait aperçu Albertine, elle avait tourné tout à fait la tête et fait luire vers elle des regards chargés de mémoire, comme si elle avait eu peur et stupéfaction que mon amie ne se souvînt pas. Albertine, qui la voyait très bien, resta flegmatiquement immobile, de sorte que l'autre, avec le même genre de discrétion qu'un homme qui voit son ancienne maîtresse avec un autre amant, cessa de la regarder et de s'occuper plus d'elle que si elle n'avait pas existé.

Mais quelques jours après, j'eus la preuve des goûts de cette jeune femme et aussi de la probabilité qu'elle avait connu Albertine autrefois. Souvent, quand, dans la salle du Casino, deux jeunes filles se désiraient, il se produisait comme un phénomène lumineux, une sorte de traînée phosphorescente allant de l'une à l'autre. Disons en passant que c'est à l'aide de telles matérialisations, fussent-elles impondérables, par ces signes astraux enflammant toute une partie de l'atmosphère, que Gomorrhe, dispersée, tend, dans chaque ville, dans chaque village, à rejoindre ses membres séparés, à reformer la cité biblique tandis que, partout, les mêmes efforts sont poursuivis, fût-ce en vue d'une reconstruction intermittente, par les nostalgiques, par les hypocrites, quelquefois par les courageux exilés de Sodome.

Une fois je vis l'inconnue qu'Albertine avait eu l'air de ne pas reconnaître, juste à un moment où passait la cousine de Bloch. Les yeux de la jeune femme s'étoilèrent, mais on voyait bien qu'elle ne connaissait pas la demoiselle israélite. Elle la voyait pour la première fois, éprouvait un désir, guère de doutes, nullement la même certitude qu'à l'égard d'Albertine, Albertine sur la camaraderie de qui elle avait dû tellement compter que, devant sa froideur, elle avait ressenti la surprise d'un étranger habitué de Paris mais qui ne l'habite pas et qui, étant revenu y passer quelques semaines, à la place du petit théâtre où il avait l'habitude de passer de bonnes soirées, voit qu'on a construit une banque.

La cousine de Bloch alla s'asseoir à une table où elle regarda un magazine. Bientôt la jeune femme vint s'asseoir d'un air distrait à côté d'elle. Mais sous la table on aurait pu voir bientôt se tourmenter leurs pieds, puis leurs jambes et leurs mains qui étaient confondues. Les paroles suivirent, la conversation s'engagea, et le naïf mari de la jeune femme, qui la cherchait partout, fut étonné de la trouver faisant des projets pour le soir même avec une jeune fille qu'il ne connaissait pas. Sa femme lui présenta comme une amie d'enfance la cousine de Bloch, sous un nom inintelligible, car elle avait oublié de lui demander comment elle s'appelait. Mais la présence du mari fit faire un pas de plus à leur intimité, car elles se tutoyèrent, s'étant connues au couvent, incident dont elles rirent fort plus tard, ainsi que du mari berné, avec une gaieté qui fut une occasion de nouvelles tendresses.

Quant à Albertine, je ne peux pas dire que nulle part, au Casino, sur la plage, elle eût avec une jeune fille des manières trop libres. Je leur trouvais même un excès de froideur et d'insignifiance qui semblait plus que de la bonne éducation, une ruse destinée à dépister les soupçons. A telle jeune fille, elle avait une façon rapide, glacée et décente, de répondre à très haute voix: «Oui, j'irai vers cinq heures au tennis. Je prendrai mon bain demain matin vers huit heures», et de quitter immédiatement la personne à qui elle venait de dire cela—qui avait un terrible air de vouloir donner le change, et soit de donner un rendez-vous, soit plutôt, après l'avoir donné bas, de dire fort cette phrase, en effet insignifiante, pour ne pas «se faire remarquer». Et quand ensuite je la voyais prendre sa bicyclette et filer à toute vitesse, je ne pouvais m'empêcher de penser qu'elle allait rejoindre celle à qui elle avait à peine parlé.

Tout au plus, lorsque quelque belle jeune femme descendait d'automobile au coin de la plage, Albertine ne pouvait-elle s'empêcher de se retourner. Et elle expliquait aussitôt: «Je regardais le nouveau drapeau qu'ils ont mis devant les bains. Ils auraient pu faire plus de frais. L'autre était assez miteux. Mais je crois vraiment que celui-ci est encore plus moche.»

Une fois Albertine ne se contenta pas de la froideur et je n'en fus que plus malheureux. Elle me savait ennuyé qu'elle pût quelquefois rencontrer une amie de sa tante, qui avait «mauvais genre» et venait quelquefois passer deux ou trois jours chez Mme Bontemps. Gentiment, Albertine m'avait dit qu'elle ne la saluerait plus. Et quand cette femme venait à Incarville, Albertine disait: A propos, vous savez qu'elle est ici. Est-ce qu'on vous l'a dit?» comme pour me montrer qu'elle ne la voyait pas en cachette. Un jour qu'elle me disait cela elle ajouta: «Oui je l'ai rencontrée sur la plage et exprès, par grossièreté, je l'ai presque frôlée en passant, je l'ai bousculée.» Quand Albertine me dit cela il me revint à la mémoire une phrase de Mme Bontemps à laquelle je n'avais jamais repensé, celle où elle avait dit devant moi à Mme Swann combien sa nièce Albertine était effrontée, comme si c'était une qualité, et comment elle avait dit à je ne sais plus quelle femme de fonctionnaire que le père de celle-ci avait été marmiton. Mais une parole de celle que nous aimons ne se conserve pas longtemps dans sa pureté; elle se gâte, elle se pourrit. Un ou deux soirs après, je repensai à la phrase d'Albertine, et ce ne fut plus la mauvaise éducation dont elle s'enorgueillissait—et qui ne pouvait que me faire sourire—qu'elle me sembla signifier, c'était autre chose, et qu'Albertine, même peut-être sans but précis, pour irriter les sens de cette dame ou lui rappeler méchamment d'anciennes propositions, peut-être acceptées autrefois, l'avait frôlée rapidement, pensait que je l'avais appris peut-être, comme c'était en public, et avait voulu d'avance prévenir une interprétation défavorable.

Au reste, ma jalousie causée par les femmes qu'aimait peut-être Albertine allait brusquement cesser.

Nous étions, Albertine et moi, devant la station Balbec du petit train d'intérêt local. Nous nous étions fait conduire par l'omnibus de l'hôtel, à cause du mauvais temps. Non loin de nous était M. Nissim Bernard, lequel avait un oeil poché. Il trompait depuis peu l'enfant des choeurs d'*Athalie* avec le garçon d'une ferme assez achalandée du voisinage, «Aux Cerisiers». Ce garçon rouge, aux traits abrupts, avait absolument l'air d'avoir comme tête une tomate. Une tomate exactement semblable servait de tête à son frère jumeau. Pour le contemplateur désintéressé, il y a cela d'assez beau, dans ces ressemblances parfaites de deux jumeaux, que la nature, comme si elle s'était momentanément industrialisée, semble débiter des produits pareils. Malheureusement, le point de vue de M. Nissim Bernard était autre et cette ressemblance n'était qu'extérieure. La tomate n° 2 se plaisait avec frénésie à faire exclusivement les délices des dames, la tomate n° 1 ne détestait pas condescendre aux goûts de certains messieurs. Or chaque fois que, secoué, ainsi que par un réflexe, par le souvenir des bonnes heures passées avec la tomate n° 1, M. Bernard se présentait «Aux Cerisiers», myope (et du reste la myopie n'était pas nécessaire pour les confondre), le vieil Israélite, jouant sans le savoir Amphitryon, s'adressait au frère jumeau et lui disait: «Veux-tu me donner rendez-vous pour ce soir.» Il recevait aussitôt une solide «tournée». Elle vint même à se renouveler au cours d'un même repas, où il continuait avec l'autre les propos commencés avec le premier. A la longue elle le dégoûta tellement, par association d'idées, des tomates, même de celles comestibles, que chaque fois qu'il entendait un voyageur en commander à côté de lui, au Grand-Hôtel, il lui chuchotait: «Excusez-moi, Monsieur, de m'adresser à vous, sans vous connaître. Mais j'ai entendu que vous commandiez des tomates. Elles sont pourries aujourd'hui. Je vous le dis dans votre intérêt car pour moi cela m'est égal, je n'en prends jamais.» L'étranger remerciait avec effusion ce voisin philanthrope et désintéressé, rappelait le garçon, feignait de se raviser: «Non, décidément, pas de tomates.» Aimé, qui connaissait la scène, en riait tout seul et pensait: «C'est un vieux malin que Monsieur Bernard, il a encore trouvé le moyen de faire changer la commande.» M. Bernard, en attendant le tram en retard, ne tenait pas à nous dire bonjour, à Albertine et à moi, à cause de son oeil poché. Nous tenions encore moins à lui parler. C'eût été pourtant presque inévitable si, à ce moment-là, une bicyclette n'avait fondu à toute vitesse sur nous; le lift en sauta, hors d'haleine. Mme Verdurin avait téléphoné un peu après notre départ pour que je vinsse dîner, le surlendemain; on verra bientôt pourquoi. Puis après m'avoir donné les détails du téléphonage, le lift nous quitta, et comme ces «employés» démocrates, qui affectent l'indépendance à l'égard des bourgeois, et entre eux rétablissent le principe d'autorité, voulant dire que le concierge et le voiturier pourraient être mécontents s'il était en retard, il ajouta: «Je me sauve à cause de mes chefs.»

Les amies d'Albertine étaient parties pour quelque temps. Je voulais la distraire. A supposer qu'elle eût éprouvé du bonheur à passer les après-midi rien qu'avec moi, à Balbec, je savais qu'il ne se laisse jamais posséder complètement et qu'Albertine, encore à l'âge (que certains ne dépassent pas) où on n'a pas découvert que cette imperfection tient à celui qui éprouve le bonheur non à celui qui le donne, eût pu être tentée de faire remonter à moi la cause de sa déception. J'aimais mieux qu'elle l'imputât aux circonstances qui, par moi combinées, ne nous laisseraient pas la facilité d'être seuls ensemble, tout en l'empêchant de rester au Casino et sur la digue sans moi. Aussi je lui avais demandé ce jour-là de m'accompagner à Doncières où j'irais voir Saint-Loup. Dans ce même but de l'occuper, je lui conseillais la peinture, qu'elle avait apprise autrefois. En travaillant elle ne se demanderait pas si elle était heureuse ou malheureuse. Je l'eusse volontiers emmenée aussi dîner de temps en temps chez les Verdurin et chez les Cambremer qui, certainement, les uns et les autres, eussent volontiers reçu une amie présentée par moi, mais il fallait d'abord que je fusse certain que Mme Putbus n'était pas encore à la Raspelière. Ce n'était guère que sur place que je pouvais m'en rendre compte, et comme je savais d'avance que, le surlendemain, Albertine était obligée d'aller aux environs avec sa tante, j'en avais profité pour envoyer une dépêche à Mme Verdurin lui demandant si elle pourrait me recevoir le mercredi. Si Mme Putbus était là, je m'arrangerais pour voir sa femme de chambre, m'assurer s'il y avait un risque qu'elle vînt à Balbec, en ce cas savoir quand, pour emmener Albertine au loin ce jour-là. Le petit chemin de fer d'intérêt local, faisant une boucle qui n'existait pas quand je l'avais pris avec ma grand'mère, passait maintenant à Doncières-la-Goupil, grande station d'où partaient des trains importants, et notamment l'express par lequel j'étais venu voir Saint-Loup, de Paris, et y étais rentré. Et à cause du mauvais temps, l'omnibus du Grand-Hôtel nous conduisit, Albertine et moi, à la station de petit tram, Balbec-plage.

Le petit chemin de fer n'était pas encore là, mais on voyait, oisif et lent, le panache de fumée qu'il avait laissé en route, et qui maintenant, réduit à ses seuls moyens de nuage peu mobile, gravissait lentement les pentes vertes de la falaise de Criquetot. Enfin le petit tram, qu'il avait précédé pour prendre une direction verticale, arriva à son tour, lentement. Les voyageurs qui allaient le prendre s'écartèrent pour lui faire place, mais sans se presser, sachant qu'ils avaient affaire à un marcheur débonnaire, presque humain et qui, guidé comme la bicyclette d'un débutant, par les signaux complaisants du chef de gare, sous la tutelle puissante du mécanicien, ne risquait de renverser personne et se serait arrêté où on aurait voulu.

Ma dépêche expliquait le téléphonage des Verdurin et elle tombait d'autant mieux que le mercredi (le surlendemain se trouvait être un mercredi) était jour de grand dîner pour Mme Verdurin, à la Raspelière comme à Paris, ce que j'ignorais. Mme Verdurin ne donnait pas de «dîners», mais elle avait des «mercredis». Les mercredis étaient des oeuvres d'art. Tout en sachant qu'ils n'avaient leurs pareils nulle part, Mme Verdurin introduisait entre eux des nuances. «Ce dernier mercredi ne valait pas le précédent, disait-elle. Mais je crois que le prochain sera un des plus réussis que j'aie jamais donnés.» Elle allait parfois jusqu'à avouer: «Ce mercredi-ci n'était pas digne des autres. En revanche, je vous réserve une grosse surprise pour le suivant.» Dans les dernières semaines de la saison de Paris, avant de partir pour la campagne, la Patronne annonçait la fin des mercredis. C'était une occasion de stimuler les fidèles: «Il n'y a plus que trois mercredis, il n'y en a plus que deux, disait-elle du même ton que si le monde était sur le point de finir. Vous n'allez pas lâcher mercredi prochain pour la clôture.» Mais cette clôture était factice, car elle avertissait: «Maintenant, officiellement il n'y a plus de mercredis. C'était le dernier pour cette année. Mais je serai tout de même là le mercredi. Nous ferons mercredi entre nous; qui sait? ces petits mercredis intimes, ce seront peut-être les plus agréables.»

A la Raspelière, les mercredis étaient forcément restreints, et comme, selon qu'on avait rencontré un ami de passage, on l'avait invité tel ou tel soir, c'était presque tous les jours mercredi. «Je ne me rappelle pas bien le nom des invités, mais je sais qu'il y a Madame la marquise de Camembert», m'avait dit le lift; le souvenir de nos explications relatives aux Cambremer n'était pas arrivé à supplanter définitivement celui du mot ancien, dont les syllabes familières et pleines de sens venaient au secours du jeune employé quand il était embarrassé pour ce nom difficile, et étaient immédiatement préférées et réadoptées par lui, non pas paresseusement et comme un vieil usage indéracinable, mais à cause du besoin de logique et de clarté qu'elles satisfaisaient.

Nous nous hâtâmes pour gagner un wagon vide où je pusse embrasser Albertine tout le long du trajet. N'ayant rien trouvé nous montâmes dans un compartiment où était déjà installée une dame à figure énorme, laide et vieille, à l'expression masculine, très endimanchée, et qui lisait la *Revue des Deux-Mondes*. Malgré sa vulgarité, elle était prétentieuse dans ses goûts, et je m'amusai à me demander à quelle catégorie sociale elle pouvait appartenir; je conclus immédiatement que ce devait être quelque tenancière de grande maison de filles, une maquerelle en voyage. Sa figure, ses manières le criaient. J'avais ignoré seulement jusque-là que ces dames lussent la *Revue des Deux-Mondes*. Albertine me la montra, non sans cligner de l'oeil en me souriant. La dame avait l'air extrêmement digne; et comme, de mon côté, je portais en moi la conscience que j'étais invité pour le lendemain, au point terminus de la ligne du petit chemin de fer, chez la célèbre Mme Verdurin, qu'à une station intermédiaire j'étais attendu par Robert de Saint-Loup, et qu'un peu plus loin j'aurais fait grand plaisir à Mme de Cambremer en venant habiter Féterne, mes yeux pétillaient d'ironie en considérant cette dame importante qui semblait croire qu'à cause de sa mise recherchée, des plumes de son chapeau, de sa *Revue des Deux-Mondes*, elle était un personnage plus considérable que moi. J'espérais que la dame ne resterait pas beaucoup plus que M. Nissim Bernard et qu'elle descendrait au moins à Toutainville, mais non. Le train s'arrêta à Evreville, elle resta assise. De même à Montmartin-sur-Mer, à Parville-la-Bingard, à Incarville, de sorte que, de désespoir, quand le train eut quitté Saint-Frichoux, qui était la dernière station avant Doncières, je commençai à enlacer Albertine sans m'occuper de la dame. A Doncières, Saint-Loup était venu m'attendre à la gare, avec les plus grandes difficultés, me dit-il, car, habitant chez sa tante, mon télégramme ne lui était parvenu qu'à l'instant et il ne pourrait, n'ayant pu arranger son temps d'avance, me consacrer qu'une heure. Cette heure me parut, hélas! bien trop longue car, à peine descendus du wagon, Albertine ne fit plus attention qu'à Saint-Loup. Elle ne causait pas avec moi, me répondait à peine si je lui adressais la parole, me repoussa quand je m'approchai d'elle. En revanche, avec Robert, elle riait de son rire tentateur, elle lui parlait avec volubilité, jouait avec le chien qu'il avait, et, tout en agaçant la bête, frôlait exprès son maître. Je me rappelai que, le jour où Albertine s'était laissé embrasser par moi pour la première fois, j'avais eu un sourire de gratitude pour le séducteur inconnu qui avait amené en elle une modification si profonde et m'avait tellement simplifié la tâche.

Je pensais à lui maintenant avec horreur. Robert avait dû se rendre compte qu'Albertine ne m'était pas indifférente, car il ne répondit pas à ses agaceries, ce qui la mit de mauvaise humeur contre moi; puis il me parla comme si j'étais seul, ce qui, quand elle l'eût remarqué, me fit remonter dans son estime. Robert me demanda si je ne voulais pas essayer de trouver, parmi les amis avec lesquels il me faisait dîner chaque soir à Doncières quand j'y avais séjourné, ceux qui y étaient encore. Et comme il donnait lui-même dans le genre de prétention agaçante qu'il réprouvait: «A quoi ça te sert-il d'avoir *fait du charme* pour eux avec tant de persévérance si tu ne veux pas les revoir?» je déclinai sa proposition, car je ne voulais pas risquer de m'éloigner d'Albertine, mais aussi parce que maintenant j'étais détaché d'eux. D'eux, c'est-à-dire de moi. Nous désirons passionnément qu'il y ait une autre vie où nous serions pareils à ce que nous sommes ici-bas. Mais nous ne réfléchissons pas que, même sans attendre cette autre vie, dans celle-ci, au bout de quelques années, nous sommes infidèles à ce que nous avons été, à ce que nous voulions rester immortellement. Même sans supposer que la mort nous modifiât plus que ces changements qui se produisent au cours de la vie, si, dans cette autre vie, nous rencontrions le moi que nous avons été, nous nous détournerions de nous comme de ces personnes avec qui on a été lié mais qu'on n'a pas vues depuis longtemps—par exemple les amis de Saint-Loup qu'il me plaisait tant chaque soir de retrouver au *Faisan Doré* et dont la conversation ne serait plus maintenant pour moi qu'importunité et que gêne. A cet égard, parce que je préférais ne pas aller y retrouver ce qui m'y avait plu, une promenade dans Doncières aurait pu me paraître préfigurer l'arrivée au paradis. On rêve beaucoup du paradis, ou plutôt de nombreux paradis successifs, mais ce sont tous, bien avant qu'on ne meure, des paradis perdus, et où l'on se sentirait perdu.

Il nous laissa à la gare. «Mais tu peux avoir près d'une heure à attendre, me dit-il. Si tu la passes ici tu verras sans doute mon oncle Charlus qui reprend tantôt le train pour Paris, dix minutes avant le tien. Je lui ai déjà fait mes adieux parce que je suis obligé d'être rentré avant l'heure de son train. Je n'ai pu lui parler de toi puisque je n'avais pas encore eu ton télégramme.» Aux reproches que je fis à Albertine quand Saint-Loup nous eut quittés, elle me répondit qu'elle avait voulu, par sa froideur avec moi, effacer à tout hasard l'idée qu'il avait pu se faire si, au moment de l'arrêt du train, il m'avait vu penché contre elle et mon bras passé autour de sa taille. Il avait, en effet, remarqué cette pose (je ne l'avais pas aperçu, sans cela je me fusse placé plus correctement à côté d'Albertine) et avait eu le temps de me dire à l'oreille: «C'est cela, ces jeunes filles si pimbêches dont tu m'as parlé et qui ne voulaient pas fréquenter Mlle de Stermaria parce qu'elles lui trouvaient mauvaise façon?» J'avais dit, en effet, à Robert, et très sincèrement, quand j'étais allé de Paris le voir à Doncières et comme nous reparlions de Balbec, qu'il n'y avait rien à faire avec Albertine, qu'elle était la vertu même. Et maintenant que, depuis longtemps, j'avais, par moi-même, appris que c'était faux, je désirais encore plus que Robert crût que c'était vrai. Il m'eût suffi de dire à Robert que j'aimais Albertine. Il était de ces êtres qui savent se refuser un plaisir pour épargner à leur ami des souffrances qu'ils ressentiraient encore si elles étaient les leurs. «Oui, elle est très enfant. Mais tu ne sais rien sur elle? ajoutai-je avec inquiétude.—Rien, sinon que je vous ai vus posés comme deux amoureux.»

«Votre attitude n'effaçait rien du tout, dis-je à Albertine quand Saint-Loup nous eut quittés.—C'est vrai, me dit-elle, j'ai été maladroite, je vous ai fait de la peine, j'en suis bien plus malheureuse que vous. Vous verrez que jamais je ne serai plus comme cela; pardonnez-moi», me dit-elle en me tendant la main d'un air triste. A ce moment, du fond de la salle d'attente où nous étions assis, je vis passer lentement, suivi à quelque distance d'un employé qui portait ses valises, M. de Charlus.

A Paris, où je ne le rencontrais qu'en soirée, immobile, sanglé dans un habit noir, maintenu dans le sens de la verticale par son fier redressement, son élan pour plaire, la fusée de sa conversation, je ne me rendais pas compte à quel point il avait vieilli. Maintenant, dans un complet de voyage clair qui le faisait paraître plus gros, en marche et se dandinant, balançant un ventre qui bedonnait et un derrière presque symbolique, la cruauté du grand jour décomposait sur les lèvres, en fard, en poudre de riz fixée par le cold cream, sur le bout du nez, en noir sur les moustaches teintes dont la couleur d'ébène contrastait avec les cheveux grisonnants, tout ce qui aux lumières eût semblé l'animation du teint chez un être encore jeune.

Tout en causant avec lui, mais brièvement, à cause de son train, je regardais le wagon d'Albertine pour lui faire signe que je venais. Quand je détournai la tête vers M. de Charlus, il me demanda de vouloir bien appeler un militaire, parent à lui, qui était de l'autre côté de la voie exactement comme s'il allait monter dans notre train, mais en sens inverse, dans la direction qui s'éloignait de Balbec. «Il est dans la musique du régiment, me dit M. de Charlus. Vous avez la chance d'être assez jeune, moi, l'ennui d'être assez vieux pour que vous puissiez m'éviter de traverser et d'aller jusque-là.» Je me fis un devoir d'aller vers le militaire désigné, et je vis, en effet, aux lyres brodées sur son col qu'il était de la musique. Mais au moment où j'allais m'acquitter de ma commission, quelle ne fut pas ma surprise, et je peux dire mon plaisir, en reconnaissant Morel, le fils du valet de chambre de mon oncle et qui me rappelait tant de choses. J'en oubliai de faire la commission de M. de Charlus. «Comment, vous êtes à Doncières?—Oui et on m'a incorporé dans la musique, au service des batteries.» Mais il me répondit cela d'un ton sec et hautain.

Il était devenu très «poseur» et évidemment ma vue, en lui rappelant la profession de son père, ne lui était pas agréable. Tout d'un coup je vis M. de Charlus fondre sur nous. Mon retard l'avait évidemment impatienté. «Je désirerais entendre ce soir un peu de musique, dit-il à Morel sans aucune entrée en matière, je donne 500 francs pour la soirée, cela pourrait peut-être avoir quelque intérêt pour un de vos amis, si vous en avez dans la musique.» J'avais beau connaître l'insolence de M. de Charlus, je fus stupéfait qu'il ne dît même pas bonjour à son jeune ami. Le baron ne me laissa pas, du reste, le temps de la réflexion. Me tendant affectueusement la main: «Au revoir, mon cher», me dit-il pour me signifier que je n'avais qu'à m'en aller. Je n'avais, du reste, laissé que trop longtemps seule ma chère Albertine. «Voyez-vous, lui dis-je en remontant dans le wagon, la vie de bains de mer et la vie de voyage me font comprendre que le théâtre du monde dispose de moins de décors que d'acteurs et de moins d'acteurs que de «situations».—A quel propos me dites-vous cela?—Parce que M. de Charlus vient de me demander de lui envoyer un de ses amis, que juste, à l'instant, sur le quai de cette gare, je viens de reconnaître pour l'un des miens.» Mais, tout en disant cela, je cherchais comment le baron pouvait connaître la disproportion sociale à quoi je n'avais pas pensé. L'idée me vint d'abord que c'était par Jupien, dont la fille, on s'en souvient, avait semblé s'éprendre du violoniste. Ce qui me stupéfiait pourtant, c'est que, avant de partir pour Paris dans cinq minutes, le baron demandât à entendre de la musique.

Mais revoyant la fille de Jupien dans mon souvenir, je commençais à trouver que les «reconnaissances» exprimeraient au contraire une part importante de la vie, si on savait aller jusqu'au romanesque vrai, quand tout d'un coup j'eus un éclair et compris que j'avais été bien naïf. M. de Charlus ne connaissait pas le moins du monde Morel, ni Morel M. de Charlus, lequel, ébloui mais aussi intimidé par un militaire qui ne portait pourtant que des lyres, m'avait requis, dans son émotion, pour lui amener celui qu'il ne soupçonnait pas que je connusse. En tout cas l'offre des 500 francs avait dû remplacer pour Morel l'absence de relations antérieures, car je les vis qui continuaient à causer sans penser qu'ils étaient à côté de notre tram. Et me rappelant la façon dont M. de Charlus était venu vers Morel et moi, je saisissais sa ressemblance avec certains de ses parents quand ils levaient une femme dans la rue. Seulement l'objet visé avait changé de sexe. A partir d'un certain âge, et même si des évolutions différentes s'accomplissent en nous, plus on devient soi, plus les traits familiaux s'accentuent. Car la nature, tout en continuant harmonieusement le dessin de sa tapisserie, interrompt la monotonie de la composition grâce à la variété des figures interceptées. Au reste, la hauteur avec laquelle M. de Charlus avait toisé le violoniste est relative selon le point de vue auquel on se place. Elle eût été reconnue par les trois quarts des gens du monde, qui s'inclinaient, non pas par le préfet de police qui, quelques années plus tard, le faisait surveiller.

«Le train de Paris est signalé, Monsieur», dit l'employé qui portait les valises. «Mais je ne prends pas le train, mettez tout cela en consigne, que diable!» dit M. de Charlus en donnant vingt francs à l'employé stupéfait du revirement et charmé du pourboire. Cette générosité attira aussitôt une marchande de fleurs. «Prenez ces oeillets, tenez, cette belle rose, mon bon Monsieur, cela vous portera bonheur.» M. de Charlus, impatienté, lui tendit quarante sous, en échange de quoi la femme offrit ses bénédictions et derechef ses fleurs. «Mon Dieu, si elle pouvait nous laisser tranquilles, dit M. de Charlus en s'adressant d'un ton ironique et gémissant, et comme un homme énervé, à Morel à qui il trouvait quelque douceur de demander appui, ce que nous avons à dire est déjà assez compliqué.» Peut-être, l'employé de chemin de fer n'étant pas encore très loin, M. de Charlus ne tenait-il pas à avoir une nombreuse audience, peut-être ces phrases incidentes permettaient-elles à sa timidité hautaine de ne pas aborder trop directement la demande de rendez-vous. Le musicien, se tournant d'un air franc, impératif et décidé vers la marchande de fleurs, leva vers elle une paume qui la repoussait et lui signifiait qu'on ne voulait pas de ses fleurs et qu'elle eût à fiche le camp au plus vite. M. de Charlus vit avec ravissement ce geste autoritaire et viril, manié par la main gracieuse pour qui il aurait dû être encore trop lourd, trop massivement brutal, avec une fermeté et une souplesse précoces qui donnaient à cet adolescent encore imberbe l'air d'un jeune David capable d'assumer un combat contre Goliath. L'admiration du baron était involontairement mêlée de ce sourire que nous éprouvons à voir chez un enfant une expression d'une gravité au-dessus de son âge. «Voilà quelqu'un par qui j'aimerais être accompagné dans mes voyages et aidé dans mes affaires. Comme il simplifierait ma vie», se dit M. de Charlus.

Le train de Paris (que le baron ne prit pas) partit. Puis nous montâmes dans le nôtre, Albertine et moi, sans que j'eusse su ce qu'étaient devenus M. de Charlus et Morel. «Il ne faut plus jamais nous fâcher, je vous demande encore pardon, me redit Albertine en faisant allusion à l'incident Saint-Loup. Il faut que nous soyons toujours gentils tous les deux, me dit-elle tendrement. Quant à votre ami Saint-Loup, si vous croyez qu'il m'intéresse en quoi que ce soit vous vous trompez bien. Ce qui me plaît seulement en lui, c'est qu'il a l'air de tellement vous aimer.—C'est un très bon garçon, dis-je en me gardant de prêter à Robert des qualités supérieures imaginaires, comme je n'aurais pas manqué de faire par amitié pour lui si j'avais été avec toute autre personne qu'Albertine. C'est un être excellent, franc, dévoué, loyal, sur qui on peut compter pour tout.» En disant cela je me bornais, retenu par ma jalousie, à dire au sujet de Saint-Loup la vérité, mais aussi c'était bien la vérité que je disais. Or elle s'exprimait exactement dans les mêmes termes dont s'était servie pour me parler de lui Mme de Villeparisis, quand je ne le connaissais pas encore, l'imaginais si différent, si hautain et me disais: «On le trouve bon parce que c'est un grand seigneur.» De même quand elle m'avait dit: «Il serait si heureux», je me figurai, après l'avoir aperçu devant l'hôtel, prêt à mener, que les paroles de sa tante étaient pure banalité mondaine, destinées à me flatter.

Et je m'étais rendu compte ensuite qu'elle l'avait dit sincèrement, en pensant à ce qui m'intéressait, à mes lectures, et parce qu'elle savait que c'était cela qu'aimait Saint-Loup, comme il devait m'arriver de dire sincèrement à quelqu'un faisant une histoire de son ancêtre La Rochefoucauld, l'auteur des *Maximes*, et qui eût voulu aller demander des conseils à Robert: «Il sera si heureux.» C'est que j'avais appris à le connaître. Mais, en le voyant la première fois, je n'avais pas cru qu'une intelligence parente de la mienne pût s'envelopper de tant d'élégance extérieure de vêtements et d'attitude. Sur son plumage je l'avais jugé d'une autre espèce.

C'était Albertine maintenant qui, peut-être un peu parce que Saint-Loup, par bonté pour moi, avait été si froid avec elle, me dit ce que j'avais pensé autrefois: «Ah! il est si dévoué que cela! Je remarque qu'on trouve toujours toutes les vertus aux gens quand ils sont du faubourg Saint-Germain.» Or, que Saint-Loup fût du faubourg Saint-Germain, c'est à quoi je n'avais plus songé une seule fois au cours de ces années où, se dépouillant de son prestige, il m'avait manifesté ses vertus. Changement de perspective pour regarder les êtres, déjà plus frappant dans l'amitié que dans les simples relations sociales, mais combien plus encore dans l'amour, où le désir a une échelle si vaste, grandit à des proportions telles les moindres signes de froideur, qu'il m'en avait fallu bien moins que celle qu'avait au premier abord Saint-Loup pour que je me crusse tout d'abord dédaigné d'Albertine, que je m'imaginasse ses amies comme des êtres merveilleusement inhumains, et que je n'attachasse qu'à l'indulgence qu'on a pour la beauté et pour une certaine élégance le jugement d'Elstir quand il me disait de la petite bande, tout à fait dans le même sentiment que Mme de Villeparisis de Saint-Loup: «Ce sont de bonnes filles.» Or ce jugement, n'est-ce pas celui que j'eusse volontiers porté quand j'entendais Albertine dire: «En tout cas, dévoué ou non, j'espère bien ne plus le revoir puisqu'il a amené de la brouille entre nous.

Il ne faut plus se fâcher tous les deux. Ce n'est pas gentil?» Je me sentais, puisqu'elle avait paru désirer Saint-Loup, à peu près guéri pour quelque temps de l'idée qu'elle aimait les femmes, ce que je me figurais inconciliable. Et, devant le caoutchouc d'Albertine, dans lequel elle semblait devenue une autre personne, l'infatigable errante des jours pluvieux, et qui, collé, malléable et gris en ce moment, semblait moins devoir protéger son vêtement contre l'eau qu'avoir été trempé par elle et s'attacher au corps de mon amie comme afin de prendre l'empreinte de ses formes pour un sculpteur, j'arrachai cette tunique qui épousait jalousement une poitrine désirée, et attirant Albertine à moi: «Mais toi, ne veux-tu pas, voyageuse indolente, rêver sur mon épaule en y posant ton front?» dis-je en prenant sa tête dans mes mains et en lui montrant les grandes prairies inondées et muettes qui s'étendaient dans le soir tombant jusqu'à l'horizon fermé sur les chaînes parallèles de vallonnements lointains et bleuâtres.

FIN DE LA PREMIERE PARTIE.

NOTE DE L'ÉDITEUR

Pour garantir une uniformité de présentation et préserver une épaisseur assez similaire entre les deux volumes de « A LA RECHERCHE DU TEMPS PERDU », nous avons choisi de diviser cet ouvrage à ce point précis. La narration se poursuit sans interruption dans le volume 2, où vous pourrez retrouver la suite de cette captivante aventure littéraire. Merci de votre compréhension.

Retrouvez la suite dans :
À LA RECHERCHE DU TEMPS PERDU ÉDITION INTEGRALE VOLUME 2.

Printed in France by Amazon
Brétigny-sur-Orge, FR